中国近现代通俗文学史

新版

下卷

范伯群 主编

人文学术经典

凤凰出版传媒集团
江苏教育出版社
JIANGSU EDUCATION PUBLISHING HOUSE

图书在版编目(CIP)数据

中国近现代通俗文学史/范伯群主编. —南京:江苏教育出版社,2010.1
ISBN 978-7-5343-9226-9

Ⅰ.中… Ⅱ.范… Ⅲ.①通俗文学—文学史—中国—近代②通俗文学—文学史—中国—现代 Ⅳ.I209

中国版本图书馆CIP数据核字(2010)第010824号

书　　名	**中国近现代通俗文学史(上、下卷)**
主　　编	范伯群
责任编辑	李丰园
出版发行	凤凰出版传媒集团
	江苏教育出版社(南京市湖南路1号A楼　邮编210009)
网　　址	http://www.1088.com.cn
集团网址	凤凰出版传媒网 http://www.ppm.cn
经　　销	江苏省新华发行集团有限公司
照　　排	南京前锦排版服务有限公司
印　　刷	江苏新华印刷厂
厂　　址	南京市张王庙88号(邮编210037)
电　　话	025-85521756
开　　本	787×1 092毫米　1/16
总 印 张	87
插　　页	8
字　　数	1 470 000
版　　次	2010年4月第1版
	2010年4月第1次印刷
书　　号	ISBN 978-7-5343-9226-9
定　　价	198.00元(上、下卷)
批发电话	025-83657791,83658558,83658511
邮购电话	025-85400774,8008289797
短信咨询	025-85420909
E - mail	jsep@vip.163.com
盗版举报	025-83658551

总　目　录

目　录

第四编

历史演义编

陈子平　撰

引　论

中国传统意义上的对“历史小说”的初始“判断”只是建立在取材（题材）意义上，认为凡是从真实的“历史”中摘取人物故事联缀或略加敷衍而成的“小说”都是“历史小说”的范围。这是“历史小说”最简单的“界定”，也是最严格意义上的归类。而在具体的批评研究中，人们又往往把“历史小说”泛化，以一点“历史”的“因子”或“线索”为经，伴以大量的虚构想象的故事情节为纬所编织建构的“小说”（fiction），通常也被纳入了“历史小说”的范畴。因而，这给“历史小说”的界定和划分带来了诸多的麻烦和困扰。于是，在“仁者见仁智者见智”中，“历史小说”就成了胡适所描述的“历史”情形那样，是“任人打扮的小姑娘”和“随人摆弄的十八枚铜钱”。

在“历史小说”这一“单向度”的思维畛域内，数不清的争论无非形成这样三种似是而非的理论格局：

一是“历史化”论，认为“历史小说”应该建立在“历史真实”的基础上，没有“历史的真实”就谈不上“历史小说”。而这所谓的“历史真实”无非是从“正史”出发，强调人物、事件、环境甚或细节的“还原性”。因而，我们常常听到后人所谓的“违反（无视）历史真实”、“反历史”等等之类的批评指责，就是从“历史化”的理论根据出发所得出的论断和评判。中国是个有着几千年修史传统的国家，“历史”的观念显得特别顽强，因此，对“历史化”的强调就更为执着。再前的古人因为没有“历史小说”的观念或无暇顾及“历史化”的说法且不论，从明清两代开始，文人学士对“历史化”的固执就十分明显。如余象斗的《题列国序》、可观道人的《新列国志叙》、甄伟的《西汉通俗演义序》、章学诚的《丙辰札记》，以及《北史演义凡例》、《隋炀帝艳史凡例》等[1]，均有对小说的“历史化”倾向的强调。

对“小说”的“历史化”的苛求，反映出论者在“历史小说”尚未被正式命

〔1〕 参见朱一玄编《明清小说资料选编》（上册）第3、6、14、88、152、160、162、176、197、256页，齐鲁书社1990年版。

名之前(只有“历史演义”等相类的名称)对“小说”的“历史化”理解或“历史小说”虽未正式命名却已被模糊归类的“历史化”要求。

与对“历史小说”持“历史化”论相左,一些崇尚“小说”价值的理论家批评家却有意突出“历史小说”的“小说化”特性,故意贬低、轻视或避开“历史”强加给“小说”的清规戒律,着意渲染“历史”与“小说”的不同和区分。如熊大木的《大宋演义中兴英烈传序》、袁于令的《隋史遗文序》、李雨堂的《万花楼包狄演义叙》、黄人的《小说小话》等[1],皆有对小说区别于历史的“特性”分析和坚守。

“历史小说”的“小说化”的强调和希求,着眼点是对“历史”与“小说”互为轩轾和截然不同的认识与把握,“历史”的“记实”、“直录”、“微言大义”的传统性被极大地夸张和烘托,而“小说”的“虚构”、“想象”、“劝善惩恶”的内外部规律也得到了铺排和推崇。这与其说是理论化的清晰的认识和审慎的把握,毋宁说是为了催促和保护“历史小说”这个尚未成年的孩子立足于人世的“护身符”和“挡箭牌”,见解的“合理性”、激情的“片面性”和立论的“矛盾性”都同时积淀在“历史小说”的“小说化”主张的理论家、批评家的理论表述之中。

当然,在“历史化”、“小说化”两派理论主张之外,还有一些企图将“历史”与“小说”调和搅拌在“历史小说”之中的“中庸论”者在。这关于“历史小说”的第三种理论格局最为含混和夹缠不清:

> 从来创说者,不宜尽出于虚,而亦不必尽由于实。苟事事皆虚,则过于诞妄,而无以服考古之心。事事皆实,则失于平庸,而无以动一时之听。(金丰《说岳全传序》)
>
> 历史小说最难作,过于翔实,无以异于正史。读《东周列国志》,觉索然无味者,正以全史随事随时,摘录排比,绝无匠心经营于其间,遂不足刺激读者精神,鼓舞读者兴趣。若《三国演义》,则起伏开合,萦拂映带,虽无一事不本史乘,实无一语未经陶冶,宜其风行数百年,而妇孺耳熟能详也。(觚庵《觚庵漫笔》,《小说林》第1卷)
>
> 吾国历史小说,章回中无善本。《东周列国志》,只可名之为白话历史,不能名之为小说。《三国演义》,旧日颇占势力。吾谓斯正犯历史小

---

〔1〕 参见朱一玄编《明清小说资料选编》(上册)第3、6、14、88、152、160、162、176、197、256页,齐鲁书社1990年版。

说两大忌:一直演历史,二虚造事实。至其演野史之一部分,乃将他人所记载者演为白话而已,非自能发明一二事。故其书除文字稍可观外,无一能合乎小说之律。《隋唐演义》,其作法与《三国演义》等,然其长处,在写秦琼、单通等豪侠,其得名亦即在斯。与其名谓历史小说,毋宁名谓豪侠小说较为当也。至《两般秋雨》赞其无一字无来历,乃指其演野史之一部分,亦犹《三国》之演野史然,适为其短耳。(解弢《小说话》)[1]

明人金丰看出"历史小说"中存在着"实"与"虚"一对相应的纠葛缠绕的关系,且这"关系"牵涉到"历史小说"的定位和定性,但在"历史小说"的"诞妄"和"平庸"之间,他无法测定和权衡出"历史小说"的最佳配方,只能将两者一并驱出"历史小说"的负荷之外,让"历史小说"性急地跳出"诞妄"和"平庸"这两条已被列为"此路不通"的跑道而慌不择路,不知如何到达自己的目的地。近人觚庵、解弢两人在分别亮出褒贬《三国演义》的针锋相对的"意见牌"时,试图清理出他们各自对"历史小说"定性和理解的思绪,以便弥合"历史"与"小说"的尴尬裂痕,但兔起鹘落,稍纵即逝,他们没有抓牢思绪的线索,"历史小说"应有的性质和内涵在他们过于印象化的一褒一贬中却像断了线的风筝,失去了归宿路径,有意无意地致使"历史小说"滑变衍化成了使人疑窦丛生的"空城计"。

众所周知,中国古代并没有"历史小说"这一名称,直到 1897 年,严复、夏曾佑在《国闻报》上发表《本馆附印说部缘起》也没有明确的"历史小说"的名称,虽然作者对"历史"与"小说"的内在关联很关注:"有人身所作之史,有人心所构之史,而今日人心之营构,即为他日人身之所作。则小说者又为正史之根矣。"[2]"历史小说"的名称最早出现在 1902 年的《新民丛报》第 14 号上,在新小说报社撰写的广告《中国唯一之文学报〈新小说〉》中,"历史小说"被列为《新小说》报的第三项内容:"历史小说者,专以历史上事实为材料,而用演义体叙述之。盖读正史则易生厌,读演义则易生感。"[3]这最早的"历史小说"内涵是明确的,即以题材为着眼点——"专以历史上事实为材料",而叙述方法则是"演义体"。这样的"历史小说"概念是有其特定的规范

〔1〕 以上引文参见朱一玄编《明清小说资料选编》(上册)第 180、129、130 页。
〔2〕《中国近代文论选》(上)第 200 页,人民文学出版社 1959 年版。
〔3〕《二十世纪中国小说理论资料》(第 1 卷)第 42 页,北京大学出版社 1989 年版。

的。1905年，小说林社在广告中，把“小说”分为12类，“历史小说”居其第一，从与其他类的对比中，可看出它的分类也基本上是以题材划分的。但在附注中，却模糊了“历史小说”的概念：“志已往之事，作未来之模型，见仁见智，是在读者。”〔1〕这样的“界说”其实也同样适用于其他任何类的“小说”（诸如广告中列举的“地理小说”、“科学小说”、“军事小说”、“国民小说”、“家庭小说”等）。

正式给“历史小说”这个名称以“界定”的是吴趼人。1906年，他在《月月小说·序》中提出“历史小说”这个概念。在《两晋演义·序》中，他认为：“自《三国演义》行世之后，历史小说，层出不穷。”并认为《三国演义》是“最足动人的历史小说。”〔2〕在《月月小说》第1卷第1号上，吴趼人除了在两篇序中提到“历史小说”外，还专门刊发了一篇《历史小说总序》。他的“历史小说”概念特别明确，即正史的演义，作“历史小说”目的是为了“使今日读小说者，明日读正史如见故人；昨日读正史而不得入者，今日读小说而如身亲其境”〔3〕。随后，陆绍明在《月月小说》（第1卷第3号）上发表的《发刊词》中，也把“历史小说”摆在了第一位，并有这样的约束性的要求：“例胜班猪，义仿马龙，稗官之要，野史之宗。万言数代，一册千年，当时事业，满纸云烟。”〔4〕这里的“历史小说”的概念与吴趼人是一脉相承的，即从题材上着眼，并有明确的创作规则，即“稗官之要，野史之宗”。因而，其后“历史小说”的创作也确立了自己的“正宗”：《三国演义》、《东周列国志》、《水浒传》为代表的三种类型的“历史小说”成了小说创作的固定模式。〔5〕

从“历史小说”名称的确立到“规范”，我们可以看出“历史小说”无非是题材上的划分，并不是带有实质性的界定，这正如现代小说中的工业题材、农村题材、革命题材等等小说，只是“类”的区分，而不是“质”的分别。因而，从本质上说，“历史小说”只能是“小说”的，而非“历史”的，“历史”只是“历史小说”的题材标识，“小说”才是“历史小说”真正本质性的归属。衡量“历史小说”的标准首先主要是“美学”的，“艺术”的，而决不是“历史”的“真实”。

当然，作为取材意义上的“历史小说”的创作毕竟要牵涉到如何处理“历

〔1〕 陈平原、夏晓虹编：《二十世纪中国小说理论资料》（第1卷）第156页，北京大学出版社1989年版。

〔2〕 同上，第171、172页。

〔3〕 同上，第174页。

〔4〕 同上，第181页。

〔5〕 有关历史小说的三种模式的分析论述请参看本编第一章的有关内容。

史"素材的问题。

"历史小说"如何处理"历史化"与"小说化"的矛盾，这是一部中国文学史从来就没有解决好的难题。

家喻户晓的《三国演义》几乎成了人们温习三国历史的教科书，人们也往往以小说为准绳，去品评论赞三国时期的历史人物。但和陈寿的"历史"著作《三国志》比较起来，它的"历史"的"真实性"简直差得很远。有些研究者甚至断言，《三国演义》的"真实"与"虚构"的比例是"三七开"[1]。实际上，假如"历史"真可以"还原"的话，那么，我相信这其中的"真实性"恐怕还要大打折扣。但作为"历史小说"来说，《三国演义》却是成功之作，人们并不因为它的"历史性"的贫弱，而贬低它的"小说"的"艺术性"。而到了今人姚雪垠的《李自成》，实事求是而论，我以为它所谓的"真实"与"虚构"的比例也不会比《三国演义》小多少，且作者刻意注重"小说"的一面，甚至到了作家自我欣赏赞叹不已的地步。但《李自成》却无论如何也算不上是"历史小说"的成功之作。这其间的区别有时确实令人困惑不解。

也许我们可以这样理解，"历史小说"并不仅仅是简单的"历史"与"小说"的相加，也不存在着一个只注重"历史"和只注重"小说"这两者孰优孰劣的评判标准。问题的关键是，"历史小说"在"历史"与"小说"之间，还有一道必须逾越的鸿沟——"现实"。如果要硬性给"历史小说"拆解的话，那么，"历史小说"的成分不仅仅是"历史"与"小说"两个方面，这两者之间还同时杂糅一个"现实"的方面。作为"历史小说"作家，在他创作"历史小说"时，百分之百地还原"历史"的本来面目，不仅做不到，实际上也是不可能的。克罗齐说："一切历史都是当代史。"这虽然也有其片面性，但也确实道出了历史的真谛：历史的不可还原性。"历史"毕竟离不开"现实"的渗透与掺和。因而，"历史小说"不管如何想方设法"还原历史"，实际都只能算作纯粹的虚构的"小说"，与"历史小说"也不搭界。而真正的"历史小说"既需要"历史"的"真实性"，又需要"现实"的"参照系"，只有包蕴了作家对"现实"的理解和认同的"历史"才能真正进入"历史小说"的范畴。而"历史小说"成功与否又正与这"现实"的理解和认同有关。当罗贯中创作《三国演义》时，当时时代的"现实"的理解和认同已基本趋向于《三国演义》所展示的那种格局，人们的普遍心理已趋同于《三国演义》对三国时人物和事件的品评，社会的价值标

〔1〕 浦江清：《〈三国演义〉的虚与实》，《浦江清文史杂论集》第205页，清华大学出版社1993年版。

准已形成认同于《三国演义》中的“认识”。因而,《三国演义》虽然有许多人物和事件的描摹与“历史”迥乎有异,人们还是接受了作者“小说”的加工和改制。后世的人们虽然并不一定倾向于作家的“现实”的理解和认同,但随着时间的推延,原本的“历史”越来越模糊,“历史小说”中的“历史”随着上代人的“同情”和“理解”,也慢慢熏染了后人,人心中的“历史”代替了原本的“历史”而成了真正的“历史”。这渗透着对“现实”的理解和认同的“人心中的历史”是《三国演义》成功的真正所在。

“历史小说”的理解和把握不可能“毕其功于一役”,从不同侧面、层次和角度去探讨研究,都有其“合理性”的一面。我之所以从题材上着眼,无非是想减少不必要的繁琐的鉴别考证核实的纠缠和困惑,以便更好地梳理出我所理解的中国近现代通俗历史小说的“历史”线索,而不至于在概念、范畴的无休无止的“界说”中失却清理和爬梳的方向和目标。

我所理解和把握的中国近现代通俗历史小说将在“题材”的意义上展开,这不仅仅是体现在对具体的“历史小说”的取舍和评价从“题材”上着眼,而且也体现在整个历史的线索的大致勾勒,也将尽量在“题材”类型的意义上推衍。因为我顽固地拒斥了“历史小说”的独立的审美品性,因而,探讨“历史小说”的“历史化”和“小说化”倾向,或“历史小说”中的“历史”与“小说”的排列组合,只是从“小说”门类的意义上去评估界定,而不是就“历史小说”内容的“真”与“伪”、“虚”与“实”作肯定或否定的结论。有关“历史小说”中的“真伪”、“虚实”的探讨,只是为了分析作家的取材特点和建构方法,而不是为了证明“历史小说”有独立于“小说”艺术之外的审美品性和特征。

第一章　近现代通俗历史小说与启蒙变革

第一节　历史小说的沿革与三种传统形态
——以《三国演义》、《水浒传》、《东周列国志》为代表

在严复、夏曾佑、梁启超等人的大力提倡下，轰轰烈烈的“小说界革命”运动蓬勃兴起，“小说”的地位被抬到了至高无上的地步。“新民”、“救国”、“图强”的重担都一古脑儿地加到了“小说”这个“懦弱者”的肩头。

“夫说部之兴，其入人之深，行世之远，几几乎出于经史之上，而天下之人心风俗，遂不免为说部之所持。”〔1〕既然“说部”的移风易俗的力量压倒了“经史”，“经史”已无法成为“治国平天下”的工具，那么，就应该有更直接有效的武器取而代之：“六经不能教，当以小说教之；正史不能入，当以小说入之。”〔2〕在这个时代转轨文化变型的特定时刻，“历史小说”也以它稚嫩的身姿加入时代文化变革的行列。

中国“历史小说”的发展源远流长，撇开上古的“文史不分家”直至唐代的传奇不论，宋元时代的“讲史”话本应该说是“历史小说”初具规范的最早形态。《东京梦华录》、《武林旧事》中都有专门的“讲史”艺人和艺术兴盛繁荣的记载。据《永乐大典目录》卷46载，元代的讲史话本即有26种（均已散佚）。保存到今天的主要有这样几种讲史话本：(一)《新编五代史平话》，据胡士莹考证，此本可能就是宋代专说五代史的专家尹常卖在京师时的口头创作，经过南宋和元代的书会先生增补而成。叙述梁、唐、晋、汉、周五代盛

---

〔1〕 严复、夏曾佑：《本馆附印说部缘起》，黄霖等选注《中国历代小说论著选》(下)第5页，江西人民出版社1985年版。

〔2〕 梁启超：《译印政治小说序》，同上，第26页。

衰更替的历史变迁，史实大多来自正史，也加进一些民间传说，同时也夹有“历史批评”的话语，如“细阅青编论是非”[1]就是。开场诗、散场诗的运用，正文中还有“诗话”体和“词话”体的穿插，这种体例为后来的历史小说创作所沿袭。元末明初的长篇历史小说《残唐五代史演义传》就是在《五代史平话》的基础上加工改制的。（二）《新刊大宋宣和遗事》，是“小说”与“讲史”的杂糅，“近讲史而非口谈，似小说而无捏合”。“乃由作者掇拾故书，益以小说，补缀联属，勉成一书”，“书分前后二集，始于称述尧舜而终以高宗之定都临安，案年演述，体裁甚似讲史。惟节录成书，未加融会，故先后文体，致为参差”[2]。其中杨志卖刀、智取生辰纲、宋江杀阎婆惜等情节，以及书中提到的张叔夜招安、征方腊宋江、宋江封节度使等内容，都为后来的《水浒传》的创作提供了原始的素材。（三）《全相平话武王伐纣书》，明人许仲琳的《封神演义》即以其为蓝本。据赵景深研究，《封神演义》从开头到 34 回，除叙述哪吒出世的第 12、13、14 回外，几乎完全根据此话本加工扩写。（四）《全相平话乐毅图齐七国春秋后集》，演述春秋时代乐毅伐齐的故事。书中经常出现的语句如“齐王性命如何？”“看胜负如何？”“救者是谁？”等可能是分回的痕迹，这种“且听下回分解”式的语气，显然影响了以后长篇历史小说的创作。（五）《全相秦并六国平话》，有别题为《秦始皇传》。郑振铎认为，这是一部“纯粹的历史小说”，它描写“人与人之间的争斗，却不是写仙与仙之间的玄妙的布阵斗法的”，“不参入一点神怪的分子在内”[3]。（六）《全相平话前汉书续集》，叙述刘邦统一天下后与吕氏屠杀功臣的故事。每节前常出现“话分两头”、“却说”等字句，这种说话人的口吻，也成为日后历史小说创作的一种叙事模式。（七）《全相三国志平话》，这是罗贯中写作《三国演义》的重要蓝本，罗氏的扬刘抑曹的思想倾向，此书中也非常明显。此书开头的“头回”，叙述司马仲相阴间断狱的故事，这是日后历史小说的“楔子”的滥觞。[4]

应该说，现存的话本中，定型化的中国历史小说的内容和形式的“规范”已初露端倪。从内容上来说，“历史小说”沿袭了“讲史”话本的传统，以“正史”为依据或蓝本，把演述“历史人物和故事”作为其重要职能，其叙述的“历史”经常囊括一个或多个朝代的兴衰更替，或一个或多个人物的成长历程。

---

〔1〕《晋史平话》的开场诗，见胡士莹《话本小说概论》（下）第 709—710 页，中华书局 1980 年版。

〔2〕鲁迅：《中国小说史略》，《鲁迅全集》第 9 卷第 122 页，人民文学出版社 1981 年版。

〔3〕郑振铎：《插图本中国文学史》（第 48 章第 4 节）第 705 页，人民文学出版社 1957 年版。

〔4〕以上对几个话本的评述，请参见胡士莹：《话本小说概论》第 725—726 页，中华书局 1980 年版；鲁迅：《中国小说史略》，《鲁迅全集》第 9 卷，人民文学出版社 1981 年版。

作家往往喜欢从其建构的“历史”中引申出一二经验教训，以期达到劝善惩恶、讽谏兴邦的目的，而“正统”的观念也深深地积淀在对“历史”的叙述和“批评”中。从形式上说，“历史小说”继承了说话人的传统，惯用开场诗，散场诗，“话分两头”，“却说”，“且听下回分解”等技巧和手法，使“历史小说”在企图重演“历史”时，给人一种逼真还原的效果，从而使读者在读解过程中解除了与“历史”隔膜的疏离感，进而起到了真正的感同身受的“教育”效应。

《三国演义》的问世，标志着中国历史小说创作的成熟。它是宋元讲史话本的归纳、总结、延伸和提高，也是开启日后历史小说繁盛的界碑。它以其“文不甚深，言不甚俗，事纪其实，亦庶几乎史”（庸愚子《三国志通俗演义序》）的格调，以其“正统”的历史观念，加之富有感染力的艺术形式，成为中国历史小说创作的一大高峰，也为日后历史小说创作铸就了一种特定的形态。“自罗贯中氏《三国志》一书，以国史演为通俗演义，汪洋百余回，为世所尚。嗣是效颦日众，因而有《夏书》、《商书》、《列国》、《两汉》、《唐书》、《残唐》、《南北宋》诸刻，其浩瀚几与正史分签并架。”〔1〕

《水浒传》的成功，为历史小说的创作提供了另一种特定的建构形态。假如说《三国演义》的创作原则上从“正史”出发，“历史”与“小说”的构成是“七实三虚”的格局，那么《水浒传》则是在“真实”的历史背景中，以“历史”的巨大身影为经，伴以大量的民间传说故事和虚构想象联想，是一部“心史”的合理化的加工，而非“正史”还原化的重演。因而，从“正史”的观点看，《三国演义》是“本有其事而添设敷演”，而《水浒传》则是“无中生有也”。套用金圣叹的批评话语来说，《三国演义》是“以文运事”，而《水浒传》则是“因文生事”。〔2〕

---

〔1〕 可观道人：《新列国志叙》，《中国历代小说论著述》（上编）第239页，江西人民出版社1985年版。

〔2〕 正是从这个意义上，有些研究者把《水浒传》归属为“英雄传奇”，而与“历史演义小说”相区分。参见齐裕焜主编《中国古代小说演变史》一书。我认为这种分类并没有什么说服力。所谓“英雄传奇”这类似是而非的“小说”概念，无非还是从题材上着眼，是“历史小说”更小的一个分支，无法划清它与“历史小说”的界限。孙楷第在《中国通俗小说书目·分类说明》中就感到衡量“历史小说”标准的困难：“通俗小说中讲史一派，流品至杂，自宋元以至明清，作者如林。以体例而言之，有演一代史事而近于断代为史者；有以一人一家事为主而近于外传、别传及家人传者；有以一事为主而近于纪事本末者，亦有通演古今事与通史同者。其作者有文人、有闾里塾师、瓦舍伎艺。大抵虚实各半，不以记诵见长。亦有过实而直同史抄，凭虚而全无根据者，亦自托于讲史。如斯纷纷，欲以一定标准絜其短长，殆非易事。”因而，所谓“历史小说”还是从题材上区分比较妥当省事（参见《引论》），不必以“史实”（从“正史”着眼）来区分是“演义”还是“传奇”。鲁迅先生在《中国小说史略》中，把《水浒传》放在第15篇《元明传来之讲史》（下）内。可见，他也把《水浒传》视作“历史小说”。当然，“英雄传奇”也道出了以《水浒传》为代表的“历史小说”与以《三国演义》为代表的“历史小说”在写法上的区别，即前者以人物的“传奇”为主，注重人物描写刻画，而后者则以朝代兴衰演变为主，注重历史事件的叙述描摹。这只能说是两类“历史小说”创作的侧重点不同，而不能视为两种“小说”。

《水浒传》以其人物“传奇”为中心，注重描绘刻画人物的发展历程，而构成的有别于以《三国演义》为代表的以朝代的兴衰更替为主线、注重演述历史事件的“历史小说”形态，影响了日后一大批历史小说的创作，诸如《说唐》、《杨家将》、《说岳全传》、《飞龙传》、《英烈传》等历史小说的创作，都有着《水浒传》的影子。

《东周列国志》是在企图摒弃“劈空”抛却“做造”的努力中建构而成，作者显然想别立他宗，回到“正史”上去。正如最后的编定者蔡元放所自信的那样：“《列国志》与别本小说不同，别本都是假话，如《封神》、《水浒》、《西游》等书，全是劈空撰出，即如《三国志》，最为近实，亦复有许多做造在内。《列国志》却不然，有一件说一件，有一句说一句，连纪实也记不了，哪里还有许多功夫去添造。故读《列国志》，全要把作正史看，莫作小说一例看了。”“我今所评《列国志》，若说是正经书，却毕竟是小说样子，子弟也喜去看，不至扞格不入。但要说它是小说，它却件件都从经传上来。子弟读了，便如将一部《春秋》、《左传》、《国语》、《国策》都读熟了，岂非快事。”[1]因而，《东周列国志》以其“与《左》、《国》、《史》、《鉴》十九符合，绝无向壁虚造之言”的严格的“正史”笔法，以其“历史”通俗化的“还原”为原则，以一种宁可舍弃文学性也要依据“正史”的“实事”而叙述的“史学味”，建立起一个独立于《三国演义》和《水浒传》之外的第三种“历史小说”的形态。它对日后的历史小说如《西汉通俗演义》(甄伟)、《东西晋演义》(无名氏)、《南北史演义》(杜纲)等，都有着明显的影响。

第二节　近代通俗历史小说的发展演变

——在“小说界革命”中向“时事政治”靠拢

近代的通俗历史小说正是在这样的文化传承中发展的。按照我们的一般想象，近代的历史小说也应在以上概述的三种历史小说形态中形成自己时代的各自继承革新发展的格局。而实际上，近代历史小说一开始却在“小说界革命”的高喊声中，几乎一边倒地加入了成为“国民之灵魂”和“开通民智”的文化洪流中。“小说”的大力提倡和地位的夸大拔高，其实是在否定传统的小说艺术声浪中树立起来的，传统的“历史小说”一开始就被排挤出了

〔1〕 蔡元放：《东周列国志读法》，《中国历代小说论著选》(上编)第415—416页，江西人民出版社1990年版。

“新小说”的行列：“中土小说，虽列之于九流，然自虞初以来，体制盖鲜，述英雄则规画《水浒》，道男女则步武《红楼》，综其大较，不出诲盗诲淫两端。陈陈相因，涂涂递附，故大方之家，每不屑道焉。”〔1〕虽然严复、夏曾佑在《本馆附印说部缘起》中称赞传统的“历史小说”：“曹、刘、诸葛，传于罗贯中之演义，而不传于陈寿之志。宋、吴、杨、武，传于施耐庵之《水浒传》，而不传于《宋史》。”〔2〕但《新小说》报社在1902年7月15日的《新民丛报》第14号刊登的广告里，在所列的“历史小说”栏预告中，却是清一色的外国历史小说的著译书目：《罗马史演义》，《十九世纪演义》（“采集当代大史家之著述数十种熔铸而成：起维也纳会议，讫义和团事变，其中五大洲各国之事一一详载”），《自由钟》（即《美国独立演义》），《洪水祸》（“法国人革命演义也”），《东欧女豪杰》（“此书专叙俄罗斯民党之事实，以女豪杰威拉、莎菲亚、叶些三人为中心点，将一切运动之历史，皆纳入其中”），另有亚历山大、华盛顿、拿破仑、俾斯麦、西乡隆盛等五人的外传。“新小说”的提倡，其重点和着眼点都在“政治”上，“历史小说”在这样的“小说界革命”中也改头换面地向“时事政治”靠拢。

早在1895年，上海书局即印行伴佳逸史（易金唐）的《台湾巾帼英雄传》，小说中所写的刘永福父子、提督杨西园、张月楼、台中府知府黎维嵩等，都实有其人，即使像作者着力描写的孙夫人张秀容和刘大小姐，据秦瘦鸥看来，“也未必全属子虚乌有”〔3〕。《台湾巾帼英雄传》脱稿之日，正值台湾人民奋勇抵抗日军侵入之时，台北、台中虽已失陷，但战事仍在进行中。小说的“时事性”、“纪实性”，都显示出“历史小说”在近代文化变革时期的“倾向性”。1897年，《演义白话报》上就刊载过叙述鸦片战争经过的历史小说《通商原委演义》（即《罂粟花》）。1899年，有两本有关二次鸦片战争的历史小说出版，一为《林文忠公中西战纪》（25回），一为《羊石园演义》。这与“历史”发生的时间也仅相隔39至60年。1900年，洪兴全创作的《中东大战演义》由香港中华印务总局出版，是最早叙述甲午中日战争的“历史小说”。小说从叙述朝鲜东学党起事开始，到刘永福离开台湾结束，所叙述的“历史”与真实的发生年代仅晚了五六年。1902年，《杭州白话报》上也连载平清客撰

---

〔1〕梁启超：《译印政治小说序》，《中国历代小说论著选》（下编）第26页。

〔2〕转引自《中国历代小说论著选》（下编）第5页。

〔3〕参见秦瘦鸥《晚清小搜遗——〈台湾巾帼英雄传〉》，《小说纵横谈》第129页，花城出版社1986年版。

述的《中东和战本末纪略》,演述甲午战争的历史。这些带有“纪实文学”性质的“历史小说”虽不免粗制滥造,但恰恰符合了时代文化革新的要求,它们按“政治小说”的标准和要求裁剪“历史”,从而与“新民”的效应相适应。在这里,有利于“新民”的“新闻性”、“纪实性”压倒了“历史”的“文献性”。

“小说界革命”中的“新民”的要求,不仅体现在“政治启蒙”上,也体现在“开发民智”的“知识启蒙”上。“历史小说”也及时地转换身姿,以一种应急的态度加入了“知识启蒙”的队伍。1901 年,《杭州白话报》就相继连载独头山人的《波兰的故事》和宣樊子的《菲律宾民党起义记》、《美利坚自立记》、《檀香山华人受虐记》、《俄土战纪》等“历史小说”。这类“历史小说”当然多少带有其“政治启蒙”味的一面,但从简略的叙述中更多的只是一种“知识”的传播,使封闭的国人放眼“外面的世界”。1903 年,沈惟贤辑著的《万国演义》(60 卷)和洗红庵主在《绣像小说》上连载的《泰西历史演义》,就是想编撰成通俗易懂的“世界史”,使国人睁眼一看“天朝”之外的迥异于“正史”、“国史”的“历史”。1906 年,《月月小说》连载的《美国独立史别裁》和 1907 年《小说林》连载的《苏格兰独立记》(陈鸿璧),也都有着类似于上述的宗旨。

1908 年,上海点石斋出版的《掌故演义》(存 7 回)显示了“历史小说”在近代文化变革期的尴尬处境。此小说前 6 回叙述明朝灭亡的历史——李自成攻占北京、吴三桂降清、吴三桂反清被杀、郑成功的儿子郑经病死、台湾被清攻占,这些似乎是传统“历史小说”的延续和传承。但从第 7 回开始,小说突然讲国外事,写汤若望、南怀仁推行新历、中俄在黑龙江商谈边界事宜,小说虽然就此戛然而止,但传统的“历史小说”的痕迹和“政治启蒙”、“知识启蒙”影响下的“历史小说”转换形态的影子都定格在这部保存不完整(或没写完)的近代“历史小说”中。

第三节　吴趼人历史小说创作中的矛盾与尴尬

——从《痛史》到《两晋演义》

吴趼人是这一文化变革时期的主要的历史小说作家。他的创作的成败得失都体现出这个时代文化变革的印迹。

吴趼人 1902 年至 1906 年在《新小说》第 8 至 13、17、18、20 至 24 号上连载历史小说《痛史》时,他以其创作实践试图把“历史小说”这种艺术形式熔铸在“新小说”所提倡的“政治启蒙”的框架中。“《痛史》为趼人未完工之作，其写南宋灭亡之惨，元人淫杀之酷，盖有为而言之。”[1]（张冥飞《古今小说评林》）《痛史》故事从“制朝仪刘秉忠事敌，隐年情贾似道欺君”开始，到“忽必烈太子蒙重冤，仙霞岭义民张挞伐”为止，仅成27回即辍笔。残夫在《风雨书屋本跋文》中，极力称赞这本历史小说的“民族主义精神”，“于文天祥谢枋得一班忠臣义士竭尽赞扬，于汉奸佞臣则痛加诋毁”。[2]

> 鸿钧既判，两仪遂分。大地之上，列为五洲；每洲之中，万国并立。五洲之说，古时虽未曾发明，然国度是一向有的。既有了国度，就有竞争。优胜劣败，取乱侮亡，自不必说。但是各国之人，苟能各认定其祖国，生为某国之人，即死为某国之鬼，任凭敌人如何强暴，如何笼络，我总不肯昧了良心，忘了根本，去媚外人。如此则虽敌人十二分强盛，总不能灭我之国。他若是一定要灭我之国，除非先将我国内之人，杀净杀绝，一个不留，他方才能够得我的一片绝无人烟的土地。
>
> 看官，莫笑我是一片呆话，以为中外古今历史，总没有全国人死尽方才亡国的。不知不是这样讲，只要全国人都有志气，存了个必要如此，方肯亡国的心，他那国就不会亡了。纵使果然是如此亡法，将来历史上叙起这些话来，还有多少荣耀呢！
>
> 看官，我并不是在这里说呆话，也不是要说激烈的话。我是恼着我们中国人，没有血性的太多，往往把自己祖国的江山，甘心双手去奉与敌人。还要带了敌人去杀戮自己同国的人，非但绝无一点恻隐之心，而且还自以为荣耀。这种人的心肝，我实在不懂他是用甚么材料造成的。所以我要将这些人的事迹，记些出来，也是借古鉴今的意思。看官们不嫌烦琐，容我一一叙来。（第1回）

这一段有浓烈的宣教味的开场白，完全是“小说界革命”倡导者们所提倡的“改良群治”、“改良社会”的心声。吴趼人开诚布公地以“历史小说”的形式回应了“新小说”的要求，“保国”、“保种”、“新民”的强烈的“政治小说”的色彩贯穿《痛史》的始终。因而，小说中张世杰劝说中国人不要做汉奸（第3回）和张贵大骂弘范的一番话（第4回）[3]，无疑宣泄出作者对异族统治和

---

〔1〕 转引自《吴趼人研究资料》第86页，上海古籍出版社1980年版。
〔2〕 同上，第87页。
〔3〕 参见阿英《晚清小说史》第150—151页，人民文学出版社1980年版。

国人甘为奴隶的愤懑和慨叹。"历史"已经被强烈的"主观"色彩所涂抹，烟霄沉寂的"历史"在作家强有力的功利目的的驱使下，突然成了活生生演化的"现实"，"历史"与"小说"的界限被打破了，"历史"成了注解"现实"的"小说"，而"小说"只不过是借用"历史"外衣的"现实"而已。

阿英认为，"在晚清的讲史中，这是最好的一部，无论是内容上抑或是技术上，都有很好成就"，"这部在当时影响很大"。[1]《痛史》的被"新小说"的接纳和承认，与其说是"历史小说"的艺术创新，毋宁说是"历史小说"尝试着汇入"新小说"变革的改换形态。它是以牺牲传统"历史小说"的"演义"的"真实性"、"纪实"的传奇性和观念的"正统性"而获得"小说界革命"的认可首肯的。

唯有"牺牲"传统历史小说的某些特定的属性，"历史小说"才能汇入这个时代文化变革的洪流中。

然而，传统历史小说形态的改换，不仅仅是一种艺术形式的转化，实则是作家思想观念和思维方式重新调整和转化的结果。没有观念的更新和思维方式的转换，传统的历史小说就不可能踏上真正的"小说界革命"的路程。

"盖小说家言，兴味浓厚，易于引人入胜也。是故等是魏、蜀、吴故事，而陈寿《三国志》读之者寡，至如《三国演义》，则自士大夫迄于舆台，盖靡不人手一篇者矣。惜哉！历代史籍无演义以为辅翼也。吾于是发大誓愿，编撰历史小说，使今日读小说者，明日读正史，如见故人；昨日读正史而不得入者，今日读小说而如身临其境。"[2]吴趼人最初的这个创作动机——据正史以演义，编撰通俗历史以助读——并没有体现在《痛史》的创作中。到创作《两晋演义》时，他开始企图回复到最初的"誓愿"上，并且极力摒除《痛史》的"投机"、"迎合""新小说"的功利做法："……吾将一变其诙诡之方针，而为历史小说矣，爱我者乞有以教也。旋得吾友蒋子紫侪来函，勖我曰：撰历史小说者，当以发明正史事实为宗旨，以借古鉴今为诱导，不可过涉虚诞，与正史相刺谬，尤不可张冠李戴，以别朝之事实，牵率羼入，贻误阅者云云。末一语，盖蒋子以余所撰《痛史》而发也。余之撰《痛史》，因别有所感故尔尔，即微蒋子勉言，余且不复为，今而后尤当服膺斯言矣。操笔之始，因记之以自

[1] 阿英：《晚清小说史》第153页，人民文学出版社1980年版。

[2] 吴趼人：《历史小说总序》，转引自朱一玄编《明清小说资料选编》（上册）第201、202页，齐鲁书社1990年版。

励。”[1]他指责以往“历史小说”的“附会”和“转换历史真相”：“自《三国演义》行世之后，历史小说层出不穷……故《三国演义》书，而脍炙人口，自士大夫以至舆台，莫不人手一篇。人见其风行也，遂竞学为之。然每下愈况，动以附会为能，转换历史真相，隐而不彰，而一般无稽之言，徒乱人耳目，愚昧之人，读之互相传述，一若吾古人果有如是种种之怪谬之事也者。呜呼！自此等书出，而愚人益愚矣。吾尝默记之，自《春秋列国》，以迄《英烈传》、《铁冠图》，除《列国》外，其附会者当居百分之九十。甚至借一古人之姓名，以为一书之主脑，除此主脑姓名之外，无一非附会者，如《征东传》之写薛仁贵，《万花楼》之写狄青是也。至于《封神榜》之以神怪之说，而借历史为依附者，更无论矣。夫小说虽小道，究亦同为文字，同供流传者，其内容乃如是，纵不惧重诬古人，岂亦不畏贻误来者耶！”[2]因而，他创作《两晋演义》时，“以《通鉴》为线索，以《晋书》、《十六国春秋》为材料，一归于正，而沃以意味，使从此而得一良小说焉”[3]。

《两晋演义》正是在“一归于正”的宗旨下刻意求“实”，完全拒斥与“现实”的关联。作家有感“历史小说”创作的艰难：“作历史小说不失其真相，而欲其有趣味，尤难之又难。”（第1回评语）在“历史事实”无法联缀，不得不加入作者的“附会”时，作家再三申明为“不得已也”，并且还周到地“逐处以眉批指出之”。“附会”、“点染”是为了“略借趣味以佐阅者”，而“复指出之”，只是为了使读者不为“小说家言”所“惑”。如第2回《假遗诏杨骏恣威权，正中宫贾妃要册立》中，吴趼人即有这样的略略逸出“正史”的“夸张”描绘：

> ……且说贾妃见惠帝默然无语，不觉怒曰：“陛下今日尊居九五，便忘当日，不知先帝在时，陛下得安储位，是谁之力？今老妪且上尊号，百官皆得进秩，偏我不值得一册？”惠帝嗫嚅曰：“廷臣亦曾议来。”妃曰：“议便如何？”帝呐呐曰：“廷臣谓尚在苫次，不宜册后。”妃唾曰：“上尊号便不妨苫次，进百官便不妨苫次，偏我便碍着苫次？莫非杨厮阻挡？”帝摇首曰：“不。”妃曰：“不然，便是汝南？”帝仍摇头。妃冷笑曰：“身为九五，乃不能庇一妻？”良久，帝乃曰：“惟卿所命。”妃曰：“区区一册，也不值张皇，你看我偏作不得主？”言罢，便命侍臣召中书监来。内官领命，

〔1〕《两晋演义自序》，转引自《吴趼人研究资料》第144页。
〔2〕同上，第142、143页。
〔3〕同上，第144页。

> 召华廙进内。朝内已毕，帝与妃皆默然无言。华廙偷眼觑视，见贾妃怒容满面，惠帝踌躇不安之状可掬，正不知为着何事，又不敢启问。良久，忽闻贾妃盛气曰："偏是要我作主，我便作主。"半晌，惠帝谓华廙曰："册立皇后。"华廙领旨欲退，贾妃大声叱曰："偏是遗诏在宫内草得，这便使不得？"吓得华廙战栗请罪，然后请过笔墨，当面草诏。内侍素来逢迎贾妃，至此不等分付，早去请过御宝，当面钤印……

然而，稍涉笔趣，略显"小说"的意味，吴趼人就赶忙收笔，在回评还特意附加说明，以证实自己的"发挥"仍是"正史"的依傍："册立贾妃一节，纲目书：'帝崩，太子衷即位。尊皇后皇太后，立皇后贾氏。'遂昌尹氏言：'立后，国之吉礼，必有盛仪，若灭裂为之，则非尊祖承祧之意，若必备六礼，则国有大丧，岂宜行此？（中略）纲目上书帝崩，次书尊皇太后，次书立后贾氏，比而观之，其义晓然在中。（下略）'云云，是以此为乱政之始也。故演义亦特书之，而故点染其辞，以为趣味。"言外之意，"点染"虽纯属为"趣味"，而并非"一归于正"的题中应有之意，是"不得已"而为之，但与"正史"中的"晓然在中"的"义"是相符的。

正是在这样的"战战兢兢，如履薄冰"的创作心态中，吴趼人越写越枯涩，越写越接近"正史"的笔法格调，回归"正史"的路子越迈越大，"历史小说"创作类同于"史抄公"，终于只能搁笔。因而，假如说，《痛史》的戛然而止，是作家思想观念转变（由"随声附和"、"排满"、"种族革命"的激进民族主义到自觉退守"立宪改良"的阵营，由"新民"、"改良群治"的小说政治功利观回归到辅翼"正史"的"德育"功利观）的结果，那么，《两晋演义》的辍笔，则是作家创作思维转变（由"点染"、"附会"、"趣味"到恪守"正史"、"一归于正"）的失败。

到写作《云南野乘》时，吴趼人虽还是"有慨"而作，然而，"一归于正"的标准更苛："此书虽演义体裁，要皆取材于正史。除史册外，别取元人董庄愍《威楚日记》、明人杨用修《滇载记》，又程原道绥辑《暇录傜倮类考》、《古滇风俗考》及《国朝冯再来滇考》等书，以为考证。"[1]苛刻的"皆取材于正史"和"考证"标准，只能导致《云南野乘》仅作三回即辍笔，这正宣告作家历史小说创作宗旨和思维观念在这个文化变革时代的不合时宜。

---

〔1〕《月月小说》第11号（《作者附白》），参见《〈孽海花〉资料》（增订本）第191页。

吴趼人“历史小说”创作的“神龙见首不见尾”的尴尬结局，是他企图抑制“随声附和”的“改良小说”的浩大声势的必然结果。他把“小说”仅仅视为“补助记忆力”和“输入知识”的工具，而且主张“持此小说，以分教员之一席，则不敢不审慎以出之”[1]。而所谓“教员”的职责是“必轨入正道”，“为德育之一助”。这与“新小说”、“小说界革命”的理论主张已经相去不可以道里计了。

第四节　现代通俗历史小说的“现实”功利性
——追求“启蒙”、“鼓动”、“配合时事”的效应

近代文化变革的小说理论主张，深深地影响着日后的历史小说创作，许多的历史小说作家都自觉以历史小说为“政治启蒙”和“知识启蒙”的工具，把强烈的“现实”功利目的注入历史小说创作中。

许啸天的《民国春秋演义》、张碧梧的《国民党北伐演义》、陆律西的《江浙战争演义》、《中华民国史演义》、蔷薇园主编订的《五四历史演义》、半壁楼主的《国战演义》、罗逢春的《第二次世界大战演义》、杜惜冰的《中国抗战史演义》、徐哲身的《溥仪春梦记》等历史小说都多少以“纪实性”、“新闻性”的笔调，以强烈的“现实性”参与，从而使“小说”中的“历史”成为作家主观描摹的对象，以寄托作家的功利目的和以期达到“启蒙”、“鼓动”、“配合时事”的效应。

许啸天的《民国春秋演义》创作于1929年。“中国现在的情形，正好似一片腐烂荒田，满目荒烟蔓草，荆棘稊稗；倘然真能整理田土的，他希望这田地有收获，他必先要将荆棘稊稗一齐拔去——连根拔去——然后把泥土垦熟，然后把谷种撒下，然后辛苦耕耘，然后能得到秋后的收获。……如今的中国革命的工作，尽做表面的，尽做那割土面上荆棘枝儿稊稗穗儿的工作。以致一阵春风，一批茅草；打倒了一班军阀，又来了一批军阀。中国社会一天腐败一天，那军阀政客土豪劣绅投机分子一天多似一天。你说革命，他居然也是革命；你说立宪，他居然也是立宪；你说三民主义，他居然也是三民主义；你说共产主义，他居然也是共产主义。道高一尺，魔高一丈，使你永远革不成功命。任你有如何尽善尽美的主义，他总能够使你主义不能实现……”

〔1〕吴趼人：《月月小说·序》，陈平原、夏晓虹编《二十世纪中国小说理论资料》（第1卷）第169—171页，北京大学出版社1989年版。

(《民国春秋演义·序》)许啸天正是在这样的"反思"和"感慨"中创作《民国春秋演义》的。他从自身的"反省"开始,将自己的"思考"和"理解"注入了《民国春秋演义》的写作中:"我 18 岁的时候,受种族主义的逼迫,拿我所有的光阴,精神,才力,幸福……都贡献在'政治运动'这四个字下面……直到 26 岁,民国成立了,朋友死的死了,散的散了,所谓种族主义,也失去了他的驱迫力;我们奔走呼号的事业,也就此罢手了。但是,我如今回心一想,觉得以前的举动,有些走错路径,有些盲从。虽不是全盲,至少也有些半盲。这个半盲,在什么地方?只因为我们那时所见到的政治运动,却只睁开了一只眼,注定在民族二字身上;那一只眼,却是盲了。倘然我们那时两只眼都能看,应该先看见民族主义的前面,还有一个人道主义站着;政治运动的前面,还有一个社会运动站着。我们原该不问民族怎么样,政治怎么样,我们先要求人道的光明,社会的改革;倘然统治我们的,不讲人道,异种固然排斥,同种尤其要排斥……没有好社会,便是有了好政治,也没有他站脚的地方。再进一步说,没有好社会,也万不能产生好政治……"(《民国春秋演义·序》)许啸天正是想以《民国春秋演义》作为"社会启蒙"的教材,为"人道"张本,以期推动"社会运动"。而《民国春秋演义》的批判矛头首先直接指向"军阀"、"政客":"断送了无数好头颅,才创造出一个民国来,——一个貌似的民国!而所谓民国春秋演义者,竟满纸蹲踞着青脸獠牙吃人民骨肉的军阀,又无处不潜伏着狐狷鬼蜮吸人民膏血的政客!民国挨命似的挨了 18 年,无年不鬼打架,无年不被鬼迷。自武昌起义后,什么二次革命、云南起义,以后便是复辟之战,直皖之战,直奉之战,江浙之战,南北之战。在广东,又有护法之役,东江之役,惠州之役;直到今日的国民革命北伐成功。其间虽颇多维护人道的战争,但'人何寥落鬼何多'!至今政府还得不到人民的助力;而一方面鬼影幢幢,还自渐滋暗长地向这一点仅有的生机阴谋着,包围着。投机分子,腐化分子,如暗潮一般袭来,如春笋一般地复生!可怕的军阀,可恶的政客,他一天不绝种,民权便一天没有实现,民生更一天没有来苏的希望!"作者强烈的"现实"倾向性毫无掩饰地倾泻而出。

《民国春秋演义》创作最值得注意的一点是,作者也作为"小说"中的人物,参与了"历史"的建构,虽然涉及的篇幅不长,但这在近现代通俗历史小说及至所有的"历史小说"(包括新文学作家的创作)中也是很少见的。在第 10 回《史坚如身殉总督署,秋竞雄志合同盟会》中,作者特意点出"许啸天"在上海北四川路厚德里一个秘密场所参加复古会(后改名为光复会)的活动，并提及“许啸天”和秋瑾、姚勇忱等人回绍兴，创立大通学堂，教练军队。在第21回《绵阁情深贵福认义妹，轩亭冤重秋瑾成烈女》中，作者描写绍兴知府贵福派兵包抄大通学堂，“那竺酌仙、王金发、陈毅、许啸天、姚勇忱一班人，一齐抢进屋子里，拉着秋瑾，便向大门外逃去”。在第35回《陈英士光复沪浦，朱介人助战南京》中，提到“许啸天提议各种宣传方法”，并和任天知、王楚刀等人在上海南京路创办“新派剧场”，“许啸天此时已决定向社会做革命工作”，并向陈英士发表了“社会启蒙”、“人道启蒙”的意见（见前引述的《民国春秋演义·序》中的内容）。在这一回中，作者还特意点到“许啸天”识拔的两个女学生尹锐志、尹维峻姊妹。同时，也描写了“许啸天”的一段英勇行为：“担任了浙江光复会的敢死队”，挟弹直入巡抚衙门，“顿时炸弹爆裂，火光直起”。但作者并未叙述这场爆炸的结果。在第27回《歌声起处茗盏横飞，美色投来香车叠拥》中，作者描写了一个“辛亥革命”老战士黄祯祥的爱国热诚，顺便提及“此时黄贫困日甚，许啸天常以金钱接济之”。

在第41回《借刀杀人张方送命，慈猫哭鼠故友吊丧》中，作者比较详细地介绍了“许啸天”的社会活动：“许啸天这时在上海因社会教育的事体，竭力提倡新剧……内中以许啸天主任的新新舞台为最大，可容纳看客五六千人。层楼高入云霄，矗立在英租界南京路上。各舞台所表演的问题剧，都含有教育政治社会个人等性质的。一时观众大受感动，交口称颂。又由六座舞台，合力组织一新剧公会，公举许啸天为会长……许啸天虽与党中重要分子有所来往，但大都是私交，因他此时正在注力于社会事业，颇不愿入政治的漩涡。”这一回的末了，作者还提到绍兴18个团体联名打电报并派专员到沪，“把许啸天拉了去办理社会教育的事体，又在绍兴城中，组织了一座新剧场”。

在第42回中，作者更是“自以为是”地将自己的大名列入回目中：“王金发撤销督府，许啸天受惊越城”。作者描写“许啸天”到了绍兴的情形，除办一家新剧场外，又办了一所贫民习艺场，“许啸天每日在《越铎》报馆中，和总理孙德卿闲谈”。王金发“撤销督府”以后，《越铎》报馆遭兵丁冲击，孙德卿遭毒打，“许啸天左眼被打瞎”，很久才治好。在这一回中，作者还提到上海举行徐锡麟、陶成章、陈墨峰、马子畦4烈士追悼会，会上“宣读许啸天起草的陶、徐、陈、马四烈士传”。

作家直接参与“历史”的“真实”可靠的程度还有待进一步“查证核实”，也许有夸张放大或“有意为之”的地方，但作为“小说”的“历史”建构，这种把“自我”放入“历史”的“立此存照”式的记录，倒恰恰把“历史”拉进了“现实”

的观照中。在作家“现实”地“图解”的“历史”过程中，其强烈的“主观意图”渗透呈现在“历史”中，使读者在“亲切”、“自然”、“信任”的读解中认同作者的“启蒙”。

历史小说的“新闻性”、“纪实性”的特色和“启蒙”“教育”的功能在《民国春秋演义》中压倒了传统历史小说的“文献性”、“知识性”、“趣味性”，是近代“小说界革命”的功利主张的传承和延续，也是那个特定时代的文化变革要求的“呈现”。

1937年5月出版的蔷薇园主编订的《五四历史演义》也是承继了近代“小说界革命”的余绪，以其“新闻性”、“纪实性”、“功利性”的特性，汇入了“现代化”的文化变革。

《五四历史演义》以其生动详细的笔墨，勾勒了“五四”时期的历史变迁。作者当然也有注重“历史”的“文献性”的一面，如袁世凯和日本签订的“二十一条”的详细内容，日本政府对袁政府的“最后通牒”的原文，全国学联的代表名单，《新青年》所发起文言白话的论战，20年代的科玄论战……几乎都原封不动地搬用“历史文献”的材料，但这些“文献性”并不是作者创作的“功利”所在，作者只是借助这些“文献性”，以期在“历史”的叙述中渗入“现代化”的政治、思想、文化观念。

在第5回《觉悟女子逃出旧家庭，进步青年闲话新文学》中，作者通过对钱君逸的冲破旧式家庭牢笼般的束缚加入新文化运动的描写，形象具体地说明“新文化运动”的“合理性”。在第16回《丁在君大战玄学鬼，吴稚晖代发甲寅丧》中，作者通过描述丁文江等人对张君劢等“玄学鬼”的“战斗”，表达自觉向“科学人生观”靠拢的“现代”观念。“民主”与“科学”这个“五四”时期主导的思想倾向是《五四历史演义》创作的指导思想。在作品的结尾处，作者借用书中人物钱君逸、杨能致、廖碧英的话语特意标示出“五四”新文化阵营的分野：

> 君逸道：“可是，时间淘汰人物，许多五四时代的领导者现在都躲进象牙之塔去陶醉艺术之美或者钻研国故去了，在我们这些青年中，康白清、鲁其伦、吴士年、俞冰白等都留学去，他们大概准备当学者；杨克凝在五四时代活动太热烈了，以致毕业时候吃亏，留学更没有希望，听说他看见人家当学者政客，大得实利，十分愤愤不平，可是还没有彻底觉悟，不

肯和我们一道儿干。陈文惠是很消极了。杨琼轩、李自英只做了时髦的太太,简直没有出息。”碧英道:“他们没有出息,总比谢子干国家主义,周景藩办崇古会好多了。”能致道:“正在仍然积极干的确也不少,梅曙、折矛、阁寿、仲解、承淑、启仁都是北京出来的,还有当时在南方的葆仁、运英等人,现在不都是新时代的领袖么?还有务逊、民竞等在教育界所做的破坏旧思想的工作,也值得敬佩,虽然他们的政治思想幼稚一点。”

而作者热情讴歌的五四青年如钱君逸们,他们都高喊着“打倒军阀”“打倒帝国主义”的口号,在“争取我们的自由独立,创造新时代的文化”的高唱声中,“都干五卅运动去了”。

作者的思想倾向性也昭示着《五四历史演义》同样是汇入“新时代的文化”的产物。

在注重“新闻性”、“纪实性”、“功利性”的“历史小说”中,《五四历史演义》在“历史”的叙述中,还是比较注重“小说”的艺术性的,它往往把抽象的“历史”经过艺术的加工演述成形象化的“历史”:

《新青年》社重金聘到新文化小姐姊妹俩:一个名字叫赛因斯,是一位科学专家,三句话不离“合法则性”、“拿证据来”等等;一个名字叫做德莫克拉西,是一位民主政治家,口口声声是政治平等、经济平等、集会结社言论出版之自由。这两位姑娘刚刚一到,那一股香气扑到许多热血青年的鼻管里,人人都不自主地跳动起来,又觉得脑筋里面一动,一个喷嚏,神志突然清醒了。平日以为可亲可敬的礼教先生,这时才看清楚了他的面目原来是那样的狰狞可怖,而且张牙舞爪地要吃人。于是喊一声“打”,一齐挣断镣铐,向那狞恶的礼教冲去。这些青年有的打得头破血流,有的打得气喘吁吁,觉得礼教这东西真不容易打倒。登时恼动一位老英雄,揎拳勒袖,要替众青年帮忙。他说:“你们青年们不懂战术,要知道礼教是孔家店的孔二先生保了镖,要是不打进孔家店去,休想动他分毫。”他说了之后,果然演出单打孔家店的一幕来了。……且说吴虞走到孔家店门口,孔家店早有准备,就有一小伙计施放烟幕,霎时间把个孔家店遮得无影无踪,只看见祥云朵朵,瑞霭纷纷,隐隐地有个大同世界的模样。原来该店也知道五四运动以后,新潮澎湃,势难抵抗,故弄个玄虚以作缓兵之计。却不料吴老头儿看得明白,马上指出那个大同世界原是道家的理想,不是孔家店的货色。那烟幕被吴老头儿一戳就戳穿了,孔家店的真相依然露出。吴虞向前几步,一脚踢去,哗喇喇一声响,大门给踢倒了。吴虞后面有无数青年呐喊而来,还有一个老头叫鲁迅也赶了来,大骂"礼教吃人"。孔家店店员见势头不好,哪里敢出来应战?……(第12、13回)

这种"形象化"地重构"历史"与重现的"历史"上的那个时代文化变革的需要相适应。它体现出既注重"现实"的"功利性",也注重"历史"的"还原性"的一面。

抗日战争时期出现的《国战演义》、《第二次世界大战演义》和《中国抗战史演义》等历史小说都以更强的"纪实性"和"功利性"配合时代文化变革的需要,及时地展示"历史"运动中的"合理性"、"倾向性"、"正义性"。这是历史小说政治功利性最为彻底的流露,有时与"时事宣传"材料简直难分彼此。

半壁楼主的《国战演义》1938年夏初起在成都的《星芒》报上连载。小说具体形象地描绘了卢沟桥事变的整个过程,歌颂了中国人民顽强抗敌的英勇事迹。小说对战争有全景式的描述,具有"历史"的格局,因为适应时事宣传,"小说"的艺术性就显得更为粗糙。

罗逢春的《第二次世界大战演义》所展示的"历史"更为可观:

上集叙述:在欧洲则写纳粹受凡尔赛和约压迫,全国人民之警惕奋发,迄至康边雪耻迫法人订立条约止。在亚洲则写我国遭受倭寇侵略,全国军民在委员长领导下起而抗敌,予敌寇以打击。中集则叙述纳粹复兴后,由被侵略之国一变为帝国主义。抗战者自力更生,一跃而提高其国际地位。下集计划,则描写侵略者将来之失败,并宣布其罪恶,以为黩武主义者戒。并述抗战者将来之胜利,而彰扬其功勋,以为尚义国家者劝。同时并述二次世界大战之结局,与帝国主义消灭,重订世界永久和平条约,实现我国父倡导"世界大同"主义为本书之结局。(作者自序)

假如说上中集的描写内容还有一点已逝的"历史化"的"现实"的话,那么,下集的内容则更多的是"现实化"的"心史",这其中的"功利"色彩完全冲破了"历史"的束缚,可见小说的"宣传"味。

杜惜冰的《中国抗战史演义》在同类描写中国八年抗战的历史小说中更为壮观。作者的创作宗旨是“俾社会各阶层都知晓一些抗战之经过，使后之来者亦明白抗战之艰巨”（储伟《中国抗战史演义·序》）。小说共6集100回，广泛汇集了从“七七”事变直至抗战胜利止的重要史实，使八年抗战的“历史”较为完整地呈现在“小说”之中。[1]

有关抗战的历史小说，在民族危难的时代已经完全冲破了“历史”的种种束缚和限制，在直接“宣传”“配合”的功利目的下，为现实服务的宗旨冲淡压倒了“小说”审美本身的要求，“历史小说”在“纪实”、“功利”、“配合”中几乎和宣传口号、时事报告站到同一水平线上。

这也是近代“小说界革命”在新的文化变革时代的“合理化”的发展。

近代历史小说的“知识启蒙”的一面，也影响一些历史小说的创作。如蔡东藩增订的《历朝史演义》以及后来创作的《历朝通俗演义》，吕抚的《二十六史通俗演义》，乃至丁寅生的《孔子演义》，等等，都或多或少受“知识启蒙”的影响。

《二十六史通俗演义》在1926年出版的《序言》中开宗明义地道出作者创作的目的：“……是书系由上古混沌初开之时，以迄于民国十三年末，撮其要，记其事……根据确凿，并无野语闲谈。可作正史读，可作消遣品……欲知历代兴亡之事，无暇外求……精心玩索，定能窥其全貌，即终身有益于不尽矣。”[2]“可作正史读”，以“通俗”的方式给国人灌输“历史”知识，这是这类历史小说的共同特性，这与吴趼人在《月月小说》上所企图实现的“誓愿”在精神上是一致的。

《孔子演义》这类强烈的“倾向性”的作品，似乎与“知识启蒙”的格调有一些差距，但实际上正是“知识启蒙”的余绪，《孔子演义》把孔子作为万世圣人来歌颂描绘，这恰恰是“一归于正”的“正史”观念。这与“小说界革命”中所流露出的“正统”观念是一脉相承的。

作为“知识启蒙”的余绪的这类以传播传统文化为宗旨的历史小说，输入的不再是带有强烈的政治功利的“新知”，而是作为“正史”之助的“旧闻”，在民族危机日益深重的时代，只能自生自灭，在时代变革的江河中，掀不起多少涟漪。

---

〔1〕 以上有关《国战演义》、《第二次世界大战演义》、《中国抗战史演义》的评述，参见杨中《大后方的通俗文艺》第209—214页，四川教育出版社1990年版。

〔2〕 吕抚：《二十六史通俗演义》，上海章福记书局1909年石印本。

第二章　在历史与小说之间

第一节　《孽海花》:在“历史”与“小说”之间徘徊

——痴迷“历史”与“小说”,却忽视“现实”的点化

中国近现代通俗历史小说在急遽变革的时代文化浪潮中,虽时常力不从心,但也不时地调整着自己的步伐,以期与时代社会的文化浪潮相适应。在这种“追赶”“新潮”的同时,近现代通俗历史小说创作也呈现出艺术探索的痕迹。曾朴的《孽海花》、张鸿的《续孽海花》和包天笑的《留芳记》是其探索之作,它们都是同一类型的创作,都取材于正在进行中的“历史”或者“历史”虽然已成过去但尚未蜕化成“一归于正”的“国史”,它们都企图以某一“历史”的非直接的“当事人”为线索,贯穿“历史”的来龙去脉,以便清晰地勾勒展现时代社会的风云变幻。这些作品中的“历史化”和“小说化”偏向和倾斜,都与作家思维密切相关,它们在“历史”与“小说”之间的流向,都多少显示出中国近现代通俗历史小说的不稳定性、多变性和探索性的一面。

《孽海花》最初创作时,作者和他人都视之为“政治小说”。1903 年,金松岑完成了《孽海花》第 1、第 2 回,刊载于同年 11 月在日本东京出版的《江苏》杂志第 8 期上。次年,金松岑翻译出版了叙述俄国虚无党历史的《自由血》一书。在书后所附录的自由者(即金松岑)著译书目的广告中,称《孽海花》为“政治小说”:“此书述赛金花一生历史,而内容包含中俄交涉、帕米尔事件、俄国虚无党历史事件、东三省事件、最近上海革命事件、东京义勇队事件、广西事件、日俄交涉事件,以至今俄国复据东三省止,又含无数掌故、学理、轶事、遗闻。精彩焕发,趣味浓深,现已付印,即日出书,上海境今书局发行。”〔1〕金松岑日后在致友人书中也依然把《孽海花》称作“政治

〔1〕 魏绍昌编:《〈孽海花〉资料》(增订本)第 134、148 页,上海古籍出版社 1982 年增订本。

小说”:“弟之为《孽海花》也，非为赛(指赛金花)也，作此书之岁，帝俄适以暴力压中国，留日学生及国内志士，多组对俄同志会……赛于八国联军入京时，因与瓦德西昵，赖一言而保全地方不少，故以赛为骨，而作五十年来之政治小说。”[1]

从金松岑和曾朴共同拟定的小说60回的回目上看，他们在构思时，着眼点确是放在“政治”上，注重对“政治事件”的描摹和对“政治人物”的刻画。相对而言，“政治”之外的社会场景和人物形态的描绘比例要小得多。

然而，在金松岑全权将小说移交给曾朴创作后，曾朴一面点窜涂改，一面自行创制，3个月内一气呵成了20回。到1905年小说林社正式出版《孽海花》时，“政治小说”的名称已李代桃僵地被改成“历史小说”。广告也突出了“历史”的地位：“吴江金一原著，病夫国之病夫续成。本书以名妓赛金花为主人，纬以近30年新旧社会之历史，如旧学时代、中日战争时代、政变时代，一切琐闻轶事，描写尽情，小说界未有之杰作也。”[2]

通俗小说的分类历来杂乱无章，近代小说作为初创阶段，小说的分类更是五花八门，缺乏逻辑的依据。譬如社会小说、政治小说、历史小说、滑稽小说等等就有相互交叉的“边境地带”。但无论如何，这些模棱两可的分类却能反衬出作者创作时的着眼点和读者阅读时切入作品的角度的不同。因而，当《孽海花》由“政治小说”摇身一变为“历史小说”，这或许有小说分类的“模糊性”的因素在，但不能不说其中有作者创作时的转换着眼点的意图在。

假如说，《孽海花》在最初标明为“政治小说”时的着眼点在于“政治”，其重点是对重大政治事件和人物的“纪实”，那么，转换为“历史小说”后，其着眼点开始投射到“历史”中，其重点是不再对“政治事件”、“政治人物”的不加雕琢地“纪实”，而是有目的地对“历史”作一番剪裁加工，从而使“历史”在作者的“过滤”中凝冻成“史传”的“固体”，也即作者“心中的历史”。

在35回《燕市挥金豪公子无心结死士，辽天跃马老英雄仗义送孤臣》中，作者借叶笑庵这个人物之口，给“历史”下了个极为“偏激”的定义——“最不可靠的东西”：

〔1〕 金松岑在1934年回答苏州《明报》副刊《明晶》主编范烟桥提问时曾说：“余作六回而辍，常熟丁芝孙、徐念慈、曾孟朴创小说林社，商之余，以小说非余所喜，故任孟朴续之，第一、二回原文保存者较多，其预定之六十回目，乃余与孟朴共同酌定之。”(范烟桥《〈孽海花〉造意者金一先生访问记》)

〔2〕 《〈孽海花〉资料》(增订本)第134页。

……伯懒道:“诸君不要谬奖,我是一心只想听笑庵的故事,立人快讲罢!”立人笑道:“真的几乎忘了。笑庵,我是秉笔直书,悬之国门,不能增损一字。”笑庵道:“放屁!本来历史是最不可靠的东西,奉敕编纂的史官,不过是顶冠束带的抄胥;藏诸名山的史家,也都是借孝堂哭自己的造谎人。何况区区小事,由你们胡说好了。”

既然“历史”是“最不可靠的东西”,犹如胡适比喻的那样是“任人打扮的小姑娘”,是“随人摆弄的十八枚铜钱”,那么,“造谎”、“胡说”、想象、虚构、自由发挥都有其可能性。这似乎与我们历来所理解的“史传传统”有违。

我们一向以悠久的历史而自豪,同样以有丰富的历史典籍而雄视独步于天下,“史传传统”一向被我们视作无可怀疑的“国宝”。对“史传传统”的理解似乎也有着这样一个基本的“共识”:秉笔直书,真实可靠。其实,证诸史籍,“史传传统”的“麒麟皮”下却无法掩饰住它的“马脚”。我们只要翻开“二十五史”,看看历代帝王们出生前的“征候”记载,就足以使人们对称许的“史传传统”所显示出的“虚假性”的一面瞠目结舌。因而,今人将“史传传统”与“诗骚传统”比附界说为“真实”与“虚构”之分,只能算是“好有一比”说,根本不能视为“定论”。

把“历史”的本来面目“还原”成“最不可靠的东西”,当然有其“偏激”的一面,且并不一定完全代表曾朴的“历史观”。但假如在“历史”与“并不一定可靠的东西”之间画上等号,倒恰恰是对《孽海花》所作的一个较为公允的评价。

曾朴在创作《孽海花》时,是力求达到“历史”的“真实性”的。他在1928年真善美书店出版的《孽海花》修改本卷首语中,陈述了三条修改理由,即确立真实的时代背景、删削不真实的故事和改写不满意的地方,而前两条主要的理由正是为了达到“历史”的标准。

“孙中山先生革命事业”的故事在小说林本的《孽海花》中放在第4、5回。金雯青中状元后,度假回苏州,路过上海时即与革命党人陈千秋相遇。小说随后也描述了青年党、兴中会的一系列革命活动。这与历史事实显然不符。小说交代金雯青中状元是同治戊辰年(1868),而兴中会成立于1894年,革命党人第一次在广州举事则是1895年。前后相差近30年的时间顺序,竟被作者“颠倒”,显然不符合“历史”的要求。因此,曾朴在修改本中,首先将小说林本中的第4、5回移至第29回。这样,就确立了符合“历史”的真实的时代背景。

郑君平在《悼念〈孽海花〉的作者曾孟朴先生》[1]一文中，极力推崇《孽海花》为"清末无数说部中一部伟大的杰作"。他回忆起小时候偷看小说的情景："劈头，美女错爱上状元的虚名，误嫁了一个麻丑的莽汉而自杀的一段楔子，便在少年的心中引起了对于科举制度的反感。"而恰恰是这一段给日后回忆者留下深刻印象的"美女误嫁麻丑状元"的"楔子"，曾朴在修改本中删除了，因为它与第1回楔子一样，也是"凭空结撰"，是不真实以致招人眼的故事，因而，删除也是为了符合"历史"的要求。

曾朴在《孽海花》第21回《背履历库丁蒙廷辱，通苞苴衣匠弄神通》中特意强调："……在下这部《孽海花》却不同别的小说，空中楼阁，可以随意起灭，逞笔翻腾，一句假不来，一语谎不得，只能将文机御事实，不能把事实起文情。"可见，作者对"历史"的刻意追求的一面。

据曾虚白的《曾孟朴先生年谱》所载，曾朴"平日出入于翁同龢之门，而这次应考（指1892年赴京应考——引者）也由翁同龢为之各处打招呼。翁庄本不洽，因此庄也就移恨到先生身上，而先生竟落了第。落第之后，庄佩纶却招先生而告之曰：'你要进总理衙门，何必应试？我可以保举你的。'这明明是牢笼的手腕，先生鄙之，愤然拂袖而去。"[2]这一段所述的事实与曾朴应考落第的真实情形有出入。[3] 但翁庄之间的"不洽"和曾朴对庄氏的"鄙之"，确是事实。正因为曾朴鄙视庄氏，故最初在《小说林》刊载的《孽海花》第6回中，写张佩纶（书中为庄仑樵）马江大败就有"张大其词"的"恶谑"（鲁迅语）：

> ……原来仑樵看法国兵船到了，要想学诸葛亮武侯空城计吓退他，哪晓得外国人最不会闹这种小聪明，只架着大炮打来。仑樵左思右想，原要尽忠的，无奈当不起炮火无情，只好头上顶着个三寸厚的铜盘，赤着脚，钻在难民淘里，逃回省城来了。朝廷大怒，顿时革了职，把他充发黑龙江去。

到了真善美书店印行的修改本中，曾朴却弃去"恶谑"，代之以"平和"的笔调

〔1〕《新小说》第2卷第1期（1935年7月），见《〈孽海花〉资料》。
〔2〕《宇宙风》第2期，转引自赵景深《中国小说丛考》第538页，齐鲁书社1980版。
〔3〕参见时萌《曾朴生平系年》，《曾朴研究》第9—10页，上海古籍出版社1982年版。

叙述,虽字里行间也不乏“讽刺”:

……原来仑樵自到福建以后,还是眼睛插在额角上,摆着红京官、大名士的双料架子,把督抚不放在眼里。闽督吴景、闽抚张昭同,本是乖巧不过的人,落得把千斤重担卸在他身上。船厂大臣又给他面和心不和,将领既不熟悉,兵士又没感情,他却忘其所以,大权独揽,只弄些小聪明,闹些空意气。哪晓得法将孤拔倒老实不客气的乘他不备,在大风雨里架着大炮打来。仑樵左思右想,笔管儿虽尖,终抵不过枪杆儿的凶,崇论宏议虽多,总挡不住坚船大炮的猛,只得冒了雨,赤着脚,也顾不得兵船沉了多少艘,兵士死了多少人,暂时退了二十里,在厂后一个禅寺里躲避一下。等到四五日后调查清楚了,才把实情奏报朝廷。朝廷大怒,不久就把他革职充发了。

在这里,“小说”已经有意识地接近“历史”。[1] 作者不仅叙述语调平和,“事实”材料也更为详细具体,这当然与三条修改理由都多少能挂得上钩,但更主要的恐怕还是作者想在“小说”当中融进“史笔”——“春秋笔法”。“春秋笔法”的有意运用,是曾朴自觉地将“小说”拉向“历史”轨道,或把“小说”融进“历史”当中的尝试和努力。

然而,明眼的读者还是会看穿《孽海花》中所叙述的故事显然不可能完全是真实的“历史”。尤其是赛金花逸事,更是招来许多人的非议。

1934 年 11 月 7 日上海《申报》发表了一篇记者发自北平的通讯《赛金花的一生》,叙述了赛金花晚年寂寞凄凉的生活。记者在文中从现实的“赛金花”的三个方面否定了《孽海花》中的“赛金花”的“历史真实性”:其一,赛金花并不会讲任何外国话,对本国文字也目不识丁;其二,赛金花不知国家为何物,更无论爱国;其三,赛金花并不聪明,并无惊世之才。记者声称这三个方面是他多次晤谈观察中得到的,目的是“为读者揭示新闻之真相,用祛世人久为小说家文笔所误者之惑”。因为《孽海花》中的“赛金花”实际是“曾

---

〔1〕《清史稿》本传云:“佩纶至船厂,环十一艘自卫,各管带白非计,斥之。法舰集,战书至,众闻警谒佩纶,亟请备,仍叱出。比见法舰升火,始大怖,遣学生魏瀚往乞援,未至而炮声作,所部五营溃,其三营歼焉。佩纶遁鼓山麓,乡人拒之。曰:‘我会办大臣也。’拒如初。翌日逃至彭田乡,犹饰词入告,朝旨发帑犒之,命兼船政。嗣闻马尾败,止夺卿衔。下吏议,闽人愤甚。于是编修潘炳年、给事中万培因等先后上其罪状……论戍。居边释还。”(《清史稿》第 12456 页,中华书局 1977 年版。)

氏乃自行其惊奇之文法，学人笔底，游戏三昧，骗却世人不少”。[1]

几天后，曾朴予以“反击”。他在回答上海申时通讯社记者崔万秋的提问时，仍坚持认为他的《孽海花》有真实可靠的“历史”性一面，他认为他所描写的“赛金花”，从赛金花归金雯青到她从船上脱逃以曹梦兰、赛金花之名三度挂牌上海做“生意”都是实有其事。“赛曾提出二点抗议：一、不承认是轿夫的女儿；二、不承认渡欧与船主发生关系。其他均未提及。赛确懂外国语，至少会说英、法、德三国语，文字则不识。至《申报》记者说她不懂一句外国语，言之过火。试思赛金花与瓦德西前后有两度密切关系，时日又非三天二日，焉有不懂一句德国语之理乎？”[2]曾朴不惜以推测的方式来肯定他小说的“历史性”的一面，不能不显示出他对“历史小说”中的“历史”的一面的执着。

与此同时，曾朴还以自己的亲身经历来力证《孽海花》的“历史性”：“余作《孽海花》第一册既竟，岳父沈梅孙见之，因内容俱系先辈及友人轶事，恐余开罪亲友，乃藏之不允出版……”[3]因而，曾朴对林琴南的评语极其心折：“诚如林琴南在《红礁画桨录》序上所说：‘《孽海花》非小说也，乃三十年之历史也。’”[4]

由此可见，《孽海花》中的人物叶笑庵对“历史”的界说——“最不可靠的东西”——并不等同于曾朴的“历史观”。曾朴多少还是想维护“历史”的真实可靠性的一面的。

蔡元培的评价——“《孽海花》出版后，觉得最配合我的胃口了，他不但影射的人物与轶事的多，为从前小说所没有，就是可疑的故事，可笑的迷信，也都根据当时一种传说，并非作者捏造的。加以书中的人物，大半是我所见过的，书中的事实，大半是我所习闻的，所以读起来更有趣。”[5]——和冒鹤亭的《〈孽海花〉闲话》、纪果庵的《〈孽海花〉人物漫谈》、刘文昭的《〈孽海花〉人物索隐表》的相继问世，都似乎证实了《孽海花》的“历史性”。

然而，“历史小说”毕竟是“小说”，它虽取材于“历史”，但并不主要取决于“历史”的“真实性”从而臻于艺术审美的境界。没有“小说”艺术本身的提炼和完善，“历史”再“真实”也没法使“历史小说”成其为“小说”。虚构想象

〔1〕 见《〈孽海花〉资料》（增订本）第143、144页。
〔2〕 同上，第141页。
〔3〕 同上，第142页。
〔4〕 同上，第142页。
〔5〕 同上，第198页。

等作为“小说”艺术特性,“历史小说”也同样不可或缺。因而,曾朴虽然竭力想把“小说”拉回到“历史”的轨道上,但《孽海花》毕竟还只是“小说”,“史传传统”包孕下的“国史”、“正史”尚且还有着惊人的“虚妄”、“涂沫”、“粉饰”之笔,更何况是自觉向“稗官野史”靠拢的“历史小说”?

《孽海花》的创作自有其复杂性,其“小说”的艺术处理也有其独创性的一面。

应该说《孽海花》的作者想用赛金花事贯穿小说的始终,显然有受“史传”影响的一面,但不仅仅是对传统的“史传体”的简单沿袭,而是同时自觉地吸取了西洋小说的构思技巧。曾朴精通法文,在创作《孽海花》前曾跟随陈季同阅读过不少法国文史哲书。他曾这样回忆师从陈季同的经过:“我自从认识了他,天天不断去请教。他也娓娓不倦地指示我。他指示我文艺复兴的关系,古典和浪漫的区别,自然派、象征派和近代各派自由进展的趋势。古典派中,他教我读拉勃来的《巨人传》,龙沙尔的诗,拉星和莫理哀的悲喜剧,白罗瓦的《诗法》,巴斯卡的《思想》,孟丹尼的小论。浪漫派中,他教我读服尔德的历史,卢梭的论文,嚣俄的小说,威尼的诗,大仲马的戏剧,米显雷的历史。自然派里,他教我读弗劳贝、左拉、莫泊三的小说,李尔的诗,小仲马的戏剧,泰恩的批评。一直到近代的白伦内甸《文学史》和杜丹、蒲尔善、佛朗士、陆悌的作品。又指点我法译本的意西英德各国作家名著。我因此沟通了巴黎几家书店,在三四年里,读了不少法国的文史哲学书。我因此发了文学狂,昼夜不眠,弄成了一场大病,一病就病了五年。”[1]可见他有着较高的法国文学的修养。1913 年,他还在有正书局出版了雨果的《九三年》(即嚣俄《九十三年》)。其后,还翻译出版雨果的《笑面人》等小说。因而,他在构思创作《孽海花》时不可能不受到外国小说(尤其法国小说)的影响。

1917 年,胡适与钱玄同在《新青年》杂志上讨论《孽海花》时,认为《孽海花》等近代小说不过是“《儒林外史》之产儿”,“其体裁皆为不连属的种种实事勉强牵合而成,合之可至无穷之长,分之可成无数短篇小说。……《孽海花》一书,适以为但可居第二流,不当与钱先生所举他五书同列。此书写近年史事,何尝不佳?然而布局太牵强,材料太多,但适于札记之体(如近人《春冰室野乘》之类),而不得为佳小说也”[2]。针对胡适的批评,曾朴在1928 年的修改本卷首语中,作了反驳性的答复,他自以为《孽海花》的结构

---

〔1〕《〈孽海花〉资料》第 193、194 页。

〔2〕同上,第 136 页。

与《儒林外史》的结构方式迥然不同。他以穿珠为例，说明这两者之间的区别：假如说《儒林外史》是“直穿”，一根线把一颗颗珠串起来，直穿到底，那么，《孽海花》则是“蟠曲回旋着穿的”，时而收紧时而放开，纵横交错，却又万变不离其宗，成为“一朵珠花”。他又以“花序”为例，说明《儒林外史》与《孽海花》的差别：前者的“花序”是直线式的，或者上升，或者下降，从头开花，谢一朵开一朵，直到开完最后一朵为止；而后者的“花序”却是“伞形”，从中心一层层地向外推展开放，互相连结，终成“一朵球一般的大花”。他认为《儒林外史》是“谈话式”的，谈乙事不管甲事，而谈丙事时则又抛开乙事，随意展开，不着边际；而《孽海花》则是“波澜起伏，前后有照应，有擒纵，有顺逆，不过不是整个不可分的组织，却不能说它没有复杂的结构”。[1]

平心而论，《孽海花》以赛金花为线索，贯穿 30 年来的“历史”。而这 30 来年在曾朴看来，“是中国由旧到新的一个大转关，一方面文化的推移，一方面政治的变动，可惊可喜的现象，都在这一时期内飞也似的进行”。曾朴正是想把这些形形色色的历史现象，“合拢了它的侧面或远景和相联系的一些事”，收摄在他的“笔头的摄影机”上，“叫他自然地一幕一幕地展现，印象上不啻目击了大事的全景一般”。[2]考诸小说本身，虽如作者自知之明的那样——“不是整个不可分的组织”，也即结构上依然有“散漫”的弱点——但同《官场现形记》、《二十年目睹之怪现状》比较来看，《孽海花》确实算得上有“复杂的结构”的小说。鲁迅先生在《中国小说史略》一书中，也称赞《孽海花》“结构工巧，文采斐然”。而“结构工巧”却正是曾朴有意为“小说”的用心所在。

胡适在与钱玄同讨论《孽海花》时，还批评了其中的迷信思想，如烟台孽报一段。而曾朴在反批评中认为，“小说”与“神秘的事”常常密不可分，他列举了希腊三部曲的“因果报应”思想，法国梅里美小说中的“怪诞”和近代象征主义作品中的“迷离神怪”的描写，认为小说中的“迷信”也是“小说”题中应有之义，“只要作品的精神上，并非真有引起此观念的印感就是了”。这可以看作是他独特的“小说观”。因而，《孽海花》的许多封建迷信的流露和牵强附会的描写就不足为怪。这些当然是作家真实的思想情感自觉或不自觉的流露，通常我们喜欢称之“时代局限”或“作家思想的局限”者是也，但同时也折射出曾朴有意为“小说”的努力的印痕。

---

〔1〕〔2〕《〈孽海花〉资料》(增订本)第 130—131 页。

正因为有“小说”成分的渗透与参与，《孽海花》的“历史”成了“并不一定可靠的东西”。

曾朴在回答崔万秋的提问时，在“有关赛金花之生平及余之关系”问题上，极力强调《孽海花》的“历史性”。但在同一篇访问中，当他回答有关“《孽海花》的创作之动机及过程”时，却又竭力批驳“北京通讯”的“指责”：“《申报》记者责余在《孽海花》中，描写赛金花过于美丽、聪明而伟大，以为言过其实，实则该记者脑筋欠清楚，竟分不出文学作品与历史之区别。《孽海花》乃小说而非传记，小说家对于其描写之人物有自由想象之权利，该记者不此之察，以为书中之赛金花，即今日之赛金花，无怪其大失所望也。”“惟小说着笔时，虽不免有相当对象，然遽认为信史，斤斤相持，则太不了解文艺作品为何物矣。”[1]在这里，“小说”被特别地标示出来。不惜前后矛盾互为抵触，这显然是为了“论战”的需要，但这关于“历史”与“小说”的前后矛盾的说法，恰恰又能映衬出作家在创作时的矛盾心态。

曾朴的《孽海花》在最初的创作之时，其“现实”的渗透和参与是比较明显的，这不仅仅是“政治小说”的“纪实性”“新闻性”所表现出来的，而是主要由作家的创作主旨体现出来：“三十年旧事，写来都是血痕；四百兆同胞，愿尔早登觉岸。”作家愤怒谴责清王朝的腐败无能和封建科举制度的罪恶，挖苦嘲讽传统名士的乖僻寒酸，满腔热情地描摹维新人物的慷慨激昂和革命人士的英勇奋斗，这些也都强烈地显示出“历史”中的“现实”。然而，假若说，最初作家是有意或无意地把握“现实”的话，到了修改本，虽然作品的创作宗旨没变，“历史”的因素增强了，“小说”的艺术也提高了，然而，“现实”的因素却减弱了，作家并没有意识到“历史小说”中的“现实”因素的重要。他只注重作品的“历史性”，“虽小说非历史，时期可以由作者随意伸缩，然亦不宜违背过甚”。[2] 他也注重作品的“小说”味。他在针对林琴南称“《孽海花》非小说也”的评价时说：“但是‘非小说也’一语，意在极力推许，可惜倒暴露了林先生只囚在中国古文家的脑壳里，不曾晓得小说在世界文学里的价值和地位。他一生非常的努力，卓绝的天才，是我一向倾服的，结果仅成了个故式的大翻译家，吃亏也就在此。其实我这书的成功，称它做小说，还有些自惭形秽呢！”[3]可见，他对“小说”的推崇和痴迷。但却恰恰忽略了决定“历史小说”成功与否的“现实”的一面。

---

〔1〕《〈孽海花〉资料》（增订本）第142页。

〔2〕〔3〕见《〈孽海花〉资料》（增订本）第132、131页。

因而,《孽海花》徘徊在“历史”与“小说”之间是不足为怪的。

第二节 《续孽海花》:“还原历史”的失败
——推倒“小说”,拥抱“历史”的结果

《孽海花》在曾朴生前即有陆士谔的续作《新孽海花》,此书1912年9月由上海大同图书局出版,上接《小说林》登载的《孽海花》(20回),从第21回《背履历库丁蒙廷臣,通苞苴衣匠弄鬼神》开始,迄至第62回《专制国终撄专制祸,自由神还放自由花》,回目完全照搬曾朴和金松岑所拟订的内容。[1]所叙述的“历史”虽借《孽海花》之名,但实则与《孽海花》的旨趣取舍风马牛不相及,类似作者另一本题为《滔天浪》的“历史小说”,乃“凭着自己的高兴,张长李短地混说”而已。《新孽海花》后因涉及版权纠纷,被强行纳入“禁毁”之列,流传不广。[2]

《孽海花》另一续作《续孽海花》,是署名为燕谷老人的张鸿所作。《续孽海花》1943年由真善美书店出版。

张鸿是翁同龢的侄孙女婿,与曾朴是世交,光绪年间考中进士,官至清廷内阁中书、外部主事、驻日长崎领事和驻朝仁川领事。由这样熟谙《孽海花》那段“历史”的人来续作《孽海花》,有其特定的优势。因而,《续孽海花》楔子中的曾朴晚年对张鸿所说的一番话,虽可能有“小说家言”的成分在,但其可靠性的一面还是有“成立”的“合理性”:“你看我身体精神,还能够续下去吗?我的病相续不断,加以心境不佳,烦恼日积,哪里还有心想做下去呢?我看你年纪虽比我稍大,精神却比我好得多,《孽海花》宗旨,在记述清末民初的轶史,你的见闻,与我相等,那时候的局中人,你也大半熟悉,现在能续此书者,我友中只有你一人,虽是小说,将来可以矫正许多传闻异辞的。”

正是抱着这种“矫正”“传闻异辞”的宗旨,《续孽海花》对“历史”的一面更为执着和认真:

---

〔1〕 参见时萌《曾朴研究》中的有关论述。目前所能见到《新孽海花》的大致内容可参看《中国通俗小说总目提要》(中国文联出版公司1990年版)第1152、1153页。此小说仅成12回,回目与《孽海花》毫无关联。不知是时萌引述有误,还是另有所本。

〔2〕 张赣生在《民国通俗小说论稿》(重庆出版社1991年版)中,论及陆士谔的《新孽海花》时说:陆氏之作由改良小说社1910年出版,且诉诸法庭后,经法庭认可,陆氏之作并无违法之处,遂与原作并行(见该书第63页)。不知其论述有何根据,存疑。

独坐呻吟，不禁把四五十年前的事，一幕一幕如电影开起来。几上适有东亚病夫修改之后三十回《孽海花》一册。展开一看，好像我心中电影的脚本。因此，想到东亚病夫嘱我续编之语，不觉黯然。且他平日与我所谈及之遗闻轶事尚多，均未编入，当即取《真善美》中所续作之三十一至三十五回寻出来一读，其于六君子被杀，沈北山之参三凶，义和团之大乱，陕西回銮之朝政，直至光、宣间之宫闱秘密，辛亥革命之北京情形，皆不及叙出，鄙人当时则身在北京，亲所见闻，若说轶事遗闻，七十老翁之脑中很像万国储蓄会的存款很多，若一一写出来，也可以继续东亚病夫之未了之志……将三十回以后的五回，重看了一遍，觉得其中事迹，如赛金花并未与孙三结过婚，大刀王二向戴胜佛、庄立人借钱，与王二的人格不合，我就从现行的三十回续起，以期文字一贯，至于东亚病夫所续的五回，不妨并行不悖，好在事实各可独立，只要无负书中旧友，东亚病夫天上有灵，当亦为掀髯一笑哩！（《续孽海花·楔子》）

曾氏“不及叙出”的“历史”，张氏要“一一写出来”，这是补曾氏之“历史”所未备，也即还“历史”本来演化变迁的过程，以杜绝“传闻异辞”的无根据推测想象。曾氏叙出的最后5回的“历史”不符合“真实性”，则重新写过，以期“矫正”，以免以讹传讹。这已经越出了“小说”的艺术规范，而踏入了“历史”的研究考证的行列。

赛金花与瓦德西之间的缠绵纠葛，本身是《孽海花》有意突出“小说”艺术的虚构想象的情节而设计的，曾朴本人也承认是“虚构”的“小说”，而非“历史”。据杨云史1936年12月8日致张次溪的信中说：“《孽海花》为余表兄所撰，初属稿时，余曾问：‘赛与瓦在柏林私会，兄何以知之？’孟朴曰：‘彼二人实不相识，余因苦于不知其此番在北京相遇之由，又不能虚构，因其在柏林确有碧眼情人，我故借来张冠李戴，虚构事迹，则事有线索，文有来龙，且可铺张数回也。’言已大笑。”[1]冒鹤亭在《〈孽海花〉闲话》中也否认赛金花与瓦德西有暧昧关系：“彩云与瓦德西事，实报纸谰言。庚子京城陷，有德国格知府翻译葛麟德（原是厦门海关三等帮办），与彩云稔。彩云要其携赴南海一游，葛曰：‘瓦德西于南海紫光阁办事，军令严，妇女不得入也。’彩云乃乞丁士源。丁谒瓦德西时，易装为仆人，随之入。然是日瓦德西值外出。

〔1〕 张次溪：《灵飞集》，转引自时萌《曾朴研究》第129页。

丁归，告其同寓钟广生、沈荩。钟、沈各戏草一稿，一寄《游戏报》，一寄《新闻报》，谓彩云如何得幸。乃仪鸾殿起火，樊云门作《后彩云曲》，遂附会瓦德西挟彩云，裸而出。俗语不实，流为丹青，因是瓦德西回德，颇不容于清议，至发表其剿拳日记，以反证明。彩云即不与瓦德西接，原不得谓之为贞，便其事则莫须有也。"[1]

张鸿正是基于"历史"的"考辨"，在《续孽海花》中把曾氏的"小说"还原成"历史"：赛金花参与了"议和"，但没有和瓦德西有暧昧的交往。

正是这种刻意的求"真"，求"实"，"小说"还原成"历史"，《续孽海花》创作思维却与《孽海花》走了一个相反的路向，即由"历史小说"走向了"政治小说"：

> 本书以晚清政治秘辛为背景，用说部体裁出之，如两宫之倾轧，六君子之遘难，西后之专政，李莲英、刚毅、荣禄之跋扈，赛金花重溷风尘事迹，及至拳乱议和，无不刻意写出，手此一遍，不啻目击清末官场之情也。[2]（《续孽海花》发刊广告）

"政治秘辛"、"官场之情形"在《孽海花》中是"历史"变迁的组织材料，是为了反映30多年"历史"筛捡的"活化石"。雕琢处理"活化石"本身不是目的，而是手段。到了《续孽海花》却成了目的，而不再仅仅是手段，作者只想"真实"地标示出这些"活化石"的方方面面，因而"历史"实际上只是孤立的"政治"、"官场"，"小说"艺术成分的被过分排挤，使这"政治"、"官场"由"活化石"变成博物馆的"标本"，"历史"凝固了，静止了，僵死了。

"小说"死了，"历史"也死了，这是《续孽海花》推倒"小说"拥抱"历史"的结果。

当然，《续孽海花》中也有许多"小说化"倾向不自觉地流露在作者固守"历史"的笔端。

庄仲玉这个人物被"引进"《续孽海花》中就是一个明显的例子。庄仲玉是作者张鸿的影子，这是近现代通俗历史小说史上又一个"自以为是"地将本人纳入"历史"的例子。在42回中，张鸿提到军机的王爷在乾清宫召见外国使节，因门前地面砖剥蚀严重需修理，就请总理衙门派一司官负责修理。

[1] 《〈孽海花〉资料》第263页。
[2] 转引自《曾朴研究》第124页。

“当时就派着作者。作者接了堂官的吩咐，领了本厂中人去看了一回。”在49回中，作者写到庄仲玉在赛金花处做客，针对“维新变法”发表了一通颇有“见识”的感慨：“……新党中没有凭藉，怎么样去抵抗呢！我意乘着这个时刻，上头信任，先把兵权拿在手中，潜长势力，一切不用问讯，等到毛羽丰满，老实说，这种军机和各部院的王公大臣哪有什么力量！可以一扫而空的。现在实权是在外省各督抚，北洋尤关重要。华中堂编练武卫五军，恐怕他们已在预备，此时轻举妄动，徒召党祸，难收实效吧？”这样的议论只能是事后诸葛的“明察秋毫”，当事之时，“庄仲玉”无论如何也不可能或不愿意发表这样的“高见”。

在52回中，作者的“历史”的观念完全被“小说”的激情压倒了，“历史”的“真实”完全被抛置一边：1898年9月28日（光绪二十四年八月十三日），戊戌六君子将在菜市口被斩首的消息传出，“仲玉听了，呆了半晌，就在炕上倒了下去”，“……只见仲玉慢慢的醒来，眼中的泪像泉水一般的流出来，不出一声，就向外走”。“仲玉呜咽着说道：‘我去送送他们，能见一面最好。’”作者还嫌这些“非历史化”的情感表达不过瘾，就来了一大段逸出“历史”之外的场景铺排：

> ……仲玉等到胜佛（指谭嗣同——引者）的车走到靠近，含着泪喊了胜佛一声。胜佛听见了，抬头望了望。仲玉道：“胜佛，此时无话可说，只祝你早早脱离此苦恼的娑婆世界罢了。”胜佛的车一面走，他在车中高声说道：“中外历史上遇着政变，没有不流血的。此次不妨由我开始。寄语同志，不要害怕，死生好像做一场梦，有什么呢！”他正在说下去，那骡车不停的向前去了。仲玉也听不见了，往后五辆车紧跟着走过……

这种“小说化”的铺张扬厉，强烈地表达了作者的爱憎情感。这“情感”或许有其“历史”真实的一面，但表达情感的场景建构却与“历史”几乎风马牛不相及。“小说化”的敷演只能算作是作者日后情感的“白日梦”，是作者有意参与“历史”的“寄生物”。这种“小说化”当然也与作者的创作主旨密切相连。张鸿在《续孽海花·楔子》中录下了“友人”这样令他“悚然”的话：

> ……近来所出的笔记小说，述及清季的朝野轶闻，往往错误百出，

> 后来读者恐怕以误传误，埋没了许多实迹。古来国亡修史，是一个重大的责任；不过修史，都是记国家重要的事，至于那胜流侠客，名士倾城，其片言只语，朋辈流传，风流隽妙，刺心荡魄，倘不为之记出，也就如玉树长埋，一抔黄土，不太辜负了当时的朋友么？

作者心目中的"历史"实则不仅仅是"正史"，而且还有"稗官野史"。因而，在极端固守"历史"的同时，小说化倾向时有流露也就顺理成章。

因此，和《孽海花》相比，《续孽海花》的"历史化"倾向虽然更为明显，但还依然有在"历史"与"小说"之间徘徊的倾向，只不过"小说"的意味要比《孽海花》淡得多，弱得多。

第三节 《留芳记》："历史"与"小说"的分离
——"社会小说"的笔法不能胜任"历史小说"的创作

包天笑的《留芳记》也是《孽海花》型的历史小说。

《留芳记》据作者的自述是受《孽海花》的影响而创作的："我在青年时代，在曾孟朴所办的《小说林》出版部，见他所写的《孽海花》，我也曾有过志愿，要想把当时的革命事迹，写成小说。"[1]包天笑与曾朴一样，也有固定"历史"的一面，他正是在"见近世以史事衍为小说者，颇违事实"而想以自己的创作"正之"的宗旨下，构思《留芳记》的。林纾在给《留芳记》所写的弁言中，也从"历史"一面对《留芳记》加以过分的赞扬：

> 今年天笑北来，出所著《留芳记》见示，则详载光绪末叶，群小肇乱取亡之迹，咸有根据。中间以梅氏祖孙为发凡，盖有取于太史公之传大宛，孔云亭之成《桃花扇》也。大宛传贯以张骞，骞中道死，补贯以汗血马。史公之意，不在大宛，在汉政之无纪，罪武帝之开边也。云亭即仿其制，叙列皇殉国，江左偏安，竟误于马阮，乃贯以雪苑香君，读者以为叙述名士美人，乃不知云亭蕴几许伤心之泪，借以泄其悲。今天笑之书，正本之旨。

〔1〕 包天笑：《钏影楼回忆录续编》第1页，大华出版社1973年版。

这“溢美之词”中，不仅将《留芳记》内容纳入了有“根据”之中，而且将其艺术的处理也引入了“历史”的需要，这反映出林纾传统的小说观，但也多少反映出包天笑试图将历史小说引入“历史”之中的努力。

包天笑想以梅兰芳作为线索，从而将辛亥革命、袁世凯称帝、张勋复辟等历史事件贯穿起来，一如《孽海花》以赛金花以线索贯穿晚清30来年的历史一样形成一部与《孽海花》相互对照参看的中华民国开国史。

而实际上，《留芳记》并没有完成这一创作任务，这不仅仅体现在它仅成20回即以不了了之，而更主要地反映在它的创作倾向中。假如说，《孽海花》虽然时时徘徊在“历史”与“小说”之间，但有时也多少有“融合”的一面（“结构工巧”即是表现之一）的话，那么，《留芳记》中的“历史”与“小说”则是截然分开，互不相容。

包天笑曾在《小说林》第7期(1907)上刊登过这样一则“启事”：

> 鄙人近欲调查近三年来遗闻轶事，为《碧血幕》之材料，海内外同志如能贶我异闻者，当以该书单行本及鄙人撰译各种小说相赠。开列条件如下：一、关于政治外交界者；一、关于商学实业界者；一、关于各种党派者；一、关于优伶妓女者；一、关于侦探家及剧盗巨奸者。其他凡近来有名人名物之历史，及各地风俗等等，巨细无遗，精粗并蓄。

这种“巨细无遗，精粗并蓄”的“有闻必录”的取材方法和剪辑“拼贴”式的写作方法也被包天笑移植到了“历史小说”的创作中。因而，在《留芳记》中，“历史”事件的描摹只是简单的罗列和拼合，描写粗糙，类同汇报材料。而一涉及“历史”以外虚构人物或传闻人物及其趣闻轶事，则大肆铺张描绘，如《楔子》中描写梅兰芳的家史，第一回描写吴子佩的由测字到考军官学校，第三回叙述南北娼妓的兴盛……“历史”淹没在了繁琐的趣闻轶事、掌故闲谈中，“小说”艺术也沦为流水账的堆积和铺排，“历史”与“小说”互不相连，生硬拥挤在作者的“拼贴本”上，“历史”成了偶尔的“点缀”，“小说”化为无休无止的“闲聊”，“历史小说”成了“往事杂忆”式的“负暄琐话”。

包天笑在《留芳记》第1回曾这样评述《孽海花》和自己的创作：

> 吾友东亚病夫撰了一部《孽海花》，借着一老妓赛金花的轶事，贯串史事不少。要谈当时的情景，就在他的范围内了。虽只出了二十余回，

以后就搁了笔，可是大家都希望他续成完璧。只是我这部书，却不免珠玉在前，自惭形秽了。

“珠玉在前”，“自惭形秽”这决不是“自谦之词”，而恰恰是真实的评价，《留芳记》无论是“历史”内容还是“小说”艺术，都难能与《孽海花》作同日语。

第3回中，包天笑借书中两个人物的口再次评论《孽海花》：

陶庵说道：“说起赛金花来，诸位都知道吗？有个常熟名士曾朴做了一部小说唤作《孽海花》，就是把赛金花做书中的主人翁，贯串着近代历史上的事，却把老夫也拉扯在里面。那曾君我们也是世交，那天他到南京来见我，我就问他，他有些局踏的样子，说出了二十余回，以后就不做下去了。我说：‘这又何必呢？我们得为书中人物，何幸如之。只是别描写得太狼狈不堪就是了。’”志载希道：“曾君朴我也认得他……他告诉我二十回中都是过去的人物稍加臧否，还不要紧。以后都是现代人物，而且又都是亲戚世交，碍难着笔，所以只得暂时搁笔了。”……

取材于正在进行的“历史”或“历史”的迷雾尚未完全消散的“历史小说”创作自有其“局踏”和“碍难着笔”之处，这是《孽海花》搁笔的主要原因，也是《留芳记》难以终篇的理由之一，但《留芳记》的“有头无尾”却显示出包天笑创作“历史小说”的失败之处更在于：习惯于以拼合剪贴的手法来处理“社会小说”的题材，却无法胜任“历史”题材的小说创作。

《留芳记》的有始无终，也为近现代通俗历史小说史上试图以“当事人”为线索贯穿“历史”的“历史小说”创作画上了句号。

第三章　林纾、许指严与“掌故野闻”

第一节　林纾：从《畏庐漫录》到《剑腥录》
——从“史官”视野到以“言情”编织“历史”

在中国近现代通俗历史小说中，“掌故野闻”的创制也构成为一个颇有特色的“历史小说”的种类，它有别于取材“正史”的小说，也有别于取材“野史”的小说，而是在“正史”与“野史”中选择提取“掌故”与“野闻”，注重“历史”的“奇异”和“趣味”，并着眼于“历史”的“传闻”的搜集、整理、加工和创制，“掌故野闻”类的“历史小说”为近现代通俗历史小说提供了另一条尝试探索的路径。林纾的“历史小说”中就有许多“掌故野闻”的特性，而许指严则是“掌故野闻”类“历史小说”创作的集大成者。

林纾是以大量的翻译之作享誉文坛的，直至1913年7月1日，他才开始在《平报》上发表小说创作。在《平报》特为他开辟的“践卓翁短篇小说”专栏中，他一共创作了95篇短篇小说，这些小说最初以《践卓翁短篇小说》1、2、3集的名义出版，后易名为《畏庐漫录》。

林纾的“小说”创作从一开始就带有“掌故野闻”的特性。他认为：“小说一道，自唐迨宋，百家辈出，而余特重唐之段柯古。柯古为文昌子，文笔奇古，乃过其父。浅学者几不能句读其书，斯诚小说之翘楚矣。”（《畏庐漫录·自序》）《酉阳杂俎》被奉为“小说”的圭臬。而《酉阳杂俎》之所以被林氏特别看中，除了“奇古”的文笔之外，还有“可备史家之采摭”的优长之处：

> 盖小说一道，虽有别于史传，然间有纪实之作，转可备史家之采摭，如段柯古氏之《玉格》、《天咫》，《唐书》多有取者。（《畏庐漫录·自序》）

因而，《畏庐漫录》的创作取舍是以“史官”的喜好裁断为标准：

余伏匿穷巷，即有闻见，或且出诸传讹，然皆笔而藏之。能否中于史官，则不敢知。然畅所欲言，亦足为敝帚之飨。（《畏庐漫录·自序》）

虽然林纾把《畏庐漫录》划为“敝帚之飨”的行列，但实际内心依然是以“能否中于史官”为自己创作的追求目标。

于是，《畏庐漫录》注重以“史官”的眼光去选择创作的题材。虽然上至皇宫贵族、豪绅胥吏、才子佳人，下至市井小民、剑客盗侠、倡优僧丐等无不被纳入其笔端，但林纾注重的还是与“忠孝节义”等传统的道德理念紧紧相关的人和事，这当然是他的固有的思想观念使然，同时也是正统的“史官”的视野所限。《平报》主笔臧荫松为《践卓翁短篇小说》集所作的序言中，曾把林纾的创作归源于《史记》、《汉书》：

夫短篇小说之体，往往坠于蒲留仙之臼窠，不能自脱。翁熟于《史记》、《汉书》，造语古简而切挚，篇法亦变幻莫测，是真不囿于留仙也。余尝论天下文之能琐屑叙情款，不统于恶道者，古之作者，其惟孟坚乎？……余谓真小说家，非史家莫造其极。

把“小说家”等同于“史家”，道出了《畏庐漫录》的创作的主要观点。

但林纾毕竟不是纯粹的史家，他的身上不仅有着很深的传统文学的影响，同时也有着相当程度的外国文学的影响。他经由别人口述而所从事的翻译工作给他的创作罩上一重很深的“外来”的影子。如在《柳亭亭》中，有着很重的林纾所翻译的小仲马的《茶花女遗事》的影子。《娥绿》的结尾，作者特意指出：“雅典之罗密欧与周立叶，亦以积仇而成眷属，故罗叶幽期不遂，彼此偕亡。今杨李之仇，同于罗叶，幸南斋一觏，冰炭化融，此中似有天缘，非复人力矣。”可见，此篇显然仿造莎士比亚的名剧《罗密欧与朱丽叶》之作。《洪嫣篁》中珠霙与嫣篁的“事迹”完全脱胎于林译狄更斯的《块肉余生述》中的都拉和安尼司的故事。另外，像《欧阳浩》与《蟹莲郡主传》（大仲马），《陆子鸿》与《十字军英雄记》都有“藕断丝连”的照搬挪用的印痕。这些有意的模仿套用外来文学作品的建构和在“历史”建构中所渗透的“小说”因素，使得《畏庐漫录》所记录的并非是真正的“历史”，而是渗透着“人情”的“掌故野闻”的创制：

> 为小说者，惟艳情最难。英之司各德，尊美人如天帝；法之大仲马，写美人如流娼，两皆失之。惟迭更先生于布帛粟米中述情，而情中有文，语语自肺腑中流出，读者几以为确有其事。余少更患难，于人情洞之了了，又心折迭更先生之文思，故所撰小说亦附人情而生。(《洪嫣篁》)

以传统的"史家"的眼光取材，又以小说化的"人情"描摹刻画，构成林纾最初的"掌故野闻"的建构特色。

1913年，林纾试图通过《剑腥录》(后改名《剑胆血腥录》、《京华碧血录》)的创作，想探索出一条以"言情"故事来编织"历史小说"的建构方法。在《剑腥录》自序中，林纾特借孔尚任的《桃花扇》和蒋士铨的《桂林霜》来比照自己的"历史小说"创作："桃花描扇，云亭自写风怀；桂林陨霜，藏园兼贻史料。"显然，林纾是想通过自己身世遭遇的描绘来折射出时代的风云际会。小说中作者以"邴仲光"这个人物影射自己，力图以邴仲光和刘丽琼间"言情"故事来贯穿"历史"。小说共分53章，我们透过小说每章的情节安排，可以看出作者建构"历史小说"的特色：

一、邴仲光得古剑，高铸龙自浙西寄书相邀赏梅花。

二、邴氏身世凄苦，少孤，遭姑歧视，但人穷志不穷。

三、邴氏与友吕翰学拜师。

四、邴氏与高铸龙、林太守相会。

五、邴氏与高铸龙、林太守超山观梅遇美人。

六、邴氏拾金不昧，在楼外楼得见美人父刘古梅。

七、邴氏作家书，告母欲娶刘氏女。后赴祖塔院拜师僧蠲。

八、邴氏到刘古梅家做客，刘丽琼(即梅儿)有才情。

九、邴氏都下会试访修伯符。

十、邴氏与修伯符等人游圆明园并赋诗。

十一、高铸龙替邴氏向刘古梅提亲未成。邴氏与修伯符、高铸龙上书御史台。

十二、上书受挫，邴氏会试落第。林晚翠欲拉邴氏从事维新变法，邴婉谢。

十三、邴氏路遇刘古梅父女，次日造访刘居，为梅儿看画稿。

十四、戊戌变法开始。邴氏接到其兄来信。

十五、邴氏目睹戊戌六君子被斩菜市口。

十六、昆南陔脱逃。邴氏去刘家与刘氏父女闲谈。

十七、邴氏与刘古梅游西山，不满宗室两骄王而返。邴氏留宿刘氏家。

十八、邴氏与梅儿论史：李煜并非徐玹杀。

十九、义和团兴起。

二十、义和团滥杀无辜，董苇祥兵至北京。

二十一、义和团杀日本人杉山久政，张德成入都，义和团施法术。

二十二、“真团”杀“伪团”。邴氏见招至刘氏家。梅儿割臂疗亲。

二十三、义和团攻使馆，邴氏赠梅儿画。

二十四、义和团焚烧教堂、杀教民。

二十五、邴氏偷看梅儿折扇。义和团杀德国公使。

二十六、张德成、黄莲圣母至天津。联仙杏欲上疏戒时弊。许、袁力主剿拳匪。

二十七、许、袁被斩。邴氏舞剑以泄愤。

二十八、张英帆被杀，徐润义、联源、粟三也以有“外心”罪被斩。

二十九、联仙杏被斩之情形。刘古梅妻亡，刘氏遂以邴氏为婿。

三十、洋兵入城，修伯荇、仲荇兄弟自尽殉难。

三十一、储侗在联军入城时自杀。

三十二、八国联军进京，东朝、官家仓猝“西狩”。

三十三、李鸿荃与八国联军议和。邴、刘决计出城居三河县。

三十四、邴氏与贼人斗，一人敌三而“雅步易与”。王壬拜访邴氏，言贼三日后来报复。

三十五、王壬击退来报复邴氏的贼人。京城附近被联军剿平。

三十六、廷穆被斩，赵书尧、毓咸俱赐尽。

三十七、瓦德西赴京，西银华向瓦德西力请保护琉璃厂。邴氏闻修氏兄弟凶耗大恸。

三十八、邴氏和刘氏父女回京，清检家具准备南归。邴氏去修伯荇家吊亡友。

三十九、稽岫、储沉极被斩。邴氏接高铸龙书，得知林太守卒。

四十、邴氏与刘古梅去法源寺看丁香，梅儿于案几上见画扇上邴氏的题词。

四十一、东朝、官家准备回銮。邴氏和梅儿去停灵所祭母,并游陶然亭。

四十二、邴氏料理修家事变,东朝、官家还京。

四十三、邴、刘由沪返杭,准备婚事。

四十四、邴氏与高铸龙重会。

四十五、邴、高凭吊林太守灵所,并访榆园老人。

四十六、刘古梅飞书催邴归,邴氏以书告母成婚事。

四十七、邴氏与梅儿成婚,一对新人忆当年。

四十八、邴、刘度"蜜月"。

四十九、邴氏夫妇游宏师塔。梅儿应邀至林太守家。邴氏至祖塔院会蠲师,蠲师告己圆寂期。

五十、邴氏夫妇至桐乡,约高铸龙同去为林太守送葬。邴、高相会于赵志初官舍,谈都门事。

五十一、邴、高、赵三氏参加绅民私葬林太守典礼。

五十二、邴氏夫妇商讨达共识:来往于闽浙之间以照顾双方的老人。

五十三、邴氏夫妇准备回闽。邴氏去祖塔院送蠲师圆寂。

从以上的情节罗列中,我们可以清楚地看出,《剑腥录》中,"言情"与"历史"基本上是两条独立发展的线索,并没有相互融合沟通的关系,虽然作者的初衷是想以"言情"编织"历史"。在小说的第48章中,作者借人物之口,道出了整个小说建构的设想:

> 夫妇同行过行官,至楼外楼下,仲光曰:"此吾媒氏之楼也。"因述当日奉还遗金,始得识老人于此,千回百折,始成今日姻缘。梅儿曰:"仲光自谓此一篇文章曲也,我则尚以为直。彼小说家,言才士美人离合之状,中间必有谗构之人,或见劫于有力,或不遂于所亲,至于颠沛流离,始谐燕好,然已筋疲力尽,尚何意趣之足言?今仲光之于丽琼,不过少有挫折。在三河遇难之一着,此亦文势之不能不曲处,谓之为曲,真诬我也。"仲光笑曰:"吾乡有凌蔚庐者,老矣。其人翻译英法小说至八十一种,多险急之笔。书中所述亦多颠沛流离之状,正如琴栖之言,读之

令人意索。恨吾二人之事，不令蔚庐知之。其人好谐谑，将点染一二人踪迹，成一小说，亦大佳事。”梅儿曰：“不惟小说，戊戌、庚子之局，足资史料，何妨即以吾二人为之纬也。”

但实际上，“历史”之经与“言情”之纬并没能相互交织成一幢结构严谨的“历史小说”的大厦，而是成为一片“言情”的砖瓦水泥与“历史”的木料石块胡乱堆积的建筑工地。作者在“工地”上繁忙地搬运劳作，却见不到“地基”的开掘和“楼层”的上升，“历史小说”的“大厦”在作者的胡乱搬运劳作中成了无法“竣工”的“设计方案”。

林纾对“小说”有自己的理解，他试图与“历史”划开距离。在第 19 章中，他有这样的议论：

外史氏曰：“小说之体，非编年之书也。有可记者，则虽琐琐屑屑或著于编；苟无可记，则一行之间，可越过一年。

在第 33 章的开头，作者也涉及到“小说”的“权力”的论述：

昔者西人哈葛德有言：为小说者，最有权力，笔之所向，能使读者眼光随笔而趋，今吾书绕叙到北京矣。

正因为作者把“小说”理解成可以随意安排情节的玩艺儿，因而，作者所建构的“历史小说”就可以将“言情”的故事不经意地带出“历史”事件的更替脉络，“历史”的材料也被随意地穿插在“言情”的叙述中，“历史”与“言情”成了作者在“小说”名义下任意处置的材料。

作者当然有注重“历史”的一面。他在第 39 章中，就道出了其“小说”创作有为“异时修史”提供“史料”的构想：

……其可以纪之吾书者，均冠冕之词。须知鄙人之为此书，非为言情而设，顾不得仲光夫妇，亦无以贯串而成文，或且异时修史，得资以为料，则乱之所自生，与祸之未全弭，系属何人，有史识者固能辨之。至于宫廷幽闷之事，时亦得诸传闻，未敢据以为实，亦未便着笔。或且他日私家记载，稍稍流传人间，有别足生人怆嘢者。外史氏才力疏薄，不欲用臆度之事，侈为异闻，读者当曲谅吾心也。

然而，“言情”的“虚构”与“历史”的“纪实”，会给“历史小说”创作带来意想不到的尴尬。作者有这样的尴尬处，却只能以不了了之的应付办法解决。如在第32章作者就有这样的表白：

外史氏曰：京城既破，八国联军长驱直入，千头万绪，从何着笔？此书以仲光为纬，然全城鼎沸，而郦氏闭门于穷巷，若一一皆贯以郦氏，则事有不眇于京城者，即京城之广，为郦氏所不见者，如何着笔？今敬告读者，凡小说家言，若无征实，则稗官不足以供史料；若一味征实，则自有正史可稽。如此离奇之世局，若不借一人为贯串而下，则有目无纲，非稗官体也。今暂借史家编年之法，略记此时大略，及归到郦仲光时，再以仲光为纬也。

“征实”与“一味征实”之间的界限划分，恐非易事，“暂借”和“略记”只是应急和敷衍，“历史小说”中的“言情”与“历史”的两条线索和两种建构如何“整合”，作者无法交代也无法圆满解决。“言情”企图贯穿“历史”已是生硬牵强，而“历史”竭力想融入“小说”也只能是圆凿方枘，难以“接榫”。这是作者的尴尬，也是《剑腥录》的尴尬。

《剑腥录》中所试图融入“小说”的“历史”的“征实”性，作者的理想程度是处在“征实”与“一味征实”之间这样难以界分的“模糊域”，而实际上小说中的“历史”只能如书中人物刘古梅所言是“小说之寓言”：

文人好嚣张，宋濂之《秦士录》，宁有其人？叔子《大铁椎》，亦步其后尘耳。即如今日王壬之事，后来观者，亦不过视为小说之寓言。（第35章）

因而，摄入“小说”中的“历史”除了“略记”属“正史”的材料外，其余的只能是“掌故野闻”：

仲光居松筠庵，久不见修伯荇兄弟，入城视之。甫入宣武门，有车急驰其侧。道旁红巾者五人，呼曰：“止！止！”御者弗省，仍鞭其骡，红巾者出刀进劈御者头颅，立殒于地。车中人则衣冠赴验看者也，结舌不能语。红巾者握其辫发，另出一人斩之，刀钝不能入，更三刃始殊。仲光大怒，几欲出剑，顾念老母，又以一身在客，则咽其勇气。（第 20 章）

义和团属于“寇”之列，有无故滥杀的罪名，作者无非为了适应这一“正统”的评价而有意选择“小说”的素材。这有“征实”性的一面，但其“掌故野闻”的特性却更为突出。

在第 26 章中，作者为了揭穿“义和团”法术的拙劣，也有这样一段特意安排的“掌故野闻”：

明日，黄莲圣母至津，俞禄顶礼如张德成。圣母年三十许，龙衮庄严，俞禄跽迎，傲然径入。众皆哗骇，称为仙真。时俞禄末弁侍侧，少年也，善浪游，窃告人曰：“此吾所善娼也，数月之间，何由证仙如此之迅？”然无学，卒不悟其诈，亦随人拜跪墀下。俞禄问天津休咎，圣母曰：“天津不要紧也。”声如梨园中旦脚，尚有数语，亦均效旦脚所言者言之，丑态百出。俞禄心知其谬，然惕于冈梓良、储侗、兰公淫威，亦媚团以自结。

这种“掌故野闻”的选择和建构与作者在短篇创制中的方法一脉相承。

林纾其后的“历史小说”创作并没有什么新的探索。在 1914 年创作的《金陵秋》和 1917 年创作的《巾帼阳秋》这两部“历史小说”中，前者以王仲英和胡秋光的“言情”故事贯穿辛亥“历史”，后者则以王醒（阿良）和素素的“言情”贯穿民国“历史”，建构的方法和《剑腥录》如出一辙，没有任何突破和创新之处。作者试图将“掌故野闻”融入“小说”创作中，并以“言情”故事编织“小说”的构架，但实际情形依然是“言情”与“历史”互为游离，构不成完整的“小说体”。

第二节　许指严：“掌故野闻”创制的集大成者
——以“掌故野闻”为“生之乐趣”者

与林纾试图将“掌故野闻”融于他的“小说”中不同，许指严一生都致力于“掌故野闻”的创作。

在《十叶野闻·自叙》中，许指严曾这样叙述自己对"掌故野闻"钟爱一生始终"勿绝"的经过：

> 予生也晚，未获追随掌故文学诸先生之后。而髫幼趋庭，即嗜故事，街谈巷议，敝帚自珍。比长而征文考献，犄有端绪。际会政变，故家遗老日以凋零，承明金马著作之庭，耳目不属。觚棱梦远，徒怀建始之年；霓羽歌残，谁说天宝之事？时物变矣，予之志亦荒矣。乃拾掇丛残，纂订燕语，不忘数典，殊笑大方，未能免俗，聊复尔尔。若夫河汾大师，令狐旧史，贻雕虫之一哂，敢颉颃而抗颜？亦惟曰：此子好事者流，道听途说者之所为。然亦勿绝也。予岂沾沾自喜此哉？盖老人遗爱，童心可觅，30年前豆棚夜，历历如在耳矣……

在《近十年之怪现状·序》中，他把对"掌故野闻"的偏爱视为自己"生之乐趣"之所在：

> 予幼时嗜闻古今轶事，野老放言。尝侍先祖父夜宴，辄得野史一二，则津津忘倦。久而散失十之五，存者尚复盈箧。长而饥驱海上，毷氉京华，此癖未容捐除。遇友好燕谈，酒酣耳热，或举近代遗闻轶事相告，则忻然色喜，必竟其委而后已。归而笔之，以为敝帚千金。予生之乐趣在是。

正因为有这样的嗜好和偏爱，许指严的一生都消磨在"掌故野闻"的搜集、整理和创制中。

1915年，许指严在创作《泣路记》时，曾尝试过以"掌故野闻"来支撑小说的构架。小说叙述明朝覆亡后，崇祯三太子定王"繇甲申避难迄白下遘殃"的艰难坎坷的身世，"纪言七万，列目二十"，在作者看来，"综其大旨，则哀过《痛国记》也；接其事迹，则惨逾《蜀碧》也；志其言行，则情笃于《逊国记》也；摹写当时酷虐，意犹不止文字狱诸记载而已"(《泣路记·自叙》)。作者确实有力图显示出"小说"的建构特色的倾向，但实际上整部作品框架中充斥着的是一个接着一个的"掌故野闻"的材料，小说的框架反倒成了勉强的支撑物而已。作者在小说的"自叙"中也曾有过这样的交代：

……仆也历观野史，追念汉官，常求炳烛之残编，欲辑荆蛇之遗事，偶检尧峰柘城案之文，复考李氏张先生之传。吾乡哲士，心史成书，旧雨了翁，鸡林有余。采摭已征夫传信，演述奚病其穷形……

“观”、“念”、“求”、“辑”、“检”、“考”诸如此类的功夫，这决不是“小说”的优势和魅力所在，但确是“掌故野闻”的题中应有之义。假如说，“传信”、“穷形”道出了以“掌故野闻”为主干的小说创作追求的目标，而“心史成书”则恰恰指出了“掌故野闻”类小说与“正史”建构的相异处。

正因为“掌故野闻”的创制需要有“观”、“念”、“求”、“辑”、“检”、“考”的功夫和“传信”、“穷形”的追求，因而，《石达开日记》的“伪造”成了许指严创作中的一个令人困惑的现象，这似乎与他的嗜好和创作追求格格不入。在《石达开日记》中，许指严煞有介事地声称：“石在大渡河为川军唐友耕所败，进至老鸦漩，势穷被缚。在狱中述其生平事迹，及天王起事以来，与清军相持，胜败得失之由，为日记四册”。其实，这纯属作者一手伪造假托。这当然有迫于生计的一面。许指严“常在窘乡”（郑逸梅《逸梅杂札》），“家人妇子数人口，性复仗义好施，贫贱戚串，或津赡其费用，或邀之来家，以供衣食，待先生举火者凡五六家”，“因不堪忧也”（钮农《许指严》），“经济支绌，处境常不裕”（周剑云《三海秘录·序》）。许指严时常对人喟然而叹：“今日为小人当道时代，生平独不善与小人周旋，以致潦倒半生，所如辄左，终日伏案，犹不足以维持生活……”（周剑云《三海秘录·序》）因而，当世界书局经理沈知方以精明的生意眼瞄准“假货”有销路，愿先付200元以支持许指严伪造炮制《石达开日记》时，生计方面的权衡自有其主导性的一面。这恰如天台山农（刘介玉）擅长书法且润笔甚丰，有时忙不过来，也请许指严代笔，许指严也因生计的迫压愿意“隐姓埋名”特署刘氏姓名以博取酬劳。“兔毫秃尽身垂老，换得人间卖命钱”，许指严订润鬻书的诗句，也道出了他“伪造假冒”《石达开日记》时的心境。但同时，我们从《石达开日记》的伪托创制中，也可看出许指严有意尝试极端化的“掌故野闻”创制的探索性一面。世界书局大肆刊登广告，信口开河地胡吹寻觅到《石达开日记》的经过，这是书商的“生意经”，无非是为了扩大书的销路。这样的目的也确实达到了，据郑逸梅说，《石达开日记》“一编行世，购者纷纷，曾再版数次”（《南社丛谈》）。不过，在许指严的创作中，除了和书商的“生意经”保持“步调一致”之外，还是多少体现出其创作的严肃性的。在创制《石达开日记》时，许指严并不是漫无边际地胡编乱造，而是有所“节制”，即以清代的《石达开传》为蓝本，把“正史”中所述的简略事迹演化为日记中具体的添枝加叶的“流水账”。作者想象虚构的“历史”当然融进了“日记”中，而更多的是荟萃了作者所搜集、整理、记录的有关太平天国的“掌故野闻”。因而，《石达开日记》虽纯属“伪造”，但却与作者“心史成书”的以“掌故野闻”为主干的小说《泣路记》的创作思路和倾向一脉相承，未尝不可以视为许指严有意的对“掌故野闻”创制的一种极端化尝试。

从《南巡秘记》开始，许指严正式开始定型化的“掌故野闻”的创制。在《南巡秘记》的序言中，许指严这样叙及他的“掌故野闻”的创作过程：

> 予幼即嗜异闻，逮事王父，老人爱孙，辄以一二故事为含饴具，积久而成结习。少长而读稗乘，有与所闻相发明者，于满清一代尤众。……于是疏录而藏之，凡十余种。期间南巡一种，皆高宗幸江浙轶事。

《南巡秘记》有意识地摒弃“小说”的构架，直接以“笔记”体来联缀“掌故野闻”，一篇记一事一人或数事数人，互不相连，分之可各自成独立的篇章，合之则为有关乾隆南巡时民间传说遗闻的“资料”汇编，内容上除了特定时间的关联外，并没有什么特定的内在逻辑联系。这种“资料”长编式的辑录汇集，成了日后许指严创作“掌故野闻”的固定模式。

《十叶野闻》是许指严的“掌故野闻”的代表作，透过对它的分析解剖，我们可看出许指严“掌故野闻”创作的大致倾向和特色。

《十叶野闻》的创作，首先是对作者已有的《南巡秘记》的“突破”：

> 予既为《南巡秘记》前后编之撰述，以囿于乾隆一世，未总也。乃就清代十世掌故，而先撮录其简隽跌宕者，自为一编，曰《十叶野闻》，都十余万言。（《十叶野闻·自叙》）

同时，许指严也想借《十叶野闻》的创作以求在古代“笔记小说”已有的艺术水准的基础上有所“创新”：

> 予惟晋唐小说，自《西京杂记》、《汉武内传》、《飞燕外传》以降，作者项背相望，顾皆断代列人，专举一事，各为篇幅，即亦杂载数朝，错综参伍，而支离琐碎，罕睹首尾。盖未有荟萃十纪，综甄九流，网三百年之散

失，蔚十万言之大观者。(《十叶野闻·自叙》)

这种有限的“突破”和“创新”，使得《十叶野闻》在许指严的“掌故野闻”创作中占有无可替代的“标准件”的位置。

《十叶野闻》注重记叙清王朝300年间重大的政治事件的“掌故野闻”。如描写多尔衮“摄政”过程的《九王轶事》，记述太子争夺继承权的互相倾轧和陷害的《夺嫡妖乱志》，记叙两宫太后垂帘听政的《垂帘波影录》，反映宦官弄权徇私的《崔李两总管》、《小德张》，涉及清王朝内政外交运作的《礼部堂议和》、《圆明园修复议》等。这类反映“重大事件”的“掌故野闻”有别于“正史”的记载，它不是大致交代人物事件的来龙去脉以寓褒贬春秋，而是详细地描摹涉及到这些人物事件的趣闻逸事，是茶余饭后的“谈资”，而非确有其事的“历史”。同时，作者的主观褒贬的“倾向性”直接呈现在文字的叙述中。在《九王轶事》中，作者曾如此评判清王朝的“历史”：“清初，宫廷瞀乱，贻讥千古，史臣因而深讳，不敢施一直笔者。”《十叶野闻》当然不属于“不敢施一直笔者”的行列，但其“直笔”只不过如作者所说，“宫闱事，秘史无佐证，未敢断也”，姑妄言之，姑妄听之而已：

……(九王)尝命巧工于三海深处筑一九曲亭，中为密室，四周曲廊洞房，几于天衣无缝。外人者未有得其途径，则终彷徨亭外而已。如迷楼，如八阵图，巧匠所不能猝解。云亦汉人某所为。世祖少长，有黠者微泄其事，欲往觇之。既至，曲折盘旋，苦不得目的也。……世祖入玄中，遍睹奇物，目眩手颤，几于无一识其名者。恐为人所觉，仓皇走出。自此处心积虑，以芟除九王为己任矣。(《十叶野闻·九王轶事》)

把一场你死我活的宫廷权力之争的由来简化成这样一种“掌故野闻”式的诠释，这是《十叶野闻》创作的一大倾向。

在《十叶野闻》中，作者显然有浓厚的“种族”、“正统”的思想，在《奉安故事》这一篇中，就表现得特别明显：

清初，《东华录》所载及《开国方略》等书俱言：以帝仪葬明思宗，一似恩礼前朝备至。不知此特定鼎后，从诸臣之请，下诏掩饰耳目，为收拾人心计耳。按《圣安本纪》及《泣血录》等书都言，闯贼入宫后，得思宗及后尸，盛以柳板，暴置官门外三日，始得小殓。其殓也，殆桐棺纸衾，下侪藁葬，彼等遗臣不忍涉笔矣。及清人入关，文字狱急，亦无敢彰满主之凉德者。

许指严于此“耿耿于怀”，特从同乡先辈邵青门的文章和一个自称“当事人”是其远祖的赵某口述中，记录了“一桂”不辞劳苦艰辛以明思宗“改葬以天子礼，报大明二百年之深仁厚泽”的故事。“一桂”的义举，除了以示尽忠于明朝的为臣之心外，还有向清王朝“示威”的一面：“且使腥膻之徒知吾汉族尚有人也。”这种“示威”是一个亡国了的种族的“自欺欺人”的心理满足而已，这与其说是“当事人”的“历史”的“宣言”，而毋宁说是300年来一个种族被压抑的“心史”的“话外音”。因而，当“县官”在“若有所感”之后，“将为之请于朝，发给库帑”时，“一桂”力辞不受，“遁至远乡”。他的“种族”和“正统”的观念——“满清虎狼，吾何必以清白体供其鱼肉！且即不得祸，而假先帝遗骸以沽荣名，尤不忍为也！”——也是300年来积淀在汉民族内心不愿意为“异族奴”的人们的心中话语。这种“话语”的表达在民国建立后不久明确表露出来是当时一种特定的“语境”的体现。

在《十叶野闻》中，许指严也流露出了很明显的“猎艳”的倾向。如在《九王轶事》中有大小玉妃争风吃醋，多尔衮求“阿肌苏丸”以壮阳的详细叙述。在《拾明珠相国秘事》中，有明珠为固宠持禄计，秘养姊妹花以备进献的故事。在《夺嫡妖乱志》中，有太子胤礽因误服媚药，遂致颠狂而被废黜太子位的描写。在《九汉外史》中，作者也渲染了白泰官奸人姑嫂、淫僧渔猎良家妇女等情节。《香厂惊艳》则描述了龚定盦与西林春的暧昧情事。《豹房故智》、《四春琐谭》则集中描绘了清文宗的艳事：微行游幸张家母女“四姊妹花”，强幸有夫之妇的“盖城南”，绝宠扬州女凌波，私养吴女，举弓弹射裸女，暗藏牡丹春、海棠春、杏花春、陀罗春四美女于圆明园行乐。《控鹤珍闻》中，作者叙述了皇宫中媚药的奇效和春宫画的“备极淫媟诸态”……这些“猎艳”情景的铺张描绘也构成了许指严“掌故野闻”创制的一大特色。

许指严在《十叶野闻》中声称“不信讥祥”，但实际创作中依然留有古代笔记小说注重“天人感应”、“谶纬讥祥”的趣味。《十叶野闻》的最后一篇《流星有声》中即有这样的描写：辛亥革命那年，似雷非雷的巨响大作，空中自西北往东南划过一道明耀万丈的巨星光芒。“天象”之变即验证“人道”之变，这是古代笔记小说作家惯常具有的思想观念和创作手法，这种迷信“天人感应”、“谶纬讥祥”的趣味，到了他的《三海秘录》中表露得更为明显。

《十叶野闻》中还有一点值得提及的是，作者在“掌故野闻”创作中，直接引用“某西字报”论述作为材料。在《荣禄与袁世凯》中，作者照搬“某西字报”论述荣禄的生平资料达2 000多字，并认为该报论述“其言绝公允”，“西人之论如此，尚不失荣禄之实际”。这种直接引用报纸言论的方法到了他创作的《复辟半月记》中，则成为其主要的创作方法。

《三海秘录》是沿着《十叶野闻》的创作路向自然“生长延伸”的作品。全书以三海（中海、南海、北海）的历史变迁为中心，记录从清朝建始到袁世凯“新华时代”有关清王朝宫廷的“掌故野闻”。《三海秘录》的突出之点在于“所记虽琐琐宫闱细故，然与斯时之国政、朝章、时事莫不息息相关”（李子宣《三海秘录·序》）：

> 《三海秘录》记载有清及民国宫闱琐事，如数家珍，且多人所不及闻不能通者，实近代掌故之书也。夫月晕而风，础润而雨，三海之盛衰，与国势之隆替，互相表里，若合符节，其蛛丝马迹，均可一索而得。此尤著诛伐之旨，岂得以寻常笔记目之哉？（冯衡《三海秘录·序》）

正因为作者注重“三海”与“国势”的“息息相关”、“互相表里”，因而，在《三海秘录》的“甲录”（建始及鼎盛时）中，作者透过对“琼岛”、“仙人承露盘”、“养心斋”、“庆霄楼”、“漪澜堂”、“碧照楼”、“远帆阁”、“湖天浮玉亭”、“抱斋书屋”、“宝月楼”、“牡丹台”、“紫光阁”等一系列“人文景观”描画勾勒，无不折射出清王朝“鼎盛”时期的欣欣向荣、蒸蒸日上的气象。即使偶有人为的“不景气”（如《中海冰床》中所描写的清世宗夜游不慎落入冰中），也迅速被强大的王朝上升的气势所压倒，“自然”与“人势”的“若合符节”，显示出一片“人定胜天”的乐观向上的气派。到“乙录”（衰微时代）中，已是咸丰同治年间，清王朝已渐呈衰败的趋势和气象，无论是“北海”、“乐园”，还是“宝月宫”、“居仁堂”都显示颓败毁坏的景象，于是“浮玉亭”有“鬼影”，“远帆阁”有“狐踪”，“松间”有“巨蛇”；“铜人”流“泪”，“铁树开花”，“花妖”出没，“古井”泛“波”，“猴怪”显灵；于是有“打鬼大会”、“庆霄楼下之莽男子”、“福禄居大窃案”、“万寿辰之夜”……一切的“景物”与“人事”都发生了不可逆转的“蜕变”，“人文景观”的衰颓预示着一个王朝的即将崩溃已成为“不以人们的意志为转移”的“自然法则”。等到“丙录”（新华时代）中，三海中的“人文景观”

无论是“新华门”、“团城”、“养心斋”，还是“丰泽园”，“晚晴簃”都与袁世凯的“新华梦”紧紧维系在一起，这位“窃国大盗”的野心、阴险、残忍等人性中的“戾气”都给“人文景观”赋予了阴郁晦暗的色彩。可以说，《三海秘录》把许指严在《十叶野闻》中所流露出来的倾向“天人感应”、“谶纬讥祥”的趣味作了极大限度的扩张。试图用“天人感应”、“谶纬讥祥”这样带有浓厚的“命定”“劫数”的“思想理论”来阐释王朝兴衰更替，体现出作者的大胆的艺术想象力，但也显示出作者不适应时代变化发展的“滞后”观念。

《新华秘记》的创作显示作者试图在“正史”与“掌故野闻”之间寻求一条互为沟通融合的路径。在《新华秘记・自叙》中，许指严表达了“掌故野闻”的创制需要“存真”的意愿：

> 夫时代沧桑，文章官样，读史者之恨，不于其文繁事简而于其失真。则下求之野乘，往往是非不恂，忌讳胥捐，而恩怨之左右又复若风马牛然，是则存真之可宝也。

吴绮缘在给《新华秘记》所作的序言中，也认为许指严其作“虽属野史，而即以当洪宪一代之信史观，亦无不可也”。蒋著超在其序言中，则更是把它与“正史”等量齐观：

> ……其近著《新华秘记》，事事得诸实在，不涉荒诞，与坊间行本之宫闱秘史等有天壤之别。士君子苟取而读之，既以扩见闻，更以征治乱兴衰之故、人心世道之微与夫朝章国典治革废存之数。

应该说，《新华秘记》确实有力图实录“历史”的倾向，这在描写袁世凯复辟帝制经过，尤其有“历史”的“真实性”。“修改新华宫”、“救国储金”、“六君子”、“十三太保”、“女子请愿团”、“乞丐请愿团”等等“洪宪时代”的种种丑态都带有“实录”的性质。但即使是带有“实录”性质的有关帝制复辟时代的种种“掌故野闻”，依然与真实的“历史”有别。在《小王爵》中，作者把隆裕太后允许下退位之诏“归咎”于某亲贵“劝逼”。把一场重大的历史变迁解说为某个特定的“人事”的运作，这是典型的“掌故野闻”的“构思”和“想象”的方法，与真实“历史”有着不小的距离。在《魏文帝与陈思王》中，作者把袁氏两兄弟袁克定和袁克文比作曹丕和曹植，对袁克定的力劝袁世凯称帝大加指责，而对袁克文的不赞成恢复帝制则大加赞扬：

> 克文别字寒云，曾有一诗，题曰《分明》，登诸帝制轰轰烈烈时代之《亚西亚日报》。忆其时为民国四年十一月间也。诗云：“乍着微棉强自胜，阴晴向晚未分明。南回寒雁淹孤月（克文曾游南一次），东去骄风黯九城（指日本交涉）。驹隙留身争一瞬，蛩声催梦欲三更。绝怜高处多风雨，莫到琼楼最上层。”通体意旨，固明言皇帝不可为也。诗为一时所传诵。当帝制兴高采烈时，忽有此惊人之句，若在项城事败后，必无价值可言。彼时阅此诗者，皆为之担忧，或舌挢不能下。至今日言之，则不能不服其见识加人一等也……观此，则克文之比于陈思王，似尚能过之。

其实，只要翻翻袁克文在《洹上私乘》中为他的父亲袁世凯所作的《先公（袁世凯）纪》，即可看出袁克文的思想境界并不高明到什么地方。且看他对袁世凯称帝的“记述”：

> 不幸悖乱之徒，妄冀大位，群奸肆逐，众小比朋，如朱启钤、梁士诒、杨度、夏寿田、张镇芳辈，诪张扰攘，共济宄谋。先公日理万机，未遑察及患之伏于眉睫也。大难既作，已莫或遏制矣。先公一愤而殂，呜呼！

把洪宪复辟丑剧一概推到“悖乱之徒”、“群奸”身上，而“窃国大盗”、“帝王之心”不死的袁世凯仅仅只有“未遑察及患之伏于眉睫”的责任，假如没有“伏于眉睫”之“患”，是不是就可以放心大胆地“称帝”了呢？难怪袁克文要在其《先公纪》的结尾发出这样的感慨：

> 先公天生睿智，志略雄传。握政者三十年，武备肃而文化昌。乃以一忽之失，误于奸宄。大业未竟，抱恨以殁，悲夫痛哉！

因而，袁克文“其见识加人一等”处无非在于他“察及”了“患”已“伏于眉睫”，时机不宜称帝，而实际上他思想躯壳依然停留在封建的落后的观念意识中。许指严的“论赞”并不是真正的符合“历史”实际的评价。

在最具“历史”真实感的有关袁世凯称帝的描写中，尚且有不少非“历史”的“掌故野闻”的记录，更遑论《新华秘记》中有关袁氏的隐私和家庭琐事的描写了。因而，在《新华秘记》的“自叙”中，作者也有“自知之明”：

> 此洪宪八十三日之戏幻，所以遗羞神胄，腾笑友邦也。其事实大耑，自有董狐秉笔者在。不贤识小鲰生，宁无其责。顾尔时既以病废，不复亲睹内幕。迨寄食国内，则海蜃之帝制，已先泯没有数月，憾吾迟晚，思有以弥之。乃友朋设宴之余，里巷传布之末，经过遗台老树，或泥爪宛然。偶读断简残编，亦征信未远。自托于《梦华》、《剪胜》诸家，掇拾丛残，绩此袜线，自惭无状，未敢以质大雅。

因而，最终依然是“掌故野闻”的创制，而非“历史”的“实录”和“还原”。《新华秘记》无非是“野史可补方书，拾尘亦免谈助，是则博闻之有资也”（《新华秘记·自叙》）。

《复辟半月记》是许指严“掌故野闻”的又一种类型。在张勋复辟后不到一个月，许指严即以“日记”的形式，对1917年7月1日张勋拥戴清废帝溥仪复辟至7月12日张勋逃亡荷兰公使馆这一期间复辟派的复辟经过，定武军与共和讨逆军之间的战斗以及北京的社会动态和民情变化，都作了详细的记录和描述。这是“新闻体”类的“掌故野闻”，许指严把在《十叶野闻》中所尝试的采用报纸言论的材料来作为“掌故野闻”的创作内容和方法作了进一步的扩张和推衍。在《复辟半月记》中，绝大部分的“材料”尤其电告文书、战况都来自于当时的报刊报道和评述。同时，也有一些“掌故野闻”则来自作者本人的“耳闻目睹”。如“7月1日”即有“予于晨餐后赴友人约”的见闻，并有“忧思不能成寐”的记载。“7月2日”即有“友人来谈”的记录。“7月12日”，即有“战后观察纪”：先到前门，后过天桥，至天坛，复转进城。“7月15日”，有“昨有友谈蚌埠事者，笔录如左”的记叙，等等。报刊资料的辑录和“耳闻目睹”的记述构成了《复辟半月记》的创作特色。

在《复辟半月记》中，许指严有着强烈的反对专制复辟的倾向。他认为，“世界潮流日亟，政体之变迁，即因人心之趋向而定”，“专制富贵梦”已不可能“存于今日”：

> 维时蹈常习故之子，一孔之儒，怙过持禄之官吏，尚以为偶然之数，意存侥幸。一二拥兵自卫者，专权自恣，恐共和政体之不利于己，亦各

怀挟私心，跃跃欲一尝试，而于是袁氏洪宪之怪剧出矣。夫使专制政体果有一线之希望可以存于今日者，彼袁氏之狠心辣手，宁不衮冕当阳，称制曰可，公然受万方之朝拜哉？而孰知处心积虑，谋之十余年而不足，亲离众叛，败之八十一日而有余。如是则凡世之作专制富贵梦者，亦可以悟矣。而乃酝酿黑幕，野心未死，卤莽之张辫帅，天诱其衷，孤注一掷。倡乱辇殿，喋血都门，不崇朝而毁灭已尽。昙花泡影，无是之速。人心天命，不益可睹哉！呜呼！此天之所以警专制迷梦与妄图一姓再兴者，可谓深切者矣。（《复辟半月记·序》）

在“7月5日”记录中，作者提及中华门前有两位“持不同政见者”对改换“中华门”为“大清门”进行“大肆讥评”，竟被探兵扭去，“或云枪毙矣”，作者异常愤慨：“噫！相怒以目之专制怪相，不图复见于今日，异哉！”

在《半月复辟记》中，作者在注重电告文书、战况等重大事件的辑录记载之外，也善于通过细节描述来反映世态人心的变化。如张勋复辟后，下令废去五色旗改悬黄龙旗，作者即抓住“悬旗”这一细节，展示动荡中的北京城的“世道人心”。“7月6日”载，定武军因误会忽将永定门关闭，天桥一带游人大乱，群相奔跑逃匿，惊慌失措，以为共和军已兵临城下。“更可笑者，各铺户门前翻飞之黄色龙旗，转瞬间寂然不见，甚有扯碎弃于当途者。”“7月8日”有这样的记载：“复辟后之黄色龙旗，飞扬甚盛。未及三日，共和军起，前门大街之商家，因受关城之惊扰，遂龙旗卷藏，已不敢揭挂矣。而城内商户依然揭挂。及至本日，朝阳门忽被共和军侵入，斥令商家将龙旗除去。于是东四牌楼南北各商铺之龙旗，亦俱杳然。惟余西北城之龙旗，现仍翻飞于街市，不敢撤去。”“7月9日”又有这样的记载：“今日上午，各院各机关步军各官厅及警区全城铺户，均将龙旗一律取消，不日又当还我五色国旗之自由矣。”“7月10日”在记载冯国璋就任代理大总统时，作者特提一笔：市内每户均挂五色旗以示祝贺。这一天的记载中，作者还录存这样一则有关挂旗的趣闻：“永光寺中街某姓，因拒挂龙旗，曾被巡警催责。迨飞机抛掷炸弹后，龙旗竟归暗行消灭。某姓乃向催挂龙旗之巡警佯问曰：‘贵区所挂之龙旗，究系何处制造，需价几何？我欲仿造，以免催责。’该警士笑而答曰：‘你不用斟问啦，这是真正捣乱的事！’”在“7月11日”的记述中，作者特意转录了这样一则消息：所有张勋前发之满清龙旗，均于昨日实行焚毁。“7月12日”记载中，作者提及：今日总统府内之五色国旗，又翻飞于新华门内东土山上。警察厅已令各区署传饬商家一律悬挂五色旗。这种“细节”的存录记载,反映出许指严“掌故野闻”创作的用心之处。

“趣闻”的记载,成为《半月复辟记》中最能体现出许指严“掌故野闻”创作特色之所在。如在“7 月 12 日”中有关“中华门”与“大清门”的门牌变更的记载,就体现出“掌故野闻”与“正史”记载的区别:

> 昨日撤大清门复换为中华门,当时一事颇有趣味。先是实行复辟第二日,土木工人等撤“中华门”换为破旧“大清门”后,工人等即将支搭架子之木杆放置于该门之左右,始终并未搬回。至辫兵投降,张勋逃匿,复于昨日撤“大清门”换为“中华门”,而支搭架子之木杆,仍是初次支搭架子之木杆未撤回者。

假如说,“正史”注重的是重大政治事件的“实录”的话,那么,“掌故野闻”恰恰注重的是有关“世道人心”的“趣闻逸事”。像这“中华门”的门牌变迁的“趣闻”不大会引起“正史”编修者的重视,但偏偏会被“掌故野闻”的创作者许指严所选中。

第四章　蔡东藩与“正史演义”

第一节　“新潮”观念与《清史通俗演义》
——以“教育急进”和“新民”思想指导创作

1906 年，吴沃尧在《月月小说》上所发的“大誓愿”——编撰“历史小说”，使“小说附正史以驰，正史藉小说为先导”，随着他的尴尬的《两晋演义》的有头无尾而落空。而一生贫困潦倒长期蛰居一个乡村小镇的蔡东藩却以其惊人的毅力和速度，从 1915 年至 1926 年这 11 年间，独自完成了 1 040 回字数在 600 万以上的中国历代通俗演义。上自秦朝下讫民国的 2 166 年在中国发生的重大事件和人物均依次展现在他那依傍正史笔调的“演义”化的“历史小说”中。

蔡东藩无疑是中国近现代历史小说史上“正史演义”创作的集大成者。

蔡东藩早年虽试图踏上仕途，却又是热心于“教育救国”者中的一员，他的同乡好友邵希雍曾这样评说他“急进”的“教育”思想：

> 吾同学蔡君东藩，究心教育有年矣。本年春，宦游闽中，甫逾月即归，危崖勒马，智士也。夏初与晤申浦，纵谈当世事，蔡君以教育急进为第一义，余深韪之。(《中等新论说文范·序》)

正因为“究心教育”，蔡东藩在“危崖勒马”后，以全身心的精力投入到了《中等新论说文范》的撰写中。他在该书的自序中作了这样一番陈述：

> 邵君廉存，予畏友也。前著《高等小学论说文范》，尝以稿示予。阅其文，磊落有奇气，假借文字，陶铸国魂。予语之曰：“此所谓发爱国思想，播良善种也。”邵君曾以鄙言弁卷首。付印后，风行全国，岁销以万

计。本年夏，予游闽中归，与邵君道故。邵君拟再著《中等论说文范》一书，苦事烦，不遑赓续，属予成之。予不文，学识又谫陋，当以未能谢。秋初，又以书见招，再三敦勉，觉无可却。甫属稿，而三户闻已兴起矣。就时论事，勉成数十篇，并缀数语以作弁言。窃谓为新国民，当革奴隶性；为新国文，亦不可不革奴隶性。前此老师宿儒，终日咿唔案下，专摹唐、宋诸大家大文调，每下笔，摭拾文一二语，即自命为韩、柳，为苏、王，而于文字之有何关系，绝非所问，是谓之优孟也可。今此后生小子，入塾六七年，自谓能作三五百字文，实则举报纸拉杂之词，及道听途说之语，掇拾成篇，毫无心得，是谓之盲瞽学也可。之二者，于文字中，皆含有奴隶性者也。夫我伸我见，我为我文，不必不学古人，亦不必强学古人；不必不从今人，亦不必盲从今人。但能理正词纯，明白晓畅，以发挥新道德、新政治、新社会之精神，为新国民之先导足矣。窃不自量，本此旨以作文，不求古奥，不阿时好，期于浅显切近，供少年学生之应用而已。

编写《中等新论说文范》当然与邵希雍的"敦勉"有关，这是直接的原因，而内在最根本的原因是蔡氏有"教育急进"和"新民"的思想观念，通过编写"理正词纯"、"明白晓畅"的《中等新论说文范》，作者可以借此"发挥新道德、新政治、新社会之精神"，从而使《中等新论说文范》成为作者的"教育急进"的一个步骤，"为新国民之先导"。

我们从《中等新论说文范》的篇目中，也可看出蔡氏是很认真地贯彻他的编写宗旨的。《中等新论说文范》全书有 80 篇，每篇字数在 400 至 800 之间，内容有拥护民族民主革命的，如《记黄帝涿鹿之战》、《与东洋留学生书》、《革命与复仇辨》、《释共和体》、《评曾左彭三人之功罪》等；有拥护辛亥革命和支持民国政府的，如《拟告国民军文》、《送孙中山先生赴宁任职序》、《拟上新政府书》诸篇；有关心国际时事以拓展国人视野的，如《论法西德干涉摩洛哥之乱》、《志葡萄牙革命》、《论美人开凿巴拿马运河》、《述列强之现状》等；有注重中西文化比较的，如《中西史学不同说》等；有探讨外国历史经验教训以资借鉴的，如《华盛顿以十三州抗英论》、《德美皆联合国德为君主制美为民主制其故安在》等时代气息非常浓厚，思想观念也紧跟民国建立伊始的"新潮"。此书对当时的青年影响很大，远远超过了当时流行的梁启超编写的《常识文范》。

随后修订的《高等小学论说文范》更显示出蔡东藩的“新潮”观念和“新民”思想。他对《高等小学论说文范》作了全面的修订:删除了不合时宜或不符合蔡氏“新民”、“教育急进”思想的篇章,增加了新的适合时代潮流的新作,如《论民国之财政》、《说党争》、《共和释义》;全面修改了某些文章中不顺应时事的内容,如《国耻论》、《与友人论却外患书》、《与友人论自立书》诸篇,在保留题目的前提下内容都几乎作了全盘更新;《振兴实业论》、《论铁血主义》、《与友人论改革人心书》、《论国民道德之堕落为亡国之根》、《中国不亡论》诸篇也删改某些过时的段落和字句,以便使全书统一在“新潮”的旗帜下。

但更为“新潮”的思想观念的背后,却埋藏着一颗矛盾惶惑的忧心:

> 革命以后,耳目一新,若可与雪耻矣。乃二三雄桀,偶一得志,或营宫室,拥妻妾,不顾雪耻。……嗟乎!寇深矣,可若何?而环顾吾国,仍无一誓雪国耻者。夫无一誓雪国耻之人,是终于无耻者也。我不敢谓此终于无耻者其国即亡也,我亦不敢谓此终于无耻者其国不即亡也。惟外族方张,鉴吾国民之不复知耻,将奴我辱我,我国民乃真万劫不复矣。(《高等小学论说文范·国耻论》)

“万劫不复”的担忧,无疑包孕着蔡东藩对“究心教育”和“新民”的怀疑和信心不足。这与蔡氏其后收起“新民”和“教育急进”旗号,醉心于“正史演义”的创作有着心理逻辑的相沿相承的关系。

蔡东藩的“新民”、“教育急进”的思想是在时代文化变革的浪潮导引下,“被动”地接纳吸收的,他的“新知”储备不足以使他“主动”地掇拾“新潮”观念的基石以构建自己的与时代文化变革的脉搏共振动的“新思维”的大厦。在心存“教育急进”、“新民”的“新潮”愿望的同时,却又时时怀疑惶惑于时代的急遽变革的矛盾心态中,在新旧观念错综复杂的交战中,蔡东藩开始创作他的第一部通俗历史小说《清史通俗演义》:

> 自天命纪元起,至宣统退位止,凡二百九十六年间之事实,择其关系最大者,编为通俗演义。几经搜讨,几经考证,巨政固期核实,琐录亦必求真。至关于帝王专制之魔力,尤再三致意,悬为炯戒。成书四册,凡百回,都五六十万言,非敢妄拟史宬,以之供普通社会之眼光,或亦国

家思想之一助云尔。(《清史通俗演义·自序》)

“搜讨”、“考证”、“核实”、“求真”是蔡东藩创作历史小说的原则，这与他对“历史小说”的理解有关：“窃谓稗官小说，亦史之支流余裔，得与述古者并列……书籍中得一良小说，功殆不在良史下。”对“历史小说”的“历史化”要求，必然会导致对“历史小说”的“考核”、“求真”的追求，“历史”与“小说”在这里都被归入“真实”的领域内。因而，“良小说”与“良史”的等量齐观就不足为怪。

对帝王专制的关注——“再三致意，悬为炯戒”和以期“历史小说”能为人们提供一种“普通社会之眼光”或成为“国家思想之一助”，这些都显示出蔡东藩紧跟“新潮”的思想和愿望。

在《清史通俗演义》中，蔡东藩不时地渗透着“新民”、“教育急进”的思想。在第1回中，蔡东藩就点出他的急切的功利性的创作宗旨：

现在清朝二字，已成为过去的历史，中国河山，仍然照旧，要想易乱为治，须把清朝的兴亡，细细考察，择善而从，不善则改。古人说的“殷鉴不远”便是此意。

而且还在批注中自夸道：“揭出全书宗旨，何等正大光明，不比那寻常小说家，瞎三话四，乱造是非。”可见，他是自觉地与“寻常小说家”划清界限的。在这一回的回评中，作者也以他少有的大胆怀疑的“新潮”气派，对“历史”的一大迷雾作了廓清荡涤的“除尘”：

成为帝王，败即寇贼，何神之有？我国史乘，于历代开国之初，必溯其如何祯祥，如何奇异，真是谬论。是回叙天女产子、朱果呈祥等事，皆隐隐指为荒诞，足以辟除世人一般迷信，不得以稗官小说目之。

“正统”的历史观念遭到极大限度的怀疑，“历史”的“真实”的虚假性也毋庸置疑地呈现在作者痛快淋漓的文字叙述中。

在第28回中，作者通过对“争储位”和“文字狱”的描述，揭示出专制的祸害之烈以“留戒后世”：

冢嗣被黜，名士沉冤，皆专制之焰使然。惟专制故，天下始羡皇帝之尊严。官民受皇帝之压制，不敢妄想，独众皇子济济比肩，皆有世袭之望。于是勾通内外，觊觎储位，虽以清圣祖之英明，不能免巫蛊咒诅之祸。惟专制故，天下始怨皇帝之刻毒，一语失检，罪及妻孥，祸延宗族，生固难免，死且戮尸。当时畏其威而不敢动，后世必有起而报复者。虽以清圣祖之德惠，不能逃千秋万世之讥。本回为清圣祖病，抑且为清圣祖惜。且隐悬一专制影子，留戒后世，是文字有关国体者，可谓稗官中上乘文字。（见回评）

在第24回回评中，作者也表达对“皇帝”两字的愤慨：

皇帝皇帝！误尽天下英雄，害尽世间百姓，吾愿自今以后，永远不复闻此二字。

在第49回《征浩罕王师再出，剿叛傜钦使报功》中，蔡东藩有意地揭示出“纸糊中国”（第49回批注语）式的“自欺”：

中国大患所在，第一项是个欺字。夸诞固蔽，皆由自欺而致。宣宗一平西域，即铺张扬厉，行受俘礼，绘功臣像，上母后尊号，勒石大成殿外，夸耀达于极点，要之一欺人而已。上欲欺下，下亦欺上，札隆阿容安禧恩瑚松额等，无在非欺，即那彦成长龄诸人，当时称为功首，亦曷尝实事求是乎？幸而浩罕小国不足道，土傜乌合尤不足道，苟且即可了事，敷衍尚能塞责。宫廷上下，且以为河清海宴，可以坐享承平，庸讵知大患之隐伏其间耶？回傜平，宣宗愈骄，朝臣愈佞，上下愈以欺饰为务，而中国始多难。（见回评）

这种带有对中国“国民劣根性”式的揭露批判，也显示出蔡东藩创作“历史小说”力图靠拢“新潮”的功利性的一面。

《清史通俗演义》在有着强烈的“新民”、“教育急进”的思想倾向的同时，也注重“历史”的“客观性”：

……自此以后，人人说清朝政治不良，百般辱骂；甚至说是犬羊贱种，豺虎心肠；又把那无中生有的事情，附会上去，好像清朝的皇帝，无一非昏淫暴虐，清朝的臣子，无一非卑鄙龌龊，这也未免言过其实呢。我想中国的人心，实在是靠不住的，清朝存在的时候，个个吹牛拍马，说他帝德怎么大，皇恩怎么深。到了清室推翻，又个个批他一钱不值，这又何苦？小子无事时，曾把清朝史事，约略考究，有坏处，也有好处；有淫暴处，也有仁德处。若照时人所说，连两三年的帝位都保不牢，如何能支撑到二百六十多年？……（第 1 回）

因而，本着这种"客观"和"实事求是"的精神，作者多次称赞清圣祖康熙帝玄烨的"圣明"。如第 21 回正文批注中，作者即称道："清圣祖为一代令主，所以开场叙事即表明德政。"在回评中，也特意标出"康熙帝英断有余"。第 22 回回评也有这样的概述："本回叙三桂狡诈，及圣祖英明……"第 27 回回评有"康熙帝为有清一代英主"的赞誉。第 29 回回评中，把玄烨捧到"最"的地位："有清一代，惟圣祖最号英明……"第 30 回的正文中，除了对康熙的政绩大加称赞外，还兼赞了他的"方方面面"："康熙帝也好学不倦，上自天象地舆音乐法律兵事，下至骑射医药，蒙古西域拉丁文书字母，无乎不窥，无乎不晓；兼且自奉勤俭，待民宽惠，六十年间，蠲租减赋的谕旨，时有所闻，所以全国百姓，统是畏服；满族中得此奇人，总要算出乎其类，拔乎其萃了。"在这回的回评中，作者在贬雍正的同时，也有意把他与康熙作对比："清之世宗，事无一可对人言，以视乃父之宽仁，盖相去远矣。"即使在残酷的"文字狱"淋漓的鲜血中，作者在"为圣祖惜"的同时，还不忘点明"圣祖之英明"、"圣祖之德惠"（见前引第 28 回回评），这真是少有的"客观"和"公正"。

蔡东藩在《清史通俗演义》中，也着意追求"史笔"的格调。他在创作中，总以"良史"的标准来衡量自己的作品，坚持"文字不苟作"（第 19 回回评），有意运用"微而显，明而晦"（第 21 回回评）的"春秋笔法"来褒贬臧否历史人物和事件。在第 13 回的回评中，作者提醒读者："阅此书者当于夹缝中求之。"在第 28 回正文批注中，作者特意标明："……本书于叙述间，亦常夹有微议，我请……指示阅者示，若呆读此书的文字，不加体会，便是笨伯，哪里晓得著书人的作用?"在第 50 回回评中，作者也点出"从夹缝中窥入隐微"的叙事手法。第 61 回回评也说："项庄舞剑，意在汉王，阅者当于言外求之。"第 93 回回评中作者交代了他的创作方法："本回依事直书，而夹缝中屡寓贬笔，是固所谓皮里阳秋者耶?"正是"史笔"的自觉追求，作者并不把他的"正史演义”视作“寻常小说”，而是“历史”的“通俗化”、“演义化”。“小说”的“历史化”自觉追求和倾向，使得蔡东藩有着“可与列代史策并传不朽”的自信：

著书人或详或略，若抑若扬，甚斟酌有当，非漫以铺叙见长，成名为小说，实侔良史。录一代之兴亡，作后人之借鉴，是因可与历代史策并传不朽云。（第100回回评）

这种“自信”的背后是有着中国传统士阶层“立言”理想的巨大身影在。

因而，当蔡东藩在《清史通俗演义》中不时流露出“正统”观念和其他的偏见也就不足为怪了：

曾国藩始练湘勇，继办水师，沿湖出江，为剿平洪杨之基础，后人目为汉贼，以其辅满灭汉故。平心而论，洪杨之乱，毒痛海内，不特于汉族无益，反大害于汉族，是洪杨假名光复，阴张凶焰，实为汉族之一大罪人。曾氏不出，洪杨其能治国乎？多见其残民自逞而已。故洪杨可原也而可恨，曾氏可恨也实可原，著书人秉公褒贬，无私无枉，笔致曲折淋漓，犹其余事。（第61回回评）

蔡东藩对洪杨的封建小农意识的“局限性”和“帝王思想”的认识和评价自有其深刻的一面，但这种貌似“无私无枉”的出发点无非还是“正统”观念在起作用。扬曾氏抑洪杨，无非一为“异端”一为“正统”而已。当写到东西捻军时，蔡东藩的“正统”观念就更加暴露无遗：

或谓洪杨有帝王思想，与著书人寓意不同，故特加贬笔，东西捻则来去飘忽，未尝踞一城，占一地，似较洪氏为可原。不知洪氏为大盗，东西捻为流寇，大盗不可恕，流寇其可恕乎？同一病国，同一殃民，何分之有？著书人仍深斥之，所以遏乱萌，防流弊也。（第67回回评）

“成为帝王，败即寇贼，何神之有”的大胆怀疑消失了，代之而起的是“正统”维护者的面目，这是蔡东藩的守旧的一面。至于“天生尤物，必倾人国”（第27回）、“哲妇倾城”（第89回）、“牝鸡司晨，惟家之累”（第90回）等之类的描写和议论，都反映出蔡东藩落伍于时代的文化变革浪潮的“保守旧道德”的观念。

《清史通俗演义》无论从思想观念上还是从创作艺术上都为蔡东藩日后的历史小说创作定下了基调，这是他的尝试之作，新旧观念、新旧艺术的杂糅都明显地遗留在他的作品中，其后的创作都或多或少对这些观念和艺术有所"补充"、"拓展"、"修正"、"完善"。

第二节 "小说化"的倾斜与"历史化"的反拨

——从《西太后演义》到《历朝史演义》的心路历程

《清史通俗演义》之后，蔡东藩于 1918 年创作了《西太后演义》，1919 年增订吕安世辑著的《二十四史演义》并更名为《历朝史演义》。这两部历史小说虽算不上是蔡东藩的代表作，却很能显示出蔡氏历史小说创作转变的探索轨迹。

《西太后演义》是蔡东藩试图将"历史小说"向"小说化"倾斜的尝试之作，这是蔡氏继《清史通俗演义》蜷居"正史"的领地之后，力图在"历史"与"小说"之间找到一个大致平衡的连接点的单向度的"拓展"和"延伸"。作者创作的宗旨当然还是固执的"正统"之义：

> 要旨在防范女权，唤醒世梦，以人为鉴，阅者得是编以证之。（《序言》）

写作的准则自然还是想固守"通俗"、"公正"、"客观"的立场：

> 嗣是慈禧太后的盛名，一落千丈。前歌谁嗣？后诵孰杀？一片诽谤声，喧腾全国；甚且肆口讥评、捏词诬蔑，说得慈禧一钱不值，且目为中国罪人。其实，往时的称颂未免过情，晚来的谤毁也不无太甚。……适值丁戊二年，家居无事，借翰墨以消愁，就文字以论古，不揣冒昧，编了一部《西太后演义》。……全书仿演义体，语言浅近，老妪都解，令天下后世人晓得西太后历史，有善有恶，可劝可惩，倒也不无小补。且书中内容，统系得诸遗闻，征诸故乘。于西太后三次临朝，原是备陈颠末，即清季五十年来得失，也曾裒录一斑，看官试悉心详阅。（第 1 回）

虽然作者多次强调《西太后演义》的“春秋史笔”：“春秋以诛心为主，是书亦取法春秋也。”（第17回回评）也自我标榜走“历史”的路子：“名曰小说，实同信史。”（第40回回评）也不愿将自己的“演义”与“寻常小说”划为一类：“运实于虚，寓规于讽，不得徒以小说目之。”（第2回回评）但是在实际创作中，作者却不再像《清史通俗演义》中那样有意地走“正史”的路子，把“历史小说”等同“历史”通俗化的“演义”，“小说”则沦为一些处理“历史”联缀的附加物、点缀物。《西太后演义》从整体上走的是“小说化”的路子：

> ……正在蒙蒙眬眬地睡去，瞥见灯光一闪，有个青衣侍儿，冉冉而入，眉目间隐含秀气，装束亦比众不同，走近炕旁，向她招手。兰儿正思诘问，那侍儿偏上前扶起身子，恰不知不觉的随了她去。甫出家门，即见一片大平原，两旁都列着古木丛林，浓翠欲滴，还有翠生生的瑶草，红灼灼的琪花，掩映林间，格外秀艳。兰儿暗想道：“怎的家门外有这般胜境，我没病时往来多次，如何并没有见到？”想念未已，那青衣侍儿走得很速，已与兰儿隔了一程。兰儿急行而前，疾走了数百步，方才赶上。这所在又别具一番景致：左有银河，右有蓬岛，山风飒爽，水石清幽；空中复有白鹤飞舞，羽衣翩跹，非常皎洁，见了兰儿，仿佛相识一般，故意低翔在兰儿头上盘旋不住。兰儿心爽神怡，也不管他是什么名地，只是随行随赏，目不胜接。又行里许，前面的侍儿忽已不知去向。但见有一座高旷的楼阁，挡住途中，上面悬着匾额，仰望似有三个大字，既不是汉文，又不是满、蒙文，并不是篆文、隶文。兰儿一想：我此番被它难倒了，如何此处的字儿我都不识一个？再从门内探望，复道琳廊，回栏曲榭，都是见所未见。暗想：这里莫非是琼楼玉宇？我何幸到此一游。可惜导引无人，不能擅入，看来只好作个门外汉吧？正想着，那侍儿从门右出来，含笑相迎。兰儿喜甚，不暇详问，立即随入。穿过回廊，绕出曲槛，方到里面的大厅。白玉作梁，黄金作柱，碧云为牖，月为灯，说不尽的华丽，描不尽的精工。所陈几案桌椅等件，并非竹木制就，统是天然的宝石雕砌而成。还有极大的珊瑚树，极高的琥珀台，陈设两楹。真是满目琳琅，令人目眩。那兰儿几疑身入广寒，弄得神思恍惚，心不由主。俄闻珠帘响处，香风一阵一阵的吹将过来，接连有环佩声、履舄声，杂沓而出。当先的是两名侍女，轻裾长袖飘飘欲仙。随后又有五六个艳姝，身材不相上下，个个似宝月祥云，明珠仙露。这许多色彩，射入兰儿眼

帘，不由的因羡生惭，自觉形秽。蓦听得一声珠喉，度入兰儿耳中道："贵客到了，如何不请她进来?"兰儿一怔，不知谁是贵客？忽由前导的侍儿将她扶入。她进了厅，见各丽姝统站着左首，风环雾鬓，秀逸不群。顿时目迷心折，拟向前屈膝请安。但听各丽姝齐声道："不敢，不敢，你是将来的国母，休要客气。"言毕，统向兰儿握手问好。兰儿至此，也好像自身已列尊荣，竟放着胆，与她酬答。寒暄数语，渐渐投机，各丽姝邀她坐在客位。兰儿不及谦让，竟至东首坐定。侍儿献上杯，这杯系碧玉镂成，异常玲珑，杯中盛着清水，并无一颗茶叶，偏是芳气袭人。各丽姝俱执杯劝饮，兰儿遂一吸告干，味清而甘，沁入心脾，顿觉精神增倍。饮毕，各丽姝与谈故事，有说的是五湖游兴，有说的是六朝韵事，有说的是汉宫歌舞，有说的是天宝风流。兰儿不识玄妙，只随声附和数语。忽一丽姝太息道："我辈昔投尘网，多半有始无终，倒不如今日的贵客，后福无穷。"旁坐一姝道："这也不可一例论。"随举手上座二人道："她两人在汉唐时，非为天子母，操生杀权吗?"言未毕，厅外忽有人狂呼，惹得兰儿吃一大惊，转眼间，连各位丽姝及一座大厅都不见了。……(第2回)

作者抓住那拉氏年轻时的一个梦，极尽描摹刻画之能事，充分发挥了"小说"的特长。这一段"幻境"是作者有意"添入"的，作者自称"写得奇诡谲漾，光怪陆离"(第2回回评)。这决非"正史""自在"的要求和规范，而是作者有意选择"小说化"的"自为"的取向所致。在《西太后演义》中，即使是依傍"正史"的事实叙述，也往往以这样的"小说"笔调出之。因而，作者认为他的这部作品"可作历史小说、政治小说、社会小说及醒世小说读"是有其"自信"的理由的。

蔡东藩在依傍"正史"的通俗化、演义化的历史小说创作中，尝试"小说化"的路径，显示出他"一厢情愿"的"单方面"的突进是极为矛盾和困惑的。"主观"上想尝试一下"小说化"的创作，而"客观"的知识储备和禀赋又不能为他提供足够的驾驭"小说"的素养和才能；"情感"上想跳离"正史"和"通俗化"、"演义化"的框框圈圈，但"理智"上又不能忘却抛弃士阶层的"立言"的人文传统。因而，《西太后演义》成了蔡东藩唯一的一部带有"小说化"倾向的历史小说就不足为怪了。

"小说化"的最初也是最后的尝试为我们画出了这样一个大致的轮廓：蔡东藩的历史小说创作不可能跃出传统的历史小说的樊篱，要么是《三国演义》的路子，要么沿着《水浒传》的方向，或者踏着《东周列国志》的步子。假如说《清史通俗演义》多少还带有一点《三国演义》的影子的话，那么，《西太后演义》无论如何总有一些《水浒传》的味道。而其后《历朝史演义》则开始迈上《东周列国志》的道路。

当1919年蔡东藩着手增订修改吕安世的《二十四史演义》时，他放弃了历史小说创作的“《三国演义》化”、“《水浒传》化”的尝试，而开始转向“《东周列国志》化”。通过对《二十四史演义》的增订修改，蔡东藩无非是想给后生小子提供一个足以和“淫词艳说”、“坏人心术之小说”抗衡的历史读物，为“通俗教育之一助”：

> 今试对后生小子，告以刚日读经，柔日读史，彼非不知经史之有用也，顾读未终帙，即昏然思睡，往往有屡戒勿悛者。迨静而察之，则彼所日夕嗜阅流连忘倦之书，非淫词，即艳说。其览及列国、三国诸演义，虽非应读，犹为不诡于正则，甚矣俗尚之日漓而靡所底止也。主持教育者忧之，爰严申禁令，命取坏人心术之小说，铲而毁之，不使误人。而坊间市侩阳奉阴违，或改头换面，或变本加厉，五花八门之杂志丛报，多半为导淫鬻奸之邪说。世无祖龙，谁与收拾净尽，付诸一炬乎？窃谓强人遵禁者难为力，因势利导者易为功。就庸耳俗目倾向之稗史，逐加改变，因革损益，勿纳于邪，未始非通俗教育之一助也。（《历朝史演义·序》）

蔡东藩虽没有明确表示对自己的《西太后演义》的不满，但从他的迅速转向的“自我选择”中也隐隐地显露出他的“悔其少作”的某种情绪和心境：

> 鄙人橐笔有年，犹若未逮。偶于敝箧中检得二十四史通俗演义，为新昌吕氏原著。数年不暇观，复展阅一周，觉事依正史，语若新闻，约而能赅，俗不伤雅，得失为之了然，妇孺亦能通晓，深有合于通俗教育之宗旨者。（《历朝史演义·序》）

已创作出《清史通俗演义》、《西太后演义》的蔡东藩，其历史素养和创作水平已远远超过了吕安世，却反而“不耻下学”地向《二十四史演义》行“注目礼”，这很能印证出作者对以前的历史小说“犹若未逮”的不满。而“事依正史，语若新闻，约而能赅，俗不伤雅”的历史小说创作路子的尝试，正显示出蔡东藩有意放弃“小说化”的努力而走“合于通俗教育之宗旨”的历史小说创作的路子。修订《历朝史演义》成了蔡东藩倾向这一创作走向的最初准备工作。

把《历朝史演义》和《二十四史演义》对照看，蔡东藩无非做了两个主要方面的工作：一方面是“删节”。对《二十四史演义》开头的几回所叙述的上古史事，本着“援史以传信之义，无取浮夸荒诞之词”的原则，“多从删节”。即使有所存录，“亦加辩驳”。《二十四史演义》第42回后，或谈神鬼，或录格言，或志物源，或纪天变人之类，也一并删去。因为，在蔡东藩看来，“学术思想，文物风俗，随时变迁，昔以为是，今以为非，不若史乘之第陈往事，一成不易”(《历朝史演义·例言》)。另一方面即“增入”清史。《二十四史演义》所叙历史起自盘古，讫于明末。“自明到今，中隔清代，相距又270余年，其间沿革变迁更仆难数。古人有言，知今不知古，谓之盲瞽；知古不知今，谓之陆沉。有吕氏之《二十四史演义》以饷后生小子，盲瞽之病，庶几可免。其如尚患陆沉何也？”(《历朝史演义·序》)因而，蔡东藩“取有清一代之事实，依次成编，赓续于后”。在“清代尚无正史”和“私家著述亦不数觏”的情形下，“为广益闻计，不得不搜录近著，稍求赅备，故体例一仍其旧，而记录特别从详”(《历朝史演义·例言》)。

《历朝史演义》无论是对《二十四史演义》“存录”、“删节”还是“增入”，都无非想探索出一条“事依正史”，消除“坏人心术之小说”的不良影响的，既不完全等同于《清史通俗演义》，又有别于《西太后演义》的创作路向。《历朝史演义》的修订，主要是对《西太后演义》创作倾向的有意反拨。

第三节　蔡东藩的“曲笔法”与处理“史料”的操作方式

——历史小说的艺术性与史料处理规范

在《西太后演义》和《历朝史演义》两种创作路向的尝试和探索之后，蔡东藩先后创作了《元史通俗演义》、《明史通俗演义》、《民国通俗演义》、《宋史通俗演义》、《唐史通俗演义》、《五代史通俗演义》、《南北史通俗演义》、《两晋通俗演义》、《前汉通俗演义》、《后汉通俗演义》。他重新回到《清史通俗演义》创作所定下的符合“事依正史”的基调上来，并正式确定了他对“历史小说”的理解和把握的标准：

夫正史尚直笔，小说尚曲笔，体裁原是不同，而世人之厌阅正史，乐观小说，亦即于此分之。然或向壁虚造，与正史毫不相符，则又为荒诞无稽，何关学术。试看本回之演述木罂渡军，背水列阵，于史事有否不同？不过化正为奇，较足夺目，能令阅者兴味无穷，是即历史小说之特长也。（《前汉通俗演义》第25回回评）

盖小说之足动人目，全赖用笔曲折，不涉芜衍，否则依事补叙，味同嚼蜡，亦何若返观正史之为得乎？若文笔不足醒目，反凭虚臆造，假为勇力乱神之说以惑世，是尤为荒谬无稽，有乖正义，明眼人不值一盼也。（《唐史通俗演义》第2回回评）

“直笔”与“曲笔”的划分，也即“正”与“奇”的区分，是“历史”与“历史小说”的一大不同之处，这是蔡东藩从“笔法”上对“历史小说”的理解。

在《前汉通俗演义》第25回中，蔡东藩极力描摹韩信用兵之奇，“迷离惝恍，不可究诘”，“确有神出鬼没之妙”，这与正史中的“直言纪载”相比，真是“谋固奇而笔亦奇”，这是蔡氏创作的历史小说有“艺术性”的地方。

在《元史通俗演义》第40回回评中，蔡东藩也特别点出他的历史小说的“曲笔”来：

本回纯叙燕贴木儿战事，见得上都各军，均不足与燕贴木儿相敌。燕贴木儿信一元代之枭雄哉？读《元史·燕贴木儿列传》，未尝不胪叙战迹，而写生妙手，却不若此书之良。盖彼第直录事实，而此且曲为描摹；不特渲染战争，并举燕贴木儿权诈，亦揭露纸上，吴道子之手笔，亦无以过之。

由此可见，蔡氏是把“曲笔”作为“历史小说”的一大艺术特色来强调和要求的。

从蔡氏的历史小说创作实践中，我们可以看出，“曲笔”大致有这样几种方式：叙事视点集中法，倒戟法，分合法，销纳法等。以《明史通俗演义》为例，我们可以弄清蔡氏的几种“曲笔”法之义：

在第93回的回评中，蔡氏这样总结自己的“叙事视点集中法”的“曲笔”：“是回叙剿流寇，而注意惟一曹文诏，叙讨叛军，而结局在一朱大典，此外不过就事论事，作为衬笔而已。藉非然者，满盘散沙，成何片段耶？”因而，叙述视点的集中,这是历史小说中叙事的最基本的要求,也是"曲笔"最基本的条件。否则,没有集中的叙事视点,只能使人物和故事成为"满盘散沙",不可卒读。

在第 2 回的回评中,蔡氏这样介绍自己的"倒戟法"的"曲笔":"投军为明祖奋迹之始;救郭子兴,为明祖报绩之始;募兵七百,得英材二十四,为明祖进贤之始。逐层写来,有声有色。他若郭子兴之庸柔,孙德崖之贪戾,彭大之粗豪,赵均用之刁狡,皆为明祖一人反射。尤妙在用笔不直,每述一事,辄用倒戟而出之法,使阅者先迷后醒,益足餍目。看似容易却艰辛,阅仅至此,已自击节不置。"蔡氏对自己的这种"倒戟法"的"曲笔"还是相当得意的。

在第 17 回回评中,蔡氏又拈出了自己创作中的"分合法":"元末群雄,以明玉珍僭号为最晚,即以明玉珍据地为最僻,本书叙至十六回,未曾叙及,非漏也。玉珍僻处偏隅,无关大局,前文不遑叙述,故置诸后文,以便总叙,且俾阅者易于览观。盖此书与编年史不同,布局下笔,总以头绪分明为主。且书中于追溯补叙等事,必有另笔表明,于总叙之中,仍寓事实次序,可分可合,诚良笔也。""分合法"打破了"编年史"古板呆滞的叙事格局,可在一定的逻辑关系的约束下,自由排列组合历史人物和事件,从而增加叙事的趣味性、艺术性。

在第 60 回中,蔡氏在运用"叙事视点集中法"的同时,也运用叙述的"销纳法":"……本回所叙,处处注意严嵩,余事皆随笔销纳,项庄舞剑,意在沛公,观此文而益信神妙矣。"从中我们可以看出,"销纳法"是与"叙事视点集中法"配合使用的,没有"销纳法"的运用,"叙事视点集中法"就不可能达到预期的目的。"叙事视点集中法"与"销纳法"是相互依存、相互作用的。

从取材上着眼,蔡东藩认为,"历史小说"应该而且可以"全从正史演出",不必"凭空架饰"。他在《宋史通俗演义》的第 67 回回评中以自己的理论认识的转变和创作实践为例说明这一观点:

> 余少时阅《说岳全传》,尝喜其叙事之热闹。及长,得览《宋史》,乃知《岳传》中所载诸事,多半出诸臆造,并无确据,然犹谓小说性质,本与正史不同,非意外渲染,固不足醒阅者之目。迨阅及是编,载韩世忠、夫人与金兀术交战黄天荡事,与《说岳全传》中相类。第彼则犹有增饰之词,此则全从正史演出,而笔力矫悍,独出《说岳全传》之上。乃知编著小说,不在伪饰,但能靠着一支笔力,纵横鼓舞,即事实亦固具大观也。

人亦何苦为凭空架饰之小说，以愚人耳目乎？

在《宋史通俗演义》的第 74 回回评中，他不无得意地认为此回之妙在“演写正史，并无一语虚诬”，再次重申了“历史小说”创作“就事叙事”照样令人刮目，不必“凭空架饰”。

正因为蔡氏对“历史小说”有着不必“凭空架饰”的理解，所以他在《后汉通俗演义》中就对罗贯中的《三国演义》大为不满，认为它“误人不少”：

若罗氏所著之《三国演义》，则脍炙人口，加以二三通人之评定，而价值益增。然与陈寿《三国志》相勘证，则粉饰者十居五六。寿虽晋臣，于蜀魏事不无曲笔，但谓其穿凿失真，则必无此弊。罗氏第巧为烘染，悦人耳目，而不知以伪乱真，愈传愈讹，其误人亦不少也。（《自序》）

在《宋史通俗演义》中，也对“宋代小说”中的“荒唐”、“谬误”大肆抨击：

若夫宋代小说，亦不一而足，大约荒唐者多，确凿者少；龙虎争雄，并无其事；狸猫换主，尤属子虚；狄青本面涅之徒，貌何足道？庞籍非怀奸之相，毁出不经；岳氏后人，不闻朝中选帅；金邦太子，曷尝胯下丧身？种种谬谈，不胜枚举。而后世则以讹传讹，将无作有，劝善不足，导欺有余。为问先民之辑诸书者，亦何苦为此凭虚捏造，以诬古而欺今乎？此则鄙人之所大惑不解者也。夫以官书之辞烦义奥，不暇阅，亦不易阅，乃托为小说演成俚词，以供普通社会之览观，不可谓非通俗教育之助。顾俚言之则可，而妄言之亦奚其可乎？（《自序》）

在《唐史通俗演义》中，蔡东藩也有类似的对“坊间小说”的“愤慨”和反对“凭空架饰”的主张：

后生小子学识有限，欲取唐史而尽读之，匪惟不暇，抑病未能，乃转而采诸坊间旧小说，如所谓《隋唐演义》、《说岳全传》、《薛家将》、《征东》、《罗通扫北》以及《西游记》、《长生殿》、《镜花缘》、《绿牡丹》诸书，日夕展览，目为实迹，庸讵知其语出无稽，事多伪造，增人智识则不足，乱人心术且有余耶！……就唐事以为演述，共成百回，以正史为经，务求

> 确凿，以轶闻为纬，不尚虚诬，徐懋功未作军师，李药师何来仙术？罗艺叛死，乌有子孙；叔宝扬名，未及儿女。唐玄奘取经西竺，宁惹妖魔？薛仁贵立绩天山，岂藉子归？则天淫秽，不闻私产生男；玉环伏诛，怎得皈真圆耦？种种谬妄，琐亵之谈，辞而辟之，破世俗之迷信者在此，附史家羽翼者亦在此。子虚乌有诸先生，谅无从窃笑于旁也。（《自序》）

在强调“历史小说”的“曲笔”和从“正史演出”不必“凭空架饰”的同时，蔡东藩也主张“历史小说”应与“良史”同传不朽，历史小说作家应兼具“历史家”与“小说家”之长。在《宋史通俗演义》第24回回评中，蔡东藩认为他的“历史小说”“褒不虚褒，贬不妄贬，足与良史同传不朽，以视俗小说之荒谬不经，固不啻霄壤之别”。因而，他在创作中，反复强调历史小说家应是“历史家”与“小说家”的结合：

> 看本回一段总冒，已将宋朝三百年事，包括在内。所谓振衣揭领，举纲定目，以视俗本小说，空空洞洞说了几句客套，固自大相径庭矣。后半叙及宋太祖出身，都是依据正史，不涉虚诞，偏下笔独有神采，令人刮目相看，是盖具史家小说家之二长，故能隽妙若此。（《宋史通俗演义》第1回回评）

在《元史通俗演义》中，蔡东藩也有这样类似的表述：

> 作者抑扬尽致，褒贬得宜，而于描摹处尤觉逼真，是小说家，亦良史家也！（第10回回评）

> 作者兼历史家小说家之长，故化板为活，不落恒蹊。（第14回回评）

在《明史通俗演义》的第17回回评中，蔡东藩也以“史家小说家兼长”的评价加诸己身：

> 至若北征扩廓一段，三路分写，亦觉条分缕析，眉目分明，是殆集史家小说家之长，兼而有之，故能头头是道，一览了然。

从这样反复的“自夸”和强调中，我们可以看出蔡东藩对“历史小说”另一个角度的理解。

正因为对“历史小说”有着自己的理解和创作准则，蔡东藩在《清史通俗演义》对“小说”的“历史化”要求的基础上，也即在强调“历史小说”的“搜讨”、“考证”、“核实”、“求真”的基础上，他开始形成了一套比较有规则的处理“史料”的操作方式：

其一，排斥虚妄。这首先体现在对“坊间小说”“荒诞不经”的不符合“正史”的“史事”予以驳斥更正。在《宋史通俗演义》第16回中，蔡东藩对“坊间小说”中有关陈抟的描写作了“由仙还人”的工作，以拒斥“由人入仙”的虚妄：

> 总之，陈抟系一隐君子，独行高蹈，不受尘埃。若目他为仙怪一流，实属未当。俗小说中或称为陈抟老祖，捏造许多仙法，作为依据，其实是荒唐无稽，请看官勿为所惑哩！

作者在批注中还特意加上四字：“辟除迷信”。这也反映出蔡东藩创作历史小说所遵循的“求实”、“求正”的原则。

在《后汉通俗演义》第61回中，蔡东藩排斥了《三国演义》中对张角种种妖术的夸张描绘，还“妖目”以“人面”，这是为了“存真”：

> 惟罗氏《三国演义》，演写张角等种种妖术，且将刘关张三人，亦夹入嵩儁三军中，语多臆造，不足为据。本回概不阑入，所以存其真也。

排斥虚妄不仅仅针对“坊间小说”，也有的是冲着“正史”来的。在《前汉通俗演义》第4回描写张良在圯上遇老人一事中，作者“夹入论断”，以“扫除一切怪谈”：

> 惟圯上老人，究系何方人氏，或疑他是黄石化身，非仙即怪。若编入寻常小说，必且鬼话连篇，捏造出许多洞府，许多法术。小子居今稽古，征文考献，虽未免有谈仙说怪等书，但多是托诸寓言，究难信为实事。就是圯上老人黄石公，大约为周秦时代隐君子，饱览兵书，参入玄妙，只因年已衰老，不及待时，所以传授张良，俾为帝师。后来张良从汉

高祖过济北，果见谷城山下，留一黄石，乃取归供奉，计与圯上老人相见，正阅一十三年。这安知非老人尚在，特留黄石以践前言？况老人既预知未来时事，怎见得不去置石？否则，张良殁后，将黄石并葬墓内，为什么不见变化呢？

“正史”中“荒诞不经”的“史事”记载，作者也以常理常情作判断，还“历史”以“原生态”的面目。

其二，考证取舍。蔡东藩在创作历史小说时，经常会遇到“正史”记载中“史料”互为舛正、彼此矛盾的地方。这就需要他考证真伪，决定取舍。这种考证取舍的功夫在《后汉通俗演义》中显得特别明显。

在第60回中，作者描写皇甫嵩邀同钜鹿太守郭典往击张宝，张宝被斩，其余部有10余万众投降。作者批注道：“事见《皇甫嵩传》，罗氏《三国演义》谓宝由贼党严政所杀，不知何据。”仅在第66回中，作者就三处指明考证取舍的地方，一为何苗的母亲被杀，作者批注：“《后汉书·何皇后纪》，舞阳君为乱兵所杀，惟《三国志》及《纪事本末》皆云由卓杀死，今从之。”二为曹操不愿事董卓，出都东归，作者批注：“罗氏《演义》中有曹操献刀事，史传不载，恐系附会。”三为曹操在成皋杀了吕伯奢一家后，夤夜出奔，被亭长疑为匪类执送县中，县某功曹与曹氏相识，因向县令前代为缓颊，曹氏被放。作者批注：“罗氏《演义》指县令为陈宫，史无实据，故亦从略。”类似考证的例子，在《后汉通俗演义》还很多。

在《唐史通俗演义》第17回中，作者描写吐谷浑伏兵自杀，并批注：“从《李靖传》文，不从《通鉴》。”在《宋史通俗演义》第37回中，作者提及知广德军朱寿昌弃官寻母，在介绍朱寿昌时，作者批注道：“《宋史·寿昌本传》谓刘氏方娠即出，寿昌生数岁还家。但据王偁《东都事略》、苏轼《志林》皆云寿昌三岁出母，今从之。”

在《元史通俗演义》第57回中，蔡东藩在叙及脱脱被特赐毒酒，被迫自尽时，有这样的批注：

余少时阅坊间小说，至《英烈传》中载脱脱自尽事，由丞相撒敦及太尉哈麻主使。其实当时只有哈麻，并无撒敦。正史俱在，不应臆造一人。

可见，考证取舍不仅是为了符合“正史”的“实事求是”的要求，也是为了褒贬品评的严肃性。

其三，“以不断断之”。在“正史”的材料不足或故意含混，而传闻野乘又说法不一，无法准确取舍时，蔡东藩往往也不轻易下结论，随便采用一说，而是以不评判为结论，以期不致歪曲或妄议“史事”。在《宋史通俗演义》第12回中，作者描写宋太祖赵匡胤在“烛影斧声”中“悠然归天”后，加有一段议论，说明“以不断断之”的处理“史料”的方法：

> 看官，你想这烛影斧声的疑案，究竟是何缘故？小子遍考稗官野乘，也没有一定的确证。或说是太祖生一背疽，苦痛得了不得。光义入视，突见有一女鬼，用手捶背，他便执着柱斧，向鬼劈去，不意鬼竟闪避，那斧反落在疽上，疽破肉裂，太祖忍痛不住，遂致晕厥，一命呜呼。或说由光义谋害太祖，特地屏去左右，以便下手。至如何致死，旁人无从窥见，因此不得证实。独《宋史・太祖本纪》只云：“帝崩于万岁殿，年五十。”把太祖所有遗命，及烛影斧声诸传闻，概屏不录。小子也不便臆断，只好将正史野乘，酌录数则，任凭后人评论罢了。

这种“以不断断之”的处理“史料”的操作方式，既保证了“历史”的“真实性”，又增强了“小说”的趣味性。

其四，两存其说。当遇到同一“史料”有两种不同的记载，而又没有其他的旁证材料能够证明其中有一种更符合或接近“史实”时，蔡东藩有时并不轻易采用其中的一种说法以搪塞敷衍读者，而是同时兼用两种说法，以便使“历史”更能显示出“多面性”。如在《元史通俗演义》第14回中，蔡东藩针对史家争论的“成吉思汗西征时是否渡过印度河”这个没有达成“共识”的问题，采用了巧妙的“两存其说”的方法：一边写成吉思汗率部到印度河两岸遇到大兽角端，一边又写成吉思汗“当下命师返旆，并遣人渡印度河，促八剌旋师，八剌即日北归”。作者在回评中对这种“两存其说”的方法也作了必要的说明：

> 《元史》：“太祖十九年，帝至东印度国，角端见，班师。”《耶律楚材传》亦载及之。别史多辨其讹，且谓太祖未渡印度河，何由至东印度？是皆史家饰美之词，不足为信。本书两存其说，谓见角端时，适在印度

河滨。角端之能作人言与否，不下考实语，独归美于楚材之善谏。是益独具卓见，较诸坊间所行小说，于无可搜证之中，且任情捏造者，固大相径庭矣！

“两存其说”在保证运用“史料”的“客观性”的前提下，为“历史”保留了一定的可供想象补充的张力。

其五，补正史之阙。“正史”中为了避讳或隐瞒的“史实”，作者为了“补苴罅漏”，从稗官野乘中采用之，以便补正史之不足。在《宋史通俗演义》第9回的回评中，作者就有“补正史之阙”的处理方式的说明：

正史于孟氏世家，载明孟昶入京，受爵泰国公，数日即卒。而于花蕊夫人事，略而不详，此由《宋史》实录，为君讳恶，后人无从证实，乃特付阙如耳。然稗官野乘，已遍录轶闻，卒之无从掩盖。且昶年仅四十有余，而入汴以后，胡竟暴卒？大明殿之赐宴，明载史传，蛛丝马迹，确有可寻。著书人非无端诬古，揭而出之，微特足补正史之阙，盖以见欲盖弥彰者之终难文过也。

在《明史通俗演义》第66回回评中，蔡东藩也提到“补正史之阙”方法的例子：

世宗有意修醮，乃好杀如彼，而好仙又如此。方士杂进，房术复兴，清心寡欲者，固如是乎？况年逾五十，竟逼十三龄之女子与之侍寝。当时只图色欲，不计年龄，其后不肇武瞾之祸者，犹其幸尔。或谓尚美人不见史传，或系子虚。然稗乘中固明载其事，夫庄妃且不载正传，况尚美人乎？史笔多从阙略，得此书以补入之，亦束晳补亡之遗义也。

“补正史之阙”一方面当然是“史笔”的需要，为了褒贬善恶，以诫后世，从而使“历史”的“公正”、“客观”得以最大限度地实现。但从稗官野乘中所采撷的“史料”，作者在“有闻必录”的同时，也有所斟酌。在《宋史通俗演义》第56回回评中，蔡东藩有过这样的交代：

本回叙宋江归降，及克复杭城诸情形，事虽不见正史，而稗乘中固

> 尝载及。且证诸杭人所言，更属历历可考。张顺也，时迁也，武松也，祠墓犹在，杭人犹尸祝之。倘非立功杭地，谁为之立祠而表墓者？惟俗小说中，有授宋江为平南都总管，令率全部往讨方腊，此乃子虚乌有之谈，不足凭信。即如武松独手擒方腊事，亦属以讹传讹。方腊为韩世忠所擒，正史中曾叙及之。况腊在睦州，不在杭州，其谬可知。作者虽有闻必录，而笔下自有斟酌，固非信手掇拾者所可比也。

这对“补正史之阙”的“非信手掇拾”的“斟酌”当然有从常情常理出发的一面，但往往也有注重“小说笔法”的一面，从而使“历史小说”在依傍“正史”的同时，增强艺术性、趣味性、可读性。

在《元史通俗演义》第6回中，蔡东藩在叙述札木合和乃蛮部联军与汪罕、脱里、铁木真（小说中为帖木真）军在阔奕坛交战时，有这样一段描写：

> 方疑虑间，札木合后军已到，不亦鲁黑汗忙去报闻。札木合道：“无妨！蔑里吉部首的儿子忽都，能呼风唤雨，只叫他作起法来，迷住敌军，我等便可掩杀了！”不亦鲁黑汗道：“这是一种巫术，我也粗能行使。”札木合喜道：“快快行去！”不亦鲁黑汗遂邀同忽都，用了净水一盆，各从怀中取出石子数枚，大的似鸡卵，小的似棋子，浸着水中，两人遂望空祷诵。不知念着什么咒语，咕噜咕噜了好一回，果然那风师雨伯，似听他驱使，霎时间狂风大作，天地为昏，滴滴沥沥的雨声也逐渐下来了！

作者在批注中，还特意强调“各史籍中，曾有此事，不比那无稽小说，凭空捏造”。其实，他无非以方观承诗注和陶宗仪《辍耕录》等为依据（见第7回开头作者的说明）。明为“补正史之阙”，实则为了“小说笔法”的需要。

在《元史通俗演义》第18回中，叙述蒙哥进攻也烈赞城，城主幼里率子妇出战。蒙哥部下速不台攻破城池，俘获幼里子，接下有这样的描写：

> 速不台审问幼里子，才知前日所见的美妇，乃是他的妻室，便向幼里子道：“你叫你妻出来，我便饶你。”幼里子无法，只好至土阍下叫他妻室。速不台在后待着，好一歇，见楼上有美妇出现，双眉耸竖，凛若寒冰，俯视幼里子道：“你叫我做甚么？你殉城，我殉夫罢了！”速不台道：“你若出来谒我，我总恕你夫妇，且叫你得好处！”那妇却冷笑道：“鞑狗！

> 你当我作甚么看？别人由你凌辱，我却不能，我死也要杀你鞑子！”速不台大怒，把刀一挥，竟把幼里子杀死。猛听得扑塌一声，那美妇亦从楼上跃落，跌得血肉模糊，芳容狼藉，一道魂，已随那丈夫同逝了。

这当然有了表达“烈哉西妇，亟宜表扬”的这样的“道德”的感叹一面，但“小说笔法”的考虑恐怕更作为优先选择这段以“足以补中西史乘之阙”的“史料”，虽然作者提醒读者“不得以小说目之”(第 18 回回评)。

第四节 传统儒生的“历史梦”
——蔡东藩的历史观点

在确立“历史小说”创作的原则和法则之后，蔡东藩在从《元史通俗演义》开始的创作中，也逐渐形成一些固定的在《清史通俗演义》中已初露端倪的历史观点。

“正统”观念是蔡东藩创作历史小说最基本的历史观点。这在《清史通俗演义》以后的创作中，更趋于顽固。

蔡东藩有过这样似乎不信“正统”的表白：

> 曾记陈寿《三国志》，谓后汉至献帝后亡，当推曹魏为正统。司马温公沿袭此说，也将正统予魏。独朱子纲目，黜魏尊蜀，仍使刘先主接入汉统，后人多推为正论。咳！正统不正统，也没有甚么一定系绪，败为寇，成为王，古今来大概皆然，何庸聚讼？(《后汉通俗演义》第 1 回)

但实际上，在具体的历史小说创作中，蔡东藩还是照样沿袭“成则为王，败则为寇”的“正统”观念：

> 不过刘先主为汉景帝后裔，班班可考，虽与魏吴三足鼎峙，地方最小，只是就汉论汉，究竟是一脉相承，必欲拘拘然辨别正统，与其尊魏，毋宁尊蜀。(同前)

在《前汉通俗演义》中，作者强调“本书之不予胜广，其好治抑乱之心，已寓言中”。蔡东藩对每次农民起义都作否定性的攻击，出发点无非是“正统”观念而已。而扬刘抑项的背后，无非是一为“正统”得了势的“王”，一为非“正统”失败了的“寇”而已。在《后汉通俗演义》中，作者的“正统”观念显得有些可笑：绿林赤眉相对于王莽当道的官府是“贼众”，而王莽相对于刘氏汉家王朝来说，又为“窃贼”。当刘秀起兵于南阳时，作者称“真命天子出现”，“汉朝龙种”，要“索还汉室江山”。《南北史通俗演义》第99回中，描写了隋炀帝濒亡之际，“宫掖小人”王义上书指陈前弊，最后“一死谢君”。作者特从韩偓《海山记》中采入此段“史料”，“独表而出之”，“不肯苟略”。第100回中，也描写朱贵儿“殉主”：“炀帝恶贯满盈，到头应有此劫。三千粉黛，殉主只有一朱贵儿，而正史不载，非《海山记》之特为表彰，几何不同流合污，泯没无闻耶？”为如此昏庸淫佚的君主毫无价值地送命，本不值得提倡，作者却“特为表彰”，这恰恰是“正统”观念在作祟。

“正统”观念的确立，使蔡东藩的“历史小说”创作无法跳跃出“历史”的框架，以新的历史眼光去把握历史事件和历史人物。

在蔡东藩的历史小说创作中，“天命”观也时有所见。

在第21回的回评中，作者针对“鸿门宴”发了一通“天命观”的理论：

> 沛公身入鸿门，为生平罕有之危机，项羽令焚秦宫，为史册罕有之大火，于此刘项之成败，即定楚汉之兴亡。鸿门一宴，沛公已在项氏掌握，取而杀之，反手事耳。乃有项伯为之救护，有张良樊哙为之扶持，卒使项羽不能逞其勇，范增不能施其智，虽曰人事，岂非天命？天不欲死沛公，羽与增安得而杀之。

在《前汉通俗演义》的第17回回评中，蔡东藩认为“冥冥中有主宰”：“天意已嫉秦久矣，故特使赵高以乱其中，复生项羽以挠其外，章邯一去而秦无人，安得不亡！谁谓冥冥中无主宰乎？”在第47回中，当薄氏被封为皇太后后，作者议论道：“一位失宠的母妃，居然尊为皇太后，适应了许负所言，可见得苦尽甘来，凡事都有定数，毋庸强求呢。”

在《后汉通俗演义》第9回的回评中，蔡东藩有这样的评述：

> 若夫贼众乌合，本不足道，驱而逐之，尚非难事。然顺水一役，以智勇深沉之汉光武，且为贼党所乘，几不得免，战事岂可轻言乎？故刘氏之得中兴，虽曰人事，岂非天命？

“天命观”限制了蔡东藩对“历史”的“偶然性”的理解和把握，从而限制了他的“历史小说”的开掘和发挥。当“历史”成了一种“命定”的必然的逻辑发展程序后，历史小说作家的任务只剩下了一个化“正史”为通俗，将“偶然性”的历史人物和事件硬性嵌入“历史”的“必然性”之中，“历史”成了一堆静止的毫无生息的文字材料的堆砌，创作成了一种固定的机械性操作，“历史小说”必然成为不了艺术品。蔡东藩的“历史小说”之所以如此拘泥于“正史”，除了与他的创作宗旨有关外，恐怕也与他的历史观点紧密相连。

“因果报应”思想，在蔡东藩的历史小说创作中也并不少见。在《前汉通俗演义》第 71 回中，叙及霍去病趁射兽之际，有意射中李敢要害，致其毙命。作者写道：“天道有知，巧为报复，不到一年，去病竟致病死。武帝大加悲悼，赐谥景恒侯，并在茂陵旁赐葬，特筑高冢，使像祁连山。令去病子嬗袭封。嬗之子侯，亦为武帝所爱，任官奉东都尉，后至从禅泰山，在道病殁。父子俱当壮年逝世，嬗且无嗣，终绝侯封。”作者在随后批注中，也清楚地表明他的因果报应的思想：“好杀人者，往往无后。”在第 98 回中，作者也有“天道好还，无恶不报”的议论。在《两晋通俗演义》第 53 回的回评中，作者也有这种类似的“因果报应”的思想：“若赵主祗之终归陨灭，与汝阴王琨之被杀建康，覆巢之下，致无完卵，此乃石勒父子之孽报，不如是不足以暴其恶也，于他人乎何尤？”

在蔡东藩的“历史小说”中，发挥得最多的历史观点恐怕要算“女祸说”、“贞节观”和“道德观”。

蔡东藩沿袭陈腐的“正史”观念，往往把亡国败家与“女祸”联在一起。在《前汉通俗演义》第 41 回回评中，作者大肆渲染“女祸”之酷烈：

> 有史以来之女祸，在汉以前，莫如褒妲。褒妲第以妖媚闻，而惨毒尚不见于史。自吕雉出而淫悍之性，得未曾有，食其可私，韩彭可杀，甚且欲尽诛诸将。微郦商，则冤死者更不少矣。厥后复鸩死赵王，惨害戚夫人，虽未始非戚氏母子之自取，而忍心辣手，旷古未闻。甚矣，悍归之毒逾蛇蝎也。

第 86 回回评中，作者也有这样的“女祸论”：

> 女蛊之害人甚矣哉！不特乱家，并且乱国，古今中外一也。观鬷渠

阏氏之私通屠耆堂，即致国内分崩，有五单于争立之祸，而雄踞北方之北匈奴，自此衰也。夫以迈迹自身之汉高，雄才大略之汉武，累次北征，终不能屈服匈奴，乃十万师摧之而不足，一妇人乱之而有余，何其酷欤！

《后汉通俗演义》第30回回评中也提到："盖自章溺爱衽席，开子孙无穷之祸，而后之好色者不知所鉴；无惑乎牝鸡败家，代有所闻也。"《两晋通俗演义》第59回回评中也有"尤物不可近也"的评论。第77回回评则有更多的发挥：

　　但孝武不能测一张贵人，安能知一殷仲堪，床闼之间，危机伏焉，环保之侧，死象寓焉。经作者演写出来，尤觉得酒色之祸，甚于戈矛。褒妲之亡殷周，犹为间接，而张贵人竟直接弑君。甚矣，女色之不可近也！

在《南北朝通俗演义》中，"女祸论"又有进一步的发挥和提升：

　　天下之误人误己者，多半自妇女致之，非冶容诲淫，即昧几致祸，宝应亦一前鉴也。

在87回回评中，歧视妇女的观念已经到了使人不能容忍的地步：

　　古人有言："哲妇倾城。"又云："谋及妇人，宜其死也。"夫古往今来非无才智之妇人，但明通者少，悍妒者多。试观尉迟女之一经召幸，即被独孤后殴死，妒悍如此，尚能识大体乎？

到了《唐史通俗演义》中，作者一开始就阐明他的"唐乌龟"的历史观点：

　　这一部唐朝演义，好做了三段立论：第一段是女祸，第二段是阉祸，第三段是藩镇祸，依次产出，终至灭亡。若从根本问题上解决起来，实自宫闱淫乱，造成种种的恶果。所以评断唐史，用了最简单的三个字，叫做唐乌龟。这真所谓一言以蔽之呢。

把兴衰存亡极为错综复杂的迅猛滚动的"历史"大车轮仅仅拴系在"女祸"这

样一厢情愿片面捏合出来的泥柱子上，是不可能真正看清“历史”大车轮的真正印迹的。“历史小说”在作者这种硬性的“拴系”中，就成了僵死的“纸模”，任何生动新鲜充满生机的“历史”一旦进入这个“纸模”都仿佛乡间粗制油印的“财神爷”，除了有“财神”二字才使人想起此公外，其他你无论如何也想象不出他是什么模样。

“贞节观”、“道德观”的刻意强调，也是蔡东藩“历史小说”创作中的一大怪癖。在《前汉通俗演义》第61回回评中，作者由古及今发挥了一番有关“贞节”和伦理道德的观念：

> 文君夜奔相如，古今传为佳话，究之寡廉鲜耻，有玷闺箴，而相如则尤为名教罪人，羡其美而挑逗之，涎其富而污辱之。学士文人果当如是耶？我国小说家往往于才子佳人之苟合津津乐道，遂致钻穴窥墙之行，时有所闻。近则自由择偶，不待媒妁，盖又变本加厉，名节益荡然矣。然文君既随相如，虽穷不怨，甚至当垆沽酒亦所甘。以视近人之忽合忽离，行同犬彘，其得毋相去尚远耶！读此回，不禁有每况愈下之感云。

类似这样的议论在他的历史小说中不胜枚举。守旧的“贞节观”、“道德观”已到了令人难以置信的地步。在经过“五四”新思潮洗礼之后的“现代”社会中，蔡东藩还以这样顽固不化的“保守旧道德”的“道学先生”面目出现，可见他与时代的隔膜与距离。当蔡东藩在《前汉通俗演义》第67回的末尾写下这样的“散场诗”句——“妇道须知从一终，不分贵贱例相同”，在《后汉通俗演义》第81回的批注中写下这样的话——“烈妇被人牵臂，且断腕全贞。熙妻任令曹丕拭面，其不贞可知”时，读者真要怀疑他生错了时代。

在《民国通俗演义》第86回回评中，蔡东藩有这样哀叹人伦道德沦丧的议论：

> 梁启超出面助段，磨盾作檄，坊间所行之《盾鼻集》，备载讨逆大文，确是梁公一生得意之笔。阅者读之，固无不击节称赏，叹为观止矣。然梁为康有为之高足，康佐张辫帅而复辟，梁佐段总理而誓师，师弟反对，各挟其术以自鸣，意者其所谓青出于蓝欤？夫民国成立已十余稔，同舟如敌国，婚媾若寇仇，师弟一伦，更不暇问。吾读梁文，吾尤不禁忾然叹，泫然悲也。

其实,真正令读者"忾然叹、泫然悲"的倒是作者可笑的与时代、社会、文化变革不相适应的旧道德和旧观念。

蔡东藩对佛家学说和佛教信徒的非议,也值得一提。在《后汉通俗演义》第25回回评中,作者指责汉明帝为"名教罪人",因为他引进佛家学说:

> 洎乎梦见金人,即令蔡愔秦景等,万里西行,往求佛法。夫修齐治平之规,求诸古训而已足,奚必乞灵于外族?就令佛家学说,亦有所长,究之畸人之偏身,未及王道之中庸。而明帝引而进之,反开后世无父无君之祸,是亦一名教罪人耳。

在《元史通俗演义》第38回回评中,对佛家僧侣也大肆攻击:

> 本回于泰定佞佛事,慨乎言之,至受无量寺佛戒一段,尤写出僧侣情弊。禹鼎铸奸,神犀照怪,无逾于此。此非著书人好为描摹,实因淫僧贱秃,大都尔尔,奉劝世间善男信女,速即回头,毋为若辈播弄,其苦心固可见也。

对佛家学说和信徒的非议和排斥也反映出蔡东藩的正统的儒家观念。

当然,蔡东藩守旧落后的"历史观点"也有"怀疑"、"否定"、"更新"的时候:对"正统"观念,有不信任的时候,如"成者王,败则寇"的议论,对奢侈淫佚、昏庸老朽的君主也有指责抨击揭露批判的时候。对"天命观"也有过"更正"的表白:"兴亡之数,虽曰天命,岂非人事哉!"(《五代史通俗演义》第10回回评)对"天道"也有"质疑"的时候:"天既知孝妇之冤,何不降灾郡守,乃独肆虐郡民,此理令人难解。"(《前汉通俗演义》第82回)对历史上的女性也有过大加称赞的时候。《前汉通俗演义》第87回中叙及汉宣帝特命冯夫人为"全权大使""往谕"乌就屠,蔡东藩就毫无"方巾气"地称颂:"妇人作为朝使,千载一时。"并在末尾以诗赞道:"锦车出塞送迎忙,专对长才属女郎。读史漫夸苏武节,须眉巾帼并流芳。"在《两晋通俗演义》第29回回评中也盛赞"奇女子"荀灌:"以十三龄之弱女,独能奋身而出,突围求援,求诸古今史乘中,得未曾有。本回力为摹写,尤足使女界生色。"并赞及梁纬妻辛氏,"秉贞抱节,不肯苟全",作者诘问道:"谁谓中国妇女,素无学识?"《南北朝通俗演义》第85回叙冼夫人处,亦"特笔表明","借巾帼以励须眉"。在《唐史通俗演义》中对窦桂娘"密谋诛逆"也"大书特书"。在《后汉通俗演义》中，蔡东藩对貂蝉更是厚爱有加：

> 若貂蝉者，其亦一奇女子乎？司徒王允累谋无成，乃遣一无拳无勇之貂蝉，以声色为戈矛，反能制元凶之死命，红粉英雄，真可畏哉！或谓妇女以贞节为大防，如皇甫妻之宁死不辱，方为全节。彼貂蝉既受污于董卓，又失身于吕布，大节一亏，虽有他长，亦不足取。庸讵知为一身计，则道在守贞；为一国计，则道在通变。普天下之忠臣义士、猛将谋士不能除一董卓，而貂蝉独能除之，此岂尚得以迂拘之见，蔑视彼姝乎？或谓貂蝉为他人所捏造，故不见史传。然观唐李贺《吕将军歌》云："搕搕银龟摇白马，傅粉女郎大旗下。"可见当时必有其人。貂蝉！貂蝉！吾爱之重之！（第69回回评）

但赞扬歌颂这些历史女性是以贬低抨击"近世女子"为"代价"的，即如在赞扬荀灌时，蔡氏就曾指责道："吾慨夫近世女子厕身学校，假平等自由四字为口头禅，居然侈言爱国，要求参政，曾亦闻有荀灌之实心实力，得保君亲否？"在赞扬梁纬妻辛氏后，也大肆抨击今之士女："以视今日之略识之无，眼高于顶，自命为士女班头，而反荡检逾闲，不顾道德，吾正不愿有此奇邪之学识也。"

因而，上述这些"怀疑"、"否定"、"更新"的历史观点，只不过是蔡东藩头脑中偶一闪念的思想火花，稍一闪现，就融入漫漫的"历史"长夜中不见其踪影，守旧的与时代隔膜的"历史观点"即刻如洪水般地涌现在他的"历史"叙述中。

应该说，蔡东藩在定型化了的演义体的历史小说创作中，依然有"伤心人别有怀抱"的一面：

> 今则距五季已阅千年，而军阀乘权，争端迭起，纵横捭阖，各戴一尊，几使全国人民，涂肝醢脑于武夫之腕下，抑何与五季相似欤？况乎纲常陵替，道德沦亡，内治不修，外侮益甚，是又与五季之世有同慨焉者。殷鉴不远，覆辙具存。告往而果能知来，则泯泯棼棼之中国，其或可转祸为福，不致如五季五十余年之扰乱也欤？（《五代史通俗演义·自序》）

"殷鉴不远,覆辙具存"的"历史"需要与时代、社会、文化的变革浪潮相呼应,才能真正发挥"功利性"的效应,否则,在古卷青灯的沉醉中,我们只能听到一个时代隔膜者、远离者的不和谐的声音:

> 班固文人,党附窦氏,始至杀身;独班超能立功异域,终得封侯。大丈夫原应自奋,安能久事笔砚间?观于超之有志竟成,而固之无志可知,一荣一辱,优劣判焉。乃知人生处世,立志为先,慎毋媚世谐俗为也!(《后汉通俗演义》第34回回评)

"太上有立德,其次有立功,其次有立言,虽久不废,此之谓不朽。"(《左传·襄公二十四年》)"立言"虽也在传统的人文理想的"不朽"之列,但与"立德"、"立功"相比,毕竟"小焉"得多了。这种传统的士阶层人文精神观照下的"一入文人便无足观"的角色意识,使我们看清蔡氏的真正理想所在。从精神实质上说,蔡氏还是沉浸在"历史"的"君君臣臣父父子子"和"立德立功立言"的睡梦中的现代儒生。当现代社会的步履匆匆碾过这个世纪一二十年代的时候,蔡东藩在时代的洪流中沾溅了一些"新潮"的水痕,随即又回到了他的"儒生"的本色,听听他对这个世纪初狂飙突起般的社会转型的理解:

> 若隆裕太后之病逝,实为袁总统一人逼死。石勒谓大丈夫行事当磊磊落落,不宜效曹孟德、司马仲达,欺人孤儿寡妇,狐媚以取天下,袁总统其有愧斯言乎?总之对内勇,对外怯,为中国人之陋习。(《民国通俗演义》第18回)

把一个由专制王朝向"现代"型国家转化的时代浪潮的变革仅仅归结为"欺人孤儿寡妇"的结果,这样一种人伦道德视界内的社会历史评判与"转轨变型"的时代社会价值标准的距离已不可以道里计了。这是一个传统"儒生"对"现代"社会转型的"我注六经"式的诠释。

一个为传统的"儒生"提供沉醉梦幻的"历史"温床早已被时代的车轮碾碎了,"现代"的人们早该以清醒的崭新的角色意识汇入时代的文化变革中。而蔡东藩还在做着传统儒生的"历史梦",这是蔡氏个人的悲哀,也是我们这个时代社会文化甚或种族的悲哀。

第五章　黄小配、张恂子、李宝忠与“翻案重构”

第一节　为洪秀全翻案
——黄小配的“种族革命”视点

当1905年黄小配在《有所谓报》上开始发表他的以阐扬种族革命为宗旨，以“翻案”为鹄的的历史小说《洪秀全演义》时，即显示出中国近现代通俗小说开始有意识地尝试冲破某些传统的历史观念的沉重束缚以重新阐释“历史”的努力。其后，张恂子的《红羊豪侠传》、李宝忠的《永昌演义》等作品都沿着“翻案”路向，力图在抛弃某些传统的历史观念的桎梏后，以新的视野重新建构“历史”的图景。

在《洪秀全演义》诞生之前，有关“太平天国革命”内容的历史小说主要有这样几种：遭劫余生撰写的《扫荡粤逆演义》（又名《湘军平逆传》8回），1897年由上海书局印行；冯文曾的《曾公平逆纪》（8回），1909年由徐瑞记书局印行；严庭樾的《国朝中兴记》（10回），1909年由集成图书公司出版。这些作品都从“正统”立场出发，对太平天国竭尽诬蔑诋毁之能事，而对向荣、曾国藩等清王朝的忠臣名将大唱赞歌。

黄小配从“种族革命”的视点出发，以新的历史观念重新阐释“太平天国”的历史，在“为种族争，为民族死”（《洪秀全演义自序》）的热情讴歌声中重新建构“太平天国”的历史景观。

黄小配在《南越日报》的周年纪念文中曾有这样一段颇为慷慨激昂的陈述：

同人观政局之堪忧，惧狂澜之莫挽，拊膺斫地，搔首伤时。欲在沧海之横流，勉作疾风之劲草。或效唐衢之痛哭，或拟樊川之《罪言》，皆准时势以立言。……纪事微言，笔墨之权渐著；革新创制，竹素之道弥彰。秉直笔若董狐，摛雄词如司马。具非种即锄之志，无贰无虞；存有奸必斩之心，不移不屈。……合数百道小丈夫之乳，水必如归；放五千年大漆宝之光，日能普照。……岂徒痛怀事势，陈长沙伏阙之书，掇拾残丛，留野史荒亭之稿而已哉！[1]

这段日后的有关报纸“言论自由”的论述，也颇能代表他创作《洪秀全演义》时的心声，即“准时势以立言”。而“秉直笔若董狐，摛雄词如司马”，这当然是强调“能展民声”，“冀伸公论”，但其历史小说也何尝不是在所谓“直笔”、“雄词”的形式下，以重现他心中的“非种即锄”、“有奸必斩”的“太平天国史”？

在“成王败寇”的“正统”观念下，被称为“发逆洪匪”的太平天国领导人物的脸上都被抹上了浓重的黑墨重彩，而在《洪秀全演义》中，“被侮辱被损害”的“太平天国”领导人物却以崭新的“历史”面目出现在读者面前：

钱江举头一望，但见那人生得天庭广阔，地阁丰隆，眉侵入发，眼似流星，长耳宽颐，丰额高准，五尺以上身材，三十来岁年纪。头戴济南草笠，身穿一领道装长服，脚蹬一双蒲草鞋儿，手执一把羽扇子。钱江看着那人，暗地里早喝一声彩。（第2回描写洪秀全出场）

这与其说是对“历史”的“还原”，而不如说是在功利性极强的宗旨驱使下对“历史”的重新“改装”和“修饰”。因而，在《洪秀全演义》中，洪秀全的大度、仁慈、宽厚，冯云山的朴素、谦逊、踏实、苦干，韦昌辉的嫉恶如仇、深明大义，石达开的精明干练、忍辱负重，陈玉成的忠心耿耿、英勇无畏，李秀成的足智多谋、骁勇善战……这些被日后的史学家所屡屡称道的“太平天国”领导人物的优秀品质，都在《洪秀全演义》中得到极大的渲染和烘托。

为了弘扬“太平天国”的英勇事迹，作者往往对“历史”进行有意的“曲解”，以期达到自己功利的目的。《清史稿》载：“僧格林沁及胜保会军合剿破之，诛林凤祥。复破之高唐州冯宫屯，生擒李开芳，磔之京市。”而《洪秀全演义》中却描写成：林凤祥被清军四面围困在一座土山上，自料不能脱险，遂拔剑自刎（第36回）。李开芳被流弹击中，身负重伤被俘。胜保准备将其槛送

〔1〕 王俊年：《黄世仲》，转引自《中国历代著名文学家评传》（续编3）第729页，山东教育出版社1985年版。

北京，李开芳即于被俘之夜因伤势过重而卒。被历史学家所认定的李开芳的“变节”[1]也被摒诸不提。再如李秀成修书气死向荣，也决不是“历史”本来面目的还原，而是小说家的有意为之。另外，像有关清宫的史实、天朝的政治制度及其设施，以及钱江等人物的设计安排，还有小说所“抄录”的诗、文、诏、檄等都与“历史”相去甚远。

而杨秀清这个人物的故意“贬损”更能体现出作家对“历史”“翻案”的重构性。在《洪秀全演义》中，杨秀清从一开始就是被“歪曲”的对象。作者首先把以“种山烧炭为业”的杨秀清硬性“派定”为“富绅”，且有专喜他人奉承的“僻性”。书中“胡以晃”就这样向“洪秀全”介绍“杨秀清”此人：

> 只敝亲杨秀清，别号静山，乃桂平平隘人氏，广有家财，附近乡村的田亩，都是他的产业。叵奈这人不识世故，还恐说他不动。惟有一种僻性，专好人谀颂于他……（第 4 回）

“亲不亲，阶级分”，“杨秀清”的“成分”和“本性”就跟“太平天国”的其他领导人物有了一道鸿沟。其后的奸诈、阴险、盛气凌人、飞扬跋扈、阴谋夺权……都是“必然”的了。

为了更好地体现作家的“非种即锄”、“有奸必斩”的种族革命的思想，《洪秀全演义》中还安排了一系列“虚构”的“史实”，以揭露“杨秀清”的“非我族类”的“反动性”。

在第 12 回中，作者描写“冯云山”中炮受伤，临终前以委婉的方式告诫“杨秀清”勿“伤残同类，自取灭亡”，并对“萧朝贵”说：“将来误大事者，杨秀清也！”作者特意“虚构”的“军师钱江”也明察秋毫，对“杨秀清”早有戒备之心。在第 17 回中，作者为了更好地衬托“洪秀全”、“钱江”等“正面人物”的宽容大度和以大局为重的胸怀，描写“洪秀全”、“钱江”趁“杨秀清”妻殁之际，及时将“萧朝贵”的妹子“萧三娘”嫁作“杨秀清”妻，以消除清军的“反间计”。在第 21 回中，作者还让“太平天国”开科取士的第一个状元“刘赞成”到“军师”门前“进谏”：

> 事后刘状元遍谒各王公，并投拜钱江门下，便乘间对钱江说道：“各

〔1〕 王戎笙等：《太平天国运动史》第 62 页，人民出版社 1986 年版。

> 大臣皆与先生同事已久，某岂敢以疏间亲；只既属师生，聊贡一言。某观各大官类皆气宇轩昂，英杰士也！但福王洪仁达，东王杨秀清，如曹孟德谓司马懿，所谓鹰视狼顾者，先生当有以防之！

在第26回中，“李秀成”也看出了“杨秀清”有“篡位”之意。

到了第28回，作者把“杨秀清”的“本来面目”彻底暴露出来：他不请诸天王，直令“李开芳”以大军出河南，并对其“夫人”说：“洪即杨杨即洪耳，固无分别，亦将守卑，今能员猛将聚于杨氏，天与人归，行见天王之让位矣！”“夫人”阻止，“杨秀清”不听，径入“天王府”，威逼“洪秀全”封他“万岁”，“洪秀全”没有答应，“杨秀清”擅自命令部下称自己为“九千岁”。这一段“史实”也与历史学家笔下的“历史”有异：金田起义前后，杨秀清即获得宗教上的最高发言权，洪秀全也认可了杨氏的“代天父传言”的特殊身份。永安封王时，杨秀清受封东王，其余“所封各王，俱受东王节制”。定都天京后，洪秀全即以“天父下凡诏书”的名义，给杨秀清以更大的特权：“尔为官者，须知东王所言，即是天父所言也，尔等皆当欣遵。”因而，杨秀清已是“刑赏生杀、伪官升迁降调皆专之”，“一切军务皆决之，任其裁决”，而群臣具本上奏“天王”，“仅请安、贺喜、谢恩而已，概不准奏事”。即使这一类“装门面”的本章，也须经杨秀清盖章后，洪秀全才阅览。因此，“九千岁”并非杨秀清自封，而是“天王”所授。1856年，杨秀清借“天父下凡”将洪秀全“诏”至东王府要求的是封“万岁”：

> “天父”对洪秀全说：“尔与东王均为我子，东王有咁大功劳，何止称九千岁？”洪秀全被迫无可奈何，不得不说：“东王打江山，亦当是万岁。”杨秀清更进一步：“东世子岂止是千岁？”洪秀全索性回答道：“东王既万岁，世子亦便是万岁，且世代皆万岁。”（《太平天国运动史》第77页）

这种有损“天王”形象的情节被作者剔除在“小说”之外，而1853年，“天王”洪秀全因罚女官过苛，被杨秀清以“天命诏旨”召进东王府，并跪在杨秀清的面前，最后俯伏在地，差点儿受杖责。这样近乎侮辱“天王”的情节，《洪秀全演义》更是一字不予提及。实际上，这些有损“天王”高大形象的情节倒是真正不可多得的“小说”素材，而作者却因强烈的功利眼光把它们一一丢弃了。[1]

---

〔1〕 以上有关“太平天国”的史实请参阅王戎笙等《太平天国运动史》第71—74页的有关评述。

顺着这种不能有损"天王"和"太平天国"王朝的思路,作者选择"韦昌辉"擅自杀死"杨秀清"这样的"史实"就是非常自然的了。为了不至于给读者留下"太平天国"争权夺利的"内讧"的印象,作者从小说一开始就作了铺垫,首先把历史学家认定的韦昌辉的出身是"地主兼典当商人","素业质库,兼饶田产",改为桂平县一个差役。作者浓彩重笔地描写了"韦昌辉"义释"洪秀全"的全过程。随后,"韦昌辉"忠心耿耿跟随"天王"闹"革命",决没有个人的私欲和杂念。"韦昌辉"决定杀"杨秀清",也是激于义愤,不忍心"天王"的地位受到动摇和"太平天国"王朝"正统"被"篡夺"。在诱使"杨秀清"进入"北王府"后,"韦昌辉"义正词严斥责"东王":"……今大事未定,秀清遽怀异心,多结党羽,擅发号令,以危国家,并阻天王亲征,以图功高篡位,又梗军师号令,使不得其志,汝罪大矣!某与汝分属兄弟,决不能误国家大事,而徇私情也!"遂命人刺杀"杨秀清"。杀死"杨秀清"后,"韦昌辉"还到"天王"面前请罪,最后以自杀谢天下。据历史学家考证,"天京事变"中被韦昌辉、秦日纲所屠杀的"太平天国"人员约有2万人。而《洪秀全演义》只提及杀了"杨秀清"一家50余人,并把责任推给"韦昌辉"的弟弟"韦昌祚"擅自屠杀,与"韦昌辉"不相干。至于历史学家认定的韦昌辉的奉承钻营,权欲心强,阴险狡诈,凶横残暴的一面,和杀戮杨秀清实际上由"天王"洪秀全一手策划,不过由韦昌辉、秦日纲奉诏回京执行而已……这一系列的"太平天国"内讧残杀的"历史真相",都被作者巧妙地布置成了一幅"太平天国"的神圣威严的"历史图画"。有着血淋淋的"历史"代价的"屠宰场"被作者一厢情愿地罩上满眼生辉的供人欣赏的彩带。"历史"被"改造"了,被"修饰"了,"历史"暂时被获得圆满的功利性"粉刷",但实质上却给小说中所流露出的思想观念带来了致命的弱点。

"太平天国革命"固然有摧毁封建专制王朝推动社会前进的一面,但其落后的封建的小农意识和帝王思想也不容忽视。"太平天国"所建立的等级森严的制度和一系列政治、军事、经济、文化等设施,都与传统的封建专制制度有着千丝万缕的联系,而"天王"洪秀全的"生杀由天子,诸官莫得违"、"只有人错无天错,只有臣错无主错"等封建纲常伦理观念与历代封建专制统治者如出一辙。因而,对"太平天国"的改朝换代的小农意识和帝王观念不加批判地一味地唱赞歌,实际上与风起云涌的资产阶级民族民主革命的目标并不完全一致。这是《洪秀全演义》在为时代作宣传而又与时代的思潮相悖的地方。

《洪秀全演义》虽是时代的“翻案”之作，却对传统的小说艺术青睐有加，小说中许多情节和艺术处理都有不少借鉴甚至直接搬用传统小说的地方。如第6回中作者描写憨厚莽撞的“洪仁发”固执地要跟“胡以晃”去营救“洪秀全”，其口吻语气和对话内容与《水浒传》第61回中李逵死命要跟吴用上京劝卢俊义加入水泊梁山的描写大致相像。在这回中，作者所描写的“韦昌辉”杀妻“王氏”一段也有《水浒传》影子。“王氏”与邻人“王艾东”通奸，被“韦昌辉”无意中撞见。“王氏”抓住了“韦昌辉”欲投奔“洪秀全”的把柄，想要挟“韦昌辉”答应让她改嫁“王艾东”。“韦昌辉”在忍无可忍中杀了“王氏”。这几乎是“宋江杀阎婆惜”的翻版。再如第12回中“石达开”请“李秀成”加入“太平天国”，第18回中，胡林翼请左宗棠出山“剿匪”，都有着《三国演义》中“三顾茅庐”影响的痕迹在。另外，《洪秀全演义》中的战争场面的描写也都吸取了《三国演义》、《水浒传》的艺术长处，使得小说显得一波三折，不致呆板单调。

《洪秀全演义》在语言上也糅合了传统小说和近代白话小说的长处，从而显得洗练、精悍、流畅并富有幽默和趣味性的一面：

> ……说犹未了，道光帝越加忿怒，因平时把穆相作个柱石良臣，十分宠幸的。今见太子说他欺君罔上，擅国专权八个字，如何忍得住？登时愤火中烧，立起来飞起一脚。那脚不高不低，恰踢在膀胱上下，那太子“唉哟”一声，眼儿反了，面儿白了，气儿喘了，喉儿响了，身儿浮了，脚儿软了，仰身倒在地上，眼见是没了！（第1回）

这里叙述的当然不会是“历史”的本然，但文字的生动、风趣在近现代历史小说中却不得不令人刮目相看。

第二节　双重翻案建构
——张恂子的“豪侠”眼光

张恂子在创作《红羊豪侠传》时有着明确的目标和追求：

> 那市上流行的小说，在下早已见过，不是把太平天国骂一个狗血喷头，左一声“发匪”，右一声“洪逆”，便是把洪秀全、杨秀清恭维得和蜀汉

时代的昭烈帝、武乡侯一般无二。过犹不及,在下以为这都不是历史小说的正轨。至于在下编这一部小说,第一,先去掉成见,是非功过,一听读者批判;第二,那年代的先后,道路的远近,都有根据。至于结构,一方面除掉国家大事以外,做小说都免不了要有些穿插。所以这部小说,以太平天国的历史为经,以英雄儿女可歌可泣的事迹为纬,写将出来包管和市上流行的大不相同。(第1回)

我们从中看出,张恂子对描写“太平天国”事迹的“历史小说”的两种类型即一味谩骂和一味歌颂,具体来说即对《扫荡粤逆演义》型和《洪秀全演义》型两种建构都不满。因为,在张恂子看来,这正反两个极端的建构都不是“历史小说的正轨”。张恂子认为,“历史小说正轨”必须具备两个条件:即摈弃成见和遵循史实。这两者说穿了是合而为一的东西,即让“历史”自身演述“本来”的故事。因此,摆在张恂子创作《红羊豪侠传》面前的是两重性“翻案”建构的超越:既要翻《扫荡粤逆演义》式的“肆意诅咒”案,又要翻《洪秀全演义》式的“大肆颂扬”案。双重“翻案”的建构,增加了《红羊豪侠传》创作的难度。

《红羊豪侠传》首先在整体的创作手法上和已有的两类小说划清界线。无论是《扫荡粤逆演义》,还是《洪秀全演义》都侧重“写实”的手法,夸张怪诞的描写只是少量的情节,没有整体性全局性的意义。同时,在描写“太平天国”的兴衰过程中,注重的是事件的推衍,人物的刻画只是随着事件的发展而发展,而不是刻意为之。而《红羊豪侠传》却不同,作者创作的视点在下笔之先即逸出常情常理的日常视线之外,以“豪侠”的眼光重新审视“太平天国”的人物,因而整体笔法上带有“武侠小说”味,不再是“写实”的符合生活原生态的描绘,而是掺入引进大量的神道剑仙的传奇故事,以增强小说的艺术感染力。小说在描写“太平天国”的“历史”时,注重的不是事件的演述推展,而是人物的性格刻画和心理描摹。因而,可以这样说,不管是《扫荡粤逆演义》的否定性描写,还是《洪秀全演义》的肯定性刻画,它们都注重从“历史”出发,在“历史”中寄寓强烈的倾向性,而《红羊豪侠传》却在肯定和否定的双重“承诺”中,侧重“小说”的艺术性、趣味性,“历史”成了“小说”任意取舍的工具和手段。

《红羊豪侠传》中当然有“种族革命”思想的流露,如在第44回中,作者借“洪大全”斥责钦差大臣赛尚阿之际,就道出了这样的心声:

你们异族，把我们中国窃据了三百年，还要老着脸，自居正统，真是不知人间有羞耻事！如今你开口钦差，闭口钦差的，倒说我们天朝是僭窃，你以为成则为王，败则为寇，殊不知我们天王，若是一朝打破了北京，你们咸丰小子，不也是一般的铁索银铛，做我们天朝的阶下囚吗？况且你们满洲，在我中国人眼光中看来，便是蛮夷戎狄，哪有你们夷狄来做主人，我们炎黄华胄却屈居于仆役地位的道理？我劝你若是见机的，便快快溜回北京去，和咸丰那小子率了你们一班丑类，回满洲的老家，把汉族的山河，依然还了我们汉族。那时你们在满洲，也可以称孤道寡，还不失为富贵。你们要是执迷不悟，即使我们太平天国不能统一中原，久后自会有旁的汉人出来驱除异族，那时节怨毒愈深，怕你们清朝历代帝王冢中的枯骨，还不能保全啊！

但作者对“太平天国”的“种族革命”的思想不是全盘接纳，而是有所分析和“批判”，作者在第13回中解剖“洪秀全”的“革命”思想最初形成过程，就是一个最好的例证：

他喜欢读史，一部二十四史，简直就烂熟在胸，对于古时的帝王寇盗兴亡成败的迹象，研究得了如指掌。他不比旁的读书人，死守着“皇上圣明，臣该万死”这八个字的。他以为做皇帝，也不过是那么一回事，无论哪个人，只要得民心，有兵力，如汉高祖是一个亭长，明太祖是一个小沙弥，一般的都可以做皇帝。又想当今的皇帝是满洲人，满洲在古时，中国人本来视同夷狄。这会子到中原做主子，和元朝以蒙古人入主中华，是一个样子的。可是看见宋明人所著的书里，讲起满洲人总是把犬羊腥膻等等的字样，去侮辱他们。为什么到了此刻，一般中国人俯伏在满洲皇帝的脚下，歌功颂德呢？更兼看着眼前满政府的混乱，官吏的贪残，百姓的困苦，觉得这满洲人实在不能再让他做皇帝了。古时汤武革夏桀之命，此刻的中国最好也出一个汤武来革一革才行。可是放眼看那些督抚大员，一个个只知道奴颜婢膝，谁敢效法汤武，革满之命呢？洪秀全想到这里，便隐然以汤武自命。

这种“彼可取而代之”的帝王思想包融在“种族革命”推翻清王朝统治的思想中，作者着意把它指点出来，虽然没有直接地“批判”和“指责”，但这种帝王思想显然与作者写作时的特定时代不相适应，作者的“倾向性”多少隐含在这种“历史”的叙述中。而黄小配在《洪秀全演义》中却有意地避开对“太平天国”改朝换代的帝王思想的分析和批判。

正因为作者对“太平天国”的帝王思想有所戒心，因而，在描述“太平天国”的“历史”时，也时常借“历史”人物之口，道出作者不动声色的“揭露”批判的“倾向性”。如在第14回中，“冯云山”说“洪秀全”有“王者之相”，劝他起来“选择”，并进献“得民心”的妙计：

……《论语》上说：“民可使由之，不可使知之。”中国的百姓，愚鲁的居多，你要是把清朝是满洲人，或是清朝的官吏，怎样的贪赃枉法，这许多话去歆动那些无智愚民，那是你这个造反，造一百年也不成功。所以我们最好要想出些神怪的事迹来，去引诱一般愚民为我们效死。这并不是我们独创的例，汉高祖的时候，有什么“赤帝子”、“白帝子”的故事；宋太祖时，又说什么“检点作天子”；明太祖因为在皇觉寺里做过沙弥，所以神话更多；连满洲人都捣过一回佛库伦吞仙果的鬼。我们若是谋大事，第一步当然要得民心，而要得民心，这种荒诞无稽的鬼话，却不可不预备些。

在经过“现代社会”的转型和新文化思潮的洗礼之后的读者读到作者这样“揭露性”的陈述，自然会对“太平天国”的封建落后的帝王思想和愚民政策的一面有所认识，这是作者双重“翻案”建构后的对“太平天国”的新认识。应该说这种对“历史”的新认识有与时代思想相适应的一面。

但这种双重“翻案”建构需要有全盘更新的历史观念和高超的艺术手笔，而张恂子显然无法达到这样的高水准。因而，在《红羊豪侠传》中，作者为了达到双重“翻案”的目标和追求，常常显得力不从心。

为了避免“历史”描绘的单调呆板，为了展示更大的艺术魅力，更为直接的目的是为了和“市上流行”的小说“大不相同”，作者往往宕开笔势，枝叶蔓生，以致造成“闲文”太多，叙述过于松散无节制，“历史”淹没在没完没了“插科打诨”的趣闻轶事和虚构想象的传奇故事中。如在“太平天国”举事前，先写郑思勋夫妇求子心切，继写郑氏夫妇终于生了个儿子郑祖琛，郑祖琛中了举人，再写周武卖解，玄机道人收周武为徒，周武为江焕文报仇，随后写张立凤父女、陈大鹏、陈大鹏的儿子陈丕成，再写罗大纲等烦琐杂碎的事件拼凑，洋洋洒洒10多万言，直到第13回才让洪秀全、冯云山出场。小说的评点者在该回的回评中已深知读者的不耐烦，于是给作者“打圆场”：“此回方入洪秀全正传，或有訾其纡缓者，殊不知作小说与作正史异，作小说必从读者趣味方面着想，布局结构，皆不能如正史之简单……其所以纡徐曲折，全为洪秀全一人耳。”为了铺垫烘托一个人的出场，竟需十来万言的鸡零狗碎的情节绕圈子，实在看不出其“小说”的妙处，这只能说明作者为了迥异于其他的描写“太平天国”“历史”的小说建构，又没有找到一种最佳的艺术建构方法，只能故意“下笔千言，离题万里”。在《红羊豪侠传》中，这样故意的“宕开笔去”和“离题万里”的写法简直到处可见。第31回一开头，作者直接给自己“故意绕圈子”作了解释性的说明，以便挽回结构随意松散的不良影响：

> 做书的磨得墨浓，蘸得笔饱，写这部《红羊豪侠传》历史小说，不知不觉已写了有三十回，金田村却依旧没有起义。几位性急的朋友，不免说做书的故意绕大圈子，和读者开玩笑。其实做书的吃饱了饭，要不是为了书中的布局结构，以及登场人物的来踪去迹，万不能省略之外，却也不肯浪费笔墨。

然而作者的“不肯浪费笔墨”才刚写下，随后的叙述却又是令人气恼的“绕圈子”：“在这三十一回开场，偏偏不肯就紧接上文，却要闲闲地从另外的一个人身上写起。”第27回描写“洪大全”求见“洪秀全”，作者大笔一挥兜了几个圈，直到第33回，才续上两洪正式相见。第34回描写“张秀才”告发诱捕“冯云山”，第35回却又跳开写桂平县知县判通奸案。第48回刚写到两路清兵杀奔桂阳，马上又转到湖广总督“程晋采”办“诗社”……这样的小说结构法简直有些“恶作剧”的味道。

为了“趣味性”和“绕圈子”的需要，作者往往专拣自己驾轻就熟的“素材”穿插来穿插去，因而雷同重复的叙述也不少。如第15回，描写赖道人救活死人，到第30回，王叫化又使婢女死而复生了一会儿。又如描写了一个玄机道人，又续绘了一个赖道人。再如描述了“洪秀全”的入狱和被营救的全过程，作者却又不厌其烦描写了“冯云山”、“洪大全”、“韦昌辉”等人被捕入狱和被营救的过程。

因为既要达到双重“翻案”的目的，又要有追求小说艺术的创新，作者想要使自己的创作合乎“小说的正轨”（去“成见”和依“史实”）的要求，就显得极为困难和吃力。评点者在第41回回评中的一段话，就委婉地指出了作者的“吃力”：

> 事实之出于虚构者，笔墨较易动人，本回所叙洪、杨与清兵之战史，各有事实为根据，万不能向壁虚造。而正史所述，又至简略，作者斟酌于其间，较之前数回，倍见吃力。

这种“吃力”，体现在作者想以“武侠传奇”的新视野去观照“太平天国”的致命弱点所在：“历史”的本来面目与“小说”艺术化想象之间的不可协调性。作者的创作视角与他对“历史小说”的理解是矛盾的，不可能达到“共存”状态。

正因为有着这样不可协调的致命的缺陷，作者的双重“翻案”的最后结果还是回复到最传统的历史观念上去，即从“宿命论”和“女祸论”归结“太平天国”失败的命运。《红羊豪侠传》通过玄机道人、赖道人、王叫化、陈大鹏等人的“未卜先知”的“预言”，早就给“太平天国”画出了命定的悲剧的线路，太平天国的兴衰成败只是历史的“循环”和命定的“劫数”。“洪秀全”的帝王之相是“天生”的，他的悲剧下场也是“天命”如此。而“天京事变”主要是“洪宣娇”和“傅善祥”争风吃醋酿成的“内讧”。作者从“杨秀清”诱奸“洪宣娇”，到“洪宣娇”排斥“杨秀清”的另一相好“傅善祥”，直至“天王”面前要求铲除“杨秀清”，终至“韦昌辉”、“赖汉英”、“秦日纲”、“洪宣娇”等人设计杀了“杨秀清”，勾画出一幅“女人是祸水”的传统的“历史”画。

《红羊豪侠传》也有着很深的传统小说尤其是《水浒传》的影响在。如“冯云山”的足智多谋，可以看作是《水浒传》中的吴用，“杨秀清”奸诈阴险一如宋江的嘴脸，而“萧朝贵”的鲁莽憨厚几乎是李逵的化身。再如第27回中，评点者就有这样一段和《水浒传》的“比较论”：“《水浒传》当写晁盖智取生辰纲之前，先写晁盖与刘唐、吴用饮酒。忽有一道人求见，晁盖始而拒绝，继而闻此道人在门外与门者喧闹之声，始亲出观看，则固入云龙公孙胜也，乃亟尊之上座，共策大事。与本回洪大全欲见秀全遭拒，同一章法。”《红羊豪侠传》不仅许多人物事件的描绘脱胎于《水浒传》，有时甚至连叙述语言也有着很重的《水浒传》味：

> 那张仁估量自己没钱，不好意思再吃冯云山的，便推托着不肯跟了

> 就走。禁不得冯云山再三相劝，张仁平素也是贪杯的酒徒，嘴里虽说不敢不敢，脚底下却渐渐地活动了。两人便就近踏进了一家酒楼，拣副僻静的座头坐下。冯云山便向酒保要了一斤酒，又教拣瘦的肉用大盆切一盆来。（第 34 回）

假如把这一段文字中人物姓名改作《水浒传》中的人物名字，读者是很难分辨出它的真正的出处的。

第三节　为李自成辩护
——李宝忠的“乡土观念”

李宝忠在《永昌演义》的书末附录了 64 种涉及到明末农民起义内容的书目，这些书除了正史、地方志之外，都是笔记、野史，李氏是把它们作为“考证”材料来引用参考的。其实，未被李氏纳入他的“考证书目”的还有一些通俗历史小说，如：1645 年兴文馆刊行的题为“西吴懒道人口授”的《剿闯通俗小说》（又名《剿闯小史》、《剿闯孤忠小说》、《馘闯小史》、《忠孝传》，10 回），1651 年前后由庆云楼刻印的蓬蒿子编的《新世宏勋》（又名《盛世弘勋》、《新史奇观》、《顺治过江》、《写鼎奇闻》，22 回），1824 年由啸月楼刊印的《末明忠烈传》（44 回），1878 年由宏文堂刊印的松排山人编的《铁寇图》（又名《忠烈奇书》、《崇祯惨史》，50 回），1906 年由上海愈愚社排印的陆士谔撰写的《精禽填海记》（10 回，未完）等。这些历史小说都和李宝忠所开列的“考证书目”中的笔记野史一样，从“正统”立场和观念出发，对明末农民起义的“流寇行为”给予了否定性的评价，且有许多内容是对李自成等人的“人身攻击”。

李宝忠的《永昌演义》却别立他宗。他是抱着为李自成“翻案”的宗旨来创作历史小说的：

> 汤武革命为古今所艳称，汉之高祖、明之太祖，皆以布衣而有天下，所谓吊民伐罪，实足以媲美前人。迨魏晋以降，宋齐梁陈替相受禅，掩耳盗铃，前后如出一辙。唐高祖以累世公侯，值隋室丧乱之际，不能步踪汤武，仍袭魏晋以来之恶习，殊可叹息。李自成本一走卒耳，崛起草泽，战必胜，攻必克，十余年间覆明社稷，南面而王天下。虽其运祚不长，兴亡转瞬，而其雄才大略，殊足以远继汉、明。以视魏晋六朝之窃弄

权柄、要挟国君、狐媚以取天下者，其贤不肖相去为何如哉？况其人不贪财，不好色，光明磊落，有古豪杰风，若释丘从周戮张国绅等事，不贤而能之乎？虽《明史》固掩其长，而野乘多存其实，未可以成败而概论之也。

他的“翻案”重构仅仅基于对“李自成”这个特定人物的赞美和颂扬，而不是建立在对整个明末农民起义的认同肯定的基础上的。

作者确实也有对“正统”的历史观念怀疑的一面：

成者王侯败者寇，自古已然，于今为烈。三代以降，每当更姓易代之时，必群雄并起，逐鹿中原，争地争城，杀人盈野。当此之时，孰为圣明，孰为盗贼，虽有智者不能辨也。一旦胜负既分，河山统一，其败者则身死人手，为天下笑；其成者则创业垂统子孙。帝王虽有残暴不仁之行，史不敢书，人不敢言，数传以后谁复知之？故自其成者而论之，则盗贼亦圣明矣；自其败者而观之，虽圣明亦盗贼矣。此千古英雄所为同声一哭也。(《自序》)

正是基于这种对正统的“历史”和历史观念的怀疑，李宝忠在《永昌演义》中多处对“正史”的记载作了否定性的论证和考核，并以恢复“历史”的本来面目而沾沾自喜：

在第14回中，作者叙及“李信”(投奔李自成后改名为“李岩”)的经历时，依据纪晓岚的《阅微草堂笔记》、俞荫甫的《右台仙馆笔记·荟蕞编》、范光阳的《双雪堂集》等书，为“历史”上的“忠臣孝子”李栩“力为辩白”：

据《明史》上自成传中所载，这李信本是逆案中原任山东巡抚李精白之子，的的确确是乱臣贼子，父子济恶无疑的了。但是世俗相传及诸家野史记载，说得明明白白，那李精白的儿子名叫李栩，因为他父亲与魏忠贤创建生祠，在历史上落了污点，他便心怀羞愤，时时刻刻想做个忠臣孝子，冀盖父愆。所以当自成兵入颍州之时，那个李栩便尽散家财，招集了一班义士，保卫桑梓，一连杀败了各处的土寇。总督朱大典因他骁勇善战，札绥他为都司，驻守颍州。后来李栩连战有功，又收抚了袁时中的全部，一时军声大振。可惜他命运不好，恰又遇着自成把时中暗地联络了，时中怕他掣肘，听了部将李奎的话，遂将他刺杀于王老人集。算起来，这位李栩也够得上一个奇烈的男子。万不料那《明史》上竟颠倒是非，把他认为杞县举人李信，说他是自成的军师；把杞县李信，认作山东巡抚颍州李精白的儿子李栩。总而言之，信冠栩戴，把两个人硬作成一个人，岂不冤哉？后来那个李栩的英魂不尽，到了清朝乾隆年间，曾降乩诉冤，并有乩诗一首：“此恨竟终古，无人一讨论。由来青史上，大半是冤魂。”

在第19回中，作者据余友圣的《庐州失陷记》，为“蔡如蘅”张扬“忠义”，以反驳《明史》上对他的栽诬。作者说：“并不是做书的替姓蔡的捏词粉饰，尤望以后读史诸公，不可错怪了忠臣义士，庶不枉作者阐扬忠义的一片苦心了。”在第24回中，作者又以陈明盛的《节烈见闻录》、赵吉士的《续表忠记》、《寄园寄所寄》、吴梅村的《鹿樵记闻》和傅青主的《霜红龛集》以及《陕西通志》、《米脂县志》等私家记载和地方志，替“李振声”、“钱中选”伸冤，因为《明史》中载有“巡按御史李振声、总兵钱中选皆降”。而在作者“考证”下，他们是“忠臣”，还大发感慨曰：“可见书之不可尽信，青史尚然，其他勿论矣。”并且还指出这种“颠倒是非”，是“明季党祸的遗毒”。可见作者“翻案”的认真和执着。另外，在第37回中也为“吴继善”辩诬，作者“煞费用心”才把吴氏曾“降贼”的事实“真相”“调查”出来，依据的是彭遵泗的《蜀碧》和无名氏的《研堂见闻杂记》等书。在第40回中，作者还为“张煌言”鸣不平，因为张氏“在海上与清兵抗拒了十五六年”，后兵败被俘，“誓死不屈”，遂“从容就义，慷慨捐躯”。这样的“孤忠亮节”，“不知怎么那《明史》上偏偏不肯给他立传，并且连个副传都不曾看见，真是令人不解其故，所以作者特地要把他详细补叙出来”。

但是，李宝忠这种对正统的“历史”和历史观念怀疑，这种对恢复“历史”的本来面目的试图和努力，还是基于对“忠臣孝子”、“高风亮节”的“正统”观念的颂扬，这是以一种“正统”观念反对、排斥、纠正另一种“正统”观念，只不过所依据的“圣贤”观念和所立足的“王朝”观念不同而已。因而，在《永昌演义》中，作者极力赞美“李自成”个人的“美德”随处可见。如第2回中，写“李自成”不屑为“鸡鸣狗盗之术”，并路见不平，拔刀相助，杀了作恶多端的地方一霸石友仁。在第13回中，作者写“李自成”生性异常“骨鲠”，既“不贪财”，又“不好色”。在第25回中，作者写“丘从周”闯进王府，辱骂“李自成”，左右要把他推出斩首，李自成却命人送他回家。作者随后赞道："看来那自成并非不能杀他，其实是志愿远大，一则见他不是计较，一则也是爱他是个奇烈男子。就这一点事，亦可以看出自成的为人了。"在这一回中作者还极力描摹出沿途各州县百姓"成群结队地伏拜在道左，高呼万岁，声如雷吼"的情形，以及米脂人对"李自成"的欢呼和爱戴。在第27回中，作者写李自成杀了以献美女讨好的"张国绅"，并特意点出"李自成"的"美德"："看官要知道，这轻财好义，不喜酒色，原是自成天性特长之处。像这一宗事，漫谈常人不能办到，就是贤者也要看是哪一个了。万不可因他后来未能成事，便把他的好处一概抹煞，才算是我们读书人平心之论了。"在第31回作者又大写"李自成"的仁慈宽厚之心。当他看到"崇祯"吊在煤山的惨象后，"便走上前去深深下了一拜，不觉双泪直流，抚尸说道：'崇祯，崇祯，孤原无害你之心，你何故寻此短见？叫我今日怎么去对天下臣民也！'"正是抱着这种一味赞扬的态度，当"李自成"在武英殿登基时，作者也把"正统"王朝的观念暂时丢一边，大肆赞美起"李自成"的"帝王之相"来：

> 据《明史》上说来，自成生得深颛、高颧、鸱目、蝎鼻，本是一个丑陋不堪之人，但是到了今日，他做了皇帝，坐在九龙宝座之上，披衮戴旒，气象庄严。众人偷眼窃视，见他马上变成了天日之表，龙凤之姿，那一种穆穆天子之容，令人肃然生敬。可见古人说的成者王败者贼，这话是一点也不会错的。就如明太祖的那副尊容，猫头狗脸，令人着实不堪承教，然而因他是一个创业英主，后人遂尊他为五岳朝天的贵相，把他从前的丑陋，一字都不提了。其实那明孝陵享殿上所藏的太祖遗像，作者是亲眼见过的，安能瞒哄得过。想来当自成登极之时，众人的理想，也就把他当作明太祖看待起来了。不过他的气迹不好，后来又失败了。所以史书上就不抬举他，把他说得贼头贼脑，简直不成一个样子。依我想来，自成当日倘要不失败，那当时的史书上定要说"我太祖高皇帝，生而岐嶷，美须髯，阔达大度"等语。依此类推，那历代的帝王，大都不过如是，全凭后人替他鼓吹罢了。（第31回）

为了赞美"李自成"这个人，竟然一笔勾销历代帝王的"神圣"和"威严"，这对一个传统的"正统"的"读书人"来说，无疑是"冒天下之大不韪"。从中我们可以看出为了美化"李自成"，作者是竭尽全力的。

为了突出“李自成”的个人“美德”，作者不惜贬低历代帝王，也不遗余力地贬低张献忠、王嘉胤等其他农民领袖。如在第10回中，作者写到：“原来这张献忠的生性脾气，与自成却大不相同。自从入了凤阳之后，别的他一概不管，每日起来专门放纵手下的兵到处剽掠，不是杀人，便是放火。”而且大肆挥霍淫乐。在第11回中，又提及“张献忠”进入河南后，“所到之处，肆行屠杀”。在第14回中，作者写到“李信”替“李自成”拟定军令16条后，就如此评说：“比起那张献忠的杀人放火、任意胡来，这自成的人马简直就成了堂堂天兵。加以朝廷连年用兵，筹饷孔急，百姓因为负担日重，一个个叫苦连天，直把个自成形容出一种吊民伐罪的样子，因此自成兵所到之处，百姓个个欢迎，不到五六年功夫，便推翻了大明的一统江山。”在第37回中，作者有这样一段描写“张献忠”死后的情形：

> 献忠既被豪格射死，那西充县埋尸之处，坟上毒草丛生，愚木参天。乡人误踏着他坟边的一草一石，足上定要发生个极大的恶疽。每值日落时候，常见一只大虫往来坟上，可见那凶厉之气，数百年后余毒尚不能尽，真是令人可怕也哉！

可见，作者对“张献忠”的偏见之深，对“张献忠”一贬到底的心之坚决。

据历史学家考证，王嘉胤也是明末农民起义的早期主要领袖之一，崇祯四年六月被内奸勾结明朝官兵所派的间谍刺杀身亡。而李宝忠却在没有史料佐证的前提下，在《永昌演义》中把“王嘉胤”塑造成像《水浒传》中的王伦一流人物，忌贤妒能，阴险奸诈，企图谋害李自成，担心他“功高震己”。在第12回中，作者在描写崇祯九年高迎祥被俘时，把王嘉胤也作为陪衬，说他也同时被俘，不顾“史实”上，王氏已死了五年，并不惜以“污辱”性的笔墨，描写了“王嘉胤”的“贪生怕死”的“丑态”：

> ……骇得嘉胤连连叩头，口称：“小人该死！小人家中尚有八旬老母，祈大人赦蝼蚁之命，愿在军前效犬马之劳。若是送到北京，小人就有命难逃了。”……嘉胤闻令，直哭得泪人一般，死跪在那里不肯动身，禁不住那些刽子手，连拖带滚，将他架出帐外。嘉胤放声大哭，把脖项缩着一团，蹲在地上，高呼“大人饶命”，闹得那些刽子手莫得法子，只好出来一个人把他的头发抓住用力扯展了颈项，方才将脑袋砍了下来，进

帐缴令。

这种故意的贬损，确实有些令人不解。其实，这与作者浓重的“乡土观念”有关。

在《永昌演义》中，作者一方面贬低整个明末农民起义的“正面”意义，这只要看一看全书中所极力赞美的明朝忠臣义士不畏惧“流寇”的大肆杀戮精忠报国的“高风亮节”的行为就能知晓。如第10回的“杨一鹏”“引颈待戮”，“艾万年”的“自刎而死”，“曹文诏”等人的“尸横沙场”；第17回中的“艾毓初”的“自缢而死”，艾凤喈的“一腔热血，竟洒于银州城外”；第20回的“杨文岳”等文武4人“精忠贯日”，死得“慷慨激昂”；第23回中的“刘熙祚”“死节”长沙郡，“李振声”“殉难”裕州城；第26回中的林日瑞“面不改色，大骂不绝而死”；第28回中蔡懋德的“不可辱于贼手”，“悬梁自缢而死”，周遇吉被“李自成”军悬于高杆之上，仍“骂不绝口”，“身上万矢丛集，犹如猬毛的一般”；第30回中，崇祯吊死煤山后，太监王承恩“自缢殉主去了”；第32回中，明朝宫女费紫女刺杀了“李自成”手下的大将“罗虎”后，“向怀中掏出了一柄利剪，哭了一声：‘皇帝皇后，妾志已遂，情愿到地下来伏侍陛下也。’一头说，一头举起剪来，向自己咽喉上用力一戮。可怜一位如花似玉的佳人，一旦香消玉碎，慷慨捐躯”……另一方面，作者又以少有的激情，对“李自成”的个人“美德”竭尽赞扬之能事，这当然有“种族革命”的思想的一面，这正如他在《自序》中所说的：

> 李自成削平群雄，奄有四海，不旋踵而为满清所夺，在满清，不寇自成则师出无名，乃汉人亦从而寇之，果何为也哉？向使满清不入关，自成不失败，则自来之勋业当与汉、明开创之君相提并论，子孙继之，兵威远震，庶胡人不敢南下而牧马，吾汉族亦何至慑服于满清专制之下数百年，不敢扬眉吐气，凌夷以至于今日也哉？故自成之败非特自成之不幸，抑亦吾汉族之大不幸也。汉族不知助自成以拒满清，而反从满清以寇自成，此吾所以叹息痛恨于吴三桂，而有是书之作也。

但事实上，从整个小说所流露的倾向上看，作者赞美“李自成”的个人“美德”，更多的着眼点还是在浓重的“乡土观念”上：“窃叹吾乡有此不世之伟人，而竟听其事迹湮没，莫得搜考而表彰之，时时引以为憾。”正是在这种为

“吾乡伟人”之“憾”中，作者开始着手创作《永昌演义》。在第25回中，作者借“李自成”之口道出了作者头脑中强烈的带有封建小农意识的“乡土观念”：“自成以一介匹夫，十年间横行天下，指日京师一破，这一统的锦绣江山，便成了我们米脂人的家产了。”作者的这种强烈的“乡土观念”不仅落后于时代，而且有时也落后于“历史”上李自成本人所达到的认识水平。在《永昌元年诏书》中，李自成就有这样的表白：

> 朕起布衣，目击憔悴之形，身切恫瘝之痛。念兹普天率土，咸罹困穷；讵忍易水燕山，未苏汤火。躬于恒冀，绥靖黔黎。

救民于水火，“吊民伐罪”的思想基于的视点是“普天率土”，而并非仅仅是为了“米脂家产”。这要比李宝忠的“米脂家产”意识要高出许多。

正是这种狭隘的“乡土观念”，使得作者在赞美“李自成”的同时，极力贬损“张献忠”、“王嘉胤”等人，因为他们虽同是“陕人”，却不是“米脂人”。

以一种“正统”的观念否定另一种“正统”的观念和狭隘的“乡土观念”，使得作者不可能真正认识和把握李自成领导的明末农民起义的兴衰成败的真正原因。因而，作者只能求助于传统的历史观念（分合论、劫运论、气数论、天命论）来解释明王朝和大顺王朝的兴衰更替。

作者在第1回中即大肆发挥“历史”的“分合”、“劫运”、“气数”的传统理论，并把“李自成”的起于草泽，归结为米脂的“风水”，“李自成”家的祖坟正葬在“龙脉”处。在第2回中，又把“李自成”的出身写成是天上的“破军星”投胎。在第3回中，“李自成”被官兵追杀，在危急关头，逃至花马洞，竟有仙人相助金银财宝，并赠宝剑（此剑能识不忠不孝之徒）。在第13回中，当部下“刘宗敏”等人有离异之心时，“李自成”凭“神卦”稳住军心。在第16回中，作者写了崇祯帝因“李自成”声势“一天大出一天”，就命人伐掘“李自成”的祖坟，挖断李家的“龙脉”。在第27回中，作者写“李自成”在崇祯十七年正月元日于西安接受部下所推尊的“新顺王”的封号，即位升座。“正在行礼时，忽然黄风四起，屋瓦皆飞，霎时间，天昏地黪，日色都无光了。”这是天不佑“大顺”的前兆。在第30回中，作者描写“崇祯”吊死煤山后，作者特意安排了一段相传的遗闻，以证明明朝灭亡是“命定”的结局：明宫中有一密室，内中藏铁冠道人的秘记。当“李自成”兵临城下之时，崇祯命人将密室中的大木柜打开，内中一锦匣上竟赫然写有“崇祯十七年三月十七日”（正是崇祯上吊的日期),匣中有三幅画。一幅画着文武百官抱头鼠窜,另一幅画着官兵弃甲倒戈,再有一幅则画有一个人披发赤足,上吊自杀。这上吊人的相貌与“崇祯”竟“丝毫不错”。在第30回中,作者写到李自成率部攻陷京城之后,“正待入城之时,忽然狂风大起。突有黑气一股,从西直门内一直涌了出来。宋献策道:‘此害气也,急宜避之。’遂同自成勒转马头直奔德胜门来。其时太监曹化淳已经率众出迎。自成的人马,长驱直入。行至承天门前,自成向宋献策道:‘孤一箭中了天字,便当一统天下。’说犹未了,弓弦响处,那一支翎箭早已飞了出来,恰恰地中在天字下面二寸地方。”这是作者特意安排的“天不佑大顺”的“谶纬”场面。在第37回中,作者写“张献忠”的死的“预卜”早就藏在诸葛亮修建的回澜塔中。在第38回中,作者借“李自成”、“宋献策”之口直接点出了“天不佑大顺”的“天命论”思想:

> ……(李自成)向随从的文武挥泪说道:“朕与诸卿同起草泽间,十年辛苦,方才挣得这个天下,总想国祚绵长,大家同享富贵。岂知天命不佑,转眼之间,又到了这步田地。朕死不足恨,只可惜我汉人的一座锦绣江山,白白送与胡人之手,叫朕死了,不惟无颜去见汉人的历代帝王,就是连那亡国的崇祯也对不起了。”众人闻言,一个个流涕唏嘘,束手无策。宋献策道:“陛下圣虑周详,所言极是。但天命有在,也非人力所能挽回了。”……

既然“社会”的兴衰是“命中注定”,“人”也是“命定”的产物,那么,在《永昌演义》中,“李自成”最终皈依佛门,老死在“古卷青灯”下,也是合乎“天意”的。

这是李宝忠守旧的地方,也是他落伍于时代的地方。毛泽东在1944年曾建议将《永昌演义》用“新的历史观念”加以“改造”,显然是不可能由李氏这样传统的头脑中充斥着许多封建观点的“读书人”所能胜任的。

《永昌演义》在描写战争和刻画人物上都显得呆板单调,叙述语言也大多千篇一律,缺少生动、形象、传神的韵味。如第7回中,光“大惊”一词就出现10处,“大怒”也出现了5处。这种程式化的描写也是作者脱不出传统小说的艺术窠臼的表现。

第六章　翟缨、杨尘因与“现实描写”

第一节　翟缨的《新新外史》

——现代历史演义的罕见之作

在中国近现代通俗历史小说史上，描述袁世凯时代社会世态的历史小说中，杨尘因的《新华春梦记》和翟缨的《新新外史》具有代表性，值得一提。两部作品气魄很大，篇幅较巨，前者为100回，后者为101回。前者60多万字，后者则长达360万字(两者计数均含新式标点)。《新华春梦记》生动详细地描写了袁世凯实行帝制的整个成败过程，而《新新外史》则以晚清至民国时代为背景，细致详尽地描绘了袁世凯窃取大总统到洪宪时代前这段时期的整个社会历史风貌。虽然《新华春梦记》出版在前(1916年)，《新新外史》刊载在后(1920年)，但是，如果将两部作品秩序颠倒一下放在一起，那么我们从中可以完整地看到从晚清末年(1905年)直至袁世凯称帝失败(1916年)这个特定阶段的社会历史的“风景画”。而两部作品的创作特色也体现出近现代通俗历史小说中带有“纪实性”的作品的创作共性，反映出中国近现代历史小说在“历史”与“现实”之间的流变。

《新新外史》的作者翟缨，原名董郁青，是北方的名小说家，满族，天主教徒。清末投身报界，对清朝的文献掌故及北京的风俗政教极为熟悉。约1920年前后被聘为《益世报》副刊《益智粽》编辑，还担任社论撰述。1935年后负责检查《益世报》大样。抗战爆发后因病逝世。《新新外史》1920年在天津《益世报》副刊《益智粽》上连载，直到1932年才收场。而这101回的小说才写到筹安会成立，“吴必翔”(吴炳湘)在“项子城”(袁世凯)授意下，封闭有反对筹安会恢复帝制言论的报馆，在《新新外史》的最后一回中，作者有这样的描述：

……必翔连声答应，回到厅中，特派了几十名侦探，凡北京各报馆持反对态度的，对于总经理总编辑，全派有专差，走到哪里跟到哪里。尤其那位梁先生，前后左右，凭空来了许多保镖大将，闹得他半步难行。这时期作小说的也是北京报界一分子，终日如坐针毡。偏偏这位吴必翔先生把我也看成了善作剧秦美新妙的大手笔，一声令下，直吓得我魂飞半天。幸亏这时候正赶上我们《益世报》出版，我便溜出北京，以后的事也就不知道了。本小说便也从这一百零一回暂告一个结束。

而实际上，"结束"则可能是被迫的。濯缨原先负责编辑的《益世报》副刊已改版，易名为《语林》，他被调改为《说苑》版编辑。因而，"以后的事也就不知道了"只是托词而已。

《新新外史》的出版也经过很大的周折，濯缨在1936年所写的《〈新新外史〉发刊全书小引》中有过说明：

《新新外史》小说，刊登《益世报》，肇始于民国九年，徇已故刘睿卿先生之请也。蝉联继续，直至二十一年始登竣，岁星盖一周矣。十五年曾出版甲乙两集，十八年续出丙集，亦仅及七十回而止，自七十一至百回，仍无专书与世人相见也。上年春间，馆中执事，倡印全书，商得鄙人之赞同，从头整理之，错误矛盾之处，均经修改，已由排字房逐日排印。惟以人工不敷，难免迟滞。自李渡三经理继任，百度维新，对《新新外史》出版事尤为注意，指定专工赶作，限于本年九月底出书，并登广告，发售预约。以定价之低廉，购者云集，全书二百余万言，不难克日观成，著者亦与有荣焉，特记其颠末如上。

一部作品持续连载了竟十二三年，到出全集之时，依然"购者云集"，这恐怕在中国文学史和出版史上都是绝无仅有的现象。我们不得不佩服国人的"耐心"、"恒心"和"专心"。

濯缨在《新新外史》中有着比较明显的创作倾向性。在第8回中，他借对"磕头请安"这一"细节"的议论，表述过自己作小说的"立场"：

……原来君主专制时代，君臣之礼极严，凡是从北京派出的钦差，不论官职大小，到了各省，自督抚以下无论何官，必要把他请在一间屋中，先朝着磕头请安，他却站在上面纹丝不动。这名叫跪请圣安，言其是代表皇上来的，他这个人的身子还沾着一点皇气，所以朝着他请安，就如同朝着皇上请安一样，等这个礼行过了，然后再请安，他也还安，这才是私人的见面礼。等何时他起身回京，又得照样儿磕头请安，这叫做寄请圣安，言其寄奉在他身上，等他回京见了皇上，好替寄的主儿行礼，这全是君主的神圣尊严。如今虽然是民国了，我们也要知道，好悬为当日的奇辱，使他永远不再发生，这也是作小说的一点微意。

以“历史”为借鉴，想促使昔日君主专制的“奇辱”“永远不再发生”的“微意”贯穿在《新新外史》的创作中。作者在“历史”中寄托“微意”的同时，也有着“现实”的焦虑的时候。“历史”与“现实”的关联有时竟那样紧紧地牵动着作者的思维神经：

……人受天赋之气而生，从先天中便含着一种恶根性。若问这恶根性是甚么，便是好贪逸，恶劳苦；好娱乐，恶愁烦，好排场，恶俭陋；好甘旨，恶淡薄；好繁华热闹，恶冷落寂寞。……要说到北京城，一切饮食起居，周旋酬酢，及所有悦目赏心，及时行乐的场合，宗宗样样，全与人类恶根性的嗜好吻合无间。而且来得非常自然，并无丝毫勉强。凡居住在这里的，纵有贲育之勇，也决然拦不住这种浸润滋灌。始而尚能矜持，及至日子长了，便觉着无一不适，这同化力就算成功了。不要说本国人逃不出，便是东西洋人，凡是在北京住过五年以上的，你看罢，多少总要带一点中国的官气，并且举动也疏缓了，决没有迫不及待的样子。……想当初明末时候，满洲人雄踞关外，真是人强马壮，个个如生龙活虎一般。彼时汉人看满人的眼光，也同今日我们看东西各强国是一样。哪知他们自到了北京，作了皇帝，总算是志得意满，快活已极。直直快活了三百多年，不知不觉间，早为北京这种同化力所熔铸，把那雄强无比、猛鸷绝伦的满洲民族，竟变成了一种委靡不堪、颓唐无力的废物活人。……由上看起来，北京实在不是一场好地方。要想成大事业，千万不可恋居此土。如今国民政府奠都南京，改北京为北平市，我们不能不佩服人家眼光远大，谋虑深沉。但是以地势而论，南京实不如北京远甚。将来要控制全国，仍不能不注意及此。但是目前这几年，却不可遽然改图。必须预筹一种改造方法，将北京这块地方彻底地改造一下子。所有种种恶习惯、恶风俗，同历史上留下的种种怪现象，全一律摧毁廓清，另培养出一种善良的风俗习惯。如此过一二十年，再议恢复旧都的手续，如此方不失为远大之图。但是一面在南京地方，更得要格外注意。因为全国之中，无论甚么地方，自要改建都城，便自然而然的，能养出种种不良的风俗习惯来，也并不因为君主民主，少变其方向。不过君主有君主恶化的轨道，民主有民主恶化的轨道。如认定民主国家的首都，就不会养成恶劣的风俗习惯，那便是根本错误了。所以当道要人对于南京的前途，尤其得提撕警觉，于无形之中，隐寓制裁，于自然之中，加以诱掖，总使其归入善的方面，而不流入恶的方面，那才不负迁都的一片苦心。不然这一面虽躲开危险，那一面又受了大病，岂不是枉费周折吗？（第72回）

这种对“历史”的警觉和对现实的忧虑体现出作者在创作通俗历史小说时，并不仅仅是为创作而创作，而是有着严肃的功利性的一面。

但在渗透“微意”和“焦虑”的同时，作者依然有着很重的陈腐守旧观念。在第1回中，作者在以“新眼光”观察“人类进化”的同时，却流露出对“礼教纪纲”、“廉耻道德”崩溃失落的不满。在第9回中，作者借龙子春这个人物之口宣扬“风鉴之术”，并煞有介事地断定：“项子城”（袁世凯）、“李天洪”（黎元洪）、“冯国华”（冯国璋）有“帝王之相”，这纯粹是传统史书和小说中“祥云瑞兆”、“帝王之相”之类迷信说教的因袭。在第14回中，为了讽刺“章敬宗”的不“孝”，作者特借仆人陈福之口，发挥了一通“人”与“枭獍”的区分“理论”，流露出对封建的“孝道”极力维护的思想倾向。在第17、18回中，作者描写了一个“孝心感动上天”的故事：王天宠为了替父报仇，只身前往少林寺拜师，无意中吃了“存着龙虎二气之精”的蛇肉，竟然“身轻如叶”，力大无比，最终如愿以偿。在第73回中，为了“劝善惩恶”，以免引起读者“于邑不欢”，作者有意描写了“耐苦”、“借贷养亲”的好青年夏海在被武威军稽查官即将砍头却又幸而得救的故事，并阐发了一番颇带有“学术性”的“天人合一”的“理念”：

从来世上人，有坏心的，总不能得好结果，存好心的，也万万得不到坏结果。冥冥之中自有老天爷主持一切，或者说世界上万类纷纭，老天爷虽然聪明正直，也恐怕不能挨着个儿，全能考察得到。哈哈，说这话的，是不明白天人合一的道理，当初《公羊传》上解释“天子”两字，最为透辟，它说：人独阴不生，独阳不生，独天不生，三合而后生，故谓天之子可，谓父母之子亦可。尊者取尊称焉，故谓王者为天子。然就实际上说，世界上人，哪一个又不是天之子呢？人是天之子，天是人的大父，彼此一气相承，痛痒相关。凡人一举一动，甚至心里发生一种甚么意思，上天的主宰，无不立时知觉。这乃是发于自然贯通的一种至理，并没有甚么奇妙难解之处。所以福善祸淫，如响斯应。

这种貌似“学术性”很强的理论观点，归结到一点，实际上还是“因果报应”、“天人感应”等陈腐守旧的观念的翻版而已。

在《新新外史》中，作者还流露出一种浓厚的怀旧情绪。作者往往在“历史”描述中，掺入对“现实”的不满。在第11回中，作者描写段毓芝陪载兴去中华园听戏，与巡警发生冲突。作者有这样一段“突如其来”的议论：

你道小段在天津作了几年候补道，为何社会上不认得他？这其中也有一个原故，因为清时代的官，不同民国，一到了监司大员，平素非坐车坐轿不能出门，一切玩笑场中，除去巡警总办借稽查为名，可以不时看看，其余不能随便进去，进去便算失了官礼。至于娼寮妓院，更须躲避。乃至民国，哪还有这些讲究，督军巡阅使全可以公然宿娼。可见民国平等，不是由下而上将人格提高，反是由上而下，将人格坠落了。

借民国官僚的荒淫享乐的一面，而一笔骂倒了民国的“民主”、“平等”风尚的尝试与倡导，这不能不说是作者一种怀旧情绪的反映。在第52回中，作者描写了一段张之洞回乡管教子孙、赈济穷人的故事，并发了这样“非今”的感慨：“足见彼时做大官的，外面极其谦和，胸中却很有权术。较比现在，但知作威作福，骄傲自恣，肚子里却没有一点真才实学，真是不可同日而语也。”在第100回中，作者描述到江苏提学使毛庆田以曾国藩为榜样，对太太少奶奶进行“家教”，要她们注重勤劳，并针对“现实”大发感慨：

这位老先生的家教，假如要叫现代摩登式的小姐太太听见，真是笑掉大牙。不但是时代的落伍者，简直成了洪荒草昧之人了。到底可是《国语》上敬姜的话并没有说错：逸则淫，淫则忘善，忘善则恶心生。如

> 今摩登式的女先生们，大概没有不注重性学（淫字当然得要避讳），这都是闲出来的原故。其实终日坐汽车兜风，看电影听戏，吃大菜跳舞，从午后（早晨起不来）忙到天亮，何尝有一刻清闲。古人所说的劳，乃牛马服苦之劳；如今这种劳，才合乎人生享乐之劳。果然一辈子能这样劳下去，纵然劳死也不委屈，可笑曾文正同毛老先生，真是不开窍的愚人，要说到现在世界上，不要说省主席教育厅决然无分，只怕连一个初小教员的资格还够不上呢。

这种嘲讽式的话语中，也隐含着作者心中一种“今不如昔”的怀旧感。

在《新新外史》中，虽然小说中所涉及的主要政界人物大部分都用化名代替，但稍有“历史”知识的人，都能分辨出所确指的历史人物。如项子城即袁世凯，冯国华即冯国璋，段毓芝即段祺瑞，李天洪即黎元洪，宋樵夫即宋教仁，臧炳文即章炳麟等。作者在注重“历史”的真实性的同时，着力刻画人物的个性，这在项子城（袁世凯）这个人物的刻画上表现得尤为明显。项子城一出场，就给人一种诡秘感：

> 软床上坐着一个人，看年纪不过四十多岁，漆黑的燕尾胡须，赤红脸，穿着一件虾灰色的毛呢大褂（此时正值七月——引者注），面上却戴着一副墨晶的大眼镜。见他五人进来，方才慢慢立起，把墨镜摘了，五人才同他一对眼光，觉得他那眼中放出一道奇光来，这五个人的眼光迎受了一种打击，老老实实的全学菩萨垂眉，再无一人敢抬头看他。（第7回）

作者极力描摹了项子城奸诈狡猾的一面。此人面上谦逊，内心却野心勃勃，当别人称赞他居高自卑是“纯臣”时，他却“暗暗好笑”（第8回）。在溥仪登基大礼上，项子城“心中大不自在”，并“挺立未跪”（第30回）。但在彰德招集旧部商讨对付革命党时，却又慷慨激昂、义正词严，大有与清朝共存亡的气势，并声称“先皇先后，遗泽孔长，我们作臣子的岂能遽萌异志”。而背后却又与赵秉衡密商登上最高权力宝座的计策（第52回）。项子城在隆裕太后面前进谗使摄政王载丰受到降旨指责。当载丰请项子城进府商讨对策时，事先早已知情的项子城却装得若无其事。作者生动传神地刻画出项子城的阴险奸诈的神态：

> 子城进来,向王爷请过安。载丰让他坐下,愁眉苦脸的,从桌上拿起一张淡黄颜色的贡笺来,递给子城道:“这是皇太后的懿旨,你看一看。”子城一听,立刻现出惶恐的样子来,连忙立起身来,跪在地上,战战兢兢的,用双手去接。载丰见他如此诚惶诚恐,自己也坐不安了,忙的立起身来,双手交与他。子城恭恭敬敬的接过来,见上面龙飞凤舞的写了数行行书字。(第53回)

最终,载丰在他的欺诈下,丢掉了摄政王的位置,只能与仆人魁升相对哭泣作楚囚状。在第98回中,作者描写了项子城为了迫使议院选他为正式大总统处心积虑,终于如愿。当议长汪立堂赶赴新华宫报喜时,项子城“脸上并不露丝毫欣喜之色”,并出语谦逊,大有不能胜任此重托之态。在《新新外史》中诸如此类的描写还很多。

但作者并不一边倒地贬低丑化项子城,而是力求多侧面描写出这个历史人物的性格。如在第8回中,作者描写到了项子城的“精神贯注,巨细不遗”的一面。在第31回中,作者描写了项子城面对刺客留下的纸条沉着冷静的神情。在第52回中,作者这样描写项子城对清翰林进士陈仲陶的关心:

> 此时子城仔细向他身上打量,只见他穿着一件老洋绉的夹袍,外面却罩一件实地纱青马褂。当此深秋之际,虽说河南气候温暖,怎当得夜间一阵阵的秋风?早吹得老先生面目青白,身上有些发颤。子城笑道:“夜深了,老先生在此久候,风露欺人,想情一定冷得很呢!”说罢,从自己身上脱下黄缎子夹马褂来,亲手披在老先生身上,说:“这件衣裳还能御寒,老先生暂且穿一刻吧。”那位先生却吓得战战兢兢,双手推辞,连说:“使不得,使不得,这是皇上御赐给宫保的,职道如何担当得起。”子城道:“没有甚么,这是我仿照御赐的衣裳做的,并不是皇家之物,请老先生随便穿,不必畏惧。”那先生听了子城这样说,便勉强穿了,然后坐下说话。

这当然是为了“收买仲陶的心好为他利用”,但也多少体现出这位向来被贬低丑化的历史人物所具有的“人情味”的一面。对历史人物的评价,通俗作家向来所持的尺度无非是政治立场和道德评判,而很少有人从“人性”、“人情”的角度着眼,濯缨偶一点染,多少也显示出创作时对人情世态的深入揣摩。

不过，在《新新外史》中，作者对有些历史人物则故意恶谑，用漫画般的手法丑化贬损他们。如描写臧炳文（汉火），就强调他“脑筋中总带着三分精神病”，是个“疯子”（第74回）。在作者的笔下，臧炳文权欲心极强。当项子城许他一个空官衔（东三省宣慰使）时，他迫不及待要铸金印，走马上任，把要为王之瑞说项的事（王系民党，想谋直隶总督职位）也丢到九霄云外。当被关押在龙泉寺时，作者有这样一段“恶谑”的情节描写：

> ……书麟忙取出一张卡片来，递过去，汉火接过来一看，便呸呸的啐了两口，扯个粉碎，撂在地上，又用脚踏了几下，大声骂道：“我当你是项子城的狗呢，原来是项子城的狗毛！你也不拿镜子照一照，就敢跑来同我交谈！甚么东西呢！”书麟被他迎头一顿臭骂，仍然不肯退去，还含着笑脸，说：“先生！你不要生气……”“气”字还不曾说出来，汉火道：“你不走么？等我用尿把你浇出去！”说着便扯裤子，作便溺之势，吓得书麟同和尚拔头跑去。汉火在屋中仍然大骂不休。书麟一气跑出来，朝着和尚伸一伸舌头，说：“我活了三十多岁，也没有见过这样不要脸的疯子。我只好敬谢不敏，请总监自己想法子吧！”（第74回）

当内城官医院院长徐灵光受警察厅委托去做说客，想诱骗臧炳文认罪，吓唬说警察厅要把臧氏关在精神病院里永远受罪时，“汉火忽然大哭起来，说：‘我当初坐过三四年牢狱倒不觉得怎样，如今他们用这毒手陷害我，使我求生不得，求死不能，我可实在受不了啊！看这样，我倒不如自杀吧！省得将来受莫大的侮辱。’说罢，他站起身来便要向墙上撞去”（第74回）。这与鲁迅先生笔下对章太炎先生的描述简直有天壤之别。同时，作者还把臧炳文描写成是个嗜钱如命的人：

> 汉火听见大总统三字，腾地坐起来，大声骂道：“甚么大总统，混账！快赶出去，我这里不受他的使命！”灵光笑道：“且慢！且慢！大总统是派人给你送钱来。你如果不受，我可要替你受了。”汉火一听是钱字，便立刻改了口气说：“呕，有钱么快拿来我看！”灵光道：“你既不受他的使命，当然也不受他的钱，还看甚么呢？”汉火发急道：“你胡说！使命是使命，钱是钱，既然你给我送来的，凭甚不叫看呢？”灵光不便再拿他取笑，

> 便朝着书麟一努嘴，书麟忙把聘书同钞票一同取出来，双手递与汉火说：“这是大总统的聘书，聘先生为公府顾问。这是当月的薪金，请先生收好了，赐给一纸收条，我好回去复命。”汉火接过来，他却不先看聘书，只将那花花绿绿的票子点了又点，一连点了三遍，果然不多不少，恰恰是五百元，一回手便掖在衣裳的口袋里……（第 74 回）

在金钱面前，他不仅不讲人格尊严，甚至连最起码的人性也不讲了。他的女儿臧智珠因偷他的钱被他逼着上吊，他不仅毫不伤心，还要女婿唐文焕还钱，并且逼着房东掏钱给臧智珠下葬。最后把唐文焕驱出家门，断绝翁婿关系，并请国务院取消唐文焕的差使，逼使唐文焕走投无路也想自杀（第 80 回）。在第 9、10 回中，对载兴出使英皇加冕仪式的描写，和在第 100 回中作者对李镜芬这个人物的描写也带有“恶谑”的成分。这种有意的“恶谑”丑化描写，带有很强烈的个人好恶的色彩，“历史”的叙述评判被个人主观的夸张描绘所取代。

濯缨在《新新外史》的第 16 回中，对他的小说创作方法作了这样的说明：

> ……这一部《新新外史》，乃用的是流水体裁，一回事说完了，便要另换一事，一个人讲罢了，便要别易一人，与那抱住一人一事，直叙到底的，迥乎不同。所以这部书虽然很长，在看的人，并不觉得讨厌，同《官场现形记》是一样的精神。

这种“流水体”只能是单一的直线式的松散结构，艺术的技巧单调呆板，实际很容易使读者产生一种厌烦的情绪。为了弥补这一缺陷，作者注重小说的“笔法”。在第 19 回中，作者就点出自己在创作中所运用的“暗点法”：“上一回的叙事，用的是暗点法。在看小说诸君，全都了然于心，知道钦差是假的，报仇是真的。然而作书的人，却不曾一一道破。如今倒要翻回来，说一说此中的暗幕。”所谓的“暗点法”无非是在小说叙事中设置了“悬念”，使得读者在阅读过程中有一种迫切的“期待”心理，从而增加小说的趣味。在第 24 回中，作者又归纳出一种“借点法”的创作手法：“上一回小说，用的是借点法。蓝田玉并未亲到关外，也不曾与安大本会面谈心，全从旁人口中叙出。既省事又省笔，并可为这一回小说安根。然后再叙到安氏本人，也不显得突兀，这乃是一种巧于过脉的法子。”这种“借点法”实际上是一种使故事情节前后相联的叙事技巧，作者借助书中的人物之口而交代有关故事情节的来龙去脉，使得小说故事情节不致前后断裂不相属，致使读者产生突兀感。这种“借点法”，作者在小说中多次使用。如在第47回中，就借端方、项子城两个人物之口叙述了怡爱仁“运动路川霖”和“运动廷杰”的“历史”。在第72回中，作者就借黎茂林这个人物之口将“耳所闻目所见”的“兵变”情形“述说”了一番。这种“借点法”是一种讨巧的办法，作者省力又省事，好多难处理的“历史”内容都借人物之口打发了，省得精心选择、构思和建构。但运用多了，小说也就显得单调呆板，有时也过于生硬，缺乏艺术的生动性。

除了“暗点法”和“借点法”外，在《新新外史》中，作者还较多地运用“议论法”来建构小说。如在第72回，作者描写北京的“风流焰口”的历史风俗，却突然停下笔，加了这样一段“现实”的议论：“听说现在国民政府收复了北京，公安局市政府等对于北京人民婚丧礼节，很是注意纠正，不叫再染封建时代的恶习。这原是极好的现象。但不知那一班唱时调的和尚，还有人邀请没有，想情也当在禁止之数吧！但是在民国初元王玉峰弹三弦的时候，还是大行其道呢。”如第86回中，作者描写霍正义到秘密休息室见陕西都督路成章时，“深深请了一个安”，针对这一个“请安”动作，作者却抛开故事情节议论起来：

> 著者写到这里，有人问我：“那时候不是已经改了中华民国么？请安是满清的一种旗礼，难道中华民国还能够通行么？”我回答他：“你说这话，真正是书呆子，不但没入过官场，只怕连官场的历史你也不曾听人说过。请安诚然是满清的旗礼，然而流行已久，官场中小官见了大官，或是听差的下人见了他的主人，或是主人的亲戚朋友同寅同事，依然还是要行这请安的礼。这是甚么原因呢？彼此身份悬殊，假如作揖，自己就先觉着僭分，并且也显着不美观。要鞠躬的礼还不甚普遍，在行礼的人有点生硬不惯。因此，还是请安的占大多数。当民元之时，总统府中的高级官吏还亲眼看见他们请安，上行下效，其余更可想而知了。

这种中断小说情节的“现实”“议论法”在《新新外史》中成了建构小说的一种很重要的方法。它确实消除并缩短了“历史”与读者间的隔膜与距离，但“议论法”运用过多也使得《新新外史》的小说艺术效果明显减弱。

《新新外史》所描绘的历史与当时的读者生活年代相隔很近，但作者在小说中还采用了许多加注的办法，以使读者在明白易懂中增加“历史”的专门知识。如在第 67 回中就有对“圆扁子”的注释：前清时代，崇文门税关，有一种巡役其名曰“远辨之”，后因此等人需索讹诈，为商民所恨，遂沿其旧名，而改叫“圆扁子”。在第 68 回中，就有对“里子”（戏班中对配角的称呼）、“喝了”（戏行对配角压倒正角的说法）等三处注释。

《新新外史》还注重对历史风俗掌故的描绘，作者对京津地区的历史风俗了如指掌，谙熟于心。如书中对“梆子”、“二簧”在皇宫中“得宠”的经过描绘（第 26 回），对北京礼俗的描写（第 35 回），对正月里香厂一带风光的描摹，以及对“风流焰口”风气的勾勒（第 72 回），都具有一定历史资料的价值。而对不熟悉的地方风土人情，作者并不凭空想象虚构，而是付之阙如，并不强作通人。如在第 82 回中，作者描写的背景是上海，却以“人地生疏”一笔带过，并不涉及该地的风俗人情之类的描绘。

《新新外史》中有两个随身伺候项子城的小厮告诉想行刺袁氏的白朗：

> 宫保现在共有十三房姨太太。这十三房姨太太分住在十三个院子，这十三个院子全通连着。宫保想到哪院里去，全可自由前往。这十三个院子锁门的钥匙，全在他一个人手中。他晚间不拘住在哪院。那十三个门，却全是他自己锁。他有两盏灯，一盏是红珠子灯，一盏是绿珠子灯。怎么叫红珠子灯呢？是用珍珠串成的一个挂灯，里面安着一支红电灯，将灯开了，把珠子全映成红色，所以叫红珠子灯。那绿珠子灯是用绿电灯影的，变成绿色，所以叫绿珠子灯。比如今天晚上想住在哪一房姨太太屋里，便差丫环先将那红珠子灯送过去。挂在那个院子的门上。那一房姨太太便知道今天晚上宫保前来，连忙预备酒食夜宴之物。到底他也未必准备来，因为他于红灯之外，还要悬挂绿灯。红灯好比是正，绿灯却算是副……（第 30 回）

当代青年作家苏童的《妻妾成群》中的“大红灯笼高高挂”的细节描写也许是从这里或从濯缨所见的“原始”的文字材料上所得到的启发。可见，即使通俗历史小说中不经意的创作材料也可以和当代作家的创作发生意想不到的关联。

第二节 杨尘因的《新华春梦记》
——洪宪纪元的写真片

杨尘因在创作《新华春梦记》时，他是想将“耳听的奇闻，目睹的怪状，东鳞西爪，穿插起来，做一个洪宪纪元的写真片”。作者借小说中的人物之口，道出了他对君主专制的“彻底否定”的态度：

> 我往往想到立国四千余载，就害在“皇帝”两个字上。自唐虞揖让，天下讴歌，可见，中国的共和政体并不适用于现在，早已适用于五千年以上了。汤武征诛，各争权位，所以后来列国纷争，人民涂炭，乱臣贼子，充塞天下。试看秦汉已降，王莽攘位，曹操称雄，司马篡弑，以及六朝五代之祸，元有宗室之变，明有靖难之争，与夫历代予智自雄的君王，哪一个不是你争我夺，损人利己的？只可怜流的是小民膏血，破的是小民财产，那一部二十四史中，都被那些愚民的脂血染遍了。现在的国体，改了共和，总算是人民有了一丝幸福的希望；若再改换君主，岂不又蹈故辙？况且现在的中国，又恰在列强均势之中。试问列国承认民国经过了几多日子？若是突然又改做君主，不但人心不服，必定酿成大乱。那些虎视眈眈的邦国，他正要利用这种混乱，才好逞他的野心，求他的大欲，到那时，大局更不堪设想！

正因为有这种“彻底否定”的态度，在《新华春梦记》中，作者着重“来给洪宪皇写真，虽不敢自命为禹鼎铸奸，却总想写他一个丑态百出，迨人世间读吾书者即知是不诛而诛矣”(第 90 回)。

与《新新外史》相比，《新华春梦记》的主观倾向性和批判色彩更为强烈。作者极尽嘲讽挖苦之能事，采用夸张丑化的手法，穷形尽相地描摹刻画出了一个处心积虑、权欲熏心的专制统治者的形象。袁世凯的阴险、狡猾、奸诈、虚伪，这在《新新外史》中出现过的性格描绘当然网罗其中，他的残忍、贪婪、冷酷的一面，也揭露无遗。而作者的描写重点则放在对袁世凯的“皇帝情结”的揭示上。

小说一开始作者就揭示出袁世凯“皇帝情结”产生的“土壤”：

> 话说燕京为一代繁华的大都会，控幽冀并豫之交，分尾箕昴毕之

野。满清摄政垂三百年，直把个北京城里闹成个达官显宦的制造场。镇日里，嚣尘迷漫，一般公侯将相，贵胄王孙，不是斗鸡走马，便是醉纸迷金，可怜把个中国唯一大都会，竟变成一个万恶的渊薮了。迨清室既覆，南北共和，眼光稍远大的人，总觉得北京这个龌龊地方，可以从此洗刷洗刷。谁知袁大总统就职之后，因为他在北京要了数十年，才有了今日的地位，所以舍不了北京城那种气味，拼死也不肯出北京城一步。他本是北京龌龊场中制造出来的货物，又在北京称孤道寡，怎肯洗刷呢？所以那奔走豪门恭维大佬的怪风气，不能减却一厘一毫。哎，不过是铁狮子胡同里换了一块新招牌罢了。（第1回）

《新新外史》第72回中所论及的北京的“同化力”与这里所提及的“龌龊场”正是袁世凯“皇帝情结”产生的人文环境。我们当然不必完全同意作者这种多少带有“地理决定论”色彩的观点，但作者的分析描述却给读者提供了从一个特定的侧面去考察这个问题的思路。作者生动传神地刻画了袁世凯的“皇帝情结”的心态变化过程。在第58回中，作者细致入微地描写了袁世凯在各省代表投票是否赞成帝制时的“乍惊乍喜，未曾片刻安宁”，“好像热锅上的蚂蚁一般”的心理变化过程。当有人飞报他赞成帝制的议案在立法院“通过”时，作者这样描写袁世凯的神态：

他自得了这个喜报，便呆呆向那神仙榻上一躺，半晌不曾作声，吓得报喜的人倒吃了一惊，也不知主子犯的什么毛病。静候片刻，见袁世凯仍是不发一言，吓得不敢作声，慢慢退出房去。这时，左右的侍官见他这般情状，也都吓得不敢近前。袁世凯躺在那神仙榻上，呆想了许久，猛然翻身站起来，背着两只手，在房里打磨旋，自言自语道：“咦，得了！咦，得了！”接连说十多声，就向于夫人房里冲去。进了于夫人房门，也是这个样儿，吓得于夫人不知怎样才好。一时，各房姨太太都拥到袁世凯左右，谁也不敢插嘴去问他，各自闷在心里。袁世凯仍是背着两手，摇来摆去地冷笑道：“咦，得了！咦，得了！”于夫人听得实在不耐烦，便仗着胆子问道：“主子，您什么事儿得了呢？”袁世凯仍是自言自语道：“这乃是民意所归，你们总不能再反对了。”

吴敬梓笔下的范进中举后的神态描绘被作者改造转换成描摹“得了”皇位时

的袁世凯此时的神态，不能不说作者确实抓到了袁世凯此时的内在心理的本质所在。只有中举后发了疯的范进的内在心理状态才能与有着深层的“皇帝情结”的袁世凯在“欲望”满足之后的心态相契合。这当然有模仿套用的印痕，但也不能不说是作者善于揣摩和把握特定人物心理的结果。

在第73回中，作者通过袁世凯一边翻查《康熙字典》一边写着字（其中末尾是一个“洪”字）这样一个细节描写，展示了袁世凯整日迷醉“皇帝”的自我满足的神态。在第100回中，作者抓住袁世凯被迫取消帝制后在焚烧“洪宪”时代的遗物这一瞬间的神情，淋漓尽致地把袁世凯的“皇帝情结”的外在表现的描述推向了顶点：

> 袁世凯待王式通去后，便嗒丧着脸儿进了后宫，将那些什么请愿书、劝进表，什么奏本、呈文，及那些龙袍龙帽全行搜捡出来，捱到当晚三更时分，在后宫密派了八个禁内的侍卫，将那些玩意一把火烧了个干干净净。最后烧到新制的万岁牌位，恰好袁世凯从办事室里回宫，一眼瞥见那崭新的万岁牌位，送到火炕里去，不禁触动旧感，忍不住哇啦一声大哭起来。那后宫自于夫人以及各房的姨太太、儿女、奴婢等，都吃了一惊，不知又出了什么大事，忙奔出来一看，原来是几个侍卫捧着一个万岁牌儿，站在一旁焚化，袁世凯对着那木牌儿哭个不住，好像死人大殓时孝子出灵轿的样儿，阴风惨惨，冷月朦朦，那一种凄凉景况，真比死了人还难受些。

失掉了“皇位”不啻是“孝子”死了老子娘一样，作者在刻画描摹袁世凯的心态时，“定位”是相当准确的。正因为作者对袁世凯的心态把握得准确细致，因而，《新华春梦记》的艺术感染力要比《新新外史》强烈得多。

《新华春梦记》在临近结束时，再一次强化了作者的创作主旨：

> 可也奇怪，在袁世凯死的那一天，正是端阳佳节。谭叫天忽然高兴登台，在文明园里演了一出多年不演的《击鼓骂曹》。城市上一般戏迷，争先恐后地去过瘾。直到散戏之后，忽听说善演曹操戏的黄润甫死了。于是，都说死了一个活曹操。就有一班慧心人，疑心是袁世凯死了。风风雨雨，布满京华。后来袁世凯的死信传出去，果然也是这一天。可见，人心真可以得天心也。呜呼！以雄夸一世之袁世凯，横行数十年，

> 专政未三月，终不能逃出死字的关头，反闹得一身臭气。可见，横行专制处在二十世纪之中国，必没有良好的结果。我愿世之有袁世凯之思想而无袁世凯之胆力者，可从此猛醒！要知天下人的耳目，不是一手可以遮盖的。（第100回）

强烈鲜明的立场和宗旨，以及深刻的揭露批判，使得《新华春梦记》的主题的深刻性也超过《新新外史》。

在《新华春梦记》中，作者运用最多的创作方法是嘲讽。《新新外史》中嘲讽意味也很浓，但在《新华春梦记》中除了作者直接以嘲讽的笔调描写人物事件外，还往往借小说中某个人物之口“自讽”或“间接”地“嘲讽”另一人物。如在第9回中，作者描写了一个恶侦探白全福嗜财卖友的故事，白全福就对另一侦探梁新怀说了一通“自讽”兼“嘲讽”的话。在第17回中，作者以嘲讽的笔调描写叶德辉其人，说他“诗词歌赋，色色俱佳，并且精于淫学。他亲手编的《双梅影庵丛谈》，什么‘素女经’、‘房中术’都选列在里面，一条一条解说，真如仇十洲所画的秘戏图一般”。这种借书中人物之口“嘲讽”别人或“自讽”的创作手法，在《新华春梦记》中占有很大的篇幅。

在《新华春梦记》中，作者还运用对照描写的手法来衬托袁世凯称帝必然灭亡的下场。在第49回，作者描写邱宝龙在江西百家山占山称帝，在第50回又描述曹葆福与邱宝龙分庭抗礼也在百家山称帝，在50回中又描写四川王虎林称帝，国号大明，年号为“洪宪”。作者把他们与袁世凯称帝相提并论：“虽然若辈是蠢蠢草寇，但他们披着一身衮龙袍，做着强盗的事业。要知人类之定评，不是据贵贱分判的，是从清浊上分判的，即使三代以下，尧舜禹汤文武，若攫众人之利，私己一人，又何异于为盗为窃？所以王虎林辈既已称孤道寡，又何必不看他们是一代帝王呢？”（第52回）作者详细描绘他们由称帝到灭亡的整个过程，这实际上是袁世凯由轰轰烈烈到凄凄惨惨去世的一个缩影。

与《新新外史》相比，《新华春梦记》中“议论法”要少得多。作者注重语言艺术性的提炼，在第11回中，作者有这样一段“一语双关”的描写：

> 此时，侍从正捧上一大盘煮熟的螃蟹来，（段祺瑞）便拣了一只最肥美的给他旧友，自己也拿了一只拆开，用一只蟹脚在那里剔黄，不觉心中有感，便指着手中的螃蟹笑道：“这物横行一生，到头还脱不了烹煮供

人咀嚼。我想，他在那横行的时候，不知可晓得他后来的收场么？”他那旧友听了这番话，知道他另有所指，便随口答道：“螃蟹有叫它‘无肠公子’，古诗有云：横行公子本无肠。可见它横行一生，皆因是无肝肠之故；惟其无肝肠之物，才敢横行。”段祺瑞听罢大笑道：“世上若有横行的人，真被骂得太毒了。”

这种近乎古诗中的“比兴”手法的运用，使得《新华春梦记》中的语言也比《新新外史》来得生动活泼些。

《新华春梦记》中也有“恶谑”的成分，如在第100回中，就有这样的“恶谑”描写：袁克定在其父袁世凯临终前想演一场割股疗亲的古孝戏，却又怕痛下不了手，只好向他姨太太借肉。姨太太不愿意。“袁克定见这般样儿，料定商量不来，不得不用一回强迫手段，也顾不得什么寻常宠爱，一眼瞥见她那玉臂，忙奔上前，格吱一声，狠命咬了一口。只听‘哎呀’一声，他那姨太太已晕倒在地，那玉臂上飞溅片片桃花，吊着一块香肉。袁克定忿忿地剪将下来……”但这种“恶谑”的描写比《新新外史》要少得多。

《新华春梦记》受传统的小说艺术的影响很深，有不少情节描写都直接得之于传统小说的启示或从传统小说借鉴转换而来。如上文所提到的受吴敬梓的《儒林外史》中范进中举一段影响的描写。在第54回中，作者描写了一个疯汉子李六更，他的言行和唱词就颇有《红楼梦》中“假语村言”和“好了歌”的影子在。

第七章 “宫闱秘史”的浪漫化、传奇化与言情化

第一节 “宫闱秘史”类小说的四种创作取向
——“正统”情结下的衍化

在中国近现代通俗历史小说史上，“宫闱秘史”类小说占有很大的比重，比较重要的作家作品大致有这样一些：王皓原的《清宫十三朝》，双黛馆主的《历代风流皇帝》，许啸天的《清宫十三朝演义》、《明宫十六朝演义》、《唐宫二十朝演义》，许慕羲的《元宫十四朝演义》、《宋宫十八朝演义》、《清宫历史演义》，孙静庵的《清宫秘史》，苏负红的《隋炀帝风月演义》，李伯通的《唐宫历史演义》，李逸侯的《宋宫十八朝演义》，张有斐的《列国宫闱秘史》，张恂子的《隋宫两朝演义》，胡憨珠的《清代十三朝演义》，徐哲身的《汉宫二十八朝演义》，梦花馆主的《明宫历史演义》，燕老人的《满清十三朝秘史》等。“宫闱秘史”类通俗历史小说，在“历史”的叙事建构中，突出地显示了浪漫化、传奇化、言情化的倾向，抒情的风格被作家们有意识地普遍接纳与吸收，从而构成了“宫闱秘史”类通俗历史小说的特定风貌。

“宫闱秘史”类通俗历史小说作家们在主观上其实还是有意将自己的创作向《史记》、《汉书》等“正史”传统靠拢。从他们的创作宗旨中，我们往往可以寻找到他们创作的“正统”情结。徐哲身在《汉宫二十八朝演义》第1回中，就开门见山地指出，他的创作“虽无关正经的小说，尤恐以辞害意，误了一知半解的青年。所以，立意宜正，考据宜详，不敢向壁虚造，致蹈‘齐东野语’之嫌”。与此同时，对自己创作的“劝善惩恶”效应也有着极大的自信：

> ……至于历朝宫帏中的事迹，可以流芳千古的，不过十之二三；遗臭万年的，倒有十之七八。从前的人，往往狃于重男轻女的习惯，都存

着夫为妻纲的心理。以为一切重大责任，自然要男子负着，未免原谅她们几分。因此酿成她们种种的罪恶，尾大不掉，莫可收拾。她们呢？反认为堂堂正史，都未详细宣布她们的罪状，纵有甚么恶行，必可邀准摘释。哪儿防到数千百年以后，竟有不佞这个多管闲事之人，握着一枝秃笔，一件件的写了出来。她们死而有知，定在那儿娇声浪气的咒骂不佞要下拔舌地狱。但是此例一开，安知数千百年以后，没有第二位像这样的人物，又将现代女界中的行为，宛如拍照一般，尽情描写出来的呢！前车可鉴，知有儆惕，因此一变而为淑眷贤媛，留名万世。照不佞看来，未必无人。这样一来，才不负不佞做此书的一翻苦心。（第1回）

一部着意渲染宫廷"艳史""秽史"的通俗小说，其"批判"精神和"反思"意识最多只在"前言"、"后记"或"开头"、"结尾"中偶尔"露峥嵘"，其"劝善惩恶"的效应是极其有限的，而要想使"现代女界"阅读之后"知有儆惕，因此一变而为淑眷贤媛，留名万世"，那更是作者的一厢情愿罢了。但在这"一厢情愿"中，我们多少体味出作者对"正史"效应的眷恋。徐哲身代表了"宫闱秘史"类通俗历史小说作家中主观上倾心"正史"、奉"正史"为"小说"圭臬（实际创作中当然有距离）的一派人物。

许慕羲则是有感于元史的"简略"，想通过《元宫十四朝演义》的创作，从而使"元史"的建构能达到"中古时代之历史"的"美而且备，洋洋可观"的水准。对《元史》的"阙略"，许氏并不把它归咎于"史官之失职"，而是归罪于"文献无征"：

……盖元起漠北，文献无征故也。及世祖入主中夏，始有实录，而君主专制之势焰，方兴未艾，董狐直笔，安能容于雄主之朝，故详于纪善，略于惩恶，语多溢美，事鲜纪实。是以明太祖命李善长修元史，而徐一夔致书王祎，已有考史莫备于日历及起居注，元代不置日历，不设起居注，唯中书时改科，命一文学缘掌之，以付史馆，即为实录。顺帝一朝，并实录而无之，仅恃采访，以为史料。事未必核，言未必驯，首尾未必贯穿之言。在明代修史之时，徐氏已表示不满，元史之简略，不言可知。（《自序》）

因而，当1927年许氏应上海新华书局之请，创作《元宫十四朝演义》时，他所注重的情节内容虽集中在宫闱“艳史”中，但还是对“元史”下了一番极其艰苦的“爬罗剔抉，刮垢磨光”般的“查证考核”的功夫：

……广搜博采，以资备考，正史而外，旁及野乘，汇集诸书，不下三十余种。犹苦不足，遂注意于东西洋史籍译本，浏览之下，觉译籍于蒙古西征，及四汗分封诸事，反较中史为详。于是，融会中西典册，足成是书。（《自序》）

因此，许氏对《元宫十四朝演义》的自信——“事皆有本，语无虚构”——是建立在对“正史”的补苴罅漏上的。《元宫十四朝演义》的创作代表了“宫闱秘史”类历史小说作家中有意为“正史”补遗增订的一种倾向和努力。

在“宫闱秘史”类通俗历史小说作家中，张恂子是最为坦诚率直、不故作“正统”状的一位。他在《隋宫两朝演义》的“自序”中，将自己并不高尚的创作动机和盘托出：

……一切都还是要钱，不但区区一个人要吃饭，便是妻孥都捱不起饿。想去做绑票匪强盗小偷吧，太煞风景了，那样手段，太嫌没有艺术了。也罢！我还是拿起我的笔杆，我还是向书坊老板要口饭吃。书坊老板说要做×宫×朝，区区就没有勇气和他们反抗。当区区提起笔来写这部《隋宫两朝演义》一书的时候，恍恍忽忽，便瞧见区区的太太、儿子、女儿都张着口，向着区区——连区区最小的一个生下来才九个月的儿子，也在其内。区区清清楚楚，瞧见他小嘴巴里，只有两颗雪白的牙齿——他们为了何事？无非为的是吃饭。区区便在这种压迫之下，才从第一回写起直到完篇——这就是不佞写《隋宫两朝演义》的第一个动机。

当然，把“隋宫”作为自己创作选择的方向，除了养家糊口不得不服从书坊老板的旨意外，也有作家自己的主观倾向性。这在“自序”中，张恂子也有所交代：

宫闱的演义，出得已经不少，“清宫”“明宫”“唐宫”以及什么什么宫，但是他们决计想不到做隋宫。因为隋宫只有两朝，年代多短，天才的作家，是不值一顾的。惟有区区，却偏要煨冷灶，你们因为年代短不肯做，我却偏要尝试一下，也一般地做一百回，也一般地六大厚册，合装一锦匣。

而且，在“知难而上”与“天才的作家”一争高低的主观意图的背后，张恂子还有更深的一层动机所在：“我在历史上，最佩服的两个人，一个是秦始皇，一个便是隋炀帝。”在作家理解中，秦始皇除了一统疆土、制度、思想的大业外，同时也是个“爽利朋友”（“凡事讲求彻底”），“他的一生，多有妩媚可爱的地方，比较那些假仁假义的尧舜禹汤文武，一种戴着面具的巽儒庸怯样儿，是要高明多了”。因而，作者就敢下这样的“不免要被革命青年齿冷”的结论：

秦始皇的作恶，是时代所造成的，是一个伪恶者。他在那种环境之下，做了专制大魔王，要是生在现代，定然会做一个热烈的革命家！

由上述对秦始皇的“历史”和“现实”的高度评价中，我们也不难想见张恂子对隋炀帝的赞许和倾向：

隋炀帝他对于人生观，有彻底的了解。他抱的是享乐主义，所谓美人为重，江山为轻。他知道人生上寿，不过百年，电光石火般一瞥就过去了，要是不趁着活着的时候，尽量的乐上一乐，难道定要等到宫车晚出的时光，那时才觉得帝王的尊贵吗？他而且富有艺术的天才，迷楼这玩意儿，旁的帝王还有哪个敢采用？惟其有欣赏艺术的眼光，所以他敢毅然决然地采用了建筑起来。此外，隋堤的杨柳，长得多么地美妙啊！千百年后的画家把它写在纸片上，尚足使后人俯仰徘徊，不能自已。诸君请闭目一凝想，运河两岸，绿柳成阴，许多美人儿在替隋炀帝的龙舟拉纤，这是多么地有画意啊！——除了那些新道德家高唱解放为玩物的女子以外——隋炀帝在楚歌四面的当儿，对着镜子，自顾头颅，发“谁当斫之”之叹，这时候的隋炀帝是何等的热血沸腾啊！他也知道人生不免一死，为享乐主义而死，死得自然有意义。只此一端，可以知道隋炀帝对于人生观是十分彻底的了！

正因为欣赏和钦佩隋炀帝的“彻底的人生观”，张恂子在“宫闱秘史”类小说大为畅销时兴之际，选择“隋宫”作为自己创作的“大胆尝试”，就不奇怪了。张恂子并不畏惧有人把他的创作“目为颓废”，因为他对“文学”有着“多元”的理解和主张：

> ……文学这样东西，是就各人性之所在，向外发展的……世界上有革命的文学，有无产阶级的文学，就不容不有颓废派的文学。这是各人人生观的不同，文学的立场，也就随之变易的缘故。

由此看来，在“宫闱秘史”类通俗历史小说作家中，张恂子也是最有“自尊”意识的一个。他对历史小说创作有着自己独特的“文学”的理解和把悟，似乎与“正史”的传统也离得最远。其实，这种从“文学”的视角去阐释和把悟“历史”，与司马迁的“究天人之际，通古今之变，成一家之言”的宗旨也是一脉相承的。从张恂子对隋炀帝的激赏声中，我们似乎也多多少少能捕捉到司马迁对项羽、李陵等人的“偏爱”和“同情”的影子，这才是真正的“成一家之言”之所在。因此，我们似乎可以说，张恂子是“宫闱秘史”类通俗历史小说作家中最有意识地重新阐释和建构“历史”，从而为能真正达至“成一家之言”境界而努力的作家中的一个。

许啸天是“宫闱秘史”类通俗历史小说作家中最具有“新潮”思想的一个人。他创作的《清宫十三朝演义》、《明宫十六朝演义》和《唐宫二十朝演义》有着统一的宗旨，用他自己的话来说，就是“要把那班帝王社会寄托的宫廷描写出来，使人恍然于帝王亦犹是人也，无可神圣，且比我们清白小百姓分外的野蛮淫秽，他尤其是我们清白小百姓的仇人，劫夺我们生命财产的大盗”（《唐宫二十朝演义·自序》）。他“批判”的矛头首先指向中国历来的“史家”，在《唐宫二十朝演义·自序》中，他就一针见血地指出：

> 我们中国从来的史家，只为帝王一姓作家谱，不为社会群众文化制度作纪录，他的罪还是小。他因受了强盗主人的豢养，天天替帝王歌功颂德，把帝王下贱的出身，一生的罪恶，抹杀不讲，只讲些虚文饰词，帝王个个是神种，天子个个是圣德，使后代小百姓读了，错认帝王真是天生骄子，天下贵种，无形中养成几千百年几千万人的奴隶根性，又无形中养成历代帝王骄横的习气，虐杀人民，等于蝼蚁，其罪实上通于天。梁启超说：中国史书，是绝好的皇帝教科书，凡帝王应有之史的知识无

不备(见《中国历史研究法》)。但这个还是客气话。依我的眼光看来,中国的史书,不但不能写出民族的精神,社会的特性,文化的递蜕,实在连帝王教科书的资格都还够不上。因为既称到史,必要用极忠实的态度,写当时的实状。如今他专装幌子,不说实话:明明是大盗朱温,偏偏就是"太祖神武元圣孝皇帝",明明是嫂嫂私通小叔——清太宗后下嫁摄政王——家庭间的伦常大变,他偏给你一字不提。叫后来读帝王史的人,无从知其所以兴,亦莫知其所以亡,也不知做帝王的宫廷中有多少黑幕,帝王的自身有多少罪恶,帝王的嗣统有多少变故。——如吕氏易嬴等例甚多——真相既不能明了,因果亦无从寻绎,那史书的效用也完全失去。其兴也勃焉,其亡也忽焉,徒然使后来帝王读之,自以为天子龙种,妄自尊大,造成几千年来专制的劣根性。

在许啸天看来,对待"历史"必须要有"光明磊落的态度"和符合"历史忠实的方法"。因而,他特别赞赏拿破仑的见识:当有人要给他立传,拿破仑就毫不掩饰地说:"你不要忘了我是科西嘉的一个平民。"对照拿破仑的"态度"和"方法",针对梁启超就古代"史官"的评价——"旧史家殊不尔尔,彼盖十九死人作也。史官之初起,实由古代人主欲纪其盛德大业以昭示子孙。故纪事以宫廷为主,而主旨在隐恶扬善。观《春秋》所因鲁史之文而可知也。"——许啸天对古代的帝王和史官作了进一步的诘难:

……但他究竟做了一番什么盛德大业?这大业是真是假?这盛德是在人民,还是剥削人民而自私自利?满纸只写了些纵断面的帝王世系,连当时皇帝所寄托的宫廷背景也不肯写出来。他们既然专注于帝王史,倘然能把历来帝王社会纵断面横截面的遗迹完全写出,那末不但叫我们恍然于帝王亦人也,且为人之最不肖者也,是可取而代也,并或者可以在这里面,多少寻觅得他种社会专史有力的史料出来。无奈他所称的帝王史,还是假的,片面的,不但梁启超先生说的"帝王应有之史的知识"靠不住,且叫我们后人读了,真疑心帝王是自天而降的贵种,养成我们小百姓万世不变的奴隶性,一方面又引诱出多少野心家来劫夺天下,残杀百姓。

对古代帝王和史官的批判和诘难,其实有着作家很深的对现实的忧虑和愤懑：

> 现在虽说没有皇帝的名称了，但那一切军阀的行为，贵族的气焰，资本家的臭架子，也未始非这一点天皇神圣暗示的缩小！

因此，与《民国春秋演义》的创作一样，在主观意识上，许啸天的“宫闱秘史”类历史小说的创作也有着很强的现实功利性目的。“新潮”思想和“批判”意识似乎与“正史”传统离得更远，但实际上在强调“历史”建构的真实、史家的忠实态度和精神上，这恰恰与历代的“正史”传统相符，并无扞格不入之处，虽然历代的史家也许在实际的“历史”建构中做不到“真实”和“忠实”，但宗旨上却是如此标榜的，更何况还有历代相沿相袭的“春秋笔法”在哩。

从上述对四种“宫闱秘史”类通俗历史小说作家的分析解剖中，我们可以知道，不论是固守“正统”还是靠拢“新潮”，不论是还原“历史”，还是重构“历史”，他们的创作宗旨上或多或少与传统的“历史”建构的框架和“正统”的史实有着无法抹去联系的踪迹。

第二节 “宫闱秘史”类小说的浪漫化倾向
——对传统的精神白日梦的依恋

在“宫闱秘史”类通俗历史小说作家的具体创作中，与他们依据“正史”传统所引申出的创作宗旨有着不小的距离，这首先表现在他们对“历史”所作的“浪漫化”的理解和建构上。

在对“历史”作“浪漫化”的理解和建构上，许啸天的《唐宫二十朝演义》是最典型的例子。包天笑在“总评”中，曾对许啸天的《唐宫二十朝演义》的开头大赞不已：

> 最叫人可爱而足钦佩的地方，便是此书的开始。洋洋百万言的大说部，倘教俗手做起来，不知要闹出多少排场，搬出多少大题目来。如今他第一回从平常一宦家闺阁记起，淡淡写来，曲曲传去。在此第一回家宴中，便隐伏隋炀的淫暴，而当宴一弱女子，即为他日后石破天惊，覆隋室天下的一个奇女子，其精神直贯注于二十一回之“恩怨分明美人成烈女”。若无此烈女，则隋家天下，不至败于宇文之手。隋宫中无内讧，

则虽有唐高祖之英明强干，得天下亦决无如此之易。则唐室之成，宇文氏助之也，而亦为此宦室一美人助之也。绵绵三百年天下，而其因乃伏于平常家一弱女子。如此写来，不能不佩服作者之才大心细，信手拈来，都成妙谛。其视此一百回百万言之大说部，直如无物了！

包天笑所"钦佩"的许啸天的"才大心细"的"历史"建构法，就是《唐宫二十朝演义》对"历史"所作的"浪漫化"理解和重建的集中表现。作者把隋炀帝的残暴和荒淫的种种事端和原委统统交由在范阳太守朱承礼家做客的申厚卿（朱家外甥）来作"第三人称"的叙述：

如今圣天子一味耽玩声色，任凭那班奸臣播乱朝政，把国事弄得糟而又糟。这还不算，从来说的"民为国本，本固邦宁"，如今据甥儿沿途目击的情形，那百姓们吃的苦，胜过落在十八层地狱里。这样地糟蹋人民，不是甥儿说一句放肆的话，恐怕这隋朝的天下，也是不久长呢！（第1回）

从第1回到第10回，每一回中都充斥着申厚卿这种生硬的"第三人称"叙述的故事，有关隋炀帝的种种罪恶在这种"第三人称"的叙述里日见清晰和完整。其实，这种"第三人称"的叙述，与其说是"历史"的一种巧妙的重构，倒不如说是一种经过作家"浪漫化"处理过的对"历史"的批判和揭露。因为在一个"太守"（作者在第21回中称其"心眼儿十分势利"）的大家庭里，每个成员整日要像听评弹说书般地倾听"第三者"对皇上的罪孽的叙述，这近乎"天方夜谭"不说，作家在处理和建构申厚卿与朱娇娜的爱情故事和被叙述的隋炀帝故事中，也不时地显出两条"故事"线索之间难以协调和联缀的破绽，这是对"历史"的"浪漫化"理解和建构的必然结局。

更为"浪漫化"的倾向还表现在作家竟然把隋朝的灭亡这样涉及到时代兴衰更替的重大事件，归结为由一个名叫朱娇娜的女子的"爱情"所促成的。朱娇娜被他父亲逼迫进皇宫里后，作家的"浪漫化"的发挥开始"嫁接"到这个日后改名为"凤君"的女子身上：

可怜娇娜小姐临走的时候，既舍不下父母，又挂念那厚卿哥哥。她一阵子伤心，早已晕倒在车儿里。待得清醒过来，离家已是远了。她便拭去眼泪,从此不哭了。她一路上打定两个主意。第一个主意,进得宫去,决计不和皇帝见面,一来替厚卿守着清洁的身子;二来不得皇帝的宠幸,她父亲也决计得不到好处,也叫父亲冷了这条富贵之念。第二个主意,她在宫中静心守着,得有机缘,便把这淫乱的皇帝刺死。她在家里,常常听厚卿说这隋炀帝如何淫乱暴虐,她原痛恨在心。如今又因供皇帝的淫乐,打破了和表兄的一段好姻缘,又把自己的终身埋没在暗无天日的深宫里。因此,她把个隋炀帝越发恨入骨髓。她在宫里,每到夜静更深的时候,便悄悄地出来,当天烧三炷香:第一炷香是愿皇天保佑她厚卿哥哥长寿安康;第二炷香是愿天公帮助她早早报了这昏君的仇恨;第三炷香愿天保佑她保住贞节而死。(第 21 回)

一个特定时代的弱女子是不可能实现如作者上述“浪漫化”期盼的,作者的过于“浪漫”的“期待视野”其实充其量也不过是嫁接无中生有的“乌托邦”而已。

作者为了使自己的“浪漫化”的理解和建构得到一个较为合情合理的生长土壤和环境,不得不把“凤君”和直接推翻隋王朝的宇文家族的成员挂上了钩,扯上了线。凤君一次在夜静更深烧香时被宇文化及的儿子宇文庆德巡查抓获,宇文庆德被凤君的美色所倾倒,遂心甘情愿为美人赴汤蹈火。定型俗套的“英雄—美人”又在这凭空虚拟中得以在“浪漫化”的“历史”中“重温旧梦”:

……宇文庆德把话也说穷了,便呆呆地看着凤君的脸儿,转问着她道:“依美人说来,要如何富贵,才满得美人的心意?”只见她不慌不忙地走近龙床去,把手在龙床上一拍,说道:“将军他日能坐得这龙床,才满婢子的意呢。”宇文庆德听了,好似耳边起了个焦雷,把身体连退了三步,怔怔地说不出一句话来。那凤君却依旧满脸堆着笑,扭转了腰肢,站在前面。宇文庆德看她这娇媚的神韵,实在舍她不下,又把一股勇气从丹田里直冲上来,急急地说道:“美人敢是打谎吗?”那凤君指着天上的月儿说道:“明月在上,实共鉴之。”宇文庆德忙抢步上前,拉住凤君的纤手,走出庭心去,双双跪倒。凤君低低地向月儿祷告道:“将军成功之日,所不如将军愿者,有如此钗。”说着,把云髻上的玉搔头拔下来,在石桌上一磕,磕成两半段,两人各拿着半段,这里宇文庆德也侃侃地说道:

"所不如美人愿者,有如此袍。"说着,一手揭起袍角,一手拔下佩刀,飕的一声,把崭新的一角割下,交与凤君,一手把凤君扶起来,顺势把凤君抱在怀里,又要凑上去亲她的朱唇。凤君笑着把袍角隔开说道:"留此一点为将军他日成功之贺礼。"一转身脱出怀去,和烟云似的走上台阶。庆德追上去,凤君转过身来,只说了一句:"将军努力为之,待成功之日,再行相见。"说着一缕烟似的进角门去了。这里宇文庆德独立苍苔,抬头向着天出了一回神,忽然把脚一顿,自言自语地说道:"拼俺的性命做去吧!"说着大踏步地走到前殿去,领着一队御林军,悄悄地出宫去了。从这一天起,宇文庆德便立定主意,要推翻隋室的江山,夺炀帝的宝座。(第18回)

一场错综复杂、枝蔓横生的"历史"大转换,就这样被作者轻而易举"浪漫化"地找到了转换的滑轮。宇文庆德为了"美人"的承诺,不失时机地"煽惑"了他的叔父宇文智及,然后,这一对互为"煽惑"的叔侄又合谋导演了逼迫宇文化及就范的策略。最终,隋朝的江山在"英雄—美人"的双向承诺中"空里流霜不觉飞,汀上白沙看不见"般地改换了颜色。作者对"历史"的"浪漫化"的理解和虚构显示出一派可爱的天真和童话般的稚嫩。这是作者一厢情愿的虚拟和悬想,是作者潜意识中"英雄—美人"精神白日梦的呈现,这与作家的创作宗旨所特别强调的对"历史"要有"光明磊落的态度"和"忠实的方法"显然是不相符的。

在《唐宫二十朝演义》中,除了带有整体性的对"历史"的"浪漫化"的理解和重构外,小说有不少细节和场景描写,也有着明显的"浪漫化"描摹和夸张。如在第48、49回中,作者描写太平公主立意谋反,想废去玄宗皇帝。玄宗皇帝却先下手为强,斩杀了谋反的官员,太平公主携慧范和尚逃到南山中。途中慧范被山野村民打死,太平公主被一樵子收留。太平公主落魄小茅屋,思前想后圆美梦,竟然和樵子恩爱了一个晚上。第二天,太平公主被官兵所杀,樵子居然殉情而死,一夜风流双双去黄泉。这显然又是作者的一个"浪漫化"的白日梦。

在第53回中,作者又对杨贵妃梦中所获得的"霓裳羽衣曲"作了肆意夸张浪漫的描绘,杨贵妃在梦中由仙女引导竟上了"广寒宫":

……正玩赏的时候,只见一群仙女,齐穿着素衣红裳,各各手执乐器，从桂花树下吹奏而来。那声调铿锵，十分悦耳，顿觉身体虚飘飘的，如升天际。玉环连连赞叹道：“好仙曲也！”那仙女在一旁说道：“此便是霓裳羽衣之曲。”玉环再留神看时，只见那群仙女，各各雪衣红裙，云肩垂络，腰系彩带，在那一片芳草地，分作两队，一队吹打着，一队歌舞着。隐约听得那歌词道：“携天乐花丛斗拈，指霓裳露沾；迥隔断红尘荏苒，直写出瑶台清艳。纵吹弹舌尖，玉纤韵添；惊不醒人间梦魇，停不住天宫漏签。一枕游仙，曲终闻盐，付知音重翻检。”听她歌喉，字字圆润，响彻云霄。歌息，舞罢，乐停。玉环才好似梦醒过来，叹道：“妙哉此乐！清高宛转，感我心魂，真非人间所有呢！”眼见那一群仙女冉冉地退入花间去，只留一片清光，照彻林间。

这一段的描写当然不是许啸天的“原创”，它有正史、野史和笔记小说等多种原始“拷贝”在，但作者的着意发挥，不能不说是为了适应作者对“历史”的“浪漫化”理解和重构的需要。

在第 62 回中，杨国忠和安禄山在皇宫里正面交锋，反唇相讥，互不相让。杨国忠在气急败坏恼羞成怒之际，竟然叫出两跟随扮演了一场安禄山失意落魄向杨国忠跪告求援的“独幕剧”。这种不近人情、不合常理的“表演”，与其说是皇宫内的真实的“历史”的再现，而不如说是作者为了使“历史”能得到更好的“浪漫化”的描摹和重构所有意添设的浪漫插曲。

在第 64 回中，边报已告安禄山杀过潼关不日即到长安，唐玄宗已传旨准备离宫“幸蜀”。在这样生死攸关的紧要关头，唐玄宗竟然还命太子拨着琵琶，自己则引吭高歌。而杨贵妃却还“睡兴正浓”。当她从梦中醒来时，宫女不在身边，只有一个眉清目秀的小黄门在旁侍候，杨贵妃还春心勃发地调戏了一番小黄门。这当然也可多少衬托出唐玄宗与杨贵妃的“爱情”、“逍遥”、“享乐”至上的生活趣味和倾向，但总觉得与“真实”存在的“历史”有着很大的“间隔”，充其量也不过是作者有意“浪漫化”重述“历史”的夸张和想象而已。

在第 71 回和第 72 回中，作者描写杨道士升天入地访求杨贵妃的魂魄，也显然渗透着不少作者“浪漫化”的虚构。在第 83 回和第 84 回中，作者又着意描写了一个性格孤傲的冷美人王珠。当唐德宗还是太子的时候，就被她的美貌打动，欲纳她为太子贵嫔，她死也不肯。当唐德宗登上大位之后，便册封王珠为懿贵妃，宠爱有加，并为她单独造了一座水晶楼。王珠不但不感激,反而请求出宫。因为,在她看来,宫中即如囚牢,她太不自由了。唐德宗在百般无奈中,褫夺了她的封号,将她送出宫门,退归王家。这样性格倔强、孤傲冷峻的女子,竟然和一个官拜中书舍人名叫元士会的相爱了。元士会为了爱情,竟然脱卸冠带,带着王珠回郑州老家当上了田舍翁。最终在地方恶霸的欺压、强盗的洗劫和意外的火灾中,一贫如洗,不名一钱,身无立锥之地,只得历经千辛万苦去京师投靠亲属:

> 这次元士会夫妇二人,到京师地方来,扑了个空,真是上天无路,入地无门,回家既无盘费,又无财产。留在京师,也处处招人白眼。官家原是最势利的地方,如今见元士会失了势,还有谁肯去招呼他?又因元士会私娶了宫中的退妃,让万岁爷知道了还有罪名。因此,元士会夫妇二人,在京师地方,逗留不住,两口子竟然在乞丐队中,向外州县叫化度日去。这正合着德宗皇帝所说的"穷相女子注定寒乞,将来必不能安享富贵的"这句话了。(第 84 回)

这个元士会与王珠的凄惨悲凉的爱情故事,当然有某种意义上的对"历史"苦难追忆再现的一面,但更主要的是,这种曲折离奇的爱情故事与作者对"历史"的"浪漫化"的理解和重构的需要有着惊人的契合。正是这种浪漫夸张的爱情故事给作者笔下所重构的"历史"增添了"浪漫化"的砝码。

这种对"历史"的"浪漫化"的阐释和重构,在其他的"宫闱秘史"类通俗历史小说作家的创作中,也或多或少地存在着。这种"浪漫化"倾向,一方面反映出通俗历史小说作家对"历史"的一种想象性的虚拟和悬设,以适应膨胀了的市民阶层的浪漫情怀和嗜好,从而使他们在工业文明的轰隆隆的机器声中,获得片刻的宁静和休憩。同时,另一方面,也多少体现出通俗历史小说作家对传统文人的精神白日梦的依恋和向往。

第三节 "宫闱秘史"类小说的传奇化倾向
——崇尚趣味性、可读性的叙事策略

"宫闱秘史"类通俗历史小说作家在对"历史"作"浪漫化"的阐释和重构的同时,也往往在叙述建构的"历史"中渗透着浓厚的"传奇化"的色彩,"传奇化"的故事情节不时地穿插交织在"历史"的叙述重构中。这种"历史"的

“传奇化”倾向，当然与通俗小说的特定的创作生产机制紧密相连(崇尚趣味性和可读性，在通俗小说的各种门类中，武侠小说更受读者欢迎)，但也有着作家有意对“历史”所作的“传奇化”的把握和叙事策略倾向在。在通俗历史小说创作中，“传奇化”的创作倾向与“浪漫化”的创作倾向是相互联系、相互影响的。

许慕羲在《元宫十四朝演义》的第51回中，就忽而穿插进“东方四侠”的故事，他们传奇惊险的所作所为，与小说的“浪漫化”倾向互为配合，增强小说的“浪漫——传奇”的色彩，从而给原本并不惊天动地的宫廷内部权力之争罩上了一层神秘诡谲的烟雾。张恂子的《隋宫两朝演义》的笔墨着重落在隋炀帝的荒淫享乐的“浪漫化”描写上，但也不时地添设“传奇化”的故事情节。如第29回中，就描写了芮大年勇猛刺杀了一只焦黄大虫，救了蜀王秀的命。在第55回中，隋炀帝梦见了陈叔宝、张丽华两个鬼魂，影纹苑的住持刘云芬夫人竟能用神术惩办隋炀帝梦中的两个恶鬼，“凭他一道灵符力，捉得阶前恶性鬼来”，也着实有些神奇怪诞。这种展示妖术的奇异，在第63回中又重演了一遍。在第60回中，作者又极其卖力地刻画了宫女袁紫烟的“异人的学术”，她能察天文玄象，能观星望气，能识五行的消息，能算国家的运数。在第68回中，作者又叙述窦线娘只身劫牢狱的神奇惊险的故事。这些“传奇化”的故事情节在《隋宫两朝演义》中还有不少。这些“传奇化”的故事情节的穿插叙述，一方面可以使“历史”在“传奇化”的叙述建构中，得以逻辑化地衔接和延续，另一方面又打破了一味描摹隋炀帝花天酒地声色犬马的场景的单调和呆板，从而使小说情节的发展衍变显得跌宕起伏，曲折多变。

“历史”叙述建构中的“传奇化”倾向在许啸天的“宫闱秘史”类通俗历史小说创作中显得尤为突出。在他的三部“宫闱秘史”类小说的创作中，在“浪漫化”倾向的同时，“传奇化”的故事情节在每部小说中都占有很大的比重。我们可以《明宫十六朝演义》为例，简单地罗列分析一下。在第15回中，作者描写了张士诚饲养的一只八哥鸟会说人语，在官兵来追捕张士诚时，八哥说出了张士诚藏身的地方，张士诚在被逮走时发誓有朝一日要把它全身的毛拔掉，八哥央求张母解救。其后，“自由”了的八哥竟然托人给张母送了块神奇的银母石——任何东西摆在上面都可化成白银。张士诚最终因为白银通路子而被释放。在第31回、32回中，作者叙述了明宣宗深夜装扮成商人在杨士奇的相府里与仆人大打出手。随后，因偷听到两个宫女在说假太子的事，便大为光火。他精心设计了圈套，悄悄地踢死了宫女小娥。紧接着神不知鬼不觉地把孙皇后和宫女香儿也踢进河里淹死了。“这时夜静更深，又是很冷静的地方，孙皇后和香儿生生地淹死在河中，竟一个人不曾知道。宣宗见心事已了，叫内侍上亭，收拾了杯盘之类，自己便带醉去临幸宫嫔去了。”这种“传奇化”的虚构，作者一古脑儿地纳入了他的“历史”叙述中，使他的“历史小说”在这里更接近“武侠小说”或“侦探小说”的叙事策略。“历史”叙事的“传奇化”倾向是作者有意的添加和渲染。

在第47回中，作者着力渲染了侠客的神奇。明宪宗宠爱的秦妃竟然在床上不翼而飞，“杳无踪迹，皇宫上下慌得同船头上跑马般地走投无路”。这个秦妃原是陕人陇西生的未婚妻（原名芸香），被皇帝纳为妃子后，陇西生“颇有佳人归沙吒利之叹”。忽一天遇见一个黄衣少年，自喻是昆仑奴一流人物，陇西生便把芸香入宫和自己一段情史，细细地说了一遍，黄衣少年便承诺替他取回芸香。说得陇西生似信非信，只和黄衣少年敷衍了几句，并不真的“心有戚戚焉”：

> 不料少年去后，不到半个月，一天的夜里居然负着一个大包袱，从屋檐上飞奔地下来。陇西生忙去迎接，那黄衣少年将巨袱授给陇西生道：“快去看心上人吧！”陇西生把大包袱打开，里面睡着一个绝色的美人，穿着一身的宫妆，星眸微启，柳腰娇懒，似十分的困倦。再仔细一瞧，正是昼夜盼望的芸香。陇西生这一喜，几乎连眼泪都笑出来，忙去谢那黄衣少年，已不知他往哪里去了。只得望空拜谢，疑是神助。及至和芸香叙谈，谓那天晚上，与皇帝并枕卧着，忽然觉得昏昏沉沉的，耳边听得呼呼风吹，开眼看时，见你（指陇西生）立在我眼前。

这样神奇异常的侠客行为，在第48回中，作者又推波助澜，“伍云潭黑夜探皇宫，韩起凤花朝盗宝鳖”，两起发生在皇宫里的传奇故事，更增添了“历史”的传奇性。前后相连的三起侠客传奇故事，使得原本清一色的皇宫“猎艳”标本忽而转换成“猎奇”道具，从而使倾向消遣的读者在文本中同时获得了两种色彩驳杂相间的“期待视野”，作者与读者在“创作—阅读”操作程序上获得了“建构—接受”协调一致的“视界融合”。

在第52回中，作者极力夸张铺陈了万贵妃的发疯状。在第54回中，明宪宗恩宠的纯妃竟一笑殒命，宪宗皇帝“又是奇异又是悲伤”，从此，“好似有了神经病一般，每见宫人太监及文武大臣等，便睁着眼说道：‘不信！不信！没有这般死得快的。’一天到晚只说这两句话”。宫廷里的奇事也着实让有好奇心的读者眼界为之大开，“历史”的“传奇化”描写极大地满足了与讳莫如深的皇宫终身睽隔的一部分读者的“窥视欲”。

在第65回中，作者描写了被正德皇帝宠爱的刘贵人竟然被和尚骗走了。接着又刻画了江湖赫赫有名的侠盗马刚峰。这个外名叫“飞天大圣”的侠盗因受宁王宸濠的嘱托，要刺杀正德皇帝。一场刀光剑影的打斗之后，这位侠盗竟然幡然醒悟地跪在正德帝面前悔过自首，还因误会，被皇帝的侍卫砍去了一条胳膊。在第69回中，作者重复描绘了皇帝暗杀妃子的传奇故事。像第31回、32回所描写的宣宗把宫女小娥踢死，又将皇后和侍女香儿踢进河里淹死一样，正德皇帝也因一时不悦，把自己宠爱异常的冯侍嫔推进河里淹死了。“传奇化”的“历史”故事是在很轻松随意的叙述中完成的：

> 正德帝起身推开亭下的百叶窗，望着湖心正把皎月映在水底，微风吹皱碧流；似有千万个月儿在那里激荡。正德帝叹口气道：“‘人生几见月当头’，咏的是佳景不常见。又说‘今人不见古时月，古月依旧照今人’，人寿能有几何？月阙常圆，人死便休，怎及得月儿似的万世不灭？”冯侍嫔见正德帝感慨人事，怕他忆起刘英贞和凤姐来，故而伤怀，便也来伏在窗口上，笑着说道：“人家谓李青莲是个酒仙才子，他为甚的那样愚呆，会到水中去捞起月儿来？”正德帝大笑道：“你说他愚呆了，他到底有志竟成，结果被他把月儿捞着了。”冯侍嫔也笑得和风摆杨柳般地说道：“哪里有这么一回事？”正德帝睁着眼道：“你不信么？朕可和你现试的。”冯侍嫔方要回话，正德帝蓦然地叉过手来，乘冯侍嫔两脚腾空的当儿，只在股上一托，冯侍嫔没有叫出哎呀，香躯已从窗口上直摔出去，噗隆咚地一响，但听得湖中捧捧的划水声和咽咽的灌水声。约有好半息，才渐渐地沉寂了。

虽然作者极力淡化这段“传奇”故事的传奇色彩，但是正德皇帝有意杀人的背后却是个不起眼儿的理由：“至于他要杀冯氏，为的是冯氏言语行止上不时牵挂着江彬，常常念念不忘，以致引起了正德帝的醋意，心中一恨，就把冯氏推入河中。”这当然可以呈现出正德皇帝的乖戾暴虐、不讲人性的变态心理的一面，但多少却也显露出作者有意将“历史”作“传奇化”处理的一面。

似乎不经意的“传奇”点染，更加渲染了“历史”的不可预料性，非逻辑性的推展演变中，轻松随意的“历史”叙述反而强化了“传奇化”的效果。从这一有意在没有“传奇”中寻觅“传奇”，又在随意添设的“传奇”中故作轻松的不经意的叙述策略上看，作者是深谙读者的“期待”心理的。虽然这已是作者描写过了的“传奇”故事，但这样的处理方式却要比前述的传奇色彩更给人留下深刻的印象。

在第70回中，作者写明世宗闯进没有匾额的大殿里，殿内竟有一条嘘气声好似牛喘的巨蛇，内外宫监奉旨去扑杀。“那大蛇见有人去打它，忽地吊起头来，把身体一绕，五六尺高低佛龛已叫它绞得粉碎。佛龛既碎，现出蛇身，长约两丈多，有蒸笼似的粗细，张开了血盆那么大的口，对着人呼呼地吹气，口里喷出一阵阵的黑烟来。为头三四个太监闻着了烟味，都倒在地上死了。”世宗只好下谕颁布都中，招募捕蛇者。过了六七天才有一大汉应召，最终巨蛇被杀死，大汉也因毒气攻心而亡。在这一回中，作者不惜笔墨，又在“传奇”之后添加“传奇”：江彬谋反，宫廷里一片火海，世宗被四面大火所困，君臣抱头大哭，最后被侍卫官陆炳所救：

> 陆炳背了世宗帝在前，突烟冒焰的向着烈焰中飞奔，康永也随后疾走。脚底下的瓦砾都被火烧得通红了，走在上面，靴履顷刻灼穿，肤肉受焚，痛疼万分，但要性命，不得不忍痛力行。待到出得火窟，康永的两脚已红肿非常。陆炳救出了世宗帝，双脚也被火所伤，须发一齐焚去。陆炳平素本称美髯，如今颔下于思于思的变为牛山濯濯了。（第71回）

“传奇化”的故事有惊无险，但却极力渲染夸张，显然与前述的“轻松随意”有着大相径庭的旨趣。一淡化，一渲染；一轻松，一紧张。“传奇化”的“历史”叙述显得张弛相间，节奏频率上下起伏，可见，作者对“历史”的“传奇化”处理和建构是有意为之，而非“乱点鸳鸯谱”。

在第74回中，作者叙述宫女翠琴不愿得幸刺伤世宗帝，侍卫总管陆炳前来救驾也被刺伤。这时，作者就顺便带出嘉靖年间闻名一时的大侠红燕。在第75回中，作者描述了尚玉、珍姑夫妇的侠勇，尤其是珍姑身上更带传奇色彩，她在新婚那天，当众表演了一场武功绝技：双脚踏在两个鸡蛋上，滚滚如飞，手中剑光霍霍，直舞得呼呼风响，寒气逼人。一班亲友各抓一把黄豆向她掷去，洒洒的豆声不断，等豆撒完了，她的剑也舞完了，却屹然立在鸡蛋上,脸不变气不喘,"再瞧黄豆时,离珍姑一丈以内,一个圆的大圈子,圈子里面连半粒黄豆屑也没有。圈子以外却堆有半寸来高,而且那黄豆不偏不倚,整整地斩做了两半。一斗多黄豆,竟找不出一个囫囵的来"。同时,作者在这一回和下回中,也重复描绘了和第47回相类似的侠客深宫救美人的故事:尚玉只身闯入宫中,竟将宫女翠琴救出,将她交给了她的未婚夫程万里。"传奇化"的"历史"叙述如此集中,不惜重复叙述相同的故事,显示出作者对历史"传奇化"的钟爱和偏嗜。

在第99回和100回中,"历史"的"传奇化"倾向已经到了故意做作的地步。明清两军对垒之际,胜败难定之时,明朝督帅洪承畴竟然领着两名随卒出寨闲步,忽而野外一个小小帐篷里有清越的琴声传出,一个绝色佳人正在灯光下鼓曲。"英雄—美人"的原型故事又在这里重新展现,两人以琴会情,言谈融洽,大有相见恨晚之概,似乎是"言情"故事的展开,而恰恰却是"传奇化"的"历史"叙述的延续:

> 洪承畴坐对美人,所谓秀色可餐,越饮越起劲。那丽人一面劝酒,又顿开珠喉,击着玉盅,低声唱着侑酒。承畴其时兴致勃勃的,已经忘形。丽人只顾斟酒,承畴尽量的狂饮,直吃到明月三更,已喝得玉山颓倒,烂醉如泥了。承畴醉倒帐篷内,那外面的两名亲随,因等得困倦了,倚在帐篷的竹篱下,呼呼的睡着。东方现出了鱼白色,寒露侵人,那两名亲随忽然惊醒过来,赶紧起立,望着帐篷内时,里面空空洞洞,哪里有洪承畴的踪迹?(第100回)

洪承畴就如此"传奇化"地被清廷设谋网罗去了,而那计谋的实行者——"丽人"竟是清太宗的皇后。洪承畴最终在这样的"英雄—美人"的情感网络中,心甘情愿死心塌地地做清朝的顺民,明朝的江山也在这"英雄—美人"的期许中失去了根基。这样"传奇"得过于离谱的"英雄—美人"惺惺惜惺惺、"利用—被利用"的"历史"虚构,是作者为了寻觅"历史"发展的合理逻辑所作的不合情理的推理,"历史"的"传奇化"是为弥合"历史"叙述重构中所出现的巨大裂缝所必需的黏合剂,这"黏合剂"是作者擅自拥有的"专利品",与真正的"历史"当然有着不小的距离。一个曾对明朝廷忠心耿耿,运筹帷幄、骁勇善战的中流砥柱式的名臣大将,竟然在"历史"的关键时刻"变节"投降了,作为一度种族革命思想浓厚的作者是无法接受这样残酷的"历史”事实的。于是，只能以“英雄—美人”的古老模式来自圆其说，从而使不合“情理”的非逻辑的“历史”转换成为“逻辑”性的自然流向。作者在这种自欺欺人的叙述中得以暂时填平了心中的愤懑，平息了难以纾解的扼腕长叹。更何况“传奇化”的“历史”叙述重构中，清王朝为了引诱笼络洪承畴而献出了皇后尊贵的肉体，这是怎样的令人在百般愤恨无奈中解气的“赚头”啊。“传奇化”的“英雄—美人”故事的背后，我们似乎也多少能嗅出“阿Q”的胜利和满足的气息。因此，把这种“英雄—美人”的“历史”叙述重构的“传奇化”倾向视为汉民族集体无意识中所显露出的“阿Q相”也并不为过。这也许是作者在创作之初和创作之后都无法真正理性把握到的“潜意识”心理。

第四节　“宫闱秘史”类小说的言情化倾向

——言情化与宫廷的纵情享乐

与“浪漫化”、“传奇化”倾向相伴而生的“宫闱秘史”类通俗历史小说的另一种主要特征是“言情化”的倾向。与对“历史”作“浪漫化”、“传奇化”的叙述和建构方式一样，“言情化”的倾向既包含着对“历史”的阐释和理解，也包含着对“历史”的重新叙述和建构。

张恂子的《隋宫两朝演义》在有着“浪漫化”、“传奇化”倾向的同时，“言情化”的“历史”阐释和重构倾向表现得更为明显。在《隋宫两朝演义》中，隋炀帝这个历史上荒淫暴虐的帝王形象，在作者的创作视野中实际已成为一个整日依红偎翠、醉生梦死、及时享乐的花花公子，他除了整日在一堆风流娘们儿中讨乐子外，真不知世上还有什么事可干。而围绕在隋炀帝身边的萧皇后、十六苑夫人和其他难以计数的宫女则已成了整日忙于接送隋炀帝这个嫖客的娼妓，她们除了和隋炀帝在宴间床上游玩处寻欢作乐外，也不知人间还有什么其他的乐趣。“言情”在《隋宫两朝演义》中已不仅仅是几个故事情节的问题，也不是渗透着几个对“历史”作“言情”的考察观念，而是无论从整体上对“历史”与“人物”的把握，还是具体的情节设计，作者都一律从“言情”出发，“言情”成了作家单一的考察“隋宫”的主导视线。因此，我们可从把《隋宫两朝演义》看作是整体的“言情化”的通俗历史小说。整体的“言情化”倾向与作者的趣味和对历史人物的理解有关。在作者的心目中，隋炀帝是所谓“美人为重，江山为轻”的“纵情”、“享乐”主义者，而只有整体的“言情化”倾向才能真正体现出隋炀帝的“纵情”、“享乐”的一面。

与张恂子《隋宫两朝演义》形成鲜明对照的是李逸侯的《宋宫十八朝演义》。李逸侯不像张恂子那样对"历史"作肆意夸张的浪漫想象,而是有板有眼地把与"宋宫"有关的"历史"原原本本地重新叙述出来,"三百余年宫里事,闲来都付笑谈中",作者似乎并不着重这样的"历史"建构,"激情"、"浪漫"、"想象"都被作者有意识地逼进"冷静客观"的叙述框架中。张恂子过于充溢的"言情化"情绪和意识,在李逸侯的创作中却悄然隐退。与《隋宫两朝演义》有所不同,《宋宫十八朝演义》中的"言情化"倾向与"浪漫化"、"传奇化"倾向相比,更加趋于平实淡化。但即使如此,因受"宫闱秘史"类通俗历史小说创作的共性熏染和影响,《宋宫十八朝演义》中却依然有着不少"言情化"倾向的印痕。如第 42 回中,作者描写赵匡胤结婚这一场景时,不惜泼墨挥洒,就有颇深的"言情化"倾向。第 9、10 回中,描写赵光义和符皇姨在符家后花园里一见钟情,随后在彩楼上符皇姨轻掷彩球给赵光义,"有情人终成眷属","言情化"倾向也非常明显。第 14、15 回所叙述描摹的宋太祖对花蕊夫人一往情深,最终想方设法占有了她这个有夫之妇,"言情化"的倾向更是突破了貌似客观冷静的叙述框架。这样的"言情化"的倾向的事例,在《宋宫十八朝演义》中还有不少。"言情化"的叙述和建构倾向即使在颇为"冷静客观"的"宫闱秘史"类历史小说作品中也照样存在。可见,"言情化"倾向的普遍性。

假如说张恂子的《隋宫两朝演义》和李逸侯的《宋宫十八朝演义》是"宫闱秘史"类小说中"言情化"倾向正好标示出的肆意夸张、整体实现与客观冷静、局部显影两极趋向的话,那么,"宫闱秘史"类作品中大量的其他作品只是"言情化"处在这两极趋向的中间地带。分析这一"中间地带"的创作则更能体现出"宫闱秘史"类作品中"言情化"倾向的特征和意义。我们可以许慕羲的《元宫十四朝演义》和许啸天的《清宫十三朝演义》为例来作一简略的分析。

许慕羲的《元宫十四朝演义》中的"言情化"倾向与"浪漫化"、"传奇化"倾向几成三足鼎立之势。"言情化"、"浪漫化"、"传奇化"紧密相连,互为映衬,从而使得小说在"浪漫化"、"传奇化"、"言情化"之间来回穿梭交织,"历史"的叙述和建构在三景杂糅中推衍。在第 5、6 回中,作者描写铁木真被泰赤乌部的人追杀,躲到锁儿罕失剌家,竟与该家的小女合答安产生了恋情。在泰赤乌部人不断地搜查围剿的紧张时刻,一对情人还见缝插针地卿卿我我。在第 10 回,作者又描写铁木真与合答安重逢寻旧梦。在攻破了塔塔儿人的山寨后，铁木真的部下搜到一个名叫也速干的女人，铁木真立刻坠入了“情网”。在第29回中，作者又大肆描绘了窝阔台与回奴法特玛“练习长生不老的秘术”，“言情化”叙述描写显得很有些“猎艳”倾向。在第39、40回中，作者又肆意描写元世祖在西苑与先朝的嫔妃日夕宴饮，寻欢作乐，其场景、人物、故事情节显然与《隋宫两朝演义》如出一辙，“言情化”的内容和倾向明显是从齐东野人的《隋炀帝艳史》中脱胎而来。

在第41回中，作者描述元妃和朵儿只偷情，朵儿只的妻子奇儿乞醋性大发，带了十几个女侍冲进东宫捉奸，双方恶骂相向，闹得奇儿乞差点上吊自杀。在第53、54回中，作者又穿插一大段俊明与小翠恋爱故事，在第55、56回中，作者描写了皇后巴巴罕与必罕姐妹合谋，三人用美人计诱迫笼络泰定帝，使得朝政大权都落入皇后手中。“言情化”的叙述中早已渗透着极其浓重的“浪漫化”、“传奇化”的色彩。《元宫十四朝演义》中的“言情化”描写往往有着极其夸张的成分。如第60回中，写帝师与僧徒们面对宫廷佳丽的丑态，很能体现作者的描写特色：

> ……这藏班藏卜和许多番僧，哪里见过美貌的佳人，艳丽的女子，只觉得莺声呖呖，香风飘飘，耳内听着一点，鼻中嗅着一些，都已筋酥骨软，心醉神迷，一齐睁大了圆彪彪的双睛，斜歪着身体，向那些妃嫔宫女望个不了。手里敲着的大锣大钹，已竟断断续续，不能合板，口内念的嘛咪叭吽，已竟离了腔儿，不能调和……

“宫闱秘史”类小说中的“言情化”倾向多少都有类似的夸大其辞的描绘刻画，“言情化”与夸张浪漫的情绪相伴而生，“历史”在夸张浪漫的想象中使“言情化”倾向很容易滑入无聊浅薄的庸俗中，使得“历史”的阐释和重建失去了特定时代的“当下即是”的合理性，甚或也与正常的人性人情相悖。

许啸天的《清宫十三朝演义》中的“言情化”倾向也与他的“浪漫化”、“传奇化”的倾向互成犄角之势。在第1至3回中，作者描述了佛库伦与乌拉特的爱情故事。这“言情化”倾向与部落之间械斗的“传奇化”，佛库伦三姐妹围猎、设计吞红果的“浪漫化”互为穿插，相互烘托，交相辉映，从而使三者的承接转换有着逻辑化的联系，虽然这三者之间有时也不免有不合情理之处。在第5回中，渥济格与巴斯翰巴图鲁的女儿的言情故事也与巴颜的为子“复仇”故事互为勾联，故事最终也以“浪漫化”的和解“化干戈为玉帛”。在第7

回中，作者写到努尔哈赤兄弟三人被父亲赶出家门后，出走建州城。努尔哈赤寄住一猎户家，后被山东人关老差别收养最后被抚顺大家族姓佟的看中，成为佟家的看管长工，“千里姻缘一线牵”，努尔哈赤竟然和佟家的孙女春秀姑娘发生了恋情，最终成了佟家的入赘孙女婿，“言情化”的背后实质上也有着浓重的“传奇化”、“浪漫化”的成分：

>……佟大爷慢慢的踱进林子去，他两人见了，好似脖子上压着一副千斤担，再也抬不起头来。佟大爷走上前去，一手挽着一个笑着问道：“你两人已说定终身了吗？”秀姑娘和努尔哈赤一齐摇摇头。佟大爷伸着簸箕一般的手，在两肩膀上使劲拍了一下，哈哈一阵子大笑，说道：“好糊涂的孩子，你们还不赶快说定了，呆守着干什么？”一句话说得他们两人一齐笑了起来。佟大爷说道：“你们含羞吗？快跟我来！”他不由分说，将他们两人拉进内院，也不问他两人怕羞不怕羞，把这情形一长二短的对母亲和祖母说了，又逼着他母亲把这女孩儿的一头亲事答应下来。

这种现代开放式的婚姻促合法，只是作者的浪漫想象和传奇虚构而已，“言情化”同时与“浪漫化”、“传奇化”一同生长，结出这样三者杂糅的“历史”叙述和建构的果实。

在第 18 回中，作者先描写皇太极逼宫夺皇位，“传奇化”的故事惊心动魄，随后笔锋一转，大写皇太极与大玉儿的一段姻缘。这段姻缘的开始也是由“传奇化”的打猎过程所引起的，皇太极带侍卫去西山打猎，在追赶一头母鹿时与侍卫人员分离，竟遭人暗算，皇太极被射伤大腿，拼命才逃出险境。这时，与科尔沁部的大女儿大玉儿相遇，“英雄—美人”一见钟情，“言情化”的故事随后在“浪漫化”的叙述中开演。后来大玉儿被嫁往叶赫国，皇太极扼腕长叹。最终，“英雄—美人”大团圆的机遇来了，叶赫暗助明朝，满清部队在皇太极率领下征伐叶赫部，东城攻破，“英雄—美人”在战火纷飞的“传奇”、“浪漫”的氛围中得以重逢续旧梦。

在第 20、21 回中，作者写清文皇后以色媚洪承畴，终于使洪承畴心悦诚服地投降清王朝。随后，作者又叙述了多尔衮和文皇后的偷情。到了 22 回中，多尔衮和文皇后为了私情不惜用计杀害了太宗皇帝。“言情化”的故事已经悄悄地转换成了“传奇化”的故事。即使是貌似纯粹的“言情化”故事中,“传奇化”、“浪漫化”的倾向也始终相辅相成,互为掺杂。

在第25回中,作者描述了顺治帝与董鄂妃(董小宛)的爱情故事。董鄂妃被洪承畴送进皇宫,本身就具有“传奇化”的色彩,而冯小五为主人冒巢民去营救董小宛,“传奇化”色彩更为浓厚。在这一回中,顺治帝与董小宛去游玩什刹海,在绿阴深处的牌坊下面,顺治帝和董鄂妃双双跪倒在地,顺治帝信誓旦旦地要与董鄂妃“在天愿作比翼鸟,在地愿为连理枝”,并对天立誓:“皇天在上,我爱新觉罗福临与妃子董鄂氏,愿今世白头偕老,世世结为夫妇,永不厌弃。倘然中途有变,我愿抛弃天下,保全俺俩的交情。”这种“浪漫化”的描写,显然加入了作者大胆夸张的想象虚构。到了第26回中,顺治帝在董鄂妃被太后撵出宫后,为了寻找董鄂妃,也到五台山清凉寺修道去了。“传奇化”、“浪漫化”的想象和虚构,使得“言情化”故事更为离奇神妙,从而使读者在通常腻味的“言情”故事中看到一片异常别致的风景。

在第48、49回中,作者写了顾少椿救了孙含芳的命,两人产生了恋情,在他们的婚姻因顾少椿的父亲私定了另一门亲而破灭后,两人依然心心相印,每夜以红灯为标志,暗中幽会。但有一天,孙含芳姐妹点灯准备迎接顾少椿到来时,双双被飞来的箭射死。原来乾隆下江南时,与勾栏院中倩霞、绛霞两姐妹私混,后因遇到刺客,乾隆帝就疑心她们姐妹会图谋不轨,就把她们打发回原来的勾栏院。并答应回銮过扬州时,把她们接回京,约定以楼头点灯为标志,后怕倩霞姐妹泄密,派侍卫去射杀。那孙家姐妹这天正在那里偷情约会,楼头恰巧也点着盏灯,那侍卫也不辨真假,一箭结果了一双可怜的姐妹花。“言情化”故事中,也交织着“传奇化”、“浪漫化”的斑斓色彩。这种“言情化”与“传奇化”、“浪漫化”色彩纵横交错的现象在《清宫十三朝演义》中还有很多,如第63、64回中写咸丰帝迷恋张家母女五朵花,随后,又去调戏“盖南城”,街坊邻居因认不出微服私行的皇帝,就来打抱不平,咸丰帝便和众人大打出手。最终,“盖南城”还是成了咸丰帝的玩物。第66回中写到的恭庆王的大儿子载澂与族姑有染,咸丰帝在圆明园宠幸“四春”。第70回中写到的兰儿精心设计吸引咸丰帝,第89回中写到的西太后幸如意馆,等等。这些“言情化”的“历史”情节,都有着或多或少的“传奇化”、“浪漫化”的倾向。“言情化”、“传奇化”、“浪漫化”三者的穿插糅合互为联网交织,显示出“宫闱秘史”类通俗历史小说对“历史”的阐释和建构的多侧面和多角度。

第五节　“宫闱秘史”类小说的抒情特质
——抒情基调为“三景”杂糅提供氛围

支撑着“宫闱秘史”类通俗历史小说的“浪漫化”、“传奇化”、“言情化”倾向的，是普遍弥漫于这类作品中的抒情风格。这种抒情风格的普遍被接纳和吸收体现于在对“历史”所作“浪漫化”、“传奇化”、“言情化”的阐释和建构的同时，不论是景物描绘还是人物刻画抑或故事叙述，都渗透着内在的抒情特色。

我们可以几部“宫闱秘史”类小说的开场作一简单的归纳分析。

许慕羲的《元宫十四朝演义》一开始就是一段对景色人物的抒情描摹：

层峦重叠，流水弯环，丛林夹道，古木参天，于群山回巉之中，现出一片平畴旷原。此时乃是四月天气，塞北地方，春色初来。那片平畴，岫屿拱卫，烟云缭绕，虽没有江南地方的桃红柳绿，风景宜人。但是，河流萦带，映着那山林景色，也倍觉鲜妍了。在这寂静无声，山林沉默的当儿，忽听得马蹄得得，自远而来，其行甚疾。一转眼间，便见两骑高头骏马，驮着两个年青力壮、身材魁梧的塞外英雄，直向这不儿罕山的平畴而来。两个少年到了不儿罕山内，见着这片平畴四面都有山峰环抱，河流错杂，更兼正在春天，树木欣欣向荣，草色芊芊铺地，真是别有天地一般……

风景的优美展示，夹杂着作者跳跃欢快的心律搏动，而对人物粗线条扫描，又渲染出作者对自然与生命相映成趣、交相辉映的赞赏和喜悦，抒情的音符在字里行间律动，为小说的情节展开定下了“抒情”的基础，在这样的“抒情”中，我们依稀看出“历史”的“浪漫化”、“传奇化”、“言情化”的胚胎。

张恂子的《隋宫两朝演义》一开头，抒情的描写也带出了“浪漫化”、“传奇化”、“言情化”的影子，这其中“言情化”影子更深更长：

一轮皓月，清光四澈，照见绿杨丛里，露出一角小亭。朱栏曲曲，湘帘半卷，栏杆上却倚着一个女子，梳着双丫角，眉目如画，手中执了一柄轻罗小团扇，徐徐挥动，仰起了粉脸，娇态憨憨的望着天际明月。那时又有一个破瓜年纪的绣衫少女，悄悄地分花拂柳，从小亭背后踅入亭中，掩到小女子身后，举起一双粉掌，蓦地掩住小女子双目，吓了她一跳，娇嗔着道："又是月娟姐姐，悄没声儿的作弄人，再也不会猜错。"……

一对天真未泯的小宫女在明月下，绿丛中，游耍嬉戏，美景佳人相映衬，作者情感的旖旎缱绻，飘然萦绕在诗情画意的图景中，明月—佳人—嬉戏，暗示出作品无法离开浪漫—传奇的叙述特征，但更多的是昭示出言情—想象的成分将占据中心地位。《隋宫两朝演义》的整体"言情化"倾向与"抒情"风格紧密相联，抒情的基调为"言情化"的展开和推衍提供了必备的条件。

许啸天的三部"宫闱秘史"类小说，抒情风格也较为明显。在《清宫十三朝演义》的开头，作者就有明显的抒情特征：

翠峦列枕，绿野展茵；春风含笑，杏花醉人。在这山环水绕、春花如绣的一片原野里，黄金似的阳光，斜照在一丛梨树林子里。那梨花正开得一片雪白，迎风招动。那绿顶紫领的小鸟，如穿梭似的在林子里飞来飞去，从高枝儿飞到低枝儿，震得那花瓣儿一片一片的落下地来，平铺在翠绿的草地上，好似一幅绸子上绣束花朵儿，夹着一声声细碎的鸟语，在这寂静的林子里，真好似世外桃源一般。正静悄悄的时候，忽然远远的听得一阵铃铛声响，接着一片娇脆说笑的声音。只见当头一匹白马，马背上驮着一个穿紫红袍的女孩儿。看她擎着白玉也似的手臂，一边打着马，斜刺里从梨树林子里跑了出来，后面接二连三的有两个姑娘，一般也骑着马，从林子里赶出来……

情感的抒发和喷涌都浓缩在对美丽风景的描述之中，风景的美丽与情感中所孕含着的欣赏和愉悦相对应，而二三女孩子点缀在这样美丽的环境中，更显示出抒情风格将主要寄托在"言情化"的"历史"的阐释和重构上。

在《明宫十六朝演义》中，作者继续沿用《清宫十三朝演义》的抒情方式，将美景首先展现在读者眼前：

山嶂叠翠，溪水潋滟，绿柳争妍，桃花吐艳。那个时候，正是春风袅袅，吹得百卉都盈盈欲笑。枝头的黄莺儿，也扑着双翅，婉转悠扬地歌唱起来。又有那穿花的粉蝶,迎风飞着,纷纷乱舞,好似天女在那里散花一般。独有衔泥的紫燕,却在树林里或是水面上,不住地掠来掠去,找寻着小的虫鱼,去哺那巢里的雏燕。晨曦渐渐地放开光华来,把草上鲜明可爱的露珠慢慢地收拾过了,便显出很娇嫩的一片绿茵来。这时,只听得一片广场里呜呜的角声鸣处,两扇大青旗忽地竖了起来。接着帐篷里一阵鼓声,便有几百个壮丁,一个个弓上弦,刀出鞘,雄赳赳,气昂昂,很整齐地列着队伍,四面八方排立着……

风景与人似乎不协调,但这不协调中恰恰映现出作者抒情的跳跃性,温柔恬静的情感突变为金戈铁马气吞万里山河的激越奔放式的情感,这烛照出小说在“浪漫化”、“言情化”倾向的同时,更为注重的是“传奇化”的倾向,抒情的天平往往能衡量出“历史”叙述建构的侧重点。

在《唐宫二十朝演义》的开头,许啸天摆脱“风景—人”式的叙述建构和抒情方式,开始把人物列置于叙述建构的前台:

绣户微开,湘帘半启。那戴黑头巾的男仆,在门外来来往往,手中托着盘儿,把一碗一碗热气熏腾的山珍海味,尽向门边送去。帘内伸出纤细洁白的手儿来,把肴馔接进去。屋子里一阵娇嫩的欢笑声,夹着一个男子的哈哈大笑,飞出屋子外来。原来今日是中秋佳节,范阳太守朱承礼,在内室中会集他的妻妾儿女,举行家宴。

风景隐藏在人物的背后,似乎抒情就失去惯常使用的附丽的载体,而实际上人物场景所显示出的欢乐热闹的气象,恰恰折射出作者的抒情风格依然与前述的两部作品一样:明快,欢乐,跳跃。

从上述简单罗列分析中,我们可以看出,“宫闱秘史”类小说的抒情风格与作者对“历史”所作“浪漫化”、“传奇化”、“言情化”的倾向是不可分割的组成部分。“宫闱秘史”类小说作家们其实在创作中总是显示出竭力将抒情的风格整合在“浪漫化”、“传奇化”、“言情化”的“历史”的叙述重构中,这种“整合”的努力,在很多作品中都有很明显的印迹。许啸天的《清宫十三朝演义》的第5回中有个很典型的例子:

桃花马上,红粉娇娃。看她一双小蛮靴,轻轻的踏住金镫,一双玉手,紧紧的扣住紫缰。回眸一笑,百媚横生。渥济格跨在马上,怔怔的看着,魂灵儿虚飘飘的,几乎跌下马来。那美人看他呆得可笑,又回过头来,低鬟一笑,勒转马头跑去。这渥济格如何肯舍,便催动马蹄,在后面紧紧跟着。八个马蹄和串子线似的一前一后走着,看着穿过几座林子,抹过几个山峡,那美人忽的不见了。这地方是个山谷,四面高山夹住,好似落在井圈子里。脚下满地荆棘,马蹄被它缠住,一步也不能行动。渥济格痴痴迷迷的如在梦中,那颗头如拨浪鼓似的左右摇摆着,寻找那美人。一眼见那妙人儿,立马在高冈上,对他微微含笑。渥济格见了,好似小孩子见了乳母似的,扑向前去。无奈满眼丛莽,那马蹄儿休想动得一步。渥济格急了,忙跳下马来,拨开荆棘,向丛莽中走去。那树枝儿刺破了他的头面,刺藤儿拉破了他的衣袖,他也顾不得了。脚下山石高高低低,跌跌仆仆的走着。可怜他跌得头破血流,他也不肯罢休。卖尽力气,走到那山冈下面。看看那峭壁十分光滑,上去不得。渥济格四面找路时,也找不出一条可以上山的路,只有那高冈西面,在半壁上,略略长些藤萝。渥济格鼓一鼓勇气,攀藤附葛的上去。幸得几处石缝,还可以插下脚去。爬到半壁上,已经气喘嘘嘘,满头是汗。渥济格也顾不了这许多,便鼓勇直前。看着快到山顶,那山势愈陡了。谁知渥济格脚下的石头一松动,扑落落滚下山去。这时,渥济格脚下滑,身体向后一仰,跟着正要跌下山去,那山冈上的美人看了,到底不忍,便急忙伸出玉臂来,上去把渥济格的衣领紧紧拉住。渥济格趁势一跃,上了山冈,一阵头晕,倒在那美人的脚下。

文字的表述、形象的意蕴和人性的挖掘都带有通俗作家所惯常具有的或多或少的粗糙、肤浅、做作、不成熟甚或是过于俗套的毛病(这些在本文所列举其他事例中也或多或少存在着),但引起我们兴趣的是,在这段摘引的文字中,“宫闱秘史”类通俗历史小说所具有的创作风貌在这里一齐会集,美景—英雄—美人—美意,浪漫—传奇—言情—抒情,都一齐在此定格显现。《诗经》中的“蒹葭”之意似乎也充溢其中:“蒹葭苍苍,白露为霜。所谓伊人,在水一方。溯洄从之,道阻且长。溯游从之,宛在水中央。”诗情画意的追求,浪漫—传奇—言情—抒情的杂糅,使得“宫闱秘史”类通俗历史小说多少也显示出创作的自觉意识和建构的个性追求。

“宫闱秘史”类通俗历史小说中当然谈不上有多少成功和杰出的作品,

即或在其中居上游的张恂子和许啸天的创作，也充斥着不少粗糙、肤浅、做作、俗套的痕迹。但无论怎么说，“宫闱秘史”类通俗历史小说在近现代历史小说史上毕竟别具特色，它无论是取材的独特视野，还是人物故事情节的整体设计和安排，抑或是对“历史”的重新阐释和建构，都有其值得借鉴吸取的经验教训，而作家对“历史”阐释和建构的“浪漫化”、“传奇化”、“言情化”的整体追求或局部设计，以及在“历史”的阐释和建构中所充溢的抒情风格，都为日后历史小说的创作提供了不少有益的经验和启示。

第八章 “名媛艳史”的视角与建构

第一节 “名媛艳史”的创作视角

——“猎艳”心态的尽情流露

在中国近现代通俗历史小说史上，“名媛艳史”类作品主要有：王艺的《明宫艳史》，马枕梧的《历代风流皇后》，苏海若的《五千年皇后秘史》，李定夷的《醇王妃自尽记》，陆士谔的《顺治太后外纪》、《女皇秘史》，胤子的《宣南梦》，陈莲痕的《董小宛演义》，胡憨珠的《董小宛演义》，许慕羲的《周宫艳史演义》，唐熊的《陈隋艳史》，姚舜生的《中国历代妇女演义》，诞叟的《清季名流艳史》，陶寒翠的《民国艳史演义》，费只园的《清代三百年艳史》等。

与“宫闱秘史”类历史小说相比，“名媛艳史”类历史小说中也往往离不开“宫闱”背景，但两者的侧重点不同。假如说“宫闱秘史”类历史小说以“宫闱”为中心展开故事情节，显示的是“历史”的演变发展和朝代的兴衰更替，那么，“名媛艳史”类历史小说虽也多少涉及“宫闱”，但显示的侧重点则是“人物”的悲欢离合、生死荣辱和成长历程。“宫闱秘史”类小说和“名媛艳史”类小说都有注重“言情”的一面，但相比较而言，前者更注重揭“秘”，人之秘、事之秘、情之秘，网罗殆尽，从而编织起一幅揭示“史之秘”的诱人画卷；而后者则更侧重在猎“艳”上，艳情、艳遇、艳闻，搜罗无遗，进而翻录成一卷展示名媛之“艳史”的彩色胶卷。“宫闱秘史”类小说当然离不开“名媛”，但它所描写刻画名媛的视角是从“宫闱”出发的，名媛的情爱生活和身世境遇只是“宫闱”演变的缩影而已，“名媛”不是其中的主角，而把“名媛”作为掌中玩物的统治者才是真正的主角，“宫闱”是统治者操纵的“宫闱”，“名媛”在“宫闱秘史”中只是点缀摆设而已。而“名媛艳史”类小说中，“名媛”成了故事的中心和主角，“宫闱”隐藏在这个中心的背后，玩弄“名媛”的统治者也往往成了突现“名媛”的附属物，叙述视点的转移和不同，也是两类小说的区别所在。

“名媛艳史”类小说的创作特征是比较明显的，我们可以从费只园的《清代三百年艳史》中作一简单的分析概括。

“名媛艳史”类小说创作的视角是明确的，它显然想有别于历史小说创作中的其他类型，企图寻找到一条显示出“个性”的创作路向和视野。许舜屏在给《清代三百年艳史》的题词中，有这样的诗句：“国风三百色如何？为辨贞淫讴不讹。江上琵琶多少恨，莫嫌老子太婆娑。闺中韵事尽搜罗，草稿盈斗未算多。自笑丰干惯饶舌，佛头着烘尽由他。”可见，在许舜屏看来，“艳史”的创作视野内，“国风三百”、“江上琵琶”、“闺中韵事”是不可少的，“艳”与男女之情不可分，这触及了“艳史”的一个方面。陈棠在题词中，缩小了“艳史”的范围，显然更集中体现出“艳史”的重点：“金粉南朝著艳声，胭脂北地擅芳名。闲来阅遍官私史，点缀裙衩便有情。”显然，在陈棠的理解中，“艳史”的重点应落在“金粉南朝”、“胭脂北地”，“艳声”与“芳名”才是“名媛艳史”描写的核心内容所在。海上漱石生在题词中，则把“艳史”与“王气”对举：“三百年来王气销，搜将艳史记前朝。”可见，“艳史”类小说与其他类型的小说的不同之点，在于不再以描写“王气”事迹为重点，从“王气”的角度建构“历史”，而是从“艳史”出发，去建构“历史”。

从三位题词者的观点上看，我们可以大致把握到“名媛艳史”类小说的一般特征，它与其他类型的历史小说的主要区别在于，它的创作视点是以“名媛”为中心，以“艳史”为描写的主要对象，从而突出“历史”中的“艳”性的一面。

费只园在创作《清代三百年艳史》时，他的创作有着明确的选择性，在多部有关清史的演义出版之际，作者有着很强的“独辟蹊径”的意图：

> 清代之三百年里，名臣硕士，儒林文苑，自然有清史流传出来。便有什么艺术方技，仗着一点小小本领，也都搜罗在史传里面。独有妇女，不过把孝义节烈的表扬一番。这些可歌可泣可感可叹的艳迹，全要靠着稗官小说，名流的笔记，曲曲折折的替她宣布。可惜不是一人一事，便是一节一段，容易散佚，容易遗忘。要知道，这一个艳史，不是单说那脂香粉腻、纸醉金迷，便是孝义节烈、艺术方技，只要是出于妇女，哪样当不起这个“艳”字？在下编这部艳史，便守着这个宗旨。论到清代在建州、在辽东的时候，什么王皋呢，什么洪承畴呢，道途辽远，宫闱

秘密,也不敢便算做实录。倒是清代入关,定鼎北京,有这三百年天下,却靠着一篇艳史激成功的。(第1回)

“艳史”在这里就明确多了,以女性为描写对象,这里的“艳”当然多少有“脂香粉腻”、“纸醉金迷”的一面,但同时也包括“孝义节烈”、“艺术方技”方面。“艳”的范围宽泛得多了。假如说,“正史”、其他类型的历史小说都是以“男性”为中心,创作的视角始终随着“男性”角色的变化而变化,那么,费只园的创作则开始转换创作视角,重新确立“女性”在创作中的中心地位,以“女性”为主角,故事情节、人物设计、环境描写都离不开“女性”的参与,“女性”成了创作素材选择建构的中轴,“女性”的创作视点成了作者重新阐释和建构“历史”的标杆和尺度。断言一部错综复杂、纵横捭阖的清代近三百年的历史是“靠着一篇艳史激成功的”,显然有其夸大和片面的成分,但不能不说这“夸大”和“片面”正是“名媛艳史”类小说创作的一个基本特征。

“名媛艳史”类小说作家虽然注重描写女性历史人物,对“历史”的阐释和建构重心也落在“艳”字上,但他们的创作态度和主观意图还是严肃的。费只园在《清代三百年艳史》的最后一回中,对自己的创作有这样的说明:

在下采取的书籍,在朝在野,或庄或谐,统计有百十种。此外,文集、诗集、词集,一鳞一爪,实在记不得许多。零零碎碎,琐琐屑屑,攒凑拢来,成就了这部艳史。

由此可见,对“历史”作“艳史”视角的阐释和建构,不是任意的想象和虚构,也不是不负责任的推测和胡扯,而是从大量的“历史”资料中“发掘”和“总结”出来的。因而,当作者在第1回的《满江红》词中自我标榜“春秋褒贬”的“正统性”一面就不足奇怪了:“风倒梧桐,问故迹仗谁收拾?空怅望白山黑水,黯然消灭。宫史已随烽火散,美人不共繁华歇。笑白头剩得旧钞胥,从容说。观风俗,輶轩节,操褒贬,春秋笔。有绮情侠气,孤忠奇烈。舞扇歌衫同点缀,脂钿粉盏都狼藉,话沧桑还见玉鱼寒,铜驼泣!”从中我们也可看出“名媛艳史”类小说作家像其他类型历史小说作家一样,也有对“历史”的正统性自觉或不自觉的追求,反映出“名媛艳史”类小说作家以女性为中心的创作视角去阐释和建构“历史”时自我约束与限制的一面,而不是完全抛却传统“历史”建构的范型和一般性原则,凭空蹈虚。一切都从自我阐释的快乐和读者接受的期待出发,使“历史”成为纯粹的“小说”。

在“名媛艳史”类小说中,虽然“艳”的内容多种多样,侧重点也各有不同,但突出的还是名媛的节烈之“艳”,这在《清代三百年艳史》中表现得也非常明显。

费只园对“艳”的理解当然很宽泛,也显得很严肃。在《清代三百年艳史》中,作者有意识地压缩限制“脂香粉腻、纸醉金迷”的“艳”,而是扩大“艳”的其他内涵,有儿女情长之“艳”,有艺术方技之“艳”,有侠义之“艳”,有仁爱友善之“艳”,也有建功立业之“艳”,等等,其中,更为突出的是节烈之“艳”。在《清代三百年艳史》中,女性形象“群贤毕至,少长咸集”,既有宫廷秀女,也有巾帼英雄,既有脂香粉黛,也有风流才女,而更多的是节妇烈女。

在第1回中,费只园就提及李香君额血溅扇,誓不肯嫁给漕督田仰。这在孔尚任的戏曲《桃花扇》中有更为详细的描写,作者在此只是略而不详。在第5回中,作者描写了秦淮妓女顿文在与己相好的王子因由于“通敌”罪被清政府斩首时,毅然赶赴刑场探望,“两旁的北军的皮鞭如雨点的打下来,顿文只是哭泣,也不避让”。在王子因被斩后,她料理他的后事,即进庵入道,以为王子因守节。在第6回中,作者又描写了另一位秦淮妓女马婉容在清兵攻破福建的隆武宫廷时,激励其夫杨龙友“以身殉国”,自己被清兵的裨将所俘。在该裨将准备搂抱她时,她抽刀刺杀了他,最终也转手自刎。在这一回中,作者还描述了柳如是在钱谦益死后,在钱氏柩侧自缢而死,“做了个殉葬的姬侍”。在第7回中,作者描述了也是秦淮妓女的蕙芳,在被清兵抓俘后,清兵统帅贝勒博洛想纳其为妾,她“嚼舌都碎,含血喷了博洛一面”,最后被杀。在第10回中,作者又写松江歌妓珠圆为了促成投降清朝的李成栋“反正”,自杀身亡。这样描写妓女出身的“节烈”之“艳”,在《清代三百年艳史》还有很多。其实,作者是把妓之“节烈”作为一个特别的类型的“艳”来写的,这正如作者借用书中的一个人物的口所说:“如今烈女节妇却出在勾栏中了。”(第6回)

除了“勾栏中”的“节烈”之“艳”外,其他女性的“节烈”之“艳”在《清代三百年艳史》中也比比皆是。在第10回中,就有隆武的曾妃跳入九泷江殉国。在第12回中,有厦门的王义娘为了不被清将所污,投井而死,湖南的朱氏也跳进长江以免遭奸淫。第14回中,苏瑶青在其夫嵇留山被清兵杀害后,自杀殉情。在第15回中,作者描写了永康城中的吴绛雪为了保全桑梓,“舍身就义”,自投耿精忠部将徐尚朝营中。徐尚朝“欢喜非凡”,停止攻城,拔队开往杭州。吴绛雪许诺三天后即成“伉俪”：

> 尚朝以为三日期近，既经笼鸾铩凤，料也飞不出去。次日，令绛雪骑马相随，迤逦行来，距永康已有五十余里。此地悬崖绝壁，峻险异常，凿石作梯，缘峰飞瀑。绛雪四面一望，觉得山峡中只容得一人一骑，便问此处是何地名？军士道：“名桃花岭清风崖。”绛雪道：“好一个清风崖。”乘着前后不备，把马一跃，连人带马，早滚落崖下去了。后方赶紧驰救，那崖深百丈，无路可下，这匹马算是绛雪的殉器罢了。

“节烈”之“艳”的凄婉哀感，有时也颇能显示出作者对选材和提炼情节的用心。类似这样“节烈”之“艳”的描写在小说中还有许多。

费只园在描写“节烈”之“艳”时，也并不仅仅是为了写“艳”而写“艳”，其实是有深意在焉。在第7回中，作者就借用小说中蕙芳这个人物，表达过这样的“微言大义”：

> 我辈女子，身在平康，朝张暮李，与无主的落花一般。到得脱籍适人，无论老少穷富，应该抱着从一而终的主意。虽有亮灿灿的黄金，明晃晃的白银，也不肯移易此志的。做臣子的既然受了爵禄，举家富贵，那身子应该为国家所用，为国家而死。如何可事了一主，再事一主？我听说钱老爷、龚老爷，都做了北朝大官。咳！生死关头，这样的打不破，真不如我辈女子了。

可见，在“节烈”之“艳”中，隐藏着“忠孝”之“义”。在第16回中，作者描写王辅臣在清军“环匝”平凉城时，有意开导七个姬妾“义不受辱，甘以身殉”，但在七个姨太太自杀之后，王辅臣却“帆随湘转”，向清廷经略图海献出了城池。“节烈”之“艳”与不“忠孝”之“义”对举，可见作者的“春秋笔法”是有意设计的。

第二节 “名媛艳史”创作中的“男性”视角与传统手法

——隐性的男性立场和观点

其实，把“节烈”之“艳”与“忠孝”之“义”对举，这也显示出“名媛艳史”小说作家观察和叙述的视角还是以男性为中心。以女性为主角的“名媛艳史”类小说，虽然叙述的故事和建构的“历史”大多是女性的所作所为，或与女性密不可分，但这故事和“历史”的背后，隐藏着的是男性的立场和观点，女性成了被男性利用和支配的对象。“艳”的描写不是目的，而只是作者利用和支配的手段。“节烈”之“艳”当然有它本身的价值判断在，这也是传统的纲常伦理的重要组成部分，但作者的立足点更多的还是建立在“忠孝”之“义”上。“节烈”之“艳”是出发点，是现象的罗列和概括，而“忠孝”之“义”才是作者创作的真正归宿处，是对本质的揭示和挖掘。这与传统的“夫为妻纲”的纲常伦理观念是紧密相连的。

在《清代三百年艳史》中，除了把“节烈”之“艳”与“忠孝”之“义”对举外，我们从作者阐释和建构“历史”时不时地转换角色中，也可看出小说的叙述和建构的“男性视角”。在小说的好多回中，作者往往开始以女性为主角，随后就自觉不自觉地转换了主角，或者叙述角度经常互为纠结缠绕，而最终的叙述角度还是落在男性的立足点上。如在第 1 回中，“历史”似乎以陈圆圆为中心，但实际上陈圆圆还只能算作是吴三桂的陪衬，她是被“带”出来的，作者是由“吴三桂”的视角来看陈圆圆，因而充分显示出男性权力话语的支配性和约束力。最为游离于“艳史”叙述体例之外部分，有时更带有叙述和建构的“歧视性”，因为它干脆抛却“女性”特定“艳”的内容，而转去叙述和建构了男性的世界。如第 27 回中，作者忽而一转创作路向，大肆渲染郑板桥的“性情潇洒”，虽然回目列出“嫁女”的名目，似乎与“艳史”有关，但实际上，“嫁女”只是郑板桥无意功名的表象显示而已，在郑板桥整个“嫁女”过程中，作者没有任何地方显示郑女在小说中的叙述和建构地位，“嫁女”无非是为了表现郑板桥“高人”的一面罢了。随后所写的洪稚存宴请宾客，御史管缄若席间大骂和珅，回府后即被暗害，这也纯粹脱离“女性”的牵连，与“艳史”也没有特别的瓜葛。可见，在以女性为中心的“艳史”中，作者也时常会冒出“男性中心主义”的霸道来。

在“名媛艳史”类小说中，作者在注重“艳史”的选择和提炼中，也时常重视对“历史”的重新“考证”和“解说”，以显示“艳史”重新建构的一面。这种对“历史”的重新“考证”和“解说”，也显示作者在创作中的“探索性”的一面。

在《清代三百年艳史》中，这种试图重新“界说”和“注释”的“艳史”内容可以找到不少例子。在第 39 回中，作者所描写的有关龚自珍的“艳史”就有“新说”的成分。作者首先对龚自珍与绘贝勒的侧福晋太清有暧昧情事提出了质疑，作者借小说中的人物的话说：

> 这种匣剑帷灯的事，焉知不出于仇口。定盦已襆被出京了，大众都说定盦在宗人府补了主事，常到绘贝勒邸中白事。贝勒待如上宾，才同太清互通款曲。我想邸中内外隔绝，一个小小主事，如何见得侧福晋？即使侥幸一见，宫监侍婢，随侍左右，哪里能够说些闲话？若论每月逛庙，有多少王公、福晋、格格，尤其不便一语。况且定盦首突顶凹，颏昂额抑，短矮瘦小，太清断不要这种面首，绘贝勒也太多疑了。

而对龚自珍的死因也作"新解"，通常传说是绘贝勒派人暗害了龚自珍，而作者却否定此说。在作者的叙述中，我们得知，龚自珍是被一个名叫灵箫的妓女害死的。灵箫嫌弃龚，别有所恋，龚要她速断情根。灵箫故意讨教"速断"的方法，龚授以毒计。灵箫从龚那里得到毒药后，就转而毒死了龚。"大众疑心贝勒遣人下鸩，不知道他与灵箫有这段因果"。这种"新解"也不一定是作者"独家新闻"，也不一定是"历史"的"原生态"，但作者试图以"新说"来建构"艳史"的努力是明显的。

"名媛艳史"类小说在艺术手法上也有比较明显的特点，它们大都因袭传统小说尤其是《儒林外史》、"三言二拍"的结构方式，往往回与回之间是独立的故事和人物，互不相属，各自独立成单元，以一个朝代或几个朝代的"艳史"为题材的"名媛艳史"小说是这样，即使以单个"名媛"为题材的"艳史"类小说，结构上也往往如此，其中主要人物似乎是贯穿故事的线索，但实际上每一回的写作都往往独立成章，故事内容与人物往往一个接着一个，便没有严密的逻辑结构。

这样的结构方式当然给"名媛艳史"小说带来叙事的随意自由，但也往往造成其叙事的捉襟见肘。这在《清代三百年艳史》中表现得非常明显。作者在每一回中，一般要描写两个"艳史"故事，而这两个"艳史"故事互不相连，所以作者无法使它们组成一个圆满的故事结构，往往讲完一个"艳史"故事，就毫不犹豫地讲下一个，也不管它们到底有没有什么联系。回与回之间，也缺少必要的交代和起承转合的逻辑关系。从第 2 回开始，每一回开头都有这样的句式："上回说到……"但实际上除了这句表示前后相连的话外，回与回之间就很难再看出它们相连的内在逻辑。因而，在《清代三百年艳史》中，“艳史”的内容并没有整合成一个完整的结构，而只是一堆资料性的长编，是故事的荟萃，是“编辑”而不是“创作”。因此，现在有的出版者把这部小说称之为“编著”，也确实有一定的道理。不过，把这类性质的“小说”纳入“编著”行列，中国近现代通俗历史小说史上所剩的“创作”就不多了。我之所以还把这种“名媛艳史”类“编著”称之为“小说”，其着眼点还是从“历史”与“小说”的互补统一性上着眼的(参见《引论》)。

“名媛艳史”类小说在对传统小说的接受过程中还有意识地夸大了诗词在小说中的作用，作家在作品中往往堆砌了不少诗词，以显示作品“艺术性”。这在《清代三百年艳史》中表现得特别明显。作者把涉及到的每个“艳史”中的人物的有关诗词甚至文章，都一古脑儿地照抄下来，以显示“艳史”人物的真实性和作品的艺术性。写到陈圆圆，吴梅村的《圆圆曲》当然照抄不误；写到李香君，孔尚任的《桃花扇》也不忘录他几句。帝王的手谕，名人的手札，名媛的墓志铭或传记，“艳史”上有趣的或有名的文章，都一字不落地照“抄”。有时真到了令人不胜其烦、不堪卒读的地步。在第13回中，作者描写杨晋叔的夫人被追兵所迫，自尽于树林中。杨晋叔在老僧的指点下，找到夫人“殉节”之所，杨晋叔匍匐在地，放声大哭：

> 老僧将幡摇了几摇，口中念道：“揭谛揭谛，波罗揭谛。归与归与，佛说欢喜。”果然一只小鸟，短颈修尾，状如紫燕，随幡飞舞。老僧对鸟，又念念有词，便引了小鸟，来到星沙，栖在庭中树上。诸僧早晚敲得铙钹，这鸟又飞鸣自得，如同莺啼燕语一般。晋叔料定是夫人的魂。云想衣裳，月明环佩，今世是不复再见了。因为听了老僧的禅机，还怀着一点痴想。这夜，风雨交作，残灯不明，多少秋声，丛集枕畔，益发睡不安稳，便起身剔明了灯焰，填了一阕《声声慢》道……

杨晋叔“填”的这首词，就是李清照的原词。把宋人的词照搬到清代，词中所表现的心境、意境与主人公所具有的心境和所追求的意境有着很大的“代沟”，而作者硬是“拉郎配”，可见，他对诗词的“偏爱”之深。

第九章 “秘密会党”类历史小说的“揭秘”与“资料”

第一节 吴虞公的《青红帮史演义》
——视角独特的帮会秘史

在中国近现代通俗历史小说史上,有关描写或涉及“秘密会党”历史的作品数量不多,主要有吴虞公的《青红帮史演义》、《白莲教演义》、《义和团演义》,姚济民的《青帮演义》、《红帮演义》、《哥老会演义》等。这些有关“秘密会党”的历史小说,思想和艺术上的价值都不高,但却有着独特的创作视角和建构方式,我们可从吴虞公的《青红帮史演义》中大致看出这类作品的特色。

吴虞公在“序言”中,交代了《青红帮史演义》的创作缘起:

> 友人苏君际青,于前清为团总,所部士卒皆在青红帮,而苏君为之老头子。苏君之言曰:“凡治军者,能以帮规严勒所部,则兵士皆听约束。一切法纪军律,直具文耳。”余骇然曰:“帮规之严,果如是耶?”苏君曰:“岂止此哉!凡在帮者,须绝对服从老头子。老头子命尔死,尔不得不死;老头子命尔生,尔亦不得不生。故帮中人咸有一种特性,曰:‘不怕死。’此‘不怕死’之特性,善用之则为侠义,不善用之则流为剧寇。重然诺,轻金钱,爱朋友,敬长上,临难不惧,赴死不顾,此帮徒中之侠义者也。知帮规而不顾法纪,逞残杀而罔氓同胞,勒索乡民,劫掠富户,此乃帮徒中之败类矣。”余瞿然曰:“信斯说也,帮徒中多血性男儿。苟有智者能利用之以为国家驰驱,可以扬国威,雪国耻。乃彼辈终于青红帮,犯上作乱,为世诟病,何哉?”苏君曰:“辛亥光复之役,彼革命党员十九青红帮也。否则,革命成功决无如此之速。”余憬然曰:“青红帮之历史,

必有可观。君能为我述之乎?”苏君曰:“诺。”于是,上自结帮原始,下迄革命成功,原原本本,详述靡遗。余遂信笔载之,历半月而始毕。书既成,题曰《青红帮史演义》。

这段叙述有板有眼,似乎很为冠冕堂皇,其实很有可能是作者的假托。作者无非是想通过上述交代,以证明创作材料来源的可靠真实而已。有一本揭示青红帮的历史沿革和内幕的书目《青红帮之黑幕》,内有所叙述的青帮、红帮的“原始”、“组织”、“帮规”等等方面的内容与吴虞公的这本小说中的有关内容如出一辙,署名生可重编的这本书,从署名中我们得知,书中的内容来源于一个名叫辅公的投稿。其实,不管是《青红帮史演义》的“序言”中所交代的“苏际青”,还是《青红帮之黑幕》中所供出的辅公,他们对青红帮历史沿革和内幕的了解也许都有所本。但那“初版”的史料从何而来,是亲身经历者的叙说,还是有案可稽的档案资料,抑或是传说野闻,我们不得而知,从《青红帮史演义》和《青红帮之黑幕》中,我们可以看出,有关青红帮的历史和内幕,也许上述三者来源的综合更为恰当些。

在《青红帮史演义》中,吴虞公把青帮的历史上溯到乾隆十二年秋季的一次武科考试。山阳武生翁麟瑞遭到主考官黄定忠的故意刁难而被逐出考场。由此,引出潘安、钱保、翁麟瑞仿桃园结义,成生死兄弟。在高僧罗祖的秘授法和指点下,组建青帮。青帮的最初组织由三堂、六部、二十四字辈组成,三堂即翁佑堂、钱保堂、潘安堂,六部为引见部、传道部、掌布部、用印部、司礼部、监察部,而二十四字辈是“元明兴理大通悟觉普门开放万象依归罗祖真传佛法玄妙”。并有十大帮规,即:一不欺师灭祖,二不搅乱帮规,三不藐视前人,四不江湖乱道,五不扒灰放笼,六不引水带线,七不奸盗邪淫,八须有福同享,九须有难同当,十须仁义智信。

据历史学专家权威研究表明,青帮是从清代漕运船帮中脱胎出来的秘密结社,与青帮形成直接有关的是罗教在漕运水手中的流传。罗教又称无为教,系罗清(1442—1527)所创。有关研究者推测,如果青帮秘籍记载不错的话,青帮奉为祖师的翁、钱、潘三姓很可能是罗清亲授的弟子。清代的文献中有这样的记载:

明季时有密云人钱姓、翁姓,松江潘姓三人流寓杭州,共兴罗教。即于该地各建一庵,供奉佛像,吃素念经,于是有钱庵、翁庵、潘庵之名。

因该处逼近粮船水次，有水手等借居其中，以至日久相率皈教。

清雍正五年(1727)，浙江巡抚李卫因“浙帮水手皆信奉罗教，杭州北新关外有庵堂三十余处”，遂下令予以查禁，“止毁去经像，禁止不许仍称罗教”。乾隆三十三年，被清政府视作“不僧不俗庙宇”的水手罗教庵堂，遭到毁灭性的打击，经像被没收，庵堂被铲平，信教的水手被驱散。水手罗教的惨遭迫害，孕育着向青帮的演变。水手罗教把庵堂由陆地转移到船上，促使了“香火船”的诞生。以“香火船”为中心纽带，具有宗教色彩的水手行帮组织青帮开始逐渐形成。

据周育民、邵雍著《中国帮会史》所述，青帮主要集中在江浙船帮中，供奉的偶像和祖师是罗清和翁、钱、潘，以翁安(庵)为长房，钱安(庵)为二房，潘安(庵)为三房。青帮的十大帮规是：一不准欺师灭祖，二不准藐视前人，三不准扒灰放拢，四不准奸盗邪淫，五不准江湖乱道，六不准引法代跳，七不准搅乱帮规，八不准以卑为尊，九不准开闸放水，十不准欺软凌弱。青帮成员的辈分按罗教的字派排定：清净道德文成佛法仁伦智慧本来自信元明兴理大通悟觉。光绪十七年(1891)时，青帮又续作二十四字辈：万象依国(一作皈)戒律传宝化度心同(一作回)普门开放光照乾坤带发修行。

由此可见，《青红帮史演义》中所述的青帮的历史和有关内幕，与历史的可靠材料相较，还是有着不小的差距，不论是青帮的形成原因、过程和发展演变，还是帮规、字辈，小说的内容都带有作者添加、删改、想象、联想、虚构的一面。

至于红帮的历史与内幕，吴虞公在《青红帮史演义》第12回中有这样的叙述：道光年间，青帮中的七十二粮船头脑林钧率部投奔曾国藩，加入了剿灭太平天国的行列。在庐州攻打太平天国英王陈玉成时，林钧屡战屡败，曾国藩想要严惩他。林钧率领手下17个亲信逃出军营，暂借“洪钧庙”栖身，后在双龙山上占山为王，建立洪帮，并订有十大帮规、四条誓约。到了第17回中，盛春山重订帮规，重整洪帮旗鼓，并将原本纪念洪钧老祖的“洪”字改为“红”，“取大家赤心相待之义”。而实际上，“红帮”的前身是洪门，它早在清初即开始在民间秘密活动，其主要成员是由明代的遗民组成，旨在反清复明。其后，洪门分支蔓衍，宗派林立，有天地会、哥老会等，而并非像吴虞公在《青红帮史演义》中所叙述的那样是道光末年由青帮分化出来的。

因而，把《青红帮史演义》当作“小说家言”，而不是有板有眼地视之为

“历史”的态度是比较明智的(参见张赣生《民国通俗小说论稿》)。对近现代通俗历史小说中“秘密会党”类的其他作品也应作如是观。

第二节 “秘密会党”类通俗历史小说的创作方法
——看重内幕资料与小说艺术的受损

《青红帮史演义》作为历史小说创作的一个尝试,在创作方法上是有其独特性的,这也是近现代通俗历史小说中描写“秘密会党”作品所共有的特征。

首先,小说注重揭示青红帮的历史流变和内幕。这种揭秘式的叙述和建构,带有极大的吸引读者的诱惑力。清末以来,在种族革命的煽惑下,民间的各种秘密会党,都或多或少地汇入过革命的洪流,革命党人在“驱除鞑虏,恢复中华”的革命风潮中,也曾多方利用民间秘密会党的势力,壮大了革命队伍,增强了反抗清政府统治的力量。秋瑾组织的光复军中就有金华、兰溪等地的会党成员,陶成章与龙华会有着密切的联络等,这些都是为人所知的事实。因此,吴虞公在小说序言中借苏际青的话,说“辛亥光复之役,彼革命党员十九青红帮也。否则,革命成功决无如此之速”,虽不免有些夸张其辞,夸大事实,但也不能不说有一定的事实根据。在近现代的大都市上海,青红帮的势力几乎无孔不入,上至执政当局,下至贩夫走卒,几乎所有的政治势力都与帮会有着某种程度上的联系,赫赫有名的政界要人如孙中山、陈其美、蒋介石等都和会党保持着一定关系,黄金荣、杜月笙、张啸林等这些青红帮巨头在上海显赫一时,不可一世,以致有人称本世纪初的上海为“青帮世界”。在这样的历史与现实的背景下,吴虞公以揭秘的视角与方式来创作《青红帮史演义》无疑有着极大的阅读市场。它满足了都市读者群对秘密会党的“历史”与“内幕”了解的渴望。

其次,注重小说的“资料”价值。吴虞公在创作中,往往不惜牺牲小说的艺术性而大量铺排叙述带有一定“资料性”的内容。如清清楚楚地交代青红帮的发生、发展、演变的过程,不厌其烦地列举青红帮的组织形式、帮规、仪式、辈分、票布等。在第17、18回中,作者写盛春山重组红帮时,把他所念的“镇山令”、“接客安位总诗”、“开山令”、“三纲令”、“祭白旗令”、“三把半香诵”、“酒赞”、“茶赞”、“刀赞”、“宝赞”、“关山令”、“红旗安位令”等都原封不动地“记”了下来,这多少都已带有了“存档”的意味,而根本不顾及“小说作法”了。第20、21回中,红帮弟兄之间的“拜码头辞令”、“问答”、“致词”等繁琐的内容也一字不漏地“照搬直录”。到了第25回中,洪门的“回答”、“诵词”更是冗长拖沓,作者还是“有闻必录”。在第29回中,作者把红帮中的“茶碗阵势”连图带说明一古脑儿地展示在读者面前。这些带有“研究”性质的图文资料,简直与小说的艺术构思风马牛不相及。最后一回中,作者除了把“龙华会”的“檄文”、“会规十则”、“约章五条”、“入会礼式”、“祭文”、“入会规矩之次序”、“附录”等“抄”下来后,几乎没有其他的叙述描写的语言。这种“资料”存档式的叙述建构方式,当然满足了读者渴望了解“内幕”情形的欲望,但也大大损伤了小说的艺术价值。“小说”在“资料”的罗列和拼凑中,失去了虚构、想象的空间,失去了人物形象的塑造和故事情节的精心设计,小说成了一堆死的说明材料。读者在知悉“内情”之后,迅速就忘却作者的辛劳,“文化快餐”只是暂时填饱了读者“饥饿”的肚皮,却没能获得多少艺术营养的成分。

再次,《青红帮史演义》受古典小说尤其是《水浒传》的影响很深。在《青红帮史演义》中,每个主要人物都有一个绰号,如镇山阳翁麟瑞、归槽马林锦、爬山虎何义、海白虾王四、锦毛狮钱保、绣花豹潘安,等等,这显然脱胎于《水浒传》中一百零八将的诨号。问题是,《水浒传》中每个人物的绰号,都能显示出这个人物的个性特征和精神风貌来。而在《青红帮史演义》中,由于作者不注重刻画人物和设计故事情节,我们从人物绰号上没办法真正看清这个人物的个性特征和精神风貌。为了起绰号而起绰号,这是作者浅层次模仿《水浒传》的表现,并没有什么得其精髓的表现,更谈不上创造性了。《青红帮史演义》的语言有时也刻意模仿《水浒传》:

> 却说孙琪引了张、赵,拜别了何步鸿,一路晓行夜宿,已到江苏省淮安府地界,夕照衔山,倦鸟归林,看看天色已晚,走进一个饭店,叫店家先打二斤酒来,独自喝着。忽见一个大汉,粗眉巨眼,直闯进来,拣着一个空座头坐了,抱起双拳,在桌子上似擂鼓一般的击着。店小二忙来问讯。那汉道:“只叫你们主人家出来说话,便知端的。你这厮只会低声下气,看你也不是好汉,如何懂得我的话说?”店小二不敢多言,诺诺连声,去招呼店主了。(第21回)

这一段描写与《水浒传》相较,可以说能达到以假乱真的地步。不过这样的刻意模仿总是湮没在“资料”的堆砌中，一点“灵性”也没有。即使给人一种“艺术”的亮泽，那也是《水浒传》的“光辉”所折射出来的，似乎与作者的艺术才能无涉。

吴虞公在小说的序言中，曾这样叙述自己创作的宗旨：

> 呜呼！我著《青红帮史演义》，我怒，怒我国政府无道，官吏昏庸，社会上多不平事；我著《青红帮史演义》，我喜，喜政府虽无道，官吏虽昏庸，社会上虽多不平事，而有血性之男儿竟能结合青红帮，以抵抗政府与官吏；我著《青红帮史演义》，我哀，哀青红帮之分子良莠不齐，不能成大事；我著《青红帮史演义》，我乐，乐青红帮中多奇伟之士，喑呜叱咤，不可一世，其所作所为，令人气壮；我著《青红帮史演义》，我惧，惧其党徒皆以杀人越货为事，桀黠之徒复倚帮中势力以欺压良民，而良民不能安枕，社会不平益加甚；我著《青红帮史演义》，我爱，爱其人侠义，爱其事诙奇，爱其血气，爱其天真；我著《青红帮史演义》，我欲，欲青红帮中人皆以其不怕死特性以对敌国，内以勤正当之职业，外以御不共戴天之强暴，则所谓青红帮者，不以青红帮修爱国男儿之名，行见洋溢乎世界？我著此书，而七情动。呜呼！我意如此作《青红帮史演义》，不知青红帮兄弟以为何如也？

作者的创作思想和理念在具体的创作中，多多少少总有些体现，但过于庞杂的“资料”堆砌和平庸呆板的艺术建构方式，使得他创作时情感和理念早已失去了寄托的对象，“资料”的存档式的分门别类的操作，妨碍了作者思想和情感的真实流露。

近现代通俗历史小说史上的“秘密会党”类作品就是在“资料”性存档和呆板的艺术构思中失去了艺术的光泽。

第五编

滑稽幽默编

汤哲声 撰

引　论

滑稽的本义是一种盛酒器。“滑”者，泉水涌动的样子；“稽”者，持续不断的意思，酒从一边流出来，又向另一边转注进去，不断地向外淌。司马迁取其中流畅的喻意，将宫廷的俳优列为“滑稽”的人物，意思说他们出口成章，机智巧辩，对答如流，如滑稽吐酒不已般地流畅，并在《史记》中为他们立了传，这就是我国最早出现的评价滑稽的文章《史记·滑稽列传》。从此，“滑稽”也就作为一种美学范畴存在于中国文学作品之中。俳优本是跟在帝王后面的供帝王愉悦的角色，他的目的是使帝王笑，所以滑稽是一种笑的艺术。

和滑稽的概念最为接近的是幽默和讽刺，它们都以谐作为手段，追求笑的审美目的。如果说，滑稽主要是对客体的夸张，让读者在对比中获得作品的社会意义；那么，幽默是让人在咀嚼、揣摩、联想和玩味后的“顿悟”中发出会心的微笑；而讽刺则侧重于对客体的评价，表现为作者对客观事物的态度，它的批判性要比滑稽与幽默直接得多，它更尖锐，更具有鲜明的色彩，常常给予客体以致命的一击。当然，三者的差异是相对的，特别在一些优秀的喜剧作品或喜剧形象之中，硬要区分什么是滑稽，什么是幽默，什么是讽刺，那是很困难的。

中国的滑稽文学，源远流长。老百姓最善于用形象的错位造成滑稽的图画表现出自己的感情，滑稽文学和民间文学有着极深的关系，喜剧性、直观性和世俗性是老百姓最喜爱的表达方式。而先秦两汉时期，滑稽文学在文人的创作中也时有佳作。诸子百家的著作蕴含着劝人讽世的道理，他们往往用一个滑稽的人去做一件滑稽的事来说明道理，如“郑人买履”、“拔苗助长”、“丑女效颦”、“守株待兔”、“刻舟求剑”等等，这些来自日常生活的滑稽人事的提炼与概括，令人捧腹，妙趣横生，隽永意长。

到了西汉前期，文学史上出现了两位滑稽赋家——枚皋和东方朔，特别是东方朔(字曼倩，前154—前93)对后世的影响颇大，有人说他是“中国式之滑稽始祖”[1]。早期作理论性探讨滑稽文学的人是刘勰。在他的《文心雕龙》中专门辟一章《谐隐》评介滑稽文学。它认为滑稽文学的美学价值是："辞浅会俗，皆悦笑也。”文章还涉及滑稽文学的价值标准：“古之嘲隐，振危释惫。虽有丝麻，无弃菅蒯。会义适时，颇益讽诫。空戏滑稽，德音大坏。”

先秦诸子、秦汉俳优讲故事作规劝的方式在民间就是说笑话。三国魏邯郸淳所撰《笑林》3 卷，是中国最早的一部笑话专集。这以后笑话集在各个朝代都有佳作出现，隋时侯白的《启颜录》、唐时未撰的《谐噱录》，宋时邢居实的《拊掌录》，到了明清时，笑话集就更多了，最有名的有李贽的《山中一夕话》，徐渭的《谐史》，冯梦龙的《笑府》、《广笑府》，游戏主人辑的《笑林广记》等等。

中国笑话的发展历史和基本概貌表现出了中国笑话的一个重要特色：笑言大义。游戏主人曾在《笑林广记》中说：“白云苍狗，笑眼谁青，则又往往袭曼倩之诙谐，学庄周之隐语，清言倾四座，非徒貌晋人之风味，实深有激乎其中。”借调笑而喻世，劝世，讽世，中国笑话家们始终认为这才是真正的笑话。他们认为，一是笑话可以醒人。石天基在《笑得好初集》中的题词是：“人以笑话为笑，我以笑话醒人，虽然游戏三昧，可称度世金针。”二是笑话可以刺人。中国的笑话概括出世间人生的众生相，并将这些众生相整理出各种滑稽的面孔表现出来，从中告诉人们，什么叫虚伪、迂腐、愚昧、奸诈、贪吝、欺骗、懒惰、自痴……三是笑话可以愤世。笑话所具的滑稽性质，正是最好的掩蔽手段，在封建专制的严酷中，笑话可以巧妙地表达出作者心中的愤懑之情。“专制出滑稽”就是这个道理。四是笑话可以聊己。“乐”和“悲”本来就是相辅相成的两个方面，悲由乐出就是滑稽。无可奈何扮出来的滑稽相，反映出来的是复杂的内心世界，中国的文人很善于用这样的方式表达自己的思想感情。冯梦龙在《笑府·序》中说道：“古今世界，一大笑府，我与若皆在其中，供人话柄，不话不成人，不笑不成语，不笑不话不成世界。”这四方面特征就是使作品更加贴近社会生活。

俳优除了会说俏皮话以外，还要会歌舞和表演，能说能唱能舞以博取帝王的欢心，这本是取乐者的本领。这样的形式对中国的表演艺术带来了影响，到了唐代就演变成了参军戏，这是中国戏剧的最早的雏形。它的表演形式就是一种捧逗法，两个主要演员，一个叫“参军”，一个叫“苍鹘”，前者愚

---

〔1〕 林语堂：《论幽默》，《有不为斋文集》第 5 页，人文书店 1941 年版。

钝,后者机智,两人一逗一捧,颇似今日的相声,只不过演员不仅是会说,还要会演会唱,有鼓乐伴奏,参军戏实际上就是一种能唱能演的滑稽戏。到了元杂剧兴起,参军戏逐渐地偃旗息鼓,但滑稽的表现形式却留了下来。有人介绍元曲剧作家关汉卿说:“生而倜傥,博学能文,滑稽多智,蕴藉风流,为一时之冠。”[1]他的《救风尘》中的周舍和《望江亭》中的杨衙内都是些反面的滑稽人物形象。

在现代滑稽文学中,参军戏的表演形式在后期的“文明新戏”中得到了再一次复兴,只不过去掉了歌舞,保留了对白而已。

对中国现代滑稽文学影响最大的还是小说。我不能认定中国传统小说哪一部是滑稽小说,但可以肯定地说中国的传统小说没有一部没有运用到滑稽手段。可以从两方面来看,一是运用滑稽手段塑造作品中的喜剧人物,例如《红楼梦》中的刘姥姥、《水浒》中的李逵、《三国》中的张飞,他们的滑稽言行为作品增添了独异的光彩。二是主要以滑稽手段作为创作方法的作品,最为突出的是游戏小说《西游记》和讽刺小说《儒林外史》。这两部小说使得滑稽艺术得到了发扬光大,并在美学意义上得到了进一步提高,对中国现代滑稽小说影响极大。

《西游记》成功地塑造了滑稽人物形象。孙悟空和猪八戒是《西游记》中的两位主要人物,小说的成功和塑造了这两个人物是分不开的。孙悟空和猪八戒,一个巧、一个笨,一个捧、一个逗,传统的滑稽艺术表现方法,在《西游记》中更加复杂化和性格化了。这两个人物的滑稽相还在于人物形象和某种动物的体态习性糅合在一起。把动物拟人化,本身就有滑稽感,还让拟人化的动物打妖斗怪,那当然更会使人发笑。《西游记》中的动物拟人化的高明之处,是这些形象也都很有习性特征。孙悟空是猴子,猪八戒是猪,猴子的形体是“尖脸缩腮,金睛火眼”,行动灵活敏捷,猪的形体是长鼻大耳,行动迟缓,好吃懒做。他们拿的武器也颇符合各自的个性,孙悟空拿着一根能粗能细的金箍棒,可以变化多端,猪八戒却是捉着一柄又粗又重又结实的九齿钉耙。孙悟空能七十二变,大小男女粗细均能变化,猪八戒也能变,但只会变那些石块、土墩、大象、骆驼等粗大的东西,却变不了轻巧华丽的飞腾之物,变人可以变个胖大汉,却难以变成小女孩,即使变了,“只是肚子胖大,郎伉不像”。长相滑稽、形体滑稽、行动滑稽、性格滑稽,孙悟空和猪八戒给中

〔1〕《永乐大典》卷四六五三王字韵引。

国人留下的印象实在太深刻了，几乎是家喻户晓的喜剧人物。他们受到了现代滑稽小说作家们特别的喜爱，常常让他们穿上现代的服装出现在自己的作品中。

鲁迅说吴承恩“讽刺揶揄则取当时世态，加以铺张描写”，又说：“作者禀性‘复善谐剧’，故虽述变幻恍惚之事，亦每杂解颐之言，使神魔皆有人情，精魅亦通世故。”[1]从滑稽文学上说，“当时世态”、“恍惚之事”、“解颐之言”、“神魔皆有人情，精魅亦通世故”正是滑稽文学的美学价值。吴承恩的《西游记》对此是有着继往开来的意义的。

对吴敬梓的《儒林外史》，鲁迅说：“吴敬梓《儒林外史》出，乃秉持公心，指擿时弊，机锋取向，尤在士林；其文又戚而能谐，婉而多讽：于是说部中乃始有足称讽刺之书。”[2]《儒林外史》是部讽刺小说，但它的创作题材、创作方法和艺术结构都大大地开拓了滑稽文学家的眼界。

在《儒林外史》之前的笑话之中，也有讽刺儒生的作品，但只限于嘲讽他们的酸腐之态或不懂装懂的自以为是，《儒林外史》之所以令人称道，就在于它不仅写儒生言行的滑稽，而意在指出促成儒生言行滑稽的那个科举制度的滑稽。

《儒林外史》用客观冷静的笔调写儒生的滑稽言行和酸腐心理。这样的客观的滑稽描写依靠的是将滑稽的生活细节放大，使人物的言行自相矛盾或“错位”。

《西游记》和《儒林外史》的出现标志中国滑稽文学艺术渐趋成熟。滑稽文学不仅仅讽世劝世，它可以反映更加广泛的社会生活；不仅仅是说故事，它可以表现更为复杂的情节；不仅仅是讲清一个道理，说明一个问题，它可以塑造人物形象，表现更为深刻、复杂的滑稽心灵。这一些都为中国近现代滑稽文学提供了一个较高的发展起点。

中国滑稽文学源远流长，但是像近现代文坛那样出现了那么多的滑稽作品是前所未有的。近现代文坛上出现了不少滑稽文学作家，他们以滑稽显示出自我的创作风格，并为自我的滑稽才能而自得，也受到了当时文坛的公认。中国近现代滑稽文学在美学追求上，视野要大大地开阔了，滑稽文学作家不仅以传统的滑稽文学继承人自居，大大发扬了中国传统的滑稽艺术，而且还接受了西方美学之中的一些喜剧因素，在世界喜剧文学之中，它显示

---

〔1〕〔2〕 鲁迅：《中国小说史略》，《鲁迅全集》第9卷第165页，人民文学出版社1981年版。

出了民族性和本土性，和当时的新文学讽刺文学比较起来，它也自成体系，别具一格。

在近现代中国，滑稽文学之所以如此兴盛，是和中国近现代通俗文学的勃兴有很大关系的，中国近现代通俗文学的价值观和美学观在滑稽文学那里得到了充分的表现，近现代滑稽文学成为近现代通俗文学的重要组成部分。正因为这样，近现代滑稽文学的地位和结局是与近现代通俗文学同步的。

第一章　中国近现代滑稽文学的滥觞

第一节　晚清小报中的游戏文章
——隐寓劝惩于游戏之中

中国近现代滑稽文学发动于晚清小报。藜床卧读生在《绘图冶游上海杂志》(1905 年)中指出这些小报的特点就是“以游戏笔墨，备人消闲”，并指出当时共有 10 种小报，名目是:《繁华报》、《笑林报》、《游戏报》、《消闲报》、《寓言报》、《采风报》、《新上海报》、《花世界》、《花天报》、《春江花月报》。1936 年，阿英辑录《晚清小报录》时，又从南亭亭长的《上海已佚各报表》中筛选出 10 种小报，它们是《艺林》、《奇闻》、《奇新》、《笑笑》、《便览》、《飞报》、《笑报》、《趣报》、《支那小报》、《文社日报》。再加之阿英自己所收集的 12 种小报:《娱闲》、《演义白话》、《方言》、《苏州白话》、《通俗》、《捷影》、《花世界》、《鹤立》、《上海白话》、《阳秋》、《国魂》、《娜嬛杂志》，综合起来，现在所知的晚清小报大约有 31 种。这些报纸现在实在是难以查寻了，我们只能从只言片语的材料之中看出它们的概况。

1897 年 7 月 28 日第 63 号《游戏报》载《论〈游戏报〉之本意》一文，文章说:“《游戏报》之命名仿自泰西，岂真好为游戏哉？……朝政如是，国事如是，是犹聚喑聋跛躄之流，强之为经济文章之务，人必笑其迂而讥其背矣。故不得不假游戏之说，以隐寓劝惩，亦觉世之一道也。……或托诸寓言，或涉诸风咏，无非欲唤醒痴愚，破除烦恼，意取其浅，言取其俚，使农工商妇人竖子，皆得而观之。庶天地间之千态万状，真一游戏之局也。”这段文字概括出了晚清小报的基本特点，它含有这样的意思:

以游戏文字隐寓劝惩。晚清小报之中有许多无意义的插科打诨，噱头笑料，有些互相讥讽，有些油嘴滑舌，有些调笑妓女，这些都不是它们的游戏文字的主流，那些有价值的游戏文章表现在对时政、官场和社会弊病的嘲讽

上。1897年6月22日,《游戏报》刊载了一篇滑稽文章叫《狂生掷笔》:

> 四明儒生胡某,高才不羁,早弃举子业。甲午岁(一八九四年),闻敌氛甚恶,急欲从戎,忽大病。病愈而和议成,生闻之,不食五日,由是或歌或笑,或哭或詈,失其常度,遂成心疾。病发时,不曰荡平东国,即曰日王面缚请降,家中人习惯自然,漫应之。一日,生在案头,方握管作笔,勿跃然起,掷笔空中,大声曰,取金印如斗大,此其时矣,毛锥子安用哉?家人问之。生曰:"近翁枢密、张香帅二公保荐人才,以余首列,闻皇上嘉纳,安车重币,已在途中,汝曹不可不预备接旨也。"家人笑不可抑,权词笑曰:"早已完备,何劳吩咐?"生方无言而罢。

这段文字就狂生之"狂"而写,但读完之后,在一笑之余很快就明白了作者的本意所在,那其中的民意,以及对清廷投降卖国的讥讽才是真正的实际内涵。

清廷的官僚一直是晚清以来的文人们所嘲讽的对象。游戏文学对他们的讽刺更为尖刻辛辣,而且文字读来颇有一番味道。1902年7月15日,《寓言报》在《谈风》一栏中载有这样一则文字:

> 金鱼游行之上,鲫鱼见之,急走还,告其同类曰:"前之游行以来者,其贵官也耶?其身上之文采,何其显耀也,其面上之威仪,何其尊严也。双目怒视,若有所怒者,吾侪其避诸。"于是伏处一旁,寂不敢动。而金鱼游行水藻间,绝无去意。无何,蟛蜞来,伸螯以钳金鱼之尾。金鱼竭力摆脱,悠悠而逝。鲫鱼诧曰:"不期这等一个威仪赫赫的官,却怕这种横行不法的小妖魔钳制。"

小官怕大官,大官却怕"横行者",这就是中国官场的状况。将较深的寓意蕴在诙谐的文字之中,将严肃的主题化在滑稽的描写之中,游戏文学的确别有风味。

除了嘲弄卖国的朝廷,讽刺腐败的官僚,晚清小报中的游戏文学对中国国民的劣根性也给予了无情的揭露。《寓言报》图文并茂,载有很多滑稽文学佳作,我们来欣赏一篇写中国国民性的文字《中国全图》:

泰西某画报，曾画一图，名曰《中国全图》。其图则画一梯，梯巨而长，不知几何级数。每级之中，画数人作中国衣冠状貌。下一级之人，必向上一级作拜揖状。上一级之人，必伸其足向下一级作践踏状。属属如是，级尽乃止。吾闻绘图者，惟能绘其外状，而不能绘其内情，今为此图者，乃能将中国人媚上凌下之情状一一绘出，可谓绘图能手。

这段文字的作者的笔就比较深了，他借一幅漫画说明中国社会的状况，然后又说这仅是表面，而未能反映出社会的内里，试图把读者引向对国民心态的思考。看似游戏，内容深刻，和当时在晚清文坛上盛行的政治小说、谴责小说、时政诗文一样，游戏文学的思维取向也在于社会和时政，只不过是以滑稽的扮相表现出来罢了。

以游戏滑稽为审美旨趣，安排内容栏目。这可以分成两类：一类是游戏滑稽的栏目。《繁华报》的版面设置是讽林、艺文志、野史、官箴、鼓吹录、时事嘻谈、谭丛等，从栏目上就可以看出内容的游戏滑稽的趣味。例如："讽林"的栏目就是每天报上的一首滑稽诗，我们举一首以窥其风貌："有客翩然至，连连称晚生；打恭还作揖，下气又柔声；面善疑相识，音低听不清；清谈半日去，依旧未知名。"这是对虚浮清谈的人生态度的嘲笑。每天打开报纸，首先看到的就是这样一首滑稽诗，下面的内容就可想而知了。第二类是要求游戏滑稽文笔的栏目。最为典型的是《游戏报》上的栏目，它什么都收，"上自列邦政治，下逮风土人情，文则论辩、传记、碑志、歌颂、诗赋、词曲、演义、小唱之属，以及楹对、诗钟、灯虎、酒令之制，人则士农工贾、强弱老幼、选人通容、匪徒奸宄、娼优下贱之俦，旁及神仙鬼怪之事，莫不描摹尽致，寓意劝惩，无义不搜，有体皆备……"但有一个基本的文笔要求，即"以诙谐之笔，写游戏之文"[1]。

如此众多的小报，发表了如此众多的游戏滑稽的诗文，是它拉开了中国近现代滑稽文学的帷幕。

这些轻松诙谐的游戏文学很受读者的欢迎，小报的发行量日渐增多，其影响也逐步扩大，从而引起了大报编辑们的注意，特别是它所产生的经济效益更引起大报同仁的眼馋。1897 年 11 月 24 日起，上海英商中文报纸《字林沪报》开始逐日随报赠送"附张"——《消闲报》。这是《字林沪报》的主笔

〔1〕《游戏报》在 1899 年曾重排版本一次，自第 1 号起，每 20 天为一册，但没有印全。重印本发行时，即附上了这样文字的《告白》，以表明报纸的文风。

高太痴为了扩大《字林沪报》的影响而摹仿小报出的报纸。这份《消闲报》实际上也就是中国现代报刊最早的副刊。在第2号报里,有《释〈消闲报〉命名之义》一文,这是中国报纸副刊的重要文献,也是滑稽文学的基本理论,择要如下:

……闲者,劳之对也,王事贤劳,簿书鞅掌,使无养息以节之,似背于爱惜精神之理,故古人有"十旬休假"之说。今之西人,休息之期,则以七日一来复,而晨昏歇息之时,亦有定候。既歇息,则闲矣,既闲,则当有消闲之法矣。一篇入目,笑口常开,虽非调摄精力之方,要亦可为遣闷排愁之助也。此可为当道诸公消闲也,或者高人韵士,酒阑灯灺,苦茗既热,有约不来,走马王孙,倦游既迫,深闺才友,刺绣余闲,既无抵掌之良友,复乏知心之青衣,得此一纸,借破岑寂,或可暂作良友青衣观乎?此可为高雅诸君消闲者也,甚或读书,童子读史传不得其门者,谈《聊斋志异》乃足启其聪明,读毛诗不知其义者,诵元人曲本乃适以开其智窍,此无他,庄重难收,诙谐易入耳,此则后来之秀,于正课之暇,亦可借此以消闲也……

这篇文章的重要性在于:它不仅仅把游戏文章当作是批评时政的一种手段,而且对游戏文章的知识性和趣味性加以了很高的评价,认为它不仅可以消遣排忧,还可以启聪开智长知识呢!它努力地扩大游戏文章的内容范围,提高游戏文章的格调。然而,也应该看到,这篇文章又把游戏文章看作为养生之道,看成是排忧解闷的"良友"和"青衣",在往纯粹的消遣趣味的方向引导。可以看得出这篇文章对日后的"鸳鸯蝴蝶派"产生了重大的影响。

其实,《消闲报》上真正的无意义的无聊之作也并不多,倒是出现了不少颇有寓意的佳作,在那个激烈动荡的时代中,即使想避开时代风雨的冲击,也没有一个安身之处的。报纸的主要责任是传播新闻,《消闲报》虽是以消闲为旨趣,也并没有完全抹去新闻的痕迹,于是就出现了很怪的滑稽新闻,现在且欣赏一段名为《全拳大臣》的滑稽文字:

……前日接得电旨,着派李鸿章为全权大臣,与各国议和……说者谓"全权"二字,应作"全拳"二字,初不解其何所指,细绎之,盖此次联军深入,专以剿杀拳匪为事,若言和而后,则拳匪之身家性命,保全不少,当代代传相于没齿矣。……

从题目到内容，作者都大做游戏文章，既报导了一则消息，又隐透着滑稽趣味，这可谓是《消闲报》的一大创新了。《消闲报》的出现对提高游戏文章的地位起了重要的作用，它说明了游戏文章从小报走进了大报，从一般文人手中转到思想敏锐的时事政论家手中，从一般的市民阶层开始走入知识阶层——一句话，它开始登入“大雅之堂”了。同时，从作品的实际情况看，虽然倡导者有避开时事政治的倾向，但在时代的逼迫下，自小报以来的时政滑稽的价值取向并没有改变。

游戏滑稽文字这样的发展趋势，以及读者对它的欢迎程度，当清末杂志热出现时，滑稽也就理所当然地成为了编辑者所注重的一个栏目了。作为晚清文学杂志的“四大名旦”的《新小说》(1902 年)、《绣像小说》(1903 年)、《月月小说》(1906 年)、《小说林》(1907 年)，在它们创刊时，滑稽已成为杂志中的一个重要的内容了。

《新小说》是《新民丛报》派生出来的文学杂志，刊物中所收的游戏滑稽文章都是些社会时政的讥弹，其态度要比小报副刊上的游戏滑稽文章更为直接和激烈了。例如在第 1 号上刊登了一篇笑话，叫《金城》：

京师交还以来，巡捕亦悉移交，城内外步军统领及五城练勇等，自归外人管理后挂刀束腰到外游行，触鼻皆是，大有竟似巡捕之形状。其中有手执旱烟者，有口衔纸烟者，有坐地者，有倚墙者，有蜷曲而卧者，有所说大书者，有相见而点首者，有弯腰作揖者，有屈腿请安者，其最奇者，每至夜间，街旁之出恭者，林列于巡捕之前，巡捕鹄立于出恭者之中。吾国之巡捕真好性情，真能忍耐者矣。忆辛丑年各国将地面交还之第二日，街巷到处均有粪污。某国公使调某大臣云，贵大臣议赔款口口声声皆言贫，贵国岂真患贫也。某大臣云，敝国筹款真不容易，贵大臣何所见而云然。某公使云，京师地面交还贵国，便已满地布黄金，黄金如此之多，岂患贫哉。京师有金城金阙金台金池，则京城亦名金城，非无故欤。

这篇游戏文字，如果仅仅是讽刺中国的统领、练勇等人，那还是现象的讽刺；仅仅是对中国的卫生状况不满，文章的格调还不够高，把这些现象放在中国人刚刚接管京师后的背景下，并和外国某公使调侃中国某大臣的传说联系起来，读来就更能感觉到文字之中的辛辣的滋味了。时政滑稽是晚清游戏文章的主流，《新小说》演奏出了最高调。

《绣像小说》主要刊登中外小说，几乎没有其他什么栏目，偏偏就不忘滑稽，它不仅仅是说一些俏皮话，而且还开了《时调唱歌》的栏目，用民间说唱的形式说些滑稽的人和事。这种写作方式，对后来的滑稽诗文影响较大。另外，它还开了《理科游戏》一栏，说些手工的小发明，这本来不算是什么滑稽了，但以后的杂志很有用这样的栏目写些滑稽的小动作。

《月月小说》创刊时，主持人吴趼人就言明："读小说者，其专注在寻绎趣味，而新知识实都暗寓于趣味之中，故随趣味而输入之而不自觉也。"〔1〕正是从这样的认识出发，该刊尤其注重滑稽游戏文字，在创刊号上辟有《滑稽小说》、《讥弹》、《俏皮话》三个栏目，首次刊出了标有"滑稽小说"名称的大陆著的《新封神传》，这一举动意义重大，说明了滑稽在众多的"社会小说""言情小说"等名目之中有了自己的位置了。《月月小说》中的滑稽诗文在带有强烈的时政性的同时，具有较多的世俗趣味性，我们可以从作品的题目之中体味出来，例如创刊号中的《俏皮话》收的俏皮话是《畜生别号》、《虫类嘉名》、《指甲》、《背心》、《苍蝇被逐》、《海狗》、《野鸡》，从狗鸡虫中寻趣味也就更加滑稽了。

《小说林》中的滑稽游戏文章是以《游艺会》的面目出现的，所收文章的形式都比较别致，如它的《谈话》一栏，采用的是一捧一逗说笑话的形式，很像现在的相声，很有一番情趣。在第 4 期上，登刊了《募集文苑杂著》的启事，启事说："本社广征海内词坛，如有古近体诗、游戏文章、楹联酒令、笑话灯谜、奇事异闻、别体杂录，寄交社中入选后，本社以图书代价券酌量分赠，以酬雅意。"它是把游戏滑稽文章当作曲艺游戏加以欢迎的，刊物中的游戏滑稽文章都有那么一点"游艺味"。

第二节　滑稽文学杂志的三足鼎
——《游戏杂志》、《消闲月刊》、《游戏世界》

进入民国以后，各种杂志蜂拥而起，在这些杂志中，滑稽文学尤得青睐，

---

〔1〕 吴趼人：《月月小说·序》，《月月小说》第 1 号（1906 年 11 月）。

在出版的各类杂志中,它以各种名称被列入其中,例如《谐著》、《庄谐录》、《滑稽文》、《游戏文章》、《滑稽魂》、《杂俎》、《余兴》、《谐乘》、《余录》、《戏言》、《趣海》等等,每份杂志上都刊有大量的滑稽作品。所以,在通俗文学中,滑稽文学尽管不是波澜壮阔,却也是连绵不断。

在众多的杂志之中,曾出现过不少专载滑稽作品的滑稽文学杂志,但不少杂志仅出数期也就停刊了。[1] 在这些杂志中坚持时间最长,并产生了一定影响的是《游戏杂志》、《消闲月刊》和《游戏世界》,这三份杂志集中了不少滑稽文学好手和滑稽文学佳作,代表着滑稽文学刊物的水平,它们为滑稽文学杂志的"三足鼎",现分别介绍如下:

《游戏杂志》的前身是《自由杂志》。《自由杂志》是《申报·自由谈》的汇刊。该刊只出了2期,时间是1913年9月至10月。封面标为童爱楼编辑,由当时的杂志名画家丁悚设计的封面,杂志的栏目有:游戏文章、海外奇谈、心直口快、千金一笑录、古今闻见录、自由室文选、自由室杂著、尊闻阁词选、新剧本、小说丛编等。该刊游戏文章的作者以童爱楼、刘铁冷、王大错、何立三为代表;滑稽诗文的作者以江荫香、高纯剑、徐哲身、高太痴、刘豁公为代表;滑稽小说有野民的《华山梦》、王钝根的《浦江潮》、嘉定二我的《先知人》、李定夷的《念秧余孽》以及湫馨女士笔述,天虚我生润文的《娇樱记》。

《游戏杂志》是继续《自由杂志》而刊行的。创刊于1913年,每月一期。编辑者:王钝根、天虚我生。发行者:中华图书馆。每期前面附有投稿者、名伶名妓的照片。刊物主要栏目有游戏文、诗词曲选、译林、谈丛、梨园丛话、说部、杂俎、谐乘、剧话、传奇等。主要代表作家和代表作品有程瞻庐的《晚翠庐诗集》、马二先生的《啸虹轩剧话》、王钝根的弹词《聂慧娘弹词》、孝感王蓉池的滑稽小说《酒徒奇遇》、剑秋的滑稽小说《新照妖镜》等。该刊出至第19期停刊。

《游戏杂志》是滑稽文学的代表性杂志,其序言被认为是通俗文学早期理论宣言之一,现录之如下:

游戏杂志序

不世之勋,一游戏之事也,万国来朝,一游戏之场也。号霸称王,一游戏之局也。楚汉相争,三分割据,及今思之,如同游戏。宋金互斗,半

---

〔1〕 例如《滑稽画报》1919年10月创刊,只出了2期;《东方朔》1921年8月创刊,只出了2期。这一类创刊快、消失也快的杂志比较多。

壁东南，及今思之，如同游戏。克复两京，功盖寰宇，及今思之，如同游戏。茅庐三顾，鱼水君臣，及今思之，如同游戏。况真有庐寒听清曲、烽火戏诸侯之帝王哉？考韩柳奇文，喻马说龙，游戏之笔也。良平妙策，鬼神傀儡，游戏之战也。风轮火琯，纵横九万里，其制作之始，不过游戏之具而已。祖德宗功，上下五千年，其肇造之初，不过游戏之偶而已。由是言之，游戏岂细微事哉？顾游戏不独其理极玄，而其功亦伟。邹忌讽齐王，谏也，宋玉对楚王，问也；或则战胜于朝廷，或则自宽其谴责。其余如《捕蛇者说》，《卖柑者言》，莫不藉游戏之词，滑稽之说，以针砭乎世俗，规针乎奸邪也。然此亦非易言也，尽有如香熏斑马，而不能一下游戏之笔者，盖知臣朔诙谐，亦别有过人处在也。当今之世，忠言逆耳，名论良箴，束诸高阁，惟此谲谏隐词，听者能受尽言。故本杂志搜集众长，独标一格，冀藉淳于微讽，呼醒当世。顾此虽名属游戏，岂得以游戏目之哉。且今日之所谓游戏文字，他日进为规人之必要，亦未可知也。余鉴于火琯风轮之起点，宗功祖德之开端，而知今日之供话柄驱睡魔之《游戏杂志》，安知他日不进而益上，等诸诗书易礼春秋宏文之列也哉，是为序。

民国二年十一月爱楼序于海上

（原刊《游戏杂志》第1期）

从这篇序言中，我们可以清楚地看到晚清时那种时政滑稽的锋芒已大大地减弱了，代之的是一种“泛游戏论”，认为家事、国事都是一场游戏而已，由此而得出结论：今日之游戏文，岂知明日不可唤醒当世呢！如此地说述，为作家创作中在“游戏”上下工夫打开了方便之门。在《游戏杂志》中那些寓意深刻的滑稽文章是不见了，不过，由于作家的“游戏意识”的加强，滑稽作品的文学性倒是加强了不少。它大大地扩大了滑稽作品的题材范围。《游戏杂志》中的作品几乎把所有的题材都称为“滑稽”，例如哀情滑稽（《百花洲忆语》）、言情滑稽（《冒险》）、悲情滑稽（《忏悔》）、家庭滑稽（《傻儿福》）、搜奇小说（《酒令》）、丽情滑稽（《艳福》）、教孝滑稽（《阿妈》）、武术滑稽（《刘海头之秘密》）、社会滑稽（《翻云覆雨记》）、苦情滑稽（《为人作嫁》）、诙谐小说（《痴儿女》）、记事滑稽（《遇之巧》）、讽世滑稽（《家中人》）……看来，凡是小说均可用滑稽二字标之。

《游戏杂志》还注意到了对滑稽文学的评论，其中最值得提出的是马二先生(冯叔鸾)主持的《啸虹轩剧话》,这是有相当的史料价值的有关中国早期话剧(文明新戏)的文字材料。在这一栏目中,作者把文明新戏的兴起以及为什么会这么快失败的原因都作了颇有道理的分析,例如,他分析文明新戏失败的原因时说:“聚数十游惰少年,傅粉涂脂,带须描眉,便谓之新剧人才,指天画地,话东道西,但能连出不穷,便为辨才无疑,此为新剧中之重要角色。每夕七八时登台,而五六时尚不知自身所扮何人,所演为何剧,临上装时始对壁上所悬幕表稍一注目,复向主任者请示一二语,于是遂居然出台演剧矣,固无所谓脚本,便又何尝排练,而顾美其名曰‘自由演剧’。噫嘻,演剧顾可以自由之耶,是诚异乎吾所闻。”这段言论把文明新戏失败的原因归之于随便而粗糙,没有严格的脚本和导演制。这和日后“五四”同仁们反对“文明新戏”的理由是一致的,充分显示出了马二先生的艺术敏感性和《游戏杂志》滑稽文学评论文章的价值。

1920 年冬,范君博、郑逸梅、赵眠云在苏州创办《游戏新报》,社址放在苏州,编辑和发行都在上海。刊物栏目有图画、游戏文、艺林、诗话、谈丛、小说、艳薮、剧坛、杂俎等。该刊由于没有自己的发行部,是委托新民图书馆清华书局代为发行的,所以销路不畅,只出了 6 期,就因为亏蚀太多而无力支撑了。于是编辑们就干脆停了《游戏新报》,重办了一个杂志,这就是《消闲月刊》。《游戏新报》虽然只办了 6 期,但其中有一些比较好的滑稽文章,比较突出的有吴双热的游戏文《毛头姑娘十八变歌》、石翁的游戏文《中华官图解》,小说有徐枕亚的《愿作鸳鸯不羡仙》、吴双热的《豆腐西施》、顾明道的《红妆季节》、范烟桥的《新儒林外史》等。这份杂志开始登载外国的滑稽幽默作品,比较有价值的有周瘦鹃译的莫泊桑的《一百万金》。

《消闲月刊》改变了有些刊物委托他人发行的方式,自己发行刊物,发行所就设在苏州钮家巷 40 号,即郑逸梅家里。《消闲月刊》除了编辑主任赵眠云、郑逸梅以外,又用名誉编辑的身份扩大了刊物的作者队伍,他们是:范君博、顾明道、尤半狂、袁寒云、袁百纳、何海鸣、徐枕亚、吴双热,这些人都是当时的文坛闻人,他们被列名其上,显然是为了提高杂志的身价的。《消闲月刊》除了一些短篇小说和杂俎以外,它最突出的地方是登载了不少长篇滑稽小说,如李涵秋的《情天孽镜》、范烟桥的《维新小史》、戚饭牛的《红绣鞋弹词》、石翁的《乩仙别传》等等。同时,该杂志又比较集中地刊载了一些集锦小说(又称“点将小说”),例如许指严、顾明道、俞牖云、吴双热、郑逸梅、赵眠云 6 人合作了 3 篇集锦小说《戍卒语》、《香闺绮语》和《诗声》,以后又加上吴绮缘、范烟桥两人合作创作了《兰蹇修》，除了集锦小说之外，还出现了名闺集锦和家庭集锦，名闺集锦是指瑞瑛、冷芳、寿梅、吟芳四女史的集锦小说《玉洞桃花》；家庭集锦是指由吴双热、瑶华（吴双热的夫人）、小热（吴双热的儿子）3 人合作的集锦小说《一个小猫》。《消闲月刊》第 1 期出于 1921 年 5 月，到 1921 年 10 月第 6 期停刊，无论从内容上还是创作方法上看，该刊的游戏笔墨是更加浓厚了。

滑稽杂志中出得最长的是《游戏世界》，这份由周瘦鹃、赵苕狂为编辑主任的杂志，创刊于 1921 年夏，停刊于 1923 年夏，共出 24 期。该刊的栏目主要有说苑、谈荟、歌场、趣海、谐林、艺府、余兴、杂俎等，每期约 10 万言。

《游戏世界》所收集的内容相当广泛，有小说创作、趣闻轶事、滑稽诗文、插科打诨，甚至滑稽技巧，五花八门应有尽有。《游戏世界》的作者队伍十分强大，在版权页上，标有天台山农、王钝根、贡少芹、徐卓呆、程瞻庐、李涵秋、包天笑、郑逸梅等 52 人的名单，可以说几乎包括了当时所有的通俗文学作家。

这份杂志显然受到了正在进行中的“五四”新文学的影响，注意到了时代的阅读风气，杂志上译作并重，周瘦鹃在其上翻译了《爆炸弹》（法国玛利瑟勃朗原著）、赵苕狂翻译了《空中盗》（美国强司东麦苟原著）。创作上均用白话写作，长篇小说有顾佛影的《新儒林外史》、忆风的《十五年侨沪记》、心木的《春明尘梦录》；剧本有宋春舫的《连环夫妻》；较突出的短篇小说有徐卓呆的《倡门之死》、朱凤竹的《小学生笑史》。《游戏世界》开始注意到文学创作理论的建设，如顾明道的《小说杂谈》、徐卓呆的《小说观赏上应注意之要点》、尘梦的《民国以前的小说杂志》、王锦南的《小说家别传》等等。这些理论作品虽只是些阅读感想或作家印象，但也说明了他们的滑稽文学写作已经有意识地规范化，意识到了形成自我的滑稽风格的重要性。

《游戏杂志》、《消闲月刊》和《游戏世界》是 20 年代的滑稽文学杂志，反映出了滑稽文学的期刊的风貌，到了三四十年代，这样专门的滑稽文学杂志似乎不大见到了，但每一种刊物上的滑稽作品却日见其多。滑稽文学就这么热热闹闹、嘻嘻哈哈，也辛辛辣辣、痛痛痒痒地使通俗文坛始终充满着轻松而讽刺的气氛。

第三节　文明新戏的变形
——民初滑稽戏评析

1906 年，中国留日学生曾孝谷、李叔同等在东京成立了中国第一个戏剧团体——春柳社。这一年因江苏遭水害,各处纷纷捐款赈济,留日学生也发起了募捐游艺会,演出了新剧《茶花女》。第二年又演出了五幕话剧《黑奴吁天录》获得成功。这是中国戏剧史上的大事,它开了一个新纪元,中国的戏剧开始走向现代戏剧。春柳社同仁在《春柳社演艺部专章》中说:"演艺之大别有二:曰新派演艺(以言语动作感人为主,即今欧美所流行者),曰旧派演艺(如吾国之昆曲、二黄、秦腔、杂调皆是)。本社以研究新派为主,以旧派为附属科","本社无论演新戏、旧戏,皆宗旨正大,以开通智识,鼓舞精神为主。偶有助兴会之喜剧,亦必无伤大雅,始能排演"。可见,春柳社是以演话剧为主,以"开通智识,鼓舞精神"为宗旨的戏剧团体。除了《茶花女》和《黑奴吁天录》外,他们还演出了《热血》、《家庭恩怨记》、《社会钟》等剧,为中国的话剧奠定了基础。和春柳社并存的另一个演剧团体是任天知的进化团。它的活动只有从1910年到1912年的两年不到的时间,但所演出的剧目大受观众欢迎,产生了深远的影响,从演出的剧目来看,他们同样是以话剧为主,注重智识和精神,如《黄金赤血》、《共和万岁》、《官场现形记》等,这些都是使观众激动一时的戏剧。由于这些戏剧从内容到形式都比较新,又有外国戏剧的影响,所以被称为"文明新戏"(或称文明戏)。

文明新戏盛行的时代是中国社会发生急剧变化的时期,政体上的变化对于思想上的变革提出了要求,人民处于求知欲极强的时期,他们要了解过去,理解现在,渴望着未来,情绪处于兴奋之中。此时产生的文明新戏讲时政,演社会,将那些观众所要了解的事物搬上了舞台,迎合了观众的需要。在演出中,不论是悲剧还是喜剧都杂夹着不少闹剧的成分,例如春柳社在东京演出《黑奴吁天录》中,在第2幕威立森工厂纪念会上,居然还有两段京戏演唱,还敲他一阵锣鼓,引起了全场观众的热烈欢呼,这样的做法从戏剧美学上说显然是不合格的,但观众却很欢迎,这是时代的情绪使之然也。进化团在国内演出时,这些闹剧被更多的具体的形象或语言所代替,也就是说戏剧中出现了许多滑稽戏的片段,特别是在揭露和讽刺清朝统治者的形象时,这种滑稽的气息就更浓了。例如,王钟声、刘艺舟在北方演出《官场现形记》时,剧中描写一个留学生花钱买了一个官以后衣锦还乡,农民见他头戴红顶花翎,身穿圆领宽袖大袍,脚穿皮鞋,便问他捐的是什么官,他答道:"我的身子是明家的,做的是清家的官,吃的是外国的饭,我这是头戴大清,身穿大明,脚登大英。"这样的人物说着这样的语言,充满着滑稽的色彩。再如当时文明戏中的名剧《共和万岁》,在第11幕中写辛亥革命以后一群清朝逃命的官在议论以后的相互称呼问题：

道台众 ……咱们现在都做了亡官，官场上称呼应在取消之列。若说一概弟兄称呼，在尊卑长幼上，没有阶级的区别，未免被文明人笑话。

藩台众 在阁下的意思应该是怎么称呼？

知府众 我的愚见，督、抚、司、道、府应分为五属，犹如曾、祖、父、子、孙五代的样子，制台称曾祖，抚台称祖，司称父，道称子，府称孙。

制台众 这一来，不是知府变了大众的孙子了？

知府众 名称所在，孙子就是孙子，什么要紧。

看了这一群过去威风凛凛的人现在说出是大众的孙子，观众中能不发出哄笑吗？用这种滑稽的形象、滑稽的言行来调动剧场的气氛是当时新戏常用的艺术手法。话剧的形式来自于欧美，滑稽的手法则主要是对中国传统的参军戏这样的喜剧形式的借鉴，所以当时的文明新戏带有不中不西、土洋结合的色彩。很值得说明的是，当时的观众对这样的不中不西、土洋结合的话剧是很欢迎的。洪深在总结这种情况时说："在一个政治和社会大变动之后，人民正是极愿听指导，极愿受训练的时候。他们走入剧场里，不只是看戏，而且喜欢多晓得一点新的事实，多听见一点新的议论。"[1]这说明了观众为什么会欢迎这些变形的戏剧的原因。在那些滑稽的调笑声中，表现出了观众对以前作威作福不可一世的官僚们的蔑视，也在潜意识之中获取了心理上的自尊。

然而，我们应该看到，戏剧绝不仅是靠新的知识和新的形式来打动观众的，它自有一套完美的美学体系来产生独特的艺术魅力。在文明新戏全盛的时期，新剧的倡导者和演员们为观众的热烈欢迎而陶醉，但他们并没有看到观众们真正欢迎的是什么，反而养成了一个弊病，即：演出中的趋时性。随着观众的政治热情的减退，也为了经济上的原因，文明新戏开始由时政剧、社会剧转向为家庭剧，以迎合中国戏剧的主要观众市民们的兴趣爱好，戏剧中的时事政治气氛淡薄了，取而代之的是恩恩怨怨的家庭纠葛，那种慷

〔1〕 洪深：《中国新文学大系·戏剧集导言》，《中国新文学大系戏剧集》第 14 页，上海良友图书印刷公司 1935 年版。

慨激昂、鼓舞民气的风格不见了，只剩下了滑稽和调笑，这就是我们常说的文明新戏的衰落期。到了后来，为了能使正在逐步减少的观众能够留在剧场中，就增加了更多的噱头，这些噱头把那本来已经淡薄的故事更加冲淡了，文明新戏也就只剩下滑稽一途了。

滑稽戏并不等于是堕落，它自可成为具有美学意义的一种戏剧种类，文明新戏成为滑稽戏时，也曾出现过精彩的剧目。例如新剧家汪优游此时编了一部滑稽戏叫《新跳加官》：演员先以背向人，例行几步，观众只见一个衣冠整齐的官员，退到台前，再将面孔渐渐地翻过来，给人一张十分滑稽的粉脸，引起观众们的哗然；然后就是揭纸条，第一条揭出的是"大洋钱"，上面画一块大的洋钱让观众看见，加官看见洋钱，作几种表情：先伸手向观众要钱，一齐装入自己的腰包，霎时腹部凸起，变成一个大腹便便的样子，观众又哗然；第二条揭出的是"革命党"，加官看见了便作怒目切齿的样子，双手作抓一个杀一个的表示。杀完以后，将帽顶上的绿纸取去，绿顶子便变成红顶子，观众再次哗然；以后揭出的是"姨太太"，加官见了装出忸怩肉麻的神气；揭出"洋大人"，加官见了惶悚不安，伏地磕头如捣蒜；最后揭出的是"手枪炸弹"，加官见之亡命狂奔，一路逃出戏院，观众再一次大为哗然。就这么一出戏演出半小时，观众自始至终哄笑不绝，在当时风行一时。学生开游艺会都来这么一个特别节目。其实这出滑稽戏所反映的内容还是属于讽刺官僚的，这还属于早期文明新戏时政剧的余绪，不过是把多幕剧中的滑稽片段提出来自成一戏而已。此时大多数的滑稽戏连这一点官场讽刺都没有的，格调趣味都不太高，尽写些家庭的巧合和误会，平空地添上许多噱头以博取观众的笑。写得最多的大概是徐半梅(徐卓呆)，他创作了 30 多部(这些滑稽戏到论徐卓呆时再专门分析)。这些滑稽戏给文明新戏带来了相当恶劣的影响，鲁迅说过："倘若油滑，轻薄，猥亵，都蒙'幽默'之号，则恰如'新戏'之入'×世界'，必已成为'文明戏'也无疑。"[1]在这段话里，文明新戏是被当作油滑、轻薄、猥亵的例子加以引证的，可见它的地位是如何了。

曾经名噪一时的文明新戏为何会得到这样的"恶谥"，受到人们的如此鄙视？仅仅责怪那些内容苍白、噱头打趣的滑稽吗？这只是表面的现象，根本的原因是文明新戏的演出的随意性以及随之而造成的演员的"自由发挥"。文明新戏采用的是没有准纲准词的幕表制，依靠的是演员的个人文化

---

〔1〕 鲁迅：《"滑稽"例解》，《鲁迅全集》第 5 卷第 342 页，人民文学出版社 1981 年版。

修养和表演才能。在刚开始时，在台上慷慨激昂的留学生们把戏剧和时政、社会结合起来，以时政性和社会性代替了戏剧性，幕表制的随意的弊病也就被掩盖住了，一旦戏剧需要靠本身的艺术魅力博取生存时，这种幕表制也就成了文明新戏的致命伤。为了能抓住观众，几乎每一个演员上台都要发挥出许多的滑稽噱头来，如一些戏“全爱用滑稽的男仆，把脸上画得怪形怪相，一根红辫子翘得很高，无论主人在那里谈甚么严重的话，他总是要从中打诨，志在惹观众笑”[1]。郑正秋在《新剧经验谈》中曾总结了当时的这种演戏倾向，他说：

脚色多滑稽，难得骨子戏。
小生怕花旦，花旦怕老生，老生怕滑稽。
滑稽无所怕，独怕国事戏与世界戏。

当时已难得找到思想意义的“骨子戏”了，大家都抢着做丑角。为什么呢？小生在舞台上往往是附庸的地位，花旦一来，他就没戏了，所以小生怕花旦。但小生花旦都怕老生，这个老生就是指文明新戏中的“言论老生”，他一上台来就夸夸其谈，博取喝彩，小生花旦都晾在一边了。“言论老生”什么都不怕，就怕“滑稽”，因为丑角可以随时随地插进来一手，怪声怪气、怪模怪样地露一下脸，观众都被他吸引过去哄堂大笑，老生再会说也没有戏了。滑稽的角色也有所忌惮，那就是“国事戏”和“世界戏”，前者描写的是国家经纬，后者说的是世界大事，都是正经严肃的，丑角再滑稽也难以取得主角的作用。然而，在文明新戏的后期根本就没有什么“国事戏”和“世界戏”，风行的是“家庭戏”，“滑稽”自然成为最吃香的角色，即使不是丑角的演员，在舞台上也可以滑稽一下，只要观众能笑！

演员演出作风的不严肃也是文明新戏没落的另一个原因。“自由发挥”给他们留下了廓大的创作空间，也给他们制造了无理取闹的机会，出现了很多不是滑稽的“滑稽”，我们举徐半梅《话剧创始期回忆录》中所叙述的几个例子：

戴眼镜近视眼，有时在台上必须除去眼镜，当然有许多不便，但同

[1] 欧阳予倩：《自我演戏以来》第6页，中国戏剧出版社1959年版。

台的人还可以照顾他。一次演《武松》,郑正秋的武大郎,欧阳予倩的潘金莲,汪优游的西门庆,三个近视眼都除去眼镜凑在一起,弄得笑话百出,尤其是挑帘的一场,潘金莲手中的竹竿,总打不到西门庆的头上,而西门庆要把脑袋凑过去,又总接触不到竹竿,真像捉迷藏。

我最怕在台上扮死人,因为到我死了,我那孝子、孝女们,往往伏在我身上痛哭,他们知道我怕肉痒,一定会故意在我身上乱捏,我又不能动一动,有的人还要吃饱了葱韭大蒜,把一阵阵臭气对我面孔上乱喷,更为难受。

这样的演出方式,无论是有意还是无意,在戏剧表演中都是不允许的,但在当时文明新戏的演出中却是常见的,不值得大惊小怪的,说不定还会引起一场哄堂大笑呢！这些无味的笑声,终于把观众的胃口彻底地笑倒了,据有人统计,文明新戏演出到最后时,观众只有三个人,文明新戏成了滑稽戏,最后只有进入游艺场成为一种杂耍的项目了。

文明新戏在中国戏剧史上开创了一个新纪元,留下了正反两方面的经验。在中国现代滑稽史上,和其他体裁比较起来,滑稽戏的价值和地位都不是最高的。到了“五四”时期,滑稽戏受到了新文学同仁们激烈的批判,被作为一种堕落的文学来看待。这以后,滑稽戏没有得到多大的发展,除了徐卓呆偶尔为之外,几乎没有人再写了。并不是说滑稽文学作家没有写滑稽戏的才能,实在是它给人的印象太恶劣了(几十年后,滑稽戏得到进一步的发展,成为了具有新的价值观念的剧种,那就不在本书的论述范围之内了)。不过,在我们研究中国近现代滑稽文学时,应该看到民初时的滑稽戏,尽管这一笔不是光彩夺目,甚至还有些灰暗,但它毕竟是历史的痕迹。

第二章　中国近现代滑稽诗文概况

第一节　写出笑话的新意来
——吴趼人的"笑话小说"

滑稽诗文是通俗文学作家最热衷的创作文体。面广量大的滑稽诗文分布在各种报章杂志上,吸引了众多读者。出版商从经济效益出发,就将这些滑稽诗文结集出版。从晚清到 1949 年,出版商出版滑稽诗文作品集的热情始终就没有冷过,其数量达到数百种。这些作品所收的内容极杂,大体有"文"、"赋"、"说"、"言"、"问答"、"解"、"捷径"、"拟卦"、"序"、"传"、"记"、"赞"、"铭"、"疏"、"书"、"启"、"檄"、"状"、"刺"、"律诗"、"绝句"、"歌"、"宝塔诗"、"新乐府"、"词"、"词话"、"联话"、"笑话"、"灯谜"、"酒令"、"集对"、"开篇"、"五更调"等等。滑稽诗文的写法也是多种多样的,什么揩油文、酒色财气赋、拍马吹牛说、卖拳者言、色国探险记、形影问答、寻开心解、孔方铭、野鸡卦、升官图序、饭桶传、蚊赞、烟宝铭、求东海观音救世疏等等,五花八门,一应俱全。这些作品反映的生活面极广,真是人间应有事,书中尽有之,表现出来的思想、情绪、艺术旨趣相当驳杂,各种人的各种念头均可以用滑稽诗文表现之。

滑稽诗文在晚清文学杂志的"四大名旦"中占有一席之地,大大提高了滑稽诗文的地位,但是杂志的主持人亲自动手写滑稽诗文并以此为自豪者,大概也只有《月月小说》的吴趼人了,他说过:"迩日学者,深悟小说其改良社会之能力,于是竟言小说。窃谓文字一道,其所以入人心者,壮词不如谐语,故笑话小说尚焉。吾国笑话小说,亦颇不鲜。然类皆陈陈相因,无甚新意识、新趣味,内中尤以《笑林广记》为妇孺皆知之本,惜其内容鄙俚不文,皆下流社会之恶谑,非独无益于阅者,且适足为导淫之渐,思有以改良之,作《新笑林广记》。"[1]他所说

〔1〕 吴趼人:《新笑林广记·自序》,《新小说》第 10 号(1904 年 7 月)。

的"笑话小说"也就是指滑稽诗文,文中所言的"壮词"大概就是指当时方兴未艾的"政治小说"而言。吴趼人不满政治小说,亦不满古代之笑话,他又需要什么样的"笑话小说"呢?在创作了大量的谴责小说的同时,他不间断地写了《新笑史》、《新笑林广记》、《俏皮话》、《滑稽谈》等滑稽诗文在《新小说》和《月月小说》等杂志上连载,为自己的理论拿出了实践上的依据。

在晚清文坛上,几乎所有动笔者都有一个共同的思维模式,就是对现实政治的抨击和对民众思想上的启蒙。吴趼人也没有脱离这样的思维模式,他的"改良"也只是想用滑稽诗文这样的形式来抨击时政和思想启蒙。纵观吴趼人的滑稽诗文,这一类作品占大多数。现举 2 例,以观其貌:

> 中日之役,卫达三以失机伏法,刘忠诚拥兵榆关,不敢出,京师士夫,制为小说回目一回:"卫达三呼冤赴菜市,刘坤一托病卧榆关。"忠诚闻而憎之,且恐流布禁内,将于清誉有损也,商于幕友,友曰:"是易事,当为公改正之,然须酬我三千金。"忠诚允之,即改曰:"卫达三呼冤赴菜市,刘坤一拼命出榆关。"忠诚大喜,命刊数千,使人赍至京师,四处传布,而如约酬幕友,时军中传为一字千金。
>
> ——《新笑史·一字千金》

> 世俗自谦其儿女辄曰小犬,盖取魏武刘景升子豚犬之意也。某君之谦其子女独曰小牛小马,人问其故,则曰中国亡后,国人皆牛马,此辈尚小,非小牛马而何?
>
> ——《新笑林广记·小牛小马》

这就是吴趼人改良的滑稽诗文,看得出来,他的改良也就是增强了作品的时政性和思想启蒙,他比那些仅写些"壮词"的政治小说家高明的是,他看到了滑稽诗文中的"谐"更加可以"入人心"。

真正显示出吴趼人滑稽才能的并不是那些时政性和思想性外露的作品,而是那些世俗趣味的滑稽诗文。从这些诗文中才能看出他的个人创作风格来,我们看他的一则俏皮话:

> 一人蠢如木石,几于饥寒饱暖都不辨,死后,见阎王,阎王怒其无用,欲罚入畜生道中,又以其生平无大过恶,乃罚使仍得为人身之一物。

以问判官，判官曰："渠生平无用，或使之为眉为须可乎。"王曰："须眉尚可为仪表，当罚之为指甲。"此人哀乞曰："倘赐为指甲，小人愿做中国人指甲，不愿做外国人指甲也。"王问何故，对曰："做中国人指甲，遇爱惜者，可长至数寸，纵不然，亦可长至数分，总算一个出头之日，若落在外国人手里，则怕用刀剪去，永无出头之日了。"

这篇俏皮话看似写中国人留指甲的恶习，经过推敲之后，我们就能进一步思考出文中的深刻含义，它告诉人们，中国人就爱那些无用的东西，为何呢？再从象征意义上去思考，作者显然是在指中国人"蠢如木石，几于饥寒饱暖都不辨"的国民劣根性。这样的滑稽诗文属于上乘之作。

吴趼人认为中国的《笑林广记》"皆下流社会之恶谑，非独无益于阅者，且适足为导淫之渐"，他的《新笑林广记》中有没有呢？也还是有的，只不过是用一些"新名词"代替了"鄙俚"之词而已。我们也举一篇阅之：

近有某学院之生徒，因结婚期近，遂向监督请假数月，于是全校同学诸少年尽人皆知，相聚一堂开议此问题，有谓赠之贺仪，较为简单便捷，有谓赠以闺房用品，有谓两说均不经济，莫各赠一言留为纪念，闻者莫不赞成。或赠以"制造国民"，或赠以"传种改良"，或赠以"真正团体"，或赠以"婚姻自由"，或赠以"开辟殖民地"，更有好管闲事者，谓诸君赠言，犹未尽善，以余意则当赠以"功比瑟留"四字，问其故，彼曰瑟留者法国人也，开苏伊士巴拿马二运河，使世界受其利，皆彼之功也，此四字说结婚与开运河之难之利相等，闻者皆莞尔。

——《新笑林广记·结婚之赠言》

这样的文字尽管写得很巧妙，是否也有"诲淫"之嫌呢？还是有的。

吴趼人的这些"笑话小说"是中国近现代滑稽文学中最早的一批滑稽诗文，他作品中的几个方面基本上反映出中国近现代滑稽诗文的几种倾向，中国近现代滑稽诗文以后的发展状况基本上都可以在这里找到历史的根据。

第二节　以滑稽之笔写血泪之事

——贡少芹的"时政滑稽"

贡少芹是民国初年很活跃的一位作家，他以鲜明的政治态度和激烈的言辞而引人注目。此时他也写了大量的滑稽诗文，刊载在当时各类报刊上。这些滑稽诗文后来由出版社结集出版，它们分别是1917年7月由翼文编译社出版的《复辟之黑幕》和1921年3月由上海共和书局出版的《新式滑稽丛书》。

《复辟之黑幕》主要揭露和讽刺辫子军张勋复辟清室的丑恶行径。书前《提要》中说："既有此无量滑稽之事，当然有滑稽之文以副之，理也，亦势也。"故"以滑稽之笔，成滑稽之书，虽曰游戏以出之，谈笑以道之，其实字字是血，句句是泪"。《新式滑稽丛书》以贡少芹本人的作品为主，还收了少量他人的作品，其内容比较广泛，大体是以1920年左右的中国时政作为批评对象的。书前也有一则《提要》，说："高椅闷坐，抑郁无聊，长日如早，苦难排遣，本书搜集最饶风趣之滑稽文章，计共五百余则，诗词歌曲，各体俱备，材料新颖，语句活泼，于此一编，虽当昏昏欲睡之候，亦当笑逐颜开，诚消遣之佳侣，解闷之良友也。"《提要》强调了滑稽文章的娱乐性，带有浓厚的广告色彩。

贡少芹滑稽诗文中最有价值的部分是他的时政滑稽作品。作者讽刺张勋复辟抓住了两个视角，一是"做戏"；二是"辫发"。

作者是这样写张勋谒见宣统的：

> 讵日久别狃于习惯，凡语言举动，皆含有戏剧之意味。此次入京谒见伪帝宣统，其跪拜奏对，一如演剧家之态度，无毫发差异。溥仪赐勋旁坐，勋即操戏白以对曰："万岁在上，安有老臣坐位？"宫中侍值之人，睹其状，莫不掩口葫芦，张勋殊不自觉云。

不仅是拜见宣统，张勋指挥行军、打仗，发表演讲，一切皆如戏文。作者意在说明张勋的文化修养极差，他的那一点知识全部来自于戏文；更主要的是他所策划的那场复辟就如一场闹剧一般，乱哄哄地上，乱哄哄地下，只给众人留下了无数的笑柄。

张勋的军队称之为"辫子军"；张勋复辟后所施行的政策被称为"辫子政策"。"辫子"成了张勋复辟闹剧的一个象征物。贡少芹抓住"辫子"描述了张勋的很多的丑态：张勋见宣统时称自己的儿子为"豚子"，"豚子"蓄发就为"豚尾"，那么凡留"辫发"者不皆为"豚"了吗？连宣统也在所难免。张勋执政，论"辫"封官，于是造成了一个辫子小朝廷。有"辫"者为贵，无"辫"者为贱，趋时者皆发辫垂垂，然而，这些发辫大多为假货，结果闹得丑态百出。优秀的滑稽作品总是抓住“形”而写出“神”，贡少芹抓住的是张勋的“辫子”，写出的是他倒行逆施而不得人心。

《复辟之黑幕》是写人，《新式滑稽丛书》则侧重于写事。在《新式滑稽丛书》中最有价值的当数写五四运动的那些文字。他在这部集子中对五四运动的始末给予了比较全面的反映。在书中，贡少芹收了署名“噱”作的《山东土地自叹》的滑稽文章，其中说：“最可恨，事才平，风波又起，赛武大带子孙，渡过东洋，夺胶湾占青岛，还不满意，得一步进十步，凶狠难当，各县份任他们自由来往，谁敢去拦阻他，惹动刀枪，县土地发电报，纷纷求救，吓得我老骨头好像筛糠。”面对着那些“赛武大”们的侵犯，当官的是如何表现的呢？在《卖国奴赋》中，编者说：“天真血性，是贱骨头，为鬼为蜮，作马作牛，做官只要多得钱，打也可，骂也可，在世居然长享福，吃不愁穿不愁，得意时气焰熏人，屁股里夹蒜，没法想，一溜烟跑了，脚板底抹清油。”人民的态度又怎么样呢？贡少芹写了《时事五更调》：

一更一点月光洁，山东起交涉，咦呀得而哙，闹得真激烈，矮子真够无道德，实可恨呀，举动太奇特，咦呀得而哙，一味行强迫。

二更二点月正高，五四起风潮，咦呀得而哙，学生出了校，文明抵制呼声高，来检查呀，又把劣货烧，咦呀得而哙，与他绝了交。

三更三点月当头，矮子闹福州，咦呀得而哙，这事怎甘休，枪毙学警把命丢，不算数呀，兵舰来五艘，咦呀得而哙，军队进城游。

四更四点月光皎，学生派代表，咦呀得而哙，一齐上京兆，请愿奔走又呼号，联盟会呀，为的是青岛，咦呀得而哙，切莫直接交。

五更五点月光沈，大声呼国民，咦呀得而哙，同胞快快醒，中国主权莫让人，要实行呀，誓以死力争，咦呀得而哙，民气为后盾。

日本帝国主义对我国的主权侵占，引发了五四学生爱国运动，但带来的却是军阀政府的枪弹镇压，这种卖国求荣的行径引起了人民的强烈愤慨，贡少芹写的《学潮曲》记载了此事：

叹学生遭魔劫，提此事声先明，都只为爱国热忱同心请愿团体结，一倡百和，早声嘶力竭，誓拼死忘生争交涉，不提防，势汹汹共殴枪击，惨凄凄之肢残骨折，恨悠悠，听男啼女泣。

……

敬告同胞诸豪杰，强权究难将公理灭，惟愿能万众一心早图自立。

只要查寻一下当时的文学杂志就可以明白，无论是新文学作家还是通俗文学作家都很少对五四运动作出直接的表现，连当时代表新思想新道德的综合性杂志《新青年》对五四运动也只是作为国内通讯报导之，正因为这样，贡少芹编撰的《新式滑稽丛书》中的这些文字就具有相当高的史料价值，它们应该作为当时文学界对五四运动的反映被保存下来。

其实，这些有关五四运动的文字已算不上是真正的滑稽文字了，含有的是充满着悲愤之情的讽刺，是啊，面对着枪弹和鲜血又怎么能笑得出来呢?《新式滑稽丛书》中真正的滑稽文字是对官场的黑暗政治的嘲讽和对某些风云人物的讽刺。贡少芹曾用“十七字诗”的形式写过一篇《感时事》：

中国地一块，抵押借外债，插起草标儿，拍卖。某系争饭碗，组阁须包揽，可怜国务员，难产。次长手段高，赃款已缠腰，偌大人命案，暗消。回族做傀儡，组阁狼头会，代人作马牛，无味。商董占人妻，不是好东西，应该得何罪，割鸡。时髦政治家，志大而言泛，满口谈理法，肉麻。将领拥貔貅，气势猛如彪，临阵未开战，先溜。奸商心计工，一味用欺蒙，混将外国货，冒充。游学东西洋，趾高又气昂，姘合华英字，外行。

再看《新式滑稽丛书》的压卷之作《新问答》：

(问)大传人何处大(答)法螺大，眼眶子大

(问)大官僚何处大(答)胆大手大(以其能以一手掩尽天下人耳目也)

(问)大富豪何处大(答)面大腹大(以其死后能将金银装入肚皮内也)

(问)大阔老何处大(答)气焰大脾气大，架子大

(问)大律师何处大(答)花枪大

(问)大老婆何处大(答)醋劲大

(问)大主笔何处大(答)话大

(问)大演说家何处大(答)口大(以其演说时四万万同胞能由口中出来也)

滑稽文学的优势就是用嘻皮笑脸的文字一下子就击中滑稽对象的要害,滑稽对象哭笑不得,而读者却能痛快地一笑。对当时的政界、军界、商界、报界、学界等等,贡少芹几乎都讽刺到了,文字轻松调侃,逗乐捧颐,却又准确辛辣。

贡少芹这些滑稽诗文作家把眼光始终盯在现实社会中发生的时事大事上。在他们嬉笑的面孔后面,我们可以感觉到他们的严肃的心态,他们是以一颗爱国的心看待中国这块土地上所发生的一切,以一种愤怒的心情看待掌握着中国命运的人的所作所为。他们毫不隐藏自己对政治的看法和愤怒的心情,直截了当地表现在文字之中,为了怕读者不理解他们的苦心,有时干脆就用许多括号,直接点破文字的含义所在。他们是一批具有传统文化精神的中国文人,修身、齐家、治国、平天下是他们对自己的要求,得意之时,治国治家,豪兴勃发;失意之时,身寄山水,心挂国家;在朝时,捧出大卷的经国方案;在野时,忧国忧民随国仰俯,这就是为什么他们的滑稽诗文中那么热衷于表现时事政治,为什么他们的滑稽诗文充满了那么浓厚的政治气息的原因所在。

此时的滑稽诗文作家还具有较强的文化修养。他们的作品中不时地显露出驾驭文字的才华。例如贡少芹写的《拆外交两字》的滑稽文字:“我将此两字略一思索,即道:外字从夕从卜,夕字是晚上时候,我国外交无不简直如处黑暗之地一样,卜字从一直一点,譬如一个人腰间挂个葫芦不知他里面放的甚么东西,以致人如处闷葫芦之内。那交字上半截是六,下半截是打码子的×字,合而为十数,是证明办理外交虽有十分理由,只占得十之六,或十之四的优胜罢了。”这段文字写得相当巧妙,从字形之中测中国外交的状态,其中利用的是偷换概念的手法,但换得合情合理,读者是根据中国外交在现实中的表现,承认了作者的才华。

第三节 既无“屈子湘江”,不如“信陵醇酒”

——赵苕狂编《滑稽世界》

到了赵苕狂编《滑稽世界》时,滑稽诗文中那种直接地抨击时事政治和现实社会的状况就不多见了。这部共有4集的作品集,1924年5月由上海世界书局印行出版。封面上标明4个大字:客中消遣。怎么来理解这4个字呢?赵苕狂在序中解释说:"人当轮舱闷坐,车窗枯对之时,何者足使之解行役之困,而纾旅行之苦乎?则莫不曰佳小说。人当病榻寂寞愁城坐困之际,又何者足使之忘病魔之扰,而祛中心之忧乎?则又莫不曰佳小说。此之故,余乃怦然有动于中,而有此滑稽世界之辑矣,则以滑稽小说实较其他小说为尤动人,而此辑所载,不皆出自名家手笔,不啻滑稽小说之精华也。当夫行役之时,闷坐之际,执此一编而读之,必津津有余味,笑口常开,烦忧悉解,此余所敢断言者,今世何世乎,烽火遍于中原,豺狼布于当道,疮痍满目,灾变时闻,不有解忧之方,殊鲜藏身之计,屈子湘江,既奋激之可议,信陵醇酒,亦衰讽之足嗤,皆非事之正者也,然则不屈不挠,不卑不亢,觅桃源于别境,忘此世之尘嚣,其或在是欤!"这倒不是什么广告文字,它真实地反映出了滑稽诗文作家们的心态变化,"烽火遍于中原,豺狼布于当道,疮痍满目,灾变时闻",社会是如此的混乱,政治是如此的黑暗,既无"解忧之方",也只有去寻找"藏身之计"了,究竟有什么"藏身之计"呢?他们着重的是能解闷解忧笑口常开的游戏,既然做不成"屈子湘江"那样怒发冲冠,就干脆学"信陵醇酒",寻一个"桃源别境",把锋芒藏在曲折和隐晦之中,把家事国事混杂于游戏消闲之余。他们也就是在这样的心态下,创作滑稽诗文的(也就是赵苕狂所说的"滑稽小说")。

《滑稽世界》中的内容写得最多的还是对腐败官场的嘲讽,而且都具有浓厚的游戏成分。程瞻庐在其中显得很突出,他的作品篇篇指向官场,而又妙趣横生。他写了一篇《元宝一席话》的笑话,说雄虾居中,金柑、橄榄、乌蛋、乌菱各占四方,组成了一个元宝内阁,互相争吵着要当总理,异常激烈不可开交之时,主人来了,"可怜元宝内阁里的五位阁员完全牺牲,都一一下野了(不是下野,是下咽,野咽谐声)"。作品对现时政府的嘲讽,不再是直接地点出来,而是用一些事物来含沙射影,其中的含义,读者自会明白。他们有时还会编织一些怪异的事情来讽刺现实,程瞻庐写过一篇《苍蝇大闹森罗殿》的滑稽文章,写的是大量的苍蝇倒飞进了森罗殿,判官诧异道:为什么今年的新鬼来路这般缺乏,苍蝇却这么多。白无常指着半空里的苍蝇道:"我们做无常的全仗这盈千累万的苍蝇,散布阳间,替我们兜揽生意,可恨阳间的人,组织了什么捕蝇队,把这盈千累万的苍蝇一古脑儿都赶向黄泉路上来,他们灭苍蝇不打紧,可是我们吃这碗无常饭的,陡然失了许多羽翼,只落得生意清淡，断绝了一条生财的捷径，这便如何是好。”苍蝇闹到了阎王那里去了，阎王猛想起这许多苍蝇难道都是遭冤受枉而死，要我替他们伸冤枉不成，一查昆虫生死簿，果然没有一个是善终的。于是想让其转阳世，但身体已坏无法转，就干脆让他们转人身，先让其做劳工，苍蝇不愿；让其做文人，又不愿。看他们钻头觅缝，喜热恶凉，宜入利禄之途，以遂钻谋之技，阎王就“着尔等转世投胎，做个官僚去罢”。这道恩旨一下，阶下无量数的苍蝇都是欢天喜地，向着阎王磕头谢恩，做出磕头虫的模样，谢恩完毕一飞冲天，争入转回，自去投胎转世。森罗殿上，不见一个苍蝇，阎王如释重负，正待回宫休息，忽然急脚鬼又来奏报道：启奏大王爷爷，鬼门关外有盈千累万的蚊虫冤魂，前来闯关了……写到这里，作者说：“毕竟阎王怎样把蚊虫退出，说来和对苍蝇的方法差不多，小子一言表过，便省得狂笔下捣什么鬼了。”程瞻庐这枝狂笔实在是揭了很大的“鬼”，这篇游戏文章，前半部分告诉我们，苍蝇是替无常兜揽生意的东西，后半部分又告诉我们，这些人间厌恶的东西竟被派往人间当官去了，不仅是苍蝇，连蚊虫也要去吃俸禄饭了，可以想象，这些东西当了官后，人间的官场是多么恶臭和腐败，明说蝇蚊暗指官场，离奇之中有所为，滑稽之中有所指，时政讽刺之外都涂抹上了一层游戏的保护色。

从另一方面看，这一层游戏的保护色倒大大地增强了滑稽诗文的艺术性。隐晦和曲折，象征和借喻，这些本来都是提高作品滑稽性的艺术手段。钻头觅缝、喜热恶凉、搜刮钱财、草菅人命，蝇蚊和腐败的官僚在这些特点上具有相似性，放在一起写自然很滑稽，也很有“骨子”。《滑稽世界》的作家们如此地写人写事，倒也给现代滑稽诗文增添了不少佳作。《滑稽世界》中有一则游戏文章叫《新旧猪八戒》，文章写一位亡清遗老替儿子访良师，许多失馆先生自荐，均不满意，原因是他们头上的辫子都剪掉了。消息传到猪八戒那里，他哈哈大笑道：“这回正用着我老猪也。”于是降落云头，摇身一变，变成一个老儒的模样，把臀部拖着的一条尾巴拔将下来装在脑后，俨然是一条满清式发辫，又把九齿钉耙呵一口气变成了一条龙头拐杖，前去求见。遗老大喜，聘为西席，吩咐儿子拜见猪先生。一切均好，但有一事引起了遗老的极大的不满，偏要人家不奉孔师而供猪，结果被哄逐出来。又听说现在新人物时髦，就又变成了一位大名鼎鼎的新人物诸罗大学的朱博士，主张崇拜禽兽、崇拜自然臭、崇拜赤裸裸的真相。演讲时，要男女听众都脱掉衣服，正在催促女同志脱衣时，被孙悟空赶上界去了。这篇游戏文章，作者变了法地说遗老们和一些风云人物是猪，写得不俗。在人们心中那种墨守成规，不能跟上时代潮流的老儒们，以及那些不学无术却又满口新名词的新人们都是愚笨无比，至于那种留着一条细发辫摇头晃脑的形象，那种崇拜禽兽等荒唐的主张也的确只有“猪”才做得出，想得出。像这样思想性和艺术性均佳的作品，《滑稽世界》中是不少的。

《滑稽世界》中还有一些文字短小，但读来饶有趣味的滑稽文，它们都是用一人一事讲明一个道理，例如严独鹤写的《先知术》，说某人得了先知术，得了不少钱，但人生的趣味却因为都已先知了而变得十分淡乏，为了使自己的先知术有益于社会，就开了一个命相馆，回回算准，可就是生意无几，而隔壁的命相馆，胡说八道，回回不准，但却生意兴隆，他苦思冥想了数日，终于得出了结论：命相不要先知，要会揣摩人的心理；人生也不要先知，要会解迷拨雾。这样的滑稽文章从生活现象推及到人生哲理，很经得起咀嚼。

当然，既然要学信陵君和陶渊明，要为解闷解忧而写作，作者们自然去寻求更多的趣味和消闲。《滑稽世界》之中有很多作品是为了滑稽而滑稽的，从这些作品中可以看出作者的聪明文笔，但的确没有什么思想意义。书中收了一篇游戏文章叫《毫毛变相》，写李逵误遇红娘、妙玉、孔明和孙悟空，作品从《水浒》接到《西厢记》，从《西厢记》接到《红楼梦》，从《红楼梦》接到《三国》，再从《三国》接到《西游记》，如此没完没了地接下去，作品又怎么能收场呢？作者写到这里很得意地说：“小子请出这位齐天大圣便是预备做这篇游戏文字的收笔话的。……大圣把手一招，他们都变回了原样，原来这4人都是大圣身上的毫毛所变。”这篇游戏文章写得妙趣横生，把不相识、个性各异的家喻户晓的文学人物放在一起说东道西，态度都很认真，语气均很诚恳，意思全部相反，做一些事情，看似助人，实为害人，笑也就在这样的胡混搭配之中被逗了出来。但是，笑过之后，又给读者留下些什么呢？除了钦佩作者的构思和文笔的巧妙，其意义实在寥寥，只能说是一篇上乘的文字游戏。像这样的作品在《滑稽世界》中占有相当的分量，我们从一些题目的名字中就可以推想得出，如《秋天的棺材店老板》、《老鼠做亲记》、《但求化作女儿身》、《女婿是猪八戒》等等，巧妙的文字、浅薄的思想和逐步趋于庸俗的格调是这些作品的特色。在《滑稽世界》之中，还收集了一些讽刺正在进行着的“新文化运动”的作品，例如《黑暗地狱里的蜡烛》说是地狱里的第十八层原是关押不孝鬼的，阎罗大王听说阳间提倡非孝主义，也就废掉了十八层地狱，好让地狱里的囚犯们也沾染些“腥闻化”的气息，这样的作品近于谩骂，也就毫无一取了。

从清末民初的亢奋到三四十年代的避世和纯粹的游戏，滑稽诗文有一条清楚的思想发展轨迹，《滑稽世界》可以看作是一个转折期的集子。它所收的作品之中，有清末民初作品的余风，这部分作品由于用曲折、隐晦的手法表现之，促成了它们在艺术上做出了成绩。但是这种艺术上的追求并不是为了更好地讽刺时政社会而进行的，是以避世的态度而为之的，所以游戏的成分逐渐地取代了作品的思想性。现代滑稽诗文渐渐地从时政社会滑稽向其他方向发展，胡寄尘的《怪话》、杨乐郎的《洋泾浜猎奇录》和骆大荒的《荒唐大观》分别代表着滑稽诗文的两条发展道路。

第四节　在佛理和金钱中寻找噱头

——胡寄尘编《怪话》、杨乐郎编《洋泾浜猎奇录》

1930年，上海广益书局出版了胡寄尘编的滑稽诗文集《怪话》。在书前的《凡例》之中，编者将他的编辑意图说得很明白："一是编所辑，共有四类，一曰怪谈，二曰怪事，三曰怪文，四曰怪诗，均以出于寻常范围之外，故曰怪话。一是编虽属游戏工作，然一切鄙琐秽亵之谈，不敢收入，一编中所收编者自著居多，间亦采取他人之作，亦于篇末书明，不敢掠美。一怪诗中所收如'新唐诗甲寅杂咏'，'乙卯杂诗'，'丙辰上海打油诗'等，均记一时教政风俗，他时读之，可作稗史观，可作采风记观也。一怪谈中尤有时彦名言，可深玩味。一怪事所记，多属实事，不敢臆造。"在赵苕狂的《滑稽世界》之中，说是"客中消遣"，但还强调"信陵醇酒""桃源别境"，把对时政社会的讽刺寄寓在游戏消遣之中；胡寄尘的《怪话》中只强调游戏，换言之，即使作品之中出现了一些国事，在作者眼中也只是游戏的一个组成部分。例如胡寄尘自撰的游戏文章《逸世黄华》："中华民国已有四总统，曰孙逸仙，曰袁世凯，曰黎黄陂，曰冯华甫，各取其一字而联络之，适成逸世黄华四字。"

再例如游戏文章《麻雀牌解》："麻雀牌中之一筒似炸弹也，二筒以至九筒，炮子也，自两粒至九粒也。一索飞艇也，二索至九索战舰也，自二艘以至九艘也；一万至九万，兵饷损失以及赔偿之数也；白板之色枯骨也，红中之色鲜血也，发财之色绿，绿气财也……"这就是《怪话》之中所涉及到的国事了，这样的国事纯是为了游戏服务的。

这样的编辑取向决定了《怪话》之中的基本内容，只要能引起读者一笑，就收到集子里来。例如《人兽之别》："有友欣然以双生子见告，余问之曰，子亦知人兽之别何在乎？友不能答，余曰，人乃一胎一子者也。”再如《绝妙之问答》：“（甲）你失了一只狗么，（乙）是，（甲）何不登报招寻，（乙）呆人的狗难道识字吗？”像这样的作品，除了给人一笑之外，大概什么意义也没有，可是在《怪话》中却比比皆是。不过，值得指出的是，尽管是如此的无意义，作品决不秽亵。相反，就整体而言，《怪话》摆出的是一副一本正经的劝诫的面孔。

《怪话》的编者也知道，笑要“可深玩味”，要能让读者在笑中有所启发。然而，既不愿写国事，他又要读者“深玩”些什么“味”呢？他注意到收集一些教人如何处人遇世滑稽诗文，这部分作品在《怪话》之中为数不多，却成为这部滑稽诗文集中最有价值的内容：

> 世事万变，处世之法只有二字，二字维何，曰如是而已矣，乐亦如是，哀亦如是，成亦如是，败亦如是，生亦如是，死亦如是，知道如是，便可如是，不知道如是，试看如是。
>
> ——《处世之法》

> 一心想乐，便是苦，一心悲苦，便是乐，何也，苦乐本无界限，乃因比较而生，我脑中所虚耗之境为极苦，则我身体所实受之境便觉乐矣，我脑中所虚耗之境为极乐，则我身体所实受之境便觉苦矣。
>
> ——《苦与乐》

这两则例子都是胡寄尘本人写的，可以看出，作者努力地告诫人们人应该怎样生活在这个社会之中，生活在这个社会之中的人怎样才能快乐。表面上看文字颇为滑稽，实际上寓有很深的人生哲理，他的那种“如是观”和“苦乐观”有着浓厚的佛教佛理的气息，同时也具有自嘲自遣的意味。肯定这样的“如是观”和“苦乐观”就是要否定编者所说的“功利主义”的观念，功利主义自然也就成为了《怪话》所竭力嘲讽的对象。“闻清高宗南游时，登金山俯视大江，见风帆叶叶，上下千艘，问此纷纷者何为，寺僧道，只见名利两艘耳。”（《皇帝与和尚》）这种名利使得人要长寿而不得（《长寿新法》）；欲赚钱而不达（《金钱与心血》）；要名声反被损（《笔之用》）；要权柄反丢失（《都督化身记》）……一切钻营都是渺小的，一切得失均是可笑的，貌似所得实为烦恼，得之越大其恼越深，心静如镜方才快乐，这就是《怪话》所要读者“深玩”的“味”。

《怪话》不写世而写趣，说明现代滑稽诗文中的讽刺锋芒大大地收敛，为笑而笑的成分日益增多，其感情色彩要温和多了。《怪话》不写事而写理，滑稽诗文集逐渐出现了一些个人理想型的作品，尽管那些理念大都比较空泛，但滑稽诗文集的个人风格明显多了。《怪话》写真不写秽，说明编（作）者尽管一副嘻皮笑脸的模样，其内心并没有忘记社会启蒙的责任，创作态度是严肃认真的。

杨乐郎是一位活跃在三四十年代的上海小报作家，《洋泾浜猎奇录》是他逐期在《飞报》上写的滑稽游戏文章的栏目的名称。

1948 年，杨乐郎用同样的名字结集出版。《洋泾浜猎奇录》中的作品发表时间从 30 年代末一直延续到 40 年代末，曾在社会上产生较大的影响，曾有这样的吹捧文字："十年来小型报出一杨派，足称石破天惊，千古未有之奇，自杨派崛起，圈内翕然风从，牌头子码，触目皆是。"[1]如此吹捧的确比较肉麻，倒也可以看出这本集子在现代滑稽文学中占有一定的地位。

那么《洋泾浜猎奇录》究竟又是什么内容呢？在它结集出版时，曾有 10 多人为它写序作跋，几乎都是吹捧的文字，只有一个叫凤三的人说了一句比较地道的话，他说："批评家认为从麦克辛高尔基的作品里可以嗅到草原气息，我说从《洋泾浜猎奇录》里可以嗅到女人肉香与暴发户的铜臭等等气息。"前一句话当然是作序人有意提高杨乐郎的地位，后一句才真正地说出了这本集子的特色。《洋泾浜猎奇录》是以上海的都市社会为背景，写发生在这个社会里的奇人、奇事、奇闻、奇见。这里有可笑的爱情生活，如《舞女爱煞戏子》、《悲旦表情》、《一封情书》等；有邻里之间的可笑事，如《天井里养鸭》、《老油条脆马花》、《一顶帽子二块下摆》；有死要面子活受罪的《尿急打喷嚏》、《电梯里浇龙》、《舞场里量地皮》；有虚情假意自作多情的《中国人的客气》、《外国牌头》、《同行拆货》；也有白相人的恶作剧，如《心里噱头》、《开冷气》、《上海姑爷》……它几乎涉及到上海社会的各个方面，涉及到上海社会各个阶层中的各色人等。

如果把这部滑稽诗文集放到现代滑稽诗文发展中去看，我们就能看到它给中国现代滑稽诗文增添了两大内容。其一，滑稽对象的社会政治的批判或生活哲理的内涵逐步消失，转变成注重生活现象表现和噱头事件的收集。例如《天井里养鸭》写的是邻里争吵被人调解开，吵胜者为了报答调解

〔1〕 潘勤孟：《序洋泾浜猎奇录》，《洋泾浜猎奇录》第 3 页，《飞报》出版公司 1984 年版。

人,就在天井里养起10只小鸡小鸭,准备养大了作为报答礼物,结果,每天早晨4点钟就“喔喔喔、茄茄茄”地大叫起来,吵得邻里无法安睡,但又不好明说,因为这批鸡鸭是人家送礼的物件,否则就要得罪更多的人。再例如《试心》写一青年有了女朋友,为了试试女朋友的品性,就买了一张电影票请她看电影,自揣一张,准备等灯黑之后,坐在女朋友身旁装作陌生人试试她。当这位青年如法进行时,吃了隔座的她一记耳光,这位青年人忙说明自己的身份,却又吃了两记耳光,原来他的女朋友并没有去看电影,而是拿回家请别人看了。《洋泾浜猎奇录》中写的滑稽的事几乎都是这样一些生活中的小噱头。这些小噱头是从实际生活中采撷而来,生活气息很浓,又很注意事件的完整,所以往往又有很强的戏剧性。其二,作品散发出浓厚的商品气息。欲的追求和对金钱的贪婪一直是滑稽诗文中的滑稽对象,它们受到滑稽诗文作家的嘲讽和鄙视,这种价值观念在《洋泾浜猎奇录》中发生了很大的变化,那些经不住性和金钱诱惑,同样是滑稽的对象,但只是嘲讽而非鄙视,是一种带着笑的骂。例如《触景生情》写某人经不住橱窗里的赤身裸体的泥塑模特儿的刺激,就无论刮风下雨,天天去远远地躲着看,某一个下雪天,此人在冷风之中冻得直跳,忽然冲进店里要求店员给模特儿披上衣服,以免她冻坏,结果给人家轰了出来。作者对此人的言行给予了嘲讽,但同时又对此人敢于袒露自我的感情表示肯定,说:“触景生情人皆有之,不过触得像阿赵如此厉害者,倒亦十三点得有点可爱矣。”言行是应该嘲笑的,但理念却也应该理解的,色欲和金钱在杨乐郎那里都有那么一点可爱的成分。和色欲比较起来,金钱在作品中的气氛就更加浓厚了,大多数作品都是写如何求钱、争钱、骗钱之中的种种丑相,但是这个丑相并不是对这些人贪求金钱表示谴责,而是对他们寻求金钱过程中的手段给予了嘲讽。例如《弄堂小开》,写一位守弄堂的人,工作虽是低三下四的行当,手上倒也阔绰得很,什么原因呢?原来此人发现弄堂里的舞女住的特别多,于是每夜提早锁铁门,待舞客每夜送舞女回来敲门时,他就有意穿了单短衫从被头洞里爬起来开门,等舞女送进门又回到铁门时,他再起来开铁门恭送如仪,他每次都能得到别人的一笔感谢费。在作品中,作者口口声声称此人为“老贼”,说他手段狡猾低劣,讽刺他是做“检问所”的事。但又感叹地说:“这就叫做行行出状元。”再例如《买一担送一担》写某二房东听说米店里买米是“买一担送一担”,于是就当衣当袍,凑足了钱到米店去准备去白得那送的一担米,可是他却上了当,原来这个“送一担”的“送”,不是赠送的意思,而是替你把米送上门,这位二房东为了想多得几个，反而白送掉当里的一笔利息和付了脚力钱，对于那耍花样的米店和二房东想白得一担米的意图，作者并不反对，嘲笑的是二房东没有看清其中的花样反而弄巧成拙。

《洋泾浜猎奇录》是用一种猎奇的眼光寻找生活中的噱头事件，给人一种浮光掠影的为奇而奇的感觉，在反映生活的深度上是不及以前的滑稽诗文集的。《洋泾浜猎奇录》又是都市社会的产物，它的生活来源和主要的读者层是都市社会中的市民，它的价值在于真实，它真实地反映出中国上海这个都市社会中的价值观念发生的变化，传统的伦理道德观念虽然还是是非的标准，但已显得很空虚；它真实地反映出了社会中的各种人物，特别是市民阶层的生存技巧。读这样的文字，生活在其中的人会感到真实和亲切，并或多或少地受到某种启悟，也具有史料的价值。

第五节　插科打诨在嫖经、赌经中出现
——骆大荒编《荒唐大观》

以黑幕的形式出现的滑稽诗文有骆大荒编的《荒唐大观》。这是中国现代滑稽诗文中名声最不好的作品集。为了了解中国现代滑稽诗文的整体概貌，我将之作一简介和评析。

和当时众多作品一样，这部书也有数人作序。周瘦鹃题为“难得荒唐”；秦瘦鸥序为：“妙哉荒唐，伟哉大观，瞎三话四，尽是锦绣文章，指东说西，无非才人笔墨，不过逢场作戏，随口喷蛆，何妨见景生情，凭空捣鬼，羡他编辑多能，足当琳琅之誉，愧我歪文蹩脚，难逃放屁之讥，漫说纸贵洛阳，且自誉腾海上。”

作者在书前《提要》中说：“这一部荒唐大观努力把嫖赌的门槛和黑幕，贡献于诸位阅者，也就是这一种意思。因为这一种荒唐学识诸位灌输在脑筋里，仍然能够勘破这一个酒色关头，而不致贻盲人瞎马之讥了。”在作品的第2集中，作者还有一段《结束的话》，其中有言：“在白相场中能够驰骋自如，这一个人一定是极顶聪明人，因为这一个嫖字，虽然为正人君子所不屑道，但是处世的种种问题都可以在嫖字中找得出来……做一个人，这嫖的学问，却不可以不研究研究，这其中实在含有许多奇妙的哲理，可以增你的见识，长你的阅历。”在全书的前面有《箴言》四句：“行为可以荒唐，心术荒唐不得，身体可以荒唐，事业荒唐不得。”从这些遮遮掩掩的文字中，我们已经明

白了这部书的基本内容了，它以嫖、赌为写作题材，写发生在其中的充满着小技巧的滑稽的人和事。它打着醒世、劝世的旗号，记录着人间丑人丑事，而它的文字是嘻皮笑脸的。书中大写“嫖经”和“赌经”，作者竟也毫无惭愧地署名为：“老牌教育家”、“四进士”、“弄堂博士”、“冷眼旁观生”等。一面大喊荒唐，一面是自我欣赏，表面劝戒讽世，实为作恶指南，这就是《荒唐大观》的基本面貌。

并不是说写了嫖和赌，作品就应该受到批判，事实上，在中国近现代通俗文学之中，写嫖和赌的作品为数不少，只要认真地阅读一下这些作品，其中的绝大多数都是可以肯定的，一个根本的原因是这些作品的思想感情是健康的严肃的。它们写嫖，注重的是一个情字，它们也写赌，但从未将赌看成是一种生意经（如李涵秋的《广陵潮》、毕倚虹的《人间地狱》等作品），而《荒唐大观》却不是这样，它从那些滑稽的人事嘲笑中，教导嫖客怎样从妓女那里占到便宜，怎样在赌博台上用小钱赚到大钱，编著者还十分得意地告诫人们，这就是人生经验。这样来写嫖和赌的确是丑恶的。滑稽文学作家写作首先想到的当然是滑稽，尽管不少滑稽文学作家写了不少无聊之作，但他们都严正地声明：决不涉秽；尽管出现了不少庸俗的滑稽诗文，但决不自甘堕落，以玩情的态度写玩情的举动，真正的滑稽文学作家是不屑的。

滑稽诗文面广量大，以上所提及的 6 位作家的作品，不是说他们的创作成就特别高，而是他们的作品基本上代表了近现代滑稽诗文的不同风貌。

滑稽诗文的创作最具有随意性，每个人都能尝试一二，每一种社会生活都可以用它表现，每一种思想、情绪、牢骚、怪话都可以用它来表达，得意时写之，失意时写之，苦闷时写之，胡调时亦写之，滑稽诗文自然也就显示出它的巨大的社会思想容量，呈现出各种复杂的思想情绪形态，即使是那些立意创作为社会、创作为人生的严肃作家，也何尝不偶尔写一些滑稽之作呢？我们当然不能因为写过一些庸俗无聊的作品就否定其作家，不过，应该有能力分辨究竟什么才是有价值的滑稽诗文。1926 年，郭作良编的《幽默笑话集》中有一个序，说：“真的笑话是有深刻的寓意的，所谓‘笑话’亦可以解释做‘笑里有话’。”此话不错，是可以看作为对滑稽诗文褒贬的评价标准的。用这个标准看中国滑稽诗文的发展道路，可以明确地说，最有价值的滑稽诗文在清末民初，越往后的滑稽诗文，“笑”中的“话”是越少了。

第三章　中国近现代滑稽小说概况

第一节　为“滑稽小说”立了名号
——大陆著《新封神传》

中国近现代滑稽小说的积极提倡并身体力行者是吴趼人。

在《月月小说》第1号(1906年)上,吴趼人自我介绍说:“余生平喜为诡诙之言,广座间宾客相沓,余至,必欢迎曰:‘某至矣。’及纵谈,余偶发言,众辄为捧腹,亦不自解吾言之何以可笑也。”可见,吴趼人在人们心目中是作为一名逗趣人看待的。徐枕亚曾有纪念文章说:“吴趼人先生以文名雄海上,磊落不羁,滑稽玩世。”胡寄尘说他:“居喜诙谐,一言既出,四座倾倒,然岸傲自异,不苟合于流俗。”[1]也许正是从这样的艺术旨趣出发,吴趼人在创办《月月小说》时,首先开了“滑稽小说”的栏目,并载了大陆著的《新封神传》,这是中国近现代滑稽文学史上第一部标有“滑稽小说”名称的作品。

《新封神传》分别连载于《月月小说》第1、2、3、4、5、7、10号,仅见15回。小说写东海之滨的罗刹国原是个极乐世界,后因三妖闹事,沦为了人间地狱。元始天尊大发善性,派姜尚前去肃清三妖,再次封神。为保子牙一路平安,派值日神请来正在日本留学的猪八戒前来与姜尚作伴同行。此两人一路东来,一场场滑稽事也就开始了。八戒叫子牙学说“也斯”,说当今世界“也斯”最有用,偏偏洋大人查护照,再三“也斯”也无用,只好拔根毫毛变成护照才得以放行;船到了香港,八戒、子牙随商人钱孔、商善赞到花柳丛中鬼混,结果,八戒害了膨胀病,子牙害了痧闭,医生开刀,挑血才治愈。八戒却从中悟出了治国的道理:“怪不得新学界崇拜流血,原来治痧是一定要流血的。这样看来治那散沙样的国度非流血不可,大家快流血啊,快流血啊!”

〔1〕 魏绍昌编:《吴趼人研究资料》第24页,上海古籍出版社1980年出版。

钱、商两人到了上海竭力抬举八戒、子牙两人，某大银行东家便请他们办个学堂，八戒一口答应，骗了大把钱，办了一所以调和新旧两派为宗旨，培养模棱两可人才为目的的中立学堂，特设了一门模拟学，八戒主讲，教材自编；为聘请教习和为子牙买一张留学生文凭，八戒带着子牙东渡日本，八戒在日本早已勾搭上了一妓女，八戒一到日本，马上就找原先的相好，不想相好正在接客，八戒大怒，却也无法，因为相好是要吃饭的；八戒回来的消息传来，前来托门子做教习的人很多，结果八戒经不住相好的软硬兼施，收了两名相好的老情人做教习，此两人不学无术，却极善奉承，做了很多恶事。这部小说写到这里，没有继续刊载，阿英在《晚清小说史》中曾记载该书光绪戊申(1908年)群文社刊20回，但未见。

以某一两个人物的活动为线索，把当时光怪陆离的社会现象贯串起来，这是当时小说的写作模式，这部作品显然也是这样创作的。然而，它在创作方法上自成特色：首先它选用的是人们熟知的滑稽形象作为主人公，给作品奠定了喜剧的基调；再用夸大变形的手法写那些荒诞不经的事情，造成一种怪异可笑的氛围；在阅读过程中，读者首先感觉到的是一种滑稽感，从笑中再感受到其中的讽刺内涵。

其实，用滑稽的手法写人写场面，正是吴趼人的创作特色，吴趼人是当时著名的"谴责小说"作家，鲁迅曾说他的小说"连篇'话柄'""足供闲散者谈笑之资"[1]，这种特点的形成大大地得力于他的滑稽手法的运用。我们看鲁迅所欣赏的他的《二十年目睹之怪现状》中写符弥轩虐祖的文字：

> 符老爷两口子对坐着喝酒，却是有说有笑的。那老头子坐在底下，只管抽抽咽咽的哭，符老爷喝两杯，骂两句；符太太只管拿骨头来逗叭儿狗顽。那老头子哭丧着脸，不知说了一句甚么话，符老爷登时大发雷霆起来，把那独脚桌子一掀，訇訇一声，桌上的东西翻了满地，大声喝道，'你便吃去！'那老头子也太不要脸，认真地爬在地下拾来吃。符老爷忽的站了起来，提起坐的凳子，对准了那老头子摔去。

殊不知这位老头子正是符弥轩的祖父。符弥轩这样虐祖当然是令人气愤的事，吴趼人不是直接地出来指责他，而是用放大的方法把他的丑恶之处构成

〔1〕 鲁迅：《清末之谴责小说》，《鲁迅全集》第9卷第288页，人民文学出版社1981年版。

一幅滑稽的漫画来，从而揭破符弥轩平时道貌岸然的假面具，突现他不孝不道的真实的内心世界。把讽刺隐藏在嬉笑中，而不是直接地表现出来，构成一幅滑稽的画面，也不是平实地铺叙出来，吴趼人这样来表达自己的思想，看重的是其中具有的独特的审美情趣。这种创作方法当然不是吴趼人的创造，它来源于中国的文学传统，但在现代作家中却是他将其独立成一种小说文体。在当时各种类型的小说纷纷"扬名立万"时，吴趼人也给"滑稽小说"树立了名号，并刊出了大陆的《新封神传》，规划出滑稽小说的基本面貌。自从他开辟了"滑稽小说"的栏目以后，确立了滑稽小说文体的地位，吴趼人就把他主要的注意力放在创作实践上，他在这个栏目之中创作了不少滑稽小说，对滑稽小说在晚清文坛上的勃兴起了很大的作用。

第二节　妄言妄语　借古鉴今
——晚清"拟旧小说"

既有趣味，又能讽刺，这样的文体当然要比板着面孔教训人的政治小说，或者皱着眉头写人间丑事的"谴责小说"更加吸引读者了。自吴趼人提倡和大陆创作《新封神传》以后，滑稽小说很快成为晚清小说家所喜爱的一种小说文体，很多滑稽小说蜂拥而至，使得晚清文坛充满了讥讽的笑声。

中国的大门被枪炮打开以后，中国人被迫睁开眼睛看世界，他们看到的是世界列强的强大和凶恶，又看到了中国在世界上的落后和被欺凌的状态。对外，他们痛恨外族的侵略和压榨，对内，他们渴望着国家的强大，憎恨着官僚阶层的腐败，这是晚清先进的中国人的主要的思维取向。滑稽小说用一种独特的形式，把这种情绪表现了出来。吴趼人在《月月小说》第 12 号上曾写了篇滑稽小说《无理取闹之西游记》，小说写一只得道的通臂猿，一次看见路边的积水之中有一条鲋鱼，正在等庄生决西江之水来救。原来鲋鱼本已住在西江 5 000 余年，向来安分，却被近来的一个魔头侵占水府，并被抓到此处来了，幸遇见庄生，答应去决西江水来救。通臂猿答应救鲋鱼，却要钱。鲋鱼已被那魔头搜刮殆尽，哪里有钱给通臂猿呢？通臂猿就决定不救它反而要捉弄它一下，于是它赶上前行的庄生，用定身法、噤口术镇住了庄生，自己赶到西江，见一怪物正在用手掬水而饮，问它为何如此，它说："阿弥陀佛，可怜见我家里的水是咸的，不能入口，所以见了这个水，就如甘露一般。"此怪物正是那魔头，自称是麻鹰大王，能占南瞻部洲，还能扰乱对邻的东胜神洲，于是通臂猿出主意将西江水搬到麻鹰大王的家乡西牛贺洲，并帮它立刻就办，只见通臂猿一手遮天，口中念着咒语，西江一带“愁云惨黯，毒雾弥漫，天昏地暗，日月无光，一片江流汹涌之声，如千军万马，登时两岸居民，扶老携幼，呼儿唤女，神号鬼哭，狗走鸡飞，一阵阵阴惨之风，在江面上飘来飘去”，说到此也就结束了。这篇小说是什么意思呢？乍看上去真有些“无理取闹”，但如果我们把小说中的鲋鱼看作为安分守己的中华民族，庄生看作为救世救民者，麻鹰大王看作是英国侵略者，通臂猿看作是搜刮钱财无法无天的官僚们，作者的意思就很明白了，这篇小说反映的正是当时中国社会的现实状况。“无理取闹”之中有着忧国忧民的感情，褒贬的评说用影射的方法表现出来，滑稽小说用一种独特的方法表示出对时局的看法。

当时的清政府为了表示自己的治国强盛的决心，喊出了维新变法的口号，即使是戊戌变法失败，维新变法的口号在清政府那里并没有改变。同时，也正因为是清政府的“维新”，维新也就只是掩盖腐败的一块遮羞布而已。这样的维新表面堂而皇之，实质腐败不堪，其中的反差和矛盾自然成为滑稽小说绝好的写作素材。讽刺晚清政府的维新成了晚清滑稽小说主要的思想内容。吴趼人写了一篇称为“滑稽体”的小说《立宪万岁》，小说有个副标题“吁嗟乎新政策”。说是玉皇大帝得知下界人皇在光绪三十二年七月十三日降谕预备立宪，就派了孙行者、列子、雷公、哪吒、戴宗 5 大臣下界去考察。此事被天界的那些畜生们知道了，它们认为立宪就要把门包革除了，它们也就无事做了，为了阻止这件事，它们商定叫玉兔前去放炸药，阻止 5 大臣前去考察。结果 5 大臣果然被炸，但只是受了轻伤，吃了神药之后，伤愈后照常前去考察。此 5 大臣在下界吃喝玩乐大玩一通，回来后就胡报了一通，玉帝居然相信他们的胡编乱造，也就发布了立宪谕。看了《天曹官报》的立宪条例，那些畜生们都欢呼起来：“特笑曰：‘原来改换两个官名，就叫立宪，早知如此，我们前次放七返火丹，未免多事了。’龟曰：‘不然，他这是头一着下手，以后还不知如何呢。’特曰：‘你不看此外不再更动，诸天神佛一律照旧供职一句么？据此看来，我们的饭碗，是不必多虑的了。’群畜闻言，大觉，一齐大喜，亦同声高呼：立宪万岁！立宪万岁！”这部标着“滑稽体”招牌的小说有着严肃的社会批评的含义，把这些荒诞不经的怪事和当时中国维新变法的实际情况结合起来考虑，人们大概只会“吁嗟吁嗟”吧！维新变法不仅是换汤不换药，而且成为了那些贪官污吏们贪污腐化、谋取钱财的金字招牌，他们又多了一个为“新人物”办“新事业”的大好借口。当时一位小说家叫陆士谔，他写了一部长篇滑稽小说《新水浒》，讲了这么一个故事：梁山好汉们听说朝廷在变法，也成立了梁山会，并派众会员下山经营各种新事业，蒋敬与时迁合作，开办忠义银行；郑天寿来到德州，开办尚德女学堂；陶宗旺以大公馆作妓院；扈三娘开女总会；侯健在江州开办军衣铺；李立、李俊办起揭阳岭矿务公司；汤隆、刘唐开办铁路；林冲任陆军学监督；卢俊义筑造公路；萧让开办《呼天日报》；武松在清河县举办运动会；石秀买彩票，中了头彩……重阳节过，梁山会年会已届会期，各人报告收益，由裴宣评判等级，结果第一名由扈三娘得到，共得银 483 200 两。李逵非但分文没有，反输掉许多银子，被列为下等。这部读起来荒唐可笑的作品说明了什么呢？很显然，作者讽刺那些借办新事业为名搜刮钱财的贪官污吏们和时代的"新人物"们，在轻松滑稽的描写之中反映出对虚假的维新变法的不满。那么滑稽作家们是不是就不要改变中国的旧的现状呢？是不是就不要维新变法呢？也不是，我们还是举陆士谔另一部滑稽小说《新三国》来说明。在这部书的《开端》中，陆士谔说："在下特特撰出这部《新三国》来，第一要破除同胞的迷信；第二是悬设一立宪国模范；第三则歼吴灭魏重兴汉室，吐泄历史上万古不平之愤气。"在这样的创作宗旨下，作者用很滑稽的笔法写了吴、魏、蜀三国如何变法振国及其各自的结局。时吴濒临长江，开通最早。书言周瑜并未真死，隐居于庐山，孙权乃命鲁肃请周瑜出山。周瑜出山后主持变法，变官制、设政院、整顿军营、开设铁路，派使出洋，颁行新律，联盟波斯，然而，尽管孙吴锐意维新，但国体不愿改变，结果变革之中笑话百出，丑态毕现，国势不但不强，反而更加衰弱，孙权忧愤崩逝。此时魏曹丕篡汉，见人心不服，也力行新政之策，然而司马懿恣意弄权，华歆一意搜刮，加以管宁组织革命党在魏国内开展了暗杀、明战两大破坏措施，所以魏国上下言行处事更为滑稽，一片乌烟瘴气。蜀汉国专使邓芝贺孙吴孙亮即位，回国后也力倡变革。诸葛亮五丈原大病几殆，幸遇华佗，已治痊愈，也力主变革，并认为吴国的变法只是皮毛，蜀国的变法第一要着就是改变国体，成立上下议院。在国内广设学校，开办书局，大开岷山金矿，创设电汽车。姜维奉命训练陆军，张翼组织舰队。经过如此这番整顿，蜀汉国势大振，于是七出祁山，攻下街亭、陈仓。司马懿两次败北，蜀兵不血刃而克长安、洛阳。贾充开许都城门投降，姜维入城，擒获曹丕，司马父子逃往外洋。孔明复使张翼督舰队南下，吴人畏威，遂为蜀之保护国。东吴亡，三分原归一统。新政毕行，人民乐业，学术昌明，各国都派留学生来留学，汉人应聘到外洋充当教习及工程师者达数十万人以上。汉人在外经商遍于全球，汉国的语言文字各处皆通。孔明上表陈情，乞归骸骨，自回南阳卧龙岗，仍与崔州平、司马徽一班老友往来。这部小说借滑稽的笔法，表明了作者对政治社会的思考，从那些古怪离奇的情节之中，向我们传递出了政治理想的模式：并不因维新变法在现实中变形变态而否定维新，而是认为国家要强盛就只能依靠推行新法，除此之外，任何神话和迷信都是无济于振兴国势的；维新变法有真假之分，表实之别，真维新变法就是上下团结，一心为国，假维新变法就是争权夺利、谋取私利，实质上的维新变法是改变政体、国体，是有上下议院的共和国的模式，表面上的维新是保存现有政体、国体的皮毛改革；同时，陆士谔还明确地告诉我们，维新变法的最后取得成功，只能是汉族政府，其他旁姓政府虽想改革也只是徒劳，至于篡汉的假模假样的改革，只是为了谋取私利遮人耳目罢了，最终逃不脱灭亡。像陆士谔这样的作品，属于政治滑稽小说，古怪情节的编造和滑稽可笑的描述都是某一种政治理念的图解，是一种表达政治理念的方式，所以这样的滑稽小说政治意义的品位比较高。

自从李伯元的《官场现形记》风行一时后，腐败不堪的官场一直是晚清小说家所热衷的题材，滑稽小说一旦确立了它的文体地位，自然也就看中了它。的确，还有什么比官场更滑稽，更引人发笑呢？在清末，一大批讽刺官场腐败的滑稽小说一拥而上，例如《立宪魂》（作者名未署）、《嬉笑怒骂》（啸庐）、《宦海风波》（葛惠侬）、《官场笑话》（侣云）、《新官场笑话》（香梦词人）、《官场怪现状》（陆士谔）等。这些作品没有《官场现形记》的社会性强，而是专对官场揭私露丑，嬉笑怒骂，把那些“老爷大人们”放在一个可笑可鄙的位置上加以嘲讽，也可以说是官场丑状录吧。《立宪魂》是1907年新世界小说社出版的一部“滑稽小说”，写幽冥世界里有感于阳间预备立宪，也想效法行之。外患不绝，内忧迭起，阎王彷徨无措，烦闷异常，决定派使臣到外国去考察。于是6位钦使领了意旨，无不欢天喜地，内中有个色鬼更是欢喜得了不得，打算此番出去嫖嫖外国婊子。6位大头鬼都保举了自己的私党，择日而行，鬼混了几个月回来，便回阴府复命，说是立宪是好的，但阴府里几万万鬼魂智力不足，只怕够不上立宪资格。但是阎王为了防止革命风潮，力排众议还是进行了预备立宪。这一下官府里出现了一系列的怪现状：财帛司长两目全盲，遇见了金银，瞎眼珠里却放出了两道奇光，黄金、白银辨认得一清二楚；裁判所不顾是非，但凭贿赂；提学使派小舅子暗通关节，胸无点墨花三千金考取优贡；巡警局与强盗坐地分赃，反怪失主鄙吝酿祸；新兵恣纵骄横，欺压平民。腐败的官场弄得地面树皮剥尽，草根挖竭，饿得大鬼晃晃摇，饿得小鬼吱吱叫，饿得摸壁鬼靠着墙倒，饿得落水鬼爬上岸跳……真是哀鸿遍野，惨不忍睹。清末的滑稽小说都是和现实生活联系在一起的，作者总是把滑稽对象放在当前的社会大背景下进行变态的，因此不管作品是如何离奇古怪嘻皮笑脸，总具有比较强烈的现实感。这种《立宪魂》写的幽冥世界的立宪现状自然是影射现实人间。滑稽小说既然是用变形变态的手法表现之，也就不必被事物的本身形象所束缚，它可以在更大的范围内给滑稽对象画像，《立宪魂》写的是幽冥世界，讽刺的是鬼王鬼官，这些鬼王鬼官谁也没有见过，他们的酸态和丑态自然可以被极度地夸张。《官场现形记》是在现实世界中表现出官场的酸态和丑态，当官的多多少少还有一个人形。《立宪魂》是在幽冥世界中漫画出官僚们的酸态和丑态，当官的也就是一个鬼了。

滑稽小说中的官都是滑稽对象，都是些丑态百出的小丑，更可笑的是这些小丑们都自以为是，视丑为美，那就令人作呕了。滑稽小说家很善于给这种人画像，吴趼人在《月月小说》第5号上，写了一篇标为“笑枋”的短篇小说《平步青云》，写“我”到李公馆拜年，很奇怪桌上供的紫檀雕花的木龛，揭开一看，忍不住地“几乎要放声大笑”，问主人这是什么菩萨，主人一本正经地说：前年朝廷派了5大臣出洋，其中一位是他的上司，他前去叩喜，他便送了一样从外国带回的东西，“我们做官的人，上司便是父母，父母赏的东西，怎敢怠慢，所以我捧了回来，便叫人量好尺寸，定做了这个紫檀龛子，与及那个红缎幔帐，恭恭敬敬地把他供起来，天天焚香供奉。因为新年里，每天又加上一对蜡烛。我每天起来，洗过了脸，便先到这里恭恭敬敬作三个揖，我见了他，就犹如见了上司一般了”。使得这位官如此恭敬的东西又是什么呢？小说最后做了交代：“原来是外国人撒尿的一个洋瓷溺器，何等下贱的东西，平白地捧到桌子上，藏在紫檀龛里，香花灯烛，还说见了他犹如见了上司一般，这溺器可不是平步青云了么？”这位李某也许并不知道上司送的是一只溺器，其实，即使知道了是溺器，他大概也会很恭敬地供奉起来的，在别人眼中，这是一个很可笑的举动，在李某看来，这却是一个重大的事情，物件虽然贱，它却是上司的象征。在中国当时的官僚阶层中，丑和美本不是用正常的标准来衡量的，吴趼人正是从这种丑美关系的颠倒之中，写出中国当时官僚们的奴婢相。小说还有一副标题：“阅者疑吾言乎？此物即在上海。”说明作者创作此文是有所指而发的。

自梁启超把小说的地位提高到无以复加的高度以后，小说就成为了政治理念的代名词，政治性和启蒙性在清末是占支配地位的小说观念，除了政治小说外，其他类型的小说虽然名称不同，表现手法有异，但在观念上都受到政治性和启蒙性的影响。清末的滑稽小说反映的生活极为广泛，而且都和现实的时事政治紧密相连，在冷嘲热讽、嬉笑怒骂的背后，可以看出作家们对时事政治的关心，可以体会到作家的入世精神和劝世意愿，有些可以说就是政治理念的图解，是政治小说的另一种表现形态。在写作方法上，清末滑稽小说深受“谴责小说”的影响，“揭发伏藏，显其弊恶，而于时政，严加纠弹，或更扩充，并及风俗”[1]，鲁迅说的“谴责小说”的内容特色，滑稽小说均具备，只不过，它们将谴责小说“辞气浮露”的缺点美学化了，也就是说，它们不是用现实主义的创作方法写生活，描写上的夸大化被看作和实际形象不符的“过甚其辞”，而是用浪漫主义的创作方法，用“过甚其辞”的表现方式来笔下藏锋，它们或寄上界，或托冥世，或写诸仙，或写小鬼，常用一两个游戏人物贯串其中，情节的设计离奇古怪，形态的描写极为夸张，语言的记述十分诙谐，把谴责寄寓在变形变态的人物和事件之中，作品的趣味性更为浓厚。

清末的滑稽小说是一种“拟旧小说”，什么叫“拟旧小说”？阿英解释说：“大都是袭用旧的书名与人物名，而写新的事。”[2]这种“拟旧小说”有它的优势所在，对作品来说，它可以借助这些旧的小说（特别是像《三国》、《水浒》、《西游记》这些有影响的旧小说）已具有的阅读影响来扩大自己的作品的阅读吸引力；对读者来说，可以从作品描写的情节和心目中的旧小说的既定印象相比较，从那些变化之中增强阅读的兴趣，对作者来说，根据既定的作品模式进行再创造有较熟悉的写作天地，又给情节设计的滑稽性带来了便利。事实上，这些“拟旧小说”古人和新人相杂，古事和新事相间，古语和今言相混，这种人为的“错位”造成的这种不和谐感，滑稽也就在其中了，从可读性上说，这样的小说和那些大段的政治理想、文告宣言的政治小说比较起来，它的艺术魅力要大得多了。

第三节　官场批判　新旧矛盾
——民初滑稽小说的两大主题

辛亥革命以后，中国进入了军人政治时代，一个新的特权阶层在中国社

〔1〕 鲁迅：《清末之谴责小说》，《鲁迅全集》第9卷第282页，人民文学出版社1981年版。

〔2〕 阿英：《晚清小说史》第176页，人民文学出版社1980年版。

会中产生了，对这些当权者，通俗作家是极为不满的。中国清末民初时期的通俗作家大多是“南社”的成员，他们要推翻腐败的清政府，并为中国能出现一个新的政权而奔走呼号过，经过千辛万苦的奋斗，革命“成功”了。可是革命“成功”后的官场和清政府的黑暗腐败没有什么两样，他们为之奋斗的新国家、新政府怎么能是这种样子呢？中国社会的现实使他们深深地失望。这种由失望转化成的愤怒之情在滑稽小说家那里就表现为讥讽，寓托于变形变态的滑稽形象的描写之中。那些专横跋扈的大帅、不学无术的“总长”、投机钻营吹牛拍马的政客，在民国初年的滑稽小说中成为了主要的滑稽对象。写了大量时政社会滑稽诗文的贡少芹，在滑稽小说的创作之中同样显示了他的风采。贡少芹此时写了一部长篇滑稽小说《尘海燃犀录》。小说以当时从关外打到关内的军阀常司令为线索，并旁及到当时的北洋军阀天津的赵谣司令和两湘司令王大裤，写了他们的政治生活和个人生活。这些人都是当时中国显赫一时的人物。小说以漫画的笔法，写他们以开军事联盟会为借口瓜分中国，写他们如何凭个人的喜恶安排总理、总长，他们粗陋不堪，满口脏话，却要别人以圣旨般全盘记录，他们卑鄙龌龊、肮脏下流，却要别人以此作为人格楷模，国民典范。在他们的影响下，中国的官场实在令人啼笑皆非，要当官，只要送女儿给他们做妾，自能成功；要钞票，只要说是军事要务，自能大把大把地捞。至于他们的个人生活更是腐烂不堪，日夜赌博，一掷千金，妻妾相换，令人作呕。华丽正经的社会地位表面裹着如此卑劣肮脏的人格，小说写他们在不同场合之中的不同的转换，写他们表面现象和内在实质之间的差异，从他们的滑稽相中看到了作者的讽刺，也体会到了作者的愤怒：中国社会中那些“最出风头”的“军界人物”都是些人品十分恶劣的人，而中国却正在这些人的统治和支配下。

那些在“最出风头”的“军界人物”手下混生活的总长和政客们又是什么样呢？滑稽小说家们竭尽讽刺挖苦之能事，告诉读者，这些人只做两件事，一是捞钱，一是捞官。马二先生（冯叔鸾）在《宦海中之不幸者》中写了直奉军阀大战之中的一件滑稽事：一个自认为是张少帅好友的管先秋，仗着与张少帅一点相识的关系，竟然冒张大帅的名义打电报给当时的北京当局为自己请官，北京当局居然就准备给此人一个官做做，结果阴差阳错，事情被戳穿了，从而被捕入狱。在写完这篇可笑可叹的滑稽故事后，作者似乎言犹未尽，还加上这么一句：“白云苍狗，世态之变幻，原无一定，矧官场中皆挟利禄之欲以竞争得失者，复何事不可为耶。”作者告诉人们，那些在官场中混的人都是为了捞官，为了捞到官，又有什么事不可以做呢？同时又引导读者推想到现在那些“车马俨然，席高位，据要津”的人物，岂不是像管先秋这样投机取巧之人，只不过有幸混脱而已。这样的人当了官后又能做什么呢？当然是捞钱了，马二先生就又写了一篇名叫《汽车》的滑稽小说，写教育部代理部务潘泽番一旦掌握了大权以后，就想办法来捞钱。教育部虽是一个穷部，他也能想出一个捞钱的办法：“借着应付教育经费为理由，向各银行用代理总长名义，自行挪借。”结果，不到6个月，居然“代理”出一部小汽车来，更妙的是，当他退回到次长位置上的时候，他还能够费了许多的人情手腕，“没有把以前的各公款露出来”。和清末的“拟旧小说”不同，这时写官场的滑稽小说不再利用某种凭借了，而是直接地把矛头指向社会现实，直接地表露现实官场中的那些滑稽的事情，并且尽量地写出这些事的背景，因此，作品都具有较强的谴责性。有些作品已不停留在描写人物言行的滑稽上，而是把读者引向更深的层次，思考这些滑稽对象的心理心态。贡少芹曾专为政客写了一篇小说，叫《政客的面孔》。一个名叫李从新的政客在政界混了七八年，而且混得有方，得了个“政客大王”的美号，也因此引起了许多大小政客的崇拜，拜他为师学习其从政之诀窍。这些弟子们和他相处了多日，终于在实践中看到了李从新的本领，“全在这副面孔上”，他们看到李从新对求己者的脸色是忽而亲热，忽而冷淡，对所求者脸色是时而庄重，时而诙谐，此人脸色善变，瞬间已换了几副，弟子们的确从中受益匪浅。正当弟子们自以为是的时候，李从新说你们还未学到根本上。看到弟子们的求学心诚，李从新最后还是把看家的本领告诉了大家，关键是处理好对待外国人、军阀、小老婆的面孔，什么面孔呢？李从新说出了一个字：媚！弟子们终于恍然大悟了。这是篇滑稽小说的佳作，在写出政客们滑稽形态的同时，又暴露出他们可鄙可怜的心态，这些人有着一副典型奴才相，对于弱者，他们摆出了一副高傲的面容，对于强者，他们又摇尾乞怜，他们是集“狼”性和“羊”性于一身的军阀时代的畸形人，其内心世界却是十分虚弱的。

中国的通俗作家们是爱国的，他们希望国家能够强盛，对于当权者，他们希望从政清正廉洁，清末时期那些讽刺官场的滑稽小说和民国初年这些讽刺军阀、总长、政客的滑稽小说，其创作愿望都是从这一点出发的。不过，随着时代的推移和当权者的更换，他们对自己的愿望能否实现越来越抱怀疑的态度了。在清末的时候，他们写官场的丑态酸态，这些被嘲笑的官僚们的结果都不是好的，滑稽人物总是和可笑的结局联系在一起的，有些作品全篇都是一片黑暗，但最后也要加上一笔光明的结尾，如《宪之魂》的最后是忽然红日东升，大放光明，鬼影全无，泯灭了阴曹地府，这样的收场虽是草率简单，但显示出作者的信心是充足的。清末时期的作家们相信总有一天政治清明，人民安乐，他们看到了腐朽的统治阶级已经快死亡，新兴的政治力量正在崛起。到了民国初年，作家们的信心就没有那么充足了，他们以实录的态度写出官场中的滑稽事，从那些滑稽人物得心应手的所作所为来看，作家们不敢轻易地给他们下悲剧的结论了，因为此时的当权者，正是他们以前所相信的“新兴的政治力量”，作品中的嘲讽和挖苦更为厉害了，却也夹杂着作者的重重的感叹声，甚至有人劝说读者逃避这种社会现实。这样的态度，在当时的滑稽小说家之中还不算多，却也反映出了滑稽小说家的政治热情正在减退。

民国初年这些讽刺官场的滑稽小说，从主题上说也还是清末以来的社会时政滑稽小说的继续，真正体现出民国初年滑稽小说特色的是那些写新旧矛盾冲突的滑稽小说。中国的大门被打开以后，西方的物质文明也随着枪炮一起涌了进来。尽管固守着中国传统的文化观念，但中国人对西方的物质文明不得不表现出向往之心，那些“新鲜”的玩意儿实在是太吸引人了，中国人大开眼界。对于这些新东西，滑稽作家们的态度是复杂的，他们一方面被其中的科学所吸引，对中国人狭窄的眼光表现出了鄙夷的态度；另一方面又对这些物质带来的社会风气的变化，表示出不满，于是他们既嘲讽中国人的蠢笨，也感叹中国社会的世风日下。陈冷写了一篇滑稽小说《新西游记》，写唐僧师徒 4 人取得正果后 1 300 年，又奉如来法旨，由东胜神洲至西牛贺洲考察新教，师徒 4 人先后来到了上海。先是行者一个筋斗云到了上海，在一座大楼前撒了一泡尿，给人抓住，罚款 2 角；想吃饭错进了时报馆，把报纸当作菜单，把印刷机当作了灶和蒸笼，被人家轰了出来；走到街上，把洋车当作畚箕，把汽车、脚踏车误认为哪吒的风火轮，被行人视为怪人，猪八戒和沙僧随后来到上海，他们推着行李车，巡捕却不让他们在街上停留，没有办法，师兄弟俩干脆变成了两个洋人，推着车走，更惹得人们哄笑。师兄弟 3 人好容易见了面，聚在一起争论电灯是不是星星或者月亮，行者怒气冲天，想跃出云头，却被电线弹了回来，八戒偷懒想入地，却被水门汀撞得头晕眼花，左等右等就是不见师父来，后来行者避开电线上天查寻，才发现师父正被一群“拆梢党”围住敲诈。行者、八戒赶去营救，不但无效，反而受到嘲笑，无法，八戒只有故技重演，穿起了洋装，众人才纷纷走散。作者的意图很明显，他是把唐僧师徒4人当作最神通广大的中国人来写的，但是这些神通广大的中国人却在上海这一新兴的充满着物质文明的都市之中，显得蠢笨无比，固有的一切本领都已失灵了，所能做的只是一些笑料而已。然而，尽管唐僧师徒4人是蠢笨的，其心灵却是纯朴的，是未受到任何感染的。可是他们一接触到物质文明马上就学坏了，不久，唐僧就学会了大众演讲；行者学会了敲诈；八戒在新学堂里鬼混；沙僧到处立会结团；4人还到处鼓吹麻将是“立宪牌”，而不是“专制牌”等等。由不适应到适应，再由适应到被熏化，这师徒4人也就这样堕落下去了。这样的状况当然也是作者所不满意的，那么究竟怎样对待这些物质文明呢？作者也说不出所以然来。陈冷的《新西游记》很典型地反映出滑稽小说家左右为难、前后矛盾的心理。

物质文明的进入而引发的中国社会中的新旧矛盾是当时的时代问题，也是滑稽小说的绝好的题材，自然受到滑稽小说家的重视。此时的滑稽小说家又极不愿意无是非地讽刺一些社会现象，总是想寻找到某一种答案出来，所以陈冷的《新西游记》出版以后，引发起来写新旧矛盾的一批滑稽小说，都在寻找答案上下工夫，它们要么痛斥物质文明的罪恶，要么嘲弄中国人的不开化，作家们都在摆出自以为是的答案。在这些答案中提得最令人信服的还是贡少芹，他不再是用固有的观念机械简单地评判是非，而是用新的方式来解决一些新问题。他此时写了一部产生了较大影响的长篇滑稽小说《傻儿游沪记》。小说写了一位名叫邵一樵（少一窍）的江北盐城人，因治天花成了呆傻，人称傻公子。父母40岁上下才得了一樵，溺爱异常，他便越发呆傻，娶妻时，见穿新衣的新娘以为是新死的舅母，对新娘大叩其头，出足了洋相，也促使了父母下决心治好他的傻病，就叫老仆王三带他到上海去散散心，谁知他们一到上海就受到了白相人邵伯毚和妓女胡丽卿（狐狸精）的捉弄，于是就演出一场一个江北人游大上海的喜剧：骂印捕头上的红布是小儿出天花避邪之物；看哈哈镜就和对面的丑人大骂一场；用香蕉逗猴反被抓伤了脸；听电话以为有鬼叫；看戏把舞台当作大床；看高楼仰头丢掉了帽子；吃大菜餐刀割破了嘴皮……结果在胡丽卿美人计的圈套下被榨光了钱财，流落在街头。此时幸亏作为刀笔吏的老父赶到了上海，在老朋友的帮助下，告了邵伯毚、胡丽卿，靠法律为儿子出了这口气。令人惊奇的是经过这趟上海之行，傻儿回到故里傻病居然痊愈了，更奇的是正在全家欢呼傻儿病好之时，傻儿竟一命呜呼了。这部24回的长篇小说当时在《小说新报》上连载时就颇引人注目。它展开的生活面比较宽，随着傻儿的活动，作者比较全面地描叙出了大饭店、跑马场、游乐园、白相人、高等交际花等都市社会的基本特征，这部小说是可以作为了解上海都市发展过程的课本来读的。更有价值的是这部小说所表现出来的作者对物质文明带来的城市都市化的思考。把一傻气十足的江北人放到大都市社会中去，又偏受到那些白相人的捉弄，他的所作所为当然会使人发笑，但是，这种发笑来自于对一个农村人的捉弄，那就太浅薄了，显然不是贡少芹这样一位善于思考的作家所愿干的事。贡少芹在这部小说中，通过对城市人和农村人的畸形、笨拙的心态描写，提出一个怎样才能适应城市都市化的问题。在贡少芹看来，邵伯龛和胡丽卿都已经金钱化了，为了金钱，他们出点子要阴谋，甚至出卖人格，对此，作者是持批判态度的。和这些金钱化的人相比，邵一樵倒是根据传统的伦理道德的规范行事的，他是把朋友的友情和恋爱的纯洁放在金钱之上的，而且处处根据规范办事，看不起那些只钻钱眼的人，觉得他们太不符合“礼仪”了，然而正是这些“礼仪”在都市社会之中显得酸气十足、举止笨拙，令人发噱，很显然，对于这种完全封闭的“礼仪”，贡少芹也是极不赞同的，它培养出来的人只能是“少一窍”。那么，应该用什么态度来对待正在变化中的社会呢？贡少芹认为，首先应该是适应它，他把邵一樵送到上海来磨难一场，花掉1万多冤枉钱，但这是很值得的，毕竟是治好了他的傻病。但是治好傻病的邵一樵却很难在家乡活下去，病愈不到半年竟死去了，说明在那里生活只能傻着；其次，他认为都市化的社会管理应该依靠法律，邵一樵之所以能够出了这口冤枉气，邵伯龛、胡丽卿之所以能够受到惩罚，不是什么人心发善，也不是什么大人的明察，而是依靠的打官司的力量，这是这部小说最有意义的地方，它为合理地解决新旧矛盾，提出了当时最为妥当的解决方案，这在通俗文学作家中是很不简单的。

民国初年的滑稽小说继承了清末滑稽小说的传统，笔触随着时代的步伐共同前进，它很敏感地注意到了新旧矛盾的社会问题，并以反映这一问题作为这一时期滑稽小说的特色。在讽刺官场宦海的腐败上，民国初年的作家没有清末的时候那么信心十足；在对待描写新旧矛盾的社会问题上，却反映出一位小说家应有的思考，不管他们拿出的答案正确与否，这种努力都是应该肯定的。同时也说明了滑稽小说不再停留在表面上，而是追求更深层次的问题的挖掘，这是一个可喜的现象。

第四节　自我滑稽　家庭滑稽
——滑稽小说走向自嘲自戒

阿奴碌碌觉何之，
如此江山两鬓丝，
过去雄心销易尽，
送来老字例难辞，
尊前春到花能觉，
身后名传鬼不知，
寄语人间行乐者，
信陵公子是吾师。

这是30年代的通俗文学作家张秋虫在《海市莺花》中提到的一首诗。经过了多次碰壁，人们终于明白了，过去所做的一切实在是碌碌无为，那种要治世的“雄心”更是十分可笑，至于身后能留下的那点“名”，连鬼都不知道，人又何必去管呢？真还不如及时行乐，做一个藏国事于胸中的“信陵公子”。这样一种心态说明此时滑稽小说的特色再合适不过了，民初社会上民众的政治热情大大地降温，讽刺的锋芒从对外逐渐地转向对内，出现了自我滑稽小说和家庭滑稽小说。所谓“自我滑稽小说”是说滑稽对象从别人转向“自我”，写头脑清醒的“糊涂人”做的一系列的滑稽事，小说的基调从批判和讽刺逐步转为理解和同情。其代表作是1930年张秋虫写的长篇小说《新山海经》。在这部小说中，作者放开了笔墨，尽情地搜集社会上的一切怪异之事表现之。这里有妓女的“元老派”和“太子派”之争客；有小报编辑捧角毁角之伎俩……有道学家如何不道德，有新婚之妇人如何弃新郎……小至家庭琐事，大至国家之变，千奇百怪，应有尽有，犹如是一只魔术师的“宝”箱，张秋虫展示出一件又一件的怪事怪物，使读者目不暇接，眼花缭乱。写怪人怪事是滑稽小说惯用的素材，虽然《新山海经》中显得特别集中，但和以前的滑稽小说比较起来并不新鲜，这部小说显得独特的是它写出了一些将这些怪事贯串起来的具有怪异性格的滑稽人物。这些人物是一些明白的“糊涂人”，他们对自己周围的环境以及自己的所作所为的恶劣十分明白，而又自愿地胡调人生，游戏人间；他们言谈滑稽，举止可笑，但头脑却十分清楚，有时清醒过来拼命地责骂自己、反省自己，但又很快地为自己的胡调游戏找到了理由："身无媚骨，不知道降志辱身，不知道趋炎附势，穷愁潦倒，不能取悦世人，自己知道一肚皮不合时宜，这一辈子没有得意的希望，索性自暴自弃，狂放不羁，不敢再作奢愿……他的怨毒之气，上彻云霄，恨不得拿切菜的刀杀几个泄忿，恨不得来一个大地震，使全世界的人同归于尽，即使达不到这个目的，至少也得弄死一个婴婴宛宛的女人，这口气也就平了些儿，再不然自己死在任何女性身上，也是情愿的。"不是我不要理想的人格，而是社会要我胡调游戏下去，不是我要如此地丑态百出，而是社会要我如此地滑稽下去，我的内心一点也不滑稽，而是万分痛苦。

这些自我滑稽人物的出现是与张秋虫的社会观和人生观有很大联系的。在《新山海经》前，张秋虫曾作了一篇序，他说，郭璞作《山海经叙》中"物不自异，待我而后异，异果在我，非物异也"的"不怪所可怪"的观点，是"非天下之至通"的，而应该是："山未尝不有精，海未尝不有怪……世所熟视而见者，亦皆能游大人们以成名，匪徒物之不自异而已。"大千世界，万事万物，生活在现实中的人们由于他们的适应性而产生的生活惯性，常使那些本来很奇怪的事情变为平常，这可谓是"熟视无睹"。不是郭氏所说的怪所不怪，其怪在我，而应是怪其所怪，其怪在物。他在此书中一方面收集那些怪异之事，尽写些"闳诞迂夸，多奇怪俶傥之言"，取《山海经》之意，一方面又反复地告诉读者，此为怪事，不合常理，自当以怪事视之，不可"熟视无睹"。因而，他又在"山海经"前加上一个"新"字。张秋虫认为怪异之事在于事件的本身，而不在人，这种滑稽观点的转移使得《新山海经》致力于社会的批判。它尽情地搜集社会上的一切怪异之事，并告诉人们社会生活的本身就很古怪，笑容背后就是陷阱，快乐之后就是痛苦，社会本不是人类生活的地方，而是人类互为残杀的场所，要想在这样的社会中生活就只能自我麻醉地胡调下去，于是那些自我滑稽的人物在张秋虫的笔下受到了某种欣赏，他们的胡调可以作为不得已的生存技巧来解释，他们的丑态和滑稽相当然也可以得到理解，因为在丑态和滑稽相的背后有着无可奈何的苦衷。张秋虫有这样一种人生观："读书时代的青年，不知怎么都会有那么大的志气……等到出了学校的门，投身到法力无边的社会里去，或者因为娶妻生子穿衣吃饭的关系，少则三五个月，多则三五个年头，志气便渐渐的消灭了，宗旨也渐渐的改变了。……于是他发现以前的见解是错误的，是幼稚可笑的，他现在总算觉悟了，有了经验了，走到政治上光明之路了……”[1]这样的社会环境恶劣论带来的是社会价值观的失落，人间的温暖不复存在，人间的悲苦也不值得同情，人的得失本就无常，人的生死均为自然，至于什么是好什么是坏，任何是非判断都是太幼稚、太富于幻想，太不了解社会和人生，实在是迂腐之举。生活在这种社会中的人自然只能胡调下去！游戏下去！滑稽下去！

像这样的自我滑稽的小说在《新山海经》那里颇为典型，却也反映出滑稽小说的某种方向转换，社会价值观的失落，小说就只能是无目的地搜奇集怪，虽然其中不无对社会的厌恶，但其中作恶的人却得到了某种程度的原谅，社会的批判锋芒自然也就大大地减弱了。30年代的滑稽小说的方向转换的另一个趋向，是家庭滑稽小说的兴起，最有代表性的作品是上海滑稽编辑社编辑、上海大陆图书公司出版的《滑稽小说大观》。这套《滑稽小说大观》共9册，它们是襟亚的《怕老婆日记》、梅若的《瘟生日记》、黄花的《瞎缠先生日记》、莲侬的《守财奴日记》、酉生的《牛皮大王日记》、聂云的《女魔王日记》、寒光的《顽童日记》、虞公的《拍马日记》。[2] 每册书前都刊登了一则同样内容的广告：“坊间滑稽著作，大半东抄西袭，拾人唾余，阅者病焉，本书特请文章能手，滑稽大家，分类撰著，别出心裁，自成奇趣，笔歌墨舞，妙绪环生，聚精会神，笑话百出，所谓嬉笑怒骂皆成文章，侧击旁敲，不离讽刺而得滑稽之正也，岂特酒后茶余，可资消遣，敢云开怀寻乐，舍此莫由。西哲云日笑百回，可增年寿，不啻为此书道也。”虽然还不忘侧击旁敲，还想在消遣之中有所讽喻，但这些侧击旁敲和讽喻不再是批判社会上的那些“风云人物”，或者是对那些社会问题的思考，而是从一个滑稽的角度劝人如何才是一个完美的人格、完整的道德和完善的家庭。这些作品都是用第一人称日记的形式写的，《怕老婆日记》写尽悍妇之狠毒，说明悍妇不守妇道，只能家庭破散；《瘟生日记》写那些靠祖荫而活的纨绔子弟的丑态，说明为人在世不自立，只能坐吃山空；《瞎缠先生日记》写明明浅陋偏要不懂装懂，还要自以为是地混搅蛮缠下去，说明为人不谦逊，只能被人厌恶；《守财奴日记》写那些一毛不拔的铁公鸡的可笑行径，结果却被要弄得一钱不剩，说明为人吝啬，尽要些小聪明，反被聪明误；《牛皮大王日记》写那些靠要嘴皮子混口饭吃的人出足了洋相，以丑对丑，以毒攻毒，令人啼笑皆非；《女魔王日记》写混迹于色界中人，一时快活，一世受苦，女色诱人，女色亦害人；《顽童日记》写顽童

〔1〕 张秋虫：《新山海经》第150页，世界书局1930年版。
〔2〕 还有一册《泼妇日记》，也就是《怕老婆日记》。

如何恶作剧，侮师谑师，看似天真，实为误己，说明“少小不努力，老大徒伤悲”；《拍马日记》写人人都喜欢听那些肉麻的拍马话，殊不知被拍马人下一次正是拍马时的笑料，说明任何拍马者的拍马其目的都是为了自己。这些作品全是以身边的日常生活为题材，以身边常见的人为讽刺对象，从日常生活中劝说做人的道理，生活气息十分浓厚，令人发噱，又似曾相识，我们来读下文，以感受这批滑稽小说的概况：

初六日，予表弟忽贵临贺年，盖予姑之子也，予竭诚款之，献以淡茶而不待烟，殷勤絮语而不款酒，盖不忍多所耗费也，顾恐以慢客见怪，进语之曰，烟伤身体故不以待客，茶宜乎淡因浓烈亦不合乎卫生，酒之伤肺无论矣，留客以饭，惧杯筷公用容易传染疾病，至亲无情不用文饰，敢质真以告不卑不亢，辞正理充，表弟遂唯兴辞去。下午，予至其家回拜，姑款予甚殷，煮上等茶，出名贵香烟款予。予燃火吸之意得甚，表弟忽入，急谓其母曰钱哥素讲卫生，不近烟酒，奈何令之吸纸烟，姑不知其促狭，曰，稍吸无害。独予赧甚，出尔反尔何以为情，但烟味甚佳不能割舍，遂熄之，潜以尽尾置怀中，当可归以炫人。坐待至晚，姑留予甚殷，必令膳后而归，予念家中省一餐饮食计，亦良得。表弟虽与我无忤，顾促狭甚，盖少年心性然也，予乃默思辞令，求足以掩饰前言，久之省然有悟，遂谢曰，姑有命在，侄安敢辞。表弟入亦以语之。盖藉长幼之谊以为声辨，表弟果无语，姑殷勤治膳具，款予以酒，予念表弟在侧，苟犯而饮之必遭其笑，遂却之不饮，若鱼若肉则大嚼特嚼，尽胃量所能纳，筷如雨点，箸箸争先，径寸大肉，一咽而下，众均目予似惊异，予在此时彷佛过屠门而大嚼，平日既不忍徒事口腹，多所耗费，鱼鲜常不能到口，偶值美味当前，乐得无须客气。姑殷勤劝进，我生吞而活咽，答语亦不知所在。蹒跚而归，腹胀欲吐，谅以进食过多所致，予乃自叹我五脏神之无福，值此千载难逢机会，不知扩张容量，饱容十数日之食物，亦可省我十天饮食，奈何进食稍多，即觉不安，意者，口福不及他人乎。未几，胃酸上冲，食物忽如生足，蠢蠢然欲自口中跃出，试自胸次摩抚冀导之就下，则觉肚腹坚如石瓠，终不能安享，竟夺关而出，狼藉满地，则鱼肉犹成整块。予妻意予患急痧，忙为予煮沸水饮之，手足碌碌，收拾至夜半方止。予告以故，予妻埋怨不已，及于床，心头犹觉闷闷不适……

——《守财奴日记·出尔反尔》

前面巧辞悭吝,中间巧辞吞食,后面狼狈不堪,出尔反尔,贪小便宜,吃足苦头。如此滑稽,自然引人发笑,发笑的背后是劝人为人处世应该慷慨大度,光明磊落,贪小便宜者,吃亏的是自己。家庭滑稽小说含有着讽刺,但讽刺的触角仅停留在家庭的范围之内。

自我滑稽小说和家庭滑稽小说在30年代是一股强大的写作潮流,作品的政治性减弱了,生活气息浓厚了,批判性减弱了,自嘲和劝戒的意味加浓了。对政治社会的厌恶和艺术旨趣的变化促成了滑稽小说的方向转换。

第五节　社会讽刺　商业氛围

——40年代滑稽小说之两端

中国社会是一个急剧动荡的社会,任何一种文学类型想要在中国站得住脚,都必须把时代风云摄入“大我”或“小我”之中,滑稽小说尤其如此,它的艺术生命力就在于讽刺,如果一味地避开政治社会,只是些自我或家庭滑稽,艺术生命力就要枯萎。抗日战争以及随之而来的国内战争,时代的动荡迫使滑稽作家们把创作视角再次投向政治社会中去。说实在的,在现代中国任何舞文弄墨的人要完全脱离政治社会都是不可能的,即使是主观上有意而为之,饿着的肚子也要迫使着作家拍案而起,政治、经济和社会的矛盾太激化了,令人不满意的事情实在是太多了。所以滑稽小说到了40年代,虽然具有浓厚的商业气息,却也闪露出时政讽刺的时代色彩。徐卓呆的《李阿毛外传》、耿小的的《新云山雾沼》都将滑稽和社会批评、哲理思考结合起来,显示出作家对社会的看法,这两部作品将分别在他们的专章中论述。这里侧重分析“故事新编”式的滑稽小说和上海40年代小报作家陈亮的一些滑稽作品。

“故事新编”的价值就在于用曲笔写出时代的情绪和现实生活来。40年代初,秋翁(平襟亚)在《万象》杂志上推出了《秋翁说集》的系列小说,一共有17篇:《孔夫子的苦闷》、《秦始皇入海求仙》、《潘金莲出走》、《张巡杀妾飨将士》、《沈万三充军》、《齐人馈女乐》、《郭秀才诛妖》、《王小二过年》、《贾宝玉出家》、《孟尝君遣散三千客》、《孙悟空大战青狮怪》、《新白蛇传》、《江郎别传》、《义姑姐片言退齐兵》、《皋陶的神兽獬豸》、《酒仙石曼卿》、《第一〇一回镜花缘》。这些作品曾被誉为“《万象》第一笔”。小说借一点历史的因由影射现实,《张巡杀妾飨将士》借张巡坚守睢阳城史迹,激奋当前的抗敌精神;

《孔夫子的苦闷》写从不谈利的孔夫子在物价上涨的世况下终于坐不住了，巧立名目向七十二学徒增收学费；《贾宝玉出家》写贾宝玉本想出家一了百了，不想和尚也有收干女儿、吃花酒的，终于发现当今世上没有什么"方外之人"……用人们所熟悉的历史人物写人们所熟悉的现实的事情，其隐喻均在其中了。小说全用白话写作，十分注意场面、对话的描写，再加上主人公时时插入一些现代语言，如孔夫子说几句上海话、潘金莲唱几句《天涯歌女》，因此小说立意不俗，亦生动有趣。

除了平襟亚的《秋翁说集》之外，40 年代较出色的"故事新编"式的滑稽小说还有谭正璧的《琵琶弦》、吕伯攸的《乌龙院中的悲喜剧》、谭筠的《永远的乡愁》、白悠的《朱买臣离婚》等。这些小说都有较强的时代色彩。例如谭正璧的《琵琶弦》是根据《洛阳伽蓝记》改写的作品，写南人秦努才为了在北齐能够活下去，忍气吞声，受尽屈辱，最后还是失去了自己的儿子秦小努，昏厥过去的秦努才吐出了这样的话："这……这都是……向人……谄媚……的结果！"这部发表于 1943 年 8 月的小说，文中之意是不言而喻的。

这个时期最出色的"故事新编"式的滑稽小说是张恨水的《八十一梦》。张恨水是位社会、言情小说家，在现代通俗文学史上占有重要的位置。抗战时期是他小说创作的转换阶段，他从过去热衷于描写封建大家庭的解体转换成对时事政治的十分关心。抗战之中，他将自己的作品有意识地和抗战宣传结合起来(如《热血之花》、《弯弓集》等)，抗战之后，社会政治的腐败使得他把写作中的宣传鼓动转变成讽刺批判，最著名的就是滑稽讽刺小说《八十一梦》。在《自序》中，张恨水说："盖吾为中国人，自当有以报中国，……吾既立此一准则，故发表于汉港沪者，其小说题材，多为抵抗横强不甘屈服的人物。发表于渝者，则略转笔锋，思有以排解后方人士之苦闷。夫治苦闷之良剂，莫过于愉快，吾虽不能日言前方毙寇若干，然使人读之启齿一哂者，则尚优为之，于是吾又有以取材于《儒林外史》与《西游记》之间矣，此八十一梦所由作也。"〔1〕这部作品实际上只写了 14 个梦，作者说其他的梦都因为稿子被鼠啮而丢失了，这当然是小说家言，不过，偏偏第八十一梦没有丢失，这是很有含义的，正如作者所说："本来在中国社会上，老早就把八十一这个数目，当了一个不能再扩充结果的形容词。所以有这么一句话'九九八十一，穷人没饭吃'。人生大事，莫过于吃饭，更莫过于穷人吃饭。"〔2〕这也就是

〔1〕 张恨水：《自序》，《八十一梦》第 1 页，新民报社 1946 年版。
〔2〕 张恨水：《尾声》，《八十一梦》第 211 页，新民报社 1946 年版。

说，张恨水在这部小说中，用《儒林外史》和《西游记》的文笔，写出了中国社会各个阶层的状况，反映的是“穷人没饭吃”的境遇以及造成穷人这样的境遇的原因。

《八十一梦》的背景是抗战胜利的时刻，这是全国人民欢欣鼓舞的时刻，是流离失散的家庭合家团聚的时候，却也正是那些贪官污吏、不法商人，发过“国难财”又发“胜利财”的机会。逃难的人要租房，正是机会，于是房价就成倍地涨（《号外号外》）；战争时期药品贵，正是机会，可以成倍地赚（《生财有道》）；狗头国没有糖，就动用飞机前去贩运，钞票大把大把地捞（《狗头国之一瞥》）；警察署利用关卡可以贩运洋货，瞒天过海，捞到钱还做了人情（《天堂之游》）；只要有了钱，什么方便之门都可以开，犯了罪什么责任都可以不负（《在钟馗帐下》）；为了要钱，连走一步路都要付出代价，付了钱才是“忠实分子”（《忠实分子》）；没有钱就要被作恶之人敲骨吸髓（《我是孙悟空》）；回到了南京，那些接受大员，来一点额外的享受又何妨，那些老百姓呢？却是口饭难得，寸步难行了（《回到了南京》）。张恨水说：“我是现代人，我作的是现代人所能作的梦。”[1]一点不错，日有所“见”，夜有所梦，张恨水把他在抗战胜利时看见的情景都用梦境表现出来了。《八十一梦》成为当时社会很受欢迎的一部小说。

《八十一梦》的滑稽笔法表现在打破传统的时空观念上。既然是“梦”，自当荒唐，既是荒唐之事，自可用荒唐之笔。小说中的“我”上天入地，把天堂、地狱、人间混在一起写，遇神见怪，人鬼难分；还可以前回数千年，后到数百年，把猪八戒、孙悟空、西门庆、潘金莲、宋徽宗、李师师、牛魔王、唐明皇、柳敬亭、张士诚……各种人物都请出来，他们的本性和嗜好都在，但各人经历不同，拉在一起一场争辩，自然滑稽有趣。“梦”自然可以随意想象，但此“梦”又的确是有所感而发，所以这些滑稽的人事身上又有其共性，那就是要赚钱，会赚钱，巧使钱，赚大钱，于是这些穿着怪异服装的古人、神人、怪人们的身上都有了现代的意味。

张恨水的作品从来就是讲究寓意的，总是有所为而发的。《八十一梦》中，作者笔笔皆有意，读那些夸大变形的描写和当时的时代背景结合起来思考，读者都会有所悟的。例如《狗头国之一瞥》中那位全岛公墓监办有个毛病，就是会发出狗叫声，奇怪的是只要有个外国人揍他一顿，病马上就会好。

---

〔1〕 张恨水：《尾声》，《八十一梦》第 211 页，新民报社 1946 年版。

这天偏偏走在半路上犯了病，一路狗叫，实在难忍，正巧遇见“我”等这些来狗头国贩糖的人，赶快跑来央求拳脚，结果被“我”的朋友万士通的两记耳光给打好了：“那人立刻喜笑颜开，向士通深深的鞠了一躬道：‘多谢，兄弟的病已经好了，无论如何，外国的耳光是比本国的耳光要值钱一百倍，一耳光之下，百病消除。’说毕，高高兴兴坐上马车走了。”看完这段文字，令人惊奇，世上居然还有吃外国耳光治病的人，但随后也就会意了，因为其中对某种人的某种心态的讽刺是不言而喻的。再如，《在钟馗账下》写“我”做了诛妖荡怪军大元帅钟馗的秘书，一路随队进军，分别见到了“势利鬼”、“有隙必钻”、“混世虫”、“害群马”等等，这些妖魔均被钟馗带兵剿灭掉了。很可笑的是写“阿堵国”夺关将领钱维重的被擒经过：钱维重在逃命途中见到路上有串串金钱，“便伸头钻入钱眼，肩上挂着一枚要送上车去。他的老婆儿女，怕钱会落到他人手上，也照样钻入钱眼，各在肩上挂起一枚”。谁知这些钱正是捉拿他们的诱饵，被“含冤参谋”把绳一收，钱眼缩小，就像牵狗一般地被牵来了，拿到钟馗帐下，钟馗下令将他们头套金钱，口饮金汁，处死在金堆中。这样的写人状物滑稽可笑，说明贪钱者定会被金钱所拘牵，为钱而送了命。作者的恨恨之情溢于笔墨，言辞夸大感情外露，读者会从描写中感受到某种民心民气的。张恨水的小说成就并不在于滑稽小说，但他出笔不凡，《八十一梦》成为滑稽小说在 40 年代的代表之一，其根本原因就在于作品贴近现实，贴近社会，符合民意。

到了 40 年代后期的国统区，滑稽小说主要是写小市民的生存技巧，除了徐卓呆的《李阿毛外传》外，最有成就的作家大概是上海小报作家陈亮。他以上海都市中的弄堂为背景写了很多有关金钱魔力的滑稽小说。在他笔下，金钱还是被放在批判的位置上，不过，批判之后，它又告诉人们，社会上最有力量的东西还是金钱，金钱已不仅是人们所攫取的对象，已成为了支配人们喜怒哀乐、美丑不分的魔棍。1948 年，陈亮在《上海时报》上连载他的长篇滑稽小说《小裁缝》。这部小说围绕着小裁缝的发迹沉浮，生动地写出了都市市井人物特有的生存和奋斗的技巧。市井家庭的经济权一般由女性掌握，她们也成为了家庭实际上的权威者，她们大都在家，活动的范围也只是一条弄堂，从而成为了地区舆论的传播者和控制者。她们为了使自己体面，使自己家庭升格，手中握着的最大的武器就是女儿的婚姻，于是主妇、女儿、小裁缝三者在这部小说中演出了一部人间喜剧，这场喜剧的导演就是金钱！小裁缝没有钱时，为了得到师妹的青睐，拼命干活，但得到的却是师母的白眼和其女师妹桂英的鄙夷，一旦他得到了金钱，发了财，桂英马上主动扑入他的怀抱，滑稽的是，师母在师傅病故以后，竟也要求嫁给小裁缝，丑态百出，令人捧腹，师母遭到拒绝后，就干脆卷走了小裁缝的钱财，丢下一个相好和女儿私逃了。对着一个穷光蛋的小裁缝，桂英也找了一个相好跑了。穷光蛋的小裁缝为了东山再起，就去骗铅皮店的老板娘，气死了铅皮店老板，逼走了老板娘，卖了铅皮店老板的女儿，小裁缝又风光了起来。这部小说批判了金钱对社会的污染，它造成了人伦泯灭，道德无准，妻离子散，家破人亡，为了追求金钱，最终受到的是金钱的惩罚。然而，它在无形中也证明了金钱的力量，有了金钱就可以得到人和财，就可以得到仅靠道德得不到的东西，就可以挖掉人家的人和财，也可以坏事做绝却还受到人们的敬畏！所以说，《小裁缝》是写了人间的一幕喜剧，更可以说是金钱的喜剧。在清末民初，金钱是被当作污染社会空气的污染源看待的。它成为了滑稽小说家所讽刺批判的对象，批判它的标准是传统的道德力量。到了40年代，张恨水嘲讽它，目的是嘲讽那些拜倒在它面前的人，是为了揭开这些人漂亮的外表之下隐藏着的丑陋的真面目。在陈亮手上，金钱已不再是被动地受到嘲讽，它已有了活力，尽管作者还从传统的伦理道德出发谴责着金钱，金钱却也展示出神奇的力量，所以像陈亮这样小报作家的滑稽小说，商品气氛是比较浓厚的。

时代性和现实性本来就是滑稽的生命力，从社会的不协调之中显示出某种社会本质和时代中某种畸形人生的追求，滑稽就不会变为油滑，就不会变为无聊，就不会变为浅薄。应该说，中国近现代滑稽小说尽管其间出现了一些曲折，但基本上是符合这一要求的。在数量上，滑稽小说赶不上社会、言情、武侠、侦探等其他类型的小说，但是它贴近了时代，而且又是一个充满着动荡的时代，滑稽小说显示出了它的独特的魅力。喜剧没有悲剧反映社会那么深沉，那么引人思考，但它表现得更为直接，更为有情趣。清末民初的滑稽小说谈笑声中谑官场、讥社会、寄理想，批判的激情之中生机勃勃，对未来充满了希望；到了30年代，滑稽小说的数量大大地增多了，然而，此时的滑稽小说社会时代性减弱了，作家的启蒙的热情减退了，自信心也没有以前那么足了，相反，作品之中的自遣自娱的成分加浓了，从中可以看出一代作家的心态，也可以体会到他们的个中苦情。到了40年代，社会的急剧动荡，人民的痛苦生活，风气的迅速变化，都促使滑稽小说再次发出讽刺的锋芒，重振独特的批判精神，成为当时人们所喜欢的一种文学体裁，但不可否认，这个时期的滑稽小说有着较浓厚的商品气氛，商品气氛并不可怕，只要它能够反映当时社会中某种实质性的东西，我们都应该客观地承认它的价值，如果脱离了时代社会，只是为了迎合一些小市民的低级趣味为滑稽而滑稽那就不可取了，令人惋惜的是40年代末期上海等地出现了不少这样的滑稽小说，滑稽之中夹杂着大量的庸俗的描写，是否标志着中国近现代滑稽小说走向了末路了呢？大概是可以这么说的。

第四章　悲情滑稽小说家：吴双热

第一节　海虞市上一奇人
——“笑者”吴双热

> 海虞市上，同时发现三奇人，其一善笑，其一善哭，其又一则善噤，其口如哑。笑者之心热，哭者之心悲，哑者之心冷，三人各奇特，亦各殊异，相遇初相非，相识乃相爱，时相过从，时相闻问，笑者益纵，哭者益狂，哑者益无声。或问曰，笑者何也，曰，不自知也，或曰，是佯狂者也，或曰是多情人也，而三人忽同声一哭曰，惟其多情，予所以笑，予所以哭，予所以哑，所以笑者亦哭，哑者亦哭，世事日非，国事日恶，人事日不孰，肠断矣，乌得不哭，哭不得，乌得不笑，哭亦无益，笑亦无益，又乌得不哑，一笑一哭一哑，是皆表情的作用，既有情矣，则又何奇之，三人不自奇而人以为奇，人以为奇，于是莫有知三人者矣……三人者，非他，哑者许子天啸，哭者徐子枕亚，而笑者即双热云。

这是吴双热1910年为《与天啸及枕亚证盟文》写的序言。清末民初鸳鸯蝴蝶派的出现，徐枕亚、吴双热、许天啸大概是始作俑者。此时，他们共是《民权报》的编辑，徐枕亚的《玉梨魂》和吴双热的《孽冤镜》正相间连载在《民权报》上，这两部小说一般被认为是鸳鸯蝴蝶派文学的开始。这篇序言惟妙惟肖地写出了这三位清末民初文坛上的风云人物的特征：善笑、善哭、善哑，也表现出了他们三人为人处世的风貌和自身的文章风格。文章还把人物的性格和文风与“世事”、“国事”、“人事”结合起来论述，说明其所以然，也显示出吴双热写人论事的基本特色。这真是一篇妙文。

“笑者”吴双热（1884—1934），江苏常熟人，名光熊，字渭渔，后名恤。“恤”字由“心”和“血”两字合成，把“恤”字拆开，取热心热血之意，才有“双热”的别署。他有的文章也署“一寒”,那是和“双热”对偶随手起的署名。他早年的情况难以细寻,叶楚伧在为他作的《苦姻缘·序》中说:“其人前清时曾为少爷,为师爷,为似是而非之老爷。”跨入民国的时候,他正在做《民权报》文艺附刊的编辑。《民权报》停刊后,他和徐枕亚、李定夷一起编《小说丛报》,出了数期。李定夷后来别树旗帜,编辑《小说新报》,他也时常给《小说新报》写稿。以后,又曾赴广东任《大同日报》的编辑。晚年,执教于南京正谊中学。他一生创作不少,陆续出版了《兰娘哀史》、《孽冤镜》、《双热嚼墨》、《双热新嚼墨》、《断肠花》、《鹃娘香史》、《快活夫妻》、《无边风月传》、《花开花落》、《燕语》、《一零八》、《蘸着些儿麻上来》、《香国春秋》等等。其中引起“轰动效应”的是《兰娘哀史》和《孽冤镜》,它们都曾大大地激动过当时的读者。

吴双热自称是“笑者”,徐枕亚等称其为“鬼才”,说他“为人豪侠,而善滑稽,似趋于乐观一派”[1]。包醒独说他:“倾谈之顷,雅谑风生,骋辩之余,逸兴霞举,侏儒设譬,恍闻曼倩诙谐,瓯审发诃,惯学齐髡,说隐则是偏也,自无不涉笔成趣,挥毫欲仙,藉嬉笑怒骂皆文章。”[2]这些言辞不无过褒,但也表明了吴双热在民初文坛上的角色,他是一位滑稽小说家,是以一种笑的表情显露在读者面前的。

第二节　“博物”“世界”概念之后的空幻观念
——情绪激奋之后的苦笑

吴双热的滑稽才能得到大家的公认是和他在《民权报》上写了很多滑稽作品分不开的。他是《民权报》文艺附刊的编辑,他在这个副刊上辟有《众生相》、《滑稽谱》、《天花乱坠》等专门刊登滑稽文学的栏目,并成为这些栏目的主要的撰稿人,几乎每一期上都有他的滑稽文字。

吴双热的滑稽文字最主要的特色是对时代社会的关心。进入世界竞争之中的中国几乎无时无刻不发生着变化,国家的国体、政体都在激烈地变动,中国人的思维也出现了空前的活跃,刚刚兴起的中国报纸不管其态度多么持重,也都积极地反映时代的风气和迭出的新闻时事,显示出异常的敏感。刊登在这些大报上的滑稽文字,无论创作者的态度如何,都关注着时代社会的变化。吴双热任《民权报》编辑期间,恰逢清王朝的垮台,共和国体的

---

〔1〕 徐枕亚:《孽冤镜·序》,《孽冤镜》第1页,民权报1914年版。
〔2〕 包醒独:《孽冤镜》第2页,民权报1914年版。

成立,这样的时政大事很自然地成为了他滑稽文字中的主要内容。吴双热此时写了一篇滑稽文字《理想新人类》,他说:“国体改革,人体乃不改革?”于是他就开始研究中国的人体了,他发现了中国人理想的人体是:

面宜方正,色宜五彩,俾可为国旗之代表也。额上宜有共和平等自由等等之字。字宜凹入分许,俾便染色彩而醒目也。耳鼓之外,宜生活版,版能自由启用,遇有妖言妄言谀言狂言,活版便闭,推之不能开,俾免入耳也。眼帘宜长能卷舒,遇有可爱之女色,可羡之黄白,眼帘便下垂,蔽其双目,卷入作奇痛,俾免见女色及黄白而眼馋也。双膝之转扭机关,宜坚定不使活动,挺然而直,不能稍屈,俾免见强有力者而屈膝也。脑后宜另生双目,明如离娄,俾便后顾也。

共和国的成立,使得国人欢欣鼓舞,这篇文字大概就是这种欢欣鼓舞的情绪表现。作者的意图很明显,国体的变化,人也应该随之变化,不仅要在形体上,而且应该在心理上、思想上具有新的特征,其标准当然就是共和国体的成立而带来的新的精神。作者从人的面、色、额、耳、眼、膝的角度表示出自己的态度,文字显得滑稽,滑稽之中又深蕴其义,在当时的欢呼文字之中别具一格。既有肯定的人类,也就有否定的人类,在写了《理想新人类》不久,吴双热就又画出了一幅“消极的新人类”的图画,他说:

消极的新人类至少须生十手,多多益善,虽千手不病其多。手何贵乎多也?曰以两手紧持饭碗,得以长啖饭也;以两手紧抠金钱,得以长守富也;以两手东偷西摸,以两手此掠而彼夺,以两手甲乞而乙索;以两手持筹而握算,得以生财而理财也。此外更当以一手擎酒杯,以一手携美妇,以一手执樗蒲,俾可以花天酒地,益之可以赌博而不至应接不暇也……以上种种消极的新人类之机能,可谓完全无缺点矣,然予以为犹未也。宜更傅之以翼饰之以鳞,俾可远逝高飞,上天入海,避法网也。而更宜赋之以分身术及隐形术,分身则可多享权利,隐形则可恣所欲为,鄙意如此,敢质之阅者诸君。

要实现共和制度和保卫共和的成果,其根本的要求何在?清末民初的有识之士的头脑是清醒的,他们都认识到要改造国家,首先要改造国民,要改造国民，就要优化国民。梁启超说："国也者，积民而成，国之有民，犹身之有四肢、五脏、筋脉、血轮也。未有四肢已断，五脏已瘵，筋脉已伤，血轮已涸，而身犹能存者。"[1]吴双热也有同样的认识，他说："今之人类改之为贵！"[2]在晚清历次的对外战争中，中国人实在是被打怕了，严复引进的达尔文的天演论，在中国科学界并没有产生什么影响，倒是给社会理论界带来了震动，迅速地演化为社会达尔文主义，人处在"弱肉"的地位也只是"强者"之"食"。无论社会达尔文主义有什么弊病，它的确引起了人们对自己的国民素质表示出关注，并逐步成为了时代的思维。梁启超、吴双热等人无论他们社会地位有什么不同、理想的国民是什么模式，他们都是从国民的素质出发看待政治的变革和社会的变化的。明白了这种思维模式，也就明白了清末民初的文学作品之中为什么会那么尖刻地讽刺中国人的体态、形态和心态，在政治小说中，有些作家就干脆列出数十种应该被淘汰的中国人的清单，如陈冷的《刀余生传》竟把鸦片鬼、小脚妇、年过 50 者、残疾者等等都列入该杀的范围之内，作为一位滑稽文学作家，吴双热是把这些人用漫画的方式表现之的。不管用什么方式表达自己的感情，共和国体的建立的确煽动起很多人的政治热情，他们希望国家的新生之后就是国民的新生。

和当时中国大多数的有识之士一样，兴奋之情很快就被丑恶的现实所浇灭了，那些"消极的新人类"不但没有被淘汰，反而更显示出活力，兴奋之情转变成了愤怒之情，这种愤怒之情表现在滑稽文学作家手中，就是更为尖刻的讽刺之文。吴双热曾写了一篇游戏文章《嘲运动选举》：

> 大家都想吃天鹅，安得天鹅如许多，只怕议员无我份，手忙脚乱大张罗。
>
> 名片多于云片糕，逢人便向手中操，费心投我一张票，笔画休差要记牢。
>
> 尚怕空言不算真，肆筵设席享嘉宾，临行还有东西赠，两角洋钿一个人。
>
> 茶坊酒肆闹轰轰，十座曾无一座空，你也交头他接耳，一声算数便成功。
>
> 这个拉拉那个扯，多多益善竞相夸，野鸡手段谁能学，要算一般运

---

〔1〕 梁启超：《新民说》，吴嘉勋、李华兴编《梁启超选集》第 206 页，上海人民出版社 1984 年版。
〔2〕 吴双热：《理想新人类》，《双热嚼墨》第 27 页，上海小说丛报社 1915 年版。

动家。

抽身早起一齐来，投票场前挤不开，伺候意中人到也，一连几句费心哉。

头颈伸界尺许长，争看开票意慌张，十人九个不当选，只好回家哭一场。

这是对当时议员选举的嘲讽，嘲讽那些想吃天鹅肉的人，只是些“野鸡”而已，这样的游戏文章反映出了吴双热的思想变化，他再也不想什么“理想的新人类”了，他已看到了共和国成立以后国家政治的黑暗，看到了所谓“民主的虚假性”，看到到处都是滑稽的人做着滑稽的事。他的笑，再也不是充满着信心的大笑，而是向哭转化，变成了带着哭腔的笑。这就是他的两部长篇滑稽小说《新东游记》和《笑之教育史》的创作心态。

《新东游记》是受了陈冷的《新西游记》的启发而创作的。在小说开头，吴双热说：“冷做《新西游记》，我叫了热，难道做不得《新东游记》吗？哈哈，一冷一热、一东一西，不是反对，正是配对哩。”吴双热是想学陈冷那样，借游戏的笔法写当前的滑稽的人和滑稽的事。把笔放在滑稽的社会之中，这样的创作意图是很容易达到的，小说写八仙一天在云端中被一阵常熟风吹进了常熟城，一落脚就停在新建的公共操场上，他们听到的是神号鬼叫的大呼，看到的是那些正在操练的人看着何仙姑的色迷迷的眼神。一会儿，八仙走散了，于是就开始“各显神通”了：曹国舅当上了常熟市议员；铁拐李当上了跛足会会长；吕洞宾做上拜天会会长；张果老靠着驴子开了一爿麻油店；大肚钟离做古董生意；何仙姑和韩湘子自由结婚；蓝采和做起了选举运动家，热热闹闹，轰轰烈烈，神采奕奕，风光一时，他们走到哪儿，吃到哪儿，玩到哪儿，也滑稽到哪儿。小说写了天上下来的八仙善于钻营，都是些滑稽的人，地上的人呢？小说写他们是一些到处吃白食、做瞎事的狗，例如：“八仙到了山景园的门口，却见有无数的狗都吃得肥头胖耳的，还在那儿咕噜咕噜说酒话哩。铁拐李招呼吕洞宾道：‘小心些，不要被他们咬了。’吕洞宾道：‘这般走狗，不管什么生客、熟客，只要有白食给他们吃，就摇头摆尾亲近人，我今儿只须请他们饱吃一顿，包管就依头顺脑听我的命令了。我听这里的人说，这般走狗专吃运动家的白食，一次两次几次吃得来福至心灵了，据说举起狗脚爪来也会写几个字，你道奇怪不奇怪呢。’”天上的人到了人间就变为了滑稽，地上的人本就是丑恶，这就是共和国体成立后的现实社会，吴双热和陈冷都写人间的滑稽,但吴双热要比陈冷笑得更苦了,陈冷的《新西游记》写的是中国人在新的物质文明面前展示出来的滑稽的丑态以及他们的堕落,人虽然丑陋,社会毕竟是在进步的,讽刺之中还夹杂着些快慰;吴双热的《新东游记》中的社会以及在其中生活着的人和发生着的事,没有一样是好的,而且相辅相成,互为催化。

到了《笑之教育史》中,吴双热就专门嘲讽那些共和社会之中的"时髦人物"了,把心中的苦情硬是用笑脸表现出来。他说:"世界开通,科举进步,千奇百怪之教育层出不穷,于是有所谓运动学焉,有所谓骗钱法焉,有所谓吹牛拍马术焉。"于是他告诉读者在这"开通"的风气之中有一个新学科:笑之教育,并有人办起了一所笑的学校。这所学校是由新人物葫芦和他的弟子张开口、时喷饭、哈哈生、吃吃子主办,在办校的宣言书中,明确地说明了笑的功能:

> 能使一肚牢骚消归乌有,能使气忿忿者,气缕缕出于肚脐眼,能使怒烘烘者,其无名之火,变为鼻涕眼泪而排泄于外,而凡患愤恨哀怨抑闷忧愁等症者,苟服此丹无不药到病除,其药性发作时,病者于不知不觉中忽而拍手拍足,而种种不如意之恶魔遂大惊而远遁,甚而至于心神作躁以使三尸神跳七窍烟生者,试服此丹则尸之神、窍之烟自能肃静回避,或上援发尖而遁,或下穿足趾之皮而破壁飞去。

为了很好地掌握好这些笑的功能,就需要学完痴笑学、狂笑学、冷笑学、微笑学、谄笑新术、假笑造作法、发笑原理、急笑实验法、笑音之节奏、笑态之商榷等基础课程。其教学方法是校长和教员相视而笑,学生与学生相视而笑,所以每至上课,学校里的哈哈之声不断。今日笑、明日笑、天天笑,居然创造出了不少笑的优秀人才,某"童子痨"笑 7 日其病全无;某人患黄病居然笑转红润;有反目之夫妇笑而和好;也有父死不哭而大笑送终者等等,笑的奇迹迭现不穷。从此,人们整日地哈哈大笑,满屋地哈哈大笑,满街地哈哈大笑,什么事都不做,只是哈哈大笑。直到有一天,忽闻欧战开始了,葫芦校长总感到炸弹要炸到学校里来了,他抱头闭目,连喊救命,笑学校的学生被吓得纷纷逃命去了,笑学校也就烟消火灭,唯留下一座哈哈亭作为纪念。这部充满着笑声的小说说明了什么呢?它讽刺了那些借改革之风而混迹于教育界的"新人物",他们不学无术,哗众取宠,把整个教育界弄得乌烟瘴气。

也传达出了吴双热心中的哭声，他哭心中原有的政治热情消失殆尽，他哭他所盼望的共和社会原来只是一座"哈哈亭"。

吴双热不是一个思想浅薄的作家，他是以"世事"、"国事"、"家事"为己任进行创作的，他说过："吾人闭户著书，举所见闻，裁之成章，拉杂而书于纸上，缀锦集腋，成断碎文章，是虽雕虫小技无洋洋大观，然文字之间未尝无博物之概念，亦未尝无世界之概念。"[1]究竟什么才是吴双热的"博物之概念"和"世界之概念"呢？从作品的实际状况看，那就是作家对现实社会的特别的关心。然而，当这种关心在现实社会中受到严重的挫折之后，吴双热的笑也就变成了哭，哭到深处时，其哭也就失声变哑。这个哑在吴双热那里不是口哑，而是心哑，是他深层意识中的佛教思想的复活。郑逸梅在他写的《吴双热的诙谐》一文中说："（吴双热）临卒，忽宣佛号，家人引以为奇。"其实，吴双热在少年时代就深受佛教的影响，这个影响来自于他的祖父，他曾回忆道：有一次他用水浇水缸里的蚂蚁，看见残活的蚂蚁附在蚁尸之上，划水至缸边递相援引，登陆出险地。他将此事告诉了他的祖父，问为何如此？他的祖父回答说："须知蚁虽小虫，亦贪生，亦避死，幸有浮虫之体为彼慈航，不然歼矣。"这样一件小事给吴双热留下了极深的印象，他说："予受祖父之呵叱，乃大感悟，对于小动物界改变残虐之思想，而发生慈善之心肠，救困扶危极意保护，每见蝶罗蛛网，蛾扑灯光，螳螂举臂而捕蝉，蚯蚓见窘蝼蚁，未尝不用计以脱其险也。"[2]大概他的祖父也没有想到，他的一次不经意的教育，竟养成了吴双热的"护生"思想。这种"护生"思想一直潜伏在他的深层意识之中，它促使着吴双热有"情"，正如他的挚友徐枕亚评价他的："其人盖伤心人也，能以至情发为妙文，以赚人眼泪者也。"[3]在政治形势好的时候，他可以发乎情而表于言，然而，它又可以促使着吴双热"无情"，特别是他自感到感情受到了欺骗，感到愤怒时，他就越发地向佛教思想靠拢，并使它成为自己感情的避难港和解释问题的理论出发点。共和社会曾使得他笑，也迫使着他哭，他感到感情受到了欺骗而异常地愤怒，他努力寻求为什么会如此的所以然，在沉寂了一段时间以后，他忽然醒悟了，觉得自己找到了答案，那就是佛教的"四大皆空"的观念，他也嘲笑起自己的感情来，认为那样自作多情实在是大可不必，同时还用这样的观念劝诫别人。这种观念集中地表现在

〔1〕 吴双热：《袖里乾坤·序》，《袖里乾坤》第1页，上海小说丛报社1916年版。
〔2〕 吴双热：《双热之童年史》，《双热嚼墨》第3页，上海小说丛报社1915年版。
〔3〕 徐枕亚：《孽冤镜·序》，吴双热《孽冤镜》第1页，民权报1914年版。

他的一篇自省的文章《空中色相》中,文章说:“多心经云,色即是空,空即是色,然则直观界一切物,皆可作空中色相观……以予论之,金银珠玉来复去,千钟万爰受复授,良田华屋转眼为荒原,粉白黛绿转眼成枯骨,然则众生所嗜好之一切物,以为千真万真者,到头来何一非空中色相? ……吾人于一切嗜好物,不当以实际的观念对待之,亦当以空虚之观念对待之。目光如欧克司光镜,透过物体,视一切物皆若无有,而所谓富贵与种种情欲都作云霞烟月观,都作镜花泡影观,都作海市蜃楼观,空空如也,无能名也,淡然漠然,自然成空中色相矣,众生其能然耶,我愿众生身似菩提树,心如明镜台。”一切都是过眼烟云,何必去自寻烦恼呢? 这就是吴双热得出的结论,吴双热的心“哑”了。

大彻大悟后的吴双热还写了一些滑稽文学作品,虽然数量不多,但可以看出他的讽刺的价值观念已发生了极大的变化,他不再去区分好坏是非了,而是觉得那些看不透尘世的芸芸众生们所做的一切都是滑稽可笑的。他既嘲笑中国国民的陋习,如《鸦片卦》等作品;也嘲笑一些中国社会中的新鲜事物,如《虫学校》等作品,无论是贪图一时享受,还是要有所作为,他都要笑它一下。和社会时政相脱离,滑稽的趣味就要趋向庸俗,吴双热正是如此,他此时写了不少格调不高的滑稽作品,例如写肥人“击之而不痛肉抖擞”的《肥卦》,嘲笑哑子、聋子、矮子、驼子的《宝塔歌》,这些作品只能引发低俗的笑。吴双热是一位从“入世”转向为“出世”,从“有情”转向为“无情”的民初的滑稽文学作家,这种变化来自于作家对共和社会的失望,却也使得他的滑稽文学作品的价值逐步减弱。

吴双热的“笑者”身份能够得到同仁们的承认,是和他作品的艺术性分不开的。吴双热曾对小说下过一个定义:“小说者何也,反乎大言者也,譬诸图画然,纤芥之物,放而大之,大百倍以至于千倍,此大言之作用也;世界之浩浩无垠,五洲之庞然块然,而缩而小之,收拾全球,限之尺幅,此小说之作用也。”〔1〕这样的小说定义当然是不符合科学定义的,不过对我们理解他的作品的艺术性却有一定的帮助。夸大和缩小是他的滑稽作品常用的艺术手法,如他的《问天》,把天变成一个有头有脸有手有足的人,而且感情充沛,子孙不息;再如他的《大言》把星球看成一只大卵,而且卵和卵之间都有电梯连接,事情明明荒诞无稽,作者却写得有根有据,读来十分诙谐。再说他的缩

〔1〕 吴双热:《此之谓小说》,《双热嚼墨》第7页,上海小说丛报社1915年版。

小技能，他很善于写小动物，把人的世界放到小动物世界中去，用那些小动物的习性写人的习性，他说过："虫鱼鸟兽四大族集合而成一世界，试一察其生活之状态，动作之本能，殆如人类然，亦复良莠不齐，巧拙各别，未始不可类比群分，而加以品评也。"[1]他的作品之中，有很多把人缩小为小动物的作品，例如《虫政府》、《虫学校》、《鼠讨猫檄》、《元夜参观鼠婚记》等等，在《虫政府》中，他写了一个动物内阁："蚕被推为大总统，以其功被天下也；蚕总统乃任命蚁与蟋蟀主军政，以其骁勇有胆略也；任命蚯蚓主农业，以其于土性之燥湿肥瘠富有经验也；任命蜂与促织主实业，以其办有成效也……"把根本不相关的事物根据人的形象习性放大和缩小，产生了一种新鲜的阅读感，滑稽的意味也就在其中了。

第三节　以喜写悲情更哀
——滑稽笔法在悲情小说中的运用

使吴双热成名的是他的悲情小说《孽冤镜》，《孽冤镜》是为了赚取"眼泪鼻涕"而写的，但它并不是要读者一味地哭而达到目的，正相反，它有时是要读者笑，让读者从笑中迸发出哭来，于是哭得更伤心。

用喜剧的笔法写悲剧是吴双热常用的手法，他曾写了部悲剧《蘸着些儿麻上来》，也是写男女主人公的情死，但作者是用一个喜剧的手法将情节贯穿起来，男女主人公的情书全由第三者传递，却不想第三者是一个好事者，将情书抄袭之，积久得一巨帙，无以题其名，则名之曰"蘸着些儿麻上来"，"蘸着些儿麻上来"原是《西厢记》中张生和莺莺幽会用语，吴双热借来表达肉麻的意思，并用之作为小说的标题，不过，作者用此名并非贬义，而是赞赏男女主人公的用情之专一，举止之大胆。这种用喜剧的手法贯穿悲剧情节的才能，吴双热在《孽冤镜》之中得到了更大的发挥。《孽冤镜》的人物安排和情节发展都颇有《西厢记》的味道，王可青和薛环娘可看作张生和崔莺莺，"我"则是红娘的角色了，《游春》、《逅艳》、《问津》、《登楼》、《侦探》等段情节颇似张生和莺莺的爱情波折，《读画》、《传书》、《发秘》等章节中"我"在其中穿针引线，递送信息，这确是红娘的所作所为。可青和环娘情深切切，"我"则嬉笑其间，整部小说的情节一误再误，误中有悲，悲中有趣，趣中有喜，悲

〔1〕 吴双热《动物评》，《双热嚼墨》第13页，上海小说丛报社1915年版。

喜相映，催人泪下。《孽冤镜》中的喜剧手法的运用还表现在一些滑稽场面的穿插。可青艳遇、私定盟约、回家被拘、偷传书信、环娘自杀、可青病疯、殉情墓边，这是《孽冤镜》的十分简单的悲剧主线，吴双热在这条悲剧主线的每一个环节之间都写了一些滑稽的小插曲，使悲剧主线联成一线。例如，王可青被父亲拘在家中，知道自己难逃厄运，就写了一封断情信请"我"转给薛环娘，这是一封攸关性命的信，好不容易辗转至"我"的手中，读者的心都被它绷紧了，作者在此时却写了两则滑稽的小插曲，使读者的心情暂时松弛了下来，一是此信竟被鼠啮了：

> 咄咄……可青致薛之巨函，昨夜不明置于案头耶，而今安在，咄咄……满地如雪花梅朵者，此又何物耶，败矣败矣，片片纸只只字，零星而狼藉，此非巨函中之笔墨耶，咄，嗟鼠此而可以四分五裂耶，予何以见薛家人者，予又何以为可青谋者，愤拾残纸，冀得集破碎之腋，完好之裘，然而十去其六七矣。此十之六七又安在耶，遍室大索，不可得矣，咄，嗟鼠胡太不情，竟窃此珍物而去耶，仰视承尘邻壁贴柱有鼠穴焉，试登高探指于穴绕穴一周不可得，又以铅制之丝一端作钩，一端微屈，长可二尺许，深入穴中勾取之，亦不可得，而予计穷矣……

如此重要的信件竟然给鼠啮了，情节安排颇为滑稽，本是一笑，而"我"又用手指，又用铅钩去探鼠穴，又是一笑。不久，无奈的"我"只好再次向王可青索信函，可是千辛万苦到了手的信函居然又丢失了，于是就到处翻找，将家中弄得狼藉不堪，在无可奈何仓皇失措之际"我"的妻子才告之实情，原来是她收藏起来了，她是怕信到了环娘手中，送掉环娘的性命，虽然这是一场虚惊，但"我"的那番急迫窘相又给人一笑。在这悲情发展的紧急关头加上这样的文字，无非是说明这样一封送命的信，无论是物是人，凡有生命情感之物都不愿它到达环娘手中。整部小说就这么一喜一悲、一张一弛地向前发展着。

在《玉梨魂》中，男女之间的爱情交流是靠眼泪铸成的诗笺传递而完成，《孽冤镜》中的男女的情感交流却没有这样拘法守礼，男的是一见钟情，女的是情溢眉梢，例如王可青与薛环娘的初会描写，王可青吟的是："侬是求凰者，卿曾跨凤否，如解语，温语下高楼。"薛环娘则急引短笛吹《凤求凰》之阕：

> 可青又惊又喜又颠倒，则呼舟子曰，移棹移棹，泊舟须傍美人楼，舟子顾予而笑，予亦顾可青而笑，而可青此时之心中目中，惟有一楼上美人，则又安知予等旁观而窃笑哉。虽然有予在侧，于可青终有所顾，予之外，更有舟子亦为一碍眼人，予乃呼舟子而诏之曰，汝移舟后可向舱底卧，非呼汝勿便出，亦勿声，一手指可青曰，汝须知……又上其手指楼上曰，汝须知……舟子笑而曰诺，然则先生将何如，予曰予亦当隐身入船室，高枕而卧耳。言罢，不觉相将一笑，须臾舟迫美人楼泊焉，舟子如予教遽入舱底，予亦就船室卧，此时长立于船头者惟可青一人，负其手，翘其首，意固紧绕于美人楼也……

这样的文字在《玉梨魂》中是看不到的。在吴双热看来情之可喜，情之可求，情之令人忘乎所以。在这一场两位情人初会中，整个气氛被勾勒得十分活泼，颇有嬉戏的成分，但并无恶作剧之感，它完全被情的巨大力量震撼住了。

在悲情描写之中穿插着很多滑稽场面的描写，使得《孽冤镜》具有独特的艺术魅力。它使得作品的情节发展曲折起伏，跌宕有致；它使得小说的感情喜则喜、悲则悲，由喜衬悲，悲更悲。作者写的是一个感情变化的故事，读者也已经受着感情的磨砺，这样的小说能不抓住读者吗？更为主要的是，小说中悲喜场面的穿插很生动地反映出了作者的写作意图，男女主人公自由交往之时，是一片欢声笑语，两人之间的“情”是喜情，这里的滑稽笔法无非是告诉人们，由自由生出的情将会造成幸福无量，而男女主人公的交往受到了家长扼制时，两人之间的“情”被迫变为了悲情，小说告诉人们，是那些父母硬把喜情变为悲情的，是他们造成了人世间的孽冤。在感情变化之中见思想，这是吴双热聪明的地方。

第五章　世俗滑稽小说家：程瞻庐

第一节　《红玫瑰》巨子
——"诙谐入妙"之程瞻庐

程瞻庐(1882—1943)，名文棪，号望云居士，江苏吴县人。24岁时入江苏省高等学堂，屡试第一，遂被选拔为中文学长。毕业后，在苏州晏成振华等中学任教，其中任教最久者为景海女师。因兼教数校，中文课卷甚多，以为苦，遂辞去教职，专心写作。1936年入苏州图书馆任总务部主任。抗战时期曾协助馆长蒋吟秋将馆藏善本、孤本隐藏于洞庭东、西山深处，抗战胜利后，才取回。1943年，程瞻庐因胃溃疡死于苏州。

程瞻庐的文学创作比较早，在民国初年，通俗文学的各类刊物上就已见到他的名字了，作为一般投稿者的他，其作品已颇受当时行家们的好评。举个例子，当时恽铁樵正主编《小说月报》，程瞻庐投去一篇《孝女蔡蕙》弹词，恽铁樵审稿之余，即先付稿酬，及刊出，恽铁樵重阅一遍，觉得情文并茂，认为前付的稿酬太菲薄了，于是就写了一封信向程瞻庐道歉，并补送稿酬数十元。到1921年时，《礼拜六》在周瘦鹃的主持下复刊，周瘦鹃曾在页底附上撰述者名单，程瞻庐已作为其中一员被列其上。1922年，施济群办《红》杂志以及后来改名的《红玫瑰》杂志，在其中程瞻庐已成为主要撰稿人，这也是他的创作高峰时期。在《红玫瑰》杂志上，几乎每期都有程瞻庐两篇以上的文字，成为了《红玫瑰》的巨子。这以后，在《金钢钻月刊》、《新上海》等杂志上还能看到程瞻庐的小说，但像《红玫瑰》时期那样创作如泉涌一般的状况，已经看不见了。

程瞻庐的作品相当多，数不胜数，其中比较引人注目的长篇小说就有《社会写真箱》(载《礼拜六》)、《新旧家庭》(载《小说月报》)、《茶寮小史》及其续集(载《小说月报》)、《滑稽春秋》(载《新鲁日报》)、《不可思议》(载《珊瑚》)、《黑暗天堂》(新上海书局出版)、《雨中花》(载《金钢钻月刊》),另外还有《街谈巷语》、《小器国》、《滑头国》、《健忘国》、《糊涂国》、《众醉独醒》等作品。在《红玫瑰》上,他一人就创作了5部长篇小说(《快活神仙传》、《葫芦》、《滑稽新史》、《情茧》和《童树的年轮》)。同时,他还替书贾续完了李涵秋的未竟之作《新广陵潮》和《镜中人影》,并根据弹词改编了《唐祝文周四杰传》,影响甚广。可以想象,程瞻庐的一生大概都是在笔耕之中度过的。

程瞻庐小说题材极广,历史、社会、言情他都写,但写得最多并尤其擅长的是滑稽小说,当时就有很多人对他的才华给予评价,严芙孙说:“君于文无所不能,尤善为滑稽小说。”周瘦鹃说:“吾友程子瞻庐,今之淳于东方也。其所为文,多突梯滑稽之作,虽一极平凡事,而得君灵笔为之抒写,便觉诙谐入妙,使读者每笑极,至于泪溅。”程小青说:“程先生的确是一个富于幽默天才的作者,这种天才的表现,除了他的作品以外,有时也常在他的谈笑间无意流露。我们星社的几位星宿,每逢举行餐集的当儿,大家总有说有笑,他老人家却常保守着静默,可是他在静默中偶然发出一言半语,却会像冷锅里爆热栗子似的使得大家都忍俊不禁——即使不喷饭,也难免要喷酒喷茶。可是程先生的人格和道德,却又是极端纯洁和高尚的,他的谦让的礼貌、敦厚的操守和提携后进的美德,都是我所十二分拜服的。”[1]可以这么说,在中国现代文坛上,程瞻庐之所以有地位和价值也就在于他从一个特殊的社会层面上写出了独具风格的滑稽作品。

第二节　自欺与欺人
——揭开读书人酸臭的一面

程瞻庐最为熟悉的是知识分子的生活,他的滑稽小说之中写得最好的也是反映知识分子生活的作品。程瞻庐赖以成名的作品是他的《茶寮小史》及其续集。这部小说当时在《小说月报》上连载时,就受到了人们的注意。1920年3月,商务印书馆又将其出版,一时广为流传,从此程瞻庐的名字也就和《茶寮小史》联系在一起了。对读者来说,这部作品让人们欣赏到了程瞻庐滑稽文笔的才华;对作者来说,也基本形成了滑稽小说创作的基本模

〔1〕 分别参见严芙孙:《程瞻庐小传》,魏绍昌编:《鸳鸯蝴蝶派研究资料》第534页,上海文艺出版社1984年版。周瘦鹃:《众醉独醒序》,程瞻庐:《众醉独醒》第1页,新上海书局1933年版。程小青:《黑暗天堂序》,程瞻庐:《黑暗天堂》第1页,新上海书局1934版。

式，换言之，程瞻庐以后的滑稽小说只不过是《茶寮小史》的变形变态而已。

《茶寮小史》之所以引人注目是作者写出了时代之中的知识分子，时代之中的中国教育界状况。辛亥革命破除了旧式的教育方式，一些新兴的国民学校在各地兴起，科举的废除，使得那些醉心于功名的知识分子断了进身之阶，纷纷地混迹于教育界。此时的教育界真是一个大杂烩，一方面是头拖小辫的遗老遗少，一方面是身穿西装的"时代人物"；一方面是对新人物不屑一顾，莫测高深地故作玄虚，一方面是攻击守旧派顽固，整日地"也是，也是"。《茶寮小史》讽刺的就是这样的教育界和混迹其中的各式人等。

那些遗老遗少们一方面贬低新式教育没有学问，另一方面又丑态百出，小说表现了他们的庸凡愚蠢的生活，讽刺了他们沽名窃利、鄙吝卑琐的心态。小说写了一个教育界的蝙蝠派人物，叫张子彝。何谓"蝙蝠派"，就是善于变。此人十年以前，到处演讲，提倡学校，反对旧制，后来当上了学务科长，荷包里渐渐有了一些油水，就变换了面目，成了一位知名的守旧派，对于学校教育任意讥评，处处显得学问广博，维护真理的样子。对于这么一个由旧入新，又由新入旧的似乎为真理而献身的蝙蝠式人物，作者用一件论诗的小事揭破了他的假面目。张子彝为了跻身"名士"之列，求得一家诗名传布于世，"强把自己的诗稿分为三等"，自认为好的刻着他本人的名字，稍次和平常的则署他夫人和儿子的名字，以致闹出他夫人的诗作中竟有《宿天守寺与月印长老对弈》的诗题，他儿子的诗草中，出现了其时尚在胎中就《闻都中拳变有感》的笑话。和张子彝论诗的叫许汉儒，此人"贡生出身，前清时代做过几任知县"，被认为是"当今第一诗家"。他明知张的诗"大半都是菜子诗，大有打油气味"，但当了张的面却大为恭维："令郎诗笔，果然不凡，尊阃清才，尤称拔俗。"一幅煞有介事的模样，"子彝听着，乐得甚么似的，恰巧外面饼摊上的徒弟，捧着两盆热烘烘的馒头前来，便叫他摆下，恭恭敬敬的向汉儒说了一个'请'字，汉儒也不推辞，一壁咀嚼馒头，一壁吟哦诗句，一个一个又一个，一句一句又一句，四首绝句吟完，这两盆馒头早已吃得空空如也"。这就是所谓的真理维护者和学问家的真面目，一个是要沽名，一个是要骗吃，但又偏要装模作样，故弄玄虚，实在令人作呕。小说在续集中还写了一个考据专家娄师古，此人字字考证，出口有据，他的考据生涯中最得意的拿手之作是考证出了"出恭"两字的来历。为了卖弄学问，他叫别人把泼妇骂街的话隔句抄来，他竟能考据出来历："什么'一忽'的'忽'字参考《越语肯启录》，应该写作'寣'字，参考六书索隐，应该写作'忽'字；什么'虔婆'二字，见于《辍耕录》;什么'三只手'的来历出于《洞冥记》;什么'舌头'二字见于《杜荀鹤诗》;什么'捉贼要捉赃,捉奸要捉双'两句话出于《画帘绪论》;什么'寿头馋头'各有本义,'寿头'的本义,是说'寿字猪头','馋头'的本义,是说'馋头当归'。"这些遗老遗少们的学问也就是这样了,他们到处卖弄,摆出一副高深莫测的模样,但内在货色却是如此的腐臭,如此无聊。在民初之时,像这样的酸腐人物和酸腐言行时常可见,程瞻庐将之收集起来,加以文学化,那些看似平常的东西也就变得滑稽了起来。新的时代也出现了一些新人物,他们满口打倒,目空一切,只求时髦,不求实学。程瞻庐对守旧派是无情地嘲讽,对这些新人物也是大不敬的。小说写到一次有宾客参观学校,为了表现自己的教学成绩,那些新人物就预先写好底稿,用教鹦鹉的方法,教授儿童死背,只求烂熟,不求理解,然后当着来宾的面前复说一遍,作者对如此做法大为不满:"倘把这般伎俩,欺骗学生亲族,亲族岂尽懵懂,欺骗会场来宾,来宾岂尽昏聩?可怜天真烂漫的儿童,先输入了这种欺骗行为,国民前途可胜浩叹……试想这学校,可不是鹦鹉学校!这般教育,这般毕业会,可不是鹦鹉毕业会!"用"鹦鹉"两字来形容那些尽做表面文章的人是再恰当不过了。在程瞻庐的眼中,教育界是稀奇古怪,什么事都有,一片乌烟瘴气。在小说的最后,他不愿再作这些嘻皮笑脸的文章了,"骨鲠在喉,不得不吐",忍不住地站出来讲话了。他写了一位"约莫三十多岁,面貌拙朴,衣衫暗淡,既不像演说家,又不像吾道中人"的旁观者,打断那些新旧人物的怪论,专为读书人唱了一首俚歌:

> ……新的,新得不可开交,旧的,旧得莫名其妙。新的推倒纲常,扫除名教,只指望摧烧二千余圣经贤传,拆散二十二行省学官文庙;旧的锢塞聪明,冬烘头脑,只指望诵韩文把鳄鱼吓退,读孝经把黄巾咒倒。新的跳上讲坛,目空八表,比及下了讲坛,却与牧猪奴结为同调;旧的拥着皋比,岸然道貌,比及离开皋比,便有许多事不堪报告!无论新新旧旧,总是一般可笑!讲什么爱国爱群,刻什么诗稿文稿,谈什么琐碎考据,做什么人伦师表!眼睁睁把国民引入歧途,好端端把青年搀进鬼庙。你们有程度的人,先自颠倒,却叫没智识的人,怎不胡闹?小可一一看在眼里,今日依实奉告,莫怪我心直口快,莫恨我胡言乱道。小可说完这一席话,便要到各家各户收账去了。

程瞻庐本是教育中人，他对教育有着他的热爱，他曾“巴巴的盼望，默默的祈祷，盼望些什么？盼望那优秀分子，做愚夫愚妇的先导，祈祷些什么？祈祷那些学界人物，把腐败社会重行改造”，然而，那些有智识的人竟是如此卑劣，怎不使他感到失望呢？他感到：“无如睁开眼来，四下细瞧，只落得望梅不能止渴，画饼不能当饱。”[1]正因为这样的思想认识，他就干脆把那些有智识的人的真相全部公布于众。民国初年，百废待举，教育本是社会的热点问题，《茶寮小史》如此及时地把教育中的问题揭示出来，能不引起广泛的注意吗？

《茶寮小史》揭露了当时教育界的卑劣，自有它的积极意义，但对作者来说却是不幸的。《茶寮小史》的现实使得程瞻庐认识到自己过去那么相信读书人是多么的滑稽可笑，却也促使着他越发用丑的眼光看读书人了，他甚至说读书人生活的世界就是一个大葫芦，“莽乾坤一个大葫芦！舞的舞歌的歌，哭的哭呼的呼，大葫芦里的颠倒众生，一辈子昏昏沉沉糊糊涂涂”。“葫芦”本有笑话的意思，在《茶寮小史》里，程瞻庐多少还有些“盼望”和“祈祷”，在他以后的作品中，读书人是没有一个好的形象的，要么是“葫芦”里的“颠倒众生”，要么是“葫芦”里的“昏昏沉沉糊糊涂涂”。程瞻庐用他那枝滑稽的笔，写尽了读书人的各种丑态。

读书人有着知识作为遮面具，最能装模作样，矫揉造作，他们明明做着最没有人格文格的事，却又摆出一副最恪守伦理道德，最遵守仁义礼信，最一本正经的样子。对此，程瞻庐极为不满，从《红玫瑰》第4卷第1期起，程瞻庐连载他的长篇小说《葫芦》，这是一部专门讽刺读书人虚假性、欺世性的滑稽小说。小说的主人公杨仁安是雅社中人，当地闻名的“贤达”，一派清高淡泊的风度，暗地里他却是菩提庵主持悟因的情人。为了发财，两人想出了很多坏点子。首先，他们先骗信义，把石头菩萨观音像埋在土里，石像下面垫上厚厚的一层黄豆层，过了数日，黄豆涨起将石像慢慢地推出地面。他们据此到处宣扬此地之灵，此庙之灵，此尼之诚，说连观音都选择了菩提庵，凡人所求岂能不应。一时轰动四里，从此庵中香火不断。然后就开始骗钱，说是庵中大葫芦中每日有丸数粒，得之可以得子，谁的心最诚，这些丸就归谁，诚否的标准是什么呢？那就看施主的施舍，这两人也由此大发其财了。表面上，悟因越发虔诚拜佛，杨仁安越发正经。杨仁安到处集社作诗，大讲仁

---

[1] 程瞻庐：《茶寮小史续集》第87页，商务印书馆1920年版。

义道德，很受乡人推崇，被乡绅李芍溪奉为座上宾。然而小人一得意也就忘乎所以了，他利用李芍溪的三姨太求子心切，把她诱奸了，并教唆她去毒害已怀孕的二姨太，不想被猫将毒汤弄翻，从而一切谎言，一切假惺惺的面孔都被撕破了。这部小说告诉人们要提防那些满嘴仁义道德，满肚男盗女娼的读书人，同时也提醒人们，读书人做起恶来要比无知识的人更为狡猾。

如果说杨仁安身上具有读书人的虚假和奸诈，那些遗老们则更多的是虚伪和酸腐。随着商业气氛的日趋浓厚，人们的金钱观念越来越严重，遗老们一方面大叫世风之日下，保持着自我的礼法，另一方面却紧紧盯在钱的上面，连一个子儿也不放过，这样的表里不一，使得那装模作样的人酸态可掬。这就是程瞻庐在小说《酸》中所要告诉我们的意思。小说写了少斋、桐轩两位遗老到茶馆里去喝茶，走到门口不期而遇，一阵寒暄之后，谁也不肯先进门，拖拉了半晌，两人才同时挤进门，到了桌边谁也不肯先坐，又是一阵拖拉，“少斋趁桐轩没有坐定，三脚两步赶过去抢坐那下面的座位，桐轩跟过去，拖住了少斋的胳膊，用力地拖他上座，少斋哪里肯移动，两手抵拒臀部死赖在这张椅上，只这一拖一拒，却闹得气喘吁吁，额上汗点子滴溜溜的滚下，堂倌抹过了桌子，把抹布搭放在肩上，笑问道：‘两位泡甚么茶，螺春呢？雨前呢？’两个人一共不曾听到，尤自拖拖拽拽闹这打架似的礼式，推了一会儿，桐轩没法只得拖了一张骨牌凳打横坐下，只容得臀部之半，放着上面一张宽大的藤椅却不敢坐……”喝完了茶，要付钱了，两人又开始争着付钱，少斋拿出了九个铜钱，一阵拖拉全散落在地，拣起八个给了堂倌，为了表示大度，谎称自己拿出了十七个铜钱，其他全散的九个就不拣了。这两位遗老虽然做得过分了，但拘于礼法的态度之认真严格还是使人钦佩的，然而，在小说的最后，作者加上了这么一个小插曲：这两位遗老出了茶馆后，走不多远，都又跑了回来趴在地上寻找那丢失的铜钱，两颗脑袋在桌腿之间碰到一起了。这么一个小插曲把读者对他们的那一点尊敬之意全部扫荡干净了，马上就感觉到这两位遗老的所作所为虚伪之极，酸腐之至！

《葫芦》和《酸》，一是写欺人，一是写自欺，程瞻庐还有很多作品是写读书人联手作恶的，他们不单枪匹马，而是互相帮助，连成一气。他们不是自欺，而重在欺人。他们之间开诚布公，各人伎俩，彼此有数，个中秘密决不外泄，你得大头，我得小头，互为弥助，互为利用，乐哉陶陶。这些作品中写得最好的是他的《黑暗天堂》。小说写姑苏城里有一个大富豪叫赵大麻子，他的身边有四大人才，人称四大金刚，他们是：写字先生兼文牍员温通温三秀才、西文兼算学先生邱逢辰邱大鼻子、账房兼招待员张小胖子、古董家兼首席顾问宓翻孙宓跷脚。这四个人各恃文才，各据一方，赵大麻子也以此四人为荣，以为天下人才均在他府上。此四人也确实有“才”，最拿手的学问是赵大麻子无论问他们什么事，他们都能答得出，做得圆，即使事先做好圈套猝然去考他们，这些天才们也能料事如神。这样的人才真是难得。小说开始就大写他们的神通，谈吐文雅，预卜心中，别说赵大麻子蒙在鼓中，读者也不能不钦佩。直到有一次，张竹轩向他的侄子张水生传授人生经验时，我们才恍然大悟：“须知老赵虽是我们的东翁，不过我们要在俸给以外，多得他的金钱，彼此都要预定着一种策略，好教老赵受着我们的包围，死心塌地的把大捧银洋钞票献给我们受用。我们在表面上做出不相联络的模样，而在暗地却打着统账，有好处，总是四一二剩二的均分，还有为难之处，谁得着消息，便须悄悄通知，免得相形见绌。”难怪这 4 人神通如此广大，才气如此惊人，原来 4 人联手共同对付一个满口白字的暴发户，岂有不得手之理。虽是为了谋生而要手段，但这些读书人做的表面文章和内在目的、私下伎俩比较起来，差距实在是太大了，那些表面文章显得那么的滑稽可笑，那些私下交易又变得那么阴毒可怕，读书人头上的那道神圣的光圈全没有了，我们看到的是一个个令人心惊的阴谋家、投机者！

长期的教育生涯使得程瞻庐对读书人太了解了，言肥行鄙、贪利食义、鲜廉寡耻，程瞻庐的作品淋漓尽致地写出了他们丑陋的一面。这样写读书人当然是比较片面的，它来自于程瞻庐对他们的失望，和郁积在作家心中的激愤之情，从另一方面来看，程瞻庐的心还没“死”，还没有做到“无为”的状态，他毕竟还在关心着他所在其中的那个社会阶层，为什么这么说呢？有时，他实在忍不住了，就出来干预一下这些人物，大声疾呼叫他们不要这样做，在《快活神仙传》中，他还编造了一个快活神仙专门去管这些邪恶酸腐的读书人。这个快活神仙原也是个读书人，就是因为看不惯世态日下而隐居在深山中修炼成仙的，但成了仙也无法摆脱俗念，看见读书人作恶时，他总是神出鬼没地出来惩罚这些人，虽然这种正义的力量来自于作者的劝说或者是超现实的神仙世界之中，却也说明了程瞻庐的胸中毕竟还有一股“气”。

自从吴敬梓的《儒林外史》出世以后，读书人的酸态和丑态一直是讽刺滑稽的对象，程瞻庐的作品继承了这一传统，并在现代文坛上开辟了讽刺读书人的题材。程瞻庐讽刺的读书人是以新旧交替的时代为背景的，作品具有时代的特征。但总体上说，作品达不到《儒林外史》的艺术境界，其根本原因在于，它学到了《儒林外史》之中写读书人酸和丑的一面，而没有学到《儒林外史》之中写读书人酸和丑的背后的社会外驱力，以及读书人自我心理的内驱力；它达到了《儒林外史》讽刺对象的可笑的效果，却难以企及《儒林外史》所蕴含的深层的思考。程瞻庐的《茶寮小史》以及他的一系列讽刺读书人的滑稽小说，收集了大量的读书人的丑陋现象，写得十分生动，但他忽视了社会对这一社会阶层的压力，忽视了读书人心理上的那种自觉或不自觉的可怜可悲可叹的一面，他引起了人们对读书人的憎恨和鄙夷，而不是引导人们全面而深刻地认识这一社会阶层。缺乏这样的思考，作品的分量就不够重，就很容易成为仅仅是罗列弊端揭私露丑的作品。

第三节　野谈俗趣皆成文章
——程瞻庐小说的艺术风格：世俗性

程瞻庐的作品有一个既定的生活场景，那就是苏州，他的作品几乎都是以苏州为背景展开笔墨的。苏州是一个具有悠久历史的江南古城，它又靠近上海、南京，这样的历史和地理环境使得苏州具有很独特的生态环境。悠久的历史给它带来了文明，也留下了厚厚的积淀，这种积淀表现在庞大市民阶层生活之中的传统观念，以及十分浓厚的世俗生活习惯。然而，苏州又是极容易受到新的气息熏陶的城市，夹杂在商业中心和政治中心间的地理的优越性，往往使它最早地发生变化。于是新与旧的矛盾，新鲜与传统的纠葛，在苏州表现得尤为突出，也给生活在其中的程瞻庐提供了绝好的创作素材。这一优越的条件，程瞻庐自己也知道，他在创作之中是绝不会放掉这样的生活环境的。同时，程瞻庐也是一位地道的“老苏州”，在他的生活经历之中，几乎从未离开过苏州，这也是他最为熟悉的生活环境，可以这么说，没有苏州的生活环境，程瞻庐就创作不出小说来。他替李涵秋续写《新广陵潮》，办的第一件事情，就是把书中主人公的生活背景从扬州改为苏州，理由是主人公爱慕苏州的名园胜迹，水木清华，便移家到苏州，做了苏州的寓公，其实，这一变动是为了他创作方便服务的，叫程瞻庐去写扬州，他将是难著一墨的。生活在苏州的程瞻庐极爱苏州，但他爱的是苏州的古朴和自然，而不是逐步都市化而形成的“污染”，他曾创作了一部滑稽小说《黑暗天堂》，专门对什么是真正的“天堂”做了解释，他说：“生活简单之乡村，日出而作，日入而息，往来种作，怡然自得，此真天堂也，长生在天堂者，往往不自以为天堂，而惟都市之是趋，灯红酒绿，纸醉金迷，不禁色然喜曰：‘天堂在是矣。’嘻嘻！于都市中求天堂，此子舆氏所谓‘下乔木而入于幽谷’也。黑暗孰甚焉？”[1]程瞻庐的这种“苏州观”很明显地表现在他的作品之中，他对苏州古朴的民情和自然的风光表现出由衷的赞美之情，甚至称小桥旁边的流水声为“天籁之音”，而把其中发生的古怪的事情都怪罪于“都市的黑暗”[2]对生活熟悉范围的限制，以及对生活喜恶的评价，都是促使着程瞻庐对生活素材的选择。他的小说从不直接写国家的时政大事，也不写官场的勾心斗角，而是写苏州的中下层社会的生活，通过种种变形变态的描写，从中折射出时代的新旧斗争和变化。

有人曾经记载程瞻庐收集小说材料的情状：“君偶出，见村妇骂街，辄驻足而听，借取小说材料。君得暇，啜茗于肆，闻茶博士之野谈，辄笔之于簿，君之细心又如此。”[3]程瞻庐喜欢听评弹，听说书，喜欢听人闲聊神吹，而且不论对方的社会地位和文化修养，他都可以听出热乎劲来，这些都成了他的小说素材的来源。《唐祝文周四杰传》开场第一章“楔子”写编者编这本书的起因，虽是小说家卖的关子，但颇能说明程瞻庐的小说创作过程。“楔子”说编书人从虎丘遨游回来，路过临河的一个小茶寮，就到里面去泡茶解渴，略作休息，听到坐在“老人座”上的一位白发如银的人称张老先生的老者一边听《三笑姻缘》，一边评说其中的真伪，编者留神细听，一个编书的念头也就在脑中盘旋了：“编者正在私自忖量，忽的那少年说道：‘张先生你这一席话，亏得在小茶寮里发表，在座的没有小说家，不生问题。要是你在城里大茶社中发表这一篇话，要被小说家学了乖去，难保过了几个月，没有这改头换面的《唐祝文周传》出世。’编者听了，几乎笑将出去，便付了茶钱，匆匆出门去。一路走，一路自言自语道：‘在下正要编一部长篇说部，找不到好题目好材料，张老先生，多谢你，教了我一个乖也。’趁着暮春三月，日永如年，且料理我的笔墨生涯。”程瞻庐很多小说都是这样创作（或改编）出来的。这样来自于民间的小说自然具有浓郁的世俗气息。

茶寮在程瞻庐的作品之中是一个含义极其丰富的创作意象，它已远远超过了实际的意义。程瞻庐把它作为一种地域文化的象征，他说：“南方繁盛所在，一条巷内，至少也有三四处茶寮，苏州的茶寮大概都有一个听书的

〔1〕〔2〕　程瞻庐：《黑暗天堂序》，《黑暗天堂》第2页，新上海书局1934年版。

〔3〕　严芙孙：《程瞻庐小传》，魏绍昌编：《鸳鸯蝴蝶派研究资料》第534页，上海文艺出版社1984年版。

场子，上午喝的是书茶，什么叫做书茶？便是喝茶以外兼可听书的意思”，“苏州茶寮中布置桌椅，也有个一定的方式，无论方桌圆桌，都不靠墙摆设，为着四周落空才可围坐多人，惟其天然几是靠壁安放的，一张方桌紧靠着天然几，只有三面落空，旁边设有两张靠背椅子，俗称老人座，坐其上者，往往是白发老人，年轻的不敢贸然上坐，这也是苏州的一种美德”。茶寮就是苏州的特色，苏州的文明，苏州的美德。在程瞻庐心目中，苏州是和茶寮画上等号的。苏州的茶寮也是社会的缩影，程瞻庐告诫人们：“列位看官，休得轻视这小小茶寮，却是社会史的生产地。没有茶寮，便不见社会的真相”，“常日在内喝茶的，唤做上茶会，茶会里面，物以类聚，有官僚茶会，有流氓茶会，有商业茶会，有劳动茶会，七翘八裂的人物，共冶一炉，五光十色的朋友，各占片席，九腔十八调，分明是万口衙门，九流十三教，要算做百宝库肆”。从这样的认识出发，程瞻庐总是以社会来写茶寮的。最突出的是《茶寮小史》，在茶寮这个舞台上，新旧人物互相攻击，互相拆台，新人物在此大讲一顿理想，批评一顿社会，旧人物在此大发一顿牢骚，讽刺一顿新法，情态各异，各领风骚；有什么得意之事，茶寮里最好表现，有什么阴谋诡计，茶寮里但讲无妨，作者把茶寮当作了辛亥革命之后的中国社会了。茶寮还可以作为创作的原点，以此为据向社会空间四处辐射，在《茶寮小史》的第五回中，绰号印度阿三的中学生向其学友介绍，他的表兄如何靠着亲戚的关系成为所谓大文豪的“秘诀”。在第七回里，许彬甫和巫兰人由当时报刊竞相登载“滩簧赋”“五更调”之类应时小品，想起也应该做几篇油滑文章，有钱不捞正是犯傻。在续集中，从两个市井妇人及茶客与茶博士的对骂中，作者竟联想起“现在名流专骂官僚，比及做了官僚又被其他名流所骂，比及退为名流，又把其他官僚痛骂”。就这样，小小的茶寮牵涉到了当时的文坛、学界、商流和官场，作者力图把这个有限的空间向外扩大，成为社会上人物的“哈哈镜”，成为“社会史的生产地”。茶寮在程瞻庐那里的另一个作用是鉴定是非的试金石，他说：“小小一个茶寮，倒是人海的照妖镜，社会的写真箱。”他还说：“人生可以虚伪到底，除非他人都变了聋子、瞎子，人生不可以虚伪到底，只为他人不都是聋子瞎子，小茶寮里的谈锋，便是刺破秘密的利器！”[1]众人的眼睛总是雪亮的，所以在《茶寮小史》中的新旧人物不管虚假得多么巧妙，做作得多么像样，旁观人看得清清楚楚；《葫芦》里的杨仁安诡计再高明，阴谋再

〔1〕 程瞻庐：《茶寮小史》第2页，商务印馆1920年版。

隐秘，人们在茶寮里一谈起来，就出现了很多破绽，而且成了茶寮里永久不衰的笑谈；《酸》中的两位遗老平时礼法遵循得再得法，平时无论怎么受人尊敬，到了茶寮里表现出来的就是酸。清茶一杯话社会，几尺见方品悲乐，苏州的茶寮给程瞻庐的作品带来了地方特色。世俗风情，也给他带来了特有的创作天地。

程瞻庐作品之中另一个出现频率较高的意象是一些动物，根据这些动物的特性，作者赋予它们很丰富的道德意义，产生了程瞻庐作品的特有的艺术魅力。《葫芦》一开始就写乡绅李芍溪家的老雌猫的丧礼和当地名士杨仁安的死，小说极写李家为猫出丧队伍之雄壮，前面是一大批开路的人，接着是吹鼓手、军乐队、清音班，后面是彩盖飘扬，彩旗下是玻璃镜框，框内是一幅老雌猫的铅照，再后面是两匹高骏的白马拉着一个小提箱般的香楠木小灵柩，最后是哭得伤心至极的李家送殡人。在这热闹的大街背巷里却有一个落魄的少年到处求人要一点为父送葬的棺材钱，对这少年的所求，众人都白眼相待，唯有一位自称是其父之友的老者掏出了几个钱，谁知刚求到钱，此少年却转身跑到赌场上去，让其父的尸停在床上，这就是名士杨仁安死后的凄惨情状。一面是轰轰烈烈地为猫出殡，人们不以为稽，而大讲应该值得，一面是名士病死，冷冷清清，人们还以为耻，大骂活该，这倒不是人们的思维错了位，动物和人都分不清，而是老雌猫和杨仁安都已代表了不同的道德力量。老雌猫善跳跃，一跳之中，曾无意打破了毒害李家后代的毒药碗，从而破获了杨仁安的连环计，猫是李家的恩小姐（不断地被改称为恩夫人、恩太太），是人们心目之中的正义的力量，而杨仁安是邪恶的化身。他设计愚弄人们，为了满足自己的淫欲和钱欲，竟去断人家的后代，这样的人，别人是耻于为伍的。人们对他们的喜好已从生物意义抽象为道德意义了。在《葫芦》里还出现了一个崇高的动物形象：猪。开米行店的顾福生大发其财，成为当地首富，奇怪的是他们全家奉猪为爷。这一天大开筵席为猪爷十周岁祝寿，众人以为奇，都赶来瞧热闹，“但见四个家丁，抬着藤榻，这位刚鬣公挂着红绸，插着金花，身披一件苹果绿闪光缎面子，骆驼绒夹里的大氅，把一只放大尺寸的藤榻，满满的被它占着，不留丝毫空缝，只为十年饲养，养得它硕大无朋……四名家丁把猪猡抬入中堂，猪猡便大模大样的躺在藤榻里面，猛听得一阵‘猪爷猪爷’的呼声，夹着扑通扑通的磕头声响，猪猡面前黑压压的跪倒了许多人，猪猡不会还礼，自有福生在旁边答拜”。此事看看是奇，想想也怪，人却为何对猪如此施隆礼呢？当知道事情的来龙去脉以后，也就不奇不怪了。原来，在顾家发势之时，一次顾福生外出经商住旅店，旅店不慎失火，顾氏慌乱之中拿起本钱就逃命，却早已陷入一片火海之中，忙从后门出来，却又被一条大河拦住，正在无计可施之时，忽见水面上漂着一头猪，是隔壁猪栏内因大火而逃出的猪，顾氏见猪大喊："猪爷爷救命。"此猪居然也就向他游来，并将之驮到了河对岸。所以说此猪是顾氏的救命恩人，没有猪也就没有命，没有命又岂有今日之财？猪也就成为了顾家最崇敬之物。了解了事情的经过，猪在当地人心中的地位大为改观了，它已成为了某种道德的象征。程瞻庐的作品之中常出现这样的猫和猪的形象，但读起来并不觉其庸俗，因为它们身上罩有一圈道德的光环。他的作品宣扬的是一种"知恩报恩"的传统思想，却用猫或猪这样的家禽作为恩情的化身，让人类俯伏在前，本末倒置的情节显得十分离奇，滑稽感也就出来了。

程瞻庐的作品取材于民间，甚至有些作品可以看作是街谈巷语的趣谈的文字记录，这也就决定了程瞻庐作品的语言特色。他很喜欢在作品中穿插一些民间奇语，以增强作品生动性，我们举《茶寮小史》的语言为例，茶博士和卖报童子打趣的话是：

> 小鬼头，你敢取笑老子，且试试老子的拳头滋味，管教你全副脊筋，变成拍碎的绿豆饼！

"拍碎的绿豆饼"这一比喻用得十分新鲜，也十分奇特，再从其形象性上琢磨，就觉得此比喻实在熨帖。再看他的叙述语言：

> 大凡中学校里的风气，题诨名、编绰号，当做一件重要的学问。上自校长，下至杂役，没有一个不有新式的诨名，异样的绰号。什么阿木林咧，阿土生咧，矮脚虎咧，印度阿三咧，五花八门无奇不有。这些诨名绰号，不过就各人的形容举止，随时编造，以资笑谑的。阿木林定是呆鸟，阿土生定是土头土脑，矮脚虎定是侏儒，印度阿三定是长人，望文生训，算不得甚么希奇。最奇的诨名绰号，是用猜哑谜的方法，造意很为曲折，若非个中人，断难明白真相。小子记得有两个中学校里的生徒，一个诨名顺风粪船，一个绰号井泉童子，凡属同伴中人，莫不以此相呼，二人竟直受不辞……

这段语言写得十分生动，它来自于作家多年的教书生涯，得力于作家平时对各种语言的注意和收集，把它用在作品里，一是增强了作品的趣味性，滑稽感，二是告诉人们，现在学校里的风气是多么坏，以及现在学校里的学生都把聪明用到什么地方去了。程瞻庐的作品吸引人很大程度上依赖于情节的生动，语言的趣味性也在其中起了很大的作用。

程瞻庐的小说总是有一个叙事中心，或者是一个人、一件事，或者是一个场地，但是这个叙事中心也只是一条简单的贯串线索而已，他围绕着这条线索左枝右蔓，讲了很多故事。这些故事都取之于生活，听之于民间，婚丧嫁娶是这些故事的基本素材，地方乡绅、名流、学者就算是最高的社会阶层了，大量的是乡村儒生、市井中人，小说的语言是书面语和口语相杂，都是一些市井社会之中常听见的话，所以说，他的小说实际上是世俗性很强的滑稽故事集，这些故事本来在民间流传时就很生动，经程瞻庐的加工提炼也就越发增强其美感，他重新安排情节结构，增加了不少悬念，加强了人物的性格刻画，规范了民间的口语，于是他的作品之中就有了雅俗共赏之趣。世俗生活的美学化，这是程瞻庐滑稽小说独特的艺术魅力。

第四节　有心人和无心事
——程瞻庐滑稽诗文评析

程瞻庐成名之后，四处约稿非常多，再加之他对中学教学的厌烦，就辞了职当上了专业作家，这样他写的文字就越发多了。他是以写滑稽而成名的，各类杂志需要这样的文字时都要找到他，在中国二三十年代的各种通俗文学杂志上都能看到他的大量的滑稽作品，特别是在《红》以及续之而起的《红玫瑰》上，滑稽的文字几乎是他一个人包揽的。这是程瞻庐滑稽作品之中最面广量大的一部分，却也是最无价值的一部分。

程瞻庐写的小说是作为“社会的写真箱”来看待的，他在作品之中总是力图反映出时代的气息来，但写这些滑稽文章则是纯粹用一种游戏的态度出之，他依靠的是广博的世俗民情的知识去完成每天必须完成的字数。我们举他在《红玫瑰》上的几篇滑稽游戏文章，以说明他这部分作品的特色。《都是盲子先生不好》是写新嫁娘朱小姐出嫁时被乱兵把送嫁队伍冲散，轿夫被抢去当伕，这本是一篇很好的社会批判文字，但作者并没有在这里多叙，而是把笔锋一转，写新嫁娘丢弃轿子一个人往夫家跑，结果由于从未和新郎见过面，跑错了家门，恰巧此家也正等着新娘来，从而变成了一出乱点鸳鸯谱的闹剧。《有祖有亲》写暴发户许大年由于发了财就想延年益寿，喜欢人家叫他彭祖，可是家里人都盼望他早死，可以分到家产，当面都恭恭敬敬地称他彭祖，背后都巴望着他早日归天，结果被许大年无意中听到，一气而绝。这本来可以成为一篇批评有食阶层的讽刺文字，但作者并不是讽刺许大年延年益寿的痴想，而是责怪家人不该明里一套暗中又一套，使得文章成了一篇教育文字。《换眼》写王蓬生因为爱抚穷人，体恤朋友，反而弄得十分自我窘迫，无人理解，就和狗换了眼，于是性情发生了变化，变成了当面一套，背后一套，专看上司的脸色行事，爬到了税务局分局局长的位置，而那条狗呢？居然变成了异常善良，体贴穷丐，结果，王蓬生的官越做越大，狗却被主人打死了。这是一篇很有意味的作品，本可成为一篇批判官僚丑态的佳作，但作者偏不往这儿写，而是大写王蓬生和狗换了眼以后的趣味性和新鲜感，写王蓬生对自我感觉的奇异而产生的种种违反主观的冲动，把滑稽的讽刺性引向滑稽的趣味性。这类作品，程瞻庐创作了许多，说它没有社会时代性，那是不对的，它涉及到腐败的官场，混乱的时代，但它确实不是写时代社会性的。它总是擦了一下时代社会的边，然后就大写那些趣闻趣感。程瞻庐写滑稽小说，态度颇为认真，写这些滑稽游戏文章就显得漫不经心，这和他对作品的看法有关，他认为小说是自己的创作，而那些滑稽游戏文章都是些应景之作，而且这些应景之作的目的就是为了增强杂志的趣味性，所以只要趣味，而不是讽刺。这也是很多本可以成为讽刺性很强的滑稽题材仅仅表现为无谓的嬉笑的原因。

这种为滑稽而滑稽，为游戏而游戏的写作倾向是比较危险的，特别是对主要以世俗民情为素材的程瞻庐来说，很容易滑入庸俗的歧途，事实上，他的很多的滑稽游戏文章正是如此，例如《打倒小马甲后慰劳两个弱小民族》，看题目还以为是写政治事件呢，细一读就比较庸俗了，原来是作者用游戏笔墨写妇女解放的束胸运动；再如他的《伦理趣谈》，表面上写伦理，实则是写二妇人吵架中的趣味，这些文字读起来难以使人产生美感。还有一些作品不但不美，而且比较丑了，例如《登莫厘峰出恭放歌》、《鸦凤结婚的趣史》、《两桶先生的尺牍》、《香艳女士致臭男子一封信》、《臭男子复香艳女士一封信》、《为写马铃瓜作媒》等等，不用多说，从题目就知道文字内容的丑陋不堪了。俗而有理，俗也就成为一种世俗美，俗而无理，俗也就成为一种丑。程瞻庐是很有文字才能的，既然以游戏的态度写游戏文，他也就创作出了千奇百怪的滑稽样式，他写了一篇《可喜的血泪文章》，全文不足 30 个字，就用了 8 个血字，10 个泪字；他曾以《别裁小小说》为名写了组小小说，这组小小说构成了不同类型的作品形式，例如《自由花》，文字是："里中有自由花一朵，乃金姓的女孩，亥年生的……"此是用"金蝉脱壳体"，即上句末一字脱去半个作为下句首一字，谓之金蝉脱壳体；《方姓妇》，文字是："上海是繁华地方，方姓少妇生长洋场，场面阔大……"此是用"首尾相接体"，即上句末一字与下句首一字相接，谓之首尾相接体；《庸医挨打》，文字是："三十年前之申江，江申伯颇有医名，名医之门多病人……"此是用"掉尾转头体"，即上句尾二字掉转用之作为下句之首二字，谓之掉尾转头体；另外还有"前矛后盾体""叠床架屋体"等等，要说这些文字有什么社会意义、思想内容，实在是找不出，但却充分地显示出了作者的文字才华。游戏人写游戏文，有心人做无心事，程瞻庐把他的价值主要放在《茶寮小史》等滑稽小说中了。

第六章　哲理滑稽小说家:徐卓呆

第一节　一位留过洋的滑稽文学作家

——兼谈徐卓呆笔名之谜

在中国通俗文学作家中,徐卓呆很有特殊性。

他的笔名既多,且怪。徐卓呆(1880—1961),苏州人,原名傅霖,号筑岩,由筑岩谐声为卓呆,又因为他别号半梅,梅字的古体为“呆呆”,“呆”字成为半个“梅”字,“卓”有“卓尔不群”的意思,所以表面上看,卓呆两字显其拙笨,实际上是暗喻自己一枝独秀,卓尔不群。他是苏州人,曾一度居住在上海闸北,就自称闸北徐公,不让当年邹忌的城北徐公专美。又根据俗称“半老徐娘”,自号为“半老徐爷”。小说《杨家将》中,有杨老令公,徐卓呆属羊,便自称为“羊老伶工”。他有意避一般文人取古雅文字为自己书斋命名,而为自己取室名“破夜壶室”。他的后妻华端岑和他曾共同制造科学酱油,味很鲜,起初是试制赠送亲友的,后来要的人太多,为了限制,定了价格,竟做起酱油生意来,此时他和人通信署“妙不可酱油”,此五字为“妙不可言”的蜕化语,言与盐同音,既有“妙不可盐”,不妨有“妙不可酱油”,并以此发展了他的另外两个笔名“酱翁”、“卖油郎”。别人取名号,总爱有些书卷气,他偏反其道而行之,别署“李阿毛”,而且还以“李阿毛”为主人公,写过一部产生了较大影响的滑稽小说《李阿毛外传》。另外,他还有一些怪异的别署如“狗厂(音:坎)”、“Fee”等等。他的创作均为滑稽作品,人们又称他为“文坛笑匠”和“东方卓别林”,他对“卓别林”比较接受,因为“卓别林”谐音“卓弗灵”,这是“呆”的哑谜。

和大多数通俗作家从新闻走向文学的创作道路不同,徐卓呆学体育出身,而且是我国最早的体育留学生之一。他是在光绪年间东洋留学热之中来到日本的,专攻徒手操、哑铃操、棍棒操等体操专业。在业余时间,他还学会了很多交际舞。他回国以后就把这些体操编成了几本体育入门书,把各种动作绘成画幅,用实线、虚线表示左右旋转、上下俯仰的动作,使它系统化起来。这些书稿由上海商务印书馆刊行出版。此时中国的国民学校刚刚兴起,学校里还没有学校式体操,只把兵队的体操拿来胡乱采用。徐卓呆此书的出版大受各学校的欢迎,纷纷作为教材采用。他的夫人汤剑我也是留学日本学习体育的,各学校都争聘他们夫妇俩。他们自己创办过中国体操学校,徐卓呆自任校长,培养了不少体育人才,这一些作为,使得徐卓呆在中国成为输入学校体操的第一人,中国现代体育的创始人之一。徐卓呆最大的业余爱好是戏剧,1917 年他曾和欧阳予倩受南通企业家张謇之托去日本考察俳优教育。回国后,他在《时报》上开辟专栏,竭力鼓吹新戏剧,并认识了新剧倡导者王钟声,协助办理王钟声主办的通鉴学校,在这所学校里,徐卓呆教授他在日本业余学来的跳舞,探戈、狐步、华尔兹在中国的普及,徐卓呆是有功劳的。他第一次登台演出是受陆镜若之邀在《猛回头》中饰一青年教师,对第一次登台的演出效果,自己并不满意,不想过了一天,《民立报》上郑正秋撰写的《丽丽所剧评》对他的演出却大加赞赏,他受宠若惊,相信自己在戏剧上是有些前途的,前去拜访郑正秋,两人一见如故,成为好友。他自觉在所扮的角色之中,最成功的是演《社会钟》中的傻子。以后他编写了 30 多出滑稽戏,都被郑正秋要去演出了,他自己往往在自编戏剧中演一个角色,逐步成为了民国初年著名的新剧表演家之一。徐卓呆也曾涉足电影事业,他和汪优游合办“开心”影片公司,商标为“猪八戒吃铃匙”,拍了些话剧式电影。后来,又办了一家“蜡烛”影片公司,开幕那一天,某滑稽朋友送了一对大蜡烛,说是“点大蜡烛”,这是妓院中的一种名目,卓呆也受之无忤。他们的影片公司出品的影片有《神仙棒》、《隐身衣》、《爱神之肥料》、《临时公馆》、《怪医生》、《活招牌》、《活动银箱》等,这些都是些喜剧,在每一部影片中,徐卓呆和汪优游都要担任重要角色。徐卓呆创作小说的时间并不晚,在早期《礼拜六》、《小说月报》上都能看到他的作品,他真正地专心致志创作小说是在 20 年代初期,此时文明新戏的衰竭迫使他转向小说创作,一经转向,就一发而不可收,徐卓呆创作了大量的小说,成为创作量最多的通俗作家之一。

徐卓呆下笔皆滑稽,出口皆诙谐,不像其他滑稽小说有时还涉及到其他体裁,他的作品均为滑稽文学。他的作品以中短篇小说为主,他曾说过:“小说是描写人生片断为主,所以既不必有始有终,又无须装头装脚,能够写实,当然最好,最容易达到目的,不消说了,自然是短篇小说。”还说:“若是说要把‘欲知后事如何，且听下回分解’来刺激读者兴味，推广下期销路，那恐怕现在的读者，这种低度刺激是不会兴奋的了。”[1]他的这一见解在热衷于长篇巨制的通俗文学作家之中是比较新颖的，是和当时胡适等新文学作家提倡短篇小说的提法相一致的。[2] 以写“人生片断”为目的，徐卓呆的作品涉及到了社会生活的各个方面，他不像一些作家在某一社会阶层的描写之中尤其出色，他是以整个社会为背景进行写作的。他以滑稽的笔法，诙谐的笔调，思考人生哲理，形成了自己的创作风格，成为了通俗文学作家之中影响较大，颇受欢迎的一位滑稽小说家。他的作品很多，其中比较著名的有《笑话三千》、《乐》、《何必当初》、《万能术》、《卓呆小说集》、《李阿毛外传》、《浴堂里的哲学家》等等。

第二节 滑稽戏、笑话、滑稽小说
——徐卓呆滑稽文学的价值转变

徐卓呆从体育事业转向文学创作时，机遇实在不好，此时，民国初年创作上的政治社会热情已经减退，通俗文学的创作趋向中的庸俗成分不断加重，“玩情文学”和“黑幕文学”一时甚嚣尘上。文明戏的处境更为不妙，那种高昂的政治热情和新颖的艺术形式而激起的观众的兴奋已经过去了，文明戏正在向游艺场上的杂耍活动和滑稽戏的方向发展。徐卓呆首先奉献给文坛的创作是他的新戏剧本，他的剧本都是些独幕剧，而且都是些喜剧。在当时的创作潮流的裹挟下，他虽是写了些“人生片断”，但却滑稽有余，思考不足，为文明戏向恶劣的方向发展起了推波助澜的作用。《宴会后》写的是某菜馆门外出现了两位醉汉，一人叫杜晴川，一人叫徐小波，两人是刚搬到一起的邻居，两人在醉眼蒙胧之中相互发现了对方，就又喝了起来，而杜夫人和徐夫人在家等得十分焦急，杜夫人和新来的女佣打了 75 次电话也找不到杜先生，杜夫人怒气冲冲地出门去寻找。一会儿一醉汉摇摇晃晃地进屋来，新来的女佣见是先生回来了，就扶他进屋休息。杜夫人回到了家，女佣告诉他先生已经回来了，杜夫人大怒，不允许杜先生睡觉，盛怒之下把新来的女

---

〔1〕 徐卓呆：《小说无题录》，《小说世界》第 1 卷第 7 期(1923 年 2 月)。

〔2〕 胡适说短篇小说应该是“用最经济的文字手段，描写事实中最精彩的一段”(《论短篇小说》)；茅盾在《自然主义与中国现代小说》一文中也提出：“短篇小说的宗旨在截取一段人生来描写。”徐卓呆此时能提出相同的看法，可见其见识不俗。

佣给吓跑了，正要冲进去把杜先生揪起来，忽然门口又闯进一位醉汉来，这才是真正的杜先生，他一进门就听到室内有一男子喊着要喝水，在奇怪之后大骂杜夫人在家不守规矩，两人大吵，冲进屋一看，原来是隔壁的徐小波，他醉得连家门也认错了，新来的女佣又将他误认为是杜先生安置上床了，误会消除后，杜、徐二人就又喝起酒来。再例如《父亲的义务》写的是陈锦屏和陈维美父子俩在妓院门口不期而遇，互相谎称有事路过此地，打发了对方后先后都钻进了妓院。妓女大丽花先后接待了陈锦屏和陈维美。陈锦屏兴奋地告诉大丽花，他儿子陈维美已经定婚了，只要给他三千元就可以打发他出门，然后就可以接大丽花到家了，大丽花听了装出十分高兴，要了陈锦屏三千元说是准备嫁妆。到了儿子娶媳妇的那一天，陈锦屏很兴奋地听说儿媳妇将带三千元的陪嫁过来。等到新郎把新娘接来时，才发现儿媳妇正是自己要接回家的妓女大丽花，而交出来的三千元也正是他给大丽花的。一场笑剧也就结束了。徐卓呆的这些滑稽戏利用误会和巧合制造出了一些滑稽可笑的事情，可以看得出来，作者用笔比较机智，构思安排比较巧妙，但是要问有什么思想意义，这些滑稽戏除了有一点家庭小幽默以外，那是什么也找不出来的。这种淡而无味的滑稽戏正是徐卓呆早期创作的实际，他有时为了拼凑一些滑稽来，甚至写些十分庸俗的事情，例如利用人总想求真求实的心理骗一顿饱餐（《马尾》），装神弄鬼骗取钱财做一次阔老（《拘魂使者》），女婢和车夫学着少爷、小姐的模样谈恋爱，使人看了啼笑皆非（《上下两对》），丈夫如何在外人面前摆出威风，外人一走就跪在老婆面前求情（《结婚后第三星期日》）等等，这些无聊的噱头引起无聊的观众无聊的笑，徐卓呆当时对这些笑声是感到满足的，他几乎在每一个戏剧之中都扮上一个可笑的角色，“每天演一出，直演了一个多月”，“过足了戏瘾”〔1〕。刚登上文坛的徐卓呆起点是不高的，他根本称不上“笑匠”，只是一个比较出色的“小丑”而已。

徐卓呆还写了不少笑话，曾结集《笑话三千》出版。这些笑话大约分为两种类型，一类是对中外历代笑话的改编，另一类则是他的创作。他的创作皆取材于日常生活中的身边琐事，生活气息很浓。作者充分利用了谐音、误会、逆向思维等手段，把单义写成复义；把单纯变成复杂；把结果写成原因；把未来变成现在……作者竭力地寻找合理的“错位”，读者则为他的聪明机智而折服。

---

〔1〕 徐卓呆：《话剧创始期回忆录》第 14 页，中国戏剧出版社 1957 年 7 月版。

当然，仅仅停留在这样的层次上，徐卓呆是难以得到人们承认的。他的出色的滑稽才能是在小说创作中得到大大发挥的。和他的滑稽剧本、笑话比较起来，他的滑稽小说的滑稽诙谐的笔调不变，但味道要浓厚得多了。他突破了滑稽剧、笑话中只在家庭内找噱头的做法，把笔伸向了社会，在社会生活中找滑稽，更应赞赏的是他所写的这些社会滑稽都是和时代的变革以及随之而来的各种风气的变化紧密相联的。

徐卓呆的滑稽小说有相当一部分是讽刺文章的抄袭者的。他曾经写过一篇小说叫《洋装的抄袭者》，前面说了一段抄袭如何才能遮人耳目，如何才能出胜奇巧，然后就写了一段乔治的生活故事，最后向读者宣布说这篇小说是抄来的。到了刊物的下一期，他又写了一篇《告发抄袭》的小说，披露了上期《洋装的抄袭者》的内幕，还附上一部告发小字典，告诉人们抄袭者的常用技巧：

> 乔治—宝玉；乒乓—围棋；
> 打扑克—掷骰抹牌；香烟头—瓜子皮；
> 约翰夫人—李嬷嬷；司滴克—拄拐；
> 女黑奴—丫环；三百米突的灯塔—丈八的灯台；
> 面包—饭；白兰地—酥酪；
> 梅里娜—袭人；咖啡—茶；
> 琼西斯—茜雪；米克—晴雯；
> 沙发—床；西拉脱—秋纹；
> 巧果力糖—风干栗子；奴隶的运命—奴才命；
> 几百金镑—几两银子；丽亚姑娘—史大姑娘；
> 手枪—刀；
>
> 诸君你们拿了这一册字典不是就查明白了么，我这种抄袭法厉害不厉害，我是抄袭时拿来替他改了洋装，你们没有字典哪里查得出呢，我在外国保险公司保了险，又延了外国律师做常年顾问，再挂起洋商牌子来，还怕什么人告发，我索性老实告诉你们罢，我这种穿洋装的抄袭法，还不是我自己所发明，这方法也是抄袭来的，你们不看见么，近年来杂志报章上所载的那些笑话大半是老笑话啊，他们拿的是《笑林广记》上的材料……

用一种自我坦白的方法,徐卓呆把这种抄袭的方法以及巧妙所在都表现出来了,好像一个玩魔术者,一面玩着令人瞠目的魔术,让观众惊奇不已,一面把魔术的秘密告诉人们,说明这一切都是假的,于是惊奇也就变为滑稽。徐卓呆如此嘲骂那些抄袭者,决不仅仅是对这种丑恶现象的不满,还在于痛恨他们对小说的认识不端正,他把滑稽之笔伸向这些抄袭者的内心世界。在另一篇嘲笑抄袭者的小说《小说材料批发所》里,他写了一个叫邓文工的人开了一个小说材料批发所,专门为那些想写小说的人批发材料,对每一个来求材料者,邓文工都可以根据他创作小说的目的,按需要配给材料。第一人来求材料创作小说是要稿费,认为"因为急于要用十块钱,所以想做小说了,不是窃盗,定是做小说,二者必取其一,窃盗为法律所禁,小说是不禁的";第二人来求材料创作小说是可以骗女人,因为他所爱的那女人爱看小说,就要创作一篇小说以博欢心,"我们与女人厮混是不肯花钱的,一定要女人方面有些津贴才上算";第三人要材料创作小说是为了感情的慰藉,情人被捕后,感到痛苦万分,"无法可施,只得打算做做小说,卖卖稿子了";第四人要材料是为了"编个唱片",以补江郎才尽;第五人一进门就大骂那些靠写小说求利的人,说为了表示自我清高,以便"得到社会上极好的批评",就自己写作小说,自己出钱出版,不过,还是需要邓文工提供小说的材料。如此一天天下去,邓文工的日子混得真不错。不想,有一天,那些索要材料的人纷纷打上门来,原来,他给别人的材料全是抄来的,那些人不但没有达到目的,反而大受人们的奚落。邓文工大喊别打,满心委屈地说出了这么一番话:"近来抄袭大家,到处都有,抄了人家的著作,皇皇然刊载出来,又何必独责我一人。况且我是提倡国货的,从来不用外国货,那些翻花样译外国小说的人,何尝不是抄袭,你们何以只许人家抄袭,独不许我抄袭呢?"随着小说的地位提高和小说需求量的增加,很多人将之作为求谋私利的手段,小说的创作也就商品化了,你抄我袭,你反我正,创作界、出版界表现出来的那股乌烟瘴气是每一位具有文德的文人所憎恶的,徐卓呆写出了这种情绪。滑稽之中散发出时代的气息,有着作家的正义感,徐卓呆滑稽小说的价值要大大超过他的滑稽剧本,所以很受人们的欢迎。

任何一种文学的生命力都在于它反映出社会生活的某一方面,都应该具有时代的敏感性,能够把人们最关心的问题表现出来,滑稽文学对生活现象尤其关注,用一种漫画的笔法将生活中那些有悖常理的人和事集中起来,逗人发噱,充分发挥滑稽的特殊效应,让读者产生出一种含泪的笑。中国的

40 年代风云变幻，在这风云激荡之中的市民们面临的最现实的问题是怎样地填饱肚子，“反饥饿”是时代的一种情绪，徐卓呆此时的小说几乎全部写这个问题，其中最有影响的是他的长篇小说《李阿毛外传》。这部小说 1942 年 7 月在《万象》创刊号上开始连载时，就产生了较大反响，在李阿毛教别人如何生活的背后，人们看到了生活的艰难和无望。小说由 12 个小故事组成，主人公李阿毛贯穿其中，将故事连成一体。小说的主题是：在当今社会中如何才能活下去。住在市民区的“现代马浪荡”李阿毛为了让邻居阿杨哥和阿萍哥有饭吃，就叫他们俩在报纸上各登了一则广告，一是秃顶生发奇药，一是最经济剃头新法。人们看到从阿杨哥家进去的人都是秃头，出来时均是黑发，从阿萍哥家进去的人都是黑发，出来时均是秃头，果然声名大振，生意兴隆。原来阿杨和阿萍利用了邻居关系，顾客进门后见到柱子上贴着“顾客拥挤，请走后门”的字样，于是秃头和黑发的又交叉地从阿杨、阿萍家的大门出去，手上拎的药只不过是“肥田粉”和面粉而已(《请走后门出去》)。不久，李阿毛又办了一所日语学校，第一个月的学费是大米，李阿毛就向一个日本人请教“米”的写法和读法，然后照样搬来教学生一个月的“米”字；第二个月的学费是豆油，李阿毛就如法炮制地教了一个月的“油”；第三个月叫学生送来的是煤球，李阿毛去向日本人请教“煤球”的写法，谁知日本人也不会，李阿毛只有除掉“日语学校”的招牌，换上一张纸条：愿用白米或豆油交换煤球(《日语学校》)。等到米、油都吃完了，李阿毛就又想了一法，在报纸上刊登了一则“富孀征求终身伴侣”的广告，请邻居阿杨嫂扮成富孀和那些络绎不绝的应征者见面，他自称是上海慈善救济协会理事毛蔼理，是富孀的哥哥，站在旁边，请每一位见面者捐款十元，当着富孀的面，谁不愿意慷慨解囊呢？等钱收足了，富孀一个人也不愿见了(《征求终身伴侣》)。从小说本身说，破绽很多，好像社会上只有李阿毛是聪明人，其余人都是笨蛋，在李阿毛面前只能是被骗；李阿毛做事也好像不问后果，处处得手，事事顺心。从李阿毛的做法说，有些做法也令人难以接受，例如《愚人节》中写李阿毛谎骗某住宅的男女主人公，说是前来祭奠四年前在此屋自杀的前妻的，结果趁主人回避时，偷了人家的自鸣钟和热水瓶；再如《有孔枣子核》中，李阿毛利用二房东贪财的心理和急于为丈夫治绣球疯病的想法，请人用针给枣子核刺了两个孔，谎称是药，骗了二房东 50 元。在这些事件中，李阿毛的形象实在是不佳的，已经和诈骗差不多了。不过，当时的读者似乎都不注重小说中的这些不足，今天的我们把作品放在时代中去看似乎也会取得一些理解。那个时代的人们正在饿肚子，李阿毛正在想方设法(有些不择手段)地填饱肚子，人们从中可以看到自我生活的现实状况，从自我生活的现实状况之中理解和原谅李阿毛的所作所为。贫困的生活、穷愁的境遇之中，忽然出现了这么一个生活有方，嘻嘻哈哈的人物，人们从希望之中也喜欢了这么一个滑稽人物李阿毛。《李阿毛外传》是时代的作品，人们是用时代的眼光判断它的价值的。

现象和外象是滑稽文学的创作视点，发噱是滑稽文学的创作效果，思索是滑稽文学的创作目的，含泪的笑是优秀的滑稽文学所应达到的艺术境界。从滑稽剧到滑稽小说，徐卓呆从致力于家庭滑稽转向社会滑稽，使得自己逐步跨入优秀的滑稽小说家的行列。

第三节　卓而不呆　趣中寻理

——徐卓呆小说的艺术风格：哲理性

一位优秀的滑稽小说家还需要有自己独特的滑稽风格，徐卓呆的小说值得称道的是他的滑稽之中蕴含着哲理。这一特点在他当时的同仁之中则是一致公认的，严芙孙说："他的小说往往在滑稽中含着一些真理。这是他的一种特质，人家读了他的小说，没有一个不笑得嚷着腹痛的。"〔1〕赵苕狂说："君少时喜为小说，近年致力尤勤，散见于各杂志中者，殆不下百余篇，以滑稽一类为多，而隽永有味，弥含哲理，实能脱尽滑稽小说窠臼自成家数者。"〔2〕他的小说之中有多少"真理"，这当然可以商榷，不过，这些评价的确说出了徐卓呆的滑稽小说的独特的风味。

他的作品比较喜欢询问一些人生的价值问题。他写过一篇小说《无进步的乡村生活》(一名《牧童阿八的无味日记》)，标为"未来派滑稽小说"。小说开始用数排省略号，然后写七八则内容完全相同的乡村生活的日记，从早晨起床、喂鹅、下田、收工，一直写到晚上睡觉，篇篇如此，只是日记的时间有所变化而已，小说的后面又用了数排省略号。结尾有一个"作者按"："若连着阿八的儿子、孙子等续下去的日记一起算，那是恐怕世界最大的藏书楼还及不上他的多，不过内容还是那么千古相同的无变化无进化无趣味……"这篇小说写的是什么呢？周瘦鹃加上了一段编者按，谈了自己的感受，说得颇

---

〔1〕 严芙孙：《徐卓呆小传》，魏绍昌编《鸳鸯蝴蝶派研究资料》第534页，上海文艺出版社1984年版。

〔2〕 赵苕狂：《徐卓呆传》，《卓呆小说集》第1页，世界书局1924年版。

好:“卓呆此作说牧童阿八无进步的乡村生活,天天像一篇刻板文章,其实城市生活也是如此,我常觉我的生活天天照旧毫无进步又十分枯燥乏味,还有种种的痛苦种种的烦恼,因为这生活发生出来,几乎逼我达到自杀的境地,反不如牧童阿八的乡村生活,虽无进步还有天然的情趣,唉,阿八,我羡慕你。”生活就如“一篇刻板的文章”,生活中的人们实在是没有什么生趣的。再如,他写了篇《五对半的新夫妇》的小说,写了六位来自女校的女学生的婚姻情况,第一位被省长选做了二媳妇,第二位被富豪选中做妾,第三位是自由结婚,第四位是一对穷人的婚姻,第五位是邻居成婚,第六位是新郎死了,新娘抱着牌位成婚,称为半对。小说的结尾,作者问道:“诸君以上五对半新夫妇你们看哪一位将来最容易离婚?不对,这句话有语病,我来换一个问法,诸君以上这五对半新夫妇你们看哪一对将来最容易家庭幸福?为什么这篇问题小说的末尾我要换一句话来问呢?却有一个缘故,因为世上的女性就是家庭极没有幸福也未必一定会离婚,像易卜生《群鬼》中的雅尔微夫人,《傀儡家庭》中未觉悟前的诺拉那种女性世上正多着,她们非但很没离婚的动机,还肯替丈夫遮掩罪恶担负罪恶咧。”这篇小说显示出作者对妇女命运的思考,从她们的新婚就想到了她们的未来。严格地说,我国“五四”时期的文学实际上都可以称得上是“问题小说”,鲁迅、冰心、叶圣陶、庐隐、王统照等新文学作家此时的作品都在向人们画出一个个人生和社会的问号,都是从人生价值的角度出发,一一地去思考当时社会中的农民问题、知识分子问题,以及家庭、婚姻、青年等等社会问题,应该说,徐卓呆的这些哲理性的滑稽小说是和时代同调的,他反映的问题也许没有新文学作家那么深刻,但他的笔的确触及到了社会的敏感问题,那一篇篇内容完全相同的日记实际上问人们怎样才是有意义的生活,而他在《五对半的新夫妇》中提出的“世上的女性就是家庭极没有幸福也未必一定会离婚”的问题,也正是整个新文化同仁们所痛心疾首的事情。滑稽小说喜欢写生活现象,也很容易造成描写上的浮光掠影,徐卓呆是认识到这一点的,他曾把滑稽文学分成两个等级,他说:“最好是情节很滑稽,又极自然,其中还含着一点儿深意,其次还是那情节平常而专用滑稽的来描写,倒也有趣。”[1]徐卓呆当然是向“最好”的方向努力的。

在徐卓呆的哲理滑稽小说中,最杰出的还是他的长篇小说《万能术》。小说写了一个叫陈通光的仆人忽然得到了千里眼、顺风耳的本领,而且可以

---

〔1〕 徐卓呆:《滑稽小说之要素》,《小说世界》第12卷第10期(1925年12月)。

根据自己的意念指挥宇宙之中的一切事物,成了一个“超人”。他能够看到主人任何隐秘之事,能够解救主人的任何危难。他的主人想到陈通光的本领应该大大地利用起来,除了可以为己服务外,还应该使之“用奇迹之力将中国国土尽行化为黄金,不是中国成了世界第一富国吗?把中国人尽行变成不死之身,随便怎样不会死,那不是可以练成世界第一强兵吗?再使中国人身上生了翼,也用不着什么飞机,不是可以在全世界横行雄飞了么?”这样,陈通光就被介绍给了“吃饭总长”。“吃饭总长”正在为全国老百姓吃饭问题犯愁,听说陈通光有如此本领真是喜出望外,就马上要求陈通光显神通,解决吃饭问题。陈通光意念一动,天上果然下了大白米,哗啦啦地淹灭了房屋,堵塞了河流,阻塞了交通,更主要的是农民都起来造反了,因为田里的米卖不出去,就断了他们的财路;为了平息农民造反,就让陈通光显神通让天下钞票以满足农民的欲望,纷纷扬扬地飘在满地的钞票实在太多了,反而买不到东西,人家都拿着钞票到银行要求兑换银币,造成了市民游行;为了解决问题,就又叫陈通光下银币,丁丁当当地下了一阵,将每一个人的腰包都塞满了,结果买一只鸡蛋需要用一马车银币才行,于是“吃饭总长”又叫陈通光显神通把银币变小,银币是变小了,全国却都埋在银币之中了。内阁开紧急会议,要求陈通光祈求神灵什么才是内阁正确地指导人生的方法,随着陈通光默默的祈祷,墙上忽然出现了神的指令:限今日辞职,否则逐寸死去。内阁成员们又怎么会愿意辞职呢?但是想到身体会逐寸死去,也就准备辞职了,此时“吃饭总长”忽然想到一个妙计,就是让地球不转,永远停留在民国 11 年 8 月 27 日。陈通光的意念一动,地球果然停止转动了,但给地球带来了多重打击,地球猛然停转,所有的东西都由于惯性而飞向了天空,飞上天的人都摔死了,这是第一重打击;第二重打击是所有飞到天上的东西又都落下来,把剩下的未上天的人都砸死了;第三重打击是风的快速飞转,可以钻入地壳之中,将所有地下的生物都毁灭尽了;第四重打击是地球表面的大海出现了大海啸,水漫向四处,连深海里的生物都灭绝了。世界上只有一个生物活着,那就是“超人”陈通光,因为陈通光有绝对的不坏之身。看到茫茫的一片,孑然一人,陈通光后悔了,他的意念一后悔,奇迹又出现了,世界一下子都又回复到了原样。这部 1924 年在《小说世界》上连载的长篇小说充分反映出了徐卓呆知识的广博、政治倾向和哲理的思考。这是我国现代文学史上最早的一部科幻长篇小说。我国过去也有一些上写九重天,下写九层地狱的作品,那些作品从文学原型上推,是学的《西游记》,从观念上说，是中国神鬼观念的表现，勉强地可以说是“幻”，但决无“科”而言。徐卓呆的《万能术》也写到中国的世俗社会生活(我们下面将提到)，但是他作品中的翻天覆地的依据是大量的地理天文知识，在地球受到第一重打击时，徐卓呆大讲什么是“惯性”，并用各种例证加以说明；在地球受到第二重打击时，徐卓呆讲解起什么是“落体运动”；第三重打击时，讲空气的流通而造成的风的形成，风的速度的计算等等；到了第四重打击时，徐卓呆就讲起海啸的形成和危害。这部小说的确是异想天开，但却想得有根有据，留过学的徐卓呆充分显示出了他的现代知识。《万能术》表现出了强烈的政治意识，嘲讽了当时的军阀政府的无能，批判了他们的罪恶。“吃饭总长”这些内阁成员们只会头痛治头，脚痛治脚，而不会解决根本问题，这样的政府只会把社会弄得一团糟，连神灵都要他们下台，否则是逐寸而死，可是他们为保住自己的位置，不惜要让人类毁灭，这样的内阁却正在统治着中国人，其后果是不寒而栗的！对当时统治者的嘲讽和批判是通俗文学作品中的一个主题，徐卓呆用荒诞的形式写出他们的滑稽相，自成一家。这部作品还有更深层的意义，它启发人们对生活作出某种思考。小说的情节使人想起一则中国古代寓言：古时有人将蚰蝓活着吞下去，求医，医生叫他把蛙吞下去，蚰蝓被蛙吃了，谁知蛙在腹中跳着更难受，再求医，医生叫他把蛇吞了，蛇吃蛙，谁知，蛇又在腹中游起来，医生又叫他把野鸡吞了，野鸡吃蛇，野鸡却在腹中拍动翅膀，医生无奈，只有叫他把猎枪吞下，但是猎枪吞不下去，唯有医生开枪打了，此人只有吓得逃走。作者力图论证人类社会何尝不是如此，很可能出现这种满足小欲望、留下大隐患的后果，谁都要吃饭，但米多了会不会带来更大的苦恼呢？谁都要金钱，谁也说不定金钱也许是造成祸害的元凶，欲望本自然相生，欲望又往往给人一种相克，人类社会大概就是在这种相生相克之中前进的，最后的结果也许是人类自己把自己毁灭吧。想到这儿，这部小说就更有些意味深长了。

反映社会生活比较浅是通俗文学作家易犯的通病，徐卓呆的滑稽小说却表现出自己的特色，所以他成了很受人欢迎的作家，成了各种通俗文学刊物上经常出现的撰稿人。

第四节　融进新小说的创作方法
——滑稽小说艺术品位的提高

一般认为新文学兴起后，通俗文学作家开始有意无意地向新文学学习创作方法，从而大大地加强了作品的可读性。徐卓呆和一般的通俗作家不同，留学生的文化修养使他成为通俗文学之中若干通外文的作家之一。他在上海居住期间，经常到日本人集居的虹口购买有关戏剧的日本杂志，读了不少世界著名的剧本，他曾和包天笑合译过《牺牲》等作品，演出过不少当时文明戏移植过来的外国戏，这都开阔了他的眼界。当他一心一意地进行滑稽小说创作时，这些新的因素都有效地表现在他的作品的艺术形式的调度上，使他成为创作方法上最新颖的通俗作家之一。

在人物形象的塑造上，通俗文学和新文学比较起来，差距就在于通俗文学不注意人物性格的刻画，而使人物流于类型化。徐卓呆在这方面显示出了他的知识优势，他用滑稽的笔墨写人的形体、语言和行动等外象表现，写出了滑稽的典型人来。《红玫瑰》第5卷第9期(1929年5月)开始连载他的中篇小说《甚为佳妙》。编者曾推荐该篇是作者在那三四年中"唯一的杰作"。小说中的主角王鹿希是一位研究后期印象派的所谓艺术家。此人"头发长得披到肩头，头颈里，一个黑绸做的大领结，足足有戏台上武生胸口那个白绸子的彩球一样大小。穿一身黑呢洋装，肩头和背上，都有一星星的白屑。这是头发中的头垢，因为不用木梳去剿灭，它就猖獗到衣服上来了"。经某人介绍，他来到某杂志社做美术编辑，接手绘制一幅物产地图时，他即夸口说："这种非艺术工作，顶多一星期画好。"谁知他不是今天遇到奇事，明天会个朋友，后天又缺少绘画工具，过了一天又大嚷患了"性的烦闷"忧郁症，和别人谈话开口时是"如此佳妙"，结束时总是"十分凄惨"，就这样一幅草图，在他手里竟耗掉整整一年时间仍未完成。就这么一个吊儿郎当、混日混时的人物，竟用了卑鄙的伎俩，赶走了编辑部主任，自己轻而易举地坐了上去，从此"只见王先生双手拿着报纸，一只左脚，搁在桌子边上，口中连连地念：'富丽堂皇……主任一番……甚为佳妙……'"，虚浮自私，懒散轻狂，言而无信，贪鄙钻营，这位王先生的所作所为让人们联想到当时一种入流或未入流的"新名士"形象。中国的遗老遗少们是一些"安于'自欺'，由此并想'欺人'"[1]的"老名士"，他们是明明知道自己所做的一切都是假的而要去做，立足于一个"欺"字。"新名士"们是那些沾了些"洋气"的时代的"混混儿"，他们狂妄自大但又无所事事，目中无人却又不做实事，满腹牢骚却又消磨时光，遇事马虎却又斤斤计较，不拘小节却又自珍自惜，对别人，他们总觉

〔1〕 鲁迅：《立此存照(三)》，《鲁迅全集》第6卷第622页，人民文学出版社1981年版。

得不如自己，而又感到他们处处和自己作对，对社会，他们觉得屈了自己的才，从而事事怨气冲天。和中国的“老名士”比较起来，他们并不是“欺人”，也不是“自欺”，而是真心诚意地认为做人就应该这样，尤其是他们这些有才的名士更应“如此佳妙”，如果仅仅从他们和社会格格不入的现象看，他们倒很像 19 世纪俄国作家笔下的“多余的人”，但是他们并没有无力改变社会不如混迹社会的思想情绪，也没有蔑视和否定现存的一切试图摆脱寄生生活而产生的愤世嫉俗，他们只是要去掉社会对他们的压力，可以心安理得地混迹于无聊的生活。茅盾说过：“西洋的浪漫派、颓废派的文学家的思想和行事，原与中国名士派根本不相同，不知道为什么西洋文学上的颓废主义一到了中国就被中国的名士派的余孽认了同宗；中国的名士思想本来世世相传，潜伏在一般人的意识里的。于是就穿上了外来主义的洋装，在先天的洋迷的现代中国青年思想界活跃起来了。”〔1〕王鹿希正是这样一位穿着洋装的“新名士”，他身上沾有着时代的颓废气息。滑稽文学写人线条都很粗疏，近似速写，徐卓呆写人也往往是几笔勾勒，但他总是把人物放在时代背景中，注重人物性格的描写，因此人物形态逼真，十分传神，活在读者的眼中，这在通俗文学作家中是很难得的。

徐卓呆曾对中国传统小说作过一次分析，他说：“中国旧小说，除了《三国演义》、《水浒传》、《红楼梦》、《西厢记》有特殊价值外，其余的无非是‘千金小姐游花园，落难公子中状元’一类东西，本本都是一鼻孔出气的，有头有尾，直要到大团圆了，才肯完结，差不多以为不如此圆满就不能使读者满足，所以也不管事实上做得到做不到，写人生竟没有不如意事，都能逢凶化吉，转忧为乐，书中主人翁多情人成了眷属，还要叫他做什么巡按御史，将来一定百年长寿，子孙满堂，著者见锦上的花无法再添方肯搁笔，迎合读者之心，无所不至，思想的卑鄙，篇篇如出一辙。”〔2〕这样的见解在通俗文学作家中是少见的，和当时的新文学作家对中国小说的讨论有着相同的认识。〔3〕这说明了徐卓呆对世界文学的基本了解，以及他的小说创作观有相当程度的现代意识。他的滑稽小说打破了传统的因果关系的平铺直叙，打破了传统的有头有尾的叙述结构，比较合理地安排好过去、现在和未来，利用时空的

〔1〕 茅盾：《“大转变时期”何时来呢？》，《文学周报》第 103 期（1923 年 12 月）。

〔2〕 徐卓呆：《小说无题录》，《小说世界》第 1 卷第 7 期（1923 年 2 月）。

〔3〕 当时胡适和钱玄同在《新青年》上开展了中国小说价值观的讨论，他们认为中国小说“最有价值者，不过施耐庵之《水浒》，曹雪芹之《红楼梦》，吴敬梓之《儒林外史》三书耳”，其他小说“所谓小姐后花园赠衣物，落难公子中状元一类，千篇一律，不胜缕指”。

跨度造成小说的滑稽感，显示出了他的思维的开阔性。在《过去未来的寡妇》中用回忆的方式写“我”过去的一段艳遇，又用想象的方式写“我”如果死后，妻将怎么办，最后来上这么一段：“以上的谈话还是三年前的事，我夫妇二人从去年起做了一个男孩的父母了，不过从上月到现在，我是病者，病势有增无减，一天重似一天，总难有痊愈的希望，万一……”这篇小说没有什么思想意义，但艺术比较高超，在有限的篇幅之中容纳了跨度很大的时间。徐卓呆也曾写过妇女一生命运之苦的小说，但也决不像一些通俗文学家那样一枝一叶地从人写到事，而是很巧妙地选用了好的创作观点写场面。他在《十六行眼泪》中，写柔芬从出了母胎到衰老病死的整个一生，十六行眼泪分成八级，分别写了柔芬从小因是女孩而无奶吃；上小学因是女孩而被欺侮；中学因是女孩而失学；入了社会因是女人而差点被骗；结婚以后因是媳妇而被婆婆骂；丈夫娶妾而打骂她；妾卷走了财物丈夫一病呜呼而孤苦伶仃；儿子被养大却堕落了下去。他用眼泪作为创作视点写一些空间场面，很清楚地写出了妇女的一生，同时，虽写了一个悲剧性的事情，但写各种眼泪之别，小说又颇有诙谐的味道。打破传统的叙事结构是现代小说的一个重要的艺术标志，徐卓呆在这方面是费了不少脑筋的。

滑稽总是和奇事分不开的，徐卓呆决不平铺直叙地说一件奇事，他总是摆出一个奇怪的疑团，用悬念来吸引读者，最后再推导出一个滑稽的结局。《古代奇病》写的是2272年在万国奇病研究会里，两位博士分别送来了两位奇怪的病人，这两位病人一男一女，却有共同的病症，很少进食，忧忧郁郁，愁眉不展，众专家准备会诊，旁听者水泄不通。这是什么病呢？读者马上就被小说的悬念吸引住了。更奇的是两位病人一见面，竟各自惊呼起来，两人当着众人的面亲亲热热，唧唧哝哝，可是一会儿两人又转过背去，各自不理会了，分别嚷着要回去。这究竟是什么原因呢？读者的确想了解其中的底细。经过多方查寻才知道，男病人叫华惠民，是医学博士胡先生的助手，一次代替胡博士替富豪浦先生的三女儿浦馥珠看病，这位小姐终日在床，从未出过门一步，两人一见钟情，又苦于无法再见面，所以害病在身，结果两人在万国奇病研究会中相遇了，所以惊喜万分，不想交谈之下，方知华惠民不是医学博士，而浦馥珠又是断腿，两人马上就打消了相思的念头，而不愿再相见了。小说如果写到这里，还仅仅是奇而已。作者又加上了一个漂亮的尾巴，也是徐卓呆惯用的手法。尽管两人的病已痊愈，万国奇病研究会还是要查出这种病是否是一种新病，不久收到周博士的一封信，信中说：他查阅了十多个图书馆里的古籍，终于发现了这是一个古病，叫相思病，在 19 世纪的中国尤其盛行，而且从记载上看，当时很平常，大概当时的人们并不把它作为病，云云。这个尾巴就给这件带有滑稽色彩的奇事留下了思索的余地。有时徐卓呆根本就不在作品中留下答案，摆出了一个有趣的悬念，让读者各自思考去吧。他在《笑而不答》之中写了一位浪荡公子谈九忽然要结婚，预先准备了一张大床，这床的内面没有什么两样，却在左、右、后三面装饰了什景橱般的床架，将与他曾经有过关系的七八十位女人的信物展示其间，并发请柬请她们来参加婚礼，来人都奇怪这种什景橱式的床架，亲友们问他为何如此，他笑而不答；那些妇女们问他为何如此，他笑而不答；新娘是一位跛足粗陋不堪的乡下人，人们问他为何娶她，他笑而不答；有人问他娶妻的方针是什么，他还是笑而不答。小说最后说："编辑者和读者千万别追究谈九是什么意思，倘使要来盘问，卓呆卓呆也，惟有笑而不答，其实他究竟何意，反不如任多数人各自去照各自意思去猜想来得有味。"让读者去猜想，自然能扩大作品的内涵的，徐卓呆深知其中之奥妙，他总是想方设法做到这一点。

第五节　从世俗滑稽生活中看社会道德
——徐卓呆的新与旧

从徐卓呆个人生活经历，以及他的作品之中的时代社会性、艺术上的现代小说的创作技巧上看，他应该是一位新文学作家，然而他不是，他是一位通俗文学作家中的佼佼者，为什么这么说呢？

世俗性是通俗文学的一个重要特色，通俗文学作家都喜欢从日常生活之中写人写事写道德，新文学作家总是想从人的灵魂之中写社会、讲哲理。徐卓呆属于通俗文学作家，他总是从世俗的滑稽生活之中写社会道德，《李阿毛外传》是从剪头理发、婚丧嫁娶、柴米油盐的人情世态之中写出市民的生存技巧的；《甚为佳妙》写了一个"新名士"，在主人公大而化之的生活态度之中又夹杂着很多的"性"的世俗生活描写；《万能术》写政治和人生的思考，徐卓呆也没有忘记加上很多世俗生活的佐料，例如财主财迷心窍而落得一场空，名士偷逛妓院而被老婆发觉罚跪等等。徐卓呆有篇滑稽小说叫《浴堂里的哲学家》，小说写一位自称为哲学家的人每天去洗澡，然后就坐在浴室里观察众多的赤条条的人，"他想浴堂中不穿衣服真是提倡平等的宣传所，一穿衣服便有贫富之分，人家也就看着他的衣服定自己拍马与否之方针了……哲学家因着这个意思便常把古语改两个字对人家说道:万恶衣为首,百善裸为先"。根据这样的道理,哲学家向浴室主人提议,废除一切洋盆、官盆、客盆、大汤的阶级,全为大汤,这样更平等,并资助3 000元帮助主人修建浴池,主人遵嘱改了。小说最后说:"有一天主人对他说道,生意倒还好,不过从前盆汤里的许多上等人一个也不来咧,哲学家想了一想才道:'原来爱平等的只有一班下等人。'"这篇小说读来颇有一些意义,文笔也比较滑稽,但那点意义和滑稽来自于浴室,来自于那赤条条的人带来的启示。世俗生活之中寻哲理、讲道德,前者是徐卓呆追求的"趣味",后者是徐卓呆追求的"人生片断"。

徐卓呆和新文学作家的根本差距还是在他的文学观念上。中国通俗文学的观念是消遣趣味中的"警世觉民",是对现存社会的批判和用既有道德教育国民,中国通俗文学实际上是一种社会文学和道德文学。社会文学是通俗文学的长处,表明了他们是跟着时代前进的,道德文学则往往是他们的短处,他们常常把自己丢在时代的后面了。徐卓呆的哲理滑稽小说的长短处也正表现在这里。他建立在社会批评上的那些滑稽小说,我们都可以称之为佳作,如上文所举的《李阿毛外传》、《甚为佳妙》、《万能术》等作品。一旦涉及到道德问题,我们尽管欣赏其中的艺术手法,但对其中有些思想格调却大摇其头了。他能敏感地表现一些社会人生问题,甚至对既有道德的现有状态表示不满,但没有用新的人生价值来代替既有道德的企图,他不满的是既有道德变形而造成的痛苦,要求的是修正既有道德使之能够赶上时代,以上所举的《五对半的新夫妇》、《十六行眼泪》、《笑而不答》均可作如是观。这样一种对道德的态度,他自己也曾表露过,他说:"古时的劝善惩恶就在那小说或戏剧的事件中明明白白实现着,现在的小说虽不一定如此,事实上也很有叫人避恶就善的意思。""旧小说的劝善惩恶是世间道德的常套,新小说的劝善惩恶是注目在世间道德的进步改良上的。""那么小说单单是道德的,把人改造的吗?不对的……只会讲道德的教育家不能当真造成生活有余裕的人啊,菜肴务求多吃滋味好的东西,所以好的小说在道德以外一定有诗的趣味,不可不细细辨别啊,把人改善,那是道德比着法律,更是积极的东西,但是小说中(他种艺术同)诗的趣味比着道德更能积极的将人改善啊。"[1]我们明白了,用"诗的趣味"写"进步改良"的道德,以达到"避恶就善"的目

〔1〕 徐卓呆:《小说欣赏上应注意之要点》,《游戏世界》第21期(1931年)。

的，这就是徐卓呆的文学观念。1936年，大众书局请包天笑、胡寄尘、何海鸣、徐卓呆分别写《喜》、《怒》、《哀》、《乐》一套丛书。在这部《乐》中，徐卓呆很典型地表现出了他的道德观。小说写了一个叫乐乐乐的乞丐，此人物质上虽穷，精神上却是位富有者，作者说："他穷到饭也无处去吃，他竟不去做盗贼，情愿向人家求乞，不是很应当敬重他么？"不仅如此，这位精神富有者还想方设法使别人穷变富，悲变乐，但是他有一个标准，就是不能过分地"乐"，否则就要生"悲"。与乐乐乐相反，小说写了一个叫钱恒的暴发户，叫妓女捉他，捉到者1 000元，或他捉妓女，捉到者也是1 000元，又把钱作为彩球抛，扔到者就是1 000元，结果乐极生悲，一场大火把他的财产烧得精光。小说最后有这么几句诗："自寻乐境，便是幸福，若无乐趣，人淡如菊，乐之过度，甚于鸩毒，我劝世人，俱应知足。"这位乐乐乐的乞丐颇似一位现代济公，但和济公惩富济贫的做法有些差别，他并不那么憎恨富人，认为他们有钱寻乐也未尝不可，承认金钱的地位可以说是作者"进步改良"的道德观吧，但是作者又认为根本上的"乐"还是精神上的乐，它要比物质上的"乐"来得长久，来得高贵。同时，作者还宣扬人们的享乐要有一个极致，不可过滥，应该知足，否则"乐"甚于鸩毒！这一切都是从中国的传统的文化观念中生发出来的，"人穷志不穷"和"节欲"本身就是中国传统的伦理道德的一个组成部分。"改良进步"的伦理道德观是徐卓呆"劝世"小说的价值标准，它来自于传统，也回归于传统。

徐卓呆也还有不少立意不高的作品，纯粹是有意显露自己的滑稽技巧，例如他的《用最后媒介物之后》写男女两情人情意绵绵，可是他们之间的感情全靠物质和媒婆来沟通，至多也是两人远处相视一笑，他们成婚了，原想可以从此不要媒介物来沟通感情了，谁知他们还是不能讲话，原来新娘是哑巴。再例如《姨太太让渡记》，写老板在大妻和老母的逼迫下和妾断绝关系，账房先生在旁边出主意用五千元和一所房子给姨太太以补偿损失，不久账房先生忽然辞职，原来这位姨太太和账房先生本就是夫妻，这是一场骗局。这些小说的构思都很巧妙，啼笑皆非的情节给读者产生了"顿悟"的效果，但除了读者对其艺术技巧的称赞之外，又有什么思想意义呢？这样的作品是有损于徐卓呆的形象的。

第七章 社会滑稽小说家：耿小的

第一节 滑稽小说的另一种风味
——北派滑稽小说家耿小的

中国北方的通俗文学从规模上说是比不上南方的，而且它们的起步也比较晚，大多是在30年代末40年代初才出现在文坛上的。北方的通俗文学被称之为中国通俗文学的北派文学，北派作家创作的社会小说、武侠小说无论在思想内容还是艺术形式上都较前有很大的进展，成为北派文学的创作优势。其他类型的文学虽然创作不多，北派作家们也都涉及到了。在滑稽小说之中最有代表性的作家是耿小的，他的作品代表了北派滑稽小说的成就。耿小的（1907— ），名文濂，字郁溪，笔名小的（《小小日报》时始用，取《水浒传》之中的自称"小的"）、晓堤。1927年从北京师大休学后，他开始了创作生涯。耿小的是一位报刊作家，他曾为《生活日报》、《实报》、《民言报》、《小小日报》、《北京白话报》、《新北平报》、《新小报》、《新民报》、《立言报》、《三六九画报》等报刊写过长篇连载小说，这些报刊几乎覆盖了三四十年代京、津两地所有的报纸，耿小的的名声也随之鹊起。他的长篇小说起码在50部以上，其中滑稽小说的代表作有《新云山雾沼》、《时代群英》和《滑稽侠客》等。

耿小的做过很多报刊的编辑，社会交际比较广泛，再加之他曾担任过一段时期的新闻检查官员，致使他的眼界比较广阔，形成了他的滑稽作品中社会生活面广阔的特点，他不太局限于写某件滑稽的事，或某个滑稽的人，而是善于把整个社会写得滑稽了起来。然而他又不太愿意把滑稽的根源归结于社会，他总是把社会滑稽的责任让那些滑稽的人来承担，指责他们扰乱了社会或嘲笑他们在社会中的胡闹，而这一被扰乱了的滑稽社会只要经过合理的整顿，总是能好的，所以他的作品之中总是想方设法地把自己的社会理想模型用某种方式表现出来。这种判断是和耿小的的社会价值观有很大关系的。耿小的的作品具有北派滑稽的风格,他不写南派滑稽作品之中常有的邻居吵架、姑嫂相悖、家庭婚姻、市井风貌等题材,他喜欢写国家的治理、知识的污染、社会的丑闻等题材;他的文笔不及南派作家那么细腻,显得粗疏,但粗疏之中却能抓住人物和事件的最根本的特征,写出对象的神韵来,颇似一幅速写画。耿小的是接受新式教育的通俗文学作家,他的文化视野要比清末民初的通俗文学作家广阔得多,他的作品有学习中国传统文学的一面,也明显地接受了外国滑稽幽默文学的影响,在艺术上很有独到之处。这些都形成了耿小的滑稽小说的个性特征。

第二节　在丑陋人间寻出“美”来
——让滑稽人承担起责任

滑稽小说家都喜欢孙悟空、猪八戒、沙和尚和唐僧等西游人物,他们不仅形象具有滑稽的色彩,而且他们可以上至九重天,下至九层地狱,任意行走,他们可以将一系列的滑稽的人和事贯串起来,并成为这些滑稽的人和事的见证人。清末民初的滑稽小说家喜欢用他们来考察社会,从而表现新旧社会之差的滑稽感。耿小的也写他们,不过是用他们的所见所闻表现出现代社会的滑稽来。励力出版社在40年代曾替他出版了一本“乐趣滑稽游戏小说”《新云山雾沼》,用孙悟空等四人将上界、人间、地狱三重世界贯串起来,从中表现出作者对现实社会的评价和理想的社会模式。小说写孙悟空、猪八戒、沙和尚被玉皇派遣考察阴间,他们分别变为瘦鬼、肥鬼、吊死鬼进入了阴间,谁知在阴间每行一步都要钱,没有钱就得下油锅,悟空等三鬼分文没有,当然只有下油锅的份了。悟空趁着排队下油锅的空儿去考察了阴间七十二地狱,他看到一层地狱比一层地狱惨,酷刑滥用,号叫难忍,他想:“神仙是慈悲为怀,不应该有这种残酷的刑罚,现在人间的刑罚都改了,神仙的刑罚反而更残酷了吗?这回第一奏本,先要废除七十二地狱,完全改为‘感化所’。”接着,悟空又拖着八戒、沙僧体验了可以转回阳间的轮回管理院,戳穿了阴间变戏法的蹩脚,看见了竹林七贤、桃园三义,以及老朋友唐朝的魏徵,这些名人和朋友纷纷向孙悟空控诉了阴间的弊端,孙悟空深深地感到“非得想法改良不可”,就赶到玉皇那里汇报了阴间之行。为了全面地了解情况,玉皇又派悟空等三人前往人间调查一切问题,并分别委任为监察委员，给予他们先斩后奏的生杀大权。此三人又来到了人间，八戒用骗吃骗喝的方法破除了人们的迷信心理，用变男变女的手段破坏了偷情者的幽会；在天桥，悟空利用算八卦的机会点化人间的愚昧人，他们游戏人间，却又拯救众人。孙悟空为了寻找走失的沙僧，翻着筋斗四处寻找，不知不觉地飘到火星上去了，他看到了火星人观察地球上人类历史的记录，考察了这一政治开明、科技发达的社会。经过数年在宇宙中翻筋斗，悟空才又回到了地球。数年不见，他发现地球变了样了："街道非常整齐，行人也很有秩序，人力车已经没有了，只有汽车、马车和自行车，那些在街上走的青年们，快快乐乐……颇有点火星的样子。"孙悟空被众人推为地球和火星的联系人，正在这时，水星人发兵进攻地球，孙悟空带领了十万神兵迎战水星人，在火星人的帮助下，终于迫使对方投降。消除了外患，开始惩治内忧，原来地狱中的七十二层隔板已被凶魂恶鬼们刮通，他们结成死党和人间不法分子相勾结，作恶多端，玉皇派孙悟空等人前去惩治，大获成功。小说最后说："经此天上地下人间，三全其美，各自相安，一直到了几万万年。"和以前写孙悟空等人游戏人间的作品不同，他们虽然还做些恶作剧，但其目的是好的，以前的孙悟空等人常常对现实社会不满，却也常常被现实社会带坏，现在的孙悟空等人是正义的化身，他们能够洞察社会的弊病，又是改革社会的力量。不仅如此，孙悟空还是把落后的现实社会引向科技发达的文明社会中的人，他阅历广泛，见识渊博，知道什么才是真正的文明和科学；他还是拯救地球不被外星人侵略的保护人，他智勇双全，技艺非凡，又能联系友好的火星人共同御敌。孙悟空从赎罪的行者，变为拯救社会的"超人"，这一变化深深地印烙着耿小的的社会观，在他看来，社会是有弊病的，这些弊病是由于那些贪官污吏、不法分子、凶魂恶鬼造成的，但是这并不可怕，社会是能够改好的，因为上层统治者有决心将其改好，更主要的是还有一批才智高超的能人，他们是非分明，眼界开阔，还可以借助外来的友好的力量来解决这些弊病，治理好国家，这就是耿小的通过《新云山雾沼》所传送出来的信息。

对现实社会抱什么态度，滑稽文学表现出来的差异性是很大的：清末民初时对现实社会的批判，对假维新的否定，但作品之中也都对国家的未来寄托着希望；到了30年代，出现了一些胡调人生的滑稽小说，这些作品既对社会绝望，也害怕社会，就只有用游戏或自杀的方式混迹于社会；到了40年代，有人感到社会毫无生机，对它冷嘲热讽，如张恨水，也有人对社会持批判讽刺的态度，但又并不责怪社会，这就是耿小的。这种社会观的差异性应该说是和他们的生活经历有很大关系的。清末民初的作家希望民族革命能够成功，国家政体能够变革，他们把期望寄托于未来；30年代的作家们报国无望，却又不愿意屈从，那就干脆胡调社会；经过战争磨难，四处辗转的张恨水，爱国的热情在现实的腐败面前被扑灭了，他就把对社会的否定融化于滑稽的时政世情的描写上；耿小的就不同了，他在战争期间是一位新闻检查员，他相信管理制度得当是能够消除弊病的，他认为统治阶层是想把社会治理好的，而且是能够治理好的。从这样的观念出发，耿小的的作品之中对社会弊病的揭露是准确的，讽刺是尖刻的，但对社会的批判却是浅薄的。他的《时代群英》写的是一批文人办学校的滑稽故事。这是一批故作风雅不学无术的无聊文人，他们都是"乙丑谜社"的同仁，其中有一个叫贾克礼的文人，头脑活络，想出了一个办学校的主意，认为此举既可赚钱，又可赚名，于是就推选谜社中威望最高的名流高始觉为校长，办起了个"始觉女子职业学校"。学校招生的广告一出，居然吸引了很多的学生，而且都很有钱，"有许多没有念过书的小姐，素来醉心女学生的浪漫生活，便全投考来了，有的是人家姨太太，她丈夫怕她不安于室，所以送到学校，叫她学功课，有的丈夫在外经商，自己闲着无聊，跑到学校解闷儿"。她们把学校当作一个聚会聊天比赛花钱的场所。再看教员的组成，拉皮条的贾克礼为教务主任、小报记者朱抗为新闻学教师、江湖医生夏世仁为医学教师、罗锅灯谜罗国贤为国文教师、口吃的汪笑我为音乐教师、耳聋的关仲闻为绘画教师……可以说是群"闲"毕至，奇才汇集。就这么一个学生为取乐而聚、教师为取财而至的学校，出现了一系列的笑话，游艺场、运动会、春秋旅行……新花样一个挨着一个，学生们玩得不亦乐乎，教师们赚得不亦乐乎。直到有一天，一位自称是实业部考察华北实业状况的大员用骗术骗走了四位漂亮的女学生，学校受到各方面严厉的批评，高始觉校长在惊吓之中一病呜呼，各种骗术方才告一段落。可是高校长死后，又出现了多种怪事，学校居然盘给了有钱的和尚们，和尚校长的眼睛就只盯住女学生，不问他事，学校里的苟且之事就更多了。教师们为了保住饭碗互相争斗，学生们分成两派互相攻击，最后"始觉女子职业学校"这块招牌算是揭了下来，学生也全各自哄回家去，"大家仍旧原状"。以学校为背景嘲讽读书人的酸态，过去的滑稽小说家也写过，耿小的的《时代群英》显然不仅仅局限于学校生活和讽刺读书人，他是把学校当作社会来写的，他试图说明整个社会就是这么你骗我我骗你地乱哄哄，管理人的教师们就像那些官员们为了钱互相倾轧，被管理的学生就像那些老百姓只会胡闹,作为最高领导人的学校校长根本就无法管理学校,反而被活活地气死。耿小的通过学校写社会,呈现在读者面前的是一批蝇营狗苟的文人和一批浑浑噩噩的女学生们,他(她)们把这个"社会"弄得乌烟瘴气、滑稽可笑,这样的揭露是有力的,讽刺也是辛辣的。然而,作者在总结这一场闹剧时,却得出了一个奇怪的结论,他把责任怪罪到女人的身上,作者借书中人物的口说:"始觉为什么死,不是学校糟了吗?学校为什么糟了,不是叫人拐款潜逃吗?为什么拐款潜逃,不是学校逼的吗?为什么逼他,不是学校没钱了吗?为什么学校没钱,不是叫骗子骗去了吗?为什么骗子要来行骗,不是因为看上她们几个女生吗?所以说,推其源是女人的祸水。"这段结论当然可以作为游戏之言来看待,其实也正反映出作者的价值判断,为什么这么说呢?在作品中,作者的确是把女人当作"祸水"来安排情节的。在学校刚开始的时候,也曾比较正经地上了几天课,就是由于这些女人们不爱听课,才把讲课变成讲故事;女人们又唱又跳,讲故事也无法使她们满意,只有把她们组织起来举办游艺会;可是她们唱完跳完还要谈恋爱呀,就只好举办运动会以分散她们的注意力;她们都耐不住感情的折磨,就只能带她们出去春游了,她们被骗走,固然是学校的财迷心窍,又何尝不是她们爱慕虚荣在暗中做了手脚呢?女人是把学校推向毁灭的动力,是她们把"社会"搞得一团糟。耿小的的作品就是这样,他写了很多滑稽的人和滑稽的事,读来很吸引人,但是随着这些滑稽的人和事再去琢磨背后的批判力量就觉得很弱,甚至有些莫名其妙地被弄得啼笑皆非。是滑稽的人造成了滑稽的社会,而不是滑稽的社会造就了滑稽的人;消除了这些滑稽的人,社会也就自然健康了起来,这样的思维形式给耿小的的作品带来了遗憾。

说耿小的的作品反映社会生活的不足,并不是否定他在这方面所作出的努力,在现代滑稽小说家中反映社会生活最广的还是他。徐卓呆也是一位善于表现社会滑稽相的作家,但他只是局限于上海的都市生活,耿小的写的滑稽小说无论是什么题材,或明或暗地都是以社会生活为背景,而且他还把读者带出了都市社会,走进了农村,其作品的生活覆盖面是整个中国的华北地区,最有说服力的是他的《滑稽侠客》。这部作品明显地受到了塞万提斯《堂吉诃德》的影响,写了两位武侠小说迷寻师学艺的故事,他们四处奔波,也四处留下笑话。这两位武侠小说迷,一位是爱幻想而被剑客迷上的青年叫华慕侠,另一位是华慕侠的同学,叫赵邦杰,赵邦杰体格很好,头脑简单,平时也极爱好侠客,他们俩拜了盟兄弟,分别自起了个名号,华慕侠叫赛朋克，赵邦杰叫电声侠客，这两位中国现代的堂吉诃德和桑丘式的人物从北京出发往河南寻师学艺而去，他们一路上奇特地幻想着，一路上滑稽地行侠着，最后饿得偷包子吃而被送进了官府。小说写了两位到处游荡的滑稽人物，透过这两个人物的所作所为，作者反映了辽阔的华北农村的社会状况，乡村的生活、匪窟的凶狠、市镇的喧哗构成了作品的巨大的背景，赤贫的农户、卖艺的拳师、蒙面的强盗、街头的妓女等各式人物，小说都加以了表现，如此广阔的社会世态相和如此广泛的世间众生相是中国滑稽小说从未有过的。

耿小的是一位社会滑稽小说家，不管他的社会观如何，他的作品视野比较开阔，意蕴也比较深厚，气度也比较宏大，很有独到之处。

第三节　愚昧是落后社会的本源
——耿小的小说的社会性

和其他滑稽小说写社会矛盾有着明显的区别，耿小的不写社会的新旧矛盾，不写中国人在外来的物质文明面前所表现出来的傻相，不渲染如何在社会中混下去的滑稽技巧，他写的是愚昧在科学面前所表现出来的滑稽相。只要对他作品中出现的一系列滑稽场面稍加总结，就能发现耿小的最为反感的是中国人的愚昧，他们常是滑稽的对象。他写孙悟空、猪八戒、沙和尚游戏人间，做的几件滑稽的事都是嘲讽中国人愚昧的。孙悟空等人来到人间首先看见的就是一群人在那里设坛，他们看见这些愚民们实在蠢得可笑，就决定捉弄他们一下，悟空在沙盘上写道："天蓬元帅到。"八戒在沙盘上写上："俺须先吃，吃完了才能谈话。"于是，八戒骗到了一顿好吃的，小说写道："这一桌席，本是大家聚餐的，不想却请了八戒一个人，叫他吃得一扫光，大家莫不叫苦，现在一桌席好几十元，加上酒饭和筵席捐，就得一百多块钱，完全叫八戒一个人给吃了，要知那时候还不如不请他呢?"众人待八戒吃完，再问八戒前途、祸福，八戒显了原形，把沙盘打得粉碎，哈哈大笑道："我再给你们一个歇后语：'八戒降坛，真吃真喝。'哈哈！"抽身走了。悟空在旁讽刺说："他们这群书呆子，老会弄这些把戏，又穷酸得不肯多花钱，倒想和神仙唱和几句，该吃他们一个光，可他们有一样好处，就是没有什么骨气。"接着，悟空等人来到了天桥，戳穿了那些玩西洋镜的假玩意，又大出了算八字的人的洋相。设坛、西洋镜、算八字原本是些假玩意儿，作者让悟空在其中一拨弄就更增加了他们的滑稽趣味了，从中可以看出耿小的对中国人整日沉湎于这些假玩意儿之中是极端不满的，它使得中国人失去了自信心。这些假玩意儿不仅使得人失去了大志气，还会使人糊里糊涂地上当受骗，在《滑稽侠客》之中，两位现代"侠士"所做的唯一成功的侠义之事，就是误打误撞地破除了这个假玩意儿。华慕侠和赵邦杰来到了正在"闹妖"的小王庄，马上被人接了过去。原来小王庄首富王老大自儿子外出经商后，媳妇屋里天天闹鬼，妖人自称是牛魔大王，并扬言如果有人前来媳妇房里，就吃掉王老大一家，全村人居然也就相信了，众人都战战兢兢地过日子，还有谁敢靠近此媳妇的屋子呢？王老大几次请了道人捉妖都不成，最后一位捉妖不成的道士临行前留下话去寻两位高人前来捉妖。众人见华、赵两人穿戴破烂，但谈吐不凡，以为是两位高人应言而到，就请他们好吃好喝，前去捉妖，华慕侠趁此机会完成了他的侠士装备，一把宝剑，一身道袍，凭着一股"侠"气，华、赵二人前去捉妖了，在屋前装模作样地埋伏了大半夜，就是不敢冲进屋去，最后突发奇想，守在门口等待天明，因为天明妖精自会原形毕现，这一招的想出来自神怪小说的启发，却也为难了屋里的"妖精"，这"妖精"是不敢露面于众的，熬到天亮，只有顶着被子冲出来，却被赵邦杰扣了一头尿汤，这一下"妖精"露出了原形，却是王老大的弟弟王老二，这件事的成功使得华、赵两人更加"侠"气勃发，耽于幻想。耿小的笔下的这两位滑稽侠客本是作者否定的对象，但耿小的认为中国人心目中浓重的鬼神观却比他们还要可笑和可悲。

耿小的善于写的另一种滑稽相出现在幻想和现实之间的冲突中，这是由华慕侠和赵邦杰表演给我们看的。这两人的所言所行完全是在想象之中进行的，其根据就是中国的武侠小说，他们把卖艺人当作刺探军情的江湖大盗，跳进圈子和卖艺人抱拳问字，结果被卖艺人揪住耳朵扔出圈外，但他们并不清醒，自以为这是学艺前所应受的苦；他们打劫行人，认为这是侠士的劫富济贫，结果反被人家剥去了棉袄，可是他们并不在乎，以为这是英雄落魄；他们误进了土匪窟，匪首被他俩的一身打扮，满口的江湖切语吓住了，以为来的是同道，居然被他们骗走了200元钱，华、赵两人得意万分，以为自己成了武林盟主。可是幻想毕竟抵不住现实的诱惑，袋子里有了钱又使得享受现实成为可能，在"食、色"面前，两位侠客再也侠义不起来了，他们大吃大喝起来，又嫖起妓来，"此时华慕侠等都忘了出来做什么来了，可见为了女人，真能忘了一切"，他们不想走了，仗着几个钱混了起来，直到钱用尽了而被妓女赶出了门。人生在世就应该脚踏实地地生活，任何靠着幻想过日子的人都是可笑的，华、赵两人偏要把小说之中的世界搬到现实社会之中去，那就只能是小丑一般的可笑滑稽，《滑稽侠客》要告诉人们的就是这些。

那么，耿小的又追求什么样的现实生活和生活态度呢？在写了众多的滑稽相的同时，他并没有忘记把自己的理想告诉人们，他所崇尚的是科学的管理和无我的精神境界。他很巧妙地选择了一个火星世界来传送自己的社会理想。火星人引着孙悟空参观火星上的一切设施，并告诉他："我们已经有两千多年不懂得什么叫战争了，火星上的人类将永远是和平的，因为我们用科学的方法，来整理人类的组织，合理的享受，一切都不会引起纷争来，科学的理智，把感情进化了，再没有那野蛮的情绪了。"行者心里想："佛劝人，都有时制止不住人类的斗争，他们研究到这种地步，连佛都不如他们了。"行者到这时候简直成了傻子，他觉得火星的人类比神仙都能耐大了，他道："假如神仙前来挑战，你们也不打仗吗？"火星人道："神仙？我们不懂，我们觉得我们就是神仙了。如果有人跟我们斗争，那一定不是神仙，连我们都不如。"行者一听，十分惭愧，神仙还免不了打仗，真还不如他们呢，他道："你等就不动气吗？"火星人道："我们的气就无从生起。"悟空觉得地球上的人类过于无聊，多么渺小呀！这样想来，他觉得人类的斗争，起因多是因为有"你""我"之分，因为有"我"，这才有斗争，火星上的人类，把"我"字打消了，所以才能和平无事，"如果把这个意思推广到宇宙，各星球上的人，能够互相往来，这是多么写意的事呢"，这就是耿小的的社会理想，用科学来管理社会，人类就幸福安宁，而科学的管理又来自于人生观中的"无我"的境界，任何依靠神灵的迷信都救不了人类，因为神仙还打仗呢。承认科学的管理和"无我"的境界，任何迷信和不切实际的幻想都是可笑的，这也就是耿小的判断事物滑稽与否的价值标准。这种价值标准来自于耿小的接受新式教育的文化修养，也来自于中国连年的战争给人们带来的痛苦。这样的价值标准用现在的眼光来看，它显得太抽象了，但它说明了耿小的的滑稽作品决不是为滑稽而滑稽的，他创作是有所为的，也是有所指的，他的所作所为也就构成了他的滑稽作品的内涵所在。

第四节　吸取中外喜剧作品的精华

——耿小的滑稽小说的艺术评析

到了三四十年代，中国通俗文学作家的写作技巧都有了长足的进步，清末民初那种以事件为中心的因果叙事方法发生了根本的变化，他们都有意无意地学习新文学的创作方法，注意写人物写场面。那种居高临下无所不知的叙事角度也逐渐地消失了，代之以比较客观的作品的内面视角，这种创作方法的调整大大提高了通俗文学的可读性。在滑稽文学之中，把新文学的创作技巧吸取过来创作滑稽文学的是徐卓呆，他的作品就有了较深厚的滑稽内涵，而把新文学的创作方法很巧妙地融进滑稽技巧之中的是耿小的，他用新文学的创作方法创作的滑稽小说，大大地丰富了滑稽艺术，显示出了现代滑稽艺术的成绩，这是耿小的在滑稽文学中占有位置的另一个重要原因。

耿小的也用漫画的手法，夸大的人物形体特征来写滑稽对象，但是他不是用静态的描写法来叙述出滑稽的情状来，即不再是由作者作为叙述者，向读者叙述每个滑稽的人做的滑稽的事，而是采用动态的描写法表现出滑稽的情状来，即由滑稽人物自己活动，让读者从这些活动中体会出他们的滑稽感来。我们来欣赏他在《时代群英》中写的一场师生篮球赛：

到了时间，由高始觉吹笛子，两边队员站好。教员队往北打，学生队往南打。头一下球就到了关仲闻（耳聋者，引者注）手里。关仲闻抱住便往南跑，大家全笑起来。贾克礼直喊："回来，回来。咱们往北打。"关仲闻哪里听得见，跑得还是真勇。笑得大家直不起腰来。评判员的笛子也听不见，结果，还是把球投进篮里，他还很得意似的，后来，经大家告明了他，他才觉得不好意思，重新另来。先还打算这个球不算，但女生不认可，只得算是教员们输了两分。第二个球开始，又被关仲闻抱着。汪笑我（口吃者，引者注）直喊："怕怕怕司。怕，啊司。"关仲闻虽然没听见，可是看见了，便把球递给汪笑我，汪笑我是近视眼，拿着球找不着人。只听见罗国贤（罗锅者，引者注）不会讲外国话，他也道："怕怕怕司。怕，啊司。"他认为外国话就是这么说呢。汪笑我闻其声不见其人，原来他站在人家后面呢。后来见他转了出来，便一球追了过去，不料球去的硬一点，罗国贤站不住脚，抱着球，往后一仰，两腿朝天，那形状像个老鼠抱鸡蛋，全场便炸了地雷似的哄笑起来……

这段文字没什么思想意义，也是写形体滑稽，但是作者的艺术技巧是高明的，他把那些滑稽的形体全放到篮球场上去，让他们各自在运动之中表示出自己来。

滑稽总是在不滑稽之中表现出来，所以滑稽小说很注重对比手法的运用。耿小的的小说不像过去的滑稽小说那样恣意地表现滑稽的一面，冷落不滑稽的一面，滑稽小说家写到滑稽的一面时就眉飞色舞，写到不滑稽的一面时就呆头呆脑，不滑稽的一面仅仅起一个“捧哏”的作用，或者仅是一个转场的过渡人物。耿小的作品加大了不滑稽一面的分量，从“应该如此”之中写出“不应该如此”，在“应该如此”的严肃性中衬映出“不应该如此”的滑稽相来。在《新云山雾沼》中，作者实际上写了“地球社会和火星社会”两个社会，它们分别代表着愚昧和文明。在愚昧的地球社会中分有三个阶层，天庭代表着统治阶层，他们力图把地球治理好，人间代表着百姓阶层，他们只是在愚昧之中度日，地狱代表着邪恶的阶层，他们那里暗无天日，作恶多端；文明的火星社会只有一个阶层，那就是大同的阶层，代表着科学管理和纪律。地球社会是滑稽的社会，火星社会是不滑稽的社会，地球社会的滑稽感来自于科学管理、纪律严明的火星社会的印证中；火星上的社会治理靠的是科学和人民的自觉性，地球上的统治者却要不断地派出大臣，组织治理委员会来惩罚邪恶，引导人民，实在太滑稽了；火星上的人用科学来武装自己，了解过去，把握未来，地球上的人民却在那里求神拜佛，今日不知明日事。如此浑浑噩噩地过日子实在太滑稽了；火星上的人没有战争，没有邪恶，心中无我，其乐融融，而地球上的人却那样勾心斗角，耍阴谋，耍诡计，自私自利，阴毒无比，如此下作岂不太滑稽了。这里的火星社会决不是呆头呆脑地仰着头看地球社会做滑稽的表演，而是居高临下地看着地球社会所做的一切有悖常理的事情。写作上的这样的主次颠倒体现出了作者的思想倾向，也给读者留下了更多的思考。在《滑稽侠客》中，写的是一种幻想和现实、糊涂和清醒的对比，小说告诉人们华、赵两位现代“剑侠”所做的一切都是滑稽可笑的。但这种滑稽可笑不仅是靠滑稽人物的言行表现出来，而且通过滑稽人物主观浪漫的臆想在客观的现实之中不断地碰撞，显示出他们“不应该如此”的滑稽来，他们的计划不能说不鼓舞人心，想有朝一日独霸武林；他们的求艺之心不能说没有下决心，否则不会凭着一双脚板走了数千里路；他们口中的话不能说不好听，有难同当，有福同享。然而他们所遇到的一切都是冷漠，他们埋怨这种冷漠是对他们的不理解，认为别人的所作所为都太滑稽了，殊不知，正是在这种人物的主观想象和现实的实际状况的反差之中表现出了他们自己的滑稽来；他们所遇到的都是受挫，他们认为这些受挫只是

“后甘”的“前苦”，发誓要报这些受人之辱的仇，却不知这些挫折倒是给他们的一次又一次的警告，正是在这种是非的“错位”之中显示出他们的滑稽来。滑稽艺术中的对比到耿小的这儿运用得更为合理，也更为灵活了，他甚至把滑稽的一面对比到人物自我的想象中去，人物的形象当然也就更加生动起来了。

人们一般认为滑稽艺术比较浅，这是有道理的，因为滑稽的效果往往依靠于采撷外露的社会现象或者夸张的人物言行，它的文学发生层次难以使人向更深层上去思考。为了弥补这个缺憾，耿小的在材料的处理上很费了一番脑筋。他在作品之中常用一些人物的口说出发人深思的话来，以此来引起读者的思考，达到影射现实的目的。例如在《新云山雾沼》中，孙悟空考察了“古人区”，会见了很多春秋以来的圣贤人，听到了很多过来人的话，秦始皇告诉孙悟空：“我告诉你说，死是永久的，生是暂时的，你想把生延长，办不到。”薛仁贵和盖苏文告诉孙悟空说：“听说以后他们还时常打仗，一直打到现在，可是谁落下了？谁也没落下，何必呢？打了半天仍是给人留着！”曹操告诉孙悟空说：“我也是大宋时去了一趟，投生叫秦桧，我那时为了奔走和平，不遗余力，可是那时人都不了解我，没办法。”孙悟空一面琢磨他们的话，觉得很有些意思，但又一想为什么其他鬼都受难，唯有这些古人竟受到如此隆遇呢？经过了解才知道，原来地狱里贴了打倒阎王的标语，阎王害怕了，赶紧复古，联络名圣闻贤，讲学旧书，考试及格的才准到轮回院登记。像这样言外有言的语言在耿小的的作品之中是常见的，他总是想方设法地在滑稽之内增加点内涵量。耿小的还善于写一些颇有意味的情节，不露声色地展示给读者看，稍加思索就能感觉到滑稽之外，作者还别有一番用心。他在《时代群英》中写了这么一个情节：高始觉等人为了办学校不知祸福如何，竟去请来一位巫婆跳大神。从沙河来了一位妇人，自称为“七姑姑”。她在台上装神弄鬼，那一班日后的教师们跪了一地，“七姑姑”胡诌了一通后，就往茶碗里搁了些香灰，然后又从裤腰里仿佛往外掏什么，掏出来就往碗里撒，那些跪在地下的人抢着喝这些撒过“圣药”的茶。此时高始觉开始转到了正题：

高始觉手里掏出一个单子来，说道：“姑姑在上，始觉现在要开个学校，打算请几位教员，不知可以不可以。”巫婆一听，哪里懂得开学校的事，不由怔怔的。高始觉念道：“兹请贾克礼君为本校训育主任之职……”巫婆一听，简直不懂。她道：“停了，先不用念。”贾克礼在旁边吓了一跳，巫婆道：“所请的老师，如果信神，都可以请。自己斟酌办吧。但是学堂里应当供佛龛。”高始觉道：“本学校设在庙里，就是西口万缘寺。您看合宜不合宜?”巫婆道：“那更好。”于是高始觉叩谢神恩，退到一旁。

一面是装疯卖傻地跳大神，一面是诚惶诚恐地求大神，这种场面本来就很滑稽，当我们再看看跪在地上的那些人，所感受到的就决不仅仅是滑稽了，这些都是自以为满腹经纶，将要去传授知识的读书人，却甘心情愿地受这么一位妇人愚弄；身为校长的高始觉，自称“贤达”，却还要去请巫婆来安排人事，这些人岂不可悲；他们办起来的学校，教出来的学生大概只是会装神弄鬼吧；这样的教师和学校居然还一时得意了起来，中国的教育也就可想而知了。读者这些感想的获得大概正是耿小的安排一大批教师跪在地上拜大神的真正目的吧。

耿小的是新式教育培养出来的通俗文学作家，他看过不少中外文学名著，在他的小说中可以看出他的这些知识优势。《新云山雾沼》、《时代群英》和《滑稽侠客》中分别可以看到作者所受《西游记》、《儒林外史》和《堂吉诃德》的某些启发。当然，也仅仅是一些启发，耿小的的作品写出了现代的生活，时代的情绪，并充分地展示了现代小说的创作技巧，使得中国的滑稽艺术趋向现代型。

第八章　中国近现代滑稽文学独特的文学地位

第一节　中国世俗社会、世俗心理的表现
——中国近现代滑稽文学与欧美同类作品之比较

滑稽是一种世界文学现象。它的表现方式都是要读者(或观众)发笑，优秀的滑稽文学总是试图通过笑使读者(或观众)受到某种启示。然而，各个国家、各个民族的滑稽文学都扎根在自我的社会生活中，不同的历史构成的不同的审美价值决定了它们各自的民族特征。中国近现代滑稽文学是世界滑稽文学的一个组成部分，它的民族特征使得它具有自我的艺术个性。

中国近现代滑稽文学有着强烈的干预生活，针砭时弊的色彩。中国近现代滑稽文学的作家们把滑稽作为一种时代社会的批判手段，非常敏感地注视着中国近现代史上的每一件大事，并将之收入笔底。维新变法、共和政体、军阀混乱、国难发财、物价飞涨、市民饥饿……这些中国近现代史上的热点问题，正是滑稽文学主要的内容。这些时代的热点问题正是使得人民痛苦的社会弊病，正是作家们不满意统治阶级的地方，所以，中国近现代滑稽文学是和讽刺相融在一起的。对于笑，中国本来就有着箴规、教化的理论传统。司马迁在《史记·滑稽列传》中赞赏俳优们“常以谈笑讽谏”，而又能“合于大道”；刘勰在《文心雕龙·谐隐》中认为好的谐辞隐语是要“会义适时”“振危释惫”。以笑来匡时济世，历代文人学士都有这样的主张，笑应“取乎有益于世者”(唐·柳宗元)；笑可“谈名理”“通世故”(明·赵南星)；笑之中“有箴规焉，有惊惧焉”(清·赵吉士)；笑可“发蒙振聩”(清·俞樾)；笑应“包含绝大文章”(清·李渔)。这样的传统到了近现代，又恰逢碰到了一个可笑的时代，可笑的社会，笑的匡时济世越发显示出重要性来，其中“劝诫”的成分少了，更多的是“刺世”。滑稽就是讽刺，滑稽就是批判，中国近现代滑稽

文学已大大超出了它的美学范围,在一定程度上变为一种社会的谴责。

在欧美,优秀的滑稽幽默文学也总是和社会联系在一起的,也总是从批判痼弊之中显示出光彩来的,但是它不像中国近现代滑稽文学那样密切注意着时代社会的热点问题,具有那么直接的社会批判性,它是把滑稽当作一种喜剧的范畴,让滑稽显示出更多的美学价值来,社会批判更深地隐藏在滑稽形象的塑造之中。例如夏洛克(莎士比亚《威尼斯商人》)、阿尔巴贡(莫里哀《吝啬鬼》)、堂吉诃德(塞万提斯《堂吉诃德》),这些都是欧美文学史上有名的滑稽人物,作者通过他们开展了对金钱和社会的批判,但是这种批判不是通过他们的言行把矛头直接指向批判对象,而是通过塑造有血有肉的人物形象,让读者从那些扭曲的人格人性之中引发起批判性的思考。可以看出欧美的滑稽文学没有中国近现代滑稽文学那么强烈直接的批判锋芒,却有更深更广阔的思考余地,欧美的滑稽更多地是和幽默相融合而不是讽刺,从美学意义上说幽默是要比讽刺更给人留下余味的。这样的差别和各自的文学传统有很大关系。欧美的滑稽起源是和喜剧的产生分不开的,喜剧产生于希腊农民祭奠酒神的仪式,"喜剧"一词在希腊语中的本义是"狂欢之歌",是指希腊人在葡萄收获季节谢神时表演的狂歌狂舞,这种狂歌狂舞是以滑稽的扮相者作出"化装的游玩"为主要内容的。滑稽是为了"游玩"得更快乐更有趣味性而服务的。中国的滑稽来自于俳优们对帝王的讽谏,滑稽的目的是为了"讽谏"更具有可接受性。前者是在美学价值上得到了肯定,后者是由于时政的批评才获有生命力的。各自不同的起源也使得各自的滑稽理论侧重点不同,刘勰的"会义适时""振危释惫"强调的是时代、社会和批评。欧美最早的滑稽理论可以上溯到亚里斯多德的《诗学·诗艺》,亚里斯多德说:"滑稽的事物是某种错误或丑陋,不致引起痛苦或伤害。现成的例子如滑稽面具,它又丑又怪,但不使人感到痛苦。"[1]亚氏强调的是滑稽的喜剧性,以及其中所反映出来的人的心理活动。讽刺和幽默,社会批评和审美活动,这是中国近现代滑稽文学和欧美滑稽幽默文学的最根本的差别。

中国近现代滑稽文学中的人物和现象是和"坏"联系在一起的,滑稽对象就是讽刺对象,在作者眼中都是属于否定性的[2],欧美滑稽幽默文学中

---

〔1〕 亚里斯多德:《诗学·诗艺》第16页,人民文学出版社1962年版。

〔2〕 滑稽对象的否定化在中国也有一个过程的。孙悟空虽然刁钻,但更多的是机智和勇敢,猪八戒固然愚笨和懒惰,却也有憨实可爱之处。到了近现代,滑稽对象是那些军阀、政客和酸臭的文人,即使是那些自我滑稽的胡调人生的人物,作者也是持否定性的,孙悟空、猪八戒在近现代滑稽文学中已失去了可爱之处,只是愚笨和堕落(耿小的《新云山雾沼》中的孙悟空已不是滑稽人物,而是一个救世主形象)。

的人物和现象是和“丑”联系在一起的，滑稽对象并不一定是讽刺对象，也不尽是否定性的。“丑”本来就是美学范畴中的一个概念。在欧美，滑稽是丑的一种表现，车尔尼雪夫斯基说：“丑，这是滑稽的基础、本质。……只有到了丑自炫为美的时候这才是滑稽。”[1]丑有坏的成分，但并不完全等于坏，所以在欧美滑稽幽默文学中，有些坏的典型人物，如夏洛克、阿尔巴贡，但有些人物是丑的，却并不坏。我们拿塞万提斯的《堂吉诃德》和耿小的的《滑稽侠客》作一比较，后者模仿了前者，试图在中国制造出一个堂吉诃德。塞万提斯笔下的堂吉诃德是一个滑稽人物，他身披铠甲，手执长矛，骑着瘦马，无休止地漫游；他战风车，战羊群，解救苦役犯，无休止地冲杀，他自己吃足了苦头，也给别人带来了无穷的祸害。这个人物从形象到行为、思维都是十分滑稽的，但是人们不得不承认他的精神有着可贵的成分，他是依据着“那些游侠骑士的事一一照办：他消灭一切暴行，承当种种艰险，将来功成业就，就可以名垂千古”，除暴安良是这个滑稽人物的内在美。堂吉诃德不仅具有高尚的品格，行动上也是义无反顾、勇往直前的，请欣赏他战风车的场景：

“即使你们挥舞的胳膊比巨人布利业瑞欧的还多，我也要和你们见个高下！”

他说罢一片虔诚地向他那位杜尔西内娅小姐祷告一番，求她在这个紧要关头保佑自己，然后把盾牌遮隐身体，横托着长枪飞马向第一架风车冲杀上去。他一枪刺中了风车的翅膀，翅膀在风里转得正猛，把长枪迸作几段，一股劲地把堂吉诃德连人带马直扫出去；堂吉诃德滚翻在地狼狈不堪。桑丘·潘沙攒驴来救，跑近一看，他已经不能动弹，驽骍难得把他摔得太厉害了。

堂吉诃德毫无顾虑，以非凡的勇敢精神扑向他的敌手，他做得真诚而不虚伪，作者的笔写得实在而不夸张，读者却会笑出声来，这种笑当然不是对他勇敢精神和坦诚的态度的嘲笑，而是笑他的勇敢精神和坦诚的态度与实际生活状况之间的“错位”。堂吉诃德的言和行是一致的，人格上并不坏，荒唐的是事件本身的不合理性。耿小的笔下的华慕侠也是位身披道袍，手执宝剑，口中侠义不离口的滑稽人物。他和赵邦杰处处标榜自己是以侠义精

[1] 《车尔尼雪夫斯基论文学》中卷第 89 页，上海译文出版社 1979 年版。

神办事,走到哪儿也都要行侠仗义一番,但是他俩给人留下的只是鄙夷的印象,没有一丝可爱之处,原因是他们口中所说的和手上所做的、心中所想的之间不一致。他们口中喊道要行侠仗义,行动上却去打劫路人,心中所想的是人家口袋中的钱,事情做完以后,还要振振有词地把自己纳入侠义之道,说这是"偷富济贫"。他们缺少堂吉诃德人格上的诚实,也缺乏堂吉诃德的勇敢精神。一次,他俩劫住了一个行人,不想对方是个土匪,请看他们的表现:

> 那人笑道:"叫爷爷不成,杀人向来不眨眼,没什么说的,谁叫你们撞在我的手里,闭上眼睛,来个快快的,费我两颗子弹。"华慕侠一听,眼看着就丧命,不由哭起来,连忙跪下道:"爷爷饶命!"那人道:"叫爷爷也不成。"赵邦杰这时知道不能免了,没想到会死在这里。与其这样死了,不如横着点儿。他道:"他妈的没想到还没出山,先死在你这小子的手里! 来,冲我这儿!"那人一听,不由惊道:"没想到你这小子会这么横,冲你这么横,放你们这两小子。这小子得把棉袄给我留下!"华慕侠一听,有了活路,便道:"得啦,我们也是访师去呢,我们也是绿林的好汉。"那人道:"你呀,赶早把棉袄脱下来! 再废话要你的命。"华慕侠见这趋势,如果再说话,真得丧了命,只得把棉衣脱了下来,递了过去,那人道:"去,滚蛋!"华慕侠爬起来,和赵邦杰跑开了。

这位土匪如果遇到的是塞万提斯笔下的堂吉诃德,大概就不会这么顺利了,堂吉诃德一定会挺着长矛冲上去,拼个你死我活,偏偏遇上的是华慕侠、赵邦杰这两个窝囊废,手枪晃一两下,就把他们吓瘫了。华、赵两人有侠义的语言,却无侠义的行动、侠义的精神,他们的滑稽是在语言和行动、精神的"错位"之中反映出来的。华、赵两人的丑是他们人格上的荒唐,人是坏的。中国近现代滑稽文学作家对现实社会是否定的,作品中现实社会的描写总是一片黑暗。作家们对统治阶层持批判态度,认为就是这些人把社会弄得乌烟瘴气,生活在其中的人都学坏了,人格都变形了。这样的社会观决定了他们笔下的滑稽人物都是些否定性的人物。读这样的作品,对这样的社会和这样的人,读者只会产生愤恨和悲哀的情绪。在中国近现代滑稽文学中,即使有个别作家心有所系,也只是把希望寄托在某一个神话世界。欧美滑稽幽默文学思考的是人和社会之间的适应性,它把创作视点放在社会中的人的身上，把人身上的各种不适应社会的言行视作为滑稽，所以作品总是试图告诉人们这样做是不对的，在嘲讽之后，还要再告诉人们应该怎样去做，作家还是把希望和未来寄托在现实社会之中。读这样的作品，对这样的社会和这样的人，读者会产生车尔尼雪夫斯基所说的"滑稽快感"[1]。

中国近现代滑稽文学保持着传统的世俗生活的反映、世俗心理的表现，其格调趋向于"俗"。"俗"本就是中国滑稽文学的特色，刘勰的《文心雕龙·谐隐》中早就将其总结出来："谐之言皆也。辞浅会俗，皆悦笑也。"先秦诸子寓言中的滑稽形象，俳优嘴里的那些滑稽故事都充满了世俗的气息；冯梦龙的《广笑府》所选的题是"儒箴"、"官箴"、"九流"、"方外"、"风怀"、"贪吝"、"尚气"、"偏驳"、"嘲谑"、"讽谏"、"形体"等，写的都是和民间日常生活息息相关的人物和风气；《西游记》写神话世界、鬼蜮人间，但并没有忘记写生老病死、迎娶婚嫁；《儒林外史》更是充满了人间的烟火气。到了现代，这种世俗传统始终保持着，和平常的老百姓生活紧密相联的茶寮、酒店、庙堂、小铺等场所总是故事的发生场景。到了40年代，当小报文学兴起的时候，生活场景开始转向都市生活，但滑稽文学的笔还是落在都市最底层的弄堂社会；喝茶聊天、求神拜佛、邻里相悖、婚嫁丧事，还是现代滑稽文学主要的创作素材。即使写官场中的滑稽事，滑稽的人和事也还是从日常生活中表现之，自尊心极强而又怯于竞争、酸气十足而又装腔作势、溜须拍马而又极爱面子、占小便宜而又故作诚恳、阴谋诡计而又装作坦荡、心怀叵测而又一本正经……这些民族劣根性是近现代滑稽文学之中最常见的嘲讽的生活现象。俗是中国近现代滑稽文学的美学特色，它使得滑稽文学和大众的生活接近，和大众的心理贴近，在戏谑之中有一种生活的亲切感。但也应该看到，这样的滑稽文学很容易流为庸俗，没有较高的精神境界而仅把自己的审美趣味停留在"俗"的层次上，作品的趣味就难以高尚起来，事实上，在中国近现代滑稽文学中，庸俗的作品也还是不少的。

欧美的滑稽幽默文学的起源也是和世俗紧密相联的，酒神祭祀中的世俗化装表演以及进而形成的世俗滑稽喜剧都散发着浓郁的世俗气息，然而，它的发展趋向和中国的滑稽文学不同，它逐步趋向于"雅"。公元前的讽刺性滑稽诗《老鼠和青蛙的战争》以及《伊索寓言》中的那些作品，素材还是取

[1] 车尔尼雪夫斯基说："滑稽在人们心中所产生的印象，总是快感和不快之感的混合，不过在这种混合中，快感通常总是占优势是这样强烈，那种不快之感几乎完全给压下去了。"（《车尔尼雪夫斯基论文学》中卷第97页，上海译文出版社1979年版）

于世俗的日常生活，有浓厚的生活气息。在文艺复兴时代，滑稽艺术已具有更为完美的艺术功能和审美意识，但生活气息已逐步淡薄，宗教的色彩越来越浓厚，这在法国作家拉伯雷的长篇小说《巨人传》、意大利作家薄伽丘的故事集《十日谈》、英国诗人乔叟的《坎特伯雷故事集》中可以看出来。到了17世纪，滑稽幽默的艺术传统主要由莫里哀的宫廷喜剧继承下来，在《可爱的女才子》、《丈夫学堂》、《妇人学堂》、《悭吝人》等作品中，滑稽成为了表现主题的主要的艺术手段。但是17世纪的欧洲戏剧已基本上成为宫廷艺术，表现形式已逐步雅化，戏剧中的那些世俗生活只是作为喜剧噱头点缀其间。18世纪的启蒙运动和19世纪的批判现实主义文学潮流之中，滑稽幽默主要表现在小说领域，英国的狄更斯以及他的作品《匹克威克外传》，俄国的果戈理、契诃夫以及他们众多的短篇小说，美国的马克·吐温以及他的作品《竞选州长》、《百万英镑》，代表了这时期的滑稽幽默文学作家作品的成就。到了20世纪，欧洲滑稽幽默之风十分盛行，英国作家萧伯纳的喜剧，捷克作家哈谢克的长篇小说《好兵帅克历险记》是代表作家作品。在当代，风靡美国文坛的"黑色幽默""玫瑰式幽默"至今不衰，前苏联则涌现出以左琴科、舒克申为代表的当代滑稽幽默文学，他们的作品表现了当代社会意识和更为完美的滑稽幽默技巧。欧美近现代滑稽幽默文学越来越理念化，越来越注视着人在社会中的地位及其价值，作品的内涵也就越发严肃，格调也就越发雅化。

为了进一步分清这样的差别，我们还可以将中国近现代滑稽文学中常见的滑稽母题——吃饭，和欧美滑稽幽默文学作品中常见的滑稽母题——金钱，作一比较。在中国近现代滑稽文学之中常常用吃饭来引发滑稽的人和事，煞有介事地读诗，其目的是可以大嚼馒头(《茶寮小史》)、吃饭总长的第一个意念就是要天上下白米(《万能术》)、李阿毛为了白米和豆油就不懂装懂地教日语(《李阿毛外传》)、猪八戒非要人家请他大吃一顿才肯开尊口(《新云山雾沼》)……骗饭吃、诈饭吃、想饭吃、要饭吃、装模作样地混饭吃，肚子是否能填饱是最基本的生活所需，也是日常生活中最世俗的事情，却也是近现代中国最突出的社会问题，中国近现代滑稽文学就是从这样的世俗角度反映出社会的尖锐问题的。至于如何才能以无钱变有钱，以小钱变大钱，以小钱骗大钱，以小钱诈大钱，在中国40年代的小报文学中有所表现，但根本就达不到欧美滑稽幽默文学所表现的那么集中和强烈，这毕竟是中产阶级以上的人的事，是有钱人的事，是有了口饭吃而想做"雅"人们的事。

中国的社会生活状况以及作家们所熟悉的那些生活实际，都使得中国近现代滑稽文学作家们“雅”不起来。

中国近现代滑稽文学作家喜欢用夸大的、变形的嘲讽式语言，勾画出一幅变形变态的图画，让读者从这种变形变态之中引发出笑来。在中国民俗之中，嘲笑麻子、瘌痢、瞎子、聋子、驼子等残疾人的语言最多，刘勰的《文心雕龙·谐隐》中就有这样的记载：“魏晋滑稽，盛相驱扇。遂乃应玚之鼻方于盗削卵，张华之形比乎握舂杵。”这样嘲笑别人的缺陷当然是不可取的，但说明中国的滑稽文学是非常注意形体的。清人石成金在《笑得好初集》中对他所收集的每一则笑话都作出了怎么笑的形体提示，如读《屎攮心窝》时，读此文“尾句愁眉蹙额一气说，才发笑”；读《看写缘簿》时，“要脸色一喜一恼，身子一起一跪，才发笑”；读《撒不来》时，“要学男人醉样，女人娇骂，才发笑”；读《归去来辞》时，“要先惊忙，后缓慢，才发笑”。不仅在写作时要写那些滑稽的形体，就是在欣赏滑稽作品时也还要注意形体的配合，才能收到最佳的效果。这样的滑稽美学的追求，使得中国滑稽文学越发趋于漫画化：兽形人心的孙悟空、猪八戒自不必说，就是在《儒林外史》这样的写实作品中，人们印象最深的还是周进的跪拜，范进的惊喜而疯癫，以及严监生的那两个指头。这种注意形体举止漫画化的美学追求继续保持在现代滑稽文学之中，写军阀专横而有失教养，就写他们在赌桌上掼匣子炮（《尘海燃犀录》），写遗老遗少酸态十足就让他爬到茶桌下去（《酸》），写那些新人物混世混名就让猪八戒穿上洋装（《新西游记》），写知识分子不学无术，只会混闹，就让麻子、驼子、口吃者组成一个女子学校（《时代群英》）。注重形体举止的变形变态使得中国近现代滑稽文学更具有趣味性，同时，作家的笔法显得比较外露，感情也比较外化。

用变形变态的手法写人状态，欧美早期的滑稽幽默作品之中也是常用的，世俗滑稽剧中有着披着青蛙皮跳舞的形象，拉伯雷笔下的高康大，坐在罗马教堂的屋顶上，一撒尿就淹死36万人。到了批判现实主义成为欧美的文学主流之后，这样的形态形体夸张就很少见了，在欧美近现代的滑稽幽默作品中，作者总是很冷静地细致地写人物的肖像，很客观地描写人物的行动，读者的笑不是由于滑稽对象变了形的结果，而是经过某种对比之后，理解出这种形象具有某种滑稽性，是一种理解了的会心的笑。例如马克·吐温的《百万英镑》中，店员托德在说了那么多鄙夷对方的大话之后，接过了“我”的百万英镑：

> 他微笑着接了过去，那种笑容是遍布满脸的，里面还有褶纹，还有皱纹，还有螺旋纹，就像你往池塘里抛了一块砖的地方那样子；然后当他向那张钞票瞟了一眼的时候，这个笑容就马上牢牢地凝结起来了，变得毫无光彩，恰像你所看到的维苏威火山边上那些小块平地上凝固起来的波状的、满是蛆虫似的一片一片的熔岩一般。我从来没有看见过谁的笑容陷入这样的窘况，而且继续不变。

这段形象描写一点也不夸张，而是真实、精确、细致，那是一副说了大话而无法兑现的窘相，前后一对照，这副窘相就有滑稽感，就会引人发笑。再如契诃夫《装在套子里的人》写别里科夫的形象：

> 即使在顶晴朗的天气，他也穿上雨鞋，带着雨伞，而且一定穿着暖和的棉大衣。他总是把雨伞用套子包好，把表放在一只灰色的鹿皮套子里；遇到他拿出小折刀来削铅笔，就连那小刀也是装在一个小套子里的。他的脸也好像蒙着套子，因为他老是把它藏在竖起的衣领里。他戴黑眼镜，穿羊皮衫，用棉花堵上耳朵眼；他一坐上马车，总要叫马车夫支起车篷来。

这样的形象本来就滑稽可笑，但是更深层的笑来自于这个形象的象征意义。这本是一个躲避现实生活的人，那些套子代表着别里科夫和现实隔绝的愿望。经过理解咀嚼以后，再来看滑稽形象，那种笑就更有意味了，这是欧美滑稽幽默文学的特色。

把文学现象进行比较，的确是很难做到完美无缺的，例外总是存在的。但是没有比较，也就没有鉴别，也就无法说清各自的价值所在。所以，比较只是就总体而言，是为了寻求各自的价值。中国近现代滑稽文学和欧美滑稽幽默文学，都是从各自的创作土壤中成长起来的，它们各有特色，各有价值，是世界文化的宝贵财富。

第二节　中国传统的文化价值观

——中国近现代滑稽文学与新文学讽刺作品之比较

中国近现代滑稽文学继承了中国传统的滑稽艺术，并向前有所发展，有着鲜明的本土性和民族性。中国新文学一登上文坛就十分看重笑的效果，自鲁迅《阿Q正传》开始，滑稽的手法在新文学作品中得以广泛地应用。在理论寻源上，新文学作家看到了欧美的幽默理论，并将之引入中国，试图用它来指导中国作品中的笑。新文学中最早的幽默提倡者和研究者是林语堂，他是"幽默"这一译名的定名者。胡适在1922年《五十年来中国之文学》中谈到周作人的散文时曾说："用平淡的谈话，包含着深刻的意味，有时很像笨拙，其实都是滑稽。"从周作人散文的实际情况看，胡适讲的"滑稽"也就是"幽默"的意思，只是一时找不到更好的词来说明了。1924年，林语堂在《晨报副镌》上写了一篇《幽默杂话》的小品文，这大概是新文学最早对幽默进行研究的文章了，他说：

> 幽默决不是板起面孔(pull a long face)来专门挑剔人家，专门说俏皮，奚落，挖苦，刻薄人家的话……幽默看见这可怜不完备的人类在这不完备的社会挣扎过活，有多少的偏见，多少的迷蒙，多少的俗欲，因其可笑，觉得其可怜，因其可怜又觉得其可爱，像莎士比亚之看他戏中人物，像狄根司之看伦敦社会……虽然好笑，却是满肚佛心，一时既不能补救其弊，也就不妨用艺术功夫著于纸上以供人类之自鉴。[1]

到了1932年，林语堂以《论语》和以后陆续出版的《宇宙风》、《人间世》为阵地，大力提倡幽默，他在《答青崖论幽默译名》和《与陶亢德书》等文章中对20年代提出的"幽默"的概念，在意义上作出了进一步的阐述。他说："幽默之所以异于滑稽荒唐：一、在于同情于所谑之对象……二、幽默非滑稽放诞，故作奇语以炫人，乃在作者说者之观点与人不同而已……除介绍中外幽默文学以外，只求能以'谑而不虐'四字自相规劝罢了。"不久，他又规定了幽默的文风是："有性灵、有骨气、有见解、有闲适气味者。"

到了此时，我们已比较清楚地看到林语堂幽默理论的基本含义了，内容是：说者自己的观点；态度是：同情所谑之对象；文风是：有性灵、有闲适；效

〔1〕 1924年5月23日，林语堂(林玉堂)在《晨报副镌》上发表《征译散文并提"幽默"》一文，对"幽默"的定名作了说明。他说："幽默二字原为纯粹译音，行文间一时所想到，并非有十分计较考量然后选定，或是藏何奥义。humour既不能译为'笑话'，又不尽相同'诙谐'、'滑稽'，若必译其意，或可作'风趣'、'诙谐'、'诙谐风格'(humour实多只是指一种作者或作品的风格)。无论如何总是不如译音的直截了当，省引起人家的误会。"这以后，李青崖曾主张改译为"语妙"，陈望道曾拟改为"油滑"，唐桐曾改为"谐穆"，但"幽默"一词已得到大家的承认，并广泛地流传开来。

果是:谑而不虐。这样的幽默理论当然不是林语堂的发明,它的参照体系是欧美滑稽幽默理论和作家作品。我们可以在欧美滑稽幽默理论中很容易地找到林语堂幽默理论的遗传因子。[1]

我们笑那些卑鄙的、有害的东西,如果将它们与那些崇高的、有用的东西作一比较,由于所笑的东西都是卑微的,因此,笑的趋向就是要同情和怜爱人类。当我们笑别人的蠢行时,我们便将自己的直观感觉借给了他们。

——〔德〕让·保尔·里克特《美学教育》

机智的家系看来很奇特,它是谐趣、爱好、哲理和微妙感情的混合物,也许是一种对受折磨者不文明的揶揄。正是这种复杂的感情才构成了幽默——这就是事物朝着好的、美的方面转化的趋向。

——〔德〕乔治·埃里奥特《论德国机智》

可以看出,林语堂的幽默理论是有根据的,他是把欧美的理论转运到中国来。但是牛油并不是中国人所喜欢的食粮,生硬地搬入到中国来,是使中国人难以接受的。其实,作为理论的提倡者林语堂自己也并没有将之完全贯彻到作品之中去,就在他大力提倡"幽默"的《论语》上,随便翻翻就可以看到,除了那些有意而为之的文章外,他的文风还是相当泼辣的。如《脸与法治》中记述某年上海市长坐飞机,脸面太大,硬要载运磅量过重的行李,机师碍于市长的"脸面",只好同意,不料飞机碰着船桅而跌下,文章说:"市长结果保全一副脸,却失去了一条腿。"如此的"幽默",倒是很尖刻辛辣。再如《梳、篦、剃、剥及其他》一文中指出官僚利用封建文化压迫人民,最后愤愤地说:"中国之官,只是读书土匪,中国文化之溃灭,攻读圣贤书之可杀,已充分暴露。"这样的文字已近于"谩骂",根本就没有什么"闲适"之气。还是鲁迅分析得好:"'幽默'既非国产,中国人也不是长于'幽默'的人民,而现在又实在是难以幽默的时候,于是虽幽默也就免不了改变样子了,非倾向于社会的讽刺。"[2]

正是从中国的社会现实出发,鲁迅对林语堂的幽默理论加以纠正,他说:

---

〔1〕 以下两则言论转引自陈孝英著《幽默的奥秘》第20、21页,中国戏剧出版社1989年版。

〔2〕 鲁迅:《"论语一年"》,《鲁迅全集》第4卷第567页,人民文学出版社1981年版。

这可见“幽默”在中国是不会有的。……能希望那些炸弹满空、河水漫野之处的人们来说“幽默”么？恐怕连“骚音怨音”也不会有，“盛世元音”自然更谈不到。

——《南腔北调集·“论语一年”》

一个作者，用了精炼的，或者简直有些夸张的笔墨——但自然也必须是艺术的——写出或一群人的或一面的真实来，这被写的一群人，就称这作品为“讽刺”。“讽刺”的生命是真实，不必是曾有的实事，但必须是会有的实情。

——《且介亭杂文二集·什么是讽刺》

在中国，只能寻得滑稽文章了？却又不。中国之自以为滑稽文章者，也还是油滑、轻薄、猥亵之谈，和真的滑稽有别。这“狸猫换太子”的关键，是在历来的自以为正经的言论和事实，大抵滑稽者多，人们看惯，渐渐以为平常，便将油滑之类，误以为滑稽了。

——《准风月谈·“滑稽”例解》

唐宋诗风衰落，而小品文放了光辉。但罗隐的《谗书》，几乎全都是抗争和愤激之谈，皮日休和陆龟蒙自以为是隐士，别人也称之为隐士，而看他们在《皮子文薮》和《笠泽丛书》中的小品文，并没有忘记天下，正是一塌糊涂的泥塘里的光辉和锋芒。明末的小品虽然比较颓放，却并非全是吟风弄月，其中有不平，有讽刺、有攻击、有破坏。

——《南腔北调·小品文的危机》

分析以上这些言论，可以看出鲁迅的幽默理论的一些基本观点。他认为在中国纯粹的幽默是不存在的，中国的激烈动荡的社会现实，使得中国人根本就幽默不起来；在中国只有讽刺，中国的现实本身就是一个可笑的资料，讽刺就是用自然和艺术的手法写出中国的实际情况来；在中国，滑稽就是那些自以为是正经的言论和事实，中国传统的滑稽文章，只是些油滑、轻薄、猥亵之谈，不是真的滑稽，真正的滑稽文章应该是含有抗争和激愤之谈，是那些没有忘记天下的文章，就如罗隐的《谗书》、皮日休的《皮子文薮》和陆龟蒙的《笠泽丛书》这样的小品文。

中国新文学的笑的理论，有一个将欧美的幽默理论生硬搬入转到和中国社会现实状况相结合的过程，代表人物是林语堂和鲁迅。在鲁迅那里不仅是从中国的实际状况看幽默理论，而且把视角投向中国的传统文学理论中，这就和中国近现代滑稽文学有相一致的地方，它们都强调笑要和现实生活相联系才有意义，要能够具有时代性、时政性才有价值，而且都强调讽刺才是笑的核心内涵。但它们之间有着很大的差别，主要表现在对传统的认识和选择上，新文学的笑的理论看重的是传统文学中的讽刺，而不是近现代滑稽文学作家所学习模仿的"曼倩之风"，而且认为那些传统的滑稽，只是些"油滑"；在笑的美学追求上，新文学选择更多的是"隐"，舍去更多的是"谐"，喜欢的是那些隐而不露、内蕴其中的文章，而不是传统的"说笑话"。近现代滑稽文学继承的是中国古代的滑稽艺术，注重世俗性强烈的形体言行的变形变态，是一种把滑稽和讽刺相结合的笑的表现艺术；新文学强调的事件的真实性和事实的真实性，是要在夸张的笔墨之中引发出对事件（或事实）本身的更深刻的思考，让读者产生一种会心的笑，很显然，这样的笑带有浓厚的幽默成分，是对欧美幽默理论的吸收，所以，新文学所要求的笑是一种把幽默和讽刺相结合的笑的表现艺术。

中国近现代滑稽文学和新文学的讽刺文学最根本的差异还是在它们的价值观上。它们同是批判统治阶层，讽刺现存的社会和不满于中国人的愚昧，但究竟什么才是"应该如此"的标准呢？其价值判断是大相径庭的。中国近现代滑稽文学是中国近现代通俗文学的一个组成部分，它是用既定的传统的伦理道德看待社会上所发生的一切，它写军阀、官僚，是写他们的生活如何地腐败，道德品质如何之恶劣；写知识分子是写他们如何地不符合圣贤之道，如何地表里不一、虚伪做作，如何地顽固自封或者是赶时髦；写老百姓是如何地不开化，愚昧滑稽可笑。说到底，它是嘲讽那些人品、文品和知识程度的低下，认为这些人物或言行都不符合做人的起码要求，并以此而推向道德讽刺和社会讽刺。这样的价值标准，在近现代滑稽文学之中基本上是稳定的，一以贯之的。中国新文学之所以称之为"新"，就在于有别于中国传统的伦理道德而另设立新的价值观念，这些新的价值观念自然也就是新文学讽刺文学的是非标准。新文学的价值观念有一个变化过程。"五四"时期，新文学要求的是做人的资格（而不是传统的做人的要求），其标准是个人主义。朱自清说："'人情物理'变了质，成为'打倒礼教'，就是'反封建'，也就是'个人主义'这个标准。用欧化的语言表现个人主义，顺带着人道主义，是这时期知识阶级向着现代化的路。”[1]那么什么才是个人主义呢？周作人说：“我们所说的人不是世间所谓‘天地之性最贵’、最‘圆颅方趾’的人，乃是说‘从动物进化的人类’，其中有两个要素，(一)‘从动物’进化的，(二)从动物‘进化的’。”[2]新文学作家所要求的是人的资格，所痛心的是中国人没有这样的意识和这样的地位。新文学的讽刺文学讽刺的是那些明明没有做到人的资格而又自以为得意的人。最能反映出这种讽刺价值观的是鲁迅的作品。《阿Q正传》中的阿Q有着种种令人发笑的滑稽行为和举止：他因为是癞子，就忌讳，以至发亮的一切东西；他每一受挫折就会以“儿子打老子”来自我安慰；到了精神上实在难以自慰以后，还会“擎起右手，用力的在自己脸上连打了两个嘴巴，热剌剌的有些痛；打完之后，便心平气和起来，似乎打的是自己，被打的是别一个自己，不久也就仿佛是自己打了别个一般”；到了要被杀头画圈打押时，阿Q想不到他的手还会和笔相关，于是他“那手捏着笔却只是抖。于是那人替他将纸铺在地上，阿Q伏下去，使尽了平生的力画圆圈。他生怕被人笑话，立志要画得圆，但这可恶的笔不但很沉重，并且不听话，刚刚一抖一抖的几乎要合缝，却又向外一耸，画成瓜子模样了”。阿Q的生活根本谈不上腐败，他只有贫困；他力求做到“样样合于圣经贤传”，虽有些出格，还谈不上品德恶劣；他为人真诚，从不弄虚作假，无病呻吟；他很自尊，为维护自尊也敢作敢为；他愚蠢，但在未庄人中，他毕竟上过城，知道城里人叫“长凳”为“条凳”，城上烧鱼都加上切细的葱丝，还知道怎样杀革命党，这要比那些从未离开过未庄的人开化多了，但是，他是滑稽可笑的，那是因为他明明是一个“虫豸”，却自以为是个“人”，明明是被人所笑，还自以为是笑了别人。他身上的滑稽以及对他的讽刺也就是在这种“人”和“非人”之间的差距中表现出来的。

随着中国政治斗争的日趋激烈，以及产生的意识形态的更迭，新文学讽刺作品的价值观发生了很大的变化。到了三四十年代，像鲁迅这样思考人的价值的作品已不是主流，取而代之的是政治讽刺和思想讽刺。政治讽刺表现的是作家某一时期的政治观念，其中最著名的大概是沙汀、张天翼的讽刺小说和袁水拍的讽刺诗。沙汀在《在其香居茶馆里》中，幽默里显示出了讽刺才能，“火暴性子”邢幺吵吵和“软硬人”联保主任方治国都是这个小镇上的头面人物，为了邢幺吵吵的儿子被抽去做壮丁一事，两人在茶馆里争吵

〔1〕朱自清：《文学的尺度和标准》，《朱自清古典文学论文集》第5页，上海古籍出版社1981年版。
〔2〕周作人：《人的文学》，《中国新文学大系・理论建设集》，上海良友图书印刷公司1935年版。

起来，明枪暗箭，拳脚相加，在这个茶馆里演出了一场闹剧，到了小说的结尾，忽然城上来人告诉他们，邢幺吵吵的儿子早就给新县长放出来了，于是一场闹剧也就变成了一场笑剧。张天翼在《华威先生》中写出了一个夸夸其谈，不做实事，到处抓权的抗战“混子”，华威先生他到哪里总是坐不了十分钟，总是发一通“一个中心”的议论，他整日地东跑西颠显得很忙，而又整日赴宴设宴显得不忙，小说就是在表面上的“忙”和本质上的“不忙”，表面上的正经和本质上的抓权之间显露出人物的滑稽相来。到了40年代后期，出现了袁水拍（马凡陀）这样的政治讽刺诗诗人，他写的政治讽刺诗都和当时的时事政治有关，其价值观是从政治角度出发的〔1〕。思想讽刺的代表作家是赵树理，他把自己的小说称之为“问题小说”，他说：“因为我写的小说都是我下乡工作时在工作中所碰到的问题，感到那个问题不解决会妨碍我们工作的进展，应该把它提出来。”〔2〕这就是说，他创作的小说是和当时的政治思想工作联系在一起的。赵树理的小说不是讽刺小说，但他把那些“妨碍我们工作的进展”的人和事都用滑稽的方式表现出来，以达到讽刺的目的。《小二黑结婚》中的三仙姑和二诸葛是两个滑稽人物形象，一个是打扮得花枝招展，每月初一、十五都要顶着红布装扮天神；一个是抬脚动手都要论一论阴阳八卦，看一看黄道黑道。赵树理讽刺他们的封建迷信，说他们的包办婚姻不符合时代的进步，在思想讽刺的作品之中，被讽刺的人物和现象都不是否定性的，只是他（它）们暂时还落后而已，真正的否定人物都是些不滑稽而阴险狠毒的人，如金旺兄弟（《小二黑结婚》）。赵树理小说中的讽刺模式对中国以后的讽刺文学影响很大，只不过思想内涵不断地变化而已〔3〕。

由于新文学作家创作视界比较高，有着明确的追求目标，所以他们的作品之中总有一股强大的正面力量存在其中，并且制约着那些不应如此的滑稽可笑的一面，这样的阅读效果是近现代滑稽文学所缺乏的，它把人导向积极的一面。鲁迅的讽刺是一种精神的讽刺，是作者站在较高的视点上，对社

---

〔1〕 新时期文学刚刚开始时，政治讽刺作品大量出现，它们都是以“四人帮”作恶多端的“文化大革命”作为背景，写出此时众多的怪人怪事怪现象，例如喜剧《枫叶红了的时候》、《白卷先生》，小说《买买提处长轶事》（王蒙）、《啊》（冯骥才）等，它们都带有浓厚的滑稽色彩和闹剧的成分，把那个时期的滑稽性和凶恶性展示在人们面前。

〔2〕 赵树理：《当前创作中的几个问题》，《三复集》第30页，作家出版社1961年版。

〔3〕 新时期的讽刺文学以思想讽刺居多，或者讽刺那些跟不上改革的思想，如陆文夫的《围城》、高晓声的“陈奂生系列小说”、赵本夫的《卖驴》等；或者表现正确地理解政策的“变”与“不变”的关系，例如马烽的《结婚现场会》、刘富道的《南湖月》；或者用怪诞的手法提出对历史、社会、人生价值的思考，例如阿城的《棋王》、王安忆的《小鲍庄》等。

会、历史的一种洞察，所以，他的作品之中有一股强大的指导性力量。在那些政治讽刺之中，被讽刺的对象总是以失败的面貌出现，换言之，他们只是把他们的丑态向读者表演了一遍。在思想讽刺的作品之中，被讽刺的对象只是前进中的一些负面。在新文学的讽刺文学之中，美始终存在着，而且所占比例越来越大，而不像近现代滑稽文学之中尽是些丑的表演。

在中国近现代文学史上，新文学的讽刺文学和通俗文学的现代滑稽文学是各具特色的喜剧文学系列，但是新文学作家没有一个会像通俗文学作家那样承认自己是滑稽文学作家或者讽刺文学作家，也没有一个会像通俗文学作家那样以善于滑稽和讽刺而自得。的确，新文学作家根本不会，他们都说自己的创作是为人生、为批判、为了思想启蒙而作的。正因为这样，新文学的讽刺文学无论是在创作队伍还是创作数量上，都超不过通俗文学的滑稽文学，特别是随着文艺的创作方向明确化，以及宣传角度的正面化，新文学的讽刺文学就越发少见了。新文学作家的主观上避免和客观上的要求，倒使得滑稽文学成了更大的气候，在中国近现代喜剧作品之中占有较大的比重。

第六编

通俗戏剧编

陈龙 撰

引　论

晚清末年至“五四”前，是中国话剧的发轫期，此时真正本体意义上的话剧在中国尚未完全形成。“新剧”在话剧本体于中国确立和使话剧观念深入人心的过程中扮演了重要的角色，而“新剧”（文明戏）实际上是话剧的“中国化”、通俗化。中国传统戏剧十分注重发挥戏剧的娱乐性功能，十分重视唱、念、做、打等技艺性因素，话剧一入中土即被纳入这种中国旧的戏剧系统之中，话剧既无唱腔又无做功，全凭说白的形式要想拥有观众市场，只有突出其情节性因素，走通俗化道路。可以说，通俗是中国话剧的历史选择。

早在甲午战争刚结束时，就有人把侦探戏、家庭悲剧搬上舞台，成为中国话剧的先声。1907 年春柳社在日本成立，随之演出新剧的剧团大批涌现。从当时的社团演剧风格来看，春柳社、新剧同志会、春柳剧场基本上走的是为艺术而演剧的道路，但他们也编演过《家庭恩怨记》、《不如归》、《爱欲海》等较有影响的通俗家庭剧。春阳社和进化团基本上走的是为革命而演剧的道路，他们虽以演《黄金赤血》、《共和万岁》等鼓动革命的剧作最为擅长，但也演过《恨海》、《血泪碑》等通俗剧。南开新剧团把为教育而演剧视为自己的使命，但在他们的舞台上，同样也以通俗易懂、妇孺皆知的方式搬演过《一元钱》、《一念差》等揭示人伦、道德方面缺陷的通俗戏剧作品。到了“甲寅”前后，新民社、民鸣社等社团更是把通俗戏剧作为自己的创作方向。他们演出的《空谷兰》、《梅花落》、《西太后》等作品，深受当时观众的欢迎。

通俗剧作为“新剧”的一个发展方向，是为当时的演剧实践所证明了的。春柳社、春阳社、进化团和新剧同志会等社团所演出的新剧中还带有讲演、说教等追求宣传、教育效果的“反大众”成分。以春柳社为例，欧阳予倩认为：“朱双云曾说春柳的戏‘陈意过高’不易为一般观众所接受，的确有些也可以说是陈意过高，但有些戏并不是陈意过高，而是某些部分，尤其是解决问题的方式，或者由于编者思想含混，或者就不大合乎中国风俗人情，跟一般观众有距离，而春柳同人也的确不免多多少少有些关起门来自鸣高尚的味道。”[1]从观众心理学角度看，当时的观众有着在传统戏剧形式下养成的审美定势，习惯于传统戏曲中一些通俗化的表现内容和形式。这种遵从性和惰性的审美心理迫使新剧剧作家必须把自己的创作纳入“大众化”的模式。“大众化”虽然不能等同于“民族化”，但二者的内涵却有相通之处，它们是从不同角度提出了一个共同的问题——必须把外来戏剧形式“化”成中国自己的东西。早期的演剧实践表明，“大众化”是符合实际的选择。据朱双云《新剧史》记载，1910 年夏，王钟声、陆镜若、徐半梅等组织“文艺新剧场”在上海张园演出《爱海波》、《猛回头》，剧作“至为优美”，“惜以陈意过高，有违流俗，以致演不匝月，遽尔长逝”。[2] 1911 年春，进化团在南京、芜湖等地演出《血蓑衣》、《新茶花》、《东亚风云》等寓意性很强的戏剧，起初，这些地方的观众“以见所未见，故趋之若鹜”，但终了往往是“不得悉于其邑”，以致“观者寥寥”。[3] 进化团等一批有实力的社团因为忽视了观剧阶层和观众心理的客观实际，所以他们的演剧推行不广。近代社会观众基本上还处在一种封闭状态中，这就决定了他们整体的审美品位和艺术的期待视野是朴实的、低层次的，他们所需要的是更多的故事情节，是趣味人生，是大众文化。

大众文化以消遣、愉悦为第一原则，人们注重的是满足当下即刻的感官冲动，从作品中所要寻找的是现实的心理满足，因此刨根问底式的阐释批评在这里就会显得无用武之地。造成批评功能瓦解的原因是思想性和艺术性的终极价值的消失，这也就是美国学者杰姆逊所说的“平面感”和“深度模式的消失”。中国早期话剧曾试图在“深度模式”上作出努力，几经挣扎不得不走通俗化道路，标志着这种转变的是郑正秋的家庭剧，“郑正秋的家庭剧把戏剧的方向转移了”。[4] 以家庭剧、言情剧为主体的近代通俗剧，放弃了对所谓“深度模式”的追求，转而面向大众的审美需要。作为切实可行的途径，新剧在改编外国小说、剧本的同时，还大量地从古代小说、传奇剧、弹词中寻找题材，创作贴切大众期待视野的作品。观众最关心什么成为近代通俗剧作家选择艺术表现形式的依据。从戊戌变法到辛亥革命，资产阶级的革命思想、改良思想已逐步深入人心，人们普遍关心个性解放问题、婚姻问题、家庭问题等，但又不习惯于那种当面的宣讲形式。新剧产生之初，春柳社、进

---

〔1〕 欧阳予倩：《谈文明戏》，《中国近代文学论文集》（戏剧、民间文学卷）第 310 页，中国社会科学出版社 1982 年 7 月版。

〔2〕 朱双云：《新剧史·春秋》第 13 页，上海新剧小说社 1914 年 8 月版。

〔3〕 朱双云：《新剧史·春秋》，上海新剧小说社 1914 年 8 月版。

〔4〕 曹聚仁：《听涛室剧话》第 204 页，中国戏剧出版社 1985 年 4 月版。

化团、新剧同志会注重直接灌输革命思想，他们编演的《共和万岁》、《新茶花》、《张文祥刺马》、《秋瑾》从本质上说并不通俗，他们所走的自上而下的戏剧创作道路，最终使新剧处在“曲高和寡”的境地。通俗戏剧在表现方式上发生了质的变化，它采取自下而上的艺术思维方式，从当时观众容易接受的凡人琐事、家长里短出发，通过细腻的笔法再现生活，让观众从中体悟人生的真情性，辨清生活中的真假美丑，从而达到“寓教于乐”的目的。把娱乐性放在首位的通俗戏剧，从总体趋向上看，也表现了一些积极性主题，这些主题不是宣讲的大道理，也不是慷慨激昂的说教，而是来自普通人的生活。近代通俗剧出现频率较高的主题有：1. 劝善惩恶；2. 宣扬个性解放，揭露旧家庭的罪恶；3. 表现普通的人情、人性。当然还有些剧作客观上宣扬了改良社会思想，揭露和批判了一些投机革命的“新贵”和“暴发户”的种种丑行。这些通俗戏剧的积极意义显然是不容忽视的，正如有的学者所指出的那样：“细读他们笔下的生活面，就可以知道这种文学的存在是可以与新文学作品产生‘互补作用’的。”[1]至于其中的消极因素如宣扬因果报应、宗教轮回思想等，则是大众文化自身的局限性使然。

如果说表现严肃戏剧所疏漏、遗忘的生活面，是通俗戏剧积极性所在的话，那么，使话剧观念得以逐步确立是近代通俗剧最大的贡献了。

单就现存的“新剧”作品文本而言，我们尚不能看出话剧的发展脉络，但从整体趋向看，近代通俗剧的发展历程显示出的恰恰是传统戏剧观念向近代写实主义话剧“靠拢”的轨迹。甲午战争后，登场的“新剧”常常是写意的表现形式与写实的表现形式交杂在一起，“有时还有穿着西装的剧中人，横着马鞭唱一段西皮……”[2]汪优游在观看了圣约翰书院的英语话剧《官场丑史》之后认为，整出戏并无多少话剧的成分，从头至尾分别按照中国旧剧《送亲演礼》、《人兽关》等的结构模式“凑合成功”的[3]。陈大悲写《浪子回头》，剧本中除了有幕外戏穿插以外，还保留了“定场诗”、“下场诗”、“自报家门”之类的传统戏曲的形式。这表明，新剧初始阶段人们尚未掌握话剧的编剧方式。而使话剧的编剧方式为近代剧作家所熟悉的是那些翻译剧本，其中包括日本的新派剧作和西方的一些悲喜剧作品。当时的新剧作家在改译、编排《不如归》、《爱海波》、《社会钟》、《梅花落》等作品时接受了欧洲戏剧

---

〔1〕 范伯群：《通俗文学的回顾与展望》，《中国现代文学研究丛刊》1995 年第 1 期。
〔2〕 洪深：《中国新文学大系 · 戏剧集 · 导言》第 13 页，良友出版社 1935 年版。
〔3〕 汪优游：《我的俳优生活》，《社会月报》第 1 卷第 1 期(1934 年 1 月)。

分幕安排剧情的形式。然而更为重要的是，一些剧作家从此认识了剧本的文学价值。翻译的国外剧作也成为“摹本”，使模式化的作品成批涌现。通过大量模式化作品的编演，到了“五四”前夕，话剧艺术规范已经基本确立起来了。

近代通俗话剧在舞台演出上，后期渐渐走向了商业化道路，幕表制盛行，因而在话剧艺术形态上没有作出多大的努力，甚至有些方面是倒退了。此时的剧本创作与演剧是脱节的，徐半梅的《母》，刘半农的《战后》，南开新剧团的《一念差》、《一元钱》等都是当时剧本创作的佼佼者，却很少有演出记载，但却在话剧艺术整体意蕴的和谐上达到了较高的水准。“甲寅”前的通俗剧在叙事策略上很少作出努力，往往采取章回体的叙述方式，原原本本，有头有尾，其叙事风格与通俗小说大体相近，它注重事件的因果链、人物的性格链以及情节的丰富性、曲折性、完整性和趣味性，此时的通俗剧以铺陈故事见长，《恨海》、《家庭恩怨记》前后都有 10 多幕，可谓极尽铺陈之能事。从某种程度上说，这种“铺陈”也带来了拖沓和臃肿的毛病。显然，戏剧叙事上的这一特征是与传统戏曲“开放式”的结构布局方式有关。“甲寅”后编写的剧本则大有改观，徐半梅的《母》前后只有两幕，但其艺术性却很高。这一时期剧作的戏剧性更为浓烈，《新村正》、《一念差》等剧都不再依靠巧合和人为的曲折来实现艺术的假定性，这些剧作与《恶家庭》、《空谷兰》等早期家庭剧相比，有了很大改观。

通俗剧发展到后期，戏剧性增强了，这主要表现在以下几个方面。

一、剧本的文学性受到了重视，剧作家在戏剧实践中逐渐认识到戏剧文学性的价值，开始把剧本作为文学形式来进行创作。近代的一些文学刊物如《小说月报》、《小说时报》、《小说大观》、《剧场月报》等刊载的剧本都极富可读性，带有明显的“案头”倾向，话剧剧本创作的一些基本元素如台词、静场戏、舞台提示等得到重视。以南开新剧团的《一念差》为例，剧中叶中诚发现自己害命夺官之后并不幸福，此举既给李家带来了巨大的痛苦，也送掉了儿子的性命，于是他陷入深深的自责，不能容忍自己的罪过，决定一死了之。叶中诚的自杀是在前场中就作了铺垫的：

> [慧珠下。叶徘徊室中，精神忙乱，大有欲狂欲疯之势。慧珠上，置笔砚、信纸于桌上，叶凝视作未见状。慧珠视父作惊怪状。叶忽举首注视慧珠，若不相识。

慧　珠　爹爹，你这是怎么啦？吾不是女儿吗？吾不是慧珠吗？
　　　　［叶以手拍慧珠肩，作怜恤状。

叶中诚　吾的女儿呵！吾亲爱的女儿呵！以后家里的事，全仗着你啦。以后要好好地侍奉你的母亲，你要安慰你的母亲。你去吧。

慧　珠　（退一步）爹爹你给谁写信？

叶中诚　你不要问。你去吧，你去吧。［珠缓下，屡回首视父作恋恋状，拭泪而入。叶复低头往来室中作深思状，久之，由抽屉内取出手枪，注视良久，置于衣袋内，然后伏案作书。

从剧本所描写的内容看，剧作者对舞台提示、对话、静场戏以及戏剧情势的发展等的把握已十分熟练，剧中人物的语言、行动与人的精神状态相互映衬，一步步把戏剧冲突推向高潮。由于突出了戏剧文学的特长，剧作情节很富有艺术感染力。在包天笑的《燕支井》一剧中，舞台布景、道具的安排与人物的心理有机地融为一体。剧中每幕的开头都对布景的安排作了揭示，如第七幕，光绪皇帝在燕支井旁怀念死去的珍妃，剧本作了这样的交代："幕启时，一轮明月在梧桐树边升起来，远远闻凄凉笛声。"这一揭示内容，造成了强烈的舞台氛围，此情此景增强了剧作的悲剧效果。用舞台布景、道具来获得作品的抒情性显然是戏剧文学的特长，以戏剧手段"应用于文学内容"不能不说是通俗剧剧本的创作对于通俗文学的一大贡献[1]。

二、戏剧冲突更加凝练、集中。戏剧冲突是戏剧情节的载体，近代通俗剧前期的剧本创作有拖沓、头绪繁多、冲突不够集中等缺点，到了后期的剧本创作中，戏剧冲突变得十分集中，二幕剧《母》可算得上是一个典型，其情节十分紧凑，戏剧冲突经过不断的积蓄、酝酿，最后，荔芬之死将平宝瑚与妻子、儿子的冲突推向了高潮，从而使剧作取得了较强的艺术效果。刘半农的《战后》是一部构思精巧、结构严谨的"案头"剧，该剧的戏剧冲突也是十分集中的，主人公素娘在战后从战场归来的队伍中未见到丈夫李敬修，开始产生疑窦，戏剧冲突开始产生；素娘从钱锦标的话中发现破绽，冲突加强；想起与丈夫的誓约，验证背囊中有无皮夹，冲突更加紧张、强烈，最后女儿交出皮

〔1〕 黄远生：《新剧杂论》，《小说月报》第5卷第1号（1914年4月）。

夹，素娘发现其中丈夫阵亡日期，冲突达到高潮。这里我们看到，该剧戏剧冲突不断蕴积，水到渠成地渲染了剧作的悲剧性氛围，这样的剧作在“五四”前出现，标志着通俗话剧所达到的最高水平，即使放在“五四”新文学作品的行列也毫不逊色。

三、人物塑造走出了脸谱化、模式化的“怪圈”。早期的通俗剧由于受传统戏曲的影响，人物一出场就带有明显的脸谱化特征。如《空谷兰》中的纫珠在剧情一开始就表现出温顺、软弱的性格。后期的通俗剧的剧本创作则比较注重多方位、多角度地刻画人物性格。《燕支井》中光绪的软弱、珍妃的刚烈、西太后的残暴等性格特征都是在戏剧冲突中展现的。《新村正》中作者极善从人物的语言描写上来揭示人物的心态，剧本的最后有这样两句对话：

冯绅　现在你为村正啦，可别忘了吾，有什么事，兄弟愿意效劳，他们小孩子不行。

吴绅　小孩子就是会念念书，毕业以后，也不过是个教书匠，这一代的事没有他们的，还得让咱们。（说毕大笑）哈，哈。

两句对话把吴绅的狡诈、得意忘形，冯绅的猥琐的个性揭示得入木三分。《一念差》中通过人物复杂的心理描写表现人物性格，极富代表性，当叶中诚感到自己罪恶深重、无以救赎时，他精神恍惚，语无伦次，直至最后极度痛苦，都表现了他既十恶不赦但又良心未泯的复杂性格。

以上剧本创作的这些特征，反映了通俗剧当时的创作水平，也标志着话剧艺术形态的成熟。

通俗剧的大量编演使话剧艺术形态日臻成熟的另一标志，是悲、喜剧观念的逐渐形成。中国传统戏曲的悲、喜剧观念是模糊的，自然也就没有严格意义上的概念划分。一部剧作中往往悲、喜剧成分交相掺杂。运用传统戏曲方式创作的通俗剧也体现了这一特点，形成了通俗剧的两种情节类型，即英国戏剧理论家詹姆斯·L. 史密斯所说的情节剧“善胜恶败”、“善败恶胜”的类型。而事实上优秀的善胜恶败的通俗剧如《肉券》、《鸣不平》是与严格意义上的喜剧十分接近的，优秀的善败恶胜的通俗剧如《不如归》、《恨海》等则完全可以视作严格意义上的悲剧作品。近代新剧中还没有明确的悲剧概念，而只有“壮剧”、“惨剧”、“哀情戏”这类提法，这些提法很明显带有一种悲剧体裁意识。通俗剧的悲剧观念常受制于传统的戏曲观念。如悲剧情境、氛围时常为插科打诨的小丑表演所中断。有些剧作虽然描写了主人公的死亡、失败,但并不构成悲剧,因为作品悲剧的社会性并没能得到揭示,如《血泪碑》、《恶家庭》等剧便是如此。在《家庭恩怨记》中,悲剧性因素已开始减少。主人公王伯良娶了妓女小桃红,引起了家庭中的矛盾风波,儿子重申遭继母陷害,在无法辩白的情况下,开枪自杀,媳妇也因此而变疯。情节至此本已掀起全剧的悲剧高潮,但小桃红与李简斋的遭惩罚,王伯良最终明辨是非,决心报效国家而重新踏上征程,似乎又使悲剧向着正剧靠近。尽管如此,剧作仍不失为一部完整的悲剧作品,从某种意义上说,该剧还带有一点性格悲剧的色彩。《不如归》、《恨海》是当时演出的通俗剧中最具代表性的"善败恶胜"类作品,它们悲剧的社会意义十分强烈,所以演出的频率较高,这些剧作在"善败恶胜"类通俗剧向严格意义的悲剧过渡过程中具有较高的认识价值。而剧本创作中后期的通俗剧则完全执行了悲剧的模式,《姊妹》、《母》、《战后》等都是按这一模式创作出来的,较之其他通俗剧,它们更接近悲剧艺术的本体。

与悲剧观念发展相似,大量的通俗剧创作对近代喜剧观念的形成和发展也起到了很大的作用。话剧刚被介绍进来时,人们对喜剧有误解,认为喜剧就是逗笑,"于是演喜剧者,莫不以丑角为之"〔1〕。喜剧与小丑的插科打诨等同起来了,其最终目标为"求悦乎里社"、"得妇孺一笑"。〔2〕笑的意义、喜剧性格与笑作为手段被本末倒置了。随着外国喜剧的不断译介,特别是《肉券》、《遗嘱》、《拿破仑艳史》等西方通俗喜剧被搬上中国舞台,人们才对喜剧的台词提炼、喜剧性格的塑造有了直观的认识。如果说通俗剧初始期的《共和万岁》还带有闹剧色彩的话,那么《运动力》、《皇帝梦》以及《戌獭》、《验心》等剧在喜剧性创造上则有所改观,这些作品对于推进"新剧"的进步以及喜剧艺术的成长,起到了不可忽视的作用。

从《迦茵小传》奠定中国话剧"写实"的雏形,到后期大量描摹生活的通俗剧的编演,中国剧作家们已初步摸到了话剧写实化、生活化的特点,这为"五四"以后的话剧文学创作打下了坚实的基础。可以说,没有通俗话剧的过渡,中国话剧要发展到很熟练地采用西方现实主义的戏剧形式,就不会那么容易。

〔1〕 公展:《剑气箫心室剧话》,《新剧杂志》第1期(1914年5月)。
〔2〕 朱双云:《新剧史·半梅本纪》第8页,上海新剧小说社1914年8月版。

第一章　近代通俗戏剧生成的社会历史条件

第一节　通俗戏剧诞生的社会心理基础
——求新求异的时代使命感

一种文化现象的出现，归根到底与经济基础的变化、政治的刺激、物质条件的相适应是分不开的。但经济土壤与政治气候并不直接产生戏剧。马克思在《资本论》中指出："观念的东西不外是移入人的头脑并在人的头脑中改造过的物质的东西而已。"鸦片战争至辛亥革命的70年，是中国社会心理急剧变化的时期。中国封建社会延续二千余年，社会心理相对稳定，变化的节奏相对缓慢，从总体上说变化的特点是一种渐变，鸦片战争西方列强的坚船利炮撕开了中国历史发展的沉闷氛围，刺激了社会心理以前所未有的速度变化。

审视鸦片战争以来的70年历史，我们不难看出，后20年较之前50年，社会变革的节奏和复杂程度都有了明显的不同，这一不同主要表现在对于君权神授以及与之相应的社会制度、固有的社会观念开始产生怀疑。鸦片战争的失败，在中国人民的心理上造成了一次极大的震动，《南京条约》、《望厦条约》、《黄埔条约》的签订，使亿万中国人在蒙受精神上的奇耻大辱的同时，又蒙受着经济上的沉重压榨，这种社会心理是太平天国起义与义和团运动开展的基础。虽然这两次农民运动以及后来的维新运动均以失败而告终，但却使社会变革思想深入人心，与此同时，也充分地调动起广大人民群众参与时代变革的热情。

（一）通俗教育与鼓动革命的需要：20世纪初，一些具有爱国思想的知识分子，借鉴了西方资产阶级的一些政治斗争的经验，强调文艺的社会教育功能。戊戌前，维新派的知识分子尽管在揭露社会政治弊端和呼吁变法上竭尽了全力，但他们把维新的希望寄托在皇帝身上，用尽力气，煞费苦心，屡次上书满清封建统治者，都未获得变革维新的成功。其症结在于他们未能认识到人民大众才是社会变革的真正力量。他们虽然对新思想的传播十分重视，但他们注视的对象是最高统治集团和上层官僚集团，而不是广大下层群众。

19世纪末的中国社会，文化传播已显示出其独特性，通过大众传播媒介书籍、报刊传播的小说和通过舞台传播的戏剧，其作用、功能已越来越为人们所看重，戊戌变法失败后，很多近代知识分子便开始认识到"开化"民心的重要，而要开化民心必须寻找到能为一般民众接受的宣传教育方式。因此，戏剧、小说是大众最易接受的传播方式。梁启超在1897年的《蒙学报演义报合序》一文中说："西国教科书最盛，而出以游戏者尤夥；故日本之变法，赖俚歌与小说之力。"应当说，梁启超这种认识在当时不是孤立的。同一年，严复、夏曾佑在《国闻报附印说部缘起》中第一次阐述了小说与政治、民风、变革的关系。

> 夫说部之兴，其入人心之深、行世之远，几几出于经史上，而天下之人心风俗，遂不免为说部之所持……且闻欧、美、东瀛，其开化之时，往往得小说之助……[1]

梁启超在他的《新罗马传奇》序文中说，"立国"也好，振奋"国民精神"也好，必须"著了几部小说传奇，佐以许多诗词歌曲，庶几市衢使诵，妇孺知闻，将来民气渐伸，或者国耻可雪"。1904年，陈独秀以"三爱"笔名写了《论戏曲》一文，认为"戏曲者，普天下人类所最乐睹、最乐闻者也，易入人之脑蒂，易触人之感情。故不入戏园则已耳，苟其入之，则人之思想权则未有不握于演曲者之手矣"。并进一步提出："戏园者，实普天下之大学堂也；优伶者，实普天下之大教师也。"[2]王无生也认为："今日欲救吾国，当以输入国家思想为第一义；欲输入国家思想，当以广兴教育为第一义；然教育兴矣，其效力之所及者，仅在于中上社会，而下等社会无闻焉。欲无老无幼，无上无下，人人能有国家思想，而受其感化者，舍戏剧末由。盖戏剧者，学校之补助品也。"[3]

---

〔1〕《国闻报》1897年11月18日。

〔2〕三爱（陈独秀）：《论戏曲》，《新小说》第2卷第2期（1905年3月）。

〔3〕天僇生：《剧场之教育》，阿英编《晚清文学丛钞·小说戏曲研究卷》第57页，中华书局1960年版。

梁启超、严复、陈独秀等人对小说、戏剧作用的认识并没有能立即转化为现实，因为一个现实的问题是小说、戏剧长期处在旧传统、旧道德的精神体制中，无论是内容还是形式都存在许多弊端，不能担负社会变革的使命。陈独秀对于戏剧改良的功用说得更为明了："现今国势危急，内地风气不开，慨时之士，遂创学校，然教人少而功缓。编小说，开报馆，然不能开通不识字人，益亦罕矣。惟戏曲改良，则可感动全社会，虽聋得见，虽盲可闻，诚改良社会之不二法门也。"[1]陈独秀认定改良戏剧是改良社会的关键，他是要戏剧在通俗教育中发挥其急先锋的作用。

随着革命与改良浪潮的到来，文艺改良、文艺革命在这样的时刻就显得迫在眉睫。一时间"诗界革命"、"小说界革命"、"戏曲必改良"形成了文艺界的一股风气。应当说，在这股改良风气中戏剧改良是开展得有声有色的。

政治家将戏曲改良作为政治变革的手段而竭力倡导，并从内容到形式提出了一系列主张。首先是要将旧戏中粉饰太平、麻痹民众的内容改变成忧国忧民、针砭时弊的内容。1902 年，梁启超在《新小说》上发表了《劫灰梦》、《新罗马》两个传奇剧本，随之，一些反映时政，借中外历史上民族英雄和爱国志士的事迹以唤起人们爱国热情的新编传奇、杂剧和乱弹剧本纷纷出现。接着有人在报刊上撰文呼吁戏曲艺人学习西方演员，演出能够"激发国民爱国之精神"，增加戏中的演说，以能够更便捷地达到宣传的目的。

戏剧改良的目标，是使戏剧抛弃束缚自身多年的枷锁，以其通俗易懂的内容和形式为社会教育服务，使之成为通俗教育的一个组成部分。当时京昆和其他地方戏也都是朝着这个方向努力的。

从通俗剧本文学角度看，我们完全有必要回顾和审视一下起源于京昆及地方戏的戏剧改良运动历程。

京剧的改革运动在上海开展得比较早且比较广泛。其中影响最大的当首推汪笑侬，此外像夏月润、夏月珊兄弟及潘月樵等也参加了京剧的改良。他们排演了时装新戏《潘烈士投海》、《新茶花》、《黑籍冤魂》、《波兰亡国惨》等，这些戏故事性强、戏剧性强、情节曲折，引人入胜。舞台演出过程中，根据演剧的需要，这些剧作还使用了一些灯光布景。辛亥革命后，梅兰芳也在京剧表演领域进行革新活动，他编演了《孽海波》揭露恶霸的罪行，又编演过《宦海潮》等时装戏揭露官场的黑暗。北京的戏曲演员田际云，为了使改良

〔1〕 三爱(陈独秀)：《论戏曲》，《新小说》第 2 卷第 2 期(1905 年 3 月)。

戏剧在通俗教育中发挥作用，1905年率先演出时装新戏《惠兴女士》。1909年，他邀请新剧演员王钟声、刘艺舟到北京，并与之同台演出一些宣传进步思想的戏。

辛亥革命使得许多戏剧艺人自觉地净化灵魂，以教育社会为己任，陕西戏剧界的一些开明人士认识到“社会教育感人最深、普及最广者莫若戏曲”，他们发现，“旧的戏曲优良者固多，而恶荡淫秽，足以败坏风俗者亦属不少”，于是“发起编演新戏，以补社会教育之不足”[1]。西安的易俗社就曾在创办之初立下改编上演剧目的原则，这些原则是：一，有借鉴意义的历史戏；二，有教育意义的社会戏；三，有教育意义的家庭戏；四，宣传科学知识及创造发明的科学戏；五，有教育意义的诙谐戏。他们根据这些原则创作和改编了一批很有教育意义的剧本，如《三回头》、《柜中缘》、《石姑贤》等。

易俗社作为以教育为己任的社团，其创办宗旨就是当时资产阶级民主思想的体现。易俗社积极投身社会改革和戏曲改革，以“补助社会教育”、“移风易俗”为办团宗旨，主张“寓教育于戏曲”，“以戏曲为改良社会之利器”，认为可以通过编演新戏来“移正人心”、“开发民智”。这些观点，显然具有十分鲜明的近代资产阶级思潮的特征。易俗社在演剧内容上也作了规定，指出“社会戏曲”、“家庭戏曲”，“就习俗之宜改良，道德之宜提倡者编演之”，“就古今家庭得失成败最有关系者编演之”[2]，以此作为编剧的指导思想。

应当说，以戏剧为工具进行通俗教育并不是一种孤立的现象，在辛亥革命即将到来之时，广东的知识界也在积极寻找社会教育的途径，小说、戏剧被视为首选形式。当时广东舞台上上演的戏剧《郑孝胥开差》、《吊李莲英》、《李鸿章归天》、《拿破仑叹乌》、《温生才刺孚琦》、《火烧大沙头》、《秋瑾》、《痛除四大害》等，都极好地传播了近代社会革命思想，使得大批国民从沉睡中醒来。

1906年12月，朱双云、汪优游等“慨国势陵夷，教育之不普及”，因而在上海召集各校演新剧的积极分子王幻身、瞿保年等组织了开明演剧会。他们为了达到宣传教育的目的，明确规定了演出的内容：“政治改良”（演五大臣出洋考察宪政），“军事改良”（练新兵），“僧道改良”（破迷信），“社会改良”

---

〔1〕 杨公愚、姬颖：《西安易俗社的四十七年》，《中国近代文学论文集》（戏剧、民间文学卷）第93页，中国社科出版社1982年版。

〔2〕 转引自《中国近代文学研究百题》第340、341页，中国国际广播出版社1989年版。

(禁烟赌),"家庭改良"(诫盲婚),"教育改良"(嘲私塾)。

由于各地戏剧家均把社会通俗教育作为自己的一个重要使命,所以辛亥前后创作的戏剧作品,其思想性大多是积极的。

让戏剧发挥社会教育、社会改良功能这种思想一直维持到"甲寅中兴"时期,汪优游等率"迪智群"辗转皖赣湘之时,曾创立"社会教育进化团","癸丑(1913年)九月,商务印书馆张屏翰、赵筱侬、王起予、许梦觉、罗玉诸君,发起'通俗新剧团',持其草章就商于周君剑云。其宗旨欲组织一剧团,专赴乡村等处,演剧以期普及教育,不取看资"[1]。这里我们可以看出,新剧产生之初,很多新剧的实践者是带着一种使命感和理想主义色彩把戏剧纳入社会教育轨道的。

在利用新剧进行通俗教育方面,口号较为明确的是南开新剧团。南开新剧团从一开始就注重演剧的社会效果。南开学校最早提出话剧社会功效问题的是张伯苓。张伯苓从办好教育的目的出发,提出编演新剧的宗旨在于"练习演说,改良社会"。在此基础上,师生又提出了新剧有"改良人心,劝化风俗"[2]的作用。周恩来在《吾校之新剧观》中系统化、具体化地阐述了戏剧的功用问题,文章指出,新剧是进行通俗教育之利器。周恩来从"重整山河,复兴祖国"的神圣使命出发,论述了对"贫极矣,智陋矣"的中国人民进行通俗教育的重要性,认为在通俗教育中,"演讲则失之枯寂,书说则失之高深",因此,他强调:

> 通俗教育最要之主旨,又在舍极高之理论,施以有效之实事。若是者,其惟新剧乎!……非然者,学校社会,虚图其表,一任梨园优伶,驼舞骡吟,淫词秽曲,丑态百出,博社会之欢迎,移世风之日下,则社会教育终无普及之望,而国家之精神,亦永无表现之一日矣。[3]

《吾校之新剧观》明确提出新剧"感昏聩"、"化愚顽"、"开民智"、"进民德"的社会功效。认为新剧作为有别于其他通俗教育的一种形式,其特点在于用舞台艺术形象来教育人、感化人。这篇文章实际上也回答了话剧为何能在资产阶级民主革命前夜产生的问题。民主革命要求用最有效的通俗教

[1] 《鞠部丛刊·歌台新史》第9页,上海交通图书馆1918年版。
[2] 曾中毅:《说吾校演剧之益》,《南开话剧运动史料》第11页,南开大学出版社1984年版。
[3] 周恩来:《吾校之新剧观》,《南开话剧运动史料》第11页,南开大学出版社1984年版。

育形式唤醒民众，进行自下而上的思想启蒙。

（二）求新求异的变革时代要求：中国的文学运动，正如郑伯奇所说，经过了“诗”的时代，正慢慢转移到“小说”的时代，但同时“戏剧”的时代已经渐渐萌芽了。近代社会的巨变，最引人注目之处在社会大众的逐步觉醒，大众势力从小农经济的重压下挣脱出来，开始有自己的文化需求，过去那些“载道”的文学，呻吟“自我”、歌咏爱情的风花雪月式的艺术，在大众朴实的文化欲求面前显得苍白无力。描写人生、申诉痛苦的作品，只能给“读者”以间接的刺激，而不能自由地深入到大众中间去，激励大众、组织大众最直接而最有力的当然要推戏剧。

近代社会动荡、政事复杂，西方各种思想输入，社会风尚渐变，当时最普遍的社会心理就是密切关注政治形势，思索变革、盼国家富强，尤其在西方各种科学技术、文化知识传入中国后，人们更渴望了解中国的近况和世界各国的最新信息，渴望了解国家政治经济变革的最新动向，并希望通过戏剧获得一种对于时局判断的认同。小说等文学形式由于其弱时效性以及其文化限定性，决定了它的创作与接受终究是一种文化人的行为，而戏剧不同，它可以将时政事件随时搬演，满足各种层次观众的期待，而且最为重要的是它没有文化水平的限制。

文学艺术是人的情感和创造力的显现，精神世界是诡秘和奇谲的，情感世界的奔腾、翻涌，创造力的积蓄和激发，都在诱惑着人们去作大胆的尝试。诗歌、小说作为近代主要的文学形式，已涌现了许许多多的创作天才，诗歌小说创作需要的是驾驭文学的功底和质料，有些人才其天赋并不表现在这一方面，况且以诗歌小说这样的文学创作形式参与社会变革实在是一种太间接的形式，也已缺乏新鲜感。变换手段成了人们感兴趣的焦点，话剧这一艺术形式在表达人的思想情感、发挥人的创造力方面显示出无与伦比的优越性。早期话剧为什么会有那么多人参与，这是一个主要原因。很显然，手段被目的化了，导源于清末政治的“师夷制夷”说的影子还在。

近代社会的热点问题，是驱除鞑虏、光复中华，外御侵略、内诛国贼，实现共和，等等，当时社会种种政治负担，全都仰赖话剧来作直接的传达，这样便有早期《共和万岁》、《黄金赤血》等作品的问世，然而由于话剧承受的过重的政治负担，也制约了中国话剧审美形态的选择以及审美形式的发展。放弃对艺术的追求，放弃高雅的做派，走通俗化道路，实在是一种时代氛围中的权宜之计。

东西方文化撞击的结果,主要取决于接受者的前理解,接受者的前理解规定了视界融合的程度。传统当然是在变,但变化的轨道最终还要受到传统的制约。在中国近代文人的前理解中恒定的是其艺术的崇高感,这决定了他们对西方艺术的选择。而这种崇高感的表露又得力于西方文化的催化。有学者指出:

> 如果以新文学运动的近代、现代、当代为纵坐标,以西方文学的浪漫主义、现实主义、现代主义为横坐标,这个坐标系的轴心恰是启蒙精神和悲剧格调,从中可见求实精神对于民族文学现代化流程的巨大影响。中华民族的求实精神,使新文学运动的崇高感作为借鉴西方的标尺,从而内在地规定了各文学思潮演进的程度和它们的兴衰消长。一方面,西方思潮内在发展逻辑依历史的顺序而逐步译介到东方,这或许表现出人们对于全面了解西方的积极性;另一方面,各流派的艺术结构形态依其理性容量而得到不同评价,取舍的原因均在于表现社会美和崇高感。社会美理想、以真与善为中心的价值观,决定了这次历史抉择的结果:崇高艺术运动始于抒情和政论,而最后流向了再现即理性化的认识。[1]

居于崇高地位的前理解,又顽强地用和谐的感性来对抗崇高的理性,通俗小说、通俗戏剧的流行正是这样一种文化背景下的产物。

第二节　近代都市的出现与观剧阶层的产生
——市民对政治的参与感转化为对新剧的热情

1840—1842 年的鸦片战争叩开了中国闭关锁国的大门。1842 年 8 月,英国军队逼迫昏庸腐朽的清王朝在南京签订了丧权辱国的《江宁条约》,规定了英国人可以携带家眷等“寄居大清沿海之广州、福州、厦门、宁波、上海等五处港口,贸易通商无碍;且大英国君主派设领事、管事等官驻该五处城邑,专理商贾事宜”,上海正式宣布被迫开放。这既是上海经济半殖民地化的开始,同时也是上海城市近代化的起始点。

---

〔1〕 章亚昕:《现代化与崇高艺术运动的崛起》,《苏州大学学报》1988 年第 2 期。

开埠以后，上海的原有经济迅速被卷入了世界资本主义市场的漩涡。这种情形虽然是被迫的，却使得近代上海工商业空前地活跃起来。随着外资的初步投入，外国殖民当局把持着的工部局和公董局也逐渐将西方的一套治理城市的管理方法和物质文明带进了上海。与此同时，西方的生活方式，特别是文化生活方式也同时被带了进来，租界内的马戏、魔术、演剧、赌博等娱乐方式也开始盛行起来。这一切对于当时的中国人来说是非常新奇的，无疑它的吸引力也是很大的。

同近代上海经济发展相伴随的，是城市人口的大量增长。近代历次战乱，上海因是租界地故而免受其害，这使得上海成为一个理想的避难所，由战乱等因素引起的人口机械性增长其速度是世界罕见的，而迅速膨胀的人口也促进了都市的繁华。

繁华的都市如同一只巨大的染缸，同化了每一个成员。它迫使每个成员放弃原有的生活方式以适应新的生活方式。由来自不同地域的异质人口所组成的市民阶层，很快便适应了这种中西混合的大众文化类型和氛围。

虽然都市造成人际空间距离缩小，但由于都市中人社会角色的多重性，社会分工的细化以及生活节奏的加快，使得人与人心理的距离拉大，过去在农村社会里宣泄心理的方式和途径没有了。于是人们只好寻找新的宣泄途径，互传社会新闻是这种要求的初级表现；共同欣赏表演艺术，阅读报章杂志则是这种要求在当时的高级形态。因此都市的大众文化被定位在工商经营之余的休闲和心理放松上。同时由于观剧活动是一种相对层次较高的文化消费，因此某种程度上，它也是显示身份、提高地位的一种方式。

都市形成之前中国市民就有观社戏的习惯，传奇、杂剧、京剧、地方戏，无论雅俗，都有一批忠实的观众。新剧是一种“幻觉化”的戏剧，其舞台布景、道具等完全模仿真实生活。这是一种全新的戏剧形式，中国观众面临着一次接受行为的全新变革过程。原先看惯了昆曲皮簧戏的中国观众，他们的欣赏也随着戏剧变革而发生变化。徐半梅很详细地记载了戏剧表演系统所发生的变化：“当时上海的京班戏院，正盛行着一种所谓时装新戏（亦称时事新剧），这是采用现代的故事为剧情，而登场人物悉穿现代服装，所用对白，抛弃中州韵，以京白与苏白为主。有时亦用各地方言。剧中唱皮黄时，还是唱皮黄；不过唱得较少。剧本的编制和场事等等，完全与原有的皮黄戏无异;所不同的就是剧情不用古代故事,打扮不用古代衣冠,而说白不用中州韵。……在观众看来已颇与社会接近了。"[1]传统戏剧以剧情与唱腔来吸引观众的倾向已变为主要靠新的剧情来吸引观众。那么"时事新剧"的剧情为什么会吸引观众呢?

我们知道,开埠后上海的社会变革加快了,在人们的周围每时每刻都有新闻事件发生。人们也变得更加关心周围生活中的人和事,以维持一种安全感和参与感,光绪末年"任顺福案"就曾引起社会各阶层的关注。从政治角度看,"当时正是辛亥革命的潜伏期,满清政府腐败达于极点,所以这些时装新戏,如果是关于政治而讽刺满清政府的,尤得台下观众欢迎"[2]。市民对政治的关心与参与热情,使得他们成为以搬演时事为内容的新剧的忠实观众。汪笑侬借洋装戏《波兰亡国惨》来影射、讽刺满清政府,在当时"得到观众们热烈的鼓掌"[3];汪优游等的学生剧《惠兴女士》(秋瑾事迹)、《黄勋伯》、《潘烈士投海》、《黑籍冤魂》等在当时也"造成一时风气"[4],其原因在于这些戏及时地传达出了人们的政治情绪。

近代社会市民对政治的参与热情很快就转化为对新剧的热情,于是具有革命思想的爱国分子与爱好戏剧的青年最早成为新剧最稳定的观众。而新剧与现实生活的贴近,也使得一些老观众转移他们的欣赏口味和兴趣。经过戏曲改良和话剧的逐步普及,以市民为主体的观剧阶层开始形成。

---

[1][2][3][4] 徐半梅:《话剧创始期回忆录》第6页,中国戏剧出版社1957年版。

第二章　外国戏剧的引进与新剧的滥觞

第一节　中国人眼中的西洋戏剧
——仿真表演叹为观止

在中国近代戏剧接受西方戏剧的影响这一点上，一直缺少十分有说服力的证据。但为什么近代戏曲改良所发生的时间不迟不早就在世纪之交呢？这不能不让人考虑这其中的时代的因素。而从通俗性角度看，它有两个动力：一、宣扬维新变革的思想需要通俗易懂，易于接受的媒介；二、戏剧运动也到了需要变革的时刻。中国人对于戏剧的热爱有近千年的历史，元杂剧明传奇以来，戏剧无论内容还是形式都缺乏大的变革创新。而当近代政治动荡、思想流播、文化交递的历史关键时刻，那种拘泥程式、节奏缓慢的戏剧样式已明显不适应时代的需要。

改良戏剧又称"时装新戏"，即穿着生活时装表演的戏剧。它的产生得益于对西洋戏剧的认知。"睁眼看世界"的中国知识分子，无不对西洋戏剧模仿真实生活的表演方式大加推崇。19世纪中叶以后，一些到过欧美的清代大小官吏、留学生几乎在回国后都对西方的文明戏剧有过较高的评价，那种酷似生活真实情景的舞台道具、布景、灯光，以及穿着时装，用日常生活语言行动表演的故事情节，令他们大开眼界。我们至今仍可从当时一些留洋者的笔记、札记和游记中感受到那种情景和新奇之感。张德彝在1866年左右所写的《航海述奇》中，记述了当时在法国所见巴黎戏园的情景："……楼之四面高悬煤气灯，中一灯一干百枝，灯头千盏，缘泰西戏皆夜戏也。……少顷，猛听静鞭数下，众皆悄然，已卷帘开戏矣。其戏能分昼夜阴晴；日月电云，有光有影；风雷泉雨，有声有色；山海车船，楼房闾巷，花树园林，禽鱼鸟兽，层层变化，极为可观。"[1]在同一书中，他

〔1〕《中国话剧史料集》第一辑第253页，文化艺术出版社1987年12月版。

还记述了英国的演剧情形:“戏甚精奇,所演之剧,风雷有声,雨雪有色,日月有光,电云有影,树木楼房,车船闾巷,火山冰海,远近高低,非眼能辨。”〔1〕曾游历英法等国的清人王韬在其游记《漫游随录》中也曾有这样的记载:“其所演或称述古事,或作神仙鬼佛形,奇诡恍惚,不可思议。山水楼阁,虽属图绘,而顷刻间千变万状,几乎逼真。”〔2〕王之春在《使俄草》中,对西方戏剧的服饰、布景、幕的功用等,都有较详细的描绘。清代曾出使欧洲多国的戴鸿慈认为:“西剧之长,在画图点缀,楼台深邃,顷刻即成。且天气阴晴,细微毕达。令观者若身历其境,疑非人间,叹观止矣。”〔3〕

“给大众以真实的幻觉”,这是西方戏剧的传统,19世纪前,西方戏剧用展示代替叙述,当时的戏剧家都持相同的戏剧观念,即戏剧是现实的模仿。在现实主义戏剧舞台上,史诗性的叙述因素遭受排挤。空间必须依靠舞台布景与道具将舞台直接转换成虚构场景,时间则寄寓在情节发生的顺序中。剧场中一旦出现同一的时空经验,舞台由现实时空转化为虚构时空,真与假的界限或现实与虚构的界限就变得模糊起来,剧场经验就会进入一种以假当真的幻觉。19世纪末西方剧坛对于幻觉的追求达到顶峰,具体表现在演员与剧中人物、现实场景与舞台场景的相互认同和相互转化上,到了斯坦尼斯拉夫斯基时代,更视之为一种创作原则。

“舞台上演出的戏必须再现它所表现事物的形式——不多,也不少。”〔4〕这一观点成为当时欧洲剧坛的一种时尚。19世纪70年代后萨塞写《剧场四十年》时仍把“真实的幻觉”作为戏剧的理想。19世纪最后几十年里出现的易卜生的《玩偶之家》、《群鬼》;斯特林堡的《父亲》与《朱丽小姐》;萧伯纳的《华伦夫人的职业》和《武器和人》等剧作,都是通过舞台再现现实生活幻觉的。1876年易卜生在德国柏林观看其剧作《觊觎王位者》演出时,为剧场中“暴雨般的掌声”所激动,但他很清楚,观众赞美的掌声,多半是送给公爵梅宁根的剧团的,该剧团在表演中动用了各种可能使观众产生幻觉的手段,包括舞美、道具。此后,无论是安托万还是斯坦尼斯拉夫斯基都曾作过更为深入的追求,安托万在“自由剧院”里废除了脚灯,让演员像平常说话那样念台词,设计逼真的道具与布景,使舞台看上去像是一个拆去了第四

〔1〕《中国话剧史料集》第一辑第493页,文化艺术出版社1987年12月版。

〔2〕王稻:《漫游随录》第89页,岳麓书社1985年版。

〔3〕戴鸿慈:《出使九国日记》第358页,岳麓书社1986年版。

〔4〕〔英〕阿·尼柯尔:《西欧戏剧理论》第35页,中国戏剧出版社1985年版。

堵墙的房间。

从易卜生的《玩偶之家》到斯坦尼斯拉夫斯基的《沙皇费多尔》，近半个世纪的西方现实主义艺术实践使近代中国人大受启发。尤其是这种缺少间离的写实性戏剧，实现了舞台与观众的交流，这种戏剧的现实功能要比写意性的戏剧强，特别是其表达现实命意时更为直接。传统中国戏剧搬演的剧目有其一定优势，在搬演时事内容方面常常显得力不从心。这种状况，一方面促成了戏曲改良的进行，另一方面就是话剧的引进。

第二节　对新剧要素的评价与误解
——起步时的不得要领

“新剧”是改良戏曲与话剧的统称。新剧之“新”主要是与传统戏剧之“旧”相对应的。主要表现在：一、新剧以“说白”为主，不讲究“唱功”、“做功”、“身段”；二、新剧穿时装，演时事；三、新剧分幕且重舞台效果。

传统的京、昆、地方戏都很强调演员的唱、念、做、打四功，这显然有一定的先天条件限制，也要有一定的后天努力和经验积累，不是每个人都能登台演出的。而新剧则不讲究这些。“无唱功”、“专取说白传情”、“全恃言论以述意”[1]，这是当时人们对于新剧的普遍认识，连当时的新剧早期实践家汪优游也持同样看法，他在看了圣约翰学校排演的《官场丑史》后认为：“这种穿时装的戏剧，既无唱功，又无做功，不必下工夫练习，就上台表演。”[2]“说白”在新剧中成了主要的因素，但说白的作用、价值，以及如何说、如何白，对此的认识往往不得要领。较早的新剧家对话剧中“说白”的理解，还是戏曲的一套做法，在舞台上表演起来拿腔捏调很不自然和协调，就说白的内容来看，有时仍旧念上场诗、通名字、打背躬，说白过程有时也加几句皮黄唱腔。这种状况后来发生了变化，当话剧与改良戏曲发生分野之后，人们对新剧的说白又有了新的认识。有人提议在剧中加“演说”，因为话剧就是“说话”的剧，刚刚接触“无唱”之戏的观众也“均以新戏为演说一流”[3]。不但观剧者如此，辛亥革命前后，在新剧界颇负盛名的任天知等，也非常看重剧中之“演说”的作用，并据此创立了所谓“言论派正生”一类的角色类型。

〔1〕 周剑云：《新剧评议》，《繁华杂志》第5、6期（1915年2月）。

〔2〕 汪优游：《我的俳优生活》，《社会月报》第1卷第1、2、3、5期（1934年）。

〔3〕 义华：《戏剧杂谈》，《民权素》第4集（1915年1月）。

在话剧艺术中，说白、对话即台词，被视为一种戏剧动作即言语动作，是一种最重要的表现手段。它包括剧本和演出中的对话、独白、旁白。对话是人物之间交流的一种方式，是戏剧外部冲突赖以存在的一种基本途径。“独白”与“旁白”都是剧中人物的自言自语，前者是人物孤身独处时的“自语”，后者则是在众多人物对话中，某一人物的“自语”，它们是戏剧内部冲突赖以存在的一种基本形式。劳逊指出：说话也是动作的一种形式，“对话可以使剧作者在广大的事件范围中展开动作，从而构成戏的背景。关于其他事件的报导（观众从对话中知道或意识到），足以增加情绪的紧张，导向压缩和爆发，这一切便构成动作”〔1〕。戏剧的内容是在戏剧的动作中展开的。新剧在中国尝试的初始阶段，人们对言语动作表现戏剧内容这一功能并没有认识，这实际上是对戏剧性的认识还不太明确。在当时的许多作者与观众看来，说白即是“演说”。周剑云认为，新剧以“言论”达意，“然胡言乱道，非言论也，寻常说白非言论也。必其一言既出，四座倾听，奥妙蕴蓬，含蓄深间……惟此皆由学问而来”〔2〕。把“说白”当成是“言论”，本身就是一种误解，把“言论”作为新剧“达意”的唯一途径，则更是一种偏执。在这里，周剑云否定了“寻常说白”即对话传情达意的可能性，强调戏剧的全部价值所在乃是“一言既出，四座皆惊”，而对言论功夫的强调，实际上是对演员演说本领的要求，演员演说“由学问而来”，也就是说，要靠平时的读书积累。这里周氏把戏剧艺术与演讲艺术画上了等号。

言语（对话、独白、旁白）作为“戏剧动作”一般具有三种性能：一、非直观的揭示性，即能够揭示人物隐秘的思想、感情、意志和意识等心理内容。二、“对话”是戏剧性的载体，它要求能够给予听话者以一定的冲击或影响。这种冲击力一般表现为“冲突”，也就是说，“冲击”性的对话是体现“冲突”的一种方式。三、对话会推动对话双方相互关系的发展变化。这三点是区分戏剧性语言与非戏剧性语言的关键。

由于新剧剧作家、评论家对新剧说白的认识上的偏差，造成了对“言论学问”追求的畸型戏剧时尚。新剧实践过程中认识到新旧剧的区别在于旧戏靠唱腔、做功吸引观众，而新剧则靠说白赢得观众。这一点在某种程度上说是正确的，但把戏剧“说白”归之于言论——演说，就使之导向了歧途。可见新剧创始期的实践者对于戏剧本质的认识是模糊的。汪仲贤曾对当时的

---

〔1〕〔美〕劳逊：《戏剧与电影的剧作理论与技巧》第359页，中国电影出版社1979年11月版。

〔2〕周剑云：《新剧评议》，《繁华杂志》第5、6期（1915年2月）。

新剧有过这样的概括："现在流行之新剧，大半无一定脚本，所有剧中言语动作，全恃演者之一点小聪明，随意发挥。"[1]这是当时一种颇为典型的观念，也正是这种观念在起作用，使得很大一部分人认为新剧易学易演，以致不重剧本写作、锤炼，从而造成后来的幕表戏流行。

新剧最早登场之时就与社会功利结下不解之缘，这与当时的政治形势有关。急剧动荡的国家形势在大众心中产生了巨大的反响，人们急需要用一种艺术的表现形式将它表现出来，戏剧充当了这一时代的急先锋，所以创始期的新剧大多表现时事内容。新剧演剧"以肖真为主"，因此装扮要随时更换，"惟旧戏，'净'虽盛夏必拥厚絮；'贴'虽隆冬必仅夹衣……岂古人皆冬不裘而夏不葛耶?"[2]当时的戏剧家对于旧戏角色服饰的不合理性已有所认识，在此基础上萌生的"时装"意念并不完善，"演新剧者虽略有今昔之别"，意识到了时令的变换，"然大都以满清服饰为最多"[3]。甚至有时演明代生活的戏亦穿满清服装[4]。对于这一现象，当时的新剧家沈所一有过解释："新剧仅用满清服装，实为大诟病，原其所以然者，限于经费耳。彼观剧者，对于《珍珠塔》、《三笑》等剧，非不知满清服装之不适用，然而未尝一言者能原谅此苦衷也。今者新剧日益隆盛，几几与旧剧相抗衡。苟仍因陋就简，恐非持久之道也。"[5]由此看来，当时新剧界对于穿时装演戏有着认识上的差异。有一部分演剧家之所以穿时装，并不完全是剧情需要，而是想利用穿时装所造成的荒诞感、新奇感来吸引观众。有一部分演剧家则认识到人物的服饰必须与剧情相吻合，但由于经费不足而只能"因陋就简"，这种状况在后来的演剧中得以改变，我们看到在《木兰从军》、《武松杀嫂》等剧中人物的服饰已与剧情非常协调了。

对于新剧中另一外在要素布景、道具的认识还很肤浅，很多新剧家对布景、道具的设置与剧情的关系，不甚了了，有些还停留在"依样画葫芦"阶段。在当时的一些剧场，布景通常是以"寻常之画"来代替的[6]。马二先生在他的《戏学讲义》中曾讲述这样情况："布景中所绘画者，往往与剧情有冲突。如演剧人着春服，而布景上画有冬令之花木。""每见所演各剧布景中除桌椅

〔1〕 仲贤：《新旧剧之异点》，朱双云《新剧史·杂俎》第31页，上海新剧小说社1914年8月版。
〔2〕 王梦生：《梨园佳话》第158页，商务印书馆1915年出版。
〔3〕 张霆潮：《今日新剧家之十要件》，《戏剧丛报》第1期（1915年3月）。
〔4〕 沈所一：《复友人论新剧书》，朱双云《新剧史·杂俎》第22页。
〔5〕 沈所一：《沪人观新剧之心理》，朱双云《新剧史·杂俎》第20页。
〔6〕 优优：《布景之为物》，《戏剧丛报》第1期（1915年3月）。

而外，一无所有，甚至桌椅之位置多不入款式，往往布房间景以台口为房门，以布景上之小门为内室之门，于是外来之人，每自墙缝中出入，此大不通也。”[1]于此可见对于布景、道具在戏剧性创造中的作用，当时的新剧家还有许多模糊认识。“新剧家”显然也隐约觉察到布景要素是新剧区别旧剧的重要因素，新剧舞台不能没有布景，但把布景仅仅视为一种有必要存在的摆设，而不去探寻其与戏剧性、剧情之间的关系，则是新剧实践者的一个误区。造成这一现象的根源在于新剧传播的不深入。新剧家所获得的新剧信息基本上还是前清使者的一些国外观感以及外侨演剧所传递的，没有系统的西剧知识的介绍和训练。因此对于布景的认识，也只能停留在清臣戴鸿慈等的“画图点缀”一类上，以致当《新茶花》一剧上演时，舞台上“开来阖去，不过一幅村落之油画”作为布景[2]。

道具、布景游离于剧情或与剧情不相干的这种状况到了南开新剧团演剧时，就发生了根本的改观。

南开新剧团在演《新村正》一剧时，其新剧创作已在写实主义道路上向前迈出了一大步。此时，人们看到剧中的道具、布景等要素已与戏剧情节浑然一体，共同为戏剧性服务。当时的观者对于“我校布景”之特色有过记述：

> 既而振铃开幕，则客厅一所，几椅咸备，中设一榻，榻后横几，几一端置瓶，一端置石镜，而玉如意位其中。榻有琴几，别左右。南面上有额，曰“务本堂”，旁有联一副。左有门通书室，入右转后，则达内室焉。骤视之，无不惊异，此即富翁周味农之家也。第二幕之布景，则为一荒村。树林阴翳，黄茅紫丛生于其间。败屋数间，皆毁瓦颓垣，楹柱皆不完。而竹篱乔木，俨然一野景也。天色蔚蓝，以竹为篷，糊以纸，涂以青，而以蓝色之电灯反映之，如真天然，而鲜丽之色有加焉。[3]

19世纪末20世纪初传入中国的新剧，其写实性已为当时戏剧家所认知，但在剧本创作与舞台表演上仍不得要领，往往是新剧中夹杂着一些旧剧程式。这种现象直到辛亥革命以后仍未改观。任天知的《共和万岁》就糅合了中国戏曲传统的编制方法，在幕与幕换景之际，加演了一些幕外戏，类似

〔1〕 马二：《戏学讲义》第五章，《游戏杂志》第12期（1914年5月）。
〔2〕 远生：《新茶花一瞥》，《远生遗著》，商务印书馆1984年版。
〔3〕 汪优游：《我的俳优生活》，《社会月报》第1卷第1期（1934年1月）。

中国戏曲中以丑、副末或龙套所演的过场戏。鹓雏著的《炊黍梦》用布景、分幕、人物着时装,但剧中主人公李端五深夜到赵言府上求见,打门,隔门说话,家人通报等全都袭用戏曲"虚拟"的表现方法。与这种对"写实"不得要领的情况相对的是机械地理解新剧中的"真实"、"肖真"。徐天啸发表在《小说丛报》第1期上的剧本《自由梦》中,第一幕有主人公在舞台上吃点心的情节,要等吃完后才有别的情节表演。早期新剧创作中不少人片面地认为写实就是生活化,把生活中的行为直接搬上戏剧舞台。这种缺乏艺术提炼的戏剧情节,是新剧丧失观众的一个重要原因。

第三节 外侨与学生演剧活动和话剧的启蒙
——中国早期话剧的萌发

早期话剧的产生导源于多方面的因素,既有戏曲改良、戏曲变革的因素,也有外来因素的影响。在外来影响因素中,我们不能不提及19世纪末的外侨及学生演剧活动。

关于外侨及学生演剧,许多早期戏剧实践者都提供了有力的佐证。鸿年在《二十年来新剧变迁史》中指出:"中国式之新剧,如今日所演者,其发源之地则为徐家汇之南洋公学,时为前清庚子年。"[1]管义华在《六年来海上新剧大事记》中写道:"海上之有新剧,由来久矣。其初始于各学校,而创办剧场,实任天知之开明社为之倡。"[2]朱双云在他的《初期职业话剧史料》一书中谈及话剧的起源时也说:"中国之有话剧,始于公历1902年,即光绪二十八年壬寅,创始者为上海约翰书院。风气一开,于是徐汇公学、南洋公学、民立中学、南洋中学等各学校,纷纷继起。"[3]欧阳予倩在《谈文明戏》一文中也认为"上海是新剧的发祥地,远在1889年就有教会学校圣约翰书院学生演出的《官场丑史》。1900年(光绪二十六年)有南洋公学演的时事新剧《六君子》、《经国美谈》、《义和团》等三个戏"[4]。汪优游的《我的俳优生活》对圣约翰学校的演剧也有详尽的描述。尽管上述早期话剧实践的亲历者的表达各有差异,但无庸置疑地是他们都把1900年庚子赔款前后的上海学生

〔1〕《戏杂志》尝试号(1922年4月)。

〔2〕《鞠部丛刊·歌台新咏》第10页,上海交通图书馆1918年版。

〔3〕朱双云:《初期职业话剧史料》第1页,独立出版社1942年版。

〔4〕欧阳予倩:《谈文明戏》,《中国话剧运动五十年史料集》第一辑第88—91页,中国戏剧出版社1958年版。

演剧视为早期话剧运动的开端。然而上海的学生演剧又是发端于何方呢?

很显然,学生的演剧活动来源于沪上西方人所办的学校演剧的影响。19世纪末上海的教会学校有徐汇公学、清心中学、中西书塾、格致学院、约翰书院等20余所。这些学校为培养学生的情操和演说能力,在节假日,经常组织学生演剧。他们的形式与职业剧团完全相同。所不同的仅仅是剧本由教员和学生自己编写,一般都在校内演出,招待家属或亲友。外国侨民尤其是欧美侨民组织的ADC剧团演剧活动在当时也颇具影响。然而,教会学校和外国侨民的演出在当时毕竟属于新生事物,当时的中国人对这样一种艺术形式是比较隔膜的。朱双云在记述当时的情景时写道:

> 素人演剧,盛行于欧西。吾国积习相沿,多以戏剧为陶情悦性之具,且多薄视伶人,不耻士类。故素人演剧,常寂然无所闻见。……岁己亥(1899)冬十一月,约翰书院学生于耶稣诞日,节取西哲之嘉言懿行,出之粉墨,为救主复活之纪念,一时间风踵效者,有土同湾之徐汇公学。然所演皆欧西故事,所操皆英法语言,苟非熟谙蟹行文字者,则相对茫然,莫名其妙也。[1]

尽管用英法语言演出西方故事,懂的人也很少,但其影响却是巨大而深远的。首先它提高了“素人”演剧的地位,为上海学生演剧扫除了障碍,打开了闸门。这些教会学校在校方支持下,于庄严的耶稣诞辰之日由教师和学生共同运动演出戏剧,这对中国社会,特别是教育界来说,影响是很大的。“学校中这样公然提倡学生演剧,在当时很顽固的社会里,真是惊人的创举。”[2]这一方面使人们认识到演剧并非下贱之事,而是进行社会教育,培养学生情操,练习讲演能力的绝佳工具;另一方面演剧也能使学生获得对于西洋艺术形式的感性认识。于是庚子年南洋公学及民立中学闻风而起,编演时事新剧《六君子》、《经国美谈》、《义和团》三个戏。而南洋中学(当时名为育材学堂)演出了《张文祥刺马》、《英兵掳去叶名琛》、《张延标被难》、《监生一班》四出戏。1905年汪优游兄弟组织文友会,演出了《捉拿安德海》、《江西教案》两出戏。1906年春,沪学会、群学会也组织演剧。随后明德中学、南市商学堂、青年会、开明演剧会、益友会纷纷演出新剧。学生演剧在沪

〔1〕 朱双云:《新剧史·春秋》第1页,上海新剧小说社1914年8月版。
〔2〕 徐半梅:《话剧创始期回忆录》第7页,中国戏剧出版社1957年版。

上一时蔚然成风，据朱双云《新剧史》记载，1899—1904年，上海、广州、苏州等地的教会大学，还上演过一些莎士比亚和莫里哀等人的作品。

其次为早期戏剧创作培养了人才。约翰书院和徐汇公学的大部分学生是中国人，两校的演剧活动，客观上为早期话剧的活动储备了人才。早期话剧创始人之一的汪优游，也正是从学生演剧逐步走向戏剧生涯的。其他诸如朱双云、许黑珍等人均是如此。

从早期学生演剧的剧作内容来看，均体现了反清爱国的革命色彩，娱乐性、传奇性与政治性已紧密地结合起来，这与自娱性的西方圣诞演剧有了很大的差别，可见青年学生中早已酝酿着一股干预时事的激情，而新剧恰逢其时，很自然地成为一种表达公众情绪的手段。

这里值得细说的是ADC剧团。这个剧团大约是在1885年前后开始组织起来的，由于表演者与观赏者均为英美侨民，所以使用的是英语。中国学生前去观看者不乏其人。徐半梅回忆当时情形时写道：

> 他们每年必定演剧三四次，每次演期，大概总是三天光景，全是夜场。而这个ADC剧团演剧，总是在兰心演的。ADC与兰心，有很密切的关系。ADC每次演剧的戏单上，总把历年来演过的戏名，一一附印着，而且还有开演时期。在四十几年前，我看那戏单时，已晓得它有四五十次的演出历史了。所演的也都是世界有名的剧本，当然有相当成绩。[1]

徐半梅认为ADC这样的外国剧团对中国剧坛的影响是很小的，这只是从内容上讲的，其实很多新剧创始人对于话剧演剧形式的感情则是始于这种剧团。所以陶报癖对ADC剧团的演出非常钦佩。他回忆道："昔记者作客申江，英友格弗兰君，尝介绍至其俱乐部，参观新剧，演喜剧则令人拊掌失笑，演悲剧则令人掩面啜泣，演壮剧则令人眉飞色舞。不啻神游其境，亲握其人，其感化刺激之魔力有如此者。"[2]陶报癖很明确地谈到了看ADC剧团演出所得到的关于悲剧、喜剧、壮剧的感性认识。应当说外侨演剧客观上是产生了一定的影响的。

但ADC剧团对中国通俗剧的影响此时也已种下了某种基因。近代欧

---

〔1〕 徐半梅：《话剧创始期回忆录》第4页，中国戏剧出版社1957年版。

〔2〕 陶报癖：《余之新剧观》，《繁华杂志》第4期（1914年）。

洲资本主义向垄断阶段发展，大量的社会财富向贵族、资本家集中，大量的不义之财使贵族和资本家过着养尊处优、骄奢淫逸、游手好闲的寄生生活。他们当中的男男女女，为了追求享乐而把大量的时间消磨在无休止的聚会、求婚、传播丑闻上。除此之外，他们还要求夜晚到剧院去寻求娱乐。在这种"供求"关系杠杆的支配下，便出现了一批专为满足英国上流社会消遣娱乐需要的剧院和剧目。英国学者休·亨特曾对此作过较为详尽的描述："中产阶级财富日增，闲暇日多，这使戏剧观众的组成成分和态度发生了变化，也使戏剧娱乐组织发生了重大的改变。到剧院去看戏变成了一种迷人的社交活动，如同到教堂去做礼拜一样。人们很讲究衣冠，剧场正厅前排的观众和花楼包厢里的观众必须穿正式晚礼服。到剧场去看戏成了举办家庭晚会和联欢会的一种方式。"在富人聚居地的伦敦西区，除了原有剧场外，还建造了25座新剧场，"为了满足这种有教养的观众的需要，建造了不少新剧场，也改建了不少老剧场……新建的剧场和改建过的老剧场足以证明观众更加要求舒适和礼貌"〔1〕。

伦敦西区剧院上演的剧目大都是描写资产阶级日常生活的"佳构剧"(即情节剧、通俗剧)〔2〕，舞台上的场景常常为中产阶级家庭的豪华客厅，所以也有称之为"客厅剧"、"家庭剧"。19世纪末，英国的剧场基本上被"娱乐观"所统治。当时的剧作家们写的大多是笑剧、喜剧、情节剧、佳构剧，其共同的特点是刻意追求情节的离奇巧妙、曲折多变，而且大都运用计谋、误会、乔装、巧合、意外发现和逆转等手法来制造悬念和情节的转折。剧中的主人公大多是帝王将相、才子佳人或资产阶级的上层人物，题材多是爱情婚姻之类的纠葛或具有异国情调的冒险故事。剧终时或揭开谜底，或澄清误会，或使坏人受惩、好人得胜，或有情人终成眷属，总之基本不触及社会问题，只是以娱乐观众为目的。如伦敦西区被尊为"英国第一流剧院"的"兰心剧院"便有一整套剧目，其中有情节剧和布景优美的浪漫诗剧，还有经过细心准备重新上演的莎士比亚的戏。当时在伦敦最卖座、最赚钱的两部戏是情节剧《钟声》和《里昂来信》，这些情节剧多在追求布景的豪华、服装的华丽、风格的优美上下工夫，以满足人们感官上的愉悦。

作为中国近代早期旅沪的英美人，他们也试图在中国的上海恢复他们在伦敦时的娱乐形式，于是也就有了同样名称的"兰心剧院"(Lyceum

〔1〕[英]休·亨特：《近代英国戏剧》第13页，中国戏剧出版社1987年版。

〔2〕李醒：《二十世纪的英国戏剧》第58页，文化艺术出版社1994年版。

Theatre),演剧体制照搬伦敦剧场的,不过其“布景的逼真”也确实让徐半梅、陶报癖等中国戏剧初创者叹为观止了。而从所演之剧目来看,开埠后上海英侨创办最早的“新剧院”上演的剧目有《势均力敌》(Diamond Cut Diamond)和《梁上君子》(Roof-scrambler)、《爱情、法律和泻药》(Love, Law and Physic)、《合法继承》(Heritage Law)、《楼梯下的高等生活》(High Life Below Stairs)、《筋疲力竭》(Used-up)等等,均是典型的情节剧。上海观众把当时看到的“西剧”分为两种,“一演各种故事,一演各种幻术”[1]。其实上海观众所直感到的正是西方通俗剧的一个普遍特征。西方情节剧的娱乐性给当时的上海观众留下深刻的印象。

第四节 日本新派剧:中国新剧的早期范本
——以社会思想变革和现实功利目的为内因

清末学生演剧在国内开展起来的同时,在日本的中国留学生的演剧活动也开始活跃起来。由于日本对西方文化的学习较为开放和全面,日本戏剧界学习接受西方戏剧也较为彻底,这使得中国留学生能更深入细致地了解西方戏剧,从而提高了学生演剧的水平。

在上海学生演剧活动中涌现的沪学会新剧部,其主持人为李息霜(叔同)。他曾编撰出版了新剧《文野婚姻》,并由新剧部演出。1906年,他东渡日本,就学于东京美术学校。他一到日本,就与同学曾孝谷等共同发起了一个中国留日学生的综合性的文艺团体——春柳社。由于条件的局限,春柳社创办之初,只设立了演艺部,在留学生中开展演剧活动。

春柳社成立之日,正是日本新派剧兴盛之时。明治维新时代,日本戏剧界吸收西方近代演剧的形式,对传统的歌舞伎加以改造,创造了新派剧。新派剧保存了歌舞伎的一些特点,如女优和旦角并存,常有大段的武打场面,但剧目已具有时事性,还改编移植了一批西方戏剧。1891年,新派剧传入东京,在中日甲午战争中,为了鼓动民族情绪,编演了许多新剧目,发展迅猛,成立了职业剧团,涌现了伊井蓉峰、河合武雄、藤泽浅二郎等名角。此时,中国的留学生正一批又一批地来到东京。他们常去看新派剧,学习语言,了解日本社会。有的与日本戏剧家结下了深厚的友谊,春柳社后期活动

---

〔1〕 胡祥翰:《上海小志》卷七第35页,上海古籍出版社1989年版。

的领导人陆镜若与藤泽浅二郎交往甚笃，这位日本艺人对春柳社的活动有过直接的影响。同时，春柳社的许多成员皆通西文，可以直接阅读、学习西方戏剧。

1907年，《北新杂志》第30卷全文刊载了《春柳社演艺部专章》，明确提出向欧美戏剧和日本新派剧学习的宗旨："演艺之大别有二：曰新派演艺（以言语动作感人为主，即今欧美所流行者）；曰旧派演艺（如吾国之昆曲、二黄、秦腔、杂调皆是）。本社以研究新派为主。"[1]那么，是什么促使当时中国知识分子青睐日本新派剧的呢？

新派剧肇始于角藤定宪倡导的"壮士剧"（壮士芝居）和川上音二郎所发起的"书生剧"（书生芝居）。而所谓"壮士"、"书生"，原本是一些政治热情高涨的青年，他们采用演说、著文以及"落语"、"和歌"等形式，宣传自己的自由民权思想，戏剧是他们经常使用的有力武器。1888年，角藤定宪与一部分自由党"壮士"在大阪组织了"大日本壮士演剧会"，不久，川上音二郎又打出了"书生剧"的招牌，他们演剧采取的是日本传统歌舞伎形式，但以宣传鼓动为主要目标，剧中加入大量宣传性演说，内容与歌舞伎完全不同，新派剧反映的都是当时最迫切的政治问题。受西方戏剧影响，其艺术规范也有所突破，由于与现实生活结合密切，所以在社会上引起强烈反响。以后继起的一些演剧团体，按照这一方向发展，逐渐形成了有别于传统歌舞伎的表现方式和风格，所谓新派剧，就是这样发展起来的，而移植于西方的话剧在日本叫新剧，与新派剧不同。一般认为，日本新剧运动正式兴起于1909年。春柳派诞生之时正是日本新派剧全盛，新剧酝酿和萌芽的交替时期，因此在变革动机、观念意识、艺术规范上，都受日本新派剧影响。

陈独秀在他的《论戏曲》中倡导"采用西法"，而他所看中的是"戏中有演说"，这是日本新派剧的做法，因此，"西法"实际上是"东法"。当时有人曾对日本新派戏产生过这样的观感：

> 观其所演之剧无非追绘维新初年情事。是时国中壮士，愤将军之专横，悲国家之微弱，锁国守陋，外人交侵，士气不振，软弱如妇人女子，乃悲歌慷慨，欲捐躯流血以挽之，腰扎白布巾，横插双剑，一以杀人，一以杀己，遍走诸侯王，说以大义……日本人且看且泪下，且握拳透

[1] 阿英编《晚清文学丛钞·小说戏曲研究卷》第636页，中华书局1960年版。

爪……莫不曰我辈得有今日，皆先辈烈士为国牺牲之赐……[1]

与其说这是对日本戏剧情形的描绘，不如说是对中国戏剧变革的呼唤，从中也透露了"壮士芝居"的面影。最早演话剧《茶花女》的李叔同在演出之后赋诗一首，中有"誓渡众生成佛果，为现歌台说法身"等句。[2] 借戏剧舞台，兴行"教化"之职，成为蕴积在戏剧变革者胸中的一股浩然壮气，它既与传统文化人的感时忧国精神相贯，又与"壮士芝居"的气概遥相呼应。

中国留日学生除演出了《茶花女》外，还演出了《黑奴吁天录》、《热泪》、《金色夜叉》等剧目，这些剧目具有强烈的民族意识，它与弥漫在中国留学界的反满革命思想产生了共鸣。在政治上产生了积极的效果。这些剧作的搬演，一招一式甚至连舞台情绪气氛的营造都与"壮士芝剧"极为相像。

众所周知，西方"话剧"虽然有强烈的现实批判精神，但艺术规范谨严，一般没有直接的行动性，特别是早期话剧时期介绍进来的浪漫派戏剧，艺术氛围相当浓厚，有较强的"唯美主义"色彩。日本新派剧与此有所不同，在它的自身发展过程中，无论是在剧本创作、剧场艺术，或是表演艺术等方面，都越来越接近现实主义的创作方法和表演艺术。但是，日本新派剧也有一个发展过程，它的初始形态和成熟期的风貌还有不小的差别。随着新派艺术的发展，鼓动它发展的那些"壮士"精神和情感，已逐渐消弭和内化为剧人的艺术个性，戏剧规范和技巧的研究越来越占据重要位置。春柳社模仿的是它成熟阶段的产物，欧阳予倩说，他们有些"艺术至上主义"[3]，可是他们的戏在日本很受欢迎，影响很大，在国内却一直处于"曲高和寡"的境地。

其实，日本新派剧，特别是"壮士剧"，对中国戏剧影响最大的戏剧团体，不是有思想艺术追求的春柳社，而是直接行动性强的进化团。

任天知在日本就曾有心从事戏剧活动，回国后他组织进化团时，先称"进行团"，后因字眼对当局有刺激性，遂改名为进化团。他们在长江一带各码头演出，所到之处，往往插上一面大旗，大书"天知派新剧"字样，用"壮士芝居"化装讲演的方式，演出《黄金赤血》、《共和万岁》、《黄鹤楼》、《东亚风云》等宣传社会革命和反映现实问题的剧目，并因此在新剧中创立了"言论

---

〔1〕 佚名：《观戏记》，阿英编《晚清文学丛钞·小说戏曲研究卷》第 68 页，中华书局 1960 年版。

〔2〕《春柳社演艺部专章》，阿英编《晚清文学丛钞·小说戏曲研究卷》第 635 页，中华书局 1960 年版。

〔3〕 欧阳予倩：《回忆春柳》，《中国话剧运动五十年史料集》第 1 辑第 41 页。

派老生"这样的角色,自立一派。辛亥革命时期早期话剧的第一次勃兴,多少与"天知派"的崛起有关。曾是进化团成员的陈大悲说:"当那真专制绝命假共和开始之时,投身新剧界的人,大半是冒了'大不韪'"的,当时所演的戏,"几乎没有一出不是骂腐败官吏的,甚么娶姨太太咧,吸鸦片烟咧,怕手枪炸弹咧,哪一件不是一拳打到老爷心坎中去的?所以民国元年以前,社会对新剧的心理中,终有'革命党'三个字的色彩在里面"[1]。参加新剧活动的人,也确有相当数量是怀着革命激情而投身于新剧运动的。"上海攻打高昌庙制造局的一夜",王钟声到后台"借了一身军装,一把指挥刀,就此打扮起来",投笔从戎了[2]。后因在天津鼓动革命事泄被害。钱逢辛这个进化团的副团长,在黄浦江上巡夜,不幸中弹身亡,许多进化团的成员也都在辛亥革命运动中牺牲了。说他们是中国革命的"壮士"、"新剧界的英雄",想必也不过分。进化团成员的人生历程与日本新派剧的"壮士"行为何其相似乃尔!

"壮士剧在日本戏剧史上第一次把艺术和当时的政治活动直接联系起来……是一次新的创举,也是……壮士剧的光荣一页。"[3]欧阳予倩在评价"天知派新剧"时也说:"若论对当时政治问题的宣传,对腐败官僚的讽刺,对社会不良制度的暴露,还有对于扩大新剧运动,扩大新剧对社会的影响……进化团采用野战式的做法,收效是比较大。"[4]诚然,无论是日本的"壮士芝居",还是中国的"天知派新剧",艺术造诣都不高,但又都为各自的戏剧变革打开了进一步发展的通道。由于有"壮士"的气概和献身精神,早期话剧的严肃追求者们在社会上提高了自己的声誉,这使他们的自我意识与传统戏剧从业人员有所不同,"无论遭遇什么不好,从不肯自命为沦落以显其颓废的美。就是走江湖跑码头演戏,也不觉得是流浪",因为他们"担负的悲哀或者……有甚于天涯沦落"[5]。以"天知派"为代表的早期话剧仁人志士,继承了近代戏剧变革的社会责任感,从"壮士芝居"中受到启示和鼓舞,以"非戏剧"的意识,切入和冲击了传统戏剧观的断垣残壁。虽然"满口洒血"的化装演说,宣传活报剧式的"新剧",在辛亥革命高潮过后很快就失去了观众,但它却为中国话剧的进一步完善和发展,提供了一个新的起点。随之而来

[1] 陈大悲:《十年来中国新剧之经过》,《晨报》副刊 1919 年 11 月 15 日。
[2] 徐半梅:《话剧创始期回忆录》第 43 页,中国戏剧出版社 1957 年版。
[3] 王爱民、崔亚南:《日本戏剧概要》第 93 页,中国戏剧出版社 1982 年版。
[4] 欧阳予倩:《自我演戏以来》第 29 页,神州国光社 1939 年版。
[5] 欧阳予倩:《自我演戏以来》第 76—77 页,神州国光社 1939 年版。

的"家庭戏"繁荣，某种程度上总结了"言论派老生"做法的教训，把过于偏重政治目的追求的倾向，多少有意识地引向了话剧艺术的研磨，这里便有"天知派"的经验在起作用。这里，我们肯定"天知派"的演出热情，肯定"壮士剧"对中国新剧的积极影响，但不容否认的是自此开了话剧与政治紧密结合的先河，"五四"以后的话剧走向即证明了这一点。"天知派"后来演出的处处碰壁，正是其不走大众化道路的结果。

如果中国话剧的起步，能与日本新派剧这一重要外来参照模式取同步姿态，似乎有跨越某种初始阶段形态的可能性，然而"影响"没有选择简便的捷径，春柳社"想演正式的悲剧正式的喜剧"的路子，并没有行得通[1]，倒是进化团式的翻了日本新派剧的老套数，才打开了一个新局面，这能给我们什么启示呢？"天知派新剧"的艺术得失，早有定评，无需赘述，现在需要我们思考的是，早期话剧的典型形态是不是还有某种必然性呢？不可否认，日本新派剧的形态和发展道路给了早期中国话剧以莫大启示，但是决定这种启示的具体对象和发生影响的具体因素，却来自于中国戏剧变革的自主选择。文学艺术的发展有其内在规律，受时代意识中心制约，与时代情趣相同步，也是其内在规律的一种。一个社会一个民族面临的最大实际社会问题，往往也是其艺术美感倾向和审美情趣的集中点。

早期中国话剧发展，首先从社会思想意识和现实功利目的追求入手，然后带来了艺术形式的一系列变革。中日近代戏剧变革的错位同构现象，是历史发展规律起作用的结果。从戏曲改良开始，中国戏剧变革追求的目标便是写实："写实"这一用语正来自日本。中国人理解这一用语时，把它看成了是与传统中国戏剧有别的国外近代剧的共同特质，在看惯了传统中国戏曲的人眼里，真正意义上的西方近代现实主义"话剧"是写实的，与中国传统戏剧的"写意"相比，有着很大的不同。日本新派剧也是写实的。这一方面是因为，日本新派剧是在写实的号召下发生的，并有朝向现实主义迈进的趋势；另一方面也是因为，它的表现形态原来就与中国有别。如上所述，日本新派剧是在欧美文化影响下，对传统歌舞伎进行改造而成的一种戏剧样式。日本歌舞伎与传统中国戏曲有很多相似之处，如分行当，表现手法的虚拟化、程式化等；但又有许多与传统中国戏曲不同之处，演员在舞台上只有对白和形体动作，歌唱由合唱队担任，舞台布景也很讲究。新派剧借用了它的

---

〔1〕 欧阳予倩：《回忆春柳》，《中国话剧运动史料集》第1集第24—40页，中国戏剧出版社1957年版。

一些表现手法，戏剧题材直接触及现实，布景、服装、道具进一步趋于“写实”，表现形式也增加了西方近代剧的因素，如在舞台上出现枪炮烟火效果等。“中国的留学生们，一向只看惯皮黄戏剧，现在时常看了他们的演艺，觉得处处描写吾人的现实生活，而且还有我们从未见过的布景灯光衬托着，自然格外动人。那些看好戏剧的留学生们，不免技痒，颇有人跃跃欲试了。”〔1〕当日本新派剧团演出《无名氏》时，“审问党人台上布置，悉仿欧洲古代建筑，各角色扮妆极惨淡经营之致”，演出依田学海的《政党美谈淑女操》等剧时，幕布一打开，就听到后台的效果：汽车喇叭声、钟表摆动声、报童叫卖声，幕间使用洋乐器演奏乐曲等等，令中国人赞叹不已，《娱闲录》专门登了一幅照片，“愿有心人为参之也”〔2〕。新派剧的舞台追求显然是受当时欧美现实主义戏剧的影响，斯坦尼体系下戏剧舞台要求要创造逼真的“生活幻觉”，这种“生活幻觉”易引起观众的共鸣。显然，中国人把它当作话剧的楷模来追求了。这种摹仿和影响对象的误解，对我们了解早期中国话剧形态的若干特性是有帮助的。

中国新剧的早期实践者们对新派剧的歌舞的认识也存在许多误区。每场戏必加歌舞内容。例如在《黑奴吁天录》的演出中，就有一个跳舞唱歌的场面，其实这与剧情的关系并不大，加入这样一场戏，潜意识中所要汲取的便是歌舞的表现性，这样做也确实收到了一些效果，但从话剧形态和艺术规范的把握看，却并不足取。他们之所以这样做，固然与当时人们对中国戏剧变革的道路认识相关，可又与日本新派剧的模式启示来源有联系。日本新派剧演员仍很注重“舞蹈”、“打斗”等的训练，早稻田《文艺协会演剧研究所规定》第四条对此便有明文规定。早期中国话剧演员也不无目的地学唱传统戏曲，这样当他们有了相当的旧戏修养之后，在新剧中偶尔插唱一段“皮黄”就不足为怪了。如果说这些是在国内“文明戏”走下坡路时才显露出来的倾向，还可另当别论；然而“模仿青衣”，“端坐操琴”，“学唱皮黄”，“舞蹈唱歌”，都是春柳社在日本演话剧时就出现的，而且他们的演出有时有日本新派名优做指导。因此对早期中国话剧的过渡性质就不能仅从自身找原因，日本新派剧的模式启示，对它典型形态的形成起了莫大的促进和催化作用。显然，对非剧情成分与戏剧整体美学效果之间的关系新剧实践者并不十分清楚。

---

〔1〕 徐半梅：《话剧创始期回忆录》第12页，中国戏剧出版社1957年版。

〔2〕 衷：《本期新旧派演剧照片说明》，《娱闲录》第9期（1914年10月）。

日本新派剧演员，其表演与中国旧戏艺员相类似，一举一动都有规矩可循，当然与近代西方现实主义表演体系的要求有相当距离。注重对角色的体验，特别是女性角色常由男性演员担任，新派剧的男性演员对女性的模仿是极认真极下工夫的。这一点也对欧阳予倩、李息霜产生了很大的影响，有美髯公之称的李息霜为演《茶花女》中的女主角，竟剃去胡须，自制几套漂亮的女西装，刻意地模仿，达到惟妙惟肖的地步。早期中国话剧受日本新派剧的熏染，有些人又带有浓重的传统意识观念拜师学艺，这样就不自觉地认同了新派剧的某些艺术技巧。演《不如归》"之山本兵造，必秃顶，而《猛回头》之金刚必赫面"，原因是"坪内逍遥所传如是，既他人演之亦如是"[1]。有些演员喜欢哪一新派剧演员便有意摹仿和学习，陆镜若"多少有伊井蓉峰的派头"，欧阳予倩喜欢河合武雄"所演的那路角色"[2]，马绛士受喜多村绿郎的影响不小[3]，刘艺舟"模仿"日本某名演员[4]，等等。所以当他们登台演剧时，"往往不知不觉在节奏和格调方面或多或少流露出日本新派演员的味道"[5]。当时曾有人把话剧的表演分出许多派，每派都有一定的体貌特征和行为规范，如"低头下气，足进趑趄，口言嗫嚅，是为寒酸派"；"伛偻其背，龙钟其状，言语宜缓，举止宜迟，是曰龙钟派"[6]。传统中国戏剧也分行当，每一行当也有大致的行为规范，早期话剧在"派别"划分和类型意识上，与其有千丝万缕的联系，但仅从这一角度来考虑，也不能完全解释这一现象。当时已有人明确指出，"类型化"为旧剧一大特征，演新剧则不能用此法，人物的行为举止怎样才能切合剧情，"全由学者暗中摸索"，靠循规蹈矩"磨炼"不出新剧家[7]。耐人寻味的是，提出这一观点，呼唤"一种新剧专门学出现"的，并不是得风气之先的所谓新剧中的"洋派"，而是土生土长的新剧从业者。这使我们不得不考虑，是不是由于对日本新派剧的倾向和摹仿，反倒阻遏了"洋派"的思维触角？至少是日本新派剧演员训练方法和艺术表现的某种西方化和模式化倾向，与传统中国戏剧的某些特质沟通了。在传统与外

---

〔1〕 马二:《评戏杂说》,《鞠部丛刊·剧学论坛》第 18 页,上海交通图书馆 1918 年版。

〔2〕 欧阳予倩:《自我演戏以来》第 29—30 页,神州国光社 1939 年版。

〔3〕 欧阳予倩:《回忆春柳》,《中国话剧运动五十年史料集》第 1 辑第 42 页。

〔4〕 梅兰芳:《戏剧界参加辛亥革命的几件事》,《戏剧报》1961 年第 17、18 期。

〔5〕 欧阳予倩:《回忆春柳》,《中国话剧运动五十年史料集》第 1 辑第 39 页,中国戏剧出版社 1957 年版。

〔6〕 朱双云:《新剧史·派别》第 1 页,上海新剧小说社 1914 年版。

〔7〕 仲贤:《新旧剧之异点》,《新剧史·杂俎》第 31 页,上海新剧小说社 1914 年 8 月版。

来因素的双重制约下,产生了早期中国话剧的特殊形态。

日本新派剧全盛时期,有一支专门的作者群,他们大都从日本民族生活中取材,写一些“义理”和“人情”的家庭悲剧。这些作品的悲剧性与歌舞伎的道德标准没有什么更大的出入,只不过是时代风尚不同而已;然而却非常受大众欢迎,新派剧也以此立定了脚跟,形成自己的传统题材领域和风格[1]。日本新派剧受西方戏剧影响很大,本质上却是日本民族文化的结晶,其代表性作品表达了日本人特有的思想情感倾向,具有浓重的传统风格情调。这些特殊的思想情感倾向和风格情调一度也成为中国早期话剧的表现内容。特别是其“社会剧”、“家庭剧”,几乎成了早期中国话剧的定型模式。

《不如归》可能是对早期中国话剧影响最深远的日本剧作[2],徐半梅的《母》也能看出受日本新派剧影响的影子。除此之外,佐藤红绿的《潮》(译名《猛回头》)、《云之响》(译名《社会钟》)也是翻译较早、很有影响的作品。贫苦农民石山老汉为了给孩子充饥,偷了人家一瓶牛奶,自己囚死狱中,他的三个孩子也因此遭受别人的冷眼,最后逼得石大走投无路只好杀死弟妹,自己也撞死在大钟下面,这是《社会钟》所写的故事。《猛回头》与此稍有不同,它的主人公是一个被迫当了强盗的哥哥,最后被妹妹杀死,和《社会钟》一样,“剧中人的一些想法和处理问题的方式方法是日本式的”[3]。偷一瓶牛奶,固然要受到一般社会伦理观念的责难,但不一定逼得人家破人亡。这种过于残酷的“惩罚”,主要不是来自于社会的法律条文,而是人们的习俗和道德约束,它不是无节制的想象和夸张,也不是刻意追求“小事件”中的微言大义,悲剧的形成与日本民族对世界的独特感受方式和心理承受能力有一定联系。比较文化研究的成果向我们表明,日本是比世界上任何其他民族都更加注重自我在社会中印象的民族,他们行为谨慎,偏于内向,“耻辱感”在日本人的文化心理中占据举足轻重的位置。这样我们才能理解社会舆论对“一瓶牛奶罪”的惩罚何以如此严酷,才能理解由此给主人公带来的严重后果和不堪忍受的心理压力。与此相联系,日本人把名誉看得比生命还重要,“根据他们的信条,自杀若以适当的方法施行,就能洗刷清自己的污名,恢复

---

〔1〕 田本相主编:《中国现代比较戏剧史》第60页,文化艺术出版社1993年版。

〔2〕 袁国兴:《〈不如归〉与早期中国话剧的“家庭戏”》,《戏剧》1991年第2期。

〔3〕 欧阳予倩:《回忆春柳》,《中国话剧运动五十年史料集》第1辑第39页,中国戏剧出版社1957年版。

名誉”，在日本人的社会观念中，“自杀是有着明确目的的高尚行为。在某种场合，为了履行对名誉的‘义理’，自杀是理应采取的最高尚的行为方针”。与这种观念相符，日本的“小说与戏剧以皆大欢喜为结局是很少见的……日本的一般观众热泪盈眶地看男主人公因命运的变化而走向悲惨的结局，可爱的女主人公因运气的逆转而被杀，这样的情节是晚间娱乐的高潮，这正是人们到剧院去想看到的东西”[1]。对人生无常的反复咀嚼，好像是日本民族的一种偏嗜，其悲剧性深藏在人们的潜意识之中，《猛回头》、《社会钟》之类的悲剧，除了不同社会所共有的一般含义而外，日本民族的独特情感和心理内涵也有较典型的显示。

在新派剧的示范下，早期中国话剧出现了一些与传统民族文化精神有所不同，充满悲剧情调和以自杀的不幸结局为母题的作品。“春柳剧场”所演的“六七个主要的戏全是悲剧，就是以后临时凑的戏当中，也多半是以悲惨的结局终场——主角被杀或者自杀”[2]。《苦鸳鸯》写妻子为夫报仇后自杀，《离恨天》中主要人物均被害或自杀。《青年》写一个少年人，找到杀父凶手，手刃暴徒，尔后自杀身亡。这样一些作品的出现，与西方浪漫派戏剧的介绍有一定关系，但就一般的戏剧情境和场面来看，与日本新派剧情调的联系更为紧密。有些作品的结局，用中国人的眼光看，本不需要自杀。像《故乡》中的邓忆南，漂流在外10多年，音讯皆无，返回故里后，妻子已与别人组成了新的家庭，虽然他处于非常尴尬的境地，却也不一定要自杀，然而他还是投海而殁。如果我们认真剖析一下的话，甚至这些作品的“悲惨”结局的方式，也与传统有所不同，“悬梁自尽”、“投毒而死”的大为减少，“手刃”、“投海”、“用手枪”的方式被大量采用，以至有人还曾就此类自杀方式是否真实的问题提出疑义[3]。直到南开新剧团的《一念差》中仍然以“手枪自戕”解决矛盾，这里足可见出新派剧的“自杀”情结影响之深。

如上所述，日本民族情感的悲剧倾向，来自于他们独特的文化精神和过于敏感的社会心理，当中国人把此类情调的悲剧搬上中国戏剧舞台时，无意中便有了开掘自我内心的含义。陆镜若创作的《家庭恩怨记》有这样的情节：王伯良的儿子重申被继母诬陷企图害父，在无法辩白的情况下，以自杀

〔1〕［美］本尼迪克特：《菊花与刀》第134—163页，浙江人民出版社1987年版。

〔2〕欧阳予倩：《回忆春柳》，《中国话剧运动五十年史料集》第1辑第39页，中国戏剧出版社1957年版。

〔3〕瘦月：《新剧中之外国派》，《新剧杂志》第1期（1914年5月）。

明心志;临死时,见父亲醉卧花厅中,解下自己的衣服给父亲盖上,泪如雨下。重申的情感有浓厚的东方色彩,符合中国人的伦理规范,但他的最终抉择并不"理智",用自杀的方式表白自己,在中国人看来还有可能造成误解,变得不利于事情真相的澄清。但是,在作者的悲剧情境选择中,重申的内心痛苦程度得到了有力的刻画。戏剧的结构方式和情调,是人的心灵的外显,没有真正的内心冲突和矛盾,便不可能有戏剧中的悲剧情感和场面。从这层意义上说,日本格调的悲剧因素出现在中国舞台上,也使中国人展现心灵的笔触找到了一个新的视角,找到了表现内心痛苦、内心矛盾的一种方式。与西方浪漫派戏剧的介绍相同步,日本新派剧使中国新剧家对"死亡"、"悲剧"有了不同于传统的认识。

然而,对于大多数习惯了传统中国戏剧冲突模式的中国观众来说,"纯粹的悲剧"他们并"不大习惯",让他们"每次都带着沉重的心情出戏馆,他就不高兴再看"。《猛回头》、《社会钟》之类在舞台上出现血淋淋强烈场面的戏,虽然"当时在各处地方上演,也没听到过有谁提过意见"[1],但也很少有像其他剧目那样出现更多的仿作。中国人的人生悲剧感不如日本人那样强,他们的欣赏习惯和审美要求也与日本人有所不同,因此像《血蓑衣》这类的作品似乎更受欢迎。陈大悲的《美人剑》,与其在情节上几乎一模一样。此剧"系日本初立宪时一记事……中国各剧场所演之侠女传、侠女鉴、都督梦,各新剧皆本此剧本事,改头换面而成"[2]。这个剧在早期话剧中风行一时,其妹为兄报仇的"义侠"精神,在传统通俗文学中屡见不鲜,其因果报应的最终结局,更适合一般中国观众的欣赏习惯和心理要求;它的曲折情节,对于对话剧艺术了解不多的艺人来说也容易把握,可以取得较好的浅层次戏剧效果,它比那些"纯粹的悲剧"更受欢迎,是意料之中的事。日本新派剧中,有许多的传统意识,中日两国文化渊源相近,早期中国话剧与其有某种亲和力,自不难理解。但是日本民族对悲剧情调的喜爱又不是中国人所具有的。在早期中国话剧中,那种"人情"和"义理"的悲剧,那种"心中"(情死)的场面,对中国有一定影响,与西方浪漫派戏剧的介绍一起拓展了早期话剧的创作空间和审美境界。但是当早期话剧发展到鼎盛时期以后,特别是当剧本荒成为很大的问题,人们开始大量地从传统小说和戏曲中寻找题材和

---

〔1〕 欧阳予倩:《回忆春柳》,《中国话剧运动五十年史料集》第1辑第39页,中国戏剧出版社1957年版。

〔2〕 秋风:《剧史》,《新剧杂志》第1期(1914年5月)。

情节的时候，那种世界各民族共有的大众心理企望，便占据了绝对优势。当然也不排除为求充数盲目选择非本民族的题材和故事。《梅花落》、《新茶花》、《妾断肠》、《红妆侠士》等等，既是外来的，又是民族的，或者说是把外来的因素进一步中国市俗化，并有一发不可收之势；早期话剧也在这时走上了下坡路。

总体来说，早期中国话剧时期，有外来所本的剧作，都有一些新的因素在里面，写到家国兴亡之感时，也颇引人入胜，例如以满清宫廷生活为题材的戏等便是如此。可是一旦走出这个范围，把笔触和艺术视野伸展到普通世俗生活中去的时候，便与传统的戏曲小说情调很相像了。有时戏剧手段也有新意，但内心冲突却很平淡，人们对"悲剧"感兴趣的大多是其廉价的舞台刺激性，并不能从审美的角度把它当作一种执著的艺术追求。从接受日本新派剧影响的角度看，除了《不如归》等少数作品外，都不是日本最好的剧作。选择的尺度和趣味都只能归因于当时中国的民族意识形态和戏剧欣赏习惯。哪怕借用了一些外来的戏剧手段以造成颇具新意的舞台艺术效果，如果不能把它与特有的民族情感和意识冲突融为一体，不能从民族的实际生活中挖掘出戏剧性来，那么也难免不给人以游离之感。实事求是地说，这种情形在当时是不可避免的，早期中国话剧对日本新派剧因素的选择倾向，最终还是透露出了当时中国民族意识与外来情感的某种隔膜。选择的结果从艺术角度看有些让人啼笑皆非。

新派剧是西方戏剧观念与日本旧剧观念融合的产物。中国新剧家在接受这一戏剧类型影响时，遇到一个形式与内容的磨合问题，将日本现成的剧本中适合中国人口味和习惯的加以适当改造不失为一种有效的捷径，这其中也包含了对中国观众审美心理和现实时事的双重揣摩。那么到底是什么因素推动了新派剧向中国式话剧的转变，是艺术变革还是情感意识？我们只能认定，文学艺术变革的诸方面因素并不总是和谐的，特别是在受到外来影响而产生变革的情形下，势必首先要从某一特定因素的启动开始，然后才能激发其他相应因素发生嬗变。从这个意义上说，那些一眼就看得出来的明显"影响"，往往并不是特定历史条件下的最成功之作，却可能是最有启示性和开拓性的部分。早期中国话剧与日本新派剧在情感意识和艺术形态上的接近和疏离，也在这个背景上获得了自身的价值。遗憾的是，内容与形式上的良好开端并未自始至终地执行下去，在通俗化的控制中滑向了轻浮、草率的边缘，以致在"甲寅"前后出现了"剧本荒"。

第三章　近代通俗戏剧的人生视界

第一节　时世风云与民众情绪的记录
——以情感激动观众获得演出效果

新剧诞生之时，正值中国民族矛盾、阶级矛盾异常尖锐之时。甲午之战的惨败与满清统治的腐败、昏庸，使得当时的知识分子与广大的市民阶层产生了强烈的愤恨不满情绪，特别是在“戊戌政变”前后，人们对时政的关心几乎形成了一个小小的高潮，这种情绪自然不能不从戏剧舞台上反映出来。

用戏剧反映时事早在1890年就已开始，当时的上海舞台上就上演过《铁公鸡》、《任顺福》等以当时的社会新闻为题材的戏。戏剧作为一种非官方媒介，成为民众发表言论、传递思想情感的一个有效途径。近代第一个传奇、杂剧作家黄燮清早年创作的《帝王花》、《茂陵弦》、《凌波影》等作品，在当时很受欢迎。但自鸦片战争以后，他开始“自悔少作，忏其绮语，毁板不存”，并一改以往“哀感顽艳”的创作风格，创作了一部反映当代生活的传奇《居官鉴》，剧中以鸦片战争定海战役为背景，表现了中国军民抗击帝国主义的侵略斗争，对清王朝丧权辱国也有所揭露和批判，传达了强烈的民族主义情绪。钟祖芬所作的《招隐居传奇》采用荒诞手法，以闹剧形式，通过主人公吸食鸦片造成倾家荡产、卖儿鬻女的故事，形象地再现了鸦片泛滥给中国人民造成的痛苦。徐鄂的《梨花雪》则通过曾国藩率湘军攻破太平天国首都天京，抢掠民女黄婉梨的故事，揭露清朝统治者镇压太平天国农民起义的事实。“戊戌政变”前后，汪笑侬编写过《哭祖庙》、《张松献地图》、《桃花扇》、《党人碑》等借古讽今的剧作。《哭祖庙》、《党人碑》很受当时观众欢迎，《哭祖庙》这部戏，故事取材于《三国演义》，写三国时邓艾攻蜀城成都，刘禅主张要投降，而其子刘谌则主张与邓艾一战，建议不被刘禅采纳。刘谌悲愤之极，杀了全家大小之后，到祖庙中去哭拜，然后自杀。被人称为“切合时世一大悲剧”的《党人碑》，则以北宋书生谢琼仙醉后怒毁元祐党人碑的故事，痛斥蔡京、高俅、童贯等权臣的倒行逆施。这两部剧本都悲壮激烈，感情浓郁，与当时的知识分子情绪是很吻合的。《哭祖庙》中的台词警句“国破家亡，死了干净”，也广泛流传于市井俚巷。张扬民族气节，痛斥卖国求荣，成为近代戏剧创作的一个重大主题。汪笑侬的其他剧作如《马前泼水》、《波兰亡国惨》、《缕金箱》以及惜秋、旅生的《维新梦》、湘灵子的《轩亭冤》、蒋景缄的《侠女魂》等剧，都反映了新的社会内容，传达了知识分子阶层对社会现实的思考。

话剧兴起之后，仍然继承了戏曲这一传统。辛亥革命前后波诡云谲的社会现实也在话剧作品中反映出来，另外世纪交替时期的市民心态也很复杂。一方面经历了鸦片战争、甲午战争、辛亥革命等历次重大的历史变革，那种田园牧歌式的农业社会生活被打破了，动荡的社会生活，迫使当时的人们时刻去关注自己的命运、国家的命运。另一方面，随着外国资本势力的侵入以及国门的洞开，西方的一些思想观念也开始传播进来，因此当时的市民较之以往多少有了一些民主思想。近代社会中的文人阶层与市民阶层在他们的内心深处已有了表达自己心声的欲望。早期从事话剧实践的一批人，如春柳社、春阳社、进化团成员，他们都或多或少地接受了西方文化的影响，他们所演的《茶花女》、《热血》、《猛回头》、《社会钟》、《不如归》等剧，剧本来自西方或日本，这些剧作中的社会民主思想启发了当时的戏剧家，他们创作的《黄金赤血》、《共和万岁》、《黄鹤楼》、《庚子国耻》、《美人心》、《三合遗恨》等，或记录辛亥革命的历史过程，讴歌新生革命政权，或控诉外国侵略者的罪行，或歌颂为保卫祖国牺牲的英雄，或揭露统治者的腐败行径，以激发起群众的革命热情。《亡国恨》、《越南亡国惨》、《高丽闵妃》等则以越南和朝鲜灭亡的历史为前车之鉴，警示国人不要重蹈他们的覆辙。

“由于辛亥革命的刺激而趋于繁盛”[1]的早期话剧，带有着浓厚的时代色彩。剧作中的内容往往呈现出十分复杂的情形，即使是像《黄金赤血》、《共和万岁》这样一些比较激进的作品，里面也夹杂着一些非进步性的因素。封建的、资产阶级的、改良主义的思想观念，既独立存在，又相互渗透。在宣传辛亥革命，揭露清政府腐朽黑暗的同时，却又带上狭隘的民族主义思想；在反对帝国主义侵略和揭露其罪行的同时，却对农民革命心存许多误解；在

---

〔1〕 欧阳予倩：《谈文明戏》，《中国近代文学论文集·戏剧、民间文学卷》第 318 页，中国社会科学出版社 1982 年 7 月版。

鼓吹妇女解放、婚姻自由的同时，却夹杂着封建阶级的贞节观念等等。这是由当时新剧家的人生观、世界观、价值观所决定的。从新剧创作的整体来看，除去后期一些商业动机下的剧作，大多数剧作还是反映了当时人们积极向上的一些要求。

上官蓉在谈到“文明戏”兴盛的原因时说：

> 这种文明戏所以会受广大观众的欢迎和确立它几十年来存在的基础，并不是没有原因的。当时清廷腐败，国势日亟，中国国民外面受着帝国主义的压迫，内面又受政府的统治，内心都非常苦闷。大都倾向革命。那时民众所需要的，不论声色娱乐，都喜欢能够挑拨起革命情绪的东西……
>
> ……（文明戏）在艺术上多少是有缺憾的。当时之所以并没影响它的存在，而是因为内容容易刺激观众的缘故。它在舞台上的表演只有简单的戏剧形式，完全是以情感激动观众而获得演出的效果。〔1〕

总体上我们可以从两类作品中得到考察。

第一类作品是外国翻译剧作。

以《社会钟》、《热血》、《不如归》、《猛回头》为代表的翻译剧作虽说是早期新剧剧本荒时从他国借用的，但却明显地体现选择剧本者的精神旨趣。《社会钟》原名为《云之响》，作者为日人佐藤红绿，剧作写贫苦农民石山老汉为了给孩子充饥，偷了人家一瓶牛奶，自己囚死狱中，他的三个孩子也因此遭受别人的冷眼，最后逼得石大杀死弟妹，自己也撞死在大钟下面。陆镜花对该剧进行了改译，突出了社会和家庭中的不平等现象，揭示了反抗的必然性。《热血》表现的是法国大革命时期的史实，剧中歌颂了罗马艺术家宁死不屈的精神和人格，也歌颂了坚贞不渝的爱情。《不如归》则是对封建包办婚姻的控诉。从这些剧作来看，已朦胧地笼罩着一种朴素的民主思想和革命倾向。随之出现的译作如卓呆（徐半梅）翻译的《怨》、《凯旋》、《拿破仑》；啸天生意译的《多情之英雄》、《茑儿》、《残疾结婚》、《无名氏》；泣红译的《爱之花》；东亚病夫译的《银瓶怨》，都宣扬一种颠覆封建专制统治的革命思想。这一类作品由于所表现的外国生活，虽然经过了“中国化”的适当加工，但终

---

〔1〕 上官蓉：《文明戏与话剧》，《作家》第 1 卷第 3 期（1941 年 10 月）。

究是与本国人生活“隔”了一层，但其传达的精神内蕴却极符合中国社会实际。因而，这些作品是在隐层次上来表现当时民众情绪的。

第二类是新剧家创作的直接宣传革命的作品。辛亥革命前夕，以王钟声为首的春阳社和以任天知为首的进化团，把演剧当作宣传工具，编演的剧目大都有强烈的政治色彩。因为王钟声、任天知及其骨干成员刘艺舟、钱逢辛等人都是同盟会成员。王钟声把“唤起沉沉之睡狮”作为演剧的使命，任天知宣称他的演剧就是“反对政府”。王钟声在数年间编演的剧作较多，其中有歌颂革命志士的《秋瑾》、《徐锡麟》，揭露清末社会黑暗和统治阶级腐朽的《孽海花》、《宦海潮》、《官场现形记》，提倡富国强兵的《新茶花》等。任天知除了创作《黄金赤血》、《共和万岁》等剧作外，还编演了《血蓑衣》、《安重根刺伊藤》、《尚武鉴》、《血泪碑》等剧作。这些剧中或控诉旧社会的罪恶，或歌颂革命者的无畏，都直接或间接地为辛亥革命造舆论，有力地配合了资产阶级民主革命。

虽然这些剧作的创作带有浓烈的主观动机，但从演剧效果来看，还是很受当时观众的欢迎。朱双云《新剧史》对此作了详细的记载：

> 辛亥春正月进化团演于南京升平戏园。进化团既抵金陵，定于初四开幕，嗣为雨阻，因改为初十首日演《血蓑衣》，二三日演《东亚风云》，四五日演《新茶花》。宁人以见所未见故趋之若骛。天知以其道得行，遂于门前高张旗帜，大书特书曰“天知派新剧”，自是“天知派”三字遂喧传于大江南北矣。[1]

春阳社、进化团尤其是后者为何在南京、芜湖等地久演不衰，其中有新剧种带来的新鲜感的成分，另一个重要原因在于演剧的内容，还是十分贴近当时人们的普遍情绪。这一内容说明，春阳社、进化团所演的剧目，还是有着广泛的群众基础的。《共和万岁》中出现了欢庆中华民国成立的热烈场面，舞台竖有孙中山铜像，有提灯、舞狮、焰火等欢快情景，它们能极大地调动观众的热情原因正在于此。《血蓑衣》记录了人们对“张勋复辟”的前后态度和是非判断。这一点体现在剧中人并非革命者的辛玉洁身上。辛玉洁得知自己的弟弟是因为参与阴谋颠覆民国而被杀头的消息时，不仅不予同情还认为

---

〔1〕 朱双云：《新剧史・春秋》第 14 页，上海新剧小说社 1914 年版。

辛福仁之死是“危害国家,犯罪被杀”,是“自作孽不可活”。特别是在剧的最后,真辛月莲出现,得知张野莲烈士之妹的真实身份,对其冒充辛月莲的行为,并不生气反而钦佩其爱国除奸、替兄报仇的义举,为其奔走,并促成她与武田永的婚事。辛玉洁这一形象可以说是当时拥护辛亥革命人士的代表,具有普遍性。《东亚风云》通过高丽爱国志士安重根刺杀日人伊藤博文的故事,弘扬了一种反抗外来侵略、爱国献身的精神,剧中安重根的言行极大地激发了观众的爱国热情。《新茶花》是王钟声在法国小仲马《茶花女》启发下创作的一部新剧,该剧表面是以新茶花辛耐冬的一家悲欢离合为故事主线,实质也是宣扬爱国献身精神。剧中辛耐冬被无赖欺骗,沦为妓女,后遇少年陈少美,他俩相互爱慕,情投意合,但却遭陈家的反对,辛耐冬在民族大义的感召下,置个人恩怨于不顾,毅然牺牲个人,盗得敌帅之地图,交与本国军队将领,使我军大获全胜。观众对新茶花由同情到敬佩,经历了一次情感洗礼。很显然,从配合政治斗争和革命宣传的角度看,这些剧作都是首屈一指的。从这些作品来看,是在显层次上直接反映民众情绪的。

如果说通俗剧只是一种市民阶层的娱乐形式,那是对通俗戏剧的一种误解。中国近代通俗戏剧在其陷落商业化漩涡之前,它还是有着朴素的虽算不上十分强烈但却很明显的道义感、使命感。在这片天地里,同样有着民众的所爱和所恨,所悲和所乐,所忧和所思;同样有着民众情感的昌炽,生命力的冲动;有着民众对旧制度的呐喊,对人性、人权的呼唤。

近代社会由于受西方资本主义的入侵,传统的政治思想体系遭到了冲击,人们的社会观念、思维方式以及价值标准都发生了巨大的变化,主体意识也不断增强,随着主体意识的觉醒和不断增强,人们开始重新审视这个世界,于是就产生了否定,产生了不安和忧患。而且主体意识愈强烈,痛苦也就愈深。尽管说,近代通俗戏剧重点在表现普通市民的日常生活,而不在反映政治斗争,但从许多剧作的出色描写中我们还是窥见了市民对政治的热情关注,看到了是非分明的政治态度,看到了他们朴素的政治觉悟。人们的政治态度,首先取决于对社会人生的认识;而对人生的认识,则取决于由历史条件所决定的认识能力。尽管近代通俗戏剧所反映的一般民众的政治心态不是那种激烈的、昂奋的,狂飙突进式的,而是自下而上的感性类型,但是从《运动力》、《一念差》、《炊黍梦》、《新村正》等剧的出色描写中,我们还是窥见了市民对政治的热情关注,看到了是非分明的政治态度。早在学生演剧阶段所演的《官场丑史》,就把满清封建统治卖官鬻爵的“丑史”作为戏剧创作的素材搬上舞台，剧中对那个“官迷心窍”、“目不识丁的土财主”进行辛辣的讽刺，也揭露了晚清封建统治的腐败与黑暗。此后欧阳予倩创作的《运动力》这一5幕剧也富有代表性，它直接反映了人们在辛亥革命后政治上趋向反动的暗潮时期的一种情绪和心态。欧阳予倩在谈到这部戏的创作初衷时说：“……使我最难过的，就是辛亥反正以后，许多穷朋友，都忽然讨了姨太太，住了大房子，怎么发展得那样快呢？因为这个，我就编了一个戏。恰巧湖南省议会正在选举议员，许多人花钱运动，真是花团锦簇，热闹异常。城门口挂起八九丈长的白布，上写某党招待处；……招待员四处拉客，请洗澡，请吃饭，请花酒，请打牌……我的戏就是用这些材料作背景，和暴富娶妾的志士织成一片……把当时一班活动的人物讥讽得一文不值。结果是乡下人起来，把鱼肉乡民的绅士的房子烧了，重新举出纯洁的代表厉行村自治。”[1]《运动力》直接取材于当时的政治现实，本身就说明了作者有着干预现实、参与政治生活的历史使命感。而这种使命感也正是当时民众普遍心态的一种反映。姚鹓雏的《炊黍梦》通过李端五投奔其兄、中道羁滞、求官得官、染疾而殁的经过描述，讽刺了封建的官僚体制。像李端五这样不学无术，以吃喝嫖赌为能事的人，居然官至赣州盐局总办，他不思敬业、劣性不改，终因染疾而一命呜呼，正是封建官僚制度行将就木的预言！李端五求官历程虽然十分荒诞离奇，然而却是晚清官场现实的写照。

统治者对人民的欺诈、压迫的专制统治必然会在民众内心引起强烈的反抗意识，《大舞台杂志》刊载的剧本《捉拿安德海》就是这一意识在戏剧文学中的反映。该剧叙述太监安德海作乱宫廷又借机南下江南，沿途敲诈勒索、鱼肉百姓，终为山东巡抚丁宝桢所杀。剧中慈禧的凶残、狠毒，奕䜣的阴险奸诈，安德海的狐假虎威、为所欲为等都十分形象生动，这些形象的刻画，作品中所运用的调侃滑稽笔调，以及其谐谑、戏弄、轻蔑的态度，不正反映了民众对满清统治者的痛恨么？“杨乃武与小白菜”是民间传播很广的一桩清末冤案，新剧家依据事实编为新剧。剧作原原本本地描写了这一案件的过程。清朝咸丰、同治年间，浙江余杭县令之子刘子和垂涎葛姓童养媳毕秀英之美色，意图霸占，乃设计害死其夫，而嫁祸于杨乃武。案发后，知县包庇其子，将杨屈打成招。此案历经县府省部四级数十审，幸得刑部夏同善之助，冤情始告大白。杨乃武与小白菜冤案是千千万万个冤案中幸运的一个，从

〔1〕 欧阳予倩：《自我演戏以来》第29—30页，中国戏剧出版社1959年5月版。

杨发案蒙冤受审的过程中，剧作者让观众看到了贪官污吏包揽诉讼、官官相护、颠倒黑白的社会现实，情景之中流露出对封建官僚以及严刑峻法的否定与批判，以及对整个满清封建司法制度及官僚制度的失望。剧作似乎并未超出农民的批判的水准，然而却反映了新兴市民阶层的思想状态和更加敏锐、犀利的目光，作品突出地描写杨乃武案背后官僚的手脚往来和暗中交易，不可谓不大胆，它抒发了普遍存在于民众心中的积怨。

《贵人与犯人》(一名《姊妹花》)则走出了传统市民视角下爱憎观念的束缚，触及到社会现实中的一些本质问题。这部剧作以辛亥革命前军阀统治下的山东为背景，以农民的人生遭遇为背景，描绘了晚清军阀统治下民不聊生、生灵涂炭的社会惨象。主人公赵大宝、林桃哥一家过着本分、节俭的生活，也算太太平平，然而好景不长，林父是一位乡村教师，被军阀部队当作革命党打死，林桃哥一家所在的村庄也被付之一炬，赵大宝一家只好离乡背井逃难到济南，靠卖苦力打发时日，在林桃哥积劳成疾后，赵大宝走投无路，只好到钱大帅家当奶妈，却于不意间当上了杀人“凶犯”，而负责处理这桩案子的竟是靠贩卖枪支、溜须拍马爬上军法处长宝座的赵父伯良，为了保全自己的官座，赵伯良竟不念骨肉之情，执意要杀女儿。这部剧作不是从一般意义上来发泄百姓低调的叹息和怨言，而是爱憎分明的控诉，在剧作者眼中钱大帅不仅仅是罪恶的渊薮，更是桎梏人生、残害生灵的魔鬼。显然，剧作具备了一定的人民性。

卓呆的新剧《烟囱》，内容则与以前的新剧有了不同，面对工厂烟囱里排出的黑灰污染，以家庭妇女为主的市民们聚于一堂表示自己的不满，敢于去与工厂主讨回公道。该剧的后半部分有一段对话是这样的：

洗衣妇　现在世上的人，穷的太正直，因此受那些有钱人的苦，我们再受苦下去，竟忍不住呢。

染坊主　是啊，我也时常想着，我们很正直的人，还要如此贫穷，老天真不公平，大约总是我们前世里造了什么罪恶咧。

制火柴匣妇　是的，我总想孩子们长大起来，我们可以享享福咧，一想到他们大起来，也不过是一个车夫之子，不见得会好得怎样的，便觉生在世上实在乏味了。

染坊主　穷的也是人，有钱的也是人。工厂里的老头子，怕他什么？我们不妨一同到警察署去评个曲直，难道穷人就一定曲了不成？

洗衣妇　是哪，不见得会不许穷人和人评理的。

从剧中人物那坚定的信念和敢于抗争的言语中，似乎可以听到新型市民争取人权，为自己讨回公道的呼声，尽管它还很微弱，但它却闪耀着近代民主主义的光芒。

第二节　传统伦理与传统人性的张扬
——新观念渗入时的市民伦理道德价值取向

辛亥革命后，人们的政治热情开始转入低潮。新剧创作也面临着一场重大转型。过去那种运用通俗戏剧形式进行政治宣传的倾向也越来越不受欢迎。徐半梅在分析这一现象时说："为什么以前的人都容易失败，至多只能演三五天，而郑正秋能够长期演下去，把无锣鼓无唱句的戏剧，可以得到许多观众呢？这全是剧材问题。以往的人，往往喜欢拿戏剧来鼓吹爱国思想，攻击腐败政治，作种种激烈的言论，弄得一班向来只看惯京戏的观众，嫌着枯燥无味，便唤不起兴味来，尤其是占重要地位的妇女观众，更觉扫兴，自然大家摇头，不愿多看了。郑正秋完全不来这一套，他一上手，便把家庭戏来做资料，都是描写些家庭琐事演出来，不但浅显而妇孺皆知，且颇多兴味，演的人也容易讨好，于是男女老幼，个个欢迎。"[1]徐半梅所说的"家庭戏"、"家庭琐事"实际是指与家庭有关、涉及传统伦理道德范畴的题材。辛亥前后春柳社、春阳社、进化团以及后来的民鸣社、开明社包括南开新剧团等剧团都曾创作演出过大量的通俗伦理道德剧。

近代伦理道德题材的通俗剧创作，可以从家庭剧得到考量。中国传统文化中素来非常重视家庭的完美、和谐，因此，任何破坏家庭关系，造成家庭不美满的言行都是不道德的。新剧发展过程中所编演的800多部作品中有近1/4是这类题材作品。为什么新剧家选择家庭问题为戏剧题材？近代社会的历次动荡，都对中国社会的最基本组织——家庭形成很大的冲击，传统家庭的职能出现了紊乱。从组织层次上看，中国传统的国家和宗法家庭是两个同构体。由子孝、妇从、父慈所建立起来的家庭关系，不过是民顺、臣

〔1〕 徐半梅：《中国话剧诞生史话》（下），《杂志》第15卷第3期（1945年6月）。

忠、君仁的社会关系的缩影。近代社会特别是鸦片战争、太平天国、义和团运动、戊戌变法到辛亥革命，历次重大变革动摇了王朝统治的基础，所谓民顺、臣忠、君仁的封建理想社会关系开始分崩离析，从封建正统观念角度看，这一现状向人们传递的是恐惧和不安的信息。因此，辛亥革命前后“家庭剧”的盛行决非是一偶然现象，当人们处在家国不保的恐慌之中时，维护家国稳定完整的集体无意识就上升到意识领域。《家庭恩怨记》、《不如归》、《母》、《恶家庭》、《姊妹》、《爱欲海》等，都是当时较有影响的家庭剧。这些剧作在完成其娱乐功能的同时，却鲜明地透露出市民阶层潜意识中的固有的伦理道德的价值取向。

一叶知秋。我们在研究家庭社会问题时，总是从社会广角宏观俯瞰家庭，又从家庭微观透视社会，所谓“社会大家庭、家庭小社会”是也。的确，当我们从社会背景方面来解读家庭剧时，一些问题很快得到求解。近代戏剧不管进化到何种程度，总还未能彻底挣脱“文以载道”的文学正统，封建的王权思想淡出了，但很快传统的劝善惩恶思想便取而代之。通俗戏剧所面临的对象是市民阶层，尤其是妇女观众占了很大比重[1]，家庭剧是最好的教化方式。从传播学角度讲，它解决了戏剧传播过程中最为关键的一个“向谁传播”(To whom)和“传播什么”(Says what)的问题。所以徐半梅说，郑正秋的家庭剧把话剧不景气的状况给扭转了[2]。

从近代家庭剧的内容看，造成家庭破坏的“恶”的根源与以往有了很大的不同，传统戏剧中的陈世美式、王魁式的“恶”，虽然在近代家庭剧中仍占有一定的比重，但已不占主流，近代通俗剧家庭“恶”表现为：一、资产阶级革命过程以各种手段成长起来的新贵，他们的所作所为给家庭带来的危机（如《家庭恩怨记》、《恶家庭》）；二、鸦片、赌博等对家庭的危害（如《恨海》、《黑籍冤魂》、《黑世界寻兄》）；三、恶女人给家庭造成的不安定、不和谐（如《空谷兰》、《马公甫》、《冯小青》等）。

《家庭恩怨记》、《恶家庭》、《母》等剧是从维护家庭的完整、和谐、稳定的角度追求自己的剧作题旨的。在传统中国，由于存在伦理与政治的整合，所以伦理道德不仅起着维护传统家庭模式运转的重要作用，而且对传统国家模式有着不可忽视的影响。顾炎武说过：“有人伦然后有风俗，有风俗然后有政事，有政事然后有国家。”使家庭走在正常的轨道上的是社会无形的道

〔1〕〔2〕 徐半梅：《中国话剧诞生史话》（下），《杂志》第15卷第3期（1945年6月）。

德。《家庭恩怨记》中的王伯良是前清陆军统制，属于被消灭的对象，但在剧中却是作为正面形象来写的，这不能不说是"正统"思想多少起了一点作用。民军起义时他挟款潜逃，途经上海，开始了挥霍无度、纵情声色的生活。即使如此，人们仍然不能憎恨他，只有当他娶了妓女小桃红为继室，破坏了原有家庭的和谐时，人们才开始怨恨他。也就是说王伯良的可恶是从接小桃红回家时开始的，小桃红、李简斋密谋卷逃为梅仙发觉，小桃红欲除重申夫妇，设计诬陷重申毒父，王伯良怒而逐子，重申无奈自杀，梅仙成疯，家庭旋即破灭。从道德评判的角度讲，重申的死符合"孝"，梅仙的疯符合"贞"，而王伯良娶妓女为继室，按传统规范讲，是有违"流俗"和"舆论"，是不道德的，小桃红私通李简斋，一是不贞，二是有图谋他人财产的罪过。因此，小桃红遭到惩罚、王伯良遭谴责都是符合中国传统道德的。王伯良要实现对自己的道德救赎，只有去投军、报效国家。国家观念最终实现了对普通家庭道德的修复和超越。这里，所有的道德评判是在市民的心态和水准中进行的。

同样的情况，也在《恶家庭》一剧中反映出来。《恶家庭》是郑正秋的"得意之笔"，虽然并不是他最好的作品，剧情冗杂，头绪繁多。在早期新剧创作中也算不得上乘之作，但该剧的影响很大，刚上演时，观者云集，盛况空前，"大获时誉"[1]。《恶家庭》取材于当时一般的市井生活，虽然没有更深更新的思想意义渗透其间，可它原本也没有用力去"宣传"什么，最大的可能也不过是"泄愤"[2]。与《家庭恩怨记》相似的故事，卜静丞一家的家庭悲剧，均起源于卜静丞富贵之后，阿莲、奶娘的不幸遭遇激发了观众的愤怒情绪，剧中对于卜静丞的谴责引起了观众的共鸣。不过与《家庭恩怨记》相比，《恶家庭》似乎"政治色彩"有所淡化，卜静丞的"良心发现"虽然也属于"道德救赎"的范畴，但这种道德救赎被市俗化了，未能获得"国家观念"的提升、超脱，因此，其整体格调还只能停留在旧的关于家庭伦理道德的"圣人教谕"阶段上。但作品所流露出来的对于"新贵"的不满情绪，则是当时市民心态的一种折射。

对于家庭伦理秩序破坏的"恶之源"给以较为具体、新时的解释的是徐半梅的《母》，这部发表于 1916 年《小说大观》上的家庭剧，并未陷入当时成为家庭剧时尚的"恶嫂嫂"、"可怜姨太太"的类型。剧中批判的矛头指向更为明确，平宝瑚一家的家庭悲剧根源其实非常简单：平宝瑚以治病为名，将

〔1〕 朱双云：《新剧史・补遗》第 1 页，上海新剧小说社 1914 年 8 月版。
〔2〕 徐半梅：《话剧创始期回忆录》第 66 页，中国戏剧出版社 1957 年版。

妓女艳紫引入家中，最终导致了其子荔芬的死。剧中对妓女艳紫并未谴责，反而借平妻静枝之口，表达了同情之心。倒是那位标榜为道德之士的“神圣不可侵犯的医学博士”平宝瑚，他的满口仁义道德的言论与男盗女娼的行为形成了绝妙的反讽。平宝瑚的猥亵、淫恶的行为是有违流俗，为传统道德所不容的，因而剧作带有传统道德批判的色彩，作品同样给了平宝瑚一个“救赎”的机会，让他取枪自杀。然而作品道德批判的中心并不在此，而是要人父、人母担负起家庭教育的职责，为子女做一个遵从社会道德的楷模。显然，较之前述的家庭剧停留在一般家庭恶的揭示，该剧又进了一步。

“恶女人”给家庭造成的悲剧最早在《不如归》一剧中反映出来，该剧虽为日本人所作，但所写到的内容，中国观众却并不陌生：女子出嫁后不受婆婆欢迎，老太太与少奶奶的矛盾……剧作以浓重的家庭观念及其相应的生活习惯为前提，衍射出社会伦理意识与个体生命的追求之间的冲突。赵金城的母亲张氏“看不惯”儿媳的所作所为：

> 现在这些女人，也太廓了，只知道说什么学问，什么装扮，其余只知在丈夫面前放娇，至于礼节规矩，简直不放在心上，像那样的女人，我是很不喜欢的。

她对于儿子“但知坐在女人旁边看守住她，说说笑笑”也大为不满。这一情节，在西方人看来，也许是“恋母情结”的另一表现形式，但在东方人看来却另有一番“道理”。中国传统观念中素来是“家国同构”、“家齐而国治”。《易经·家人》云：“父父、子子、兄兄、弟弟、夫夫、妇妇，而家道正，正家而天下定矣。”《诗经·大雅》云：“刑于寡妻，至于兄弟以御于家邦。”程颐有言：“正家而天下治矣。”周子通也说：“治天下观于家。”[1]《不如归》中的张氏是这种“父父、子子”“夫夫、妇妇”的家庭秩序的维护者。她为何对帼英横竖“看不惯”？马绛士在该剧中的《说明书》中交代：“姑守旧，以媳之染欧风也，疾之。”康帼英所染的“欧风”，从剧作中我们可以了解到是帼英平时与男性交流过程的自在大方、无拘无束的作派，而这与旧的家庭行为规范是相抵触的。但是《不如归》一剧是根据 1898 年德富芦花创作的报刊小说《不如归》改编的，在日本算是“近代女性情节剧正史的第一部作品”。“从它描写女性

〔1〕 岳庆平：《中国的家与国》第 45 页，吉林文史出版社 1990 年版。

高尚的心灵美，而且将奉献纯真的爱情作为男性理想加以讴歌这点来看，堪称划时代的作品。这部作品是以婆婆虐待儿媳的悲剧来打动人们的心，一般来自封建时代的传统主题。正是用这种传统主题来抓住具有保守思想的读者和观众，但其中也会有否定蔑视女性，并进而打出崇拜女性的新旗帜，从而成为新时代大众文化的一部开创性作品。”[1]德富芦花的这部“女性情节剧”内含的情感形态是“崇拜女性”，而从中国舞台上所传达的则是“女性恶”。近代资产阶级革命将一些基本的人权与民主思想渐渐渗入人们的思想观念，因此，中国近代观众即使是最保守者也会同情康帼英，而憎恨张氏的所作所为。一个本来美满、幸福的家庭因为张氏的专横、固执、守旧而终于导致破灭，这一悲剧的所有责任均应由张氏承担，这是当时观众观看《不如归》时的一种普遍心态。

由母亲充当魔鬼的替身，这一般来说有违中国传统的家庭孝悌观念，所以除《不如归》是日本剧作外，类似情况的剧作是不多见的。而大多数情况下，家庭恶角色以悍妇、恶嫂嫂、继母之类面目出现。这类剧作由于大多是站在封建夫权观念角度来进行创作的，因此有许多作品格调不高，内容乏善可陈。但《空谷兰》、《马介甫》、《李三娘》、《归梦》、《冯小青》等剧却在当时产生很大的影响。《空谷兰》中造成纪兰孙、韧珠一家家庭破灭的是表妹柔云；《马介甫》中造成杨万石家不得安宁的是其妻悍妇尹氏；《李三娘》、《归梦》中造成主人公颠沛流离、妻离子散的是恶嫂嫂刁氏和潘氏；《冯小青》中造成冯小青惨死的罪魁祸首是大太太冯大娘。日本剧作家所创造的“家庭剧”模式被中国剧作家稍加改造，才告“到位”，中国人理解的“家庭关系”恶化的“罪魁祸首”，大多是女性，这有生理、心理上的原因，有现实生活的依据，更为主要的原因是它在很大程度上与中国人的家庭伦理观念极有关系。无情嫂嫂、狠毒继母、刻薄太太，这一类内容通常是茶余饭后有关家长里短的话题，具有消遣性。但是吸引观众的是作品中流露的倾向性，其中有一深层的集体无意识即“家齐而国治”的传统观念。“家和万事兴”是中国人看待家庭内部关系的一个基本观点，由于“恶妇”的存在，家不“和”，不“齐”了，所以对于“恶妇”的批判构成了作品的最表层的涵义。但是深究一步，我们又能发现，除了从聊斋故事改编而来的《马介甫》描写了一个无缘由的“悍妇”外，其余均是围绕财产、地位而展开矛盾冲突的，这也表明近代社会家庭关系恶变的

〔1〕［日］佐藤忠男：《沟口健二的世界》第22页，中国电影出版社1993年版。

根源乃在于金钱、财产等物质因素，是传统伦理与金钱物质的冲突。家庭剧主要角色及关注重心从母亲向继母、刁婆、恶妇的转变，透露出这样的信息，即随着近代外来资本主义观念渗透进来，传统的家庭人伦关系开始发生动摇。尽管如此，人们仍希望通过劝善惩恶的道德教育途径，来达到对人心的挽救。

中兴(1914年)之前，新剧家们也曾有过类似家庭剧的实践，但没有达到"火爆"程度的关键原因是内容尚未完全贴近市民阶层的生活。《空谷兰》、《归梦》等剧与郑正秋在"中兴"之后所作的《恶嫂嫂》、《妻妾争风》、《尖嘴姑娘》一类迎合市民低级趣味的作品还是有着很大的区别，前者反映了当时普通市民的心态和善恶、美丑的价值取舍，而后者则将追求目标落实于"趣味"和"猎奇"之上，完全忽视营造健康的思想价值。总体而言，近代通俗剧从"恶妇"身上寻找家庭悲剧的根源，在某种程度上揭示了家庭问题一些本质真实。剧作者没有停留在"揭露"和"批判"的层面上，而是从深层去激发人们的同情心。《空谷兰》中作者对于韧珠这一形象寄予了深深的同情，这是一个善良、本分、任劳任怨的女性形象，在她身上凝聚着传统中国女性的许多美好的品德，又兼具现代女性的优雅气质。剧作者更多地渲染她作为母亲的情怀，让观众体味到了母爱的人情美和人性美。剧中的多处煽情情节催人泪下，其中有一段，将人物间情感的渲染推向了高潮：

良彦　噢！我听话。先生，你的手多软呀，软的像棉花一个样子。(把小脸靠在幽手背上)先生，你能不能让我叫你一声妈呢？

幽兰　(似应非应的笑着说)你不是有妈么？

良　她不是我的亲娘，是我的晚娘。

幽　(关怀地)良彦，赶快不要这样说！给你爸爸听到了，是要伤心的；给你妈听到了，你又要挨打了。

良　先生，我听你的话，以后不说了。(恳求着)您让我叫您一声妈妈好么？(幽正作犹豫状，良冲口叫着)亲娘！亲娘！您是我的妈妈……

幽　(应了一声，脸上眼泪流下)下次可不要叫了。

以这样一种朴素、简单的方式营构感人情境是近代通俗剧一种普遍倾向，在《李三娘》、《冯小青》中均有表现，"李三娘哭诉身世"、冯小青诉说家庭生活的遭遇和对母亲的思念等情节最易赚取观众的眼泪，激发观众的同情心，唤起人们对人性善的向往与追求。

第三种造成家庭悲剧的根源是鸦片。鸦片和赌博是当时危害社会的重要问题，也是危害家庭的一个重要因素。鸦片战争以后，中国家庭就受到了新的挑战，人们无意识深处那种希望家庭和谐美满的良好愿望，也遭到了来自鸦片这一社会毒素的侵害。鸦片对家庭的冲击，鸦片带来的社会恐慌，对人们的心理构成了无形的压力。《恨海》、《黑籍冤魂》、《黑世界寻兄》、《烟民镜》等剧，均以感人的悲剧故事来教育、劝诫人们放弃吸食鸦片。

《恨海》、《黑籍冤魂》等剧的创作动机是社会教育。1913年郑正秋创办新民社，将这些剧作纳入"家庭剧"的范畴搬上舞台，客观上这些剧作起到了家庭教育的作用。郑正秋在给《黑籍冤魂》所写的序中说："此有功世道之悲剧也。""记者与有的同志，爰请其将所编《黑籍冤魂》一剧择其能发人深省者印成照片，并附白话说明书，如禹鼎铸奸，丑象毕露，俾阅者惊心触目，及早回头，庶茫茫苦海中不致沉溺无数冤鬼。"[1]《恨海》中的陈伯和原是一个"连讲话都怕难为情"的书香子弟，一场兵灾，使他与家人失散，后误入妓院，染上鸦片，从此一发不可收，最终沦为乞丐，葬送了与张棣华之间的感情。《黑籍冤魂》中的甄弗戒爱做公益善举、广交朋友，其父担心其长此以往将会败家，即胁迫其吸食鸦片，岂料甄弗戒自从抽上鸦片，竟断送了老母、妻子和儿子的性命，女儿也被卖进窑子。陈伯和与甄弗戒的家庭惨状，其直观的劝诫、教育意义无疑是很大的。中国近代新剧作家和戏剧观众都是从家庭向善，家庭和谐、美满的理想和愿望角度来创作和观赏这类家庭剧的。客观上，这些剧作在当时发挥了积极作用。

家庭剧作为中国近代通俗戏剧的一种类型，劝善惩恶是其核心内容，但是，以郑正秋为代表的一批家庭剧作家，"明白了以往的缺点，不再用说教式的剧材了"[2]。取代那些演说口号的是一幕幕动人心魄、感人肺腑的故事，新剧家采取以情动人的策略，赢得了大批观众的喜爱。从《不如归》中赵金城、康帼英的爱情悲剧，《恨海》中张棣华对于陈伯和的竭力挽救，到《空谷兰》中母子亲情的阻隔，都极大地张扬了人间普泛的真情性。

---

〔1〕 郑正秋:《黑籍冤魂·序·凡例》,《中国近代文学大系·戏剧集》(16)第679页,上海书店1990年版。

〔2〕 曹聚仁:《听涛室剧话》第205页,中国戏剧出版社1985年版。

第三节 世风恶俗的抨击与解剖
——新兴市民阶层的双重精神重负

辛亥革命前后的戏剧改良运动，均把“戒恶俗”作为新剧通俗教育的一项重要内容。在中国传统社会中，儒家重义轻利的思想是人际交往中的一个重要准则。近代社会随着外国资本主义势力和观念的渗入以及市民阶层的兴起，新的人际关系和新的处世观念正在形成。特别是充斥外国资本的近代都市中商品流通的加快，商业利润迅速聚散，引发了社会成员之间贫富的差距，这种变化又引起了整个市民阶层社会心理朝着重利、重财方向转变。另一方面，由于近代社会教育的不发达，导致科学技术的不普及，而科技的不普及又使得因循守旧、迷信愚昧的事件频频发生。传统的充满人情味、合乎自然法则的礼俗社会形态、民间风尚遭到破坏。

新剧家们痛感世风日下，将编演新剧作为教育民众、挽救世风的一种措施。世风的窳败，当时最突出的是表现在婚姻和友情等方面。蓝欣禾在创作《侠女奇缘》一剧时就有过这样的认识。他在作品的“题记”中谈到创作的意图时说：“世俗结婚，往往以金钱为标准，男女之人格，非所计及，家庭不幸之事，即由此起。本编叙富家子必娶富家女，因而夫妇冰炭，又穷家女希嫁富家郎，反结悲惨之果，使有子女之人观之，得绝大之觉悟。……本编既写一侠女子，又写一侠少年，示纯正高洁之美德，结美满幸福之姻缘，借以针世砭俗。”[1]辛亥前后，这种“针世砭俗”的剧作在当时所有的通俗剧中占有很大的比重，影响较大的剧作有《珍珠塔》、《火烧百花台》、《一元钱》、《恩怨缘》、《姊妹》等。《珍珠塔》是维扬人蒋四根据《说部》中的故事改编而成的。剧作叙述青年书生方卿因家中遭灾，生活十分贫寒，适逢姑父陈玉莲生日，前去襄阳拜寿。不料竟遭嫌贫爱富的姑母的奚落、羞辱。方卿明其心态后离开陈家，正在此时，表姐陈翠娥恳切挽留，怎奈方卿志向已定，坚持不食嗟来之食，一年后，方卿得中头名状元，赴官途中，他装扮成道士数落姑母势利、刻薄之处。与《珍珠塔》内容相近的另一部剧作是《火烧百花台》。《火烧百花台》叙述的是扬州书生李文俊因家中遭受火灾，无依无靠而投奔岳父，岂料岳父莫桂嫌其贫寒，企图赖婚。莫的大女婿孙化龙授计，让莫收养李文

〔1〕 蓝欣禾《侠女奇缘·题记》，《快活世界》第1期(1914年8月)。

俊主仆二人，以粗茶淡饭待之。不久李文俊的老仆李忠因病无钱医治而死，李文俊因无钱安葬李忠，被逼无奈只好卖身为奴。后李文俊在二小姐淡云的资助下进京赶考，得中状元，派任浙江巡抚，莫桂受到了众人的谴责。莫桂在精神实质上与方卿姑母毫无二致。

《一元钱》是南开新剧团编演的一部针砭时弊的剧作。它叙述富绅赵凯资助孙思富，使其摆脱困境，十年后，赵凯病故，其长子赵平随恶少年游，恣意挥霍，家产殆尽。后赵家又遭小人算计，家产悉数被焚。赵凯次子赵安到孙思富家求助，孙嫌其贫，只给一元钱而挥之去。赵平觉悟后遂往外就业，经商获厚利回到家中，兄弟勉力同心，振兴家业。《恩怨缘》则讲述了一个恩将仇报的故事。刘央收养了贫苦人王本的儿子王活儿，但在刘央死后，王本夫妇竟与活儿一起谋害刘妻及其亲生子女，意图吞占刘氏家产。正当活儿企图加害刘央之子刘厚时，遭遇强盗，刘厚不计前嫌毅然往救，终负重伤。活儿被救后，幡然醒悟，愧不欲生，从此改邪归正，重新做人。

上述这些作品其教化意义是不言而喻的，在宣扬义德的感召力的同时，对于那些不仁不义的市侩进行了强烈的抨击。新剧家以质朴的市民情感为形形色色、各种各样的势利无义的小人描绘了一幅百丑图。

有对无情无义的嘲弄。如《火烧百花台》中李文俊身无分文、一贫如洗，被岳父莫桂视为眼中钉；《珍珠塔》中方卿衣衫褴褛，姑母便要想法将其赶走；《一元钱》中赵安家中罹难，前来求助，曾经蒙恩于赵家的孙思富只给“一元钱”。后来李文俊、方卿均得以高中状元，赵安一家也时来运转发了意外财，人们对势利者的嘲讽使莫桂、孙思富们“羞愧难当”。

有对见利忘义的蔑视。《仇大娘》中的族叔，在其侄仇仲罹祸时，竟乘人之危，图谋占有仇氏家产；《姊妹》中的妹妹，在一笔意外的遗产面前，便整日算计着如何得到这笔财产；《遗产》中的唐孟聪及其仆唐福为谋占田某遗产，竟扮临终之老人，演了一出蒙骗律师的双簧丑剧。《侠女奇缘》中妓女粉香阁贪恋富户财产，竟教授女儿以勾引男子之术，以色相骗取富家子弟的钱财，后终遭报应。

有对忘恩负义的批判。如《恩怨缘》中的王活儿为富绅刘央养子，刘央一家视其如同己出。刘央死后，王活儿竟勾结其生父母迫害养母赵氏母子三人，后其生父王本纵火时被烧死，生母胡氏下毒不意自己反被毒死。

在对世态炎凉、人情冷暖批判的过程中，作品的总体倾向是：义德感动天地，善恶果报不爽。义的举动，德的布施，均能达到如愿以偿的结果。读书人金榜题名，生意人骤发横财，穷途末路者发迹腾达，骨肉分离者得以团圆，情义相投者终成眷属……回报的形式，不管是假以天公或借以人力都是一样的。这些肯定与否定的道德赏罚观念，带有原始的、形而下的特征，它是传统市民心态的一种反映。

新剧家们在批判薄情寡义、庸俗势利者时，通常还塑造了一批重情重义的正面形象，如《珍珠塔》中的陈翠娥、陈玉莲，《火烧百花台》中的淡云、淡云的舅舅，《一元钱》中的慧娟，他们与方卿、李文俊、赵安等受害者都是薄情寡义、势利小人的对立面，作为"义"的代言人，构成了作品的主旋律。

应当看到，《珍珠塔》、《火烧百花台》、《一元钱》等一批反映社会风俗变化的剧作，由于剧作家采用的是市民的视角，因此在观察、评判、针砭时弊时只能是感性化的，将近代社会市民交往中产生的种种精神困惑、苦闷平移进剧作之中，并作出一种市民化的理解，这无论如何不能进入审美的崇高境界。但是近代中国新兴市民阶层，从其诞生之日起，就背负着双重的精神重负：一方面身处半封建、半殖民地的现代都市，他们必须，也不得不参与以金钱、物质为载体的利益交往，讲究利害取舍，追逐更多的利益，甚至不安常态，不守旧规；另一方面作为刚从农业文化中转化而来的中国人，他们不能摆脱传统、伦理道德的束缚，当他们在都市中竞争、角逐、挣扎后感到精神疲惫、烦恼、厌倦时，不可避免地对那种在宗法社会中形成的、带有田园牧歌色调的义利取舍观念产生怀旧之情。因此，他们希冀用这种理想化的义利取舍观念、法则来解决现实中遭遇的问题。这两种力量时常矛盾、冲突，形成市民复杂的心态与人格。

世风恶俗的批判是符合时代潮流的，但通俗剧的批判方式是需要超越的，只有超越传统伦理道德的审美判断方式，才能走出感性化、理想化的怪圈，使这一类型通俗剧具有较高的思想艺术品格。

第四节　妇女解放与婚姻自由的微弱呼唤
——女性人权意识的初萌

1. 家庭剧中的女性

大量的家庭剧文本显示，女性形象被赋予了两极化特征：迫害狂与受虐者。进入近代的中国社会，人们信奉的仍然是传统的妇女"三从"、"四德"封建观念。1900 年以后，在改革维新的时代大潮中，妇女解放的呼声渐渐响亮起来。走出家庭是妇女解放的第一步，然而，当时女子要求平等的愿望，并没有首先把焦点集中在婚姻问题上，而是首先体现在政治平等的要求上，也就是说，她们不只是要求婚姻的平等自由，而是一切权利的平等自由。辛亥革命的当年，民国政府就通过了“十一条政纲”，如“实行男女权利平等”、“实行普及女子教育”、“改良家庭习惯”、“实行一夫一妇主义”、“禁止奴婢买卖”、“禁止无故离婚惟以后则实行结婚自由”等等。女权主义思潮在近代社会的广泛传播，引起男权社会，特别是封建贵族、特权阶层的恐慌，他们常以“牝鸡司晨”来斥责这样的思潮。这也就是近代家庭剧中“母夜叉”“迫害狂”形象比任何一个时期都多的一个背景。在传统的经典文本中，女性形象大体可归为四大类：圣母、贞女、祭品、魔鬼妖女。当妇女人权意识上升并与男权中心发生冲突时，男权中心文化中的“魔鬼”、“妖女”形象就会多起来。所以我们看到，《不如归》、《空谷兰》、《冯小青》、《李三娘》、《归梦》中的“恶婆婆”、“恶继母”、“恶太太”、“恶嫂嫂”等都呈现出十恶不赦、青面獠牙的特征，她们背上了“家庭悲剧”根源的罪名而无法逃脱道义的谴责。而真正的悲剧制造者却能逍遥于道德法庭之外。在“儒教”为代表的父权制文化传统中，父亲是家庭中至高无尚的权威，男子是家庭中的主宰。《不如归》中赵金城没有父亲，父亲被作者作了“缺席”的处理。康帼英有一个好父亲，他自始至终给子女以关爱。在剧情的要求和驱使中，隐藏着不易为人觉察的意识，父亲似乎天经地义地不会如赵母那样不通“人情”。在《冯小青》、《虐妾》、《李三娘》、《归梦》等剧作中男人似乎是受委屈的可怜虫，试问如果没有冯子虚们的“纳妾”“爱好”，会产生冯小青的命运悲剧吗？如果没有贾俊友们的怂恿、默许，怎会有潘氏、刁氏的刁蛮、撒泼，又怎会有李三娘的悲惨境遇？

家庭剧中的恶母、恶太太、恶嫂嫂是被否定的对象，而作为受害受虐者似乎是被同情的对象，康帼英（《不如归》）、冯小青（《冯小青》）、李三娘（《李三娘》）、紫菱（《归梦》）、韧珠（《空谷兰》）、柳氏（《妻党同恶报》）这一系列被侮辱、被迫害者的形象，符合了男权社会关于女性美的所有标准：美丽、温柔、善良、有修养等，而作为真正主体意义的女性，在这里成了一个“空洞的能指”。她们无疑应被归入经典文本的女性类型——贞女、烈妇中，以她们的悲惨结局来建构男权社会关于女性的理想化模式。

从近代家庭剧的冲突形态看，冲突主要是在婆媳、妻妾之间。而直接展示两性在家庭生活中的冲突在当时还是一个“禁区”。冲突的缓解往往以卑弱者的牺牲或忍辱求全得以实现。但是自辛亥革命以后，家庭关系中的主从地位渐渐开始发生变化，一批新型女性形象出现在人们面前。

2. 冲出父权的樊篱

表现青年一代对封建家长制绝对权威的叛离，是新剧剧目的一个鲜明特点。此类剧目最初似以抗父从夫、弃父随夫的形式出现。如春柳悲剧《生别离》讲述富商韩某密谋以矿山私售外人。其未婚婿柳某屡谏不听，韩将其囚于暗室，恐其泄密。韩女私自释柳，且与偕亡。韩某将女儿追回后逼其改嫁他人。韩女不从，抑郁成疾。柳逃脱后从军积功，韩女临终以钗饰授婢青梅，嘱寄柳助军需。韩家骤落后，韩父经女墓遇柳大惭，乃从其妻谋，以青梅归柳，且谢过。春柳的另一出戏《生死姻缘》讲述留日学生林某要在辛亥期间回国往舅家与同学策划起义。其舅周某恶之，妄图告发警厅。被赵女所闻(赵女为周前室侄女)。赵女连夜告林，周知林亡为女所纵，怒责女。女愤自缢，为佣张氏所救。周闻之益怒，命买棺来，立逼女死。适周以事他去，周女与张氏合谋匿赵女于他处，而以空棺复命。后林入义勇军，赵入红十字会，至南北统一后乃成婚。

在这两出戏中，待字闺中的女性已不是唯父命是从的弱女子，她们有胆识追随恋人，不惜违抗父命，而家长则动用残忍手段制裁女儿的义举。两代人被置于生死不相容的冲突中，最后是传统价值的崩解，青年一代如愿以偿。这种剧情安排、场景设计反映编创人员对青年寄予深切同情，对封建家长制所维护的礼教规范予以无情抨击和控诉。在《秋海棠》、《同命鸳鸯》中青年男女彼此倾心，虽未得亲命，婚事未谐，却已溺于情，涉非礼。家长的干预不能使青年改变初衷。这种青年人在面对婚姻大事时敢于违背家长意愿、自行其是的做法是以往戏曲舞台上少见的。更难能可贵的是，剧作者没有以误会或巧合来弥补两代人的价值背离，而是明确站在青年一边，对家长粗暴干涉子女权益的行为作出道德批判。尽管在戏中青年人处于弱小受害者地位，但其不畏强暴，追求自由意志的精神，光彩夺目，令人鼓舞。

对旧家庭尊卑等级的抨击，为弱者鸣不平也是新剧极有特色的一面。《庞静宜》(春柳社演出)述恶婆婆袁氏与次子共同虐待寡居的长媳庞氏，引媒人立约将贤媳卖与商家。庞氏自幼丧父，新婚不久即丧夫守寡，从此饱受婆婆的白眼和欺凌，最后在世父干预下庞氏母子才脱离袁氏手掌。《尖嘴姑娘》(新民社演出)述穆家小女屡向母谗言其嫂，至四出其嫂。第五个进门的新嫂嫂知小姑不贤，便联合已出的四妇群起与小姑为难。小姑遂不得逞，后嫁人不得善终。《恶家庭》(新民社演出)是郑正秋的得意之作,由其《苦丫头》和《奶娘怨》两剧合二为一编成,也是揭露婢女、奶娘等家庭中的“位卑者”所遭受的不公正待遇,劝人们与人为善、尊重他人的一部有影响的戏。修身、齐家曾是封建伦理规范中做人的起点,而在新剧展示的家庭人际关系中却充满卑鄙、凶狠、淫乱和对弱者的侵害。剧作者褒贬鲜明,表达了对旧式家庭的诅咒,而处于弱者地位的女性则以贤惠、智谋赢得舆论的同情和尊重。

近代通俗喜剧在表现对封建伦理观念无情嘲讽方面显示出独特的战斗力。在喜剧《十姐妹》中,女学生赵苛自命中国女豪杰,团结同志十人倡行无夫主义,实则各有炫嫁之心。世家子褚某仿泰西登报征婚,出卖彩票。十姐妹均暗购彩票,冀得褚某为夫。开彩日十姐妹皆不得彩,因羞成怒共往捣毁报馆。后经教育会长调停,十姐妹遂与褚等十人同日喜结良缘。这出戏表现的是青年男女对自主择偶的渴望,并依靠团体的力量实现自己的目标。春柳社的另一出喜剧《文明人》带有辛辣的讽刺趣味,作品描述贾某自外游学归来后,力以新派自任,强迫年过六旬的老母入学读书。贾某耽于花柳,贾妻屡劝不改。一日贾在妓院演说自由自立之说,贾妻以母病促其归,贾窘辱之。妻愤而欲死。后贾之表弟策划让贾妻妹女扮男装,与贾妻携手游于公园,故使贾见之。贾责其妻,妻反唇相讥,并拾贾自由之说以自辩。贾愤妻所为,几欲自杀。后众告之真相,贾与妻为夫妇如初。该剧抨击了某些自我标榜为文明人的不文明行为,表面上冠冕堂皇,实则虚伪而又虚弱,在当时有强烈的现实意义。喜剧中对性别歧视的讽刺尤为辛辣,一些立于正面地位的女主角几乎成为智慧和勇气的象征。新剧推出的新女性形象有女革命党人(《夜未央》,药风社演出)、女侦探(《秘密女子》,红色风社演出),有能言善辩的大家闺秀(《空谷兰》)、智勇双全的婢女(《义婢》,新民社演出)。此外,在移植的西洋剧中有表现女性智慧的《肉券》(莎士比亚《威尼斯商人》),描述男女社交公开的《怨偶成佳偶》(莎士比亚《无事生非》)等。在郑正秋精选百出新剧剧目的同时,他还收录了33出西洋剧,其中莎士比亚的剧作21出,日本戏剧7出,其他5出。新剧之有“文明戏”之称,舞台上的女主角之有清新脱俗的风采,与西洋戏剧的输入和借鉴是不无关系的。

新剧舞台上的新女性形象与传统戏曲中的女性形象截然不同,前者是敢于突破封建妇德束缚的女勇士,而后者却是封建妇德的殉道者。在民初,这些新女性形象曾引起观众的偏爱,如汪优游在《空谷兰》中扮演以尖嘴姑娘形象出现的闺阁女，曾令不少观众倾倒，“有的甚至能把台词中的警句背下来”[1]，连看数遍，欲罢不能。编创人员则注意迎合女观众所好，对新剧广告语的选择倍加推敲。如《鬼话》(《哈姆雷特》)上演时正逢春雨连绵，广告语就借用一句民间俗语“天要下雨娘要嫁”；笑舞台推出系列旦角戏《胡四娘》、《小翠》等恰逢阳春三月，广告语就巧妙地改用两句唐诗：“三月三日天气新，笑舞台上多丽人。”这类匠心独运的宣传语句效果颇佳，往往为居民传诵一时，“甚至每天有人把笑舞台的广告当成游戏文章看，自然常常客满”[2]。当时有一出新剧《新戏迷传》，述某人痴迷新剧，不仅举止皆模仿演剧，且要求家人效其所为。一日在家试演新剧，妻误以为他病狂，其父闻而大怒，将与之理论，甚至弄到警察也出面干涉。该剧以夸张的手法表现新剧贴近都市居民生活的特点。新剧对人们观念更新所产生的刺激和潜移默化的影响，是同期的传统戏曲演出所无法企及的。

3. 婚姻自由的初步呐喊

对婚姻自由的渴望是近代通俗剧常演常新的主题之一。其新的发展趋势是导向对封建礼教的抨击、摒弃和女性社会角色的重新定位。一些传统剧目中的才子佳人戏被赋予了新的灵魂，《馒头庵》、《梁祝哀史》等剧也曾风靡一时。值得注意的是《女豪杰》、《自由梦》、《玉如意》、《侠女奇缘》、《自由结婚》等一批新编通俗剧，传达出了女性要求自己掌握自己命运的呼声，这一呼声中还带有一定的民主、平权意识。《女豪杰》一剧塑造了一个具有反叛精神的青年女性秦良玉的形象，她在剧中的一段对话，标志一种新型意义的女性的诞生：

秦良玉　官人呵，奴家听见人家说，做女子的要晓得三从四德，怎样叫做三从？怎样叫做四德？

马文龙　在家从父，出外从夫，夫死从子，这叫做三从，妇德、妇言、妇容、妇功，这叫做四德。

秦良玉　这是何人所说？

马文龙　是曹大姑所说。

秦良玉　原来是曹大姑所说，这曹大姑就是中国女子的第一罪人。……

〔1〕 欧阳予倩：《欧阳予倩戏剧论文集》第203页，上海文艺出版社1984年版。

〔2〕 徐半梅：《话剧创始期回忆录》第89页，中国戏剧出版社1957年版。

秦良玉　所以把中国的女子一个个都弄成了这样的奴婢人格。

这里,我们明显地感受到女性自我意识的觉醒。秦良玉这段质朴的语言,体现了近代女权主义的基本纲领:要求婚姻的平等自由,女性要自己把握自己的命运。如果说秦良玉是一个开朗、活泼、富有主见、敢于挑战传统的古代女子的话,那么《玉如意》中的柳如意则是一位充满现代气息、敢于追求自己的爱情理想的青年女性。将门之女柳如意与柏秀峰的爱情产生于一个偶然的机会。某日柳如意替母去普陀烧香还愿,路遇强人欲行不轨,适时柏秀峰路过,拔刀相助,解了柳的围。这并没有超出传统英雄救美的模式,但此后柳柏二人的爱情旅程却充满坎坷挫折。柳如意的母亲朱夫人将她许配给内侄朱权,而朱权是丑陋、猥琐的小人,因此柳如意坚决不从母意,趁母赴约,走出家门与柏相会。尽管朱夫人从中干涉,柳如意仍不变初衷。最终,有情人终成了眷属。柳如意自始至终对自己婚姻命运的把握,反映了觉醒的中国女性要求摆脱旧礼教的束缚,走向社会的个体思想精神倾向。《侠女奇缘》中的胡静贞与孙逢光的爱情结合也富有时代特征。胡静贞的哥哥胡大郎因父母包办婚姻而饱尝苦果。她不愿走其哥哥的老路,在女扮男装为其兄打听情况时,遇到了侠义少年孙逢光,静贞被他的见义勇为之举所折服,遂生爱慕之心。蓝欣禾在创作这部剧作时,曾有一个整体设想,即把静贞与孙逢光的婚姻,作为文明结婚的典范来描写,其中包含了两层意义:一是要自由恋爱,二是要打破门户观念和繁琐的婚俗。自主婚姻是作者文明教育的一个内容,它突出了个体情感因素在婚姻中的地位,从而否定那种以礼教、金钱、物质为基础的婚姻形式。

《自由梦》、《自由姻缘》、《自由结婚》等剧在近代剧坛也曾产生过广泛的积极的影响。这些作品中的男女主人公大都因婚姻不自由而死去,以个体生命的消亡,来达到对封建家庭和不合理婚姻制度的控诉。剧中的男女主人公充满自由平等的思想,对封建婚姻制度具有强烈的反抗性和斗争性。《自由梦》中男主人公奚剑花在追求自己钟情的姑娘李丽娟时说:“吾想男女间的交际,原是神圣的自由。吾辈自问既受了些文明知识,正宜扫除社会上的恶习,万不能再严分男女的界限,只要自问良心无愧,就有什么也只好由他了!”丽娟与剑花的爱情因其父的阻挠而成为悲剧,丽花临终前终于大胆而凄惨地喊出:“自由……自由……吾所崇拜的自由……梦!幻梦!”追求婚姻自由的作品在传统戏剧作品中并不少见,但像这样大胆追求、热烈高呼

“自由”的男女主人公在以前的剧作中是难以找到的。王无恐的《玉如意》与徐天啸的《自由梦》、蓝欣禾的《侠女奇缘》均发表于 1914 年前后，而此时上海舞台上“虐妾”题材的家庭剧正十分流行。可以发现，这些剧作从思想内容上已与《冯小青》、《可怜姨太太》等剧作有了明显的不同，冯小青的悲剧控诉了旧家庭的罪恶，但毕竟主人公没有走出家庭，没有喊出“自由”的心声。《玉如意》、《自由梦》、《侠女奇缘》等剧作，给当时浑浊的新剧舞台注入了一种新鲜气息，也为“五四”妇女问题、家庭问题的戏剧创作作了极好的铺垫。

第五节　宫廷与官场的“浮世绘”
——从特定角度激发人民革命热情

辛亥前后，资产阶级革命的思想已渐渐深入人心，“那时候大家都恨着清室官吏的贪污，青年人皆表同情于革命党。戏中凡是讥讽官僚的情节，皆能博得观众的同情”[1]。特别是在袁世凯篡夺了辛亥革命的成果以后，又积极准备窃取皇帝的宝座，广大群众对此无比愤恨，编演者借写宫廷、官场的戏来激发民众反对封建帝制、反对封建官僚统治的热情。

近代通俗戏剧中描写宫廷生活和官场情形的作品很多，据朱双云的统计，约有 15 种之多，其中《燕支井》(《胭脂井》)、《光绪与珍妃》、《西太后》、《李莲英》、《捉拿安德海》、《一念差》、《共和万岁》等剧在当时产生了很大的影响。

《燕支井》表面是写光绪与珍妃的爱情悲剧，实际写的是那拉氏宫廷专制暴政。这部作品以义和团攻打外国使馆事件和戊戌政变为背景，揭露了以西太后为首的满清封建统治集团昏聩、愚昧、野蛮、残暴的统治内幕。作者包天笑以较多的笔墨赋予主人公光绪以极大的同情，对“六君子”的改良活动也持赞成态度。与《燕支井》内容相近的一部戏是《光绪痛史》，这部作品以光绪与珍妃的爱情为主线，描写了那拉氏的专权与李莲英等太监、奸臣的种种恶行。顾无为的《西太后》曾使民鸣社起死回生，这部作品以那拉氏为中心，描述了宫廷斗争和腐朽的生活，通过东西太后的权力之争、义和团运动等几种事件也顺带表现了清廷在政治和外交上种种失败的情形。在袁世凯垂涎皇帝宝座的当时，用以影射时政，具有一定的积极意义。

---

〔1〕 汪优游:《我的俳优生活》,《社会月报》第 1 卷第 1 期(1934 年 1 月)。

“甲寅中兴”时“旗装剧”盛行，除了上述剧作，还有表现清朝各代帝王生活的作品，如《康熙寻亲》、《乾隆休妻》、《顺治出家》、《雍正篡位》、《宣统出宫》等，这些作品都极大地满足了当时观众的好奇心。辛亥革命以后，皇权思想受到了冲击，人们不再把在舞台上表现宫廷生活看作大逆不道，另外，宫廷生活对于广大民众来说毕竟是神秘的，例如《西太后》之所以大受欢迎，原因之一是“人们很想在舞台上看看她（西太后）是个什么样的女人”〔1〕。一些新剧家从商业利益出发，一味地迎合某些低级趣味，加大了剧中“宫闱秘事”的比重。因此对于封建帝王专制统治的批判的积极意义在此被大大冲淡了。

宫廷生活离人们比较遥远，而官场现状却离人们很近。早在学生演剧阶段，汪优游等就曾编演过讽刺喜剧《官场丑史》。而此后的进化团任天知编写过《共和万岁》，在这部剧作中，作者将晚清官僚在革命到来时的种种丑态表现得淋漓尽致。对于激发人们的革命热情以及对满清统治的痛恨起到了推波助澜的作用。

真正写出官场复杂性的当推《一念差》、《杨乃武》等剧。

《一念差》是南开新剧团编写的一部作品，剧作叙述的是宣统二三年间广东官场叶中诚运动官职不成而施阴谋陷害他人，结果良心发现的故事。叶中诚本是一个本分之人，只因花了许多钱，到北京去运动粤海关监督的缺，刚要到手，却又被那走王府门路的李正斋抢先一步。叶在幕友王宋义的蛊惑下设计诬告李正斋私通革命党。李被拿下狱，叶才得这个差事。虽然这是叶中诚虚荣心指使下的“一念之差”，但却反映了晚清官场的黑暗、腐败。按照涵庐的理解，这部作品的“目的”有“五层”：“（一）写幕僚的弊病；（二）写买缺卖缺的弊病；（三）写官场虚荣心的弊病；（四）写官场黑暗，指奸即奸，指盗即盗的真相；（五）写官场奢靡，因钱变志的真相。”〔2〕在真与假、善与恶、美与丑的对照中，作品揭示了封建官僚制度对人性的扭曲。涵庐认为《一念差》是“写实主义中的问题主义的戏”〔3〕。确实，这部作品将解剖刀深入到人的灵魂深处，进行深入的剖析，然而作品揭露的不是个别官场人物的道德败坏，而是将矛头指向整个封建官僚制度、整个封建社会的黑暗腐朽。使人领悟到这样的制度，这样的社会已到腐败透顶的地步，非改造不可了。

---

〔1〕 王卫民：《我国早期话剧的来源、兴盛和衰落》，《戏剧》1986年第2期。

〔2〕〔3〕 涵庐：《评〈一念差〉》，《南开话剧运动史料》第407页，南开大学出版社1989年版。

《杨乃武》以清末“四大奇案”之一的“杨乃武与小白菜”一案为素材，以杨乃武与小白菜的冤情为引子，充分展现清末官场的真实情形。余杭县刘锡彤之子刘子和贪恋葛小大之妻小白菜之美色，而设计毒死了葛小大并栽赃杨乃武，于是一场旷日持久的官司开始了。在屡审屡驳、屡驳屡审的漫长三年中，先后有100多名官员错判了案子。其贪赃枉法、官官相护、包揽词讼、颠倒黑白的种种恶行已到了令人发指的地步，这部作品从一个侧面再现了草菅人命的官场黑幕。

在近代通俗剧坛上侧面揭露官场黑暗、腐败的剧目屡见不鲜。《张文祥刺马》中马新贻玩弄权术，为所欲为，也是血债累累。《炊黍梦》中的李端五是一个典型的专事吃喝嫖赌而胸无点墨的小流氓，居然被藩台因其兄的关系而“提携”委以高官。而其兄在南昌县任上曾因挥霍过公款十万之巨被罢官……凡此种种都是对封建官僚统治的控诉。

这些作品在揭露和鞭挞清廷官场的黑暗、腐朽时，虽然淋漓尽致，却未能通过反对清朝统治来鲜明地体现变革半封建、半殖民的社会制度的思想，其反叛性还不算强烈，有些剧作甚至还有“好皇帝”的思想，如《杨乃武》一剧最后，关键时刻慈禧太后的“口谕”对毕秀英命运的拯救，即是明证。这表明这类题材的通俗剧离反帝反封建的新文学确实还有很大的距离。

第四章 通俗剧艺术形态的嬗变

第一节 对话剧戏剧性的最初体认
——在创作实践中感悟并渐趋成熟

最早的话剧演出剧目当属春柳社1907年2月在日本东京上演的《茶花女》和《黑奴吁天录》，这两部作品均是从西方名著改编而来，然而，作为中国话剧的处女作，这些作品一开始就具有了很高的戏剧性，这不能不说是一个奇迹。剧本虽根据小说改编，但已进行了必要的加工和创造，全部用口语对话塑造剧中人物，表现其真情实感。没有幕外戏、朗诵、独白等内容，曾孝谷、李息霜这些话剧的“门外汉”之所以一开始就把握住了话剧的某些本质特征，主要是得力于日本新派剧戏剧家的指导。春柳社回国后，将从日本学到的话剧也带回国内。春柳的舞台创作是比较严谨的。这种严谨主要表现在其对于戏剧性的追求上。欧阳予倩在谈到春柳社戏剧创作时说：

> 春柳的戏有剧本是人人知道的，有剧本台词不致散漫，动作也有规矩。当时各家的文明戏，全爱用滑稽男仆，把脸上画得怪形怪相，一条红辫子翘得很高，无论主人在那里谈什么严肃的话，他总要从中打诨，志在令观众发笑，便不管合适不合适，把全剧的精神，全剧的空气都让这种无理取闹的丑角任情破坏而不加爱惜；这种现象在春柳剧场里，始终没有过。[1]

很显然，春柳社编演的剧作，已注意到用“台词”、“戏剧动作”等戏剧要素来制造戏剧性的重要性。“台词不散漫”、“动作”有“规矩”都是强调“台词”、

〔1〕 欧阳予倩：《自我演戏以来》第31页，神州国光社1939年版。

“戏剧动作”应当成为剧情发展的一个有机组成部分。“为革命而演剧”的春阳社和进化团所创作的一些剧作如《黄金赤血》、《共和万岁》等都在剧中增设一个专门发表演说的角色,《黄金赤血》中调梅有两次演讲,一次是在妓院劝人募捐,一次是在剧的结尾。“演讲”作为“戏剧动作”在这一作品中与剧情基本上是融洽的。剧中的第八幕写道:

> 班主　……调梅先生的大名,想来妇孺皆知的,我说一件极趣的事,便是调梅先生父女重逢,调梅先生热心时局,肯牺牲一身,父女合演现身说法,……今日我的意思要先请调梅先生,先演说一回,然后跟着演戏,列位赞成吗?
> [看客拍手赞成。
> [梅妻、小梅听说注目台上。
> [调梅上场演说。

这基本上是沿袭了春柳社的做法,然而春阳社、进化团的大多数作品偏离了春柳早期方向,出现了即使外国戏或家庭戏也掺杂许多化妆讲演的成分。讲演的内容游离出剧情,甚至是借题发挥,与剧本内容毫无关系。造成戏剧性的降低。戏剧性是从戏剧动作、戏剧冲突、戏剧情境中体现出来的,辛亥革命前后的新剧实践中表现出来的优劣、高低,明眼人看得十分清楚。马二先生指出:“新剧中万不可多加演说,盖演说自演说,剧自剧,若剧中多加演说则非剧矣。”[1]在《春柳剧场观剧平谈》一文中他又说:“今之谈新剧者,就艺术上之眼光衡之,必以春柳剧场为冠首。”而春柳剧场所演戏剧中,“脚本之佳者”他认为“当推《家庭恩怨记》、《不如归》、《真假娘舅》最为优等。结构周密,立意新颖,逐幕皆具一种特别精彩,令人看了第一幕,便想看第二幕,看了第二幕,更不能不看第三幕,步步引人入胜,剧终仍有余味,此其所以为绝作也”[2]。马二先生这里所讲的正是戏剧性具体表现形式,即戏剧冲突的紧张激烈,戏剧悬念以及戏剧的含蓄性。马二还指出《鸳鸯剑》、《王熙凤大闹宁国府》、《夏金桂自焚记》等剧略有“小疵”,“每剧皆不免有一二松懈之处”[3],这实际又是针对戏剧性中的动作统一性、结构统一性原理而言的。结构统一性问题,早期新剧对此是有认识的。进化团钱逢辛根据吴沃尧的

〔1〕 马二:《啸鸿轩剧话》,《游戏杂志》第19期(1915年5月)。
〔2〕〔3〕 马二:《春柳剧场观剧平谈》,《游戏杂志》第9期(1914年7月)。

小说《情天恨》改编的剧作《恨海》初次上演时竟有23幕，其结构的松散可想而知。后有人将其改为19幕，但剧情仍不够紧凑，作品思想仍得不到有力的烘托，汪优游对该剧进行了大胆的删削，将它改为9幕，删去了一些旁枝杂蔓，如“八国联军入京”、“李鸿章议和”、“陈王公案”，从而使剧情更加集中、凝练，朱双云评云：“优游删芜存菁，编为合本，精神贯注，演者宗之。”[1]

进化团、春阳社尽管不是“为艺术而演剧”，但仍然是讲究戏剧性的，由于他们是从“宣传价值”角度来理解、接受新剧的，所以，剧中经常出现过于冗长慷慨激昂的台词，有些台词由于不是在人物和冲突发展的必然情势中出现的，不仅生硬，而且听来令人啼笑皆非，徒增滑稽之感，冲淡了剧本思想主题的内涵。有些剧作为了增加一点趣味性，迎合某些观众口味，增加了一些无关紧要的内容，如以反抗满清封建统治，拥护共和革命为主题的《黄金赤血》中调梅与妻子逃难躲进尼姑庵，发现尼姑与老和尚偷情一场，使原本连贯的积极主题被这一小小的插曲冲淡了，游离出主题的这段内容，使剧作整体的戏剧性受到了影响。

对于戏剧性的理解，还表现在对于“剧材”的选择上。以春柳社为代表的戏剧团体，在走向职业化过程中都曾考虑过选择一些“有戏”的素材来进行编演。从当时流行的题材来看，“红楼戏”、“聊斋戏”、“家庭戏”、“侦探戏”比较受观众欢迎。“红楼戏”是春柳剧场创始的，《红楼梦》中的许多情节故事本身就富有戏剧性，春柳剧场上演的《鸳鸯剑》、《王熙凤大闹宁国府》、《夏金桂自焚记》、《刘姥姥进大观园》等剧，均是《红楼梦》中曲折离奇、引人入胜的片断。不难看出，新剧家们在营造戏剧性方面是有自己独到的审美眼光的。

但是能发现这些剧材中蕴含丰富的戏剧性，并不代表能够驾驭它把握它。欧阳予倩根据“红楼二尤”改编的两部剧作《鸳鸯剑》、《王熙凤大闹宁国府》在情节处理上就欠火候，戏剧冲突的展开较为平淡，没有经由铺垫蓄势、高潮的发展过程，故而缺少一定的悬念效应。但也有一些成功范例，例如，天虚我生根据《聊斋》中的尤庚娘故事改编的新剧《生死鸳鸯》，剧中主人公金诚中与尤庚娘在逃避兵祸过程中，遭到了歹徒王十八的暗算，“戏”即由此展开，金诚中被王十八赶下水后，并未淹死，为尹仁员外所救，金诚中在发现

---

[1] 朱双云：《新剧史·轶闻》第1页，上海新剧小说社1914年8月版。

其父母均死以后，以为庚娘必死无疑，遂复出而从戎。尤庚娘为王十八掳回家中，她佯装屈从，智杀了王十八，后为王十九所追杀；情急之中跳河自杀，乡人为其志所感动，厚葬之。其实庚娘并未淹死，当她从昏迷中醒来发现自己已在墓中，而此时有两贼企图盗墓，救了庚娘。金诚中功成名就，渐渐淡忘了往日的悲伤，即与为尹员外所救的王十八之妻唐柔娘结为夫妻。一日出游时，偶与庚娘遭遇，夫妻终得团圆。金诚中"遇祸"、"被救"、"从戎"、"续弦"与尤庚娘的"遇祸"、"杀仇"、"获救"、"团圆"这些"事件"是戏剧情节中的一个个环节，从第一幕的"寇惊"到最后一幕的"团圆"，这些环节互相衔接，随着戏剧冲突的不断产生、戏剧情境的不断变化，戏剧悬念不断产生，《生死鸳鸯》这部剧作的戏剧性也不断增强，从而使该剧具有了引人入胜的观赏效果。

徐半梅创作的"言情新剧"《凯旋》，在构筑剧作的戏剧性方面可算是新剧中的佼佼者。这部作品通过两条线索来写两代人的感情纠葛。银行家夏静庵的养子夏心青与窦石翁佣人之女喜儿的爱情发展，成为作品的主线，而夏静庵与四嫂之间的感情为隐在线索。夏心青与喜儿的爱情遭到来自门户观念的挑战，心青的姑姑认为喜儿出身贫寒，欲将表妹许配给他；同时又经受着经济的考验，虽然夏静庵与十八年前离散的情人重逢，但静庵的银行却突然倒闭，给两对刚刚沉浸在幸福之中的情人心理上蒙上些许阴影，悲喜交加之中，传来喜讯，窦石翁的大笔财产使夏静庵的银行出现了转机，于是危机消除，皆大欢喜。剧作自四嫂出场开始，戏剧悬念开始产生，在一波未平，一波又起，一波三折中，戏剧性得以加强。在这部作品中，戏剧冲突不再是表面化的正面冲突，人物心理动机对立和撞击的强度和深度都与以前的作品相比有了很大的进步。

"所谓'戏剧性'，从实质上说，乃是戏剧艺术本质特性在作品中的表现。"〔1〕庞考克更通俗地指出，所谓"戏剧性""即有关一切突然的、惊奇的、骚动的和猛烈的事情，和一切有紧张特性的事件"〔2〕。"有紧张特性的事件"必然可以"引起感情反应"，自然也就会引起观众的"兴趣"。进化团、春阳社的一些早期剧作，由于不注重对"戏剧艺术本质特性"的追求，所以许多作品并未引起当时民众的广泛关注。《孽海花》、《宦海潮》、《秋瑾》等剧，都

---

〔1〕 谭霈生、路海波：《话剧艺术概论》第 173 页，中国戏剧出版社 1986 年版。

〔2〕 [英]庞考克：《戏剧艺术论》，转引自顾仲彝《编剧理论与技巧》第 94 页，中央戏剧学院 1979 年印。

存在这样的问题:过于单纯地展现某一外部行动,而忽视揭示产生行动的内心过程,割裂了“情境——内心——动作”三者之间的连锁互动关系。而春柳社、南开新剧团所编演的剧作如《黑奴吁天录》、《不如归》、《家庭恩怨记》、《一元钱》、《一念差》、《新村正》等,其在戏剧性追求过程中的成功之处正在“情境——内心——动作”三者的有机统一。

总体而言,近代通俗戏剧对于戏剧性问题虽不能从理论上认识,但在具体的创作实践中已有所感悟,并渐趋成熟。不过,近代新剧家更多地是从传统戏剧而不是西方话剧那里借鉴一些经验,比如注重选择一些新鲜、富有故事性、传奇性的剧材进行创作,因此戏剧性更多地是从剧场外部就已确立,如果舞台上能维持或追求更高层次的戏剧性,那么这样的剧作无疑是优秀之作了。

近代通俗剧舞台戏剧性的症结在于:剧作结构的松散、人物的杂乱,场次的繁多(有些剧作竟长达 40 多幕),造成了情节不够紧凑,头绪过多,主题得不到突出,节奏紊乱,很少能使情节、场景扣人心弦,即使像春柳社的《家庭恩怨记》、南开新剧团的《新村正》、《一念差》等也或多或少地存在着类似毛病。不过近代新剧对于话剧戏剧性也有意识或无意识地作了一些尝试。从近代新剧创作实践来看,有两种因素对于戏剧性的介入较为突出,一是新闻性,二是传奇性。

1. 新闻性对戏剧性的介入

在近代戏剧创作中,有一种题材类型的创作很为热门,在近代早期戏剧创作中也占据了很大的比重,这就是“时事新剧”。“时事新剧”是戏曲改良的产物。早在 19 世纪下半叶的中国戏曲舞台上就开始出现“素人演剧”。太平天国运动失败后,在上海的戏园里就上演过戏曲《铁公鸡》,写的是太平天国与清军之战,直接将时事搬上舞台,这出戏很卖座,连演十几场而不衰,反映了当时观众对时事新剧的兴趣。19 世纪 90 年代,上海发生了一桩杀人放火案,案犯是一个叫任顺福的仆人,于是舞台上出现了以社会新闻为题材的《任顺福》,成为轰动一时的剧目。1900 年南洋公学的学生演剧受改良戏曲的启发,编演了时事新剧《六君子》、《经国美谈》、《义和团》三部戏。此后南洋中学也演出了京剧脚本改编的新剧《张文祥刺马》、《英兵掳去叶名琛》、《张廷标被难》、《监生一班》四部剧作。汪优游兄弟组织文友会也演出了《3》、《江西教案》。据朱双云《新剧史》记载,1911 年秋徐半梅的社会教育团在上海谋得利戏园演出,“演《镜中影》、《猛回头》诸剧,卖座寥寥,及演上海时事剧《徐仲鲁》则观者拥挤”[1]。那么时事新剧为何会具有如此巨大的魅力呢?

威廉·阿契尔在谈到“戏剧性与非戏剧性”时认为:“关于戏剧性的唯一真正确切的定义是:任何能够使聚集在剧场中的普通观众感到兴趣的虚构人物的表演。”[2]贝克则认为:“戏剧性是能够产生感情反应的”东西[3]。我国学者谭霈生认为“作为构成情境因素的‘事件’,它是否具有‘戏剧性’,往往不取决于事件本身的严重程度,而要看它对人物关系及个别人物是否有真正的影响力和激发力,取决于它是否能对人物的内心世界激起强烈的回响,从而能够产生由内到外的动作过程。‘事件’作为‘情节’中的一个环节,它的‘戏剧性’也并不完全在于自身的严重程度,而是要看‘情节’中所应该包括的心理内容。”[4]从阿契尔、贝克到谭霈生的观点都突出了心理因素、情感因素在构筑戏剧性方面的重要性。时事新剧在“普通观众感到兴趣”、“产生感情反应”、“激起强烈的回响”等方面则早已超越了“虚构”故事本身。从审美心理的角度看,观众的注意与兴趣有着密切的关系。兴趣是客体的某些特征引起审美主体注意的结果。“时事新剧”因为它所写的是时事,而这些时事是在观众身边所发生的,因此自然而然的,观众对特定的新闻信息的关注与他的审美期待叠合在一起。而对于戏剧作品而言,能够引起观众审美期待的手段是“悬念”。有人认为悬念是“戏剧中抓住观众的最大的魔力”[5],有人认为:“引起戏剧兴趣的主要因素是依靠悬念”[6],贝克则把悬念看作是好剧本的重要条件之一。但“时事新剧”的剧本及其舞台表现并不以这一戏剧性取胜。其成功的关键在“时事”二字上,也就是说,新闻性诱导了观众的审美欲望,唤起并保持了观众的审美热情。观众关注的起初是事实,接着是演绎的事实即“故事”。“事实我知道,但戏是怎么演的我不知道,需要看一看。”这是一种观剧的普遍动机,“事实”是情节的素材,而观众对于戏剧中“事实”的想象、猜测,实际上说明戏剧性在情节的原始状态就已存在。如果我们从整个戏剧流程来看的话,戏剧性早在大幕拉开前就已产生了。场外场前“悬念”使大众变成了观众。而离开新闻性因素,这种场前戏剧性也就不可能产生。

---

〔1〕 朱双云:《新剧史·春秋》第 17 页,上海新剧小说社 1914 年 8 月版。

〔2〕 [英]威廉·阿契尔:《剧作法》第 42 页,中国戏剧出版社 1964 年版。

〔3〕 [美]贝克:《戏剧技巧》第 6 页,余上沅译,中国戏剧出版社 2004 年版。

〔4〕 谭霈生、路海波:《话剧艺术概论》第 180 页,中国戏剧出版社 1986 年版。

〔5〕〔6〕 转引自顾仲彝著《编剧理论与技巧》第 86 页,中国戏剧出版社 1981 年版。

近代社会处在世纪之交的历史转折期，动荡的时代、动荡的社会促使人们去关心自己、关心他人的命运。从媒体上获取新闻信息是一种重要方式，但是，近代中国社会的大众传播事业是欠发达的。例如清末四大奇案，人们只能从一些野史、笔记获得一些了解，但具体详情并不很清楚。人们获取信息的渠道只有依赖口口相传的人际传播，由于人际传播过程中信息的变异、乖误，使得人们迫切需要了解事实真相和事实过程，有些时事已成为旧闻，但人们仍想了解其真相与过程。这样，在当时能满足人们这一心理的就是戏剧。戏剧舞台能直观地展示事件发生发展的全过程。

新闻性对戏剧性的介入，就是要把新闻这种诱发普遍关心的因子移注于戏剧之中，使戏剧性具有了更加丰富的内涵。构成新闻事件的价值要素取决于内容的新鲜性、重要性、接近性、趣味性等因素。首先，尽管有些内容，人们已有所了解，但以戏剧这样一种特殊的“媒体”予以再“报道”以及这种再“报道”方式便具有了新义；其次，“报道”事实也往往是近代社会中发生的重大事件，无论是“张文祥刺马案”、“杨乃武与小白菜案”还是太平天国、义和团、戊戌政变，都是震惊全国的事件，都具有重要性；再次，《任顺福》、《徐仲鲁》都是上海发生的事件，这种在地理上、心理上的接近性，促成了当时上海市民观看时事新剧的热情；最后，观剧本身在中国人生活中就是一件趣味性的活动，而戏剧内容的新闻性使这种趣味性大为提高。

王钟声、任天知、郑正秋等近代新剧家，创作编写的《张文祥刺马》、《秋瑾》、《徐锡麟》、《黄花岗》、《窃国贼》、《蔡锷》、《邬烈士殉路》、《孙中山蒙难记》以及《杨乃武》、《义丐武七》、《股东欢迎梁总办》、《丁宝桢除奸》等剧，都是演绎近代真人真事，这其中“虚构”占了很大的比重，很多作品的“虚构”过于单纯化、简单化，因此仅靠舞台表现来吸引观众是很困难的，因为它的戏剧性很不够。显然，能够使观众涌进剧场的是新闻性因素。然而仅仅靠新闻性因素也不能使新剧维持长久，离开对于艺术情境、动作、冲突、悬念等基本戏剧性因素的追求只能导致戏剧本体的退化，从而丢失艺术追求的真正目标。新剧家们认识到新闻性对于产生戏剧吸引力的重要性，但却忽视了剧场阶段戏剧性对于激发观众审美欲望的重要性。剧场阶段由新闻性构筑的戏剧性已经中止，而让位于情节的戏剧性、人物的戏剧性，因此对于通俗戏剧而言，情节的丰富、曲直，人物的生动形象，是戏剧性赖以生存的土壤。在众多的“时事新剧”中，《张文祥刺马》、《丁宝桢除奸》是新闻性戏剧性结合得较好的两部作品。《张文祥刺马》原为京剧脚本，1907 年王钟声参照京剧脚本进行了重新改编。改编后的话剧剧本与原先的京剧脚本大不相同。京剧本共35场,从张乐行聚众起义、张文祥打抱不平路救陈金威叙起,到张文祥被魁玉处死。场景发生了多次变化,剧中人物众多而冲突的双方却不断发生变化,张文祥刺杀马新贻这条主线未得到突出,可以看出该剧是对新闻事实的平铺直叙。王钟声的话剧《张文祥刺马》则不同,首先他浓缩戏剧的内核,将张文祥刺马的主线突出出来。为了"减头绪",他将冲突集中设置在张文祥、窦二虎与马新贻之间,减去了京剧中的陈金威、黄英如、张乐行、石敬瑭等人物以及反面人物雷德胜、胜保、师爷等,由于陈金威这一人物的减去,王钟声将马新贻强占陈妻的情节,调整为强占窦二虎之妻,情节集中在"刺马"的准备、失败、成功这样的事件过程中,时间设定为一昼夜,场景也相对集中在小客栈、马府等几处。王钟声的大刀阔斧的改动,使京剧脚本原本拖沓的戏剧结构变得紧凑起来,人物形象也变得鲜明起来:张文祥的侠肝义胆、窦二虎的粗犷鲁莽、马新贻的凶狠狡黠等都栩栩如生,戏剧冲突由张文祥等人遭马手下人的监视、小荷花遭辱、窦虎被杀逐步推向高潮。生动而丰富的舞台表现克服了京剧脚本铺陈新闻事件而忽略戏剧性的缺点。

如果说新闻强调的是"新近发生的事实"的话,那么新闻性介入戏剧性后,则要求戏剧作品主要着眼于揭示事件的内幕性,展示"幕后之谜"。《杨乃武》、《丁宝桢除奸》满足了人们窥视新闻事件内幕的欲望。杨乃武冤案在当时可以说是家喻户晓,妇孺皆知。但具体的起因、经过是怎样的?人们不得而知。事件内幕即成为一种悬念,于是内幕如同剥笋一层层地暴露出来,内幕的展现不论它是精彩的还是不精彩的,都能具有很强的吸引力,这样戏剧性就与新闻内幕交织在一起。促使人们观看《杨乃武》剧的一是其内幕性,二是该剧情节曲折,富有戏剧性。同样,新剧家周天悲在表现丁宝桢智除安德海这一故事时也是努力把内幕性与戏剧性有机地统一起来。《丁宝桢除奸》(一名《安德海大闹龙舟》),从剧名上就可看出新剧家招徕观众的动机,显然作者有意制造内幕性悬念,宫廷斗争的神秘,官场的腐败、黑暗都极富内幕性,而人物行动、人物语言、人物之间的冲突、场景的变更则蕴含着丰富的戏剧性,内幕性加强了戏剧性,而戏剧性又使内幕性的展示更加生动、形象。英国戏剧理论家马丁·艾思林在论述戏剧性时说:"关键在于,要使观众对情节和人物同时发生兴趣。如果观众对人物不熟悉、不喜欢,因而不十分感兴趣,那么甚至最紧张的剧情也依然是没有效果的,基本上是不会令人感兴趣的。"[1]艾思林这里所说的虽然是作为艺术创造范畴的"人物形象"和"戏剧情节",但同样也包括作为生活原生态的"人物"和"事件"。人们对作为素材的人物或事件的熟悉和关切,诱发观剧兴趣,内幕性与戏剧性的交融既满足了人们对新闻深度模式的追求意愿,也满足了人们的审美欲望。因此,近代新剧家的创作策略就显得较为合理;由于内幕性因素承担了部分吸引观众的使命,所以艺术的生动性、丰富性就不再显得特别重要了。这是时事新剧拥有很好的观众市场的一个重要原因。

2. 传奇性对于戏剧性的介入

"甲寅中兴"时期,郑正秋、顾无为等人以《西太后》、《李莲英》、《武松》、《花木兰》、《貂蝉》相号召,一时观者云集。而这些剧作正是抓住了当时观众"极度的爱好新奇"[2]的心理特点。一般说来,人们往往都有一种本能的好奇心理,而多变的、新鲜的信息对于人的神经中枢是一种强刺激,容易引起审美的注意。"人情厌常喜新",为了充分调动观众的审美兴趣,就要求戏剧在内容方面推陈出新,出奇制胜。清代的戏剧家李渔就在《香草亭传奇·序》中曾指出:"情事不奇不传,文词不警拔不传。"因此他在《闲情偶寄》中主张"非奇不传"。传奇性故事在一定程度上满足了观众的好奇心,在观众的好奇心中,包含了他们对于世界、人生的兴趣,包含着他们对事物的评判及对于未来的憧憬,也包含着他们各种需要外泄的情感。要使观众自愿地走入剧场,就得强化作品的传奇性,以使作品的戏剧行动不一般地等同于观众所司空见惯的生活。以传奇性介入戏剧性是近代通俗戏剧吸引观众的一种有效策略。

《新茶花》是辛亥前后各剧团上演频率较高的一部剧作。它讲述妓女新茶花辛瑶琴从"堕劫、侠嫁、忍辱、屈身"到"窃图报国"的一个富有传奇色彩的故事。此剧就其结构而言,无甚惊人之处,但其吸引观众之处在于:一、茶花女故事,经过春柳社等剧团的搬演,已在观众中产生一定的影响,《新茶花》与《茶花女》之间存在着一段极有诱惑力的空间,各种奇妙的遐想都可以产生,因此《新茶花》一剧开演之前就具备了悬念性;二、妓女救国在当时宣传革命、救国的各种剧目中可以说是新鲜的,新茶花如何被骗、如何遭受屈辱、如何窃图救国,人们带着诸如此类的疑问走进剧场,显而易见,传奇性不能不说是一个重要的诱因。

---

〔1〕[英]马丁·艾思林:《戏剧剖析》第43页,中国戏剧出版社1981年版。
〔2〕朱双云:《初期职业话剧史料》第13页,独立出版社1942年版。

同样,1913年由顾无为编演的《孙中山先生伦敦蒙难记》,在高度商业化的"甲寅"前后上演并拥有很多观众,可以说也是充分利用传奇性来构筑戏剧故事的。孙中山在伦敦遭到满清爪牙的迫害以及逃离虎口等等经历,民众中有许多传闻,辛亥革命后,这一史实已富有了传奇色彩,因此编演这一剧目,极能吸引观众。该剧由于观众踊跃,引起了英巡捕房的恐慌,遂为英巡捕房所禁,几经交涉始得重演。《儿女英雄传》、《黄天霸》也是近代新剧舞台上常见的剧目,而"侠女十三妹"、"黄天霸"的故事早已家喻户晓,过去人们主要通过小说、戏曲或说书对这些故事有所了解,但以写实的新剧来加以表演则闻所未闻,这使得剧作具有了一定的悬念性。人们对这些传说故事本身就具有浓厚的兴趣,是因为这些故事的传奇色彩并未因熟悉而消除。我们看到上述诸剧与《十粒金丹》、《女侦探》、《风尘双侠》等在构筑剧作的戏剧性时均是把熟悉感、亲切感与陌生感、新奇感有机地融合起来。一方面,择"奇"而"传"本身就先自孕有了戏剧性;另一方面,剧作家又不一味寻求新奇,而是努力寻找传奇性与观众欣赏、选择趣味之间的对应关系。"确实,完全确定的情境(无新奇、无惊奇、无挑战)是极少引起兴趣或维持兴趣的。但是另一方面,当情境是过度复杂、新异、不定时,人也可能逃避到较少使人糊涂,甚至更少挑战性的情境中去。"[1]克罗齐论述的这一"规则",新剧家在实践中客观上已执行了。这也是《火浣衫》、《杀子报》之类"怪诞"、"离奇"的剧作不能长久搬演的主要原因。

传奇性的传说故事与观众长久禁闭性的悬念心境可以说是一拍即合,梦想重温这些故事的观众在好奇心的驱动下涌入近代剧场,我们不难发现,戏剧性的部分工程已先于大幕的开启而初步建筑完成。传奇性对戏剧性起着催熟、催生作用。

第二节　悲喜剧观念的逐渐成型
——剧作者初具戏剧类型意识

中国传统戏剧没有悲剧、喜剧的概念,当然也就没有严格意义上的悲、喜剧划分。"大团圆",自古以来成为中国人所津津乐道的传统审美心理模式。20世纪初王国维最早在他所写的《红楼梦评论》中对此作了一个基本

〔1〕［意］克罗齐等:《心理学纲要》(下)第384页,文化教育出版社1981年版。

的美学概括：

> ……吾国人之精神，世间的也，乐天的也。故代表其精神之戏曲小说，无往而不著此乐天之色彩，始于悲者终于欢，始于离者终于合，始于困者终于享，非是而欲餍阅者之心，难矣。若《牡丹亭》之返魂，《长生殿》之重圆，其最著之一例也。[1]

中国传统文化中的“圆满”的审美心理曾束缚和制约了许多代剧作家的创作。20世纪初，随着西方话剧艺术的传入，人们开始对“大团圆”进行有意识的反叛。

近代知识分子由于受西方人本主义哲学的影响，在看待现实人生时，看到的往往是令人忧患的不完美之处。生活中发生的许多悲剧，使他们在艺术创造过程中不再“用瞒和骗，造出奇妙的逃路来”[2]，而敢于去正视那残缺的人生、不完美的人生。然而此时人们写悲剧，却又对什么是悲剧一无所知。当时一个最普遍而简单的理解，悲剧即是让人感到悲哀的剧，剧作满足于使人伤感，能赚观众眼泪，即算达到目的。从一些剧作的类型“说明”中就可以看出来，当时新剧家关于悲剧的称呼各式各样，有“哀剧”、“惨剧”、“壮剧”、“哀情剧”等诸种称呼，这些名称只是对悲剧的一种表面化理解，从被标为“哀剧”、“惨剧”的剧作来看，大凡能引起观众同情心的故事，均可称为悲剧。被标为“七幕壮剧”的《青年》讲述了一个少年因父亲赌博而被卖，最后复仇的故事。虽说该剧具有一定的悲剧性，但还不是真正的悲剧，主人公复仇的成功，实际是正剧的结局。这种混乱不仅表现在对悲剧概念的理解上，还表现在戏剧的舞台表演上。有时为了吸引观众，不得不用一些滑稽小丑出来插科打诨，“志在令观众发笑”，全然不注意戏剧的悲剧氛围的统一性和连贯性。即使是对新剧本质有所理解的新剧干将李涛痕，其认识也存在一些问题：“虽有时悲剧中亦用二三滑稽人以作陪笔，万不可过甚，否则反宾夺主矣。”[3]李涛痕的这一观点，从传统戏曲角度来看，无疑是金科玉律，但从话剧文学的悲剧原理来加以考察，就会发现其中的问题。亚里斯多德在系统总结古希腊悲剧艺术的实践经验时指出，悲剧“是对于一个严肃、完整，有

---

〔1〕 王国维：《红楼梦评论》，《王国维遗书》第91页，上海古籍出版社1983年版。

〔2〕 鲁迅：《坟·论睁了眼看》，《鲁迅全集》第1卷第240页，人民文学出版社1981年版。

〔3〕 李涛痕：《论今日之新戏》，《春柳》第1卷第1期（1918年12月）。

一定长度的行动的摹仿……”“情节既然是行动的摹拟，它所摹拟的就只限于一个完整的行动，里面的事件要有紧密的联系，任何部分一经挪动或删削，就会使整体松动脱节。要是某一部分可有可无，并不引起显著的差异，那就不是整体中的有机部分”[1]。当人们从话剧本体艺术层面上对新剧的编演作进一步的体察后，发现集中、统一情调追求，在话剧中占突出重要的位置。新剧理论家马二先生在他的新剧理论系列文章《啸虹轩剧话》中认为：“新剧以有骨干为上，何谓骨干？剧中主义所在；而前后情节虽极错综，此主义必须通体一贯，故曰骨干，无骨干之剧，纵极炫耀变化，亦不过成一种无谓之热闹而已。”[2]这里所说的“骨干”、“主义”，也许主要指的还是某种“思想”、“意识”之类，但它应包括戏剧情调、情境的“通体一贯”，因此，他们才会格外强调“喜剧悲剧之宜分”[3]，“是故新剧分类实以悲剧喜剧为最简括而不可易也”[4]。写悲剧要有悲剧美的追求，不然剧情会有“反宾夺主”的现象发生。也就是在这个时期，在话剧舞台上出现了一些大体上遵循悲剧规范创作的戏剧作品，如《故乡》、《母》、《新村正》、《姊妹》、《法律》、《冯小青》等。

徐半梅(卓呆)较早对悲剧有所体验，他创作的《故乡》、《母》、《法律》在新剧文学界有着广泛的影响。《故乡》发表于1910年《小说月报》第4至6期上。作品不仅是中国最早的话剧作品之一，而且也是近代最早的悲剧之一。作品写了一个美满家庭合情合理的解体：主人公邓忆南为生活所迫出海遇险，在一个无人的荒岛上度过了10年野人般的生活，尔后遇救返乡，其间他的妻子丽珠以为他已死，为了生存与这一家庭的好友孙侣甫结婚，当邓忆南重新出现在世人面前时，一种不多见的“三角”关系摆在了作品主人公面前，悲剧降临了。邓忆南的悲剧可以看成是一个命运悲剧。他的出海、野人生活、妻子改嫁以及投海自尽，这一切似乎都是命中注定的。但作品的真正价值在于，作者揭去了千百年来“瞒和骗”的面纱，让人物面对、正视残酷的现实，而不给任何可以调和的机会，这样尖锐的矛盾冲突在无法调和的情况下，只能走向悲剧。《母》是一出家庭悲剧，它讲述近代社会道德崩溃给家庭带来的危害和冲击。我们可以看到，这部剧作与早期所谓的“悲剧”有了本质的不同。我们看到《青年》中的主人公的“自杀”缺乏产生悲剧性的根

[1] 亚里斯多德：《诗学》第19页，人民文学出版社1962年版。
[2] 马二：《啸虹轩剧话》，《游戏杂志》第19期(1915年5月)。
[3] 李涛痕：《论今日之新戏》，《春柳》第1卷第1期(1918年12月)。
[4] 马二：《戏学讲义》，《游戏杂志》第9期(1914年7月)。

源，随着“冲突”在“自杀”之前的终结，主人公的死就不再具备悲剧特性。而《母》中荔芬的死则是戏剧冲突发展的必然结果。当荔芬这样一个纯真的少年，看到父亲与艳紫的真实嘴脸后，顿时感到理想破灭；自己敬重的父亲，原来是一个“男盗女娼”之徒，而自己心目中的恋人也不过是一个妓女。在追求的“幻灭”面前，荔芬的死就具有了悲剧性，它体现了劳逊所说的“自由意志”与“社会必然性”之间矛盾冲突的不可调和性。《母》的悲剧类型意识非常强烈，悲剧性不仅是体现在一个荔芬身上，而实际上真正的悲剧人物是作为母亲的静枝。当她发现了平宝瑚的所作所为之后，最担心的是让孩子们知道这一切，而随着冲突不断蕴积，“潘多拉的盒子”终于被打开，悲剧由此进入高潮。像《母》这样情调统一、悲剧氛围浓烈的作品在近代还不多见。

《母》发表于 1916 年的《小说大观》第 6 期上，作品题下标明了“家庭剧”，它显示了近代通俗剧的悲剧观念已渐趋成熟。这在当时还是个别现象，徐半梅同年 9 月在《小说时报》上发表的《姊妹》、1918 年发表于《小说新报》第 10 期上的《法律》，都在悲剧美学上达到了一个很高的境界。而在此之前的两部剧作，刘半侬 1914 年发表于《中华小说界》的《战后》、天啸同年发表于《小说丛报》的《自由梦》，均是按悲剧模式创作出来，除了在舞台性和戏剧性等方面有少许缺陷外，如果仅从文学角度加以审视的话，它们都比其他新剧更接近于话剧艺术本体，这显然与作者比较清醒的戏剧类型意识不无关系。

与悲剧概念多少被人有意识地提升到美学境界中来审视相关，喜剧概念也被人从过去所不能有的立场上提出来加以厘定。早期新剧以“趣剧”、“滑稽新剧”、“滑稽戏”来称呼“喜剧”。显然是借用唐宋以来的传统戏曲概念。虽然中国古代戏剧中总有一些小丑类的人物出来插科打诨，活跃舞台氛围，但中国古代没有严格意义上的喜剧，只能说有喜剧因素而已。“旧剧无所谓喜剧，有诸自新剧始。”新剧倡导者认为：“喜剧非淫剧比也，观喜剧则心畅，观淫剧则心荡。”[1]其实他们所找的理由并不足以说明喜剧的特质，倒是在作者对当时喜剧演员的批评中，让我们看到了他们没有完全说出来的潜在意向：“海上旦角几无一善演喜剧者，于是演喜剧者莫不以丑角为之。”[2]喜剧演员并非是传统戏曲中的丑角可比，反过来也可以说，喜剧也不是传统戏曲中的插科打诨。以“突梯滑稽”“求悦乎里社”，“苟得妇孺一笑

〔1〕〔2〕　公展：《剑气箫心室剧话》，《新剧杂志》第 1 期（1914 年 5 月）。

即为极其能事”[1]，并不是真正的喜剧。虽然他们对喜剧的最高奢望也不过是“寓庄于谐”而已[2]，除此之外，他们也说不出什么了，但是他们能把喜剧与普遍的插科打诨分开，也就不容易了。

要摆脱唐宋滑稽戏、明清趣剧中的一味追求低层次的滑稽、油滑的做派殊非易事。从为数不多的喜剧作品来看，其中仍存在“胡闹”的倾向。任天知编剧的《共和万岁》有一场表现满清逃官狼狈相的戏，在剧中本是极好内容，但是由于作者将它处理成闹剧，作品的戏剧性受到很大的破坏，其中有一段对话集中反映了这种弊端：

道台众　大帅两字，在宣统御极之初，就已通行督抚禁用，现在的大总统，大元帅，大督都，皆是阶级取缔，咱们现在都做了亡官，官场上称呼应在取消之列。若说一概弟兄称呼，在尊卑长幼上，没有阶级的取缔，未免被文明人笑话。

藩台众　在阁下意思应该怎么称呼？

知府众　我的愚见，督、抚、司、道、府应分为五层，犹如曾、祖、父、子、孙五代的样子，制台称曾祖，抚台称祖，司称父，道称子，府称孙。

制台众　这一来，不是知府变了大众的孙子了。

知府众　名称所在，孙子就是孙子，什么要紧。

可以看到作者此处是用来讽刺满清政府及其官僚的种种丑态的，但为了取悦观众，所设计的这种“滑稽”与剧作的整体格调不太统一。砧声发表于1914年《中华小说界》第3卷第6期上的《广告》，标明是“喜剧”，整个喜剧情节类似滑稽小品：派的乌摩开酒店后遇到了竞争，派就让一美少年背后贴一纸条书曰：“吾今日饭于派的乌摩酒饭之店。”生意立刻转好。第二天饭店生意复归冷清。原来另一家饭店请该少年去吃饭，灌以烈酒，趁其酒醉不醒之际，将其抬至派的乌摩的门口，把纸条复置于胸前，食客见其所吐污秽，故避而不入。派又作另一广告，请肥瘦各二人，肥者在背上写着：“吾饭于派的乌摩酒饭之店”，瘦者则写“我则未也”。第二天生意爆满，第三天以为还会有很多客人来，但却门前冷落，因为与之竞争者，使手段贿赂了二位广告人，将

〔1〕 剧魔：《喜剧与悲剧》，《新剧杂志》第1期（1914年5月）。
〔2〕 朱双云：《新剧史·半梅本纪》第8页，上海新剧小说社1914年8月版。

背上的文字交换了一下。这样一个短剧，它具备了一定的喜剧性，但正如有些学者所指出的是“嘲讽有余，蕴藉不足”[1]。“闹剧”现象在当时较为普遍，当时上演较多的剧作《王老虎抢亲》、《双狮记》、《卖头》等，都存在取悦观众的一些庸俗“搞笑”内容。

最早从事喜剧实践的是徐半梅的社会教育团，他们所演的《谁先死》、《明盲目》、《遗嘱》、《闺门训》诸剧，“开趣剧之先河”[2]。《遗嘱》是徐半梅翻译的迈依休的剧作，发表于1910年的《小说月报》第1期。其后莎士比亚的《女律师》(也译作《肉券》，即《威尼斯商人》)、弗雷泽的《戌獭》、赖赛氏的《验心》、莫里哀的《守财奴》等剧均翻译介绍进来。然而这五六年间所翻译的喜剧作品并未对中国的喜剧创作产生多大的触动。砧声的《广告》、瘦鹃的《外交术》、徐半梅的《烟囱》在喜剧的美学追求上，还存在许多肤浅粗陋的缺点，喜剧性在这些剧中未能充分展现。

近代通俗喜剧创作值得一提的有张冥飞的《文明人》、欧阳予倩的《运动力》、小娲尽发僧(吴度，时任《苏州日报》编辑主任)的《新旧怪现状》。《文明人》最初发表于《七襄》杂志第1至第8期上，为六幕讽刺喜剧，它巧妙地嘲笑了某些自命为文明人的新派人物的言行。主人公贾人俊自以为留过洋，便认为自己思想最先进，最文明，他口口声声自由婚姻，然而当发现妻子与他人“有染”时，则无法忍受；他处处宣扬文明行为，却终日泡在妓院，过着纸醉金迷的生活。剧中诸如贾人俊逼高龄老母上学的情节令人捧腹。可以看出冥飞的这部剧作在构筑戏剧性上很下了一番工夫，所以作品的喜剧特征(喜剧人物、喜剧情节、喜剧构思等)都很强烈，表明它已是一部较为纯正的类型意义上的喜剧了。

欧阳予倩的《运动力》是一部五幕喜剧，这部作品讽刺那些革命后暴发的“新贵”，“把当时一班活动的人物讥讽得一文不值。结果是乡下人起来，把鱼肉乡民的绅士的房子烧了，重新举出纯洁的代表厉行村自治”[3]。作品中最显著的特色是人物刻画，作者将那些混迹于官场、投机革命的新贵们“运动”跑官的丑行活灵活现地描绘出来，强化了喜剧性格刻画的极端化和漫画化，实开中国现代话剧讽刺喜剧之先河。

取号为小娲尽发僧的《新旧怪现状》发表于《滑稽杂志》1914年第2期，

---

〔1〕 袁国兴：《中国现代文学结构形态研究》第206页，黑龙江教育出版社1993年版。
〔2〕 朱双云：《新剧史·春秋》第17页，上海新剧小说社1914年8月版。
〔3〕 欧阳予倩：《自我演戏以来》第29页，神州国光社1939年版。

作品以贾维新与甄守旧因观点不同发生冲突构成情节。贾甄的冲突，实际上是新旧两种文化的冲突，惯于用新名词包装自己的贾维新、抱残守缺的甄守旧都是作者所要摒弃的，剧中当贾甄二人扭打不解时，由挑粪的乡下人出面解决，讽刺二人争执的荒谬。这一讽刺喜剧以形象化的方式抨击了维新变革时期的某些怪诞现象，从而“将那无意义的撕破给人看”。

许多近代剧作家都认识到喜剧应当“寓庄于谐”。春柳社创办之初订立的《春柳社演艺部专章》中就曾明确规定：“偶有助兴会之喜剧，亦必无伤大雅，始能排演。”[1]近代戏剧家沈所一也指出：“我愿剧界多生滑稽派人才，粉墨登场，寓名言至理于诙谐之中，以挽我社会颓唐之风，则不特新剧之幸，亦我国前途之幸也。”[2]时任《中华民报》编辑的管义华也从社会价值的高处来认识喜剧的作用。他说：“喜剧之关于戏剧前途至为远大……然谓喜剧之难，十倍哀剧，人有疑之者，予不得不申论之。喜剧之在引人入善，与哀剧相等。然哀之入人易，且可由做作而来；喜剧平铺直叙，全自性之自然，不可假借，妙在有含蓄，使人感动于不知不觉之中，而趋于为善。”[3]这也可以算是对喜剧功能特性的最早认识。在对喜剧功能认识上，春柳社、春阳社等团体的认识是不断发展变化着的，创办之始，认为喜剧的作用主要是“助兴会”，所以剧中多滑稽小丑，多“无厘头”的“搞笑”手法。但到了辛亥革命之时，情况又发生了变化，喜剧批判现实的功能开始产生，以《运动力》、《文明人》为代表。辛亥革命之后，新剧蒙上了黯淡色彩，春柳喜剧内容也发生了变化，由原先取材社会现实之作一变而为创作改编迎合社会低级趣味的作品。张冥飞的《双狮记》、天虚我生创作的《风月宝鉴》等均在春柳剧场上演过。春柳社的情况在当时具有代表性。

事实上，在解决既能使戏剧符合时代精神而又能迎合观众审美情趣的矛盾时，大多数新剧团体不能把握自己的方向。“甲寅”之后，得辛亥革命精神滋养而刚刚萌芽的近代喜剧价值观念迅速崩溃，充斥舞台的是《王老虎抢亲》、《风月宝鉴》之类的“媚俗”趣剧。这一情况到“五四”前夜有所改观，但同时也意味着必须重新建立喜剧审美体系。徐半梅发表于1918年《小说新报》第12期上的“趣剧”《烟囱》，让人们看到近代通俗喜剧又从“媚俗”的泥

---

〔1〕《春柳社演艺部专章》，阿英《晚清文学丛钞·小说戏曲研究卷》第636页，中华书局1960年版。

〔2〕朱双云：《新剧史·杂俎》第19页，上海新剧小说社1914年8月版。

〔3〕义华：《戏剧杂谈》，《民权素》第2集（1914年7月）。

潭中爬出来，剧作隐约透露着阶级对立和劳资矛盾等取材于现实生活的内容，但作品的“喜剧性内涵”——笑却未能充分体现出来。同年，庆霖发表于《小说新报》第9期上的《离合自由》，讽刺现实生活中一些人借“婚姻自由”而朝秦暮楚的行为，但人物形象的夸张性、漫画性特征未能得到充分体现。这说明近代对于喜剧本体特征的探讨还在摸索阶段。

近代通俗喜剧创作实践表明，人们已初步形成一种喜剧观念，即喜剧是以怪诞、夸张等形式来干预现实、批判现实、泄导人性、娱乐人心的一种工具，人们在“会心一笑”中领悟深刻的思想蕴含。

第三节　写实戏剧的艺术学步
——从感性形态模拟到理性形态追求

欧阳予倩认为：“中国初期话剧从日本间接学习了欧洲浪漫派戏剧的创作方法。”“中国的初期话剧间接直接受了日本新派剧很大的影响，有不少戏是从日本搬过来的，这些戏都带着浓厚的浪漫主义色彩。”“所以初期话剧带着很重的浪漫主义气息是很自然的。但是也正因为要反映那个时代的现实生活，表现在舞台上的却是要求形象的真实，是比较写实的。”[1]这是欧阳予倩对整个通俗话剧创作的实际情况而言的。其实早在王钟声创办通鉴学校时，对于话剧写实主义特征就开始于不知不觉间有所体悟。通鉴学校所演的第一部剧作是《黑奴吁天录》，在这一剧作的演出过程中，王钟声用了布景，这是沪上观众“初次看见”。及至演《迦茵小传》，人们才对话剧的写实特征有了认识。徐半梅对此曾作记载：

> 开幕的一天，我正在楼上观剧，旁边坐的，就是春仙茶园的主人熊文通老伶工。我就回过头去，问他：“戏好不好?”他回答的话很妙，他说：“这不能当他戏看，要当他真的事看才有趣。”我听了，便作会心的微笑。……他们用象征的旧戏眼光来看，那末戏者戏也，虚戈为戏，凡台上一切，无非假戏假做。我的所谓戏，是直截痛快的描写社会，样样要假戏真做。[2]

---

〔1〕 欧阳予倩：《谈文明戏》，《中国话剧运动五十年史料集》第89页，中国戏剧出版社1958年版。
〔2〕 徐半梅：《中国话剧诞生史话》，《杂志》第15卷第2期(1945年5月)。

徐半梅这里所说的“直截痛快的描写社会”、“假戏真做”,正是道出了写实戏剧的本质。近代通俗话剧学习写实主义是全方位的,从不知话剧为何物,把话剧理解为发表“言论”的剧,到否定写意、象征因素而突出其假戏真做的特征,这有一个质的飞跃。从舞台表演看,早期的学生演剧到通鉴学校以前的戏剧只学到了西洋戏剧最简单、最皮毛的东西——分幕和布景。通鉴学校以后,才“像了话剧的型”[1]。汪优游在谈到进化团的演出时说:“此时的新剧,的确比‘学生戏’进步得多了,他底特色有三点:(一)废除锣鼓;(二)分幕;(三)布景。”[2]这些还只是说到了当时舞台的一些表面的东西,其实此时进化团的演出,已经摸到了话剧表演幻觉化、写实化的基本特点。春柳社以及新民、民鸣的一些演员,在体验角色方面,还是很下了番工夫的。欧阳予倩说:“有些演员为着演某种角色的确下了不少工夫去研究,例如王无恐、陆笑吾演道士,就真的请道士来做一次道场,花钱向他们学会了念咒、敲击法器,所以他们一上台,观众一看就发出惊奇的笑声说:真像!真像!还有些角色,如妓女、流氓、巡捕、算命先生、鸦片烟鬼、拆白党等等,他们的语调、语气、职业的习惯动作,真是极细微的地方都体会到了。”这是中国戏剧较早的“体验派”表演艺术尝试。从这里也可以看出,一些戏剧家的创作活动还是相当严肃的。在当时注重通过形体模拟真实生活,已难能可贵了,像这样认真从事戏剧创作的不乏其人。《菊部丛刊·品菊余话》载:“海上做工老生二人,一即俊贵卿,一即潘月樵也……月樵固富有思想者,演戏一本剧情,体贴之真,表情之切,一一胥入骨里。”近代从事新剧表演的新剧家都认识到话剧是“以真情出之”。新剧家汪优游在谈到表演的“写实”特征时说:“演新剧者须事事求合情理,扮某甲则己身某甲,串演某事即身历某境。演者苟以真情出之,看客无有不被其撼动之。”[3]话剧的舞台表演和动作都必须是生活化、世俗化的,必须符合生活的真实逻辑。所谓“以真情出之”,就不仅仅是追求外在动作的肖似,还应当包含了对剧中人物真情实感的体验。陶报癖在《余之新剧观》等文中,提出演员体验角色“须若身入其境”、“亲握其人”,认为:“欲求其描摹之逼真、神情之逼肖,不外演者之心理,以剧字置之意外,须若身入其境。”[4]演员的角色意识的形成,经历了一个摸索、体验过程,新

[1] 徐半梅:《中国话剧诞生史话》,《杂志》第15卷第2期(1945年5月)。
[2] 汪优游:《我的俳优生活》,《社会月报》第1卷第1期(1934年1月)。
[3] 仲贤:《新剧丛谈》,朱双云《新剧史·杂俎》第30页,上海新剧小说社1914年8月版。
[4] 《繁华杂志》第4期(1914年12月)。

剧创始初期类似朱双云生吞蜡烛之类的笑话层出不穷。而《不如归》、《空谷兰》、《恨海》诸剧，由于扮演主人公的演员初步形成角色意识，把握到了角色的真情实感，所以能够产生很好的剧场效果。

近代新剧尝试写实戏剧还表现在舞台道具、布景的使用上。王钟声的春阳社在上海兰心戏院首演《黑奴吁天录》，其成绩徐半梅概括为两点："王钟声只介绍了两件事给观众：(一)戏是分幕的……(二)台上是用布景的。"这表明新剧开始向旧剧体制告别。及至郑正秋办新民社，对布景、道具的设计更为讲究，为了适应话剧的表演体制，郑正秋改造了上海旧戏舞台，用高薪聘请日本画师设计布景。《空谷兰》等剧之所以能吸引观众，除了情节内容以外，与逼真的舞台场景设计也不无关系。以当时的观众水平，还不能从舞台幻觉中间离出来，所以普遍的情形是"当他真事看"〔1〕。

南开新剧团把编演新剧看作是件很严肃的事，"布景也极讲究"〔2〕。从1914年所演《恩怨缘》的剧照可以看出，山影雪景，历历在目，而《一念差》、《一元钱》诸剧楼台庭院悉与现实生活无异。《一元钱》第一幕布景，剧中人推窗一望，明月当空，观众宛如见到真景，惊叹不已。《新村正》一剧布景尤为奇特，观众赞叹："如真天然，而鲜丽之色盖有加焉。"〔3〕用布景制造一种幻觉效果，产生情景交融的意境，使剧情更为感人。确实收到了"辅以背景而情益肖"〔4〕之效。

在剧本创作中，执新剧写实主义创作之牛耳的当推南开新剧团。1916年，南开新剧团已从对话剧"写实"特性的研究演进到自觉地追求与倡导阶段了。

南开新剧团以更为开阔的视野，放眼世界剧坛找差距，汲营养，判明前进的方向。他们说："方之欧美，不啻幼稚，去新剧之真精神远矣。"〔5〕中国的新剧，源自欧美话剧现实主义传统，所谓"新剧之真精神"，当然是指欧美现实主义话剧，当时译为"写实主义"的"真精神"。他们向往与追求的正是"写实主义"戏剧。1916年南开校庆之际，当深受欧美影响的现代独幕剧《醒》(张彭春创作)问世时，他们不禁欢呼："欧美现代所时行之写实剧，

〔1〕 徐半梅：《中国话剧诞生史话》(下)，《杂志》第15卷第3期(1945年6月)。

〔2〕 胡适：《谈南开新剧》，《南开话剧运动史料》第425页，南开大学出版社1984年版。

〔3〕 李德温：《记国庆本校新剧之布景》，《南开话剧运动史料》第410页，南开大学出版社1984年版。

〔4〕 周恩来：《吾校之新剧观》，《南开话剧运动史料》第11页，南开大学出版社1984年版。

〔5〕 李福景：《京师观剧记》，《敬业》第4期(1916年4月)。

Realism 将传布于吾校。”[1]他们是怎样在纷纭变幻的世界戏剧大潮中抉择去取，明确了“写实主义”的方向的？周恩来的《吾校之新剧观》一文具体地阐述了这个问题。

《吾校之新剧观》最初发表在南开《校风》1916 年 9 月第 38—39 期上。全文共分两部分：第一部分，“新剧之功效”，讲新剧“开民智，进民德”的社会教育作用，批判旧戏“导淫毁俗”的弊害，在当时是有进步意义的；但对新剧社会功能的过分夸大，却又落入一般新剧理论的窠臼了。第二部分，“新剧之派别”。主要考察欧美戏剧的种类和潮流，借以认识“吾校”和社会上的新剧所处之地位，倡导“写实主义”，是文章的精华部分与核心所在。

作者在对欧美戏剧的考察中，首先注意到悲剧、喜剧和感动剧等戏剧种类的区分，继之介绍了自古迄今欧美戏剧潮流所经历的三个时期：古典主义、浪漫主义和写实主义。其中，着重介绍了“现代写实剧”。他说：“现代写实剧者，乃最近七八十年戏曲，其意在不加修饰而有自然实际及客观之趣味。此种剧旨，更为锐进而成空前之发达。惟现代写实剧时代，发生两大潮流：其一表现极端之理想主义，其二偏于极端之写实主义。”应该说，作者介绍的欧美戏剧类别和潮流沿革，并不全面，如崛起于 19 世纪末和 20 世纪初欧美剧坛的象征主义、表现主义等现代派思潮，就没有提及，这不能不说是一个缺憾。但如此比较系统地介绍欧美戏剧类别和潮流，传播世界先进戏剧文化观念，确是中国初期戏剧理论史上少见的。特别值得注意的是，作者在介绍欧美戏剧潮流时所流露出来的戏剧美学观念与倾向。他所倾心和向往的，乃是“不加修饰而有自然实际及客观之趣味”的“写实主义”戏剧。作者之所以看重“写实主义”戏剧，一则因为“此种剧旨，更为锐进而成空前之发达”，是现代先进的戏剧潮流；二则是“吾校”（南开学校）有成功的“写实主义”的新剧实践，对其优长与功效有较深的感受与体会；而尤其不容忽视的是，作者“改良社会”的“纯正宗旨”与宏大抱负。在他看来，“写实主义”戏剧那种“不加修饰而有自然实际及客观之趣味”，可以“感昏聩”，“化愚顽”，“开民智，进民德”，使神州古国“或竟一跃列强国之林”。可见，他倾心和向往“写实主义”戏剧，当然有他个人的审美理想与旨趣，但这又是同他对中国国情和变革现实需要的思考密切联系在一起的。《吾校之新剧观》的真正理论

〔1〕《校闻·新剧筹备》，《校风》第 38 期（1916 年 9 月 18 日）。

价值和美学价值，就在于介绍和传播欧美戏剧文化观念时的那种立足中国社会现实抉择去取的明敏眼光与自我意识。“今先言吾校新剧，于种类上已占其悲剧感动剧位置；于潮流中已占有写实剧中之写实主义。”若社会间所演之新剧，所谓“悲剧”、“喜剧”、“感动剧”，“观者或厌恶久生，或时流淫佚，伤风败化云耳”，都难以入于纯正新剧之类别；至若按之以潮流，“则不仅写实主义不得望其项背，即浪漫、古典二主义，亦不能若旧戏之饶有神味也”。作者可谓高屋建瓴，洞烛入微，分析批判，切中肯綮，从而认清“吾校”、我国新剧现状，明确“写实主义”的方向。作者写道：“吾之主旨，又非纯求合乎欧美之种类潮流，特大势所趋，不得不资为观览，取舍去留，是在吾人之自择耳。”倡导新剧的“写实主义”，正是作者的“主旨”之所在。南开新剧团的写实主义理论，较为集中地从当时的剧作中表现出来。《新村正》是较为典型的写实主义剧本。这部作品以代表农民和新兴资产阶级利益的人物李壮图与土豪地主买办之间的矛盾冲突来揭示当时的社会现实，反映了辛亥革命的不彻底和封建反动势力对新生进步力量的扼杀。这部作品上演之后，很快获得广泛好评，这里不妨引一段当时的剧评：

> 《新村正》把社会上的一切罪恶，一切痛苦，都完完全全的表现出来，绝没有一点修饰，这就是重实际。编剧的人，用冷静的头脑、精细的眼光，去观察社会，将他的事实一桩一桩的写下来，让人去细想，自己不加一点批评，这就是客观的批评。〔1〕

剧作成功地塑造了李壮图与反面人物吴绅的形象。李壮图的年轻而富有锐气，吴绅的阴险狡猾，都栩栩如生。作品中的语言也有着浓郁的生活气息，语言能符合人物身份、性格，说一人，肖一人。如绅士、买办、官僚、富商、女仆、无赖等全用不同的口吻。即使是相同身份的人物，也能从对话中显示出不同的个性。下面我们看《新村正》里四个豪绅的一段对话：

吴　魏大爷在这等着，人家是忙的。大家赞成办，赶快签字！
　　（吴将合同取去，置几上）
王　吴二爷，咱们这事很要紧，我们总得仔细想想，若是闹出个差

〔1〕 高秉庸：《南开的新剧》，南开《校风》16周年纪念号特刊（1930年10月）。

错来,谁担待得起呀!

冯　还是那句话,我说得推敲推敲。

吴　同你们几位办事,真不容易,要吃鱼,又嫌腥,一点决断也没有。咱们要是害怕,从前就不该上外国公司借款。早不害怕,这会儿没法子啦,又想起害怕来啦,这不是可笑吗?你们几位要是不赞成我的主意,由着你们几位自己办;公司要钱,你们想法子还,要是闹出个差错来,你们负责任,没我的事。(吴起立,魏亦随之起)这不是经理吗?你们爱怎么办怎么办!

翁　(起立)亲家,别着急,事情商量着办,请坐。魏大爷也请坐。(吴、魏、仇均原座)

赵　得啦,诸位别再说啦!吴二爷要是一不管,咱们谁办得了?据我看,咱们赶紧画押吧!(起立,向吴前)来,我先画!

从这段对话可以看出冯、王二绅的胆小怕事,赵绅的爽直豪横,周翁的善良软弱,吴绅的狡诈阴险。有些对话不仅能表现性格、体现主旨,而且富有风趣和哲理性。如《一元钱》中孙慧娟与田妈、田妈与孙思富的对话;《一念差》中叶中诚与王守义的对话,都有着其广泛的生活基础,是从生活中提炼出来的。从这里我们可以看到,南开新剧团无论是剧材的选择,人物形象的塑造,语言形式、布景道具的设计,均达到了一个相当的高度,在近代话剧实践中具有一定的超前性。

近代通俗戏剧的写实主义观念的形成经历了一个逐步完善的过程。开始阶段,人们不能区分中西戏剧体系的本质差异,写实、写意混为一合,有些剧团在演《张文祥刺马》一剧时,人物对着后台喊"马来!"上场仍走"急急风"的台口。当然,这种不伦不类的情况,与新剧受改良戏曲的影响不无关系。新剧被广泛演出之后,特别是一些新剧家在观摩了西方话剧之后,已经能够从对话剧"写实性"的感性形态上的模拟,进入到一种理性形态的追求。"五四"以前的新剧实践,经过了两次蝉蜕:第一次是话剧从"文明新戏"中脱身出来,摒弃了旧剧的虚拟化、程式化;第二次是话剧从外在形式的模拟进入到对"写实性"戏剧的自觉营造。前者以春柳社、春阳社的作品为代表,后者以南开新剧团的作品为代表。尤其重要的是,南开新剧团的话剧实践和美学追求虽然还缺乏一定的理论深度,尚未触及戏剧美学的根本,但却为"五四"以后的现代戏剧打下了良好的基础。

结束语：现代大众戏剧对于通俗剧的超越

“五四”时期，一些从事通俗戏剧的剧作家认识到了当时话剧存在的许多弊端。汪仲贤是“五四”时期勇于探索的剧坛“骁将”，他在上海组织上演《华伦夫人之职业》的演出失败后，终于认识到，中国目前观剧界中“眼界高者”究属少数，大多数还是一般“俗人”。“我们借演剧底方法实行通俗教育，本是要去开通那班‘俗人’的啊，如果去演那种太高的戏，把‘俗人’统统赶跑了，只留下几位‘高人’在剧场里面拍手掌‘绷场面’，这是何苦来！”他认为今后的努力方向应是：“我们演剧不能绝对的去迎合社会心理；也不能绝对的去求知识阶级看了适意。拿极浅近的新思想混合入极有趣味的情节里面，编成功教大家要看底剧本，管教全剧场底看客都能情情愿愿，从头至尾，不打哈欠看他一遍。”基于这种认识，他创作了《好儿子》，在他看来，这是一部“适应一般看客的眼光”、“事实明了”、“意义浅显”的剧本[1]。《好儿子》是一部家庭戏，但与以往家庭剧相比有了很大的进步。当时一位叫雪的评论家著文指出：《好儿子》是一部描写不良社会现实与传统的家庭制度逼人去做犯法勾当的戏。“这个独幕剧在舞台上演来虽只四十分钟，可是感人的力量真大，包括的问题真多哩！在这篇剧本里，我们看见旧家庭制度的杀人不见血，社会经济制度的逼人为恶。……像这样的抉出社会的灵魂，把它呈现于我们眼前的剧本，确是今日的剧界不多见的。”[2]

早期戏剧理论家宋春舫针对“五四”时期的“主义化”倾向，提出“非主义”的观点，他甚至要求人们放弃西洋的“问题剧”，而去采用脱离生活、曲折热闹的“善构剧”（即“佳构剧”、通俗剧）形式，认为剧本“不独迎合社会少数人之心理也，而尤当迎合多数人之心理”[3]。陈大悲在“五四”前曾从事过

---

〔1〕 以上引文均见汪仲贤《好儿子》，《戏剧》1卷6号（1921年10月）。

〔2〕 雪：《戏剧协社的三出独幕剧》，《文学周报》第152期（1924年12月15日）。

〔3〕 宋春舫：《中国新剧剧本之商榷》，《宋春舫论剧》第1集，中华书局1923年版。

大量的通俗剧创作,“五四”时期他创作了《幽兰女士》、《英雄与美人》、《维持风化》等作品,深受观众欢迎,可是这些作品不能完全与“五四”时代精神合拍。向培良说他的作品是“官感底刺激,趣味底创造”[1]。确实,《英雄与美人》一剧沿用旧通俗剧的做法,“他不断用妓院的情形、愚傻的人、兵变、手枪、情话、娈婉、阴谋、奇特的设计、自杀和杀人、忏悔这一些激起感觉底情趣的东西来刺激观众,把观众放在惊奇、疑猜和快意中”,“教训、警戒、恐吓这三分子随处都在这一派的剧本里可以发现。浅薄的社会主义思想,加上官感的趣味,这就是他们剧本的主要成分”[2]。显然,向培良是从“五四”时代精神的要求来审视陈大悲这部作品的。也有与向培良看法不同的,独见在看了《英雄与美人》之后,则发现其情节“非常紧凑!他的会意,非常玄妙!”他认为:“《英雄与美人》意在宣布英雄与美人的死刑,从头至尾,处处描摹英雄与美人的龌龊!在在暴露英雄与美人的丑态!可以使观众晓得英雄所以成其为英雄,美人所以成其为美人,原来是那么一回事,可以减少崇拜英雄与美人的信仰……”[3]

这一时期的通俗剧作品尚有陈大悲的《文武香球》,刘观澜、刘观海兄弟的《恶家庭》,蒲伯英的《道义之交》、《阔人的孝道》等,这些作品或揭露旧家庭、旧婚姻制度的罪恶,或抨击炎凉世态,或讽刺虚伪的孝道……都在当时剧坛产生了较好的影响。

“五四”运动以后,中国话剧运动有了新的发展。当时很多人在总结近代戏剧的利弊得失时,得出一个结论,认为中国戏剧不能走职业化道路,因为职业剧团易受商业剧场的支配,不可能自由追求艺术。而认为走“爱美剧”——非职业的戏剧道路才是中国戏剧发展的方向。从事爱美剧运动的中坚分子,他们向往欧洲近代剧,接受了现实主义创作方法,系统全面地介绍了易卜生、萧伯纳等作家作品,以革新的姿态倡导科学的现实主义。初期话剧实践中形成的中国化传统随之也被否定了。

20年代以后熊佛西、陈大悲的“大众戏剧”、“农民戏剧”虽然是试图使戏剧走通俗道路,但终究不是原初意义上的通俗戏剧,而是欧阳予倩所讲的贴近群众的为工农大众服务的戏剧。“五四”新文学运动之所以不能深入下层民众,其原因即在作品形式上难以为民众接受,因此要实现文学的大众

---

〔1〕 向培良:《中国戏剧概评》第25页,泰东书局1928年4月版。

〔2〕 向培良:《中国戏剧概评》第26页。

〔3〕 独见:《看了〈英雄与美人〉之后》,《晨报附刊》(1921年12月7日)。

化、通俗化，就必须将旧形式当作大众文化水准与觉悟程度发展现阶段所仅有的大众形式，在与现实性内容的结合中加以扬弃，促其蜕变。这是当时大众文艺的总体倾向。茅盾指出："20年来旧形式只被新文学作者所否定，还没有被新文学所否定，更没有被大众所否定。……新文学作者所当引以为惧的，倒是新文学的老停滞在狭小的圈子里。所以大众化是当前最大的任务。事实已经指明出来：要完成大众化，就不能把利用旧形式这一课题一脚踢开完全不理！一脚踢开是最便当不过的，然而大众也就不来理你。文章下乡、文章入伍要是仍旧穿了洋服，舞着手杖，不免是自欺欺人而已。"〔1〕茅盾要把通俗化与质的提高结合起来。

抗战期间，适应着一般民众对戏剧的需求，通俗戏剧的编演特别活跃：在传统的戏曲形式之外，街头剧、游行剧、灯剧、仪式剧、活报剧、报告剧、群众歌诵剧、综合宣传剧、田间剧等各种名目的戏剧样式，也在努力向着"通俗"这一要求靠近。这些新型通俗剧种的涌现，使这轰轰烈烈的大时代的行进更加有声有色。

当时好些戏剧团体，都十分注意通俗新剧的编演。譬如国立剧专在它编印的《国立戏剧专科学校一览》中即有这样的记述：

> 本校负有推行社教之特殊任务，一切设施，均以教导民众为中心，历年以来，对于公演剧本之选择，大都以此为准则。抗战开始之后，所演剧本，类皆属于抗战宣传，收效甚大……
>
> 在今天的现实社会情况下，根据当年的时代背景，是不是可以创作一些街头广场上演出呢？完全可以。譬如我们就可以编导一个以揭发卖假药而坑害群众生命而最后这个卖假药者被公安人员带去派出所审查的戏来演出。还可以编导一个"倒爷"在街头上进行投机倒把活动而被"群众"识破的戏在街头上演出而教育群众。就以现在的社会背景来看，以街头上"偶发事件"为戏剧题材的东西还是很多的。总之，街头剧的特点，就是它的内容要与时代精神合拍。〔2〕

这段"题外话"，或许可以作为我们进一步思考抗战中发育起来的通俗

---

〔1〕 茅盾：《大众化与利用旧形式》，《文化阵地》1卷4期（1938年6月）。

〔2〕 洪深：《抗战十年来中国的戏剧运动与教育》，《洪深文集》第四卷第231页，中国戏剧出版社1960年版。

戏剧艺术和社会生活的关系一参考吧。

欧阳予倩把通俗话剧视为中国话剧的一个流派[1]。本体意义上的通俗戏剧以娱乐消遣为第一目的，教育批判功能是次要目的。从这一点上来看，现代话剧中的“街头剧”、“活报剧”，从本质说是大众宣传戏剧，并不是本体意义上的通俗戏剧，在整个现代通俗文艺中，通俗喜剧的出现无异是绽放了一朵奇葩。它既不是传统的旧形式，也不是移植的欧美文艺形式，而是一种独具创意的崭新的艺术形式，带有通俗戏剧色彩。亦谐亦庄；既通俗，又能雅；既能上大都会舞台，亦能舍去繁复道具之助“下乡入伍”；更令人叫绝的是，它的活力至今未有稍减！育才学校演出的《啷格力》，钟锄云的《李仙娘》，丁洪等的《抓壮丁》等，都产生了极其广泛的影响，在艺术“质”的提高和通俗化程度上都是完美的结合。

值得一提的是流行于抗战时期的一种喜剧形式——谐剧。谐剧的创造者是当时只有 20 多岁的四川青年王永梭。当国立戏剧学校内迁入川时，他在这所学校里接受了较为系统的戏剧教育。1939 年，他在剧本《卖膏药》的创作中创造了一种新颖的戏剧形态，并亲自参加表演。这种新颖的艺术样式使普通观众与戏剧界专家均发生了极大的兴趣，这给了他莫大鼓舞。从此，他一发而不可收，按着《卖膏药》的路子，接连写出了《扒手》、《赶汽车》、《化缘》、《茶馆图》、《喝酒》等脍炙人口的剧作；而在这一过程中，谐剧的一些基本特征也随之固定下来了。

谐剧演出中，出场的只有一位主要人物，其他的在场人物都是虚拟的；作者通过主人公与这些虚拟人物的对话交流，表现出他们之间的相互关系与矛盾冲突，从而展示作品主题。它关注现实生活，取材于人们所见所思的世情世态，又集喜剧、相声、漫画之长，采用通俗而幽默的表现形式（特别是运用了俗白而风趣的四川方言），寓庄于谐，故一般文化程度不高的老百姓也喜闻乐见。

生活时时给艺术家以启示，生活本身甚至就蕴含着许多初始的戏剧形态。从王永梭谐剧处女作《卖膏药》的题材选取与他在这一剧作中首次采取的独特表现方法来看，可以发现，作者如何从这种启示中获得了艺术创造的灵感。

《卖膏药》是王永梭谐剧诸作中最逼似生活原态的一种。这个作品素材

---

〔1〕 欧阳予倩：《谈文明戏》，《中国近代文学论文集・戏剧、民间文学卷》第 318 页，中国社会科学出版社 1982 年 7 月版。

本身具备的种种特点,为王永梭的谐剧艺术提供了绝好的创造机缘。

卖膏药是人们习见的一种跑江湖的糊口行当。为了混得一口饭吃,以此为“业”者,除了须会要弄一些简单的把戏之外,尚须善于揣摸大众心理,习得伶牙俐齿,如此方能引动看客掏钱。扯开场子之始,卖药者面对的只是一个潜在的对话群体;他们当中,有性别、年龄、身份等种种的不同,卖药者必须从他们想看热闹这共同的一点出发,引出话题,同时还得密切捕捉他们的种种反应,随时更新话题。卖药者之能滔滔不绝说下去,观众之能久听而不厌者,全赖这种逐步建立起来的心理交流以及卖药者流畅熨帖、生动俏皮的语言本身的魅力。而王永梭的《卖膏药》所采取的表现形式,恰恰切合了题材的这些特点。他笔下那些沉浮于市民社会中的各色人物,都在剧本中获得了一个表现的机会;他们在这一特定时间被激活起来,于多元的交流中充分显示了个人与社会群体生存的环境和心理状态。

《扒手》一剧,是要洗去社会泼在穷人头上的污水,抗议社会在物质与精神上对穷人的残酷掠夺。考虑到扮演了“扒手”这一社会角色的穷人所处的非人化的地位,作者为主人公挑选的第一个语境是:深夜空无一人的广场上与阿弥陀佛石像的对话。将石像加以拟人化,作为想象中唯一公正的交谈对象,在它面前倒出满腹冤屈,这种行为方式本身的荒谬就说明了社会的荒谬。而在第二个语境中,“扒手”的对话者已是一伙拷问他的警察和店老板了。在这里,“扒手”的惊恐瑟缩和辛酸愤懑得到了最充分的表露,极为鲜明地表现了认定“穷比偷还有罪”的社会对穷人的迫害。

在《赶汽车》里,作者由“衣食住行”的“行”字为社会画了另一角度的速写。作者所选取的车站与公共汽车,是八方乘客汇集的场所,也是种种传闻、议论、牢骚与种种争执、通融密集缠杂之处。剧中出现的这位乘客面对的是:以票谋私、不负责任的车站售票员,猖獗横行的票贩子,不断抛锚的破汽车和见惯不惊的司机,以及吃尽苦头而无比焦灼愤怒的同行乘客。这些“人物”在他身边不断转换,他的交谈也就具备了各种内容,折射出周围的各色心态。他时而振奋,时而愤懑,时而庆幸,又时而沮丧,最后终于陷入绝望。于是,在主人公与虚拟客体的多元交流中,一幅“行路难”的朽败社会形相便立体地呈现在人们面前了。

而《茶馆图》一剧则是用了“茶馆”这一中国社会最能表现闲暇和无所事事的场所来刻画某些人空虚无聊的精神状态——闲人们在这充分闲暇化了的场所里便生出了无限多的说闲话的机会。剧中这位“职业”茶客,绞尽脑汁从茶馆和茶友身上寻找话题以引发“宏论”。他研究厕所、研究麻将、解析“茶”字,无一不透着无聊,然而他偏偏又要把这无聊装扮起来。最有意思的是,他为了显示自己的高雅,扯出曹禺的名剧《北京人》大谈特谈,意欲借此谬托知音,然而他最为激赏并引为同调的却是剧中人那番关于喝茶的妙论。这构成了绝妙的反讽。

由于现代戏剧肩负着反帝反封建的历史使命,其创作被纳入了时代的总的命题之中,崇高的主题取代了普泛的人道主义立意,使得近代戏剧获得了超越的机会。同时近代戏剧的职业化尝试也为现代戏剧通俗戏剧的发展提供了宝贵的经验教训。

第七编

通俗期刊编

汤哲声 撰

引　　论

19 世纪末到 20 世纪的 1949 年，是中国文学发生激烈变化的时期，也是中国文学期刊的发生发展时期。

文学期刊是中国文学史上的一个新事物。它的出现使得中国文化的个体意识逐渐向群体化、集约化靠拢，对中国的近现代文化文学结构的构成影响极大。在近现代中国，每一份文学期刊周围都围绕着一群文化人和作家，他们之间的观点并不尽完全相同，但其基本倾向是大体一致的，这些文学期刊也就成为中国近现代文化流程中的一个个区域。文学期刊是作家发表作品的阵地，中国近现代文学史上众多的优秀作品均在文学期刊上首先发表，同时，文学期刊都是某个社团流派的窗口阵地，均有各自的文化倾向。文学期刊的文化倾向对作家的创作产生了制约的作用。它要求作家创作出符合自我文化价值的作品，否则就不予接纳。所以说中国近现代文学史上的很多作品既具有个人的色彩，也具有文学期刊的色彩和创作群体的色彩。

文学期刊的出现也促使着中国文人的文学观念发生变化。文学作品不仅要“藏之名山”，而且要“泽被四方”；不仅要表现作家自我的思想感情，而且要表现社会所认可的大众情绪。作家的思想、作品的文本和大众的思想得到了某种程度的融合，在意识形态各种思潮的冲击下，终于形成了中国现代文学高度社会化的特色。

在中国近现代文学史中，通俗文学期刊自成体系。在 1921 年沈雁冰接编《小说月报》之前，中国的文学期刊都是通俗文学期刊。在这以后，通俗文学期刊以其自有的特点占据了中国现代文学期刊发展史上的半壁江山。

中国近现代通俗文学继承了中国的传统文学，表现了中国传统的文化精神，并赋予其新的时代特色。中国近现代通俗文学的文化特色直接规定了中国近现代通俗文学期刊的价值取向，同时，中国近现代通俗文学的期刊杂志也直接表现出了中国近现代通俗文学的文化风貌。

中国近现代通俗文学期刊主要产生和流行于以上海为中心的中国沿海

地区。上海为中心的沿海地区的特有的文化风貌规定了通俗文学期刊的基本形态。上海都市化进程的迅速发展带来了市民阶层的迅速庞大。庞大的市民阶层是通俗文学期刊的主要读者。市民的阅读旨趣直接影响了通俗文学期刊的审美取向。

中国近现代通俗文学期刊又是中国现代新闻和传播技术发展的阶段性成果,同时又和中国现代出版业的发展密不可分。新闻传播事业的特有的要求和表现方式对通俗文学期刊有着重要的影响,并在一定程度上制约着作家的创作构思和写作方式。中国现代出版业对通俗文学期刊的影响表现为书商对通俗文学期刊的出版发行的直接介入,其结果是中国近现代通俗文学期刊逐步趋于市场化。

本编的写作对象是清末民初至1949年的中国近现代通俗文学期刊。这是一个全新的研究视角,写作上有一定难度。研究这样的课题除了占有必要的资料之外,还需要对时代的心态和情绪有准确的把握。在写作方式上一方面以史论的笔法论述在中国近现代通俗文学期刊史上有着重要影响的文学期刊,写出中国近现代通俗文学期刊发展过程中的文化特色来;介绍对中国近现代通俗文学期刊作出过重要贡献的名编辑,他们应该在近现代通俗文学史上有着崇高的地位;着重分析一些优秀的通俗文学作品,它们对中国近现代通俗文学期刊的价值的高低有着重要的作用。同时,将尽力整理和梳理中国近现代通俗文学期刊史料,使得本书具有较高的史料价值。

第一章　中国晚清时期的文学期刊（1872—1911）

第一节　文学艺术的回归与印刷术的改进
——“文学期刊”在报纸副刊中确立

1911年之前中国的文学期刊主要有《瀛寰琐记》(1872)、《四溟琐记》(1875)、《寰宇琐记》(1876)、《侯鲭新录》(1876)、《海上奇书》(1892)、《新小说》(1902)、《绣像小说》(1903)、《新新小说》(1904)、《二十世纪大舞台》(1904)、《雁来红丛报》(1906)、《新世界小说社报》(1906)、《小说七日报》(1906)、《游戏世界》(1906)、《月月小说》(1906)、《著作林》(1906)、《小说林》(1907)、《小说世界》(1907)、《竞立社小说月报》(1907)、《新小说丛》(1908)、《国学粹编》(1908)、《扬子江小说报》(1909)、《十日小说》(1909)等(虽在1911年前创刊,但期刊主要的发展时期在1911年之后的不计算在内,如《小说月报》等)。1902年创刊的《新小说》是一个主要的转折点,它标志着文学期刊创作时间越来越密,说明文学期刊成为了一种时尚,它也标志着文学期刊不再是报纸副刊换了一个版式,而是寻求“独立”的风格,即创刊者有意将其作为一种独立的形式固定了下来。他们的这些努力受到了广大读者的认可和欢迎。

按照创刊的时间仔细地阅读这些文学期刊,我们就能在极其复杂的文学现象之中领悟到晚清中国文学发展中的一些有意义的问题。

思想的启蒙和文学艺术的回归。中国文学特别是小说,是被政治思想拉上“显学”的地位的,文学作为思想启蒙的工具,文学家作为思想启蒙的使者,一直是晚清主要的文学观念。然而在这股时代的主潮之中还涌动着一股寻求文学本身规律的艺术潮流,而且越到后来越有取代文学的政治启蒙观念的趋势。这种变化可以从以下两个方面分析出来。一是从文学期刊发表的理论文章上可以看出。《新小说》所提出的文学观念和《小说林》所提出的文学观念有着很大的不同。前者是从思想政治的高度分析小说，后者则是用美学思想来分析小说。二是从文学创作的实践上可以分析出这种趋势（见表1－1）。

表1－1

题材 \ 篇数 \ 名称	新小说	绣像小说	新新小说	月月小说	小说林
政治小说（包括理想等）	4	1			
法律小说		1	1	3	
历史小说	3	1	1	3	1
社会小说（包括国民、教育、实业、外交等）	3	9	3	7	4
言情小说（包括奇情、哀情等）	2	1	1	9	3
侦探小说	2	1		4	1
滑稽小说（包括寓言、神怪等）		1	1	8	
科学小说（包括冒险等）	1	4		4	1
军事小说（包括虚无党、侠怪）	1	1	5	3	1
家庭小说				1	2
总　计	16	20	12	42	13

虽然各种类型的文学期刊出版的期数不同，列举的数字没有绝对的可比性，但的确是重要的参考依据。我们可以看出政治小说主要集中在《新小说》中，之后就日见其稀了，社会小说始终是晚清小说创作的主流，而言情、侦探、滑稽、科学题材的小说自《月月小说》起逐步成为了创作热点。与政治小说、理想小说中的慷慨激昂的演说和令人神往的畅想不同，社会、言情、侦探、滑稽、科学等小说需要的是曲折的故事情节和生动的人物形象描写，需要艺术感染力来打动读者，它迫使着创作者作出更多的艺术思考。文学的发展并不是如倡导者所希望的模式向前发展的，它一旦受到人们的重视，其自身价值就会表现出来。

译作和创作并重。对外国文学十分热衷地翻译介绍是晚清文学期刊的重要特色。翻译作品在每一份文学期刊上数量占其半（见表1－2）。

表 1-2

期刊名称	小说总数	创作数	译作数
新小说	16	7	9
新新小说	12	7	5
绣像小说	20	11	9
月月小说	42	16	26
小说林	11	4	7

随着国门被打开,一切外国的东西随着洋枪洋炮一古脑地闯了进来。和当时接纳外国物质文明一样,外国的文学作品也成了时髦货了,不管是大作家还是小作家,凡是沾到"洋"作品边的均被翻译了进来,也不管会不会外国语言,凡是有胆量的人都可以"译述"。应该说当时的翻译作品无论是从艺术品位的选择上,还是从翻译的文本的语言推敲上都是不合格的。然而,我们必须看到这些"不合格"的翻译作品如此大量地涌现,反映了一种时代的阅读心态。中国这块古老的文坛的确需要新的营养素了,读者通过阅读这些翻译作品,了解到中国之外还有一块精彩的世界,他们感到新鲜和兴奋,他们感到文学创作还有很多新的方法,这些方法的确有比中国传统的文学创作方法高明之处,他们找到了差距和动力。尤其值得指出的是中国的文学正是在这种译作并存的发展之中悄悄地发生着变化,从古典型走向现代型。

浓重的个人色彩。晚清的报刊政论色彩较浓。报刊的政论色彩取决于报纸的言论,而报纸的言论往往得力于一枝笔。同样,晚清的文学期刊也取决于一枝笔。这枝笔就是文学期刊的主编。他既写办刊宣言,确定办刊方针,也是刊物主要的作者,或作或译,其作品贯穿于期刊的始终。其他的作品一般是主编的志同道合的朋友创作。因此,个人的文学观念往往决定了刊物的办刊方针,左右了一时的创作风向。事实上,晚清文学期刊的主编有一个从政治启蒙家到资深报人,再由资深报人向著名文学家的过渡过程,而文学的时代观念也就随着这样的过渡而发生着变化。

文学期刊在此时能够连续创办也得益于印刷机械的改进和造纸工业的发展。最早的一批中文报刊是用木板雕印的。1834 年美国传教士利用在中国找到的一套汉字木刻活字,送往波士顿,复制成一套汉文铅活字,返回中国。1838 年在华的法国传教士也找到了一批木刻汉文活字,委托巴黎皇家印刷局如法炮制了一套。1859年美国长老会在宁波设立的英华书馆又试制成功电镀汉文字模和以24盘常用字为中心的元宝式字架。这些铅活字和字模架经过复制和推广，逐步为当时的中文报刊所采用。到了70年代前后，多数的中文报纸已经改用铅字印刷。最早的新闻纸张是用中国土法制的连史纸单面印刷。1861年以后，个别报纸开始采用机制白报纸。到了20世纪初，铅字印刷已广泛使用，机械印刷机代替了手摇印刷机，油光纸或机制白报纸已成为了报纸的主要用纸，特别是由原来的单面印刷改成了双面印刷。此时中国的印刷技术并不落后于外国。有一个很好的例子，1902年《新小说》创刊号是在日本横滨印刷的，到了第2卷1903年时转到上海，由广智书局承印，其印刷水平并不低于第1卷。印刷机械的改进和造纸工业的发展给文学期刊的创刊和发展提供了物质基础，也给文学期刊的美观提供了可能性，字体大小参差排列，显得颇为灵活，插图和图片的刊印显得活泼，文学期刊有了区别于报纸表现自我特色的余地，也有了区别于传统书刊的现代色彩。

第二节 《申报》副刊的杂志化及其余绪
——《瀛寰琐记》、《四溟琐记》、《寰宇琐记》及《侯鲭新录》、《海上奇书》

1872年11月11日创刊的《瀛寰琐记》是中国第一份文学期刊。24开大小的线装本，每月一期，至1875年1月共发行了28期。后改名《四溟琐记》继续发行，同样每月一期，从1875年2月发行至1876年1月共12期。又改名为《寰宇琐记》继续发行，从1876年2月至1877年1月，也出版了12期。它们都是申报馆附印的文学期刊。《瀛寰琐记》创刊号上有海上蠡勺居士作《瀛寰琐记叙》，他在结尾时说：

> 尊闻阁主人慨然有远志焉，思穷薄海内外寰宇上下惊奇骇怪之谈，沈博绝丽之作，或可以助测星度地之方，或可以参济世安民之务，或可以益致格物之神，或可以开弄月吟风之趣。博搜广采冀成巨观，其体例大约仿中西闻见录而更扩充之积，一岁之所得，成书一卷，渐而积之则一岁之中成书十二卷矣，而更加以友朋之启发投赠之往来，虽曰见闻固陋，亦必有可观者矣。因陆续出以示人，其中有局耳目于一隅者，吾不

敢曰齿齿凿凿,其竟可据也;其中有纵耳目于八溟者,吾尤不敢曰荒荒渺渺,其必不可据也。究之造化之神奇,岂能尽测耶,古今之奥妙,定能尽辟耶,人物之愈出愈变者,岂能尽穷其情状耶,气局之愈出愈新奇者,岂能尽得其所以然而推其所当然耶,则所谓纵耳目者,安必无欺人之谈耶?则所谓局耳目者,又安必无自欺之蔽耶,吾诚不敢自信,而漫欲人之相信,则理之所必无者,请一笑置之可也,吾坚欲自信而又阻人以必信,则意以为之说者,请一笔抹之可也。阅是纪者,其将以余言为谬不然焉否耶。时在同治壬申秋九月之杪海上蠡勺居士序于微尘稀米之庐。

这是中国第一份文学期刊的叙言,它阐述了文学期刊与写新闻文字的报刊的不同之处。它是写"测星度地"、"济世安民"、"益致格物"、"弄月吟风"的内容,而不是写那些时事新闻、商业动态;它的思维方式是"骇怪之谈,绝丽之作",既可以写耳目之所见,又可以写意构之奇妙,无论是"齿齿凿凿"之事,还是"荒荒渺渺"之论,均可以写作,至于信不信,那就随你的便了。在发行上也不同于新闻文学的报刊,它不是每日一份,而是每月一期。这篇叙言从写作内容、写作思维和发行方法上给文学期刊划定了初步的模式。

《申报》刚刚出版发行的时候,发行量并不大,读者主要是一些商人。文人雅士们是看不起报纸的,把它作为俗白之读物。而这些文人雅士们又是当时主要的知识阶层,代表了社会的精英文化,能否吸引他们关系到报纸的声誉和影响,甚至是报纸生存的价值。"谋利而兼仗义"的《申报》当然是不愿意放过这些文人雅士们的。《瀛寰琐记》的出版从某种程度上就是为了迎合和满足这些文人雅士们的创作和阅读欲望的。邱菽园在《五百石洞天挥尘》中说:"数年前,尝闻沪上寓公有李芋仙其人,与王紫诠、何桂笙、邹翰飞、钱昕伯诸名士,先后襄理西人美查所设华人日报号曰申报者,复以其暇日提倡风雅,发挥文墨,坛坫之盛,诗酒之欢,佳话一时,颇云不弱。"可见,申报馆此举是颇得当时文人雅士们欢迎的。这种办刊的目的和文化雅士们的兴味使得《瀛寰琐记》的风格完全和新闻文字的报刊不同。大量的吟诵之作、唱和之文充塞着整个刊物,如《吟秋偶集》(滇南香海词人)、《比玉楼词》(黄钧宰)、《江东老剑遗诗》(蒋敦复)等作品均是每期连载的。而且文字和那些半文半白的报刊文字完全不同,均是文言写作。可以看出《瀛寰琐记》基本上是以文人雅士为读者的同人刊物。

不过，作为副刊性质的《瀛寰琐记》毕竟是要受到大报的影响的。《申报》的时事议论性和宣传的普及性是不允许把刊物办成仅仅是文人间的互相唱和应酬的圈子刊物的，它还要求刊物为它争取更多的读者，为它赢得更多的利润，因此《瀛寰琐记》中还有不少报刊性质的栏目和俗白的作品。刊物的第1卷第一篇就是苕溪包叔子氏述的策论《开辟讨源论·地震附见》，在以后2、3、4卷上还分别刊有陈留树的《富强论》、金念劬的《内地轮船进止议》、金坡废史的《论互市事宜》等策论。到了第5卷之后，这些策论就少见了。刊物上还载有不少民俗诗文，在第24卷上载有日本静轩居士著、耶静轩居士译的《江户繁昌记》，介绍日本江户的人情风俗，如"相扑"、"吉原"、"千人会"等等，这大概是介绍日本风情较早的一篇翻译文章。特别值得指出的是《瀛寰琐记》连载了中国人翻译的第一部外国小说《昕夕闲谈》。这部小说从第3卷起连载，注明译者是蠡勺居士，但未注明原作者。小说前有蠡勺居士的一篇《昕夕闲谈序》，提出小说能使人"怡神悦魄"，能使人"激其慷慨之气"、"动其凄婉之情"、"启发良心惩创逸志"、"明于庶物察于人伦"。因此说："若夫小说，则妆点雕饰，遂成奇观，嬉笑怒骂，无非至文。使人注目视之，倾耳听之，而不觉其津津甚有味，孳孳然而不厌也。则其感人也必易，而其入人也必深矣。谁谓小说为小道哉？"但是小说也有四弊：道淫、诲盗、纵奸、好乱，"去此四弊，而小说乃可传矣"。蠡勺居士的这篇序言是中国近代提倡小说的较早的一篇言论，它对小说利弊的分析对后来的"小说界革命"产生了影响。显得很特别的是，在《瀛寰琐记》中只有这部翻译小说是用白话文写作的：

> 英国波罗省有一小乡落，地名山桥镇，深坐万山之中，径路曲折，峰峦环抱，泉清土厚，居民稠密，果然是一个好去处哩，但是一层地方虽好，山水虽妙，尚非极为著名之处，又不在通衢大路之旁，故四时来游的人绝少。

小说翻译用白话写作，这大约是第一部，它开了近代翻译小说白话化的先河，而翻译小说的白话又对近代小说创作的白话化起到了重要的影响。

《瀛寰琐记》改名为《四溟琐记》发行后，去掉了小说，增加了笔记，内容不及前者充实，但也有不少反映时政的可读的文章，如有关评述鸦片战争的《军中杂诗十八首》（扬威幕客）、《劝戒洋烟黄莺儿词四十八首》等；写太平天国的有《哀江南歌》、《节烈忠义列传》等;还有不少写民俗民风的文章,特别是杂著《西藏风俗考》对西藏的人情风俗作了比较详尽的介绍。到了《寰宇琐记》时,那种时政诗文明显减少,应酬唱和之作几乎充塞了整个刊物,除了个别写民情风俗的文章,如《沪游杂记》、《宋蒙纪略》外,可看的东西就很少了。

在《寰宇琐记》发行时,也引发了一些个人办刊的欲望,其中比较有名的是沈饱山编的《侯鲭新录》和韩子云编著的《海上奇书》。

沈饱山编的《侯鲭新录》于 1876 年冬出版,编辑体例和发行方式皆仿《寰宇琐记》。上有蔡尔康的叙,云"搜瑰玮之撰述联翰墨之因缘……异事同登,奇文共赏"。据阿英《晚清文艺报刊述略》记载,该刊只发行五期。笔者只见到两期。从所见到的两期看,文章有较强的劝俗性,例如《戒淫诗》、《鸦片烟赋》等等,均是以诗文的形式评说社会风气的。另外,刊物上刊有不少戏文和曲谱,例如《武陵春游曲》、《青衫泪》等等,可以看出沈饱山是十分喜爱戏曲的。

如果说《侯鲭新录》是根据个人的喜好收录文章的话,《海上奇书》那就完全是个人刊物了。《海上奇书》创刊于 1892 年 2 月 1 日,同年 11 月出至 15 期,以后未见。前 10 期为半月刊,后改为月刊。这份刊物分三个栏目,即《太仙漫稿》、《海上花列传》和《卧游集》。《太仙漫稿》皆是作者的文言短篇小说,《海上花列传》为吴语长篇小说,共 30 回,后出单行本,全 64 回。《卧游集》专录前人的笔记小说。《海上奇书》在中国现代期刊史上有一定的影响,皆因它刊载了吴语长篇小说《海上花列传》,这部著作被认为是"吴语文学中的代表著作"。另外,《海上奇书》开创了文学期刊运用插图的先例,由于该刊是由点石斋石印的,所以绘画十分清晰,字迹工整明朗,颠公在《懒窝随笔》中曾评论说:"按其体例,殆即现今各小说杂志之先河。"

第三节　思想启蒙的工具
——《新小说》刺激了文学期刊热

《新小说》1902 年 11 月(光绪二十八年十月)创刊,每月 1 号,由新小说社发行,最初在日本横滨出版。编辑兼发行者署赵毓林,实际上为梁启超主持。自第 13 号起迁往上海,改由广智书局发行。《新小说》至 1906 年 1 月停刊,共出版 24 号。

《新小说》是在梁启超倡导和主持下创立的文学期刊。梁启超(1873—1929),字卓如,号任公,又号饮冰室主人,广东新会人。光绪举人,康有为的学生,和康有为一起主张变法维新,人称康梁。1895 年赴北京参加会试,与康有为发动"公车上书"。1896 年在上海编《时务报》,发表《变法通议》,编辑《西政丛书》,次年主讲长沙时务学堂,积极鼓吹和推进维新运动。1898 年入京,以六品衔办京师大学堂、译书局。戊戌变法失败后逃亡日本,初编《清议报》,继编《新民丛报》。1902 年主编《新小说》。辛亥革命后,组织进步党,拥护袁世凯,出任司法总长。1916 年袁世凯称帝,他成为策动蔡锷反袁的主要人物之一。晚年在清华学校讲学。梁启超是中国近代史上著名的思想家,他介绍了大量的西方资产阶级社会政治学说,对中国的思想界影响甚远,他提倡的"小说界革命"以及"文界革命"促使中国文学进入了现代化。同时,梁启超还是中国近代史上的著名的编辑和报人,他主编了众多的在中国近代史上产生重大影响的报刊,其编辑思想和写作文风成为了一时楷模。

《新小说》的创刊有着深刻的时代背景。在近代中国各种对外战争的失败中,1894 年的甲午战争中的中方失败给中国人的创痛大概是最为深刻的。康有为在 1895《上清帝第三书》中曾提出了一个困扰着中国精英分子心中的共同的疑问:"夫以中国二万里之地,四万万之民,比于日本,过之十倍,而为小夷谩侮,侵削若刲羊缚豕,坐受剥削,耻既甚矣,理亦难解。"他们对观念上同属于儒教的比邻岛国,在注入西方"异质文化"的新鲜血液之后,竟一举击败了它的"文化母源"——儒教中国之事感到疑惑,对比邻岛国的崛强之路,感受到了更深的刺激。他们领悟到不能再用离析政治系统与文化系统的方法去苛究所谓的"体用之辩",亦不再仅仅把"西方冲击"理解为文化本体之外的"末流"刺激,而是把这种撞击体会为对中国传统政治与文化结构的全面挑战。这种观念超越了洋务思想"治夷之术",也成为了戊戌变法的理论条件。然而,这种观念的产生来自于比邻岛国的崛强之路,他们的成功的模式在有意无意之中成了中国精英分子们所要模仿的对象,而根本就没有认真仔细地分析中国政治文化结构的接受"异质文化"能力与统治者个人的权威和素质,这也就是戊戌变法必然要失败的根据。1898 年 6 月至 9 月戊戌变法仅百天也就失败了。它留给中国的精英分子一个深刻的教训:强中国之路,仅仅依靠统治者是不行的。他们把眼光投诸国民的身上,变化最大者为梁启超。1902 年左右,逃亡在日本的梁启超写出了《中国积弱溯源论》、《十种德性相反相成义》、《论学述之势力左右世界》等论著,特别是他的“新民说”的出现，提出了中国积弱之源在于国民，强国之路在于新国民。他说：“国之有民，犹身之有四肢、五脏、筋脉、血轮也。未有四肢已断，五脏已瘵，筋脉已伤，血轮已涸，而身犹能存者；则亦未有其民愚陋、怯弱、涣散、混浊，而国犹能立者。故欲其身之长生久视，则摄生之术不可不明，欲其国之安富尊荣，则新民之道不可不讲。”[1]这种重视新民的论点在梁启超逃亡之前的文章中是看不到的。《新小说》也是在这个政治文化背景中产生的。

对小说的重视是当时的思想启蒙家们一致的意见，康有为在《闻菽园居士欲为政变说部诗以速之》中说：“我游上海考书肆，群书何者销流多？经史不如八股盛，八股无如小说何。郑声不倦雅乐睡，人情所好圣不呵。”康有为看中的是小说具有普及性的特点，为什么会有这样的特点呢？是因为它们所表现的是“人情所好”。1897 年 11 月严复和夏曾佑在《本馆附印说部缘起》一文中说：“夫说部之兴，其入人之深，行世之远，几几出于经史上。而天下之人心风俗，遂不免为说部之所持。”他们同样是看中了小说的普及性的特点，同样提出小说之所以能够普及的依据——“公性情”。“何谓公性情？一曰英雄，一曰男女”，“非有英雄之性不能争存，非有男女之情不能传种也”。为此，他们又提出了一个很有诱惑力的依据：“且闻欧、美、东瀛，其开化之时，往往得小说之助。”既然别人有成功的经验在前，为什么后来者不能模仿呢？它给思想启蒙者们打开了美好未来的想象空间，特别是梁启超以此作为他进行“小说革命”的主要事实根据。1898 年 11 月他在《清议报》上发表的《译印政治小说序》中提出了“政治小说”的概念：“在昔欧洲各国变革之始，其魁儒硕学，仁人志士，往往以其身之所经历，及胸中所怀，政治之议论，一寄之于小说……往往每一书出，而全国之议论为之一变。彼美、英、德、法、奥、意、日本各国政界之日进，则政治小说为功最高焉。英名士某君曰：小说为国民之魂。岂不然哉！岂不然哉！”将“全国之议论为之一变”的期望寄托在小说身上是《新小说》创刊的根本动力。

在《新小说》创刊前数月，《新民丛报》发表了署名为“新小说报社”的文章——《中国唯一之文学报新小说》，这是一篇带有广告性质的文字[2]。这篇文章规定了《新小说》的条例：

---

〔1〕 梁启超：《新民说》，李华兴、吴嘉勋编《梁启超选集》第 206 页，上海人民出版社 1984 年版。

〔2〕 新小说报社为梁启超负责，此文当出自梁启超之手。载 1902 年 7 月 15 日《新民丛报》第 14 号。

一、本报宗旨，专在借小说家言，以发起国民政治思想，激励其爱国精神，一切淫猥鄙野之言，有伤德育者，在所必摈。

二、本报所登载各篇，著译各半，但一切精心结构，务求不损中国文学之名誉。

三、本报文言俗语参用，其俗语之中，官话与粤语参用，但其书既用某体者，则全部一律。

四、本报所登各书，其属长篇者，每号或登一回二三回不等。唯必每号全回完结，非如前者《清议报》登《佳人奇遇》之例[1]，将就钉装，语气未完，戛然而止也。

这篇文章很明确地说明，它是“借”小说而“发起国民政治思想，激励其爱国精神”的。它规定了小说题材的范围：历史小说、政治小说、哲理科学小说、军事小说、冒险小说、侦探小说、写情小说、语怪小说、札体小说、传奇体小说等[2]。在这些小说栏目中，作者尤其推荐“历史小说”和“政治小说”。“历史小说者尤其推荐专以历史上事实为材料，而用演义体叙述之。盖读正史则易生厌，读演义则易生感。”“政治小说，著者欲借以吐露其所怀抱之政治思想也。其立论皆以中国为主，事实全由于幻想。”在各栏目之下，作者开列了一系列的书目，对一些重点书目还作了情节的评价和写作方式的介绍。除此之外，文章还告示读者，《新小说》将出现一些摄像和绘画，规定了小说译、著图文并茂的特色。看得出来，《新小说》是经过一段时间的酝酿，并作了相当准备才推出来的文学期刊。

作为《新小说》的宣言的是创刊号上的梁启超的《论小说与群治之关系》。在这篇论文中，梁启超把小说称为文学之最上乘，誉为文圣之作。他以夸张的笔调强调了小说与社会改造之关系：“欲新一国之民，不可不先新一国之小说。故欲新道德，必新小说；欲新宗教，必新小说；欲新政治，必新小说；欲新风俗，必新小说；欲新学艺，必新小说；乃至欲新人心，欲新人格，必新小说。何以故？小说有不可思议之力支配人道故。”为了加强这一论点，他又从传播和接受的角度论证了小说的普及性的特点：小说为什么能有

---

〔1〕《佳人奇遇》在《清议报》创刊号起连载时，每期不以某回结束暂停，而以某页纸当换另一篇文章时“戛然而止”。

〔2〕近代中国文学期刊的专栏名称从此时起，这些名称或根据体裁或根据小说情感，有些干脆就是作者的主观意图，并没有明确的标准。

这样的力量？是因为它"以其浅而易解故，以其乐而多趣故"，是因为它有熏、浸、刺、提四种力量。这四种力量是教主之所以能立教门，政治家之所以能组织政党的根据，"文家能得一，则为文豪，能兼其四，则为文圣"。《论小说与群治之关系》所提出来的理论并不新鲜，数年前就已经提出，只不过梁启超将之推到极端的地步而已；从理论上去分析其缺点也是相当明显的，小说岂能和宗教相提并论？问题在于如此明显的偏颇的理论，当时的其他的思想启蒙家就看不出来吗？显然不是的[1]，但为什么大家都赞成这样的意见呢？事实上，在以后相当长的时间里，无论小说理论的研究发生多少变化，其理论的出发点还是梁启超的这篇文章，道理很简单，梁启超的理论是和时代的气氛相合拍的。从这个意义上说，梁启超的《论小说与群治之关系》是晚清文学革命的纲领性文件。而《新小说》则是代表着时代精神的文学期刊。

在《新小说》中最能体现梁启超的小说观和办刊思想的，当数梁启超的政治小说《新中国未来记》。这部小说发表在《新小说》第1、2、3、7号上。小说未写完，但从梁启超的初步构思中，我们可以知道这部小说的大致情节："此书起笔于义和团事变，叙至今后五十年止。全用幻梦倒影之法，而叙述皆用史笔，一若实有其人，实有其事者然，令读者置身其间，不复觉其为寓言也。其结构，先于南方有一省独立，举国豪杰同心协助之，建设共和立宪完全之政府，与全球各国结平等之约，通商修好数年之后，各省皆应之，群起独立为共和政府者四五，复以诸豪杰之尽瘁，合为一联邦大共和国。东三省亦改为一立宪君主国。未几加入联邦。举国国民，戮力一心，从事于殖产兴业，文学之盛，国力之富，冠绝全球。寻以西藏、蒙古主权问题与俄罗斯开战端，用外交手段联结英、美、日三国，大破俄军。复有民间志士，以私人资格暗助俄罗斯虚无党，覆其专制政府。最后因英、美、荷兰诸国殖民地虐待黄人问题几酿成人种战争，欧美各国合纵以谋我，黄种诸国连横以应之。中国为盟主，协同日本、菲律宾等国，互整军备。战端将破裂，匈牙利人出而调停，其事乃解。卒在中国京师开一万国平和会议，中国宰相为议长，议定黄白两种人权利平等、互相亲睦种种条款，而此书亦以结局焉。"梁启超不愿读

---

〔1〕 仔细分析梁启超和严复等人的小说理论就会发现他们之间是有差别的。严复在强调小说的启蒙性的同时，还强调了小说"公性情"的性质。"公性情"说到底是一种自然人道主义的观念。换言之，严复等人还是把小说纳入人文主义的范围内，而梁启超则完全把小说与社会改造结合起来，把小说纳入了政治学的范畴了。

者将其看作为是一部寓言，事实上这确实是一部寓言式的小说，是一部充满着作者政治理想色彩的小说。从发表的几回中可以看出，小说几乎无情节可言，只有黄伯毅、孔觉民等人四处奔波地发表演说，刊印宣言。情绪激昂，文稿堆砌，只是“借”小说之名写了一部政治宣言而已。

论及于此，应该分析一下梁启超推崇的“政治小说”究竟有没有那么大的“魔力”？放在世界文化史上看，他的理论并不奇怪，在一个发生大变革的时代，一切宣传的工具仅仅只用于宣传。西欧的文艺复兴把古希腊罗马的文化重新搬运出来，以充满了人文主义的精神表现出当代性，此时中国的启蒙思想家们为什么不能把西欧和日本的人文主义文学搬出来，“关切于今日中国的时局”呢？[1] 但是，梁启超把“政治小说”的作用看得太高了，“泰西”那些国家的“开化”是否具有“政治小说”之力？日本的“政治小说”能否使“全国之议论为之一变”？这都是很值得推敲的问题[2]，不过，这不是知识的疏忽，而是一个思想启蒙者的理想。梁启超幻想通过他的“政治小说”的引入，他的启蒙思想在中国达到上上下下、老老少少的“手之口之”的状态。

小说是被思想启蒙家们作为思想启蒙的工具拉上文学殿堂的，但是小说决不是单纯的思想启蒙工具，当它一旦引起人们注意并进行广泛研究时，其特殊的魅力也就表现了出来。在《新小说》之前，中国文人们已开始翻译外国小说，但是，有意识地号召并组织安排有关人员翻译外国小说的是《新小说》。刊物的主办者希望通过外国的可歌可泣的事情介绍激发国人的革命思想。同样，这些翻译过来的外国小说所产生的影响，并不仅仅限于主办者们的期望值，它使得处于封闭状态的中国文人发现了外国还有一大片很诱人的文苑，并毫不犹豫地从中吸取了营养。历史就是这么令人玩味，历史的开创者并不代表是历史的主导者，历史总是根据自我的规律向前发展的。《新小说》把小说的地位提高到无以复加的地步，把外国小说当做中国政治思想改革的启蒙书，然而，它却在无意中开创了中国小说的现代化，开启了中国“现代型”的小说的创作高潮。在我看来，这是《新小说》最为重要的价值。

从 1903 年开始，《新小说》上每期都刊载专题性的小说评论随笔《小说

〔1〕 梁启超在《译印政治小说序》中说：“今特采外国各儒所撰述，而有关切于今日中国时局者，次第译之，附于报末，爱国之士，或庶览焉。”《清议报》第 1 册(1898 年 12 月)。

〔2〕 日本明治时期曾翻译了英国的一些“政治小说”，并出现“政治小说”的流派，除梁启超译的柴四郎的小说《佳人奇遇》和矢野龙溪的小说《经国美谈》外，还有二叶亭四迷的《浮云》等小说。但日本的“政治小说”始终没有成为重要的文学流派，当然也不能使“全国之议论为之一变”了。

丛话》[1]。这部被认为中国近代第一部小说专论的随笔集中了饮冰(梁启超)、平子(狄葆贤)、瑟斋(麦仲华)、曼殊、侠人、趼(吴趼人)、知新主人(周桂笙)等人的意见。综观这些意见,他们均没有摆脱梁启超的《论小说与群治之关系》的影响,小说为社会政治改革服务的观点是压倒一切的意见。甚至还出现一些十分生硬牵强的附会之说,例如把《红楼梦》视做政治小说,把《镜花缘》视做科学小说,把《水浒》的思想说成是提倡民主、民权,把《聊斋》看成是讽刺清人,因为"狐"与"胡"同音……这些说法都是十分荒唐的,显然是戴上当代的政治眼镜评价和索引古人。不过,我们更应该看到,就在这些堂皇的政治分析语言之中,小说特有的艺术规律被他们逐渐地总结出来了。

《新小说》是译、著并举的。从数量上说,译作是超过创作的,不过,这些译作品的随意性太大,译作者时常在原作中塞进一些自己的货,有些译者也知道这种译法是不符合翻译作品的起码要求的,所以干脆就注明是"译述"。不过,就是这种类型的翻译作品,对中国作家来说也是十分新鲜的,它悄悄地改变着中国小说的传统的写作技巧,成为了中国"现代型"小说的启蒙教科书。

从严格意义上说,《新小说》中的政治小说也只有梁启超的《新中国未来记》。雨尘子的《洪水祸》演绎的是法国大革命的过程;羽衣女士的《东欧女豪杰》演绎的是俄国虚无党人革命的历史。代表《新小说》创作成就的倒是吴趼人在其上发表的三部长篇小说:《痛史》、《二十年目睹之怪现状》、《九命奇冤》。《痛史》写的是元灭宋之事,影射当朝时政,要求保持民族气节;《二十年目睹之怪现状》则是用社会新闻的方法评述当前的黑暗的社会风气;《九命奇冤》则是在一则真实事件的基础上写了一个传奇案件。这三部小说无论是写历史还是写现实,均表现了当代情绪,但决不是情绪激昂地站出来大声呼喊一些激动人心的话语,而是利用曲折的情节和生动的人物形象表

〔1〕 在《小说丛话》栏目开办之前,梁启超曾专门写了一篇序。序文为:"谈话体之文学尚矣。此体近二三百年来益发达,即最干燥之考据学、金石学往往用此体出之,趣味转增焉。到如诗话、文话、词话等,更汗牛充栋矣。乃到四六话、制义话、楹联话亦有作者。人人知其无用,然犹有一过目之价值,不可诬也。惟小说尚阙如,虽由学士大夫鄙弃不道,抑亦此学幼稚之征证也。余今春航海时,箧中挟《桃花扇》一部,藉以消遣,偶有所触,缀笔记十余条。一昨平子、蜕庵、瑟斋、慧广、均历、曼殊集余所,出示之,佥曰:'是小说丛话也,亦中国前此未有之作,盍多为数十条,成一帙焉。'谈次,因相与纵论小说,各述其所心得之微言大义,无一不是解颐者。余曰:'各笔之,便一帙。'众曰:'善。'遂命纸笔,一夕而得百数十条,畀新小说社次第刊之。此后有所发明,赓续当未已也。抑海内有同嗜者,东鳞西爪,时以相贻,亦谈兴之一助欤?编次不有体例,惟著者之名分注焉;无责任之责任,亦各负之也。癸卯初腊饮冰识。"《新小说》第1卷第17号(1903年9月)。

现了出来，而且小说的整体结构成“团结”之局。

《新小说》在编排上还留有报纸副刊的痕迹。每号后面都载一些笑话或游戏杂耍之类的文字，显然是仿副刊为吸引读者而增设的。另外，页数的编码还是以作品为单位排列的，编者如此编排是为了读者折起来重新装订方便，却也表明了文学期刊主体意识不强。不过，值得提出的是《新小说》是我国第一部刊载照片的文学期刊。在广告《中国唯一之文学报新小说》中专门强调“图画”为《新小说》一个特色：“专搜罗东西古今英雄名士美人之影象。”〔1〕按期登载，以资观感。《新小说》第1号上刊登的是俄国文豪托尔斯泰的照片，以后又陆续刊登了拜伦、雪莱、歌德、席勒、显克微支、梅特林克、雨果、马克·吐温等文豪的照片。这些照片给杂志增色不少，也给读者留下了深刻的印象。可惜的是以上诸家的名作都未能翻译过来。

在《新小说》创刊之后，《新民丛报》为其做了一则广告，说：“小说为文学之最上乘，近世学于域外者，多能言之。但我中国此风未盛，大雅君子犹吐弃不屑厝意。此编实可称空前之作也。”把《新小说》的创刊称之为“空前之作”是不过分的，它基本上划出了近代文学期刊的格局，并刺激了随之而来的文学期刊热。

第四节　文人创办的晚清“四大名旦”

——《绣像小说》、《新新小说》、《月月小说》、《小说林》

《新小说》的创刊给了中国文人办刊的启示，《新小说》的成功也给了中国文人办刊的勇气。很快，中国文坛上出现了多种刊物，其中以《绣像小说》、《月月小说》和《小说林》影响最大，它们和《新新小说》一起被人们称之为晚清小说期刊的“四大名旦”。

《绣像小说》为半月刊，李伯元主编，创刊于1903年5月，至1906年4月停刊，共出72期。商务印书馆发行。

《绣像小说》第1期载有《本馆编印绣像小说缘起》，说：“欧美化民，多由小说，扶桑崛起，推波助澜……本馆鉴于此，于是纠合同志，首辑此编，远摭泰西之良规，近挹海东之余韵，或手著，或译本，随时甄录，月出两期，藉思开

〔1〕 摄影和照片制版技术，早在19世纪就已经传入我国，但在报刊上刊出新闻照片，则是20世纪初叶以后的事情。最先刊出新闻照片的是一些在日本的中文报刊。1902年在横滨创办的《新民从报》是其中的第一家，而《新民丛报》创办的《新小说》也就成为了最早刊载人物照片的文学期刊。

化夫下愚,遑计贻讥于大雅……"从这篇"缘起"中看,《绣像小说》创刊的动机和《新小说》没有什么两样,都是为了唤醒人民,改革弊俗,刷新政治,富强国家。但是,从刊物发表的作品来看,《绣像小说》已没有《新小说》那些政治理想的抒发,更没有多种的改革之途的规划,而是集中地反映现实和批判社会。

《绣像小说》之所以在近代文学期刊中影响很大,就在于它发表了一系列有影响的小说,尤以李伯元的《文明小史》和《活地狱》、蘧园的《负曝闲谈》、洪都百炼生的《老残游记》最为有名。

这些小说从批判的角度写了官场、商界、教会、学界、出版界、司法界各个方面,写了官僚、洋人、维新党人、商人、囚徒各种人物,是晚清社会的一个缩影。

对社会的批判是晚清文学期刊的一个重要的内容,但是没有哪一种杂志像《绣像小说》这样批判得如此激烈。为什么会这样呢?对黑暗社会的深恶痛绝当然是最明确的答案,但是批判的目的又是为了什么,这就更值得我们作出进一步的思考了。刘鹗在《老残游记》第1卷的"自评"中曾说过一段话:"举世皆病,又举世皆睡,真正无下手处,摇串铃先醒其睡,无论何等病症,非先醒无法治。具菩萨婆心,得异人口诀,铃而曰串,则盼望同志相助,心苦情切。"刘鹗的这段话代表了当时社会批判小说作家们的共同心态,他们批判社会、抨击官场是将其作为一剂醒药,唤醒那些沉睡之人,然后再进行治病。那么先唤醒什么样的人呢?他们认为是官吏。李伯元在《官场现形记》第60回中曾通过小说人物之口说出了一番话:"上帝可怜中国贫弱到这步田地,一心要想救救中国。然而中国四万万多人,一时那能够统统救得,因此便想到一个提纲挈领的法子,说:中国一向是专制政体,普天下的百姓都是怕官的,只要官怎么,百姓就怎么,所谓上行下效,为此拿定主意,想把这些做官的先陶熔到一个程度,好等他们出去,整躬率物,出身加民。又想:中国的官大大小小,何止几千百个,至于他们的坏处,很像是一个先生教出来的,因此就悟出一个新法子来:摹仿学堂里先生教学生的法子,编几本教科书教导他们。并且仿照世界各国普遍的教法,从初等小学堂,一层一层的上去,由是而高等小学堂、中等学堂、高等学堂。等到到了高等卒业之后,然后再放他们出去做官,自然都是好官。二十年之后,天下还愁不太平吗?"由此可见,他们是把一部部批判谴责性小说当做官场教科书写的。他们批判社会,憎恶官场是建立在寄希望于官场的基础之上的。

《绣像小说》中最重要的小说研究论文是别士(夏曾佑)的《小说原理》。这篇论文是对数年前作的《本馆附印说部缘起》中观点的阐发。他将小说同画、史、科学书、经文进行了比较,得出一个结论:小说犹如看画一样"不费心思",但是小说描写的生活更广泛,"世间有不能画之事,而无不能言之事"。接着他又指出小说创作"实有之事常平淡,诳设之事常浓艳"。诳设就是一种虚构,浓艳则是指比平淡更集中,更典型。这些论点就涉及到了小说创作的形象性和典型性了。《小说原理》还对具体的小说创作实际作了剖析,指出了小说创作中的"五难五易",即:写小人易,写君子难;写小事易,写大事难;写贫贱易,写富贵难;写实事易,写假事难;叙实事易,叙议论难。这"五难五易"的基本精神就是小说创作是建立在生活的基础上的。《小说原理》最后对读者进行了分析,认为当前的小说读者分为两类,一类是学士大夫,一类是妇女与粗人,而当前最需要的是写小说给"妇女与粗人"读的。然后再由觉醒的"妇女与粗人"来督促士大夫进步。这种观点当然是很偏颇的,不过却反映了倡导小说通俗化的某种思想倾向,着眼于阐述小说的启蒙意义。《小说原理》基本上属于小说本体的研究,对小说艺术规律的研究已颇有见地了。

《绣像小说》以小说创作为主,也刊载一些翻译作品,比较有名的译作有显克微支的《灯台卒》、马克・吐温的《山家奇遇》,另外,柯南道尔的《华生包探案》在其上大量连载。《绣像小说》还刊载了一些戏曲和唱本,其中有影响的有惜秋等人作的《维新梦》,讴歌变俗人的《经国美谈新戏》和《醒世缘》。

《绣像小说》编排上最大的特色是它所载小说每回都载刊两幅绣像。这些绣像构图精美,用笔工整,更可贵的是,绣像的情节都是依据小说的情节画出来的。《绣像小说》的作品以写现实题材为主,这些绣像也就成了不可多得的形象资料。

真正把小说作为教科书看待的是《新新小说》。《新新小说》1904 年 9 月创刊,在上海出版,月刊。由新新小说社编辑和发行,开明书店总经售。陈景韩(冷血)主编。笔者所见 1—10 号。最后一期注发行时间为光绪三十三年四月初二日(1907 年 5 月 13 日),并发表《本报特白》因刊物出版延期向读者致歉。

陈景韩(1877—1965),笔名有冷血、冷、新中国之废物,籍隶江苏松江(今属上海市)。陈景韩是中国报学史上著名的老报人,曾主持《时报》和《申报》。晚清时是和包天笑(时人称他俩为“冷笑”)、周瘦鹃等人齐名的翻译家,同时也创作了不少小说。

《新新小说》最初的创刊动机也只是游戏之作,创刊号上的创作宗旨说得很清楚:“凡有诗词、杂记、奇闻、笑谈、歌谣、俚谚、游戏文字以及灯谜令、楹联词钟等类,不拘新旧体裁,本社均拟广为征集,按期选录,四方风雅勿吝珠玉为幸。”谁知第 1 号所载的文章一出现就产生了很大影响,其中尤以冷血著的《侠客谈》反响最大。到了第 3 号时,该刊专门发表了《本报特白》对创作宗旨作了修改:“本报发始,不过为一二友人戏作,后为见者怂恿,因此会刊,故一切定名等皆近游戏。现虽仍旧不背此义,然自本期始已筹足资本,认定辑员,按期印行,不再稍误。本报拟足以十二期为一结束,十二期中必将期中所出各书先后出毕,至十二期后,乃再行他主义。凡此数语,皆当预告,以代信誓。”可见,《新新小说》是发行之后才感受到文学期刊在当时的魅力,并且逐步确定了它的创作宗旨的。

《新新小说》或作或译,每一号上冷血的作品均占一半以上。在一定程度上说,他的创作思想和创作风格就代表了该刊的特色。《新新小说》创刊时,陈冷血已成为狄葆贤(楚青、子平)在上海创办的《时报》上极有影响的主笔之一。《时报》继《申报》、《新闻报》之后,成为当时影响最大的报纸之一,并逐步和两报形成鼎立之势。该报有两个栏目,一是“时评”,一是“文学创作”。这两个栏目的主笔是陈冷血和包天笑,读者把他们并称为“冷笑”,说他们嬉笑怒骂皆成文章。1909 年 9 月《小说时报》创刊时,陈冷血曾在其上刊布了一篇表白自己志向的小说。这篇小说虽然发表时间在后,却应该看做他办《新新小说》的潜在动机。小说的题名《催醒术》。写一日“予”被一位“手持竹梢,若笔管”的人所指,“予惊予心豁然,予目豁然,予口鼻手足无一不豁然,予若易筋骨,予若另成一予”。这位“予”被催醒了,所以别人看不到的东西,“予”就能看见了,“予”能看见来客身上均有层层厚厚的尘垢;“予”能看见街头均为妇人抚幼而哭;“予”能看见菜中有若干蝇声哄哄然……然而“予”却深深地苦恼了,因为别人皆眠,唯“予”独醒,“予”明知口鼻手足异于他日,明知“予”之敏锐异于他人,但眠者皆云“予”为狂,“予”只有四处碰壁,无法生活。于是“予”就四处寻访那位“手持竹梢之人”,要求复眠而终不得,而“予”又不甘独醒下去,就只有也变成了一个手持竹梢的“催醒人”,让那些“眠者们”速速醒来。《新新小说》可以说就是陈冷血手上的那根“竹梢”。

怎样才能“催醒”那些“眠者”呢？陈冷血所采用的方法是惊心动魄的。《新新小说》第1号上刊载的《侠客谈·刀余生传》，写了一位旅客被土匪捉去，他坚强不屈，受到匪首刀余生的赞赏。刀余生领着这位旅客观看了匪窟的各个地方，即：洗剥处—斩杀处—剖解处—货弊库—练力场—演戏场—高等学生教课场……这确实也如陶渊明笔下的“桃花源”，是“另一世界”，但决不是“其乐融融”，而是杀劣存优的场所。观赏了令人心惊的场面之后，这位旅客听到了刀余生的一番阔论：“世界至今日，竞争愈激烈，淘汰亦愈甚，外来之种族，力量强我数十倍，听其天然之淘汰，势必不尽灭不止，我故用此杀人以救人，与其淘汰于人，不如我先自为之淘汰，与其听天演之淘汰，不如用我人力之淘汰。”那么，什么人才是在刀余生的淘汰之列呢？请看以下的精彩的杀人谱：

> 鸦片烟鬼杀！小脚妇女杀！年过五十者杀！残疾者杀！抱传染病者杀！身肥大者杀！侏儒者杀！躯干斜曲者杀！骨柴瘦无力者杀！面雪白无血色者杀！目斜视者杀！口常不合者杀（其人心思必收敛）！齿色不洁净者杀！手爪长多垢者杀！手底无坚肉脚底无厚皮者杀！眉蹙者杀！多痰嚏者杀！走路成方步者（多自大）杀！与人言摇头者杀（多予智）！无事时常摇其体或两腿者杀（脑筋已读八股读坏）！与人言未交语先嬉笑者杀（献媚已惯）！右膝盖前屈者杀（请安已惯故）！两膝盖有坚肉者杀（屈膝已惯故），齿常外露者杀（多言多笑故）！力不能自举其身者杀（小儿不在此例）！……

有趣的是，旅客听完这一段杀人谱之后，竟然投身于匪窟，被命名为“刀余生第二”。陈冷血的基本思路来自当时在中国思想界引进的“弱肉强食，物竞天择”的理论。达尔文的进化论，在中国自然科学界并没有产生多大影响，倒是给社会科学理论带来了新的启蒙，迅速地演化为社会达尔文主义。梁启超、陈独秀、鲁迅等人都曾以此作为思维的出发点考察中国的国民，制定拯救国民的方法。陈冷血不像他们那样提高到思想文化理论上去思考，但其出发点是一致的。他提出的杀人谱就是想要从一个侧面警诫中国国民，什么是弱者、劣者，以及这些弱者、劣者的下场该是如何。

为了达到阅读外国作品的良好效果，陈冷血专门向读者介绍怎样读外国小说：“读外国小说，其眼光所特宜注视者有两端，一洞察其国俗之隐情，一深知其民力之程度,此皆读政治学术书所不能及者也。”他总是结合中国的国情选择一些作品翻译过来,并作一些批解。

“侠客”被陈冷血确定为《新新小说》主要题材。该刊除不断连载陈冷血创作的《侠客谈》外,还有译作《南亚侠客谈·非列宾外史》(侠民译)、《俄罗斯侠客谈·虚无党奇话》(冷血译)、《法兰西侠客谈·秘密囊》(小造译)、《侠客别谈·兄弟儿》(冷血译)。此类作品主要描写这些国家的革命党人是如何进行革命活动的,其激烈的言辞和文稿、演说词充满于作品之中,其政治倾向和现实意义十分明显。在《新新小说》的译作中,应该提到的还有英国阿伦撰、兰言译的《旅顺落难记》,这部译作从目击者的角度写了甲午战争期间日本侵略者对中国旅顺的炮击和抢掠,其状惨不能睹,其情极其悲愤,形象地表现了“弱肉强食”的情境。除此之外,《新新小说》第2号上载有侠民译的《马赛曲》的歌谱和译词,这大概是该歌在中国的最早译本了。

《月月小说》1906年11月在上海创刊,月刊。月月小说社发行。最初的编辑兼发行者为庆祺(汪惟甫),第一年第4号起改为吴趼人编辑,汪惟甫印刷兼发行。第一年第9号起编辑者改为许伏民,印刷兼发行者为汪惟甫。1909年1月停刊,共出24号。

《月月小说》的办刊方针,从吴趼人的《月月小说·序》和《两晋演义·自序》两篇文章中得以清楚地表现出来。吴趼人十分强调的是要用小说宣扬道德:“善教育者,德育与智育本相辅。不善教育者,德育与智育转相妨”,“历史小说而外,如社会小说、家庭小说及科学冒险等,或奇言之,或正言之,务使导之以入于道德范围之内”。用小说来宣扬道德是晚清思想启蒙家们共同的思想认识,梁启超提出的是改革传统道德的“新道德”,吴趼人所要宣扬的道德正好与梁启超等人相反,他所要求的是保持传统的道德。这种思想在他参加《小说丛话》笔谈时就已经显露出来。当时他就认为“小说家之伟功”就在于“陈说忠孝节义”,使读者“遂暗受其教育,风俗亦因之以良也”。如今他主编《月月小说》就将这种思想作进一步宣扬,他尖锐地批评了“小说界革命”以来大量的“新著新译”无助于社会改良,其原因在于多数作者缺乏道德心,而只是“诡谋一己之私利而不顾其群者”,他现在要办《月月小说》就是要拨乱反正:“吾人于此道德沦亡之时会,亦思所以挽此浇风耶?则当自小说始。是故吾发大誓愿,将遍撰译历史小说,以为教科之助。”可见吴趼人创办《月月小说》的一个重要的宗旨就是要挽救“颓风”的。

最能表现这种办刊方针的是吴趼人作品《上海游骖录》。这部作品共10回，连载在《月月小说》上。写作这部小说的动机，作者在书后的跋文中说得很清楚："以仆之眼，观于今日之社会，岌岌可危，固非急图恢复我固有之道德，不足以维持之，非徒言输入文明，即可以改良革新者也。意见所及，因以小说体一畅言之。"既要"恢复我固有之道德"，就要反对那些"党人"们的"输入文明"。这部小说就强烈地抨击那些"党人"们的所作所为。"党人"们表面上装着疯疯颠颠地骂人奴隶，自逞文明，暗地里专门打野鸡、骗钱、五十金就可以出卖人格了。依照这些人的主张去做，中国岂能不亡。随之，吴趼人开列出了自己的救国方案。他借小说人物李若愚的口说："我所说的改良社会，是要首先提倡道德，务要使道德普及，人人有了道德心，则社会不改自良。并非要扭转一切习惯，处处要舍己从人的。道德普及，是改良社会的第一要义。"从提倡"新道德"到"恢复我固有之道德"，晚清的社会文化思潮正悄悄地发生着变化。

《月月小说》的办刊方针强调的第二个要素是"趣味"。吴趼人说："当前之事物言论，无趣味以赞佐之也。无趣味以赞佐之，故每当前而不觉。读小说者，其专注在寻绎趣味，而新知识实即暗寓于趣味之中，故随趣味而输入之而不自觉也。"[1]自1902年"小说界革命"以来，众多作家对小说的艺术规律作出了多种探索，明确指出小说应有"趣味性"的，吴趼人是第一人。吴趼人还根据"趣味"的标准把小说的体裁作了分类："小说虽一家言，要其门类颇复杂，余亦不能枚举，要而言之，奇正两端而已。"[2]并说："盖以为正规不如谲谏，庄语不如谐词之易入也。"[3]

这种"趣味观"在期刊的编排上就表现了出来，《月月小说》中刊载最多的是侦探小说、言情小说和滑稽小说，每一号后面还附有吴趼人的"俏皮话"。侦探小说主要是译作，其范围不像《绣像小说》那样集中在柯南道尔的《华生包探案》，而是极其广泛的，美、英、俄等国的侦探小说都译述了过来，甚至还有不少西方的刑事案件也作为侦探小说翻译过来了。可以这么说，侦探小说在清末民初掀起了一股翻译热，《月月小说》起到了推波助澜的作用。言情小说在《新小说》中就有，但是大张旗鼓地宣扬情之作用的还是《月月小说》。吴趼人发表在《月月小说》上的《劫余灰》开头有一番话："上自碧落之下，下自黄泉之上，无非一个大傀场，这牵动傀儡的总线索，便是一个情

[1][2][3] 吴趼人：《月月小说·序》，《月月小说》第1号(1906年11月)；吴趼人：《两晋演义·自序》，《月月小说》第1号(1906年11月)。

字。大而至于古圣人民胞物,与已饥已溺之心,小至于一事一物之嗜好,无非在一个情字范围之内。非独人有情,物亦有情。如犬马报主之类,自不能不说是情,甚至鸟鸣春,虫鸣秋,亦莫不是情感而然。非独动物有情,就是植物也有情。但看当春时候,草木发生欣欣向荣,自有一种欢忻之色。到了深秋,草木黄落,也自显出一种可怜之色。如此说来,是有生机之物,莫不有情。”[1]在吴趼人的眼中,情是无时不有,无处不有了。《月月小说》在当时是很有影响的文学期刊,吴趼人如此大力宣扬写情,在当时产生了很大的影响。天虚我生的《泪珠缘》、《可怜虫》,李涵秋的《瑶瑟夫人》、《双花记》,小白的《鸳鸯碑》,符霖的《禽海石》,非民的《恨海花》,佚民的《春梦留痕》等等,一时言情小说盛起,此种局面的形成不能不说和《月月小说》的提倡有关。“滑稽小说”的名称是《月月小说》创立的。连载于《月月小说》第1号的大陆的《新封神传》,是中国近现代第一部滑稽小说。

“借小说之趣味之情感,为德育之一助。”《月月小说》这种办刊方针有着极其深刻的意义。既要趣味和情感,小说就更多地写人性、人情了,小说创作的自我个性发挥,有了表现的可能,换言之,小说从政治理念的载体转为了人文精神的载体,小说也就有了自由发展的广阔前景。然而,《月月小说》又给这样的人文精神定了一个标准:我固有之道德。也就是说,任何题材的小说都能写,但是是非标准不能变,任何人的情感都可以抒发,但是做人的标准不能变。如果把这样的思想和此后不久兴起的鸳鸯蝴蝶派的文学观念以及贯穿中国20世纪的通俗文学的是非观念联系起来考虑的话,就会发现《月月小说》的办刊方针开启了中国一个世纪的传统小说家的思想定势。从一定程度上说,《月月小说》的办刊方针倒是符合中国文人和中国读者的审美情趣了。

要求小说回归本体的意见同样表现在《月月小说》的小说理论研究上。对中国古典小说如何评价一直是晚清小说理论研究的热点。综其意见,大体上可分为两类,一是梁启超等人的否定论,他们认为“中土小说”“不出诲盗诲淫两端”,“为吾中国群治腐败之总根源”[2];一是侠人、定一等人的索隐论,他们给古人古书穿上了现代服装,提出《红楼梦》为政治小说,《水浒》为民权小说,《聊斋》为排外主义小说等。吴趼人对这两种评述都不满意,他在《说小说》中说,这些评说都是依据“风会转移”之说。评价古人古书,应该

---

〔1〕 吴趼人:《劫余灰》,《月月小说》第10号(1907年10月)。
〔2〕 梁启超:《论小说与群治之关系》,《新小说》第1卷第1期(1902年11月)。

“设身处地”去考虑:“吾国素无言论自由之说,文字每易贾祸,故忧时愤世之心,不得不托之小说。且托之小说,亦不敢明写其事,必委曲譬喻以为寓言,此古人著书之苦况也。”[1]可以体会到,吴趼人是从人文精神的角度评说古人古书的。那么古人又有什么“愤世之心”呢?天僇生(王钟麒)在《月月小说》第1卷第11号上发表的《中国历代小说史论》中说:“一曰愤政治之压制”,“二曰痛社会之混浊”,“三曰哀婚姻之不自由”,因此,他得出结论:“吾国小说虽至鄙陋不足道,皆有深意存其间,特材力有不齐耳。”吴趼人、天僇生对古人古书的评价并不一定完全正确,但是其观点要比否定论和索隐论合理多了。

《月月小说》的一个重大的贡献是它设立了“短篇小说”的栏目。在这个栏目之下,吴趼人写了12篇短篇小说。这12篇小说是中国近代最早的一批短篇小说,在艺术上是属于“现代型”的萌发。短篇小说当然不是根据篇幅的长短而划定的,而是根据其特殊的表现手段而确定的。胡适在《论短篇小说》中提出短篇小说应该是“用最经济的文学手段,描写事实中最精彩的一段”[2]。茅盾在《自然主义与中国现代小说》一文中也提出:“短篇小说的宗旨在截取一段人生来描写。”[3]他们都提出了短篇小说的特点在于写事实或人生中的“一段”。的确,是写“一段”还是写“全体”,这是断定短篇小说性质的一个标准。然而,“一段”总是“全体”的一段,何况优秀的短篇小说总是要表现深广的意义内涵,要从“一段”中表现出“全体”来,如何做到这一点,从根本上说就是要调整作品中的时间和空间的关系。从现代意义上分析吴趼人的这些短篇小说,它们当然还有很多的缺憾,但它们叙事时空和中国传统的传奇小说比较起来已有了很大的改进。这是我国第一批用第一人称创作的短篇小说,尽管这些“我”还仅仅起一个材料的贯穿作用,仅仅是站在事外,做一个评价是非的解说词的作用,但它们使得散漫之材料结为一个整体,首尾呼应,形成一个团结之局;更重要的是,它使得我国的短篇小说的叙事角度作了一次重大的改革,中国短篇小说全知型的叙事模式在向半知型的叙事模式发展。

《月月小说》的体例皆仿《新小说》。卷首不用绣像,而用照片。在照片的选材上更侧重于外国名人图像的选登,另外,李伯元、吴趼人、周桂笙等人的头像也是比较珍贵的照片。所刊小说除以上提及的作品外,较有影响的

〔1〕 吴趼人:《说小说·杂说》,《月月小说》第1号(1906年11月)。

〔2〕 胡适:《论短篇小说》,《新青年》第4卷第5号(1918年5月)。

〔3〕 茅盾:《自然主义与中国现代小说》,《小说月报》第13卷第17号(1922年7月)。

创作还有《两晋演义》(吴趼人,23 回,未完)、《发财秘诀》(吴趼人,10 回)、《后官场现形记》(白眼,8 回)、《新泪珠缘》(天虚我生,8 回,未完);译作有《铁窗红泪记》(嚣俄原著,天笑译述)、《美国独立史别裁》(清河译)。除此之外,周桂笙译的很多侦探小说和虚无党人的小说,如《俄国皇帝》、《杀人公司》、《盗侦探》等小说均风行一时。

《小说林》1907 年 2 月创刊,在上海出版,月刊,由小说林总编辑所编辑,小说林、宏文馆有限合资会社发行,1908 年 10 月停刊,共 12 期。

《小说林》是小说林社的同人刊物,小说林社成立于 1904 年,主要成员有黄人(摩西)、徐念慈(东海觉我)、曾朴、丁芝孙等人。《小说林》的主要编辑为黄人和徐念慈。黄人(1866—1913),原名振元,中年改名人,字慕庵,又字慕韩,号摩西,笔名蛮,1866 年旧历 7 月 28 日生于江苏昭文县(今属常熟市)浒浦镇,后迁居文村。南社社员,曾任东吴大学(今苏州大学)教授,与庞树柏人等结三千剑气文社。今存《摩西词》、《中国文学史》、《小说小话》等。1913 年 9 月 16 日因疯病死于常熟老宅。徐念慈(1875—1908),字彦士,别号觉我,亦署东海觉我,江苏常熟人。曾为爱国学社常熟支部负责人。译著有《新舞台》、《黑行黑》、《美人妆》、《海外天》、《新法螺先生谭》等小说多种。

《新小说》、《绣像小说》、《新新小说》、《月月小说》是主编负责制,主编的思想倾向和政治观点往往就是小说的办刊方针。《小说林》却是名副其实的同人刊物,是在小说林社的同人们畅谈国内文坛的激情之中创办起来的,《小说林》的办刊方针代表了集体的意识,而且理论色彩非常浓厚。《新小说》、《新新小说》、《绣像小说》、《月月小说》的创办者是思想启蒙者兼新闻工作者,他们是从思想启蒙和社会批判的角度看待文学的,因此,杂志就自然带有思想启蒙和社会批判的色彩。《小说林》的创办者们是典型的中国文人,《小说林》出版之前,他们主要以出版小说为主,广泛的知识涉猎使得他们成为了最早吸取外国文艺理论思想的中国知识分子。他们是用文学本体的眼光看待文学的。

《小说林》同人们将西方的美学思想引进了中国的小说理论评论之中,并将之作为衡量小说得失的标准。黄人在《小说林发刊词》中说:"小说者,文学之倾于美的方面之一种也。"徐念慈在《小说林缘起》中也说:"则所谓小说者,殆合理想美学、感情美学而居其最上乘者乎。"什么是小说的美呢? 徐念慈在这篇文章中讲了五个特征：一是“醇化于自然”，即要满足于读者的美的欲望；二是反映事物的个性，“事物现个性者，愈愈丰富，理想之发现亦愈愈圆满，故美之究竟在具象理想，不在于抽象理想”；三是美的快感来自于“实体之形象”；四是美的产生要有形象性，“形象者，实体之模仿也”；五是美的意义还在其具有理想化的特征。这一小说理论在当时的中国文坛是十分新鲜的，它涉及到了小说创作中的典型性、形象性和美感作用的问题，显然是接受了西方的美学思想的影响。事实上，黄人和徐念慈的文章中“黑搿尔氏”（黑格尔）、“邱希孟氏”（基尔希曼）等人的名字常能见到。

根据这样的理论，他们对当时过分提高小说价值的做法，表现出了极大的不满。他们认为：“昔之视小说也太轻，而今之视小说又太重也。”过去对小说是“言不齿于缙绅，名不列于四书”，甚至以“酖毒”、“妖孽”视之，现在却把小说视做“图像之法典、宗教之圣经，学校之科本，家庭社会之标准方式”，如果真是如此，哲学、科学、法律、经训又有什么用呢？小说如果没有美，则不过是“一无价值之讲义，不规则之格言而已”。

关于小说与社会之关系，黄人在《小说小话》，徐念慈在《余之小说观》中专门作了评说。黄人也承认在当今“文明交通之时代”，小说的确有强大的社会影响作用，他还认为社会的现实生活对小说也会产生巨大的影响：“小说之影响于社会固矣，而社会风尚实先有构成小说性质之力，二者盖互为因果也。”〔1〕徐念慈说得更明白：“余平心论之，则小说固不足生社会，而惟有社会始成小说者也。”〔2〕“小说与人生，不能沟而分之，即谓小说与人生，不能阙其偏端。”〔3〕这些言论对当时的小说的创作时风有着剀正的作用。小说当然是要抒发作者的理想，当然要表现作者的思想感情的，但它不能脱离现实生活，没有生活的小说只能使观者“味如嚼蜡”。同样的道理，不和现实生活紧密联系的小说也难以流行，不流行的小说也就根本谈不上什么社会影响了。正因为这样，他们反复提醒小说的作者应该了解“世务”，应该多汲取社会知识，要使小说成为“融洽于社会者之影本”〔4〕。

怎样写美感的小说呢？黄人和徐念慈还具体作了系统的规划。这些评述之中很多论点是相当精彩的。黄人说：“小说之描写人物，当如镁中取影，妍媸好丑令观者自知，最忌搀入作者论断，或如戏剧中一角色出场，横加一段定场白，预言某某若何之善，某某若何之劣，而其人之实事，未必尽肖其

---

〔1〕 黄人：《小说小话》，《小说林》第1号（1907年2月）。

〔2〕〔3〕〔4〕 徐念慈：《余之小说观》，《小说林》第10号（1908年1月）。

言,即先后绝不矛盾,已觉叠床架屋,毫无余味。"[1]他还以《水浒传》、《金瓶梅》、《红楼梦》、《儒林外史》为例,说这些小说"写社会中种种人物,并不下前提语,而其人之性质、身份,若优若劣,虽妇孺亦能辨之,真如对镜者之无遁形也"。因此,他下了一个断语:"小说虽小道,亦不容着一我之见。"[2]这一段言论实际上说明了小说创作的一个基本原则,即用形象说话。晚清的小说家无论创作什么类型的小说,都喜欢站出来发表议论,都喜欢对事物、人物表示出自己喜恶的态度。根据这样的创作实际再来看黄人的这段评述,就更能感受到黄人的这段言论的意义了。黄人还分析了小说如何具体地刻画人物。他认为写人物除了要注意他们的"本性",即共性之外,还应该使用"颊上添毫"的手段,写出一些"匪夷所思"而"又确为情理所有"的情节来,就能表现出人物之间的不同了。这里论及的就是怎么处理人物的典型化问题了。小说人物的类型化是晚清小说的通病,英雄人物和批判人物一看便知道,黄人不但看出其弊病,还能指出疗救之方法,从中充分体现出黄人的良好的文学修养。

自外国小说进入中国之后,就受到了中国文人的广泛注意。侠人等人曾在《新小说·小说丛话》中将中外小说进行了比较,以说明孰优孰劣。和侠人等人不同,《小说林》的同人们更注意寻求中外小说相通之处,从而说明外国小说可以学习借鉴之处。黄人说:"盖人心虽极变幻,更不能于感官所接触之外别构一思想,不过取其收蓄于外界之材料,改易其形式质点加以支配,以新一时之耳目。"[3]各国、各民族的"天演程度相等",所以不同国家的小说创作中出现"设想正同"的情况,是十分正常的事。正是从这种理解出发,他认为外国小说的先进的地方是可以移植到中国小说中来的。《小说林》同人有这样的认识,作出的评论自然也高人一等。

《小说林》的同人们与革命党人都有比较密切的关系。徐念慈是当时爱国学社常熟支部的负责人,黄人与章太炎同校任教,经常秉烛长谈。他们革命的思想倾向在杂志所刊的作品中也表现了出来。《小说林》所载的创作小说并不多,以东亚病夫(曾朴)的《孽海花》最有影响。这部小说在《小说林》上虽只刊载了数回[4],但是小说所反映出来的思想倾向却很能反映出杂志的思想倾向。晚清小说作家善于在大的社会背景中写人写事,《孽海花》同

[1][2][3]　黄人:《小说小话》,《小说林》第1号(1907年2月)。

[4]　《孽海花》在《小说林》上只刊载了5回,分别在第1号(第21回、22回)、第2号(第23回、24回)、第4号(第25回)。

样是"借用主人公做全书的线索，尽量容纳近三十年来之历史"，也属于"社会谴责小说"，但和《官场现形记》、《二十年目睹之怪现状》中官场、商场与维新党人、革命党人一起批判、谴责的做法不同，《孽海花》明确地对革命党人表示了支持的态度，小说不仅刊载了"我黄帝子孙民族共和政府"的演说辞，而且对孙中山、陈千秋、史坚如一班革命党人推崇备至。除《孽海花》外，《小说林》还刊载了大量的有关秋瑾女士的文字。时值秋瑾女士就义一周年，《小说林》集中刊发了《秋女士瑾遗稿》，共诗词 21 题；《秋女士历史》、《秋女士逸事》(徐寄尘作)；《轩亭秋杂剧》(吴梅作)；《碧血碑杂剧》(龙禅居士作)；《轩亭血传奇》(啸庐作)。在当时的政治环境之中，刊物能刊发秋瑾女士的有关文字是需要相当的勇气和胆量的。

和创作比较起来，《小说林》中的翻译作品占相当大的分量。其中法国作家作品的介绍和翻译是《小说林》翻译作品的特色，东亚病夫出力最多，他在其上翻译了嚣俄(雨果)著的《马哥王后佚史》(未完)，还写了一篇专门介绍大仲马的长文《大仲马传》。《小说林》上以陈鸿璧的译作最多，但比较散乱，名家名作不多。

《小说林》上所刊照片与《月月小说》相同，不过在刊载外国作家照片时增加了"小传"，如施葛德(Walter Scott)、克劳福(F. Marion Crawford)、苑纳(Jules Verne)、狄根(Dickens)等人的小传，是第一次向中国读者介绍他们的生平。

《小说林》随着徐念慈去世而停刊。最后一期中刊有徐念慈的遗像，并有大量悼念徐念慈的诗文。

第二章 “鸳鸯蝴蝶—《礼拜六》派”时期的文学期刊(1912—1921)

第一节 利益的驱动和时代的逼迫
——文学期刊的创刊热潮和“期刊意识”的加强

中国文学期刊发展到这个时期,出现了第一个强劲发展的势头,1872年至1897年这25年中,总共出现过5种文学期刊,其中3种实际上是《瀛寰琐记》的改版;从1902年到1909年,据阿英在《晚清文艺报刊述略》中统计,共20种。而从1910年到1921年的11年间,文学期刊已达52种,是前面的一倍多。

1909—1921年中国通俗文学期刊表〔1〕

序号	杂志名称	创刊时间	停刊时间	出版地	杂志类型	主　编	期数
1	小说时报〔2〕	1909	192?	上海	不定期	小说时报社(包天笑、陈冷血)	38,增刊一期
2	小说月报〔3〕	1910	1920	上海	月刊	王蕴章、恽树玉(恽铁樵)	11卷,126
3	妇女时报	1911	1917	上海	月刊	妇女时报社(包天笑、陈冷血)	21
4	自由杂志	1913	1913	上海	月刊	上海申报馆(童爱楼)	2

〔1〕 根据祝均宙《上海图书馆馆藏近现代中文期刊总目》,郑逸梅《民国旧派文艺期刊丛话》,芮和师、范伯群、郑学弢、徐斯年、袁沧洲《鸳鸯蝴蝶派文学资料》统计。

〔2〕《小说时报》虽创刊于1909年,但期刊发行主要在这个时期,所以也统计在此表内。

〔3〕《小说月报》自1921年1月12卷1期始为沈雁冰接编,改为新文学期刊,此表统计至1920年12月止。

续 表

序号	杂志名称	创刊时间	停刊时间	出版地	杂志类型	主　编	期数
5	游戏杂志	1913	1915	上海	月刊	王钝根	19
6	滑稽杂志	1913	1914	苏州	月刊	吴生花	3
7	香艳小品	1914	1914	上海	月刊	香艳小品社	3
8	七　襄	1914	1915	上海	旬刊	七襄社（姚鹓雏、陈倦鹤）	9
9	中华小说界	1914	1916	上海	月刊	中华小说界社（沈瓶庵）	3卷，30
10	民权素	1914	1916	上海	月刊	刘铁冷、蒋箸超	17
11	眉　语	1914	1916	上海	月刊	高剑华	18
12	礼拜六	1914	1916	上海	周刊	王钝根、周瘦鹃	100
13	小说丛报	1914	1919	上海	月刊	徐枕亚、吴双热	44
14	黄花旬报	1914	1914	上海	旬刊	徐天啸	2
15	五铜元	1914	1914	上海	周刊	五铜元周刊社（吴双热）	14
16	江东杂志	1914	1914	上海	半月刊	江东杂志编辑部	4
17	快活世界	1914	1914	上海	双月刊	庄乘黄	2
18	余　兴	1914	1917	上海	月刊	时报馆余兴部	30
19	朔　望	1914	1914	上海	月刊	冯孤舟、郁拙弇	2
20	琴心报	1914		常熟	周刊	吴双热	
21	好白相	1914	1914	上海	旬刊	陈耕涣	10
22	白相朋友	1914	1914	上海	旬刊	胡寄尘	8
23	七　天	1914	1914	上海	周刊	海上漱石生	8
24	繁华杂志	1914	1915	上海	月刊	锦章书局（海上漱石生）	6
25	香艳杂志	1914	1915	上海	不详	新旧废物（王均卿）	12
26	上海滩	1914	1915	上海	旬刊	上海夏星社编辑部	5
27	女子世界	1914	1915	上海	月刊	天虚我生、醉蝶	6

续 表

序号	杂志名称	创刊时间	停刊时间	出版地	杂志类型	主 编	期数
28	销魂语	1914	1915	上海	月刊	戚饭牛	2
29	消闲钟	1914	1915	上海	半月刊	李定夷	12
30	笑林杂志	1915	1915	上海	不详	天竞	1
31	消遣的杂志——上海	1915	1915	上海	月刊	陆澹安	1
32	小说新报	1915	1923	上海	月刊	李定夷、许指严、贡少芹、天台山农	8卷,94
33	双 星	1915	1915	上海	月刊	双星杂志社(松风、抱月)	8
34	小说大观	1915	1921	上海	季刊	包天笑	15
35	小说海	1915	1917	上海	月刊	黄山民	36
36	妇女杂志	1915	1931	上海	月刊	王蕴章、章锡琛、杨润余	17卷,204
37	滑稽时报	1915	1915	上海	月刊	时报馆	4
38	春 声	1916	1917	上海	月刊	姚鹓雏	2卷,6
39	小说画报	1917	1920	上海	月刊	包天笑	22
40	小说革命军	1917	1917	上海	不定期	波罗奢馆(胡寄尘)	2
41	小说季报	1918	1920	上海	不定期	徐枕亚	4
42	世界画报	1918	1927	上海	月刊	孙雪泥	55
43	小说俱乐部	1918	1918	上海	不定期	苦海余生(刘锦江)	1
44	文学杂志	1919	1919	上海	不详	苦海余生(刘锦江)	1
45	文艺丛报	1919	1919	上海	月刊	陈石遗	1
46	小说霸王	1919	1919	上海	不定期	姚民哀	不详
47	友 声	1919	1919	上海	不详	倪铁池	1(2)
48	滑稽画报	1919	1919	上海	月刊	张光宇等	1
49	游戏新报	1920	1920	苏州	不定期	赵眠云、郑逸梅、范君博	1
50	礼拜六(后)	1921	1923	上海	周刊	周瘦鹃	100

续 表

序号	杂志名称	创刊时间	停刊时间	出版地	杂志类型	主 编	期数
51	新声杂志	1921	1922	上海	月刊	施济群	10
52	消闲月刊	1921	1921	苏州	月刊	赵眠云、郑逸梅	6
53	游戏世界	1921	1923	上海	月刊	周瘦鹃、赵苕狂	24
54	东方朔	1921	1921	上海	不详	吴灵园	2
55	半 月	1921	1925	上海	半月刊	周瘦鹃	96
56	小说新潮	1921	1921	上海	月刊	陈铁生	3
57	滑稽新报	1921	1921	上海	月刊	不详(平襟亚)	1
58	武侠世界	不详	不详	上海	月刊	平襟亚	不详
59	礼拜花	1921	1921	上海	周刊	闻野鹤、朱海粟、胡寄尘	2

此时文学期刊能如此大规模地发展,原因是多方面的。袁世凯专制独裁以及恢复帝制的行径激起了全国舆论一致的谴责。袁世凯对舆论界采取了高压政策,据统计1912年底时全国约有500种报纸,到1913年底时只剩下了139种,一直到1916年6月袁世凯倒台前,全国的报纸始终保持在120—130种之间。[1] 报纸的停刊和报馆的被封使得很多编辑只得纷纷另寻生路。另一方面,似乎和社会隔离较远的文学艺术,特别是小说正受到全国老百姓的极大欢迎。曾朴的《孽海花》1905年出版后,不到两年就连续再版了15次,销量达5万部之多[2]。徐枕亚的《玉梨魂》出版不到一两个月,就连印三版,达2万册以上[3]。而文学期刊更是每出一种,马上就能产生影响,销路很畅,周瘦鹃在《礼拜六旧话》中曾说"《礼拜六》……出版以后,居然轰动一时,第一期销数达两万册以上……"中国读者对文学作品的热情空前高涨。读者的热情使得出版商们觉得其中有利可图,于是就纷纷拉一些

〔1〕 参见方汉奇《中国近代报刊史》第720页,山西教育出版社1981年版。

〔2〕 阿英:《晚清小说史》第22页,人民文学出版社1980年版。但是,在1911年《小说时报》第9期上有《小说新语》一文,说:"《孽海花》一书,重印至六七版,已在两万部左右,在中国新小说中,可谓销行最多者。"

〔3〕《小说丛报》第16期"枕亚启事"称:"《玉梨魂》出版两年以来,行销达两万以上。"张静庐在《出版界二十年》中也说《玉梨魂》"出版不到一两个月,就二版三版都卖完了","我们如果替民国以来的小说销数做统计,谁都不会否认这部《玉梨魂》是最近二十年来销行最多的一部"。

名家办起文学期刊,用高稿酬刺激作者的写作。《小说月报》创刊时征文条例上开列:“投稿中选的,分四等酬谢:甲等每千字五元,乙等每千字四元,丙等每千字三元,丁等每千字两元,来稿不合,立即退还。”这样的收入在当时是不菲的。包天笑在《钏影楼回忆录》上说:“那个时候,我正当壮年,精神很好,除了编辑报纸杂志以外,每天还可以写四五千字,在卖文上,收入很丰。”既不直接贴近政治,读者又很欢迎,作者又非常卖力,文学期刊又怎么能不强劲发展呢?

对政治高压的趋避以及办刊的商业要求影响了这个时期文学期刊的办刊方针,前一个时期文学期刊的社会批判性大大削弱了,取而代之的是消闲、娱乐和趣味,同时也要做一个有心人劝俗、醒世。最能迎合这种办刊方针的是言情小说,它是此时文学创作的主流。1899 年林纾译的《巴黎茶花女遗事》给中国提供了新型的言情小说创作模式,《红楼梦》、《西厢记》等中国传统的言情文学对中国文人来说又是深入人心的故事;对传统婚姻制度的不满又使得言情小说具有极大的感情共鸣,所以,此时文坛上一片哀艳之声。正因为这样,这个时期被称做“鸳鸯蝴蝶派时期”,而此时文学期刊也就被视做“鸳鸯蝴蝶派”的代表期刊。在这个时期翻译进来的外国作品数量最多的是侦探小说,它们除了给此时中国的文坛带来了传奇性、写实性的色彩之外,最积极的意义还在于推动了中国小说创作从传统型走向“现代化”。侦探小说属于一种技巧型的文学样式,它特有的叙事中心、叙事结构、叙事角度都给中国作家们提供了一个全新的创作境界,对中国作家产生了极大的吸引力,事实上,中国小说的现代化也就是在对侦探小说技巧的学习模仿中完成的。此时的文学期刊也应该被视为中国小说现代化过程中的不可缺少的过渡性期刊。

此时的“期刊意识”已明显地表现出来。每一份期刊或每换一个主编都要发表一个办刊宣言,以表明自己的办刊态度(虽然在大背景下,其基本内容大同小异),而每一位主编身边都有一个志趣相投的稳定的作者群,这些作者或作或译都能较好地反映主编的办刊思想,期刊主编不用再像前一阶段那样在期刊上包打天下,他只是根据办刊要求取舍来稿,约定稿件,主编真正的职能体现了出来。大量的刊头照是此时文学期刊的特色。刊头照的选用应该看做文学期刊的一个特色,它使得整个文学期刊的编排成为一个独立体系,并以此作为吸引读者的一个手段。但是此时期刊的刊头照的格调都不太高,妓女照片几乎充塞了整个版面,这些既无意义又无美感的照片使得文学期刊的品位自降格调。因此，刊用妓女照片的多少或者是否刊用妓女的照片也就成为了刊物的价值取向是否发生变化的重要标志。此时的“期刊意识”最为突出的表现是短篇小说逐步成为期刊作品的主体。最早的文学期刊《瀛寰琐记》完全是报纸的副刊，以期刊的版面的大小决定小说内容的中断处，即：不论这件事是否叙完，甚至不论这句话是否说完，版面用完了也就戛然而止。所以有时为了等一句完整的话，会等上数十天。这种情况梁启超在《清议报》刊载他的译作《佳人奇遇》时还在延续。1902 年梁启超办《新小说》时就明确提出要改革这种强行中断的做法。中国的文学期刊也就是从《新小说》开始实行了以小说的章回作为刊载的中断处。然而这种方法实施不久也就发生了问题，就读者来说，他不愿意看这种断断续续的小说，特别是一些精彩小说，不看到结局，读者是不愿罢休的；就作者来说，他的创作热情不能得以持续，在创作过程中往往因为主观上的热情转移或客观上的期刊停刊而使作品半途而废，这也是晚清以来很多作品成为半截子的一个原因；对书商来说，他更不愿意由于作品的中断而影响稳定的读者群。[1] 正因为这些原因，1909 年包天笑、陈冷血主编《小说时报》时就明确宣布：“本报每期小说每种首尾完全，即有过长不能完全之作，每期不得超过一种，每种连续不得超过二次，以矫他报东鳞西爪之弊。”然而又到哪里去寻找那么多完整的长篇小说呢？而况这些作家都是整日忙着为几个刊物写稿的“忙人”，很难枯坐数月潜心创作的。短篇小说也就自然成为了期刊小说的最佳选择了。这种变化从期刊所载短篇小说的数量变化上就可以看出，晚清文学期刊上几乎全部是长篇小说，唯有《月月小说》每期有一篇短篇小说，而到了恽铁樵编的《小说月报》和包天笑编的《小说画报》时每期均有 4—6 篇短篇小说，长篇小说已退居其后了，到了沈雁冰接编《小说月报》时更是明确宣布：“惟以短篇为限，长篇不收”了。短篇小说被视为新文学的新体裁，被视做反映社会生活的“最经济的手段”，实也是“期刊意识”发展的必然。

---

〔1〕 这种以章回作为期刊载小说中断处的方式，对中国小说叙事结构也有相当的影响。时断时续的创作要求每一章回都有能吸引读者的地方，因此，就自然形成以情节为叙述中心、以故事为叙述单元的叙事方式，而人物形象的立体塑造则是数章数回难以完成的。同样，由于作品不是一气呵成，小说的中心情节就会不断转移或者重复，特别是那些稿约较多的作家常会出现这种情况。最能说明这一问题的大概是《二十年目睹之怪现状》等社会谴责小说了。

第二节 固守旧道德,提倡新知识

——冲淡了社会批判意识的《小说时报》、《小说丛报》

《小说时报》创刊于1909年9月,在上海出版,月刊,由包天笑、陈景韩轮流主编。第17期起改为四月刊,由小说时报社编辑,有正书局发行。1917年11月停刊,共出33期,又有增刊1期。

包天笑是此时著名的报人、小说家和编辑。1906年包天笑受聘于上海《时报》馆,任外埠新闻编辑。《小说时报》是他编辑的第一份文学期刊,以后他又陆续编辑了《妇女时报》、《小说大观》、《小说画报》、《星期》等杂志。

《小说时报》没有发表什么创刊宣言,但在中国文学期刊史上却有重要的地位,它悄悄地改变了晚清以来文学启蒙的期刊方针,并为后来一段时间文学期刊的创刊和发展作了基本定位。

《小说时报》第2期上刊载了包天笑的一篇短篇小说《一缕麻》。这部小说是从批判“盲婚”开始,却又于如何“做人”结束,作者对丽妇开始时对婚姻的不满表示了同情,但更对后来报恩的举动表示了赞赏:“至今传某女士之贞洁,比之金石冰雪云。”作者试图告诉人们婚姻制度是要改变,人的外貌长相也十分重要,但更重要的是一个人的良好的道德,“滴水之恩将涌泉相报”,这正是传统的“做人”的标准。这种思想观念和梁启超在《新小说》中提出的“新道德”已发生背离了。和晚清文学期刊所载的小说具有较强的思想启蒙性或社会批判性均不同,这部小说正开启着一种新的美学价值,即:写老百姓日常生活中的奇情奇事。根据这样的美学价值,《小说时报》不仅写了夫妻之情,还写了父子之情(如《一剪魂》)、母子之情(如《啼鹃血》)等等,而这些人之常情无不表现得奇特反常。从这个意义上说,包天笑的《一缕麻》可以看做《小说时报》开始的鸳鸯蝴蝶派文学期刊的创作宗旨。

对身外奇事的好奇还表现在小说题材的选择上,它使得《小说时报》成为了宣扬科学小说最得力的文学期刊。《小说时报》的创刊号就载有高阳不才子撰写的《电世界》。这是我国较早的一部中国人自撰的科幻小说。小说是写一位名叫黄震球的“电学大王”如何利用电能进行了一系列的创造发明,并且带领中国在世界上称王称霸的故事。小说最精彩之处是详细向国人介绍了电的产生以及电的能量,这对广大老百姓来说是相当新鲜,并极具吸引力的事,作者写得绘声绘色,十分吸引人。至于富裕起来的中国人征服欧洲,并且到海底去开发殖民地,虽写得使人热血沸腾,但和当时的中国社会现实相比较,只能说是受尽屈辱的中国人在畅想世界了。[1]《小说时报》还刊载了包天笑的两部小说,一部叫《鸭之飞行机》,另一部叫《新造人术》。前者是写一人如何利用鸭的翅膀在空中飞行的故事,小说写得滑稽可笑,其构思显然是受到当时的最新事物——飞机的影响。后者是写人造人的方法,当时看起来荒诞不经,但是从现在的机器人制造的事实来看,却也使人不得不看到作者的预见性了。

《小说时报》中译作的数量占绝对多数,前11期中还有一些创作,自第12期始几乎都是译作了。这种情况的出现和当时的写作之风有很大关系。在当时作家的眼中,翻译和创作是不分的,都被看做是小说写作,当时的文学期刊收购稿件也是一视同仁地看待,一律按质论价,而且价格不菲,《小说时报》购稿价格是:"第一等每千字两元半,第二等每千字一元半,第三等每千字一元。"能发表一部数万字的稿子的收入在当时确实是一笔不小的数目了。和创作相比较,翻译显得容易得多,特别是日文小说的大量涌入,胆大者连猜带作都能"译述"出小说来,这些译作虽然与原作相差很大,但对当时的读者来说却是很新鲜的,既能赚到钱,又受到读者的欢迎,何乐而不为呢?包天笑曾在《钏影楼回忆录》中谈到《小说时报》译稿多的原因:"那时译写小说的人,已经很多了。有的本有固定的职业,情之所好,以此作为文人的副业,有的竟是生计艰难,卖文为活的,一时投稿者实在不少。"这种风气固然使得杂志的稿源不愁,却也影响了作品的质量。相比较而言,还是两位主编的译作质量最高。包天笑和蟠溪子在其上合译了《镜台写影》、《大侠锦帔客传》等作品,包天笑还单独译了《六号室》、《秘密党魁》、《结核菌物语》等作品;陈冷血的译作更多,如《聋裁判》、《卖解女儿》、《决斗》、《赛雪儿》、《拿破仑》等。

中国文学期刊发展到《小说时报》,编辑风格为之一变,趣味性、消闲性、游戏性已成为了期刊的主要特色。最突出的表现为三个方面。首先,杂志除了刊载一些风景名胜的照片外,开了大量刊载妓女照片的先河。对此包天笑在《钏影楼回忆录》中曾专门作了说明,他说:"这些铜版图,有的是各地

〔1〕 其实,这种征服欧洲,甚至全球的畅想是当时所有政治小说、理想小说、科幻小说的流行色。梁启超写《新中国未来记》是想让中国人当上万国和平会议的议长(见梁启超《中国唯一之文学报新小说》,载1902年7月15日《新民丛报》)。陆士谔的《新野叟曝言》写中国人不仅征服了欧洲,而且征服了月球、木星,使其成为了中国的物质基地。究竟什么才是强国呢?中国的作家是在自己受到外族欺压的屈辱之中,以这些外族的所作所为作为模式的。

风景,有的是名人书画,但狄平子(楚青,引者注)以为这不足引人兴趣,于是别开生面,要用那时装美人的照片。这种时装美人的照片,将向何处去搜求呢?当时的闺阁中人,风气未开,不肯以色相示人,于是只好向北里中人去征求了。”为了争取到大量的照片,狄平子还专门开设了一家唤做“民影”的照相馆,专门请妓女们来拍照,并变出花样来刊载在《小说时报》上,例如“金钗十二图”、“八宝图”、“十美图”等等。这些照片经《小说时报》刊载后,还专门出了单行本,由有正书局出版,铜版纸精印,装以锦面,名曰“惊鸿艳影”,影响一时。其次,此举看起来只是一种版面的设计,但却蕴有深刻的含义,说明杂志的主编们正在改变以前的期刊的启蒙意识,而是注重以小说为本体,以读者的需求为根本了,杂志主编们的趋众意识开始加强。再次,《小说时报》对当时名优名伶吹捧卖力,不仅不断刊载他们的大幅照片,还专门出一期增刊大为京剧演员贾璧云张扬。这一期增刊并不是讨论贾璧云的表演艺术,而是贾璧云扮相的欣赏和各种唱和的汇集。《小说时报》的这些风格已把晚清以来的文学期刊惯有的思想启蒙性和社会批判性的色彩冲得很淡了。

《小说时报》停刊后,到 1922 年又曾复刊,仍由有正书局发行,主编者为李涵秋。在首期的《本报条例》上,强调此时复刊的《小说时报》是承之前的《小说时报》而来的。编辑条例和之前的《小说时报》基本相同,只增加了一条:“旧文学每薄新小说,新文学每薄旧小说,皆未免失于一偏之见,本报则但求佳构,不分新旧,他如有兴趣之诗词文章,丛谈笔记,亦多采入。”虽是新旧文学均要,期刊的主要作者还是通俗文学作家们,李涵秋、周瘦鹃、何海鸣、贡少芹、张枕绿等是期刊的主要作者。在发表的作品中以李涵秋的《怪家庭》影响最大。李涵秋在小说中提出:“要整顿一国必先整顿社会,要整顿社会必先整顿家庭。”怎么整顿家庭呢?李涵秋认为那种打倒家庭制度的方法是不可取的,关键在于做家长要做得正:“种瓜得瓜,种豆得豆,生机感召这种道理一定是有的,其父行窃,子必杀人,其父好淫,女必不贞。”小说就讲了一讲作者“亲耳所闻,亲眼所见”的故事:一位姓方的老盐商因为贪财好色,将一位骗子引入家庭,招为快婿,结果搞得家破人亡,妻离子散。虽然复刊的《小说时报》不乏佳作,但这些佳作与当时的新文化盛行的时代风气不太合拍,特别是编辑风格和之前的《小说时报》没有什么两样,除了开本小了一点之外,期刊开首还是名妓的照片,之前的《小说时报》还用些句号和逗号,现在反而是密圈密点。这样的风格对 1922 年的读者来说,的确是“老”

了一点了。所以售价尽管只有3角，比之前的《小说时报》还少了5角(原来的《小说时报》每册定价8角)，但终因销路不畅，只出了5期就停刊了。

《小说丛报》出版于1914年5月，大16开本，每月1册，出至1916年7月为22册，又周年增刊1册。自23期始，开本缩小，出了12册。后又改为16开本，续出9册，自1919年8月停刊。连增刊在内，共出44期。

《小说丛报》的主编是徐枕亚和吴双热。

论述《小说丛报》必须从《民权报》副刊论述起，《小说丛报》完全是从《民权报》副刊过渡过来的，其编辑、创作人员、编辑体制到创作风格完全是一脉相承的。《民权报》1912年3月1日创刊于上海，周诰发行，戴季陶、何海鸣等主编，报刊自称为"系自由党全体同人组织而成"的。《民权报》日出三大张，副刊占整整一版，不标名称，由蒋箸超、吴双热、徐枕亚、李定夷等担任主编，除了有"袖里乾坤"、"今文古文"、"燃犀草"、"过渡镜"、"众生相"、"滑稽谱"、"自由钟"、"瀛海奇闻"、"天花乱坠"等小栏目外，还刊有大量的长篇小说连载，其中最著名的有徐枕亚的《玉梨魂》和吴双热的《孽冤镜》。这两部小说在《民权报》副刊上隔日连载，曾引起了极大的影响。

这两部小说的问世，引发了中国文坛上的哀情小说热，李定夷的《贯玉怨》、《茜窗泪影》、《鸳湖潮》、《红粉劫》；吴绮缘的《冷红日记》；蒋箸超的《蝶花劫》；刘铁冷的《求婚小史》、《斗艳记》……大约不下百十种。哀情小说一下子涌上了文坛，它们大都开篇之始，描写艳情，转入离恨之天，或忽聚忽散，或乍合乍离，缠绵悱恻，哀哀切切；大段的炽热的爱情诗句和情书，大段的痛苦的忏悔语言和心理描写，最后无不是充满了绝望之情或者看破了红尘。大概也是从这个意义出发，周作人称《玉梨魂》为鸳鸯蝴蝶派的"祖师"[1]。

存在的现象总有它存在的根据，对于这股言情小说的创作热潮，更值得我们思考的是它出现的社会背景及其价值。这种写情理之争的文艺作品在我国明清以来就不乏佳作，张生和莺莺虽然还是纳入了"洞房花烛夜，金榜题名时"的传统模式，但他们为情而敢作敢为的举止令众多的男女心惊目眩；《红楼梦》写了四大家族的崩溃，但最吸引人的还是宝黛的爱情悲剧。从作品内容上说，此时的言情小说并没有超出这个范围，从艺术性上讲，它们也赶不上《西厢记》和《红楼梦》，为什么此时言情小说一下子能涌上文坛，并

---

〔1〕 周作人在1919年2月2日的《每周评论》第7号上发表《中国小说里的男女问题》一文，说："近时流行的《玉梨魂》，虽文章很是肉麻，为鸳鸯蝴蝶派的祖师，所说的事，却可算是一个社会问题。"

产生如此大的影响呢？这的确是和时代有很大关系的。蒋箸超在《白骨散》中说:“比来言情之作,汗牛充栋,其最落窠臼者……无非为婚姻不自由而发挥文章而已。”随着共和国体的成立,人们越来越要求建立共和意识,前一段时间严复、梁启超等人鼓吹的民主、人权、法律的思想自然成为共和意识的主要内容。但是对青年人来说,最关系到切身利益的还有什么比恋爱婚姻更为敏感的呢？在中国这个以家庭制度为基础的社会里,婚姻问题首先就要受到冲击,对婚姻不自主的反抗和当代青年在婚姻上受到压迫的苦闷都作为新的思想意识被表现出来。虽然还达不到鲁迅小说《伤逝》的程度,还不能像子君那样喊出:“我是我自己的,他们谁也没有干涉我的权利”,但毕竟说出不少“大逆不道”的话来了。这些言情小说总是以最悲的结局为小说画上句号,引发的是作者和读者无可奈何的同声一哭。例如《玉梨魂》的结尾一片凄凉,“叙述者”随着秦石痴寻至崔府:崔府中“百草皆死,门内外一片荒芜,不堪入目,境地至为幽寂,何梦霞亲手构筑的埋香冢已不复存在,庭前的梨树、辛夷早已枯干,兀然直立,枝叶皆化为乌有”,室内“尘埃桌椅俱无,窗上玻璃,碎者碎,不碎者亦为尘所蒙,非复光明本质”,“室中空气恶浊,余不能耐”,然后,再由两首《解连环》、《送入我门来》的“悲秋”词结束全书。环境、气氛一片肃杀,悲哀至极。这种描写究竟价值何在呢？夏志清曾在《〈玉梨魂〉新论》中有一番精彩的评论:“这本书的结尾如日记之引用,叙述者之爱莫能助,苍凉景象之描述等等,都预告着鲁迅小说的来临”,虽然徐枕亚“对中国的旧文学和旧道德忠心耿耿,他却引发了读者对中国腐败面的极大恐怖感,其撼人程度,超越了日后其他作家抱定反封建宗旨而写的许多作品”。这一篇评论也可以看做对当时整个言情小说热而发的。

《民权报》以言辞激烈而著称,它与《中华民报》、《民国新闻》有“横三民”之称,在袁世凯忙于称帝的一段日子里成为攻击袁政府的一个阵地,当时该报曾提出“以暴易暴,惨无人道,欲真共和,重为改造”和“报馆不封门不是好报馆,主笔不入狱不是好主笔”的口号。该报终于在 1913 年被当局禁杀。[1] 报纸停刊时,副刊上的作品正在风行,而况这些副刊编辑们也不愿投入他门,也就合资办起了一个文学杂志,将副刊未载完的稿子全部移入其中,这就是《小说丛报》。

---

〔1〕 当时袁政府对反袁报刊的封杀采取两种方法,一种是直接查封,另一种是限制在内地销售,让其自灭,因为当时有不少报纸是在租界内出版,不能直接查封,只有采取此法加以扼杀。《民权报》和《民立报》、《民强报》、《天铎报》、《民国西报》等报,均因受到这种迫害,经济发生困难,被迫停刊的。

《小说丛报》皆循《民权报》副刊之例，言情小说是其主要题材，但是此时小说虽然众多，其思想水平和艺术风格均未能超越《民权报》副刊之作。算得上代表作的也只有徐枕亚的《雪鸿泪史》和《棒打鸳鸯录》(后出单行本时改名为《双鬟记》)。《雪鸿泪史》是借《玉梨魂》风靡一时之势而补写的一部作品。作者假托这是何梦霞的日记，是从何梦霞之兄何剑青那里得之，将其发表出来。小说共14章，分18期载完。这部小说其人物、情感、风格，甚至语言与《玉梨魂》并无二致，只不过是对《玉梨魂》中的一些情节交代出一些幕后戏，是对《玉梨魂》发表后引起的各方面的质疑作出解答，例如，人们疑问《玉梨魂》中何、白二人为何爱恋却不能成婚呢?《雪鸿泪史》作了解答，原来是何梦霞的母亲在其中作梗，认为这是羞辱何氏门楣的事。再例如，人们又问《玉梨魂》中何、白二人为何相见不用言语、而用诗句呢?《雪鸿泪史》之中也作了交代，原来是侍女"秋儿"从中监督。这部小说出版之后也风行一时，但是看得出，它的风行并不是依靠自我的力量的。值得提出的是《雪鸿泪史》是部日记体小说，它大概是我国最早的一部用日记体写小说的作品了。《棒打鸳鸯录》1916年起刊载在《小说丛报》上，是《小说丛报》后期的一部有影响的作品，但这部小说并没有什么新的内容，只是《玉梨魂》和《雪鸿泪史》的一种变体。《雪鸿泪史》中的丫环"秋儿"在这部小说中变成了侍女"棠儿"，何梦霞和白梨影在这部小说里分别叫做二云和蕙姑，小说就写侍女棠儿如何施展阴谋诡计使得二云和蕙姑这对鸳鸯不能成为眷属，为了达到目的，棠儿甚至下了毒药要毒死蕙姑。小说同样以悲剧告终，剧中的主要人物没有一个活在人间，都成为这场恋爱婚姻游戏的牺牲品。虽然这部小说也曾有很大影响，但是稍加分析就会发现其中一些情节构思是很不合理的，让男女主人公的婚姻的安排和命运的走向由一个品质恶劣的丫环来掌握是很难说服读者的，而且小说结尾让书中人物相继病死、毒死或自缢而死，写得相当勉强，有一种为"悲剧"而"悲剧"的感觉。事实上，这部小说写得最精彩的地方还是二云和蕙姑的恋情，这是作者最拿手的套路了。

除小说外，《小说丛报》几乎用一半的篇幅刊载笔记随笔，它几乎集中了此时所有的文人的笔墨，这是《小说丛报》最有特色的地方了。在这些笔记随笔之中比较有名的有：刘铁冷的《铁冷杂记》，吴双热的《燕居斋笔记》，徐枕亚的《枕亚酒话》、《懵腾室丛拾》，徐天啸的《天南纪游》，朱鸳雏的《秋篱客噱》等。这些作品大致可以分为两大类，一类是一些奇人异事、民俗民情的介绍和描写，其中民俗民情的描写文字当为精品。刘铁冷有一段描写宝应

的文字,读来很耐咀嚼:

宝应湖东多柴田,淮阴驿西岸亦然,故居民多编芦作屋。其粗者以芦笆为壁,上涂以泥,顶覆为蓑。其精者择洁白之柴,尽去其箨,粲粲作黄金色,颇雅丽。复编作花笆,重贴壁间,以为装饰。其顶覆以茅,耸其脊,颇类高啄之檐牙,别饶风致。其屋之四周,又常圈芦为短垣,而旁树以柳。三春时节,桃花与菜花竞艳,柴门半掩,鸡鸣犬吠相闻,俨然隐士居也。不知此间风土者,恒鄙其陋,实质富家亦多此构。盖柴为产出品,价廉工省,犹黄岗之多竹楼耳。清初许日安守淮,爱其制,归田居,仿为之,名曰淮屋。常邀戚友吟咏其中,谓园林中偶置一区,可入画图。有客题以诗曰:“淮人作芦屋,缚芦为桷椽,砖击者涂既,博栌无刻镌,结构朴而雅,庄治廉且便。许君守淮阴,但饭淮上泉,归来结茅屋,亭午犹酣眠。人言芦为屋,当恐火误燃。建章三月火,岂亦芦使然?又云不耐火,风雨易漏穿。此屋如传舍,次公皆非贤,竹楼安在哉,其名至今传。”

这段文字乡土气息浓郁,写得十分传神,应当传世。当时正值辛亥革命之后,共和国体建立之时,于是一些“共和”文字就成了《小说丛报》笔记随笔中第二类有价值的作品了。中国本来就是一个诗文大国,他们在中国传统的诗文之中吸足了营养,又经过了长期训练,因而,他们一下笔就游刃有余、如鱼得水,显得非常从容。几乎每一份通俗文学期刊都有不少的笔记随笔,但是像《小说丛报》这样集中还是不多的。所以说《小说丛报》代表了此时中国文人笔记随笔的水平。

《小说丛报》最初是由七人发起的,他们是徐枕亚、吴双热、刘铁冷、李定夷、蒋箸超、胡仪邦、包醒独。以后又逐步扩大编辑人数,沈东讷、张留氓、朱鸳雏、姚鹓雏、叶楚伧、郑曼陀、郑逸梅等先后加入进来。这支编辑队伍在当时可以说阵营最为强大了,而且每人都有擅长之处,徐枕亚、吴双热、刘铁冷、李定夷、蒋箸超均是主编之才;胡仪邦、沈东讷、张留氓善英、日文,是《小说丛报》的主要翻译者;包醒独校对兼发行,为《小说丛报》的发展立下了功劳;朱鸳雏、姚鹓雏,人称“云间二雏”,皆聪颖绝伦,尤善笔记、传奇、小品;叶楚伧精于史学,善作历史小说;郑曼陀为当时的名画家,为《小说丛报》作了不少封面画,为期刊增色不少;郑逸梅读书既多,文章亦短小精悍,常为杂志作补白,其“补白大王”的称号就是从此时而起的。《小说丛报》人才济济,但

《小说丛报》始终就不能团结一致。1918年徐枕亚愤而脱离《小说丛报》，创办《小说季报》。在《小说季报》的发刊弁言上，徐枕亚曾明确披露《小说丛报》存在着激烈的争斗："鄙人不敏，以无聊文字，与诸君相见者，六七年于兹矣。曩辑某报，颇荷社会赞许，初亦欲聚精会神，贯彻最初目的，为社会教育之一助，竭我驽钝，宏启士林。而共事者意见分歧，以文字生涯，为利名渊薮，忌克之深，转为倾轧，知非同志能不灰心？一再因循徒留得敷衍之成绩，自知深负阅者，然不得已也……"《小说丛报》内部为何争斗，我们难以知晓，但从一些表面现象上还是能看出一些痕迹的。《小说丛报》刚出到第5期，李定夷就退股而另树别帜，创办《小说新报》，而主编列名的变换更是意味深长了。《小说丛报》从创刊号到22期止主编为徐枕亚，到1916年8月第23期起，主编列名为徐枕亚、吴双热；到1917年7月第4年第1期起，又只列徐枕亚，但到了该年的第7期起，又只列吴双热了，而且在这一期上还刊登了一则启事："本年不幸重罹浩劫，致一二长篇，随人戛然而止，无任抱歉。惟有自四年七期起，增加长篇，力求精进，敬报阅者之盛意，尚乞总观前后，共鉴本社之真诚。"对这段启事的真正内容，读者是无法理解的，但却能明白编辑部内部的斗争是非常激烈了。如此激烈的斗争也就预示着刊物的寿命不长了。

从《小说时报》到《小说丛报》，中国在辛亥革命前后的文学基调也就确定了。如果说《小说时报》在文学观念上为这段时期的文学确定了"固守旧道德"的特色，《小说丛报》则是为这样的文学观念提供了实绩。

第三节　兴味、消闲、游戏、警世、劝俗

——《礼拜六》及《小说大观》、《小说新报》

《礼拜六》创刊于1914年4月6日，至1916年4月29日出至100期停刊。《礼拜六》是周刊，中华图书馆发行，初署王钝根编辑，19期以后，署钝根、剑秋编辑。剑秋即孙剑秋。在第100期上，中华图书馆发了一个告示：由于欧战影响、时局不靖、邮递常误、纸价昂贵等原因，《礼拜六》暂停出版。这一百期，被称为《礼拜六》前百期。中断五年，到1921年3月19日《礼拜六》复刊，出至1923年2月10日第200期时终刊。仍由中华图书馆发行。编辑者署瘦鹃，理事编辑署钝根。周瘦鹃在《礼拜六旧话》中曾说：自1921年9月办《半月》以后，"我却依旧助钝根编《礼拜六》……直到一百三十余

期,因自己精神不够,才归钝根独编”。所以说,复刊后的《礼拜六》,版权页上虽然一直署着“编辑者瘦鹃”的字样,其实只有前三十几期是由钝根和瘦鹃合作编辑,余下皆王钝根一人独编了。这一百期,被称为《礼拜六》后百期。

刊物取名为《礼拜六》,据说是受到美国《礼拜六晚邮报》周刊的启发。封面多系水彩仕女,大多出于当时的名画家丁悚之手。每期都收有几张中外人物或风景的图片。杂志为32开本,每册约30—40页。每星期六出刊,从未脱期过。当时中国文坛出现了期刊热,各种期刊纷纷出现,独《礼拜六》为周刊,此为首创,而且按时出版,很受人称道。

王钝根(1888—1950),名晦,字耕培,江苏青浦(今属上海)人。南社社员。王钝根出身于书香门第,良好的家学使得他从小就以文才名播乡里。辛亥革命前夕,他在家乡创办了《自治旬报》,鼓吹反清共和的言论。这时,他的同乡席子佩正在上海主办《申报》,邀请他为《申报》编辑。1911年8月24日,王钝根到上海创办了《申报》副刊《自由谈》。王钝根主编过很多刊物,如《心声》、《社会之花》、《说部精英》、《新上海》等,但最有影响的是《礼拜六》,他是该刊的最得力者。晚年,王钝根对戏曲十分有兴趣,曾编辑了戏剧刊物《戏考》。新中国成立后,王钝根在上海去世。

周瘦鹃(1894—1968),原名周国贤,笔名瘦鹃、泣红、紫罗兰人等。江苏省苏州人。周瘦鹃小时家庭贫困,他6岁丧父,全靠母亲的针线活度日。他18岁毕业于上海民立中学,留校任教,为初中英语教师。1911年6月11日创刊的《妇女时报》上,有他的译作《落花怨》,被认为是他最早的一部作品。1914年《礼拜六》创刊,他既作又译,在其上发表了大量的作品,是他创作的最高峰,是《礼拜六》最主要的作者。到《礼拜六》后百期时,他成为主编之一,协助王钝根编辑杂志。之后,他又相继创办了《半月》、《游戏世界》、《紫罗兰》、《紫葡萄画报》、《新家庭》、《乐观》等杂志。1936年10月他与鲁迅、郭沫若、茅盾、巴金等文艺界21位代表人物共同列名发表《文艺界同人为团结御侮与言论自由宣言》。解放后,曾任第三、四届全国政协委员。周瘦鹃在“文革”期间受尽侮辱,1968年8月被迫害致死。1973年平反昭雪。

《礼拜六》受到文史学家们的广泛注意,首先就在于第1期上王钝根发表的《〈礼拜六〉出版宣言》,这篇文章提出了该刊的办刊宗旨,全文如下:

或问:“予为小说周刊,何以不名礼拜一、礼拜二、礼拜三、礼拜四、礼拜五，而必名礼拜六也？”余曰：“礼拜一、礼拜二、礼拜三、礼拜四、礼拜五人皆从事于职业，惟礼拜六与礼拜日，乃得休暇而读小说也。”“然则何以不名礼拜日而必名礼拜六也？”余曰：“礼拜日多停止交易，故以礼拜六下午发行之，使人先睹为快也。”或又曰：“礼拜六下午之乐事多矣，人岂不欲往戏园顾曲，往酒楼觅醉，往平康买笑，而宁寂寞寡欢，踽踽然来购读汝小说耶？”余曰：“不然！买笑耗金钱，觅醉碍卫生，顾曲苦喧嚣，不若读小说之省俭而安乐也。且买笑觅醉顾曲，其为乐转瞬即逝，不能继续以至明日也。读小说则以小银元一枚，换得新奇小说数十篇，游倦归斋，挑灯展卷，或与良友抵掌评论，或伴爱妻并肩互读，意兴稍闲，则以其余留于明日读之。晴曦照窗，花香入坐，一编在手，万虑都忘，劳瘁一周，安闲此日，不亦快哉！故人有不爱买笑、不爱觅醉、不爱顾曲，而未有不爱读小说者。况小说之轻便有趣如《礼拜六》者乎？《礼拜六》名作如林，皆承诸小说家之惠。诸小说家夙负盛名于社会，《礼拜六》之风行，可操券也。若余则滥竽编辑，为读者诸君传书递简而已。”读者诸君勿因传书递简者之粗鄙，遂屏绝妙之书简而失之，则幸甚！

这篇文字实际上讲了三个方面的内容：1.《礼拜六》是为了适应人们的“休暇”而创办的；2. 读《礼拜六》“省俭而安乐”；3.《礼拜六》比起其他小说来更加“轻便有趣”。

究竟怎样看这篇文章呢？应该更深入地分析这篇文章产生的背景以及刊物的基本内容。要全面地把握这一文学期刊，这的确是必须进行的工作。当时的小说家基本上是从报刊的副刊编辑蜕化而成，王钝根也不例外。王钝根办《礼拜六》时还没有辞去《自由谈》编辑职务。当时的《自由谈》上的栏目主要有“游戏文章”、“海外奇谈”、“岂有此理”、“博君一粲”等，游戏、消闲、趣味一直就是王钝根办的《自由谈》的编辑方针，他的《〈礼拜六〉出版赘言》受这样的编辑方针的影响是完全可能的。实际上，《礼拜六》的编者也并非只讲游戏、消闲和趣味，而不讲作品的实际内容。在《礼拜六》第 103 期的《编辑室》中，王钝根强调：“本刊小说颇注意社会问题，以极诚恳之笔出之。”第 184 期的小说《不是处女的处女》，王钝根在《编者按》中说：“有人以《礼拜六》与市上淫秽小说等量齐观，我直欲抉其眸子！”其实，完全是那种无内容的游戏、消闲和趣味的作品在当时也是没有人看的。周瘦鹃在《礼拜六闲话》中，对《礼拜六》上的作品有这样的评价：“大批是暴露社会的黑暗，军阀的横暴,家庭的专制,婚姻的不自由等等,不一定都是些鸳鸯蝴蝶派的才子佳人小说……当然,在二百期《礼拜六》中,未始捉不出几对鸳鸯几只蝴蝶来,但还不至于满天乱飞,遍地皆是吧?”综观200期《礼拜六》,周瘦鹃的评价是基本符合实际的。《礼拜六》是讲究游戏、消闲和趣味,但这决不是目的,它的目的是在游戏、消闲和趣味之中达到“劝世”的效果,这才是这一文学期刊真正的价值取向。

《礼拜六》表现出了强烈的爱国情绪。民族意识和帝国主义列强侵略的耻辱使得他们对帝国主义行径极其愤恨,而又对中国的命运极其担心。《礼拜六》前百期的两年间,中国国内正发生着三大事件,即:日本强迫中国接受“二十一条”、袁世凯称帝和“二次革命”,特别是1915年5月9日日本和德国在青岛开战,给中国人民带来了极大的灾难。国难当头,群情激愤,《礼拜六》同人们也加入了爱国主义行列。剑侠在《礼拜六》46期上专门发表了一篇短篇纪实小说《弱国余生记》,王钝根专门为此加按语:“嗟我同胞,不起自卫,行且尽为亡国奴!”并将51期的《礼拜六》定为“国耻辱”专号。从这一期开始王钝根连载他根据报刊材料纂述的《国耻录》,以唤起民众的觉醒。他在《国耻录》的“序言”中说:

> 中国对日交涉失败,人民愤痛,莫可名言。军人学子,甚至自尽。呜呼哀哉!孰谓中国人民甘心为亡国奴耶?然而,痛者自痛,嬉者自嬉。彼冥顽无耻之官吏,吾不屑论。亦有僻处乡隅,目不见报纸,耳不闻国危,燕雀处堂,苦于无觉。苟有人焉,诏以世界之大势,中日之地位,安知其不能奋然兴起乎!顾交涉情形,至为繁琐,即欲举以告人,一时从何说起?钝根不揣,就平日报纸所见,删其模糊影响之谈,节其触目惊心之事,略加编次。不务文章,惟求热心大夫,广为传播,使村农野老,妇人孺子,咸知东亚和平之真相,而亟谋所以自取。

《国耻录》共刊载8期,以事实控诉了日本帝国主义对中国人民犯下的滔天罪行,作者语言悲愤而激烈,读者读之情绪难以平静。唤起民众的爱国意识,王钝根努力在做一个文人所能做到的事情。周瘦鹃同样如此,在这段时间内,他一连写了《中华民国之魂》、《祖国重也》、《为国牺牲》等作品,强调祖国的利益高于一切。和其他题材的小说相比,爱国主义的小说在《礼拜六》中所占分量并不重,但的确是这一文学杂志的最强音。

《礼拜六》中数量最多的小说是社会伦理小说，它所反映的中国传统的伦理道德观念是期刊的主体意识。思想运动和社会的变动使得中国固有的一切都发生了震动。在做人的标准上，引起人们最为关心的是两大问题，一是家庭关系中的“孝道”，二是妇女婚姻关系上的“节烈”。《礼拜六》是站在传统观念上看待这两大问题的。如王钝根的《生儿观》、周瘦鹃的《父子》、陈小蝶的《赤城环节》、周瘦鹃的《十年守寡》等作品，均或正或反地强调“孝道”和“节烈”的可贵，而将“非孝”和妇女改嫁视做不良的社会道德。《礼拜六》坚持走的是一条传统之路，甚至把晚清以来在外来思想冲击下稍加变化的中国的伦理道德观念又修正了过来，当然就不合乎正在酝酿形成的新文化观念了，特别是 1921 年复刊的《礼拜六》后百期还是坚持前百期的观念，那就自然成为了新文化运动主要的批判对象了。

《礼拜六》曾介绍过不少外国文学作品，大多出自于周瘦鹃之手。对此，周瘦鹃不无自豪，他在《礼拜六闲话》中说：“我还翻译过许多西方名家的短篇小说，例如法国大作家巴比斯的作品，都是很有价值的。其中一部分曾经收入我的《欧美名家短篇小说丛刻》，意外地获得了鲁迅先生的赞许。”鲁迅先生当时在教育部任职，曾审定周瘦鹃的《欧美名家短篇小说丛刻》，并颁发给周瘦鹃一张奖状，对他热心介绍东欧诸弱小民族的文学表示奖励。不过，我们还是应该看到，周瘦鹃此时翻译外国小说还是带着较大的随意性的，他虽翻译了不少有价值的外国作品，但那些价值较低的外国小说他引进来的更多。从根本上说，他翻译外国小说还是想向中国读者介绍异域之情、异城之事，以拓展读者的知识面。

言情小说当然是《礼拜六》不可少的小说，姜杏痴的《剑胆箫心》、梅郎的《双妒花》、陈小蝶的《香草美人》、吴双热的《蘸着些儿麻上来》等都是较有影响的长篇小说。这些小说基本上都是《玉梨魂》或《孽冤镜》的翻版或延续。真正能代表《礼拜六》言情小说水平的是周瘦鹃的那些短篇哀情小说。从晚清的文学期刊开始，编者就给小说标上各类标签，如黑幕小说、神怪小说、滑稽小说、诙谐小说、游戏小说等。《礼拜六》也是这样，给小说标上各种光怪陆离的称号，但它对言情小说分得更细，例如“艳情”、“哀情”、“惨情”、“怨情”、“忏情”、“苦情”、“痴情”、“丑情”、“侠情”等等名目。翻开任何一期《礼拜六》，都会看到一片“情”字，成为了该刊的一种特色。

爱国情绪、传统道德、新的知识和讲究情义，这就是《礼拜六》所要昭示的“劝世”的内容。这些内容概归起来就是一句话：在新的时期中，做一个具有良好的道德和良好的文化知识的有情有义的人。

为了表现小说的兴味,《礼拜六》所载小说大都追求情节的离奇,或是奇事(如王钝根的《黄钟怨》等),或是奇情(如吴双热的《蘸着些儿麻上来》等),或是奇遇(如周瘦鹃的《旧约》等);或是奇义(如周瘦鹃的《祖国重也》等),或是奇语(如许指严的《强盗或绅士》等)……真可以称之无奇不成书。《礼拜六》文、白兼收,前百期文言较多,后百期白话较多,但无论是文、白,写作风格大体一致,说教、铺叙语言较多,描写、刻画语言不够,特别是一些言情文言小说,更有堆砌词藻之嫌,例如王钝根的《红楼劫》开头就是这样的语言:“秣陵少年,拥紫貂裘,临窗而坐。窗外大雪初霁,瑶台玉树,疑是广寒宫阙。雪光穿窗入,映射少年之面,莹洁如玉,然玉无温,少年之面则温而软,作浅绛色,奕奕飞动,盖雏环小雯搴红绒窗帘迎朝旭也。”这种语言给小说带来了一片缠绵之气。

《礼拜六》是当时很有影响的文学杂志,特别是后百期正是新文学期刊纷纷创刊之时,《礼拜六》成为了新文学期刊主要批判的对象。沈雁冰、郑振铎、郭沫若等人都写了大量的文章从思想内容、写作风格,甚至是小说标题、标点符号对《礼拜六》所载作品进行了全面的批判,将这些作家作品称之为“礼拜六派”。新文学作家对《礼拜六》的批判主要是从他们的思想观念和价值体系出发,当然也有争夺文学阵地的目的。不过,从另外一个角度上说,新文学的批判也使得《礼拜六》成为了通俗文学期刊的代表作,成为通俗文学流派的代名词。

《礼拜六》前百期的栏目比较呆板,全是小说的创作或译作,后一百期栏目才多样化起来,包括小说、笔记、译著、译丛、隽语、琐闻、笑话、杂谭等。前百期只有第51期辟了一个《国耻录》的专号,后一百期辟的专号较多,有《复活周年纪念号》、《爱情号》、《新年号》、《圣诞增刊》等等。《礼拜六》周刊聚集了当时文坛上的几乎全部的通俗文学作家。为它作画的除了丁悚以外,还有王济远、叶中冷、吴芝瑛、张聿光、张丹斧、姚鹓雏、王大错、刘海粟等人。在前一百期上常出现的作者有周瘦鹃、陈蝶仙、李常觉、陈小蝶、叶匋、许指严、姜杏痴、包天白、罗韦士、程华魂、吴双热、吴绮缘、包柚斧、俞天愤、李东埜等人。《礼拜六》复刊时,周瘦鹃曾发表了一个《周瘦鹃心血的宣言》:“如今同着王钝根出主意,索性把我们余下来的合在一起,又约了几位老朋友的心血,合伙儿去浇灌《礼拜六》这片文字的良田。”这一次的作者阵营就更大了,刊物的版权页上开列出了“撰述者”的名单:天虚我生(陈蝶仙)、王西神、王钝根、朱鸳雏、朱瘦菊、李涵秋、李常觉、陈小蝶、徐半梅、许指严、张碧梧、张舍我、张枕绿、程瞻庐、程小青、叶小凤、刘磷生、刘凤生、刘云舫、刘豁公、严独鹤；绘画者丁悚、张光宇、杨清磬、谢之光；海外通信记者王之一（奥国）、江小鹣（法国）、腾若渠（日本）、傅彦长（美国）。可以这么说，当时稍会舞文弄墨的人都在《礼拜六》上留下了痕迹。当时叶圣陶曾以叶匋、允倩为笔名在《礼拜六》上发表了不少文言小说，这是叶圣陶在文坛上的起步时期。

《礼拜六》所表现出来的文学观念和艺术风格确定了中国现代通俗文学的基本特征，是民国初年重要的文学期刊之一。特别是复刊后的《礼拜六》聚集了那么多的通俗文学作家，而这些作家多是《小说月报》改革后被排挤出来的。《礼拜六》也就俨然成为与改革后《小说月报》抗衡的一种文学刊物，成了通俗文学作家的大本营了。

包天笑主编《小说时报》几年后，受文明书局沈知方的邀请主编了一个新的小说期刊，这就是《小说大观》。《小说大观》为季刊，创刊于 1915 年 8 月，终刊于 1921 年 6 月，共出了 15 期。

创刊号上包天笑写了一篇《宣言短引》，提出自梁启超要求提高小说的地位，众皆响应。然而，事实是小说并未能起到启蒙民众的作用，相反，“孰知憔悴萎病惨死堕落乃益加甚焉”。因此，他提出：“欲治病先培医，今之医者，自溷于秽恶空气腐毒流质之中，救死（疑为己，引者注）不暇，奚暇救人哉？”“小说能转移人心风俗耶，抑知人心风俗亦足以转移小说？有此卑劣浮薄纤佻媟荡之社会，安得而不产出卑劣浮薄纤佻媟荡小说，供求有相需之道也。”“殆如患传染病不能防护扑灭之，而反为之传播病菌，势必至于蔓延大地不可救药，人种灭绝而后止，人即冥顽，何至自毒以毒人哉。兹以小说大观之初出版也，贡其愚于读者用以自勉。”由此可见，这篇《宣言短引》又完全不同于梁启超的《论小说与群治之关系》了，不仅是在气势和自信力上，还在于作者不再强调小说的“治病救人”的功能，而是坦诚地承认小说家是不能改变社会的，相反社会反而能决定小说家的品质。而如今之社会是“卑劣浮薄纤佻媟荡之社会”，又怎么能不产生出“卑劣浮薄纤佻媟荡小说”呢？那么如何解决这个毛病呢？作者在后面的《例言》中开出了“药方”：“所载小说均选择精严，宗旨纯正，有益于社会，有功于道德之作，无时下浮薄狂荡诲盗导淫之风”，“无论文言俗语，一以兴味为主。凡枯燥无味及冗长拖沓者皆不采”。和“病情”严重性的描述相比，这两剂“药”似乎太平和，也太大众化了。

所以说,《小说大观》对作者的要求也只是达到了解病情,加以自勉而已。

《小说大观》的作品或作或译,每一期上都有两部以上的长篇小说和数篇短篇小说。包天笑在每一期上都首列自作的一篇短篇,例如《湖宫铃梦记》、《情空》、《天竺礼佛记》、《奇梦》、《冥鸿》、《牛棚絮语》、《影梅忆语》等。长篇小说除包天笑的《琼岛仙葩》、《人耶非耶》、《智井轶谭》、《复东》、《战线中》之外,还有毋仇的《侍儿艳闻录》;叶小凤的《蒙边鸣筑记》、《如此京华》;孤侗的《游侠外史》;天忏生的《血泪》;张毅汉的《劫海鸳盟记》;赵苕狂的《死死生生》;刘半农的《卖花女侠》;天虚我生的《车窗幻影》等等。在当时的期刊中,《小说大观》大概是发表长篇小说最集中,也是最多的一种期刊了。《小说大观》具有很强的作者阵容,包天笑对此特别自得,他在《钏影楼回忆录》中列数《小说大观》的作者:“叶楚伧、姚鹓雏、陈蝶仙(天虚我生)、范烟桥、周瘦鹃、张毅汉诸君,都是我部下的大将,后来又来了一位毕倚虹,更是我的先锋,因此我的阵容,也非常整齐,可以算得无懈可击了。”

《小说大观》的作家、作品既整齐而又数量众多,但是作品的质量却不能称之为上乘。一是作品的题材和价值取向未脱“时风”,还是以言情小说为主,而这些言情小说确实是难以和《小说丛报》相媲美的;二是很多小说都是“译述”,这些“译述”又不标明原作家姓名,作品内容往往是外国姓名中国风情,或者是中国风情外国姓名。《小说大观》创刊时在《例言》中曾提出:“所载小说,均当代有名作家,所有撰译,皆负责任,决无东抄西袭改头换面之弊”,其实,不少小说还是有此弊病的。在所载小说中最有代表性的是叶小凤的《蒙边鸣筑记》和《如此京华》。这两部小说,一是写反对日本的侵略,一是写袁世凯违背誓言称帝的行径。叶小凤曾在他的《小说杂论》中说到:“小说之主旨如何,根于作者之道德,操守者十之八九,发于辞彩者十之一二。”换言之,就是说小说家必须有严肃、认真的态度,有对社会、读者负责的精神。作为一个老同盟会员、南社中人,叶小凤有着强烈的爱国精神和共和意识,也正因为有这样的创作态度和价值取向,他的作品在《小说大观》中就显得尤为突出。

《小说大观》每年出 4 期,小说杂志有季刊的形式,从此开始。为了符合杂志的出版周期,杂志对稿件的字数有比较严格的要求,每一期字数大约为 30 万字左右,长篇小说一般为 10 万字,一期全部刊完,最长不超过 20 万字,最多两期必定刊完。包天笑在《钏影楼回忆录》中曾抱怨文明书局的主事人沈知方过分“生意眼”,将他所设想的刊名《今小说》定为《小说大观》,使之和《笔记大观》、《魔术大观》一样,用得太俗太滥了。其实,从刊物的情况来看,这名称倒是很符合实际的,无论是从作家作品,还是刊物的厚度和字数上看,在当时均可以称得上“大观”了。倒是刊物的插图实在太庸俗了,它和《小说时报》一样,每一期除一两张风景照片,均为妓女的照片。《小说时报》刊载的妓女照片,还有一个专门的照相馆为她们拍摄,而《小说大观》则是包天笑从“民间”搜罗得来的。包天笑的《钏影楼回忆录》有专门记载:“我那时认识一位笑意老六,我向她索取照片,并诉说向姐妹们索取照片的不易……原来笑六自己就喜欢照相,她照了相后,便把自己的照片,与姐妹们交换,交换得来后,就塞在抽屉里。我这时如入宝山,便有些应接不暇了,看看这张也好,那张也好,都觉得不能舍弃了谁。她本来说尽我携取的,我就老实不客气,不管环肥燕瘦,一鼓而擒之了。”这些“作品”刊载在杂志上,其效果是可想而知的。

1915年2月,受国华书局主人沈仲华之聘,李定夷退出《小说丛报》,创办《小说新报》,任编辑主任。《小说新报》创刊于1915年3月,月刊。《小说新报》自创刊号到1919年7月第5卷第7期,皆由李定夷主编。自1919年8月第5卷第8期到1919年12月第5卷第12期止,由许指严主编;从1920年1月第6卷第1期到1920年12月第6卷第12期止,由包醒独主编;1921年停刊了一年。1922年复刊,为第7卷。自第7卷第1期到第7卷第12期为贡少芹主编。1923年第8卷第9期由天台山农主编,后不见期刊问世。加上贡少芹编辑时期出版的闰五增刊号,《小说新报》共出94期。

《小说新报》以李定夷主编时期为主体部分,后面数年,主编不断更换,办刊方针有所改变,但刊物风格基本未变。

在《小说新报》创刊号上,李定夷写了一则《发刊词》。该《发刊词》基本上描述了《小说时报》的基本风貌。

发刊词三[1]

《小说新报》编辑竟,国华主任以发刊词属余,爰弁其端曰:概夫齐谐诡诞,不厕四库之庋;郢说荒唐,群訾十洲之记。谈狐说鬼,神话难稽;诲盗诲淫,邪辞可耻。一曲春灯之扇,百回野叟之言,在作者虽游戏逢场,而议者等俳优误世。驯至卑雅调于么弦,抑丽辞为篴弄,徒见滥觞末季,语出非伦;不知嚆矢先声,理归正则。况采风问俗,偏九百之

[1] 《小说新报》创刊号上有三篇《发刊词》,“发刊词一”、“发刊词二”分别由吴承烜、倪壮青作。

书,品翠题红,夸六朝之艳;纤不伤雅,易索解人;辞则传情,何醒酣梦?纵豆棚瓜架,小儿女闲话之资;实警世觉民,有心人寄情之作也。嗟嗟!文章未老,竹素有情。逞笔端之褒贬,作皮里之阳秋;借乐府之新声,写古人之面目。东方曼倩,说来开笑口胡卢;西土文章,绎出少蟹行鹘突。重翻趣史,吹皱春池,画蝴蝶于罗裙,认鸳鸯于坠瓦。使竹林游歇,尚识黄公之垆;山阳室空,犹听邻家之笛。看来图画,道在个中,劫后须眉,毫添颊上。着意于树讴俗唱,求老妪之诗解白公;用心于索隐猜谜,仿幼妇之碑传黄绢。爱情读新装简册,伦理讽旧日文章。借古鉴今,漫等妄言妄听,玩华丧实,是在见智见仁。发刊日,是为词。

民国四年二月毗陵李定夷撰。

一方面承认小说是“豆棚瓜架,小儿女闲话之资”,另一方面又提醒读者这是表面现象,应透过其现象,看到这是“警世觉民,有心人寄情之作也”。一方面要“画蝴蝶于罗裙,认鸳鸯于坠瓦”,另一方面又要读者“漫等妄言妄听”、“是在见智见仁”。这种吞吞吐吐、欲言又止的态度说明了作者的矛盾的心态。对于这种矛盾的心态,首先应该看到这是社会环境压迫的结果。1915年是袁世凯称帝的时候,为了达到压迫舆论的目的,袁政府采用了各种卑劣手段迫使很多报刊停刊。《小说新报》的编辑和主要作者都是《民权报》停刊汇聚而来的,他们对那种舆论高压政策是深有感触的。为了使《小说新报》能够生存下去,不得不作些曲笔。《小说新报》第6卷第1期上有一篇文章《对于本报第六年之三大希望》,还专门说到创刊时的情况:“回溯过去时代之情形,有令人感慨不能自已者。当夫甲乙之际,为项城全盛时代,草野能文之士,既不得志于政事,则相率退而治小说家言,以寄其感慨悲歌之思,于是小说潮流骤如风发泉涌,而本报亦于此时诞生。”他们创作小说是“寄其感慨悲歌之思”的。不过,我们也应该看到,那种“小儿女闲话之资”如“画蝴蝶”、“认鸳鸯”确实也符合他们小说创作的思维定势,符合他们的道德思想观念,是他们所热衷的一种题材。令人担心的倒是在社会环境的高压之下,他们过去那些“出格”的思想和言论会趋向于保守或倒退,会将所有的棱角打磨得平平的,事实上主编李定夷也就是走上这条创作道路的。

民国初年,徐枕亚、吴双热、李定夷被称为言情小说的“三驾马车”。徐枕亚和吴双热分别在《民权报》刊载了《玉梨魂》和《孽冤镜》,李定夷也在《民权报》上连载了他的长篇言情小说《賈玉怨》。这是一部中国的《西厢记》的模式与外国的《巴黎茶花女遗事》的风格相结合的小说。它演绎了一个私订终身的才子佳人受到父母的责难而又后得其恩准的爱情故事，然而，它又突破了“大团圆”的结局，给故事添上了一个悲剧的结尾。其实，也正是这个悲剧的结尾给小说带来了积极意义。虽然这对青年男女的悲剧结局的直接原因并不表现为父母对婚姻的阻拦，但悲剧的结局确实反衬出“父母作主”的婚姻制度扼杀了青春活力的罪恶，正因为如此，这部小说和《玉梨魂》、《孽冤镜》一样，也引起了“天下有情人同声一哭”。

这种悲剧风格在李定夷编《小说新报》时并没有继续下去。李定夷从《小说新报》创刊号起，连载他的长篇言情小说《伉俪福》。这部小说用倒叙的手法写了一对在“媒妁之言，父母作主”的婚姻模式中成婚的青年，如何幸福地生活了十年。小说气氛一片暖融融的，是一种典型的“先结婚后恋爱”的模式。小说之中，传统的婚姻模式已不再是扼杀青年幸福的主要元凶了，反而成为了青年幸福美满婚姻的先决条件和保护神，自由恋爱完全是多余的，只要婚后夫妻相敬相爱，感情自然会产生。当然感情的产生需要的是处处为对方着想，《伉俪福》的女主人公从“不孝有三，无后为大”出发也就劝夫纳妾。排除了悲剧色彩，也就排除了此时言情小说的积极意义，也就剩下了“画蝴蝶于罗裙，认鸳鸯于坠瓦”，而很难看出“警世觉民，有心人寄情之作”了。在第 2 年第 1 期的《小说新报》上，李定夷发表了他的“节烈小说”《廿年苦节记》，小说写了一位节妇吴氏如何守了二十年苦节的故事。新妇嫁到婆家数月，丈夫病死，新妇欲吞金寻死，但被公婆以“代夫尽孝”的理由劝下，于是开始了守节生涯：先侍奉公婆，尽责尽力，甚至割股和药以治公公之病；公婆死后，又为小姑张罗婆家，整理嫁妆；小姑嫁去，心愿已了，也就“践十七年前之誓言”，从容就义了。为什么写这样一部书呢？作者还有一番言论：“晚近数十年间，欧风美雨，侵入华夏，自由之说行重婚不为羞，平等之说行伦常可泯灭，圣人云邪说横行甚于洪水，吾为此惧，端居之暇，思学小说家言，以振末俗……是不仅吾国仕女当奉为规范，即彼崇尚自由平等之碧眼儿，闻之亦当肃然起敬也。”李定夷如此地赞赏“节妇”，我们当然可以从他的个人生活经历上给予一定的理解（他的母亲可以称得上是一位节妇），但其思想意义的确是和时代不合拍的。为什么寡妇就不能再次寻找她的幸福呢？为什么不看到节妇的心里的悲苦和压抑呢？这些问题，此时的李定夷是不愿思考，反而将其视做“邪说”。李定夷主编《小说新报》时创作的小说和他的《霣玉怨》比较起来看，我们看到的是一条倒退的轨迹。

在李定夷主编的《小说新报》时期，代表其创作成就的应是贡少芹的滑稽小说《傻儿游沪记》。这部从第3年第1期的《小说新报》起连载的20回长篇小说写的是一个傻儿逛大上海的故事。

从第5年第8期开始，许指严[1]接编《小说新报》。在第5年第7期的《小说新报》上有许指严的一篇答读者信《本报改良商榷之商榷》。读者王君锡致信《小说新报》，提出“娼妓相片亟宜裁撤也”、“说汇选材宜注重文字也”、“小说宜多加评注也”、“新报当以撰著为正宗也”等意见。从这封信的基本内容看，王君锡大概是个传统文人，但所提意见不乏可取之处，但许指严在答信中却将其意见一一批驳，例如有关娼妓相片问题的意见，许指严的回答是：“我国人之视小说固多以为怡情适趣茶余酒后之资乎，况小说界印刷物之营业更必以美丽悦目，引起中下等社会兴味而后销路广畅乎，宁惟是女子以色惑人之风一日未绝，则此等相片即一日不绝于世界，在正当之道德法律家尚无术以取缔之，使不接于众人之心目，而何独责小说印刷物之营业者?”从这段话中我们可体会到许指严不再强调小说的“警世觉民”了，而是停留在“怡情适趣茶余酒后之资”上了，至于对世风的影响，那是道德法律家的事。从编辑思想上看，许指严只想维持现状，根本不想做一点“改良”。事实也是如此，在许指严编辑的5期《小说新报》上，除了刊有他的长篇小说《京华新梦》之外，其期刊风格一概未变。

包醒独接编第6卷第1期《小说新报》时已是1920年1月，此时正是五四新文化运动风起云涌之时，包醒独在这一期的《小说新报》上发表了《对于本报第六年之三大希望》的文章，提出本年度的三大希望是：“融和新旧潮流”、“鼓励爱国精神”、“树立小说模范”。文章语言铿锵，情绪激越，表示：“众人皆醉，而我独醒，众人皆浊，而我独清，当使社会风尚受我转移，而我不受社会同化，当使小说潮流为我镇定，而我不为潮流激荡，诗云风雨如晦，鸡鸣不已，本报当仁不让，宁敢辞其责，誓驱漫天烟雾，一举扫荡，群邪既已潜形，太空依旧清明，使吾《小说新报》长为小说界之模范，后之作者，皆可有所师承也。”看得出包醒独是带着一股雄心壮志接编《小说新报》的。在他的努力下，《小说新报》的社会现实色彩明显加浓，经他的手新编入的两部长篇小说是吴双热的《一零八》和赵苕狂的《社会罪恶史》，这两部小说均有较强的

---

[1] 许指严(1875—1923)，名国英，字志毅，别署砚耕庐主，又字弹花阁主，江苏武进人。许指严出身于一个官宦之家，其祖父曾在北京清廷为官，习知朝局隐秘，他创作小说的很多素材均来自其祖父的叙述，因此，他又被称为“掌故小说家”。他的作品主要有《京华新梦》、《三海秘录》、《十叶野闻》等。

社会批判性。特别是贡少芹发表的不少时曲、时调更给人以耳目一新的感觉。期刊的社会现实性是加强了，但整体风格还是浓浓的哀艳之气，除了那些言情小说、谐薮、艳藻占数量上绝对优势之外，还有那些妓女的照片将杂志当头"罩住"，翻开杂志，扑面而来的就是一股脂粉气息。

《小说新报》停刊一年后，1922 年贡少芹接编《小说新报》，该刊发生了重要的变化，最突出的表现为两个方面，一是名伶的照片取代了妓女的照片占刊用照片的绝大多数，此举起码说明一个问题，杂志的编辑者希望能提高杂志的格调；二是反映社会现实的作品已占主导地位，爱国保族、忧国忧民的意识已成为了该刊主要的价值取向。贡少芹在这一年的杂志上，除了连载他的长篇小说《尘海燃犀录》之外，每一期上都有他的短篇小说。他的作品可以说直接影响了杂志的发展趋向。在第 7 年第 5 期《小说新报》上，贡少芹用白话写了一篇短篇小说《亡国奴自豪语》。小说写了一对青年误入租界而遭到印度巡捕的恶打，一青年骂印度巡捕为亡国奴，从而引发出印捕的这么一番话："我是亡国奴，诚然不错，你的国未亡我也知道，但就目前而论，我这亡国的人，还能管束你这未亡国的人，你这未亡国的人竟没有权力奈何我亡国的人，怎么样？即此一端，我和你比较也足以自豪的了。还有一层，我做外人的奴隶，并不曾做你国里人的奴隶，你休得小觑我。国亡之后还有做奴隶的资格，你们到那亡国时，便是想做奴隶，我只想你们这般瘦怯怯的身躯，文绉绉的模样，未必当外国人的选。我是实授的亡国奴，你们是候补的亡国奴，论阶级你比我还差得远呢！"小说的结尾更妙，来了两个华捕，竟将两位青年捉到行里去了。受到青年的责问后，华捕的回答是："他骂的是你，不曾骂着我，干我甚事。"这篇纪实性的小说构思十分简单，完全是为了表现作者的爱国情绪而铺陈的。贡少芹在小说篇末作小记说，他写这篇小说时是"一副急泪辄涔涔下"，是"实欲使我国人闻此事有所觉悟耳"。贡少芹的这种思想情绪对其他作家也产生了很大影响，期刊上出现了大批的"纪实小说"、"社会小说"、"讽刺小说"等作品，就连善写言情小说的李定夷也在其上发表了他的最新的"时事小说"《芝兰缘》，也在揭露日本人的险恶用心。[1]

---

〔1〕 李定夷的长篇"时事小说"《芝兰缘》是写梅兰芳的事。小说对日本人吹拜梅兰芳大为不满，说："小梅那年到日本，日本人非常欢迎，比到欢迎什么人也起劲，小梅怡然受之不愧不辱。日本人说他天资聪明，人才好、艺术好、仪表好，自顶至踵几乎无一不好，便提倡要替小梅铸铜像，以表其崇拜景仰之诚，不是五四运动突起，留东学界逼着小梅回国，一座铜像定然到手了。你道日本人此举是何用意？他以为中国四万万人个个是豚犬，只有小梅是首屈人物，是以欢迎崇拜，这不是明明侮辱中国人吗？糟蹋中国人可谓深入肌里，然而小梅逢人自诩还以为在日本大受欢迎，替中国人争气咧！"

按照贡少芹的办刊方针,《小说新报》在新时期应该是站得住脚的,但可惜当1923年天台山农(刘青,又名文介,字介玉,浙江黄岩人)接编第8卷第1期《小说新报》后,杂志的风貌又回到了原来的状况。虽然在第1期专门刊出“征求男女学生作品的简章”,试图刊出一些新人物的新作品,但所载作品大多是老风格的言情小说,如海上说梦人的《古井重波记》、顾佛影的《斜阳烟柳录》等,后面的笔记又一次大量地刊出了“艳藻”之类的四六骈文。照片的选用上,妓女的照片再一次地卷土重来。此时,其他通俗文学期刊纷纷地改变自己的风貌,以合时代的要求,而天台山农却要使《小说新报》恢复到原来的面貌,又怎么能有生命力呢?的确,《小说新报》出到这一年第9期后,也就不知所终了。

第四节 悄悄变化之中的文学期刊

——《小说月报》(1—11卷)与《小说画报》

《小说月报》1910年8月29日在上海创刊,月刊,商务印书馆总发行。《小说月报》至1931年12月停刊,共22卷。从创刊号到3卷4期,由王蕴章主编。王蕴章去南洋后,由恽铁樵接编至9卷1期,仍由回来的王蕴章接编,至12卷1号起,改由沈雁冰接编,成为“文学研究会”的刊物。《小说月报》前11卷被认为是中国通俗文学期刊,后11卷被认为是中国新文学期刊。

王蕴章(1884—1942),字尊农,别号西神残客,作品多署王西神。无锡人。清光绪壬寅科(1902)举人。中举时年仅16岁。据说喜报到时,他还在城头放风筝。南社社员。他为商务印书馆创办了《小说月报》,兼编《妇女杂志》,任《新闻报》秘书,主持正风文学院,为沪江大学教授。他的著述,据郑逸梅《南社社友著述存目表》上记列有十数种,如《西神小说集》、《云外珠楼集》、《雪蕉吟馆集》等等。

恽铁樵(1878—1935),名树珏,别号冷风、焦木、黄山民,江苏省武进县人。幼年时,父母相继病故,靠族人生活,13岁时就读于族人家塾,16岁考中秀才,26岁时考入上海南洋公学,毕业后,一度去湖南长沙任教,不久即回上海在浦东中学执鞭。1911年,恽铁樵进商务印书馆编译所工作,开始翻译外国小说。1912年接编《小说月报》。1918年,他的兴趣转向医学,1920年挂牌行医。他的听力竟逐步失聪,看病时常用一扬声筒与病人交谈,因而有“神聋医”之称。1935年7月25日在上海逝世,终年57岁。恽铁樵的文学著作不多,除了《小说时报》上有部分译作之外,大多集中在《小说月报》上,从医之后,他的著作就屈指可数了。

从1910年至1921年,《小说月报》在通俗文学作家手中整整编了10年,它也就成为了这个时期办刊时间最长的文学期刊。在这长长的10年之中,《小说月报》的办刊方针在总的“移译名作,缀述新闻,灌输新理,增进常识”原则指导下,悄悄地发生着变化,这些变化也记载着中国的文学风气正在悄悄地转向。

商务印务馆曾于1903年创刊《绣像小说》,后由于1906年主编李伯元病逝而停刊。1910年商务印书馆创办《小说月报》显然是想承《绣像小说》而继刊的。创刊号上的《编辑大意》说:“本馆旧有《绣像小说》之刊,欢迎一时,嗣响遽寂,用广前例,辑成是报,匪曰丹稗黄流,滥觞虞初,庶几撮壤涓流,贡诸社会。”为了《绣像小说》的延续,《小说月报》才创刊的,为此“本报各种小说皆敦请名人分门担任,材料丰富,趣味浓深,其体裁则长篇、短篇、文言、白话、著作、翻译无美不搜,其内容则侦探、言情、政治、历史、科学、社会各种皆备,末更附以译丛、杂纂、笔记、文苑、新知识、传奇、改良新戏诸门类,广说部之范围,助报余之采撷,每期限于篇幅,虽不能一一登载,至少必在八种以上”。从这段《编辑大意》中可以看出,《小说时报》创刊之时并不想有什么特别的要求,做出什么特别的事情,只是想“用广”《绣像小说》的“前例”而已。

《绣像小说》之所以有影响,在于它对社会的揭露和谴责。《文明小史》(李伯元)、《活地狱》(李伯元)、《老残游记》(洪都百炼生)、《负曝闲谈》(蘧园)等小说代表了期刊的水平。应该说《小说月报》前三卷的水平是赶不上《绣像小说》的。这三卷中的文学作品主要是译作,其中贯穿始终的是林纾笔述、陈家麟口译的两部长篇《双雄较剑录》和《薄幸郎》,中国作家的创作不多。在仅有的数篇中国作家的作品中还值得评述的只是主编王蕴章自己的作品。王蕴章的作品大都是一些社会伦理小说,他喜欢将一些自己思考的问题通过小说表现之。《碧玉环》写的是某少年来京求官被骗诈的故事,小说意在说明社会之黑暗、人心之险恶,青年当自重。《猩红劫》写的是家长溺爱儿女而造成婚姻上的惨剧,意在提醒家长们对儿女的教育要有“坚定的毅力”。大概是怕读者不能理解他的小说中的意思,他在小说之前或之后总要加上几句议论,以点出小说的题旨。王蕴章的小说题旨和结构均很平平,他的小说的过人之处在于小说语言的简洁、典丽,是以词章之笔写小说的。王蕴章在当时文坛上并不以写小说见长,而以词章著名。钱基博在《现代中国文学史·古文学·词》中点评说:“余杭徐珂仲可、淳安邵端彭次公、无锡王蕴章西神,亦皆以词有名,年辈差次,而归趋略同。”评价是不低的。在《小说月报》上,他发表了不少词章,如《买陂塘》、《渡江云》等等。他的词章之笔使他的小说别有风味:“某少年,蜀产,挟重资入都,谋营干,寓宣武门外,比邻魏生,年相若,性倜傥,修边幅,以佐杂谒选,过从甚密,五陵裘马,相对翩翩,客中得此良不恶,暇则挟弹吹箫,经过赵李,春风得意马蹄疾,一日看遍长安花。”这是他的小说《碧玉环》开首段,遣词断句如词章一般。

《小说月报》在恽铁樵手上得到了很大的改进,其办刊风格开始出现重大改革。在《小说月报》第3卷第7期上,恽铁樵发表了《本社特别广告》,这是他接编《小说月报》后的首次表态:

> 本报自本期起,封面插图用美人、名士、风景、古迹诸摄影,或东、西男女文豪小影。其妓女照片虽美不录。内容侧重文学、诗古文词,诸体咸备。长、短篇小说及传奇新剧诸栏,皆精心撰选,务使清新隽永,不落恒蹊。间有未安,皆从割爱。故能雅驯而不艰深,浅显而不俚俗,可供公暇遣兴之需,亦资课余补助之用。

杂志的封面和插图虽不能完全代表期刊的风格,但它的确是期刊的一张“脸”,它代表了编辑者的情趣和示人的面貌。自《小说时报》大量刊用妓女照片之后,杂志的封面和插图刊用妓女的照片也就成了一股风,此时的文学期刊皆不能免。《小说月报》的前三卷同样也刊有“北京妓女谢卿卿”、“上海名妓花元春”等照片。恽铁樵接编之后,首先就将此风摒弃。在他的手上出现了“中国第一女侠秋瑾”、“法国革命纪功碑”、“法国大小说家嚣俄”、“19世纪小说大家司各脱”等封面照,的确给人一种面貌一新的感觉。恽铁樵接编《小说月报》时正是徐枕亚的《玉梨魂》和吴双热的《孽冤镜》风行之时,那“天下同悲”的魔力在文坛刮起灼灼炙手的言情风,群效群仿,一片哀情、艳情。恽铁樵对此是很有看法的,他在《小说月报》第4卷第12期《特别广告·本社函件丛录》中特别谈到这个问题,他认为:“言情之作,固为社会欢迎。若触目皆是,未免积久生厌,迨乎山重水复,不得不做反面文章,以济其穷。而其结果,乃教猿升木。且香艳文字不能素解,甚于散文。迨既流于淫荡,则父兄将诫其子弟不许翻检。”他并非反对言情小说，而是反对“山重水复”的模仿，和“流于淫荡”的社会效果。他继续分析道：“外国言情小说层出不穷，推原其故，则以彼帮有男女交际而言，吾国无之。彼以自由结婚为法，我国尚在新旧嬗蜕之时……是故欧洲言情小说取之社会而有余；我国言情小说，搜索枯肠而不足。”哀婚姻不自由是民初言情小说积极的思想价值，但是作者如果认识不到这一点，以为只要拉上几个痴男怨女，造成一些生离死别的情节，写上一些哀怨顽艳的词藻，也就成为了言情小说，这样的言情小说既没有社会基础，也没有社会意义，属于“搜索枯肠”式的言情小说。对于这样的小说，恽铁樵宣布“敝报中几乎摒弃不用”。这也就是他在《本社特别广告》中提出的“不落恒蹊”的意思。那么，什么是“清新隽永”呢？恽铁樵在此时再一次提出了小说的社会功利观，他在第 7 卷第 3 期《小说报》的《再答某君书》中说：《红楼梦》和《儒林外史》为小说之上品，是因为“《红楼梦》写情俗于表面，写盛衰兴亡于里面；《儒林外史》侧重社会”，而《西厢记》就不能算是上品，那是因为：“《西厢记》仅言男女而无归束以后之事，此可谓有宾而无主。”由此可见，他强调的是小说的教化功能，而那些男女之间的爱情游戏只是附属而已。既要有趣味，又要有思想意义，既“可供公暇遣兴之需”，又可“资课余补助之用”，这就是恽铁樵的办刊方针。这种办刊方针在晚清时候并不新鲜，但在此时却显得《小说月报》别具一格了。

恽铁樵的办刊方针为以后的《小说月报》带来了特色，最明显的变化是言情小说明显减少，反映社会现实的小说明显增加。恽铁樵的《工人小史》和程瞻庐的《茶寮小史》是此时的《小说月报》的代表作。

写现实生活，反映社会问题是不久而来的“五四”文学的特色，应该承认，它的起步也就在此时的《小说月报》。长期以来，史论家们一直把《小说月报》第 12 卷第 1 期沈雁冰接编之后作为新旧文学的分水岭，好像之前一切都是旧的，之后一切都是新的，这种截然武断的分法是不符合实际的。其实，任何一种事物发生变化都有其准备酝酿的过程，试想一下，如果没有恽铁樵对《小说月报》办刊方针的改革，没有这些现实主义作品的铺垫，《小说月报》的读者能一下子接受沈雁冰全面改革的主张、接受那些创作风格全新的作品吗？看不到现实主义作品的实绩，恐怕那些满是“生意眼”的商务印书馆的主持人并不敢将《小说月报》交给一个全新人物去编的。

《小说月报》进入 1920 年第 11 卷时出现了震荡。在第 11 卷第 1 期上，

有一则《小说月报征文广告》:

> 本志自十一卷起,改良体例,欢迎投稿,重订条例如下:
> (一)小说新潮栏
> 不论译著,每篇以一、二千字至七、八千字为限,兼收新体诗歌及剧本。
> (二)编辑余谈
> 每则以千字以内为限。
> (三)说丛
> 不论译著,亦不限定文言白话,惟以短篇为限,长篇不收。

短篇小说在“五四”文学时期不仅仅是一种文体,而是一种新文学的标志,胡适曾专门作过《论短篇小说》的演讲,他说:“最近世界文学的趋势,都是由长趋短,由繁多趋简要……今日中国的文学,最不讲经济。那些古文家和那‘聊斋滥调’的小说家,只会记‘某时到,某地遇,某人作某事’的死账,毫不懂状物写情是全靠琐屑节目的。那些长篇小说家又只会做那无穷无极《九尾龟》一类的小说,连体裁布局都不知道,不要说文学的经济了。”胡适的这段话显然是有所指的。大概也是为了使文学期刊符合“世界文学的趋势”,《小说月报》发表了这个广告,提出了“短篇为限,长篇不收”的要求,并专门开辟了“小说新潮栏”以刊载一些新小说,开辟了“编辑余谈”的栏目以刊载一些理论文章,但为了照顾一些传统的作者的情绪,还保留了“说丛”的栏目。但是,从所载的作品实际状况来看,除了文章、小说短了一些之外,“小说新潮栏”和“说丛”所载的作家作品是没有什么两样的。到了第11卷第10期上,《小说月报》又发表了一个《本社启事》:

> 本报自本号起,将“说丛”一栏删除,一律采用“小说新潮栏”之最新译著小说,以应文学之潮流,谋说部之改进。以后每号添列“社说”一栏,略如前数号“编辑余谈”之材料,凡有以(一)研究小说之作法;(二)欧美小说界之近闻;(三)关于小说讨论等稿见惠者,毋任欢迎。

看得出《小说月报》的主持者们是很想让期刊“以应文学之潮流”的,但所载作品除了周瘦鹃翻译的易卜生的剧本《社会柱石》之外,其他都未变,只不过一起归为“小说新潮”栏目而已，“文苑”栏目里所载的诗文更是一成不变，陈立三、石遗等人的诗文占主导地位。

到了《小说月报》第11卷第12期上，以小说月报社的名义专门发了一个启事：“小说月报自第十二卷第一号起，刷新内容，减少定价，并特约新文学名家多人任长期撰著。”并在这一期上刊载了一篇《专件》，发表了五则《本月刊特别启事》。现将《本月刊特别启事一》、《本月刊特别启事五》全文录之如下：

本月刊特别启事一

爱读本月刊诸君子！本月刊与诸君相见，凡十一年矣；此十一年中，国内思想界屡呈变换，本月刊亦常顺应环境，步步改革，冀为我国文学尽一份之力，此固常读本刊诸君子所稔知者也。

近年以来，新思想东渐，新文学已过其建设之第一幕而方谋充量发展，本月刊鉴于时机之既至，亦愿本介绍西洋文学之素志，勉为新文学前途尽提倡鼓吹之一份天职。自明年十二卷第一期起，本月刊将尽其能力介绍西洋之新文学，并输进研究新文学应有之常识，面目既已一新，精神当亦不同，旧有门类略有更改，兹分条具举如下：

(甲)论评　发表个人对于新文学之主张。

(乙)研究　介绍西洋文学思潮，输进文学常识。

(丙)译丛　本刊前此所译，以西洋名家小说居多，今年已译剧本，自明年起，拟加译诗，三者皆选西洋最新派之名著移译。

(丁)创作　国人自作之新文学作品，不论长篇短篇，择优汇集于此栏。

(戊)特载　此门所收，皆最新之文艺思想及文艺作品，从此可以窥见西洋文艺将来之趋势。

(己)史传　文学家传及西洋各国文学史均入此门，读者从此可以窥西洋文艺发达之来源。

(庚)杂载　此栏又分为：

(子)文艺丛谭　此为小品

(丑)海外文坛消息

(寅)书报评论

以上各门之中，将来仍拟多载(丙)(丁)两门材料，而以渐输进文学常识，以避过形枯索之盛，尚祈海内研究之君子有以教之。

本月刊特别启事五

本刊明年起更改体例,文学研究会诸先生允担任撰著,敬列诸先生之台名如下:

周作人 瞿世英 叶绍钧 耿济之 蒋百里 郭梦良 许地山 郭绍虞 冰心女士 郑振铎 明 心 卢隐女士 孙伏园 王统照 沈雁冰

至此,《小说月报》完成了通俗文学期刊向新文学期刊的过渡。

《小说月报》是由商务印书馆主办,实力雄厚,影响较大,特别是恽铁樵的严肃、认真的办刊方针,使得《小说月报》表现出一种期刊大家的风范。众多作者以能在《小说月报》上刊载作品感到荣耀,而主编恽铁樵特别善于扶持嘉勉后进,很多作家都是在他的扶持嘉勉下走上文坛的,这些作家对之留下了深刻的印象。后来蜚声文坛的张恨水是这样回忆他的处女作发表时的情形:“……稿子寄出去了,我也只是寄出去而已,并没有任何被选的幻想。可是事有出于意外,四五天后,一封来自商务印书馆的信,放在我寝室的桌上。我料着是退稿,悄悄的将它拆开。奇怪,里面没有稿子,是编者恽铁樵先生的回信。信上说,稿子很好,意思尤可钦佩,容缓选载。我这一喜,几乎发了狂。”[1]此时的张恨水才18岁,正在苏州蒙藏垦殖学堂读书,恽铁樵读稿论稿是论质不论人的。鲁迅的第一篇小说发表在《小说月报》第4卷第1期上,1934年鲁迅写给杨斋云的信中曾经这样提到:“现在都说我的第一篇小说是《狂人日记》,其实我的最初排了活字的东西,是一篇文言短篇小说,登在《小说林》(?)上。那时恐怕还在革命之前,题目和笔名,都忘记了,内容是讲私塾里的事情的,后有恽铁樵的批语,还得了几本小说,算是奖品。”由于时间久远,鲁迅记不清小说发表的刊物名称和发表时间了。在这篇署名周逴的小说中,恽铁樵加了“转弯处俱见笔力”、“写的活现,真绘声绘影”、“状物入细”等等批语。在小说结尾,恽铁樵的批语是:“实处可致力,空处不能致力,然初步不误。灵机人所固有,非难事也。曾见青年才能握管,便讲

〔1〕 张恨水:《我的创作和生活》。我国现代侦探小说作家程小青也从恽铁樵处受惠颇多。郑逸梅在《程小青和世界书局》中说:“(程小青)阅览《水浒传》,投寄《小说月报》,编辑恽铁樵大加称赞,邀他一谈,并勉他多读前人著作,尤其《礼记·檀弓篇》更非精读不可。他经此鼓励,益复沉酣深造,一意于稗官小说。一方面阅看柯南道尔的《福尔摩斯探案》,深感兴趣,他就别辟蹊境,撰符合我国国情和风俗习惯的《霍桑探案》,读者遍及南北,在东南亚一带也拥有相当数量的读者。”(《清末民初文坛轶事》,学林出版社1987年2月版)

词章，卒致满纸饾饤，无有是处，亟宜以此等文字药之。”恽铁樵不仅高度评价了这篇小说的艺术功力，还将其作为范文推荐之。这样的评价放在一个从未发表过小说的青年作者的作品上，可见恽铁樵的眼光和实实在在的编辑态度。[1]《小说月报》培养了众多的文学新人，走出了不少叱咤文坛数十年的大作家，这种说法大概并不为过。

《小说月报》依托的是商务印书馆编译所，使得它的“译丛”成为办得比较出色的一个栏目，特别是前面几卷“译丛”中都刊有大量的作品，内容也极其庞杂，有科技发明、工业近况、文艺体育、商品买卖、风俗风情……每篇文章篇幅并不长，但确实使国人大开眼界，也给《小说月报》带来了新文化、新知识的气息，这是其他文学期刊所不能比拟的。

《小说画报》自 1917 年 1 月在上海创刊，到 1920 年 8 月，笔者所见共 22 期。包天笑为主编。主要撰稿人有天笑（包天笑）、小凤（叶小凤）、瘦鹃（周瘦鹃）、毅汉（张毅汉）、天虚我生（陈栩）、春明逐客（毕倚虹）、半侬（刘半农）、卓呆（徐卓呆）、烟桥（范烟桥）等。

在《小说画报》的创刊号上，包天笑作《短引》说：“鄙人从事于小说界十余寒暑矣，惟检点旧稿，翻译多而撰述少，文言夥而俗话鲜。……乃本斯旨，创兹《小说画报》，词取浅显，意则高深，用为杂志体例。”他在该刊《例言》中标明：“小说以白话为正宗，本杂志全用白话体取其雅俗共赏，凡闺秀学生商界工人无不咸宜。”同年同月，胡适在《新青年》上发表了《文学改良刍议》一文，提出了文言已死、白话为正宗的理论，而此时包天笑等人已有这样的见解，十分难得。在《新小说》、《小说时报》、《月月小说》、《小说新报》等杂志上也曾出现过白话小说作品，如梁启超的《新中国未来记》，以及一些社会谴责小说等等。然而就总体而言，这些杂志至多做到以文言为主、文白相杂的程度，它们始终不敢也不愿公开声明用白话进行创作。即使是“五四”时期力

〔1〕 恽铁樵实实在在的编辑态度还有一个典型的例子：当时刚涉文坛的程瞻庐曾以《孝女蔡蕙弹词》投寄《小说月报》，恽铁樵接到稿子后决定刊用，回信一封，信上说：“弟读大著小说甚多，总不如此次弹词足以令我心折。昔家南田先生见王石谷山水，叹云‘吾不为第二手’，自有尊著弹词，虽有善者继起，亦恐不免为第二手矣。选材道学而不腐，修同明爽而深隐，尤妙在曲折如志，应有尽者，信乎一时无两，佩服佩服。”当《孝女蔡蕙弹词》在《小说月报》刊出不久，恽铁樵又给程瞻庐写去一信：“尊者弹词，已印入《小说月报》中，复校一过，不胜佩服，觉前次奉赠四十元，实太菲薄。如此佳稿，无论若何金融恐慌，亦须略酬著者劳苦。兹待补上《蔡蕙》篇润十四元，即希察收。前此愦愦，因有费之故，竟将大文抑价，实未允当，心殊悔之，公当能谅其区区，勿加以笑谬也。”从这个例子中，更可见恽铁樵的编辑作风了。

行白话文运动的《新青年》,也是到了1918年5月鲁迅发表《狂人日记》以后才开始用白话创作的。《小说画报》此时公开提出以白话为小说创作的正宗,而且创作上完全白话化,成为我国第一份白话文学杂志。

《小说画报》上的白话创作,尤其表现在短篇小说上。我国古代的短篇小说受话本的影响很大,白话本是一个重要的角色。然而,到了明清,白话短篇小说就逐渐消失了。对此,胡适曾提出两条消失的原因:第一,因为白话的“章回小说”发达了,反而阻碍了白话短篇小说的发达;第二,是因为明末清初的文人,很做了一些文言的短篇小说,如《聊斋志异》等著作,从而代替了白话短篇小说(胡适《论短篇小说》)。胡适的分析是有道理的。我认为还应补充一点,即当小说创作从说话艺术变为文学创作的时候,它的创作者就由说话人变成了文人,他们自然更关注喜爱用“雅言”的士大夫,而只能令一班惯用“俗语”的市民来迁就自己了,于是白话的短篇小说就因其简单和浅薄而被摒弃一旁。小说艺术从根本上说是一种语言艺术,而这种语言艺术囿于文人的书斋之内,小说的艺术生命力就必然萎缩了。小说要发展,就必须从文人的书斋中走出来,用大多数人都能接受的形式表现丰富复杂的社会生活。这就首先要求小说语言的白话化。由此,我们就看到《小说画报》的贡献了。《小说画报》上首次大量出现了白话短篇小说,从创刊号起每期都刊登4至6篇白话短篇小说,这是我国小说史上前所未有的。它的出现给当时的短篇小说创作带来了新的变化,打破了当时文言短篇小说(如林纾创作的短篇小说)一统天下的局面,也为中国短篇小说的现代化提供了语言条件。

语言的解放,使日常生活用语和市井口语成为小说语言的重要成分,使小说创作更加贴近生活。特别是它改变了文言小说的呆板和滞重,利用白话的灵活和轻便等特点,增强了作品摹情状态的能力。如周瘦鹃的《父》中写丁通山父子相见的一段:

> 那人支吾了一会儿才道:“我唤丁通山,不过流落了十多年,几乎把这名都忘了,那些化子朋友都称我做老丁,因此你倘不问我时,我竟记不起来了。”说完把身儿牵动着,伸手到那破棉袄里去搔爬一会儿,接着伸出手来,把指甲儿轻轻一弹,就有一个小黑铅珠似的着在乐天脸上。

这种细致入微的描写和灵活多变的句式是“之乎者也”的文言文难以完成

的。丁通山欲言又止，言罢又遮掩的矛盾心理从中得到了较好的表现。

用白话写作的风气在当时也逐步形成了，白话报纸大量地涌现，白话报章文体已成了时髦文体。但这样的白话报章文体有着严重的把白话变为"写话"的缺陷，显得芜杂和散漫。和它们不同，《小说画报》上的创作语言很注意结构上的推敲。作家们注意到了口语和书面语的相融，增强了小说语言的文学性。如刘半农《可怜之少年》中的一段概述：

> 我和他交情虽不能算十分浓厚，但是也很相契，有时切磋问难，他也当我长兄一般，我有什么劝告，他也很能听我，然而我不能拔他出于堕落之中，冥冥之中未免有负此友。

这段白话之中，不但没有白话报章文体中那些令人难受的"啊"或"唉"的滥用，而且很巧妙地穿插了一些书面词汇，如"浓厚"、"相契"、"切磋问难"、"冥冥"等等。语言既明白易懂，又意味深长。从中可以看出作者驾驭白话语言的功力。

当然，优秀的小说语言决不仅仅停留在能够明白地描绘上，而在于它对人物的语言和行为深刻的摹仿上，从中能表现出人物的性格。《小说画报》使我国小说创作语言从文言走向白话，但还不能称为优秀的现代短篇小说语言，它对事物的描写，只做到了细致，而不能深刻；它对人物的描写，只做到了明白生动，而不能呼之欲出。这和鲁迅的短篇小说一比就可以看出，祥林嫂的"只有那眼珠间或一轮，还可以表示她是一个活物"的形象刻画，阿Q的"妈妈的，儿子打老子"的损人诅咒，这些入木三分的人物性格语言在他们的小说中是不多见的，相比之下，他们的小说语言就显得过于浮泛华丽和冗长累赘了。

小说现代化的重要标志就是打破恒定的叙述时空关系，如果把时间视为不可逾越的、恒定向前发展的长河，那么空间就只能随着这条长河的发展延伸下去，就形成了我国传统的叙事模式；如果把时间视做可以停顿、拆散、颠倒、折叠的话，那么空间就可以定格、重新组合、因果颠倒和画面复合，这就是我们所说的现代小说创作手段。这些现代小说的创作手段具体地表现为由倒装叙述和交错叙述取代传统的连贯叙述；由人物视角取代传统的全知视角；由性格中心和背景中心取代传统的情节中心。应该说《小说画报》正是一份过渡期的文学期刊。

表 2-2　《小说画报》短篇小说叙事角度统计表

期刊时间	作品总数	全知叙事	第一人称	第三人称	纯客观叙事
1917—1922	90	50	19	19	2

表 2-3　《小说画报》短篇小说叙述中心统计表

期刊时间	作品总数	情节中心	性格中心	背景中心
1917—1922	90	68	15	7

表 2-4　《小说画报》短篇小说叙事结构统计表

期刊时间	作品总数	连贯叙述	倒装叙述	交错叙述
1917—1922	90	51	37	2

在近代最早用第一人称写小说的是吴趼人,他在《月月小说》发表的短篇小说大多是用第一人称写的。从《小说画报》上我们可以看到此时的通俗文学作家不仅用第一人称写作,还出现第三人称和纯客观叙事的叙事角度,这就大大增强了小说创作的客观性。和全知叙事角度比较起来,人物的叙事视角已占总数的 44%;情节中心虽然还占《小说画报》短篇小说叙事中心的绝大多数,但写人物命运的性格中心和写某一种社会问题的背景中心已占有相当的比例,它们占总数的 24%;变化最大的是叙事结构的变化,倒装叙述和交错叙述已占作品总数的 43%,此时的作家基本上都学会了用倒叙的手法写小说,有些作家还能抓住人物的命运为线索,用交错的手法安排时空,如最哉的《求婚》写妹妹玉瑛替哥哥春生向同学漱玉求婚。像这样的言情小说,传统的手法总是先写各自的家庭状况、各位人物的情况、求婚的过程和变化、求婚的成功和婚后的美满。这篇小说同样也是这些内容,但在写作上完全是以玉瑛、春生、漱玉不同的性格为中心,而将那些“必须”要交代的内容完全打散在各自的性格描写中去了。《小说画报》之所以有这样的变化主要得益于三个方面,一是在《小说画报》写作的主要作家大多是译过很多外国小说的译家,使得他们在创作小说时就很自然地模仿他们所熟悉的外国小说的构思和布局,例如张毅汉、徐卓呆的作品几乎每一篇都有外国小说的“气味”;二是《小说画报》要求作家全部用白话创作,过去那种文言创作所形成的创作模式自然就被打破了,作家具有了创作构思的自由空间,具有了尝试新结构、新布局的勇气和机会,最为典型的例子是《小说画报》中开始出现了一些对话体的小说(如第 10 期上的《怀儿》、《我的肉》等);三是时代

的风气的熏陶。1921年《小说月报》由沈雁冰接编后，就提倡以写实主义为标志的新文学。胡适的《论短篇小说》和茅盾的《自然主义与中国现代小说》等介绍短篇小说创作技法的文章，都对《小说画报》作家们产生了影响。虽然他们掌握得还不够准确，但的确是朝这个方向努力的。《小说画报》第10期有篇小说叫《荒岛》，作者刘延陵开头就说："刘延陵放下笔来，鞠躬说道：看官，诸位可晓得现在欧洲小说的气派，已经由理想主义变为自然主义么，自然主义或者叫做写实主义，就是一篇小说能为实事最好，就是不是事实，其中所讲的话也要切近实际的情形事理。在下这篇小说别的没有长处，惟有所讲的故事倒有十分之三分半是件实事。文中的主人公姓余，是位广东朋友，数年前在下在上海读书的时候曾经与他见过，诸位若是疑惑这篇故事是在下杜撰的，可以写信去问他就晓得了，他呢，现在是住在上海秘鲁国租界清天路X门牌九千九百九十九号九的洋房里面。"把写实主义看成就是写实事显然是不对的，但也说明作者是想写出一篇写实主义作品来的，而且这部写华侨生活的小说的确也用了不少写实主义的技法，如人物刻画、情节倒叙等等。

《小说画报》的小说题材也有重大改变，如下表所示：

表2-5 《小说画报》短篇小说题材分类统计表

期刊时间	作品总数	社会小说	劳工小说	时事小说	言情小说	武侠小说	道德小说
1917—1922	90	27	11	16	21	1	14

虽然言情小说和道德小说所占比例还是占总数的三分之一，但像前一段时间那种单纯地写痴男怨女相亲相悦的哀艳的言情小说，或者单纯是演绎传统道德的道德小说几乎不见了，它们都带有很强的社会性。特别值得指出的是《小说画报》中出现了一定数量的劳工小说和时事小说，这是以前的通俗文学期刊中不多见的。劳工小说是指反映下层人民生活的作品，有反映劳动人生活苦乐的，如周瘦鹃的《檐下》，刘半农的《催租叟》；有写苦学生读书的，如刘半农的《可怜之少年》；有写工人被迫罢工的，如毅汉的《罢工人》；有写丫环生活之困苦的，如徐卓呆的《此何声耶》，也有写华侨悲苦生活的，如刘延陵的《荒岛》等等。这种写作趋向是和当时"劳工神圣"的时代风尚相合拍的。"劳工神圣"的口号是新文化的同人们喊出来的，作为文学界的反应，鲁迅农民题材的小说反映出中国农民精神和肉体上的痛苦，而《小说画报》所载的劳工小说则可以看做当时表现城市下层人民痛苦生活最充分的小说了。《小说画报》中的时事小说表现为关心当时时事的热点问题，如共

和体制和共和人的关系(毅汉的《国旗之光》)、爱国精神和人的品格的关系(半侬《奴才》)、国债和偿还问题(天笑《七年公债票》)、外交的胜负和国力强弱的问题(天笑《蜘蛛吃苍蝇》)、军阀的混战与扰民的问题(张碧梧《劫后余生》)等等。在这些小说中,作者或者是提出自己的治国之道,或者提出做人的标准,或者是对社会不合理之处加以批判,或者就发出自我的同情感慨之声,是非分明,毫不含糊,有时干脆站出来发表一通议论,这些题材的小说出现也就使得《小说画报》具有很强的社会现实的色彩。

当然,和“五四”新文学的优秀作品相比,这些小说都存在着很大差距。在“人的文学”观念的指导下,鲁迅写出了众多的震撼读者心灵的作品,而他们的作品只是停留在一般生活的介绍上,停留在同情的态度上。由于对中国传统文化、传统的伦理道德缺乏反省的精神,他们的作品就难以出现震撼人心的力量。同样,在小说创作的技巧上还处于被动的模仿的层次上,机械人为的痕迹非常明显,例如一些第一人称的倒装叙述也就是用概述的方法将故事的结局或作者的议论放到作品的前面来,一些性格形象的塑造还只是一些介绍性的语言,反之,那些“且说”、“有一个人……”等故事式的开首还常常是他们小说的开头语。能够真正地了解和掌握现代小说的创作技巧,并能够随心所欲地为我活用,这才是小说技巧现代化的境界。

该刊既称画报,当以图画为其特色。在此之前的文学杂志,大都封面固定不变,杂志内即使有插图,无非是些名妓名优的照片。《小说画报》的绘画由钱瘦鹤主持,并特约了丁悚、杜宇、雪泥等名家为主笔。在他们的编辑下,《小说画报》坚持每期封面的变换,如从第13期开始,即1918年,这一年为戊午年,午属马,每期封面都绘着马儿,如《走马看花》、《驰马试剑》、《悬崖勒马》、《檀溪跃马》等。这就打破了以前杂志的封面不变的僵死和呆板的格局。他们充分利用了绘画的力量,不仅每期前加印水粉画一张,每篇小说之中都插有好几幅图画,即使补白也常用许多小图画组成。将小说情节绘成图画,充分显示出的形象化,正如他们在广告上宣传的那样,可以达到“怡神怡目”的效果。他们的这些做法固然有游戏主义的成分,但确实大大提高了小说的艺术魅力。

第三章　通俗文学期刊:与新文学期刊并列的另一系列(1922—1937)

第一节　中国通俗文学期刊趋向成熟
——通俗文学"个性"定位和期刊的群体分类

这一时期中国文学期刊史上最大的变化莫过于新文学期刊登上历史舞台,并形成了新文学期刊和通俗文学期刊两大系列。为了取得文学的正宗的地位,新文学作家对通俗文学展开了全面的批判。自1921年1月沈雁冰主持《小说月报》,一直到30年代初"左联"成立后,这种批判一直没有间断过。面对着新文学作家的批判,通俗文学作家虽有不满的情绪,但反应是十分虚弱的,基本上是站在被告席上无言地接受着新文学作家的指责和抨击。出了"法庭"之后,通俗文学作家继续根据他们的思维习惯辛勤地操作着他们的文学生涯,并且不知不觉地把对方指责和抨击之中的有益成分融会到他们的文学作品之中去了,结果他们反而创作出了较为成熟的富有时代色彩的通俗文学作品。这种情况的产生有两方面的原因:一方面是由于通俗文学作家的勤奋和努力。与以社会改造为使命进行文学创作的新文学作家不同,通俗文学作家是以兴趣和经济为动力,再加上作家自我的人格标准进行文学创作的,他们把文学创作看成是一种职业,是生存的饭碗,因而他们紧紧跟随着普通老百姓的阅读习惯与喜好的变化,这种习惯与喜好又往往是通过文化市场的需求表现出来的。另一方面是新文学作家给他们提供了发展的余地和机会。新文学作家对通俗文学的批判对提高中国通俗文学作品思想立意和艺术水准都是有积极意义的,他们在探索与实践中逐渐创作出了现代型的通俗文学作品来了。然而新文学对通俗文学的批判却存在着三大误区,这三大误区束缚了新文学自我的发展,却给通俗文学留下廓大的发展空间。一是新文学丢弃了中国文学最大的读者群：市民阶层。沈雁冰是这样批判通俗文学的："这些小说的读者大部分是小市民——即小资产阶级；而这些影片的看客更无例外的是小市民，特别是小市民层的青年(小学生和店员)，梦魂中也念念不忘于金罗汉和红姑(两个都是《火烧红莲寺》里的重要侠客)。"[1]于是，他给通俗文学的定位是：封建的小市民文艺。在中国人口中农民占有绝大多数，市民仅仅占有很少的比例，然而在当时的中国，真正能识字读文者也只是市民阶层，他们的人数虽少，却是文学作品的主要读者群。城市的范围当然不能和广大农村相比，但它却是政治经济文化的中心，它代表着社会风气的迁徙和时代心理的变化，是整个社会的动脉点。如此重要的读者群却被新文学作家狠狠地推出了服务对象的大门。相反，通俗文学作家却在这个领域之中如鱼得水，他们以上海都市为创作背景，写出了这个城市所发生的各个重大事件：五四运动、"五卅"事件、军阀混战、工厂罢工、金融危机、"一·二八"事变等；写出了这个城市中各种人物的心理状态和生活状态，有买办、政客、商人、金融家、军阀，也有工人、店员、学生，甚至是白相人、混混儿、妓女等；同时他们全面地表现了这个城市的人文景观，有交易所、银行、跑马场、游艺场、大饭店，也有工厂、作坊、街坊和弄堂。通俗文学作家非常熟悉小市民，他们把那些熟悉的事诉诸文字，市民读者感到十分亲切，产生了某种共鸣，他们自然也就成为通俗文学作品的稳定的读者群，使得通俗文学批而不倒，赖以生存。而通俗文学作品也正是从市民的特色之中显示出了它的价值，不管它的水平高低，要了解此时中国都市的发展状况，了解此时中国市民的心理状态，就不得不阅读通俗文学作品。二是新文学作家对通俗文学作品的一概否定，使他们远离了中国的传统文化。通俗文学作家在新文学作家的眼中是一无是处的，称他们是"文娼"、"文妖"，称他们的作品是"害人的文字"，是"排泄物"。成仿吾曾这样说："这些卑鄙的文妖所出的恶劣的杂志，我因为不甘糟蹋了宝贵的光阴，所以从来没有仔细看过。然而我们只要把他翻一翻，就可以得到一个确切的评语，就是'该死'二字。"[2]其实，还是应该花些"宝贵的光阴"翻翻这些杂志的，他们的文学虽有些跟不上时代的潮流，但决不是"害人的文字"，更不是什么"排泄物"，更多的是中国传统的文化思想的表现，如家庭的观念、尊老爱幼、报恩复仇、杀富济贫、因果报应等等，这些传统的文化思想几千年来已融化

---

〔1〕 沈雁冰：《封建的小市民文艺》，《东方杂志》第30卷第3号(1933年2月1日出版)。

〔2〕 成仿吾：《歧路》，《创造季刊》第1卷第3期(1924年2月28日出版)。

为中国人的做人的标准和起码的人格，尽管近百年来它们受到外国文化思想的冲击，发生过多次的颠簸，但基本原则始终不变。读这样的文字，中国人就会认可它、承认它，觉得做人做事就应该如此，而新文学作家对这样的文字全部封杀，不利于新文学作品贴近中国广大民众，不利于作品的思想意义与民众阅读心理的融合。对这样的作品，中国的广大民众总是带着崇敬的眼光远远地看着他们。三是新文学作家在批判通俗文学时有着问人不问作品的不良作风，造成了中国现代文学史上新文学和通俗文学两大文学阵营界线分明的对峙。中国近现代通俗文学的起步确实是不高的，它们是由传统小说模式逐步地演变过来的，但是，通俗文学作家们的确创作了不少优秀的作品。然而，只要是通俗文学作家创作的，不论其价值如何，新文学作家总是一概否定。有一个很明显的例子可以说明这个问题。上海"一·二八"事变之后，通俗文学作家们创作了很多"爱国小说"，这些小说的思想意义和艺术表现均属上乘，就因为它们来自于通俗文学作家的笔下，新文学就将这类小说称做"在悲难的事件中打打趣而已"，是"封建余孽作家在小说方面活动的成果"[1]，如此评论只能说是意气用事了。新文学作家这种态度使得此时的新文学杂志只载新文学作家作品，通俗文学杂志只载通俗文学作家的作品，两大作者群泾渭分明；同时也逼迫着通俗文学作家加强了内部的凝聚力，他们聚在一起向各个通俗文学杂志滚动。这股创作力量是十分强大的，它支撑着通俗文学杂志的生存和发展。新文学作家的这些做法给此时的中国文坛留下了令人回味的思考。新文学作家创作以社会改造为己任，以文学作品作为文学启蒙的一种工具，但是他们的做法取向和影响所及只是指归于有较高文化修养的知识分子而不是粗通文墨的普通大众。虽然他们提出了"文学大众化"的口号，并进行有关大众化问题的多次讨论，但他们的作品始终未能"大众起来"，这其中的症结恐怕还在于对中国普通大众的阅读要求的认识不足。相反，此时的中国通俗文学并未给自己提出启蒙大众的要求，但它们对中国普通大众的启蒙倒作出了不少贡献，颇有点"无心插柳柳成阴"的意思，这主要是由于它们与中国普通大众的阅读要求接近。

1921 年 1 月沈雁冰接编《小说月报》后，通俗文学作家一度引起了恐慌，然而，不久他们就又寻找到了新的文学阵地。从 1922 年到 1937 年是新

---

〔1〕 钱杏邨：《上海事变与鸳鸯蝴蝶派文艺》，《现代中国文学论》，合众书店 1933 年 6 月版。

文学期刊的创刊高峰，通俗文学期刊为数也不少。

1922—1937 年中国通俗文学期刊表〔1〕

序号	杂志名称	创刊时间	停刊时间	出版地	杂志类型	主　编	期数
1	星	1922	1923	苏州	周刊	范烟桥等	约 16
2	良晨	1922	1922	上海	周刊	张枕绿	5
3	星期	1922	1923	上海	周刊	包天笑	52
4	红杂志	1922	1924	上海	周刊	严独鹤、施济群	100，纪念号一期，增刊一期
5	新华	1922	1922	上海	月刊	不详（张乙庐）	1
6	心声	1922	1924	上海	半月刊	刘豁公	27
7	快活	1922	1922	上海	旬刊	李涵秋	36
8	紫兰花片	1922	1924	上海	月刊	周瘦鹃	24
9	家庭杂志	1922	1923	上海	月刊	江红蕉	12
10	心潮	1923	1923	上海	季刊	上海玫瑰社	2
11	小报	1923	1923	上海	周刊	钱释云	10
12	波光	1923	1923	上海	旬刊	徐碧波	不详
13	笑	不详	不详	上海	月刊	平襟亚、王后哲等	6
14	小说世界	1923	1929	上海	1923—1928 年为周刊，1928 年起为季刊	叶劲风、胡寄尘	264
15	侦探世界	1923	1924	上海	半月刊	严独鹤	24
16	星光	1923	1923	苏州	不定期	许啸天	4
17	笑画	1923	1924	上海	月刊	孙雪泥、徐卓呆	8
18	盍簪	1923	1923	上海	月刊	洪公素、顾幻音	1
19	千秋	1923	1923	上海	月刊	张舍我	1

〔1〕 根据祝均宙《上海图书馆馆藏近现代中文期刊总目》，郑逸梅《民国旧派文艺期刊丛话》，芮和师、范伯群、郑学弢、徐斯年、袁沧洲《鸳鸯蝴蝶派文学资料》统计。

续 表

序号	杂志名称	创刊时间	停刊时间	出版地	杂志类型	主 编	期数
20	东方小说	1923	1923	上海	月刊	《东方小说》编辑部	2
21	社会之花	1923	1925	上海	旬刊(1925年7月改月刊)	王钝根	36
22	笑话	1923	1924	上海	月刊	徐卓呆	12
23	情杂志	1923	1923	上海	月刊	许廑父、金智周	2
24	红玫瑰	1924	1932	上海	1—50周刊,51—116旬刊	赵苕狂、严独鹤	116
25	月亮	1924	1924	上海	月刊	严芙孙	3
26	梨花杂志	1924	1924	上海	月刊	郑醒民	1
27	蔷薇花	1924	1924	上海	月刊	严芙孙	1
28	说部精英	1924	1926	上海	不定期	刘豁公、王钝根	不详
29	红雨	1924	1924	苏州	不详	潘季梦	1
30	小说夺标会	1924	1924	上海	不详	朱瘦桐	1
31	紫葡萄画报	1925	1925	上海	周刊	周瘦鹃	17
32	新月	1925	1926	上海	半月刊	程小青、钱释云	10
33	紫罗兰	1925	1930	上海	半月刊	周瘦鹃	96
34	新上海	1925	1927	上海	月刊	徐卓呆	24
35	良友	1926	1945	上海	月刊	梁得所、马国亮	172
36	小说季刊	1926	1926	上海	季刊	刘豁公、董柏厓	2
37	银灯	1926	1926	上海	不详	毕倚虹、江红蕉	1
38	太平洋画报	1926	1926	上海	月刊	韩啸虎、秦立凡、丁光燮	2
39	梦痕	1926	1926	上海	不定期	王天恨、曹梦鱼	1
40	星报	1926	1927	苏州	三日刊	范烟桥	70
41	雪花	1928	1928	上海	季刊	劳动大学雪花社(冯秋农)	2
42	正谊	1928	1930	上海	年刊	邵达人	2
43	虞美人杂志	1929	1930	上海	月刊	李一鹤	4
44	中华	1930	1941(1945年三期号外)	上海	月刊	周瘦鹃、严独鹤、胡伯翔、郎静山	108

续 表

序号	杂志名称	创刊时间	停刊时间	出版地	杂志类型	主 编	期数
45	红叶	1930	1933	上海	不定期	许啸天	9
46	华光	1931	1931	上海	半月刊	郑逸梅、张文杰	1
47	新家庭	1931	1933	上海	不定期	周瘦鹃	12
48	珊瑚	1932	1934	苏州	半月刊	范烟桥	48
49	万岁杂志	1932	1932	上海	半月刊	张秋虫	8
50	金钢钻月刊	1933	1935	上海	月刊	施济群	16
51	新上海	1933	1935	上海	月刊	王天恨、邵飘飘	10
52	千秋	1933	1934	上海	半月刊	董文渊	32
53	俱乐部杂志	1935	1935	上海	月刊	孙玉声	1
54	上海生活	1937	1941	上海	月刊	顾冷观、严独鹤	48

和前段时期群刊并起不同，此时中国通俗文学期刊逐步地具有了个性化色彩。根据这些个性化色彩可以给此时的中国通俗文学期刊作一个大略的群体分类：以《红玫瑰》为代表的期刊注重的是社会世俗化，它们可称做红色系列；以《紫罗兰》为代表的期刊更直接地反映都市生活，它们可以称做紫色系列；以《珊瑚》为代表的期刊其作者大多为社会名流，他们更多关心的是时政的热点问题，它们可以称做彩色系列。其实，以都市生活为内容，以社会世俗化为风格，关心时政热点问题，正是中国近现代通俗文学的特色。因此说，此时中国通俗文学期刊的这三大群体基本立体地反映出中国通俗文学的整体面貌。除了社会、时政小说一以贯之以外，在此时的通俗文学期刊上，纯粹的言情小说几乎不见了，最为流行的作品是武侠小说[1]和中国作家创作的侦探小说，尤其是后者几乎在各个期刊杂志上均占有相当大的篇幅，此时的武侠小说均作为长篇小说连载于每期之上，每一期杂志都要求连载其上的作品有好看的故事，这就迫使着武侠小说家以"期"作为构思的单

〔1〕 中国现代武侠小说的产生有着时代的背景。作为国粹的中华武术从清末到民国初年得到迅速的发展和广泛的普及，天津、上海成立了"精武会"，北京、南京、湖南等地成立了"国术馆"。而中华武术随着印刷业的发展，从师徒的口传身授变成了一种全民的健身运动，《武术汇宗》(万籁声)、《内家拳》、《太极功》(吴图南)的出版，使得任何人都可以按图比划。这种全民的练武之风终于随 1928 年全国性的武术擂台赛的举行被推上了高峰。此时参加的武侠团体和武术运动是被看做救国爱国的行为的。清末时革命党人为推翻清王朝就十分借助民间会党，例如秋瑾就以"鉴湖女侠"为其号。到了民国初年霍元甲打败了外国大力士，更被看做振兴国威的举动。这些都为中国现代武侠小说的产生打好了群众基础，准备了丰富的题材。

位，而不是从整部作品出发进行完整的构思，因此，此时的武侠小说打散了看均很精彩，整体上看就十分凌乱。而侦探小说以侦案、破案为中心进行情节构思，一般情况下一部中篇的框架正好符合一个案件侦破的过程，而中篇小说的框架正好是一期杂志所能容纳下的，所以此时的侦探小说艺术上相当完整，它们往往是期刊杂志上的重点文章。

在杂志的装帧上，此时的中国通俗文学杂志特别追求美感的效应。每一种期刊的封面设计都很讲究，而《紫罗兰》的封面设计几乎可以和艺术作品相媲美了。照片更是每一种期刊的必备之物。从照片的内容上看，前段时期主要是妓女加名胜古迹，此时是电影明星加名胜古迹；前段时期只是在照片下面加一点文字说明，此时是在照片旁边写上一段文章，或赞美、或批评，或调侃、或讽刺，力求达到图文并茂。从照片编排位置上看，前段时期主要作为卷首图，此时已作为一种期刊的栏目集中地表现出来，不少期刊干脆就叫做“×××画报”。中国人对照相曾有过畏惧、疑惑的过程，而此时中国人终于接受了这种“勾魂术”，并以一种都市的时髦活动去喜欢它。电影在此时的中国也在迅速发展，它的不可思议的艺术效果和电影明星正成为中国老百姓谈论的热点生活话题。具有市场经济头脑的中国通俗文学期刊的编辑们以此作为刊物的特色是相当精明的。

如果以个性作为一种文学现象成熟的标志的话，此时中国通俗文学期刊的作品内容、杂志的风格以及杂志的装帧基本上符合了这样的标准。

第二节　与《小说月报》抗衡的通俗文学杂志

——旧貌加新颜的《小说世界》

商务印书馆自 1921 年 1 月《小说月报》第 12 卷第 1 期开始，把杂志交给沈雁冰主持，使得《小说月报》成为了新文学的一块重要的阵地。沈雁冰主持杂志后的开始几期，还能在杂志上见到《小说月报》的一些老作者的名字，没过多久，《小说月报》面貌一新，完全由一些新文学作家撰稿写文了，通俗文学作家也就失掉了一份一直引以为豪的杂志。更有甚者，革新后的《小说月报》把攻击的矛头指向了不久前还曾一统天下的通俗文学，称它们是“旧文学”、“乞丐文学”、“鸳鸯蝴蝶派文学”和“眼泪鼻涕文学”。通俗文学作家虽然没有什么大块的理论文章反击，但他们一直力图夺回失去的文学阵地。在他们的要求和压力下，商务印书馆编译所所长王云五终于答应他们主办一份刊物，这就是1923年1月5日创刊的《小说世界》。

《小说世界》最初由叶劲风主持，商务印书馆出版、发行，16开本，后来叶劲风因故脱离，从第13卷开始由胡寄尘接编，大32开本。《小说世界》先是周刊，每季1卷，后来第17、18两卷为季刊，只署出版年度月份，至1929年12月出满第18卷后终刊，共出264期。

胡寄尘(1886—1938)，原名有怀，字季仁，后改名怀琛，字寄尘，号秋山，斋名螺屋、百花瓶斋、波罗奢馆，安徽泾县人。13岁到上海育才中学读书。1909年任《神州日报》编辑，致力于反清宣传。1910年与柳亚子结金兰之契，同年7月25日首次参加"南社"，8月武昌革命后，与柳亚子、朱少屏创办《警报》，鼓吹革命，不遗余力。1915年，曾任京奉铁路编译局科员，在职仅半年。1917年后曾任广益书局、进步书局、文明书局等编辑，并在中国公学、南方、上海、沪江、国民、持志等大学以及正风学院、爱国女学等校讲授"诗学"、"中国文学史"、"中国哲学史"等课程。教学之余，甚喜写作。1926年起编《小说世界》。1937年8月上海"八一三事变"起，胡寄尘避居法租界。1938年1月18日，因惊悸成疾，病逝于波罗奢馆。胡寄尘极喜写作，作品亦多，大体分为三大类：一类是学术著作，如《〈尝试集〉批评与评论》等；二类是教学参考书，如《修辞的方法》等；三类是文学作品，如《喜》、《胡寄尘说集》等。

《小说世界》没有什么"发刊词"或"缘起"之类的文章，这是不同于通俗文学刊物惯有作风的。它这样做，可能是有意地区别于《小说月报》革新后马上就发了《文学研究会读书会简章》的做法，这当然只是推测而已。不过，作为一份和《小说月报》抗衡的杂志，它把所有的被革新后的《小说月报》排斥在外的老作者都搜罗在麾下，例如叶劲风、包天笑、恽铁樵、胡寄尘、赵苕狂、程小青、徐卓呆、何海鸣、范烟桥、闻野鹤等数十名已经驰名于文坛的作家都成了刊物的主要撰稿者。《小说世界》创刊时无声无息，但摆出的作者阵营却是令人不敢小觑的，充分地显示出了刊物的强大的力量。

《小说世界》保持了通俗文学创作的价值取向。当革新后的《小说月报》大量刊载"写实文学"和"言志文学"的时候，《小说世界》继续在社会和道德的层面上做文章。创刊号上的第一篇是主持人叶劲风的《十年后的中国》，这篇小说把近十年来中国社会政治的各种大事都罗列了出来，并加以评析，然后再讲十年以后的中国是如何强盛。把创作视角放在社会政治的评判上，主持人的这篇小说实际上为该刊的办刊方针定下了基调。20世纪20年代的中国，内政外交忧患重重，政治风云急遽地变幻，这些国内外大事在新文学刊物上都很少刊载，而《小说世界》则密切地注视着每一件大事的发生、发展和变化、结果，几乎每一件大事都有人用文学作品的形式表现之，留下了文学界对当时的社会政治的态度的文学记录。中国既有的道德是《小说世界》的是非标准。《小说世界》所载作品的内容大致分两个方面：一是讽刺和批判那些骄横跋扈的军阀、总长，例如包天笑的《一星期的新闻记者》、弋红的《悲惨的故事》、赵吟秋的《战夜》等作品；二是描写平民的日常生活，例如潘予且的《父母之心》、张碧梧的《旧仇新恨》、赵苕狂的《猜疑》等作品。在作品的题材上，《小说世界》的这些作品和革新后《小说月报》所刊出的那些"问题小说"没有什么差别，它涉及到了战争、青年、家庭、离婚、蓄婢等各种社会热点问题，但它们思考问题的角度却大不相同。新文学作家提出了"代沟"、"报国无门"、"家庭改良"等各种社会问题，鲁迅的小说更是站在历史和文化的角度，以人性是否得以健全地发展的时代的眼光，把读者引向哲学的思考空间。通俗文学作家在提出这些社会问题时，还是以人格是否健全、道德是否完善作为考察是非的出发点。他们批判那些军阀、总长、政客是描绘他们的人格如何卑下，道德如何败坏（如贡少芹《政客的面孔》）；他们也写妇女悲惨的命运，感叹的是"世风日下"，使得妇女在家庭中难以有独立的地位（如徐卓呆《五对半夫妻》）；他们不满蓄婢制度，更希望蓄婢之人幡然醒悟（如徐卓呆的《笑而不答》）……对传统的道德观念不同的态度使得《小说世界》中的"问题小说"和革新后的《小说月报》中的"问题小说"存在着"劝善"与"批判"、"改良"与"改革"的两种态度，也正是从这里显示出了这两份杂志的根本性的区别。

尽管《小说世界》的编辑们想使刊物保持住革新前的《小说月报》原有的风貌，时代毕竟不同，读者的文化视野和审美要求也发生了很大的变化，刊物想生存下去就必须作出相应的调整。和革新前的《小说月报》比较起来，《小说世界》的栏目和编排有了较大的变化。它注重了对外国文学的介绍和翻译。除徐卓呆、程小青、张碧梧等人翻译的短篇小说以外，林纾、毛文钟合译的《情天补恨录》和《妖髡缳首记》，天游翻译的《荒服飞鸿记》，胡宪生翻译的《野人记》等长篇译作也都在当时产生过影响。《小说世界》中的小说译作不及《小说月报》中的小说译作的品位高，但在可读性上是略胜一筹的。使人称道的是从第 2 卷第 9 期开始出现的《世界文坛杂讯》的栏目，编者在其中向读者介绍了世界文坛上的趣闻轶事和各种点滴动态，例如《莎士比亚的剧本是谁写的》、《西班牙最幼的写剧家》、《马克·吐温与打字机》等杂闻刊载其上,栏目虽不大,但对扩大中国读者的文化视野是有好处的,也说明了《小说世界》的编者的眼界比较开阔,这是过去的通俗文学杂志少见的。《小说世界》一改通俗文学杂志喜欢刊载名伶名妓头像或生活照的恶习,全部用中外名画的照片或人体艺术照片作为封面和插图,例如《约伯之祈祷》、《吻》、《情天使者》、《月夜帆影》、《孔子墓》等照片均十分精彩。《小说世界》采用这些照片均不标出原作者和摄影者的姓名,但从画面上看得出来,艺术水平相当高,给刊物增色不少。自第 3 卷第 4 期开始特辟"银幕上的艺术"作为卷首的栏目,由叶劲风主持,图文并茂,介绍当时国内外的影戏和影戏明星,这种做法在当时还是不多见的,所以十分新鲜。据说"银幕"一词的创造就来源于此。从第 2 卷第 9 期起,《小说世界》的编辑打破了避而不见的状态,主持人办了一个《编者与读者》的栏目直接和读者见面。这个栏目分两个部分,前一部分为"编辑琐话",主要是介绍本期重要的作家作品和回答作者的来信;后一部分为"交换",选载部分读者来信;利用这个栏目,《小说世界》的编辑大做广告,常有这样的语言出现:"据胡寄尘最近调查,大概上海中学师范的学生差不多每人订一份《小说世界》";"天游又有一部好稿,题名《黑白记》,是部科学侦探小说,内容暂且不发表,不过可先下一个评语是:奇而又奇,从未经人道过。"这个栏目是《小说世界》和读者沟通的一个重要窗口,一直办到终刊为止。《小说世界》上还发表了不少有关研究民俗(间)文学的论文。胡寄尘在其上连载了他的《中国小说研究》、《研究与创作》等长篇论文,对中国古典小说、戏曲逐一加以评点,颇有史料价值。此外,该刊还收集整理出了不少中国民间故事,例如《田主与长工》、《呆女婿拜寿》、《吝啬的富翁》等作品,都是现在还在民间广为流传的中国民间故事。这些内容大概与主编胡寄尘的爱好相关。那种加强编者和读者的沟通以及对理论研究的重视显然是受到革新后的《小说月报》的影响。

《小说世界》创办了不少附刊,随《小说世界》赠送,其中以《民众文学》坚持时间最长、出版期数最多,64 开的袖珍本,内容全载一些中外民间故事、童话、寓言、中外田园诗之类的作品,插图很多,乡土气息很浓,适合于文化水平较浅的读者阅读。

第三节 红色系列:民情民俗 市井风情

——《红玫瑰》及《新声》、《红》、《快活》、《金钢钻月刊》

通俗文学作家编文学杂志和写文学作品的热情要远远超过新文学

作家，这种热情除了他们对文学的热爱和追求外，很大程度是为了他们的社会和生活上的生存的需要。新文学作家除编杂志写作品之外，还要奔走于社会革命，通俗文学作家却以此作为“吃饭”的唯一饭碗。新文学成为中国文学正宗时，通俗文学的发表阵地受到了一时的扼制，这种危机感却反而引发了他们编辑文学杂志的更大的热情，创办了一大批属于他们的文艺阵地的期刊杂志，《红玫瑰》是这一时段中的代表期刊。

《红玫瑰》的前身是《红》杂志，而《红》杂志又是由《新声》杂志转承过来的。如果把这三份杂志联系起来看，其时间跨度覆盖整个20年代，其影响力是极大的。《红》杂志的主编是施济群，《红玫瑰》的主编是赵苕狂，而严独鹤又是这两份期刊的名誉主编。

施济群（?—?），别署花好月圆人寿室主，上海人。施济群是位医生，但却嗜好文学，是以编《新声》进入文坛的，后又编《红》杂志、《侦探世界》、《金钢钻月刊》，从而成为了通俗文学杂志的一位编辑家。其创作小说不多，略有影响者为《滑稽四书演义》。

赵苕狂（1891—?），名泽霖，字雨苍，取霖雨苍生之意，别号忆凤，浙江吴兴人。南社成员。他在上海南洋公学读书时，和李定夷是同学，许指严是他们的老师。许指严和李定夷在1914年左右热衷于编辑中国通俗文学杂志，分别担任过《小说新报》的主编。他们对赵苕狂的影响较大。赵苕狂在读书时就开始在《小说新报》、《小说大观》等杂志上发表小说，早期作品有《禅耶毒耶》、《死死生生》等。肄业后，赵苕狂进入编辑界，曾先后编过《四民报》、《游戏世界》、《侦探世界》、《红玫瑰》，而以《红玫瑰》最为著名。《红玫瑰》停刊后，他的名字在刊物上几乎就消失了，唯一能看到的材料是1949年正气书局为他出版的侦探小说集《鲁平的胜利》。根据他的同人回忆，赵苕狂身材短小精悍，由于从小极爱躲在帐角里看书，造成眼睛高度近视，看起人来两眼瞪着，所以又有“双目炯炯”一说。主要作品有《玉碎珠沉录》、《闺秀日记》、《剑胆琴心录》、《江湖怪侠》、《太湖女侠》、《神怪斗法记》、《鲁平的胜利》等。

严独鹤是位资深报人，在报刊出版界具有较大的影响力和权威性，又由于严独鹤喜好文学，因此他就成为了《红》、《红玫瑰》、《侦探世界》、《月亮》、《中华》、《上海生活》等刊的名誉主编。严独鹤并不负责这些刊物的具体编辑工作，但他德隆望尊，这些刊物纷纷以他来增强号召力。严独鹤约创作了近百篇短篇小说，长篇小说就一部，即《人海梦》。[1]

那时上海大世界游戏场有一份《大世界报》，是由海上漱石生主编的。以该报为阵地聚集了一大批文人，并且有一个打灯谜的组织叫"萍社"，社员将近千人，其中海上漱石生、天台山农、陆澹安、朱大可、施济群等人都是"萍社"的中坚分子。当时大世界游戏场也放电影。一次陆澹安和施济群去看侦探电影《毒手》，被其深深吸引，连续看了几次后，施济群就提议陆澹安将其改编为小说。陆澹安果然花了一个星期的时间将其编为小说，销数居然不错。施济群兴奋之余就将祖屋卖掉两间办起了《新声》杂志，创刊于1921年元旦。此时正是新文学作家将通俗文学的一个重要阵地《小说月报》接编之时，那些通俗文学作家一时无所适从，纷纷投向《新声》杂志，所以创刊不久的《新声》杂志的作者队伍迅速地壮大起来，很快成为了当时通俗文学的一份代表性杂志。看到这样的阵容和成绩，很有商业眼光的世界书局主持人沈知方就把施济群拉去，由他出资办了一份杂志。当时的世界书局为了引人注意，把门面完全漆成红色，称为"红屋"，于是办起的杂志就称《红》杂志。这样，施济群就在1922年元旦，将出到第10期的《新声》杂志停刊了，并于1922年8月正式办起了《红》杂志。《红》杂志的模式几乎全盘不动地照搬《新声》杂志，只是资金充足了，将《新声》杂志的月刊改为《红》杂志的周刊。《红》杂志结束于1924年7月，共出100期，又纪念号1期，增刊1期。《红》杂志出满100期后，改名为《红玫瑰》继续发行，由严独鹤为名誉编辑，赵苕狂为编辑，同样为周刊，创刊于1924年7月2日。1928年时改为旬刊，出至1931年止。整个期刊出版时间共达7年之久，是现代通俗文学期刊中寿命较长的期刊之一。从《新声》杂志到《红》杂志，再到《红玫瑰》，可以视为中国传统的通俗文学受到新文学的批判和冲击后所做出的努力和实绩，也可以视为自清末民初通俗文学杂志热之后，通俗文学杂志的第二代的风貌。

时代的价值取向影响着一份期刊的办刊方针，而一份主要期刊的办刊方针又影响着这个流派的基本风貌。在《红玫瑰》创刊号上，赵苕狂发表了《编辑余话》称："长篇小说短篇小说两种，本刊当然是极端注重的，可是对于

---

〔1〕 此时的严独鹤是《新闻报》副刊《快活林》的主编。《快活林》是中国现代通俗文学史上有重要影响力的一个报纸副刊，其上曾刊载大量的文学作品，就长篇小说来说就有李涵秋的《侠凤奇缘》、《战地莺花录》；不肖生的《玉玦金环录》；顾明道的《荒江女侠》；张恨水的《啼笑因缘》、《夜深沉》等。其中张恨水的《啼笑因缘》是严独鹤1929年5月随新闻界访问东北时，路经北京，由钱芥尘介绍认识张恨水，约请张恨水撰写的，刊出后产生极大轰动。后来严独鹤编剧，上海明星电影公司将它拍成电影。1932年上海"一·二八"事变后，国难深重，无从快活起，《快活林》改称为《新园林》。

各种小品文学，却也不敢放松一点。如今再将对于此项小品的主旨向诸位说一说，大概不外乎三点：一短峭，二滑稽，三通俗，至于陈义过高，及稍涉沉闷的，概在摒弃之列。”在《红玫瑰》创刊5年之后，赵苕狂又经过“几度考虑，几度斟酌，决定下了一种方针”。他对《红玫瑰》的来稿规定了一个统一的要求：

一、主旨：常注意在“趣味”二字上，以能使读者感得兴趣为标准，而切戒文字趋于恶化和腐化——轻薄和下流。

二、文体：力求其能切合现在潮流，惟极端欧化，有所不采。

三、描写：以现代现实的社会为背景，务求与眼前的人情风俗相去不甚悬殊。

四、目的：在求其通俗化、群众化，并不以研求高深的文艺相标榜。

五、内容：小说、随笔、游记、各地通讯，学校中的故事、感想录等项并重，务求相辅而行，并不侧重于某一项。

六、撰述：聘定基本撰述员二十人至三十人。由主编者察其擅长于何路文学，并适应读者的需要，而随时请某人写某项文字。

七、变化：对于内容及体裁，当时适应于环境而加以变化，不拘泥于一格。

八、希望：极度希望读者不看本志则已，看了以后一定不肯抛了不看，一定不肯失去了一期不看——换一句话：每篇都有可以一读的价值，那，读者自然会一心一意地想着它，不愿失去一期不看的了。

从这些言论之中，我们对《红玫瑰》等刊物的办刊方针有了相当程度的理解：(1)1917年之后在中国文坛上迅速崛起的新文学提出了文学的“写实主义”，《红玫瑰》等刊物也提出了文学要“力求其能切合现在潮流”、“以现代现实的社会为背景，务求与眼前的人情风俗相去不甚悬殊”。但是，虽然他们都强调文学要反映社会现实，但他们各自的态度是很不相同的，新文学作家把文学创作看做一种“工作”，一种“工具”，一种“X光”和“显微镜”，他们是用研究的态度反映现实的，而通俗文学只要求“切合”潮流，“切合”眼前的人情风俗，他们是以“背景”的表现反映现实的。前者是将“现实”作为一种客体，作家自我作为一种主体，作家反映现实是主体分析客体的关系；后者是将“现实”作为一种主体，作家自我作为一种客体，作家反映现实是主体融入客体的关系。(2)在表现风格上,《红玫瑰》等刊物视新文学为“陈义过高”、“极端欧化”、“研求高深”,而自我定位为:趣味、游戏、通俗。这三个特点既说明它们是和清末民初的通俗文学期刊一脉相承的,又说明了它们的刊物与众不同的地方。(3)有意要形成自成一格的体系。对新文学作品,一般的通俗文学期刊都抱着欢迎的态度,总是强调“新旧来稿皆欢迎”。对新文学作品表示出明确不采纳态度的大概也就是《红玫瑰》等刊物了。《新声》杂志最早有“思潮”的栏目,上面也刊一些新的文化思潮,但仅一期就将其删去了,原因是上面的内容和整个刊物的风格不合。到了《红玫瑰》态度更为明确,对新文学作品“摒弃”、“不采”。中国通俗文学期刊经历了清末民初的产生、发展阶段,经过新文学期刊的冲击之后,其形象反而更为鲜明突出了。

既要反映社会现实,又要有趣味、游戏、通俗,《红玫瑰》等杂志取了一种社会世俗化的创作风格。它写的是发生在寻常老百姓身边的事情,生老病死,婚嫁迎娶;表现的是寻常老百姓的人情世故,张长李短;目的是劝俗劝善,淳正世风。这样的文学杂志可读性十分强,使得它们拥有大量的读者。最能表现《红玫瑰》等杂志的风格的作家是程瞻庐。程瞻庐在《红玫瑰》等杂志上发表了6部长篇小说,它们是《新广陵潮》、《快活神仙传》、《葫芦》、《滑稽新史》、《情茧》、《童树的年轮》,200多篇短篇小说和500多篇随笔小品,从《新声》杂志开始几乎每一期上都有他的一两篇作品,说他是“红玫瑰巨子”是不过分的。

除了程瞻庐的作品外,《新声》、《红》、《红玫瑰》还推出了不肖生的《江湖奇侠传》,这部作品被认为是中国现代武侠小说的经典作品和开山之祖;有姚民哀的《四海群龙传》、《箬帽之王》,这是我国较早的会党小说;有严独鹤的《人海梦》,这是一部留学生题材的小说,可与不肖生的《留东外史》媲美;有陆澹安的《古塔孤囚》,把惊险和侦破糅合在一起;有徐卓呆的《甚为佳妙》,这是我国较早的一部写办公室生活的小说;有俞天愤的《白巾祸》,提出了侦探小说如何“中国化”的问题……这些小说从各种题材、各个方面反映出了中国的社会世俗生活,趣味、游戏、通俗,可读性均很强。在这份杂志上常出现的作家,除以上提到的名字外,还有程小青、徐碧波、吴双热、张冥飞、范烟桥、戚饭牛、徐枕亚、平襟亚、张枕绿、吴绮缘、张碧梧、孙了红、陈莲痕、陶寒翠、王天恨、李定夷、郑逸梅、尤半狂、陈霭麓,这些名字几乎涵盖了当时比较活跃的通俗文学的全部作家,他们或小说,或小品,或杂评,或打油诗……把杂志装扮得十分繁杂，也显得十分热闹。

写社会世俗化的作品最讲究的是思想标准，如果仅仅是为了世俗而世俗，为了滑稽而滑稽，就很容易滑入庸俗的歧途。事实上，《新声》、《红》、《红玫瑰》之中也有不少庸俗之作。清末民初时的通俗文学期刊的封面一般是一张山水画，取其典雅，而《红》杂志开始到《红玫瑰》的每一期封面都是一张近似漫画的水粉画，取其滑稽。杂志中的游戏文字特别多，这些游戏文字大多余味不足。《新声》杂志上刊载了数部长篇集锦小说[1]，如《红鸳语》、《哀鹈记》等，近十人一人接着一人地续写一部长篇小说，小说的质量是可想而知的，再加之前一人为了增加下一人的写作难度，特地在情节上做些手脚，小说的艺术性也无价值而言。到了《红》杂志、《红玫瑰》时期，这种"命题作文"的倾向有增无减且愈演愈烈。在《红》杂志、《红玫瑰》的创刊号上，都有不少以"红"和"红玫瑰"为主题的小说、随笔或杂评，这些作品除文字滑稽外，编造痕迹明显，且意义全无。同样应该指出的是对这些无意义的游戏之作最为热心者还是程瞻庐。期刊杂志出专号，清末民初时期就已有了，如"国耻"号等等，在《红》和《红玫瑰》中除了有"国耻"、"国庆"、"新年"专号外，还有些意义不大的专号，如春季号、夏季号、伦理号、妇女心理号、百花生日号等，甚至还有些消极负面影响的专号，如少年恩物号、因果号等。游戏滑稽作品是读者很喜欢的一种文字体裁，游戏滑稽作品就应该有游戏滑稽的色彩，然而有价值的游戏滑稽作品需要时代性和现实性，从社会的不协调中显示出某种社会本质和时代中某种畸形人生的追求，游戏就不会变为无聊，滑稽就不会变为油滑，这才叫做有心人做出的有心文。用这个标准来评价《新声》、《红》、《红玫瑰》应该说不少作品是做得不够的。

一种期刊杂志的创作风格被约定俗成之后，往往会形成一种固定的模式，它规定和制约了作者的思维习惯，只要是为该期刊杂志写稿，构思酝酿甚至下笔作文时就会有意无意地顺应这种思维习惯。《新声》、《红》、《红玫瑰》在当时就属于这种状况，它们已成为了社会世俗化的象征，有两个例子很能说明这个问题。包天笑是位老报人，对时事政治比较关心。他对中国

---

〔1〕 据郑逸梅在他的《小品大观》(1935 年 8 月校经山房出版)中论及集锦小说渊源时说："然集锦小说，不自《钻报》始，予尝一溯其源，最先创行此格者，尚在民元之际。其时《民立报》风行寰宇，附张小品称独步，主政者则叶楚伧先生是。由海门陆秋心发起，为集锦体之点将小说，于是叶楚伧、邵力子、杨东方、谈善吾、徐血儿、谈社英、于骚心、李伯虞、王季威诸子赞成合作……排日撰刊《斗锦楼》小说，读者无不击节称赏。……既而独鹤于《新闻报》之《快活林》中仿行之，先后刊登《海上月》、《奇电》、《蓬蒿王》、《红叶村侠》、《夜航船》、《米珠》、《怪手印》、《珊瑚岛》、《新嘲》、《闺仇记》，亦俱为文言体……"

的外交不能自主感到不满意，在《小说画报》上他曾写过《国旗之下》等政治小说，然而同样的主题，发表在《红玫瑰》上却写了一篇妓女生病的《倡门之病》，说：妓女翠芳病了，各路好友送来各国的好药吃下去均未见效，最后还是翠芳自己服了一帖中国的藿香正气丸，病也就好了。作者生怕读者看不懂作品中的含义，最后发议论道："梁翠芳之言可以增吾国之外交，若英若美若日若俄，无不于吾国示爱，而欲起我沉疴，吾国亦不敢不表示其感谢之忱，然若在昏沉，则医药杂投，反促其无，吾国民安得如梁翠芳之自觅其正气丸乎？噫嘻。"把一个政治主题偏要写成世俗气息，似乎才和杂志的风格相合拍。《红玫瑰》的主编赵苕狂也有这样的创作惯性。他在此时的《小说世界》上发表了很多社会时政小说，如《典当》、《添菜》、《做官去》等，无论是在作品反映生活的深度上，还是艺术技巧的表现上都写得相当精彩。但他同时期发表在《新声》、《红》、《红玫瑰》上的小说格调都不太高了，例如《微波》写的是丈夫如何为引逗妻子笑而学狗叫；《小阿媛的今昔》写的是一位乡下女子如何从土到洋；《高跟鞋的爱情》写一位男子爱上了一位女子，不是因为爱她的人，而是爱她那双高跟鞋；《抢三角》写的是妓女如何在三个男子之间要手段，抓住一些社会现象极度调侃，读来滑稽可笑，但其社会意义确实是很淡的。编者的提倡，作者的响应，如此相辅相成，使得杂志的创作风格显得十分鲜明。

《新声》、《红》和《红玫瑰》的风行和主编们的努力是分不开的。特别是《红玫瑰》时期更是到了兴盛阶段。为了这份杂志，赵苕狂付出了很多劳动，笔者没有第一手资料说明赵苕狂是如何四处奔波的，但从杂志的面貌可以看出赵苕狂工作是辛苦而且是十分卖力的。《红玫瑰》几乎每一期都有两部连载的长篇小说和四五篇短篇小说，还有大量的诗话、笔记、笑话、影评，甚至还有一些科学实验，几乎每一篇作品前都有赵苕狂的评价，每一期杂志后面都有赵苕狂写的《编辑琐话》，考虑到《红玫瑰》的出版周期，仅此一项就可以看出赵苕狂的工作量了。赵苕狂的这些评价和琐话写得从不马虎，寥寥数语往往就能抓住作品的要点，从中可以看出他选篇评稿的能力，如马二先生有篇小说叫《宦海中的不幸者》，写的是那些趁直奉军阀大战不择手段求官的人的下场。赵苕狂是这样评点的："马二先生以实事作小说，而即藉之有所发挥，有所指斥，是最能深入人心，盖不失其新闻家兼小说家身份者。此篇叙述官僚秘史，淋漓尽致，而以'宦海中之不幸者'为题，其意微矣。"既评点作家作品，又介绍作家的写作风格，最后还留下点余味，显然，作为编者的赵苕狂对此人此文此意是相当熟悉的。再例如当时俞天愤在其上发表了侦探小说《玫瑰女郎》，为了增强实际感，专门拍了一些化妆照片随作品发表出来。照片虽拍得不好，但此举确实是一种创新的举动，赵苕狂在《编辑琐话》中马上给予介绍："俞天愤之《玫瑰女郎》是他最近之侦探杰作，并由他邀集同志，照篇中事实化装起来，摄了好几张照片，附在中间，更是侦探小说中一种破天荒的举动。"及时发现并形成一些文坛新举措是一位优秀的编辑应具备的素质。

风行一时的《红玫瑰》在抗日战争的炮火声中停刊了。到了抗战胜利后，赵苕狂还想将其继续下去，他仿着旧时的体裁、风格，甚至是开本和封面，又重新邀请旧时的一班作者重开炉灶。然而，此一时非彼一时，时代毕竟不同了，人们关心的内容大大改变了，刊物出版后，没有什么销路，大折其本，只得收场。

《金钢钻月刊》是《金钢钻报》的附属刊物。《金钢钻报》是与《晶报》抗衡的一种小型报章。在中国近现代通俗文学史上，《晶报》是当之无愧的小报巨擘，主持人余大雄是一位很具商业头脑的办报人，但他有些做法太出格了，激起了作者们的不满。他为了刺激《晶报》的销路常常在报上引起一些争论，人为地在作者之中分成派系，如此卑劣的做法使得一些作者宣布脱离《晶报》，自办小报。1923年10月18日，陆澹安、朱大可、严独鹤、郑子褒、施济群、孙玉声、严芙孙等人每人筹10元钱办起了《金钢钻报》。报名取其"金刚钻"，就是说明金刚钻是可以刻晶的。《金钢钻报》是负气而创刊的，没想到报纸创刊后销路极畅，很快就在小报界站稳了脚跟，风行十多年，到抗战前夕才停刊。《金钢钻月刊》创刊于1933年9月1日，终刊于1935年4月，共2卷16期，主编施济群。创刊号上有孙玉声的《序》，说："《金钢钻报》中之文字，洵洋洋大观哉，然报纸收藏不易，偶一不慎，每致有散失之虞，故供一时之快览则可，欲作永远之保存则不可……今《金钢钻报》主人有鉴及此，爰为披沙拣金，发其十年来所积之宝库，并搜集名家近日之新作品，择优刊行。"由此可见，《金钢钻月刊》除部分新作外，主要是十年《金钢钻报》的汇刊。

《金钢钻月刊》来源于小报，趣味、游戏、通俗当是刊物的基本风貌，社会世俗化亦是其作品的创作风格；《金钢钻月刊》又是一种汇刊，其作品是经过编者"披沙拣金"选择而来的，因此，刊物的作品的质量有了一定的水准。在《金钢钻月刊》中也有一些毫无意义的游戏之作，如集锦小说《江南大侠》等，但数量不多。与此相反，该刊倒是推出了数部有一定的思想价值和社会意义的世俗作品如程瞻庐的《雨中花》、张恂子的《摩登小史》、汪仲贤的《角先生》、王小逸的《笑痕》等。这些作品大致分为两类，一类是直接表现社会世俗生活的作品，如汪仲贤的《角先生》就是都市生活白相人生活的素描："上海的白相人，弄到走投无路，生机告绝的时候，连短衫裤都剥下来当饭吃了，他们便赤裸裸地去钻在棉花胎里，卧待机会到来。这种英雄落难的窘态，个中人的术语也叫做孵豆芽。豆芽的形状是两瓣嫩黄色的脑袋，下面连着一具精裸洁白的身体，只因饿得瘦了，身躯剩绝细的一根，像豆芽一样苗条。脑壳的周圆却依旧很大，正似豆芽的小身体顶着一颗大黄豆一样。孵豆芽须在阴湿处，不能见天日，他们也钻在小客栈里，无面目见人。"这部小说以角先生和角嫂嫂为主角写了他们如何坐吃山空，如何骗钱、诈钱的"孵豆芽"生活。小说纯客观描写，无一点主观评价，却揭开了都市生活的某一个角落，为中国现代文学增添了一份新的题材。汪仲贤的《角先生》只是一部"都市人"的描写，张恂子的《摩登小史》反映的社会生活面就要宽阔多了。这部小说写了两位摩登女性，一位是买办资本家石博霄的妻子石太太，另一位是石博霄的情人江二宝，石太太想尽法子要拴住丈夫，以至于自暴自弃，终于从"得意"走向了"失意"；江二宝是因农村破产而流落都市，由使女到妓女，再到"名花"，由"失意"走向了"得意"，两部小史构成了都市摩登女性的轮回运转，说明现代社会的人情冷暖，都市女性竞争无情。小说在展示两位女性"失意"或"得意"史时广泛地表现了30年代的社会生活。通过江太太自暴自弃的过程，读者看到了上流社会的吃大菜、听戏、叉麻雀、兜风、跑狗、跳舞、回力球、吸鸦片、玩小旦、赌博、开新车等各种"时髦"的娱乐生活。同时，通过江二宝的发迹过程，读者也看到了齐卢战争给江南农村带来的创伤、小康之家的破产、大户人家对使女的摧残、妓女的苦熬出头。这部小说的故事并不新鲜，有些情节也十分牵强，社会生活的描写却是成功的，特别是将人物活动穿插在其中，这些社会生活的描写就显得生动而活泼。《金钢钻月刊》另一类作品是社会世俗讽刺小说，即用一些世俗化的描写讽刺一些社会的阴暗面，特别是官场上的黑暗与腐败。王小逸的《笑痕》是这类作品的代表作。这部小说前半部分讽刺女学生，后半部分讽刺官场。前半部分作者用大量篇幅描写女学生史小姐的"时髦"举止：史小姐喜欢化妆，但是"老是怕涂得太重了，人家会叫她妖怪，太轻了人家则会尊她一声小孤孀。她又不敢多吃饭，吃得把肚子撑大了，一则和两个乳峰像极了骨牌上的幺二式，怪难看的，再则怕将来出阁以后，装了饭装不得孩子，装了孩子装不得饭，她又不敢穿十分高跟的皮鞋……说是一位名医告诉她，多穿了高跟鞋，骨盆会歪的，将来准是个难产，要找一个歪骨盆的丈夫，倒是件难事。”不仅装扮如此，史小姐还谈了两位男朋友，不分高低，一样地挥情洒泪。新学堂中的女学生是那个时代市井百姓们关注的人物，化妆、减肥、妖里妖气和男女交往的开放是市井百姓议论女学生的话题，王小逸的这段讽刺反映的是市井百姓对女学生的心态。小说的后半部分更是用世俗的描写讽刺官场了。史小姐利用情人的关系为其丈夫谋得了一处监督的差事。丈夫异常兴奋地准备上任了，“百忙之中，又赶紧奔入绣房里，想慰劳慰劳这位官太太，未免做出文武不挡、混乱俱全有些急不待缓的样子。史小姐道：‘且慢，你这个监督是哪里来的？’闵监督道：‘是钟部长委的。’史小姐笑道：‘非也，非也。’闵监督道：‘是太太给我的。’史小姐笑道：‘非也，非也。’闵监督道：‘那么究竟是哪里来的？’史小姐用手一指道：‘此处非别，乃是产生官吏之所，制造官吏之场，任用官吏之路，举荐官吏之门。你别瞧是个小小的所在，实乃大大的机关。你能三不知乱来的吗？’闵监督听他夫人身上安设机关，便不敢乱闯，只得鞠躬如也，告退。”小说结尾，闵监督一次中途回家，无意中惊散了他夫人和其情人的好事，不多几天“全中国部属的各机关全接到了一个部令，主要的一句话便是不准擅离职守……这个雷厉风行的部令，除了闵监督略知一二外，全中国部属各机关，都不懂部长何以忽然有此一道部令”。如此描写就带有很浓的游戏笔调了，而且描写得很俗。不过，读者在一笑之余似会悟到些什么的，这也就是社会世俗讽刺小说的价值所在。

《金钢钻月刊》的封面照例是时装美女，栏目除小说之外，照例有很多考据笔记。除这些通俗文学期刊的流行色外，《金钢钻月刊》有两个特别之处，一是杂志每期的题签者不同，且都是大师名人，如张大千、李浩然、王西神、吴佩孚、马万里、谢玉岑、陆澹安、刘子香、严独鹤、胡朴安、樊光、童行白、胡庶华等。二是杂志上刊登了不少医稿医话，如李卓英的《骈文医案》、毛祥龄的《对山医话》、陆士谔的《温热新解》，文学杂志出现医药稿件这大概和编辑施济群本人就是医生有关。

《快活》杂志，1922 年世界书局发行，编辑主任李涵秋，理事编辑张云石。共出 36 期。创刊号上周瘦鹃曾发表了一篇《〈快活〉祝词》，这篇祝词中可以看出此时通俗文学作家的某种心态。

《快活》祝词

周瘦鹃

《快活》出版，找我做一篇描写快活的小说。我本想快快活活的做一篇，叵耐事情太忙了，想不出好意思来，要快活竟不能快活，只得忙着一肚皮的不快活，勉勉强强说几句祝颂快活的话。

现在的世界，不快活极了，上天下地，充满着不快活的空气，简直没有一个快活的人。做专制国的大皇帝，总算快活了，然而小百姓要闹革命，仍是不快活。做天上的神仙，再快活没有了，然而新人物要破除迷信，也是不快活。至于做一个寻常的人，不用说是不快活的了。在这百不快活之中，我们就得感谢快活的主人，做出一本快活杂志来，给大家快活快活，忘却那许多不快活的事。我便把一瓣心香祝快活长生，并祝快活的出版人、快活的印刷人、快活的编辑人、快活的撰述人、快活的读者皆大快活。秒秒快活，分分快活，刻刻快活，时时快活，日日快活，月月快活，年年快活，永远快活。

“现在的世界，不快活极了”此话一点不错，1922年的中国，国贫民弱，军阀混战，民不聊生，“充满着不快活的空气，简直没有一个快活的人”。然而，这些通俗文学作家能够改变如此衰败的世态吗？能够扭转如此混乱的乾坤吗？根本就不可能。于是他们就要寻找一个处所，“给大家快活快活，忘却那许多不快活的事”。这种心态是矛盾的，他们是在明知这个世界是悲苦的前提下苦中求乐；同样也是无可奈何的，他们是在无法“出世”的情态下而取的“隐士”之路。[1]

他们既不愿(亦无力)写时政大事，又要写出能引起大家关注的“快活”的话题，也就只能去写那些与时政离得较远，而又和大众生活相关的社会风气了。在社会风气的题材中有贫民生活的困苦，有都市陷阱的险恶，有不忠不孝的道德变异，也有妇女化妆的风尚变化。然而，最能引起大家共同兴趣

〔1〕 这种“避世”心态在当时通俗文学作家中具有普遍性。1924年5月赵苕狂曾编了一本《滑稽世界》，他在序中说：“今世何世乎，烽火遍于中原，豺狼布于当道，疮痍满目，灾变时闻，不有解忧之方，殊鲜藏身之计，屈子湘江，既奋激之可议，信陵醇酒，亦衰讽之足嗤，皆非事之正者也，然则不屈不挠，不卑不亢，觅桃源于别境，忘此世之尘嚣，其或在是欤！”社会如此混乱，政治如此黑暗，既无“解忧之方”，也只有去寻找“藏身之计”了，在他们看来有什么“藏身之计”呢？既做不成“屈子湘江”那样怒发冲冠，就干脆学“信陵醇酒”，寻一个“桃源别境”，把锋芒藏在曲折和隐晦之中，把家事国事混杂在游戏消闲之余。这种心态是当时游戏消闲文字特别多的一个重要原因。

的题材莫过于男女两性之间的婚姻形态。这也正是《快活》所表现的主要问题。婚姻问题在清末民初时就是通俗文学作家关心的主要问题,不管他们各自表现到什么程度,要求改变传统的婚姻制度是共同的倾向。此时通俗作家所关心的已不再是传统的婚姻制度是否合理,而是传统的婚姻制度打破之后而出现的各种新的问题。被称为中国现代通俗文学的"问题小说"作家的张舍我在《快活》中扮演的是提问题的角色[1],他提的问题集中起来就一个,即:什么是"自由恋爱"?"自由恋爱"应该追求什么?小说《自由恋爱的究竟》写了一位"从北京最著名大学毕业"的学士郭又新回到家后的第一句话就是对妻子说"我要和你离婚",理由是妻对他的爱是"盲爱"。离婚后的郭又新和一位"极有新思想的爱好"的女文豪娥黛夫人同居了。当娥黛夫人问他"若我不爱你了,你将怎么办"时,郭又新信誓旦旦地表示那就"自杀"。同居一年后的某一天,娥黛夫人携一风度翩翩的青年人双双回家,坦然地对他宣布"这是我的爱友",并说:"这是你素来所主张的。"小说最后写道:"他现在身历此难关了,究竟他是否自杀或者竟于娥黛和那少年去后一笑置之,毫不介意,这个问题作者不能解决,也不敢解决,还要请有思想有脑力的读者给我一个适当的答案。"向读者寻求答案当然是小说家言,小说试在说明自由恋爱决不是喜新厌旧的借口,更不应是朝三暮四、为所欲为的幌子。小说《一个问题的两面观》中,张舍我则提出了自由恋爱中的"坦诚"度的问题。自由恋爱要求的是两情相悦,要求的是互相忠诚坦白,即将结婚的"男的一方"向未婚妻坦白自己曾经引诱过一个袜厂女工,并使其怀孕堕入娼门,"女的一方"听到男子的诉说,觉得他很坦诚,便同意结婚了。但是当"女的一方"向未婚夫说自己曾失身于邻居一少年,后又进过妓院时,"男的一方"从此就没有音讯了。这部小说一方面对男女双方在贞操问题上的不平等地位提出了批评,另一方面也对自由恋爱之中忠诚坦白的做法提出了疑问。正因为有了这些批评和疑问,张舍我对自由恋爱的是否存在也提出

〔1〕 张舍我(1896—?),名建中,字子方。江苏川沙县(今属上海市)人。15岁时以优异成绩在上海榛岑小学毕业。多次改变职业后,最后在上海商务印书馆担任校对。此时他边工作,边在上海沪江大学读书。为了交纳学费他开始试着翻译外国小说,并偶尔创作小说,其作品曾受到《小说月报》主编恽铁樵先生赞赏,他的创作量开始增大了。走出沪江大学校门后,1923年11月1日,张舍我在上海西门创办"小说专修学校",自任校长。此时,张舍我的文学创作走上高峰,是《快活》等杂志的主要作者。1925年大东书局曾将他此时的作品汇集成册,即《舍我小说集》和《张舍我说集》。张舍我的小说有独特的风格,善于写社会热点问题,创作态度严肃严谨,有"问题小说家"之称。张舍我还研究过小说创作,有《小说作法》、《戏剧构造法》问世。

了疑问。小说《我的新婚》是以“张舍我”作为小说主角的。“我”原以为“伊”经常看到“张舍我”的文名，心生倾慕才嫁给“我”的，谁料，十天以后“伊竟渐渐脱去新嫁娘的习气，向我开始表示伊的希望和要求”，当听到“我”老实说“我是个‘文丐’，挣钱很不容易，所以我们只能过清淡的生活”时，伊就大怒，声称“不能做穷措大的妻子”，要“同你离婚”，便头也不回地去了。这部小说是以戏作的面貌出现，写的是“梦中景象”，但作者的意思非常明显，那就是在男女双方的交往中起决定作用的还是金钱。旧的婚姻模式被打破之后，新的婚姻究竟怎样才能建立起来，对这个问题不仅张舍我等通俗文学作家很关心，也是新文学作家所关注的问题，此时的鲁迅就写过《伤逝》等小说，对理想型的自由恋爱提出过疑问。当然，和鲁迅小说比较起来，张舍我的小说无论是思想深度还是艺术表现上都有很大距离，张舍我也没有鲁迅那样高瞻远瞩的气派，但是应该承认，他的创作态度是严肃认真的，提出的一些问题的确是社会热点问题。

在《快活》中往往是张舍我一提出问题，就有很多人做出答案。这些答案的差别就很大了。在《快活》第 27 期上有篇小说叫《一个解放女子的自述》(张玉如著)，写提倡自由恋爱的女子解放会会长陈静荷女士 10 年的经历。这 10 年中，她在“自由恋爱”的口号下与众多男子相交，生下的孩子因为不知道父亲是谁，只能以数字编号。陈静荷到了 30 岁那年在右腿上“生了一个很大的恶疮”，最后右腿被截去了，正应了“一失足成千古恨”的古训。很显然，这部小说对自由恋爱是持完全否定的态度，认为自由恋爱就是“自由交配”。这样的观点当然是十分荒唐的，但的确代表了当时部分市民的心态。对自由恋爱完全持肯定态度的是马二先生(冯叔鸾)，在《快活》第 28 期上，他发表了《不是她的坟》一文。小说写了一个从精神恋爱变为实际恋人的离奇的故事。青年教师陆士秀在报纸上看到有位名叫叶星仪的姑娘投河自杀了，觉得叶星仪就是他心目中的恋人，既然恋人已经死了，他也不愿意独生于世。陆士秀认为“她是为不能自由而死，她可算是殉自由的一个人，我若不能从她而死，便是负友负自由负精神上的恋爱”。此“精神上的恋爱”真是痴得感人。终于，好运降到他的头上，正当他在叶星仪墓前做最后诀别时，活生生的叶星仪来到他的身边，原来投河自杀者并非星仪也。他们由精神上的恋人变为真正的恋人了。马二先生是中国现代通俗文学作家中写短篇小说的能手之一，小说的艺术性超众人一筹。但是这部小说在情节构思和人物塑造上均不太合理，编造的痕迹很浓，看得出来，作者似乎只想回答一个问题，即：自由恋爱是很有价值的，精神上爱慕是超越生死界限，是会给人带来幸福和好运的。马二先生把自由恋爱写得如此纯净，似乎也难以说服人，不过他也代表了当时社会上对自由恋爱的某种态度吧。

也许是对婚姻问题特别关心，《快活》专门出了不少有关问题的专号，如《妇女号》、《新婚号》、《离婚号》等。除此之外，《快活》还专门为妇女作者出版号外《香闺花影》，全部刊登女性作者的有关恋爱婚姻的小说，共出版了3期。

写恋爱婚姻固然能引起大众的兴趣，但真正地议论起来其实并不能引起多少“快活”的，离编者所宣扬的“快活主义”更是相去甚远。[1] 编者大概也意识到这一点，于是就在杂志的编辑方式上做了不少“快活”的“装饰”。除了每期的封面是一张女性时装画之外，《快活》杂志恢复了清末民初以妓女照片做卷首图的陋习。为了增加“快活”的色彩，编者人为地为小说加上“快活”的名称，创刊号上清一色的“快活”，如《快活老人》、《快活之王》、《快活夫妻》、《快活鸳鸯》、《快活之梦》、《快活之花》等。可以明显地看出，这些“快活”的“装饰”是很不适宜的，不但不能提高杂志的格调，反而把杂志往庸俗的轨道上推。

《快活》杂志只刊小说，以短篇小说为主，长篇小说为辅。36期杂志中刊有长篇小说，有李涵秋的《近十年目睹之怪现状》、徐枕亚的《燕雁离魂记》、张碧梧的《水里罪人》、郑正秋的《家庭现形记》和杨尘因的《老残新游记》，但均未刊完。和短篇小说比较起来，《快活》杂志上的这几部长篇小说的水平均不高。李涵秋的《近十年目睹之怪现状》和郑正秋的《家庭现形记》都是模仿吴趼人的《二十年目睹之怪现状》而创作的，但是他们的作品只是围绕着一个家庭写妻妾相争，无论是在反映社会的广度，还是在批判社会的深度上均是难以和吴趼人的作品相比的。杨尘因的《老残新游记》延着刘鹗的《老残游记》写下来，但却集中写袁世凯称帝的内幕，只不过借了老残的名而已。徐枕亚的《燕雁离魂记》还是重复他的《玉梨魂》的老路子，用四六的骈文写一则哀艳的故事，这种题材和写法对20年代的读者已缺乏吸引力了。张碧梧的《水里罪人》是一部侦探小说，欧化的色彩太重，小说中的一些人名也用外国人名，小说的格调显得不中不西。

---

〔1〕 在《快活》创刊号的《编辑余沈》中，第一条就宣布：“本旬刊抱快活主义，故创刊号全载快活标题短篇小说，海内文豪，均蒙慨赐名著，珠联璧合，各擅其胜，自能满足读者快活之希望。”

第四节　紫色系列：平民生活　大侠大盗

——《半月》、《紫罗兰》及《紫兰花片》、《心声》、《社会之花》

进入20世纪之后，书局之间的竞争日趋激化，作为中国第一流的商务印书馆、中华书局已经稳定地占领了市场。为了占据一定的市场份额，扩大自我的知名度，各后进之书局想尽了一切办法，其中世界书局和大东书局表现得特别突出。这两大书局的竞争手段几乎一致，即利用通俗文学扩大自我影响和市场份额。正因为这个原因，在中国近现代通俗文学史上，这两个书局的通俗文学期刊就特别多。红色系列中的通俗文学期刊主要是世界书局推出的，与此同时，大东书局则推出了《半月》、《紫罗兰》等期刊杂志，且称它们为紫色系列。

红色系列期刊杂志追根寻源来自于当时大世界游戏场的娱乐报纸《大世界报》，这样的"出生"决定了期刊的趣味、游戏、通俗的价值取向和社会世俗化的创作风格。紫色系列则是延续着《礼拜六》发展下来的，它保持着清末民初通俗文学的特色，只不过在新的时期具有了新的表现形态而已。

1921年3月《礼拜六》复刊后不久，《礼拜六》主编周瘦鹃就办起了《半月》，时间是1921年9月。周瘦鹃办起《半月》后，虽然《礼拜六》的编辑还署着他的名，但其主要精力已用于《半月》了。[1]《半月》为半月刊，创刊号上署中华图书馆总经售，自第5期署大东书局发行。到1925年11月停刊后，《半月》共出4卷96期。《半月》停刊后，周瘦鹃续办《紫罗兰》半月刊，仍由大东书局发行，创刊于1925年12月16日，到1930年6月停刊时，《紫罗兰》也出了4卷96期。

在民族灾难深重的日子里，通俗文学作家特别看重民族气节。清末时他们要求启蒙民众匡复汉室；民初时他们拥护共和政体，反对袁世凯复辟帝制；袁政府垮台后他们反对军阀混战，要求民族统一。对外他们更表现出强烈的爱国情绪。"百姓怕官府，官府怕洋人"一直是清末社会批判小说的批判模式，进入民国，随着国家的殖民化的日益加重，通俗文学作家的忧患意识亦越发加重。此时他们的爱国小说批判的色彩淡了，而事实揭露的成分加大了；滑稽讽刺的色彩淡了，悲愤之情浓郁了。《半月》第2卷第17期上

---

〔1〕 周瘦鹃在《礼拜六旧话》中说："我却依旧助钝根编《礼拜六》……直到一百三十余期，因自己精神不够，才归钝根独编。"后百期《礼拜六》是1921年3月刊行，30多期时正是《半月》创刊不久。

所载的周瘦鹃的《亡国奴家的燕子》可作为此时爱国小说的代表作。小说颇带寓言色彩："一个中华民国亡国奴家里的燕子"叙说了"我主人家"的变化。"先前他们一家快快乐乐的，只听得笑声，牌声，丝竹声，悲婀娜声"，可是有一年"我和我的妻依着年年老例，重又飞到主人家画梁上来了"，却发现"几个矮外国兵"正在这时枪杀奸掳，还把"我的妻"打死了，"明年春上，我勉强压住了悲怀，再来瞧瞧我主人的家可变做了什么样子，只见那屋子已装修一新，门上挂着一面太阳的旗子……飞过人家屋脊时，听得麻雀们唧唧叫着，似乎也变了声口，改说外国话了。更张眼向四下里瞧时，但见斜阳如血，照着那中华民国的残水剩山，黯然无语"。小说情节编造的痕迹很明显，作者只不过是想通过一则故事表明某种心态。从这只"中华民国亡国奴家里的燕子"的如诉如泣的述说中，我们体会到了作者的焦虑、悲愤、痛苦的感情，这深深地打动了读者。

《半月》和《紫罗兰》继承了清末民初通俗文学的传统，在都市社会的中下层生活的反映上显示出特点，特别是对都市社会最底层的人们的痛苦的生活作了很有价值的文字记载。在这类小说中，毕倚虹的作品尤为突出。他的《北里婴儿》写了一位妓女身受多重压迫的悲惨故事，正如作者所说："那事实也算得是残酷极点。"《吃人家饭的第一天》是毕倚虹的另一部小说，小说写了一个12岁的小女孩阿宝到主人家做丫环的第一天的生活，打扇子、划火柴，被少爷打，被主人骂……一直拖到夜里三点钟才上床睡觉。"阿宝回到她的床上，躺下来细细地想着这一天经过的历史，又抚摩着左手指上被火柴灼伤的地方，还隐隐作痛，阿宝不觉流下了两点又小、又热、又酸、又涩的眼泪，叹气道：'唉！今天是开始吃人家饭的第一天呢！'"作者的同情之意溢于言表。中国近现代通俗文学说到底是一种都市文学。清末民初的时候，通俗文学作家们集中反映的是官场上的各种怪现状，而此时他们关心的则是市民生活的本身。清末民初的时候，通俗文学作家们关心政治的腐败、主权的丧失、人格的堕落以及都市社会的各种新鲜事物，而此时他们更关心的是上海都市化过程中出现的不良风气对市民的"精神污染"。徐卓呆的《赤裸裸的男子丑态》写一位丑女无钱时受到男子们的嘲笑和玩弄，有钱后男人自甘被丑女玩弄和嘲笑，意在说明在这个社会之中威力最大的是金钱。张舍我的《父子欤夫妇欤》写了老父亲在上海荒唐了数年之后抱着一个亲生婴儿回家，长子又到上海去荒唐，竟然要和那位曾经与其父同居生子的妓女结婚。故事虽写得离奇，却意在说明都市生活的肉欲横流，已冲垮了传统的人伦关系。对都市生活的恶劣风气全面描写的还有王小逸的长篇小说《春水微波》。通俗文学作家写都市小说重在情节描写，有些作品仅仅是一种“记账式”的描述，但是他们所写小说的题材的本身就决定了他们的作品具有一定的价值。《半月》和《紫罗兰》中的都市小说与清末民初的社会官场批判小说一起构成了20世纪中国小说的某种特殊的风景线，也给中国近现代通俗文学在与新文学相比较时提供了题材上的优越性。

写知识分子的生活和心态一直是作家们最善于表现的小说题材，1917年以来的中国新文学作家一直热衷于知识分子小说，通俗文学作家也同样如此。不过，新文学作家和通俗文学作家所写的知识分子小说有着思想和生活表现层面上的不同。新文学作家表现的是知识分子的灵魂被传统文化的扭曲(如鲁迅的《孔乙己》)、人生价值的失落和追寻(如郭沫若的《歧途》)、理想道路的构造和幻灭(如柔石的《二月》、茅盾的《蚀》三部曲等)，他们表现的是知识分子精神追求和社会改造的奋斗、碰壁史。通俗文学作家不同，他们笔下的知识分子小说的立意似乎没有这么高，他们表现的是知识分子如何的生活，讽刺的是精神被污染之后的知识分子的卑劣行径以及精神空虚的知识分子的人生胡调史。在《半月》第1卷第3期上，徐卓呆发表了小说《小说材料批发所》。小说写了一个叫邓文工的人，他开办了一个小说材料批发所，专门为那些想做小说的人抄袭材料。如此一天天下去，邓文工赚了不少钱，日子混得还真不错。不想一日，那些要材料的人纷纷打上门来，原来他给别人的材料全是抄来的，那些人不但没有达到各自的目的，反而受到别人的奚落。邓文工大喊别打，满心委屈地说出了一番话：“近来抄袭大家，随处都有，抄了人家的著作，皇皇然刊载出来，又何必独责我一人。况且我是提倡国货的，从来不用外国货，那些翻花样译外国小说的人，何尝不是抄袭，你们何以只许人家抄袭，独不许我抄袭呢?”随着小说地位的提高和社会需求量的增加，很多人将之化为谋求私利的手段，小说的创作也就商品化了。这部小说意在说明创作界、出版界的某种不正之风，说明知识被金钱污染。知识不仅可以骗钱，还可以骗色，这是汪仲贤《言情小说家之奇遇》所讽刺的知识分子的某种丑态。言情小说家嫩红的小说在《明光》周刊上发表之后，引来了众多的崇拜者，在众多的崇拜者当中有两位女子引起嫩红的心动，于是他就以小说的形式与两位女士谈起恋爱来，而把自己的贤妻丢到一边去了。随着事态的发展，两位神秘的女子终于露面了，一位是他挚友的妻子，另一位是他的亲妹妹。小说的故事虽然荒唐，但揭示的问题却颇引人深思。它揭示出了某些道貌岸然的知识分子肮脏的心态。通俗文学作家笔下的另一类知识分子是都市社会的胡调人，他们大多接受过新式教育，也不缺钱花，更说不上不自由不民主了，他们所缺的是理想抱负，是事业奋斗的精神支柱。他们被称为是都市社会中的"垮掉的一代"。这类小说写得最好的是张秋虫。[1] 张秋虫在《半月》和《紫罗兰》上发表的《芳时》和《烦闷的安慰》就是写的这样的知识分子的生活。《芳时》中的C先生看戏、逛妓院、吃大菜、开房间，整日周而复始地玩到三更半夜。有时也静下心来想一想："我的学问，我的志气，我的行为，我的身体、精力是否发生了重大的变化，是否值得悲戚与忏悔。"但是答案却是否定的："去日苦多，人生几何？还是及时行乐罢！"时而狂闹，时而怅惘，时而糊涂，时而又清楚，小说将这种愁苦无奈、自戕自贱的心态表现得淋漓尽致。《烦闷的安慰》中的西君更是一个睁着眼睛走向死亡的明白糊涂人，他对周围的环境以及自己所作所为的恶劣十分明白，而又自甘堕落，自愿胡调，自愿地走向毁灭："一个人能够没有心肝没有脑筋是何等可以快乐的事啊。""我也在睡梦中寻生活，而头脑却无时无刻不是清醒的，这是没有法想的。"张秋虫笔下的知识分子也曾有事业上的追求、精神上的苦闷，但是他们失望了，失望之后不是洁身自好，而是自暴自弃地胡调人生，并在社会黑暗人生险恶的理由之中寻找自慰。这种情态的确也反映出了那个时期知识分子精神面貌的一个重要层面，为中国近现代知识分子小说的立体性增添了重要的一笔。

侦探小说是通俗文学作家引进中国来的小说新品种。经过清末民初的大量的外国侦探小说的翻译介绍，中国作家终于技痒难熬了，开始出现了中国作家创作的中国式的侦探小说，此时的《半月》和《紫罗兰》是刊发中国侦探小说及反侠盗反侦探小说重要的阵地。

此时以写会党小说而著称的姚民哀正处于创作的高峰期，他在《红玫瑰》中推出了数部中篇帮会小说，如《盐枭残杀记》、《龙驹走血记》、《三凤争巢记》、《独眼大盗》、《侠骨恩仇记》等，在《紫罗兰》上则推出了他的长篇帮会

---

〔1〕 张秋虫(1903—1974)，笔名有蕫公、一沤、藕丝。由于他诞生于旧历二月十二日，世俗称这天为百花期，一称花朝，他生得其时，所以又有百花同日生的笔名。他是浙江余姚人，由于祖籍是江苏扬州，因此被列为通俗文学扬派作家之列，曾有人将他和李涵秋并列，称作为"二秋"。他曾在杭州青年会和上海澄衷中学读过书，但未毕业就休学在家。1921—1923年在北京参议院秘书厅议事科任科员；1923—1926年为《上海商报》副刊编辑。从这个时候起，他进入上海文坛，并在其中流动多年。这期间，他当过《三日画报》、《万岁》、《响报》等刊物的编辑，还在大中华百合影片公司等地做过文牍。1958年12月他进入上海文史馆。主要作品有《新山海经》、《海市莺花》等。

小说《荆棘江湖》。小说未曾刊完，亦未见单行本，所见共45回，约30万字。

通俗文学作家办刊物有着较强的商品意识，他们不满足于老面孔，几年一过，就改一个刊名，在新面孔上玩些新花样，以期吸引读者，对编者来说，也是一个开拓创新的机会。《半月》出满4卷96期之后，改名为《紫罗兰》，期刊内容不变，但形式上发生了重要变化。《半月》的编辑体例比较朴素，除一幅三色铜版的封面画外，每期有插图2至4页。画面内容主要是一些家藏的中国古代山水画。值得注意的是广告插页明显增多。清末民初时文学杂志就开始刊载广告，但顶多是一张插页，而在此时的《半月》杂志中最多时达到10页。这种风格到《紫罗兰》时也未曾改变。《紫罗兰》的编辑体例就要花俏多了。在《紫罗兰》的创刊号上有这样的说明："《半月》结束，《紫罗兰》继起，颇思别出机杼与读者相见。版式改为20开，为其他杂志所未有。排法亦力求新颖美观，随时插入图案画与仕女画等，此系效法欧美杂志，中国杂志中未之见也。以卷首铜图地位改为《紫罗兰画报》，以作中坚，图画与文字并重，以期尽美，此亦从来杂志中未有之伟举，度亦为读者欢迎乎。"《半月》是小16开本，《紫罗兰》成为了20开，这就使得《紫罗兰》成为了中国第一份"方形刊物"；《半月》的封面仅是一幅加色素描画，《紫罗兰》的封面则是一张完整的背景画，而且每幅画下都有两句诗，例如"再三珍重临行意，只在横波一转中"，"低头只作枯禅坐，莫把双眸注妾边"，等等，算作是封面画意题解吧。这种状态到出第3卷时又有了改变，开本从20开改变为大16开，从方型刊物又变为长型刊物，封面画还是时装仕女，但却是用镂空的形态表现出来，即第1页将仕女的形态镂空，第2页插入画面将仕女的形态从镂空处露出来。在最初的2卷中，《紫罗兰画报》是折叠式的，内容主要是明星动态、名伶轶事、风景名胜等等，有照片，有文字，确实做到了图文并茂。到了第3卷，《紫罗兰画报》由折叠式改为插页，每期4页，内容也集中化起来，出了法国沙龙名画号、曼殊上人纪念号、华社摄影杰作号、解放束胸运动号等等。《半月》只刊登小说，而《紫罗兰》就丰富多了，除了增加了《说林珍闻》的栏目刊登一些随笔外，还专辟有《读者俱乐部》和《小天地》的专页，前者主要刊登读者的来信和文学作品，后者则完全刊登小小说、小小诗、小小散文随笔等。中国近现代通俗文学期刊均讲究外表的装帧，其中应以《紫罗兰》为最了。

1930年《紫罗兰》停刊后，大东书局曾将在《半月》和《紫罗兰》上发表过的短篇小说，按作家分汇成册，称为《名家说集》，共16家，他们是包天笑、江红蕉、沈禹钟、周瘦鹃、何海鸣、范烟桥、胡寄尘、袁寒云、许指严、徐卓呆、毕倚虹、张舍我、赵苕狂、严芙孙、张枕绿、张碧梧。大东书局将此一次整齐地推出，算是一个圆满的大结局。

据说周瘦鹃初恋的女友的西名是 Violet（紫罗兰），周瘦鹃爱好紫罗兰花，并以此作为笔名、杂志名和室名均是为了纪念他的初恋。[1] 1922 年他创办了一份个人的小杂志，刊名为《紫兰花片》，大概还是这个意思。《紫兰花片》64 开本，只有手掌那么大，目录上注明“周瘦鹃个人之小杂志”。封面设计也是一幅时装仕女画，每期刊名题签均由他的好友轮流题写，包天笑、袁寒云、王西神、何海鸣、天虚我生、徐树铮等人均在其上留下了题签手迹。《紫兰花片》是月刊，出至 1924 年 24 期时停刊。这大概是我国办得最长最有序出版的个人刊物了。《紫兰花片》所载内容均是周瘦鹃个人的译、著，有小说、杂谈、随笔、戏剧，甚至还有一些科学小发明，每期均有近 30 篇作品。从作品的数量来说就可以感觉到周瘦鹃文学劳作的辛苦了。《紫兰花片》中的作品涉及的生活很广，其中最为人称道的是在第 2 期上的小说《老伶工》。这篇小说是根据实事构思加工而成，写一位老伶工靠卖唱养活自己的儿子儿媳。由于作者对小说主人公的熟悉，将自己的怀念同情之心全部渗透在文字之中，小说写得十分动人，特别是小说的结尾，写老伶工雪夜病倒在床上高唱他的生平之作：“把他的心做弦索，把他的灵魂做鼓板，一时全神贯注高唱入云，他要唱给自己听，他要唱给上天听，这当儿夜已深了，万籁俱寂，单有他一个人的歌声荡满在天地之间……唉，可怜的老伶工，他的心血呕尽了，他的歌从此绝响了。”作为一位文字的劳作者，周瘦鹃写到这里已和他笔下的主人公合为一体了。

《半月》刊行后风行一时，效仿者众多。在这些效仿者中稍有影响者为《心声》和《社会之花》。

《心声》创刊于 1922 年 12 月，半月刊，出至 1924 年 8 月停刊，共出版 27 期（至第 3 卷时为不定期刊）。版权页上注明主干者徐小麟；名誉编辑袁寒云、步林屋；编辑者刘豁公；主撰者王钝根；校订者郑子褒，发行者心心照相馆。其中徐小麟就是心心照相馆的主人，其他人为当时通俗文坛上的名流或作家。由此可以看出这是由心心照相馆出资办的一份文学刊物。

---

〔1〕 参见周瘦鹃：《爱的供状序》，《紫罗兰》（后）第 13 期（1944 年 7 月）。

《心声》效仿着《半月》,以都市社会的中下层生活作为小说创作的场景。相比较而言,《心声》更为集中地表现了街坊和弄堂的生活,因此刊物就更具有都市世俗的色彩。童养媳的生活是街坊邻里之间的热点话题之一,欧阳予倩写了一篇《三岁的童养媳妇》,以纪实的笔调写了一个三岁的童养媳妇的非人生活,催人泪下。篇后,作者专门写了一篇后记,说:"作者写完了这篇事情,以为可以供社会的人们的研究材料,第一,童养媳妇是应该有的吗?……社会上黑暗的事情怎样才能发露出来,发露不出来又怎么能够免除事情呢,唉,万恶的社会,万难解决穷人的生活问题。"作者是以一种发露都市里黑暗的态度写这篇小说的。那些被迫卖身的弄堂女性被称为"私娼",她们同样是街坊邻里议论的话题,何海鸣专门写了一篇《私娼日记》,详细地描述了一位年仅 14 岁的小女孩为了生活如何被迫走上了私娼的道路,又如何在邻里的冷嘲热讽之中艰难地苦熬着。小说用第一人称写作,娓娓道来,非常打动人心。黄包车夫是都市下层人们的主要职业,能赚钱的黄包车工不仅要出死力,还要会出巧力,张碧梧的《朱公馆的包车夫》写的就是一位表面上憨厚、实质十分狡猾的包车夫阿三如何在少爷和少奶奶两面讨好骗钱的故事。他以掌握少爷和少奶奶各自隐私作为筹码不断地暗示、敲诈,凭此手段回到家乡造了房、买了地,俨然一副小财主模样。当然街坊弄堂少不了打架骂街,也自然就有了郑恪夫的小说《骂街的女博士》,写了一位泼妇因骂街出名,被人称为"骂街的女博士",她骂遍街坊无敌手,唯一的没有被她骂过的是一位穷教书匠,终于有一天他们之间开展了一场骂战,一方是高声尖叫,骂出了各种尖刻的话,另一方是慢条斯理,对答的是"三字经",这场骂战也就形成了一场闹剧。就如照相一样,通俗文学作家把他们所熟悉的市民生活全部"拍摄"到文学作品中来了。

通俗文学的读者群主要由市民所组成,市民们对这样的文学之所以感到熟悉、亲切而喜欢,除了小说的题材之外,还在作品所表现的生活环境和思想心态。在《心声》杂志中我们可以看到曲折的弄堂、来去匆匆的女工、叽叽喳喳的市井女性、善于应变的买卖人、四处遛达的白相人和奸滑霸道的帮会中人,也可以看到昏暗的小灯中的店铺,闻到小菜不断散发出的香味;看到半藏半隐的抛着媚眼的妇人,听到小阁楼上不时传出的笑声……对这样的环境描写生活在其中的市民们怎么能感到不亲切呢?优秀的市民小说还能表现市民特有的心态。在生活的贫困线上战战兢兢地过日子,感叹生活艰难大概是市民们共同的心态。陆律西专门写了一篇小说《生活难》,小说从一个帮工女佣的视角写出了各家各户生活的艰难，喊出了“现在生活艰难到了这般地步”的心声。市民的生活是艰难的，却也有精神上怡然自得的一面，他们既无升官的奢望，也没有偌大的财产，因此他们没有什么精神烦恼，张庆霖的《不可思议的几幕》通过几个家庭生活侧面的描写说明靠着力气吃饭的人力车夫精神上的愉快正是那些达官贵人们所缺乏的。市民是都市社会最低的社会阶层，但是他们又认为比“乡下人”要高贵得多，他们在接待乡下的亲戚时表现出的心态是相当复杂的。一方面他们要摆出“有钱人”的样子给予这些穷亲戚一些补给，在他们面前摆出一点架子，另一方面经济的窘迫又使得他们不愿意接待这些“乡下人”，送礼的背后是心疼，笑脸之中是提防。徐卓呆的《乡下客人》十分生动地反映出了这种心态。除了要面子的心理外，市民另一个突出的心态就是互相攀比，潘予且的《张大妈的生日》将这种心态表现得淋漓尽致。张大妈的儿子借为张大妈祝寿的名义借钱请了许多好友来吃饭，作为寿星的张大妈不但上不了桌，连饭菜都未能吃上。就在张大妈含着眼泪洗碗涮锅的时候，却听到隔壁的王大嫂在极口称赞张大妈的儿子借钱为母祝寿，责骂自己的儿子没有一点孝心。这篇小说虽短，读来却使人留下了无穷的余味。中国近现代通俗文学作家大多数人本身就是市民，他们十分了解市民们的酸甜苦辣，写出来的小说自然能引起市民们的共鸣。读者、作者、文本的接近正是这些市民小说的特色所在。

大概为了吸引更多的明星、名伶来拍照，以引起广告效应，《心声》杂志对中国的戏曲特别关心。他们把第 1 卷第 3 号定为“全国伶选大会开幕号”。在这一期上发表了一个《全国伶选大会第一次通告》，号召全国各行各界开展名伶选举。然后从第 2 卷开始每期均刊载一些名伶得票的情况。除此之外，还不时公布一些名伶的捧角名单，从名单上看，《心声》杂志的编辑们均是排名在前的。《心声》杂志还将一些戏文摘录刊登，对一些名伶名戏专门评述，这些评述大多来自戏迷们的手笔，充满了溢美之词，给杂志抹上了一层捧角的色彩。

既然是心心照相馆出资发行的，《心声》杂志的照片插图也就成为它的编辑特色。这些照片插图大量是名伶的剧照或“本来面目”，戏曲味很浓自不必说，值得一提的是每一期上，它都将一些主要作者的照片刊登出来，拍摄了如此多的作者照确实也只有《心声》杂志才具备这样的条件。这种“照片意识”还反映在作品的编排上，从第 2 卷开始，每期都有一篇介绍如何拍照片的文章，几乎每一篇小说的眉标均是一句有关心心照相馆的广告词，如

“心心照相馆器具精良”、“心心照相照相更亮”等等。用广告词作小说的眉标确实是中国期刊杂志的一大创举了。

自第1卷第10号起，《心声》杂志专门开辟了“妇女文苑”的栏目，由吕碧城女士作编辑主任。作品全是女性作者所写，有小说、诗歌、随笔等。作品内容均为家庭、育儿、跳舞、交际、卫生等，立意均不高。不过，在中国近现代通俗文学期刊中集中了这么多女性作者也是不多见的。

《社会之花》创刊于1923年1月5日，旬刊，至1925年11月停刊后，共出版2卷36期。该刊为大陆图书公司发行，王钝根编辑，沈禹钟为协理编辑。和《心声》杂志一样，该刊的风貌仿《半月》杂志。事实上，《社会之花》的作者队伍和照片插图与《心声》杂志是相通的。《心声》杂志的主要作者也是《社会之花》的主要作者，《社会之花》上的卷首照片皆由心心照相馆提供，其内容和《心声》杂志相仿。

《社会之花》之所以值得一提在于它题材的定位颇具特色，如果说《半月》以写都市中下层社会为特色，“聚焦”于都市的弄堂和街坊，《社会之花》则热衷于表现社会的奇闻轶事。创刊号上王钝根作《发刊辞》说：“吾国之社会沉闷极矣，宜有以愉快之；黯淡极矣，宜有以鲜美之，本旬刊自比于花，将使社会得此而愉快而鲜美也……本旬刊搜征社会新闻，彰善瘅恶，亦所以吸社会之炭气而输以养（氧）气也，将见识字者人置一编，珍为养生却患之要品，又岂得以寻常小品文艺仅足供赏心悦目者目之哉。……”显然，作者是想“搜集社会新闻”以活跃“吾国之社会沉闷”的空气，当然，还有“彰善瘅恶”的劝俗劝善的作用。

从这样的办刊宗旨出发，《社会之花》把很多稀奇古怪的人物事全部搜罗在杂志上了。张秋虫的《经济》写了一位死要面子活受罪的“都市时髦人”，结果失了面子，赔了女友，编辑王钝根评价这篇小说“可把上海那些滑头名人挖苦了个透顶了”。严芙孙的《自杀会》写了一个集体自杀的故事，死者既有腰缠万金的富翁，也有身无半文的乞丐，甚至还有10岁不到的稚童。自杀的原因只有一个，社会对他们太无情，只有那个世界才是极乐社会。张舍我是写社会新闻小说的行家，他在《社会之花》上发表了《痛苦之爱》，写的是一个前途无量的男子为了女人而涂改支票被捕入狱，在人们纷纷同情此男子而责备那个女子时，那个女子竟又嫁给了一个富翁做姨太太。这样的小说情节在通俗文学之中是常见的。小说奇在最后，原来那个女子之所以嫁给富翁是为了骗钱而救入狱的男朋友，于是所有的责备都变成了一种美谈。徐卓呆的小说情节更为离奇，他的《黑蝴蝶》写了一位私人侦探竟和他长期追捕的女贼一起骗诈苦主，理由就是一个"重了人情"。徐哲身在《社会之花》中是被作为"小说大家"向读者推荐的，他的小说主要是写妇女的命运，《王三少奶奶的镜》写了一位有钱无贵的富翁硬把自己的女儿嫁给一个落泊的官僚的儿子做三姨太太，结果贵气没有得到，却成为夫家的摇钱树。在《心声》中陆律西写了大量的弄堂世俗小说，在《社会之花》中他写了《为小失大》，写一个富翁吝啬成性，烟头舍不得丢放入口袋结果烧坏了衣服；汽车舍不得坐，结果跑穿了鞋；一分钱舍不得花结果溺坏了儿子，待他一死财产全部给儿子们胡闹干净，可谓"因小失大"。这篇小说世俗气息浓厚，读之令人忍俊不禁。张碧梧是位侦探小说家，在《社会之花》中他也写起了社会小说，他的《歧路之日》写了爱慕虚荣的女子嫁给了一个穷光蛋，自讨苦吃。同样题材的小说有沈禹钟的《娘家》，小说写爱慕虚荣的女子不仅会害了自己，而且会害了丈夫。除了小说以外，《社会之花》还专门开辟了一个"社会趣闻"的栏目，发布一些社会的奇闻轶事，例如《太监离婚》、《老蚌产珠》、《鬼祟》等。毕倚虹和韵琴合译的《纽约娼妓的生活》从第1卷开始连载，是该杂志重点推出的文章，算是外国奇事吧。千奇百怪，林林总总，《社会之花》可以说是都市生活奇人奇事奇物的大汇总了。通俗文学就是应该具有传奇性，奇是通俗文学反映社会生活特有的视角，也是通俗文学作品吸引读者的重要的手段。当然，奇决不是凭空捏造，更不是恶意伤人，它建立在社会生活之中，蕴含着作者对生活的价值判断。正是从这点出发，我们看到了《社会之花》的作品意义。这些作品的意义虽谈不上多高，但它们的确有着丰富的生活基础，有着劝人向善、劝人人格健全的基本要求。读者读文学作品是从趣味开始的，趣味在文学作品中具有的重要作用是毋庸置疑的。通俗文学的传奇性符合读者的阅读心理。从一定意义上说，通俗文学作品失去了传奇性也就失去了读者。这种现象可以从《社会之花》的兴衰中得到印证。《社会之花》的前数期，编辑在前期准备的前提下，用了很多名人的潜心之作，几乎每一篇传奇性都很强，刊物销量达到1万2千册左右，这个数字在当时是一个很不错的成绩了。出到4、5期好稿用完了，就塞进去很多应景文章，销量陡降至1万册以下。到第6期时，王钝根意识到作品传奇色彩的重要性，再次组织了一批好稿并亲自创作了一篇虚构的传奇小说《我与文艳亲王之情史》，期刊的销路再一次升到1万2千册左右。可是“这样的诡道获禽，可一而不可再”，到了第2卷时，名家名作很少见了，只剩下王钝根的长篇小说《温柔之乡》以及协理编辑沈禹钟的作品了，杂志的风格也从社会传奇性转向了社会言情性，终于销路全无，只有关门大吉。读者是通俗期刊杂志的命根子，没有读者期刊杂志就难以生存。通俗文学的定位就是要从传奇之中劝俗劝善，失去了传奇性也就失去了读者。

和其他杂志一样，《社会之花》也出了不少专号，如新年号、神怪号、武侠号等。也许是受到《心声》杂志的影响，《社会之花》也刊登了不少有关戏曲的见闻、动态，如《北京伶界之义举》等，也刊登了一些曲文，其中姜映清女士的《风流罪人》的弹词几乎连载杂志的始终。在诸栏目中，值得一提的是王钝根的“本旬刊作者诸大名家小史”，以简练的笔法介绍了当时众多的通俗文学作家的生平，此举当然是拉稿的一种手段，却也为后人留下了一份珍贵的史料。

第五节　彩色系列：社会时效　名士风范

——《星期》、《珊瑚》

包天笑结束《小说画报》后，受大东书局的委托于1922年2月创办了《星期》周刊。至1923年3月停刊止，《星期》周刊共出版52期。

我国近现代通俗文学是以社会批判谴责小说为开端的，李伯元、吴趼人、刘鹗和曾朴等人都以他们的作品给中国通俗文学带来灿烂的辉煌。在他们之后，批判谴责的色彩明显趋淡，但以表现社会现象作为题材的创作思路影响了一代又一代的通俗文学作家，社会小说也就成为了中国近现代通俗文学重要的小说类型。在中国近现代社会小说的发展史上，如果说李伯元等人是开创者的话，包天笑就应该被视做他们的继承者了。包天笑是中国近现代通俗文学大家，作品题材十分广泛，但是最能代表他的文学成就的还是社会小说。可以这么说，包天笑的社会小说代表着社会小说在新时期的新面貌，即：以写实的手段表现社会生活，作者的思想感情不再作外露的表现，而是隐藏在社会生活的剪辑和编排上。包天笑小说创作的追求和文风直接影响到他所主持的数种刊物的风格，也在无意识之中影响着在他主持的刊物上发表作品的作家们的创作趋向。前一时期他所主持的《小说时报》、《小说大观》、《小说画报》是如此，这一时期他所主持的《星期》同样以社会小说作为刊物特色。

《星期》的作者主要是《小说画报》的作者，在主编和作者基本不变的情况下，《星期》所载作品的内容可以看做《小说画报》的延续。但是，社会毕竟是向前发展了，新的时期有着新的社会情绪和社会现象，捕捉这些新的社会情绪和社会现象则是优秀的社会小说家应具备的素质。20 世纪 20 年代初的中国最为热门的社会话题是两项，一是列名为第一次世界大战战胜国的中国，战后并没有增强民族的地位，反而进一步加深了民族危机，五四运动虽然已经过去，但它给中国社会的各阶层播下了强烈的爱国主义情绪；二是中国国民经济在此时得到了快速的发展，与经济发展相适应的一些新事物层出不穷，上海都市化的特色日渐明显。这两大热门的社会话题自然也就成为了《星期》作家们最热衷表现的小说题材。最能代表《星期》爱国主义小说的作品是包天笑的《沧州道上》。这部小说写了几幕令人气愤而又心酸的场景。初冬季节为了避车，一列火车停留在沧州车站，“头等车中有许多洋大人、洋太太，都凭着车窗饱览风景，淡黄的头发披拂于风前，雪白的手巾按着那个高鼻子，似乎怕闻着支那人的臭气”。车外是许多灾民，“横七竖八有许多衣衫褴褛白发飘萧的老妇，和那赤脚蓬头遍体泥污的小儿”。忽然从窗子里扔出几个铜元来，于是车外是一阵哄抢，有踏痛了手的，也有跌破了头的，一片哭哭啼啼；车内见此情景，均拍手欢笑，一片喝彩的声音。此时车内“有一股香味从头等车后面的大餐车厨房里透出，散飘到各处”；车外“不但不能果腹，反使胃里的虫蠕蠕欲动，馋涎只在舌尖上似春泉汩汩而流”。车内正在大饱口福，并“随意的无意识的在车窗中丢出些吃剩的肉骨和面包上的皮”；车外是一条黄狗、一条白狗和一个无腿的残疾人在争食，“三色种狗互相争夺，互相瓜分”。这部小说作者不作议论，也不多加描写，完全是场景的对比和组合，读者却从中受到了强大的心灵震撼。在中国的土地上作威作福的是什么人，受苦受难的又是什么人，这是这部小说留给读者的沉重的问题。在《小说画报》曾有着出色的表现的张毅汉在《星期》上也发表了一篇爱国主义小说《金钱就是职业吗?》，小说写大学毕业生汪介峰从学校出来后到一个外国人办的洋行工作，开始去时对外国人的飞扬跋扈愤愤不平，逐渐地看在金钱的分上心平气和起来，可是当他拿了第一月的薪金，买了礼品送给他的女友时，却得到了女友的一封绝交信。信上说：“我不料你几年所学，是预备给外国人利用的。金钱就是职业，你的志气可想而知。我如今要同我的同学姐吴守朴君，往纽约去经营一个华人女子商业公司。后会有期。

再见罢!”这篇小说批判的是认命的思想[1],要求的是为国争光的抗争精神。和包天笑的《沧州道上》相比,这篇小说的编造痕迹很强,但是却抒发了时代的真实的情绪。外国人在中国办洋行、办实业是为了在这块土地上掠夺钱财。为了达到目的,他们不择手段地敲诈欺骗,可悲的是一些利欲熏心的中国人往往成为这些外国人玩弄的对象,弄得两手空空。毕倚虹根据此意专门写了一篇小说《一星期的买办》,写了一位交了钱买了个买办做做的年轻人,一个星期就被人赶出了门,原来那个外国大老板是个骗子。这篇小说用讽刺的笔调写了一则啼笑皆非的故事,但确实是给那些趋洋附洋之人一帖清醒剂。

在《星期》中对上海都市化过程表现得最为出色的作品是江红蕉在其上连载的长篇小说《交易所现形记》(署名老主顾),共14回,分27期载完。在中国近现代通俗文学期刊史上,它给《星期》带来了特有的地位。

要使刊物吸引读者,刊物上就要有名作名篇,名作名篇往往出自名家之手。为了索取名家的作品,通俗文学期刊编辑们是不遗余力的。曾写《留东外史》的向恺然(平江不肖生)从日本回国后,颇受冷遇,正在办《星期》的包天笑得知这一情况后,就想方设法找到了他[2],请他为《星期》写稿。向恺然写了长篇小说《留东外史补》发表在《星期》上。这部小说虽然只是《留东外史》的补充和伸发,但挟《留东外史》的影响,在当时还是颇引人注目的。包天笑照例每期撰小说一篇,而徐卓呆、张毅汉、毕倚虹等人则是几乎每期都有他们的作品,他们是《星期》上用稿最多的作者。[3]《星期》的版面装饰没有什么特色,同样是卷首刊登各地风景、时装美人、伶人剧照等照片。为了推销《星期》,

〔1〕 小说主人公曾说过这样的话:“现在外国强,中国弱,也是天意如此。从前几千百年中国强的也够了,如今该是外国人变着运了。”张毅汉对此种说法极为不满,特地在小说中加注说:“毅汉曰:现在一般社会的心理的确如此,可为一哭。”

〔2〕 曾写《留东外史》的向恺然(平江不肖生)从日本回国后,颇受冷遇,是包天笑创办《星期》时将其“挖”出来的,包天笑在《钏影楼回忆录》中曾详细地记载了他寻访向恺然的过程:当他从张冥飞处得知向恺然的地址后,“到了明天下午四点钟,我便去访问他了。他住在一家人家的楼上,一踏过去,我便记得从前人家一副集句的对联,便是‘垂帘不卷留香久,短笛无腔信口吹’,有一个少妇,不知是不是他的太太,总之是他的爱人。此外房间里还有一只小狗,一只猴子。他是刚起身,必须过了瘾方有精神,我就不客气在他烟榻上相对而卧了。那天就谈得很好,我要他在《星期》写文字,他就答应写一个《留东外史补》,还有一种《猎人偶记》”。被包天笑“挖”出来的向恺然对中国近现代通俗文学影响很大,成为现代武侠小说的开创者。

〔3〕 关于毕倚虹为何在《星期》上写稿多,《钏影楼回忆录》上也有记载:“这时他已不在上海时报馆了,为了他父亲故世,来空了公款,他以承继人的资格,关在杭州县衙门里吃官司。虽然吃官司,却住在县衙门的花厅里,清闲得很,就是不能出门一步,于是一篇一篇的短篇,写了寄给我。”

该刊曾专门出版了《滑稽画报》，规定凡订阅《星期》全年者可得《滑稽画报》两期。画报图文并茂，半年刊，但只出了两期，就同《星期》一起停刊了。

1931年的“九一八”事件和1932年的“一·二八”事变，日本帝国主义对中国加紧了侵略，激起了中国人民强烈的爱国主义情绪，举国上下，群情激奋，《珊瑚》杂志就是在此时创刊的。《珊瑚》杂志为半月刊，创刊于1932年7月1日，至1934年6月停刊，共出48期。主编范烟桥。该刊在苏州出版，由上海民智书局发行。

范烟桥(1894—1967)，名镛，别名鸥夷，江苏吴江同里镇人。他和柳亚子是同乡，18岁时入南社。29岁时移家苏州，渐与苏沪文人相接，开始发表作品。到周瘦鹃办《半月》时，他的作品颇多，30年代初办《珊瑚》杂志。30年代后期曾在上海明星、国华、金星等影业公司任职，写了不少电影剧本。他的主要作品有《忠义大侠》、《江南豪侠》、《孤掌惊鸣记》、《留影录》、《花蕊夫人》以及电影剧本《乱世英雄》等。在写作、编刊的同时，他的固定的社会工作是教育工作。最初在吴江小学任教员，迁居苏州后在东吴附中教国文，又到东吴大学(今苏州大学)教小说史，著有《中国小说史》。抗战前、解放后两度在省立苏州中学任职，还曾在上海大夏大学、大同中学工作。1955年起，先后任苏州文化处处长、苏州文管会副主任等职。1967年病逝。

在《珊瑚》杂志中常见的作者除主编范烟桥之外，还有陈去病、柳亚子、胡朴安、邵力子、顾明道、程瞻庐、吴双热、包天笑、陈莲痕、周瘦鹃、何海鸣、徐碧波、汪仲贤等人。从这张名单上，我们可以看出他们大多是南社中人，后为苏州星社中人[1]。南社是由一些江南名士所组成的文学革命团体，他

---

〔1〕 星社是20世纪20年代以苏州作家为主干的文学团体，范烟桥是该社组织者之一。据范烟桥在《星社感旧录》中回忆：“当民国十一年间我离开故乡，移居吴门时，首先和赵眠云相识。那时他正是张诸翩翩，而且在胥门开着赵义和米行，不是寒酸书生，既然臭味相投，自然一见如故，便接连着酒食征逐了好几回。在七夕的那一天，他约我和郑逸梅、顾明道、屠守拙、孙纪于诸君以及族叔君博到留园去。我和姚赓夔(苏凤)及舍弟菊高同去，在涵碧山庄闲谈。大家觉得这一种集合很有趣味，就结成一个社。我说：‘今夕是双星渡河之辰，可以题名为星社。’星社就是这样在有意无意之间诞生了。”据有关资料，星社并没有什么社约，只要有人介绍，就被视为同道，因此，星社人数最多时达到百人。“他们都是世居苏州的，多数有着几间很宽敞的屋宇，有的还有着明窗净几的厅堂，空庭中几拳太湖石，足以憩坐，几树花木，足以徘徊其下，所以消磨半天，还觉余兴未尽。并且苏州人家的主妇，大半能够做些点心，盐的甜的，干的湿的，各尽其长，各擅其美，那就比茶坊里有上下床之别了。”“茶话到了后来，所费超过了一席酒的价值，因此有人主张索性改为酒集，每月一次，照聚餐方法，要奢要俭，定于公议。苏州有不少园林，可以假座，如狮子林、汪义庄、鹤园、网师园、怡园、拙政园、陈公祠，凡是有林泉亭榭之胜的，都到过。”(天命《星社溯往》)

们为辛亥革命的成功作出过重要贡献，他们对袁世凯复辟帝制极为不满，他们是具有强烈的民族主义情绪的传统的文化人。在新的时代情势下，他们的民族主义情绪化为强烈的爱国主义色彩。《珊瑚》是他们表现思想情绪的重要的文学阵地。创刊号上，主编范烟桥作《不惜珊瑚持与人》的发刊词：

《山海经》："珊瑚生海中，欲取之，先作铁网，沉水，珊瑚贯网而生，岁高二三尺，有枝无叶，如小树，因绞网出之。"从来把文字比珊瑚，收罗文字的比结网者，我希望结了这个网，把国内作者的美底文艺，逐渐的收拢来，供献给读者。珊瑚的颜色，有红有白有青有黑，这小册子的文艺也是五光十色，什么都有一点。

国难未已，隐痛长在，那里还有心绪谈那不急之务的文艺，这是应有的责难，可是仔细想一想，这话也未必尽准，因为救国不能专恃着铁与血，世界上有把文化来作侵略工具的，那么我们可以把文化来救国！但是《珊瑚半月刊》虽有这伟大的抱负，实际上觉得力量太微细，只好竭我们的心力，尽我们的责任，譬如在战时做慰劳的工作，虽只奏一回歌，只赠一枝花，可是一点热的至诚或者不为国人所弃罢。

因此我们对于本刊的内容，力求符合上述的旨趣，有下列的标识，就是："以美的文艺，发挥奋斗精神，激励爱国的情绪，以期达到文化救国的目的。"

或者说：既然把文化救国做幌子，应当都用硬性文艺了，为什么又有小说等软性文艺，占了大部分？这一点我们也要附带声明，我们相信"卑言易入"的老话是有价值的，并且常受着刺激，未免要趋于愤懑而狂易，所以我们要把软硬两性的文艺调节一下，总之，我们决不使读者看了至于颓废，这是可以请放心的。

末了，我掬示十二分的诚意，请读者指教！使结网者大有收获，同时请同志常把有价值的作品惠我，使无"珊瑚漏网"之憾。

"以美的文艺，发挥奋斗精神，激励爱国的情绪，以期达到文化救国的目的"，是这篇发刊词的中心思想，亦可以看做通俗文学杂志在新的时期所表现出来的新的面貌。

应该说《珊瑚》杂志新发表的作品是和杂志的创刊旨趣相一致的，爱国小说是该刊的主旋律。在《珊瑚》第 11 号上施冰厚有一篇爱国主义小说的专论《爱国小说的借镜》，文中说："足以激励爱国之小说，其艺术有正反两面。或写亡国惨痛，读之触目惊心，令人愤慨；或写爱国事迹，可以感奋。然无论如何，欲创造深刻之印象，固不能仅以此单纯之观念，就事实铺陈之即已。必有内容，有深度，始可言动人。"这段文字基本概括了《珊瑚》爱国小说的内容。在1、3、6号上，分别载有含凉生的《国难中的苏州》、玉峰寄客的《国难中之昆山》、叶慎之的《国难中的太仓》以及郑逸梅的《沪变写真》，作品以纪实的笔法写了上海"一·二八"事变中苏州、昆山、太仓的社会状况，写了日本侵略者在上海的烧杀抢掠。上海的"一·二八"事变引发了难民潮，对此茅盾的《林家铺子》曾有间接的描写。通俗文学作家则以此为直接题材写了大量的作品。许廑父在《珊瑚》第9号上发表小说《流离》，写了难民的生活状况。王天恨的《失落》写了"一·二八"深夜上海外白渡桥人挤人、挤死人的惨状。徐卓呆的《食指短》写难民战后回到江湾时看到的各种凄惨的情形。这些触目惊心的亡国惨痛给人留下了深刻的印象。除了这些写"亡国惨痛"的作品外，那些写"爱国事迹"的作品更是占杂志的主要篇幅，比较引人注目的有邓启炘的《抵抗日记》。邓启炘是十九路军的一位连长，受伤后曾受到程小青的精心照料。在程小青的介绍下，邓启炘以日记的形式写了十九路军的抗敌过程，作品写得真实而又十分感人，是一部十分有价值的作品。程瞻庐在其上发表了长篇小说《不可思议》，写了一位刻章世家的子弟如何丢下刻刀拿起战刀参加了义勇军的故事。范烟桥的好友顾明道在其上发表的长篇小说《国难家仇》，以"九一八"事变为背景，写了东北人民如何建立了义勇军奋起抗敌。作者在小说中说："我想日军在很短的时期内，几乎把我土地广大的东三省完全占领了去，这样看来，谁说中国不会亡呢？政府始终不敢抵抗，平日勇于内战的总司令和军长们也没有决心与日军拼上一下，全国军民虽然激昂，可是只有空言而不能实行，这样迁延下去，东三省非我所有了。我辈生此乱世，自感怅触，倘然庸庸碌碌，老死牖下一无建立，徒然辜负了七尺之躯，不但如此，恐怕国家将亡，大家要做亡国奴，受人家的奴使，不容你老死牖下呢，为今之计，我辈苟有爱国之心的，只有挺身而起，和恶魔奋斗，杀开一条血路，所谓坐而待亡，不如赶快自救。"这段悲愤的语言充分显示出了作者不凡的见解。《珊瑚》除了发表了大量的爱国小说之外，还专门出了"九一八"专号和"一·二八"专号，在这些专号上有诗词，有歌词，有小品，有小说，甚至只说几句心里话，读这些文字让人悲痛不已，又热血沸腾。例如王佩诤作的《拟十九路军军歌》："精忠兮报国，追岳家旗帜痛饮黄龙河时，我军乎奋武鹰扬，百战沙场，扫尽妖氛奠定我中原，我军乎神川无恙”，在那种时代背景下唱着这样的歌的确让人感奋。在《珊瑚》杂志上有《日本通信》的栏目，专门刊登一些有关日本的消息，编者说，这是为了“知己知彼”。“一·二八”事变之后，民间流传着一种“爱国连索”，即：民间自发地流传一些爱国传单。胡寄尘寄了一份给范烟桥，范烟桥就将其主要内容刊载在《珊瑚》第9号上，号召刊物的三千订户以此实行。那“爱国连索”的主要内容是：一、永远不买日本货！二、永远不要卖东西给日本！三、对日本要存报仇雪耻的决心！四、永远要团结精神，一致与日本绝交。《珊瑚》杂志只发行了两年，爱国主义的情绪始终未变，这是非常难能可贵的。从这个角度上说，《珊瑚》是一种代表着时代精神的优秀杂志。

严芙孙在为范烟桥作传时说范“不肯作言情小说，有以此相质者，君曰：‘言情之乐者近乎荡，言情之哀者近乎伤。荡则为青年蛊，伤则为青年鸩。况近之世，堕落无状，与其消极讽刺，不若积极鼓励[1]’”。范烟桥在《红玫瑰》中曾刊有一篇小说《冤枉的恋爱》，说：“我并没觉得什么叫做恋爱，怎样才会恋爱，生平并没有恋爱的事迹可以说些出来，像什么忆悟，什么哀史，简直一些没有资料，并且生平极恨那些花啊月啊哥啊妹啊的言情小说，从来没有做过扭扭捏捏的言情作品。”这样的评论以及范烟桥的自述都是正确的，范烟桥是不喜欢言情小说，他的创作标准直接带到了《珊瑚》杂志的编辑之中。在《珊瑚》中除了爱国小说以外，表现中国农民的生活贫困和中国农村社会阶层抗争的小说占有相当的数量。这样的小说题材对中国通俗文学作家来说是相当新鲜的，但《珊瑚》的作家们却写得不错。例如范烟桥的小说《以羊易牛》，是写一位生病的农民为了生存下去，把自己女儿换成一头老牛的悲惨的故事。再例如陈莲痕的《压榨机的爆裂》反映的是农村土地兼并引起的农民和地主对立的事实。20世纪30年代初，受世界经济萧条的影响，中国的都市社会和农村地区逐步地走向殖民化和贫困化，这种状况在茅盾等新文学作家的作品中都有反映。对中国社会的热点问题尤为关心的通俗文学作家们是不会忘记这一文学题材的。通俗文学作家虽然在城市生活，但他们都来自农村，对农村的生活以及农民所关心的问题都相当熟悉和了解，而《珊瑚》杂志的编辑部以及主要作者均是苏州或者是与苏州有相当关系的人，苏州和上海比较起来毕竟要安静得多，和农村要接近得多，农村的

〔1〕 严芙孙等：《民国旧派小说名家小史》，魏绍昌：《鸳鸯蝴蝶派研究资料》第534页，上海文艺出版社1984年版。

信息要畅通得多，此时作家们的“农乡情结”就会很自然地表现了出来。

《珊瑚》杂志中的小说艺术性有了明显的提高，虽然还都赶不上优秀的新文学作品致力于刻画人的灵魂，但是在事物的描写和生活的反映上要深刻多了，特别是对心理描写的加强，使得通俗文学从惯有的说明表现型趋向于刻画表现型。在艺术技巧上，最大的变化是故事气息明显减弱，小说气息明显加强。举个例子加以说明。汪仲贤有部小说《藏拙》，写的是少爷爱上了家中的丫环，并和丫环在外面设了一个小房子，少爷的父母发现后，设计让他们分开了。10年之后，他们有了相遇的机会，但已做人妇的丫环始终不愿和已为人父的少爷相见。这种充满离奇情节的故事在通俗文学作品中是常见的，但是作者的处理却很有特色。他把故事情节放到农村经济萧条的大背景下展开，使得小说具有了社会意义和乡土气息，又采用悬念和倒叙的方法使得小说的结构非常合理，可读性十分强，特别是采用第三人称的写作视角对人物进行心理揣摩和刻画，使得小说具有了客观性的色彩。这样的小说出现，说明中国近现代通俗文学作品已有了相当高的水平。

《珊瑚》的作者大多是中国的文人名士，名士气息给杂志带来了名士色彩。杂志中诗文占有相当的篇幅。每期首冠一位作家的诗词，而且都作一个作家简史介绍，如柳亚子的《亚子近作》、金鹤望的《天放楼近诗》、章太炎的《太炎诗》、陈去病的《故宫杂咏》、叶楚伧的《叶楚伧诗》、包天笑的《钏影楼诗话》等等。笔记散文之中尤以主编范烟桥写得最多。诗文是中国传统文人擅长之文体，艺术水平均相当高。诗词都是各位作家的近作，因此就具有了一定的时代气息。笔记散文白话体为多，却颇有灵性，例如范烟桥在杂志上连载的《茶烟歇》，完全用茶余饭后闲谈的形式介绍描写一些人、事、物，内容十分广泛，语言工整流利，知识性、趣味性、思想性均较佳，充分显示出了作者的文字功力。《珊瑚》杂志中学术研究的气息也很浓，出现了一些相当有价值的文章，北海超人的《革命逸话》介绍的是清末民初之际孙中山等人的一些革命活动的轶闻趣事；陈莲痕的《伪国残影》介绍的是旗人的生活习惯并旁及当时满洲国皇宫的生活状况；吴闻天的《从莫斯科到大连》以记者的身份反映莫斯科到大连的人文景观；睇向斋主的《燕蓟鳞爪录》写了“九一八”事变后，中原地区老百姓的生活和心态。从这些文章中就可以看出《珊瑚》的编辑们视野比较开阔，时代意识比较强。学术文章有徐碧波的《中国有声电影的展望》；潘心伊的《书坛话堕》、胡寄尘的《文坛老话》、孙东吴的《八股文废话》、凌景埏的《再生缘考》、范烟桥的《沈万三考》、《宋代的游艺》、

《宋人笔记与白话》以及陈去病编订的《孙中山家世表》、柳亚子的《柳亚子自传》、《苏玄瑛正传》等，这些文章都有相当高的学术价值，不可多得。

面对着新文学的批评，现代通俗文学杂志基本上抱两种态度，一是标明杂志“新旧兼容”，如《小说世界》等；二是对新文学明确表示排斥的态度，如《红玫瑰》等。《珊瑚》采用的是第一种态度。在《珊瑚》第24号上，主编范烟桥发表了《过去的回溯》的文章，标明了办刊方针：“以艺术的文学为中心，不分新旧，有掌故的记载，有文艺的研究，有新思潮的介绍，有旧文学的整理，深入各个阶级得到读者的满意，广及边塞域外有一致的好评。”其实，这种标明“新旧兼容”态度的杂志也仅仅是一种“态度”而已，他们不是不想吸引一些新文学作家的作品，但是他们是办不到的，这其中有主观的原因，但是更主要的是人为的客观因素，新文学作家对他们是明确表示鄙视和排斥的。面对着新文学作家咄咄逼人的态度[1]，通俗文学作家也就只能采取反击（尽管是无力的）并争地盘、争名分了。在《珊瑚》第20号上有署名彳亍的一篇短文《新作家的陈迹》，现全文录之如下：

刘半农　（原名半侬，《小说大观》中时有作品）
鲁　迅　（原名周豫才，著文言小说甚多，发表于绍兴《越铎日报》副刊中）
施蛰存　（原名青萍，著有江干集）
戴望舒　（原名梦鸥，作品散见于《星期》、《半月》诸杂志）
黄　中　（即黄花奴，《小说新报》中时见其作品）
俞长源　（即俞牖云，作品见《小说丛报》）
老　舍　（原名舒金波，《礼拜六》常见其作品）
楼建南　（原名剑南，《礼拜六》中作品颇多）

〔1〕 20世纪30年代初期，正是新文学作家对通俗文学发起第2次批判高潮时期，鲁迅的《上海文艺之一瞥》、瞿秋白的《鬼门关以外的战争》、沈雁冰的《封建的小市民文艺》、钱杏邨的《上海事变与鸳鸯蝴蝶派文艺》等文章均发表在此时。这些文章均对通俗文学作家作品采用了严厉批判的态度，例如钱杏邨的《上海事变与鸳鸯蝴蝶派文艺》一文点名批判了张恨水的《弯弓集》、徐卓呆的《往哪里逃》《不栉的女进士》、顾明道的《为谁牺牲》等，说：“他们所发表的‘国难’的重要作品，一般说来，在这些作品里是充分的反映了封建余孽以及部分的小市民层对于这一伟大事变的认识，和在这一时期的生活观点的全部。”“仍旧是和他自己过去的作品，以及其他‘礼拜六’派的作品一样，是鸳鸯蝴蝶一体，只是披上了‘国难’的外衣。”这些被钱杏邨称之为“国难小说”而通俗文学作家称之为“爱国小说”的作品，是通俗文学作家们引以为豪并作为学习楷模的时代文学，却被钱杏邨全盘否定了。这是通俗文学作家们无论如何不能接受的。

叶绍钧　（原名圣陶，《礼拜六》中作品颇多）
吻　云　（即许啸天）
苏　凤　（即姚赓夔）
杜　衡　（原名戴克重，昔年常有文字发表《小说时报》中）
滕　固　（原名若渠，昔年文言作品颇多）

文章之中没有任何评论，但作者的意图是很明显的，是揭新作家的“老底”。为了表明自己的态度，《珊瑚》自第13号起开辟了“说话”的栏目，由“说话人”发表对当前作家作品的评论文章。这部共有18篇系列文章的评论是中国近现代通俗文学作家作品的第一次系统的总结，也表明了通俗文学作家对当前文学创作的一些看法，很有价值。作者一开始就标明了自己的批评宗旨：“不管什么‘正统文学’，什么‘鸳鸯蝴蝶派’，什么‘自由主义’，什么‘革命’，什么‘不革命’，什么‘破锣’，什么‘破鼓’等等，我以为有一点好处，足以引起我的同情的，应该褒他一下；我以为有一点破处，足以引起我们反感的，贬他一下。自问弯曲了批评的意义，没落了批评的价值，缺乏了批评的态度。但是我是我，我有我的眼、脑、手，不能不如此看，不能不如此想，不能不如此写。”作者是力图以公正、公允的态度出现的。在文章中作者对新文学一概排斥通俗文学作家作品的做法表示了不满，他说：“新文学派里，确有当得起‘新’，够得上‘文学’的作品。《礼拜六》派里，也有极‘新’，极‘文学’的作品。”关于“九一八”和“一·二八”的作品，“《林家铺子》确是一篇观察极深刻的小说，但是《往哪里逃》和他的姐妹篇《食指短》，实在是一·二八背景下很有意义的写实小说，我们似乎不应当因着他署名‘卓呆’而不拉上新文坛去。否则这个‘新’字，不过是一层面幕，还有她的庐山真面在里面呢。”对新文学作家的文学批评只注重形式不注重内容的做法，同样表示了异议，作者说：“才子穿了西装，佳人剪了头发，放到小说里就不算蝴蝶鸳鸯了，把自杀做结局，就算文艺的至上者了，这种观念，我们也得转变些。”“要是噜里噜苏，记些新式簿记，或是旧式流水账，都不配称他为好小说。”除了表明他的文学观念之外，作者对当时正在流行的“翻案小说”、“讽刺幽默小说”、“侦探小说”、“黑幕小说”、“言情小说”、“方言小说”作了评论。对吻云的《红棉袄》、漱六山房的《反倭袍》、程瞻庐的《唐祝文周四杰传》、顾明道的《国难家仇》、白薇的《敌同志》、茅盾的《林家铺子》、汪仲贤的《烟犯》、《江山万里图》、鲁彦的《兴化大炮》等作家作品作了专门的批评。这篇评论文章中的很多观点和说法，我们可以视为作者摆出一种“超然”的态度为通俗文学作家作品评功摆好。但是，我们也应该承认作者的确说出了一些道理，特别是批评新文学作家对通俗文学一概否定、以人划线的一些做法，还是切中时弊的。

和《紫罗兰》编辑方式相仿，《珊瑚》杂志也在每期之中插入数张名胜风景、文物书画、裸体美女的照片，称之为《珊瑚画报》。每期也有编辑对下期作家作品介绍，称之为《结网者言》。但是刊物的封面却没有《紫罗兰》那么花俏，虽然刊名题签也是名人逐期更换，封面的色彩仅仅是一色，显得很朴素。

第四章　战火纷飞中的通俗文学期刊（1938—1949）

第一节　在纷乱时世中寻求生存地盘
——通俗文学的“方型期刊”

这一段时期中国人民经历了八年抗战和四年的第三次国内革命战争，中国的社会制度和社会结构都发生了根本性的变化。文学界中那种派别之间壁垒森严的状况被现实社会所打破，新文学作家与通俗文学作家开始交融起来，1938年3月27日由新文学作家与通俗文学作家共同参加的中华全国文艺界抗敌协会的成立就是一个重要的标志。然而新文学作家和通俗文学作家身份上的不同使得他们在此时的文学表现有所不同。新文学作家具有社会活动家的身份，在这社会动荡之中，他们大多数都投入到社会改造的队伍之中去了，新文学期刊明显减少，而通俗文学作家属于市民阶层，他们此时的生活相对稳定，和前一时期相比较，虽然他们此时办的文学期刊也不多，但毕竟还办出了一些出版刊行时期较长、影响较大的文学期刊，这些期刊从一个角度表现出了中国文学在此时的创作成就。此时，通俗文学期刊主要有：

1938—1949年中国通俗文学期刊表〔1〕

序号	杂志名称	创刊时间	停刊时间	出版地	杂志类型	主　　编	期数
1	黑皮书	1938	1939	上海	周刊	陆宗海等	16
2	橄榄	1938	1939	上海	不定期	程小青、徐碧波	5

〔1〕 根据祝均宙《上海图书馆馆藏近现代中文期刊总目》，郑逸梅《民国旧派文艺期刊丛话》，芮和师、范伯群、郑学弢、徐斯年、袁沧洲《鸳鸯蝴蝶派文学资料》统计。

续 表

序号	杂志名称	创刊时间	停刊时间	出版地	杂志类型	主　　编	期数
3	自修	1938	1942	上海	周刊	自修周刊社	233
4	永安月刊	1939	1949	上海	月刊	郑留	118
5	罗汉莱	1939	1945	上海	不定期	三乐农产社	50
6	东南风	1939	1939	上海	半月刊	顾冷观	4
7	玫瑰	1939	1940	上海	半月刊	顾明道、赵若狂	7
8	三六九画报	1939	1945	北平	三日刊	王泰来、朱书坤	33卷,不详
9	小说月报(后)	1940	1944	上海	月刊	顾冷观等	45
10	乐观	1941	1942	上海	月刊	周瘦鹃	12
11	万象	1941	1945	上海	月刊	陈蝶衣、柯灵	43, 号外一一期
12	万象十日刊	1942	1942	上海	旬刊	陈蝶衣	9
13	大众	1942	1945	上海	月刊	钱须弥	33
14	万岁	1943	1943	上海	半月刊	陈西玄、危月燕	8
15	紫罗兰	1943	1945	上海	月刊	周瘦鹃	18
16	全面周刊	1943	1943	上海	周刊	秦瘦鸥	6
17	大上海	1943	1943	上海	周刊	吕白华	7
18	春秋	1943	1949	上海	月刊	陈蝶衣等	6卷,约40
19	大方	1944	1944	上海	周刊	谢啼红	3
20	宇宙	1945	1948	上海	月刊	徐慧堂、沈毓刚	10
21	新上海	1946	1947	上海	周刊	新上海周报社	96
22	伉俪月刊	1946	1948	上海	月刊	吴好好等	3卷,不详
23	大侦探	1946	1949	上海	半月刊	孙了红等	36
24	茶话	1946	1949	上海	月刊	顾冷观、吕白华	35
25	少女	1946	1947	上海	月刊	陈蝶衣、韦茵等	1
26	一四七画报	1946	1948	北平	三日刊	一四七画报社	23卷,不详
27	大家	1947	1947	上海	月刊	唐云旌	3
28	乐观(后)	1947	1947	上海	月刊	周瘦鹃	1
29	生活	1947	1948	上海	月刊	陈涤夷、文宗山	6

由于这些刊物的开本大多是方型，所以又被称为“方型刊物”。这些“方型刊物”在很多现代文学史的著作中评价是不高的，被视做颓废和黄色的作品，这种评价是不符合实际的。这些刊物中的作品大致可以分为四个部分：第一部分是对社会时局的批判和抨击的作品，这部分作品常用借古讽今作为表现手段，以历史的影子写现代的事，其意明眼人是不言而喻的。这种“故事新编”式的作品是40年代通俗文学的时代产物，作家用笔老练，作品诙谐幽默，读之意味深长。第二部分是一些描写当前社会生活的作品，这些作品看似政治气氛不浓，但却真实地反映出了急遽变化的时代之中的中国市民阶层的生活状态和复杂的心态，仔细地审读，就能嗅到时代的气息。第三部分作品离时代要远些，作家们似乎要写出具有“永久人性”的东西来。在这类作品中，中国通俗文学的美学表现手段有了较大的进展。当然，这些刊物之中有相当一部分的言情小说。在时代的风雨之中，这些言情小说所表现出来的感情显得十分苍白和脆弱，但的确还说不上颓废和黄色。这是第四部分作品。正因为如此，我们说这些“方型刊物”的主流还是健康的，它们是中国20世纪40年代文学的重要的组成部分。如果说当时解放区的文学表现了中国文学创作的新的面貌，香港、桂林、重庆等地的进步刊物激发起人民的抗敌斗志，那么这些流行于都市中的文学则表达了时代风雨中的民族抗争的某种情绪和平民百姓的生活状态。只有将这些文学现象全面地考察，才能完整地把握此时中国文学的整体面貌。

通俗文学表现手段的新文学化是此时中国通俗文学的重要特点。自新文学1917年登上文坛之后，一直受批判的中国通俗文学虽然不是直接地和新文学发生对抗，但是在他们编的杂志上也明确地表示不采纳那些“高深”“玄妙”的作品。此时的通俗文学杂志的编辑们则明确地提倡学习新文学的表现手段，其中《万象》杂志起了很好的作用。它在此时发起了“通俗文学运动”，对数十年的中国新文学和通俗文学的得失作了总结，要求通俗文学作家在保持文学创作大众化的同时，全面学习新文学的创作技巧，使文学作品更加完善。《万象》杂志是40年代通俗文学杂志的领头羊，其影响力是比较大的。此时，出现了一批通俗文学的新作家，他们的出现使得通俗文学创作新文学化成为可能。这些新作家大多是接受过新式教育的知识青年，其中尤以复旦大学和东吴大学（现苏州大学）为多，后者曾被称为文坛上的“东吴系”。这些新作家是此时通俗文学杂志上的主要作家，他们的出现使得中国的通俗文学创作明显地提高了档次，出现了一些优秀的作家作品，如张爱玲及其作品。通俗文学表现手段的新文学化对中国通俗文学的发展意义重大,如果说清末民初时,中国通俗文学的表现手段完成了从古典型向现代型过渡,此时的中国通俗文学则走向了现代型完成。通俗文学创作在注重曲折情节的基础上更为关注生活的内在性。文学作品一方面具有广泛的读者基础,一方面能表现生活的某种哲理,这是文学创作的发展方向。

此时的文学期刊都是一些综合性杂志,散文随笔与小说创作并重。正因为如此,此时出现了一批相当优秀的美文作品,这是以前的通俗文学期刊所鲜见的。除了美文之外,这些散文随笔的内容十分广泛,涉及到人类生活的各个方面。文学性、知识性、史料性和趣味性构成了40年代通俗文学期刊的风格。

和前一时期出版社办期刊不同,此时的文学期刊不少都是工商集团所办的,广告插页特别多。有些刊物的主办者就是广告公司,那广告更是铺天盖地了。中国近现代通俗文学期刊的运行机制始终是与经济利益相联系的。清末民初之时,它是报刊的一种派生,为报刊招徕更多的读者是它的任务之一。20世纪二三十年代的期刊主办者主要是出版社,它直接为出版社赚取利润。到了40年代期刊由工商集团主办了,除了经济利益之外,期刊的广告功能也就得到了充分的发挥。这种与经济利益直接挂钩的运行机制,使得近现代通俗文学期刊或浓或淡地始终弥漫着商业气氛,也使得近现代通俗文学期刊在很多恶劣的环境下能够生存下去。

第二节 气象万千话春秋
——《万象》、《春秋》、《茶话》

《万象》为月刊,创刊于1941年7月27日。第1期的版权页上标明,编辑人:陈蝶衣;发行人:平襟亚;出版者:万象书屋;发行者:中央书店。到第3年第1期(1943年7月1日),柯灵接替陈蝶衣编《万象》杂志,一直编辑到1944年12月第4年第6期,最后1期为第4年第7期,是由万象月刊社编辑的,但拖到1945年6月1日才出版。该刊共出版了43期,号外一期。《万象》一出版就十分抢手,第1期在一个月内竟再版3次,在第1年第11期时,销量已达到2万5千册,而当时一般杂志能够销售5 000册已是奇迹了。《万象》的出版时间之长,影响之大,在文学期刊甚为凋零的40年代是首屈一指的,是中国现代文学的一份重要的期刊。

《万象》的栏目甚多，有小说、传记、问题讨论、电影剧本、史料钩沉、民间故事，到柯灵接编的时期，栏目又增加了历史精绘、散文、地方掌故、戏剧通讯、人海传奇、杂文、剧场史料、鸟兽虫鱼、幕后风光、科学小品、医学小品、风俗猎奇，这些栏目中作译并重，字画并列，显示出多样化、广泛化的特点。"万象"寓有气象万千的含义。自第2期起，开辟了《编辑室谈话》的栏目，表明编辑者的编辑态度，并对本期的作家作品作出评价。《万象》杂志集中了当时在上海的主要文人，如：胡山源、赵景深、周贻白、孙了红、范烟桥、程小青、王小逸、冯蘅、平襟亚、徐卓呆，到后期，又增加了芦焚、师陀、张爱玲、叶绍钧、丰子恺、俞平伯等人。

编辑者没有写什么办刊宣言，但从他们的言谈和刊物的创作实际中可以看出杂志的办刊方针。编辑者一方面强调要"不背离时代意识"，要"忠于现实"，另一方面又为自己在这纷乱的年代有一个安逸的文学阵地而窃喜："现在是个动乱的时代，战云笼罩着整个世界，烽火燃遍了地球的每个角落，在这样的非常时期中，我们还能栖息在这比较安全的上海，在文艺的园地里培植一些小花草，以点缀、安慰急遽慌乱的人生，不能不说是莫大的幸运。"（陈蝶衣《通俗文学运动》）这些话反映出编辑办刊的基本取向：他们试图在"小花草"之中写出那些"忠于现实"的文字。当然，这种"现实"不是什么民族矛盾和阶级斗争，而是激烈的民族矛盾和阶级斗争之下的急遽慌乱的人生。用一种引人发噱的笔调写出当今的人们生活之艰难、生存之技巧，前者是"小花草"，后者是"现实"，《万象》杂志所载的作品大致如此。

中国的40年代风云变幻，在风云激荡之中的市民们面临的最现实的问题是怎样填饱肚子，"反饥饿"是一种时代的情绪。徐卓呆从《万象》创刊号上开始连载他的《李阿毛外传》，产生了较大的反响。1937年抗日战争全面爆发之后，中国的文学艺术界群情激奋，他们用通俗文艺的形式进行了抗日思想启蒙宣传，并创作了大量的"国难小说"或"爱国小说"。进入40年代之后，抗日战争进入了相持阶段，作家们的情绪也逐渐冷静下来，逐渐地转向了对社会阴暗面的揭露，于是讽刺小说开始盛行起来。《万象》虽没有《华威先生》这样的抗战讽刺文学的佳作，却也推出了不少抗战讽刺文学作品，王小逸的《石榴红》可视为这类作品的代表作。这部小说共16章，12万字，以1939年的社会为背景，写了一个借"抗战"为名的抗日队长横霸地方，欺诈百姓，最后被人设计毙命的故事。战前，作为乡董事的卢虎虔不择手段欺压老百姓，战时竟摇身一变，做了抗日队长，头上戴上了政治光环之后，他的所有的行为均是循“法”办事了，“反对卢队长，就是反叛”，于是卢队长所到之处，家家都摆香案恭迎；为了“抗战”，卢队长下了13道捐的指令：人头税、香烟捐、船舶牌照税、酒捐、亩捐、棉花捐……刚刚逃难回来的百姓遇上了这么一个“抗战”老爷，其生活的艰难就可想而知了。通俗文学作品除了写“现实”之外，还需要“小花草”。作者在写了卢虎虔的劣迹之后，又设计了一个美人计的故事，让卢虎虔钻入其中，使其受到了应有的报应。设计几个离奇的人物，构成一个离奇的故事，从中反映出时代生活和社会心理来，《万象》是以此类作品出现在此时的“文艺的园地里”的。

《万象》创办一年后，有人指责该刊为“鸳鸯蝴蝶派”的刊物，编辑者不承认，他说：“从我开始‘操觚’的时候起，就根本没有能够赶上‘鸳鸯蝴蝶派’的那个时代，所以我对于所谓‘鸳鸯蝴蝶派’实在是很隔膜的，不过就我所知，‘鸳鸯蝴蝶派’这一名称，是从‘卅六鸳鸯同命鸟，一双蝴蝶可怜虫’这两句诗而产生的，这两句诗代表了那一个时期所盛行的长短篇小说，而这一类的小说则在我们《万象》上似不太容易找得到，然而那些傲岸的批评家们，都是戴着灰色眼镜的。”（陈蝶衣《编辑室谈话》）他们不承认《万象》是鸳鸯蝴蝶派的刊物，但都承认是通俗文学的刊物，并致力于开展通俗文学运动。他们于《万象》第2年第4期和第5期上推出了“通俗文学运动专号”，对中国的通俗文学进行比较深入的理论研究，这是中国近现代通俗文学期刊的首创之举。在这两期专号中共有6篇文章，它们是陈蝶衣的《通俗文学运动》、丁谛的《通俗文学的定义》、危月燕的《从大众语说到通俗文学》、胡山源的《通俗文学的教育性》、予且的《通俗文学的写作》、文宗山的《通俗文艺与通俗戏剧》，这些文章在对中国通俗文学作出总结的同时，提出了很多有意义的建设性意见。

他们认为中国文坛上出现新旧文学两军对垒的状况是本世纪人为地造成的。“中国的文学，在过去本来只有一种，自古至今，一脉相传，不曾有过分歧。可是自从‘五四’时代胡适之先生提倡新文学运动以后，中国文学遂有了新和旧的分别，新文学继承西洋各派的文艺思潮，旧文学则继承中国古代文学的传统。虽然新文学家也尽有许多在研究旧文学，填写旧诗词，旧文学家也有许多转变成新文学家，但新旧文学双方壁垒的森严，却是无可否认的事实。”陈蝶衣这样的评述是符合事实的。“五四”新文学运动是在外国的政治文化思潮影响下在中国土地上展开的一场文学运动，为了有别于中国文坛上的既有文学，为了取得正宗的地位，他们将自己称为“新文学”，而将中国文坛上的既有文学称之为“旧文学”。随着中国新文学与社会改造的时代使命密切地结合，中国新文学作家也就逐步形成了组织化，组织化了的中国新文学作家当然是不愿意其他类型的作家染指了，“新旧文学”双方壁垒森严的现象自然就会产生。

通俗文学作家要求以通俗文学为旗帜统一中国的新旧文学。陈蝶衣说：“我们提倡通俗文学的目的，是想把新旧双方森严的壁垒打通，使新的思想和正确的意识可以藉通俗文学而介绍给一般大众读者。”他还详细地分析了新文学和旧文学的优劣性，认为新文学具有新的思想和意识，但其欧化的形式使得普通大众望而生畏；旧文学的表现形式在中国具有较强的适应性，但有些思想意识明显地落伍于时代了。而现在应该将新旧文学的优点结合起来，建立中国通俗文学的体系。中国文学是否要统一在“通俗文学”的旗帜下，这可以讨论，但陈蝶衣关于中国文学的现状的分析以及对中国文学发展的展望应该说是正确的。历史证明新旧文学各据一垒是不可能创作出伟大作品来的，新旧文学合流是历史的必然的发展趋势，只有这样才能产生出既有时代气息而又具有中国作风、中国气派的作品来，才能在世界文学之中确立中国作品的独特地位。

通俗文学作家对通俗文学的写作做了具体的要求。提出要“以新内容新观念而组织新的通俗的观念”；文学的创作要以生动有趣为前提，但是“一切人物动作、环境、对白要合理化”；在语言表达上，既要“周详”“正确”，又要注意“经济”，不能啰嗦；在情节构思上，应注意“文笔的通俗”、“描写的生动”，“要有一个生动的故事”、“一个出乎意料的结局”。“就在生动的故事中，更应注意下列数点：(1)题材忠于现实；(2)人物个性描写深刻；(3)不背离时代意识。”从这些表述之中可以看出，经过数十年的文学创作实践，作家们对新旧文学的创作特征以及优缺点有着相当的了解，这里所提出的通俗文学写作的具体要求，只不过是把新旧文学数十年来创作实践证明有价值的创作手法糅合起来而已。

文学的大众化的问题在理论上争论过数次之后，并没有真正贯彻到文学的实践之中去。抗日战争的爆发使得文学大众化作为时代的要求再一次被提了出来，40年代初发生在重庆、上海、香港等地的文学“民族形式”的讨论就是这种时代要求的理论上的反映。这一次讨论要比前数次的“大众化”还是“化大众”书斋式讨论踏实多了，它已具体到利用什么形式来进行文学大众化了。《万象》杂志发起的通俗文学运动可以说也是这场讨论中的一种声音,代表着中国通俗文学作家对文学大众化的态度。

《万象》杂志的理论见解,在其作品之中表现了出来,通俗文学作家们驾驭作品的能力已显得相当高超了。如前所论及的王小逸的《石榴红》,作者让主人公卢虎虔出现在三章之后,前面数章则通过老百姓慌乱的神态、互相的奔告、礼案的设置、暗下的揣摩强烈地烘托出气氛来,造成了一种先声夺人的效果。这种写法和以前通俗文学作家常用"某人某名某事"的说话式写作方式已完全不同了。《万象》杂志上的作家队伍主要是由一些有影响的老作家构成。经过数十年的文学创作,此时他们均处于创作的成熟期,他们的出手均不凡。

除了小说之外,《万象》杂志还刊载了不少文艺性知识随笔,这些文艺性知识随笔的内容主要有世界文化风情描写、人物传记、散文随笔以及科学知识的介绍。世界文化风情的介绍主要集中在一些热点地区,如《欧洲沦陷区写真》、《迷人的河内》、《蓝色的多瑙河》、《人生的驿站——新加坡》等等,从中我们可以感觉到时代的气息。人物传记更是跟踪着热点人物的行踪,例如魏楚卿的《墨索里尼的情妇》、白凤的《希特勒幕中的军师》、爱茉兰·海女士著、陶泰译的《宋氏三姐妹》、傅松鹤的《丘吉尔的私生活》、盛琴倦的《希特勒的恋爱史》、张心鹃的《好莱坞十二小明星》等等,这些人物都是当时的读者最为关心的时代风云人物,《万象》杂志以它特有的视角和笔法将他们表现出来,是很能吸引读者的。散文随笔在陈蝶衣编辑时期就是《万象》杂志的重点文章,如低眉人的《征途杂记》、白凤的《金风送爽的季节》、叶金的《华沙城中的犹太人禁巷》、钱今昔的《在松林里》等作品,均是思想性和艺术性颇佳的作品。到了柯灵接编《万象》后,更加注意散文随笔的写作。不过,他在陈蝶衣所注重的美文的基础上增加了社会文化批评的杂文。他专门开辟了《万象闲话》的栏目刊载这样的文字,对当时的社会热点问题展开讨论与批评。科学知识的介绍也是《万象》编辑所注重的文字,石梅邻的《科学界的最近进展》《鱼类的机械的战争》、张拙如的《农场里的魔术》、沈东海的《拆穿降神会的秘密》等文章,知识性和趣味性并重,是十分精彩的科普文章。在《万象》的前几期,还专门设有《新闻卡通》的栏目,将世界各地的一些重要的时政新闻、社会新闻汇集其中,为此陈蝶衣专门在《编辑室谈话》作出说明,增加此栏目,是因为"它能够告诉我们许多不知道的事,增加我们许多的知识与阅历"。但是,作为月刊的杂志毕竟是不具有新闻的功能的,所以此栏目只办了数期就停了。

除了以上所提到的作家作品外,《万象》杂志上还刊有张恨水的长篇小说《胭脂泪》、冯蘅的长篇小说《大学皇后》、胡山源的长篇小说《散花寺》、予且的长篇小说《金凤影》。柯灵接编《万象》后,师陀的长篇小说《荒野》、张爱玲的长篇小说《连环套》开始连载。第1年第1期上赵景深、沙蕾、周贻白、郑过宜等人的《那一种戏剧是我们国剧》;第3年第6期上公布了丁玲30年代从狱中保释后的一封信《幽居小简》;第3年第12期上载徐碧波写的《哀顾明道》,详细记载了顾明道临终前的情况;第4年第3期上《三十年前的上海滩》的特辑;从第4年第3期开始连载的包天笑的《我与新闻界》介绍了民国初年中国新闻界的状况;另外,魏如晦(阿英)的学术文章《太平天国史料钩沉》、谭正璧的《〈梅花梦〉人物考》等,都是很有意义或价值的作品或文章。陈蝶衣在《编辑室谈话》中曾说过,"我们要想使读者看到一点言之有物的东西,因此将特别侧重于新科学知识的介绍,以及有时间性的各种记述","我们将竭力使内容趋向广泛化、趣味化,避免单纯和沉闷",应该说这样的要求,编辑者是做到了。

20世纪40年代的中国处于内外交困之中,此时能办出这样的高质量的杂志实属不易,而且能将杂志每期均保持在2万份左右的销售量上,编辑们实在是花了一番脑筋的。我们在《编辑室谈话》中常看到这样的语言:"太平洋火药线的爆发,使上海的出版界遭遇了空前的厄运,本刊自然不能例外……""也许读者们是早已明了的,那就是近来纸价的狂涨,贪婪的纸商不断的以抬价为压榨文化界的武器,其面目之狰狞真叫我们股栗……"当然我们也能看到这样的语言:"在这时候从事于文化工作,实在是吃力不讨好的事,但我们愿意做人家不愿做的傻子,我们要尽我们的力量打破这出版界的沉寂空气,为上海文坛保留元气的一脉……"从这些语言的表白之中,我们可以体会到编辑的艰辛以及他们办好这份杂志的决心。

最后,应该说一下《万象》杂志募捐资助孙了红的事。在第2年第4期《万象》杂志上,编者向读者报告了孙了红因患咯血症住院治疗的情况,并向读者募捐。刊物提出募捐后,孙了红收到了1千多元钱款以及各种食品。《万象》杂志在每期的《编辑室谈话》的栏目中将募捐人的姓名开列出来。这些钱物以及精神上的关怀使得孙了红治愈了肺结核。孙了红出院后曾特别著文致谢。抢救作家是40年代的一件大事,《万象》尽到了自己的责任。

1942年5月1日,陈蝶衣又出版了《万象十日刊》,仍然由中央书店发行。创刊号上注明编辑委员会的名单是:陈蝶衣、秋翁、周炼霞、董天野、周游、穆一龙、予且、余太白、龚天衣、张健帆。期刊的内容具有生活性,这种特色从栏目名称上就可以看出，如妇女专页、饮食营养专页、皮鞋专页、女子美容专页、笑的专页、游戏专页、书画篆刻棋话专页，当然小说也是专页之一，作品有秋翁的《猪八戒游上海》、春茧生的《相思寨》等。这些作品侧重于消遣和娱乐，思想意义和艺术价值均不及《万象》月刊。《万象十日刊》出至1942年7月21日第9期时停刊，在最后一期上，陈蝶衣发表了一篇《向亲爱的读者告别》，说："本刊的出版，唯一企图是为这一个荒芜的文坛增加一点生气，明知这一工作是艰困的，前途也是崎岖的，然而我们以最大的勇气，于月刊之外又创行了十日刊，两者相辅而行。不幸出版不久，印刷费与纸价就急速度的一再增加，又使我们对于读者感到了内疚。而白报纸的购买与搬运，目下也甚感困难，经再三考虑之下，决定出版至本期为止，暂行停刊。这样可以撙节一部分物力，而致力于月刊的经营。谨布微悃，至祈亮鉴。"这篇文字算是《万象十日刊》的告别语吧。

陈蝶衣脱离《万象》杂志不久就被冯葆善请去主持《春秋》月刊。该刊于1943年8月15日创刊，编辑者：陈蝶衣；出版者：春秋杂志社；发行者：商社书报发行所；法定代理人：冯葆善。该刊出至第2年，由于出版环境艰难，停刊了半年，抗战胜利后，编者欢欣鼓舞，"我们估计到：胜利以后的上海文坛，必然有一番未有的蓬勃气象，读者也是应该转移一下欣赏目标的"(《复刊号·编辑室谈话》)。于是在1946年4月1日复活了《春秋》杂志，编辑者署陈涤夷(即陈蝶衣)和文宗山。后来又停刊了，到1948年4月14日，《春秋》再次复刊，发行人署冯葆善、罗斌，编辑者已不署个人姓名，仅署编辑委员会，估计《春秋》月刊内部闹了意见，陈涤夷已离开该刊了。该刊出至第6年第4期停刊，时间是1949年3月。

《春秋》月刊的编辑方针，主编陈蝶衣在创刊号的《编辑室谈话》中就明确宣布："深愧我不是一个'大匠'，对于本刊的取材，我还是保持了以往编辑刊物的一贯作风，侧重于时间性的记述与知识介绍。"主编所讲的"时间性记述"也就是指具有时代气息的文字。在《春秋》月刊中的时代气息的文字并不是进行政治理论的思辨或者对国家前途展开讨论，编者对此似乎不愿涉及，他们在《创刊号·前置辞》中说过："我们不谈政治，不言哲理，不作大言之炎炎，惟为小言之詹詹。"他们所说的"时间性的记述"是指那些有关战争热点地区的情况介绍，例如《争夺战中的西西里岛》、《在轰炸下的罗马》、《巴尔干半岛巡礼》、《交互空袭下的新几内亚》、《战时伦敦花絮录》、《一度发生动乱的黎巴嫩》等等,这些文字几乎每期1—2篇。文章既写那里的战争情况,又介绍大量人文景观、史地常识,颇有异域风情。通过这些文字让读者感受到空气中还弥漫着浓浓的火药味。知识介绍是《万象》杂志的特色,陈蝶衣将其照搬到《春秋》月刊上来,他专门开辟了《史地常识》、《风俗猎奇》、《科学研究》、《医药解剖》、《地方通讯》、《季节报告》、《人物素描》、《文化报道》等栏目,动物、植物、矿物,大到宇宙,小到细胞,林林总总,千奇百怪什么都写,文字轻松调侃,图文并茂,知识性和趣味性相交融,读起来十分轻松。《春秋》月刊从创刊号起就专门开辟了《人生信箱》的栏目,专门解答一些人生难题,介绍一些做人的知识,例如家庭问题、情爱问题、生活困境、人生理想、交友须知、心理咨询、兄弟关系、婆媳和睦等等,涉及面十分广泛,以回答读者来信的方式表现之,是该刊展开编者和读者交流活动的重要栏目。

和《万象》相比较,《春秋》月刊中的言情小说明显增加。这些小说大多是以现代知识青年为主角,以校园生活为背景,写男女之间的情爱的悲喜剧或滑稽剧,其作者大多数是一些女大学生,例如杨琇珍、施济美、程育真、邢禾丽、郑家瑷等,因为她们都毕业于东吴大学,所以又称她们为"东吴系"。这些言情小说尽管写得感情细腻、语言流畅,但毕竟太柔弱了些,真正代表《春秋》月刊小说创作价值的还是那些写都市小人物在社会重压之下急遽慌乱人生的写实小说和借古讽今的故事新编。

《春秋》月刊中的写实小说真实地写出了40年代都市小人物的生活状况和特有的心态。叶红的《绯色幽灵》写了两位农村姑娘沦为暗娼的悲惨故事,读之催人泪下。如果说暗娼是都市社会最底层的人物,那些生活在陋巷街坊中的小市民们的生活并不好多少。叶红的另一部小说《陋巷里》写了一位多病的小学教师贫困潦倒的故事,生活同样把他们推上了绝路。生活的贫困始终是都市底层社会的面貌,《春秋》月刊将其表现了出来。更有价值的作品是在表现他们生活贫困的同时表现出他们特有的心态,他们自己的生活是贫困的,但看不起比他们更穷的人,他们诅咒有钱人,但又最巴结有钱人。罗洪的小说《变》以房东李三爷为主人公写了一个大杂院七家人家的生活。李三爷发了狠心买了一片风能"刮"起来的肉,他用手指挑起了这片肉走到两家从不见肉腥的房客家去大讲肉的价钱和肉的滋味,无非是炫耀一番。当他看到两家最有钱的房客拿出了整块的肉时,他就开始诅咒社会不公了。这两家有钱的房客利用捐款的机会大发其财,李三爷大骂其卑鄙,可是,当这两位房客请他写了"捐款箱"三个字时,他却产生了受到重用的快意,“写几个斗大的字,那是他的拿手,包管苍老挺秀,决不是没有花过工夫的所能企及的”。小市民们在生活的贫困线上挣扎,却也做着发财的梦,这些梦往往是他们生活的希望所在。文宗山的《富贵里三十四号》写了四家人家的富贵梦,有炒股票的、有期望着做官的、有想依靠写文章卖钱的、还有招女婿买富的,他们明争暗斗,相互倾轧,最后在现实之中所有的富贵梦都破灭了。跑单帮是市民阶层致富的一条途径,《春秋》月刊中以此为题材刊发了不少小说,如肖阳的《达生篇》、白悠的《倒运汉走单帮》、慕容隽的《跑单帮》等,这些小说写了跑单帮的幻想和艰辛,写了他们的工作经验和生活技巧,然而层层盘剥以及黑吃黑拼斗,留给他们的只是一幕幕的悲剧,即使偶尔闯过关去,身上也所剩无几了。时刻做着富贵梦,也拼命地想圆这些富贵梦,现实生活又总是给他们无情的打击,这就是都市小人物生活和心态的真实写照。在《春秋》第1年第4期上,丁谛写了一篇名叫《粪》的短篇小说。小说同样是写都市小人物的生活,但其立意颇新鲜。城市里成立了利生清洁公司,以入股的方式承包了各家的粪坑,以粪车代替了粪桶,这一举动大大打击了挑粪工的生计,挑粪工们就联合起来共同抵制利生清洁公司。然而,这样的抵制是十分脆弱的,在生计的压迫之下,他们不得不成为了公司的推粪工。作者在同情这些挑粪工的同时,却明确地肯定,这种变化是合理的,是必然的。作者说:“世界是进化的,代替粗野的是文明。一年以后,城里看不到挑粪担的人的影子,正如电灯代替了油灯,黄包车代替了小车……”跳出了事件的束缚,而将其与社会发展的趋势结合起来评判事件的是非,这样的小说就有了更深层的意蕴,是市民题材小说之中的佳作。

在小说的艺术表现中,通俗文学惯有的时空调度呆板、机械的毛病有了很大的改进,作家们已经注意到写生活场面,运用人物的言行写人物形象,那种用记账式的笔法介绍故事情节的做法几乎不见了。有些作家还能灵活地调动创作视角来深刻地表现人物心理,大大增强了小说的内涵。晓歌的《狗坟》通过一个气息奄奄的老狗和一个风烛残年的老人,写了一个民女复仇失手被杀的故事,故事的情节十分简单,但作者的创作视角却十分新颖,是从老人要求别人杀狗的角度写下去的。老人要求别人杀狗并不是因为他恨狗,而是此狗失去它心爱的女主人后就一病不起了。老人不忍心再看到它那双悲怜的眼睛。然而,读者却在杀狗的过程中读到了一件令人悲愤的人间不平事,读到老人爱恨交织的心境和孤苦凄凉的心灵。小说中的狗和人其实是难以区别的,给读者极大的震撼力!罗洪的小说《变》中的李三爷之所以那么生动，依靠的是作者对他忽喜忽忧，既得意又自卑，得小利而自满心态的细腻刻画，这在以前的通俗文学作品中几乎是看不到的。

《春秋》月刊刊载的长篇小说主要有胡山源的《罔两》、文宗山的《古城星月夜》、张恨水的《世外群龙传》以及程小青的长篇译作《惊人的决战》。由于该刊时断时续，这些长篇小说均未能刊完。

《春秋》月刊第 1 年开设了《春秋笔》的栏目，专门刊载一些散文随笔，第 2 年起没有了这个栏目，但散文随笔始终是该刊的一个重要的类别。《春秋》月刊上的散文随笔皆属于一些性灵文字，内容十分广泛，谈天说地、论茶品酒、男女交往、声乐歌舞、山水感观、花月情趣、断垣残壁、艰难世路……文字知识性和趣味性相融，写得颇有情趣，例如楳子《某先生旅行记》中写喝泸州大曲的滋味："烈香扑鼻，直冲脑门，倘果有所谓酒虫，势必从喉下撞穴而出，等不及在腹内静待余甘了。入口又是满嘴芬芳，充塞齿舌。酒味强而不霸，重而不浊，能以少胜多。醉后无劣酒无赖恶性，完全是大将风度，不以血气之勇逞强。"还有一些哲理性随笔，文章抓住一种生活现象深入地剖析下去，最后再得出一些哲理性的结论，例如秦思的《夜行偶笔》从人的希望幻觉谈起，认为希望总是给人带来痛苦，然而痛苦的人们又总是带着希望活下去，为什么呢？作者说："我们知道地球是圆的，那么我们眼前所见的死寂的黑夜，在地球的另一面，应该是阳光耀眼的白天。而地球又是在转动着的，它不会永远停滞在某一点。这也许就是人们痛苦地活着的原因吧？"这么一分析人的生活，就颇有些哲理性的玄妙了。《春秋》月刊上还刊有一些人物评论和回忆文章，例如第 1 年第 2 期上华严的《张天翼轶事》，对张天翼早期侦探小说进行评论（此时，张天翼署名张无铮，写了《徐常云侦探案》系列小说）。第 1 年第 1 期上胡山源的《我的写作生活》，对自己的创作道路和作品作了评论。第 2 年第 3 期上南山的《记朱自清》对朱自清的学校生活和诗歌作了论述和评论。第 1 年第 6 期上有何香凝写的长篇回忆文章《廖仲恺先生被囚的追忆》。这些评论和文章对所论对象相当熟悉，因此可信度较强。文学理论文章不多，但也有一些可以一记的文字，例如创刊号上林柷敔的《近代文学的两个流派》是我国对意象主义和表现主义评论较早的文章。第 1 年第 6 期上张骏祥的《谈演技的深度》是一篇对表演艺术评论的理论文章，把舞台表演提高到理论分析的层面，大大提高了表演艺术的格调。第 2 年第 6 期上鲁缟的《散文的生命》提出散文的生命应是"给读者一点新鲜清隽的素材"，"文字之要求真善美"也是一家之说吧，不过倒也说出了《春秋》

月刊中散文随笔的特色。

《春秋》的作家们对新文学作家那种咄咄逼人,要封杀他们作品的做法是十分不满的。在第1年第4期的《春秋》杂志《前置辞》中有这样一段话:“在这一个疯狂的大屠杀的时代,到处都展开着斗争。人与人之间的互相倾轧,嫉妒,当然也是不足为怪的。不过在文艺的园地上,这一种现象实在不应该有,因为文化的工作毕竟与买卖人的营生不同,即使因意见各殊而有所辩论,亦宜出之以研讨的态度,互相攻讦甚至肆意诬蔑则未免失却了文化人的尊严。譬如说正统派与鸳鸯蝴蝶派之争,不久以前曾在报纸上喧呶了好久,双方唇枪舌剑,大有‘灭此朝食’的气概,其实你写你的正统派文学得了,他写他的鸳鸯蝴蝶派小说得了,各行其是,也各有千秋,根本用不着互相诋毁。读者爱看什么派的作品,也只好由着他们的高兴去挑,更不必喊甚么‘都来归我’的口号。”这番话当然具有通俗文学拥有广大的读者的自傲,不过的确也说明了一个道理,即:文学创作毕竟还是应以作品说话的。对新文学的作家作品,通俗文学编辑们还是十分仰慕的。《春秋》第1年第5期上发表了茅盾的一篇理论文章《人物表》[1],茅盾先生在这篇文章中提出了将新文学作品中的人物归类分析的主张。这种将人物归类分析的做法是否妥当在这里不加以分析,但当时的陈蝶衣接到稿子后是十分欣喜的,特地在《编辑室谈话》中作为“名贵的作品”加以推荐和介绍。进入第2年之后,《春秋》杂志上的新文学作家作品明显增多,巴金的《灯》《长夜》、老舍的《过年》、茅盾的《鼠》、冰心的《清宵之忆》、李金发的《郊行》、穆木天的《月夜渡湘江》、夏衍的《下江人语》等作品相继发表[2],几乎对每一篇作品,陈蝶衣都当做“名贵的作品”来看待,不仅是用黑体字在目录上标出篇名,并且用作品中的

〔1〕 茅盾的这篇《人物表》发表在《春秋》月刊上,在《春秋》第1年第5期上,编辑陈蝶衣作了这样的说明:“战后,多数作家都散处在四方,由于山川的间阻,邮递的梗滞,在上海要想获得一些内地作家们的作品,成了一件不易如愿的难事。编者也曾多方尽力,企图从遥远的边陲获得一些珍贵的材料,呈现于读者之前,直到上月间,才接得方浪琴先生的来札,承他帮忙,给我们征集了两篇名贵的作品——茅盾先生的《人物表》,虽然在内地刊物上发表过,但却是近作。茅盾先生的一篇,原来的标题是《大题小解之二》,现在我给它改了一个题目,似乎还不失原意,而茅盾先生文中所提供的意见,确也是值得从事文学者接受的。”

〔2〕 新文学作家在《春秋》上发表作品和当时期刊的凋落是有很大关系的,在《春秋》第2年第3期的《编辑室谈话》中,陈碟衣对当时的出版界作了介绍:“一九四五年的新岁,给出版界带来的不是蓬勃气象,而是一声声的丧钟,由我担任第一届编辑的《万象》首先宣告辍刊,接着是《风雨谈》与《天地》的停止出版,而历史悠久的《小说月报》与《家庭》也陷入了睡眠状态,此外发行一二期而夭折的刊物更不知凡几。这情形显示了今日的出版界已届临不易支持的阶段,因此本刊的存在也只剩下了仅余的希望,明天,也许明天就是本刊与读者诸君告别的时候。”

语言作为《前置辞》放在杂志的扉页上。通俗文学的编辑作家对新文学作家作品的这种态度对他们吸取新文学作品的创作精华，提高自己作品的表现能力，无疑是起了很大作用的。1948 年 4 月 14 日再次复刊后的《春秋》月刊，其风格也完全变了，基本上属于新文学的刊物。所刊作品最大的变化是文学作品明显减少，文学理论文章占其主要篇幅，如徐中玉的《高尔基论文学工作者的学习与修养》、赵越的《论艺术与生活之关系》、巴丁的《何其芳小传》等文章均是该刊编辑委员会重点推荐的作品。长篇小说的连载是高尔基的《动荡》。

《春秋》月刊的开本比大 32 开略方一点，每期 160 面，第 1 年的封面比较朴素，淡淡花边衬着"春秋"两个隶体字，第 2 年在封面上加上了一帧照片，第 6 年是一帧木刻画。第 1、2 年时杂志选用了很多照片，特别是写异域风情和知识小品的文字，照片尤多。这些照片印刷清晰，配着文字，视觉效果很好。第 3 年《春秋》复刊后，就没有这些照片了，但还有一些插图。至第 6 年再次复刊的《春秋》月刊就没有图画了。不过，尽管《春秋》月刊的装帧在变，从创刊号到终刊号，每一期上均有大量的广告插页，这是始终未变的。

《茶话》月刊创刊于 1946 年 6 月 5 日，编辑人为顾冷观、吕白华，发行人为陆守伦，联华图书有限公司出版，至 1949 年 4 月止，《茶话》共出版 35 期。

《茶话》刊行时代正是中国社会发生重大变化的时期，通俗文学作家虽然都声言不谈政治，但是时代的风雨总是要洒落在他们的书笺之上的。《茶话》作品的内容明显地分为两个时期，1948 年之前主要是写中国抗日战争以及第二次世界大战的生活，此时《茶话》大约出版至 17 期；1948 年之后，主要是对平民生活艰难之感叹。

中国抗日战争的胜利给文学家带来了无数的话题，通俗文学作家表现这一生活的最顺手的题材是以战争为背景的奇情奇事，在《茶话》中出现最多的小说就是此类战争加恋爱的作品。在培的《何以为家》写的是那些战争期间告别女友奔赴战场的热血青年，因为他们胸中都牢记住一句国训：匈奴未灭，何以为家？林音的《生死恋》写的是在战争中一切个人的感情应该服从祖国安危的大局。砥民的《绯》写的是一对恋人被战火无情地摧残。赵壁的《情蠹》写的一位妇女战后杀死了自己的丈夫，原因是她的丈夫充当了汉奸而且谋杀了她的情人……这类小说之中战争就像一个情感的控制器，它控制着男女主人公的喜怒哀乐，也像一剂命运的添加剂，它决定着主人公的悲欢离合。这类"战争＋恋爱"的小说虽然感情大起大落，情节也曲折复杂，但却表现得做作俗套,单薄脆弱。《茶话》中另一类表现抗日战争的小说是写战争留给人的心灵上的伤痕。这类小说数量不多,但却最有价值。柷敌的《雷击》写的是抗日部队炸敌人战舰的故事,这次行动失败了,突击队员也牺牲了,原因是自己的部队中出了汉奸。林音的《赴宴》写的是一些土豪劣绅囤积粮食,既不支持抗日队伍,又肆虐百姓,小说告诉我们这些土豪劣绅同样是我们的敌人。谷戈的《江边》写了一位不断诅咒打了八年穷仗的老兵,现在当上摆船的艄公,终于在一次风高夜黑中得到了发财的机会,然而就在伸手可得之时,又缩回了自己的手,因为他想"安安顺顺做个百姓罢!"施英的《雪霞怨》写的是一位农村姑娘为了拯救一村人的性命被众乡亲推给日军军官糟蹋,结果全村人的性命被保了下来,这位姑娘却有了身孕,在日本兵退了之后,姑娘带着她的孽子受尽众乡亲的白眼,几乎无法生存下去。这篇小说显然受到莫泊桑的《羊脂球》的影响。这类小说不仅告诉了我们战争给人们带来了巨大的灾难,同时也告诉我们战争最能表现出人类的各种心态,这样的小说也就有了一定的深度。对第二次世界大战的反映主要是对二战的一些重要战役的回顾以及对当前时局的评述,如柳学鸥的《硫磺岛之战》、钱蕃甫的《马孟杰的五年计划》、章的《纳粹胜利在一九五〇年吗?》、彭兆良的《巴勒斯坦战争的前因后果》、小鱼的《美苏冷战中的基本对策》等等,从这些作品中可以嗅到浓郁的时代气息。

《茶话》第18期上徐行的一篇小说《陶家村》,写的是一直吟着"采菊东篱下,悠然见南山"劳作着的桃花源人终于失去了他们的平静的天地,"税捐,征兵,兵祸,强盗……陶家村在这个大暴雨时代未到来前就摇撼不安了"。这篇寓言式的小说反映出了当时普通百姓"摇撼不安"的心态。胜利的喜悦很快过去了,战争的创伤还未能抚平,国内战争的再一次爆发,生活在都市中的小市民们的生活再一次跌入困境,他们在捐税、物价飞涨和兵祸三条绞索下挣扎。徐大风的《万税国游记》借《镜花缘》主人公唐敖、多九公、林子洋之口说出了"民国万税、天下太贫"的现实。在这个万税国中不仅税多如牛毛,而且钞票贬得如便纸,一副大饼油条就要300万元,"虽然他们三人不是万税国人民,但路过其地,也感觉着大大的伸手要钱的威胁"。沈关生的《福二伯》是篇速记式的小说,通过两位老人的对话写出了战争给老百姓和普通士兵带来的痛苦。这些兵一旦驻扎在某地方,某地方必遭祸害,杀人、抢劫是常有的事。那些普通士兵的生活也极差,"他们一个月的工钱拿来还买不到一包香烟,每天吃二顿红米饭,盐青菜,比我们过得还苦,上面命令下来还得去拼命，那些穿着上好料子衣服的军官们，进出汽车，住洋房，嘿！据那班兵士们说他们从未上过战场呢，等一开战就溜得远远的”，“所以和共产军打起来总是全部给倒了过去，这些兵士谁愿意再打仗”。老百姓如此困苦的生活，当局还拼命地粉饰太平，包天笑写了一篇《屁美人》专门讽刺这种现象。小说写了一位新闻记者追求一个貌若天仙却善放臭屁的舞女，此女的美貌使得新闻记者的追求欲罢不能，然而善放臭屁又使他怕而却步。最后终于弄明白了，此舞女并不是善放臭屁而是特制了不少臭弹，每当受到欺凌时就施放出来。她的这种做法是和当时的新闻记者写文章一样的，“你们当新闻记者的人，为了苟安，为了避祸，写那种违心之论的文字，不是自己也以为等于放屁吗？在此时代，我们只能以放屁为掩护，在放屁中讨生活罢了”。像如此直露地批判讽刺时局的文章在中国近现代通俗文学作品中还是不多见的。

《茶话》每期的第1个栏目是《风雨集》，每一期中刊数十篇小文章，每篇文章不到百字，评价一些社会新闻，如《民主财》、《法官离奇讼案》等文是对当前民主法制的嘲讽；《物价涨缩的牵线》、《数米而炊》等文是对通货膨胀生活艰辛的反映；《贪污碑》、《稀饭聚餐》等文是对官僚生活的揭露……文章以事实为根据，以客观的笔调点拨两句，其意就全部出来了，文章显得相当的老辣。

《茶话》杂志上还刊有数部长篇小说，它们是陈汝惠的《风尘》、还珠楼主的《北海屠龙记》、钱今昔的《水上的希望》和包天笑的《新白蛇传》。4部长篇小说之中只有钱今昔的《水上的希望》刊完了，小说写女青年为了理想从南方来到内地，然而在社会的压迫之下不但无法实现自己的理想，反而受到了恶人的污辱，“希望”成为水中之花。这部小说无论在立意还是文笔上均属一般。包天笑的《新白蛇传》实际上是借白素贞、许仙等人的名字讽刺当时社会的一部讽刺小说。借古人之口抨击当代人的所作所为，小说就充满了幽默感，可惜这部小说随着《茶话》杂志的停刊未能连载下去。

对民间传说的整理是《茶话》杂志的一大特色。编辑们把一些流传于民间百姓口头上的故事整理成文字在《茶话》上发表出来，如白荻的《天女酬孝记》、《仙女寻母记》；范烟桥的《楚郡主新婚殉国难》；易壁的《东山折屐》；彭子仪的《杨乃武的真相》；黎老岑的《茶神陆羽》；赵景深的《董永故事的演变》等等都是该杂志整理出的较长的民间故事。口头传说的魅力加上文人的加工整理，这些故事的可读性自然就大大加强了。到了《茶话》后期，作家们在整理这些民间故事时，有意加上一些当代的内容，如谭正璧的《朝露》整理宋朝奸相贾似道的故事，有意突出贾似道当年发行“银关”来代替“楮币”的事情，并和当代社会结合起来写，作者的意图已不言而喻了。这样的民间传说故事就有“故事新编”的味道了。

对现代作家的创作道路的评论也是《茶话》杂志中有价值的文字，如赵景深的《现代作家生年籍贯秘录》；包天笑的《钏影楼日记》；今史氏的《梁漱溟先生》；天行的《记闻一多》、《鲁彦忆往录》、《记胡适》、《三个女作家的故事》(记载陆小曼、冯沅君、陆晶清的事迹——笔者注)、《记向培良》等文章。这些文章史料性和评论性并存，为这些作家留下了某一段生活的实迹。

既是“茶话”，当然还有不少生活话题，如科技秘闻、身体保养、旅游胜地、男女生理、医疗卫生、顽疾根除、动物植物、跳舞交际……在杂志中也占有大量的篇幅。从第18期开始，编者将这些文字汇编在一起，标为《美丽月刊》附在其后，但从第25期始又将其混为一体了。这一举动估计是编者曾试图将这些生活话题专门编一个期刊单独发行，试刊数期后发现反应并不好，只好再回复原样。

《茶话》同样广告众多，不仅杂志前后有，杂志中间也有不少插页。其杂志的封面相当艳丽，每一期均是一幅彩色水粉画，其内容不外乎是风景、人物、花卉、果品等。该刊起初每期都有一些照片，主要是一些中外名画，但从第13期始取消了这一栏目，可能与印刷的清晰度有关。

第三节　酸甜苦辣　花好月圆

——《大众》、《乐观》、《紫罗兰》(后)、《小说月报》(后)

在《万象》杂志畅销的影响下，大众出版社于1942年11月1日创办了《大众》月刊，主编钱须弥。《大众》月刊于1945年7月1日停刊，共33期。

《万象》杂志向我们展示了都市社会中急遽慌乱的人生，从中我们可以嗅到时代的气息，《大众》月刊似乎在有意避开时代的影响，寻求一些所谓文学家应做的事情。这一观点在杂志的《发刊献辞》中就已明确地宣布出来：“说话有时候，有地方，然而也有不限于一定时候或一定地方的，这便是一种适合于永久人性的说话，以及一种有益于日常生活的说话。我们今日为什么不谈政治？因为政治是一种专门学问，自有专家来谈，以我们的浅陋，实觉无从谈起。我们也不谈风月，因为遍地烽烟，万方多难，以我们的鲁钝，亦觉不忍再谈。我们愿意在政治和风月以外，谈一点适合于永久人性的东西，谈一点有益于日常生活的东西。我们的谈话对象，既是大众，便以大众命名。我们有时站在十字街头说话，有时亦不免在象牙塔中清谈，我们愿十字街头的读者，勿责我们不合时宜，亦愿象牙塔中的读者，勿骂我们低级趣味。”既不写政治生活，也不写那些言情作品，而是要在日常生活中写出“一点适合于永久人性的东西”。这就是编辑者给《大众》月刊定下的创作基调。

那么什么才是“永久人性的东西”呢？《大众》月刊的作品向我们展示了一幅十分生动而复杂的人生欲望图。《大众》月刊的主要作者是潘予且。几乎每一期杂志上都有他的一部中篇小说，每篇小说的篇名均称“记”。这些小说写出了人类的众多的情感和欲望。人的一生中有很多情感，有情爱(《怀眷记》)、有私恋(《埋情记》)、有偷情(《藏红记》)、有母爱(《怀母记》)、有夫妻之爱(《试衣记》)……人的一生之中还有很多欲望，有妒意(《寻燕记》)、有疑心(《释疑记》)、要发财(《觅宝记》)、要权势(《逼女记》)、要人吹捧(《换鼻记》)……人类的这些情感和欲望都是客观存在的，问题是如何正确处理这些情感和欲望呢？几乎每一篇小说之中作者都有一番解释。《觅宝记》中写一对青年男女到农村祖屋中去掘宝，千辛万苦掘到宝之后，却见到了三条祖训：取之者不能得、爱之者不能得、私之者不能得。小说意在说明爱财之心本属正常，但不可私取、私爱、私占，“大家公分是可以得的”。在日常生活之中表现人类的情感和欲望，然后再写出一点做人的道理，这是潘予且小说的特点，同时也是《大众》月刊主要的创作倾向。这类小说写得较多的除了潘予且之外，较好的作品还有谭惟翰的《都市小景》，小说写王秘书为了讨科长的欢心，唆使科长强奸了洗衣女，却不知该洗衣女正是王秘书失散多年的私生女，小说意在说明损人者必损己。丁谛的《野性的复活》写一位农村女孩被带到城市，主人竭力想把她培养成一位城市女郎，然而农村女孩始终不能适应，最后还是穿上了她从农村带来的衣服，大声地说：“我现在还是喜欢我的本来！”小说意在说明人性的最自然的发展应该和大自然融为一体，任何矫饰都是人性的扭曲；丁谛的另一部小说叫《旧雨》，写一位曾经在学校中品学兼优的学生踏入社会后如何的落泊，而曾经在校学习时成绩极差的学生踏入社会后如何的飞黄腾达，最后这位好学生竟在差学生的帮助下才混了一口饭吃，一声感叹结束了小说，却也让人感觉到了人生真正的课堂不在学校而在社会。苏青(冯和仪)在《大众》月刊上发表的作品不多，但一篇《过年》却充分展示了她的才华。小说的情节非常简单，只是过年之前一些家庭琐事的描写,人物也只有女主人公和仆人两个。作者抓住女主人公任意发脾气,除夕之夜装病卧床以及仆人的情感起伏等生活细节写出了一位孤独的女性内心的苦闷、烦恼以及真情。小说看似一杯白开水,但喝起来的确余味无穷。小说意在说明人间最大的温暖就在于人与人之间的体贴与关怀。

这些小说在艺术表现手段上都相当出色。他们充分利用小说的内部视角——小说主人公的观察角度——来描写事物、评述人生问题,这对惯于用外部视角——小说作者的观察角度——来介绍事物的通俗文学作家来说,无疑是一个重大的进步,正因为这样,通俗文学之中惯有的赘述的毛病几乎没有了,小说的客观性明显地提高了。作家们固然还追求故事情节的曲折和离奇,但开始明显地注意场面的描写和人物语言的表现,因此小说的结构显得紧凑起来,小说人物形象也显得生动起来了。例如苏青的《过年》之中有这样一段描写:

> 看着为了过年拼命忙碌的王妈,我说:"王妈,我今年不过年了,你自己回去几天,同家人们团聚团聚吧!"
>
> 她的眼睛中霎时射出快乐的光辉来,但依旧装出关切的样子问:"那末你的饭呢?"
>
> "上馆子吃去,"我爽快地回答。
>
> "真的,一年到头,你也没有什么好东西吃,过年了,索性到馆子里去吃几顿,倒也……"说着,她的眼珠转动着快要笑出来了,虽然脸孔还装得一本正经,像在替我打算。我望着她笑笑,她也笑笑。骤然间,她的心事上来了,眼睛中快乐的光辉全失,忧郁地凝望着我,半晌,才用坚决的声调低低地说道:"我当然在这里过年,哪里可以回家去呢?"
>
> 我知道她的意思,她不肯放弃年节的节赏。

短短的几句话充分地表现出了王妈的情感的变化,而且全是从"我"的观察之中得来的,写得细致而生动。像这样的场面描写在以前的通俗文学作品中是不多见的,而此时却随处可见。中国近现代通俗文学的表现手段发展到此时可以说是相当成熟了。

《大众》月刊上也出现了一些老作家的名字,如包天笑、徐卓呆、秦瘦鸥、徐碧波、王小逸、顾明道、孙了红、程小青、张毅汉等,其中包天笑写得最多,大约有数十篇小说。包天笑的作品继续保持着他的社会言情的风格，唯一例外的是他的《蓝田种玉记》。这部中篇小说写的是人工授精的故事，带有医学科幻色彩，写得颇为神奇。期刊上的长篇连载有包天笑的《拈花记》、张恨水的《京尘影事》、《过渡时代》，均未载完。期刊还连载了一些话剧剧本，如姚克的《清宫怨》、《七重天》等，这也是通俗文学期刊中的新鲜事情。

《大众》月刊上与小说创作并重的是散文随笔。张一鹏的《不知老之将至斋随笔》、包天笑的《秋星阁笔记》、屈弹山的《望绝自记》、胡朴安的《病废闭门记》、丁福保的《余之书籍癖》、张叔通的《余之记者生涯》、范烟桥的《寄琐散叶》、郑逸梅的《蕉窗砚滴》、《谈艺脞笔》、《负疴散记》、《销寒漫笔》等，都是连载其上的散文随笔。这些都是中国文坛上的老作家，他们的文风显得老练沉稳，或忆人、或忆事，或是读书心得、或是感怀人生，人事、知识、识见融为一体，充分显示出了他们的人生履历和文化修养。值得一提的是《大众》月刊还刊出了一些纯粹的"美文"，其中尤以孙了红写得最好，例如他在第5期上发表的一篇《小楼上的黄蜂》。文章先详细地描写他所住的那"一个三层小阁"，"我在这里完成我的最大的享受，也在这里试作生命上的最大的挣扎"；接着写黄蜂在这小阁上筑巢的过程，"在我的床顶上面，建立了两个蜂国"；然后又写"我"和这些黄蜂如何地相濡以沫，互为关照。然而乐极生悲，本来咯血不止的"我"，终于住院去疗养了，然而奇怪的是："这两个巢蜂在我进医院不久，竟已尽数飞走，变成蜂去楼空了！"这篇散文表面上看写的是一个非常有意思的黄蜂筑巢的过程，但是，当我们把作者融会到其中去思考，就能体会出作者的很多幽默曲折的心境：在这个小阁楼上整日摆弄文字的"我"何尝不是整日筑巢的黄蜂呢？他们两者不仅都是劳作得相当辛苦，而且都是一些"小生命"，都是一些"在这个人世上面作苦难的挣扎"的"飘泊者"，最后，都"蜂去楼空"了。情趣描写之中留下了丝丝苦味，确是一篇不可多得的美文。

大众出版社的前身是国学书室，所以《大众》月刊上专门辟有"国故新知"的栏目。此栏目主要由唐文治、胡朴安两位先生主持，他们几乎每期均发表一篇讲演经学的文章，文言写作，古朴而艰涩。

和其他通俗文学杂志一样，《大众》月刊每期刊4页铜版画，主要是一些中外名画或人体画。突出的是广告的铺天盖地，每一期上都有10数页广告，甚至封面和目录上均做广告。广告如此多的确是40年代中国通俗文学杂志的一大景观。

40年代的周瘦鹃是十分忙碌的，他在此时主编了两种刊物：《乐观》和《紫罗兰》(后)。周瘦鹃是中国近现代通俗文学期刊的编辑大家，在通俗文学作家中，他具有很高的威望和很强的号召力。在他所编辑的这两份杂志中，我们可以看到通俗文学作家在战火纷飞的40年代所表现出来的另一番面貌。

受上海九福制药公司的委托，周瘦鹃于1941年5月1日创办了《乐观》月刊，至1942年4月1日停刊，《乐观》共出版了12期。创刊号上有周瘦鹃写的《发刊辞》，说："我是一个爱美成癖的人，宇宙间一切天然的美或人为的美，简直是无所不爱。所以我爱霞、爱虹、爱云、爱月。我也爱花鸟、爱虫鱼、爱山水。我也爱诗词，爱书画，爱金石。因为这一切的一切，都是美的结晶品，而且是有目共赏的。我生平无党无派，过去是如此，现在是如此，将来也是如此；要是说人必有派的话，那么我是一个唯美派，是美的信徒。可是宇宙间虽充满着天然的美和人为的美，叵耐不幸得很，偏偏生在这万分丑恶的时代，一阵阵的血雨腥风，一重重的愁云惨雾，把那一切美景美感全都破坏了。于是这唯美派的我，美的信徒的我，似乎打落在悲观的深渊中，兀自忧伤憔悴，度着百无聊赖的岁月，知我者谓我心忧，不知我者谓我所求？有些乐观的朋友，都笑我无病呻吟，而以乐观为劝，可是悲观者终于悲观，无论人家怎样劝慰，总觉得局天蹐地，无从乐观起来。于是另有几位热肠的前辈先生，来探讨我悲观的病源，结果却说：平日间太空闲了，太空闲就多思虑，多思虑就要引起悲观来，不如给些事情你做做，使你忙得没有思虑的工夫，也许可以医治你的悲观病。因了这个动机立时决定办一个杂志，就定名为《乐观》，把发行编辑的两副重担，一起搁在我的肩上，真的要使我忙不过来，再也没有思虑的工夫了。回想我在往年，曾编过《半月》、《紫罗兰》、《新家庭》、《紫兰花片》诸刊物，那时兴高采烈，不知困难为何物。可是匆匆十余年，此调不弹，便觉手生荆棘，触处都感到困难，那就不得不期望一般文艺界老朋友援之以手了。我因爱美之故，所以对于这呱呱堕地的《乐观》，也力求其美化，一方面原要取悦于读者，一方面也是聊以自娱，并且可把这《乐观》两字，当作座右铭般，时时挂在我的眼底心头，时时挂在每一个读者的眼底心头，愿大家排除悲观，走向乐观之路，抱着乐观，相信乐观光明之来临。"这段文字与其说是一篇发刊辞，不如看做一位老通俗文学作家、编辑的心灵剖析。中国近现代通俗文学作家十分关心时事政治，但却很少参加党派活动，他们需要的是一个和平生存的社会环境，并能在其中安心地创作。然而，这些需求在40年代的中国是难以得到的。同时，中国近现代通俗文学作家又几乎是一些职业作家，摆弄文字可以说是他们唯一的谋生手段。因此，尽管环境并不允许他们从容地创作，并不允许他们表现自我的思想感情，但他们又不得不拿起笔来，此时此刻，他们又能写什么呢？那就只能写些“乐观”的文字。

《乐观》是一份散文随笔和小说创作并重的杂志。散文随笔的内容十分广泛，有青年心理、妇女生活、儿童乐趣、家政培训、娱乐体育、游记访古、社会素描、科学小品等等，都是十分轻松的“乐观”文字。该杂志上的小说创作，显然也是以“乐观“为宗旨的，吴起贤的《不如意事》、徐碧波的《畸零人》、顾明道的《白门柳色》、捉刀人（王小逸）的《北雁南飞》、林俪琴的《在鲛人般的魅力下》、范烟桥的《疯女郎》是这份杂志中的几篇中篇小说。这几部小说的题材和主题基本一致，均是写恋爱、婚姻生活的悲欢离合。第10期开始开辟了《上海特辑》栏目，写的是上海人的衣食住行以及遇到的各种困惑。每一期的后面有徐卓呆的《李阿毛的生活信箱》，写的是一些似医非医、似滑稽又正经的病理诊断文字。

女性作家的创作是40年代通俗文学创作中的一个重要现象。周瘦鹃很敏感地注意到了这一创作新动向，在《乐观》第10期上，他首辟了《女性创作选》的专栏，专门刊载女性作家的作品。到了后来，周瘦鹃创办《紫罗兰》（后），干脆就以女性作家为创作主干了，成为《紫罗兰》（后）的重要特色。

正如周瘦鹃《发刊辞》中所说，《乐观》装饰“求其美化”。杂志的版本比32开本更狭小一些，每一期的封面均为一幅电影明星的彩照。以电影明星的彩照作封面，《乐观》杂志实属首例。每一期均有《儿童寓意画》和《乐观小画报》，前者都是一些动物故事的漫画，显然是为了吸引儿童读者所设的，后者是周瘦鹃编刊物的惯有风格，在风景画、影星生活照旁加上一些文字，图文并茂，自成系统，给读者一种视觉上的美感。

《乐观》杂志在1942年停刊后，曾于1947年复活，但只出了一期就又停刊了。

在出版商的怂恿下，周瘦鹃在1943年4月1日起复活了他的《紫罗兰》。为了和30年代的《紫罗兰》相区别，我们称为《紫罗兰》（后）。该刊为月刊，出至1945年3月停刊，共18期。

《紫罗兰》（后）是由女性作家唱主角，她们是施济美、汤雪华、俞绍明和张爱玲。周瘦鹃曾在《写在紫罗兰前头》颇为得意地作出这样的评价：“近来女作家人才辈出，正不输于男作家，她们的一枝妙笔，真会生一朵朵的花朵儿来，自大可不必再去描龙绣凤了。”这四位作家都接受过高等教育，可以说是时代的新女性了。她们的小说题材基本一致：在情爱的生活之中细腻地表现出女性的性爱心理。施济美的小说就如一杯浓浓的牛奶，味道醇正，满口香甜。《永久的蜜月》写一位蜜月中的女子的遐想。幸福的生活包融着女主人，反而使得女人对过分幸福的生活感到怀疑，于是她仔细地回忆了她的恋爱生活，她觉得“扑鼻的幽香自令人陶醉”，那么未来呢？她感到惊悸，然而，她的梦又告诉她：“万全的爱、无限的生，永久的蜜月……”汤雪华的小说就如一杯浓浓的咖啡，入口虽苦，却也余香满口。她的小说《死灰》写的是一位曾立誓永不嫁人做一个“自由人”的老姑娘的情爱心理。她看到邻屋太太为了儿子和丈夫如此奔忙，她感觉到了女子不结婚的幸福，然而当她感受到当一个结婚的妇女具有母子之爱、夫妇之爱时，她明白了不结婚的女子的生活就如“死灰”一样，是没有一点生气的，40 岁的她终于为自己的婚恋做准备了。家庭生活并不是最好的去处，但它毕竟是女子的归宿，这就是《死灰》所要告诉我们的道理。那么女子究竟要选择什么样的婚恋生活呢？汤雪华用她的小说《转变》告诉了我们。在优裕的生活之中活腻了的女主人公感到精神上十分空虚，丈夫虽然有钱，除了给予她物质的满足和从她身上获取性的满足之外，没有一点情趣。女主人公在一个大雪纷飞之夜，终于和丈夫不辞而别，投向了她上学时的恋人现在是位穷教师的怀抱。他们互赠诗文，畅谈理想，女主人公的精神生活得到了一时的满足。然而经济上的拮据使得他们的理想和诗文那么苍白，在饭都难以饱肚的情况下，理想和诗文都做不下去了。女主人公又一次地转变了，提了她的皮箱回到了原来丈夫的身边，小说的结尾说：“哦！到了家里先叫雪娥替我冲一杯热咖啡，吃饭时叫她给我炖一只火腿鸽子，吃过饭就叫老金陪我买白狐皮大衣。”精神上的追求毕竟没有物质上的满足来得实在，汤雪华向我们又一次讲授了她的婚恋观。俞绍明的小说没有那么香甜，有的是浓浓的酸味，是一杯酸菜汤。她的《三朵姑娘》写的是一位开饭店的女子和隔壁大学里的三位大学生似恋非恋的浪漫生活，然而就在他们各自认为三朵姑娘非己莫属之时，三朵姑娘请他们来吃饭，并宣布她和饭店里的伙计定婚的消息，正在吃醋溜鱼的三位大学生感到十分意外，同时“在他们的心里也有着同样酸溜溜的滋味”。在《紫罗兰》(后)的女性作家中，最有代表性的作家当数张爱玲。张爱玲的小说没有什么香甜酸味，更多的是麻辣味。她在刊物的第 2 至 7 期上连载了她的《沉香屑·第一炉香》[1]和《沉香屑·第二炉香》。这两部小说提高了《紫罗兰》(后)在中国现代文学期刊史上的地位,也给作家本人确立了在中国文坛上的地位。张爱玲的小说同样是写女性的婚恋小说,但创作的视角不是为女性寻求生活中的位置,而是对女性的情爱心理提出了疑问和批判。薇龙的姑妈梁太太家是一个"女儿国",在这个表面上温文尔雅的家庭之中,却展开了极其激烈的争夺男性的家庭斗争,而对此曾经看不惯的薇龙也终于卷入其中了。从表面看,女性在婚恋游戏之中要弄着小聪明处处得手,薇龙也终于嫁给了乔琪乔。然而出嫁了的薇龙等于是卖掉了自己,小说说道:"从此

---

〔1〕 张爱玲真正的文学生涯是她 1942 年从香港回到上海之后开始的。她在上海打响名声的作品是在周瘦鹃主编的《紫罗兰》(后)上发表的《沉香屑·第一炉香》、《沉香屑·第二炉香》。在《紫罗兰》(后)第 2 期的《写在紫罗兰前头》,周瘦鹃详细记载了他们的这段交往,现录之如下:

一个春寒料峭的下午,我正懒洋洋地躺在紫罗兰盦里,不想出门,眼望着案头宣德炉中烧着的一枝紫罗兰香袅起的一缕青烟在出神。我的小女儿瑛忽然急匆匆地赶上三层楼来,拿一个挺大的信封递给我,说有一位张女士来访问。我拆开信一瞧,原来是黄园主人岳渊老人介绍一位女作家张爱玲女士来,要和我谈谈小说的事。我忙不迭地赶下楼来,却见客座中站起一位穿着鹅黄缎半臂的长身玉立的小姐来向我鞠躬,我答过了礼,招呼她坐下。接谈之后,才知这位张女士生在北平,长在上海,前年在香港大学读书,再过一年就可毕业,却不料战事发生,就辗转回到上海,和她的姑母住在一座西式的公寓中,从事于卖文生活,而且卖的还是"西"文,给英文《泰晤士报》写剧评影评,又替德人所办的英文杂志《二十世纪》写文章。至于中文的作品,除了以前给《西风》杂志写过一篇《天才梦》后,没有动过笔,最近却做了两个中篇小说,演述两段香港的故事,要我给她看行不行。说着,就把一个纸包打开来,将两本稿簿捧了给我。我一看标题叫做《沉香屑》,第一篇标明《第一炉香》,第二篇标明《第二炉香》,就这么一看,我已觉得它很别致,很有意味了。当下我就请她把这稿本留在我这里,容我细细读。随后又和她谈起《紫罗兰》复活的事,她听了很兴奋。据说她的母亲和她的姑母都是我十多年前《半月》、《紫罗兰》和《紫兰花片》的读者,她母亲正留法学画归国,读了我的哀情小说,落过不少眼泪,曾写信劝我不要再写,可惜这一回事,我已记不得了。我们长谈了一点多钟,方始作别。当夜我就在灯下读起她的《沉香屑》来,一壁读,一壁击节,觉得它的风格很像英国名作家 Somerset Maugham 的作品,而又受一些《红楼梦》的影响,不管别人读了以后如何,而我却是"深喜之"了。一星期后,张女士来问我读后的意见,我把这些话向她一说,她表示心悦诚服,因为她正是 Somerset Maugham 作品的爱好者,而《红楼梦》也是她所喜读的。我问她愿不愿将《沉香屑》发表在《紫罗兰》里,她一口应允,我便约定在《紫罗兰》创刊号出版之后,拿了样本去瞧她,她称谢而去。当晚她又赶来,热诚地约我们夫妇届时同去,参与她的一个小小茶会。《紫罗兰》出版的那天,凤君因家中有事,不能分身,我便如约带了样本独自到那公寓去,乘了电梯直上六层楼,由张女士招待到一间"洁而精"的小客室里,见过了她的姑母,又指着两张照片中一位丰容盛鬋的太太给我介绍,说这就是她的母亲,一向住在新加坡,前年十二月八日以后,杳无消息,最近有人传言,说已到了印度去了。这一个茶会中,并无别客,只有她们姑侄俩和我一人,茶是牛酪红茶,点心是甜咸俱备的西点,十分精美,连茶杯与点碟也都是十分精美的。我们三人谈了许多文艺和园艺上的话,张女士又拿出一份她在《二十世纪》杂志中所写的一篇文章《中国的生活与服装》来送给我,所有妇女新旧服装的插图,也都是她自己画的。我约略一读,就觉得她英文的高明,而画笔也十分生动,不由不深深地佩服她的天才。如今我郑重地发表了这篇《沉香屑》,请读者共同来欣赏张女士一种特殊情调的作品,而对于当年香港所谓高等华人的那种骄奢淫逸的生活,也可得到一个深刻的印象,后来他们饱受了炮火的洗礼,真是活该!

以后,薇龙这个人就等于卖了给梁太太与乔琪乔,整天忙着,不是替乔琪乔弄钱,就是替梁太太弄人。”如果这还仅仅是说结了婚薇龙失去了自我存在的价值的话,小说的结尾就更有意味了,女主人公薇龙将自己和街头上卖身的妓女作了比较,得出了两者相同的结论,只不过“她们是不得已,我是自愿的”这样的结论就不仅是对女主人公的评述,而是对整个女性的婚姻归宿的思考了。《沉香屑·第二炉香》将这样的思考和批判扩大到了整个社会中去。小说写了一个缺乏性知识的新娘素雪致使新郎罗杰自杀的悲剧故事。然而,读完小说之后,引发我们思考的是这一悲剧真正的刽子手不是哪个个人,而是整个社会。连读报纸都要受到母亲审查的“淑女范式”培养出来的是连起码的婚姻知识都不懂的“纯洁”女性;新婚之夜出现的异常行为最能引起各种人物的遐想和猜测,以性作为杀人的手段往往是最见成效的……张爱玲的这部小说给读者留下了巨大的思考空间。张爱玲对女性情爱心理的挖掘要远远超越其他女性作家“幸福追寻”的层面,她揭示得更隐秘更深刻。例如当罗杰被视做性变态之后,作者是用这样的语言写一般女性对他的态度的:“她们鄙视他,憎恶他,但是同时她们畏畏缩缩地喜欢一切犯罪的人,残暴的,野蛮的,原始的男性。”这样的一种情爱心态,的确是女性才能体验出来的。1912 年,包天笑和陈冷血曾办了一份《妇女时报》,倡导妇女进行文学创作,可是,尽管该杂志专刊妇女题材的作品,作者的署名也都有女性的意味,事实上作者都是些男性作家。多年来不能吸引女性作家进行文学创作一直是通俗文学杂志编辑们的遗憾。这个遗憾一直到周瘦鹃才得到弥补,也就是这份《紫罗兰》(后)。

《紫罗兰》(后)还连载了不少长篇小说,主要有周瘦鹃的《新秋海棠》[1],胡山源的《龙女》,朱瘦菊的《金银花》,程小青的《龙虎斗》,海上说梦人的《新歇浦潮》,汤雪华的《亚当的子孙》。这些长篇小说中以周瘦鹃的《新秋海棠》和程小青的《龙虎斗》最出色,事实上,也只有这两部小说全部刊完

〔1〕 秦瘦鸥的《秋海棠》最初发表在周瘦鹃编辑的《申报》副刊《春秋》上。周瘦鹃在《新秋海棠》的《弁言》中作了这样的记载:“二十九年秋,为了要发掘新作家起见,特地悬赏征求,一时应征的作品,倒有一二百部,无奈都是不合用的。那时老友秦瘦鸥兄恰好闲着,手头有三部小说要写,我就请他先将故事的情节略写出来看看。不上几天,他交来三篇节略,我读过之后,一挑就挑上了《秋海棠》。一则因为那故事曲折动人,描写男女之爱和骨肉之情,有深入浅出之妙;二则因为我生平爱花,苏州故园中紫罗兰盦的窗下,与紫罗兰并植着的,正是这别号断肠花的秋海棠,用这凄艳的花名来做书名,自是正中下怀的。为了要使情节热闹一些,我向瘦鸥建议,该添上一个侠客型人物。瘦鸥深以为然,就替我创造了那个好酒任侠行动飘忽的赵玉昆。”

了。《紫罗兰》(后)创刊之时,正值秦瘦鸥的《秋海棠》被改编成电影在各地放映,一时《秋海棠》风靡了众多观者,被炒得火热。人们在同情秋海棠悲惨的身世之余,对作品的悲剧结局抱有着深深的遗憾,就连写哀情小说老手周瘦鹃对这样的结局都不能释怀,"决计要救活秋海棠了"。应该说为一些名著作续集是一件吃力不讨好的事情,古往今来成功者不多,周瘦鹃的这部《新秋海棠》也并不能免。小说让秋海棠复活过来了,并让其和罗湘绮幸福地生活。同时,小说也给梅宝、罗少华、赵玉昆一个美好的结局,以"皆大欢喜"而告终。小说这样的处理除了满足了部分读者的情感需求之外,实在是没有其他意味了。好在周瘦鹃毕竟是一位具有丰富写作经验的老作家,他把小说的写作视角落实到梅宝身上,使得这部续作避免了不少与原作重复的地方,然后再设计出为秋海棠治病、养病和梅宝失踪、受难回归的情节,以他那枝老练的笔挖掘和煽动夫妻之情和儿女之情,所以小说就有了不少动人之处。程小青的《龙虎斗》是根据他民国初年的两篇文言旧作改写的。数十年的写作生涯使得此时的程小青写作侦探小说达到了应付自如的地步。

除了以上所提及的作品外,《紫罗兰》(后)还推出了徐碧波的多幕话剧剧本《心狱》。通俗文学作家之中,除了徐卓呆写了一些滑稽剧剧本之外,是很少有作家涉猎话剧这样的外来文学形式的,正因为如此,徐碧波的这部话剧剧本就显得特别引人注目。剧本之中,戏剧冲突、人物的言行以及戏剧结构、舞台效果均表现得比较好,说明作者是能够驾驭这种文学形式的。从第13期开始,周瘦鹃发表了他的《爱的供状》100首,记叙了他"一段绵延三十二年的恋爱史",作为他"五十自寿的纪念文字"。写哀艳的文字是周瘦鹃的拿手绝活。这100首充满着哀艳缠绵的诗词一时赚取了读者不少眼泪。

周瘦鹃是通俗文学期刊的老编辑,其编辑风格以精美而出众。《紫罗兰》(后)同样保持着这样的编辑风格,每期封面上是一枚形态不同的紫罗兰花,袁寒云的题签衬托其中,显得挺秀妩媚。目录上用紫罗兰花镶边,显得花团锦簇。在期刊的栏目上,周瘦鹃每期都有一篇《写在紫罗兰前头》的文章,属于编辑话语一类的文字,但侧重于作品形成过程的介绍,因此写得比较亲切。每一期都有一个小专辑,如《春》、《小天使》、《母亲之页》、《夏》、《南岛风光》、《社会群象》、《秋》、《恋》、《美与健》、《冬》、《游于艺》、《夫妇之道》等。在第14期之前,每期还有4页的《紫罗兰小画报》,主要刊载风景和影星的肖像或剧照。从第2年第13期起,增设《紫兰花片》的栏目,刊载读者的一些小文章。在整体风格的指导下,又设计出不少颇具特色的小栏目,整个杂志犹如苏州园林一样,园中有园,景中有景,显得精致而有序,充分表现出了编辑者独运的匠心。

40年代流行的《小说月报》与民国初年的《小说月报》虽刊名相同,但编辑者及刊物的风格均大为不同了。为了便于区别,我们称为《小说月报》(后)。《小说月报》(后)为月刊,由联华广告公司出版部发行,发行人陆守伦,名誉顾问严独鹤,编辑顾冷观。该刊创刊于1940年10月1日,停刊于1944年11月25日,共45期。

创刊号上有编辑的《创刊的话》,说:"我们没有门户之见,新的旧的,各种体裁都是欢迎的。读者也许要说内容太杂了。是的,这里我们坦白地回答,并没有其他高明的见解,只是在纯正的原则下,提起我们的笔来,而这正是本刊的特点。""因为上海是孤岛,而小说呢,自有它的特长,自有它的风格,至少,总要比空虚的、无聊的、低级趣味的文字好得多了,我们希望能够贡献一点劫后文化的微力。"在"纯正"的原则下,反对空虚的、无聊的、低级趣味的文字,并为劫后文化作点贡献,这是编辑给该刊确定的办刊宗旨和办刊目的。

那么怎么来落实"纯正"的原则呢?编辑并未言明,我们从杂志的具体实践中可以感觉到,该刊最热衷的题材是现代社会中的性爱生活和生活琐事。在第3期的《文艺欣赏》的栏目中,有署名"河鱼"的一篇《文艺的需要——关于所谓色情文学》的文章,文章指出:"不在色情文学之是否害人,而在色情之如何界说;再彻底一点,不在色情之应否绝缘,而在色情之如何欣赏。"这样的观点就把色情文学的社会影响推向了读者,而为作者创作色情文学打开了理论上的大门。《小说月报》(后)中的作者是如何写这些"色情小说"的呢?应该说是令人很不满意的。人具有自然属性,亦有社会属性,优秀的文学作品均是将人的两种属性结合起来,在人的社会属性之中写出人的自然属性。而《小说月报》(后)中的小说却是浓浓的自然属性,淡淡的社会属性。人类的性爱似乎成为人类生活的支配力量,人类的一切行动均是围绕着性爱而展开的。周楞枷的《山茶花》写了一位貌若天仙的女招待始终坚持卖笑不卖身,她认为自己的性爱不应仅仅满足生理上的需求,而应为国家作出一点贡献,于是她以自己的身体举行了一次义卖会,"卖得的金钱就捐献给国家,谁能够出最高的价格,我便把身体卖给谁"。周楞枷的另一篇小说《盗火者》写一位女性在她一见钟情的男友被捕之后忽然觉醒过来，要"紧握着他所递给我的火炬，沿着道路奔向前去"。性爱可以救国，也是革命的一股动力，这样的性爱就有了一圈耀眼的光环。利用性爱当然是赚钱最好的手段，刘春华的《四月的蔷薇》中的孙丽丽结了几次婚，居然就成了一个拥有十多万的富婆。性爱也是最有趣味的游戏，心期的《奇迹》写的是四位青年和两位姨太太隔窗谈恋爱的趣事，旅江的《艳遇》写一位夜游的青年不仅得到一位青年女性的身体，还赚取了一笔钱。性爱的力量被小说家提高到了无以复加的地步，它能够解决人类社会的任何问题，同时，也是任何阻碍无法阻挡的，不仅是日常生活中的普通大众如此，就是青衫孤灯的和尚尼姑也在所难免。《思凡》中的宏济法师点化了妓女姬娜，而自己却跌落到了色的境界："境界是非常的缭乱，女人的胸脯、大腿、笑涡，女施主、孀妇、东村的农妇，一个个像走马灯似的，走过去又回来，后来渐渐地幻灭了"，在情欲煎熬下的宏济法师终于"毅然决然地离开了这相处四十一年头的古刹"。《秋夜的传奇》中的女尼慧修"挡不住内心的欲望"，"毅然将右手的掌心向着烛杆上刺去"，"但是佛法也阻不住欲焰的燃烧，终于一个下午在古春少爷的书房里彼此情不自禁地劈开了一切牵连，一同参拜了一次欢喜禅"。写情说爱是通俗文学作家最擅长的文学题材，它的价值和意义在于其中所反映出的某种时代情绪、时代心态，它的动人之处在于写出了在社会礼教的压迫之下，健康的情爱心理的扭曲和反抗，而《小说月报》(后)之中所写的性爱却将其抽象成一种超现实的力量，然后任意地插到各种类型的小说之中去，性爱的描写显得十分肤浅，而小说更是不伦不类。同样，生活琐事也是通俗文学作家所擅长的一种文学题材。从优秀的通俗文学作品中，我们可以看到都市小人物生活的贫困和恍惚，看到特有的社会阶层之中的特有的人文景观。然而《小说月报》(后)中的生活琐事小说展示的却是都市小人物生活中的笑料。丁谛的《屋檐下》写一个二房东从楼梯上滚下来，跌伤之后也不忘记要房租的丑态；周楞枷的《婆媳之间》写了一个专门算计媳妇的老太婆如何死要面子活受罪；夏雷的《一枚钻戒》写夫妻俩为了一只钻戒争吵，终于离了婚。这些小说的确是经常发生在我们日常生活中的事。但是作者除了给我们一笑之外，并没有提供什么其他的含义。编者创办《小说月报》(后)是为了反对空虚的、无聊的、低级趣味的文字，但是从刊物所热衷的两类小说实际看，虽说不上是低级趣味，却给人一种空虚的、无聊的感觉。

《小说月报》(后)似乎很注意发现和提携一些文学新人。以上所提到的这些作家都是该刊最活跃的作者，他们都是刚刚登上文坛的年轻人，而且大多数都受过新式教育。为了鼓励“国内各大学及高级中学学生”投稿，刊物专门设立了“文艺奖金”，专门开辟了“文艺征文”的栏目刊载这些稿件。然而，令人不解的是这些新人并没有写出什么新作品来，写得最多的还是那些“牛奶巧克力”式的恋爱小说，只不过恋爱的背景从社会搬到了学校，恋爱主角从公子和淑女，变成了男女学生。是没有其他体裁的小说，还是这些新人写不出其他体裁的小说，我们不得而知，但有一点是肯定的，刊物的编辑实际和编辑取材的口味对这些文学新人的影响是很大的。

相比较而言，倒是一些老作家发表的作品，以各自的特色将刊物支撑了起来，程小青在其上发表了《鹦鹉声》、《怪旅店》、《赌窟奇案》等小说，继续他的社会侦探小说的写作；李薰风的《风尘三女子》叙写他的都市民间故事；张恨水的《赵玉玲本纪》和包天笑的《换巢鸾凤》、《燕归来》把社会和言情糅合在一起；顾明道的《剑气笳声》在历史背景之中写武侠言情。除此之外，周瘦鹃的《苏州杂札》、胡朴安的《南社诗话》、包天笑的《钏影楼笔记》、秦瘦鸥的《荷芬兰馨室随笔》都是连载于刊物上的较有文史价值的笔记文字。特别值得一提的是包天笑此时的作品，虽然其作品还是离不了社会言情的圈子，但文笔更为老练。他的短篇小说《烟篷》写一位文人和一位妓院中的娘姨共航一夜的故事，作者不仅从服饰言谈举止之中写出该女子的可人之处，还从细微的体贴照顾和丰富的夜航知识的描写中写出了该女子的朴素、纯真的内心世界，小说给人留下了比较深刻的印象。

该刊的装帧比较朴素，每期除一幅山水画外，别无他图，但每期所刊的广告较多，有时封面也做起广告来。

第五章　北派通俗文学期刊
（1917—1949）

第一节　模仿与探索
——《新民小说报》、《星期小说》

北派通俗文学期刊是指以北平、天津为中心的北方通俗文学期刊。北派通俗文学期刊远比不上南派通俗文学期刊那么兴盛，但它反映了北派通俗文学作家的写作实绩，特别是沦陷时期北派通俗文学作家的写作风貌；同时，北派通俗文学期刊又有自己独特的变迁轨迹。

北派通俗文学期刊肇始于何时，现在没有确切史料加以确认。但有一点是很明确的，清末民初之际批量生产的南派通俗文学期刊办得轰轰烈烈之时，北方似乎还见不到类似的刊物。现在见到的较早的北派通俗文学期刊大约是1918年创刊于天津的《新民小说报》。

天津图书馆所藏《新民小说报》始自第3期。第3期于民国7年1月出版。从第3期的内容可知，《新民小说报》为旬刊，小32开本，每期30多页，高新民编，天津新民小说报社发行。作者主要有高新民、周承炳、李志源、铮铮等。终刊时间不详。

《新民小说报》的办刊方针是重趣味性、娱乐性。主要栏目有：新笑话、庄谐杂录、滑稽春联、游戏文等。栏目的编排还不成体系。《新民小说报》中的小说主要出自高新民之手，如《惩淫录》、《春华茂》、《家庭宝鉴》等。这些小说的内容，便是小说名称中的"惩"和"鉴"。小说大都是以一个故事引出作者的惩劝话语，能迎合一般市民的阅读口味。当时南方的通俗文学刊物栏目编排的程序已相当规范，每一份期刊都有十数人的稳定的作家群，而且还有报馆或出版社作为坚强的后盾。相比之下，《新民小说报》就显得形影单薄了。

在《新民小说报》后出现的刊物还有《星期小说》。《星期小说》为周刊，也是小32开，星期小说社编，天津南市广兴大街晚报馆发行。《星期小说》在民国10年(1921年)间出现，其编辑方针，办刊特色，甚至开本、纸质都是《新民小说报》的翻版。在《星期小说》上刊载的小说主要有高新民的《可怜虫》、《梦话》，豁公的《老太婆》，剑胆编著的《亡国奴》，今睿改编的《醋中醋》及笑笑编著的《老乡亲的逍遥津》等。这些小说常标名为"警世小说"、"社会小说"、"苦情小说"。这些小说创作表明这批作家已逐渐接受民初兴起的通俗小说的各种品类的范本的指导和规范，虽然其小说品质依然流于泛泛而谈，故事可以拉长，可以缩短，还没有讲求小说结构和自觉地锤炼人物语言。

1921年以后，北派通俗期刊的探索几乎呈现停顿的局面，很少有较长期存在的刊物。这种景况持续至1927年。

这种情形的客观出现有多种原因。现择要说明。第一，北派通俗期刊存在的政治环境不像南派宽松。由于地理缘故，作为北派通俗期刊的主要活动地的平津在民初是中国政治中心。民初至北伐成功这一时期，各种政治运动频繁在平津出现，使得一般文化人难于把握办刊方向，且北地读者对刊物的接受程度还未确知。这使一批欲办刊的文化人不愿在政治中心冒风险办刊。上海远离政治中心，现代工业文明影响又很深广，因而，上海在都市化过程中对各类刊物，尤其是娱乐性刊物有着稳定的社会需求，且对办刊也无过度的约束。第二，北派通俗期刊在北方缺乏先进的工业支持和适应商业写作的文人创作氛围。这是北派通俗期刊在民初艰苦探索十年后依然只能把作坊式的"小产品"推向市场的重要原因。第三，受新文学思潮挤压，失去了存在的文化环境。自1917年胡适的《文学改良刍议》发表后，平津一带的文化界掀起了文学革命的大潮。《新青年》、《新潮》等刊物的流行，使新文学思潮的影响逐渐扩大。这种情势不利于通俗刊物的存活，尤其是在新文学活动的中心平津一带。第四，缺乏文学社团的支持。北派通俗期刊的探索从民初开始一直是零散的个别行为，这同北派作家多为文学"个体户"有关。至20年代，南派作家成立星社、青社后，南派通俗期刊的发展就有了更广泛的文学同人的支持。而北派作家到40年代末也还是"单兵突进"，没有形成"联合阵线"。没有社团的支持，使得刊物的稿件来源受到极大限制，而刊物比报纸的信息载量大，这便要求刊物的存在必须以一定数量的较稳定的撰稿人的存在为一前提条件。

北派通俗期刊由民初积极跟进时风的探索，到20年代探索的步履变得缓慢,甚至一度停歇,表明了这种刊物生存的艰难,也预示了它的前景并不容乐观。

第二节 小报丛中的香艳之刊
——北方期刊萧条期中的《南金》

北伐成功,南京国民政府在表面上统一中国后,当时的社会进入了一个相对和平的时期。这一时期内,北平、天津、上海等大城市呈现出一定的繁荣景象。以北派通俗作家活动中心——天津为例,我们可看到当日的繁荣在文化界,尤其在新闻界的具体表现。北伐成功后,京津的政治趋于稳定。在天津,随着中原公司、劝业场两大百货店的开业,市里日见繁华。表现在新闻上,天津已成为华北新闻中心,直至抗战,天津新闻界进入极盛期。天津报业在《大公报》、《益世报》、《庸报》、《商报》四分天下后,犹有50余种报纸存在。仅小报这一类在1927年到1937年间先后有30余家。大量登载北派通俗作家小说的《新天津晚报》、《天风报》、《中南报》、《评报》等就是在这一时期出现的。尤其当还珠楼主、刘云若的小说在《天风报》上连载造成轰动后,办小报成为一时的风尚。这种风尚的形成主要基于两种共识:一、小报办起来比较自由,易于把握,容易被读者接受。二、与办刊相比,办小报不必为稿件的收集、印刷、装帧、销售等环节下大力气。风尚的作用推动小报的极大繁荣。一时间各类小报涌塞津门。

在这股办小报热潮中,北派通俗作家也不安于旁观,纷纷下海。王受生、吴秋尘、李燃犀等是以编辑身份介入这一潮流的。刘云若则自办《大报》。小报作为与刊物同质异形的一种文学载体在30年代独受青睐。这一时期出现在北方的通俗小说,如《蜀山剑侠传》、《春风回梦记》等都是在小报上与读者见面的。这一时期的历史表明,出版商、作家、读者都忘却了期刊的存在。在报纸,特别是小报兴盛的同时,作为小报的"同类",期刊已濒于销声匿迹。因此,这一时期通俗期刊的数量极少,存在的时间也很短,因而流存至今的就更稀少了。在小报繁荣、北派通俗小说兴起的同时,北派通俗期刊反倒在热闹的边缘枯寂的事实,在民国通俗小说发展史上是一独特的现象。

在这一时期内,值得一提的是在民国16年(1927年)8月创刊的《南金》。《南金》是萧条期开始时出现的通俗期刊。在它之后的10余年间很少有像它那样纯正的通俗期刊出现。但由于时代忘却通俗期刊,《南金》出版不到1年就因种种原因停刊了。《南金》共出九期。

《南金》的取名来自"南朝金粉"一典,多少透露了其办刊倾向。这便要提及该刊主编姚灵犀。姚灵犀是一位极有特色的北派通俗作家。姚氏是扬州人,久寓津沽,诗词俱佳,善书,喜研究缠足。他的代表作是《采菲录》,该书是其研究历代缠足情况的专集,其中有缠足的考证文章,亦有各地缠足的风俗以及缠足人自述其缠足经过的文字。此外,他著有《衮雪斋词》,在《南金》上发表过《瑶光秘记》、《非花记》、《画诃记》等小说。《南金》的小说大都具有香艳旖旎的倾向,这以《瑶光秘记》为代表。《瑶光秘记》记述一尼庵的淫乱故事,小说流于香艳的渲染,在文学上没有鲜明的个性。《南金》在选取香艳小说的同时,注意整个刊物的可读性、趣味性,它在每期都用精美的插页刊登一些摄影作品、名流书画,并且不时登载一些名人轶闻,比如齐如山的《陈德霖小史》、傅惜华的《刘赶三轶事》。另外,《南金》亦登载一些词话一类的东西。

《南金》在北派通俗文学期刊史上有两点具有独特意义的地方。首先,该刊注重纸质、装帧,且做到了纸质精良,装帧优美。像《南金》这样纸质、装帧考究的通俗期刊在20世纪三四十年代极为少见,可算此中翘楚。这是北派通俗期刊史上第一次出现的纸质、装帧可与南派通俗期刊媲美的刊物。《南金》曾被称为"北方唯一最优美之文艺月刊"。小小的32开本杂志能赢得这么多的赞誉,自然与其纸质、装帧的精美分不开。其次,该刊重视撰稿人的建设,网罗了当时的南北名家做撰述。这使得它的稿件来源、质量得到了保证。它的特约撰述有周瘦鹃、冯小隐、冯武越、何心冷、齐如山、徐凌霄、王小隐、张慧剑、陈蝶仙、严独鹤、张謬子。周瘦鹃、严独鹤加盟北派通俗文学期刊的建设可能始自《南金》。由于他们的加盟,《南金》上便有了南派作家的作品,比如《南金》曾载有张秋虫的《灵药记》。这是南北通俗文学作家较早的一次联合办刊行为。

就从上面两点看,似乎《南金》不应过早夭折。但《南金》有致命的缺点。从刊物编辑、撰述人到刊物内容作一考察就可知,《南金》是一个名流办的,办给名流们看的刊物。这种特点决定了它在以市民为期刊主要读者的商业化时代只能是昙花一现。名流们本来想把"公诸同好"的东西让天下人分享的愿望只能是其一厢情愿而已。

30年代的北方都市读者被小报搞得眼花缭乱,已无心旁顾通俗期刊。

这样,《南金》被抛弃后,便很少有通俗文学期刊再引人注意了。

第三节 办刊潮走向鼎盛

——《三六九画报》、《立言画刊》、《吾友》、《新民报半月刊》

北派通俗期刊的发展在经历了30年代初的萧条,在平津沦陷日寇的时代巨变后,在1939年随着《三六九画报》在北平的创刊奇迹般地进入了它的繁荣期,直到抗战结束。在这一时期模仿《三六九画报》或与它办刊特色相近的刊物有《立言画刊》、《新民报半月刊》、《吾友》等。办刊在当时成为一股热潮。

这股热潮的出现,有它具体的时代原因。30年代末平津沦陷后,平津地区从中国的政治中心变为中国时代生活的边缘区域。平津地区进入沉闷的沦陷期。这一巨变改变了处在平津地区的人民的生活。异族入侵带来的军事、经济、文化压迫使人们深受亡国之痛,但又无力改变现实,只好隐忍苟活。在沦陷初期,平津各大报刊大都停刊,文化市场骤然清寂。这种景况到抗战进入相持阶段后有所改观。日军不能迅速灭亡中国,便在其占领区内推行文化渗透,在建设"大东亚共荣圈"的幌子下,极力营造"王道乐土"的升平景象。这样,日方除对明显有反日言论和隐喻现实的进步书刊报纸严加查禁外,对"不关国事"的娱乐性报刊的经营有所宽容。同时,沦陷区人民在长期的苦闷生活后,有借书刊娱乐以排遣愁日的阅读需求。这种需求在长期与中国内地人民生活阻隔后,在强烈地企盼"王师"北上而又茫然地陷入失望和无奈后,逐渐形成一种需要消遣的巨大的社会情绪。社会情绪在逐渐膨胀后便要寻找释放的渠道。在这种时代环境下,《三六九画报》的出现便成为能被日方宽容的,沦陷区大众的排遣生活、释放情绪的渠道。与《三六九画报》同时代的济南《大风月刊》是一本受新文学影响的期刊。虽然它同《三六九画报》不同,但它的"文化圈通讯"栏目曾客观地报道过当年《三六九画报》的风行情况。据该刊通讯称"北京趣味综合杂志《三六九画报》自改为周刊后,仍畅销,……每期新刊出版后即售一空"[1]。《三六九画报》作为一份销行很广的刊物,在40年代初被广泛接受,不仅体现在被广大读者认同接受,更表现为它成为经典刊物受到了当地文化界同仁的称许,进而引起

---

〔1〕《大风月刊》第24期(1944年4月)。

一股模仿《三六九画报》的办刊热潮。

《三六九画报》非“报”,而是一份16开的娱乐性综合杂志。1939年间创刊,抗战结束时停刊。它由朱书坤编辑,北平进化社印行。

《三六九画报》是北派通俗文学期刊史上第一份内容丰富的综合性刊物。《三六九画报》每期约30余页,内容主要有国际时事、社会新闻、文艺、戏剧、小说各项。每项内容都很丰富,但篇幅都比较适中。这些内容可满足不同层次的读者的不同阅读需求。这是刊物畅销的根本原因。《三六九画报》还是北派文学期刊史上第一份戏剧占很大篇幅的综合杂志。戏剧内容主要是戏剧新闻、戏评、伶人生活介绍等相关的文章。例如它的1卷3期的“要目”:

唱戏难…………马连良
宁武关…………翁偶虹
灌音的常识……王桂宇
黏吉了…………蓉　厂
揽秀杂缀………子　羽
论音乐…………楠
财迷小姐………节
蘑菇信箱………陈　公
戏剧新闻·童伶秘闻
电影·话剧·艺术

内容几乎都是谈戏论剧,由此“要目”可知戏剧在该刊的地位。戏剧内容能在一个刊物中大量地存在,这在北派期刊上是首次。《三六九画报》开北派戏剧刊物之滥觞。戏剧内容进入综合性刊物是该刊适应地域特色和时代氛围的务实之举。因为平津一带是京剧、大鼓、相声等传统曲艺有较广泛的接受者的地区。《三六九画报》此举使它同时代、同一般平民更接近了,因而它的畅销便顺理成章。《三六九画报》是北派通俗文学期刊史上第一份真正适应市场的综合杂志。其编辑很会经营刊物。其刊物封面不再沿用北派期刊老一套的做法,去用漫画、名人题字装点门面,而是直接排印时下名伶、明星的照片,借名人效应为自己的刊物做广告。这样做,杂志世俗化的商业色彩浓厚了,然而它更贴近了当日的社会生活,满足了一般读者的阅读期待。其刊物的尾部，特别是封三，一般都安排时下章回小说名家的通俗小说。刘云若《云霞出海记》、《紫陌红尘》、《江湖红豆记》就在该刊连载。此前刘氏小说一般在报纸上被推出。此时的刘云若已是章回小说名家，描写都市曲折绮丽的传奇故事已驾轻就熟。《三六九画报》刊登较多的是耿小的的小说，如《世路风波》、《爱火心风》、《流水行云》、《时代侠客》、《鸾飞凤舞》等。耿小的善把平凡都市生活中热闹滑稽的场景夸张地点染出来，在点染中深藏作者的嘲讽，让人在平凡官场、情场的纷纭人事逐个谢幕后，横生人生的荒唐与悲凉之感。《三六九画报》在推出大家的作品时，也登载了许吟秋的《枫林情侠》、忆风楼主的《双岛侠踪》等武侠小说。章回小说，尤其是名家章回小说的集中引入，和编排上的苦心安排，使该刊的别于戏剧内容的这一优势得以充分体现。而这一招儿恰又满足了当时一般市民借通俗小说消遣的需求。此外，为适应商业时代的需求，刊物中时常排印一些商业广告。这使得刊物内容更加多样，也使得刊物更适宜在商业社会生存。

40年代初，平津一带的通俗期刊热潮随着《三六九画报》的热销不断扩展。在这次热潮中出现的重要刊物大都从《三六九画报》那里学到了办刊技术。

《立言画刊》大约在1942年至1945年间存在，具体创刊、停刊时间不详。它的开本同《三六九画报》相同，用纸亦相同，大约出版100余期。《立言画刊》被时人称为“小型的以小市民阶层为读者对象的综合刊物”，“完全十足的戏剧刊物”[1]。《立言画刊》的内容编排与《三六九画报》相似。其“画”，不外名伶、票友的画片；主要是章回小说、漫画。

《立言画刊》是北派通俗小说家发表小说的主阵地之一。该刊曾刊载还珠楼主的《边塞英雄谱》、白羽的《大泽龙蛇传》、陈慎言的《新型家庭》及徐春羽、许吟秋等人的小说。

《吾友》同《立言画刊》一样也是模仿《三六九画报》问世的。该刊为三日刊，内容是时事和文艺的混合体，1940年12月创刊，1945年6月停刊。

《新民报半月刊》由新民报社主办，是比较注重政论与文艺的介乎雅俗之间的综合杂志。该刊出现在40年代，具体创、停刊时间不详。它也连载长篇小说。刘云若的《冰弦弹月记》就是在该刊上连载的。

40年代北派通俗期刊热潮与其时的通俗小说创作热潮在40年代的最

〔1〕 楚天阔：《一年来的北京出版界》，《大风月刊》第8期（1943年1月）。

初几年互为原因、互相促进,使北派通俗文学在沦陷区得到极大发展,硕果累累。40年代的北方沦陷区是还珠楼主、郑证因、白羽、徐春羽、刘云若、耿小的这些人物施展才华的天下。他们的卖文生涯与40年代紧紧联系在一起。

第四节　热潮边缘的星火

——《新唐风》、《麒麟》

40年代初出现的办刊热潮不仅冲击了平津一带,也影响了太原、长春等地。那些地方的通俗文学期刊也曾在热潮的边缘发出它们的"光亮"。在这些"光亮"中最为耀眼的大概是《新唐风》和《麒麟》。

《新唐风》是民国31年(1942年)间出现的一个综合性刊物,由太原新唐风社出版。它也像《三六九画报》一样注意封面设计,也连载通俗小说。但由于地理等原因,它的稿件内容比较单薄,没有什么大家的作品作支撑。但从刊物内容到形式可以发现它受《三六九画报》等平津一带的通俗文学刊物影响比较明显。该刊曾连载郑雨魂的社会小说《春风秋雨》。该小说是章回小说,写上海一银行小职员汪光直携巨款去京,途遇窃贼胡莉金,被迷惑,东抵天津,与胡春风一度,巨款与美梦俱失,乃思寻死而引发的曲折故事。小说的用语、题材、意蕴等都与当时平津一带报刊上登载的小说有师承、影响关系。

《新唐风》的简单模仿表明了在山西境内的通俗期刊也在那股热潮下寻找着自己的期刊形象和期刊语言。类似的这种寻找"形象"、"语言"的模仿活动在东北一带也在展开。所不同的是它们在寻找"形象"、"语言"的同时,逐渐在形成自己的较独特的"形象"和"语言"。

《麒麟》为综合性刊物,创刊于1941年6月,终刊于1945年,共刊出42期。大32开本,每期100多页,40年代初在东北有一定影响。该刊物编辑为赵孟源,由长春满洲杂志社印行。该刊物是伪满洲国时期的产物,每期所标的出版日期均有"康德×年"的字样。[1]

《麒麟》内容庞杂,雅俗兼收,充分体现了40年代新旧思想并存的时代特点。该刊有现代诗、译作,亦有幽默小品、通俗小说。各种风格的文字在

〔1〕 关于《麒麟》杂志的研究,可参见刘晓丽著《异态时空中的精神世界——伪满洲国文学研究》,华东师范大学出版社2008年9月版。

此并存。《麒麟》的商业性办刊技术与《三六九画报》相同。在该刊物的封面照例有“封面小姐”,刊物中不时有化妆品等商业广告,亦间或有漫画、摄影作品,此外它也同时连载几部通俗小说。这些都表明它同平津一带的通俗期刊在办刊上有一脉相承处。

《麒麟》还有些伪满时期的色彩,比如刊物中有《日语讲座》栏目,其新闻报道中多有“康德”、“我国”字样。该刊中还报道了“满洲新文学十年大系”的出版情况,为后人研究伪满时期的文学活动提供了研究线索。这些都是《麒麟》所特有的。

《麒麟》虽然有借鉴《三六九画报》等关内通俗刊物的迹象,但它比《三六九画报》等更像现代期刊。它的开本比《三六九画报》小,页数却几乎是《三六九画报》的三倍。这体现了现代刊物内容丰富、便于携带的特点。通俗小说在刊物中的位置已不像《三六九画报》等那样,故意把这些小说放在刊物末尾,而是按照栏目的属性,随机地排在刊物中。这体现了编辑雅俗俱重,不为突出个别小说而伤害整个刊物编辑体例的办刊作风。而这作风正是办现代刊物所要求的。《麒麟》登载通俗小说,还有另外的特色。它所载小说的篇幅比《三六九画报》等要大得多,且小说配有插图,每期连载部分前有上期的内容梗概。这种做法同现今办刊方法是基本一致的。这种做法是真正把读者摆到主体地位后才可能出现的。插图体现了在刊物内对个别栏目的包装意识;故事梗概体现了帮助读者参与本期阅读的导读意识;大篇幅连载小说则既可使小说内容在一期内相对完整地呈现出来,又便于读者尽情阅读,而不像《三六九画报》的小说文字那样篇幅过小,让读者阅读活动呈若干断片,如有几期漏过就很难获得完整的印象。这些都说明《麒麟》的办刊思想比《三六九画报》现代。这也即该刊更像现代期刊的深层原因。

《麒麟》上连载过白羽的《摩云手》、刘云若的《回风舞柳记》;同时,也刊载了儒丐、亚岚等关外通俗作家的小说。据第 12 期《麒麟》上《摩云手》的广告语称:白羽的武侠小说,平津人士及满洲读者早极端欢迎。由此可知关外的通俗小说读者很注意平津一带的通俗小说。当时伪满洲国与平津沦陷区同在日本人统治之下,这些期刊及小说信息在这两个地区间的传播还比较通畅。因此,平津的通俗作家才很快被关外读者知晓。这使得北派通俗小说的影响范围变得更广阔。

《新唐风》、《麒麟》是在北派通俗期刊热潮边缘的“星火”。它们的存在表明北派通俗期刊在北方达到极盛。它们与平津一带的期刊一起使通俗小说在北方的影响越来越大。

第五节　历史的延续与终结
——《一四七画报》、《红蓝白周报》、《星期六画报》

经过抗战胜利的短暂间隙,随着国民党接收大员在各地恢复抗战前的社会秩序,随着平津各大报的复刊,一份通俗杂志悄然在1946年1月出现了。这便是在北平创刊的《一四七画报》。随着1946年后国共决战,中国这片烽烟刚散的土地又一次被笼罩在战争的阴云中。人们重又恢复了抗战时的那种沉闷、惶恐的生活状态,这在平津一带更为明显。当《星期六画报》、《红蓝白周报》等一批杂志纷纷紧随《一四七画报》出现后,通俗期刊同行们开始惊讶于《一四七画报》主办者对时局的预见和对通俗文学期刊继续生存的自信以及率先在世相不明的情况下作出办刊决定的勇气。动荡时代里的都市平民无论在什么时期都潜含着寻求消遣、转移情绪、释放积郁的欲望。这似乎是人的天性。《一四七画报》的编辑对市民的这一欲望非常了解,在这批都市平民将要怀念《三六九画报》等伴随他们度过抗战八年的通俗刊物时,适时地推出了《一四七画报》,且用"一四七"作刊物名称,唤醒了他们对《三六九画报》等刊物的怀念,并因此滋生了翻阅《一四七画报》,借它来继续他们的阅读的欲求。虽然《一四七画报》的刊名、开本、出版期、内容均与《三六九画报》相似,但在40年代的最后几年它的位置已然从它率先作出办刊选择起变得稳固、坚实。《一四七画报》重走《三六九画报》的路子,能在短短三年里成为北派通俗文学期刊的又一热点,这是特殊时代的特殊事件。然而这特殊事件的中心环节又是极平常的。

《一四七画报》也是一份综合性刊物,逢1、4、7日出版。它的办刊方针、编辑技术与《三六九画报》相同,都是着重趣味、消遣,稿件安排上突出通俗小说和有关戏剧的文字。

《一四七画报》上连载过的通俗小说主要有郑证因的《鹰爪王》、《铁狮王》,刘云若的《粉墨筝琶》,白羽的《狮林三鸟》,徐春羽的《碧血鸳鸯》,李薰风的《鸾凤双飞》等。以上诸人都为北派健将,《一四七画报》有他们的稿件支持,便不愁没有读者了,因为40年代中末期正是以上几位在平津走红的时节。

《一四七画报》还有不少具有史料价值的有关北派作家生平及言论等方

面的文章。如该刊上曾有文章《徐春羽是个郎中》，介绍了笔名为“老京油子”的徐春羽的一些个人生活情况。此外，还登有白羽的《自白》。这篇文章是研究白羽生平的珍贵资料。《一四七画报》第5卷12期上载有王小鱼的文章《王小隐惨逝记》，亦是一篇具有史料价值的小文献。王小隐为30年代平津报界名人，提携了吴秋尘、刘云若等一批后来成为通俗报纸名编辑、通俗小说大家的青年。他在北派中的位置类似南派中的包天笑，可算是个盟主式的人物，虽然他只编报刊，未创作出什么有名的通俗小说。对北派的发展，他是有大贡献的，惜乎一直没有人对他的贡献作正面评价。王小鱼在文章中讲“他将自己挂起来，离开了人世”。这是极少见的对王小隐自杀的描述文章。《一四七画报》也常登一些读者来信，有些信颇具研究价值。比如该刊第8卷5期曾登读者“式瑜”给该报的信，信中主要讲“刘云若可以比美蒲松龄”。这是研究刘云若，给刘云若定位的极好的参考资料。

《一四七画报》虽为通俗刊物，但它也登载过臧克家、田汉、谢冰莹等人的作品。这体现了它的兼容性。

紧随《一四七画报》出现的刊物有创刊于1946年9月的《红蓝白周报》。该刊名为周报，实则为一小型刊物。它为周刊，8开本，北平红蓝白周报社出版。它的停刊期不详。该刊也是一综合性刊物，内容有新诗、短篇小说、漫画、戏曲文章及通俗小说等。虽然刊物内容包容新旧派文章，但其主旨是重在消遣。它的用纸粗糙、缺乏装帧。该刊登载过徐凌霄的戏剧文章，并连载了徐春羽的武侠长篇《无双谱》。整体而言，它的内容较单薄，影响远不及《一四七画报》。

这里还要提一下创、停刊时间不详，大约在1946年至1949年间存在的另一大型通俗期刊《星期六画报》。

《星期六画报》，16开本，天津星期六画报社出版。该刊实际上是《一四七画报》在天津的翻版，同属《三六九画报》影响下的通俗刊物。该刊的办刊行为是《三六九画报》、《一四七画报》的程式化操作在天津的继续。

作为娱乐性综合刊物，它的主要内容除新闻、戏剧、电影方面的文章外，集中推出平津两地通俗小说家的作品，有时一期内同时推出三四部小说，小说品类从社会、言情到武侠、历史，非常齐全。在该刊上连载过的小说有刘云若的《水佩风裳》，郑证因的《铁佛尘》，耿小的的《桃花蕊》，李薰风的《如此电台》、《天马鸣銮》，何怪石的《红袖青衫》，刘菊禅的《梨园逸史》等。

通俗小说名家刘云若曾做过该刊“鲜花庄”的栏目主编。在“鲜花庄”一栏下,他写过散文《半生长是乱离身》,叙述其浮世苦辛。

《星期六画报》每周六出版,适应了都市人们消遣的需求,但商业化的气氛太浓重。其刊物封面开始常为明星照,到后来随着当时内战的加剧,索性登起国民党政要的照片来吸引读者。此外,充斥在各个角落,尤其是封二、封三、封底的全是商业广告。《三六九画报》的办刊经典做法演化至此已然只剩下了框架。北派通俗期刊在以《星期六画报》为代表的放任的程式化操作下已然透露出了衰败的气息。

北派通俗期刊从民初小开本、劣纸质的《新民小说报》开始,一路艰辛,一度萧条,到1939年《三六九画报》出现,终于掀起了它的高潮。它在高潮期推出了刘云若、白羽、郑证因等一批北派通俗小说名家,满足了当时平津一带读者的阅读需求,对当时的社会,对北派通俗小说的繁荣是有大贡献的。《三六九画报》成了经典,经典的演化渐成程式。《一四七画报》、《星期六画报》等都是在继续它的程式化操作。使这批已露衰亡模样的期刊停止程式化运作的是当年解放平津的战火。这次战火散去后出现的世界已非抗战胜利后的那个世界了。这次,它们别无选择。在1949年,北派通俗文学期刊彻底走向终结。

第八编

大事记编

芮和师 撰

大事记编

1840 年（道光二十年　庚子）

鸦片战争爆发，至 1842 年中英签订《南京条约》。

本年刊行的作品有：

最早的皮黄文学剧本《极乐世界传奇》，8 卷，署名观剧道人（又署隋园主人）编撰；

《伊索寓言》中译本《意拾喻言》，在《广东报》发表，署名蒙昧先生著，门人懒惰生编译。

1841 年（道光二十一年　辛丑）

李桂玉等人著长篇弹词《榴花梦》约成于本年前，共 360 卷，4 838 000 字，为弹词及古代小说中最长的作品。李桂玉，生活于道光（1821—1850）年间。

1842 年（道光二十二年　壬寅）

本年刊行的作品有：

黄瀚（趣园野史）撰《白鱼亭》60 回；

涂瀛（读花人）撰《红楼梦论赞》1 卷。

1843 年（道光二十三年　癸卯）

英国传教士在上海创办墨海书馆印书所，是外国人在中国开设的第一家印刷工厂。

本年刊行的作品有：

《红楼幻梦》，24 回，题“花月痴人”著。

1844 年(道光二十四年　甲辰)

11 月,杨静亭《都门纪略》刻成,是为最早之北京旅游手册。

1846 年(道光二十六年　丙午)

陈森(51 岁)写成长篇小说《品花宝鉴》60 回。《品花宝鉴》又名《燕京评花录》、《怡情佚史》。陈森(约为 1796—1870),江苏武进人。又著有《梅花梦传奇》等。

王韬(19 岁)自本年起,将其梦中所历之境,经渲染穿插成文,至 22 岁,成《华胥实录》,并作序记其成因。

1848 年(道光二十八年　戊申)

洪仁玕(27 岁)写成《太平天日》。

黄遵宪生,1905 年卒,字公度,广东嘉应人(今梅州市)。先后任驻日、英参赞,驻美国、新加坡总领事,后参与维新变法,作品有《人境庐诗草》、《日本杂事诗》等。

本年刊行和成书的作品有:

《大汉三合明珠宝剑全传》,42 回,经纶堂刊本行世,无名氏撰;

《风月梦》,32 回,卷首有本年"邗上蒙人"自序。

1849 年(道光二十九年　己酉)

王韬(22 岁)只身离家去上海,在英国传教士麦都思所国办之墨海书馆译书。积诗数百首,编为《蘅华馆诗录》披露于世,并在《自序》中批评当时的不良诗风。

陈森著《品花宝鉴》60 回本刊刻行世。

文康著侠义小说《儿女英雄传》,又名《儿女英雄评话》、《金玉缘》,又曾名《日下新书》、《正法眼藏五十三参》,53 回。1878 年刊行,删存 41 回,署"燕北闲人"著。小说男女主人公安骥、何玉凤(十三妹)、张金凤是作者心目中的儿女英雄,即忠臣孝子。全书采取评话形式,运用北京口语。文康,生卒年未详。姓费莫,字铁仙,满族镶红旗人。

俞万春卒。生于 1794 年,字仲华,浙江山阴(今绍兴市)人。出身诸生,曾随其父宦游粤东。1831—1832 年间,参与镇压湘西瑶族以赵金农为首的农民起义。著有小说《荡寇志》。

1850 年(道光三十年　庚戌)

长篇弹词《再生缘》80 回本刊行。《再生缘》,乾隆年间女作家陈端生原作 68 回,道光间侯芝改定,后 12 回由女作家梁德绳续成。

1851 年(咸丰元年　辛亥)

洪秀全领导农民金田起义,建号"太平天国"。

9 月 12 日,咸丰帝谕军机大臣等查禁《水浒传》。

1852 年(咸丰二年　壬子)

4 月 19 日,咸丰帝发布严禁演戏的谕旨。

林纾生于福建闽县一商人家,1924 年卒。

本年刊行的作品有:

洪秀全的《原道救世歌》、《原道醒世训》、《原道觉世训》合刻刊行,名曰《太平诏书》。

1853 年(咸丰三年　癸丑)

太平天国定都南京。

俞万春所著旨在"尊王灭寇"的长篇小说《荡寇志》,又名《结水浒传》,70 回,自 1826 年动笔,1847 年完成,1851 年经其子龙光修订润色,本年由徐佩珂于南京刊印初版本。

本年为太平天国三年,短篇小说《起事来历真传》刊印行世。内容写太平天国起事的历史,说明起事的意义。作者姓曾,名不详。

1854 年(咸丰四年　甲寅)

洪秀全依照拜上帝教的教义编写的儿童蒙学课本《千字诏》颁布刊行。

严复出生于一个破落的士大夫家中,1921 年卒。

1856 年(咸丰六年　丙辰)

韩邦庆生,1894 年卒。著有吴语小说《海上花列传》行世。

1857 年(咸丰七年　丁巳)

邱心如长篇弹词《笔生花》刊行,32 回。

刘鹗生,1909 年卒。字铁云,江苏丹徒人。1888 年治黄有功,主张筑路开矿,兴办实业。曾选印《铁云藏龟》、《铁云藏匋》、《铁云泥封》,对古代学术有重大贡献。八国联军入侵北京时,曾赴京办理平粜,从俄军手中购得国家粮仓大米,解决粮荒,后即以此受仇家陷害,流戍西北,死于乌鲁木齐戍所。1903 年著《老残游记》20 回,署洪都百炼生。此后又续作 14 回,现残存 9 回。

1858 年(咸丰八年　戊午)

英法联军攻入广东。

魏秀仁(子安)写成长篇狭邪小说《花月痕》,又名《花月痕全书》、《花月姻缘》、《花月痕全传》,16 卷 52 回,署"眠鹤主人"。作者慨叹人生富贵功名。后于同治初年修改定稿,光绪十四年(1888)刊行,为第一部以妓女为主要人物的长篇狭邪小说。

康有为生。

汪笑侬生,近代著名京剧改革家,著名演员。

1860 年(咸丰十年　庚申)

英法联军侵入北京,焚毁圆明园,迫使清政府签订《北京条约》。

6 月 2 日,太平军攻占苏州,焚毁《荡寇志》书版。

余治(52 岁)编成新作皮黄戏曲《庶几堂今乐》40 种,并作自序。

1863 年(同治二年　癸亥)

孙家振生,字玉声,别署海上漱石生、漱石氏、退醒庐主人、警梦痴仙、江南烟雨客、玉玲珑馆主、上海人,曾入《新闻报》、《申报》、《舆论时事报》任编辑,自刊《采风报》、《笑林报》、《新世界》、《大世界》等报多种。1903 年刊印所著《海上繁华梦》初、二集各 30 回,1906 年刊印后集 40 回。两年后由商务印书馆刊行 100 回全本。此后还有一批武侠小说,如《一线天》(1926 年版)、《飞仙剑侠大观》(1934 年版)、《嵩山拳手》、《金钟罩》(1935 年版)等。1939 年卒。

《绣像双珠凤全传》弹词12卷80回，由净雅书屋刊行，海上一叶道人本年题序，不署撰人。

1866年（同治五年　丙寅）

黄人生，1913年卒，原名振元，字慕韩，又字摩西，号野蛮，江苏昭文县（今常熟市）人，文学家、批评家。为东吴大学教授，参加南社。著有《中国文学史》、《摩西词》、《蛮语摭残》、《小说评林》、《小说林发刊词》（1907年）等，译有《银女王》等。

5月29日，吴沃尧生，1910年卒。又名宝震，字小允，号茧人，一作趼人，别署茧阁或趼，又署迪斋。祖籍广东南海佛山镇（今佛山市），又以我佛山人自号。先后创办《字林沪报》附刊及《采风报》、《奇新报》、《寓言报》，曾在《汉口日报》工作，并曾在美商英文《楚报》中文版工作。其后，主编《月月小说》。所著有30余种，以《二十年目睹之怪现状》等长篇，《黑籍冤魂》等短篇最知名。

1867年（同治六年　丁卯）

李宝嘉生于山东，1906年卒。又名宝凯，字伯元，别号南亭亭长，笔名游戏主人、讴歌变俗人等，江苏武进人。曾编撰《指南报》、《游戏报》、《世界繁华报》，曾著《官场现形记》、《文明小史》、《庚子国变弹词》、《活地狱》等10多种。1903年曾为商务印书馆主编《绣像小说》半月刊。

张鸿生（一说1866年生），1941年卒。初名张澂，字师曾、诵堂，别署隐南、映南、璠隐，晚年号蛮公，又号燕谷老人，江苏常熟人。与曾朴好友，曾在曾朴鼓励下写《续孽海花》。

1868年（同治七年　戊辰）

4月10日，清政府发布禁毁传奇通谕（《大清穆宗毅皇帝圣训》卷十《圣治》三）。江苏巡抚丁日昌于5月7日、13日两次发出禁毁小说、戏曲的"通饬"，所禁书目达269种。这是1844年（道光二十四年）以后清廷第二次大规模禁书。书目有：

《龙图公案》、《水浒》、《红楼梦》、《金瓶梅》、《品花宝鉴》、《灯草和尚》、《笑林广记》、《拍案称奇》、《清风闸》、《今古奇观》、《解人颐》、《子不语》、《夜航船》、《巫山十二峰》、《绿野仙踪》、《隔帘花影》、《情史》、《国色天香》、《绿牡

丹》、《同枕眠》、《十二楼》等等。(此前顺治、康熙、乾隆、嘉庆年间均有查禁)

黄遵宪(21岁)在《杂感》诗中第一次提出了“我手写我口”的主张,要求诗歌创作口语化,语言与文字一致,反对拟古主义倾向,是为后来的维新派“诗界革命”、“文体革命”创作理论的先声。

1870年(同治九年　庚午)

《俗话倾谈》1集2卷11则、2集2卷7则,本年在广东坊刊行世。邹彬儒撰。题“博陵纪棠氏评辑”。

陈森卒。

1871年(同治十年　辛未)

7月25日,清政府重又发布禁毁小说书板通谕(见《大清穆宗毅皇帝圣训》卷十《圣治》三)。

石玉昆卒,约生于1810年,字振之,天津人,咸丰同治间著名说书人。其《龙图公案》经后人删去唱词,修改文字成《三侠五义》。

1872年(同治十一年　壬申)

4月30日,英商美查(Ernest Major)在上海创办《申报》。

11月11日,我国最早的专业文学刊物《瀛寰琐记》创刊于上海,由申报馆刊行。创刊号载有蠡勺居士所撰之《瀛寰琐记叙》,述及该刊之编辑意图。刊行28期,至1875年元月停刊,更名为《四溟琐记》,发行12期。至1876年2月,又改名为《寰宇琐记》,刊行12期而终。

曾朴生,1935年卒。初字太朴,后改字孟朴,笔名东亚病夫,江苏常熟人。1904年,与人在上海创立小说林书社,提倡译著小说,写有长篇小说《孽海花》,此外还写自传体小说《鲁男子》第一部《恋》。翻译作品有《九三年》、《夫人学堂》、《莫里哀》等。1927年与其子曾虚白在上海开设真美善书店,创办《真美善》杂志。

张春帆生,1935年卒。名炎,别署漱六山房,江苏武进人。受《海上花列传》、《海上繁华梦》影响,著有《九尾龟》,原拟写30集,每集16回。1906—1910年由上海点石斋印行12集,192回。1925年《上海画报》创刊,又在该刊连载《续九尾龟》12集,192回。另有《黑狱》、《政海》等小说多种。

弹词《十五贯》8集16卷16回,本年以废闲堂刊本行世,署鸳湖逸史撰，首有同治丁卯(1867年)自序。

黄小配生，1913年卒。1912年出任广东民团局局长，被陈炯明杀害。字世仲，笔名黄嫡裔，广东番禺人。著有《洪秀全演义》、《大马扁》、《宦海升沉录》(又名《袁世凯》)、《廿年繁华梦》等。

1873年(同治十二年　癸酉)

梁启超生于广东新会县。

蠡勺居士所译的《昕夕闲谈》开始在《瀛寰琐记》上连载(1873年1月第3期—1875年1月第28期)。蠡勺居士的《昕夕闲谈·小叙》同时发表。1904年，《昕夕闲谈》重译并单独刊行，署"吴县藜床卧读生"。

艾小梅在汉口创办《昭文新报》，是为国人较早创办的综合性报纸，"以奇闻轶事、诗词、杂作为主"。

1874年(同治十三年　甲戌)

李涵秋生，1923年卒。字应璋，别署沁香阁主人、韵花馆主，江苏扬州人。著有长篇小说《广陵潮》(原名《过渡镜》)、《侠凤奇缘》、《战地莺花录》、《魅镜》、《怪家庭》、《好青年》等，曾主编《小时报》、《小说时报》。

王钟声约于本年生，1911年卒，改编演出过《官场现形记》、《宦海潮》以及《黑奴吁天录》等。

魏秀仁卒，1819年生。著有《花月痕》(小说)、《咄咄录》、《陔南山馆诗话》等。

1875年(光绪元年　乙亥)

髦儿戏在本年前后出现，这是继女弹词出现之后的一种全部由青少年女演员演出的戏班，活跃在上海及江浙一带，以演出京戏和昆剧为主。与之同时，由女演员演唱的莲花落亦重新繁荣。

我国最早的儿童画报《小孩月报》由美国长老会教士范约翰在上海编辑出版，上海清心书馆刊行。民国4年(1915年)始更名为《开风报》，出5期而止。

包天笑生，1973年卒。名公毅，字朗孙，别署拈花，江苏苏州人。1911年主编《妇女时报》月刊，1915年主编《小说大观》季刊，1917年主编《小说画报》月刊，1922年主编《星期》周刊及青社刊物《长青》。著有长篇小说《上海春秋》、《留芳记》，并续写毕倚虹《人间地狱》20 回，短篇小说多篇。另曾主编几种报纸，译述若干小说如《馨儿就学记》、《迦因小传》等。

许指严生，1925 年卒。江苏武进人。名国英，字志毅，别署砚耕庐主、弹花阁主，善写掌故小说，有《南巡秘记》、《古今艳史大观》、《三海秘录》等。

1876 年（光绪二年　丙子）

3 月，我国最早的白话报《民报》出刊，这是《申报》专为民间增出的二日刊。

冬，文学月刊《侯鲭新录》在上海创刊。沈饱山编，上海机器印书局刊行，体例与《瀛寰琐记》相同。

陆士谔生，1944 年卒。名守光，又名云翔，笔名沁梅子，江苏青浦人。上海名中医。著有《鬼国史》、《新三国》、《新水浒》、《新上海》、《新野叟曝言》、《官场怪现状》、《三剑客》、《白侠》、《红侠》、《黑侠》、《八大剑侠》、《血滴子》、《北派剑侠全书》、《南派剑侠全书》、《古今百侠英雄传》等等。曾在曾朴《孽海花》发表至 25 回中断时，续写至 62 回，成就逊于曾氏原著。

1877 年（光绪三年　丁丑）

蔡东藩生，著名历史小说家，名郕，浙江萧山人，1945 年卒。清末以优贡生朝考入选，调江西以知县候补，旋即称病归里。1916 年撰写《清史通俗演义》，由会文堂书局出版，从此又陆续写了《元史通俗演义》、《明史通俗演义》、《民国通俗演义》、《宋史通俗演义》、《唐史通俗演义》、《五代史通俗演义》、《南北史通俗演义》、《两晋通俗演义》、《前后汉通俗演义》，以上总名《历朝通俗演义》，共计 500 余万字。又著有《西太后通俗演义》。

1878 年（光绪四年　戊寅）

黄遵宪在驻日参赞任内，与日本学者广泛交往，因语言不通，而日本学者多能汉文，因此双方常作笔谈。后源桂阁将笔谈纸片装裱成册。这就是后来早稻田大学东洋文学研究会出版的《黄遵宪与日本友人笔谈遗稿》。黄遵宪还以诗稿一卷赠龟谷子臧，请他作序，并请源桂阁改润。又以《红楼梦》赠日本友人，日友人亦向黄介绍日本小说《源氏物语》，认为它的作意与《红楼梦》相似（《黄遵宪与日本友人笔谈遗稿》）。还与日本友人谈论诗风，龟谷子臧表示希望得到黄帮助，“一振颓风，以扶大雅”。

恽铁樵生，1935 年卒。名树珏，别号冷风、焦木、黄山民，江苏武进人。商务印书馆《小说月报》第 3—9 卷的主编。译有英国却而司佳维的《豆蔻葩》、《黑衣孃》、《波痕荑因》等小说，在《小说月报》发表短篇数十篇。后改行行医。

赵焕亭约生于本年，卒年不详。原名绂章，河北玉田人。写有《英雄走国记》、《大侠殷一官轶事》、《侠骨红妆》、《鸿燕恩仇录》、《江湖侠义英雄传》、《白莲剑影记》、《奇侠精忠传》、《双剑奇侠传》、《北方奇侠传》、《惊人奇侠传》、《蓝田女侠》、《边荒大侠》等武侠小说。与向恺然（平江不肖生）被合称为"南向北赵"。

张南庄著中篇滑稽方言小说《何典》10 回，于本年刊行。张南庄生平不详。《何典》署"缠夹二先生（按，陈得仁）评，过路人编定"。

狭邪小说《青楼梦》（亦名《绮红小史》），64 回，于本年成书。作者俞达（？—1884 年），又名宗骏，字吟香，长洲（江苏苏州）人。另著有《醉红轩笔记》等。

《儿女英雄传》41 回，北京聚珍堂活字本行世。作者署"燕北闲人"。

1879 年（光绪五年　己卯）

程瞻庐生，1943 年卒。江苏苏州人。著有《茶寮小史》，发表于《小说月报》，1920 年由商务印书馆出版，正续两集，共 24 回，还有《社会写真箱》、《众醉独醒》（1925 年）、《新广陵潮》、《黑暗天堂》、《街头巷语》、《唐祝文周四杰传》（1932 年）等 30 多部小说，又著有《孝女蔡蕙弹词》、《藕丝缘弹词》等多种弹词。

陈蝶仙生，名栩，别号天虚我生，浙江钱塘人。著有《泪珠缘》、《情网蛛丝》、《满园花》、《鸳鸯血》、《郁金香》、《潇湘影》（弹词）、《桐花笺》等，译作有《杜宾侦探案》、《桑狄克侦探案》等。曾任《申报·自由谈》特约撰述。并另辟"常识"一栏，又刊印《家庭常识》单行本，宣传他监制的"蝴蝶牌"（谐音"无敌"）牙粉，以抵制日货，竟一举成功，后创办家庭工业社，并扩大为有限公司，成为沪上颇为知名的企业家。

问竹主人将《龙图耳录》修改刊行，改名《忠烈侠义传》，又名《三侠五义》，120 回，首刊于本年。此书为侠义公案小说的代表作之一。署"石玉昆述"。有光绪己卯（本年）问竹主人序和退思主人入迷道人二序。其后有《小五义》、《续小五义》各 124 回，亦由北京文光楼刊行问世，是为《三侠五义》的续书。

《词媛姓氏录》约成书于本年前后，申报馆刊行，云间不羁生撰，是记载女弹词艺人最早的专门资料。

1880年(光绪六年　庚辰)

徐卓呆生，1961年卒。原名傅霖，号筑岩，别号半梅、酱翁、卖油郎等，江苏苏州人。著有《乐》、《何必当初》、《万能术》、《卓呆小说集》、《李阿毛外传》、《浴堂里的哲学家》、《笑话三千》等。以滑稽小说著名，有"笑匠"之称。

刘鹗(24岁)去扬州第三次谒见太谷学派李龙川，同时拜从者还有毛庆藩。刘鹗在拜从时，李龙川授记"超凡入圣"。

1881年(光绪七年　辛巳)

9月25日，鲁迅诞生于浙江绍兴。

俞天愤生，1937年卒。原名承莱，字彩生，江苏常熟人。著有《薄命碑》、《镜中人》、《中国侦探谈》、《剑胆琴心录》等。短篇散见《小说日报》、《小说丛报》、《小说新报》、《红》杂志、《红玫瑰》、《礼拜六》等。

1883年(光绪九年　癸未)

秋，吴趼人离家到上海谋生，先投靠同乡江裕昌茶庄，后进江南制造局。

1884年(光绪十年　甲申)

中法战争。3月法军进攻安南、台湾，继又进犯福州马尾港、镇海海口，冯子材大败法军于镇南关。1886年6月在天津签订《中法新约》。

5月，《点石斋画报》创刊，为中国早期的石印画报。每期8幅，月出3册，12册为1辑。是附属于《申报》发行的一种石印画报，由申报馆附设的点石斋印书局出版。吴友如主持，以时事画为主，还有风俗画等。1898年停刊。

陈墨香生，1943年卒。又名敬余，号观剧道人，湖北安陆人。著有《梨园外史》(1925年初版，共12回，署作剧先生、观剧道人著；1930年又出版30回本，署吴县潘镜芙、安陆陈墨香合著)。又有《活人大戏》发表于1941年，与《梨园外史》性质类似。

王韬通过丁日昌获得李鸿章默许，回上海，任《申报》编辑主任。此后不复远游，专事著述。从本年下半年始，所著《淞隐漫录》在《申报》发行的《画报》刊载，每期一篇，配画一幅，直到1887年底才刊登完毕。

严复从是年始，在天津《直报》先后发表《论世变之亟》、《原强》、《救亡决论》、《辟韩》等，宣传"尊民叛君，尊今叛古"的思想，为维新变法造舆论。

苏曼殊生于日本横滨。生母为日本人河合若子（河合仙之妹）。苏出生未及3月，若子即跟苏父杰生脱离关系，苏父将曼殊交河合仙抚养。苏为近代著名文学家，著有《苏曼殊全集》。

俞达卒。

1885年（光绪十一年　乙酉）

刘鹗去扬州，从李龙川受学。住姑母卞氏家，挂牌行医，《老残游记》中说摇串铃作走方郎中的背景即源于此。

曾朴（13岁）经名儒潘子昭指导，研讨课艺，然私心却笃好文艺，背读名家说部及笔记杂集，从而奠定文学基础，名亦渐噪于乡里。

小说《冤狱缘》出版，8回，知非子著，修竹社石印本出版。

1886年（光绪十二年　丙戌）

著名弹词家马如飞的《马如飞先生南词小引》2卷出版，酣春楼主校刊本，收弹词86篇。

1887年（光绪十三年　丁亥）

清政府与葡萄牙签订《中葡条约》，我国丧失澳门。

刘鹗到上海，设石昌书局石印局，这是我国最早自办的石印书局。冬，刘鹗送妻归宁，自己也回淮安省亲。因书局司事偷售承印书籍，又携款潜逃，刘鹗回沪后涉讼入狱，后得妻筹款清债，方出狱，书局旋歇业。

曾朴与其二表姐丁氏相恋（据《曾朴先生年谱未定稿》）。

王韬《淞隐漫录》在《申报》发行的《画报》上连载完毕，不久由上海点石斋结集成书，由当时著名画家吴友如和田英（子琳）为之作插图，石印单行本行世。该书又名《后聊斋志异图说》或《绘画后聊斋志异》，全书12卷，共121篇。是年，王韬撰的《漫游随录》亦结集出版，3卷51篇，上海点石斋石印本。这是作者于1867年西游欧洲的游记。

叶小凤生，1946年卒。原名宗源，又名楚伧，字卓书，江苏苏州人。著有长篇《古戍寒笳记》、《如此京华》。《古戍寒笳记》1914—1915 年连载于《七襄》旬刊，1917 年出单行本，全书 46 回。《如此京华》1915 年发表于《小说大观》第 3、4 两集，1922 年出单行本，全书 32 回。

许啸天生，1946 年卒。名家恩，字泽斋，别号啸天，浙江上虞人。著有宫闱小说《清宫十三朝演义》、《明宫十六朝演义》、《唐宫二十朝演义》、《民国春秋演义》，死于车祸。

陈慎言生，1958 年卒。福建闽侯人。北京《京报》社长邵飘萍被张作霖杀害时，曾作长篇小说《断送京华记》，笔伐奉系军阀，被囚禁。30 年代，一面任《中华新报》社长兼总编辑，一面仍写小说。单行本较著名者有《如此家庭》、《故都秘录》、《断送京华记》、《说不得》、《恨海难填》、《云烟缥渺录》等。

1888 年（光绪十四年　戊子）

刘鹗在上海创设的石昌书局歇业，回淮安。3 月，刻其父子恕的遗稿《因斋诗存》。黄河在郑州决口，刘鹗以同知衔赴河南，投效吴恒轩中丞。

吴趼人仍在江南制造局供职，曾自制一小轮船，二尺许，“驶行数里外，能自往复”（李叚荣：《我佛山人传》）。后吴趼人将此事稍作改动，写进《二十年目睹之怪现状》第 29 回。

王钝根生，1950 年卒。名晦，字耕培，江苏青浦人。1911 年曾为《申报》创办副刊《自由谈》，1913 年曾与天虚我生编《游戏杂志》，1914 年曾创办《礼拜六》杂志，1922 年与刘豁公等合编《心声》杂志，1924 年创办《社会之花》杂志。

严独鹤生，1968 年卒。名桢，字子材，浙江桐乡人。署名尚有知我、槟芳馆主、老卒、晚晴等。以主编《新闻报》副刊《快活林》（后改名《新园林》）著名。又曾主编《红》杂志、《侦探世界》、《月亮》、《上海生活》、《中华》等报刊，著有长篇小说《人海梦》等。

汪仲贤生，1937 年卒。名效曾，字仲贤，别号优游，笔名陆明梅、U. U.，安徽人，自幼在上海长大。早期演文明戏及“五四”后新剧，其后写作长、短篇小说，长篇小说《歌场冶史》、《恼人春色》最有名。

魏秀仁《花月痕》（一名《花月姻缘》）和俞达《青楼梦》刊行。《花月痕》16 卷 52 回，原题“眠鹤主人编次”、“栖霞居士评阅”。《青楼梦》64 回，题“厘峰慕真山人著”、“梁溪潇湘侍者评”。文魁堂刊小本。

1889年(光绪十五年　己丑)

苏曼殊6岁,随嫡母黄氏离开日本横滨,回广东香山原籍。

李定夷生,1963年卒。字健卿,又作健青,别署墨隐庐主,江苏武进人。曾编《小说新报》、《消闲钟》。言情小说以《賈玉怨》最为轰动。另有武侠小说《僧道奇侠传》、《尘海英雄传》,侦探小说《一票五命》、《急富党》,滑稽小说《民国趣史》等。

俞樾认为《三侠五义》"狸猫换太子"事"殊涉不经",遂"援据史传,订正俗说",重撰第1回。又以虽称"三侠",实为四人,遂增小侠艾虎、黑妖狐智化、小诸葛沈仲元,共为七侠;原五鼠仍为"五义",改书名为《七侠五义》,于本年刊印,《三侠五义》与《七侠五义》两种版本遂同时流行。

徐枕亚生,1937年卒。江苏常熟人,名觉,别署泣珠生、东海三郎等。所著《玉梨魂》、《雪鸿泪史》、《枕亚浪墨》,所编《小说丛报》,影响很大。

1890年(光绪十六年　庚寅)

9月,《飞影阁画报》创刊,为吴友如主持。

曾朴由京回常熟,应县试,得案首。应府试,得第2名。10月与汪圆珊成婚。婚后赴苏州应院试。是年开始搜编诗集《未理集》,收庚寅以前诗作,但未付梓,不传。

无名氏撰《忠烈小五义传》(124回)出版,北京文光楼刊刻。次年又有《续小五义》刊行,北京文光楼刊刻,124回。

平江不肖生生,1957年卒。原名向逵,字恺然,湖南平江人。著有《留东外史》、《江湖奇侠传》、《近代侠义英雄传》等。

1891年(光绪十七年　辛卯)

刘鹗在提调官任,常亲自巡堤参加抢修。与抚幕总文案姚云松最为莫逆。曾访东昌杨氏海源阁藏书,不得见。《老残游记》第7回记有此事。

曾朴居北京父亲寓所,潜心元史、西北地理及金石考古之学。10月,曾朴扶病赴南京应乡试,中第101名举人。12月,妻产后亡故,遗女亦夭亡,曾朴撰《祭亡妻汪孺人文》、《悼珊六首》、《雪昙梦院本》4卷。

何海鸣生,1945年卒。字一雁,别署求幸福斋主人,湖南衡阳人,出生于广东九龙。长篇有《十丈京尘》、《藏春记》、《倡门红泪》等。

小说《前明正德白牡丹传》刊本行世。翁山撰，46回，上海博古斋出版。

1892年(光绪十八年　壬辰)

2月，《海上奇书》(文艺半月刊)创刊，花也怜侬(韩邦庆)自办，该刊主要发表他个人作品，申报馆代售。这是小说杂志的先河。出10期改为月刊，出15期终止。内容包括三部分：《太仙漫稿》，自撰的文言短篇小说，上图下文；《海上花列传》，自撰的吴语长篇小说，每期刊2回，共刊出30回，后出单行本为64回；《卧游集》，专录前人笔记小说，有蒲松龄、纪昀等人的作品。

春初，曾朴格于父命，参加会试，入试后故意污卷，监考官李玉舟又坚持不许换卷，曾借此题诗《试题被墨污投笔慨然题二律》，拂袖而去。是年，捐内阁中书，留京任职。曾常与洪钧交往，初识赛金花。下半年南归，返常熟故里，与沈香生订婚。是年，辑成《羌无集》，这是曾朴于辛卯壬辰(1891—1892年)间诗作合集，未付梓，不传。并撰成《补〈后汉书·艺文志〉》1卷、考证10卷。

赵苕狂生，卒年不详。名泽霖，字雨苍，亦署忆凤，浙江吴兴人。曾主编《游戏世界》、《红玫瑰》、《玫瑰》、《骆驼画报》等报刊。曾出版长篇《江湖怪侠》、《太湖女侠》，并曾续写《江湖奇侠传》54回。

毕倚虹生，1926年卒。名振达，号几庵，别署清波、婆娑生，江苏仪征人。主要著作有《人间地狱》60回，1923年逐日刊载于《申报》，至1924年结集出版。又由包天笑续作20回，共80回。《十年回首》，署春明逐客，在包天笑创办之《小说画报》逐期刊登。其他尚有《黑暗上海》、《苦恼家庭》、《极乐世界》等。

李伯元(26岁)，随其堂伯李念仔(曾任山东道员，东昌知府等职)从山东返回武进故里。在乡曾从传教士学习英文，并协助族人编修李氏宗谱。宗谱数十幅祠墓示意图，均由李伯元一手所绘。

贪梦道人(杨挹殿)著《彭公案》24卷100回，可见的最早版本为本年立本堂刊本。其后他人陆续写续集多至17集。

1893年(光绪十九年　癸巳)

11月，《新闻报》首先逐日附送画报单页。

程小青生，1977年卒。名青心，祖籍安徽安庆，生于上海。所著以《霍桑探案》享盛名。

1894年(光绪二十年　甲午)

8月,中日甲午战争爆发。明年4月,日本强迫清政府签订《马关条约》。

梁启超在京,与夏曾佑、谭嗣同等议论时政,探求救国之道,他们将中国积弱的原因归于旧学,把传统的旧诗列入"旧学"之列,提出写"新诗"(又名"新学诗")的倡议。近代的"诗界革命",即以此为发端。

周瘦鹃生,1968年卒。江苏苏州人。原名周国贤,笔名有瘦鹃、泣红、紫罗兰盦主人等。现见到的最早作品是短篇小说《落花怨》,发表在1911年6月11日《妇女时报》创刊号。很早即翻译欧美名家短篇小说,出版《欧美名家小说丛刻》3卷。曾主编复刊的《礼拜六》及《半月》、《游戏世界》、《紫罗兰》、《紫葡萄》、《新家庭》、《乐观》等杂志及个人刊物《紫兰花片》。曾先后主编《申报》副刊《自由谈》及《春秋》,周刊《儿童》、《衣食住行》。

陆澹安生,1980年卒。江苏苏州人。原名陆衍文,字澹庵、澹安。1923年曾与严独鹤、程小青等编《侦探世界》半月刊,所写侦探小说结集为《李飞探案集》。同年,并创办《金钢钻月刊》。著有《小说词语汇释》、《戏曲词语汇释》等。

姚民哀生,1938年卒。字肖尧,江苏常熟人。长篇有《山东响马传》(1923年)、《荆棘江湖》(1926年)、《四海群龙记》(1929年)、《箬帽山王》(1930年)及《江湖豪侠传》、《太湖大盗》、《秘密江湖》等。

平襟亚生,1980年卒。江苏常熟人。著小说《人海潮》、《人心大变》、《人海新潮》、《上海大观园》、《百大秘密》、《春上眉梢》、《秋翁说集》、《秋翁杂记》。创办中央书店,创办《万象》月刊。

本年刊行的作品还有:

《海上花列传》64回,石印本60回行世。1982年人民文学出版社出整理排印本。

《海上尘天影》60章,上海石印本行世。邹弢著,题"梁溪司香旧尉编"。

《绘芳录》8卷80回,石印本行世。

《续施公案》36卷100回,一名《后施公案》,坊刊本行世。

《永庆升平后传》100回,本立堂刊本行世。又有本年上海鸿文书局石印本。

《彭公案》23 卷 100 回，约是本年刊行。

1895 年（光绪二十一年　乙未）

林纾（44 岁）始译《茶花女遗事》。

冬，曾朴乘轮北上，经俞友莱介绍，入同文馆学习法文。是年，仍任内阁中书职。

张恨水生，1967 年卒。原名张心远，安徽潜山人。著有长篇小说《春明外史》（1924 年）、《金粉世家》（1927 年）、《啼笑因缘》（1930）、《太平花》（1931 年）、《欢喜冤家》（1932 年）、《燕归来》（1934 年）、《夜深沉》（1936 年）、《八十一梦》（1939 年）、《魍魉世界》（1941 年）、《纸醉金迷》（1946 年）、《五子登科》（1947 年）等。短篇小说集《弯弓集》（1932 年）、散文《水浒人物赞》（1944 年）、《山窗小品》（1945 年）及大量短论。先后编过《世界晚报》副刊《夜光》、《新民报》副刊《北海》等。

小说《台湾巾帼英雄传》，由上海书局出版发行。作者署"古盐官伴佳逸史"。

1896 年（光绪二十二年　丙申）

8 月 11 日，上海"徐村"放映"西洋影戏"。

"诗界革命"兴起。

严复翻译赫胥黎《天演论》脱稿。

李伯元到上海办《指南报》，自任编辑工作，开始文学活动。

1897 年（光绪二十三年　丁酉）

1 月 1 日—3 月 3 日，梁启超在《时务报》第 16—19 册发表《变法通议·论劝学》。作者以小说为例，提出言文一致，认为"今人出话，皆用今语，而下笔必效古言，故妇孺农氓，靡不以读书为难事"，应"专用俚语，广著群书"。

2 月 22 日，夏粹芳、鲍咸昌于上海创办商务印书馆，为我国近代出版史上最早的出版社。

同月，上海《万国公报》第 97 册（第 9 年第 1 卷）刊登"光绪廿二年十二月廿四日示：严禁翻刻新著书籍告示"。

6 月，林纾与王寿昌合译《茶花女遗事》，王口述，林笔录。问世后引起轰动。从此，林纾以古文家笔墨，成为从事翻译外国文学之先驱。计译小说达180余种。

同月24日，李伯元创办《游戏报》，这是上海出版的第一份小报。终刊于1910年，约发行5000号。1901年将《游戏报》转让，另办《上海繁华报》。

9月，《笑报》创刊，编者自题笑笑主人。内容侧重“花事”附及其他方面。

10月26日，《译书公会报》于上海创刊，译书公会主办，章炳麟、杨模主笔，其报“以广译东、西切用书籍报章为主”，译载之书有《拿破仑兵败失国记》、《中俄扬兵记》等。

同月，严复等主编的《国闻报》在天津创刊。

11月7日，章伯初等主编的《白话演义报》于上海创刊，任务为“把各种有用的书籍报册，演做白话，总期看了有益”。内容除新闻外，也有笔记小说。写鸦片战争的24回长篇小说《通商原委演义》（出单行本时改题《罂粟花》）即载于此报。

同月，《国闻报》自11月10日至1897年12月11日，刊出严复与夏穗卿合作的《本馆附印说部缘起》，署名几道、别士，长万余言，为阐明小说价值的第一篇文字。认为“稗史”以其语言文字，与口语相去甚近，虽繁言则如画之能历于脑。“且闻欧、美、东瀛，其开化之时，往往得小说之助，是以不惮辛勤，广为采辑，附纸分送……在乎使民开化……抑又闻之：有人身所作之史，有人心所构之史，而今日人心之营构，即为他日人身之所作，则小说又为正史之根矣。”

同月，吴趼人在上海创办小报《字林沪报》。后继办《采风报》、《奇新报》、《寓言报》等，至1902年止。

同月，《消闲报》创刊，本为《字林沪报》附送报纸，内容“要皆希奇开笑，艳冶娱情”。后转与《同文沪报》合作，改名《同文消闲报》。1901年又恢复原名。1903年再改为《消闲录》。

12月18日，《国闻汇编》第2册开始连载严复译述的英国赫胥黎《天演论》。

顾明道生，1944年卒。原名景程，江苏苏州人。所著以《荒江女侠》最为知名。

张恂子生，卒年不详。江苏南汇人。著长篇通俗小说20余种，如《红羊豪侠传》、《海上迷宫》、《人兽关头》、《色界天》、《隋宫春色》、《姊妹侠》、《剑珠缘》、《黑海潮》等。

苏曼殊14岁，其父家道中落，遂随其父东渡日本。

刘鹗三赴太原，筹划开矿。

连横(20岁)由上海返回台湾，任职于《台南新报》汉文部，并与友人创立“南社”。

1898年(光绪二十四年　戊戌)

光绪帝6月下“明定国是”诏书，宣布变法。9月慈禧太后再出“训政”，幽禁光绪帝，杀害谭嗣同、杨锐、杨深秀、林旭、刘光第、康广仁等6人。“百日维新”结束，史称为“戊戌政变”。29日，清政府发布捕拿康有为、梁启超的上谕。

1月，日本人创办的《闽报》在福州发行，该报为日本人第一种在华报纸。

4月，张之洞《劝学篇》行世，提出“中学为体，西学为用”。

同月5日，文艺性小报《笑笑报》在上海创刊。

5月，《采风报》创刊，我佛山人(吴趼人)、孙玉声编。创刊目的在于“风世”。1910年仍发行，何时停刊不详。

同月，前《苏报》主编邹弢在上海创办《趣报》，为趣味性的小型报纸，新闻多关花月。曾以有奖销售的办法吸引读者。

同月，裘廷梁倡办和主编的《无锡白话报》在无锡出版，5日刊。第5期起更名为《中国官音白话报》，每2期合出一册，并组织白话学会，该报为我国最早的白话刊物。

7月10日，《海上名妓四大金刚奇书》由上海书局出版，抽丝主人(吴趼人)著。书前有《弁言》。

同月24日，《女学报》旬刊，在上海创刊，中国女学会主办，康有为之女康同薇、梁启超之妻李蕙仙等主编。为我国第一份妇女报纸。内设新闻、论说、征文、告白等栏，间有插图。

8月，裘廷梁在《无锡白话报》第19—20期发表《论白话为维新之本》，明确提出“崇白话而废文言”。

9月，梁启超亡命日本，在舰中无以自遣，舰长赠以《佳人之奇遇》，梁随阅随译，后刊之于《清议报》。

夏秋间，曾朴与深通法国文学的陈季同相识，遂醉心法国文学，苦研法文。

12月23日，梁启超在《清议报》第1册发表《译印政治小说序》，认为"在昔欧洲各国变革之始，其魁儒硕学，仁人志士，往往以其身之所经历，及胸中所怀政治之议论，一寄之于小说……往往每一书出而全国之议论为之一变"。

吴绮缘生，1950年卒。江苏武进人。原名吴惜，字绮缘、起原。著有《冷红日记》，1916年小说丛报社刊单行本；《反聊斋》，1918年上海清华书局刊单行本，1934年上海大众书局重版。

文公直生，名砥，号萍水若翁，江西萍乡人。曾作《碧血丹心大侠传》，1930年出版，1933年又陆续出版第二部《碧血丹心于公传》与第三部《碧血丹心平藩传》。

本年刊行的作品还有：

严复著名译著《天演论》木刻本行世。

1899年（光绪二十五年　己亥）

山东义和团在长清一带起义，反对外国教会侵略势力。

2—3月，林纾译《巴黎茶花女遗事》由福州畏庐刊行，素隐书屋同年刊。玉情瑶怨馆1901年刊。上海文明书局1903年6月刊，1906年8月重印。该书风行一时。

7月12日，《通俗报》创刊于上海。

8月，游戏报馆分回刊印《海天鸿雪记》，《世界繁华报》1904年出版单行本。

秋，吴趼人与周桂笙相识，渐为至交。是年继续在上海主持《采风报》笔政。

曾朴守孝家居，与张鸿、徐念慈等创中西学社。并接待日本革命亡命者金井雄抵家居住，并设日文班招邑中子弟学，曾朴亦亲与习日文。常熟名士沈北山上疏劾三凶（李莲英、刚毅、荣禄），请西太后归政，曾朴亦参与其事。事败，沈被捕入狱，曾朴百般照拂。

梁启超作《夏威夷游记》，提出"诗界革命"、"文界革命"。

宫白羽生，1966年卒。原名宫竹心，原籍山东东阿，生于天津。著有《十二金钱镖》、《丰林豹变记》、《偷拳》、《联镖记》、《摩云手》、《武林争雄记》、《血涤寒光剑》、《狮林三鸟》、《毒砂掌》、《大泽龙蛇传》、《子午鸳鸯钺》、《太湖一雁》、《剑底惊螟》、《青萍剑》等武侠小说。人称北派五大家之一。

本年刊行的作品还有：

女弹词作家程蕙英撰成《新刊凤双飞全传》52 卷 52 回。瑞芝室主人序。

锦泰氏撰《绘图白蛇传后集》弹词(一名《续义妖传》,又名《续姻缘》),4 卷 16 回,七言联目,石印本刊行,有天然如意室主序。

绘图《平金川全传》(又名《年大将军平西传》)4 卷 32 回,由富文书局石印刊行,张小山撰,首有本年惜余馆主序。

《新译包探案》翻译出版,英国柯南道尔著,丁杨杜译。素隐书屋刊,文明书局 1903 年刊。收柯南道尔著《福尔摩斯探案》:(一)《英国包探访喀迭医生奇案》、(二)《英包探勘盗密约案》、(三)《记伛者复仇事》等。

《羊石园演义》,7 回,七弦河上钓叟原本,顽叟订完,笑翁撰述,广州东华日报馆排印小型线装本。此书写第二次鸦片战争中英军屡犯广州,我军民誓死保城。清廷议和派候补道莱仁向英军屈辱求和,引敌入城。英、法等国设立领事馆于广州。

《林文忠公中西战纪》,全称《绘图林文忠公中西战纪》,4 册,不题撰人,香港书局石印袖珍本。

《南朝金粉录》,4 卷 30 回,燕山逸叟编辑,珠湖居士校定,石印本。

《捉拿康梁二逆演义》,古润野道人著,石印本。

1900 年(光绪二十六年　庚子)

义和团运动形成高潮,八国联军攻入北京,次年 9 月清政府与十一国代表在北京签订《辛丑条约》。

1 月 11 日,白话文运动的另一先驱陈子褒发表《报章宜用浅说》(载《知新报》第 111 册),明确提出报纸应改用白话。

4 月 1 日,《海上文社日报》创刊,系李伯元该月创办的文学社团海上文社的机关报。

8 月,刘鹗在北京购粮赈济灾民,后刘因“私售仓粟罪”流放新疆而死。

10 月,吴趼人于本年创办《奇新报》。

12 月 6 日,留日学生成立译书汇编社,刊印《译书汇编》,1903 年改名为《政法学报》。《译书汇编》为我国留日学生创办最早的刊物。

曾朴编成《毗辋集》、《推十合一室文存》、《执丹�语》、《历代别传》等诗文集传,均未付梓。

为避清廷言论控制，用小说报道新闻事实的《商务日报》于广州创刊。为报纸刊登小说开了先河。

薛绍徽女士等翻译法国朱力士著《八十日环游记》，经世文社刊。薛绍徽，字姒男，号秀玉，福建人。著有《黛韵楼文集》2卷、《黛韵楼诗集》4卷、《黛韵楼词集》4卷等。并助其嫂楚娟编校《历史宫闱词综》，自选《清代闺秀词综》，并译有《外国列女传》等。

郑证因生，1960年卒。原名郑汝霈，天津人。著有《鹰爪王》、《女侠燕凌云》、《武林侠踪》、《铁伞先生》、《云中雁》、《边城侠侣》、《五凤朝阳》等88部武侠小说，人称北派武侠小说五大家之一。

本年刊行的作品还有：

《中东大战演义》(又名《说倭传》)，4卷33回。或署兴全刘子贰辑，洪误为刘，实为洪兴全撰，香港中华印务总局铅印本。书述光绪二十年黄海战败，邓世昌为国捐躯，平壤战将左宝贵拼死奋战获胜。倭军侵占旅顺，李鸿章订《马关条约》，台民不服，刘永福率黑旗军大败倭军。后黑旗军虽退粤西，但仍夜杀倭军，威震倭军。

《泪珠缘》32回，天虚我生(陈蝶仙)著，杭州大观报馆刊巾箱本。

《梦游上海名妓争风传》，曾经涉足人著，石印本。

《续彭公案》，佚名，上海扫叶山房全集本，石印本；另《三续彭公案》81回，佚名，上海共和书局石印本；《再续彭公案》81回本，佚名，上海共和书局石印本。

《一千零一夜》，周桂笙译，后收入《新庵谐译初编》卷1。

1901年(光绪二十七年　辛丑)

1月，林纾在《译林》第1期上发表《〈译林〉序》，认为欲开民智，唯有译书，尤以译小说其效果更速。

同月，蟠溪子(杨紫麟)、天笑生(包公毅)翻译《迦因小传》，英国哈葛德原著，在《励学译编》第1—12期(1901.4.3—1902.2.22)连载。上海文明书局1903年刊印。该书据Joan Hasfe一书后半部译出。

8月，《仙侠五花剑》出版，海上剑痴著，仿聚珍版小型本，有绣像。

10月，李伯元的《庚子国变弹词》，演述庚子事变整个过程，在《世界繁华报》连载，1902年完成，共40回，由报馆印成巾箱本6册。

伤心人作小说《铸错记》8回。

李希圣(亦元)的《晚清平妖传》(一题《庚子传信录》)托日本人名刊行。

本年创办的刊物有:

1月,汉口请愿速开国会,同志会主办的《宪政白话报》(周刊)创刊,只出一期。

3月,《寓言报》在上海创刊,吴趼人创办,李芋仙主笔。版式内容亦与《繁华报》相近,设有先声(讽刺诗)、论说、小说、新闻、灯谜等栏目。约1905年后停刊,刊有章回小说《世界影》。

4月,《世界繁华报》(日报)在上海创刊,李伯元创办、主编。该报内设讽林、艺文志、野史、官箴、鼓吹录、时事嬉谈、小说、论著等栏。此报虽是一种"消闲"小报,但对当时官场暴露、讽刺得很辛辣。1910年3月停刊。曾刊载李伯元《官场现形记》、《庚子国变弹词》,吴趼人《糊涂世界》等。

9月,《春江花月夜》创刊,内容着重"花月"。停刊期不详。

10月,《苏州白话报》(周刊)创刊于苏州,设有新闻、本馆论说、小说等栏,1902年停刊。

12月11日,《及时行乐报》创刊于上海。属消闲性小报,辟有论说、采风问俗、笑林杂录、梨园谈艺等栏目,文章多用吴语方言。停刊期不详。

梁启超在日本东京创办《新民丛报》。

《笑林报》在上海创刊,与《繁华报》内容相近,设有博物志、谈丛、翰墨林、官场现形记等栏目,兼刊政治、社会、科学。曾印《海上繁华梦》等小说,停刊期不详。

本年刊行的作品还有:

《黑奴吁天录》,林纾、魏易合译,美国斯土活夫人原著,武林魏氏木刻本,4册。文明书局1905年刊,1册。今译《汤姆叔叔的小屋》。

《泰西说部丛书之一》,由黄鼎、张在新合译,英国柯南道尔原著。内收《毒蛇圈》、《宝石冠》、《拨斯夸姆命案》、《希腊译人》、《红发会》、《绅士》、《绅士克你海姆》。

该年,以庚子国变为题材的作品大量出现,据阿英《关于庚子国变的文学》,计有:蒙古族诗人延清的《庚子都门纪事诗》,胡思敬(退庐居士)的《驴背集》,黄遵宪的《人境庐诗草》后2卷,狄平子《燕京庚子俚词》,忧患余生的《邻女语》,林纾的《京华碧血录》,陈季衡的《武陵春》,林纾的《蜀鹃啼》(戏剧)20出,狄平子的《庚子纪事》(散文)以及李伯元的《庚子国变弹词》。

1902年(光绪二十八年　壬寅)

3月,吴趼人辞去《寓言报》主笔职。

11月14日,饮冰室主人(梁启超)的《新中国未来记》在《新小说》(1902.11.14—1903.9.6连载于第1、2、3、7号)上发表,这是一部理想的立宪运动小说,仅五回。另《广益丛报》第4—40号,标“政治小说”。梁启超在《新小说》创刊号发表《论小说与群治之关系》,认为文学有“移人”即改变人们思想感情之作用,“小说为文学之最上乘”,“欲新一国之民,不可不先新一国之小说”,影响极大。

12月,沈祖芬(跛少年)所译英国笛福的《鲁滨孙飘流记》首次问世,题为《绝岛飘流记》。

李寿民生,1961年卒。原名李善基,署名还珠楼主,四川长寿人。著有《蜀山剑侠传》、《青城十九侠》、《云海争奇记》、《蛮荒侠隐》、《峨眉七矮》、《长眉真人传》、《北海屠龙记》、《武当七女》、《冷魂峪》、《天山飞侠》等近40部武侠小说。人称北派武侠五大家之一。

羽衣女士(罗普)著《东欧女豪杰》,伸张女权,宣扬平民主义,以破坏手段推翻强权统治。本年起,初刊于梁启超主编的《新小说》,载5回,未完,但影响很大。后阿英收入所编《晚清文学丛钞·小说一卷》。

刘鹗先后购得殷墟甲骨五千余片。

吴趼人著《吴趼人哭》57则杂感出版,以诙谐之言表达作者对现实的不满。

《续译华生包探案》出版,英国柯南道尔著,警察学生译,收福尔摩斯探案三种:《亲父囚女案》、《修机断指案》、《贵胄失妻案》。同年文明书局刊本增译四种:《三K字桔核案》、《跛海淼王照相片》、《鹅腹蓝宝石案》、《伪乞丐案》。

《绘图新刊杨乃武供案全集》弹词,前后2集,共8卷24回,二言目。题“杭州徐子鹧先生评阅章句,听雨楼主人甫编”。小楼氏序(见关氏《曲艺论集》)。另有上海海左书局石印本,不署撰人。

李伯元、吴趼人谢绝经济特科的保荐,1903年不愿应召赴试,努力创作小说。

本年创办的刊物有:

3月,《方言报》创刊。综用各地方言。“朝报”栏京话,“舆论”栏官话,

“市声”栏宁波话，“巷议”栏广东话，“情话”栏苏白。

4月22日，《飞报》创刊，李宝嘉、吴沃尧、欧阳钜源、孙玉声等人的诗词、对联在该报发表。列七项内容，实际与一般小报相同，停刊期不可考。

6月，《支那小报》创刊，称日商所办。内容体式，模仿《游戏》、《繁华》二报。

同月17日，天津《大公报》创刊，该报由天主教徒英敛之主办。

同月23日，北京启蒙画报馆主办的《启蒙画报》(月刊)于北京创刊，第2卷第1期起改半月刊，共出2卷10期。

8月，《花天时报》创刊，记载“花国”事。

11月14日，《新小说》(月刊)在日本横滨出版，编辑及发行者署名赵毓林，实际由梁启超主持。翌年第二卷改由上海广智书局发行。有“小说丛话”栏，应用当时理论，评述旧小说，时有新见解。1906年1月停刊，共出两卷24号。刊载的重要作品有吴趼人《二十年目睹之怪现状》、《痛史》、《九命奇冤》，梁启超《新中国未来记》，颐琐《黄绣球》，雨尘子《洪水祸》，羽衣女士《东欧女豪杰》，玉瑟斋主人《回天绮谈》等。

《启蒙通俗报》，傅樵村于成都出版。该报为四川最早的白话刊物。

1903年(光绪二十九年　癸卯)

1月29日，《湖北学生界》(月刊)于日本东京创刊，第6期起易名为《汉声》，为湖北留日学生刘成禺、李书城、程明超、尹援一等主办，为同乡会最早主编的革命刊物，设有论说、学说、教育、经济、实业、军事、历史、小说、时评等专栏。

4月，李伯元《官场现形记》在《世界繁华报》连载，至1906年共60回，每12回刊印一单行本。集中暴露晚清官场的污浊，吏治的败坏，统治集团的腐朽。

同月，刘云若生，1950年卒。天津人，原名兆熊，字渭贤。著有《春风回梦记》、《红杏出墙记》、《小扬州志》、《旧巷斜阳》(即《恨不相逢未嫁时》)、《情海归帆》、《歌舞江山》、《春水红霞》、《粉墨筝琶》等40多部长篇言情小说，与张恨水齐名。

黄南丁生，1937年卒。名炳星，江苏苏州人，所著多为武侠小说，另著《杨乃武与小白菜》，较为出色。

5月29日，《绣像小说》(半月刊)创刊，李伯元主编，上海商务印书馆发行。首期有《本馆编印绣像小说缘起》。所刊十之九为小说，或译或著，配以绣像，亦刊戏曲、歌谣、杂著。1906年停刊，共出版72期。刊有李伯元《文明小史》、《活地狱》，刘鹗《老残游记》，忧患余生《邻女语》，蘧园《负曝闲谈》等。

同月29日，李伯元《新编小说文明小史》在《绣像小说》第1—56期连载，共60回，署南亭亭长，自在山民加评。主要描写庚子以后几年间，中国输入外来文化时的社会各方动态。1906年由商务印书馆印单行本。

同月29日，《活地狱》在《绣像小说》第1—5、7、9、11—16、26、37、43、58、60—61、63—65、68—72期发表，署"南亭亭长著，愿雨楼加评"。写至39回，李伯元逝世。第70—71期由吴趼人续写第40—43回，署"茧叟著，愿雨楼加评"。第72期由茂苑惜秋生（欧阳钜源）再续第43回，署"茂苑惜秋生著，愿雨楼加评"。小说写官衙横行，监狱黑暗。《绣像小说》停刊，未完。

7月9日，《华生包探案》出版，英国柯南道尔著，商务印书馆编译所译述，《绣像小说》第4—10期（1903.7.9—10.5）。上海商务印书馆1906年4月初版，1914年4月再版，说部丛书初集4编。内收《哥利亚司考得船案》、《银光马案》、《孀妇匿案》、《墨斯格力夫礼典案》、《书记被骗案》。

8月7日，蘧园（欧阳钜源）《负曝闲谈》30回开始刊于《绣像小说》第6—10、12—23、25、27—36、41期，未完。1933年北京徐一士逐回加作评考，并标点分段，重刊于上海《时事新报》，后印单行本，题作《负曝闲谈评考》。

同月7日，忧患余生（连梦青）《邻女语》12回开始在《绣像小说》第6—20期连载，未完。写庚子年间的变乱。1913年由商务印书馆出单行本。

同月7日，《商界第一伟人——戈布登轶事》，忧患余生（连梦青）述，在《绣像小说》第6—14期连载。

9月，孙家振（玉声）著《海上繁华梦》（原题《绣像海上繁华梦新书》），初集、二集、后集共100回，署"古沪警梦仙痴戏墨"。上海笑林报馆排印，1908年商务印书馆铅印。

同月6日，《新小说》第7号首辟《小说丛话》，发表梁启超等撰写的"丛话"13则。在此期上还发表楚卿（狄葆贤）的《论文学上小说之位置》。

同月21日，刘鹗《老残游记》开始在《绣像小说》第9—18期（1903.9.12—1904.1）发表，署名洪都百炼生。发表至13回，因编者擅加修改，中止供稿。其后在《天津日日新闻》重载，直至1907年才写成。后刊印成书，20卷、外编残稿1卷。同年，所编《铁云藏龟》成书。

10月5日，吴趼人《二十年目睹之怪现状》自此时至1905年在《新小说》第8—24号上发表45回，署我佛山人撰，因《新小说》停刊，未完，后至1909年才完成。写1884年中法战争前后至当时清末社会的黑暗现实。1906年由上海广智书局出单行本，至1910年出齐8册，共108回。

同月5日，吴趼人《痛史》，至1906年在《新小说》第8—13、17—18、20—24号连载。演述南宋亡国历史，27回，未完，署我佛山人撰。另《电术奇谈》、《新笑史》也于此时刊载于《新小说》。

同月20日，《天方夜谭》(佚名译)开始连载于《绣像小说》第11期，至第55期(1905年7月)载完。

11月，金一(松岑)在中国留日学生所办革命刊物《江苏》月刊第8期发表《孽海花》1、2两回。《孽海花》前6回由金一(松岑)写成。后与曾朴商定60回回目，改由曾朴续写。1905年由小说林社出版初集(1—10回)、二集(11—20回)2册，署“爱自由者发起，东亚病夫编述”。1907年又在《小说林》杂志继续发表至25回。1927年《真美善》杂志陆续发表修改后的20—25回与新写的26—35回。1928年真美善书店重版1、2集(20回)。1931年以后出版第3集(21—30回)，后又将30回合印为一册。1962年中华书局出版增订本，将31—35回作为附录。

12月19日，《中国白话报》创刊于上海，初为半月刊，第13期起改为旬刊。林獬主编，设有论说、历史、传记、新闻、小说等栏。

《花世界》报创刊。内容以“花事”为主，旁及梨园、政治，社会亦略略涉及。刊有东亚破佛(彭愈)长篇《情天琐记》等。新闻部分用吴语撰写。版式与《繁华》、《游戏》相同，1910年仍在刊行，停刊期不详。

张秋虫生，1974年卒。笔名有薑公、一沤、藕丝、丝、百花同日生。写有《江山芙蓉记》、《新山海经》、《海市莺花》、《海市人妖》、《海上红楼》等。编过《上海商报附刊》、《三日画报》、《万岁》等。

苏曼殊先在苏州任吴中公学教授，与包天笑、汤顿相识，后去上海任《国民日日报》翻译，与陈独秀、章太炎相识，并翻译、改写法国嚣俄(雨果)名作《惨社会》(今译《悲惨世界》)。

本年刊行的作品还有：

柳亚子在日本东京出版的《江苏》杂志上陆续发表《郑成功传》、《中国立宪问题》、《台湾三百年史》3文，及诗13首。

秋冬间，陈天华所著《猛回头》、《警世钟》两书在日本东京相继出版，风行一时。

邹容著《革命军》一书，在上海大同书局出版，署“革命军中马前卒邹容”，提出“建立中华共和国”的政治主张，章炳麟为之作序。

地方戏《时事新编》10出，黑暗世界社编刊。

《新庵谐译初编》上、下卷，上海清华书局刊行。署上海周树奎、桂笙戏译，南海吴沃尧趼人编次。

蟠溪子(杨紫麟)、天笑生(包公毅)翻译的《迦因小传》(英国哈葛德原著)，由上海文明书局出版单行本。

藤谷古香(孙景贤)著《轰天雷》，14回，写沈北山事，写维新，也触及种族革命，由大同印书局出版。

张肇桐小说《自由结婚》，托名犹太遗民万古恨著，震旦女士自由花译，2编20回。写种族革命，提出反清反帝。

《侦探谈》，冷血(陈景韩)译，时中书局刊。共4册，收小说10篇。

1904年(光绪三十年　甲辰)

2月，日、俄因争夺在中国东北利益爆发战争。9月，日、俄签订《朴茨茅斯条约》，将中国辽东半岛的租借权转让给日本。

1月，丁初我编《女子世界》(月刊)，由上海大同印书局发行。

2月，刘鹗《铁云藏龟》、《铁云泥封》和《铁云藏印》相继刊行。

同月，《俄占奉天》时事新戏(逋飞著)上本，题“袁大化杀贼”，载《中国白话报》第5期。

3月，陈独秀创办的《安徽俗话报》(半月刊)于芜湖创刊，宗旨是救亡图存，开通民智。

3月11日，上海商务印书馆在沪创办综合性刊物《东方杂志》(月刊)，17卷起改半月刊，1948年12月停刊，共出44卷。为我国近现代历史最久的刊物。设置社说、谕旨、内务、军事、外交、教育、实业、宗教、小说、译件、调查、大事记等栏目。陈仲逸、杜亚泉、钱智修、胡愈之、李圣五等曾主编过该刊。

5月15日，《湖州白话报》(半月刊)创刊，湖州白话报社编辑、发行，开明书店代销。内设有社说、纪事、实业、杂俎、本国纪事等栏。

6月，《捷影报》小报创刊，劝善旬刊，实善书之变体。

同月12日，《中国现在记》12回，开始连载于《时报》创刊号至172号

(1904.6.12—11.30)。不题撰人(实为李伯元所撰)。

8月1日,《新儒林外史》,白话道人(林獬)著。自本日起在《中国白话报》第17—24期连载。

同月,曾朴、丁念孙、徐念慈等在上海创立小说林社,曾朴任总理,徐念慈任编辑。

9月,《新新小说》(月刊)创刊,陈景韩(冷血)编,上海新新小说社发行。刊有侠民《中国兴亡梦》、冷血《刀余生传》等,作品以写侠客为主。约1907年5月停刊。

同月,《黑天国》4回,三爱(陈独秀)著。连载于《安徽俗话报》第11、13—15期(1904.9—12),未完。

10月,陈去病主编的《二十世纪大舞台》(月刊)于上海创刊,是我国最早的戏剧刊物。

同月,曾朴开始接金松岑原作,续撰《孽海花》;手拟《孽海花》人物名单,与金氏商订60回回目。12月前后,曾朴写成《孽海花》20回。

11月,陈天华的《猛回头》、《警世钟》弹词在上海出版,又作《狮子吼》,未竟,投海而死。

12月,吴趼人《九命奇冤》,写雍正年间一大公案,36回,在《新小说》第12—24号连载,署岭南将叟。1906年上海广智书局印单行本,1925年世界书局刊行,1926年又有魏冰心校点本。

耿小的生,卒年不详。最早写的长篇章回小说为《五里雾》(后改名《滑稽侠客》),其后1936年有《白日鬼》,1940年有《解铃记》、《世路风波》,1941年有《爱火心风》、《流水行云》,1942年有《鸾凤飞舞》、《时代侠客》、《云山雾沼》,1944年有《摩登济公》等。

本年刊行的作品还有:

《海天鸿雪记》4册20回,二春居士著,南亭亭长(李伯元)评,茂苑惜秋生(欧阳钜源)序,由世界繁华报馆刊行。

《飞仙剑侠奇缘》,1册30回,佚名,海上书局石印本。

《支那儿女英雄遗事》,8册66回,吟梅主人著,上海宏文馆石印本。

《女狱花》(一名《红闺泪》,又名《闺阁豪杰谈》),12回,王妙如著,光绪甲辰刊本(又光绪间石印本)。

该年有大批的侦探小说翻译问世:

2月,《福尔摩斯再生》,英国华生笔记,周桂笙译,上海小说林社刊,

1904年2月第1册初版，10月第2—5册初版，1905年12月第6—8册初版。1906年5月第1—5册5版，10月第6—10册6版。

3月，《俄国包探案》，著译者不详，《绣像小说》第21—22期。

6月，《恩仇血》，英国柯南道尔著，陈彦译，上海小说林社刊。

12月，《案中案》，英国柯南道尔著，商务印书馆译刊。另有1913年5月刊本，1914年2月刊本。是书即《四名案》，情节无增减，书中人名不同，系福尔摩斯探案故事。

《侦探新语》，译者不详，昌明公司刊，收：夫概著《塔尖之自缢》、华士曼著《邮票案》、雷比著《诱拐公司》、佚名著《复仇》、葛史克著《暗杀党》、恺陀斯敦著《石炭窟中之侦探》、皤兰德著《试金室之秘密》。

《福尔摩斯再生案》，英国柯南道尔著，奚若译，小说林社刊。第1册收《再生第一案》；第2册收《亚特克之焚尸案》、《却令登乘自驶车案》；第3册收《麦克来登之小学校奇案》、《宓尔车登之被螫案》；第4册1906年刊，收《毁拿破仑像案》、《黑彼得被杀案》、《密码被杀案》、《陆圣书院窃题案》、《虚无党案》、《俄宫怨》，日本森林黑猿著，傅阔甫译。

《大复仇》，英国柯南道尔著，奚若、黄人合译，小说林社刊。

1905年（光绪三十一年　乙巳）

清政府决定废止科举。

1月，吴趼人的《瞎骗奇闻》，反定命论的小说。8回，在《绣像小说》第41—46期连载。初发表时署名茧叟。1908年由商务印书馆印单行本。

2月，姬文《市声》前25回在《绣像小说》第43—72号上连载，标“实业小说”，写中国工商界与洋商的斗争和失败。1908年商务印书馆出版单行本，上、下册，全36回。

同月，壮者所著《扫迷帚》在《绣像小说》第43—52期连载，反对迷信的启蒙小说，24回，1907年由商务印书馆印成单行本。

3月，黄遵宪卒，终年58岁。

春，吴趼人受聘去汉口担任美商英文《楚报》中文版编辑。

4月，《黄绣球》在《新小说》第2卷第15—24号(1906.1)发表，至26回中止，未完，颐琐述，二我评。写妇女问题，1907年由新小说社印成单行本，续完，共30回。

5月，以“反美排禁华工”运动为题材的文学作品大量出现，如诗歌有

《抵制美国》、《吊烟仔龙舟歌》等；小说有碧荷主人的《黄金世界》、《新纪元》，吴趼人的《劫余灰》等。

同月，清政府军机处下令查禁《浙江潮》、《新民丛报》、《新小说》等书刊。

6月，《论写情小说与新社会之关系》发表于《新小说》第2年第5号，(金)松岑撰。作者以为“小说之有不可思议之力，支配人道也。吾读今之新小说而喜，虽然吾对今之新社会而惧。吾欲吾同胞速出所厌恶之旧社会而入所歆羡之社会也”。

7月，《娱闲日报》创刊，娱闲于“美人颜色，名士文章”。报纸七色套印。

同月，傅兰仪著、曾朴译《影之花》4卷，由小说林社出版。

同月，吴趼人辞去《楚报》编辑返沪参加反美华工禁约运动。

9月19日，《新石头记》(小说)40回，老少年(吴趼人)著，在《南方报》第28号开始连载(1905.9.19—12.25)。

同月29日，《仇史》(小说)2回，痛哭生第二著，开始在《醒狮》第1—2期连载。

同月，《撒克逊劫后英雄略》(小说)，英国司各德著，林纾、魏易合译，上海商务印书馆刊，1914年4月再版。

11月16日，《上海之维新党》，一名《新党嫖界现形记》，叶少吾著，署“浪荡男儿”，实成9回。新世界小说社刊。

秋瑾始作《精卫石》弹词，署汉侠女儿，成1—3回；翌年成4—5回；第6回(未完)约写于1907年。诗作有《沪上有感》、《黄海舟中日人索句并见日俄战争地图》等。

朱贞木生，卒年不详。名桢元，字式颛。浙江绍兴人，抗战初期北方武侠小说名家，为北派武侠小说五大家之一。作品最著者为《七杀碑》(1949年)，其余尚有《飞天神龙》、《艳魔岛》、《炼魂谷》、《虎啸龙吟》、《龙岗豹隐记》、《龙岗女侠》、《苗疆风云》、《蛮窟风云》、《罗刹夫人》、《千手观音》、《五狮一凤》、《玉龙岗》、《塔儿岗》、《庶人剑》、《闯王外传》、《翼王传》等。

徐春羽生，卒年不详。北京人。最著名作品为《碧血鸳鸯》，此外尚有《琥珀连环》(约1940年)、《草泽群龙》(1940年)、《铁观音》(1942年)、《风虎云龙志》(1942年)、《逃刑传》(1948年)、《铁马银旗》(1947年)、《英雄台》、《龙凤侠》、《燕双飞》、《宝马神枪》、《屠沽英雄》等。

刘鹗续写《老残游记》二编若干卷。

本年刊行的作品还有：

陈天华的小说《狮子吼》在《民报》第2—9期连载，署“过庭著”，8回，呼唤种族革命。陈天华留学日本，感愤国事，蹈海自杀，未能写完。

嘿生的《玉佛缘》在《绣像小说》第53—58期连载，8回，暴露迷信之害。有单印本。

《苦社会》48回，6万余言，无著者姓名，书前有海上漱石生序，是一部反对华工禁约的在美华工血泪生活史。申报馆刊，上海图书集成书局出版。

《廿载繁华梦》（又名《粤东繁华梦》）（小说）40回，禺山黄小配著，在香港《时事画报》连载。1907年汉口东亚印刷局刊线装本4册；同年大成书局等石印本4册；1908年上海书局石印本3册。

《洪秀全演义》（小说）4集54回，黄小配著，在香港《有所谓报》和《少年报》连载。1906年香港《中国时报》社印单行本。1906年石印本2集29回，章炳麟序。

《马丁休脱侦探案》（小说），英国马利孙著，奚若译，小说林社刊。一册收：《克落夫脱邸第失窃案》、《枪毙福拉脱命案》、《黑人被杀失尸案》。二册收：《查失鱼雷艇图案》、《以维考旦其之秘密案》、《烧手案》。三册收：《疯人奇案》、《银箱案》、《银行失窃案》、《遗嘱案》。

《迦因小传》全译本，林纾译。其中下半部中有迦因怀孕一节，1901年出版的节译本的译者有意删掉此节，此次全部译出后，引起卫道者的非议，导致一场论争。

《新法螺先生谭》由小说林社刊行，署“昭文东海觉我”（徐念慈）戏撰，此书是对包天笑译的《法螺先生谭》、《法螺先生续谭》的戏仿之作。为我国作家最早创作的科幻小说之一。

《撒克逊劫后英雄略》由商务印书馆刊行，英国司考脱著，林纾、魏易合译。

1906年（光绪三十二年　丙午）

1月，《苦学生》10回，不题撰人，《绣像小说》第63—67期连载。1915年商务印书馆刊出单行本。

同月，梁启超主编的《新小说》停刊，该刊共出24期。

4月7日，李伯元以瘵卒，年40。

8月20日，谈小莲编《小说七日报》周刊创刊。宗旨是“开通智慧，鼓舞士气”。

同月，学部电各省停派赴日速成学生，因留日学生已达1.3万人。

9月，《游戏世界》（月刊）创刊于杭州，仅见18期，寅半生编，所载以游戏文章为主。首期载陶佑曾撰《论小说之势力及其影响》。寅半生撰《小说闲评》、《〈小说闲评〉序》，载本刊第1—18期。

11月1日，《月月小说》（月刊）创刊，编辑及发行者先后为汪惟父、吴趼人、许伏民等，乐群书局发行。佚名撰《月月小说序》、延陵公子撰《月月小说出版祝词》、吴趼人撰《历史小说总序》、《两晋演义序》，均载本刊第一卷第一期。吴趼人认为新的讲史写作，是企图正确地叙述史实，使成为通俗的历史教科书。1909年1月停刊，共出24期。刊有吴趼人《两晋演义》、《上海游骖录》、《劫余灰》，天虚我生《玉环外史》等。

同月1日，吴趼人《两晋演义》1906—1907年在《月月小说》第1—10号连载，署我佛山人，23回，未完。1909年上海乐群学社刊，收入说部丛书。1909年上海乐群学社刊《月月小说》油印本。

12月，曾孝谷、李叔同等在日本东京成立春柳社，为我国早期话剧的重要团体。

本年刊行的作品还有：

2月，《桑伯勒包探》，商务印书馆编译所译述，上海商务印书馆刊，1914年4月再版。

3月，吴趼人的《二十年目睹之怪现状》第1册单行本出版，广智书局发行。

4月3日，《中国侦探案》34则，南海吴趼人述，上海广智书局刊。书前有《弁言》及野史氏的《评语》。

同月，《胡宝玉》（一名《三十年来上海北里怪历史》），老上海（吴趼人）著，总发行所为广内书藏，经售处为乐群书局。

同月，《新党升官发财记》，简称《新党发财记》，上海作新社刊行，16回，不题撰人，是广泛攻击新党的小说。

5月，《深浅印》（小说），英国柯南道尔著，鸳水不因人译，小说林社刊。

7月，《当头棒》，遯庐著，反对迷信的小说，8回，上海乐群小说社版。

10月，《文明小史》，李伯元著，60回，由商务印书馆出版单行本。

11月，《恨海》（小说）10回，南海吴趼人著，上海广智书局刊，本年上海广智书局排印本，署我佛山人。

同月，《国事侦探》，英国威林乐干著，杨心一译，载《月月小说》第1年第

2号。

12月，《九尾龟》，张春帆著，写妓院生活，12集192回，标“醒世小说”，署“漱六山房著”。本年点石斋刊1—2集，1907年刊3—5集，1908年刊第6集，1909年刊7—8集，1910年刊9—12集。

同月，《黑狱》(小说)24回，漱六山房(张春帆)著，点石斋石印本。

《新果报录》(小说)16回，漱六山房著，申昌书局刊。

《糊涂世界》(小说)12卷12回，茧叟(吴趼人)著，上海世界繁华报馆铅印本，6册。

《最新侦探案汇刊》，新民丛报社译印，内收:《窃毁拿破仑遗像案》，英国陶高能著，知新子(周桂笙)译。《失女案》，著者不详，知新室主人(周桂笙)译。《毒药案》，著者不详，无歆羡斋主译。《双公使》，著者不详，知新室主人(周桂笙)译。

《聂格卡脱侦探案》(小说)，美国讫克著，小说林社刊，从今年至1908年共出16册。

本年，黄伯耀、黄世仲(小配)昆仲在广州创刊《粤东小说林》(旬刊)，由于目前第1—2期散佚，只知第3期为1906年9月19日出版，按此推算应为1906年8月创刊。翌年迁至香港出版，改刊名为《中外小说林》。

1907年(光绪三十三年　丁未)

1月28日，《黑籍冤魂》，趼(吴趼人)著，发表于《月月小说》第1年第4号。

同月，上海竞立小说月报社创刊《小说月报》。

2月2日，《新朔望》(半月刊)于上海创刊，宗旨是“改良社会、增进学识，代表舆论”。设有图画、社说、政治、科学、文苑、小说、戏曲、杂俎、广告等栏。5月更名《国华报》。

同月，《小说林》(月刊)创刊，黄摩西主编，创刊号发表黄摩西的《小说林发刊词》、东海觉我(徐念慈)的《小说林缘起》。宗旨是“输进欧美文学精神，提高小说在文学上的地位”。设图画、论说、社会小说、历史小说、科学小说、侦探小说、文苑平林、杂录等12栏。上海小说林、宏文馆有限合资会社发行。共出12期。1908年10月停刊。刊有曾朴《孽海花》21—25回、天笑《碧血幕》、老骥《亲鉴》等。该年曾刊出《募集小说》启事。

同月，春柳社举行赈灾游艺会，公演法国名剧《茶花女》。

3月，吴趼人《上海游骖录》10回，在《月月小说》第6—8号连载，署我佛山人。1908年7月上海群学社印单行本。

同月，北京时事画报馆创刊《北京时事画报》（旬刊），5月停刊，共出12期。

《中外小说林》（旬刊）于本年5月11日于香港出版第1期，中外小说林社发行，至第17期起由公理堂接办，改刊名为《绘图中外小说林》，终刊日期不详。

5月，王钟麟（天僇生）的论文《论小说与改良社会之关系》在《月月小说》第1卷第9号发表。

同月，天津人镜画报社创刊《人镜画报》（周刊），8月停刊，共出24期。

6月1—3日，中国留学生欧阳予倩等在东京本乡公园公演《黑奴吁天录》。

8月，《侠隐记》，法国大仲马著，群朔（伍光建）译，发表于《东方杂志》第4年第6期。

同月，安镜全主编的《吉林白话报》创刊。

10月，《广州戒烟新小说》（周刊）创刊于广州，李哲主编。

同月，林纾译《孝女耐儿传》、《剑底鸳鸯》成，并作序。

同月，由王钟声和春柳社成员任天知等组织的“春阳社”在上海成立，为国内第一个职业化新剧剧团，演出《黑奴吁天录》等剧。

11月3日，《竞立社小说月报》创刊于上海，彭俞（亚东破佛）主编，上海竞立社小说月报社发行，停刊期不详。

同月，《劫余灰》16回，我佛山人（吴趼人）著，开始连载于《月月小说》第1年第10号—第2年第12号（1907.11—1909.1）。1909年上海广智书局刊。

同月，《碧血幕》4回，吴门笑生（包天笑）编述，连载于《小说林》第6—9期（1907.11—1908.2）。

同月，《多那文包探案》，狄克多那文著，商务印书馆编译所译述，上海商务印书馆刊。收:《猫眼石》、《骷髅饮器》、《兄弟会》、《银匕首》、《隔帘影》等12篇。

12月，林纾译《块肉余生述》成，并作“前编序”、“续编识”。

同月，王钟麟（天僇生）的《中国历代小说史论》，载《月月小说》第1年第11号。

本年，刘鹗续写《老残游记》14回(现残存9回)，仍在《日日新闻》发表。1934年林语堂从刘氏后人手中得到21—26回，以《老残游记二集》为题，在《人间世》半月刊发表，继由良友图书公司出版单行本。其后1962年中华书局《老残游记资料》又收录了后3回。刘氏死后还曾发现《老残游记外编》残稿4 000多字。

黄小配自创《少年报》，宣传民族主义。

《女子世界》停刊，共出18期。

席裕福发起成立图书集成公司。

俞樾去世，1821年生。著有《春在堂全书》等。

欧阳钜源(号茂苑惜秋生)逝世，著有《负曝闲谈》等。

黄人、梁启超等撰《小说小话》，载《小说林》第1卷。

觚庵著《觚庵漫笔》，载《小说林》第1卷。

刘鹗《老残游记》，由上海神州日报馆刊行。

八宝王郎(王濬卿)著《冷眼观》6卷30回，小说林社刊，写“旧社会的怪事”。

《福尔摩斯最后之奇案》，英国柯南道尔著，白侣鸿译，飞鸿阁刊。

1908年(光绪三十四年　戊申)

1月，《新小说丛》(月刊)创刊，由区凤墀、李维桢、林紫虬等创办。新小说丛社编辑发行，在香港出版。第一期载林文聪撰《〈新小说〉祝词》、丘菽园撰《新小说品》。以发表侦探小说为主，或著或译。停刊期不详。

2月，《光绪万年》，我佛山人著，发表于《月月小说》第2年第1期。

同月，徐念慈(觉我)的《余之小说观》，载《小说林》杂志第9、10期。

同月，王钟麟(天僇生)的《剧场之教育》，载《月月小说》第2年第1期。

3月，王钟麟(天僇生)的《中国小说三大家论赞》(原题为《中国三大家小说论赞》)，载《月月小说》第2年第2期。

同月，《国魂报》在上海创刊，刊有泣红生小说《兰梦茵》(5卷15回)等多种。后增出副刊《尘天影》。

同月，《新纪元》，20回，碧荷馆主人著，上海小说林社刊。

同月，《花木兰传奇》(戏剧)，天虚我生(陈蝶仙)著，连载于《著作林》第13—16期(1908.3—6)。

同月，林纾、魏易合译英国狄更斯的《块肉余生记前编》、《块肉余生记续编》,上海商务印书馆刊,1915 年 3 版。4 月,译《块肉余生记后编》。

同月,《市声》,上、下卷 2 册,36 回,姬文著,上海商务印书馆出版。

5 月,王钟麟(天僇生)的《孤臣碧血记》,载《月月小说》第 2 年第 4 期。

6 月,《杀人公司》,冷(陈景韩)著,发表于《月月小说》第 2 年第 5 期(17 号)。

8 月,黄小配著章回小说《洪秀全演义》出单行本。最初在《有所谓报》及《少年报》附张连载。

同月,《新泪珠缘》,天虚我生(陈蝶仙)著,连载于《月月小说》第 2 年第 7—12 期(1908.8—1909.1)。1910 年上海乐群学社铅印本。书续《泪珠缘》,仍未完。

9 月,吴趼人在《月月小说》第 20 号上发表《俏皮话》7 则,至此载完,共 127 则。

10 月,黄摩西主编的《小说林》停刊,共刊行 12 期。

12 月,林纾译述《冰雪姻缘》成,并作序。

同月,《白话小说》(月刊)创刊,停刊期不详。

冬,上海时事报馆创刊《时事画报》(旬刊),又名《时事报馆画报》,次年春停刊。

林纾在《贼史》译序中揭明《孽海花》为曾朴所著,社会始知东亚病夫即曾朴。

本年,邱菽园(炜萲)著《客云庐小说话》成,载《新小说丛》第 2、3 期。

刘鹗因曾购买八国联军所掠之太仓储粮救济北京难民获罪,被发配新疆。

《九尾狐》出版,60 回,评花主人著,社会小说社刊。

《三捕爱姆生》出版,英国柯南道尔著,西冷悟痴生译,集成图书公司刊。

黄小配著反映戊戌变法的小说《大马扁》(又名《大马骗》),16 回,本年刊行,日本东京三光堂排印本。

《宦海潮》出版,2 卷 32 回,黄小配著,铅印本。

《月月小说》社刊印我佛山人《趼人短篇九种》,计《预备立宪》、《黑籍冤魂》、《立宪万岁》、《平步青云》、《快升官》、《查功课》、《人境学社鬼哭传》、《无理取闹之西游记》、《光绪万年》等。

秦瘦鸥生,上海嘉定人。其长篇小说《秋海棠》1941 年在《申报》副刊《春秋》连载,其后出单行本。1942 年后由黄佐临、费穆、顾仲彝改编成话剧,1943年又由马徐维邦搬上银幕。续编《梅宝》1982年12月在《解放日报》连载,1983年出单行本。1993年卒。

徐念慈逝世,生于1875年。

1909年(宣统元年　己酉)

1月22日,陈以益、谢震主编的《女报》(月刊)在上海创刊。该刊以"提倡中国女学,扶植东亚女权"为宗旨,"以破除迷信,注意道德与职业,期改良妇女社会为唯一之目的",设科学、教育、家庭、社会、文艺、谈丛、小说、杂录、事件、戏曲、记载、尺牍、卫生、顾问、人事片栏等栏。

同月,上海扬子江白话报社创刊《扬子江白话报》,仅出7期。

同月,吴趼人、周桂笙主编的《月月小说》停刊。吴趼人撰历史小说《两晋演义》,因《月月小说》停刊而中断,只写23回。

2月,《馨儿就学记》,意大利亚米契夫著,天笑生(包天笑)译述,(商务)《教育杂志》第1年第1、3—13期(1909.2.15—1910.2.4)。

同月,与吴趼人的短篇小说《黑籍冤魂》同名的长篇小说《黑籍冤魂》出版。长洲彭养鸥著,改良小说社"说部丛书"本,封面、卷端均题"醒世小说黑籍冤魂"。

5月,《扬子江小说报》(月刊)创刊,胡石庵主编,汉口中西日报社发行。停刊时间不详。报痴撰《扬子江小说报发刊词》。

6月,《新儿女英雄》,12回2册,楚伧(叶小凤)著,改良小说社刊行,1909年6月上海改良小说社刊,说部丛书。

7月,春柳社于日本东京上演根据法国作家萨都的小说《杜卡司》改编的话剧《热血》。

9月,《十日小说》(旬刊)在上海创刊,环球社编辑刊行。初为《国画时报》附赠本。今见1—11册。

10月14日,《小说时报》(月刊)在上海创刊,由冷血、包天笑轮流主编,以刊载著译小说为主。有正书局发行,17期改为4月刊。1917年11月停刊,共出33期,增刊1期。1922年由李涵秋主编复刊,仅出5期。

同月,《宦海》,4卷20回,张春帆著,载于《十日小说》第1—11册(1909.9.14—1910.1.11),本年上海环球社刊铅印本。

同月,《白话痛史》,4卷,夷则子(杭慎修)述,赵尧臣校,在《杭州白话新报》连载,1909年12月由该报馆发行单行本。

11月，南社在苏州虎丘正式成立，以研究文学、提倡气节为宗旨，社员最多时发展至1 000多人。其中不少是通俗文学作家（当时已是或后来是），如王均卿、王钝根、王西神、包天笑、叶楚伧、朱鸳雏、刘铁冷、许指严、贡少芹、沈禹钟、陈蝶仙、范烟桥、周瘦鹃、姚民哀、姚鹓雏、胡寄尘、徐天啸、徐枕亚、蒋箸超、赵苕狂等。

同月，《最近女界现形记》，11集45回，南浦慧珠女士著，新新小说社刊前5集，1910年7月刊后6集，标“社会小说”。

本年，梁纪佩在广州创立悟群书社，主要出版通俗小说。

《新孽海花》（又题《孽海花续编》）出版，2册12回，陆士谔著，改良小说社刊。

《新繁华梦》出版，5集40回（残），老上海（吴趼人）著，上海汇通信记书局刊，封面题“绘图醒世小说海上新繁华梦”。

王度庐生，北京旗人。原名葆祥（翔），字霄羽。著有《河岳游侠传》、《宝剑金钗记》、《剑气珠光录》、《鹤惊昆仑》（《舞鹤鸣鸾记》）、《铁骑银瓶》、《紫电青霜录》等武侠小说，人称民国武侠小说北派五大家之一。又写《落紫飘香》、《古城新月》、《海上红霞》、《虞美人》、《寒梅曲》等言情小说。两类小说共有30多部。1977年卒。

李涵秋开始写《广陵潮》，初名《过渡镜》，并在报纸连载，至1919年始完成，前后达11年之久。

《时事图画旬刊》创刊，随《时事报》附送。

《图画日报》创刊。日出1册，12对页，出版两年。

南武静观自得斋主人著《中国之女铜像》小说3卷20回，写放足问题，改良小说社出版。

黄帝嫡裔（黄小配）著《宦海升沉录》22回，一名《袁世凯》，以袁为全书骨干，写自甲午战争前夜至光绪、慈禧逝世十余年间的中国政治，香港实报馆刊行。

刘鹗去世。

1910年（宣统二年　庚戌）

2月19日，《孤雏感遇记》，天笑生（包公毅）译，连载于（商务）《教育杂志》第2年第1—4、6—9、12期（1910.2.19—1911.2.10）。

4月22日，《世界繁华报》停刊。

5月，陈其美在上海创办《民声丛报》（半月刊），以发扬国魂为宗旨。设论说、时评、文苑、小说等栏目。

6月22日，《情变》，8回，趼人（吴趼人）著，连载于《舆论时事报》（1910.6—10），因作者病逝而辍，未完。1910年时事报馆出版合订本。

7月，王钟声、陆镜若、徐半梅等联合组织文艺新剧场，演出话剧《猛回头》、《爱海波》等。

8月29日，《小说月报》创刊，王蕴章、恽铁樵等主编，商务印书馆发行。以"移译名作，缀述新闻，灌输新理，增进常识"为宗旨。3卷4期起由恽铁樵接编，9卷1期起仍由王主编。自1921年12卷1期起革新，由沈雁冰编辑，成为新文学杂志、文学研究会刊物。

8月，《黑衣孃》，铁樵译，载《小说时报》第6期。

同月，《碎琴楼》，何诹著，上海环球书局刊。在《东方杂志》第8卷第1—12号（1911.3.25—1912.6.1）连载。

10月21日，吴趼人喘病发作，卒于沪寓，年45岁。

11月，由谢慧禅编辑的《上海白话报》在上海创刊。

12月，曾朴当选为江苏省临时议会议员。

同月，任天知联合新剧演员汪游优、陈大悲、顾无为、许啸天等在上海成立职业新剧团体进化团。至1912年5月后解散。

同月，《阳秋报》创刊，从《发刊词》里"中年哀乐，一代牢愁，冀得稍稍自泄，……盖愚一家言也"可见是个人自印的报纸，编者其人及停刊日期均不详。

蒋瑞藻开始编辑《小说考证》，后由商务印书馆刊行。

本年刊行的作品还有：

《新中国未来记》，梁启超著，由上海教育书店出版。

《女界烂污史》（又题《东厕牡丹》）2册14回，八宝王郎（王濬卿）著，自强轩刊。

《五续七侠五义》（又题《四续小五义》）4卷40回，治逸编撰，上海书局再版石印本。

《新上海》6编60回10册，陆士谔著，上海改良小说社刊。1910年再版，1—10编；1911年1月3版，收入说部丛书。

1911年（宣统三年　辛亥）

辛亥革命爆发，清政府被推翻。次年，成立"中华民国"。

1月3日,詹大悲接办《大江白话报》,改名《大江报》。7月26日,发表署名"奇谈"(黄侃)的《大乱者救中国之妙药也》,引起极大轰动,遂遭湖广总督瑞澂封禁。詹大悲、何海鸣等因此入狱。

2月8日,《埋石弃石记》,天笑生(包天笑)著,连载于(商务)《教育杂志》第3年第1、3—8、11—12期(1911.2.8—1912.3.10)。

3月,侗生著《小说丛话》,载《小说月报》1911年第3期。

5月,任天知率领进化团在安徽芜湖首演新剧《恨海》。

6月,《浪子回头》2册2卷10回,天虚我生(陈蝶仙)著,改良小说社刊,说部丛书。

同月,宁波朔望报社创刊《朔望报》(双月刊)。

同月,《妇女时报》(月刊)创刊,由包天笑、陈冷血轮流编辑,妇女时报社发行,1917年4月停刊。

7月,苏曼殊再赴日本,拜访飞阁寺僧飞锡。

8月,《申报》辟附刊《自由谈》,由王钝根编辑。其后由吴觉迷、姚鹓雏、陈蝶仙、陈冷血(总编暂兼)、周瘦鹃等先后任编辑。1933年12月1日起,改由黎烈文编辑,成为新文学的阵地。1935年终刊。

10月,柳亚子偕朱少屏、胡寄尘创办《警报》,鼓吹革命战绩,倡导民气。

同月,为纪念南京光复,任天知进化团在上海张园演出《黄金赤血》、《新加官》等戏剧。

12月,上海谋得利戏园上映由朱连奎杂技团(美利公司)摄制的《武汉战争》新闻片,颂扬武昌起义。电影新闻纪录片开始在中国出现。

本年,王钟声卒。

本年刊行的作品还有:

静观子著《六月霜》小说,写秋瑾殉难事,2编12回,改良小说社出版。

《一纸报》,16回,息观著,改良小说社刊本,上海寰环图书公司刊本,线装2集,彩色封面标有:"侦探小说第1集"。

《十尾龟》,40回,青浦陆士谔著,新新小说社刊本,残存3编10回。

《北京繁华梦》(又题《梦游燕京花月记》),夏侣兰著,改良小说社刊。

《滑稽侦探》,煮梦生著,改良小说社刊。

《雍正剑侠奇案》,3册24回,白下澹秋生著,中国侦探会社刊。

1912年

孙中山辞临时大总统,袁世凯继任,明年,又任第一任大总统。

1月13日，《死后》，卓呆（徐筑岩）著，连载于《小说月报》第2年第11—12期（1912.1.13—1912.2.12）。

2月12日，《福尔摩斯侦探案》，甘作霖译，《小说月报》第2年第12期。

同月，《论中国文学之宜改良》，张元昭撰，《尚贤堂晨鸡录·尚贤堂纪事》第3期2册。

3月，积极主张倒袁的《民权报》由戴季陶、周浩等于上海创刊。1913年停刊后，于1914年4月刊行《民权素》杂志18集。

同月，欧阳予倩等于上海创建新剧同志会，旋又建立春柳剧场，对当时的新剧运动在全国开展起了推动作用。

4月，于右任、章炳麟、张謇等发起组织通俗教育会。

5月12日，苏曼殊文言小说《断鸿零雁记》在胡寄尘编的《太平洋报》文艺栏连载，原已在南洋泗水《汉文新报》登载开头一部分，8月7日载完。1919年上海广益书局始全文刊印。1924年商务印书馆刊英译本，梁仕乾译。此后续作《天涯红泪记》（1914）、绛纱记（1915）、《焚剑记》（1915）、《碎簪记》（1916）、《非梦记》（1916），对鸳鸯蝴蝶派作家创作言情小说颇有影响。

7月21日，《苦儿流浪记》，法国爱克脱麦罗著，天笑（包公毅）译，（商务）《教育杂志》第4卷第4号—第6卷第12号（1912.7.10—12.15）。上海商务印书馆1915年3月19日出版，1915年10月23日再版。

8月，黎元洪于8日查封汉口《大江报》，缉拿该报主任何海鸣、编辑凌大同。上海《民立报》、《民权报》、《民国新闻》等7家报社联名致电参议院及黎元洪，抗议黎元洪"违背国宪、蔑视人权"。

同月，管达如《说小说》，连载于《小说月报》第3年第5、7—11期。

9月，史量才向席裕福收买《申报》馆，乃于10月20日接办，是年销7000份，1917年销2万份。

同月，《文艺俱乐部》（半月刊）在上海出版，由扪虱谈虎客（韩文举）及孤愤生主编。

同月，天僇生著《血海花魂记》，载《独立周报》第19—35期。

10月，北吁撰《惨泪痕》（社会百剧），载《生活杂志》第5、7、9、13—14期。

同月，《女子白话旬报》在北京创刊，由唐群英、沈南雅等编辑。

12月，《猪仔还国记》，（许）指严著，载《小说月报》第3卷第9号。收入1960年2月北京中华书局出版的《反美华工禁役文学集》和1984年3月台湾广雅出版有限公司出版的《晚清小说大系》。

同月,《六年中之拿破仑》,法国庞拿姆著,周瘦鹃译,载《小说时报》第17期。

本年,李叔同、柳亚子等创办文美会,并创办《文美杂志》。

徐枕亚著《玉梨魂》、吴双热著《孽冤镜》,同为哀情小说,同在《民权报》文艺附刊刊登,一日此一日彼,间日交换连载,反响很大。《玉梨魂》1913年由上海民权出版部出版单行本。

本年刊行的作品还有:

《新汉演义》,40回,自由生著,上海书局刊行。

《神州光复志演义》,120回,雪庵编,广智书局刊行。

《开国奇冤传奇》,华伟生著,尚古山房版本。

《兰娘哀史》,吴双热著,上海民权出版部出版。

1913年

二次革命失败。

1月,《民国汇报》半月刊在上海创刊,辟"小说"栏。

同月,《儿童历》,天笑生著,开始在《中华教育界》第2卷第1—12期(1913.1.15—12.15)连载。

4月,泖东一蟹编《小说丛考》,载《小说月报》第4卷第1—11号。

同月,东吴旧孙撰《欧美小说丛谈》,载《小说月报》第4卷第1号。

同月,林纾翻译《罗刹雌风》,英国希洛著,连载于《小说月报》第4卷第1—4号(1913.4.25—8.25)。

同月,福建教育司第三科于福州创办《通俗教育杂志》(半月刊)。

6月,魏易译英国狄更斯所著《二城故事》,载《庸言》第1卷第13号—第2卷第1、2号合刊(1913.6.1—1914.2.15)。

8月,苏曼殊撰《讨袁宣言》。

同月,郑正秋创办新剧剧团"新民剧社",继起的有经营三的民鸣社、孙玉声的启民社、林孟鸣的移风社等。

同月,《自由杂志》创刊,由童爱楼编辑,是《申报·自由谈》的汇刊,至同年10月,只出2期,后改组为《游戏杂志》。

10月,新剧团体"启民社"成立,由孙玉声主持。

同月,侠情小说《箫史》,枕亚(徐枕亚)著,载《小说月报》第4卷第6号。

11月，曾朴译嚣俄（雨果）著《九十三年》，由有正书局出版。该书是应狄平子之约而译，曾连载于《时报》。

同月，《工人小史》，焦木（恽铁樵）著，载于《小说月报》第4卷第7号。

同月，《游戏杂志》（月刊）创刊，由王钝根、天虚我生（陈蝶仙）主编，中华书局发行。1915年6月停刊，共出19期。首期载有《序》。

12月，胡寄尘编《香艳小品》月刊，同时编不定期刊《香艳集》，仅出两集，广益书局发行。

同月，《小说杂评》，眷秋著，载《雅言》第1期。

同月，《钏影楼剧话》，笑撰，载《歌场新月》第2期。

本年，《滑稽杂志》（月刊）创刊，吴生茫主编，在苏州创刊，发行3期即停刊。

近代京剧改革家汪笑侬再赴上海参加《宦海潮》演出，还编演了《党人碑》、《哭祖庙》、《博浪锥》、《受禅台》等时事新剧。

欧阳予倩编《鸳鸯剑》（话剧）成，杨尘因、张冥飞编演的京剧《黛玉葬花》成，1915年演出于春柳剧场。

黄小配逝世。

本年刊行的作品还有：

《玉田恨史》，天虚我生（陈蝶仙）著，载《申报》副刊《自由谈》。

《芙蓉影》，（陈）蝶仙著，载《游戏杂志》第1期。

冷红生（林纾）著《庚辛剑腥》（又名《京华碧血录》）1册，由北京平报社刊行。

包天笑（公毅）译《孤雏感遇记》，由商务印书馆刊行。

1914年

第一次世界大战起，至1918年结束。

1月，《新市声》发表，知几著，载《小说月报》第4卷第9号。

同月，《弱女飘零记》出版，胡寄尘著，上海广益书局出版。

2月，吴双热的长篇哀情小说《孽冤镜》由上海民权出版部出版，24章，徐枕亚为之作序。

3月，《小说丛话》，成（吕思勉）撰，于《中华小说界》第3—5期连载。

同月，新剧同志会成立“春柳剧场”，所演剧目有《不如归》、《猛回头》、《家庭恩怨记》、《社会钟》、《热泪》等。

4月，袁世凯公布“报纸条例”，规定各种报纸，应于发行日递送警察官署存查；凡涉及“淆乱政体”、“妨害治安”等项，一律不准登载，违者重惩。

5月，《雪鸿泪史》(何梦霞日记别体小说)，14章，徐枕亚评校，连载《小说丛报》第1—18期(1914.5.1—1916.1.10)。上海清华书局1916年1月1日初版；台湾文光图书公司1978年3月订正初版。

同月，《天涯红泪记》(小说)，苏曼殊著，载本月《国民》，署名“三郎”。苏曼殊删订《燕子龛随笔》重新刊行。

6月10日，《侠僧》(红羊佚闻之一)，枕亚(徐枕亚)著，载《小说丛报》第2期。

7月，《真假爱情》，周瘦鹃著，载《礼拜六》第5、6期(1914.7.4—7.11)。

同月，李定夷著哀情小说《霣玉怨》出单行本，初在《民权素》上发表。

9月，镜若、叔鸾撰《伊蒲生(易卜生)之剧》，载《俳优杂志》第1期。同期载马二撰《自由演剧之将来》、《演剧之等级》、《俳优新志》等评论。

11月7日，《古戍寒笳记》，叶小凤著，连载于《七襄》第1—8期(1914.11.7—1915.1.17)。

同月，《五十年剧史》，宣之撰，载《七襄》杂志第1、2期。

本年，李涵秋的小说《广陵潮》在上海的《大共和(日)报》、《神州日报》连载，80回，原名《过渡镜》。作品反映了扬州城内的云、伍、田、柳四家盛衰历史。本年出版初集，谈老谈作序。

刘铁冷著《铁冷碎墨》出版，收短篇小说10篇。

严独鹤应聘入新闻报馆，改革原有副刊，8月16日起，《庄谐杂录》改名《快活林》，“一·二八”国难后，又改名《新园林》。曾连载很多长篇小说，如李涵秋《战地莺花录》、《好青年》等七八种，顾明道《荒江女侠》，张恨水《啼笑因缘》、《夜深沉》等五六种，以及平江不肖生等人小说，程瞻庐等人弹词、笔记。

平江不肖生著《留东外史》。

《小说丛刊》短篇小说集刊行，程善之著。

本年鸳鸯蝴蝶派作品趋于鼎盛，创办的刊物极多。

本年创刊的杂志有：

1月1日，《中华小说界》(月刊)创刊于上海，沈瓶庵编，中华书局发行，1916年7月停刊，共出30期。第1卷第1期有沈瓶庵撰《中华小说界发刊词》。

4月25日，《民权素》(月刊)创刊于上海，蒋箸超、刘铁冷主编，民权出版部发行。内容设有名著、艺林(诗词)、游记、诗话、说海(小说)、谈丛(笔记)、剧评等栏。至1916年4月,共出17集。据郑逸梅《民国旧派文艺期刊丛话》,认为此刊为鸳鸯蝴蝶派的发祥地。

同月,《小说丛报》(月刊)创刊于上海,徐枕亚主编,第二年起徐枕亚、吴双热合编,第4年第1期起徐编,第7期起,又由吴编。内容有长短篇小说、文苑译丛、谐林、笔记、弹词、新剧等栏,后改为小说海、翰墨林、海客谈、记事珠、莲花舌、歌舞台、碎锦坊等。先由国华书局发行,继由小说丛报社自己发行。1919年8月停刊,连增刊在内共出44期。

6月,《礼拜六》(周刊)创刊于上海,王钝根、孙剑秋主编,每逢星期六出版,中华图书馆发行。第1期载王钝根撰《礼拜六出版赘言》。1916年4月出满100期停刊。1921年3月复刊,周瘦鹃编。1923年4月,发满第二个100期停刊。

同月,《黄花旬报》创刊,徐天啸、吴双热、徐枕亚编。黄花旬报社发行。同年停刊。

7月,《五铜元》(周刊)于上海创刊,吴双热编辑,五铜元周刊社(即小说丛报社)发行。设有"或曰放焉"、"说苑新声"、"阿要热昏"、"骚坛倒运","鸡零狗碎"五栏,以5铜元1册,故取为刊名。

同月,《娱闲录》半月刊在成都创刊,为《四川公报》的增刊。

8月,《快活世界》(月刊)创刊,庄乘黄编,和记中国图书公司发行,10月停刊。

同月,《好白相》(旬刊)创刊,治安(陈耕涣)、池龙(嵇中散)编,新剧小说社发行,11月停刊。

9月,《繁华杂志》(月刊)创刊,海上漱石生编,锦章书局发行。1915年2月停刊。

同月,《白相朋友》(旬刊)创刊,胡寄尘编,广益书局发行,12月停刊,共出8期。

同月,《小说旬报》在上海创刊,英蜚、羽白、剪瀛编辑。内容以小说为主,兼及弹词、戏剧。

同月,《俳优杂志》半月刊在上海创刊。

同月,《织云杂志》在上海创刊,由席悟奕创办,痴遯编辑。

10月,《眉语》(月刊)创刊于上海,高剑华(许啸天之妻)主编,撰稿者多为妇女。新学社发行。1916年3月停刊,共出18期。

11月,《朔望》(月刊)创刊,改良小说社编行,次月即停刊。

同月,《七襄》(旬刊)于上海创刊,每月3期,逢七发行,即每月7、17、27日发行。小凤、陈倦鹤编辑,七襄社发行。1915年2月停刊,共出9期。

12月10日,《女子世界》(月刊)创刊,天虚我生编,中华图书馆发行,1915年7月第6期停刊。

同月,《上海滩》(旬刊)创刊,《上海滩》编辑部编,夏星社发行。插图都是名妓近影,内设短篇小说、长篇小说等栏,以文言居多。1915年即停刊,共出5期。

同月,《十日新》杂志创刊,改良小说社主办,仅出4期。

《余兴》(月刊)创刊,创刊日期待考,系《时报》附刊《余兴》的作品选刊,有正书局发行,1917年7月停刊。

《销魂语》(月刊),戚饭牛、奚燕子、汪野鹤编,发行者及创刊停刊日期待考。

《七天》(周刊),海上漱石生编,锦章书局发行,同年停刊,共出8期。

《琴心报》(周刊),吴双热编,在常熟发行,1914年创刊,停刊日期待考。

《香艳杂志》,新旧废物(王均卿)编,中华图书馆发行,1914年创刊,1915年停刊,共出12期。

1915年

日本迫我承认"二十一条"。

1月1日,梁启超发表《告小说家》,载《中华小说界》第2卷第1期,强调小说的感化教育作用,痛感今日小说"其什九则诲盗与诲淫而已,或则尖酸轻薄毫无取义之游戏文也,于以煽诱举国青年子弟,使其桀黠者濡染于险诐钩距、作奸犯科,而摹似某种侦探小说中之一节目,其柔靡浸淫于目成魂与逾墙钻穴,而自比于某种艳情小说之主人者"。要求小说家们"诉诸天良",纠正作品的不良倾向。

同月,《孤岛英雄传》,定夷(李定夷)著,载《小说丛报》第7期。

同月25日,《西学东渐记》(小说),容纯甫先生自叙,凤石译述,铁樵(恽树珏)校订,载《小说月报》第6卷第1—8号(1915.1.25—8.25)。1981年1月收入湖南人民出版社《走向世界丛书》第1辑。

2月,《卖菜儿》,天愤(俞天愤)著,载《礼拜六》第36期。

同月,由小凤、陈倦鹤编辑的《七襄》杂志停刊。

同月，徐枕亚所著《雪鸿泪史》单行本出版，此书是《玉梨魂》的姐妹篇。

4月，梅兰芳从上海回到北京，自本月起至1916年9月编演了如《孽海波澜》、《一缕麻》等时装新戏。

同月，《秋海棠传奇》，悲秋著，载《中华妇女界》第1卷第4期。

5月，《国耻录》，钝根撰，载《礼拜六》杂志第51—58期。

6月，《后不如归》，黄翼云著，上海商务印书馆出版。作品模仿日本文学名著《不如归》。

7月10日，《绛纱记》（小说），昙鸾（苏曼殊）著，发表于《甲寅杂志》第1卷第7号。

8月10日，《焚剑记》（小说），苏曼殊著，发表于《甲寅杂志》第1卷第8号。

同月，秋魂撰《新剧刍议》，载《民权素》第9、10集。

9月，教育部设立通俗教育研究会，下设三股：小说、戏剧、讲演股。鲁迅被委任为小说股主任。

10月，《蒙边鸣筑记》，叶小凤著，载《小说大观》第2集。

同月，鲁迅出席通俗教育研究会第二次大会。会上，新任教育总长张一麐致辞说："近时小说，则上海出版者颇多恶劣……宜多为调查，如书肆有贩而私售者，一经查出，必严其罚而火其书，用强制执行之法，务使此种不良之小说驱除无遗，此消极方面之办法也。而积极一方面，则编辑极有趣味之小说，寓忠孝节义之意，又必言词情节在能引人入胜，使社会上多读新制之小说，而视不良小说如毒药之不可复进，则社会必因之日良矣。"（《通俗教育研究会第一次报告》）

同月，南社在上海愚园举行第13次雅集。柳亚子因腿伤未到会，继续当选为主任。

12月1日，《女侦探》，徐大纯著，载《小说海》第1卷第12号。

本年，《如此京华》，叶小凤著，连载于《小说大观》第3—4集。

《游侠外传》，孤桐（章士钊）著，载《小说大观》第4集。

郑正秋（伯常）领导的新民剧社开始以家庭题材为内容编演新剧。各地剧团加以仿效，有的剧团使新剧走上庸俗的商业化道路。

京剧改革家汪笑侬从上海到北京，加入文翊社，排演时装京剧，并编排了《党人碑》一剧，用以讽刺袁世凯的卖国行径。

缪荃孙于上海发现宋人话本集《京本通俗小说》，于本年刊刻发行。

本年刊行的作品还有：

《情孽》出版，蒋景缄著，上海进步书局印行。

蒋瑞藻有《小说考证》（按本书将小说、戏曲统称小说）10 卷出版，由商务印书馆印行。1919 年又将增辑之《附录》1 卷，《续编》5 卷，《拾遗》1 卷与《考证》印为合订本。

海上漱石生（孙玉声）的《续海上繁华梦》初载于《图画日报》，本年出版单行本，由民权出版部刊行，3 集，100 回。

本年创刊的杂志有：

1 月 1 日，《小说海》（月刊）在上海创刊，黄山民（恽铁樵）编辑，中国图书公司发行。1917 年 12 月停刊，共出 3 卷，每卷 12 期。长篇小说刊有林纾的《拿云手》、王无为的《艳闻掇佚》、李涵秋的《玉华惨史》等；短篇小说有姚鹓雏的《玉珰缄札》、孤桐的《吴笺》、刘半侬的《女侦探》、徐卓呆的《名马》等。笔记有王西神的《西神客话》、孑余的《京华尘梦录》、公鹤的《上海闲话》等。

同月 5 日，（商务）《妇女杂志》（月刊）创刊，王蕴章编，内容偏于消闲。一年以后，相继由胡彬夏（女）、章锡琛、杜就田等编辑，谈论妇女问题内容逐步增加。1931 年 12 月停刊。

同月，《笑林杂志》创刊，天竞编，文盛堂书局发行。只出 1 期。

同月，《消遣的杂志——上海》（月刊）创刊，陆澹安编，广益书局发行。只出 1 期即停。

同月，《中华学生界》（月刊）在上海创刊，中华书局发行。

同月，《消闲钟》（半月刊）于上海创刊，李定夷主编，国华书局发行。设说部、志林、谐乘、杂俎四类，至 1915 年停刊，共出 12 期。

同月，《大中华杂志》（月刊）在上海创刊出版，中华书局发行，梁启超被聘为主任撰述。1916 年 12 月停刊，共出 2 卷，每卷各 12 期。

3 月 15 日，《双星》（月刊）创刊于上海，松风、抱月编，双星杂志社出版，文明书局发行。9 月改为《文星杂志》，共出 8 期。首载西神残客、姚鹓雏的《发行辞》各一。内容设有小说、传奇、文苑、野史、杂俎、词话、曲话、艳屑、弹词、美术、谐海、幻术等栏。

同月，《戏剧丛报》（月刊）在上海创刊，由戏剧出版社编辑，新剧小说社发行。主编人为夏秋风，胡寄尘、俞剑尘、钱化佛等参与编辑，内容有话剧、京剧、论说、剧本、剧评、译作等，出刊 1 期即停。

同月，《小说新报》（月刊）于上海创刊，李定夷主编；第 5 年第 8 期起由许指严继任;第6年第1期起由包醒独继任;第7年第1期由贡少芹继任;第8年第1期起,由天台山农等继任。首期载有《小说新报发刊词》。共出94期,由国华书局发行。

4月,《滑稽时报》(月刊)创刊。时报馆编,文明书局发行,7月停刊。

5月22日,《中国白话报》(旬刊)于上海创刊,与1903年在上海出版的《中国白话报》同名。

8月,《小说大观》(季刊)创刊。包天笑主编,文明书局、中华书局共同发行,为小说杂志有季刊之始。《例言》中说:"无论文言俗语,一以兴味为主。凡枯燥无味及冗长拖沓者皆不采。"1921年停刊,共出15集。

同月,李辛白编辑的《通俗杂志》(半月刊)于上海创刊。

9月,《青年杂志》(月刊)于上海创刊,为综合性的文化评论刊物,陈独秀主编,上海群益书社发行。

10月,《中华新报》在上海创刊,由欧阳振声(骏民)任总经理,谷钟秀、徐溥霖、李述鹰、吕复任编辑。

1916年

袁世凯1915年底称帝,定今年起为洪宪元年,3月起在全国反对声中又取消帝制,仍称大总统。

1月,曾朴在上海参与讨袁军事会议,曾以筹款之责自任,后倾其私蓄尽以充军实。

同月,《春声》(月刊)创刊,姚鹓雏主编,文明书局发行。内容设长短篇小说、剧本、笔记、诗词选等。本年6月停刊,共出6期。

2月,《大宝魔王》,包天笑著,上海有正书局出版。

3月,高剑华主编的《眉语》月刊停刊,共出18期。

同月,《申报·自由谈》发起特别征文:"《自由谈》中现特行征求游戏文章笔记及应时短篇小说,一经录用,照下例酬赠:一、每千字六元,二、四元,三、二元。"

4月,《礼拜六》周刊本月出至100期停刊。

同月,钱静方(泖东一蟹)的《小说丛考》单行本由商务印书馆出版。

同月,吴梅撰《奴泪碑传奇》成,载《小说月报》第7卷第4、5号。

5月,《留东外史》,不肖生(向逵)著,上海民权出版部刊行单行本,至1922年出齐,共10集160章。同年,上海世界书局刊行。在此后他刊行的侠义章回小说还有《江湖奇侠传》、《近代侠义英雄传》、《玉玦金环录》、《江湖小侠传》、《江湖异人传》、《江湖怪异传》等。

5月，曾朴著《孽海花》第3册，由望云小房刊行，附录有《孽海花考证》长文。

同月，《福尔摩斯侦探案全集》，英国柯南道尔著，小青等10人译。收长短篇侦探小说44案，汇成文言译本12册。上海中华书局刊行。前有半侬(刘半农)的《序》，认为："柯氏此书，虽非正式的教科书，实隐隐有教科书的编法。"

6月25日，《武侠丛谈序》，冷风著，载《小说月报》第7卷第6号。

8月，《晨钟报》创刊(后改名《晨报》)。李大钊发表《晨钟之使命》，其中说"由来新文明之诞生，必有新文艺为之先声……以视吾之文坛，堕落于男女兽欲之鬼窟，而罔克自拔，柔靡艳丽，驱青年于妇人醇酒之中……"被认为是现在最早的对于鸳鸯蝴蝶派作品的批评。

9月，教育部通俗教育研究会通令查禁鸳鸯蝴蝶派的《眉语》月刊，随后还查禁了《金屋梦》、《鸳鸯梦》等小说。

10月，上海《时事新报》开辟《上海黑幕》专栏，此后两三年间，"黑幕小说"风行一时。代表作品有《绘图中国黑幕大观》及其续集。

11月，《碎簪记》，苏曼殊著，连载于《新青年》第2卷第3—4号(1916.11.1—12.1)。

同月23日，《新申报》开始连载朱瘦菊长篇小说《歇浦潮》。

12月，蔡元培应通俗教育研究会的邀请发表演说，阐述小说、戏曲、影戏等与通俗教育的关系。

本年，由张石川(蚀川)编导的电影《黑籍冤魂》在上海放映。

强作解人以《小说林》所刊《孽海花》4回(第21至24回)及所作《孽海花人名索隐表》、《孽海花人物故事考证》8则、《证续》11则合刊为《孽海花》第3册问世。

《清史通俗演义》出版，蔡东藩著，上海会文堂书局刊行。随后作者又撰成元、明、民国、宋、五代、南北朝、前后汉等各朝通俗演义。

杨尘因所作《新华春梦记》20回刊行。

1917年

张勋复辟，拥戴废帝溥仪复位，12天后失败。

1月1日，胡适在《新青年》第2卷第5号发表《文学改良刍议》。2月，陈独秀在第6号上发表《文学革命论》。4月，方孝岳在第3卷第3号上发表了《我的文学改良观》。5月，刘半侬在第3卷第2号上发表了《我的文学改良观》以及胡适的《历史的文学观念论》。刘文说"不认今日流行之红男绿女之小说为文学"。

同月，《小说画报》(月刊)创刊，包天笑、钱病鹤编，上海文明书局发行。该刊以文为主，全为白话创作小说，图画为辅。共出版22册，因时常拖期，第21期至1919年9月才面世。

同月，宋慈抱撰《小说闲评》，载《瓯海潮》第4、6、8、9、13、16期。

2月，《小说革命军》(不定期刊)创刊于上海，胡寄尘编，自己发行，仅出2期。

3月，周瘦鹃结集所译外国小说，出版《欧美名家短篇小说丛刊》上、中、下3卷。收欧洲14国47位作家小说49篇。鲁迅时任教育部通俗教育研究会小说股主任，决定为该书授奖，与人共拟"空谷足音"的评语。评语谓"当此淫佚文学充塞坊肆时，得此一书，俾读者知所谓哀情惨情外，尚有更纯洁之作，则固昏夜之微光，鸡群之鸣鹤矣"。

4月，《南社小说集》，姚鹓雏主编，周瘦鹃等著，上海文明书局出版。内收周瘦鹃《自由》、成舍我《黑医生》等社员短篇小说10多篇。

6月，叶小凤的小说《蒙边鸣筑记》单行本由上海文明书局出版。

夏，苏曼殊作《非梦记》(小说)成，本年12月刊于包天笑主编的《小说大观》第12集。

12月，王钝根为《绘图中国黑幕大观》作序。

冬，刘半农开始征集歌谣，至1932年5月，共收全国各省歌谣14 800余篇，将所搜集资料汇编为《中国俗曲总目稿》出版，时间自清乾隆年间起，是研究中国近现代通俗文学最丰富、珍贵的资料。现藏我国台湾省研究院历史研究所傅斯年图书馆。

本年，《新青年》杂志首次发动反对文言、提倡白话，反对旧文学、提倡新文学的文学革命运动。

欧阳予倩、张冥飞编演《晴雯补裘》。

商务印书馆开始经营电影业务，并开始摄制《盛杏荪大出丧》、《商务印书馆放工》等无声新闻短片。

上海大型综合性游乐场"大世界"本年创建，地点在上海西藏中路。

叶小凤所著《古戍寒笳记》46回出版，单行本书前有吴绮缘序。

《海上十姊妹》印行，海上漱石生（孙玉声）著，未著出版处。

俞天愤《镜中人》，由徐枕亚评点，常熟铸新社刊行，醉经阁发行。

1918年

1月，《新青年》开始使用白话和新式标点。同年5月15日出版第4卷第5号起，全部改用白话和新式标点。

同月，《小说俱乐部》（不定期刊）创刊，苦海余生（刘锦江）编。上海中华编译所发行，消闲书室出版。撰稿人有“天虚我生”等。仅出一期。

同月，《双雏泪》，包天笑著，载于（商务）《教育杂志》第10卷第1号。

3月，《绘图中国黑幕大观》，路滨生编，辑170个作者的黑幕724篇，4大册，百余万字。中国图书集成公司出版。不到3年，刊行6次。《序》云：“黑幕者，摘奸发伏之笔也。”不久，又出版《绘图中国黑幕大观续集》。

4月，胡适在《新青年》第4卷第4号发表《建设的文学革命论》，文章提出创造新文学可分三步走：工具、方法、创造。在“方法”部分，指出近人小说的材料只有三种，一种是官场，一种是妓女，一种是不官而官非妓而妓的中等社会；方法有两派，一是学《聊斋志异》的札记小说，一是学《儒林外史》的白话小说。

5月，苏曼殊在上海广慈医院病逝，时年35岁。

同月，鲁迅著第一篇短篇白话小说《狂人日记》，在《新青年》第4卷第5号发表，始用笔名“鲁迅”。

7月15日，周作人在《新青年》第5卷第1号发表《日本近三十年小说之发达》，对比日本小说之发达，分析了中国小说之现状，指出“现代中国小说，还有多用旧形式者，就是作者对于文学和人生，还是旧思想，同旧形式不相抵触的缘故”。

同月，刘半农在北京大学文科研究所小说科针对当时流行的黑幕小说作演讲，讲稿题为《通俗小说之积极教训与消极教训》，发表在《太平洋》杂志第1卷第10号，署名刘复。文章认为小说对于世道人心应有积极影响。

8月，《小说季报》创刊，徐枕亚编辑，上海清华书局出版发行。以发表鸳鸯蝴蝶派作家的长篇小说为主。1920年5月停刊，共出4期。

同月，《世界画报》（月刊）创刊，孙雪泥等编，上海生生美术公司发行。1927年10月停刊。

9月，教育部通俗教育研究会在《东方杂志》第15卷第9号发表《劝告小说家勿再编黑幕一类小说函稿》，说黑幕小说“无非造作暧昧之事实，揭橥欺诈之行为，名为托讽，实违本旨”。10月，宋云彬致函《新青年》编辑钱玄同，批判黑幕小说。此后《新青年》、《小说月报》等刊物纷纷发表类似的文章。

10月，邵飘萍创办《京报》。该报于1926年4月被奉系军阀以“宣传赤化”为罪名查封。

11月，林纾、陈家麟同译俄国托尔斯泰的《现身说法》，此书原为托尔斯泰的一部自传体小说，原为三部曲《童年》、《少年》、《青年》。商务印书馆刊印。

汪笑侬卒。

林纾在《文艺丛刊》上发表《论古文白话之消长》。

俞天愤《中国侦探谈》由清华书局出版，收短篇12篇。

1919年

五四运动爆发。

1月，《新潮》(月刊)在北京创刊，是在《新青年》影响下出版的刊物，傅斯年任主编，北京大学学生会新潮社编辑出版。志希(罗家伦)撰《今日中国之小说界》，载于《新潮》第1卷第1号(1月1日出版)。对当时小说界现状，作了分析批评。

同月15日，钱玄同、宋云彬在《新青年》第6卷第1号上发表关于黑幕小说的通信《“黑幕”书》。钱说“‘黑幕’书之类亦是一种复古，即所谓‘淫书’者之嫡系”。

同月，仲密(周作人)在《每周评论》第4号发表《论“黑幕”》，认为“这种实录的东西，比虚构的更为恶劣”，“我们决不说黑幕不应披露，且主张说黑幕极应披露，但决不是如此披露”。2月，又在《新青年》第6卷第2号发表《再论“黑幕”》，驳斥杨亦曾对通俗教育研究会函稿的意见，认为“‘黑幕’是一种中国国民精神的出产物，很足为研究中国国民性社会情状心理者的资料；至于文学上的价值，却是‘不值一文钱’”。

同月，上海《新申报》为林纾特辟“蠡叟丛谈”栏，专发表林纾新作短篇小说，所有林作均署“林琴南先生”。至翌年3月16日林在该栏共发表作品58篇。

2月，林纾17日、18日在上海《新申报》发表文言小说《荆生》，3月又发表《妖梦》。作品以影射的手法，反映了作者对新文化运动的反对。

同月，周作人撰《中国小说里的男女问题》，载《每周评论》第7期。

同月，北京《晨报》改组第7版，吸收李大钊参加工作。至1921年10月21日，《晨报》第7版改为独立发行的《晨报副镌》，成为"五四"时期著名的四大副刊之一。

11月，鲁迅在《新青年》第6卷第6号发表杂文《有无相通》，其对南方鸳鸯蝴蝶派作家提出"江苏浙江湖南的才子们，名士们呵！诸公有这许多文才，大可以译几叶有用的新书"，"我们改良点自己，保全些别人"。

本年创刊的刊物主要有：

1月，《文学杂志》创刊，苦海余生（刘锦江）编，上海中华编译社发行，同年停刊。

3月3日，《晶报》（三日刊）创刊于上海。始为《神州日报》附刊，后改名为《晶报》独立发行，由余谷民（大雄）主持，内部由张丹斧负责，后由钱介尘、吴花农主编，是小报中影响最大的，曾发表不少文学作品及评论。1932年"一·二八"战争爆发，上海沦陷，交通阻隔，难于向外发行，曾改出日刊，后来终在困难中停办。

4月，《文艺丛报》（月刊）创刊，陈石遗、苦海余生编，上海普通图书馆发行，同年停刊。

10月，《滑稽画报》创刊，张光宇、钱化佛、严谔声编，在上海发行。

《小说霸王》（不定期刊）创刊，姚民哀编，大上海发行，其他不详。

1920年

1月，佩韦（沈雁冰）在《东方杂志》第17卷第1号发表《现在文学家的责任是什么》，认为针对当前社会情况，作家除表现人生，宣传新思想等等责任之外，还要"辟邪去伪"，"把德谟克拉西充满文学界，使文学成为社会化，扫除贵族的面目，放出平民文学界的精神。每一个字是为人类呼吁的，不是供贵族赏玩的；是'血'与'泪'写成的，不是'浓情'和'艳意'做成，是人类中少不得的文章，不是茶余饭后消遣的东西"。

同月10日，在《小说月报》第11卷第1期发表《新旧文学评议之评议》，文章认为新旧文学的区别不在形式而在性质，认为新文学是进化的文学，其有三件要素："一是有普遍的性质；二是表现人生、指导人生的能力；三是为平民的、非为特殊阶级的人的”，因此要用白话来写，“注重思想，不重格式”，并有“人道主义的精神，光明活泼的气象”。

同月11日，郑振铎在《新社会》第8号发表《黑幕与嫌疑》、《纸上的改造》。

3月，《欧战春闺梦》初编2卷2册，英国高桑斯著，林纾、陈家麟同译，商务印书馆刊。同年5月，出版续编。

6月，《图画周报》创刊于上海，后改名为《图画时报》。是我国第一份用铜版印刷的画报。

7月，胡适写成《〈水浒传〉考证》，此后又作《〈红楼梦〉考证》(1923.2)、《〈镜花缘〉的引论》(1923.2)、《〈三侠五义〉序》(1925.3)、《〈老残游记〉序》(1925.11)、《〈儿女英雄传〉序》(1925.12)、《〈海上花列传〉序》(1926.6)、《〈官场现形记〉序》(1927.11)、《〈水浒传〉新考》(1929.6)、《〈醒世姻缘传〉考证》(1931.2)等。

同月，《台湾青年》杂志创刊。1922年4月改名为《台湾》。该刊发表一系列文章，反对文言，提倡白话，反对旧文学，提倡新文学，宣传新文化运动。

9月，罗家伦在《新潮》第2卷第5号上发表《近代文学思想之变迁》。

11月，王莼农向商务印书馆提出辞职，茅盾应高梦旦之请，担任《小说月报》主编，并着手该刊的全面革新工作。

12月，《游戏新报》(月刊)创刊，范君博、郑逸梅、赵眠云编，上海新民图书馆、清华书局发行。

程瞻庐在《小说月报》连载的《茶寮小史》24回，由商务印书馆汇为正续两集出版。

1921年

中国共产党成立。

1月10日，沈雁冰在《小说月报》第12卷第1号上发表《〈小说月报〉改革宣言》，宣言称《小说月报》“谋更新而扩充之，将于译述西洋名家小说而外，兼介绍世界文学潮流之趋向，讨论中国文学革进之方法”。在述说旧有门类变化情况后，表示了对某些文艺问题的看法。认为“今日谭革新文学非徒事模仿西洋而已，实将创造中国之新文艺，对世界尽贡献之责任”。并提倡介绍国外写实主义文学，强调文学批评的重要，但又反对“奉西洋之批评主义为天经地义，而抹杀自由创作之精神”。同时认为中国旧有文学对将来也会有几分贡献,不能一笔抹煞。同期发表《文学与人的关系及中国古来对于文学者身份的误认》。文章批判了把文学作为"附属品装饰物"和"文以载道"的封建文学观念,认为"文学不是作者主观的东西","不是高兴时的游戏或失意时的消遣"。"文学的目的是综合的表现人生,不论是用写实的方法,是用象征比譬的方法,其目的总是表现人生,扩大人类的喜悦和同情,有时代的特色做它的背景"。文章还强调了文学家应"为人类服务","创造并确立中国的国民文学"。

同月,"文学研究会"在北京召开成立大会,到会13人,郑振铎被选为书记干事。

4月,《雌蝶影》出版,李涵秋著,上海国宝图书室刊行。

5月,文学研究会刊物《文学旬刊》创刊后,在"杂谈"栏连续发表文章批评当时的某些通俗文艺。如:

玄珠(沈雁冰)在创刊号"文学界消息栏"中指出:"《礼拜六》重新出版,还是文艺当做消遣品,实在叫人失望了。""坊间变相黑幕小说之多,很使人疑心'五四'以来的文化运动真是白费力。"

西谛(郑振铎)发表《新旧文学的调和》(第4号)、《新旧文学果可调和么》(第6号),反对黄厚生调和的主张。

蠢才发表《文学事业的堕落》(第4号)、圣陶发表《侮辱人们的人》(第5号),批评《礼拜六》的竟以"宁可不娶小老姆,不可不看《礼拜六》"为广告。

西谛发表《血和泪的文学》(第6号)说:"我们需要的是血的文学,泪的文学,不是'雍容尔雅''吟风啸月'的冷血的产品。"

玄发表《这也有功于世道么?》(第9号),西发表《消闲?!》(第9号)指出写作"消闲"小说的一些人是无聊的文丐。CC发表杂谈,进而指出这类专事迎合社会心理的人是文娼。

郭沫若致信《文学旬刊》郑西谛(振铎)(发表在第6号),表示对《礼拜六》那一类文丐,"要用二十四生的大炮去攻击","我不久也要来助战!"

西谛(郑振铎)在第10号发表《中国文人(?)对文学的根本误解》:"不是把文学当做人家消闲的东西,就是把它当做自己的偶然兴到的游戏文章。"

7月,"创造社"在日本东京成立。

本年,世界书局改组为股份有限公司。初以出版侠客、侦探、言情小说为主,后转向出版教科书、国学名著、医学书籍等,并率先出版连环图画书多种。至40年代末,成为仅次于商务印书馆、中华书局的大型出版机构。

本年创办的刊物有：

1月，《新声杂志》(月刊)创刊，施济群主编，上海新声杂志社发行，1922年6月停刊，共出10期。

3月，《礼拜六》(周刊)复刊。周瘦鹃主编，较前百期增设笔记、谐著、译丛、隽语、琐闻、笑话、杂谭各栏，不再限于小说。仍由中华图书馆发行。又出满100期停刊。

5月，文学研究会刊物《文学旬刊》创刊于上海。

同月，朱瘦菊(海上说梦人)的《歇浦潮》(100回)在《新申报》连载5年，本月由新民图书馆出版单行本，本年12月再版，1922年3月3版，9月4版……此书曾得张爱玲赞扬。

同月，《消闲月刊》创刊，赵眠云、郑逸梅编，在苏州自己发行，以发表小说为主。出6期停刊。

6月，《游戏世界》(月刊)创刊于上海，周瘦鹃、赵苕狂编，上海大东书局发行。1923年6月停刊，共出24期。

8月，《东方朔》创刊，沈禹钟、吴灵园编，上海群英书社发行。仅出2期。

9月，《半月》(半月刊)创刊于上海，周瘦鹃编，先后由上海半月社、大东书局发行。至1925年11月第4卷第24期停刊，共出96期。

10月，《小说新潮》(月刊)创刊，陈铁生编，上海中央印刷公司发行。12月停刊。

《礼拜花》，闻野鹤、朱海粟、胡寄尘编，上海礼拜花小说周刊社发行，2期即停。

《滑稽新报》(月刊)，上海滑稽新报社发行。仅出1期。

1922年

1月，《文学旬刊》展开"民众文学"讨论，刊出俞平伯、叶圣陶、朱自清等人文章。

同月，《新九尾龟》出版，枕流阁主著，上海世界书局版。

3月，张石川、郑正秋、周剑云、郑鹧鸪、任矜萍在上海创办的明星影片股份有限公司正式成立。

同月，《近代文明与近代文学》，郎损(茅盾)撰，载于《文学旬刊》第30期。

5月,《集锦小说》,独鹤著,上海大成书局出版。

同月,西谛在《文学旬刊》第37号发表《新文学观的建设》,指出:"文学是人生的自然的呼声,人类情绪的流泄于文学中的,不是以传道为目的,更不是以娱乐为目的,而是以真挚的情感来引起读者的同情的。""娱乐派的文学观,是使文学堕落,使文学陷溺于金钱之阱的重要原因"。

7月10日,沈雁冰在《小说月报》第13卷第7号发表《自然主义与中国现代小说》。文章认为中国现代小说可分成新旧两派。旧派作者受游戏消遣、金钱主义的文学观念支配,"只知主观的向壁虚构",而不懂"客观的观察"。新派作者对文学抱有严肃态度,但缺乏客观的描写态度,"内涵欠丰厚,欠复杂,用意太简单,太表面化"。为纠正这些弊病,自然主义是合适的良方。

同月,《中国的报纸文学》,化鲁撰,载于《文学旬刊》第44、46、47期。

同月,《论新旧道德与文艺》,邵祖平撰,载于《学衡》第7期。

部分通俗文学作家在上海半淞园成立青社。成员有包天笑、周瘦鹃、何海鸣、许廑父、胡寄尘、江红蕉、程小青、徐卓呆、张舍我、范烟桥、王蕴章、严独鹤、朱瘦菊、赵苕狂、程瞻庐、沈禹钟、严芙孙、毕倚虹、李涵秋等。出版过刊物《长青》。

8月,部分通俗文学作家在苏州留园涵碧山庄结社,时值七夕,定名星社。成员最初为范烟桥、郑逸梅、顾明道等,继有江红蕉、徐卓呆、程小青、尤半狂、徐碧波、程瞻庐、严独鹤等加入,继又有包天笑、赵苕狂、陆澹庵、张枕绿加入,共100余人。出版过《星报》、《星光》等报刊。

9月,李芾甘(巴金)在《文学旬刊》第49号发表《致文学旬刊》,指出:"近来《礼拜六》、《半月》、《快活》、《游戏世界》等杂志很发达,不能算是好现象。但是这也是应该的,因为中国现在的社会黑暗到了极点,所以这种东西才能受人欢迎。""我以为现在最好一面做建设的工作,一面做破坏的工作。"

10月,鲁迅在《晨报副刊》发表《所谓"国学"》,指斥写"拆白之事"的小说者也竟自命为"国学家"。

同月,成仿吾在《创造季刊》第1卷第3期发表《歧路》,说"《礼拜六》、《晶报》一流东西是时代在青年面前设置的歧路。青年们应去读更有益更有价值的书"。并在《编辑余话》里呼吁"往前进击","把他们由地球上扫除了罢!"

同月,《整理中国文学的提议》,西谛(郑振铎)著,载于《文学旬刊》第

51期。

11月10日，雁冰在《小说月报》第13卷第11号发表《真有代表旧文化旧文艺的作品么?》。文章对上海《礼拜六》一类的通俗读物提出严厉的批评，认为此类读物不仅思想毒害甚大，在文学上的恶劣影响也不可忽视。因为有些人误以为它们代表着中国旧文艺，而使"历史上有相当价值的旧文艺蒙受意外的奇辱"。

同月，周作人于《民国日报》副刊《觉悟》发表《什么是不道德的文学》一文。

姚鹓雏在《家庭杂志》发表《小说学概论》，语多精辟。

江红蕉著《交易所现形记》(署名老主顾)，在包天笑编《星期》上连载，写抗日战争以前上海投机牟利的交易所风起云涌，相互倾轧，扰乱市场。

本年创办的刊物有：

1月，《快活》(旬刊)创刊，李涵秋主编，实为张云石主编，上海世界书局发行。12月停刊，共出36期。

同月，《家庭杂志》(月刊)创刊，江红蕉主编，上海世界书局出版发行。该刊以发表小说为主。12月停刊。

2月，《星期》(周刊)创刊，包天笑主编。上海大东书局发行。翌年3月停刊，共出50期。

5月，《良晨》(周刊)创刊，张枕绿编，上海世界书局发行，停刊期不详。

同月，《新华》(月刊)创刊，上海新华书局发行。停刊日期不详。

6月，《紫兰花片》(月刊)创刊，周瘦鹃个人小杂志，上海大东书局发行。1924年6月停刊。

8月，《红杂志》(周刊)创刊于上海。严独鹤为编辑主任，施济群主编，世界书局出版。1924年7月改版，共出100期。又纪念号1期，增刊1期。

同月，《星》(周刊)创刊，范烟桥等编，苏州星社发行，1923年1月停刊。

9月，《长青》(周刊小报)创刊，包天笑、胡寄尘主编，星社刊物，10月停刊，共出5期。

12月，《心声》(半月刊)创刊。刘豁公等编，上海心心照相馆发行。1924年8月停刊。

同月，《小说日报》创刊于上海。初由许廑父、严芙孙、孙玮才编辑，后期由郭元觉，朱松庐、孙季康编辑。上海清华书局发行。翌年2月停刊，共出60期。

《小报》创刊，钱释云编，上海发行，共出 10 期，其他不详。

《笑杂志》（月刊）创刊，平襟亚、王后哲编。上海东方书局发行，其他不详。

1923 年

1 月，孙中山发表《中国国民党宣言》。

同月，唐俟（鲁迅）在《晨报》副刊发表《关于〈小说世界〉》。文章鄙视当时出版的《小说世界》，认为“新的青年的文学的第一件事是创造或介绍”，至于《小说世界》这类东西，不过是“蝇飞鸟乱，可以什么都不理的”。

同月，浩然在《晨报副刊》发表《论上海滩上的文人》，着重批评他们思想方面的陈腐，与艺术方面的低劣。

6 月，《白雪》（小说集），沈禹钟等著，赵苕狂编，上海世界书局。内收沈禹钟《股息》、胡寄尘《人生之一幕》等 10 篇。

7 月，《文学旬刊》自第 81 期起更名《文学》，发表《本刊改革宣言》，其中说“以文艺为消遣品，以卑劣的思想与游戏态度来侮蔑文艺，熏染青年头脑的，我们则认他们为‘敌’，以我们的力量，努力把他们扫出文艺界以外；抱传统的文艺观，想闭塞我们文艺界的前进之路的，或想向后走去的，我们则认他们为‘敌’，以我们的力量，努力与他们奋斗。至于其他和我们在同路上走的人，即使他们的主张与态度和我们不同，我们还是认他们为‘友’的”。

10 月，张友鸾等出版《良友小说集》，张静庐编。内收张友鸾《夜寒霜月》、许杰《多子的烦恼》等 11 篇。

11 月，《红杂志》刊出张舍我任校长的上海小说专修学校招生广告。称该校以“教授小说文学，造就小说人才为宗旨”。

12 月，上海商务印书馆开始出版“文学丛书”，至 1945 年共出《小说的研究》、《小说法程》等著译 10 种。

同月，《京华碧血录》，林纾著，上海商务印书馆出版。

本年，南社停止活动。柳亚子、叶楚伧、邵力子、陈望道等在上海发起成立“新南社”，表示由反对白话文转向拥护白话文。支持新文化运动，出版《新南社社刊》1 期。

毕倚虹署名娑婆生，写长篇小说《人间地狱》60 回，本年起在《申报》连载。毕于 1926 年逝世后，又由其好友包天笑续写 20 回。

平江不肖生（向恺然）的著名武侠小说《江湖奇侠传》开始在《红》杂志

连载。

赵焕亭著名作品《奇侠精忠传》正续集各8册自本年至1927年陆续出齐。

鲁迅在北京大学文科讲中国小说史的讲义,初名《中国小说史大略》,本年12月由北大新潮社出版上册,次年6月出版下册。出版时定名《中国小说史略》。1925年9月由北新书局改印合订本。1930年11月重新修订。

上海大东书屋开始出版"紫罗兰盦小丛书"。至1928年共出周瘦鹃编《紫罗兰花片》等文艺作品7种。

本年创刊的刊物有:

1月,商务印书馆在1921年《小说月报》改革,成为新文学刊物之后,又另创《小说世界》(周刊),先后由叶劲风、胡寄尘主编,上海商务印书馆出版发行。主要撰稿者有包天笑、李涵秋、赵苕狂、程小青、范烟桥等,为通俗文学阵地。出至1929年9月停刊。

3月,上海《申报》副刊《小说半月刊》创刊。出至1924年12月24日停刊。

7月,《星光》(不定期刊),许啸天编,上海星期文会发行,共出4期。

同月,《侦探世界》(半月刊)创刊于上海,世界书局发行,严独鹤、陆澹安、程小青、施济群编辑。13期起陆辞去编辑之职,赵苕狂参与编辑。翌年5月停刊,共出24期。

8月,《笑画》(月刊)创刊,徐卓呆主编,上海生生美术公司发行,1924年1月停刊。

10月18日,《金钢钻报》创刊于上海。陆澹安、朱大可、严独鹤、郑子褒、施济群、漱石、严芙孙等10人合编。抗战前夕停刊。

同月25日,《东方小说》(月刊)创刊于上海。东方女子广告社《东方小说》编辑部主编,东方女子广告社发行,11月停刊。

同月,《千秋》(月刊)创刊,张舍我编,上海盍社发行。仅出1期。

《盍簪》(月刊)创刊,洪公素、顾幻音编,上海盍社发行。仅出1期。

《波光》(旬刊)创刊,徐碧波编,上海发行。其余不详。

《上海繁华报》(三日刊)创刊于上海。来岚声编辑。该刊以发表小说、笔记为主。共出5期。

《世界小报》(日刊)创刊于上海。姚民哀主编。小世界游艺场出版。该刊以发表长篇小说、笔记为主。

《情杂志》(月刊),许廑父、金智周主编,当年停刊,共出2期。

1924年

1月,程小青所著小说《漏点》发表于《小说世界》第5卷第1期。同期发表西神的小说《双珠艳影》、茗狂的小说《复仇》。

同月,《社会之花》(旬刊)创刊,王钝根主编,上海大陆图书公司发行。1925年11月停刊,共出36期。

3月,卓呆的戏剧《舆论》发表于《小说世界》第5卷第12期。

同月,上海商务印书馆开始出版“文学研究会通俗戏剧丛书”。至1934年7月共出熊佛西的《青春的悲哀》、侯曜的《复活的玫瑰》等戏剧著译9种。

同月,《小小说选》(小说集)出版,周瘦鹃等著,上海大东书局刊行。内收周瘦鹃《等》、叶小凤《突阵》、张碧梧《雪夜》等小说20篇。

4月,张恨水第一部长篇章回小说《春明外史》开始在北京《世界晚报》副刊《夜光》连载,历时58个月,至1929年1月载完,1930年5月由上海世界书局初版单行本。

5月17日,《小说特刊》创刊,为上海《天韵报》副刊。原为旬刊,后改为周刊。同年11月23日停刊,共出17期。

同月,《说海精华》(小说集)出版,包天笑等著,上海大东书局刊行。内收包天笑《沧洲道中》、毕倚虹《捕马记》等55篇。

6月,上海世界书局出版严独鹤的《独鹤小说集》、沈禹钟的《禹钟小说集》、王西神的《西神小说集》、冯叔鸾的《叔鸾小说集》。

同月,上海公记书店出版平襟亚的小说集《中国恶讼师》1—4集。

8月,上海世界书局出版赵苕狂的小说集《滑稽探案集》。

10月,包天笑开始写长篇小说《上海春秋》,其中几次搁笔,至1926年10月写成,共80回。

10月,林琴南病逝。

本年,张恨水担任成舍我创办的北京《世界晚报》副刊《夜光》的主编。连载《春明外史》。翌年,又主编北京《世界日报》的副刊《明珠》,开始发表长篇小说《金粉世家》。

张友鸾与平民大学的同学周灵均等,组织文学社团“星星社”,并与“绿波社”共创办文学同仁刊物《文学周刊》,作为《京报》附设的第六种刊物,每星期六免费赠送《京报》的订户。

包天笑被上海明星影片股份有限公司邀为剧本作者。

郑正秋将徐枕亚的《玉梨魂》改编成电影。

上海新文化书社出版乌目山人的小说《海上大观园》。

本年创办的刊物有：

2月22日，《小说旬刊》创刊，为上海《最小报》副刊。同年12月5日停刊。

4月，《小说夺标会》（月刊），朱瘦桐编，上海小说夺标会发行。停刊期不详。

5月，《月亮》（月刊）创刊，严芙孙等编，上海月亮杂志社发行，7月停刊。

同月，《梨花杂志》创刊，郑醒民编，上海梨花杂志社发行，其余不详。

7月，《红玫瑰》创刊于上海。初为周刊，第4卷起改为旬刊。其前身为《红》杂志，满百期后始改为本名。赵苕狂主编，严独鹤任名誉编辑。上海书局发行。1932年1月停刊。另曾刊《红玫瑰画报》12期，又汇印《红玫瑰》所载各家短篇小说为《玫瑰丛刊》。

10月10日，《海报》（三日刊）创刊于上海。朱瘦菊编辑。翌年3月11日停刊，共出50期。

11月30日，《小说俱乐部》创刊，为上海《天韵报》副刊。出至翌年1月18日未见续出，共出8期。

《蔷薇花》创刊，严芙孙编，上海发行，仅出1期。其余不详。

《红雨》创刊，潘寄梦编。上海发行，其余不详。

1925年

五卅惨案。

1月2日，《小说世界》第9卷第1期发表林琴南遗译《信托公司》，美国亨利著，口译者不详。9日，第9卷第2期发表林琴南遗译《杏核》，美国亨利著，口译者不详。16日，第9卷第3期发表林琴南遗译《世界大学》，美国亨利著，口译者不详。23日，第9卷第4期发表林琴南遗译《回生丸》，美国亨利著，口译者不详。30日，第9卷第5期发表林琴南遗译《检查长》，美国亨利著，口译者不详。

2月4日，《小说世界》第9卷第6期发表林琴南遗译《美人局》，美国亨利著，口译者不详。13日，第9卷第7期发表林琴南遗译《破术》，美国亨利著，口译者不详。20日，第9卷第8期发表林琴南遗译《伪币》，美国亨利著，口译者不详。27日，第9卷第9期发表林琴南遗译《象牙荷花》，美国亨利著，口译者不详。

3月6日，《小说世界》第9卷第10期发表林琴南遗译《金矿股票》，美国亨利著，口译者不详。13日，第9卷第11期发表林琴南遗译《绑票》，美国亨利著，口译者不详。20日，第9卷第12期发表林琴南遗译《访员》，美国亨利著，口译者不详。

5月，上海《文学周报》开始连载丰子恺的画，定名为《子恺漫画》。是为国内文化界第一次使用"漫画"名称。

6月7日，郑振铎在《文学》第176期上发表《"谴责小说"》。文章认为"谴责小说"以真实人物为书中人物形象"本也无妨，但决不可以揭发人间的黑幕、披露人们的隐私为目的，否则就玷污小说的尊严，堕落为黑幕小说"。文章还阐述了小说创作的有关问题，指出小说创作应注入作者自己的喜怒哀乐，创造"使人喜，使人悲，使人身历其境"的艺术境界，同时还应给读者指明"理想的世界"和"希望的火星"。

同月，商业资本家邵醉翁创办上海"天一"影片公司。

同月，原"大中华"影片公司和原"百合"影片公司合并成立"大中华百合"影片公司。

同月，黄嘉谟根据苏曼殊小说《断鸿零雁记》改编成戏剧《断鸿零雁》，厦门思明报社刊。

7月3日，《小说世界》第11卷第1期出版"爱国运动纪念专刊"，表达"五卅流血纪念，永矢无忘"的态度。

11月6日，《侦探小说作法之一得》，程小青撰，载《小说世界》12卷6期。20日，《我之短篇小说经验谈》，胡寄尘撰，载《小说世界》12卷8期。27日，《小说作法之一得》，禹钟撰，载《小说世界》12卷9期。

欧阳予倩加入上海民新影片公司，从事电影编导工作。

平江不肖生的《江湖小侠传》由世界书局出版发行。

本年创刊的刊物主要有：

3月，台湾第一本中文白话文杂志《人人》创刊。由杨云萍、江梦创办。

6月6日，《上海画报》创刊于上海。初为三日刊，1932年2月改为五日刊。毕倚虹主编，70期后由周瘦鹃接编，至431期由钱芥尘主编。约出500余期后停刊。

9月，《紫葡萄画报》(周刊)，周瘦鹃编，12月停刊，发行处不详。

10月,《新月》(月刊)创刊,程小青、钱释云主编,上海新月杂志社发行。1926年6月停刊,共出10期。

11月,《紫罗兰》(半月刊)创刊,周瘦鹃主编,上海大东书局发行,1930年6月停刊。

《说部精英》,刘豁公、王钝根编,上海五洲书报社发行。1926年停刊,其余不详。

《新上海》(月刊)创刊,徐卓呆编,上海发行,其他不详。

1926年

北伐开始。

北京发生"三一八"惨案。

4月16日,郁达夫在《创造月刊》第1卷第2期上发表《历史的小说论》。文章对历史小说作了如下界定:从"一般所承认的历史中取出题材来,以历史上著名的事件的人物为骨子,而配以历史的背景的一类小说"。

同月,《东方福尔摩斯探案集》出版,程小青著,上海大东书局刊行。

同月,《倚虹小说集(上、下集)》出版,毕倚虹著,上海大东书局刊行。

同月,《京报》社长兼主笔邵飘萍被奉系军阀以"宣传赤化,流毒社会,贻误青年"为罪名逮捕。同月26日被害。

5月,《侠骨恩仇记》(2册)(小说)出版,顾明道著,上海大东书局刊行。

同月,《东方亚森罗苹案》出版,何朴斋、孙了红著,上海大东书局刊行。

7月,《茶花女》(戏剧)出版,法国小仲马著,刘半农译,北京北新书局刊行。

同月,刘半农任本月创刊的《世界日报》副刊主编,时约半年。

9月3日,《小说世界》第14卷第10期出版"女子文艺专号"。此后于同年第14卷第17期、第16卷第4期分别出版第二次、第三次"女子文艺专号"。

同月5日,默之在《一般》第1卷第1号上发表文章《张资平氏的恋爱小说》。

10月,张恨水的《春明外史(1—3册)》(小说)由北京《世界晚报》社出版。

11月,《近十年目睹之怪现状》(小说)出版,李涵秋著,上海世界书局刊行。

12月,《包天笑小说集》出版,包天笑著,上海大东书局刊行。内收《小公园》、《世界女侠》等12篇。

鲁迅《小说旧闻钞》本年8月由北新书局发行,其后1935年由联华书局重排再版。

万籁鸣、万古蟾、万超尘三兄弟制成我国第一部动画短片《纸人捣乱记》。

本年创办的刊物主要有:

2月,《良友》(月刊)创刊,梁得所、马国亮编,上海良友图书印刷公司发行。1945年10月停刊。

3月,创造社在上海创办《创造月刊》。

同月,《小说季刊》创刊,刘豁公、董柏厓编。上海青青社发行,同年6月停刊。

4月,《银灯》创刊,毕倚虹、江红蕉编,上海银灯社发行,仅出1期。

6月,《太平洋画报》(月刊)创刊,韩啸虎等编,上海太平洋美术公司发行,8月停刊。

同月,《星报》(三日刊)创刊,星社刊物之一,范烟桥等编,苏州发行,1927年1月停刊,共出70期。

同月,《梦痕》(不定期刊)创刊,王天恨、曹梦鱼编,上海春申出版社发行,仅出1期。

7月3日,小报《福尔摩斯》创刊于上海,胡雄飞等主持报务。专载社会黑幕新闻。1937年8月停刊。

9月,《大公报》在天津复刊。吴鼎昌任社长,胡政之为总经理,张季鸾为总主笔。

同月,《会书场》创刊,为苏州《星报》副刊。翌年1月停刊。

《挣扎》创刊于上海。

《趣味》创刊于上海。

1927年

国民党发动“四一二”反革命政变。

中国共产党举行“八一”南昌起义。

2月,成仿吾在《洪水》半月刊第3卷第26期上发表《打倒低级的趣味》。

4月15日，郁达夫在《洪水》半月刊第3卷第31期上发表《杂评曼殊的作品》。文章认为苏曼殊是一个才子、奇人，但不是天才。批评了他的诗作和译诗，还批评了苏氏的小说《碎簪记》和《断鸿零雁记》，认为其技巧并不高明，“太不写实，做作得太过”。

5月，上海大东书局出版江红蕉的小说集《江红蕉说集》、许指严的小说集《许指严说集》、周瘦鹃的小说集《周瘦鹃说集》(上、下册)、范烟桥的小说集《范烟桥说集》(上、下册)、徐卓呆的小说集《徐卓呆说集》、张舍我的小说集《张舍我说集》。

6月2日，学者、文学家王国维在北京颐和园投水自杀。

同月，包天笑的《上海春秋》由上海大东书局出版。

同月，沈雁冰在《小说月报》17卷号外下册发表《中国文学内的性欲描写》。

9月，平江不肖生的《玉玦金环录》由上海中央书店出版。

11月5日，上海《时事新报》副刊《电影周刊》创刊，敏时任主编。

12月，范烟桥著《中国小说史》，苏州秋叶社出版，其中有《最近十五年之小说》，专论通俗作家、作品，为通俗文学作家著小说史之第一本。

1928年

2月1日，上海《民国日报》副刊《文艺周刊》创刊，上海艺光社、晨光艺术会合编。

3月，《民间文艺周刊》创刊于广州，广州中山大学语言研究所民俗学会编行。该学会还出版《民俗学会小丛书》，至翌年共出顾颉刚著《孟姜女故事研究集》、谢云声编辑的《台湾民歌集》等论著19种。

4月21日，《上海漫画》创刊，张光宇主编。1930年6月停刊，共出110期。

5月14日，南京国民党政府公布《著作权法》和《著作权法施行细则》。

同月，明星影片公司根据《江湖奇侠传》改编的武侠神怪片《火烧红莲寺》，郑正秋编，张石川导演，在上海公映。《火》片3年之内，连拍18集。据不完全统计，1928—1931年间，上海大小约50家电影公司拍摄的近400部影片中，武侠神怪片占250部。

6月，张恨水在《世界日报》副刊《明珠》5、6日上发表论文《长篇与短篇》。

同月,《天方夜谭》出版,屺瞻生、包天笑译,上海中华书局刊行。此书又名《一千零一夜》,是部古代阿拉伯民间故事集。我国古代称阿拉伯为"大食国",明代后改称"天方国",所以此书改译为《天方夜谭》。

9月20日,《大众文艺》(月刊)创刊于上海。先后由郁达夫、夏莱蒂、陶晶孙、龚冰庐负责编辑。该刊从第2卷第3期起成为"左联"机关刊物之一。其宗旨为"文艺是大众的,文艺是为大众的,文艺也必须是大众的"。达夫在创刊号上发表了《大众文艺释名》。

11月10日,彭康在《创造月刊》第2卷第4期上发表《革命文艺与大众文艺》。

12月1日,高长虹在《长虹》周刊第8期上发表《大众文艺与革命文艺》。

《苏曼殊全集》1—5集由上海北新书局陆续出版。全集系柳亚子编辑并作序。

1929年

1月13日,《文学周报》第353期出版"梅兰芳号",刊出《打倒男扮女装的旦角——打倒旦角的代表人物梅兰芳》、《反常社会的产物》等文章。

同月19日,梁启超病逝于北京。

6月,《湖山味》(散文集),张慧剑著,上海世界书局出版。内收《写于扬州》、《写于南京》。

11月,《孟加拉民间故事集》出版,印度戴伯利等著,许地山据英译本译,上海商务印书馆刊行。收有民间故事22篇。

顾明道《荒江女侠》在《新闻报》副刊《快活林》上连载,1930年由上海三星图书局出单行本。此后由友联公司改编为13集连续影片,上海大舞台、更新舞台改编为京剧连台戏。

张恨水应上海《新闻报》副刊《快活林》主编严独鹤之约,开始创作长篇小说《啼笑因缘》。1930年3月17日连载后,很快成为家喻户晓的读物,至本年11月30日结束。《新闻报》因此销数倍增。

1930年

2月,《红羊豪侠传》(小说)出版,张恂子著,上海民强书局刊行。

同月,张恨水辞去《世界晚报》、《世界日报》副刊主编职务,专事创作。

同月,《大众文艺》编辑部举行第一次文艺大众化座谈会,沈端先、冯乃超、许幸之、孟超、郑伯奇、陶晶孙、蒋光慈、洪灵菲、潘汉年、俞怀、邱韵铎等出席。讨论会记录刊于1930年3月出版的《大众文艺》第2卷第3期。

3月1日,《大众文艺》第2卷第3期载讨论文艺大众化问题,有沈端先的《所谓大众化的问题》,郭沫若的《新兴大众文艺的认识》,陶晶孙的《大众化文艺》,乃超的《大众化的问题》,郑伯奇的《关于文学大众化的问题》,鲁迅的《文艺的大众化》和王独清的《要制作大众文艺》等文。列宁对蔡特金谈话中关于文艺为大众的观点是所有文章的指导思想,集中讨论如何使文艺通俗化,为大众所能懂。

同月29日,《大众文艺》召开第二次座谈会,讨论文艺大众化问题。沈起予、孟超、华汉、冯宪章、叶沉、白薇、潘汉年、田汉、钱杏邨、戴平万、洪灵菲、冯乃超、蒋光慈、陶晶孙、龚冰庐等十八人出席。主题是如何使少年儿童文学读物大众化,做到使少年能懂爱看。

同月,《哀鹈记》(小说)出版,顾明道著,上海益新书社刊行。

同月,上海中华书局出版《民间故事丛刊》(潘汉年、陈伯昂主编),至1934年3月停刊,共出12期。

4月1日,鲁迅在《萌芽月刊》第1卷第4期上发表《张资平氏的"小说学"》,署名"黄棘"。

5月1日,《大众文艺》第2卷第4期在《我希望于大众文艺的》标题下,发表郭沫若、郁达夫、柔石、冯乃超、潘汉年、戴平万、洪灵菲、王一榴、余慕陶、孟超、高飞、田稚吾、周绍义、吴秋枫、冯润章、李洛、周全平、华汉、兆华、钱杏邨、穆木天、沈端先等26人的意见。

11月,陈炳堃(子展)的《最近三十年文学史》由上海太平洋书店出版。

《茶花女》由上海三民图书公司出版,法国小仲马著,秦瘦鸥译。

程小青为上海世界书局编辑《福尔摩斯探案全集》54册。1933年后由大众书局等出版了他的《霍桑探案汇刊》、《霍桑探案外集》等中长篇侦探小说。

左翼联盟成立以后,在《大众文艺》、《拓荒者》等刊物上开展"文艺大众化"的讨论。

刘云若主编天津《天风报》附刊《黑旋风》,开始写长篇小说,第一部为《春风回梦记》,并由此成名。

《中华》(半月刊)创刊,周瘦鹃、严独鹤编,上海东方图书出版社发行。

1931 年

"九一八"事变,全国掀起抗日救国运动。

1 月,《新家庭》(不定期刊)创刊,周瘦鹃编,上海大东书局发行。1933 年 4 月停刊。

2 月 10 日,张恨水的《小说考微》开始在北平《北晨艺圃》连载,至 8 月 25 日完,共 30 篇。论述小说这种文体的历史起源和沿革。

同月,《华光》(半月刊)创刊,郑逸梅、张文杰编,上海飙浪文艺社发行,仅出 1 期。

5 月,瞿秋白发表《鬼门关外的战争》,论"新的文学"产生过程时,指出鸳鸯蝴蝶派虽在一步步转变,但现在已成了文学革命的对象。

上半年,张恨水以稿费收入创办私立"北华美术专科学校",由其弟主持,自任校长。齐白石、徐悲鸿、李苦禅等曾任该校教员。

7 月,鲁迅为社会科学研究会作《上海文艺之一瞥》讲演,载《文艺新闻》7 月 27 日、8 月 3 日第 20、21 期。修改后收入《二心集》。文中对鸳鸯蝴蝶派通俗文学有论析。

8 月,上海世界书局出版张恨水的小说《满江红》和《落霞孤鹜》。

9 月 1 日,张恨水的小说《太平花》开始在上海《新闻报·快活林》连载,至 1933 年 3 月 26 日刊完。1933 年 6 月,上海三友书社出版单行本。

同月,张恨水的小说《银汉双星》由汉口大众书局出版。

10 月,瞿秋白发表《论大众文艺》,其中《写什么东西》一节指出在群众还未习惯于新文学作品的体裁时,"上中下三等的礼拜六派倒会很巧妙的运用着旧式大众文艺的体裁","灌进维新的封建道德,资产阶级民族主义的内容,写成《火烧红莲寺》的大众文艺"。

本年,张恨水著《啼笑因缘》由上海三友书社初版单行本。

徐讦由北京大学哲学系毕业,继入心理学系,修业二年。

国民党政府颁布《出版法施行细则》,查禁书刊 200 多种。

1932 年

"一·二八"事变,日本帝国主义进攻上海。

1 月,张恨水的小说《春明新史》由北平远恒书社出版。

3 月 25 日,恨水(张恨水)的小说《锦片前程》从本日起在上海《晶报》连载，至1935年12月1日结束。

同月，张恨水的小说集《弯弓集》由北平远恒书社出版。

夏，张恨水两个女儿死于瘟疫，虽悲痛欲绝，但仍未停笔，完成《金粉世家》收尾工作。

7月20日，田汉在《北斗》第2卷第3、4期合刊上发表《戏剧大众化和大众化戏剧》一文。

同月，《珊瑚》（半月刊）创刊，范烟桥编，上海民智书局发行，1934年6月停刊。

8月，《万岁杂志》（半月刊）创刊，张秋虫、尤半狂编，上海万岁书局发行，12月停刊。

9月，上海大众书局出版胡寄尘的小说《喜》、何海鸣的小说《怒》、包天笑的小说《哀》、徐卓呆的《乐》。

11月15日，鲁迅发表《"连环图画"辩护》，载《文学月报》第1卷第4号。文章以古今中外无可辩驳的事实说明，"唱本、说书里也可以产生托尔斯泰和福楼拜的"，"连环画不但可以成为艺术，而且已经坐在'艺术之宫'的里面了"。

11月，北平晨报社出版张恨水的小说《欢喜冤家》（又名《天河配》）。

不肖生的《三山奇侠》由艺光书店出版发行。

周瘦鹃移居苏州，开始潜心钻研盆景艺术。

一年来《文学导报》、《文学月报》等刊物就"文艺大众化问题"再次展开讨论。

1933年

中国民权保障同盟在上海成立。

1月，《秘密谷》（小说），张恨水著，在上海《旅行》杂志第7卷第1期至第8卷第12期连载。1941年6月上海北新书局出版。

同月，《父与女》（小说），程小青著，上海文华美术图书公司出版。

2月1日，《单调》（独幕剧），徐讦著，载于《新时代》第4卷第1期。

同月，《啼笑因缘续集》（小说），张恨水著，上海三友书社出版。

3月27日，《现代青年》（小说），张恨水著，自本日起在上海《新闻报·快活林》连载至1934年7月30日。1934年9月上海摄影社出版。

4月1日，《忐忑》（戏剧），徐讦著，载于《新时代》第4卷第3期。

同月22日,《申报·自由谈》编者黎烈文发表启事:“本刊载张资平先生之长篇小说《时代与爱的歧路》业已数月,近来时接读者来信,表示倦意。本刊为尊重读者意见起见,自明日起将《时代与爱的歧路》停止刊载。”中止刊登上年12月开始连载的张资平长篇小说《时代与爱的歧路》,时称“腰斩张资平”。此后上海《微言》、《社会新闻》等报刊攻击黎烈文受鲁迅指使排斥异己,“腰斩张资平”。

6月10日,《上海事变与鸳鸯蝴蝶派文艺》,钱杏邨撰,载《现代中国文学论》,上海合众书店出版。

9月,《金钢钻月刊》创刊,施济群、徐行素编,上海大众书店发行。1935年4月停刊。

11月1日,《资本主义下的大众文学》,日本川口浩著,里正译,载《文艺月报》第1卷第3期。

12月1日,《本质》(小说),徐讦著,载《现代》第4卷第2期。

同月1日,《自杀》(戏剧),徐讦著,载《新时代》第5卷第6期。

本年,《申报》副刊《自由谈》自1932年12月1日改由黎烈文编辑,成为新文学阵地以后,又自本年1月10日起,增辟《春秋》副刊,仍由原《自由谈》编辑周瘦鹃编,仍为通俗文学阵地。曾连载秦瘦鸥译《御香缥缈录》及秦著《秋海棠》、张恨水《换巢鸾凤》等。抗战期间,日寇入租界,接管《申报》,由王进珊编辑。

孙楷第《中国通俗小说书目》由北平图书馆出版,著录自宋至清季的语体旧小说。其后补正补遗,于1957年由作家出版社出版。1982年由人民文学出版社重印。

截至本年底,全国出版各类杂志最多的前三个城市为上海(215种)、南京(39种)和北平(9种)。上海的215种,其中人文科学类102种,文艺类40种,应用技术类32种,自然科学类3种,其他38种。

1934年

4月,《美人恩》(小说),张恨水著,上海世界书局出版。

同月,《逸梅小品》(散文集),郑逸梅著,上海中华书局出版,续集12月出版。

5月16日,张恨水由北平出发,游历西北。郑州—洛阳—潼关—华山—西安—兰州—西安,历时两月余。

同月，北平民间文艺社编印《民间》半月刊，共出4卷。

同月，张光宇、叶灵凤编辑的《万象》杂志由上海时代书局出版，共出3期。

6月18日，陈子展发表《文言——白话——大众语》于《申报·自由谈》。

同月19日，陈望道发表《关于大众语文学的建设》于《申报·自由谈》。

同月23日，胡愈之发表《关于大众语言》于《申报·自由谈》。

同月25日，叶圣陶发表《杂谈读书作文和大众文学》于《申报·自由谈》。

同月，关于大众语的讨论（或称文言白话之争）在上海广泛开展。吴趼因起而作文，反对文言复兴。陈望道、乐嗣炳、胡愈之、夏丏尊、傅东华、叶绍钧、黎锦晖、马宗融、黎烈文、陈子展、曹聚仁、王人路、沈雁冰、赵元任等于月初集会讨论，主张掀起一个反对文言、保卫白话的运动。批判的矛头对准胡适、周作人、林语堂等多人，而不去理会汪懋祖。

同月，侍桁撰《张资平的写实小说》在《现代出版界》第25期发表。

7月1日，《禁果》，徐訏著，载《现代》第5卷第3期。

同月31日，《燕归来》（小说），张恨水著，上海《新闻报·快活林》连载至1936年6月26日。1942年2月天津唯一书店出版单行本。

9月，《多角恋爱小说家张资平》，苏雪林撰，载《青年界》第6卷第2号。

同月，《爱的交流》（小说），张资平著，上海合众书店出版。

国民党政府在上海查禁书籍149种，刊物76种。

国民党政府成立"图书杂志审查委员会"，公布《图书杂志审查办法》。

1935年

中央红军长征二万五千里，胜利到达陕北。

1月1日，《平沪通车》（小说），恨水著，在上海《旅行》第9卷1号至12号连载。1941年8月上海百新书局出版单行本。

同月1日，《天明寨》（小说），恨水著，自本日起在《中央日报·中央公园》连载至1936年7月30日刊完。

2月，《俱乐部杂志》（月刊）创刊，孙玉声、孙雪泥编，上海图画书局出版。仅出1期。

7月15日，《滑稽故事》（小说），苏联左士陈珂著，金人译，载《新小说》第2卷1期。同期刊载《通俗小说私见》，日本片冈铁兵著，任钧译；《通俗小说问题》日本武田麟太郎著，任钧译；《关于通俗小说》，日本森山启著，任钩译。

9月20日,《艺术之宫》(小说),恨水著,在上海《立报》连载,至1937年6月5日刊完。

10月,张恨水开始在上海《立报·花果山》陆续发表古代白话小说人物论。

12月,郑振铎在《中国新文学大系·文学论争集·导言》对鸳鸯蝴蝶派有简括的叙述,其中说及《小说月报》改革初期鸳鸯蝴蝶派对《小说月报》的攻击与《文学旬刊》的回击,说及鸳鸯蝴蝶派的衰败和"他们的精灵还复活在海派的躯壳里"。

《新桃花扇》(电影文学剧本),欧阳予倩编剧,上海新华影业公司出版。

曾朴卒。

张春帆卒。

恽铁樵卒。

1936年

2月,左联自行解散。

12月,西安事变。

1月1日,《如此江山》(小说),张恨水著,在上海《旅行》第10卷1期至第11卷3期连载。1941年6月上海百新书局出版。

同月,冀东伪政权将张恨水列入黑名单,当时张虽与《立报》约期已满,因北归不成,不得不到南京和张友鸾创办《南京人报》。这是张恨水一生唯一由自己出资办的报纸。4月,《南京人报》正式出版。年末举家由北平迁到南京。

2月1日,《游击队》(小说),张恨水著,在《申报》(汉口版)连载至6月30日,未载完。

3月30日,《换巢鸾凤》(小说),张恨水著,在上海《申报·春秋》上连载至1939年8月10日。未载完。

同月,《御香缥缈录》(又名《老佛爷时代的西太后》)(小说),德龄著,上海申报馆出版。

同月,徐订、孙成主编的《天地人》(半月刊)由上海独立出版社出版。共出10期。

5月21日,《皮黄文学研究》(第一辑),徐凌霄著,世界编译馆北平分馆出版。

5—10月，文学界开展了关于“国防文学”与“民族革命战争的大众文学”两个口号的论争。

6月8日，张恨水开始在重庆《万象》周刊连载章回小说《中原豪侠传》。

同月27日，《夜深沉》(小说)，张恨水著，在上海《新闻报·茶话》上连载至1939年3月7日。1941年6月上海三友书社出版单行本。

7月20日，《清末翻译小说对于新文学的影响》，郑振铎撰，载《今代文艺》创刊号。

同月，鲁迅以《申报》的《春秋》、《自由谈》两个副刊间的矛盾说明新文学之间的斗争。

8月，鲁迅发表《答徐懋庸并关于抗日统一战线问题》长文，提出“我赞成一切文学家，任何派别的文学家在抗日的口号下统一起来的主张”。“我以为文艺家在抗日问题上的联合是无条件的，只要他不是汉奸，愿意或赞成抗日，则不论叫哥哥妹妹，之乎者也，或者鸳鸯蝴蝶都无妨。但在文学问题上我们仍可以互相批判。”茅盾、郭沫若、吕克玉(冯雪峰)等人也有关于文艺界统一战线的文章。

10月，文艺界部分作家发表《文艺界同人为团结御侮与言论自由宣言》：“主张全国文学界同人，应不分新旧派别，为抗日救国而联合。”签名的既有鲁迅、茅盾、巴金、冰心、郭沫若、林语堂、叶圣陶，也有包天笑、周瘦鹃等人。

同月19日，鲁迅逝世于上海。

12月，《青年的爱》(小说)，张资平著，上海合众书店出版。

截至12月，国民党统治区报刊共有1 763家，其中由国民党控制的约占三分之二。

本年，国民党中宣部制定《取缔反动文艺书籍一览》，内列自1929年3月至1936年3月七年内被禁文艺书籍364种，被禁社会科学书籍676种。

阿英的《小说闲谈》由良友出版公司出版。其后于1957年增改，由上海古籍出版社出版，并续出《小说二谈》、《小说三谈》、《小说四谈》。

孔另境《中国小说史料》出版，其后于1956年又经校订，由上海古籍出版社出版。

1937年

7月，卢沟桥事变。次月，日寇进攻上海，抗日战争全面爆发。9月，国共两党合作。

3月,《上海生活》(月刊)创刊,顾冷观、严独鹤编,上海联华广告公司发行。1941年12月停刊。

5月25日,《关于戏剧的通俗化》,郑伯奇撰,载《光明》第2卷第12期。

6月,《文学民众化论》,日本青野季吉著,若木译,载《时代文艺》第1卷第3期。

7月,《通俗化问题讨论集》(第1集),语文社编,上海新知书店出版。

同月,《战时文艺通俗化运动》,司马文森著,上海黑白丛书社出版。

同月,老舍写作鼓词等通俗文艺作品,宣传抗日。

同月25日,日本在上海成立新闻检查所,强迫各报接受检查。《申报》、《大公报》、《时事新报》、《国闻周报》等为抗拒检查,自行停刊。随后《申报》、《大公报》、《时事新报》相继在汉口、重庆、香港等地复刊。

同年,严独鹤辞去世界书局杂志部总编职务,创办大经中学,自任校长(后因不堪日伪胁迫,愤而将学校解散)。

《玉霄双剑记》(小说),郑逸梅著,上海益新书社出版。

《泣残红》(小说),冯玉奇著,上海华英书局出版。

阿英《晚清小说史》由商务印书馆出版初版本。其后1955年有作家出版社版,1973年有中华书局香港分局版,1980年有人民文学出版社版。

1938年

1月1日,《谈公式化》,辛人撰,载《七月》第1集第6期。

同月1日,《抗到底》半月刊于武昌创刊,老向(王向辰)编辑,以“君文”的名义发行,汉口华中图书公司总经售,3月16日第6期起改为汉口三户图书社发行。自5月16日第10期起改由何容编辑,7月25日出至第13、14期合刊因日机轰炸休刊。同年9月20日第15期迁到重庆复刊,改由《抗到底》半月刊社发行,发行人为王向辰,由生活书店代售,出至第26期停刊。另有号外“讨汪特刊”一册。该刊在同期刊物中,“最大努力处还是在通俗文艺上”。主要撰稿者有老向、老舍、何容、冯玉祥、穆木天、苏子涵、徐中玉、贾午、佗陵等。

同月10日,张恨水抵重庆,经张友鸾介绍,结识将复刊的重庆《新民报》总经理陈铭德,并被聘为该报主笔兼副刊主编。

同月15日,《疯狂》(小说),恨水著,在重庆《新民报·最后关头》连载至

1939年10月21日。

5月11日，通俗读书编刊社连续两天举行关于旧形式利用问题讨论会，谈到旧形式的利用与大众启蒙运动的关系以及与新文学运动的关系等。

8月，《黑皮书》(周刊)创刊，一名《猜谜周刊》，陆宗海等编，发行者不详。1939年春，出至第16期停刊。

10月，《橄榄》(不定期刊)创刊，程小青、徐碧波编，个人发行。1939年4月停刊。

同月，"文协"主办通俗文艺讲习会，老舍主讲《通俗文艺的技巧》，刊1939年《抗到底》半月刊第25期。

11月13日，通俗文艺座谈会在开智小学召开，老舍、老向等出席指导。

12月14日，"文协"与通俗读书编刊社共同召开通俗文艺座谈会，到会20余人。讨论抗战以来的通俗文艺的状况及前途。

同月，新加坡华文文坛发生关于小说"通俗"与"媚俗"的论争。

本年，王度庐在青岛《大新民报》连载第一部长篇武侠小说《河岳游侠传》。

宫白羽《十二金钱镖》在天津《庸报》连载。后续写续出，共出16集。第17集更名《丰林豹变记》。

本年文坛进行关于文艺"大众化"、"旧形式"和"民族形式"的讨论。主要的论文有：

4月20日，《民间艺术形式的采用》，徐懋庸撰，载《新中华报·边区文化》第4期。

5月10日，《谈通俗文艺》，老舍撰，载《自由中国》第2号。

6月1日，《大众化与利用旧形式》，茅盾撰，载《文艺阵地》第1卷第4期。

同月1日，《利用旧形式的两个意见》，仲方(茅盾)撰，载《文艺阵地》第1卷第4期。

同月1日，《质的提高与通俗》，玄珠(茅盾)撰，载《文艺阵地》第1卷第4期。

同月5日，《"旧形式新内容"与"旧史实新观点"》，袁牧之撰，载《戏剧新闻》4号。对阳翰笙新编历史剧《李秀成之死》的评论，由此探求历史剧的创作应注重观众的民族审美习惯，以及对史实的新解释。

7月25日，《关于文学大众化问题》，洛蚀文(王元化)撰，载《文艺》第1

卷第3号。

9月25日，《新型通俗文学的创造》，苏子涵撰，载《抗到底》第15期。

11月12日，《我对于“旧形式”的几点意见》，黄芝冈撰，载《抗战文艺》第2卷第10期。

同月16日，《文艺大众化提纲》，齐同撰，载《文艺阵地》第2卷第3期。

同月16日，《民族形式问题》，沙汀撰，载《文艺阵线》第1卷第5号。

12月5日，《诗歌大众化与旧形式的利用》，萧岱撰，载《文艺》第2卷第4期。

1939年

1月，《罗汉菜》（不定期刊）创刊，上海三乐农产社发行，1945年停刊。

2月25日，《无法安贫焉能知命》（散文），恨水撰，载《抗战文艺》第3卷第11期。

4月1日，《蜀道难》（小说），恨水著，在上海《旅行》第12卷第4至9期连载。1944年8月成都百新书店出版。

5月，《永安月刊》创刊，郑留等编，上海永安月刊社发行。1949年3月停刊。

6月13日，张恨水收到董必武寄给他的“平江惨案”的讣告，在重庆《新华日报》上发表挽联“抗战无惭君且死，同情有泪我何言”。

7月，《东南风》（半月刊）创刊，顾冷观编，上海联华广告公司发行，本年9月停刊。

同月，《玫瑰》（半月刊）创刊，顾明道、赵苕狂编，上海玫瑰出版社发行，1940年停刊，共出7期。

8月25日，《通俗文艺》（五日刊）于成都创刊，中华全国文艺界抗敌协会总会暨成都分会合编，设“编委会”，最初由苏子涵、朱孟引、钟绍昆、江伦组成，后增聘胡之方、施实、谭吐等三人为编委。1940年6月10日第41期改为旬刊，并改组编委会，新的编委会由苏子涵、车瘦舟、朱孟引、王影质、刘延年、谭吐、萧蔓若等组成。刘延年为执行编辑。出至第45期停刊。

同月，《青春》（戏剧集），徐讦著，上海宇宙风社出版。

10月21日，《敌国的疯兵》（小说），恨水著，在重庆《新民报》连载至11月30日。

同月25日，《不如蔡京》（散文），张恨水撰，载重庆《新民报》。

12月1日,《八十一梦》(小说),恨水著,重庆《新民报·最后关头》连载至1941年4月25日结束。1943年9月重庆新民报社出版单行本。作者参照《西游记》、《镜花缘》、《儒林外史》的笔法,以梦幻的形式,讽刺国民党贪官污吏以及大后方官绅纸醉金迷的腐朽生活。张恨水在连载《八十一梦》期间,遭到军统特务的监视恫吓,只得草草结束全书,并在楔子里,把此书称为"鼠齿下的残余"。

本年关于通俗文艺的讨论的论文、著作主要有:

2月1日,《文艺大众化与通俗文艺》,穆木天撰,载《文艺阵地》第2卷第8期。

8月1日,《通俗文艺的技巧》,老舍撰,载《抗到底》第25期。

同月1日,《从通俗文艺的效用说到它的形式与内容》,何容撰,载《抗到底》第25期。

10月10日,《现阶段通俗文艺的缺陷及其克服》,向林冰撰,载《抗战文艺》第4卷第5、6期合刊。

同月30日,老舍、何容编辑的《通俗文艺五讲》由重庆中华文艺界抗敌协会出版,内收老向的《通俗文艺概论》、纲彬的《民间形式的评价的运用》、王泽民的《通俗文艺的写作方法》、老舍的《通俗文艺的技艺》和何容的《通俗韵文浅说》。

11月15日,《话剧民族化与旧剧现代化》,张庚撰,载《理论与现实》第1卷第3期,系作者在延安鲁艺的一次报告。认为旧剧应跟上时代,从内容到形式进行现代化改革,话剧要从拥有观众出发,进一步实现民族化,正面提出"话剧民族化与旧剧现代化"的主张。

同月16日,《论文学上的民族形式》,何其芳撰,载《文艺战线》第1卷第5期。

同月20日,《论旧形式》,何容撰,载《抗到底》第26期。

1940年

《新民主主义论》发表。

1月,《西流记》(散文集),徐訏著,上海夜窗书屋出版。

2月11日,张恨水的小说《水浒新传》从本日至1941年12月27日在重庆《新民报晚刊》上连载受到欢迎和好评,章士钊特意写了一首七律送给张恨水以示祝贺。

3月,《镜子的疯——成人的童话》,徐讦著,载《大风》第63期。

4月15日,《大众文艺》月刊在延安创刊。这是文协延安分会会刊。周文主编。共出9期。

同月16日,张爱玲的小说《我的天才梦》参加《西风》月刊三周年纪念征文活动,获名誉奖第三名。第二年,小说由上海西风社出版。

同月21日,《文学月报》在重庆中苏文协举行关于民族形式问题座谈会。罗荪主持,黄芝冈、以群、向林冰、胡绳等出席。5月15日座谈会记录由该刊发表。

同月,《荒江女侠》(6集)(小说),顾明道著,文业书局出版。

7月,《磨剑录》(小说),顾明道著,上海明道出版社出版。

8月25日,《鬼恋》(小说),徐讦著,成都东方书社出版。

10月1日,《小说月报》月刊在上海创刊。顾冷观主编。上海联华广告公司出版。1944年11月25日出至第45期停刊。

11月2日,"戏剧春秋"社在重庆天官府举行戏剧民族形式问题座谈会。

同月,《秦淮世家》(小说),张恨水著,上海三友书社出版。

本年,《飘》(小说),美国马·密西尔著,傅东华译,上海龙门书局出版。

《上海——罪恶的都市》(小说),苏联特斯基著,姜椿芳译,时代出版社出版。

程小青在东吴大学任教,并与徐碧波合编《橄榄》杂志。杂志出至第5期便被当局强令停刊。期间他还著译了不少小说,并为国华、金星两公司写电影剧本。

叶素在《上海周报》第2卷第26期发表《礼拜六派的重振》,从《小说月报》内容仍然是"色情神怪、没有什么",提出"我们依然热望在今日民族的共同责任下重新振奋起来的","但我们所期待的是扬弃了旧的毒雾,发扬了固有的优秀能力,具备着新的民族国家的认识,勇敢的投身到战斗中来的礼拜六派的重振"。

上海夜窗书屋出版徐讦所著小说《精神病患者的悲歌》、《吉布赛的诱惑》。

《新水浒》(小说),谷斯范著,桂林文化供应社出版。小说在借鉴传统章回小说的艺术形式方面也作出了努力。

《孤岛泪》(小说),冯玉奇著,上海广艺书局出版。

本年关于民族形式、旧形式的讨论论文主要有：

1月15日，《关于民族形式》，葛一虹撰；《论通俗读物的文艺化》，向林冰撰；《论文艺的民族形式》，潘梓年撰。皆载于《文学月报》第1卷第2期。

同月15日，《对旧形式利用在文学上的一个看法》，周扬撰，载《中国文化》创刊号。1938年10月，毛泽东同志在六届六中全会上作了《中国共产党在民族战争中的地位》的报告，同年11月25日，以"论新阶段"为题，全文发表于《解放》周刊第57期。其中提出了"把国际主义的内容和民族形式紧密地结合起来"，创造"新鲜活泼的、为中国老百姓所喜闻乐见的中国作风和中国气派"的问题。这个问题的提出，将"左联"时期文艺大众化运动中的理论探讨又发展到一新的阶段。从1939年初开始，在延安首先展开了民族形式问题的学习与讨论。周扬的这篇文章是关于民族形式问题讨论中最早发表的文章之一。文章认为，"利用旧形式不但与发展新形式相辅相成，且正是为实现后者的目的的，把民族的、民间的旧有艺术形式中的优良成分吸收到新文艺中来，给新文艺以清新、刚健的营养，使新文艺更加民族化，大众化，更为坚实与丰富，民族形式的建立，不能依靠旧形式，主要应依靠对本民族现实生活、语言、风习、信仰、趣味等的深刻了解与研究"，只有在活生生的真实性上写出中国人来，这自然就会是中国作风与中国气派，就会是真正的民族形式。

同月16日，《民族形式与大众文学》，巴人撰，载《文艺阵地》第4卷第6期。

3月24日，《论"民族形式"的中心源泉》，向林冰撰，载重庆《大公报》副刊《战线》。本文强调重视民间的旧形式的利用，主张"应该在民间形式中发现民族形式的中心源泉"，认为，"民间形式的批判地运用，是创造民族形式的起点，而民族形式的完成，则是运用民间形式的归宿"，"所以民间形式成为创造民族形式的主流"。同时，他对新文艺则采取较多的否定，认为是畸形发展的都市的产物。这是当时关于民间形式讨论中的一种代表性的观点。

同月30日，《论民族形式》，黄芝冈撰，载《抗战文艺》第6卷第1期。

4月1日，《民间形式的运用与民族形式的创造》，向林冰撰，载《中苏文化》第6卷第1期。

同月1日，《民族形式的中心源泉是所谓"民间形式"吗?》，葛一虹撰，载重庆《新蜀报》副刊《蜀道》。在向林冰发表《论"民族形式"的中心源泉》一文后，同月，葛一虹也发表了《民族遗产与人类遗产》(《文学月报》第1卷第3期，1940年3月15日)的文艺短论，表示了对向文的不同看法。之后，围绕这两篇文章的主要观点，重庆、桂林等地兴起了一场广泛的论争。

5月15日，《再论民族形式》，黄芝冈著，载《抗战文艺》第6卷第2期。

同月15日，《文艺的民族形式问题座谈会》，张光年、黄芝冈等著，载《文学月报》第1卷第5期。

同月15日，《文艺的民族形式问题》，光未然撰，载《文学月报》第1卷第5期。

6月9日，《"民族形式"商兑》，郭沫若撰，载重庆《大公报》。本文认为"民族形式"实质上是"中国化"、"大众化"的同义语，其"目的是要反映民族的特殊性以推进内容的普遍性"。概括地说，"'民族形式'的这个新要求，并不是要求本民族在过去时代所已造出的任何既成形式的复活，它是要求适合于民族今日的新形式的创造"。

同月10日，《谈新形式的创造》，朱荑撰，载《文艺新潮》第2卷第8期。

同月25日，《关于〈新水浒〉——一部利用旧形式的长篇小说》，茅盾撰，载《中国文化》第1卷第4期。

7月25日，《论如何学习文学的民族形式》(在延安各文艺小组会上的演说)，茅盾著，载《中国文化》第1卷第5期。

同月25日，《民族传统与世界传统——民族形式问题中的一问题》，石滨撰，载《现代文艺》第1卷第4期。

8月，《"民族形式"商兑》(理论集)，郭沫若著，桂林南方出版社。

9月15日，《关于"民族形式"的通信》，茅盾撰，载《文学月报》第2卷第1、2期合刊。

同月25日，《旧形式、民间形式与民族形式》，茅盾撰，载《中国文化》第1卷第6期。文章指出，旧形式或民间形式中那些为民众所"习见常闻"的特质，往往是"封建的农村社会的产物"，"其表现形式自然合于农村社会的文化水准"。

10月25日，《论民族形式问题底提出和争点——对于若干反现实主义倾向的批判的批判提要，并以纪念鲁迅先生逝世四周年》，胡风撰，载《中苏文化》第7卷第5期。

同月25日，《关于文艺民族形式的论争》，陈伯达撰，载《中国文化》第2卷第2期。

同月25日，《关于文艺的民族形式》，张天翼撰，载《现代文艺》第2卷第1、2期。

11月1日，《论争中的民族形式"中心源泉"问题》，罗荪撰，载《读书月报》第2卷第8、9期。

同月1日，《关于民族形式的意见》，郑伯奇撰，载《抗战文艺》第6卷第3期。

12月1日，《戏剧的民族形式问题》，易庸撰，载《戏剧春秋》第1卷第2期。

1941年

1月，《一家》(小说)，徐订著，上海夜窗书屋出版。

2月，《珠项圈》(小说)、《恐怖的活剧》(小说)，程小青著，上海世界书局出版。

同月，程小青编《霍桑探案袖珍丛刊》，由世界书局出版。至1947年4月，共出版霍桑探案系列小说集30种。

同月，《月光曲》(戏剧)，徐订著，上海夜窗书屋出版。

3月，《何洛甫之死》(戏剧)，徐订著，上海夜窗书屋出版。

5月，《乐观》(月刊)创刊，周瘦鹃编，上海乐观杂志社发行。1942年4月停刊。

6月，《夜深沉》(小说)，张恨水著，上海三友书屋出版。

同月，成都百新书店出版张恨水所著的小说《如此江山》、《秘密谷》。

同月，《孤岛的狂笑》(戏剧集)，徐订著，上海夜窗书屋出版。

7月1日，《万象》(月刊)创刊，陈蝶衣编，上海万象书屋出版，中央书店发行。1943年7月起，改由柯灵接编。1945年6月停刊。

10月，陶秦翻译美国爱茉兰·海的《宋氏三姐妹》，由上海万象杂志出版社出版。

同月，《蜀道难》(小说)，张恨水著，成都百新书店出版。

同月，《母亲的肖像》，徐订著，上海夜窗书屋出版。

12月1日，《民国以来的章回小说》，徐文滢撰，载《万象》第1年第6期。

同月，《礼拜六派新旧小说家的比较》，佐思撰，载《横眉》奔流新集之三。文章就礼拜六派新旧小说家的创作态度、小说思想内容和技巧等方面作了分析比较，指出："时间会使某些新文学家落伍，也会使某些旧小说家进步。

我们在礼拜六派的新旧小说家的不同的姿态中间，就可以看出这种变化。这是才能问题，也是历史问题。”

同月，香港沦陷，张爱玲不得不中断在香港大学的学习。她原报考英国伦敦大学，因欧战爆发，改入香港大学。曾在大学临时医院当过一段时间的看护。第二年回沪，报考圣约翰大学，因国文不及格，落选。此间她以为英文报刊写文为生。

本年，郑证因写出代表作武侠小说《鹰爪王》，在《三六九画报》连载。

周瘦鹃任《紫罗兰》(后期)编辑，在该刊上发表中篇小说《新秋海棠》。

公孙燕在《中国文艺》等杂志上发表《北海渲染的梦》等小说，引起华北沦陷区文艺界的争论。有的认为这是色情文学的泛滥，有的则认为色情文学本是人间苦闷的象征。

万籁鸣三兄弟制作完成我国第一部长动画片《铁扇公主》。

《小扬州志》(小说)，刘云若著，天津书局出版。

《京华烟云》(小说)，林语堂著，上海春秋社出版。

《舞宫春艳》(小说)，冯玉奇著，大文书局出版。

本年关于民族形式和大众化的讨论作品有：

1月1日，《我写大众小说的经过——〈流血的纪念章〉序》，欧阳山撰，载《抗战文艺》第7卷第1期。本文作者以两度从事“大众文学”创作的经过，着重探讨了文艺大众化的问题。

4月，《论民族形式问题》，胡风著，重庆学术出版社出版。

同月，《关于大众化的问题》，唯明撰，载《文艺月刊》第4号。

5月1日，《关于文艺的民族形式》，蒋弼撰，载《华北文艺》创刊号。

同月25日，《文艺民族形式问题上的旧错误与新偏向》，王实味撰，载《中国文化》第2卷第6期。

同月，《民族形式讨论集》，胡风著，重庆华中图书公司出版。集子共收关于民族形式问题的讨论文章31篇。

1942年

《在延安文艺座谈会上的讲话》发表。

1月16日，八路军一二九师政治部与中共太北区党委联合举办太行区文化界座谈会，与会者400余人。会上，赵树理拿出《太阳经》、《玉匣记》、《秦雪梅吊孝唱本》等一大堆书，说这才是群众中间占压倒之势的“华北文化”！并大声疾呼，要求文艺通俗化。

3月，《八十一梦》(小说)，张恨水著，重庆新民报社出版。小说写了《天堂之游》、《忠实分子》、《在钟馗帐下》、《退回去了廿年》、《星期日》、《我是孙悟空》等梦境，以“寓言十九托之于梦”的荒诞手法，对战时重庆的重重罪恶加以暴露与鞭笞。

5月，《万象十日刊》在上海创刊，陈蝶衣主编，奉天三友书局出版，中央书店发行，7月停刊。

6月30日，《什么是“民族文学运动”?》，戈茅撰，载《新华日报》。

7月1日，《林译小说》，郑逸梅撰，载《万象》第2年第1期。

同月7日，晋察冀军区政治部出版了抗日根据地唯一的一份画报《晋察冀画报》。

同月15日，《秋海棠》(小说)，秦瘦鸥著，上海金城图书公司出版单行本。

同月，《亭子间嫂嫂》(小说)，周天籁著，上海友益书局出版。

12月，《巷战之夜》(一名:《冲锋》)(小说)，张恨水著，重庆新民报社重庆分社出版。

同月，《红颜薄命》，顾明道著，奉天三友书局出版。

本年，赵树理负责编辑和发行通俗小报《中国人》。

《八十四》(小说)、《黄浦江中》(小说)，程小青著，上海世界书局出版。

秋，重庆《新民报》的几位编辑约请周恩来在华一村《新民报》负责人陈铭德家中会晤，张恨水也参加了，周恩来表扬了他的《八十一梦》。

施济美从东吴大学毕业后任教于集英中小学，后改做家庭教师。其间在《小说月报》、《万象》、《紫罗兰》等刊物发表《蓝天使》、《花事匆匆》等小说，时有“淡雅的兰花”之称。

太平洋战争爆发，徐订从上海“孤岛”迁居重庆，任教于中央大学师范学院国文系并担任《作风》月刊主编。

《万象》杂志刊登“通俗文学运动”专号，以提倡通俗文学，发表的主要论文有：

10月1日，《通俗文学运动》，陈蝶衣撰，载《万象》杂志第2年第4期。本文较系统地阐述了提倡通俗文学运动的意义。文章认为，自“五四”以后，新旧文学壁垒对立，其界线按一般人的见解分为三种：第一，以写作的工具文言和白话来分；第二，以个人和派别来分；第三，以表现的形式来分。文章认为这种分法,“都是皮毛之相,都不大正确”。文章认为新旧文学都各有其优缺点,旧文学中的那些古文和旧诗词离现代大众生活愈来愈远,且多有封建意识,但《水浒传》等几部旧小说“文笔的通俗,描写的生动,以及拥有读者数量的众多,却还非新文学作品所能及”。新文学的缺点是那种“诘屈聱牙的欧化体裁的倒装句法”,“以及不能把新的思想意识用活生生的具体的形象表现出来”,新文学的优点是“不但在思想意识方面高出于旧文学一筹”,而且如鲁迅、茅盾、巴金等的作品“都写得很通俗”。文章认为,通俗文学要克服新旧文学的缺点,发扬其优点,通俗更应该重视意识问题,“它简直可以说是通俗文学的灵魂”。

同月1日,《从大众语说到通俗文学》,危月燕撰,载《万象》杂志第2年第4期。

同月1日,《通俗文学的定义》,丁谛撰,载《万象》杂志第2年第4期。

11月1日,《通俗文学的教育性》,胡山源撰,载《万象》杂志第2年第5期。

同月1日,《通俗文学的写作》,予且撰,载《万象》杂志第2年第5期。

同月1日,《通俗文艺与通俗戏剧》,文宗山撰,载《万象》杂志第2年第5期。

1943年

1月15日,《关于“接受文学遗产”》,郭沫若撰,载《抗战文艺》第8卷第3期。

同月15日,《论〈儿女英雄传〉》,苏子涵撰,载《笔阵》第7期。

同月,《草长莺飞》(小说),冯玉奇著,上海永康书店出版。

同月,《红妆侠影》(小说),顾明道著,春明书店出版。

同月,《万岁》(半月刊)在上海创刊。陈西玄、危月燕主编,上海万岁出版社出版。同年5月停刊。

同月,北平《艺术与生活》第32期刊登袁笑星的文章《由“呐喊”谈到乡土文学的兴趣》,指出华北沦陷于色情和灰色,“应当肃清题材而一新面目”,还建议多刊登一些乡土文学。文章引起广泛影响,不少刊物编排了专辑,不少文艺团体举办座谈会。

3月,《旅行杂志丛刊》由桂林中国旅行社出版。至1944年3月,共出版茅盾的《西北行》、包天笑的长篇小说《大时代的夫妇》、易君左等《川康游踪》等5种。

4月1日,《卫道者的小说观》,叶德钧撰,载《万象》第2年第10期。

同月,后期《紫罗兰》(月刊)创刊,周瘦鹃编,上海商社商务书报发行所发行,1945年3月停刊。

5月,张爱玲的小说《沉香屑:第一炉香》等在周瘦鹃主编的《紫罗兰》杂志上发表。本年,她陆续发表了《倾城之恋》、《金锁记》等小说。

夏,在《万象》编辑室,张爱玲与柯灵会晤,谈小说稿《心经》,十分投机。

7月,《水浒新传》(1至4册)(小说)出版,张恨水著,南京建中出版社印行。

8月,《春秋》月刊在上海创刊。陈蝶衣编,上海商社商务书报发行所发行,中间曾因故停刊两次,1949年3月最后结束。

同月,《全面周刊》创刊,秦瘦鸥编,上海全面周刊社发行,9月停刊。

9月10日,《倾城之恋》(小说),张爱玲著,载《杂志》第11卷第6期。

10月1日,《万象》杂志出版戏剧专号,发表20多篇文章,有论文、导演讲座、名剧介绍、剧坛消息、座谈纪要等。

同月,苏青在上海创办《天地》杂志。

11月10日,《金锁记》(小说),张爱玲著,连载于上海《杂志》第12卷第2、3期。

同月20日,《苏曼殊的小说》,徐蔚南撰,载《文艺先锋》第3卷第5期。

同月,《天下》月刊在上海创刊,叶劲风主编。

同月,无名氏撰写《北极艳遇》,于1944年1月在《华北新闻》上连载完毕,后由华北新闻报社以"北极风景线"为名出版单行本,1944年10月又出版《塔里的女人》,此两书成为当时的畅销书。

12月,徐讦主编的《作家文艺小丛书》由重庆新生图书文具公司出版。

本年,《粉黛江湖》(小说),刘云若著,天津流云出版书局出版。

《大泽龙蛇传》(小说),白羽著,唯一书店出版。

《大江东去》(小说),张恨水著,重庆新民报社出版。

1944年

1月,《大方》(小报化的杂志)创刊,谢啼红编,上海发行,仅出几期。

同月,《连环套》(小说),张爱玲著,连载于《万象》第3年第7—12期。

3月10日,《花凋》(小说),张爱玲著,载《杂志》第12卷第6期。

同月16日，张爱玲出席上海《杂志》月刊召开的讨论关于女性文学问题的女作家座谈会，并发了言。

5月1日，《论张爱玲的小说》，迅雨撰，连载于《万象》第3年第11期。

同月10日，《红玫瑰与白玫瑰》(小说)张爱玲，连载于《杂志》第13卷第2—4期。

同月20—22日，《总答谢——并自我检讨》，张恨水撰，载重庆《新民报》。在张恨水50岁生日之际，重庆、成都的文艺界要为张恨水开庆祝大会，张恨水未能参加，以本文作为"答谢"。作者概要地介绍了他34年来的写作生涯，发表了对"鸳鸯蝴蝶派"、"礼拜六派"等看法，认为"礼拜六派比鸳鸯蝴蝶派""思想前进得多"，"文字的组织也完密远过十倍"。作者坚持"章回小说"的写作而不"改写新体"，因为他"觉得章回小说，不尽是可遗弃的东西"，"而新派小说，虽一切前进，而文法上的组织，非习惯中国书，说中国话的普通民众所能接受"。作者把他的小说的取材概括为"以社会为经，言情为纬"；对章回小说的"老套"，"取逐渐淘汰手法"，对某些风景描写和心理描写的"小动作"则"得自西洋小说"。

6月10日，《风雨谈》第12期(创刊周年纪念号)刊出推荐的十种新出的中国新文学书籍，有予且、丁谛、秦瘦鸥、纪果庵、陶晶孙、柳雨生、文载道、谭正璧、路易士、杨之华等的作品。

7月，《结婚十年》(小说)由上海天地出版社出版，苏青著。

8月26日，《杂志》社在康乐酒家召开了张爱玲小说集《传奇》评茶会。谭正璧、陶亢德等参加。张爱玲至会听取意见。

同月，《倾城之恋》(小说)出版，张爱玲著，上海杂志社印行。

同月，《传奇》(小说集)出版，张爱玲著，上海杂志社印行。收《金锁记》、《倾城之恋》、《茉莉香片》、《沉香屑：第一炉香》、《沉香屑：第二炉香》、《琉璃瓦》、《心经》、《年轻的时候》、《花凋》、《封锁》等中短篇小说10篇。1946年11月上海山河图书公司版增补了《留情》、《鸿鸾禧》、《红玫瑰与白玫瑰》、《等》、《桂花蒸·阿小悲秋》、《中国的日夜》等6篇。1946年11月上海图书杂志公司出《传奇》增订本，书前有《有几句话同读者说》，为她的"汉奸嫌疑的问题"作了辩白。

同月，《鬼恋与人恋——关于徐訏著〈鬼恋〉的题材和主题》，程帆撰，载《微波》第1卷第1期。

10月，《说张爱玲》发表，柳雨生撰，载《风雨谈》第15期。

同月，《中国俗文学研究》由上海中国联合出版公司出版，阿英著。

11月10日，《殷宝滟送楼会》(小说)发表，张爱玲著，载《杂志》第14卷第2期。

同月，《通俗历史丛书》由北平新民印书馆出版。

12月，《流言》(散文集)出版，张爱玲著，上海五洲书报社出版。

同月，《论苏青及张爱玲》，谭正璧撰，载《风雨谈》第16期。

同月，张爱玲把自己的小说《倾城之恋》改编成话剧，在上海公演。

《风萧萧》(小说)，徐讦著，成都东方书店出版。

1945年

日本帝国主义无条件投降，抗日战争胜利。

2月25日，《风声鹤唳》(小说)出版，林语堂著，徐诚斌译，重庆林氏出版社出版。小说用英文写成，1941年由美国纽约约翰·黛公司出版。

同月25日，《涛》(小说)出版，苏青著，上海天地出版社出版。

3月10日，《创世纪》(小说)发表，张爱玲著，载《杂志》第14卷第6期、第15卷第1、3期。《杂志》社"编辑后称《创世纪》与《金锁记》有相似之气氛，其必为广大读者所重视，殆无疑义"。

5月，《谈"色情文学"》，冰菱撰，载《希望》第1集第2期。

6月，《石头城外》(又名《到农村去》)(小说)出版，张恨水著，重庆万象周刊社出版。

7月21日，张爱玲出席上海《杂志》社举办的讨论关于生活与艺术的问题的纳凉座谈会并发了言。8月，《纳凉会记》在《杂志》上发表。

同月，程小青继续在东吴大学执教，同时兼编《新侦探》杂志。

9月10日，《色情文学的产生和它的灭亡》发表，艾芜撰，载《文学新报》第2卷第1期。

同月，《逃犯》(小说集)出版，程小青著，上海世界书局出版。

同月，上海世界书局出版程小青的《舞宫魔影》(小说集)、《青春之火》(小说集)、《沾泥花》(小说集)、《五福党》(小说集)、《血手印》(小说集)、《狐裘女》(小说集)、《轮下血》(小说集)。

11月22日，《申报》在上海复刊。

同月，《武侠小说在下层社会》发表，张恨水撰，载《周报》第11期。作者概述了武侠小说的性质、特征，以及广泛流传的一些原因。作者认为，一部分武侠小说多少反映了人民群众反抗腐朽社会势力、抵制弊政污吏的愿望，一定程度上揭露了反动官僚的腐败。例如“彭公施公两案，含有丰富的材料”。而当时的庙堂文艺，则与人民的痛痒无关，并不反映社会的黑暗。

12月，《山窗小品》（散文集）出版，张恨水著，上海杂志公司出版。

《宇宙》（《万象》型刊物，月刊）于冬季创刊，徐慧棠、沈毓刚主编，1948年停刊。

本年，历史小说家蔡东藩去世。

3月30日，戴愚庵卒，生年不详。名锡庚，字渔清，号渔庵，别署娱园老人，浙江绍兴人。主要作品有《沽上英雄谱》，1926—1927年在《东方朔》连载，1932年左右又在《天津益世报》晚刊继续连载，1936年左右由益世报馆汇集出版，2册8回。《沽水游侠》1945年2月在《三六九画报》连载，至4月中断，共3回。此外，还有《沽上混混秘史》等。

《魔窟双花》（小说）出版，程小青著，上海世界书局出版。

《案中案》（小说集）出版，程小青著，上海世界书局出版。

《西方夜谭》（散文集）出版，张慧剑著，南京新民报馆出版。

1946年

国民党发动全面内战，解放战争开始。

1月，《新上海》（周刊）创刊，编者不具名，上海新上海周报社发行。1947年5月停刊。当时上海盛行此类方型报，最多时达80种以上，粗制滥造，不到半年，大多停刊。

2月15日，张恨水从安徽老家到达北平，任《新民报》协理、主笔兼北平《新民报》经理。1948年夏，因南京总社派来一位曹副经理任北平《新民报》总编辑，他便辞去《新民报》的职务。这一时期他写有《巴山夜雨》、《虎贲万岁》、《雾中花》、《五子登科》等小说，均发表在《新民报》上。

4月，《大侦探》（月刊）在上海创刊。孙了红编辑，上海第一编辑公司出版。

6月10日，《通俗诗歌的创作》，袁水拍撰，载《文联》第1卷第7期。文章认为，抗战以来涌现的大量民谣，“反映着老百姓自己的生活，道出了他们的痛苦和愤怒”，这些民谣的内容“超越旧时代的风俗习惯”，跳出了“无郎无姐不成歌”的旧模式，表现了“非常严肃的迫切的题材”。诗人应该向人民学习民谣，“从这里可以发现一条人民诗歌的大路”。

同月25日,《热血之花》(小说)由上海三友书店出版,张恨水著。

同月,《少女》月刊在上海创刊,陈蝶衣、韦茵编辑,上海第一编辑公司发行,仅出1期。

同月,《红杏出墙记》(小说)出版,刘云若著,励力出版社出版。

同月,《伉俪月刊》(月刊)创刊,吴好好编,上海伉俪月刊社发行,1948年10月停刊。

同月,《茶话》(月刊)创刊,顾冷观、吕白华编,联华图书有限公司出版。共出版35期,1949年4月停刊。

7月,林镜主编的《世界侦探小说名著丛刊》由上海国风书店出版。

同月,《虎贲万岁》(一名:《武陵虎啸》)(小说),张恨水著,上海百新书店出版。

8月,《寒光》月刊创刊于上海。

9月,《日新小说丛刊》由日新出版社出版。收《小家碧玉》等言情、武侠小说7种。

同月1日,《纸醉金迷》(小说),张恨水著,上海《新闻报》馆出版。小说共分《纸醉金迷》、《一夕殷勤》、《此间乐》、《谁征服了谁》四部。

同月1日,《山窗小品》(散文集),张恨水著,上海杂志公司出版。

同月1日,《鬼》半月刊在成都创刊。

11月15日,《论诗歌大众化的现实意义》,王亚平撰,载《文艺春秋》第3卷第5期。

《野兽·野兽·野兽》(小说),无名氏著,真善美书店出版。该小说是七卷本《无名书初稿》的第1卷。其余各卷为《海艳》、《金色的蛇夜》、《荒漠里的人》、《死的岩层》、《开花的星云之外》、《创世纪大菩提》等。

1947年

2月,《续结婚十年》(小说),苏青著,上海四海出版社出版。

3月30日,《文艺先锋》从第10卷第3期,连续四期刊登评报刊副刊的文章,被评的有:大公报《文艺报》、《星期文艺》,申报《春秋》,文汇报《笔会》,南京和平日报《和平副刊》,中央日报《周末文艺》,新民报《三月篇》等近20家。

4月,后期《乐观》(月刊)创刊,仍为周瘦鹃编,上海银都广告出版社发行,仅出1期。

同月,《文艺生活》,光复版第13期刊出文协港粤分会举办的通俗文艺座谈会记录,题为《展开华南通俗文艺运动》。

6月,《生活》(月刊)创刊,陈涤夷(蝶衣)、文宗山编,上海文生出版社发行,1948年3月停刊。

同月,《大家》(月刊)创刊,唐云旌(大郎)编,上海山河图书公司出版,仅出3期。

同月,张乐平的连环漫画《三毛流浪记》在上海《大公报》开始连载。

9月15日,《海艳》(小说),无名氏著,上海真美善图书公司出版。

10月2日,《胭脂盗》(小说),顾明道著,百新书店出版。

同月,《通俗文艺丛书》由佳木斯东北书店出版。

《金色的蛇夜》(小说),无名氏著,上海真美善图书公司出版。

朱自清在《中国作家》创刊号发表《论严肃》,说及"在中国文学的传统里,小说和词曲(包括戏曲)更是小道中的小道,就因为是消遣的,不严肃","鸳鸯蝴蝶派的小说意在供人们茶余酒后的消遣,倒是中国小说的正宗"。

郑逸梅的《庭园之趣味》由上海园艺事业改进协会编辑出版。

1948年

2月,《边塞风云》(小说),朱贞木著,上海平津书店出版。

4月,《危城记》(小说),秦瘦鸥著,上海怀正文化社出版。

5月15日,茅盾发表《反帝、反封建、大众化》于《文艺生活》海外版第3、4期合刊。

同月,《论雅俗共赏》,朱自清著,上海观察社出版。

同月,何莱在《中国作家》第1卷第3期上发表《论通俗》。

8月,《十二金钱镖》(小说)出版,白羽著,石新书局刊行。

同月,庄稼发表《人民喜闻乐见的诗》于《诗创造》第2年第2辑。

9月,《通俗说部丛书》由上海广益书局出版。

10月1日,迪吉在《小说》第1卷第4期上发表《中国旧小说的创作方法》。

1949年

2月,银花出版社出版周天籁的小说《桃源艳迹》。

3月,《爱伦坡故事集》(小说集),美国爱伦坡著,焦菊隐译,上海晨光出版公司出版。故事集共收5篇小说。爱伦坡的小说善写游历、科幻和侦探故事。

5月,上海文化企业公司出版周天籁的小说《裙带亲》。

7月,张恨水加入文协。

本年,由阳翰笙根据连环画《三毛流浪记》改编的故事片由昆仑影业公司摄制上映。

《明月谁家》(小说),王小逸著,由春明书店出版。

《江南花雨》(小说),顾明道著,由春明书店出版。

本大事记曾参考孙楷第、蒋瑞藻、阿英等人有关著作,还有郑方泽编《中国近代文学史事编年》,管林、钟贤培、陈永标、谢飘方、汪松涛编撰的(1840—1919)《中国近代文学大事记》和陈鸣树主编的《二十世纪中国文学大典》,特此说明,并致谢意!

附 录

鉴定结论

《中国近现代通俗文学史》是国家社科“七五”重点项目，在进行过程中，因工作量不断增大和课题组成员工作调动等原因，曾向江苏省社科规划办公室和中宣部社科规划办公室提出《要求延期结项的申请报告》，得到领导的正式批准。

该课题的最终成果是《中国近现代通俗文学史》，共分 8 编，即《社会言情编》、《武侠会党编》、《侦探推理编》、《历史演义编》、《滑稽幽默编》、《通俗戏剧编》、《通俗期刊编》和《中国近现代通俗文学大事记编》（约计 140 万字）。

该项目的最根本的意义是在于填补了中国近现代文学史上的一大空白，作为一项开拓性的学术工程，在基本上无前人的资料可为依托的情况下，作了大量的资料与理论的探索，更新了文学史研究领域中的某些观念，改变了现代文学史的编写格局，在文学史家中形成了纯、俗文学应于现代文学史上各占相应地位的初步共识。其次，该项目对近现代文坛上的一个主要通俗文学流派——鸳鸯蝴蝶—《礼拜六》派予以公正的历史的和文学的评价，指出了它是一个继承中国古代白话小说传统的，在近现代大都市成型的过程中、在当时开放性的文化背景下、在中外文学交流、碰撞、融会的历史形势下，才得以繁荣滋长的通俗文学流派，既肯定了它的历史真价，也指出了它的历史局限。再次，该项目为今后将通俗文学这一领域整合进我国近现代文学史的范畴，提供了丰富的史料素材和充足的理论根据，为我国的近现代文学史的反映面更真实、更丰富、更完整、更符合历史实际而打下了较为良好的基础。

该项目基本上能包蕴中国近现代通俗文学的主要品种与体裁，视野开阔，内容丰富，涵盖面大，能使读者对浩如烟海的中国近现代通俗文学有一个较为全面和真实的体认。

该项目的历史线索是梳理得较为清晰的，在廓清各种通俗文学体裁源流的基础上，对重要的作家、作品也予以重点的介绍与评析，做到了上下贯通与点面结合，对作家、作品的评价也较为客观公允。

课题组作为一个科研群体，在搜集材料，进行调研，集体研讨，陆续完成若干子课题，取得不少中间成果等工作中，学风是细致踏实的；课题组负责人也能有条不紊地通盘规划，团结所有的成员共同搞好这一大型项目。通过科研实践，也培养了一批青年学者，使他们具有了主持或参与较为大型的科研项目的能力。凡此皆为中国知识分子传统的敬业精神谱写了新的篇章。

该项目的中间成果丰硕，海内外报章杂志已有很高评价。

综上所述，《中国近现代通俗文学史》在质量上已经达到了国家重点项目的水平，鉴定组予以高度评价，并一致通过该项目。

“中国近现代通俗文学史”
课题鉴定小组

再版后记

国家社会科学“七五”重点项目《中国近现代通俗文学史》于2000年4月出版后，在当年的7月28—31日召开了“《中国近现代通俗文学史》国际学术讨论会”。海内外60多位专家学者应邀赴会：国内有贾植芳、钱谷融、严家炎、章培恒、黄维梁等教授，杨义、吴福辉等研究员，以及多位中青年学者。海外则有李欧梵、王德威、叶凯蒂等15位学者光临。与会者肯定了这部专题文学史著作具有拓荒意义。他们的发言摘要刊载在《中华读书报》2000年9月20日的第8版上。2003年7月在教育部主办的“第三届中国高校人文社会科学优秀成果奖”评选时，这部著作获“中国文学一等奖”。在2006年10月，中国现代文学研究会举办的“第二届王瑶学术奖”评选中，经中国现代文学研究会的全体理事通讯初评，以及评委会复审投票，这部著作被评为“优秀著作一等奖”。由研究会副会长吴福辉研究员执笔所写获奖评语如下：

> 范伯群教授领导的苏州大学文学研究群体，十几年如一日，打破成见，以非凡的热情来关注、钻研中国近现代通俗文学，显示出开拓文学史空间的学术勇气和科学精神。此书即其集大成者。皇皇百万字，资料工程浩大，涉及的作家、作品、社团、报刊多至百千条，大部皆初次入史。所界定之现代通俗文学概念清晰，论证新见叠出，尤以对通俗文体类型(小说、戏剧为主)的认识、典型文学现象的公允评价、源流与演变规律的初步勾勒为特色。而通俗文学期刊及通俗文学大事记的史料价值也十分显著。这部极大填补了学术空白的著作，实际已构成对所谓“残缺不全的文学史”的挑战，无论学界的意见是否一致，都势必引发人们对中国现代文学史的整体性和结构性的重新思考。(载《中国现代文学研究丛刊》2007年第3期第316页)

以上专家们的鼓励以及奖项、评语等，我们都将看成是一种鞭策和激励，也鼓舞我们今后更兢兢业业地从事科研工作。编写《中国近现代通俗文学史》的目的是为了在“重写文学史”过程中，能建构一部更符合当年文坛整体面貌的多元共生的中国现代文学史，我们只是为此做些基础性的工程。我们愿与全国同行一起，群策群力，为建构这样一部多元共生的中国现代文学史贡献自己的一份微薄的力量。

现在江苏教育出版社要再版这部著作。我们又将中国近现代“通俗期刊编”的期刊出版起讫日期及卷、期数等以及通俗文学大事记作了进一步的核对；对初版时的疏漏作了补正；并对全书的注释按照现行的新的规范要求，通改一过，使读者更便于查对引文的出处。

最后我还要交代一下为本书执笔部分章节而不列名的“无名英雄们”。在“社会言情编”中“张恨水”、“陈蝶仙”和“何诹”等 3 节是张涛甫完成的；“苏曼殊”和《苦社会》节是季进执笔的；“李定夷”节是徐斯年执笔的；《海上花列传》是范紫江执笔的。在“武侠党会编”中，“还珠楼主”一章是方忠执笔的；“顾明道”一章是吴培华执笔的。范仁平与许其兵曾为通俗文学的地域特色章节中的“上海”和“海外”两节写了初稿，他们二位还为《大事记编》做了大量的助手工作。编者曾与上述诸位事先打过招呼：你们属“友谊演出”，在每编的编首就不列名了，只在《后记》中授予“无名英雄”的称号。这里还要感谢责编章俊弟先生，这次再版他又做了大量细致的工作；李丰园编辑在后期校编中，也出了大力，谨向他们深表谢忱。

我们期望专家学者与读者们一如既往地给我们以鼎力扶持和不吝赐教，使我们在新的研究工作中做得更加求实与专精。

编者于 2009 年 11 月

中国近现代通俗文学史

新版

上卷

人文学术经典

范伯群 主编

凤凰出版传媒集团
江苏教育出版社
JIANGSU EDUCATION PUBLISHING HOUSE

图书在版编目(CIP)数据

中国近现代通俗文学史/范伯群主编. —南京:江苏教育出版社,2010.1
ISBN 978-7-5343-9226-9

Ⅰ.中…　Ⅱ.范…　Ⅲ.①通俗文学—文学史—中国—近代②通俗文学—文学史—中国—现代　Ⅳ.I209

中国版本图书馆 CIP 数据核字(2010)第 010824 号

书　　名	中国近现代通俗文学史(上、下卷)
主　　编	范伯群
责任编辑	李丰园
出版发行	凤凰出版传媒集团
	江苏教育出版社(南京市湖南路 1 号 A 楼　邮编 210009)
网　　址	http://www.1088.com.cn
集团网址	凤凰出版传媒网 http://www.ppm.cn
经　　销	江苏省新华发行集团有限公司
照　　排	南京前锦排版服务有限公司
印　　刷	江苏新华印刷厂
厂　　址	南京市张王庙 88 号(邮编 210037)
电　　话	025-85521756
开　　本	787×1 092 毫米　1/16
总 印 张	87
插　　页	8
字　　数	1 470 000
版　　次	2010 年 4 月第 1 版
	2010 年 4 月第 1 次印刷
书　　号	ISBN 978-7-5343-9226-9
定　　价	198.00 元(上、下卷)
批发电话	025-83657791,83658558,83658511
邮购电话	025-85400774,8008289797
短信咨询	025-85420909
E - mail	jsep@vip.163.com
盗版举报	025-83658551

总　目　录

上卷（修订版）

下卷（修订版）

目 录

反思的历史 历史的反思

——为《中国近现代通俗文学史》而序

贾植芳

苏州大学范伯群教授主持的国家“七五”重点项目——《中国近现代通俗文学史》终于完工而且要出版了，他来信要求我为之作序。伯群是我 50 年代的老学生，1955 年“反胡风”时，他和其他同学因我的关系受了不少牵累，而几十年后的今天，我又是他主持的这个项目的成果鉴定小组的负责人，深知这个项目的重要价值和意义，因为这两层关系，作序也就成了我义不容辞的责任，所以我就愉快地接受了。

在这个项目刚立项时，我就认为这是一个好题目，是做着一件前人忽略了的工作，对某一段文学史进行梳理和挖掘，对某些在文学史上作过一定贡献的作家，给予公允的历史的和美学的评价，是一件功德无量的事，因此，在这个项目进行过程中，我也非常关心和不断进行鼓励。当《中国近现代通俗作家评传丛书》出版后，我曾在 1995 年 8 月 3 日的《人民日报》上写过推荐文章《开掘通俗文学的研究宝库》，还在 1995 年 5 月 10 日的《新民晚报》上发表过题为《一项开创性的学术工程》的评介文章。我在这两篇文章中说：范伯群与苏州大学中文系的同事们以及他指导的专业硕士、博士研究生们，倾注全力投入近现代通俗文学研究与教学，最终要将这一领域整合进我国近现代文学史的范畴，以便使我们的近现代文学史的反映面更丰富、更完整、更符合历史的实际。正像伯群在本书的绪论中说，他们做这个项目是有感于“现有的中国现代文学史是一部残缺不全的文学史”，“这‘残缺’的程度严重到我们过去只研究了半部中国现代文学史”。由于某种历史的“误解”与“误导”，我们的文学研究曾经自觉地将俗文学这一支系排除在现代文学研究的视野之外，即或偶尔提及，也是当做文学史的逆流来批判的。这种误解出于一种偏见，偏见导致无知，而无知又进一步加深了偏见。要破除这种偏见和无知，就不能不采取一种研究的态度。范伯群们现在做出的成果，其意义正在于为中国现代文学史“找回另一只翅膀”。

中国人一向瞧不起通俗文学，历史上一贯把小说笔记这类文学作品称为“闲书”，由此，从晚清到1949年以前，也就是通俗文学作品大量涌现于文化市场的旺盛时期，当时那些被称为“鸳鸯蝴蝶派”或“《礼拜六》派”的通俗作家，也自认不讳地把自己的作品看成是供读者茶余酒后消闲解闷的东西，是一种“游戏文学”；也因此遭到了新文学家的迎头痛击，斥之为“文丐”、“文娼”等，连同他们的作品一起，遭到严厉而彻底的批判。此后几十年，这一重要的文学门类被排斥在20世纪中国文学史的研究范围之外，以致今天的读者对他们已经相当陌生（最近几年有些改变），然而从文学史研究的角度来看，完全忽视这些作家作品作为一种文化现象的存在，却是甚不科学的。这类作品也总或多或少、或强或弱地反映了一定社会生活内容和时代信息，有其一定的历史认识价值。例如，新文学作家由于其出身教养和生活世界的局限性，他们的作品的取材面也显得比较狭小和单薄，从所反映的生活场合与人物类型来看，最成功的往往是知识分子与农民这两大类形象，对于范围广阔、结构复杂的中国社会的各式各种生活领域，由于接触面不广不深，留下了许多空白之处，而通俗作家却是另一类人，他们出身教养和求职谋生手段的复杂性和多样性，正像他们所涉足的社会领域的复杂性和多样性一样，这就为他们的作品取材开拓了广阔的领域，因此，他们笔下出现的生活场景和人物形象的多样性、丰富性和复杂性往往为新文学作家所望尘莫及。即便是他们的文学观点，我认为也反映了某种文化价值观念：它看重文艺的欣赏价值和娱乐性质这种艺术功能，从市民文化的角度对传统文学中占统治地位的儒家“文以载道”、“诗以言志”的正统文艺观加以否定，这正是中国社会由长期的封闭状态走向开放这个历史特征的反映，也是商品经济社会开始出现后的一种标志。我去年在《〈鸳鸯蝴蝶派散文大系〉再版感言》说过：“应该看到，这派作家虽然在思想意识上有较为沉重的封建性的历史负担，但是作为职业作家，他们摆脱了在封闭性的农业经济社会里知识分子对官府由人身依附到人格依附的附庸地位，成为具有独立人格的自食其力的社会个体，这是历史的进步。他们以普通人的心态，用普通人的语言，写普通人的生活，着重文学的欣赏娱乐作用，从市民文化的角度对传统文学中占统治地位的‘文以载道’的正统文艺观加以否定，在使文学由庙堂走向民间、从知识分子精英走向普通大众方面也具有积极意义。况且，他们的作品也从不同的角度和方面反映了近代中国社会的文化、社会现实，具有一定的文献和资料价值。这一文学流派的出现和流行本身也是中国社会由封闭走向开放、由传统走向现代的反映，其中包含着丰富的文化、历史信息，值得认真对待和研究。”到现在，在这一问题上我的看法仍然没有改变。

因此，在我看来，伯群主持的这一项目，其意义不仅在于填补了中国近现代文学史上的空白，它还完善了文学史研究的科学体系，更新了文学史研究领域中的某些观念，改变了现代文学史的编写格局。同时，它对近现代文坛上的一个主要通俗文学流派——“鸳鸯蝴蝶—《礼拜六》派”予以客观公允的评价，指出它是一个继承中国古代白话小说传统的、在近现代大都市成型的过程中繁荣滋长的通俗文学流派，既肯定了它的历史真价，也指出了它的历史局限。此外，这部专著也是较为全面和真实地反映了中国近现代通俗文学的基本面貌的。它涉及了通俗文学的“四大金刚”——社会、言情、武侠、侦探，同时还涉及通俗文学的两个重要品种：历史演义和滑稽幽默，面广量大的通俗期刊和通俗戏剧也在他们的视野之内，而“大事记”则更能一目了然地了解通俗文学的重要发展事态，将来还可以与纯文学的“大事”进行对比，从中找出若干规律性的东西。总之，这一项目的终期成果历史线索梳理清楚，视野开阔，涵盖面大，能使读者对中国近现代通俗文学的历史有一个较为全面的体认与思考。对当今的通俗文学创作，也具有一定的参考和启迪的意义。

这部《中国近现代通俗文学史》本来是国家“七五”重点项目，因工程的工作量大，曾向江苏省社科规划办公室和中宣部社科规划办公室提出延期结项申请，得到过正式批准。从现有的中期成果和终期成果来看，成绩斐然，可见在期限上宽延，是很有必要的。现在的这部专著，是在相当丰富扎实的中期成果的基础上写出来的。在这些中期成果中，不仅有作品选、作家评传，而且也相当重视有关通俗文学的理论建设。其中引人注目的是 1996 年 6 月 1 日至 3 日在台北举办的“百年来中国文学学术研讨会”上范伯群发表了长篇论文《都市通俗小说流派生存权与发展态势》，反响强烈。台湾《中央日报》为此发了题为《文学女神双翼——纯俗齐飞》的报导文章。它的学术版《长河》，用 9 天连载了这篇近两万字的论文。1996 年 10 月 29 日至 11 月 6 日，《文汇报》在名家专栏中分 6 次发表了他的《近现代通俗小说漫话》，他引述了朱自清的“其实鸳鸯蝴蝶派倒是中国小说的正宗”的观点，发挥了他自己的见解，提出了“打破思维定势，纠正历史误导”、“鲧的围堵与禹的疏导”和“半部现代文学史决非文学全版图”等尖锐的意见，引起了学术界的重视。这些见解有助于改变与更新现代文学史的编写格局，也说明这个项目的终期成果是在慎重的资料清理与理论思考的基础上写出来的优质工程，决非现在时有所闻的学术界的“豆腐渣工程”所能及于万一。据说，现在还有博士生在范伯群的指导下撰写《通俗文学概论》，我想，如此有计划地进行理论建设定会反过来促进通俗作品的研究深度。

这部专著能够顺利完成也有赖于一个比较团结的科研集体。《中国近现代通俗文学史》课题组作为一个科研群体，在搜集资料、进行调研、集体探讨的基础上，完成这一重大课题，学风是细致踏实的，更可喜的是其中的成员，极大部分是35岁左右的青年学者，在中老年学者的传帮带过程中，已经能独立或参与主持较为大型的科研项目。课题组负责人也能有条不紊地通盘规划，组织所有的成员共同搞好这一项目，建成了一支能打大仗、团结一心、善于攻克大型科研项目的研究群体，这是难能可贵的。我所期望于这一科研群体的是，在这部专著出版后，再接再厉，写出一部由纯文学和通俗文学为两翼的、中外文学双向交流影响的《中国现代大文学史》，因为他们在研究纯文学与通俗文学两方面，都已有了一定的积累，而且出版过《1898—1949中外文学比较史》，因此，完全有条件写出这么一部大文学史来。

我祝愿他们百尺竿头，更进一步，在科研上取得更多的成果。

1999年6月中旬于上海寓所

绪　论

范伯群

如果说现有的中国现代文学史是一部残缺不全的文学史，人们或许会回答道，一部文学史难免有“被遗忘的角落”。可是，我们在这里所指的“残缺”决不是对某些历史的局部的遗忘、冷落或丢失。这“残缺”的程度严重到我们过去只研究了半部中国现代文学史——于是人们或许会感到惊讶，甚至会产生反感。事实是，文学的母体应分为“纯”、“俗”两大子系，那么，我们曾将“俗”文学这一子系排斥在文学的大门之外，有人曾为此而沾沾自喜，多年来我们似乎“自觉”地想维系这个“抱残守缺”的体系。这局面的造成是出于一种历史的误解，而历史的误解是来自“历史的误导”。

（一）

1917 年，文学革命潮起，它既有历史的功勋，也有历史的误导。其误导之一就是对继承本民族白话小说传统的现代通俗小说不分青红皂白地一概加以否定。将现代通俗文学的一个重要流派定名为“鸳鸯蝴蝶派”或“《礼拜六》派”，而且将此名称视为文学史中的一种贬义。影响所及，在 20 世纪 50 年代编定的若干文学史中，将现代通俗文学看成是文学史中的一股“逆流”。看来如果不打破此类根深蒂固的误导惯性与思维定势，是很难还中国近现代文学史中的通俗文学流派的历史原貌的。

这种历史的误导是强有力的。这个被称为“鸳鸯蝴蝶—《礼拜六》派”的通俗小说流派的头上，一直被扣上了三顶大帽子，沉重得使它简直抬不起头来。这三顶帽子是：一、地主思想与买办意识的混血种；二、半封建半殖民地十里洋场的畸形胎儿；三、游戏的消遣的金钱主义。其中前两顶帽子具有极强的政治性，带有极大的指控性，发挥过巨大的孤立作用，使人们对这一流派望而生畏，避之犹恐不及；而后一顶则出自对文学功能观的以偏概全。当时的权威的新文学理论家所缝制的这三顶帽子，从总体而言是不合通俗作家头颅的尺码的。现代通俗作家的作品中并非没有封建思想。他们的代表人物之一的包天笑曾经说过，他写作的宗旨是："拥护新政制，保守旧道德。"[1]也就是说，他对孙中山的反清廷、反帝制、反民族压迫的民主主义革命是拥戴的，在"五四"前后也不失为一种进步的立场；而他对传统道德的过分的依恋也不能视为是一个封建道德的不贰忠臣，传统道德与封建道德之间是不能划上等号的。在中国的传统道德之中，既有封建思想的糟粕，也有民族美德的精华。在他们的实践中，我们就可以知道，他们在"保守"的同时，也以世界潮流为参照，进行过若干"改良"，世称"改良礼教"，这至少能说明他们并非一成不变的花岗岩脑袋。对传统道德，必须进行细致而审慎的分析，千万来不得半点简单化的粗暴，更不能将传统道德与地主思想等量齐观。至于"买办意识"，更与他们无缘。相反，反帝爱国思想则是他们在"五四"前后就一贯具备的主要品质之一。这在他们的许多作品中都有清晰的表露。他们的又一代表人物周瘦鹃在"五四"——1919 年 5 月出版的小说《亡国奴日记》的封面上还镌刻着"毋亡五月九日"的字样。日后他还曾在自叙中写道："自从当年军阀政府和日本帝国主义签订了二十一条卖国条件后，我痛心国难，曾经写过《亡国奴日记》、《卖国奴日记》、《祖国之徽》、《南京之围》、《亡国奴家里的燕子》等好多篇爱国小说，想唤醒醉生梦死的同胞，同仇敌忾，奋起救国……"[2]而这一流派的作家们在抗日战争的岁月中的表现，也使我们知道，他们是遵循了传统道德规范中的民族气节、民族大义的准则处世为人的。

所谓"半封建半殖民地十里洋场的畸形胎儿"也同样是一个"冤假错案"。过去，有些文学理论家对中国近现代之所以会兴起"通俗热"，皆归之于辛亥革命的失败以及袁世凯的称帝，才导致了民众的意志的消沉，于是"颓废文学"趁机抬头。这种单纯从政治角度找寻原因的思维方式并不一定能反映事物的本质。近现代通俗文学的繁荣与兴盛，是和超级大都市的形成，工业的发展与商业的旺热，人口的爆炸，科举的废除……诸多因素有极大的关系的。有的外国学者在谈及中国鸳鸯蝴蝶派小说的起步时，曾把它放在世界同类文学现象中去予以考察，他们说："五四"作家认为，鸳鸯蝴蝶小说这一种"坏"文学是中国特有的弊病，对它的真正能够做

〔1〕 包天笑：《钏影楼回忆录》第 391 页，香港大华出版社 1971 年版。
〔2〕 周瘦鹃：《我的经历与检查》，摘自"文革"中周瘦鹃的亲笔原稿。

到普及化感到困惑不安。其实不然，在英国，跟鸳鸯蝴蝶派风格相差无几的通俗小说也曾随着工业革命而大量地产生，它们也曾随着工业主义同时传到西欧与美国。在东亚，日本（主要在东京和大阪）最初出现了新兴都市阶层为消遣而翻译和模仿英法的通俗小说。20 世纪初，上海作为中国第一个"现代都市化"的城市，也涌现出大量娱乐性的小说。起初，是从日本转译的西方作品，接着是完全出自中国传统故事的创作……这样，外国学者就将此作为一个带有全球性的规律来烛照中国近现代通俗小说热的内在成因。无论是物质条件的准备，读者群的形成和作者群的诞生，都需要工商兴盛和大都会的建成这两个先决条件，否则在任何国家都无法想象会有这样一股热潮的掀起。

不过中国与英国、日本也有不同之点。中国没有英国的工业革命，中国的现代工业是跟着帝国主义的炮舰输入国门的，而中国的大都会的形成也与帝国主义划定通商口岸有关联。于是"张冠李戴"的错位就发生了：那股于 19、20 世纪在上海等大都市兴起的通俗文学热很"自然"地被有些理论家视为"半封建半殖民地十里洋场的畸形胎儿"。但是，如果以其他国家的近代通俗文学热为参照系，我们就会发现，"通俗热"与"畸形胎儿"在性质上是不能简单划上等号的。反映了什么样的生活绝不等于是何种势力的产物。正如藤本植物"爬山虎"，以它的卷须附着于墙壁或岩石，而它的根是深深地植于土壤之中的。近现代都市通俗文学主要是继承了传统白话小说的章回体形式，去反映大都会生活的"琳琅满目"，但它是从都市的"市民视角"观察外在世界的，而不是以殖民者视角去解释这种社会结构的合理合法性。它并非是什么"畸形胎儿"，而是中国小说传统在新的时代律动下的一种对应。复杂的学术问题需要求实的考察和精确的结论。

至于"游戏的消遣的金钱主义"，上述已经说过，这是属于文学功能观之争了。新文学社团有它们自己的追求，如新文学的第一个社团"文学研究会"在自己的宣言中宣告了自己对文学事业的信念，从这一信念出发来确定自己的功能观："将文艺当作高兴时的游戏或失意时的消遣的时候，现在已经过去了。我们相信文学是一种工作，而且又是于人生很切要的一种工作：治文学的人也当以这事为他终身的事业，正同劳农一样。"[1]这一段话历来被认为是针对"鸳鸯蝴蝶—《礼拜六》派"的一种批判。文学研究会的"文学

〔1〕《文学研究会宣言》，《小说月报》第 12 卷第 1 期（1921 年 1 月）。

功能观”是无可厚非的。但文学流派的一个先天性的痼疾，是往往将自己信仰的“之一文艺观”扩大为“唯一的文艺观”。流派靠自己的信仰与风格为支柱而存在，也因它们而产生排他性的偏颇。其实，文学的功能是非常宽泛的，例如有战斗功能、教育功能、认识功能、审美功能和娱乐功能等等。我们不能一般地反对文学的娱乐功能或蔑视文学的趣味性。娱乐性和趣味性是通俗文学的本色之一。日本有些文学理论家对通俗文学的理解是非常直率和干脆的：指以娱乐为目的的小说类。优秀的通俗文学会包蕴教化功能，但他们看重的是“寓教于乐”，我们不能因为它崇尚娱乐功能而对它嗤之以鼻。

通俗文学除了娱乐消遣的本色之外，“金钱主义”恐怕也应是它的一种本色。我们对“金钱主义”的理解当然是局限于通俗文学的商品性。在过去，新文学作家是不屑于把自己的文学作品“沦为”商品的。他们是文学领域中的志愿军，他们是为事业而献身的，有的革命作家甚至为革命文学而牺牲。但是，通俗文学界就有所不同了，他们是文学领域中的职业兵。对他们来说，文学创作是一种职业，从口头文学的“说话人”的职业化，到通俗小说家的职业化，倒是一脉相承的。他们中的许多人并非没有道德，但他们的道德观认为，文学商品化是天经地义的，这丝毫不会亵渎文学。所以张恨水有“流自己的汗，吃自己的饭”的格言；而周瘦鹃将自己称为“文字劳工”，将知识之本，求生存之利，按质论价，凭发行量抽版税吃饭。今天，对许多“纯”文学作家来说，文学作品的商品性的观点，也已经为他们所接受，更不可能作为一种“罪状”来加以罗织。

这三顶大帽子——曾是压在通俗作家头上的三座大山，现在理应到了推翻的时候了。但是在粉碎“四人帮”后，“左”的观点虽然受到批评，僵化的局面虽然有了解冻的征兆，但某些对历史的误导负有一定“积欠”的人，并没有因此而有所憬悟，他们仍然在自己铺设的轨道上滑行。在回忆录中谈及“五四”以后的通俗文学时，还以责难的口吻“挑剔”通俗文学作家的探索性的“赶潮流”问题：“但在‘五四’以后，这一派中有不少人也来‘赶潮流’了，他们不再老是某生某女，而居然写家庭冲突，甚至写劳动人民的悲惨生活了……也正因为《礼拜六》派中有人在‘赶潮流’，足以迷惑一般小市民，故而其毒害性更大。”〔1〕这是一种当年“不准革命”式的态度延续到70年代末期的表现。

---

〔1〕 茅盾：《复杂而紧张的生活·学习与斗争》(上)，《新文学史料》第4辑(1979年8月)。

（二）

三大“罪状”既不能成立，为近现代通俗文学流派恢复名誉的问题也就提到议事日程上来。而将通俗文学及其重要流派拒之于近现代文学史“史门”之外的不公允的做法，也正逐渐为近现代文学研究者所否定。于是从正面来论证“纯”、“俗”两个子系统在近现代文学史中各自的位置，并由此来重新安排纯俗双翼齐飞的近现代中国文学史的格局，就成为文学史研究者注目的焦点。

我们的观点是，纯文学子系的大多数作家以自己的文学功能观和对文学事业的信念构成了一个“借鉴革新派”。这借鉴是指按照他们的功能观和文学信念向世界文学的精华学习，翻译引进并尝试创作，从而在本民族掀起一场文学革命运动，使本民族的文学与世界文学接轨。胡适的《尝试集》就是诗歌革新的初步尝试，而鲁迅的《狂人日记》则是借鉴果戈理的作品生态，针砭本民族痼弊的革新之作，乃至成为新文学巨人起步的划时代丰碑。近现代通俗文学就其整体而言，它决不是什么“逆流”，而是作出过它自己的历史贡献：通俗文学作家的大多数构成了一个“继承改良派”。所谓“继承改良”就是承传中国古典小说中的志怪、传奇、话本、讲史、神魔、人情、讽刺、狭邪、侠义、谴责等小说门类和品种，加以新的探索，在19世纪末至20世纪初，反映以大都会生活为主轴的，又以消遣为主要功能而杂以劝惩目的的文学作品。在我们的“词典”里一直将“改良”这两个字贬得很低。其实“改”的目的是为了“良”，在特定的情况下也不失为前进的一种方式，它与激进的“革”是为了要对方的“命”的方式相对照而存在，对不同的时代和不同的对象可以也应该采取不同的方式而获得相同的前进的效果。而从中国近现代文学发展的具体情况来看，我们认为借鉴革新是必需的，但继承改良也是必要的。有一批作家去继承弘扬民族古典小说的传统，从而满足广大读者的阅读要求是好事而决不是坏事。

对纯文学的不少作家来说，“遵命文学”的写作目的往往侧重于强调政治性与功利型；而对以“传奇”为目的，在消遣前提下生发教诲作用的通俗文学来说，它们在客观上是强调了文化性和娱乐型。两者都在侧重地发挥文学的“之一”功能。我们认为两者是互补的，而不是你死我活的。这两大子系都给我们以及我们的后代留下可以承续和研究的东西。就纯文学中持革命态度的作家而言，他们崇尚“前瞻”，以改造世界为己任；在纯文学中还有一批以膜拜艺术为己任的“为艺术而艺术”者，他们倾向“唯美”而以“美的使者”自居。而通俗文学作家，在政治党派性上大多是“超脱”的，他们所考虑的是要使他们的“看官们”读小说时感到非常有兴趣，达到消遣的目的。因此，他们非常愿意找一些社会众生相中的新异事物，使看官们读得津津有味，眼界大开。在描写这些新异事物时，并不想去为它们“定性”，他们只想不偏不倚地去细致描摹，因此他们的作品往往“存真性”特强。过去把这种“存真性”常常说成是“低层次的真实”，是“生活的真实”而非“艺术的真实”。我们比较欣赏被作家的先进世界观改造过的“高层次的真实”。但这种“真实”有时将一棵幼苗按照社会发展的规律而写成“参天的大树”。这种所谓“艺术的真实”将来会使子孙无法知道当年的现实究竟是怎么一回事；相反，“低层次的真实”却令人比较放心，因为它为“历史存真”，是原汁原味的原貌。

就纯文学中的革命文学作品而言，在第一个十年中，它以“人吃人”为主调，而在第二个十年中，“阶级吃阶级”替代了“人吃人”而成为主旋律。直到抗日战争开始，在爱国主义高扬下，以统战政策为导向，愿与通俗文学共存，但从 40 年代末至 50 年代初，则以半行政或行政手段，扼制了继承传统的通俗文学流派，而在纯文学的范畴中也以工农兵方向为一元化的单兵独进，文学就成了政治意识形态下的“齿轮与螺丝钉”。一直到 70 年代末，才在改革开放的大潮中，回归于多元化的文学态势。问题就在于一元化中固然可以有不同色调，但一元化与多色调毕竟是很难兼顾的；而近现代通俗文学的色谱是多层次和丰富多彩的，它所反映的社会面，虽似零乱无序，但却是琳琅满目、五光十色的，它没有一个先验的程式指定它该写什么，不该写什么，也不负回答社会提出的问题责任和指出社会发展的必然规律。但却为存真作出了重大的贡献，在它的广角镜中的社会，更像当年社会的错综复杂的真实面影，我们的子孙会感谢这些作家为他们留下了真实的赤裸裸的“写真”。至于它的缺乏前瞻性的缺失，我们的子孙可能毫不在乎。他们觉得比我们——他们的祖先更聪明，他们将自己身边的现实与祖先头脑中的“前瞻”一比较，或许会“哑然失笑”：“差之毫厘，失之千里”——他们会说，这就是我们祖先的“局限性”（正如我们现在指手画脚地说我们的先人有时代局限性一样）。我们的子孙相信自己去作历史的回顾更能吸取历史的经验与教训，那时，他们就要靠祖先的“存真”而不是“前瞻”来得出自己的结论。“存真”

的可贵处也许就在这里。

客观地说，纯文学中的先进的作家有自己的优长，但难道就没有自己的短缺？通俗文学的短缺在这数十年中也说得够多的了，不论是它的确存在的，还是莫须有的。但它难道真的就是一堆"垃圾"？那是因为许多并没有读过它的优秀之作的人，又是无条件地去相信那"历史的误导"，心造幻影加上众口铄金，于是似乎就形成了"历史的定论"。当然，清醒的人也并非没有，即使是在当时批判近现代通俗文学最激烈的"文学研究会"中，事后也有很具名望的成员表示异议。朱自清就以一种宽博的心胸发表过他的真知灼见："在中国文学的传统里，小说和词曲（包括戏曲）更是小道中的小道，就因为是消遣的，不严肃，不严肃也就是不正经；小说通常称为'闲书'，不是正经书……鸳鸯蝴蝶派的小说意在供人们茶余酒后消遣，倒是中国小说的正宗。中国小说一向以'志怪'、'传奇'为主，'怪'和'奇'都不是正经的东西。明朝人编的小说总集所谓《三言二拍》……《拍案惊奇》重在'奇'很显然。《三言》……虽然重在'劝俗'，但是还是先得使人们'惊奇'，才能收到'劝俗'的效果……《今古奇观》，还是归到'奇'上，这个'奇'还是供人们茶余酒后消遣的。"而且他还非常客观地说出了一些偏离"文学之律"的"说教者"的弱点："但是正经的作品若是一味讲究正经，只顾人民性，不管艺术性，死板板的长面孔教人亲近不得，读者恐怕更会躲向那些刊物里去。"[1]朱自清以深厚的历史感，发表了有说服力的独到见解。可是为时已晚，那时已是40年代末期，"历史的误导"早已定型，而且他的"民主个人主义"者的身份，也是不可能引起登高一呼应者云聚的效果。

过去，轻视通俗文学曾是一个世界性的现象，例如在"二战"前，有些美国学者也对通俗文学持否定态度，认为它们不过是一堆庸俗的"文学垃圾"而已。但在"二战"之后，"美国学"兴起。美国学者对通俗文化和通俗文学才开始从轻视转为重视，从主观转为客观，从片面转为全面。他们才认识到，通俗文学能历史地反映某一时间长链中读者心态和价值观的变化："这些畅销书是一种有用的工具，我们能够透过它们，看到任何特定时间人们普遍关心的事情和某段时间内人们的思想变化。"[2]现在世界的潮汐趋势对通俗文学有利，可是在中国由于强劲的"历史的误导"，对它的生存权到目前才开始提到议事日程上来。但是一种"存真"的文学必然会得到"存真"的历

---

〔1〕 朱自清：《论严肃》，《中国作家》创刊号（1947年10月）。

〔2〕 苏珊·埃勒里：《畅销书》，《美国通俗文化简史》第10页，漓江出版社1988年版。

史评价。

（三）

这种"存真"的文学——近现代中国通俗文学也只有在上海这个现代化工商业中心才得以诞生。

新文学的诞生地在北京，五四运动的发源地在北京，因为当时的政治文化中心在北京。尽管它在北京坚持不了两年，就移位至上海。但早于新文学而掀起的近现代通俗文学热却只能发祥于上海，北京仅是日后才受上海的辐射而已。发祥于上海也好，移位至上海也好，这说明了一个问题，纯文学与通俗文学的繁荣皆离不开现代化。

在19世纪末与20世纪初，上海这个元代的渔村，明代的小镇，清代的县治，随着商埠的开辟，大规模的工业生产和频繁的商贸交易促使大都会的成型和人口的爆炸，造成城市的超常扩展和经济生活的千姿百态。这也必然会带来人际关系的错综复杂，多数市民在这个自己感到难于驾驭的复杂多变的新环境中，时时感到无所适从的晕眩。要治愈这种头晕目眩，就急需扩充自己的信息量，扩大自己的知识面，改变自己的知识结构，这才可以增加自己的判断能力，在自己神经中枢注入自主与自信的定力，以增强自己对新环境的适应性。那种在小农经济地域只靠一爿"咸亨酒店"作为权威的信息总汇，只靠航船七斤作为新闻发布人的时代已经一去不复返了。都市市民的这种新要求就是急需创办报章杂志的客观根据。而科举制度的废除，知识分子的要求重新"定位"，正是为这种办报需求准备了大批干部。另外，除了市民要求大量摄取信息之外，都市的紧张生活节奏使人感到疲劳和单调，也需要休息与娱乐，以便在高速的生活运转中得以片刻的喘息。于是报章上的副刊就应运而生。同治十一年（1872）《申报》创刊，以后出现了"余兴"栏，刊登"游戏文"。又在"民国六年一月起，特辟《自由谈》，并于第五张另辟一栏，名曰《老申报》，载'四十余年之回顾'，并摘取本报四十年来所载之奇闻异事，及政治、风俗、诗歌、游戏文等，以飨阅者"。〔1〕

工商的发达带来了人的新需求，而人的需求再向先进的工业去索取达到这种新需求的物质基础——办报所必需的印刷机械和造纸工业。没有这

---

〔1〕 申报馆五十周年纪念《最近之五十年》，第三编"五十年来之新闻事业"第31页，1922年《申报》馆，1987年上海书店影印版。

些配套工艺，根本谈不上报刊的出版，也不可能对通俗文学发出热切的“时代召唤”。我们不妨对比一下技术处于“原始”手工业状态和“现代化”机器印刷的报业生产之间的天壤之别。在本世纪初，包天笑在苏州创办《励学译编》和《苏州白话报》，那时苏州还没有印刷厂，他只好与刻字店接洽，办起了“木刻”版的报纸与杂志。包天笑说：“用最笨拙的木刻方法来出杂志，只怕是世界各国所未有，而我们这次在苏州，可称是破天荒了。”[1]虽然值得“自豪”，但这种小手工业方式印行的报刊必然是小型的、粗糙的和短命的。到停办时，光是木版就在刻字店内堆满一个大房间，这些木版的最好出路就是劈掉当柴烧。可是在张静庐的《中国出版史料补编》中，我们就看到上海从20世纪初到30年代初，印刷工业竟增长了6倍。在国外19世纪三四十年代廉价的新闻纸（即白报纸）的出现给出版业开创了一个广阔的天地。他们把最近流行的书籍用平装本出版，每册售价仅15美分，使原来购买力较低的读者可以问津。而中国1891年李鸿章创办伦章机械造纸厂于上海后，至1924年止，有大造纸厂共21家，其中10家是在上海及其周边市县。这些国内外的资料至少可以说明一点，如果离开了上海的工业发展与城市现代化，空谈19世纪末至20世纪初的通俗文学热，是会得出一些偏颇的结论的。有了客观需求和物质条件，又加上具备了作者队伍，报刊就像雨后春笋般地破土而出，它们必然会具有醒目的都市性、商业性和娱乐性。当报纸上正规开辟副刊后，通俗文学的需求量就直线上升，很快就有长篇连载小说专栏。有许多读者是为了看连载长篇而订阅报纸的。报刊因有好的长篇连载而销量大增。

当文艺性的副刊不能满足市民的娱乐消遣需求时，就开始创办专业性文艺刊物。它们不再是报刊的附庸，但是不可能脱离都市性和商业性的制约，当然也为都市市民改变知识结构服务。

1909年9月，陈冷血和包天笑创办《小说时报》，第1期就有长篇理想小说《电世界》，陈冷血以“各国时闻”改编成短篇小说《黑手党》、《伯爵化虎记》、《吸烟会》、《猎河马谈》、《俄国之侦探术》等，既增长知识又饶有兴趣。1910年7月王蕴章（西神）创办《小说月报》，在创刊号的《编辑大意》中写道：“本报以移译名作，缀述旧闻，灌输新理，增进常识为宗旨。”

上海在成为大都市之前，是没有多少文化底蕴的。但一旦成为一个工

---

〔1〕 包天笑：《钏影楼回忆录》第166页，香港大华出版社1971年版。

商大埠时，它就会面向全国大量吸引人才，特别是它能依托江浙这两个有着深厚文化积累的省份。因此在“鸳鸯蝴蝶—《礼拜六》派”中有不少苏州籍、扬州籍和浙江籍作者，但是这些作者如果没有上海这样一个大环境，既提供了他们新异的故事原料，又提供了他们出版的方便，他们也决不能写成和出版那些在通俗文学中能“传世”的作品。

(四)

有些新文学作家将凡是不属于新文学营垒而又有休闲倾向的作品一概称之为“鸳鸯蝴蝶派”，在现代文学的历史上他们曾将这个名词看作一只大“垃圾箱”，凡非我族类就“请君入瓮”。这当然是极不公允的。这种“非此即彼”的分类法不仅是不科学的，而且对这个名称的含义也是缺乏必要的常识的。造成的误解是，似乎通俗文学就等于鸳鸯蝴蝶派。

在各种现代文学史上对于这一流派不外乎有三种称呼：一是“鸳鸯蝴蝶派”、二是“《礼拜六》派”、三是“民国旧派小说”。对这三个名称的来龙去脉及其内涵，我们应该有一番考察和作出科学的分析。

关于这个名词，该派“派中人”曾有过一种说法。因为是采用一种他们所惯用的故事化的手法，情节性也很强，所以流传也很广。那就是平襟亚的一篇名为《“鸳鸯蝴蝶派”命名的故事》：

> 关于“鸳鸯蝴蝶派”一词的来源，据我所知，有这样一段故事……记得在1920年(五四运动后一年)某日，松江杨了公作东，请友好在上海汉口路小有天酒店叙餐……当场朱鸳雏才思最捷，出口成句云：“蝴蝶粉香来海国，鸳鸯梦冷怨潇湘。”合座称赞。正欢笑间，忽来一少年闯席，即刘半侬也……
>
> 刘入席后，朱鸳雏道：“他们如今‘的、了、吗、呢’改行了，与我们道不同不相为谋了。我们还是鸳鸯蝴蝶下去吧。”杨了公因此提议飞觞行令，各人背诵旧诗一句。要含有鸳鸯蝴蝶等字。逢此四字，满饮一杯……合座皆醉。
>
> 刘半侬认为骈文小说《玉梨魂》就犯了空泛、肉麻、无病呻吟的毛病，该列入“鸳鸯蝴蝶小说”。朱鸳雏反对道：“‘鸳鸯蝴蝶’本身是美丽的，不该辱没它。《玉梨魂》看了使人哭哭啼啼，我们应当叫它‘眼泪鼻

涕小说'。"一座又笑……

这一席话隔墙有耳，随后传开，便称徐枕亚为"鸳鸯蝴蝶派"，从而波及他人……

后来某一次，姚鹓雏再遇刘半侬时说："都是小有天一席酒引起来的，你是始作俑者啊！"刘顿足道："真冤枉呢，我只提出了徐枕亚，如今把我也编派在里面了。"……又说："左不过一句笑话，总不至于名登青史，遗臭千秋，放心就是。"姚说："未可逆料。说不定将来编文学史的，把'鸳蝴'与桐城、公安一视同仁呢。"刘说这是笑话奇谈。但后来揆之事实，竟不幸而言中。[1]

这篇故事读来极为生动，也许全以事实为根据。可是作为"命名由来"却与史料不符，因此有澄清的必要。对这个流派的命名并非在"五四"的后一年，而是起于"五四"之前。最早是周作人和钱玄同提出来的。周作人于1918年4月19日在北京大学演讲时说："现代的中国小说，还是多用旧形式者，就是作者对于文学和人生，还是旧思想；同旧形式，不相抵触的缘故。"他在举例时，提到了"《玉梨魂》派的鸳鸯蝴蝶体"。[2] 1919年1月9日，钱玄同在《"黑幕"书》一文中指出："其实与'黑幕'同类的书籍正复不少，如《艳情尺牍》、《香艳韵语》及'鸳鸯蝴蝶派的小说'等等。"[3]接着在1919年2月2日，周作人在《中国小说里的男女问题》一文中说："近时流行的《玉梨魂》，虽文章很是肉麻，为鸳鸯蝴蝶派小说的祖师，所记的事，却可算是一个问题。"[4]到30年代初，鲁迅又对该派的命名问题作了回顾。他说："这时新的才子＋佳人小说便又流行起来，但佳人已是良家女子了，和才子相悦相恋，分拆不开，柳阴花下，像一对蝴蝶，一双鸳鸯一样……"[5]顾名思义，"鸳鸯蝴蝶"是以形象化的名称来指谓民初的才子佳人的言情小说派别。但是这一流派的作家不仅仅是写才子佳人的恋情小说，那些铁马金戈的武侠小说，扑朔迷离的侦探小说，揭秘猎奇的社会小说……都是他们拿手的题材。因此用鸳鸯蝴蝶派命名已无法覆盖五花八门题材的多样性，于是有人就借

---

〔1〕 见魏绍昌编：《鸳鸯蝴蝶派研究资料》第127—128页，上海文艺出版社1962年版。

〔2〕 周作人：《日本近三十年小说之发达》，《中国新文学大系·建设理论集》第292—293页，上海良友图书印刷公司1935年版。

〔3〕 钱玄同：《"黑幕"书》，见《新青年》第6卷第1号（1919年1月）。

〔4〕 见《每周评论》第7号（1919年2月2日）。

〔5〕 鲁迅：《二心集·上海文艺之一瞥》，《鲁迅全集》第4卷第294页，人民文学出版社1981年版。

用该派最有代表性的刊物《礼拜六》作为他们派别的名称，取其休娱、消闲功能而称为“《礼拜六》派”。这个名称是可以囊括一切的了。可是这个名称远没有“鸳鸯蝴蝶派”之“著名”和“深入人心”。而在这一流派中的有些“派中人”的目光中，他们又将“鸳鸯蝴蝶派”的圈子划得很小，认为“鸳鸯蝴蝶派”仅是指民国初年，徐枕亚、李定夷、吴双热等用骈四俪六文体写哀情小说的少数作家而言的。记得陈蝶衣曾有一篇文章，题目就是《我以“鸳鸯蝴蝶派”自豪》。文章说：“我以‘鸳鸯蝴蝶派’自豪，是一种‘窃攀高贤’的说法。事实上，我只是一个后生小子，所有‘鸳鸯蝴蝶派’的前辈作家如徐枕亚、李定夷、姚鹓雏、吴双热、朱鸳雏、许瘦蝶等辈，我俱未识面。因此，我即使要做一个‘攀龙附凤势莫当’的追随者，也有所不可，无此缘分。”“说起我的‘蝶衣’笔名倒也有一段古。只因我于十五岁那一年进入上海《新闻报》，馆中同人都以‘小弟弟’视我、呼我。有一天走进书局浏览，看到架上陈列着一册许瘦蝶所著的《蝶衣金粉》，书未购阅而留下了印象，觉得‘蝶衣、蝶衣’连声呼唤，便无异是‘弟弟’的反切，于是便试以‘蝶衣’为笔名，开始了舞文弄墨的生涯。”〔1〕他把有人说他是鸳鸯蝴蝶派，看成是一种抬举。因为写这种小说的人都是他所景仰的前辈，他的资历是无法跻身于其间的。从周瘦鹃如下声明中也可看出，他也认为，他并不是以徐枕亚、李定夷、吴双热为代表的“鸳鸯蝴蝶派”：“我是编辑过《礼拜六》的……所以我年轻时和《礼拜六》有血肉不可分开的关系，是个十十足足、不折不扣的《礼拜六》派。”〔2〕

看来，周瘦鹃、陈蝶衣所持的观点是将鸳鸯蝴蝶派的范围限制得偏窄；而我们有些文学史家又将涵盖面放得过宽；而国外的研究者又将这个名称的内涵、外延与政治挂上了钩，分为“共产党”与“非共产党”观点。我们认为这三种看法都有其偏颇。就周瘦鹃而论，他在《礼拜六》周刊上就发表过许多言情小说，他是当年的短篇哀情名家，而且他早期所使用的语言，也有许多骈四俪六的篇章，一定要将他与徐、李、吴之间划一道分界线是不大可能的。人为地将一个流派割裂开来，用“鸳蝴”与“礼拜六”等两个名称去指称，是容易混淆的。但将这个流派扩得太大，也是不科学的。将民初写言情小说的称为鸳鸯蝴蝶派是顺理成章的，但这一名称无法负载社会、黑幕、侦探、武侠等众多题材，而“《礼拜六》派”倒似乎是可以包罗万象的，取其消遣、娱乐功能，“一揽子”塞进了这个大筐子。但是，在现代文学史中却不用“《礼拜

〔1〕 见香港《大成》第147期(1986年2月)。

〔2〕 周瘦鹃：《闲话〈礼拜六〉》，《拈花集》第94页，上海文化出版社1983年版。

六》派”，而是通用“鸳鸯蝴蝶派”，约定俗成地用“鸳鸯蝴蝶派”来涵盖一切。所以不是国外学者认为的有“党”和“非党”之分，这不过是中国现代文学史中的一种习惯性的约定俗成（约定俗成有时就不再讲究科学性了），似乎就狭义而言，是指言情类的通俗文学作品；而就广义而言，也可用来指谓一切娱乐消遣类的作品。

如果我们将上述的各种意见作为参照，同时也弥补这些意见的各自的漏洞，那么，最好为这一流派取一个文学史上的学名，则我以为用“鸳鸯蝴蝶—《礼拜六》派”最为妥帖。第一，是说明这个流派是以言情起家，逐步去广泛继承中国传统小说的众多题材，同时也借鉴外国的新样式（例如侦探小说），形成了新的分支。第二，是在科学性的前提下，参照约定俗成的历史因素，又注意其涵盖面，使流派的名称与内涵相一致，并经得起推敲。这个学名也许不易简称，但学名的着眼点不在称谓的繁简，而是在于更具科学性。第三，该派大多数作者笔下的题材是多样的，至少是“一专多能”的，他们有大致相同的文学观念与写作情趣，他们有共同利用的出版阵地，他们在1922年7月初和8月间，曾先后成立过自己的社团——青社与星社，而这两个社团中的成员又是有交错的，他们没有理由在流派的名称上作“一分为二”的割裂，使后来研究文学史的人无所适从。

这个流派除了“鸳鸯蝴蝶”与“礼拜六”的名称之外，还有第三个名称，即“民国旧派小说”。先是新文学作家泛指他们为“旧派”；之后，范烟桥写过一部很简略的《民国旧派小说史略》。他的意思是这个流派是与民国相始终的，而且也自认是一个守旧的派别。我们认为也不甚贴切。“继承派”最好不要以“旧派”视之。更何况“新”与“旧”往往在人们的脑子中和“优”与“劣”相联系。范烟桥大可不必这样自谦。

唯其“旧”，因此，这个流派在历史上老被作为批判的靶子，作为革命的对象，甚至作为一个政治定性的名词，运用于日常生活之中，使某些成员一度无法抬头，甚至株连其家眷及子孙。今天我们排除了这种不正常的因素，将“鸳鸯蝴蝶—《礼拜六》派”作为民国都市通俗文学中的一个重要的流派去进行考察，提高到学术领域中去加以研究，总结出历史的经验与教训，给予客观公允的评价，并将他们中间的最有代表性或最优秀的作家，赋予文学史上应有的地位。我们编著这部《中国近现代通俗文学史》的意图就是进行一次自成体系的总检阅，为他们中的佼佼者进入近现代文学史作好前期的准备。

（五）

我们认为，这一流派的作品既然是属于“中国传统风格的都市通俗小说”，它与古代的通俗小说是有所不同的。如果我们试图为中国近现代通俗文学作一界定，是否可作下列的表述：中国近现代通俗文学是指以清末民初大都市工商经济发展为基础得以繁荣滋长的，在内容上以传统心理机制为核心的，在形式上继承中国古代小说传统模式的文人创作或经文人加工再创造的作品；在功能上侧重趣味性、娱乐性、知识性与可读性，但也顾及“寓教于乐”的惩恶劝善效应；基于符合民族欣赏习惯的优势，形成了以广大市民层为主的读者群，是一种被他们视为精神消费品的，也必然会反映他们的社会价值观的商品性文学。

在中国近现代文学史中，反映都市生活的小说主要有三大流派。一派是社会剖析派都市小说，一直被认为是现代文学的主流，它的不足之处是往往从既定政治观念出发，强调艺术的真实高于生活的真实，于是就容易用先验的主观愿望去“增添”或“删削”当时的“事实”的真实。有时在艺术的真实的幌子下倒是去创造历史的虚假。另一派是30年代受日本新感觉派和法国都会文学影响的新感觉派和心理分析小说，这是一种用现代派手法描写都市生活的小说流派，善于运用跳跃的节奏、印象主义和意识流的手法反映都市的光怪陆离相。后起的徐讦和无名氏的现代罗曼史则是继“新感觉派”而努力适应现代新派市民要求的都市大众文学，他们以建设“有趣味的轻文学”为己任。还有一派都市小说是清末民初通俗都市小说。它是以都市市民的目光与心态，去描摹都市生活。一贯被认为是一种低层次的真实，但是它的价值在于它的存真性，是一种为历史留下见证的照相式的存在，必将愈来愈被后代认识到，这是一种可供研究的社会历史活化石。

首先是这种都市通俗小说以它题材的广阔性，对现代社会、特别是都市生活作了有趣而细致的临摹，为后代提供了不可或缺的多侧面的社会画卷。与新文学相比，通俗文学所映象的社会面可谓“五光十色”、“三教九流”，如果我们真正要具体地而不是抽象地，细致地而不是轮廓地，过程地而不是先验地去了解丰富多彩的现代复杂社会的微妙轨迹和进化流向时，可以去读一读这种一贯被人诬为“黄色”而“低下”的小说。其实，批判它们是黄色小说的人似乎是一些没有读过这些小说的人。因为这一流派以“保守旧道德”

为己任，重儒家风范，怎么会是“清一色”的“黄色”呢？当然也不排斥或许有一点，但根本不可能成为该流派的“派色”。通俗文学作家不少是老报人，记者兼主笔的生涯使他们有着丰富的生活阅历，掌握形形色色的社会生活原始资料和生动的生活画面。张恨水做了5年记者才开始撰写《春明外史》，以百万言再现故都在新旧流变中的社会众生相。李涵秋的《广陵潮》以鸦片战争至五四运动的许多大事件为背景，再现70年间的稗官野史，使当时中下层社会的民间风情、闾巷习俗，跃然纸上。而姚民哀则以优秀评弹艺人的身份，混迹江湖，悉心研究江湖党会，成为写党会小说著称于时的小说家。他说：“小子走了二十年江湖，耳闻目击的事情，尽多小说材料，譬如关东的马贼、山东的响马、陕西的捻子、晋豫的麻子以及哥老会、大刀会、小刀会、三点会、兴中会、青红公口三界共进会等等的遗闻轶事，颇多可歌可泣之情事，大有尽情详记的价值。”〔1〕而这又恰恰是新文学题材的缺门。而包天笑侨寓上海20年，长期的记者、主笔的职业习惯，使他积累了大量的生活素材，写成了长篇小说《上海春秋》，这是一部“十里洋场二十年目睹之怪现状”。无怪夏济安曾赞叹道：“最近看了《歇浦潮》，认为‘美不胜收’；又看了包天笑的《上海春秋》，更是佩服得五体投地……很想写篇文章，讨论这些上海小说。”他甚至提出一个令人震撼的“讨论题”：“清末小说和民国以来的《礼拜六》小说艺术成就可能比新小说高，可惜不被人注意。”〔2〕

其次是这些通俗小说作家善于反映社会的世相人情，而这种世相人情又映象出我们民族的传统文化心态。相对而言，这种传统的心理积淀在新文学中对其关注较少。新文学的乡土小说中有时涉及这种传统心态，但是往往只是对乡民的愚昧与闭塞作了同情与悲悯的描写，其视角是居高临下的，因此，批判成分多而细致描绘少。在中国通俗文学中主要是对中国市民阶层的心态作淋漓尽致的“平视”。也就是说，作者是站在这些市民之中，以他们的喜怒哀乐去表现他们自己，不加修饰地摹写所谓“低层次”的真实，但是，这种当时老百姓的社会价值取向与价值观念，对我们今天来说，就是一种研究的真实客体，另有其很高的学术意义。通俗文学之所以能够“通俗”，即与“俗众”相通，就是由于他们对中国传统的“社会流行的价值观”的肯定。

〔1〕 引自小说《血誓》，见范伯群主编《演述江湖帮会秘史的说书人——姚民哀》第82页，南京出版社1994年版。

〔2〕《夏济安对中国俗文学的看法》，见夏志清《爱情·社会·小说》，第221、233页，台北纯文学出版社1970年9月版。

他们的作品大多是教诲读者应同情弱小，助贫济困，急人之难，赴汤蹈火，为民请命，蔑视权贵，义肠侠骨，大仁大勇之类，这是一种人性的正义与良知，也是民族美德的闪光。

这些通俗作家也决不是对中国以外的世界无知的“冬烘式才子”或“三家村学究”。他们在崇尚民族传统形式的同时，也向外国文学学习创作技巧与活的文学语言。我们可以举出该派的不少作者认真从事文学翻译工作，如包天笑、陈冷血、周瘦鹃、徐卓呆、程小青、恽铁樵、严独鹤、张碧梧、张毅汉、张舍我等等。包天笑在1901年就创办了《励学译编》，还在这本刊物上连载他与蟠溪子合译的《迦因小传》。周瘦鹃的著译始于1911年。他的最早的翻译作品是该年《妇女时报》第3期上的《豪侈之我妻》。他于1917年3月，在中华书局结集出版《欧美名家短篇小说丛刻》，分上、中、下3卷。鲁迅、周作人曾作推荐并大加赞扬：“凡欧美47家著作，国别计十有四，其中意、西、瑞典、荷兰、塞尔维亚，在中国皆属创见，所选亦多佳作，又每一篇署著者名氏，并附小像略传，用心颇为恳挚，不仅志在娱悦人耳目，足为近来译事之光。”周氏兄弟认为此书在当时，实属“昏夜之微光”，“鸡群之鸣鹤”。〔1〕包天笑与陈冷血联合主编的《小说时报》简直就是一个近代文学时期的翻译小说刊物。这本1909年创办的刊物共出版33期+1（“临时增刊第1期”），如果以翻译或创作的篇幅统计，翻译的量约占五分之四，即翻译作品共计4 510页，而创作仅占1 004页。包天笑1915年主编的中国第一本大型季刊《小说大观》，共出版15期。据统计，共发表短篇创作100篇，短篇翻译小说50篇，长篇创作18篇，长篇翻译26篇。这些刊物曾长期被视为鸳鸯蝴蝶派刊物而受贬抑，但我们不禁要问，它们究竟是作为1917年文学革命的对立物出现的，还是一座步入“文学新纪元”的桥梁？许多现代文学作家那时还是少年，不少人是读着这些作品才开始知道外面还有一个广阔的世界。包天笑、周瘦鹃等人一方面继承中国小说传统，另一方面也透过翻译的启发尝试革新。如包天笑较早尝试写系列小说、书信体小说，而周瘦鹃则较早地创作独白小说、心理小说、日记体小说等等。

在文学语言上，通俗作家极大多数都承传中国古代白话小说的传统。包天笑很早就说过“小说以白话为正宗”：

〔1〕《欧美名家短篇小说丛刻》评语，《教育公报》第4年第15期（1917年11月），此系鲁迅在“通俗教育研究会”任小说股主任时，决定为该书授奖而写的评语，由周作人起草。

盖文学进化之轨道,必由古语之文学变而为俗话之文学。中国先秦之文多用俗话,观于楚辞、墨、庄,方言杂出,可为证也。自宋而后,文学界一大革命即俗话文学之崛然突起。[1]

因此,他在1917年1月创办《小说画报》时,在《例言》中说:“小说以白话为正宗,本杂志全用白话体,取其雅俗共赏,凡闺秀、学生、商界、工人,无不咸宜。”[2]就在《小说画报》创刊的同年同月,胡适发表《文学改良刍议》。陈独秀也在1917年说:“白话文学,将为中国文学之正宗,余亦笃信而渴望之。吾生倘亲见其成,则大幸也。”[3]而《新青年》则是在第5卷第4号上,也即1918年4月(鲁迅的《狂人日记》刊于此期)才全部改用白话。这也说明了这些通俗作家当时并不是逆时代潮流而动的。

通俗作家也有其先天的不足,那就是缺乏先锋性,基本上不存在超前意识,与“俗众”具有“同步性”。在通俗文学中,“生活是这样的!”这一点是比较清晰的;而“生活应该是怎样的?”这一点是模糊的。因此,它们一直被新文学作者认为是爬行的文学,是封建小市民的低级趣味的文学,是媚俗的文学等等。他们在批判周瘦鹃的《留声机片》时说:“作者自己既然没有确定的人生观,又没有观察人生的一副深炯眼光和冷静头脑,所以他们虽然也做了人道主义的小说,也做描写无产阶级的穷困的小说,而其结果,人道主义反成了浅薄的慈善主义,描写无产阶级的穷困反成了讥刺无产阶级的粗陋与可厌了。”[4]而为了商务印书馆另办《小说世界》,又引起了纷争。茅盾在回忆录中写道:“疑古这篇文章,不但把《小说世界》第1期出现的那些牛鬼蛇神,骂了个狗血喷头,也把商务当局冷嘲热讽,看得一钱不值,说他们刚做了几件像人做的事,就不舒服了,‘天下竟有不敢一心向善,非同时兼做一些恶事不可的人!’”[5]我们认为上述的引文既有属于正常的文艺论争,也有文学流派之间的“意气用事”。

看来,通俗文学流派的另一个先天的弱点是没有自己的理论队伍。凡是一个文学流派,应该有一支理论队伍去研究自我,对本流派要有恰如其分的、令人信服的、难于驳诘的自我评价与估量。正因为鸳鸯蝴蝶—《礼拜六》

---

〔1〕 包天笑:《小说画报·短引》创刊号(1917年1月)。

〔2〕 包天笑:《小说画报·例言》创刊号(1917年1月)。

〔3〕 陈独秀在《新青年》第2卷第5号上发表胡适《文学改良刍议》时所加的跋语(1917年1月)。

〔4〕〔5〕 茅盾:《复杂而紧张的生活·学习与斗争》(上),《新文学史料》第4辑(1979年8月)。

派在这方面的力量非常薄弱，它们才缺乏起码的理论自卫力量。它们只满足于有相对稳定的读者队伍的支持。殊不知这样的默默无言的支持虽是感人的，但这种拥戴并不能为自己辩诬。于是这一文学流派只能常常站在文学的被告席上，无言地听新文学评论家作为原告历数其“罪状”。而到40年代末至50年代初，这个流派连这种窘境也不可得，它在大陆上竟无声无息地消失了。它们的生存权从来也得不到承认，它自己也不去论证自己起码的生之权利。

（六）

在有些国家，通俗文学的生存权，早已不成问题。他们不仅有讨论和描述通俗文学发展的专史，而且进一步探讨通俗文化和通俗文学的研究方法论——通过社会学、传播学、政治学、历史学、结构主义和语言学等去认识和研究通俗文化和通俗文学的方法。

在我国，在70年代末到80年代初，大陆的通俗文学经历了一个“断裂层”——30年的销声匿迹后，又开始复苏。这一现象说明了一个问题：文学到头来不能借助于行政手段。归根结底是民众选择文学，而不是文学强迫民众。我们在文学史上有过几次相当规模的“大众化”问题的讨论。甚至谈及关于“旧形式”的利用，即所谓“旧瓶装新酒”，想以文学大众化来替代通俗文学。但讨论的目的主要是想用大众化的形式使大众接受其政治化概念。直到“文革”中，八个样板戏总算是用行政手段推行至极致，达到了“大普及”，但它并没有真正为民众所喜闻乐见。通俗文学的复苏，再一次说明，具有民族传统魅力的文学，也是“野火烧不尽，春风吹又生”的。任何人不能消灭大众的文学，除非先消灭大众。

这次“复苏”很快构成了一个“通俗热”。其原因当然是复杂的：八个样板戏使大陆成为一个文化沙漠，民众的文化饥渴感使通俗文学有了潜在的生机；市场经济与开放政策将台、港的一些所谓政治上“无害”的作品，开放了进来，使与通俗文学久违了的民众读得津津有味，那就是我们所说的“引进热”；一部分人的疏离政治以及经济大潮的快节奏呼唤文艺的娱乐功能；“文化大革命”革掉了一代人学习文化的机会，造就了只能接受浅近文化的青年一代；通俗文艺通过大众传媒（主要是电视的迅速普及）闯进了千家万户，当然也包括高雅知识分子的客厅与卧室，使有些认为通俗即庸俗的人对通俗文艺有所接触，开始对其价值有所理解……上述种种原因，在大陆构成了一个“反弹的合力”，使30年没有露面的通俗文学在一夜间忽然“大行其道”。使曾经对它不屑一顾的人也惊呼，文化市场被通俗文学占领了。纯文学一度成了通俗文学汪洋中的岛屿。那时纯文学一部长篇印数只有几千，而台、港的通俗文学与“重印热”中出现的二三十年代的通俗小说动辄百万以上。在20世纪二三十年代把通俗文学不加分析地视为“洪水猛兽”的“鲧”先生们，在40年代末和50年代初，以为完成了他们的治“水”大业，可是一夜间大堤倒塌了，眼前是一片汪洋。而1983—1986年，大陆上的通俗文学期刊达到270种，有的发行量最高达270万份；这还不算报纸副刊中的大量的“周末版”，周末即“礼拜六”，周末版就是供现代大众休娱的《礼拜六》周刊。记得台湾出版过一本通俗文学的评论集，书名是《流行天下》，这倒颇为耐人寻味。通俗文学就像水一样，到处流动在民众之中，抽刀断水水更流！堵得不好是要出问题的，那就是洪水泛滥。只能用大禹的“因势利导”的办法。堵，形成水患；导，共享水利。历史的经验教训应该记取。人们开始懂得共建通俗文学“水利工程”的重要性。于是人们开始研究通俗文学，在“重印热”中才第一次阅读这些东西，对鸳鸯蝴蝶—《礼拜六》派进行初步的剖析。结论是这一流派的贡献是多方面的。

从社会学的视角去阅读这派的小说，我们能看到一幅清末民初社会机体急遽变革的画像；旧的机体正在衰朽，新的路线正在作探索性的改道与敷设。我们若要研究清末民初的社会，在他们的作品中一定可以获得许多有用的资料。如果我们从民俗学的角度去窥探，我们可以得到许多民俗沿革的瑰宝，特别是欧风美雨东袭登陆与固有传统习俗相对抗相杂交时，民俗的细致变异过程。凡是从研究文化学的视角透视通俗文学，就会发现它是一座蕴藏量极为丰富的高品位的富矿。我们还可以列举通俗文学的其他价值，如从经济学的视角去衡定，它提供了若干中外“商战”的交锋和中国近现代经济关系、结构的变性图像；从地域史的视角去追踪，我们会感到，要写上海、北京、天津等大都市的历史，要写苏州、杭州、扬州等文化名城的地方史，编撰中国的租界史，不去阅读鸳鸯蝴蝶—《礼拜六》派的小说，就会缺乏起码的感性知识。

通俗文学作为文学大家族中的一个成员，更应从文学艺术的视角去测定该流派作品的艺术含金量。我们认为考察与鉴定含金量的首要条件是要了解这种文学的艺术特色，以及这种特色之中是否具备冶金的前提。近现代通俗文学具有它自己的特色，在发挥文艺功能上它完全可以与纯文学互补。纯文学与通俗文学是有其各自的审美规律的。例如通俗文学善于制造叙述内容上的陌生化效果，而叙述形式则往往趋于模式化；而纯文学则崇尚叙述方式上的陌生化的效果，往往追求叙述形式上的创新。与此相关，娱乐、消费、故事、悬念等有时被纯文学视为小技，而通俗文学则视之为它的要素和生命线；而语言和文本的实验性则是纯文学作家追求的至高目标。纯文学重自我表现，主体性强；而通俗文学则是一种紧密贴近读者——消费者的期待视野的文学。与此相关，纯文学重探索性、先锋性，重视发展性感情；通俗文学则是满足于平视性，是集体心理在情绪感官上的自娱、自赏与自我宣泄，崇仰人性的基本欲求。因此，雅重永恒，俗重流通。当然，如果辩证地看，在流通中得到大众获准其经典性，它也具有了永恒的价值。通俗文学自有其特色，特色发挥得好，就能显示出它的优势，展现出其中优秀之作的高含金量。在目前，有些作家已经在不丧失纯文学与通俗文学各自特色的前提下，相互吸收对方的长处，以增加自己作品的艺术魅力。在这方面是有前车可鉴的，张爱玲的作品就是一个适例。她对古今中外的技巧的借鉴是广视角与大容量的：她熟读《红楼梦》、《老残游记》、《醒世姻缘》、《金瓶梅》、《海上花列传》、《广陵潮》、《歇浦潮》，还有张恨水的作品；在新文学作品中，她喜爱《二马》、《离婚》、《日出》；外国作家则喜读毛姆、劳伦斯和哈克斯莱等。她还"尝试过各种不同体裁的小说，如《今古奇观》体、演义体、笔记体、鸳蝴派、正统新文艺等等"〔1〕。一位大作家的诞生是来自兼收并蓄与触类旁通。张爱玲既承认古典作家，也承认外国作家和新文学作家，同时也承认通俗作家中的韩邦庆、李涵秋、朱瘦菊和张恨水。而我在研究通俗文学的过程中，觉得张爱玲是有眼力的，因为上述这几位通俗作家要在近现代文学史中占有一席之地是当之无愧的。

（七）

我们编著的这部近现代通俗文学史是在基本上没有前人有关同类文学史作为参考的情况下进行的一项拓荒性工程。非得从搜集原始资料等最基础的工作做起，从代表作品的确定与分类，到作家的筛选，作家生平的探究，

〔1〕《女作家聚谈会》(1944 年 3 月 16 日)，转引自《张爱玲资料大全集》第 243 页，台湾时报文化出版事业有限公司 1984 年版。

历史线索的梳理，无不要进行细致乃至繁琐的工作，付出的代价是相当可观的。经10多年的积累，我们在通俗文学作品方面做了几个选本，如人民文学出版社出版的《鸳鸯蝴蝶—〈礼拜六〉派作品选》、台湾业强出版社出版的《民国都市通俗小说丛书》(10册)[后来经过扩大编选在大陆由江苏文艺出版社出版《鸳鸯蝴蝶—〈礼拜六〉派经典小说文库》(10册)]；在通俗作家评传方面，我们编著了《中国近现代通俗作家评传丛书》(12册)，计46位作家并附他们的代表作，由南京出版社出版。我们课题组的成员，还陆续写了几个分体史。这些基础性的工作有助于我们的"原始积累"，有了这些中期成果才使我们得以去尝试撰写这部基本上无同类文学史为依托的通俗文学史。

上述所说有无同类文学史为依托，是指中国过去没有编撰过近现代通俗文学史，但并非没有前辈学者的学术专著可以作为参考。一个显例就是鲁迅撰写过《中国小说史略》。这部专著就为我们编著近现代通俗文学史提供了中国通俗小说发展的源流，给予我们以极大的启迪。在中国文学的传统领域中，小说一直被视为"小道中之小道"，充其量也不过是"不登大雅之堂"的稗官野史，汇集街谈巷语、道听途说之类的奇闻轶事，权作茶余酒后的消遣品而已。那就是说，在古代，小说就其本质而言，是属于通俗的范畴的。而为中国通俗小说写史的倒是中国新文学的主将鲁迅，而且由他将其推上大学的讲堂。既然小说曾被视为小道，那么为小说"建史"，就是要写出一部"小道"文学史，如若对通俗小说采取挑剔、弃置、排斥的手段，那么中国还有什么小说史可言呢？而鲁迅却以筚路蓝缕的开创精神，梳理出这"小道"文学的"史的线索"，而且建立了崭新的史识，颇多创造发挥。在为中国小说分类时，他还为许多小说分支命名，由于精当，颠扑不破，也就为史家习相沿用。例如"狭邪小说"、"谴责小说"皆为鲁迅首次为其定名加冕。我们这部中国近现代通俗文学史的《社会言情编》也就是以鲁迅的《中国小说史略》的《第二十六篇　清之狭邪小说》和《第二十八篇　清末之谴责小说》为启端，探其源流，循迹发展，恣睢汪洋，终于汇成通俗小说中的一大分支——社会、言情之海。我们过去读鲁迅的《中国小说史略》，往往忽略了鲁迅的两点史识。一是鲁迅在论中国古典小说时，广为包罗，雅俗不分。因为在"五四"之前，小说有文、白之别，可是没有纯、俗之分。将小说分成"纯文学"和"通俗文学"，那是"五四"以后才形成的"史实"。鲁迅是遵循这个小说史发展的线索的。正因为有此"史识"，所以鲁迅的小说观念实际上也是"二元论"的。

一方面,他在《中国小说史略》中一再阐明,古代小说是必然会与休闲挂钩的。他认为诗歌是起源于劳动与祈神,而小说则是起源于劳动之余的休息;而中国传统小说则"以供人娱目悦心",[1]或者是"主要娱心,而杂以惩劝"。[2] 鲁迅认为"惩劝"是小说的一个次要的功能。"宋市人小说,虽亦间参训谕,然主意则在述市井间事,用于娱心,及明代拟作末流,乃诰诫连篇,喧而夺主,且多艳称荣遇,回护士人,故形式仅存而精神与宋迥异矣。"[3]从鲁迅一再申述的观点来看,他认为中国古典小说的主要功能是在于"娱心悦目"。但鲁迅并没有将古典小说的功能观运用到自己的创作中去。鲁迅的创作信条是"遵命文学",他是听那些不主张消极的前驱者的主将的将令的。因此,问及他做小说的目的,他就毫不犹豫地说,是要揭出病苦,以引起疗救。他的小说中当然不会"诰诫连篇,喧而夺主",但也总不会是以"娱心悦目"为己任的。鲁迅对小说的"二元论"观点,也许能给我们以启示,找到在现代文学时段中去厘定与划分纯文学与通俗文学的界碑之一。小说之为高雅或通俗,关键不在于是文言还是俗话。在古代,只要读过几年书塾,粗通文字,由于环境使然,耳濡目染,也就"不学以能",要读一般的文言小说,也不为困难,可见文字障碍要以时代环境而论,决定纯、俗的关键还在于内容,通俗文学的职能是以"娱心悦目"为己任而能与"俗众沟通"者,因此,我们将四六骈俪的《玉梨魂》划入通俗文学范围,而将梁启超直至赵树理划入纯文学作家群体中去。

我们既是无所依托,又是接受了前人的研究成果的启发。但如何来建构我们这部《中国近现代通俗文学史》的编纂体例,它是否能参照现代文学史的常用体例呢?在这方面,我们也是经历了一段摸索和思考过程的。在编纂"中国现代文学史"时常用的体例是所谓"三个十年":"第一个十年"即"五四"时期,也就是"文学革命"时期;"第二个十年"主要是左联时期,也即从"文学革命"进入到"革命文学"的时期;而"第三个十年"就是从抗战开始到完成解放大业,其中在文艺上的大事就是"延讲"。每一个时期的主要作品的主旋律是可以分得清清楚楚的。文学作品随时代的发展而发展的"周

---

〔1〕 鲁迅《中国小说史略》,"第二十篇　明之人情小说(下)",《鲁迅全集》第9卷第194页,人民文学出版社1981年版。

〔2〕 鲁迅:《中国小说史略》,"第十二篇　宋之话本",《鲁迅全集》第9卷第115页,人民文学出版社1981年版。

〔3〕 鲁迅:《中国小说史略》,"第二十一篇　明之拟宋市人小说及后来选本",《鲁迅全集》第9卷第202页,人民文学出版社1981年版。

期”也是能画出一根准确的起伏的线条。可是通俗文学的起伏线条——它的发展“周期”能像纯文学一样精确地画出来吗？还是上面提到过的那个平襟亚，他因为熟悉通俗文学出版界，自己还做过“中央”书局的老板，因此，曾经讲过通俗书刊的“出版周期”。他写过两篇对出版史很有史料价值的文章：《上海书业外史：一折八扣书真相》[1]和《六十年前上海出版界怪现象》（遗作）[2]，其中皆涉及通俗作品的出版周期问题。但相比较而言，说得最概括而形象的却莫过于他的小说《人海潮》的第32回《文字生涯茧丝抽乙乙，女儿情绪瑶瑟语丁丁》中的人物对话：

> 上海出版潮流千变万化。这并不是书贾的喜欢变化，是阅者的眼光变化。书贾无非想赚几个钱，不得不随阅者眼光转移，迎合阅者心理，投其所好，利市十倍。像这种“恨”、“怨”、“悲”、“魂”、“哀史”、“泪史”的名目，还在光复初年，哄动过一时，以后潮流转移到武侠一类。有人说，武侠小说足以一扫委靡不振之弊，因此大家争出武侠书，甚么《武侠丛谈》、《武侠大全》、《侠义全书》、《勇侠大观》，没有一部书不出风头。后来越出越多闹翻了……看的人也没有兴味了。书籍潮流便转移到黑幕上去。大家说，黑幕不比武侠小说向壁虚构。这是揭破社会的秘密，实事求是，很有来历。因此坊间大家争出黑幕。说也奇怪，上海洋场十里，百千万言也揭它不尽。甚么《黑幕大观》、《黑幕汇编》、《黑幕里的黑幕》……后来潮流又转移到财运上面去，财是大家贪的，见报上登着广告说，看了这种书立刻可以发财，有哪一个阿木林不喜欢发财？因此甚么《财运预算法》、《财运必得法》风行一时，上海地方，差不多瘪三叫化子手各一编，大家想发财。发了财之后，饱暖思淫是免不得的，所以现在的潮流大概要转移到财上面一个字上去了（按“酒色财气”四字，财字上面一个字乃“色”字——引者注）。

这是通俗书籍出版的“潮流”，但到后来也就大大超出文学书籍的范围了。但即使按“哀情”—“武侠”—“黑幕”这样的线索，是不是勾勒出了通俗文学发展的周期了呢？也未必。通俗文学与时代有关，却与政治的联纽极为松散。它的“潮”出自阅者心理，这个无形的指挥棒是由书贾站在前台指

〔1〕 平襟亚遗作，香港《大成》第124期（1984年3月）。

〔2〕 秋翁（平襟亚），香港《大成》第170期（1988年1月）。

手画脚的。在发展的过程中，当然有“潮”，但又瞬息万变，似乎一哄而上，貌似无序。简直近似追求时髦的女郎的“时装”，叫人目不暇接，眼花缭乱。民国初年确有一股“哀情潮”，但仅仅只有两三年。恽铁樵就指出，爱情小说所以不受识者欢迎，皆因出版太多，陈陈相因，遂无足观。他主编的《小说月报》已谢绝刊登此类题材的稿件。侦探小说在晚清就掀起过一个翻译潮。到1915年，程小青笔下已出现“霍桑”形象。1916年《时事新报·副刊》编者钱生可登报征求黑幕秘闻，到1918年初《绘图中国黑幕大观》出版，形成了一股“潮”。民初最有影响的社会小说《广陵潮》则是从1909年动笔，经几个报纸的连载，直到1919年才完成全书。而侠义公案小说在清末民初也绵延不绝，但真正为民国武侠小说奠基的平江不肖生的《江湖奇侠传》和《近代侠义英雄传》皆开始连载于1923年。可见言情、社会、黑幕、武侠、侦探等各门类的较有影响的作品皆“拥挤”在这十年左右的时间内面世。我们可以将这种文学现象看成通俗文学的一种创作的内在规律来加以研究。

首先，通俗文学一般说来与政治的关系比较“松散”。除了像清末的“谴责小说”潮这样的政治抨击和抗日时的“国难小说”的爱国潮之外，它们既与时潮有“间接”的关联，又往往为创作主体的生活积累和“看官们”的阅读兴趣所左右。通俗作家是经常通过自己的作品去测试文化市场的，也通过自己的作品去把握读者的阅读心理的“脉搏”，而这种“测试”与“把握”都经由一个“关卡”汇总，那就是“书贾”这只“测温计”。他们不收买你的书稿，就会使作家发生“生存危机”。平襟亚讲起“书业怪杰”世界书局老板沈知方时说：“由于他足迹遍各地，深入民间，留心书业经营，所以对于书籍的行销网了如指掌，只消一见书名，略看内容，便能肯定指出这本书应该销往南方或北方，广州可销多少册，汉口可销多少册，北京可销多少册。他的这种眼光是从经验中得来的。”[1]如果说，纯文学的一些作家要研究“人生的真谛”、“青年的出路”、“社会的前途”等问题的话，那么通俗作家虽然也不是绝对不关心上述的若干问题，但他们更侧重于研究普通老百姓——“俗众”的阅读兴趣。

其次，通俗作家也在研究“自己”——发挥自己的哪些专长能为“俗众”所喜闻乐见，如何使自己“一专多能”，在文化市场上能立于不败之地，有雄心者可进而成为独树一帜的盟主。例如程小青经过探索，知道自己如果走

〔1〕 秋翁(平襟亚)，香港《大成》第170期(1988年1月)。

言情、社会与武侠等路子，很难赶上在这些题材上已立下根基的著名作家，于是他通过翻译努力精研侦探小说，而在使外国侦探小说中国化方面作出了自己的贡献。平江不肖生最早是写《留东外史》的，这部谴责黑幕味道很浓的作品也赢得了读者，但与他的《江湖奇侠传》的轰动效应不可同日而语，而与他的《近代侠义英雄传》的传世性也无法比拟。当这两部作品赢得一致好评之后，他就将创作重点移到武侠小说上来。一般说来，通俗作家的"指挥棒"不是什么政治社会问题，而是"看官们"的兴趣，与"在下"——自己的能耐。因此，在民初十年中，通俗文学就以"百花纷呈"的姿态屹立于"俗众"之阅读兴趣之中。以后，它们各个主要门类都沿着自己的轨迹向前发展，社会、言情、武侠、侦探都各有千秋，互有建树。在向前发展的过程中，它们自己也有一个沿着民族化的道路实现自身的现代化问题。例如，就武侠分支而言，就有它自身的"民族形式现代化工程"：从平江不肖生经"北派五大家"的发展，进化到台港的金庸、梁羽生和古龙等人的通称"新派武侠小说"的境地。而从社会、言情分支而言，那么，从徐枕亚、包天笑发展到张恨水和刘云若，也是一种民族形式下的现代化的进程。

基于上述的种种因素，近现代通俗文学史就无法像现代文学史那样在时间上进行切块，如第一个十年、第二个十年、第三个十年等等之类，也没有像现代文学史上客观存在的清晰可辨的周期性，如从"文学革命"到"革命文学"，从"革命文学"到"抗战文艺"之类的分界。通俗文学不是没有"潮起潮落"，但它的时间极短，也没有比较清晰的边界，稍纵即逝也就无所谓"周期"。因此，我们认为近现代通俗文学史的编纂，应以"板块式"为宜。也就是说，将各个主要品种分门别类地阐述，并注重某一门类自身的有序发展，作为通俗文学史的历史展印。就"板块"而言，我们将其分为"社会言情编"、"武侠党会编"、"侦探推理编"、"历史演义编"、"滑稽幽默编"、"通俗戏剧编"和"通俗期刊编"等，并附一个"近现代通俗文学大事记"。就某一门类的自身有序发展而言，在每一"板块"中阐释其自身的发展轨迹。如在"社会言情编"中，我们看到中国通俗小说从古代的英雄、儿女、神魔三元素发展到近代的言情、社会、武侠、侦探四大门类，社会小说是到近现代通俗小说中才成为一大品类。而近现代通俗作家在创作言情小说时，发现它与古代言情小说的创作格局必然不同，古代是"私订终身后花园，落难公子中状元"，而在现代社会中要写像《玉梨魂》这样局限于同一屋顶下的纯情小说，也是显得太"逼促"了。更何况随着男女社交的逐渐公开，《玉梨魂》的"闺阃时代"也已经成了逝去。于是恽铁樵就敏感地体会到“言情不能不言社会”的创作格局，这样就自然形成了社会小说与言情小说的合流趋向。在通俗文学中两者不易分辨的“蝙蝠式”的作品太多，社会与言情小说就只能合写一部历史，这就是现代通俗文学史有异于古代小说史的特点之一。在武侠史，我们就首先提出了“武侠小说不应纳入现实主义的价值体系”的原则体认，在这个大前提之下，民国武侠小说的兴盛的原因才能得到“迎刃而解”的合理的阐释。在晚清，我们是鉴于“屡挫于外敌”而呼唤重振民族的“尚武精神”。当时的武侠小说的作者大多是烙有资产阶级民族民主思想印记的先进分子，但是，这些“教化派”并没有使武侠小说得以繁荣；到了民国时期，通俗小说更注重愉悦功能，这种“退却后的定位”，才使武侠小说步入繁荣境界，不肖生才真正煽起了现代武侠热，以后又继之于“党会派”、“仙魔派”、“技击派”、“奇情派”的“百花争妍”。而在谈及侦探小说时，我们首先注意到的是在社会现代化的过程中，在清末民初侦探小说“翻译热”中，必然会产生一个包拯与福尔摩斯“交接班”的问题。与其他品种相比，这一从国外移植进来的“花朵”，对自身创作规律的理论探索也开展较好。历史演义(包括“宫闱秘史”)在通俗小说中也算得上是一个红火的界域，从近现代通俗历史小说的大量涌现，到今天(1999 年)的电视屏幕上宫廷连续剧的畸形走俏，“正说”与“戏说”纷呈，说明了通俗文学在搅拌“历史”和“小说”时，有过多种比例的配方。而我们的“历史演义编”就是要勾勒出这些“比配”的成功与失败的经验与教训。通俗戏剧也是这部通俗文学史关注的重点之一。19 世纪与 20 世纪之交的“新剧”(文明戏)实际上是话剧的“中国化”、“通俗化”。因为从国外引进来的话剧，想拥有陌生的中国观众，只有突出情节性等因素，迫使新剧家纳入“大众模式”，才能贴近中国观众的传统审美定势。中国话剧的成熟是以通俗剧为过渡的。通俗诗歌就是民歌，民歌应属民间文学的范畴。中国文学中也一直没有“通俗散文”的提法。因此，通俗小说与通俗戏剧就应该是我们这部通俗文学史关照的既定“版图”。中国最早的文学期刊是通俗文学期刊。这种最早的出现的期刊使中国文化的个体意识逐渐向群体化、集约化靠拢。而这种期刊又使通俗作家的思想、文本和大众情绪找到了某一契合点。中国的通俗文学期刊在近代文坛上是一统天下，而到现代文坛上经过激烈的竞争，它仍然坚守半壁江山——仍然是自成体系的庞大的文学现象。新文学作家为几个重要的文学阵地与通俗作家进行激烈的争夺，但茅盾接编《小说月报》之后，商务印书馆另出《小说世界》，过去在《小说月报》

上发表作品的通俗文学作家就以《小说世界》为基地，继续大量发表作品。而《申报》的副刊《自由谈》由黎烈文接编而成为新文学作家的领域之后，《申报》又另辟《春秋》副刊，仍交给从《自由谈》"下岗"的周瘦鹃主持。出版机构的老板们并不是慈善家。他们之所以采取"交出一个地盘"，又"另立一个地盘"的做法，完全是一个姿态与一种策略。一方面表示他们对时代潮流的适应，承认新文学的主导地位；另一方面他们也决不愿放弃大量的"俗众"读者。这是一种平衡的走钢丝的技巧。即由这些文坛上的应变而言，就可知道纯文学的期刊与通俗文学的期刊是各有面貌与各有读者的。写纯文学期刊史是必要的，但为通俗文学期刊立史，也是极有意义的，是一个填补空白的重要之举。我们这个课题组已将通俗文学中的重要"板块"的历史尽己所能地加以阐述。这只是一种初步的尝试，也只是为近现代文学史找回另一只翅膀。

我们有幸恭逢盛世，在改革开放的大潮之中，学术观念的更新也正日新月异地展现新颜。在这 20 年中，近现代文学史研究者正在形成一种共识，应该将近现代通俗文学摄入我们的研究视野。纯文学与通俗文学是我们文学的双翼，今后编撰的文学史应是双翼齐飞的文学史。

在这 20 年中，近现代文学史研究者正在接受一个观点：过去将近现代文学史上的通俗文学重要流派——"鸳鸯蝴蝶—《礼拜六》派"视为一股逆流，是"左"的思潮在文学史中的一种表现。

在这 20 年中，近现代文学史研究者正在进行一项集体工程：对通俗文学的作品、作家、社团流派进行广泛的研究，在这个基础之上对通俗文学的历史线索进行梳理与鉴定，为撰写纯、俗双翼展翅的文学史作好充分的准备，在新世纪的曙光中，这样一部代表近现代文学整体面貌的史书是会从文坛的地平线上升起的！

第一编

社会言情编

范伯群　张元卿　撰

引　论

中国通俗小说的分支从古代的三元素发展成近现代的四大类。三元素是指英雄、儿女与神魔，而在近现代小说中，神魔退居为武侠小说中的一个旁支，而有时有点神魔气的科幻小说在中国也作为一门新兴的小品种迈开了自己的步伐。在新的时代氛围下经过重新的排列组合或新增品种，近现代通俗小说嬗变为社会、言情、武侠和侦探等四大门类。凡人小事题材已有足够的力量与英雄讲史题材相抗衡，英雄讲史主归历史演义类，可是它就比社会小说类数量要少得多。

社会小说跻身于通俗文学的大门类之一，是近现代通俗小说的一大特色。明之人情小说的"世情书"以及清之"讽刺小说"，都是近现代通俗社会小说的"渊源"，正如鲁迅在《中国小说史略》中所说："极摹世态人情之歧，备写悲欢离合之致"，但毕竟处于资本主义因素的萌生阶段，反映的还是一个相对封闭的社会，不过是"市井间事"。而与英雄讲史等"大动脉"相比，它是支流——支血管和微血管而已。当中国近现代社会步入半封建半殖民地时代，帝国主义的大炮轰塌了闭关锁国的墙垣，随着大都会的成型，社会的剧变令人目迷脑眩，病态的社会呈五光十色、千奇百怪之状，为社会小说形成通俗小说中的大族，准备了客观的物质条件。近现代通俗社会小说要比过去的"市井间事"大得无比，我们对近现代通俗小说冠以"都市通俗小说"的总称。这说明社会小说不仅取得了独立门户的资格，而且大有兼并"邻里"定于一尊之势。晚清的谴责小说就是较早出现于文坛的典型的社会小说。

近现代的言情小说也与古代的言情小说有所差异。古代的才子佳人小说在当时的社会氛围下，无法像现代那样畅言其情。现代言情小说与贾宝玉、林黛玉时代的言情也不同了。

言情小说当然是通俗小说中的重要类别。说到"情"，有些论家总将吴趼人《恨海》中的一段话奉为圭臬，因为此书出版时，标为"写情小说"，所以它对"情"字的诠释就似乎特别权威而更值得注目了：

我提起笔来，要叙一段故事。未下笔之先，先把这件事从头至尾想了一遍。这段故事叙将出来，可以叫做写情小说，我素常立过一个议论，说人之有情，系与生俱来，未解人事以前，便有了情。大抵婴儿一啼一笑，都是情，并不是那俗人说的“情窦初开”那个“情”字。要知道俗人说的情，单知道儿女私情是情；我说那与生俱来的情，是说先天种在心里，将来长大，没有一处用不着这个“情”字，但看他如何施展罢了。对于国君施展起来，便是忠；对于父母施展起来，便是孝；对于子女施展起来，便是慈；对于朋友施展起来，便是义。可见忠孝大节，无不是从“情”字生出来的。至于那儿女私情，只可叫做“痴”。更有那不必用情、不应用情，他却浪用其情的，那个只可叫做“魔”。还有一说，前人说的那守节之妇，心如槁木死灰，如枯井之无澜，绝不动情的了。我说并不然，她那绝不动情之处，正是第一情长之处。俗人但知儿女之情是情，未免把这个“情”字看得太轻了。并且有许多写情小说，竟然不是写情，是在那里写魔；写了魔，还要说是写情，真是笔端罪过。我今叙这一段故事，虽未便说先叙明是写一种情，却是断不犯这写魔的罪过……〔1〕

看来吴趼人的正统观念太强了一点。先是来一段忠孝大节之类的高论，然后才谈到儿女之情，而且将这种情贬之曰“痴”。如此说来，言情小说在他看来，不过是“言痴小说”而已。鲁迅在《中国小说史略》中，将才子佳人小说划入“世情书”之内，归“人情小说”之属。而我们之所谓“言情小说”的概念，就是专指写男女之情的小说。由于中国古代的这类言情小说，一般都是淡化社会历史背景，纯属才子佳人之间的情感之交流。“私订终身后花园，落难公子中状元。”这两句话是民间为之总结出来的模式。至于“私订”而未得父母之同意，则用金殿题名，而又奉旨成婚这顶大帽子来“自圆其说”。总之，这种“人情小说”或“言情小说”中的才子与佳人是在淡化了社会背景的狭小的框子中去完成其缠绵恋情的，一般说来，是一种“纯情小说”。直到民国初年的《玉梨魂》，虽说是才子最后是为国——也即为革命捐躯，但整个恋情还是局限于同在一个屋顶之下围墙之中，靠一个8岁的孩童“青鸟传书”而已。但是，这样的“纯情小说”如果没有在爱情观念上的不时更新，往往会步入雷同的死胡同中去。因此，过不了多时，类似《玉梨魂》一样的小说就在文化市

〔1〕 吴趼人:《恨海》第1—2页，《中国近代小说大系》，江西人民出版社1988年版。

场上从走红而逐渐趋于下坡，甚而至于变得不受欢迎了。当时《小说月报》主编恽铁樵在1915年就在自己的刊物上撰文，明确表态："爱情小说所以不为识者所欢迎，因出版太多，陈陈相因，遂无足观也，去年敝报上几屏弃不用，即是此意。"〔1〕于是，在文化市场的调节下，又正当社会转型期的多事之秋，社会小说就逐渐取代言情小说而登上畅销榜之首。但是，作为以言情起家的通俗小说流派的作者群，要离开男女之情的抒写是不可能的，况且读者也并非绝对排斥言情小说，仅不过因其"陈陈相因"，缺乏新意而已。于是许多作者就走上写"社会言情小说"之路。而且此种发展也是符合社会进步之大趋势：随着社交日益公开的程度，男女之间的"言情"再也不会非要在后花园订终身之类的狭小框子中进行不可。男女社交的公开化，加上社会关系的错综复杂，形成"言情不能不言社会，是言情亦可谓为社会。且世界者，人类之世界，即男女之世界。男女有爱力，而有夫妇。夫妇，最亲者也。爱不能无差等。以亲亲之义推之，夫妇之情厚者，于爱国、爱群之情亦厚"〔2〕。作为《小说月报》的编者，恽铁樵既反对"陈陈相因"雷同迭出之爱情小说，但也提出了"言情不能不言社会"的"社会言情小说"之大框架。而当时的创作实践也能为之证实，要写既淡化社会背景的纯情小说，又要达到以新意取胜的小说难乎其难，而写出"社会中之言情，言情中看社会"之小说却能新意盎然，似"万花筒"之使人眼花缭乱，为当时的读者所欢迎与拥戴。因此，无论从社会发展之现实依据而言，还是从创作实践之规律流向而言，既可以有纯情小说，也可以有社会小说，而占其大多数者，是社会与言情两者"难分难舍"的、"合二而一"的小说。因此，写中国近现代通俗文学史的分体史时，可写武侠小说史，可写侦探小说史，却不易写言情小说史，不易写社会小说史，原因是一目了然的：介乎二者之间的"蝙蝠式"的作品太多了，以致使你无所适从。构想的结果，还是以写社会、言情史为上策。而要写近现代的社会、言情史，追溯源头，还应从鲁迅的《中国小说史略·第二十六篇　清之狭邪小说》为端绪。

〔1〕 铁樵：《答刘幼新论言情小说书》，《小说月报》第6卷第4号(1915年4月)。
〔2〕 铁樵：《论言情小说撰不如译》，《小说月报》第6卷第7号(1915年7月)。

第一章　从晚清“狭邪”到民国“倡门”文字之旅

第一节　揭开“禁果的果园”的神秘感
——读狭邪小说必具的历史沿革知识

“狭邪”从字面上说是泛指“狭路曲巷”。古乐府有《长安有狭邪行》，讲述少年冶游之事，后因称娼妓所居为“狭邪”。唐代“长安”，里名，亦称“平康坊”，为妓女聚居之所。里近北门，故又称“北里”，后因泛称妓家为“平康”。可见历史上称呼妓家的代称很多，但为什么不称“北里小说”或“平康小说”，而称“狭邪小说”，那全是由于鲁迅定名所致。“狭邪小说这个名称，见之《中国小说史略》，大概是鲁迅先生所首创的吧？其实他指的就是专写妓院的说部。”[1]或许在鲁迅看来，这个名字比“北里”与“平康”略有倾向性，或许是取其带有“猥劣性”之意。但鲁迅在行文中是有所说明的，妓女有“邪正”之分，狎客“亦有雅俗”。这是不能一概而论的。

在今天的读者看来，一见“狭邪”、“妓家”等字样，马上联想到是“性交易”的场所。其实在不同的时段，“北里”与“平康”等场所皆有不同的规矩。阅读和研究近现代通俗文学的人，在这方面要有一点必具的常识。否则，一看到“狭邪”二字就摇头叹气，认为恶浊不堪，不分青红皂白，马上与黄色和下流联系起来，“敬谢不敏”，怕污了自己的眼目，这实际上是缺乏必具的历史沿革知识所致。远的不说，至少从近代到20世纪30年代这一时段内，许多高等妓院，不过是一种“公开的社交场所”而已。虽不能说其中没有“性关系”，但是有当时的规矩与尺度。这一时段的妓院分“书寓”、“长三”、“幺二”和“野鸡”之类的多种等级。

---

〔1〕 秦瘦鸥：《闲话“狭邪小说”》，《小说纵横谈》第73页，花城出版社1986年版。

上海娼妓差等，辄曰书寓、长三、幺二。但在同治初……书寓先生身分在长三之上，其后二者混而为一……长三为最上等之妓，以待召侑酒例则取银币三元，故名，通称曰先生。

次等娼妓曰“幺二”，或称曰“堂名”，亦叫“堂子”。

上海商业中称营业之不入行者，曰“野鸡”，久之而娼妓中亦得是称。以其卑劣于“长三”、“幺二”之故。[1]

野鸡：最末一等的妓女，因不在固定营业场所候客，需到街上和弄堂口随处拉客，故得此谑称。[2]

书寓妓女少陪宿，只在彼此交情特别契腻时才偶然留宿。长三、幺二住宿比较容易些，但也须厮熟之后，“摆席”、“开台面”，弄双台或双双台请客排场一番。在近现代通俗小说中，大多以反映“书寓”和“长三”生活为主，特别是其后的“二者混而为一”的“长三”妓院。书寓“应接者大都绅商名士，标榜卖艺不卖身”[3]。长三“从传统书寓转化而来……客人须是熟人或经名人介绍方可入内，留宿者更严”[4]。所谓“摆席”、“开台面”，就是要在长三堂子中请客，双台即摆两席酒宴，双双台即四席。这排场可谓不小，花钱也相当可观。之所以作上述的“旁征博引”，是因为要将“狭邪”类小说所反映的社会层面基本弄清。那么这些绅商名士是抱着一种什么心态跨进这类“社交场所”中去的呢？一种是属中国固有的传统心理：“唐人登科之后，多作冶游，习俗相沿，以为佳话”[5]。自以为在秦楼楚馆中风流倜傥，方显才子与名士本色。这类狎客是所谓以“风雅为主”。另一种却是“缠绵见长”，他们从小受父母之命，媒妁之言，与毫无感情基础的女子结合。在这种情感苦闷之中，渴求去找寻一位“红粉知己”。于是在封建婚姻之外，尽情地表达在“载酒看花，娱目赏心”中对红粉知己的感情宣泄。还有的文人雅士，非常欣赏那种温情软语的“清游风味”，而不尚肉欲的追求。第三种是将妓院作为会友交谊、商业谈判的场所，或诗酒风流地找寻灵感的宝地，在辛亥革命前后，有些革命者，甚至以此作为筹划之密室……总之是从社交场合的实用性出发的。当然最主要的实用功能是在于“冶游”。第四种是花了白花花的大

〔1〕 王书奴：《中国娼妓史》第208—210页，三联书店上海分店1988年版。

〔2〕 熊月之主编：《老上海名人名事名物大观》第496页，上海人民出版社1997年版。

〔3〕〔4〕 熊月之主编：《老上海名人名事名物大观》第334、323页，上海人民出版社1997年版。

〔5〕 鲁迅：《中国小说史略·第二十六篇　清之狭邪小说》，《鲁迅全集》第9卷第256页，人民文学出版社1981年版。

把银子来买性欲之发泄。从上述分析，就可得出一个可信的结论，作为上层社会的冶游社交场所，众狎客的身世行状，往往能反映当时社会的一个侧影。因此，“狭邪小说”不仅是近现代言情小说的先声，而且是社会小说的重要源头。在民国期间，甚至有很出色的社会小说是以“狭邪”的面貌出现的。张爱玲曾很中肯地说明了社会小说与狭邪小说的关系：

> 社会小说在全盛时代，各地大小报每一个副刊登几个连载，不出单行本的算在内，是一股洪流。是否因为过渡时代变动太剧烈，虚构的小说跟不上事实，大众对周围的事感到好奇？也难说，题材太没有选择性，不一定反映社会的变迁。小说化的笔记成为最方便自由的形式，人物改名换姓，下笔更少顾忌，不像西方动不动有人控诉诽谤。写妓院的太多，那是继承晚清小说的另一条路线，而且也仍旧是大众憧憬的所在，也许因为一般人太没有恋爱机会。有些作者兼任不止一家小报编辑，晚上八点钟到报馆，叫一碗什锦炒饭，早有电话催请吃花酒，一方面“手民索稿”，写几百字发下去——至少这是他们自己笔下乐道的理想生活。小说内容是作者的见闻或者是熟人的事，“拉在篮里便是菜”，来不及琢磨，倒比较存真，不像美国的内幕小说有那么许多讲究，由俗手加工炮制，调入罐头的防腐剂、维他命、染色，反而原味全失。[1]

张爱玲这席话，乍看并没有很严密的逻辑，理论性也不强。但因为她亲身经历过这一时段，所以处处搔到痒处，所述的几点，点点皆切中要旨。第一，社会小说曾经“潮”起，形成洪流，可是这种小说的作者，有些就是连载这些小说的小报编辑，他们天天一边编报，一边被人拉去“吃花酒”（花酒乃有妓女陪酒之筵席），这样的小说作者，往往“拉在篮里就是菜”，也必然会形成“写妓院的（题材）太多”，而这样的小说乃“继承晚清小说的另一条路线”，那就是“狭邪路线”的衣钵。在那时包天笑与毕倚虹等人就是这样编报的，也写此类题材的社会小说。第二，这样的小说艺术性也许差一点（包、毕是不在其内的，但此类作品的艺术性差者，也不在少数），“倒比较存真”，是此类作者眼中的“原汁原味”的生活，这一点真可说是张爱玲“读通”了通俗小说的最大优点。第三，这类小说的作法，大概是属“事实小说”，而又将事实的

〔1〕 张爱玲：《谈看书》，《张爱玲文集》第4卷第295—296页，安徽文艺出版社1992年版。

主人公的真名隐去，这类“改名换姓”的小说在中国可毫无顾忌地放手写去，因为不像外国可能要负法律责任。而此类小说一旦成名，就马上有“研究者”为此书考证索引，如《清朝野史大观》中就有《品花宝鉴隐托人名》、《海上花隐托人名》、《孽海花隐托人名》、《怪现状隐托人名》等影射证略。第四，这类小说在“俗众”中还是颇受欢迎的，是他们的“憧憬”所在，原因是“也许一般人太没有恋爱机会”。有的作者就是受封建包办婚姻所囿，想在“红粉知己”队里找情感之宣泄，而他们写的小说也为“太没有恋爱机会”的俗众找到情感宣泄之“通道”。当然也有低级趣味的作者将它写成“嫖学教科书”的。正因为情况不一，格调不一，对一般读者，特别是青少年，我们不希望他们去读“狭邪小说”，向青少年读者提倡的当然要多读有益身心的名著。但对研究中国文学和中国历史的学人，我们认为“狭邪小说”乃是了解中国历史和中国社会的又一宝库。而我们在思考上述的 4 点时，也不得不钦佩张爱玲在“不经意”中为我们作了这一时段某些“狭邪小说”之必然会存在和也有其一定的存在价值的见证。

第二节　山盟海誓总成空　风月原来是梦
——近代狭邪开山之作《风月梦》

鲁迅在《中国小说史略・第二十六篇　清之狭邪小说》中，将此类小说的肇始者定为 1849 年刊印的《品花宝鉴》。但胡适却再往上推了一年，即为 1848 年邗上蒙人的《风月梦》。胡适说：“十九世纪的中叶(1848)邗上蒙人的《风月梦》出世，始有稍稍描写妓女个性的书。”[1]他的意思是说，并非过去没有此类题材的长篇，但其水准实难载入文学史册；到《风月梦》出世，它描写了几个妓女的个性，虽然仅是“稍稍”而已，却算是有了文学的味汁，所以才值得一提。

读《风月梦》觉得它的确具入史的一定的代表性。在第 1 回中，作者就写了一个“过来仁”(过来人)，由他来“现身说法”，希冀“警迷醒世”。这样的“破题”，往往为后来的若干狭邪小说所袭用，说明这部小说对其后的同类小说也许有过一定的影响。

这部长篇是写义结金兰的 5 兄弟与 5 个妓女之间捉对相好，或定情，或

〔1〕 胡适：《海上花列传・序》，《胡适文存》第 3 集第 362 页，黄山书社 1996 年版。

反目，或卷逃，或从良等诸般故事，以及各自不同的结局。主线情节是说常熟陆书娶妻两年而未孕，其父又抱孙心切，命陆书携款到扬州买妾。他与袁猷、贾铭、魏璧、吴珍等在妓院内"朝朝摆酒，夜夜笙歌"。陆书迷恋进玉楼16岁之雏妓月香，为"梳拢"及博得月香之欢心，花钱如流水。弄得妓院变成了自己的家，夜夜留宿院中。他有钱时，月香及鸨母对他百般讨好，又不时开条斧要他处处花钱，直到他床头金尽，于是青楼面冷。陆书的贴身小厮的"汇报"可说是他在扬州数月的一个总结：

> 他们五人在小金山拜了弟兄，终日吃花酒顽笑。小主人在天凝门外藏经院里看中一个妓女，名叫月香。小主人打了金镯，做了好些衣裳与他。初次在那里住宿，又花了一百多银子，端午看龙船，代月香做生日。后来月香生病，做喜乐会，代月香还福。六月十八日叫灯船，同月香游湖。常在那里住宿。将家里太爷把的五百几十两银子，大爷在家又私自拿了太太几百两银子，几百块洋钱，现在总花用完了。又将戴的金镯、金戒子、金牙杖、许多衣服，总当了银子，在那里花用。小的是句句实话，不敢瞒藏。

纨绔子弟和负心妓女的瓜葛就成了《风月梦》的主干情节。月香将陆书的油榨干之后，还要勒索，看看是否还有残渣可以搜刮，实在到了山穷水尽，就将陆书赶回客寓，让他去面对一盏孤灯。真所谓"柳帜花幡威莫敌，轻刀辣斧勇难当。频舒笑脸勾魂魄，轻启朱唇吸脑浆"。月香的性格虽有所描绘，却还显得共性多于个性。作者为了展开故事，让情节有所跌宕，让人的劣根性能暴露无遗，就在长篇的中段加了禁烟和禁娼两件事。这两件事对一般平头百姓是毫无触动的。但对嫖客和妓女而言，却是大祸临头了。从中就能看出这些人的本相与真色。特别是贾铭与凤林这一对狎客与妓女的交往，令人在惊诧后不免深思。

贾铭是5位义结金兰的兄弟中的大哥，为人性格也较沉稳。对陆书的行为亦有过规劝。他与妓女凤林相好，在禁娼声中，他赁房让凤林搬出妓院，采用"长包"的形式，担负了凤林一家的生活起居。平日两人也极为和谐恩爱，与贾铭的结发夫人也相处得极为协调。特别是贾铭两次大病，皆得其衣不解带地服侍，才得痊愈。更感人的是第二次是患眼疾，两眼泡肿得犹如桃子一般，沉重得可怕：

日夜哼呼。凤林着了急，睡到夜静，自己用凉水漱了口，将舌尖代贾铭舔咂眼泡上脓血，舔到天色将明的时候，贾铭觉得眼睛稍为定住些疼痛，合眼蒙眬睡着，凤林方才不舔。接连舔了三夜，贾铭的眼睛方才定痛消肿。

对于这样一个“久经考验”的妓女，读者总以为可以“善始善终”了吧？但竟然发生了突变：一次来了一位山东客人，姓卢名戈仁，父亲曾做过宰相，自己也是一个戴水晶顶子的员外郎，要在当地找一个“手口俱全”、“弹唱俱好”的妓女过去谈谈。凤林本不高兴去，只因贾铭听到包银特高，就说你反正在家闲着无事，对这种过路客不妨去弹弹唱唱，赚他几两银子。结果卢戈仁看中了凤林，一定要凤林跟他回去，不拘要多少银子身价，他总情愿付讫。尽管贾铭长吁短叹，凤林总是一言不发；离别时，“连眼梢总未瞧着众人一眼”，上轿去了。贾铭只好眼睁睁地看她投入“路过人”的怀抱。其心之狠，其心之硬，竟使贾铭只当她暴病死了。作者想说凤林的个性是“薄情中魁首”。

但是，作者的笔并没有停留在凤林的负义另嫁上。他还要说袁猷与诗妓双林这一对。他们的结局虽令人悲恸，人物品质和行为也似乎无可挑剔，可是作者还有话说。双林与袁猷的关系，不像贾铭与凤林的“长包”，而是“从良”，也即正式婚嫁纳妾。但不幸袁猷吐血，肝肺两亏，病势日重，已入膏肓，眼看即将一命呜呼。悲痛欲绝的双林服毒殉情。在临死前还做了一首长诗，有句云：“冥路崎岖行走难，我郎病履怎能移？莫如先向歧途守，扶郎挽手入阴司……已效鸳鸯同日死，来生愿作连理枝。私嘱良工取大木，剖一巨棺同郎宿……”连她的公公袁寿读此诗后，也对婆婆说：“四娘有如此敏才，今日矢志殉夫，可算烟花中第一人也，亦是我袁门之幸耳。”连皇帝也封其为烈妇，下旨恩准建坊入祠，于是为一个妓女所建的贞节牌坊也高高矗立，双林的牌位也择吉送入了袁家祠堂。作为一个妓女，在封建的典律中，可谓完人矣。可是作者还不放过她，否则就对不起他创作《风月梦》的“梦”字。他借书中人物之口道：

据你说，她是烟花场中出类拔萃贤淑好人。据我看起来，这姓袁的若不是贪恋烟花，将这妓女双林带出来从良，另自住家终朝贪恋色欲，也不至于将身体劳碌，染患痨病，吐血死了。说到归根，这烟花场中还是不到为佳。

双林这一妓女，还是有她的性格的，作者在字里行间也是褒赞她的，但为了保全这个“梦”字，他还是责备袁猷不该去招惹她。

《风月梦》是对后来的狭邪小说产生过影响的，虽然它的文学价值并不太高，它的教训主义也太浓烈了。不过它还是有自身的特点，那就是写当时的衣饰打扮和扬州的民俗特别详细，以文学性的眼光看来，有时达到了繁琐的程度。例如，第5回妓女月香出场，写她的衣饰就有500字左右；后来陆书要带她出门，她去换装，待到众人见她时，又将她的衣饰写了500字左右，两两相加，已上了千字。其他人的衣饰也是如此不惮烦地细致描摹，如何抽鸦片也要写个全过程，连月香“开苞”的价钱也有详尽的记载。当时民间大概刚有自鸣钟，也来个如数家珍。月香做生日，请了杂耍班子来妓院演出，每个节目也皆津津乐道。至于扬州的五月初五玩龙舟的场面，喜乐会与进香还愿，还有六月十八日灯船游船，也都摄入它的镜头。总之，凡涉及扬州的风物风光，作者决不肯轻易放过，包括当时扬州的水码头的闹热景况，也在他的视线之内。如此看来，这部小说对中国古代服饰史、中国杂技史、扬州地方志、扬州民俗民风，皆有一定的参考价值。对这些专业史说来，它们并不要求文学性，对它们这一专门史的有关记载是越详细越好。这也许是作者所始料未及的。

第三节　洁身自好之优伶　千金买泪之名士

——两部“准”狭邪小说名著《品花宝鉴》、《花月痕》

鲁迅在《中国小说史略·第二十六篇　清之狭邪小说》中说：“若以狭邪中人物事故为全书主干，且组织成长篇至数十回者，盖始见于《品花宝鉴》，惟所记为伶人。”因此，严格说来，这部书还不能算是典型的“狭邪小说”。不过因为清承明代，男色之风极盛。当时的法律是禁娼的，“国律既禁嫖娼，官吏不敢犯令，以误前程”，于是，“清代北京相公(指男妓——引者注)，由乾隆至光绪朝为极盛。当时士大夫群以狎女娼为耻。酒筵无歌郎即不欢。”歌郎即指男色，而当时“士大夫所狎男色，半为优伶”。[1] 所以鲁迅将这部士大夫与优伶之间的人情小说划入狭邪小说类，取其与男色有关也。作者陈森就是将清代此风极盛的一个侧面，摄入小说视野，为其时风尚留下雪泥

〔1〕 王书奴：《中国娼妓史》，第326、328页，三联书店上海分店1988年版。

鸿爪。

陈森，字少逸，号采玉山人，又号石函氏，江苏常州人；生卒年月不详，一度连名字也被误为"陈森书"。即此两点就说明他生时寂寞，死后萧条。仅知他是清代嘉道年间一介仕途坎坷的儒生。但他的《品花宝鉴》受到文学史家的重视，他的生平和行状才受到学者的搜罗与考证。鲁迅为他"正名"道："常州人陈森书（作者手稿之《梅花梦传奇》上，自署毗陵陈森，则'书'字或误衍）……"[1]严敦易也作过一番考证与推稽后说，鲁迅"以为'书'字或衍误，此说自可断定……陈氏生卒或可测定为1796—1870年之间，事实上当不致相差过远"[2]。现在他的生平主要是根据《品花宝鉴·序》中的自述：他曾寄寓北京，"馆于同里某比部宅"，他的志向大概与小说中的文人"游学京师"、"努力前程"、"志在功名"相仿。对稗官小说之类，倒是"心厌薄之"的。可是在"秋试下第"的巨大打击下"境益穷，志益悲，块然磈磊于胸中而无以自消，日排遣于歌楼舞榭间，三月而忘倦"。此时，他靠了平日对名流文士轶事和梨园菊部生活的熟悉，在主人某比部的鼓动与撺掇下，开始把笔，聊以自遣。岂知时作时辍，竟写了10年才完稿。写作过程凡三段，先用两个月写了前15回，后"粤西太守聘余为书记"，这前15回"置之敝簏中八年之久"，后从广西回京的路上有一段水路要"舟行凡七十日"。他利用这枯寂的旅途生活，每当"夜阑人静，秉烛疾书"，又得15回。回京再次应考，又夙愿未偿，年逾不惑，才知"科名与我风马牛也"，在"贫乏不能归"时，寄人篱下，"于腊底拥炉挑灯，发愤自勉，五阅月而得三十卷，因以告竣"。

《品花宝鉴》一书写几个"用情守礼之君子"，又写几个"洁身自好之优伶"。真合着《国风》中的"好色不淫"一句。表面上看来似是狭邪类，实际上还是写情小说，是别开生面，道人所未道的人情小说。所以清代杨懋建评论说："《红楼梦》叙述儿女之事，真天地间不可无一、不可有二之作；陈君乃师其意而变其体，为诸伶人写照。"[3]也有人品评它是"追记乾隆全盛之时，描绘京师梨园人物，细腻熨贴，得未曾有，固平话小说之别开生面者"[4]。书中的一些名流文士，大抵有所影射，皆有人物原型，不过在小说

〔1〕 鲁迅：《中国小说史略·第二十六篇　清之狭邪小说》，《鲁迅全集》第9卷第258页，人民文学出版社1981年版。

〔2〕 严敦易：《〈梅花梦〉与〈品花宝鉴〉》，《俗文学》第37期，转引自孔另境编《中国小说史料》第226页，上海古籍出版社1982年版。

〔3〕 杨懋建：《梦华琐簿》，转引自孔另境编《中国小说史料》第222页，上海古籍出版社1982年版。

〔4〕 《菽园赘谈》，转引自孔另境编《中国小说史料》第225—226页，上海古籍出版社1982年版。

中改名换姓而已。如书中重要人物田春航与“名旦”苏蕙芳，据考证为毕秋帆与宝珍班名旦李桂官之佳话韵事。小说中写田春航与“名旦”苏蕙芳未相识之前，田虽才华横溢，却挥金如土，直弄到两手空空、无物可典的窘境，却还在那里狎相公。真可谓“执迷已久，一时难悟”。相识之后，苏蕙芳对这个落拓文士，“全没有半点势利之心”，还时周其乏。订交后对他说：“今日订交，此生勿负我苏蕙芳，如有虚言，有如皎日。你以后不必出来，我非早即晚，天天来看你一次，你须自己保重，努力前程，幸勿为我辈丧名，使外人物议。”以苏蕙芳之至诚，从此两人成为莫逆之交，优伶产生的力量却是使浪子“收心改过”。田春航本对蕙芳有狭邪之念，现在“倒成了道义之交，断无半点邪念”。不仅如此，苏蕙芳还将田春航的一片“痴情”，提高到一种“发愤向上”的新境界。到48回，春航竟占了鳌头，大魁天下。书中说：“比起去年春间的春航来，就天壤之隔了……去年亏了苏蕙芳，遂了他的心愿。本以风月因缘，倒成了道义肝胆。使春航一腔感激，不得不向正路上走，因此，成就了学问。”作品如此构思的得失可以讨论，但作为狭邪之作，是很难定论的。

可见《品花宝鉴》在某种成分上是写实之作。但两位主人公梅子玉与杜琴言却是虚构的，此二人恰是表达了作者的“人情”之“极深极正”的思想。鲁迅说：“字以‘玉’与‘言’者，即‘寓言’之谓，盖著者以为高绝，世已无人足供影射者矣。”[1]梅公子眼中的伶人杜琴言是“贞洁自守，凛乎难犯”，而他对杜琴言则是“有爱惜之心，无亵狎之念”。两人之间的用情是，一个“持重如金”，另一个“温润如玉”。再看梅子玉与杜琴言的“情”之“深”“正”，远比写田苏之情更为刻骨铭心。当豪门华公子受小人之播弄，出巨资向琴言的师傅买琴言到家中视作“禁脔”时，琴言将一方罗帕，包了四味药托素兰转交给子玉。这四味药是“牵牛”、“独活”、“芍药”、“防己”。这是一个谜，也是他所表白的心曲：

> 素兰道：“他将离开了你，便是‘独活’了。我懂得这一味。”芝保道：“‘防己’，是防自己的身子，好叫你放心。那两样实在想不出来！”子玉含着眼泪道：“玉侬（即琴言——引者注）的心事，全见于此。这‘芍药’，一名‘将离’，言进了华府，是已经离的了！既离了，自然是‘独活’了。

〔1〕 鲁迅：《中国小说史略·第二十六篇　清之狭邪小说》，《鲁迅全集》第9卷第257页，人民文学出版社1981年版。

独活在华府，难道浮沉俯仰，与众人一样？自然自己必定小心谨慎，刻刻预防，守身如玉。这‘牵牛’没有别的解法，必定是七月七日回来，约我来一见，是织女牵牛相见之期了。”

次日，子玉竟大病。鲁迅在《中国小说史略·第二十六篇　清之狭邪小说》中所引的“叙‘名旦’杜琴言往梅子玉家问病时情状”就是我们所引上文的后续情节。作者陈森还是将写情小说写得很有一股钟灵之气；那种“凛乎难犯，殒身以报，出污泥而不染”的情愫也以细腻熨贴之笔出之。在小说的第24回中，作者以他的寄托，通过王恂与颜仲清品评各人之“情境”，分出情之邪正，分出“情中之侠”和“情中之蠹”的区别，最后归结为“总之‘情’字，是天下大同之物，可以公之于人，不必独专于我也”的境界。因此，《品花宝鉴》是一部披着世俗狭邪衣冠的人情道义小说。

据觉罗炳成考证，书中所写的名流巨卿，算得上历史人物，如侯石翁，隐托袁枚（子才）（1716—1798）；田春航，隐托毕沅（秋帆）（1730—1797）；屈道翁，隐托张问陶（船山）（1764—1814）；史南湘，隐托蒋士铨（1725—1785）；萧静宜，或曰隐托江永（慎修）（1681—1762）；梅学士，或曰隐托铁保（1752—1824）。是否确凿，历来是有争议的。[1] 因为小说毕竟为虚构之作，不能事事坐实。但这几位后来都是上了《清代七百名人传》的。但有了这种“传闻”，总是会受到特别的关注，加上人们想窥探名人的私生活行状的好奇心理，此书在写作过程中，就有人纷纷借阅借抄。小说在脱稿而未刻印之间，“陈森书挟钞本，持京师大老介绍书，遍游江、浙诸大吏间，每至一处，作十日留，阅毕，更至他处。每至一处，至少赠以二十金，因时获资无算。半聋（觉罗炳成之号——引者注）少时，随父浉江粮道任，陈至，留阅十日，赠以二十四金，彼犹以为菲薄也”[2]。这是一个上门服务的“流动借书摊”，摊主即作者本人。这位作者倒是有些经济头脑的，或许可视为稿酬制度未建立前的一种特别的支付方式。

不久，有人想刻传全书，因“主人他出”而未果。恐怕正是陈森“遍游江、浙大吏间”而“获资无算”之时。后来有位幻中了幻居士，得到了“多方借抄”的全本。“今年春，愁病交集，恨无可遣，终日在药炉茗碗间消磨岁月，颇觉

〔1〕〔2〕 见觉罗炳成《郙罗延室笔记》，转引自孔另境编《中国小说史料》第224—225页，上海古籍出版社1982年版。

自苦，聊借此以遣病魔。再三校阅，删订画一，七越月而刻成。”[1]那就是《品花宝鉴》的最早刻本：道光己酉(1849年)幻中了幻斋刊本。[2]

鲁迅在《中国小说史略》中说，在《品花宝鉴》之后，有《花月痕》：“其书虽不全写狭邪，顾与伎人特有关涉，隐现全书中，配以名士，亦如佳人才子小说定式。”[3]看来鲁迅不认为它是纯粹的狭邪小说，基本上还是采用的才子佳人小说的“模式”。此书虽与“伎人特有关涉”，但这类诗妓是情种，那些名士亦是情根深植的情圣。他们两情相悦，置于“情天情海”之中而无法自拔。其中最感人的是韦痴珠与刘秋痕之间的一场爱情悲剧，正所谓“尽说千金能买笑，我偏买得泪痕来”。这是一部穿着狭邪外衣的言情杰作。

韦痴珠与韩荷生皆伟才硕学，游幕并州(今之太原市)，又一同光顾曲栏教坊。韩荷生与诗妓杜采秋相爱慕而定情，韦痴珠与刘秋痕苦恋，刘决心拼死以身相许。《花月痕》就是写韦韩“海内二龙”与刘杜“并州双凤”相恋相许之相似过程以及他们的悲喜截然相反之结局。作品最感人的、也是作者之重点落墨处是韦刘的令人婉转低回的悲剧结局。

韦风流文采，名重一时。但他羁旅异乡，穷愁困顿。才妓秋痕虽倾心于他，他却无力为她赎身。

> 秋痕道：“……我两人聚首，还不上三个月哩。我起先要你替我赎身，此刻你是不能，我也知道。只我终是你的人……”一面说，一面扎起左边小袖，露出藕般玉臂，把小刀一点，裂有八分宽，鲜血流溢……将血接有小半杯，将酒冲下，两人分喝了。赶着取块绢包裹起来……秋痕喜道：“我这会很喜欢，我们两心如一，以后这地方你也不必多来，十天见一面罢。每月许他们(指鸨母——引者注)的钱，尽可不给。至我总拼一个死，到那一天是我死期，我就死了。万有一然，他们回心转意，给我们圆成，这是上天怜我，给我再生，我也不去妄想。”

---

〔1〕〔2〕　周绍良：《〈品花宝鉴〉成书年代》，《光明日报》1958年3月16日。【按】鲁迅考证为咸丰二年(1852)，见《中国小说史略·第二十六篇　清之狭邪小说》。

〔3〕　鲁迅：《中国小说史略·第二十六篇　清之狭邪小说》，《鲁迅全集》第9卷第258页，人民文学出版社1981年版。

这样的抵死相缠的烈性女子，实在无法以妓家视之。他们明知不可为而为之。自知以两人的境况而论，直是“无缘”。正如书的作者跳出来说：“看官，须知气数两字，但杀多少英雄豪杰。”这样的恋情是泡在眼泪中的爱情。最后，吃尽千辛万苦，再加上百般磨难，痴珠呕血病疴，终至于“掷笔倚几而逝”。秋痕“高挂在梅花树上”，自缢身亡。

反观荷生与采秋，命运就大不同了。先为达官幕中上客，后因平寇战绩，乃至“荷生封侯”，采秋“受一品夫人封典，赏食提督总兵全俸”。受封班师之时，“高宴三日，自大将军以至走卒，无不雀忭”云云。而韦痴珠仅有一子，扶榇南下，归葬亡父于故里。韦韩、刘杜两对之命运反差也实在太大了。但鲁迅有一个绝妙的解释，他这样谈及《花月痕》：

> 卷首有太原歌妓《刘栩凤传》，谓“倾心于逋客，欲委身焉”，以索值昂中止，将抑郁憔悴死矣。则秋痕盖即此人影子，而逋客实魏（按此处系指作者魏子安——引者注）。韦韩，又逋客之影子也，设穷达两途，各拟想其所能至，穷或类韦，达当如韩，故虽自寓一已，亦遂离而二之矣。[1]

鲁迅认为，作者虽怀才不遇有若逋客韦痴珠，但他觉得士人由于命运、气数的不同，“造化小儿”对你的赏罚，他们虽皆才高八斗，但有人只能像痴珠般的穷愁潦倒，有人却能像荷生般的禄艳双至。那是作者对士人的前程的“一分为二”的设想，这里的“弹性”实在是太大了。

也有人对鲁迅的这种分析持保留态度，认为作者“韦以自喻，韩喻别人，鲁迅所说设穷达两途以寓一已，未必然也”[2]。但鲁迅的这种看法，作者在作品中是有所暗示的。作者在26回写了采秋的一个梦：

> 竟模模糊糊的好像到了秋心院。突见秋痕一身缟素，掀着帘迎出来，采秋惊道：“秋痕妹妹，你怎的穿着孝?”秋痕泪盈盈道：“采姐姐，你不晓得么？痴珠死了！我替他上孝哩!”正在说话，忽见荷生闪入，采秋

〔1〕 鲁迅：《中国小说史略·第二十六篇　清之狭邪小说》，《鲁迅全集》第9卷第261页，人民文学出版社1981年版。

〔2〕 容肇祖：《〈花月痕〉的作者魏秀仁》，《国立中央研究院历史语言研究所集刊》第4本第2分册，1933年上海出版。

便说道："痴珠死了，你晓得么？"荷生吟吟的笑道："痴珠那里有死？不就在此？"采秋定神一看，原来不是荷生，眼前的人却是痴珠，手里拿个大镜，说道："你瞧！"采秋将唤秋痕同瞧，秋痕却不见了。只见镜里有个秋痕，一身艳妆，笑嘻嘻的不说话，却没有自己的影子。

这段梦境写得扑朔迷离，似乎说明这两对恋人是可以"换位"的。在书中类似这样的例子还有，那是在49回：

采秋笑道："不就在这里？我要认是秋痕，便是秋痕；荷生要认是痴珠，便是痴珠。"

鲁迅所不满意于作者的是："至结末叙韩荷生战绩，忽杂妖异之事，则如情话未央，突来鬼语，尤为通篇芜累矣。"作者是很相信命运、气数和鬼神世界的存在的。结尾的几章写战事竟忽然"钻出五个妖妇来"，作出种种超人的法术。的确令人难于想象。但是在我们看来，总觉得像韦韩这样"傲岸不群"的士人，要穷则极易，要达则万难。这类人要封侯拜相，恐怕真要有个会腾云驾雾的"道姑"神力相助，传授了"法宝"才能完成破妖的伟业。这样说来，韩荷生的荣封仅不过是作者的子虚乌有的幻想式的结局而已。作者可以设想"穷达两途以寓一己"，但韦韩这两个人相比，从艺术质量而言，当然是韦痴珠写得成功，而韩荷生的形象毕竟虚无飘渺。这就与作者魏子安的切身感受有关了。

作者魏秀仁(1819—1874)，字子安，又字伯肫，号眠鹤主人等，清福建侯官(今福州市)人。28岁中秀才，次年又中举人，以后屡试不第，曾去陕西、山西、四川等省为幕僚，并曾主讲渭南象峰书院与成都芙蓉书院。1862年返回福建家乡，继续设馆授徒和从事著述，于56岁时在贫病潦倒中去世。关于《花月痕》之写作情况，《雷颠笔记》中谓，作者当时在山西某太守家为其"侍姬及女公子辈"授课，"客怀寂寞，则往往撰小说以自遣，命名曰《花月痕》"。也有学者认为"这说不可信者"。[1] 但作者的好友谢章铤有更详细的介绍：

是时子安旅居山西，就太原知府保眠琴太守馆，太守延师课子，不

〔1〕 容肇祖：《〈花月痕〉的作者魏秀仁》，《国立中央研究院历史语言研究所集刊》第4本第2分册，1933年上海出版。

一人，亦不一途：课经，课史，课诗，课文，课字画，课骑射，下而课弹唱，课拳棒，亦皆有师。人占一时，课毕即退。子安则课诗之师也。巳时登席，授五言四韵一首，命题拟一首，事毕矣。岁修三百金。以故子安多暇日；欲读书，又苦丛杂，无聊极，乃创为小说，以自写照。其书中所称韦莹字痴珠者，即子安也。方草一两回，适太守入其室，见之，大欢喜，乃以子安约：十日成一回，一回成，则张盛宴，招菊部，为先生润笔寿。于是浸淫数十回，成巨帙焉。是《花月痕》者，乃子安花天月地，沉酣醉梦中，嘻笑怒骂，而一泻其肮脏不平之气者也。虽曰《虞初》之续，实为玩世之雄。[1]

"谢章铤是魏秀仁的同乡好友，魏秀仁从四川回乡之后，十余年间，二人交往非常密切，他所记的这段《花月痕》的写作经过，自然是很可信的。"[2]魏子安也不愧为"课诗之师"。他的《花月痕》中并没有多少曲折的情节，即使有小人挑拨播弄，也很容易地解决了误会。主要是靠名士们的豪饮狂吟高论，再加之恋人缠绵哀怨。"而诗词简启，充塞书中，文饰既繁，情致转晦。"[3]以至于有人说他是"唯时念及早岁所为诗词，不忍割弃，乃托名眠鹤主人，成《花月痕》说部十六卷，以前所作诗词，尽行填入，流传世间，即今所传本也"[4]。一般认为，有些早年的诗词在小说的规定情景下，进入了《花月痕》是完全可以理解的。但上述说法，似乎写小说就是为了保存其早年诗作，"这说法也有不尽然的"[5]。但是许多论家都认为，有时人物的感情虽可借诗词发泄得淋漓尽致，但在小说中漫天际地，充塞其间，实有炫卖文采之嫌，总也不能说是小说的优点。

以《品花宝鉴》而论，同性恋的痕迹是较为清晰的，但伶人非妓，名士非狎，双方守身如玉，相互敬重。我们又凭什么说这部小说是纯粹的狭邪小说呢？而《花月痕》这部作品，连鲁迅也说"不全写狭邪"，不过是与妓人特有关涉而已。因此，我们将这两部作品界定为"准"狭邪小说是言之成理的，也是有"史"的分寸感的。

---

〔1〕 谢章铤：《课余续录》，转引自孔另境编《中国小说史料》第230页，上海古籍出版社1982年版。

〔2〕 杜维沫：《〈花月痕〉校点后记》第448页，人民文学出版社2006年第2版。

〔3〕 鲁迅：《中国小说史略·第二十六篇　清之狭邪小说》，《鲁迅全集》第9卷第259页，人民文学出版社1981年版。

〔4〕〔5〕 容肇祖：《〈花月痕〉的作者魏秀仁》，《国立中央研究院历史语言研究所集刊》第4本第2分册，1933年上海出版。

第四节　花间蝴蝶：赏遍名花的假宝玉

——溢美谀媚的《青楼梦》

鲁迅在论及清之狭邪小说时，以最高度概括的手法和简练的笔墨表达其流变的历史："作者对于妓家的写法凡三变，先是溢美，中是近真，临末又溢恶……"[1]这是大手笔，就这么用"溢美"、"近真"、"溢恶"6个字，画出了一个某类小说的历史发展的轮廓，让我们清楚看到了史的贯串线索。这才是真正了不起的"史笔"。

《青楼梦》又名《绮红小史》，鲁迅认为它是狭邪小说之溢美代表作。作者俞达（？—1884），一名宗骏，字吟香，江苏长洲（今苏州市）人。对作者的生平我们知之不多，仅在俞达的好友邹韬的诗文杂著中略知一二：

> 君名达，居洞庭西山，余生平第一知己也。中年沦落苏台，穷愁多故，以疏财好友，家日窘，而境日艰。积逋累累，致城中不能一日居，奚挈老母诸妹遁西乡。自癸未至甲申春，两接君书，绝不言近况，惟言身世可怜，将欲出谋温饱，余因不得寄书地方，无从答复。四月得冯翰芝书，传惨死噩耗，并寄所遗《醉红轩诗稿》两卷，笔记八卷，嘱为付刊。呜呼！[2]

> 余幼作客，历馆胥门，几及十年。所交亦众，惟趋炎逐热，俱非同心，独吟香一人可共患难。君姓俞名达，自号慕真山人。中年累于情，比来扬州梦醒，志在山林，而尘绁羁牵，遽难摆脱。甲申初夏，遽以风疾亡。[3]

从这些材料中我们大约可知作者青年和中年时代就迷恋于北里青楼之中，在生平中没有看到他获取过功名的记载，而这种冶游生活又使他的生活日益窘困，捉襟见肘，乃至无法在苏州应付那开门七件事，只好迁徙到太湖中

---

〔1〕 鲁迅：《中国小说的历史的变迁》，《鲁迅全集》第9卷第338页，人民文学出版社1981年版。

〔2〕 邹韬：《哭慕真山人俞吟香五首之十一首并引》，见《三借庐剩稿》，转引自陈汝衡《说苑珍闻》第86—87页，上海古籍出版社1981年版。

〔3〕 邹韬：《三借庐笔谈》，转引自孔另境编《中国小说史料》第233页，上海古籍出版社1982年版。

的一个岛上去度日，看来是偏僻得连回信的地址也没有的山村。也许是青年和中年时代的放纵，以致突患风疾而逝。在邹韬的悼诗中有一首提及：“到底青楼误梦中，淆才耗损总无功；平生只为多情累，长吉中年犯咯红。”[1]从中可得信息，他的遽逝与昔日沉醉于狭邪生活不无关系。他的《青楼梦》完成于1878年（光绪四年），6年后，也即甲申年初夏（1884）谢世。

《青楼梦》第1回就开门见山地点出作者眼中的古代苏州景象：“吴中风土，自古繁华，粉薮脂林，不能枚举。虽经乱离之后，而章台种柳，深巷栽花，仍不改风流景象。”全书写主人公金挹香与相识的36个妓女之间的“痴情”。由于作者熟悉倡门，曾辑录过一本《吴门百艳图》，书中“品评妓女，分高品、美品、逸品、艳品、佳品五种。每种人数不等，每品每人各系名花，合为百人，故名百艳”[2]。但这“百艳”皆真人，到了《青楼梦》中，就是经过作者的塑造和理想化了：个个皆是才貌双全的绝色女子。但更加理想化的是，作者“画饼充饥”，将自己想追求的人生抱负，一概交给金挹香在书中去完成了。正如鲁迅所引作品中的话，为他的写作意图作一定评：“取吴中倡女，以发挥其‘游花国，护美人，采芹香，掇巍科，任政事，报亲恩，全友谊，敦琴瑟，抚子女，睦亲邻，谢繁华，求慕道’（第1回）之大理想，所写非实，从可知矣。”[3]《青楼梦》的作者想学《红楼梦》的痕迹是很明显的，要把个金挹香硬说成宝玉再世。但究其实质，还不能说“邯郸学步”，简直是“东施效颦”。作者以为金挹香对女性的多情可与贾宝玉媲美，但挹香不过是一个“禄蠹”式的假宝玉而已。他“志欲先求佳偶，再博功名”。因此，他的“第一志愿”是游花国，用他自己的话说：“我金某如花间蝴蝶，赏遍名花，此中佳景甚觉可喜。”可是妓院中的才妓提出了嫁娶的条件：“我终身事，须俟他来年功名成就方妥，谅他定肯用功。”而金挹香马上就立誓：“今蒙姐姐劝我努力芸窗，我也姑且撇情，勤心书史。至于人事天心，只得付之于命的了。”他先“入泮”进了第5名，真所谓“香弟如今青云得路，就能红袖添香矣”！不久他又连捷中了12名经魁，而高中的报偿是娶妻纳妾。于是他要实现第三步的理想境界了，那就是“任政事，报亲恩”：“如今欲报亲恩，只消花费几两银子，加捐一个同知衔，做一任邑宰，只要爱民如子，亦可名垂青史，封赠二亲。”果然，这几两银子花得也

〔1〕 邹韬：《哭慕真山人俞吟香五首之十一首并引》，见《三借庐剩稿》，转引自陈汝衡《说苑珍闻》第86—87页，上海古籍出版社1981年版。

〔2〕 陈汝衡：《青楼梦》，载《中央日报·俗文学》第34期，1947年6月27日出版。

〔3〕 鲁迅：《中国小说史略·第二十六篇 清之狭邪小说》，《鲁迅全集》第9卷第261页，人民文学出版社1981年版。

很有效果，他做官又辞官，犹如“镀金”，皇帝便“钦加挹香为尽先题补道，恩赐二品封典，其父诰授荣禄大夫，母封一品太夫人，正室钮氏亦封二品夫人，其余四妾俱封恭人……这旨意出来，挹香的公私恩情俱可报答”云云。直到把子女的前程与婚姻大事也安置妥帖了，他就“谢繁华，求慕道”了。人们一面读小说，一面又觉得在受作者的“教训”，他在为封建士大夫树立一个标杆，按照儒释道庄教义的种种要点，定出一个配方，演算出封建文人如何达到“高大全”的公式。赵景深对《青楼梦》评价甚低：“《青楼梦》竟一开场就引进一个花神来（大约是受了《铁花仙史》的影响），并且酸腐之气更加不可向迩，使人不能卒读。”〔1〕

其实，何止一个花神。《青楼梦》是从金挹香的“痴情俗骨”到俞吟香的“痴人说梦”。为这本书作评的潇湘馆侍者邹韬在第 11 回的评点中也说：“忽而人，忽而怪，忽而仙，此书无一物不备。”随心所欲是非常自由的。例如用近 3 回书写金挹香的死亡，到魂游地府，直到月老赐仙丹，起死回生。这是释家的轮回报应之说的图解。又如金家两代人皆白日飞升。嘴上说的是求慕道，看破红尘，实际满眼皆是“色”、“禄”，色空不空。鲁迅对这类的“溢美”而格调流入“谀媚”的作品，有过一番讽刺：这类“闻鸡生气，见月伤心”的才子“去嫖的时候，可以叫十个二十个的年轻姑娘聚集在一处，样子很有些像《红楼梦》，于是他就觉得自已好像贾宝玉；自己是才子，那么婊子当然是佳人，于是才子佳人的书就产生了。内容多半是，惟才子能怜风尘沦落的佳人，惟佳人能识坎坷不遇的才子，受尽千辛万苦之后，终于成了佳偶，或者是都成了神仙”。〔2〕《青楼梦》中的佳人虽有 36 个之多，但无个性可言。作者为她们定了一个公式：她们过去“乃是良家闺媛，因兵燹至遭沦谪。然其为人，虽则青楼托迹，却是常怀堕溷飘茵之恨，绝无倚门卖笑之腔”，“凡遇客来，无非以琵琶一曲，诗赋几章，博几两银子度日”。当然她们对金挹香是另眼相看的。哪怕是初识的陆丽仙就并肩共读“行乐图儿”，又“半羞半就，任挹香拥入罗帏”。小说第 6 回写挹香念《西厢记・酬简》给月素听，实际是一种“性挑逗”。邹韬在评语中说：“而其淫荡之处，有甚于他书，只是不露痕迹，令粗心者看不出耳。”

---

〔1〕 赵景深：《〈花月痕〉跋》，原载《小说戏曲新考》，上海世界书局 1939 年 1 月版，转引自王俊年编《中国近代文学论文集・1919—1949 小说卷》第 207 页，中国社会科学出版社 1988 年版。

〔2〕 鲁迅：《二心集・上海文艺之一瞥》，《鲁迅全集》第 4 卷第 291—292 页，人民文学出版社 1981 年版。

《青楼梦》的文学价值是不高的，似乎还在《风月梦》之下，但它有代表性——溢美的代表性，因此，鲁迅选其入史。但我们觉得，书中有若干民俗篇章，也颇值得看重。例如书中所写的两次“闹红会”，才使我们后人知道，那时的公子哥儿的狭邪游竟有那么巨大的场面，简直是水上大游行了。第一次是第 7 回的与二十四美“开了灯舫到虎邱，与诸美畅叙一日”，还不过是 29 回挹翠园三十六美完聚的先声。在 29 回中，三十六美所携的侍儿竟有 82 人之多，也个个玉雪可爱。那天，简直是美人儿的“大兵团作战”了。金挹香唤了 15 只灯舫，指挥众美及侍儿分乘，于是：

> 柔橹轻摇，鸣锣齐进，真个花围翠绕！河梁上人多遐瞩遥观，尽皆艳羡。片时抵山塘，龙舟争胜在着冶浜夸奢争华。挹香即命停桡，重新各处分派。一只船上俱带丝竹，使美人皆奏清音，一只船上使几位美人度曲。斯时也，月媚花姣，笙歌沸水，不胜欢乐！一只船上吟诗作赋，一只船上按谱评棋。那一边船上角艺投壶，这一边船上双陆斗彩。玻璃窗紧贴和合窗，舱中美人隔舟问答，如比邻然，人愈众而兴愈多焉。靠东那一只船上，彩衣扮戏，巧演醉妃；着西那一只船上，射覆藏钩，名争才女。船头与船头相接，或疑纵赤壁之大观；船尾与船尾相连，仿佛横江东之铁锁。爱卿与竹卿、月素诸人讨古论今，以致往来游人尽皆驻足争观。

这是一个颇为招摇过市的盛大场面，我们这才知道古代狭妓会有那么大的排场，挹香简直是南面称王，指挥如意。凭挹香的财力是否能调度这样一支美女队伍，我们且不去深究。但古代的王孙公子如此行乐，弄得万人空巷，尽皆争观，也算为当时的民俗留下一幅用文字画成的长卷。而从另一个角度去看，当时的妓女还有些艺妓的成分，虽然不会像作者所溢美的那样，个个皆是能诗善曲的才女，却至少不像民国时代的书寓和长三，艺妓的影子是难于窥见了，只是讲堂子里的陈设的豪华与身上的行头的时髦了。从民俗的视角去考察，《青楼梦》留给我们的资料虽不多，但总算有些一鳞半爪的片段，供后人观览。

第五节　填写百年人生的一个重要空白

——“红楼”之后一高峰——《海上花列传》

《青楼梦》的文学价值不高，并非是作者的文字驾驭能力不强，而主要是他的观念的滞后，他对人生和艺术的见解都不高明，只学了一点《红楼梦》的皮毛，写成了这么一部“甜腻”得令人难于忍受的作品，在文学史上只能靠它的代表性才得以生存了。而《海上花列传》的作者韩邦庆也学《红楼梦》，还有《儒林外史》，可是他有自己的艺术见解，他能够在学习的过程中加以融会贯通。因此，他能卓然矗立，虽然它的名望似乎还不能望《红》、《儒》之项背。对它的评价应该大幅度地提高的理由之一是，有那么多的学界泰斗对它作了很高的赞誉，这是许多小说都没有受过的殊荣。

鲁迅在《中国小说史略》中，已对这部作品给予较高的评价。鲁迅在品味了《海上花列传》后，觉得它“平淡而近自然”，认为作品“记载如实，绝少夸张，则固能自践其‘写照传神，属辞比事，点缀渲染，跃跃如生’(第1回)之约者矣”。[1] 也就是鲁迅在《中国小说的历史的变迁》的讲演时所说的“近真”和“较近于写实了”[2]的结论。继鲁迅之后的是刘半农的长篇论文《读〈海上花列传〉》。刘半农对作者的人物塑造极为钦服：

> 但是我请你想一想，你读到过一种一览了无余味，好像是水面上浮着一层油花的小说没有？一定是有的。你又读过一种小说，它中间的事事物物，好像能一一站立起来，站在你面前的没有？也一定是有的。既都是有的，你就可以相信我所说的平面立体两个名词……精密周至的观察，乃是作一切写实小说的命脉……他所观察的不但是正式的堂子，便是野鸡与花烟间中的“经络”，以及其中人物的性情，脾气，生活，遭遇等，也都观察了；甚至连一班嫖客，上自官僚，公子，下迄跑街，西崽，更下以至一班嫖客的跟班们的性情，脾气，生活，遭遇，也全都观察了。他所收材料如此宏富，而又有绝大的气力足以包举运转它，有极冷静的头脑足以贯穿它，有绝细腻极柔软的文笔足以传达它，所以他写成的书，虽然名目叫《海上花》，其实所有不止是花，也有草，也有木，也有荆棘，也有粪秽，乃是上海社会中一部分“混天糊涂”的人的“欢乐伤心史”，明白了这一层，然后看这书时，方不把眼光全注在几个妓女与嫖客身上，然后才可以看出这书的真价值。[3]

---

〔1〕 鲁迅:《中国小说史略·第二十六篇　清之狭邪小说》,《鲁迅全集》第9卷第267、264页，人民文学出版社1981年版。

〔2〕 鲁迅:《中国小说的历史的变迁》,《鲁迅全集》第9卷第339页，人民文学出版社1981年版。

〔3〕 刘半农:《读〈海上花列传〉》,《半农杂文》第1册第241页，星云堂书店1934年版。

刘半农不仅对它赞不绝口，而且还挖掘出它的艺术经验，更兼"导读"——如何才能读出它的真价值来。但是真正"发现"《海上花列传》这部作品的重大价值的是胡适。刘半农在1925年12月写上文时，已经知道胡适对此书的看重了，知道胡适在注意"花也怜侬究竟是什么人？他的身世怎样"，他还预言胡适"又可以大过其考据瘾了"。〔1〕果然，在1926年6月30日胡适为《海上花列传》（亚东书局版）所写的《序》中就拿出了他考据中所"发现"的新的活材料。此前，鲁迅与刘半农对作者的生平材料是知之甚少的。刘半农谈及作者的生平时说："这问题一时还无从回答。"鲁迅引用的也仅是蒋瑞藻的《小说考证》中所辑的《谭瀛室笔记》等少量资料。而胡适在《序》中的第一小节《探寻〈海上花列传〉作者》中，就将自己探寻作者生平的过程及所得的资料皆和盘托出。其后，胡适又对这部"海上奇书"的艺术特色予以充分的肯定。而在《序》的第三节中更大胆地触及了一个学术上有争论的问题：《〈海上花〉是吴语文学的第一部杰作》。胡适在作了详细的论述后，还对鲁迅在《中国小说史略》中对《海上花》的评价作了发挥：

> 鲁迅先生称赞《海上花》"平淡而近自然"。这是文学上很不易做到的境界。但这种"平淡而近自然"的风格是普通看小说的人所不能赏识的。《海上花》所以不能风行一世，这也是一个重要原因。〔2〕

就在1926年胡适写《序》的半个世纪之后，一位文坛巨擘，在她的晚年，就花了10年时间，先是将《海上花》译成英语，付印后又将这部吴语小说译为"国语"——普通话，出版了国语的《〈海上花〉注译本》。那就是在晚年还花了10年时间写了24万字的考据《红楼梦》的论文集《红楼梦魇》的张爱玲。在《红楼梦》中林黛玉曾说："黄金万两容易得，知心一个也难求。"那么，《海上花》找到了胡适之外的又一个超级知音——张爱玲。张爱玲还为这部"国语本"写了《译者识》和《国语本〈海上花〉译后记》。这是两篇很具独特视角的评论，而且是一位成就非凡、富有真知灼见的作家所写的评论，这位作家经过这"二译"（即英译本及普通话译本），她真是对这部40万字的长篇的每一个字都揣摩过了。你值得去掂量她文中每一句话的分量。我认为评论家的评语往往着眼于一种"整体感受"，但作家却不大相同，他们的评论特点往往

〔1〕 刘半农：《读〈海上花列传〉》，《半农杂文》第1册第241页，星云堂书店1934年版。

〔2〕 胡适：《海上花列传·序》，《胡适文存》第3集第368页，黄山书社1996年版。

是出于一种“自身感受”。每当他们读作品时，随着情节的发展，他们首先想到的是：如果我来写，将作如何的处理。可是情节的发展并没有如他所想象的那样，于是他要研究的是：我的设想对头，还是这位作家的构思优越于我的设想。因此，他们读作品就类似于将一部机器（即作品）的每一个零部件拆开来端详，看有无残次品混杂在内；然后再拼装起来，进行调试，看其整体性能是否完美。《海上花》经张爱玲的10年苦心的“拆开端详”和“拼装调试”，她的真知灼见使她对这部作品的评论升华到一种“精心鉴赏”的高度，读来令人感到一种无与伦比的享受。下面我们会引用到她的许多论点来支撑我们的结论。

上文中我们引用了鲁迅、刘半农、胡适和张爱玲对《海上花》所给予的关注。他们之间会有评价的高低，可是没有原则的分歧，赞扬是一致的。当然，对方言的运用之利弊是有不同看法的，但还没有足以影响到整体评价的程度。

《海上花列传》曾以《青楼宝鉴》、《海上青楼奇缘》、《海上花》等书名刊行。加上“列传”两字，当然是这些“上海之花们”的“合传”体的小说之意。作者“花也怜侬”即韩邦庆（1856—1894），字子云，号太仙，别署大一山人，显然是太仙的拆字格无疑。过去只知道《谭瀛室笔记》的材料：

> 作者为松江韩君子云。韩为人风流蕴藉，善弈棋，兼有阿芙蓉癖。旅居沪上甚久，曾充报馆编辑之职，所得笔墨之资，悉挥霍于花丛。阅历既深，此中狐媚伎俩，洞烛无遗，笔意又足以达之。[1]

但胡适不满足于这些材料，而又风闻孙玉声和韩认识，想去拜访孙先生时，正好他的《退醒庐笔记》出版，其中就提供了非常珍贵的资料，孙说：韩“博雅能文，自成一家，不屑傍人门户”。特别使孙玉声有深刻印象的是1891年秋的一次接触：

> 辛卯（1891）秋，应试北闱，余识之于大蒋家胡同松江会馆，一见有若旧识，场后南旋，同乘招商局海定轮船，长途无俚，出其著而未竣之小说稿相示，颜曰《花国春秋》，回目已得二十有四，书则仅成其半。时余

〔1〕《谭瀛室笔记》，转引自蒋瑞藻《小说考证》（上）第283页，上海古籍出版社1984年版。

正撰《海上繁华梦》，初集已成二十一回。舟中乃易稿互读，喜此二书异途同归，相顾欣赏不止。惟韩谓《花国春秋》之名不甚惬意，拟改为《海上花》。而余则谓此书通体皆操吴语，恐阅者不甚了了，且吴语中有音无字之字甚多，下笔时殊费研考，不如改易通俗白话为佳。乃韩言："曹雪芹撰《石头记》皆操京语，我书安见不可以操吴语？"并指稿中有音无字之嫑赠诸字，谓"虽出自臆造，然当日仓颉造字，度亦以意为之。文人游戏三昧，更何况自我作古，得以生面别开？"余知其不可谏，斯勿复语。逮之两书相继出版，韩书已易名曰《海上花列传》，而吴语则悉仍其旧，使客省人几难卒读，遂令绝好笔墨竟不获风行于时。而《繁华梦》则年必再版，所销已不知几十万册。余以慨韩君之欲以吴语著书，独树一帜，当日实为大误。盖吴语限于一隅，非若京语之到处流行，人人畅晓，故不可以与《石头记》并论也。〔1〕

孙玉声的这段亲身经历，极为可贵。韩邦庆之为韩邦庆，那种"不屑傍人门户"的气势，已跃然纸上矣！他在某种情况下，自认是可以与曹雪芹和仓颉平起平坐的。他的确不易为人们所理解，似乎有些"狂妄"，直到孙玉声写《退醒庐笔记》时，也还不了解韩邦庆的真价，不禁使我们深有感慨：孙玉声虽也是一个不可小视之辈，但孙玉声也只能是孙玉声，他在文学史中是应该甘居韩邦庆之下的。胡适读了这则笔记后去拜访他的结果还不满意：因为韩的"考名"、生卒年月与其他生平重要事迹，还是无法见底。但孙答应再去转辗打听，这次的"寻根究底"，却引出了松江颠公在《小时报》上的一篇长文：

作者自署"花也怜侬"，因当时风气未开，小说家身价不如今日之尊贵，故不愿使世人知真实姓名，……随意署一别号……本生父韩宗文，字六一……素负文誉，官刑部主事。作者自幼随父宦游京师，资质极聪慧，读书别有神悟。及长，南旋，应童子试，入娄庠为诸生。越岁，食廪饩，时年甫二十余也。屡应秋试，不获售。尝一试北闱（与孙玉声相识，就是这一次——引者注），仍铩羽而归。自此遂淡于功名。为人潇洒绝俗，家境虽寒素，然从不重视"阿堵物"；弹琴赋诗，怡如也……

作者常年旅居沪渎，与《申报》主笔钱忻伯、何桂笙诸人暨沪上诸名

〔1〕 孙玉声：《退醒庐笔记》第113—114页，山西古籍出版社1995年版。

士互以诗唱酬，亦尝担任《申报》撰著；顾性落拓不耐拘束，除偶作论说外，若琐碎繁冗之编辑，掉头不屑也。与某校书最昵，常日匿居妆阁中，兴之所至，拾残纸秃笔，一挥万言。盖是书即属稿于此时。

书共六十四回，印全未久，作者即赴召玉楼，寿仅三十有九。[1]

至此，略具了一个生平的轮廓。他似乎不是《申报》的编辑，但因他与《申报》同仁的特殊的关系，使他的书也由《申报》馆代售。1892 年 2 月，他创办了一个由他个人撰稿与编辑的图文并茂的纯文艺期刊《海上奇书》。这也是一个创举，中国之有纯文艺期刊，大概也自《海上奇书》始。先是半月刊，主要是登载《海上花列传》，每期发表 2 回；出了 9 期后，改为月刊。这本刊物共出了 15 期，连载了《海上花列传》共 30 回（胡适说出版了 14 期，刊登了 28 回，有误）。这也是一个具有商业行为性质的举措，但韩邦庆并没有得到多少商业赢利。一方面，当时还不流行此类刊物的销售，更对半个月或一个月才看一次连载的"周期"感到很不习惯，而他的杂志的经常愆期，更使读者无法捉摸；另一方面是他的"平淡而近自然"的风格也抓不住读者，曲高和寡也是冷落的必然命运。但《海上花列传》不失为是《红楼梦》付印之后 101 年间（《红楼梦》于 1791 年付印，《海上花》于 1892 年开始分期出版）的一本用不少篇幅去描写男女恋情的说部高峰。

既然以狭邪为题材，作者也说此书以"劝戒"为宗旨："此书为劝戒而作……阅者深味其言，更返观风月场中，自当厌弃嫉恶之不暇矣。"[2]那么为什么要说它是一部有许多爱情篇章的小说呢？我们之所以要提出这个问题，是想说清在当时的高等妓院——官场、商界、名士等社交活动中所必有的点缀——的实际内情，以便使今天的读者，认识它与后来妓院的功能的差异。下面我们要大段引用张爱玲的对这一现象的精辟论断：

盲婚的夫妇也有婚后发生爱情的，但是先有性再有爱，缺少紧张悬疑、憧憬与神秘感。就不是恋爱，虽然可能是最珍贵的感情。恋爱只能是早熟的表兄妹，（在纯文学小说中经常描写的是梅表姐们与觉新们，

---

〔1〕 颠公：《〈海上花列传〉之著作者》，转引自胡适《海上花列传·序》，《胡适文存》第 3 集第 353—354 页，黄山书社 1996 年版。

〔2〕 韩邦庆：《海上花列传·例言》，《中国近代小说大系·海上花列传·太仙漫稿》第 3 页，百花洲文艺出版社 1993 年版。

琴表妹们与觉民们之恋——引者注）一成年，就只有妓院这脏乱的角落里还许有机会。再就只有《聊斋》中狐鬼的狂想曲了。

直到民初也还是这样。北伐后，婚姻自主、废妾、离婚才有法律上的保障。恋爱婚姻流行了，写妓院的小说忽然过了时，一扫而空，该不是偶然的巧合。

《海上花》第一个专写妓院，主题其实是禁果的果园，填写了百年前人生的一个重要的空白。（这里显然是指《红楼梦》付印后的100年——引者注）

……“婊子无情”这句老话当然有道理，虚情假意是她们的职业的一部分。不过就《海上花》看来，当时至少在上等妓院——包括次等的幺二——破身不太早，接客也不太多……女人性心理正常，对稍微中意点的男子是有反应的。如果对方有长性，来往日久也容易发生感情……

恋爱的定义之一，我想是夸张一个异性与其他一切异性的分别。书中这些嫖客的从一而终的倾向，并不是从前的男子更有惰性，更是“习惯的动物”，不想换口味追求刺激，而是有更迫切更基本的需要，与性同样必要——爱情。过去通行早婚，因此性是不成问题的。但是婚姻不自由，买妾纳婢虽然是自己看中的，不像堂子里是在社交的场合遇见的，而且总要来往一个时期，即使时间很短，也还不是稳能到手，较近通常的恋爱过程……

琪官说她和瑶官羡慕倌人，看哪个客人好，就嫁哪个。虽然没有这么理想，妓女从良至少比良家妇女有自决权。[1]

张爱玲生于1920年，她应该比我们更知道民初的一些社会情况。经过她的分析，我们觉得她将《海上花列传》的主题定为“禁果的果园”是极有见地的。韩邦庆生活在清朝这样一个封建时代，他自己还说不出这么一篇令人心服的道理，他也不知道不久的将来会有一个恋爱公开、婚姻自由的世界，而他笔下的主人公则是在封建包办婚姻之外在偷尝禁果，因此，他只能说出劝戒之类的话语。他自己说不出的话，只能在小说分期出版90年后，靠一个超级知音为他代言。张爱玲不仅说出了作者自己不可能说出的道理，而且以

〔1〕 张爱玲：《国语本〈海上花〉译后记》，《张爱玲文集》第4卷第343—345页，安徽文艺出版社1992年版。

她对《海上花》的烂熟的程度，又以作家的"共鸣之心"分析了小说中的几场恋爱：如罗子富与黄翠凤，陶玉甫与李漱芳，王莲生与沈小红等。在这一视角上，张爱玲也有独到的心得，她说：

> 书中写情最不可及的，不是陶玉甫李漱芳的生死恋，而是王莲生沈小红的故事……异性相吸，除了两性之间，也适用于性情相反的人互相吸引。小红大闹时，"蓬头垢面，如鬼怪一般"，莲生也并没倒胃口，后来还旧事重提，要娶她。这纯是感情，并不是暴力刺激情欲……他们的事已经到了花钱买罪受的阶段……小红为了姘戏子坏了名声，落到这地步。他对她彻底幻灭后，也还余情未了。写他这样令人不齿的懦夫，能提升到这样凄清的境界，在爱情故事上是个重大的突破。[1]

至于小说的后半部以大量的篇幅写一笠园，则张爱玲认为是"至少让我们看到家妓制度的珍贵的一瞥"。但在我们看来，这些生活场景也只不过是流露了一点中国古代家妓制度的遗风而已，而且在描写上也并非是全书的精彩之处。

《海上花列传》的最精彩处则是在于对妓女们的"写照传神"，在他的笔下涌现出一群"跃跃如生"的青楼女子的形象。韩邦庆在有关人物塑造上是有自己的见解的。在《海上奇书》分期出版时，他常在杂志的封底，刊登自己的这些见解。其中有一则表明他对"合传"体的列传写法的难点有充分的估价：

> 合传之体有三难：一曰无雷同，一书百十人，其性情言语面目行为，此与彼稍有相仿，即是雷同。一曰无矛盾，一人而前后数见，前与后稍有不符，即是矛盾。一曰无挂漏，写一人而无结局，挂漏也；叙一事而无收场，亦挂漏也。知是三者而后可与言说部。

> 第廿二回如黄翠凤、张蕙贞、吴雪香诸人皆是第二次描写，所载事实言语，自应前后关照。至于性情脾气、态度行为，有一丝不合之处否？阅者反复查勘之，幸甚！[2]

---

〔1〕 张爱玲：《国语本〈海上花〉译后记》，《张爱玲文集》第 4 卷第 345—347 页，安徽文艺出版社 1992 年版。

〔2〕 韩邦庆：《海上花列传·例言》，《中国近代小说大系·海上花列传·太仙漫稿》第 4—5 页，百花洲文艺出版社 1993 年版。

一位作家在理论上有如此的卓见，而且在自觉地实践这些理论的过程中，还将自己的“成品”请读者加以检验——“反复查勘之”，这是非常难能可贵的。所以胡适对这一点极为赞赏：“《海上花》写黄翠凤之辣，张蕙贞之庸凡，吴雪香之憨，周双玉之骄，陆秀宝之浪，李漱芳之痴情，卫霞仙之口才，赵二宝之忠厚……都有个性的区别，可算是一大成功。”〔1〕但作家即使是在写黄翠凤之“辣”和“干练”时，也还保持他的总的统一的风格，也即仍不失其“平淡而近自然”。读者之对于黄翠凤其人，印象最深的或许是她是如何制服鸨母的。罗子富也就是听说她的这些事迹，才爱上她的。一般说来，鸨母对妓女来说，总是软硬兼施，逼其就范的。因此，在人们的脑筋中，鸨母是十恶不赦的。但黄翠凤却以生命的一搏，叫鸨母屈膝称降。其实这种场面是鲜血淋漓的。但作者却是通过陶云甫与罗子富的对话，将黄翠凤的性格反衬出来的：

> 云甫道：“老鸨阿有啥好人嘎！耐阿晓得有个叫黄二姐，就是翠凤个老鸨，从娘姨出身，做到老鸨，该过七八个讨人，也算得是夷场浪一挡脚色啘，就碰着仔翠凤末，俚也碰转弯哉。”子富道：“翠凤啥个本事呢？”云甫道：“说起来是利害哚，还是翠凤做清倌人辰光，搭老鸨相骂，拨老鸨打仔一顿。打个辰光，俚咬紧点牙齿，一声勿响，等到娘姨哚劝开仔，㩦床浪一缸生鸦片烟，俚拿起来吃仔两把。老鸨晓得仔，吓煞哉，连忙去请仔先生来。俚不肯吃药啘，骗俚也勿吃，吓俚也勿吃，老鸨阿有啥法子呢。后来老鸨对俚跪仔，搭俚磕头，说：‘从此之后一点点勿敢得罪耐末哉。’难末算吐仔出来过去。”
>
> 陶云甫这一席话，说得罗子富忐忑鹘突，只是出神。在席的也同声赞叹，连倌人、娘姨等听呆了。

这样，黄翠凤的宁折不弯的烈性，她的“辣”味就出来了。她还将这一套办法教给自己的“姐妹”诸金花，可是这种以舍生为一搏的“辣”味，不是人人都有的，也不是人人都学得会的。翠凤将自己这套反抗的办法教给金花，金花被她的老鸨打得遍体鳞伤，实在熬刑不起。就对翠凤说：“痛得来无那哈哉呀！再要说勿做呀，说勿来哉呀。”翠凤很看不起她，冷笑着说起反话来：“耐怕痛

〔1〕胡适：《海上花列传·序》，《胡适文存》第3集第362页，黄山书社1996年版。

末，该应做官人家去做奶奶、小姐个呀，阿好做倌人。”她叫金花吞生鸦片。金花道：“鸦片烟有一缸来浪，碰着仔一点点就苦煞个，陆里吃得落嗄！再听见说，吃仔生鸦片烟要迸断仔肚肠死哚，阿要难过。”

> 翠凤伸两指著实指定金花，咬牙道：“耐个谄头东西！”一句未终，却顿住嘴不说了。

这“谄头”两字，再加上人物姿态和话语顿塞组成了一个复杂的内心世界。翠凤眼看金花“一条青，一条紫，尽是皮鞭痕迹，并有一点一点鲜红血印，参差错落，似满天星斗一般。此系用烟签烧红戳伤的”，她心觉“惨然”；但她为金花没有拼死贯彻她这位“教练”的意图，又是恨铁不成钢，不免“冷笑”；可是当她听到金花还未敢吞生鸦片，就怕得要死，鸨母平日的种种“恫吓”，已经发挥了作用，她觉得实在是她看错了对象，她教了一个“不可教诲”的孱头。她白教了，孱头的苦也白吃了。金花无可救药，她自己也愚不可及，再多说也等于废话，她只好颓然语塞。鲜血淋淋的场面在韩邦庆的笔下还是处理得蕴蓄而有厚度的。黄翠凤这一人物的辣味与她的深藏的同情心也使人物产生了立体感。但在这“平淡而近自然”的笔触下，似乎很“人道”的高级妓院中的地狱般的生活，也就入木三分地呈现出来了。

作品的结构也属上乘。这又是由于作者对说部的结构技术有精辟独到的见解，并在运笔时能应付裕如的结果：

> 全书笔法自谓从《儒林外史》脱化出来，惟穿插藏闪之法，则为从来说部所未有。一波未平，一波又起，或竟接连起十余波，忽东忽西，忽南忽北，随手叙来并无一事完，全部并无一丝挂漏；阅之觉其背面无文字处尚有许多文字，虽未明明叙出，而可以会意得之。此穿插之法也。劈空而来，使阅者茫然不解其如何缘故，急欲观后文，而后文又舍而叙他事矣；及他事叙毕，再叙明其缘故，而其缘故仍未尽明，直至全体尽露，乃知前文所叙并无半个闲字。此藏闪之法也。〔1〕

对这一段关于结构的议论，胡适和刘半农都交口赞誉。刘半农说：“这些话

〔1〕 韩邦庆：《海上花列传·例言》，《中国近代小说大系·海上花列传·太仙漫稿》第3—4页，百花洲文艺出版社1993年版。

虽然是‘戏台里喝彩’，却句句是真实的，并不是一味‘瞎吹’。”[1]胡适对韩邦庆用“脱化”这个词汇十分欣赏，真是充分显示其自觉地发挥了独创性，这是一种脱颖而出的超越而不是亦步亦趋的模仿：“作者大概先有一个全局在脑中，所以能从容布置，把几个小故事都折叠在一块，东穿一段，西插一段，或藏或露，指挥自如。所以我们可以说，在结构的方面，《海上花》远胜于《儒林外史》；《儒林外史》只是一串短篇故事，没有什么组织；《海上花》也只是一串短篇故事，却有一个综合的组织。”[2]在长篇中以哥哥赵朴斋跌交始，以妹妹赵二宝做梦终，其中穿插罗子富与黄翠凤、蒋月琴的故事，王莲生与张蕙贞、沈小红的瓜葛，陶玉甫与李漱芳、李浣芳的缘分等等的波澜起伏的运命，而前半部又以洪善卿为牵线，后半又以齐韵叟为串联，直到赵二宝做梦就戛然而止，结束得也很聪明，简直有点外国小说的作派，但我们找不到他学习外国文学技巧的线索，也只能归功于他的独创了。

韩邦庆像冯梦龙一样，是有意识地将方言的活水引进文学园圃的开拓者之一。如果说冯梦龙是架构吴方言文学的不祧之祖，那么韩邦庆首用吴方言撰写长篇小说则有其开山的大魄力。《海上花列传》的方言的运用是有规律的。凡叙事则用普通白话，记言或对话皆用吴方言。胡适对《海上花列传》的方言的运用评价甚高：“在三十多年前，用吴语作小说还是破天荒的事。《海上花》是苏州土话的文学的第一部杰作。”[3]在《海上花列传》中用方言描摹人物的神韵的确非常成功，显示了作者的绝好笔墨。例如23回中姚奶奶气势汹汹地到堂子里找自己的丈夫，妓女卫霞仙予以坚决驳回，这段对白，果然写出了卫霞仙的口才，真可谓伶牙俐齿，可是一口娇啭莺簧的苏白，又觉神情毕肖：

> 于是卫霞仙正色向姚奶奶朗朗说道：“耐个家主公末，该应到耐府浪去寻啘。耐啥辰光交代拨倪，故歇到该搭来寻耐家主公？倪堂子里倒勿曾到耐府浪来请客人，耐到先到堂子里来寻耐家主公，阿要笑话！倪开仔堂子做生意，走得进来，总是客人，阿管俚是啥人个家主公！耐个家主公末，阿是勿许倪做嗄？老实搭耐说仔罢：二少爷来里耐府浪，故末是耐家主公；到仔该搭来，就是倪个客人哉。耐有本事，耐拿家主公看牢仔，为啥放俚到倪堂子里来白相？来里该搭堂子里，耐再要想拉

---

〔1〕　刘半农：《读〈海上花列传〉》，《半农杂文》第1册第232页，星云堂书店1934年版。

〔2〕〔3〕　胡适：《海上花列传·序》，《胡适文存》第3集第360—361、363页，黄山书社1996年版。

得去,耐去问声看,上海夷场浪阿有该种规矩?故歇嫚说二少爷繒来,就来仔,耐阿敢骂俚一声,打俚一记!耐欺瞒耐家主公,勿关倪事;要欺瞒仔倪个客人,耐当心点!二少爷末怕耐,倪是勿认得耐个奶奶啘!"

胡适说:"这种轻灵痛快的口齿,无论翻成那一种方言,都不能不失掉原来的神气。这真是方言文学独有的长处。"[1]那么就让我们来比较一下张爱玲对这一段对白的普通话译文:

于是霞仙正色向姚奶奶朗朗说道:"你的丈夫嘿,应该到你府上去找嘿。你什么时候交代给我们,这时候到此地来找你丈夫?我们堂子里倒没到你府上来请客人,你倒先到我们堂子里来找你丈夫,可不是笑话!我们开了堂子做生意,走了进来总是客人,可管他是谁的丈夫!你的丈夫嘿,可是不许我们做啊?老实跟你说了罢,二少爷在你府上,那是你丈夫;到了此地来,就是我们的客人了。你有本事,你拿丈夫看牢了,为什么放他到堂子里来玩?在此地堂子里,你再要想拉了去,你去问声看,上海租界上可有这种规矩?这时候不要说二少爷没来,就来了,你可敢骂他一声,打他一下?你欺负你丈夫,不关我们事;要欺负我们的客人,你当心点!二少爷嘿怕你,我们是不认得你这位奶奶嘿。"

张爱玲是大手笔,她的确做到了精心翻译,但翻译毕竟是翻译。这是我们完全可以理解的。她自已也说:"我等于做打捞工作,把书中吴语翻译出来,像译外文一样,难免有些地方失去语气的神韵,但是希望至少替大众保存了这本书。"[2]

关于《海上花列传》的方言运用问题,历来是有不同看法的。看过半部原稿的孙玉声首先就不赞成,看到韩邦庆说得如此自负,如此坚决,他只好免开尊口,但他保留自己的意见,到写《退醒庐笔记》时,还是说了出来。鲁迅也是不赞成的。他认为用苏白写小说,"除了老上海和江浙的人们之外,谁也看不懂"[3]。但是赞成的也大有人在。胡适把方言文学拔得很高,认为:"韩君认定《石头记》用京话是一大成功,故他也决计用苏州话作小说。

〔1〕胡适:《海上花列传·序》,《胡适文存》第3集第365页,黄山书社1996年版。
〔2〕张爱玲:《海上花·译者识》,《海上花开》第2页,上海古籍出版社1995年版。
〔3〕鲁迅:《二心集·上海文艺之一瞥》,《鲁迅全集》第4卷第294页,人民文学出版社1981年版。

这是有意的主张，有计划的文学革命。”[1]刘半农也是赞成的，他说：“方言文学作品不能博到多数人的了解与鉴赏，也是事实。这一层，我却以为无须顾虑，因为文学作品不比得香烟与滑头药，鉴赏的人多，固然很好，便是少些也全不要紧。”[2]他们两人都有严密的有学术深度的论证，而且也明知方言文学“不能博到多数人的了解与鉴赏”，他们已将这个不利因素估计在内了，但他们认为它还非常有存留与发展的必要：

> 老实说罢，国语不过是最优胜的一种方言；今日的国语文学在多少年前都不过是方言的文学，正因为当时的人肯用方言作文学，敢用方言作文学，所以一千多年之中积下了不少的活文学，其中那最有普遍性的部分遂逐渐被公认为国语文学的基础。我们自然不应该仅仅抱着这一点历史遗传下来的基础就自己满足了。国语的文学从方言的文学里出来，仍须要向方言的文学里去寻他的新材料，新血液，新生命……
>
> 中国各地的方言中，有三种方言已产生了不少文学。第一是北京话，第二是苏州话（吴语），第三是广州话（粤语）。京语产生的文学最多，传播也最远……但如今海内和海外能说广东话的人虽然不少，粤语的文学究竟离普通话太远，他的影响究竟还很少。介于京语文学与粤语文学之间的，有吴语的文学。论地域则苏、松、常、太、杭、嘉、湖都可算是吴语区域。论历史则已有了三百年之久，三百年来凡学昆曲的无不受吴音的训练；近百年中上海成为全国商业的中心，吴语也因此而占特殊的重要地位……故除了京语文学之外，吴语文学要算最有势力又最有希望的方言文学了。[3]

胡适的这番话，在当时是完全站得住脚的。在今天，情况有了大变化，但他的学理还是正确的。由于香港对内地的影响太大，粤语的流行是大大与胡适写此文时不可同日而语了。但他的经济中心会对该地的方言的传播有极大影响这个论点，还是站得住脚的。刘半农是从文学和语言学的双重领域去权衡《海上花列传》的重要意义的。他说：

---

〔1〕 胡适：《海上花列传·序》，《胡适文存》第3集第364页，黄山书社1996年版。
〔2〕 刘半农：《读〈海上花列传〉》，《半农杂文》第1册第246页，星云堂书店1934年版。
〔3〕 胡适：《吴歌甲集·序》，《胡适文存》第3集第520—522页，黄山书社1996年版。

假如我们做一篇小说，把中间的北京人的口白，全用普通的白话写，北京人看了一定要不满意；若是全用苏白写，那就非但北京人，无论什么人都要向我们提出抗议的。反之，若用普通白话或京话来记述南方人的声口，可就连南方人也不见得说什么。这是什么缘故呢？这是被习惯迷混了。我们以为习惯上可以用普通白话或京话来做一切文章，所以做了之后，即使把地域的神味牺牲了，自已还并不觉得。但假如有人能将此中重要细为指出，或有将同一篇文字，用两种语言写成，互相比较，则其优劣得失，便立时可以赤裸裸的表现出来了。我们应当知道各人的口白，必须用他自己所用的语言来直写下来，方能传达得真确，若要用别种语言来翻译一过，无论如何总不免有相当的牺牲。所以文言不如白话，就是因为文言乃是一种翻译品，它将白话中所有的地域神味完全消失了（文言可算得是全无地域神味的文字）；同样，若用乙种方言去翻译甲种方言，则地域神味完全错乱，语言的功能，就至少也损失了十分之三四了。〔1〕

作为一位文学家和语言学家，刘半农为《海上花列传》的苏白的运用，作了尽情的发挥，其中是有深刻的学理的。在今天看来，国语运动的兴起和语言规范化的结果，当然有极大的正面效应；但是刘半农的这席话，也预示了方言文学被国语和普通话挤得失去了在小说中的地盘，也确实是有一定损失的，问题是在于我们已经“被习惯迷混了”，有了损失（按刘氏的理论，语言功能损失了十分之三四）“自己还并不觉得”。通过讨论《海上花列传》，对照张爱玲的译文，我们可以通过历史的反思，给方言在小说中以一定的地位，步子再跨得大一点，也可以给方言文学以一定的地位。刘半农在谈了方言在文学上的“地域神味”之后，还讲了它在语言学方面的功能：

所以直算到今天为止，我们应当承认这书为吴语文学中的代表著作。这是就文学方面说。若就语学方面说，我们知道要研究某一种方言或语言，若靠了几句机械式的简单例句，是不中用的；要研究得好，必须有一个很好的本文（Texte）做依据，然后才可以看得出这一种语言的活动力，究竟能活动到一个什么地步。如今《海上花》既在文学方面有

〔1〕 刘半农：《读〈海上花列传〉》，《半农杂文》第1册第245—246页，星云堂书店1934年版。

了代表著作的资格，当然在语学方面，也可算得很好的本文；这就是我的一个简单的结语了。[1]

这里还应补充的一点是，当时上海还是一个新兴的大都会，成千上万的人涌向上海求生。但本地人以他们不会吴方言而蔑视他们，他们从事的工作也只能是一种贱业。就像在香港回归前，不懂英语的人无法跻身于香港上层社会一样。因此，像《海上花列传》、《九尾龟》、《海天鸿雪记》等一类吴方言小说就成了一些外乡人学习吴方言的教科书。只是因为《海上花列传》的"曲高和寡"，用它作语言教材的"学员"少一些罢了。吴方言小说在当时还有这样的一个功能，是今天的许多读者所不大了解的。

我们已经藉着4位大师级的"导游"的指引，遨游了这座近代文学中的高峰。胡适在总结它的优长时说："《海上花》的长处在于语言的传神，描写的细致，同每一个故事的自然地发展；读时耐人仔细玩味，读过之后令人感觉深刻的印象与悠然不尽的余韵。"[2]吴方言区域以外的读者如果对吴方言颇感隔阂的话，也可以去读张爱玲注译的"国语本"《海上花》。这部小说的内容是通俗的，但它的"平淡而近自然"的绝好笔墨又使有些读者难于深入其堂奥，所以张爱玲也非常担心，她在《译后记》的结尾调侃了自己："《海上花》两次悄悄的自生自灭之后，有点什么东西死了。虽然不能全怪吴语对白，我还是把它译成国语。这是第三次出版。就怕此书的故事没完，还缺一回，回目是：

张爱玲五详《红楼梦》

看官们三弃《海上花》"[3]

可是在我们的论述结尾时，我们还要交代与作者有关的一桩公案。那就是此书是否是"谤书"。这种说法连鲁迅的《中国小说史略》也提及了：

书中人物，亦多实有，而悉隐其真姓名，惟不为赵朴斋讳。相传赵本作者挚友，时济于金，久而厌绝，韩遂撰此书以谤之，印卖至第二十八回，赵急致重賄，始辍笔，而书已风行；已而赵死，乃续作贸利，且放笔至

〔1〕 刘半农：《读〈海上花列传〉》，《半农杂文》第1册第247页，星云堂书店1934年版。

〔2〕 胡适：《海上花列传·序》，《胡适文存》第3集第367—368页，黄山书社1996年版。

〔3〕 张爱玲：《国语本〈海上花〉译后记》，《张爱玲文集》第4卷第357页，安徽文艺出版社1992年版。

写其妹为倡云。[1]

张爱玲写《译后记》时，引用胡适的考证为其辩诬：

胡适又指出韩子云1891年秋到北京应乡试，与畅销作家海上漱石生（孙玉声）同行南归，孙可以证明他当时不是个穷极无聊靠敲诈为生的人。《海上花》已有24回稿，出示孙。次年2月，头两回就出版了，到10月出版到第28回停版，14个月后出单行本。

写印一部25万字的大书要费多少时间？中间那有因得“重贿”而辍笔的时候？

又引末尾赵二宝被史三公子遗弃，吃尽苦头，被恶客打伤了，昏睡做了个梦，梦见三公子派人来接她，她梦中向母亲说的一句话，觉得单凭这一句，“这书也就不是一部谤书”：

“妈，我们到了三公子家里，起先的事，不要去提起。”这19个字，字字是血，是泪，真有古人说的“温柔敦厚，怨而不怒”的风格！这部《海上花列传》也就此结束了。[2]

胡适主要是在时间上排序：刊物《海上奇书》是停刊了，小说当仍不断书写印刷，这样才能在停刊后的10个月左右的时间内出版。按当时初版的石印本的出版工序来看，先得要有一个能工笔正楷的书手誊抄，加上校对和上石印刷，要花费的时间着实不少。因此，“赵急致重贿，始辍笔”的“辍笔”时间几乎排不出来，这一传说是不可靠的。鲁迅虽然在《中国小说史略》中散播了这个传说，可是细读下文，鲁迅是很含蓄地为其辟清了，结论也认为不可能是“谤书”：

然二宝沦落，实作者预定之局，故当开篇赵朴斋初见洪善卿时，即叙洪问“耐有个令妹……阿曾受茶？”答则曰，“勿曾。今年也十五岁

〔1〕 鲁迅：《中国小说史略·第二十六篇　清之狭邪小说》，《鲁迅全集》第9卷第266页，人民文学出版社1981年版。

〔2〕 张爱玲：《国语本〈海上花〉译后记》，《张爱玲文集》第4卷第348页，安徽文艺出版社1992年版。

哉。”已为后文伏线也。光绪末至宣统初，上海此类小说之出尤多，往往数回辄中止，殆得赂矣；而无所营求，仅欲摘发伎家罪恶之书亦兴起，惟大都巧为罗织，故作已甚之辞，冀震耸世间耳目，终未有如《海上花列传》之平淡而近自然者。[1]

鲁迅在行文中说明了此类“谤书”是为了敲诈而写的，只写几回就中止了，因为得了贿赂，目的已达到；而韩书是长篇，64 回，为得贿而要花多年功夫，是犯不着的。“谤书”是“无所营求”的粗制滥造，无所谓构思，而《海上花列传》是有构思有伏笔的，开场第 1 回就提到了其妹赵二宝。“谤书”过甚其辞，耸人听闻，而《海上花列传》平淡自然。结论虽没有说，“相传”并不可信，但倾向性是有的，意思是已包含其中了。

《海上花列传》出版的当年——1894 年，作者就逝世了。时年 39 岁。身后萧条，作品除还有文言短篇小说《太仙漫稿》外，其他皆散佚。

与韩邦庆同辈的作家孙玉声的《海上繁华梦》也可划入狭邪小说范畴。孙玉声(1862—1939)，字家振，别署海上漱石生、海上警梦痴仙漱石氏，上海人，他是中国新闻界的老前辈。《海上繁华梦》的初集、二集和后集陆续出版于 1903—1906 年。

孙玉声在将自己的作品与韩邦庆的《海上花列传》相比时，他是有点洋洋自得的。他的作品行销虽然远比《海上花列传》要广，知名度亦高，但它的代表性是无法与《青楼梦》、《海上花》、《九尾龟》相提并论的，而其文学性则又在《海上花列传》之下，因此，在文学史上的地位也必然较低。与同类作家作品相比，他的创作意图较为从众，所反映的狭邪生活也相对一般。他在书中着重写了“酒”、“色”之误人。与其他几部作品的不同的地方是更强调“因果报应，彰彰分明”，但这个观念也似乎太陈旧了，使他无法写出新意来。另外稍有不同的是，他喜写“浪子回头”。在第 1 回中，谢幼安的梦境中就预示杜少牧要走一段堕落的道路。果然，杜少牧在花丛中愈陷愈深，几不能自拔，此时他耳根特软，毫无定力；后来写其转变，又判若两人，心坚如铁，热肠侠骨。作为说教，浪子回头金不换，似乎是积极的意图；但是人物性格却前后显得不够统一。这样的转变者在《海上繁华梦》中是不少的。

---

〔1〕 鲁迅:《中国小说史略·第二十六篇　清之狭邪小说》,《鲁迅全集》第 9 卷第 266—267 页，人民文学出版社 1981 年版。

孙玉声在《海上繁华梦》中,写了几个外国狎客,倒是当时其他作品中所无的。但由于对外国人了解不多,总没有写中国的狎客那么生动。作品还涉及租界中的济良所和官厅捕房,有过于美化之嫌。如谈及租界捕房时,说是"况且西人办事公正,一来不要使费,二来不肯耽延,三来不受嘱托,你可大胆报去,包你一告便准,一准便可提人"[1]。说到收容被恶鸨虐待的妓女,使其从良的济良所时,又说是"所中办事,一秉至公。虽然并无熟友,既有公信前去,必定立时查办,决无置诸不理之事"[2]云云。

《海上繁华梦》的作者既是一位长期在报社中任主笔的人,他对文学的商业效应当然也是十分看重的。他的小说之所以一续再续,就是由于小说出版之后,能受到读者的欢迎,书卖得出去,他就在初集、二集印行后,马上再写后集,合成100回,上百万字。以后又撰写《海上繁华梦续集》,又是近百万字。但这样一续再续的结果是,作品的质量也愈来愈单薄。

《海上繁华梦》虽在狭邪小说类中不能算是上乘之作,但它也有自己的特色,亦可令人叹为观止。那就是他的作品中有丰富的上海民俗资料。古皖拜颠生在《〈海上繁华梦〉新书初集序》中说:"痴仙生于沪,长于沪,以沪人道沪事,自尤耳熟能详。"[3]在沪人道沪事这一点上,孙玉声的确有他的小说的特色。要了解清末的沪上风土人情、民俗民风,它是一座富矿,可令你左右逢源,美不胜收。因此,我们将这部作品的重点阐说,放在通俗小说中的上海地域特色的专节中去叙说。

第六节 "才子+流氓"的嫖界恶少章秋谷

——溢恶成癖的《九尾龟》

鲁迅以如炬的目光赋予《九尾龟》以中国小说史上的应有地位。主要论点有二:一是它可称得上是狭邪小说类中的"溢恶"代表作;二是他觉得《九尾龟》中的主人公章秋谷有一定的典型性。鲁迅说:

> 一到光绪末年,《九尾龟》之类出,则所写的妓女都是坏人,狎客也

〔1〕《海上繁华梦·后集》第36回,《中国近代小说大系·海上繁华梦》(下)第1155页,江西人民出版社1988年版。

〔2〕《海上繁华梦·后集》第38回,《中国近代小说大系·海上繁华梦》(下)第1178页。

〔3〕拜颠生:《〈海上繁华梦〉新书初集序》,《中国近代小说大系·海上繁华梦》(上)第3页,江西人民出版社1988年版。

像了无赖……并且故意夸张，谩骂起来……[1]

才子佳人的书盛行了好几年，后一辈才子的心思就渐渐改变了。他们发见了佳人并非因为"爱才若渴"而做婊子的，佳人只为的是钱。然而佳人要才子的钱，是不该应的，才子于是想了种种制伏婊子的妙法，不但不上当，还占了她们的便宜，叙述这各种手段的小说就出现了，社会上也很风行，因为可以做嫖学教科书去读。这些书里面的主人公，不再是才子十(加)呆子，而是在婊子那里得了胜利的英雄豪杰，是才子十流氓。[2]

然而为盗要被官兵所打，捕盗也要被强盗所打，要十分安全的侠客，是觉得都不妥当的，于是有流氓。和尚喝酒他来打，男女通奸他来捉，私娼私贩他来凌辱，为的是维持风化；乡下人不懂租界章程他来欺侮，为的是看不起无知；剪发女人他来嘲骂，社会改革者他来憎恶，为的是宝爱秩序。但后面是传统的靠山，对手又都非浩荡的强敌，他就在其间横行过去。现在的小说，还没有写出这一种典型的书，惟《九尾龟》中的章秋谷，以为他给妓女吃苦，是因为她要敲人们竹杠，所以给以惩罚之类的叙述，约略近之。[3]

从上述的三段引文看来，鲁迅是非常肯定《九尾龟》的史的价值的。特别是对章秋谷这个才子加流氓型的人物，鲁迅作了多次很深刻的发挥。由于鲁迅的视角独到，也就能道"人所未道"。相对而言，胡适对《九尾龟》的评价就较为一般化：

《海上繁华梦》与《九尾龟》所以能风行一时，正因为他们都只刚刚够得上"嫖界指南"的资格，而都没有文学的价值，都没有深沉的见解与深刻的描写，这些书都只是供一般读者消遣的书，读时无所用心，读过毫无余味。[4]

---

[1] 鲁迅:《中国小说的历史的变迁》,《鲁迅全集》第 9 卷第 339 页，人民文学出版社 1981 年版。
[2] 鲁迅:《二心集·上海文艺之一瞥》,《鲁迅全集》第 4 卷第 292 页，人民文学出版社 1981 年版。
[3] 鲁迅:《三闲集·流氓的变迁》,《鲁迅全集》第 4 卷第 156 页，人民文学出版社 1981 年版。
[4] 胡适:《海上花列传·序》,《胡适文存》第 3 集第 367 页，黄山书社 1996 年版。

关于胡适的见解，鲁迅也是同意的。鲁迅也认为，此书的风行的原因之一是“因为可以作嫖学教科书去读”，但他还生面别开，看到它是“溢恶”代表作和人物形象的代表性这两点。

此书在上海颇有影响，在北方也有不少读者，尽管其中夹杂着许多“苏白”。1922年11月14日，北京高等师范趁建校14周年纪念，对来校参观者进行了一次“民意测验”。有一题是“你最喜欢读的中国旧小说是哪一本”，有数票是投的《九尾龟》。[1] 了解当时这段生活和史实的秦瘦鸥回忆说：

> 我清楚地记得，抗战前不久，走进上海那些大学或中学的宿舍，还可以在不少同学的枕边发现这部“巨著”。其影响之深且远可以见矣！
>
> 为什么它会特别走运？照我看大概有两个原因：首先是《九尾龟》这个书名怪得好！不像《海上繁华梦》之类那么平淡。据说《九尾龟》的作者张春帆是把这个书名当作诨号送给他小说里的一个人物的。那人是个大官（很可能指的是盛宣怀），娶了不少妾侍，却无力周旋，以致广田自荒，每个妾侍都有了“情夫”，作成他做了九尾之龟。也有人说这书名是从上海一句谚语“嫖久成龟”上化生出来的。究竟如何，现在也无法考证了。反正这书名很怪，不大有人懂得，因此倒大大地吸引了人。还有一个原因是这部小说情节很热闹，人物也多，故易于抓住读者，但其庸俗无聊，今天看来，真是会令人作呕的。[2]

秦瘦鸥的第一个原因是一语中“的”的；而第二个原因的批判性太强，属于简单的扣帽子性质，不宜看成史评。作者将这部书命名为《九尾龟》，又给它取了个副题《四大金刚外传》（指上海滩妓界四大金刚），仅不过以此做个“提头”，目的是为了哗众取宠，吸引读者。漱六山房在书中就老实告诉读者：“须知在下这前半部小说，原名叫作嫖界醒世小说，不过将九尾龟做个提头，下半部方是九尾龟正文。”其实，这部192回的长篇小说的下半部也不光是九尾龟“正文”。真正说到所谓“正文”者，仅是第79回至80回，和第115回至127回，前后共15回书，不过占全书的十二分之一。《九尾龟》的正文和主人公，倒是一个与九尾龟康己生不搭界的嫖学大家章秋谷的半生“光荣史”。

---

〔1〕 见1923年1月5—9日《晨报》副刊。

〔2〕 秦瘦鸥：《闲话“狭邪小说”》，《小说纵横谈》第75—76页，花城出版社1986年版。

在《九尾龟》的开端，作者就在章秋谷头上加上一圈灵光：说他有"万斛清才，一身侠骨"，"出身贵介，自幼习武"。作者又给章秋谷戴上种种桂冠，什么"风流才子，诗酒名家"，"当今侠客，当世奇才"……总之，是位才兼文武的"当代英雄"。郑逸梅为张春帆写小传时谈及这个人物的原型"阅历欢场，颇多闻见，于是酒杯块垒，绮梦莺花，写成《九尾龟》一书……书中主人章秋谷，即作者影子也"[1]。在作品中，正当22岁的章秋谷就自夸，在嫖界已有5年刻苦自学的资格，达到了"阅历甚深，十分精细"的高超水平，被公认为"花柳惯家，温柔名手"。为了让他成为妓女们的追逐对象，作者将他打扮成一个"美男子"——一派"英风锐气"的男子汉。当在嫖界发生争执而要诉诸武力时，这位翩翩书生又忽然施展出高超的武艺和惊人的膂力。因此，"文"他可以"下笔如风，文不加点"，"武"他又是"十分安全的侠客"，"对手又都非浩荡的强敌，他就在其间横行过去"。为了表明他从不以挥霍银钱去收买名妓的青睐，作者又设计章秋谷不过是"中人之产"，现在仅是"中产之家"。但他能用别人的四分之一或五分之一的钱，就把自己打扮成豪贵阔客，既买得自己在场面上的声名，又能使倌人感到"实惠"。再加上他在嫖界能打抱不平，"专取一时快意"，能出奇制胜地长嫖界同道之志气，灭倌人名妓之威风，于是声誉大振，威望日增，他成了为同道翻本争气的保护神，成了敲竹杠、砍斧头的妓女的克星。书中一再夸他"眉头一皱，早已想出一个法儿"。连他的姨太太、他的好朋友都当面说他"忒嫌刻毒"、"奸巧刁钻"，用地道的苏白，就是"刁臬"和"挖掐"。这个油滑少年、洋场恶少的典型形象在文学作品中一出现，一度成了冒险家乐园中的时髦的宠儿，仿效者不乏其人。鲁迅在30年代初谈及上海电影时，也讲到章秋谷影响深入到了银幕之上：

> 现在的中国电影，还在很受着这"才子+流氓"式的影响，里面的英雄，作为"好人"的英雄，也都是油头滑脑的，和一些住惯了上海，晓得怎样"拆梢"、"揩油"、"吊膀子"的滑头少年一样，看了之后，令人觉得现在倘要做英雄，做好人，也必须是流氓。[2]

作者漱六山房（张春帆，1872—1935）一再标榜，他写的《九尾龟》是一部醒世小说，也即"溢恶"的目的是为了醒世："在下做这本书，一半原是寓言醒

〔1〕郑逸梅：《张春帆》，魏绍昌《鸳鸯蝴蝶派研究资料》第482页，上海文艺出版社1962年版。
〔2〕鲁迅：《二心集·上海文艺之一瞥》，《鲁迅全集》第4卷第293页，人民文学出版社1981年版。

世，所以上半部形容嫖界；下半部叫醒官场，处处都隐寓着劝惩的意思，好叫列位看官看看在下的这部小说，或者有回头警醒的人。这也总算是在下编书的一片苦心，一腔热血，并不是闲着笔墨，旷着功夫，去做那嫖界的指南，花丛的历史。”（第 33 回）“列位看书的酒罢茶余，消遣世虑……能遣此寓言醒世，俳语成文，东方滑稽之谈，南国烟花之史……借这青楼中冶叶狂花的姿态，做一部世界上劝人讽世的清谈，把那些上海滩上以前的四大金刚，以后的十二种花神都一股脑儿收聚拢来，做了这一部小说中间的资料，这也总算是现身说法，皆大欢喜了。”（第 127 回）作者的这种做书的目的，得到同道们的首肯，如袁寒云为该书作序时说：

人争为小说，日进从繁，而巨作之中，能无支蔓者鲜矣。前以李伯元、吴趼人称野史之雄，后者李涵秋、张春帆负谲谏之望。[1]

袁寒云将作者与李涵秋并列，指出他们的共同特色是“谲谏”——谏劝时不直言过失，在现身说法中亦隐约其词，使读者于“回头警醒”中自悟。

鲁迅对这类溢恶癖的小说的手法是有所揭示的：“仅欲摘发伎家罪恶之书亦兴起，惟大都巧为罗织，故作已甚之辞，冀震耸世间耳目……”[2]第 75 回“撩云拨雨夜渡银河，辣手狠心朝施毒计”中，写四大金刚之一的妓女张玉书为了收服嫖客的心，竟在莲子汤里下了泻药，使嫖客病倒在妓院；然后虚情假意，衣不解带地日夜侍候，终于征服了嫖客的心。后又假意死心塌地要嫁给嫖客，结果是将嫖客的钱财——上万两银子一卷而远遁。无独有偶，在第 76 回“假温柔瘟生中计，真淴浴名妓私奔”中，妓女范彩霞则在嫖客的杏仁露里下安眠药。总之，这“深情”的“假”，是为了“温柔”的“骗”，在这深情的温柔背后，却是无情的铁硬的“敲”和“砍”——敲竹杠和砍斧头。以上这些情节，并非是现实生活中没有，但一部书从头至尾全是罗织些“九尾神狐，通天魑魅”的“千变万化，层出不穷”的哄骗伎俩，就成了溢恶成癖了。

以写倡门小说著称的何海鸣对张春帆出格地推崇：

描摹海上花事的小说，以《九尾龟》为最上乘，盖《九尾龟》之作者，

〔1〕 袁寒云：《九尾龟·序》，《九尾龟》第 1 页，新文化书社 1937 年重版。

〔2〕 鲁迅：《中国小说史略·第二十六篇　清之狭邪小说》，《鲁迅全集》第 9 卷第 267 页，人民文学出版社 1981 年版。

有胸襟，有感慨，有本事，兼有文才也。予爱慷慨淋漓之小说，予尤乐闻溜亮宛转之苏白，《九尾龟》兼而有之，使人意也消矣。〔1〕

《九尾龟》承袭《海上花列传》的语言格局，但又有它自己的处理方法。《海上花列传》以普通白话记事，以苏白方言记言。但《九尾龟》语言的奇特的处理手法是：妓女一律用苏白，除妓女以外的人一律用普通白话，记事和作者的叙述语言也均用普通白话。更奇怪的是，妓女一旦从良，就马上改为普通白话。例如陈文仙一嫁给章秋谷做姨太太，语言就为之一变。这似乎与“地域神味”无多大关系了，只不过取妓女的“嗲劲十足”而已。所以作者的笔下虽有“溜亮宛转之苏白”，但仅为向嫖客灌迷汤而设，苏白方言不过为一个“嗲”字服务，就看出他的目的太过于褊狭了。

作为“嫖学教科书”，当然会涉及“性描写”，但《九尾龟》也有自己的处理手法。它将此类语言尽量抽象化，它靠特定的隐语加以表达。作者在此类事面前，常用四六对仗骈俪体，因为千篇一律，也就显得概念化。下面举一个算是很“露骨”的例子：

他们两个人，一个是半老徐娘，一个是江南名士。鸳鸯颠倒，春风半面之妆。云雨荒唐，锦帐三生之梦。掩灯遮雾，对影闻声。轻躯昵抱之时，玉体横陈之夜。这一番情事，好像天外飞来的一般。

这是第111回中章秋谷与伍家舅太太的一次苟合。凡涉此类事情，作者总是用几句大同小异的四六体来交代。再简单一些就用一笔带过的办法：“这些媟亵的事情，在下做书的也不来细细说它。”所以《九尾龟》中的色情场面的描写，比起《金瓶梅》来，少而不露。综上，《九尾龟》的语言是一种作者自己设定的“三分法”：一类是妓女说的苏白，一类是记事和其他人物所用的普通白话，一类是性描写所用的文言四六骈俪体。

《九尾龟》的情节设计以章秋谷为贯串人物。由他去看或去接触一个个新出场的人物，然后用一两章的篇幅介绍此人的经历，大致是在嫖界受了委屈，要章秋谷“主持公道”云云。其中九尾龟康己生的情节，又与章秋谷基本无关，所以作品整体结构是没有内在逻辑的一种偶合与罗列。不无重复地

〔1〕 何海鸣：《歇浦潮·序》，《九尾龟》第2页，新文化书社1937年重版。

津津乐道堂子大骗局，否则怎么能拼凑至12集之多，更何况还有喋喋不休的续集。

张春帆除了《九尾龟》这部代表作外，创作路子还比较宽泛。阿英曾介绍说：

> 漱六山房张春帆所著小说，最为人称道者，为写清妓院生活之《九尾龟》。实则张氏所著之《黑狱》，其价值乃高过《九尾龟》十百倍，乃真可称，然绝不为人所知。《黑狱》系写鸦片战争前夜之小说……所描写的，都是鸦片输入后，在广东所造成的种种恶果，自官吏以至小民。此书之写实性甚强。即书中之事实，足见官民间因鸦片所引起的种种纠纷之日趋严重，而必然引起大的"激变"，此"激变"，即清醒之官民，必有一日起而拒鸦片之再输入，而不惜种种牺牲以完成之。读此册后再阅其他鸦片战争小说，可知中英鸦片之战，其发生实有悠久之前因。[1]

这是我们评价《九尾龟》时还应了解的作家的另一个侧面，也是我们全面评价张春帆的一个不可忽视的领域。至于《黑狱》，则留待在考察社会小说时再进行述评。

第七节 "描写倡门疾苦的第一圣手"
——民国倡门小说发轫者何海鸣

民初，继承清末狭邪小说分支的是民国倡门小说。鸳鸯蝴蝶派作为通俗文学中的一大流派，为什么不用鲁迅所命名的狭邪小说，而自己约定俗成地用"倡门小说"之名呢？这里面并没有深意。仅不过因为在他们写此类小说时，鲁迅还没有在北京大学作"中国小说史"课程的讲义，《中国小说史略》也还未出版。因此，倡门小说这个命名倒是在鲁迅命名狭邪小说之前的。在鸳鸯蝴蝶派作家看来，以北里、平康等来命名，不若以倡门命名更为通俗易懂。跨进堂子也就是入了倡门，以堂子、妓院为题材的作品不若以"倡门小说"命名为通妥。在二三十年代，写倡门小说的代表作家有何海鸣和毕倚虹，在40年代有周天籁。当然，在鸳鸯蝴蝶—《礼拜六》派中写此类题材的

〔1〕 阿英：《小说三谈·国难小说丛话》第1页，上海古籍出版社1979年版。

大有人在，在周瘦鹃主编的《半月》和赵苕狂主编的《红玫瑰》等杂志上还出版过《娼妓问题专号》，他们将娼妓的存在是作为一个社会问题来加以研究的。1926年，周瘦鹃还为大东书局编辑出版过《倡门小说集》。但虽然此派同仁都颇为关注这一题材，不过真正写出此类好作品的，还是以毕倚虹的长篇《人间地狱》、短篇《北里婴儿》，何海鸣的长篇《十丈京尘》、中篇《倡门红泪》、短篇《老琴师》和周天籁的长篇《亭子间嫂嫂》为最脍炙人口。像何海鸣、毕倚虹这样的作家，就可以凭他们所写的民国倡门小说，在中国现代文学史中占一席之地而无愧色。当然，有的作家虽偶一为之，也有卓著成就者，如包天笑的《烟篷》，就是文学水准极高的倡门短篇之一。民国的倡门小说与清末的狭邪小说的不同就在于将欧风东渐中的人道主义精神融化到小说中去。她们不是什么溢美或溢恶的对象，而是同情的对象。在何海鸣的倡门小说中，喊出了"妓女也是一个人"的呼声，提出了"不能违犯人道，蔑视女子人格"，"还妓女以自由意志"的"原则"。鲁迅在《中国小说史略》里曾为我们描摹过一个清末人情小说狭邪化的文学发展线路，但到了民初，狭邪小说却经历了一个人情化、人道化的过程。我们应该将这一文学发展路径看成是一个"螺旋形的上升"，它既不是历史的重复，更不是历史的倒退，而是一种螺旋式的升华。

其实，也许毕倚虹的文学成就高于何海鸣，但要论述民国倡门小说，还应该从何海鸣说起，因为他是公开高擎着倡门小说的旗帜，毫无顾忌地前行的作家。在《倡门小说集》中，一共发表了11个短篇，他一个人就占了5篇，成了这本小说集中的主力和台柱。[1] 而他在通俗作家群中的确也还有不可忽视的多方面的成就。今天，作为一个出土文物，是应该对他有所较为全面的关照的。

何海鸣有着非常复杂的历史。在辛亥革命前后，他曾叱咤风云，做过大将军和讨袁司令。他原名时俊(1891—1945)，湖南衡阳人，笔名有一雁、衡阳孤雁或求幸福斋生、求幸福斋主等，生于广东之九龙。7岁时，英国强迫清政府租借九龙半岛，激起幼年之何海鸣的义愤。"既长，辄嘘唏向人，谓不知今生尚能重见其复为中国疆土否?"[2]15岁只身游鄂。清末投湖北第21

---

〔1〕《倡门小说集》中何的作品除《老琴师》之外还有《倡门之子》、《倡门之母》、《温文派的嫖客》、《从良的教训》等。周瘦鹃编《倡门小说集》，大东书局1926年版。

〔2〕 赵苕狂：《海鸣小说集·本集著者何海鸣君传》第1页，大东书局1924年版。

混成协第41标1营当兵，参加群治会社，受革命思想之影响。因在军中谋起事，又常向汉口报纸投稿，受到警告处分，他自请退伍。任汉口商业报和大江报记者。因发表《亡中国者即和平也》短评，受到官方严密的注意。后又发表黄侃与之呼应之文章《大乱者救中国之妙药也》，大江报被封，何被判一年半徒刑。辛亥革命成功，即出狱。“革命同志派他陪伴黎元洪，费了一天一夜的唇舌，黎才说：‘只好跟你们小孩子拼上一拼。’”[1]何海鸣也出任汉口军政分府少将参谋长。更值得一书的是癸丑南京之役，使他名震一时。1913年宋教仁遇刺案发，中山先生力主讨袁。7月15日，先是黄兴入南京宣布独立，组织讨袁军。“29日南京革命军总司令黄兴援绝遁走”。[2]此时何海鸣寄寓上海《民权报》馆，撰文骂袁反黎，得悉南京空虚，即向中山先生请命，于8月8日抵宁，自任讨袁军总司令，与张勋率领之北军鏖战24日。天堡城五得五失，直到狮子山炮声寂然，辫帅才敢入城；最后隔着一道城墙又交火五日五夜，浴血苦战至9月1日，南京才完全陷落。何海鸣回忆道：“癸丑秋，9月1日，金陵城破，集败军战于雨花台，台陷，兵尽窜，炮弹如雨下，予憩于草地，倦极，歌声乃作，同辈力止之，此情此景，使人不忘。”[3]作为一位失败的英雄，他浩天长歌。不久东渡日本为亡命客。他自述其丰富的生活阅历时说：

> 予生二十余年，曾为孤儿，为学生，为军人，为报馆记者，为假名士，为鸭屎臭之文豪，为半通之政客，为二十余日之都督及总司令，为远走高飞之亡命客，其间所能又经过者，为读书写字，为演武操枪，为作文骂世，为下狱就审，为骑马督阵，为变服出险，种种色色，无奇不备。[4]

这样丰富而扣人心弦的生活，使他的创作路子非常宽阔，使他敢于去触及多种多样的题材。他在《我作小说之经过》中说，他“颇思于社会小说上多费气力，间及于军事、言情、侦探诸作。如倡门小说，惟于主编指定征集时，始一为之，然世人始终以倡门小说家目我，我亦无如之何也”。[5]在这个做过“大将军”的人的头上冠以“倡门小说家”的徽号，他也并不自辩，亦无忌讳。这其

[1] 贺觉非：《辛亥革命首义人物传》(下册)第403页，中华书局1982年版。

[2] 叶楚伧等主编：《首都志·历代大事表》第1529页，正中书局1935年版。

[3][4] 《求幸福斋随笔》第10、24页，民权出版社1917年再版。

[5] 何海鸣：《我写小说之经过》，《红玫瑰》第2卷第40期，1926年7月28日出版。

中有他自己的内在思想逻辑："予流落江湖二十年，惟妓中尚遇有好人。"所以当政坛矛盾纠结难解时，"乃又复纵情于北里"。不能侧重去理解何海鸣的沉湎于倡门是为了"纵欲"，而是在他苦闷时欲求解脱而"纵情"——贾宝玉式的纵情。因此，说他是倡门小说家，他也是乐意的。他在为自己的《海鸣诗存》起草广告时，索性自我介绍道："作者工于倡门小说。"[1]

要评价何海鸣的倡门小说，我们认为应该从他的短篇小说谈起，因为可以这样说，何海鸣是这一通俗流派中写短篇最好的作家之一。要写好短篇，他是有过严格的自律的。1921年初，他说：

> 我很想与小说界几个卖文的同志先将短篇小说认真地作几篇，成一种现代中国短篇小说的完成作品……慢慢地由于抬高现代中国短篇小说的价值，紧挨上世界文坛上去……我们做小说出卖的人倘若肯大大地努力，将小说的价值抬高，国人知道这是一种重要的文学，人生都应该有这种东西来安慰……我既然想做小说界努力向上的一分子，我此后的出品，第一、每篇有每篇的用意，不肯毫无所为而做；第二、不肯敷衍多凑字数。[2]

此后，他的确写出了一些很好的短篇，1921年底，他将一篇倡门短篇《老琴师》寄给《半月》杂志，并给编者周瘦鹃写了一封信。信中说："我有一肚子的小说，想要做，叫世人知道我不是没心胸的。"用白话体试作的《老琴师》刊出后，"颇得阅者赞许，即新文学家亦有赞可者。我遂决心为小说家矣！"[3]通俗小说家皆以章回体长篇和笔记体短篇为自己的"强项"，而何海鸣在下文海时却以短篇小说作为他的竞技项目，他敢于去扶持通俗小说的"弱项"，不"避短"而努力去"补短"，可谓有眼光，有抱负。他誓以通俗短篇小说之成就向世界文坛靠拢，这不得不算是一个宏大的志愿。我们不一定能说他已完成了他宏大的志愿，但我们能肯定他是当时通俗文坛上写短篇小说的佼佼者。与纯文学的短篇小说家相比，他可以毫无愧色地说：这是"每篇有每篇的用意"的成熟的短篇小说。何将军写的军事小说《孤军》，绘声绘色，扣人心弦；《一个枪毙的人》具有深刻的哲理内蕴；《先烈祠前》是优

[1]《介绍·〈海鸣诗存〉出版》(广告)，《家庭》第8期(1922年8月)。
[2] 何海鸣：《求幸福斋主人卖小说的说话》，《半月》第1卷第10号(1922年1月)。
[3] 何海鸣致周瘦鹃的信，《半月》第1卷第7号(1921年12月)。

秀的社会小说，但也与倡门题材有关；而《老琴师》和《温文派的嫖客》则是倡门小说中的上乘之作。

《先烈祠前》是写民国的新军阀——某镇守使对为缔造民国的先烈的大不敬，从而发挥了作者对社会的大讽刺。民国法令有每逢国庆节祭奠先烈的典礼，可是这位一字不识的反革命起家的镇守使却认为大可不必，他对姨太太说："说了半天，原来说的是革命党，我生平最讨厌这种人，有好几次在前敌上，也不知由我杀的多少。今天叫我去祭他，配吗？"这位通文墨的姨太太是他在倡门中买来的，全衙门的笔墨事情，外靠朱师爷，内就仰仗这位姨太太做他的读公文机器了。用他的话说："没有你，我这个官简直做不来。"可是这位姨太太却是个烈士之女，就因为父亲为国牺牲后，才沦落倡门的。她再三向镇守使解释饮水思源的道理，但得到的回答是："你真是个迂夫子，你猜政府果真尊重什么先烈吗？如今做大官的，哪一个没有杀过革命党！"当他知道自己的岳丈也是先烈时，他惊讶一阵后说："看你的分上，我丈人总不能不认，明天，我一准去磕几个头，尽一尽我当女婿的孝心。"可是到了先烈祠前，有烈属请愿要求抚恤时，他又像疯狗般地咆哮："卫队们，拿刺刀和枪托子开这些东西！"他又经姨太太的一番劝说，愿变卖自己的首饰去周济遗孤，他才理解为做好事，积功德，说不必变卖首饰，他拨款就是了，但要大家高呼"谢太太恩典"！出尽洋相后，

> 镇守使特跑到神座边，撑起那昏花老眼，向那一方方的牌位细细寻找，又喃喃自语道："她姓李，那个李字我还认识。这里有三四座姓李的牌位，究不知哪一位是我真正的岳丈。"她在旁听明白了这句问词，瞟了她丈夫一眼，微微苦笑道："你不要发痴了，我虽已认出来，却断断不能告诉你。我还要替我那做烈士的父亲留一点面子，不愿叫人家听了当笑话说呢。"

这结尾结得精彩，全篇内涵也深刻。作为辛亥革命的首义人物之一的何海鸣对民国的看法是充满了苦涩而辛辣讽刺的。这位倡门出身的姨太太觉得这样的祭奠简直如儿戏一般，一个庄严的典礼，变质成了认丈人的滑稽剧，令人啼笑皆非。这镇守使无姓无名，不过是一群杀革命党起家的民国大吏中的一员而已。这不由让我们想起鲁迅的《头发的故事》中所说的话："他们都在社会的冷笑恶骂迫害倾陷里过了一生；现在他们的坟墓也渐渐在忘却里平塌下去了。"可谓沉痛！

《先烈祠前》是一篇社会小说，但倡门中人的形象是令人起敬的。而《老琴师》是一篇以老琴师为视角的纯粹的倡门小说了。这是一篇字字作沉痛声的咏叹调：那位老琴师是在北京八大胡同各家清吟小班里教曲子最有名气的教师爷。3 年前在一家“南边班子里收下一个极有天赋的只有十二三岁的女徒弟。在老琴师的和蔼可亲的悠扬的琴声中，她肯尽心尽意地学”。这位名叫阿媛的女弟子的那种天然的美和人生的真，直打入老琴师心坎以内，感动得要掉下泪来。所以这老琴师格外欢喜这个女弟子，将毕生的歌剧艺术，都十分诚恳地一样样传授了她。3 年学成，老鸨给她的人生的责任的头一步就是出堂差条子，在他人酒席筵前唱曲子给人家听。这老态龙钟的老琴师则整日价颤巍巍地拿着胡琴紧跟在她身后。她虽不愿意唱给那些侮辱与玩弄她的俗物听，可是当她“高唱入云的时候，自己对自己得着一个很大的安慰。她唱得高兴，自然就会自己安慰自己，说这是唱给我自己听的，或者是师傅听的，再或者是邻座姐妹们听的，他们都道好，自己也觉得真不错”。但当她唱红了一年多之后，歌剧艺术的完成又使她的身体出脱得美丽了，于是这老鸨与急色的嫖客就“要在这盛名之下艺科名妓的洁净肉体”。“那位老领家妈妈不懂得什么叫做女子的贞操，更不懂得什么叫做艺术家的人格，她只知道倡妓卖身是法律上许可的商业卖买行为”，于是将这处女的贞操像拍卖一样给了一个出价最高的军官；他“在那国库支出的兵饷内克扣了一笔，约末有五千多银子，悉数拿出来孝敬这位老领家妈妈，便如冲锋陷阵慷慨赴义一般，得了这注头标，足够北京全城政学军商各界的冶游家，不约而同地发生一种羡慕和妒忌”。就只隔了这蹂躏的一夜，这女孩子的嗓音就变了，由清脆变成了粗浊：“咳！这个天生的女艺术家，给昨晚一宵轻轻地毁了。可怜她人生问题中两大部分——贞操和艺术，都被万恶的金钱断送给那军官大爷了。”而他呕尽心血教成的女弟子从卖唱生涯一变而为卖皮肉的生涯了。当阿媛病得十分沉重时，那军官大人硬逼着她唱得高耸入云，她万分支持不下时，他暴跳如雷，准备唱死她。

阿媛刚刚唱了一句，在那尾音上一口气接不上来，心里一急，哇的一声吐出一口鲜血来。恐怕被人看见，一只手用手巾遮住嘴一只脚便在地毯上乱擦，想擦碎那块鲜血。老琴师一清二楚地看在眼中，心里如刀割的一般，蹦的一声，——上帝呀，他看在上帝的面上，拿出一百二十倍的勇气，做出一种重大价值的破坏——是世界上公理、正义、人道所许可的——哎呀，这老头儿老泪交流，下了一个决心，把他恃为生活的一根琴弦，故意的弄断了……老领家妈妈急忙跑过来，叫了声："师傅，快点儿接了弦再拉。"老琴师发出一种极悲惨的冷笑，轻轻说道："这是要人性命的勾当，我老头子不干了。"把胡琴往地上一扔，立起来就走……老琴师跑出院中，还在那里痛哭流涕地直嚷，说他们在那里杀一个无罪的人，我救不了她，我也不能眼睁睁地看她死。完了，完了！我不干这个造孽的事，不吃这门害人的饭了。说完就此出去，便没人知道他的下落……

这是一篇描写真善美被毁灭的哀歌，这是一声金钱肆意残害艺术的血泪控诉，这是一曲老琴师用生命去抗争那些蔑视人的尊严的恶势力的颂歌。作者是用一种激越沉痛的声音，用自己的爱憎去抒写文字。

《温文派的嫖客》也是挖掘得非常深刻的一篇小说。这个文质彬彬的嫖客，不仅玩弄那妓女的肉体，还以玩弄妓女的真感情为快感，当她有了向上的心时却无情地扼杀了她的希望。作者指出，他的残酷的程度较之流氓拆白党嫖客尤甚，这是最不人道的"心灵的屠杀者"。

在写作短篇获得成功的同时，何海鸣开始在《半月》上连载他的长篇小说，他的那部《十丈京尘》在杂志上连载了长达两年之久。《十丈京尘》的主干情节线索是写一位失意的政客刘子壮，在情场中找寻心灵的安慰；写他和妓女冰尘之间坦诚相见和体贴入微地互为照拂。此类关于嫖客与妓女之间的关系，其他的倡门小说中也曾写过，如下文要分析的毕倚虹的《人间地狱》等。但何海鸣的不同之处是将那些与他相悦的妓女看成是失败的英雄身边的"虞姬"。他曾有一句名言——也许是狂言："人生不能作拿破仑，便当作贾宝玉。"[1]他还据此而发挥："流亡东瀛后，闲无一事，欲编一项羽传，名曰《楚霸王》，以少参考书而罢。一日抑郁甚，信口吟七律一，其词曰：'人生如梦复如烟，明日白头今少年。不向风尘磨剑戟，便当情海对婵娟。英雄儿女堪千古，鬓影刀光共一天。没个虞姬垓下在，项王佳话岂能传。'"[2]在这类小说中这个不得志的"拿破仑"，只好在青楼中权充贾宝玉了。就艺术水准言，他的《十丈京尘》并不比《人间地狱》出色。但除了发抒自己的郁闷之外，有些片段是相当精彩的，不过往往不是写狭邪内容的，而是充满了京味的特

〔1〕〔2〕《求幸福斋随笔》第1页，民权出版社1917年再版。

色：有些写落魄旗人的生活片段，简直让你想起了果戈理《死魂灵》的韵味，因此，我们将《十丈京尘》的重点放到北京地方特色的章节中去详述。

并不一定比《十丈京尘》高明，但写出了何海鸣的倡门小说个性的是中篇《倡门红泪》，这是写在《十丈京尘》之后于1926年出版单行本的中篇。名曰“红泪”，倒不是一出悲剧，它带着何海鸣式的浓重的哲理味道，也可以说是一部理想小说，心理小说，总之是很有个性和特色的倡门小说。作品中的女主人公是倡妓春红二小姐，男主人公是一位作家：被同行称为“描写倡门疾苦的第一圣手”。这当然是自画像的成分很浓的卖文为生者。分析这位小说家倒使我们能了解何海鸣的某些气质。当然只是气质而已，很多生活细节是无法一一去对照的。

这是一个曾经有过夫人而现在是独身的小说家，自称是一个精神恋者。他认为：“可怜中国的人男女社交不许公开，我是向来在平康队中寻些男女交际的乐趣。”他对妓女是“只尽义务，不求权利”，在倡门中纯是“清游”。他将自己的感情完全倾注于阿红一个人身上。他对妓女不是玩弄，而是从培育入手，简直将这位“出脱得十分浓艳、叫人越看越爱”的春红当成他“雕塑”的一件艺术品——是他“一生心血爱情的结晶品”。她万分愿意嫁他，他却由于种种原因不能娶她，又再三再四劝她择人而从，解决倡妓的人生终身大事——从良。她看中了一个外交官，要出嫁的前夕，她一再打电话来要他去送嫁，其实是欲向他“献身”。

> 草草吃完，筵席自有散时候，我会了钞，便欲告辞。但是只有怎么一次见面了，多谈一会算一回，多看几下是几下，明天就萧郎陌路，后会无期。我在此紧要关头，那里有这般勇气轻易舍割，一说便走呢？阿红的娘寻我开心，故意儿说道：“二少今天就不走了吧。”阿红也默默不语，含睇而立。我想了想道：“不可，我做了四年君子，要傻就应当傻到底。况且伊已是别人家的人了，我又何苦在这末一次把晤中，去践踏伊，蹂躏伊，难道是这末一次的自持，我竟办不到吗？”随即走向前与阿红握那末一次的手，说道：“阿红，我们就是这样散了吧。”阿红道：“老二……”可怜底下竟继续不出话来。我又道：“我们大家往后都保重些。”便又大胆无理的上前亲了一个末一次的热吻。恰好伊有点眼泪落下，我就将那滴泪咽在腹中，头也不回，就此走了，隐隐听着阿红的哭声，不知是伊不是伊……

可是一个妓女要从良也不是一件容易的事情。一方面是社会的邪恶势力抱着一种玩弄的心态,或是社会的惯性思想使她们不得好下场;另一方面是妓女受奢华浮嚣的习气的影响而产生品格缺陷,往往使从良不得好结果。但表现却是一致的——最终成了逃妾,社会上不分青红皂白,统称之为“淴浴”。这“淴浴”的名誉是很难听的,意思是妓女平日极为奢侈,欠下大笔的债款,又常以从良为借口,叫嫖客拿出大笔的钱为她赎身,为她还债,做了一个很短时期的“人家人”,就席卷大批财产而逃。阿红的成为逃妾是属于被她丈夫逼走的,还怀疑她与作家有染,因此阿红不想在北京存身,她孤身出走,流落到上海,连昔日的莫逆之交的作家也不知她的下落。在上海历尽各种险境,又飘流到济南、青岛、天津等地。她身上总背着一个“淴浴”的罪名,在社会上的人们看来是个“含着毒质而不可惹的人”。她休想再嫁人,难道她只配做妓女终其一生?她不甘心。于是她在天津实施一个“秘密”的计划——她要自己来培养一个“童养夫”,以完成她真正从良的目的。她要选择的培养对象有三个条件:

> 一要无爹无娘并无六亲的孤儿,二要年纪不得超过十四岁以上,三要资质聪敏多少读过些书。

> 惟有这种小孩子,年纪轻轻的天性全在。既因处境很穷,被我收留下来,将好吃的好穿的给他享用,容易感我的恩,领我的情。我一面把他的心买好,一面又施以教育,使他成为一个有学问有艺能的人。到相当时候,我嫁给他。

> 女人家的结果,无非是嫁人。淴过浴的妓女,没得好人要,只好自己费力特别制造一个好一点的人来做丈夫了。世界上有一种童养媳,你大概总知道的,我就仿这个法子,来找一个童养夫。

于是她为他请了教书先生,又请了老妈子,既是伺候他,又带有监督他的意思,不让他胡乱在外面跑,她希望他不受社会上的恶浊氛围的熏陶。这孩子开始确有感恩之心,可是这种长期的封闭式的教育,使孩子由反感而至于叛逆这种监狱式的生活,使他非采取革命行动不可。终于他不别而行,还写了一封措词很激烈的信。这伤透了她的心。她的“丈夫养成所”就这么垮台了。于是阿红产生了一种变态思想,认为:“从来女人们受男子的欺负,也不止一天了;我今天偏要弄一个男子来欺负欺负,替我们女子出出气。"但变态归变态,她的培养童养夫的计划却只落得一个笑柄而已。当时,阿红还有一条路可走,那就是有人劝她,买几个女小孩培养培养,将来自己做龟婆。但这条路是阿红死也不愿意走的。这时外面传言,阿红违背人道强占一个小孩做姘头,这使阿红几乎发疯,她大病了一场。作品的结局还是由这位与阿红重逢的作家出场,他承认阿红是"有价值有光荣的失败",并鼓励她自己"创造一个命运"。不是嫁人,更不是妓女式的倚从于嫖客的钱袋,而是使自己要有一种自立的能力,取得经济上的独立与自立。他们在西山脚下盖了草庐,买了意大利的孵鸡器和法国葡萄树从事生产,过着一种"新村"式的生活。他们跳出世俗间的夫妻制度的框范,"红粉疗愁,青山偕隐"。这位"描写倡门疾苦的第一圣手"说:

> 以名山胜水作背景,以旷野平原为舞台,比从前倡门斗室酒绿灯红歌筵舞席上,那般局促杂乱,实不只天上人间的分别,简直是天堂地狱的异同。古人携妓东山,传为佳话,虽也是别有怀抱,但谢安所携的是妓女,我所陪伴的是女友;谢安心中目中有妓无妓,我虽不能断定,然而他总是带着浪漫派的色彩;我们却是精神结合,互相尊重各自的人格,在神圣重大的生存意义上,为此组织,并非仅为娱乐起见,自信可以说得上前无古人咧。

《倡门红泪》是典型的何海鸣式的哲理加乌托邦理想式的倡门小说。22岁的阿红去培养一个十三四的小丈夫,是令人感到非常滑稽的,但值得令人深思的是,社会制造了倡妓,又彻底地毁灭倡妓为人的权利,她们左冲右突地要改变自己的命运,创造自己的未来又何其难呢。在这一挣扎的过程中,与其说阿红"制造"了笑料,不如说万恶的社会要彻底击垮她的"向善心"。在这里难道没有很深刻的哲理性的存在吗?至于解决的方案,何海鸣所开的药方当然只能是乌托邦式的幻想而已。不仅在小说中,他还在1922年发表《五十年后的娼妓》和1924年发表《废娼之我见》等随感式的文章,都是《倡门红泪》等小说的理论化。如他认为:"速行筹划女子生计,使女子生计均得安全后,然后始能为普遍之废止。"[1]

---

〔1〕 何海鸣:《废娼之我见》,《半月》第3卷第16期《娼妓问题专号》(1924年5月)。

1929年,《上海画报》载文《何海鸣潦倒沈阳城》:

求幸福斋主人何海鸣,固曾以文学鸣于时也,惜以潘馨航之介,而识张宗昌,而为宣传部长……一朝堕落。宗昌失败,何乃转辗于青岛、大连。驯至资斧不给,袱被于辽宁日站富士町五番地福兴和木器铺之小楼。自撰小启,求鬻文字,其启曰:"浮沉人海,年将四十,鬻字卖文,原我故业。况今天下承平,四民各安其生,不才既别无所能,亦惟有以鬻文字终老矣。"语意力求委婉,其遇弥可哀已。[1]

以后,不甘寂寞的何海鸣欲在政界再度出山以致步入了一个朝秦暮楚、卖身投靠的没落期。文字上也不复有昔日的豪气与才情。1945年,他在南京——轰轰烈烈的癸丑之役的故地,于贫病交迫中逝世。但他20年代的文章,也的确在通俗文坛上"鸣于时也",至今还留下绕梁的余音,供读者观览,供史家品评。

第八节 悟来纸醉金迷地 正是烟花地狱场

——"今之小说无敌手"毕倚虹

毕倚虹(1892—1926),江苏仪征人,也是一位通俗文学上出手不凡的大家。他像一颗闪亮的彗星,拖着悲剧的尾巴,过早地在通俗文坛的苍穹中熄灭了。但在他10年挂零的创作生涯中,为人间留下了数百万言,他的诗词、小论、杂著和短篇小说极多,且一生动笔写过10个长篇。他的短篇代表作《北里婴儿》与长篇代表作《人间地狱》均可划入倡门类,因此,我们就在这一节中来论述他的创作成就。

毕倚虹15岁就随父赴京,靠捐班买得陆军部郎中之职,还未成年就做起小京官来。1911年,他作为清廷外交官的随员准备出使新加坡。岂料一到上海,武昌起义成功,他就弃官从学,入江湾中国公学法政科。这位春明(指北京)的冗职闲官当上了民国学生。1914—1915年,其时包天笑任《时报》、《妇女时报》编辑,作为文字之交,荐毕倚虹入《时报》编外埠新闻和《余兴》副刊。1917年,包天笑创办《小说画报》,毕倚虹的第一部长篇《十年回

[1] 惜惜:《何海鸣潦倒沈阳城》,《上海画报》第517期(1929年10月15日)。

首》，以春明逐客为笔名，连载于《小说画报》上。《十年回首》原拟从丙午年(1906)毕投身社会写起，直写到丙辰年(1916)的生活经历。因《小说画报》停刊，发至21回即中辍。其父畏三公认为新闻界乃是非之地，要毕重回政界，并为之奔走到浙江萧山沙田局局长之职，使毕倚虹不得不遵父命，到"精神沙漠"中去再度品尝无聊的官僚生涯。不久，其父病逝，据说，亏空公款甚巨，私人财产悉被充公外，尚不足抵债。"中国的传统法例，是父债子还，于是毕倚虹便吃官司，被拘留起来了。"[1]但他毕竟不是刑事犯，仅不过软禁在衙门里而已。他的代表作《人间地狱》的前面几回就是在拘留时执笔的。从1922年1月5日起，连载于周瘦鹃所编的《申报·自由谈》上，至1924年5月10日，凡两年有余，计60回，共53万字。小说"脍炙人口"，毕氏也"名闻全国"。如1925年6月22日毕倚虹以《上海画报》记者身份，在沪采访张学良氏。"张第一语即莞尔曰：'吾与君虽第一次晤谈，然君之文字，已晤见久矣。'"袁世凯的次子洹上寒云(克文)称毕为"今之小说无敌手"。[2]严独鹤说："予事甚冗，于报纸所载长篇小说，未暇一一浏览。独于《人间地狱》则逐日披阅，无或间断，其感人深矣。"[3]严氏的结论是："予与朋辈，恒推倚虹为文坛唯一健将。"[4]

其父的债务由几位父辈老友料理后，毕倚虹释放重回沪上。包天笑回忆道："但是家已破了，财已尽了，房子早已充公，亲属亦且离散。"[5]于是毕只好卖文为生，因曾学法政，也挂起"毕振达大律师"的招牌。

他生平中还值得一提的是他首创三日刊的画报——《上海画报》。毕倚虹于1925年6月6日创办这一画报，6月6日是他的诞辰。印报的前夕，发生"五卅"惨案，毕毅然决定更换创刊初早已排好版的几期图文。他的友人于1929年该报创刊4周年时回忆说："四年前之五卅日，倚虹在天津路一室，草创《上海画报》。是日下午，予道经南京路，适遇学生流血惨案。退访倚虹，且同至红十字分医院，视察伤者。《上画》第一期之图及文稿因大更动。"[6]《上海画报》创刊号及时地反映了这一震惊中外之流血惨案。毕氏在编者按语中说："此次沪上发生空前之惨剧，南京路一带，戒备甚严。行人

---

〔1〕 包天笑：《钏影楼回忆录续编》，第57、58页，大华出版社1973年9月版。
〔2〕 引自陈灨一《人间地狱·序(七)》，陈序第1页，自由杂志社1930年再版。
〔3〕 严独鹤：《人间地狱·序(四)》，严序第1页，自由杂志社1930年再版。
〔4〕 严独鹤：《挽毕倚虹》，《紫罗兰》第1卷第13期《呜呼毕倚虹先生专号》(1926年6月)。
〔5〕 包天笑：《钏影楼回忆录续编》，第57、58页，大华出版社1973年9月版。
〔6〕 宝凤阁主：《四年前》，《上海画报》第474期(1929年6月)。

且不易通过，故摄影等事，无从着手。本社特请心心照相馆，于无可设法中，摄取数影付印，以供众览。”[1]在创刊号上摄影作品有《凄凉之南京路》、《南京路之西兵防守》、《学生在华界沿途自由演讲》、《学生大游行之一部》、《热心之学生捐募队》等。还有丁悚的揭露帝国主义暴行的漫画。文字则有毕倚虹自撰的《沪潮中我之历险记》，记述在惨案的当天，他险成西兵枪下之鬼。他激愤地写道：“租界者，中国之土地，以条约之关系租赁与外人者也。今租我土地者，对于土地之主人翁，如此之待遇，为主人者，其何能堪？思之，思之，夫何因而至此耶，余个人之历险，一极渺小之问题。余不惮琐琐而记述者，俾世人因余一人之历险，可以推测当时上海租界中居民之恐怖耳。”[2]以后几期均连续报导血案之余波。如第二期以首要篇幅刊登毕氏的《约翰潮》，报导圣约翰大学学生在爱国学生运动中与美国校长之争执；第三期则刊登大幅照片：《圣约翰大学及附中全体退学时之摄影》、《课堂中之激昂》、《出门时之一致》。

自毕倚虹创办《上海画报》后，海上“画报热”风起云涌。据资料统计，竟有 30 多家。所以毕氏说：“余稍稍引以自慰者，吾报未出世之前，海上无独立三日刊之画报。吾报既出，效者踵起。规模格局，十九惟吾是式。在最初同人拟定报格，亦随意为之。初不料后之办报者，即奉之为模范。当时心血，曾不虚掷。”这篇《余之新年回顾谈》实际上是毕氏诀别人间的最后一篇谈“自己”的文章。他真的要与读者告别了：“改岁以来，余自信以余之精神，余之经济，余实无再管理《上海画报》之可能。勉强为之，余病增剧，报益退化而已。余负报，余负读者更甚。余乃于最短期间，决心以简单条件，让渡有实力者，继续管理此《上海画报》。凡吾今日，感受痛苦诸点，后来者，或能一一改良，如吾之最初希望。则余虽负报，而终不负报；虽负读者，而终不负读者。新年写此，顺祝读者健康。民国十五·一·二·十一时作于绍庆里病榻。”[3]此时，毕倚虹只能徒呼“我贫病交迫如此”了。他于 1926 年 5 月 15 日逝世。毕氏身后萧条。

《人间地狱》前几回是在杭州“软禁”中写成的。一回上海，杂务丛生，文债如山，在应付中捉襟见肘。周瘦鹃曾谈及这部长篇在《自由谈》上连载时

---

〔1〕 编者：《感谢“心心”》，《上海画报》创刊号（1925 年 6 月）。

〔2〕 毕倚虹：《沪潮中我之历险记》，《上海画报》创刊号（1925 年 6 月）。

〔3〕 毕倚虹：《余之新年回顾谈——敬告读者》，《上海画报》第 70 号（1926 年 1 月）。

的情况：他"随作随付予，略无存稿。且日必迟至。往往《自由谈》余版均已付排，而《人间地狱》未来。予每枯坐以待，或以电话相敦促，习以为常"[1]。毕倚虹对这位文债的大债主是非常感激的："去年来海上，事务较杂，每届黄昏，犹未著一字，赖周瘦鹃先生，频以电促，使余不能偷懒。是人狱之成，瘦鹃实第一功臣。"[2]在这样忙迫的生活中，他还能写出传诵一时之佳作，实赖其对此中生活之熟稔："余撰人狱之旨，自信无多寄托，特以年来所闻见者，笔之于篇，留一少年时代梦痕而已。"[3]《人间地狱》连载中，反应极为强烈："乃《申报》刊布后，友朋知好，盛加推许；艺林评论，时致褒词；更有友人辗转告语，谓时流席上，每以人狱为樽边谈片。余受兹宠，益不敢草草执笔。"[4]像这样的热烈反响，可说是30年代张恨水《啼笑因缘》受人注目的先声。

毕氏发表《人间地狱》时的笔名为"娑婆生"。这部长篇起笔不凡，发挥了毕倚虹最敏感、会思考的优势，善于在平凡中见奇警，提炼出生活中的哲理来：

> 话说天堂地狱这两个名词，原是佛教中劝惩人类的一句话。究竟天堂是怎样快乐地狱是怎样的痛苦……也没有游历回来的人做个报告书……有一种绝顶聪明的人下了一个解释……天堂地狱的滋味也不必人到死后方能领略……凡世人所受用的苦恼即是地狱，快乐就是天堂。地狱天堂不过是一种苦乐的代名词……但是其中也略略有个分别，有的明明是瞧着他快乐，仿佛如在天堂不知他所感受的痛苦，比堕落在地狱中还要难受……即如最热闹的功名富贵，也不知包含了多少铜柱油锅；最旎旖的酒阵歌场，也不知埋伏了多少刀山剑树；交际场中，也不知混杂了多少牛头马面；绮罗队里，也不知安排了多少猛兽毒蛇……因此，在下发一个愿心，将这些人间地狱中的牛鬼蛇神、痴男怨女、狞狰狡猾的情形，憔悴悲惨的状态，一一详细地写他出来，做一幅实地写真。

这番丝毫不用套话的开宗明义，鞭辟入里，定下了全书的基调与格局，预示着要反映出社会一角的众生相。

陈灨一为之概括说：此书"以海上倡家为背景，以三五名士为线索"，是

〔1〕 周瘦鹃：《人间地狱·序(五)》，周序第1页，自由杂志社1930年再版。
〔2〕〔3〕〔4〕 娑婆生：《人间地狱·著者赘言》，自由杂志社1930年再版。

一部典型的民国倡门小说。[1] 但毕倚虹自称为社会小说。其实这并不矛盾。清之狭邪小说原是民国的言情小说或社会小说之源。民国的倡门小说往往是通过妓院这一视角去广泛地反映社会,关注社会,骨子里是很纯正的社会小说。

鲁迅在《中国小说的历史的变迁》中认为:狭邪小说是从人情小说中衍化而来的。但毕倚虹的《人间地狱》的特色是将倡门小说人情化,是狭邪背景下的人情小说。在他的长篇中,根本不存在狭邪之猥亵的生活侧面,而是显示自己是最善于写"人情"的作家。他一再通过人物之口,酿造"情字为上"的议论:"不管你是中国外国,新学旧学,做了一个人,总免不了一个情字。""情之累人,一至于此。"《人间地狱》的主干故事,就是柯莲荪与姚啸秋等名士在青楼中竟对妓女动了真情,而妓女也以这些"恩客"为日后从良的终身依托。柯莲荪与秋波之恋,就不是肉体的享用,而是纯精神之恋。姚啸秋与碧嫣的感情也从不来自色欲,而是讲究"佛家所谓缘字"。在毕倚虹笔下的几个名士派嫖客中,就有着他自己和包天笑的身影。包天笑即姚啸秋,毕倚虹即柯莲荪(可怜生的谐音),甚至连和尚玄曼上人(苏曼殊)也在花月场中出现了。这些名士雅客在秦楼楚馆中风流倜傥,妙语连珠。文人名士加上恬静派的倌人,使整部小说格调显得极为高雅。他们是在封建婚姻之外对红粉知己的一种感情宣泄。例如,秋波这位"小先生"(清倌人)就是玄曼上人介绍给柯莲荪的。《人间地狱》第20回,玄曼上人出场。柯莲荪眼中的玄曼上人是:"虽说是自称和尚,但见他诗酒风流,酒色不忌,性情孤洁,语言雅隽,并且文擅中西,诣兼儒佛,实在算得如今一位硬里子的名士了。"接着写玄曼上人在叫堂唱时,点了秋波,于是就写第一次出场的秋波的光艳照人了:"果然见一个十三四岁窈窕流丽的女郎,脸上含着笑容,带一半矜持,一半娇羞的样子,走了进来,一双晶莹如露如电的眼波,向四座一射,盈盈的向玄曼身边一坐,叫了一声苏老。"其时柯莲荪叫的堂唱谢翠红刚离席而去。苏玄曼就将秋波转介绍给柯莲荪。在毕氏的笔下,竟是一段绝妙的精彩文字:

> 苏玄曼见谢翠红去了,忙对柯莲荪道:"我看你快些将倚翠偎红的心思收拾干净罢。这一种翠,这一种红,谢谢罢。大可不必倚,不必偎

---

〔1〕 陈灨一:《人间地狱·序(七)》,陈序第1页,自由杂志社1930年再版。

呢!”莲荪听着也笑起来道:“你简直在这里将谢翠红三个字,拆散了做文章呢。”玄曼道:“谢翠红我也瞧得出是不生问题了,老老实实一句话,秋波这孩子这般光艳明秀,确是出类的人材,我一见就赏识她。尤其好的是天真未凿,颦笑之间还夹着三分稚气,两分憨态。这种稚气憨态,女儿家只有十四五岁的时候有。过此以往,光艳有余,娇憨渐去。这个时候真是极好的时代,所谓好花看在半开时。不过有一件可虑而可异的事。她不幸在惋春老四(惋春老四为鸨母——引者注)的手底下讨生活,所闻所见全是浮滑轻佻,还学得出什么好样子?娟娟此豸,如不及早振拔,未免可怜可惜。我是衣钵云游,行踪飘忽,不能常常在此地。你既常在上海,可随缘调护,也不枉山僧饶舌。”

好一个“随缘调护”。在《人间地狱》里,正以写“清游风味”为正宗。毕倚虹笔下无浮嚣轻薄的情调,倒是在狭邪场中描写了太多的文雅风流,人情佳话。

对烟花地狱的揭示,毕倚虹采取非常含蓄的笔法。不是写物质的匮乏,皮肉的痛楚,而着重写“人情”的被扼杀,“终身”的无依托,人生归宿的渺茫无际。当柯莲荪钟情于“小先生”秋波后,鸨母惋春老四这个心狠手辣的妇人,想在柯莲荪身上敲一笔大大的竹杠。这是中产之家的柯莲荪的经济能力所不可企及者。鸨母在表面上是温馨笑语,骨子里是防“柯”如防贼,处处监视,唯恐秋波的“情”之泛滥。作品妙在写出无形的枷锁,心灵的监禁。在柯莲荪和姚啸秋的眼中,直是瞧他们的红粉知己秋波和碧嫣“在脂粉地狱里熬刑”。毕倚虹要读者在读作品时用自己的悟性“悟”到:“悟来纸醉金迷地,正是烟花地狱场。”

面对这座用金丝编织的监狱,面对这个扑杀“人情”的阴曹地府,柯莲荪的感慨有时是动人心魄的。当秋波患了极可怕的传染病时,鸨母避之唯恐不及,莲荪却冒死救助,悉心看护。就在秋波九死一生间,莲荪还对啸秋说了许多愤激与痴情的话:万一秋波香销玉殒也要向老鸨收买秋波的遗骨。他说:

我觉得在青楼中买人,远不如在青楼中市骨。买人的结果,平添了许多烦恼……像我这买骨的痴想:我觉得一抔黄土,郁郁埋香。春秋佳日,冢次低徊,怀想其人,永远不能磨灭。脑筋里有些永久的悲哀,便存了些此恨绵绵之想，岂不甚好。那种意境，远在金屋春深，锦衾梦暖之上。

这是"情"的极致，也是对"情"的杀手的最悲愤的控诉。一切肉欲的皮相的东西，都会在这股"情"的激流的面前，自惭形秽。我们认为，《人间地狱》中的有关秋波之恋的片段，是通俗小说中的经典之作。

《人间地狱》不仅在艺术上属通俗小说之上乘，而且还叙写了不少名士轶闻，使我们可以参证现代若干历史人物的音容笑貌、个性人格和生活行状。除了上文提及的苏曼殊、包天笑和毕倚虹之外，还有华雅凰即叶楚伧和赵栖梧即姚鹓雏等。如写苏曼殊之死，真可令读者深感寂寞逝去的永恒悲哀。

1924 年 5 月 10 日，毕倚虹发表《娑婆生启事》："春来多病，时有辍作，歉疚尤深，兹拟于六十回后，暂告一结束，稍资休息。"[1]1925 年，毕倚虹创办《上海画报》后，曾在其上连载《新人间地狱》近 2 回，共 32 期。[2] 主要是写妓女白莲花联同其他三个北里小姐妹，逃离妓院，争取人身自由，婚姻自主的事。我们并不以写不写反抗题材为衡量文学作品好坏的标尺。我们赞赏的是毕倚虹笔下写活了一个有决断，讲义气，办事周密，性格刚烈的妓女形象。用老鸨的话说，叫做"讨人造反，这还了得"！白莲花急于向学过法律的柯莲荪问道："我先问你，外头人说堂子里老鸨顶凶的就是捏着讨人的一张卖身契纸头，因此，讨人无论怎样凶，强不脱她的手掌。究竟老鸨捏着卖身契，要紧不要紧？"这不啻是祥林嫂对"我"的一问。当然，白莲花的叛逆只能是在"上海滩"上找"护花律师"式的反抗。但是，在毕倚虹则写出了一个曾被封建愚民政策"污染"过的活生生的可爱的灵魂。在作品中，作家写了那么一个细节，令人叹服：白莲花逃离妓院时，为了怕鸨母诬她卷逃，一切金玉珠宝、贵重衣饰皆不带，只穿了随身的旧衣服出走。但她却在出走前夕，夜深人静时分"偷运"出一个花洋布包袱，待打开一看，将柯莲荪等人吓了一跳，原来竟是几十双各色旧鞋子和一团平日梳下来的头发。她想，潜逃后鸨母一定恨之入骨，"明枪易躲，有律师的保护住了，不怕什么；暗箭难防，不能不预先留意。这种穿过的旧鞋子，上面沾染了本人的人气人汗之后，仇人拿

〔1〕《娑婆生启事》，《申报》1924 年 5 月 10 日。

〔2〕《上海画报》，1925 年 9 月 30 日第 39 号《报告一件特别的事》："兹因母丧，《极乐世界》无心撰述，暂行停刊，遂以《新人间地狱》逐回付印本报。"

去，只须连同那人的生日时辰八字交给一种专门阴损别人性命的道婆，做起法术来。迟则一月两月，早则两三个礼拜，最早七天，便能伤人的性命”。一方面既写出了“色相女奴”的自发反抗，另一方面则又写出了她们身上受封建愚昧制约的沉重心理负担，勾勒出十里洋场这个半封建社会特有的民俗文化背景。周瘦鹃以传神之笔，蘸情之墨，予以充分肯定：“每写一人，尤能曲写其口吻行动，至于一一逼肖。掩卷以思，即觉其人跃然纸上，栩栩欲活，盖已极文章之能事矣。”周瘦鹃还认为他的文字功力亦为上上乘，由于他又以诗词见长，因此，在长篇中所制的回目尤有字里花飞之致，读者为之击节叹赏。周氏冠以“隽妙可喜”之佳评。[1]

毕倚虹逝世后，他的好友包天笑为《人间地狱》续写了20回（第61—80回），使其成为完璧。而其中的一个重要成就，即是将白莲花续写得更有声有色，以致白莲花喊出了这样的声音：

> 我也不要别人帮忙。我早已打定了主意了，拼着一条小性命，给他们上一上。我先给他们一个脚底看看。成功就成功，不成功我就向黄浦里一跳。本来我们这种性命，也不值什么钱，死了也只算死了一条狗。让她一万八千去讨价，看她可以得着一个大钱。

包天笑不仅完成了《人间地狱续集》，而且在几十年以后，在写《钏影楼回忆录续编》时，还为毕倚虹留下了三个专章。包天笑几十年来心中还一直“横梗着一个念头，如果不遇着我，或者他的环境不同，另走了一条康庄大道，也不至于如此身世凄凉。我对于他很觉一直抱歉似的……”[2]悼念亡友之情，溢于言表。但更感人的是在毕氏逝世将近70年之后，当年毕倚虹的一位老友——天虚我生陈蝶仙之子陈小蝶（他后在台湾定居，名陈定山）——在一部长篇小说中续写秋波之恋，直写到秋波之死。这部小说名《黄金世界》，先在香港《大成》杂志上连载。长篇中的一条主线是写秋波之恋与之死；另一条线索是写穆庸（以杜月笙为原型）的发迹史。陈定山笔下的秋波的“殉情”情节乃是出于作家的虚构。但读者读小说时，有什么必要去追究小说中的是真抑假？即使是纯属虚构，读者也会满足于秋波毕竟有了一个结局，尽管是很悲惨的结局。包天笑的《人间地狱续集》

〔1〕 周瘦鹃：《哭倚虹老友》，《紫罗兰》第1卷第13期（1926年6月）。
〔2〕 包天笑：《钏影楼回忆录续编》第43页，大华出版社1973年版。

没有写出一个结局来，就这一点说来，他是续而未完。陈小蝶的“三续”则满足了读者对包天笑的续集的“不满足”。但不论陈定山是如何构思情节的，他在70年后，再将柯莲荪与秋波之恋作为长篇的一条主线，说明秋波这个人是久久活在他心中的；他也确信，这个人物在《黄金世界》中出现，会引起读者对《人间地狱》正续集的重新关注。关注的结果是，秋波这个女性，连同柯莲荪这个“至情人”会重新在八九十年代的读者的心中留下难于磨灭的印象。

陈定山笔下的秋波，既有毕倚虹小说中的娇憨与天真，却又比毕倚虹笔下的秋波多了一份刚烈。《黄金世界》中的柯莲荪与秋波为了预卜今生的缘分，到月下老人祠中求签。所得签书是第十上吉：“凤凰鸣矣，于彼高冈。”下面还有小字：“行人至，婚姻成，失物得。”这当然是很好的预兆。可是柯莲荪认为：“好是好，只是‘于彼高冈’这个‘彼’字有些费解。”事态的发展竟是被他不幸而言中。不久四川来了一个贩鸦片的军阀——曾兆凤师长，他愿出大价钱给鸨母惋春老四，为雏妓秋波“梳拢”，也即“开苞”，就是买下破她贞操的初夜权。贪财的惋春老四当然求之不得。秋波为此向柯莲荪求救。他们在尚公馆（尚宫保是影射盛宣怀）的密谈被穆庸的亲信范森听得，义形于色地向穆庸求援。结果穆庸以黑社会的地头蛇老大的身份，向曾兆凤打了个招呼，又出了一笔大钱给惋春老四，才得以使秋波冲出“重围”。他们将柯莲荪与秋波双双送到杭州。此时，柯莲荪虽然可以“合法”享受他所迷恋的秋波的灵与肉，但是，他仍将她的“处子美”视为神圣不可侵犯之物。谁知他们刚游览嘉兴到达杭州旅馆时，惋春老四已先期等在那里了。后她趁柯莲荪出外时，就不告而别，携秋波而去。她们一到上海，就从火车站直奔十六铺码头，上了去武汉的长江轮船。秋波为了反抗作为色情女奴的命运，怨恨万分，愤然投江而死。惋春老四毒如蛇蝎，为了推卸罪责，托人在上海方面造谣，说秋波嫁给了淮海海军副司令柯凤荪。此人与“曾兆凤”一样，名字中有一个“凤”字，又似乎暗合了月下老人祠的“灵签”：“凤凰鸣矣。”其实这位同船去武汉的军人倒是一位南方革命党人的同情者，他不仅与秋波没有瓜葛，还趁出差之便，将秋波的灵柩运回上海，在兵荒马乱中找到了柯莲荪，倒是暗合了他“市骨”的夙愿。《黄金世界》就在这样的悲剧氛围中结束了。

一部长篇中的两个人物，被三位通俗文坛上的名作家写了近70年，才告“完成”，也是通俗文坛上的一则佳话。

毕倚虹的短篇名作《北里婴儿》是长篇《人间地狱》在《申报・自由谈》上

连载得火热时发表的。[1] 毕氏自述写此小说是受了何一雁(即何海鸣)的《倡门之子》的启发。写雏妓蕙娟中了无义嫖客的圈套,有了身孕,老鸨认为失去了她敲嫖客一次“开苞”费的大竹杠的良机,就残酷地对待蕙娟,逼她挺了七八个月的大肚子还要在樽边酒畔,拉长了嗓子唱曲子给嫖客娱乐。有的客人劝鸨母:

> “这样大的肚皮,你还不让她休息休息,还要逼着她唱,逼着她笑,逼着她四面八方的上楼下楼出局,未免太无人道主义了。”鸨母冷笑一声道:“谁叫她自己寻开心,也叫她尝尝开心的滋味呢。”

生养的第二天,鸨母就将一个玉雪可爱的男孩从蕙娟身边偷走了,说是送给人家了。产后不到一个月,又要她上阵重操旧业。4 个月后,鸨母叫她到自己的安乐窝里去,说是领养了一个孩子,叫他们姐弟相称。蕙娟知道眼前的这个“假弟”就是自己的儿子,当时也便咬着牙叫了那小孩一声“阿弟”,心里暗想:“我有真儿子可看,比较不知下落,瞧不见他总要好些。就是罚我做他的姐姐,我也甘心。”可是不久,她正当对镜理装,准备去上酒阵歌筵时,鸨母命小丫头来急召她到“小房子”中去,劈头对她说:

> “……他死了,特为喊你回来,去瞧他一眼吧,就要送他出去了……”说着用手向里房一指。蕙娟这时候也昏了,赶忙走进去,只见她那亲生儿子,假称弟弟,已是直挺挺的睡在地板上,身上还穿着蕙娟前天替他做的一套红点子盛泽纺的小衣裤,可是小眼睛已紧紧闭着,小嘴微微的开着……蕙娟见了也止不住的大哭……蕙娟正在哭个不住的时候,忽然有人将她拉了一把,蕙娟抬头一看,见是小丫头。小丫头道:“姆妈叫你不要哭了。院里有人来催你赶紧去,说有十几张局票到了,等着你去侑酒呢。快去吧,琵琶已经替你携来了。”

短篇戛然而止。何海鸣读了此作,立即写了《评倚虹所撰的〈北里婴儿〉》:“我偶然做了几篇小说,描写倡门中疾苦。瘦鹃说我做得还好,《半月》上从此并要留意娼妓问题,替那些苦海中的苦女子请命。那种‘请命’的作品,现

[1] 《半月》第 1 卷第 18 号(1922 年 5 月)。

已有倚虹的《北里婴儿》和民哀的《倡门之女》等等。不想我抛了一块砖，竟引起如今许多玉块儿来。我真喜欢得了不得。”[1]何海鸣对毕倚虹的《北里婴儿》是颇为赏识的，它对万恶的老鸨的攻击，对无义嫖客的惩戒，皆非常有力度。

> 《北里婴儿》那篇的煞尾，蕙娟儿子死了，哭还来不及。偏偏那狠心的鸨母，催她到妓馆去，有十几张局票和琵琶等着她咧。掩卷细思，这下面的情形，何等悲惨。然而倚虹一笔收住了，就留下无限凄惶，供阅者咀嚼。难怪寒云说倚虹的作品，富于余味。[2]

毕倚虹创作的长篇与短篇，在当时通俗文坛上素负盛名。文坛前辈孙玉声曾给予高度评价说：“清末民初的社会小说，《孽海花》外，当推《人间地狱》可屈一指。”[3]他的过早谢世确是通俗文坛的一个不可弥补的损失。

第九节　黑暗王国中之一线人性的强光

——海派倡门压卷之作《亭子间嫂嫂》

《亭子间嫂嫂》连载于 1938 年《东方日报》，而单行本则是出版于 1942 年。当时，《东方日报》是一张濒临一蹶不振边缘的小型报。每天只印 3 000 份，可是自从连载《亭子间嫂嫂》后 3 个月，销路就增至二万几千份。连载了一年之后，已长达 50 余万字。作者周天籁准备“杀青”，可是报社老板邓荫先获知消息后，“急来坦白诉陈，报纸即赖该文支持。因又写 30 万字，共 80 万字，要求结束。又来阻止。至 100 万字时，一切不顾，将女主角‘饮恨而殁’，‘全书完’付之”[4]。在出版单行本时，有 5 篇序言，一致盛赞这部连载长篇的“轰动一时”。当作者向周越然求写序言时，周越然答曰：“此书无需有序，因吾国不论长幼，凡识文字而阅日报者，皆知是作之妙，心中早已有其不成文之序矣。”苏子序中则说：“近来小型报上连载之长篇，要以《亭子间嫂嫂》最红，读者口碑载道，同声赞美，其成功点就在于文字通俗，描摹真

[1][2] 何海鸣：《评倚虹所撰的〈北里婴儿〉》，《半月》第 1 卷第 20 号(1922 年 6 月)。
[3] 转引自郑逸梅：《毕倚虹与臧伯庸》，香港《大成》第 148 期(1986 年 3 月)。
[4] 周天籁：《逍遥逍遥集·亭子间嫂嫂》第 167 页，台北星光出版社 1976 年版。

切……"而同是三四十年代上海小型报文豪的陈亮(田舍郎)还举了不少实例,以证其"大为轰动,社会上,上中下三等人士,都关心了'亭子间嫂嫂'的遭遇,今天看过,明天非得一早去买报来看不可"。[1]到抗战胜利后,销路仍畅,居然还有囤积户,索价昂贵。

《亭子间嫂嫂》的作者周天籁(1906—1983),安徽休宁县临溪镇人。曾读过两年书塾,因父病逝家贫而辍学。13岁时,逼于生计,到上海福州路源来当铺当学徒。并利用业余时间刻苦自学,间或以习作投稿,逐步登上文坛。周天籁开始是以儿童文学起家的。著有《甜甜》、《甜甜日记》、《小老虎》(华君武插图)、《梅花接哥哥》(丰子恺插图)等等。1937年起转向社会小说,第一部连载小说《孤岛浮雕》刊于《迅报》,《亭子间嫂嫂》是他的第二部连载小说,也是他的代表作。1951年,他去香港"邵氏影片公司"担任宣传工作,1967自港去台,任编辑和自由撰稿人,并以周老夫的笔名,出版过3部散文小说集:《轻松轻松集》、《逍遥逍遥集》、《开心开心集》。1983年,回大陆与家人团聚,并定居上海。同年10月22日,因旧病复发不治,病逝上海。

用作者自己的话说,《亭子间嫂嫂》是一部穷10年、20年也写不完的"怪书"。它通过一个私娼的经历,和盘托出了一个广阔的社会。这个社会网络上是可以无限止地增添人物上去的。作者原想50万字结束,未果,就80万,乃至100万。此书100万字而不分章,不分节。在一个短短的"卷前"语之后,就洋洋洒洒,一气呵成,好像是一支不分师团营连排的百万文字大军。在《卷前》的结尾,作者写道:

> 现在且把我那册密密层层写着亭子间嫂嫂的生活记录打了开来,这里我告诉你一个卖淫妇的斑斑血泪,使你知道一切神女非人生涯的痛苦,亭子间嫂嫂只不过恒河中砂砾之一粒而已。请读下面正文。

"亭子间嫂嫂"自我介绍说:"我叫顾秀珍,清秀的秀,珍珠的珍。"她从农村到大上海来当女工,工厂倒闭后一向流落在姐妹淘家里,但不能长此以往,肚饿要吃,身冷要穿,家中还有一个残废而吃"黑饭"(鸦片)的父亲,要她养活与供给。于是她"只好把心一横,答应姐妹淘介绍我到一家生意上做包账,我第一夜出门去做,只是落眼泪,我几乎昏过去,她们都替我可怜……"

〔1〕 以上5篇序言均载《亭子间嫂嫂》第1—5页,友益书局1942年版。

她的唯一"雄厚"资本只有她的外表"美"。作者借多个嫖客之口盛赞她的外表美,说她是"标准美人"、"精致美人"、"人间尤物"、"丽若天人"、"秀色可餐"。这位来自嘉兴农家、没有文化的年轻女子,以她的优异的"自然条件"作为不可抗拒之"魔力",加上她的机灵的应对能力,颠倒过不少嫖客。用吃报馆饭的吴成镛的话说:

秀珍这个女人,可惜当初没有给她读政法,尽管给她读,毕业出来可以当一个名律师,因为嘴巴厉害,人又聪明,推事也要给她驳倒,再加上她一口官话夹苏白,说来悦耳动人,又可以介绍到影片公司做有声片,说起她这一副台型,拍影戏只有绰绰有余,胡蝶、顾兰君一批虾兵蟹将,统统打倒……

胡、顾乃当时鼎鼎大名的大牌影星,但在顾秀珍面前,却成了"虾兵蟹将",可见她的外形美之超凡脱俗。而且她人聪明,伶牙俐齿,丰富的社会经验,使她对于各色人等,均能应付裕如。她有时静若处子,熨帖温顺;有时又狠若泼妇,一拳来,一脚去,对答得体。她善良:"我秀珍虽不幸沦为妓女,到底一颗心还没有坏……"她出卖自己,一旦生活宽裕了,安定了,她就会规劝嫖客:

我这里终究并不是好地方,客人来得总是要化费的,现在寻钱何等困难,像你芮先生,一天奔投到夜,寻来的钱可说钿钿血汗,还跑到我这里来送掉,太不知惜。我很不赞成你有这个漏洞,还是劝你守守心吧……

你出来白相我,也无非白相我一颗心,我待你也无非以一颗赤心,其余全是黄六的……茜萍,你现在还年青,还没有结过婚,前途岂可限量,那能可以专事在外面荒唐为正经呢?……茜萍,你如果今夜听了我这一番苦口婆心的话,明天能够悬崖而勒马,你一定喜欢得比什么都开心,生平之愿已达,死也眼睛闭了!茜萍,茜萍,我只问你一句闲话:你还是当我一个淫妇看的,还是当我一个情妓看?你说,你说……

与她萍水相逢而又有文学修养的汤南阁承认她是个"情妓,谈吐很有书卷气而且缠绵动人,叫我这颗铁石之心,有点动摇……""你仿佛污泥中一朵莲花”，他想在报上捧捧她：“诸位，要见见这枝空谷幽兰的话，请到会乐里某号二楼去找，包你一见倾心，惊若天人……”汤南阁讲得也有道理，但毕竟言过其实。她到底是个深受旧社会熏染的人，她有她无比厉害的另一面，她觉得自己被人玩弄，有时也存报复之心，因此，不时她也玩弄嫖客：“因我把他常常放在手心中玩白相，胜如男人玩女人，我不过女人来玩男人。”她会哄骗敲诈，巧取豪夺，辣手辣脚。用她的话说：“这种瘟生的客人不敲，还有什么日子敲呢。”可是，作品中的“我”又看出：“这个人还有点义气，还有点责任心，所以她每次玩弄客人，过后总要一番良心上的忏悔。”这是一个集“美”、“灵”、“义”、“善”、“邪”与“厉害”于一身的活生生的有血有肉的人物。她平日的普普通通的“闲话”里会渗透出她的一套“妓女处世哲学”，她对教师钱中廉说：

> 教书的人总归清苦的，辛苦赚来的钱，应该带回去养家活口，才是正道，我不希望你到我这里来，你不能同别人比。我顾秀珍虽身为妓女，可是同一般妓女不同，很够朋友交情，有的客人因为没有资格出来白相，给我一阵劝戒之后，也就此不来了。我并不是不敲客人竹杠，不开客人条斧，但是我会生眼睛看，我看来这客人实在有血的而且瘟生样子的，我才敲，才开他条斧，因为你不敲他，他别一家去白相，也是给人家敲的。不过老举的客人，我又不放他过门，越是老举，我越是同他较斤两，不说敲，也要一丝不肯吃亏，不然他会吃你的肉，反给他拆子一票去，这是真真要留意。上海滩坏人多，忠厚之辈，未始没有，不过坏人去认做忠厚的人，就要上当。

从这席她的处世哲学看来，她说出了自己的复杂，但是我们得承认她是这类黑暗职业中的一线光明，是漆黑的社会中的一束人性与人情的强光。在小说中她是一个独立的典型人物，可是她也是一个窗口，是读者透视大千世界的窗口；是一根红线，串联起上海滩上中下三等几十个人物。她最常拉客人的地方是称作公司的几大商场的娱乐场所和屋顶花园，等到气候不宜于玩屋顶花园时，她就在马路上伺机拉客，但这样的客人档次不会太高，都是些商店的伙计、写字间的职员、小作坊的老板之类；她也常跑旅馆，但旅馆里的茶房的“介绍费”拿得太多，她又觉得不大合算；在夏天，她有时打扮成女学生到夜花园去拉客，虽然不识字，她还在手上拿着一本林译《茶花女》，这样的客人档次就高一点，一次还结识了一个飞机师，骗了此人一大笔钱；她不会跳舞，但有时到舞厅里去摆"测字摊"，那样"垂钓"有时能使大鱼上钩，百万富翁石春波就是在舞厅中钓到的；当然还有非常奇怪的艳遇，例如到佛寺去烧香，居然有和尚与她调情，还成了她的客人，这类接触也不过借此看到某些佛寺中的黑幕，在当时，上海有相当一批酒肉和风流和尚……

有几位客人还是值得一提的，一类是"亭子间嫂嫂"生命之途中的重要驿站；另一类是特殊身份者，可以因小见大，真所谓"一沙一世界，一花一天国"。例如儿女成群、道貌岸然的大教育家沈梦白，她将他的名片骗到手，上面印着"沪×大学校长、国×图书馆馆长、商×××编审所主任"等头衔，他一再要"亭子间嫂嫂"为他保守秘密："因为他是上海很兜得转一个办教育事业的人，平日往来都是社会上有名人物，大家都把他认为一个前辈教育大家的，当然不会有嫖妓宿娼的事情。"当他感到名片落在"亭子间嫂嫂"手中不甚妥当，而偷翻她的皮夹子时，竟然发现皮夹子里有一张他大儿子的半身照片；更无巧不成书的是，当"亭子间嫂嫂"因患花柳病住院时，与她同院"同病相怜"的也竟是这位大教育家。"亭子间嫂嫂"非常向往的出路，甚至认为是唯一出路就是结婚——终身有靠。当然，她要物色一个对象是有钱的人物，她总不愿再像过去做小姑娘时的务农。因此，那位北方客人说是愿意娶她，不过到了北方是要干田里活的，她当然敬谢不敏。"亭子间嫂嫂"结过三次婚(实际上是同居)，一次是与大学生薛景星，生活颇为浪漫；可是当家长将经济来源一卡断，感情也从淡薄乃至决裂，只好劳燕分飞。第二次是做百万富翁石春波的"六姨太"，当他们两人敲定下来时，马上到哥伦比亚首饰公司里去买首饰，一次就花了 25 800 元，真可谓一跤跌在青云里，大富大贵了。可是"侯门深似海"，自由惯了的"亭子间嫂嫂"觉得关在这样大的花园洋房里，简直是"无期徒刑"，于是她就要和教她书的老师调情了。石春波杀鸡用牛刀，为教六姨太识字竟请了"江南一才子"、"江南一枝笔"的鼎鼎大名的唐大郎。六姨太为表示与老师定情，送一只钻戒就价值 1 万元。事泄后，石老头子干脆将她丢在一边软禁起来。于是"亭子间嫂嫂"只能走"卷逃"这一条路了。这一切说明了什么呢？这只能说明她的环境太恶劣了，将她熏陶成一个虽想以结婚为出路，但是能符合她的条件，又能让她过游手好闲的生活的人，只能是家有三妻四妾的阔老。阔老将她作为玩物，却又要她无条件遵守妇道，而她已经过不惯那种圈起来豢养的日子了。她最终只能回到她的亭子间里来。像汤南阁这样的尊重她的"书毒头"、"童男子"，虽然同情她的际遇，但她要嫁给他，他自己和他的家长都是无法接受她的。“亭子间嫂嫂”从石家逃出来，恢复了一段自由的生活后，不知怎的，她怀孕了，可是谁是这未来的孩子的爸爸呢？她自己也不知道。于是她千方百计要为孩子找一个爸爸，来承担不是他的责任的责任。但要找这样的“替身”是要付大代价的。她找到了一位画花鸟的画家江韩汀。她想付出的代价是她的一颗心：“我现在拿出良心来对你，不怕你将来不也拿出良心来待我。”可是一世聪明的顾秀珍，这一次却看走了眼。江画家只是大笔大笔地“挨她的血”，等到她从石家卷来的钱花光了之后，江韩汀也失踪了。在孩子临产前，“亭子间嫂嫂”的日子过得像在油锅里煎一样，倒不是有没有替身爸爸的问题了，这问题现在并不重要了，重要的是她已当尽借绝，每天只能以吃山芋皮存活了。顾秀珍的可怜之处在于她是活在一只肉眼看不见的无形的笼子里，旧社会已经将她塑造成一个不能靠双手劳动的人，她的职业是卖淫，她万分厌恶这个职业，她有美好的理想和追求，可是她失去了实现这个理想和追求的途径与手段。旧社会限制她，使她只能像一只苍蝇，扇动着翅膀想奋飞，可是飞了一圈，她还是停在老地方——那个出卖自己肉体的亭子间，一直到她飞不动为止，到死为止。所以当她的义兄排门板哥哥要为她报仇时，那位作品中的“我”说：

> “你要替她报仇，恐怕你排门板一人力量不够。”
>
> “为什么不够，我手下有三千徒弟！”
>
> “你有三万徒弟也无所用，你要替她报仇，除非先从改良这万恶的社会着手，否则你还是免开尊口！”

小说就这样结束了，100万字的小说，就是买了这样一个结论。作为作家周天籁，他的结论是正确的，可是出路是他所不知道的。他实际上就像作品中的“我”，一个充满同情却又无力回天的朱道明，其实他又何尝说得清、道得明呢？

朱道明倒是作者的同乡——安徽人，一样是从安徽流落到上海，靠卖文为生的人。他“一家大大小小十二口，都要靠我一枝笔上下来过活”。他一天得写8 000到1万字，因此，“一天写到晚，弯腰曲背到手一二只洋，只合几角钱一千个字”。一个是落魄文人，一个是风尘女子，相顾为邻，同为天涯沦落；清白相处，实是相惜惺惺。作家就是要设计这样一个角色：他有家有室，生活担子不堪重负；他内心充满同情，却难得有相助的经济实力。否则他早已娶她为妻，她也不再是飘泊无依的可怜的暗娼了。一部长篇，岂不失去了基准？这是一个能尽情地为读者打开密密层层的、血泪斑斑的亭子间嫂嫂的生活实录的角色。作家是通过他的眼睛让我们看清亭子间嫂嫂的外形与内心，毫不走样地认识这个卖淫妇的善良而痛苦的灵魂。但作品又不是以他为视点的第三人称，作家也常常运用隐蔽的全知全能。

还值得一提的是作品中的方言特色。钱芥尘在序言中说：

> 用俗语写入小说的，前有山东土话的《金瓶梅》，后有苏州土话的《海上花列传》和《九尾龟》，都非常生动。上海土话写的小说，天籁可是首创，继之而起者不乏其人……至于描写沪上风月故事，好像顾秀珍活跃纸上，确有其人，真是白描能手。天籁固然著作等身，已刊行者二十余种，此书的精粹，可以认为代表作。[1]

就语言特色来看，此书确是研究三四十年代上海话的好"文本"。但更主要的是三四十年代，有这么一部有分量的写私娼悲惨生活的小说，也可算是当时倡门小说的压卷之作了。

顾秀珍不能死而复活，但《亭子间嫂嫂》却还有续集。作家写这个亭子间里又搬来一个顾秀珍的"同行"——私娼樊梨花，但续集明显是出于无奈的商业行为，樊梨花这一形象就无法和顾秀珍相比了，因此也姑且略而不论。

第十节 "梦""魂""痕""影""泪"
——鲁迅对狭邪到倡门小说的五字小结

我们已经观览了从狭邪到倡门小说文字之旅的几个"主要景点"。这些作品的书名上往往带着"梦""魂""痕""影""泪"等字。这是鲁迅在1919年为它所作的小结。鲁迅说，北方人可怜南方人太文弱，写了许多"八卦拳"、"太极拳"之类的书，说什么"实为尽善尽美之体育"，"强国保种尽在于斯"。

---

〔1〕 钱芥尘:《亭子间嫂嫂·序》,《亭子间嫂嫂》第1页，友益书局1942年版。

> 南方人也可怜北方人太简单了，便送上许多文章：什么“……梦”“……魂”“……痕”“……影”“……泪”，什么“外史”“趣史”“秽史”“秘史”，什么“黑幕”“现形”，什么“淌牌”“吊膀”“拆白”，什么“噫嘻卿卿我我”“呜呼燕燕莺莺”“吁嗟风风雨雨”，“耐阿是勒浪勿要面孔哉！”
>
> 直隶山东的侠客们，勇士们呵！诸公有这许多筋力，大可以做一点神圣的劳作；江苏浙江湖南的才子们，名士们呵！诸公有这许多文才，大可以译几叶有用的新书。我们改良点自己，保全些别人；想些互助的方法，收了互害的局面罢！[1]

当然，鲁迅所提到的有些所谓“新武术”“旧武术”……“外史”“趣史”“秽史”“秘史”之类的书是有害人的消极面的，但“五四”时期，一度对“国术”批判过了头也是事实。而他谈到“梦”“魂”“痕”“影”“泪”时，也是采用的杂文笔法，作为一种文坛的软性现象，他完全可以如此去加以抨击；他可以叫这些继承传统派的作者不要写此类作品，而去翻译外国书；可是到了他在北大讲坛上作《中国小说史略》的讲义，谈及《清之狭邪小说》时，当他在西安作《中国小说的历史的变迁》的讲演，论到《清小说之四派及其末流》时，作为一种学术研究，他就要进行一分为二的细致分析了。他得有所肯定也有所否定了。在杂文中，鲁迅的概括力是很强的，他的笔是犀利的。在我们所遨游的几个历史的“驿站”中，就有三个“梦”，即《风月梦》、《青楼梦》和《海上繁华梦》；有一个“痕”，即《花月痕》；有一个“泪”，即《倡门红泪》；至于“魂”和“影”也是不难找到的，如《青楼梦》作者俞达的好友邹翰飞就写过一部狭邪类的小说《海上尘天影》；还有不是狭邪类的《玉梨魂》，当然更是鼎鼎大名，几乎定论为鸳鸯蝴蝶派开山之作。我们在《引论》中就曾谈及不提倡青年读狭邪类小说，他们需要读的其他名著还多得很呢。但作为有关学者却能从中发掘一个文化的宝库。他们会从中发现，原先被人们嗤之以鼻的一种题材——狭邪、倡门小说分支，竟在通俗文学中占着如此重要的地位。这种重要性并非出自我们主观的臆想，而是一种无法否认的客观存在——狭邪小说是中国近代文学中社会、言情小说之父。如果我们肯对它进行必要的观照，那么就不得不承认，这个原来被人们不屑一顾的领域，竟是一块藏龙卧虎之地。它们之中的优秀之作是完全可以进入文学史的殿堂的，它们是有格调的文学性很

---

〔1〕　鲁迅：《热风·有无相通》，《鲁迅全集》第1卷第364页，人民文学出版社1981年版。

强的小说精粹。所谓狭邪小说，理解得更准确些是，它主要是以狭邪、倡门为背景，而不是浸泡在狭邪生活中而又去渲染一种醉生梦死的糜烂情调。即使是《风月梦》中“朝朝摆酒，夜夜笙歌”，也是对这类生活的蔑视与唾弃；而《品花宝鉴》则是展示了清代男色风盛的背景下的名士与优伶的道义肝胆之交，这里不无“同性恋”的倾向，但他们之间决不是风月因缘的情中之蠹，而是断无半点邪念的贞洁自守的情中之圣。因此，《品花宝鉴》既留下了当时风尚的纹章烙印，而又不过是一部罩着狭邪衣冠的人情道义小说。而《花月痕》中一再出现的旋律是：“尽说千金能买笑，我偏买得泪痕来。”这是一部以狭邪为形，以言情为魂的佳作。到了《海上花列传》，更显示出男女交往被禁绝的社会中，只有到妓院这样的社交场合中去觅摘爱情生活之禁果了。像陶玉甫与李漱芳之间，我们看不到“欲”，而只能看到抵死相缠之“情”。学术界一贯宣称，近代小说无杰作，似乎“红楼”“儒林”之后，中国文学只能以量取胜，而发生了质的断层；但我们可以放胆地说一句，《海上花》就是一部杰作，而韩邦庆就是一位有大家风范的优秀作家。在民国倡门小说中，又出现像毕倚虹、何海鸣这样的作家，捧出了《人间地狱》、《亭子间嫂嫂》这样的长篇和《老琴师》、《北里婴儿》这样的短制……凡此种种，也尽可向历史交账了。一部吴语小说，90 年之后有了普通话译本；一个雏妓的形象，70 年以后又有人续写她的风采，总不会是因为我们的现代作家喜欢“无事忙”吧？只可惜韩邦庆与毕倚虹死得太早了，韩 39 岁，毕 35 岁，如果他们活得长寿一点，也许有更伟大的作品诞生。

如果我们再比较一下现代作家笔下的倡门小说，很有意思的是他们在倡门小说中普遍涉及纯精神之恋的问题。《倡门红泪》、《人间地狱》和《亭子间嫂嫂》都写在倡门的荆天棘地的峡谷中流出了一股纯情的清泉。即使是陈小蝶（定山）在 70 年后的续作，也是坚持写柯莲荪尊重和宝爱秋波的“处子美”，尽管穆庸已代他付了一大笔钱给惋春老四，在鸨母看来是卖出了“初夜权”的，而在穆庸等人看来，是有偿地让有情人终成眷属。《亭子间嫂嫂》顾秀珍是个“人尽可夫”的私娼，但她与她的落魄邻居——作家朱道明之间，却是有一种默契——精神上的依托与眷恋。朱道明与自己的夫人长期分居异地，他并非没有“欲”的冲动，但他知道纯精神之恋是一份人性异于兽性的珍贵情愫。他有一次到了无法压抑的边缘，想借酒遮脸去冲破道义的“堤岸”。可是“人尽可夫”的顾秀珍婉拒了。她在欲海横流中还是为自己留下了一个人与人之间相互爱护与尊重，而不是相互交易和践踏的绿色的岛屿。

从《品花宝鉴》的凛乎难犯的自卫，到“亭子间嫂嫂”在朱道明面前的自爱与自重……每当深思这种精神之恋的分量，往往使我们为之动容，往往使我们的感情向上升华，这是人性的胜利，爱心的闪光。

当然，像《青楼梦》与《九尾龟》这样的作品，消极面大，糟粕也较多，应该作具体分析，但也不是冠以“嫖学教科书”的名号就能盖棺论定的。在这一点上鲁迅的视域就极为宽阔，在人物形象陈列画廊中，他变“废”为宝，说出了章秋谷的“存在价值”。

在狭邪与倡门小说中，我们可以透过言情的窗口看到一个社会的侧面。因此，像《人间地狱》等小说，作家就自称写的是“社会小说”，而主观上也似乎不与“倡门小说”挂钩的。但是，从总的趋势而言，从近代狭邪进入民国倡门，某些外国文学的思潮和新文学的创作优势，也作为一种潜在影响，较为清晰地渗入了通俗文学的领地，倡门小说也不例外。例如在倡门小说中引进了外国文学中人道主义思潮和新文学倡导的思考人生，这类文学创作中的新的优长皆对通俗文学作家发生潜移默化的影响。在传统的狭邪题材中，一再强调“劝惩”原则，从《风月梦》起就非常强调“警迷醒世”作用，而《海上花列传》、《海上繁华梦》和《九尾龟》等亦都同声相应，同气相求。“规劝”这个古老的原则在狭邪小说领域中恐怕作用不大，但也不容一概否定。但到了民国倡门小说，除了承传近代狭邪小说中的“人情道义”精神传统之外，男女平等，女子人格独立，女子经济自立等新准则在作品中就有了明显的表露，而“规劝”就不再是主要目的了。何海鸣写倡门小说，是为“苦女子请命”，而不是向狎客提出“劝惩”。他在《倡门红泪》中构思妓女要从良，想自己“制造”童养夫来解决这一人生追求的“根本问题”。虽然他点明这是不可能的，最终不过留下笑柄而已；但这也是对封建社会产生童养媳这个“怪胎”的一种反诘。他在作品结尾提出了女子经济自立的问题。这一结论在20年代也是合乎时潮的，鲁迅在《娜拉走后怎样》和《伤逝》中也提出过女子经济自立的问题。何海鸣在小说中也常作哲理的探究，但他与毕倚虹的不同之点是，他热中于做解决娼妓这一社会问题的理论研究者，虽然他的方案是不着边际的。毕倚虹在《人间地狱》中对天堂和地狱的见解也颇具辩证意味，但他没有想解决娼妓问题这个社会难点的“雄心”，他只是在思考人生，通过小说表白了自己对某一社会问题的思索。

在近现代通俗小说创作中，商业效应已经受到作家的“理直气壮”的关注。何海鸣在《半月》中的卖文的告白是最直率的坦陈。从陈森的挟书稿以自荐而“获资无算”；到韩邦庆的与传媒合作自办定期专业刊物，分期刊登自己的长篇；到《海上繁华梦》的畅销而一续再续；到毕倚虹的介入大报副刊，逐日连载，引起轰动效应；直到海派奇葩《亭子间嫂嫂》在小报上连载，使一张小报赖其长篇而得以生存……

民国倡门小说到何海鸣与毕倚虹手中，还是以写“长三”堂子生活为主，但随着恋爱婚姻之风广布，写妓院生活的小说就不能再代表“言情”之重要渠道，倡门小说当然会渐趋式微。男女社交公开，加上抗战之后中国经济之受创，“长三”之类的高等妓院也难于生存，于是妓院也就成了名副其实的“性交易所”。因此，40 年代的倡门压卷之作是写“私娼”、“暗娼”——“亭子间嫂嫂”——也势所必然。

历史为狭邪、倡门这一曾经的题材大户画上了一个大大的休止符！

第二章 从谴责、黑幕遗风透视通俗社会小说

第一节 为谴责小说在通俗文学中重新定位

——“特缘时势要求”、“以合时人嗜好”是社会小说之特异功能

鲁迅在《中国小说史略》中将《官场现形记》、《二十年目睹之怪现状》、《老残游记》和《孽海花》等一类小说定名为“谴责小说”。从此为文学史家所沿用。又因为鲁迅特别提到的是这四部小说,此后的文学史往往按鲁迅的框定而称之为“四大谴责小说”。

在《中国小说史略》中,鲁迅将这种暴露性的小说分成了三个“档次”。最上乘者为“讽刺小说”,以《儒林外史》为典范;居中者为“谴责小说”,他圈定了四部代表作;“其下者”为“黑幕小说”。这三个档次的作品的分界,既有关这些作品的内容,也涉及这些作品的技巧。两者相较,似乎更侧重于作品的技巧为权衡的天平。他在谈到《儒林外史》时说它“乃秉持公心,指摘时弊,机锋所向,尤为士林;其文又感而能谐,婉而多讽;于是说部中始有足称讽刺之书”[1],前半是指内容而言,而后半则是涉及文章的技巧了。可是同样是指摘时弊的“谴责小说”:“虽命意在于匡世,似与讽刺小说同伦,而辞气浮露,笔无藏锋,甚且过甚其辞,以合时人嗜好,则其度量技术之相去亦远矣,故别谓之谴责小说。”[2]至于“黑幕小说”则是“有谩骂之志而无抒写之才,则遂堕落而为‘黑幕小说’”[3]。这“足称”、“别谓”和“堕落”三个档次主

〔1〕 鲁迅:《中国小说史略·第二十三篇 清之讽刺小说》,《鲁迅全集》第9卷第220页,人民文学出版社1981年版。

〔2〕〔3〕 鲁迅:《中国小说史略·第二十八篇 清末之谴责小说》,《鲁迅全集》第9卷第282、286、292页,人民文学出版社1981年版。

要以技术为衡量之准绳是很明显的,因为“谴责小说”在内容上也是从“指摘时弊”出发的:

> 有识者则已翻然思改革,凭敌忾之心,呼维新与爱国,而于“富强”尤致意焉。戊戌变政既不成,越二年即庚子岁而有义和团之变,群乃知政府不足与图治,顿有掊击之意矣。其在小说,则揭发伏藏,显其弊恶,而于时政,严加纠弹,或更扩充,并及风俗。[1]

在这些“谴责小说”的作家的主观意图与动机上,应该是非常符合时代的要求的。但是,由于“技术之相去亦远”和“描写失之张皇,时或伤于溢恶,言违真实”,于是只能“别谓”了。而写“黑幕小说”者,有的也“以抉摘社会弊恶自命”[2]。但是也因“无抒写之才”,或仅以“谩骂”为已任,更下者又成了“丑诋私敌”的工具,当然要被鲁迅斥为“堕落”了。可见鲁迅在分档次时,侧重于艺术性这一点,也是比较明确的。在鲁迅为“谴责小说”命名之后,也有人因此而将“谴责小说”称为“诅咒小说”[3],将“黑幕小说”说成与“谩骂小说”[4]相近似,但这样的称呼并无多少新见,也根本没有引起人们的注意,更谈不上通用了。

根据鲁迅对“谴责小说”的评价,我们认为用于《官场现形记》和《二十年目睹之怪现状》则可,因为它们确有此类的不足;而对《老残游记》和《孽海花》等既有某些谴责味,而又是艺术性较高的作品,恐怕失之于太“苛”。这两部小说的艺术性也是得到鲁迅的首肯的。鲁迅在谈到《老残游记》时说:

> 其书即借铁英号老残者之游行,而历记其言论闻见,叙景状物,时有可观,作者信仰,并见于内,而攻击官吏之处亦多。……“历来小说,皆揭赃官之恶。有揭清官之恶者,自《老残游记》始”也。[5]

我们认为鲁迅的评价是恰如其分的。《老残游记》中的“叙景状物”有的片段

〔1〕〔2〕 鲁迅:《中国小说史略·第二十八篇 清末之谴责小说》,《鲁迅全集》第9卷第282、286、292页,人民文学出版社1981年版。

〔3〕 凌霄汉阁:《“老残”与“清廉”》,《中国公论》第2卷第3期(1939年12月)。

〔4〕 徐文滢:《民国以来之章回小说》,《万象》第1年第6期(1941年12月)。

〔5〕 鲁迅:《中国小说史略·第二十八篇 清末之谴责小说》,《鲁迅全集》第9卷第289页,人民文学出版社1981年版。

简直达到了“经典”的程度。胡适也认为“《老残游记》最擅长的是描写的技术；无论写人写景，作者都不肯用套语滥调，总想熔铸新词，作实地的描画。在这一点上，这部书可算是前无古人了”[1]。胡适在他的《〈老残游记〉序》中引用了第12回的“打冰之后”和13回的“冻河情景”。在大段引述“冻河情景”后，还介绍了刘鹗自己的评点：

止水结冰是何情状？流水结冰是何情状？小河结冰是何情状？大河结冰是何情状？河南黄河结冰是何情状？山东黄河结冰是何情状？须知前一卷所写是山东黄河结冰。

胡适赞叹道：“不但人有个性的差别，景物也有个性的差别。”[2]这就是《老残游记》的高度的文学技巧。当然，第2回中的王小玉唱书的一大段描写，更是令人叹为观止。音乐是只能用耳朵去听的，但刘鹗却叫我们用眼睛去听音乐；音乐是用嗓子或乐器去振动空气，如能发出悦耳的乐音，就会令人感到欢愉，但刘鹗却用文字去振动空气，传达出王小玉唱书的音韵，真正达到了“余音绕梁，三日不绝”的效果。用今天的新名词来讲，就是完美地运用了“通感”的手法，用文字来谱写名艺人的绝技。这要比白居易的“大珠小珠落玉盘”细腻得多了！因为这个用文字来传达名唱段的片段，常被人们所引用，这里也就从略不引了。至于对刘鹗此人的评价，过去有若干斥为“汉奸”和“反动”的“结论”，声色俱厉，大加呵责。但在今天看来，如果刘鹗生在当世，他恐怕是贯彻改革开放政策的急先锋。他并没有出卖民族的利益；而我们也不能因为他借小说中人物之口，否定“北拳南革”，就一笔抹煞整部《老残游记》。他不赞成革命的立场是比较明显的，但“北拳”究竟如何评价，还有待于今后的史笔呢！

《孽海花》的优点与缺失，鲁迅也洞若观火：

书于洪傅特多恶谑，并写当时达官名士模样，亦极淋漓，而时复张大其词，如凡谴责小说通病；惟结构工巧，文采斐然，则其所长也。书中人物，几无不有所影射……[3]

---

〔1〕 胡适：《〈老残游记〉序》，《胡适文存》第3集第407页，黄山书社1996年版。

〔2〕 胡适：《〈老残游记〉序》，《胡适文存》第3集第408页，黄山书社1996年版。

〔3〕 鲁迅：《中国小说史略·第二十八篇　清末之谴责小说》，《鲁迅全集》第9卷第291页，人民文学出版社1981年版。

关于《孽海花》中的人物的确是可以按图索骥，索隐显真的。因此，将这部小说视为历史小说，更为公允。我们是将它放在“历史演义”编中加以论述的。那么，在“通称”的四大谴责小说中，真正符合鲁迅所说的“辞气浮露，笔无藏锋”者，较为典型之作也只有《官场现形记》与《二十年目睹之怪现状》了。

在鲁迅论述《官场现形记》时，谈及作者的“以合时人嗜好”，又因能“特缘时势要求，得此为快，故《官场现形记》乃骤享大名”。[1] 按我们的理解，这正是通俗社会小说家所应有的“特异功能”。这“以合时人嗜好”最好不要简单地解释为“媚俗”，因为“盖嘉庆以来，虽屡平内乱（白莲教、太平天国、捻、回），亦屡挫于外敌（英、法、日本），细民暗昧，尚啜茗听平逆武功”。就在这样的轨道上滑行的“俗众”的兴趣，一下子被扭转到李伯元的谴责小说的“掊击”时政的新轨道上来，培养了俗众的新“嗜好”，使他们“得此为快”，还使作者“骤享大名”。这才是真正的通俗社会小说取得俗众认可的“大本领”。而《二十年目睹之怪现状》也正符合了通俗小说的创作规律，能“历记二十年中所遇，所见，所闻天地间惊听之事，缀为一书……杂集‘话柄’，与《官场现形记》同”。[2]看来，以后的许多通俗社会小说作家，受这两部家喻户晓、妇孺皆知的著作影响甚巨，常常套用它们的创作模式。可以说，通俗社会小说的受俗众欢迎的“秘诀”也在其中，而它们往往所得的评价不高的原因，也在其中。但“以合时人嗜好”和“得以为快”，决不意味着就是贬意。总之，这两部谴责小说，是民国通俗社会小说的重要“源头”。民国通俗社会小说合理地吸收了“狭邪小说”中的描写社会面貌的内核，同时又以这两部谴责小说为范本，从事他们新的探索。如能部分或全部跳出这个创作模式而高于他们的前辈李伯元与吴趼人者，就必然有创新的大成就。

为了要给清末之谴责小说重新定位，我们发表了如上的一些探讨性的意见。至于对这些作品的分析，论家已有许多详尽的剖解，就不想再加以重复了。进一步想讨论的，倒是“黑幕小说”的问题。

第二节　某些评论对黑幕小说过分武断片面

——“曝光”与“教唆”的机缘并存

鲁迅将揭发时弊的小说分为三个档次：讽刺小说、谴责小说与黑幕小

---

〔1〕〔2〕 鲁迅：《中国小说史略·第二十八篇　清末之谴责小说》，《鲁迅全集》第9卷第284、286页，人民文学出版社1981年版。

说。在论及“黑幕小说”时，他说：

此外以抉摘社会弊恶自命，撰作此类小说者尚多，顾什九学步前数书，而甚不逮，徒作谯呵之文，转无感人之力，旋生旋灭，亦多不完。其下者乃至丑诋私敌，等于谤书；又或有谩骂之志而无抒写之才，则遂堕落而为“黑幕小说”。[1]

这的确是小说的一种“堕落”。这种小说的作者写作的动机不纯，“徒作谯呵”，而又“亦多不完”，当然只能是“旋生旋灭”；加上捕风捉影地“丑诋私敌”，技术又极为低下，简直是一无可取。当然也无法存留，因为在文学史的生态环境中，它本身就无存活的能力。本来就不必再作深入的讨论。可是在“五四”前后有过一场关于“黑幕书”的公案，还值得我们作一番回顾，作一番探讨。

“黑幕”往往与现在一个很时髦的词汇联系在一起的，那就是“曝光”。揭穿“黑幕”犹如剥开“画皮”一样，原是一件非常必要和正常的事。可是现在一提起当年的所谓“黑幕文学”就如临大敌一般。这里有一段历史，有一个过程，需要我们去追溯。

有的文学史资料上有这样的记载：“1916 年 10 月 10 日，上海《时事新报》开辟‘上海黑幕’专栏，自此黑幕小说开始风行。”[2]在 1918 年 2 月 1 日路滨生编辑《绘图中国黑幕大观》4 大册（初集卷上、卷下，续集卷上、卷下），中华图书集成公司发行。纂辑 170 位作者的黑幕笔记 742 则。内分 16 个门类，即政界黑幕，军界黑幕，学界黑幕，商界黑幕，报界黑幕，家庭黑幕，党会黑幕，匪类黑幕，江湖黑幕，翻戏黑幕，优伶黑幕，娼妓黑幕，僧道黑幕，拆白党黑幕，慈善事业黑幕，一切人物黑幕等。这 742 则一般说来是称不上黑幕小说的，大多是笔记，实录某事而已，最多加一点文学的笔调。内容也不像现在未见过此书的人想象的那样恶劣，当然格调不高者间或有之。但并非是“罪大恶极”的东西。第一页上是一封蔡元培先生的亲笔手书（影印件），抄录如下：

谨复者，前于各报广告栏见黑幕大观，意为近世写实派小说一流，

〔1〕 鲁迅：《中国小说史略・第二十八篇　清末之谴责小说》，《鲁迅全集》第 9 卷第 292 页，人民文学出版社 1981 年版。

〔2〕 陈鸣树主编：《20 世纪中国文学大典》（上）第 427 页，上海教育出版社 1994 年版。

已函订预约券。今奉
惠书益谂
诸君子救世苦心深所钦佩。惟作序则诚未敢。因未读全书,率尔发言,
不特自轻兼亦轻
大著也。如必欲鄙人列名,即以此函代序,未识有当
尊诣否?手此祗颂
著祺

蔡元培敬复12月26日(1917)[1]

从信的内容看来,蔡元培是客气的,但也是审慎的,没有蔑视或鄙薄之意。他还从邮局汇上2元2角预订此书,也看不出预订之后准备"批判"之用。为这本大观作序者有王钝根、程瞻庐等,也还是正派的通俗文学编辑或作家。兹摘录王钝根的《中国黑幕大观序一》如下:

黑幕者,摘奸发覆之笔记也。某报社创之于先,各书肆继之于后。惟某报社之黑幕,纪事囿于一隅,而各书肆所出之黑幕,内容又未必尽佳。于是有路滨生者,奋袂而起,手编中国黑幕大观四巨册,都百万言。自比燃犀铸鼎,奸魅无遁形矣。书成乞序于予。予先索其稿读之,殊有未尽之处,即就予十年来所闻见,政局之离奇变幻,大人先生之机巧诈伪,多有报纸所不便揭载,而黑幕大观所未能尽行采入者。惜予无暇,不克为黑幕大观效土壤细流之助。然黑幕大观之增进一般人士之知识,固已不少矣……故黑幕大观,学校之外之教科书也,使天真烂漫之少年,忠厚朴实之君子,读之而知所戒备;尤使贫困之士,勿歆小利而堕其身家,厥功伟哉。

中华民国六年十二月一日王晦钝根书于新申报馆[2]

王钝根说黑幕大观是"学校之外之教科书",当然是谀美之词。但作为认识功能和戒备功能却也是不能一笔抹煞的。[3] 在《中国黑幕大观》中王钝根

〔1〕 路滨生编:《绘图中国黑幕大观》,用亲笔手书制版,1918年中华图书集成公司版。

〔2〕 路滨生编:《绘图中国黑幕大观·初集卷上》第1页,1918年中华图书集成公司版。

〔3〕 贾植芳教授口述:在旧社会时,从山西至沪,友人赠他一部"黑幕大观",并说:"你为人老实,看看这部书,在生活中可以少受骗上当。"

还做了一个广告《黑幕之尤》：

> 时下流行黑幕，社会人士遂移数年来读小说之兴趣以读黑幕。予于两月前亦尝登《新申报》广告，征求黑幕，竟得来稿千篇，溢出预定容量之外，乃以所余介绍于中国黑幕大观编辑路滨生君。予则择其尤者，编印一小册即托中华图书集成公司发行，每册定价三角，不日出版。
>
> 钝根王晦敬启[1]

以上介绍的这些“大观”、“之尤”之类的内容还是可读的。但在黑幕盛行之日，的确涌现出许多消极的东西。于是在“五四”前夕，在《新青年》上有钱玄同与宋云彬的通讯，仲密（周作人）则在《每周评论》上发表《论“黑幕”》，又在《新青年》上发表《再论“黑幕”》，进行批判。就是在通俗作家群中也有人出来说清黑幕堕落之过程。下面引用叶小凤（楚伧）的一段话作证：

> 黑幕二字，今已成一诲淫诲盗之假名。当此二字初发见于某报时，小凤奉之若神明，以为得此慈悲广大教主，将地狱现状，一一揭布，必能令众生目骇心惊，见而自戒。及见其渐近于淫亵，则喟然叹曰：洪水之祸发于此矣。果也，响应者，春芽怒发，彼亦一黑幕，此亦一黑幕，探基具相，则龌龊至于不可究诘……夫开男盗女娼之函授学堂，则直曰开男盗女娼之函授学堂耳；卖淫书则直曰卖淫书耳，而必曰宣布黑幕也。彼以为如此，则可以诱惑读书之学生，可以逃官厅之检查，其计诚巧不可阶，总算一帆风顺，无往不利。学生之黑幕程度，继长增高，进而教之，且将与流氓拆白颉颃，而作俑者，于此亦可告一段落矣！[2]

叶小凤作为同时代人，是了解征求黑幕的原始动机和事后的日渐变质之过程的。因此，他也劝“作俑者”于此可告一段落了。自己已经无法控制的局面，如再要坚持下去，就不是一个推波助澜的问题，而简直是助纣为虐了。

基于以上的分析，我们认为，在大都会兴起的过程中，一般市民或“外来户”对这个“庞然大物”的运转难于适应，更谈不上去驾驭了。面对这样五光十色、千奇百怪的巨大的都市，他们充满着神秘感和惊恐感，于是如临深渊，

---

〔1〕 路滨生编：《绘图中国黑幕大观·初集卷上》广告版，1918年中华图书集成公司版。

〔2〕 叶小凤：《小凤杂志》，《小凤杂志》第31页，上海新民印书馆1935年再版本。

如履薄冰,生怕有一天被这头咆哮的恐龙给一口吞吃下去。这时揭穿黑幕的笔记正好迎合了他们的这种心理,他们认为可以从中得到许多启示,了解许多门径,正像现在一些人要学自卫的防身术一般。但是层出不穷的黑幕是永远也揭不完的,再加上有些人想利用老百姓的这种心理大赚其钱,不惜将许多作恶法门大量"倾销",事物就起了质变,最后,只能是借"揭穿"之名行"诱惑"之实了。

如果说叶小凤是用"杂志"的形式说清了这个过程的话,那么,包天笑是用小说的形式来披露出版家对黑幕小说的大力提倡所造成的恶劣后果。包天笑在1918年7月1日发行的《小说画报》第14期上,发表了一篇题为《黑幕》的小说。虽说是"天笑戏述",却也能看出黑幕盛行期间的"有的放矢"之言:内容写的是"我"的老友精心著作的一部高等数学的稿子送遍大小书局,皆是碰壁。以至于气得他愤慨地说:"我再不想中国的出版界,卑劣到如此地步!"接着讲起一个书局的经理兼编辑主任与他说的一席对话:

"此刻除非有黑幕的稿子才收,其余一概不收……先生倘有黑幕稿子,我们倒愿收,只是要愈快愈妙。"我道:"这黑幕稿子讲些什么呢?"他笑道:"你这位先生也真太老实了。世界上事事物物那一样没有黑幕,中国的黑幕更多,中国的上海的黑幕更加多。只要你肯做,这黑幕就会到你笔底下来……上海的黑幕人家最喜欢看的是赌场里的黑幕,烟窟里的黑幕,堂子里的黑幕,姨太太的黑幕,拆白党的黑幕,台基上的黑幕,还有小姐妹咧,男堂子咧,咸肉庄咧,磨镜党咧。说也说不尽,要是就这几样做出来,要比大英百科全书还要多,定价略贵些。还可以卖预约券咧!……他们善于做黑幕的,一天就可以做几篇。还有一个法子,你老先生要是高兴做这黑幕稿子,我可以传授与你。要是你知道了这个法子,不必身历其境,就有许多黑幕被你寻得。"我道:"不必亲历其境就得着许多黑幕,这个法子倒要请教。"他道:"你老先生也天天看报的吗?……你要看报时,就留心报上的本埠新闻和那种小新闻,这里头就有许多黑幕在内……譬如报上登了某公馆的姨太太逃走了。这时,他们做黑幕的一个大题目来了。那报上所登不过寥寥三数行,他便装头装脚,可以演长至一万余字,至少也得数千字。全在无中生有,移花接木,加上许多作料。你别小觑那报上所登寥寥三数行,这便似药房里所卖的牛肉汁一般,只用得一茶匙,把开水一冲,便冲成一大碗。做黑幕的，他就是用这个法子。你想，以上海之大，奸盗淫邪之多，社会之复杂，一天里头总有一条两条够得上做黑幕材料的。这可不是用之不尽，取之不竭吗？”我道：“承先生指教，使我长进知识不少。只是那种黑幕于人心道德上，不知有无影响？”他听了我这句话，便有些不高兴。便道：“你这位先生也太迂气了。我们做书店生意的，营业是一件事，人心道德是一件事，怎么可以并为一谈？……”我道：“……我也不能怪你们开书局子的人，现在的社会是需要这一种东西，书局里为营业上起见，其势不能不迎合些社会心理。只要一家觉得这一种东西可以销行，大家便一窝蜂的去做了，至于这种书散在社会里，将生何种效果，这是在无形之中，一时间眼睛所瞧不见的。说什么济世之宝筏，指迷之南针，这也是门面话。其实只要书出门，钱收到，其余可以一概不问了，可是不是这个意思？”那书局里的经理道：“这几句话，先生才明白了。我们做营业的人是跟着买客走的，他们要这种货色，我们才可以做这种货色。开了一爿店，要违反这个原则，还能支持得下吗？……中国的出版物是一种流行性的。一时流行那一种，手脚快的还可以抢得几个钱，手脚迟的，落在后面，就教他吃亏了。其实后面所发行的，也未必逊于先前的，只是到了那个时候，人家已觉厌烦了。现在这一种黑幕的出版物，要是抢得快，还可以抢几个钱，若是再迟下去，可就不行了。这种出版物我们也知道唤做吗啡出版物……吗啡这样东西，先生是研究科学的，该知道它的性质了，虽然是个有毒的，然而卖药的人都喜欢用它，因为它能暂时使人兴奋，觉有奇验。虽然到将来毒发，受它大害，可是卖药的人，出门不认货，却就不管了……现在的出版物也只好如此算计。再有那吃鸦片的人，鸦片是吃不起的了，眼泪鼻涕，身体困倦，到了没有法子的时候，就去打一管吗啡针，觉得精神旺了一旺。宛如我们开小书局的人生意清淡，到无可如何的时候，想出什么黑幕咧，白幕咧，生意哄一哄，这便也是吗啡针政策了。”我听了那种闻所未闻的话，不觉叹了一口气……难道现在的出版界，果真如此吗？……我这著作做了个死后殉葬物了。

包天笑的这个短篇小说是很耐人寻味的。小说的结尾是朋友走了以后，“我”就将朋友这一席话写下来，“写了下来，自己读了一遍，不觉叫声阿呀，可怕得很。这黑幕是有传染性的流行病。我这篇东西，不很像讲的黑幕吗？

我那朋友没有传染,倒传染了我”。〔1〕在包天笑的小说中,侧重地批评了当时中国出版界的只求赚钱,不惜贩卖毒品的错误做法,但他们在自辩中也说是为了迎合一般读者的心理,说明了当时的社会风尚的险恶。最妙不可言的是小说的结尾,这说明了包天笑的“清醒”。这个结尾比某些新文学家对黑幕的批判,要“理智”得多。事物总有它的两面性。黑幕是需要曝光的,但物极必反,当不顾一切地用黑幕小说作为赚钱的工具时,就会做出向读者倾销鸦片和吗啡的勾当。批判这种“吗啡针政策”也不等于全盘否定曝光黑幕的必要性。以至于看到“黑幕”二字,就迎头痛击,这其实也可定名为“弓杯蛇影政策”。包天笑的这篇小说叫你在阅读时频频颔首。但当你读完时,他以四两拨千斤的“巧劲”告诉读者,我这篇小说是一篇揭穿出版界黑幕的作品,可见有揭露和谴责味的小说也不能一概以黑幕视之的。1917 年天忏生(贡少芹)写的《复辟之黑幕》就是很精彩的政治性的笔记文学,而 1918 年1919 年出版的海上漱石生的《黑幕中之黑幕》就是较为成功的社会小说。

第三节　以法律为准绳的超前意识的好题材
——孙玉声的《黑幕中之黑幕》是一部佳作

1903—1906 年,因写《海上繁华梦》而得盛名的孙玉声,于 1918—1919 年出版了 6 卷本的《黑幕中之黑幕》〔2〕他在作品中借作品中的两个人物的对话说出了当时黑幕小说之盛:

> 朗之道:“上海怎么有这许多奇事,连借房子也有黑幕在内,怪不得报馆里书局里新出的黑幕的书报,近来一天多似一天,大家说不完它。”天华道:“非但说它不尽,那黑幕中尽还有个黑幕,或是不敢说的,或是不肯说的。不敢说,恐招歹人嫉忌,有杀身之祸;不肯说,乃暗中得了钱财,有意替他隐讳。”

而孙玉声在小说中一再表白,他写这部小说,是“志在警世”。这与他写《海上繁华梦》的旨在惩劝是一致的。可是这部小说决不是重复《海上繁华梦》

〔1〕包天笑主编:《小说画报》第 14 期(1918 年 7 月)。

〔2〕《黑幕中之黑幕》第一、二卷出版于 1918 年 7 月,第三、四卷出版于 1919 年 1 月,第五、六卷出版于 1919 年 5 月,均为文明书局版。

的套路。作者似乎有意要与他自己的“前作”有区别:有的是情节设置上的小小的“更张”,有的却是构思上大大的“改弦”。例如,《海上繁华梦》写谢幼安与杜少牧从苏州到上海的种种行状,而《黑幕中之黑幕》是写甄朗之、毛藻岑与钟厚丞三个崇明青年到上海后的种种遭遇。在《海上繁华梦》中,作者喜欢写浪子回头,而在《黑幕中之黑幕》中则写纨绔子弟之受惩。在《海上繁华梦》中已出现过几个外国人,但主要写这几个外国嫖客在堂子里酗酒胡闹;可是到《黑幕中之黑幕》则开始写外国人介入了中国的商界,或包揽了律师这种在中国还是新兴的职业等等。在《海上繁华梦》中主要写恶妓欺诈,而在《黑幕中之黑幕》中则是写了一个很有些身份的骗子,他善于制造黑幕中的黑幕,用他的手法使人入了他的圈套还要感谢他的救命之恩。作为沪人写沪事,孙玉声在《海上繁华梦》中以描写上海民俗取胜,但到了《黑幕中之黑幕》中他写了商界的骗子已知道怎么钻法律的空子而获取不义之财。中国公案小说的法规是已经过时了,在上海租界内是“西法”,打官司首先要找律师,而当时的律师全由外国人承担,中国还没有这样的人才。在法庭上,就是原告、被告和辩护人在“问官”的主持下摆开阵势,拿出“真凭实据”来,在事先设计好的“天衣无缝”的伪证面前,你有口难辩,即使是高呼“冤枉”也是徒然,“青天大老爷”只重证据,拒绝喊冤。这在当时是个很新鲜的题材,也是孙玉声在题材现代化中的一次“更新”。这是一部较为成功的社会小说,尽管他冠以“黑幕”这两个当时很受谴责的字眼,而且还是“黑幕中之黑幕”:这对当时的读者是一种迎合,对批判却是一种挑衅。

这三个崇明青年是慕上海之繁华而到上海做“繁华梦”的。一到上海,不满 20 岁的毛藻岑就沉湎于声色,很快被妓女俘虏去了,作者基本上就将他放在一边,很少置问了。纨绔子弟甄朗之借着他的家产作资本,开了个经营珠宝的“三合公司”,而年近 30 的钟厚丞,的确比较忠厚,甄朗之信得过他,请他做了三合公司的账房。这个三合公司顾名思义是由三个人合作经营的。可是除了甄朗之有资本之外,其他两个人却是上海的无业游民,他们的资本就是在上海“兜得转”。一个土头土脑的纨绔少爷,怎么能看得透两个海派职业骗子?许多骗局就是围绕着猎取三合公司的“资本”而展开的。而写得最为成功的是骗子杜锵华,他是个有点身份的老奸巨猾的善设层层骗局的惯骗。他的家中有三层楼的独宅洋房,人们进进出出,俨然像个“总会”,特别是许多富家太太是座上常客——牌友,大户人家的姨太太,使他的家更富有吸引力。三合公司的另一位骗子锦天华很想知道这个“总会”式的赌窟的内幕，但杜锵华屡屡含糊其辞。直到最后，两个骗子成了无话不谈的伙伴时，才将这个神秘兮兮的场合的作用公开。读者才知道他的良苦用心与左右逢源的设计：

> 锵华略一沈吟道："我与你无话不谈，这件事也告诉你罢。楼上并非总会，乃是些爱赌爱玩的富家妇女，没有地方聚集，故而在此消遣。初时并没有男子在内，后因有人说起某公馆内的姨太太，某处某家的少奶奶、大小姐，俱受了拆白党的哄骗，金银首饰尽被取去，临了连人都不见。这班人真比强盗更狠，却又无法防他。我因想出一个念头，叫你两个嫂子暗暗招呼那班妇女，倘然心上有什么人不妨邀他们到此碰和，不论摇摊、扑克、麻雀、挖花输赢，但要现钱。掂掂那个男子的力量。有钱的然后与他交往，没有钱不去睬他。拆白党哪一个不是空心大少。我这法子一出，一个月掂穿了好几个人。那班妇女甚是感激。如今竟把我这二层当做总会一样。哪一天不有两三个赌局。每局必有三十二十块钱头钱。她们情情愿愿的给我。这项进项每个月倒有千把块钱哩！"天华抚掌称善，佩服他脑筋里真会想法。

这是一个黑幕吧？可是锵华并不以此为满足。他再利用这班妇女中的有些女拆白党，再去勾引有钱的男子，做出许多伤天害理的事来。甄朗之就是在这个"总会"中与咸玉香勾搭上后，两相情愿，准备男婚女嫁。骗去了甄朗之的金刚钻戒指等物与大几千元之后，忽然跳出个男拆白党来，说咸玉香乃是他的妻子。此时，杜锵华"义形于色"地要为甄朗之打官司，在诉讼费里大捞好处。及至到了法庭，男女拆白党"呈上一纸证婚书，有媒有证，且还照章粘着印花。可算是个真凭实据"，于是甄朗之反成了诱拐良家妇女的罪犯。连结婚时新买的一房间红木家具的发票也被女拆白党偷去，在法庭上成了女方财产的铁证。下狱的不是拆白党，而是甄朗之。于是怎么将他保释出狱的过程中，又可大捞外快。他们诡称朗之有重病需保外就医。但这一套程序繁琐至极。甄朗之每走"一步"均要花大价钱，而且要向人磕头求拜，戴德感恩。书中也点穿了罪魁祸首就是杜锵华：

> 乃航道："姓甄的既受了那女子之愚，有人出来自认丈夫，锵华不应该再怂恿告状。岂不是他弄坏的么？"渤湘微笑道："终算你有些眼光，

看得到他一半。其实此事全坏在锵华身上，若不是他穿针引线，朗之怎么和玉香认识起来。至于所以穿针引线的缘故，明白人一想便知。且恐黑幕中不止锵华一人……”

可是杜锵华还并不罢手。他的真正目的并不在于叫甄朗之在女色上跌个大筋斗，他要的是三合公司的全部财产。于是制造一点小小困难后，把一个外国浪人塞进三合公司来做“出面东家”。

天华告诉厚丞，要把三合公司请洋商出面，乃是锵华的主意。缘公司尚未开幕，便被金忠钊因支票告发，受欺太过……毕的生斯此人虽是西人，乃在上海生长，所以说得好一口中国话，中国字也略识几个。若得肯答应出面，公司戳了他的牌号，真是没人敢来触犯，包管能百事太平……毕的生斯请来，这公司真可永远立于不败之地了。

公司还将聘请毕的生斯任职的事登报广为宣传，也不用“合同”的形式，说明这“出面东家”的涵义，以致留下一个极大的隐患。在公司开幕之日，此事被劳渤湘知道后，“渤湘替朗之暗暗跌足，无奈木已成舟，言之无益”。果不其然，不久，毕的生斯就来寻衅要公司存钱钞和账簿的铁箱的钥匙。当甄朗之、钟厚丞说他无权查账时，他就将碧眼睁得滚圆，恶狠狠地说道：“我不是公司里的东家是谁，怎说铁箱不能开看？”“公司不是我的乃是哪一个的？”当厚丞指出：“东家上面有出面二字，乃是请在公司内出个面的，不比资本东家有权查检银钱账目。”于是毕的生斯喝道：“公司内我没有资本，怎能够做出面东家？亏你说得出来！……公司里除了我谁有资本？是我做的公司，要把资本交给哪个。若说有甚凭据。新闻纸广告上登出的三合公司主人可是我毕的生斯，这不是铁据么？”于是，毕的生斯与杜锵华、锦天华狼狈为奸，鹊巢鸠占，把朗之与厚丞赶出了三合公司。那就又只好求助于法律了。这次请的是一位做过外国法部大僚，为人刚方正直、矩步规行的物力哥。物力哥一问案情，当即说：“请他出面时未订合同，失之于先；驱你们出外时未报捕房，失之于后。手续上既毫无依据；事实上又近于离奇。但凭两个证人上堂，只恐问官要说一面之词，难于取信。必须另外搜求证据。你们可还搜求得出什么东西。”对这两位法盲来说，真是一无所有。于是物力哥下了断语：“此案若照这样没有把握，我这里万难承办，还是去请别人，不敢耽误你们。”

他们愿出高额律师费也不肯承办，因为后果是必然会败诉，对原告无益，于律师的名誉也有碍。

作者名为揭穿黑幕，实际上是给20世纪一二十年代的读者上法律启蒙课。在当时真是新鲜事。而钻法律的空子来行骗，在当时，还是一项方兴未艾的炮制黑幕的新的犯罪手段，作者指出这是一个坑人的大陷阱，是有他的敏感性的。当时，许多通俗作家写内地人到上海，至多是写他们眼界未开，到处闹笑话，被上海人视为猪头三，阿木林；但这三个崇明青年到上海，因不懂当时租界法律，而到处碰壁。作品中这样涉及法律的纠葛，比比皆是。

这部作品中有几个人物也写得较为充实，性格也还鲜明，特别是杜锵华这个人物，是个高级骗子，心机颇深。那些连环套式的欺诈手段，皆是他的"手笔"，但在表面上他还是个大大的好人。几个外国人也写得比《海上繁华梦》中的出色，而且作者一方面看到外国人在中国大都有仗势欺人的一面，看得出他们的"优越感"，所以才有毕的生斯这样的败类，用现在的语言来说，就是揭示了帝国主义的本质；但作者倒也创造了几个很好的外国人的形象，律师物力哥就是一个很好的例子。他是律师，有一种忠于职守的敬业精神，一种"信守"在法律面前人人平等的品性。另一个外国人是麦克麦克。在朗之被毕的生斯赶出三合公司后，劳渤湘认为麦克麦克是毕的生斯的克星："他两个虽然俱是西人，麦克麦克光明正大，与毕的生斯一味无赖大不相同。"下面是毕氏与麦克的一段对话：

> 毕的生斯道："公司是我开办，中西报俱曾登过广告，那个不晓甄、钟二人，从前由我所请，现因两下意见不合，故于前天分手。此事你何必问它。"麦克麦克闻言怒道："好个不要脸的毕的生斯，人家拿出资本，请你做出面大班，你公然喧宾夺主，竟把公司据为己有，我们外国人的体面被你削尽的了。今夜我正为此事而来，你若稍有羞耻之心，快把公司依旧让还朗之。明天起请他和厚丞进来，若有半个不字，可与你法律相见。"

但是，法律还是法律，物力哥不肯办的也正是麦克麦克所办不到的。但这两个外国人虽落笔着墨不多，但在读者脑中还是留下印象的。

作品的结构也属上乘，围绕主人公的受骗过程，一波未平，一波又起，教人手不释卷，可读性很强。但这部长篇远不及《海上繁华梦》广为流布，大概还是由于读者喜读“闹笑话”“出洋相”的作品；而对《黑幕中之黑幕》中的法制观念不大感兴趣，老百姓认为自己没有资格经营商业，也不开公司，法律与他们离得甚为遥远。看来中国人的法制观念还是较为淡薄的，而作者所选的题材似乎太有“超前意识”了。

第四节　黑浪吞食广东官民　政涛席卷中原大地

——从《黑狱》、《政海》看两面人张春帆

张春帆的创作真可说是著作等身，阿英向我们推荐了《黑狱》（又名《黑暗世界》）；而他的同乡，武进籍老作家陈蝶衣则向我们推荐他的《政海》。他们介绍说：

> 漱六山房张春帆所著小说，最为人称道者，为写清妓院生活之《九尾龟》。实则张氏所著之《黑狱》，其价值乃高过《九尾龟》十百倍，乃真可称，然绝不为人所知。[1]

> 先生除了成名作《九尾龟》，以及《政海》、《魔海》、《情网珠》、《反倭袍》、《摩登淫女》等等的社会言情小说之外，还写了不少武侠小说……[2]

阿英将《黑狱》列入“国难小说”之中，评价又是如此之高；而《政海》在陈蝶衣的介绍中“座次”也仅居《九尾龟》之下，这都引起我们对这两部社会小说的重视。

《黑狱》的第1回是《一声檀板闲将身世话当年，万顷芙蓉从此神州开浩劫》，它以一个白发乞妇手拍绰板、口唱莲花落，历数鸦片之害为开端，用这样一个民间说唱味很浓的劝善引子，引出了广东烟害横行下的种种惨酷图像。官吏吸上鸦片，就丧心灭理，造出许多奇灾异祸；百姓吸上鸦片，就倾家荡产，如染麻风，遂成废物，乌黑的烟膏竟熬出了一个黑暗地狱。小说在老乞妇唱了莲花落之后，就出场一个85岁的广东籍老人，以他之口说：“请破三日睡梦，听我慢慢道来。”于是他用一些与鸦片为害有关的故事，一个接着一个铺叙下去。他所讲的一桩桩事件也的确怵目惊心。小说将社会面拉得

〔1〕　阿英：《小说三谈·国难小说》，《小说三谈》第1页，上海古籍出版社1979年版。
〔2〕　陈蝶衣：《〈九尾龟〉作者——张春帆先生》，香港《万象》第4期（1975年10月）。

很广，有高级地方官员，如两广总督贺图，原广州府刘浔和新任广州府黄太尊；有县衙的知县官，如南海县知县史朴和他的后任帅远谟等；而这些人中最"肥"的却是海关的官员，如新关督荣华，粤海关总书钟宜人等。就百姓而言，有殷实人家区承先，财主后代梁十五，医生曹鹤舫，花农胡阿三，屠户胡某，还有不知其名的叫花子……总之，当时广东的各色人等皆与鸦片有关，他们都成了吸毒成瘾者。一旦这些官员染上毒瘾，就更加为所欲为，草菅人命，弄得广东百姓纷纷起来闹事，到处盗贼蜂起。被抢被掳的人家，如要报案，不知要经过多少关卡，而每一个关卡，都要"进贡"，上级官员要银两，下级差役都要轧到烟间里去开灯。

> 工夫费了半年，钱又花了无数，还不晓得何日再能领赃。就算领到赃，十份有九份是差人笑纳。你想一个人辛辛苦苦挣来的家财，一半被强盗抢去了，强盗伯伯余下的，又被衙门中弄去了。岂不是全行完结？所以广州当时，有句俗话说得好："强盗官，一般般，不报案，留一半。"

鸦片毒化了衙门上下，毒化了整片官场，官逼民反，反民为盗，杀官害民，如此循环往复，以至于愈演愈烈。小说中的大盗梁十五，就是出身在一个"鸦片世家"，所以既害了自己，又酿成了一连串的奇祸巨灾，造成社会的恶性连锁反应。作家选择这个故事是十分典型的。梁十五祖辈是财主，到他父亲手中已因吸食鸦片而衰败，到他长成时，吃饭也很艰难了，但他的烟瘾是娘胎里带出来的，无从戒起。家徒四壁后，将妻子卖掉。五六岁的儿子问他，我娘到哪里去了？正在吸烟的梁十五指指手中的烟枪说，在这里面。儿子说，我也进去玩玩。梁十五说，过几天带你去。过了两天，儿子也卖掉了，总算也"钻进"烟枪里去了。自此，他一无所有，凭着自己的膂力与勇猛，再加上胆大，成了一个巨盗，又是盗中之首领。他就抢回了他的妻子与儿子：而失去小老婆的是一个巨绅，失去义子的是一个著名的讼师。南海县的知县史朴明知梁十五是不好惹的，但失主也非同一般，他不能不管。梁十五乱叫乱跳了三天："这回我取的，是自己妻子，偏要硬出头，不是老虎头上来捉虱么？"过去史朴好用酷刑，什么天平架、猴子捧桃、美人踏莲之类把老实的乡民诬为强盗，往往是在血肉横飞之下，锻炼成狱。这回众盗大闹公堂，劫了县官。把个史朴割去双耳，脸上还染成五色缤纷，再也洗刷不掉，更有甚者，在他的脸上刺了"赃官"二字。史朴哭得死去活来："我从此不好做官了。苦呵!”此事报到新任的广州府黄太尊处,黄太尊是著名的“烟花领袖,风月名家”,说出了一句真话来:“你又闹了乱子么? 我可真搁不住。咳! 我好容易钻到这个缺,你们这班糊涂虫,生生的要断送我,这是何苦呢?”碰到这样的朝廷命官,岂非乱成了一锅粥。那就是鸦片危害之下的广东的现实。所以阿英说,书中描写的都是鸦片输入后,在广东所造成的种种恶果,自官吏以至小民。这就必然要引出大的“激变”。也就是必有清醒的官民起而拒绝鸦片的再输入,以不惜一切牺牲去完成这个历史的使命。小说的结尾写道:“林制台得了代表广东百姓的意见,禁烟的心越发坚定。便同将军抚提司道商量,要实行他的主意。不想招人嫉忌,诖误了功名,还几乎丧了性命,却因此开个亘古未有的局面,也是林制台初时万想不到的事。”《黑狱》是与《九尾龟》的第1、2集于1906年同年出版的,可见张春帆是个既“忧国忧民”,又时时沉湎于“花柳丛中”的两面人。像这样的作者在通俗作家群中,并非绝无仅有。

1909年张春帆的《宦海》与读者见面,标“官场小说”,揭露清朝官场的腐恶;但这部小说无法超越《官场现形记》和《二十年目睹之怪现状》。不过,他1923年12月至1924年在《半月》杂志上连载的《政海》却独树一帜,揭露北洋军阀对外投降,对内镇压,自己则倾轧内讧,使民国“国将不国”的种种罪行。试比较《宦海》与《政海》的开头,还是很有意思的。《宦海》的第1回写道:“更兼宦海波涛,官场鬼蜮,出门荆棘,跬步岖崎。在下做书的特地把这些蛇神牛鬼的情形,夺利争名的现状,一桩桩一件件的搜集拢来,成了一部小说,也不过是个形容怪状、唤醒痴迷的意思,宦海茫茫,回头是岸,所以在下的这部小说,就叫做《宦海》。”《政海》的立意却高于《宦海》。第1回写道:“如今的政局,就同汪洋大海一般,波涛起伏,更有那七曲八湾的浅港,星罗棋布的暗礁。这已是极可怕的境界……”作者指出,手握兵符、拥军自重的军阀是“横海的蛟螭,跋浪的鲸鳄”,官僚政客是“鳟鱼鲨鱼”,而人民则是鱼虾蚌蛤,被蛟螭鲸鳄等“张开了城门一般的大口,把那些无辜的鱼虾蚌蛤直吞进去,吃得好不快活”,“可怜这班鱼虾蚌蛤,一个个被他们收拾得九死一生,走投无路。你想人民是国家的根本,人民痛苦到这般地步,国家的前途还有什么希望。但是好好的一个中华民国,为什么竟会闹到这般田地呢?这无非是政治上的罪恶,政治上有了种种黑幕”。因此,这也是一部曝光黑幕的社会小说。从《宦海》的“唤醒痴迷”,在这茫茫宦海中“回头是岸”,直至看到人民在水深火热之中,而要揭穿政治黑幕,这种立意比《宦海》是高出一筹的。

《政海》写的是“五四”前后，巴黎和会和直皖战争等中国政局最为动荡的时刻。覃志安（段祺瑞）、齐作仁（徐世昌）、国玉章（冯国璋）、虎昆吾（曹锟）、伍玉芝（吴佩孚）、庄作楫（张作霖）、铁中铮（徐树铮）、陆威林（陆徵祥）等政要的身影，频频地出现在作者的笔下，将那尔虞我诈，纵横捭阖，争权夺利，置民于水火的紊乱政局也算写得“井然有序”。特别是作者近于同步地反映政坛诸丑，而有些军阀政客不仅还在人世，甚至还身居要津。如此贴近现实的曝光，也算是很有胆识的了。

小说的第 1 回，就是“衣冠傀儡齐作仁慷慨登场”，写的是 1918 年的 9 月至 10 月，小说的结尾是写直皖战争结束，军阀们重新分割势力范围，也即是 1920 年的夏秋，前后大约写了两个年头中的政治风云。也就是 1916 年 6 月 6 日袁世凯逝世，1917 年 7 月 1 日起 13 天短命的张勋复辟之后，中国进入了一个“神奸既伏，人欲横流，而进于演水帘洞，演恶虎村”[1]的时期，各派军阀群雄割据，进行政治分赃，甚至不惜兵戎相见。小说主要是通过上海神皋报编辑陈铁舫和政坛二流要人江对山的眼睛看当时的政局。作者将陈铁舫写得“丰颐广颡，气概轩昂”，江对山认为他是配得上“舆论代表，社会明星”的。他虽然是上海新闻界的人物，但由于经常报导北京新闻而对北京非常熟稔，小说中他在三个关键时刻，皆出现在北京，发表他的宏论。而江对山是个爱惜自己羽毛的政客，据陈铁舫介绍，他神情高朗，风度端凝，袁世凯称帝时，江对山也敢于采取不合作态度；而他的政见是要“调和于南北新旧老少之间”，这当然是无法实现的梦呓而已。小说就以这两个在作者看来是“清流”的评判下，徐徐展开。作者借北京庆祝第一次世界大战的胜利时召开“欧洲战胜纪念会”，邀上海报界若干头面人物到北京赴会。但一到北京，每餐皆得参加大员们的接风欢宴，“大好光阴，都在这酒食征逐里飞一般的过去”。在“统领府谈话会”上他们看到大总统齐作仁，言论也是平庸至极的，这位大总统原是调和矛盾的产物，又有什么精彩的政见可言呢？

> 又见几个武官走进来说，大统领就来，请诸位先生外面去罢。大家一拥出来，齐齐整整的两旁立定。齐大统领穿着一身便服，慢慢的走出来。伍缃伯穿着大礼服跟在后面。大家见大统领出来，齐齐的鞠了一

〔1〕 梁启超语，转引自李新、李宗一主编《中华民国史》第 2 编第 2 卷《序言》第 1 页，中华书局 1987 年版。

躬。齐大统领也鞠躬回礼。先对着一班新闻记者说了一番话。无非是说政府同舆论界应该互相扶助。齐大统领精神矍铄,两只三角眼,炯炯有光,几根白须发,飘飘欲动,说话的声气却低得很……陈铁舫站得较近,听得较清,觉得大统领所说的也不过是普通的论调,没有什么精彩出色的所在,连答词都可以用不着。

大统领这一人物是平庸的,作者所用的笔墨也是平淡的。相比之下,远不及第6回写北方妓院的"跑厅"来得精彩,这又使我们在关注紧张的政坛风云时,忽然想起张春帆毕竟是张春帆,他毕竟是借《九尾龟》而成名的作者。说起"跑厅",在曹禺《日出》里好像也有这样的场面,也就是妓女一个一个跑出来"亮相",以供狎客的挑选:

一个跑厅,就来把门帘高高打起,一班妓女,一个个的走过来,跑厅嘴里报着名,一个个走到门口,打一个照面,一回身就走。那一种走过来的姿势和那打面时候的眼风,一翻身就走的态度,倒也是一番情景,比上海幺二妓院的移茶,可是大大的不同。铁舫看了几个道:"只要这几步路走得灵动,这一个眼风来得风骚,那一个转身又转得十分圆转,就一定名下无虚。"说不了一个妓女款款走过来,粉颈微抬,秋波乍转,那一个转身,更是四平八稳,看着她的身影,竟是一朵云,给风吹了过去一般……

相形之下,当然是比齐大统领有魅力得多。而这个陈铁舫当然也是章秋谷型的。说明一个作者熟悉一个典型人物,是不容易舍他而去的。作者离不开他,他也似魂一样地依附在作者身上,久久不忍惜别。小说从第1回到第7回还没有真正地卷入"政海"。从第8回起至第11回,张春帆才重点介绍段祺瑞和他操纵的福民俱乐部(即历史上臭名昭著的安福俱乐部),巴黎和会,五四运动,直写到国玉章(冯国璋)的逝世。

一面是段祺瑞的安福系要巴黎和会上的代表屈服于日本的压力,放弃中国对青岛的主权而在条约上签字;另一面是学生组织了救国会到统领府请愿,"这班学生都是青年爱国的志士","在新华门外等了一天一夜,无故的给警察厅逮捕了几个人去,又打伤了好几十个学生。这一下子的风潮可闹得大了。始而是京城里各学堂罢课,各苦力罢工,渐渐的这罢课罢工的风潮，推广到南方来”。而中国的全权代表“陆威林在巴黎，因为自己的外交政策完全失败，却又完全是本国政府弄糟的，正在一万分的不高兴，怎禁得全国学生同团体的电报，就如雪片的一般，来得络绎不绝，都是叫他不要签字的。这个当儿，政府的电报也同雪片一般的飞来，叫他签字。陆代表着实踌躇了一回，又和胡代表密密的商量了一天。竟毅然决然的拒绝签字，立时回国。只把个覃督办同一班福民俱乐部的人都气得目瞪口呆，做声不得”。这几回中作者是忠实于历史的，正义与邪恶势力分明，把当时政局的大致面貌是勾画出个轮廓来的。

从第12回至14回，是写直皖之战。矛盾已经激化到白热化的程度，政治角逐已经到了争一个你死我活、鹿死谁手的地步。覃志安为了挟天子以令诸侯，就派出他的得力肱股西北都护使铁中铮武装包围统领府：

> 铁中铮带着三营卫队，全副武装，竟把统领府团团围住，又带着许多将弁直拥到晚晴簃，把齐大统领请了出来。齐大统领知道不是势头，只得若无其事的问他们为什么。铁中铮厉色道：“事到如此，大统领也无庸矫饰，也没有矫饰的余地。以前的命令，是否出于大统领的本意，我们也不问。只今天有一道命令，要请大统领盖印的。”说着，就把一通命令，放在齐大统领面前。齐大统领看时，无非是把伍玉芝痛骂一顿，说他如何混淆黑白，干预政治，违抗命令，行同叛逆，断难再予姑容。着即褫职，并革去一切官勋，听候查办。经略使虎昆吾，督率无方，咎有应得，着褫职留任，以观后效。齐大统领出其不意，倒呆了一呆……当时哑口无言。只得盖了印发出去。

一场逼宫戏还写得有声有色。但虎昆吾和伍玉芝的回电口气十二分强硬：“只说元首已失去自由，命令概系伪制，传檄全国，急起义兵，清除奸逆。”于是直皖战争爆发。在兵力上装备上，覃志安肯定优于直系。可是除了人心向背之外，加上奉军从关外奔袭而来参战，再因伍玉芝作为军界后起之秀，指挥有方。连覃志安部队中的洋顾问也对覃志安说：“国防军所受的教育，同所用的军械，实在可以无敌于中国。无奈伍玉芝的战略高妙非常。始而延长阵线，虚张声势，动摇我们这一方面的视听。他却自己统着极精锐的队伍，忽东忽西的四面策应，叫人捉摸不定他的主力军队的集中地，以至于我们的炮兵骑兵都失去了效用。像这样的以少击众的战略，不但你们贵国军人中少得很，就是东西各国的有名宿将，战略也不过如此。”于是，伍玉芝以胜利者的姿态进了北京。作者就写伍玉芝与覃志安的“面晤”，这场“仇人相见，分外眼红”的对话，倒也十分有趣：

> 覃督办听说伍玉芝来了，倒觉得出于意外。只问他带了多少人来，光景是来逮捕我的罢。我既不走，难道还怕他逮捕么？叫他进来。马弁答应着走出去，把伍师长请了进来。覃督办免不得立起身来，同他相见。这位名震中西的伍师长走了进来，倒也和平日一般，恭恭敬敬的行一个礼，叫一声老师。覃督办让他坐下，冷冷的道：“我早知道你要来，特地在这里恭候。我姓覃的怕者不做，做者不怕，应该如何的处分，你只管秉公办理，不必徇情，我候着就是了。”伍玉芝到了这步田地，也不好再说什么。只说：“学生方才已经见过了大统领，正为着这事来见老师。大统领也知道老师受了宵人的播弄，决不是老师的本意，现在正商量着。总不能叫老师怎样的过不去，老师请放心就是了。”覃督办干笑道：“既然如此，足感盛情。我即刻解除兵权，到天津去住着，听候处分，如何？”伍玉芝连说很好很好，匆匆辞去。

从第15回到20回是写军阀势力的又一次重新组合。那时齐大统领就用袁世凯的故智以挑拨封疆大吏的不和来保持自己的座位。而小说的重点放到新任财长江对山如何处理财政危机上来。其时，民国的官吏的贪污竟比清廷还要厉害。陈铁舫说：“他（指刘友三——引者注）在赣州任上就有二百多万，调了三年江南制抚使，少说些也有二百五十万。如今这班制抚使节度使，弄起钱来，真是骇人听闻。从前清朝的大员，做了几十年督抚，或者管了几十年户部，也不过弄个六七十万，至多一百万，还讳莫如深的不敢承认。如今的统兵长官，只要做上几年节度使，就有几百万，而且明目张胆的，也没有一些忌讳……”而这位江对山做了几天财长，由于不肯同流合污，也被他的副手董盘铭弄得谣诼四起。而这位董次长却勾结一个外国流氓，偷偷搞起借款阴谋来。凭他江对山能有什么作为呢？倒是他在政务会议上的一席发言，几乎是讲了一篇中国军阀政府的借贷外债史，也是中国主权的出卖抵押史，倒是令读者感慨不已的。江对山想以改革财政入手，倒也有几天弄得“名满天下”，可是“谤亦随之”，也只好到天津去做寓公去了。这部《政海》的作者也只好像落魄政客似的哀叹：“我到今天才明白，咳！这政海的风波，真是万分险恶，好好的一个人，一卷进这里头去，良心也没有了，人格也可以不要了。可怕得很啊！”

我们也不得不佩服张春帆能写出这样的一部小说来。在当时，人们对这一段历史还历历在目，他能如此大胆而真切地反映出来，而且很有立场和主见，也不愧是个深明大义的“有心人”了。他的《九尾龟》当然是他的成名作，但像《政海》这样的作品，倒是能见他的为人的风骨的。他在客观上似乎有“传授嫖学”之嫌，但他的主流却是“记室翩翩厚节概，立言谔谔出平章”[1]的。

第五节　为知识阶层点染亮色的“稀世奇谈”

——不朽而被尘封的通俗作家姚鹓雏

姚鹓雏(1892—1954)是“南社”中坚人物，著作等身。在通俗文学领域，他可以称得上是一位最擅长于写社会小说的作家。他继承了李伯元和吴趼人的谴责小说的传统，并且有良好的发展势头，将通俗社会小说提到了一个新的高度。但这位出色的社会小说家并不为大家所熟悉。柳亚子在《南社纪略》中介绍说：“姚鹓雏一作宛若，原名锡钧，字雄伯，今以鹓雏行，江苏松江人。京师大学高材生，与林庚白有太学二子之目。后任江苏省长公署秘书，南京市政府秘书，江苏省政府秘书。”但这个介绍似乎太简单了，以至于看不出他作为一位作家的成长过程。

他十三四岁时，嗜读《新民丛报》及西洋史，能记大事年份及人名地名，历举不遗。这大概对他日后常写“历史性镜头”的社会小说创作大有裨益。他在中学里的一篇习作《洗心记》，被乡贤前辈杨了公叹为有“夙根”。他暑期归家时造访杨先生，见有自己的小照置于先生案头，杨先生说：“日置此以当晤对耳。”可见是前辈对他的器重，遂订为“忘年交”。中学毕业考试时，知府戚扬亲临监考，他再向戚取空白试卷时，戚扬问他，前发的卷子是否污损了。答曰前卷已写完，须赓续。戚扬当场调阅了他的试卷，并大加赞赏。他的父亲要他从商，戚扬知道后说：“姚某必宜升学，倘绌于资，宜资助之。”终于送他去投考京师大学堂。在大学中，师从林琴南先生。他自己曾追忆师门说：“先生掌教京师大学堂时，余为预科生。先生于吾班授人伦道德之课，

〔1〕 陈蝶衣：《〈九尾龟〉作者——张春帆先生》，香港《万象》第4期(1975年10月)。

讲时庄谐杂出，而终归于趣善，故听讲时无一露倦容……月课时，甚赏余文，有二次加以极长之评语，悬诸阅报室镜框中，有‘非熟精于宋五子之说者，乌能鞭辟入里至此’云云。”[1]他的小说也的确师承林氏的现实主义的风格。

京师大学堂即北京大学前身。辛亥革命起，他南回助叶楚伧编辑《太平洋报》，他回忆道：楚伧“再创《民国日报》为总纂，遂邀余编艺文部。时则三原于右任先生为总经理，绍兴邵力子先生为经理兼本埠新闻编辑，泾县胡朴安主电报，南京陈匪石编要闻，又余凡六人，开成立会于小有天酒肆，时民国四年冬间也。”[2]他交游广阔，大都为一时名流。于是，他被人写进小说，而他也将别人写进他的说部。前者如毕倚虹所写的《人间地狱》中的赵栖梧即影射姚鹓雏，而他的社会小说《恨海孤舟记》和《龙套人语》中也有着众多时流名士的身影。

1925年后，他从新闻界转入政界，从政之余，先后在东南大学、河海工程学院、南京美专、江苏医政学院任教，主讲国文。上海解放后，为文史馆馆员，又由儒将陈毅元帅之推荐，当选为松江县副县长。1954年，患胃溃疡，误诊为胃癌而妄施手术，继又罹胆石症而卒，时年63。

1915年，他作长篇《恨海孤舟记》，后连载于《小说画报》上。自辛亥革命写起，止于袁世凯逝世。虽然其间穿插了两个妓女与主人公赵栖桐之柔情蜜意，但这主要是因为“狐鼠凭城，豺狼当道”，而这一叶“恨海中的孤舟”在“朝局尽翻，民生憔悴”之时，以“妇人醇酒”为逋逃薮而已。在这部小说中不乏名人的行状轶事，如有宋教仁、陈其美、蔡锷、章太炎、刘师培、杨度、何震、柳亚子、苏曼殊、陈去病……诸人的出场，也使读者重温许多历史性的“镜头”，弥足珍贵。但它却又不是历史小说的写法，而是着重于政情与民风，时潮与掌故。他自己在《龙套人语》中说：“记载南方掌故，网罗江左轶闻。说句旧话，便是野史稗官，聊以备方志国书的考证。”也就是说，他写的是侧重于流传于民间的社会旧闻，人物特写，但由于忠于现实，你也可以视为方志和国书的重要参考。《恨海孤舟记》的视野却并不限于南方、江左，一开始就写辛亥革命时的北京与北大的情景：

> 那年八月十九这一天，真是风声鹤唳，草木皆兵，忽然起了一个谣言，纷纷传述，惊得个个面如土色，说步军统领桂春，已奏过隆裕太后，

〔1〕 郑逸梅：《姚鹓雏其人其事》，香港《大成》149期（1986年4月）。
〔2〕 姚鹓雏：《姚鹓雏剩墨》第30页，社会科学文献出版社1994年版。

> 即晚严闭内城，搜杀汉族。那汉族之中，还拣没辫子的先杀起来，那最可危的，便是京师大学和译学馆两个学堂，因为那时清政府虽未推翻，这剪辫之风，却已大盛，凡是稍有些思想的人，早已并刀一剪，把那三百年耻辱的留形除去。可是这其中学堂里学生又格外多些……

于是北大的洋教习纷纷请假作回国计，而北大的“监督不得已挂牌停了课”。作品中的主人公北大学生赵栖桐也就南回抵沪。作者是经历了这样一段生活的，他在《饮粉庑笔语》中也有记载：“辛亥秋初，南中革命军兴，京师风声鹤唳，教授相率乞假，学生纷纷离校，顾归无资者约六七十人，推余为代表，向刘、商两监督请愿，商允以资遣，人与银二十五两，并嘱归家自修所业，待事平续课。”姚鹓雏的有些笔记，的确是可以作为北京大学校史参考的。

赵栖桐南回后就由程伯生（影射陈陶遗，其时是江苏同盟会支部长）推荐给花吴奴（叶楚伧），在他主办的上海《东海日报》任编辑，与他共事的就有杨平若（柳亚子）等人。这也与作者的经历相仿。只不过姚鹓雏进的是《太平洋报》，共事的也就是叶、柳等人。于是小说中出现了当时南方的许多重要的革命党人。如陈其美，在作品中为郑髦公，作品中也是展现其人风采的。而当时他们的社交场合就是在长三堂子中吃花酒。说明了这批知识阶层出身的党人还是名士气十足的，也可说留下了当时真实的面影，且勿以今天的眼光，以下流或无耻视之。而这部小说的精彩处也在于第16回的郑髦公遇刺，宋教仁被刺杀，谢柏山（蔡锷）将军秘密出京，到云南做了义军总司令，而小凤仙也以桐花仙馆之名出现在小说之中，而刘柏生（刘师培）参加求治会（筹安会），投靠袁世凯，起草劝进表的丑态，也写得入木三分。当然，其时要做走狗也是要“争”着做的。这里有了“筹安会”，那里又来了一个“劝进团”，办起了劝进联合会，看来在中国走狗的资源是极其丰富的，走狗是死不完的。而最令人叫绝的是章太炎被袁世凯软禁的真实描绘，真可谓精彩绝伦。试看章太炎在日本友人的帮助下，化装后准备逃出北京的一幕，令人深感袁世凯的政网之密了：

> 正是火车将开的当儿，站上搭客一拥而出，那日本朋友正招呼他上车，猛见人丛中挤出一个人来，穿着件蓝布大褂儿，像个店家伙计打扮，看到他也和颜悦色地走上前来，对乘伯弯了弯，说道：“庄大人，久违了啊！你老一向好？怎不请过来。”乘伯一愣，不觉冲口说道：“你是谁？”

那人满面堆下笑来，说道："庄大人，你真是贵人多忘事啦！小的便是琉璃厂德古斋里的。大人，你往常没事的时候，总到小店里来逛逛的，小的也伺候你老好几回啦。"说着一边向袋里摸出一扣折子，乘伯听了，也只是模模糊糊的，便道："你想是认错人了，我又不姓庄，我有事要到天津去，也没有功夫和你多拦拌嘴。"说着举步想走，却被那人双手拦住，笑道："且慢！庄大人要到天津去，我也不敢拦你的驾，不过有一笔账，请大人就算算。"说着就递过那折子来。乘伯惊道："我几时欠你家的钱，你这人好没道理，只顾胡缠。"说时车已将开，汽笛呜呜的响了，他日本朋友急得只是用眼来睃着他，又见是索账的事，不好来管，早见有几个军官装束的人走了进来，见了乘伯，还举手行了个敬礼。笑道："庄大人在这里什么事？"又向那人道："你这人好不睁眼，扯着大人做什么？府里有要事要请大人去啦。"说着便去扯开那伙计，那人只自笑，也不争辩。此时车站站长也走了进来，对着乘伯只自打躬作揖说道："不晓得庄先生驾到，没有招待，失礼得很！"庄乘伯急得暗暗顿足，说道："你们不知，我有急事到天津去。无奈那个人胡言乱语地打搅人。"站长笑道："先生别怪，别的事小可不敢管，先生是大总统命令我们保护着的人。到天津去的事，没有公府里吩咐，小可却不敢斗胆叫先生去。"乘伯大怒道："我偏要去，你们又该拿我怎样？"站长只顾笑，也不回答。几个军官，做好做歹，把那伙计拖了开去，便道："马车已套好了，请大人就去。"乘伯瞋目道："哪里去？"军官笑道："公府里一早传出话来。叫请大人进去，有面谈的公事。我们四处都找到了。却不晓得大人要到天津去。"说到这里，笑了一笑，便也不由乘伯分说，半拖半扶，把乘伯簇拥入马车里，加上一鞭，风驰电掣般，直向总统府去了……乘伯到了公府，总统却给你一个不见，任乘伯在府里客座上大跳大骂，只是个不见不闻，足足挨了三四个钟头，乘伯火气也挫了些下去，才见步军统领、巡警总监两个人，一先一后走了进来，对乘伯陪话，跳了个三花脸儿，劝着乘伯回去。乘伯一面走，一面说道："你们别太高兴了！这压力不是可以常用的，你们现在果然是狐假虎威，张牙舞爪，我看冰山一倒，你们还有这样势力吗？到时候，我还要来抚着你们的没头尸体，凭吊一回哩。"

这简直不是演的双簧，而是演的三簧。先叫一个小特务化装成古玩店伙计，以探虚实，验明正身之后，又是军官，又是站长……而庄乘伯的性格也跃然纸上，书呆子连一个化装了的伙计也对付不了。他只会拿总统发给他的大勋章，当作扇坠，一摇一晃地站在总统府门前，大骂袁世凯，得了一个“章疯子”的雅号。上文的确显示了通俗文学中的社会小说的实力，也确是继承了我国古典小说的神韵。

至于小说中的主人公，他的经历有些是与作者相类的，但又决不是作者的化身。小说的结局是非常消极的，赵栖桐看破红尘，出家云游四方去了。正如书中所说：“我便想做个游方僧撑着冷眼看尽世人哩。”作者虽没有这番经历，但他写好这部小说后作《自序》时的心情，倒很有些暮气苍黄的：“鹓雏之生，二十有六年，容色苍老近三十许人，发有数茎白者，或者诏我，忧能伤人，子弗复尔。夫工愁善感，出于天性，即有津梁，弗能度也。抚膺四顾，百端交集，如信潮之弗可止，如奔涛之弗可御也，则我其为恨海之孤舟云尔。作《恨海孤舟记》。”这赵栖桐与作者的气质是相同的，在茫茫人海中，前无古人，后无来者，在人海之荒漠中，独怆然涕泪滂沱而已。这是正直的知识分子的典型的“彷徨症”。

《龙套人语》先以龙公的笔名连载于上海《时报》。现根据柳亚子所藏的3卷手抄本排印，改书名为《江左十年目睹记》。其实类似《恨海孤舟记》的续集。但一部是写于1915年，另一部是写于1929年。一部是放眼全国的，自北京到上海，自云贵至东北几省；另一部则侧重于江南而已。心情似乎也是一叶“恨海之孤舟”：“龙公百无聊赖，将十年来心头的旧事，雨窗月槛，一一重温，酒后茶余，闲闲点笔……”但实质是有所不同的，在“皮里阳秋”的笔调中，臧否人物，却也是感慨万端的。当时，冯叔鸾并不认识作者，却为其书写序，予以高度评价：“不佞服务新闻界，櫜笔海上，盖已十有三年，仅忆其涯略如此。更廿年后，必将无人能悉，且无人能述。赖有此书，详其颠末，以意度之，著者必为文章识见绝人之士，而沉沦于末寮者，故能巨细靡遗，滔滔不尽，若数家珍。虽曰诙谐以出之，而言外余音，固含有无限感慨，殆所谓伤心人别有怀抱者耶?”作为一个老新闻工作者，这是对姚鹓雏的高度赞誉，而此书的价值也可想而知了。

书中的贯串人物，不再是赵栖桐式的人物了，而是一位阅尽人间沧桑的“硬里子”的老名士魏敬斋。他已经达到了“清狂自喜，荣辱无关”的炉火纯青的境界，他“浮沉微署十五年，至今还是一个科员”，“他听见有将要给他科长作之讯，大大摇头，表示不愿”，“在他看来，无论什么科长、厅长，无非混饭而已”，“他画得一笔好画，另有一种超秀出神之致”。这种超拔不羁的秉性，使他对一切功名富贵视同粪土。但他决不是“政盲”，他懂得“天下乌鸦一般黑，同是军阀，断分不清什么是非好坏来的，人心怨毒到了沸点”，“望南方革命党来，如同望岁”。这样的人物，虽不是革命者，却是真正的革命党人的同盟军，因为他分得清是非善恶。他们也是民族的脊梁。而作者也是站在这样的“龙套人”的立场上表白自己的喜怒哀乐之情的。

除了写江南政坛的变换之外，对有些历史人物的轶闻也娓娓道来，引人入胜。例如对当年“江南无冕皇帝”张謇的轶闻逸事就写了5章。连他操纵其子张晓如贿选省宪会议长，他与绣娘沈寿的一段瓜葛，请梅兰芳和欧阳予倩赴南通演出，皆有所涉猎。鲁迅曾提及孙传芳演出“古装戏”：恢复投壶之类古制的把戏。对我们说来已不甚了了，但在这部小说中写得非常生动有趣。真可谓像《鲁迅全集》中的一个活的注释。而对于文化界的掌故，更是乐此不疲。如记南社虎邱雅集；弘一法师在虎跑某寺庙做小沙弥；章士钊出任教育总长后，下令禁止学校内作白话文等事，皆有详略不等的记述。至于梁启超和章太炎到南京讲学的“盛况”，写得栩栩如生，音容笑貌，宛在眼前。章太炎其人在当时的军阀大佬面前居然会如此“红火”是令人百思不得其解的。郑师孟（陈衡恪）问及魏敬斋：

> 庄遁庵近来在这班藩镇之间，红得了不得，真可以算是诸侯上客，但是他所讲究的“国故”，并不是为帷幄运筹用的。他们请教他些什么？我倒不懂。

> 惟有那种暴发财人家，骤然间有了钱，便要装潢门面，附和风雅，那便是我们这行的买卖的唯一的受主。可是在这唯一的受主，暴发户的心目中，还要分几个等级次序……第一步要他发财。发财以后第二步奢侈到衣食。衣食之后第三步到妻妾。妻妾之后第四步到洋房汽车。只有这第四步之中，有一条小小岔路，便是希望那暴发户盖的是中国式房子，那才有挂我们那种旧书画的余地。那才可以讲行情，论交易。还要人情熟练，应酬圆到，方可得到这“唯一受主”之一顾……所以这东方书画式的庄遁庵就值了钱了。现在那些大将军的地盘，便如新盖的中国式的大厦一般，那庄先生便如一张吴昌硕的花卉，康有守的大字。东也要拿他去挂两天，西也要拿他去悬几日，以表示他们暴发的神气，礼贤的盛事，于是乎庄先生乃大红而特红。

魏敬斋的一席话，形象而简洁，深谙这般军阀藩镇的心理。他坐在冷板凳上看“热门人物”，红人这红得发紫的内情被他看透了。不啻是鲁迅杂文的锋芒。

姚鹓雏写社会小说既继承谴责小说的衣钵，同时也有明显的发展迹象。这是可以大书一笔的。说得简单一点，就是他在谴责之外，还有很鲜明的“亮色”。他很善于将中国知识阶层中的“民族的脊梁”写得有声有色，他当然不会作阶级分析，但只要我们不去将“阶级分析”作机械的搬弄，我们对他笔下的“亮色”是完全可以接受和欣赏的。在第16回中，他写孙思礼(子才)平息萧山县教案，真是令人钦佩不已。“那时外国人初到内地传教，民教冲突之事，非常之多。”问题也特别复杂。这里有帝国主义的文化侵略的问题，有普通外国教士传布宗教的自由的问题，有中国乡民自卫心理的问题，也有愚民政策下的“义和团”式的排外主义的问题。现在的严重性是“乡民乱纷纷，足有五六千人，手拿着锄头扁担、劈柴刀斧之属，正在呼号叫骂，要焚尽全县教堂，杀尽全县教民”，声势汹涌，聚众闹事。孙子才不带一兵一卒，只带两个亲随，也不入城，只在路边饭店里卸下行装，叫亲随去找两根长竹竿，每竿上扎一方白布，制成两面旗子，亲自提笔写上“奉谕来办教案”，“诚心救我萧民”。叫亲随一人一面旗子，掮到乡民集中的小山头上。他有一篇慷慨淋漓的即席演说：

> “你们且不要乱，听我一言。我虽是奉抚台的札委而来，实在是来救你们萧山全县百姓的。我是中国人，读的是中国的书，做的是中国的官。你们这种爱国的良心，我心里也很赞成。不过可惜用得不好，你们现在聚众围城，形同反叛，杀洋鬼子没有杀成，先自犯下了灭门大罪。一旦朝廷知道，派兵剿办起来，你们想想，值得不值得了！况且你们平日本是安分耕农的好百姓，试问能抵敌枪械俱全的官军吗？再者在你们本意，不过仇恨洋人教民，不知洋人果然不好，自有抚台办他。教民更容易了，按律治罪，还怕逃到那里去。何用你们自由行动？我因为爱惜你们一片爱国愚忠，你们自己不晓得已犯了国法，所以特地在抚台大人面前讨了这个差事，来劝谕你们。如其听我良言，你们便可立即散归，由我回明抚台，把洋人教民一一究问惩治。如果十天之内，没有动静，你们再自由行动，也不为迟。如不听我言，你们就先杀了我，免得我眼见你们陷于大辟，玉石俱焚，心中不忍。你们细细去想，究竟是走那

条路好？我孙思礼单身到此，不带一兵一卒，决不是顾惜性命，畏首畏尾的人，尽可以听你们处置。”说罢，从容挺立，气概凛然。

接着是义正辞严地与洋人谈判，也惩治犯罪的教民和滋事的乡民，三下五除二地了结了天大风波。可是就是这么一位“通省第一能员”，却屡屡不得升迁，这就是当时官场的黑暗了。

除了写孙子才这样的好官之外，他还写尹几园（杨了公）这样轻财仗义的富户。这位也是松江地方的一位很有学问的“狂士”。他处境优厚，无志功名，一心办地方公益。当时松江城里有一个大火药库，如果一旦失慎，就会危及一城民命。一再向提督知府请命，只是拿“没有钱”三个字作推托。尹几园为救一城百姓，防患于未然，决心以募捐来解决这一难题。自己先拿出三千元，又到各富绅家去善言劝募，集腋成裘，有了上万款项将这个火药库迁到了城外荒僻地段，一时义声遍于乡里。他看到松江虽有中学、师范，却没有女子求学的场所，就捐款办起“慕彤”女子学校，开松江风气之先，并自任国文教师。他的这种举动被其他富户视为叛逆。他“最好散财，与其他富户的守财不同。一散一守，相形之下，他做了个轻财仗义的侠士，岂不是其他富户尽做了嗜利忘义的钱虏。你想那班人心里，岂有不恨”。不想他老先生最注意贫民疾苦：

> 他曾因农民担负田租，业主征取过苛这个问题，发起过一个佃户会，召集佃家，商量减纳，几乎激起风潮。可是他一片为贫民谋解放的心理，是人所共谅的。

更有意义的是辛亥革命那年，民军要入松江城的那一天，他老先生独自跑上城楼，竖起两面白旗，顿时将龙旗打倒（当然还有其他诸种因素），“几园以一介书生，竟能高揭白帜，而革命军也不费一矢，能成大功”。光复之后，他也“功成不居”，仍旧做他的诗，参他的禅，散他的财。结果是家产告罄，负债不少，他还是又办了个孤儿院，只能靠卖文鬻字的收入，来充孤儿院的用度。像这样的事迹，是实有其人，也实有其事的，但却与我们久违了。50 年代，为了一个武训，搞得全国一阵狂飙，谁还敢提起有个松江的尹几园（杨了公）？只能在 1929 年写的《龙套人语》中看到这样的“稀世奇谈”了。其实这种“亮色”对我们也不陌生，它们在谴责小说中虽不多见，但它却是直承《三国》、《水浒》传统。在《儒林外史》中侧重讽刺儒生，而在《龙套人语》中，喜为知识分子唱颂歌而已。如果我们把它看成通俗小说中的一种可喜的现象，也是顺理成章，值得放声宣扬的。

第六节　商海汪洋："信交风潮"的忠实纪录

——江红蕉的《交易所现形记》等商界小说

上两节可谓是"政海风波"，现在且让我们转注"商海汪洋"。晚清，以商业为题材的小说，数量不多。可以算得上的有 1903 年在东京出版的大桥式羽的《胡雪岩外传》，1906—1907 年发表的吴趼人的《发财秘诀》，1907 年新中国之废物所著的《商界鬼蜮记》，1908 年出版的姬文的《市声》，1911 年出版的云间天赘生的《商界现形记》等。而在民国之初，则以 1922—1923 年在《星期》上连载的江红蕉的《交易所现形记》为最著称。

晚清的几部商业题材的小说中，《胡雪岩外传》是伪托日本人的姓名而在外国出版的小说。但是，小说没有涉及这位商业巨头在政界的社会背景与商业经营的大手笔，而只是写他的日常生活的奢侈糜费。一个大好的题材就专注在家庭琐屑之间，也不失为是一种极大的浪费。

吴趼人的《发财秘诀》却是一部值得赞许的好作品。用今天的尺度来衡量，仅不过是一个中篇。但主题较为鲜明，而人物亦尚生动，它结构虽以前 5 回与后 5 回为两大板块，但也较为严谨，起承转合还有一定的章法。在 20 世纪之初，他涉及了一个很新颖，或堪称"尖端"的题材，也即是中国买办阶级的起步与他们的无耻嘴脸。

小说是先从南海县张槎乡的一个赤贫愚民区丙发迹写起，他在香港的"奇遇"看似偶然，其实他倒能总结"初战告捷"的经验，从中摸索出了规律，以致能投外国人之所好，终于发了洋财。嗣后，他也不失为是一个老实的商人。直到他受关阿巨之诱惑，出卖军事情报给英国侵略者，以致使洋兵长驱直入。即使造成如此严重的后果，他也还不知"见利而卖国"的罪行之严重性。只知道出卖"消息"时事事处处要经过关阿巨，他应得的"利"就被关阿巨分润了许多。他在生活中似乎"悟"出了不懂"洋话"的害处，但他已错过了学洋话的"年龄优势"，他只能寄期望于他的大儿子阿牛（区牧蕃）。这位区牧蕃倒也体察他的父亲的意图，一再寻觅学洋话的途径，无奈他认识的懂洋话的陶庆云也"奇货可居"，并不存心教他。不久，陶庆云也就跟随洋东家赴上海去了。于是从第6回起，作品的背景就从广东、香港、澳门迁移到了上海。作品的主人公也从区家父子移到了陶庆云和他的朋友花雪畦身上去。也正是在他们身上点出了"发财秘诀"。陶庆云是标准的洋奴。他的发迹有三条经验，一是要会揣摩洋东家的脾气，二是要诚实，三是要精通洋话。不懂洋话，即使有上两条，也是白搭："根本就在懂说话。你想，如果不懂说话，就有本事也无从干起，就会看颜色，也轮不到你看。"而诚实也是指对洋东家的狗般的忠诚，而对本国人是不在其列的。只要三者俱备，就能发大大的洋财。所以他一听到曾国藩与李鸿章要选190个聪明子弟到花旗去读书，他就拍手欢呼："我把我陶家子侄，不问年纪大小，一律都送了去。"在他看来，中国书不读，中国字不识都是无所谓的，洋话才是一个人的立身之本。用后来也靠洋人发迹的魏又园的话来说："情愿饥死了，也不要就中国人的事……还是情愿做外国人的狗，还不愿做中国的人呢！"而作者写了买办陶庆云的发迹之外，还用花雪畦的发财做了一个必要的补充：花雪畦虽不懂洋话，但他却靠了心狠手辣发了财。他参与卖过"猪仔"，欺骗同胞，将他们贩卖到外国去做奴隶；他乘人之危，吞没合伙做生意的人的大笔钱财，终于从一个给人绑着游街示众的小偷到一个团团富翁。靠心狠手辣发财这一条发财秘诀，其实也适用于洋奴买办们的。连祖宗和祖国也可出卖的人，心地是不可能善良的。所以小说在第10回结尾时，作者用江湖术士知微子给人算命时的一句话作结："你若要发财，速与阎罗王商量，把你本有的人心挖去，换上一个兽心。"此话可谓沉痛与愤慨极了。

作者在行文时，将重心从区丙一家移到陶庆云身上也是有他的想法的，因为陶庆云与区丙、阿牛相比，是明显地高了一个层次，可以说是洋奴的"更新换代"的产品，是从愚民式发迹到有文化有理论的高级洋奴的新阶段。而将地域背景从广东迁移到上海，也应该有作者的特定的构思。广东的某些人与洋人打交道，不过是开风气之先而已，但洋奴要有更充分的施展余地，非要把上海这样的十里洋场当作自己的舞台不可。

姬文的《市声》是企图涉及中外商战这一题材，可惜没有自始至终地贯彻，这的确令人为之惋叹。作者在长篇的开端就写一位商界忧时的豪杰华兴填了一首《贺新凉》词，其中有"饮羊夔徒能鬼，又何堪，欧商美贾，联镳方轨。大地英华销不尽，岁岁菁茅包匦。有外族，持筹为宰。榷税征缗成底事，化金缯十道输如水。问肉食，能无愧"等语。他是宁波人，"世代经商为业……有志做个商界伟人，算计着要合洋商争胜负时，除非亲到上海去经营一番不可”。可是像这类前赴后继地诚心与外国商人作对，要和欧洲强国商战的中国商界志士们却连年折本，或者濒于破产；而与外国洋行和中国官场勾结的败类却投机得手，飞黄腾达。但作者还是用较多的笔墨写锲而不舍的先行者。作者借人物之口，说出商战的后盾是工业，工业发达，商战自强，因此最重要的是要提倡实业。而写到结尾，却只能用一种华而不实的浪漫手法表达自己的美好的愿望而已：

> 自此中国人也知实业上的好处，个个学做。要知我国人的思想，本自极高明的，只要肯尽心做去，那有做不过白人的理？却被一个“穷极无聊”的刘浩三，一个“乡愚无名”的余知化，提倡实业，工商两途，大受影响，外国来货，几至滞销，都震惊得了不得。市上的现象这般好，做书人也略慰素心，不须再行絮聒了。

作者精神诚然可嘉，但如此写法，于实际无补。只能告诉我们，在20世纪之初，中国老百姓的一种强烈而不知如何去实现的愿望从《市声》中涌溢奔流而出。作品在行文时，并无贯穿情节，显得松散，又常有旁枝逸出，冲淡主题；议论过多，失之浮泛。

嗣后的《商界鬼蜮记》不过是骗局的联缀；而《商界现形记》则是一部与商界无多大关系的拙劣中篇。

民国期间，专注商界的小说也并不多，有的小说涉及商界，而并非纯粹的商业题材，如《歇浦潮》也写中国保险公司的起步等，但并不全力倾注于商界。纯属商业题材而较有名的，是1922—1923年连载于包天笑主编的《星期》上的江红蕉所写的《交易所现形记》。

江红蕉（1898—1972），原名铸，号镜心，发表《交易所现形记》时，署名老主顾，苏州人。他与包天笑、叶圣陶等作家有亲戚关系，很仰慕这种撰述生涯，开始学习创作。但对他影响更大的是毕倚虹。毕任浙江萧山县沙田局局长时，包天笑介绍他到毕手下任会计。这个沙田局是个闲职。他就跟着毕倚虹研究和切磋小说作法，进步十分显著。以短篇小说《萧郎画樱记》和《姐之名誉》等饮誉文坛。赵苕狂在《江红蕉君传》中说：“红蕉则自谓作社会小说，似较有把握。”[1]在他发表《交易所现形记》的同时，他还忙于主编《家

---

〔1〕 赵苕狂：《江红蕉小说集》第1页，大东书局1924年版。

庭杂志》，栏目新鲜活泼，较有创意。他自己也学包天笑主编杂志时的惯例，每期上自己发一个短篇，连载一个自撰的长篇。但只编了一年就停刊了。江红蕉逝世于1972年“文革”期间，那时他贫病交迫，无以为生，对生活感到绝望，主动撞汽车自戕。

约在1919至1920年间，江红蕉襄助友人创办华商实业银行，对商界的内情十分熟悉。其时，也是上海交易所的草创阶段，江红蕉就敏感地抓住这一苗头性的事物，以助读者窥视它的内幕。但是《交易所现形记》的更重大的意义是在于反映了1921年上海所发生的一次金融风潮——信交风潮，这次风潮是见诸中国经济史的。上海第一家华商交易所是上海证券物品交易所，1916年由孙中山、朱执信、虞洽卿等发起，但呈文送到北京政府农商部受阻搁置。而1918年冬，日商在沪开办上海取引所股份公司，企图控制上海证券市场。于是1919年3月再次发起，6月获准。即请日本人来沪举办交易所所员养成所，为期一年，交易所于1920年7月1日正式开幕。第一任理事长是虞洽卿。1921年初，上海有的投机商见交易所有利可图，先后集股开设了几家交易所和信托公司，以其本身所发股票，在交易所上市买卖，并暗中哄抬股票价格，获取暴利。当时，一般商人见“利润”可观，亦争相招募股份，纷起组织。仅在1921年夏秋间的几个月内，即成立交易所一百四五十家，信托公司10多家，一时股票大量上市，形成投机狂潮。不久市面银根日紧，股票价格暴跌，交易所和信托公司纷纷倒闭，酿成严重信交金融风潮。在风雨飘摇中上海又仅存上海证券物品交易所和上海华商纱布交易所等6家交易所。江红蕉的《交易所现形记》就反映了这场风暴的酿成及其结局。

小说第1回就开宗明义地说：

> 说到交易所，中国商业里本来没有这一业，却是三百六十行之外的营业。它的性质与旧式的茶会买空生意，倒差不多。不过交易所有种种规则，种种设备，组织得很周密。各国都有交易所，但是都有绝大的风潮。

小说写一位上海商界闻人郁谦伯与日本浪人亀三郎相勾结，按照日本取引所的规则，成立支那交易所。为了宣扬没有外国人参与其事，亀三郎化名凌梅奇，说是在日本留学的中国人。对外声称有200万资本总额，但收到70

多万就登报声明股款业已经如数收足,就赶快发行股票。不到半年,营业旺盛,股票价格飞涨,乐得郁谦伯梦中也笑醒。这还不够,又放出空气,说是支那交易所被某国人所觊觎,要想收买。郁谦伯因觉其中有主权问题,不肯允应。但某国人收买的决心很大,预备了重金,不达目的,决不罢休,于是市面上纷纷看涨,邪火愈烧愈旺。其他巨头也纷纷效尤。随着交易所如雨后春笋般的疯长,股票价格暴涨暴跌,大起大落。于是吞生鸦片者有之,吞金者有之,上吊者有之,跳黄浦者有之。名医金慈鸠做股票亏了几十万,吞烟抢救不及而一命呜呼;戴叔达投机失败两次吞烟;王妈的儿子还是个商业学校的学生,也做股票亏了160多元,被人家逼得走投无路,也上吊而死;还有的人竟吊死在交易所里面。正如作品中说:这"哪里是做生意?委实是一种赌博。这种赌法完全是把身家性命做孤注一掷"!连郁谦伯也私下里对人说:"劝你对于交易所三字,千万不要存在心里,希望进去发财。我发起交易所的本意,原以平准价格,流通货物为宗旨,现在却变了赌场,哪里是我意料之中想得到的么?"郁谦伯嘴里的"平准价格,流通货物"仅不过是对外的口径而已,但到了交易所的巨头们自己也无法控制局面倒是真的。于是小说中十分真切地写了几次与交易所有关的哄闹事件,倒是令人大开眼界的。一次是交易所经纪人大闹风潮,使各交易所里的经纪人势力大大膨胀,形成风气,不可收拾。一次是交易所计算科全体罢工,理事长就将全体除名,找了一批做中国账的人来代替。这批记老式账的"新所员"薪水甚低,老板省了许多工资自以为得计。岂知交易所计算科的人都是经过所员养成所一年的培训的,有一套新式的记账方式。结果老式记账给交易所造成很大损失,错出的款项比省下的薪水高出几十百倍。还有是商业学校的校长也到交易所做了经纪人,为"撤换"和"挽留"校长,又造成学生与当局的矛盾。更严重的是交易所的职员自仗熟悉"业务"而随意"跳槽",为图大利而另立山头,弄得你中有我,我中有你,简直无商业秘密可言。于是交易所就泛滥成灾。除了支那交易所之外,又成立了半夜交易所,中国棉纱交易所,上海棉物交易所,上海麦粉交易所,亚洲杂粮交易所,中西证券交易所,日中交易所,江北交易所,南方交易所,宇宙交易所……

> 上海的交易所已多得像烟纸店发轿饭票一般,东也开一只,西也开一只,资本虽是五十万一百万,先只收四分之一便开业,官厅方面禁令也弛了,所以愈开愈多。甚至收到五万六万,也号称收足资本开幕。理

事会只知作弊，把本所股收买作价。不过一爿交易所开幕，房子的挖费、装修费、生财、职员薪水以及理事们开支，不实不尽的交际费等，大都在开幕时候，资本已用掉一大半。再要作弊，所以有许多交易所，都是昙花一现，就站脚不住，宣告停业，挂出清理的牌子，理事逃走，经纪人起诉，律师封库，股东退股等等，闹得不一而足。

结尾是："这时市面上一百余家交易所同归于尽，只剩下三四家罢了，也是风雨飘摇……上海的市面，被交易所这样一扰乱，已经凋敝得不少，大非昔比了。正是：一场浩劫化云烟，无人不说交易所。"可以说，江红蕉是这场交易所浩劫的忠实记录者。这部小说的优点在于"忠实记录"，缺点也在于仅仅是"忠实记录"。与茅盾的《子夜》相比，它没有像吴荪甫这样生动形象的典型人物。这是小说的弱点。但如果我们要了解1921年的这场经济浩劫，它倒是值得一读的作品。我们可以在经济史上了解事件的发展演化过程，但也可在这部小说中透视当年参与者的行为和心理，以及围绕这一事件的生活波及面。小说中涉及到的生活情节与事件中的典型细节是经济史所无法一一反映的，那么，这部商界小说也就补了经济史之不足，给我们一个还原当年生活的面面观。

第七节　从鲜血洗过的焦土中传来的鬼哭人号

——江浙齐卢大战与反战小说之大盛

1924年江浙齐卢大战以后，在通俗小说中，反战小说大盛，当然仅止于短篇小说，长篇并不多见。这些反战小说所反映的题材与纯文学中的叶圣陶的《潘先生在难中》等小说是可以进行对比研究的，从中也能揣摩出纯文学与通俗小说的取材视角的不同与写作方法的各异。

在1924—1925年中通俗作家热心于此类题材的有俞天愤、严独鹤、程瞻庐、范烟桥、顾明道、江红蕉等人。其中特别可以提到的是俞天愤，他当时是红十字会的救济队队员，深入前线，救死扶伤，以目击之惨状为小说之原料，当更有真情实感。他常笑着对人说，天笑这个名字不大确切，"天"看了现今的世界怎么会笑呢？"天"看了这个世界只会愤怒。因此，他取名为天愤。而这次他亲临前线，亲睹惨象，大概是更觉他为自己取的名字是实在太确切了。

在军阀混战的年代，逐鹿中原，鏖战北方，人们已经司空见惯。可是在这个号称东南首富的中心地带，足以上媲天堂的苏杭，却沦为战区，弄得干戈遍地，人民流离失所，特别对那些过惯稳定安谧生活的南方城乡有产者说来，真是受到了不可思议的震骇，而纷纷逃往上海租界，寻求避难所，把个租界地区挤得水泄不通。在交界处的景象令人感慨万端。包天笑有这样一段“实况镜头”：

> 小泉渐渐的来到北火车站了，那一条界路和火车站只隔着马路旁边的一带铁栏干，栏干以南却是租界，栏干以北便是华界的火车站。这时火车站已纷扰得不成样子了，那租界上沿铁栏干一带，不但华捕、印捕加派双岗，连外国商团也在巡防，界路这一边，看闹的人实在不少，好似自己站在租界里瞧着华界里的人，别有一种境界，就像在两个国土里一般。

作家在这里，是借书中人物之眼作客观的描述。我们可以从中体验和臆想一下当年的“社会怪胎”，也从中看到“隔岸观火”的旁观者们的“置身事外”与“幸灾乐祸”的国民劣根性的一面。另一位作家顾明道也在文章中对这一现象作主观的抒发，他在《避兵记》中也坦陈了自己的见解，他写道：“各地人民咸知大难将临，呼吁不应，纷纷携家避难至海上，租界中几有人满之患，托庇外人，亦大可怜也。苏城富家于前数日已捷足先走，城内颇形恐慌，街市寥落，风声鹤唳，一夕数惊。”他对“托庇外人”的怪胎在主观上是有清醒的认识的。

此类题材的长篇小说代表作，要算是包天笑在 1924 年底至 1925 年底在《半月》上连载的《甲子絮谭》了。当年，反映齐卢大战的小说中写苏州一带的居民为避战祸而逃进上海租界的题材特别多。《潘先生在难中》是写潘先生一家逃到租界的狼狈，而包天笑的《甲子絮谭》则是写一个黄渡乡下的殷实富户周云泉一家逃往上海后的见闻。通俗小说的作家往往重于记事——特别是奇闻逸事，却并不着重去塑造典型人物，虽然他们也有写得成功的人物，也堪称典型，但至少他们在这方面的意识性不强，主观能动性不力。叶圣陶塑造了潘先生这个典型。而包天笑却侧重于“絮谭”：与读者轻声细语而又滔滔不绝地聊天，过去叫“摆龙门阵”，现在“侃大山”、“神聊神侃”。因此，镜头不一定是对准这场战争，即使是对准这场战争，也声讨军阀的罪行，但也决不忘记介绍战争中的一些奇事与趣闻。不过在他的作品中，1924 年的上海社会背景的掠影是非常清晰地留在读者心目中的，对我们了解这个“甲子”年是十分有用的。

长篇开端就写一位洞冥子对缥渺生的一席颇有点“泄漏天机”式的谈话：三元甲子“转关”的神秘话题，这“转关”可是一个“劫数”：“而且每逢甲年，中国多少总闹个乱子，有些变动。今年是甲子第一年，只怕不能便这样安稳度过罢？”于是小说转到江浙军阀积极备战的情景。战祸真是一触即发：

> 这时江浙两省的绅士，奔走呼号，从中调和，教他们不要开战。两方面的军事长官，都说：人不犯我，我不犯人。大家都想，谁先动手，谁便是此番江浙战祸的罪人。加着上海的报纸上也说，是谁先启衅的便是戎首。当时战争的机会已是熟透了，两省的军事当局，却因为恐怕一般舆论派他为戎首，倒还隐忍着未发，所以前哨虽然两方接近，却没得着开战的命令。只是对方倘然先发枪的，这一方当然也就应敌，苏浙两军都存着这个心思，只是张着耳朵静听敌方的枪声。

而在战祸的大灾大难随时可以临头之际，黄渡乡一家殷实富户周云泉为怕战事一旦降临，他儿子原来已经预订的婚事就变得遥遥无期，于是要赶在战前办好这件家庭大事。乾坤两宅，都同意将婚期大大提前，准备今天成亲，明天就逃到上海租界这只“保险箱”中去避难。吉期就定在甲子八月初二子时。

> 新娘子轿子进门，照例是要放三个炮。这炮手，红桥镇还没有，却是从青浦带来的。他的火药格外的结实。加着秋高气爽，而且在夜深人静之中。那炮声分外的响亮。谁知这三声炮，却轰破了江浙和平空气，蔓延到了全国，影响了全世界。

> 这炮声顺着风吹送到苏浙两军的耳边，两方面的军队都跳起来道：“啊呀，开火了！”各把肩头上枪紧一紧，立时从黑夜里出发奔向前线，也不曾查明这炮声何来……两方面从黑暗中就开起枪来，既然开了火，也就不问谁是戎首，谁非戎首了。

《甲子絮谭》的第 1 章就是绘声绘色地讲这三声炮响。这三声炮响纯属偶然，但这偶然性是深寓在必然性之中的。联姻的周蔡两家总不会是“戎首”，但是江浙战事发生在夏历八月初二，却又是这偶然性所促成。通俗小说对此事感到特别的兴趣，这是由这类文学自身的内在规律所决定的。而在老作家包天笑的作品中常常能得到范例式的反映。记得在上文提及的《政海》中，江对山曾问及陈铁舫对今后时局的看法，陈铁舫也是从“三元甲子”作为分析时局的开端。在《甲子絮谭》的结尾，也即第20章中，包天笑用了这么一个情节结束全书：

> 开茶馆的女儿阿水不知道在哪里捉了一只蟹来。王伯伯看见了说道：“喂，今年的蟹吃不得！”阿水道：“为什么呢？”王伯伯道：“今年打仗，有许多兵士的血流在昆山黄渡一带的河里，所以今年的蟹是毒的。”胡少山笑道：“阿水嘴馋，她哪里管得毒不毒呢？”正是
>
> 霜螯肥健村醪熟　　漫把兴亡话一场

而这一个情节，在姚鹓雏的《江左十年目睹记》中也是用过的。这里并不存在谁“抄袭”或“模仿”谁的问题，而只是说明了，在当时确有人很相信“甲子三元”之一说的，也有“今年不能吃蟹”之一说的。在“毒蟹”这个情节中，也寓着战争的残酷性问题，40天江浙大战，虽非血流成河，牺牲却是十分惨重的。

小说以论三元甲子开始，以螃蟹有毒作结。其间也有直面军阀进行揭露的情节，也有提供当年社会动荡与彼时民情民风的片段，也有一些饶有趣味的闲笔余兴，以达到与“俗众”交流的目的。除了居民仓皇出逃，租界人满为患，旅舍价格暴涨是作家反映的一个热点之外，“拉夫”也是使人民饱尝痛苦，造成妻离子散的灾殃。那些兵丁见了“短衣帮”的就抓，“短衣帮”的不够，对有些“长衫帮”也是要动手的。许多劳动者被“草绳扎了手臂，似乡下人送胡羊到宰牲场去一般，是一串一串的”，包天笑写了“骨肉睽离拉夫痛泪”这一章，借一个老妇人之口，说出了人民倒悬于水火之中的惨痛：“可怜我只有一个儿子了。我的媳妇还有七个月身孕。倘若被他们拉去死在战场上，我的老命一条是不要的了。我的媳妇也要急死苦死了。她腹中的小孩子也不能生出来了。我的一家都完了。天杀的啊，你们要打仗，关我们什么事啊？你们自己要死就死便了。为什么要拉我的儿子去啊？”普通老百姓对当时直皖两派军阀的“黩武主义”的目的，争夺地盘的内情，一时尚难在理论

上来说清其必然性，但是，他们通过直观，对其狼子野心还是昭然若揭的。作品通过人物的对话，概括出他们攫取私利的途径："上海地方，就是那不正当的营业容易发财……现在上海最时髦的就是贩土，其次就是办发财票，再其次就是开赌，再其次便是卖假票欺骗人家，开游戏场引诱良家。你想这一次打仗，却是为什么打的？谁也不知道为了鸦片烟土的事，大家要争一个鸦片地盘呢！"拿当时人们口中的话与今天发行的历史读物中的分析对照，我们就能知道其可靠的程度：对军阀来说"军队是主要因素，但不控制地盘也难维持。地盘提供可靠基地，再加上税收、物资和士兵……加之许多军阀把他们辖区的权势看成很可能是暂时的，他们不能总是依靠获得税收的传统做法。他们以他们所能采取的任何手段急切地想搜刮钱财……销售鸦片赚得大宗款项；这种毒品的税收中心在禁烟局的伪装下日益增多。在有些地区，合法化了的赌博提供了大笔收入，例如在广东，1928 年的赌博税每月收入 1 200 000 元，而且是许多高级官吏为私用而瞒过大笔款项以后的数字。卖淫等行业也受到支持并由军阀抽税"。〔1〕 以此对照，包天笑笔下的当年老百姓的话，也可说是洞若观火了。小说还对汽车一车一车地装载断肢折足的伤兵和火车上整车厢的"死人车"，作了多场合的描写：

> 本来听说黄渡昆山那里，也设有临时医院，都被伤兵拥挤满了。连苏州的各医院也挤满了。只好用火车载到别处去。听说还有一种死人车，都是装的重伤已死的兵。那又不似伤兵车一般，横七竖八而已。简直是一个压一个，好似装牲畜的车子，带毛连血，捆载而去。据说装棺材的时候，还有不曾死透的，留着一口气儿的人，却向他们哀告道："弟兄们，慢慢儿，我还不曾死咧。"但是他们为省手续起见，也就钉往棺材里去了。因为他就是活着，也不过挨延一天两天，终究是个死，倒占了医院里一个榻位，花费了许多药品，倒不如早早了结他为宜。

与此对比的是有的外来的"军阀家"，到上海来包了高级旅社的豪华房间，还包了长陪的妓女，抽着鸦片，坐观战局，以收渔利。这部长篇小说对这次不义之战还是采取了正面的揭露，视野也极为广阔。对上海社会上匪徒的抢劫，绑匪的猖獗等种种危象，也衬托出社会大动乱的背景。但作为通俗作家

〔1〕 费正清编：《剑桥中华民国史》（上）第 322—325 页，中国社会科学出版社 1993 年版。

的偏好，包天笑也是发挥得淋漓尽致的。下面仅举与士兵有关的两例。其一是士兵中的烟鬼如何在战场上“过瘾”的，其二是有的士兵是如何在上海向当铺敲诈勒索的。

今天又到了许多福建来的队伍，据说都是吸鸦片的。打起仗来说甚是勇猛咧……正在开火的当儿他们却便在这儿过瘾，过足了瘾精神百倍，他便奋勇异常。你可知道，鸦片烟这件东西是个兴奋剂呀！……哪里有这许多烟枪烟灯？其实的确有许多鸦片器具，而且这种东西也都是他们夹带的，不过那种东西实在是简陋得可笑。我先讲他们的烟枪，他们的烟枪大一半自然是皮条枪，取其便于携带。一声令下，开赴前敌，他们把皮条枪向衣袋里一塞，跟着大家跑了，自然是最觉轻便。可是也有许多人是吸不惯皮条枪的，他们就用一种毛竹枪，制作是粗陋得很的虐，也不能太粗太长，也要衣袋里搁得进。至于烟斗呢，有的果然像一只烟斗，有的你道是什么东西做的？倒也难为他们想得出。原来广东店里有一种卖青盐陈皮的黄沙小罐，牛奶色的也和烟斗差不多大小。那底是尖的，他把那罐口磨光了，尖底的地方戳一个眼儿，装在枪上，就算是个烟斗子……他们一块马口铁皮，剪得圆圆儿的，要不就是听头香烟里开出来的一个小圆盆儿也好，把半段洋蜡烛烧热了，黏在上面，再用一个鸭蛋壳，敲破了两头，在那个洋蜡烛上一罩，便成为烟灯了……他们把一些稻草在地下一铺，枕头是没有的了，只好把破衣服包上几块砖头，睡下来点上洋烛，罩上蛋壳，抽出皮条枪嗤嗤嗤的猛吸了几十口烟，那个时候，前面怎样的炮火连天，尸骸遍地，他也只好不管，闭着眼睛，扛着肩架，猛抽他的烟，便是一个炮弹飞过来，连人带他的烟具，一古脑儿都变成了炮灰，他也不管的了。只好付之天命。及至过足了瘾把烟枪装好在身边便精神抖擞的起来，呐一声喊，猛冲前去，让前敌的弟兄们退下来过瘾。这时候那种吸烟兵勇猛百倍，一以当十，好似一群野兽，那才厉害呢，这便像机器上加足了油，橡皮管里打足了气一般。

把士兵吸鸦片的特制器具写得如此详细，把他们的吸烟时的将生命置于度外的神态，写得如此逼真，也许这所谓“勇猛”却是疯狂……恐怕也只有通俗小说中能看到，可也不是纯粹的无聊笔墨，也不仅仅是供读者消闲。它将军阀的军队的腐朽性，生动形象地勾勒了出来，他们活像继承了八旗子弟的衣钵。这样的士兵陋习，军队歪风，倒是值得载入“史册”的，它虽非空前，却是绝后的，值得留下“遗容”。有这样的军队才有可怕的扰民恶行：

那些丘八，强当强买，天天闹一个不清。吓得那些当铺子不敢开门。他们越要叫它开门。我们住的地方左近就有一家当铺。那苏州那些当铺的门都是非常坚固的，往往外面用铁皮包裹的石库门，还用钉钉着，一下子是攻不开的。他们却由几个人搬了一大块石头撞门撞得震天响，真是可怕。

那些丘八大爷，也不知他从哪里去弄了一只皮箱，送到典当里去，先说是要当五十块钱。典当朝奉说，箱子里什么东西，他们不肯说，你答应了我才开给你看。朝奉说，看了是什么东西才可以当钱。……便把那箱子开了。只见里面跳出一只老鼠来，向典当的柜台底下一钻，便不知到哪里去了。……朝奉道，老鼠怎么可以当钱？丘八道，我们这个老鼠是个宝贝，叫做金毛鼠，出在四川峨嵋山，好容易花了一百两银子购求得来的……吵闹了好久，老鼠是无从赔他，只得给了他五十元了事。

这其实是一个民间故事，用在这里，既可以增加读者的兴趣，也可以说明这种军阀的部队仗势欺人、扰民害民的本质，他们打家劫舍，杀人放火，敲诈勒索，无所不为。何况在战争期间，发生这种情况是完全可能的。等到战争结束，败方是溃兵散勇，更加无人管束，奸抢掳掠；胜方是庆功狂欢，放假三天，更有恃无恐，乱跑乱抢，这就是在“战利品”之外，军阀上司所发的“奖品”。

包天笑的《甲子絮谭》也不是没有败笔，但总体说来，不失为反战小说潮中的一大成果。至于其他短篇也各有所获。俞天愤的《连长的家报》发表时，《红玫瑰》的编者赵苕狂有一按语：“本年东南战祸一开，非战小说在文坛上登时占着重要的位置，发见在书报上的很不少了。然而无论怎样说得沉痛，总脱不了小说家言。本篇材料，系从实地观察得来的，所以能脱去寻常窠臼，十分真切动人。”作者除了发表在鲜血洗过的焦土中拾得的两封家书——一个已经牺牲了的连长的两封家书之外，还叙述了他目击的战场一瞥：

> 在下这回在本地红会里服务，曾经到过黄渡、浏河、南翔、安亭、朱家桥、马陆镇、葛隆镇、陆渡桥、竹条弄，许多被灾较重的地方，真是说不尽的凄凉，话不像的惨厉。总而言之，房子没有半间整齐，用具没有半件完好。鸡的啼，狗的吠，这两种声音，绝对不曾听见。那些可怜的好百姓呢？有在另一镇的亲戚家里居住，便是上上等的福人；有破庙栖身的，也算是幸运了；以外都倚着那些败壁颓垣，用两三根小竹子撑着一两片芦席，便算一家人团坐共卧的去处了。更有一片瓦砾，一眼望去，有三四里不见人烟的，可称得片瓦无存。东一个地窟，西一个地窟，说是行军的临时战壕，也就是平时很繁盛的街市。咳，战争战争，简直江南人民的劫运罢了……咳，战争的痛苦，人民是直接受的，军官兵士是间接受的，人家只恨着战时的兵祸，却不知道当兵当军官的何尝不是为环境所逼迫，才去投军，好把来养家糊口呢。兵祸兵祸，简直不是他们的本心，真叫做无可奈何，才铤而走险呢。咳，可怕的战争，再也不要出现了。[1]

俞天愤除了作为以历史的见证的姿态出现之外，也并不将罪恶的渊薮归之于军官与士兵，言下之意是认定应由“军阀家”来承担罪责。关于这方面，在严独鹤的《呜呼战》[2]和《下野后的新年》[3]短篇中，有更深刻的展现。

《呜呼战》也是从士兵及家属的视角取材的。士兵黄胜标回家告诉妻子说：“我们这里的鲁大帅和那位骆大帅，从前原是一家弟兄，近来却早已成了冤家了，鲁大帅一心一意要和骆大帅闹翻，只苦没有机会。如今却被他找到了一个好题目，两边竟要开战了。”他只能苦苦地离别了妻儿到前线去作战，结果是重伤而死。唯一比别的死者幸运的是在临死前还能见他的妻儿一面：“胜标的妻子忙将小龙抱过去，凑近胜标的面前。胜标忽然大叫一声，也不知是呼痛，也不知是伤心。就在这一声里，顿时断了气。”这一声大叫，包括了多少未尽之言，他为自己的无谓牺牲而感到愤懑，他为不放心自己眷恋的妻儿成为寡妇与孤儿后如何生活……果不其然，在他逝世之后，他的妻儿深受人们的歧视，村上的人恶狠狠地说：“我们吃了战事的苦楚，细想起来，都是当兵的不好，要是没有兵，就不会打仗了，所以我们村里的人谁说一声

〔1〕 俞天愤：《连长的家报》，《红玫瑰》第1卷第23期（1925年1月）。

〔2〕 严独鹤：《红玫瑰》第1卷第12期（1924年11月）。

〔3〕 严独鹤：《红玫瑰》第1卷第29期（1925年4月）。

是当兵的，就恨若切齿。”在所谓庆祝胜利的周年大会时，她们母子又被戒严的部队堵在路上，一定要等大帅的车队经过后，才能走路。而在纪念会上，大帅还要致祭阵亡将士。这对失去行动自由的母子说来，岂非是莫大的讽刺。“胜标的妻子听了，霍地激动神经，身子虽还立在那里，脑筋中却顿时现出一种幻影来，迷迷糊糊的似乎看见她已死的丈夫，血淋淋地站在面前，对着她痛哭。”与严独鹤的另一个短篇《下野后的新年》对照起来读，就更耐人寻味。这是一篇写下野的大军阀的小小说，作品开端是这样的：

> 鲁大帅手下拥着十几万兵，平时倒也很有些威风。不知怎样，战事一起，竟接二连三的大打败仗，后来弄得无法可施。只好一面通电下野，一面就实行那三十六着中的上着，一溜烟逃到租界上来做一个寓公了。

他仍然过着奢侈豪华的生活，一家骨肉团圆过新春，可他还是觉得今不如昔，认为冷冷清清，因此闷闷不乐。只有最会讲话的四姨太能说得他动心，重新打起劲头来：“如今的事情那里说得定。老爷眼前固然是不得意，也许隔不到半年，机会来了，依然可以重整旗鼓……”饭后还打起兴致带着小儿子去看电影。可是电影上的镜头是炮火连天，颓垣断壁。“又映出很大的字幕来。这是‘军阀之罪恶’。鲁大帅不由唉了一声。他的小儿子，便扯着他的衣袖道：‘阿爹，这五个字中，我只认得一个“之”字，其余都不认识，到底是说些什么呀？’”小说就戛然而止。这篇小说很受到称赞。

通俗文学中的反战小说，还是有一定的水平与深度。

第八节　既作社会问题的思考，又作心智的测验

——纯文学与通俗文学“问题小说”之比较

纯文学和通俗文学中皆有“问题小说”之目。周作人对“问题小说”作界定之前要读者分清“教训小说”与“问题小说”之不同：“教训小说所宣传的，必是已经成立的、过去的道德。问题小说所提倡的，必尚未成立，却不可不有的将来的道德。一个重申旧说，一个特创新例，大不相同。”[1]也就是说，

〔1〕 周作人：《中国小说里的男女问题》，《每周评论》第7号（1919年2月）。

问题小说提出的问题,是要启迪读者去探索未来应该建立的、有异于封建陈规的新道德准则的问题,正因为是探索,当然不一定有什么答案。然而,很多现代文学史上都认为没有答案,是当时作者时代局限性的表现。其实这是很"左"的一种见解。因为一种新的道德不是一天就可以确立的;即使逐渐为大家所公认了,也要试行一段时间,才可以看出它有否后遗症,是不是矫枉过正了;或者是还有什么需要补充的条件,它与中国固有的传统美德应有什么内在的关系等等。

通俗文学作家也有写"问题小说"的。此中的代表人物张舍我曾在他的小说《博爱与利己》的"作者附识"中说:

> 问题小说(Problem Story),创自美国之小说家施笃唐氏(Prank Stockton),其小说《女欤虎欤》(The Lady or The Tiger)。【某君译之为《妒之研究》,见《小说月报》七卷[1]。恽铁樵先生尝悬赏征文以论其究竟,颇饶兴味。】氏以二千金售之《独立周刊》,披露后极为一般哲学家与心理学家所称许。而氏之名亦遂大噪。问题小说之作,原由于哲学上或社会上之一种重大问题。著者以为非一二人所能武断解决,亦非一二人之思想识力所可解决,故演之于小说,以求社会上之共同研究与解决,意至善也。故今日欧美小说界中,从事于此种作品者渐多。首期之《父子欤夫妇欤》一篇为社会的,此篇则为哲理的。然粗率疏散,无当大雅,愿读者诸君有以教之。

如此看来,不论是纯文学和通俗文学,它们都是受外国文学的影响,才致力于问题小说的。但纯文学是更多地接受了易卜生的问题剧的影响,而且更重视从道德层面进行开挖,目的是反对旧道德,建设新的道德规范,但这不是一蹴而就的功夫能够的。而且严格说来,应该说是封建道德,而不是"旧道德",因为有的人把旧道德仅仅理解为"过去的道德",只要反过去的道德而行之就是新道德了。其实是很不全面的,因为过去的道德中也有合理的内核——也即是中华民族的传统美德。只有传统道德中的封建糟粕,才是我们所要反对的。受易卜生问题剧影响的纯文学也有答案,但往往是商榷性的,例如鲁迅的《娜拉走后怎样》,就是易卜生《傀儡家庭》这部问题剧的

---

[1] 《小说月报》第7卷第7号(1916年7月)。

问题，提出的答案与对策。但是他也非常明确地指出，作者可以不负解答的责任："走了以后怎样？伊孛生并无解答，而且他已经死了。即使不死，他也不负解答的责任。"[1]而作为读者，鲁迅对妇女的解放是有己见的：妇女"为准备不做傀儡起见，在目下的社会里，经济权就见得最要紧了……可惜我不知道这权柄如何取得，单知道仍然要战斗……"[2]这是有了答案后的疑问，也就是等于没有答案。

通俗文学的问题小说是受了美国作家施笃唐的影响，施笃唐在《女欤虎欤》中直白地提出问题，将它置于读者的座前。这篇小说中的故事并不复杂，一蛮族之王用一种特殊的方法来判决罪犯：在一个巨大的斗兽场内，将罪犯置于大庭广众之间。在场内有两扇截然相同的门，一扇里面是猛虎，一扇里面是美女。叫受判的罪犯开启其中的一扇。如果开了猛虎这一扇门，就是证明他有罪，他被吞噬是罪有应得，老虎"扑取其人以膏饥吻，顷刻之间，肢骸都尽，则其人之罪案定，受刑当也"。如果开启了美女这一扇门，则将美女嫁给此人，说明他是受了冤屈的："盖以艳福赏卸冤之屈。"蛮族之王有一个女儿，乃其掌上明珠。可是她与宫中的一个仆役发生了爱情。皇帝非常愤怒，要将这一少年送入斗兽场判刑。公主花了巨额的贿赂，知道哪扇门内是猛虎，哪扇门内是美女。而且知道这美女就是公主的情敌，也曾与这少年眉目传情。当场，罪犯就单看公主的手势行事。公主举起了右手，少年就要去开右边的那扇门。施笃唐写道：

> 扉启以后，其中为猛虎欤，美人欤？是皆出于公主之所赐。惟记者不欲更言，今当留此问题，经待慧心人之解决。诸君试一为思维，当觉答此难题至不易易也……使情人一入虎口，则死者不复生；一为情敌之夫，则往者不可谏。此后悠悠岁月，终为埋恨之光阴，即止地老天荒，此恨无极。一生一死总难两全，或死或生无非一散。然则公主胸中欲其所欢施身于何方乎？想其展转踌躇，魂梦缭绕，芳心一寸，回辘无穷。有时念及所欢，将饱虎腹……碧血四飞，丰肌立尽……时或想情人，启门而睹彼美……欢也既庆更生，又偿夙愿，轻怜缓惜，笑见新人……凡此诸端，萦回不已。生生死死，两不能甘。而必择一以处，此情真到万难矣。或者欲长保郎情，毋为他人所夺，宁为玉碎，不为瓦全，冀他日冥

[1][2]　鲁迅：《坟・娜拉走后怎样》，《鲁迅全集》第1卷第159、161页，人民文学出版社1981年版。

冥之中，犹得欢聚于泉下，此亦未使非计也。然驱爱者置之死地，心或有不忍为，则留以有待，亦属人情之常态。要之明人于此，当各自有会心，无烦余言之喋喋。诸君于茶余酒后，试各审思而裁度之，美人欤，猛虎欤？

我们作长段引文，是为了使读者知晓，通俗文学的问题小说与纯文学的问题小说之目的不同。通俗文学的问题小说，重点不在于探索，而侧重于一种智力测验，甚至是一种游戏。它是问题小说，也是必求答案之小说。作者以小说提问，读者以心智作答。《小说月报》之编者恽铁樵还在文后附言作悬赏征文："欧美盛行辩论会，常分团体为两组，拟题互诘。盖所以造就言语之才，备他日折冲之选。本题命意，取义于此。爱读诸君，……对于本篇，定多隽论，倘录其在反辩驳之词见示，当择优刊录，以公同好。篇幅幸勿过长，以不逾六百字为合。刊录之后，赠张广仲先生书坑屏四幅。不录无赠，原稿恕不璧还。"在 1916 年，发表此篇小说的译稿，而且悬赏征答，说明通俗文学作者提出问题小说是早于纯文学作者的。发动者是恽铁樵和张舍我。当时，张舍我还只是 20 岁的小青年，但是，恽铁樵在作者群中发现了他，在发表《女欤虎欤》的上一期刊物上，与张舍我合译了一篇《金钱与爱情》，而且在具名时，将舍我置之铁樵大名之上。恽铁樵真无愧是扶持嘉勉后进的敦厚长者。这篇译作就有问题小说的格局。可见他们是设计过如何"引进"问题小说，如何引起读者的兴趣的。自后，张舍我就成为通俗文学作者群中倡导问题小说的主力。

张舍我(1896—?)名建中，字子方，江苏川沙县人(今属上海市)。因家中清贫，15 岁时就毛遂自荐，考取了上海某报社做记者，开始接触五光十色的生活。但由于工资微薄而一再变换职业，如经商，任小教等，在商务印书馆觅得校对工作后，又有更多机会埋头于书本中。他求知若渴，后入沪江大学，在图书馆的中外文学书海中"欢泳"。开始从事创译工作。得恽铁樵、周瘦鹃等资深编辑的提携。恽对他的译笔之佳，击节赞赏。他以倡导问题小说而在通俗文学领域中显示其独特的格调。

张舍我的问题小说的代表作《博爱与利己》中，写胡汝刚误伤孙金标致死，其弟孙鸣歧决心为兄报仇，但不知仇人下落；其时胡汝刚在国外受基督教义之感化回国传教，在孙鸣歧有难时，救其大难不死，后孙鸣歧知道这位牧师就是多年要觅得的杀兄仇人，他现在也有机会于举手之劳中报仇雪恨。

小说提出的问题是孙鸣歧是抱着“人若害我，我必取偿”的人类的利己主义去报仇呢，还是因人性本善，加之胡又有恩于他而用博爱主义去宽恕胡汝刚。作者在小说结尾写道：“试问这结局到底是博爱思想占胜呢，还是利己思想占先？著者没有仔细研究过人类的心理，不敢下一个断语，还请读者诸君的赐教。”作者认为这一篇小说是一个哲理的探讨。他又称他的另一篇创作《父子欤夫妇欤》是探讨“社会的”问题。写的是一位南浔的富有老人在上海荒唐，与一雏妓生了一个孩子，并将孩子带回了家。后他的大儿子去上海求学，与一刺绣兼图画教员发生了恋爱，又有了同居关系。父亲要到上海来鉴定女方的人品。相见之下，才知这位教员就是往昔的雏妓。她离开老人后发奋上进，刻苦读书，坚强自立，终于博取了儿子的挚爱。作品的结尾说：“老人和嫣娟，曾为一度夫妇。老人和乃谛，是父子关系。今乃谛又和嫣娟发生了夫妇关系，父子欤？夫妇欤？到底如何解决，作者没有决断力，还请读者诸君一同思考，一同解决。”其实这样的社会问题缺乏深度，而问题虽然令人难堪，但毕竟不是公然乱伦。老人应该对其荒唐悔恨自新；儿子也知道嫣娟曾是妓女，但他现在所爱的是她的才情、品貌与人格；从嫣娟说来，她曾失身，但她已经用行动来与过去的历史决裂，他们完全有结合的人权。如果一定要深究，那就是娼妓制度必须取缔，而对金钱充裕、人格卑下的豪富必须自新自律与自戒。但这些在当时是不可想象的，也是无法做到的。可见在张舍我的笔下，既有成功的问题小说，也有浅薄的问题小说。但他所涉及的问题是非常广泛的，诸如恋爱、婚姻、家庭、贞操、伦理、教育、就业、生死、国家主权、信仰与宗教等各个方面。当然，由于通俗作家是超党派性的，所以革命问题往往不在他们的视野之中。从通俗作家对问题小说的提倡，也使我们知道，他们对若干社会问题也是颇为关注的。而且有时也提升到哲理高度进行探讨。

写到这里我们不能不提及通俗小说中近似问题小说的优秀短篇，例如最善于奖掖青年的恽铁樵是可以在编辑史上大书一笔的。鲁迅的第一篇文言小说《怀旧》是经他之手发表的，而且在评注中予以高度的赞赏。张恨水是受过他的启迪的，这对张以后走上文学道路也有一定的促进作用。纯文学的现代创始者，与通俗文学的最大成就者均和这位编辑有关，难道就不该在编辑史上大书一笔吗？在历次极“左”文艺思潮对鸳鸯蝴蝶派的声讨笔伐中，对恽铁樵的《工人小史》还不敢贸然否定。就是因为小说中这位工人历经流离失所，历经磨难，但他对社会还是宁折不弯的。他的社会地位是卑下的，但他的人格是高尚的。他对自己的命运有清醒的认识："且既为工人，便终身与贫困结不解之缘。"他对中国人、对中国工人的尊严是维护的。他骂看不起他的电车售票员："汝洋狗，捧得外人饭碗，便鱼肉同胞。"他斥责压迫他们的工头："汝亦工人，何苦假洋人势力，自残同类，吾既被殴，又被逐，是一罪两罚也，吾且诉之警局。"作品中对工头与洋人是揭露得厉害的。在1913年，能写出这样一篇捍卫工人尊严，同情工人疾苦而又写出工人的反抗意识的作品，不仅不可多得，而它的意义应该不下于以后的《一件小事》。当然作品中没有一个仰视工人的知识分子，但恽铁樵在写《工人小史》时对这位工人颇有敬仰之情的。

包天笑的《夹层里》、《沧州道中》和《谁之罪》是优秀的短篇社会小说。而周瘦鹃的《挑夫之肩》和姚鹓雏的《牺牲一切》也有社会小说的时代性。特别是《谁之罪》和《牺牲一切》是反映与五四运动直接有关的生活片段的。

《谁之罪》是写贫穷的小摊贩王国才，以帮东洋杂货商代销洋广杂货为生，由于不要垫本，代销后又有若干回扣，一年以后，生活居然可以粗足饱暖。但在五四运动抵制日货的风潮中，小摊上的日本货被爱国学生所砸，想想今后生活无着，只好吃有毒的火柴头自杀身亡。包天笑在小说的结尾说：

> 看官们啊！我做这篇小说，确是纪实。你说王国才的死，是人家害了他吗？人家何尝害他，也是光明磊落，一国国民到此地步应有的举动。你说没有害了他吗？王国才到底为了什么死的。要派王国才自己不好吗？从良心上判断，王国才实在没有什么大罪。试问要比王国才坏几百倍、几千倍、几万倍的该如何处置呢？所以我请读此篇小说的人掩卷想一想，到底是谁人的罪。我所以取名叫《谁之罪》。

小说中的罪人并没有在小说中出场，那就是日本侵略者，正由于他们的侵略的狼子野心，使王国才死于非命。这篇小说的结尾很明显地有着问题小说的模式。

姚鹓雏的《牺牲一切》是写一位日本洋行里的书记，在爱国学生运动中毅然辞职的事。徐惠如"自从风潮之信一传，便此心自讼了好几日……他可还是个留学生，很晓得些国民的天职。也抹不去自家的良心；待要辞掉了不干呢，又可怜他素来贫寒，一无积蓄"，"只逼得他天人交战，方寸如麻"。结果还是他平时看来不大懂事的夫人，在关键时刻，毅然决然："你这职事，自然要丢掉的了。明儿写上一封辞职书，邮筒里一丢，便从此不踏那行里的门限儿，什么都完了。还不是干净有志气吗？""你现在不能做事，我也可以做事的，这个赡家的责任我和你分着担当。料想我们通共几个人，还饿不死了哩。"从此他的夫人就节衣缩食，抱着牺牲一切的决心过中国人的有志气的生活。

在通俗作家中追求作品的哲理性而写出好小说来的也大有人在。求幸福斋主的小说《一个枪毙的人》是非常出色的一个短篇。这个不知名也不知罪状的人，被押出去枪毙时，是有一大队士兵作为"仪仗"的。围观者很多，在场的新闻记者、哲学家、法律家、社会学者皆议论纷纷。在十字路口，来了一队丰盛的出丧仪仗，正在争着谁该让道时，不防那死囚演说开了：

朋友们呀！那一边是一个已死的人，睡在棺材里，这一边是一个将死的人，坐在囚车上。我们所同的，是一个很平等的死。

那已死的朋友，有这许多仪仗队送他的死，可惜他藏在棺材深处，看不见他死后的光荣了。我这将死而未死的人，也有这一群人来送我去死，这可算得是我的大出丧。然而我却能亲眼看见这场热闹，我比他还满足呢。

况且我这场光荣，这场热闹，这场大出丧，自有这许多不相识的孝子贤孙来办差，破费不了我亲生骨肉半文钱。我比较着他还得着大的便宜咧！

诸君睁开眼来瞧，那厢许多挽联奠幛，写的是死者虚伪的形状，在下不才，却有一张真实的罪状在此，这价值还比他重大咧！

……

这篇演说，一气呵成，气势澎湃，精彩纷呈。但是接着又来了一队旧式婚礼的仪仗，新娘被紧紧锁在轿子里。于是死囚又演说开了：

她被父母之命，媒妁之言，送给一个不相识的人，供人家的蹂躏。她的自由何在？不自由，毋宁死！这不是明明送她去死吗？他们这伙军人送我去死，却还容我在青天白日之下，有言论的自由；可怜她是一个弱女子，只知道躲在花轿里嘤嘤啜泣。静候着往死路上去。不敢发出半点人类求救的呼声。她所受的残忍和损害,岂不比我还较为严酷吗?

可怜的女子,我是视死如归,你还求生不得咧!

最后:

于是人马渐渐的又移动了,枪毙犯人的囚车,在前面走;送殡出丧的,降作了第二队;送亲出嫁,委屈着殿了后了。于是一个将死的人,一个已死的人,一个半死半活的人,都被各人的孝子贤孙、亲族朋友、仪仗队伍强行簇拥了去,谁也没有抗拒的法子。

小说里满蕴着哲理,可是这行文又像是在做诗。像这样的作品,还是由读者自己去沉思默想,毋容评论者饶舌。

张慧剑是《新民晚报》"三张"之一(另"二张"为张恨水、张友鸾),人称"副刊圣手"。他的小说的路子,接近于纯文学的小说格局,但他又是个在通俗作家队伍里如鱼得水的人。他的小说也富有哲理的内涵。他的《雏树》等短篇值得受到应有的重视。《雏树》是写一个重要的政治犯被判了10年徒刑。他将在监狱里怎么排遣他的生活呢?他读文学、哲学书籍(不准读政治书),弹奏乐器……都不能驱散他的内心的寂寞。后来他在狱中的空场上拾到一棵小小的黄杨树,他花了几年培养这棵雏树。当他出狱时,要求法官们让他将这棵雏树挖出带走,法官以为他有了神经病,建议他出狱治疗。

犯人接了树,向法官行了一个礼,说道:"谢谢法官先生的盛意!你们不承认我这渺小的工作便是伟大的工作,我也能谅解你,因为……因为法律家的头脑,本来和我们不同的。"他说完了这话,提起那棵小黄杨树,冷笑一声走出去了。

这是一个不容自我陶醉的人,他以培育新生命为己任。

像包天笑、恽铁樵、何海鸣、周瘦鹃这样的作家,在辛亥革命前后皆开始驰骋在文坛上,或译或作,他们为"五四"文化运动,是作过若干隐性准备的。他们对社会问题的思考,不可能不对比他们年龄略小的新文学家发生过一些影响,这是谁也否定不了的事实。不过后来"学生"说:我比你高明。

第九节　辛亥潮汐起伏，海上艺林沉浮

——两个著名“海”洋：《人海梦》与《人海潮》

严独鹤的《人海梦》、平襟亚的《人海潮》皆是通俗社会小说中很有影响且具代表性的长篇。

严独鹤(1889—1968)，名桢，字子材，别号知我、槟芳馆主，笔名独鹤。祖籍浙江桐乡县乌镇，生于上海。14岁考中秀才，15岁进广方言馆学习英语及数理化诸科。1913年入中华书局任英文部编译员。1914年应聘进《新闻报》，直至解放。当时，上海以《申报》和《新闻报》影响最大。《申报》副刊《自由谈》曾由周瘦鹃主持，而《新闻报》的副刊《快活林》则由严独鹤主编，人称“一鹃一鹤”。又因所编副刊名“快活林”，人称“快活之鹤”，由于工作成绩斐然，又被提升为这张日印15万份的大报的副总编辑。该报发行《新闻夜报》时，他兼《夜报》总编辑，主持副刊《夜声》。

他精通英文。1915—1916年，梁启超主编《大中华杂志》，他为此刊翻译过不少国外的时政文章，而他在自己所编的《快活林》中也每天写一篇《谈话》，所谈的内容是从国家大事、社会聚焦乃至日常生活趣闻剖析，长则六七百字，短则二三百字，要言不繁，机智俏皮，圆转含蓄，令人读之能作会心微笑。他每天在这么大的一个报上露脸，使他俨然成为《新闻报》的“发言人”。

编、译、著的成就，使他成为闻人，也是忙人。也由于他德高望重，许多通俗文学期刊都要求他兼任主编或名誉编辑，如《红杂志》、《红玫瑰》、《侦探世界》、《中华》、《上海生活》等，但他也决不是一个以挂虚名而“心安理得”者，仅就《红杂志》(周刊)而言，他在该杂志的全部100期中，就发了45个短篇。可见他在创作方面也是兢兢业业，不稍懈怠的；而且还有一种刻意求精的精神。由于工作繁忙，他的长篇只有一部《人海梦》，且还未连载结束。1932年“一·二八”事变后，《快活林》停刊约有半年，表示国难深重，无从快活。该副刊复刊时改名《新园林》，仍由他任主编。1941年太平洋战争爆发后，日寇接管《新闻报》，严独鹤以辞职表示他的民族气节。即创办大经中学，自任校长。后因敌伪强令其向伪教育当局登记注册，他又解散学校以示抗议。解放后，他被安排在新闻图书馆工作，“文革”中遭受迫害，1968年8月郁郁病逝。

长篇《人海梦》是一部可称的通俗社会小说。前10回连载在1921—

1922年的《新声》杂志上，因该刊停刊而辍作，于1924年出版单行本，即初集第1册。直到1927年1月1日《红玫瑰》第3卷第1期才再续登第11回，至1929年4月《红玫瑰》第5卷第7期，刊登到33回为止，小说虽未结束，但也可说是告了一个段落。在1929年6月由世界书局出版单行本，但仅1至30回。小说主要是两大块情节，一是华国雄与钟温如从宁波到上海去求学的经历，二是华国雄到日本去留学，并参加同盟会，在日本和国内从事革命工作，至32回写到武昌起义，留日学生占领中国驻日使馆。作品第1回实际上是一个楔子，是一个想统领全书的“梦”，而33回是写辛亥革命以后的一点情节交代。如果说此书情节已自成段落的话，那么，这一回也就等于一个“尾声”了。小说中，虽然也穿插温如与华芷芳、程琼珠，华国雄与冯蕊仙的爱情，但此书并不以恋爱为特色与主干，因此，不放在言情小说中去评价。

《人海梦》的“楔子”是一个“梦”，用梦作为开端的小说是很多的，但一般说来是“寓言”式的，但严独鹤写的梦境是寓意加上书中后来要出场的人物的真名、真人。例如书中清政府的密探刘光汉在楔子中就将“作梦人”华国雄抛入了大海，而到了清心岛上，遇到一位美丽的女郎，后来成为他的恋人的冯蕊仙，而这位冯蕊仙有志于造一个光明的灯塔，要筹100万元，就叫“作梦人”到黄金岛上去开金矿……而后文中这个冯蕊仙的确出现在日本，并与华国雄并肩革命。由于严独鹤只写到33回，不知后面的情节是否与“黄金岛”之类寓意有关，我们无从揣度了。但也有另一种可能性：小说的前10回发表于1921—1922年，时隔四五年，作者再续写后23回，在这期间，他有没有改变自己5年前的构思？如果有所变动，那么，他可能不再受“楔子”的拘束了。有的小说的“楔子梦”中也出现真名真人，但预示的后事，似乎很是虚幻，要书中人与读者颇费思量，不将书看完是无法恍然大悟的。对比之下，《人海梦》中的梦境就显得太落实了。但《人海梦》的精彩处是在于作者真正写出了辛亥革命前夕中国社会的某些侧影。

小说一开始就出现了像鲁迅在《肥皂》中所塑造的四铭一样的人物，那就是华国雄的叔父华寿卿。他是上海道里充当书启老夫子，一见华国雄和钟温如到上海来读书，就发表自己对当时学校的看法，而且为他们推荐自己能够接受的学校。于是我们就能闻到一股酸味：开口就是“如今邪说朋兴，士风日坏”，闭口就是“绍古代之遗规，承先圣之道统”。连他的夫人也在旁说：“你大约昨晚吃多了酸酒，所以早上一开口就酸气直冲。”但是他还是畅言他的酸腐不堪的观点：

> 你们要知道上海的学校虽多，不是学生嚣张，便是教员放浪。还竟有昌言革命的，这种学校如何去得？……说有个正谊学校，是官办学校。学校里的监学王吉庶，是个候补道，在上海当着很阔的差使，这学校监督一席，也是兼差。这位王观察我也久已闻名，是科甲出身，学问极好。平日专讲究保存国粹，提倡风雅，所以他这个学校，尽脱如下的恶习，专重国学，旁参西籍，声光化电无所不包，算得是体用俱备的了。我想你们二人若进得这样的学校，不愁没有进步。今年恰好要招考……王观察对考试事宜十分认真，一切都按着科举的排场，你们须要小心。

作品非常真实地反映了王观察要将“科举与学校冶为一炉”的宏图。一场仿科举模式的入学考试，为我们留下了“时代掠影”，而且那种要学生行三跪九叩首的大礼的开学典礼更是令人感到滑稽。《人海梦》的前半部最有文化保存价值的是，用如绘之笔墨写出了我国在废科举，兴学校的过程中，社会的渐进形态的“中介物”。作品在这方面是非常典型地为我们存留了这批大大小小的、有权无权的保古派的嘴脸。作者写道貌岸然的王吉庶作狭邪游的丑态，也是为我们补充了这批“恶毒妇”们在“咯吱咯吱”之后的放浪形骸。读了这一个一个的真实场面，或许我们就更形象地懂得，当时四铭“好容易给他（指四铭的儿子学程——引者注）进了中西折中的学堂”的实质。只要对比一下，华寿卿历数女学的罪状与四铭攻击女学的言论，我们就能知道《人海梦》从通俗小说的角度反映历史的重要价值。正如毕倚虹为作品写序时所说：“间多正论，以忧时之泪，溶入稗官。”稗官野史难道就不能写出“忧时之泪”吗？如果我们将这“正论”理解为真实可信地反映“时代素描”的话。

《人海梦》上半部的制高点是，学校查抄革命禁书。当时的潮流是革命浪涛汹涌，老师在课堂上读《十三经》，学生在堂下读革命经。省里就发出命令各校查察学生有无受革命党蛊惑的通电。王吉庶为了立功，认为“查察”不过是叫他平时留心些罢了，现在，他要以迅雷不及掩耳之势，晚上要亲自到宿舍查抄有无学生阅读革命书籍：

> 电令上说革命书籍流布甚多，这种情形确乎是不错的，流布的所在

> 无非在学校,你虽说本校的学生都知道忠君爱国,不会有非法的举动,但我却还不能完全放心。万一这些学生也在那里很秘密地购买禁书,私自阅看,将来流毒何堪设想?所以为今之计,惟有出其不意就在校内搜查一次。假令搜查的结果,居然得不到一本离经叛道的书籍,那就足见全校学生一个个品端行正。我们也的确可以将这件事禀明上头,使上头知道我们办学的苦心。如果内中良莠不齐,竟有几个不肖的学生,私藏禁书,也万不能姑息。必须从严究办,以为惩一儆百之计。

平时与学生为敌的舍监童千里为了表示自己管理学生有方,老早把学生的班长请来,要他向学生透露消息,暗示他们赶快"坚壁清野",王观察的计划就只能是扑个空了。可是华国雄与钟温如等同一个寝室的四位同学当晚正好全不在学校住宿,待到王观察命校役将锁打开,亮了灯一看,"童千里惊得目瞪口呆,原来也不必搜,也不必查,在那书案上,纵横乱放着的就都是些宣传革命的书籍和杂志。而且不必审阅内容,只那些封面上,已明明标着什么《党人魂》、《革命军》、《自由血》,都是很大的字"。于是这个"案子"就闹得很大。王观察就要将华国雄等送到官府去严办,而且似乎一点转圜的余地也没有。还是一位颇可以称得上"智多星"的学生想出一个办法来。他去找了王观察相好的妓女,得到她的同情,假装与王观察在园林里亲昵,而事先躲在树丛中的那位学生给他们偷拍了一张照。事后威胁王观察要公开他的丑史,使表面上道貌岸然的王吉庶非常害怕。不仅答应不再追究此事,而且还出了一笔钱买回了"底片",一场天大的风波才算了结。这个情节在小说中要比上述的简介生动、曲折、巧妙得多,因此,既反映了当时的现实,也有极大的可读性。这也是将正论溶入稗官的一个明证。而且作者趁此还将当时革命著作的印刷发行渠道的内情,也曲曲道来,娓娓动听。这在作品中也产生了一石二鸟的作用。

情节的发展出现了内在的必然性:华国雄无法在上海立足,就准备东渡扶桑。这样作者将过去一条看来并不重要的有似闲笔的线索,充分运用起来。那就是原清政府驻日使馆头等参赞赵雨卿和他的义子——恬不知耻的王孝先(他有时冒充日本人而自己取名国光太郎)的许多"狗彘劣绩"。华国雄家贫而要公费留日,而花了一番运动功夫的赵雨卿其时又成了驻日公使。他也要笼络一些留日学生。用国光太郎的话说是:"如今的时世不比从前,凡是当公使的人,也很怕那些留学生遇事生风,和他捣蛋,所以往往在有意无意之间，联络几个有才干的留学生，作为他的膀臂。”于是作品应用这两个矛盾的对立面的人物，写他们之间的微妙的关系。他们似乎有相互利用的可能，而实质上又必然分道扬镳，也就在这微妙之中，写出了当时留日学生所处的复杂环境与需要掌握的多种斗争手段。

在当时一般人、甚至包括保守派人物的目光中，留学生的身份地位已经有了新的评估，他们认为“要走正路自然还是进学堂学本事。所以我听见你要出洋，十分赞成。如今科举既没有了，弄一个出洋留学生回来，也和以前的举人进士一般”。可是在一班想出洋留学的青年，则在欧美与日本之间，是有倾向性的，他们认为留学应该“非欧即美，很不愿意挂日本牌子”。钟温如家境富裕，再加上考了公费，他是要到美国去的；而华国雄家境清寒，他只能到日本去，以后能弄到官费则更好。但在清廷的一些官员看来，也是提倡青年人到欧美去留学。例如小说中的那位方制台，他选派留学生有他的三个条件：“第一条，留学的国度，以欧洲各国和美国为限，决不派日本留学生。他的理由，说日本留学界是个革命党的窝子。多派一个日本留学生，便是多制造一名党人，断断不可”；第二是一定要省内道员以上各官员特保学生来参加考试，这样才不会有革命党夹杂在内，报考学生决不能来历不明，看来这就是他的“政审”方式；第三，考试时，“重国文不必重西文”，此条刚宣布时很多幕府都反对，说既然要出洋留学，怎好不注重西文？方制台训斥道：

> 你们都是小儒之见，只知其一、不知其二。一个人假使连本国的文理都不通，就派他去出洋留学，那么将来回国以后，便简直成了一个洋人，要他何用？所以非国文有根底的不可。至于西文，倒不妨差些。西文差了，到了外国天天见的是外国人，看的是外国字，自然可以补习。倒不比国文程度太低的，一到外洋满口爱皮西第，再也不会看中国书，势必格外抛荒了。

作为一个早年就读广方言学堂的严独鹤，他学成后也是准备出国留学的，只是因父亲去世而未果。但他平日里对这些留洋事宜是非常关心的，在他的《人海梦》中，对当年留学界的“行情”是说得头头是道的，例如方制军的选派三条件，只有深谙当年内情的人，才能将清廷官员中的所谓“有识之士”的歪理说得那么透彻。为我们留下了珍贵的一瞥，实在是不可多得。

在国内华国雄不过是看了一些革命书刊，可是一到国外，进了这个党人的窝子，他就从倾向而发展到走上了革命之路，加入了“草字头”，开始从事革命实践活动了。他虽曾与赵雨卿认了师生关系，但他对赵雨卿还是有一定认识的，他并没有放弃原则，即使对那个时时诱惑他的赵姨太，也是始终没有落入她的圈套的。在小说中，作者将赵雨卿写成一个天生的洋奴本性，勾画出了当时清廷的选派外交官的“媚外标准”。他在官场中直言不讳道：“你可知道优胜劣败是天演的公理？日本人能欺侮人，就是日本人的好处，中国人要受人欺侮，就是中国人的丑处，如何能不责备自己，反去怨恨别人？老实说，假如我做了日本人，也乐得欺侮中国人咧。”这样的人做公使，怎么不以卖国求荣为己任？他身为驻日公使，接受政府密令，暗地查察革命党，可是一则他要花很多时间在声色犬马之中，难得去办他的公事；二则他实在无能，是个十足的酒囊饭袋；三则在当时的具体环境之中，他也奈何革命党不得，他只能哀叹而已：“我还接着政府里一个密电，说是据侦探报告，近来有大批革命党人，由日本回国，准备起事。教我暗地查察，并相机防范。我想这件事怎么查察得出？又怎么防范得住？老实说，谁不知日本留学界中，有许多革命分子在内？但也毫无办法。”华国雄听了他的哀叹，当然要向党人“汇报”，而革命党人也知道他到底有多少能耐：“若在本国，还可以仗着专制淫威，滥捉滥杀。对于海外的留学生，他们就简直没有办法了。不过，他们既然要防范我们，我们自然也须防范他们，以后一切进行格外谨慎就是了。”但是他们还是查出党内的一个中心分子，那就是女革命党人冯蕊仙。写这个人物在作者看来应该塑造一个秋瑾式的女革命党人的形象，而这个冯蕊仙以后也就成了华国雄的爱人，无论从哪个角度去看，皆能增加小说的可读性。

由于有秋瑾这样一个光辉的榜样，所以在一般人的心目中，女革命党人都是有传奇色彩的。作者也就从这个“读者期待视野”出发，追求她的传奇经历。冯蕊仙在书中早已出过场，那就是小说第 16 回。她当时就有许多化名，一忽儿叫王韵珠，一忽儿叫李悟非，她深入两江督署方制军的虎穴，警告了这位大员以后再不许滥捕革命党人，临走时还将方制军捆绑在书房中的床上，直到 20 个小时之后才被他的下属发现和解救。她完成了这个任务就东渡日本。在日本留学生界她非常活跃。由于她有惊人之貌，追求者甚众，收到的情书一大包，她怎么来解脱？她又有惊人之举。她公然发请柬给那些求爱者，邀请他们在某处来见面，说有重大问题发表。等到所约的人到齐，她拿出个大纸包来说：

老实告诉诸君这纸包里面，便是我近来收到的许多情书。我觉得很侥幸，也很惭愧。像我这样一个人，尚在求学时代，自问毫无能力，毫无学问，不知怎样，却承大家见爱，一个个都要来向我求婚。我看了这许多信上的话，都说得非常诚挚，叫我这颗心不知要怎样才好。如今我左思右想却想出一个最好的方法来了。今天特请诸位到来，便是要宣布对于求婚者的意见，以及应付这许多情书的态度……

她一一焚毁了这些情书，只留下一封，就根据她的调查，说出此人有一位患难相交的夫人，并责问他为何见异思迁？当场也有人以为她如此做法未免太奚落大家了，使大家的面子都扫尽了。她还是侃侃地回答道："我今天不过是对诸君表示拒婚，并非对诸君宣布绝交。所以爱情虽谈不到，而友谊却依然存在。也许我的思想，将来有时改变了，仍在诸君之中，觅得位配偶，也并非是不可能之事。再退一步讲，就使婚姻之说，从此休提。而诸君爱我，仍能和我长此结为好友，也未始不佳。"大家始而哑口无言，继而一哄而散。而且以后捧她的人中，还是有一小半依然是以前被她拒绝的人。作者这样渲染她的传奇性，还仅是为日后描写她作一伏笔而已。因为书的后半部的一个重大情节是，冯蕊仙回国革命，在刺探情报时被方制军逮捕，而方制军又不敢亲自提审她，因为怕揭出往日被绑20小时的详情，只交代侦探头子刘汉光择机在监狱中将她毒死即可。但刘汉光震惊于她的美丽而想救她，进而占有她。于是她利用敌人的幻想而又不失革命原则地从中解脱出来。前面"拒婚"的这一场"戏"，就是为了她越狱成功作铺垫的，作者想要读者信服，她的确具备这种处事不惊的灵活性。而作品暂告一个小段之前的高潮是华国雄等留日同盟会同志，趁武昌起义得手，决议占领日本公使馆。赵雨卿从楼上乘了送饭菜的小升降机逃下楼，又越墙而仆地，被日本邻居救起；而赵姨太却只好躲在狗舍里。之后华国雄等人回国在上海革命都督府任科长，而以前引起华国雄父亲抑郁而死的仇人也有了下落。小说就在这里与读者暂别，实际上是永远告别了。

过去对《人海梦》不是评价不够，而是几乎没有评价。但是在通俗文学中有这么一部为辛亥革命前夕中国社会转轨过程中的某几个重要领域留下侧影的小说，是并不多见的，而且这些侧影不是浮泛的，而是有一定的深度，这是应该在通俗文学史上放笔一书的。

接下来要论述的是平襟亚的《人海潮》，人海茫茫，潮起潮落，又显示了另一番光景，另一种风情，另一种格调。

平襟亚（1894—1980），原名平衡，号襟霞阁主（他的姓名有时作平襟霞），笔名网珠生、秋翁。江苏常熟人，出身贫寒，做过学徒、小学教员，1917年只身来沪闯世界。从试投短文过渡到专业卖文生涯。因结识朱鸳雏和吴虞公而三人组成一个小出版机构襟霞图书馆，这是他从事出版发行事业的起始。他曾编印过一些畅销书，如《刀笔精华》、《中国恶讼师》等，也曾因撰文得罪了人而报社被当局砸烂或封闭。如1926年，他在自己编辑的《开心》小报上登载了一篇某女作家的浪漫行为的虚构文章，被女作家吕碧城指控为影射和诬蔑她的而引起了诉讼，又因原告与租界当局关系密切，就将出版该报的书局封闭，书店主人吃了两个月的官司，平襟亚避难苏州，化名沈亚公，闭门写作。他的代表作《人海潮》就是在此期间写成的。他曾自述："费时五月，三易其稿。"

1933—1934年，他又到上海法政学院读书一年，以后在他办的中央书店门口挂过"平衡律师"的牌子。1938年因中央书店出版和发行抗日漫画而遭日寇逮捕近一个月。1941年平襟亚与陈蝶衣合作创办《万象》月刊，1943年7月起由柯灵接编，平襟亚为发行人。《万象》在沦陷区的上海影响很大，实际上是纯文学作家和通俗文学作家合作联办的刊物，也是在共产党的统一战线的倡导下在文艺领域中的一次成功的尝试。解放后，被聘为上海评弹团顾问和上海文史馆馆员。1980年8月病逝。

《人海潮》是平襟亚的代表作，全书50回，60万字。在1927年3月由新春书社出版时，号称"晚近第一部社会长篇大说部"。到同年11月，已印行第3版。袁寒云在《序》中说："网珠生自谓人海潮，余直谓人海镜耳。"这面镜子是有其自己的特色的。50回中，前10回是写农村生活，从第11回起，一一将农村中的人物，拉到上海这个大都会中来。这种前10回写农村，后40回写大都市，而又利用书中人物将农村与都市生活串联交织在一起的写法，在当时的通俗小说中是很少看到的。所以作者有时以农民的视角，来看这十里洋场，花花世界。淳朴的农民自有他们的"悟世之道"："你道现在世界，人心甚么做的，简直是块吸铁石，哪个不想铜钿眼里翻筋斗？嘴上仁义道德，心里男盗女娼，甚么老爷太爷，连我们底下人都弗如。"但是农村的贫困使他们非常向往"遍地黄金"的大上海，而"一片汪洋田庐成泽国"的水灾又逼得他们"一家门兄弟夫妻女儿五人到上海来寻生意"，以致将自己的女儿送进了妓院。但是，结合作者的经历，一条更主要的线索是农村小知识分子流落到上海之后，用他们的眼睛看“海上文化”，特别是海上文坛面面观。也即是通过沈衣云、尤璧如、钱玉吾、汪绮云等几个文人的活动为线索，反映上海的社会情状。他们到上海后，与昔日学校的庶务员，今日的环球书局编辑马空冀为伍，也算开了眼界。这可是位海上“文豪”，也算得上是个文化事业中的投机商人了。用他自己的话说是：“我们在上海社会，也好算得是一员投机健将，各种投机事业总要尝试尝试，结果决不致给潮流卷去，可也不容易了。”书中有一个并不重要的人物柳一佛，倒也说出了一番“至理名言”：“上海社会往往有忽起忽落的一种潮流，潮流所至，足以风靡一时，我们只消迎合潮流，无往不利，发财可以计日而待。”此公倒是非常了解当时上海人的“一窝蜂”的地域特色。平襟亚能将他生活年代地域特色曲曲道来，他的书当然就有存在的价值。所以，袁寒云认为他是“人海之镜”，又为他总结这部大作的主要内容是，上海滩上“凡艺林、花丛以及社会种种秘幕未经人道过者”〔1〕。这“艺林”、“花丛”四个字是概括得非常准确的。而用来自农村的人的视角去写海上的潮起潮落，也很与作者的生活经历相吻合。平襟亚就是来自常熟农村的一个穷小子，独身到大上海来闯世界的人。就像书中的主人公沈衣云一样，他混迹于熙来攘往的人海之中，过着醉生梦死的生活，难以排遣内心的苦闷与空虚，只觉得前路茫茫，在社会中他找不到自己的位置。这实际上也是作者自我内心生活的真实写照。平襟亚自叙一度的生活，“竟日度着三馆（妓馆、旅馆、菜馆）生活，心旌神摇，不能自主”〔2〕。

就艺林而言，作者最熟悉出版著作界，因此，在小说中为我们留下了当年上海出版业中的许多真情与轶事，通过这些奇闻也带出了若干当年的文人身影。直到作者身后，在 1988 年，香港的刊物上还登载平襟亚的遗作：《六十年前上海出版界怪现象》的长文。〔3〕对照起来，就是 20 年代作者《人海潮》中的许多出版界的许多人事的概括与提炼。凡《人海潮》中的这些情节，作者皆使它们与马空冀与沈衣云有关。例如有出版商开导沈衣云，出版商只讲究营业和赚钱，因此，书名最为重要，内容却在其次。书名迎合了买客心理，他买去一看，即使是十不通，廿不通，也不能够来退换。

上海出版潮流千变万化，这并不是书贾的欢喜变化，是阅者的眼光

〔1〕 袁寒云：《人海潮·袁寒云序》，《人海潮》第 3 页，上海古籍出版社 1991 年版。
〔2〕 平襟亚：《人心大变·序》第 1 页，中央书店 1928 年版。
〔3〕 香港《大成》第 170 期（1988 年 1 月）。

> 变化。书贾无非想赚几个钱，不得不随阅者眼光转移，迎合阅者心理，投其所好，利市十倍，像这种“恨”、“怨”、“悲”、“魂”、“哀史”、“泪史”的名目，还在光复初年，哄动过一时，以后潮流转移到武侠一类，有人说武侠小说足以一扫萎靡不振之弊，于是大家争出武侠书。甚么《武侠丛谈》、《武侠大全》、《侠义全书》、《勇侠大观》，没有一部书不出风头，后来越出越多，闹翻了，做的人也实在太拆烂污，甚么一根烟杆子刺杀一百廿八个好汉，两柄宝剑鼻子里进去，屁股里出来。简直像说梦话一样，看的人也就没有兴味了。书业潮流便移到黑幕上去。大家说，黑幕不比武侠小说向壁虚构，这是揭破社会的秘密，实事求是，很有来历，因此坊间大家争出黑幕。说也奇怪，上海洋场十里，百千万言也揭它不尽。甚么《黑幕大观》、《黑幕汇编》、《黑幕里的黑幕》，这是笼统的，还有分门别类，甚么《姨太太黑幕》、《大小姐黑幕》后来越出越多……从此不到几时，那张牢不可破的幕也就揭穿，后来潮流又转到财运上面去，财是大家贪的，见报上登着广告说，看了这种书，立刻可以发财，有那一个阿木林不欢喜发财，因此甚么《财运预算法》、《财运必得法》风行一时，上海地方差不多瘪三叫化子手各一编……

所以沈衣云听了说“听君一夕话，胜读十年书”，“想不到书业中有这么忽起忽落的潮流”。书中所说的当然是用一种“教授内幕”的口气，其实，在市场经济的法则下，书商的“炒作”与被调动起来的读者“阅读心理”总是互为促进的。这是一般的规律，问题是成为一个潮流时也容易走火入魔，误入了歧途。但是“炒作”与“迎合”还是应有分寸，切勿进入不正当经营，在这方面，作者也写了许多令人惊诧莫名的勾当。书中写马空冀与沈衣云等合办“大公”出版部，虽然颇有盈利，但是敌不过有些书商。

> 其尤甚者，影戤剽窃，统做得出，你新出一种书，风行一时，他们连忙赶出一部大同小异的来抢你生意。譬如你出一部单行本，叫做《中国文学史》，他便放大范围，出一部《中国历代文学大观》把你罩住。假如你出的大部著作《中华全国名胜志》，他摘取菁华出一部《中华名胜要览》，你卖三块钱，他只卖三毛小洋。报纸上广告登得比你大，牛皮吹得比你足。你就给他打倒。这还算正当的竞争。其次，你倘出一部《诸葛亮全史》，他跟出一部《孔明全史》。你文言他白话。你倘出一部《武侠

大观》，他跟出一部《武侠巨观》。你定价二元，他定价二角。更有你叫“公民书局”，他叫“百姓书社”；你叫“上海书局”，他叫“海上书局”；你叫“大光书局”，他叫“大先书局”。说不尽形形色色，怪怪奇奇。你先出版多时，他跟着你出了，登报时反而郑重声明说：“近有无耻之徒，出版同样书籍，在市上鱼目混珠，务请阅者注意。”你的原本给他抄袭了，他们登报翻说：“请注意翻版抄袭，在外混售，男盗女娼，雷殛火焚。”

在书中他写了一个“一字不识”的出版商，靠中了头奖3万元开了一家书局，出版一本《财运预知法》，在发行前7天，托刻字店刻了几十方“灵”字的木戳，尽登在报上显著地位，叫读者猜详什么最灵。他7天之后揭开谜底，说是这本《财运预知法》最灵，照书上的办法买彩票，定中头奖。不料此消息被另一出版商侦悉，5天之内就印了本《财运预测法》，先他一日在报上登出广告，说是灵书今日出版，预测头奖，百发百中。结果前者的广告效果，全部被后者吸收去了，等于为别人做了广告。这件事是当时的真人真事。在50多年后，平襟亚写《六十年前上海出版界怪现象》时，他告诉大家，这个“一字不识”的出版商名叫朱锡泉，他原是大东书局沈知方手下的一个打杂的，而侦知他的“谜底”的，就是沈知方。登广告的报纸是《新闻报》，沈知方用这种手段弄到了不少钱。可见小说所写的上海出版界的怪现状全是有根据的。虽然事态离奇，作者倒是没有极度夸张。因此，这部“潮起潮落”的书，倒是为旧上海提供了不少信史。上述的情节倒也是上海出版史上应该留下一笔的史料。

在这种百丑图中当然也写了一些文蠹与文丐，到上海来卖文的维扬陈小雨在极端落拓的环境中炮制“花稿”。他的小楼下面是马棚，蚊虫特多，一顶破帐，一床黑被。居然在房中挂一对联，上联“帐为蚊世界”，下联“被是虱家乡”。一碰到人就发牢骚摇头晃脑说：“室如悬罄，家无担石，是寒儒之本色，亦名士之家风。”如果从当年海上文化的各色人等去看，还有什么“海派高僧”，什么以慈善事业起家的“善棍”，什么女学校学生扮成的诗妓……从潮流而言，更是不一而足，有诗谜社潮，有20年代的电影潮，所谓“导演满街走，明星多如狗”……

小说的精彩处还在于让读者看到欧风登陆后，舶来资本主义与本土封建主义的相生相克，所谓“新旧合参”的杂交品种，以及写纸醉金迷中的血泪双溅、虽生犹死的惨苦生涯。在小说的第13回，写在上海做寓公的遗老邓雪斋做寿时，他的老友、原江北藩台郑玉龙用朱漆拜盒珍藏礼柬一张，内写中楷13个："谨呈姑苏活手杖一枝，伏维哂纳。"这礼品原来就是一个年轻姣美的苏州少女——丫环兼性奴隶。贺客们才恍然大悟，只怪自己肉眼凡胎，不辨仙家法宝。邓雪斋一拍大腿道："生我者父母，知我者玉龙。"这岂止是封建型的，简直回到了奴隶制了。但当邓雪斋的儿子邓宾才从欧洲留学归国，找了活手杖的妹妹——另一位美人作伴，而且父子俩与姐妹俩同日"集团结婚"，在结婚之前，为了抬高女方的身价，还将女方过继给达官贵人作义女，那简直是"中西合璧"得天衣无缝了。《人海潮》中的一"潮"是考"花国状元"，又名选举"花国总统"。20年代此类选举搞得轰轰烈烈，以致北洋军阀政府还愤愤以为将他们视为神圣而争抢不迭的"总统"宝座庸俗化了。在小说中还写到敦请"总统登基训词"。其时副总统菊云"训词"云：

"今朝承情唔笃诸位少爷老爷选奴做副总统，奴面孔浪是笑出来，心底里是要哭出来，为啥呢？倷想像伲格辈人，吃爱碗饭，也叫呒说法。好像从小跌进害马坑里，做一日生意，熬一日苦头。要想早点跳出害马坑，只是呒不格种机会，现在诸位少爷老爷弗情愿救起我伲来，翻要叫我做大总统副总统，那么奴自家想想，好像田鸡跳进井里做皇帝，快活也是有限得势格。奴弗会讲话，要请唔笃诸位弗要动气，原谅我一点。"……内当中有一位少年，便是本书主人公沈衣云，深味菊云这几句话宛似清夜钟声，足以唤醒一切。今日这样盛会中，不可无此遥天一雁之音。

这就是花天酒地中的血泪控诉。至少她使书中的主人公的神经有了触动。《人海潮》中写这种场面还是很动人的。妓女讲话精彩，岂知鸨母讲话更"精彩"。书中第1回就写农村一家赤贫户的女儿银珠，到上海后流落花丛，结果成了上海最红的名妓。她的老鸨像一个"教练"，她是怎么雕塑银珠的呢？请听两段可做妓院教科书的训词：

你心里定定，不要胡思乱想。一个人看风驶篷，运气来；春天弗问路，只管向前跑。太太奶奶又没有什么窑里定烧的。一样是泥坯子塑成功的。你现在是个黄毛小丫头，说不定一年二年后，喊你太太奶奶的人塞满屋子，你还不高兴答应咧。

上海地方堂子里真是你们一只漂白缸，只要有好手替你们漂，凭你黑炭团一般，立时立刻可以漂得天仙女一般。可惜你们心不定，有了这只漂白缸不肯跳进去漂。阿囡啊！像你这副样子，漂一下，一二年，一定弗推扳。现在呢，还讲弗到生意上种种过门节目，只要你一定心，我会得一桩一件教导你，学会了种种诀窍，生意上就飞黄腾达，凭他一等一的大好佬，跳不过你如来佛的手心底。你将来正有一番好戏在后头哩！

堕入平康，女儿家当然有羞耻之心，就像上文提到的菊云。所以鸨母首先要雏妓定心，既来之，则安之。然后就施以前途教育，描绘美好前景。我们都认为上海是只漆黑的大染缸，可是鸨母却有“独到见解”：上海是只“漂白缸”，只要你肯跳！

收起廉耻之心，发挥主观能动性去学种种“诀窍”，终有一日“神通广大，法力无边”。日后，银珠果然成了红妓凌菊芬。上海这只漂白缸果然使她明丽焕发，娇艳无比。但她遇见同乡沈衣云时，不仅没有半点骄气傲色，而只是微微叹喟：“我吃这碗饭，也叫末着棋子。养活爷娘是顶要紧。当初爷娘弄得六脚无逃，我没有法想，只得老老面皮，踏进堂子门，平心想想，总不是体面生意经。结底归根，对不住祖宗，没有面孔见亲亲眷眷。……想我这样一个小身体，今生今世，再也没有还乡日子，几根骨头将来不知落在谁手里咧。……我见同乡人，真像亲爹娘一般。”这一席话，不啻与菊云有异曲同工之“惨”。后来她被军阀——原贵州军长王蕴华买去作妾。沈衣云和钱玉吾不知她当天要做新嫁娘，还去打茶围。她房中的人都对这两个不领市面的不速之客冷笑，可是“凌菊芬只顾低头不语，半晌才坐近衣云身畔，和衣云、玉吾谈谈乡情，又托玉吾照顾照顾家里爷娘。玉吾一口应承。又问她可要回乡逛逛，凌菊芬想到自己身世，再无回乡之望，不觉一阵悲酸，掉下泪来。玉吾见此情形不觉神醉，衣云也觉凄然……”在新婚中，她的丈夫被人刺杀，作为小孤孀，她不知要苦到怎样的田地呢。这也是富贵外衣下的惨烈生涯。

小说写艺林与花丛是有若干精彩片段的。在艺林中，平襟亚还涉及一批海上文坛中的“清流”，这些人在旧民主主义革命中是精英，在军阀统治时期也不屑同流合污。如苏曼殊、章太炎、叶楚伧、柳亚子、姚鹓雏等人，但这批人在《恨海孤舟记》和《人间地狱》中已出现过了，要再写他们，就非要处理得有新意，或非要有新的视角不可。在这方面，好像平襟亚的小说的特色不够。但他写其中的一个人物——朱鸳雏是很有价值的。朱鸳雏与姚鹓雏有"云间二雏"之称，也是一个早夭的天才。小说中作者写这位以朱鸳雏为原型的文人名叫洪幼凤，当触及他的冷寂的卖文生涯时，大发感慨："卖文不如卖淫。"终于夫妻两人贫病交迫，他在临死前对主人公沈衣云说："想我半世卖文，不能庇家荫室，长使母冻妻饥，便是活在世上，也负疚良深。现在脱离人世，别无愿望，只求阎罗王来生不再使我做个文人，备尝千般苦况。"他只活了 22 岁，他夫人也因悲伤过度，不到一个月，香销玉殒。他们的事迹在报章杂志中传开后，忽然又成了热门人物，说他是清才隽永，妙笔回环，是王实甫再世，曹雪芹复生，有人学着他的笔路，杂凑成章，署上"幼凤遗著"，卖给书贾，稿费加倍，更有人自称"洪派小说家"，于是利市十倍。过去书贾不愿买他的小说，现在书贾在乱纸堆里好不容易找了出来，就用三号字排版，认为奇货可居。如此书商，真令人心冷齿寒。所以作者不忘用马空冀的话，为当年书商画像，听了叫你沉痛至极：

> 寒士卖文，真的说不出的痛苦。我也曾亲尝其味。书贾雇用文人，奴畜隶养都弗如，文人一到书贾旗帜下，凭你本领大，发威不出，惟有肝脑涂地。你瞧海上几家大书局，每年辞歇一批旧编辑员，另聘一批新编辑员，猜他们用意，差不多当编辑员一段甘蔗，他们简直是一部榨甘蔗的榨床，只把你甜汁榨尽，便丢你到垃圾桶里，绝不留恋。

作者在《著者赘言》中也谈及自己小说的不足："此篇体裁，略仿吴趼人所著《二十年目睹之怪现状》一书，故随笔写来，无多寄托，无甚结构，事实随意拼凑，人物随境串插，拉拉杂杂，不免琐碎之讥。"作者写到 50 回时，也不知如何收束，大笔一挥："欲知后事如何，请看《人心大变》。"以后是否要写？现在写了再说。可是读者来信纷纷，要看他的续集。他只好又将马空冀拉了出来，用象征的手法，让他去华界四维路道德里去探访道学先生良博士。这位博士有两个儿子——良知、良能。不久良氏父子死去，"从此春申一片土，茫茫人海中再无良知、良能其人"。以此来比喻世道人心之堕落。良博士临终时哀叹："人兽相食的世界已到。"

我们已经看了两个大海。一个海侧重于社会的新旧交替，为革命催生，因此以"梦"名之，颇有点追求理想的倾向；另一个海侧重于这只大"缸"中的潮起潮落，有人有志难伸，有人意志消沉，人海怪象百出，波诡险诈，潮中鱼龙混杂，泥沙俱下。各有重点，各有特色，两个侧面，合一则全。这两个海是缺一不可。

第十节　寥若晨星的举目“前瞻”之作
——论程瞻庐的《众醉独醒》

程瞻庐在通俗文学中算得上是位大作家，还称得上是幽默大师。因此，他的生平和主要成就应该放在“幽默滑稽编”中去专门介绍。但是，他的成就是多方面的，在社会小说领域里也有令人瞩目的业绩（当然，他的幽默作品中也能深刻地关照社会的若干侧面）。他的《众醉独醒》在通俗小说中也算是一部很特别的作品。一般说来，通俗文学作家是只埋头“存真”，而不尚举目“前瞻”，多写社会上现存的奇闻轶事，供读者“把玩”，也在潜移默化中使读者接受教育。但程瞻庐的这部作品，虽非前瞻，却讲社会的出路何在？原来不开药方的作家，竟破例做了开药方的“医生”，尽管我们觉得这张药方治不好病，但他“开了一张药方”这件事的本身，也足以引起我们的好奇，非要去研究一番不可。

《众醉独醒》62 回，约 40 万字。说得概括一点是，写了一个“古老”的故事，开了一张不着边际的“药方”。但“古老”并不等于陈腐，因为他写的是一个资本家的三代家史——这一家族的资本原始积累的过程。第一代刘小三，镇江人，靠沿街叫卖腌菜度日，在太平军年代逃难到杭州，途中还与妻子失散了。在一个极偶然的机缘中，在地下掘到了一大笔横财，从此改名刘筱山，在杭州开了一家京广货铺子，又娶了一个寡妇尤氏为妻，尤氏的一个“拖油瓶”观保就做了他的儿子。正在他踌躇满志地生活时，他的发妻许氏像大海里捞针般地千里寻夫，居然“觅”到了他。原来他的妻子为一个太平军的军官所俘，那军官也对她很好。太平军溃败时还给了她许多珍珠、宝石与黄金。尤氏一听她油水不小，就花言巧语与她姐妹相称，还说两头不分大小。等她将这笔财富交给刘筱山后，就突然翻脸，将许氏逐出家门，在邻里间口口声声骂她是“长毛婆”。许氏最后落发为尼，郁郁而死。但这件丑事毕竟瞒不过邻里，于是刘筱山就到上海立足经商，事业兴旺。观保也娶妻柳氏，生子刘邦平——也就是本书的主人公之一。邦平出生的第二年，刘筱山生背疽而死，真所谓“无药可延财主命”。刘邦平从小似乎就有经济头脑，对“钱”特别有感情。他甚至问尤氏：“婆婆，铜钱可吃得么？”当知道又冷又硬的铜钱吃不得时,他像雏鸟般翻嘴弄舌:"可惜铜钱吃不得,铜钱吃得,宝宝便要吃铜钱。铜钱吃在肚里,婆婆抢不得,爹爹妈妈偷不得。鱼儿肉儿都不好吃,只有铜钱好吃。"大家都说这小孩是"财神菩萨的信徒,招财童子的化身"。长成之后,他谨守刘氏三代祖传格言:"不杀贫人,不成富翁。"因此,人家为刘邦平取个诨名——刘剥皮。

尤氏 40 岁时,邦平也已经会发表铜钱最好吃的高论了。全家要为祖奶奶做 40 大寿。做寿的前夕,她临睡前还是要例行公事,每晚要全家巡视一遍。那天寿母跌了一跤,手里还拿了铜烛台,蜡烛已经跌去了,烛台上的一只长长的铜钉却深深地刺入了左太阳穴里去,兀自不停地淌血,临死前夹七夹八地讲起许氏的墓要年年去祭扫,又等于开出一张拿了许氏多少财产的清单。于是寿日就成了忌日。写到这里似乎就陈腐不堪了,这原来是因果报应之说。可是程瞻庐说了一段话,读者才肯定他并非"古董":

> 列位,这因果二字,儒者不谈,若说尤氏昏瞀的当儿,真个的许氏冤魂前来缠绕,在下编的这部书,便成了陈腐霉烂的感应篇,支离破碎的阴骘文,岂不使一般阅者同时齿冷?原来凡人干过亏心事的,脑膜上面,把这桩事印得最深,平日深闭固拒,惟恐人家知晓,到那临死的当儿,精神飞越,管摄不住,宛如水闸破坏了,所有的蓄水,自然一起宣泄,不留涓滴。这是生理学上的现象,与本文无关。

可见程瞻庐不是腐儒,他有趋新的头脑。否则他不会在《众醉独醒》中拿出"新村方案"来。但在有些人看来,不提倡社会主义和共产主义是非常反动的,想脱离共产主义的追求而用"新村主义"等等的资本主义方案来制造共产主义的"细胞"也是非常可笑的。但是我们以为不能求全责备。在程瞻庐看来,办新村不过是一种"从善"行为,是缺乏理想者的一种想当然的理想。他不懂得这是反对共产主义的大逆不道。请在这里高抬贵手。

小说是写刘邦平及其大儿子刘琪之间的矛盾。刘琪是北京大学高材生,反对父亲的酷虐剥削工人的行为,经常从北京写信回来劝父亲改恶从善,极为其父所憎恶。在刘邦平看来:

> 这些洋学堂,分明是个酒铺子,进去时清清醒醒,出来时糊糊涂涂。许多教员,都是强人喝酒的酒保,许多教科书,都是迷人本性的狂药。

> 我的小儿子，一辈子不进酒铺子，请一位旧法先生，宛如一味醒酒汤。

但在刘琪的舅舅陆子才看来，恰恰相反："我们眼光里，看得邦平是沉醉，邦平眼光里，也看得我们是沉醉，而且像邦平这般的，滔滔皆是，像我们这般的寥寥可数，说我们醉的是多数，说他们醉的是少数，众口铄金，积毁销骨，论不定我们倒做了醉人，邦平倒做了醒人。"这是点题之言。而醒者当然是刘琪和陆子才这少数派，所以作者用了这个"独"字，意思是"醒的人"究竟是少数，这个"独"字不能作"一个人"解；当然，在刘邦平的家中，醒者只有刘琪一人，这是一场孤独的战斗。因此，他说不服他的父母时，就假造一封"遗书"，说自己已跳海自杀，一方面是有"尸谏"的意思，另一方面是要摆脱家庭的纠缠与束缚，自己寻找新路。

在小说中，刘琪对父亲的苦口婆心的劝谏与说服以及作品把办"新村"作为出路与理想等等，在我们今天看来是"不足为训"的调和与空想，在当时也并不是新鲜的东西。但是值得重视的是通俗文学作家素来是只描摹自己身边的生活，也讽刺自己看不习惯的现状，他们虽欲劝人为善，但从不谈理想与出路；他们虽憎恶为富不仁，但从不谈劳资关系。他们不愿在身上插上想象的翅膀，也不精于作理论上的探讨。现在程瞻庐努力去冲破在这种群体性的"习惯动作"，虽然与我们的共产主义的理想并不谐协，我们也不得不去加以重视和研究，因为在这个群体中出现了一种新的难得的苗头，即使你说它是"爬行的"，但毕竟是一种前趋，而不是原地踏步或是倒退。不妨来读一读刘琪写给刘邦平的之一来信：

> 古语道得好，富人的资本，穷人的性命。富人靠着穷人扩充他的资本，穷人靠着富人养活他的性命，贫富相连，全仗彼此互助，才不闹出乱子。孩儿虽是父亲的亲生儿子，现在尚在分利时代，不能替父亲生利，这些贫苦的机匠、织工，倒替父亲挣得许多财产，他们便是父亲的亲儿子。父亲果然将这机匠、织工，常做亲儿子看待，教训时候，须得教训，体贴时候，只管体贴，恩威并用，才可以消弭将来的祸变。父亲上次来信，叫儿子不要随着北京的学潮，胡行乱为，老人家的深思远虑，孩儿自当受教。但据孩儿看来，目前学潮不打紧，将来的工潮却是大大的可怕，资本家再不觉悟，将来掷入旋涡里面，只怕难于摆脱，父亲左右的人，都是一般应声虫，父亲唯唯，他们也唯唯，父亲否否，他们也否否，谅

来不敢说什么逆耳之言。孩儿替父亲祝福,替贫苦小民请命才有这许多话说,明知父亲见了不喜欢,然而心所谓危,不敢不告。父亲怒我骂我,不把家产传给我,尽可使得,只要父亲肯俯纳我说的话。

在今天看来,刘琪实在是个资本主义的“补天派”,他所发挥的是资本主义的消防队与灭火机的作用;而且也有些浓厚的传统道德的心态流荡在其间,儿子向父亲进言,是要“跪”着说话的,这也是当时许多通俗作家所公认的应有的态度。但是,我们认为在这些问题上是无法求全责备的。所谓有新的苗头,只能在通俗作家群体的原有基础上去作实事求是的评价,而不能脱离了他们的思想基础,作不切实际的苛求。我们如果据此而说,他们就是封建思想与买办意识的混血儿,或者据此而说他们是“赶潮流”而更具“毒素”,那么,就等于不容许他们作出自己的探索、追求和尝试了。这种思维逻辑,在新文学界是并不少见的,实际上是很有些“不准革命”的假洋鬼子的态度的。相反的是通俗文学作家却往往对新文学作出一定的肯定,即使并没有说到点子上去。就在程瞻庐的这部《众醉独醒》中,写到那些挂着孔孟之道的招牌,肚子里却男盗女娼的旧文人,如书中的伍青岩之流,“他们肚里有许多龌龊典故,许多龌龊代名词,尽把那极猥亵的话,借着之乎者也,发表出来,在那不懂文理不识文字的人,听在耳朵里,毕竟莫名其妙,只道是研究些诗云子曰,讨论些圣贤学问。……现在新文学的潮流,汹涌澎湃,一日千里,借那白话的势力,专把旧文学里面的许多龌龊典故,龌龊代名词,洗涤一个净尽,果能有此一日,这才算得是文学界里的救世军咧”。对新文学的澎湃之源,虽说得并不到位,但也决不像新文学界的有些人,对继承传统派所采取敌视的态度。

在《众醉独醒》中,还将“新村”作为一桩极有意义的工作加以宣扬。我们认为,程瞻庐也绝不是要站在与共产主义对立的立场上,将英国罗伯特·欧文的“新哈莫尼”奉为至宝,在中国要提倡什么“新协和村”、“新大同村”之类。关于“新村”主义,在中国的“五四”时期,在新派人物中倒是谈过一阵的,甚至也有去作过试验的。但后来知道它与共产主义的学说背道而驰,同时也因其出于一种空想,在试验时又无不失败,所以也就偃旗息鼓了。但程瞻庐是否受此影响,我们没有充分的证据,在他看来,与其说是一种新的学说与理想,还不如说是一种中国《桃花源记》的翻版来得更为确切。

这个新村的发起者是无锡华帼雄女士,她受了10年教会学校的教育,有所觉悟。得了大宗遗产后，就觉得一个人不能做“活动衣架”，更不能做“有机饭桶”，因此，她热心于教育事业。又在无锡乡下，买地建造了三百多户房屋的一个新村，里面有学校，有医院，有图书馆，有公园，有公共操场，有公共厨房，有公墓……但无茶馆，无酒肆，无赌场，无烟窟，无土地堂与猛将庙……她认为旧家庭是大家忙于分利，而新式家庭的忙是应该忙于生利，因此，村里人皆男勤女俭，还推广女子职业。这样，村里就秩序井然。她还提出要破除阶级，仆人唤主人是先生、师母，而不叫老爷、太太，唤小主人不叫官官，而叫宝宝，不叫小姐，而叫妹妹。书中人说：“全国的空气都和新村一般清洁，我们的中国，便有绝大的希望了。”程瞻庐一方面在作此类的宣教，另一方面他自己也觉得这理想是难于实现的。所以他在书中将华女士在无锡半村半郭的地方营造新村的地名叫作“缥缈乡虚无境”。他说那华帼雄女士不是个庸脂俗粉的女子：

> 颇有卓卓称誉，后来得了许多教育上的经验，便立志办一所完全的学校，把自己避暑的别墅，捐做校舍，又见四周空地很多，便吩咐侄儿人杰测绘村落的全图，克日兴工，建起周围三百余家的新村落。……所以这缥缈乡的新村告成，和寻常村落，迥然不同……休说住在里面的定是神仙中人，便是我们坐船的，沿这河岸经过，也似武陵渔人，路入桃源，几不作民间想。

与这新村配合的，还提到那在湖北举办的平民工厂和模范村，但只是侧面的提到，而不像新村一样有正面的描写。总之，作为一位通俗作家，程瞻庐有他自己的看法和自己的理想，这实际上也是中国传统的武陵桃源，男耕女织的空想的时代化，他自己也清楚这一点。不过程瞻庐还是在小说中提出了不少问题。例如遗产制度，华帼雄不要遗产，刘琪也不要遗产，在他们看来，遗产制度是制造废物的大工厂：

> 总而言之，遗产制度，委实万恶的制度，守财奴与败家精，都从遗产制度底下产生而出，所以猗顿后裔，绝少闻人，陶朱儿郎，竟成败类，金银气中，断送了许多杰士……

所以在《众醉独醒》中，着重写的倒是两种世界观与人生观的斗争。例如刘邦平从小就是一个"拜钱教"的教徒，后来，他的大儿子刘琪宣布放弃遗产，他恨之入骨，说道："看轻老子罪小，看轻金钱的罪大，……小儿得罪了金钱，却是得罪了刘氏三代的'老子'。"刘琪一不满父亲的剥削成性，二不满父亲的包办婚姻，于是伪托跳海尸谏，实际是脱离了家庭。可是，他父母还搞"抱牌位结婚"这种充满封建道德的"滑稽戏"。至于作品中的反面人物伍青岩更是大肆宣扬他的骗子哲学："君子乃饭桶之雅号"，"做人先从良心变起，越黑越好"等等。而那位只知向权势和富有家庭的子女献媚的女校长安子虚，在抱牌位结婚的仪式上，打着她的所谓"稳健主义"为这一丑行大唱赞歌，她的借口是"科学务取其新，道德务重其旧，本末兼顾，新旧合参"。实际上是唯旧是从。与此相对立的是刘琪的舅舅陆子才对妇女解放的看法："妇女也是一个人，男子也是一个人，妇女做了男子的排气机，怕不损了妇女的人格？"

程瞻庐的小说的语言也是犀利的，真可谓极尽讽刺之能事，当然有时也不免到了"挖苦"的程度。他写安子虚校长时，说及她的父亲择婿条件太苛——

因此把子虚女士的芳龄，一年一年的蹉跎过去。后来她老子业已去世，自己也过了花信年纪，平日又喜吃肥鱼大肉，胖鸭壮鸡，不知不觉地换去了全身秀骨，长就了一身痴肉，同那及笄时代的模样，竟是天差地远。从前的模样，亭亭倩影，三分是精神，七分是风韵；现在的模样，团团肥面，三分是糟粕，七分是脂肪。

于是她就实行了不嫁主义，恰好平江女校里缺了校长，她就毅然不辞。对她的这类描写，似乎太过于刻薄。但是程瞻庐的这枝笔，往往写什么人就像什么人。例如他写到一位知道刘家内情的小商人，在大庭广众的茶馆里揭露刘家是如何起家时的一段话，真是惟妙惟肖，如见其人，而且形象生动，也非常符合此人的身份：

列位的良心便是天平，牙齿便是界石。……瓶口塞得住，人口塞不住。你便把我的肚皮撞做一个窟窿，我这满肚皮的话，也会从窟窿里泻将出来……

在茶馆里吃"讲茶"，用这种语言开头，真是富有煽动性的了。

在我们今天看来，这部小说里的许多观点会引起非议。但用我们这一套理论体系来评判通俗文学，简直是可以体无完肤的。而我们在过去宁可去无的放矢地整体否定通俗文学，把一个继承传统派的作品全部打入冷宫，而看不到它们也有不断的改良与发展，通俗作家也注意向新文学作家吸取有益的东西；正如纯文学作家也应去吸收通俗文学大众化的经验一样。而程瞻庐的有些作品，就是他在吸纳新文学经验的过程中的产物，他有若干作品，如《众醉独醒》、《情茧》、《黑暗天堂》等，都是通俗文学作家尝试创新之作，但又不因为学习新文学的一些经验，而失去通俗文学的本来面目。可以说，像《众醉独醒》这样的社会小说，在当时的通俗文学中是寥若晨星之作，你能看到通俗作家以开放型的态势，使自己有更上一个台阶的信息。

第十一节 吃得好是戏饭，吃勿好是气饭
——戏剧全才写戏子生活的杰作《歌场冶史》

汪仲贤(1888—1937)，学名效曾，字仲贤，别号优游，笔名陆明悔、UU。安徽婺源人，自幼生长在上海。他是创建中国新剧的元老之一，凡文明戏的编剧、导演、表演、理论、策划，件件皆拿得上手，人称“新剧界的全才”。又在演剧方面，生旦丑末无所不工。特别是生角更为擅长，朱双云评价他长于演潇洒小生：“翩翩年少，彬彬儒雅，吐属隽而不俚，举止放而不佻，是曰潇洒。汪优游是所擅也。”[1]1921 年 3 月，他又与沈雁冰、陈大悲、徐半梅、熊佛西、张静庐、欧阳予倩、郑振铎等人组织民众戏剧社，以提倡艺术的新剧为宗旨。这是“五四”后第一个新戏剧团体，认真开展“爱美剧”的戏剧活动与理论研讨。汪仲贤在从事戏剧活动之余，还写通俗小说。他的小说情节生动，曲折有致，颇有戏剧性，可读性很强。而他的两部长篇小说《歌场冶史》和《恼人春色》都属成功的社会小说，其中又因《歌场冶史》是戏剧家写戏剧艺人的生活，而更为细腻入微，脍炙人口。海上漱石生孙玉声说他：“至于描写歌场事实，不特处处多行家语，且能曲曲传来，丝丝入扣，使书中之人，跃然纸上，令读者为之心折，时时急于欲看下文。”手法上又“纯以实地写真法出之……诚社会小说中之杰作也”[2]。据说作者所写的都是自己的亲历见闻，因此，读来能令读者恍如身临其境。

〔1〕 朱双云：《新剧史》，“派别”编第 1 页，上海新剧小说社 1914 年版。

〔2〕 孙玉声：《歌场冶史·序》，《歌场冶史》第 321 页，春风文艺出版社 1997 年版。

《歌场冶史》先是连载在《社会日报》上，1935年出版单行本。小说主要反映杨柳青与杨小红姐弟俩原是很有天分的演员，姐姐唱花旦，弟弟演文武老生，从烟台到上海来演出，大红大紫，却种下了祸根。杨小红马上被一群妓女与姨太太包围，视为猎物，她们争风吃醋，欲得之作为“禁脔”而后快；而姐姐杨柳青也使一些豪门达官垂涎三尺。可是杨小红属意志不坚，而杨柳青则属身不由己，但殊途同归，结果都跌入了旧社会设下的陷阱，被社会撕成碎片，吞噬于血盆大口之中。但不管怎样，他们都有一个堕落的过程。汪仲贤不仅深入到他们的内心世界，而且搜寻到他们灵魂的折皱中，写得熨帖而传神。杨小红虽然意志不坚，但他毕竟还是一个单纯洁白的少年。当一个打辫子的可爱的小姑娘将一个纸团往他手里一塞，他一整夜睡不安稳，“闭了眼睛只在揣摹那小姑娘的两个酒涡儿”，好不容易睡熟，却又做了一个“驸马梦”——原来这个小姑娘竟是皇帝的女儿，于是他身上穿得活像《四郎探母》中坐宫的打扮。这真是一个少年“戏子”被撩拨之后初恋情绪的“骚动”，他做的梦也真合“戏子”身份，杨小红想入非非时也忘不掉他的“职业化”的一身“戏装”。可是第二天他赴约时，约他去的并不是那个俏丽的丫环，而是“昨晚坐在包厢里时常对自己眉目传情的那个半老佳人”——七阿姐。他的第一个反应是“既然弄错了，我就要走了”，要不是那猎人所放出的猎鹰的温情的“捕捉”，他的确“我看不中她”而断然离去了。那温情的利爪将他献给了手握不见血的屠刀的妖魔。在这场灵魂的屠戮中，使杨小红“知道看戏的时髦女客可以陪着自己吃饭取乐的，上了台去也懂得用眼光去偷看美貌女子，于花楼上的一般妓女尤其特别注意”。他从服饰变起，直变到他的灵魂。作者写道：“此时的杨小红像了一条池中的鱼，这班妓女都是钓鱼的人，一个个手里拿着渔竿，备着香饵，都想引这条游鱼上钩，究竟不知哪一个渔翁得利?”《人海潮》中的鸨母说上海是只“漂白缸”，在我们看来，当时的上海是只“染黑缸”，杨小红从“误场”开始，直到误掉了自己的一条年轻的生命。杨小红先是被高青云等妓女作为玩物。用这个妓女的口吻说：“难道世界上只许男人嫖女人，就不许女人嫖男人吗？现在既是男女平等，我也要花几个钱嫖男人，替我们吃堂子饭的女人吐一口怨气。”后来又被七姨太的丈夫勾结巡捕房诬他为盗。他的年轻的生命只换得了报端的寥寥的几十个字：“监犯瘐毙：盗犯杨小红，夙染梅毒，前日在监毒发，倒地猝毙。”他的意志不坚是他致命的弱点，但是包围他的那些无耻的女性，却是那个腐朽社会的产物，一个曾是纯洁有灵魂的人被她们撕成碎片，象征着这个吃人不吐骨头的旧社会的兽窟的本质。但是另一个有把持的杨柳青又怎么被拉下水去的呢？杨柳青本像一朵出泥不污的莲花，她时时以警惕的眼光看着那个世界。但她的第一着错棋是坏在一个贪财的母亲手中，她母亲叫她陪豪客打牌，看似不会失身，可是第一道防线是被打破了。开赌抽头，加上代牌，一个下午竟可得三几百元的可观收入。她母亲甚为得意地说："三百块钱，你在台上要忙一个月呢，现在一些力气不费，只陪他们玩了半天，也可以到手三百块钱呢。你还要想不开不愿意去，真是一个大傻瓜。"但杨柳青的回答还是清醒的："这个钱来得太容易了，只怕我们花了也不会安逸的。"因此对这种生活，她有时暗泣到天明。这种天然警惕的情绪一到弟弟杨小红受冤下狱时，她真的进入了一个"身不由己"的新阶段。老丑不堪的金八太爷乘人之危，虚情假意地答应救她弟弟出狱，条件是要嫁给他做第六房姨太太。于是她只好表明自己的矛盾的心迹："教我嫁给八太爷，我问心是十二分不愿意的。但是事到如今，被许多为难的事情逼到我身上来，我也只好牺牲我的一辈子的幸福，就去嫁给他吧。"直到她被玩弄够了，作为弃妾，又委身于一个"长线钓美人"的骗子林少云手里时，她的心志还是高洁的。直到林少云藏匿在妓院里，准备抛弃她时，那位"霸占"林少云的鸨母兼妓女的马四姑娘给她上了一课，她才大彻大悟。这个次要人物真是写得精彩绝伦。这是一位下层渣滓社会的天才哲学家，她能用非常通俗易懂的比喻，似是而非的道理，讲下层人渣社会夫妻相处的准则：

> 什么事情都要懂得诀窍，何况嫁丈夫是女子的终身大事，你把真心对待丈夫，就是不懂得做老婆的诀窍。因为男人娶老婆就像买一件新衣服一样，穿了几时就要厌的。就算是穷人，买了一件可以多穿几时。但是世界上没有冬暖夏凉的衣服，一年四季总要有一个时期被人干搁在一边的。何况你我都是人家的姨太太，更像时髦人的衣服一样，只有新做好的时候能近几天主人的身体，其余不是幽闭在箱子里，就把你送到当铺里去。所以古人说的妻子如衣服。这句话是一点儿都不错。
>
> 男人当我们衣服，我们就把男人当作鞋子，就是踹在脚底下的鞋子…… 衣服穿旧了好换的，鞋子穿旧了也可以换。鞋子比较衣服容易旧，换起来也就更快，衣服穿旧了还能或卖或当，多少能值几个钱，鞋子穿破了送给人家也不要，一个大钱也不值。……我们嫁丈夫就如同买鞋子穿一样，穿得合适多穿几天，穿在脚上如果有一点点觉得不舒服，

> 立刻就可以不要他,宁可多花几个钱买一双新的来穿。因为不合脚的鞋子,穿了要生鸡眼的。我问你,还是眼前换一双鞋子容易呢,还是将来除掉一个鸡眼容易?妹妹,你想一想吧。

这番“宏论”将一个痛不欲生的杨柳青先是说得“把心里的悲伤渐渐的忘却”,直到后来,“杨柳青一肚子的忧郁,几乎被她引得笑了出来”。她的理论深奥,比喻浅显,侃侃谈来,而且是以她的生活经历中提炼出来的人生哲学作为教材,直说得杨柳青也觉得这个老妖精非常可爱。而且这位马四姑娘还真有一番义举,当她知道杨柳青身上没有盘缠,马上慷慨解囊,给了她回上海的路费,而且还是很丰裕的一笔钱呢。至此,马四姑娘“超度”了杨柳青,一个“贫贱不移”的杨柳青的人生观就改变了,“情义”两字就被她看得半文不值。马四姑娘的哲学虽富于“启发性”,可是在“方法论”上还显得太抽象。杨柳青一到上海,遇到了一位传授方法论的“老师”,此人就是过去一起搭过班子的亦伶亦妓、半伶半妓的花美倩。在她的“拉马”之下,欲得杨柳青这个美人的大有人在,面对这种形势,对一位过去规行矩步、凛乎难犯的杨柳青说来,只能承认“我是初出茅庐第一遭”,于是花美倩开始传授她的方法论的讲义了:

> 你这是爱钞呢,还是爱俏?等你打定了主意,我再跟你定三收三放的方法……我看呀,主顾多一个好一个,把他们俩都抓在手里耍着玩儿,不过耍人儿也要有些手法,耍得不得劲儿,会把两个都耍掉的。
>
> 最要紧的是第一回跟他下水时,斧子要砍得重。这个机会若是错过了,你就拉倒了。就像开井一样,泉眼要打得深,水才来得涌,反正做这种事情,胆子要大,心要细,眼眶子要睁得高,迷汤要灌得厚,钱要看得轻,手段要辣,心肠要狠,嘴里尽管仁义道德,肚子里不妨男盗女娼。妹妹,我把全部准纲准词的秘本子都传授给你了。

这样精彩的片段,大概写得作者自己也“洋洋得意”,他立即加了一段“评点”:“杨柳青也是绝顶聪明的人,经马四姑娘与花美倩两个常识兼优、经验丰富的良导师前后两番学术演讲,自能豁然贯通,领悟大道了。”杨小红的堕落是在于他的心志不坚,外因通过内因起了作用,而且他的下水,是姨太太和妓女们用一种生活方式上的“直观身教”,不过是一般地勾画出了社会这只黑染缸的害人不浅；可是进一步写到杨柳青的堕落，就是在更深层次上的戕贼。等到她山穷水尽，痛不欲生时，先后遇到了两位“绝处逢生”的“教师爷”，一个在人生哲学上予以点化，一个在方法论上加以开导，她过去路子越走越窄，立到了人生的断崖上，说得“抽象”一点，社会不容许一个正直的女艺人的自强生存，于是从大红大紫，到勉强糊口，生活略有好转时，为了不答应一个军阀司令的占有欲望，戏院与房间都被他派兵砸个精光，在大风雪中逃命，真算是死里逃生。直到在小小戏班子里，被同道视为“白虎”和“丧门星”。但是，当她受教于这两名师的门下，她的路却越走越“宽”。她与范慕淹在上海举行了盛大的婚礼，她进赌场豪赌，输赢进出动辄成千上万。在赌场里又姘识了绑匪柏湘九，最后被人诬为绑匪而入狱5年。当她出狱时，遇上了沦为乞丐的林少云，到那时，他们的人生观都共同信仰了一个“骗”字，于是“前嫌尽释”，于是一起吃鸦片，吞红丸，一起成为露天舞台的演员，一起讨饭求乞。林少云倒毙之后，她也在民国20年1月11日，在上海的一个特大冷汛中，成为一个冻毙的女尸，在一个小小的“燕子窠”边上的一条深巷里：

> 原来在一号门口的墙脚边，半横半竖地倒着一个女子，面孔上横七竖八地挂着几条冷晶晶的冰片，头侧垂在一边，眼角与嘴角下面挂着几根细冰柱……再细细看她，眉头虽然紧蹙，鼻窝里两条纹路往左右掀开，却微微地露着几分笑意。

也许是过去那种正气与天良又回到杨柳青的身上，她为自己能离开这个世界而庆幸。至于验尸所几句判词：“验得无名女尸一口，年约三十余岁，委系冻饿而毙，并无别情。查无尸属，饬堂掩埋。”她就无暇与他们争辩了。可是却有一位作家，大大地将“并无别情”这四个字批驳得体无完肤，用“别情”长长地写了一部小说，留在人间，以痛悼当时社会中的千千万万个被害的纯洁善良而又呼冤无门的灵魂。这《歌场冶史》的“冶”该不是烘炉冶炼的“冶”，而是把这姐弟俩放入焚尸炉里，冶为灰烬。那时的社会，不就是一只将活人化为死灰的通天炉吗？

戏剧家写“戏子”，从中使我们懂得当时艺人的许多痛苦与戏界的许多规矩，这些恐怕都是今天的艺人所不能理解的了。例如杨柳青说的“唱戏虽是末等的职业，倒也能挣头等的钱”，就不为现在的“明星”们所理解。那时也有“追星族”吧？但追的是她们的肉体，而不是现在的出于崇拜。杨柳青又说：“吃得好是戏饭，吃不好是气饭。”豪门总是难服侍的。至于小时练功是如何的苦况，京剧演员的起居注，当时男女合演被认为有伤风化，非要有特别的“照会”不可，还有演出“打炮戏”的排场，戏演不下去，如何不遵守合同溜之大吉的“打瓜精”之类……真是可以作为戏剧志的参考文献。

结构也较为合榫而严谨。至于各色人等的语言往往惟妙惟肖。例如高青云与花月楼为杨小红而争风吃醋，说是花月楼“剪边”，花月楼三句话就使高青云“闷脱”：“你走你的桃花路，我上我的杏花楼。”“各人有三千年道行，大家白相白相罢了。”“看戏可以先定包厢，轧姘头没有预定的。”一张利嘴将高青云打成个“哑炮”。

汪仲贤所写的《恼人春色》也是一部出色的长篇，但其母题却是通俗小说家常用的富家子弟与平民女恋爱中发生的曲折多变的情节，其独特性就不及戏剧家写艺人之类的题材的富有特色了。因此，汪仲贤的小说代表作无可争议地应是《歌场冶史》。

第十二节　垮掉的一代：胡调人生与骂倒一切

——张秋虫的《海市莺花》与《新山海经》

张秋虫（1903—1974），笔名有姜公、一沤、藕丝。由于他的诞生日为旧历二月十二日，民俗称是百花生日，所以他的一个常用的笔名是“百花同日生”。他生于浙江余姚，但因祖籍是扬州，所以经常被视为通俗文学中的扬派作家。他从小就非常聪颖，被人们目为“神童”。兄弟6人，他又排行最小，更得家人之宠爱。他在《新山海经·不经之谈》中比较详细地自述过他的身世：“我小时候也娇养得与众不同，吃饭都须由一个老嬷嬷喂我，直到十一岁时，那老嬷嬷死了，我才自己学着拿筷子吃饭……”[1]他在13岁时进教会学校补习英语，同学都已有了学过一年的程度，而他只在家中学过半个月，但他凭了自己的聪明劲儿，赶了上去，到大考时，名列全班第二。可是他在学校里酷爱各种球类，打球直打得昏天黑地，到下一次大考时，他得了个第一，可惜是倒数第一。后来，他到上海去读书，“像我这样一个荒唐学生，在上海学校里，当然不肯好好的读书。……十六岁那一年，逃学径回杭州，

〔1〕 张秋虫：《不经之谈》，《新山海经》第444—445页，春风文艺出版社1997年版。

不肯再抱书本。家中玩腻了，便独自跑到北方去……”[1]他在北京曾任北京参议院秘书厅议事科的科员。当他27岁写这篇《不经之谈》时，他说：

> 现在回想从前顽劣的状态，真又好气，又好笑，又是惭愧。我绝对的不肯读书，偏有那样的妄志奢愿，以天下为己任，好像我天纵圣明，雄才大略，“何必读书，然后为学”！一向做惯了关门的皇帝，目空一切，惟我独尊，一举足到社会中，就无往而不失败，如何谈得到得意。
>
> 五六年前，我受了重大的刺激，不满意世上的一切。社会是那样腐败，人情是那样冷酷，政府、国家，以及——，不可说，不可说！忿怒极了，恨不得当土匪去杀人放火，不管是好人是坏人，凡是我以外的人，都在可杀之列。……目的并不在利己，只是对于人类一种残忍的报复！
>
> 我郁恨得几乎发狂时，常是这样想：一个人活在世界上，未免乐不敌苦，难得看见豪杰美人，到处尽遇的是些势利小人，饭吃不满两碗，却要扪着苏东坡的大肚皮去装肮脏气，眼不见，心不烦，不如死了的干净。[2]

这样的际遇，这样的个性，只能用8个字来概括，那就是“愤世嫉俗，狂放不羁”。接下来当然只能“胡调人生”了。他曾“服了三次过量的安眠药水”而不死，于是就实行慢性自杀，“拿烟酒嫖赌尽量的戕贼我的身体，促短我的寿命”。既然自杀而不身死，当然就要谋生，但他“肩不能挑，手不能提，头不能钻，脑筋又简单不能投机”[3]，于是他就与他的忘年交张冥飞以狂对狂，以狂爱狂，时时聚在一起，不是狂笑，就是怒骂。正如他的另一位朋友拂云生说：“而天下可骂之人，已为秋虫先生骂尽，……一骂而天昏地暗，再骂而鬼哭神嚎”[4]。但就在张冥飞的鼓动下，他痛下决心，“赌气剃了一个和尚头，好安心在家著书”，好不容易一字一字地写出了几千元的稿费，又“一古脑儿捧到上海，开房间，打牌，绝不爱惜地花了”[5]。他玩世玩到了这般地步，写好了《新山海经》向几位朋友求序，可是当他写自序时，最后轻描淡写地说了一句：“我要向几位好友道歉，你们所赐的序文，夹在书堆中，在忙

〔1〕 张秋虫：《不经之谈》，《新山海经》第444—445页，春风文艺出版社1997年版。

〔2〕〔5〕 张秋虫：《不经之谈》，《新山海经》第445—447页，春风文艺出版社1997年版。

〔3〕 上面叙述张秋虫生平的资料，凡加引号而不注明出处的，均引自他的《不经之谈》。

〔4〕 拂云生（胡梯维）：《十里莺花梦·自序》，《十里莺花梦》第185—186页，春风文艺出版社1997年版。

乱的时候，竟然无法搜寻了。”[1]综观他的言言行行，这是“鸳鸯蝴蝶—《礼拜六》派”中十足典型的“垮掉的一代”的代表人物。

我们要长篇大论地介绍他的生平是为了想说明，有其人，必有其著。他在《海市莺花》中塑造了一个姚青梧的形象，这是一个从好学生而堕落为“胡调人生”的狂人，大概就是基本上以作者的自我经历为蓝本的。

姚青梧在山中大学里原是一个“大好的星期日都消磨在寄宿舍和图书馆里，除了寒暑两假轻易不出校门的好学生”。然而，社会是诱惑纯洁青年的罪恶渊薮，当然也要看青年自己有无把持。不久，在山中大学的对面建起了一所“夏娃”女子大学，而女宿舍却与男宿舍“不遥相对”。姚青梧一面有感“污染圣地”，一面却又怦然心动。对面抛来的难免有诱人的媚眼，而男学生中也有以自己的嫖经为自豪的公子哥儿。有的同学也因为他的文章写得好，一手字也清秀，就请他代笔做写情书的“枪手”。而追求的异性是“夏娃”女校的“皇后”陈灵鹣，而这位密斯陈，恰恰又是姚青梧的同乡——杭州人，他们两人的家也靠得很近呢。于是这位姓姚的“亚当”的身上就出现了一种自己也说不清的异样的感怀。他横躺在床上，“既不是思家，又不是忧国，更不是伤时，只觉胸中总有一件东西横梗着……”这真是“非关病酒，不是悲秋”的青春骚动了。这年的寒假中，有的同班生并不急于回家，而是开旅馆以招妓玩乐，姚青梧也就被他们拉住不放，也莫名其妙地代他叫了两个“堂差”。他也不习惯此种生活，还是上了沪杭快车，车上巧遇同乡陈灵鹣，他又十分腼腆，连一句话也不敢答理。直到陈小姐的一个茶杯打翻，水溅在他身上，为他揩茶渍时，才搭上了话，而且还是陈小姐主动问他：“先生是姓姚罢？”居然女方已经对他有所注意，否则怎么知道他是姓姚呢？他还心头直是突突地跳，交谈中百般礼让，唯恐被对方看作浮滑青年。但由于有了这层青春期的蠢动，他回到杭州家中，对周边向他表示青睐的女性，有时就采取逢场作戏的态度，尽管他晚上回家也扪心自问，暗自愧疚：“青梧自怨自艾自惭比这等无赖少年，不过五十步与百步之分。万不料自己在这最短期间，堕落到这步田地，蓬生棠中，不扶不直，白沙在泥，与之皆黑，只怪自己所交的朋友太浪漫了。”从这些情节来看，姚青梧不是一位“深以甘居下流无耻”的青年。正如作者在青年时也曾是“一个青年志士，没有一丝不良的嗜好，不肯作不正当的娱乐”[2]。

---

〔1〕 张秋虫：《不经之谈》，《新山海经》第450页，春风文艺出版社1997年版。

〔2〕 张秋虫：《不经之谈》，《新山海经》第446页，春风文艺出版社1997年版。

可是，几经曲折，一旦与陈灵鹇接上了友谊热线，甚至走向热恋之后，他又为家中已为他相中了"未婚女子"而"神经衰弱"。

强硬罢，恋爱是神圣的，便因此引起家庭革命，也未尝不名正言顺。无奈他的父母爱他，他爱她之外，更爱他的父母，他不忍过于激烈，伤父母的心。他不敢因爱她而抛弃了父母，受亲友的唾骂。但除此以外，没有能和她达到目的的方法。他双方之间，权衡轻重，其势不能两全，只得牺牲了她。

他内心又要忏悔了："可怜的小羔羊，她还睡在鼓里呢，良心驱使我，快些和她说了实话罢。"于是他坦白了："我不敢，尤其不忍欺骗你，因为我是一个未经宣告特赦的家庭中的罪犯，没有天赋的自由权。"在他说来，他是经过了再三再四的思想搏斗，才向陈灵鹇倾吐自己的内心，他所等待的是一场感情纠纷的暴风骤雨。可是，陈灵鹇却很平静而不屑地回答道：

"你惶恐是个二十世纪受过高等教育的新青年，脑筋还是这样陈旧。……难之一字，愚人的字典中才寻得出……这是你我两人的问题，并不是你的家庭和我的家庭的问题……像你，婚事还仅仅乎有一种提议，我却早已注册立案了，但我决不因此而有何踌躇……订了婚，便怎样？结了婚还可以离婚呢。

他既不敢与家庭闹决裂，却又荒唐得连大学毕业考试也不参加，只是陪着陈小姐作漫游。但陈小姐因他不敢得罪父母而毅然与他决裂分手了。他在万分绝望时就远走北京，他想从此一人飘流在外，也算是一种大解脱，以为新生活可以从此开始，一切羁绊也可以割断。却不知囊中渐渐羞涩，肩不能挑，手不能提，肚子是要向他提抗议的，何况他素来挥霍成性。这时陈灵鹇也赶到北京来与他同居，但是，她的家中又是在报上刊登寻人启事，又是派人来将她押回了上海。姚青梧到这时才牢骚多多，同时也从"愤世嫉俗"进而"胡调人生"。他索性跟着朋友去游花国，吃黑饭。然而又自问："我近来可不真做没有心肝的东西么？"他的有些牢骚，在新文学作品中也时常能够看到，我们不妨作一番比较：

原来世界之上，上智不及下愚，最苦恼的是人，最快乐的是兽，试看

> 那许多摇摇摆摆莫名其妙的猪狗，溷圊一饱，泥涂一睡，无忧无虑，陶然自得其乐，只有人类思虑耗精，烦恼贼性，往往不合时宜，自寻苦恼，就坏在脑筋与心肝的组织与作用，比猪狗稍稍不同些。
>
> 世界是气闷的世界，我们是应该受闷气的人。你嫌北京气闷，不见得南方就不气闷，也许比北京还要气闷些。一动不如一静，还是在北京醉生梦死的好。
>
> 我这一腔热血，试问向何处挥洒？国无可爱，家不能归，既不能杀人，又不能自杀，这样的人生，未免太枯燥无味了？

这姚青梧成了狂人，是清清醒醒的狂人，“他”不就是一个活生生的“张秋虫”吗？他们的灵魂是相通的。他们都是“垮掉的一代协会”中的成员。

新文学作家的作品中也有上述相类的话。如胡适在《终身大事》中的陈先生给田亚梅的信说：“此事只关系我们两人，与别人无关，你该自己决断。”而田亚梅也给她父母留言：“这是孩儿的终身大事，孩儿应该自己决断。”而在张秋虫笔下的陈灵鹣口中也说过这样的话：“这是你我两人的问题，并不是你的家庭和我的家庭的问题。”但这句话比胡适笔下的人物，迟说了10多年。在新文学作家中，记得王鲁彦也说过类似“既不能杀人，也不能自杀”的一类话。他还诅咒人类：“你们人类，夜间像猪一般的甜甜蜜蜜的睡着，白天像狗一般的争斗着，厮打着……”而在郁达夫的《给一位文学青年的公开状》中，也哀叹知识青年的“肩不能挑，手不能提”，以致连去做强盗或去出卖劳力也毫无资格：“你的没有能力做土匪，没有能力拉洋车，是我今天早晨在你公寓里第一眼看见你的时候，已经晓得。”但新文学作家笔下的青年是从诘责社会到奋起反抗，而张秋虫则是从不满这个世界而消极下沉。姚青梧是接受了传统道德中的负面准则作为退让或妥协的根据，正像张秋虫一样：

> 恨不得当土匪去杀人放火……然而我毕竟是个弱者，有许多比当土匪还能够蹂躏破坏一切的伟大工作，我都放弃了不忍去做……我以后便改变了方针，实行无形的慢性自杀政策，用烟酒嫖赌尽量地戕贼我的身体，促短我的寿命，好在我在社会上是分利的而不是生利的，活着于社会无益，死了社会上也许能减少一害。〔1〕

〔1〕 张秋虫：《不经之谈》，《新山海经》第445—446页，春风文艺出版社1997年版。

张秋虫的《海市莺花》的结尾倒是令人震悚的。姚青梧半颠半狂地到上海醇酒妇人，在招妓侑酒时来了一位群玉坊的卿卿。待到卿卿一进门，“姚、邱、李三人都相顾变色，目瞪口呆，姚青梧更汗如雨下。郑晓吾笑道：‘我替你介绍的人儿好么？’卿卿不像他们三人那样神色变异，脸上也有点红红的，低垂着粉颈，坐在姚青梧背后，手弄丝巾，一声不响……一室之间静悄悄的连一枚绣花针跌在地下都听得见声音。郑晓吾见大家的尴尬面孔，知道内中必有蹊跷，便也沉吟不语……邱大怒正想出几句不得不问的话，要替姚青梧代问卿卿，猛然间一片天崩地塌的声音起自隔室，大家一个个吓得离座而起，便将他的话头打断。著书的也只得因之搁笔”。那卿卿该就是从北京被家人逼回上海的陈灵鹣吧？姚青梧既不能保护她，家中为她“注册立案”的她又不承认，她还有什么路可以走呢？她不像在座的熟识她的三个男人那样大惊小怪，只是脸有点红红的，也许她的潜台词是“惶恐”你们这些男人，饭总是要吃的吧？家庭不容我，我也不容家庭，而我只有这点唯一的本钱。

1929年《海市莺花》刚出版，张秋虫在同年年底为《新山海经》写序时说：

> 出版不久的一部小说，我一时抓不着材料，就信手拈了些朋友们的趣史，硬凑到不相干的登场傀儡身上，以致有许多朋友跳起来，说我是有意骂他们，这个我很抱歉，同时希望他们能够予以相当的谅解……因此，这一部书，我下笔时，故意写得不近人情，以免与朋友们的事实相冲突。然而世界上未必有此事，却也未必无此事。[1]

“《山海经》齐谐志怪之书也。”而他将自己的小说命名为《新山海经》。但凡百事物，均要体现在一定的弹性限度之内。可是在张秋虫的笔下“奇”与“怪”达到了走火入魔的程度。小说就成了奇闻怪事的集萃本。而他也在小说中宣称：“本书是社会小说，并不是神怪剑侠一类的小说，虽然一样是闭门造车，空中楼阁，性质却完全两样，著书的只能描写社会上的丑态……”[2]在作品中作者塑造了金一刀、江竟无、祖宗穷等人物。金一刀，花界小报的编辑，他原是上海十里洋场的一位“才子”，但觉得“十里洋场，俗尘扑面，是以声色货利为钓饵的苦海，人们偶然失足，滚进了漩涡，不堕入畜牲道，也不

〔1〕 张秋虫：《不经之谈》，《新山海经》第448页，春风文艺出版社1997年版。

〔2〕 张秋虫：《新山海经》第308页，春风文艺出版社1997年版。

免主饿鬼道”。于是他北上故都,希望能在北京恢复“文人寒酸的本色”。可是他四处碰壁,只好再混迹于花界中,捧菊部,捧妓雉,还是在“畜牲道”与“饿鬼道”中讨得一杯羹。他只能麻木自己的神经,这真是人性泯灭的惨痛,亦是人格扭曲的悲剧。而江竟无与祖宗穷却为金一刀的毁灭自我,走向死亡作了必要的注脚。“人”在“社会恶”面前是无能为力的,哀莫大于心死,在这样的社会中,“人”心必死。这一主调是张秋虫小说的基本模式。

1958 年张秋虫进了上海文史馆,这位过去以慢性自杀为手段而却又但求速死的小说家,倒也活得还算是长寿的。不过他在文革中的日子大概是很不好过的,他也许会懊悔过去为何没有速死。

第十三节　40 年代小报的商业文字操作
——论“捉刀人”与“田舍郎”的市井弄堂小说

王小逸,1895 年 10 月生于江苏省南汇县川沙镇(今属上海市)。名次鑫、鑫,字容生、雄声、小逸。多笔名,有捉刀人、春水生、王微波、爱去先生、何家支、乙未生、石长宁、醉沙等。他曾就读上海东亚法科大学,但毕业后并没有找到与法律相关的职业,而只在乡村任小学教员,在不得志的景况下,与同乡张恂子过往甚密,常“晤言斗室,沽酒市脯,以相痛饮……每饮必醉”〔1〕。约于 1920 年左右,在浦东高行与张恂子等人“以文会友”,成立一个文友社第二支部,并发行刊物,常有诗词、小说等作品发表。后创办《浦东旬报》、《显微镜报》等,并开始向上海的通俗文学报刊投稿,加入了《金钢钻月刊》的文人圈子。1925 年在《紫罗兰》上连载长篇《春水微波》,至 1930 年才出版单行本,可视为他的成名作。这部作品一出版,即被誉为“自李涵秋、毕倚虹二先生故世之后”的“警人名著”,此作“能使社会群众心弦飞扬;能使青年情侣神经紧张;能使薄命女儿涕泪滂沱;能使失恋男子吞声苦笑”云云。〔2〕 自此,王小逸在三四十年代的通俗文学界,名震一时。但是,他作为三四十年代的市民阶层生活的反映者,不再是以“才子”、“佳人”的纯情、多情、痴情乃至殉情之类的故事来激动读者的心灵,那时,他所反映的是小市民生活中的“金钱欲”和“肉欲”的膨胀,不少青年是在“性”的欲海中浮沉,而

〔1〕 王小逸:《欲海沧桑·序》,新声书局 1928 年 4 月初版,转引自范伯群主编《四十年代方型刊物代表作家——王小逸》第 12 页,南京出版社 1994 年版。

〔2〕 《〈春水微波〉出版了》(广告),《紫罗兰》第 4 卷第 17 期(1930 年 3 月)。

在这条“性”河里中流击水，就非要以大量的金钱作为后盾不可。而他就善于用各种暗喻来将“做爱”变得既不必直接描写，却又在读者内心产生一目了然的效应。这也就是范烟桥所说的“语带双关的风情描写”。如以比喻而言，就有“喂奶”、“打针”、“吐痰入盂”、“埋葬精虫的义冢”、“刷马桶”等等，均被他随手拈来作为“做爱”的暗喻。在《春水微波》中那位爱钱如命，一心想将女儿卖高价的洪氏就有这样的比喻：“一个女孩子家，便是火药库，只要射着一些火星，便会发作。和姑爷住在一块，谁保得定奶膀子与小肚子两处不生变化。”当她知道她的还在念书的姑爷星期六到大妇许氏房中，而星期日才轮到去她作为小妾的女儿的“寝宫”，她又发话了：“那人先把精华一古脑儿提了去，却叫人拾一些麦脚米屑。”这些所谓“生动”的比喻原就来自市井，是市井细民即兴的谐谑，而王小逸熟稔市井语言，也就拿来描写市井人物的性格，正如鲁迅所说，“‘性’之于市侩，是很要紧的”[1]。王小逸可称得上是一位典型的市井文化人。

《春水微波》是一个爱钱如命的母亲卖女、杀女的故事。作者通过主人公丁慧因短促一生的悲剧，广泛地折射了社会多个阶层的生活：富家的骄奢淫逸，电影界的腐化堕落，小市民的见钱眼开，绑匪的横行不法以及篾片、虔婆、狡婢的鬼蜮伎俩，在小说中都得到相当的表现。作者写出了上海的纸醉金迷、肉欲横流的时状，但是在王小逸的笔下有其独见的视角以及特定的景观，他不再孜孜于前辈作家由社会动荡、经济萧条、人心隔阂等角度来拓开矛盾，而是展现了“金钱欲”与“肉欲”之间的“等价”交易与“乱伦”游戏。社会上的一切人情世故，已被这“双欲”所奸污，不管是母女父子，已经赤裸裸地去精心设计这类交易，一切已被视若儿戏，豪富们以金购色，有色的以欲换钱，这里没有什么人伦秩序，也没有脉脉温情，人是吃钱的野兽，色是攫财的资本。在王小逸看来这才是上海社会的时状景观，“欲”的狂浪，“性”的风涛，人们已司空见惯，在社会上已掀不起大波大澜，仅不过像一池春水中漪涟，社会的良心不会为此激荡，更说不上去仗义执言，最多不过留给人们茶余酒后一点谈助，因此，名之曰“春水微波”。

女学生丁慧因家的隔壁就是一家电影公司——华华公司，而她家的阳台却又像一个特别的包厢，放了学，就经常看拍电影，耳濡目染，情窦渐开，也在不觉中养成了爱慕虚荣的性格。她曾经爱过从小与自己耳鬓厮磨的表

[1] 鲁迅：《花边文学·未来的光荣》，《鲁迅全集》第5卷第423页，人民文学出版社1981年版。

弟俞骝，可是因为不是富家子，当俞家有求婚的表示时，给她母亲洪氏一口回绝了，认为此举太不知自己的分量，以后两家也各奔东西，相互不知所终了。这时有个豪富阔少叶兆熊倾心于丁慧因，这位把女儿当作摇钱树的洪氏正中下怀。加上叶府里的账房陆有金是位"天才"的篾片，凭着叶家老爷叶德民的钱财，又添了陆有金的如簧之舌，婚姻是闪电式地进行的。天下第一美女丁小姐就被叶少爷携往天下第一风景区杭州去度蜜月了。在这甜蜜的日子里，丁小姐才知道叶少爷是有妻室的人，她不过是小妾而已。于是她的同学劝她离婚，而贪财的洪氏却要女儿卷逃，然后又以重婚罪上告法庭。可是男女当事人一见面，又想起曾经恩爱一场，丁小姐也就吵着要跟叶少爷回家，官司也只好草草收场。可是好景也不长，叶少爷被匪徒绑票，不知去向。丁慧因也就被娘家接回了家。华华电影公司本来就对这位美人感兴趣，导演贾克也早已对她有觊觎之心，当然想拉她来拍片。这次出马作说客的是女主角凤明霞，她以自己的人生哲学打动了丁慧因的心，她认为一个女人：

> 惟有从十三四岁到二十一二岁，是个最能动人怜爱的时候。但是与其去给一个人去怜爱，还不如给千万人去怜爱。这句话我不是教人去当娼妓，有个极深的道理在内……你一嫁之后，嫁张家是张家的人了，嫁李家是李家的人了，这便是去给一个人去怜爱了，把其余千万个平常仰慕你丰采、钦佩你学问的人，一个个使他失望，甚而至于因爱生恨因爱生妒，见了你，只是咬牙切齿，又奈何你不得。你若然说要给千万人怜爱的，只有不嫁两字的秘诀。张家哥儿知道你没有人家，以为我有希望，少不得来敷衍你。李家少爷知道你没有人家，也以为我有希望，少不得来奉承你。你稳稳受了许多人的怜爱崇拜。

凤明霞肯定了丁慧因还是一身的"处女美"，趁早上银幕让千万人去怜爱。丁慧因也觉得趁现在"奶膀未肿"，"屁股未耸"、"肚子未凸"时，回头是岸，走上银幕，去重新建造一个"给千万人怜爱"的新局面。于是她下海从"影"，以主角的身份，拍了一部名为《千古恨》的巨片。那时候还是"默片"时期，导演贾克不仅对她图谋不轨，而且等到影片一上映，才知道被导演东剪一段，西贴一景，把影片变得不堪入目，丁慧因感到自己受骗，评价也很难是"给千万人怜爱"。这时，她的婆婆怪责公公："儿子不见了，你只推三阻四的不肯去找，你安的是什么心！”而又有传来信息，她的丈夫叶兆熊已逃出了匪窟，可是下落不明，生死未卜。而公公却明确宣布，儿媳许氏替熊儿守节，而对于慧因则予以“解放”：“处今日女权膨胀的时代，这解放两字，就该能说而又兼能行，我便是个实行解放的人，主张熊儿和丁慧因小姐的婚姻关系，从今取消。”但他又愿意每月发给赡养费。这真是一个开明已极的公公。不久，这位开明的公公也突然失踪了。而在家无所适从的丁慧因也病恹恹的。这时，天才的“篾片”陆有金又常常出现，他作为叶府的账房，不仅按时送上赡养费，而且倍加关怀。大有再次做媒的好意。他大捧洪氏，说她生得好女儿，其市井语言之生动，活活画出一个“男媒婆”的嘴脸，他指着那赡养费说：

> 不要说二百，要二万都有呢！只恨我陆有金的太太肚子不大肯方便……像太太的肚子，真是没有说的，不孕则已，一孕惊人。
>
> 譬如我陆有金要抓了一万八千往家里一跑，那立刻被人告发，准备锁着葡萄般粗的铁链子吃官司。然而太太则不然。太太说要一万八千来陪嫁女儿，那立刻有人如数奉送，你只准备戴着蜜蜡般的金镯子吃喜酒。

有着“金钱占有癖”的洪氏被他说得动了心，竟说出“管她嫁老头儿做填房也好”之类的话来。这时，陆有金要洪氏想一想，他的“媒婆葫芦”里究竟是什么货：“太太！你费了一些时间想一想，也许会想出来，远在千里，近在眼前。呵呵！哈哈！嘻嘻！”从此，这陆有金不仅做媒，还进而与洪氏演出双簧戏了。他们先劝丁慧因出外先将病体养好。丁慧因受了种种骗局的摆布，已经消极得很的了：“我想能够离开世界最好。如不能离开世界，至少也得离开上海，因为我最怕见上海的人。”他们劝她到苏州疗养，又布置了一个好环境。一到苏州，丁慧因想起曾经爱过的表弟就住在苏州，因此也到处寻访，“求一人爱怜”的欲望倒也蓬勃起来，她还是要过一个“人”应有的正常生活和应有的爱的权利。可是，这两个演出双簧的角色，经过一连串的策划，突然离她而回上海去处理家务了。就在那天晚上，有一个人悄悄地进了丁慧因的闺房，半梦半醒的丁慧因竟觉得一个像她丈夫叶兆熊的人上了她的床。在一度春风之后，那人只吐出一口气道：“相思已是六个月。”又悄然离去。她一“回忆”这声音，竟是她的公公叶德民。她才领悟“何以会妈要回上海去，我算是走进网罗去了。当时便恨金钱，又恨她娘”。可是这位姓陆的“总导演”的大手笔还不止于此，他叫自己的女儿来陪丁小姐，还让女儿与丁小姐换了房间，每晚在黑暗中，那个“相思六月”的人还是出现的，此人也不知自己也进了陆有金的“李代桃僵”网罗。陆有金的太太的肚子虽不争气，可是陆有金的计谋能改变他自己的命运。等到知道是陆有金的女儿时，叶老爷也只好“忍气吞声”地承认陆有金是他的老泰山，除非他愿意成为小报上的桃色新闻人物而身败名裂。而陆有金也马上跪倒在叶德民与自己女儿的脚下：“主人、主母，受此一拜。”

回到上海，丁慧因已怀身孕，这是她公公那一夜所下的种子。其时又听说叶兆熊脱险回沪了，洪氏还想叫女儿去缠住叶兆熊，将这“下种者”的责任推给叶兆熊。但丁慧因却到了黄浦江边，叫了一只小船，向江中驶去，转移了艄公的注意力后：“只听得扑通一声，船唇上早不见了丁慧因，船身登时晃了几晃，江面上涌起了一圈一圈的波纹。”留下的是丁慧因的绝笔：

> 儿于回沪时，死志已决。一年来备受精神痛苦，偷生亦复何益。儿今投江去矣，所恨一身俗骨，未免有负清流。儿不肖，母勿悲。慧因绝笔。

读后你马上有一个直觉的反应：这是一个小市民气十足的母亲卖女杀女的悲剧。王小逸将一个普通的也可说是常见的故事，编得曲曲折折，有声有色，特别是几个人物，也还栩栩如生。正如丁慧因在上当之后，在苏州偶遇表弟俞骝时所想：“恨只恨，亲娘洪氏，只知有钱，不知有他。悔只悔，错嫁叶兆熊，自己立志不坚。感只感，俞骝数年如一日，竟能忘却我以前的一切。愧只愧，那晚上虽则是……毕竟是……”她只是因爱慕虚荣而一失足成千古恨，但这位少女还有“人”味，但她被包围在“兽”的圈围中，陆有金、叶德民、洪氏，都是吞食“金钱”与“人欲”的“兽”。她随波逐流，但流到人兽的分界线上时，她还是要做“人”。要做“人”，也只能用清流洗一洗她的“俗骨”了，这是爱慕虚荣者所要付出的惨重的代价。世界少了她并没有多少反应，只是她所演的《千古恨》又重放了 3 天。她拍的电影名为《千古恨》，她何尝不是用她的生命也写了一部“千古恨”？王小逸所写的主题并不深刻，这也往往是通俗作家小说的共性。但他们的小说又往往是广大市民阶层的“家常菜”，觉得很能“下饭”，也配胃口。

王小逸在敌伪时期还写过《石榴红》等讽刺“抗战老爷”的小说。《石榴红》写“孤岛时期”的上海郊县，“飞鹰队长”巧取豪夺终于被刺的故事。小说写抗日相持阶段的上海郊县的“土劣”卢虎虔，他过去是乡董事，逃难回来却摇身一变做了卢队长。卢队长的德政是十三道捐的“上马威”。王小逸描写的是一位“抗战老爷”，他的实质根本不在于抗战，而在于借抗战之名作福作威，以抗战的大帽子来压人，以便他做稳“老爷”，以这面“名正言顺”的大旗，好叫老百姓敢怒而不敢言。而其中心情节借权势逼娶冯柳丝，致使冯全家逃入上海租界。柳丝以“石榴红”为艺名假作交际花，终于把卢虎虔引入埋伏圈，命丧柳丝兄妹之手，为民除害。《石榴红》不失为王小逸后期通俗小说的力作。

但他的《同功茧》之类的小说却属色情小说。郑逸梅曾叙述他写这类小说的“盛况”：“那时小型报纸竞争很烈，大都崇尚一些春情丽婉的小说，那些小型报纸编者都要罗致小逸的小说，他也就写些媚俗趋时的长篇说部。于是甲报写了，乙报也要这样写，丙报丁报都有同样的要求，最多的时候，他担任了十家小型报写同一类型的长篇小说。但类型虽同，而机杼各具，花样翻新……”[1]这正是作为市井文化人的王小逸市侩性商业操作的另一个侧面。

40年代，与王小逸同调的还有通俗作家陈亮（1911—1989），江苏丹阳人，笔名为田舍郎，意即农村出身人，其他笔名还有田池、司徒娃等。此人从丹阳农村到上海后，先做练习生，业余也学着投稿，还曾学过中医。1941年起成为小报文学的职业作家，有时，一天要为7家小报写长篇连载，成为上海妇孺皆知的小报连载小说撰稿人。他笔下最多的人物类型是在上海挣命求生的小职员、小商小贩和女工，而又以市民中的女性的婚嫁命运为他最为关注的题材中心。《阴错阳差》就是表现这种市民心态的产物。小说写小市民出身的兄妹俩想以自己的婚姻为跳板跻身上层社会，他们虽然初步达到了目的，或入赘富家，或依附大款，由于出身地位的低下，他们只好委曲求全，忍辱负重，在白眼与轻蔑中等待时机。以待日后掌握了主权，苦尽甘来，但有翻身之日，那时再颐指气使，以泄往日的心头之辱。结果这对兄妹的如意算盘双双落空。作品写尽了小市民拜金教徒人格堕落与欲望破产。

《小梅香》是以美色在钱与欲的夹缝中杀出一条生路来的故事。女主角是个烟厂女工，她的姿色成为工厂中的大小掌权者的垂涎对象。先是车间

〔1〕 郑逸梅：《王小逸》，引自《鸳鸯蝴蝶派研究资料》第487页，上海文艺出版社1962年版。

工头杨猴狲想占她的便宜，她却并不像郁达夫笔下的烟厂女工陈二妹表示万分的厌恶，而是以美色为饵，给他一点好处，却抓住他为自己弄钱。事泄后，她又摆脱牵连，出卖了杨猴狲，而又攀高枝与王厂长接上了关系，甚至想取王厂长大太太的位置而代之，也是一个想跻身上流社会的妄想者。最终她为王厂长娶另一小妾而厌弃生活，撞火车自杀。

陈亮似乎告诉自己的读者，与其用不正当的手段去取不名誉之财，不如过安分守己的生活。其他更深刻的道理也不是这位市民作家所反映得出来的。但叽叽嚓嚓的搬弄是非，为一点小事勾心斗角的勃谿等等的小市民女性，成为陈亮笔下最拿手的产品，他也就成了描尽都市弄堂生态的文字画家。

王小逸与陈亮笔下都有过较好的作品，但他们最有代表性之点是在小报这个文化商业市场中将通俗文学变成纯粹的商品，因此与其说是写作或创作，倒不如说在大多数的情况下，是一种商业文字操作，以一点有趣味的文字，帮助市民排遣和打发剩余的时间。

第十四节　换形奇梦中剪辑出的世态人心

——寓嘲讽于说梦的《换形奇谈》

《益世报》被专家称为“民国时期北派通俗小说崛起的摇篮”[1]，是对它培养、扶持董濯缨、赵焕亭、戴愚庵等北派通俗作家，并大量出版通俗小说的历史劳绩的客观评定。20年代，北派作家的重要小说大都由《益世报》馆付梓。这批当时由《益世报》印行的小说经过历史的淘汰能被专家、被文学史注意的已不太多。《换形奇谈》是这其中为数不多的一部为后世专家、文学史注意并不断被解读的小说。它同《英雄走国记》、《新新外史》一起代表了20年代北派通俗小说的最高成就。

《换形奇谈》在民国15年5月(1926年5月)由天津《益世报》印书馆出单行本。该小说的作者是董荫狐，他同其兄董濯缨同为《益世报》推出的通俗小说家。其小说在20年代比较畅销，30年代便很少见了。他虽不像其兄一样有《新新外史》那样的长篇说部，但他的小说数量却颇可观。仅在1926年5月到1927年10月间，《益世报》馆为其推出单行本的小说就有《仇

〔1〕 倪斯霆：《民国时期天津通俗小说出版散记》，原载《天津出版史料》第5辑第88页，百花文艺出版社1993年版。

马恩裘》、《雕击莺鸣录》、《换形奇谈》、《大战缩影录》、《家庭金鉴》、《金兰契》、《鹡鸰痛》、《溅血酬恩录》、《棣萼奇逢》、《英雄夺婿记》等10余种。《换形奇谈》在董荫狐的小说中是非常特别的一部。小说采取章回体，共15章。它的主干情节是讲一个梦。书中之"我"闲坐书房，长夏困人，遂梦见一老先生，这位先生向他传授"夺舍之法"，他便依此法续作长梦。这"夺舍之法"书中言明是拿着我的灵魂，占住别人的躯体的一种换形术。"我"依此法在梦中先做了"督军"。我打量自己的身上，"那知威武的很，原来穿着一身陆军上将的制服，宝星琳琅，金章灿烂，真有大元帅八面威风的样子"。作者借"督军"老婆之口对"督军"进行了辛辣的讽刺，同时，揭露了军界的黑幕——

督军太太用手指着我，破口大骂道："我这个死不了的老货，跟我摆起督军的架子来了。你未曾说话之先，也不拍一拍良心想想，你这个督军是打哪里来的。从先你在营里混小差使的时候，要不亏太太给你挖门子，巴结上司，你也配一天一天地爬上了高枝儿。如今作了督军，不说知恩报恩，反倒痰迷心窍，弄的什么小老婆。不幸机关戳破了，问到你的面前，竟敢瞪起两只贼眼，对我发横，今天非拼个你死我活……

于是，"我"一秉虔诚运用换形术又变作了"国会议员"。当我变成"议员"后，发觉国会里一派乌烟瘴气，"便发生了无穷的感喟，因想国会是立法最高机关，议员乃全国人民代表，何等尊严，何等神圣，怎么背地里演出这种丑态来。乡党自好之士，尚且知道守着口不含鸦片，足不履娼门的两条规约，谁想国会议员倒大张旗鼓公然吸烟嫖娼起来。细行尚且不谨，还问他什么大节，这就无怪报纸讥嘲，人民指摘了"。作者此时又借妓女"二姑娘"之口，把对政界的批判发挥到了淋漓痛快的程度——

她(二姑娘)打鼻里哼了一声道："据我看，这事也算不了什么新鲜。只看你们每天所办的事，不过是坐马车，逛公园，吃酒打牌，乱跑一气，这些个事，难道说除去你们，别人都不会办么?"他一边说着，一边拿手向桌子一指道："你看你们这些位议员，甚么押宝呀，摇摊呀，打扑克呀，叉麻雀呀，摊牌九呀，一字字一件件，那一事不是从我们那里学去的。按理说，你们都应该递个门生帖儿才是，怎么倒翻过脸来瞧不起老前辈呀。"

董荫狐借小说人物之口传达出的是他对政界黑幕的憎恶和讥讽式的批判。这种意识一直贯穿在以后的换形奇梦中。当"反对党"进入国会院内与"我"所属的这一派打骂起来时,"我"骤感整个政界,无论是什么"督军",什么"议员"都是一丘之貉。"我"对"政界"的憎恶最后变成对从政的绝望。这样,在两派议员争斗打闹时,"我"再展换形术变为"新文化家"。这回与酸丁为伍,却又被戏弄得屎尿随身,非常窘迫,遂又变作新闻记者,后来不断换形,又"扮演"了"劳工"、"爱国学生"、"名妓"等角色。最后,"我"发现这世间无论如何换形,也终躲不开浅薄的世情时,这场奇梦醒了。"我"发觉"原来我仍然是一个人,在书房中,伏在桌上去睡觉",刚才的换形经历"统通的只是一场大梦"。书中之"我"在醒后,"把世情看的淡泊异常,便想着要披发入山,不复问世了"。这透露了作者对世事的看法。

> 世界者一梦境也,而人生之得失顺逆则梦境之美恶也。不过夜之梦暂而人生之梦稍长而已。逮到寒暑数十易,终难免有大觉之一日。人若能勘破此关则可如大雄氏所称破除我执法,又可如大成氏所称通乎昼夜之道而知。〔1〕

但作者看到的世情,并不能让他心绪平静。世人都在喧哗中来去,并没勘破什么,也不大觉。董氏对此亦明了于心,故才不无牢骚地说,"现在我们的中华民国虽不见的庄严灿烂,但是有几种人物大可以耀花人的眼睛。你看最威风的莫过于军阀,最时兴的莫过于议员;能说大话的莫过于新文化家,好出风头的总算新闻记者,还有什么爱国的学生,神圣的劳工,以至于法律家咧,资本家咧,发明家咧,都能撑起门面,惹一般人注目,等而下之,像那些名伶名妓,虽说身份微贱,但是仗其色技,也能鯱动一时"。正是这诸种"浮花浪蕊"让作者对世事失了信心,又无能为力,转而引出一声清叹:"呜呼,鸡虫得失,转瞬成虚,大智者视人生若梦,不以境遇累其心;愚者则冥顽不灵,执过眼之空花,现梦中之丑态。"〔2〕

基于这种对世事的观察与认识,董荫狐才萌动了把此诸种丑态现于梦境,由"我"变换形骸为众生现身说法的创作念头。《换形奇谈》的结构即是秉此创作初衷形成的。《换形奇谈》主要是讲一个换形奇梦,因此,这个梦的

〔1〕〔2〕 董荫狐:《换形奇谈·自序》,《换形奇谈》第1页,天津益世报印字馆1926年版。

结构亦即小说的结构。从章目上看，换形奇梦从第 2 章至第 15 章，即最后一章。作者在“陈列”丑态时基本上是两章讲述一种情形，一个社会侧面。两个侧面间的转换靠换形术来完成。这样从结构上看，每章相对独立，故事内容相对完整；而个别章，如第 2、3 章，第 4、5 章，第 6、7 章又因内容联系紧密，容量大，在局部连成一体。以两章篇幅讲述一桩事情。这种结构的最后形成得力于作者运用“蒙太奇”手法剪辑人生侧面。作者把最能代表当日社会情状的人物事件按照他的“可以耀花人的眼睛”，“惹一般人注目”，而终归是梦中丑态的原则去剪辑。这样由军阀、议员、新文化家、新闻记者、学生、劳工、名妓等组成的社会侧面便以精彩片段的形式被剪辑在一起。作者在剪辑它们时打破了章回叙事，一回两事，首尾相对完整的传统作法，而是因角色，因“侧面”，因换形后的“形”去安排章目，这便有了两章展现一个“侧面”，各章故事又相对完整的叙事结构。后人的阅读实践表明，这种结构与其表现的内容相得益彰，且有珠联璧合的意味。

这种对素材的剪辑在该小说中体现为一种“并联”手法。“并联”有利于陈列人生各个要紧的侧面，但不利于更深刻地表现某一侧面。这势必要走到平均使用笔墨，简单实录世情的老路上去。董荫狐注意到了这一点，故才有两章展示一个人生侧影的作法，但这无法改变整体结构束缚个别情节膨胀的既成事实。这样，《换形奇谈》只好围绕剪辑的片段去寻求适当的结构。当“并联”的内容没有更好的结构去表现，而各个被并联的内容间的转换又需要寻找转换机制时，“我”和换形术的出现解决了这一问题。于是“我”的换形奇梦便成了《换形奇谈》。我们不能不佩服董荫狐在结构《换形奇谈》时的良苦用心。像《换形奇谈》这样结构奇特，内容诡异的小说，在董氏的创作中仅属特例，在北派通俗小说中，尤其是 20 年代的通俗小说中是不多见的。在研究者们广泛阅读 30 年代后的通俗小说，为这一时期的通俗小说结构粗糙、雷同而加以贬斥时，他们对诞生于 20 年代，讲求结构且又具有特异结构的《换形奇谈》开始另眼看待。这是《换形奇谈》入史的契机。

《换形奇谈》的叙述采用第一人称。整个并联缀合的世相都是由“我”在换形中完成。第一人称的使用，便于造成“现身说法”的效果，具有一定感染力。而说梦实际上即是说法。因为说法又是通过我不断的换形来完成的，因此，现身说法实质上是“换形说法”。

董氏在换形说法时饱含了他对世事的嘲讽。这种嘲讽贯穿于“换形奇梦”中。从“居然作了督军”、“又当了一回名妓”这种章目话语中已不难嗅出作者讽刺的气味。但作者为了表现世态人心的虚浮凉薄，似乎对社会的一切都予以嘲弄讽刺，就连学生、劳工、妓女亦不例外，这亦表现作者面对纷繁世相时思考人生的不足所停留的层面。这也即为什么他也只能以“人生如梦”来回答自己对现实不满而引出的种种提问的缘由。

而这种讽刺有时又带有一定的偏见，虽然它反映了一定的现实状况。比如他写到“新文化家”时，便写了一位“大脑袋新文化家”，并引了一首这位新文化家的诗作为他进行讽刺的“的”。该诗见下：

> 小风儿吹着/月亮儿照着/我站在葡萄架边/正把身儿斜靠/猛听得隔壁鸡声喔喔地乱叫/鸡儿鸡儿/你莫非看见了天空的月光/误作太阳星儿高照……

引完诗后，“我”觉得“总而言之，作诗作到这般境界，简直是入了魔道了”，且认为其诗未脱莲花落的腔调。不论所引诗与其时新文化家写的诗有多大的类似或不同，亦不论“我”的诗评公正与否，我们可清楚地看到董氏对新文化家的看法是有偏见的，虽然他借“新文化家”之名反映的“能说大话”的文学家的情状有实录的成分。

不论偏见存在什么“形”上，换形奇梦中的嘲讽一直在进行着，直到说梦结束。这种嘲讽在说梦时又时有滑稽的意趣。这大概就是该小说出单行本时，原标作“滑稽讽世小说”的原因。

《换形奇谈》因具有特异的结构，不俗的叙事而为人称道，但这并不能掩盖其文学性只是流于一般的事实。但除文学性的考究之外，我们从中可窥见旧日通俗作家对世事、对新文学家的态度，并可看到某一历史时期的特定社会景况的文学性实录资料。

第十五节 “老照片”上被遗忘的津沽“英雄”
——为“混混”修史立传的戴愚庵

北派小说家曾将“混混”这一天津特有的社会现象作为题材摄入小说。这类小说，人们习惯上称之为“混混小说”。由于“混混小说”客观上起到了给中国近代以来天津社会存真的历史作用，因而后世人们在研究“混混”时便把探寻的目光投向了这类小说。北派小说家中善写此类小说的有李燃犀和戴愚庵。李氏对此类小说大约只是偶一为之，故至今存世的小说只有《津门艳迹》。但戴氏则不然，他有多部“混混小说”行世，且对“混混”历史知之甚详，可谓写“混混小说”的“专业户”。因此，吴云心讲“谈到混混史，便使人想到戴愚庵”[1]。

戴愚庵，名锡庚，字渔清，别署娱园老人。“愚庵”是他的“号”。浙江绍兴人。生年不详。曾是天津城里草厂庵小学的校长。据吴云心讲，1926年间，他开始在天津《东方时报》的副刊《东方朔》上投稿。由于副刊编辑吴秋尘的提携，他开始步入文坛，写起通俗小说来。戴一生创作小说多部，时人王伯龙曾说“读其说部不下三十余种”[2]，但流传至今的并不多。他的小说主要有《嫁娶镜》、《沽水旧闻》、《沽上英雄谱》、《沽上游侠传》、《沽上混混秘史》、《沽水游侠》、《花市春柔记》、《绮陌红楼》、《秋雨销魂录》等。他的代表作是《沽上英雄谱》和《秋雨销魂录》。

《沽上英雄谱》从1926年起在《东方时报》副刊《东方朔》上连载。1927年，《东方时报》解体，小说连载中断。1932年起复由《益世晚报》连载。1937年5月，由《益世报》馆出版单行本。《沽上英雄谱》共4卷，约70万言。该小说是戴氏“混混小说”中的名篇，小说的主要内容是讲述清末民初天津“混混”的各种传奇故事。“混混”是晚清至民国年间天津较特有的社会现象。成为“混混”的一班人大都是性情枭悍、生活贫困的市民。“混混”虽有自己的组织“锅伙”，但这并不是一个江湖会党组织，没有明确、成文的信仰和“规矩”。他们是靠侠义或个人感情聚拢在一处的市民社会的边缘人群。他们的生活游离于官、民之间，在重人情、轻法度的封建社会里，他们又常充当维持民间秩序的“片警”。“混混”分为“袍带混混”和“非袍带混混”。“袍带混混者，举动风雅，行侠尚义；非袍带混混者，秉性勇敢，爱群喜事。”[3]——戴氏的解释与实际的情况不尽一致。实际情况是：袍带混混，多为年长有德的老混混，他们少时都有一般混混的经历，只是年长后渐退出争斗，专门为民间排忧解难，调停争端。非袍带混混，多属豪暴之徒，平日逞强好斗，欺行霸市，以“不怕打，只怕辱”为生存信条。《沽上英雄谱》主要写“王五”、“毕飞鸿”等袍带混混，兼及“吴七达子”、“西霸天”、“白燕”、“殷氏兄弟”等非袍带混混。戴氏在演述这些人的“英雄”故事时，基本上是采取“列

〔1〕 见《吴云心文集》第644页，天津古籍出版社1990年10月版。
〔2〕 王伯龙：《秋雨销魂录·介辞》，戴愚庵《秋雨销魂录·介辞》第1页，1940年1月初版。
〔3〕 戴愚庵：《沽上游侠传·著者自序》第1页，天津诚文信书局1940年版。

传”的手法。每回通过两个主要事件，为一个或两个“混混”作传。整体上缺乏安排，只是一个个故事的连缀，一幕幕争斗场面的重叠。

虽然小说整体上缺乏章法，不太讲求结构，但它却能吸引读者，这是因为小说具有秘闻性、传奇性。《沽上英雄谱》从某一角度讲是讲述“混混”黑幕的“揭秘”小说。戴氏主要向读者揭示或展示的是一桩桩平凡市民社会中少见的争斗事件。这些事件的中心情节有：跳油锅、挑懒筋、双开逛、对站笼、削足报仇、割指作注、10 岁儿童杀仇敌、九旬老叟闯贼巢……一般读者喜欢这种情节，便对戴的“揭秘”式写作非常欢迎。这是戴氏一再写作“混混小说”的一个重要原因。《沽上英雄谱》中，写“毕飞鸿”访朝珠一事颇具传奇性，写得亦有声有色。“访朝珠”一事来源于“失朝珠”。原来江湖人士“朱宝”闻说天津英雄甚多，地亦繁华，便进入天津卫游玩。他在天津听说当地酷吏“玉道台”苦害豪杰，便盗了他的朝珠。“毕飞鸿”人称“北侠”是一个袍带混混。他在“混混”社会中颇有地位。“玉道台”失朝珠，欲请他出山访珠。毕飞鸿装死不得，遂受命访朝珠。毕飞鸿进“朱宝”的“小鬼谷”访珠一段写得颇有武侠小说的意趣。“小鬼谷”是类似《蜀山剑侠传》中剑仙们居住的世外异域。毕飞鸿在其中时陷苦境，但最终“朱宝”还朝珠于他，送他下山，约在津相会。后来，他们在津同到班房自首。毕飞鸿因寻朝珠受了内伤，向“玉道台”辞行，去四川治病。“朱宝”在公堂上大骂“玉道台”后，一声“某去也”，挣脱枷锁，“转眼间，踪迹不见”。“玉道台”回房后，惊见朝珠又失，惊魂不定，欲招毕飞鸿回来护院。他正疑惑间，枉自摇枕函时，发觉其中有声，启视之，是朝珠，还加一硃书：“取自枕函中，还诸枕函里。宦海苦升沉，林泉乐山水。”自此后，“玉道台”天天念这 20 字，越来越不安，称病辞官，回北京去了。

《沽上英雄谱》之所以成为“混混小说”中的名篇，成为一部有特色的社会小说，不光是因为它实录了“混混”的原生态生活，更主要的是因为它借演述“混混”秘史，展现了当时更广泛的社会现象。“毕飞鸿访朝珠”，便是借袍带混混和江湖大盗与酷吏纠葛描写世情的代表事例。戴愚庵写“混混”并不只注重“跳油锅”一类的场面描写，他更乐于描绘在这种争斗背后的故事。《沽上英雄谱》因此有了一些“讼棍”、“恶吏”的形象。“于小榭”、“孟思野”是书中的两个“恶讼师”。“混混”间争斗时，少不了他们从中捣鬼，使恶招，一些祸端实由此辈人挑起。戴氏写讼棍，能巧妙地把讼棍斗法糅合在“混混”争斗中，使得“混混”事迹读来颇有情趣。小说第 2 回“纳小星吴七达子抢花轿”就是一例。“于小榭”本系秀才出身,“怀才不遇,专喜世界多事”,遂由书塾先生变作“混混”的军师。“吴七达子”纳小星全由他策划。不想娶回家的不是新人而是“刘媒婆”。原来,讼棍“孟思野”与“于小榭”交恶,他向“程祖荫”献计,先让“刘媒婆”代新人上轿先走,暗自另派人迎娶新人于后。这样,“吴七达子”抢娶了“刘媒婆”,“程祖荫”却依“孟思野”之计得胜而归了。“于小榭”此番失利后,心下不甘,又唆使“杜标”去占“老店”。袍带混混“王五”劝他,“读书人应该抱本守拙,如何支使着血性少年胡闹”时,他却说:“……只因诗书误我,难道说还不许设法子图个发迹么?”就是这个“于小榭”,他看到“杜标”把胳臂伸进油锅后,“几乎晕死过去”。讼棍嘴脸于此惟妙惟肖地呈现在了读者面前。“混混”争斗往往又闹到官府。这样,《沽上英雄谱》在为“英雄”们立传的同时,也给恶吏画了像。除“玉道台”外,小说中还描绘了利用“混混”争斗大发财的“姚钱串”——“姚鼎臣”和“视富贵如浮云,视小旦如生命”的御史“金寿”。《沽上英雄谱》虽然主要是在描写“混混”,但整篇小说并非全是令人发指的争斗场景和讼棍、恶吏的卑劣嘴脸,有时小说场景又移入倡门。倡门故事的引入使得该小说容量更大,反映的社会现实更为深刻。

《沽上英雄谱》中的义妓“小凤”是个女英雄,她是该小说中唯一的性格鲜明的女性形象。“小凤”系倡门中人,与“混混”杨庆和相好。杨在混混争斗中被剜去双目。“小凤”明白杨被害内幕后,施计迷住谋害杨的仇家,后从良嫁与仇人。嫁后欲刺杀仇人不果,被捆送县衙。此“花案”因“毕飞鸿”等人的努力,得以圆满解决:“小凤”被救与杨团聚。“小凤”欲以身相许,杨却认为自己是个瞎子会连累“小凤”。“小凤”一时很生气,冷笑道:“若非为你,甚么公子王孙不可从,……你如许我相从,我们图个白头到老,不许时,门外有河,河是我家……”杨听此言,深觉惭愧。后来,两人由“毕飞鸿”主婚结为百年之好。“小凤”的事迹是小说第7回的一个重要故事。在第7回写“杨庆和”卖曲访仇人时,信手写的杨的弟子“刘宝全”投师学艺的故事是该回的小事件,然而它却是全书最精彩的部分。通过“小凤”、“刘宝全”的故事,人们对“混混”杨庆和的兴趣也增大了。由“混混”而瞎子,而鼓书艺人,杨庆和的传奇人生成为《沽上英雄谱》中最有声色的“混混”故事。

在讲述“杨庆和”的传奇时,引入的刘宝全学艺的“插曲”是该小说的精彩之处。这其中刘宝全唱“昭君和番”一节非常细致传神,是戴氏最见功力的文字。请看刘宝全在台上的风范:

“学徒小宝全，初次上馆子，学得粗糙贱艺，大鼓书词，不过是才学乍练，唱得好与不好，请诸位多加原谅。”听众在台下私议，说这小孩说话语甜，不狂气，可捧。又听他报告曲目及本事道，“今天唱段甚么呢，唱段熟中透熟的目录：昭君和番。这件故事，出在汉朝。只因北地单于，屡次犯边，中国并无大将临敌，因此把个昭君送往北国和番。所以招出争端的罪人是谁呢，就是善画丹青的毛延寿”。至此大家捧好，夸他口齿伶俐。他接受彩声已毕，把鼓简木板拿起道：“不要紧白说话，言多而语失，你二位把丝弦弹拉起来，我就至至诚诚敬献这段昭君和番。”听众又喝了彩，回声作处，奏了一个小过板，听他唱起八句冒儿来：“一块顽石生长在山林，能工巧匠凿成石人，头发不梳千年顺，衣服不洗万载新，瓢泼浇了它的面，太阳真光当作手巾，石人若有三寸气，亦作争名夺利人。”八句唱完，把大家都听直了眼，因为这词句与众不同之故。旋见他停了唱，又复说起话来道：“这八句冒儿，不在正唱之内，所以是听听嗓音，合合弦丝，如今诸位赏下耳音来，学徒这儿敬献这段正曲。”说罢，又复奏起乐器，悠悠扬扬地唱起。庆和听了对飞鸿夸讲道，他这条嗓子，唱大鼓太相宜了，怎么用怎么有，日后在生意人群里，不难为王称尊……

台下人的议论日后果然应验：刘宝全日后成了鼓界大王，在京津一带大名鼎鼎。今日知刘宝全的人还大有人在，但知道他曾向“混混”瞎子杨庆和学艺的就定然不多。这故事在今天依然具有浓厚的传奇性。由此可知“混混小说”实是借“混混”来反映更广阔社会现实，若提到此类小说而只想到一幕幕的混混争斗场景，是不知“混混小说”。

《沽上英雄谱》在为“混混”立传时，也顺便记录了一些津门掌故。这是该小说的又一特色。这些掌故大致分作两类：一类是关于“混混”的，如“开逛”、“老店”、“斗店”等；一类是关于“倡门”的，如“募大鼓”等。戴氏在记录掌故时，有时写得很形象，比如“像姑”：

像姑们男装的固多，然，亦有扮作女子装来的，只是一双大脚而已。……像姑不论岁数大小，比妓女见面小一辈，称姨称姑均可。妓女对像姑则称乳名，行几或称老几。……并且连带着须呼妓女之客为姨夫、姑夫，每见妓女及妓女之客，则请单腿安一次……

戴愚庵熟知津门掌故，曾撰《沽水旧闻》，记录清光宣间的掌故。把掌故融入小说是戴氏小说的一个整体特色。因此，当“混混”已成为一种历史现象时，对今天的读者而言，戴的“混混小说”亦可称为“掌故小说”。

当年《益世晚报》连载《沽上英雄谱》的一种动机是希望戴愚庵所写“混混”的不屈服精神能使人联想到“抗战必是长期、艰苦的，只有不屈服，才能最后胜利”[1]。这种动机是否在当时的读者群中实现已不得而知。但可以肯定的是想利用“混混”精神去改变国人的面貌是根本不行的。《沽上英雄谱》给予读者最多的怕还是一系列“混混”传奇或轶闻。传奇或轶闻只能供读者一时消遣，但它们背后蕴藏的“混混”精神却可给一般年轻读者以误导，比如说这种精神的核心“崇尚武斗”，帮会义气及甘于自残的愚勇。因此，吴云心在该小说序中在褒扬这种不屈精神时，又“希望这种精神里加一些新的意识”[2]。

《沽上英雄谱》旨在为“混混”作传，同时又涉及倡门、官场及市井生活，使“混混”群像在社会大背景的衬托下栩栩如生。像《沽上英雄谱》这样专写“混混”的社会长篇在民国通俗小说史上是极少有的。

《沽上游侠传》是《沽上英雄谱》的姊妹篇。该小说 1940 年 1 月由天津诚文信书局出版单行本。戴愚庵当时写作《沽上游侠传》是因为《沽上英雄谱》出版后，“颇获虚誉”，“识者以为未尽其事”[3]。该小说共 8 回，计 30 万言。戴氏自言该小说专写“非袍带混混”。《沽上游侠传》的基本写法与《沽上英雄谱》一脉相承，只是《沽上游侠传》刻画人物不如《沽上英雄谱》细腻，所写事件流于细碎，缺乏代表性。但《沽上游侠传》的整体结构比较严谨。它以鞋匠“杨洛二”为贯穿全书的主要人物，前 4 回主要写“杨洛二”与妓女“小刘嫂”的故事，后 4 回主要写“白刘二”与妓女“玉花”的故事。在讲述这两个故事时，穿插了一系列的混混争斗的情节。第一个故事在第 4 回以后与第二个故事交替进展，最终，两个故事以“杨洛二”被“充出去”，“白刘二”退出“混混”社会，两个妓女一死一走结束。

《沽上游侠传》的中心人物是“杨洛二”，每个故事，每次争斗大多与他有关。因此，该小说亦可称为“杨洛二的混混史”。《沽上游侠传》的最成功处

---

〔1〕 吴云心：《重刊〈沽水旧闻〉序》，转引自《吴云心文集》第 558 页，天津古籍出版社 1990 年 10 月版。

〔2〕 吴云心：《沽上英雄谱・序》，原载戴愚庵《沽上英雄谱》第 1 页，1937 年 5 月版。

〔3〕 戴愚庵：《沽上游侠传・著者自序》第 1 页，天津诚文信书局 1940 年版。

是对“杨洛二”的性格刻画。“杨洛二”原是个鞋匠，小说从“杨洛二”在鞋作坊的单调工作写起，继而写到他“开逛”，在“混混”社会里争斗，直到最后惹了官司被充军，最后小说场景又回到“杨洛二”开逛前的鞋作坊，写他的旧日鞋匠伙伴对他的回忆。戴氏对“杨洛二”开逛前的心理刻画很到位。“杨洛二”当鞋匠时，偶见一个“混混”挨打成名，衣食无忧，便很羡慕，觉得自己的鞋匠生涯很平淡，不甘一生都做鞋匠。这种心理是他不同于同一作坊那些安分守己的鞋匠伙伴之处，亦是他日后成为“混混”的伏笔。有了他在鞋作坊的失落心态的描述，他日后成为混混便有了思想基础。但有了思想基础并不一定要成为“混混”。是妓女“小刘嫂”的出现，促使“杨洛二”最终开逛成为“混混”的。原来，“杨洛二”工余无聊去妓馆打发时间，认识了“小刘嫂”，逐渐生情，欲救出“小刘嫂”，不成想却挨了一通打。这一偶发事件刺痛了“杨洛二”，使他最终决心开逛。于是，“杨洛二”请“混混”们的护法“蔡二老爷”帮助正式成了“混混”。“杨洛二”成为“混混”的“开逛”典礼，也只是“择吉”吃一顿捞面，成为“混混”后，他并不安心只作一般小“混混”，而是想“怎么大大地再闹一次，创出一世的英名来”。这样，他一再地介入“混混”争斗，声名大振。“小刘嫂”就在他日益有影响的情形下成了他的人。后来，“混混”有事便请他出头，他也为“白刘二”顶凶。这样，鞋匠“杨洛二”逐步变成名混混“杨二”。戴愚庵通过讲述“混混”故事，把“杨洛二”这一形象写活了。小说结尾戴氏借鞋作坊里“杨洛二”的旧日伙伴之口，写出了自己的感叹——陈二道：“……耍落道的有几个落整了的，他要认真耍手艺，这工夫亦作了掌柜的啦。”牛四也一阵感伤：“可惜杨二这小伙子，怎么落到这步田地呢？这就是他的收圆结果么……”

“杨洛二”是一般混混的典型，他的混混史亦即一般混混的历史。这些“混混”到底应算作什么人呢？戴氏对他们采取“溢美”的态度，称之为“英雄”、“游侠”。其实整体而言，这些“混混”只是市民社会中的豪暴之徒，当不起“英雄”、“游侠”的美名。戴愚庵的“混混小说”之所以生动形象，离不开他对“混混”的相知。因有相知，故其小说能为旧时代的“混混”存真。所以，我们说戴氏的“混混小说”其实就是当日“混混”们的“老照片”。

戴愚庵把“混混”当作英雄去写是自觉自愿的。但戴氏的文学生涯又并非只为“混混”作传，并非只写“英雄”。40 年代以后，他开始写“儿女”。这类作品是言情小说。此类作品的代表是《秋雨销魂录》。《秋雨销魂录》，1940 年由天津文利书局出版单行本。小说共 8 回，26 万言。该小说写的是青年“柳星五”与两位女子的哀情故事。柳先与富家女“隋玉华”相恋，不幸被隋母从中作梗，欲成眷属不得。其间，柳偶识鼓姬“陆小福”，两人逐渐生情，但柳乃一介寒士，无力婚娶。最后，“隋玉华”埋骨黄土，“陆小福”从一富贾去后，思念柳，郁闷而死。柳见他爱的两个女子俱已死去，万念俱灰，欲离津而去。戴氏写“儿女”很是缠绵，笔致细腻，比他的“混混小说”可读性强，文学成就也略高些。故而时人认为他“写儿女远胜于英雄也”[1]。《秋雨销魂录》虽系写“儿女”之作，但其结构、写法与其写“混混”的小说非常相似。首先说结构，该小说的结构与《沽上游侠传》的大结构极类似，小说开始是“柳星五”与“张省三”访“陆小福”，结尾是柳、张二人在陆的墓前烧纸；这种首尾相接的安排在《沽上游侠传》中表现为小说首尾都是在“鞋作坊”展开叙述。两篇小说的主体部分都是一些情节的连缀，不同之处只是《沽上游侠传》失之细碎，而《秋雨销魂录》故事紧凑，脉络清晰。其次，从写法上看，戴氏很喜欢在小说结尾造境。1939年由天津诚文信书局出版的戴氏的《黄天霸外传》便与《秋雨销魂录》的结尾有异曲同工的意趣。《黄天霸外传》是讲清末黄天霸保施公的传统故事，可归为“公案小说”一类中去。该小说写得平平，但结尾颇有余味。施公结“桃花奇案”后受朝廷奖励，命他入山东赈灾。他知山东民贫匪多，放粮之事颇为棘手，觉得很难承担，便不由想到已离开他的黄天霸，——“果然有他时，何患不旗开得胜，马到成功。闷损极了，信步入花园以里，见几树桃花，业经落红成阵了”。类似情趣的结尾在《秋雨销魂录》中是这样的：“柳星五”与“张省三”在“小福”坟前烧纸，“但见刮起个小旋风来，把纸灰吹作蝴蝶似的飞舞着，省三见了不觉的呆视起来，他二人黯然魂销间，助凄凉的秋雨刷刷的又下起来了”。戴氏造境的技术并不高明，但他这种意识又很强，这便导致类似的程式化操作在不同的小说中一再地出现。

戴愚庵在用笔为那个社会“拍照”时，一贯是把“镜头”对准“混混”的，因此，他的“混混小说”数量多，特色亦鲜明。但当他把“镜头”移向社会上的一般“儿女”时，他的小说便没有了题材的特异性，也就失去了作品的优势。这样，尽管戴氏的言情小说比他的混混小说文学性要强些，但它比之于当时言情大家或专写言情小说的作家的言情作品就要逊色一些。因此，其言情小说虽比其混混小说要强，也只能沦为一般作品，而只能让“混混小说”作为戴

〔1〕 王伯龙：《秋雨销魂录·介辞》，戴愚庵《秋雨销魂录·介辞》第1页，1941年版。

氏的代表作品，与戴氏一起被读者接受。

戴愚庵写“儿女”只是作为副业看待，其根本任务还是不倦地为“混混”修史立传。1945 年 2 月，戴氏的《沽水游侠》开始在《三六九画报》上连载。同年 3 月 30 日，戴氏去世。该小说遂中断。戴愚庵在生命的黄昏还在为“混混”作传，可见他对于这些“英雄”的热爱了。正是因为戴氏辛勤的笔耕，才使我们在看待那个缺乏法制的社会，研究那些被遗忘的“英雄”时，多了许多形象的“老照片”。我们正是通过观看这些“照片”，加深了对那段历史的认识，也理解了那时文人的忧患及文学的存在状况。研究民国社会小说，不能读到姚民哀的会党小说，便以为再无“山水”了，还必须读读戴愚庵的“混混小说”。研究“混混”，不能不读戴；研究民国社会小说亦然。戴氏以一介文士而乐为混混修史，以致他的声名终同“混混”联系起来，这也许是一般人以为怪异而他却愿意看到的。

第十六节　通俗小说中含金量极高的经典之作
——论张恨水的《金粉世家》及其他

张恨水(1895—1967)，是中国现代通俗文学史中的第一号人物，这有他的创作实绩作为支撑。在他 40 余年的创作生涯中，他共写了约 3 000 万言的作品，如此庞大的数目是一般作家难以企及的。其创作含金量也极高。在他上百部的小说阵容中，有很多成了家喻户晓的畅销书。畅销应该是检验通俗文学质量的试金石之一，大众阅读趣味当是通俗文学价值的一个重要元素。张恨水的小说，不仅在当时相当畅销，即便经历了多年的时间汰洗，也魅力未减。有些作品是中国通俗文学史中的艺术经典。研究中国近现代通俗文学史，张恨水是一个绕不过去的重镇。

张恨水以写社会言情擅长，这大概与他特异的艺术才秉以及丰富的社会阅历有一定的关系。他早年对中国的传统叙事文学情有独钟，长期浸淫其中，对传统小说的叙事智慧及抒情艺术有着深刻的领悟。张恨水又是一位生逢社会文化转型的作家，他在继承传统艺术智慧的同时，也有意识地吸收了外来的营养，并直接立足于社会历史与现实，转益多师，别开生面，自铸一种风格。以他为标志，中国通俗文学摆脱了传统叙事模式的限制，从《礼拜六》派的叙事模式中走了出来，把通俗文学种植在活的生活土壤中，从而使通俗文学具有了开放的视野和新的气象。史家对张恨水的评价是："追求入时，可说是张恨水的一贯作风，不仅小说内容、思想随时而变，在文字风格上也不断应时变化。"[1]张恨水具有极强的入世意识，这与他少年时代身上的名士趣味有些相左，因为他理智上十分清醒，这个时代不宜于作名士梦了。"维新"则成了识时务的作家的明智选择，所以，在张恨水的小说中，对新的社会生活的吸纳、批判是相当积极的。中国文人向来就有一个难解的"救世"情结，在这种情结的怂恿、激励之下，作家对他眼前的现实总不肯背过身去，并由现实的情景追想到历史中的相似的情境。关注时势，忧患民生，拷问历史，常常成为作家生活中的主题。张恨水虽然沉沦下僚，可他身上的感时忧世的情结与历史中的那些著名文人也是相似的。这就是张恨水小说内容常变常新的思想原因之一。再者，张恨水是一位颇具艺术自觉意识的通俗作家，他不愿重复自己，在艺术上作了很多的实验，根本上克服了通俗作家依照一个葫芦画瓢，复制小说的通病。张恨水在艺术上是如何求变的，则成了学术研究的一个薄弱环节。我们在此也并不主要分析张恨水创作的"变"的艺术，而是以张恨水的几部代表性作品作典型个案，在"变"中求"常数"。在张恨水的叙述天地中，"社会"是作家驰骋才华的广阔天地。"社会"在此不仅具有题材意义，更具有叙述学意义，其中蕴含了相当丰满的艺术意味。不仅指"写什么"，还有"怎么写"的意味。从张恨水笔下的"社会"可以看出张恨水的个性风格来。"言情"是张恨水征服读者的另一大武器。张恨水的"言情"手法与新文学作家的"言情"风格不同。新文学作家的言情常要本着"真实"原则，要求故事的逻辑符合生活的逻辑，"真实"是检验艺术成败的重要标尺。而张恨水笔下的言情故事，不一定"合理"，符合真实性的原则，与生活的本然相吻合，可"合情"，在感情逻辑中是能自圆的。张恨水的言情故事中常常加入了较多的传奇成分，情节的起承转合常有突然的神来之笔。意外的陡转或插入不一定贴近生活真实，可贴近感情真实。

不过，张恨水是能把社会、言情这两类叙述糅合于一综合体的作家，社会、言情两类题材，叙述风格如盐在水，很难分别。而且社会与言情在张恨水创作的不同时期，所占的比重也不尽相同。他早期的创作，受传统小说尤其是民国时期的小说创作的影响较显著。创作中"言情"颇具神采。对社会的描写，不甚出色。叙述流于表象，缺乏穿透力，对生活的体验也不够深切

〔1〕 张赣生：《民国通俗小说论稿》第 215 页，重庆出版社 1991 年版。

细腻。以《金粉世家》为标志，张恨水的叙述“社会”才能更加成熟了，对生活的揭示颇见深度，对社会的观照，不一定流于表面，具有一定的穿透力和批判力。

张恨水的《春明外史》问世以后，在北平影响甚大，读者们排长队争购报纸的情形，真是盛况空前。小说具有强烈的“纪实”色彩，故事中的很多角色据索隐，有其历史原型。小说触及到社会尤其上层社会的黑幕。这对广大的不知中国官场内幕的读者来讲，颇具诱惑力。小说中的言情故事，也相当缠绵凄恻，有一定的煽情性。小说也颇具文化情韵，对北平社会的风俗的描写也是绘声绘色，传尽风神。这种浓郁的京味也吸引了众多的北平读者。可是《春明外史》在结构上经营得十分涣散，由于故事的铺展面十分广阔，来不及对社会生活作深入细致的揭示。作者忙于追逐故事情节，穷于应付，技术上处理显得粗糙。

《金粉世家》则克服了《春明外史》在技术上的不足。结构谨严圆满，显得生气贯注。作者明智地把题材范域缩小到“家”中，这样，即有足够的精力、才力加强有限题材空间的有效开发。对生活的领悟，把握较为深透、娴熟，人物形象也不再是单面、苍白的了，显得丰满生动。故事的维度不再是线性的，或平面的，而趋于立体化了。

《金粉世家》以国务总理金铨一家的日常生活为重心，揭示上流社会家庭生活的众生相。小说以“家”为本位叙述故事，这触及到中国文化的本质，因为中国的传统人伦是以家为本位的。虽然表面上，时序更迭，历史由封建王朝转入到民国共和，可其文化根底并没因王朝更迭就全然与西方文化接轨，内在的文化命脉很难在短期内彻底换血。金家仍然是一个旧式大家庭。金铨是一家之长，在外则是一国的高官，“齐家”与“治国”是一个思维模式。小说把重心放在金家，不去跟踪金铨在政府中的行为表现，把焦距缩小到家庭之内，让金铨这位家长在家中展示其伦理功能，由家庭生活中的金铨即可推想在朝廷中的金铨该是何种模样了。小说对金粉的处理是比较中性的，没有声色俱厉地批判他怎样的荒淫无耻，残暴冷酷，而是十分本色地仅仅把他作为一个常人来揭示，叙述他在家庭生活中的真实表现。在日常的生活中揭示金铨在金家的地位以及金铨的命运与金家命运的关系。

金铨在金家的权威性不是靠家中各成员对其的敬畏表现出来的，金铨与家人的关系并不紧张，反之，还显得比较融洽，他不是《红楼梦》中的贾政，也不是《家》里的高老太爷，除去身份，他倒有点接近《四世同堂》中的祁老者。家庭伦理不仅仅是表面化的演示，更是内在的情感上的认同与拒绝，是与人的生命体验紧密相联的复杂情绪。在金家人的心理上，金铨的地位是相当显在的。金铨对家人，也不是独断专横的，他时常表现得十分民主、宽容。对妻妾、儿女、仆人也很和善，更谈不上虐待。金铨这位拥有重权的家长形象与新文学中常见的封建家长不尽相同，在他身上，甚至有模范家长的品质。对儿女们的人生选择，金铨也没有横加干涉。对燕西的婚事，也没有妄加干预，虽然燕西与冷清秋不能门当户对。对女仆，在他高兴之时，也愿“解放”她们，不乏人间温情。可见，金铨还是一位善解人意的开明家长。可这样，也容易放纵纨绔子弟，鹏振、凤举即是明证。金铨对他们缺乏制约力，他们自己也没有自我束缚，这样，他们即可放纵而为，自行堕落了。封建家庭伦理是以家长与家庭各成员的自觉参与和积极配合来维系的。要么是家长的硬行维持、耳提面命；要么是家庭成员的自觉遵行。否则，家庭共同体就易于破裂。金家就没有上面所说的两个条件，易于衰败。金铨在金家的权威是虚拟的，其实，他并没有家长的强权。金家各成员，也多打自己的小算盘，没有全局意识，为图眼前的利益，不惜挖家庭墙脚。家人为争夺利益闹腾得不可开交，家庭的伦理规则给践踏了。失去了秩序，家庭生活的宁静也给打破了。金家的衰败应该是必然的趋势了，即使金铨不死，也很难挽救金家的命运。

金家内耗促成了家庭的衰亡。这内耗主要由两种力量构成：纨绔子弟和他们的势利女人。

凤举、鹏振、燕西都是只知贪图享乐，不愿承担家庭责任的纨绔子弟。有金铨这位显赫一时的家长作庇护，他们衣食无虞，不学无术，就把心思全用在享乐上。他们兴趣的重点是女人。凤举避开家人和妻子，在外养女人。可他又不敢明目张胆地干，怕东窗事发，在家里和老婆面前无法交代。他的妻子佩芳，是个极有心术的女人，御夫有术，她不动声色，表面装作替丈夫收拾局面，帮家里遮丑的大度姿态，实质上，她是想假借某种“合法”手续把情敌掌握在自己的手心之中。贪色的凤举中了妻子的圈套，有苦说不出。鹏振也是好色之徒，可他做得比凤举隐蔽，手腕也比较高明。燕西吊女人，开始还有点真诚的感情投入，为了讨得冷清秋的欢心，极尽殷勤之能事。最终，使冷清秋大动芳心。燕西自幼养尊处优，对冷毫无责任感，一旦冷成了自己的囊中之物，也就不甚珍惜，谈不上什么真情的投入了。金家子弟对家庭没有责任感，对女人也没有责任感，他们同女人，要么即是性的关系，要么即是利益关系,没有真正的情感交流以及生命体验的共鸣。女人对男人也失去了信任感,男人只是她们世俗的依附者,所以她们不是用真情去感化男人,而是用各种手段控制、遏制他们。

女人一旦对男人失去了信心,她们的主要的目标就转向于对家庭利益的争夺以及名分的纷争。在大家庭里,他们除了相信自己之外,其他的东西都是不可靠的。于是,她们即把智慧用在图谋私利上。玉芬即是金家的王熙凤,她是金家的财经总管,她的精明世故不仅表现在八面玲珑地谐调大家庭中纷繁复杂的关系方面,表现在她能得心应手地操持大家庭中千头万绪的大事小事上,更表现在她不露声色地中饱私囊方面。她的算盘甚至连她的丈夫也不知道。她偷偷地在外放高利贷,忽发现放到了自己丈夫的手中,后悔不迭,因她的男人只知道花钱玩女人,根本就无还贷能力。于是,急忙又想办法将款子抽回。这不露声色的讽刺戳穿了封建大家庭的虚伪的本相。人们发现,维系家庭共同体的并不是什么血浓于水的人间亲情,而是赤裸裸的利益关系。

《金粉世家》的精彩之处是细腻真切的家庭生活,这与中国传统世情小说《红楼梦》、《金瓶梅》有共通之处。作家的才情,叙述智慧体现在不徐不疾地展示家庭日常生活。小说不怎么刻意渲染日常生活的非常性,而从人们惯常经验中寻找灵感。小说中大量的日常生活细节按生活的可然性逻辑连缀下来,给人以身临其境的真切幻觉效果。当然,小说也并不是仅仅拾掇生活细屑,作家在安排细节时,注意到细节的"小"中之"大",于"无声"处见"精神"。作家甚至在不起眼的细节处,潜伏着关涉故事大局的叙述机心。大家庭环境中的各色人物,他们的行为表现,怨声笑语,也均能从各自的性格逻辑中寻得依据,看上去平平淡淡,可细加回味,却颇有深意。作家不怠慢哪怕是一个不起眼的小角色,一个地位卑微的小丫环,也不肯轻易地忽略过去。小怜的形象在小说中颇具光彩,虽然她只是一个贱微的女仆,可她的性格中既有刚性,也有柔性,她争取自己的活法,不愿一味地承欢于主人,以讨一碗残羹。

小说在揭示家庭内部纷争的时候,也屡见传神之笔。金家的内部矛盾表面上看不到声势巨大的两军对垒,多头树敌,也很难见到直接的唇枪舌剑,当面的利益交锋,家庭内耗是一场没有硝烟的战争。如何在平静中寓波澜,于"无声"处听"惊雷",于日常生活中埋伏矛盾,这对作家可是不小的考验。张恨水是位擅长揭示家庭内部纷争的出色作家。作家能够把一支笔作多种使唤，既注意生活表象的真切性和生动性，同时，又注视生活本相的必然性和深刻性，既注视生活的静态性，又关注生活的动态性。宏观上把握故事走势，微观上又不冷落某些关键的生活细节。张恨水能够精彩地把握到大家庭生活的"冷"与"热"，温情与冷酷。在这方面，颇具《红楼梦》的神韵。

"言情"仍是《金粉世家》中的情节元素。《金粉世家》的言情故事集中在燕西、冷清秋、白秀珠之间。张恨水写情不是将男女之情蒸馏成至纯的情感纯净物，而是将男女之情置于社会的综合语境之中，作家善于观照世俗之爱，这样，言情故事与混浊的尘世有着相当的亲和性，具有相当的真实性。

燕西、冷清秋的情感关系一开始就带有明显的世俗性。燕西带有明确的逐色的目的去追求冷清秋，他不是靠情感的投入来赢得清秋的芳心，而是凭借"利"的攻势赢得冷家的欢心。清秋初涉情事，无甚经验，为燕西的表面殷勤所蒙蔽，半推半就地陷入了燕西布下的感情陷阱。等到清秋进了金家，成了世俗家庭中的一个成员之后，她的单纯的感情被抛入了冰窖之中，冷清秋面临着多重的精神折磨：大家庭复杂的人际关系，世俗生活的单调与冷漠，丈夫的移情别恋。而这些精神痛苦是凭单纯幼稚的冷清秋无法克服的。对于大家庭的环境，冷清秋是十分陌生的，她既没有经验，也没有他人的指导和帮助，出身于寒门的冷清秋，在强大的家族力量面前，就显得十分的单薄和自卑。她是个学生出身，对世俗中的阴暗和复杂少有精神和经验准备，突然，被抛入陌生的人际环境中，她还相当不适应。这时，她特别需要自己丈夫的世俗帮助和精神支持，可燕西不懂冷清秋的痛苦，他没有这份责任感，一旦猎物到手，他就开始厌倦起来，转而追逐另一目标了。冷清秋生活在金家，如同置身于牢狱之中。她不愿同流合污，也很难为金家所容。清秋不会承欢于家长，也不愿与他人玩弄心术。在众妯娌之中，清秋是最没有竞争实力的，她没有佩芳、玉芬的家庭背景，更没有她们那么丰富的家庭斗争经验。清秋清醒地意识到，自己也无力与她们争雄，于是，就退缩到自己的小天地中，自闭起来，完全与金家疏离、隔绝起来。

燕西转而追逐昔时的恋人白秀珠，是出于功利性考虑的。特别是在金铨突然病故，金家失去了权势依靠之后，燕西这个没有世俗竞争力的纨绔子弟，就急需寻找新的依靠，这时，他就觉得，白秀珠这个大家闺秀可以解决他的生活危机，于是死皮赖脸地投入到白秀珠的怀抱。白秀珠出于报复，百般折磨金燕西。金燕西最终成了一个不顾人格的世俗末路鬼。

金、冷的感情纠葛是言情故事中的主线，也是金家命运演进的重要线索。言情故事与家庭命运休戚相关。家庭背景为言情故事提供了必需的世俗环境,家庭命运操纵着人物的感情命运。同样,人物命运也是家庭命运的具体呈现。《金粉世家》是借助家庭这个舞台,来揭示社会,通过炙手可热的国务总理的家庭命运写社会,揭示人生的热与冷。小说描绘社会,不是把视点播撒到社会的浮面,浮光掠影地搜罗社会新闻,生活花絮,以满足世人的好奇心理。《金粉世家》开始由社会沉入到生活的底层,撇开了社会的表面干扰,潜入到人生的深处,通过人物的命运,家庭的命运,思考人生的终极性命题。"嗟夫!人生宇宙间,岂非一玄妙不可捉摸之悲剧乎?吾有家人相与终日饮食团聚,至乐也。然而今日饮食团聚,明日而仍饮食团聚否?未可卜也。吾有吾身,今日品茗吟诗,微醺登榻,至逸也。然则今日如此,明日何如此否?未可知也。最亲近者莫如家人,最能自主者莫如吾身,而吾家吾身,吾终莫能操其聚散生死之权……"[1]张恨水对人生的看法未免悲观,痛失爱女的打击使他把人生看得过于空幻,这种情绪也直接影响到《金粉世家》的情感基调。

小说无论是在思想上,还是艺术上,较张恨水早期的其他小说,要优秀得多。小说不是描画社会生活的表象,而是揭示人生的丰富的内涵,追问人生的意义。写作技术更加精湛,写实功夫不俗,心理描写手法也相当娴熟。《金粉世家》无愧为张恨水的代表作,是中国现代通俗文学的经典。

张恨水早期的社会言情小说,虽然对社会现象有了可观的展示,可因作家对社会的深层本相的认识还不够深切,对社会的批判,多停留于道德上的批判,没有坚实的生活体验和思想基础作支撑,因此,在艺术上,还显得不甚精致。《金粉世家》是作家社会言情小说成熟的标志,在这部小说中,作家的写实功力也能充分显示出来了,作家对社会、人生的体验是相当细腻丰富的,驾驭长篇叙事艺术的技巧也显得十分成熟。继《金粉世家》之后,作家对社会的认识也日益深入,开始有意识地贴近社会,关注社会一系列的问题,对社会本相的体认也愈加深刻了。张恨水身上所秉承的中国传统文人的济世热情在新的社会语境中也得以充分地发扬光大。中国社会历经磨难,尤其当中国处于外族铁蹄的蹂躏之下,作家更是忧心如焚,强烈的忧患意识也就转化成勃郁的救世热情。作家主动地投入到社会的潮流之中,作家随这个民族一起受难,从中得到很多宝贵的体验和教益。这种非常经历给张恨

〔1〕 张恨水:《金粉世家·序》,张占国、魏守忠编《张恨水研究资料》第233页,天津人民出版社1986年版。

水的创作注入了丰满的生机，作家原先对社会观照、体验的不足有了显著的克服，很多社会题材，有了真切的体验，就能写得真实生动。可这并不说明，作家可以驾驭所有的社会题材。作为一介文人，张恨水的活动天地毕竟是有限的，他只有可能驾驭那些自己所熟悉的题材，如果没有一定的生活体验，仅凭作家想象力凌空飞翔，也很难飞得很远。再从艺术创作角度讲，有生活，也不一定就有出色的艺术，在生活体验与艺术成品之间还有一个复杂而又微妙的艺术创造工程，这中间的程序和机制是十分复杂的。不过，总的说来，张恨水的小说，有了坚实的生活基础之后，其社会批判力显得更为有力了，写实技术也更为成熟了。诸如《小西天》、《五子登科》、《八十一梦》、《魍魉世界》等均显示了作家不凡的现实表现力和艺术创造力。

《五子登科》直面现实，作品直接从现实生活中汲取资源和灵感，作家的解剖刀能触及到各种社会丑恶，尤其揭露了抗战胜利后国民党的政治腐败，戳穿了一位华威式的国民党要员金子原的种种伪装，让其呈现出贪婪、自私、愚蠢的性格本质。小说以金子原为典型揭露国民党的政治本质和官场内幕，作品以真实本色的叙述语言塑造了一位接受大员的形象，让金子原在非常时期的北平充分表演其丑恶的伎俩，不露声色地讽刺了国民党的政治统治。

小说的时态背景是抗战胜利后的北平。饱受了战争之苦的中国人民急需国民政府采取必要的举措去疗治战争的创伤，可国民党政府，不但没有采取措施让中国人民休养生息，重振家园，反而雪上加霜，在人们的战争伤口上再捅了一刀子。小说没有写国民党在解放战争时期如何发动战争，涂炭生灵，草菅人命。而将批判焦点对准战争后的短暂的收拾战争残局的历史瞬间，抓拍几幅典型的历史镜头，以一斑窥全豹，揭露国民党的官场黑暗。

小说的主人公金子原被任命为接收大员由战时陪都重庆派往北平执行“接收”任务。金子原就趁机大发横财。他到了战后北平后，就成了一位权力通天的“钦差大臣”，北平的地方官僚及降军根本就不敢违拗他的意志，更何况有时也可以借金子原以自肥，顺势捞点油水。金子原的权力在毫无监督和制衡的情形之下，他的贪欲也无限膨胀，金子、票子、房子、车子、婊子，“五子登科”。小说的精彩之处在于，不是直接把金子原的丑恶灵魂全部无遗地暴露于光天化日之下，因为金子原这样的党棍，善于伪装，不容易一眼看穿。作家就如剥笋抽丝一样，将金子原这个伪君子的画皮一层层地扯开，最终让其显现出肮脏的灵魂来。金子原的“言”与“行”是相互矛盾，彼此反讽的。他口口声声效忠党国，心底无私，“我在重庆抗战八年，明如镜，清如水，任何国家的东西，我都没有动过一根毫毛。这些东西，虽然是敌人的东西，究竟我让它臭了烂了，也不当拿”。可是，在行动上，却难以抵得住贪欲的无限膨胀，大捞特捞。为了给自己开脱，也只好寻找理由为自己的行为提供根据，于是说：“你们要我这样做，我也没法子。”好像自己“落水”，也有很多委屈，迫于无奈。这是一种绝妙的讽刺。

金子原的周围，还有大大小小的金子原式的人物，他们虽没有金子原那么权势显赫，可以为所欲为，可他们对官场秩序的破坏，社会风气的污染也是相当巨大的。正是这大大小小的官僚走卒们，给金子原的腐化堕落提供了广阔的土壤，在这片环境中，金子原的贪欲可以充分膨胀。有这么多的蛀虫存在，铁打的江山也会被蛀空。小说真实地触及到当时的社会真相，带有强烈的“纪实”性。小说与纪实联姻，作家的想象与现实存在交相映发，虚构了一个亦真亦幻的叙事空间，其间蕴含了相当丰富的现实资源和艺术智慧。这是小说的主要魅力所在。

情场在《五子登科》里不是作家专事经营的旖旎空间，小说把“言情”置入到“社会”的语境之中，不写“纯情”，而把“言情”充分世俗化，藉“审丑”来鞭辟“情爱”的虚幻和丑陋。小说中的男女情爱紧紧围绕着“欲”而展开。男人为“色”欲奔忙，女人为“物”欲出卖灵魂。金子原一旦拥有重权，就用权力来换取他所需的各种东西。金子、票子、房子、婊子、车子，生活中的各种欲望均可用权力得到兑现。被权力异化了的灵魂对色欲有着变本加厉的渴望。如果说，金子原在满足物欲时还想找一块遮丑布，掩饰一下赤裸的灵魂，那么，他在色欲面前可以说是不顾廉耻的。既然女子主动送上门来，他也毫无顾忌地“拿来”。男女之间，根本就不需要什么感情铺垫，即直接地进行交易。男女关系，也就变成了赤裸裸的利益关系。《五子登科》中“情”被“物”的腐蚀，较《金粉世家》要严重得多。作家在描写大家庭生活时，还顾及到大家庭的体面和尊严，没有让金家人被物欲彻底奴化。至少，冷清秋是金家社会的最后一个理想主义者，是世俗社会的良心，虽然冷的结局是以悲剧告终的，可她的清高、孤傲是一股清流，没有让整个环境变得一团漆黑。而《五子登科》就不同了。小说中的人物均是为贪婪煎熬的动物，或为权欲，或为物欲，或为色欲，这些人奔走忙碌。为满足一己的欲求，不惜损人利己，损公肥私，蛀蚀了社会肌体，污染了精神空间。可见，作家对社会的批判力日渐尖锐有力了，这与作家对社会历史的深入透视密切相关的。

《五子登科》的讽刺艺术是建立在“写真”基础上的，小说是立足于生活真实，本色地揭示现实生活中的各色荒谬矛盾现象，不刻意加以想象变形、嫁接，从生活真实律出发，贴近生活的本然状态，给人以“拟真”的幻觉。作家的讽刺热情并没有漫过理智的堤岸，讽刺有一定的节制。

在如上的一些小说中，作家的“社会”投入多于“言情”投入，由小说可以看到社会历史的一些面影，不同时期的社会世相，人伦风俗在张恨水的作品中有着不同程度的表现，张恨水的小说为中国现代文学提供了另一片风景，这片风景与新文学作家笔下的社会存在着较大的差异。新文学作家一般有着较显豁的社会功利意识，笔下的社会不是政治功利性太强，就是因浓缩了太多的思想负荷显得十分凝重，也有些作家有意于淡化功利的干预，趋于美的营构或文化怀旧，可有时囿于文化视域，未能充分展现中国文化的丰富性和复杂性。张恨水对社会的描写没有什么预设的框框，他就是本着传统的叙述路径，适当加入一些新的技巧，讲叙一般老百姓喜闻乐见的故事。他对社会的揭示也是走着一条十分本色的传统写实路子。这种叙事方式是作家文化意识和艺术才秉的间接体现。由张恨水的文化视点可以洞见很多他人无法见到的故事，同样一个故事，在张恨水的笔下可能会是另一种形态。

讲了“社会”投入多于“言情”投入的一类小说，我们再来关注张恨水的“言情”投入大于“社会”投入的《啼笑因缘》等作品。《啼笑因缘》同张恨水的《金粉世家》等作品一样，早已家喻户晓，妇孺皆知。《金粉世家》等社会言情小说的社会背景是北平，接受语境也属于北平等地区。而《啼笑因缘》就不同了。虽然这部小说的故事背景仍是北方，可其接受语境主要是南方。不同地域文化决定了不同的市场需求。《啼笑因缘》是作家有意为南方市场创作的。1929 年，上海的新闻记者团北上，张恨水经钱芥尘介绍，认识了《新闻报》编辑严独鹤。严约张为《新闻报》写部小说，张恨水欣然应允。张恨水是位具有清醒的文化市场意识的作家，他深知作为通俗文学大本营的上海对通俗文学有着很高的趣味和敏锐的鉴赏力。上海是中国最大的通商口岸，国际性的大都市，商业文化追求趣味性、娱乐性，这与北平的官方文化有着质的区别。北平近官，人们对官场风云的关注，社会黑幕的兴致很大。而南方近商，讲究通俗文化的娱乐性、趣味性。读者的兴趣具有综合性，不专一痴迷于某一种趣味、某一类题材。南方是温暖多雨地区，人们的情感触须较为纤细，对言情类的小说，比较感兴趣。张恨水敏捷地把握到海派市场的两种流行趣味："肉感的"和"武侠而神怪的"〔1〕。张恨水针对南方读者的阅读口径，在写作策略上作了一番调整，除了在《啼笑因缘》中保留了作家的描摹社会的优势风格之外，重点设计了"言情"故事，再加一些"武侠"传奇，小说就变成了三位一体的色香味俱佳的文化拼盘了。

小说中的樊家树与沈凤喜的情爱纠葛是故事主线。樊是一位富家子弟，可他没有纨绔子弟的恶习，有副热心肠，他认识了鼓姬沈凤喜，同情她的命运，由同情渐生爱情。家树济助凤喜的生活，并出资供她上学。家树想把凤喜调教成自己理想的人生伴侣，可凤喜不是家树想象中的清纯女子，她长期沉沦于社会底层，心灵也蒙上了尘埃。她贪慕虚荣，有点见利忘义，经不起物欲的诱惑，致使最终落到军阀刘德柱的魔掌之中。家树的爱情梦被无情地击碎了。他仍然竭尽全力营救凤喜，于走投无路的情形之下，有关寿峰父女的仗义相救，才帮凤喜脱离苦海。这时，凤喜已被折磨得精神失常了。

关秀姑不仅有侠骨，更有柔情，她暗恋上了本分可靠的家树，可当她知道家树仍然深恋着凤喜的时候，就悄然地从家树的身边离开了，这就更显现了秀姑心灵的无私高洁。小说没有循着感情线索，让家树和凤喜团圆，再演一段浪漫剧，而是别开生面，让家树与另一位陌生的小姐何丽娜结好。何与沈凤喜唯一的联系即在于她们长相绝似。这故事以生活真实律来推敲，有其失真之处，可从艺术消遣来看，这种脱离读者意料之外的"神来之笔"，能给读者以特殊的刺激，故事绕开人们的惯性思路，宕开一笔，给读者带来意外的惊喜。

小说写情，善于把握人物心理，作家把其才华集中于揭示人物的内心世界。这方面体现了作家出色的心理透视力，作家善于把握处于"爱"的痛苦之下的人物的微妙心态。小说对樊家树、沈凤喜、关秀姑的心理刻画是相当细腻深刻的。张恨水"写情"擅长编织言情故事，而且擅长开掘人物的内心世界，向人物的内心深处寻找艺术资源，施展艺术才情，是张恨水胜于一般"言情"作家之处。

由于张恨水本质上是一位社会型的作家，他对"言情"虽然也是心仪神传，乐此不疲。可清醒的作家，与其他中国现代作家一样，总是理智地节制浪漫情绪的涌现。这样，张恨水创作的"言情"性的小说并不多，至于"纯情"

〔1〕 张恨水：《写作生涯回忆》，张占国、魏守忠编《张恨水研究资料》第43页，天津人民出版社1986年版。

性的小说，几乎没有。由《啼笑因缘》以及其他一些小说中的言情故事，足以显示张恨水的写情实力。由于张恨水的写情能够结合世情，这就更具真实性和震撼力。现实中的情爱均是世俗的感情，超越于世俗的绮丽之思是十分脆弱的。

抗战烽火燃起，有爱国心和正义感的作家是社会的良心。张恨水的创作，这时期也担负起鼓吹抗战，伸张民族正气的重任。虽然从艺术角度而论，张恨水那些鼓吹抗战的小说，难免有"抗战八股"的弊病。可就作家而言，这未尝不是一种参与救亡的方式，一个民族必须先能生存，后才能有艺术。

"九一八"事变发生时，张恨水正写言情小说《太平花》，刚及一半，国难当头。作家有满腔报国之情，可身为文人，"百无一用"。作家此际内心是极端痛苦的，沉溺于故事中，作白日梦，不仅于世无补，对历史冷漠会使作家有一种犯罪感。凭什么可以参与民族抗战呢？作家经过了痛苦的思索之后，觉得还是立足岗位，发挥文人的才能，把抗战与艺术创作二者结合起来。在这一思想主导下，张恨水的抗战时期的创作有着鲜明的救亡之情。《太平花》即是作家应时而作的小说，作家将小说里的故事，作了180度的大转弯，由"言情"转向"抗战"。书中的人物因外祸突然袭击，大家感到不能同室操戈。应一致对外，共同御侮。小说在艺术上是失败的，作家没有贯彻故事的整体性和谐的原则，将两种不同风格的故事强行扭合在一起，造成故事失真，文脉失调。

《仇敌夫妻》写得十分细腻动人。故事的主人公，男的是位抗日英雄，而妻子则是一位日本女子，彼此相爱结合，有了几个孩子，可残酷的现实是：他们来自不同的国家，交战的两国在男女内心深处也激起了一场没有硝烟的战争，他们都爱自己的祖国，也爱自己的爱人和孩子，在祖国与亲人之间，面临着痛苦的二难选择。后来，理智战胜了情感，祖国之爱战胜了亲人之情。妻子乘丈夫熟睡之际，窃取了关于义勇军的机密文件。丈夫发现后，只能忍痛将妻子毒死。小说深刻地揭示了人物内心世界的复杂情感矛盾，具有强烈的震撼力，充分揭露了战争的反人性本质。小说把"抗战"与"言情"结合起来，落实到"人"的基点上，以"人"作关怀的目标，"战争"是试炼人的非常场境，"言情"也是叙述人物故事，演绎人物性格的具体手段。战争与言情都不是本位的，"人"才是小说叙述的第一要义。小说的思想和艺术都达到了相当高的水平。

《大江东去》也是一部以战争为背景，叙述离合之情的抗战小说。爱国军人孙志坚，为报效祖国，远离乡里。娇妻薛冰如也深明大义，支持丈夫的爱国之举。丈夫走后，其朋友江浩帮助照应，对薛冰如执叔嫂之礼，关心备至。江浩护送冰如逃离已陷落的南京城，一路辛苦，转移到汉口。朝夕相伴，冰如对江浩渐渐生发好感，并不时地含蓄表白心曲。而江浩不作非分之想，一如既往，严守叔嫂之分。江浩与另一女子王玉萍水相逢，江浩对风流艳丽的王玉产生好感，冰如颇有醋意。后来浩、薛离散，冰如辗转于津、沪、港等地，意外地与丈夫孙志坚相逢。冰如移情别恋，与孙志坚关系疏离，妻子提出与丈夫分手，孙志坚痛苦万分，又重新奔赴抗战前线。小说中的另几个人物江浩、王玉也时散时聚，他们的关系也若即若离，后来，江、王并没有走到一起，江、薛也未能以团圆结局。小说最终以孙志坚、江浩结伴奔赴沙场，薛冰如、王玉岸边送别结束。

小说采用双视角透视的叙述手法，讲述故事。一是女性视角，一是男性视角。以女性视角写缠绵之情，反衬战争的残酷。以男性视角讲述战争，交代故事的外在语境。小说以男性视角透视南京陷落的惨状，具有一定的“纪实”性。不过，小说中的“抗战”与“言情”结合得不够完美，有疏离、浮泛之憾。但这也是作家在“写作上前线”去的仓促的对敌之举的产物，无法苛求，与《金粉世家》等通俗小说经典之作，难于同日而语，这在读者内心有着雪亮的预感，也就不会对作家产生失望的情绪，而只是期盼有朝一日，作家在生活和艺术上有充分准备之时，他的笔力是不至于磨损而变钝的。

第三章　从言情、哀情小说迈向社会言情小说的“广场”

第一节　欲挣出“红楼”巨大投影的《泪珠缘》
——陈蝶仙在言情小说中的承启地位

鲁迅在《中国小说史略》和《中国小说的历史的变迁》中皆认为，《红楼梦》之后，续作甚多，但无足观览：“此足见人之度量相去之远，亦曹雪芹之所以不可及也。”[1]“直到道光年中，《红楼梦》才谈厌了。但要叙常人之家，则佳人又少，事故不多，于是便用了《红楼梦》的笔调，去写优伶和妓女之事情，场面又为之一变。”[2]这就是本书第一章所论述的“狭邪小说”了。但此类小说发展到以“溢恶 ”为能事，“故意夸张，谩骂起来；有几种还是诬蔑，讹诈的器具。人情小说底末流至于如此，实在是很可以诧异的”[3]。事情也往往是达到恶性膨胀之时，也即是转机来临之日。穿越了100多年的小说史的长河，继承《红楼梦》的人情传统，竖起清末民初言情之纛的是陈蝶仙的长篇小说《泪珠缘》。

陈蝶仙(1878—1940)，原名寿同，字昆叔，后本齐物论“栩栩然胡蝶也”之意，改名栩，字蝶仙，号栩园，别署“天虚我生”，“国货之隐者”等。“早年丧母，嫡母喜爱说部弹词，塾师常教以五七言诗，故自幼雅好说部、音律、诗词，早岁风流自赏，任侠远游。”[4]1900年出版《泪珠缘》前32回，“是书用笔、结构、写情，脱胎《红楼梦》，书中杂以诗词酒令，其中音律一道，言之尤详，缘素所精究，发表时自署天虚我生”[5]。1907年出版至第64回，至1916年，出

〔1〕 鲁迅：《中国小说史略·第二十四篇　清之人情小说》，《鲁迅全集》第9卷第238页，人民文学出版社1981年版。

〔2〕〔3〕 鲁迅：《中国小说的历史的变迁》，《鲁迅全集》第9卷第338—339页，人民文学出版社1981年版。

〔4〕〔5〕 关国煊：《民国人物小传·九十九》，《传记文学》第3卷第24期(1983年3月)。

版至第96回。据作者自述:“这部书,是作者二十岁时候,在病中做着消消遣的。(指前32回——引者注)从头至尾,不上一个半月工夫,所以里面的情节,也叙不到十年。”[1]当谈及内容时,他说是“儿女痴情,家常闲话”[2]。

在《泪珠缘》问世之前,中国的长篇小说即已达到一个很难企及的高峰,作为后来者,如何超越前人,就成了他们无法绕道回避的大问题。事实上,此后的很多长篇说部都没有走出前辈作家的创作模式,有些作家甚至没有雄心和自信去超越前人,而只想做《红楼梦》、《金瓶梅》第二,也就可心满意足了。从《泪珠缘》来说,作者既深受《红楼梦》的影响,但也力图走出《红楼梦》的巨大的历史投影。从整体运思而言,两部小说都是写封建大家庭的衰败的命运,《红楼梦》写贾、史、王、薛四大连锁家庭的颓败没落的历程,由宝黛爱情悲剧将这庞大有序的故事贯串起来。而《泪珠缘》则写秦、叶、石等家族的兴衰起伏,由宝珠与婉香的情爱为主线使小说的大轴随之运转。天虚我生深得《红楼》技巧之三昧,也有从容调度大场面、驾驭宏大叙事网络的能力;从突出作品主题而作不同侧面的巧妙设置,直到对故事起承转合的轻松调遣,皆有上好表现;从对几百个人物的出场、退场的自然安排,可以看出作家心中具有运筹帷幄的统领腕力。总之,对天虚我生承继《红楼》精华来说,他学的是大家风范和胸襟见识,学的是拥有驾驭全局的大家手笔。

《泪珠缘》与《红楼梦》同属世情小说,可是两者在写情与言情上,存在着较大的差异性。这主要体现在他们对主人公爱情方式与爱情命运的不同处理上。这或许就是《泪珠缘》要挣出《红楼》巨人投影所作的独特的设计。《红楼梦》中的宝黛爱情是一种至纯至深、因此也是至圣的超凡脱俗的爱情,这种爱情置于封建大家族这一世俗环境中是注定摆脱不了悲剧命运的。世俗环境给宝玉安排了另一种人生道途,即按照家庭规范与家族意志选定了一个淑女型的妻子——宝钗。在爱情这一人生焦点问题上,宝玉的个人意志与家族轨迹之间的激烈矛盾呈现出来了。宝黛毫不妥协的反叛性格引发了一场“宁可玉碎,不为瓦全”的爱情悲剧。这人生悲剧也冲击了家族的命运。因为在宝玉身上承受了过多过重的家族期待。宝玉与家族的决裂再加上其他的诸种因素也接踵着家族灭顶之灾的来临。《泪珠缘》中的主人公宝珠却没有宝玉那种至深至切的爱情。他虽然有对婉香非同一般的情感,可

[1][2] 陈蝶仙:《泪珠缘全集·自跋》,《中国近代小说大系·泪珠缘》第475页,百花洲文艺出版社1991年版。

是他在爱情生活中还是一个“兼容并包”主义者，他不是一个玩弄感情的人，但他对其他周围的几个女性是存在泛爱的倾向的。因此，他在爱情问题上与家族意志看不出什么不一致的地方，也毋需要经过激烈殊死的抗争才能得到自己喜爱的女人。而女主人公婉香也没有黛玉那么的执着与痴情，其性格也没有黛玉那样的多疑与倔强。她不仅能讨得宝珠的爱怜，也能得到秦家的同情与欢心。婉香性格兼容了黛玉与宝钗的优点，淡化了黛玉的锋芒与宝钗的世故，这就为秦家接纳她提供了可能性。

贾宝玉对女人也有一种先天的亲昵，可是他的至爱却是惟一的。而宝珠却不同，他有一种和蔼善良却又属纨绔子弟的习性，自己喜欢的女性，他是要“鱼与熊掌兼得”的。宝珠周围的几个女性，有时也会有一点摩擦与误会，但在他的泛爱的氛围中，总的说来，也还相安无事，甚至和睦相处。因此，这是一部写宝珠尽情地徜徉于女性温存之中的小说。它在主人公的性格矛盾方面和婚姻缺陷方面构不成什么大波大澜。那么，它的特色究竟在何处呢？《泪珠缘》的特色在于它能把“言情”与“世情”巧妙地融合在一起，借“世情”来反衬“言情”。这样就充分展现了人生的各种况味。

《红楼梦》中的大观园是贾宝玉怜香惜玉的理想王国，也是贾氏家族各显神通的竞技场。宝玉的悲剧在于他执着于“情”而不谙“世道”。家族社会的种种世俗意志，轻而易举地摧垮了他构筑的浪漫温存之乡，《红楼梦》十分精彩地展示了大家族生活的多个侧面，在这交错立体的世情世俗火力网面前，宝黛爱情显得脆弱而不堪一击。那是一只无壳而裸露的蚌，三下五除二地被世俗力量所吞食。《泪珠缘》中的宝珠也是一个重于“情”的贵公子。他生活在花国之中，对功名也无甚兴趣，周遭的生活也毋需他去关心，他自己也不想有这份“闲心”。贵公子的地位，使他在家中如鱼得水，人们也觉得他也不是什么敌手，他也用不到、也不会去多什么心眼和使什么心计。他的家长秦文是这蚌肉外的保护之壳。家计由父亲一人去承担，毋需他去费心劳神，因此，他从来不知什么叫做家庭责任感。只要家长没有什么不测，他就可以尽情地享受纨绔子弟的权利和承担游弋“众香国”的“义务”。当然，这也并非说，封建家长治下的王国可以歌舞升平，过着风平波静的生活。在贵公子的周围，也有一片没有硝烟的战场。大家族大一统的体制育孕了很多复杂的家庭纠纷。这些复杂的矛盾充分暴露了大家庭内部体制的弊端和人性阴暗面，淋漓尽致地展现了家庭内部勾心斗角的内耗摩擦。而这些内耗与摩擦又一定要反映到婚姻与财产的争夺战上来。

婚姻在封建家长制环境中不可能完全沿着青年人的爱情逻辑的轨道前行。牵制婚姻的因素很多，而最主要是要体现在家长意志权力范围之内，但也不能忽视众多人事关系的纠葛。《红楼梦》与《泪珠缘》就把主人公的婚姻置身于家庭的综合关系的合力之中。面对复杂的家庭纠葛的合力，宝玉、黛玉的爱情与宝珠、婉香的爱情有着完全不同的命运，前者以悲剧终，后者以喜剧始。但这并不意味着《泪珠缘》就走出了《红楼梦》的投影，这仅仅是情节设计的不同而已。《泪珠缘》与《红楼梦》相比较，是将家庭财产的争夺作为作品的焦点之一。一个大家庭可以在表面上和睦温馨，可是其世俗动力却是经济权的掌握问题。大家庭的等级制度必然会产生财产分配的不平衡，而家庭成员的才能、地位、机遇又不是均等的，这自然会产生财产的纷争。《泪珠缘》中的秦府的财产之谜，仅为少数人知晓。家长秦文深悉个中底细，在面临家庭财政入不敷出的窘境时，秦文只能独自承担大厦将倾的颓丧的恐惧。他不得不依靠欺瞒手段骗取钱庄里存户的款项来维持巨额家庭开支。在利益分配过程中，秦家各房也各显神通。由财产分配产生的矛盾也会日渐激化，这就大大损伤家族的元气。

与《泪珠缘》中的有些男性的懦弱无能形成鲜明对照的是家族中女性的精明强干。纨绔子弟贪恋于享乐，无心问津家庭的前途，而女人则成了家庭战场中不甘休战的斗士。为财产、男人、名分、面子……她们或公开使气，或秘密斗智，或“合纵”，或“连横”，在这家族竞技场中发挥超常的胆色与智慧。在《泪珠缘》的第42回“毁春册小夫妻反目，成好事大德慧过人”中，就十分深入地展示了石漱芳过人的御夫手腕。她下毒手不露声色，表面上是贤妻的角色，可是，实际上却巧妙地剪除自己的敌手，为男人，为财产，她机关算尽。大家庭的复杂的环境磨砺了女人们的神经与计谋。她们与纨绔子弟的反差，在作品中简直构成了一张一弛的节奏感。

《泪珠缘》中对大家庭的日常生活的描绘也相当精彩。作家熟知其中的深浅长短以及关节过门。因此，他对家庭环境、起居作息、婚宴丧礼、人物习性……写得有板有眼，真切细致。能够真正写出大家庭生活中的诸般滋味。作者驾驭大场面举重若轻，各种角色都不冷落，人物于幕前幕后来往穿梭显得从容自然，如同在你的身边走来走去一样清晰可辨。这种本领殊属不易。但这除了他的文学技巧上乘之外，与他出身在一大家庭中颇有关系，否则他也难为无米之炊。我们只要看看他的儿子陈小蝶（定山）的回忆文章，就知道这位在病中的20岁的青年人，写的就是周围的一个“大家庭”的生活，当然也不排斥一位“风流自赏”者的遐想：

我们的家，在紫阳山麓，相传是南宋韩侂胄南园之一角，花木极盛，山石玲珑，尤其名贵的有一枝数人合抱的“娑罗树”，相传还是南宋遗物。树阴数亩，其下为惜红轩，玻窗三面，绿树绕池……草坡上立着秋千，则是我们儿童的家塾，幼稚园。〔1〕

这气势就是大家族的格局，尽管陈栩园的父亲是位儒医。但他不是像曹雪芹的贫居西郊，茅椽蓬牖，瓦灶绳床时回忆宝黛的刻骨相思，而是在养病中的排遣寂寞之作，当然会在小苦而微甜中温情如水了。宝珠与婉香在他笔下是幸福的。

《泪珠缘》之后的言情小说迎来了大的繁荣，但它的功绩是在于承前启后。而且以如此重磅容量和高品位的格调继承《红楼梦》的传统，其历史地位不可低估。但是，站在文学评论的角度上去看，这位优秀的作者在产出其他的一些作品之后，将其主要的精力放在发展实业之上，不能不说是一种损失。他的儿子陈小蝶（定山）曾写过一篇长文《我的父亲天虚我生——国货之隐者》，详述他“以文学家而兼实业家”的业绩，特别着重写他的为民族工业的发展贡献了自己的智慧和超人的精力，曾于民族灾难深重的岁月里，在打击和抵制日货的倾销上，起了作用。大家所熟知的是他的实业，是以“蝴蝶牌”牙粉起家的：

“无敌牙粉”包装图案则是“球拍”、“蝴蝶”、“玫瑰”三种交互组织，其意义“球拍”是一网打尽金刚、狮子（按指两种日本牙粉之品牌——引者注），“蝶”是我父子的本名，父字“蝶仙”，子名“小蝶”，而“无敌”即为“蝴蝶”的谐音。此一图案在民国六年在农商部登记立案。〔2〕

他毕生所从事的实业品种繁多，在这部文学史中是不必尽述的。只是选当时流传他如何从事实业起家的故事为例就可以了。他 63 岁逝世，其时作家陆澹安有一挽联云：“公真无敌”、“天不虚生”。

〔1〕 陈定山：《我的父亲天虚我生》，香港《大成》第 130 期（1984 年 9 月）。
〔2〕 陈定山：《我的父亲天虚我生——国货之隐者》，香港《掌故月刊》第 36 期（1974 年 8 月）。

第二节　有意在文言小说“退伍”时为它留下一首绝唱
——论何诹的《碎琴楼》

当天虚我生正在陆续撰写和出版他的长篇《泪珠缘》时，也是在吴趼人于1906年发表他的写情小说《恨海》之后，有一部文言长篇言情小说问世，还很传诵一时，那就是何诹的《碎琴楼》。说它是清末民初的作品是因为作者完稿于1910年(宣统二年)，出版于1913年(民国2年)，由商务印书馆初版，至1939年已印行2版13次，一部文言小说，能有如此的发行量，可称流传甚广，读者甚多了。但过去对作者何诹知之甚少，只是在范烟桥所著的《中国小说史》中得到一点零星的信息：首先是范氏对《碎琴楼》说部评价颇高，誉为“挽近文言长篇之眉目”。但对他的生平只说：“或云著者尝宦粤西，所言皆两粤事。”“一说书中云郎，即作者自况也。”[1]但这“或云”与“一说”虽然聊胜于无，但也无法引为确证。但近年来文史掌故家郑逸梅写了一篇《〈碎琴楼〉作者何诹》，资料翔实，可谓见底矣。在这里不妨多介绍几句，以公诸同好。郑氏先在旧书铺中发现一册《何诹遗诗》，如沙漠中之觅得了甘泉。其中有杨云史的题词，谈及他的诗时说：“其诗气骨清峻，意境真挚，不伪不矫，斯为心声。”而黄天石在诗的《序》中亦予高度评价：“先生生时，以说部名，诗则深自秘匿，今读其集，俊逸高迈，有绝俗之韵，盖灵心慧思，蕴结所托，固足以长传远播矣。”而郑氏的文中还引了何诹给何海鸣的一封亲笔信，知道他所写的小说甚多，信中云：“现著社会小说《钱革命》一种，计三十万言，已于前日寄上海商务馆，以弟私心自问，此书实远在《碎琴楼》之上，但恐篇幅太长，该馆或不乐于购入耳。旬日来，除《钱革命》外，又有《鳖营长》、《残蝉魂影》二种，各三万余言。此外陆续编著，尚有《妾薄命》、《苍梧怨》、《飞丐》、《狗之革命运动》、《鬼世界》、《红袖怀恩记》、《秋影楼魂归记》、《大铁椎前后传》诸种，深望兄之自印托卖试销，不致失败，藉可次第印行。”可见他的小说创作量甚丰，但对这样一位高水平的作者，竟然屡屡遇到出版上的困难。只好求何海鸣为他自印试销，亦英雄末路也。郑氏还引用《新民晚报》“三张”之中人称“副刊圣手”的张慧剑的《银箫杂记》一则谈及何诹的话：“系广西兴业人。宣统年间，获拔贡，须进京，而苦资斧不足，乃奋笔成《碎琴楼》

〔1〕范烟桥：《中国小说史》第227页，苏州秋叶社1927年版。

一书，售之上海商务印书馆，得八十金以壮行色。商务刊其稿于《东方杂志》，文名大噪。予髫年最爱读此书，尝譬谓林琴南先生所译小说为鹿脯蟹胥，而何氏此作，则为清煨鲫汤，虽系人人家中可备之馔，第其味美于回，以视鹿脯蟹胥，殊未有逊也。”[1]明星影片公司曾将《碎琴楼》搬上银幕，影后胡蝶饰书中琼花。

《碎琴楼》是一部文言言情长篇小说。在言情功夫上，可谓技高艺精，在立意造型上又显出洞幽深邃。与同时期的有些作品相比，它的确以其“精”、“深”取胜，但又平易质朴，贴近读者心绪。

“精”主要表现在小说专注于言情，作品倾注了大量心血、众多笔墨，精心演述爱情故事，不作过多的旁骛他涉，可以说“纯情”味十分浓郁。即使旁涉一些社会情景甚或染指武侠，也只点到为止，很有自我节制的能力。而在言情上则浓墨重彩地写尽男女主人公的情爱悲欢离合。叙述者受主人公的情感的内在牵制，从而去感染读者派生出一种“内在的”同情。作者在主人公的纯洁的至情面前相应失去了“出入自由”的权力，他不敢放肆地四处猎奇，而是引导读者共同去专致于主人公的悲剧命运。

小说中的爱情故事，是紧扣着两条线：明线与暗线展开的。明线写云郎与琼花之间的悲欢离合。这是小说的主轴。云郎出身寒微，而琼花则是大家闺秀，她的父亲李绅乃一富商，他嫌弃云郎家境清贫，拒不同意女儿与云郎结好。可云郎与琼花青梅竹马，情深意笃。而对其父的横加干涉虽不敢明言抗拒，可暗暗地却思恋着云郎。虽然历经磨难，也痴情不改。云郎生性懦弱，他痴恋琼花，可一遇阻拦，就无计可施。强烈的自卑感折磨着他，使他失去了追求自己幸福的勇气，因而坐失良机，酿成终身遗憾。小说将云郎与琼花的爱情写得单纯、热烈、细腻、精致。

小说中的暗线是写琼花与银生的婚姻纠葛。银生具备云郎所缺乏的世俗优势，诸如家境富裕，科场得意，更善逢迎。他借此而赢得李家家长李绅的支持，掌握了获得琼花的主动权。这条线索在小说中所占的比重不大，可其作用却极为关键，它实际上在暗中操纵着云郎与琼花的命运走向，主宰和导演着这出悲剧。

《碎琴楼》的“精”还表现在作者对文言的精致与精当的把握上。文言经过文人的加工汰洗，渐渐衍化成一种非常文士化的交流形式。它拥有其独

〔1〕 郑逸梅：《〈碎琴楼〉作者何诹》，《郑逸梅文集》第2卷第848页，黑龙江人民出版社1991年版。

特的表意功能，诸如精致、文雅、简洁等等的特点与表意优势，可是，它不及日常的口语那样贴近生活，那样具有活性与灵性。在叙事时，文言不易表现人物的言语个性，也易于造成语言的板结。明清文言小说创作的佳绩得益于优秀作家对白话的创造性的吸收。《碎琴楼》是在文言小说走向衰落时期问世的，当时，正值革故鼎新之际，作者深知文言的实际命运。他有意在文言退出说部之前，要为它留下一首绝唱。实际也的确证明作者对文言的表意功能和语言敏感性有着驾轻就熟的调度能力，作者不仅开采了文言的常规表意功能，同时也充分发挥文言的潜能。《碎琴楼》的文风具有气韵生动，顺畅自然的特点。作者善于在生活与语言之间寻找沟通的契入点，由生活激发文言潜能，又由语言去抓住生活感受，使语言与生活之间能彼此相互沟通激活，而不致造成隔膜与板滞。他笔下的文言还是具有很强的生活实感，而这种实感有助于人物形象的生动与个性的流露。

《碎琴楼》的"深"主要表现在作者对人物心理世界的深深的开掘之中。小说主人公云郎与琼花是两个性格丰满、情感丰富的人物。在揭示人物心理时，作者表现了非凡的才能。作品对琼花这一痴情少女的丰富的内心世界的刻画可谓细腻感人；小说刻画云郎的懦弱与自卑心态也是入木三分，小说充分展示了人物内在空间的丰富性与复杂性，曲尽其妙地展示了"情场"中的人物的独特幽微的心理境界。

《碎琴楼》因其对"言情"与"文言"的双重精到的把握，在清末民初的言情小说中应占不可忽视的地位，它代表了一种言情小说的正途。它既内应了古典写情小说的传统，又外合世界文学的写实潮流。可惜作者生平坎坷，其他作品均不见流传，也许在两粤的过去的报纸刊物上，或书坊里能挖掘出他自己所称的比《碎琴楼》更好的作品来。

第三节　袈裟点点疑樱瓣，半是脂痕半泪痕

——近代哀情小说先驱者苏曼殊

苏曼殊(1884—1918)，原名戬，字子穀，后改名玄瑛，改字子谷，削发为僧后取法号曼殊。广东香山县人。其父苏杰生是旅日华侨，曾任日本横滨英商万隆茶行买办。生母是父亲的下女日人若子，生下曼殊不到三个月即离开了苏家。曼殊由其父所纳妾河合仙抚养成人，所以曼殊一直认河合仙为自己的亲生母亲。1894 年，中日爆发战争，曼殊随父母回国，不久，母子

俩又被迫重返日本。1899年，曼殊入横滨大同中学读书，1901年，由亲戚林氏资助，入东京早稻田大学，次年转入振武学校，学习初级陆军。也就在这个时期，苏曼殊开始参加革命活动。1902年，由大同中学时的同学冯自由介绍，加入了留日革命人士组织的青年会，以实行民族主义为奋斗目标。不久，又参加拒俄义勇军和军国民教育会。林氏因此停止了对他的经济资助，苏曼殊生活无着，不得不回到国内，不久，即削发为僧，取法号为曼殊。虽然削发为僧，似乎远离红尘，但是苏曼殊却仍然与一些革命人士打得火热。在上海时，他与陈独秀、章行严、何靡施等来往密切，担任了《国民日报》的助理编辑，又与陈独秀合译了雨果的小说《悲惨世界》，并往来于苏州、长沙、芜湖、江宁等地，担任学校教职。1906年，苏曼殊重返日本，与章太炎、刘申叔住在一起，写作《梵文典》，同时为章太炎的《民报》、刘申叔的《天义报》撰稿。刘申叔夫人还拜曼殊为师学习绘画，并辑印了《曼殊画谱》行世。辛亥革命后，当年一同革命的友人多已飞黄腾达，而曼殊仍然坚持他的禅宗，决不涉足仕途，还是以教书为生。但眼看着袁氏当国，政治腐败，昔日的革命理想纷纷破灭，苏曼殊不免激愤和失望，进而流于消极颓唐。怀着这种心理，苏曼殊全力投入了小说创作，写下了《断鸿零雁记》等小说。1918年，由于长年暴饮暴食，苏曼殊肠胃病发，竟至不起，于5月2日病逝，年仅35岁。

苏曼殊从事小说创作主要是在辛亥革命以后。从1912年发表中篇小说《断鸿零雁记》后，便一发而不可收，相继在《太平洋报》、《民国杂志》、《甲寅杂志》、《新青年》等报刊上发表了《天涯红泪记》(1914)、《绛纱记》(1915)、《焚剑记》(1915)、《碎簪记》(1916)、《非梦记》(1917)等，共约10万余言。后来有的发行了单行本，有的结为小说集，产生了相当的反响。到了20年代，柳亚子父子编印《苏曼殊全集》，更是风行海内外。这些小说，大都是写青年男女的感情纠葛与爱情悲剧，其悲剧的原因，不外是新旧思想的矛盾。从晚清西方资本主义的民主思想传入中国，婚姻自由的观念在一部分接受新思潮的青年男女中已深有影响，而对长期恪守“父母之命，媒妁之言”传统陈规的长辈来说，这是绝对无法允许的。于是爱情的悲剧往往就产生了。比如《碎簪记》中的主人公庄湜，他的叔婶为他定了一位大家闺秀连佩，而他的好友又给他介绍了自己的妹妹灵芳。庄心中属意的是灵芳，而非连佩。可他叔叔是一个有着浓厚封建道德观的老先生，认为不通过长辈而私订婚姻，是“蛮夷之风，不可学也”。由于叔叔的阻挠，最后导致庄湜、灵芳、连佩的悲剧。《断鸿零雁记》中三郎和雪梅的悲剧，也是因为三郎“家运式微”，雪梅之父悔婚所致。小说因此充满了世事多变、人生无常和颓唐感伤的情绪，作品中的男女主人公往往都以遁入空门为僧为尼作为最终结局，如《断鸿零雁记》中的“余”、《绛纱记》中的秋云玉鸾、《非梦记》中的燕生等。

在曼殊的小说中最具代表性的还是表现个人身世之感的绚烂瑰丽的《断鸿零雁记》。《断鸿零雁记》最初发表于1912年5月12日至8月7日的《太平洋报》，1919年由上海广益书局刊印单行本。全书共27章，主要写“余”出家为僧、异国寻母以及与雪梅、静子的感情纠葛。小说首先写“余”（三郎）从小就离开了生母来到中国，寄养在父亲的朋友家中。养父死后，他被迫削发为僧。有一天，他偶然遇到他幼时的乳母及乳母的儿子，得知了自己日本亲生母亲的情况。为了积攒去日本寻母的盘缠，他就在乳母那儿落脚，卖花挣钱。在卖花的过程中，竟又巧遇养父当年为他定下的美丽痴情的未婚妻雪梅。在雪梅的帮助下，他来到日本，找到了自己的亲生母亲，并与楚楚动人、天生慧骨的表姊静子陷入了感情的漩涡。他虽然对静子也是满怀深情，可又觉得对不起雪梅，而且自己是出家之人，实在无法接受她们的感情。苦闷之中，他只得重返中国。回国后，获悉雪梅因忠贞于他而绝食而亡。悲怆之下，他沿门托钵，去凭吊雪梅。在路上又巧遇也已削发为僧的乳母之子，方知乳母亦已去世。当他好不容易找到雪梅家中，却受到婢女的抢白。他最终没有能找寻到雪梅之墓。此时斜阳垂落，“余弥天幽恨，正未有艾也”。

据柳亚子等人研究，《断鸿零雁记》在很大程度上就是苏曼殊自我的写真，柳亚子还曾据此为曼殊写过传记。从小说本身来看，主要情节，尤其是其中的幽怨、惆怅和感伤情调，恰恰正是苏曼殊所独有的。因此，《断鸿零雁记》在苏曼殊的全部小说中也就占有了特殊的地位，它可以说是苏曼殊言情小说的典范之作。主人公三郎与雪梅、静子缠绵悱恻、幽怨哀婉的男女之情也就成为小说最为感人的内容。

苏曼殊是个极富感情的人，可偏偏一生中漂泊无定，四海为家，遭遇了太多的不幸，因此才削发为僧，遁迹空门。个中心态或许在他的一首诗中已经透露一二：“契阔死生君莫问，行云流水一孤僧。无端狂笑无端哭，纵有欢肠已似冰。”（《过若松町有感示仲兄》）但苏曼殊又不可能真的断迹红尘，在寺院中参禅打坐，诵经念佛，他依然与现实社会中的亲友往来密切。可以说，他既受制于“世外法”，也受制于“世间法”。这一点我们可以从他的诗作进行互文反证。在他的诗作中，爱情诗占去了一半左右的篇幅。这些爱情诗生动地记述了他一生中所遇到的太多的感情波澜，所接触的太多的妙龄女子。她们中有"斜插蓬蓬美且鬈"的静子，有"尽日伤心不见人"的金凤，有"无量春愁无量恨"的百助，有"捣莲煮麝春情断"的花雪南，有"殷殷勖以归计"的雪鸿，还有张娟娟、桐花馆、好好、惠姬、素云、小如意、小杨月楼、湘痕、真真、阿蕉、明珠、棠姬等等。这些女子，国内外都有，有淑女，也有歌女舞女妓女。一个自称"忏尽情禅空色相"的僧人，行为竟如此浪漫，着实有点惊世骇俗。所以人们一直称之为"情僧"。据考证，《断鸿零雁记》中"余"到东京省亲探母，与表姊静子的一段爱情关系，在苏曼殊的诗中早已作了生动的描述，如《为调筝人绘像》、《寄调筝人》、《调筝人将行属绘金粉江山图题赠二绝》、《东居杂诗十九首》等，这说明小说中的静子绝非只是一个小说形象。

然而，作为一个皈依佛祖的僧人，苏曼殊却又有着不得不遵守的"世外法"。皈依我佛，必然要斩断情根。既然真诚地接受佛门戒条，也就着意固守法身。苏曼殊曾在《儆告十方佛弟子启》中，抨击那些不断情根的僧人。他说："出家菩萨，临机权化，他戒许开，独于色欲有禁，当为声闻示仪范故。……日餐血肉而说慈悲，不断淫根而言清净。螺音狗行，无过此矣。"苏曼殊由于人生本苦而祈求解脱，因而皈依我佛；皈依我佛，必须遵守戒律，因而舍弃女色。作为一个人，他追求真正的爱情；作为一个僧人，他得六根清净。对于静子、雪梅，三郎心中不得不为所动，小说这样描写三郎初见静子的情形："瞬息，即见玉人翩若惊鸿，至余前，肃然为礼。而此际玉人密发虚鬟，丰姿愈见娟媚。余不敢回眸正视，惟心绪飘然，如风吹落叶，不知何为止。"也就在那瞬间，三郎与静子已经结下不解情缘，可是，限于佛门戒律，三郎又不可能接受她们的爱情。他在留给静子的信中说："余固是水曜离胎，遭世有难言之恫，又胡忍以飘摇危苦之躯，扰吾姊此生哀乐耶？今兹手持寒锡，作远头陀矣。尘尘刹刹，会面无因。伏维吾姊，贷我残生，夫复何云？"然而，这种内心深处的剧烈的矛盾和痛苦，又岂是一走所可能了之的？留给他的只能是愁肠百结，永无解脱之日。事实也正是这样，三郎一方面"提钢刀慧剑"，斩断情丝，逃避静子的爱情，而另一方面又牵肠挂肚，千里归祭雪梅之墓。这岂不是又陷入了另一种轮回？

显然，小说中化解这种矛盾和痛苦的灵丹妙药就是佛法。每当爱情在自己心海里掀起波澜时，他总是用佛法来将它平息。这也是苏曼殊在他的现实生活中的唯一法宝。比如他写"静子"的一首诗《寄弹筝人》："禅心一任蛾媚妒，佛说原来怨是亲。雨笠烟蓑归去也，与人无爱亦无嗔。生憎花发柳含烟，东海飘零二十年。忏尽情禅空色相，琵琶湖畔枕经眠。”在《本事诗》又写出自己无可奈何的怅惘：“乌舍凌波肌似雪，亲提红叶索题诗。还卿一钵无情泪，恨不相逢未剃时。”苏曼殊作为一个性情中人，偏偏却要持守佛理，断绝尘缘，两者之间巨大的情感反差，总是将他推向感情的深渊起伏升降。表面上似乎是行云流水，悠闲自得，可是心灵深处的苦楚，总是时不时地流露出来，其表现就是“无端狂歌无端哭”，甚至是表现为一种神经质，就像三郎，小说中多次写他无端地泪如泉涌，潸然泪下。其实，既然“忏尽情禅空色相”，又何必“无端狂笑无端哭”？既然“与人无爱亦无嗔”，又何来“还君一钵无情泪”？也许，苏曼殊给《断鸿零雁记》等小说都安排了悲剧性的结局，其本意在让读者能破除滞情，领悟四大皆空，可是客观上却是抽刀断水水更流，“以情绝情”，只给读者带来了更大的心理与情感冲击，读者在品味“痛苦”的同时，却又对这些“痛苦”产生了更大的依赖。这也就不难理解为什么《断鸿零雁记》这些缠绵悱恻、幽怨哀惋的言情小说，会在当时感动了一批又一批的青年读者，并深深影响了此后中国言情小说的发展。他真可称之为中国近代“哀情小说”的先驱者。

应该指出的是，苏曼殊作为近代具有高度民族思想与爱国情怀的作家，始终以他独特的方式表现出强烈的家国之感与爱国情怀。比如他的诗歌《以诗留别汤国顿》就慷慨激昂，悲壮豪放，歌颂了鲁仲连和荆轲：“蹈海鲁连不帝秦，茫茫烟水着佛身。国民孤愤英雄泪，洒上鲛绡赠故人。海天龙战血玄黄，披发长歌览大荒。易水萧萧人去也，一天明月白如霜。”如果说辛亥革命前，他是以具有浓厚浪漫色彩的热血青年的形象投身革命，那么，辛亥革命后则又以不僧不俗亦僧亦俗表达了一种对革命的幻灭。这种民族思想与爱国情绪也就成为《断鸿零雁记》有别于一般言情小说的重要方面。《断鸿零雁记》开篇第 1 章开头就写“百越有金瓯山者，滨海之南，巍然矗立”，此地“有海云古刹在焉”，由此联系到宋末遗事，“相传宋亡之际，陆秀夫既抱幼帝殉国崖山，有遗老遁迹于斯，祝发为僧，昼夜向天呼号，冀招大行皇帝之灵”。后来又写到后人的传说与自己的感怀，“故至今日遥望山巅，云气葱郁，或时闻潮水悲嘶，尤使人欷歔凭吊，不堪回首”。小说第 26 章引澹归和尚贻吴梅村的诗：“十郡名贤请自思，座中若个是男儿？鼎湖难挽龙髯日，鸳水争持牛耳时。哭尽冬青徒有泪，歌残凝碧竟无诗。故陵麦饭谁浇取？赢得空堂满酒卮。”苏曼殊借主人公三郎之口，愤慨地说：“当日所谓名流，忍以父母之邦委于群胡，残暴戮辱，亦可想而知矣。澹归和尚固是顶天立地一堂堂男子，呜乎！丹霞一炬，遗老幽光，至今犹屈而不申，何天心之愦之也！"他对国人蒙昧不悟，未能早日推翻异族统治，光复祖国河山的激愤，溢于言表。一种十分真挚的情感，不自觉地流露在字里行间。苏曼殊喜欢标榜自己乃"行云流水一孤僧"，其间有落拓不羁的个性和挥之不去的孤独，然而，却也有对家国的系念之情，这是我们阅读苏曼殊时所不可忽略的。

苏曼殊的小说，全部题材都是男女爱情和婚姻问题，而且都以悲剧告终，用苏曼殊的诗来说，可谓"袈裟点点疑樱瓣，半是脂痕半泪痕"。这种幽怨、哀惋、感伤的言情小说，可以说开启了此后近代言情小说的先河。"五四"前后的鸳鸯蝴蝶派的作品，不少就源于苏曼殊。只是到后来的鸳鸯蝴蝶派的某些言情小说渐趋庸滥，以至有人将它归咎于苏曼殊的发轫。现在看来，显然是有失公允的。倒是周作人当年曾对此作过公正的评说。他在《答芸深先生》的信中认为："这也是在宣统洪宪之间的一种文学潮流，一半固然是由于传统的生长，一半则由于革命顿挫的反动，自然倾向于颓废，原是无足怪的。只因旧思想太占优势，所以渐益堕落，变成《玉梨魂》这一类的东西。文学史如果不是个人的爱读书目提要，只选中意的诗文来评说一番，却是以叙述文学潮流之变迁为主，那么正如近代文学史不能无视八股文一样，现代中国文学史也就不能拒绝鸳鸯蝴蝶派，不给他一个正当的位置。曼殊在这派里可以称得起大师的名号，却如儒教里的孔仲尼，给他的徒弟带累了，容易被埋没了他的本色。"[1]

第四节　将历史事件融入男女私情的描写之中

——《恨海》实为社会言情小说之萌芽

吴趼人（1866—1910），名沃尧，又字小允，广东南海县人。25岁起改号茧人，41岁时才易"茧"为"趼"，取"百舍重趼而不敢息"（《庄子·天道篇》）之义。因为家住佛山镇，所以取笔名"我佛山人"。吴趼人出身于官宦世家，曾祖曾任湖南巡抚，精于金石，也是嘉道年间有名的收藏家。祖父曾为工部员外郎。父亲曾为浙江候补巡检。只是吴趼人幼年即丧父，家道中落，他其实从来也没有享受到祖上的荫庇。大约十七八岁时，吴趼人到上海谋生，最

〔1〕 周作人：《答芸深先生》，转引自柳亚子编《苏曼殊全集》第5册第127—128页，上海北新书局1929年4月版。

初在江南制造军械局工作，后来开始为上海各报写文，从光绪二十三年(1897)到二十七年(1901)四五年间，主编过多种小报，如《消闲报》、《采风报》、《奇新报》、《寓言报》等。光绪二十八年(1902)，曾应《汉口日报》之约，到武汉担任了一段时间的该报编辑，次年即辞职返沪。也就在这前后，吴趼人开始向梁启超的《新小说》杂志投稿，先后发表了《二十年目睹之怪现状》、《痛史》、《电术奇谈》、《九命奇冤》等小说的全文或部分章节，引起广泛的反响，名声大噪。此后，吴趼人一度到山东任职，还去过日本，又担任过美商英文《楚报》中文版编辑。1905年，因反美华工禁约运动在全国范围内展开，吴趼人激于爱国义愤，也毅然辞职回到上海。不久与周桂笙合作主编《月月小说》，发表了长篇小说《劫余灰》、《发财秘诀》、《上海游骖录》、《两晋演义》、《云南野乘》、《情变》等。1910年9月，因长年纵酒自放，吴趼人因肺疾而逝世，终年45岁。

吴趼人是晚清时的多产作家，一生著有中、长篇小说19部(有的没有写完)，单行本的短篇小说12篇，还有近20种的笔记、小品、诗文杂著等。其中以《二十年目睹之怪现状》、《痛史》和我们现在所要论述的《恨海》为其代表作。《二十年目睹之怪现状》这部小说也是吴趼人的精心之作，据他自己讲："部分百回，都凡五十万言，借一人为总机捩，写社会种种怪状，皆二十年前所亲见亲闻者，惨淡经营，历七年而犹未尽杀青……"[1]小说以"我"即"九死一生"一人为线索，广泛记述了自己20年中所看到与听到的社会上的各种怪现状，对科举制度、上海名士以及社会上种种黑暗作了深刻的揭露。而《痛史》属于讲史一类的小说，主要写宰相贾似道欺君误国，文天祥等忠义之士艰苦抗争的故事。其意图还在于用中国亡于异族的悲剧，借古讽今，抨击晚清中国士大夫在与列强的战争中昏庸误国，比较典型地体现了作者的爱国思想。他的这些小说也较好地实践了当时由梁启超等人提倡的"改良小说"、"小说革命"的主张。梁启超提出"小说为文学之最上乘"，"欲改良群治，必自小说界革命始，欲新民必自新小说始"。吴趼人的不少作品都发表于梁启超主编的《新小说》杂志，像《二十年目睹之怪现状》、《痛史》等小说都是有感而发，与当时的社会现实紧密相关，有的甚至可以称之为"时事小说"。他在《痛史》中还一再抨击程朱理学，提倡"开化民心"，可以说正是梁启超等人"新小说"理论的具体表现。

---

〔1〕 吴研人:《最近社会龌龊史·自序》，魏绍昌编《吴趼人研究资料》第195页，上海古籍出版社1980年版。

《恨海》10回,1906年上海广智书局以单行本首次出版,是作者所谓的"写情小说",当时曾"情"靡一时。有人把它和李伯元的《文明小史》、曾朴的《孽海花》及刘鹗的《老残游记》称为中国近代小说的四大杰作(蒋瑞藻《小说考证》引《侗生丛话》)。到1931年上海明星影片公司还摄制了据此改编的同名电影,1947年柯灵又把它改写成剧本,足以证明《恨海》影响之广之深。吴趼人自己对《恨海》也颇自负,他说:"作小说令人喜易,令人悲难。令人笑易,令人哭难。吾前著《恨海》,仅十日而脱稿,未尝自审一过,即持以付广智书局。出版后偶取阅之,至悲惨处,辄自堕泪,亦不解当时何以下笔也。能为其难,窃用自喜。"[1]书出之后,也是好评如潮。比如"新广"评曰:"盖写情小说,大抵总不出悲欢离合四字。今是篇所述,为庚子拳乱中迁徙逃亡,散失遭难之事,荡析流离,疮痍满目,所以有悲无欢,有离无合。用情之深,所以足多者在此;写情之难,所以足多者亦在此……故自有写情小说以来,令予读之匪特不能欣欣以喜,转为戚戚以悲者,此其第一本矣"。"寅半生"认为,《恨海》"区区十回,独能压倒一切情书,允推杰构"[2]。

小说主要写了庚子事变中两对青年情侣的悲剧,并通过他们的眼睛描写了大动乱的历史场景。小说中的陈、张、王三家,由于在京谋生(或作官或经商或闲居)而居住于同一个院子,遂从小将孩子互为许配。庚子事变,两对未婚夫妻陈伯和和张棣华、陈仲蔼和王娟娟在战乱中离散。陈伯和本来护送张棣华母女南归避难,不意中途失散。虽然各自历经艰辛回到了上海,可等到张棣华父亲找到陈伯和时,他已经堕落成为洋场浪子,终日与鸦片为伴,靠乞偷为生,最后终于病死。其妻张棣华为了守节,也遁入空门。另一未婚夫陈仲蔼本来留下随侍父母,不料父母在大乱中惨死,只得经人帮助到陕西谋生。几年后,他带着大笔钱财到上海寻访王娟娟,杳无消息,却得知他哥哥的死讯。在消极无奈中,友人带他到妓院解闷,竟发现娟娟因父亲死后,家道中落,沦为了妓女。陈仲蔼在种种刺激下,终于看破了红尘,散尽金银,也披发入山,不知所终。

作者把这部小说称作"写情小说",他所谓的"情",不同于一般的感情,而有着复杂的内涵,更多地指一种人情、人性。他在小说开卷第1回中说:"人之有情,系与生俱来,未解人事以前,便有了情。大抵婴儿一啼一笑,都是情,并不是那俗人说的'情窦初开'那个'情'字"。显然,吴趼人所谓的

〔1〕吴趼人:《说小说》,魏绍昌编《吴研人研究资料》第326页,上海古籍出版社1980年版。
〔2〕参阅魏绍昌编《吴趼人研究资料》第130、134页,上海古籍出版社1980年版。

“情”，早已超越了狭隘的“儿女之情”，而演绎为一种广泛的人性、人情。这段话，我们不妨把它看作理解全书的一个切入口。可以说，小说的情节安排与人物塑造，都是按照这个“情”来表现的。比如“忠”，庚子事起，京城一片混乱，京官纷纷告假回籍，可陈伯和之父陈戟临却坚持奉命留守，拒绝逃难，最终死于战乱；比如“孝”，张棣华和母亲逃亡途中，母亲病重，棣华竟效法古代孝子，割股熬汤为母亲治病；比如“慈”，棣华的父亲为了女儿，对沦为小偷乞丐的女婿一忍再忍；比如“义”，陈仲蔼在父母双亡，走投无路的情况下，幸得父亲旧朋的帮助，方得到陕西成就功名……这些“忠”、“孝”、“慈”、“义”皆为“情”之派生物。

当然，《恨海》所着力表现的主要还是男女之情。为了表现这种“情”，吴趼人按自己的“情”的标准设计了两个人物形象，一是张棣华，还有就是陈仲蔼。两人一主一辅，一个是孝女节妇的典型，一个是孝子义夫的典型。张棣华为了母亲的病，不惜割股这且不论。她的未婚夫陈伯和堕落为洋场浪子，她始终没有半句埋怨，相反总是一味责怪自己。陈伯和最后沉沦病死，可以说死不足惜，可她毅然遁入空门，为其守节；陈仲蔼为了侍奉双亲，拒绝离京，可谓孝子。他历经磨难，心中却从未改变对王娟娟的感情，也从未放弃对王娟娟的寻找。最后，发现她竟然沦落风尘，他也是披发入山，不知所终。显然，吴趼人所塑造的张棣华和陈仲蔼这两个孝女节妇与孝子义夫的典型，在某种意义上已经成为吴趼人表达自己道德观的一种符号。然而，值得注意的是，在小说的具体描写中，作者又常常表现出在现实生活中封建礼教对青年男女的心灵的戕害和对他们幸福的破坏。从张棣华看来，如果她不恪守传统的规矩，那也就不会有后来的悲剧。她和未婚夫陈伯和是相爱很深的，但在逃难途中，因为处处顾忌“男女之大防”，不能互相照顾以致相互离散，伯和因此走入歧途。棣华“想来想去，又怪着出京之日，自己不该过于矜持，叫他不肯同坐一车，以至失散。这都是我害出来的。越想越是追悔便拿指甲自掐起来”。棣华就这样不断谴责自己，最后，终于冲破封建礼教的樊篱，主动去安慰和照顾病中的伯和，甚至用嘴哺药，这对吴趼人的道德观无疑是一种反讽。一方面，作者把封建道德礼教作为拯救世道人心的良方妙药，另一方面，小说中的人物却又冲决了礼教的樊篱，这怕是作者始料未及的。这也充分体现了创作理念与创作实践以及吴趼人自身思想的深刻矛盾。

作为一位小说家，吴趼人看到了社会的腐败，人心的奸诈，道德的沦丧，却又找不到拯救的办法，只得从传统道德伦理中寻觅良方，找到最后还是将之归结为“礼义廉耻，国之四维。四维不张，国乃灭亡”，国家内忧外患的根本原因，他认为就是道德沦丧的结果。他在《上海游骖录》的自跋中说：“以仆之眼，观于今日社会，诚岌岌可危，固非急图恢复我固有之道德，不足以维持之，非徒言输入文明，即可以改良新者也。”[1]他还借书中人物之口说：“我所说的改良社会，是要首先提倡道德。”“普及道德，是改良社会第一要义。”这种思想和主张不仅见之于他的议论文字，而且也直接影响了他小说中的人物塑造，张棣华和陈仲蔼，就是吴趼人心目中可以改良社会、拯救世道人心的道德典范。所以鲁迅在《中国小说史略》中也明确指出，吴趼人的《恨海》等小说，“其大要，则在‘主张恢复旧道德’”[2]。由此，我们也就不难看出他的局限性。他并没充分意识到造成中国当时混乱的社会现实的根本原因，而仅仅归咎为道德的沦亡，这显然是比较肤浅的。

当然，从吴趼人作品的整体来看，“恢复旧道德”也不是他的唯一目标。比如他对宋儒理学的批判，对“士林风气”的厌恶，已表明他不再坚持纯粹的传统信仰，而常常从西学和新学中吸取养分，可以说吴趼人思想中也有着若干新思潮的质素，并不是一味维护旧道德旧传统，而且他的小说对现实社会的反映，已客观上对封建社会作了破坏性的猛烈攻击。吴趼人作为一个深受中国传统文化影响的传统士大夫式的人物，他的思想应该说是主张革新而反对革命，对帝国主义和封建顽固派来说，他是属于进步的阵营；而对于革命派来说，他又显得落后了。在晚清复杂的社会政治环境中，他不属于立宪派，也不属于革命派，他在两方面都有朋友，自己并没有明确倾向哪一边。他只不过是一位自由独立不受任何拘束，却又有着一腔爱国热忱的比较纯洁的文人与书生。他的作品的主要价值还在于它所体现出来的爱国主义的情感，最主要的内容是对黑暗的社会现实的批判、对帝国主义侵略的揭露和对统治者卖国媚外的谴责。据他的同时代人回忆，吴趼人“每于酒后纵论天下事，慷慨激昂，不可一世”。1905 年 5 月间，“华工禁约事起，东南人士奋起与争，君亦拂衣谢居停，去汉至沪，到岸，迎者百余人。旋乃力谋抵制之策，登坛演说，庄谐并陈，闻者时而歌、时而泣，不自知其然也”[3]。这种对

〔1〕 参阅魏绍昌编《吴趼人研究资料》第 149 页，上海古籍出版社 1980 年版。

〔2〕 鲁迅：《中国小说史略・第 28 篇　清末之谴责小说》，《鲁迅全集》第 9 卷第 288 页，人民文学出版社 1981 年版。

〔3〕 参阅魏绍昌编《吴趼人研究资料》第 26、19 页，上海古籍出版社 1980 年版。

社会现实的热切参与，也影响了他的创作。可以说，没有他的这种参与感，也就不会有《二十年目睹之怪现状》、《恨海》、《痛史》等等这样的小说。即以《恨海》而论，其中的人物聚散离合生死的命运，都是由于庚子事件而引起的，由于作者热衷于实摹社会，所以庚子事件虽然是作为小说的一个大的时代背景而展开的，但却成为小说的主题之一。小说将历史事件融入到男女私情的描写之中，拓展了写情小说的内在含量，也为传统的才子佳人小说带来了新的质素。这是吴趼人对写情小说发展的一大贡献。而且他小说中广泛的题材、丰富的内容，多视角地反映了清末社会的许多方面，为我们研究和认识那个时期的社会提供了丰富的和独具价值的感性材料。

在艺术手法上，吴趼人也作了相当的探索。他善于兼采中西之长，融会贯通，推陈出新，推动了古典小说向现代小说的发展。就《恨海》而言，小说在心理描写与结构设计上较之其他小说有着明显的进步。从心理描写来看，整个一部《恨海》以主要的篇幅来写张棣华的内心世界在外界刺激下的一步步的演变，写出了她的痛苦、她的挣扎、她的觉醒，丝丝入扣，合情合理。大量精彩的心理描写和梦境描写，对人物心理挖掘所达到的深度，在当时的小说家中是罕有其匹的。比如小说第 5 回写到棣华和母亲与陈伯和失散，陪母亲落脚在一个小旅店，心中却系念着伯和的安危，朦胧中却见到伯和笑容可掬地走来……"正欲说话，那过往的车子内，忽有一匹牲口，走近自己身边嘶叫起来，不觉吓了一跳。猛回头看时，只见眼前漆黑，不见了伯和，那牲口还在那里嘶叫。宁神一想，原来还睡在炕上，炕几上的灯已经灭了。那伙客人骑来的驴子，拴在院子里，在那里嘶叫。才知是做梦。"整个梦境的进入与退出，都显得十分自然妥帖，对于烘托人物的内心世界起到了相当重要的作用。从结构设计来看，也显示了作者较为成熟的艺术技巧。《恨海》人物众多，事件复杂，场面很大，很容易写散。作者第 1 回先交代故事的背景与人物关系，从住京的三户人家写起，在这三户人家中又主要写二对情侣；从第 2 回起就将笔墨集中到这两对情侣，同时主要把视点集中于张棣华这个人物身上，以张棣华的逃难作为串起全书的主线，陈仲蔼的线索则作为副线，仅在第 8 回、第 10 回略作交代。而陈伯和一开始第 2、3 回，基本上都是与张棣华一起，而后则靠棣华的思念来不断维系读者，最后第 9、第 10 回才重又与棣华会合，全部线索大结局。这样，作者一方面把视角聚焦于棣华身上，通过棣华的所见所闻所感所想，描写了重大的历史事件与历史场景；另一方面又通过对陈氏兄弟等人物的回叙与补叙，进一步丰富棣华的视角，从而形成了一种互补互应而又严谨匀称的小说结构。这种颇为精致的小说结构使得整部小说艺术上更显细腻纯美。这在当时的“写情小说”中是不多见的。

第五节　哀情小说是对封建礼教的“质疑”
——论鸳蝴派祖师徐枕亚的《玉梨魂》

徐枕亚(1889—1937),常熟人。原名觉,别署徐徐、眉子、泣珠生、东海三郎、东海鲛人、青陵一蝶等。南社社员。

1904年,徐枕亚从常熟虞南师范学校毕业后,先在本乡担任小学教师。1909—1911年,他在无锡鸿山脚下西仓镇鸿西小学堂任教,借寓于离校很近的名书家蔡荫庭故家,并兼任他家的家庭教师。蔡家有寡媳陈佩芬出身于书香门第,她的儿子梦增就从徐氏读。当时,徐枕亚与陈佩芬从相互倾慕到发生热恋关系。暗中常有书信往来,诗词酬答。尽管当时男女之间的礼防甚为森严,但他们的有利条件是以陈佩芬8岁的儿子为传递信札之青鸟。不过也碍于当时封建礼教的束缚,不仅是陈氏的名节,还为梦增日后的前途计,终于不敢仿效司马相如和卓文君的“叛逆”行为。于是陈佩芬想出了一个“接木移花之计,僵桃代李之媒”,为了报答徐枕亚的爱情,就千方百计促成小姑蔡蕊珠与其结婚。但徐氏却还始终无法忘却与陈佩芬的这段恋情,直到在上海编报、开书局时,还将陈佩芬的大幅照片挂在自己的房中。徐枕亚将这一段生活写成小说《玉梨魂》,刊登在《民权报》附刊上。据郑逸梅回忆:“这时文艺篇幅,占很大版面,枕亚撰《玉梨魂》,双热撰《孽冤镜》,都为骈散式的说部,两篇相间登载,仿佛唱着对台戏,因此所称‘鸳鸯蝴蝶派’,双热亦与枕亚并列,均成‘逆流’中人。”郑氏又说:“《玉梨魂》一书,既轰动社会,上海明星影片公司把这部小说,由郑正秋加以改编,搬上银幕,摄成十本。张石川导演,王汉伦饰梨娘,王献斋饰梦霞……演来丝丝入扣,且请枕亚亲题数诗,映诸银幕上,女观众有为之揾涕。既而又编为新剧,演于舞台,吸引力很大。那《玉梨魂》一书,再版三版至无数版,竟销三十万册左右。”[1]

徐枕亚本人倒并不避讳这是有很大程度上的“自叙传”的成分,当然也有“创作”的因素在内,因为如果梦霞是徐氏的自况,那么,他并没有阵亡于

---

〔1〕 郑逸梅:《我所知道的徐枕亚》,香港《大成》第154期(1986年9月)。

辛亥之役，在生活中，梨娘也没有以身殉情，小姑筠倩也没有因不满梨娘所介绍的夫婿而郁郁殒亡。常熟近代文学研究专家时萌近年来对《玉梨魂》的原型与本事，有重大发现，曾撰文《〈玉梨魂〉真相大白》，时萌说范烟桥在《民国旧派小说史略》中断言这部小说多虚构夸张之辞。而徐氏在《玉梨魂》的姐妹篇《雪鸿泪史》序中说“余著是书……脑筋中实并未有‘小说’二字，深愿读者勿以小说眼光，误余之书”。他认为这两种意见是相左的，而他对大批材料的新发现，是能很有说服力地解决这 80 多年的悬案的。《大白》篇幅很长，兹摘引数段如下：

> 最近从一徐姓藏家处发见徐枕亚与青年寡妇陈佩芬的往来书札唱和诗词九十三页，经对照《玉梨魂》，考核内容，鉴定对照徐氏流传于世的笔迹，并以宣纸上所印宣统的年号，无锡北门塘经纶堂刷印字样为佐证，可以确证这些旧件乃《玉梨魂》故事蓝本，也可以认定这确是纪实性文学，是一篇人性受扼的血泪史。
>
> 《玉梨魂》中有梦霞啮指挥血作书以表深情之举，两人信札中确也有之，陈氏含泪向爱弟作复之札云：“昨午接血书，如摘我心肝，见字此时心实痛难止，不如速死……”又云：“午得手书，悉欲我从，岂有不肯相从之理，感情不弃，后为久聚。亦有一言，须梦儿成婚，不死当从。忆昔至今，两情愿不是独活的局面了，再加各存血迹，作可算铁证，此生血点惟尔能得，手迹更为独取，身亦为誓有，心为情死，何事不可。”
>
> 然而，实有人物陈佩芬，年青寡居而渴求情爱，倒更属人之常情。从陈氏致徐函中可见其企盼与情侣见面之情若大旱之望云霓，诗云：“步步凝寒露滴垣，可怜归路暗黄昏，残月虽明恐易散，候到三更未掩门。”信云：“君情既若此，我何忍乎……我处早已妥排，老姑小女宿外处，夜则无人在内，惟一主一婢，若蒙文星光临，我门户不扃。”“君必欲相见，不难，假日开后门，我可到你处。”……之后幽会增多，恋情益炽，从陈氏诗中可窥见消息，如“深夜相逢阳气和，谁知巫峡梦中多，若能同剪西窗烛，再托阳台扑飞蛾”。又如“相敬相爱两情真，携手频头笑语亲，一双暗渡谁知觉，伤心不是莲枝人”。又如“死生为我意中人，此度欢心足算真，漫望云行何处聚，从今鱼鸟永相亲”。还有一些信函涉及两人帏秘之事，亦足见他们敢冒天下大不韪之勇气。他们以相如文君

自比，信誓旦旦，从陈氏信札中常见这些坚持不渝的表白……

宣统二年(1910)冬，徐枕亚与蔡蕊珠结婚。这段孽缘似未了，又总算结局了。一大堆故纸记录了一段血泪情缘，深埋于尘海八十几年。而今揭开真相，已是换了人间……[1]

但是在小说中徐枕亚是"发乎情而止乎礼义"的。一部《玉梨魂》中两人仅见面两次，除了对泣之外，连一个小指头也不敢碰。这似乎是在实际生活之外的"冠冕堂皇"。在现在的读者看来，也许要责怪他们的"窝囊"，不敢勇敢地去冲击封建礼教的罗网。但是，那时还不是陈先生与田亚梅的"时代"，可以喊出"此事只关系我们两人，与别人无关，你该自己决断"的声音，尽管《玉梨魂》与胡适发表《终身大事》在文坛上的出现也差不到10年。如果那时寡妇再嫁，是件像今天一样平常习见的事，那么，中国就会少一篇出色的声讨封建礼教的檄文，那就是鲁迅的《我之节烈观》。就徐枕亚来说，他为什么要在小说中如此处理梨娘与梦霞的关系，我们姑且不去作过多的猜测。在热恋中的一对男女，情欲的一层薄薄的纸不去捅穿，而且视之如"坚壁"，畏之如"悬崖"，在当时，客观上是起着控诉作用的。因为那时正是一个转型期，但又毕竟是乍暖还寒的早春二月。范烟桥说出了当时大多数青年的较为普遍的心理：

民初的言情小说，其时代背景是：辛亥革命以后，"父母之命，媒妁之言"的传统婚姻制度，渐起动摇，"门当户对"又有了新的概念，新的才子佳人，就有新的要求，有的已有了争取婚姻自由的勇气，但是"形隔势禁"，还不能如愿以偿，两性的恋爱问题，没有解决，青年男女，为之苦闷异常。从这些现实和思想要求出发，小说作者就侧重描写哀情，引起共鸣。体裁是继承章回小说的传统，也吸取了外国小说的形式，文字则着重词藻与典故。徐枕亚的《玉梨魂》，就是当时的代表作。[2]

这是一个试图挣脱而又束缚尚存的时代，徐枕亚的小说在此类既"跃跃欲试"又"胆战心惊"的青年自会产生强烈的共鸣，在他们心中获取同情，泛起

〔1〕 时萌：《〈玉梨魂〉真相大白》，《苏州杂志》1997年第1期(1997年2月)。

〔2〕 范烟桥：《民国旧派小说史略》，魏绍昌编《鸳鸯蝴蝶派研究资料》第171页，上海文艺出版社1962年版。

不满，引出问号。除了那些骂梨娘与梦霞“越礼犯分”、“逾闲荡检”的老顽固之外，为什么许多青年男女读此书和看此剧时会掩面揾涕呢？为什么那时的社会上的哀情小说又会成为一个潮流，大家争相阅读呢？因为那时，绝大多数的青年还处于一个无法伸张个人意志，而背人饮泣的时代，所以周作人一面不满意这种“眼泪鼻涕小说”，另一方面也不得不承认它们提出了社会问题。

> 近时流行的《玉梨魂》，虽文章很是肉麻，为鸳鸯蝴蝶派小说的祖师，所记的事，却可算是一个问题……如有多数女子仰慕一个男子，本是一件很难处理的问题，中国却可以一把抓来，全配给那一个人，成一段佳话。倘如“有寡妇见鳏夫而欲嫁之”，那便断乎不可。这种道德真可谓绝无仅有的了。中国有许多人对于这类事实有一种神妙的态度。他悼惜《玉梨魂》中不幸的人，却又不以造成这不幸的现存社会为非。发乎情，止乎礼仪，终于死了，很足为他们社会的光荣，供他们咏叹的材料。这叫做非人情的痛苦的玩赏。做苦情哀情小说的人，每每有这种态度，不知《玉梨魂》著者原意如何？现在原书不在面前，无从知晓了。[1]

周作人的分析这种中国人的“神妙的态度”是有一定的深度的。但在“五四”前夕，这种写哀情与苦情小说的人，不论他们的主观动机如何，在客观上，他们是一座“桥梁”，是从“悼惜”、“咏叹”甚至“玩赏”到陈先生与田亚梅喊出“孩儿应该自己决断”的理直气壮呼声的“中介物”。正因为青年们读了这些哀情小说后有了“发乎情”的激荡，难道就不会有冲破“礼”的问号久久郁结于心，听了陈先生与田亚梅的声音，开始或许觉得过激，但细细咀嚼之后，不禁产生同感：“也只有这条路可走了。”同感的人渐渐多了，走此路的人渐渐多了，“也便成了路”。觉新还不敢走，觉民就敢走了，而且取得了胜利。封建观念在男女婚姻问题上，在寡妇再嫁上之“大厦”于是倾塌！因此，哀情小说所提出的社会问题，实际上是一种“前奏”，是一种“过渡”，几千年封建观念的禁锢的挣脱，应该有一个过程，所以哀情小说曾经成为一个“专门名词”，成为一类所谓赚取眼泪的品种，着实风行一时，但它完成了短短的历史使命之后，又很快地退出了历史舞台。否则鲁迅怎么也为这种文学史现象

〔1〕 周作人：《中国小说里的男女问题》，《每周评论》第7号(1919年2月)。

作过解释呢：

> 直待《新青年》盛行起来，这才受了打击。这时有伊孛生的剧本的绍介和胡适之先生的《终身大事》的别一形式的出现，虽然并不是故意的，然而鸳鸯蝴蝶派作为命根的那婚姻问题，却也因此而诺拉(Nora)似的跑掉了。[1]

但是跑掉的东西并不一定在历史上是无用的东西，有时它是完成了一定的任务而隐退的，如果要它再热也热不起来了。那么哀情小说不回到言情小说或社会加言情的道路上去，它就必然要走上式微的道路。

还值得指出的是，当时正是一个文体百花齐放的时代。林纾可以用他的桐城古文，梁启超可以用他的新文体，何诹可以用他的文言散文写他的《碎琴楼》，而徐枕亚也可以用《秋水轩尺牍》和《平山冷燕》的笔法写他的《玉梨魂》，当然也有不少人孜孜以求提倡白话。但徐枕亚的《玉梨魂》所以能如此流行，当时林琴南用古文来译英国小说，一般读者都感觉艰深，对包天笑、黄摩西用白话来译小说，又感觉到太洋化，对于徐枕亚的四六文言，乃大起好感。于是《玉梨魂》便成了一种文派，效学他而后来著名的有吴双热、孙了青、程瞻庐、顾明道、程小青、李涵秋、周瘦鹃。一位与徐枕亚也可算得上朋友的是杰克，也就是那位为《何诹遗诗》写《序》的黄天石，他也写过一篇长文，回忆徐枕亚与他闲叙《玉梨魂》本事的种种对话，很有资料价值。如徐枕亚曾在他面前叹息：“‘她(指陈佩芬)并非我想象中那么圣洁。’那句含蓄之词，包含着许多隐痛。小说是一回事！小说尽管写得多么高洁，那是幻想；幻想可使肉体‘神格化’，可是肉体终究是肉体。”[2]除了事实上的回忆之外，杰克对文体也有他的评价：

> 那时候小说的作风，不是桐城古文，便是章回体的演义，《玉梨魂》以半骈半散的文体出现，以词华胜，确能一新眼界。虽然我前面曾经说过，文格不高，但在学校课本正盛行《古文评注》、《秋水轩尺牍》的时代，《玉梨魂》恰好适合一般浅学青年的脾胃。时势造英雄，徐枕亚的成名，

---

〔1〕 鲁迅：《二心集·上海文艺之一瞥》，《鲁迅全集》第4卷第294—295页，人民文学出版社1981年版。

〔2〕 杰克：《状元女婿徐枕亚》，香港《万象》第1期(1975年7月)。

是有他的时代背景的。[1]

至于“鸳鸯蝴蝶派”倒是新文学界加诸徐枕亚等人的头上的。这是因为徐枕亚的文章中此类鸳鸯蝴蝶的香艳词章，四六对句太多，诸如“茫茫后果，鸳鸯空视，长生贞贞前缘，蝴蝶遽醒短梦”，“梦为蝴蝶身何在，魂傍鸳鸯死也痴”，“蝴蝶一生真幻相，鸳鸯隔世未忘情”，“一样可怜虫，几为同命鸟”……新文学家也就以此来为他们命名了。

看来徐枕亚在文学史上作为“鸳鸯蝴蝶派”的开山祖师是确定了的。但是，真正作为狭义的鸳鸯蝴蝶派的作家并不多。他们的圈内人认为，只有写骈四俪六或半骈半散的作家才称得上是真正的鸳鸯蝴蝶派，而像周瘦鹃这样的作家只承认自己是《礼拜六》派。他们认为真正的鸳鸯蝴蝶派只有徐枕亚、吴双热和李定夷等三数人。记得陈蝶衣写过一篇文章，题名《我以“鸳鸯蝴蝶派”自豪》：

> 我以“鸳鸯蝴蝶派”自豪，是一种“窃攀高贤”的说法。事实上，我只是一个后生小子，所有“鸳鸯蝴蝶派”的前辈作家如徐枕亚、李定夷、姚鹓雏、吴双热、朱鸳雏、许瘦蝶等辈，我俱未识面，因此，我即使要做一个“攀龙附凤势莫当”的追随者，也有所不可，无此缘分。[2]

在陈蝶衣看来，这批作家都是他的前辈，他连敬陪末座也是没有资格的。可见，在近现代文学交界线上，徐枕亚作为一个文学流派的代表，是能在文学史上占一席之地的。其次，他是开哀情小说风气之先的作家，而这种哀情小说也是从一个角度，在客观上对封建礼教的一种“质疑”，甚至是一种“否决”。这在中国的文学史进程中也是一个环节性的阶梯。

在《玉梨魂》为广大读者瞩目之后，徐枕亚又假托觅得了《玉梨魂》的男主人公何梦霞的遗墨——亲笔日记一巨册，在他主编的《小说丛报》创刊号上(1914 年 5 月)开始连载，题名《雪鸿泪史》，后也出版单行本。由于《玉梨魂》曾风行一时，不少读者也以一睹何梦霞日记为快，因此，流传益广。这是两部可称“同曲异工”的长篇小说，不过《雪鸿泪史》是日记体写成的小说，也是中国第一部用日记体写作的长篇小说，在体裁上亦有它的贡献。

---

〔1〕 杰克：《状元女婿徐枕亚》，香港《万象》第 1 期(1975 年 7 月)。

〔2〕 陈碟衣：《我以“鸳鸯蝴蝶派”自豪》，香港《大成》第 147 期(1986 年 2 月)。

至于蔡蕊珠逝世后，徐枕亚曾写悼亡诗百首，再加上他的《玉梨魂》等小说使一位女读者为之倾倒，一定要嫁给徐枕亚，这位小姐就是末代状元刘春霖之女刘沅颖。因此，徐枕亚有状元女婿之称，但他们结婚后由于性格等方面的原因，生活并不幸福，刘女士不习惯于上海的生活，而徐枕亚又视北京住家为畏途，他们也就分居两地。徐于1937年在故乡常熟贫病交迫而死。

第六节　笔底英雄气　人间儿女愁

——李定夷的哀情小说及其对“革命＋恋爱”模式的初涉

姚民哀在《说林濡染谈》[1]中，曾以报刊及其创办人为核心和源头，把鸳鸯蝴蝶派作家分成四个支派，李定夷被归诸《民权报》一支。属于这一支的，还有徐枕亚、徐天啸、吴双热、胡仪邦、刘铁冷、蒋箸超、包醒独等。郑逸梅指出，“他们行文，都喜骈俪出之，托旨骋妍，雕镂组绣”[2]，被人视为典型的“鸳鸯蝴蝶”作风；而李定夷又与徐枕亚、吴双热并称个中“三足鼎”，是该派早期代表作家之一。

在10多年的创作生涯中，李定夷完成著译30余部。他所写的小说，兼及哀情、艳情、侠情、苦节、武侠、社会各种类型，而以哀情小说成就最高。他的写情诸作，继承明清“世情书”和才子佳人小说流风，吸收西方文学某些营养，并深受林琴南、包天笑译笔的影响，从某些侧面反映了清末民初的社会现实，抒写了处于“过渡时期”的知识青年男女的特殊心态，形成了比较鲜明的创作个性。从中，又可窥见第一代鸳蝴派作家的若干共性。

李定夷（或作“彝”），字健卿（一作健青），或署“墨隐生”、“墨隐庐生”，江苏常州人，生于清光绪十五年（1889），吴甲三在《〈定夷丛刻二集〉序》中称其族为“毗陵望族，江左世家”的家庭。外家汪氏，亦称“阳湖望族”。李定夷在《劫灰苦语》（收入《定夷丛刻初集》，记姨母之经历、行状）中述及，生母嫁后14年即守寡，是则他失怙颇早，其时家道当亦中落。

光绪三十四年（1908）夏，李定夷考入上海南洋公学（交通大学前身）预科，1912年夏，从南洋公学预科卒业，李定夷即入周浩（少衡）所创办的自由党系报纸《民权报》任编辑；不久，邓家彦创办《中华民报》，李又兼任该报编

〔1〕《红玫瑰》第2卷第40期（1926年7月）。

〔2〕郑逸梅：《书报话旧·〈民权报〉和民权出版部》，《郑逸梅选集》第1卷第939页，黑龙江人民出版社1991年版。

辑，并相继在此二报发表《鸳湖潮》、《霣玉怨》、《茜窗泪影》等创作小说。次年11月，与张咏述女士在上海结婚。张女士擅法语，文学素养甚高，常用“鬘红女史”笔名为丈夫的小说撰写评语，时有灼见。同年，李定夷还完成一部历史著作《清代外交大事记》。他在此书自序中指出，清代外交，失败于“昏昧”、“傲慢”、“因循”、“隐讳”四端，而以“拳乱”为其分界线：“盖乱前为各国独立相争时代，乱后为各国握手相图时代。由前言之，一小结束；由后言之，一大关键也。”从中可以看出他的政治态度以及作为新闻从业员对于时事的敏感性。这种政治态度在他的一些小说中均有所反映，使之成为最早触及“革命＋恋爱”问题的作者之一。

“二次革命”失败，袁世凯大肆摧残民党，《民权报》被迫停刊。徐枕亚于1914年创《小说丛报》，李定夷曾任该刊编辑一年。所著《潘郎怨》（单行本出版于1915年12月，改题《昙花影》）与徐枕亚《雪鸿泪史》并载该刊，一时脍炙人口。同年，应国华书局主人沈仲华聘，任该局总编辑。5月，创《消闲钟》半月刊，长篇小说《自由花》即载该刊。1915年2月，又创《小说新报》月刊，兼编辑主任，直至1919年。译述小说《辽西梦》（英国勃烈特原著）、创作小说《伉俪福》等，皆刊于《小说新报》。在此期间所撰说部，还有《湘娥泪》、《美人福》、《千金骨》、《双缢记》、《尘海英雄传》等。

鸳鸯蝴蝶派言情小说产生于辛亥前后，其社会环境、时代背景，皆与明清才子佳人小说不同。第一代鸳蝴派作家，大多出身于封建时代的书香门第，然而生不逢辰，家国陵夷，所以又往往沾染着浓厚的名士气息。他们接受过儒家文化的系统熏陶，却又经历了“维新”政潮，不同程度地吸取过欧风美雨带来的新鲜空气。在政治上，他们一般都拥护“反满”的资产阶级民主革命，并按照各自的理解而对“自由、平等、博爱”思想及共和政体表示认同。然而，他们在骨子里又深深眷恋着传统伦理文化及其价值观念，因此，可以接受政治体制的改建，却不能容忍伦理价值的彻底重构。李定夷既是这一代作家的一员，上述矛盾也就充分地反映在他的作品之中。

李定夷的前期哀情小说，有《霣玉怨》、《鸳湖潮》、《潘郎怨》、《千金骨》及短篇《冤禽泪》等，论者皆以《霣玉怨》、《鸳湖潮》为代表作。前者，于1914年7月由国华书局初版单行，30回，近8万字；叙兰陵世家子刘绮斋与禾郡女郎史霞卿相爱，遭史之庶母挑拨阻挠，酿成悲剧。后者，亦由国华初版梓行于同年6月，16回，约6万字；叙浔阳韩剑庐与广陵吴彤瑛相爱缔姻，吴之婶母不允，逼其另嫁，导致吴出走投江，屡陷险境，韩则间关万里，遍访伊人而不得，终于双双殉情。

这两部小说和作者的其他哀情小说，都贯穿着一个共同倾向，即对纯洁、专一、坚贞的爱情的肯定、推崇和颂歌。

但是，李定夷笔下的男女主人公们有一个共同倾向：他们敢相互爱恋，却不敢在受到家庭阻挠时双双"私奔"。他们也讲"自由"，可是，一碰到严酷的"父母之命"，男的便成了焦仲卿，女的便成了刘兰芝。就此而言，他们的悲剧又基本上是一曲"现代《孔雀东南飞》"。

《賈玉怨》的开头，刘绮斋在公园初见史霞卿，听到她和一位女同学讨论对"不自由毋宁死"的理解。霞卿说："自由在法律之中，固不容人之干涉；自由在法律之外，必戕害他人之自由，人人而咸得干涉之。……西哲所云，亦就法律以内言之。"一位姣好的女郎而有如此不凡的见解，绮斋于是顿生爱慕之心。

史霞卿的"自由论"，实即李定夷的"自由论"，从而成为他作品中双双对对"可怜虫"所共同遵奉的行为准则。这种"自由论"在字面上无可挑剔，作为课堂试卷，可打满分。然而，这些"可怜虫"在恋爱实践里，却"偷换"了一个概念：把"父母之命"当成了"法律"。

刘绮斋最大的痛苦，莫过于母亲托人向史家"问名"而遭拒绝，因为在他看来，恋爱应该自由，否则双方无夫妇之情，夫妇之名就要落空；但是有夫妇之情而不得父母之命，则情虽真而名不正言不顺，理想就只能永远挂在天上，绝对不会落下来结出爱情之果。对他们来说，"名分"之重，重逾千钧。

这一重障碍，"五四"青年知识分子中的个性主义者们，是很容易逾越的，逾越之途便是"出走"(鸳蝴派的中期作品里也出现了这样的形象，如顾明道的《雪里残红》)；在他们的观念里，有了"夫妇之情"，自然应得"夫妇之名"，"言"既"顺"，"名"必"正"，父母与社会承认与否，皆无所谓。李定夷短篇小说《冤禽泪》的男主人公朱席珍，在爱情得不到"父母之命"的认可时，也曾动过偕爱人出走的念头；然而他又顾虑重重："身非范蠡，竟载西子同行，设遇相知，何以自解?""两小同行，宁不自惭?"彼为"有夫之妇"(按实未成婚而迹近被未婚夫所遗弃)，我竟"舟车千里，致之远方，尤觉迹近拐骗，皎皎之身，将毋污之一旦"? 终于下不了决心。和"五四"式的青年男女相比，刘绮斋、朱席珍们作为"爱的坚贞者"，是真诚、执着的；作为"爱的行动者"，则未免过于软弱、动摇。这里反映着时代、观念的差别。从这个意义上说，李定夷的哀情小说几乎都是性格悲剧，主人公们的软弱，葬送了自己的前途以至生命。

但李定夷的思路却有着自己的逻辑轨迹。他试图通过《霣玉怨》、《冤禽泪》这样的悲剧和《美人福》、《伉俪福》式的喜剧之对比说明:问题不在要不要"父母之命",而在于父母是否理解儿女。理解的,即成就"伉俪福";反之,则酿成"霣玉怨"。这样,"制度"问题被化解成了"人性"问题。在李定夷看来,"父母之命"的专制性是不可取的,其"制度性"却又是必须维护的。因为早期鸳蝴派作家虽然一般地能够接受政治上的"平权"学说,却决不肯承认伦理上的"父"与"子"的平等。他们总是担心,这种平等一旦制度化,就要人欲横流,国将不国了。也正是出于这样的担心,李定夷不仅写了《霣玉怨》等哀情小说,对不理解儿女的"父母之命"提出抗议,写了《伉俪福》等艳情小说,以歌颂获得"父母之命"认可的美满婚姻(一贯反对蓄妾的李定夷,居然在《伉俪福》中赞扬了女主人公的劝夫纳妾言行,因为从"不孝有三,无后为大"考虑,这也是"合理"的);还写了《湘娥泪》、《双缢记》等"苦节小说",以"表彰节烈"。后两组作品,即用以"制约"前一组作品中所充溢的"自由"者也,用心可谓良苦。这正是近代中国"改良派"人物的典型心态。在这种心态影响之下,李定夷在《千金骨》的"楔子"中,曾把这个相当动人的爱情悲剧的"教训作用",归结为使人明白"爱情、自由,误人不浅也"。那些为《霣玉怨》、《鸳湖潮》等作品撰题跋者,往往也都持相同的观点。这样的"误读",实在惊人!

"消磨笔底英雄气,领略人间儿女愁"是徐枕亚赠李定夷的诗句。在1919至1925年期间,李定夷的创作不多,最重要的是《丝绣平原记》和《镜花水月》两部。

《丝绣平原记》被标为"侠义艳情"或"侠情"小说,其原因盖在于套用了唐人传奇的"古押衙模式"(俱见《无双传》,实为多数唐人侠情传奇所通用),即侠义之士助才子佳人成就姻缘的模式,而侠义之士又分文、武两类。李定夷前期的多数哀情小说,无论是否兼标"侠情",往往也都包含着上述"侠情模式":《霣玉怨》中助刘绮斋、史霞卿之姻缘的陈庐侠、武立三,是能"武"之"侠";《鸳湖潮》中刘苕华、金薇亭为救吴彤瑛而千里急难,《千金骨》中自号"天涯断肠人"之徐某援助沈碧英脱离火坑,则是不"武"之"侠"赴人危难、成人之美的侠义行为。这一模式中,侠者一般皆非主人公,而系配角;武术技击未被用为表现侠义行为和性格情感的主要"载体",因而"武侠"、"言情"两种因素未能实现有机的组合,前者仅为"言情"的陪衬。从通俗小说发展的历史看,"古押衙模式"已经早被突破,与李定夷同时的叶小凤(《古戍寒笳记》)、罗韦士(《三童传》)亦已开始以侠士、侠女为情场主角,描写"武侠"型的爱情故事了。因此,李定夷对后期侠情小说的主要贡献,还是在于构思艺术和"写情"的心理开拓。

李定夷又有一部分作品,小孤山人在《〈丝绣平原记〉序》中誉之为"以英雄儿女合传"。它们固然亦可视为"侠情小说",但又另有值得注意之处,这就是:较早地触及了"革命+恋爱"问题。

《賈玉怨》、《千金骨》等作品中,皆已写及武昌起义等革命事件,但都是作为爱情故事的背景而涉及的。前期创作中《茜窗泪影》、《春闺人梦》、《湘娥泪》开始直接写到革命和恋爱的关系;后期的《镜花水月》,又有了某些发展。

《茜窗泪影》,总 28 章,9 万余字。写何长龄及其挚友王子漳,分别与沈琇侠及其挚友何鸯秋(长龄之堂妹)相爱。长龄、子漳接受"反满"的种族革命思想,弃文就武,入陆军小学。武昌举义后,二人投身广东北伐革命军,开赴江宁前线作战。琇侠、鸯秋忽得子漳来信,谓长龄负伤,望即来宁。二女束装北上,途经上海,被骗入秘密卖淫之"台基";历经艰险逃回粤中,则长龄已伤重牺牲,由子漳扶柩送归。琇侠为此坚不嫁人,鸯秋请家长以媳妇之礼迎归;又使子漳入赘,期与琇侠长相伴。然子漳、鸯秋恩爱之时,琇侠唯茜窗寂处,以泪洗面而已。

《镜花水月》,不分章回,约 3.6 万字。女主人公姜云泠与柳竞雄相爱缔姻。柳为同盟会会员,新婚前夕忽奉党中密令,往日本东京从事秘密工作。不久,武昌事举,而柳杳无音信。继而从各种渠道获得各种信息,或谓因从事革命,柳已不能维持往日爱情;或谓柳已被日本政府监禁;或谓在武昌起义时中弹殉难,经查究,均系姜之继母及其姘夫所造谣言。姜思念成梦,梦中与脱险凯旋之竞雄团圆,醒来不胜唏嘘。

上述两部作品,都写及由于革命而给恋爱带来波折或造成悲剧。这一点,与新文学阵营的"革命加恋爱"作品有相似之处。但是,二者又有明显差异:新文学的"革命+恋爱"作品中,男女主人公往往都是强烈的个性主义者;爱情挫折往往成为他们投身革命的动因;它们多方面、多角度地描写了"革命"与"恋爱"的矛盾、统一或"逆差";许多作品并力图通过这种题材反映主人公由个性主义走向集体主义的思想历程。李定夷的作品则比较单纯,他的女主人公面对"革命"和"恋爱"的矛盾时,均能"以国事为重,以私情为轻”,勉励爱人从戎;坚贞地等候他们功成名就,投甲归来;或者为牺牲的爱人“守节”不移。徐天啸在《茜窗泪影》序中说:“长龄既以爱其国故,忍舍其亲爱之未婚妻以去,是长龄之爱其妻,不若爱国之挚;琇侠则以爱其国故,宁牺牲其毕生之幸福,以殉此为国捐躯之未婚夫,是直接所以爱其夫,间接所以爱其国,此所以难能而可贵也。”这是对作品主题的简单化的阐释,不过从中确实可以看出李定夷式“革命+恋爱”小说与新文学作家“革命+恋爱”小说在意识形态上的鲜明差异:前者触及“个体”与“群体”的关系时,基本上都固守“修齐治平”观念,在理性上表现了压抑个性的倾向(《镜花水月》中姜云冷勉励爱人投身党务时说,“他日革命成功,投甲归来,吾幸为伟人妇,乐且无艺”,则反映了“封妻荫子”观念);后者往往强调“个性解放”和革命事业的一致,它们也反映二者的矛盾,但在理性上不是压抑个性,而是企图将其引向更高的境界。上述差异,反映着“革命观”的区别:李定夷辈的“革命观”上,打着传统伦理文化的深刻印记。

在样式上,《茜窗泪影》与作者那些情节曲折离奇的哀情小说基本相同。沈琇侠的性格,写得较为成功:她本是一个活泼开朗,比鸯秋更有决断、更敢作为的女郎;经历了死里逃生的磨难和爱人的牺牲之后,却成为性格内向、郁郁寡欢的“少妇”了。发展轨迹真实可信,人物形象具有较强的悲剧美感。《镜花水月》则反映着从“情节小说”向“心理小说”的转型。柳竞雄投身革命的结局,由三种似是而非的谣言和女主人公的一个梦境虚写之,似真似幻,不落俗套,“聊留无尽之思”。既与女主人公的心态十分契合,又以特殊的手段表现了她的心态和情绪。因此,这部作品颇有一点“精神分析派”的美学意趣。云冷之妹雪艳(这是一个开朗泼辣的女孩,与姐姐的内向型性格对照鲜明)帮助其姐剖析、揭穿奸谋,又糅入了侦探小说的推理因素。

上述两部作品,都从“歌成黄鹂莫招夫婿之魂,镜掩青鸾空怀倩女之影”的角度和意境来写“革命+恋爱”,因而可以视为传统哀情小说的一种“变型”。后来,顾明道的《雪里残红》在这方面又有所发展。

1925 年,李定夷入北洋政府财政部,供职于会计司第五科。1928 年,入南京国民党政府财政部,任视察。同年冬,调中央银行,先后任发行局秘书、文书科主任。1940 年,随行迁重庆,曾兼任中央银行行员训练班及“四联”总处行员训练班国文及应用文讲师 3 年。

1949 年,入中国人民银行上海分行学习;同年 10 月,因病离职。1957 年 7 月,始任上海市文史馆馆员。1964 年 11 月 23 日卒于沪,享年 74 岁。

第七节　既乞怜父母恩赐，又痛斥父母专制

——哀情作家吴双热鼓吹“自由结婚”的心态

与徐枕亚和李定夷齐名的还有吴双热，江苏常熟人。原名恤，这“恤”字是由“心”与“血”两字组成，所谓“双热”就是取其既“热心”又“热血”的意思。他曾主编《民权报》文艺附刊，而该刊附赠的《民权画报》上就登载他的《兰娘哀史》，写兰娘之夫石啸庵为功名而苦读，虽得咯血症而仍“悬梁锥股”不少怠。石啸庵赴南京会考，兰娘等来的不是捷报，而是运回的灵柩。兰娘痛不欲生，终于呕血而死，其绝命词曰：“兰娘，兰娘，汝胡命之薄乎，汝竟死于情乎！汝自于归以迄今日，屈指三百二十九日也。其间事夫之日百六十有五，别夫之日三十有六，哭夫之日，百二十有八。回首思量，呜呼一梦。百余日伉俪之情，唱随之乐，寻常闺阃所不能及……”对作为封建科举制度的牺牲品的石啸庵，作品并未予以展开，作者主要是调动一切手段在环境上极度渲染兰娘之“哀”。如在石郎墓前那一段：“日云暮矣，客皆去矣。侍婢书童，交口催归矣。而兰娘啼愈急，手扳墓树，尽其母左拽右掖不肯行，久之，老夫人惫矣，竟与兰娘同仆。衣襦袜履，一抹沾泥……”正如徐枕亚所评，吴双热“长于言情，必极其哀”[1]。

在《民权报》文艺附刊上，吴双热撰长篇哀情小说《孽冤镜》20章，与徐枕亚的《玉梨魂》相间登载，可谓珠联璧合，各尽其妙。作者在《自序》中说明了他创作《孽冤镜》的目的：“嗟乎！《孽冤镜》胡为何作哉！予无他，欲普救普天下之多情儿女耳！欲为普天下之多情儿女，向其父母之前乞怜请命耳！欲鼓吹真确的自由结婚，从而淘汰情世间种种之痛苦，消释男女间种种之罪恶耳！”而徐枕亚为《孽冤镜》写序时说：“一册《兰娘哀史》赚得之泪，已不少矣；而双热犹以为未足，更有《孽冤镜》之刊焉。吾知是书一出，阅者心尽移其哭兰娘之泪而哭环娘也。”那么，如此说来，这该是一部“环娘哀史”。其实并不尽然，在这部作品中，吴双热是一再强调，并高举“自由结婚”之旗帜。看《玉梨魂》时读者的情绪是相当压抑的，看《孽冤镜》当然也有压抑之感，但徐枕亚没有捅破一层纸，那就是喊出还寡妇有再嫁的权利。而吴双热却明确地喊出了给天下多情男女以自由结婚的权益。尽管他是以乞求天下父母赐予这种权利的面貌出现的。这大概就是在“五四”前，要求男女有恋爱与

〔1〕 转引自芮和师《民初小说坛丑角——吴双热评传》，范伯群主编《中国近现代通俗作家评传丛书(五)》第187页，南京出版社1994年版。

结婚自由之“初级阶段”吧?

《孽冤镜》写的男主人公王可青是宦家子,父亲曾是两淮盐运使的幕僚。为其子娶盐商之女曼云,此女丑而悍,夫妻无法和睦相处,又因未能生育,对中国人来说,没有后嗣乃大不孝,于是其父在外为其子购置房屋,拟为可青纳妾。岂知此“绝密”消息为曼云侦知,大闹新舍而作罢。3年后,悍妇病故。可青以为从此得到自由结婚之良机。在游常熟尚湖时邂逅薛环娘,由其友“双热”从中撮合,遂即双方赋诗证盟,欣然订婚。正要回苏州将此喜讯禀报其父母时,孰料其父于3天之前已为他聘定长官之侄女素娘。其父以为环娘家地位低下而又贫穷,而他所求的,必欲高攀而后快。这很明显是一种“权”与“利”的结盟。他父亲对可青说:

> 汝为素娘婚,他日必得夫以妻贵,干父之蛊,振家之声。宦海扬帆,获马当之助;终南涉足,有捷径可登。宁非汝之幸哉?宁非汝之福哉?谚云:一人得道,鸡犬升天。素娘者,方伯之犹女也。汝得素娘,汝得道矣!

父亲逼令从婚后,岂知素娘与曼云并没有多少差别,仅不过一个是丑而悍,而另一个美而娇而已。婚后不久,不仅与可青不谐,而且将公婆也不放在眼中,连那位利欲熏心的父亲也颇感头痛。最后,竟挟其陪嫁之金箧田册自去。可青是在父亲长期软禁中与素娘结婚的。而且环娘举家已从常熟迁至南京,当时可算是相隔遥遥了。双热去南京报信,路上舟行10天之久。环娘一旦知道这个消息后,悲愤交加,撞壁而死。其母久在病中,也因此而气绝。可青精神苦闷致狂,得环娘死耗后,力支病体去南京凭吊,并自缢于环娘墓前。所以吴双热将此惨剧题名《孽冤镜》:

> 是镜也,予尝于镜我。予今以镜人,愿人如我。对镜而触目惊心,翻然悔悟,须知真自由国,乃能缔美满之爱情。盖家庭无父母之专制,男女现平权之真像,此则情交之佳朕也。我国有此佳朕乎?呜呼未也!自由结婚之权不大倡,爱情上便多一层魔障。呜呼休矣!毋痴于情,痴于情,死于情,毋乃不值乎!谓予不信,请拭目观孽冤之镜。

由此可见,作者一方面用“乞怜”的口气恳请天下父母,另一方面也是大声疾呼,痛斥父母专制。这也实在是乍新还旧的时代的一种心态的反映,不足为怪。例如，他在小说中公然议论，要学习欧西自由之风，同时，通过小说中的对话，多愤激之言：

> 况晚近世欧风东渐，结婚竟尚自由。此风竟盛行，则爱情之交涉史上，当消灭几多罪案，亦当捐去几多恨事，行见内无怨女，外无旷夫；自由之美果，不甚圆满乎？

> 误煞千百辈青年儿女，父母之命，媒妁之言，实婚嫁问题上之大恶魔也。晚近世人心不古，父母为子女缔婚姻，所注意者富与贵，媒妁为两间作绍介，每信口天花乱坠，妄为撮合之山，宜乎十八九成恶姻缘也。

这可以视作作者对旧式婚姻的控诉。但在另一方面，那位王可青本想殉情，可是想到父亲年迈，他就连殉情也要征求他的好友双热，这怎么能"殉"得成功呢？难道自己的好友会对自己说，你应该去死。王可青还有一长段内心独白，我们可以领教当时青年受封建毒素之根深蒂固，才知作者之"乞怜"也是这种局限的一种表现：

> 儿之婚事，一误再误，儿知父母之怀，未尝不一伤再伤也。见恶曼娘，见恶素娘，儿知父母亦未尝不恶之也。父乎母乎，睹儿夫妇之交恶，大足伤怀，父乎母乎，为儿婚曼婚素，固爱儿也，曼若素之不贤不德，岂父母所及料哉？由今思之，儿甚悔，太执拗，未解将错就错，勉尽夫妇之道，一索得男，再索得妇，父母庆抱孙，老怀当太慰。儿奈何计不及此，以重父母之忧？只今孑然一身……王氏将无后矣。父母其何能瞑目？

王可青真可算得是一位主动为父母摆人肉筵席的孝子。以此看来，中国社会中的人们的思想意识要从旧变新，真是要经过多个台阶。封建思想盘根错节，而吴双热的历史职责，就是用小说的形式，较早地喊出了中国青年需要"自由结婚"之自由。至于其他的局限，我们就以己之昭昭，看前人之昏昏吧。正像我们的子孙会以他们之昭昭看我们之昏昏一样。

《孽冤镜》之艺术结构也有它的特点。在人称上它不用全知全能的视角，而是以一个"我"——也即双热来叙述一切，这就为自己造成了不小的困难，男女两人卿卿我我地在谈情说爱，本属"保密"级别很高的机密，你怎能知其详呢？于是作者用了种种手段来解决自己为自己制造的困难，大体说来还没有自搬砖头压自己的脚，虽然有时显得勉强，也总算勉为其难，被他应付过去了。因此也可以算作品的艺术特色之一。

吴双热不仅善写哀情，而且据徐枕亚说，他为人豪放而滑稽，有“民初小说坛丑角”之称。关于这一点就留给本书的“幽默滑稽编”向读者作介绍了。

第八节　社会加言情乃鸳蝴派先天遗传基因
——《广陵潮》不自觉地扮演“开路先锋”角色

哀情小说在清末民初盛行了一阵，为时不长，其命根子的婚姻问题就被新文学的较为彻底的反封建而“腰斩”了。但是，它的式微却还有一个原因，那就是陈陈相因，逐渐失却了新意，这就不是别人的“腰斩”而是亲手“自杀”了。请听恽铁樵的意见：

> 爱情小说所以不为识者所欢迎，因出版太多，陈陈相因，遂无足观也……多用风云月露、花鸟绮罗等字样，须知此种字样有时而穷。试取清乾嘉时骈文大家如北江、瓯北诸集为精密之分析，其所引典故，也不过洋装两厚册而止。今之小说，层出不穷，即尽以两厚册所有装置胸中，以有涯应无涯，犹且涸可立待。何况僻典非小说所宜，雅言不能状琐屑事物。宜乎换汤不换药，如一桶水倾入一桶水，而读者欲睡也。藉曰：不然，何以外国小说，言情者且日出不已？仅言欧美，现时所有，一年何止千万种，而彼邦人士欢迎自若，著者号称言情小说家自若耶？此无他，以意胜耳。文章惟意胜者无穷，盖事变万有，意象亦万有。[1]

这是一段很有真知灼见的议论。徐枕亚的《玉梨魂》是有新意的，李定夷的《霣玉怨》是有新意的，吴双热的《孽冤镜》也是有新意的。但如果只是陈陈相因，摹仿拓印，那又有何新趣呢？所以恽铁樵就说：“去年敝报中几于屏弃不用。”[2]他并非反对写言情小说，但他的刊物中所需要的是“以意胜耳”的言情小说。如一个作者只会用几百个“软性”的词汇颠来倒去加以拼凑，再加上“呜呼”、“嗟乎”之类的感叹，只能使“至美之情言而取厌于人”[3]。

---

〔1〕〔2〕〔3〕　恽铁樵：《答刘幼新论言情小说书》，《小说月报》第6卷第4号（1915年4月）。

因此，他不无偏激地、也有感而发地写出他的一篇新言论《论言情小说撰不如译》。[1]

那么，中国言情小说的出路又在哪里呢？当封建思想在作者头脑中的自我禁锢还比较严重的时候，我们从哪里去发掘一批作者写出有新意的言情小说来呢？其时有一部影响很大的小说，而且是社会小说，给了一些作者以启示。这部社会小说就是李涵秋的《广陵潮》。《广陵潮》并不以言情取胜，但它的男女情事还是占了一定的比例，这社会与言情之两相交汇，再加上李涵秋生花妙笔，使读者欣赏不置。平心而论，《广陵潮》在言情上新意不多，但他对社会新象的描写“带新”了言情的格调，使许多作者认为社会言情小说这一路子，是当时中国读者很需要、因此也会受到欢迎的品种。社会在“过渡”，新象百出；男女社交的情状，也在“过渡”，时有新风。在一个大门里还要靠青鸟传书的《玉梨魂》，毕竟已成为过去言情之一形态，此路大概难蹈覆辙了。而再看有些成功且格调也高的“新狭邪”，如《人间地狱》，不也是社会言情小说的格局吗？社会言情，不失为一条宽阔大道！所以将《广陵潮》放在本章来谈虽有点勉强，但我们认为李涵秋在“无意”中开了一条新路，至少在当时应作如此的评价。

再有一点也必须说明，言情是永恒的题材，少年人读言情小说时，会幻想自己日后爱情的甘甜，老年人读言情小说会回忆昔日的美好时光……这真所谓老少咸宜了。这个永恒的题材又时时与别的题材并汇，如“革命＋恋爱”、“武侠＋爱情”、“侦破＋生死不渝之相恋”，甚或“旅游＋一见倾心”……总之，“言情＋X”，或“X＋言情”，这是应该视为创作中习见的“拼盘”，只要拼得好，味道也就不错，“单一”与“多样”也各有好处，本来这也就是辩证而统一的。但是通俗文学中的鸳鸯蝴蝶派写言情小说原就是他们的本行，驾轻就熟；对社会的某些侧面，特别是新文学作家并不一定熟悉的侧面，也有他们的专长。现在，因为言情小说写得太滥，而要他们走“社会＋言情”或“言情＋社会”，那是绝对面无难色的。总之，这是社会发展的必然，也是该派作家之所能。社会言情小说于是大兴。但是通俗社会言情小说真正成熟，大概要到张恨水和刘云若等人手中，才得以出现经典之作。

现在，还得回到《广陵潮》这部小说的本身上来。《广陵潮》原名《过渡镜》，以百万字的篇幅反映从鸦片战争直至五四运动前夕社会一隅的风貌，

---

〔1〕《小说月报》第6卷第7号(1915年7月)。

用今天的眼光看来，它的原名倒是耐人寻味的。它的确是中国过渡时期社会转型的写照。求幸福斋主何海鸣说："此书最初实刊诸汉口《公论报》、《趣报》，原名《过渡镜》，先生善于描写过渡时代之中国社会，论者亦目先生为过渡时代之好小说家，此《过渡镜》之所以为名著也。"[1]此长篇李涵秋从1909年开始动笔，直到1919年才完成全书。《过渡镜》的历史背景是从英人犯我广东写起，历经上书变法、百日维新、武昌起义、洪宪帝制、张勋复辟，而以"五四"前夕的抵制日货、国民演讲大会为结束。作为能触及众多国家时势大局的社会小说，在通俗文学中并不多见。但通俗小说的风格毕竟与新文学的历史题材不大相同。新文学的历史题材往往是正面去描绘民族斗争或阶级矛盾的历史画面，以史诗型或形象文献型为上乘，可是，通俗文学则喜在大背景下写历史的轶闻逸事为乐道之津津。例如，写到英人侵犯我广东，又取道浙江，下窥江苏，蹂躏镇江。在这种重大历史事件中他只是写在长江对岸的扬州，看到一颗像小月亮般大小的扫帚星，于是民间纷纭："扫帚星！同咸丰六年的扫帚星一样。眼看又要有刀兵了。"富厚人家纷纷逃难，却拆散一对鸳鸯，那就是本书的主人公之一的伍晋芳和小翠子的离散。所以作者坦率地承认："我这《广陵潮》小说是个稗官体例，也没有工夫记叙他们的革命历史，我只好就社会上的状态夹叙出他们些事迹……"作品热衷的是街谈巷语，道听途说，闾里风俗，遗闻掌故。可是，这样写也得有人作为贯穿人物。作者选择的是一位"多情种子"，那就是《广陵潮》中的男主人公云麟。作者一方面要追求很强的故事性，即所谓"件件饶有趣味，事事皆需离奇"。但是，在这"二十年目睹之怪现状"的格局之下，他还重才子佳人的悲欢离合。这"怪"果然有如"磁铁石"，这"情"也是"捆仙索"。这双重"温柔的枷锁"将读者牢牢抓住，动弹不得。

作者将主人公云麟塑造成情滥而不专的"情种"。除了青梅竹马的恋人伍淑仪之外，还有"端庄明礼"的发妻柳氏，而更能使情节波澜迭起的，当然莫过于"冰姿侠骨"的青楼名妓红珠了。作者就让这位情种周旋其间。云麟的表妹伍淑仪一直钟情于云麟，可是由于算命先生的播弄，他们行将订立的婚约突然告吹。而后她所嫁的是革命党人富玉鸾，这位仗义疏财的豪放青年，虽然没有什么配不上伍小姐的地方，但他们毕竟还谈不上感情，而是祖母的"成命"相加。更不幸的是结婚才3天，富玉鸾就去奔走革命了，后又以

〔1〕 求幸福斋主:《悼李涵秋》,《半月》第2卷第20号(1923年6月)。

革命党的罪名而被屠杀。从此,伍淑仪只好抱恨终天。白梨娘还有一个8岁的孩子,还敢于与何梦霞暗中相恋。可是伍淑仪还不像梅表姐一样可以躲开高觉新,面对常常相见的表兄云麟,她连“发乎情”也不能表露于外,那么,既无发乎情于外,当然也装得不必止乎礼义了。令读者伤心惨目是在白梨娘之上的。再加上那位非常讨厌的“正旦”柳氏,还要时时板着面孔教训丈夫:说是淑仪——

如今不幸已成为孤孀了,霜寒月冷,憔悴可怜,古井沉沉,你何苦又拿这艳语淫词扰起他情海波澜,不能还他冰霜节操。

甚至怪她丈夫是“轻薄相如,琴挑卓妇”。这又不知从何说起,人间对寡妇就不应该有半丝温暖。除了柳氏这一副酸腐之气外,作者又用云麟与名妓红珠的种种艳情奇遇,增加些风流倜傥的情调。

但《广陵潮》在叙写男女婚姻问题上是具有反对封建包办婚姻的因素的。它写了父母之命,媒妁之言葬送了许多青年男女的终身幸福。美娘错嫁腐儒何其甫,绣春委身于流氓田福泉,真是使读者为她们感到无限委屈。而云麟与伍淑仪原可以有美满的婚嫁,但作者揭露了家长迷信星相占卜而吞食了幼者的生命,酿成了不可弥补的悲剧。以云麟为主人公,作者始终让言情与社会紧紧捆绑在一起,这确是李涵秋的成功处。人们当时曾对《二十年目睹之怪现状》很感兴趣,但这类书又显得太多了,你写“二十年”,我再来个“近十年之怪现状”,似乎又向滥而雷同发展。这时,李涵秋的模式是《怪现状》加《红楼梦》,人们就觉得新鲜。

至于那位情意绵绵的主人公云麟则是一位近似贾宝玉的人物,在作者笔下他是一位美男子,他娶妻纳妾,靠佳人的妆奁而从寒士变为丰衣足食的雅儒。他无意于官禄,平时以诗文自娱,在别人眼中也算是个“大词章家”。这位才子倒是同情于辛亥革命的“新派”,或称之为“新学家”,所以颇有一些精辟的议论。洪宪称帝之前,他就有一番“警告”,而对张勋之复辟,他也预言他的下场是不妙的:

大势所趋,怕将来这君主政体,未必能存立世界。那时候万一有人暗干天位,恐怕不能安然无事,少不得反对的又要高揭义旗起而相抗,弄得兵连祸结,民不聊生,列强眈眈,再借清乱为名瓜分中土,真是鹬蚌相争渔翁得利，那才危险呢。

即使他（指张勋——引者注）达到了目的，也不过如袁世凯的八十三天皇帝，昙花一现，断断不能持久。何以呢？在前清时代，人民脑筋中，尚不知共和为何物，虽受了专制之毒，惟敢怒而不敢言。如今政体既改了共和，又复行专制，人民即无实力与之反抗，我逆料那些爱国的伟人必有提一旅义师殄此小丑者。到了那时，“复辟”二字，怕不是就此烟消火灭么？

云麟不能算是一个没有见解的人了。但除了言论之外，要有行动，他就不在其中了。富玉鸾拉云麟去参加革命党大会，共商起事，他一看左右，倒抽了一口冷气：“了不得！我猜不到玉鸾竟做得出来，他不要性命，同那些强盗在一处干事。”从此，他再也不敢参与了。当他陪伍淑仪到南京去为富玉鸾收尸扶榇，他到了南京，看到人们都已不拖“豚尾”，也知道“自惭形秽，也就命淑仪替他铰去了一半头发，还留其一半头发，盘着瘦辫子，藏在帽子里面。好在天气严寒，头上总戴着帽儿，也没有人瞧得出来。他的意思，以为大清反正，我这半条辫子，总算是忠心于故君；就使天命已绝，竟由君主变为共和，我那时候再斩草除根，还他个新朝体制，也不为迟”。这个细节真是天造地设，将当时像云麟一样的维新人士的灵魂勾画了个惟妙惟肖。

但是《广陵潮》毕竟是通俗文学中的社会小说的名著。通俗小说家毕倚虹说：“肥艳浓香之笔，典质简朴之词，吾视之不难；独尖酸隽冷之言，刻画社会人情鬼蜮，吾不如涵秋。”〔1〕另一位通俗小说大家刘云若说：“洎余涉世日深，阅人日多，所遇之奇形怪状，滔滔者皆《广陵潮》中人也；若扩而充之，亦可言全社会之秦镜，不得以狭义而小之……”他的意思是说，要看懂看透李涵秋的小说，没有一点个人的社会阅历，往往还食而不知其味呢。这两位大家的评价自有他们参照自己的写作甘苦的经验之谈。有些事看来甚为怪诞，但李涵秋反反复复强调“这部《广陵潮》小说，并不是凭空结撰，可随意颠倒的说去的。以先的事迹本是如此，作者也不过就这事实演说出来”（第30回中语）。小说的纪实性是很强的，例如，作品中写到一件小事：袁世凯妄想称帝时，官方就曾掀起过一股“劝进”热潮，以制造出一个“民心所向”的假相

〔1〕 引自陈慎言《广陵潮·序》，《广陵潮》第2页，百新书局1946年改版第1版。

来。在李涵秋的笔下写了一支“乞丐劝进队”，人们或许以为这是他的夸张之词，哪里知道，当时就确有其事，连乞丐也不忘争做开国之功臣，袁皇上可谓深得民心矣。又如，在民国成立之后，李涵秋笔下又涉猎了青皮地痞参加省议员选举的事实，他们强奸民意，包办民意机关。从一个侧面看到旧势力、恶势力想把“民国”和“共和”蛀空。正如他在写到选举的弊窦时说：“我就趁这时期和读者谈谈，倒也是揭破地方黑幕，灌输常识的一个好法子。”（第 92 回）

至于说到民俗风情，这部小说更是清末民初民俗民情的一块“活化石”。张恨水说：“我们若肯研究 30 年前的社会，在这里一定可以获得许多材料。”[1]就以妇女受缠足之苦为例吧。在第 11 回中何氏嘲笑绣春的脚裹得活像“大团鱼”：“你们听听这双大脚，跑得‘骨东骨东’的，几乎不将我家地上方砖蹂碎了！”可是到第 22 回，再描写绣春的美丽时，已说她“一双金莲伶伶俐俐的，真是只有三寸”。这其间作家就为我们细致入微地描写了这种妇女“专利”的苦刑：秦氏为绣春裹脚，体现了母爱深切而又不得不亲手施刑于女儿的残忍的矛盾心理：“秦氏听见春儿哭得伤心，自己也是落泪如雨说，我那情愿替你裹脚呢？我不替你裹脚，人家要骂我：‘有娘的女儿，一双脚都裹不成功。’要是世界上没有裹脚的事我也犯不着与你拼死拼活取闹了。”这种深刻的描写真是能撼动人心的。其他如“云麟开蒙”，“教民（主要指西洋传教士）霸道”，“病笃冲喜”，“学叉麻将”等等，都增加了当时社会风俗民情的知识。这也不失为稗官体例的独有风味。而在《广陵潮》中还有一个特色，就是勾勒了封建腐儒的种种丑态。其中有不少精彩的片段。如第 65 回的“明伦堂腐儒大会”，写何其甫等 5 个腐儒为表示自己是大清国的忠臣，要在明伦堂上当众自缢。这些贪生怕死的懦夫，装出要名垂青史，流芳百世的架势，口中念念有词：“皇上圣明……乞鉴微臣何其甫、严大成、龚学礼、汪圣民、古慕孔等孤衷，于今年八月十五日午时三刻，同在本城明伦堂尽节，微臣等生不能匡弼圣清，死当为厉鬼以杀共和而击民国。”他们你推我让，先以岁数大小来排列上吊的次序，后来又要用拈阄来决定悬梁的早迟。看热闹的人评价是：“这哪里是殉节？简直是在这里挨命。”这纯粹是一幕沽名钓誉的丑剧，李氏写得不瘟不火，入木三分。又如，何其甫成立的“文言统一研究会”，也极有讽刺的力量。何其甫高叫：“斯文将丧，妖孽横兴，人将附白话之

〔1〕 张恨水：《广陵潮·序》，《广陵潮》第 5 页，百新书局 1946 年改版第 1 版。

旗，夺我文言之帜”，他要“拼我余生，以卫圣教”。还诋毁道：“科学钦，我无以名之，名之曰妖孽！”这也是写出了当时抗拒“文学革命”的一股旧势力的嘴脸。所以说到《广陵潮》，不仅张恨水、刘云若、毕倚虹等倍加赞赏，就是新文学家也是能予以客观评价的。如胡适就说：“民国成立时，南方的几位小说家都已死了，小说界忽然又寂寞起来，这时代的小说只有李涵秋的《广陵潮》可读；但他的体裁仍旧是那没有结构的《儒林外史》式。”[1]

《广陵潮》影响极大，陈慎言介绍说：“自《广陵潮》出，一时章回体小说，以潮为名者，不下数十种；以社会里面，一经揭破，秦庭之镜，温峤之犀，为人所乐睹。”[2]海上说梦人的《歇浦潮》，网珠生的《人海潮》，皆是这股潮中的著名小说。

第九节　既写通俗小说，又熟悉纯文学的“票友”

——业余作家胡梯维的小说与人生悲剧

在通俗小说界还有一位非常值得注意的“玩小说的‘票友’”。也就是通俗小说界的业余作者。在当年，纯文学界，专业作者不多。要靠写作品养活自己及其家属，极为不易。所以如鲁迅这样的大作家，最后在上海的10年中，是否以创作“专业化”为生，也颇费过一番踌躇。但对当时的通俗文学界说来，搞“专业作家”，卖文为生者，倒不在少数；当然他们不少人也是报人兼作家。而上述提到的“玩小说的‘票友’”却是上海浙江实业银行的高级职员——胡梯维，在工商界也算得上是著名人士，读他创作的小说，也觉得是个学贯中西的读书人，文字极有修养，有时用典不少，却又并非僻典，很能博读者的会心一粲。他出版过两部小说。一部是以拂云生为笔名的《十里莺花梦》，先是1930年在《金钢钻报》连载，1931年印单行本时还用线装书的面孔出现，2版才改出洋装本，内容是写几位可称得上“倡门博士”式的人物在上海及邻近城市的青楼界、影剧界的冶游生活以及他们组织“票房”玩票友的经历。可以划入狭邪类，但细读又可算是社会小说。以其内容而言，似乎不必出版线装本，看来是出自一种“玩票”心态的别具一格吧？他的这部“处女作”出版时，严独鹤、周瘦鹃、张秋虫等皆为其作《序》，予以很高的评

〔1〕 胡适：《五十年来中国之白话小说》，《最近五十年——申报馆五十周年纪念》第18页，上海书店1987年影印本版。

〔2〕 陈慎言：《广陵潮·序》，《广陵潮》第2页，百新书局1946年改版第1版。

价。严序中说:“读其书别具风格,超然象外,而论其文,固由谨守绳墨,得其环中也。何哉?盖汇天笑漱石之温婉蕴藉,倚虹小凤之轻倩流利,涵秋之隽永沉着,恺然之亢爽英俊,而冶为一炉者也。”虽然有溢美之嫌,但还不离谱,说明他的确有其独到的文字功力,又很潇洒地吸收各家之长。而周序则说“其写海上风月,乐而不淫,清微澹远,不失雅人风致,谓为《恨海》、《十年》(指姚鹓雏的《恨海孤舟记》和毕倚虹的《十年回首》——引者注)继起之作,当非虚也”。而他在《自序》中却有一段很特别的文字,在通俗作家中是很少看到的。因为通俗作家很少去品评纯文学作家的作品,而他在这段文字中,却发表了鲁迅杂文中的“骂人风格”与张秋虫“骂人艺术”之比较。虽不中肯,却也显示他的兴趣多样与阅读范围之宽泛:

> 尝读《华盖集》鲁迅之骂人也,刻而不毒,凶而不狠。受者殆已死无葬身之地,彼乃出诸从容谈笑之间,读者或有怏怏未捣黄龙之憾。秋虫先生之骂,阴险狠毒,深刻恶辣,刀刀露骨,不稍蕴藉,如刘汉臣之抢天呼地,如李桂春之发眦怒裂,更如绝代美人,一丝不挂,披发顿足,号呼哭詈,观者乃得毛骨悚然,叹为观止,是始足与言骂人之艺术,而鲁迅先生不与也。

读了这段“奇文”,还不一定能领会他的意思。似乎与他的比较亮丽的小说风格要模糊得多。应该是他对自己的好友张秋虫的骂人的艺术来一番“捧场”,而对鲁迅则可能有点很客气的贬低。可是我们读后觉得他的好友的骂人的艺术实在不敢领教,而鲁迅则在“从容谈笑间”,却能致敌手或丑行“殆已死无葬身之地”。如果还有读者感到“怏怏”,那是对鲁迅的深意还咀嚼不出味道,不属文章好坏问题,而是理解能力有待提高;但如果世间真有一位绝代美人,像他形容的作如此“表演”,那是比泼妇骂街更令人作呕的。

这里《十里莺花梦》所受的影响恐怕连严独鹤也没有指出来,严序只不过将他的小说的文采与各名家作了一番比较,说他能兼收并蓄,以致使人们感到他的处女作的出手不凡。其实《十里莺花梦》受徐卓呆的小说的影响最深,特别是徐卓呆的中篇《甚为佳妙》。这篇《甚为佳妙》在《红玫瑰》上连载时,被编者赵苕狂认为是徐卓呆在那三四年中的“唯一的杰作”。《甚为佳妙》中的主人公王鹿希是一位研究后期印象派的艺术家,他做了美术编辑接手绘制一幅物产地图，他说这不属于艺术工作，一个星期就可以完工的，结果画了一年还没有完成。看了这个十足的颓废主义的“新名士”，我们总想起茅盾说过的一段话：“西洋的浪漫派颓废派的文学家的思想和行事，原与中国名士派根本不相同，不知道为什么西洋文学上的颓废主义一到了中国就被中国的名士派的余孽认了同宗；中国的名士思想——本来世世相传，潜伏在一般人的意识里的——于是就穿上了外来主义的洋装，在先天的洋迷的现代中国青年思想界活跃起来了。”[1]这个王鹿希开口闭口就是说些半通不通的话，他的“口头禅”就是“甚为佳妙”、“富丽堂皇”、“十分凄惨”之类。小说的最后就是写他篡到了主任的位置之后，新聘了一位美编完成他未竣的“地图”，而他每天“双手拿着报纸，一只右脚，搁在桌子边上，口中连连地念：‘富丽堂皇……主任一番……甚为佳妙……’”这位大患“性的烦闷”的时代的“混混儿”的灵魂一下子附到了《十里莺花梦》中的人物身上去了。他们的“口头禅”也是什么“富丽”，“十分凄惨”，“十分佳妙”之类。拂云生笔下也出现了一批玩世不恭的混混儿，他们已经不限于“性的烦闷”了，而是“性的大冲动与大实践”了，从中国的倡门玩到外国的罗宋妓女，从上海的长三堂子玩到杭州的下等娼妓，从绍兴的“六八五七”玩到江干花园茭白船。但在他的作品中也出现像于妙莲这样的“浊世独清”的大鼓娘。杜七少见了这位鼓姬就惊于她的美艳，与她接近更觉得她性格温和，吐属秀雅。又知道她家十分清贫，想帮助她，又知道她的性格，怕她不受，一天在后台偷偷地塞了200元在她的手提皮夹里，3天不敢与她见面。第4天她打发后台伙计送还了，“并附了张函柬，说什么‘在君固属豪举，而无功食禄，人且以我为何如人？不虑之赐，幸毋再施。’原来她还在学堂里念过书，所以清通得很”。所以人称“石膏美人”，美艳得冷冰冰。杜老七的朋友说出原委：

> 这一世里老七不见得有讨妙莲的希望了。妙莲告诉老七，说她父亲本来是做什么贩卖古董生意的，小时候把她许了一家姓李的儿子，此人现在天津读书，跟她信札往来，情愫很厚，她决不忍背了他嫁给老七，她说承蒙老七这样待她，只可报之来世，在今生只好轧一个终身朋友。老七听了，一点不难过，我爱你并不是爱你的肉体，一定要娶你回来。我是爱你的微笑，爱你的娇嗔，爱你的秋波，爱你的秀发，嫁给我固是这

〔1〕 茅盾：《“大转变时期”何时来呢？》，《文学周报》第103期（1923年12月）。

么爱你，嫁给别人，我也是这么爱你。他探于妙莲的口风，李家的境况也不见得好，那儿子是在天津的教会学堂里半工半读，老七便瞒了妙莲，按月寄三十块钱给姓李的父子。上次我在上海碰到老七的账房先生，还笑的打跌说，天下呆串了皮的呆子，要让他家七少爷第一了。他们六个堂老兄，享的遗产没一个比的他上，却哪一个不三妻四妾，比他会享福得多哩。

杜老七这样闹了一年，闹得上海滩上无人不晓得于妙莲的名字。拂云生大概是下了狠心，用这样的情节来结束《十里莺花梦》的：李家的儿子李凌云要来上海，杜七还用自己的车子，与妙莲亲到北站去接人，火车脱班，妙莲很不耐烦，而老七却一点也不觉得误他的时间，说道：“一点儿不麻烦，我还希望这车子误一辈子呢！”结果车子总算来了。一个亲切地喊“莲姑”、“莲姑”；一个更亲切地唤“云弟”、“云弟”。还给身旁的老七作了介绍：

于是步出车站，老七叫他们俩坐在后排，自己拨动车机径往四马路来。心里觉有块石头压着，苦闷得慌，猛地从小玻璃镜子中见妙莲握了凌云的手，相视而笑，不觉一个头眩，眼前发黑，支撑不住，颓然而倒。可怜这两小口儿没有一个懂得驾驶，束手无策，眼见这部八汽缸的林肯车，如失了舵的孤舟横冲直撞，掣电奔雷，不知冲到何处为止。做书的写到这里，笔敝墨枯，眼花目眩，也和杜老七不相上下，只可暂时搁笔，等到来岁大地春回，再来摇笔伸纸，看官们莫道小子江郎才尽。正是

世味如茶恨转新，牢愁沦落泪成冰；
半帘蕉雨时飘砚，妒煞莺花梦里人。

在这十里洋场上，醉生梦死的倡门博士活得非常潇洒，就是玉洁冰清的于妙莲、异于庸庸纨绔的杜七少、苦读上进的李凌云却没有资格生存下去。被人笑作呆子的杜七少心中突然跳出了一个“妒”，这个字却来自他的“真”与“诚”，他的最大的弱点就是不会“混”！

明年大地春回时，拂云生又以拏云生的笔名，摇笔伸纸，向读者交上了证明他还没有江郎才尽的答卷：《黄熟梅子》。这部书的特点是用娴熟的新文学的笔法去写一个地道的通俗文学的爱情故事。我们在上文已说过，社会与言情在通俗小说中常常就像孪生姐妹，即使作家写的是言

情小说，但是，将这个故事放在“大社会”背景下予以展开，赋予它新的生命，它往往就是一部“社会言情小说”。《黄熟梅子》就是一个很成功的例子。

这是写一个公司里的高级职员与一个唱苏州滩簧的女伶的回肠荡气的恋爱史与伤心史。不是章回体，一律用新文艺的标题，全书开头第一句是十足的新文学腔：

> “虽然数目只有十六元，怎么一个用法，倒是个值得研究的问题。”老钱是这样用食指搔着头皮说的。同时有萧萧瑟瑟的一阵微霰飘洒在他的两肩，雪也似的白。

这是一帮公司职员在讨论多余下来的钱怎么花在娱乐上。讨论的结果是请人来唱一堂“苏滩”。担任“提调”的是一个叫铁君的青年职员，演出那天虽然他有病，但由于“职务”关系，也还拥被偃卧在沙发上听完了女伶白妙泉的表演，最后，还得由他付账，于是被认为是热心的“苏滩欣赏家”。几次偶遇被同事们看出了：“白妙泉对你很有意思啊！”渐渐地两人开始了“认认真真”的恋爱。这里所谓“认认真真”是指虽然不能说写得非常诗意，也叫人看得“赏心悦目”的了：在当时上海这样的环境中，一个高级职员，对一个当时地位低下的吃“开口饭”的女伶能有这份纯情就算得上“襟怀宽坦”；而那位女伶也显得如此有分寸地自我尊重，却又真情回报，这就显得她很为“凝重”而未染轻浮习气。但是，在当时的这种社会风习中，这是一场注定要失败的恋爱。在铁君来说，他有一个固执的母亲，看样子是决不会接受一个“吃开口饭”的媳妇；而作为孝女的白妙泉，她也有她母亲在为她物色“乘龙快婿”。何况她吃开口饭接触的人品流极杂，有流氓看中她，要“霸王硬开弓”；有伍家二少爷看中她，被她回绝后，“戆头戆脑”地叫剃头司务在臂上刺上三个字“白妙泉”；而最厉害的是48岁的王四爷，他在北京某银行做经理，看中了白妙泉，定要她做“小”，可是他的最小的女儿还比白妙泉大1岁。在白母的眼中，这些都不是问题，只嫌北京太远。现在王四爷为了一定要她，从北京调到南京某银行，宁可做副经理，不是就靠近得多了吗？而这位王四爷是她母亲肯与之“谈判”的对象。于是一辆“606707”牌号的汽车常常停在白家门口，在铁君的眼中，“606707”就是他们两人之间的“吃情虎”。他们本已经好到可以同居的程度了，白妙泉也几次有“献身”的表示，也被这位有人格的青年温柔地“谢绝”了。他们还是属于一种“清醒的热恋”，他们在“高热”中总算还没有“迷糊”。因为他们都感到双方都处在一种“悬空的爱情”格局之中。问题不在于他们本人，而是在于他们背后都有一种看不见的力量“劫持”着，那就是双方的母亲都有自己的尺度与标准，而他们对“双方”的母亲来说，都是“等外品”。在这种情况下，他们的心能“落实”吗？他们皆在“失重”状态中“飘浮”。而随着王四爷的向白母频频“开谈判”，铁君的心情越来越烦躁，而孝女白妙泉也觉得不妙的结局愈来愈临近。随着“606707”在他们门前停留的次数越多，而铁君的母亲还沉睡在鼓中，她根本还不知道她的儿子正在与一个吃“开口饭”的少女热恋。这时，似乎是白妙泉当机立断，而作者就写出了一章：“消魂之夕”。这一章写得非常含蓄，粗心的读者也许还看不出这一章就是白妙泉的“献身”的成功。小说似乎进入了高潮，可是这制高点却是“悬崖”，爱情从此粉身碎骨。在白妙泉这样一种教养的女性看来，我将“贞操”给你就是我报你“热恋”之恩；今天，“我”还了最珍重的心愿，“我”再也不欠你什么了；说得更确切一些，即使“我”还欠你的“情债”，但我终身不会有“良心的谴责”，“我”已经将最珍贵的“贞操”献给了你，“我”可以“走”了，因为“我”终究不会是属于你的。铁君的牺牲也是巨大的，他为了白妙泉牺牲了自己的迁升——到天津分公司里去做“副司理”，而且天津行里的经理要将自己的爱女嫁给他。但他回绝了。他痛苦地回到了故乡，他怕回上海……他将自己的爱情经历写成小说，交给了他一位老友拏云生，让他了解自己近期的挫折——在情场铩羽归来。他的老友在火车上读这本铁君所写的“自述”，听见隔壁包厢里的呜呜的几句唱词“烂污婊子宿千人，走拉路浪搭架形，这两个穷爷不买你的账，奈黄熟梅子卖啥个清？”于是拏云生写道：“铁君这卷情史，本没有题目，我便斗胆抓来替他带了上去，不知合适不合适？”

这个题目很通俗，可是不合适，这是对白妙泉的诬蔑，她不是“黄熟梅子”。我们认为如果“铁君”在情绪极端痛苦时，说出了极端的话，他一旦冷静下来，他会懊悔一辈子。其实，这个铁君就是拏云生。熟悉作者的人都知道这是胡梯维的一次失恋之苦的“夫子自道”。

胡梯维原名胡治藩，浙江绍兴人。50年代以后，胡梯维曾任上海大光明电影院经理，又是民主建国会的主要成员。其续弦夫人金素雯曾是有名的京剧旦角，50年代加入上海京剧院任导演。“六十年代初风行歌颂海瑞的清官戏，胡梯维也写了一本《兴唐鉴》，是歌颂唐代清官魏徵的。这本夫编妻导的戏还来不及排演，1966 年‘文革’的风暴来了，海瑞被开了头刀，传说魏徵马上要挨第二刀，吓得夫妻两人在当年的一个雷雨大作的深夜里，面对面的悬梁高挂，双双自缢而亡了。”〔1〕

第十节　啊！46 年尘梦，秋海棠！

——兼论《秋海棠》的三个不同版本的结局

当《秋海棠》于 1941 年 2 月至 12 月在《申报·春秋》上连载时，它所引起的轰动，不禁使人们联想起 30 年代张恨水的《啼笑因缘》在《新闻报·快活林》上连载的盛况。这两部长篇所引起的连锁反应是十分惊人的。《啼笑因缘》除了立即出版单行本外，还被移植为其他的剧种，又被搬上银幕。《秋海棠》亦然：1942 年 7 月，由金城图书公司发行单行本；8 月，经中国联合电影公司导演马徐维邦决定将其改编为电影，至 1943 年 12 月 23 日在上海首映；1942 年 12 月至 1943 年 5 月，由小说原作者与顾仲彝共同改编为舞台剧本，由费穆、佐临联合导演，参加演出的演员有石挥、乔治、英子、沈敏、张伐、穆宏、严斐、白文等，可谓阵容强大，历时凡四月有半，共演出 150 余场。在这些连锁反应中，如果一定要说有什么差异，那么《秋海棠》在摄制影片时，没有像《啼笑因缘》那样，还纠缠着一场讼案。用张恨水的原话来说，这场官司，直打得“南北哄传，我也懒得再说。本来利之所在，人争趋之，有什么可怪。只是那样的做法，除了在上海租界住的人，可以办出来以外，其他地方，恐怕不会有。我觉得这事被欺可气，又觉不讲理得可笑。又是一个既啼又笑”〔2〕。《秋海棠》虽然没有遭遇这种令人啼笑皆非之诉讼，但也道途坎坷，例如，在小说出版和话剧上演时，上海已非“孤岛时期”，敌伪的书报检查与剧本审查一再横加干涉。小说中有关抗日的词语荡然无存，甚至还不许台词中出现“军阀”二字。作品情节所受的肢解与损伤，可见一斑。

很有意思的是《啼笑因缘》与《秋海棠》这两部长篇小说的格局大体相近，却各自还有如此巨大的吸引力。所谓格局相近是指它们基本上都属于“军阀、戏子、姨太太”题材，但它们又绝非津津乐道于风流韵事，而是从揭露封建军阀的荒淫暴虐，反对强权霸道为其骨架。沈凤喜的被刘将军逼疯，秋

---

〔1〕 魏绍昌：《我看鸳鸯蝴蝶派》第 170 页，1990 年香港中华书局版。

〔2〕 张恨水：《〈啼笑因缘〉之啼笑过程》，上海明星电影公司发行《啼笑因缘·特刊》，大东书局 1932 年版。

海棠的被袁大帅毁容，不仅反映了封建军阀的跋扈横行，而且从另一个侧面表现了艺人在旧社会所受的欺凌与屈辱。同时，两者在叙述被侮辱与被损害者时，都为他们设计了具有侠义心肠的友人的扶助。《啼笑因缘》有关氏父女，《秋海棠》中有赵玉昆与袁绍文。这显示出作者们的同情是在弱者的一边。但它们的模式虽有类型化的问题，可是有各自的独立的构思和时代的特色，因此，读者并不因为同属“军阀、戏子、姨太太”题材，而令人有雷同之感。在20年代末至30年代初，在通俗文学界中有些人，就已经意识到追随时代前进的问题。张恨水在写《啼笑因缘》时，已经有了这方面的明确的意识。到了40年代，这个要求更加为若干作家所看重。于是秦瘦鸥就不仅要着力去揭露封建军阀，而且从强烈的主观愿望出发，要加重抗日爱国的主题。

《秋海棠》是经过作家长期酝酿与不断更新其构思的产物。根据秦瘦鸥的自述，1937年4月构成全书大意时，他仅不过是“以过去十余年内自己所看到，听到，以及熟知的（甲）军阀荒淫史，（乙）平剧伶人的私生活为题材……”[1]但待到1941年1月，正式动笔为《春秋》写连载小说时，“由于时代的转换与当前环境的剧变，发觉原结构不合处甚多，乃开始作局部的修改”，“决定以（甲）暴露民国十六年以前，北洋军阀蛮横无理，残害平民的罪行；（乙）用佛教中‘诸行无常’的看法，写出平剧伶人由盛而衰，由少至老的悲哀为全书的主题”。但在《春秋》上连载时，“作者就从环境上得到觉悟，无论如何不该让这一部所谓‘长篇创作’（?）跟时代离得太远，因此，决定再在原有的主题之外，加上那一种专为激励并慰勉沦陷区同胞的意义进去。那就是把秋海棠写成整个中华民族性格底影子——拉不断斩不断的韧性……”[2]这种在构思和写作的过程中，不断修改情节和深化主题的做法，在过去的通俗文学作家中是的确少见的。但也会带来另一个问题，那就是作者在不断深化主题的过程中，他的情节的新调度与深化了的新主题是否对榫合辙的问题。看来秦瘦鸥对这个问题的解决还是较为理想的。

作为一个有抱负的伶人，作者在伶人的艺名上构想了一个极为重要的情节，主人公摈弃了科班中师傅为他所取的艺名吴玉琴，而因祖国的地图像一张秋海棠的叶子，故将艺名改为秋海棠。他懂得“日本等侵略国家，便像

〔1〕〔2〕　秦瘦鸥：《〈秋海棠〉的移植》，《秋海棠》第1—3页，百新书店1945年版。

专吃海棠叶的毛虫，有的已在叶的边上咬去了一块，有的还在叶的中央吞啮着，假如再不能将这些毛虫驱开，这片海棠叶就给他们啮尽了……"[1]他还画了张颇为工致的画：一片海棠叶和几条毛虫，并且还在角上写了"触目惊心"4个字，配上镜架，挂了起来。至于在"拉不断斩不断的韧性"方面，作者也透露了自己的构思意图：他让秋海棠身受"军阀的刺刀的宰割，破坏了他的美秀的容颜，切断了他的歌衫舞袖的生活，使他在极度苦难之中，走回农村去做一种我们中国人最应该做，而且又是最伟大的工作——耕田"，"一面含垢忍辱的抚养他仅有的爱女梅宝——我们的第二代，使她终于重见天日，回到她母亲的怀抱中去，而丑恶的一面，则终于自趋毁灭——秋海棠的自杀"。[2] 秋海棠在受到袁宝藩残害之后，身居乡间，生活十分艰苦，而且每况愈下，直至自己下田劳作，这当然是忍辱负重的韧性表现之一种。他要按照罗湘绮的模式去抚养梅宝成为一朵出污泥而不染的雅洁的荷花，他愿为此而含辛茹苦。但作者让秋海棠将梅宝送到了罗湘绮的身边之后，就让他那种拉不断斩不断的韧性，化为一种对"美"的不屈的追求。为了这种追求的永难实现，已经毁坏的容颜不可能再有恢复和弥合的可能，于是他坚执地用一种"不全则无"的信条来了结自己——自杀！其实这是对"美"缺乏全局把握的一种误解。秋海棠的"姣好"的容颜曾是他的外在的美，这曾令邪恶的袁宝藩垂涎三尺，也使许多观众为之倾慕，也许这也是罗湘绮对他的第一印象产生好感。但是，罗湘绮对他的爱决不是盲目的。作者曾解释道："他们在旧社会里，同是身受歧视与侮辱的被压迫者。胸中蓄积着无限的悲痛和仇恨，由同声相应、同气相求而一见钟情，也不算太突兀吧？"因此，经历了三九严寒的考验后的秋海棠其实更显露了其内在的美质。但作为名旦的秋海棠将自己的"容"看成是高于一切的"美"，或许他想留给罗湘绮的是一个"完美无缺"的秋海棠，让昔日的秋海棠的形象与印象永存在至爱的人的心中，一点也不受干扰地活在罗湘绮的心中——在他逝去之后，让罗湘绮在悲哀中更欣赏他的永恒的美。但用这样的"解脱"的方法，难道是最好的吗，是唯一的吗？

在1956年重印这部小说时，作者曾作了一些修改。可是正如秦瘦鸥在1980年再版时的"后记"中所说的："我自己对本书的修改问题也是作过多

[1] 因上海金城版中有关抗日的词句均被删去，本文中引用的《秋海棠》原文都以1944年桂林版为准。

[2] 秦瘦鸥：《〈秋海棠〉的移植》，《秋海棠》第3页，百新书店1945年版。

次考虑的，甚至头脑里还有过很激烈的思想斗争，但最近还是放弃了大修大改的打算，……这部小说是早已定了型的，作为某一特定的历史环境中的特定的精神产品来看，也是烙印分明的，很难加以改变。”我们认为，作者的态度是实事求是的。如果硬要拔高，无异于在旧衣服上打上新的补丁。

对秋海棠的死这一聚焦上，作者是经过慎重的考虑的。《秋海棠》对男主人公的死有过3种写法，不妨称为是它的3种版本。

《秋海棠》最早在《申报》副刊《春秋》上连载，从1941年元旦“开场”到1942年2月3日“收梢”共332节段。可称为第1版本。1942年7月上海金城图书公司出版单行本，将《申报》连载的17章，增至18章。《申报》上的《归宿》扩大为《也是一段叫关》和《归宿》两个章节，可称为第2版本。1944年桂林版和1980年江西版，均大体与第2版本无异。1957年，上海文化出版社重印《秋海棠》时，作者曾作了小修补。如章节题目有变动，《归宿》改成《戏还在唱下去》等。在人物方面，对袁绍文与罗裕华这两个次要角色，作了某些调度。可称为第3版本。

值得指出的是这3个主要版本的最大不同处是作品的结尾，也即是秋海棠的死因。质言之，第1版本是病故，第2版本是自杀，第3版本是累死。

《申报》连载时，作者在最后结尾写道：

> 湘绮直着双眼，在韩家父女和罗家母子的惊喊声中，勉强伸出右手去，在秋海棠的前额上抚摸了一下，更来不及哭出来，便也像梅宝一样的失去了知觉。
>
> 需要有一个永久归宿的人，已在她们没有赶到之前，得到他的归宿了，所遗憾的仅仅是他没有来得及再看到那张十几年来，天天伴着他的照相上的人。
>
> 四十六年尘梦，秋海棠！（全书完）

第1版中的母女相认写得比较简单，相认后即驰车探病。可是，秋海棠已一瞑不视了。这是非常生活化的结局，也是非常“老实”的结局，作者就是要制造这样一个悲剧性的结局，他不肯给秋海棠多留几分钟，尽管在母女没有相认之前，已经让他挣扎着活了十几年。这样的结局是一种作者的营造，也可说是生活的真实。

不到半年，秦瘦鸥在出版单行本时，已改变初衷，形成了比较艺术的第

2版本,内容是秋海棠的陨楼自杀。作者是有自己的构思意图的,那就是他写尽了秋海棠的"韧性"与"美质"之后,当他确知爱女找到了湘绮之后,他所培育的"美的化身"有了归宿,而他自己却不愿将一个丑的外形、丑的躯壳献给罗湘绮。他毅然"自趋毁灭"。作者也许认为,这"自杀"也是他的"美质"的一个侧面。所以话剧《秋海棠》上演时,著名演员石挥"在红氍毹上表演秋海棠临终的情状,记得他已受了重伤,却还能侃侃地说出'血和泪','人生的美'一番话来……"[1]这里除了悲剧的意味之外,作者似乎还想阐发人生的哲理。对比第1版本的"生活化的结局",不妨称第2版本为"艺术化的结局"。1957年的第3版本,作者将结尾改成秋海棠累死在舞台上,这是演戏的舞台,也是人生的舞台。

> "湘绮,瞧瞧我这张脸!"
>
> ……
>
> "不……孩子,我要告诉你妈……就在这张丑脸上……"秋海棠自知生命已到了尽头,急须把自己要说的话说出来。"有……有着许多……东西,……军阀的枪杆,季……兆……雄的刺刀,……生……活……活的……的折磨……"说到这里,秋海棠的呼吸越来越急促了。
>
> ……
>
> "湘绮,好好照顾梅宝!"

作者让秋海棠控诉和托孤,可称为"政治化的结局"。这3种结局有一个共同点,那就是秋海棠必须去死。"死"是作者为他预定的必然归宿。秦瘦鸥认为:"因为人生本是一幕大悲剧,惨痛的遭遇几乎在每一个人的生活史上都有,而骨肉重圆,珠还合浦等一类的喜事,却只能偶然在春梦中做到,所以连梅宝的得以重见罗湘绮已经也太Dramatic,如何能让秋海棠死里逃生的做起封翁来呢?"如此看来,作者是只能Dramatic一步,让母女相会,但按照他对生活的见解,他是不肯再走第二步的——让夫妻团圆。所以他让母女赶到小旅馆的前一刻,"令"秋海棠病逝,或让母女赶到小旅馆的前一刻,"推"秋海棠陨楼。在作者看来,"生离死别"4个字,能解决一半就已经很"宽宏"的了。于是,他让生离的母女会面,又让生离的夫妻死别。会面会使

---

〔1〕 周瘦鹃:《新秋海棠·弁言》,《紫罗兰》(后期)创刊号(1943年4月)。

读者叹赏，死别又使读者惋惜。作者一再调度读者的感情。他认为走“一步”恰到好处，走“两步”索然无味。这是他的美学见解，也是他的美学追求。读者也应该尊重。

周瘦鹃当时是《申报·春秋》的编辑，《秋海棠》的所以能“出笼”，就是因为他先看了秦瘦鸥所寄来的3个故事梗概，被他选中了其中的一个，那就是日后获大红大紫成功的《秋海棠》的毛坯。《秋海棠》的成功中也有周瘦鹃的一份功劳——他有一双能识别有前途的小说的毛坯的慧眼，又通过他的发稿的“实权”，使毛坯成为艺术的精品。但是，他带了家人一起欣赏了话剧《秋海棠》后，他的孩子们不忍这样悲惨的结局，希望他“救活”秋海棠。周瘦鹃真的救活了秋海棠，让他跳楼未死，经过一番曲折真的做起封翁来了。那就是《新秋海棠》，但是，即使是《秋海棠》的培育者写的，秦瘦鸥也不肯保持沉默。直到80年代他还在说：“早年也有别人给《秋海棠》写过续篇，但都失败了。我认为第一是他们不熟悉这类题材，第二是他们硬把秋海棠救活过来，再当主角，这一情节缺乏真实感，所以读者接受不了。”〔1〕

第十一节 欲与曹雪芹、施耐庵比肩的小说圣手
——论津派通俗小说大师刘云若

刘云若是津门社会言情小说作家中的佼佼者，他是唯一同张恨水一起代表民国社会言情小说最高成就的作家。其小说成就越来越被后世的文学史家看重。这决定了人们在研究津门社会言情小说时，在做了一番历史考察后，必然要把探研的兴趣聚焦在刘云若身上。

1949年3月，徐铸成同郑振铎讨论当时出版的章回小说时，郑对刘云若非常推许，“认为他的造诣之深，远出张恨水之上”〔2〕。这是新文学阵营对一位旧小说家的公允评价。其实，来自40年代初的一些评论，更能代表一般读者的阅读观感。刘云若的朋友姚灵犀认为，“以云若之手笔，成一巨制，应与兰陵笑笑生、曹雪芹相颉颃”。〔3〕当时一位读者“式瑜”在报上撰文，说“刘云若可以比美蒲松龄”〔4〕。更有甚者称“五百年来无此奇”〔5〕。这

〔1〕 秦瘦鸥：《〈梅宝〉从连载到单行本》，《小说纵横谈》第199页，花城出版社1982年版。
〔2〕 徐铸成：《张恨水与刘云若》，《旧闻杂记》第100页，四川人民出版社1981年版。
〔3〕 姚灵犀：《婠婳英雄·序》第1页，北京书店1945年版。
〔4〕 式瑜：《刘云若可以比美蒲松龄》，原载《一四七画报》第8卷第5期(1947年)。
〔5〕 景孤血：《粉墨筝琶·序》，《粉墨筝琶·序》第1页，一四七画报社1946年版。

些评价虽然不尽合理，亦有称颂之嫌，但却说明了众人对刘氏的喜爱。其实，刘云若写小说自有他的期许——

当初为此道，仅以游戏出之，不谓倏忽今兹，竟以此为资生之计。非有所长，盖舍此无他道矣。退笔如山，厌人坐年光，可胜叹哉！然鄙陋之文，虽难言著作，妄灾枣黎，幸不为社会所薄，嗜痂日众。余既感读者爱护期许之殷，又复以此资生，宁敢不敬所业。乃更自课程功，求学养成旧集新篇，广阅历乎人情世态，期能功力暗增，如春水日涨一篙，渐臻佳境。虽不敢望张章回小说之军，亦庶得稍免纯盗虚声之诮。然数年刻苦，至境如何？尚不自知。迨撰《酒眼灯唇》，乃致力以赴之，虽仍日写数百言，杂凑成篇，终难惬意。然世向大雅，奖励纷来，皆谓为功力最纯之作，精整锤炼，为以前所未有。余虽惭恧不敢自承，追取旧作观之，乃深觉其芜陋。因知数年刻苦用心，绝非无益，且益信境不限人，学无止境之言。余已逾中年，且工作日无暇晷，然得暇开卷，便有见贤思齐之思，殚心努力，或得颉颃时贤。然时贤之上，有古人焉，古人之外，又何年得比肩曹（雪芹）施（耐庵），而与狄（却尔司·狄更司）华（华盛顿·欧文）共争短长乎。孜孜求进，犹恐不足，瞻望前途，弥觉辽远，且往贤名著，罗列当前，惭汗不遑，而何暇沾沾自喜也。……[1]

由此可知，刘云若尚有自知之明，且一直胸有大志，希望“比肩曹、施，而与狄、华共争短长”。这亦是刘能高出时贤成为大家的重要原因。

刘云若一生创作了40余部社会言情小说，其中以言情小说居多，《小扬州志》、《旧巷斜阳》等社会小说中的言情成分亦很大。一个“情”字贯穿了他的整个作品系列。从“情”的刻画角度，我们可把刘的小说大概分为四类：第一类以《春风回梦记》、《情海归帆》、《冰弦弹月记》、《云破月来》为代表，小说具自传色彩，行文哀怨缠绵，受民初“哀情小说”影响的痕迹很明显。第二类是《绛雪蓝云》、《秋扇春风》、《粉墨筝琶》等作品，作于抗战胜利后，直接描写沦陷时期市民的苦闷生活和情感遭遇。“苦情”是其特色。第三类小说大都以情节曲折，感情缠绵离奇著称。这类小说颇具传奇性，把情节因素和煽情技法运用到了极致。刘氏在这些小说中设置了多重多角恋爱，其意亦旨在

〔1〕 刘云若：《酒眼灯唇录·序》第2页，天津生流出版社1941年版。

深度地刻画“畸情”人生。这类小说在刘氏小说中占较大比例，以《红杏出墙记》、《换巢鸾凤》、《婉婳英雄》为最有名。作为民国言情小说的巅峰之作，《红杏出墙记》获得了多方赞誉，80年代后曾多次再版。《红杏出墙记》是商业写作同言情小说样式结合的典范之作。90年代以来，文学领域商业主义同人文主义，商业写作同纯文学写作发生抗争时，人们在研究市场经济下的文学运作时，半个世纪以前在商业氛围下获得成功的《红杏出墙记》便再次成为出版界和文学界关注的一个焦点。这样，有些舆论过分夸大了该小说的“文本价值”，忽略了对其“演变价值”的探求。

其实，该小说着意描摹的也仅是一场多角恋爱故事。小说没有什么深的意蕴和思想，它为之称道的是由文本体现出的作者设计情节的高超技巧。这技巧只是把通俗小说的常规套路，诸如“巧合”、“误会”、“悬念”等加以组合，使其“循环纠结”让人入其境而迷，而乐于浸润其中。这种做法一般社会言情小说家都会运用，只是到了刘云若手里才神奇起来，这是因为刘氏在情节外，在语言、结构上均不落俗套。但如若把小说中多次出现的悬念抽去，则《红杏出墙记》就只是一般作品了。要不是刘氏对悬念的运用十分巧妙，读者才不致觉察自己被作者所“摆弄”。这种写作策略，显然是报载小说体制下商业写作的惯技。但它是为多数读者认可的。“作者是为他的时代、为他的时代的人进行生产，他也是在他的时代发挥效应和被人理解。”〔1〕因此，来自读者方面的制约成为影响作品历史风貌的一个主要原因。与其说刘云若的商业写作是迁就“经济”，倒不如说他更迁就津门的多数读者。天津的读者群滋养了刘氏的创作，却也限制了他的更大发展。《红杏出墙记》就是这种写作情形的历史记录。

刘云若的小说中可成为经典的并非是出自前三类作品，虽然这些作品在当时流传较广，让刘云若在天津成名。从历史流变和文本价值去衡量刘的小说，只有以《小扬州志》、《旧巷斜阳》为代表的社会小说可以成为代表民国通俗小说最高水准的经典。从这些小说中，我们可以更清晰地发现刘氏继承传统小说技法，又受西洋小说影响的痕迹。

刘云若写作之初是新旧文化各行其道的时期。他同时受两种文化影响，但总的倾向还是认同传统的旧道德、旧文化，且对新文学有一定成见。他曾说：“吾人曾作过故纸堆中的蠹鱼，习染很深，以后虽大受新潮激陶，仍

---

〔1〕　朔贝尔：《接受与现实主义》，［德］瑙曼等著，范大灿编《作品、文学史与读者》第288页，文化艺术出版社1997年版。

然不能不恋旧时骸骨。常觉着举世诟病的死文字,固有它新鲜活泼的精神,精微深妙的运用,足以和新文学并存,不必偏废。"[1]而且他对当时青年盲从新文化运动,禁绝古书的行为很有看法,认为一般青年盲从的结果只是"旧学既少闻见,新学仅得皮毛"。这固然是新文化运动以来的一个较普遍的现象。但刘氏只看到了现象的表象,忽略或没有看清高扬"民主"和"科学"大旗,把人文意识同社会批判意识引入中国的潜力。也许刘氏早知国人的整体素质不是短期的启蒙行为就可提高的,且提高素质、改变他们最好的方法还是改良旧文化,走渐进的道路。总之,社会批判的意识在刘氏的小说中比较薄弱,他还止于善意的规劝。他曾坦言:"作小说的应该领导青年,指示人生的正鹄,我很想努力为之,但恐在这方面成就不能很大,我或者能给人们竖一只木牌,写着'前有虎井,行人止步'。"[2]刘云若创作意图止于此,也决定了他的文学继承只是比较开明的改良行为。其思想并未比"中体西用"更进步多少。

时人说他时,常拿曹雪芹、施耐庵、兰陵笑笑生来比附,足见众人对他的爱戴。他自己也希望"比肩曹、施"。我们从他的小说中确可看到以上几人对他的影响,但刘氏又是转益多师的,其小说有自家面目。这是因为他从清末民初的林译小说及其他西洋书籍中接触了西洋小说,特别是狄更斯同欧文的小说对他有一定影响,这就是他欲"与狄、华共争短长"的由来。简言之,他从曹、施那里承继了传统小说布局谋篇的技法和活泼纯正的文风;从兰陵笑笑生的《金瓶梅》中,学到了通过艳情故事,于琐碎中体现市井"烟波"的笔意。且当他读了狄更斯等人的小说后更明确了自己的小说追求,即把小说描摹的重心放在都市下层人物的生活上;把城市的地域风貌作为小说的一个特色;把传统小说技法和西洋小说技巧合起来用;通过活泼幽默的白话语言把这一切展现在文本之中。这种追求有时集中体现在一部小说中,如《小扬州志》,有时某一追求在一类作品中又略为侧重,如《红杏出墙记》、《换巢鸾凤》等。

刘氏小说的男主人公如《小扬州志》中的"虎士"、《红杏出墙记》中的"白萍"、《粉墨筝琶》中的"翥青"及《湖海香盟》中的"朱绣虎",他们身上都略有些"贾宝玉"的"富贵不知乐业,贫穷难奈凄凉"的失意公子的气息。而《红杏出墙记》、《换巢鸾凤》这些小说的"悬念"运用又让人想起"悬念大师"狄更斯。这一

---

[1] 刘云若:《"神儿"、"劲儿"与"味儿"》,原载 1935 年 8 月 8 日《北洋画报》。
[2] 刘云若:《粉墨筝琶·作者赘语》第 2 页,一四七画报社 1946 年版。

切都表明刘云若是善于继承的作家。但刘又勇于创新。这在《小扬州志》、《旧巷斜阳》中得到集中体现。于是，我们必须走进《小扬州志》、《旧巷斜阳》，分析刘云若的特色，由此窥见津门社会言情小说的最上乘的表现。

刘云若很注重运用传统章回小说程式化技巧。以《小扬州志》表现最明显。在该小说中，刘氏综合运用了“背面敷粉法”、“横山断云法”、“獭尾法”、“草蛇灰线法”等传统技法。这其中尤以“草蛇灰线法”运用最成功。

“青青”是小说开始时的女主角，“虎士”对她一往情深。第3回中她随父远走关外后，书中没对她作任何正面描写，而是用些琐碎的细节，“草蛇灰线”，一路写来。小说一直处在“青青”出走的悬念中，利用这一点来组织“虎士”的活动，塑造“虎士”的性格。从第3回起，小说中5次暗示了“青青”在关外生活艰辛，终将回来找“虎士”。由于小说在第8回因故中断，使得刘氏在“青青”身上苦心设置的千里伏线骤然中断。这样，以8回的内容看，青青在后半部分的伏线成了赘笔。但细究这条伏线可推知，刘氏是想让青青回归，而虎士心有旧情，又不敢、不能远离身边罗绮的悲剧结果作为压轴戏“上演”的。可惜刘氏早逝，《小扬州志》只能以“断臂”之美传世。

由于这种“草蛇灰线法”的运用，使小说后半部分一直处在青青出走的悬念的笼罩中，这便于刘氏营造奇崛情节，也因此引起读者的兴趣。如小说不采用这种方法写青青，则小说的情节、节奏将变得单调、迟缓，且故事的场景转换将变得生涩，虎士的性格变化将显得生硬、突兀！

在结构外，刘氏的景物、人物描写也非常有特色。

《小扬州志》开篇，虎士登场前，有一段写景文字。正是有这段文字在，虎士作为末世王孙的形象才分外鲜明，而从这文字中亦可感到刘云若哀王孙、又感王孙的心情。且看——

> 话说天津城内东街上，有一家朱户铜环，巨家宅第，在这秋日萧晨还自门掩不开。门内也是寂静无人，院中的方砖里都已生荒草，加着玻璃碎裂、粉壁剥残，满眼都是败落之象。后院东面小书室，还自门户完全，糊着窗纸，尚似有人居住的样子。这时东升的红日，渐渐上窗，照见室中的怪状。这室中乍看去好似个被抢后的百货商店，一切器物全都凌乱非常，而且不伦不类。迎面放着一张玻璃柜，玻璃破了半截，里面堆着许多破烂古董，也有砖瓦，也有瓷器，破书旧帖之类，也杂在其中；又有几枝箫笛，从玻璃破处探出柜外。左边墙角放着一个乌木书架，书

架旁边又放一张烧痕斑驳的花梨方桌，桌旁又是一张紫檀大床，床上只堆着一幅破被子。那书架似乎倒过一次，桌上和床上堆着许多乱七八糟的旧书，书架却空无所有，只歪躺着一个缺了嘴的破茶壶和两只旧鞋。另外，靠窗的一张小桌上，放着一排酒瓶，约有七八个，有两个倒着，被桌边放的吃剩鸭骨挡住，没有滚到地下，还有橘皮、栗壳、花生仁等类，都布满在桌上，好像八卦阵一样。墙上挂的中堂，两旁边现出比较白些的两条长方痕迹，仿佛那对联才摘去不久，那中堂却是张和庵的花卉，可惜已扯碎一半；画轴也滚到地下。地下还铺着很厚的地毯，只已破烂了，更加一块块焦黑，想是曾经多次烧灼，上面铺着一层吸剩的纸烟头儿，一个痰盂倒在地下，污水都汪在地板上浸得湿了一大片。

在这一大段描写后，虎士出现了，只见：

一个面容憔悴的少年枕在痰盂上大睡。这少年约模二十一二岁年纪，眉目很是轩朗，只黄瘦得失了神采，嘴唇焦黑，想是失眠已久，身上穿着一件旧蓝绸夹袍，脏得不成样子，左手还握一只酒瓶，一只脚上穿着鞋，另一只鞋已抛到床上书堆之间，那一只没穿着鞋子的脚，却已蹬在另一个人的额上……

这种细致传神的描写即使在新文学作家中也不多见。在他的小说中，遗老、名士和坤伶、暗娼常作为反差较明显的人物在同一小说中出现，这使得小说人物层次分明，各不相类，增加了小说的社会深度。这些人物的描写非常精彩，时有让人叫绝处。而这种艺术效果又主要是通过肖像描写、对话等艺术手段实现的。《小扬州志》中对“遗老名士”的塑造，即属此种。虎士受郭铁梅之请去郭府，却意外地旁观了一场名士斗嘴。薛立衣人很自负，对卢寄山说话时自吹道：“……想当初在前清，那湘绮老人，樊山老人，加上兄弟，合称海内三才子，那时的笔墨，请托的就太多了。……兄弟和寄翁一样，不肯胡乱动笔，他俩就不然，滥受谀墓之金，所以论起清白，还得让兄弟一筹。记得袁总统曾送给我一副对联是：两晋而还谁翰墨，九州以内独声名。人们都说不为过誉。”这一下却惹恼了魏孟亭。他因“受了卢寄山的气，正在不悦，听那人在旁推波助浪，语挟议讽，便把怨气转到那人身上”。那人便是薛立衣。魏孟亭道：“薛立衣先生，近来捐税繁苛得很，听说又要添什么新税了，你知道吗？”薛答道：“从古未闻屎有税，于今只剩屁无捐。令人回想前清亡国之先，还算是三代唐虞之世，不知道又要添什么税。”这下斗嘴开始激烈并变成谩骂——

> 魏孟亭道：“听说政府又要办一种吹牛印花税，凡是吹牛的人，都要在嘴上黏贴印花。”那薛立衣好似脑筋不清，愕然道：“甚么？”继而改口笑道：“笑话、笑话，岂有此理，孟亭你简直胡说！”魏孟亭道：“你不信么？”薛立衣道：“自然不信。”魏孟亭笑道：“我和你说这原因——政府因人们吹牛的太多，越吹越大，倘若不加限制，长此以往不知要大至何等，所以也仿着鸦片寓禁于征的意思，创立这种印花税，你老兄日后说话，可要检点。”薛立衣这时已听出话头不妙，也自笑道：“岂有此理，我检点什么？”魏孟亭立起高声道：“你还不知检点？你老先生把吹牛当家常便饭，张大嘴，说大话，也不怕风吹了舌头，痛快说，这印花税就为你一个人立的。”那薛立衣面上有些挂不住，就嘴里不干不净道：“妈的，放屁！我薛立衣说话如韩碑杜律，无一字没来历，敢说吹你妈的牛。”……

又经过几个回合争斗，魏孟亭始而拍掌笑起来，继而高声道：“薛立衣先生，我真服你，能这样字斟句酌的吹牛……你老先生吹得真是五色神牛，我真怕被牛腿踢着，请接着吹吧。我今天还要谢谢你老先生，教给我一个吹牛诀窍，就是说大话要捡着与死人有关系的吹，管保百发百中，小子敬承明教。”说完，他转身走了。剩薛立衣独自目瞪口呆，“望着魏孟亭说不出话”。至此，一场斗嘴宣告结束。这段描写是从虎士的旁观者的角度写来，使人读之如在其中旁观旁听。这帮名士的嘴脸由虎士“偷眼观望”的视角写出，格外形象。请看这一些人的模样——

> ……第一个卢寄山，那种清厉严正的态度，好似一张脸上左边画着朱陆两家语录，右边刻着唐宋两大家文章，简直买了配享圣庙的预约券。那薛立衣似乎已被魏孟亭骂得减去了五百年道行，但仍把白眼去看众人，把青眼注视烟灯，一张嘴只吹烟枪，不再吹牛了……古董名家程小圃，通身自上至下，无一处不十分古旧，若见古董，最少他算出土三次的好东西咧。再有惊人的便是老画家赵古藤，这人烟瘾太深，背后的驼峰，和高耸的双肩合成画里峰峦，位置井井，脸上画着青山绿水，除了

两行鼻涕不大雅观以外，居然是一件美术品了。

刘云若曾为天津“城南诗社”成员，又与方地山、袁寒云、王小隐等津门名流友善，对沽上名士圈中情形非常熟稔。这样，他才能为这些群儒造像。而他同时又善于为底层人造像，诸如妓女、女招待、小职员皆因他随意点染而栩栩如生。

刘云若爱写妓女，又善写妓女，这与时风有关。当时，小说作者为引起读者兴趣，多引妓女入小说以起“煽情”作用，或以反映倡门中事为一种变态爱好。虽然这些人动笔时不作“诲淫”想，但客观上又确有“诲淫”因素。这是旧小说家通病。这样，他们反映妓女的小说呈现两种特点：一是较干净地反映妓女的悲惨遭遇；一是内容淫猥，充溢声色。但刘云若与时人不同，他的行文较严肃、纯净，多反映妓女悲苦境遇，且深寓同情。他笔下的妓女便很有“人性”，多姿多彩。有时仅小篇幅的描写就能让人有深刻印象。

《小扬州志》中的方玉雯是虎士在妓馆的旧相好，她在小说中只有一次正面描写——

(虎士)方才站起，忽听远处半空中有女人声音，“呀”了一声，接着叫道：“那不是秦大少爷么？”虎士不由已地向高处一瞧，看见对面楼窗启处，一个少女探首窗外，清水脸映日光，分外玉雪可爱，辫子从颈后摆到胸前，一手捋着辫梢，一手向自己招揽。

虎士认得这是旧相好，但此时他家道中落，自己流落街头，“立刻羞得脸和大红布一样，再不敢答言，低着头便向南跑去”。他边跑边还听见方玉雯在楼上“连声相唤”。

与方玉雯不同的恶妓是刘云若设色最浓的一群人。《小扬州志》中的铁屁股六儿就是此类中的代表人物。刘云若的肖像描写功夫在此大显神威。且看“铁屁股六儿”的肖像：

……却是特别出色的美人，身高总有五尺，瘦得有如电杆，却生了一张大扁脸，额角、颧骨、下颏全向外突着，鼻子反而凸得局促于两颧之间，深深隐匿不易寻觅，只那向外翻的鼻孔略留痕迹；一张血盆大口，镶了许多褪了金的铜牙，因为上唇奇短，连黄牙带红龈全在外面过风，又加嘴唇涂得鲜红，直好似吃过死尸的野狗一样；脸上的胭脂真不怕浪费，连耳根都擦满了，两只眼睛，一斜一瞎，却善作媚眼；头上居然是剪发披在肩上，好似蓬头大鬼，身上穿着紫麻葛大袍，居然崭新，襟下还掖着条大绸子手帕。

仅从刘氏冷峭的笔调上就可知这号暗娼很是蛮横恶毒。请再看虎士同她的一段“对手戏”。

虎士回头，见这位出色美人正含笑相招，便知方才是她说话，吓得驳头要跑。那美人已叫道：“小白脸，进来玩玩吧，我爱上你了。”虎士一听更觉胆战，不由加速脚步。那美人大发娇嗔，骂声“小兔子你敢跑”，随即追来。虎士回顾见她已到近前伸手要抓，急忙闪身而逃，那美人扑得太急，收脚不住，扑咚跌倒地下，气得乱骂：“小挨刀的，出去就叫电车轧死，妈的给脸不要脸，明儿再教我遇见，不把你一屁股坐死，老娘就枉是铁屁股六儿。”

旧日最底层之情形由此可知矣。《小扬州志》不愧为旧日天津社会风情的一幅生动的历史图录。作为民国通俗小说经典之作，它是无愧的，虽然小说中杂有些通俗的笑话，一些地方对“脚”的描写品评，显出与姚灵犀《采菲录》、《瑶光秘记》类似的对旧社会女子“金莲”的变态喜好。

刘云若“比肩曹、施”的努力于《小扬州志》中得以充分体现。若说刘写妓女多用传统手法，那么，他写下层普通妇女时则更多地借鉴西洋小说心理独白的技法，这是他从狄更斯、欧文等人处学来的。从《旧巷斜阳》对女招待璞玉的刻画，我们可知他对于这种手法的运用已相当自如。从《春风回梦记》开始，他已在运用这一手法，到《旧巷斜阳》，这种塑造人物的技巧已臻炉火纯青之境。在《旧巷斜阳》第 5 回，刘云若描写女招待璞玉沦落贫民窟，先被地痞过铁挟制，满心厌恶，后来却自甘倚靠过铁过日子这一段遭遇时，就大段地运用了心理独白。璞玉先为女招待，巧遇王小二，两下生情；但她有夫有子，难作取舍。王小二知书明理，为不影响璞玉家庭，遂南下。这时，璞玉丈夫因觉察璞玉同王小二的隐情，为成全他们，遂弃家出走。这样，璞玉只好辞事回家。因欠租，被迫移到贫民窟，在杂院中租过铁的土房住下。过铁为地痞，以出租最下级的土房为业，是“以命为戏的恶棍”。他对别人很狠毒，偏对璞玉宽厚，这引起璞玉怀疑，认为他“不会安着好心”。果然，一天雨夜过铁现出本性，动手动脚欲强占璞玉。璞玉原为胆小的人，由于过度厌恶，竟浑身生出力气，挣脱了。过铁走后，璞玉心潮起伏：

> 过铁因为我欠着多日房租，受了许多资助，所以有恃无恐的前来逼我，满以为马到成功，可是我怎甘心受他污辱？天啊，我虽然曾经背负丈夫，成为失节之妇，说不起什么贞操，但我便再结情人，也得落称心如意，若是相与过铁这样的恶魔丑鬼，还不如死了好呢！

这以后，璞玉远离过铁。而过铁却从她孩子身上作文章，不断给她孩子钱。这样，璞玉反倒觉得过铁不记前事，特别宽厚了。竟而想到应报答过铁。回忆起雨夜的事，“虽不致后悔没有从他，却以为自己未免太已寡情”。这样，她对过铁的刀瘢脸儿，日渐少了厌恶；对过铁也由感生爱了。于是，她屡次寻机同过铁说话，“无奈过铁每来总是一瞥即逝”。如此，“璞玉倒觉焦急难忍”。于是，她让孩子传话，约过铁会面。过铁听了后，并没答应，看了看房中的璞玉，便走了。这下反让璞玉如少女初会情人一样，春潮涌动了。“她从早晨就盼着日落”，买了“土粉造的雪花膏”、“草子油制的美发油”，还有三分钱的“法国老牌百花香水”，又预备了茶水点心和煤油，“以供长夜之谈”。然后，她一面梳妆，一面打发不肯就睡的孩子睡觉。待施朱敷粉收拾停当，她“又去泡了一壶热茶，用破被蒙上，就静坐房中，等候过铁到来”。哪知到半夜过铁也未到来，璞玉心中一阵犹疑——

> 暗想过铁何以不来，莫非他没听到那句话，但孩子说得清清楚楚，我在房中都听明白，他何致对面尚不入耳。莫非他为上次的事生了芥蒂，明知我需要他，不肯来了。璞玉想到这里，可真有些后悔，上次不该绝他太甚，否则此事早已顺理成章，何致有今日的魂牵梦萦，挨受凄惨。她痴思好久，直想出一种荡妇离奇念头，只恐过铁因不得志于自己，已在外面另有所眷，正打得火热，自不愿重拾坠欢。即使他尚有情于我，他的新欢在这好天良夜也会把住他不放出来，这样我还有什么指望呢？不由全身都似浸在醋里，把每根骨节，每条筋脉，都给酸化了。

璞玉对过铁本不当有此情感，奈何她被过铁蛊惑，思极入魔，把本性变了，竟生"猥鄙之思"和虚构的情敌吃起醋来。璞玉由厌恶到吃醋的心理变化，经刘氏这么一写，便极活灵活现。一个"薄命认桃花"的底层妇女的遭际因此而更合情合理地呈现在了读者面前。因所叙之事多凄惨而又合乎情理，故而才能打动人。

刘云若的小说头绪多，场景转换频繁，作者的议论及人物的独白又常大段大段地穿插在小说中，这似乎使小说显得凌乱无结构。其实，刘氏在人物设置上的苦心是可寻见的。50多年前，刘的朋友景孤血对刘氏小说结构的看法一直被行家们所认可。他认为"云兄小说的结构，差不多都是两个旦角，一个小生，一个花脸。如果细想起来，亦是千篇一律。但他却写一百个旦角是一百个旦角的言谈笑语、行动坐卧，而用笔尖的灵感能够吸引人人都觉得每一组自有其每一组的特点"[1]。"两旦"、"一个小生"是用戏剧语言来说明的，直白地说便是"三角恋爱"模式。《春风回梦记》中如莲同惊寰夫妇为一"三角"；《红杏出墙记》中白萍、仲膺、芷华是一"三角"；后期小说《冰弦弹月记》中，陆九芝、花月琴和二姑娘又构成一"三角"。有时，刘氏又突破这基本模式，采取"多角"即"一生多旦"的结构。《小扬州志》即属此类。正如景孤血所言，这些"三角"各有容颜，基本上无"千人一面"之嫌。选择结构模式是写作的前期工作，关键在于如何在写作中营造它。如果是一般作者必然会陷入雷同、死板的境地。这样，创作主体的个人素质就至关重要了。刘云若能使各个"三角"各不相类，正如景所说，一方面由于作者"天才奇恣"，一方面得力于作者对世事"体贴入微"，"经多验广"。

不论刘氏如何去结构小说，他的小说大都是借悲惨人生中的"三角恋爱"来表达这样一个主题：苦难生活中的爱情从来都是充满纠葛，破碎且不堪回首的。同时，在表达这一主题时，他在行文中又或多或少地渗入了自己的感悟，而且这种主题和感悟的具体表现又常受他个人创作心态的影响。从他创作心态的变化，我们可以发现他反映主题及形成特色的心理线索。

刘云若原是一名编辑，风会所趋，才偶然提笔写小说。虽然他在《春风回梦记》序中说：执笔时尚大动感情，狂挥痛泪。但从小说内容看，他当初写这篇言情小说时，是很小心谨慎的。第一次给报纸写小说，他当然不希望写砸。从刘氏生平及作品来考察刘氏的性情，我们深信他在写作时是很冲动的。"狂挥痛泪"即是这种冲动的外在表现。但作为编辑，他又深晓文字刊

〔1〕 景孤血：《粉墨筝琶·序》第1页，一四七画报社1946年版。

出后所面对的社会反应。冲动之余，他更多的是在做市场预测。但他没有写小说的经验，因此，很大程度上，他是抱着尝试的心态写作的。1940年间，在谈及《春风回梦记》时，他讲：当时写作"仅以游戏出之"。这正说明他当初对待该小说也只是尝试一下，权当游戏的。但即使是尝试，我们也可看出他当日写作的苦心，揣摩到他初次写小说的谨慎。

翻开《春风回梦记》，整个第1回根本不像旧小说的样子。不但没有"且说"、"话说"等旧章回的套式，也根本没有"说话人"开篇时的牢骚议论，扑面而来的是烟馆的众生相。仿佛有新文学短篇小说的意味，而人物语言的鲜活流畅又非一般初写新文学小说的作家所能比拟。这表明"五四"以来的新文学对他的影响还是比较深的。刘云若是考虑到新文学在都市的影响，才尝试着写出第1回那样的开头的。但同时他知道传统章回小说仍然为一般读者青睐，他还是不敢彻底无视他们的喜好。这样，第1回开头虽有新气象，但到结尾只好继续把章回小说旧套路拿出来——正是：圆一宵旧梦，客老江湖；看出谷新莺，春啼风月。后事如何，且听下回分解。简言之，他只是用旧瓶装新酒的法子尝试着开始写小说的。《春风回梦记》一出，反应不错，刘初无意有此效果，有了读者的肯定，遂沿着这个路子写了下去。从他整个创作情形看，他日后的写作基本是沿着《春风回梦记》的路子走的。

如果说从《春风回梦记》、《情海归帆》中，我们可看出他初写小说的谨慎，那么，到他写《小扬州志》等小说时，已完全摆脱了写作初期的谨慎和些许不宁。写《小扬州志》时，他已深知章回小说的市场依旧很大。于是，他更放心大胆、理直气壮地经营自己的小说，而少有写《春风回梦记》时的顾忌了。这种心态调整的结果是：一、他竭力用章回小说技法来布局谋篇；二、在语言上，越来越显出其幽默泼辣的个性风采；三、把小说反映的焦点固执地放在底层人物身上；四、借言情手法来反映世情。这样，《小扬州志》呈现一种奇异的特色：一方面是章回小说形式与技巧的全面回归与复兴；一方面是语言、人物的全面突破和西洋小说手法的熟练运用。但再仔细阅读可知，作者这种标新立异，实质上却仍然是对旧章回的改良。

在《小扬州志》后，刘又创作了《旧巷斜阳》、《湖海香盟》等一系列风格类似的小说。在这些小说中，开篇的闲文已很常见，篇头亦大量引入诗词。这足见他心态调整后的自在。但他在大量创作这类小说时已不过多考虑章回小说的严格要求和西洋小说对他的影响了，只一味地用才气去写，去编织一桩桩悲喜交织的人间传奇。这样，其小说呈现出极驳杂的面目：似章回又不严格地分回叙事，似新小说又常有些旧章回的滥调陈词。《冰弦弹月记》就是这样一种小说。小说从1949年1月至2月间，由上海正气书局出版。共4册。一册就是一回，一回近五六万字。它的回目也不按章回体格式写，而只孤零零的一句。该小说分观则各回内容、结构较完整，似新文学小说短篇的样子，但合起来看却又套着章回小说的外衣。全书共4回。这种减回现象，一方面可能是受报纸连载小说体制影响，写完后，再加回目所致；另一方面也可能是刘氏力图改良章回小说，为使故事不为太多的分回割裂而采取的策略。由于实施这种策略，客观上使小说更加杂乱、斑驳。这种驳杂的面目正好表明刘对小说写作已不太用心，而采取了"姑且"态度，一任各种面目在小说中共存。总之，刘的写作到后来，更多地趋向草率、任意涂抹；再加上后期小说多不终篇，使其小说的整体价值大打折扣。

刘云若的小说虽有淋漓的讽刺文字，但究竟缺乏批判的锋芒。这使得其小说多数也止于展览人生的悲苦，而无法有力地揭示"病痛"。有时，他似乎又更热衷于编写《红杏出墙记》、《换巢鸾凤》一类的曲折旖旎的传奇故事。他的小说中经常写到翥青、虎士等浊世公子，对他们缺乏自持、胸无主宰的性格塑造相当成功。在这些人物身上都有作者自己的影子。翥青、虎士等人的处境及忧苦，正是刘氏的块垒。刘因有"云月故事"的沉痛记忆，因此，一再借书中人物写自己的心怀。他不倦地利用言情手法书写悲愉人生，是有"藏泪入诗篇"的意味的。

在沦陷时期，刘生活清苦，心情沉闷，这在其小说中亦有较多反映。在《粉墨筝琶》中，他借翥青之口说："我想不出什么好办法，当初本可以到内地去，已经把机会误了。现在做生意，不但没本钱，没经验，我也不愿发那国难财。做事情更不愿吃汉奸饭，受矮子气。就是当一个号称清高的教员，我不忍看着许多好青年去给日本人修飞机场，运军用品。"这正是刘氏及沦陷区一般人民的心态。刘因有沦陷时期的苦闷困苦的生活经历，故才写出了《粉墨筝琶》、《秋扇春风》等反映沦陷区人民生活的小说。且刘在这些小说中寄慨尤深。他自己讲，《粉墨筝琶》是"愤书"，"八年来饮恨切齿，郁不得伸之冤气，于此书以嬉笑泄之"。[1] 该小说虽然因京津解放，《一四七画报》停刊而"永无续稿"；但它依然因多角度地展示了沦陷时期天津城的社会风貌而成为民国通俗小说佳作。特别是刘云若写"大巧儿"被强征为"慰安妇"的情

〔1〕 刘云若：《粉墨筝琶·作者赘语》第2页，一四七画报社1946年版。

节，是目前所知20世纪文学作品中正面描写日军强征“慰安妇”之始。这是具有历史参考价值的形象的历史实录，是沦陷区文学史的一个重要内容。

作为一个以卖文为生的职业通俗小说作家，刘云若虽然有放弃旧章回的想法，但动荡的时局，穷苦的生活使其创作心态越来越呈现“姑且”的状态。为不失去读者，不失去饭碗，到40年代末他依然辛勤写作。但这种写作只是姑且重复旧有的格调，创新或改弦更张似乎已是“比肩曹、施”那种旧日雄心影响下的呓语了。刘云若心态已老。在京津解放前，他的小说也只是些朝不保夕的小报的亮丽点缀了。

平心而言，刘云若的小说良莠不齐，既有《小扬州志》等传世之作，也有《换巢鸾凤》、《歌舞江山》等平庸的作品。即使是《小扬州志》、《粉墨筝琶》等经典佳作，也尽有些可供研究者采摘“缺憾”。但“论古必恕”。从民国通俗小说的发展，特别是社会言情小说这一文学品类的历史状态看，刘云若不愧为此中佼佼。姚灵犀50多年前称其为“小说圣手”，实非谀词。津门社会言情小说因有刘云若这样的大家参与，其历史地位才不断地被后世认识，它作为此派发源地才更具历史影响；虽然津门社会言情小说的发展、繁荣及此派的兴盛犹有一大批二流作家的劳绩。

第四章 蕴藏大都会地域特色的文化富矿

第一节 令人佩服得五体投地的“上海小说”
——从夏济安的感慨谈起

我们已从三条线索考察了中国近现代通俗社会言情小说纵横剖面，即狭邪小说及其对嗣后的社会小说与言情小说的影响；社会小说在近现代转型期的必然涌动；从言情小说到哀情小说发展到社会言情小说的纵横驰骋的阔大局面。但是，我们还想强调另外一个重要侧面，即社会言情小说对反映中国大都会的地域特色的特殊贡献。从地域史的视角去追溯，我们会感到，要写上海、北京、天津、苏州、杭州和扬州等名城的地方史，撰述中国的租界史，不去阅读近现代通俗文学，就会缺乏起码的感性知识。通过这些新兴都市或文化古城的形象史料，我们还能看到通俗文学对近现代欧风美雨东袭与固有传统习俗相杂交过程中民俗沿革的细致的描绘。在论述上面的三条线索时，我们没有提及一些重要的作品，例如，《上海春秋》、《歇浦潮》、《春明外史》、《如此京华》等作品，就是为了留待地域特色的专章中，作为实例去进行剖析，用以说明这是一个蕴藏量非常丰厚的文化富矿。

下面我们想分上海、北京、天津三大都市，再旁及通俗文学中所描写的外国的景况，瞧瞧通俗文学作家眼里的“东洋景”和“西洋景”，也算是聊备一格。

夏志清在《夏济安对中国俗文学的看法》一文中曾介绍夏济安对有些描写上海的通俗社会小说特别有浓厚的兴趣。夏济安曾赞叹道：“最近看了《歇浦潮》，认为‘美不胜收’；又看包天笑的《上海春秋》，更是佩服得五体投地……很想写篇文章，讨论那些上海小说。”〔1〕

---

〔1〕 夏志清：《爱情·社会·小说》第233页，台北，纯文学出版社1970年版。

用“美不胜收”、“五体投地”这样的高级颂辞当然有其特定的视角的，因为像《上海春秋》和《歇浦潮》这样的通俗小说，在纯文学作者的眼中是不入流的，在文学史家看来或许认为是一堆垃圾。我们不知道夏济安想写一篇论这些“上海小说”的内容及其论点是什么，但我们今天要从通俗小说看上海的面面观的意图不外乎如下四点。

首先，我们的着眼点是要看看通俗小说中所反映的上海地域特色，到底有多少知识含金量。其次，我们主要企求的特色不是古代的“静定型”的，而是欧风美雨东袭后，进入近现代的“流变型”的，中西合璧或“杂交型”的特色。第三，我们想尽量挖掘通俗小说所反映的地域特色、民俗风情的“存真”、“厚实”、“丰富”和“细致”，不是某些纯文学浪漫主义地把小苗说成大树，不是抽象架空的原则推论，通俗小说素以细致描绘著称，即使被诬为“裹脚布”也要以细腻而存真为上品。1930年，胡适在《〈上海小志〉序》中同样说到这个问题：“‘贤者识其大者，不贤者识其小者’，这两句话真是中国史学的大仇敌。什么是大的，什么是小的，很少能正确回答这两个问题。朝代的兴亡，君主的废立，往年的战事，这些‘大事’在我们眼里渐渐变成了‘小事’，或者一句女子‘蹑利屣’这种事实，在我们的眼里比楚汉战争重要的多了。……故一部二十四史的绝大部分只是废话而已，将来的史家还得靠那‘识小’的不贤者一时高兴记下来的一点点材料。”[1]

胡适并不重视通俗文学，但我们不妨借他这段话，用以说明通俗小说的特质在“识小”，而不是大而无当、或从概念出发的“成套唱腔”。

我们借用的胡适这段话，他是指历史而言的。其实，历史主要是要“识其大者”，它总是以记载历史上的大事为己任的。张三、李四等普通老百姓的事，它是完全可以不管的，但文学就是主要写张三、李四等普通老百姓的事，它的职责是“识其小者”，不过一定要有典型意义的“小者”，能以小见大的“小者”。因此，文学是可以补历史之不足，当然，历史也可以补文学之不足。而通俗小说还以它特有的知识性去丰富读者的“头脑库存”。例如，鲁迅在晚年的杂文中提及孙传芳要章太炎参与演投壶古礼之类的倒行逆施的复古事件，这在民国史中也是一件希奇古怪事。鲁迅的杂文中只是在评价章太炎时提了一句，我们后人也不甚了了。或许只有去查“尘封”的报纸才知道。可是在通俗小说《江左十年目睹记》中却详详细细地整整写了一回，

〔1〕 胡适：《上海小志·序》，见胡祥翰著《上海小志》第3页，上海古籍出版社1989年版。

即第18回的“乡饮投壶先兵后礼，大庠入彀偃武修文”，而且知道章太炎是没有从上海赶去参加的。读了这部小说再去解释鲁迅的评价章太炎的论点，似乎有许多新的丰富的旁证。这是以典型的“小”事件，识历史上复古之“大”者。

第四，我们认为通俗小说在反映地域性时，也有它的不足。因为清末民初的通俗小说是走的谴责小说的路子，所以在作品中谴责的成分多，写这个地域的不足之处多，如写上海的工商业，就在于揭其黑幕者多，写负面作用多，而写正面影响者少，写积极现象者少，当然也并非没有。但中国近现代通俗文学发源于上海，而又以反映上海为中心，这无疑给我们带来许多补历史之不足的丰富的活生生的资料，为我国的社会学、民俗学、文化学、经济学……带来不可估量的“财富”，正如罗兹·墨菲在《上海——现代中国的钥匙》中所说的：

> 上海，连同它在近百年来成长发展的格局，一直是现代中国的缩影。就在这个城市，中国第一次接受和汲取了十九世纪欧洲的治外法权、炮舰外交、外国租界和侵略精神的经验教训。就在这个城市，胜于任何其他地方，理性的、重视法规的、科学的、工业发达的、效率高的、扩张正义的西方和因袭传统的、全凭直觉的、人文主义的、以农业为主的、效率低的、闭关自守的中国——两种文明走到一起来了。两者接触的结果和中国的反应，首先在上海开始出现，现代中国就在这里诞生。

在北宋，上海还只是一个临江的渔村，南宋设“镇”，而元代升格为“县”，明末清初，上海县城只是仅有十条街巷的“蕞尔小邑”，随着经济的初初繁荣乃有“小苏州”之名，它毕竟是接受苏杭吴文化的浸润而成长起来的滨江小县。

清政府的“驰海禁”使它逐渐成为港口城市，直到1843年11月正式开放为通商口岸，成为中国第一号的新兴大都会，成为欧美台风登陆的滩头阵地，中国传统文化，特别是吴文化与欧美文化碰撞而汇成一个大漩涡，形成了汇合、交流、融化的态势，传统文化经过欧美文化的溶淡或杂交，异化或更新……再通过上海向苏杭等地反馈、辐射。

北京是官场，上海是商埠，商埠往往被人看成是淘金的宝地，虽然官场里“刮起地皮”来收入金银的效益比商人赚钱更快，但这是官的“专利”，非

“商民”可以“均占”者。张秋虫在《海市莺花》中说过一段“钱”与上海的关系：

有钱的想到上海来用钱，没有钱的想到上海来弄钱，这一个用字和一个弄字，就使斗大的上海，平添了无数奇形怪状的人物……高鼻子的骄气，富人的铜臭气，穷人的怨气，买办的洋气，女人的骚气，鸦片烟的毒气，以及洋场才子的酸气。……

凡此种种，大概都是大商埠中用“钱”化出来的各种气味。

可是上海虽不是官场，却是一个舆论中心。中国的维新派也好，革命党也好，都与上海有很深的渊源，特别是最善于抢占上海这块舆论阵地。在通俗小说中将这一点是说得很具体和透彻的。

蘧园（欧阳钜源）的《负曝闲谈》中就从第12回到19回写上海维新党的活动，算是他这部“接龙式”的小说中的最完整的一段故事了。

原来，那时候上海地方，几几乎做了维新党的巢穴。有本钱有本事的办（做）报，没本钱有（没）本事的译书，没本钱没本事的全靠带着维新党的幌子，到处煽骗。弄着几文的，便高车驷马阔得发昏，弄不了几文的，便筚路蓝缕，穷的淌屎。他们自己跟自己起了一个名目，叫做“运动员”。有人说过：一个上海，一个北京，是两座大炉，无论什么人进去了，都得化成一堆。

却说上海那些维新党，看看外国一日强似一日，中国一日弱似一日，不由他不脑气掣动，血脉喷张，拼着下些预备工夫，要在天演物竞的界上，立个基础。又为看中国政府事事压制，动不动便说他们是乱党，是莠民。请教列位，这些在新空气里涵养过来的人，如何肯受这般恶气？有的著书立说，指斥政府，唾骂官场。又靠着上海租界外人保护之权，无论什么人，奈何他们不得，因此，他们的胆量渐渐的大了，气焰渐渐的高了。又在一个花园里，设了一个演说坛，每逢礼拜，总要到那演说坛里去演说。

这几段议论维新党的话可说是高度概括的，把“党”内的人分成了“有本钱有本事”、“没本钱有本事”、“没本钱没本事”等三类。但蘧园毕竟是李伯元的助手，地道的谴责小说派，等到他触及实际时，他重点写的一个维新党人是黄子文，在日本混了些时候就回国挂着维新的招牌到处招摇撞骗，在一位叫田雁门的"堕入维新党的魔障"的大富翁的资助下，出钱托他办报办书局，结果黄子文得了 4 600 两银子的一笔大款项，却都作为黄子文的嫖资与赌本。他母亲从家乡到上海来看他，他竟然要母亲进强种女学去读书，待到回福建的田雁门要检查他的"成绩"时，他雇了几个人写了一本薄薄的《自由原理》，所得的评语是"狗屁不通"几个大字。从此，田雁门也不肯再续付款项了。

通俗小说《恨海孤舟记》中将第一次国内革命战争前的国民党人是作为正面人物来歌颂的，把郑髦公（陈其美）和张樵江（宋教仁）作为袁世凯的眼中钉肉中刺来描写的，因此，都反映了他们被刺的场面。书中的主人公栖桐第一次见到久仰大名的郑髦公时，印象极佳：

> 后面那人，正是郑髦公。栖桐、梁甫并不认识，却已久仰大名。郑髦公是浙江吴兴人，著名的激烈派党人，现在统着民军，为苏松军总司令……栖桐看那髦公时，穿着灰色爱国布棉袍，黑布马褂，白净面皮，戴着金丝托力克眼镜，儒儒雅雅的全没半点儿伧气。

栖桐对他的评价是"温蔼迎人"。郑髦公是为以上海为基地进行革命活动的。他为反对袁世凯称帝而展开多种斗争，他为革命活动多方筹款，他也就是在筹划革命经费中被刺客谋杀的。《恨海孤舟记》中一边详细地描绘了求治会忙着设立分会，预备劝进，捧袁称帝，一边是各省反对的党派也准备纷纷起义。"第一个便是党人中的急先锋郑髦公，他自从失败东渡以来，何尝一日忘却讨伐袁世凯。郑髦公浩然长叹"：

> "方氏方氏（方氏乃隐射袁氏——引者注），你这是自取灭亡，不过倒也是件好事。因为不这么一下子，你包藏的祸心，终还不能暴露于天下。所以有些人还认贼为父，当你是个安邦定国的贤豪呢。如今可好了，毕竟我言不幸而中，天下人也可明白我辈穷年治兵，不恤劳民伤财，以图此镣，并非无故了。那时人心激动，义愤填膺，一夫揭竿，不难立定，贯彻我们的抱负，便在今日哩。"正自欢喜着，又接到江王诸公的密信，请他即日回国，担任上海一方面的事务，他见了哪敢怠慢，立刻变易

服色，扮了个水手样儿，搭着商轮，径回沪渎。

他到上海的第一件事就是为反袁而筹款，因为连连失败，使党中经济，早已闹得筋疲力尽了。这时一个叫洪大煤矿公司总经理朱国安的表示愿意设法资助。郑髦公并非没有警惕之心，下面作者就写髦公的自我警策的思想活动和他被刺的经过。髦公猛地自己叫道：

> 髦公，髦公，你亡命十年，治兵两载，出死入生，不可胜数，今日如何反卑怯起来了。便是他其中有诈，我又何惧之有。万一事情能做到了，岂不是天大之幸，我不要畏畏缩缩，错过了事机，那不但对不起同人，还对不起我自己哩。想罢毅然定了主意，提起笔来，约那朱国安在明晚七时到寓里面谈。写好封固，连忙寄去。自己倒心中畅然，有了希望。
>
> 髦公又问如今这假资的事，已经协商妥当了没有呢？国安赔笑道："早已妥当了，草约也订好了，请我公过目之后，一签了字，这事便十分光了。"髦公笑道："这也好极了。草约有带来没有呢？"国安笑道："所为何事，哪有不带来的道理。先生别忙，在我里衣袋里呢。让我取出来。"一壁说，一壁只向怀里摸，猛的只见他把那只手一扬，只见他摸出来的，却是一支玲珑雪亮的勃郎宁手枪，说时迟，那时快，国安手擎手枪，对准髦公便放。啪的一声，髦公太阳穴里早着，扑地便倒。那其余的几个，顿时各出手枪，向四面拟着。国安还恐髦公未绝，对准头部，又放了两枪，方才一声暗号，冲先便走。余人跟着，一溜烟出了大门，跳上汽车，一阵黑烟，早已去的无影无踪。那寓里同志人等，听见会客室里枪声响，……再入室里，见髦公头部受了三枪，血出如注，气已绝了。大家乱着，手足无措。有几个便去打电话，通知各同志，便把髦公尸首放在床上，拭干了血迹，等到吴奴也得了信赶来时，早已魂归天上多时了，享年只三十六岁。

在《恨海孤舟记》中也写了宋教仁的被刺。但在通俗小说中，写宋教仁的被刺，还有《歇浦潮》等。在《歇浦潮》中还写行刺宋教仁的凶手服毒自杀，实际是幕后指使者杀人灭口，袁世凯的阴谋更是欲盖弥彰：

不意轰天一个霹雳，上海又出了一件惊天动地的大事，便是现任农林总长国民党要人宋教仁先生，在火车站被人暗杀。这件事一发生，党人如丧考妣。本来宋先生的丰功伟业，数十年惨淡经营，以笔墨鼓吹革命，得成现在共和之局；就是入政府以来，也处事和平，顾全大局，不比一班操切用事的党人，动辄矜使意气，只有破坏之能，毫无建设之力，真是政党中一个绝好模范人物。自被暗杀之后，无论是国民党人，非国民党人，无不同声一悼。因宋先生有功于国，无仇于民，那下毒手的人，若非丧心病狂，决不忍在中国人材缺乏之时，将这样一个大人物，轻轻暗杀……袁总统又是国民党的第一劲敌，因此国民党人众口一辞，都说这件事一定是袁总统主使。一天，他们在张园为宋先生开追悼会，席棚中所挂的挽联不下千余幅，倒有一大半是痛骂总统之作；就是登台演说之人，也带着几分骂意。这天所开的会，那里算得追悼会，简直算得是大骂会……因此，党人气愤不平，纷纷开会集议，决定二次革命，推翻袁总统，为宋先生报仇。

在《歇浦潮》中对大革命前的国民党也是一分为二的。有些国民党人就是为了投机革命，弄个一官半职：

这班客人，大都民党分子，所谓青年英俊，兼之这时候，正当国民党用事之秋，不论官商学界，无不以挂名党籍为荣，所以这班人，都趾高气扬不可一世……现在国民党里，做一个什么职员，据说再过几年，就可以升都督了。

从上述的几部小说中所引出的片段，形象地告诉我们，有些革命党人为革命甘愿倾家荡产，孜孜以求，连投靠袁世凯的前革命党人尤仪芙也说："革命伟人有钱都贴在公家用了，私家拮据的为多。"当时的上海有一股力图改革的潮流，革命力量也是强劲的。在反映清末民初这一历史时段中，通俗小说将上海这样一种地域特色勾勒了出来。

在清末民初保守势力和革新势力的斗争也是很激烈的。这在上海也是有明显的表现：例如，那时科举虽然被废止了，民间办学之风大盛，但科举也可谓名亡而实存，办学校时，也可将科举之魂附在"新兴"的学校之体上。在严独鹤所写的长篇小说《人海梦》中就有保守势力想将科举和学校冶为一炉。他写那位王观察以官方的身份办学，入学考试与科举格式一般无二，而王观察在开学典礼上的一番训词，更是被严独鹤讽刺得体无完肤，令人忍俊不禁：

但见人头攒动，来考的倒也足有三四百人，都挤立在校门外。那两扇门却紧紧的闭着，门外有许多公差一般的人，在那里伺候。还有几面虎头牌挂在那里，牌上却写着不准枪替、不准怀挟等字样。等了好一会，里面跑出一个戈什哈来说道："点名了。"登时校门大开，有十几个人每人掮着一块高脚木牌，整整齐齐的走出来。每一面牌上写着三十个名字，应考的人须自己认清名字在那一块牌上，就跟着这块牌进去。唱名，接卷，第一块牌点完，再点第二块，按着次序鱼贯入场。温如、国雄因报名日期很迟，已在末了一块牌上，等前面的人都走完了才得进去。他们进去了，就放炮封门。

到了明天，寿卿便问了问他们场内的情形，又用手揩着鼻子说道："这位王观察，竟要将科举学校冶为一炉，也算得是一时矜式了。昨天这种场面，俨然是个岁科考的光景。他自己是少年科甲，却没有放过学差，借此一来也仿佛充了一回宗师，好过过他的瘾哩。"

那王观察才喝了一口茶，咳了一声嗽，提高了喉咙说道："我朝数百年来以科举取士，所以（一个所以），做士子的自然以专力科举为最上乘。但是，现在中外通商，朝廷不得不兼重洋务，设立学堂，所以（两个所以），少年后进，也须要仰体朝廷作育人才之至意，研究些西学。不过学堂科举，要当相辅而行，所以（三个所以），我这办学堂，便是以科举的精神，树学堂的基础。所以（四个所以），屡次考试，全按着科举规模。所以（五个所以），风声所播，便博得上官的称赏，士林的延誉。所以（六个所以），你们来此求学，便当一切顺着我的主意，听着师长的训诲。"讲到这里又喝了一口茶，续说道："还有一句话要对你们说，无论科举也好，学堂也好，中学也好，西学也好，这正心诚意的功夫是少不得的。所以（七个所以），我最服膺的是《大学》圣经，每天早晨起来，必定先要焚香漱口顶礼膜拜。把那'大学之道，在明明德，在亲民，在止于至善'这四句经文，恭诵百遍。所以（八个所以），我历来服官教士，自有准绳，人家称我为儒林宗匠，我也自觉当之无愧。所以（九个所以），你们须当以我为法，所以（十个所以），今天入学，我便不惜诲尔谆谆，你们切不可听我藐藐。所以，……所以，……”

当我们将这部作品读下去时，才知道当时的学校，教员中有各式人等，学生中也良莠不齐，也想不到有如此种种的斗争；才知读通俗小说的确能增加我们许多知识，也知道上海这个地域是各种势力汇集，而形成了一个巨大的时代的漩涡。否则上海也不成其为上海。上海是商埠，但生产力没有新的生产关系的改制，是无法得到符合时代步伐的解放与施展其抱负的。上海近洋人，往往得世界潮流风气之先，而北京的清政府和北洋军阀政府无法代表这种先进的生产关系。因此，北京有实权，上海有舆论，这舆论代表一种新的观念和企图酿造一种新的政治制度，这对实权人物是一种巨大的威慑，因此，就要以暗杀为武器，而通俗小说就很忠实地反映了这种政治对峙的格局。这才不是皮相的上海地域特色。

但上海毕竟是全国第一大都市，而且是最开放的大都市，它的首要的作用是以工商领先来带动全国，成为了解中国的一把钥匙。在当时，上海的物质文明是居全国之首。通俗小说作者最普遍的心态是既看到上海的物质文明，又看到社会的阴影。这种复杂的情绪在《海天鸿雪记》的开端有过相当典型的流露：

> 上海一埠，自从通商以来，世界繁华，日新月盛，北自杨树浦，南至十六铺，沿着黄浦江，岸上的煤汽灯、电灯，夜间望去，竟是一条火龙一般。福州路一带，曲院勾栏，鳞次栉比，一到夜来，酒肉薰天，笙歌匝地。凡是到了这个地方，觉得世界上最要紧的事情，无有过于征逐者。正是说不尽的标新炫异，醉纸迷金。那红粉青衫，倾心游目，更觉相喻无言，解人艰索。记者寓公是邦，静观默察，觉得所见所闻，虽然过眼烟云，一刹那间都成陈迹，但是个中人离合悲欢，组织一切，颇有可资谈助的。

许多通俗小说的一个不约而同的开端是苏杭一带的市民羡慕新兴都会上海，要进入这个光怪陆离、纸醉金迷的上海去淘金或观光享乐。从1892年开始连载的《海上花列传》、1902年出版的《海上繁华梦》初集到20世纪20年代陆续写成的《上海春秋》、《歇浦潮》、《人海潮》和《人间地狱》……都选择了这条最佳的“文字漫游热线”。在《海上花列传》第1回中，赵朴斋对娘舅洪善卿说，母亲关照自己：“人末一年大一年哉，来哚屋里做啥呢？还是出来做做生意罢。"《人间地狱》的第1回写民国初年一个半老妇人将十七八岁的漂亮女郎阿美由杭州带到上海,刚到上海就"教育"阿美:"上海的日子好过,比杭州要便当得多了。你在杭州随便怎样做,老实说,人是糟掉,一辈子也不能出头。"50回的《人海潮》的特点是先用第1集10回放笔苏州农村,后4集40回写几个主要人物到上海后的诸般变化。《人海潮》写苏州农村中的人把到上海去吃人家饭也看成进天堂,而且家中只要有一人进得上海,就充满希望,所谓"一人有福,拖得满屋"。发展到20年代,不是一般的学生意了,直接将上海看成大发洋财的淘金窝:"人家说上海地方最好弄钱,所以说上海是个活地……我们同乡里好几个人都是青布长衫一件到上海来的,到如今发了几百万财也是有的;像我们亲戚里有好几个到上海来,也不过是在外国人家当西崽,此刻那阔的是不用说了……"这是《上海春秋》中的人物对话。当然,到了这个冒险家的乐园中受到现实生活的当头棒喝的也大有人在,《歇浦潮》中吴筱山从堕落中清醒过来时说:"我今儿才知道,上海实是个伤生害命、亡国破家的所在。"

这些通俗小说共同说明了一个重要问题:过去,我们中国的传统文化是以北京、西安、苏州、扬州等历史文化名城执牛耳的。这种文化是相对静定型的,但到了中国的近现代,新兴文化中心位移,现代是以上海为龙头了。而近现代通俗小说正好以上海为描写的聚焦,为这个多变复杂的动态文化形象提供了有参考价值的系数。

为什么夏济安要对《上海春秋》和《歇浦潮》评价如此高呢?就是因为它们用广角镜头为上海摄像,而它们所摄下的相片有的是中国过去见所未见、闻所未闻的新事物,有的中国传统文化中也有过,但因为在西风吹拂下,变徵走调了,成为中不中西不西的"四不像"。

《上海春秋》是向吴趼人学习的产物。包天笑说:"我在《月月小说》社,认识了吴沃尧,他写《二十年目睹之怪现状》,我曾请教过他。(他给我看一本簿子,其中贴满了报纸上所载的新闻故事,也有笔录友朋所说的,他说这都是材料,把它贯串起来就成了。)"[1]于是包天笑就去挖掘他编《时报》本埠新闻的"矿藏",写成了《上海春秋》。

《上海春秋》的开端是写一个叫做"小妹姐"的苏州荡口乡下姑娘,赤手空拳从苏州城里到上海发展她的营业。她的本钱是她自己——她的身体,

〔1〕 包天笑:《钏影楼回忆录》第358页,香港大华出版社1971年版。

她年老色衰后就买"讨人"，直至开"人行"（上海方言"人"与"银"同音），听起来非常好听是开的"银行"。从她身价渐渐增高，直到有"小白脸"之类姘上了她可以骗她的钱到交易所和信托公司去参股，可见财富也相当可观了。直写到第70回小妹姐"老口失撇"，被人"放了白鸽"，所谓放"白鸽"就是卖一个女孩给你，但几天之后那女孩偷了你许多值钱的首饰之类像"白鸽"一样飞走了。小妹姐的损失是惨重的。总之，读了《上海春秋》的80回书，似乎给你一个印象，上海各种歪门邪道，新奇古怪，它几乎都提到了，包罗万象，应有尽有了。例如，怎么通过长江轮船贩黑货（鸦片），而将这票黑货夹带至内地，如昆山之类，就更赚大钱。又如上海盗匪的绑票与撕票，更有甚者是绑有钱人家的小孩，而抓住了强盗在外国公堂审判时，许多"苦主"皆可到公堂上旁听。又如妇女的婚姻观也开始更新，内中的龙小姐对自己的婚姻不满，就看商务印书馆出版的《离婚问题专号》，要以法律手段办离婚手续。又例如，上海的汽车猛增至一万辆以上，做了汽车阶级就在各方面被人看得起，但随之车祸增多，横冲直撞到处害穷人，被称为"市虎"——上海都市里像有了一万只斑斓白额猛虎；至于新开舞厅，大少爷们为学跳舞趋之若鹜；而电影事业的发达使美校里的女模特儿成了头号大明星等等。

"新"事"新"物，层出不穷。《上海春秋》写了一个非常象征性的情节，写祖太爷、老爷和少爷三代商人的排场不同与"观念"的更新。

他的祖老太爷，是一个穷商人出身，如今挣得六七百万家私。这位老先生却是非常省俭，但是家产一多，自己也无从管理，照顾不到。他对于家中的少爷，孙少爷，时时训诲他们，说是银钱来之不易，祖宗创业艰难，你们不可浪用。但是，他们想，有钱不用枉为人生，不过随时瞒着老头子罢了。据说，他们家里祖孙三代所坐的车子，代代进步。少爷是汽车出进，老爷是坐的马车，这位老太爷连黄包车也不大肯坐。人家劝劝他，说老太爷你年纪大了，还是买一部包车代代步吧。他叹了口气道："你们住在上海的人，出门一步，动不动就是车子，据我想是大英大马路，水门汀上，这样平整的街道，简直和自己家里大厅踱上方步一样。"

而这些少爷辈又以做"买办"为他们的人生最高追求，所以周作人曾不无偏颇地说："买办流氓文化与妓女的文化，压根儿没有一点理性与风格，这个上海精神，便成为一种上海气，流布到各处去，造成许多可厌的海气的东西。”[1]《上海春秋》第67回，我们可看到这种买办文化的变迁。“所谓华经理者，就是买办，又叫康白度。在二三十年前，上海人看得买办两字，非常之大。有许多洋行里，一切上下人等，不称老爷，不叫先生，一概尊之曰买办。做买办的人，也顾而乐之，直到如今。上海的商家，凡是带一些儿洋膻气味的，还尊重这买办两字。你只要到虹庙弄啊，昼锦里啊，那些小瘪三盯着你讨铜钱，嘴里操着一种韵语道：‘量大，福大，养个儿子做康白度。’（上海方言“度”与“大”同音）内地乞丐，都是祝颂人家生了儿子做状元宰相；上海乞丐，祝颂人家生了儿子做康白度。这可见康白度，就和状元宰相一般；不过到近年来，上海有一部分人，虽然给外国人做事，却不愿居买办之名。好像买办二字，有给事外人之意，于是改定一个名称曰华经理。”这里，买办如同今天人们称呼别人为“老板”一样是个流行“话语”。随着民族自觉意识的增强，买办让位于“华经理”。这也只是换一种说法，从买办能取代老爷、宰相、状元，我们可看到浓郁的商业文化气息和买办文化色彩。

这样的地域性十分强的小说当然要为夏济安所钦佩了，但是，在“五体投地”之余，他也不是没有批评的。对此书，他还是作了客观具体的分析，他说：

> 这种书的缺点是：作者对道德没有什么新的认识，只是暗中在摇头叹息“人心不古”；他们对于经济、社会变迁，也没有什么认识，只是觉得在“变”，他们不知道，也不 care to know 为什么有这个“变”。他们自命揭穿“黑幕”，其实注意的只是表面。他们的长处是对于 mores 大感兴趣，当时人的服装、生活情形、物价等纪录得很详细，可能也很正确……[2]

与《上海春秋》可以媲美的是朱瘦菊（海上说梦人）的《歇浦潮》，上海的黄浦江又称黄歇浦，所以《歇浦潮》者即上海黄浦江之潮汐也。朱瘦菊在作品中引用俗语说：“喝了黄浦江内的水，人人要浑淘淘了。”这句话的内涵是很深刻的。

---

〔1〕 岂明（周作人）：《上海气》，《语丝》第112期（1927年1月）。

〔2〕《夏济安对中国俗文学的看法》，见夏志清《爱情·社会·小说》第233页，台北，纯文学出版社1970年9月版。

《歇浦潮》的描写重点也有自己的特色，例如，保险公司的创建，民初文明戏由盛至衰以致堕落的过程，上海律师业的"旺发"和黑门，以及上海租界的势力和各种洋规矩。至于办交易所之类则《交易所现形记》和《上海春秋》已一再提及，就不在话下了。

保险公司在当时的中国也算是新事物，《歇浦潮》写主人公钱如海开办富国水火人寿保险公司，却又监守自盗，自己投保，自己放火，自己索赔。公司100万股本他索赔了40万元。结果他触电身亡，他的账房不仅侵占了这40万元，还霸占了他的妻子。可是，这位账房傅鸣乾因家中被炸而发了疯，他侵占这40万元是存在德国银行的，家中其他人包括昔日的主母，皆不懂外文，以为这存单是一张废纸，也就成为德国银行的一笔"死账"——"收入"了。虽然对水火人寿保险公司的筹建不像《交易所现形记》办交易所的过程交待得这样清楚，但也让读者能知道这种新兴行业在上海是如何起步的。当然，他是通过这个过程来塑造人物的。

《歇浦潮》对文明戏的堕落明显有夸大之词，但不能说作品的反映是不真实的：

> 这班新剧家，虽然开口文明，闭口改良，自尊为社会教育家，其实都不是上流社会出身。有些是学堂中斥革的劣生，有些是商店中停歇的劣伙，有几个是缙绅家的败子，有几个是破落户的孽儿。在新剧未发达时，都与流氓结交，宵小为伍，虽不为非作歹，却也算不得上等人物。讲到真有学问，热心社会教育的，真是凤毛麟角，百人中难得一二。故而一旦得志，表面上趾高气扬，目空一切，暗地里奸淫欺诈，无所不为，若非出身下贱，生性卑鄙的，焉至如此？

文明戏的演员中混入了一部分宵小之徒是事实，但说得如此严重，真正的社会教育家只有百分之一二就夸大得不近情理了。

> 然而，民瞑社的主者，也曾大费经营，才得将醒民社中，几个善于勾搭妇女的新剧家，如王漫游、裘天敏等，搜刮得来。因戏馆中，万万少不得此辈，一有此辈，自有一班送上门去的臭肉，前往呈娇献媚。常言道，臭肉引苍蝇，戏馆中有了臭肉，四面八方的苍蝇，自然不招自来。那时，管教戏剧馆中生意大好，开戏馆的顿时大发其财，故而他们题戏馆的名

字，叫做民瞑，也大有深意。因醒民乃是唤醒国民之意，国民既被他们唤醒，岂不瞧破他们行为卑陋，贪淫好色，纸老虎既被捌穿，难免没人请教，所以题这民瞑二字，就是教国民瞑目无睹，由他们暗无天日，拆梢打架、吊膀子轧姘头无所不为的意思。

文明戏的衰落是有多种原因的，这在我们下面的通俗戏剧史中有详尽的论述，当然，部分演员作为害群之马也是一个原因，所以我们认为，朱瘦菊的笔墨显然夸大了，但他写的事实并不完全虚假。

《歇浦潮》除了大讲文明戏演员的堕落之外，还将律师业也写得漆黑一团，或许他夸大了，但也决不是虚假的。在许多通俗小说中，律师是常被描写到的角色，甚至有这样的说法：上海一度律师的人数比打官司告状的人还多。《歇浦潮》中同样有这样的描写：

近年以来，律师一业，大为畅旺，只消六个月法政毕业，便可掮出律师招牌代人辩护。无如打官司的人太少，律师太多，有许多大律师，都闲着没饭吃，所以同行嫉妒的了不得。

作者写到这里，有句话交待，时下打官司，真是拆穿不得。原被告两方面，虽然不共戴天，要拼一个你死我活。但这班律师翻译，大概一鼻孔出气者为多，每夜总会内谈的，除却花天酒地之外，便是彼此承办的案情，事主有仇无仇，干他底事？他们却抱着金钱主义。有时原告方面想赚被告的钱，被告方面也要赚原告的钱，于是乎是非颠倒，黑白淆乱了。所以朱子格言上说，居家戒兴讼，讼则终凶，这真是至理名言呢。

除了《歇浦潮》所写的律师业中的种种弊端之外，在《歌场冶史》中也写到一个上海外国律师的翻译在包打官司中成了大富翁：

他的名字叫做纯华，年纪有六十多岁了。他是一个老留学生，他的父亲是做泥水匠的。原来数十年前，国内风气未开，学堂里要派官费学生出洋去留学，富贵人家子弟听说要飘洋过海，都不愿意去，所以出洋去求学的学生，都是些贫苦而又子孙多的人家的子弟。富家子弟都称留学生为亡命之徒，王纯华也是许多亡命之徒中间的一个。他学成归国，便入了外国籍，在上海某国领事公馆里充当翻译。在职数十年，资格熬得极老，每天跟着领事到新衙门里去问案子，所有中国人打官司要运动外国领事帮忙的事情，都由他间接承办。他又与几个会审官联络在一起，在静安寺路上组织了一个俱乐部，有人打官司要托他们帮忙，便在这个俱乐部里公开接洽。这种买卖做了几十年，手里已被他挣得几十万家财，自家的洋房也盖在静安寺路上。

在《歇浦潮》中还有一个重点描写的领域就是上海的租界，虽然在《上海春秋》中也涉猎到这一方面，但视野显然没有《歇浦潮》开阔。

上海的繁荣与发展是和苦难与屈辱同步的，旧上海政治格局最大的一块痈疽是租界。旧中国政治的一大败笔，以上海为源起和典型。从1846年英国人首先占据外滩以西的一片土地，建立英租界起，上海就开始了它畸形的城市历程。这里，不是靠国家预算维持的，而是完全按欧洲自治城市的传统，靠纳税人的税收直接计算的。纳税人交一块钱，知道几分钱修马路，几分钱请了“红头阿三”，几分钱给了工部局交响乐队。几部通俗小说中都写到，要到巡捕房报案之类的事，都要拿着巡捕捐的收据去才行，以表示你是纳税人，否则不予受理。租界的发展使人们遣造各种词句表达自己的兴奋和震惊，文人佳句艳词实不足形容如此剧烈的社会变迁和文化引进，所谓“十里洋场”正是对其之概括，康有为路经上海时也说过此类的话：上海之繁盛，盖知西人治之有本。

上海形成了租界与华界之后，就有一个外国人的治外法权，就有外国人居高临下的绝对势力，中国官员怕外国人，中国国会议员也怕外国人，那种崇洋媚外的地域特色，更加鲜明。《歇浦潮》就有这样的描写：

这班做官的最怕外国人，我们不如请一个外国律师，写封信给他，限他三天之内，一定要还东西，否则便到新衙门告他，那时不怕他不如数还你。

写中国的国会议员私贩鸦片，到上海后，被外国巡捕房包打听探知，毫不客气地捕了起来，出了大大的洋相，这时，中国官方一筹莫展，也无法官官相护：

不意这时候突来许多包打听，在账房中守候捉人。我还当栈房中住着强盗,巡捕房得了消息,故差包打听来此兜拿。岂知他们并非拿强盗,却是外国人派来捉这些人的。枢世惊道:"反了!他们是国会议员,何等身份,外国人有何权力,可以派包打听来捉他们,岂不有损国体?这件事非请外交部同他们办一个大大交涉不可。"默士说:"免了罢,不提还可,提起更把我们国民的台坍绝了。还说什么国体,你要请外交部同他们交涉,只恐他们先要教公使团同我们交涉咧。"……你想这班人混账不混账,他们来的时候,带有数十口皮箱。有几只寄在道台衙门中,有几口堆在客栈大厅上。只只都有他本省的封条,交叉贴着,堂皇冠冕。谁知里面尽是私土。……他们拿住人不搜别处,却先打开大厅上几口衣箱查看,箱箱尽是马蹄好土。这时候,那班人从前神气活现,此刻不知丢向那里去了,都同小窃落在捕快手中一般,吓得索索乱抖,面色也和纸钱灰相仿,情形着实可怜……据说他们连人带土,一同押上汽车走的。又有人说他们从那里出去之后,又到道台衙门去搜出寄的几箱土。你想中国大员衙门,被外国包打听进去起脏,真是亘古未有的奇闻,也是上海官场的异彩。

不仅在于官场的势力问题,还有一个管辖范围的问题,在《歇浦潮》中非常有意思的是写了一个"保城大会",先是似乎支持者云集,后来一听城内变为租界之后,地价大涨,许多士绅就转而支持拆城了。像这样的形象化的纪录,倒是十分有价值的:

转眼已到也是园门口。美士见门上粘着一张白纸,大书"上海保城大会"字样。美士看了,很不明白,忙问百城,保城二字,是何意思?原来上海自光复以来,有一班人以城垣阻碍交通,闭塞市面,提议拆除。此说一起,那些居住城内,平时为着夜晚归家,出入不便的,无不同声赞成。起初不过一句说话,此时将次实行,那一班守旧派人,大为反对,都说这上海城不但是个古迹,而且镇压着阖邑风水,上海滩三字,素有谣言,此城一拆,只恐上海全境要摊下水去,百万生灵,俱葬鱼腹,岂不罪过;更有一层可怕的,便是那班外国人,只能将十里洋场作为租界,不能占据上海全境,全仗这座城垣当作保障。倘若将它拆除,定被外国人占作租界,那时城内居民,岂不都受外国人管辖了么?他们持着这两个问题,号召一班顽固党派。自第一问题提出后,那班怕死的果然云合景从，都说上海城万万拆不得；及至第二问题一提出，那赞成不拆城的，反减少许多。你道为何？只因这班人有一大部分在城内置有地产，听说城一拆，外国人便要推放租界，他们莫不暗中欢喜。因城内地价较租界地价贱至百倍，如果放作租界，地皮一定涨价，他们就可发财，故而没一个人不愿受外国人管辖的。这班发起人，见声势不及那班拆城的壮，因此借也是园开会，以为联络地步。百城的父亲黄万卷，便是发起人之一。美士听了，暗笑这班人顽固不通，城垣本宜拆除，开会保全，有何利益？

租界的存在当然是中国人民的屈辱，是本国主权受到帝国主义侵犯的铁证。但是，它又有一些先进的管理方法和相应的法规。例如，《歇浦潮》第47回，卫运同与尤仪芙"卖友卖党"，计划将党人引出租界，然后让清政府捕杀，但他们的阴谋诡计失败了。第50回尤仪芙想用盗案为名将党人移至华界，但也被国魂、汉英兄妹识破而未成。后来，许多反袁志士也是以租界为基地进行革命活动。以上当然是国家大事，但有些小事，从人道的角度，也是能得到保护的。例如，《上海春秋》、《歇浦潮》和《歌场冶史》都写到虐婢案。

《歇浦潮》中，伯宣的姨太太虐婢，要判押女所3个月。后来要求复审：

幸亏尚有要求复审的理由，不过这一堂某国领事判决，必须待下一堂原领事复审，不免有屈姨太太在女所中耽搁几天，这也是无可奈何之事。后来幸他们所请的律师颇有面子，复审之下，竟得易科罚金，免罪出来。然而姨太太已因惊成病，未几就玉殒香消，与世长辞。伯宣一场官司，花费银子半千以外，丫头还不免发济良所留养，可谓人财两空。

租界也有各种的规章，例如，上海当时流行大出丧，有钱人家死了人，出丧的队伍有时要走几个钟头才走完。于是"巡捕房规矩，出殡满一百人者，便要照会"。钱如海的母亲身亡后，傅鸣乾就去打一张300人送丧的照会，定了20部轿车，雇了一班军乐队，一班清客串，还有各种仪仗。真是非凡热闹。《海上尘天影》中顾士贞母丧吊仪时，匠役、司祝安排把凤冠霞帔穿好了，和尚召灵发牒已毕，掌礼就赞："时辰已到，就此安灵。"出殡时，"前头路由牌，次清道旗，次肃静回避牌，次顾府矗灯，次街牌。过后便是铭旌，次亚字牌，次銮驾，次诰命亭，便有一班十番乐器，便是提炉几对，提炉过后方是喜容亭。士贞又去招了一班西国团练洋枪队，一班西乐，呜呜的且行且走。又有一队巡捕过后，一班道士、高僧执着引魂幡幢之类，方是一班细乐。便见绿呢魂轿过去，尼姑十六人步行相送。以后方是磁棺，却不用独龙杠，用着西洋高脚送棺车，五匹高马拖着”。这里，和尚道士尼姑与巡捕洋枪队、磁棺与西洋高脚送棺车、西乐与细乐组成了一幅独具风貌的中西合璧送殡图，自然，军乐队声响是最引人关注，传统民俗虽作了杂交型的调整，但还居主导位置。

工商业的发展、经济的繁荣，使上海出现了新的民俗景观，它们或许还有些中西结合的影子，但又有了一些新的有地方特色的民俗现象，我们还是先看一个中西合参的例子吧，这儿新民俗的味道较之上述有所增强，这要算《海上繁华梦》记载最详了。

《海上繁华梦》2 集第 5 回“庆通商盛举洋龙会”对 1893 年 11 月“上海开埠五十周年纪念”大游行有较为详细的描写：“耳听得一阵西乐之声，恰好洋龙会已来。冲前几个三道头西捕，两个骑马印捕，一路驱逐行人让道。后边接连着十数架龙车，那龙车上扎着无数个绢灯彩，每一架有一班救火西人，一样服式，手里高擎洋油火把，照耀得街上通明。内中有部龙车，扎成一条彩龙，舞爪张牙，十分夺目。又有几部皮带车，装点着西字自来火灯，并有西人沿途施放炮竹取乐。”又是“西乐”开头，在众多的“洋”字和“西”字之外，还点缀着绢灯、彩灯和炮竹。与《扫迷帚》第 4 回的苏州“盂兰会”的盛况的纯粹传统旧俗相比，其传统型向合参型过渡的文化趋向更明显。

孙玉声的这些描写是非常真实的，可以说是“存真”的典范。一个有力的佐证是吴友如的《点石斋画报》中，有为开埠 50 年庆典所画的 9 幅图画，而画面与孙玉声的文字描绘是一致的。所以夏济安认为通俗小说对于社会习俗民风民情“大感兴趣”，对“当时人的服装、生活情形、物价等纪录很详细，可能也很正确……”，确是卓见。

先说《歌场冶史》中第 1 回开宗明义就讲上海人领导服装新潮流，说得有板有眼：

却说上海一埠，自从海通以后，不但成了中国商业的总枢纽，并且上海的风俗习惯，也成了内地的模范。别的不说，单就衣服装束一端而言，时髦式样的衣着，总是先由上海地方的人想出了新花样，再渐渐的流行到各内地去。等到内地乡下人学会了上海的时髦装束，穿到上海来想出风头，岂知上海人的服式早又翻了新花样。内地人跑来一比，又觉得自惭形秽，所以内地人的服装，永远是时代落伍者，插了翅膀也追不上上海人的时髦。上海服装变化之速，尤其要让还女界。你看，衣服上身的袖口，下身的裤管，有时候行得比裤腰还要大，有时候小得像汗衫一样地箍着，其他的千变万化，也就可想而知。反正拿日新月异四个字来形容上海女子的装束，决不会有人嫌他过分的。上海女子何以对于服装上独富创造力？这个问题，曾经有一位报馆先生评论过，他说的也很有理由，不过人家觉得他说的太刻薄些罢了。他说："上海的时髦女子都是吃性饭的，她们所以能够生活在世界上，无非是能供异性发泄肉欲罢了。除此以外，更无别的技能。她们因为要吸引男性的爱力，或保持男性的原有爱力，一天到晚，吃饱了饭，又无事可做，便专心在装束上研究起来。有这许多发明家在那里日夜努力，继续不断争奇斗胜的比赛，结果当然十分完满，所以才有这样优美的成绩。"

上面一段议论，发得似乎过火一点，因为爱美是人类的天性，爱打扮的女子，未必都是如此的心理，却不可以一笔抹煞的。不过女子的爱装束漂亮，却总是不移的事实。因为上海人考究衣服，所以上海裁缝司务的营业，也就连带的发达起来。尤其是做窑子帮生意的裁缝，格外来得时髦。他们做生意的方法，与平常裁缝不同，他们做的衣服，第一要样子好，料作花费些倒不要紧。第二要赶得快，针脚做得粗些也不要紧。时髦衣服只穿一个新鲜，谁还把它穿破了呢。最好是当天叫做，当天就可以上身，因为是新的衣料，市面上从未见人穿过，谁赶上第一个穿出去，便算有面子的，若是落在人后，便不算希奇了……

再说《海上繁华梦》中的两张价目表，一张是照相店的价目表，一张是外国家具店的价目表：

四寸起码三张洋一元，多印每张洋三角，西装半身四张起码，每半打洋一元八角，一打洋三元，取回相底洋五角；六寸半头一张洋一元，多印每张洋四角，半身加洋五角，每半打洋二元半，一打洋五元，取回相底洋一元；八寸半头一张洋二元，多印每张洋五角，半身加洋一元，每半打洋四元，一打七元，取回相底二元；十二寸头一张洋三元半，多印每张洋一元，半身加洋二元，每半打洋七元半，一打洋十四元，取回相底洋三元。着色人多面议，补服古装加半。

次看那着色仿单是：

四寸每张洋一角五分，多一人加五分，古装大衣加一角；六寸每张洋二角五分，多一人加五分，古装大衣加一角；八寸洋四角，多一人加一角，古装大衣加二角；尺二寸每张洋六角，多一人加二角，古装大衣加三角。

又看那放大价目是：

十八寸每张洋七元，二十四寸每张洋十元，三十寸每张洋十五元，四十寸每张洋二十元，五十寸每张洋三十元，六十寸每张洋三十五元，七十寸每张洋四十元，八十寸每张洋五十元。配架着色另议。

冶之因见少霞手指中间夹着一张字条，问是什么东西，少霞道是张福利公司的外国家生发票。冶之取来一看，见买的乃是四泼玲跑托姆沙发一张，又沙发一张，叠来新退勃而一只，狄玲退勃而一只，华头鲁勃一只，开痕西铁欠挨两只，六根搿拉司一面，华庶司退痕特一只，辨新脱勃一只，欠爱六把，梯怕哀两对，及特来酸等一切器具，共计价洋发爱夫亨特来特圈的雪克斯大拉斯爱痕特福的反夫生斯。冶之看了，除结末一句约略认得出是五百二十六元四角五分洋钱，其余那些名目一点不懂，因问台面上哪一个瞧得出来，到底买的是些什么东西。康伯度接来一看，道："四泼玲跑托姆沙发是张弹弓交子铁床，沙发是张睡榻，叠来新退勃而乃是妆台，狄玲退勃而是大餐台，华头鲁勃是衣橱，开痕西铁欠挨乃藤坐椅，六根搿拉司是着衣镜，华庶司退痕特是面汤台，辨新脱勃是浴盆，欠爱乃是交椅，梯怕哀是茶几，特来酸是大菜台上的碗碟东西。

再次看上海因为成为新兴大都市后，人口爆炸，上海的民居也有适应性的"发展"，于是新民俗"里弄"和"夹层里"出现了。当时，住宅除城内旧有民居外，还有花园洋房、公寓住宅、里弄住宅和简易棚户四类，里弄指上海市民的典型民居“石库门”建筑。传统四合院占地面积大、施工期长，西式洋房造价太高，于是中西合璧、砖木结构的里弄住宅石库门应运而生。这种联排式格局非常适合小康之家居住。《歇浦潮》第22回有“贾琢渠家住新闸蔓盘路鑫益里，租着三上三下的屋子。自己住在楼上，楼上本租与一个房客，一月前房客搬了出去，至今还没有人接租。琢渠把一间厢房改作书房，一间空关着，楼上正中是起坐间，左为卧房，右边也搁着一张铁床，是预备给亲戚来家时过宿的”。实际上，这种建筑，还有灶间和亭子间。以花岗石或宁波红石作门楼，门楼采用石条框，内装乌漆黑厚木大门，因而得名。小院落为天井，整幢房屋为封闭式，高墙厚门，给住户以安全感，颇符合中小有产阶级的传统和心态。贾琢渠抱怨道：“这里地位很为狭窄，皆因上海地价昂贵，一班地主盖造出租的市房，都和蜂房一般。”石库门建筑融合中西：在追求经济合理性、功能合理性的同时，为传统生活方式和感情留有余地。守护着中小市民勤恳拮据、谨小慎微的生活，构筑着他们的群体人格，也在有“万国建筑博览会”之称的上海闪出一道独特的风景线，一个崭新的建筑格局。

由于越来越多的人涌入上海，以至寸金尺地，于是出现了一个新行业“二房东”，据此，包天笑创作了短篇《夹层里》表现人满为患的客观现实，而他的《甲子絮谭》更将此推到了极致。第7回中江浙战争爆发，周小泉携家住在租界，租了阿凤家的房子。这时大量的人逃到了上海，老六道：“上海地方是寸金地。我们隔壁和我一样一上一下的房子一共住了十一家。这个二房东，除了自己白住了房子不算，还赚了三倍的房钱。”这句话揭示出二房东行业的基本特征，他代租户交纳巡捕捐等各项杂费，再转收租费，可谓上海“土特产”。我们再看这11户人家住房格式：把前门关断专走后门，客堂里夹一夹可住两家，灶间也取消烧饭腾出可住一家，楼中间一夹两间可住两家，扶梯头上搭一个铺可住一家，亭子间住两家。一帮饶舌妇“精打细算”了一番也说只能住8家，幸亏“二房东”想出高招：扶梯边走上去的地方搭了一层阁楼，这阁楼就在半扶梯中间爬进去的，可住一家，名为“夹层里”。楼上扶梯头上也可搭一个阁楼，可住一家，在晒台上把板壁门窗一搭，也可住一家。真是叹为观止，“夹层叠夹层”。周小泉还道：“我从前看见过一篇短篇小说叫做《在夹层里》就是讲的这种情况，真是太拥挤了。”岂止是拥挤呢？我们也从中看到了一个新兴大都会成型的过程中，民俗的变异和两极分化的实质。来上海用钱的豪华奢侈得一掷巨万；来上海弄钱的在贫困与饥饿线上挣扎。正如《上海春秋》第22回中陈老六所说的：

这是有个例子的。新近报上登出两件新闻来:一件是某某号轧死了外国妇人一只狗,那外国妇人起诉了,说是我这个狗是五百两银子买来的,养了两年,人家要买去我还不肯咧,此刻非赔偿五百两银子不可。没有法子,就赔他五百两银子。一件是某某号轧死了一个乡下老头儿,也一样的起诉了。人是死了,要求些抚恤罢,官断了出五十块钱了事。中国人一条性命值五十块钱,那倒不去管他,就是两相比较起来,中国一个老头子的性命不及外国狗的十分之一。报馆里主笔先生却把两条新闻登在一块儿,做了两个标题:一个是"中国人的性命……五十元",一个是"外国狗的性命……五百两",人家见了很为触目呢。

我们在这一节中不过仅仅涉及了《上海春秋》、《歇浦潮》、《海上繁华梦》等几部通俗小说,而以上海为背景的通俗小说又何止百千呢?但仅就这少量的引证就让我们知道它们所反映的社会面实际上是与纯文学有自然的"分界"与"分工",同时也看到了通俗小说所反映的生活的丰富与厚实,看来单靠纯文学并不能全面地了解上海,要了解上海还非两条腿走路不可。我们这一节所摘述的内容可谓丰富了,而且都显示了大都会成型过程上的新特色,如上海从舆论阵地执牛耳,是维新党、革命党的活动基地,到保守势力与革新势力的较量"前哨";也涉及到物质文明的领先,淘金潮的掀起使人口大爆炸,随之民居也与这形势相对适应;到各种新兴的商业如交易所、保险公司的纷纷"引进",到商人观念的更新,甚至乞丐也以"康白度"为最吃香的职业;到文化中心的位移,民俗的中西合璧;到租界的多重作用,既写它的消极面,也未始没有积极的东西……这些所举的事例,哪一点不是说明上海领导着新潮流,以至通过辐射,上海的今天就成为其他城邑的明天。上海曾有"小苏州"之称,现在许多繁华的新兴城市皆以争称"小上海"而自豪。

第二节　清末民初五花八门的北京官场

——军阀新贵、废君遗老、阔伶艳妓、南人北上大会串

北京在清朝是帝都,到了民国,在中华民国的临时政府北迁之后,又是袁世凯及其北洋军阀统治下的所谓"首善之区"。它与工商中心的商埠上海的不同是行政中心的官场。而优秀的反映北京生活的通俗小说也的确抓住了这个主要特色,加以尽情的描绘与揭露。有些笔墨的高度概括与鞭辟入

里，简直令人拍案叫绝，例如，叶小凤的《如此京华》中写北京无异是一个官吏贩卖场：

自古政府所在的地点，原不异官吏贩卖的场所。试睁着冷眼向北京前门车站内看那上车下车的人，那上车的，车从煊赫，顾盼谈笑里边，总带着一脸旌旗，此去如入宝山的气概；那下车的望门投止，在如饥渴，总带着几分苏子入秦不得已的神情，这就可以略识政治界的结构哩。

仔细想来，当时火车也不是像今天这样是大众的普遍使用的交通工具，老百姓即使要用它，也只能挤在三等车厢之内。在头等车厢里，当然是些大吏巨商，有外放去地方上做官的，当然先要将他鬻官的本钱捞回来之外，期望能一本万利，打着如意算盘的人的脸色当然是“一脸旌旗”；要到北京来钻营的，也许是二等车的乘客，也当然抱着志在必得，但也不免在脸面上流露一种“饥渴感”。叶小凤写的是那个在京城里等部令的王定侯。他连妻子死了也不去参加葬礼。那张 21 个字的公文，终于给他等着了：“据财政部呈请，将王超署理宜昌关监督，着照准此令。”于是将财政部的几个要人打点得服服帖帖，又忙忙碌碌地应酬了几天，就高车驷马地赴任去了。到这时候，“良心利禄”，当然要以“利禄”为第一生命，还管他什么良心不良心呢？

陈慎言的《故都秘录》一开头也着实“一鸣惊人”。把个北京西山八大处对官场的妙用，实在是写活了：

当铜臭熏天，贿选总统时代，西山名气，最嚣尘上。当时无论是总理、协理、总长、次长，当他将要出山时节，都要先向西山上躲藏几天，好似没在山上摆过架子，便没身份，只看他入山愈深，便是出山愈近的暗示。到了出山之后，有时道不行，并不乘桴浮海，仍是拂袖入山。……因此有人说：当时一般大佬们，看西山八大处，好似与八大胡同的倌人一样的妩媚，一般可爱。有了这个地方，可以藉此撒娇作态，和当道吊膀，只可怜名山古刹，为这些附庸风雅的名公，作践不少啊！

在鲁迅的杂文中曾提及，大官僚的下台往往最喜欢用“出洋考察”为借口，但读陈慎言的《故都秘录》才知这里还有一条“捷径”，只要到距北京 35 里的翠微山，就算进入了西山之门户。“浓螺深黛，遥睇故城，泉石竹树，中人欲醉”，这要比“乘桴浮海”风雅便捷得多了，真可谓近在咫尺，便于眉来眼去，遥控指挥，进退两宜。

陈慎言的《故都秘录》的“序”中说：“故都有三种特殊人物：‘满贵族’、‘清遗老’、‘阔伶官’。”他的小说就是写这民初特殊境遇中的三种特殊土产。既然要写满贵族与清遗老，就离不开所谓的“大内”，而当时也只是退了位的，关起紫禁城来，受民国优待的小皇帝了。这个“小朝廷”现在几乎只能是靠卖国宝为维持生计的主要出路了。不管是出卖给外国人和将金银瓷漆器抵押给银行，都要有经手人，问题是谁经手，谁就可以大大地中饱私囊。于是，这里就有一番你争我夺的勾心斗角，简直就是一台一台的好戏：年关将近，各种开销难于应付。决定将皇宫库内的 2 箱金器，4 箱瓷器，4 箱漆器，并有 164 张为一套的宋绘牧马图，要向银行押借 100 万元。此事给宫内养心斋的外国教习敦思曾知道后，奏明皇上，这套牧马图有英国人要买，愿出价 80 万。遗老劳攸石和钱柏明因这里可得大笔回扣而看红了眼。劳攸石虽是著名的金石学家，但无计可施，只能移尊就教于钱柏明，密商的结果是，皇上已与敦思曾拍板，只能叫有面子的内戚出来说话方才有效，他们看中了满族希泽普公爷，他是草包，不知其中利害，可以公然到内廷去“叫嚷”。但为了逼其就范，先与他赌钱，只有让他大大的输一票，他急于还赌债，才为了得回扣而甘当此“大任”。如此精心布置，才由劳攸石言明，此套国宝，日本人愿出 120 万成交，但向皇上只说 90 万，多余的 30 万，几人如何分成等等。结果使敦思曾美梦落空，恨之入骨。就在外国报纸上载文，揭露劳、钱如何卑劣，以倒卖“大内”文物珍品谋利。岂知文章一发，反而为劳、钱二遗老做了免费广告，许多外国古董商如蝇逐臭，纷纷与此二人接洽，要他们勾结太监，偷盗宫内的稀世珍藏。敦思曾一计不成，再生一计。动员崔馨老出来干涉，这位崔老先生老气横秋，建议要造册登记宫内古物，要捉“大耗子”。其实，这宫内的古物早被内外勾结不知盗卖了多少，这些太监如何交账？于是一不做二不休，一把无名火，把宫内的房子烧了 130 多间。在一片瓦砾堆上，你们还查什么账啊？更妙的是那救火的场面和追究失火的原因，更因陈慎言之笔，留下了历史上的不可言喻的“腐败”之纪录：

一路上只见各处救火会水龙，乌乌隆隆，飞奔神武门而去……只见门外麇集许多消防救火会，提署三堂长官，以及东交民巷意大利兵营救火唧筒队，密密层层，围在门外。神武门两扇大门仍紧紧闭着，急切不能进去。再看神武门内西边红光烛天，火焰高至十余丈……又见门外救火会向内叫门，门楼上的护军因未奉谕旨，不肯开门，说现在已派人到宫内请旨去了。……警察总监和卫戍司令都到，一定有了主张。那军官见神武门大门还是关着，门外枉有许多救火队，一人也不能进去。一问缘由，知道把门护军，因未奉宫内谕旨，不敢擅行开放，他不以为然，说道："救火不比别事，可以从权，令饬随带的卫队，沿着救火铁梯，越上门楼，劝告护军开门，一切责任，由我们地方官担负。"

希公爷道："据我所知，起火原因很多，宫中现在传说最盛的，是福建宫本是专供祭礼所在，轻易不许闲人进去，现在皇上把它改为游艺所，将宫库内保藏的珍品，全移到里面陈列，亵渎神祇，并且前几天，又传外人进去拍照，把宫内所藏的乾隆皇帝的遗像，以及关云长、吴三桂的遗像，都用照相机拍照，未免得罪祖先，昨晚的火灾，便是祖先示罚垂戒的。这种传说，太妃与宫眷，非常相信。"

一班门外的救火队也议论开了，"别的事，可以请旨办理，救火的事，也应从权，如此拘执，太腐败了"。至于火灾的原因，说得更是神乎其神。连遗老们也觉得太迷信了。但这一烧，那些偷盗古物者就什么也不要担心了。他们反在背后说风凉话，说这场火是馨老与敦思曾两个人激出来的。陈慎言只选了这件典型的事仔细写来，就映照出这个小朝廷的"行将就木"的末日里的淋漓表演。此事件从敦思曾建议将牧马图卖给英国人开始，曲曲道来，最后是一把火收场，真是令人不忍掩卷。

至于遗老的嘴脸更是刻画得入木三分了。那位钱柏明，道貌岸然。为了博个孝子的美名。83岁的老母生病时，先是到乩坛求神方，无效。但乩笔上出现了"宜由孝子割臂合药"。这位神祇给他出了一个大大的难题。他怕痛，其他的子子孙孙也不愿承担。他挖空心思想出一个妙法，先在臂膀偷偷上了麻药，然后当众表演，叫他的大姨太用剪刀剪下一寸多长的臂肉，和在药中给老母吃了。他的母亲一边咽药一边说："喝这苦汤，……我的嘴……舌头都麻了。"

又连连灌了好几匙，只见老太太呻吟声音渐渐微弱，那没有牙齿的瘪嘴，反大大张开，大姨太见她如此，索性将一碗药汤全灌下去，柏老在旁看老太太的鼻子两旁的肌肉不住抽缩，脸色更是惨白，神气很是不好，忙用手在她鼻尖上一摸，觉得冰冷，一点呼吸没有，连连喊道："娘，娘！"老太太把嘴一张，那神气似是要喊"麻……"，便不动了。

……每夜常梦见老太太，颤巍巍站在他面前，诉说道："我不该寿终，是中了你臂肉麻醉药的毒，麻醉死了，你得了孝子美名，害得我委委曲曲，死得好苦呀！"

正像作者写这位道貌岸然的遗老不知怎么染上了杨梅疮一样，对他的揭露是极为深刻的。当然，这不一定发生在"北京孝子"身上，硬要说地域特色，似乎勉强，但作者对这个人物的塑造是很全面的，从整体形象来看，北京的过渡时期的特色是很鲜明的。例如，钱柏明做寿场面的描写真是镌刻上浓郁的地域特色：

钱宅门前，汽车、马车，把一条胡同完全塞满。来宾可说是无奇不有。单就服装说来，有戴珊瑚顶穿团龙马褂的王公贝勒，有朝珠补褂拖小辫子的遗老，有挂数珠穿黄马夹红长袍的嘉章佛，有戴顶帽佩荷包的宫门太监，有光头黄僧衣广济寺的和尚，有蓄发长须阔袖垂地的白云观的道士，有宽袍阔袖拿大折扇的名流，有礼服礼帽勋章灿烂的总次长，有高冠佩剑戎装赳赳的师旅长，有西装革履八字小髭的官僚，济济一堂，奇形怪状，盛极一时。至于女界方面，福晋、格格、老太太、太太、小姐、少奶奶，一切服装，更是光怪陆离，说也说不尽。若把他们聚在一堂，尽可开一个古今服装博览会。

这里有前清的各式人等，又有民国的高官大吏，文武兼备，各种宗教界的人物，再加上中西合璧的各类名流……这济济一堂，却成了北京当时的官场绅商高层社会的一个缩影。

故都三特产之一的名伶也被陈慎言写得触目惊心。逊清退位之后，有些满族贵胄除了在小朝廷中应职之外，闲中岁月，就组织剧社，逍遥一番。例如，小说中的主要角色樾公爷和樾二太太就组织一个怀春社，每逢三六九会期，邀集一般遗介子弟，在府里演唱……既仗着祖宗留下不心痛的财产，任意挥霍，在伶界中却博得一个财神爷名气。那位樾二太太就趁机大玩各种伶人。她的玩法是公开而恬不知耻，而且心狠手辣，稍有不从，性命也会被她玩掉的：

> 我有一个脾气，说出来二位不要见笑，我看现在一般爷们，常把女人当着玩物，供他玩弄，左一个，右一个，恣意娱乐，我们女人有什么不如他？他们有钱，可以把女人拿来玩弄，我们有钱，也可以把男子拿来当玩物。我不瞒你说，我们公爷平时最爱与戏子们接近，他所认得的，我没有一个不认得，并且玩童伶比玩别人有意思，他说的话，做的事，都能讨人家欢喜。你二位若是欢喜碧舫与玲仙，等一会他们来时，不用和他客气，他们这一类人，本供给我们消遣的，我和松福晋，都是抱这个宗旨。

可是碧舫与玲仙就是不从，结果就关在他们的深宫大院里，不许放出去。经过外界多方求情，多日后，才说人在德国医院里，赶去一查问，据看护妇说，晚 8 点钟时由一辆汽车送来两个病人，昏昏沉沉，不省人事，来人说他们是华北学校学生，在宿舍里偷服了安眠药水，求医院急救。第一次注射一针，不见效果，第二次注射，才将他们救醒，幸亏送得早，如再晚些，就有性命之忧。这两个病人就是碧舫与玲仙。这两个有出息有前途的童伶就此在北京站不住脚跟。正如书中有一个人说："樾二太太手段最辣，你记得从前小桂花，一条性命，不是就送在樾二太太手里?"而这个旗族贵夫人，滥交梨园子弟，卒至纵欲过度，尽荡其产。所以作者在这部长篇的"序"中说："故都社会，既有此特殊人物，容或有此特殊之事。"我们认为陈慎言的《故都秘录》写满清与民初北洋军阀统治的交接时期的北京社会的一个侧面，三种特殊人物，是极为成功的。

叶小凤也是写通俗小说的大手笔。他的《如此京华》所写的时代也与陈慎言所反映的岁月相近。但角度却是不同的。此长篇不是历史小说，却以方大将军影射袁世凯，将他的笔触一直伸向铁狮子胡同中的袁将军公馆。而他在小说中写的是妓女对官吏们的魔力，龟奴对鬻官的神通，袁大将军与娈童的瓜葛。但也的确没有什么庸俗的笔调去污染自己的稿笺，而是一幅京中官僚名士的现形画卷。

名伶青儿在南方发展机会不多，就跑到北京来求腾达。到了北京，她弃伶而从妓，改名挹芬。虽是扬州人，却在门上挂上"姑苏"两个字。不上半月靠她的才技，真是门户也要被挤破了。人家问她，你戏唱得很好，何必改业进窑子呢？她有一段名言，颇可玩味：

> 一时有一时的机会，前儿的北京，窑子只是下等人走动的地方。如今光复了，南方来的不是元勋，便是伟人，北京的眼光慌忙兜转过来……戏子是产在北京的，窑姐是出产南方的，现在，北京人心理不把同戏子比肩的官吏放在眼里，却把窑姐同乡的革命党抬到天上，我又为什么定要守着旧例，去上戏园呢？

这一席话使听的人连连叫好，说是“瞧你不出，竟有这些见解，这京华风月，被你占定的了”。挹芬知道自己虽然在南方也唱红过，但从扬州一到上海，就有点显得力不从心；因此才想另辟码头，重打天下。而以自己的才艺，要到出戏子的北京来出人头地，犹如以自己的弱势去碰人家的优长，恐怕一世无翻身之日。但北京的公卿对南妓的崇拜，一直认为是土著北妓所无法比拟的。如此，下戏海不如下窑子，以己之长去攻彼之短，岂不事半而功倍？

叶小凤把妓女写美了，把她的见解写高了，当然，更会使巨公大吏趋之若骛。作者并不作正面描写，只是写龟奴狗儿的亲戚终南看妓院的账簿，从旁敲侧击中写挹芬门前的车水马龙的盛况：

> 最后翻出了本账簿也似的来，开首第一条便是某王爷的堂差，接着某总长哩，某督办哩，都是些了不得的阔人，不觉一遍遍尽出神的看着。想瞧不出这一间斗大屋子，倒有这国务院的签名簿呢。起初心思原有些不自在，想托辞走开，到此不觉那尊臀竟似铁浇在椅上的一般。

既然这些大吏将他们的签押房搬到了挹芬家中，在此商谈“国家大事”，这位龟奴也就有资格大吹法螺了：“你道我不过是个乌龟罢！同你说句亮话，我这乌龟可比候补知事强多哩。”终南也承认“此龟非寻常小龟，乃京中特别之龟”。于是为了自己的前程，就请龟奴引见老鸨沈寡妇，那寡妇说得更妙；那终南也回答得马屁十足，可见这笔交易就算成功了一半：

> “论事呢，不要说一个绿豆般的知事，就是大几倍的，也只消我家姑娘一语，只是老爷将来被人识破了，说这是沈挹芬裹脚带上拖来的，也有些不便啊。”终南笑道：“嫂子说那里话来，嫂子是个菩萨，挹姑娘是个

下凡的仙子，靠菩萨仙子带挈着，体面也体面不过来。那里还有什么不便呢。”

经过老鸨一“审查”，于是就可晋见姑娘。之后果然“考取”了一个乙等知事。临到省里的一天，狗儿给他一个红摺子，上面一大批花名，“大约除了那撞翻车儿的乌大桂子以外，狗儿平日所招呼的赌场帮闲、窑子打杂，十七八都在这摺儿上了”。看到这里，读者如何会不叹息“如此京华”呢？

以上这些私下里的交易已令人不胜感慨，可是那些妓女还要当面讽刺那些官场大员们，直令他们啼笑皆非。下面是一段长鹤山公子与名妓沈挹芬的绝妙对话，叶小凤能写得如此刻骨，也就是到了登峰造极的地步了。那次是长鹤山公子受方大将军之重托，要到天津去办一极秘密的使命。挹芬虽无干政之心，但好奇心却是有的，她问公子究竟有何公干？

鹤山道：“这是国家大事，说给你也不懂的。”挹芬笑道：“算了罢，那一个替国家办事的人，不借窑子做过签押房来？前天那位什么秘书长，在我那里请着客，来的说都是内阁大臣外阁大臣的，听他们一个菜还没有上，把什么内务总长外务总长的事议妥了。我后来因脚带儿松了，请那位秘书长缚一缚，倒整闹了半点钟还缚不好，可见你们那些国家大事，说得体面些罢了，那里比得上我们缚一根脚带儿的烦难。”说完，噗哧一声笑了，鹤山听着也自好笑。

叶小凤毕竟是大手笔，他能叫人刻骨铭心而又回味无穷。但作为通俗作家，他也毕竟不能免俗，也即通俗的“俗”。他的小说第 1 回是“楔子”，第 2 回是写戚少甫因堂舅舅刘八爷在财政部当差使，所以远从镇江赶到京城，想来投奔。可是一下就将戚少甫“干”搁在一旁，不闻不问了。放手去写沈挹芬其人其事，直到第 30 回才想起了戚少甫，又通过他的亲戚刘八爷，才串到了方大将军府中，去写那《如此京华》的一根主线。如此看来从第 3 回起，直到第 30 回，竟然是一个“天马行空”的大铺垫。

在第 30 回上，刘八爷正在做出纳司司长。上级命他一夜间要筹款 700 万元，而这 700 万又要列入“特别项”下。这令刘八爷长吁短叹，看来乌纱帽要不保了。正在这时，那位“妇人之见”的戚太太为他想出一个妙法，回报的条件也不高，只要为她的哥哥戚少甫弄个科长当当就满足了。刘八爷刘其光如太太之教诲“炮制”，果然700万元如数办齐。刘其光与戚少甫的升官当然不在话下。这700万元用在猪仔议员的选举上，还有是为方大将军“荣登大宝”作为经济后盾，真可谓“钱能通神”啊。这二位能筹到如此巨款，用于“特别项”下，把个京城的面貌“焕然一新”，发生出震惊一世的效力：

> 京城里边受了这巨款影响，登时热闹起来。不要说那些剧场、酒馆、公娼、私窑，处处推肩塞背热闹非常，便是那些驾车的驴马也趾高气扬，昂首奋鬣，拖着一车新贵，气概不凡……看官试猜这是个什么盛会，那里有许多人到北京来坐着车顽？原来这两月来，从三条铁路一条航路计算起来，进口贵人共重十八万五千余磅，那些贵人是非马车不装的，平均每辆装二百磅，须要一千余辆马车才装载得完，自然要求过于供，应接不暇起来了。

后来，为了选猪仔议员，还买通了黄包车夫也叫他换上长衫去投票，每票5元。财政部的茶房也参加投票，价钱就比车夫高得多，每票50元。而那些车夫也不懂什么叫做投票。把个“票”字读成“嫖”字，怎么这些大人老爷今天要我们去“嫖”他们呢？真是闻所未闻。

更令人不解的是，为了方大将军的称帝，不仅有请愿书和劝进表之类的东西，如雪片般飞来，而且在一册新发行的皇历上不仅有宜祭祀、沐浴、破土之类的吉日与不宜什么之类的忌日，忽然还登了一条“宜登大宝”，正如人们所问：“从没见过书上标过‘宜登大宝’的，难道民意可制，天道亦可制么？”正在方大将军制造天道时，云南已经宣告独立，京里边沸反似的闹起革命党来。有说大将军府里已捉住了整百个奸细，连姨太太里边也有与革命党通气的。也有说大将军已被人狙击过一次，不过没中要害，现在创口还未收功，所以才托病的。也有说狙击大将军的不是别人，便是那一人之宠的燕儿，那个大将军最宠爱的娈童，于是一切都草木皆兵了。《如此京华》也就在这风声鹤唳中结束了。

这部小说的特色是，官僚大员的好色已成了他们日常生活的一个组成部分，因此，妓女、娈童皆成了他们政治交易中的一种必需品。在《故都秘录》的三种特殊人物之外，又有了自己独特的视角。而“腐烂枯朽”，金玉其外，败絮其中，则是他们治下的北京的共同特色。

何海鸣的《十丈京尘》却又有一番不同于上述两部书的“鲜活”景观。他是写南京成了中华民国的临时首都不久，就迁都北京。大批南方的官员也随迁都北上，他们怎么在这人地生疏的北京施展南方人的“才能”？

《十丈京尘》是何海鸣的长篇代表作，也是一部著名的描写民初北京社会风貌的成功之作。长篇中有两条重要线索，一条是写失意政客刘子壮与妓女冰尘之间的纯情照拂与心灵慰藉。此种情景，在民初通俗小说中不乏精彩篇章，所以在这里也不作分析了。另一条线索是通过汪百旦、郝筱泽、贡济川之流的丑类的现形，写民初北京政、经两界的官绅、富商的腐行劣迹。其实，在当时的通俗小说中，写此类官绅富商的偷天换日、逢迎钻营的伎俩的，也不在少数。但《十丈京尘》写此种情事自有它的特色。民初，南京成为中华民国临时首都不久，政府就迁都北京，大批南方的官员也随迁都而北上。我们只要看现存的《鲁迅日记》，他就是以迁都北上后的日记为开端的。在日记中，他所接触的也大多是南方人，尤以同乡居多。可见，这迁都以后，在北京也形成了一个个的新圈子，但鲁迅是以文为友而自然组合的。何海鸣的《十丈京尘》可不然。他主要是写一批善于逢迎吹拍的南方出身或久居南方的官佐，在北京这个人地生疏的燕赵戆厚之地，怎样施展他们的狡智混迹官场，并达到飞黄腾达的目的的。

以南方人的“才能手腕”在北地“生根开花结果”，这是一个特定时代的重要生活侧面，也是京味小说中应有的一道亮丽的风景线，而众多通俗作家都没有抓住这个绝妙的题材，大批有能量的“移民”，涌入某一地域，几乎能使这个地域出现“新质”。我们不知道何海鸣是自觉地捕捉到这个题材的，还是以南方人自居，耳濡目染、潜移默化，“对号入座”，源源入文的？不过，我们也得佩服这个何海鸣，他写北京土著，写没落旗人，也是一等好手，这使他的《十丈京尘》就显得斑斓多彩，摇曳多姿了。

《十丈京尘》一开首，就是一场大风之中的漫天尘土，这是自然界的嚣张，也是一种政治生活的特定征象：

有一天，北京城里刮上很大的风，直刮得天空中呜呜叫唤，地上尘土也飞起来比前门城楼子还要高。不消半刻工夫，顿教整个的北京城，满卷入飞沙阵里，成了一个黄色世界。慢说是远处的建筑物，被黄色的帘幕遮掩得很严密，教人眺望不出；就是距离很近的地方，尘土在空中飞舞，与海洋中波浪前后冲击的一般。过了一阵又是一阵，把迎面三尺的人儿车儿马儿，一网笼罩下来，使大家隔断着，谁也看不见谁。有时逆风缝里偶然看见些黄色的影子,在那里蠕蠕乱动,也是模糊黯淡得很。而且风沙刺眼,也绝对不许人正眼偷觑。你想这风的势力大也不大?……大风底下的人东倒西歪,时隐时现,也同鬼影差不多。加之北京这几年来政途黑暗,生活艰难,鬼蜮现世,豹虎横行,一般人虽说照旧苟且偷生地活着,其实,灵魂堕落,早已弄得不成人样。这不是虫沙浩劫是什么咧?若说这种解释有些过于煞风景,那么,风势既来得这般大,尘土又刮得这般高,北京人在这时候受些风吹不算,还得饱尝尘土滋味,倒把风尘二字领略得甚是周到,足见古代文学家造这句子,实是大有根据。经过三番两次地实验,便能了解风与尘两个字联贯起来成个名词,真非常恰当得很。

这"政途黑暗,生活艰难,鬼蜮现世,豹虎横行"16 个字,当然是一种政治"风尘",非天灾而乃人祸。其中一个串戏的小丑就是汪百旦。这位汪四爷祖籍贵州,秀才出身,在江苏当候补巡检,靠着表兄的"牌头",到北京营生,吹嘘自己是学陆军出身,在黄花岗和武昌城各负伤一次(其实是身上的烂疮疤而已),对革命有功,进了陆军部做咨议。但政府机构欠薪厉害,他就想拉拢武昌驻京的白子素办一家通信社,再烦白子素在武昌督军驻京办事处处长韦代表向财政部长等处吹嘘吹嘘,弄个挂名差使,每月领几百块钱津贴,再怂恿韦处长办个日报,作为武汉三镇的言论机关。何海鸣笔下出现这么一个偷抢诈骗,无所不用其极的北京政界著名的混混。而且还给这混混配上一个"贤内助"赵月华。这是汪百旦在上海旅馆里结识的革命同志,其时,赵月华向他捐款助饷。汪百旦看她一派热心,爱国平等共和的流行话,说得娓娓动听,觉得这位女志士肚里新货色委实不少,将她当作腻友兼师承,不久,就宣布自由结婚了,赵月华当然也跟了丈夫赴京发展宏图了。

那赵月华呢,仗着自己有几分姿色,又长于交际,便在北京城许多阔人公馆里活动交际起来。她交际的目的只想巴结认识上两种太太:一种是老太太,一种是姨太太。阔人沽名钓誉,是没有不孝母亲的。巴结上老太太,或是拜寄做干女儿,可以求老太太对阔人说话,替自己丈夫升官;又可以捏造些慈善的事件,敲老太太一点小竹杠。若是那做干哥哥的阔人是好女色的,就简直利用机会,可以与干哥哥接近。至于结识姨太太的功用，越发神奇得多。除了巴结老太太那几件利益照旧有效外，另外不拘公的私的，拉皮条，做引线，替人运动差事，分佣钱，勾搭拆白党，劈成数，种种好处，一言难尽。所以活动了几天工夫，不独赵月华自身赚了不少的金珠钻玉首饰，打扮得风头十足；就是汪百旦也沾着这裙带底下的光，得过几回短期差事，分过几回赃款；不然，那陆军部咨议名下老领不着的薪水，哪里能捧汪四爷的场面咧？

作者一讲起姨太太，就有诸多发挥了。他写道，北京有什么军阀、财阀、政阀、党阀、学阀、报阀……不一而足。可是"还有京城中许多阔人们的姨太太团和至尊无上操纵一切的姨阀"。汪百旦夫人就是硬挨进姨阀俱乐部做跑腿小角色的。这些姨团里的姨阀们可大多是南方人。北方官僚的元配夫人都是北方人，但他们娶妾可非要南方人不可，而且大多出自南方的妓院。这姨团是非常有势力的，甚至可以指挥一大帮大人物，可是又是无所事事的，因此，最容易以寻事生非为己任。这次是为了看戏的包厢被一个带两个马弁的北方太太占了，而她们用"兰清官话"与北方太太吵架又不占上风。只见"那北方贵妇人年纪约在四十内外，团体大脸，装一个北方尖尾儿假髻，乱插些金簪珠花，两个手臂上也带上无数金钏，指画起来叮当作响。只放开喉咙回答道：'咱早来啦，一样花大洋钱，咱就坐定了这个厢啦！'"姨团中的一阀是银行大家马尔明的太太，她觉得这回太丢脸了，而一时半刻又斗不过带马弁的北方贵妇。马太太想出了一个绝招，原来当天的唱压轴戏的名花旦蕙香是以马尔明家为唯一的后台大老板的，所以马太太就用了一个"最后抵制"的方法——釜底抽薪！她铁青着脸大嚷道："好！你们会霸占住一个厢就算狠了吗？你也不打听打听看，我是蕙香的什么人？老实说，我就是他的老斗！"这一下可全场哄笑了：

有几个好多嘴的纷纷谈论道："自古来玩相公捧花旦的，只有男老斗，不料蕙香特别的很，居然有个破例的女老斗咧！但不知女老斗玩相公，是怎生的玩法？"说罢又是一阵大笑。那马太太势成骑虎，到此时什么都不管了，随又高声吩咐带来的当差道："你快去到后台与蕙老板说，我们被人欺负透了，叫他今天的戏不要唱，就此停锣退票，跟着我走。一切开销都算我的！看他那个霸占包厢的有什么好看，哼！她叫我坐不着包厢，我也叫她看不着小蕙的戏，到底看谁的手腕厉害。”

这个命令一传到后台，果然飞灵，蕙香听说马太太受了欺负，马上传谕停锣，一张黄条子到戏台上一贴，上写“蕙香今日请病假，即行回戏”。总算姨团扎足了台型，气得北方贵妇人大喝一声道：“不行，不让蕙香走。护兵替我去抓这个小羔子。”但这位军阀太太只好暂时输掉，只能看马太太在另一包厢里不住地用手摩抚云鬓，显出很得意的神情。

读了这个情节，我们真觉得北京有这么一个姨团，一群姨阀，天下也从此就会多事，而且会有更多的莫名其妙的事。无独有偶，蕙香“忠心耿耿”地回戏停锣，而他的老斗，银行大家马尔明对这位“蕙兰芳香”的名旦角也不含糊，马尔明在军阀的枪口对准自己的胸膛时也是“捍卫”蕙香的。师长宗大觉向马尔明逼饷，他总是打躬作揖，低声下气地恳求宽限。但宗大觉也想出一个妙招，扬言要一枪打死蕙香，以泄心头之愤：横竖你不给我钱，叫我没法玩，我也要叫你玩不成花旦。

此话一出，果然那马尔明听了比打死他自己还害怕，便慷慨激昂，奋不顾身，哪怕宗大觉的手枪当前，也兀自上前申辩道：“老大哥，你适才这几句话，冤屈了我不打紧，冤屈了蕙香，你就是马上一手枪打死我，我也得要在未死之前替蕙香说一个清条理顺的。不错那蕙香是唱青衣花旦的，当初也的确的私房出身，在相公堂子里混过几日。但那是已往的事，如今谈起来，只能说是他的身世不幸，替他叹息一回。万万不能拿这个作话柄，作为糟蹋他的资料。大家要知道，如今我们中国人才寥落，在四万万国民里，竟找不出几个能够得外国人崇拜的人物来。只有蕙香以东方优美的艺术，为外国人所心悦诚服。前一次到东洋，那向来瞧不起中国人骂中国人作马鹿的日本人，也破格地尊敬他，简直拿他当国宾看待。连当年的李傅相，也没曾获到他那番欢迎的盛况。最近，新大陆的美利坚共和国，号称为世界最文明之邦的，也看着心痒，要与日本人赛一赛，将蕙香也请到他们国里去一趟，灌输些东方的艺术文明给他们。在蕙香这里，去不去倒是无可无不可，美国公使到柳家去了几次，请求了好几回，情面上也有些推托不下。哪知日本人晓得了这消息，很不愿这个脸也把美国露了去，几次三番托人来说，请蕙香不要答应美国。”

这真是有点“士为知己者死”的大义凛然了。凡此种种情节皆是靠姨团中的小跑腿儿赵月华牵引出来的，让我们饱尝那“北国风光”。其实，汪百旦与赵月华都是长篇中的小角色而已，但没有他们的“线性”作用，倒也串不起一圈光芒闪烁的珠链。上面说到汪百旦求白子素办通信社未成，白子素看汪并无实力。可是却瞥见汪百旦口袋里有一张顺满银行的支票，其实，这是一张以壮声势的假支票，可是白子素和他的后台韦处长正在千方百计要结识顺满银行的经理郝筱泽，直至现在还苦无门路，一问汪百旦，他是向来买空卖空的，立即吹牛是他的“铁哥儿”。原来武汉银行里要自办发行银钞，而郝筱泽是前财政总长侯赞理和现任币法局总办章柏岳面前的第一大红人，只有勾通了郝，才能弄到由国家统筹的制币的白铜，才能取得制钱钞的准许证书。这样，书中又牵引出一个江南人如何在北方发迹的动听的故事。

这位顺满银行的总经理郝筱泽本是浙江一个纨绔子弟，自小好赌，把家产输个罄尽，可是赌术也逐渐高明起来。民国元年，靠赌友介绍到北京司法部弄了一个小小办事员的差事，而币法局总办章柏岳生平最爱赌钱，可是赌场比官场更是机诈百出，他做官刮来的钱，就一夜几十万地送进了赌场，于是很想搜罗几个赌博顾问，以显示自己在赌场中比官场上更有能耐：

> 这郝筱泽利用这个机会，居然入选，就在章宅里时常走动。这章宅中所豢养的清客很多，独有郝筱泽是专门以赌博见长的。又在片子刻着一个东洋法学士的头衔，大家都开玩笑叫郝筱泽做博士，又每每将“士”字写成“仕”字，算是取义于日本叫僮仆做小仕，仿佛恭维他是章宅博场中的仆役，到也算是名实相符。但赌博士就任以来，很能勤慎服役。起初是替章伯岳管管赌筹，站在主人身后做个旁观者，偶尔参加些意见，说哪一张牌该打，或哪一门该押。后来渐渐趁着章柏岳赌疲倦了立起身来进去抽大烟的时候，便搭讪着坐下去代搓两副。后来代得多了，又渐渐地等到三缺一的时候，也承章柏岳叫他凑上去算一脚，便从此由博士升到赌徒，与诸位大官僚分庭抗礼起来；加之那时官场中以能赌博为最漂亮，许多大宅门里几乎无夜不赌。几位大官僚聚会在一起，除了赌博以外，在公的一方面，夹着还商量些国家大事，以及各主管衙门重要的事务；在私的一方面，就是出卖差缺，收纳贿赂，也都靠这赌博做媒介。所以又有许多善于钻营之人，为着运动差缺起见，知道这条终南捷径，容易和大人物接近，就都舍却正经衙门不上，却深更半夜到赌

场上来伺候上司。

正是博局与国务双丰收，到了最后，博局与国务竟然融为一体，而郝筱泽既走上了这条终南捷径，真所谓“近水楼台，得月最先”了。旁人看了正是垂涎三尺，而他呢，像下跳棋一般，先从司法界跳到财政界，从办事员跳到秘书，秘书做腻了，竟然异想天开，要求章伯岳和侯赞理入些股份，筹组一个银行了。虽然开始时无异于做“空头”，但开张时是办得场面很阔的，以致有位刻薄朋友取笑他这银行是“赌”出来的，送来一贺联，还端端正正地将银行的名字“顺满”嵌入其中：

顺子同花六七八九十，
满和倒爛东南西北中。

莫看他是“空头”经理，他就凭此银行代表国家向外国借债，将借得的钱再借给财政部，利息丰厚，两头取佣。引得许多有钱的大官僚从旁羡慕，纷纷入股。顺满银行就从100万股本加到200万，不仅不是“空头”，而且能如数收足。

郝筱泽从中掌着调动大权，竟也赚进四五十万的家私。白天在银行里摆大总经理的架子，晚上与许多大官僚聚赌周旋，也俨然是个正角。论千论万，满不在乎！那时，正好汪百旦将武汉方面的人介绍给他，而武汉出面的大人物是个“外籍华人”毕宗岱，他机灵巧滑，以赌博为媒介，实行新式贿赂，认识了币法局总办章柏岳之后，一副牌就让章柏岳赢了5万多。而且十分巧妙地让旁观的妓女娟娟看到他的良苦用心，并请娟娟委婉传言。章柏岳能“和”这样一副好牌，比在战场上消灭一个师还觉得过瘾。用他自己的话来说：赢钱事小，面子事大。他感到毕宗岱这人真够朋友：“他求我的事，也必得替他帮忙了。”

何海鸣为“晋京”的南方人一一立传，有声有色，眼花缭乱；但其中还有个拍马吮痈的钻营者，能令人瞠目结舌。这里指的是赤手空拳起家的贡济川。他原是一个官费留日学生，辛亥年间听说留学生在南京临时政府中很容易做官，因此，就到南京来运动运动。南京政府解散后他随司法部一起北上，他觉得在司法部的差事干枯无味，而想接近大人物吧，连门房也不肯通报，即使进了客厅，坐客太多，难于单见，何来畅所欲言。他没有“奥援”，光靠"单相思"，他跨不过"铁门槛"，既不得其门而入，他难道就这么"完蛋"了吗？

好一个贡济川，他能别出心裁，另辟蹊径。一不要媒妁介绍，二不求门房先容，居然单枪独马，毛遂自荐，也做到人上人的地位。你道他是用的什么奇妙方法？说来却又平常，他在前几年决心活动之后，便每逢星期六的日子，心定搭那下午四点多钟的火车，由北京到天津去走一趟。而且还不惜小费，总买的是头等车票。因为在京城里够得上做阔人的人，天津租界上一定都有洋楼公馆。一星期内在京办了六天公事，在这些惯于享福的阔人看来，实是为国勤劳，疲乏得不堪了。好容易遇着星期日是放假的日子，可以休息一天，便都不约而同在星期六搭下午那班火车，全凑合到天津去。表面上就是回天津公馆料理私事，其实却把工夫全用在嫖赌玩耍上……济川利用这个机会，每次都在这头等车里盘桓。见着头等客厅散坐上的阔人随从及仆役之类，不揣冒昧，径自上前去送名片，问姓名，拉拢交情；并常常向饭厅里叫些茶点，买些纸烟，殷勤款待，托他们带领到阔人包房中去觐见。见面之后，他本来为人机警，善于言词；又预先探听各阔人性情怎样，癖好如何，分别出种种言语去迎合。

坐火车本是件无聊的事，可是这 3 个钟头中有贡济川这么一个消遣品，真是皆大欢喜了。阔人下车时问他"有事何往"，他说"没得事"，若那阔人补一句"你就跟我到我公馆里去玩玩罢"。他就做了跟屁虫。而如没有遇到这样的"邀请"，他就在小旅馆里睡一晚，星期一再与阔人们同车回京，他见机行事，不时也可跟阔人到公馆走走。眼看他一帆风顺，官运亨通。由司法部而财政部，由主事而秘书，由秘书而当了新议员，又由新议员回到了财政部任顾问，还兼了些银行董事之类。后来，人们看穿了他往来于铁路京津两站之间的用意，"又是羡慕又是钦佩，就代他取了一个绰号叫做'礼拜六'"。当然，他现在可不必再在礼拜六风尘仆仆地奔波于京津之间了。他或许还有雄心做"礼拜六"，当他自己也有小公馆在天津租界上时。

从汪百旦、赵月华夫妇到郝筱泽，再写到贡济川，不得不令人看到他们的"白手起家"的"能耐"之高明。觉得何海鸣笔下出现的北上南人一个比一个精彩；可是作家的本领还在于写北京土著与没落旗人贵族，而且决不输于

"北上南人"。

全豹卿是稍有根底的本京土著，虽然名声在外，可是内里是已经空虚的了，但他决不"露馅"，还是"扮"成一个殷实人家的派势。他往牌桌上一坐，一摸袋里没有一个子儿，就大模大样打电话叫仆人送钱来。他的仆人老刘就会帮他去"弄"钱，借得多，就会将大卷钞票、整封洋钱全露在手面上呈给他这位老爷。"弄"到得少，就用个信封，还要装得厚厚实实地双手奉上。老刘还能对付各种讨债的人，像变戏法一样为他搪塞欠账。

这次全豹卿与汪百旦要合办俱乐部了。竟然靠他的"殷实"能从一毛不拔的汪氏夫妇手中拿到开办股份的150元。第二天一早，全豹卿叫了一辆车子到前门外振和皮局，先吹了一通大牛，然后将某府欠他们的皮货款子先由他垫付150元。掌柜的非常高兴。接着又谈起外地某大员要托他办一批皮货。掌柜一听生意不小，马上拿出各种皮货任他挑选，包括店里的"镇山法宝"在内。他选了一件镇山法宝紫貂袍统，又一大批皮货，叫店里开个价码，然后上了汽车，上车前还问掌柜的放心不放心。掌柜因他是殷实土著，不会跑，也跑不了，自然说一百二十个放心。全豹卿一回到家，打个电话给当铺，说急用2 000元，请派个稳妥的伙计来取一批皮货。到了伙计上门，他将镇山法宝紫貂袍统放在一边，其他的皮货请一概估价，最后这位权力很大、眼光极准的稳妥伙计开了一张1 800元的支票给他。再过一天，全豹卿将一件镇山法宝及500元叫仆人送到皮局，说了几句吹毛求疵的话，因此，不得不退还这袍统，其余的某大员全收了，先付500，其他款子会汇来的，决不叫皮局吃亏。皮局虽觉得现款付少了些，但镇山法宝已送回，也放心了一半。如此，汪百旦的150就变了1 300，而且架子大得自己连当铺的门槛也不跨的。他再叫老刘去找十个八个服务员，讲明只管伙食，不给薪金。将来俱乐部抽的头钱十分之四归服务员拆账。自愿进来的每人先付200元押柜，有可靠铺保的减半。既然报名者踊跃，他又可收入上千。他老老实实地对全太太说："唉！世界上像我这种耍西洋镜的人，正多着咧。只怪做人难，吃饭更难。除了这样蒙世鬼混以外，又有什么法子哟?"读后，我们似乎不感到全豹卿是个骗子，这是一个地地道道的北京人，他家道中落，只能十缸九盖，甚至十缸五盖地轮流盖着这些急于需要盖上的缸。这是他的一种"活法"，为了他的"殷实人家"的面子，他做得神态自如，坦然自若。正如他夫人用纤指在粉颊上批了几批："羞不羞？什么大爷，拆穿了西洋镜，半文钱不值!"不，他还"活"得很自在。

全豹卿还为俱乐部招股，50元一股。招来了一个“怪物”——也即引出了一个没落旗人贵族的典型董元惠。董的祖上做过驸马爷，现在是坐吃山空，但决不言穷，更不上当铺，连珠宝古玩、贵重衣服也只暗地里卖给后门口打鼓收旧货的人，打皮鼓的能有多少钱给他，一块两块钱而已。家里呢，一套康熙殿版的廿二史弄得残缺不全，说有好多本被老婆拿到后门口去换柴火了。豹卿连连顿足，说一套全本可卖几百两银子，可是元惠回答道：“像我们这种人家，祖上做过大官，再穷些，体面要紧，卖东西总是不行的。”

全豹卿光临董府这一段文章，读后真令人感到何海鸣在《十丈京尘》中是的确写出了几个称得上典型人物的，可是他这部书至今还“尘”封某图书馆的冷角里。

一到门首，只见一个朱漆的大门，年久未加油漆，已变成了模糊黯淡的紫黑色，又剥落了好几处……进门之后又一眼看见一排歪歪斜斜的房屋，好像连窗户格子都有好几处破碎支离，尽拿些黄色的旧报纸糊着。院落中虽甚宽大，但没有一点花木，只剩下半个金鱼缸……惟有几树青草，杂着些狗尾巴草儿杆子，却高高的是在他家屋顶上瓦缝里点缀成天然的屋顶花园的景致，真个是故家式微凄凉满眼。

豹卿正看得出神，不料元惠在后面吆喝了一声道：“有客来啦！”便有几个人从左右厢房中应声而出，垂着手排着班好像是大家仆从们出来迎接贵客的样子。豹卿细细地看看那些人，一个个都形容枯槁，裋褐不完，不由心里暗暗怪异道：“他家既已中落，为何还养得起这些个仆人？但他到底是穷了，连底下人都连带穷成这种怪相。”

豹卿回到家去，很觉不解，便问老刘道：“这个董家，我看真有些蹊跷，穷到了这个样子，还用这许多底下人，摆这个官派干吗？”老刘笑道：“那不是底下人咧。董元惠虽穷还有一幢房子可住。他的亲戚有比他还穷上十分，无地容身的还都挤到他家里去住。元惠穷死也还要顾面子，就把这些人一一收留下，有的时候大家在一桌上同吃肉饺子和杂酱面，没有的时候只好都啃窝窝头。关起门来什么舅老爷、表老爷、外甥少爷，叫得很亲热；若遇着有外客来，元惠要摆他世家的阔派，就烦那些穷亲戚全装成仆役样子，一呼百诺，垂手排班。谁说不是仆从如云，很有点老架式，又谁知都是假的咧。这也只怪那般穷亲戚太没出息，不惜纡尊降贵，顶充仆人，来作这一日两餐的报酬，才养成他这个臭习惯啊！"豹卿叹道："既然如此，又何必定要来入股？"老刘道："我早探听明白了，他是想将那些檀木家具出卖，变点钱来入股的。"豹卿跳起来道："快去与他说，东西快不要卖了，就拿这木器来入股。我替他估个价，折成一笔钱，算他的股份，绝不让他吃亏就是。横竖俱乐部正用得着几件贵重的木器咧。"老刘摇摇头道："不行，我知道他的怪脾气，生平最不肯承认他穷。穷到卖东西，他尤其以为是莫大丢脸的事，万万不肯说与熟人知道。可惜从前多少衣服古董，有朋友打听到他快要保不住了，与他委婉商量，说我多给你的钱，卖给我罢。他抵死也不认有这回事，宁肯偷偷摸摸开了后门卖给打鼓的，连当铺都不肯去。"……豹卿闻言，暗想旗下贵族家中的子弟怎么不懂世故，竟到这般田地，不由万分伤感……

读董元惠的家世与现状，我们真感到在读一部"中国死魂灵"，是有点果戈理式的笔力的。用什么"五体投地"、"美不胜收"这类的颂词，似乎并不勉强。倒是觉得有些轻视通俗小说的某些作家的作品未免太单薄了一点。

陈慎言、叶小凤和何海鸣的写北京，各有他们的特色。陈是写北京的土特产，叶是写北京作为政局中心之腐败，而何则写地域特色与外来人员冲撞之时，所碰击出来的耀目的火花，而他的写土著，也很是耐人回味的。在这里，我们不引用写天桥或什刹海的风光的精彩片段，正如在论述上海地域特色时，不引用写老城隍庙的文字一样。如此，我们才更能读到些深刻而非皮相的东西。

读《十丈京尘》，我们对刘子壮与冰尘的纯情相恋的这条线索兴趣不大，我们却欣赏汪百旦、赵月华，更赞赏郝筱泽、贡济川、全豹卿和董元惠。但读《春明外史》，我们倒感到杨杏元、李冬青和史科莲的命运很令我们关心，而书中对政局与官场的揭露也是很尖刻的，但并不像上述几部那样深刻。

读《春明外史》，觉得写北京的剧场，写北京的捧角，如捧旦角，捧坤角，捧童伶等等，特别详尽，读过之后，我们似乎更能读懂鲁迅《社戏》的上半篇，写北京剧场的情景，以及那位"我"走出剧场之后，为什么有几十个人等在剧场外面，而又感到剧场外面北京的空气特别清新。

而读了第81回，才知道鲁迅笔下的方玄绰谈欠薪的真实情况以及他为什么在日记中常记欠薪和索薪等事。而反映这一时段的通俗小说，几乎无不写欠薪，甚至有下级官僚无法生活而悬梁自尽者，正如小说中的人物梁子诚所说：

可是北京这地方，山穷水尽，也实没有法子维持下去。今年翻过年来，半年多了，只发过一次薪。那还罢了，衙门里的办公费，也是穷得不可言状。这两个多月以来，部里的茶水，都是茶房代垫。他们不但领不到工钱，而且还要凑出钱来买煤球烧炉子，买茶叶沏茶，本也就很为难了。自从前天起，他们约着大罢工，不发薪不沏茶，也不打手巾把。

但北京这个地方，毕竟是政治中心，是官场，官有了钱，这个场面还是支撑得下去的。正如北洋政府的总裁闵克玉所说的：

北京这个地方，不像天津上海是商埠的码头，仅是政治的中心点，市面还要靠官场来维持。您想，现在各机关不发薪，一班人员，吃饭穿衣还有问题，哪里有钱逛窑子。

各机关的确不发薪，欠而又欠，可是像闵总裁这样的大人物总不会没有钱的，大亨而有钱，却在官场上很愿意屈尊，不是对老百姓肯“放下架子”，而是向上峰周围的“低微”的红人能“礼贤下士”。第11回中就写这位闵克玉还未大发迹时请“极峰”身旁的出纳处长秦彦礼在私宅上房内吃便饭。这个“便”是在于“随便”得让他的爱妾也出来与秦彦礼调笑，如此岂不是在上房设宴更为“方便”。

这晚闵克玉，请秦彦礼便饭，本来对酌，并无别人，因为如此，就好商量秘密问题。二来也是闵克玉一种手段，表示亲热的意思。只要把秦彦礼联络好了，他和极峰烧鸦片的时候，要代为说什么都可以说得进去。不然，你就把极峰联络好了，他是一天到晚包围极峰的人，要破坏你的事情，那也很容易呀。闵克玉看到此层，以为这人面前，不能不下一番滚热的工夫，所以把秦彦礼当作自己家里人看待，一直引他在内室里吃饭。

只可惜在与他的三姨太调笑得刚提起精神来，又拉又唱时，公府里来了电话，要他回去。秦彦礼正贪着和三姨太幺凤胡缠，哪里肯走，谁知那边在电话里骂起“混蛋”来了。于是只好请秦处长自己听话筒了。

秦彦礼接过耳机，那边说道："我是小沈，您是秦处长吗？哪里的电话没有打到，谁知道您还在这儿啦。老帅洗脚，您就快点回来罢！我们伺候，他老人家不愿意呀。"秦彦礼听他说这话，怕别人知道，连忙答应道："我就回来，你挂上罢。"说毕，挂上耳机，就吩咐听差开车。闵克玉道："什么事，这样急，说走就走。"秦彦礼道："老帅有事，立等我回去，我怎样能耽搁？"闵克玉心机一动，问道："是不是关于内阁的事？"秦彦礼脸一红道："不是，不是，老帅一点小事罢了。"说着和幺凤一拱手道："嫂子，咱们明儿会。"说毕，就匆匆的去了。闵克玉见他如此，也不知道是什么事。后来由听差的口里打听出来，才知道是老帅要他回去洗脚。便和幺凤道："你瞧老魏多倚重他，洗脚都非他来不可，其余可想而知。这人可惜不大识字，我要是有他这样的地位，何愁不能组阁？"两人说得欣羡不置。

这就是其时的官场，能为老帅洗脚，就使后来做财长做总裁的闵克玉及其三姨太欣羡不置。他们什么钻狗洞的事情做不出来啊？如此看来，第 28 回牛萧心向老帅献妹——牛剑花，就非要通过这个秦彦礼不可了。秦一见剑花满心欢喜。先在长安饭店享用了 3 天，第 4 天才由他引见。果然"立竿见影"，老头子当天就批下 15 万河工款。秦彦礼也"公事公办"，准备分肥："我看你顶多用 5 万在河工上吧？我也不要多，给我一个二数，你看怎样？"用在治水灾的河工上，他们竟贪污了个"三分天下有其二"，因此，到第 69 至 70 回卫伯修与吴莲沚争着向鲁大帅献妻。卫伯修献上了，由铁路段长升为铁路局长，而吴莲沚滞后了一步，未能献上，还不大高兴呢！玩弄妇人还不算，清朝的男风还在民国大盛，胡春航总长请了卢南山陆军总长，交通次长孔亦方，财政次长钱青化，烟酒督办金善予几个人到小旦小翠芬处拉个小场子，帮个小场面，一夜豪赌抽得头钱 3 800，胡春航将筹码子放在桌上分一分，划出 3 800 元来，指着对小翠芬道："这是你的，拿去买一辆车罢。"

这当然是静悄悄的小场面，《春明外史》中还有闹哄哄的大场面。那是第 80 回写挟天子以令诸侯的关督理，他来京领军饷，只拿到 5 万元，还欠他 80 万。他干脆请了各路诸侯大集会，把 5 万元当场在北京花光。用了 18 辆汽车，接了四五十个妓女来陪酒。最后，还要了 4 个清倌人，要为她们点红蜡烛，在场 4 个督理每人分一个，为她们"开苞"，实际是奸污 4 个处女而已。其中王泰石督理"年纪大些，性情也老实一点"，不想要，可不要不行，关大帅强迫他要来抓阄，然后一个个送入“洞房”。且看《春明外史》是怎么写这个一掷万金的场面的：

“今天到这儿来，咱们都算有交情。有主儿的，我是不管，省得回头大家吃醋。若是没有主儿的，我算作一个东，一人送一百块钱。”在座阔人听说这话，都叫了一声好。关孟纲对着厅门外，叫了一个来字，就进来一个马弁。关孟纲道：“你进到我睡觉的屋子里，把枕头底下压着的一个小皮包拿了来。”马弁答应着出去，不多一会，就将皮包拿来了。关孟纲将皮包向桌上一放，揭开来手在里面一掏，就掏出一沓用绳捆扎的钞票，他将钞票向空中一抛，又用手接着。笑道：“他妈的，不能再好了，这票子都是五十块钱一张的，每人两张，数也不用得数。”说时拿了切大菜的小刀，将绳子割断，掀了两张钞票，两个指头捏着，向空中一晃，说道：“要的就来，客气可是自己吃亏了。”当姑娘的人，虽然无非为的是钱，但是要得好有光彩，当着大庭广众之中，走上前去接钱，究竟有些不好意思。关孟纲见钱没有人来接，笑道：“真邪门儿，这年头儿，会有钱没人要。”因对坐得最近的一个姑娘道：“你要不要呢？”这个姑娘，正是一个倒霉的人，怎好说不要，只得红着脸走上前，说了一声谢谢，伸手将钱接过去了。有一个人开了端，这事就好办，因此挨挨挤挤，一个一个的，走到他面前来接钱。关孟纲笑得翘起两撇胡子，来一个就盯着眼睛望一个。人家伸手接钱，他就把钞票向人手心里一塞。一个一个的将钱领下，关孟纲就笑嘻嘻地说了一声“痛快”。

《春明外史》对北京官场的揭露是锐利而尖刻的。这是张恨水在北京做了5年记者献给读者的一份厚礼。

《小额》又与上述4种小说不同，它是写北京的下层社会的生活。作者松友梅，小说刊登在清末北京《进化报》上，小说的开端就写道：“庚子以前，北京城的现象，除了黑暗，就是顽固；除了腐败，就是野蛮。”书叙一个土霸小额，纵容手下一般走狗如青皮连等人横行不法，欺压善良；后来吃了官司，结案后尚能痛改前非。所以绿棠吟馆为《小额》写“题辞”时概括了这一故事：“有一小额号少峰，能使善良皆目侧。横行霸道家财丰，实为土豪之特色。……可恨额家众宾客，狗友狐朋穷落魄。幸灾乐祸起贪心，自己登门不用觅。骗人手段速如电，百计千方都使遍，银钱到手大分肥，黄鹤一去不复见。……一旦猛省改前非，土匪之中亦罕见。最羡松君绝妙辞，社会情形无不知。婆心苦口将人劝，直笔一枝堪救时。”而杨曼青为小说作“序”时也称赞道：“俾观者闭目一思，如身临其境，闻其声而见其人。写声绘影之妙，于斯备矣。”这部小说是京话小说，正如吴语小说一样，值得作为光绪年间的北京土话的实例剖析，这也可算是在反映京味中应备之一格。先是众青皮给伊老者赔礼讲和，其实是以守为攻，把个伊老者的儿子，教书的善金善大爷不知如何与这班青皮应对：

> 后来，小脑袋儿春子一瞧善大爷不言语啦，以为是让他们给拍闷啦呢，赶紧对着大家伙儿说：“老哥儿们别乱，我拦诸位清谈，我请问您哪善哥，倒是怎么着？老大爷倒是在家没在家？我们哥儿几个，既然来啦，是为你们两造里好，难道就让我们这们回去吗？再说天下人管天下事，常言说的好，‘席头儿盖上，都有一个了’。您知道啦，我们哥儿几个是为好，别说这点儿事，不怕您过意的话，三头六臂，红黄带子，霹雷立闪的事情，这个兄弟都了过。赏脸不赏脸的话，给我们一句干脆的话。了的了，我们了；了不了，送佛归殿，有你们的事在。好善哥的话，就说这件事，跟您说句外话：‘黄雀儿的母子，怕算不了麻儿。’”喝，小脑袋儿春子这一套大握大盖，连拍带咬，把一位老实角儿的善大爷，气的目瞪口呆，浑身的肉乱颤，张口结舌，结巴了半天，说：“很好，很好，说的很好，这回事你们几位不用管了，我们不定闹的那儿去哪。”

接着善大爷通过王府的管家文紫山向王爷告了小额。这位文管家为人正直不阿，奉公守法，听了之后给王爷一说，王爷也很生气，说告诉提督祥大人一声儿，让他给办得啦：

> 小额在家里，是作梦也不知有这档子事呀！要说青皮连打伊老者的这回事，他可知道。皆因艺高人胆大，自己所疑惑啦，以为打一个乏拨什户算什么的（哈哈，这个乏拨什户可打的岗子上啦）。他手下有一个管账的先生姓孙，有四十来岁，近视眼，大颏拉嗉，未曾说话先乐，那一肚子坏，就不用提啦。该账的没有一个不怕他的，大家送了他一个外号儿，叫胎里坏。素日他知道伊老者爷儿们，有点儿来历，决不能就这们忍啦。所以方才那一群催把儿，同着小额的儿子，到伊府上赔不是

来，都是胎里坏的主意。后来事情说僵啦，大家伙儿回来一说。小额说："不要紧，这件事情溜肩膀儿不吃劲。"胎里坏说："掌柜的你别大意呀。"小额说："咳，料其他们，飞不了多高儿，迸不了多远儿。你们放心吧，味儿事。"

小额的有恃无恐的样子，又是多么传神；而那帮子"碎催"到了关键时刻就"尿遁"——溜之大吉了。松友梅写这些走狗却又是"成套唱腔"：

您猜这叫甚么，这就叫溜了边儿啦！大凡这类的小人，都讲究捧臭脚，抱粗腿，敬光棍，怕财主，贴靴并粘子，拜把兄弟，认干亲，平常没事的时候儿，奶奶长，阿玛短，叫的震心，狐假虎威，狗仗人势，无非是跟嫖看赌白吃猴，从中的取事。赶到楼子一出来，您瞧吧，属狗的打胜不打败，一个个儿躲躲闪闪，全不露面儿啦。在这几个碎催，转句文说吧，无非是其小焉者。您瞧那一班拜门墙，认假父，昏夜乞怜，钻营谄媚的大运动家，一瞧见大伞要落，立到就择干净儿，真跟这把子碎催，可以画一个等号儿（有过之无不及）。

南方人读《小额》犹如北方人读《海上花》一样，是不甚了了的，但它们的语言的文本价值是一样值得肯定的。

在一些通俗小说中，还常常涉及北京与上海的对比，例如，《负曝闲谈》中就有多次涉及，但其深度是远远不够的，总的说来，不过是讲些北京的"脏乱差"而已。在第8回贾子蛰请周劲斋吃饭看戏，周劲斋问贾家管家，京中哪一家馆子好，回答是"至美斋"，以为如何富丽堂皇了：

及至到了至美斋，是小小的一个门面。进去了，堂倌赶着招呼说："这边有雅座。"揭开门帘，进去一望，那个雅座只能够坐四个人。一带短窗，紧靠着一个院子，院子里堆了半院子的煤炭，把天光都遮住了，觉得乌漆墨黑。煤炭旁边，还有个溺窝子，此刻已是四月间天气，被倒西太阳晒着，一阵一阵的臊气，往屋里直灌进来。劲斋闭着鼻管，皱着眉头，将就坐下。

过了两天，贾子蛰又请周劲斋到前门外大栅栏听戏，周劲斋也抱着极大的期待：

> 劲斋久闻京师的戏子甲于天下，今番本打算见识见识，焉有不往之理？午饭后同车而出，到了一个很窄很窄胡同里面，门口花花绿绿，贴着许多报条，门口有块匾，叫同庆园。进得门去，一条土地，七高八低，走起路来，要着实留心，方不致于蹉跌。劲斋觉得阴森之气，逼得人毛骨悚然，忙问怎么样。子蛰道："到了里面就好了。"过得一重栅栏，便觉人多于鲫。子蛰要官座，官座已经没有了，不得已而求其次，看座的回说没有了。子蛰发怒，混账王八蛋的大骂了一顿。那看座的受了他的发作，颠倒让出两个座子来。劲斋一想，原来北京人是欺软不欺硬的。

看来那时的老北京是为住惯上海的人所轻视的，这个故都的"故"与这个新兴的"大上海"是难于比拟的。当然，两地也有相同的地方。例如上海在清末民初舞台上，规定女扮男装是有伤风化的，要将演员提到公堂上去发落的，而男女合演，则要专门去批照会。而在法租界就没有这样的规定。这个情节是汪仲贤的《歌场冶史》中反映的。至于在北京，在民国初年，看戏时男有男座，女有女位，连散戏时，男女的界限也甚是严紧的。在《十丈京尘》中还有这样的描写：

> 京城里警察厅把"风化"二字看得甚为重要，公共娱乐场中，男女界限甚严，除了男女分座，楼上只有一边包厢专卖女座以外，散戏的时节，更不准男女客一阵夹杂出来。必须先将女座下楼的小门预行封闭，等池子里男客全行放走以后，才打开那扇楼门，另放女客。为的是散戏时人人抢着出来，人多了就不免一场拥挤，妇女们身体娇弱，又多带着有小孩子，夹在里面受挤，甚为危险。更怕有拐卖妇女的在此时拐人，故不得不订出这个男女先后分班出园的规矩，预防一切危险和弊端的发生，倒也未尝不是一桩善政。但如今新式的妇女，天不怕，地不怕，自由惯了的，无端像罪囚一样，拿楼门当做牢门，拘留上十几分钟之久，也就暴躁不堪，认为是蹂躏女权了。

通俗小说为我们提供的丰富的生活情节，让我们真正看到地域性的特色和风俗民情的渐变过程。它不是让读者靠几个大而无当的原则去进行推理，封建半封建应是一个什么样子等等之类，而是通过活生生的情节和细节，看到什么是半封建半殖民地的“现状”，我们这个社会究竟是怎样走过来的。

第三节　津门地域特色与津派文学品格
——兼论北派社会言情小说源流

北派通俗小说发源于天津。北派通俗小说，特别是北派社会言情小说，它是以“津派”为基础的。要深入了解北派，势必要了解“津派”，而作为“津派”的文学活动中心，天津的地域特征便成为研究“津派”的切入点。只有把天津的地域特征作为个案研究后，北派的整体面目才会清楚。因此，我们认为应当从研究当日通俗作家对天津的读解行为入手，去了解这些作家的小说品格与天津的地域特征的关系。

一、历史传统与现实——读解的指涉中心。

当日在天津居留的通俗作家在提笔著文时，在面对天津这座城市时，他们要言说的是他们对天津的历史传统与现实的读解。

天津的城市史不足600年。600年来形成的历史传统是民国北派通俗小说家们厚重的读解对象。无论是刘云若对昔日“小扬州”的神往，还是李燃犀对已成掌故的民俗风情的追念，这批小说家几乎无一例外地把书写的基调定位在了对历史传统的读解上。那么天津的历史传统是什么样的呢？

天津最早为一“渔堡”，在这小堡成为民国时期的大都市的历史进程中，至少以下几个事件是应该格外加以注意的。

1. 明永乐三年(1405)，始筑天津城。这是天津城市化的开端。

2. 清咸丰十年(1860)，天津开埠。英、法、美、俄、德、意、奥等国在津开办租界。租界地相当于当时老城区的7—9倍。从此，天津走向半殖民地半封建化。华洋杂处成为一道社会景观。

3. 清同治九年(1870)，李鸿章调任直隶总督，将淮军北调天津驻防。从此，“大裤脚儿”(天津人对淮军的称呼)进入天津市民生活，其不读书而好习武的习性与当地渔民、盐民的豪暴作风相混合，极大地影响了日后天津一般市民的生活习性和精神风貌。同时，随着淮军入津，淮军中的江淮士兵把扬州、淮北方言引入天津，最终形成了天津话的独特韵味。

正是这几件事把个“小扬州”似的“蓟北繁华第一城”变成了洋房，洋行，教堂与烟窟、妓馆、茶园、报馆、大杂院等交汇存在的五色驳杂的畸形都市。刘云若在《小扬州志》开篇，就以鸟瞰的笔触，概括了他对天津的历史传统与现实的巨变的看法：

……未说天津，先谈一段诗话……像张船山的《过津沽诗》："十里鱼盐新泽国，二分烟月小扬州"，只十四个字，竟把天津说得水软山温，令人想着心销骨醉。但再细按起来，这自然还是当日荒城野水的情形，大异于今日洋楼马路的景致。可是若干年以前的天津，究竟是否如此，在下只可先拼命的引些旧诗，给船山先生多寻些补证。……我们研求各人诗中之意，天津倒确是个小规模的扬州。当时，城外是绿野晴川，城内是笙朝笛夜。腰缠千万贯，虽无跨鹤仙人；月明二十四桥，当多吹箫玉女。加以北方民风淳朴，自然于水木明瑟之中，更有熙攘往来之气，教人回想起来，真恨未能早生一百年，领略领略这般风味。

这般情形，到何时才改变的呢？这当然以庚子年联军之役为一个大关键，因为在庚子联军破城以后，地方毁灭殆尽，当然，又照例行了一番破坏以后的建设。那时门户大开，东西两洋的风任意吹来，渐渐把天城吹成这样一个世风日下的繁荣景况，好似把天津的二分烟月，遮蔽了一片烟云。所以如今要看天津独有的面目，是瞧不见了。现在，所有的高楼广厦，马路明灯，都是世界物质文明所产出的普通东西，地球上随处都见得到的，哪有一丝的天津乡土气味？所以天津固有的精神文明，都已消灭，只有高年野老，偶尔还在脑中回溯一下罢了。至于天津风俗所以变到如此繁华，人心所以变到如此淡薄，据野老迷信的说法，却关系着天津城内鼓楼上一只大钟。那钟在庚子以前，照例每天要撞一百零八下，人们传说那钟是专唤醒世人繁华之梦的，故而天津名诗人梅小树的竹枝词说："繁华自昔谁醒梦，辜负蒲牢百八声。"可惜庚子之后，那钟已不再闻，人们的繁华梦便日愈沉酣，因此成了今日的模样。这种迷信之谈，原是不值一笑……著者生来嫌晚，并未听过百杵的钟声，自然要算这繁华世界上的人物；虽有心谈些开元遗事，可惜并非白发宫人，所以也只可还来描画这污浊世界……

昔日的天津虽然也有几分繁华，但毕竟还有几分野气；虽有"帆樯估客舟"的热闹，却也有"孤村斜抱城"的宁静，虽有"不遣繁音调北里"，却也有

“只余清景居南楼”的风韵。现在，却一切皆被坦荡马路，耀目明灯映衬得黯然失色了，那就是所谓“文明优越”的租界。当“洋气”一词渐被天津人当作评价人事的至高标准后，天津人俗尚奢华的习性便从古典追求转向洋化追求了。租界作为国中之国又是什么情形呢？晚清时，当日租界例禁中有如下规定：

禁烟馆，禁娼妓，禁乞丐，禁聚赌，酗酒，斗殴，禁止路上倾积灰土污水。禁道旁便溺。禁攀折树枝。禁捉拿树鸟。禁驴马车辆随意停放。禁骑马在途飞跑。（清·张焘：《津门杂记》）

虽然租界内部环境相对来说是很文明优越的，但在租界之外的区域，上面所禁止的便无人过问了。刘云若作为天津的“土著”，他除了鸟瞰历史与现实之外，更感兴趣的是对天津“细部”的描绘，他的笔触常深入到高楼广厦缝隙间的老天津的残留景象中。南市“三不管”便是租界间的无人管的区域。这里曾一度是天津最繁华的中心，旧日的茶园、妓馆、影院、报社，走江湖的地摊、当铺、药店在此聚集，蔚然大观。这里是市民社会最具代表性的场所。因而当日的作家在小说《小扬州志》中便把南市作为小说人物的舞台着实书写了一番——

虎士一听，觉得她指引的确是一条明路，就别了尤大娘，匆匆步行到南市，抄捷径由平康曲巷中走过……此际正在早晨，恰当这温柔乡中的深夜，巷中家家门儿静掩，窗幔低垂，不知关锁着若干春色……就放慢了脚步，看那每家门旁墙上所贴妓女姓名。原来青楼旧例，都要把群姬芳帜标于门外，给寻春之客作个指引桃源的清溪花片，免得误入天台……又向前走，出了曲巷……迎面便是东兴市场。虎士旧年曾抱着好奇心理，探幽访胜，来过这地方几次，知这下等娱乐场中，还分有贵族、平民两派：市场之内，除了一行小街是小商店聚处，其余房舍多是所谓坤书场，因为有屋顶遮蔽风日，有女性快活心灵，顾客得花较多的钱，所以可称为贵族区域；市场的西方却是一片空地，所有变戏法，拉洋片，说评书，摔跤和使枪棒卖药的，一应低级娱乐无不齐备。

市场东边，是一个说《济公传》卖药糖的，那人练得一副特别活动的五官，时时眉飞眼走，口鼻易位，满嘴的“敕兮赫吗咪吽”，但场外只围了不多的人，因为这说书的好似连日未吃饱饭，气力微弱，一点不挂劲，而且这场子又夹在拉洋片和说大鼓的中间，一边钹铙齐鸣，一边是鼓板山响，把济公的声势完全压下去；及至济公下座兜售药糖，四围听客便一哄而散，剩下空场，气得济公喃喃骂街……

虎士再往前走，又看了"吞剑"、"说相声"等低级杂耍，信步转入贵族区域——

……眼前便是一道小院，左面一间房子，门口挂着厚毡门帘，隐隐有弦索歌唱之声由里面透出，门旁一张红纸，写着"上海新到第一坤角金香玉演唱东亭大鼓"……掀开帘缝向里一看，只见场中约有二三十个听客，都像学生课堂听讲似的，仰首望着那离地半尺的小台。台上那上海新到的坤角竟穿着一件由天津估衣铺买来的短肥男子长袍，因为太肥太长，又是硬面缎子，远看好似一口矮缸覆在台上，但那缸上还有个带辫的粉头在搔首弄姿，并且歌以代哭似的发着哀咽之声，在唱整本大套的《回龙传》……

穿过一条夹道，路南又有一座歌场。门外的报签儿并列着三个名儿，是宋小辫、破鞋赵、玉米人，下面是"合演特别时调"。里面歌声嘹亮，和着笑声由帘隙送出外面，引得许多行人停足窥望……

这歌场唱的是"叉杆打王八"。请看这时调的词儿：

昨夜里，小奴我，打发王八上小店寻宿睡觉，小奴家等你到金鸡都报了晓，日头老高；哎咳哟，小冤家你就是不来了。闪得奴家我早晨出汗，午后发烧，想你你不来，不想你倒来了。小奴家为了难，三更半夜把你往哪儿招？莫非是还来个一奶双胞，把两儿子全都抱着。

这批通俗作家在书写每一故事时，都浸润了他们对天津历史传统的读解和对当时现实的认识。刘云若虽然细致地摹画了南市这种市井生活场面，但他作为天津人，更了解天津的历史，他对于"水木明瑟之中"存有"熙攘往来之气"的旧日"小扬州"充满向往，"恨未能早生一百年"。他心底认同的是天津作为"小扬州"的那种淳朴的生活环境和时常可闻108声钟的精神状态。但该小说表面描写的却是极常见的一桩爱情故事。刘在面对这个城市的现实时，是存有厚古讽今的读解心理的。他对现实环境及其中生活的人时带讽刺意味的描写，即说明他在面对这个城市的历史传统与现实时，显露了批判的姿态，希望通过讽刺性的批判进而引起人们对过往，对过往代表的真、善、美的怀念和认同。他的小说虽表面上多涉及男女情事，但在这种言说的深处，蕴藏了他对传统和现实的读解。这种基本的读解姿态支撑了他小说的整个思想框架和表现方式。于是，你不难理解为什么他把底层善良的女性置于残酷的社会遭遇之中。这样，你也不难理解为什么他把书写的目标始终放在底层市井生活上。由于天津的地域特征显示出了他要讽刺的各个方面，故他能就近取材表达他对形成这种地域特征的历史传统和现实的读解，上面引用的他对南市的描写，即是一典型例证。

无独有偶。李燃犀的写作也是建立在对天津的历史传统和现实的读解基础上展开的。其实刘云若、李燃犀等的写作除为了现实的生存，更是为了表达他们对这个城市的历史传统与现实的看法。

由于他们的读解存在大同小异的情形，所以他们的小说因呈现相近的风格而被后世研究者归为一个文学派别。但其“小异”又十分明显。李燃犀、戴愚庵在表达他们的读解时，便选中了“混混”这一特殊的社会阶层作为言说对象，且在演述混混秘史时加入了大量的民俗掌故描绘。这种并不尖锐的对立内容分别代表了作家对“古”和“今”的读解。这种写作得以出现，并形成风格，还得归功于天津的地域特征。以李燃犀之《津门艳迹》为例，该小说其实就是在形象地解释天津的地域特征。李氏之厚古体现在对掌故的搜罗记载，其对待“今”，讽不足，而透过其客观介绍的笔致也容易发觉他对现实的一丝鄙视与无奈。在该小说中他列出的有关天津的掌故多有实情，姑择要录于下，以示天津的地域特征之另一面——

1. 关于“大裤脚子”。

李燃犀在小说开篇即说，李鸿章到天津后大都起任安徽人，“不是安徽人，休想得差，所以当年得阔差发大财的，都是安徽人。天津人称他们做‘大裤脚子’，皆因为当年李鸿章所带的兵名为‘淮军’，一律穿着散脚裤。当时天津不兴散脚裤，认为奇装异服，所以起了‘大裤脚子’的称号。于是，凡属安徽人，都叫作大裤脚子了”。“大裤脚子”们介入天津人的生活，不仅同当地盐霸、混混同为当地一害，使得底层的市民对他们充满愤恨而又只得忍气吞声，且由于李鸿章作为坚强后盾，他们介入津人生活后，使正常的社会秩序受到了破坏，踏破了善良人的安静生活。这客观上助长了士兵的豪暴习气，并渐渐同当地混混作风合成一股“青皮精神”，影响了天津普通市民的精神状态，进而他们认为这些人是有能耐的。这种市民价值观的变化，使这种“青皮精神”大行其道。这也是天津“民多嚣悍，动辄争斗”的民风形成的因由。李燃犀在对“大裤脚子”进行说明后，接着说“由那时候起，天津便是军人的牺牲品”。这实际也是当日沽上文士的普遍慨叹。因此，在读解天津，描绘天津时，这批作家多有从混混，从底层市民的不端生活倾向上作文章的，比如戴愚庵的《沽上英雄谱》、《沽上混混秘史》等“混混小说”，以及李山野、刘云若的取材于娼妓、鼓姬、女招待的社会言情小说。

2. 关于“混混”。

对于“混混”，向无确指。李燃犀认为“混混儿们当寨主的，绝不像东方明、花得雷、武天虬、濮天鹏一般，家中立着招贤馆，聚英楼，寨主坐在家中称孤道寡妄自尊大。更不像连环套的窦尔墩、通天犀的青面虎，亦不像梁山泊上的托塔天王晁盖、及时雨宋江，每日打家劫舍，坐地分赃。只不过聚集要人的，找两间屋子，坐在一处，想些不耕而获的特别进益而已。尤其是这般人，有一种怪秉性，除去个人的私仇不计外，平日只论公仇。譬如甲地与乙地有过节儿，凡属甲地的人与乙地的人都有不共戴天之仇，势不两立之恨。只要是敌方居住的人，不论识与不识，都算仇敌”。中国古来急公好义的美德在此已然异化。读通俗小说的人，如理解“混混”的这种背景知识，就会理解写“混混小说”的文人们的苦心，特别是他们在写到天津，要表达自己对天津的读解时的复杂心理。

3. 关于“侯家后”。

作为畸形都市中的极端地域，当日的妓馆与租界又自有一套运作规矩，在同一时空下并行不悖。

> 天津女闾自称曰店。北门外侯家后一带为妓馆丛集之处。其龟鸨称掌柜。假母曰领家，领家住处曰良房。稍佳之地曰大地方，次者曰小地方……每当客到，男仆相迎，让客归座，即高挑帘拢，大呼见客。……或选中某妓，开烟盘，打茶围，名曰坐过，收夜度资之一半也……此外，又有大、小房钱之别，小房钱给房东，大房钱则给诸无赖，即俗称所谓混星子。
>
> 优伶美其名曰相公，即像姑之讹音，言其男而像女也。向居侯家

后，其寓所曰下处，主人曰老板，多半亦梨园子弟出身。凡张宴请客，有以清宴不欢者，必书小红纸传唤歌童来侑觞，曰叫局。童应命赴局，谓之赶条子。（清·张焘：《津门杂记》）

侯家后，在现在是很平常的一个地方。但在当年它“乃是天津繁华中心”。在这里当年商贾辐辏，舟车往来，饭馆茶楼，鳞次栉比。“所有的娱乐场所都和商家铺户杂错一起”。这个地方浪得大名，也由于它是妓馆丛集之地，且下等娼妓尤多。李燃犀在小说中提及此地时讲，下等妓馆时称“腰窝”；又讲到了“落子馆”（即由妓女演唱的茶园）。并且，李氏描绘了当年妓女赶条子的情况：

在一百年前，妓女出条子，都是由窑伙背来背去；妓女两手拄在背人儿肩头，两腿蜷着。背人儿的两臂虚拢着妓女的腿，走在街上，恰似出会的重阁（俗称节节高儿）。后来变更制度，改用二人小轿，却遮轿帘，以别于良家……

“妓女生活”作为底层生活的阴暗角落最易反映社会的兴衰，时风的变迁及人性的善恶。因而李燃犀这批小说家在读解天津这个城市时，便不约而同地选择了通过“妓女生活”的反映寄托他们对这个城市的读解的写作策略。其实，这种策略，自“狭邪小说”兴起，就被作家选用，只是在具体写作时侧重不同。就北派而言，李燃犀是从谈掌故的角度，夹叙夹议地图解“妓女生活”，刘云若则更注重通过对妓女身心两方面的入微描绘，反映其完整的人性。其他作家对此虽多有涉及，但描绘风致流于一般言说，是介乎李燃犀与刘云若之间的一种中间形态。就“侯家后”而言，它常是刘笔下的妓女的生活舞台。知“侯家后”的兴衰，便可窥见天津的兴衰，便可知刘云若一般小说家描写“妓女生活”的主旨。

有关天津地域特征的掌故在李氏小说中还有许多。由“大裤脚子”、“混混”、“侯家后”这些天津生活的特殊侧面，我们可大致了解这种市井生活的奇特部分对当日作家读解这个城市，进而提笔著文的影响了。

如果说上面所涉及的都属于这个城市“俗”的一面，那么，这极易让人以为这个城市没有“雅”的传统或“雅”的历史。这里所讲“雅”、“俗”乃是“世俗生活”的广义内涵中的“雅”、“俗”，我们没必要细考“雅”的具体历史，只说

“雅”的风气在天津得以兴盛的“水西庄”的旧事。由于“水西庄”代表的“雅”的风气只在天津历史上昙花一现，因此，它一直成为沽上文苑中经久不衰的怀旧主题。“水西庄”，名芥园，在天津旧城城西，为康熙解元查莲坡之别墅，中有揽翠轩、枕溪廊、数帆台、候月舫、绣野簃、碧海浮螺亭、花影庵诸胜。由于芥园在运河旁，查氏与当时文人多有交情，故芥园成为南北文人的聚散地。当时，文坛名流如朱彝尊、朱岷、张船山、厉鹗等人过津时均曾在此游赏。查氏亦常在园中演出昆曲酬客。当年沽上风雅，一时尽被芥园占去。当日在此园外，尚有津园、思源庄、沽上草堂、康园、怀园等。雅风气在那时的天津是极浓重的。但这种风气并未能被市民社会认同，因而它的影响也仅限于世俗社会中的少数文人。水西庄到光绪年间已遗迹全无。张焘再过时，“惟见荒烟蔓草，碧水东流，夕阳无语，满目凄凉矣”。这种自然景象同雅风气在天津的命运一样的可叹！入民国后，天津虽有城南诗社、海风社等新旧文艺团体的活动，但因缺少市民的支持，没有较广泛的接受者，始终没能形成一时的风气。水西庄的湮没能与天津旧城中的市井俗氛无涉吗？民国通俗小说在天津的勃兴能离开这种俗氛吗？

雅有雅的魅力，俗有俗的影响。天津世俗社会雅、俗力量的对峙与调适共同影响了当地的文人，特别是这批通俗小说家。通俗小说家选择文本的接受者时受俗风气影响重大。这决定了他们写作的整体倾向。其小说品格在他们把市民作为接受者时已经把“通俗”作为其文学基调。这样，小说题材、语言、叙述方式等的通俗品格的形成就顺理成章了。这种事实的客观存在极易引起人们的错觉：以为这批作家生活在市井中，形成了以平视的眼光看待市井生活的读解习惯，而缺少俯视的眼光和批判的意识。其实，除了常在市井，形成平视的读解习惯，影响他们从批判的高度去看问题外，他们的眼界，读解历史关注人生的方式受其名士根性影响深远。因有名士根性，故而他们能平视市井烟波，却又不愿思考具体的改变这种状态的办法，或说他们鄙视流于琐屑的种种对现实的对策研究；同时，从心底看他们对世俗的描绘、读解有意无意地加入了赏玩的意味。从赵焕亭、董濯缨，到陈慎言、戴愚庵，再至刘云若、徐春羽，北派通俗作家几乎都有名士根性。《英雄走国记》、《新新外史》、《故都秘录》、《小扬州志》这些北派名篇中不同程度地都有旧日名士习气的流露。名士根性的形成就与雅风气的影响有关。北派通俗作家虽然在表达他们对历史传统和现实的读解时，选取了“通俗小说”这种言说方式，但他们读解历史传统和现实的方式是名士式的，尽管这种读解方式受到地域特征的显明影响，而以上种种都充分表明天津的历史传统和现实是他们读解行为的指涉中心。

二、市民话语的确立和边缘写作的功能。

市民话语成为通俗作家主要文体语言的历程，是作家读解城市历史传统和现实的思考过程的继续和文学品格定位后的必然反映，也是市民生活走进文学苑地的必然反映。从题材和语言的角度去检视北派通俗小说家的小说，可以很清晰地看出这些作家由读解到表达读解，由题材选择到话语确立的基本线索。市民话语的地位在作家写作中不断得以加强、巩固的历史，也即通俗品格不断纯正、规范的历史。这是因为市民话语天然具有通俗品格，即用语浅白，句式简单，通俗流畅，易于接受。这样，这批作家把文体语言基本确立为市民话语后，使得小说品格自然地带有了这种话语的品格特色。

市民话语作为一种文化信号，表达的是市民的精神世界。但其中也寄托了作家对城市历史传统与现实，特别是对市民生活的思考。作家运用市民话语的比重，选取市民话语的倾向都潜含了他个人的感情；同时作家的这种行为又表达了自己的思考，虽然这种思考常以潜台词的意味出现。于是，我们读解这批话语亦即在走向、走近当日的作家内心、当日的市民内心和当日的生活中心。

要了解天津，先了解混混不失为一捷径。要了解混混，便要读懂他们的话语。对于今天的读者，了解混混话语便是最具体，最能贴近混混原生态的阅读方式了。这样，我们读戴愚庵、李燃犀的“混混小说”就少不了要把话语解读作为一个重要的思想准备，并带着这样的思索进入阅读。且看李燃犀的《津门艳迹》第10回，“王二楞”听到别人议论他母亲时的一番话——

王二楞道：“众位，全别管我们的事。我们事有事在，俗语儿说，冤有头债有主，我是树倒凿一木，决不拉扯别人。他说我妈妈有错儿，他得给我指出个人儿来。指不出来，他甭打算活啦。我是什么好小子？打十岁耍落道，一晃十几年，嘛阵式没见过？刀山油锅，咱全尝过啦。”说时拍拍胸脯子道：“……这二年倒是剩点儿嘛儿，我就这么一个娘，家里有顿饭。谁亦不找气生。怎么着，骑着脖子拉屎，再不言语一声还有人喘气的路吗？姓郭的，今日个不说出点儿嘛儿来，白刀子进去，红刀子出来。料理一个够本儿,料理两个赚一个。”

由此文可知“混混”王二楞也是苦出身,“就这么一个娘,家里有顿饭”。他人穷但不善良,以“刀山油锅”这种“阵式”作为人生的能耐,且以此为资本,欺压他人过活。这种码头作风还体现为“赌命”行为。混混常以轻视生命,尤以自残为混世的手段。他们这种人生状态都可从其语言中得到印证。从这段文字的语气上,我们亦可品出其油腔滑调和刁钻品性。简言之,这种话语的文化意味已然成了“恶”的一种形象解释。这种市民话语精当地表达了说话人的思想世界,使人物具体可感。如不采用这种语言,混混也就非混混了,混混小说就不成立了。从局部讲,市民话语已经成了小说的精髓。市民话语的运用成了小说家主要思考的问题。可以说,由于李氏成功地运用了混混语言,才使市民话语的文化意味和通俗品格得以充分展现。

了解混混,只算了解了局部的天津人。了解了三不管才算了解天津和天津人。在此,语言的运用又成为刻画人,刻画这个城市的工具。如刘云若写南市自是笔笔传神,但最见光彩的还是他笔下的市民话语。刘氏深知市民话语的作用,且又身处市井,耳濡目染,故而他的言语比真正市民的更具市井味。这与他以市民话语为中心营构小说意蕴的写作性格分不开。请看三不管的“说相声的万人迷”的语言方阵:

万人迷闻言,忽然左颊肌肉收缩,右颊肌肉拉长,变成一张不等边三角形的歪脸,咂着牙缝道:“别提了,十二爷,我真是狗食盆子。可是也不怨我,从打乾隆爷下江南,南省盐商抢着接驾,把天下好戏班、好玩艺全搜罗了去,吃的看的,玩的耍的,都算绝了,银子花得像淌海水。乾隆爷看了盐商豪富赛过帝王家,又看见梨园杂挡的供奉人等赚了钱都会胡花,就一声长叹说了两句金口玉言。是——盐商不穷,艺人不富……就像我吧,凭一个穷小子,如今也混得千儿八百的挣钱。好汉不怕出身低,回想小时候跟我的老头儿在北京天桥摞地的时候,三九天都穿不上囫囵裤子,赚了钱老头子自己上大酒缸,我能有干饼子啃就得念佛。如今能够大把挣钱,还不好生勤谨着存下几个,不说置房买地,就搁在腰里,一天数几个过儿,也是乐子呀。可是不成,我们艺人生来命穷,有了钱不折腾出去,就有拿锤的小鬼来打屁股,永远别打算睡得着觉……”

底层市民的油滑、幽默、世故于此毕现。有时对于人的刻画，用力做大篇幅的情节描写，反倒不如“到位”的人物言语的运用。刘氏这段文字即是一例。“混混”与“说相声的”所处的社会位置不同，但他们的言语意趣却有自然的一致，比如油滑，比如表现幽默，比如世故。这因为他们生活的环境是俗恶的，在这种环境中形成的话语的言说焦点是相同的，即各种阵式，置房买地，乐子等。当日的通俗作家把这种话语作为小说中心话语，不仅可迎合读者，亦可发挥这种话语的文化作用，表现人物，反映城市生活。

城市生活是多侧面的，市民话语中亦有多种倾向。小说家们往往在一部小说中运用不同的人物话语，拓宽市民生活的时空，充分展示话语所包涵的文化语义。如《小扬州志》中的市民话语即很有层次和侧重。妓女有妓女的语言，浊世公子有浊世公子的腔调，势利恶人有势利恶人的言语……这种多角度、多层面地运用市民话语的做法，使小说血肉丰满，使作者笔下的旧世界具体而形象。

对于一个城市的认识，对于一种话语的表述毕竟是有局限的。因而，我们不求全，我们认为能把小说本位定在市民生活上，并积极地把市民话语作为中心话语，对当日通俗作家反映生活，表达对天津的思考是有益的。他们这种写作行为客观地加速了其通俗品格的形成，并且使小说带有了浓郁的地方气息。于是，我们阅读北派通俗作家的小说，在否定其保守的旧形式，空泛的惩劝意识，类同的商业写作行为的同时，却一再地对其中的市民话语的运用表示赞赏。这不仅因为这些话语的运用使这些小说更具历史性、艺术性，使小说鲜活起来；更因为这种话语的成功运用为日后文学地域化、个性化提供了一个优秀范本。只要把同时代的新文学作家写的章回小说，尤其是在“文艺大众化”口号下创作的章回小说与这些通俗小说一比，就可进一步明白市民话语的确立在通俗作家写作中的重要作用。简言之，在“文艺大众化”口号下写作的章回小说，只是旧形式的回归，只在文本形式上做了回归通俗的尝试，其内容，主要是其文本话语依然是文人精英话语；这便使小说具有图解口号的特色而离实际生活更远了。这类小说的缺点陪衬着的正是民国北派通俗作家们的优势。北派作家在读解天津，反映其城市生活时，对市民话语的成功运用证明了要回归大众，不能只是形式回归，更主要的是内容回归，话语回归，虽然这种回归必须不以放弃精英话语为代价。而缺乏精英话语恰是北派通俗作家的致命之处。此致命之处影响了他们小说的艺术水准，但市民话语的娴熟运用又使其小说在表达他们对城市历史与现实的读解时较准确地传达了作家的思想。北派通俗作家在表达他们对天津的读解时，也表露了他们创作上的致命之处和优势。

如果说市民话语的运用，使北派通俗作家笔下的天津人具体生动了，那么，这批作家在读解天津时的边缘写作则使天津作为一个三维空间更加充实，饱满。如果当日这批小说家在读解天津时不是处在边缘写作的状态下，那么，市民话语的运用也将不会呈现出我们今天看到的那么充满地域色彩，充满生命力的情形。这必然要求我们去探究边缘写作的功能。

要深入研究这种边缘写作，必须从对北派通俗作家的小说文本探究开始。这批作家在读解天津时的特殊意趣在其小说中有着明显的反映。这种意趣具体表现为他们对一些新文学作家不关心的事情表示出了自己的特别态度，并且形成了文本。这些文本内容是其他文学样式中少有的。

李燃犀读解津门时，细致地写了在其时有影响的“花会”赌和“奋虫”。这是今天的读者所陌生的东西，但它却是天津城市历史上市井生活的一个重要侧面。

李燃犀写“花会”是在第 8 回讲“脾气暴，平日待人接物傲然独尊”的盐商“黄三大王”后进行的。“花会”的情形是这样的：

> 这种赌博的发源，来自广东香港一带。传到北方在道光年间。初到时由几个广东人主干，赁一所房子，专司其事。据一般人传说，出花会的，把满院房屋尽皆拆掉，只在中间盖一间大房子，又在房上盖楼，房梁上系一花会筒，内有三十七个包封。据故老传谈，事先要捉一对猴子，是一牝一牡，将两个猴子放在筒里喂养。……到相当的时候，将母猴捉住杀死，用猴血衅筒，并将包封涂血。那公猴仍在筒里，将筒悬在房梁上。主干人撰出题目，散将出去，任人猜押。到开封时，主干人烧香叩首，由猴子在三十七个包封中任抓出一个掷下，名为破封。拆开这个包封看，上边写着甚么，今天便出甚么。当年作花会的在广东，题纸由广东寄来，随着运糖的潮帮启运，将题纸藏在糖席里运到天津，再由主其事的代办人将题纸抄出，分散给跑封的人。凡是跑封的，大半不外串珠花的妇人和老妈儿男人，因为他们都与大门的女仆发生直接关系，由女仆或串珠花的进内宅。大家女子一知半解，略识之无，听说一个能

赢三十几个，都误为发财的机会，争先恐后地押。押定之后，写在卷子上，由女仆拿出来交给跑封的，送到花会代办人。俟广东二次来信，方知某次开那一门，再由代办分配输赢。其中弊窦多端，罄竹难书。

"黄三大王"的十一少奶奶便中了花会赌，把几年积蓄尽送到了花会里。这种情形是市井生活中一个侧面。李氏笔下又涉及了"奋虫"。讲"奋虫"，其实，说的是当日天津每到七月十五以后在"柴家大坟"的一个鹌鹑店斗寒虫的民风。"奋虫"始于清乾隆年间，是为配合皇帝祭先农坛时用的贡品。后来宫里奋虫流入民间，有人开奋房，便渐成专门事业。小说中写了"奋虫"的试验法——

……寻些草虫卵，放在坛子里，敷上柳树皮，喷上水，放在温暖的所在。到了相当时期，便有些虮虱般的白虫蠕蠕而动。后来渐渐长大，如蚁、如蝇，蜕过七次壳，便成了蟋蟀、络纬之类。

在此基础上，又写了什么是"开叫儿"，什么是"黑虫儿"、"白虫儿"，什么是"伏地子儿"、"京子儿"，什么是"一桌"，及上圈的规矩，京津上圈制度的异同等相关的知识。这些民风，这种"奋虫"的讲究，反映了当时市井生活的实情。正是"花会"、"奋虫"这些风俗连同大杂院的人事纠纷，大时代的个人悲欢共同构成了当日市民生活的长幅画卷。如没有这些风俗的描绘，市民生活的多个侧面及市井深处的琐碎烟波便无从道及，这样，作家笔下的市民生活，笔下的天津便空洞了许多！对一个时代，一个城市的读解离不开对其民风的读解。而对民风的读解、记录也恰极具代表性地表现了这个城市在特定时空下的生活概貌，且这种表现也必定渗透了作家对这个城市的感情。北派通俗作家在读解天津时，也记录了一些这个城市的特殊历史时期的特殊事件。这种特殊事件的记录成为理解这一城市的另一角度；有些事件还有它特殊的感性史料作用。如刘云若在《粉墨筝琶》中便对日军在天津市内强征"慰安妇"这一事件作了形象描述：

原来在太平洋战役起后，日本驻华北军队，应付各地的抗日军队，转战甚久。……久不还乡，自然需要肉体上的安慰，于是无论住在那里，就要就地解决，中国的妇女，许多受了蹂躏。……由此人们更痛恨日本,纷纷投入抗日军中,……日本军官很以为殷忧,就改计向都市征发妓女,和各种卖淫妇女,分遣到各地慰劳军队。天津是繁华区域,征发的数目最多,一时劳燕分飞,惨不可言。……不过这事原取得是轮班制,一批送去,经过若干日期,便送回来,再换一批送去。无奈头几批在途中死走逃亡,所余不及半数,到地方又过着酷毒的生活,简直没几个能够回来……

小说中的“大巧儿”就被抓去准备送到城外作“慰安妇”,后幸被救出。小说运用文学形式记录的这一史实,初只折射了沦陷区生活的一个侧面;到今天它便成了反驳日本否认“慰安妇”这一史实的一种历史证明,尽管它是一种文学性笔录。

“花会”、“奋虫”、“慰安妇”这些为大批新文学作家不取的边角素材在通俗作家读解一个城市的历史传统与现实时被浓墨重彩地书写出来,这一文学现象表明通俗作家在表现社会人生时有自己的审美意趣。这种意趣是同通俗品格的追求紧紧相关的。而通俗品格及其体现出的审美意趣又是在作家的边缘写作中形成的。边缘写作行为在读解天津时体现得十分充分,“花会”、“慰安妇”这些事件成为文本即是例证。

由于这种边缘性的客观存在,使得这批作家得以在较为从容的情绪下,按照文学市场的规律自我调节自己的作品,渐成自己的套路。具体而言,边缘写作因其远离时代的主潮,基本不受主潮指令的影响,而具有从容摭拾时风、掌故、民情,随机渗透自我体验,自觉反映边缘生活、特定地域风情的功能。同时,他们的小说虽缺乏批判意识,却因此而没有特定意识形态的影响。他们只接受文学市场的指导而形成的创作心态,虽然也因编辑、市民读者直接或间接的干扰而影响他们的写作,但其为文的心态,其边缘写作状态是其时解放区和大后方作家们在许多年后非常羡慕的。

边缘写作采拾了被文坛遗忘的边角素材,记录了世俗生活最本真的侧面,从普通人的角度表达了城市居民对城的感情,并使这种写作与表达对地域的读解结合起来,使得北派通俗作家的小说品格受地域特征,特别是天津地域特征的影响深远。“津派”便是在这种影响下产生的一个通俗小说群体。

三、在津门大背景下看北派社会言情小说源流。

北派能称其为北派,自《天风报》创办始。1930 年春,沙大风在天津创办《天风报》。这本是20世纪30年代一件极平凡的事，即使是在当时的天津新闻界也并没引起多大反响；然而，就是这张起初不为人注意的小报，却在月余间因登载刘云若的小说《春风回梦记》而风行，自此《天风报》与民国通俗小说结缘，刘的小说同该报从此走向市场，终定格在20世纪文学史的历史图景中。

《天风报》创办10年后，沙大风在沽上天风楼为刘云若的另一小说作序时，坦言：《天风》因《春风》而风行，《春风》以《天风》而益彰。[1] 30年代初，《天风报》时有异举。1932年夏，在推出刘云若后，《天风报》又向人们引荐了《蜀山剑侠传》，从此“还珠楼主”在读者群中已不是陌生的符号。《天风报》在2年间培养的这两位小说家，在日后分别掀起了言情小说和武侠小说的新热潮。其风格、旨趣迥异于南派诸子，因而在40年代初已具备了独成一派的实力。于是，后世史家在描绘30年代以后的通俗小说时，都把目光投向社会言情小说怪才刘云若和武侠小说“北派五大家”。

北派能有这种局面与《天风报》紧密相关。该报的创办结束了京、津小说家依傍南派，缺乏独立品格的历史，因而在北派通俗小说流变史中占突出地位，有划时代的意义。

就北派社会言情小说而言，其文本生产多集中在北京、天津、青岛等几个大城市。但其流变中的大事件，尤其是30年代以后社会言情小说的生产、流通都是以天津为中心形成的。《天风报》的创办，客观上加速、加固了天津的这种地域优势。在北派作家群中，绝大部分作家同天津有渊源，有些又是天津土著，这与其独特的位置密切相关。由于作家生活及文学生产的关系，天津的地域色彩逐渐在其社会言情小说领域体现出来，并因刘云若的出现在40年代成为民国社会言情小说中独具风姿的一派，后世专家因此曾目之为“津派”或“津门派”。

津门社会言情小说起于何时已不可考，但自1930年《天风报》创办后，却明显地进入了新的发展阶段。“起”不可考，但“讫”却可知。1950年随着刘云若的去世，津门社会言情小说在新的历史时代开始时无声湮灭了。

这段历史的结束是苍白的，但其流变的旧迹却也记录着它自己的斑斓、变幻。

---

〔1〕 沙大风：《情海归帆·序》第1页，京津出版社1939年版。

甲、《天风报》创刊前的探索足迹。

鲁迅说："'京派'是官的帮闲，'海派'则是商的帮忙而已。"[1]但天津不仅是北方商业大都会，又是失意下野官僚的聚集地，东山再起的官僚的出发点。入民国后，连年军阀混战、政界人物频繁起落，天津因租界林立，紧靠北京，遂又成了前清遗老、失意政客、下野显官等的"安乐土"。天津的文化底蕴是并不深厚的。光绪二十三年(1897年)天津《国闻报》刊出洋洋万言的《本馆附印说部缘起》，开清末民初小说创作风气之先，但对于天津似乎并未产生多少影响。津门社会言情小说兴起的直接指令却是从受《本馆附印说部缘起》影响的上海传来。

民国7年(1918年)出版于天津的《新民小说报》是现存最早的流行于津门的比较纯粹的通俗文艺刊物。其办刊方针即直接受上海时报馆编的《余兴》及《滑稽世界》的影响。该刊物的扉页一般多为一些"宝塔诗"和"离合藏头诗"，刊物由小说、游戏、杂录以及一些广告组成。其刊物旨趣同《余兴》等一脉相承，只是刊物开数、内容、装帧及作者群都远不及《余兴》。民国10年(1921年)在天津出现的《星期小说》是《新民小说报》改换"门脸"后的延续，其内容一仍其旧。这两本刊物虽然简陋，对津门社会言情小说发展并未有明显的影响，但这毕竟是天津出现的较纯粹的通俗刊物，是津门社会言情小说有史可考的较早的创作活动的历史记录。

伴随着这两个刊物的产生，而在当时颇能吸引读者的是刊载其上的高新民的小说。高新民创作的小说有《恶姻缘》、《惩淫录》、《家庭宝鉴》、《可怜虫》和《梦话》等。其小说常标明"苦情小说"、"哀情小说"、"家庭小说"等字样。这是鸳鸯蝴蝶派"哀情潮"在北方的一种影响。高之小说多根据当时的社会新闻改写，作品通俗而无任何低级描写，在当时颇有读者。

高的小说语言通俗、滑稽，有时又透出油滑的气息，充分体现了天津土著作者的写作趣味。《恶姻缘》卷首的《西江月》颇能代表这种风格——

> 中华八方安谧，天时地利人和，兵强将勇赛阎罗，故此外国不惹。各省血心热胆，两院齐心报国；偌大总长没辆车，连个胶皮不坐。

> 官不吃里爬外，兵无里应外合；上下一心让共和，认真莫过交涉。

---

〔1〕 鲁迅：《花边文学·"京派"与"海派"》，《鲁迅全集》第5卷第432页，人民文学出版社1981年版。

在下听说各事，可是信口开河；诸君只当我瞎说，我也自知胡扯。

这种语言风格是天津才子的特色，比高晚出道的耿小的、刘云若的语言亦时有这种意味。这是同一方山水，相同的文化氛围对他们的共同影响。只是因时空不同在各人身上的表现相异罢了。但由此亦可看见津门社会言情小说语言变化、承传的浅迹。

进入20年代后，高新民式的小说已经落伍。受办报时尚和报纸销路的影响，天津最大的两家报纸《大公报》和《益世报》开始看重通俗小说的社会影响及因此带来的经济效益，分别在其副刊"小公园"和"益智粽"上连载通俗小说。这样，像《新民小说报》那样印刷简陋，销量平平的刊物开始衰落。小说家们因大报上连载小说，可名利双收，遂把发表意向转向了当时的几家大报。这样，报纸连载小说的风气在20年代的天津才风行起来。在这一时期最具影响的小说是《新新外史》和《人海微澜》。

《新新外史》从1920年开始在天津《益世报》副刊"益智粽"上连载，至1932年结束。在连载期间，《益世报》馆曾陆续出版过单行本。1987年3月，吉林文史出版社曾重刊《新新外史》。该小说共101回，200余万言，讲述光绪末年到筹安劝进这10余年间的国内事件，被视为"以现代历史故事写演义小说的罕见之作"[1]。

《新新外史》的作者是民初北方的名小说家董郁青。董郁青，笔名濯缨，满族，北京通县人，天主教徒。他在满清末叶就投身报界，对清朝的文献掌故及北京的风俗政教很熟悉。大约在1920年前后被聘为《益世报》副刊"益智粽"编辑，也担任社论撰述。自《新新外史》在《益世报》连载后，声名大噪。其间读者非常喜欢该小说，"要求刊印专书之函以数千计"[2]。继《新新外史》后，他又写了《花甲春秋》和《大明湖》。"1935年后，负责检查《益世报》全报大样，抗战爆发后因病而逝。"[3]

《新新外史》代表了20年代津门社会小说的最高成就。在20年代的天津，与董郁青同享大名的是皃公。皃公原名潘式，又名潘又安，别署孤云、有发翁。安徽怀宁人。皃公是他的笔名。他早年曾在唐山交通大学学习。20年代末，他为天津《大公报》副刊"小公园"写作长篇社会小说《人海微澜》。

〔1〕吴云心：《新新外史》重刊《序》，《新新外史》第1页，吉林文史出版社1987年版。

〔2〕陶钧荷：《新新外史·序》第16页，天津益世报馆1932年版。

〔3〕倪斯霆：《民国时期天津通俗小说创作出版史话》(一)，《通俗文学评论》1997年第4期。

该小说连载后大受欢迎，既而他又写了《隐刑》、《强魂》、《稚莹》、《残羽》，合称《蹇安五记》。《人海微澜》后由上海明星影片公司改编为电影，易名《春水微波》，曾轰动一时。民国20年(1931年)春，他无端被抓入狱，由北京解送沈阳，后经人代为剖白，始得释放。因在狱中备受折磨，写成《南冠草》1卷。后放弃小说写作，致力于诗和书法。抗战时，他更名潘伯鹰，进中央银行做事。抗战胜利后，他回到上海弃商从政。解放前，国共和谈时，他作为江翊云随员，乘机北上。解放后，他在上海图书馆工作，兼为文物保管会鉴定文物。最后任上海市政府参事室参事。1966年在上海病逝。(潘氏生平资料极少，写作时曾参考郑逸梅、倪斯霆两先生的有关文章。)

凫公能在津门言情小说发展流变中占一席之地，全赖《人海微澜》。《人海微澜》在民国18年(1929年)8月由大公报馆出单行本。小说共20回，借韦秋圃、孟迟、柳梦庐等一般文人的遭际折射"旧京"里一面是将军好色、姨太太捻酸等乌烟瘴气的现实，一面是下层人民"欲爱而不能"的人生悲剧。《人海微澜》的内容并未有什么新意，其结构也大致是依据《二十年目睹之怪现状》，安排一个类似"九死一生"的韦秋圃，由他来贯穿一个个小故事。这同《新新外史》也极相似。对于此，凫公也自知，他认为小说"迫于时，限于才，不能营度修饰如意所欲，乃至近于《儒林外史》，讦漫而无所归"[1]。《人海微澜》能在天津被读者接受，是因为他在小说内容和文体上做了适宜于津门读者的努力。他深知市民层读者喜欢通俗的"情节剧"，且对评书式的小说有偏爱，故决心迎合多数读者。《人海微澜》从内容、结构、语言到叙述方式都适合市民读者阅读。内容上，他围绕市民生活的中心话语："财"、"色"，从反差较大的军阀和平民生活中，撷取言情材料，满足了市民读者探求社会黑幕又关心底层生活的阅读期望。同时，《儒林外史》式的结构，既适合报纸连载，又因各个故事情节相对独立，便于读者的随机阅读。此外，评书式口吻和章回体叙述方式是读者久已习惯的东西，更易被接受。在以上诸因素外，语言的通俗晓畅也是该小说能引起读者阅读兴致的重要因素。20年代，是"人自为体"的语言混乱时代，凫公的语言却很纯正通俗，"既无新派生涩之病，复无旧派陈狭之弊"[2]。且看以下这段叙述，便可略略知其语言特色。

---

〔1〕 凫公:《人海微澜·著作赘言》,《人海微澜·题辞》第4页,天津大公报馆1929年版。

〔2〕 何世伦:《人海微澜·序》,《人海微澜·序》第8页,天津大公报馆1929年版。

> 这个世界，穷的越穷，阔的越阔。穷的阔的，原来都生存在一个世界里。彼此都是属息息相关的一体，不是天然的有何等界限，所以这边肥了几个，那边就瘦了几个。（第10回）

《新新外史》、《人海微澜》在展拓小说内容、增加小说内蕴及为迎合地域读者而做的写作探索预示着地域文化和商业写作更为紧密结合的时代即将来临。

《天风报》诞生前，《新新外史》和《人海微澜》的流行，是20年代天津社会言情小说史上的主要景观。然而，与此同时发生的几件小事却因其改变了津门社会言情小说的整体面貌，使北方其他城市的小说家加入了造就北派的历史活动而犹有记录的必要，这些小事件大都发生在1926年。姑列于下：

1. 1926年，《北洋画报》创刊。10余年间，它培养了刘云若、白羽、李薰风、赵焕亭等通俗作家；

2. 1926年至1927年间，戴愚庵的《沽上英雄谱》在《东方时报》副刊"东方朔"上连载，天津旧日的"混混"作为反映津门社会的切入点开始引起小说家的重视；

3. 1926年，《北洋画报》创刊伊始，连载了春明雨轩主的《津桥蝶影录》，津门社会言情小说家开始就地取材写作通俗小说；

4. 1926年，刘云若经王小隐介绍进入《北洋画报》做编辑，开始登上津门文坛。

乙、津派的崛起与衰竭。

随着《天风报》的创刊，已趋衰败的民国通俗小说创作，在天津活跃起来，最终成为与上海并称的民国通俗小说的活动中心之一。在以还珠楼主与刘云若为代表的通俗小说作家的努力下，最终宣告了北派在40年代的崛起，也因此获得了同南方通俗小说相抗衡的地位。北派的发源地是天津，因而在北派内部又形成了一个以采用社会言情小说样式，反映天津社会风情，自觉运用天津方言，创作与出版大致都在天津的小说家群体。这个群体以刘云若、戴愚庵等为代表。在民国社会言情小说乃至在整个20世纪的文学活动中因其鲜明的地域特色和卓有成就的创作在文学史上留下了独特的印迹。它有理由成为一个小的文学派别被人研究。我们姑称其为"津派"。

"津派"崛起的先声应从1926年开始。当年的几个文学事件奠定了日后"津派"的雏形。从30年代开始，津门社会言情小说的主流是"津派"；李薰风、耿小的等人的创作虽然活跃，但旨趣与津派不尽相同，声势也弱些，只居次要地位。

“津派”的发展历史主要经历了三个阶段：

1930年—1940年，“津派”写作走向成熟；

1941年—1945年，是“津派”崛起后的巅峰期；

1946年—1949年，一度繁荣后，随着历史鼎革走向结束。

“津派”崛起的主要事件是如前提及的1930年《春风回梦记》的风行。是书一出，刘云若的名气不断扩大，终成一代小说圣手，“津派”因他而有了稳固的历史地位。刘云若，原名兆熊，字渭贤，天津人。其父曾任军校教官。少年时代他曾在保定生活过一段时期。后在天津扶轮中学(今天津铁一中)读书。他课余喜欢赋诗填词。1926年间，给《东方时报》投稿，被该报副刊编辑吴秋尘发现，非常器重，并荐于王小隐。王为天津报界名人，经他推荐，刘遂进《北洋画报》做编辑。20年代末，刘因不堪受《北洋画报》老板冯武越的盘剥，辞职到《商报》主持副刊，同时兼《商报画刊》主撰。在写《春风回梦记》时，他在报界已小有名气。

《春风回梦记》1930年开始在报上连载，1931年1月，读者对该小说“神龙不见尾”的情况，非常遗憾，要求续写之函在千封以上。这样，刘才把该小说写完。这年4月，小说由天津大陆广告公司出版。《春风回梦记》是章回体言情小说，共8回，约18万言。小说讲的是一个顽艳凄凉的爱情悲剧：下层社会卖唱女如莲与旧家公子陆惊寰相思已久，她为能同陆时常接近，遂自甘卖身妓院。陆在新婚之夜弃新娘，而同如莲幽会。事泄，酿成大波。新娘含泪容忍了陆的移情，委曲求全，却因终日愁苦，以致疾病缠身。在新娘病重时，如莲听从陆的表兄何若愚的劝告，为成全陆夫妻和好，忍痛用计断绝了同陆的关系。后陆得知如莲苦心，旧情再燃，毅然将其娶回家中。如莲不忍因此破坏陆的家庭，气绝身亡。陆妻就在此时也因病故去。陆惊寰满眼凄楚，又不得不接受“一殡出双棺”的事实。

这故事本身除稍带传奇性外，置诸民国言情小说中看，并不很特别。关键是刘云若对这故事的处理很有特色。从形式上看，刘保留了章回体这一传统样式，但又有自己的创新。首先，小说回目较少，18万言，也只8回。这样就避免了完整的故事被频繁的“下回分解”割裂的传统弊病；同时，每回的容量加大，又易于写事状物，便于展开情节。这客观上触动了一回写两件事，每件又不能细加描摹的传统写法。其次，刘云若十分注意回目语言。他的回目不拘泥于传统格式，大气磅礴又文采俊美，一般小说家很难写出。请看第 4 回与第 6 回的回目：

八方风雨会牢中摧花成符牒
万古娥眉来梦里得月有楼台

儿女情激发英雄气豪士走天涯
葭莩谊感动菩提心愚兄探地狱

这样的回目在 20 年代津门社会言情小说中很难见到，它对于读者具有的新奇及震撼是以前的小说家不可比拟的。

从内容上讲，小说把刻画的触角直伸底层生活，揭示平凡人的悲苦，这容易引起多数读者的兴趣，能同读者构成心灵交流。这与专写军阀黑幕、旧家兴衰、职员艳情的通俗小说，及刻画都市知识青年生存苦闷的新文艺小说迥然不同；而它更能为普通市民读者接受。《春风回梦记》能风行起来，还与刘氏的写作技巧有关。刘氏登上文坛前，"举凡世界名著、野史、笔记小说均有涉猎"[1]。因而对西洋小说技法多有借鉴。在该小说中，曾多处有这种痕迹。如第 1 回写"烟馆"，便以细腻的笔触做了大段的环境描写，使人如临其境；此外，如莲的大篇幅内心独白，使人物顿时鲜活起来。20 年代言情小说人物脸谱化的情形在此得以改变。

《春风回梦记》一出，津门报界对土著作家不再轻看，亦不再去北京请张恨水、陈慎言做副刊作家了。而更重要的是，土著小说家由此忽然间明白了 1926 年以后他们的探索之路是正确的，并且一夜间都似乎找到了自己的言说方式。这样，刘云若一出，"津派"全面崛起。

"津派"的主要作家除刘云若外，还有戴愚庵、林墨农、李山野、李燃犀等人。他们发表小说的报刊主要有：《益世报》、《北洋画报》、《新天津报》、《三六九画报》、《一四七画报》、《中南报》等。

刘云若作为其主将，在"津派"活动的 20 年间，先后创作了《春风回梦记》、《换巢鸾凤》、《香闺梦》、《碧海情天》、《情海归帆》、《翠袖黄衫》、《酒眼灯唇录》、《小扬州志》、《旧巷斜阳》、《红杏出墙记》、《春水红霞》、《姽婳英雄》、

〔1〕 阿吉：《小说家刘云若》，引自《天津文史资料选辑》第 33 期，天津人民出版社 1985 年 10 月版。

《粉墨筝琶》、《白河月》、《落花归燕》等40余部社会言情小说。他把通俗社会言情小说推向了繁荣，他本人创作的《小扬州志》、《红杏出墙记》也成为民国社会言情小说的代表之作，以经典作品的姿态跻身在20世纪文学之林。

在刘云若之外，另一位"津派"代表作家是戴愚庵。1926年间，他开始给《东方时报》投稿。其代表作《沽上英雄谱》在1926年至1927年间先在《东方时报》连载，后因该报解体，移至《益世晚报》续载。1937年5月出单行本。讲述"从前天津一部分人为着生存而团结，而反抗的故事"。颇能体现天津的民风民情。"混混"在此书中得到正面的描写，成了反映津门社会的切入点。此后，他又写了《沽水旧闻》、《沽上混混秘史》、《沽水游侠》等多部反映"混混"生活的小说。这些小说在演述"混混"传奇的同时，客观地叙述了当年天津文士、商人、富户和下层市民的生活。同时，也记录了一些"皇会"、"抬阁"、"城隍庙会"等民间风俗和"海张五"、"侯景"等名人的轶事。因此，戴的小说常被人冠以"掌故小说"之名。

其实，戴氏除写以"混混"为中心的社会小说外，也写了一些言情小说，且这些小说断断续续贯穿于他整个的写作生涯。在民国17年(1928年)出版的《嫁娶镜》中，戴愚庵运用章回体，讲述了"杨世业"儿女的婚姻传奇。小说以一家庭为背景折射了20年代新派、旧派人物的生活冲突。杨氏的大女儿"淑贞"、大儿子"维善"是旧派人物；而二儿子"维新"、二女儿"淑敏"是新派人物。他们的婚姻遭际是20年代青年人生活的缩影。戴氏选材不错，可惜语言为文言，思想亦只限于作父母者对儿女的婚事应"审慎后行"，"宁拆十庙，不破一婚"，以这样的传统道德为创作旨趣亦只是囿于惩劝。这一切都表明这是一部不太成熟的二三十年代间的过渡作品。小说并未有什么大的影响。40年代，戴氏又创作了《花市春柔记》、《爱箭情弓》等言情小说，因水平一般，都未有明显反响。倒是他的"混混"题材小说一再被人看好，他也因此而在"津派"内占一席重要地位。

在"津派"中以"混混"为书写对象的还有李燃犀。他和戴愚庵都是在商业写作和地域文化的共同影响下，选择了以描写天津"混混"作为其创作的中心素材的。李的生平资料颇少。他自称"大梁酒徒"。曾任《津报》、《中南报》、《晓报》等编辑。据吴云心讲，"其人健谈嗜饮，终日似在醉乡，颇具才华。解放后故去"[1]。李的主要代表作是《津门艳迹》。全书15回，初版于

---

〔1〕 吴云心：《吴云心文集》第645页，天津古籍出版社1990年版。

40年代，1986年百花文艺出版社作为“现代通俗小说研究资料”丛书的一种在津再版。该小说以“汪玉洲”、“穆西楼”这类“混混”为主要人物，排次连缀起了一个个小的故事。其笔意同凫公一样取自《儒林外史》。在这部小说中，明显可以感到紧张的故事被人为的“下回分解”肢解得破碎不堪，艺术水准大降。在面对章回体已束缚创作的共同困境下，他显然在改造章回体的实践上远远落在了刘云若之后。

《津门艳迹》最大的成功是人物的刻画比较传神，这又主要得力于“天津话”在小说中的成功运用。且看穆西楼为排解乡邻纠纷中的一段语言：

……穆西楼立在云家大门台阶上，高高拱手，高叫辛苦……“上回两下里出于无心，如今有云大人出头，给你两下里了解，亦是你们两下里福气。我兄弟是云家大人邀出来的，今天既是你们的哥儿俩全来啦，总算把脸赏给兄弟我啦。”说着深深一揖……继续道：“常言说的好：不打不相识。打今日个起，你们哥儿俩多好多厚，本着云大人的意思，遇事商量着办。什么叫吃亏，哪叫占便宜。丑不丑一合手，办圆了是事。”……说时两手携着曹李二人相将入座……两下里尚未分时，忽然棚外进来一人，跑得满头大汗，走进棚里叫道：“穆大爷没走么？”那人循着手指处，抢到穆西楼跟前，叫道：“大爷，您用完饭啦？您先不用回去，跟我到一趟北门外吧。”穆西楼正漱着口，一时不能还言，忙将嘴里水吐出来，擦擦嘴，方才问道：“你这是打哪儿来呀？跑得一身汗。”那人道：“那儿现在出一档子逆事，还得您出头，我上西头，到您府上请去啦。门房儿说您教河东李三爷陪出来，上云家大门了事去啦。我打西头跑来的。”说时向四下望望道：“看这个样子，八成儿事亦了完啦。您要没有什么事儿，跟我到一趟北门外吧。他们好几位在钱门巴馆子里候着您啦。”

40年代前期，“津派”渐走向兴旺。与“混混”小说同时并存的是数量更多的社会言情小说。在创作上与刘云若相似的还有李山野。李山野同李燃犀一样，40年代中期后就渐从人们眼中消失了。因而其生平资料亦颇少。他大约在30年代中期开始创作，现在可知的他写的小说有《沽水情深》、《津沽春梦》、《红豆相思记》、《秋水天长》、《茜窗绮梦》、《红了樱桃》等。这些小说大都以天津为背景进行创作，所写内容多是城市小人物的爱情传奇。作者虽极力想运用较通妥的白话和曲折、离奇的情节迎合一般市民读者，但其影响始终平平。这位作家存世小说已不多，从现在能见到的这几部小说看，他是在运用香艳曲折的故事图解人生如梦的陈腐论调。虽然行文中时露出旧文人的伤感气息，但惩劝意识已被着力经营故事的商业写作行为消解。这样，呈现在后人面前的只是他媚俗的写作行为的历史记录。李山野的朋友陆汨魂说，李君前著各书，久已脍炙人口。这说明这种媚俗的写作行为在当时是有一定市场的。但"脍炙人口"却是谀词无疑。其实，李山野的写作思路在当时还算比较先进。他懂得从都市底层选材，并融合地域特色进行创作；同时，他的言情故事已非凫公那种一个个小故事的连缀，整篇小说有中心事件，虽然在事件的安排上时有漏洞。这些都同刘云若有相类似处，只是他没有刘的才气，思想也止于人生如梦的老生常谈；此外，更主要的是刘是"身经地狱之人"，有切肤之痛，而李似乎只是街市上匆匆而过的漂泊文人，其小说便只能让人觉得是隔岸观火的观感。《茜窗绮梦》、《津沽春梦》就是很好的例证。前者写女招待如花和似玉的尘海奇遇，虽有离奇的情节，但每到该着力描写的地方，李氏总是匆匆带过，去营造另一出奇情节，这样故事无法收束，李只好让男主人公人俊同如花在梦中成婚。他一味迎合大众，岂知大众不但爱情节，亦希望从情节中获得人生的慰藉和启示。"人生如梦"并不能因主人公纸上圆满而成为多数读者一致接受的生活启示。这样，李氏在小说主要人物成婚时走笔而出的写景就不能发挥它置于书末营造意境的作用了。《津沽春梦》比之《茜窗绮梦》更加媚俗。其中心事件是拥有12个姨太太的军阀修武的姨太太琴慧放荡一生后削发为尼的故事。与此相穿插写的是家有七房姨太太的"才子"善阳先生追逐戏子，引诱良家妇女的浪荡行踪。这里充满了以"爱情"为幌子纵情声色的男女践踏爱情的集体表演。这是旧社会之一斑，然而仅仅把它们展览出来岂能吸引多少读者?!终究是津沽春梦罢了。作者"秉乎褒善贬恶之志，行乎墨诛笔伐之功"的写作主张也终究是一种自我安慰的剖白。

1941年6月，刘云若的《小扬州志》由沈阳鸿兴书局出版。同年8月，他的另一部小说《旧巷斜阳》开始由天津文华出版社出版。这两部小说的出版标志着"津派"小说达到了巅峰状态。这以后，整个社会言情小说领域几乎是刘云若一人的天下了。戴愚庵、李山野诸人在40年代前走向成熟的写作，终因小说圣手刘云若的崛起，只能是间或被人念及的明日黄花了。在1941年这一年，刘云若有6部小说出版，2部成为北派社会小说经典之作。

在此后的3年中，刘氏如日中天的地位得以继续维持。"津派"的第二个阶段，因刘的崛起而成为该派最辉煌的历史时段，故这个时段亦可称之为"刘云若时代"。

抗战结束后，"津派"作家已渐凋零，只刘云若与戴愚庵苦撑局面。当国共在中国大地展开决战的前夜，刘云若的小说在抗战和解放战争的间隙，再度辉煌，打入上海。此后随着战局变化，通俗小说这种市民消遣的文艺作品已不能让为时局担心、为家庭个人命运担心的市民再次钟情了。读者的流失，导致写作的萎缩。要不是有《一四七画报》、《中南报》这些小报在风雨飘摇的时代还勉强存在，"津派"早在战争中消失了。1948年间，刘云若的《粉墨筝琶》由"中电"搬上银幕。这是"津派"最后的闪亮表演。此后，这个专写天津风情的通俗小说流派，再也没有像样的表现。1950年2月18日，刘云若突发心脏病去世。他为《星报》撰写的言情小说《云破月来》成为他的最后一部小说，该小说以"神龙不见尾"的形态宣告了"津派"的完结。

"津派"小说较客观地反映了三四十年代天津的风俗人情，亦反映了沦陷时期都市平民的生活状态和感情际遇。这对后人了解津门历史，研究沦陷时期的文学形态提供了可资探讨的感性文本。刘云若的崛起，使津门社会言情小说的艺术水准得到提高；他的代表作作为通俗小说的经典作品丰富了20世纪文学的内容。"津派"在商业写作同地域文化及作家个性的相互影响之中，坚持把地域特色作为调适三者关系的主要手段，并逐渐成为他们共同的文学追求，而且以刘云若的成功表明这种追求是值得肯定的。

津派小说早已成为陈迹，但在它影响下的文学活动却肯定会流变下去。

附：通俗作家笔下的"东洋景"与"西洋景"
——兼论早期留学生文学

大约是在甲午战争之后，通俗小说中反映海外情况的小说数量大大增多，到民国元年止，恐怕是在七八十部之间。此类小说大概可分四类。第一类是借理想之境界抒强国强种之夙愿。这是中国人民受尽外国侵略者欺压之后的一种心理反拨，如《梦平倭奴记》、《洗耻记》、《月球殖民记》、《逐日演义》等等。《梦平倭奴记》被阿英收入《甲午中日战争文学集》。作者署"高太痴"，苏州吴县人。书叙某生怀才不遇，醉卧入梦，得见皇帝，详说甲午战功过，力主整顿军威，积极进攻。于是皇帝委以重任，督办直隶山东军务，东征日本大获全胜，与日议订条约，要求日方赔偿军费，归还被劫持的操江轮，严惩侵略罪魁。用心良苦，由一斑，幻想迭出，真是"太痴"。

第二类是演述外国历史演进的内容，由于著述者少有实际生活经验、对他国国情了解甚浅，所以小说大多以历史沿革为纲，敷衍成文。这些作品中，比较突出的是60卷《万国演义》和《新列国志》。《万国演义》题"沈惟贤辑者，高尚缙鉴定，张茂炯述章"，由此可知，这是多人合作产物。有世界各国名称的中、英、日文对照，地图6张，书从鸿蒙开辟分别演述各国的诞生、更迭，直至近代，规模宏大，有三大教的兴盛，文字、典章、律例等皆有涉猎，著者注意到先进科技如培根的学术、蒸汽机、电学、日面黑斑、医学等知识，视野较为开阔。因篇幅甚大，所述甚简，许多重要事件仅有1卷，不够具体，著者似乎也只为勾勒轮廓。卷末云："问天梦私切杞人忧，唤国魂戏作虞初说。保种之道在于自强。自强之道在于政治腐败之后改革新猷，文明中保存国粹。"1908年出版的《新列国志》作者无名氏，书有4编38回，每编均有图像。小说以童保问包忠外国所长究何，包忠指点地图，纵谈各国历史起笔，记叙了18—19世纪西方列强英、法、俄、意、希腊、奥、美等国的内政外交及之间的战争。书末云：自己立得脚跟，别国也就不敢欺侮。中国也需学他们的样子。恰在此时，清廷预备立宪，复拟开办学堂，两人举手加额。以为东亚可兴盛，黄种可自强云。这类作品都有"师夷长技以制夷"的心理和借鉴他国经验以图自强的迫切愿望。

第三类是写国外人民的生活，这类内容极为广泛，主要以表现爱情为主。但也有陈独秀的《黑天国》之类的小说，记述了反对沙俄的志士被发配到西伯里亚充当矿工的悲惨生活。

但对广大读者影响最大的是第四类作品，主要是反映海外华工、留学生和出使官员的生活，他们在外的情状各具情态，不尽相同，《猪仔记》、《黄金世界》、《苦社会》、《檀香山华人受虐记》等是反映海外华工的生活，他们大多由于受骗被贩卖奴隶的殖民者引诱出去的，其生活甚是悲惨。

《苦社会》，著者佚名。光绪三十一年(1905)上海图书集成局印刷，申报馆发行。全书共48回，双回目，另有楔子。原书封面题为"苦社会初集"，但没有发现再出续集。

光绪二十年(1894)，清政府驻美公使与美国国务卿在华盛顿签订了《中美华工条约》，即《限禁来美华工保护寓美华人条约》。自从同治八年(1869)中美两国《蒲安臣条约》签订后，由于美国急需大量劳动力，每年入美华人达万名以上，1882年达4万人，入美华工为美国西部的开发与建设，作出了巨大贡献。此后，由于美国横贯东西铁路的完成和西部金矿开采的不景气，出现劳工过剩现象，于是排华之风日炽。《中美华工条约》正是在此背景下签订的。该条约共6款。第一款规定从此约批准之日起，10年为期，禁止华工前往美国；第二款规定寓美华工离美返回，例限以1年为期，逾期不得返美；第四款规定在美华工或其他华人不准加入美国国籍等等。

此条约一出，立即引起广大在美华工及国内人士的强烈反应。《苦社会》的写作与出版正是在此大背景下完成的，它第一次对广大在美华工的生活作较为全面真实的反映，自然显得十分感人，催人警醒。而且据说小说作者本人就亲历过海外生活，对所写的一切有着亲身的体验，因此，写来情真意切，催人泪下。正如漱石生在序中所言："小说之作，不难于详叙事实，难于感发人心；不难于感发人心，难于使感发之人读其书不啻身历其中境，亲见夫抑郁不平之事、流离无告之人，而为之掩卷长思，废书浩叹者也，是则《苦社会》一书可以传矣。夫是书作于旅美华工，以旅美之人，述旅美之事，固宜情真语切，纸上跃然，非凭空结撰者比。故书都48回，而自第20回以后，几于有字皆泪、有泪皆血，令人不忍卒读，而又不可不读。"这在客观上起到了揭露帝国主义的罪恶，警醒广大国人奋起抗争的作用。

全书共分48回。从第1回到第22回，基本上都是交代阮通甫、李心纯、鲁吉园、滕筑卿、明卿等人在国内穷困潦倒，难以为继的生活，在万般无奈之下，都不约而同地先后走上了出洋谋生的道路，却不料走上一条凶险之途。从第23回起，小说才开始描写他们漫长的海上跋涉及此后的非人生活。还没到目的地，阮通甫就惨死在船上，葬身大海。吉园因为原本就是教书之人，有幸被船老大看中，留在船上做些文书工作，这也为他了解华工的悲惨生活提供了方便。直到第36回，小说在很大程度上都是围绕吉园的视角而展开的。运工船先是将华工运抵秘鲁，再返日本横滨，此后，又再赴美国旧金山。从第37回起，小说的重心则落在了李心纯的身上，以他为中心，串起了在美华工的种种生活。尤其着重叙述了李心纯和早已抵达此地经商并小有资产的华商顾子丰、王伯符等几人同心协力，终于闯出一番事业，可还是备受欺凌。最后，他们不得不变卖家产，重返故国，希望有一天在故国成就一番大业，使中国人永远不再受洋人的欺凌污辱。

《苦社会》作为第一部直接描写华人劳工的小说，它最大的价值就在于第一次真实、客观、全方位地描写了海外华工的悲惨生活。可以说字字句句都倾注了作者的思想情感，他的愤怒、痛苦、同情、怜悯，跃然纸上。尽管以前国人也隐约了解一些海外华工的不幸，但并没有感性的认识，也可以说，作者通过《苦社会》将国人对出洋谋生仅有的一点幻想也彻底砸碎。比如，小说写到运工船到岸后，华工就被巡捕押进工房。这是什么样的工房呢？“高处不到三尺深，阔处不到五尺。曲了身体进去，没有一张床，一张桌子，只在地下铺了一层稻草，脚踹时又湿又冷，不知浇上水，还不知是地下泛上的潮气。上面有椽没有瓦，薄薄的盖些草，稀稀的天日望见。……立哩，抬不起头；睡哩，伸不直脚。”而且每个人的头都被巡捕用铁索牢牢地锁在了椽子上，动弹不得，完全形如囚犯。也许，经过长途海路能活着抵达目的地的人已经算幸运的了，还有不少人早已在如闷罐般的潮湿、污浊、黑暗的底舱死去。这些人“一个压一个，乱叠做一堆。……不拉时，万事全休，一拉时，真叫铁石的心肠都要下泪。原来下面七八十个横躺着，满面都是血污，身上也辨不出是衣裳，是皮肉。只见脓血堆里，手上脚上锁的链子，全然卸下。洋人俯身一看，才晓得死的了。手脚的皮是脱了，骨是折了，不觉也泛出唾涎，呕个不住。立刻叫水手到上面，拿来七八个大竹篓，用铁铲把这些腐尸铲下，吩咐连篓丢下海去”。作者这种颇有自然主义意味的描写，使得每一位读者都会为华工这种触目惊心的悲惨遭遇而洒一掬同情之泪，而生一腔愤慨之情。对帝国主义的非人性的一面，也有了更深的认识。在资本主义发展的每一步上，都有着无数冤死的海外华工的孤魂。在描写对象上，作者也兼顾了不同的社会层面，既有无数无名的底层的劳工，也有华阿大等属于管理阶层的华工，还有在海外已经小有成就的商人。这些已经在美国安身立业、颇有名望的商人，也难以逃脱被污辱的命运。小说中紫兰的妻子和侄子验关时只因街名报错一个字，就被美国巡捕铐上羁押。即使领事出面干涉也全然无效，最后，只得立时变卖家产，陪妻侄乘原船返国。

小说对海外华工凄惨生活的描写，其实也是对政府腐败无能的无声的控诉与抨击。事实上，小说在很多地方也将矛头直指晚清政府。由于清政府的腐败无能，积弱已久，致使中国的国际形象日益衰颓，就连它的外交官也受到外国巡捕的肆意污辱。总领事馆的谭随员就因为无端受到巡捕的逮捕而羞愤难当，愤然以死抗争。所以心纯他们不能不担心，“以前美国种种苛禁，受害时不过工商两项人，偶然又累到留学生，如今是连官员也不为美人优待的”，而且，“近来中国媚外的手段，一天工似一天”，如此下去如何得了？身在海外的华工、华商，孤苦无援，艰难挣扎，只会在心里哀叹：“我们中国的官,怎么就不替百姓想点法,尽人欺侮,装聋作瞎的呢?"也正是在这种压抑、黑暗的环境中,一批中国华工华商开始觉醒。他们深深意识到,"我辈华人,到处都做人的鱼肉,美人刀劲俎坚,尤出寻常。政府的权力不足恃,公使的唇舌不足动,我辈只有自保的一策"。他们领会到:"要有决死的心肠。抱定这个心肠,听他软骗硬欺,只实行我的权力,不为动摇,美人又将奈何?"为了从此理直气壮地挺胸做人,心纯他们决计返国后兴办实业,并与其他返国华人企业家互相协作,共谋发展,希望有朝一日以自己的富强,来与美人一争高下。他们企望,"内开利源,外塞漏卮,并立富强的基础;再隔十年二十年,我们中国不成了黄金世界么?"

此外,值得一提的是,《苦社会》还颇为成功地塑造了李心纯等有着比较鲜明的个性的人物形象。李心纯在国内时作为一个普通学堂的教习,所挣的收入还养不活老婆孩子。为了生存,他被迫远走海外,把自己交付于不可知的未来。经过自己的艰苦奋斗,加上朋友的支持,心纯终于在海外安家立业。可是这一切,却始终伴随着作为异族的屈辱,这种屈辱还随着时间的推移而愈加强烈,最后,不得不放弃一切,重返国内。应该说,李心纯是海外华工华商中较有思想与能力的人,他在小说中不仅联络起了海外华工华商的各个阶层,而且在某种意义上成为他们的代言人。因此,他能通过自己的奋斗,获得一定的成功,也能透过海外华人的悲惨生活,看到清政府的积弱无能。在他的身上,人们看到中国人民不甘刀俎、宰割的不屈的民族之魂,也看到中国振兴与强大的希望。

当然,《苦社会》在艺术上还显得相当粗糙,尤其是在小说结构上显得缺少周密安排。比如用前 22 回的篇幅来交代鲁吉园、李心纯等人的国内生活,原本就显得"铺张",可作者从第 15 到 18 回又凭空插入关于抽头聚赌、下湖贩盐、捉官盐逼命私和等情节。或许作者只是借此拓展一下小说的社会反映面,或许仅仅只是为了凑个回目,但这几回显得突兀枝蔓。倒是以后描写海外生活的二十几回在结构上显得颇为紧凑合理。另外,作品在人物的安排上,也流露出一定的随意性。当然,这些艺术上的不足,并不会抹杀《苦社会》在通俗文学史上的独特价值,它对我们重新认识当年海外华工的苦难、揭露帝国主义的罪恶,具有相当大的警醒作用与认识价值。

民国后,通俗小说反映外国生活的,最有名者为"东洋景"《留东外史》和"西洋景"《海外缤纷录》,《人海梦》后半部分也写到中国驻日本使馆内的活动等,如辛亥革命时留学生占领清政府驻日使馆等,但在小说中不占主要地位。

范烟桥在《中国小说史》中简介《留东外史》道："中华民国五年五月初版，每集十回。"[1]其实，《留东外史》正集有5集，每集章数不等，共90章。续集为6至10集，从第91章至160章。以后还有《留东新史》、《留东外史补》、《留东艳史》等等一直"留"下去。正续集中尚有"跛子批点"、"成舍我批点"、"王无为批眉"，煞是热闹。

《海外缤纷录》是1923年作者陈辟邪在德国柏林花花絮絮的耳闻目击，约在1927年左右在《商报》中连载至24回，先印成单行本，称为"正集"，以后又加写了16回，称"续集"，共40回，于20年代末交卿云书局出版。作者陈辟邪是浙江慈溪人，所反映的生活是第一次世界大战后中国留学法、德的学生生活，自称对"地名和风俗习惯，不敢丝毫假借，以昭翔实"，而人与事则皆为虚构云云。至于向恺然的《留东外史》则人事皆有影射者，包天笑说："所写都是吾国留日学生的异国艳迹。其中所述，有影射某人某事的，凡是日本老留学生，都能指陈其事。"[2]所以有人说，其中的"人物"回国后掌了权，使不肖生回国后就无法找到理想的工作，但这也好，因为"他们"帮助造就了一个优秀的通俗文学家。

在第一章"说源流不肖生哓舌　勾荡妇无赖子销魂"中，不肖生介绍道，当时，我国在日本的约有1万多人。可分四类："第一种是公费或自费，在这里实心求学的；第二种是将着资本在这里经商的。"这两种"与不肖生无笔墨缘"。"第三种是使着国家公费，在这里也不经商，也不求学，专一讲嫖经，读食谱的。"这是不肖生最感兴趣的书中主干。"第四种是二次革命失败亡命来的"亡命客。他所写的不是"仗着热心毅力，拼的颈血头颅，以纠合同志，唤起国民"的亡命客；而是"或分赃起诉，或吃醋挥拳，丑事层见报端，恶声时来耳里"的害群之马。他说自己写这本《留东外史》的动机是："不肖生就有三层请愿：一愿后来莫学书中的人，为书中人分过；二愿书中人莫再做书中事，为后来人作榜样；三愿后来的竟学了书中人，书中人复做了书中事，就只愿再有不肖生者，宁牺牲个人道德，续著《留东外史》，以与恶德党宣战。诸君勉之。"所以《留东外史》是运用谴责之笔对留日学生的丑行丑闻进行了一番实录。

---

〔1〕 范烟桥：《中国小说史》第289页，苏州秋叶社1927年版。

〔2〕 包天笑：《平江不肖生》，魏绍昌编《鸳鸯蝴蝶派研究资料》第505页，上海文艺出版社1962年10月版。

这两部小说也各推出了一个有些正气、风流倜傥，也还有点学识的嫖界“高手”黄文汉(《留东外史》)、韩人中(《海外缤纷录》)，他们不以金钱为诱饵，性爱为目的，靠着个人丰姿，洒脱地去俘获女孩子的心，追求一种“打折”的爱情。向恺然以为这种人乃是他心目中的“上品”。这说明一个问题，中国留学生和日本女孩发生点感情纠葛是当时日本社会的风气使然。小说中的无耻滥行有夸张和臆想的成分，但大部分反映了那个特定时代、区域、群落中不为人知的生活真实。不过，《留东外史》中周撰骗奸定儿后与松子同居、与郑绍畋及其妻一起四人乱淫，又计赚松子，勾引陈蒿，又“不厌其烦”地写他嫖妓。熊义的未婚妻秦次珠与鲍阿根鱼水交欢，气死老父。汪祖经与秦士林为争夺吴品厂大打出手，章筱荣与李草卿为争夺张绣宝购买枪支，雇杀手以夺人，章筱荣后又与侄儿同性恋，竟用枪射击侄儿，胡蕴玉人尽可夫且理直气壮，都属丑态百出。而《海外缤纷录》中赵秋生专为嫖妓远赴法国；胡名达与童益达成立“股份公司”将妓女爱莲包下，成为“同靴之友”，也令人感到其品质之低下。自然，小说中也有孟亚卿与安迪生夫人的刻骨铭心的恋情、张思方与节子悲凉的爱情结局，但丝毫不能改变作者描摹的留学生群体的荒淫无度。

《留东外史》再现了辛亥革命后在日本的民党活动。革命失败后，一批亡命客流落日本，有如伏焱之类仍为革命奔走；有如林巨章之类投降变节；有如刘文豹之类携款到日本狂嫖；有如谭先闿、刘应乾之类亡命天涯，既无大志又无巨资，有奶就是娘。袁世凯为圆他的皇帝梦，让蒋四立在东京用金钱收买变节的革命党人，组织筹安会，吴大銮愤怒至极，买枪诛之，吴仍汲汲奔走于革命。这算是有独无偶的略为干净的情节。但我们要了解当时留学生中消极人物的消极面，或是要了解二次革命中蛀空革命的败类，那么像《留东外史》是可以作为背景材料加以参照的。这是从社会学的角度去观照这部小说，尚有价值。

20年代左右，不少青年学生纷纷赴法勤工俭学，共产党人周恩来、陈毅、李富春、蔡和森、邓小平等皆是这一时期到法国的，毛泽东也曾是这一运动的积极组织者。《海外缤纷录》也用一定的篇幅再现这一运动的始末。革命前辈伍幼军见法国在“一战”后，工厂里招不到男工，工资待遇又很可观，便与法政府接洽，半工半读勤工俭学。于是，在上海设了个法文速成学校，培训两月即可赴法。可他们到了法国后，语言不通，不懂监工训令，其中有些人又不肯出力，三个人抵不上一个法国人，几个工资又花到了女人身上。

恰逢这时，法国驻边军队撤回，顿时多了许多强壮劳力，这些学生的面包就成了问题。因经费紧张，伍幼军回国筹款，得到允诺后，瞒过前两批在法失败情况，继续招集第三第四批。结果是去的愈多，生活愈加困难。受伍幼军委托管理勤工俭学的程公使力穷智竭，计赚留学生，由警察押上船，使这一运动流产。

这部小说同时描述了德币在"一战"后的贬值情况，"马克的跌势，一日千里，三星期之中，相去便二十倍还多"。感受到这种跌势是通过留学生纷纷赶到德国去住高级旅馆、嫖女人得来的。这些学生在国外如此荒唐，在国内却大受欢迎。《留东外史》中孙中山在日本青年会发表演讲说，"决不要愁没有好位置"。秦士林对汪祖经说："我劝你敛迹些的好，将来都要在江西上舞台的。"可见当时认为留学生是国内社会、政治生活的重要角色，国内对他们是寄以厚望的。《海外缤纷录》中韩人中叹道："凡留学生回国了，到埠的时候，便有许多人来迎接；在报纸上更吹得天花乱坠，接着就是某大学请他演讲，某会某社请他谈话。"这一批评，一针见血，令人深思。

作为早期留学生生活的反映，近代留学生文学为我们描绘了广泛的海外社会画图，诸如，如何谋求官费，同乡会的活动，日本的新剧运动，骗取文凭……它的存真性使我们非常清晰地"回眸"历史，审视这幅别致的艺术长卷。

读这两部小说，在真实地了解部分留学生的生活实况的同时，也能从中了解海外有关国家的社会生活和民俗民风。《留东外史》出版较早，所以现在有些年在花甲上下的日本教授也认为，其中有些日本的民俗民风，连他们也不甚了了，读了《留东外史》，补充了他们对本国的若干民俗民风的知识。

日本，其时人们穿和服，着木屐。日本人访客，不系裙为不敬。日本饮酒礼数，递杯子叫着饮込，便有不醉无休之意。女子在 20 岁以内，衣之肩上有折。日本男女服装皆有定制，老少贵贱极易辨别，上等女子都着长裙，年老者略短，艺妓女郎虽亦长裙，然服色及襟领皆有绝大区别，一望而知。"日本中等以上的人出外，除是上浴堂，不穿外褂的极少。""日本男子所用枕头和中国旧式枕头差不多，中间或贯棉花或贯麦衣，女子所用的系轻质木料制成，扇子形式，高五寸，长约六寸，上仄下宽，用花布包木棉捆在上面，睡时枕在颈下，头顶悬空。"

日本人心理素质中东方化影响根深蒂固。正派人家的女子更是将贞节看得最重，藤子和王甫察一夜春风后失贞，她说："不待经过正式手续，便和你有了关系，怕你存个轻视我的心思，我一世抬不起头来，等到行结婚式的时候，我才和你见面。你若是随随便便的不以为意，那就莫想见着我了。”梅子和苏仲武情恋而有孕，染病住院，她母亲春子心想：“自己女儿已经入了人家的圈套，闹起来无非丢自己的脸。”“赶紧寻个年貌相当的，完了这宗心事，好歹由她的命就是了。”后来春子感慨道：“你年纪小，上了人家的当，也不能怪你，你好了，离了这万恶的东京。”日本人都以东京为恶，留学生们在这个染缸中自然也是皂多白少。

然日本妓女却又淫糜不堪，罗福想：日本女人把这件事本看得不值什么，只知道要钱，况且又是个下女。周撰对成连生说：“到这浅草来的女人，不要问他卖不卖，只看你要不要。莫说是下女，便是他日本华族贵族的小姐，只要他肯到这里来，你和他讲价就是。这浅草是日本淫卖国精神团聚之处。”在法国，茅以寿强奸房东13岁的女儿未遂，房东多讨了半年房金后说：“其实茅君如果欢喜这小妮子，小妮子年纪大些，给他玩一会儿倒也不妨。叵耐小妮子年纪还只13岁，自己也不愿意，所以大家弄得没趣。”此种论调，真是匪夷所思。

日本阶级制度森严，当时能坐汽车的必是贵族，普通人只要和贵族攀点亲戚抑或认识，在别人眼里也就高贵起来。在贵族与平民之间通婚更是筑起了一道高墙，埚内秀吉欲与鹤子订婚，在他的意识深处，“这贵族与平民结婚的事，不仅在身分和名誉，简直坏了血统，将来传下去的子孙，都变贱皮贱肉贱骨头了”。其父亦道：“我若糊涂许可你，娶了家来，将来反害了你，不能在交际社会中占一席位置，快打消了这个念头。”埚内秀吉又不得自作主张。“日本族类阶级之严，专制淫威之烈，于此略见一斑。”

透过小说，我们还可看到独特的异域风俗景致，声色场所，日人的游廊、法人的咖啡馆，其中摆设也各具特色。

日本是樱花之国，“荒川的樱花最好，一条长堤足有十多里，两边都是樱树，一路走去，风景确是不恶。樱树稀少的所在，便有些做小生意的人，或是摆个摊盘，或是搭个茅架，点缀其间，更是有趣”。“礼拜日这天，天气晴明，男女老少从两国桥搭船去荒川看樱花，盈千累万，小火轮装载不了，拖一双很大的民船在后面。”“那夹岸的樱花开得正好。游人虽多，因堤长路宽，却不拥挤。许里乡里人三五成群，背着酒坛，穿着一身花衣，画得一副脸青红紫绿，无色不备，故意装出几分醉态，在堤趄趄趔趔的偏过来倒过去。”异域情韵，绘声绘色。

《海外缤纷录》中，韩人中、袁尔梅参观克利尼博物院，看到鬼斧神工的蜡人肖像，陈列着法国历史上的故事，拿破仑，路易十四，法国大革命，还有极具传奇色彩的朗特留的故事。这种“博物馆式的文化保护或某一民族传统节日的盛大民俗表演，既为弘扬民族文化、凝聚民族的向心力，也可为外来观光客增添旅游风采”。法国的卡尼佛会“由孟德兰街那面来了。先是一辆巨大的载货汽车，四围扎着柏叶和鲜花，上面坐着一队化装的军乐队，奏着法国国歌。当中站了个扮着自由神的少女，握着法国的三色旗”。“接着是化装参赛的人，高歌狂舞，穷形极相”，“一辆辆汽车衔接着过去；汽车花叶缤纷，鲜艳夺目”。“观众把预备下的红绿纸屑，飞抛上去”，这是法国一年一度的花后选举，从巴黎18个区选手中选中1名花后。这种法国人追求美，爱护美的方式却也别致。

每个民族都有自己所有不同于其他民族的独特的特点，它是民族的灵魂，它流淌在民族的血脉之中，主宰着民族的生存与走向。“在清末，人们习惯于把人的智与德合称为‘国民性’，也有称为民性、性质、气质等。日本明治时代的学者，颇为注意对各国民主性格的研究。”[1]我们不难发现，民族性格确乎存在，而当东西文化冲突交汇之际，它便显得很触目，并且因为它总是相对的存在着的，它就只有在异质文化冲突交汇之际才会格外引人注目。所以它们进入文化研究者的视野也就非常正常了。

晚清“西学东渐”以来，一个新颖奇异的西方文化景观展现在中国人面前，它给长时间恪守中华传统文化的知识分子带来了不小的震动，尤其当西方文化给世界带来新的变化时。近代历史的灰暗，使人们迫切地需要考察西方文化，中国传统文化迫切地需要改造自我，中国近、现代文化发展中不可避免地与西方文化发生千丝万缕的联系。西方文化作为异质文化不可能原封不动地被中国民族文化所接纳，无法畅通无阻、传真全息相地进入中国民族文化机体，不可能不被变形地融入后者的文化机制中。中、外文化、文学的交流与影响，是两种异质文化对话、碰撞、冲突、激荡的过程。

早期留学生接受了一些西方个性主义、人文主义思想，带来了价值观念的变化，在这个复杂过程中，旧道德正在崩溃，但尚有影响，而矫枉过正又有时使中华民族的传统美德也迷失了。《留东外史》中，节子和张思方恋爱，节子父亲山口河夫道：“中国人向来由父母主婚，张思方又没得他父母许可，将

---

〔1〕 范伯群、朱栋霖主编：《1898—1949中外文学比较史》（上册）第119页，江苏教育出版社1993年版。

来能否带回中国尚不可知。”《海外缤纷录》中张大保与英儿相恋，他道：“我的老母未见得赞成洋婆子媳妇，我若违了她的心愿，我何以为人子？那不是要受人唾骂吗？”对父母之命的惧怕使他们寻找爱情幸福时步履蹒跚，虽然他们对婚姻自由向往之极，张大保道：“订婚之权，操之个人，欧美文明国，人人享有自由之权，英儿若是答应，做父母的哪里可以阻挠。”“我们青年做事，不要顾前顾后的。”然而，矫枉过正又非常可笑。《留东外史》中王甫察道：“父亲这东西，对我感情好，和朋友一样，亲热亲热没要紧；若对我感情不好，简直可以不认他。他图开心，害得母亲受苦，生下儿子来，他又诸事不管，有时高兴起来，还要拉着母亲求乐。大凡家庭压制，使人不能享自由的幸福，就是这父亲坏事。我每次受痛苦受到极处，恨不得一刀将他攮死。”此种说法，不敢恭维也无法接受，可谓奇谈。

由于小说中人物思想境界不高，其所受西方文化影响主要表现在性、婚姻、爱情等方面，有时也涉及教育、妇女等问题上。《海外缤纷录》中傅昌浩道：“这类妇女（按：指妓女）只可作我们的泄精机器，机器是机器，还有什么媸妍的分别？只要机器完全就得了。”《留东外史》中胡蕴玉认为，“只许你们男子糟蹋女子，我们女子便不能及时行乐？你们男子，不应该给我们女子做玩物吗？吉原新宿那猪圈似的房子，你们坐在那猪圈里面去，看我们女子来不来嫖你！”这是错位的性欲变态的心理。他们一方面追求个性尊严，另一方面又鄙弃他人。他们追求婚姻时把欢乐场只当作逢场作戏，过眼云烟。凌和邦的婚姻理想是“内人也在英国女子大学毕了业的，我这做丈夫的，极讲夫权，那怕英国那么尊重女子，内人有时触了我的怒气，我一般的骂，一般的打。我们不是英国人，不能学这种纲常颠倒的样子”。中国式的婚姻模式深深烙印在他们内心深处。苏仲武欲为梅子自杀，黄文汉教训他道：“莫说他还不是你正式妻室，便是你正式妻室，也只听说丈夫死了老婆殉节；从没有听说老婆死了丈夫殉义的。”根深蒂固的封建伦常使他们在寻找爱情时仍迷恋旧式婚姻准则。

向恺然说：“我以为爱情者，不过一时间之美的感触。男女之间其能永久不变者，必恃有他种之黏合力也。正式的夫妇之黏合性，所以较苟合的男女黏合力量为大者，即在‘名分’二字，至于苟合的男女而亦间有能永久者，则必不属于爱情问题；为金钱者居大多数，为利害关系者次之，为性情投合者最少数。”“所以我敢决定男女间可以永久和好的，只有正当的夫妇，其余不正当的苟合，决不能永久。”不肖生心仪高尚的爱情，又留恋名分，这代表了他对当时留学生爱情观的理性思索。陈辟邪借韩人中之口对爱情也表明了看法,“妇女发生爱情,或为了好奇的冲动,或因了岑寂无聊,或因了虚饰……男子无论甚事,都以旷达处之,才能消除烦恼”。这是新潮的巴黎爱情,与当时的中国有一定距离,但很快也就流行在城市中了。这些似新还旧的观念表现了作者的思索,同时,它们也在缓慢地演进着,演进中必然伴随着复杂的矛盾心理和失衡的尴尬心态,其表现形态也带有鲜明的时代特征。

除了《留东外史》和《海外缤纷录》之外,还有一部与中国人有关系的书是《海上大观园》,1924 年上海东亚书局出版。它是写当时上海的首富犹太人哈同(Hardoon, Silas Aaron)的发迹史。哈同(小说中为罕通)19 世纪 80 年代初还是老沙逊洋行上海分行的“刁阍”(看门人),后以投机房地产和贩卖鸦片而成为巨富。这位哈同洋行的主人于 1931 年逝世时,他的动产和不动产约为 400 万英镑。这部小说主要写哈同夫人罗迦陵(螺蛳姑娘)的身世和“帮夫运”,当他们暴发后在上海兴建了爱俪园——海上大观园。据说,1910 年扩建完成时,园中有楼 80 幢,台 12 座,阁 8 个,池塘 8 处,小榭 4 所,还有 10 大院落,9 条马路,占地 200 多亩。园内主仆和他们办学的学生“共有五百数十人。仅仅伙食一项,每月要二千多块钱……至于薪水工食,每月约需三千数百元,还有干修、津贴一千多元没有算在内。这样的人数,这样的开支,真可称得大观园了”。

这个大观园的设计和建筑总指挥是乌目山僧,书中名慧眼山僧,此人本名黄宗仰,是位在近代史和近代文学中都有点名气的人。而《海上大观园》的作者署名乌目山人。有的近代文学辞典中在黄宗仰辞条下也说他可能写过小说《海上大观园》。其实乌目山僧与乌目山人只一字之差,却是鱼目混珠。要考证这位作者几乎也是一部“通俗小说的提纲”,富有可读性和传奇性。在香港出版的《大成》杂志第 255 期上有一篇《罗迦陵与姬觉弥》,姬觉弥与罗迦陵是姊弟相称的,姬实际上是爱俪园的至高的大总管。而这个作者是竭力想趋附姬觉弥的小人。文章中写道:

从前有一位杭州人姓郭,做过一部海派章回小说,影射爱俪园的事情。书中描写的,也许有一半以上是近于事实的。不过书中的人物,也有他自己。虽然关于他自己的事写得很少,但他总把自己的人品写得非常清高。现在我在这里替他补写一点,弥补缺憾。

郭先生是仓圣明智大学担任一个小学国文教员的,所以他在园里职员中的地位，既不很红，又不很高，差不多第三等就是了！他虽然想极力巴结姬觉弥，但在园里这样第三等人物实在太多了！姬觉弥不大会注意到他。当然他想过许多方法，和姬觉弥亲近，但都没有成功。但是可怜他有一次却毕竟有志者事竟成。因为不知怎样，他请姬觉弥吃夜饭，姬觉弥竟赏脸答应了他。

这天姬觉弥到郭先生家里去吃夜饭，看见他们客堂挂着三星，点着蜡烛，似乎有喜庆事的样子。姬觉弥问是什么一回事？郭先生回答没有旁的事，为的是小女要特诚拜见。正说话的当儿，郭先生的家属已经把预先打扮得花枝招展的郭小姐扶出向姬觉弥叩下头去。姬觉弥嘴里连说不敢，同时也跪下去回礼。这样，他们两个人在红氍毹上交拜了！

这一席酒并不摆在客堂里，而是摆在郭小姐卧房里的。当然的，他们在上海借的房子并不大，这卧房还是临时特地挪出来的。房里的布置，旁的人虽没有看见，当然少不了卧床、被褥，和一切应用的东西。这一席菜虽然很丰富，但烧好之后，却一起都上在席上，并不照规矩一只一只的上。酒和旁的东西也都一起备齐，免得临时添加不便。请的客仅仅姬觉弥一个，更没有旁的人。陪客的主人就是郭小姐一个。郭先生推说有事情，告了失陪，退出房外。退出去的时候，随手把门碰上了！这样，这一席酒他们宾主两个人吃，也许仅仅因为菜太丰富了的缘故，所以吃了很久很久的时候。……

不知怎样，姬觉弥在郭先生家里吃饭这一件事，第二天被罗迦陵知道了！罗迦陵对姬觉弥竟大发其怒。为什么原因呢？据说：因为罗迦陵所知道郭小姐的年龄，与姬觉弥所说的不同，姬觉弥说郭小姐是十三岁，罗迦陵却不信这话。后来他们命人去领了郭小姐来当面验看，郭小姐自己虽然也说是十三岁，但这又有什么证据呢？大众背地里估计，郭小姐的年龄，大概在十七岁以上，二十岁以下。但这究竟有什么关系呢？他们竟值得这样大闹。所以闹过一会也就罢了！论郭小姐的年龄和姬觉弥比较，至多也仅仅相差十二三岁。但郭先生的年龄，却确确实实是姬觉弥的“丈人”行了。

以后郭先生在园里的地位，逐渐红起来了！喜欢谈笑话的人，说他是施了“美人计”的功效。但这不过是背地里打趣他的话，没有什么意义的。园里主人后来在杭州建筑罗苑，郭先生着实经办好些事。又荐了一个姓方的外甥，做罗苑中惟一的管事人。这是一个肥缺，仅仅比上海的总账房下了一等。[1]

这岂不是一篇颇像通俗短篇的情节吗？而且此人有这样的“阴私”，我们也得心存忠厚，不再进一步考证他为郭××了。写这篇《罗迦陵与姬觉弥》文章的人署名“哈同邻”。在40年代的上海《万象》杂志上也曾刊登过一篇长篇连载文章，总标题是《爱俪园——海上的迷宫》，作者名凡鸟。其中第17节小标题为《郭先生和郭小姐的喜剧》。涉及郭先生的几段内容与哈同邻的《罗迦陵与姬觉弥》完全一样，不仅是内容，而且除删去一小段外，可说是“一字不易”。如果这位40年代的凡鸟，在90年代化名为哈同邻，将他的旧作再摘发一章，我们也不必多所责难，如果不是同一人，那么哈同邻的文章是抄袭之作。现在，我们且放下这段“插曲”，回到乌目山人所写的小说上来，我们感到，他只了解罗迦陵，而对哈同知之甚少。他只写一些所谓“一饮一啄，莫非前定”的姻缘，说螺蛳姑娘几次均有订终身的机会，但一一错过了，一个游方和尚“本非僧”为她算命，说螺蛳姑娘是个奇女子，面上生须。历史上只有武则天与李光弼的母亲有须。因此说螺蛳姑娘“喜中喜，喜外喜，生男不过种田地，生女在家做皇帝”。而且预言“你家姻缘在几万里外……将来必须嫁给外国人。如嫁中国人，大大不利。倘然嫁了外国人，倒可贫的变富，贱的变贵”。哈同一次出外，适逢大雨，在螺蛳姑娘家躲雨才看中她。结婚之后一次做生意，听了罗迦陵的话，就赚百万金以上，可见帮夫运才是千真万确云云。

在修造爱俪园时，造一条广学路，路上架一桥，桥上砌个大牌楼，题上“西风东渐”4个字，倒是很有象征性的。园内每逢3月18日，说是仓颉诞生日，又因姬觉弥与仓颉同日诞生，所以每次大开广仓学会，将仓圣崇为始祖，园内处处尊重中国国粹。1913年7月为庆祝罗迦陵50大寿，全园装上煤气灯数千盏，接连半个月，每日午晚二餐贺宴，每餐开筵多达一二百桌，真是挥金如土。但尽管霍挥无度，罗迦陵还一本正经地谦让说：“我想与其做生日，还不如开个耆老会罢，前日不是来了许多老者，如果开耆老会，来的人必定更多。而且这件事经史上都见过的，并不算是创举。你可去同他们商量一下，引用一桩古礼，举办起来，也足见我们大观园里行事与别人不同。处处遵行古礼，那声名更可鹊起了。”这部小说哈同出场极少，但从园主是外

〔1〕 凡乌：《爱俪园——海上的迷宫(三续)》，《万象》第3章第5期(1943年11月)。

国人（后哈同入英国籍），他与夫人却如此崇仰中国国粹，倒能说明在“西风东渐”中还是要用国粹中的封建糟粕作为“同盟军”的。这部小说原是一个极好题材，但由于郭某的视角与水平，好题材被大大糟蹋了，水平实在不高，殊觉可惜。

我们在这里提及这部小说，是想说明，除了《留东外史》的东洋景与《海外缤纷录》的西洋景之外，外国人到了中国，其中有的人倒是很喜欢用中国的封建性的国粹来治理中国人的，在这一点上，《海上大观园》似乎能给我们一点启发。

第二编

武侠会党编

徐斯年　刘祥安　撰

引　论

正视自己时代文学领域的问题,应该是文学研究者的责任之一。

我们时代文学领域的问题之一,就是武侠小说盛行而学术研究、解释不够。

扎根于中国传统血肉的武侠小说,在现代已经大出风头,而新时期以金庸为代表的新派武侠小说几乎是以席卷大陆文坛之势登陆的。"市井细民"的嗜读,给文人学士出了难题,文人学士奉为大师的作品没有人读,"庸俗无聊"的东西却趋之若骛。不管我们如何鄙薄,武侠小说的盛行确实已经构成当代文化、文学的重要景观。从学术立场说,学者不能闭着眼睛说没看见,可是多少年的圣贤书以及文学大师们垂示的信条、戒条,又让我们打心眼儿里瞧不起、瞧不上武侠小说,于是,文章尽管写,心里可还是觉得屈尊纡贵,为了写书,为了写论文,不得不耐心阅读武侠小说,可是"掩卷回味,常有哭笑不得的感觉"。所以者何？或曰武侠小说表现了中国人嗜血的劣根性,或曰武侠小说不是文学。高雅的文人学士,因为学术的缘故,被逼得不得不看如此低级的东西,确是委屈之至。也有相反的情形。颇有论者致力于为"侠"以及武侠小说的地位打翻身仗,为"侠"、武侠小说争地位,深以武侠小说的"平民意识"或曰"人民性"为然的。

屈尊低就也好,哄抬也罢,反映了文人面对大众时的尴尬。其实,"侠"、武侠小说与中国历史上占统治地位的意识形态,与文人的意识形态,与文人创作的传统本来就是不尽相同的东西(应该指出在古代作品中作为文人写作的传奇、笔记与话本及说书的基础上发展起来的《水浒传》之类作品是不同的),尽管在历史的发展中时或交错乃至交互影响,仍然不能混为一谈。如果这种不同反映了话语的权力:知识精英话语对于大众的控制、专制,那么,在当代这个多元化、民主化的时代,知识精英是否应该作一番自我反省？

文学史研究也必须正视时代的新问题。

完全因为方法论的原因，我们认为《中国近现代武侠小说史》必须坚持一系列基本假定，即承认：在中国历史早期的某个时期存在“原侠”；“原侠”就是原始的侠、纯粹的侠、抽象的侠，原始的、纯粹的侠是某种人的一种特殊的气质、品性；“原侠”是中国后来“侠”以及“侠文化”的最初源头；“原侠”基本的内容就是“轻财”、“轻生”[1]。坚持认为有“原侠”，并不意味着准备顶礼“起源崇拜”。我们并不试图追寻“原侠”，也不以为“原侠”的追寻能够代替对于各个时代的文化中“侠”的实质的研究。因为事实上即将成为我们研究对象的中国近现代武侠小说中的侠，不仅都不是纯粹的侠，而是在历史的过程中因为各个时代的特殊历史条件、环境而不断演化、异化的侠——相对于“原侠”而言，它还是一种虚构的文学形象。所以“原侠”首先是一个超越时空的逻辑起点，一个先于研究过程的设定。这个抽象的超越时空的“原侠”的存在，可以更好地、清晰地将作为具体的历史的个别的特殊的侠的特性映衬出来。

作为我们讨论、研究对象的是中国近现代武侠小说，就是说我们的讨论限定在语言符号的领域、文学的领域。将中国历史中的“侠”以及历史记载中的“侠”排除在外。侠不必是真实的、现实的，也不必是假的、虚幻的；它的意义的阐释不必依赖与社会历史，与社会现实的真实与否的关系；它既然是以汉民族语言符号为基础建立起来的一类符号，其“所指”是可以在相应的关系、结构中得到理解的。

根据上述观点，将放弃把武侠小说纳入现实主义价值体系的任何尝试。现实主义，按照我国流行的见解，它必须满足“客观性”、“真实性”、“典型环境中的典型性格”等文学批评范畴的要求。现实主义的哲学前提是知觉的客体就是客体，它存在于察觉万事万物的思想之外。但是，在文学创作中，“现实”、“客观现实”、“真实”始终是一个令人充满疑虑的词汇。不仅作家所使用的语言自身就具有建构现实的特性（文学正是语言的艺术），并且每个作家在写作时，都带着各式各样的意识结构的枷锁，因此，提供一个真实的客观的现实，从某种意义上说，就是提供了嵌入某种观念、结构的“形象谱系”，当某种“形象谱系”与一般大众的关于现实的观念结构吻合时，或者与

---

〔1〕 关于“原侠”问题，台湾叶洪生《中国武侠小说总论》（《武侠小说论卷》，香港明河出版社 1989 年版）、美国刘若愚《中国之侠》（James Jo-yu Liu. *The Chinese Knight-Errant* 周清霖、唐发铙中译，三联书店上海分店 1991 年版）、韩国崔奉源《中国短篇侠义小说研究》（台北联经出版事业公司，1986 年 3 月版）、徐斯年《侠的踪迹——中国武侠小说史论》（人民文学出版社 1995 年 12 月版）中都已经先后提出并进行了讨论。但是历史上是否存在过“原侠”对于本书并非是个重要的论题。

评论家的观念结构吻合时，人们就有可能同意颁发一顶现实主义的桂冠。20世纪的哲学界早已聪明地从热衷于提供本体论的知识退缩到认识论领域，致力于考察知识的可能性。因此，用是否现实主义来研究武侠小说本来也不需要，何况，武侠小说这一类型与现实主义的批评体系在根本上就是抵触的。

小说作为一种以语言为基础建立的二度符号体系，就其与时间、空间的关系而言，可以区分为两大类型，一类是以人与时间、空间的"自然关系"为基础建立二度符号体系的二度根据性〔1〕；另一类二度体系的二度根据性却建立在人与时间、空间的"非自然关系"的基础上。"自然的"是指我们一般人仅仅依靠感觉和习惯建立的时间和空间的观念形式，它们是前后相续的，一维的，与此相对，还有"非自然的"时间、空间的观念形式。应该指出，时间是一种观念形式，并非客观的，我们根据在地球上所见到的太阳的"升起"和"落下"的朴素的感觉印象，建立了天、昼夜的观念，根据过去步行的基本方式，确立了空间的远近的观念，但是，我们如果在电话、传真、国际互联网上与外国朋友通讯，完全有可能比我们与国内某乡村的亲友通话要方便而快捷。就是说，时间、空间同我们使用的工具具有相关性，我们一般所谓的时间和空间也就不是一种实在，而是一种观念形式。"自然的"与"非自然的"是相对而言的，神话思维形式中的时间、空间的观念形式，对于今天的人而言，是非自然的，但是在神话诞生的时代，其实是再也自然不过的形式；宇航员在太空中所感知的时间、空间形式，对于我们毫无太空经验的普通人，也是不可思议的"非自然的"。无论"自然的"还是"非自然的"，都是一种假定，一种意识赋予的结构。在中国古典小说中，《西游记》的时间和空间是"非自然的"，《金瓶梅》的时间空间是"自然的"。在现代小说中，鲁迅的《呐喊》、《彷徨》是依据"自然的"时间、空间组织人物关系的，但是，《故事新编》中不少篇章就不是以"自然的"时空建立其二度根据性的。《补天》中嫦娥奔月当

〔1〕 语言的符号体系称为一度体系或初始体系，这个体系具有高度的规约性。所谓规约性，是索绪尔的思想。索绪尔认为对于语言这种符号而言，音与义不相配，"无根据"，能指与所指的关系是任意的，武断的。音与义的关系完全是约定俗成的。在初始体系上建立的符号体系就是二度体系。文学文本就是用语言这种现有的体系建立的二度体系。布拉格学派文论家慕卡洛夫认为，语言的规约性的缺陷，使得作家不得不系统地违反语言的规范，通过反常规性取得符号的自指性，即获得能指优势。但是法国当代符号学家日奈特认为："诗歌就是靠语言的缺陷而存在。如果语言都是完美的话，诗歌就不复存在了，任何话语都称为诗歌了。"日奈特的意思是说，诗歌、文学语言的最大特点就是为了纠正语言的这种缺陷而存在，用各种方法建立二度根据性。用各种方法寻找语言丢失的根据性。

然是超现实的时空;《铸剑》中的眉间尺自己把头砍下后还可以从容地把宝剑交给黑衣人,头颅不仅可以在沸水中"舞蹈",而且可以唱歌、复仇;《起死》中的"汉子"的由髑髅而生人,司命以及鬼魂可以与庄子对话,这些二度体系的建立基础都超越了自然时空。老舍的《骆驼祥子》是严格按照自然时空发展故事的,但是《猫城记》是非自然的时空;钱钟书的《围城》是自然的时空,而《魔鬼夜访钱钟书先生》则是非自然的时空。也就是说,小说在建立自己的二度根据性的时候,具有相当的自由度,而是否根据自然时空建立二度根据性,对于作品的品位、性质并没有决定性的影响。武侠小说中的人物与场景的二度根据性常常不是按"自然的"时间空间关系建立的,但这不应该成为抬高或贬低小说的理由。

我们不认为武侠小说是中国人国民劣根性的体现。将武侠小说与中国人的劣根性联系起来,代有其人。在现代,郑振铎在《论武侠小说》中指出,武侠小说盛行"最重要的原因之一,便是一般民众,在受了极端的暴政压迫之时,满肚子的填塞着不平与愤怒,却又因力量不足,不能反抗,于是他们的幼稚心理上,乃悬盼着有一类超人的侠客出来,来无踪,去无迹的,为他们雪不平,除强暴。这完全是一种根性鄙劣的幻想;欲以这种不可能的幻想,来宽慰了自己无希望的反抗的心理的"。郑氏以为它"使本来落伍退化了的民族,更退化了,更无知了,更宴安于意外的收获了。他们滋养着我们自'五四'时代以来便努力在打倒的一切鄙劣的民族性"![1] 在当代,侯健在《武侠小说论》(收入《文学思想书》)中认为:"管闲事和认真——'不计小德'出入的认真,才真正是我们的国民性。而这两种国民性的最显著、最鲜明的表现,则是武侠小说"。侯健还认为,武侠小说给人们带来了不良的倾向,一是惰性,走捷径、抄小路、喜逸恶劳;二是残酷心理。"这些其实跟管闲事和认别人的真是一码事,也是几千年来人类文明力图袪除的蛮性的遗留。"陈平原的《千古文人侠客梦》也认为,武侠小说的风行,"不只无意中暴露了中国人法律意识的薄弱,更暴露了其潜藏的嗜血欲望"。快意恩仇,尤其是"快意"二字,"无意中暴露出民族心理的某种缺陷——每当忆及那并非'空前',也未必'绝后'的'十年浩劫',那形形色色的'革命打手',那毒打乃至虐杀同类的'批斗会场',我不能不益发相信这一点"。

首先,这些对于国民劣根性的批判是以近代改良运动以降的文学决定

〔1〕 芮和师等编《鸳鸯蝴蝶派文学资料》下册第 837 页,福建人民出版社 1984 年版。

论和国民性"迷思"为基础的。文学决定论的思想路线本身就是传统儒家的心性之学的现代翻版。康有为在《日本书目志识语》中说道："泰西尤隆小说学哉"，"亟宜译小说而讲通之"，"仅识字之人，有不读经，无有不读小说者。故六经不能教，当以小说教之；正史不能入，当以小说入之；语录不能喻，当以小说喻之；律例不能治，当以小说治之"。严复在《国闻报附印说部缘起》中也说"且闻欧美、东瀛，其开化之时，往往得小说之助"。在《论小说与群治之关系》中，梁启超则将小说的地位提高到无以复加的地步："小说为国民之魂"。并且开始系统批判中国旧小说，认为中国小说"不出诲淫诲盗两端"，是"中国群治腐败之总根源"；"故今日欲改良群治，必自小说界革命始；欲新民，必自新小说始"。时至今日，文学评论者已经很少有人这么天真地相信文学的决定论神话。而且早有人指出国民性话语是殖民话语的组成部分。文学批评没有必要仍然建立在这些话语之上，起码必须对这些话语进行质询。

其次，在中国有武侠小说，正好中国至今法治不够理想，将法治不健全归之于武侠小说的盛行当然很好，果真如此，倒不妨再禁一次武侠小说。可是 50 年代、60 年代在大陆武侠小说是绝迹的，可是恰恰是那时出现了"文化大革命"，这给简单的理论煞了风景；而美国的以牛仔为题材的电影似乎也很"快意恩仇"，至于暴力在小说电影中出现，在美国更是司空见惯，但是，美国正是一个法治国家呢！文学与国家的兴衰并无直接关系，尽管文人始终不信。

第三，武侠小说是一种通俗小说，现代的武侠小说相对于精英知识分子阶层而言，是一种亚文学，一种具体化了的大众梦想。优秀的武侠小说作家总是能恰到好处地放弃自己的个性、独创性而与尽可能多的大众读者的白日梦等同起来，优秀的作者对于大众的兴趣、爱好的性质、程度和变化的方向，具有几乎近似于地震仪的本能。[1] 不同阶层有不同的娱乐方式，知识

〔1〕 一个确当的例子是宫白羽。宫白羽说："《十二金钱镖》初写时，我不通武术，邀友人证因帮忙。可是两人合作，只写到第一卷第二回的上半，证因另有办法，丢下笔杆不干。这时候二十万盐镖甫遇盗劫，铁牌手正血战护镖，我独力接过来。又正忙着办学校，对于寻镖的事还没有算计好。怎么办呢？避重就轻，舍短用长，我就把铁牌手押回海州，送入监牢，立刻创造了黑沙掌父子，一对滑稽脚色。柳叶青父女本该在寻镖有下落，夺镖正开始时，才让她仗剑突然上场。我却等不及了，我自问于铺设情节上，描摹人物上还行，起打比武却怕出错；因此按下夺镖的开打，敦请柳叶青姑娘先行出场。女角挑帘，自易吸住读者的眼光。""杨柳情缘本是我预先想好，要作别用的，如今却胡乱搬出来了；所以《金钱镖》在结构上竟被折成两截。""但这样糟的结构，竟意外邀得读者的同情，读者来信商讨杨、柳、映霞的结局的，先后数十封，个个似比对二十万盐镖还关心。"（《话柄》第 80—81 页，天津正华学校出版部 1939 年版。着重号为引者所加。）

精英觉得一般读者的嗜好武侠小说，是俗；可能通俗小说的读者也许会觉得观赏芭蕾舞观赏维纳斯是下流。维纳斯是否下流并不是可以用仪器加以定性定量分析的物理对象，但是在社会舆论上，在文学理论上芭蕾舞与维纳斯的雕塑的高雅是无庸置疑的，秘诀是权力。文化的权力、话语的权力历来就掌握在精英知识分子手里。不幸的是，中国现代知识精英的话语恰恰是西方殖民话语的一个组成部分。因此，在批评斥责武侠小说的背后，隐隐显示了精英对于大众读者的文化专制，西方对于东方的专制。而从文学史来看，“五四”时期的批判通俗小说不仅包含了西方殖民话语的霸权的历史，而且包含了知识精英与大众的文化话语争夺权力以及不同作者群争夺出版发行市场的经济事实。

在侠的形象中我们还可以观察到自我的概念：大侠的最终追求目标是想成为贤哲，成为得道者，成为立言、立功、立德的英雄，这种自我发展观念历来强调社会性，把自我完全同化到社会背景中去。从中国的儒家学说来说，自我既被看作各种关系的核心，又被看作一种变化发展的动力过程；变化发展存在于一个人一生的学习过程之中，这种学习过程不仅指通过书本而学习，而且还指通过宗教仪式的实践而学习。从本质上来说，自我，是连续不断的家族世系中的一个发展部分；自我，是特定家族世系向前繁衍的一个连续体。自我、语言与感受显示的方式（例如是形象的或语词的），是相互依存的现象，它最终要决定着反映现实的认识论和本体论，不同的认识论和本体论是与作为一种过程的自我相联系的。因此，侠可以总结概括为一个“结构”，这个结构是武侠文学、武侠小说叙事模式的深层结构。

在中国武侠小说中，最为普遍的侠的结构是“原侠＋善”，“善”从其与社会关系角度可以区分为大善小善：大者可以为国为民，小者可以为亲为友，所谓借交报仇；从两性关系看，善又表现为对于情之专一，这个结构特点形成了中国侠形象的高度伦理化特征。在古代与民国时期的许多作品中，男性侠客对于女性多是被动接受性的，所以多个女性追求一个男性的情节经常出现，在民国后期与当代，男性侠主动追求异性已经成为一个常见的模式。它们的差异只在于现代的男女平等与自由恋爱的原则。作为这一结构的对立，是“原侠＋恶”，“恶”可以有大恶小恶，大者祸国殃民，小者打家劫舍，奸淫掳掠，恶的核心是自私自利的快乐原则，极端地体现这一快乐原则的，是采花贼，而采花贼也正是罪大恶极的恶人，所谓武林败类，人人可得而诛之。

叙事必须有意义，意义需要文化模式的支持。没有文化模式支持的意义是不可想象的。从上面所简略分析的模式来观察，“侠”的意义其实是属于儒家文化传统的。或者说它是弘扬正统思想的。事实上武侠小说尤其是现代的武侠小说多是文人写作的，它必然会将正统的观念反映在作品中，但是既然是通俗作品，即有将统治性意识形态通于俗众的一面，所谓教育人民。教育人民也就是要压抑人民中某些价值倾向，张扬符合统治者利益的某些价值倾向；因此，我们首先在“侠”之善恶结构中，观察到善与恶的两种文化意义的对立统一的存在。通俗又必然有迎合俗众的一面，亦即与俗沟通的一面。这是由市场决定的。

第一章　近现代武侠小说的兴起与概貌

第一节　晚清武侠小说兴起的原因
——养成尚武精神，实行爱国主义

鲁迅在《中国小说史略·清末之谴责小说》中，分析清末谴责小说代侠义公案小说而起的背景时指出：

> 光绪庚子(1900)以后，谴责小说之出特盛。盖嘉庆以来，虽屡平内乱(白莲教，太平天国，捻，回)，亦屡挫于外敌(英，法，日本)，细民暗昧，尚啜茗听平逆武功，有识者则已翻然思改革，凭敌忾之心，呼维新与爱国，而于"富强"尤致意焉。

在《中国小说的历史的变迁》中鲁迅又说：

> 现在《七侠五义》已出到二十四集，《施公案》出到十集，《彭公案》十七集，而大抵千篇一律，语多不通，我们对此，无多批评，只是很觉得作者和看者，都能够如此之不惮烦，也算是一件奇迹罢了。

可见，鲁迅是很注意通俗文学的动向的。鲁迅的论述多年来已经成为学术界广泛接受的定论。确实，如鲁迅所说，晚清公案侠义小说延续到了民国，但是，民国武侠小说并不就是晚清公案侠义小说的末流。在庚子之后，梁启超、蒋智由、杨度等人鉴于"屡挫于外敌"的教训，为了"恢复、张扬中华民族久已失去的'尚武'精神"，呼唤重振中华民族战国时代的"武侠"精神。梁启超于1904年编著、出版了《中国之武士道》的专书，并且赋予了武侠精神以时代内容。在 1901 年至 1921 年中，由新型知识分子撰写了一批褒扬武侠精神的作品，它们与晚清公案侠义小说并非同一谱系，而是新时代里一种颇有发展前景的通俗文学样式的萌芽，不论在内容，还是在形式方面，在当时，它属于“新派”而不属于“旧派”。也就是说，近代的公案侠义小说确实有它的延续性，这个延续构成了民国武侠小说的一个来源，但是，即便是这个延续也是在新的理论口号下，在新的观念引导下实现的（见后文关于《水浒传》重新评价的叙述）。民国武侠小说尚有更为重要的发生根据，这就是特定历史时期的时代精神。还可以指出两点，第一，当时提倡尚武精神的不仅是梁启超等人，而是一股时代潮流，曾经轰轰烈烈地开展活动的军国民教育会的宗旨即是“养成尚武精神，实行爱国主义”；这股时代潮流是以拒俄运动为高潮的。我们从蔡锷（奋翮生）在《新民丛报》发表的长篇论文《军国民篇》中可以窥见提倡者的思路：“昔中国罹麻木不仁之病，群医投以剧药，朽骨枯肉，乃获再苏，四肢五内之知觉力，逐日增加。然元气凋零，体血焦涸，力不支躯”，“今日之病，在国力孱弱，生气消沉，扶之不能止其颠，肩之不能止其坠”。对症的药方就是“军国民”、“武士道”、“武侠”、“尚武”的提倡。就是鲁迅，当年也写过《斯巴达之魂》。第二，中国的传统武侠精神又是在外国有关思想的刺激、启发下被新型知识分子重新发现的。无论从梁启超的“武士道”还是从“军国民”乃至“武侠”这些概念的使用看，武侠精神的倡导和武侠小说的再度兴起，都与新型知识分子为救亡启蒙而借鉴“斯巴达之魂”、日本传统的武士道、倒幕思想家的军国主义乃至普鲁士宰相俾斯麦的铁血主义有直接的关系。

社会现实的需要反映到文学和学术上来，就是对于中国传统侠义小说的重新评价。近现代武侠小说的兴起与对于中国传统侠义小说尤其是《水浒传》的重新评价是相辅相成的。

在中国传统中《水浒传》是一部“诲盗”的坏书，不仅统治者要禁，就是知识分子也每每自觉发起禁毁之，但是，到了清末民初，这一局面改变了，《水浒传》一度成为学者谈论的热点。《民国日日报汇编》第 4 卷（1904 年）有秦风《题〈水浒〉》一文，其中就说：“一读《水浒传》，令人拍案起。我得而名之：强权之原理。维强盗主义，侵略为天职。即今英法美，多借以立国”。这是看中其强盗精神，尚未远离作品实际。同年，卧虎浪士在《〈女娲石〉叙》中指出：“《水浒》以武侠胜，于我国民气，大有关系，今社会中，尚有余赐焉。然于妇女界，尚有余憾。我国山河秀丽，富于柔美之观，人民思想，多以妇女为中心。故社会改革，以男子难，而以妇女易。妇女一变，而全国皆变矣。虽然，欲求妇女之改革，则不得不输其武侠之思想，增其最新之知识。此二者皆小说操其能事，而以戏曲歌本为之后殿，庶几其普及乎?”[1]这一肯定性评价明显地与两个问题联系在一起，第一，《水浒传》的重新评价与武侠的提倡相联系(汉语中原无“武侠”之词，此词来自日本)，第二，《水浒传》的重新评价、武侠的提倡与社会变革的需要相联系。天僇生则直接对于传统的评价予以否定:“吾尝谓《水浒传》，则社会主义之小说也;……读者不知古人用心之所在，而以诲淫与诲盗目诸书，此不善读小说之过也。”[2]天僇生并且指出施耐庵、王弇州、曹雪芹是中国的三大小说家，他以现代民主思想解释、评说《水浒传》的作者:“施氏少负异才，自少迄老，未获一伸其志。痛社会之黑暗，而政府之专横也，乃以一己之理想，构成此书。设言壮武慷慨之士，与俗有所迕，愤而为盗。其人类皆有非常之材，敢于复大仇，犯大难，独行其志无所于悔，生民以来，未有以百八人组织政府，而人人平等者，有之，惟《水浒传》。使耐庵而生于欧美也，则其人之著作，当与柏拉图、巴枯宁、托尔斯泰、迭盖司诸氏相抗衡。观其平等级，均财产，则社会主义小说也;其复仇怨，贼污吏，则虚无党之小说也;其一切组织，无不完备，则政治小说也。”[3]

燕南尚生比起天僇生的誉词，有过之而无不及，他在《〈新评水浒传〉叙》中说:“乃自译本小说行，而人之蔑视祖国小说也益甚。甲曰:‘中国无好小说。’乙曰:‘中国无好小说。’曰:‘如《红楼梦》之诲淫，《水浒传》之诲盗。’吠影吠声，千篇一律。呜呼！何其蔑视祖国之甚耶？近数年来，已有为《红楼梦》讼冤者，蔑视《水浒传》如昨也。[4] 噫！《水浒传》果无可取乎？平权、自由，非欧洲方绽之花，世界竞相采取者乎？卢梭、孟德斯鸠、拿破仑、华盛顿、克林威尔、西乡隆盛、黄宗羲、查嗣庭，非海内外之大政治家、思想家乎？而施耐庵者，无师承、无依赖，独能发绝妙政治学于诸贤圣豪杰之先。[5] 恐人之不易知也，撰为通俗之小说，而谓果无可取乎？若以《水浒传》之杀人放火

〔1〕 卧虎浪士:《〈女娲石〉叙》，转引自陈平原、夏晓虹编《20世纪中国小说理论资料(第1卷)》第130页，北京大学出版社1989年版。

〔2〕 天僇生:《论小说与改良社会之关系》，《月月小说》第1卷第9期(1907年10月)。

〔3〕 天僇生:《中国三大小说家论赞》，《月月小说》第2卷第2期(1908年3月)。

〔4〕《新小说》之《小说丛话》，有赞《水浒》者，只论文章，不足言赞《水浒》。《月月小说》有赞《水浒》者，又嫌其太于简略，亦不足言赞《水浒》。——原注。

〔5〕 按施耐庵为元人，当西历1300年之间;孟德斯鸠生于1689年，卢梭生于1712年，当国朝康、乾之时。——原注。

为海盗，抗官拒捕为无君，吾恐卢梭、孟德斯鸠、华盛顿、黄梨洲诸大名鼎鼎者，皆应死有余辜矣。吾故曰：《水浒传》，祖国之第一小说也；施耐庵者，世界小说家之鼻祖也。不观其所叙之事乎？述政界之贪酷，差役之恶横，人心之叵测，世途之险阻，则社会小说也；平等而不失泛滥，自由而各守范围，则政治小说也；石碣村之水战，清风山之陆战，虚虚实实，实实虚虚，则军事小说也；黄泥岗之金银，江州城之法场，出入飘忽，吐嘱毕肖，则侦探小说也；王进、李逵之于母，宋江之于父……无一不合至德要道，则伦理小说也；一切人于一切事，勇往直前，绝无畏首畏尾气象，则冒险小说也。要之，讲公德之权舆也，谈宪政之滥觞也，虽宣圣、亚圣、墨翟、耶稣、释迦、边沁、亚里斯多德诸学说，亦谁有过于此者乎？惜乎继起乏人，有言而不见于行，而又横遭金人瑞小儿之厉劫，任意以文法之起承转合、理弊功效批评之，致文人学士，守唐宋八家之文，而不屑分心，贩子村人，惧不通文章，恐或误解，而不敢寓目，遂使纯重民权，发挥公理，而且表扬最早，极易动人之学说，湮没不彰，若存若亡，甘让欧西诸国，莳花而食果，金人瑞能辞其咎乎欤？嗟乎！施耐庵一何不幸，我全国之国民一何不幸耶？仆自初知人事，即喜观《水浒传》之戏剧，取其雄武也。八九龄时，喜观《水浒传》，取其公正也。迨成童稍知文理，知阅金批，遂以金为施之功臣，而不知已中金毒矣。年至弱冠，稍阅译本新书，而知一国家也，有专制君主国、立宪君主国、立宪民主国之分。又稍知有天赋人权、物竞天择等学说，恍然曰：《水浒传》得毋非文章乎？本此以摸索之，革故鼎新，数年以来，积成批评若干条，不揣冒昧，拟以质诸同好。格于金融者又数年，今乃借同志之宏力以刷印之。适值预备立宪研究自治之时，即以贡献于新机甫动之中国。”[1]在燕南尚生眼中，《水浒传》不啻是现代文明的宪章。石庵在《懺观室随笔》中则不仅肯定了《水浒传》，而且进一步肯定了《七侠五义》。他说：“《七侠五义》一书，其笔墨纯从《水浒传》脱化而出，稍精心于小说者一见即知也。但其妙者，虽脱化于《水浒》，而决不落《水浒》之窠臼，且能借势翻新，故寻一与《水浒》相同之事，以弄其巧妙，而书亦另具一种体裁格调，实开近日一切侠义小说之门。其描写之法，亦独擅长技，就中诸人，如北、南侠，五义、三雄，皆能各具神态，最妙者则为艾虎、蒋平、白玉堂三人，深谙其描写之法，艾虎之忽而粗豪，忽而精警，似从《水浒传》中武松、石秀二人熔化而出；白玉堂之纵意径行，恃能傲物，似从《水浒传》中卢俊义、鲁

〔1〕 燕南尚生：《〈新评水浒传〉叙》，1908 年保定直隶官书局版《新评水浒传》，转引自陈平原、夏晓虹：《20 世纪中国小说理论资料》第 1 卷第 334—336 页，北京大学出版社 1998 年版。

智深二人熔化而出；蒋平之处处精细，举动神速，似从《水浒传》中吴用、时迁、阮小七诸人熔化而出。艾虎自首一段文字，为书中最出色之作，实则脱胎《水浒》中吴用弄卢俊义之故智耳。再如蒋平之遇水寇，白玉堂之逢北侠，则于《水浒》中宋江遇李充，李逵逢张顺，同一趣致。惟作者善于变通，不稍为《水浒》所囿；且有时故意相犯，忽别翻花样，令阅者拍案呼绝。吾不能不服作者思想之绝人也。""《七侠五义》中余最爱其盗冠告发一段文字。写智化以智化拙，写艾虎以伪为真。写包孝肃深察其情复加原谅，皆用白描法，各得其妙，各不相失，口吻形状，皆勃勃然跃动纸上，较之《水浒传》中花石纲一段文字，实无逊色，惟笔墨不及《水浒》之老辣简洁耳，然亦小说中少有之作也。"这里可以清楚地看到传统的小说在现代的思想观念中通过牵强附会的误读得以复活的情形。对于这种牵强附会的误读法，吴趼人曾明确予以指摘。吴趼人曾说"轻议古人固非是，动辄索引古人之理想，以阑入今日之理想，亦非是也。吾于今人之论小说，每一见之。如《水浒传》，志盗之书也，而今人每每称其提倡平等主义，吾恐施耐庵当日，断断不能作此理想。不过彼叙此一百八人聚义梁山泊，恰似一平等社会之现状耳。吾曾反复读之，意为愤世之作。吾国素无言论自由之说，文字每易贾祸，故忧时愤世之心，不得不托之小说。且托之小说，亦不敢明写其事也，必委曲譬喻以为寓言，此古人著书之苦况也。《水浒传》者，一部贪官污吏传之别裁也"[1]。

一边是对于《水浒传》的重新评价，对于传统的分析批判，一边是对于新类型武侠小说的提倡。梁启超所著《中国之武士道》，蒋智由与杨度均为之作序。蒋、杨二氏之序非泛泛吹嘘之作，他们对于"侠"都作了深入的探讨，将国、民的至高标准引入"侠"的观念。蒋智由在序中，首先对于历来受到多数读书人击节称赏的《史记》之《游侠列传》，表示了自己的意见。蒋智由旗帜鲜明地说："余尝病太史公传游侠，其所取多借交报仇之人，而为国家之大侠缺焉。"将侠之大小的问题明确地提出来。对于中国历史上的侠，他所称赏者乃墨家者流。"观于墨子，重茧救宋，其急国家之难若此，大抵其道在重于赴公义，而关于一身一家私恩私怨之报复者甚鲜焉。此真侠之至大，纯而无私，公而不偏，而可为千古任侠者之模范焉。夫报复私怨，杀仇敌而快心，此野蛮时代之风，任侠者固已耻之。若捐躯以报恩，此固为任侠者所许，而可为任侠中道德之一种。虽然，吾以为必有赴公义之精神，而次之乃许其报

〔1〕 吴趼人：《杂说》，《月月小说》第1卷第8号（1907年5月）。

私恩焉。不然，彼固日日欲赴公义，而适以所处之地位，有不能不报私恩之事，而后乃以报私恩为名焉。要之所重乎武侠者，为大侠毋为小侠；为公武毋为私武。”[1]难能可贵的是蒋智由以清醒严肃的理性对于中国传统的民间侠文化资源作了批判。蒋智由指出，中国民间并非没有“勇”，一族一村为争田争水，群起械斗，“涂膏血，舍性命，至杀伤千百人而不悔，夫非不勇焉，惜乎其用之为争田水争坟墓之一小故”。这种“勇”若能用之于国家民族，当然可以成大事，但是，蒋氏指出，民间的这种“勇”并不能成为以振兴民族为己任之英雄资源。他以自己家乡诸暨为例，指出虽然诸暨的民风“独以强悍著称”，“一言睚眦，辄相见以血”，但是“与之语国家大事，则茫然多不省，听之若毫不催其兴味者然，又与之引而至于五十里百里之外，则胆小如鼠，窃窃思归，其意气与在乡时大异。于是乃知其不可用”。[2]这一批判是深刻并且一针见血的。

杨度在序中则从另一个角度对于侠的问题作了深入的阐述。杨度以为武士道者云云，核心问题是如何能够“至诚无我”、“轻死”，这是他关注的焦点。结合这个问题，他讨论了中国武侠精神的消亡的问题。在梁启超看来，中国武侠精神的沦亡，“曰专制政体之故”，杨度认为侠精神的消亡不能仅仅归结于专制制度的政治原因，“岂独政治，盖亦学术之异有以使之然者矣”。所谓学术之异，杨度认为，日本之学术有儒家与佛教二者之长，“以儒教为正，以佛教为辅”；中国名为儒家，实则“所行非儒教而杨朱之教也”，“所谓尊崇儒教者，不过表面上欺人之词”。佛教作为一种辅助，其用在于教人了然生死，生死了然，在精神与体魄发生矛盾之际，方可以无我，方可以舍身取义，杀身成仁，为精神为主义捐弃生命。儒家虽然讲舍身取义杀身成仁，但是它于生死问题存而不论。“然而死者，实人生最难之问题。……死生者，事实也，非可以空言空论自慰，以慰人者，故苟非其人之理想能超然于死生之外，则必不能轻弃其身。”由此，杨度引述精神不朽而体魄必朽之说，论证在体魄与精神矛盾之际，为精神捐弃肉体之必然性。[3]杨氏的讨论把侠的问题，引入人生哲学的范畴，在当时可以说是非常深入的。

梁启超在《中国之武士道》中也对侠的意义作了界定，他的重点在以“武德”对于“侠以武犯禁”之“犯”的范围加以规定：“虽然，为侠亦有界说焉。曰：于政府所禁，其不慊于人心者则犯之，宜也；非谓凡所禁者，不论直与不

---

〔1〕 蒋智由：《中国之武士道·蒋序》，《饮冰室合集》第7册第1—4页，中华书局1989年版。

〔2〕〔3〕 蒋智由：《中国之武士道·蒋序》，《饮冰室合集》第7册第1—4页，中华书局1989年版。

直，而一切犯之也。若最初之侠，朱家剧孟之徒，盖知此意，郭解以后，抉其藩篱矣。若史所记铸钱掘冢，睚眦报怨，其手段一何卑劣也。其悖反于武德，抑亦甚矣。春秋战国之武士必不为，即朱家剧孟亦所不屑也。”〔1〕

在《〈月月小说〉发刊词》(1906)中陆绍明以为中国传统白话小说之内容足观者，“绝无仅有”，他以为其弊在白话小说的模式化倾向，“写侠勇则红线飞来，碧髯闪去；座中壮士，嚼指断臂；帐下健儿，砍山射石；铁枪铜鼓，宝马雕弓；写一时之威，一战之勇；猿鹤虫沙，风声鹤唳，写一时之变，一日之穷。侠勇之小说，亦陈陈相因。此写侠勇小说之弊也”。〔2〕

在《〈月月小说〉发刊词》中陆绍明要倡导的十一类小说〔3〕，其内容中包括了武侠内容的，有“侠情小说”、“军事小说”、“国民小说”和“传奇小说”。这些小说，陆绍明分别作了描述式的定义：“红线之流，粉白剑青，刀光耀夜，剑气射星。儿女心肠，英雄肝胆，劳瘁不辞，经营惨淡。作侠情小说第六。”“为国猿鹤，为民牺牲，福不若祸，死贤于生。头颅换金，肝脑涂地，三军夺帅，匹夫持志。作国民小说第七。”“宝刀雕弓，鼓声剑光，旗欤阵欤，正正堂堂。铜鼓卧野，铁锁沈江，枪林弹雨，威猛绝双。作军事小说第十。”“黄沙白草，石碣断碑，英雄豪杰，表扬为宜。独运神斧，以成心匠，抒我丽辞，言其真相。传奇小说第十二。”〔3〕将他所指摘的传统白话侠勇小说的缺点与其所倡导者相比较，不难看出，所新者也只是“国”“民”而已。同时对于当时的创作出版界也有他们的评判：“自《七侠五义》一书出现后，世之效颦学步者不下百十种，《小五义》也，《续小五义》也，再续、三续、四续小五义也。更有《施公案》、《彭公案》、《济公》、《海公案》，亦再续、重续、三续、四续之不止，此外，复有所谓《七剑十三侠》、《永庆升平》、《铁仙外史》，皆属一鼻子出气。尤可恶者，诸书以外，有一《续儿女英雄传》，亦满纸贼盗捕快，你偷我拿，闹嚷喧天，每阅一卷，必令人作呕吐三日。余初窃不解世何忽来此许多笔墨也。”“后友人告余，凡此等书由海上书伧觅蝇头之利，特倩稍识之无者编成此等书籍，以广销路。盖以此等书籍最易取悦于下等社会，稍改名字，即又成为一书，故千卷万卷，同一乡下妇人脚，又长又臭，堆街塞路，到处俱是也。在彼书伧，不过为些子利益，乃出此行径。不知此等书籍，其贻害于社会者，实有无穷魔力。盖下等社会之人类，知识薄弱，焉知此等书籍为空中楼阁？一

〔1〕 梁启超：《中国之武士道》，《饮冰室合集》第7册第60页，中华书局1989年版。

〔2〕〔4〕 陆绍明：《〈月月小说〉发刊词》，《月月小说》第1年第3期(1906年12月)。

〔3〕 陆绍明之《〈月月小说〉发刊词》中名曰十二，其实只有十一种。

朝入目，遂认作真有其事，叱咤杀人，借口仗义，诡秘盗物，强曰行侠。加以名利之心，人人所有，狡诈之徒既不能以正道取功名，致利禄，陡见书中气言黄天霸、金眼雕诸辈，今日强盗，明日官爵，则借犯上作乱之行，为取功位之具，其害将有不堪言者。夫以《五才子》之书，其用意本非深许宋江，特因笔墨稍曲，犹惹瑶变；矧此等书籍皆以作盗作捕为最上人格，浸染社会，日传日深（按近日社会已多以此等书人名为口头白，吾湖北政界中某某等，竟有'赛施公'、'赛徐良'之诨号矣），区区小册，造成沧海横流之大祸，皆意中事也。为民上者，奈何不一加之意乎？"[1]

近现代武侠小说的兴起过程中对于中国传统小说的重新评价是在外国文化文学，主要是日本文化文学的启发下完成的。众所周知，梁启超曾作有《中国之武士道》，"武士道"云云，当然来自日本。梁启超在光绪二十三年作《记东侠》，还介绍了在日本维新中的"僧侠"、"医侠"、"妇侠"[2]。其曰："世所称日本侠者，若……诸氏，踪迹不一，或达或死，其行事多在人耳目，至于四君子，或罕道之。余以为不观于医侠、僧侠、妇侠，而以侠为国之用不著，故乐述其轶事如此。嗟乎，今之士大夫，稍有人心者，其莫不知西教之为可畏也。虽然，畏之何益？……中国服儒术者，不上数十万人，胡不闻有持月性之说，倡明吾教以结吾民心者也？……望东一弱女，佐佑豪杰，庇护党人，视范孟博之母，又将过之……"[3]

燕南尚生的一段文字提供了直接的证据，说明中国之重新评价《水浒传》受到了东邻日本的影响。他在一篇文章中写道："闻日本有译本《水浒传》，其视此书居于何等乎？曰：吾国说部之书，奚止汗牛，奚止充栋，日本志士不译吾之《金瓶梅》、不译吾之《西游记》，而独译《水浒》，不已见耶？况又有最简单之批焉。""《水浒》之有益于初学者三，起勇侠斯尚气概矣，解小说斯资俗文矣，鼓武道斯振信义矣。"[4]东海觉我则在文章中显示了"武侠"一词的接受线索："日本蕞尔三岛，其国民咸以武侠自命，英雄自期，故博文馆发行之押川春浪各书，若《海底军舰》则二十二版，若《武侠之日本》则十九版，若《新造军舰》、《武侠舰队》（即本报译之《新舞台》三）、《新日本岛》等，一书之出，争先快睹，不匝年而重版十余次矣。"[5]失名的《英国小说题词》之

〔1〕 石庵：《懺观室随笔》，《扬子江小说报》第1期（1909年5月）。
〔2〕 梁启超：《记东侠》，《饮冰室合集》"文集"第2册第24页，中华书局1989年版。
〔3〕 梁启超：《记东侠》，《饮冰室合集》"文集"第2册第31页，中华书局1989年版。
〔4〕 燕南尚生：《〈新评水浒传〉叙》，光绪三十四年（1908）。
〔5〕 觉我：《余之小说观》，《小说林》第9期（1908年2月）。

一云:"此是欧洲绝妙词,描摩情态出须眉。谁知海外惊奇客,即是长安游侠儿。"[1]这则题词直截了当地说明了中国传统小说类型("长安游侠儿")在外国文学作品("海外惊奇客")的译介过程中复活的契机。"拔剑横天一长笑,群龙无首血元黄。中原昨望真王气,谁蜕奴皮树国防?"[2]说明当时的作者在翻译外国文学作品时,心目中想到的中国文学类型之一就是传统的义侠小说。

第二节　民国时期武侠小说概述

——民国武侠小说三阶段

民国时期武侠小说的发展,经历了三个阶段:

1912 年至 1922 年,为萌芽期。

1923 年至 1931 年,为繁荣期。

1932 年至 1949 年,为成熟期。

论者常把以"北派五大家"(还珠楼主李寿民、宫白羽、王度庐、郑证因、朱贞木)为代表的民国时期武侠小说称为"旧派武侠小说",这是一种值得商榷的说法。这种说法大概产生于两个原因:第一,与金庸、梁羽生等港台"新派"武侠小说相比较而言;第二,与"五四"新文学相比较而言(范烟桥正是在这一意义上把自己所撰的民国通俗小说史略改题为《民国旧派小说史略》[3])。然而,"新"、"旧"的标签无助于认识复杂的、"原生态"的文学历史及其辩证的运动过程。问题的症结在于,应该如何历史地、科学地认识民国时期作为通俗文学一个主要品类的武侠小说的性质及其历史地位。这是一个相当复杂的问题,如果不把民国时期的武侠小说置于由古典武侠小说、"五四"新文学和民国通俗文学三个参照系所构成的纵横网络中加以考察,是很难深化我们的认识的。

---

〔1〕 失名:《英国小说题词》,《二十世纪大舞台》第 1 期(1904 年 10 月)。

〔2〕 觉我:《译〈海外天〉竟书四绝于其后》(之一),《小说林》第 5 期(1907 年 8 月)。

〔3〕 参见《鸳鸯蝴蝶派研究资料》上卷,魏绍昌编,上海文艺出版社 1984 年第 1 版第 268 页。按该书《叙例》称,范烟桥这篇《史略》是根据"旧作重新改写和补充的",而"旧派"两字是和"新文学"相对而言的。范氏之"旧作",即《中国小说史》之有关章节(该书 1927 年 12 月由苏州秋叶社出版,相应章节以《最近十五年小说》为题,收入《鸳鸯蝴蝶派文学资料》上卷,福建人民出版社 1984 年第 1 版第 245—274 页)。前者与后者相比,除资料有所增加外,"史观"也发生了很大的变化:极力想站在"新文学"的立场,用"新文学史观",来评述民国时期的通俗小说,考虑到历史背景,对于这一变化不必横加议论;但是,作为今天的研究者,在引用此类名称、概念时,则不可不考虑其科学性。

张扬踔厉的开端：以《七侠五义》及《施公案》、《彭公案》为代表的清代侠义公案小说，蕴含着一个相当尖锐的内部矛盾：一方面是样式的成熟，另一方面是“侠德”的畸变和失落。作为其承续者的民国初期武侠小说，也呈现出一个明显的矛盾：一方面是观念、情绪上的张扬踔厉，另一方面是样式上的粗糙和幼稚。后续者并未“自然”继承前代已创的样式遗产，这既说明历史的发展并非一概遵循线性轨迹，同时也往往说明承继者面对着的是一种新的历史使命。

民国初期武侠小说的上述特征，其产生原因主要在于“外部干预”，亦即社会转型期所特有的对于文学的巨大压力。鲁迅在《中国小说史略·清末之谴责小说》中分析清末谴责小说代侠义公案小说而起的背景时说：

> 光绪庚子(1900)以后，谴责小说之出特盛。盖嘉庆以来，虽屡平内乱(白莲教，太平天国，捻，回)，亦屡挫于外敌(英，法，日本)，细民暗昧，尚啜茗听平逆武功，有识者则已翻然思改革，凭敌忾之心，呼维新与爱国，而于“富强”尤致意焉。

这也正是辛亥前后武侠小说所处的背景。当时“呼维新与爱国”的“有识者”们，总结“屡挫于外敌”的教训之后，所“致意”者还有一条，就是恢复、张扬中华民族久已失去的“尚武”精神。1904 年(清光绪三十年甲辰)出版的梁启超所编《中国之武士道》一书，在这方面颇具代表性。梁氏《自叙》及蒋智由、杨度为该书所作叙中，都呼唤着在“合五大洲为一大战国”之时代，重振数千年前中华民族战国时代的“武侠”精神。梁氏将这种精神概括为：“国家重于生命，朋友重于生命，职守重于生命，然诺重于生命，恩仇重于生命，名誉重于生命，道义重于生命”，并称之为我族“最初之天性”〔1〕。他们这些鼓吹“武侠”的言论，至少具有下列特点：第一，与抗“列强”相联系；第二，与反“专制”(实质是“反满”)相联系；第三，与重塑民族性相联系(杨度则把它视为人生哲学问题)；第四，论述“武侠”精神的实质时，都强调“公义”这一核心(蒋智由云：“要之所重乎武侠者，为大侠毋为小侠；为公武毋为私武”)。这三位论者后来虽然都成了保守派，而革命党所进行的颇带传奇色彩的一系列武装斗争，却在相当大的程度上把上述思想付之于实践。这也

〔1〕 梁启超：《饮冰室合集》第 7 册，《〈中国之武士道〉自叙》第 20 页，中华书局 1989 年版。

就是滋生民国初期武侠小说的现实土壤。

当然，正如谴责小说产生之时，“细民暗昧，尚啜茗听平逆武功”一样，民国初期也仍流行着清代的侠义公案等武侠小说（这在当时是真正的“旧派”武侠小说，而新旧并存则是任何转型时代都不例外的历史、文化现象）；但是，当时确实也出现了一些不同程度地反映着时代精神的武侠小说或武侠型的小说，有的还产生于民元之前，至少下列作家作品是值得在通俗文学史上记下一笔的：

海上剑痴（即海上漱石生孙玉声）《仙侠五花剑》（1901 年，后更名《飞仙剑侠大观》）。

陈景韩（陈冷、冷血）《侠客谈》（短篇小说集：《刀余生传》、《路毙》、《刀余生传二》先后初载于 1904 年 9 月、10 月、12 月《新新小说》第一、二、三号“侠客谈”栏）。

李亮丞《热血痕》（1907 年）。

叶小凤《古戍寒笳记》（1914 年）、《蒙边鸣筑记》（1915 年）。

李定夷《賈玉怨》（1914 年）、《尘海英雄传》（1917 年）。

罗韦士《刘戈》、《戮蛇》、《雪里红》、《三童传》（1914 年，载《礼拜六》周刊）。

是龙《黑儿》、《烟扦子》（1914 年，载《礼拜六》周刊）。

剑秋《燕子》（1914 年，载《礼拜六》周刊）。

指严《虎儿复仇记》（1914 年，载《礼拜六》周刊）、《鱼壳外传》（1915 年，载《礼拜六》周刊）。

苏曼殊《焚剑记》（1915 年）。

冷风编《武侠丛谈》（1916 年，收钱基博、王西神、许指严等 14 人所撰武侠笔记小说 48 篇）。

姜侠魂《天涯异人传》（1917 年）、《江湖廿四侠》（1918 年）等。

林纾《技击余闻》（1914 年）、《傅眉史》（1915 年，载《小说大观》）。

陆士谔《八大剑侠》、《血滴子》（1921 年）。

上述武侠小说与清末侠义公案小说明显地存在着质的区别。第一，它们的作者多为当时的先进分子：有革命党人（如叶小凤、姜侠魂），有报业名记者（如孙玉声、陈景韩），有在文学创作上著称于当世的名作家（如林纾、苏曼殊），有思想激进的青年（如罗韦士）。这些作者的素质、社会地位、思想观念，与清代侠义小说的作者迥然有别。第二，这些武侠或武侠型的小说，鲜明地烙有资产阶级民族、民主革命思想的印记，而其共同的表现角度便是前述之“尚武精神”。《蒙边鸣筑记》意在抗击日本对华侵略；《热血痕》、《古戍寒笳记》等皆藉历史题材，或弘扬爱国精神，或讴歌反清革命，渗透着张扬“公义”的“革命武侠”观念。《武侠丛谈》等一部分武侠笔记小说，则着眼于挖掘“野老细民”中的“男儿意气，扶弱锄强，朱家郭解之遗风”，以为“居庙堂之上者，竞尚功利”的对照，其矛头未尝不指向“专制时代之毒焰”（引语见李定夷《义侠列传》自序）。第三，带有反清色彩的历史传奇人物、题材空前走俏，如甘凤池、路民瞻、白泰官、吕四娘及“汉留”党会故事等，影响所及，以至在经20—40年代之后，至今不衰。此一现象滥觞于辛亥前后，亦有明显的时代烙印和政治痕迹。第四，某些作品中开始出现个性主义的因素，主要表现于侠情型的《焚剑记》和《三童传》。苏曼殊虽非武侠小说作家，罗韦士则才华横溢而早夭〔1〕，但这一因素对三四十年代侠情小说的发展、成熟以至整个民国时代武侠小说的“现代”走向，都有着决定性的意义和作用（对后来的侠情小说更有直接影响的，还有李定夷）。第五，如前所述，当时的这些武侠小说，在样式上并未直接继承《七侠五义》等业已成熟的武侠艺术传统，而呈现为两种主要倾向：一为“复古”，即恢复唐传奇式和笔记小说式的文言体制，因而内容、形式之间的不协调感颇为显著。但是，对此又不能简单地视为形式上的“倒退”，因为它和林纾以文言译介西方艺文的风气不无关联（亦有部分作品，如《热血痕》等，取《水浒传》式的话本体制）。另一种倾向则表现为刻意吸取西方小说技法，陈景韩《侠客谈》是其代表，这些短篇武侠小说的叙述人往往隐藏不露，时空切割频繁，人物语言善用代言体，论者或称之为“中国‘现代短篇小说’之祖”〔2〕，不为无因。

上述作品作为新的历史阶段的武侠小说，总体上未免显得幼稚，有些作品仅含“武侠”因素而已，作为通俗小说的一个品类，它们在当时的成就和影响亦远远逊于社会言情小说。但是，以文学进化观念考察，它们确实不属于旧的时代，而是新时代里一种颇有发展前景的通俗文学样式的萌芽。在侠义观念和武侠小说艺术方面，它们也为以后的作家作品留下了可资借鉴的遗产。例如《三童传》以太平天国时期三个少男少女的感情纠葛为题材，构

〔1〕 罗韦士，宝山人，就读于海军学校时颇受海军名宿萨镇冰器重，估计卒于1915年，有人回忆：当时韦士以吴淞海军身份北上投考唐山路矿学校，途中被捕，旋以“革命党”罪名遭枪决。见苏海若《回忆》，《礼拜六》周刊，第109期（1921年5月14日）。

〔2〕 叶洪生：《论革命与武侠创作》，见叶洪生编《近代中国武侠小说名著大系》卷首，台湾联经出版事业公司1984年版。

思了一个充满张力的爱情悲剧故事，恩仇交织、情义相煽，使人物在激烈、复杂的矛盾中通过行动展示自己的性格和内心世界，已经初具后来的侠情小说规模。《仙侠五花剑》虽然粗糙，但在“仙侠分疏”、严“侠”“盗”之辨等方面开了风气之先；书中已用诗句、诗境为武技招式命名，说明此风并非始创于金庸。陆士谔以雍正朝诸侠故事为素材，自《八大剑侠》始，至《血滴子》、《红侠》、《白侠》等，形成一组互相联系而又各自独立的武侠中长篇系列，30 年代姚民哀的“连环格局”党会武侠模式，显然承此而来。凡此种种都说明，辛亥前后的武侠小说创作，无论在张扬时代精神还是发展文学样式方面，都体现着一个历史阶段的开端。

民国时期武侠小说的开端还说明一个事实：在当时，它属于“新派”而不属于“旧派”；其政治意识、“当代意识”之强烈，尤为武侠小说史上所罕见。它们和其他通俗文学作品后来之所以被视为“旧派”，是因为“五四”以后出现了更加“新派”的文学。

退却定位后的繁荣：“五四”新文化运动和文学革命运动有其历史的必然性。中国近现代史的车轮转得极快，“相对运动”规律，使得民国初期那不到十年的时间，成了从“旧”到“新”的短暂过渡；过渡阶段的意识形态在“五四”新文化思想面前，必定黯然失色。就此而言，鸳鸯蝴蝶派的“败退”是必然的；民国时期的武侠小说被一概归入鸳蝴派并不确切，但它确实属于在“五四”新文化的攻势下“败退”的通俗文学（或曰市民文学）的一部分。

过去的现代文学史著作述及“五四”新文学与鸳蝴派的斗争时，往往忽略如下一些历史事实：鸳蝴派在斗争中虽然“败退”了，然而以它为代表的通俗文学并未销声匿迹，它仍在市民群众中占有广阔市场（30 年代关于“大众化”的讨论中，以鲁迅为首的革命作家是看到这一事实的）。它不仅仍然存在，而且有所发展，并形成了一些与新文学有所区别的个性特征，造就了一批优秀或比较优秀的通俗文学作家。至少在这些通俗文学作家及其作品中，或自觉、或不甚自觉地出现了与“五四”新文学认同、互渗的倾向，其结果是：一方面，使通俗文学的“现代”色彩逐步鲜明起来；另一方面，事实上使“新文学”和通俗文学形成了某种互补的关系。考察民国时期特别是三四十年代的武侠小说，不能忽视上述大背景。

对于通俗文学来说，鸳蝴派的“败退”未尝不是一件好事。通俗文学本来就不是“先锋文学”，若与后者去争意识形态、艺术观念的“先锋性”，企图“领导时代新潮流”，失败是必然的。对二三十年代，特别是 30 年代的通俗文学创作加以考察，可以发现鸳蝴派的一些骨干作家在“失败”以后，反倒更加明确了自己的“定位”——他们不再企求创作上的政治性、宣教性功能，而是更加注重愉悦功能。二三十年代以上海为中心的通俗文学创作的兴旺景象，正是这样形成的；民国时期武侠小说发展史之第二阶段的特征，正是实现这种“定位”的结果。

1921年《小说月报》的革新，是新文学对鸳蝴派斗争取得全面胜利的一个标志。次年，《红》杂志创刊；再次年，《侦探世界》创刊，并在这两份通俗文学杂志上同时开始连载平江不肖生（向恺然）的《江湖奇侠传》和《近代侠义英雄传》。这一史实，可以视为前述文学景观的象征，而不肖生的这两部武侠小说，则煽起了中国现代文坛上的第一阵“武侠热”。

以市民为主体的读者群此时为什么转而热衷于不肖生的武侠小说？除了“言情”、“苦情”陈陈相因，使人厌倦之外，还因为不肖生的武侠小说适应了读者的阅读心理需求。请看一位武侠小说读者所写的一段文字：

> 尝独处半室中，室以外，市声种种，嚣然杂作；室以内，器物纵横，靡有隙地；尘埃暂扫复积，欲求清洁，了不可得。上海居，大不易，此固贫者常态也。而胸次辄怅澹万状，无已，则瞑目眩想，试置身于佳山佳水间，或若西子湖滨，山光水色，赏其秀丽；或若三迭泉畔，雷鸣珠溅，赏其雄奇；或若浮舟大海中，天水一碧，白云横飞，未尝不心旷神怡也。惟意所欲，惟想所结，境诚非真，然境由心造；耳目所接，亦何尝非幻。聊以快意，安问其他？自矜此不传之秘，索解人不得也。武侠神怪之书，我好读之，非不知其不经也。社会恶浊，纵有生花妙笔，绘景绘声，惟妙惟肖，而读之增人惆惘，则以社会本质如是，愈逼真而愈令人作恶，曷若不经之武侠神怪，足以快意。

这是1941年励力出版社印行还珠楼主《青城十九侠》新3版时，一位名叫陈子京的文人写在书前的话。文中还说：“自不肖生《江湖奇侠传》，而武侠神怪之书若雨后春笋，顾陈陈相因，又成窠臼，无足观矣”；既读还珠此书，“恍同青果重啖，倍觉隽永”。所以，上述文字虽系40年代针对还珠作品而写，却未尝不能反映20年前初读《江湖奇侠传》者的心态。这种心态反映了生活于大都市和动乱环境之中的市民读者愉悦性的精神、文化需求，这种需求不能简单地称之为“逃避现实”、“自我麻醉”，从另一方面言之，这倒也是自有文化以来人类即已具有的一种含有形而上的追求在内的精神需要。通俗文学的自我定位恰恰适应着这一需要。武侠小说具有广义的浪漫性，适于描写“非现实”的传奇题材。而通俗文学的商品化和报章化，则为创作提供了巨大的动力。即以《红》杂志刊载《江湖奇侠传》而言，世界书局老板沈知方对文化市场有所分析、预测，然后登门求稿；杂志连载之时，版式即为出单行本而预作设计，甚至可能已同时预印单行本所需内页，连载到一段落，马上推出单行本，其推销策略、手段何等精明。通俗文学商品化的结果，还促进了作品的横向移植。30 年代《江湖奇侠传》、《荒江女侠》搬上银幕，造成轰动，影业界亦曾自创《马永贞》等武侠片，这又反过来助长着文学界的“武侠风”。以文化市场经济为动力机制，正是现代通俗文学不同于新文学（也不同于古代例如唐传奇时代的文学）的主要特点，商品化带来了意识形态方面的“失落”和混乱，带来了粗制滥造之风和难计其数的平庸、恶滥产品，造成了许多“文贩”、“文氓”型的作者；但是，无可否认，它也造就了一批甚受读者欢迎的、艺术功力不凡的、极为多产的通俗文学作家，他们的“成长道路”和新文学作家判然有别。他们的作品缺乏新文学作品的革命性、先锋性，却更能“适俗”而并不刻意“媚俗”。它们受到读者欢迎的深层原因，往往在于其所具有的特殊社会内涵和文化内涵，对此，一般读者仅停留于偏见而不屑、不愿体认，过去对于现代通俗文学史的盲目性正是这样形成的。所以，有必要从这个角度剖析一下《江湖奇侠传》和《近代侠义英雄传》造成一时“洛阳纸贵”的景况的内部原因。

《江湖奇侠传》的特点在于“怪异不经”。书中仙、侠并存，道术、法术、巫术与武功技击并存，世外的超现实世界与世俗的江湖社会并存。所写人物，包括“剑仙”、侠客、乞丐（该书可能是最早详述“丐帮”的武侠小说）、僧尼、巫师、盐枭、猎户、苗峒法师、茅山道士……三教九流，五光十色。这样怪异特色，一方面取决于作者以不经之谈娱悦读者的立意、构思，另一方面取决于素材、题材的“民俗”特色；举凡民俗学之所谓“信仰及其行为”（“灵魂与他生”、“超人的存在”、“预兆与占卜”、“疾病与民间医方”、“巫术”等），“风习”（包括原始性的制度、仪式、祭祀等），“民话”（包括神话、传说、民间故事稗史等），都被作者组织进这部松散而枝蔓横生的武侠巨著之中。作为创作过程，此书一方面存在着“民俗”被文学“异化”的现象，另一方面又存在着文学被民俗“异化”的现象。

民俗资料特别是神话、传说、民间故事在其流传的过程中，本来都会发生“异化”。这种异化反映着各种思想体系对民俗文化产物的“干预”。而作家选择民俗题材进行创作，则是一种积极的、主动的、个性化的自觉干预，它包括创作主体对民俗资料进行重新阐释，进行自觉的艺术加工，扩其波澜，增以藻饰，贯注以自己的审美评价。这种积极干预的结果，甚至可以使民俗素材原来所含的“集体无意识”内涵，转化为作家的“个体意识”，即形成为创作个性的一部分。《江湖奇侠传》写张汶祥刺马故事就是这样一种“异化”过程。不肖生对于稗史、传说是有所取舍的，他扬弃了“贬张”的传说（当时坊间又有《五剑十八义》一书亦写此事，而价值取向恰恰相反）。更重要的是，除了道德评价以外，作者还以曲折离奇的情节，对比鲜明的人物形象，掷地有声的语言，卧薪尝胆式的行为，极力渲染张汶祥重义轻生的大侠气概，使这一部分成为全书中既重情节结构又重性格塑造的“华彩乐段”。这应当是此书斯时受人青睐的原因之一。

《江湖奇侠传》中又存在着取材丰富而融会、消化不足的现象，以致民俗素材对文学性造成了“反干预”。书中所写的赵如海故事就是一例：作者想把赵如海写成一个为害地方、“十恶不赦”的人物，然而叙述他的鬼魂闹公堂、逼立“邑厉坛”，却转化成了“道高一尺，魔高一丈”型的故事，致使前后部分颇不统一，这不是创作方法意义上的“形象大于思想”，而是民话原型中的集体无意识在被作者引述的境况下的“激活”。就此而言，《江湖奇侠传》又是丰富的民俗资料的载体，这也是它在当时受人青睐的原因之一。但从文学创作的角度考察，这又是它的缺点，反映着创作主体对素材和创作过程“干预”的不足，未能达到后来还珠楼主作品那种广采博征、熔于一炉而不着痕迹的境界。无所不能的“剑仙”和有所不能的侠客共处于一个时空，也为此类作品设置了一个难解的矛盾，同一时期一位武侠小说作家文公直的作品如《碧血丹心大侠传》等，仍陷于这一矛盾而无以自解；也是直到下一历史阶段的还珠楼主笔下，这个矛盾方才得到解决。

《近代侠义英雄传》与《江湖奇侠传》有所区别。此书以其“书品”之高，而成为现代武侠小说二三十年代的峰巅之作。它以清末大侠王五、霍元甲事变为线索，贯串起数十位武林异人的传奇故事，民族革命观念和爱国主义精神，与武侠情节达到了水乳交融的程度。更为可贵的是，它是第一部反映近代中西文化冲突的武侠小说。作者对西方帝国主义的文化、“武化”侵略持坚决抗击的态度，但对于建立在实证科学基础之上的西方文明，包括医学、体育、技击方面的科学成就，则予以充分肯定：“反帝”而不“排外”，肯定“西学”而不“媚外”。另一方面，对于中华民族传统武学中所浸润着的文化精神，作者并不满足于“武艺”表层的描述，而是从“道”与“艺”、“德”与“武”的辩证关系入手，深入揭示了作为“武艺”内核的深层文化内涵。把“武艺”提升到“文化”层次并在中西文化冲突中加以表现和阐释，不肖生实为民国时期武侠小说史上的第一人。作者通过诸如黄石屏与德国医学家“交流”，霍元甲、农劲荪与外国拳社较技、“交锋”等情节，既展示了中华传统文化的幽深及其超越实证科学之处，又如实地揭示了它在当今世界所面临的危机。所以，该书生动地表现着不肖生的“现代意识”，同时也是一部表现“现代”题材的，不可多得的成功之作。作者的文学语言也几乎达到了“文体家”的水平，十分口语化，而又是十分纯正的书面语，有点类似胡适白话论说文的语感，别人极难模仿。

当时“南派”的武侠小说名家还有姚民哀和顾明道，前者以党会小说、后者以侠情小说而争得与不肖生三分鼎足的地位。他们也都力图在自己的作品(包括文体)中注入“现代”精神，然而终于难望不肖生之项背，其原因盖在于，现代精神实乃整体的文化素质，既难一蹴而就，更非模拟可得。当然，对于不肖生的“现代意识”也不能评价过高，因为除《近代侠义英雄传》外，这种意识、精神并未贯注于他的大量其他创作之中。

如果说不肖生是一位并无向“五四”新文艺吸取营养的自觉性而却在作品的观念和文体上体现了某种“现代性”的通俗文学作家(这与他两次游学日本等经历当有密切关系)，那么，顾明道则是一位这种自觉性相当强烈的通俗文学作家，这正是他不同于徐枕亚、李定夷辈，而成为“第二代”鸳蝴派代表作家，并且相当引人注目的原因之一。但是，顾明道所创作的武侠小说虽多，在“创新”方面的实际成果却不如《近代侠义英雄传》那样可观。他的《荒江女侠》，当时因描绘男女剑侠的恋情和语体上的“新文艺腔”而风靡一时，然而经受“岁月之筛”的过滤之后，更多显露出的是肤泛和不成熟；作品中的想象力也不如《江湖奇侠传》。《海上英雄》、《草莽奇人传》等，其题材、主题的“政治性”似乎均强，然而每每失诸刻露。《怪侠》作为一部含有科幻因素的武侠作品固然不容忽视，但所反映的“民族主义”观念却常与沙文主义难解难分，使人不免联想到30年代沪上一度“走红”的《月宫盗宝》之类好莱坞“巨片”，而中国侠客一旦沾上“白色人种”在“有色人种”面前所流露出的优越感，我们民族的传统侠义精神也就大打折扣了。这说明，通俗文学作家如果“硬争‘先锋性’”，是难以真正实现创作质量的提高的。然而，顾明道作为一位残疾作者，始终孜孜不倦地坚持这种自觉追求的坚毅精神是令人感动的，他也并非没有成绩和进步，这主要体现于几种非武侠的作品中。例如，比李定夷更激进地表现“革命”和“恋爱”之冲突的《雪里残红》，有模仿《红楼梦》痕迹而较自然地表现了半新旧大家庭生活的《美人碧血记》以及标志着由“哀情小说”发展到“问题小说”的短篇集《芳菲录》，即因并不刻意“硬争‘先锋性’”，反而有着某种实实在在的“新鲜感”——那也是作为一个通俗文学作家自身整体素质之“外化”的真实性。武侠小说方面，顾氏的绝笔《胭脂盗》，也较能体现这种平实感。在“硬求‘先锋性’”而失诸刻露、浅薄方面，姚民哀更有甚之，本书另有专论，不赘。

二三十年代“武坛”上与不肖生形成双峰对峙之势的，是北方的赵焕亭（绂章）。郑逸梅论及“南向北赵”的特色时，曾以画论中之“南北宗旨”作比，谓“向恺然叙事以华茂畅达胜，其王摩诘之渲染乎！赵焕亭用笔以深切沉着胜，其李思训之峭拔乎！”并称赵氏文笔有“奇横恣肆，渊古博丽之妙”[1]。

赵焕亭的《奇侠精忠传》亦刊行于1923年，其他重要作品还有《大侠殷一官轶事》（1925年）、《马鹞子全传》、《双剑奇侠传》（1926年）、《北方奇侠传》（1928年）、《英雄走国记》（1930年）等。他的武侠小说，多以清代史实为因由加以任意发挥，例如，上述6部著作，即分别以杨遇春平白莲教、同光朝蓟州大侠殷一官事迹、清初大同总镇姜瓖抗清史实、道光间诸暨包村团练抗拒太平军故事、明遗民祁班孙兄弟联络魏耕等义士抗清史实为依托，继承传统的“讲史”遗风而不取“演义”体制，重在杜撰情节写“武”、“侠”。风格以粗犷为主，所以时人或比之为“施耐庵”。

赵焕亭出身旗籍，曾师从季清进士，后来官至山东按察使的赵菁衫，旧学功底扎实，对于诗、辞、曲及古文辞均颇精熟，民国时以笔耕为业。其经历和文化素质与向恺然有所不同，作品风格、语言和传统话本小说更为接近，但仍具有时代特征。张赣生曾就赵焕亭在“朝代更迭的大动荡中的思想状况”，其作品中的“写实”倾向和其小说技法的“说书语气”三方面论述赵焕亭“新中有旧，旧中有新”的特色，[2]所见甚为精确。

赵焕亭的武侠小说，除了燕赵峭拔之气外，更大的特色在于擅长描绘世态人情，所谓“酒肉争端，细人情状”，刻画皆能入木三分：混混儿之口没遮拦，里巷女儿之尖利泼辣，贩夫走卒之爽朗粗豪，荡子浪妇之淫亵俚俗，如闻其声，呼之欲出。就此而言，赵氏得力于《金瓶梅》甚于《水浒传》，并且因此

〔1〕　郑逸梅：《〈英雄走国记〉序》，见赵焕亭《英雄走国记》续集卷首，益新书局1931年版。
〔2〕　张赣生：《民国通俗小说论稿》第187—192页，重庆出版社1991年版。

而加强了他的作品的写实因素。与此相联系,其描述往往夹杂秽笔,这固然有放达恣肆一面,但也未尝没有迎合市民读者的低级趣味一面。

这一时期武侠小说在侠者性格的刻画方面,除向恺然的某些作品有所进步外,其他作品大都还停留于"英雄时代"的理想化甚至"道学化"水平。这方面值得一提的是赵焕亭的《马鹞子全传》,此书描述清初御前侍卫、官至平凉提督的王辅臣(绰号马鹞子)之发迹史。在作者的笔下,王辅臣既是一位大侠,又常有"妇人之仁"、"不忍之心",并且沉沦于功名利禄,终于卷入姜瓖之变和三藩之乱,在政治漩涡中不能自拔,而以悲剧结局了其一生。人物性格及其发展皆较复杂,作为一部"有缺点的英雄"的传奇,对传统窠臼有所突破。但是,作者又设置一组不食人间烟火的"隐侠"形象,作为王辅臣的对比,以寓"警世"之意,仍未脱"新中有旧,旧中有新"的特征。以"非神化"的观点写英雄,实乃《水浒传》、《七侠五义》已经创立的可贵传统,但民国以来的多数武侠小说忽略了这一传统,喜欢把英雄写成文素臣式的人物,《马鹞子全传》之值得重视在于此。后来的"北派五大家"在这方面又有突破性的进步。因此,民国武侠小说的真正有所创新,是在第三阶段。

"武侠"的"现代型"阐释:1932 年,天津《天风报》始载还珠楼主(李寿民)的《蜀山剑侠传》,拉开了民国武侠小说史第三阶段的序幕。这一阶段的武侠小说,作者、作品的数量不及前一阶段繁多,"武坛"景象不似上海滩那样令人眼花缭乱、鱼龙混杂、泥沙俱下。其特征在于创作趋于成熟:不仅真正形成了具有"现代"气派的中国武侠说部,而且出现了以"北派五大家"为代表的各具风格的流派,即还珠楼主的"仙魔派"、郑证因的"技击派"和朱贞木的"奇情派"〔1〕。

"北派五大家"各自所撰武侠说部,均在 10 种以上(郑证因最多,达 80 余部;还珠楼主创作量最大,总字数达 1 700 万言〔2〕)。除还珠楼主外,另四家之成名作,均发表于 1938 年之后:1938 年 2 月,白羽的《十二金钱镖》始载于天津《庸报》;同年 11 月,王度庐的《宝剑金钗》始载于《青岛新民报》;1941 年,郑证因的《鹰爪王》始载于北平《三六九画报》;1943 年左右,朱贞木出版《虎啸龙吟》〔3〕(其代表作《七杀碑》则出版于 1949 年)。

---

〔1〕 最早从理论上分析这五位作家并以流派为命名的,是张赣生先生,当时他将其他纳为"北派四大家",朱贞木未被列为"大家",台湾叶洪生先生以为"似有欠持平",乃立"五大家"之说。参见叶著《武侠小说谈艺录》,第 105 页注[45],台湾联经出版事业公司 1994 年版。

〔2〕 参见周清霖《论还珠楼主的"入世武侠"小说》一文,《侠与中国文化》第 509 页,台湾学生书局 1993 年版。

〔3〕 张赣生:《民国通俗小说论稿》第 305 页,重庆出版社 1991 年版。

1938年之后明显地呈现出“武侠热点”北移的景况，至少与下述两个原因有关：

第一，30年代北平、天津的通俗文学创作已有相当规模，特别是除武侠作家赵焕亭、李寿民外，还出现了张恨水、刘云若这样以社会说部见长的大手笔，其创作质量远在南方诸家之上。平、津有关报刊则建构、渲染着这样一种比“海派”通俗文坛较为质实的“京派”氛围，“五大家”作者早已或多或少地浸润于这种氛围之中了。

第二，华北沦陷，早于江南。1938年后，江南战火弥漫，人民疲于“逃难”，精神生活的“愉快”需求降到了无法顾及的地位。而南、北方沦陷区里的作者和读者，则陷入深沉的精神苦闷之中。白羽在1950年所写的《自传》中谈及当时的情况时说：“在大日本皇军的刺刀枪尖下，‘活’就很不是容易事”。“教私馆，当司书”都不可能，于是只得“‘再为冯妇’，抄起来卖文之笔”——

> 白羽到了(引者按：读 liǎo)也是懦夫。他伤感的在虎口卖文，而写逃避现实的传奇小说。他在小说叙文上自比优娼：“无能充隐，臣朔苦饥，稗官无异于伶官，鬻文何殊于鬻笑！”……纵然在作品中，尽力消毒，尽可能加些东西到里面，而在他依然很痛苦。[1]

这种心境，当为其他几位作家所共有。至于沦陷区的读者欢迎这些大都“不要历史背景”而又具有新意的“纯武侠小说”，则是枯竭、苦闷的精神生活的一种慰藉。上文所引陈子京叙述的阅读心境，实际还折射着沦为“亡国奴”的市民阶层的精神苦闷，这是和二三十年代读不肖生作品时有所区别而又有所相似的。

中国现代武侠小说创作能在上述畸形文化背景下趋于成熟，则主要有赖于“五大家”的自身素质以及他们在适应通俗文学的创作、传播规律的同时所作出的创造性、突破性的努力。

这五位作家虽置身于通俗文学圈中，但与鸳蝴派并无直接渊源关系。其中，宫白羽、王度庐领受“五四”新文化、新文艺的营养最多。白羽早年曾从事新文学创作和西方文学作品的翻译，受到过鲁迅、周作人的关怀，后来在编辑、记者生涯中，其阅历、文笔均得到很大的扩展和提高。王度庐自学

[1] 宫白羽：《生之磨炼——宫白羽自传》，天津《星报》1950年2月16日—4月3日。按此为第1章，以后未见续载。

成才，对西方文艺和左翼文艺亦不陌生（详见本书专论）。李寿民的特色在于对中国传统文化，包括儒、释、道、医卜、星相、五行、诗画、民俗等的融会贯通，就此而言，他的武侠小说，特别是以《蜀山剑侠传》和《青城十九侠》为代表的仙魔武侠小说，可以视为现代人对传统文化的某种特殊阐释。郑证因、朱贞木则分别受到宫白羽、李寿民的影响。

“北派五大家”的作品于弘扬民族传统侠义精神的同时，又对“武侠”进行着不同程度和角度的现代性的阐释。

“江湖”或“武林”，是一个有别于主体社会的“亚社会”，有其不同于主流文化的“亚文化”。许多武侠小说都着眼于这种“亚社会”和“亚文化”的诡奇性和封闭性。宫白羽则不然。他曾自承其武侠说部有“取径于”塞万提斯的《堂吉诃德》和大仲马的《侠隐记》处；而在本质上，他对中国武侠小说史的最大贡献在于，他把武侠社会描写为人类社会的一种特定形态。他注意揭示“武林”这个“亚社会”与主体社会的千丝万缕的血肉联系；或者说，他注重于揭示“武林”的“社会性”而不是它的“非社会性”。武侠小说自然免不了描写江湖恩仇、争端打斗，白羽的独特之处在于他把这些都作为特定社会中的复杂的“人际关系”加以描绘和展示。他笔下的侠客，自有其被世仇或境遇逼得团团转的、由“人际关系”所注定的必然逻辑（如《十二金钱镖》中的俞剑平）；他笔下的“黑道”人物，也有自己丰富的内心世界和不得不向“白道”狠下毒手的合乎人情的动机（如《联镖记》中的小白龙和《武林争雄记》中的袁振武）。白羽在其自传《话柄》中有一段文字，颇能证明他采用上述创作方法的自觉性：

> 一般小说把心爱的人物都写成圣人，把对手却陷入罪恶渊薮。于是设下批判：此为“正派”，彼为“反派”；我以为这不近人情……所谓“纣之恶，不若是其甚也，是以君子恶居下流”。这种“归恶”与“归善”的写法，我以为不当。我愿意把小说（虽然是传奇的小说）中的人物，还他一个真面目，也跟我们平常人一样，好人也许做坏事，坏人也许做好事。等之，好人也许遭恶运，坏人也许获善终；你虽不平，却也无法，现实人生偏是这样。

在这些方面，其他诸家也或多或少地具有相同的趋向，而王度庐与白羽更有相似之处，正如本书所收专论指出的：王氏侠情小说，几可视为其社会小说的“隐喻”。这两位作家的作品中，更多地渗透着“五四”新文艺的“为人生”的艺术思想。（白羽曾在《话柄》中述及，“当‘五四’大时代到来时，也正是我惨遭父丧之时；世界主义，互助论做了我的慰藉”。）当时曾有不少读者致函白羽，责其惯置“正派英雄”于死地，声称“若再如此，永不再看阁下大作矣”。而历史则证明：白羽等将被陈见视为“非武侠”的因素导入武侠小说的结果，不是取消，而是丰富了武侠小说的内涵，提高了它的品位，同时也培养、提高了通俗文学读者层的阅读趣味和鉴赏水平。这是“新文艺”和通俗文学横向互渗的一个范例，这种互渗，是促进现代通俗文学发展的主要动因之一。

如果说白羽、王度庐的武侠说部属于现实人生的隐喻，那么，还珠楼主的仙魔武侠小说就是“隐喻的隐喻”了，因为他构建的是非现实、超现实的时空，专意描绘的是现实生活中并不存在的“超人”。他从另一个角度——哲学的、诗意的、文化的角度，对“武侠”作出新鲜而深邃的阐释。

还珠楼主自幼接受传统文化熏陶，巴山蜀水的雄奇和江南风光的秀丽相互交融，陶铸出他独特的审美个性。正如张赣生先生所云：《蜀山剑侠传》等作品，表现出作者“一种难以遏止的对自然风光美的向往，一有机会就要宣泄出来”，这在根本上是为了“宣泄自然风光激发的诗情”。而在我们中国，向有“非胜境不足以显扬神话，非神话不足以渲染胜境”的传统，“且有胜境与神话的结合就必有诗”。[1] 正是在这个结合点上，还珠楼主找到了表现自己创作个性和审美个性的最佳途径。

哲学是诗的灵魂。还珠楼主以其神话建构，展现了生命哲学的幽深，并且使之化为无数或崇高、或壮美、或清丽、或凄婉的花雨缤纷的意象，就表层而言，《蜀山剑侠传》描绘的无非是正派“剑仙”与旁门左道、魔道的一系列斗争，然而，他们双方的头顶上却共同高悬着一柄达摩克利斯之剑——“道家四九天劫”：它既非造物主的设定，亦非其他人格神的施为，而是一切“超人”必然面临的“自然命运”。正派“剑仙”行善“筑基”以“避劫”，邪派魔道则企图损人利己以“逃劫”，正、邪斗争亦因之而连绵不绝。正派“剑仙”的避劫之途，叶洪生先生概而名之曰“修仙进化论”[2]，其根柢乃在道家：世界上各种宗教关注的都是“人死以后怎样”的问题，唯有道教所关注的却是“人怎样可以不死”的问题，由之而有“仙学”。李约瑟博士曾从科学史的研究角度，赞赏“这种不死思想对科学具有难以估计的重要性”[3]，同样，它也是一种相

〔1〕 张赣生：《民国通俗小说论稿》第 248—249 页，重庆出版社 1991 年版。

〔2〕 叶洪生：《武侠小说谈艺录》第 168 页，台湾联经出版事业公司 1994 年版。

〔3〕 李约瑟：《中国科学技术史》第 5 卷《道家与道教》，剑桥英文版。转引自郝勤：《早期道教养生简论》，《中国道教》1987 年第 3 期（1987 年 3 月）。

当独特的生命哲学。传统武侠小说(包括30年代大量作品)中一再宣扬的“仙侠一途”说,实以此为哲学基础;但是,没有任何作家能像还珠楼主那样以壮美凄绝的众多故事和五彩纷呈、光怪陆离的丰繁意象,来生动而深邃地表现这种生命哲学。而且他还以儒家“知其不可而为之”的入世人生观和释氏的慈悲精神丰富其内涵;它与笼罩全书的向“自然命运”抗争的总氛围交相辉映,呈现着一种亘贯古今的宇宙意识。读者只要翻阅一下宝相夫人抗劫故事(《蜀山剑侠传》总134回),忍大师“情关”破化故事(同上,总209回),以至于作为穿插小段的“灵狐”无罪被杀,其“内丹”激射缓飞,聚散明灭,久久飘舞不已的凄艳描绘(《青城十九侠》第8集第2回),当即能够获得强大的心灵震撼,并且承认上述评价并不过誉。现代学者有云:文学需和哲学不分彼此,才庄严,才伟大;哲学的起点便是文学的核心。仅从这一角度考察,斥《蜀山剑侠传》为荒诞、迷信云云,岂不浅薄之至!

前已述及,白羽描写武林人物,皆能自觉地摒弃“归恶”、“归善”的传统观念和笔法。与古典时代的“英雄传奇”相比,这未尝不是一种带有现代色彩的“非英雄倾向”。把武侠小说的主人公作为“人”来描写,不让读者相信剑侠具有扭转乾坤的、救世主般的能量,这在中国武侠小说史上不能不说是一大飞跃。在这一方面,王度庐有比宫白羽更为深刻之处:他笔下的侠士、侠女的行为动机,根于争取或捍卫“爱的权利”;他深入揭示了同一人物心灵内部的“动作”与“反动作”的矛盾和纠葛;他致力于展示人性的复杂和普遍。像玉娇龙(《卧虎藏龙》、《铁骑银瓶》)那样渗透着“侠性”、“女性”和“母性”的形象,在此前的中国武侠小说史上确实绝无仅有。郑证因的作品相对而言传统色彩较浓,但他和白羽一样并不认同于“归恶”“归善”,至少《鹰爪王》中的“凤尾帮”帮主武维扬,就是一个塑造得决不次于白羽笔下的小白龙的“黑道”英雄典型。他的雄才大略,他的经营谋划才能,部勒属下之不徇私情,对待敌手之坦诚公道,也决不亚于“白道”英雄。然而,他又有着阴险、狠毒、诡诈的性格特征。郑证因写出这样的人物,其原因亦非仅以“形象大于思想”所能解释。郑氏曾经述及他和白羽的一席夜谈:

> 我们的谈话是无系统的,想起甚么就甚么。我们又谈到帮、会、道、教,我们辩证了许久。我们认定无所谓秘密,无所谓公开,只看你的立场如何而已。危害国家,扰乱社会的绝不能存在。如凤尾帮,天理教等等,只能煽动一时,终归消灭的,有的创始者立场正大,只是分子的不

齐，影响了整个的团结。[1]

这段文字表述得不够清楚（郑氏文字功力较差，《鹰爪王》后半部语病即多），然而，仍然反映他对帮会的认识，这种认识带有社会性色彩，构成了他塑造武维扬等黑道枭雄的理性基础。郑证因还注意通过技击表现人物性格。他不以玄想表现武功，而以写实笔法从形体、力度、攻防意识、技巧、兵刃等方面，细致表现不同门派、不同性格的人物的用武个性，因而被称为“刚性技击派”的代表。还珠楼主写正派“剑仙”或仍不脱“归善”倾向，其叙述结构亦仍以情节为中心，而未发展到“性格中心”层次，但是，他在人物性格塑造方面仍为后人留下了丰富的遗产。其一，他的笔下出现了多种多样的性格类型：或正、或邪、或正中有邪、或邪中有正，或狂、或狷、或怪、或奇，或愚而率真、或智而阴毒、或怯而不失其贪、或狳而固存其善，或游戏风尘、或难舍情欲，……人性无常，一人七面[2]，亦其谓欤！上述种种性格类型，成为后来港台“新派”武侠小说经常取法的模式。其二，还珠楼主善写“情孽”，或者可以说，他的创作思维中存在着一个“孽缘”情结。所谓情，不止是恋情（在这方面，由于自身经历的体悟，他在主观上推崇柏拉图式的爱情观），还包括亲子、朋友之情。以此为切入点，他写人物性格亦能深锲内心世界，即使穿插性的小结构中的次要人物，亦能使读者留下深刻印象，例如，《蜀山剑侠传》中熊血儿与施龙姑的“孽缘”，即是一出因“事业心”和爱情发生矛盾冲突而酿成的、极为动人的性格悲剧。其三，还珠楼主善于组织曲折离奇的情节，使人物通过充满力度的“动作链”来展示自身的性格。这一经验，对于武侠小说创作尤有普适意义。例如，《青城十九侠》中桑仙姥之集暴戾和慈爱、无情与有情、雄强与脆弱于一身的复杂性格，纪异之极重人伦而凝为“纯孝”的至情、至性，倘若离开情节与动作，必将血肉无存。

“北派五大家”的创作活动，仍是受文化市场制约的“计日售文”活动；因此，他们的作品，以新文学的评价标准视之，仍然存在枝蔓横生，不重“构

〔1〕 郑证因：《我写〈鹰爪王〉的动机》，《三六九画报》第34卷第18期（1945年8月29日），引文经本书作者重新标点。

〔2〕 还珠楼主致徐国桢信中述及《蜀山剑侠传》之写作心情有云：“惟以人性无常，善恶随其环境，惟上智者能战胜。忠孝仁义等，号称美德，其中亦多虚伪。然世界浮沤，人生朝露，非此又不足以维护秩序而臻安乐。空口提倡，人必谓之老生常谈，乃寄于小说之中，以期潜移默化。故全书以崇正为本，而所重在一情字；但非专指男女相爱。又：弟个性强固而复杂，于是书中人乃有七个化身，善恶皆备。”见徐国桢：《还珠楼主论》，第11页，上海正气书局1949年版。

成”，常见“蛇足”等缺点。但是，总体上，他们比前一时期的武侠作家具有更强的结构意识，更加重视艺术技巧和风格，这也反映着创作主体在文学观念上的长进。郑证因与30年代的姚民哀一样，多写党会题材。但是，姚民哀从强调“生活真实性”的角度来处理素材和构思的关系，结果是“假作真时真亦假”；郑证因则从进行文学虚构的角度来处理党会素材，就较好地体现了“艺术真实”。他也注重结构艺术，《鹰爪王》压缩时间，拓展空间，以“横截面”式的结构技巧处理长篇题材，为当时武侠说部所罕见。朱贞木的《七杀碑》、《罗刹夫人》等则在设置悬念，编织情节上十分精心，其结构亦均严谨。40年代初有一位署名“墨婴”的作者在为白羽《偷拳》所撰序文中，全面而精辟地概括过白羽三部代表作的特色，认为《十二金钱镖》的描写“得一‘俏’字”，《联镖记》“得一‘匀’字”，至于《偷拳》，则“故意用‘生挺’的笔致写出”，实为白羽之代表作。墨婴赞赏白羽的武侠说部“确已冲破了通俗小说的水平线，而侵入文学创作的领域了”。这一评价，当然适用于他所概括的白羽小说艺术特征。

还珠楼主的作品，大多结构散漫，且无结局，然而它们具有一个其他武侠小说所不具备的特征——将近40部著作，全部纳入于作者脑海中无比恢宏的总体计划，周清霖先生曾经将它与巴尔扎克的《人间喜剧》写作计划相提并论[1]。这些著作分为两大部分，其一为“出世武侠”即仙魔小说，叙仙魔二道为抗御490年一遇之“四九天劫”而行动(其中修成“地仙”者，还需抗御1 300年一遇之“末劫”)；其二为“入世武侠”，叙“天劫”过后，残留于人世的少数“剑仙”、“准剑仙”与人间侠客共同除暴的故事。《蜀山剑侠传》洋洋500万言，直至停笔，“四九天劫”尚未“降临”，而《蜀山剑侠传》还在连载的同时，作者的多部“入世武侠”作品就已陆续问世了。一个作家，同时构想并撰写驰骋于千百年前和千百年后广阔时空的故事，其构思力度和想象力之恢弘，罕有其匹。

神驰八极的想象，正是还珠楼主小说艺术的特征之一。

在还珠楼主的笔下：

> 关于自然现象者，海可煮之沸，地可掀之翻，山可役之走，人可化为兽，天可隐灭无迹，陆可沉落无形，以及其他等等；

---

〔1〕 参见周清霖：《论还珠楼主的“入世武侠”小说》，《侠与中国文化》第510页，台湾学生书局1993年版。

关于故事的境界者，天外还有天，地底还有地，水下还有湖沼，石心还有精舍，以及其他等等；

对于生命的看法，灵魂可以离体，身外可以化身，借尸可以复活，自杀可以逃命，修炼可以长生，仙家却有死劫，以及其他等等；

关于生活方面者，不食可以无饥，不衣可以无寒，行路可缩万里成尺寸，谈笑可由地室送天庭，以及其他等等；

关于战斗方面者，风霜水雪冰，日月星气云，金木水火土，雷电声光磁，都有精英可以收摄，炼成功各种凶杀利器，相生相克，以攻以守，藏可纳之于怀，发而威力大到不可思议。〔1〕

上述引文的作者徐国桢将还珠楼主的想象原则归结为“把物理的作用，纳于玄理的运用中”，亦即“物理的玄理化，玄理的物理化”。这正是《蜀山剑侠传》的想象得以远远超越《西游记》、《封神演义》的主要原因。以“武器”、“法宝”而论，书中涉及空、陆（包括地底）、海（包括水下）三域“运载武器”，“自动寻的武器”，“能量武器”，遥控声、光“侦察通讯武器”等等，论者曾经指出，二次世界大战中的新式武器，几乎皆被化入书中；应该补充指出的是，二次大战后出现的许多尖端技术成就以至科幻意象，亦每为其著作所包容。然而这一切又都出之于“即色游玄”，使“有”“无”、“物”“我”能够建立任意联系的玄学思维路线。以“即色”言之，使神话带上了某种科幻色彩；以“游玄”言之，使“物理”转化为“会心所及”、光怪陆离的意象。这是还珠楼主在发展创作思维方面做出的重要贡献。在这个意义上，中国至今还没有一部能与《蜀山剑侠传》比肩的武侠作品或科幻神话作品，倒是那些经常见于银屏的“变形金刚”式的外国动画片中，仿佛隐隐约约地浮现着《蜀山剑侠传》的某种“影子”。

“五大家”中的宫白羽、王度庐、李寿民，都有或者极为坎坷、或者相当复杂的生活经历和人生体验。他们的作品都不同程度、不同角度地折射着自己的情感色彩、色调，从而笼罩着特定的“氛围气”，并使注重“再现”的传统武侠小说创作方法，具有了一定的“表现”因素。

众所周知，以金庸、梁羽生为代表的港台“新派武侠小说”作家，皆以民国时期“北派五大家”为自己的直接渊源。而叶洪生先生论及白羽时却说：

---

〔1〕 徐国桢：《还珠楼主论》第12—13页，上海正气书局1949年版。

“晚廿年出道的梁羽生、金庸与古龙等名家，即或可从白羽的文笔技巧、小说语言、人物塑造及武打艺术上‘偷招’，却断乎不能得其神髓于什一——因为他们没有白羽那样惨痛的人生经历。”[1]其中对于梁、金等的评价或许过苛，但是，“北派五大家”不能简单地称之为“旧派”，则是事实。以他们作为终结的民国时期武侠小说史，实为中国武侠小说适应时代发展而寻求“现代性”的一个进程，这一进程所造就的几位优秀作家，他们的“内在文心”确乎“蕴着创作的‘新’与‘热’”（前引墨婴文中语）。

〔1〕 叶洪生:《武侠小说谈艺录》第229页，台湾联经出版事业公司1994年版。

第二章 “革命十武侠”的叶小凤

第一节 辛亥元老,南社巨擘
——民初通俗小说“教化派”的代表

叶楚伧(1887—1946),原名宗源,字卓书,笔名小凤、叶叶、湘君等,江苏吴县周庄人。青年时代就学于上海南洋公学、浙江南浔浔溪公学及江苏苏州高等学堂,并开始接受、传播民主革命思想。1908年(戊申),代陈去病主汕头《中华新报》笔政。次年,由谢逸桥介绍,加入同盟会。1911年武昌起义后赴广州,任广东北伐总司令姚雨平秘书,兼参谋。次年,解军职,在沪创办《太平洋日报》;旋入《民立报》主编副刊,始用“小凤”笔名,共事者于右任、徐血儿、张季鸾、杨千里、朱宗良、谈老谈诸人。《民立报》停刊,入《生活日报》;该报被封,任教于上海城东女学、竞雄女学、开明女学,兼为“民鸣新剧社”编辑剧本,并著小说词章。1915年,任上海《民国日报》总编辑,致力于揭露、抨击袁世凯帝制阴谋,共事者胡朴安、成舍我、姚鹓雏等。1923年,出任中国国民党宣传部长、中央第一届执行委员会委员。此后,历任上海执行部青年部长、妇女部长、中央政治会议秘书长、中央宣传部长(1929年复任)、江苏省主席、立法院副院长、中央党史史料编纂委员会委员、中央出版事业管理委员会主任委员诸职。抗战胜利后,奉派为苏浙皖三省暨京沪两市宣慰使,1946年1月15日病逝于上海,葬苏州灵岩山。[1]

叶小凤早年系南社成员,博通经史,工诗词,同时也是民国初期的通俗作家之一。所撰长篇小说,有《古戍寒笳记》、《蒙边鸣筑记》、《如此京华》、《王癸风化梦》、《陈大夫移宫记》(连载于1915—1916年《礼拜六》周刊,未完)、《前辈先生》等。短篇小说收入《小凤杂著》和《箫引楼稗钞》。

---

〔1〕 据于右任:《叶楚伧先生墓碑》,黄季陆主编《革命人物志》第7集第104—107页,台北兴台印刷厂1971年版。

如果说民国初年的通俗小说作家有“消遣派”、“商品派”和“教化派”之分，那么叶小凤可以说是“教化派”的代表。

他在《小说杂论》（收入《小凤杂著》）中指出：小说具有“移风易俗”，“为人民铎”的作用，其“普遍之力，为教育所弗及”，因而必须十分注意作品“行世之影响”。好小说可以卖大钱，成为紧俏商品，这未必就是对于小说家的亵渎；问题在于作品是否真正“好”？而“小说之主旨如何，根于作者之道德、操守者十之八九，发于辞彩者十之一二”，通俗小说作者必须有严肃、认真，对社会、对读者极其负责的态度。那种借“轻薄”、“时髦”以媚俗，借“言情”、“黑幕”以诲淫诲盗的“小说商”，无异乎“私贩鸦片”者。因此，他曾一再严厉斥责专事揭人隐私的黑幕小说，认为它的泛滥，首先反映了作者人格的卑鄙龌龊。

叶小凤还认为，一个严肃的、“有志于移风易俗”的小说作者，如果想使自己的作品传布面广、传布力速，就必须“先审察一般阅者之习惯”。《小说杂论》曾从社会和心理的角度，详细分析了当时一般读者的欣赏习惯、伦理观念以及社会风尚、习俗人心，主张小说作者应以通俗作品为媒介，投一般读者之所好，“以徐徐引导之”，因“国民之优点”而“鼓舞之”，因国民之弱点而“警戒之”。他也强调通俗小说应具“美术的”即审美的价值，强调写作艺术贵在独创，贵乎显示作者性情。

在民国初年的通俗小说作家中，像叶小凤这样重视理论问题的，为数不多。他的“通俗小说观”注重作者的品格和创作态度，注重作品的社会效果，这两点至今仍然可取。但是，他对小说思想内容和社会效应的要求之中，夹杂着较多的封建伦理观念和“圣道立教”思想。这不能不束缚他的文学观念，并使他的文艺批评标准带有浓厚的道学色彩。同时，叶小凤又颇有“剑胆箫心”、“名士风流”的文学情趣；他还认为，只有“名教伦常中”的“浓情艳绪”，才是“绝艳”的“至情”。这些矛盾的观念和情理，在其创作中都有明显反映。

第二节　广罗掌故，博采遗闻
——《古戍寒笳记》的抗清义师

叶小凤长篇小说代表作，当推《古戍寒笳记》。其前 10 回初载民国 3 年《七襄》旬刊第 1 期至第 9 期（1914 年 11 月 2 日至次年 1 月 27 日），原无“楔子”。民国6年(1917年,丁巳)由小说丛报社首出单行本,始将第1回部分内容抽出,扩展为独立的“楔子”。当袁世凯为实施帝制阴谋而密锣紧鼓大造舆论的时候,作者创作并发表这部以明末清初抗清斗争为内容的历史小说,自然是用心良苦的。

作者曾经赞赏《三国演义》不仅“通俗易解”,而且“融贯史册,不由杜撰,采典籍之真珠,出穿扎之妙技,与满纸荒唐,迥然有别”。然而,《古戍寒笳记》没有采用历史演义式的纵断结构,而是将20余年南明抗清史,纳入“秣陵王气,既熸大衍,会稽新猷,又随群丑”之后的数年间加以展现。纵向的压缩有利于横向的拓展,也增添了艺术虚构的自由;但吴绮缘为该书作序,称所记“皆有所本,兼可补史乘所阙疑,殊非一般空中楼阁所可或比”,又是事实。

书中主要写了三支抗清义师,居于实际的核心地位的,是以袁灵芝、胡石声为首的分湖之旅。[1]

“胡石声”者,“吴日生”也,是一位富于传奇色彩的历史人物。姓吴名昜,字日生,吴江人,崇祯丁丑(1637)进士,曾任史可法部下参军。“生有臂力,跅弛不羁”。乙酉(1645)六月,弘光小朝廷覆亡,他聚合渔民猎户,于太湖举兵抗清,人称“白腰党”,曾在分湖、长白荡等处一再重挫清军。南明鲁王因此封他为长兴伯,唐王则封他为忠义伯。[2]

历史上与吴昜起义关系密切的,是复社、几社著名领袖松江进士陈子龙(字卧子,1608—1647)。他是一位注重“经世致用”的学者,又是一位力挽狂澜的志士。“东南士子称大名家必曰陈卧子、夏彝仲。是两公生而文章名世,没而忠义传世者也”。[3]弘光在朝时,他以兵部给事中的微职,历陈募练水师、自强中兴诸策。南京沦陷不到两个月,“松江起兵,子龙设太祖像誓众”,军号“振武”,与吴志葵、黄蜚水师相为犄角,将窥苏州。吴昜开幕府,子龙临其军誓师。吴昜败后,他又参与策反松江镇将吴胜兆,以图联合舟山水师,北上抗清。当时,以太湖为中心的各地起义,几乎都和陈子龙有着直接、

〔1〕 汾湖在吴江县治东南六十里,旧名分湖,以半属嘉禾,故名。

〔2〕 参见计六奇《明季南略》卷四,《明史·杨文骢传》,《明末忠烈纪实·吴昜传》,杨陆荣《梦呓集》。

〔3〕《明季南略》卷四第268页。本文所述陈子龙事迹,参见《陈子龙诗集》(下)所附年谱(上海古籍出版社1983年版)及朱东润《陈子龙及其时代》一书(上海古籍出版社1984年版)。夏彝仲,名允彝,子完淳系子龙弟子。

间接的关系。因此，袁灵芝这个人物，显然是以陈子龙为主要模特儿塑造的。[1]袁灵芝议建太湖水师之策（第16回），瞿三星"言东南兵事"的万言书（第23回），其中不无子龙《募练水师》、《自强之策》二疏的内容。第37至40回写松江起义，主要人物之一的王飞，取的是"黄蜚"的谐音；而"江阴严式典"则影射江阴起义领袖，曾任旧典史的阎应元。历史上江阴起义历时最久，事迹也最动人，作者就把它挪进了松江。袁灵芝，正是这些江南义士的核心。

作者故家就在分湖岸边，上述人物又是他素所熟悉、景仰的先贤，所以三支义师中，以分湖一旅写得最有声色；书中所展现的生活场景，亦以湖上风情写得最具实感。分湖之旅所处的历史时空，也就成了全书特定的艺术时空。

陇右之师的缔造者和指挥者是玉峰夫子古凝神。"古凝神"为"顾宁人"的谐音，影射顾炎武（字宁人，1613—1682）。他是昆山人，"玉峰"系昆山的别称。[2]炎武亦为复社成员。陈子龙、吴日生太湖举兵的同时，他也参与了昆山起义；其后四五年，又加入具有反清色彩的"惊隐诗社"，与吴江反清志士联系密切。[3]

顾炎武确是一位经营陇右、放眼全国、具有"战略性"恢复雄图的大学者和大志士，不过他的主要活动都在《古戍寒笳记》所写的时间之后。1651至1654年，他数上两淮，在南北交通枢纽的王家营一带了解抗清形势，并曾以"通海"罪名被捕。《古戍寒笳记》第24回写古凝神在濠濮间"延揽物色"，遇陈克勋于运河舟中，当取材于此。1662年后，顾炎武经山东、蓟燕至陇右定居，与傅青主、李因笃、屈大均等交往密切。他在《与潘次耕书》中曾说："若今日之江南，锥刀之末将争之，虽微如蠛蠓，亦岂得容身于其间乎？"表示将效东汉马伏波、杜子春，"于边地立业"。他考察天下形胜，撰《营平二州史事》、《天下郡国利病书》，以为兴亡之龟鉴。这些都成为叶小凤塑造古凝神

〔1〕 张赣生在所著《民国通俗小说论稿·南方作家概述》（第47—48页，重庆出版社1991年版）中指出，《古戍寒笳记》第十九回"所写的灵芝老人及其女儿停云"的一段故事，"或即来自叶绍袁及其女叶小鸾的传说"。又指出叶氏此书"艺术上的缺陷"，在于持有"一种书生的矜持态度"，因而有失于"写意"。这些论述都可补充章节考证、评论方面之不足。

〔2〕 杨凤苞《秋室集·书〈南山草堂集〉后》考"惊隐诗社"成员云："玉峰归玄恭庄，顾宁人炎武"。

〔3〕 惊隐诗社创始人吴振远、吴宗潜皆吴江人，曾参与吴昜起义，事败，由分湖名士叶继武助之隐蔽。顾炎武常到吴江，有《吴江八尺》诗悼吴昜。振远又与张名振、郑成功海上义师潜通，炎武有《延平使至》诗纪其事。

形象的依据。如果说分湖之旅的描写较多史实根据，那么陇右之师这位领袖人物的形象，则较接近原型。小说把古凝神（而不是袁灵芝）写成一个“冠领全国”、“主持大局”的人物，微妙地反映了对乙酉义师局限性的认识，是对历史的某种超越。

顾炎武并无率军攻长安的事迹。小说中的这段情节（第35、36回），似取材于乙酉十一月陕督孙守法起事和戊子（1648）十一月大同总兵姜瓖反正的史实。前者曾开邸五郎山，攻西安，走长安石鳌谷，破宁州，一时关中诸县纷纷来归，军声大振。后者亦曾威胁西安，动摇秦晋及汉中。

虚构成分最大的，是关外一旅。那个历史时期，东北地区并没有、也不可能出现重大的抗清活动，但确有大批遗民（包括若干反清的“政治犯”）曾被遣戍宁古塔、尚阳堡等地。作者以这些“流人”事迹为因由加以发挥，寄托自己“直捣黄龙”的幻想。不过，其中的杨春华，却不仅有原型，而且用的也是真名。《古戍寒笳记》的情感色调，主要寄托于这一人物形象及其故事。

清初，宁古塔流人中，有一批浙中“通海案”的要犯。顺治三年（丙戌，1646），原弘光朝苏松巡抚祁彪佳拒不降清，赴水死节。其子理孙、班孙联络魏耕、钱缵曾、杨越诸友为秘密结合，潜通郑成功、张煌言，以为内应。顺治十六年，郑、张舟师抵镇江，入腹地，班孙等联络山寨，图谋大举。康熙元年（壬寅，1662）事发，遣戍宁古塔者达百余人。其中的杨越，字安城，原名春华，山阴人，“少喜读书，任侠”，慨然有济世志。俞樾《荟蕞编》引余懋纪《东武山房集·杨安城传》云：

> （宁古塔）地近冷山五国城，距京城三千里，土人及驻防将士，皆朴鲁，衣鱼皮，汉人以罪至者，多依为生，佣使之。公至，独为屋以居，入山伐木，垒土石为炕，皆自身擘画。土人初奇公状貌，至是益服其才。公稍出汉物与市，土人贵汉物，争出菽粟来易，遂约汉人共贾，菽粟渐饶。土人既仰给于贾，不敢轻汉人矣。公曰：“未也，尚不知礼教”，于是教之读书，崇退让，躬自养老抚孤，赎官奴婢。……公居宁古塔数十年，安其俗。尝奉甘将军檄，练水师混同江，御俄罗斯，移家小乌喇，既而罢归。

历史上的杨春华，对于边陲人民有“教养之功”，并且确乎既有孔武能兵而又才气横溢。据说他“年六十八，鬓未半白，善饭，步履如飞，灯下能小楷”。“铁面虬髯，而诗甚清丽。”这些，都是《古戍寒笳记》所写关外之旅情节里的“虚”中之“实”。杨春华“谈大义鸠儿驯野性”(第15回)等故事,显然是上述记载的“演义”。小说中,他是一个美男子。

叶小凤还把一些稗史轶闻和话柄加以改造,糅进小说情节,如“苏重儿”,系用拆字法影射董小宛;而五儿计夺三边帅印一段故事,很可能取材于高杰之妻邢氏及郑遵谦小妻金姬一类遗事轶闻[1]。苏抚“金家璧”的名字(第21回作“金家珍”,23回作“金世珍”),则是“土国宝”的对偶;但第12回写其“紫藤篱外”的“儒雅风流”,却与“辽东大盗”的出身似有矛盾。

第三节　秋笳复作,汉槎再生
——历史真实与艺术真实的关系

在历史小说中,历史真实与艺术真实的关系,首先表现为素材的取舍和作品的结构。《古戍寒笳记》正面表现的都是草野义师和士大夫中的仁人志士,对南明小朝廷的有关素材则弃之不顾,这是作者民主主义思想的某种反映。人物一般不用真名,化实为虚,便于驰骋艺术想象。但是,某些细节的“实化”却会破坏艺术真实,如第14回称萧涵碧曾于“碧鸡杀敌,保桂王南走”;第25回陈克勋谈以台湾为恢复事业之基,稍有历史知识的读者都会感到由此而造成的时空混乱[2],而这本是可以避免的。复线结构自然比纪传连缀式结构严谨完整,但各条线索之间缺乏交织,穿插过多且往往冗长,也暴露了“穿扎”功夫的欠缺。

《古戍寒笳记》也是传奇小说,因而具有浪漫主义的特色,但它主要不表现为情节的曲折离奇,而在于强烈的情感色彩和理想色彩。

范烟桥序将这部小说与吴汉槎《秋笳集》相比,以为《寒笳记》乃“《秋笳集》之复作”,“小凤其汉槎之再生乎!”这一评价抓住了小说悲壮、沉痛的情感特征。汉槎为吴兆骞(1631—1684)之字,亦为吴江人,吴日生系其从叔祖。他以科场冤狱遣戍宁古塔,是清初著名的边塞诗人,与杨春华为文章之友。他的诗集《秋笳集》反映了“寒笳远戍”的经历和心境,“声情慷慨,格调

〔1〕 高杰,史可法所奏设四镇总兵之一,被许定国诱杀,妻邢氏率子请恤,诏“所部将士仍听邢氏统辖”(《明季南略》卷二)。郑遵谦,浙中义师首领之一,所部称数万,其小妻金姬“为胡服,玉勒珠鞯走军中,擅生杀”(查继佐:《国寿录·陈子龙传》)。

〔2〕 顺治十四年(丁酉,1657),李定国保桂王,大败孙可望于滇,帝命插报捷旗于金马碧鸡坊;郑成功取台湾则在顺治十八年,与《古戍寒笳记》所写清兵“人关不及十年”的时限相去甚远。艺术时空既已“虚化”,此类背景材料不宜过“实”。

悲凉，大有山河离别，风月美人之感”[1]。叶小风没有把吴汉槎作为《古戍寒笳记》的人物模特儿，然而汉槎却成了这部小说的“情感模特儿”。当然，这是一种情感上的共鸣，而不是模拟。

《古戍寒笳记》的情感蕴酿，至少可以上溯到1909年。是年春，叶小凤正式加入同盟会；冬，告假返里，重游分湖，有《庚戌（1910）纪事十六首》纪其事：

叶家埭外碧波回，正月初三访墓来。白头村妪知野史，临风遥指小池隈。（其一）

八闽正气未销亡，白首邱郎老更狂。百六国魂招不得，残编剩墨纪唐王。（其十）

宗国今生欲问天，五胡甲子乱编年。吴江军气辉星斗，遗烈新征《王问》篇。（其十四）

先拜前王后祖先，微生今祝发三千。为他耳鬓厮磨孽，误我尘寰二十年。（其十六）[2]

日所思者，夜所梦焉；又有纪梦诗《梦吴江行》（载1910年1月6日汕头《中华新报》）。其序曰：

冬夜之午，梦身在旧朝，城守吴江，时城外围敌以数万计，累月未破；继闻苏浙相次沦陷，孤城残坏，兵无斗志，遂为敌乘；惘然出城，兵不满百，思奔赴行在，又不得达，大哭而醒。

其诗云：

千骑万骑夹危堞，吴江城外阵云垒。将军咤叱动风雷，大旗血溅书成“叶”。擐甲昂头目四瞋，只见先生不见身。周堙大呼杀贼乐，手挥铁椎如车轮。此时胡儿亦夭矫，飞梯百丈环城倒。河水呜咽不成流，新红惨绿离离草。忽闻羽书自东来，武林今日成蒿莱。钱塘三日潮声死，千门万户生尘埃。战士惊失东南臂，将军功业汉家地。西风瑟瑟角呜呜，

〔1〕 见清宋实颖为《秋笳集·杂体诗》所作序，《秋笳集》第353页，上海古籍出版社1993年版。
〔2〕《世徽楼诗稿》卷三，上海正中书局1946年版。

泪声血誓陈忠义。当时安史乱炎唐，睢阳烽燧烛天狂。美人血作军中水，孤城独友变夷纲。金陵王气况未销，诸君且为朝廷保。劳师久顿粮不继，背城一战乘他老。军士禀命曰唯唯，此身誓与吴江碎。乌骓奋鬣嘶嘶鸣，若云敬听主人诲。士夫敌忾久不张，游奕背嵬今鹰扬。君王不向鼎湖去，马革何处非疆场？朝从太庙负矢出，暮挟胡虏北门入。臣力已尽天不知，狗兔又上沼吴策。严城百尺夕数惊，更听刘琨羌笛声。鸡肋未传新号令，马嵬已失旧军营。嗟我一身不足惜，朝廷何以恢前烈！苍然含泪出门去，余骸当卧先王侧。道逢渔父为我语，江东豪杰今无主。一战不胜卷土来，河山留君为孤注。呜呼河山留我为孤注！

“反清复明”，“攘夷存夏”，是叶小凤及其南社同志梦寐以求的政治理想的“载体”；搜集、整理明遗民抗清史料，是他们制造革命舆论的一种重要手段；分湖，是他们经常聚会、吟咏的处所；陈子龙、夏彝仲等乡贤，是他们效法的楷模。南社巨子柳亚子、陈去病（前者故家亦濒分湖，后者则是叶小凤的表兄）〔1〕，亦多有吟咏分湖，赞颂陈、夏之作，陈去病还曾致力编纂《明遗民录》、《长兴伯（吴易）集》。就在叶小凤“先拜前王后祖先”之后不久，南社部分成员赴宁吊明孝陵，赋诗感怀，汇成《白门悲秋集》。这些都应视为叶小凤诗作的思想文化氛围和情感氛围。正当武昌起义之前的长夜待旦之时，历史与现实，古人与今人，幻梦与实感，交融成为叶小凤的上述诗篇。辛亥革命爆发，叶小凤在姚雨平幕中，“大江南北之战，亲者半，闻者半”。他投身于“冱冬列阵，中夜鏖兵”的革命战争，拱卫南京，讨伐张勋，认为已经完成了“九州光复”的功业。〔2〕然而，袁世凯的帝制阴谋，使民主革命理想又一次面临危机。此时，数年前的情感积淀在叶小凤胸中重兴波澜，于是《古戍寒笳记》成为一部小说化的“失意英雄”诗。

王大觉云：“小凤之为小说”，“特自抒悲愤”耳。〔3〕《古戍寒笳记》的“楔子”，也明白自承：这部作品是借着“英雄轶史”，来浇自己“块垒”的。小说结末四回以幻境作突然收束，从情节上讲固然有破坏整体性之嫌，就情感而言

〔1〕《楚伧文存·沈母王太夫人家传》：太夫人“继彭太夫人以佐仲眉公，……吴江陈去病、吴县叶楚伧其甥也”。《民国丛书》第四编第98册，第28、29页，上海书店1989年版。

〔2〕《楚伧文存·〈建国战纪〉序》，《民国丛书》第四编第98册，第13页。

〔3〕《小凤杂著》（上海新民图书馆1919年版）王大觉序：“小凤之为小说，非饥士贱儒比，尤非鲜廉寡耻之徒比也。星斗罗于胸中，风雷动于腕底。所撰诸书，特自抒悲愤。意态至雄杰，有幽并健儿，拍马横刀之概。指陈时事，悲悯多微词，于焉可见其衷也。”

却未尝不是点睛之笔。作者将自己平生两个常遇的梦境之一(详见《小说杂论》)化入这段描写,幻出一个上叩天阍,参拜先帝的恍惚迷离奇境;又于不胜寒冽的天外,窥见一幅人间各路义师会攻北京的壮丽画卷;最后,以机锋语“你在梦中看是怎样,下山去看还不是怎样? 下山去看怎样,到梦里时还不是怎样?”作结。这段构思,虽用第二人称写出,却含有极为强烈的主体色彩。它以拉开“主体”与“客体”的时空距离为主要手段,表现出对历史的某种超越认识,又交织着理想与现实、理智与情感、千古兴亡之叹与“报恩雪耻”[1]之志的矛盾,融会出一片悲壮哀凉的色调。

叶小凤创作小说的时限,集中在1915年前后。政治斗争尖锐激烈的环境、作者的“革命党”身份地位以及“教化”色彩浓厚的文学观,决定了他的作品具有强烈的时代感和针对性,带有明显的“宣教”意向。

与《古戍寒笳记》相近的是《蒙边鸣筑记》,原载《小说大观》1915年第一、二集,1921年上海文明书局初版单行本。写江南生与侠女李朝阳,得“胡子”首领铁鹞王之助,擒日本奸细平小川(濑川平次之化名,朝鲜人),挫败敌国觊觎满蒙的阴谋;其间亦有“侠骨柔情”笔墨,当时标为“爱国小说”。情节结构比《古戍寒笳记》曲折、严谨,更带江湖气息,描写颇取唐人传奇笔调。虽用文言,可读性却不弱。《如此京华》(原载1915年《小说大观》第三、四集,1921年上海进步书局初版单行本),《陈大夫移宫记》,皆写袁世凯称帝前后北京政界黑幕和社会世态。《前辈先生》原载当时上海《民国日报》附刊《社会写真》,1927年光华书局初版单行本,写教育界黑幕,对“实业教育”讽刺尖刻。这些作品多被标为“社会小说”,但批判态度鲜明,不同于一般“黑幕”。

《古戍寒笳记》和《蒙边鸣筑记》(特别是前者),在思想观念和文学情趣上,似乎颇受《野叟曝言》和《儿女英雄传》的影响。对于《野叟曝言》,叶小凤虽曾批评作者笔力之弱,然而于其立意则无间言,以为“严十手十指之戒”,“全不磷不淄之功”,“是皆圣门学问”。因而,叶小凤同类小说中的英雄侠士,也常常被塑造成文素臣式的神格化“圣贤”,《古戍寒笳记》里的古凝神、袁灵芝、杨春华堪称代表。他们都是无所不能的救世主,文武全才的道学家,美人所崇拜、爱恋的大英雄。作者只凭主观写去,描绘势必失实,往往欲状其多智而近妖,欲显其德行而致伪,表现“至性”“至情”反而矫作,形容威

〔1〕《世徽楼诗稿》卷四《题亚子〈分湖旧隐图〉》有“报恩雪耻十余年,结束残生到酒边”之句。

望信用竟成悖理。上述艺术形象的真实性和生动性，每不如历史记载中的原型。创作方法上的这种弊病，根于作者的唯心史观和封建色彩颇浓的“卫圣功”式教化观。叶小凤的社会小说也常有刻露之弊；描写时人世事，复常取影射手法，既拘囿艺术想象的自由，又使内容隐晦，容易引导读者专注于索隐探微，从而减弱审美情趣。

台湾叶洪生先生认为：辛亥前后，“能文之士中真正具有侠肝义胆的英雄豪杰”，因清廷腐败而“相继被‘逼上梁山’”，即知识分子出身的革命党人之豪侠精神与行径，是“民初武侠小说复兴的主因”。[1] 这是一个有见地的看法。叶小凤从“不握纤毫握宝刀”，到收拾“宝刀”握“纤毫”，撰成《古戍寒笳记》、《蒙边鸣筑记》，确乎是上述文学趋向的表征之一；而他的这两部小说，又可视为现代较早的“侠情小说”。

于豪侠中插入情史，或以为可溯源到唐杜光庭的《虬髯客传》，而实则滥觞于清文康的《儿女英雄传》。《古戍寒笳记》承其余绪，于历史故事中穿插英雄美人，不乏旖旎风流之笔。既有古凝神的坐怀不乱，也有杨春华与名妓赵桐先的一夜风流，还极力渲染五儿、涵碧对春华的缠绵体贴。除描写英雄美人因从事复国大业、具有共同遭际而产生柔情之外，“主调”是借美人的英雄崇拜，来使“英雄”的形象更臻超凡入圣。这是作者所谓“名教伦常中自有浓情艳绪”一类观念的形象化。由于名教伦常与男女间的至情至性，本质上处于对立地位，而作者必欲令圣贤儿女之概备于一身，也就难免出现“性格失常，言动绝异，矫揉之态，触目皆是”[2]的弊端。而且借“美人”以衬“英雄”，本身就流露着一种对女性不平等的态度。这又表明，作者未能超脱当时那种“名士风流”、嗜香趋艳的文学趣味和社会时尚。

叶小凤颇欣赏《花月痕》于白话中每插入“极高古精妙之文言”的写法，并在《古戍寒笳记》、《如此京华》等作品中刻意加以摹仿。这固然表现着作者的旧学根底和文学功力，具有“言词悱恻，文采历落”[3]的语感，然而毕竟受拘于陈词旧格，人物语言因而失去个性特征，严重影响性格刻画，也削弱了作品的通俗性。《前辈先生》抛弃了这种语言，转而采用“五四”式白话文，这固是时代使然，恐怕也包含着对于《花月痕》式陈言痼弊

〔1〕 叶洪生：《磨剑十月试金石——〈近代中国武侠小说名著大系〉总编序》，见该“大系”，台湾联经出版事业公司 1984 年版。

〔2〕 鲁迅评《儿女英雄传》语，见《中国小说史略・清之侠义小说及公案》，《鲁迅全集》第 9 卷第 270 页，人民文学出版社 1981 年版。

〔3〕 范烟桥：《近十五年来之小说》，《鸳鸯蝴蝶派文学资料》第 260 页，福建人民出版社 1984 年版。

的一种自我觉悟。

《前辈先生》在叶小凤的创作历程中，是又一部值得注目的重要作品。据现有资料，它可能是叶氏的最后一部长篇小说，标志着他在小说创作方面达到的新高度。叶小凤的这部小说，可称之为反映民国初年学界、政界弊端的“新儒林外史”。小说采用《儒林外史》式的松散结构，20回7万余字篇幅中，包括何少卿领学款、徐约翰留洋、顾天聪视学、章实沉创“教业会”、邱太太办女校、王朝栋考察教育、宗民节戏耍诸丑等若干相对独立的小结构，这些小结构也是松散的。作者的精力不是集中于构思曲折、引人的故事情节，而是集中于通过各色人物的自身言行，揭露他们言与行，“内心动作”与“外部动作”的矛盾，从而展示一幅学界、政界的“群丑图”。揭露完成，描绘完成，相应的情节也就中止。这种结构，正如鲁迅评《儒林外史》时所说的：能“使彼世相，如在目前，惟全书无主干，仅驱使各种人物，行列而来，事与其来俱起，亦与其去俱讫，虽云长篇，颇同短制；但如集诸碎锦，合为帖子，虽非巨幅，而时见珍异，因亦娱心，使人刮目矣”。[1] 不同的是，《儒林外史》里的各个“短制”，其本身的小结构还是比较严谨的，《前辈先生》则不然，因而更接近于“人物展览”。

叶小凤过去的作品情感性都很强，字里行间每每可以发现作者主体情感的投入和显露。《古戍寒笳记》、《如此京华》的总体结构就是情感型的，这些作品的叙述语言和人物言语更加富于感情色彩，以至往往夸饰有余，沉凝不足。《前辈先生》则一反积习，纯用白描。作者鞭笞的是民国初年那些藉“兴学”“育才”以中饱私囊的官僚、政客和学界败类，满口仁义道德满腹男盗女娼的假名士、真遗老，以及新出现的各种学界西崽；然而前六个故事的描述中无一贬词，全凭客观描绘而让人物自己撕下假面，使真伪毕露。作者文笔冷峻，好用反讽，叙述语言含蓄，常带幽默而无丝毫刻露。在白话语体的运用方面显示着“文体家”式的成熟性和个性，与优秀的新文艺作品相比，毫不逊色。这又提供了“雅”“俗”完全可以结合的一个范例。

《前辈先生》中唯一带有作者身影的正面人物，就是那个曾为革命元老，而今“不官不绅”的宗民节。围绕着这个人而展开的故事基本上保持了前面各回的风格，但是稍有刻露之处，怪不得作者说：写到“后来，兴致渐阑珊了，

---

〔1〕 鲁迅：《中国小说史略·清之讽刺小说》，《鲁迅全集》第9卷第221页。

写出来的也一天不如一天了”;然而,就全书而言,尚无“如工厂放气,有放无收”[1]之弊。

总而言之,叶小凤的小说,创作态度严肃,现实感强。以历史的眼光考察,尽管除《前辈先生》外,他的多数小说不如后起诸通俗小说名家作品成熟,烙有“过渡时期”的鲜明印记,但它们确是民国初期通俗小说中的“正派”作品。《世徽楼诗稿·自题〈陈大夫移宫记〉》云:“敢以微言存直笔,惹他人泪一滂沱”,实为夫子自道。

---

〔1〕《红玫瑰》第2卷第9号(1925年8月)所载稗史氏《说董八·叶楚伧评当代作家》录叶氏自评曰:“拔开笔头,老实说话,先从我起。气概不小,脱略太多。如工厂放气,有放无收。”

第三章　有心倡武术　无意武侠兴

第一节　20年代的武术热
——强种强兵，民族振兴的客观需要

在中国现代化的进程中，由于民族振兴的需要，强种强兵的需要，也受到日本武士道的启发（故梁启超著《中国之武士道》），弘文学院嘉纳治五郎推广柔道的启示，一批中国知识分子开始提倡中国传统的武术、拳术。其中以梁启超为代表的一批知识分子是理念派，他们侧重挖掘中国传统侠勇的文化资源，六经注我式地加以批判改造，试图建立一个现代的侠文化。以同盟会为代表的是实践派，他们不仅联络搜罗江湖亡命汉以为暴力革命之助，而且不断采用暗杀手段，行径与侠义小说中的人物已颇近似。以向恺然为代表的则是一批现代武术家，他们以倡导中华拳术为职志，以现代学科理论规范为方法，重新整理传统拳术，开设研习所，冀其发扬光大。

上述原因造成了20年代的武术热。作为武术热的标志之一，是民国12年全国武术运动大会在上海召开。大会设四科武术：拳脚科、率角科、棍术科和剑术科。观参加大会的表演团体与学校，可以概略想见武术之普及。参加表演的团体有：

精武体育会	上海武德会
公共体育场技击部	精武女子体育会
中华武术会	北京体育研究社
北京镇英体育社	山东武术传习所
天津进德武术研究会	苏州武术会
常州正德国技学社	松江国技学习会
精社	南翔英武社
武技研究会	沪南武术传习所

大同体育会	上海武士会
拳术研究会	武术团
上海县警所	第六旅一团武术队
松江一营武术队	第四师炮工营武术队
第六旅二团武术队	二十旅武术队

参加表演的学校有：

东南大学	养正学校
爱国女校	中国女子体育学校
西师女子师范	爱群女校
启贤女校	精武义学
东亚体育学校	广肇小学
广肇女学	

另有各地武术名流100余人登场表演。

为了了解这些习武团体，我们可以看一则励志团的文件：

励志团缘起

励志团为技击部同仁所组织，以规约互相维系，而策励团员之向学者也。成立于民国初元。先是会员黄某，自云因受外界之激刺，思欲有以湔除东亚病夫之耻，特约其友……入会，学习拳术……其未与会者，莫不仰羡焉，于是乎而有励志团之组织焉。……团例凡旷课一次者，罚洋一饼，告假，则照罚款之半……〔1〕

从缘起中可以看出民族精神与练习拳术的关系。而精武女子模范团的成立显然又与现代女权主义思想相关联，所谓"天之生人也，头是同圆，趾是同方，无稍判别，然任事每让于男子者，则以女子自甘于承认体质柔弱，又未讲求体育故也"。〔2〕

武术热的标志之二，是学校拳术科的开设与拳术会的设立。向恺然

〔1〕《精武会之励志团缘起》，《国技大观》杂俎类第5页，国技学会1923年版。

〔2〕《精武女子模范团纪略》，《国技大观》杂俎类第7—8页，国技学会1923年版。

当年曾说:“近十年来,各省各县之学校,设有拳术一科者,几于无校无之,而尤以警察署及稍有战斗力之军队中为盛。至于上海之武术会、拳术研究会等等专攻之处,通都大邑,所在皆有。”[1]又,据万籁声说,教育部曾经颁布命令,要求各校“添设国技”。据万氏说法,可以推测教育部部令的大致时间:

> 入京师农大……幸教部颁各校添设国技之令,本校亦因有此教师一人,即赵师鑫洲也……光阴荏苒,倏忽六稔……遇杜师心五……投诚请益,复七载于兹矣……复遇杨畏之、邓芷灵、王显斋、王荣标诸师及刘老师祖……计余练习武术,十有八载耳。[2]

万籁声序言写于丙寅年即1926年,上推18年即1908年左右。对照向恺然的说法,可见此风延续至20年代并有发展。

中国教育之重镇北京大学和清华大学也都设有技击会。据《北京大学廿周年纪念册》所载,北京大学“之有拳术团体自民国四年始(即1915年),其动机则发于民国三年。……当时学生中练习拳术者甚众,或自请同学中之精于拳术者担任教授,或在校外另入他团体,自行练习,至四年秋季……准预科体育会设拳术部,……五年五月,本校开运动会,增中国拳术一部……是年暑假后……另组一分科技击会……于十月一日开北京大学分科技击会成立会……六年三月,清华学校拳术部开会,函约本校派代表前往……是年四月,预科开运动会,拳术部来宾甚众,颇极一时之盛。五月分科技击会公推蔡校长(按即蔡元培)为本会名誉会长……于十月十六日开常年大会,修改章程,选举职员,并改名为北京大学技击会……”北京大学与清华学校武术团体的设立与万籁声所在农大武术课的开设应是同一文化现象的不同表现,这说明中国武术在近现代转型期是进入了主流话语的。

武术热的标志之三,是大量研究性著作的出版。据陈铁生调查,截至1923年,关于武术的著作有30余种。据说民国前一年上海《天铎报》刊载过铁罗汉,介绍朝元派拳术之动作法,此为报刊登载拳术著述之嚆矢。当时

---

〔1〕 向恺然:《我个人对于提倡拳术之意见》,《国技大观》名论类下编第1页,国技学会1923年版。

〔2〕 万籁声:《武术汇宗·自序》,《武术汇宗》第1页,商务印书馆1929年版。

拳术著作有：

1.《少林宗法》 卢炜昌
2.《少林棍法阐宗》 上海尚文书局影印
3.《剑法真传》 宋仔凤上海六艺仁记书局
4.《拳术精华》 香港体育书社
5.《中华新武术》 商务印书馆
6.《易筋经》
7.《剑经拳经长枪牌筅》
8.《拳术》 中华书局
9.《拳术学教科书》 中华图书馆
10.《潭腿十路》 南京高等师范学校体育研究会会刊之一
11.《五行连环拳谱合璧》 天津武士会
12.《西洋拳术》 中华书局
13.《日本柔拳》 中华书局
14.《石头拳术秘诀》 中华书局
15.《女子拳法》 中华书局
16.《拳艺学初步》 商务印书馆
17.《实验拳法讲义》 中华书局
18.《拳术学教范》 商务印书馆
19.《拳艺学进阶》 商务印书馆
20.《北拳汇编》 商务印书馆
21.《潭腿图说》 中华图书馆
22.《双人潭腿》 中华图书馆
23.《达摩剑》 国技学会技击丛刊之一 曾载商务印书馆之《学生杂志》,另出单行本
24.《潭腿》 国技学会技击丛刊之一,曾载《学生杂志》,单行本至1923年已发行3版
25.《潭腿12路挂图》 商务印书馆
26.《五虎枪》 国技学会技击丛刊之一,连载于《学生杂志》
27.《合战》 国技学会技击丛刊之一,连载于《学生杂志》第5卷第6号至第6卷第9号

28.《童子军实用棍谱》 国技学会技击丛刊之一，连载于《学生杂志》第6卷第10号
29.《十字战》 国技学会技击丛刊之一
30.《函授拳术科讲义》 侦探拳术会出版
31.《国技大观》 国技学会1923年9月出版

此外，尚有《中国体育史》、《国术理论概要》（大东书局，1935年）、《国技论略》（商务印书馆，1929年）、《武术汇宗》（商务印书馆，1929年）。其中《中国体育史》为郭绍虞编，1919年商务印书馆出版。在这部著作中中国传统的拳术占了相当大的分量，试看其大目：

第一编 绪论
第二编 古时之体操术
第三编 角力
第四编 拳术
第五编 击剑
第六编 弓术
第七编 舞蹈
第八编 泅泳
第九编 游戏
第十编 结论

正是在这部学术性著作中，郭绍虞将传统武术的神奇秘诀未作分析批判地作了介绍。其介绍白玉峯之五拳时，引录了秘诀：

龙拳练神 解曰：练时周身无须用力，暗听气注丹田，遍体活泼，两臂沉静，五心相印（即手心足心与中心），如神龙游空，夭矫不测。

此外，还有“虎拳练骨”、“豹拳练力”、“蛇拳练气”、“鹤拳练精”。也就是说，练精、练气、练神等玄虚术语，在郭绍虞等人看来，是科学的而非荒诞的。

而上举之《国术理论概要》一书则前有孙逸仙像及其“尚武楼”题字，后有民国要人、名人于右任、章炳麟、胡汉民的题词。

上述叙述足以说明，20 年代确实兴起了一个武术热。

第二节　武术热呼唤武侠小说
——武术热为武侠小说提供合适土壤

武术热导致了武术著述的大量刊行。在公开刊行的武术著述中，真实意义上的武术与传奇化的神话化的武术混淆不分，这种真实世界与虚构世界混淆的武术文化，为武侠小说的兴起与繁荣提供了一个合适的土壤。具有讽刺意义的是平江向恺然等人致力于以现代科学知识重新阐述中华拳术（他自己确是如此作了），而反科学的武术神话也乘此兴起。

武术热与武侠热的关系首先可以由武术著作中所载之一系列神乎其神的人物故事中看出来。我们不妨考察一下《国技大观》[1]之《拳师言行录》，这些貌似纪实之作，其实与武侠小说同科，兹择其神奇情节列举如下：韦四可以一手挟牛置于楼上，金超则更以两指持牛脊如执鸡然（《金超》）；身体渺小，面如枯蜡之老者以两手抱大树，片刻之后，树叶尽枯（《黄杰》）；肋骨被打陷，严祥义以一指指其陷处，猛力后拽，则其骨突出如故（《严祥义》）；在嵩山绝顶，绛衣女面对使剑名家"徐举剑一拂，白光出剑芒，若秋月荡水，须臾，光四合，如流冰围雪"（《绛绡女》）；在冰水中浸练右手，角斗时毙人于瞬息（《飞鼠兵》）；浙东尼姑以足尖在铜铸馆额上自如地划字（《李友山》）；击人皮不伤而骨已碎（《吴俊》）；单指折石碑，以掌碎碑石（《刘某》）……

上所列举，均为《拳师言行录》中《授徒篇》、《寻师篇》中的作品，作者每每力证其人其事之确凿无疑，比如说江阴严祥义"年七十九卒，民国元年月日也"等等，不一而足。

这样的记述，说明了两方面的情形，就作者一方面言之，他之写作此类故事，多是信其有。向恺然作《述大刀王五》时说："大刀王五，耳其名者，皆许为关东大侠。余友江西人丁季衡，知五甚悉，尝为余言其生平梗概，余以为颇足资治技击者之观省，故为述之。"[2]就编辑者言之，也是抱着认真的态度："本发扬国粹，普遍武术之意志，搜集古籍，校订新著，苦心孤诣，惨淡

---

〔1〕《国技大观》，向恺然、陈铁生、唐豪、卢炜昌著，姜侠魂编辑，国技学会 1923 年初版。唐、向、陈、卢皆为当时武术名家。

〔2〕向恺然：《述大刀王五》，《国技大观》轶事类"拳师言行录授徒篇"第 1 页，国技学会 1923 年版。又：《近代侠义英雄传》中有关大刀王五的情节，皆本于此篇，唯一为文言，一为白话耳。

经营，历时数载，始克成兹巨帙，定名《国技大观》。分四大类：曰名论，以征士大夫之卓见也；曰专著，以裨练习者之研究也；曰杂俎，以供社会之参考也；曰轶事，以资同志之借镜也。立论务求精当，搜罗务求宏富。”〔1〕作者与编者的态度自然影响读者的接受。这样真实的世界与虚构的世界遂漫无界限，武术与武侠小说遂成为相互鼓动的力量，这正是构成20年代武侠小说兴起的土壤。必须指出，即使是完全按照科学的原则、真实的原则介绍武术及武术界人物，也有利于武侠小说的兴起。

武侠小说的世界是虚构的神奇的世界，尽管这神奇的世界中会有现实感，它仍是与现实世界本质上不同的。神奇世界的构成必须有许多元素：侠客及江湖败类、功夫、武术器械以及江湖切口都是。这些内容的大量披露，正是武术热嘉惠武侠小说作者最直接之处。

武术热中出现的武术著述为武侠小说的神奇描写提供了直接的素材和依据。撇开人物传奇不论，仅“功夫”一类就为武侠小说作者提供了广阔的想象空间。在中国武术著述中有相当多有关“功夫”的内容是真假莫辨虚实难分的。

“气合术”“武术本须区分为两大端：一曰精神的武术，一曰肉体的武术，肉体的武术谓之外武术家，精神的武术，谓之内武术家。精神可以支配肉体，故外武术家不如内武术家。”〔2〕必须指出，这里的说“内家”并不是指“养气之学”的“内家”，而是指“我体合于心，心合于气，气合于神，神合于无”。作者并以隔山打牛为例说明了练习法：

> 凝结心力　于午夜人静之候　独至沉寂处井栏边　凝神立定　以拳向井中揭之　始则寂然　日日行之无息　继即闻水声作响　迨其后则澎湃之声起　水花飞溅　拳与水本相距甚远　乃水为拳风所吸　至愈接愈近　而相抵触　则其功已成　嗣后虽隔百步之外　以拳虚击被击者无不应手而倒〔3〕

作者似乎也知道其说难以服人，于是运用现代科技成果进行论证：

> 西历一千七百六十六年，美斯美路，发明动的磁气，谓由己之动物

〔1〕　姜侠魂：《〈国技大观〉序》，《国技大观·序十五》第18页，国技学会1923年版。

〔2〕〔3〕　强公：《说武术中之气合术》，《国技大观》杂俎类下编第20页，国技学会1923年版。

磁气，因精神波动，而及于其他之动物磁气，乃生感应，且再进则能与地磁气亦可同为波动之感应，因地亦一绝大之磁，悬想将来，发明至于极点，必能充分利用动物磁气，以与真空星系，通其电感。气合术者，亦即利用动物磁气之一端。[1]

在这一“论证”后，作者进一步推论，以为“近今所盛传”之张三丰之太极拳也是一种利用磁气的形式，据作者说，坚持练习之后：

平日步行，自己意想中，假设脑为身体最高又最重之部分，行步时，假设脑能破空而游，身体为附属的，大类风筝之垂尾，神专志一，久行不怠，神而明之，可以飞行绝迹，履波涛如平地，即俗传草上飞法。[2]

这是以“科学”解释“飞行绝迹”的功夫。此外，作者还说“寻常之精此术者，凡人一与交手，能借来者之力，送回其身，来力大者，受伤亦重……”这又是武侠小说中盛行的“借力打力”了。[3]

接受过近代大学教育的万籁声，在《武术汇宗》中论述“轻功”道：

所谓内家轻功者，即趺坐练气，或早晚行功练气，能将气自由提起与沉着，三年或六年以后，能起数丈之高（轻功至高，不过三丈），身轻如羽，墙壁可走，水面可行，轻功即以此种为最高！

其论“神功”道：

以气为本，以神为用，均乃修道精窍，趺坐运神习功而来者也！根基深者，三载可成。成后能吸壁而行，飞腾数丈之高，兵刃拳棒有加其身者，自行飞倒，非本人按摩之不能愈……此功又分内外……如完全向内，则以练神为本，以道为归……此功一成，即入地仙一门，长生不老矣！

其论五毒神砂手曰：

---

[1][2][3] 强公：《说武术中之气合术》，《国技大观》杂俎类下编第 20—21 页，国技学会 1923 年版。

铁砂以五毒炼过，三年可成，打于人身，即中其毒，遍体麻木，不能动弹，挂破体肤，终身浓血不止，无药可医，如四川唐大嫂即是！

其论五雷掌曰：

有习五雷掌者，凡大雷电而起霹雳时，即念咒出双掌习之，平日不操，功成打人身上，有如火焚……

至于万氏所立“道术研究”，则完全是佛、道家修仙成佛宗教学说的通俗版本。

相比较而言，《武术汇宗》之荒诞不经内容多，不似《国技大观》之态度严肃——《国技大观》的荒诞内容多在“轶事”中，而专著中则无明显荒诞内容。但是《国技大观》中所载《少林宗法》，在《气功阐微》中也说得玄乎：“运柔而成刚，及其至也，不刚不柔，亦刚亦柔。猝然临敌，随机而动，变化无穷。指似甚柔，遇之则刚若镔铁；身似呆板，变之则捷若狡兔。敌人遇此，其受伤也亦不知其何以伤；其倾跌也亦不知其何以倾跌。神龙夭矫，莫测端倪。”其所“运”就是玄妙万方的“气”。[1]

至于武侠小说中充满形象性艺术性的武功招式的名称，大部分不是小说家的杜撰，而都是有所本的。比如，《少林宗法》中的招式有乌龙摆尾、黑虎推山、白虎望路、白虎翻沙、斫虎斩蛟、铁帚手、换枕手、探海托阴、破瓜手、毒蛇探穴等招数。[2] 万籁声所编《武术汇宗》之八仙剑招式有：鹤立鸡群、登山赶月、拨草寻蛇、推窗望月、恨福来迟、三环套月、蛟龙入海、丹凤朝阳、杏花春雨、怪蟒翻身、倒提金钟、黑虎卷尾、抽撤连环、金针探海、黄龙转身、妙手被斩、倒撒金钱、鱼跳龙门、鹞子钻天、飞龙引凤、剑斩连环、倒转阴阳，除“起式”外，每招的名称都说得上形象生动，富于艺术的趣味。《国技大观》中所载平江向恺然所注释《子母三十六棍》，图、诀及注释完备，开现代对传统武术著作作学术性注释的先河，而给武侠小说家以启示的，则是其“点”（诀），请看子母三十六棍的诀：

母棍：起、沉、揭、杀、吞、吐、垫、点

---

〔1〕《少林宗法·气功阐微》，《国技大观》专著类第6页，国技学会1923年版。
〔2〕具见《少林宗法·技击术释名》，《国技大观》专著类第35—36页，国技学会1923年版。

子棍：穿、托、挑
压、打、磕、吊、喝、滚拦、捧
劈、剃、剪、扼、敲
牵、滴水、洗
推、接、直、符
过枝、拔
采、鸡啄

武侠小说中的描写武功，大量使用动词来描写打斗中的招式对接，原来不是小说家的发明，而是小说家的书抄。而所谓宫白羽写小说前先由郑证因画出图谱也不必当真——在《国技大观》、《武术汇宗》中，少林拳（有图 180 余幅）、子母三十六棍（有图 40 余幅）、人身穴道（有图 30 余幅）、十字战（有照片 40 幅）、拳术（有照片 44 幅）、六合单刀（24 幅照片）、金枪 24 式图解（照片 24 幅）、八仙剑（照片 24 幅）、画戟（照片 16 幅）、九洲棍（照片 14 幅）、马牙刺（照片 8 幅）以及普及拳、棍、枪术图解（40 余幅），除此之外，武术中的器械如沙袋、木人、七星桩、梅花桩、飞抓、飞刀、飞叉、袖箭、镖刀、飞镖、流星、袖圈、飞蝗石、摔手箭、弹弓、袖弓弩、花装弩（即紧背低头花装弩）、飞砂（据说以各种毒药配成，自上风散之，触目，眼球即暴出）、迷魂砂（嗅者立仆）、千里火等等均有解说，这些正是武侠世界构成的不可或缺的要素。

文化氛围、读者层面的知识准备、构成武侠世界的知识积累均已达成，所缺的只是现代出版业的“慧眼”及可写作武侠故事的奇才。世界书局的老板沈知方与潦倒在沪上的向恺然遂成为 20 年代武侠小说的缔造者。

第四章　近代侠义赖传薪

——民国武侠开山祖向恺然

第一节　致力于中华拳术的现代化

——学习有教程　考评有段级

向恺然(1890—1957),名逵,笔名平江不肖生,湖南平江人。[1] 出身富裕人家。祖父以经营伞店发家,父亲向碧泉是个秀才,在乡间颇有文名。向恺然自幼随父亲攻读经史、八股,后朝廷废八股,改以策论取士,向恺然又改习策论。

向恺然自幼习武。"我十三四岁的时候就极喜欢研究拳脚。离我家五十里以内的拳教师,凡是负些儿声望的,没一个不曾指点过我三拳两脚:硬门、软门、阴劲、阳劲,杂凑了三四年;到一十七岁便专从王志群先生学习。俗语说的好,学打三年轻。就是说初学打的人,喜轻易和人动手的意思。不过我虽从拳教师学打,却从来不曾轻易和人动过手。甚么道理呢?一则因家里的约束得严,没有养成骄慢的习性,二则王志群先生原是一个温文尔雅的博学君子,一面教我就一面告戒我道:'在于今武器发达到了极点的时代,研究拳脚的目的不应在打人。若想学会了拳脚去打人,不仅打不着人,并是第一个讨打的幌子。'连带的还说了许多不能轻易和人交手的理由给我听,所以我在研究的时期中,绝没有实地的练习。后来年事稍长,交游中常遇着有曾研究过拳脚的朋友,每酒酣耳热时,有要和我较量两下的,我也未尝不有些手痒痒的,想试验试验,看几年来所研究的,用得着用不着。无奈有两个念头横亘胸中,每次使我不能出手。哪两个念头呢?一个是好胜的念

[1] 关于平江不肖生的生年有二说:其子向一学在《回忆父亲一生》中谓生于1890年2月26日(《江湖奇侠传》下册第563页,岳麓书社1986年版),《民国人物传》之《向恺然》则作1889年,并曰"此据天使《访平江不肖生夫人》"。

头，只因要强的心思太切，自己研究的拳脚平生不曾实地练习过，心中没有把握，恐怕打不过人家坍台丢脸，甚且受伤。一个是全交的念头，较量拳脚不像打弹子下围棋，胜负无大关系，学拳脚的有几句师承话，如‘一要学，二要练，三要打人心不善’‘动手不容情，容情不动手’‘不是你死，便是我死；不是鱼死，便是网破’‘打得一拳开，免得百拳来’‘黄包袱上了背，打死不流泪’一类的话，差不多成了武术家的格言。虽说是朋友要好，不妨玩玩，但动手既关碍着名誉，更关碍着性命，岂同儿戏？自己打不过受了伤，固是没趣；就是我比人强，把一个好好的朋友无端打伤了，又有甚么趣味呢？因此尽管有实地练习的机会，总是为这两个念头所阻止，使我不能出手。”〔1〕

1905 年清政府废除科举考试，开办新式学堂，向恺然考入长沙的高等实业学堂。在高等实业学堂读书时，正逢陈天华灵柩运抵湖南，长沙各界举行公葬，并由此引发了风潮。向恺然因积极参与了风潮，被学堂开除。随后，他于 1907 年自费留学日本〔2〕。在东京弘文学院，两年毕业。在日本留学期间，一度专心研究武术，并从此与武术结下了不解之缘。关于在日本的武术研究，平江不肖生自己曾经有过叙述。“吾年十七渡日本，与吾师王志群先生居密迩，湘人汤松、何陶等，慕吾师拳技，约壮健而热心研练者七八辈，赁屋于市外大久保，每于星期三六与星期日，抨击其中。吾师苦道远，车行岑寂，每强吾与偕，其时吾不喜技，且体魄荏弱，殊无研习之意，然目染既久，依样葫芦，亦颇能摹仿其手足之来去。吾师欣然曰：若辈意志虽强，而体魄苦限于天赋，皆不及汝敏捷也，曷从事焉。少年喜誉，闻师言，意稍动，课余辄于室后小院中，腾击少许时。一月后，渐生研练之兴味。遂于早夜专习之。又三月，兴味更浓，行旅坐卧，皆不忘研练矣。而汤松、何陶辈，早已辍练。师乃得以技一意授吾。”〔3〕向恺然的留学时间多久，在弘文学院毕业后尚进过何种学校，详情还不得而知，但是 1911 年 2 月向恺然已经回到国内。向恺然在回忆与人第一次交手时说，“宣统三年三月，我和同练拳脚的程作

〔1〕 向恺然：《我研究拳脚之实地练习》，范伯群编《鸳鸯蝴蝶—礼拜六派经典小说文库——武侠鼻祖向恺然代表作》第 296—297 页，江苏文艺出版社 1996 年版。

〔2〕《留东外史》(上)第一章“说源流平江不肖生晓舌　勾荡妇无赖子销魂”：“平江不肖生自明治四十年即来此地……”(第 1 页，岳麓书社 1988 年版)案明治四十年即公历 1907 年。关于平江不肖生之首次留日时间，有三说：1906 年说(《平江不肖生小传》)，1907 年说(《民国人物小传》)，1908 年说(范烟桥《民国旧派小说史略》)。此据小说《留东外史》中的自述，定为 1907 年。

〔3〕 向恺然：《拳术传薪录》，《国技大观》专著类第 6 页，国技学会 1923 年版。

民到平江县属的高桥地方去看做茶……我这年二月，从日本回家”[1]，“宣统三年(1911)，主办拳术研究所于长沙，遭革命之变，所址侵于驻兵，遂为无形的破产”[2]。大概这期间曾再次东渡日本。宋痴萍在回忆文章中说：“壬子(案即1912年)，予佐屯艮治《长沙日报》，一夕恺然来访，携所著拳术讲义一卷授予曰：‘行且东渡，绌于资，此吾近作，愿易金以壮行色。’”[3]这次东渡也可以在向恺然自己的文章中找到有力的佐证：“壬子年遇曹邑周君子谟于日本。”[4]而民国2年向氏又有在国内创办国技学会的经历：“民国二年，复宏其规(指恢复1911年在长沙创办的“学术研究所”)，创办国技学会，得湘政府补助金三千元，延纳三湘七泽富于国技知识者，近七十人，才六月，又以癸丑之变，我本身亦因政治连带关系，附属的亡命日本。”所谓癸丑之变即指讨袁。1913年(民国2年)袁世凯派人暗杀了革命党人宋教仁，倒袁运动兴起，向恺然也参与了讨袁军，并任讨袁第一军军法官。长沙之讨袁独立，事在7月25日，讨袁失败，事在9月。但长沙早在8月13日已宣布取消独立。则向恺然之回国，至迟当在1913年1月。讨袁失败后去日本，当在当年八九月间。向氏说“在日本复与吾师王志群赁居市外目白，组织钻研拳术之学社，十余同好者日夕抨击其中，于时北省人叶云表等设武德分会于神田青年会，延郝海鹏为教员，余亦竭尽鼓吹之力，以期其有成”[5]。1914年因对于一般亡命日本的革命党人堕落的忧愤，创作了长篇小说《留东外史》[6]。《留东外史》1916年由民权出版部以不肖生笔名初版发行。“民国五年友人电招返沪，复创中华拳术研究会于新闸新康里，未几因有粤东之行，事又中止。”[7]向恺然重新回国后，参加了中华革命党江西支部，继续从事反袁活动。袁世凯去世后(袁世凯于1916年6月6日卒)，平江不肖生回

〔1〕 向恺然：《我研究拳脚之实地练习》，范伯群编《鸳鸯蝴蝶—礼拜六派经典小说文库——武侠鼻祖向恺然代表作》第297页，江苏文艺出版社1996年版。

〔2〕 向恺然：《我个人对于提倡拳术之意见》，《国技大观》名论类下编第1页。

〔3〕 按：向恺然二次赴日的日期为1912年说即出于宋痴萍的回忆文章。宋痴萍说见《火烧红莲寺之预测》，《电影月报》第2期(1928年5月1日)。《拳术》一书后来先连载于《长沙日报》，后由中华书局出版，附《拳经见闻录》，署名向逵。

〔4〕 向恺然：《解星科三》，《国技大观》轶事类，“拳师言行录·授徒篇”第14页，国技学会1923年版。

〔5〕 向恺然：《我个人对于提倡拳术之意见》，《国技大观》名论类下编第1页，国技学会1923年版。

〔6〕《留东外史》第一章“说源流平江不肖生哓舌　勾荡妇无赖子销魂”：“民国三年十二月十五日午后三时，尘雾满天，阴霾一室。此时此景，就是不肖生兀坐东京旅馆，起草《留东外史》的纪念。”(第1页，岳麓书社1988年版)

〔7〕 向恺然：《我个人对于提倡拳术之意见》，《国技大观》名论类第1页，国技学会1923年版。

到上海,以小说谋生,直至1927年返回湖南。至于其回到上海的原因,向恺然说"民国八年返湘,与吾师王志群组织国技俱乐部……而吾为仇者所忌,不能安于故居"[1]。或曰作者由于《留东外史》"得罪人多,称呼人少",以致作者自日本回国后,一直坎坷潦倒,只好赋闲于上海卖文为生。[2]未知所据,录以备考。

在上海期间向恺然开始了武侠小说的创作。关于武侠小说的创作,包天笑曾在回忆录中提及。1922年包天笑请向恺然为其主编的《星期》写稿,向恺然为其写了《留东外史补》,还有一种为《猎人偶记》。包天笑说:"这个《猎人偶记》很有特点,因为他居住湘西,深山多虎,常与猎者相接近,这不是洋场才子的小说家所能道其万一的。""后来为世界书局的老板沈知方所知道了,他问我道:'你从何处掘出了这个宝藏者。'"经过包天笑的介绍,上海世界书局老板沈知方登门约请平江不肖生写武侠小说,"于是他极力地挖取向恺然给世界书局写小说,稿资特别丰厚。但是,他不要像《留东外史》那种材料,而要他写剑仙侠士之类的传奇小说。这不能不说是一种生意眼……"[3]平江不肖生于是应约写作了武侠小说《江湖奇侠传》。1923年1月平江不肖生在《红》杂志第22期上开始发表《江湖奇侠传》,《红》杂志改版为《红玫瑰》后,仍然陆续连载;同年6月,平江不肖生开始在《侦探世界》上连载《近代侠义英雄传》。同时,发表了一系列武侠短篇,如《何包子》(《红玫瑰》1卷45号)、《秦鹤岐》(《红玫瑰》1卷36号)、《杨登云》(《红玫瑰》2卷41号、42号)、《癞福生》(《红玫瑰》2卷17号)等,《梁懒禅》(《红玫瑰》2卷21号)、《侠盗大肚皮》(《红玫瑰》1卷31号)、《绿林之雄》(《红玫瑰》1卷37号、38号)、《没脚和尚》(《红玫瑰》1卷19号)、《岳麓书院之狐异》(《红玫瑰》第34号)、《喜鹊曹三》(见《鸳鸯蝴蝶—〈礼拜六〉派经典小说文库〈武侠鼻祖向恺然代表作〉》,江苏文艺出版社1996年12月出版)。此外,还有作品如《玉块金环录》、《江湖小侠传》、《江湖异人传》、《江湖怪异传》、《现代奇人传》、《双雏记》、《半夜飞头记》、《江湖义侠传》、《烟花女侠》、《艳塔记》、《猎人偶记》等。

在上海期间向恺然参与编辑了《国技大观》。《国技大观》署向恺然、陈

---

〔1〕 向恺然:《我个人对于提倡拳术之意见》,《国技大观》名论类第1页,国技学会1923年版。

〔2〕 见《民国人物小传》,台北传记文学出版社1970年版。转引自范伯群:《中国近现代通俗作家评传丛书之一:民国武侠小说奠基人——平江不肖生》第12页,南京出版社1994年版。

〔3〕 包天笑:《钏影楼回忆录》第383—384页,大华出版社1971年版。

铁生、唐豪、卢炜昌著，姜侠魂编辑。“本书分为四大类：曰名论、曰专著、曰杂俎、曰轶事”，在此书中，向恺然发表了《我个人对于提倡拳术之意见》，集中表达了向恺然对于在现代社会提倡拳术的理解。

在《我个人对于提倡拳术之意见》中，向恺然首先指责了盲目提倡拳术的流弊。“近十年来，各省各县之学校，设有拳术一科者，几于无校无之，而尤以警察署及稍有战斗力之军队中为盛，至于上海之武术会、拳术研究会等等专攻之处，通都大邑，所在皆有。在一般热心提倡者，自以此为中国拳术界之好现象，而我则以为害人群害社会，无有甚于此辈一知半解，徒知冒提倡美名，而胡乱提倡之者。”为什么呢？向恺然以为“现在之所谓提倡拳术者，不得谓之提倡拳术，只能谓之代乡村拳教师邀徒弟，及代江湖卖艺者捧场糊口，言之可为寒心”。向恺然以为那些所谓的研究拳术者“既无所谓教程，复无所谓学程”，只是徒弟跟着师傅手舞足蹈，“终年打拳，打了这趟打那趟”。一言以蔽之，向恺然认为传统的师徒手口相传的拳术不合现代学科规范，必须使之教程化、学程化，这是以现代学科原则对传统拳术的第一次深刻的批判。

其次，向恺然对于提倡拳术的目的进行了反思，批判了狭隘的切近的功利主义拳术观。他指出，在现代兵器发达的时代，必须重审拳术的目的。论打人，它不能与枪炮较。论其为体育之一项，虽然有近似处，“然拳术中之违背生理者不少，提倡者既乏鉴别之识，而担任教授者，更视为当然，且一若其手法为神圣不可侵犯者，以拳术供体育上之研究，则远不若柔软体操矣”。而“保存国粹一语，现今之提倡拳术者，无不以之为门面语，然证之吾之经验阅历，则现今所提倡之拳术，去国粹二字，尚不可以道里计”。为什么？向恺然以为精华与糟粕尚未分辨，谈不上保存国粹。不辨别、剔除糟粕，“何异视《灯草和尚》等书为国粹而保存之乎？”“在今武器犀利，体育法亦备具之时代，而言提倡拳术，其目的固不在打人，亦不在强健身体，保存国粹四字，自占提倡原因之一大部分，但余犹否认之。盖无论何种学术，凡能使人研究者，其学术之本身，必有能使研究者发生兴趣之处。研究者，既能发生兴趣，则此学术，初不必问其对于国家社会个人，有何等利益，而后尽心力以研究之也。”“但觉有研究之兴趣，斯足研究，至有无研究之价值，有无研究之必要，及其作用利益，皆非研究学术者所问。”“吾国拳术，创自数千年前，经史不传其法，缙绅不道其事，君主有禁制摧残之施，学者无提倡拥护之举，然数千年来，以迄于今日，其法未尝中断，习者代有闻人，是拳术之能与研究者以极浓郁之兴趣，不待言也。乃今之提倡者，慨我国士气之不振，欲因拳术以健其魄而振其气，遂为普遍之提倡。此固未尝有不可者，第怪提倡非其道也。”可见，向恺然认为拳术确是中国之国粹，必须有人作专深研究。他认为北派拳中“太极形意八卦三种……法理亦实在玄妙……可作研究的，不可作普遍的”。在一般的普遍的提倡中，他希望如日本之嘉纳治五郎之提倡柔道。“日本柔术，陈理不取高深，尤不取毒害人之手法”，学习有规范的教程、学程，考评有段级，普及全国，而有“大功于人类之生存进化”。为了能普及拳术，必须对流行的拳术加以鉴别，首先，区别其适于“研究的”还是“普遍的”，其次，对于适用于“普遍的”拳术，以“六病”衡量之(向恺然制定了鉴别拳术是否完善的“六病”的标准)，期其完善。因此，向恺然是一个武侠小说作家，是一个精通拳术的武侠小说作家，尤其是第一个以现代科学思想整理、批判传统拳术致力于中华拳术之现代化的敏锐的知识分子。

1930年至1932年向恺然曾再度回到上海从事创作，作有不少讲究拳术的短篇文章。

1928年春，上海明星电影公司将《江湖奇侠传》改编为《火烧红莲寺》第1集。“五月，正式上映，哄动一时，大收旺台之效；同年拍摄二、三集……十八年(1929)，拍摄四至九集。十九年(1930)，拍成十至十六集。二十年，续拍十七、十八集；《火烧红莲寺》艺术价值不高，开中国电影史武侠神怪片之先河……”〔1〕《中国电影发展史》中说：“据不十分精确的统计，1928—1931间，上海大大小小的约有五十家电影公司，共拍摄了近四百部影片，其中武侠神怪片竟有250部左右，约占全部出品的60%强，由此可见当时武侠神怪片泛滥的程度。武侠神怪片的第一把火是明星影片公司放的，……于是红莲寺一把火，‘放出了无量数的剑影刀光’，‘敲开了侠影戏的大门墙’……”〔2〕

1932年“一·二八”抗战爆发，向恺然应湖南省政府主席何键之邀，至湖南创办国术训练所。1937年抗日战争全面爆发，向恺然随桂系廖磊去安徽，任第二十一集团军总办公厅主任，并历任安徽省政府(省副主席廖磊)顾问、安徽大学文科教授等职。1947年返湖南，1957年反右斗争后，因患脑溢血逝世。

---

〔1〕《民国人物小传》第六册第33页，台北传记文学出版社1970年版。

〔2〕程季华主编：《中国电影发展史》第133页，中国电影出版社1963年版。

第二节　从《留东外史》到《江湖奇侠传》
——从谴责小说起步走向为民国武侠小说奠基

平江不肖生以《留东外史》出版而闻名，又以《江湖奇侠传》的连载，《火烧红莲寺》的"叫座"而享盛誉。在《留东外史》中，作者是想运谴责之笔，于留日学生的丑行丑闻的生活海洋中，搅起腐恶的沉渣。他说，所记"从民国元年起，至平江不肖生离东京之日止。古人重隐恶而扬善，此书却绌善而崇恶"。在第一章"说源流平江不肖生饶舌　勾荡妇无赖子销魂"中，平江不肖生介绍道，当时我国在日本的约有一万多人，可分四类："第一种是公费或自费，在这里实心求学的；第二种是将着资本在这里经商的。"这两种"与不肖生无笔墨缘"。"第三种是使着国家公费，在这里也不经商，也不求学，专一讲嫖经，读食谱的。"这是平江不肖生最感兴趣的书中主干。第四种是二次革命失败亡命来的"亡命客"。他所写的不是"仗着热心毅力，拼的颈血头颅，以纠合同志，唤起国民"的亡命客；而是"或分赃起诉，或吃醋挥拳，丑事层见报端，恶声时来耳里"的害群之马。平江不肖生谈及"绌善崇恶"的动机与宗旨是："平江不肖生就有三层请愿：一愿后来莫学书中的人，为书中人分过；二愿书中人莫再做书中事，为后来人作榜样；三愿后来的竟学了书中人，书中人复做了书中事，就只愿再有不肖生者，宁牺牲个人道德，续著《留东外史》，以与恶德党宣战。诸君勉之。"于是作者就放手谴责丑行丑闻；到第 2 集的第 26 回中，作者写道："不肖生写到这里，一枝笔实在污秽不堪了。极想寻一桩清雅的事，来洗洗它。却苦于留学界中，清雅可写的事，委实有限，在脑筋中寻来寻去，仅寻了件香艳的事，却喜这事，是看《留东外史》诸君欲急于知道的。"在《留东外史》正集结束时，他写道："《留东外史》到此，算是一个结束。只是平江不肖生脑筋中，还贮着不少的好材料……尚有种种极有趣味的事，都不曾写出来。只得留待后来。一有机缘，便再续写几本，与诸君解闷。"可见向"恶德党宣战"和"诸君勉之"是堂皇而抽象的，而与"诸君解闷"是作者的宗旨与作品的实际效应。

所谓谴责意味不强也不是我们强加于作者的，因为这位"夫子自道"的黄文汉就是一个浮浪子弟、花柳惯家，又有多少义愤去谴责讲嫖经、读食谱的"同道"们呢？在第四章"打醋坛倭奴上当 写情札膀子成功"中，书中的主人公之一——黄文汉与两个日本嫖客(是两个日本兵士)有一段争吵乃至打斗。“兵士道：‘老兄既是自费，大远的到敝国来求学，为何礼拜一的不去上课，却来这里胡闹？’黄文汉听了作色道：‘……你知道我是来求学的吗？我说句失礼的话你听，我在国内的时候，听说贵国美人多，最易勾搭，我家中祖遗了几十万财产，在中国嫖厌了，特来贵国研究嫖的。今日就算是我上课的时间，难道你可说我来坏了吗？’（跛子评点：强词夺理，但是对外国人说这话，却是痛快。）”接着是懂国术的黄文汉在打斗中赢得了胜利，而跛子又评点道：“黄文汉可谓无赖矣，然中国之办外交者又异其太不无赖……”真是奇文与奇评可以相媲美了。至于作品中用较多篇幅去描写的主人公黄文汉与日本卖淫妇园子的“爱情”也属于歪打正着。他们两人的苟合，开始只是巧设骗局，帮别人吊膀子。也许是为了“真诚”，黄文汉告诉园子：“我平生经过的女人，或嫖或偷，总数在二百以上。”人尽可夫的妓女园子并不存有醋意，也承认黄文汉的“德行”。园子说他：“你自己曾对我说过，你见了年少生得好的女子，若不转转念头，你心中便像有甚么事放不下似的。”超常情的坦率竟然成了他们之间的“黏合剂”，可见《留东外史》的格调实在不高，这与黄文汉的品位有关，但平江不肖生却将他作为英雄和情种来加以标榜。平江不肖生塑造的黄文汉是“无赖＋英雄”，与张春帆笔下的章秋谷是“才子＋流氓”，倒是属于通俗小说中的相类的典型形象，在《留东外史》中，只有个别片断写国民党成员刺杀东京筹安分会的袁世凯走狗的事，算是有独无偶的略为干净的情节。当然，如果我们不是为了猎奇，而是要了解当时留学生中消极人物的消极面，或是要了解二次革命中蛀空革命的败类，那么像《留东外史》是可以作为背景材料加以参照的，但这是从社会学的角度去了解社会渣滓的朽腐。在鲁迅的《马上支日记》中曾引述日本汉学家安冈秀夫对《留东外史》的看法：“安冈氏又说，‘去今十余年前，有……称为《留东外史》这一种不知作者的小说，似乎是记事实，大概是以恶意地描写日本人的性底不道德为目的的，然而通读全篇，较之攻击日本人，倒是不识不知地将支那留学生的不品行，特地费了力招供出来的地方更其多，是滑稽的事……”[1]

至于文学作品中的艺术性，《留东外史》是失水准的。谴责小说是贵在旨微而语婉的，假如过甚其辞，就失了文艺上的价值，而它的末流都没有顾到一点，所以讽刺小说从《儒林外史》而后，就可以谓之绝响。同是“外史”，“留东”与“儒林”是无法类比的。

---

〔1〕 鲁迅：《华盖集续编・马上支日记》，《鲁迅全集》第3卷第331页，人民文学出版社1981年版。

如前所述，包天笑编《星期》杂志时，常常往访向恺然，他是健谈好客的人，原籍是湖南平江，地近苗族，他常和包谈苗族的习俗、迷信等奇闻轶事，包因此请他以此为背景写小说。后来世界书局沈知方欲请其写小说，包即为之介绍。沈以商人头脑，见武侠小说能销行于时，就请他专写那一路小说了。那就是在世界书局出版的《红》杂志上连载的《江湖奇侠传》，先是每期仅半回，后是每期登载一回。

从《留东外史》到《江湖奇侠传》是一种创作题材的转向。这一转向却奠定了向恺然在民国武侠史上的开山祖的地位。就书商而言"投读者爱好之机"，但对作家来说，这一转向却非有深厚的功底不可。

向恺然自幼仰慕古代游侠之豪放仗义，性喜习武。他归国后，"与沪上名流、帮派头目、武林高手、各路好汉，无不交往甚密。宾客满堂，来去随意，很少一一介绍，只是在畅谈中相互拱手，自我介绍，走时亦并不打招呼。有时同坐两三班不同的人，父亲谈笑风生，天南地北，古今中外，无所不及。他记忆力特强，听了别人的故事掌故奇闻后，选择性地印入脑海，到了写书时，即可倾吐而出，一渲直下"〔1〕。他阅历既深，见多识广，江湖习俗，武林行规，帮会门槛，皆有所通晓。他生性诙谐，满腹奇闻，平日与友人娓娓道来，令人瞠目咋舌；侃侃而谈，使人惊诧莫名。他自述在独处时："在下闲居无俚的时候，每欢喜将平昔耳闻目见、稀奇古怪的事情在脑筋里如电影一般的，轮回演映。事情越是奇怪，演映的次数便越多。时常遇着演映好笑的事，不知不觉，就独自纵声大笑起来……随手写将出来，自觉比较普通由心造的小说，兴趣还来得浓厚些儿。"〔2〕凡此种种，皆是向恺然创作题材转向的雄厚资本。

《江湖奇侠传》以湖南省平江、浏阳交界地居民争夺赵家坪之归属问题为主线，以昆仑、崆峒两派剑侠分头参与助拳为纬，带出无数紧张热闹生动有趣的故事情节……因写湖南的乡风民俗甚多，湖南人读起来，倍感亲切。徐文滢也说："《江湖奇侠传》中除了飞剑道术外，据说大部分故事有着它们的来源，如清人笔记及民间的传说（杨继新及桂武二故事均采自沈起凤《谐铎》），其间浏阳平江的械斗，以及张汶祥刺马、向乐山报仇等故事，至今还有七八十岁以上的老人们津津乐道。"〔3〕

---

〔1〕 向一学：《回忆父亲一生》，《江湖奇侠传》下册第 567 页，岳麓书社 1986 年版。

〔2〕 向恺然：《三个猴儿的故事》，《红》第 50 号（1923 年 6 月）。

〔3〕 徐文滢：《民国以来之章回小说》，《万象》第 1 年第 6 期（1941 年 12 月）。

中国读者有接受神怪小说的传统习惯,如《封神榜》和《西游记》就脍炙人口。向恺然将武侠小说神魔化,从《留东外史》的“崇恶”发展到《江湖奇侠传》的“崇奇”。《江湖奇侠传》能展开想象的翅膀,异想开天地“崇奇”,也为武侠小说开一奇葩。

通俗文学中的“猎奇”机制还是对不少读者有巨大的吸引力的。普通读者还是可以在幻想世界中暂时告别现实,忘我地接受平江不肖生笔下的奇侠角色。鲁迅在《中华民国的新“堂·吉诃德”们》中说道:“几个店家的小伙伴,看剑侠小说入了迷,忽然要到武当山去学道的事,这倒很和‘堂·吉诃德’相像的。”这部《江湖奇侠传》在这种层次的读者中所达到的风行程度简直令人难以置信。郑逸梅曾在《小品大观·武侠小说的通病》中写道:“据友人熟知图书馆情形的说,那个付诸劫灰的东方图书馆中,备有平江不肖生的《江湖奇侠传》,阅的人多,不久便书页破烂,字迹模糊,不能再阅了,由馆中再备一部,但是不久又破烂模糊了,所以直到‘一·二八’之役,这部书已购得十有四次,武侠小说的吸引力,多么可惊咧。”这种效应由于小说改编成电影而达到白热的熔化点。

《江湖奇侠传》从第65回“思往事借宿入丛林 度中秋赏月逢冤鬼”中引出红莲寺,至86回“张义士刺马报冤仇 郑青天借宿拒奔女”,卜巡抚发令举火焚烧红莲寺,成了改编电影《火烧红莲寺》的情节主干。茅盾以目击盛况者的身份描述道:“《火烧红莲寺》对于小市民层的魔力之大,只要你一到那开映这影片的影戏院内就可看到。叫好、拍掌,在那些影戏院里是不禁的,从头至尾,你是在狂热的包围中,而每逢影片中剑侠放飞剑互相斗争的时候,看客们的狂呼就同作战一般,他们对红姑的飞降而喝彩,并不是因为那红姑是女明星胡蝶所扮演,而是因为那红姑是一个女剑客,是《火烧红莲寺》的中心人物;他们对于影片的批评从来不会是某某明星扮演某某角色的表情那样好那样坏,他们是批评昆仑派如何、崆峒派如何的! 在他们,影戏不复是‘戏’,而是真实! 如果说国产影片,而有对于广大的群众感情起作用的,那就得首推《火烧红莲寺》了。”〔1〕左翼文坛对这种“武侠热”进行了批评。茅盾认为:“一方面,这是封建的小市民要求‘出路’的反映,而另一方面,这又是封建势力对于动摇中的小市民给的一碗迷魂汤。”〔2〕所谓“出路”是封建小市民在备受压迫的生活中不知何去何从,渴望着有侠士剑客来“彰

〔1〕〔2〕 沈雁冰:《封建的小市民文艺》,《东方杂志》第30卷第3号(1933年2月)。

侠义锄强扶弱，惩顽恶除暴安良”。而瞿秋白则认为这种武侠热会产生“济贫自有飞仙剑，尔且安心做奴才”的梦幻曲，“梦想着青天大老爷的青天白日主义者”。[1] 这主要是从政治斗争视角去进行剖析，而排除了娱乐效应的。

不过，《江湖奇侠传》在思想上的最大的缺失是承继了神怪小说中的糟粕，大力宣扬宿命论。这是在指导读者阅读时不得不着重指出的。在《江湖奇侠传》中，平江不肖生的“天命论”是自成体系的。他从“命运”、“缘法”、“来历”、“因果”等说教出发，最后用“天命”来总领一切。例如，小说中的许多情节铺叙之后，平江不肖生就说：这是“命不该绝”，“此时死期未到”；而另一人却“恶贯已盈”、“鬼使神差”地掉了脑袋。对从小就深受苦难的人物，他解释道：“此人命里合该出母胎即遭磨难”；有时他又为“见危不救”者开脱：“他的磨难更多，此时救他尚早。”总之，一切都属“命中注定”。与命运有关的另一不可知论的东西名曰“缘法”。所谓“人生遇合，都是前缘”。为什么孙癞子等人都能遇到奇人异士？能求仙得道？他们的师傅都异口同声地说过，此人“与我有缘”。把“缘法”说得神乎其神，最终达到了“有缘千里来相会，无缘对面不相逢”的地步。既然一切遇合，皆有前缘，那么，小说就常追溯人物的“来历”问题：有神力的仙家一眼看去，就知面前站的凡人“也是有些来历的人，将来也得成就一个女侠”。这是所谓“慧眼识夙根”的本领。从“来历”出发，自然引申到“前生冤孽”和“万事皆由前定”等宿命观点。而《江湖奇侠传》的另一根情节的支柱就是“迷信因果，报应昭彰”。上述所说的“命运”、“缘法”、“来历”、“因果”都是冥冥之中的“天命”所派生出来的种种不可知论的奇谈，归结到一点就是世人应该“畏天命”。所以一部《江湖奇侠传》说来也并不奇怪，那“侠”的本领再大，在“天命”面前成了脓包，即所谓“天命难违，拗不过来”。“侠”其实也极渺小：“只能尽人事以听天命，天机不可泄漏”。本领非凡的道长虽能掐指一算：“千里以外，吉凶祸福，一掐便知”。但他们也无法了解祸福的原委，因为“凡事不可理解，乃天数”。而且“大事天数，小事天数，一饮一啄，莫非前定”。“人”到了这般田地，就成了天的附庸。在《江湖奇侠传》中，“人力”的作用消失了，“天命”是世界唯一的主宰。

就《江湖奇侠传》的艺术性而言，作为通俗小说，它在片断的奇谈怪闻的叙写时，尚有强大的磁场，甚至颇多精彩的“段子”，但通盘的布局却是失败

---

〔1〕 瞿秋白：《乱弹·吉诃德的时代》，《瞿秋白文集》(一)第 273 页，人民文学出版社 1953 年版。

的。连平江不肖生自己也不得不一再承认，自己"小说的章法稍嫌散漫"，"在下也自知这枝笔太散漫了"。有时为了某一人物的来历，离开正在发展的情节主线，"抛荒正传，久写旁文"达十几回书；有时一个"大岔岔开去，竟写了好几万字的闲文"。这样节外生枝，枝外生丫，丫上分叉，枝枝丫丫、节节叉叉地写下去，老是另起炉灶，一路预约和许愿，一会儿说某某是书中的紧要人物，后文自有交代；一会儿说，某事是全书开合大关键，不久将自有一番奇观之类，但写到后来，连他自己也不知如何践约了。徐文滢曾评论道："《江湖奇侠传》没有写完，作者写到七八集时，已几乎完全忘了开头时所布下的宏大的计划，到九集草草的结束了。以后由另一个人续写了胡说八道的数册，相形之下，方知写这样梦呓的神怪小说原来也不是易事。"[1]

这"续写"又引起了著作权的赔偿问题，《上海画报》刊登过的一篇《向恺然返湖省亲记》中有所提及："上海世界书局曾托李春荣君来平（向恺然一度住北京——引者注）与向接洽，结果酬报现金八千元。此中纠纷，非片言所能罄，大致不外《江湖奇侠传》之著作权问题。盖向君以十至十一两集，非其手笔，深致不满，世界乃以此慰之也。"报道的真实性已难考，这里不过提供一个佐证，从中可以研究通俗文学的商品性问题，及畅销书的"昂贵价值"。

第三节 《近代侠义英雄传》——民国武侠经典
——以爱国深情与民族正气为魂魄

平江不肖生在15岁时因闹公葬陈天华的风潮被开除，他未始没有爱国爱民族的义愤；在写《留东外史》时，他也并非没有谴责揭露之意，但他却走了"绌善崇恶"和"搜丑觅艳"的弯路。平江不肖生在写《江湖奇侠传》时，以发挥奇想，甚至走向神魔化为其特色。读者对神魔化的小说并不要问一个"真"抑或"幻"，他们并不一定要"信"，而只求喜欢"看"——有兴味。但平江不肖生偏要说这是"真"，还定要你"信"。在描写超人的神力时，他又大力宣扬天命观，显示了神仙的伟力与凡人的渺小。上述几点皆暴露了平江不肖生的创作中的弱点，但他并不是一个思想平庸而颟顸的人。证明之一是他的《江湖奇侠传》和《近代侠义英雄传》几乎是同步创作和同时发表的。当《近代侠义英雄传》在《侦探世界》上开始连载时，《江湖奇侠传》也只是在

---

〔1〕 徐文滢：《民国以来之章回小说》，《万象》第1年第6期（1941年12月）。

《红》杂志上刚刚“神龙见首”呢！我们只能说《江湖奇侠传》在取得一定的成功之外，暴露了他的一些劣势和局限；而《近代侠义英雄传》却正好显示了他的一些优势和强项。作家在主观上是有分工的。《江湖奇侠传》侧重于神魔剑仙猎奇，《近代侠义英雄传》则以武功技击为主干。前者是在前人的笔记及民间传说的基础上发挥奇想，后者则在史实传奇、武林轶闻的基础上树碑立传。比试的结果是，《近代侠义英雄传》成了民国武侠小说中的扛鼎之作。

《近代侠义英雄传》以王五和霍元甲为贯串人物，以爱国的挚诚深情和民族的凛然正气为全书之魂魄，塑造了一代气贯长虹，铁骨铮铮的侠客义士、英雄豪杰的群像。长篇以“戊戌六君子”之一谭嗣同的从容就义开始。起笔不凡，谭的无畏慷慨，王的义肠侠骨，皆显得英气逼人。当王五要护送谭嗣同到安全的地方去时：

谭嗣同从容笑道：“……安全的地方，我也不只有一处，但是我要图安全，早就不是这们干了，我原已准备一死。像这般的国政，不多死几个人，也没有改进的希望，临难苟免，岂是我辈应该做的吗？”王五不待谭嗣同再说下去，即跳起来，在自己大腿上拍了一巴掌道：“好呀！我愧不读书，不知圣贤之道，得你这么一说，我很悔不该拿着妇人之仁来爱你，几乎被我误了一个独有千古的豪杰！”过不了几日，谭嗣同被阿龙宝刀腰斩了，王五整整地哭了三日三夜。

向恺然写霍元甲也是襟怀豁达，大气磅礴。他的摆擂比武，创办武术学校，最终目的是为了要摘去我国的“东亚病夫”的帽子，替中华民族争气，却并无丝毫排外、仇外思想。1984年，岳麓书社重印《近代侠义英雄传》时，改书名为《大刀王五、霍元甲侠义英雄传》，并有所删节。其中某处整整删去5章，内容是霍元甲与义和团的一番纠葛，这正好是显示霍元甲既不允许外国人辱华，而又决不排外思想的重要情节；既能显示人物性格的两个侧面，又是平江不肖生的得意之笔。即使有人会据此批评平江不肖生的局限性，我们也不妨直陈于读者之前，或可加上一定的说明或注释。出版《近代侠义英雄传》不必参照出版洁本《金瓶梅》的方式。

平江不肖生以霍家“迷踪拳”为渲染的主干而带出清末武林各门派之看家特色，不少均是真人真事真功夫，为武林留下了一代英豪的列传。向恺然晚年计划撰写《中国武术史话》而未成，但在《近代侠义英雄传》中仿司马迁的《游侠列传》，为近代武林英雄一一造像，留下了武侠史中的不朽笔墨。

《近代侠义英雄传》中并非没有败笔，但整体艺术优于《江湖奇侠传》，而结构亦较《江湖奇侠传》为胜。不过还是免不掉“虽云长篇，颇同短制”的“儒林”章法。所谓一人带出一人的“劈竹剥笋”之法，往往用之不当，故事缺乏内在联系，而成为可长可短可繁可简的任意填充法。例如，世界书局版第20回“金禄堂试骑千里马，罗大鹤来报十年仇”以王五为虚架的引线，引出了一长串相关或毫不相关的故事，形同碎锦，直到第41回才投榫合缝，但仅用了2 000字草率地结束了21个回目之前设下的“大关节”，读来并不过瘾，在结构艺术上不能不算是一个缺陷。在《近代侠义英雄传》的正文中，平江不肖生就熬不住吐露了自己的苦衷：“在下写这部《侠义英雄传》，虽不是拿霍元甲做全书的主人，然生就是许许多多事实，都是由霍元甲这条线索牵来，若简单将霍元甲一生的事迹，做三五回书写了，则连带的这许多事实，不又得一个一个另砌炉灶的写出许多短篇小说来吗？”

其实，《近代侠义英雄传》在发表之前有若干重要片断已在刊物上作为独立的短篇发表过了。有的是主人公的名字换掉了，但情节相似；有的如第53、54回（岳麓书社）“秦鹤歧八代传家学”、“杀强盗掌心留纪念”作为短篇发表时，题名就叫《秦鹤歧》，而第65至68回的“黄石屏初试金针术”等情节作为短篇发表时题名《神针》。在发表《神针》的下期刊物上，居然还登出了黄石屏的传人在上海行医的地址，以表示此乃真人真事真功夫的纪实之作。

就结构艺术而言，平江不肖生的短篇优于长篇。因为当平江不肖生将“颇同短制”的碎锦，铺陈镶嵌为短篇小说时，情节结构就显得精当而凝聚，劣势顿成优势。因为有时在长篇中几回书均属主线之外的旁文闲笔，现在离主线而独立，就化为闪光珍异，使人刮目相看，爱不释手。有的读者以为读平江不肖生之武侠长篇过瘾，犹如开怀畅饮，这固然不错，但如去读他的优秀短篇，亦如精致小酌。平江不肖生的短篇过去不为人们所注目，成为被遗忘的角落。

当我们考察《近代侠义英雄传》之后，可知这部长篇已完全跳出了清代侠义小说的窠臼，真正为民国武侠小说自立了门户。鲁迅曾对侠义公案作评：“这等小说，大概是叙侠义之士，除盗平叛的事情，而中间每以名臣大官，总领一切。”[1]张恨水在《武侠小说在下层社会》中说：“人民的不平之气，究

〔1〕 鲁迅：《中国小说的历史的变迁》，《鲁迅全集》第9卷第339页，人民文学出版社1981年版。

竟是要喊出来的。于是北方的说书人，就凭空捏造许多的锄强扶弱，除暴安良。可是，他们不知道什么叫革命，这八个字的考语，不敢完全加在侠客身上。因之在侠客以外，得另行拥出一个清官来当领袖。换一句话说，安定社会的人，还是吾皇万岁爷的奴才。因为如此，所以他们写出来的黄天霸、白玉堂之流，尽管是如何生龙活虎的英雄，见了施大人、包大人，就变成了一条驯服的走狗。……以侠客而当捕快，可谓侮辱英雄已极，作者自己，大概也难于自圆其说，只有他们是拥护清官，便又写了一批反贪污的强盗，也来投降当走狗。因之，他们的逻辑，是由反贪污当强盗，再由反强盗而当走狗这才算是英雄。”[1]可是在过去，侠义与公案往往是孪生子，到了平江不肖生手中，他已基本上挣断了这根传统的锁链，他是称得上民初武侠小说的开山大师的，而他的《近代侠义英雄传》堪称民国武侠小说的奠基经典之作。

〔1〕 张恨水：《武侠小说在下层社会》，《周报》第11期(1945年11月)。

第五章　七红八黑　荆棘江湖

——姚民哀的“党会武侠”

第一节　浪迹江湖搜秘闻

——为武侠增添一个颇具特色的党会门类

武侠小说的读者和研究者，往往都把郑证因称为“会党小说”的代表作家，其实，姚民哀创作此类小说，早于郑氏 20 多年。当时，大东书局出版他的《南北十大奇侠传》，曾在广告中作如下宣传：

三百年来的党会秘密
　　水旱各路的江湖规矩
试问你不曾入过圈子，怎能够完全明白？
　　现在！姚民哀先生
从无数秘密里搜求材料融化经验学问撰成
　　这部骇世惊人的：
　　南北十大奇侠传
　　精神最最饱满
　　人物色色俱全
揭破一百余个党会秘密
　　滚瓜烂熟
　　证据确凿
…………
　　▲一帮有一帮的历史渊源！
　　▲一帮有一帮的宗旨派别！
　　▲一帮有一帮的山头首领！

▲一帮有一帮的组织情形！
▲一帮有一帮的切口帮规！
▲一帮有一帮的使命帮诀！
——种种无奇不有秘密
本书尽量宣泄！

宣传文字，难免夸大张扬，但在反映姚氏党会小说的特色上，它是基本真实的。姚民哀的作品，对秘密社会掌故异闻搜求之广，材料之丰，直可以当作会党史料来读。其中写得最生动的是下层江湖人物及其生活，即所谓“七红八黑九江湖”：“红”指不结帮立竿的强盗；“黑”指各种门派的窃贼；“江湖”，这里专指二八月走码头的流丐及流星水碗等流浪艺人，亦称“江湖团”。他们构成了“江湖”这个亚社会中一个独特的小亚社会。他们的生活充满神秘、蛮野、诡诈，而又往往勃发着虎虎生气。

姚民哀出身书香门第，却自幼混迹于帮会之中，是一个不可多得的、纯牌“江湖出身”的通俗文学作家。他是评弹艺人，这个行业即属于“江湖团”，切口称为“响戮”业中的“叹册”行，因此，一向被士流目为“倡优之属”；然而姚氏却又跻身文坛，甚至一度接近政坛，成为中国近代一小段历史的见证人。他的一生，始于革命，终于附逆，大起大落，可叹可恨。

凡此种种，都决定姚民哀在通俗文学史上应该占有一席地位，是一个值得研究的复杂对象。

姚民哀，江苏常熟人。原名朕，又名肖尧，字天亶，号民哀。艺名朱兰庵（或作莱庵）；笔名护法军、小妖、老匏、芷卿、灵凤等；室名花萼楼、息庵、芝兰庵等。生于清光绪十九年(1893)十一月，死于1938年夏秋间。[1] 祖家福，字啸琴（或作小琴），诸生，有《潭影山房诗集》遗世。伯父福均，字子成，号屺瞻，贡生，著有《海虞艺文志》等，尤邃于经学。“为人滑稽似东方曼倩，解颐似匡稚圭……隐于酒，每当合樽促席，发一言，举座为之轩渠。”晚年佐浙江

〔1〕 或云姚民哀生于1894年。按姚氏在《我之恩物》一文（《红玫瑰》第3卷第14号，1926年4月）中称：“我是前清光绪十九年十一月内出生的。”是年农历11月24日相当于公历1893年12月31日。姚氏死讯，上海《新闻报》1938年2月6日曾作过报道，然邑人徐兆玮同年2月25日《日记》载：“树儿言，姚民哀在塘市说书，杨老魁亦见过。”然则6日《新闻报》之通讯，亦诳言耳，或系民哀所为亦未可知。其他知情人或云姚死于“9月下旬”，或云“10月初”，或云“夏秋间”。参见沈秋农《姚民哀之死浅证》，载常熟市政协印行的《常熟文史资料辑存》1987年第14辑。

学使阅文，殁于建德试院。[1] 父仁寿，字琴孙（或作琴生），能诗，著作甚夥，善绘墨梅，屡试不第。因爱好评弹，常登台献艺，而遭戚属中之贵者呵斥，遂依舅氏朱姓，易名寄庵，操弦索为业。尤擅说唱《西厢》、《三笑》、《荆钗记》、《双金锭》4 部弹词。《西厢》乃自编秘本，颇具特色。

姚民哀 9 岁即已随父往返于江浙乡壤间。15 岁毕业于虞西“民立小学”。他常与父同台鬻艺，人称“大小朱”；其弟民愚（菊庵）亦操是业，与兄并称“朱双档”。“时巢湖客民，出入于太湖流域；所至，以聚赌、贩盐为事，声势甚张。”民哀“尚童騃，尝出入此辈秘密窟中，对于个中之特殊术语及风俗，是时已习见熟闻”。[2] 稍长，即投身此中。

辛亥之前，姚民哀至沪献艺，适南社成员太仓冯平（心侠）在沪从事革命活动。1910 年姚袖诗一卷谒冯，求为序，并师事之，从而结识革命党人，先后加入南社、光复会及中华革命党。武昌起义爆发，苏沪独立，吴淞光复军司令李柱中（燮和）爱姚之才，延为记室。时冯平结中国少年社于海上，“密谋潜北，暗杀权要，以速统一”。姚加盟于该社，为冯之“股肱腹心”，“奔走经营，不辞劳瘁，耐饥寒，冒风雪，寝食不安者历七旬”。1912—1913 年间，姚又从同盟会员、南社社员太仓俞剑华、嘉兴沈道非及南社社员青浦邹亚云游，思想文学，复受益匪浅。南北议和时，冯心侠、邹亚云、吴豹军、姚民哀等以为帝号犹存，袁世凯居心叵测，乃由姚“与娄东王梦瑗挟弹击某代表”。“北走燕云，东游辽沈，击未中乎副车，戈空负于白下”，事未果而返。[3] 姚遂遁居鸳湖有年，旋复返沪，重操弦索生涯，暇则治诗古文字，旁及小说。当时，主要为《民国日报》副刊“民国小说”栏撰稿。共事者叶楚伧、胡朴安、陆秋心、于秋墨、汪洋（破园）、朱鸳雏、许指严、毕倚虹、陈匪石、姚鹓雏、管义华、姜泪杏、朱宗良等。姚并曾于 1919 年主编不定期刊《小说霸王》。次年，入美商花旗烟草公司任文牍。事前，摭拾新旧诸稿约 7 万言，编为《民哀说集》，交国华书局出版。有张碧梧、程瞻庐、冯平、管义华、郑正秋、郑鹧鸪、严独鹤等撰序，柳亚子、叶楚伧、王大觉、傅屯良、姚鹓雏、宋痴萍、周芷畦、范烟桥、徐稚之、范君博、顾静观、笑云等为之题词。

花旗公司业务遍及全国，主事者知姚民哀热衷于搜求党会秘闻，故常予

---

〔1〕《海虞艺文志》张瑛序。

〔2〕姚民哀：《江湖豪侠传》自序，见该书上海世界书局 1929 年版。

〔3〕参见冯平《朱莱庵小传》（《南社丛选》卷七）及《民哀说集》自序、冯平序、柳亚子题词附注（见该书第 509—510 页，上海国华书局 1921 年版）。

以出差各地机会。自民国10年起，“北游京、津，东至吉、黑，西入潼关，南越闽、粤，至民国13年川汉倦游止，共经历了直、鲁、豫、晋、陕、苏、浙、皖、鄂、川、湘、闽、粤、奉、吉、黑、赣、热、察、绥20个省界”。所至，尽心力探访党会秘史，人物轶事。其中孙美珠、美瑶兄弟，“峒坑四大王”、姜伯先、马德芳、顾瑞哥、吴江何家六、震泽倪财宝、江阴章少良、南京苏大官、江北伏龙、潘凯渠、南通薛老四、无锡沙大、海州云北、徐州桑海山、浒浦葛绣锦、如皋泰州杨家三弟兄、安徽鲍老四、营口计庆星，以及余孟亭、夏竹深（夏小辫子父女）、曾国璋、刘贵狗、李达三、部三、马永贞兄妹、范高头夫妇等，都是近现代中国秘密社会中的著名人物。[1] 姚民哀同时也就开始以上述“所见闻的社会秘密因果”为素材，撰为“党会说部”，相继推出《山东响马传》、《盐枭残杀记》、《龙驹走血记》、《三凤争巢记》、《独眼大盗》、《侠骨恩仇记》、《荆棘江湖》、《四海群龙记》、《箬帽山王》、《南北十大奇侠传》、《生死朋友》等中长篇作品，并陆续发表了一大批标以“江湖秘闻”、“党会秘记”的短篇作品，为武侠小说增添了一个颇具特色的门类。这个门类对后来的武侠文学（包括当前大陆、港台的“新派武侠小说”和“帮会影视”），产生过深远的影响。

第二节　传奇纪实难混成

——真和奇相抵牾的《山东响马传》

姚民哀自称，甲子（1924）年前，他的创作追求是：诗词媲美柳亚子，文章并肩叶小凤。以《民哀说集》为代表的早期作品，正是这一追求的体现，这些作品多用文言，题材与当时的大量鸳蝴派小说雷同。社会小说多取白描而常发议论，是“纪事”和“言论”的杂糅（如《人之种种》）；言情小说秾丽华艳，颇有唐人传奇遗风（如《名花漂泊》）。“而甲子年后，我的文墨和行为，努力向朴实无华的途径上走去。”[2]党会说部的文字风格，基本继承《老残游记》、《儒林外史》一类古代白话小说传统，而在内容、形式上时有“求新”痕迹，每部中、长篇小说的倾向和成败，又各有差异。

1923年，姚民哀正在上海主编《世界小报》。同年5月5日夜、6日晨，山东抱犊崮孙美瑶匪部联合各地股匪，在沙沟、韩庄一带袭击津浦路上行旅

〔1〕 姚民哀：《我之恩物》，《红玫瑰》第3卷第14号（1927年4月）；又见《箬帽山王·本书开场的重要报告》，《红玫瑰》第6卷第1号（1930年1月）。

〔2〕 姚民哀：《我之恩物》，《红玫瑰》第3卷第14号（1927年4月）。

客列车,绑架中外旅客百余人,这就是震惊中外的“临城劫车案”。3个月后,姚民哀开始在陆澹庵、赵苕狂、程小青、严独鹤主编的《侦探世界》半月刊上连载以此为题材的《山东响马传》。原分6节,第1节题为“龙门观雨夜听见的说话”,载该刊第6期;第2节“车夫口内的土匪情形种种”,载第8期;第3节“孙氏兄弟和一般人的历史”,载第9期;第4节“孙氏弟兄为匪的发源”,载第18期;第5节“孙美珠决心为盗时的情形”,载第19期;第6节“孙美珠落草为寇”,载第22期。1924年改为章回体,由上海世界书局初版梓行。总16回,4万余字,前有赵苕狂序及人物图像12帧,各附赞词。

《山东响马传》的前5回实为“引子”,就此而言,应该是长篇小说的格局。作者在正文中也说,写至第5回(即第3节)忽然决定“变更体裁”,把它“做成一篇短篇小说的格局”了,因而后半部实际只是一篇“孙美珠传”。作者在“引子”部分曾借车夫“赶脚史”之口表示:抱犊崮匪部中,值得敬佩的只有孙美珠和“孔明先生”二人,对其他人物的贬抑态度甚为明朗;这也反映在“图赞”中,如孙美瑶赞即云:“孙美瑶,气焰高,称强于山东道上,人皆欲扑杀此獠。”然而,书中的孙美瑶形象并非如此,这一人物和其他人物的形象均未完成,至少作者的情感倾向在现存文本中没有得到充分体现。

在当时连载的通俗小说中,虎头蛇尾、草率收场的情况并非罕见,许多作家也没有完整地塑造人物形象的观念。姚民哀自己还承认:“小子才力有限,向来喜欢粗枝大略,没有宜兴茶壶粗泥细做的工夫。”[1]从这个角度看,《山东响马传》的粗疏草率,是不足为怪的。但是,这背后也许还有别的原因。单行本的最后,有一段连载时所没有的文字,略谓该篇连载未及一半,“却接到泰安分公司总理刘小辫子的一封来信”,说民国10年作者为公司赴泰安、兖州调查烟叶时,曾向他提供抱犊崮匪部内情的车夫“赶脚史”已被杀害,因为“当家者责其不应家帮外教”,而且被人将“线上情形”形诸笔墨,“与弟兄们买卖上很有阻碍”。寄信人因而劝告作者:速将“佳著”“不了了之”,切勿冒“捋虎须、拔龙角之完全危险”。如果这段文字确非空穴来风,则不仅说明了第3、第4节之间停顿了4个月之久的原因,恐怕也透露了突然变更体裁,以至虎头蛇尾、草率收束的别有缘故。因而,黑社会势力之嚣张这一信息,不仅是通过正常的传播渠道(作品文本)传输给读者,而且还是通过“信道受阻现象”而传输给了读者的。后者作为一种“潜信息”,震撼力甚至

〔1〕《独眼大盗·小结束生擒独眼盗》,《红玫瑰》第3卷第29号(1927年7月)。

更强。在中国的“文祸史”上，这种情况虽非罕见，但“祸源”来自黑社会之“当家者”，却是少有的。

姚民哀的中长篇小说中，《山东响马传》是时效性最强的一部。由于临城劫车案涉及20多名外国旅客（包括洛克菲勒之妹和罗斯福侄女）的人身安全，当时不仅朝野震动，而且大有引发国际军事干涉之势，然而，舆论界报道此案时，对“官”的谴责却大大超过了对“匪”的愤慨。5月18日《申报》社论“说匪”，竟然提出“欲治中国者，必以治匪为本；欲治匪者，必以治‘官匪’为本，治‘土匪’为末”的论点。被释放的中外旅客居然说：“匪之待余，实视官为优”；匪首“始终言词和平，诸事循礼”。[1] 由此可见，当时的军阀统治，黑暗、腐败到了何等地步，公众对于这一统治的失望和厌恶，深到了何种程度。姚民哀企图以通俗小说的形式，反映这种成为群众共识的逆反情绪和心理期待，未尝不是对于通俗文学正面价值的弘扬。《山东响马传》中借“赶脚史”之口所发的一通“匪源总论”，抨击军阀政府的“殖军政策”，揭露“兵匪互助”，“兵不如匪”的黑幕，与公众舆论是同步的；而作者对“自负英雄好汉”的土匪心态的剖析和批评，又比一般“颂匪仇官”的舆论更富理性。这是值得肯定的。

但是，作为文学作品，《山东响马传》还很幼稚。姚民哀所面对的，是纪实性和传奇性的矛盾，这一矛盾，或多或少也存在于他的其他“党会说部”之中。一般说来，传奇性很强的武侠小说体裁，宜乎处理产生于相对封闭的社会、文化环境的不为常人所知的素材，以及与现实距离较远的素材。现实素材也可能富于传奇性，在千奇百怪的旧中国尤其如此，但是由于它们贴近现实，所以更适宜于纪实文体。已被新闻媒介传播得家喻户晓的抱犊崮案极其复杂背景，很难纳入姚民哀所熟谙的《水浒传》式传奇性文体（例如，抱犊崮匪部中包括一批从法国归来的华工，其中有些人能用法语和外国人进行谈判）；思想文化素养的局限，又使姚民哀无力创立纪实文体，而当时对于此案新闻报道的开放程度，也使纪实文几乎失去了存在的必要。所以当姚民哀把“孙美珠传”写成一篇“现代宋江传”或“现代卢俊义传”时，人们强烈地感受到了“现在”与“水浒时代”之间的“时间差”，远远满足不了心理上的期待；当人们对“匪源总论”产生共鸣时，又不无遗憾地发觉，“赶脚史”所扮演的，不过是文明戏中“言论正生”的角色；当人们期待作品对劫车案本身以及

---

〔1〕 见1923年5月16日《申报》“国内要闻”栏康通一所写《枣庄闻见录》及“西报消息”栏所摘《大晚报》讯。

其他人物展开描述时，作者却把这些用"当时报上早已沸沸扬扬的登载，诸位想来都已知道"一语带过了。这都说明作者无力调控或解决纪实性和传奇性的矛盾，因而也导致了体裁格局的混乱。

姚民哀中长篇小说的开头都比较好，《山东响马传》"引子"部分有相当的代表性。作者以第一人称叙述"我"出差山东，刘小辫子介绍"赶脚史"，夜闻江湖人谈江湖事，然后引出"赶脚史"讲说抱犊崮秘闻。故事的叙述者有二："我"和"赶脚史"。他们都不是全知者，但又都是通文墨的"玲珑空子"（江湖切口，谓非个中人而知个中事者），因而故事是通过两个既互异又互补的内视点展开的。这种叙述方式源于说书艺术中"官表"（书中人物口吻的叙表）和"私表"（第三者口吻之叙表）交织的表白法，收到了视点选择和视点转换的艺术效果（在这方面，《荆棘江湖》的开头有异曲同工之妙），由于"我"亦作为书中人物出现，效果更佳。遗憾的是作者在叙表模式的选择上并无艺术创新的自觉，一入"正传"，突然转为全知叙述，致使"引子"部分中两个颇具特色的视点完全消失。虽然"孙美珠传"也试图运用一点"新文艺笔法"，但"正传"在艺术上的成熟性和自然度却远逊于"引子"了。

《盐枭残杀记》连载于《红玫瑰》第1卷第29至31期（1925年2月），另有与之相衔接的一个短篇《血誓》，则先发表于同刊第13期。作者自称，材料得自"民国十一年的春天""代表花旗公司，到江北去推广营业"之行。《盐枭残杀记》写江北盐枭首领、"云宝山"主曾国璋与"春宝山"主余海峰（非真姓名）火并事。叙述方式与《山东响马传》近似，但"楔子"至"正传"过渡自然，"正传"部分朴实无华，不像"孙美珠传"，模仿、造作痕迹甚深。曾国璋被写成太平天国与义和拳首领的"血胤"，其政治理想高于"扶清灭洋"纲领，然而终因帮会内争而遭覆亡。自此，姚民哀中长篇小说惯用的"党会加革命"模式开始形成。"正传"全部情节皆出诸叙表，而未采用戏剧化的代言体，因此，"掌故纪闻"的色彩强于"小说"色彩。

以上两部作品，可以视为姚氏"党会小说"的雏形。

第三节　睚眦构怨帮会事

——"四合一"的长篇展现帮会大争斗

首先作为成型的中长篇小说形态出现的，是4部互相衔接的中篇小说：《龙驹走血记》、《三凤争巢记》、《独眼大盗》和《侠骨恩仇记》，分别连载于《红玫瑰》第2卷第16至19期(1926年2月);第2卷第33至36期(1926年6月);第3卷第18至28期(1927年5月);第4卷第11至20期(1928年3月)。原或分节,或每节冠以"新文艺腔"的小标题;后由作者连缀成一部长篇,加以回目,于1929年6月由世界书局初版单行,改题《江湖豪侠传》。总50回,约20万字。叙吉林镖客、"在理会"小当家白马侯七与"龙华会"东阁大爷杨燕儿,因争夺龙驹宝马而引起的四次曲折离奇的帮会大争斗。

与《山东响马传》、《盐枭残杀记》不同,《龙驹走血记》等四部小说在情节设计、结构安排方面更为精心,但艺术水准亦不平衡。

《龙驹走血记》述侯、杨结仇渊源,侯家邀集三十五党会"告帮",双方互施卧底反间计,至鸡冠山侯七盗马形成高潮。结构紧凑,穿插合理,情节曲折,可读性较强。《三凤争巢记》取双线结构,明线写侯七与赵凤珍、王凤珠、杨凤英的婚姻纠葛,暗线写杨燕儿火烧侯家店房,再盗龙驹,继续与侯七作对。前半部从王凤珠树标卖艺,系马,至侯七路遇褚七儿,安闯淮阴道一段,场面完整,情节火爆,内容充实,悬念诡奇。后半部则单凭叙表展开情节,可有可无的线索过多,靠误会推进故事,藉巧合仓促收束,平铺直叙,乏善可陈。最大疏漏在"三凤"之一的杨凤英实未出场,缺一线索;因而"争巢"之"争"也就无从落实;即便王、赵之间,亦无所谓"争",而是凭师长一言解决矛盾(姚民哀无写"侠情"之才,据说他平生仇视女性)。该篇的总体构思是不成功的。《独眼大盗》写杨燕儿投靠河南鲁山蔡家汇匪帮,三盗龙驹;侯七等助官捕盗,生擒杨燕儿。和传统公案小说构思略有不同的是:官非"清官",因而除侯、杨矛盾外,又设置了一组侯七等侠客和官军之间既互相利用,又互存敌意的矛盾。冷兵器与现代火器并用,西式战术与五行八卦阵法混存的战斗场面描写,则暴露了武侠小说体裁和传统思维模式面对现实题材时的困惑。《侠骨恩仇记》述杨燕儿脱逃,创"猩猩白骨教"图谋不轨;江南周百城及其师袁库儿混入该教破坏、颠覆之;杨燕儿乃背黄包袱出关寻侯七拼命,侯七得周百城等相助,毙杨而乱刀分其尸。其中的"周百城传"是相当吸引人的武侠小说,因而他也就取代侯七而成为该篇的主人公。全篇结构上明显存在缺点,前后两部分衔接不紧密。

这4部中篇里,穿插了大量党会资料,例如:各种"切口"、"海底"、"开香堂"的仪式,"茶碗阵"及"拜码头交结回条"之使用实例,"七红八黑九江湖"与"宣统四十九"股"光杆胡子"等秘密帮派的介绍,哥老会诸"山头"及会党

“宣言”等文献的引用等等。[1] 其丰富性超过《山东响马传》、《盐枭残杀记》和后来的《荆棘江湖》;其信实性超过吴公雄《青红帮演义》。但是,在艺术虚构上姚民哀的随意性很大,这又往往影响他所采用的党会史料的信实性,如《龙驹走血记》写光绪三十年,侯七一方的“在理会”为与“龙华会”的杨燕儿对抗,发帖邀集三十五党会告帮,其中包括“双龙会”、“千人会”、“白布会”、“乌带党”、“百子会”、“白旗会”、“红旗会”、“黑旗会”。征诸史实,这些党会皆与“龙华会”关系密切,而且恰恰在这一年由陶成章邀集,并入了“龙华会”;因此,它们是侯七等的“对手”方,而不应属于“盟友”。作者也许意识到了这一点,所以特在书中说明,侯七等是为了“大家叫开一声,免得‘龙华会’弟兄专和我们‘在理会’作对”;后文又一再申明,杨燕儿是一个“倒反”龙华会的“东阁盟证大爷”,然而,毕竟未能提供情节上的合理性。如果说上述矛盾由于在叙述上作了“弥缝”而尚能交代过去,那么,把“兴中会”、“光复会”也拉进来,令其为一场争马斗气的殴斗帮场,就是纯属多余了。读者决不要求一部通俗小说成为经得起考证的信史;但是,如果信实史料的征引反而增添了小说情节的虚假感,那就不能不说是“画虎不成反类犬”了。姚民哀的小说中,此类“贴上去”的纰漏,是不少的。

明明一场“睚眦蚤芥,尸僵路隅”的非政治性江湖仇杀,却硬要拉进“革党”来作陪衬,这是姚氏“党会加革命”模式的又一大通病。《三凤争巢记》述及王凤珠的未婚夫因涉及徐锡麟案而被处决,即是“硬拉革命为背景”之一例,因为它与全书的总体构思完全无关。后来的《四海群龙记》和《箬帽山王》竟给江湖会党贴上“社会派”的标签,更是对资产阶级民主革命的歪曲,因为这是一种庸俗的“拔高”。许多极珍贵的党会素材,总是被姚民哀使用得非常浪费和似是而非。这又说明,曾经身为革命党人的姚民哀,对“革党”和一般“帮会”的区别,认识是模糊的。陶成章在所著《浙案纪略》中解释“党会”一词时曾强调:“党,指革命党也;会,指诸会党也。”[2]无论其释义是否

〔1〕 海底,又称“通草”,记载党会仪轨、切口等的秘传手册,亦指所载所传内容;熟知者称“富通草”。茶碗阵,党会成员之间利用茶壶茶碗的不同排列以交流信息的秘密手段之一。“拜码头交结回条”,党会成员初到某地时,与当地同党对答的各种套语,借以考察对方是否冒充者,见《三凤争巢记》,与平山周《中国秘密社会史》所载基本相同。“宣统四十九”,北满各股马贼之总称,据说皆于清宣统年间“出世”,故名,见《三凤争巢记》。哥老会诸山头,《龙驹走血记》述及在理教香堂十八扇长窗,分别刊有“金龙山”、“虎形山”、“泰华山”、“宝华山”、“锦华山”、“楚金山”、“金凤山”、“天台山”、“西凉山”、“峨眉山”、“天宝山”、“东梁山”、“终南山”、“飞虎山”、“万寿山”、“招宝山”、“春宝山”、“民国山”字样,亦见于《中国秘密社会史》。姚氏其他著作中此类资料甚多,不赘。

〔2〕 中国近代史资料丛刊《辛亥革命》第3册第14页,上海人民出版社1980年版。

科学，姚民哀的党会小说中，毕竟缺乏这样的观念。姚氏写党会总是忘不了拉上“革命”，从而形成他的一种特色。这也许还反映了通俗文学作家不甘“通俗”，也想“求新”的心态，然而，他们往往又“求”得十分偷懒。

第四节　逞强赌胜绿林人

——《荆棘江湖》中的“光蛋”社群

姚民哀曾说：“作小说的第一门槛”，在于“忌笔头呆直，须如武夷九曲，迤逦写来；如珠走玉盘，使读者目光闪烁不定”。[1]他是一个“情节派”。《龙驹走血记》等4部中篇，是他实践上述主张的开始；《荆棘江湖》则是进一步的发展。这部长篇小说连载于周瘦鹃主编的《紫罗兰》半月刊第2卷第1期至第4卷第23期(1926年12月19日至1930年6月1日)。共45回，约30万字，未曾载完，亦未见单行。其中以常熟书生朱鹤皋的江湖经历为一条忽隐忽现的线索，写“六飞”、“十八煞”、“九女”、“三怪”等黑白两道江湖人物故事。据作者在第20回、第32回中透露，第46回之后应有诸侠保“朱青天”(鹤皋)平“串子苗”、“黑边线”、“孖八卦”三种邪教，踹平九溪苗，五路下康定等关目，全书当结于朱鹤皋“在前藏造成新局面”。看来，作者动笔之时，胸中是有一个“全局”的，但在实际上，写作的随意性仍很大。如第32回宣告第1集终了，同时列出第2集的八大关目，然至第45回，只写及列为第6目的“孟三余出世显奇能”(用3回篇幅)，而占了10回篇幅的“戴金堂传”，却未被列入关目之中。按照这种写法，恐怕至少还需几十万字才能结束全书，否则只能以“《山东响马传》式”作结了。

北方说书的结构术语中，有所谓“梁子”和“柁子”。“梁子”指一个比较完整、连续的故事提纲，说书人据以铺展情节，丰富细部，塑造人物。“柁子”则指精彩的故事段落，说书人往往将若干“柁子”加以串联，使之成为一部长篇。姚民哀的《龙驹走血记》等4个中篇基本取“梁子”贯通式结构，而《荆棘江湖》则基本取“柁子”串联式结构。45回《荆棘江湖》有6个重要“柁子”：(一)朱鹤皋晋京，途中历险，陷入火坑；(二)桂姑娘武圣宫较技，艺压群雄，探抱犊崮被擒；(三)郜三、李九为破贝勒府盗案，巧遇盖三省，套叙盖三省传；(四)郜、李、盖三侠下南宫初斗八卦教，套叙王雨芝、缪镜渊师徒与通玄

〔1〕 姚民哀：《小说浪漫谭》，《红玫瑰》第5卷第6号(1929年4月)。

大师师徒较技释怨故事，又套叙朱鹤皋出任卫辉府惩恶除霸故事；(五)天生贼才孟三余出世故事；(六)江南杂技班“锦花团”及其领班戴金堂故事，套叙戴之祖、父与白莲教巨擘冉天元祖、父之恩仇记。这种结构没有一条贯串始终的情节明线，枝杈横生，扑朔迷离，而且往往事中套事、传里有传，“扣子”甚多，似禅家谜偈。它继承了传统长篇说话注重情节的技巧，追求的是“行文补逗，脉动筋摇，似是而非，迷离惝恍，暗埋迹象，明乏线痕，务使读者有枉费十日寻思，而仍头绪未曾揣正之感”[1]的效果。“柁子”的串联，本应有利于转换时空和叙述角度，但姚民哀在这方面比较笨拙，除第一个“柁子”的叙述颇为灵动之外，其他诸“柁子”间的“榫接”都很板涩。他不会使用电影艺术的“切”的技巧，总要借一个人物的出场或一个人物的叙述来实现时空转换，因而往往造成时空和视点的混乱。所以《荆棘江湖》的整体结构不甚流畅，正如作者批评过的有些庸笔，常常不免“说了这橛，再述那橛，文气散漫，不足道也”[2]。

《荆棘江湖》具有更为成熟的武侠小说形态。“侠客”助“清官”除暴平乱的总构思与传统侠义公案小说雷同，而作为“骨肉”部分的各个“柁子”，或为技击高手求师学艺、仗义行侠的纪传；或为江湖豪客结仇报冤、较武赌胜的行状；或为名捕义侠破案访盗、历险攻庄的奇闻，样式比较丰富。取材甚为庞杂，有唐人传奇的搬用(如第 3 回王四弹打杨大灯，取自《酉阳杂俎·僧侠》；第 5 回韩海罗传，套自《补江总白猿传》；第 13 回“八仙班”幻术则源于《原化记·嘉兴绳伎》等)；有野史轶闻的演义(如第 42 回至 45 回冉天元恩仇记，第 22 至 26 回内家传人王雨芝传等)；有近现代党会秘闻和革命史料的征引；有江湖“海底”、民俗仪轨、武功流派、技击家数、练功过程等的绍介。这些都增强了内容的充实性和丰富性，但是往往缺乏剪裁融化，过于卖弄，导致情节断裂，篇幅冗长。人物塑造方面进步明显，主要通过命运史的推进和行动的展开，以增添人物的血肉，透露人物的性格。盖三省居傲受惩罚，行侠遭戏弄，破案遇高手，都蕴含着性格发展的轨迹；桂姑娘思念朱鹤皋成疾，赵妈妈不问病由乱投医(第 9 回)，活画出一个身兼干娘的女盗魁既关心干女儿，又并不贴肉连心的真实心态；孟三余童骙显“贼才”、发“贼论”，雕出了一位风尘怪杰的雏形；通玄大师技惊王雨芝而留偈释怨，则显示了洵然大侠气度。以上人物性格，均出诸白描，给读者留下的印象较深。但是，姚民

〔1〕〔2〕 姚民哀：《小说浪漫谭》，《红玫瑰》第 5 卷第 6 号(1929 年 4 月)。

哀艺术构思的中心仍是情节，对人物描写，他的追求只停留在“写什么人像什么人”的层面，而无刻意塑造性格的艺术自觉。从这个意义上说，一些人物之所以能给人以鲜活感，主要是作者精心构思情节的“副产品”；另一些人物则成为情节的“工具”，形象“立”不起来。

武侠小说不能不写侠，“侠”与“非侠”的区别则在于是否具备“侠德”。不同层次的“侠”，对于“侠德”又有不同的理解。《荆棘江湖》中的通玄、王雨芝、缪镜渊、戴荣祖（戴金堂之祖）等几个人物，皆具正统之“侠”的特征，前三人又属于传统的“隐侠”。此类侠客属于“士”的社群，他们的价值观念、行为准则，较多地反映着传统的主流文化（包括释道文化）特征。但是，《荆棘江湖》中的大多数人物属于另一社群。郜青云、李云门在书里是响当当的“正面人物”，作者却说：他们虽非黑道，然而仍属“光棍”、“光蛋”，亦即北方之所谓“混混儿”，南方之所谓“白相人”。这是一个由“游民”而非“游士”组成的社会群体。作为一个独特的亚社会群体，他们有自己的价值观念和行为准则，与主流社会的价值观念、行为准则以及一般“白道”侠士的“侠德”既有联系，又有差异。

姚民哀在《荆棘江湖》第 27 回分析白莲教兴起于北方的原因时曾说：“所谓燕赵古多豪侠士，说得好听些叫做‘豪侠’，实在就是鲁莽好事”，此辈是把“暴勇好斗，多管闲是非”，看作“出风头，有面子的”。这里反映着在“党会”和“教门”之间，他对后者是抱有偏见的。[1] 实际上，无论“教门”“党会”、北人南人，只要属于“光蛋”社群，就都“鲁莽好事”。《荆棘江湖》写及好多场大武斗，这些大武斗的导火线往往都是鸡毛蒜皮的小事情：王四弹打杨大灯，因为觉得他“奇形怪状”；抱犊崮周凤仪与桂姑娘结仇，不过由于若干年前的互不让路；八卦教与郜三等作对，起因于任丹屏怨恨郜三不认他这个朋友，觉得失了“面子”；潘梅林和戴金堂构怨，只是源于摔跤未曾相让……“口角成仇”，“睚眦杀人”，正是“豪客”之武和“侠客”之武的主要区别所在，从司马迁直到当前的武侠小说作者，都力图对二者加以区分明辨。姚民哀未尝不想如此，所以在主观上他是力图区别“邪、正”、“恶、善”的，然而，他笔下的人物行动却证明，这些“光蛋”自有其共同的行为逻辑。

---

〔1〕 关于“党会”和“教门”的异同，陶成章《浙案纪略》中的见解虽不无偏颇，但较为客观。他认为，南人智而巧，少迷信而多政治思想，无不崇拜《水浒》，故洪门遍于南；北人直而鲁，尚武力而多神权迷信，无不尊信《封神》，故白莲之教盛于北。“若论运动，则开通教门也难，结连党会也易，握权党会也易，伸势教门也难。若论运用，则驾驭教门也易，驾驭党会也难；欲得教门之死力也易，欲得党会之死力也难……现今之革命党，亦交接洪门者多，而交接教徒者少。虽然教门洪家再合之期，必不远矣。”

《荆棘江湖》写到不少“江湖过门”或“绿林规矩”，重要的有如下四条：一曰，“相不吃相，逢软便止”；二曰，我若“惹人”，人可“惹我”；三曰，“打了喜鹊儿，长尾巴鸟全没威光”；四曰，“要强”。这四条“过门”，一方面反映了“诚”，“信”，平等，下比而不上同，扶弱抑暴等观念，与传统“侠德”相通；另一方面，它们是以“要强”为核心的。第一条，是以强者自视于弱者时的心态；第二条，是以强者自视于“硬者”时的心态；第三条，则是以群体意识呈现的“要强”。在“光蛋”群中，“要强”见诸行动，就是“逞勇”。这个社群所遵奉的诸德目中，“勇”是驾临一切，居于主导地位，至少在实际心态上制约着其他德目的。这和染有儒家色彩，属于“士”阶层的侠者以“义”制“勇”的伦理结构不同：“光蛋”们不是不重“义”，但他们主要把“义”理解为“诚”和“信”；在侠士看来，这仅仅是浅层的“小义”而非深层的“大义”。侠士为了“大义”可忍胯下之辱，“光蛋”决不会有这样的涵养功夫。至于富有道家、释家气息的“隐侠”，则尤重义利之辨，他们一般都把“利”，尤其是私利和物质利益看得很轻；在“光蛋”们的观念里，“义”和“利”却是密不可分的。从《荆棘江湖》的倾向性来看，作者所理解的“义”，实际上似乎也常超越不过后者的范畴。第2回写朱鹤皋野店叫“条子”，叫来了一位桂姑娘，发现苗头不对，于是故布“诚实彀”，使对方坠入其中，不仅打消了杀人越货的念头，而且献出她的爱情。第10回写部三、李九破案无方，为顾全“义气”，竟制订出一条对杨大灯栽赃绝后的嫁祸之计。这几位都是“正面人物”，上述行为计谋，在作者看来都是不悖于“义”的，然而，放在其他武侠小说里，势必变成为“狡”。

和正统“侠德”相比较，“光蛋”社群的价值观念一般是浅层次的，他们的行为准则在形式上和正统“侠德”区别不大，但由于受价值观念的制约，所以在实际运用中也就常常面目全非。作为一种亚文化，相对而言，它与主流的、精致的人伦文化距离较远，因而具有朴野的自然性，也正因为这个缘故，它又有很大的盲目性和破坏性。以艺术画图生动地展示这种亚文化的特征，正是《荆棘江湖》和姚民哀的其他党会小说至今仍然具有独特认识价值的原因。

作为一个评书艺人，姚民哀以善说“书外书”著称。据说他演唱《西厢》，“借厢”一折正书不过5分钟，而“书外书”可以说得海阔天空，因地而变，因人而变，因时而变，极受听众欢迎。这一特长也反映在他的“党会说部”中。除善于穿插外，常就风土人情、名胜古迹、武功家数、掌故传闻，进行长篇大论的介绍评说。这些“书外书”有时破坏了主题结构的完整性，有时却有相当深刻的认识价值。例如,《荆棘江湖》第16回述及运城等地“玩弄拳棒”成风时,分析了“私盐”的起源,以及私盐贩子之间惯于采取“以强为胜”的决斗方式解决纠纷的缘故。《箬帽山王》第31回通过人物之口,分析了南北交通现代化对原有漕运和陆路运输业的经济冲击,从而引发“淮徐帮”和“兖沂帮”为争码头而械斗的因果。这些含有“书外书”特色的述评,都从经济本原出发,解剖会党在游民社群中出现的原因,江湖争斗及其“过门”形成的基础,以及“武术文化”与上述因素的关系。在别的武侠小说中,如此富有社会学、人类学、文化学价值的内容,是不很多见的。

第五节　侠辨真伪存信义

——《四海群龙记》等“连环格别裁小说”

《四海群龙记》初载于《红玫瑰》第5卷第1期至35期(1929年2月至次年1月)。总36回,约20万字。1930年5月上海世界书局初版单行本,后附赵苕狂序。《箬帽山王》初载于同刊第6卷第1期至34期(1930年2月至次年1月)。总36回,约22万字,前有“本书开场的重要报告”一篇,1931年上海世界书局初版单行本。《生死朋友》始载于同刊第7卷第1期(1931年2月),至23期(9月)因作者患病而中止,未见续刊或单行本。已载部分共23回,10万余字。

姚民哀在《箬帽山王》“开场报告”中说,从《四海群龙记》开始,他即有意识地把这些作品构思为一套“连环格别裁小说”,每部相对独立,而又“彼此互有迹象可寻”。往往“这部书的结局,倒安插在那一部书内”,这部书中“无关紧要的一句话”,在那部书中“要发生出另一件事儿来哩”。这种“系列构思”颇能吸引读者,招徕顾客,至今仍为许多武侠小说作者所采用。(系列式的创作倾向,早在陆士谔的武侠小说中已经出现,但主要仅表现为题材上的纵横联系;姚民哀则表现为自觉的构思追求。)但是,把结局挪到另一部书、甚至不知哪部书的做法,不仅破坏文本内容、结构的完整性,而且会使读者因期望得不到满足而产生逆反心理。后来的武侠小说作者中,朱贞木还犯这个毛病,郑证因则有所纠正,至温瑞安,虽或亦取“连环格局”,却务求每部、甚至每章都有结局,皆具结构的完整性了。无论姚民哀是不是上述演进轨迹的起点,这一轨迹本身既说明通俗文学作家对读者阅读心理和书刊市场机制的充分关注,也说明通俗文学读者对创作的无形介入,它们构成了推动通俗文学发展的双重动力。实际上,《江湖豪侠传》和《荆棘江湖》也是姚氏这套“连环格别裁小说”的组成部分。作者计划续写而未见完成的还有《洪英择婿记》、《侠义英雄谱》、《关东红胡子》、《奇鹰怪象录》等。

《四海群龙记》以清末镇江“三不社”首领姜伯先因“革命党嫌疑”等罪名受通缉、被逮捕、遭处决和同党为之报仇的经过为“梁子”,串连闵伟如(海外立业的“虬髯客”式人物)、沈斗南(道学家式的侠气清官)、周吉(名捕头)、刘六(地痞光棍)诸传,而构成全书故事。《箬帽山王》写姜伯先死后,杨龙海在太湖纱帽山结“箬帽党”图霸之事。据说,1929年秋,姚民哀在苏州说书,有一著名大亨专诚请见,称极钦佩《四海群龙记》,自认是“群龙”中之一“龙”。民哀乃撮述其所云太湖湖匪事迹,成《箬帽山王》。[1] 书中杨龙海故事属于一条暗线,因而这位“第一号英雄人物”只是个忽隐忽现、神龙见首不见尾的角色。这条暗线上又有一个“夺宝争正统”的核心关目:杨龙海一党及其他帮派皆欲获取《洞幽通明灵秘录》和松纹古定宝剑,因而隐伏着种种矛盾。但是,由于它只和暗线发生关系,所以事实上并未成为本书的结构核心,而主要是为后来著作预埋的“关子”。《箬帽山王》倒是围绕吴江儒生曾海峰求师学武、行侠江湖、投奔“箬帽党”的经历,以此作为一条明线而展开情节的。这条主线上又串合着秦渔隐由官宦子弟成长为江湖隐侠的故事和马海仑历险行乞、学艺复仇的故事(按“马海仑”原作“赵海流”,写到后来,作者把两个人物的名字互换了,此类疏误为姚氏著作所常见)。这些“柁子”往往自成一个回环情节,始于主线又归结于主线,形成颇具特色的链式柁梁结构,避免了《荆棘江湖》中出现过的东说一橛、西说一橛的毛病。《生死朋友》已载部分,则以江阴光棍,“大胆”章武潜入日本在华秘密机构“黄和株式会社”分社的种种奇遇和他投身新军第九镇第三十三标(辛亥烈士赵声曾任标统)的经历为“梁子”。后半部分出现近代会党巨擘伏龙(姚民哀之友)的形象,并由他讲述了一段技击名家董百川与关东红胡子的神奇故事。

和《荆棘江湖》不同,作者在这几部作品,尤其是在《四海群龙记》里,特别强调“真侠”、“伪侠”的区分明辨。就此而言,是对正统侠义观念的一种回归。

那位既当过“强盗西席”,又以“清官”形象出现的沈斗南,是《四海群龙记》中的一个重要人物。在书中他是姜伯先的衬托者和批评者,因救援伯先

〔1〕 参见《红玫瑰》第5卷第34号(1929年12月)“内容摘要”。

不成，呕血而死。他有这样一段遗言：

> 大凡世间游侠一流，不是富家子弟挥金结客、沽名钓誉之徒，定属根性剽狠、处世阴贼，外表则执恭谨以待人，实则欲借此以倾动天下，这多是作伪的侠客。伯先出身寒素，中年华贵，而能免此两层普通积习，实为当世寡二少双之士。（第32回）

同是这位沈斗南，当被中牟山的"公道大王"强请上山聘为西席时，又曾引据儒家经典，对东家发表过长篇宏论。其主旨在于明义利之辨，严侠盗之分；核心观念是：唯"惠民济物"者方为"好义"，唯"好义"者方为"君子"，方为"真侠"。沈斗南的言论，可以视为作者在理性上所接受、所首肯的"义侠观"，它完全是正统的，儒学化的。

在创作实践中，姚民哀曾把侠分为两大类："心"字门的"剑仙"和"义"字门的"游侠"（《箬帽山王》第19回）。前者超脱尘世，已入随心所欲境界，实现了天人合一、身剑合一，能知过去未来。此类形象，已非儒学化的侠义观所能规范。后者则是人间之侠，入世之侠，而此类游侠，也正是姚民哀描写的主要对象。他的笔下的各种"游侠"，多系党会成员，他们可以分为若干层次，而姜伯先、杨龙海所居位置最高。

作者塑造姜、杨两个形象时，除极力展现他们"惠民济物"的抱负之外，还赋予他们某种"现代色彩"：姜伯先的"三不社"以"襄助无产阶级前途战胜"为宗旨；杨龙海的"箬帽党"则以"凡是戴箬帽的农工两类男妇"为发展对象。作者甚至明确指出，这些主张源于日本宫崎寅藏、幸德秋水的"社会派"思潮。然而，姜、杨两个人物塑造得并不成功。首先，上述"现代色彩"不仅是外加的，而且被十分幼稚地庸俗化，以致变得面目全非了。例如，"社会派"思潮被解释成"无非是行侠仗义，济困扶危"；被归结为"不做官"、"不为盗"、"不狎邪"的"三不主义"加一条"独身主义"。其次，从人物自身的行为看，除了一些概念化的说教之外，这两位"英雄"与一般江湖豪客、党会魁首并无不同。他们固然做了不少除暴安良、扶弱济困的事，但仍脱不出"口角成仇，睚眦构怨"的行为逻辑。例如，《箬帽山王》第14回列述杨龙海重振箬帽党的6条原因，除两条涉及昏官、恶霸外，另4条主因都是非政治性的"睚眦仇"。再次，作者对自己所描写的角色及其生活、命运的阐释，均无现代性可言。例如，姜伯先"过铁"戮首的结局，被解释为命定的"尸解"之"劫"，非任何人力所能挽回;杨龙海则被描绘成人猿杂交而生,所以具有天赋灵性和神力的超人式英雄。

作者所选择的,是一个很有价值的课题:对于中国资产阶级民主革命,特别是它的武装斗争,党会曾经发挥过重要的作用。以孙中山为代表的革命党人及支持他们的宫崎寅藏、平山周等日本友人,也确与党会有过广泛接触;一些革命组织在其初创阶段,还常常利用党会的名目、组织形式和仪轨。从这一角度来塑造现代侠者,包括若干党会巨擘的形象,无疑是十分有意义的。与姚民哀同时的向恺然在这方面就进行过成功的尝试,和《山东响马传》同时发表的《近代侠义英雄传》虽然不是党会小说,却是“现代”武侠小说,它无论在观念上还是在人物性格、思想、行为的描绘上,都是“现代型”的。向恺然的经验说明,面对这样的课题,通俗小说作者必须具备真正的而不是肤浅的现代意识,并且使之渗透于作品所描绘的全部生活和人物的血肉之中;必须坚持不偷懒取巧、不哗众取宠的创作态度。这两点恰恰是姚民哀所缺乏的。在塑造上述两个人物形象时,他采用了最省力的、概念化的“拔高”手法,结果使姜伯先之流成为矫情产物,远逊于此前所创造的通玄大师、王雨芝、缪镜渊等大侠型形象。在处理党会素材时,他多方面地将其与“革命”加以随意“嫁接”,结果是“拔高”了党会,贬低了革命。姜伯先、杨龙海这样的“英雄”,正是姚民哀的“党会加革命”模式和“偷懒”的“求新”意识所产出的畸形儿。据说,《四海群龙记》发表后,冯心侠曾责备姚民哀不该把赵声写成青红帮头子。作为对姚民哀创作倾向的批评,这种指责无疑是击中要害的。(按赵声,字伯先,与姜伯先同为丹徒人。《四海群龙记》所述姜氏事迹,某些方面与赵声早期经历亦近似。然而姚民哀在《箬帽山王》“开场报告”中称姜伯先实有其人,若非故弄玄虚,则很难论定影射的是赵声。《生死朋友》中倒确实写及赵声,但这是作为背景,而非作为角色写的。因而所传冯心侠指责的具体方面,不一定准确。)

如果说姜伯先、杨龙海是姚民哀想极力歌颂,而又写得并不成功的“济世之侠”的形象,那么神偷“雪狮儿”(薛四)以及秦渔隐、曾海峰等,则是属于第二层次的“江湖义侠”形象,和《荆棘江湖》一样,此类形象的塑造是比较成功的。《四海群龙记》还比《荆棘江湖》进了一步:书中着意刻画了几个江湖“下流末作”的形象,如周吉、王大忠、刘六等。他们也都是党会成员,却或充任捕快卯首,为虎作伥;或身为地痞头目,鱼肉乡里。这些形象的出现,不仅真实地展示了党会作为黑社会组织的复杂性、渗透性和破坏性,具体地表现了党会成员在构成上的鱼龙混杂的特征，而且为同是党会分子的“江湖义侠”提供了一种比照。作者的用意在于通过比照，而对江湖信义作出准确、纯正的阐释。这种阐释不是概念的、说教的，而是蕴含在艺术形象之中的。周吉挖目以谢薛四的故事(第21、22回)，在这方面颇具代表性。

镇江捕头周吉监视、追踪薛四，却遭到薛四的“反追踪”和威胁。这位义贼于几番有限度的武力“示形”之后，付出5 000大洋，逼迫周吉辞却公职，退出江湖。周吉不得不接受上述条件，并且不得不亲手挖下自己的双眼，以示坚守江湖信义。这种江湖信义是以这笔残酷交易为代价的。

“勿偷盗”，是人类历史上各种社会都共同遵奉的道德信条。从这个角度看，无论周吉为人如何，他对薛四的追缉总是奉公执法，无可非议。他的妻子接到薛四的款项时，也正是以此为逻辑起点，推导出一个虽然不无悖谬，却还顺理成章的结论：“当捕快的用贼赃，也是应该的。”然而，这个结论连周吉本人都不肯接受，因为江湖自有江湖的信义：第一，周吉是一个出身于江湖，后来投靠官府的捕快，办事干练，屡破大案。但是，从“江湖”看来，助官捕盗便是“放龙吃水”，属于背信弃义，是最最不可饶恕的叛逆行为。第二，薛四虽然是贼，但他专偷为富不仁者，普济良弱无告者。周吉虽然执行的是上峰命令，但他常常假公济私，中饱私囊。这决定了周吉的理亏。上述第二条，反映着“民间”的是非、善恶观，它和社会的统治思想是有对抗之处的，而后一方面便成为自古以来“侠以武犯禁”的一个伦理上和政治上的依据。上述第一条，则说明江湖信义固然包容传统的“五伦”观念，但在实质上，它最注重的是“朋友”一伦：“放龙吃水”既悖于“交友之道”，周吉就必然不能不“自愿”地挖出眼睛，否则便是“过门不清楚”，便沾不到最后一点“到老漂亮”的江湖“美名”。最注重“朋友”一伦，对于传统的人伦文化主流是一种偏离和“误读”，这也正是江湖之“义”和庙堂之“义”、士大夫之“义”的区别所在。《箬帽山王》里的秦渔隐正是从这一点出发，为援救一位侠盗朋友而不惜弃家叛父，根本不去考虑会不会因此而背上“不忠”、“不孝”的罪名。

周、薛之间是非曲直的判断标准既是“江湖信义”，他们之间的矛盾也就必须采用“江湖方式”加以解决。在武侠小说里，这是“贼”和“捕快”发生对抗时常走的一条特殊途径。在捕快一方，这时不以官方身份自视，而以“江湖人”身份自视；他们只要遵循这条途径，无论人品好坏，都算“过门清楚”，至少不会在江湖上落下一个很臭的名声。这种江湖方式就是“争强赌胜”。此时，薛四儿在道义上的优势不起决定作用，起决定作用的是他的高超武艺。作为道义上和武艺上的双重强者,他遵奉"相不吃相,逢软便止"的准则,当对方有条件地服输时,便慷慨解囊,予以满足,并且在周吉残废之后,还按时资送生活费,直至老死止。周吉在道义、武艺上都是弱者,弱者还想"争强",就只好挖眼睛。这里起决定作用的也是武艺,否则不仅不必牺牲"仕途"和双眼,而且可以继续"用贼赃",行不义,直到黑道中有一个武艺上的强者出来压倒他。道义上输了理不一定要付出代价,武技上输了"艺"却一定要付出代价,这是江湖人不讲理之处,又是他们自认为最讲理、最平等之处:无论多么坏的敌人,都给予他用自己的生命作最后一搏,用自己的生命作最终补偿的机会。周吉付出了类似的补偿,所以他虽不配"侠"的称号,还是得到了侠盗雪狮儿的二字赞语——"有种!"王大忠和刘六在这方面无法和周吉相比,他们是彻头彻尾的江湖败类,所以作者为他们安排了更为残酷的下场。

通过作品考察一个作家的思想,主要依据的应是作品中的形象而不是说教。姚民哀的思想并不单纯,但他所创造的艺术形象说明,他在本质上是个"江湖人"。这决定了他的艺术个性和观念特征,也决定了他的局限性。他的江湖观念和他的儒学说教颇不相同,和他所卖弄的"社会派"思潮则更加大相径庭。

作为武侠小说,《四海群龙记》、《箬帽山王》在样式上也有所发展。更善于展开场面描绘,更注重人物性格的展示,更能够细腻地、生动地、个性化地描绘技击。《四海群龙记》第 31 回,"六更李"因扶养姜伯先后人之需,孤身拦劫姜党为营救伯先而筹集的镖银。一战赵至刚,打得"捷";再战鲍莶臣,打得"灵";三战孟氏兄弟,打得"巧";四战于大林等五虎,打得"洒",因为是自己人打自己人,所以又打得有节、有情。《箬帽山王》第 38 回曾海峰、丁淑翘的一场开打,从双方"人物眼睛"来写,使技击动作、场面和过程成为物化角色心态,刻画人物性格的手段。同书第 17、18 回写曾海峰在江宁下关望江楼所见恶僧、恶道恶化缘而受惩的场面,波澜迭起,悬念诡奇,烘托有致,招数险毒,暗器精妙。这些笔墨,差可比美不肖生(恶僧形象即可能取自不肖生短篇小说《没脚和尚》)。

《南北十大奇侠传》,1930 年 1 月上海大东书局初版单行本。共 8 册,50 回。仅见回目,未睹原书。从回目看,此书亦系姚氏连环格别裁党会说部之一,延伸着此前诸作中出现过的龙驹宝马"咬人青"(此马又见于纪实短篇《喳叭全全》)等线索,涉及青红帮、义和团、斧头党、黄崖教等党会教门,以及熊成基反正等革命史事。白马侯七等人物亦再次出现。

第六节　棺盖论定说“敬亭”
——党会为经，武侠为纬第一人

党会和武侠小说“结缘”，是历史的必然。

“侠”源于“墨”之说，不一定准确；然而墨子之徒中确乎有许多原始的侠者，而墨家的“钜子”制度，通常都被认为是党会的原始形式。因此，侠者固然未必皆属会党，而会党却从一开始，就是某一类侠者的组织形态。这一类侠者由于具有共同的利益和意识形态而需要建立自己的组织；组织则赋予成员强烈的群体意识、统一意志及强化内部纵横联系的各种纽带。这种严密、复杂、隐秘的组织形态，在独行侠和隐侠中一般是不存在的。侠的他种组织形态，例如武林的门派、镖客的镖局，固然可能渗润着党会的某些特征，但它们决非党会。

发展到清代，党会曾成为具有种族意识的反清分子的秘密结社（例如，被看作近代某些党会渊源的郑成功所建之“汉留”组织）。其后，广大的游民阶层，日益成为党会的主要社会基础。因而，近代党会具有强烈的反现存体制、反官方权力的倾向，这一倾向使它们易于接受种族革命的政纲。它们的经济、政治利益既不被现存体制承认，势必寻求非法形式、手段以维护之。于是，近代党会一方面强化了组织、行为方式、信息传播和交换等方面的隐秘性，另一方面增强了需求集体武力行为的迫切性。

党会的上述特征，对于武侠小说样式无疑有着极大的诱惑力。更有意思的是，近代诸会党有着一个大同小异的，关于福建少林寺被官军剿灭，几位脱逃武僧即成为党会共同始祖，而陈近南等则为中兴之祖的起源传说。这个传说作为一种隐喻，不仅蕴含着如上所述有关近代党会性质、特征的诸多潜信息，而且本身就像一部武侠小说的提纲，以致它的后半部分成了金庸《书剑恩仇录》的素材，它的前半部分则给电影《木棉袈裟》提供了蓝本。

然而，姚民哀之前，还没有一个能以武侠小说样式成功地表现党会题材的通俗文学作家（李定夷、叶小凤等稍曾涉及），更没有一个能以“党会武侠说部”为自己创作的中心任务，并由此形成鲜明创作个性的武侠小说作家。不管姚民哀的党会说部还存在多少局限和不足，毕竟是他，第一个从实践上基本解决了“党会”和“武侠”结合的问题，推出了轰动一时的成果。所以赵茗狂在《四海群龙记》序中，曾以姚民哀与当时武侠小说的代表作家“南向北赵”相提并论，说：“不肖生之行文流畅，一泻千里；吾宗焕亭之布局井井，壁垒森严，要皆为世人所艳道。而如姚君民哀之以党会为经，武侠为纬，珍闻秘史，洒洒洋洋，辄数十万言而不止，尤足于此中别树一帜。”此序为姚而作，故赞誉之词多于向、赵。然30年代“武坛”的鼎足之势，确实是由向、赵、姚三人造成的(顾明道写得虽多，艺术价值和个性皆不如姚)，虽然姚氏这一“足”比向、赵要“细”一点，但不可或缺。

总而言之，姚民哀党会武侠说部的“党会”部分有两大特色：一曰：“纪实性”，所写及者，调查有据的多系清末民初实有党会及其人物；二曰“资料性”，“海底”、仪轨、文献等的引述甚为繁丰。这在积极方面，丰富了武侠小说的内容，也推动了它的形式的发展；在消极方面，“党会”、“武侠”两大因素之间时或游离，传奇、纪实的矛盾未得圆满解决，样式尚未臻于成熟。在这个范畴，后来的通俗文学创作遂出现两种走向。一种走向以“党会”从属于“武侠”，从武侠小说创作的总体构思出发来处理“党会性”，因而不强调纪实性和资料性。朱贞木的创作开始体现这一走向，郑证因更为突出，金庸、温瑞安、独孤红即继承了这种走向。另一种走向则以“武侠”因素从属于“党会”构思，纪实性较强，以揭示黑社会的隐秘为主，形成一种兼具“武侠”、“公案”、“黑幕”色彩的，特殊的“社会文学”，当前我国大陆和台港地区的“帮会影视”是其代表(30年代已经出现过《山东马永贞》之类电影)。用史的观念考察，上述两种走向的始作俑者，都是姚民哀。

30年代的姚民哀，依然是个挟三弦走四方的“江湖流浪者”。不过他所流浪的区域已非“江浙乡壤间”，而是以上海为中心的江浙各城市。他在小说中曾不止一次地把上海视为现代“江湖”的重要部分，又曾从经济角度阐释“不佞情愿飘流湖海，不愿蛰伏春申江畔”的原因[1](“江湖”和“江湖观”的这种变迁，是一个极为有趣的文化史课题)。1931年夏，《生死朋友》停载时，赵苕狂曾在《红玫瑰》的“花前小语”中引述姚民愚来信，称其兄此次病况颇为严重，“神经大乱，四次自刎，死而复苏者再”；据评弹界故老回忆，后来也曾出现过类似的情况。此后，有关姚民哀行踪、经历的文献资料甚为罕见，但有一点是可以肯定的：他从未脱离弦索生涯。

对于姚民哀的结局，过去众说纷纭，莫衷一是。常熟有关部门和文史工

〔1〕 姚民哀：《说书琐话》，《红玫瑰》第6卷第31号(1930年11月)。

作者就此进行过比较充分的调查，证实1938年姚民哀任职于由当地汉奸兼帮会头目徐凤藻充任司令的伪常熟绥靖队司令部，在传递公文途中被熊剑东部游击队逮捕，旋即处决。

姚民哀的历史以光复军记室始，以汪伪军秘书终，这不能不说是个悲剧。造成这个悲剧的主观原因，从姚氏著作里是可以推见某些端倪的。他笔下的"英雄人物"，往往崇奉"人生在世，不得流芳百世，亦当遗臭万年"的哲学。谈及革命爱国运动时，他本人又曾流露过"天下没有真是非"[1]的观念。姚民哀始终是个"江湖人"。不管他在作品中进行过儒家正统的"义利说教"，还是"社会派"乌托邦式的"义利说教"，他骨子里遵奉的，仍是"江湖义利观"。这种"江湖义利观"，在"义"、"利"之间极易失衡，而一旦失衡，就极易造成悲剧。从这个意义上说，姚民哀的悲剧也就是"江湖人"的悲剧。

当年柳亚子为《民哀说集》题词，虽有"谁识当年柳敬亭"句，但又有"文体高庳宁足论"句。叶楚伧题词则云："早识聪明味，难知天地心。"揄扬之中，皆有所保留。对姚民哀作盖棺论定的时候，回顾这两位南社巨子的题句，不能不佩服他们的深于识人。

〔1〕 姚民哀：《两间的点缀》，《红玫瑰》第5卷第15号(1929年6月)。

第六章 侠情、怪异、历史三管齐下的顾明道

第一节 才高命蹇的顾明道

——身残奇才 骨气清高

近代通俗文坛上，曾出现过一位身残的奇才，言情小说可与张恨水、周瘦鹃诸大家匹敌，武侠小说可与“南向北赵”并论，被时人评为“武侠则有声有色，写社会则入情入理，记事则惟妙惟肖，言情则可泣可歌”〔1〕。这就是才高命蹇的顾明道。

顾明道，原名景程，苏州人，别署正谊斋主，石破天惊室主，又号虎头书生，另有笔名侠儿、梅倩女史(《眉语》上发表文章用)、日月生(《学生杂志》撰文用)等。1897 年生于苏州，8 岁时父亲去世，上学时因膝部患骨结核而致残，行走须拄拐杖。然自小聪慧，刻苦好学，是基督教会所办的苏州振声中学的高材生，国文、英文成绩尤优。毕业后留校任教，并受洗礼，成为基督教徒。品性温厚热情，甚重师德，深得学生爱戴。其作品的序言不少乃出自其学生之手，字里行间，透出对先生的敬重。

因行动不便，他平时住在校中，讲课之余“蛰居以著作自表，见悲感之忱，借以一泄”〔2〕。1914 年开始，在许啸天夫人高剑华主编的《眉语》杂志上发表言情小说，因该杂志多载女作家文字，故化名“梅倩女史”，“其词苦，其境悲，其志芳馨而悱恻，如清夜之鹃啼，如霜天猿语，读其书者，平添泪珠无数，襟之为湿，肠之为断”，使一些男性青年为之倾倒。更有甚者，一个自号“醉红生”的读者竟写信追求，寄赠照片，请交换芳影，并欲约会，一时成为文苑趣谈。1915 年 3 月被聘为《小说新报》特约撰述，1920 年冬开始撰述长篇

〔1〕 王舜英:《啼鹃续录》序，顾明道:《啼鹃续录》卷首，广东和平书店 1931 年版。
〔2〕 许指严:《啼鹃录》序，顾明道:《啼鹃录》卷首，广东和平书店 1931 年版。

小说《红妆季布》。1921年3月，《情波》(即《明道丛刊》)4册出版；1922年8月29日，与范烟桥、赵眠云、郑逸梅等9人组织“星社”，以文会友，顾明道因此结识一批文友。因平时过于寂寞，故对于社中的聚餐、茶会等雅集尤为热心，“他虽然不良于行，逢到星集，除了病，没有一次不到场的”。

1922年，平江不肖生的《江湖奇侠传》发表，在社会上引起了轰动效应，报刊编者与书贾均热心此途，顾明道亦于1923年投入武侠小说创作。从此一发而不可收，写下了23部武侠小说。

顾明道因足疾未愈，一心问医访药，因此，迟迟未结婚成家；然其太夫人抱孙心切，故于1926年10月底娶田氏为妻，其时年已30。1937年抗战爆发后举家赴沪，本为暂避，后以苏州寓所被敌机炸毁，故一直寄居上海同孚路。创作之余，办“明道国文补习馆”，并在郑逸梅主事的国华中学任教。因行动不便，平时缺少运动，外加生活维艰，营养不足，肺疾益重。徐碧波在《紫罗兰》14期上发表《哀顾明道兄》一文，透露了其生命最后几年的凄凉：“自战事发动以后，君挣扎奋斗于苦闷漩涡之中，为家室累，为己病忧，栖栖皇皇，无复展眉之日，虽舌耕而墨耨，寸衷似已为生活所左右，然而书生结习，骨气清高，宁忍待时，不食嗟来……终因肺部所患日益严重，兼之足部夙疾随之复发，仅存皮骨之躯奄缠床笫。龙钟老母暨爱妻弱息，愁眉蹙额，环伫斗室，此种境地，宁不惨绝尘寰耶?”经友人力劝，于1943年冬解散国文补习馆，并停止笔耕。《永安月刊》第57期曾透露顾明道之病况，吁请读者解囊相助；又于第58、59期连续在《编者小言》上报导其窘境。不少文友及喜爱他作品的读者纷纷踊跃资助，然天不假年，过度的劳累与贫病的煎熬，顾明道终于1944年5月14日病逝，终年48岁。

顾明道一生，虽身患残疾，然其教学、笔耕均勤勉努力，课余还与同事办《蓓蕾》杂志于振声中学，10年勤奋，深得学生之爱戴。大殓之日，虽值狂风骤雨，积水没胫，然吊唁者云集，好友徐碧波大为慨叹：“这遭不才最为感动的，却是许多男女高足们出钱出力，非常诚意，并且为数也不少……专诚慕名而来投师的，好似春秋时代的宣圣一样，弟子们那一个不崇敬着他夫子呢? ……作了这样的夫子，虽然凄凄皇皇了一世，精神上是永远愉快的。”[1]顾氏作为作家，才思敏捷，著作等身，堪称言情圣手、武侠大家，文中决无淫词秽句，星社雅集正襟危坐，极少笑谑，时人戏谓“宋时伯淳先生之道

〔1〕 徐碧波：《零星之什》，《永安月刊》第61—63期(1944年6月—8月)。

学,君其真传乎”[1]。临死之前,惦记未完成的小说创作,颇感对不起读者;更令人感动者,又因对友人、学生出资相助深感不安,令其子杏官(即德骥的乳名)以笔录之,以图将来酬偿,可见其为人之一斑。

第二节　多愁善感之写情圣手

——将内心孤寂化为断肠哀愤

顾明道虽以武侠小说蜚声文坛,却以哀情小说崭露头角,一生创作 50 余部长短篇小说,除其中 23 部为武侠小说外,其余皆言情之作。时人评为“写情之圣手”,是名副其实的。

民初以来,“沧海横流,人欲溃决,教育陶冶之功,不及社会薰染之力”,“尤以青年不肯安素,不肯作退一步想,自杀之风日炽,离婚之案,法院有如山积,而报纸记载社会淫乱之新闻,尤为穷形尽相”[2]。在这样的时代氛围中,“愿为天下失意人写照”的顾明道,下笔伊始便卷入言情文潮是不足为怪的。同时,他所处的生活环境也促成了他专作这种选择。顾明道从学生而教师,始终生活在学校这一狭小圈子中;儿时丧父,又以足疾致残,常暗自生悲,养成一种多愁善感、不善言笑的内向性格,而以自己真挚的感情体验去打动读者,则是他的擅长与优势。因生活面狭窄而缺乏好的素材,他曾公开向社会各界征集素材,在《啼鹃续录》一书末页,即有一则“征求哀情小说资料”启事:“著者颇欲四方人士以哀情资料见贶,如有图画照片等,尤所欢迎,要以事实为归,而含有小说意味者,请不吝赐教。如认有价值,谨奉薄酬。”他还自述创作言情说部之动机:“吾生堕地二十五年矣,马齿空加,勋名未树,前尘影事,不堪回头,故每闻悲惨之事,心中辄为感动,有不能已于言者,则抽吾余暇,一一以记之。”作者还自嘲自解道:“以吾所得之学,犹之蹄涔之量,洄酌之盈,自愧无治世之才,可以为福国利民之计,又不喜为恭谀歌颂之文,以博当世所谓伟大者顾盼,而徒至于此哀情说部,宜有如前之述,其为人所唾弃不顾断断然矣。然使千万人中得一人怜而读之,一洒同情之泪,则余可以无憾也。”[3]

顾明道热衷于言情说部,尤注重哀情。在其言情小说中,哀情作品竟占

〔1〕 郑逸梅:《悼顾明道兄》,《永安月刊》第 61 期(1944 年 6 月)。

〔2〕 徐碧波:《零星之什》,《永安月刊》第 61—63 期(1944 年 6 月—8 月)。

〔3〕 屠守拙:《星社在苏州》,《永安月刊》第 61 期(1944 年 6 月)。

了十之八九，作者有自己的体验，又面临这样的时代氛围，首先感受到的必然是人世之不平，现实之惨痛，也只有这类题材，才会拨动他的感应神经，引起强烈的共振。他感慨万分，“虽然人生之渴望者，非美满幸福乎，无如花开只在一时，月圆难逢一时，不如意事常八九。同是圆颅方趾之伦，而能终身享甜蜜之光阴，不知忧愁为何物者，有几人哉？”〔1〕他由感叹而不满，乃至发泄，希冀得以救治。他以为“惟哀痛悲切之言，困苦忧虑之事，方足以发人猛省，促人回头”〔2〕，故而“蓄秋士之悲，托于春女之愁情也”。

《啼鹃录》出版于 1922 年 10 月，是顾明道影响最大的早期哀情小说之一。全书共收短篇小说 18 篇，“情文悲哀，读之未有不凄然泪落，如坐梨园目击动人之悲剧也”〔3〕。真是“一片痴情，凄人肺腑”〔4〕。其中《还珠泪》叙述才貌均佳的才女沈可云，因父母双亡，被其叔包办婚姻，草率嫁与一肺病青年。虽得风流倜傥之中学教员吴晦庵爱慕，却无法变成现实，郁郁寡欢。吴晦庵矢志不娶，可云结婚生子，他前来相贺，可云丧夫，他前来相助，人非草木，孰能无情？终因囿于封建礼教束缚，无法脱出桎梏。真是此恨绵绵无绝期！《春之恨》则记述一青年许季怀，因父亲包办婚姻，为娶一富贵家娇女，目不识丁，且为胭脂之虎，俗不可耐。青年欲求脱离，虽与秋雯互生爱慕之心，然又为其父发现，痛斥之下，终于自尽，留下遗书，令二女不胜哀痛。作者以一个个令人惨不忍睹的悲剧，历数封建专制、封建礼教的罪恶，具有相当的社会意义。

作者对封建礼教固然深恶痛绝，挥毫抨击，但同时对“五四”时期西方的思潮涌入，个性解放、婚姻自主的呼声亦有评断。他认为上述现状有另一面值得注意的问题：“盖放任与束缚，不能得其平，过犹不及，而际兹乱离之世，邪说竞行，色情狂炽，男女相遇，目眙神往，不能以礼自止，大都起于一时虚假轻浮之恋爱，不计利害，径情直遂，以求快于一时，迨时过境迁，则如冰之遇春而融，所谓神圣之爱情，无复能维持之矣，不亦哀哉。”〔5〕作者认为，西方文明之风在古老中国的大地上吹拂过程中也产生了病态现象。《孽海双花记》中某氏次女惜，以新法女学生自居。车上遇一西装少年，自称英国留学生，惜即为其飞扬神采所倾倒，堕入情网。乃不顾老父之反对，自由结婚，

〔1〕　席宝珍：《啼鹃录》跋三，顾明道《啼鹃录》卷末，五洲书局 1922 年版。
〔2〕　范烟桥：《蝶魂花影》序，顾明道：《蝶魂花影》卷首，国华新记书局 1930 年版。
〔3〕〔4〕　顾明道：《啼鹃录》自序，见该书卷首，五洲书局 1922 年版。
〔5〕　王曼笑：《啼鹃录》跋一，顾明道：《啼鹃录》卷末，五洲书局 1922 年版。

却不料此少年乃上海拆白党人，故悲怨交集，悔恨无已，饮鸩自戕。《她为什么要嫁》、《奈之何哉》均记叙了类似的悲剧。不必讳言，在顾明道的深层意识中，仍有保守的、陈旧的观点在作祟，甚至亦不排斥其因多才多艺，却身患残疾而产生的一种隐藏在潜意识中的变态心理，但他毕竟在探索现实社会中病态的现象，当时的青年读者也“盼望顾先生以后多做哀情小说”，“因为你的小说非独哀情，也可以说是醒世的”，“父母看了可觉悟，青年们看了可以借为自鉴”。〔1〕此书出版后，到1932年7月重版7次，有“纸贵洛阳、名重江左”〔2〕之誉。

顾明道愤社会之淫靡，哀国家之多难，悲自己身世之惨痛，挥笔疾书不能自已；加之读者“屡有来函，不以不祥文字见弃，固知人间恨事正多，而天下不乏同情也”，乃“重握三寸不律，为记血泪之碑，写断肠之词”〔3〕。1926年夏，《啼鹃续录》脱稿，5年中重版5次。1929年1月长篇哀情小说《美人碧血记》出版，以“叙事繁复，几如红楼，言情细腻，宛似西厢，宛转缠绵，要眇幽深”〔4〕，颇获社会之好评。1929年10月，《红蚕织恨记》问世，上下两册，10余万言，历叙小儿女情场恨史，“香艳处销魂荡魄，悲哀处伤心断肠，把卷读之，有一唱三叹之妙，不徒文笔细腻，布局曲折而已也”〔5〕。1930年3月出版的被时人誉为“空前佳妙之言情巨著”的《哀鹣记》，更是其“呕心绞脑”之作。小说以宋代大诗人陆放翁之《钗头凤》为题材，尽写陆游与其表妹唐慧仙的恋爱悲剧，“书中有侠客，有美人，写鹣鲽分离惨状及尼庵夜劫，沈园重逢等事，悲哀不忍卒读。春色满园，恒藏珠泪，魂销倩影，词谱钗头，天下有情人读之，当无不同声一哭也”〔6〕。作品对封建礼教、封建迷信乃至腐败的社会风气作了愤怒抨击，对卢荣、宗士程、令狐策等侠义之士倍加褒扬，而对卖花女红珠的纯洁坚贞，小婢银菊的侠义热肠，作者更放笔颂赞。情节之曲折，文笔之细腻，人物形象之个性鲜明，栩栩如生，跃然纸上，被誉为“打破小说界沉闷空气，安慰读者无限的渴望”。当时名伶荀慧生在北京、上海等地排演此剧，范烟桥又将其改编成电影搬上银幕，更使《哀鹣记》名噪一时。

1932年8月，顾明道出版了与《啼鹃录》有“异曲同工”之妙的短篇集

〔1〕 许指严：《啼鹃录》序，顾明道：《啼鹃录》卷首，五洲书局1922年版。
〔2〕 刘庭枚：《啼鹃录》序，顾明道：《啼鹃录》卷首，五洲书局1922年版。
〔3〕 郑逸梅：《蝶魂花影》序，顾明道：《蝶魂花影》卷首，国华新记书局1930年版。
〔4〕 顾明道：《哀鹣记》弁言，见该书卷首，益新书社1930年版。
〔5〕 周云英：《啼鹃续录》序，顾明道：《啼鹃续录》卷首，广东和平书店1931年版。
〔6〕 周瘦鹃：《蝶魂花影》序，顾明道：《蝶魂花影》卷首，国华新记书局1930年版。

《茉莉花》，以虞山名士钱谦益（牧斋）与吴江名妓柳如是的情史为题材创作了《章台柳》，以清代名姝刘三秀一生史迹创作《念奴娇》。曾被改编成电影的《惜红飞》、《奈何天》、《花萼恨》、《柳暗花明》等均获读者好评。

顾明道之言情说部亦不尽是哀音。范烟桥曾责其哀情说部"以苦吴侬者苦天下伤心人"，甚至说："安得祖龙一炬，以火此啼鹃之录哉。"[1]其妹顾丽新亦云："我母亲之规兄，后勿作此等断肠文字。"顾明道因此决意"与蝶招魂，为花写影，为情天弥缺憾，为说部开奇观"，而于 1930 年 10 月作《蝶魂花影》即所谓"情海不波，明月常圆，写美人之韵事"[2]之作。曾有读者赞曰："书中人物皆为好青年，如瘦蝶之富而不骄，若兰之贫而妩媚，秋心之好学，长风之壮志，云仪、秋月之温文，飞琼之侠，云裳之憨，碧珠之慧，求之今世，实罕其伦。"[3]然而，这类作品在顾明道的创作中毕竟不多见，且并无多少深意。

1929 年 3 月出版的短篇集《小说新铃》值得一提，此集可以看作社会小说，从各个侧面对当时的社会现实作了揭露。其中《还我清白》写一乡间少女去上海帮佣，见公馆中人寻花问柳，尔虞我诈，终于为保全清白毅然返乡，不愿"混在那种制造罪恶的活地狱里"。《乳母之儿》写农人张根寿之妻迫于生计，忍痛抛下自己才生下的孩子，去为富家子弟作乳母。后因自己儿子病重，得主人勉强同意，返家探视，见儿子面黄肌瘦，肮脏不堪，与二少奶奶家的少爷一比，"同是一样的小孩，为什么好的这样好，苦的那样苦呢？"作者指出，这是因为"这可怜的孩子不幸作了乳母之儿"。应该说，《小说新铃》集的社会意义之广和思想意义之深，在顾明道的创作中是需要格外记上一笔的。1939 年 11 月出版的中篇《雪里残红》里，出现了反抗"父母之命"的叛逆者形象和以北伐为背景的"革命＋恋爱"的故事。1931 年出版的短篇集《芳菲录》则由哀情小说发展到了问题小说。上述 3 部作品标示着顾明道创作道路的发展，反映了鸳蝴派第二代作家的创作接受"五四"新文学影响的事实。

总而言之，哀情作品诚乃顾明道创作之一大特色，而且多非无病呻吟之作。发表于 1942 年 6 月《永安月刊》第 37 期的短篇《汤团》，乃顾明道的夫子自道。作品写虎头书生"是一个手摇三寸不律的文人，在这个年头儿的文人生活，苦极了"，因得一笔稿费，去汤团店请友吃汤圆，可汤圆已涨价数十

〔1〕 顾明道：《啼鹃续录・弁言》，见该书卷首，广东和平书店 1931 年版。
〔2〕 周瘦鹃：《蝶魂花影》序，顾明道：《蝶魂花影》卷首，国华新记书局 1930 年版。
〔3〕 张泳梅：《蝶魂花影》序，顾明道：《蝶魂花影》卷首，国华新记书局 1930 年版。

倍,稿费,却只涨了四五成,虎头书生“越觉得自己十分凄惨”。苦命人唱凄凉之曲,本乃情理之中,故而当时黄转陶有这样的评论:“今世之小说作品,好为凄楚之音者得二人焉,一周瘦鹃,一顾明道……与瘦鹃谈,辄露真愤世嫉俗之思,且往往发厌世之念,常有遁迹名山,终老林泉之想。明道则恂恂不多语,其蕴积于胸襟之愁怀焉更深。无怪二子好作哀音,殆故布愁红惨绿之局,借以泄其怀抱而已。”〔1〕

第三节　情乃侠情,侠乃情侠
——扬长避短,以情补武

如前所述,顾明道乃言情圣笔,同时,他又以《荒江女侠》为代表的 23 部作品,成为文坛上颂侠的名家。在他的言情小说中满纸情场侠风,而他在武侠说部中所传播的,情乃侠情,侠乃情侠,因此,情乃顾明道的作品之魂。

顾明道有两部作品介于言情和武侠之间。《芳草天涯》虽亦标明为哀情长篇小说,然在出版广告中却称“言情而兼爱国体长篇小说。书中叙一奇女子在情场失败后,乘国民军北伐之际效花木兰从军之举,途中经历了可喜可愕可歌可泣之事迹,使其情侣扑朔迷离,倾倒裙下,而其后香销玉殒,为国殉难,以大义助其情侣,足为新妇女生色”。书中侠情更炽,不难看出,这部作品并非通常所谓武侠或侠情小说,而是颇与新文学“认同”的作品。另一部《血雨琼葩》,作者自云乃“香艳热情侠义小说”。小说以明末李自成农民起义为大背景,叙述李信协助守城反被陷入牢,为山大王红娘子救出,结为夫妇;而另一儒生许靖忧国忧民,决意追随义兄去山海关外投奔守军将领吴三桂。途中许靖遇一英雄柳隐英,十分投机,同去投军,后因为吴三桂为得名妓陈圆圆,不惜引狼入关,投降清军,两人遂与二义兄怒极而去。暗刺清摄政王不成,决定同往青石山投奔李信与红娘子。同行中许靖终于发现义弟柳隐英乃女扮男装,本是明朝大将袁崇焕之孙女,祖父被陷害后流落江湖。四人赶到青石山,方知山寨已为流寇所破,李信战死,红娘子不知下落,无奈之下又投蜀中而去。作者感叹道:“美人碧血,铁马金戈,要留青史,却忆秦娥。”虽然此作也可列入武侠作品之列,但含有历史小说的成分。

真正使顾明道在中国武侠小说文坛上占有一席重要位置的是《荒江女

〔1〕 黄转陶:《啼鹃续录》序,顾明道:《啼鹃续录》卷首,广东和平书店 1931 年版。

侠》。顾明道自1923年开始武侠小说创作，主要在《侦探世界》上发表武侠短篇。此时，平江不肖生在《红》杂志上连载《江湖奇侠传》，引起轰动，5年中长盛不衰，报刊编者与出版商为牟大利，竞相刊登武侠作品。这一文坛气候对武侠小说创作产生了极大影响。顾明道亦受此外因影响，然而也有不可忽略的内因。顾明道既忧国家多难，生灵涂炭，民不聊生，又哀身世悲惨，生不逢时，所以在借哀情小说"一泄胸中闷气"之同时，又借来侠客形象寄寓除暴安良，铲除人间不公，强我华夏的理想。侠客在作者心目之中，既是自己理想的寄托，也是发泄情感的一个决口。加之作者从小即患足疾，不良于行，对这种行侠仗义，浪迹江湖，无牵无挂，无拘无束的侠士，更是从内心倾慕。这与他的自号"虎头书生"、"石破天惊室主"一样，旁人或以为他一定是身怀绝技的昂藏七尺之雄，却不料实为手无缚鸡之力的文弱残疾人。其间难道不正是一种逆反心理的流露吗？罗家伦曾指出："侠出于伟大的同情。"《民俗文学之源流与武侠小说的定位》的作者陈晓林说得更明白：侠义"是一种浑然忘我的高贵情操，也是一种生命意志的自然流露……武侠小说所强调的侠者精神，基本上是一种向不公道的命运或体制抗争的精神，是一种不对无理的控制或播弄屈服的精神"。顾明道的武侠小说不正是表示了对不公道命运的抗争，不正是生命意志的自然流露吗？

1929年，顾明道自杭州返苏，途经上海，得星社好友严独鹤之约，便在《新闻报》附刊《快活林》上连载他的武侠小说《荒江女侠》。果然一鸣惊人，再次在文坛上引起轰动，一时"四海传诵，有口皆碑"，一年中重印4版，到1934年11月竟重版14次之多，还被改编为13集连续电影搬上银幕，改编为京剧登上舞台。其声誉之隆，当时几无出其右者，这是武侠文坛上继《江湖奇侠传》之后的又一盛举。

《荒江女侠》，叙女侠方玉琴为报父仇，随昆仑剑仙一明禅师学习武功剑术。艺成下山，寻找杀父仇人飞天蜈蚣邓百霸，夜探苏州韩家庄，得遇同门师兄岳剑秋。从此琴剑相偕，师兄妹闯荡江湖，除暴安良，锄奸诛恶。小说以琴剑联手行侠仗义为经，以侠士与白莲教徒、龙骧寨、螺蛳谷、琼岛等爱国志士同清廷统治者的斗争为纬，中间又夹杂了武林中的恩恩怨怨。小说以剑胆琴心良缘天缔，昆仑、峨嵋两派不计前嫌，重修旧好为结束。

现代武侠小说评论家叶洪生在《近代中国武侠小说名著大系・序》中作过这样的评价："《荒江女侠》一书开卷，所采用的现代'单一观点'（主观笔法）叙事，即打破传统章回小说的陈腐老套，开武坛未有之先河，却值得大书特书。再者本书善藉梦境制造高潮，亦有鬼神不测之妙。”确实，中国传统章回小说往往采用“全知叙事”模式，作者无所不在，无事不知，虽然便于展开广阔的生活场景，对众多的人物心理可进行自由剖析，全知视角又具自由转换时空的特长，然而，缺点是往往拉大了与读者的距离，读者有时不可能投入书中的境界，与作品中的人物一同喜怒哀乐，或很难引起读者思想上的感应和共鸣。顾明道正是发现了传统章回小说的这一缺失，学习运用新文艺笔法，采用“限制叙事”方法，以注重小说布局来强化小说的真实感。《荒江女侠》以方玉琴、岳剑秋双双闯荡江湖来结构情节，以他们的所见所闻所作为内容，这样，读者、作者与作品中的人物的视角保持在同一水平线上，在扣人心弦的情节中，紧张、激动，不仅增强了真实性，而且加强了对读者的刺激性。这不能不说是武侠文学中叙事模式的一种转换，而这种新模式在“五四”新文学作品中是被广泛采用了的。叶洪生称赞顾氏“开武坛未有之先河”是精当的。顾明道这一创举，几乎成了以后武侠小说常用的固定模式，这是《荒江女侠》之所以引起轰动的首要原因。

此外，《荒江女侠》一书将侠与情巧妙地扭结在一起，正如严独鹤在《荒江女侠》序中所说：“以武侠为经，以儿女情事为纬，铁马金戈之中，时有脂香粉腻之致，能使读者时时转换眼光，而不假非僻之途，不赘芜秽之辞，是以爱读者驰函交誉。”小说正是以琴剑行侠为经线结构情节主干的：两人由韩家庄相遇，情丝缠身，尔后不仅经历了生死考验，而且还产生了种种误会，终于又烟消云散，琴声剑影，相得益彰，其乐融融。这种侠客故事中的情侠故事，对于当时的读者来说更具有新鲜感，因为它不只具有曲折迷离的情节和惊心动魄的刀光剑影，而且还有情意缠绵、花雨缤纷、风光旖旎的至情描写，再加上作者将这样的场面描写与险象环生而终又化险为夷的过程结合在一起，时而舒缓，时而紧张，造成的反差刺激得读者喘不过气来，这又是这部作品的独特之处。

《荒江女侠》使顾明道在当时“侠坛”上得到“向（恺然）、赵（焕亭）、顾三家鼎足”之称，后来又与宫白羽、还珠楼主等一起享有“武侠大家”之誉。然而，“盛名之下，其实难副”，恰恰也正是在此作中，暴露出顾明道创作上无法避免的弱点与缺陷。其一，表现在结构上，松散拖沓，只是随着琴剑的足迹一味游荡开去，有的地方甚至一赴二返三复回，而人物的性格却并无发展。造成这种局面的主要原因乃是写作计划的改变。《荒江女侠》于 1928 年动笔，而单行本自 1930 年共出 6 集 87 回，约 120 万言。其中第 1 集到第 4 集写于苏州，5、6 集则为抗战期间避居上海时所写。其实，作者原计划写成一个中篇，后因读者与编者力劝才拉长开去；写到第 5 集时已立意结束，不准备再续下去了，他已经意识到："小说连载过长，势必造成过于冗长。而续作不如前期那样描写如意，最后要致续貂而呈败笔"。他曾设计一个结局：琴剑是否联姻，让读者自己去想象。然而，第 5 集发表后，热心读者纷纷来信，希望他能继续写下去，在报社再三邀约下才违心地写了第 6 集。而此时作者身体健康每况愈下，时常停笔。有时只能口述，由别人代笔，这样，一部计划的中篇小说扩大成了百万言长著，中间又经过了 10 来年的时间，因此，出现结构上的问题乃是情理中事。更有甚者，作品还破绽屡出。例如，79 回写李天豪夫妇与薛焕、滕因同到杨柳屯"云中凤"萧进忠家，作者用 5 回篇幅写李天豪的回忆之后，到 84 回却说薛、滕去碧霞寺探视师父憨憨和尚了。58 回曾家派人来报梦熊妻子生病，可到 84 回，得病者却变成了曾父。可见，为拉长篇幅，一味运用插叙、补叙的方法，作者自己都弄得前言不对后语了。

其二，由于作者系一介书生，不谙武术，从未远行，所用材料除了间接来自于书刊报章，其余全凭自己想象。他不具有王度庐、向恺然以及今日的金庸、梁羽生那样曾游历名山大川，见多识广的经历和视野。写到刀剑相拼，总是"程咬金式的三斧头"，既无技巧又无套路，无奈之下只得借助于剑气、飞刀（殊不知剑气法术要写好却更难）以渲染拼斗场面，同时了结这种千篇一律的炒冷饭式的拼斗。在情节的设计上，同样暴露出了作家向壁虚构，闭门造车的后果。每一个故事，总是琴剑遇上歹徒，入内探访，中人暗计，身陷绝境，于千钧一发之际，救星忽到，终于会同众侠大破匪窟，连一只大鹏也救过主人性命数次！在这些方面，作者沿袭晚清武侠公案小说的套路，情节的转折不是十分勉强，便是纯属偶然，这种经不起推敲的接榫法，影响了整个情节框架的整体性。

其三，作者确实只是一个言情圣手，而不是一个武侠高手。他只能扬长避短，以情补"武"，让主人公陷于情网之中，因此，他笔下的侠士侠女，也只成为一种情侠，而且往往侠气不足，滥情有余。作者常常将仗义行侠出生入死的场面与爱意绵绵恋情依依的场面交叉穿插。琴剑二人缠绵悱恻的场面姑且不论，作者又故意插上了琴、麟一段情史，从而引出剑秋负气不告而别，玉琴在后追赶，以此来带动情节的发展，殊不知反而显得游离，而且也不符合人物的性格。试想，一个浪迹江湖、身负绝顶武功的奇女子，如何会爱上一个手无缚鸡之力的白面书生，何况玉琴已知师父对其终身大事早有安排。更为有趣的是在琴剑锄奸除恶过程中，竟还会偕同曾毓麟同往，岂非成了儿戏？诚然，插入这种场面描写，对当时的读者或有刺激性，但从艺术角度看，却真有点不伦不类了。

顾明道在《武侠小说丛谈》中曾这样说过："余善作武侠而兼冒险体，以壮国人之气，曾在《侦探世界》中作《秘密之国》、《海盗之王》、《海岛鏖兵记》诸篇，皆写我国同胞冒险海洋之事，与外人拒，为国争光者。余又著有《金龙山下》一篇，万余字，则完全理想之武侠小说也，刊于《联益之友》旬刊中。……为《新闻报》的《快活林》撰《荒江女侠》初续集，尚得读者欢迎。……又为《小日报》撰《海上英雄》初续集，则以郑成功起义海上之事为经，以海岛英雄为纬。以上两种皆由友联公司摄制影片。又尝作《草莽奇人传》，则以台湾之割让，与庚子之乱为背景也。"由作家的自述可知，顾明道武侠小说的创作指导思想中，冒险与探险的意识倒是自觉的。虽然自己足不出户，却委托作品中的人物去历尽艰险。他企图将"情、侠、险"三者捏合在一起，以开武坛之新局面，更增吸引读者的力量，这不能不视作其武侠小说的一个特色，就其创作动机而言，也不失为一个很好的设想。如果说《荒江女侠》中作者已露冒险、探险的动机端倪，那么 1928 年 8 月出版的《怪侠》则完全是有意为之。当时的出版广告说："别开生面的冒险巨著，汪洋奇诡的武侠说部，振刷尚武精神，激发探险思想……此书叙述一怪侠，自负惊人绝技，自幼种种奇事异闻，令人咋舌。后以革命未成，乃率从探险海外，又遇怪老人制造种种奇怪机构，同往非洲探险，蛮烟瘴雨，深山峻岭，足迹所至，历尽艰险，与黑人角逐，称雄异帮。其间以儿女情爱，时使读者转换眼光，把卷读之，如入蛮荒异国也。""其中历有银花女之妖艳，酋长之猛勇，蛇女狮窟之惊心夺魄，怪怪奇奇，曲曲折折。""怪侠"不愧为作家之"理想"小说，然读来终觉随意性太大，观念混乱，作者似乎心有余而力不足。

此外，顾明道的武侠小说还有《侠骨恩仇记》(1926 年 5 月)、《草莽奇人传》(1931 年 5 月)、《黛痕剑影录》(1935 年 2 月)以及《国难家仇》、《浊世神龙》、《剑声笳声》(即《剑底莺声》)、《剑影脂痕》、《侠女喋血记》(即《红妆侠影》)、《海外争霸记》、《虎啸龙吟录》、《磨剑录》等数十部，1947 年 10 月出版的《胭脂盗》则是顾明道最后一部武侠小说。此书写山西平阳有一批美貌姑娘，相聚为盗，劫掠官绅富商，官府亦奈何不得，人称"胭脂盗"。江南公子梁国器为姐报仇，途经此地，几遭暗算，却不料众胭脂盗慕江南公子风采，倾心相爱，乃引出一场争夫夺婿的闹剧。后来，众胭脂盗终于皆得归宿，金盆洗手，从良为民。作品一定程度上暴露了世态人情，情节饶有风趣，令人捧腹。然而，综观顾明道一生创作，从言情到写侠，从情侠到情盗，真令人有"江郎才尽"之叹了。

第四节　忧国忧时，以笔代剑
——用小说焕发国人民族气节

顾明道是一个正直的爱国知识分子。他忧国忧时，无论是言情小说，还是武侠小说，都是"借此发泄些闷气"[1]，这是首先值得称道的。与他同时代的社友都清楚地看到了这一点，早在《啼鹃录》出版时，就有人指出，"历观近年来明道所作，大都为感事伤时之文，而来书中忧国忧家之语，时露于行间字里"。他"不幸为病魔所厄，至于今，抱莫大之隐痛；矧复处此国政飘摇、社会颓堕之秋，静中思之，在在咸足悲梗，乃不得已借此以抒泄其恨"。[2]作者正是有感于封建礼教对青年人的戕害，社会风气的淫靡败坏，乃不得不乞灵于不律，一片苦心是感人的。

如果说顾明道的言情小说还主要是忧时悲己，那么，在他的武侠说部中则更清楚地表现了一位知识分子强烈的爱国情绪。面对二三十年代的祖国，民族多难国势衰颓，作家无力强国安邦，只能将希望寄于武林侠客，"以壮国人之气"；更借助于历史题材，企图焕发国人的民族气节，"与外人坚拒，为国争光"。《剑气箫声》中的郑成功，《草莽奇人传》中的万心雄、刘永福，均乃"民族之脊梁"。尤其是"一·二八"事变后，日寇进攻上海，作者为了表示作为中国人的同仇敌忾之心，连续发表了《国难家仇》、《为谁牺牲》等作品，1940 年 7 月发表了《磨剑录》，叙明代开发东南亚的华裔志士以及明末清初志士之史迹，实则隐含了对日寇入侵之忿忿与反抗。取名"磨剑"，乃得自贾岛诗"十年磨一剑，霜刃未曾试。今朝把示君，谁有不平事？"从中我们似乎可以看到一位爱国书生怒不可遏，拍案而起的民族气节。日军进入租界后，他在《申报》附刊《春秋》上连载的《血雨琼葩》，因多激昂语，被勒令停止登载。值得提一笔的是，顾明道在上海避难时期，经济拮据，但他严正拒绝了

〔1〕 范烟桥：《啼鹃录》序，顾明道：《啼鹃录》卷首，五洲书局 1922 年版。

〔2〕 参见王蕴章、周瘦鹃为《蝶魂花影》所作二序，顾明道：《蝶魂花影》卷首，国华新记书局 1930 年版。

汪伪政权的多次威胁利诱，决不为汪伪刊物工作，宁可以授徒为业，过着清贫生活。由于顾明道的武侠作品大都寄托着爱国和民族思想，加之新文艺笔法的运用，因此，他的武侠新作当时深受读者欢迎。

顾明道笔下的悲剧女性形象，几乎全是凄楚动人、德才兼备的好女儿。作者感慨“古时专制家庭之子女的婚姻，有重重桎梏，绝对不能自由，不知有无量数的痴男怨女牺牲于其间”[1]。因此，他为挣扎在封建礼教桎梏下的妇女呼号申诉，为受到不公正待遇而走向悲剧结局的青年女子洗雪申冤。他向社会疾呼：“一般儒生强墨之论，每痛斥美人为祸水，好似女色真足以亡国，甚至把红颜翠眉，视若洪水和蛇蝎，这岂非妇女界的大不幸吗？”[2]在《念奴娇》自序中更表示了不平：“当明社初覆时，成仁取义之辈，虽亦不乏其人，照濯史册，而一般士大夫之流，淫于富贵者有之，屈于威武者有之，既忘禾黍之痛，复作良禽之栖，比比而然，况一弱女子哉？”“且莲子心苦，别有隐衷，这其间的痴心热肠，又岂输于一般杀身成仁的志士豪杰呢？山海关畔徒留污痕，昆明池边尚乘艳迹，然而在这污辱之痕，香艳之迹里头，尽有不少贞洁热烈的琼葩，在刀光血雨下挣扎着，奔走着，要想灿烂地开放出复兴之花来。”[3]至于出现在武侠作品中的女性形象，作者更是倾力描写她们的侠义心肠和动人才貌。《荒江女侠》中的方玉琴、宋彩凤、云三娘、年小鸾，《血雨琼葩》中的柳隐英，无一不是巾帼英雄，女中豪杰；就是《胭脂盗》中的朱红英、李云娃等，也不乏可爱之处。人们往往论及的顾明道作品中的“脂粉气”，这除了与当时文坛氛围有密切的关系外，仅其作品的篇名而言，与女性有直接关系的便占了十之六七。作者这种执意为女界正名为妇女请命的动机是应该肯定的，这也是他的作品社会价值的一个重要方面。

顾明道的作品虽然以情为书魂，以女性为主要描写对象，但难能可贵的是在那样的社会气氛中，作品中绝无熏香摘艳之句，淫靡猥亵之词，因而深得时人好评，均赞其“意境清高”、“思想高超”。俞牗云称其“抱以文士之职守者，倾泻人群至高至洁之情，创制世间至高洁之文”[4]非为谀词。就是在标明为“香艳热情”的小说中，也绝无淫秽之辞，这不失为顾明道创作中的一大特色。程小青因此认为，其作“命意高洁纯正，一如其人”。蒋梦熊也认为

---

〔1〕 参见王蕴章、周瘦鹃为《蝶魂花影》所作二序，顾明道：《蝶魂花影》卷首，国华新记书局1930年版。

〔2〕 沈皖兰：《蝶魂花影》序，顾明道：《蝶魂花影》卷首，国华新记书局1931年版。

〔3〕 黄转陶：《啼鹃续录》序，顾明道：《啼鹃续录》卷首，广东和平书店1931年版。

〔4〕 俞牗云：《哀鹃记》序，顾明道：《哀鹃记》卷首，益新书社1930年版。

其品性“温柔而敦重”，并忆及一件往事：顾明道去其家，恰值家中有一二个女性亲戚，结果他“谈吐呐呐不能出口，目垂面赤，不敢作刘祯之平视”，因此，家人笑其为迂夫子，又敬佩其为人。顾明道是一位作家，一个基督教徒，但他更是一位受学生敬重的教师。他甚重师德，为人师表，“文如其人”一说可在顾明道的作品中得到证实。顾明道以言情成名于20年代文坛，其言情尤其是哀情小说的艺术水准与艺术价值都大大超过了武侠小说。这样的结论是符合他的创作实际，也符合作家的主客观条件的。

第七章　北派巨子赵焕亭

第一节　疗饥煮字书生策

——以罗两峰画鬼之笔涂抹小说

赵焕亭，原名绂章，河北玉田人。其生平，据张赣生考证，约生于光绪四年(1878)，至50年代初去世。[1] 张赣生的生年考证，主要根据赵焕亭发表于1932年的《姑妄言之》的开场白，其文有云：

> 原来作者虚度，已过伯玉知非之年，正是孔子知命之岁，老冉冉其将至。

这是可信的。[2]

据云，赵焕亭生于正白旗汉军官宦之家。其父曾任山东鱼台知县，也做过贡院闱场的外帘官，一度且在省城候补，于当时官宦阶层，约居中上水平，既非富有足以奢侈，也非保不住官宦体面者。其回忆文字中隐约可见生活情形：

> 作者那时只有七八岁光景。严慈在堂，埙篪和乐。那种快活就不用提咧。从祭灶吃糖瓜起马，齐头吃到三十晚晌的肉包饺儿，甚么糖果咧、年糕咧、花生风栗咧、腊鱼封鸡等类，杂七杂八，这几日直装得肚皮圆铮铮的。接着便是开正家筵，并伯叔婶姆，大家赐压岁钱。不消说，这笔款照例的不许剩，都打点到口头上去。末后竟弄的不饥不饱，也想不出甚么可吃的来咧，未免食多伤心，好端端的饭拿将来，眼儿一瞟，顿

---

〔1〕 一说生于1877年，卒于1951年。见叶洪生：《论剑》第26页，学林出版社1997年版。

〔2〕 参见张赣生《民国通俗小说论稿》第184页，重庆出版社1991年版。

时气得雷秃子一般。婢仆们偶一搀言，顿时便撇酥儿。

赵焕亭生逢晚清乱世，倒也做过一番科举功夫。张赣生云其少年时也曾赴京参加科举考试，未知所据。据笔者所见赵焕亭所著《浮生四幻》之弁言，知其曾"应秋试于洛"。这段弁言中，有一段关于其性格的文字：

光绪中，予应秋试于洛（时功令北闱暂移河南）。同舍生意气咸自诩，旅邸或终夜哗。中有定兴鹿生者，独沉默与予合。时汴城中有所谓李师师巷者，美人遗踪，余香犹腻。中有三五小家，潜竖艳帜。一夕诸友洪醉，哄往访之。留者惟余与鹿……一时人境双清，相对肃穆。予乐甚，乃高吟坡老《水调歌头》，相与大笑。……

从上述文字中可见赵焕亭之性格，大略属于所谓"少年老成"之类。

张赣生之"少年时也曾赴京参加科举考试"说应亦有据。则赵氏之参加科举之乡试实非一次，并且他的这种科举功业一直作到庚子前后：

不想往年拳众之乱……作者那时还抱着死书本子作秀才营生……

赵焕亭的应秋试于洛，据《浮生四幻》弁言可作一点推测。《浮生四幻》所述主人公故事至乙未年（1895）止，亦即作者得此故事概略时间的上限，从1895年（此年是乙未科进士科考年）至科举制度废除，朝廷共计举行戊戌科、癸卯科、甲辰恩科三次进士科考，外加一次光绪二十九年的经济特科，照理，乡试也有三次至四次。而河北试场暂移洛，应与义和团有关，如果这一点可证实，则"应秋试于洛"是在1902年，即壬寅乡试。

己亥年义和团成为合法团练，庚子年方由山东进入华北，席卷京津，扰及赵氏家乡（据赵氏《青城丛话》拳乱时他在家乡，见《庚子邑乱》条）。据此，可以推知，其所作秀才营生应是冲着癸卯的考试。

这段时间对于作秀才营生的人是特别残酷的，科举制度动荡不安，举措多变：

戊戌新政：命自下科始，改试策论。

戊戌八月：各项考试令仍用八股，试帖经文策问。

辛丑七月：复令自明年始，乡会试等均用策论，禁用八股程式。

自1898年至1901年，科举制凡三变。在多变之际，作秀才营生的，多“骑墙”而待：一面仍作八股，一面准备策论；或自修新学，或寄身学堂，以谋万全之策。未知赵氏属于哪一类型。从其笔记中看，既有旧学大家之师长（赵箐衫），又有新学之友。在《记侯同亮》中，记载了他的一个友人侯同亮，此人是唐山交通大学学校的学生，即是求新学而欲取卿相之狂生。从赵氏日后文字看，他于新学略有所窥，倒也不是一味守古的。

至民国初年，其双亲先后作古，赵氏也开始写作。笔者所见其公开发表文字，最早的是《胭脂雪》，载《小说月报》第2年第6期。

后来作为书生文人的赵焕亭似乎境况大不如前，每每叹其生计而以文字劳工自居了：

……柴米油盐酱醋茶，作者被这七件事逼迫得走投无路，只好穷年价耗精惫神，写些小说，胡乱糊口。简直说，是文字劳工，读书业障。

……你已在中华民国混了十一个年头，什么幸福不会享到，怎还饥着嘴巴骨子？著者恍然猛省，屈指光阴，可不正是一九二二年阴历腊月了，居然还能撑起穷脊骨，左对孺人，右顾稚子，瓶有剩粟，裘尚余温，对一穗孤灯，拈起三寸不律，作这个自由自在的文字劳工。咳！幸福与否，莫去管他，赶紧上班作工是正经。

正所谓“疗饥煮字书生策，叹绝文章掷笔时”。张赣生认为，赵焕亭似乎并无其他谋生手段，唯一的办法就是卖文，他是一位职业作家。这大概是不错的。所以如此，是因为其少有文才，原是将一生希望寄于科举，欲以一身才学立身的。作者说：

先妣当年，瞧作者如乳虎名驹一般，谁料蹉跎至今，老不长进，今且白首鬻文，苟活乱世呢！

“乳虎名驹”其志自不在一般谋生手段，此其一。其二，与其为人立身的旨趣相关。赵氏尝在小说中写一贫妇因贪几块荤食而卖身的情节，接着便有一段议论：

……咳，此等秽事，写来虽是可叹可笑，贫妇无知，不爱其鼎，何足深责？独怪古今来多少立节行义之士，平日大言放论，很似个万钟不移、卿相不屈的角色。乃至寂寂无聊的当儿，人家只消拿个腐老鼠面前一晃，顿时便舐唇摇尾，颠到跟前。人家叫打个滚儿，不敢来个猴儿坐殿。还不和这贫妇一样么？

至于作者自己，赵氏以为"身上没那根邪骨"，倒是有"穷骨"，并就他与几个同学立身处世之异处作了比较：

……不想往年拳众之乱，作者目击一事，方知邪骨之说真真不虚。因作者那时还拖着死书本子作秀才营生，同学有周、谢、张三君，都是觥觥少年，大家说起拳众，甚是热闹，趁兴儿便商量试一下子玩玩……(依法将咒语念毕后)直待半个时辰，周、谢两君果然实拍拍躺跌在地，并且战战然屈伸两臂，骨节儿"格巴巴"山响，咬牙闭目，似乎浑身都是劲，就是站不起来……作者和张君直站的脚跟生痛，通也没事……这时邻县方铺设很大神坛，两个竟混在里面胡闹。乃至拳乱平，两人都没得好结果……今张君累年遨游军界、警界，颇称得意，近且为川中某邑令绾符栽花，颇颇不恶。作者虽顶没出息，然布衣蔬食，累经丧乱，穷骨犹在，揆昔人知足知止之义，也算罢了。这总得说是身上没那根邪骨咧。

其三，便是赵氏对自己文学修养颇自负，自信可以赖此谋生。

我看求谁也不如求自己，孔方老兄虽与我绝交，却是管城子究竟与我是总角交儿，还有些来往。这些年苦挣岁月，凡我的同学少年，都弃掉管城子，攀到孔方兄那里去了，一个个肥马轻裘，好不得意。惟有我没疏远他，今急来抱佛脚，他必然助我一胳膊。

再看这段自叙：

……俺隔壁住着一位古怪先生，此人没时没运，偃蹇一生。少为贵公子，绝少纨绔之风；壮为穷书生，饱尝世味之苦。两眶子忧时热泪，一肚皮感遇愁场：文不能定邦，武不能定国，生平碌碌，略无寸长。却有一

> 椿奇处，就是当年罗两峰先生那支画鬼之笔，不知怎的，被他捉入手中。他又不去点染丹青，偏用以涂抹文字，凡混世的许多鬼魔(罪过罪过。人皆称为伟人巨头，如何说是鬼魔?)，只要入到他笔下，便穷形尽相的和盘托出，一丝儿不会差的。那鬼魔的磨牙吮血杀人如麻之状好不令人可怕可羞……

虽自称“不飞中鸣、落落拓拓、和笔蛏蠹鱼搭伙计的赵焕亭”，也未尝不想有朝一日一飞冲天、一鸣惊人的吧，却不知时代不同，在时人目中，他的学问才情早已是前朝遗物，直如废铜烂铁，故而于执笔之际不禁牢愁万状：

> 作者写到这里，不由掷笔长叹：如今的社会，你要吃香喝辣，全仗着漂亮外表，至于内才真本领是谈不到的。

赵氏生平大略及成为通俗小说作家之因缘大概如上。

赵焕亭写作小说，前后约历 30 余年。笔者检索到的最早可见的作品，乃《小说月报》上发表的《胭脂雪》，系短篇小说。民国 4 年《小说海》创刊(中国图书公司发行，黄山民编辑，月刊)，在第 11 期上，有赵氏短篇《铜驼恨》。

第二节　略窥新学　从“雅”起步

从初期作品看“现代性”特征

上文曾说赵氏于新学略有所窥，这一点在生平上尚无证据，但从其公开发表的文字中，很容易看出这一点来。

现仅以其“五四”前两篇作品为例，剖析其所接受之“新”。一篇作品即上文所说之《胭脂雪》，一篇是《浮生四幻》，发表于《小说月报》第 6 卷第 5 号。

《胭脂雪》发表时题作“醒世小说”，文言，4 400 余言。小说以湖北某邑为背景，叙述沉溺于赌博的农人何氏陷入猾胥陆阿六所设赌局而不能拔，终至倾家荡产，连发妻都输却的故事。何氏于败家后，沦为乞丐，于破庙中反思自己所作所为及陆阿六伎俩，大悔大恨，遂蓄志寻机击杀陆氏。终于夙愿得偿，血溅雪野，血迹斑斑如胭脂。何氏亦因杀人案瘐毙狱中。这篇小说劝惩之旨甚明，主题、题材均有积极的社会意义，此自不待言。值得重视的是小说的写法，具有若干现代性特征，又带着明显的传统色彩，与他后来长篇小说的作风判然有别。

所谓现代性特征，在这篇小说中主要表现于描写部分。为便于讨论，摘引数节如下（编号为笔者所加）：

A. 一日，六与其徒，群聚于密室，若有所议，感欢忭作笑容。漏初定，僮白何姓至。俄，一客入。年二十许，貌愿悫，衣冠修洁，而局蹙多伧气。于是，众咸笑逆。中一人排众附客肩曰："君固信人，无俟我辈迟驾。"语已诡笑。客则于喉际作声报之，亦不谛为何语。一揖入座，各相款谈。客但唯唯。须臾陈博局。六向客曰："我辈游戏不在胜负，君遨游盛局久，视此戋戋，得勿齿冷。"客则面赧就局。

B. 日者暮色初起。一丐挟束草手陶罂而入，更有一烬余之杖，出其胁际；衣零落如坠木叶，乃类上古卉衣制。面则泥土掺和，惟两目灼灼，犹依稀可定其为眼官。缩首如猬，鼻吻嘻呵作响。而走乃绝迅。入正殿，止于室隅，藉草坐息。探罂出残糇啖之。盖即何也。须臾村柝渐繁，群动皆息。殿暝黑如漆。乃起觅残叶断枝，积爇之。得少暖，且借余光。光暗不充室。而隐约中偶像森立，乃如趋走相顾语，见之毛戴。俄烬息，洞黑如故。即蜷曲瞑目坐，意将觅梦，而万绪纷乘，苦不得交睫。俄闻殿后老枭咯咯作老人咳，风实众窍，如叱咤，如呜咽。

C. 时阿六厅事中，默无声息。惟闻壁上时钟机轮轧轧，并炉上瓶笙卑微沸，沙沙作响。中有一人，拄颐坐案左。深颧削颊，浓发覆额，望之如植鳍。案置纸契一，压其半于珠盘，似方经核算者，其人目注壁钟，视长针徐徐轮转，右手指互相屈伸不已，而唇吻之翕辟，若应弦赴节。微自叹曰："事且奈何。"俄六自屏后徐步出。视客若无睹，洋洋然自就榻卧。榻置阿芙蓉烟具。则徐徐烧之，烧已而吸，飕有声；烟缕缕出吻际，弥漫一榻。已而仰面，徐吐余烟，或作浓圈相逐直上，状至暇豫。忽睨客曰："若何事久溷？吾权子母久，息一例。金钱中宁有情谊可言！彼慈善家惺惺作态，且捐母金济贫，何论子息。然我非其俦。"语已干笑。客曰："子金曷敢望无，独不可稍杀耶？"六愠曰："我何事强若？出贷者固不乏人，好自为之，嬲我奚为？此等婆子口舌，徒喋喋耳。"即起攫契掷客怀，作势送客出。客知望绝，则悉如六意，置契持金，含涕出。

上引三节文字在“五四”前，梁启超倡导“小说界革命”之后，具有鲜明特色。首先是叙事者的态度。叙述者将知觉水平基本限制在感觉的视、听水平，通过这一隐身的“眼睛”和“耳朵”以及一般的感性判断力，对场面作具体呈现式的描写。在A段中，除开“六”、“密室”之类的判断性言词，叙述者严格限定着自知权力。作者虽然胸有成竹，但在这里对陆阿六的密谋，何氏来此的目的及身份，始终守秘，故而只赋予叙事者有限的知觉水平。在B段中，叙事者仿佛置身破庙的一个无形的精灵，仿佛一个移动的镜头，通过它，我们看到乞丐入庙的长镜头、大特写，先是由远而近，乃至于其“灼灼”的眼睛特写，然后，镜头追踪人物入正殿。直待场面结束后，叙事者方转入人物内心世界。C段是描写陆阿六放高利贷的场面，气氛、器具、动作和对话一应俱全，唯独不对事件作全知介绍。尤其是求贷者守候时的心理未直接描写叙述，而刻意通过其看钟，通过其手指的屈伸，嘴唇之微动来表现。从小说的表现技法说，这是所谓呈现法(Showing)，与传统的直说法(Telling)相区别；从小说文化传统而言，呈现法与直说法各不相同。直说法之叙述者是全知全能的、君临一切的权威，它无所不能，无所不知；以权威的叙述、评判、议论晓谕读者。呈现法之叙述者只满足于提供一个特殊的、具体的、感性知觉的客观实体，它相信读者通过知觉，通过个人知觉可以理解小说所描绘的现实，并由此而发现真知。这种叙事态度的变化所导致的叙事技巧的变化，意味着个人经验取代集体传统的现代化思潮对文人写作的影响。

其次是个性化的细节的注重。A场面中何氏的特殊气质：“貌愿悫，衣冠修洁，而局蹙多伧气”，包括他“于喉际作声报之”的应对方式；B场面中的乞丐装束，尤其“烬余之杖”的“道具”；C场面上告贷者的手指动作，都是意在强调特点。特殊性的人物“动作”与人物的处境、人物的特定关系紧密联系。

最后是人物心理的注重。在何氏“输”妻场面之后，作者关注的是何氏的心理。“何之出也，信步投足，恍置身云雾。念不如窜野以死，昏耗中，闻村犬夜吠，倏如梦醒，则距己舍已数武。”而归家后，面对妻之贤良，内心感愧而不能启齿；沦为乞丐后，于破庙回忆浪赌前因后果等等，虽不免生硬之病，但确是将个人化的心理活动放在非常重要地位。尤其是破庙中乞丐的心理完全是静止的心理活动叙写，与传统小说大异其趣。

叙事态度、特殊细节、人物心理活动等方面，实足以体现其现代性特征。但是，另一方面，小说中尚未能完善处理场面描写与叙事的关系。为了让读者了解故事来龙去脉，作者只得在场面前后插入全知叙事段落，对人物历史作交代。这种杂糅情形，不必多加论证，一读即知。

《胭脂雪》可以证明：赵焕亭在民初，是随着小说改革的新潮而前进的，在当时的白话小说、古文小说、骈文小说并存的格局之中，他走的是古文小说的路子，在技法、观念方面，也并不落伍，具有现代性。其《浮生四幻》亦可作如是观。

《浮生四幻》的弁言，有一节文字论文学观念：

> 著者曰：往读归震川《思子亭记》，俯仰夷犹，凄怆欲绝，能使抱西河痛者，呜咽废卷。虽由文诣之高，亦缘至性为文，语语有血泪在，与作意矜饰者，固自有别。盖文章之极轨，固未有不本于诚者也。

“至性”、“血泪”、“本于诚”的论调，在“五四”以后或晚明不足为奇，但在“五四”之前的清末民初，却不失其时髦。尤其是将其与“作意矜饰者”对举，是颇合当时“言情小说”的潮流的。

据弁言，其友人鹿生出示其族祖杏侪公所撰《浮生四幻传奇》之节略，赵氏觉“虽文辞不逮震川，而其事之可悲，则过震川远甚。因假公自叙，传其梗概”。所谓“假公自叙”即是设计一第一人称叙事者传达杏侪公的故事及感慨。这篇文字，就其与归有光散文小品相比，在侧重叙述日常生活琐屑以寄托情感方面，应说是一脉相承；在行文风格上，文无雕饰，娓娓而谈，事不虚夸，情感真率，也颇得震川心法。但是，与震川相比，多了些东西。其一是虚拟的叙事者，这一以“吾”的身份出现的叙述事者的出现，给文章的抒情色彩的增强提供了方便：

> 吾今者衰朽残年，钟漏向歇。自顾颓然一翁，奄忽且委大化。幻梦将醒，于以前前尘，宜更无执着处。顾彭祖齐物，昔哲虽著以觉迷，吾乌知其不有所甚痛于心，而聊作是达观语也？盖吾最亲之人，既舍我以去，吾于世遂为畸零之人矣……

这段文字，今日一般读者也许觉得还有点掉书袋习气，其实在当日读者看来，是平易之极的古文了。这类直接的议论抒情文字，在此篇中实非一处，在四大片断的每片断之前后，都有抒情性的议论。如第一片断中：

今堕绪重寻，杳如隔世。晦明风雨，惟余支离一叟，犹摊卷拥寒灯，批抹经生业。其死生盛衰之感，宁可道耶？

这是追叙其课子故事后回到现实时的议论，现实是二子均已死。当年因课子而痛挞其子，此后父子同科，再后是其子因科举身亡，今老而复以授经生为业，故而其感慨唏嘘其来有自，非所谓无病呻吟的文人老调。

在结构上，这篇文字有散文的特征，也有小说的特征。小说与散文的杂糅色彩即是其不同于震川的第二点。全文分四个叙述段落，依次为同治八年、光绪三年、光绪八年和光绪十六年，实是取其一生中若干片断而成。取一生若干片断，此在传记性散文中尤其是震川文章中是为常法，但将片断在时空上集中，并以“吾”的活动及“吾”的感慨议论贯串各片断，则显示了小说化的倾向。而《小说月报》的编者也以此篇隶“短篇”栏目之下。从《浮生四幻》的内容可知，所记是真人真事，自然也免不了文学性的渲染，用现在时髦的术语，可称为“纪实小说”，着眼其散文特征，则可谓之“散文化小说”。“浮生四幻”之“四幻”，实即一生中的四个如图如画的父子相处的场景，主人公晚年思之，直如梦中幻想。这种结构形式，是有异于一般散文的。

今之论者每以为赵焕亭为旧时代之孑遗，于 20 世纪文艺新派略无所知，至若持平公允如张赣生亦以赵氏为过渡时代作家，此实未窥其“五四”前创作之失。

民初小说创作，天下三分，白话、古文、骈文。为什么要反维新之士的倡导而创作古文小说？一般持论者以为是民初复辟复古的影响，其实未必尽然。周作人并非帝党，当时却希望小说“易俗语而为文言，勿复执着社会，使艺术之境萧然独立”，即从小说的独立文学价值着眼推崇以古文作小说。(此问题陈平原在《20 世纪中国小说史》之第一卷中论之甚详，不赘)了解这些文学背景，我们方可知：

1. 赵焕亭并非始终是通俗小说作家，在民初，他其实是很“雅”的(略近于“严肃文学”的意思)，并且一度是追随文学的时代潮流前进的；

2. 赵焕亭后来却是一个以武侠小说而闻名的通俗小说作家，他之由“雅”而“俗”始于何时？因何改弦易辙？是一个颇有意思的个案，值得探讨。

这第二点目前限于史料，尚无法深入讨论，本文拟涉及一点，其余则有待来日。

第三节　真性情见诸活文字
——于诗于文均有造诣

赵焕亭的文学修养在传统学术范围中，于诗、文均有一定造诣，而对作为闲书的小说，也颇有修养。据其自述，在年轻时拜在赵菁衫门下。赵菁衫名国华，以进士仕至山东按察使，精于诗古文辞，著有《青草堂诗文集》。至于赵焕亭诗文，从零星材料看，颇有特点。其少作《济南竹枝词》之一云：

> 昨夜东风酿小寒，禁烟时节杏花残。
> 踏青莫上城西墓，肠断词人李易安。

有点无病呻吟，也还清丽。至30年代，其自述诗云：

> 托体休嫌稗史卑，首存劝惩亦堪思。
> 疗饥煮字书生策，叹绝文章掷笔时。

虽不免书生牢愁，倒也有甚说甚，没有酸丁习气。作者曾在小说中借人物口角论诗道：

> 快莫学酸子勾当，恨不得呕出心肝，只图人说好，反将自己搁在诗外。我想这诗，须待他自来寻人，便如喉中有物，非吐出不可，但取自适，管人说甚好歹。

似乎怕别人不理会，作者于此又批道："不想此公竟揭出三百篇之奥，大奇！"这见解，放在新文艺家眼中，算不得精奇，但即此可见赵氏于诗的见解不俗。自己诗作是如此，在小说中为人物所拟诗也如此。《双剑奇侠传》中代一老归林泉的侠客拟诗一首：

> 侠徒今老矣，赤脚盈雪巅。
> 夜夜深林下，朝朝抱虎眠。

活透出一派老横之气。至于其挽丧妻联语则云:“夫妇偕老愿终违何期卿竟老去,儿女未了事正众此后我将如何”可谓率真,是真性情见诸活文字。

赵焕亭的文章,所见唯《青城丛话》与《今夕斋丛谈》,是传统所谓笔记。或以为“精炼古茂”,“当然是他的代表作”。此中多记宦海秘闻,文坛掌故,其中叙事写人,颇见精彩。试择其一二,以见一斑。

先看《侍讲春画》一节:

> 同治中,宝坻王兴祺侍讲以词臣进身,不三四年擢值讲筵。尝与同治帝微服狎游,宠幸之隆,殆无伦比。王固有清才,善为艳体诗,又精绘事……出其妍媚画笔,作秘戏图以进御。其夫人字昭华,貌美而文,亦擅周仿写真。恒参与王秘戏之作。固所谓放诞风流者也。一日王承帝旨,又有所作。思意态入神,则研精殚思,以求一当。不虞矜持过甚,画理转滞。正吮毫沉吟,忽花香沁脑,即有人微笑于座后曰:“画贵胸有成竹,奈何涩笔若是?”王掷笔回瞩之,则夫人,亭亭然,莲颊微酡,笑立于后。时方晚凉新浴,御蝉翼短纱衫,萤肌玉映;挽蓬松懒髻,鬓堆茉莉如雪。则倦倚椅背,徐起一莲钩置王膝曰:“画思既滞,不可强为,曷从侬凉凉去,以活涩笔乎。”时王属思颇苦,慵不即起,则瞑目抚其莲钩,且语以所苦。夫人笑曰:“若个呆汉,独不闻赵承旨每当画马,必先解衣磅礴据地跳跃,以抉马之神髓乎?侬不惜色相,助君画思,尚何虑不称旨为?”王大悟,张目曰:“善。”乃抱持夫人登榻。至夫人星眸微饧,瓠齿半露,宛转承注,香魂欲融时,乃跃然起曰:“得之矣。”及夫人结束起,而王已纵笔如风。顷刻图成,夫人笑抚其背曰:“何如?昔人有一字师,吾今乃为若无字师矣!”于是夫妇相与绝倒……

这节文字,论风致,可以其评王夫人语概括,“固所谓放诞风流者也”,有《金瓶梅》文字遗意,而多一分文人的滑稽谐谑。以性事为谐谑话柄,固是名士型书生本色,取谑者置身事外,略无拘束,口无遮拦,倘移诸笔墨,放诞则易于招来讥评,故一般名士,形诸口而不留诸纸,赵焕亭形诸笔墨,倒还是要点勇气。同时,这节文字也显示了赵氏叙事小品的描写手段:叙事井然有序,环境、气氛、口吻声气,均在精炼清浅的文言中得到鲜明凸现。写放诞风流的贵夫人如此,写廉吏、悍妇,也很见精神。《记强项令施昌年》中有一节写淫妇熬刑文字:

……于是公怒绝，乃不恤酷刑以讯妇。其法：取煎饼铁若干，排作长桥状，而赤之，烟气清如缕，灼灼上腾。乃剥妇行缠，使人翼而踏过之。赤足落，哧然有声；膏血沸如油，焦臭满庭宇。公方叱咤如雷，而妇则彳亍狞笑曰："施小锤，汝技尽于此耶？试看妇姑再饶上一趟。"言讫，旋踵来如风。堂役等方相顾掩面，而公则顿足，哇然吐血满地……

这节描写创作色彩极浓，作者于刑堂的一切，恍若身历，照顾到视、听、嗅诸面，而对妇人之悍，通过其一语、一动作，即已写足；强项令之外强中干，暴怒致伤也栩栩如生。《都统煎饼》一则中写崇文山俭节，则曰："非晏客，则食无肉。夫人尝怜其清苦类老头陀，偶私市肉以进。公则诧曰：'距吾生辰尚有四五日，今何得尔？'夫人急诡言人所馈遗，崇乃大啖不辍。"总而言之，从上举数例可以见出，赵焕亭的叙事小品，每每以细节写人物品性，而细节描写中，颇注重"临场感"的营造，对于场面中的人物环境之间的关系颇多注意。这是他日后小说能够吸引读者的一个重要原因。

赵焕亭的小说修养，大体说来，有四个来路。其一是少年时代所受说书人的耳濡目染之熏陶。据云，赵氏有一表叔善说书，时寄于赵家，每每以说书愉悦赵氏兄妹，赵氏乳母也是有一肚子"古事"的人物，一旦开讲，"不但作者手舞足蹈，便连作者兄妹都哄的声围拢来。顷刻静悄悄，目不转睛地望定乳母那张瘪干嘴"。流传于社会大众中的俗文学趣味，以及俗文学的叙述格局，都在他后来的小说中得到十分突出的表现。

其二，是《汉书·艺文志》所界定的那类小说的影响。赵氏小说中大量运用古人、前人各类笔记中的材料，或演绎，或照搬，初不论其合情合理与否，亦不甚关心在其小说中的作用，举凡神灵、怪异以及荒诞不经之事，一概囊括。像《马鹞子全传》中写西藏的八九回完全由道听途说的笔记演绎成文，不仅蒙藏不分，而且在全书中这八九回纯属骈枝，只为有趣、炫奇。

其三，是中国唐宋以降的叙事作品的影响。举凡唐宋传奇，元杂剧，明清小说与戏曲，其中剑仙侠客故事，才子佳人故事，市井世态人情，以及富有表现力的白话语言，在赵氏作品中留有鲜明的印记。

其四，即是"新小说"的影响，包括民初的翻译文学与"五四"前的"新小说"，已如前论，不赘。

第四节　剑底世情生花笔

——论赵氏代表作《奇侠精忠传》

赵焕亭转而创作通俗小说，最早始于何时，尚未见有确切材料，但其《奇侠精忠传》的写作始于1923年：

> 往年春，适应益新书社编辑之役，乃取残缺笔记，穿插联络，以白话章回体演出之，更名曰《奇侠精忠传》。

至于作书动机，书中说得诙谐而实在：

> 我知道你又要作怪，要将这册书编起来，博人家大人先生、太太奶奶酒后茶余开颜一笑。人家一高兴，多买几部，你这笔润便利市三倍了。

由其中"又要作怪"可知，在此之前已有这类写作。

我们虽然尚不知其转向通俗创作始于何时，但那原因倒是明了的：卖书稿。为卖书稿而有相应的写稿策略：用白话体，用章回体，必须能博"大人先生、太太奶奶酒后茶余开颜一笑"。能博这些人物一笑的当然很多，不过艳闻艳趣却是不可少的。这一写稿态度与民初写作古文小说时不可混为一谈，也不可简单以任一阶段之赵焕亭以偏概全地代表其文学观念。倘若写作古诗词能卖得许多钱，赵焕亭也会大量写作的吧。

当时卖稿作家为什么不约而同地几乎都采用了白话章回体，为什么都似乎有落伍气息？这得从市场情形看。书要有人愿读，要能读懂，要买得起，这便制约了作者对形式的选择。当时，读者程度如何？请看两则史料。

第一则史料是少年中国学会的会员在长江途中对一18岁的湖北胡姓青年所作的测试结果，像下列说法，接受测试者都不能做出正确判断：

> 唐虞夏商周叫做五代
> 清太祖的名字叫做忽必烈
> 南京在黄河南岸

上海在浙江省
现在湖北的督军是吴佩孚
四十分钟算做一小时

这个应试者并非文盲，40分钟中却能写下一段像“八股”的东西：

盖上古之世，民无智识，与禽兽相异者，寡矣。及后世圣人作，始有书籍焉。故伊尹曰：天之生斯民也，以先觉觉后觉。然觉之义，莫大于学；学之义，莫大于先王；先王之学，导人之路也，故曰，道路者也。道莫大于孔子，孔子之道，可以治国，可以安民，名流万世而不朽。然其学自修身始，修身莫大于诚意，诚意即实行之谓也。今之谈学者，口虽谈学，心实违规矩焉，是非为学，诚学之大病也。知此者则为学耳。

这个青年看些什么书？

据胡君自己说也曾读《三字经》、《大学》、《中庸》、《论语》、《孟子》、《弟子箴》，读《孟子》时同时读国民小学用新国文教科书，已读了七册。自修又看《三国》、《列国》、《百子金丹》、《纲鉴》、唐诗、《庄子》、《悟真篇》、《金仙证论》等书。

上述史料见载于《少年中国》第3卷第9期。

再看当年《申报》对社会的评论：军人把共和国总统比作皇帝，政法学校的学生不知拿破仑是专制皇帝还是共和国总统，把袁世凯、孙中山比作拿破仑，总统受任宣布大赦、免租以及人民诉讼请律师一律是“可怪”（《申报》1912年4月4日、3月23日、6月1日）。

最能反映当时社会一般心理水平的也许还是妇女问题。治新文学者每以为妇女解放在“五四”前后取得了了不得的成绩，转而以此批评通俗作家，其实是很缺乏点历史感的。国民党的政纲中曾删去原同盟会政纲中“男女平权”一条，为此孙中山写信向女界解释说：“至党纲中删去男女平权之条，乃多数男子之公意，非少数人可能挽回。”在《参议院选举法》中，女子没有被选举权，本来已入选的广东省三名女参议员，在省议会选举法公布后，也被挤了出去。1916年，《取缔女子自由之部饬》公开发表，某省教育厅长会在女子学校集会上说出“女子以生育为其惟一天职”的话来。1926 年一项调查中，主张婚姻由父母包办者 7 人，占 2.2%；主张完全当事人自主者 56 人，占 18.1%；主张本人与家庭合作、商量者 247 人，占 79.7%。这便是通俗小说所面对的读者社会的真相。社会心理的现代化水平历来是制约通俗小说内容的有力杠杆之一。

从经济层面看，通俗小说又是卖给生活有余裕的人们看的。且看赵氏几部书的定价：

> 《奇侠精忠传》正续编八元八角
> 《不堪回首》一元
> 《英雄走国记》一至三集三元八角

这样的书价是什么概念？1924 年，8 元 8 角钱可买百余斤白面，或者差不多 2 000 斤煤炭，或者 150 斤羊肉，或者 50 斤猪肉；8 元 8 角又是 1926 年时小学教师月薪的三分之一。作者说得不错，是卖给那些“大人先生、太太奶奶”们看的。我们知道，鲁迅的母亲便是常读通俗小说的。这些读者的阅读习惯、文学修养主要是中国传统文学中的通俗文学培养的：话本、传奇、戏曲、书场等等。社会的心理水平及特定的读者群体决定了通俗小说的形式走向，所以当赵焕亭一旦卖稿，就不能不着眼于读者的要求而对创作策略作调整。

言归正传，据通俗小说论定作者思想艺术倾向是一件危险的事，但我们既是将赵氏作为一个通俗作家，况且又缺乏更详细的史料，也只能就其小说作论，这是无奈。为求谨慎，以下各分别论述的，只是小说中的赵焕亭，不必与作者完全画等号也。

突梯滑稽的说书人叙述格局——叙述格局指叙述文体中对叙述行为的安排。赵焕亭小说叙述格局的安排，是模拟书场的说书表演，这一点比较清楚，但我们仍可以深入探讨这种叙述格局的文化意义。

“突梯滑稽”语出《文选·屈原〈卜居〉》：“将突梯滑稽，如脂如韦，以絜楹乎？”吕向注曰：“突梯滑稽，委曲顺俗也。”委曲顺俗也即与俗合流。至于嘲谑，多少与委曲顺俗不同，所不同者归为一点，即与俗之不同，用现代术语说就是有个性意识。这两者是矛盾的，但在赵焕亭的通俗小说中，这一矛盾统一在书中的说书人身上。

关于赵氏小说说书人的问题，在笔者之前已有论者指出，兹先引述，以为进一步讨论的基础。

徐文滢在《民国以来的章回小说》一文中早已指出，赵氏"笔法近于前人公案小说的说书语气"。张赣生则进一步论述了两个问题。第一，赵焕亭受北方评书的影响是显而易见的，他常常在小说中以说书人的语气插入一些直接叙述，赵氏并不隐讳这一点，有时还特意加以强调。第二，说书语气的直接叙述，是中国小说传统的特色，不仅处在民初过渡期的南向北赵继承了这一特色，即北派四大家乃至张恨水、刘云若也都继承了这一特色。但是赵焕亭的说书语气已经显示了新的特点，他用说书语气来袒露他自身，这种作者对自身存在的自觉，更是一般说书艺人所不具有的。即如他笔下常常流露出的那嘻嘻哈哈的反讽味，便不是偶然或自然现象，也不同于一般的展示作者愿望、理想或性格，它是经过严肃自审的结果，这种对自身存在的把握和展示，或许也与当时的民主思潮有关，应该说是一种新的迹象。张赣生的论述，主要着眼于其对中国小说传统的继承与出新，高屋建瓴，精辟而富启发性。

笔者的补充讨论，也属于传统的继承与创新的范畴。

"说书人"作为一种叙事格局，严格地说乃是模拟书场的说书表演，叙述格局通过叙述者的自称"说书的"、"在下"，称叙述接收者为"看官"，靠"且听下回分解"等叙述干预被描写出来。这是从形式上看。一种程式化的形式又是与一定的文化相联系的，或者不如说，"说书人"的程式是从特定的文化中产生而定型的。在瓦舍书场中诞生的说书艺术，它的首要特征便是说书人与听众的交流沟通。瓦舍、书场中的听众，"里耳"而已，"偕于里耳"，也就是要适应民间的、市井的、老百姓的要求，也就是与俗沟通和光同尘。古代文人论话本小说的合理性，以为天下文心少而里耳多，虽是卓见，却仍有未尽剩义：即便具备"文心"的先生们也有"里耳"，这只要看看大人先生、文人学士对于饮食男女的热心追逐便可明了，不必费心论证。"文心"与"里耳"之别，大约在于一压抑、讳饰，一"身履是事，口便说是事"，略无遮拦。

西方学者（人类学家和历史学家）许多人不把文化看作笼统的研究对象，认为文化可以划分为大传统与小传统，或者划分为精英文化与通俗文化。大传统或精英文化是属于上层知识阶级的，而小传统或通俗文化则属于未受正式教育的一般民众。小传统或通俗文化内容复杂，有许多层次，

"俗文学"(相当于中国之说唱文学)便是一个很受重视的层次。结合上述之"文心"与"里耳"之别,可以说,"里耳"大体属于小传统,"文心"则往往属于大传统。"文心"与"里耳"有它对立的一面、对抗的一面,也有它交流、沟通的一面。说书艺人在书场、瓦舍之中,既有宣讲大传统、精英文化的功能,也有宣传、张扬通俗文化、小传统的功能;所有的说书人都标榜其两方面的宗旨:劝惩、教化与愉悦,劝惩、教化,不必说是以大传统评品人事、教训听众,是所谓"教育人民",愉悦却不像一般书生所理解的是什么美学上的审美功能,愉悦首先是意识形态方面的,与"劝惩、教化"对应对立的、处于同一层次上的文化观念、价值尺度、思维方式等等的亲近、认同,实在是其与俗众沟通的一面,是代俗众立言、言俗众之所欲言,也就是所谓突梯滑稽之处。在很多情形之中,大、小传统的内涵纠结在一起,造成所谓"劝百讽一"的局面,这在涉及男女的时候尤为突出:一方面是无力的礼教说教,一方面是关于性爱、情爱的大肆渲染,而其风靡一时乃至风靡几代的原因,不在说教,而在其渲染部分。这种现象,从文化角度看,说明大传统中有关男女的内容早已僵化,而被大传统视为异端的小传统却是生气勃勃。结果是大传统进行革新,将小传统中的部分内容改造、提升入大传统。这即是所谓"礼失求诸野"、"缘人情而制礼"。在这样一种两种传统交互影响的历史运动中,"说书人"的突梯滑稽起到了两种传统之间交流沟通的桥梁作用:一方面是精英文化的下行,另一方面又是通俗文化的张扬,两者并行不悖,也即是"通俗"的二义并存(通于俗、通晓风俗或知风俗,与俗沟通)。间有论者斤斤于"通俗"一词之原义的探寻,不外要剔去其中一义,实在既不合通俗小说史实,也无理论上的必要。

确立从两种文化关系的角度讨论"说书人"叙事格局的前提之后,尚有另一历史问题必须澄清。在20世纪,中国文化的格局异常复杂。若简单化地看,在民国时期,尤其是赵焕亭开始以通俗小说名世之际(20年代初至30年代),中国文化起码有两大系统:一是本土文化系统,一是引进的外来文化。在本土文化系统中,有它的大传统与小传统;在引进的外来文化系统中,也有它的大传统与小传统。这两大系统之间,有着错综复杂的关系。外来之自由、民主思潮,有一大批精英为之鼓吹、传布,而自由民主也常为政治势力掌握以之作为权力斗争的武器,如反帝制,反军阀,反外来侵略者,因而在思想界,已居于统摄地位。从政治层面,自由、民主与传统儒教形成对立,并骎骎乎有取代之势;但是,在伦理、人性修养方面,传统儒学深入人心,一时难以摧廓；况且，新兴政治势力一旦掌握国家机器，便要求秩序，要求伦理的约束，又有借乎传统儒学之处。在小传统方面，平民百姓对国家大事，对民主抑或专制不甚关心，关心的是生活的舒适与否，生存发展的方便与否，这在自由民主派精英看是愚昧，又是可以利用的资源，是可以利用来攻击军阀混战，攻击腐败政治的资源。在自由、民主这套外来精英文化引入之际，也激发了另一种小传统，即是以大、中学校的骚动不安、激进愤慨的学生社会为主体的激进思潮，极端的自由、极端的民主、极端的破坏是这一小传统的基本特色，它时或与精英合流或为精英所掌握利用，时或与之对立，而与另一小传统合流或被其掌握利用，总之，这些问题至为复杂，并非只有新旧文化之分的。

在这样的文化历史背景之下，重新认识、考虑一个写作者对不同文化的反应，可以看出一些有意义的问题。具体地说，赵焕亭的“说书人”在这样的文化格局中，承担了或选择了一些什么样的功能呢？

赵氏“说书人”的功能之一，是讲述了大量的两性故事。这并且也是当时号召读者的特征之一。且看赵氏几部书的广告词：

奇侠精忠传
玉田
赵焕亭先生杰著
是一部出神入化的武侠长篇小说
写清朝三百年原原本本的事迹
全部二百八十回
写清宫秘史赤裸裸荒淫无状
写苗蛮奇俗鬼越越十分怪诞
写侠义英雄雄赳赳扶良除暴
写贪官恶霸惨凄凄强奸良民

《明末痛史》的广告词中则有“写清宫淫秽秘史令人发噱”，《不堪回首》则曰“陶社会、爱情、武侠各体于一炉”，总之，总是少不了男女性事的渲染。这是作者的故意，也是得意。在《奇侠精忠传》中田红英是个浪淫妇人，作者早就铺垫暗示，却一直将其纵淫故事留在后文，至137回，这位说书人不无得意地“说”：

呵唷,好难作的书！作者一支笔一向不得暇,弄个娇滴滴有情有趣的红英,晃在诸公眼前,嵌在诸公心头,却纸包绢裹的藏压起来,黑不提,白不道,引得诸公心痒难挠,朝思暮想。作者自忖着暗含着挨的骂,少说着也有两筐箩外带一大堆。殊不知诸公越骂,作者越痛快:因书能惹骂,定是奇书;便如人能惹骂,决非庸人哩。诸公一向闷得过火,如今也要快活得过火了。待作者扭转笔,畅叙这可意娘红英如何?

从中可以看出,关于性事的渲染是自觉的:为了投合读者的胃口,委曲顺俗地大讲特讲。田红英、冷田禄以及所谓苗俗都是这方面的大节目。在《马鹞子全传》中,藏俗一节也是大肆渲染。在作者,这种委曲顺俗一方面为书之销场考虑,另一方面亦可说是其“梦”的展现;但是,它的受读者欢迎,却是一种社会文化现象,是中华民族之梦,中国民众社会之梦,它既说明大传统对于两性问题的无力调适,也说明小传统之顽强,作者无论愿意不愿意,自觉不自觉,客观上是在代小传统立言,向大传统之性自由度、开放度的缺乏提出了抗议与挑战。或者我们从人性角度说,它将人性黑暗而混茫的骚动不安的一面予以披露。自然,作者有他的遁词,他所写的都是坏人的伤风败俗,意在批判,意在劝惩。其实,其本身就构成了弗洛伊德所说的意识与无意识、超我、本我的辩证二重结构。

在性问题上,“说书人”就其自身而言,代表了一种二重文化性格或者说二重文化心理的矛盾状态。说起赵焕亭的性事叙述,其源大略有二,一是明清小说如《金瓶梅》之类作品以及李笠翁一流文人著述,在《精忠奇侠传》的142回,作者写道:

原来仙仙天生妖艳,他肌肤间有一种天然香气,非兰非麝,是为肌香。世界上原有这种尤物,并非作者信口开河。当日李笠翁很讲房术,他曾评论过妇女肌香……

另一来源便是中国其来已久的房中术著述。中国传统中的房中术,有所谓“采补”。一方面要求保存元气,尽量减少对它的消耗,甚至连唾液都视为珍贵的东西而不肯随便吐掉,这种乌龟式的养生之道似乎还不够,还要“补”,最离奇的就是以人补人,亦即所谓采补。书中所写朱仙娘、田红英都是深通房术之人,从天狐习得“内视填肌并采补鏖战之法”。房中术中既浸透了中国式的纵欲思想，又集中表现了中国男性文化的性恐惧，担心性能力的不足，又担心采补之类房术为女性习得，朱仙仙、田红英之类正是习得此术而颠倒男性世界，可以说以小说形象将中国男性文化的性恐惧的噩梦展现得淋漓尽致。十分有趣的是，在中国传统的大男子主义文化中，女人历来只是玩物、鼎器，到了朱仙仙、田红英辈，男人成了鼎器与玩物。在性问题上，赵焕亭笔下的情形，既触犯了传统文化的大传统，也隐隐与自由民主这一外来文化系统相抗拒。旧式的大传统与外来的精英文化遂均以"淫秽"目之，《奇侠精忠传》终于因触犯禁制不得不删改后再版。

突梯滑稽地讲性事，作者所受万恶淫为首的传统教养又使他不能不有所辩解，有所超脱，这便是其嘲谑之由来，这种嘲谑包括对笔下淫纵人物的嘲谑，也包括对说书人自身的嘲谑。

框架串联轶闻附丽的小说作法——所谓框架是指框架结构。印度和阿拉伯民间文学中常用的一种构筑、串联多篇故事的方法，也称串联插入式。其典型的构架为，全书有一个总故事或主体故事，在叙述这一故事的过程中不断插入新的故事，大故事中又套小故事，枝繁叶衍，可放可收，最后又回到主体故事而收尾。依照这种方式，总故事成为一个框架，可以容纳不同类型和旨趣的故事。这一构架方式的优势是可以建构多而有序的开放叙述体系，但控制不好也会零乱庞杂，利弊全看作者的经营，所谓运用之妙，系乎一心。

框架结构在中国小说中应该说早已有之。曾朴在出版修改本《孽海花》时，曾针对胡适的批评辩解说：

> 但他说我的结构和《儒林外史》等一样，这句话，我却不敢承认，只为虽然同是联缀多数短篇成长篇的方式，然组织法截然不同。譬如穿珠，《儒林外史》等是直穿的，拿着一根线，穿一颗算一颗，一直穿到底，是一根珠链；我是蟠曲回旋着穿的，时放时收，东西交错，不离中心，是一朵珠花。

曾朴说他的小说结构是珠花式结构而不是珠练式，不是简单的联缀多数短篇成长篇的方式。陈平原指出，所谓珠花式结构类型，就是整部小说有个结构上的中心，有相对完整的故事或贯串始终的人物，或者说追求长篇小说情节上的统一性，防止变成互不关联的片断的联缀。在中国传统小说中，讲史、神魔、人情、侠义都有贯串始终的主人公与相对完整的故事情节。陈平原认为，20世纪以前，中国长篇小说与说书传统密不可分，作家往往拟想直接面对说书场中的听众，因而尽管小说中好多表现手法已远离说书形式，但借强烈的情节性来吸引读者这一点没有根本的改变。

情节的统一性追求在中国古代长篇小说中，照陈平原意见，应以珠花式结构为主流，像《儒林外史》之类的“虽云长篇，颇同短制”的其实倒是特例，但晚清之《官场现形记》、《二十年目睹之怪现状》却发展了后者，体现了某种集锦化倾向。在集锦化倾向之中，框架结构便十分显露地凸现出来。

赵焕亭的长篇小说，从总体倾向看，是珠花式结构，但是，游离中心的笔墨不在少数，这与作者有意识地“抻长”篇幅，一味讲趣味等有关，也与其小说的独特写法有关。

《奇侠精忠传》的《自序》云：

> 取有清乾嘉间苗乱、教乱、回乱各事迹，以两杨侯、刘方伯等为之干，而附以当时草泽之奇人剑客。

到了《改良重订〈奇侠精忠全传〉之说明》中则交代更清晰：

> 光绪中予游山左，于明湖市中得抄本残缺笔记数卷，多记奇侠之轶事野闻，而杨忠武之功业轶事尤为详尽。于平苗、平白教之乱，所记逸闻亦多。文笔复奇丽可喜，间涉艳趣，乃类稗官家言……乃取残缺笔记，穿插联络，以白话章回体演出之。

这个作为底本之一的笔记，据小说第1回说，就是《杨侯轶事纪略》。《奇侠精忠传》原是以主要人物为穿联框架的，杨遇春、杨逢春、冷田禄、于豹儿四人同学文武艺而性格遭际各不相同。书中第1至9回本来是写遇春的出生及习艺（与杨逢春等对比着写），待到第10回讲到冷田禄家亲戚，一下子将笔岔开，由冷田禄父亲讲到田红英，由田红英讲到陈敬，讲到茹南池。一段回顾，一来便是24回。从全书结构看，田红英、陈敬的大段交代是必需的，但茹南池的大段交代（占6回）却是累赘，因为在全书中茹家只是传授田红英武功，此外不再出现了。类似于茹南池这类游离于结构中心之外的故事，在全书中占有三分之一至四分之一的篇幅，是很突出的。这就是滥用框架结构的典型例子。这类游离于结构中心之外的故事，往往是作者广泛搜罗的笔记、野史、轶闻，在写作中不时将其凑进书中，既为了奇趣，更为了抻长篇幅，以博取酬资。

自然，抻长篇幅的方式并非一定得游离，这就牵涉到其写作的方式。在《英雄走国记》的《自序》中，赵氏云：

> 爰排比旧闻，并名家著录，以为斯书。

在《双剑奇侠传》中，又云：

> 爰综所闻，以成斯书。

《不堪回首》的取材：

> 全系近十年来（指民元以降）目击之事实，荟集朝野上下之秘闻，新旧社会之现象，自达官显宦，以及贩夫走卒，一网收罗，形形色色，有不可思议之妙，可称无奇不载，有闻必录。

《马鹞子全传》本来前面尚冠有“清初剑侠遗闻”六字：

> 盖此书以清初剑侠王辅臣事为之干，复广采当时之侠客轶闻，贯穿其间，咸出自清初遗老之笔记，无一字臆造。

《马鹞子全传》称“编辑者赵绂章”而不曰创作者。其实，无一字臆造是夸张，有所本而渲染之、点窜之是实情。根据社会新闻或根据笔记写小说，是通俗小说作家常用的写作方式，包天笑说他写《上海春秋》是“随手掇拾，编辑成一小说”。吴趼人向包天笑传授写作经验，也是这样：

> 他给我看一本簿子，其中贴满了报纸上所载的新闻故事，也有笔录友朋所说的。大体而言，写社会小说的多倚重新闻故事。写历史上的人事的长篇通俗小说，则多依靠类书与野史笔记。

这样的写作方式在民国时期的通俗文学界一直占据主导地位。

倘以为赵氏就是个编辑者，那是误解。赵氏的创作性有两点表现。

第一，大框架的自觉性。一方面，赵氏每部作品的大框架都以重大的历史事件为背景，《奇侠精忠传》以清乾嘉平苗、教乱为背景，《英雄走国记》以明末反清运动为背景，《大侠殷一官遗事》，也是植根于明清朝代更兴之际，《双剑奇侠传》则以洪杨之乱与黄崖教案为背景，这并非偶然巧合，而是一种自觉。武侠传奇故事一向专属于武林、江湖，复仇、打降、夺镖、较艺，都局限于社会一隅，正所谓草莽野良，不与大道，写起来，格局不大，气势不够；将江湖连接江山，传奇汇入历史，可以获得一个更广阔的空间。在这方面，侠客英雄尚写得不尽突出，像马鹞子、冷田禄乃至张夫子却是突出显示了社会祸乱与特殊个性人物之间的关系，超越了采花贼、飞行盗、嗜血如命的妖魔之类的江湖败类的形象描写，这应视为赵氏之一大贡献。另一方面，大框架的主要人物，作者都能关注其心性的长成及变化，这方面的成功性笔墨也多集中表现在负面人物的描写上。田红英、冷田禄、马鹞子都有较专注的性格、心理描写。徐文滢认为赵焕亭“写一个罪人的转变之‘渐’，很有陀斯妥益夫斯基的作风”。自是溢美之词，却也有见于此，并非凭空捏造。

赵焕亭的创作性第二点表现，是局部描写渲染的绘声绘色。上文曾指出其小说叙事格局的滑稽突梯委曲顺俗的特点，也就是其代小传统立言之处，这其实并不容易。所以不容易，是写市井人情、世间俗态，必须写出俗味，大俗亦能大雅。看看赵氏描写文字。第一段是写小商贩投客店：

> ①只见茅棚土墙，篱扉半掩。门首卧着个腿瘦毛长的大癞狗，见客到来，只略摇尾巴，仍然睡他的……便见小西蹩向门首，忽换出一副腔调道：“活该俺倒运，你看这门首邋遢还不算，还闹个半掩门儿，谁要娶你这老婆，准要当个邋遢乌龟。我的妈，怎还不出来接担子，难道这会子就挺尸么？”说罢，脖儿一缩，忙隐在棚柱之后。②便听里面小脚儿一路飞跑，并娇嫩嫩的笑道：“你瞧这天杀的，在外浪张了一天，不定挣壶子醋钱没有，却没进门就来排揎老娘。俺刚到后院里褪下裤子，被他这一叫魂，慌的人又憋回。”③声尽处，跑出个三十来岁的媳妇子：髻蒙青帕，生得伶手伶脚。两支手掩在襟下，一边系裤，一面四下一瞅，却不见人。不由略为沉吟，便唾道：“我把你们这干毛头小厮，怪不得这两天，属饿鹰的，只管在老娘门首打旋儿，如今竟来递手递爪，我叫你们猫鼻

抹鱼腥，活活馋煞你！你也不打听打听老娘是哪个，老娘是格吧吧的。”一言未尽，④只听柱后大笑道：“好朋友，真不含糊。”飕一声跳出一人。小媳妇出其不意，猛一哆嗦。仔细一望，是张小酉。登时咬着牙儿，慌花似扑将上去，不容分说，抱住小酉一颗头，乱搓乱拧，并笑唾道：“你这没良心的，既撞了来，不说是快寻你的旧骚窝去，却来消遣老娘，等会子俺才合你算账。”

这段描写中，张小酉与小媳妇原是所谓老相好相见，打情骂俏，非一般店家婆与旅客关系，同时，小媳妇一出场，一开口，便将其特定身份通过她的声口透露出来：在家中丈夫是被管束惯的；在街坊中，因其颇具几分姿色，是一干毛头小厮眼中的“豆腐西施”；性格脱略泼辣，放言无忌，却不是任人可欺侮的善主儿。在文字上，是一种说书人的写法：①单元是说书人化身为随小酉一起的隐身观察者，介绍小店环境及张小酉的促狭。②单元的第一句仍是隐身观察者的叙述，小媳妇的自语一段却颇有特别处，它并不是真正的自语，从“你瞧”、“俺”、“被他”这些词语可以看出，这是类似于舞台上的丑角的面对观众的半是叙述，半是逗乐的一段台词。③单元又回到①单元式隐身观察者的叙述，描写小媳妇，转述小媳妇语言，这段“唾”中，小媳妇是完全在规定情境中，不似②中自语时突破“舞台空间”、穿越“第四堵墙”。④单元中“只听……”说书人又转入小媳妇的方位。至“登时咬着牙儿……”又回到隐身叙事。可见在一段相见场面中，说书人视角多变、方位也多变，这种视角、方位的变化正是说书艺术（评弹、评书等）叙述的基本特点。20 世纪以亨利·詹姆斯为代表的呈现式写法传入中国后，新文艺作家基本舍弃了这种说书艺术的技巧，倒是一批章回小说家仍在使用。就效果看，只要方位转换得当，调节自如，可以收到叙事活泼灵动的艺术效果。赵氏的若干场面描写，是够水准的。应该指出，叙事人的严格权力限制是一种艺术传统，它的极致在《罗生门》、《喧哗与骚动》中得到体现；但是叙事人的自由也是一种艺术，而且也是一种古老的极富生命力的艺术，在中国文学现代化的历史进程中，“现代性”具体体现为时间关系：中国过去的本土的东西成为传统，成为落后，成为过去，引入的西洋的东西成为现在与未来，成为现代，现代化也就是用西洋的取代中国固有的这样一个历史过程，这一观念支持了对于自由的叙事人这一艺术传统的蔑视与批判。我们跳出这一局限，应有另一艺术的天地吧。株守某一艺术规范是无益也无味的。

在赵氏小说的叙事中，尽管说书人的视角、方位时或变化，但却有统一性在其中，这种统一性是隐指作者所提供的。试看下列写夏夜村妇纳凉的一段文字：

一个老太太的语音，忽然噗哧一笑道：我就瞧着年轻人儿，怪招笑儿的，你看昨天刘柱子小两口儿打的乌眼鸡似的，恨不得夹生的谁吞了谁，只隔了一夜工夫，你看今天他小两口儿，又彼此望着，笑得抹蜜似的咧，怪不得人说夫妻无隔夜仇哩。一妇人笑道：老奶奶你不晓得，人家刘柱子请出了有头有棱有软有硬有谈有吐又识窍又会搔人筋节的和事佬，怎会不两口和好呢……

这是一段近乎实录的村妇的“撒村胡嚼蛆”，既非来自笔记野史，也非赵氏一类文人所说的语言，只能说是赵氏对市井乡谈有深厚兴趣，故此能写出一股俗味。充满俗趣俗味正是赵氏小说中隐指作者的突出特征。自由的叙事人、俗味俗趣的隐指作者，再加上脱胎于古典白话又参以北方评书乃至北方方言的语言，使赵氏作品的描写部分每每生气盎然、人气盎然、村气盎然，自成俗之美，此即是创作性，也是艺术性。

主流之外的民间立场——现代作家生活在动荡的社会大潮之中，不可避免地对于社会中各种潮流有所迎拒，有所依附。入民国，一般知识分子或加入国民政府，帮忙或帮闲，另有一批激进知识分子取社会批判立场，最终与社会激进的革命力量合流。通俗作家们也多分化入不同阵营。加入前者之作家，可谓正统之流，如叶楚伧；逐渐靠拢后者之作家，可谓新文学之主流，如创作《八十一梦》、《五子登科》之张恨水。赵焕亭生于1878年，民国建立时，已经30多岁。在发表《奇侠精忠传》等作品时，更是人到中年，忧患余生，不免对各种好听的招牌都抱怀疑、批判态度。《奇侠精忠传》第132回写额经略行军，所驻之处“热闹非常，看经略的男女老幼直挤得密密层层，并有许多小商贩来赶行营生意，便如大春社庙会一般”。接着作者插入一段议论道：

说到这里，又有人要致问道：“喂，作者先生，别尽管老妈开嗙咧，大兵所驻，都闹得本地百姓鸡飞狗跳墙，屋舍财产一概不顾，只要一家儿苟全性命，保得体面，便是万幸。即如近年，哪次过兵俺没有领教过？

你如何说如赶春社一般?”作者一听,不由痛泪交流,顿时捉不着话靶儿。因人家致问的,委实是刻下军队真相,并且不多日,作者有位河南禹州的朋友,全家被屠。写到这里,只好叹俺那朋友生的时代太好了。须知额经略行军当儿,还是最野蛮的专制时代,如今不是共而且和、大文特明的时代么?俺还和你老兄说什么呢?

这里,赵氏以封建时代讽刺民国时代军阀混战之扰民害民。这样的笔墨,在赵氏小说中为数不少,冷嘲热讽,颇为辛辣。但这并不是说作者怀念前清,要开历史倒车,“前清”在这里只是一种价值尺度的寄托所,是抨击社会罪恶的参照系。正如张赣生已经指出的,在《大侠殷一官轶事》中,赵氏对于清代皇帝,一样冷嘲热讽,对于专制时代的弊政,一样揭露批判。所以简单看起来,对于专制、共和,赵氏初不论青红皂白,一样抨击揭露,而对于造反者,如白莲教、如苗乱,也不宽恕,即使是通常所谓“侠客”,作者也不推许。《奇侠精忠传》第 54 回滕家寨滕荟说:

“……我辈顶天立地,正当为天下雪不平,若都待龌龊有司,兀地不使人气破肚么?”

作者借主人公杨遇春之口说:

“至刚不显,大侠绝名,晦迹重身,阴以弥不平之憾则可;若号召啸聚,徒快豪举,窃恐流极所底,不可复问……”

显然,作者是从社会效果的现实功利出发。这一现实功利,既不服务于某一社会政治力量,也不依附于某家王朝,实在是从细民百姓的愿望出发。离乱之世,百姓只求平安,这即是典型的民间立场,也是通俗文学的优秀传统之一。

由此,对于其小说中杨遇春式的忠、孝、节、义可以得到较为恰当的解释:虽然表彰的是精忠报国,却不是强调君王之国,也不指民族之国,多半注目于倒悬之民、水火之众所居之国,注入的是民主性内容。

欲望的噩梦,祸水的寓言——前面曾论及赵氏小说中对于小传统的张扬,并已经指出其对于性问题所持的矛盾态度。徐文滢并且以为赵氏写一个罪人的转变之“渐”颇有深度。确实，综观赵氏作品，写得最见精神的，不是他竭力称扬的大英雄大忠臣，反而是那些大恶人。赵氏所写恶人，不是一般江湖意义上的败类，而是颠倒历史，祸及社会，殃及民生的“乱臣贼子”。赵氏是以小说写出了他所以为构成社会动乱的历史文化根源。

传统文化中，对于社会历史的变动，不着眼于制度，不措意于物质生产，多将社会历史系于特殊的人，所谓贞观之治、康乾盛世当然与圣明君主无法分离，而历史中的动乱也都归因于枭雄人物的个人秉性，在传统文化中，对于这一问题的看法，精英文化与大众文化的差别只在于大众文化往往将圣贤、明主与枭雄式人物神化，如汉高祖刘邦之类人物出生就蹊跷，曹操则从小就善弄狡狯，正是乱世奸雄的坯子，精英文化如儒家文化讲究人之习染，所谓性相近，习相远，近朱者赤，近墨者黑，这是指人与环境之间的一种互动关系，从心理学或人之社会化的人格理论角度考察，儒家学说有它的胜义。但是儒家的心性学说同时是儒家政治文化的基础，所谓修身齐家治国平天下，这修、齐、治、平均系于心性修持，这就离开了社会的物质存在而一味“唯心”去了。

前面指出，赵氏作品颇注目于社会动乱，而《奇侠精忠传》中造成社会动乱的都是“人”而不是制度与社会存在。冷田禄、田红英这些祸及数省，殃及黎庶的枭雄，是一些什么人呢？都是欲望放纵而不能持礼的人。正是在儒家政治文化的基础上，赵氏建立了他对于“椎埋之滑迹，邪教之鸱张，里巷奸人之恣恶变幻”的叙事的基础，也就是说，赵氏写“一个罪人的转变之‘渐’”不是为了写一个性格，也不是灵魂的拷问，他是在写一个社会政治的寓言，正是在这个意义上，其自诩之言并非巧饰之辞。在《奇侠精忠传》的《自序》中赵氏自诩“温犀烛怪，禹鼎象物，读者神游其间，亦可以论古今，察世变矣。若谓著者有龙门传游侠济世之意，则吾岂敢”。仍然从儒家政治文化出发观察社会人生，并以此作为其叙事的基础，这又是赵焕亭之局限。

附：一片丹心传大侠的文公直

第一节　舞勺戎马　壮年弄文
——独特的生活经历

文公直，名砥，字公直，号翮健，又号萍水若翁。生于1898年11月。〔1〕

文公直，世家子。其父文廷式〔2〕，乃晚清著名人士。

文廷式，字道希（又作道溪、道爔），号云阁，一作芸阁，江西萍乡人。〔3〕此公乃光绪朝后辈清流的代表人物，也称得上晚清之进步知识分子。1890年中进士，授翰林院庶吉士，后任翰林院编修。1894年，大考翰詹，光绪帝亲擢文廷式一等第一名，升授翰林院侍读学士，兼日讲起居注官。文廷式与张謇皆翁同龢门下士，他们与翁同龢在中日甲午战争期间都是积极的主战论者。时后党与帝党因和战问题分歧而积不相能，在此期间，文廷式多次奏参李鸿章，为主和派慈禧及李鸿章所深恶。慈禧对于主战之翁同龢及其追随者，动辄予以黜斥，打击帝党。1896年2月上谕内阁："御史杨崇伊奏词臣不孚众望请立予罢斥一折，据称翰林院侍读学士文廷式遇事生风，于松筠庵广集同类，互相标榜，议论时政，联名执奏。并有与太监文姓（指太监闻德兴，已经于1895年发往黑龙江，寻正法）结为兄弟情事等语。文廷式与内监往来，虽无实据，事出有因。且该员于每次招见时，语多狂妄，其平日不知谨

〔1〕 文公直：《〈最近三十年中国军事史〉自序》（收入台湾沈云龙主编之《近代中国史料丛刊》第32分册第1页，上海书店1989年版云："我今年（中华民国十八年）才三十一岁零一个月……"此序写于是年12月12日。

〔2〕 沈其权：《〈中华民国革命史〉叙》："我生平所认识的朋友中，第一个怪人便是文砥（公直——翮健）……他本来是大文学家——文廷式学士和龚家仪夫人——的儿子，……"文公直编：《中华民国革命史》，上海太平洋书店1927年版。

〔3〕 钱仲联：《文廷式年谱》，《中华文史论丛》第4期第261页，上海古籍出版社1982年11月版。以下所述关于文廷式的生平史料，于钱著多有引用，不再一一注明。按：在《中华文史论丛》发表之《文廷式年谱》，此后钱仲联先生有若干订正，此处所引均依据订正本。

慎，已可概见。文廷式着即革职，永不叙用，并驱逐回籍，不准在京逗留。此系从轻办理，在廷臣工，务当共知儆戒，毋得自蹈愆尤。”文廷式被削职以后，居于上海。传家所谓“丙申削职，乃返沪，陶情诗酒”，可知文氏此时于上海营有家室。[1] 1898 年 8 月，戊戌政变失败，初十，上谕密电：“电寄刘坤一等，已革翰林侍读学士文廷式，是否在籍，抑在上海一带？著刘坤一、翁曾桂密饬访拿，押解来京。”1900 年 1 月得同文会之介绍往游日本，3 月归国。1900 年 6 月在上海瀫臣邀请在沪人士在静安寺路张园集会，筹组爱国会。出席者，有文廷式、章太炎、严复、吴保初、容闳、宋恕等。容闳为会长，严复为副会长。

1904 年 5 月慈禧太后恩谕：凡戊戌案内革职者皆开复，监管者概省释。当时已经有人议起文廷式。文廷式时因病回故乡萍乡，8 月卒。时年四十有九。

文廷式原配夫人陈氏，侧室罗氏，外室龚氏。文公直乃龚氏第三子。从文廷式的经历推测，文公直的出生地当为上海。

文廷式既是大文人，文公直的生母龚家仪，据称也博通经史，曾经手注《道德经》，并从事于《明史正误》的研究写作，所以文公直可以说得上家学渊源有自。这个家学渊源对于他的中国传统文化的修养起到重要的作用。

文公直自幼受到良好的经史教育，“五岁受经，髫龄读史”，作者说这种阅读的影响是使他“每觉吾国之所以为世界文明古国，必有其特异之点”。这个所谓的“特异之点”，作者后来从理论上作了总结，并在此基础上提出了他的武侠观念。

作者说他“舞勺之年，北走燕冀，以身长体壮，得增年而入军校，习戎事”。“舞勺之年”也就是 13 岁。大概是 1911 年左右。13 岁而必须“北走燕冀”并且必须冒充年龄投考军校，似乎不是一般的投考。根据他的自叙，他在军校的学习时间不长，只有 5 年左右，毕业后直接做了军官。到 1916 年左右他已经在部队中领兵打仗了。那么，到底投考的是什么学校？不会是投考陆军小学堂，因为到 1907 年，除了新疆、黑龙江和若干八旗驻防地之外，各省都已经创办了陆军小学堂。按制度，从陆军小学堂开始习武，必须经历十年的学习；而陆军中学堂的生源来自具有两年以上军旅生活实践的陆军小学堂的优秀毕业生；各地的讲武堂是从军队中招生的；陆军大学堂到

〔1〕 汪曾武：《萍乡文道希学士事略》，转引自钱仲联《文廷式年谱》，《中华文史论丛》第 4 期第 303 页，上海古籍出版社 1982 年 11 月版。钱仲联曰：“先生既削职，南归至上海。”

1916年才开始创办。大胆推测一下，文氏也许投考的是陆军贵胄学堂。这所学校的学员都是贵族子弟，学习时间不到5年，毕业后可以直接出任军官。文公直"卒业后，虽置身军伍，日以训练健儿为事"，也就是说，毕业后他在军队的工作，主要是训练士兵。"厥后，讨袁、护法诸役，身在沙场，领军杀贼。从兹投身革命，南北奔驰，足无停趾，席不暇暖。"讨袁、护法诸役发生在1916年至1917年，当时的文公直不过是19岁的青年，而这之前，他已经在军队中"日以训练健儿为事"。"从兹"也说明，他的追随革命始于此时。"湘鄂之役，至长沙省亲，奉令兴师，乃以历年自习之结果，请训于母。"所谓"湘鄂之役"是指1921年直系军阀吴佩孚系统的湖北督军王占元与湖南督军赵恒惕之间的战争。文公直当时在湘军中任职。

向母亲请训的是什么问题，据他自述，是历年读史书中遇到的问题。文氏喜欢读史书，早在军校时，"习戎事得纵览东西诸名著，而独留心世界史事。卒业后……有暇辄取史籍读之，闲则旁及稗官野史，凡力足致者几无不读。厥后，讨袁、护法诸役……斯时虽无暇读书，而轮轨承身之际，每以一卷消时日。五六年来，若有所得，而细思之，则又杳无所得。湘鄂之役……请训于母。"他的母亲当时正在从事于《明史正误》的研究，乃将参考书给他，并且教导他："儿习史，当于二十四史之外求之。"文公直"乃如闻暮鼓晨钟，憬然知前此之但知读而不知考核参证之为大误也"。

1922年"遭家难，为小人所谋孽，系军狱"。文氏自述其坐牢生涯"铁窗风味固革命军人宜尝试，因借此狴犴生活，为劳生之休息，且畅读我书。故系狱经年，终日手一卷，读辄易竟（按：疑为"读竟辄易"之讹夺）。三兄公毅虑狱中人忧而伤身也，竭力搜罗，以供肆读。无奈狱例仅许读古书，是以此一年中，所得寓目者，咸为经史子集、说部剧曲之类"。

"秋节后，军阀被挞而遁，旧部迎直出狱。""出狱后又以督师追击，转战长江"，"嗣因东江寇急，主将奉大元帅令，回师救难。占领地后为军阀所盘踞。直部方在最前线，为敌所截。直不欲因一己为敌之目标而使八千弟子为醢（按：疑为"醢"之讹夺），遂以部卒托同袍，而只身走海上。"

文公直对于他的脱离军队还有另一种说法。在《中华民国革命史》的《自序》中，文氏曰："前岁执戈蒙疆（按：如果此说年代可信，则民国14年——1925年——他还在军队），患目疾，走沪就医。得南洋医科大学教授孙孝宽学士为之施手术，或就痊可；惟嘱三年内勿再从事于疆场；盖恐失眠伤神而致旧恙再发也。职是之故，乃卸甲而为书佣。暇则以旧日笔记，兼参考近人著作，及报章、杂志，成书三卷。穷二年之力初稿始就。复就正于当世学者。传抄者屡矣。兹将名之曰《中华民国革命史》加以增改，始付印以问世。书之编纂方法，系将十六年来与革命有关之事实，条析而罗列之。”在这篇序言的末尾，文氏有一个流水账：

中华民国十三年，十月十日开始著作。
中华民国十四年，九月二十四日告成。
中华民国十五年，九月二十日修正，传抄，分赠海内外学者。
中华民国十六年，十月一日再修正。
中华民国十六年，五月一日，增补近事，成书。

关于具体的出狱时间，文氏自己说是 1924 年：“自从民国十三年，我跳出监狱门，一直在上海过着‘书佣’的生活；同时还是看不过那时的所谓政府，还要同几个同志闹闹革命的把戏；就更没有功夫弄到这个上头来了。”

为文氏著作作序的沈其权叙述这段历史时说：“他当了好几年的团长、司令，忽然不干了，去开矿，矿开的很好，忽然不开了，去做店伙。从此报馆记者、书局编辑、警察局长、工人、教员、学生、办通讯社、开店、掌船，乱七八糟，时高时低，闹了七八年。”

就是说，脱离军队后，不是立刻就从文的。从文是后来的事。所谓“频年羁旅海滨，郁郁寡欢。长日无聊，每弄文消遣。旋受《太平洋午报》之聘，任编辑”。至此，文公直从一个职业军人而在不得已的情形下，成为一介文人。

1928 年再度赋闲，遂写作《碧血丹心大侠传》，此书于 1930 年出版。到 1933 年，又写作了续编《碧血丹心于公传》和《碧血丹心平藩传》，据说尚有《碧血丹心卫国传》的写作计划，未见问世。问世的倒是有《赤胆忠心》，是表现史可法的历史武侠小说。后来文氏一度进入政界，为立法院秘书。

第二节　倡我民族忠侠性
——提倡民族主义和尚武精神

文公直写作武侠小说自有自己的想法。概括地讲有两点：第一，他对于中华民族“忠侠国民性”的阐述；第二，他对于文艺的见解。

文公直喜爱读史书。他说在历史的阅读中：

每觉吾国之所以为世界文明古国，必有其特异之点。

根据他的看法，“其特异之点”就是中华民族具有其所谓“坚强雄毅之忠侠性”：

直自髫龄以至如今所得之书——无论其为经、史、子、集，或说部、戏曲，——每觉其中多少涵有坚强雄毅之忠侠性。虽靡靡之音，重文之作，亦不免时有此种忠侠性之流露。惟历代腐儒帝王愚民工具之朱程学说，尚武文字则或无之。于以知我华夏民族卓然矗立东土，五千余年，其间虽或受异族之侵凌，而卒能保我领土，休养生息，不为犹太、埃及之续，且屹然为世界最古国家之仅存者，则此忠侠之国民性实为其重大之原力……

方今弱肉强食，公理灭亡，世界为帝国主义者之世界。弱小民族求为安顺之奴而不可得。倘不抨灭此人类恶魔之帝国主义，吾人宁有此安枕之一日？吾人今日，为我民族求生存计，为救世界弱小民族计，为求达人类平等之目的计，正宜谋恢复我民族之忠侠性，发扬而广大之，以与人类恶魔作殊死搏战。颓废派之文艺，其毒害，适足以增东亚病夫之病，而亡吾族耳；靡靡之声，适足弱吾种，而灭吾族耳。吾人而欲苟活自全且永保世界和平者，其能听之任之耶？

由此可知，文公直之所谓“忠侠国民性”的基本内容与近代中国先进知识分子提倡的民族主义和尚武精神的内涵相近，或者说，文公直所抱的主义还是辛亥革命前后革命党人宣传倡导的军国民主义。

文公直提倡“忠侠国民性”的哲学背景与思想动机也与近代的思想潮流一致，即以进化论为基础的“欲竞生存”以“救民族之危亡”：

日本，东方小岛国也，为民族竞生存计，儿童教育，即灌输其国中历史、抗侮御侵之英雄故事，以启迪其爱国之忠，护族之侠。吾人于日本之抱帝国主义，固不必效，不可效；而于其以忠侠训育国民，则洵有不可不师法者。粤稽我华自周以降，捍御异族，保全华夏，而使我族不致灭亡之英雄，其光荣之历史，实足以煌炳大地。远古无论矣，即以异族入我国而言之：晋代承三国之余，尚清谈，鄙武事，而胡祸之烈，为前所未有，则忠侠性之消沉，有以致之耳。又如，北宋赵匡胤虽以武侠平诸割据，而腐儒守旧，倡重君之说，轻视武侠，斥为乱阶；而二帝为俘，偏安贻耻。南宋复不自警惕，仍承前弊，遂有胡元之祸。朱元璋以匹夫而得天下于马上，驱异族出塞，其所本者民族之忠侠性耳，其功业之成固无文事也……再就同种异族言之，则匈奴不文，而汉不安枕，鞑靼习武，而唐不宁军；元以武侠训民，声威远及欧陆；清以武侠练士，而旌旗入主中华，此又其明证也。此但犹涵有帝国主义或军国主义之意味，试再观华盛顿之忠侠奋发，而美利坚底平等、自由，孙中山以忠勇垂训（见《三民主义讲演》及《军人精神教育》），而我华族兴国民革命，更足以证明欲竞生存，求幸福，非倡忠侠不为功，亦非倡忠侠不能致。

综上所述，因直微志，欲昌明忠侠，挽颓唐之文艺，救民族之危亡。且正当世对武侠之谬解，更为民族英雄吐怨气，遂有《碧血丹心》说部之作，敢掬诚以告读者者。今日虽已五族一家，而前人卫族之丰功，实足以观感后人御侮之观念。东西列强对我之压迫较之瓦剌之于有明为尤甚。则读此益奋起而进，为五族谋之，则大中华民族其庶几乎。

这段文字十分清楚地说明了作者提倡"忠侠国民性"的强烈的时代性。根据"忠侠性"标准，他对于"侠文学"进行了批评：

自太史公传游侠以来，国内文艺界之关于"侠"之文字亦夥矣！民国元年，国人为肉麻小说——堆砌诗词不近情理之作——所激，翻然而欣企武侠说部。于是武侠小说应需求而突起。顾出版虽夥，夷考其内容，则或拾取陈言，或侈谈神怪，或敷衍民间传说，或受戏剧之暗示。其书中所写之人，非尽属于"超人"，即异常之陈腐。至于言及武事，则以闭户之所谓文人，而言历古精湛之武术，其南辕北辙，贻笑大方，更无待论，而时代、地理、职官、言语之舛谬，书中人行动、事态之不近情理，其弊一如肉麻小说之仅足以供识者之笑料，而贻国民谬误之观感。以吾同胞秉遗传之忠侠性，而需要武侠之书籍的结果，乃得如斯之响应，其伤心为何如者？

这表明，文公直提倡武侠小说首先是为了克服文坛上的“颓唐之文艺”、“靡靡之音”，从他的叙述看，民国元年流行的《玉梨魂》、《孽冤镜》一类小说当然不欣赏，像平江不肖生、赵焕亭的武侠小说大概也属于他之所谓“或拾取陈言，或侈谈神怪，或敷衍民间传说，或受戏剧之暗示”一类的，至于通常意义上的“海派”小说更是不欣赏的：

最怕人家拿我当个“上海小说家”，那可比骂我浑蛋还要难受。

文氏所不欣赏的作品中，固然有不少品味低下的作品，但是也因为他对于流行文艺的排斥态度，使得所写作品，上不能吸取新的文艺界的营养，下不能吸取民间文学的营养，他所依傍的始终只是中国传统的叙事作品，未能进入近代文艺的大门。

文公直对于武侠小说的艺术要求是：反对“侈谈神怪”，反对将人物及武功“超人化”，要求所写人情、事态“近情理”，要求“时代、地理、职官、言语”等细节尽可能符合真实的历史情形。这是一种朴素的写实思想，或者说受到中国小说中“实笔”传统的深刻影响，而这无论对于“实笔”传统本身还是就文氏自身来说都是中国史传文学熏陶的结果。文公直对于史传文学和传统小说情有独钟：

我从四岁发蒙读书，就爱读那些叙事的，而极不爱读那些板起圣人面孔讲道理的书。五岁读《孟子》，读到“齐人有一妻一妾……”一段，觉得非常有趣，这才感到读书的兴味……再过一年，读《春秋左氏传》，我真高兴极了。下半年，先生教我念《易经》，我上了“紧箍儿”了，可怜！“乾三连六坤断”“元亨利贞”和那些“婆罗揭谛”有什么两样？……我想出来的法子是“桌其书而屉其小说”……有一天，不知怎样，看《红楼梦》看入了神，忘了形，把嘴里咕噜着的书也换上了“一朝春尽红颜老，花落人亡两不知”高唱了出来。先生听着，敢是这样的东西……不好了，要破例打我了！（我家先生经过我父母叮咛不能打我们的）我没个林妹妹可叫唤，只得大声哭喊。这一来，惊动了后堂老太君，马上差人查问根由。调查回报，连我押解到后堂。我母亲问明情由，就说“这孩子可以教他读史”。

……我从小时候就是读史而知道中国的历史是有缺点的。到长大成人，吸收了些新鲜的空气，更知道我们中国的“史”，虽说有四千多年的系统记载，可是大部分是“帝王家谱”，“起居注”，“升官图”，竟忽略了许多应该记载而没有记载的史实。尤其是那些甚么“笔伐”咧，“严谨”咧，“褒”咧，“贬”咧，横亘在史家的胃中，糟蹋了不少的好材料(这个病欧阳修最重)，使我们今天有许多找不到的要用的东西。

就具体的创作动机而言，他的选择创作题材也是有计划的：

……直读史所得以为民族竞生存争人格之英雄，当以岳忠武、文忠烈、于忠肃、史阁部为最。而岳忠武之声名，独能深入平民，国人无不知者，则因说部与戏剧宣传之力也。然而，国人以崇钦岳忠武之故，于民族之忠侠性，激发不少。倘使文忠烈、于忠肃、史阁部之光明磊落，碧血丹心，尽入于人心，在则我民族之光大为何如者？关于岳忠武之说部，有《说岳传》一书，虽鄙俚不文，描写拙陋，而深合平民口胃，固须整理改造，但犹可暂缓。关于史阁部亦尚有数说部及新近出版之小说中，略记其事，且因为时近国人溯满族入主之源者，多能及之。关于文忠烈则直曾得一残缺之说部，名曰《孤忠传》，虽缺数卷，尚可补缀，原书留湘，现方涵属寄沪，会当设法使成完璧。万不得已，亦当补撰而标明缀续之处，付剞劂而供献于当世。唯独关于于忠肃，则除《千古奇冤》外，更无为之一言者。且有荒唐传奇，竟指于公为权奸者，则贼臣之裔，颠倒混淆，欲以一手掩尽天下后世之耳目，尤使人愤懑无既。以于公之忠侠天成，保全华夏，卫我民族，于众议和讧，形且为奴之际，以大无畏之精神，于无兵，无财之时，湔民族之奇耻大辱，破瓦剌而迎归英宗，求之五千年历史中能雪耻复仇如此之痛快者，阙惟于公一人耳。乃五百年来，竟无人为之宣传，一般人亦淡焉若忘：以视日本之儿童莫不知有幕府，美利坚平民莫不知一华盛顿者，耻亦甚矣。直不敏，虽文不足以副志，辞不足以达意，而窃有愿矣，以为我所认为当为者则为之，毋以诿人，毋以望于人，是责任心也，亦人所当具也。为之而当，固无论矣；为之而不当，亦当有人纠之正之，则我首创之责允当由我内心之驱使而定之行之也，而况《千古奇冤》一书中所载征番四十八将、六十四佐，姓名俱在，事迹可按。虽未能充分考据证实，而稗官家言，自不妨衍之成篇，但求无背志旨可耳。……

论者或有因文氏具有比较清楚的创作目的，因此，予以其创作较高的评价，笔者认为，文氏的理论论述可以有其理论的价值，但是其理论的价值不能代替对于其创作的评价，就其理论与创作的关系而言，可以说是提倡有心，践履无力。创作动机与创作当然有关系，但是并非创作成功的保证，动机与文本应该有一个清楚的界限。

第三节　经纬以史事　附会以传奇

——文公直的“历史武侠小说”

“碧血丹心”系列包括《碧血丹心大侠传》、《碧血丹心于公传》、《碧血丹心平藩传》3 部长篇小说，它们具有共同的基本线索，即以于谦与藩王朱高煦的冲突为中心线索展开。就小说的样式言，可称之为历史武侠小说[1]。

论者或以为“碧血丹心”系列主要取材于《于谦传》[2]，此乃想当然之辞。就取材而言，取于《明史·于谦传》者寥寥数十言而已。《明史·于谦传》有云：

> 于谦，字廷益。钱塘人。生七岁，有僧奇之曰：他日救时宰相也。举永乐十九年进士。宣德初，授御史。奏对音吐鸿畅，帝为倾听。顾佐为都御史，待寮属甚严，独下谦，以为才胜己也。扈跸乐安，高煦出降，帝命谦口数其罪。谦正词崭崭，声色震厉。高煦伏地战栗，称万死。帝大悦。师还，赏赉与诸大臣等。[3]

也就是说，宣宗元年朱高煦谋反之时，于谦虽然随驾出征，却只是奉命“口数其罪”，“正词崭崭，声色震厉”而已。因为嘴皮子功夫，得到了与诸大

〔1〕“历史武侠小说”之名目，张赣生已经称之于前。张氏云：“历史武侠小说是民国武侠小说中的一个特殊品种，它以某个真实的历史事件为题，借题发挥，去渲染或虚构处于这一事件中的侠客们的活动。”参见张赣生：《民国通俗小说论稿》第 153 页，重庆出版社 1991 年版。

〔2〕张赣生云：“《碧血丹心》系列作以明朝名臣于谦的事迹为主线贯穿全书。”（《民国通俗小说论稿》第 154 页，重庆出版社 1991 年版。）罗立群云：“《碧血丹心》三部曲，系文公直根据《明史·于谦传》，旁参野史笔记，并详考当时的官制、仪节、风俗、习惯、用语以及社会状况等，加上作者的想象虚构，敷衍而成的。”（《中国武侠小说史》第 219 页，辽宁人民出版社 1990 年版。）叶洪生云：“《碧血丹心》三部曲为文公直据《明史·于谦传》，旁参野史、笔记、武术秘籍，及详考当时的官制、仪节、风俗、习惯、用语以及社会状况等资料演叙而成。”（《论剑——武侠小说谈艺录》第 32 页，学林出版社 1997 年版。）

〔3〕《明史》卷一七〇，列传五十八《于谦传》。

臣一般的赏赐。历史上于谦的大节目不在此时，他的出按江西，昭雪冤狱，以及拥立景帝终至被冤而死等等，都是以后的事。小说中于谦的活动，基本属于虚构。

就已经写成的3部小说的基本框架而言，倒是更多依赖于《明史·诸王传》之《朱高煦传》，在高煦谋叛的始末中，展开正邪两派的冲突纠葛。正派以在朝者于谦为中心，穿插武当、五台派侠客剑士的侠义行动；反派以朱高煦为中心，穿插白莲教徐季藩父子的活动。就总体构成而论，如果作者果真要写以"土木堡之变"为中心事件的《碧血丹心卫国传》，在情节上是必须另起炉灶的。

《明史·诸王传》之"高煦传"中，为作者提供了大量的情节。传云：

> 汉王高煦，成祖第二子。性凶悍。洪武时，召诸王子学于京师。高煦不肯学，言动轻佻，为太祖所恶。及太祖崩，成祖遣仁宗及高煦入临京师，舅徐辉祖以其无赖，密戒之。不听，盗辉祖善马，径渡江驰归。途中辄杀民吏，至涿州又击杀驿丞，于是朝臣举以责燕。成祖起兵，仁宗居守，高煦从。尝为军锋。白沟河之战，成祖几为瞿能所及。高煦率精骑数千，直前决战，斩能父子于阵。及成祖东昌之败，张玉战死，成祖只身走，适高煦引师至，击退南军。徐辉祖败燕兵于浦子口，高煦引蕃骑来，成祖大喜曰："吾力疲矣，儿当鼓勇再战。"高煦麾蕃骑力战南军，遂却。成祖屡濒于危而转败为功者，高煦力为多。成祖以为类己。高煦亦以此自负。恃功骄恣，多不法。成祖即位，命将兵往开平备边。时议建储，淇国公邱福、驸马王宁善高煦，时时称高煦功高，几夺嫡。成祖卒，以元子仁贤，且太祖所立，而高煦又多过失，不果。永乐二年，仁宗立为太子，封高煦汉王，国云南。高煦曰："我何罪，斥万里？"不肯行。从成祖巡北京，力请并其子归南京。成祖不得已听之。请得天策卫为护卫，辄以唐太宗自比。已复乘间请益两护卫，所为益恣。成祖尝命同仁宗谒孝陵，仁宗体肥重，且足疾，两中使掖之行，恒失足。高煦从后言曰："前人蹉跌，后人知警。"时宣宗为皇太孙，在后应声曰："更有后人知警也。"高煦回顾失色。高煦长七尺余，轻趫善骑射，两腋若龙鳞者数片，既负其雄武，又每从北征，在成祖左右，时媒孽东宫事，谮解缙至死，黄淮等皆系狱。十三年五月改封青州，又不欲行。成祖始疑之。赐敕曰："既受藩封，岂可常居京邸。前以云南远，惮行，今封青州，又托故欲

> 留侍前后，殆非实意。兹命更不可辞。”然高煦迁延自如。私选各卫健士，又募兵三千人，不隶籍兵部。纵使劫掠，兵马指挥使徐野驴擒治之，高煦怒，手铁瓜挝杀野驴。众莫敢言。遂僭用乘舆器物，成祖闻之，怒。十四年十月还南京尽得其不法数十事，切责之。褫冠服，囚系西华门内，将废为庶人。仁宗涕泣力救，乃削两护卫，诛其左右狎暱诸人。明年三月，徙封乐安州。趣即日行。高煦至乐安，怨望。异谋益急，仁宗数以书戒，不悛。成祖北征晏驾，高煦子瞻圻在北京，觇朝廷事，驰报一昼夜六七行。高煦亦日遣人潜伺京师，幸有变。仁宗知之，顾益厚遇，遗书召至，增岁禄，赐赉万计，仍命归藩，封其长子为世子，余皆郡王……未几仁宗崩，宣宗自南京奔丧，高煦谋伏兵邀于路，仓卒不果……宣德元年八月遂反……大学士杨荣等劝帝亲征。帝是之……高煦大惧，（出降）……废高煦父子为庶人，筑室西安门内锢之。[1]

文公直在小说中采取了史书关于朱高煦的基本叙述，比如，盗马，击杀驿丞，拒不赴云南，私选各卫健士，挝杀徐野驴，僭用乘舆器物，被成祖查发数十不法事几乎被废，徙封乐安州，以及乘丧事谋半路邀击，最后，终于起兵叛乱等，都取自正史，朱高煦故事与正史所异者，一为与于谦、徐自藩等人的瓜葛，一为结局。在故事的结局朱高煦不是主动出降，而是战死。

在《碧血丹心大侠传》出版之时，作者有一个例言。其一云：“本书以武侠为主，而兼写社会、侦探等等，故不效时习，标明某某小说。”“兼写”云云，书中稍有顾及。比如，对于旧家族之罪恶，书中每有涉及。第一章钱迈叙述武胜关王主亚为夺产谋杀同胞，强迫立嗣故事时，议论云：“世间最恶毒的莫过于家族！要是族里有一家有钱无嗣的人家，便你也想承继，我也想将儿子送去。为着些臭铜，不惜以他人为父母，或是将儿女作兑换银钱财产的东西！究其实只是瞧着田地钱财眼红罢了，何尝是顾念伦常，悯人孤独？你只瞧这班人满嘴里大仁大义，说什么‘兄无嗣弟不得有其子’咧，又是什么‘于礼应继’咧，倘使他亲近支派中，有个花子死后无嗣，却又不提这话了。即使旁人说他的儿子理宜承继死去花子的香烟，他也要竭力推却，断乎不肯叫他儿子去给花子作儿子的。所谓‘家族’大都如此！……”写吴春林寻父故事时，又写到兄弟相逼相侵。写玉狮子文义的出身（第7章）时，更写到家庭的

〔1〕《明史》卷一一八，列传六《诸王传·成祖诸子·高煦》。

丑恶:文义父亲文实死后,其妾罗佩南无处存身,乃投奔已回娘家居住的文实之妻靳氏,靳氏懦弱善良,看在是死去的丈夫的人,收下罗,哪知罗是妓女出身,不久故态复萌,竟与靳氏之侄靳翰臣苟且,并欲设计除去靳氏及其3个儿子,幸得了了和尚撞破云云。文公直对于旧式家庭似无好感。不过,他之攻击家庭,多直截浮露。至于写吴春林寻父途中被唐世熙骗去钱财的故事,也颇有社会风俗小说的趣味。

在小说中,作者以大量的笔墨写了白莲教。一方面写了白莲教的“邪教”的内幕,这也与二三十年代通俗小说家一样,多强调白莲教内部之淫乱、愚弄百姓、聚敛钱财;另一方面写了白莲教与政治势力的勾结。与赵焕亭等作家相比,未见有新的突破。白莲教是历史上一个复杂的现象,通俗作家都未能超越流俗写出新意。

文公直的叙述是传统的。他总是以传统的全知全能的叙事者讲述故事,而对于近代小说的叙述观点了无所知。他的长处是叙述中线索清楚、节奏明快;可是因为重视史实,故多实笔,即事实性事件叙述多,而写人写社会风习、情态的细节少,因此,文氏三部作品,总显得骨架开张而血肉欠丰。试举一例,以资分析。史载朱高煦归藩时曾盗徐辉祖善马,“途中辄杀民吏”。文公直根据“途中辄杀民吏”一句及有关野史笔记,构思了一段情节:朱高煦在归途因与飞霞道人交手,伤腿:

> 次日,朱高煦腿痛异常,便传驿丞,传当地医生侍候。不料这乡野大夫,听说王子传差,已是吓得胆战心惊。及至进内诊视,更加提心吊胆,神魂不定,如服了麻黄一般,满身冷热汗交流,自己已将要骇出病来了,怎么有心思诊病咧?朱高煦待医生诊视过,便问道:“这条腿不妨事么?”医生神志昏摇,不曾听明,慌忙答道:“房事不忌,房事不忌。”朱高煦大怒,喝叫材官:“扠出去!”材官上前将那大夫拖出去,饱打一顿,讹索些银钱,方才放了。朱高煦怒犹未息,迁怒驿丞,说他存心不良,故意不传好医生来给瞧病,叫材官将驿丞抓来,重打五百棍。不料这驿丞年纪已老,受不起大板,只打到二百五十余下,便呜呼死了。

这段情节比历史记载是丰富得多了,但却不够生动,缺乏的是“临场感”——整个场面是由一个全知全能的叙事者观察后概括叙述的:乡野大夫见了王子的惊悚不是客观呈现、描绘的,而是由叙事者概括的。“胆战心惊”、“提心吊胆”云云都不是现场情状,而是叙事者的观感,读者不能与形象的人物场景直接晤面,只能通过叙事者的观感、结论去体会,这情形,可借王国维之诗学术语形容之:隔。以转述、结论代替形象的描绘便是隔。自然,文公直也有生动的笔墨,比如:

> 朱高煦……心中异常高兴,浑如已登九五,受文武朝贺,心中痒痒的,又酸又甜,说不出的那种欢欣沁蜜。不由得两道浓眉豁的高挑,一双突眼,乜的合缝;颧腮上皮肉自然会突突地颤耸,鼻窝儿两翅随同闪闪地张开;成为了满面欢容,陡显得周身喜气。终究忍不住,虬髯戟张,阔口大开,脖儿后仰,额面朝天,来了个呵呵大笑。

但是,这样工笔细描的文字在文公直的3部小说中,却不多见。

文公直小说的另一方面的特征可在两军对垒的叙写中见出。文公直写对垒交战,一种类型是《三国演义》式的摆阵斗将,马战步战,长枪大戟的争锋,这部分在全书的武的叙述中占多数,这一类型从文学史看是继承传统的,但是程式化,缺乏个性。另一种类型的交战是武侠小说中常见的单打独斗或群殴,这类描写叙述中文公直病在一个简。论实际的武术,打起来制敌死命的就是好的,但武侠小说中所写武术多为“花拳绣腿”——戏剧化、舞蹈化,好看。文公直所写单打独斗或群殴,都是三招两式制敌死命,不似后来的在过招描写上下功夫的武侠小说。

文公直小说中最为显著的问题还是两个世界的弥合问题。一方面是依据正史、笔记的现实的世界,一方面是依据传说的仙侠世界。仙侠的能知过去未来,他们的无所不能与真实的人间、如凡人的侠客,在内容及形象上都是两橛,没有有机地融合。解决的途径当然有很多,但二三十年代注意这问题的尚不多,这是时代性的通病。

第八章　神驰八极　出入仙魔的还珠楼主

第一节　宏大架构　超拔想象
——高品位的奇幻浪漫的武侠世界

三四十年代的武侠小说界，名家辈出，高手云集。白羽、郑证因、王度庐、朱贞木等知名作家或以“武打综艺”的叙事模式，或以“帮会技击”的写实笔法，或以“侠骨柔情”的悲剧风格，或以“奇情推理”的诡秘布局，共同开创了武侠小说创作的繁盛局面。与上述诸位相比，还珠楼主是“出道”较早、影响更大的作家。1932年，他在天津《天风报》开始连载长篇武侠小说《蜀山剑侠传》，初出“武林”。此书以其宏大的结构、超拔的想象力、兼容并蓄的思想，成为现代武侠小说的扛鼎之作。

还珠楼主(1902—1961)，原名李善基，后名李寿民，四川长寿县人。书香门第出身，其父曾任苏州知府。他从小聪颖好学，3岁开始读书习字，5岁便会吟诗作文，7岁能写丈许大对，9岁作洋洋五千言的《“一”字论》，被誉为“神童”。12岁丧父后，家道中落，随母到苏州投亲。22岁北上天津谋生，担任过警备司令部中文秘书、邮政局职员、家庭教师等工作。当时，《天风报》每天要连载两部小说，缺少稿源。在该报社长沙大风的鼓动下，还珠楼主开始了处女作《蜀山剑侠传》的写作，从此步入武侠创作道路。自1932年至1949年，他以“蜀山”为核心，创作了近30部武侠小说，形成了一个庞大的“蜀山系列”。其中有本传《蜀山剑侠传》(正、后传)，前传《长眉真人专集》、《柳湖侠隐》、《大漠英雄》，别传:《青城十九侠》、《武当七女》，外传《青门十四侠》、《蛮荒侠隐》、《虎爪山王》、《大侠狄龙子》、《女侠夜明珠》等。这些作品形成了一个气势恢宏、奇幻浪漫的武侠世界，大大提升了武侠小说的品位。

武侠小说是“成年人的童话”，它所表现的是充满理想主义色彩的虚拟的世界。与入世武侠小说相比，出世武侠小说主要描写的是佛道、剑仙世界，它离现实生活更远，也更富有神秘性，更需要想象力。还珠楼主创作的基本上是出世武侠小说。他的作品遍布奇思异想，显示了作者极为丰富的想象力和浪漫的精神。

《蜀山剑侠传》由大侠李宁父女亡命江湖开篇，很快便由俗世侠客的江湖恩怨转入奇幻的仙佛世界。正传的前半部主要写峨嵋派前辈剑仙与邪派异教之间的斗智斗勇，重头戏为"大破慈云寺"、"戴家场群凶授首"。矮叟朱梅、追云叟、苦行头陀、髯仙李元化、怪叫化穷神等群仙形象，及绿袍老祖、晓月禅师、龙飞、法元、许飞娘等反面人物，都被刻画得形神皆备，活灵活现。这些人物在书的后半部分及后传、别传中让位于后辈人物，退居次要地位。峨嵋派小英雄"三英二云"（李英琼、余英男、严人英、齐灵云、周轻云）及金蝉、石生、笑和尚等初出道便屡建奇功：紫云宫降妖，幻波池夺宝，小南极光明镜筑洞开府等等。与前辈剑仙一样，这些后辈人物大都很有个性，这显示出作者高超的描写人物的能力。

在宏大的情节结构中，作者的想象力得到了充分的发挥。还珠楼主的作品不是建立在现实生活的基础上，而是建立在由仙佛神魔鬼怪乃至鸟兽虫鱼组合而成的虚幻世界之中的。每部作品大到结构框架，小到具体的细节，无不是玄思妙想的产物。早在40年代，徐国桢就对此作了归纳，指出还珠楼主的想象力主要表现在以下几个方面：

> 关于自然现象者，海可煮之沸，地可掀之翻，山可役之走，人可化为兽，天可隐灭无踪，陆可沉落无形，以及其他等等；
>
> 关于故事的境界者，天外还有天，地底还有地，水下还有湖沼，石心还有精舍，以及其他等等；
>
> 对于生命的看法，灵魂可以离体，身外可以化身，借尸可以复活，自杀可以逃命，修炼可以长生，仙家却有死劫，以及其他等等；
>
> 关于生活方面者，不食可以无饥，不衣可以无寒，行路可缩万里成尺寸，谈笑可由地室送天庭，以及其他等等；
>
> 关于战斗方面者，风霜水雪冰，日月星气云，金木水火土，雷电声光磁，都有精英可以收摄，练成功各种凶杀利器，相生相克，以攻以守，藏可纳之于怀，发而威力大到不可思议。〔1〕

---

〔1〕　徐国桢：《还珠楼主论》第12—13页，上海正气书局1949年版。

在上述诸种内容中，借尸还魂、长生不老、移山倒海、六道轮回等在有关典籍和民间传说中可找到渊源，但还珠楼主将它们充分形象化、具体化了。而他以前的作家虽也常写到正邪斗法、口吐白光、飞剑杀人、御气而行，但如此系统化、整体化，则是“前无古人”的。

第二节　自然胜景陶铸审美个性
——胜景与神话结合的诗韵

还珠楼主的小说中有许多自出机杼、富有独创性的内容。作者充分调动创作灵感，营造了广阔的想象空间，使作品别开生面，气象万千。《蜀山剑侠传》之“紫云三妖”写紫云宫三女初凤、二凤、三凤的传奇故事，海底洞天福地的美妙、瑶草奇葩仙果异卉的神奇自不待言，最为奇特的是紫云三女为拱卫海底珠宫贝阙而筑起的神沙甬道。这条甬道由地底直达海岛的地面，长逾千里，层层皆有埋伏。一旦有人擅入，宫主只需略施法术，甬道便倒转八门随心变化，化为许多阵图，越深入越有无限妙用。峨嵋后辈金蝉、石生等人在攻打紫云宫时便被困于神沙之中。又如，作者写到凌云凤初出道时怒斩双头蛇，智伤妖人，拯救侏儒族，巧得白阳真人图解，在在显示出非凡的想象力。凌云凤刚下山时骤然遇到无数条碗口粗细丈余长的双头毒蛇。这蛇阵十分奇特：“头一蛇身刚离树，第二条大蛇便接着飞起。两颗怪头一交叉，径将前蛇的尾巴紧紧夹住，与前蛇首尾相联，一同朝前飞窜出来。第三条蛇也跟着飞起，又将第二条的尾巴夹住……树上千百条毒蛇都照样发动，一个联一个飞窜出来，化成数十条粗细长虹，附树凌空，笔直射出，顿成奇观。”再如“峨嵋开府”为“蜀山”的一大关目。为了光大正教门户，峨嵋派开山辟府，许多情节便由此生发。作者写峨嵋派联合其他教友熔山铸峰，将整座峨嵋山掏空，建成举世无双的仙府。在这过程中，各种法术争奇斗妍，为仙府增添了许多奇景。至于对北极冰原奇景的描写，则更是匪夷所思。为了求取“万年续断”灵药，李英琼、易静、金蝉、石生等峨嵋后辈十数人飞越万里冰天，前往陷空岛。这陷空岛位于北极尽头偏东一侧，海水清明如镜，奇花异卉遍地皆是，景色极为清奇。而要到此地须先经玄冥界、绣琼原。玄冥界本是北极中枢分界之处，终年阴晦，覆盖着极厚冰雪。而由一条甬通自千层冰雪中穿行，便到了风景绝佳的绣琼原。这里的景物“介在中土春秋之间，遥望四处山色，上半都是白雪皑皑，直闪银光，山肩以下，恰似满植乌桕、枫叶之类，经霜凌寒，深染丹霞，不是紫云万丈，便是红雪千里，斜日回光照将上去，朱霞锦丽，殷红如血，再吃山顶白雪一映，益发浮光泛彩，金紫辉煌，气象万千，难于形状。这样看去，仿佛是个深秋景色。可是当中平地之上，又耸立着许多峰峦岩岭，都比四山低下十之七八。最高的，不过千百丈，无不灵奇剔透，涧谷幽深，洞壑玲珑，清溪飞瀑，映带其间，不是嘉禾芟云，便是芳草平芜，端的水木清华，美景无边。尤其那些林木花草，皆当地特产，独具耐寒之性，种数繁多，冰莲雪蕊，琪树琼林，与无数姹紫嫣红，琪花瑶草，凌寒竞艳，同斗芳菲，看去又似阳春烟景”。如此春秋并秀的绝佳风景，恐怕只绣琼原一地独有。

像这样的自然景物描写在还珠楼主的小说中俯拾即是。还珠楼主年轻时遍游名山大川，“雄伟高大的泰山，奇拔险峻的华山，绵延千里的祁连山，横列如屏的点苍山，都留下过他的足迹。而对他来说，印象最深、影响最大的山，则莫过于峨嵋、青城了”[1]，他曾“三上峨嵋，四登青城”。大自然的壮丽景色陶冶了他的性情，也为他的小说创作提供了丰富的素材。据徐国桢介绍：“他自己本来的意思，很想把所历所见的山水人物，写成笔记，恰巧其时天津有一家《天风报》，缺少一部长篇武侠小说，他在人家鼓动之下，就不经意地采用了《蜀山剑侠传》作篇名，一天天写下去。”[2]对大自然的热爱激发起还珠楼主极大的创作热情，从而为小说创作插上了飞翔的翅膀。在情节发展过程中，他不时插入大段对自然风光的描绘，给读者以强烈的审美享受。其作品的山水之美在武侠小说中是很突出的。他擅长工笔细描。如写陷空岛的“花树”：“有的花开径丈，叶大如帆，有的繁英细碎，密蕊如雪，清馨染衣，经久不散。有的翠干瑶柯，高可参天，琼花万朵满缀枝头，有的花大如斗，千叶重叠，粉腻脂溶，艳绝仙凡。有的花同杯大，密萼繁枝，香光如海，无限芳菲。内有一种形似梅花，而瓣作六出，朵也较大，铁干虬枝，形势古朴，凌寒舒芳，清标独上……”感觉之纤细、描写之细腻，由此可见一斑。不过，还珠楼主笔下的自然常常不同于现实中的自然，往往加入许多想象的成分，明显地带有神话的色彩。峨嵋山在佛教位居“四大名山”之列，青城山则有“第五名山”之誉，这两座名山古迹名胜极多，寺院道观密布，祥云瑞气缭绕，本身便极富神秘传奇色彩。还珠楼主在以此为背景的作品中，更调动想象和幻想，将现实风景衍化为神幻景色，大大增强了阅读的趣味性。他这样来

〔1〕 李观贤、李观鼎：《回忆父亲还珠楼主》，《大成》第179期（1988年10月1日）。

〔2〕 徐国桢：《还珠楼主论》第8页，上海正气书局1949年版。

写李英琼、易静的别府依还岭：

> 那岭伏处苗疆万山之中，并不怎高，但是四周削壁天成，高数百丈，又滑又陡，险峻已极。并有无数崇山峻岭。二千里方圆的森林，环绕于外，中藏毒蛇猛兽，多不知名。环着岭脚，还有一绝涧，广逾百丈。下有千寻恶水，瘴烟时起，触之立病。猿猱不能攀渡，亘古无有生人足迹。内里却是自来仙灵窟宅，岩壑深秀，洞谷幽奇，异草奇花，所在都是。松、杉、桧、梅、杞、梓、楠、桂之属，合抱参天，蔚然成林，绿云匝地，苍翠欲流。珍禽奇兽，游行出没，见人不惊，仿佛解意。端的灵山胜域琼绝尘间。

而岭上的幻波池更为神奇：

> ……易静道法高强，心随手应，手指处，那数百亩方圆一片茂林，立往下面弯折下去。眼底跟着一亮，银光闪闪，现出大片池塘。众人定睛看时，原来上面并非绿草，乃是大片奇树，约有万千本，环池而生，俱由池畔石隙缝中平伸出来，虬枝怒发，互相纠结，将全池面盖满，通没有一点缝隙。树叶却和绿草一样，又繁又密，根根向上。每叶长有丈许，又坚又锐，犀利如刀，人兽所不能近，便拨草细看，也只看出柯干纵横，看不出一丝水影。那水源便在环湖一圈树下石隙缝中直喷出来，水力奇劲，直射中心。到了中央，激起一个漩涡，飙轮疾转，浪滚花飞。上面看去，一片波澜，离水面数尺以下，直落千丈，却是空的。

这样一个远离尘世的神秘世界，为仙魔争斗提供了良好的环境。易静、李英琼等人在这里与妖尸玉娘子崔盈展开了一场惊天动地的大搏杀，环境、气氛与情节的发展构成了一个和谐的整体。

第三节　幽深的生命哲学　儒释道三位一体

——影响民族心理的独特文化系统

作为出世武侠小说的杰出代表，还珠楼主的小说充满奇思玄想，虽也有一些现实的内容，但所占比例甚小，基本上可归入神魔小说一类。神魔小说中国古已有之。《西游记》、《封神演义》等从历史题材中演绎故事，前者取材于玄奘取经，后者取材于武王伐纣，但它们都不是历史小说，而只是借历史的影子搬演神魔斗法、正邪两立的故事。与这些作品相比，还珠楼主的小说则完全脱离正史，远离尘世，作品中人物活动的环境不是世外桃源便是仙佛世界，抑或是鬼怪天地，作者凭玄想以酣畅的笔墨，写出了神魔之间波谲云诡的激烈斗争，场面火爆，气势宏伟。

与《西游记》等作品相仿佛，还珠楼主的小说在貌似荒诞的形式中蕴藏着丰富的思想容量，表现了儒、释、道三位一体的中国文化的精髓。

中华民族在数千年历史发展中，由于种种条件——半封闭的大陆性地域、农业经济格局、宗法与专制的社会组织结构——的制约，形成了一个独特的文化系统。这个系统不仅在观念和意识形态方面对中华民族的生存发生着久远的影响，而且还深刻地影响着中华民族的文化心理和中国人的人生态度与行为方式。在中国文化这一大系统中，儒、释、道三个子系统占有重要地位。中国人的思维方式、思想情操、审美情趣，甚至整个民族的性格、气质，都与儒、释、道有关。还珠楼主的武侠小说在这方面有出色的表现。

在诸部武侠小说中，还珠楼主表现得最多的，要算是道家文化了。其作品主要人物，通常是剑道高绝、法术精妙的道教徒。他们在风景奇佳的与世隔绝处妙参天地，精研道术，修身养性，以得道升仙为人生最高境界。还珠楼主通过大量道教徒形象的描写，表现了对道家文化的倾心和向往。他还细致描写了阴阳五行、炼丹法门、符箓驱鬼、谶纬占卜等道家法术，并进而提出了自己的“修仙理论”：众生要想长生不老，须从修炼自身的精、气、神入手，经过千难万险方能炼成“道家元婴”；一旦“元婴”炼成，便能飞行绝迹，不受躯体束缚，成为“散仙”；而由“散仙”升为“天仙”，尚须经历几番磨难，这便是“道家四九重劫”，即每隔四百九十年必遭一次“天劫”，由造物主对“散仙”的所作所为进行清算，只有积够外功，才能避过“天劫”，而只有连续避过三次“天劫”，方能跻身“天仙”之列，余者只能成为“地仙”，且最终还要经受一次“末劫”，轻者在“兵解”后堕入轮回，转世投胎从头修起，重者形神俱灭，转眼落得一场空。还珠楼主认为，超劫成道的关键，一是苦修，一是积外功，而除魔便是积外功的主要形式，因此，他笔下的剑仙毫无例外都介入正邪斗争，将除魔灭妖当作自己的义务，广积善功。《蜀山剑侠传》中正邪双方的几次重大争斗，如大破慈云寺、大闹紫云宫、鏖战幻波池等，峨嵋群仙无不人人争先恐后，个个奋力除妖，体现了“无为”与“无不为”的结合。

还珠楼主的武侠小说也弥漫着浓重的佛家思想。他崇尚佛法无边，深具一副菩萨心肠。其笔下人物只要还有一点善良之心，便都会被慈悲地安排一个不至于太坏的归宿。最突出的例子是赤身教教主鸠盘婆偶动善念而得以保存残魂，免遭形神俱灭的厄运。以慈悲的胸怀广结善缘，普度众生，虽万死而不悔，这种世界观在作品中许多人物身上都有体现。《蜀山剑侠传》(33 集)中大智禅师本是如来座下第四十七尊者阿阇修利罗，在北宋末年转世，他慈悲度世，功德即将圆满，只因降生之初发下宏愿：于此生中所遇恶人恶物，悉以佛家无上愿力度化，虽具无边佛法、降魔本领，决不妄开杀戒，因此延误正果。他一生度化无数恶人，到最后一个，连度 6 次，但终未成功，无奈之下便以佛家法力为其伐毛洗髓、去尽恶根，这却有违昔日宏愿，他便一次次推迟成佛的时间。还珠楼主也写到佛家的慈悲每每被恶人利用。妖尸崔盈犯规叛师，淫恶不法，但其师傅慈悲为怀，宽恕她三次，最终酿成大祸。还珠楼主还在作品中不时表现出对佛学精义的认识。《蜀山剑侠传》(33 集)细致地描写了仙都二女谢璎、谢琳领悟"花开见佛"、"有无相因，人宝分合"的过程，表现了智慧空明、"佛在眼前"的境界。至于金顶"传灯"谈禅说偈，更是作者精研大乘佛学无上心法的艺术结晶。

第四节　入世精神与慈悲内涵
——儒家"外王内圣"人生观的透露

总体上看，还珠楼主的小说属于出世武侠小说，但这并不意味着其中全然缺乏"入世"思想。其作品中的人物大都不食人间烟火，但他们的思想观念、道德修养、生活方式明显受到儒家入世思想的影响。儒家的思想核心是"仁"，"仁"者爱人，即人应具有同情心，要有一种宽容忠恕的精神，既自爱又爱人，既自尊又尊人。儒家讲究秩序，推崇情操，遵奉温良恭俭让。还珠楼主的作品弘扬了儒家的忠孝观念、仁义思想、惩恶扬善的精神。那些仙佛剑侠身上体现出人道的精神和仁的力量，他们以仁为出发点，重义轻利，匡危济世，劝善惩恶。天痴、神驼大战铜椰岛，一场毁灭性的大灾难——地心赤祸一触即发。在这千钧一发之际，各派群仙同往铜椰岛，联手制止了这场灾难。一伙妖人在戴家场作祟，善良百姓面临灭顶之灾，众仙佛纷纷前往，终于使阴霾扫尽，群凶授首。修道者一方面重自身的修为，使内功臻于上乘境界，另一方面则重修积外功，入世行善，除魔卫道，这与儒家"达则兼济天下，穷则独善其身"、"外王内圣"的人生观是相通的。在爱情方面，还珠楼主崇尚至情至性的爱情，主张"灵"与"肉"的分离，认为"灵"使人高升，"肉"则使人堕落，因此，作品描写了大量形而上的精神恋爱，对那些合籍双修的神仙眷属更是推崇备至。这种爱情观与儒家的道德观念是合拍的。而在作品的某些部分，更突出地表现了儒家的入世精神。《蜀山剑侠传》(34集第1回)写到仙都二女谢璎、谢琳驾遁光飞至巫峡上空时，插入一段关于川江纤夫的写实文字：

> ……这一临近，才看出那些纤夫之劳，无异牛马，甚或过之。九十月天气，有的还穿着一件破补重密的旧短衣裤，有的除一条纤板外，只拦腰一块破布片，遮在下身，余者通体赤裸，风吹日晒，皮肤皆都成了紫黑色。年壮的看去还好一些，最可怜是那年老的和未成年的小孩，大都满面菜色，骨瘦如柴，偏又随同那些壮年人前呼后喝，齐声呐喊，卖力争进，一个个拼命也似朝前挣扎。江流又急，水面倾斜，水的阻力绝大，遇到难处，齐把整个身子抢扑到地上，人面几与山石相磨。那样山风凛冽的初冬，穿得那么单寒赤裸，竟会通体汗流！十九都似新从水里出来，头上汗珠似雨点一般，往地面上乱滴，所争不过尺寸之地！看情景，每过一滩，少说也须两三个时辰，上下起载，还不在内。

像这样几乎没有神怪色彩的文字表现了作者对民生疾苦的关注，显示了民胞物与的情怀。而作品中"僬侥国"(小人国)的故事，则以寓言的方式影射现实，揭示了中国人的国民性。《蜀山剑侠传》中的这个小人国有着数千年的文明史，文治武功、礼乐教化特盛，便是饮食起居，也是举世无双，且拥有广土众民、天时地利，真可谓泱泱大国。只为后世子孙不争气，世风日下，人情日薄，结果国家灭亡了。亡国前夕，举国上下专务虚名不求实际，竞尚奢华，耽乐游宴，十之八九口是心非，专擅空谈。因长于口舌，五官四肢、人身各部便都逐渐缩小短少下去，身长由九尺渐渐变为二尺，只有舌头却变成了双料的。这与老舍在《猫城记》中所描写的猫国颇为相像，两者都有较强的社会讽喻意义。

为了叙述的方便，上文将还珠楼主作品中的儒、释、道思想作了分解。其实，这三者在其小说里是水乳交融的。一方面，它们在不少地方是相一致或相通的，另一方面，还珠楼主的创作思想颇为复杂，而这三者又正存在着互补性。“幻波池五遁禁制”是《蜀山剑侠传》中最为奇妙的篇章之一。圣姑得道前布下的五洞五宫生化出五行妙用，庚金、癸水、乙木、戊土等五行生化变幻，相应相生，循环往复，威力无穷，内中便藏有仙、佛两门妙用。而仙都二女由“花开见佛”而悟有无相之境，也充分显示出作者圆融佛、道的能力。在还珠楼主看来，仙佛两家在人生价值取向上殊途同归，其笔下的仙家峨嵋派中的许多有名人物如白云大师、元元大师、餐霞大师、苦行大师等，都是佛门中人。至于儒家与佛、道也有不少相通之处，如儒家的“仁”与佛家的“慈悲”、道家的“长生”在本质上便是一致的，都包含着人道主义的思想。徐国桢在《还珠楼主论》中有一段描述颇为形象、精辟：“他本来是李耳、庄周一般的襟怀，可生就了释迦牟尼的两只眼睛，却又替孔子、孟子去应世办事。于是，儒、释、道混成一体了。”对于还珠楼主博大的思想，有人从小说史的角度更给予高度评价：“在过去千余年的中国传统小说史上，有谈儒家忠孝节义者，有谈佛家因果报应者，更有谈道家神仙、术数及狐鬼修行者；但从未有一名作家或作品能将儒、释、道三家之思想学说精义共冶于一炉而予以高度艺术化之发挥者——有之，则自还珠楼主始！”[1]

还珠楼主的小说以极为丰富的想象力表现了浩如烟海的博学杂识，创造了一个奇幻绚丽、多姿多彩的武侠天地。而其深具表现力的魔幻语言则为奇异武侠世界的形成起了关键性的作用。他运用文白相间、浅近易懂的文笔来写人状物、绘景抒情、叙述故事，各个阶层的读者都能感受到其小说语言的奇幻魅力。在写人状物时，他常采用夸张手法，摄其神而绘其形，从而产生强烈的戏剧效果。如：

> 二女正飞行间，忽见前面一团愁云惨雾，拥着一个妖妇飞来，忙照预计，分向两旁闪开。定睛一看，那妖妇又高又大，脸似乌金，一头乌灰色的乱发，披拂肩背之上，两边鬓脚，垂着一蓬白纸团，团下垂着一挂纸钱。生就一张马脸，吊额突睛，鼻孔深陷，两颧高耸，阔口厚唇，火也似红，白牙森列，下巴后缩，长臂赤足，手如鸟爪，掌薄指长。身穿一件灰白色的短麻衣，腰悬革囊，肩背上斜挂着七个死人头骨，都是貌相狰狞，獠牙外露，口眼鼻子乱动，背上钉着三叉一刀。

---

〔1〕 叶洪生:《论剑》第133页，上海学林出版社1997年版。

这段文字活脱脱地写出了一个穷凶极恶、一身鬼气、急于为爱子复仇的妖妇乌头婆的形象，给读者以强烈、鲜明的印象。而还珠楼主的写景文字也常常变冗长的静态描写为立体的动态描写，动作感和色彩感很强，富于表现力。如他对极光的描写：

只见正北方遥空中，现出了万千里一大片霞光。上半齐整如截，宛如一片光幕，自天倒悬，下半光脚，却似无数璎珞流苏下垂，十余种颜色，互相辉映，变化闪动，幻成无边异彩。一会变作通体银色，一会变作半天繁霞，当中涌现大小数十团半圆形的红白光华，精芒万丈，辉耀空中，甚是强烈，千里方圆的绣琼原，顿成了光明世界，近水遥山，一齐倒影回光，霞影千重，相随闪变不定，耀眼生花。

还珠楼主的武侠小说结构宏伟，气势磅礴，笔挟千钧，开近代以来武侠小说创作的新风气，给同时代及后世的作家以深刻的影响。从金庸、梁羽生、卧龙生、古龙、温瑞安等武侠名家的作品中均可找到影响的痕迹。不过，由于规模宏大，人物众多，还珠楼主的武侠小说也存在着结构松散、枝蔓芜杂的缺陷。由于历史的原因，《蜀山剑侠传》未能终篇，在结构上留下了永久的遗憾，书中一再提及的“四九重劫”和“峨嵋三次斗剑”等重头戏竟未能写出，着实令人扼腕长叹。

第九章 宫白羽的社会武侠小说

第一节 从阔少爷到穷书生
——落到鬻文疗饥境地的公子哥儿

宫白羽(1899—1966),原名竹心。白羽是其笔名。祖籍山东东阿,生于天津附近之马厂。宫白羽的祖父名得平,"大约是老秀才",曾经做过县吏,后来,因为丢失库银,又遇上"黄河水灾",变产赔偿库银后,不愿意看"亲族们的炎凉之眼"[1],便携妻子和三个儿子离开东阿,到异乡落脚(落脚地为济宁或者德州)。不久,宫得平病故,三个儿子赖母亲教养成人。三兄弟中最小的就是宫白羽的父亲宫文彩。

宫文彩年轻时投军。在宫白羽七八岁的时候,其父驻防奉天开原县的八棵树,9 至 12 岁时候,全家跟随父亲在关外生活。其父时任黑龙江安达厅管带。宣统元年(1909)冬天,因为与统领意见不合,被以"巡防不力"的考语撤差,回到关内。此后,一度投靠张怀芝,降级为哨官,旋因缉匪时误伤农民撤差。少年时代的宫白羽常看"闲书",满脑子的《水浒传》、《三侠五义》、《施公案》。同学之间游戏,扮演的也是侠客救烈女之类的故事。在小伙伴之间,宫白羽的外号是"东霸天"。

辛亥革命后,宫文彩南下投效,开复原差。民国 2 年,移居北京,宫白羽至此改入学校,插入高小一年级。在高小,宫白羽受到新文艺的影响,开始读诸如侦探、探险的翻译小说,虽然当时并未写作,但在私下实已在构思他自己的"大侦探"故事。在少年时代,传统的武侠小说和新文学的侦探小说都曾经使宫白羽深深地迷醉,这种最初文艺迷醉的影响,在他后来的写作生涯中终于显示出来(宫白羽的武侠小说受到侦探小说的影响,一般论者都未

---

〔1〕 宫白羽:《话柄》第 2 页,天津正华学校出版部 1939 年版。此据宫白羽后人提供之重印本,谨此致谢。以下生平叙述中,除特别注明外,均引自《话柄》,不另注。

注意，详见下文关于《十二金钱镖》的论析）。

宫文彩在军队做到营官，每月有640多元的收入，完全可以保证家中的体面日子，但是宫白羽19岁的时候，父亲得脑溢血猝死。作营官的父亲倒是留下一些积蓄，“也还说得上遗产万贯”，不过父亲一死，不仅家中主要经济来源断绝，而且也没了当家人。此前的宫白羽诸事不需操心，虽然已经结婚，过的还是万事不上心的公子哥儿的日子，从此，宫白羽开始当家。一个对于世事丝毫经验都没有的青年，企图经营产业，结果“种种的当全上了，万金家私，不过年余，倏然的耗费去一多半”。此时，宫白羽的家庭共有7人。宫白羽后来让母亲携带其妻子与弟妹南迁安徽，准备依靠亲友用余资在安徽购买田产，以立下今后生活的根基，妹妹由中学转入女子师范，自己则投考师大，不幸母亲在安徽遇到乱兵抢劫，宫家终于坠入困顿。宫白羽“再不能入大学了”。

宫白羽家庭的巨变，正好发生在“五四”运动爆发之际。像许多近代文人故家的命运一样，在中国近代社会急剧转型的历史进程中，宫白羽一家从社会的中层坠入社会的下层。进入下层的突出标志就是他必须开始忙生计。忙生计的第一步是依借父亲的关系，“到先父供职的部队挂名候差”。也就是说，在这个思想文化领域发生翻天覆地变化的时代，宫白羽已经离开了那个最富于朝气、最动荡不安、最易于接受新思潮的学生社会，而一步踏入成人社会、世俗社会，因此可以说，宫白羽正好与大规模知识更新的历史机遇失之交臂。他的知识背景，他的思维的底色，他的新的思想、新的文学知识主要还是辛亥革命时代的东西，很少“五四”的时代特色，这是宫白羽生活道路的一个重要的特征。人的一生固然可以活到老，学到老，但是，一个人知识体系基础的奠定往往系于其一生的某一个时期的经历与学习。对于宫白羽来说，这个学习时期就是辛亥革命时代。

在1928年之前，宫白羽在北京。先后当过团部司书、家庭教师、小学教师、邮员、税吏、旅书记官，但是，“谋事无成，成亦不久”。据他自己说，这些经历的影响是：

> 我的环境却越来越困顿，人也愈加糊涂了；多疑善忌，动辄得咎，对人抱着敌意，我颓唐，我忿激，我还得挣扎着混……我太不通世故了，而穷途的刺激，格外加增了我的乖僻。

所谓“乖僻”，就是宫白羽得了一般同事的讥评：

一个人总得有人缘。

“再耐不住火坑里的冷酷了”，为了改变环境，1928 年初夏，宫白羽离开北京，到天津，考入报社，做起校对。校对的月收入是每月 15 元。但是宫白羽很快显示了实力，他兼文艺版、兼市闻版、兼小报要闻主任，兼总校阅，不到两个月，月收入已经增加到 73 元。但是，据宫白羽自己说：“两个月以后，为阴谋所中，被挤出来”；进入另一个报社以后，又因为对于工作时间无端延长 4 小时的“一番抗议”而被停职。在北京时常听到的讥评又在宫白羽的耳边响起来了：一个人总得有人缘。“没有人缘，岂不就是没有‘饭缘’！”

我怎么会没有人缘呢？原因复杂，忿激，怪僻，笔尖酸刻，世故粗疏，这还不是致命伤，致命伤是穷书记，而从前是阔少爷！

在无可奈何之中，宫白羽开始做外勤记者，“渐渐的，学会了‘对话’，学会了‘对人’，渐渐的由乖僻孤介，而圆滑，而狡狯，而喜怒不形于色，而老练……”结果却出乎意料，由于当外勤记者，结识了许多官场中人物，他倒反而进入机关去坐办公室，并且颇有“步步踏稳”之势。宫白羽以为，这段经历正是他由一个“热情少年”逐渐“世故”的过程。“噫！青年未改造社会，社会改造了青年。”其实，宫白羽的这一过程正是一个青年社会化的过程，这个过程正好与他的家庭的巨大变故、他的社会角色的被迫改变相始终，他在适应这巨大变化的时候，必然地看到了他原先作为“少爷”的社会角色所看不到，感受不到的东西，其经历，其经验，与鲁迅所说的“真面目”的发现是相仿的。[1]

尽管宫白羽自己觉得“世故”了，但是从他的自传看，他的个性还是很突出的。据说，他的住房离办公地点不远，曾经因为穿着短衫如厕，被长官看见，以为有失官体。宫白羽为此有一个签呈，略谓：

……又有一二次，×科长短衫，出寓如厕，实为内急，初非出游；或复意为衣冠不整，徜徉街头，无乃有失官体？讵知×家湫隘如笼，更无

〔1〕 鲁迅：《〈呐喊〉自序》：“有谁从小康人家而坠入困顿的么，我以为在这途路中，大概可以看见世人的真面目。”（《鲁迅全集》第 1 卷第 415 页，人民文学出版社 1981 年版。

男厕；短衫频赴街头，只为趋登厕所。夫如厕谓之更衣，断无正其衣冠，如见大宾之理！不意因此传为笑柄，阖局全知。抑系旁敲侧击，微讽轻谑之词，既不容认真，尤难于置辩，窃以此等琐节，固无伤于大体，然使颟顸颓废之状，有丑毕呈，殊非青年官吏所宜有，亦至贻笑大方。除克日移居，俾离局稍远，并嗣后律身更加检点，如厕必着长衫外，合亟呈明，仰祈鉴察。

从这则签呈可以看出宫白羽的性格之一斑：多的是使气逞才、乖僻孤介，少的是宽厚宽容、圆滑世故、八面玲珑。毋庸讳言，逞才使气、乖僻孤介与他对于自己原先的社会角色、对于先前所隶属的社会阶层的眷恋是分不开的，他不能接受那个阶层对于他的鄙弃。宫白羽在自传里说自己“言语无味，面目可憎”，在一般官吏当中，大概是的评。

宫白羽的性格是他独特的人生经历造就的。正是这样的性格，导致了他对于人生的、人与人关系的别一种理解。所谓对于人生的别一种理解，是指对于人际关系中非温情脉脉的一面、人与人相处之中的阴暗面，特别敏感；对于人与人之间的利害关系、诚信欺伪等等特别敏感，这些可以说是生活给他的“慧眼”。正是“慧眼”赋予他小说特别的内涵，即使在武侠小说中，这一特征也顽强地表现出来。

宫白羽的公开投稿，始于民国3年。曾以菊厂为笔名向《戏评新闻》投稿，陆续撰写戏评《菊国春秋》，此后开始零星投稿，却都是业余“玩票”。《礼拜六》复活后，也曾经投稿，发表有《茗碗余话》和《记纨绔子》，前者署名宫幼霞，是一则笔记，后者署名竹心，近乎记事。[1] 民国9年家庭变故后，宫白羽中学毕业，因为一个同学与某报有关系，所以大量投稿，希望在报馆做点事情——已经是为了谋生。“初写的小说不免有北京小报的气息；文言的短篇力仿林译”、“周作人先生译的《点滴》和《晨报小说集》，当时对我们影响极大，我这才开始写新小说”。民国10年考入邮局，因工作之便得知周作人的地址，遂写信求教，经过通信而得到翻译的指导并一度介绍作品发表[2]，但

〔1〕 分别见《礼拜六》第112期(1921年6月4日)；第113期(1921年6月11日)。

〔2〕 查《鲁迅日记》1921年7月30日，载“午代二弟寄宫竹心信并《欧洲文学史》、《域外小说集》各一册”。(《鲁迅全集》第14卷第424页，人民文学出版社1981年版。)这是周氏兄弟复宫白羽信的最早记载。白羽与鲁迅的书信往还主要在1921年，本年鲁迅日记中关于宫白羽的记载共计出现21次，1922年只有一次，即2月16日“寄宫竹心信”，此后只有1926年5月27日，载“午得宫竹心信”。(《鲁迅全集》第14卷第600页，人民文学出版社1981年版。)

是鲁迅先生认为宫白羽的想以文学为职业的想法不妥:"先生想以文学立足,不知何故,其实以文笔作生活,是世上最苦的职业。"事实上,他很快就得到证实,千字1元的价格是不能养家的。1925年《世界日报·明珠》招聘特约撰稿,宫白羽投考得中,工资是每月10元,每日写2篇。大约就在此时,宫白羽开始了武侠小说的写作。宫白羽创作武侠小说的心态是复杂的。其初应是游戏的态度,无非为了换取稿费。到了抗日战争爆发之后,作者在创作武侠小说时心理是有障碍的。《十二金钱镖》最初连载于1938年2月天津《庸报》。11月天津书局印行单行本卷一。其时,天津已经沦陷,第1卷刊行时,作者有初版自序,其云:

> 白羽,懦夫之号也;白羽用此自名,何居?羽之言曰:雕虫小技,壮夫不为;辞赋尚尔,况丛残小语?叙游侠以传奇,托体愈卑;杂俚谚以谐俗,等之平话……将非懦夫,谁肯为之!
>
> 羽曰:吾亦有不获已者!生不逢辰,少遭家难,析笔浪迹,一事无成。际时变,撄羸疾;无能充隐,臣朔苦饥。操觚涂鸦,苟延旦夕。稗官无异于伶官,鬻文何殊乎鬻笑!哀乐中年,意趣阑珊;兴来挥毫,它人能之,羽之厌弹此调久矣!不贤识小,再为冯妇;书成自记,掷笔喟然!

此序中自称"懦夫",自责自贬,却也多自辩自诉之意。所以如此,缘自作者传统的知识分子人格精神。至1942年第3版刊行之际,作者之内心焦虑,已经颇见舒解:

> 昔逢时变,抱病闲居;创小学以宅心,鬻小说以糊口……自以武侠故事逃避现实,苟投俗好,未敢标新,恐读者之不餍也……今设事行文,一以写实之法为之;体会物情,不尚炫奇;撰词比句,自加断制。而文章得失,难逃倒车之讥,新瓶旧酒,恐贻知音之笑!……

"创小学以宅心",就是说作者以教育作为书生的价值寄托,对出处有所交代,在大节不亏的前提下,谈起武侠小说之际,颇见从容了。至1947年,《十二金钱镖》出版"沪版",其《自序》云:

> 忆胜利初临,八年蛰伏,一旦蠖伸,志效铅刀,一展袜线,"小说这行

子"矢不更为。既入M报，遇所谓地下同志，侧目视人，若疑人人皆为"奸"。便有再度沦陷之惑。人或邀稿，将复诺焉。老友云心贻书见呵："钱镖犹掷，不胜遗憾！"旋主笔S报，遇自以为飞来同志，瞠目对人，殆藐夫夫为"必伪"。用是掉首还家，重寻旧砚。云心老友仍以书来："今日讲武，亦是正办。"悲哉斯言，时隔半载耳。

钱镖四部稿，沪版授刊，当题新序，拈笔嘿念平生，时被饥驱，强为所不欲为，至今不免。少耽文史，心响创作，偿献书宗匠，空怀立雪，未登龙门。既遭盗劫毁家，废学丐食，私志遂抛。一落尘网，青泉白眼，快快不自聊赖，辄用庸余，钻研故纸堆中，非云学问，所以蹈忧。治文法修辞，究造言之本，遍读群经诸子，尔雅说文；由是进探甲金文字，历史语言之学。积稿盈数箧……迄不获一董理以问世。而年光若流，催人益老，冯妇攘臂，故吾依然。望萁豆之自煎，连天烽火；悲硕鼠之跳踉，肉腐朱门。至于传叙侠刺，盗言扎甘；话说梁山，我知我罪！金圣叹曰："小不足悔"，生平以为大戚。呜呼，梦寻蜗角，何日出头？呕心刻楮，终于扼腕！惟人生必须啖饭，诚可叹恨也！

第二节　武侠小说知多少
——形成新版《全集》的沿革

《宫白羽武侠小说全集》已由北岳文艺出版社印行，共搜入22种。根据考证确认其中18种出自宫白羽手笔，另有4种是别人所作，宫白羽校订，署宫白羽之名出版。18种武侠小说基本情况如下：

1.《十二金钱镖》

也称《十二金钱镖》本传，《十二金钱镖》最初连载于1938年2月天津《庸报》。11月天津书局印行单行本卷一，5章，10余万字。

第一和第二章的上半部分系宫白羽和郑证因合写。这三四万字保留传统评书味道颇浓，从第三章起逐渐出现新的文风。在1942年卷1的3版《自序》中，宫白羽说写作卷一时"自以武侠故事逃避现实，苟投俗好，未敢标新，恐读者之不餍也。书成复阅，俗气逼人。卷二改弦，试杂文语；顾武夫掉文，又与描摹口吻不似，迨柳叶青仗剑而出，笔墨始纵：克以己之笔，曲写己文；格律声色亦稍定准。今设事行文，一以写实之法为之；体会物情，不尚炫奇;撰词比句,自加断制。而文章得失,难逃倒车之讥,新瓶旧酒,恐贻知音之笑!”1947 年印行沪版时对卷一作了较大改动。比如第 1 章的第 1 段原来 2 000 余字,则删去五六百字并且改为 3 段;俞剑平原来说其金钱镖“可出七八丈见准”,改为“可打出三丈以外”。《话柄》中,宫白羽说:

> 《十二金钱镖》初写时,我不通武术,邀友人证因帮忙。可是两人合作,只写到第一卷第二回的上半,证因另有办法,丢下笔杆不干。这时候二十万盐镖甫遇盗劫,铁牌手正血战护镖,我独力接过来。又正忙着办学校,对于寻镖的事还没有算计好。怎么办呢?避重就轻,舍短用长,我就把铁牌手押回海州,送入监牢,立刻创造了黑砂掌父子,一对滑稽脚色。柳叶青父女本该在寻镖有下落,夺镖正开始时,才让她仗剑突然上场。我却等不及了,我自问于铺设情节上,描摹人物上还行,起打比武却怕出错;因此按下夺镖的开打,敦请柳叶青姑娘先行出场。

这就是在结构上突然出现从第 9 章至第 30 章 30 万字的“杨柳情缘”的缘故。“杨柳情缘本是我预先想好,要作别用的,如今却胡乱搬出来了;所以金钱镖在结构上竟被折成两截。”其余各卷写作时间如下:1939 年卷 2 至卷 6,1940 年卷 7 至卷 11,1941 年卷 12,1942 年卷 13 至卷 15,1943 年卷 16。从 1938 年到 1943 年用 5 年功夫撰写了 16 卷 80 章 120 余万字,1943 年辍笔。抗战胜利后,宫白羽重作冯妇,在天津《建国日报》以《丰林豹变记》为名连载最后 5 章,这就是卷 17 的第 81 章至 85 章,约 10 万字。

1947 年至 1949 年上海百新书店出版沪版,宫白羽作了修订。书店因为等不及修订,请人删改第 12 卷,将北三河决斗的袁、俞未分胜负,改为俞胜袁负,草草收场。这样沪版删去了卷 13 至卷 17,共计 25 章。新版全集本第 1 至第 59 章按百新 12 卷版排印,第 60 至 80 章则依据正华版。第 81 至 85 章则由宫白羽之子宫以仁依据记忆缩写。华夏版和北岳版 3 卷本均有宫以仁删改之处。《十二金钱镖》1946 年曾由翁偶虹改编为京剧在上海天蟾舞台演出。俞剑平由东北的唐韵笙(即是“北马南麒关东唐”之唐韵笙)饰演,袁振武由赵松樵饰演,张云溪、张春华等京剧演员都参加了演出。

2.《血涤寒光剑》

是钱镖二部作,又称《钱镖别传》。1940 年 10 月 22 日开始在报纸连载,1941 年由天津正华学校出版部出版单行本 3 卷,17 章。作者本意继续叙述

《十二金钱镖》中的杨华和柳叶青故事,所以用杨华得而复失的"寒光剑"为名,但是未能按计划完成。作者在自序中说此书"窃材于《侠隐记》(即大仲马的《三个火枪手》),陈元照脱胎于达特安……令挎沙女侠小觑陈元照,终为势迫,以师姑下嫁师侄。嫁后怏怏,遂又惹起波折"。但是实际上小说写了20万字杨柳刚刚露面,师姑师侄也没有婚配,仅仅写了华雨苍用武力驱逐峨嵋众贼的故事。1949年9月上海广艺书局出版《狮林三鸟》3卷,实际是《血涤寒光剑》的再版。与《血涤寒光剑》相比,仅仅删去第17章,改动第18章的结尾数十字。

《狮林三鸟》前有《自序》,系依据《血涤寒光剑》的《自序》改动数十字而成:

> 羽自二十七年鬻文疗贫,计至今日(注1941年)成金钱镖十一卷、寒光剑一卷、征雄记三卷(大泽龙蛇传前编联镖记三卷,是为钱镖四部稿),又偷拳二卷,话柄一卷,两年之间,恰足二十卷。或问作者:何书为佳?羽曰:武侠故事托体既卑;眼高手低,愧无妥作。若比较以求,《话柄》回忆童年,文心尚真。联镖记人物情节,颇费剪裁,确为经意之笔。次则金钱镖二、三、四卷(注即第六至第十五章),争雄记一、二卷(注即第一至第十二章),偷拳下卷(注即第十二章之后),不无一节可取……
>
> ……今此(《狮林三鸟》),勉循众意,力减"坚拗",期使读者松心称快。而首卷脱稿,文情散懈,俗气逼人,方惭败笔,乃不意书未付印,预约者、租版者、承销者纷至,宁非怪事!
>
> 二十九年(注应为一九四一年)一月八日白羽记

3.《毒砂掌》

《血涤寒光剑》的续集。结束杨柳故事,含歼灭残杀一尘道长的峨嵋群贼、为李映霞报仇,以及杨、柳、李的三角恋爱故事。1949年上海广艺书局出版5册,26章,35万字。

关于三角恋爱故事的结局,在《血涤寒光剑》的《叙略》中,宫白羽写的设计是"柳叶青跪求,肖氏夫妻及其兄嫂皆同声相劝,映霞不得已,始痛哭允婚……既而杨柳仗剑游侠,李侍姑治家。忽有陌生人夫妻求见二少夫人。李于客堂延之。乃此来客实为寇仇,突发毒箭,击李倒地。大笑曰:大名鼎鼎之江东女侠,技止此乎?……"现在的结局则是大团圆。花山文艺出版社出版的《毒砂掌》则是宫以仁改编结局:李映霞坚决拒婚,削发出家为尼。

4.《武林争雄记》

钱镖四部作之三,实际是“前传”,倒叙袁、俞结怨缘由。1939 年 12 月开始连载于北京《晨报》,1940 年、1941 年由正华出版部印行 4 卷,24 章,30 万字,未完。前 17 章写袁振武在关内行踪,第 18 章开始写袁振武闯关东。本书原来在卷 3 第 16 章末有附注曰:“第十七章起系倩友为之笔录”,第 18 章有云“末二章初稿草率,兹细加删润,第十八章全属新作……”倩友就是郑证因。说明在报纸连载的时候郑证因是捉刀人。出版单行本时宫白羽再加以删改润色。

5.《牧野雄风》

《武林争雄记》的续集。叙述袁振武在关东创业故事。本书初稿撰于 1942 年,系由郑证因代笔,首先在报纸连载。1943 年、1944 年由正华出版部出版单行本。出版单行本时,宫白羽作了删改、润色。1947 年上海励力出版社分上下两册出版,此为全集本所据。《牧野雄风》虽然是《武林争雄记》的续集,但是,故事情节并不直接衔接,并且有若干矛盾。比如《武林争雄记》的末尾出现的辽东侠隐父女,在《牧野雄风》中变成了师徒,女性也变为男性;《牧野雄风》的“缘起”叙述袁振武战败张开甲,但是,在《牧野雄风》的第 18 章却写成洪大寿刀伤张开甲等等。1989 年 3 月中国民间文艺出版社出版改编的《武林争雄记》、《牧野雄风》系宫以仁改编。在结构上以袁振武投效寒边围为界限,此前划入《武林争雄记》,此后编入《牧野雄风》,并且抽出郑证因代笔部分拟名《飞豹奇遇》,署名宫白羽郑证因合著,附于之后出版。

6.《联镖记》

钱镖四部作之四,或曰后传。1939 年初开始刊载于北京《实报》。此后由正华出版部印行单行本,至 1942 年正华出版部出版 6 卷 36 章,其中第 34 章至第 36 章与《大泽龙蛇传》重复,新编全集本删去此 3 章。《联镖记》初版时,宫白羽曾经自己作“提要”千余字。其实《联镖记》40 余万字,只反映提要前 50 字而已(少年壮士林剑华,其父惨死剧盗之手。剧盗为除后患,乃追杀剑华母子;赖师叔魏豪救护,乘夜逃亡,得免于难)。提要的主要内容实在要到《大泽龙蛇传》中才能铺开。可是具体故事又与《联镖记》“提要”大不相同了。1946 年宫白羽重作冯妇,曾经在天津《真善美》画刊发表续作,初意欲结束《大泽龙蛇传》中故事,但越写离题越远,遂与《雁翅镖》接榫,将《大泽龙蛇传》的主人公“纪宏泽”改为“崔泽”，“魏豪”改为“崔豪”，二人关系也由叔侄变为父子，作为《雁翅镖》的续集以《青萍剑》的书名出版。“羽之写联镖故事，预树悲壮一义，而以紧迫之笔出之；或者笔不从心，徒悲不壮，令读者掩卷不乐乎？”

7.《大泽龙蛇传》

《联镖记》续集，1941 年开始连载于北京《立言画刊》，从第 164 期开始至第 327 期(1941 年 1 月 15 日至 1944 年 12 月)。其间 1943 年出版单行本 3 卷，截至第 260 期；从 261 期至 327 期的连载部分以前未出版过单行本。全集本第 1、第 2、第 3 章依据《联镖记》，第 34 至第 36、第 12 至第 16 章依据《大泽龙蛇传》单行本，其余部分依据《立言画刊》。第 17 至第 30 章标题系宫以仁所加。依据在《立言画刊》连载的部分共计 20 万字，原来只有 4 章。这 4 章分别是：第 7 章“武林张情网孤雏奋翼”(全集本改为第 17 至第 20 章)，第 8 章“飞来凤夺婿斗青鸿”(全集本改为第 21 至第 24 章)，第 9 章“青鸿女侠捣凤巢”(全集本改为第 25 至第 29 章)，第 10 章“飞来凤洞房遇刺”(全集本改为第 30 章)。《大泽龙蛇传》原来没有结尾，宫以仁在出版时补写了 3 000 余字的结尾。

8.《青衫豪侠》

又名《白刃青衫》、《粉骷髅》、《青林七侠》，1927 年《世界日报》副刊(张恨水此时主编《明珠》和《夜光》)写了两章后中辍。1931 年续刊于天津吴云心主编之《益世晚报》，成书 3 卷。1941 年出版单行本。全集本依据的是 1947 年上海协和书局出版的《青衫豪侠》。

9.《黄花劫》

写于 1933 年至 1935 年间，在报纸连载时书名为《黄花劫》，全集本依据 1949 年 4 月百新书局版本排印。百新书局版本书名《横江一窝蜂》。

10.《偷拳》

1940 年 10 月由正华出版部出版 20 章，前有墨婴“题序”。本书曾经于 1943 年在《华文大阪每日》连载，增为 22 章。1947 年更名《京蝉盗技》，并且增加后记和附文 2 篇由上海励力出版社出版。全集本主要依据励力版。

11.《摩云手》

最早刊于伪满《麒麟》杂志，连载 24 章，1942 年至 1943 年由正华出版部出版单行本，以后尚有北京文兴书局、上海励力出版社的再版本。全集本卷 1、卷 2 依据 1942 年文兴书局版，卷 3 依据励力版排印。

12.《子午鸳鸯钺》

抗战之后的第一部作品，由北平北京书店发行，书后签署的写作日期是1946年4月28日。1947年3月上海平津书店以《弹剑记》出版，只有5章。

13.《剑底惊螟》

全集本依据1947年6月上海正新出版社版正集、1947年12月元昌印书馆续集。1946年内战起，辞去《新时报》总编辑，辞职当日应邀开始撰写本书。本书有"叙略"，"叙略"所说结尾是擒获张青禾，并且因为如何处置张青禾而有分歧，在嵩阳派内部引起分裂。实际结尾只是擒获了淫贼桑林武，没有交代张青禾的下落。

14.《雄娘子》

《剑底惊螟》的续集。补叙张青禾故事，独立成篇。

15.《太湖一雁》

全集本依据1947年8月上海元昌印书馆版本。

16.《雁翅镖》

开头由宫白羽之子宫以智所写，仿效《封神演义》梅山七怪出世写法，写了柳林七贤与柳林庄，后由宫白羽自己撰写，最初连载于天津《真善美》画报。

17.《青萍剑》

《雁翅镖》续集，连载于《真善美》。全集本依据1949年11月重庆中央印书馆出版，大华书店总经销的版本。

18.《绿林豪侠传》

最后一部武侠小说。1955年7月30日香港《大公报》刊出预告，同年8月开始在该报副刊《小说天地》连载，1956年1月26日全部刊完。全集依据报纸连载版。

《河朔七雄》、《龙舌剑》、《侠隐传技》、《秘谷侠隐》，以上4部小说均是别人草拟，请白羽校正、署名。出版时间大都在1947年至1949年之间。另外尚有《神弹乾坤手》、《四剑震江湖》2部，署名白羽、于芳。其实并非宫白羽所撰。

第三节　众说纷纭论白羽
——自评与有代表性的评价

关于宫白羽的武侠小说，论者多有评说，可作为代表的，是以下诸家。

较早的当是叶冷。在《白羽及其书》中，叶氏指出：

宫白羽的名作《十二金钱镖》“虽是投时谐俗之作，自认为开倒车，但这部书到底与其他武侠故事不同：第一，他借径于大仲马，描写人物很活，所设故事亦极近人情，书中的英雄也都是人，而非“超人”，好比在读者面前展开了“一幅壮美的图画”，但非神话。第二，他借径于席文蒂思，作武侠传奇而奚落侠客行径；如陆嗣清的“行侠受窘”，柳叶青的“比武招亲”，一尘道人的“捉采花贼”，都是一种深刻的讽嘲。以及他另一部名著《偷拳》，设出一个访师学艺的少年杨露禅，投师访艺，一遇秘惜绝技的太极陈，再遇收徒骗财的大竿子徐，三遇纠徒作奸的地堂曾，四遇“得异人传授的”的大骗子手宗胜荪，几乎受了连累，这全是有意义的描写。……所以他的故事外形虽旧，而作者的态度，思想，文学技术，都是清新的，健全的。至少可说他的武侠三部作是无毒的传奇，无害的人间英雄画；而不是诲淫，诲人练拳挡枪炮。我以为他的书恰可与英国的传奇作家斯蒂芬孙相比，他的书能够奋起读者的少年血，无形中给你一些生活力，和一些勇，一些热。[1]

叶氏的观点泰半倒是出乎作者自己的表白。作者说：

一般的小说把他心爱的人物都写成圣人，把对手却陷入罪恶渊薮。于是设下批判：此为“正派”，彼为“反派”；我以为这不近人情……这种“归善”与“归恶”的写法，我以为不当。我愿意把小说(虽然是传奇的小说)中的人物，还他一个真面目，也跟我们平常人一样，好人也许做坏事，坏人也许做好事。等之，好人也许遭厄运，坏人也许得善终；你虽不平，却也无法，现实人生偏是这样。[2]

就是在上文中作者谈到了他的取径于《魔侠传》(即《堂吉诃德》)给侠客以反讽的做法。[3]

宫白羽在《十二金钱镖》的《自序》中又说：

〔1〕 芮和师等编：《鸳鸯蝴蝶派文学资料》上册第320页，福建人民出版社1984年版。

〔2〕 宫白羽：《话柄》第115页，天津正华学校出版部1939年版。

〔3〕 宫白羽在《血涤寒光剑》的《自序》中说：“《寒光剑》首卷实非创作，乃是抄货。第一章初踏江湖，窃材于《侠隐记》。陈元照之问世，脱胎于达特安，不过多添保父随行，一路唠叨，稍资点异。第六章剑夺争锋，则又为吾友证因所创意；其所作《黄衫客》写姑侄比武；羽不过补出结局……”(《血涤寒光剑》卷首，北岳文艺出版社1992年版。)

> 自以武侠故事逃避现实，苟投俗好，未敢标新，恐读者之不餍也。书成复阅，俗气逼人。卷二改弦，试杂文语；顾武夫掉文，又与描摹口吻不似，迨柳叶青仗剑而出，笔墨始纵：克以己之笔，曲写己文；格律声色亦稍定准。今设事行文，一以写实之法为之；体会物情，不尚炫奇；撰词比句，自加断制。而文章得失，难逃倒车之讥，新瓶旧酒，恐贻知音之笑！……

建国后比较早地论述宫白羽武侠小说的是吴云心。在《十二金钱镖》的《序》中，吴云心认为宫白羽"自觉地对武侠小说作了改革，以现实主义的手法自创了一派"[1]。又曾经在《摇落集》中为宫白羽立专节，进一步指出"宫小说中人虽系武林，颇多人情味，如杨柳姻缘，刻画性格均突出，不似一般武侠小说以神怪夸张"[2]。可以看出，吴云心的现实主义论是上承叶氏、宫氏的看法而来并有发展。

王海林氏的《中国武侠小说史略》归纳宫白羽武侠小说的特点云：

> 一是他力图运用现实主义手法，故事情节符合人情物理，场景画面颇近现实生活，竭力将武侠塑造为活生生的人，而不是超乎自然，脱离社会的神仙魔怪；二是真实地描写了武功技击，颂扬了作为"国粹"的武术文化，又喻示武功家高超的技艺是通过各种途径和方法勤学苦练获得，因而具有朴素的唯物精神和一定的认识价值；三是有意识地借鉴了新文学及欧洲文学谋篇布局、塑造人物的技法；四是在旧题材中赋予新意，往往通过各种人物和故事寄寓人生哲理，有的作品甚至效法塞万提斯，以侠客的行侠受窘来揶揄一般武侠小说胡吹乱道的侠客行径。[3]

王海林的评论不仅与"现实主义说"一脉相承，而且推而广之，分别论述了其在情节、人物、武术描写方面的表现，他的出新是试图进一步从哲学层次论述，但是"朴素的唯物精神"以及"一定的认识价值"云云，颇为牵强。

罗立群论述宫白羽是将其列于"超技击大家白羽、郑证因"的标题之下的，这应是其特别的见解。罗氏以为，白羽武侠小说的特色有三："一是在武

---

〔1〕 吴云心：《评书十二金钱镖 · 序》，北岳文艺出版社 1987 年版。此序实际写于 1985 年元月。

〔2〕 吴云心：《摇落集》，《艺术研究》1988 年夏季号，天津市艺术研究所《艺术研究》编辑部印行。

〔3〕 王海林：《中国武侠小说史略》第 162 页，北岳文艺出版社 1988 年版。

技的生动传神上。""二是在文笔的佳妙上。""三是注重人物塑造。"[1]

张赣生论宫白羽则是列于"社会武侠"之下，以为其开拓了社会武侠一派。这个观点其实也是上承吴云心、叶冷、宫白羽诸氏"现实主义说"而来，但是，张氏有自己的识断，他称之为"社会武侠"而不径称之为现实主义，相比较而言，还是比较得体，有理论的分寸感。现实主义作为西洋传来的观念，应该有其规定性内涵，可以说与植根于中国传统文化的武侠小说是风马牛不相及的！一方面，现实主义并不是小说提高身价的法宝，武侠小说之有无价值并不取决于是否使用了现实主义方法，另一方面，并非除却现实主义作品就没有写实的细节，写实作为一种文学的惯例，并非是现实主义的专利。张赣生氏所谓社会武侠小说，意谓宫氏武侠小说每每"很着重描摹世态"。综合张氏论述，宫氏社会武侠的特点有三：一，写武侠在现实社会权势面前的可悲可叹；二，写了武侠思想与现实社会脱节之可悲可叹；三，尤其是写了自以为改造了社会的武侠，其实却被社会改造。不是侠客改造社会，而是社会改造了侠客。[2] 张赣生评论宫白羽时讨论了他的人生态度，以为宫白羽有一种按捺不住的描写社会黑暗的冲动，一有机会就要借题发挥，这种描写冲动源自对于社会的恨！此评在泛泛而论的现实说的基础上将问题引向深入，是知人论世的精辟之论！我们认为，宫白羽按捺不住地描写社会黑暗的冲动的驱动力源自其社会化过程中家道中落的挫折，在这一点上，他与鲁迅的经历具有某些共同的特点。

叶洪生的《论剑——武侠小说谈艺录》别出心裁，在一般论者不甚注目的"故事、笔法、人物、语言，及其独创武打综艺新风"等方面分别加以评述，有举重若轻之概。

讨论武侠小说应该就武侠小说展开讨论，不必从武侠小说中挖掘纯文学的内容，因为即使挖出一星半点，也无独立价值，也不足以将武侠小说抬进文庙配享。宫白羽的武侠小说就其与其他武侠小说的比较而论，正如张赣生所论，很着重描摹世态，尤注目于社会的黑暗，人心之阴暗，故可称为社会武侠小说，却不是现实主义，也不是写实派的。现实主义与写实主义在本质上与武侠小说的型类就是对立的，是武侠小说的"天敌"。如果说赵焕亭

---

〔1〕 罗立群：《中国武侠小说史》第253—254页，辽宁人民出版社1990年版。

〔2〕 张赣生：《民国通俗小说论稿》第259—273页，重庆出版社1991年版。该书附录《武侠小说之源流》原题《中国武侠小说的形成与流变》，发表于《河北大学学报》1987年第4期，在该文中张氏已经提出了社会武侠的概念。另外，可以参见张赣生的《还珠与白羽之比较》，收入《侠与中国文化》，台湾学生书局1993年版。

更多在武侠小说中写了“人情”，那么，宫白羽则更多写了“世态”，正是各有千秋，各为武侠小说拓展着天地。但是，无论是赵焕亭之“人情”，还是宫白羽之“世态”，它们都不具备独立意义与价值，它们的意义在于被作者与“武侠”相联结，为武侠提供了新样态、新趣味，离开“武侠”，当然也就无所谓武侠小说史中的宫白羽、赵焕亭。这是一个基本点。

第四节　勾心斗角满江湖

——社会现实感与写作技巧

宫白羽武侠小说的代表作是《十二金钱镖》。宫白羽武侠小说中的社会描写大家已多有论述，但是，必须指出，宫白羽武侠小说中的现实感主要不在于一般严肃小说意义上对于社会政治经济生活的揭示，虽然他也有小说在这方面颇有表现——《青衫豪侠》中“度年关豪奴昧良讨义债　探雪路侠士怜贫解行囊”中写周老茂家的寒窘就颇不俗，也不在于对于人物的性格与环境之间的互动关系的注意，那是19世纪以降现实主义文学的特征之一，武侠小说在本质上是非现实主义的，宫白羽小说的社会现实感非常显著的特点是他充分写出了江湖的勾心斗角与残酷，武侠世界中那些老辣、阴损、狠毒的人物以及那些为报仇雪耻而苦心孤诣卧薪尝胆的人物。

在宫白羽笔下，侠客并不是专做好人好事的道德君子，他们有他们的利益、算计；即便是大侠客，那挤兑人算计人的功夫都是一等一的。十二金钱俞剑平是成名的镖师，但是，他的老朋友胡孟刚向他借镖旗时，也不那么爽气，自有一番算计：

> 胡孟刚伸手要接，俞剑平用左手作势一拦道：“二弟不要忙，我还有话。”胡孟刚脸上一红，把手垂下来了。
>
> 俞剑平正色道：“这次我在师祖面前背誓，全为保全我们弟兄十数年来的交情。镖旗若交二弟带走，我不止于轻视了二弟你，我也太看轻了我平安镖局。我既答应给二弟你帮忙，我就只可把担子放重了。我现在把镖旗，交给大弟子程岳持掌，这趟镖就算有我一份。可是话归前言，我不是为财，为的是朋友。二弟，话不多说，你我心照。”俞剑平又对程岳说道：“你也走过镖，不消我多嘱咐。我们这金钱镖的荣辱成败，全始全终，就在此一举。沿路凡事，听你胡二叔的调派，不许妄自托大。

> 我把这镖旗交给你，但愿你把这镖旗好好交还到我手里，我便满斗焚香，走吧！”乃将镖旗一卷，递给了程岳。

这一番话说得胡孟刚“不知是痛快，是别扭，心里说不出来的不对劲”。为了从于锦、赵忠敏的嘴里知道实情，这位大镖师挤兑人的功夫更是高明。

铁莲子柳兆鸿当然是成名的大侠客，可是也就有大侠客的机警老辣，在寻婿时，找到杨华以后先是用语言敲打：“要是这个地方，我父女不便进去，那么，就在街上站着也行。”进去以后，铁莲子仔细寻看，发现“一角刺绣白纱巾”，忙把杨华支使出去。

> 杨华才出去，柳兆鸿霍地从椅子上窜起，把那白绢巾攫取在手；展开一看，丢给柳叶青，低声道：“收起来。”急急地扑倒外间屋一张望，刷地抽回身来，将床帐围挑起，急验看一遍；被底枕边也摸了一把。复又到桌旁，将抽屉轻轻打开逐一看过。抽屉里却有两封信，一张字纸条儿。一封信皮上写的是：“送交镇江鲁府柳兆大人亲启”。又有一封写的是：“商丘仁巷毛金钟大爷钧启”。柳兆鸿忙将信笺抽出，草草读过，原封放在抽屉里；又将字纸条揣在怀里，仍旧坐在原处。

接下来就是深夜踩探，登门兴师问罪；然后便是逼着李映霞认了义父。这番作派把一个老谋深算的老侠客写得令人惊心动魄。照情理揣摩起来，既是老侠客，当然应该如此精通世故人情。而柳兆鸿指挥女儿女婿乘乱取得一尘道长首级，并用它要挟狮林群鸟以换取狮林观的镇寺之宝血滴寒光剑，更是狠辣。同样是侠义道的狮林三鸟在是否交出宝剑问题上，不仅自私食言，后来被逼无奈交出后，又三番两次地试图盗回，也可以说毫无大侠气象。

至于黑道人物的尔虞我诈则更是家常便饭。《联镖记》与《大泽龙蛇传》中飞蛇邓潮的不择手段为兄报仇写得最是令人惊悚。邓潮的嫂子高三妗为了激励、坚定其报仇的心，不惜以自己的清白贞操说谎；邓潮为了复仇，忍受嫂子和侄儿的唾骂，苦心降志卧薪尝胆经营了 15 年，为了找小白龙出头拔闯，设计苦肉计结交，以市恩计打动，终于请动小白龙出手，一朝发动，将林廷扬击毙，为了防后患即使对于林廷扬的妻子和孩子也不放过，坚决要赶尽杀绝。这里可以见出作者对于怨毒中人之深的表现。可是黑道人物也是人，邓潮被解廷梁追杀负伤后却也不免惜命怕死，在生死关头，忘了同伙，忘了规矩，终于被同伙“挑眼”“讥诮”，落得个葬身火窟的下场。

在叙述宫白羽的生平时，我们已经指出，宫白羽一度非常喜欢侦探小说，这在他的武侠小说的写作中也留下印记。侦探小说的核心是对于守密结构的运用。他最早的一部武侠小说《青衫豪侠》其实也可以说是侦探小说，主人公就是一个大侦探。而《十二金钱镖》的夺镖的开打之后，寻镖的情节在总体上就是一个侦破过程。作者巧妙地运用守秘结构，将一个简单的寻镖行动写得波澜起伏。而其他小说中也每每使用守秘原则，或对读者守秘，或对人物守秘，每每收到意外效果。《偷拳》中第6章起至第17章止，既对读者守秘，也对人物守秘。一般有阅读经验的读者其实随着情节的开展已经渐渐猜出哑巴的身份，但是，读者的看破其实正是作者的经营，因为这构成了一个悬念，悬想一旦被发现的后果和如何被发现。在《联镖记》中小白龙方靖的身份以及邓潮的市恩计都是采用了守秘原则。

叶洪生曾经指出宫白羽小说《偷拳》中对于叙事观点的自觉运用。《牧野雄风》也有对于叙事观点的自觉运用。冀北人魔焦焕和罗刹女靳三姑因盗了朝中权贵玉九爷价值连城的10粒宝珠而被江南名捕萧二蛮子追踪的故事，结果萧二蛮子与冀北人魔焦焕和罗刹女靳三姑的拼斗也是自觉使用叙事观点，作者用袁啸风作为眼睛，用袁啸风的心理活动作为对于事件评论的立足点，将一场官家名捕头与江湖大盗的生死搏斗写得如火如荼。作者之所以要使用袁啸风这一旁知观点，是为了达到不即不离的距离。因为一方是官家，一方却是未必光明正大的江湖大盗，叙事者如果取任何一方的观点，都会造成情感的倾斜。从袁啸风的观点写，既避免了官家的立场，又避免了对于大盗的同情(他使用了阴毒卑鄙的手段)，保持了大侠的立场(袁啸风正是这一立场的体现)。

论者将宫白羽列入北派，或则强调其对于社会的表现，或则指出其小说中的武功技击描写，都言之有据、言之成理。但是，宫白羽仍有特色未被论者道及，这就是宫白羽小说中的儿女子气、脂粉气。此特色在宫白羽小说中其实昭然若揭，只是论者受到作者言论的引导，从未引起注意。宫白羽在论述《十二金钱镖》时曾经将自己作品中的杨柳情缘解释为一种结构上的败笔：“《十二金钱镖》初写时，我不通武术，邀友人证因帮忙。可是两人合作，只写到第一卷第二回的上半，证因另有办法，丢下笔杆不干。这时候二十万盐镖甫遇盗劫，铁牌手正血战护镖，我独力接过来。又正忙着办学校，对于寻镖的事还没有算计好。怎么办呢？避重就轻，舍短用长，我就把铁牌手押回海州，送入监牢，立刻创造了黑砂掌父子，一对滑稽脚色。柳叶青父女本该在寻镖有下落，夺镖正开始时，才让她仗剑突然上场。我却等不及了，我自问于铺设情节上，描摹人物上还行，起打比武却怕出错；因此按下夺镖的开打，敦请柳叶青姑娘先行出场。女角挑帘，自易吸住读者的眼光。又想柳叶青应该有丈夫，丈夫的武功尽可不如娘子，于是又写出杨华。但把柳叶青写成穆桂英，把杨华写成豆腐渣，也太没有意思了。于是又教杨华以一手连珠弹，保住了藁砧体统，不致为妻子所笑。一般小说把他心爱的人物都写成圣人，把对手却陷入罪恶渊薮。于是，设下批判：此为'正派'，彼为'反派'；我以为这不近人情。于是，我把柳姑娘写成一个娇豪的女子，目中有已无人。但尽管她性行有若干缺点，她的为人也还可爱的。""然而，这一来却岔开了，直岔到第六卷，大部故事几乎全是杨柳情缘。杨柳情缘本是我预先想好，要作别用的，如今却胡乱搬出来了；所以《金钱镖》在结构上竟被折成两截。""但是，这样糟的结构，竟意外邀得读者的同情，读者来信商讨杨、柳、映霞的结局的，先后数十封，个个似比对二十万盐镖还关心。"〔1〕确实对于原先的构思而言，杨柳情缘的出现是一个干扰，是一个失败，但是，那是指与郑证因联合创作的构思而言。对于宫白羽个人来说，他缺乏这方面的知识积累和准备，因此，当他个人独立承担这一小说时，他改变初衷，根据他自己的知识准备和文学修养加以调整，应该是十分正常的。宫白羽的自述无疑告诉我们三点：第一，杨柳情缘对于原来的构思，是结构上的一个骈枝；第二，杨柳情缘并不是临时凑合出的情节，作者早有构思，只是原来准备用于其他小说；第三，虽然不得已用在这部小说上，却是大受读者欢迎的。另外，作者在讲到这部作品写作的情形时说，"迨柳叶青仗剑而出，笔墨始纵"〔2〕。也就是说，一到写起杨柳情缘，他的笔才觉得顺畅了。而从篇幅讲，杨柳情缘有 36 万字左右，占了全书三分之一强。它是无法漠视的存在。而从研究批评的角度讲，对于作家创作的特点而言，重要的不是作家的主观愿望，也不是他的动机，而是他变成铅字的作品，因此，杨柳情缘的存在就应该在研究作品时考虑进去。

杨柳情缘所代表的是宫白羽对于青年男女之间娇妒痴嗔怨的工笔描写，其实，不仅杨柳情缘的描写如此，就是俞剑平、袁振武与小师妹丁云秀（《十二金钱镖》、《武林争雄记》），陈元照与华吟虹（《血涤寒光剑》、《毒砂

〔1〕 宫白羽：《话柄》第 114—115 页，天津正华学校出版部 1939 年版。
〔2〕 宫白羽：《〈十二金钱镖〉三版自序》，《十二金钱镖》第 1 卷卷首，北岳文艺出版社 1992 年版。

掌》），小白龙方靖与春芳（《联镖记》、《大泽龙蛇传》），纪宏泽与飞来凤、金慧容（《大泽龙蛇传》），袁振武与红锦女侠，红胡子薛兆与他的妻子小招的破镜重圆的闹剧故事等等皆有类似笔法。这些小儿女之间的恩怨的描写当然不尽是北国风光，颇多南国风姿了。在这些情节之中，就情节的构思而言，以袁振武、俞剑平与丁云秀的恩爱纠葛堪称上乘，在陈元照与华吟虹、小白龙方靖与其妻子春芳、纪宏泽与飞来凤及金慧容等的故事中，江湖侠客与男女情场的故事还是两橛，没有有机地融合为整一的情节、统一的行动。在俞剑平、袁振武与丁云秀的纠葛中，争婚与争长的恩怨成为整个劫镖寻镖行动的内在内容，情场成为江湖风波的内核，将儿女情长与江湖侠客的故事情节完美地结合在一起，为后来的港台武侠小说的发展提供了全新的想象空间。

第十章 悲剧侠情小说类型的完成者王度庐

第一节 困苦的历程 苍凉的心境

——颠沛流离、衣食无着的生活道路

王度庐(1909—1977),原名葆祥(后改为"翔"),字霄羽,出生于北京贫困旗人家庭。7岁父亲弃养,家中还有母亲、未出嫁的老姑母、年幼的姐姐、遗腹所生的弟弟和一位叔祖父。全家靠母亲缝补浆洗、为人帮佣,叔祖摆摊卖花生、糖果维持生计;姐姐稍长,即能做绣活,替裁缝铺钉纽扣,贴补家用。

9岁时,姐弟3人均染时疫。他曾忆及:昏迷中醒来,所见家徒四壁,慈母悲泣,凡能当卖的器物,几已当卖殆尽!12岁,被送入眼镜铺学徒,旋因身体瘦弱,手脚不灵而被辞退;又为某独身小军官充听差,亦同样遭解雇。时断时续读过几年书,中学未曾毕业便做小学教员和家庭教师,正式步入社会。

王度庐自幼性格内向,喜好文学,求学期间已研习音律,能作诗词。辍学后,多年坚持自学,旁听北京大学课程,研读于三座门北京图书馆及鼓楼"民众图书阅览室",终于掌握了较为广博的语言文学知识技能。从后来所发表的社会言情小说中可以看出,他的思想,倾向于人道主义、平民主义,不仅熟悉北平下层社会生活及这一阶层各种人物的生动个性、语言心态,熟悉传统文化,而且也熟悉西方文学和文化思潮。例如,他在《落絮飘香》等作品中,曾对莎士比亚剧作等西方名著,作过精当的分析;《古城新月》里,表现了相当系统的现代教育思想;其创作善于运用心理分析学说以表现人物心态,又善于将西方小说技巧融纳于传统的叙述模式。作为主体观念,他的文化思想颇与"五四"新文化思潮认同。这种文化思想的基础,当奠定于上述"自学时期",后来又继续有所加强(如30年代经由其弟而阅读了许多左翼文学作品)。和新文化思潮认同的结果,一方面使他的通俗文学创作,在遵循"传统”之中渗入“现代性”,“通俗”、“适俗”而不混同于“俗”,以自己的“雅”使“俗”变异,并提高了“俗”;另一方面,又使他对于“为了混饭吃”,“如同伶人唱堂会”般地写小说,始终怀有深切的负疚感,乃至自认为“一生犯下最大的错误”。这种心态可以理解,但忽略了前一方面的事实,因而作为自我评价,不免失诸片面。

国民政府南迁(1928 年)之后,因投稿关系,王度庐结识北平《小小日报》经理宋心灯。宋爱其才,邀任该报编辑。此报为宋氏私人创办,日出一小张,除新闻外,多刊体育消息。王度庐于编辑该报同时,开始在本报及其他报章发表连载小说,如《烟霭纷纷》、《空房怪事》、《绣帘垂》、《浮白快》、《红绫枕》、《半瓶香水》、《黄色粉笔》、《两件奇案》等,署名多为“霄羽”;为本报所撰评论,则多署“柳今”。上述作品中的侦探小说,篇幅不长,常仿《福尔摩斯探案》,以“赛福尔摩斯”鲁亮及其助手两个人物贯穿诸案,形成系列。

1933 年后,华北局势日趋紧张。王度庐遂离北平,开始其漫游晋豫陕甘的流浪生活。其间,曾任西安《民意报》编辑,当过小公务员。由于既无学历,又无高亲贵友,加以性格孤僻,虽然文笔好,肯苦干,仍未逃脱每被辞退的命运。1934 年在西安与李丹荃女士结婚,婚后生活即在颠沛流离、衣食无着的境况中度过。

李丹荃女士原在北平读中学,偶于同学家中认识替同学之弟补习功课的王度庐。据她回忆,度庐先生曾以纳兰性德《饮水词》及沈三白《浮生六记》各一册相赠。纳兰词为他们所深深喜爱,李女士至今谈及,犹常背诵《饮水词》中的《忆江南》、《虞美人》二首:

> 心灰尽,有发未全僧。风雨消磨生死别,似曾相识只孤檠。情在不能醒……
>
> ……瘦狂那似痴肥好,判任痴肥笑。笑他多病与长贫,不及诸公衮衮向风尘。

她又曾忆及婚后病中,晕眩状态下听得先生愁吟“谢家有女偏怜小,自嫁黔娄百事乖”的情景。困苦的境遇,深沉的爱恨,孤傲的个性,悲怆的格调,凝结在他们经常口诵的古人名句里;而相似的情致和意境,后来又伴随着北平的柳絮秋风和黄土高原的苍莽景色,反复不断地在他的作品中涌现,叠加……

1937 年春,李丹荃女士之伯父函召他们夫妇赴青岛定居。伯父家境颇佳，生活优裕。她说服不愿寄人篱下的他，同到青岛去寻求一个较为安定的职务。不料4个月后，全面抗战爆发，青岛随即沦陷。全家数度逃亡，伯父资产损失殆尽。

困顿中，偶遇在《青岛新民报》担任记者之旧友，王度庐乃应邀为该报撰写长篇连载小说，借以糊口。1938年6月1日始载武侠小说《河狱游侠传》；该传刊毕，则每日并载武侠、言情说部各一，前者署笔名"度庐"，后者仍署名"霄羽"，直至光复。1945年后，所撰诸作，多以书稿径交刘汇臣，由上海励力出版社直接刊行单行本。青岛十年间，他曾兼任中学代课教师、"摊贩公会"文案、赛马场售票员。1946年岁暮，全家竟至靠摆地摊卖春联而度年关。生活窘迫，可见于一斑。

1949年，应聘赴大连，初供职于行政公署教育厅；不久，改任旅大师范专科学校中文科教员；50年代初，调任沈阳实验学校（今辽宁省实验中学）语文教师，夫人则主舍务。1956年，加入"中国民主促进会"，当选市政治协商会议委员，皇姑区人民代表大会代表。在校以知识渊博，工作认真，待人诚恳而被同仁誉为"活字典"。"文革"后期，与夫人同被下放昌图县农村"插队落户"。1974年，转铁岭县，随次子王宏定居。其时，他已患帕金森综合征，迁延数载，于丁巳岁末不治而逝，享年68岁。

1938年以来，王度庐所撰武侠、言情说部，已知者共33种（单行时析为数册并各另题名者，均据连载时所题总名，计为一种，如《落絮飘香》、《虞美人》、《古城新月》等；未查明连载情况而各册题名不同之作品，则每册仍计为一种，如《绮市芳葩》、《寒波玉蕊》等），兹列表介绍如下（有*号者为社会言情说部）：

（一）连载诸作

序号	作品名称	所刊报名	连载时间	备　注
1	河狱游侠传	《青岛新民报》[1]	1938.6.1—11.15	未见单行。
2	宝剑金钗记	同上	1938.11.16—1939.4.29	单行本改题《宝剑金钗》。
3	*落絮飘香	同上	1939.4.24—1940.2.2	单行本分为《落絮飘香》、《琼楼春情》、《朝霞相思》、《翠陌归人》4册。

〔1〕 该报青岛馆藏残缺不全，中国大陆恐难补得全报。不知台湾地区及日本、韩国是否存有该报，海内外同好若能注意搜捡，补全诸作，则大幸焉。

续 表

序号	作品名称	所刊报名	连载时间	备　注
4	剑气珠光录	同上	1939.7.30(?)—1940.4.5	单行本改题《剑气珠光》。
5	*古城新月	同上	1940.2.3—1941.4.10	单行本分为《朱门绮梦》、《小巷娇梅》、《碧海狂涛》、《古城新月》4册。
6	舞鹤鸣鸾记	同上	1940.4.7—1941.3.15	单行本改题《鹤惊昆仑》。
7	*虞美人	同上（1942年与《大青岛报》合并，更名《青岛大新民报》）	1941.8.28—1943.10.6	单行本已知有《琴岛佳人》、《少女飘零》、《歌舞芳邻》3册，其后当还有3册，待查考。
8	卧虎藏龙传	同上	1941.3.16—1942.3.6	单行本改题《卧虎藏龙》。
9	*海上红霞	同上	1941.4.11—8.27(?)	有单行本。
10	铁骑银瓶传	《青岛大新民报》	1942.3.7—1944.?	单行本改题《铁骑银瓶》。
11	*寒梅曲	同上	1943.10.7—1944.?	未见单行。
12	紫电青霜录	同上	1944.?—1945.?	单行本改题《紫电青霜》。
13	玉珮金刀记	青岛《民治报》	1945.?—?	未载完。

（二）未见连载诸作

序号	书　名	出版时间及版别	出版书局	备　注
14	风雨双龙剑(3册)	1948.6初版	上海育才书局	1941年南京《京报》社曾出同名之单行本，未见，详情待考。李丹荃女士以为决非王度庐所作。
15	绣带银镖	1948.10初版	上海励力书局	现有重印本。
16	冷剑凄芳	1948.?初版	同上	续完前书，现有重印本。
17	*绮市芳葩	1948.12二版	同上	
18	*寒波玉蕊	未详	同上	续前书，未见；疑未完，有无续书待考。

续 表

序号	书 名	出版时间及版别	出版书局	备 注
19	宝刀飞	1948.12 初版	同上	《今古传奇》曾连载。
20	燕市侠伶	1948.?	同上	
21	*霞梦离魂	1948.12	同上	书未见。
22	*粉墨婵娟	1948.11	同上	同上。
23	*灵魂之锁	1949.4	同上	同上。
24	*暴雨惊鸳	1949.4 初版	同上	未完。有无续书待考。
25	新血滴子	1949.? 初版	同上	现有重印本。
26	洛阳豪客(正续)	1949.2 初版	同上	同上。
27	风尘四杰	1949.4	同上	自成首尾。
28	香山女侠	1949.?	同上	续前书。
29	金刚玉宝剑(上下2册)	1949.4	同上	
30	紫凤镖			书未见。
31	续铁骑银瓶			同上。
32	龙虎铁连环			同上。
33	春秋戟(4集)			同上。

第二节 揭破金钱关系的网罗
——恋爱全建筑在“买方自由”的金钱关系上

王度庐以其“悲剧侠情小说”之成就，而被誉为“我国北方武坛巨擘之一”[1]，然其社会言情小说亦颇精彩。若不拘泥于时序，而从创作思维内部结构层次的角度加以考察，他的社会言情小说似可视为悲剧侠情小说的“前提”和“基础”，因为前者题材均属“现在时”；笔者已见诸作，除《海上红霞》写

〔1〕 叶洪生:《王度庐作品分卷说明》,《近代中国武侠小说名著大系》所收王氏诸作卷首,台湾联经出版公司1984年版。

青岛外,其他社会言情说部皆以作者最熟悉的北平为背景;所叙故事、人物,多直接得自作者现实生活之体验,更为直接地反映作者对现实生活的认识和感受,时时可见创作主体的“写实性投入”。相比之下,其悲剧侠情小说则是上述诸因素的“象征性升华”。

王度庐所撰社会言情说部多系爱情悲剧,可读性强,但艺术构思时或雷同(就此而言,略逊于同期之张恨水及刘云若),题材主题亦较单一。《古城新月》男主人公柏骏青有云:“恋爱,感情,全都是建筑在金钱上的,没有金钱便全都没有了!”此语实已道出作者社会言情说部攻击时弊之矛头所向,亦为作者“屡经坎坷,备尝世味”之后,郁积甚久的“胸中块垒”[1]之具体表述。

柏骏青为反抗父亲强加的政治婚姻,抛却富裕家庭,甘愿跻身下层社会,自食其力。表妹祁丽雪对之十分爱慕,骏青对这位青梅竹马的女友亦未尝不曾动情,然而,虑及经济地位悬殊,犹豫不决。在某小学代课期间,他遇到一位身世悲惨,性格倔强,屡次顶撞自己的女生白月梅。这个聪慧美丽的女孩由于生计所迫,过早辍学,自立谋生,误入歧途,以致被人诬陷、胁迫、讹诈。骏青在教育、帮助她的过程中,终于发现:自己真正所爱的,不是丽雪,而是月梅;但是为了洗刷外界强加给月梅的诬蔑之词,他又不得不牺牲自己的爱情,违心地和丽雪缔结了婚约。

《古城新月》悲剧冲突的因素是多方面的,然而,导致冲突的根本性破坏因素,是外在的“自然条件”因素,它既非“伦常”,亦非“家庭出身”,而是“金钱”。王度庐其他社会言情说部亦复如是:《落絮飘香》中秦朴、范菊英的悲剧,始因在于菊英之叔欲藉侄女以图利;《虞美人》中谭思禹、虞婉兰悲剧的根由,在于他们丧失了可以维持一个小家庭生活的起码经济基础……这些悲剧的女主人公都企图以谋生自立为起点,向命运作斗争,追求个人应得的权利和自由;然而,她们在斗争、追求的过程中,都遭遇到严重挫折。正是直接、间接的“金钱诱惑”,使她们误入歧途,并造成或情灭人亡,或遗恨终身的后果。

前辈通俗文学作家的言情小说,如徐枕亚《玉梨魂》,李定夷《鸳湖潮》、《霣玉怨》等,皆为伦理悲剧,其悲剧冲突实为“父与子”的冲突。至王度庐一

---

[1] 《宝剑金钗》自序:“频年饥驱远游,秦楚燕赵之间,跋涉殆遍。屡经坎坷,备尝世味,益感人间侠士之不可无。兼以情场爱迹,所见亦多,大都财色相欺,优柔自误,因是又拟以任侠与爱情并言之,庶使英雄肝胆亦有旖旎之思,儿女痴情不尽娇柔之态。此《宝剑金钗》之所由作也。去岁春间,自京来青岛,闲居无俚,遂日写一二千言,刊于《青岛新民报》,藉遣海滨风月,而销胸中块垒。”按此序署“民国二十八年夏日”,当为《青岛新民报》社初版汇印该书而作。

辈优秀或较优秀作家笔下，上述悲剧冲突乃演化为“人与物（质）”的冲突。

李定夷辈之言情说部，继承、发展明末以来的“唯情论”传统，将性爱作为男女双方在社会实践基础上所产生的平等互爱而加以表现，揄扬其至死不渝的强烈持久，从而对封建制度的根本——伦常有所冲击，并使作品具有某种“现代性”。但是，这些作品里，以“父母之命”为集中体现的伦常，却既成为毁灭爱情的主因，又成为悲剧主人公性格软弱的主因。以李定夷而言，其思想矛盾即在于既肯定恋爱自由，又重视“名正言顺”。其言情说部主人公皆自由恋爱；而是否获得“父母之命”认可，则决定着截然相反的结局。这一辈作家，一般可以接受政治上的“平权说”，却很难承认伦理上“父”与“子”的平等。在他们看来，“父母之命”的专制性固不可取，其“制度性”却决不可废。

在王度庐的言情说部中，“伦常”已退居次要地位。处于“反动作”一方的家长们，一般并不视恋爱自由为大逆不道。“反动作”之主要人物如章绍杰（《落絮飘香》）、张啸潮（《虞美人》）等，皆系以“新派”面目出现的豪富；他们藉“社交自由”和“男女平权”以勾引女性，而其所谓自由，实质是以金钱为后盾的“买方自由”。悲剧主人公的软弱、优柔及其失败、自毁，并非由于挣不脱“父母之命”的枷锁（李定夷的主人公则自觉自愿套上这重枷锁，不肯舍弃），而是因为他们面对的是一个以赤裸裸的金钱关系为“纲”所织成的社会网罗。——“娜拉”走出了“家”，却掉进了“炼狱”。就此而言，王度庐社会言情小说的构思和主题，不仅比前一代通俗文学的同类作品有所发展，而且和“五四”之后的新文学有所“同步”。

以上所述，限于作品之认识价值，而在王度庐言情说部里，上述认识价值，实蕴含于审美价值之中。黑格尔认为，由于社会地位、家庭出身等“自然的情况所产生的冲突”，只有“发展出心灵性的分裂”，才值得“采为艺术的题材”，才具有审美的价值。[1] 王度庐社会言情说部的动人之处，恰恰在于围绕“人与物”的核心矛盾，展现了男女主人公心灵上的差异、分裂、矛盾、斗争的复杂过程。动作和反动作不仅在不同的人物之间展开，而且在同一人物的内心中展开。例如，作者笔下女主人公“误入歧途”的过程，往往伴随着灵魂深处“灵与肉”的矛盾过程，从而使社会小说具有了“心灵小说”的艺术个性。这一艺术个性在其悲剧侠情小说中展现得更加丰富多彩。作者所达到

〔1〕 黑格尔：《美学》第1卷第262页，商务印书馆1982年版。

的上述艺术成就，不仅显示了鲜明的“现代性”，而且足令同一时期“新文艺”作品中那些图解式的“社会小说”相形失色。

社会言情诸作中，《风尘四杰》篇幅虽小，却很值得注目：(一)此书及其续书《香山女侠》皆以第一人称叙述，为所仅见；(二)书中之“我”，出身经历、性格气质皆与作者十分相近，自剖、议论、感慨之语颇多，是研究作者思想、情感、气质的重要材料；(三)《风尘四杰》几乎完全可以视为“纯文学”作品，构思、主题、情致既迹近老舍《断魂枪》，又类乎温瑞安《今之侠者》，是显示通俗文学与新文学交汇互补现象的代表作之一；(四)此书集中表现了作者对现代社会以及“游侠思想”与现时代之矛盾的清醒认识，因而是从创作思维角度研究其社会言情说部和悲剧侠情说部二者关系的“枢纽”。

《风尘四杰》叙北平天桥艺人反抗地头蛇崔大爷事。主人公之一“双刀太岁”胡老爷子，原系清季名震京城之镖头，今则年过八旬，贫困潦倒，全靠徒弟刘宝成在天桥卖大力丸，勉强维持残生。崔大爷垂涎胡女丽仙，诱而致之。众艺人仗义救出丽仙，宝成却因殴崔致伤而入狱。胡老太爷乃奋老病之身，来天桥舞刀卖艺，为徒呼冤，归后力竭身亡。“我”钦佩主人公们的侠义精神，又慨叹“侠”已成为“时代所扬弃的可怜的历史人物”。“我”清醒地看到，“人心是不会古的，古了便没有了进步”；“我”又认为：“无论古今，人们总应当有一种道德上的准则。这准则最低的条件是不可以损害他人，不可以自私欺诈；而能够牺牲自己，帮助他人，则更是为人所钦敬，这在过去称之为侠义，在今世则称之为好人。”(引语皆见《香山女侠》)

作者所撰其他社会言情说部，亦皆出现“侠义”性的“好人”，如《落絮飘香》中助菊英脱离风尘之二秃，《古城新月》里屡为骏青、月梅援手的落拓作家刘醉生等。如果说“双刀太岁”属于过去的时代，则刘醉生们却是现实的人物。他们与作者在悲剧侠情小说里所塑造的“闾巷之侠”十分相像，甚至可以视为后者的模特儿。但是，二者又有所不同。刘醉生们的“侠义”性行为受着更大的制约，他们不可能像“古代英雄”那样“根据自己性格的独立自足性”去“承担和完成自己的一切事务”，因为他们生活在“每一个人的行动都和旁人有千丝万缕的纠葛和牵连”的“近代”，“在他们后面的那种市民社会秩序有不可动摇的威力，对这种威力他们简直无法抵抗”，现存关系所产生的局限使他们的一切“独立自足性”破坏无余。[1] 现

〔1〕 黑格尔：《美学》第1卷第237、240、245页，商务印书馆1982年版。

代社会需要作为“道德上的准则”的侠义精神，然而“侠”，就其本质而言，是属于“英雄时代”的。

王度庐的社会言情说部，在总体上反映着上述对于近世“市民时代”和过去“英雄时代”之本质性差异的理性认识。正是基于这种认识，作品的“传奇”外壳之内，才能蕴含着一种现实主义的震撼力和批判性。（《香山女侠》虚构了一位在天桥玩魔术的“侠女”刺杀崔大爷于颐和园的“大报仇”结局，在艺术上是不成功的，主要原因即在于背离了上述认识。）这种“现代型”的理性认识不仅制约着王度庐社会言情说部的创作，而且也制约着他的悲剧侠情说部创作，使之与前人诸作判然有别，呈现出独特的审美形态。

第三节　强者的心灵悲剧
——悲剧侠情：熔社会、性格、命运悲剧于一炉

王度庐比较优秀的侠情小说，皆以江湖争斗为背景，展现武功高强的侠士、侠女的恩仇情怨；每能熔社会悲剧、性格悲剧、命运悲剧于一炉，具有相当高的审美价值，从而使“悲剧侠情小说”成为一个比较完善的类型，在展示人性的深度和悲剧美感的追求方面，开拓了新颖的境界。海外论者曾将还珠楼主、朱贞木、不肖生、王度庐、郑证因等武侠作家相互验较，认为金庸既是集上述诸家之大成者，又是新辟户牖者。从继时性角度考察，“悲剧侠情小说”这一通俗文学类型的形成，既是对前人侠义小说传统的继承和发展，又是后来“新派武侠小说”相应品类（如金庸《神雕侠侣》、萧逸《甘十九妹》等）的前身。

论者多以为侠情小说的渊源，可以上溯到唐人传奇，杜光庭的《虬髯客传》是常被引举的例证。确实，《虬髯客传》所开创的“红粉知己”模式及其强烈的传奇色彩，常为后世侠情小说所承袭；然而，它的主题在于“以窥伺神器为大戒”[1]而不在写情，故除红拂对李靖的慧眼识人、以身相许外，并未就“情”字充分展开。篇中写“侠”，则侧重于虬髯客而非李、红；在这一点上，《虬髯客传》和《无双传》、《霍小玉传》、《昆仑奴》、《柳毅传》等含有侠情因素的唐人传奇一样，皆为“才子佳人或英雄与名妓的悲欢离合的传记，再由一

〔1〕 鲁迅：《〈唐宋传奇集〉稗边小缀》，《鲁迅全集》第10卷第115页，人民文学出版社1981年版。

侠士而使之成为眷属”;但“一二行侠的豪客的出现,似乎又非书中之主”[1],可称之为“古押衙模式”。它们和后世侠情小说之间,存在着很大的区别。从“气质”方面给予后世侠情小说以深远影响的,倒是白行简的《李娃传》一类作品。它们以爱情为中心展开剧烈的矛盾冲突;又以饱含力度的人物行动推进冲突,着力刻画男女主人公对爱情既忠贞又侠烈的品格。虽然李娃、郑生皆非游侠之徒,篇中动作无关刀兵技击,但李、郑辈的气质、行为无疑渗透着“侠”的精神(《史记·游侠列传》中的朱家即“侠”而不“武”,“原侠”固非以武功为本色)。1914年6月,《礼拜六》创刊号刊载孙剑秋仿《李娃传》而作的《朝霞小传》,即标为“侠情小说”,可见,后世一直保留着这种“侠情小说观”;王度庐型的侠情小说与之既有联系,又有差异。

侠情小说的真正滥觞,当推清文康《儿女英雄传》。文康提出了“儿女无非天性,英雄不外人情”,“有了英雄至性才成就得儿女心肠,有了儿女真情才作得出英雄事业”的论点。虽然这一论点在他的作品里贯彻得非常糟糕,但对后世同类作品统一“侠”、“情”关系,确实起过很大作用。《儿女英雄传》以侠女何玉凤为情场主角,将她与安骥的姻缘波折,和江湖争斗、除暴安良等游侠行动纠缠一起加以展现,虽非首创[2],却也奠定了后来侠情小说的基本模式。然而,《儿女英雄传》即使在形式上,也不是一部完整的侠情小说,它的后半部变成为专写家庭生活,宣扬夫荣妻贵的腐恶“人情小说”了。正如胡适所指出的:“这一跌”,“不过是那位迂陋的作者的‘马脚暴露’”[3]。作为一个在穷愁中做着如意梦的八旗老官僚兼道学家,文康大谈“性情”之后,结论是“以礼制情”。何以男子便可以大妻小妾,女子必须从一而终?为什么女“英雄”、女“豪杰”一遇“自己的婚姻”问题,便“只有听天由命,一跤跌在娘怀里”?曰:“阳奇阴偶,乃造化之微权;此倡彼随,是人生之至理”,无可如何者也(见该书第26、27回)。如果说唐人传奇在“气质”上给予后世侠情小说的影响主要是积极的,那么,《儿女英雄传》恰恰相反,它的积极影响主

---

〔1〕 石笋:《论明清武侠小说之产生及特质》,《新东方杂志》第2卷第3期(1941年5月30日)。按虬髯客虽系篇中之主,却非“情场”之主。

〔2〕 孙楷第在《关于〈儿女英雄传〉》(《国立北平国书馆刊》第4卷第6号,1930年12月)中,曾将《儿女英雄传》与薛丁山故事加以比较,指出前者无非稍稍变更后者规范,“以英雄属之女人,闺阁而有侠烈心肠;公子却似女儿柔弱”而已。不过应该承认,在以“情”为主和写情的深度方面,《儿女英雄传》是有较大突破的;该书之“武”,属于“短打”而非“长靠”,亦不同于薛丁山故事;但是,薛丁山故事中的樊梨花,倒也是一位压倒须眉的女英雄。

〔3〕 胡适:《〈儿女英雄传〉序》,《中国章回小说考证》第467页,上海书店1980年影印版。

要在于形式和语言。

王度庐之前，通俗文学作家中尝试撰写“侠情”倾向作品的，有叶小凤（如《古戍寒笳记》）、李定夷（如《賈玉怨》）、顾明道（如《荒江女侠》）等；短篇小说方面，仅前百期《礼拜六》，就曾先后刊出标为“侠情小说”的创作10余篇。这些作品，或有“爱情”而缺“武侠”，或有“武侠”而缺“爱情”，二者结合得水乳交融者甚罕。它们在写情方面，和早期言情小说一样，很少能够突破“发乎情止乎礼”的思想框架。爱情本是最具个人性的一种人类感情，它们却总要千方百计将其伦理化（包括“政治化”，中国政治是伦常化的政治），因此，虽或描写悲剧性结局，而真正具有悲剧审美特征的作品亦甚罕。并非没有例外，比如很少有人注意的韦士《三童传》（载1914年10月10日《礼拜六》第19期），以太平天国后期战乱为背景，写少女江鸿改扮男装潜入某将军府，谋刺将军以报父仇；同时又与将军子、女结成莫逆之交，其女因而对江产生爱情。由此展开的故事，恩仇交织，情义相煽，具有极强的悲剧精神。惜乎作者早夭，未能充分发挥高超才情；建立在误认性别基础之上的爱情，也削弱了作品作为“侠情小说”的典型性。

与王度庐同时的朱贞木，撰有《七杀碑》、《罗刹夫人》等17部武侠小说，其中表现侠情题材者颇多。作者并在《罗刹夫人》中宣称，该书叙述的就是“月缺花残的故事”，意欲展示一个“悲剧中的奇剧”。朱贞木的艺术功力、语言修养或在王度庐之上；作为武侠小说，其作品中的奇诡色彩、江湖气息也比王氏诸作更为浓烈；然而在写情方面，他却总是摆脱不掉“娥英兼美”、“一床三好”之类陈腐观念和平庸趣味，因此，极大地削弱了他的侠情作品本来可能具有的悲剧美。而且朱贞木作品的叙述结构，基本仍以情节为结构中心而非完全以性格即人物心理为结构中心，所以“侠情”则有之，但还不是纯粹的“侠情小说”。

朱贞木的弱点，正是王度庐的长处。

《鹤惊昆仑》、《宝剑金钗》、《剑气珠光》、《卧虎藏龙》、《铁骑银瓶》是5部内容、人物先后承接而又互相独立的系列小说，为王度庐的代表作。“鹤—铁系列”中，贯穿着作者的一种美学追求：选择“性格—心理悲剧”为自己的侠情小说的最佳模式，致力于表现悲怆哀凉之美。

《鹤惊昆仑》中，老拳师鲍昆仑因前妻不贞而产生忌“淫”情结，其徒江志升偶有外遇，即令门徒残酷追杀之。志升之子小鹤誓报父仇，历尽漂流、凌辱之苦，终遇九华奇侠而获奇技，10年后下山寻鲍复仇。昆仑孙女阿鸾，与小鹤有青梅竹马、两小无猜之情，却被祖父作主遣嫁大侠纪广杰，使与小鹤为敌；由此展开爱恨情仇的剧烈冲突。小鹤虽爱阿鸾，却因世仇而不能结合；阿鸾始终为小鹤守贞，亦碍于世仇而终以身殉。子孙承负了上一代的罪孽，是为“命运”；而鲍昆仑的刚愎自用、残忍刻毒，江小鹤的固执偏激、记仇忍心，则是一对“走极端”的性格的矛盾（他们又各有自己的优柔寡断）。

《宝剑金钗》所表现的则是“情”与“义”的冲突。江南鹤（即已经成为“世外高人”的江小鹤）之徒李慕白与侠女俞秀莲相爱，因秀莲已许孟思昭而决心割断痴情。入京，与改名易姓、伏处仆佣间的思昭结为莫逆之交；强敌世仇来斗，思昭私为俞、李孤剑出击，寡不敌众而殉。俞、李感其义，终身不嫁不娶。作者不是把上述矛盾处理为一般意义上的封建观念和自由爱情的矛盾，而是将其深化为普遍意义上的“爱之责任”和“爱之欲求”的内部冲突：李慕白躲避俞秀莲，是为了促进俞、孟的结合；孟思昭以身殉友，是因为偶然发现俞、李相爱，而决意酬报慕白知己之情，成全秀莲终生幸福。双方皆欲成人之美，朴素的人性导致了悲剧的结局，这使人想起某位哲人的著名论题：悲剧与其说是善与恶的斗争，毋宁说是善与善的斗争。

书中又交织着李慕白与名妓谢翠纤的一段情孽。慕白恋翠，实为“俞姑娘的那件事，使自己伤心失意”之后的一种心理上的情感上的补偿。然而，翠纤误以慕白为一般“江湖人”，失望而嫁徐侍郎，又因李之侠友刺杀侍郎而导致慕白蒙受冤狱；慕白出狱，鄙翠之嫁徐，翠纤愤愧之余，抽刃自刎。第三十回写慕白祭翠时之心态云：“只怨命运，只怨事情纠缠错误，只怨人世坎坷。彼此都是命苦，彼此都是受人侵害的人，才致彼此反倒不能了解！”这又是一种由心灵性的差异而产生的分裂和矛盾。

《剑气珠光》以《宝剑金钗》所述大内宝珠失窃一事为由头，叙李慕白得“青冥剑”、盗“点穴秘图”，以及江湖豪客围绕宝珠所展开的纷争恶斗。由于作者舍弃了自己所擅长的侠情艺术，堕入武术技击、夺宝打斗的俗套，此书失之平庸。较为可取的，是继续刻画了李、俞企图以理智上的平衡，来置换感情上之失衡的心态；然而，人物性格和心理都缺乏发展。

《卧虎藏龙》写九门提督之女玉娇龙与沙漠大盗罗小虎（《剑气珠光》主角杨豹之兄）的爱情悲剧。在五部曲中，此书人物最多、情节最曲折复杂、展示社会风貌最为广阔生动（近年曾被“改编”为《玉娇龙》出版，又摄成电视剧播映，但大失原作风貌）。

身怀绝顶武功的玉娇龙，却因维护父兄官誉而不得不嫁鲁翰林；她既爱罗小虎，同情其少年漂泊、备尝艰辛的身世，又认为“名门的小姐”比不得“江湖女子”，碍难委身“匪盗”；因盗“九华秘籍”而受制于女贼耿六娘，为此又屡遭李慕白、俞秀莲等“侠义道”的围攻堵截。虽然终于巧施跳崖之计，保全了侯门令誉，切断了贵族家庭的有形羁縻；但在和罗小虎一温绮梦之后，仍然孤剑单骑，远走大漠，因为“她虽已走出了侯门，究仍是侯门之女；罗小虎虽久已改了盗行，可到底还是强盗出身”。社会制度、封建礼教、江湖仇雠，以及人物复杂、矛盾、心高、气傲的性格，交相为用，造成了这场悲剧。玉娇龙之师当初想使她集班昭、秦良玉、红线于一身，“光辉门庭，为人间留一奇迹”；最终玉娇龙却深感“空负一身本领”，得到的是“被辱、遭欺、坎坷、失意、母死、家败、骨肉乖离、情人分散”，不禁十分伤悲。因此，这一悲剧又饱含着对人生的反讽；它也未尝不是对俗套武侠、言情小说的反讽。

江小鹤、李慕白等，于经历情场磨难、江湖争斗之后，皆勘破情仇，云游世外，似乎实现了由“社会人”向“自然人”的回归和升华。唯玉娇龙和罗小虎，在《铁骑银瓶》中犹孤身独骑，漂流江湖，各自咬啮着自己那颗破碎的心。他们的儿子刚出生，就被人以女换走，后又为豪客韩文佩所收养，起名铁芳。18年后，玉娇龙育女春雪瓶成人，故事即围绕两代侠士、侠女的悲欢离合发展。台湾叶洪生先生指出：“这部书之具有高度文学价值，乃在王度庐以艺术的手腕，将虎、龙这对恋人‘天长地久有时尽’之情，转化为与其爱情结晶(韩铁芳)之间，因种种阴错阳差以致未能阖家团圆，反而幽明异路的弥天之恨。”“在本书的结构上，最震撼也最戏剧化的情节便是：父、母、子，原本天各一方，在二十年后，父母却都分别与儿子相见订交，结为忘年友；又分别均死在儿子怀里——一死于大漠狂飙中，一死于大雪纷飞下。”[1]父母辈的“情”，转化为两代人之间的“义”；父母辈情天恨海永难弥合的心灵创伤，转化为对子女幸福的殷切期望，并终于结出了爱情之果。

此书缺欠在于：韩、春的爱情波折，构思上缺乏新意；作者试图改换笔法，增强抒情色彩，但心理描写运用过滥，造成冗长拖沓、节奏失调；塞外场景的描绘，主要来自间接经验(王度庐的一位亲戚曾在新疆长期供职)，因而在展示社会生活的实感性和丰富性上均比《卧虎藏龙》逊色。

“鹤—铁系列”并非不写正邪斗争、善恶冲突和社会矛盾(《卧虎藏龙》中所展现的京华生活，从社会学的角度考察也是饶有兴味的)；但是，作者在描

〔1〕 叶洪生：《王度庐作品分卷说明》，《近代中国武侠小说名著大系》所收王氏诸作卷首，台湾联经出版公司1984年版。

写悲剧冲突及其种因时，不满足于制度、文化等外在考察，而是将笔触深入到了人物的灵魂，人性的内核。他把悲剧诸因素集中于人物性格和人物心理来加以展现；另一方面，又注重展示“个人”与“社会”的矛盾，从而找到了侠情小说的一种优化模式。相应地，在叙述结构上，基本实现了从“情节中心”向“性格中心”的位移。人的内部冲突和人性的复杂内涵，一旦成为创作的主要追求，必然轰毁流俗武侠小说拘于表层“善”“恶”冲突、“正”“邪”争斗的窠臼。这是王度庐“悲剧侠情小说”的艺术构思高于其社会言情小说之处，是他在中国武侠小说史上的主要贡献，也是他馈赠后来者的最珍贵的遗产。美籍华裔武侠作家萧逸谈及前人作品时曾说：“尤其是接触到王度庐一系列作品之后，更是激赏。因为这些作品中的人物，都具有真实的人性，一点都不夸张”。“我想我受他们（按指王度庐等‘前辈老先生’）的影响是很深的。”〔1〕

弗洛伊德曾将戏剧分为“宗教剧、“社会剧”、“性格剧”和“心理剧”，指出在心理剧中，“造成痛苦的斗争是在主角的心灵中进行着，这是一个不同的冲动之间的斗争，这个斗争的结束决不是主角的消逝，而是他的一个冲动的消逝；这就是说，斗争必须在自我克制中结束”。心理剧可以和其他类型结合起来，“例如，这制度的本身可以是内部冲突的原因，这就是爱情悲剧的所在；因为被社会文化、人类习俗或‘爱与责任’之间的斗争（我们在歌剧中常常看到这种斗争）所压抑的爱，就是繁衍不绝的冲突场面的出发点”。〔2〕“鹤—铁系列”主角们的爱情悲剧虽在“自我克制”之中分别结束，然而，他们内心冲动的波状运动是恒久多态的。江小鹤擒得鲍昆仑，举刀将下之时，忽睹其老态，又思及阿鸾，乃慨然住手；当目的将达未达之时，他的内心并无“大仇得报”的欢欣，有的是强烈的失落感和“心理滑坡”；后来心虽云“死”，而情终难泯。孟思昭殉身，消除了李慕白、俞秀莲爱情的外部障碍，然而，它恰恰成为一重永难消除的内部障碍，“逆境”并未转向“顺境”，它拐了个弯儿，化为一个主人公永难挣脱的、循环不已的心理“怪圈”。玉娇龙的单骑孤剑飘流大漠，决非仅以封建名教的阻碍、摧残所能解释；因为她的面前未尝没有出现通向“自由”的道路。韩铁芳和春雪瓶固然终成眷属，然而，当他们相约拒绝荣华，偕隐江湖时，内心仍有自己的悲凉。悲剧精神不仅迸发于

〔1〕 林二白、展琳：《侠歌——萧逸先生访问录》，［美］萧逸：《甘十九妹》第965—966页，中国友谊出版公司1986年版。

〔2〕 弗洛伊德：《戏剧中的精神变态人物》，《二十世纪西方美学名著选》（上）第410页，复旦大学出版社1987年版。

"极限情境"之中,而且弥漫于"自我克制"完成之后。

据了解,王度庐是熟知弗洛伊德著作的,其社会言情小说若干精彩细节,当皆得力于弗氏心理分析学说。例如,《虞美人》第5、6两章,写虞婉兰在谭思禹的抽屉里发现一个金色爱神像,又曾数次路遇左颊有着"一颗深深的酒涡"的张啸潮,往"致富公司"公干时,复在经理室见到张的照片。于是,当晚"她作了许多的梦,梦见那只小小的爱神像,搧着翅膀绕着自己的脸飞翔,她拿手去扑,像扑蝴蝶似的,可是没有扑着;她又梦见谭思禹的左手上,也生了一颗笑涡"。同书第9章叙婉兰看京剧《三堂会审》,台上"穿蓝袍的老生叫两厢退下,苏三改向台口跪着,一边跪着一边唱那风流的辞句,一边弄情,台下的一般观众又不住地鼓掌叫好,婉兰这才看出旧剧是怎么一回事。按说这本是述说一个苦难中的女性,但这样一演,倒成了一出轻松的戏剧了,不过是叫女主角穿戴上这种颜色刺目、式样特别的衣裙,戴一会鱼枷、锁链,又冲着台下跪一点钟,借此以满足一般男性顾客的变态心理罢了"。王度庐是否自觉地以弗洛伊德悲剧理论指导自己侠情小说的创作,尚难定论;然而这些作品之所以具备弗氏所说的美学品格,决非偶然。这说明,通俗文学完全可能,也应该达到什么样的"雅"境。

王度庐笔下的大侠和他言情小说里的男女主人公不同,后者都是"弱者"(尽管虞婉兰、白月梅比范菊英略"强"一些),前者则都是"强者"。虞婉兰们的奋斗,由于缺乏力量和手段,更迹近于"挣扎";玉娇龙们则长剑在手,纵横驰骋,拥有现实中的人所不可能具备的能量、力量和独立自足性。但是,和一般武侠小说里的主人公不同,这些大侠绝无建功立业的荣耀和踌躇满志的自得。他们独往独来,孤单寂寞,当生命的美好价值毁灭之后,顽强地固守着属于自己的那一份价值。作品的美学品格不是崇高、壮伟,而是悲怆、哀凉。这在理性上反映了作者对"英雄时代"和"现代"的本质以及"人"和"侠"之本性中的悲剧性的认识;在情感上折射着"现代人"的苦闷和追求;在个性上表现着作者的一种固执的审美情操。

王度庐自幼失怙(江、李、罗、韩、春等人物亦皆自幼失怙,当非巧合),备尝世态炎凉。青岛的大部分岁月,皆在日寇铁蹄下度过,他鄙视媚敌求荣,乃以稗官糊口。他曾对友人感叹说:"咱们的命太苦了,为什么干了耍笔杆这一行呢!穷愁潦倒,太不幸了!"[1]李慕白也曾说:"自己虽未三十岁,但

〔1〕 王子久:《王度庐和他的小说》,《青岛日报》1988年1月9日。

世事都尝受尽了，不但身体恐怕一时不易恢复，即生活也觉得懒怠了。实在，即使自己现在忽然扬名显身，得意起来……表面上的荣华又有什么兴趣？何况我这个性情，还未必能够得意呢！”这些都是王度庐“坐在”海滨的“沙滩上，掘发那细小的岩石，破碎的蚌壳，像科学家一般的沉思，感趣”〔1〕的结果。当然，“慕白”不是“霄羽”，但“鹤—铁系列”作为一个隐喻性的象征结构，确是作者主体精神的外化和物化；以粗犷悲凉的西北高原为主要背景，以孤独、寂寞的“人”的心态为主要内容所烘托、渲染出来的悲怆氛围，确是作者主体情感的投射。

因此，与以“性格”为叙述结构中心相应，王度庐作品的艺术构思，多属“本情以造事也”〔2〕。在素材取舍、故事情节构想、人物性格“定调”诸方面，作家所特具的主体情感，起着决定性的作用。在这一方面，他与叶小凤，特别是与李定夷十分相似。

第四节　“平民化”的追求
——世俗社会在作者笔下最富人情味

《庄子(外篇)·说剑》有“天子剑”、“诸侯剑”、“庶人剑”之论，如果借以比喻武侠小说中的象征结构与世俗的距离，那么，王度庐的武侠作品可称“庶人剑”。在这一意义上，他笔下的武林世界与还珠楼主作品里的象征结构相较，又是近乎明喻性的。

武侠小说中不能没有英雄，但王度庐作品中的英雄是“人”而不是“超人”。(他写武打也极“俗”，不讲练功过程，没有武术套路，有时接近打群架。最绝顶的武技无非“点穴”，春雪瓶的连珠袖箭即可射得各路高手望风披靡。)韩铁芳的妹夫(一位士子)曾劝他说：应学圣人之道，图出身，博功名。侠以武犯禁，究非正途，鲜得所终，怎能显身扬名，光宗耀祖？这位也是“知识分子”出身的青年侠客回答道：“春大王和秀树奇峰(按指玉娇龙、春雪瓶)之名，天下何人不晓？”答得妹夫莫名其妙。如果说这还未曾超越一般江湖游侠的英雄观，那么玉娇龙们的价值观念，就和过去许多武侠小说作家笔下的英雄大相径庭了。“保国安民”、“征暴平叛”的勾当不是他们的“主业”，甚

---

〔1〕 度庐：《海滨忆写》，《青岛新民报》1938年6月2日副刊《新声》。

〔2〕 袁无涯刊本《出象评点忠义水浒全传发凡》；参见方胜《“情”与小说创作——明清小说理论研究之一》，《明清小说研究》第4辑第466页，中国文联出版公司1986年版。

至基本没有做过。他们行为的动力往往在于追求和捍卫自己的“爱的权利”（而“爱的义务”又常常使他们惶惑）。他们从不具备（实际上是作者根本不认为他们能够具备）一剑定乾坤的能量，无法成为拯国于水火、解民于倒悬、包打天下的“救世主”；他们也不是道德上的完人和圣贤。通常，武侠小说里“侠义道”的德行，总是与武功同步上升的，一旦“掌门”，即入圣超凡。王度庐笔下的“世外高人”，却不过在九华山上种种茶叶、少管闲事而已；“剑仙”们在天上，他们在地下。至于“世内”大侠，更皆具有凡人的欢乐和酸辛。玉娇龙野店失子，拖着产后的弱体，怀抱他人的女婴，顶着狂风暴雪，策马追赶换子者；想到对方的卑鄙，恨不得把女婴弃诸雪地；但当婴儿“直用小脸儿拱奶”时，她顿感“做母亲的生了个小孩不容易，因此，融化了她一向骄傲狠辣的性情”，决心将孩子视为己出，养育她，保护她，使她永不受欺凌。玉娇龙的“侠性”渗透着“女性”、“妻性”和伟大的“母性”。《铁骑银瓶》这段文字，才真是“至性至情”之文。这些大侠又各有自己的缺点和短处：江小鹤偏激，玉娇龙尖刻，纪广杰撒谎吹牛，“李慕白那位爷”则学得了一副“小事他不管，闲气他不惹”的“派头儿”（《卧虎藏龙》中刘泰保语）。唯其有血有肉，方觉可近可信。自从韩非子评“侠”、太史公传“侠”以来，“侠”“义”之辨，众说纷纭，至此可谓观念生一巨变，被赋以相当浓厚的人文精神。

人们常说，涉及暴力的作品须不违反“法治精神”，其实，正如陈晓林所指出，在武侠小说里这个问题颇不简单[1]。王度庐笔下的大侠们，无论武功如何高强，一见“官人”，莫不如临雷池，退避三舍。但在事实上，他们又很难避得开。昔朱家、郭解之徒“虽时捍当世之文网，然其私义廉洁退让，有足称者”[2]。其实，所以捍文网者，即因其悖于“义”也[3]。既然以“义”为行为的最高准则，有时就不得不用这样那样的方式去“犯”一下“禁”，否则何以称“侠”？江小鹤们并不例外。王度庐武侠小说的“不以武犯禁”倾向，可能又和政治环境有关，因而它一方面反映了个人毕竟斗不过国家机器；另一方面也反映着作者的可以理解的软弱；李慕白辈的性格里，也就不免掺杂了几分庸俗。

《卧虎藏龙》中，当蔡九缉捕耿六娘被玉娇龙失手杀死，贝勒府青冥剑再

〔1〕 陈晓林：《民俗文学的源流与武侠小说的定位——兼介叶批〈近代中国武侠小说名著大系〉》，见该《大系》卷首，台湾联经出版公司1984年版。

〔2〕《史记·游侠列传》；《索隐》注“文网”句：“违捍当代之法网，谓犯于法禁也。”

〔3〕 当然，各人有各人的“义”。展昭之“义”与“禁”矛盾不大，白玉堂却认为它不大像“义”。

次失窃，京华闹得满城风雨，而李慕白摆“大英雄”架子，置身事外时，有名的“混混儿”一朵莲花刘泰保说：“幸亏还有我们这一伙不是英雄的。要不然，玉娇龙不定怎么暗笑，鲁君佩不定怎么得意啦！”对“这一伙不是英雄的”描绘之生动，正是王度庐武侠作品的又一平民化特色。

刘泰保不仅是书中起贯串作用的线索人物，而且是一位被塑造得最为血肉丰满、最具“浑圆”特征的角色。他狡狯，爱虚荣，好做白日梦，而又精明能干，神通广大；自以为是，多管闲事，而又肯用“咬住不放”的“青皮”精神来伸张正义，履行然诺；推理能力颇强，却屡料屡错；虽会一手“破点穴”的“就地十八滚”功夫，却屡战屡败；虽屡战屡败而又必“屡败屡战”。“这一伙不是英雄的”，还包括他的老婆，走索卖艺的蔡湘妹；开酒店的“情报专家”，爬山蛇史胖；爱捣乱的卖野药道士，猴儿手谭飞；连罗小虎的两个龙套，小喽啰花脸獾、沙漠鼠也同样活灵活现，呼之可出。他们所构成的世俗社会，是王度庐“江湖社会”最富人情味的组成部分。这个市俗社会，和作者言情小说里的北平下层社会，实为出于一辙。如果用机械论的“阶级分析”将这些“不是英雄”“拔高”，势必像《三岔口》中的刘利华改为俊扮一样，顿失“屠沽英雄”本色（“改编”本《玉娇龙》以及当前国内若干武侠小说的鄙陋之处，正在于此）。

李慕白之义兄德啸峰，代表了这个“江湖社会”的又一方面。这位在内务府当差的八旗官员，精于世故而仗义疏财，圆通豁达而肯为朋友承担风险。他是“大侠”与“屠沽英雄”之间的“铰链”和“润滑剂”。

太史公曰：孟尝、春申之徒，声非加疾，其势激也；至于闾巷之侠，声施天下，是为难耳。刘泰保们才是真正的“闾巷之侠”。

王度庐作品的文体，既是“通俗”的，又是以“雅”化“俗”的。它继承了话本传统，视点比较单一；但又摒弃了传统的纪传连缀体结构和“链条式”结构，更重整体构成。传统型的叙述模式之中糅入大量“现代型”的心理描写和氛围描写，其中每有富于诗意的“闲笔”。例如，《古城新月》第29章，白月梅陷身于彭太太所设的秘密淫窟，悬念正强，作者却宕笔写道：

> 月梅只得又随着彭太太走进里院，这时天色已然黑了，但天上连颗星光也没有，隔壁有叫化子的喊声：“老爷！太太！……”悲惨苍凉地在秋风里飘荡，远处又有汽车的呜呜声……

又如,《卧虎藏龙》第11回,叙众侠搜寻玉娇龙时,忽于紧锣密鼓中腾笔书云:

> 这古城中,龙藏虎卧,鹭走猿飞,闪闪的刀剑光,轻轻的游侠迹。群侠齐施身手,但是一连五日,竟毫无线索。

传统型的叙述模式因其视点单一,所以时空限制颇严;而此类空灵“闲笔”突然拓展时空,于严谨中得自由,于写实中寓写意,是王度庐的文体特征之一。

王度庐之社会言情说部,情节性均强;悲剧侠情说部亦复如是,而又更具个性。

侠情小说与言情小说之异,在于必须以“武”见“情”,重要的一点,是应处理好“动作”和“心理”的关系。白羽在为刘云若的小说《湖海香盟》所作序文中,曾批评有些通俗小说人物脸谱化和“强迫主角打‘背弓’”的幼稚倾向,并说:“小说表现法也可以借径电影,注重小动作。以动作宣示心情,胜于口说。”例如,“《虹霓关》的拧红帕:那红帕是美貌敌将的胸结”。王度庐侠情小说的精彩之处,常得力于此。叶洪生先生曾举《鹤惊昆仑》为例:江小鹤少年时,曾以叫一声“媳妇”为条件,爬上柳树替阿鸾取风筝。十年后,闻小鹤前来报仇,阿鸾每经此树,必砍一刀,恨不得“江小鹤现在就来,与自己大战三百回合;自己再把他杀死,杀得他血肉糜烂。然后,自己又哭他,也许自刎在被自己杀死的死尸之前,才能痛快”。“柳树意象”,重复出现达5次之多。书末阿鸾殉身,小鹤扶柩回乡,不料又见此树——

> 树身上的刀痕宛然,可见当初用刀砍的那个人,不但心中有恨,其中还压着一些热烈的爱情。现在,这株树垂着几条数得出来的柳枝,颓然地像是一个人低着头痛哭。江小鹤一阵头晕,几乎摔下马来。

如此写“情”,确为“侠情”妙笔。

王度庐写《卧虎藏龙》,还运用了自己创作侦探小说的经验。第1回,贝勒府失剑,身为拳教师的刘泰保涉嫌,赌气誓破此案。见蔡九父女街头卖艺而起疑,于是:刘侦蔡,蔡侦王府,王府隐伏着耿六娘,耿六娘挟制着玉娇龙,玉娇龙以所盗之剑杀蔡九……一个自作聪明的错误判断,牵动了环环紧扣的因果之链，这条链子的搅动，最终掀起了阵阵情海波涛。第13回则运用了“开放环境”型“硬汉派”侦探小说的技巧。它不以推理，而以动作和悬念取胜。罗小虎之妹杨丽芳（德啸峰之媳）密访杀父大仇人贺颂，狗堡遇贼，被困芦舍，俞秀莲等往救。作者运用不同的叙述角度，写得极有烘托，极有层次：雾之浓，林之黑，林涛声之恐怖，灯笼之飘忽，小屋之神秘；打更侏儒之奇矮而狡狯，“乡约”之魁伟而狰狞，史胖之应对老练、机敏圆滑，俞秀莲之外松内紧、警觉果断，引人入胜，悬念迭出。又由屋内的杨丽芳之耳、之眼，写史胖与“乡约”、房东之说话声，唱山西梆子声，风吹门开声，窗外马蹄声；此情此境，她不禁想起北京城里优裕的家，想起回家以后“自己一定永远是喜欢，高兴，要做个本分贤良的小媳妇，做个温柔的妻子”……直至俞秀莲突然出枪刺杀窗外窥探之敌，才打破这不安的静态，开始了激烈的动作。

《卧虎藏龙》所提供的经验说明，侠情小说固以“性格——心理结构”为佳，然而，不可缺少紧张的情节和激烈、多姿的外部动作，问题在于如何正确处理二者关系。可惜作者未能将此经验完全贯彻到他的另一些作品中去。

“旗人最会说话”[1]。王度庐的语言以拙朴为特色。虽然有时不够规范，失之粗糙，但又并非缺乏功力。作品中“屠沽人物”的对话尤为传神。《卧虎藏龙》第11回叙“混混儿”李成带罗小虎去妓院访寻仇人线索——

> 李成就故意咳嗽了一声，屋里就有女人说话了，说：“是谁呀？姓张姓李先说一句话，别他妈的属刺猬的，光咳！”纸上浮出人影，但很模糊。李成走到屋门前，就说：“是我呀！这十天我没来，你就不认识乡亲啦吗？”女人说：“哦！原来是花牛儿呀？这些日你净在哪棵树上趴着啦？还能认识这个门，就算不离！进来吧！”

此类凭人物对话便能“画”出人物形象姿态，突现人物性格的描写，在作者的社会言情小说中亦每每可见。相对而言，作者笔下的新式知识分子的语言稍嫌苍白，但刘醉生式的落拓文人，却写得极为生动。

旗人家庭，又有传统的文化趣味。王度庐酷爱京剧，而且能唱。他的社会言情小说，几无一部不写及戏剧，多数都写到伶人、票友；侠情小说中，《燕市侠伶》则以伶人为主人公。他善于描写教戏、唱戏、看戏、做戏的生动细

[1] 胡适：《〈儿女英雄传〉序》，《中国章回小说考证》第472页，上海书店1980年版。

节，引用各种剧种、各种剧目及其演唱情景，借以渲染京华风情，刻画人物心态。例如，《古城新月》第28章，白月梅被彭太太诱至胡家，听到隔壁房内一男一女唱《回窑》：

> ……女的又在屋里唱："我问他好来？……"黑胖子也扯着哑嗓子接着唱道："他倒好！"女的又唱："我问他安宁？……"男的又唱："他也安宁！"女的又唱："三餐茶饭？……"男的答："小军造。"女的笑了一阵又唱："衣裳破了？……"男的也笑着，跟着唱："自有人缝。薛大哥这几载运不通，他在那西凉国……"张大爷也听得忘形了，鼓了两下手掌……

戏词起到了人物对话的作用，而意蕴比日常对话丰富得多。作者笔下的戏剧成为表现"老北京"气质的重要内容，它和妙峰山的香市，天桥的茶馆、小吃摊、杂耍场、北海的河灯……组成一幅幅五光十色，喧闹活泼的风俗画，显示了一种既热情、焕发着生命的活力，又懈怠、悠闲得"帝力于我何有哉"的极为复杂的"北京人精神"。因而，王度庐的作品亦可视为"京味文学"和"旗人文学"的一部分。

平心而论，王度庐的30多部作品中，并非都是佳作；佳作中亦并非没有瑕疵。社会言情小说质量比较平衡。武侠和侠情小说除《剑气珠光》外，《宝刀飞》、《紫电青霜》等亦皆不够理想。《新血滴子》、《冷剑凄芳》则与《燕市侠伶》一样，可以视为艺术水平较高的后期佳作。这种创作上的不平衡状况，在民国时期通俗文学作家中并非罕见。白羽评刘云若《湖海香盟》，谈及"计日选文的通象"在于"行文琐繁"时曾说：

> 云若近日渴望发财，发财则可以闭户著书，勒成名作。昔戴南山自谓胸中自有一部书，犹未写出；方灵皋亦深信其胸中果有一部书也。我于云若，亦复云云。何日不愁柴米，得泰然拈笔，写其所欲写耶？且同伫望，有此一日。

虽杂有戏言，实感慨深矣！白羽的感慨，也是王度庐的块垒。

第十一章　刚性技击武侠小说名家郑证因

第一节　擅长技击描写首推郑证因

——以擅写技击而在武侠诸家中找到位置

民国旧派武侠小说，如果说到擅长技击描写，首推郑证因。

和其他通俗作家一样，郑证因的生平也有许多不明之处。现根据笔者了解的有关材料，叙述郑证因的生平。

郑证因，原名汝霈，证因是其号，天津人。生于1898年重阳（这一天正好又是霜降，根据中国传统思想，可以说“生不逢时”。我猜测，因为生于至阳之日，所以给他取名时用了多水的字以为调和），合公历10月23日。又一说生于1900年，不知所据为何（张赣生：《民国通俗小说论稿》，本文所据为郑证因族侄郑华增提供的郑证因生平材料）。关于郑证因的家族，现有三种说法。一说出身“望族”；一说“大户人家”；一说“传说祖辈以经营木材为业，颇称殷富”。“经营木材”的说法只是传说，尚无确切证据。据张赣生说，天津木材业兴起于清朝末年，而郑氏家族至清朝末年已经衰落，所以，他认为“经营木材”的说法靠不住。可备考查。持“望族”说法的作者接着就说其“先祖系津门西沽地区郑家板厂经营者，颇富有”；如果经营木材是真的，富有也是真的，与“望族”也还有距离。在旧时代即使是富商巨贾也并不一定就是“望族”。因此，三种说法中倒是“大户人家”的说法目前比较稳妥，虽然不免笼统。郑氏家庭分东南西北四院（支），郑证因属于西院第16代，大排行第5。

按照目前可见的材料，郑证因的青少年时代的生活情形，人们实际上所知甚少。其族侄说“先叔自幼天资聪明，家中生活也还算宽裕，故能在私塾就读。但好景不长，家景衰败，此时先叔已经能独立生活，一度在塾馆教书，并为报刊拟稿。进入30年代后，先叔潜心于武侠小说的写作，……”郑证因独立谋生在及冠之年。这段叙述从进私塾一下子到独立谋生，好像私塾以后就谋生了。应该不至于如此。我们将年代排一下：

1905年：郑证因7岁。这是一般孩子开蒙的时候，正好是中国科举制度废除的时候，郑证因进私塾应该在这前后。

1912年：民国元年，郑证因14岁。新式学校在中国大城市已经比较普遍，这时候是否还在私塾读书，就比较可疑。他的家庭既然衰落，似乎没有守旧继续读私塾的理由。因为既然是衰落的家庭，在求学上总是趋向于实用。总之，郑证因20岁之前的求学时代不清楚。不过民国建立前后就是动乱时代，也是中国教育制度混乱的时代，郑证因不能够接受正常的完备的教育有一定的必然性。不知郑证因有没有学过“新学”。在中国教育制度天翻地覆的动乱时期，除了部分幸运儿比如能到外国留学者或者进入办学严谨的新式学校者之外，在维新志士们、柿油党们创办的不中不西的“新学校”中学习“新学”的，基本上也是“文不像秀才武不像兵”，作了革命专家的豚鼠。我们注意到，这批牺牲品中许多人成了通俗文学作家。他们赖以谋生的技能并不是学校教育的结果。

1917年，新文化运动发生。1919年五四运动发生。据说郑证因20岁左右教过塾馆，就是说他的谋生正好在新文化运动发生之际。这是很重要的。“五四”时期仍在学校的人与已经谋生的（留学生、教会学校出身者除外），对于新文化运动的态度往往不同，后者能够走上新文学道路的不多。

据说郑证因“体质极为纤弱”，所以青少年时期曾经练习武术。一般都说郑证因“喜好武术”，通技击。根据有二：一是宫白羽在《十二金钱镖》初版《后记》中说“旧雨郑证因，通武术，工文章”。一是其族侄说见到其写作之余常常“走上几趟拳脚”，应该可以相信。不过，进一步说“精擅武术技击”，就未免有些踵事增华，缺乏有力的根据。

郑证因何时开始向报刊投稿，确切时间不得而知。据推测大约在1932年至1934年之间，郑证因因投稿关系，与当时任编辑的宫竹心即宫白羽相识并成为朋友。当时的郑证因似乎正在穷途潦倒之际，以至于一度与宫白羽“合作”创作武侠小说。他们的合作形式，根据宫白羽的说法，是郑证因帮忙。帮忙也有两种。一种是近似于“枪手”。比如《十二金钱镖》，宫白羽在《话柄》中说“《十二金钱镖》初写时，我不通武术，邀友人证因帮忙”。在《十二金钱镖》的《后记》中也说，“旧雨郑证因，通武术，……时共商榷，承其指正，于此谢之。”其实所谓帮忙、指正，就是郑证因代替他写作初稿。但是，只写到第二回的前半部分，就因为“另有办法”要经营别的生意，与宫白羽分手。另一种是“武术指导”。有一种说法，说是“《十二金钱镖》的写作过程中，书中人物过招较量，都先由郑证因在纸上，画出一招一式的图形，白羽再按图落笔”。前文已经指出，郑证因与宫白羽一度分手，因此，这种合作不能说没有，但未必贯穿《十二金钱镖》的写作始终。这类颇像武术指导的帮忙与做“枪手”有区别。《十二金钱镖》于 1938 年 2 月在天津《庸报》开始连载。郑证因经营别种生意并未成功。1939 年还是回到宫白羽处，协助宫白羽办正华出版部。郑证因再次为宫白羽“帮忙”。这次却是明白地在作品的行文中署名了。1939 年 12 月开始宫白羽在北平《晨报》连载《牧野雄风》，经常有括号：“以下由郑证因代写”。这种帮忙是否有经济报酬，不得而知。在郑证因为宫白羽帮忙的同时，宫白羽为郑证因校读武侠小说。在《十二金钱镖》第一卷的出版预告中有如下文字：

> 《武林侠踪》，郑证因作，白羽校读，已编成三卷。书叙武当剑侠铁伞先生一生游侠故事，夹叙江湖一切无法之组织。生面别开，出人意表。全书百万言。

郑证因所著的《武林侠踪》、《铁伞先生》二书在出版时，封面上也注明“宫白羽校正”的字样。替人帮忙，自己的作品需要由别人校正，对于一个年逾 40 的男人，一个读书人，不是出于无奈，是不会选择这种形式的。

郑证因的作品为什么需要宫白羽校正？至今尚有讨论余地。照常理，需要别人校正，应该是文字上、写作技巧上还不够成熟；以前的论者也是这样看的。但是，这种推测有不好解释之处。第一，宫白羽在《十二金钱镖》的《后记》中已经明白地说郑证因“工文章”。第二，有论者指出，从“《十二金钱镖》出版首 2 回的实际情况来看，郑证因当时已经较熟练地掌握了武侠小说的写作技巧，不能说是初学乍练的新手”。如果这两点属实(因为“工文章”云云，也可能宫白羽出于友谊为朋友捧场；而《十二金钱镖》的首 2 回文字我们无法考订在郑证因初稿的基础上，宫白羽加工与否以及如何加工的情形)，郑证因就可能是为了借重宫白羽在读者中的名头和在出版界的社会关系，要之，一切有待于郑证因与宫白羽相识之前或合作之前的作品的发现。

不管怎么说，1938 年与宫白羽的合作对于武侠小说作家的郑证因是重要的。现在所能看到的郑证因的作品，推《武林侠踪》最早，而它正好是宫白羽校正的。这是他 88 部中长篇小说的出发点。郑证因从 20 岁左右开始谋生，到 40 岁才找到适合自己的生存方式，可以说是颇为痛苦而无奈的“大器晚成”。关于郑证因最初的作品，或以为是《女侠黑龙姑》(叶洪生《近代中国武侠小说名著大系》、上官缨《〈鹰爪王〉序》)，是不确的。《女侠黑龙姑》1942 年连载于《新天津画报》，与他的《鹰爪王》连载于《三六九画报》是同时期的作品。

约在 1940 年左右郑证因迁居北京，以笔耕为生。《鹰爪王》是郑证因作品中鲜见的长篇。《武林侠踪》预告百万字，实际上分为 3 部：《武林侠踪》、《铁伞先生》、《云中雁》，3 部合计不过 50 万字左右。一般而言，郑证因的武侠小说字数多相当于中篇，情节结构也比较单纯，往往就围绕一件事写几个人物。这样，有几个好处。第一，在构思、写作方面都比较容易，不需要在交代、照应、穿插上费很多精力，可以适应大量快速生产的需要。第二，快速生产的目的是缩短从写作到发表、出版的周期，也就是为了迅速支取稿酬，适应 40 年代物价飞涨的需要。尤其是 40 年代后期，物价飞涨的程度，今天的人已经不容易想象。为了了解当时的实际情形，抄一则出版社的《启事》：

> 从上月初起的物价漫天大涨风，如火如荼的疯狂上升，主要日用品几数度停市，在这短短的三十天里，竟涨了四倍以上，甚至有达十余倍的，作为出版物的最主要的纸张，月初只六百余万一令，至月底使涨至二千数百万圆；排印工，上月内也调整了两次，上涨百分之二百左右。本社刊行图书售价在五月十五日起为基本定价的三万倍，六月份本拟依旧维持原价，但因成本激增，陆续增至八万倍。本月份物价依然直线上升，白报纸竟达三千八百万圆一令，书价倍数不得不自即日起改为十二万倍……
>
> 星群出版社
>
> 一九四八年七月十六日

其实物价上涨不自 1948 年起，只是 1948 年达到疯狂程度而已。在这样的时代，对于一个卖文为生的人来说，必须“短、平、快”！在大量生产的时候，郑证因是否雇佣过“枪手”？从种种迹象看，很有可能。第一个证据是笔者看到过《金刀访双煞》的单行本，民国 37 年 7 月上海励力出版社。注明是

“郑证因著，吴志学修”。“修”的意义，是“写”还是“修饰”？我以为应该是“写”的意思。就是郑证因口述，吴志学笔记、整理。第二个证据是一些作品具有明显的文字上的矛盾。第三，对于读者来说，中篇的分量也便于消费（阅读）。

新中国成立以后，郑证因曾经在北京作家出版社和少年读物出版社等处做编辑工作，因为是独身（1945年丧偶，无子女），就住在出版社宿舍。1958年被调到河北省保定市河北文化学院做图书管理员。1960年病逝。

郑证因的作品除上文已经提及的，开列如下：《天南逸叟》、《女屠户》、《离魂子母圈》、《回头崖》，这些作品情节直接与《鹰爪王》相关，可以将它们看作《鹰爪王》的“外传”。

此外尚有若干，如：《岷江侠女》、《南荒剑侠》、《荒山侠踪》、《江汉侠踪》、《边塞双侠》、《剑门侠女》、《女侠燕凌云》、《边城侠侣》、《丐侠》、《雪山四侠》、《终南四侠》、《龙凤双侠》、《嵩岭双侠》、《塞外豪侠》、《侠盗扬镖记》、《白山双侠》，以上16部标题都带一个“侠”字；《铁指翁》、《铁狮镳》、《铁狮旗》、《孤雏铁虎》、《铁笔峰》、《大侠铁琵琶》、《铁燕金梭》、《铁拂尘》、《铁狮王》、《铁马庄》等10部标题都带一个“铁”字；《弧形剑》、《五凤朝阳刀》、《七剑下辽东》、《龙虎斗三湘》、《火焚少林寺》、《榕城三老》、《一字剑》、《万山王》、《边荒异叟》、《太白奇女》、《苗山血泪》、《霜天雁影》、《风尘三杰》、《金刀访双煞》、《风尘三剑》、《金梭吕云娘》、《峨眉双剑》、《塞外惊鸿》、《风尘怪客》、《风菱渡》、《双凤歼仇》、《昆仑剑》、《戈壁双姝》、《牧野英雄》、《青狼谷》、《大漠惊鸿》、《龙虎风云》、《天山四义》、《太极手》、《尼山劫》、《金鹰斗飞龙》、《黑妖狐》、《燕尾镳》、《乌龙山》、《鹤顶春回》、《绿野恩仇》、《子母金梭》、《小天台》、《五英双艳》、《秦岭风云》、《幽魂谷》、《巴山剑客》、《龙江奇女》、《黑凤凰》、《闽江风云》、《火中莲》、《风城怪客》、《黄衫客》、《野人山》、《贞娘屠虎》等50部。以上76部武侠小说的人物或者情节或多或少与《鹰爪王》有联系，就是说，郑证因的作品互相构成阐释理解接受的背景，形成他自己的武侠世界。这样做有利于自己作品的销路的巩固和扩展。另外，郑证因也写过《狼牙岛》（写海边渔民反霸故事）和《矿山喋血》、《风雪中人》（侦探小说）。

第二节　对于中国武术的专注

——为技击武侠小说寻找完善的表现形态

郑证因武侠小说的代表作，公推《鹰爪王》。《鹰爪王》1941年问世，先在天津《三六九画报》连载，大受读者欢迎，后出版单行本。这部小说的正集73回，130万字（此字数依据吉林文史出版社1988年重排版统计，旧说150万余字，不确。下文所引原文亦据此版，但标点符号有若干改正）。篇幅巨大是因为在一个总的复仇行动中穿插了若干小的游侠、守宝、复仇故事，这些穿插如果采取独立的形式，就是一部完整的中篇。比如插叙的要命金七老与追云手蓝璧结仇的故事，4万余字；穿插的矮金刚蓝和帮助镖师斗巨盗夺镖的故事，则有10万余字，与其他一般的单行本的篇幅相当。因此，这部小说对于郑证因小说的文体而言，具有集大成的性质。同时，我们可以据此说，相对于长篇小说而言，郑证因对于中篇武侠小说的结构更有把握。

已经有论者指出，郑证因武侠小说最突出的特点，在于表现了对于中国武术的专注。郑证因将粗犷的豪气、多彩的武术和惊险的情节融为一体，构成了技击武侠小说的完善形态。这一看法完全切合郑证因作品的实际，也符合武侠小说史发展的实情。中国现代武侠小说作者，多半不懂武术，所以一般的武侠小说中不能对中国武术有真正实际的表现。在20年代至30年代的武侠小说作者中，平江不肖生是名副其实的武术家，但他的作品中武术描写不是重点，他也无意在小说中认真表现武术。其原因，从他个人说，固然一方面胸中可说的武林掌故、传闻逸事太多，另一方面，武术对于他是实用的而非文学的；但是作品必须进入市场流通这一点是不可忽视的。在当时，读者对传闻逸事，尤其是带色情色彩的武林传闻有浓厚的兴趣，所以平江不肖生不必另找途径。在平江不肖生的时代，以传闻逸事取得成功的不乏其人，比如赵焕亭的《奇侠精忠传》。这是风气使然。郑证因成名于40年代，是北派称雄的时代，通俗读书界的基本气候促使他在北派风气中寻找自己的位置。郑证因的贡献正在于他能充分利用自己懂武术的特长，自觉地将武术描写作为武侠小说的一个主要构成因素使用，这表现在小说文体上，就是武术描写的翔实与繁复。而在客观上——我认为在主观上郑证因未必意识到或者说未必有意识地追求一种风格，未必有风格的自觉——已经将武术描写提高到文体特征、风格特征的重要位置。

仅仅指出郑证因致意于中国武术，将武术描写作为主要构成因素，因此，武术描写具有繁复与翔实的特点还是不够的。因为小说毕竟是小说，不是武术教科书，也不是武术史，需要说明的还有武术描写的文学价值、文学性。

现代武侠小说中的武术描写，从总的发展历程看，简——繁、虚——实的两极运动以及繁、简、虚、实的交替组合是正变变化的基本规律。对于武术一窍不通的作者也写作了很多武侠小说，他们小说中的武术部分一般依赖间接的知识，因此，要么非常简略，要么向“虚”的一面发展，很难有可以称得上精彩的武术细节描写。郑证因武侠小说中的武术描写，从总体倾向看，从他与其他作者的比较看，繁复、翔实是基本特点，这表现在郑证因的小说中有大量的真正精彩的武术细节描写。我们看他写大竿子的“起手”、“亮招”：

方冲……(用)右脚捻大竿子钻，(用)脚尖(把大竿子后把)一挑，大竿子后把腾起，(用)右手把大竿子钻抄在手中，往前一用力，竟把大竿子端平了，大竿子梢纹丝不动。黑煞手方冲(背着身子往后)连退出五步去，(身形)虽是倒退着，单掌(平)端着的大竿子仍是笔直水平。眼前已亮开了势子，黑煞手方冲这才把右臂往下一沉，大竿子梢一点地，左掌往大竿子中把一搭，说了声：“万老师，方某这里候教了！”

这是大竿子的起手，再看“亮招”：

方冲……右手的后把往后一带，左手一合前把，身形往下一塌，右脚已跟着撤回半步来，掌中一用力，一拧竿子，竿子稍一颤。噗噜噜颤成桌面大的圈子，跟着左翻，右翻，连拧了三把。方冲这才一亮招，是真见出工夫来；只凭这一手，气不达四梢，两臂没有五百斤的力量的，休想把大竿子运用活了。

(以上见第 62 回、63 回)

这一段把大竿子从起手到亮招的动作写得一丝不苟，每个动作都可以实证，具有教科书般的严谨；这一系列动作的描写，语言质朴，动作性强，读来有虎虎生风之感。这段文字的秘密在于动词的恰当：“捻”、“挑”、“抄”、“端”、“带”、“合”、“塌”、“撤”、“拧”、“颤”等等；本来都是平常的词汇，组合起来可就将名武师起手亮招的过程形象化地表现出来。中国武术由于器械不同，各种武功本身就有其独特的气质，这段文字除了语言略显粗糙而外(括号为引者所加。笔者认为括号中的文字都可删除，下同)，很好地体现了大竿子的气势。作者心目中如果没有大竿子的见闻经验，是不能够如此地工笔描写的。武术描写和其他描写一样，可以求实、求真，也可以求虚、求幻。实有实的美丽，虚幻有虚幻的妙用，如果说还珠楼主显示了“幻”的奇异境界，新派武侠小说之金庸显示了“虚”的不尽神韵，郑证因的特殊地位正在于在朴素的“实”“真”描写基础上，形象地表现了中国武术的美。

郑证因的武侠小说中的武术描写其实包括不少内容：较技过招、气功，以及过招追踪时的轻功。其中值得充分肯定的是较技过招的描写。上文所举大竿子起手、亮招就是较技过招中的一个组成部分。再考察具体的过招的描写。在《鹰爪王》的最后10回30多万字中，过招描写俯拾即是，现举一段方冲与万柳堂较量拳掌的文字为例：

> 湖南黑煞手方冲以内家劈挂立掌式进招，猱身而进，口中却说了声：“万老师，恕方某无理了！”发话时（却是）左脚在前，右脚在后，相隔尚有两步，身形一长，右掌胼食中二指，“仙人指路”，往万柳堂的面门便点。万柳堂沉着应变，以静制动；容到黑煞手方冲的掌递满了，下身不动，微一甩左肩，左掌往上一翻，“拨云见日”，也是胼食中二指，专找方冲的脉门。（黑煞手）方冲化实为虚，右掌（往回）一撤，左脚往前（换）一步，身形往下一煞，左掌用“叶底藏花”照万柳堂丹田劈去。这一掌既劲且疾，掌上夹着劲风。（续命神医）万柳堂（既）已知道此人掌上有工夫，见他这一掌打来的厉害，不肯骤然接他的正锋——多一份慎重以防万一——左脚往外一滑，身形已带过来，甩右掌往（黑煞手）方冲的脉门上便切，手法迅疾异常。（黑煞手）方冲一掌劈空，见万柳堂掌到，反倒把上盘往前一欺，左掌翻阴手，用掌缘一挂万柳堂的腕子，右掌（已）同时以“乌龙出洞”照万柳堂的肋上击来。万柳堂（已）运用什段锦的掌法，要试试这驰名湖南的黑煞手（方冲）掌上究有多大力；往下一煞腰，脚下用“连枝步”，把身形微撤，以“倒架铁门闩”往外一封。万柳堂（已经）气贯丹田，经于肩髆，不过可没敢用十成力，只用了七成力；只觉得自己右肩一震，一个箭步，借力使力，退出六七尺去。那黑煞手方冲也被震得横蹿出数步去，方才收住势。两下里各自心里明白，全知道实是劲敌。

这段文字是2人过招的前3回合的武术描写，进招、拆招、步眼、招式井然有序。在步眼、招式描写的基础上，穿插进武术招式的名称和叙事者的评论。武术招式的名称本来多半使用比喻，具有形象性强的特点，与步眼招式描写结合起来使用，有相得益彰之妙——究其实，步眼招式描写是喻本，名称是喻体。步眼招式的描写中以动词的使用见精神，精当的动词既有形象性，又赋予文句节奏；名称作为比喻之一端，或拟象于自然，或取象于典籍，或比之于人事，自然的生动气韵、历史典籍的文化哲学意味、社会人生的趣味往往随形象俱来，好勇斗狠的武术过招描写因此而予人形象，逗人想象，富于文学性。撇开人物的性格不论（它们当然具有充分的文学性），撇开过招中双方的心理描写不论，仅仅是这样的过招的白描，也具有文学价值、文学性。

有论者已经注意到这一点，并且从舞蹈美的角度来解释。认为中国武术在发展过程中形成了"花拳绣腿"的一派，甚至动作名称都被诗意化，这一派具有很高的审美价值。这是正确的。并且武侠小说中描写的武术大多是属于花拳绣腿派。不过，一方面可以承认被表现的对象本身的美，另一方面应该严格地将现实与文学相区别。看武术表演与看武侠小说中的武功打斗描写是完全不同的事情，对于后者而言，一切以文字为前提，因此，作家们尽管都是表现花拳绣腿的武术——就对象而言都是一样的，因为运用文字的差别，成功的程度也不同。郑证因的文字是粗糙的，不通、累赘、文白夹生，诸如此类，比比皆是。有论者认为"郑证因文字也自有特点，简练、准确、形象、传神"，甚至感叹其"语言功力之深厚！"这种看法不符合实际。只要看上引文字就可以明白，引的还是好的段落呢。郑证因文字粗糙，但是取得了相当的成功。其原因可以从两个方面看。一方面，有论者指出郑证因写作的语言既受到评书的影响，又有运用天津方言的倾向，也许我可以补充的是，有时又有文言小品的摹拟；这些语言文字糅在一起，有利有弊。当他用这些语言写自己熟悉的事情时，颇能显示各自的长处，而有瑕不掩瑜之效，自然，相反的情形也不少。另一方面，郑证因有真实的武术经验为基础。有真正的经验，所以当他力图表现某种武功时，首先能够用文字写出其动作过程。其次，就是郑证因能够描写他人所不能描写的具体的手、眼、身、法、步。评书语言在形容这些方面有长远的优秀传统，我认为，郑证因继承了这个传统中的精华部分。虽然郑证因也有夸张，但他的夸张、形容都是建立在真的武术这个基础之上的。武侠小说作家都会夸张、形容，那些文字功夫好的作者，论文字之美，形容之妙，郑证因望尘莫及，但是，就是缺少郑证因的这份底气。不厌其烦地写动作，写手、眼、身、法、步，是真实，是繁复，是板滞；适当穿插形象化的名称，是虚，是简捷，是灵动：对立而统一！这种对立统一乃是郑证因的独特的特征。第 63 回写蓝和在花棚上施展“海燕掠波”的轻功绝技，当然是神乎其神的夸张，可是动作交代得一丝不苟：

这位蓝二侠一声长啸，把提着的右脚往花棚上一踹，嘎吱的一声，整个花棚全震动；(蓝二侠)“一鹤冲天”(的绝技)，(身形笔直)凌虚而起，拔到二丈多高，身形往下一飘，如流星泻地一般，头朝下，(脚朝上，)斜着向草上飞余忠落脚的东北角扑来……就看身形往下落，势子多猛多疾，摆在离花棚只剩五六尺高，一个“云里翻”，身躯原本就矮，看着就像一只圆球，赶到(脸朝花棚的北面外沿)一落，全身一伸，双足往花棚的边沿上的竹架子一踹，又复腾起，倒落在东南角上。

对于武侠小说作家所写的轻功云云，原不必呆鸟似的去求证真伪，写不写手、眼、身、法、步，也完全是作者的自由，郑证因在好的作品中总是充分写出动作的具体过程，动作组接环环相扣，仿佛真有那么回事！这就是他的标志性的特征。一般不懂武术的作家可以学到他的过招描写，但是手、眼、身、法、步的描写往往语焉不详。

第三节　单纯而紧张的情节特征
——单纯从属于紧张

郑证因武侠小说的情节结构的特征，一言以蔽之：单纯而紧张。单纯从属于紧张。

所谓单纯，就是郑证因的武侠小说一般只写一个亚里斯多德所说的“行动”。而且这些行动往往只是短篇或者中篇的规模，却被写成了中篇或者长篇的篇幅。现在由安徽文艺出版社重新排版出版的《女屠户》，31 万字，其实原来是 3 部：《离魂子母圈》、《女屠户》、《回头崖》。这 3 部小说，第一部 17 万余字(重排本第 1 章至第 12 章)，有相当的长度，其余两部(重排本第 13 章至第 18 章，第 19 章至第 24 章)各 7 万字，可以称为中篇。但是，从情节结构的角度看，则都是短篇。3 部小说在情节上首尾衔接，又是承接《鹰爪王》而来，写四侠客(燕赵双侠、活报应上官云彤、要命金七老)追踪陆七娘的故事，只能说写了一个追踪行动。其间虽也写了陆七娘等人的行动，比如陆七娘和吴青到蓝庄报复、凤尾帮向辛维帮复仇、陆七娘与侯琪图谋公主岭等等,也都与追踪故事紧紧扣在一起。最后的《回头崖》中追踪蜕变为皈依主题,不过是为追踪行动设计的方便而体面的结局,并未生发出新的情节。关于“体面”,略作说明。在郑证因的原计划中,女屠户陆七娘是要死于关东的。一直到写完《女屠户》,郑证因心目中还是准备陆七娘“终于把芳魂艳骨葬送在白山黑水间”。但是,这个追踪行动有先天不足之处。4个名闻天下的侠客,加上凤尾帮的武功超群的香主,5个成名男人追杀一个女“帮匪”,这个女人虽然武功不差,但与5个追击者中的任何一个相比都差得远,并不是武功超群的人物,情节所以能够延续,是因为开始时四侠客与凤尾帮香主勾心斗角,双方都不想让对方擒获陆七娘,其后凤尾帮香主落败(不败收不了场),已经不是追杀,而是几近猫吃老鼠之前的玩弄,似乎很难谓之为“大侠”。也许郑证因意识到此,所以安排了放下屠刀,立地成佛的收尾,为几个“大侠”维持体面。

《边城侠侣》15万字,写大盗索云彤向牧场场主季万方的复仇行动。小说总共写了复仇行动的三个波折:盗马、冤狱、夺宝,最后,季万方在众侠客的帮助下,终于挫败索云彤。《铁拂尘》则写了一个拯救行动,侠客为了保全朝廷必欲铲除的忠良,必须在朝廷鹰犬之前赶到边疆凉州,实行拯救行动。小说从接近兰州的赶路中途写起,到拯救失败就戛然而止。《火焚少林寺》写福建莆田少林寺明知道将带来毁灭之灾,仍毅然收留被朝廷追捕的蒋畏三,终于导致了火焚少林寺的悲剧,因此,这实际上是迎接命运的行动。诸如此类。不难看出,这些中短篇,故事单纯,人物集中,可以说代表了郑证因武侠小说的一般情形。

《鹰爪王》在郑证因的作品中情形反而特殊,不仅篇幅巨大,而且人物众多。但是,从矛盾冲突的角度讲,情节还是很单纯,严格说也就是相当于中篇的情节。小说主要情节线索是以名门正派的“侠义道”与所谓“帮匪”之间的冲突为基础的,名门正派主要就是淮阳派、西岳派,凤尾帮则是“帮匪”。其实,这种定位不大靠得住,这个问题留到后面讨论。两派为了维护本门的尊严联手向凤尾帮大举复仇——到凤尾帮总舵十二连环坞“拜山”。这一线索又分明暗两条线索,明线是王道隆、慈云庵主率领的同门以及助拳的侠客与凤尾帮的种种较量,暗线则是两派的前辈侠客在暗中与凤尾帮的较量。明暗两条线索时有交错、互通声气,比如丐侠是时暗时明,燕赵双侠先暗后明,铁蓑道人和多指老尼直到最后大结局方才露面。小说中这一暗线的作用不可忽视,穿针引线,力挽狂澜都靠它。许多论者都赞许郑证因没有将武功神化，这大体不谬（轻功可是大大的神话了），但是，武侠小说总免不了要写人之所不能的，在郑证因看来，这类书是不能完全依赖这些神龙见首不见尾式的人物来完成的。

主要情节线索之外又有副线。所谓副线，是指主要矛盾之外还有一对与之相关的矛盾——凤尾帮内部的矛盾。内部矛盾主要是围绕帮主武维扬刚愎自用和在处事方面的亲疏曲直展开的。作者依靠这条副线在净业山庄群雄较技前推出"正帮规"的内部大冲突；由这一冲突引出倒反凤尾帮情节，为净业山庄群雄较技的场面营造出"山雨欲来风满楼"的情势，并推动高潮与突转，非常成功。作者不仅能够将一个简单的复仇故事写得错综复杂，千变万化，尤其能够巧妙运用副线推波助澜。小说总共 73 回，而正式"拜山"从第 54 回开始，就是说，前 53 回都是"拜山"之前的准备、行程，这当然是作者有意的延迟，延迟高潮、突转的到来。在去凤尾帮总舵十二连环坞的途中，凤尾帮在暗中处处拦截，贯穿了暗算与反暗算，追踪与反追踪的行动。一波未平，一波又起。从表面看，这是作者的故弄狡狯，所谓极尽变化之能事，其实不然。因为变化有标准与限度。否则，从理论上说，这样的行程中随时可以发生突发事件，也就是可以任意延续，难道真正任意延续也值得称赞？当然，通俗作者都要设法将篇幅扯长，但也有合理与否的问题。有许多武侠小说一穿插就离题万里，最后，只能勉强以形式上的完整收场。《鹰爪王》基本是合理的。就是说扯长的部分服务于内容的表现，或者说情节结构有内在的原则控制。说基本，就是说自有可议之处。比如穿插的追云手蓝璧与要命金七老结仇的故事，虽然必要（因为它是金七老与蓝璧生死相搏，最后一笑泯恩仇，终于反叛凤尾帮的起因；它等于金七老的小传，同时隶属于副线），却并非一定要采取用 4 万字的篇幅来插断群雄较技场面的笨办法（见第 64 回）。在前 33 回，去拜山的人兵分两路，第一路写到第 26 回，从第 27 回到 33 回再回过头来写第二路。第一路中穿插了淮阳派与女屠户陆七娘、双头鸟姜建侯、飞云道长李培基、胡玉笙、罗信、侯琪、邱宁、李玄通等的较量；第二路则写了与"秦中三鸟"的较量。其中除李培基的故事是为了交代万柳堂得宝剑之外，其余的则围绕与凤尾帮的明争暗斗。这样写作用有二。一是，借此表现凤尾帮流品不齐和帮主武维扬的刚愎自用、处事不公，显示其内部矛盾重重，是构成副线的重要内容。其中陆七娘是牵动凤尾帮全局的焦点人物。二是，通过一系列较量，双方重要人物逐渐亮相。虽然有明线、暗线，主线、副线，就其篇幅与情节相对比较而言，也还是单纯的。

所谓紧张，表现在两方面。一方面在于情节的始终是“进行时”。在小说的开场方面，一般都能够在第1回就进入紧张的情势。《边城侠侣》开场就是场主季万方的老仇人索云彤雨夜寻仇，立刻展开紧张的追踪；《铁拂尘》第1回是在边疆严寒的风雪中，侠客们保护忠良后代日夜兼程，他们不仅必须在途中拦截朝廷的追踪鹰犬，并且一定要赶在朝廷派往凉州的鹰犬之前到凉州救人；《火焚少林寺》则以大侠蒋畏三的逃避清廷的追缉开始。至于《女屠户》、《离魂子母圈》、《回头崖》等也都是开始即进入紧张的追斗。《鹰爪王》因为篇幅大，开场时主要行动还没有展开，双方大规模会斗的净业山庄较技远在第54回之后，这当然是作者有意的延迟。延迟与紧张是一对矛盾。郑证因却能够始终保持相当紧张的力度，这得力于大行动中一连串相勾联的小行动的结构。每个小行动中都有小悬念的设置。《鹰爪王》前6回是小说的开端，也就是大行动的起因——门徒被劫。但实际上又是个“营救行动”。王道隆10年前受恩，现在派门徒给恩人送信，不料报恩不成反贾祸，门徒与恩人同时被投入监狱(恩人的女儿正好是西岳派的门徒，由此将西岳派牵入)，命在旦夕。“救人”就是前6回的小悬念。可以说一开始就有如火如荼之势。待到恩人救出后才发现两派门徒已经被凤尾帮暗中劫走，于是淮阳派、西岳派各自大集同门，联手“拜山”。另一方面，郑证因武侠小说的主要内容就是追踪与打斗。前文已经指出，郑证因的武术较技的描写具有充分的价值，较技的生死相拼当然容易制造紧张空气。追踪的描写未免故弄狡狯。

这可以与宫白羽的追踪描写作一比较。宫白羽《联镖记》写邓飞蛇为兄报仇，暗算林廷扬后，为要赶尽杀绝，欲将林廷扬的妻子与儿子一起斩草除根。为了逃命，林廷扬的师弟护着程玉英及铃哥儿雨夜逃窜，这一追踪与逃窜，写得危机四伏，风声鹤唳，紧张中透着恐怖。郑证因也写追踪，无论是《鹰爪王》，还是《边城侠侣》、《女屠户》，其追踪行动都写得神秘轻松，追踪更像捉迷藏。这其中的差别主要在于叙事观点的运用。宫白羽的叙事既注意从全知观点交代事情的原委，描写环境，烘托气氛，又时时顾及人物的视点，追者的盘算、感受，被追者的感觉及心理，均有恰当的表现，叙事观点变换灵活，所以追踪行动写得吸引人。郑证因的追踪行动往往更多地从第三人称全知观点下笔，局外人的观点写来，只见神秘莫测，却不能营造出恰当的紧张氛围。也就是说，郑证因的紧张是依靠情节的打斗描写完成的。

第四节　郑证因小说的独特的社会内容
——与宫白羽小说社会内容之比较

郑证因的武侠小说与宫白羽的武侠小说都涉及到社会内容，而所写的社会性内容有同有异。宫白羽的武侠小说中侠客、镖师一个个在官家面前低声下气，不敢有丝毫违拗，官场与江湖相比，自有不可及的权势及声威，这正是现实社会的法则。宫白羽在处理江湖与官场的关系时，始终将江湖置于现实的法则之中，不如一般武侠小说家之写江湖侠客视官场如无物。郑证因的小说中也可以见到类似的描写，比如《鹰爪王》中净业山庄群雄较技后，官军攻入十二连环坞，王道隆等人忙不迭地表白身份，拉关系，套交情，唯恐罹罪。这可以说是与宫白羽的相似之处。但是，郑证因也有他自己的独特社会内容，即他对于江湖的帮会内部的规矩仪礼颇为谙熟，他能够写出江湖仪礼中的阴狠毒辣。比如，《鹰爪王》中凤尾帮开香堂惩治陆七娘正帮规一场，一套仪礼写得活灵活现，难得的是仪礼帮规的描写与情节融合无间。而处置姜建侯的活戮分尸，作者非常巧妙地调动了叙事的观点，通过一个帮会中好奇而充满惊惧的小字辈的眼睛来写，更是显得阴森恐怖，表现出了江湖帮会中的惨毒阴狠。对于江湖帮会中的惨毒阴狠的表现，在民国通俗小说世界里，郑证因无疑是独一无二的。张赣生指出：

> 郑氏世居的西沽一带，紧傍北运河与子牙河，是南方漕运的必经码头，在清末时，这一带是斗店（粮商）聚集地之一，也是“脚行”，“混混儿”出没的地区之一。天津的黑社会势力，最初就是由混混儿和脚行把持。……郑氏世居于这样一个地区，对于黑社会有较深的了解，所以在他的笔下能把黑社会的阴惨刻毒以及神秘的礼仪一一描绘出来。〔1〕

这真是精辟的知人论世之言，同时也解释了郑证因小说中社会性内容与宫白羽小说中之社会内容差异之所在及其原因。

郑证因相对于宫白羽，有他的弱点。首先，郑证因小说中男女关系的描写、叙事中透露出的观点的模糊性，缺乏明确的价值取向。陆七娘号称女屠

---

〔1〕 张赣生：《民国通俗小说论稿》第279、280页，重庆出版社1991年版。

户，其男女关系方面也遭到谴责，而且她的主要罪行就是在男女关系方面。其实，在《离魂子母圈》与《回头崖》中，就小说的情节而言，陆七娘在两性关系方面，只是违背了一女不事二夫的古训，与海鸟吴青同居，却并未违背现代性道德。即便在《鹰爪王》中，她也主要违背了寡妇的传统道德规范，并非在性道德方面真有罪大恶极之行。我们知道即使是在江湖，中国的传统道德也是被严格遵守的，或者不如说江湖之遵守传统性道德甚至于比正统社会还要严苛。但是，江湖的道义与小说的叙事者，与作者的道德感还是完全不同的范畴，正是在这里，作者的两性道德感与小说中江湖的两性道德感是毫无距离的，这是郑氏小说中观念与新文学不一致之处。其次，郑证因的小说中写到了正邪之分，比如，《鹰爪王》是以名门正派的“侠义道”与所谓“帮匪”之间的冲突为基础的，名门正派主要就是淮阳派、西岳派，凤尾帮则是“帮匪”。其实，这种定位不大靠得住。即在小说中正邪之别不是通过各自的行事与人物表现的，而是通过小说中的人物与叙事者的语言说明的，因此，在郑证因的笔下，侠与非侠未必真正有本质的区别。这一方面可以说，郑证因笔下的江湖更接近于现实的江湖世界的真相——江湖何来正义?!另一方面可以说，郑证因还是宥于习惯，宥于文学惯例，硬是写了江湖的正邪之别，侠客与帮匪之别，牺牲了解构侠客，揭示江湖世界底细的大好契机。

第十二章　奇情武侠小说家朱贞木

第一节　“新派武侠小说之祖”的美誉
——笔法、内容多为50年代港台新派所效

20世纪30年代至40年代，中国通俗小说中的武侠小说已经发展到顶峰状态。作为顶峰状态的标志的当然首先是风格各异的武侠小说家的出现，还珠楼主、宫白羽、郑证因、王度庐固然早就被公认为各具风格的北派四大家，就是朱贞木也已经羽毛丰满，自有丰神；其次，所谓顶峰，还指40年代武侠小说的承前启后的地位。一方面，40年代的武侠小说充分吸收了民国以来，包括民国以前的旧派小说、旧文学，甚至包括“五四”以来的新文学新文化的成果，不同的作家虽然各自侧重，却都能根据自己的特长、个性，为我所用，扬长避短，自成一体，自铸体式；另一方面，这些武侠小说成为香港、台湾之新派武侠小说的发展基础、依傍与超越的对象。朱贞木的武侠小说在这些方面具有明显的特色。叶洪生在《近代中国武侠小说名著大系》的总序中曾经指出，朱贞木的白话章回体的创造，以及他的笔法、内容多为50年代香港、台湾武侠小说作家所仿效，所以朱贞木有“新派武侠小说之祖”的美称。

朱贞木，名桢元，字式颛，浙江绍兴人。大约生于1905年。从出生年代看，他是受新式教育的通俗小说作家了。不过，据说他的旧式文人的修养也很不错。“朱多才，能诗善画，山水、花卉皆自有风格。题跋亦佳。治印篆刻亦很工整。”这可能是家学渊源有自。朱氏的山水、花卉我们自然看不到，但在小说中却也看得出这方面的修养。试看《七杀碑》中一段描写：

（雪衣娘陈瑶霜）瞧见右面一条小河上，架着长长的一座石桥。桥那面，一片树林，林内一条小道。道旁杂花怒放，灿若云锦，似乎别有佳

境。瑶霜一拎马缰,便走上桥去。过桥穿进森林,信马溜缰,不觉穿过了这片森林,一瞧却是一个池塘,池塘岸上几株高大的桐树,满树开遍了芬馥幽绝的桐花。这种桐花,是绿萼红蕊,四面开放的花瓣却是雪白的,花既娇艳,香又浓郁。满树上蜂蝶交飞,落花阵阵。靠近几株桐花,开着一座茶馆,绿油栏杆,红漆茶桌,掩映于花树之下,衬着碧油油一塘池水,池塘内一群黄毛乳鸭,泛泛而游。

这段文字移步换形,构图、层次、色彩也都颇见经营,尤其是有情趣,应该说作者的绘画修养对于他的写景文字是有帮助的。这类小品式山水田园小景,在朱氏小说中所在多是,所可惜者,它们一般都还是作为环境描写存在的,是一种修辞性装饰。作者在《虎啸龙吟》的第1回中在介绍一个“姓吴的书香世第缙绅人家”时说道:“作者与这吴家谊属姻戚,曾经看过他们的家谱,知道自明末避乱于此,历世科甲连绵,文风不绝。”如果此言不虚,从这大略可以想见作者的家系,大体也是没落的旧世家一类,不是贫民书生的教养。20年代中期,朱贞木在天津电话局做文书股课员。好像他此后基本没有改换职业,生活是比较稳定的。20年代后期,还珠楼主李寿民也到电话局供职,朱贞木遂与李寿民有了相识的机会。卢沟桥事变之后,日本侵占天津。电话局虽然在英租界之内,但是,通讯部门乃是现代战争中兵家必争之地,日本侵略者必得而甘心乃是必然的事情。据云,当时在电话局接收与反接收的斗争很激烈,曾经有不少居住在租界之外的员工被日本侵略者逮捕。后来,电话局长朱子奇离开天津到重庆去,很多员工也离开电话局。自然,也有一部分仍然留在电话局,朱贞木就是留局人员之一。抗日战争胜利后,电话局长朱子奇重返天津接收电话局。朱贞木在占领期间留局的行为,在抗战胜利的当时不能得到人们的原谅是并不奇怪的。所以他被解除职务。此后,朱贞木曾在天津开饭馆。建国后情况不明。

与还珠楼主的共事经历对于朱贞木走上武侠小说创作道路非常重要。30年代还珠楼主在《天风报》发表《蜀山剑侠传》,一时名利双收,朱贞木遂步其后尘,也在天津《平报》连载《铁板铜琶录》,却没有像还珠楼主那样一举成名。因为对读者而言,还珠楼主只需要一个,学还珠楼主乃是多事,何况又有画虎之忧。从开始写作武侠小说后,朱贞木就一直写了下去,早期试作《铁板铜琶录》以后,目前已经知道的朱贞木的武侠小说大约有17部:《七杀碑》、《飞天神龙》、《艳魔岛》、《炼魂谷》、《虎啸龙吟》、《龙岗豹隐记》、《龙岗女侠》、《苗疆风云》、《蛮窟风云》、《罗刹夫人》、《千手观音》、《五狮一凤》、《玉龙岗》、《塔儿岗》、《庶人剑》、《闯王外传》、《翼王传》等等。《七杀碑》是他的最后一部武侠小说，出版于 1949 年。

如果和其他同时代通俗小说作家比较一下，可以发现朱贞木写得不多。主要原因是朱贞木不指望它吃饭。当时有人曾指出："朱贞木先生并不指着卖文吃饭，他不过是闲着没事，做一点解闷而已。"许多通俗小说作家是指望小说卖钱买饭的。所以，一个通俗小说作家有三四十部长篇乃是正常。自然，写小说卖钱，做文字劳工，并不就下贱。不过，指望小说卖钱，总是使写作活动受了肚皮这个自然的限制。"艺术是使人自由的。"一受限制，就不能自由。朱贞木写得不多，但是都比较完整，尤其是情节的完整。可以看出，在动笔之前，对全书的情节发展是有通盘考虑、安排的。这也许就是不指望卖钱的好处。

第二节　布局在"奇诡"上见功夫
——学还珠楼主并脱胎而出

一般认为，朱贞木学还珠楼主，又从还珠楼主脱胎而出。这看法有一定的根据。从他与还珠楼主的关系说，他的写作就受到还珠楼主的影响；从作品的风格看，朱贞木在北方通俗小说界以边疆风物的描写，情节的曲折离奇见长。这都可以用一个"奇幻"来概括。"奇幻"就可以看作其所受还珠楼主的影响。但认真地说还珠楼主的影响，也不是如影随形，其中也不乏变化。早期，朱贞木深受还珠楼主的影响，往往还是有所拘泥，或者说亦步亦趋，但因为没有还珠楼主那样的想象力，吃力不讨好，后来不得不另找蹊径，在布局情节的奇诡方面下工夫，虽然也是"奇"，却已经经过脱胎换骨。脱胎换骨也就是将别人的东西拿来为我所用，融入自己的血液，自铸新词，乃自成一家。不过，即使到了后来，在他的成熟的作品中，往往也还有"奇幻"场面出现，这些场面常常让人想起还珠楼主的艺术世界。只是这些在小说中已经不处于重要地位了。试举二例说明之。

一、《虎啸龙吟》第 27 回写游一瓢登高长啸：

> 游一瓢闭目危坐，调息凝神起来。半晌，忽见他嘴唇微动，似乎听得有一种极微极幽的声音，摇曳而出；音细而清，宛如游丝袅空，若断若

续。一忽儿，渐高渐远，好像半空中发出笙磬之乐；猛可里张口一呼，万山响应，竟像千军赴敌，万马奔腾。加以松涛怒吼，狂风骤起，远近山麓，无数鸷禽猛兽，狂窜四逸；远远海波，也像随着震荡，声浪如山。

这段描写，当然有所依傍。但也并不就是书抄。作者是努力要营造一种“登高一啸，风云变色，海波飞立”的通神境界。结果意味是有那么一点儿，却是不够酣畅淋漓，有书卷气而乏干云之气。不过这点儿描写在《虎啸龙吟》中只是次要点缀，出色与否与全书成败干系不大。

二、奇禽怪兽的描写。

在《七杀碑》第32章“婷婷”中写婷婷雨中斗双头怪蛇；《虎啸龙吟》中写老虎抚育痴虎儿、侠客驱使蚁兵、围斗“人熊”，都是异乎常情的情节。虽说异乎常情，朱氏的描写其实都有野史笔记的凭借，出乎自己独创性构思、想象的，可以说没有。构造异乎现实的形象对于作家来说，需要特别的阅历、特别的资质，大体说来，朱氏的长处不在此。但这并非说朱贞木对于奇幻一无建树，他有些作品也称得上想象丰富，摆脱形模。这即是《罗刹夫人》。

《罗刹夫人》的故事有一点史迹因由和古代“蛮荒”地区的少数民族生活作为客观依据，但他笔下的世界基本是个幻想世界：深山幽谷里的人猿王国；驭猿驱虎的神秘女杰；她的由“人”而“猿化”，复由“猿”而“人化”，一直“化”到武功绝众，才学满腹的经历……凡种种，都像《博物志》式的逸闻，《山海经》式的幻境。作者还确实从这些古代典籍，直接引来一些神话传说里的异兽奇卉，用以点缀他的幻想世界。云雾缭绕的绝壁深洞，秀丽挺拔的奇峰怪石，莽莽苍苍的原始森林，其间飞驰着马形虎爪的“鹿蜀”（第10章），生长着叶如碧玉的“沙琅”（同上）、奇毒无比的“钩吻”（第29章）、能把生物变成“机器”的“押不芦”（第33章）……这一切，构成虚虚实实，瑰异谲诡，灿烂炳焕的奇境。第9章所写的武当派嫡系传人张松溪，倒是一个真实的历史人物。他的事迹不仅见于《南雷文集》，而且载入《宁波府志》。不过，作者把他从四明山中“仙影崖”带到云贵边境，决非为了再现历史，仍是让他把你带进“仙影崖”畔的那个“别有洞天”。

《罗刹夫人》之“奇”，还表现在人物形象的“诡异”。“白国因由”一段，“罗刹”为名的女中豪杰，真是“殊形诡制，各异其观”。作为全书主人公的罗刹夫人，是“匪首”，又是“情种”；杀秃老左全家，何等心狠手辣；对自己所爱的人，又多么温情脉脉。她踪迹诡秘，莫知其端，甚至和沐天澜定情之后，在策划放土司、夺藏金的行动中，仍对他暗施狡计。然而，正如她那狰狞的人皮面具背后有一副花容月貌一样，她的诡言谲行内面，是一颗“独善之中寓兼善”的大心。桑荣翁说她是个“谲不失正，智不悖理”的“性情中人”，最能“勘破梦境”，又最能“制造梦趣”，正道出了作者塑造这一形象的意图，这个意图是完成得较好的。

作者懂得一点作为美学范畴的“丑”与“美”的辩证关系。他曾师法还珠楼主（李寿民），据说，后者非常欣赏宋人小令中的两句词：“鬼火一现，露出桃花面”，认为只有与“桃花面”两相对比之下，才能更加显示出恶鬼的阴鸷。朱贞木与罗刹夫人，则从另一个方向运用了上述“若要咸，放点盐”的艺术原则。罗刹夫人的诡谲，恰恰赋予她一种独特的形态美和性格美。遗憾的是作为男主人公的沐天澜，形象颇嫌苍白无力。尽管作者很想把他写成一位容貌英俊、武艺超群、满腹经纶的英雄，但是，书中出现的实际形象，几乎成了个思想平庸，被“英雄”们争夺戏弄的“小白脸”。也许这是想“突出”罗刹夫人，结果却把他“拉”低了，欲扬之反抑之，作者又并未真正理解和掌握艺术的辩证法。

《罗刹夫人》的艺术构思，较少黏着事实，而是“摆脱形模，凌虚结构”。它的风格，不同于当时以写实为主要倾向的宫白羽、王度庐，而接近于“大写意”派的还珠楼主。《罗刹夫人》在写“世外社会”方面与之相近，但作者笔下的人物并非仙佛妖魔，因此他的“世外社会”又并不是纯乎超现实的神话世界。他还特别写入张松溪“仙道无凭”一段故事，否定了武术顶峰可以达到“练神化虚，脱欲成仙”的说法。作为艺术作品，写神怪仙佛的不见得就是“宣传迷信”；不写神怪仙佛的也不一定就“观念正确”。从这个角度看，“仙道无凭”便是作者为自己的艺术幻想所设的一个“度”。“技击派”武侠小说不能不写武功，而武功技击是人力、人事，是“仙力”、“神事”。30 年代文公直所写的《碧血丹心大侠传》里，超现实的“剑仙”与现实的“侠客”共处于同一事件之中，前者长生不老，能知过去未来，法术战无不胜。既然有了能够解决人生各种争斗的“仙佛道”，那么，只能解决局部问题的“侠义道”岂不成了可有可无的傀儡？还珠楼主大概考虑过这个问题，为了充分发挥自己的想象力，他在《蜀山剑侠传》等书中就干脆抛开“人世间”，去写他完全虚幻的超现实世界和玄妙莫测的神魔斗法。朱贞木大概也考虑过这个问题，看来他还缺乏还珠楼主那种汪洋恣肆的想象力，收纵自如的笔力，以及熔儒、释、道于一炉的玄理玄思。他为自己所设的“度”，使他避免了文公直所曾陷入的矛盾，也暴露了他和还珠楼主之间的差距。借此倒是可以见出其与还珠楼主风格的关系之一面，一个还珠楼主并不能说明朱贞木。

已经有人指出，中后期的朱贞木走了顾明道的武侠、爱情、冒险三合一的路子，虽然在北方成名，实际是南派风格。这种看法也有根据。不过仍然不能那么泾渭分明，因为实际上，一个作者所受的影响广泛而复杂，他的本领在于将复杂的外来的影响熔为一炉并合为一体。比如说，借重大的历史事件作故事背景、点染野史笔记、民间传闻的因素在朱贞木的小说中并非偶然出现一次的现象。《闯王外传》、《翼王传》是只看书名就可以明白其与重大历史事件的关系，《七杀碑》、《虎啸龙吟》也是以明末农民战争为背景的。这就不是顾明道可以解释的了。

因此，不仅需要拆散七宝楼台，考镜源流，尤其需要总体的品评，论其风格。

第三节 《七杀碑》与历史传说之关系
——半自历史，半自野史笔记

本节以《七杀碑》为例，分析它与历史传说的关系。首先看取材。《七杀碑》的取材的第一特点是，重要人物一半都有历史根据。这个历史根据却不是正史，而是野史笔记。作者自己说：

> 民二十五年春，故都琉璃厂书摊中，见一手写诗册，署名"花溪鱼隐"，盖乾隆时蜀人也……诗百余首，媵以蜀中明季轶事十余则，约数万言。中有一则，题为《七杀碑》。略谓"张献忠据蜀，僭号'大顺'，立圣谕碑于通衢，碑曰：'天以万物与人，人无一物与天，杀、杀、杀、杀、杀、杀、杀。'即世所传七杀碑也。碑文'杀'字，不六不八，而必以七，何也？蜀中耆旧有熟于掌故者，谓余曰，献忠入蜀，屠杀甚惨，而屡挫于川南七豪杰，恨之也深，立碑而誓。七杀碑者，誓欲杀此七雄耳。七雄为谁？华阳伯杨展、雪衣娘陈瑶霜、女飞卫虞锦雯、僧侠七宝和尚晞容、丐侠铁脚板陈登、贾侠余飞、赛伯温刘道贞是也……"其文分叙七侠事迹，诡奇可喜，杨展为七雄之魁，叙其生平及率义兵规复川南事尤详。谓杨展能识金银气，善奇门五行遁术，近于小说家言。然其叙述，均有所本。吴梅村《鹿樵纪闻》及彭遵泗《蜀碧》等书所载杨展传中，亦有精五行遁术语，

顾博雅之士，亦不免也，岂世真有此神奇之术欤？……余乃摭拾“花溪鱼隐”之说，兼采各家笔乘、故老传闻，综合七雄事迹，演为说部，而删其怪诞不经者，并据“花溪鱼隐”之说，以“七杀碑”名书，志其所由起。

作者的交代很清楚，他依据的是野史笔记。“花溪鱼隐”的书，既然是“手写”，形同秘籍，我们无法考知，但是《蜀碧》、《鹿樵纪闻》却是唾手可得的。在《蜀碧》中，明文记载的有嘉定武举参将杨展、眉州铁脚板陈登、洪雅花溪余飞、黎州举人刘道贞、保宁府禅僧破山、洪雅参将曹勋、川贼姚天动（小说中作“巴东摇天动”）、黄龙以及提携杨展的参政廖大亨等等。据《蜀碧》以及所附《杨展传》云：杨展，字玉梁，嘉定人。幼应童子试，为参政廖大亨识拔。精于骑射。崇祯十二年进京参加武科会试，于校场骑烈马射箭，九发九中，名满京师。遂以进士第三人及第。授游击将军，后以秦乱不止，朝廷重用武官，杨展晋升为参将。后因服丧归里。崇祯十七年（清顺治元年，公元1644年）张献忠在四川称帝，攻略四方。顺治二年，明臣王应熊传檄攻叙州，杨展举兵犍为，以为响应。同时，黎州参将曹勋与刘道贞则举兵洪雅。一时明兵据有川南。杨展以善战，为川东、川西之“义兵”倚为长城。在川南，杨展曾屯田、赈灾，川南一度得以喘息。后杨展为其部将所杀。杨展之死，《蜀碧》系于顺治六年。正史云：“是岁明孽相图。”这是杨展行止大略。《蜀碧》虽是野史，其实还是很正经的。丹溪生自序云：“博采群书，并蜀乘所载当时忠臣烈士、节女义夫可印证者，汇为《蜀碧》一编。”因此，杨展之于江湖，《蜀碧》并无记载。丐侠铁脚板在《蜀碧》中原不是乞丐，而是眉州“贱民”，诨号铁脚板。所谓“贱民”，是说他家贫，以打猎为生。因为常年累月赤脚在山石中追寻野兽，练得铁脚板。到张献忠入川，“愤贼残酷，裂衣为旗，召集四方遗民”，在醴泉河抗击张献忠的部队。屡战屡胜，号称“铁胜”军。他后来也死于自己人手中，一说为向成功所杀（《蜀碧》），一说为杨展所杀（《蜀难叙略》）。贾侠余飞当然也不是商人。《余飞传》称其为“村民”，在崇祯十七年召集村民利用有利地形保卫家乡——洪雅花溪。破山的记叙甚略：“或云贼欲屠保宁府属，禅僧破山为民请命。贼令持犬豚肉以进曰：‘和尚啖此者，从汝。’破山曰：‘老僧为百万生灵，忍惜如来一戒乎？’遂尝数脔。贼因免之。”至于雪衣娘陈瑶霜、女飞卫虞锦雯、七宝和尚晞容则不见于《蜀碧》。因此，《七杀碑》的主要人物，一半有历史依据，一半出于虚构或传闻。

第二个特点是，于史有载的是战争中的人物的行止，而《七杀碑》基本避开战争描写，主要笔墨写战前侠义道的准备过程。真正的战争是集体的、集团的行为，武侠小说的正途则是写江湖侠义道的个人行为的。取明末战争中四川的抗击张献忠的屠杀为背景，从思想观念说，是以“群”的利益充实侠义道的个人行为的一种取巧方法。从写作技巧说，是一种处理虚实关系的可行的方法。取材于中国历史上的重大事件写成通俗小说，在20世纪中国通俗文学史上自成传统、自有谱系。约略言之，依据正史，讲究言必有据，继承中国讲史传统的，所谓“羽翼正史”者，有蔡东藩。这类作品侧重的是“知识性”，以实为主，以虚(野史笔记)为点缀，实是目的，虚是佐料。这一支成就不高。因为前有《三国演义》，不仅讲史，而且将主要人物传奇化，塑造传奇英雄，实际上已经是登峰造极，不易超越了。虽然也重视历史事实，但是一方面已经注重野史笔记，另一方面大胆虚构，作者注重的是在重大的历史事迹中塑造历史人物，挖掘有益于当代的历史精神，这一种可以以文公直的《碧血丹心大侠传》为代表。主要依据野史笔记，取一点历史影子，侧重发展其传奇因素、趣味因素的，则有赵焕亭的《奇侠精忠传》。赵焕亭的小说文体的一个特点是，他以虚构、虚幻故事在两个方面敷衍历史事件：第一，于历史无载的，或者虽然有记载，也只是片言只语的历史人物的成长发展过程，予以虚构，予以详细的传奇化的描写，比如《奇侠精忠传》中杨遇春的成长史；第二，于历史有记载的重大事件，只取其框架，而填充以传奇化的、趣味化的、往往是荒诞不经的故事。文公直对待野史笔记与赵焕亭并不一样。文公直重视野史笔记，是以为野史笔记可能有官修正史中抹杀了的历史真相，它比正史更真实；赵焕亭重视野史笔记，是因为“齐东野语”有趣，是因为“齐东野语”可以任意发挥。张恂子的《红羊豪侠传》学的是赵焕亭的方法，结果在虚实之间依违两端。从对待历史事件的态度说，从对待野史笔记的态度说，朱贞木当然是赵焕亭式的。不过与赵焕亭略有差别的是，朱贞木在他的作品中却也有几分正经。他基本没有将重大历史事件趣味化，采取的是回避正面描写的方法。武侠小说正面写战争往往失败。江湖与战场原来就是有重要区别的。根据历史记载中人物的基本行止、品格、精神，在历史空白的地方另行虚构江湖故事，写出历史人物的成长、发展过程，对于武侠小说来说，不失为处理虚实关系的一种好办法。这是他继承赵焕亭而又超越赵焕亭之处。

第三个特点是，武侠小说说到底，离不开英雄的描写。为了吸引读者，往往还得加上男女关系，也就是离不开“英雄儿女”的套子，用西方的流行说法，就是“刀剑酥胸”。通俗文学离不开这个母题。可是不仅每个文化系统中它有不同的表现形式，就是同一文化系统中，在不同的阶段，它也有不同的特点。再进一步说，在武侠小说中因为取材的不同，英雄的含意也往往有差别。取材于中国古代历史的，“英雄”往往被赋予历史内容。或者是忠君，或者爱国，或者爱民，这些内容有时汇合为一体，有时分列。朱氏之所谓“英雄儿女”自有内涵。杨展之起兵，照张献忠的角度看，自是该杀的朱家奴才；照明朝遗孽的观点，当然是大大的忠臣；从“我大清”的观点看，乃是不识时务之孤臣孽子，不知归顺天朝，宜其自取灭亡。倘若让现代人说呢，杨展又不过是个大地主，代表的是地主阶级的利益。但是，四川的百姓也许就另有看法，因为其时正是欲做奴隶而不得的时代。张献忠虽然是明末农民战争中的一股，却与李自成不可同日而语。张献忠在四川是颇有“为杀人而杀人”之概的，反抗他的固然要杀，顺从他的也要杀。有人起而平定战乱，阻止这种无尽的杀戮，使百姓得以生息，总是有几分人性。作者写作《七杀碑》，以杨展为主人公，正是冲着这点人性。在小说中，作者借人物的口说道：

有了英雄肝胆，没有儿女心肠，无非是一个杀人不眨眼的混世魔王，算不得真英雄；有英雄肝胆，还得有儿女心肠，亦英雄，亦儿女，才是性情中人，才能够爱己惜人，救民于水火，开拓极大基业。这里面的道理，便是英雄肝胆，占着一个义字；儿女心肠，占着一个仁字，仁义双全，才是真英雄。

作者特别标举“爱己惜人、救民于水火”，等于重新阐释“英雄儿女”的含义。应该指出，将一个立身于善的英雄置身于几种历史政治力量之间，是有可能写出崭新的英雄故事的。这一点对于朱贞木来说并不自觉。武侠小说总是要不断更新英雄含意的。尤其是清代的文康在《儿女英雄传》中曾经大大发过一番议论。在《开宗明义闲评儿女英雄引古证今演说人情天理》中，文康借帝释天尊之口，为英雄儿女定义道：

这“儿女英雄”四个字，如今世上人大半把他看成两种人、两桩事：误把些使气角力、好勇斗狠的认作英雄，又把些调脂弄粉、断袖余桃的认作儿女。……殊不知有了英雄至性，才成就的儿女心肠；有了儿女真情，才作得出英雄事业。譬如世上的人，立志要做个忠臣，这就是个英雄心，忠臣断无不爱君的，爱君这便是个儿女心；立志要做个孝子，这就是个英雄心，孝子断无不爱亲的，爱亲这便是个儿女心。

总之，文康的见解，"英雄儿女"说白了就是"忠、孝、节、义"。一部《儿女英雄传》，通常意义上的江湖人物，本来就是配角；一个立志报杀父之仇的十三妹，作者也千方百计地让她终于洗尽江湖气，把她"转变"成一个"标准"的媳妇。书中于武功、行军打仗一窍不通，连皇帝老儿给个武职都吓得如丧考妣，就知道三句话不离《论语》的安氏父子，才是文康心目中的英雄。所以仔细说来，文康的英雄，差不多就是才子，而且，他的"忠、孝、节、义"，在忠君方面还打折扣，忠君必须以对父母尽孝为前提，如果忠君而有性命之忧，比如统兵戍边，就要敬谢不敏。总而言之，《儿女英雄传》以"才子孝子佳人"取代了"英雄儿女"，称得上英雄气短，儿女情长。《三侠五义》中的草莽英雄虽然因为"为王前驱"而受到一些文学史家的鄙视，但是，其形象毕竟不失草莽本色，尤其是白玉堂。

清末民初面对从西洋涌入的自由学说，守旧文人在英雄儿女才子佳人的老套子中增加了一个对立的参照情节：正人君子只要是父母之命媒妁之言，正不妨妻妾成群，大凡反面人物则个个是纵欲者，是欲望的化身。这种见解今人自然视作迂腐，但在当时，持此类见解的未必都是冬烘脑袋，其中相当部分的知识分子是从人性恶的观念出发思考问题。既然人性恶，则失去了制约的人必然会为祸社会，所以在男女问题上，在一些反自由论者的身上，体现了儒家知识分子的一分挽救世道人心的诚意与忧患意识。比如，刘鹗、李伯元、吴趼人等人就是如此。到得民国，像赵焕亭之流，一面承袭晚清的这种模式，一面借机大写特写纵欲场面，一面却大量描写因欲望放纵而堕落、而成为历史祸患的人物。君子在婚姻方面只要明媒正娶，不妨三妻四妾，名之曰风流佳话。相反，欲望的放纵则成为反面角色的主要特色，尽管他在色情描写上大大地下了工夫。朱氏的见解同样有其含混与矛盾。就英雄论，在小说中，杨展以为救民于水火是第一位的，是否要为明朝尽忠，并不是主要问题，洗掉了忠君报国的滥调。在男女方面，也已经超出礼教的樊篱，颇有几分自由气息。例如，《七杀碑》中的杨展与雪衣娘之间的关系基本是以现代人的自由恋爱的模式描写的，作者根据现代"性爱"的排他性原则安排了他们与女飞卫虞锦雯、塔儿岗齐寡妇、铁琵琶三姑娘之间的情感纠葛。几个女人争爱一个男人，或者几个男人争爱一个女人，在旧伦理中不成问题，在新的爱情观念中就是很严重的问题。新文学在这方面独擅胜场。朱氏吸收了新文化的有关爱情的一些内容将它与武侠情节融合起来，开了英雄儿女老套子的新局面。这个新套子在新派武侠小说作家手中蔚为大观。不过这方面的情形并不是单一的。在《虎啸龙吟》中，一方面作者根据性爱的排他性原则写了游一瓢夫妇的感情纠葛，另一方面，又写了瑶华、舜华愿效娥皇女英故事，共事王元超的情节，可见欲望的放纵，三妻四妾的白日梦挥之不去。

《罗刹夫人》以镇压苗乱和白莲教之乱为经，以爱情纠葛为纬。前一方面，作者虽也认为腐败统治是致乱之源，但明显地表现出民族歧视和偏见。不过，他所着重表现的是"情"。

在写情方面，作者借桑荣翁之口，说出了这样的话："什么叫野合？太史公说孔夫子还是野合的产品哩"，"世上本来只有人欲，不间礼防，一决即溃"。虽然还是王充、李贽一派反礼教、反道学的观念，但比鸳蝴派作家"发乎情，止乎礼"的思想前进了一步，在描写罗幽兰(女罗刹)、罗刹夫人和沐天澜的爱情关系时，他强调"情"的力量能够使人弃恶从善，足以冲决"世俗礼法的巨网"。特别是写罗刹夫人内心的"天人交战"(第 22 章)，相当深刻感人，体现了一定的悲剧精神。

作者声称，沐天澜和罗幽兰的故事，也是一个"悲剧中的奇剧"，然而他在这方面，基本上是失败的。他企图通过这两个人物的关系，表现爱情和世俗礼法的斗争，以及人物内心的负罪感和爱欲的斗争。然而，沐天澜对罗幽兰的爱，并未因得知她的真实身份而发生动摇；他的兄嫂理解这对情侣的苦衷，并且愉快地承认了那么高的"评价"。于是，作者所想表现的"斗争"，既失去了外在的依据，也消弭了内在的可能。读者看到的是，罗幽兰凭借她那善承人意的小机巧，顺顺溜溜地当上了锦衣玉食的沐府少奶奶。

更令人遗憾的是这又影响到全作的总体构思和格调。从对罗刹夫人内心矛盾和痛苦的着意刻画来看，作者本来也有意把这三个"欢喜冤家"的爱情纠葛，渲染为悲剧性的"奇剧"。但是，罗幽兰对罗刹夫人有一条"既定方针"：为保"安富尊荣"而"扩充羽毛物色人才"；让她"有了归宿，也和我一般，做不出什么泌天大事来了"。(这里可以嗅到文康《儿女英雄传》中的迂腐气息)沐天澜则言听计从，甘做这条"美男计"的诱饵。相比之下，使人不能不叹息罗刹夫人的"情"，未免有些所用非人，体现在她身上的悲剧精神，也就削弱了崇高性。尽管作者后来使沐天澜、罗幽兰的"精神境界"上升到了不做“忘情负义的人”的“高度”，让他们接受了罗刹夫人“不问世事，偕隐山林”，“开辟桃源乐土的大计划”，但用一个“情”字来美化“娥英兼美”、一夫多妻的庸俗思想，只会亵渎“情”之高洁，而“偕隐山林”又是变相的“大团圆”的结局。这就几乎使悲剧精神丧失殆尽，它所反映的，是作者思想观念的平庸。

据张赣生说，吴云心认为朱贞木走的是顾明道的路子，风格近于南派。在儿女情缘的表现方面，确是可以看出这一点来。

上文已经举例讨论了朱贞木写作与历史事件的关系，意在指出朱贞木的写作与通俗文学中一个传统的关系。这个传统是依傍历史、野史笔记、民间传说，将江湖世界、侠客传奇附丽、附会于真实的历史事件，使虚幻的侠客传奇与真实的历史相联系。因此朱氏的写作无疑与赵焕亭等人之间有传承的关系。同时在上文也已经涉及到朱贞木的文体特征问题——他善于在历史事件的空白处，比如发生之前，写出人物的江湖经历、侠客生涯。

文体问题，是写什么、怎么写的问题。这里讨论写什么的问题，不从通常的作品与社会生活的关系讨论，通常认为作品是现实人生的反映，因此作品与现实的关系主要研究的是真实性、倾向性的问题。从叙述学的观点出发，把作品视为一个自足的文本，一切讨论都从这个文本着眼。为了讨论的方便，作为前提，假设在这个文本之前，先验地存在一个“底本故事”，文本只是对于这个“底本故事”的复述，在复述过程中叙述者进行了种种叙述加工，这样在“底本故事”与文本之间，就有了复杂的关系。从时间的角度，首先可以讨论一个故事在被叙述时的各种变化：速度、顺序、频率。故事中的时间跨度（以小时、天、月、年等度量）和文本所占有的篇幅长度（以行、页等计量）之间的关系，将为我们提供一个相对确定的讨论基础。

所有的小说都存在叙述速度的变化，首尾一贯的匀速叙述在实际上是不存在的，或者说小说叙述必然是非等时的，存在节奏的。长篇小说，不论其叙述多么长，在速度上，不外乎叙事的加速与减速的交替。高速的加速叙述，是指用较短的本文篇幅叙述较长时间的故事。最高的速度是省略。省略是指一定量的故事时间在本文的篇幅是零。其次是概述。所谓概述就是在本文中，把一段故事时间“浓缩”、“压缩”成表现主要特征的较短的句子，加快叙述速度。与最大的叙述速度相对，我们可以考察其最小的叙述速度——描写停顿（就是相对于一定量的文本篇幅故事时间为零）的情形。另外，场景的概念对于讨论是必须的。这个概念，在叙述学的意义上，指的是叙述的最小速度，与通常所说的场面（本文在需要时将仍然在传统的意义上使用场面的概念）有严格的区别。假定在场景中，故事时间跨度和文本时间跨度是相等的。在习惯上，将没有叙述干预的对话看作最纯粹的场景。比如，海明威的《杀人者》中两个不速之客与饭店主人之间神经质的对话。武侠小说中的过招描写，虽然"说时迟那时快"，大体上可以看作场景。朱贞木的叙事的省略、减速、加速的与别人的不同处，将是他文体的特征。

《七杀碑》（北方文艺出版社 1988 年 4 月重印版）34 章，计 39 万余字。

一方面是川南三侠与杨展、鹿杖翁等侠义道，一方面是黄龙等黑道，作为背景的是李自成及张献忠的入川，黄龙等要联络四川十三股黑道引张献忠入川；杨展等白道要削弱黄龙，阻止张的入川。小说中贯穿始终的人物是杨展。从杨展的出身、学艺，到成都赶考武举，打擂，进京赶考等等，他的活动贯穿前后，因此，表面看是相当于西方流浪汉小说的游侠小说结构，但是仔细考察一下，杨展得到叙述的时间只有 4 个段落。

杨展 19 岁这年秋天赴成都赶考途中救护官船，故事的时间是一个晚上，叙事占 15 页，300 行：这是低速叙事。作为高速的叙事，在小说中比比皆是，这种高速叙事，首先突出表现在人物成长史的省略。杨展、陈瑶霜的成长过程看似写了，因为小说从他们的出生开始都有交代，其实没有写，对于他们成长的叙述总是以"一晃过了五年"，"这样情形，直到两个孩子十二岁的当口"，"在杨展十五岁的一年"，"这样过了三四年"一带而过。虽然交代了自幼由巫山双蝶传授武功，但是他们如何练功，如何学习经史，如何获得江湖阅历，都没有具体叙述描写，也就是说，省略了。杨展初涉江湖是乘船去成都赶考武举途中夜泊白虎口时，识破相邻的官船已经被黑道缀上，于是深夜施展功夫击退匪徒。这个初出场，不仅武功特出，并且满口江湖切口。在《七杀碑》中唯一提到的练功是"五毒手"的练法，但也仅仅是一种掌故的笔记式的写法，并没有化为情节。在《虎啸龙吟》中，除了痴虎儿有一段简单的练功描写，其他人物也都没有写其武功的练成过程，虽然小说中的一个重要的情节是争夺武功秘籍。《七杀碑》中省略的时间是很多的，得到文本叙述的时间，是各种复仇时间、黑白道争斗时间。比如侠盗巫山双蝶被仇家追杀的故事；琵琶蛇江五的后人江铁驼、江小霞寻找巫山双蝶报杀父之仇的故事；铁拐婆婆追踪杀子仇人的故事；铁琵琶三姑娘追踪杀父仇人的故事；塔儿岗齐寡妇报杀父之仇的故事。

朱贞木笔下的复仇与宫白羽的复仇故事可以说不可同日而语。在宫白羽笔下，邓潮的复仇之残酷性写得令人悚惧：卧薪尝胆 15 年，千方百计，不择手段，赶尽杀绝；峨嵋七雄的复仇则不仅用计毒辣，并且是计虑周详，必置之死地而后已，连不会武功的后人也不放过，而且复仇还讲利息！袁振武甚至说不上复仇，只为雪耻，竟会憋 30 年气，处心积虑，一朝发动，志在必得。相比较而言，朱贞木笔下的复仇则不是那么回事了，颇有些玩儿的意味。应该进一步指出，各种复仇时间基本都是从中间开始叙述的。从中间开始，继之以解释性回顾，然后描写复仇的经过，这样叙事的中心部分自然就在追杀部分，结仇经过以及结仇双方的许多情节就可以在回顾时得到省略、概述的自由。在武功的较量中，概述与场景的比例方面则是重在武功招式的对演，作者表现了鲜明的舞台表现色彩的武术过招场景：

> “仔细，我要献丑了！”便在这喝声中，一颗流星锤带着一溜黄光呼地飞了出来，向余飞的脑袋砸去。余飞身形一动，步法活开。对面流星锤倏的一掣，便到了飞天鼠手中。这一颗锤头刚回去，第二颗锤头已向下面袭到。余飞一偏腿，让过锤头，正想进步还招，飞天鼠一上步，身形一转，双臂一悠，两锤齐发，向余飞左右太阳穴砸来。余飞两臂微展，双笔一分，巧不过，叮当一声响，两支判官笔的笔尖正把夹攻的双锤点开……a 霎时之间，上下左右，黄花乱闪，呼呼有声，满是流星锤的锤影子……换了别人，不用说招架，连眼神也弄迷糊了，余飞却是大行家，识得流星锤的家数，眼神充足，展开流水步法，一对判官笔，上下飞舞，只听得叮当乱响，凡是飞到身边的锤头，都被一对判官笔点开。

在这段描写中，a 之前是场景，是一招一式的描写。a 之后，是概述(summary)。概述就是在文本中，把一段故事时间“浓缩”“压缩”表现主要特征的较短的句子，加快叙述速度。将过招的时间进行“压缩”的概述在武侠小说的武打描写中是必不可少的成分。武侠小说的武术招数描写，一般是由场景、概述交替穿插构成的。场景在全书中的分量，场景与概述的比重，具体地显示了一个武侠小说作家的“武”的内涵。

《七杀碑》在结构上的重要特征是回顾性内容多。《七杀碑》的开场是主人公杨展与陈瑶霜的婚礼。接着便是大段的回顾。“作者开手写了万把字，书中主人翁和几个主要之宾特先一齐登场，作个提纲挈领的虚冒，读者一定急于知道这几个登场人物的来历，同老和尚嫁女的内情，现在便借这位狗肉和尚的嘴，一一披露出来。”这一“披露”就是11章，190页的篇幅。第13章的时间紧接第一章，写婚礼的当晚的酒宴和次日的回门。回门时川南三侠谈到夜间三侠战魔的始末，详细地说了出来。余飞回叙从215页开始，占了两章半，接着是七宝和尚的回叙，到第18章，319页方结束。这100多页的叙述通过人物的讲述完成，讲述中又有讲述，层层叠叠，正是所谓标点起来连引号都不够用，犯了小说家的大忌。

第二编

侦探推理编

汤哲声 撰

引　论

就如一条淙淙的小溪，它谈不上波澜壮阔，似乎也未遇到什么大风大浪，只是始终顽强地向前流淌着，以自己的风貌奔向大海，这就是侦探小说的发展状况。从侦探小说诞生之日起，人们就对它的价值、品位、格调评头论足。开始时，人们并不承认它是文学，后来，人们虽然承认了它是文学，但品位和格调都不高，只是次于严肃文学的通俗文学。然而，侦探小说似乎并不在乎人们怎样评论它，它还是我行我素地发展着。迄今为止，谁也不会否认它是具有独特的文学价值的小说体裁。

侦探小说为什么会具有这样的生命力呢？道理其实很简单，它拥有广大的读者群。在当今社会中，无论中外，只要是稍微能够读书识字者，都知道有个叫做福尔摩斯的私人侦探，都知道他具有高超而神奇的破案能力。能有这样高的知名度的作品人物在世界文学中是不多见的。不管是什么艺术，它的生命力不在于是怎样地标榜，而是它是否具有读者。有读者就有了生命，就有了作品成就的客观实在的记载，这才是千真万确的真理。

读者为什么会如此欢迎侦探小说呢？也就是说，侦探小说为什么会具有这样的艺术魅力呢？在我看来，根本的原因是它能特别善于表现和反映人类最基本的人性、欲望。

侦探小说的矛盾核心是生与死。生和死是人性最基本的两极，也是人类最原始、最根本、最为关心的两件事。主人公的生和死常常是侦探小说的情节中心。似死还生，似生还死，是生还是死，作者巧设安排，读者苦心思索，几乎没有什么文学体裁能像侦探小说那样如此直接地表现人类的本性了。

文艺心理学的研究成果告诉我们，一部作品要想得到读者的承认，首先要使读者处于不平静的阅读情绪之中。侦探小说能够做到这一点，它最能够引动人类的最原始的好奇本能。对什么事都要问清为什么，人类生来如此。其实人类的很多进步也正源于这种好奇心，看见苹果落在地面上，追根寻源就发现了万有引力；看见水壶的盖子被蒸汽顶开，也就有了火车的出现……不过，侦探小说所引动的好奇心和这些追寻自然界的规律略有不同，它激发的是隐藏在人类的潜意识之中的追求刺激、新闻、传真的好奇心。人生在世，都根据一定的社会规则而生存，根据社会的要求扮演着和各自身份相称的角色，但无可否认，人类具有着强烈地打破自我生存空间的欲望。这些欲望有崇高的，但众多的是那些想要窥见社会道德所不允许的隐情、隐事的好奇心，诸如淫秽、私情、黑幕、黑道等等。侦探小说在一定程度上能够满足这些好奇心……仁者见仁，智者见智，一部优秀的侦探小说总是能够煽动起读者的情绪，给予他(她)巨大的想象空间。

读者阅读作品都有一种参与性。读者阅读参与性的多少往往决定作品的生命力的高低。侦探小说给这种阅读参与性提供了最好的可能。推理和思辨是侦探小说最基本的特征。读者阅读侦探小说就会被一个乍看起来千头万绪、疑窦丛生的问题所吸引，都会参与作者所设计的推理和思辨的框架之中展开自己的逻辑思维，也都会对作品的结局表示认可或表示不满，并能够说出自己的一整套的理由。“疑似之迹，不可不察”(《吕氏春秋·疑似篇》)，在疑局面前，人们都想摆出自己的理由；在悬念面前，人们都有自己的并且自认为是正确的答案，这就是人的本性。

显然，侦探小说的生存方式和发展动力就在于它是建立在读者的最根本的人性、情绪空间和参与意识之上的文学体裁。它为读者提供了一个现实之中的虚幻现实，一个感情的张力得到最大释放的空间，一个自我价值体系得以体现的场所，这样的小说能没有生命力吗?

无可讳言，侦探小说不是中国本土的东西，它是外来的“舶来品”。它诞生不久，就被引进了中国，并且在中国本土上生根、发芽、成长。从20世纪初开始，出现了一大批具有中国特色的侦探小说作家和大量的中国侦探小说，也曾使文坛热闹过一阵。1949年以后，这些以私人侦探为中心的侦探小说在大陆逐渐消失了，被公安文学、法制文学所代替。近10多年来，随着中国的改革开放，人们的思维意识发生了很大变化，侦探小说又得以发展，特别是近两年来，出现了一批优秀的侦探小说，代表了当代侦探小说的创作成就。由于各种偏见和客观条件的限制，对中国侦探小说的研究在中国几乎是一片空白，作家作品被逐渐地淡忘，材料也大量地散佚，这是和它的文学地位极不相称的，也是令人痛心的。所以当我们进入这块领域时，在痛心之余，确实也激发起了责任心，想把这一文学史实系统地整理出来，希望能在中国文学史上留下它的一席之地。

本编主要论述清末民初到 1949 年这段时期内的中国现代侦探小说。侦探小说属于通俗文学的范围，它具有曲折的情节、传奇的人物和出人意料的结果，这是侦探小说最基本的美学特征。这些美学特征使得侦探小说具有了消闲、趣味、娱乐的阅读效果。去掉这些美学特征就谈不上什么侦探小说，没有这些阅读效果就谈不上什么好的侦探小说。因此说，我们在评判一部侦探小说时首先就应该从这些美学特征和阅读效果出发，然后再从时代性和文化性的角度论定它的社会意义和文化蕴含。这也是本编展开论述的基本思路。

开创是艰难的，它是在做前人未做过的事情，它是在茫茫的史实之中摸索出一条道路来。开创也是令人兴奋的，因为毕竟它是在开路，是在总结具有新的意义的东西。当然，开创者最渴望的是人们承认这是一条路，并希望有人进一步开拓它。

第一章　中国侦探小说之源流

第一节　包拯与福尔摩斯交接班

——中国侦探小说源流之一

对中国来说，侦探小说是一种外来的文学形式，但是，中国的侦探小说毕竟产生在中国的国土上，它必然要受到中国固有的文化传统和文学传统的影响，其中对中国侦探小说影响最大的是中国的公案小说。可以这么说，中国的侦探小说的源流实际上是两个，一是随着时代而渐变的中国公案小说，这是量变；一是外来的侦探小说提供的创作模式，这是质变。这两种源流的合流造就了具有民族特色的中国的侦探小说。

中国的公案小说到了晚清时期发生了根本性的变化，这是由时代所决定的。几千年的封建制度已走向末路，社会的混乱、官场的腐败和世纪末的情绪使得公案小说作家们评判社会、描写人物总是持一种谴责和批判的态度，这也就成为晚清公案小说的情感倾向。晚清社会又是一个新旧交替的时代，一些新奇古怪的事和人随着国门被打开而涌进中国，也自然成为公案小说的一些新的素材，特别是一些对外国文学一知半解的新文人，他们以他们所见到的侦探小说的模样来进行中国公案小说的创作，这也就使得中国公案小说在表现形态上开始出现了一些新的因素，预示着一个新的文学体裁即将诞生。

公案小说实际上是一张官像谱，是美是丑，是好是坏，全在做官者本人。为民作主，称为“清官”；借公谋私，称为“贪官”；主观臆断，称为“昏官”；严刑逼供，称为“酷吏”；两袖清风，称为“廉官”；凭据断案，称为“明官”……晚清之前的公案小说写官虽然也写贪官、昏官和酷吏，但他们只是为了写清官、廉官和明官而作的铺垫，到了晚清公案小说之中清官、廉官和明官的主导地位已被贪官、昏官和酷吏所代替，小说写的是贪官、昏官、酷吏的相互勾结以及晚清司法制度之黑暗的状况。1905 年 5 月至 1906 年 6 月李伯元创作的《活地狱》连载在《绣像小说》上，这是一部专写酷吏和中国司法制度的公案小说。作者在《楔子》中说："中国国民第一件吃苦的事，不是水火刀兵，而是小小的州县衙门。不敢说天下没有好官，敢断定天下没有好衙门。"这是阳世的地狱，官吏衙役，一个个如同阎王判官，牛头马面，不公不明。小说由 14 个公案故事联缀而成，揭露出了中国州县衙门地狱般的状况：这部小说之所以引人注目，除了那些触目惊心的刑具之外，还在于作者的写作态度，全书没有一点光亮所在，一片黑暗，读之让人压抑得喘不过气来。

其实，晚清官场的黑暗决不是一两个州县或一两个官吏，而是整个统治阶级的腐败，大厦将倾，众木皆朽。这种状况晚清的公案小说作家看得非常清楚，代表作可数吴趼人 1904 年编撰的《九命奇冤》。小说写身怀 9 条人命的梁天来试图通过打官司消除自己的冤屈，数次上告数遭挫折的故事。梁天来和凌贵兴因分祖产产生纠葛，凌贵兴恃强欺弱，逼得梁天来家破人亡。梁天来在足智多谋又精于律例的施智伯的帮助下，一告到黄知县那里，谁知凌贵兴等人用 1 000 两黄金贿赂黄知县，告状不成，反诬证人；二告到广州府刘太守那里，凌贵兴等人又送去 6 000 两银子、一副珍珠手钏，结果刘太守以调解两家关系为各，糊涂结案；三告到臬台衙门那里，凌贵兴等人又买通了衙门差役，证人被夹棍当堂夹死；四告到府台衙门那里，凌贵兴又买通了各位师爷，结果府台"肝气病"发作，对此案不管了。到了此时，即使是足智多谋的施智伯也悲愤已极，将笔折断，吐血而死。五告到两广总督孔大鹏那里，总算把案犯拘捕了起来，却又被手下嘉庆府台判为全部无罪释放。最后，梁天来告了御状，再加之精于相术的苏沛之装神弄鬼在一边襄助，终于使此案情大白。《九命奇冤》所写的是发生在雍正年间的一件真事，乾隆五十九年(1794)的欧苏《霭楼逸志》卷五《云开雪恨》有记载。但吴趼人的改编全以晚清社会为背景，使得作品的时代性很强。读了这部小说使人想起晚清四大奇案之一的"杨乃武案"。虽然冤案在最高统治者的干涉下最终得到了解决，但整个官僚制度之腐败，司法制度之黑暗，其揭露和批判的程度是惊心动魄和十分深刻的。

晚清公案小说几乎都是暴露和批判那些贪官污吏的，那么，有没有清官呢？有，但其下场都是可悲的。书成于 1911 年秋冬的也是道人著的《带印奇冤郭公传》就是一个例子。这部书的时间跨度为光绪十九年到宣统三年，即 1893 年到 1911 年，实际上是晚清的最后几年。小说写的是一个清官如何蒙冤成为一个囚徒的过程。中了举人的郭继泰被发布到凤阳府灵璧县任知县，一上任便遇到了数年悬而难决的争水口案。郭继泰接案后亲临考察，订期会勘，终使案情大白，由此官名大振。之后，郭继泰又任东流、当涂知县，在任期间连破疑案。一日，接广东学台过境，学台故意要威风，对轿夫挑剔说："你们是轿夫，可会抬么？若抬得不好，本院定要重责你们呢！"轿夫们面面相觑，不敢做声。在旁的郭继泰却扬声对轿夫说："路上如有人打你，你烂了手么？有人骂你，你烂了口么？你听明白否？"弄得学台说不出话来，郭继泰转身请了一个安说："对不起，大人担待些罢。"告辞而去。郭继泰的所作所为颇有包拯、海瑞等清官的遗风，但他的结果却和那些清官们大大地不能比了，包拯等清官要么官运亨通，身居要职，要么业绩显赫，留名芳史，而郭继泰却是受到他的上司太平知府，人称"网不够"的汪麟昌的秘密参革。郭继泰带印上京控告，虽是正气凛然，人不敢犯，但还是被诬陷，被抄家囚禁于狱。这就是晚清社会中的清官下场。

当洋人带着枪炮飞扬跋扈地走在中国土地上的时候，他们也就成为了中国社会中的特等阶层。由于他们享有的特殊的权利，自然也就产生了涉及到洋人的各种民事、刑事案件，晚清公案小说中出现了一些写"洋事"的作品。1907 年 3 月份发表在《月月小说》上的《上海侦探案》(《金戒指案》)讲了一个误判的故事。一个十五六岁的衣衫褴褛的小孩用 12 块洋钱买了一只银表，有一个包探上前盘查，得知小孩的钱是用一只金戒指当来的，接着追问小孩金戒指的来历，小孩过了半晌才说是拾来的。包探不信，将其送入巡捕房交中西长官审讯发落。在领事的压力下，小孩被判两年徒刑。后来在一件偶然的事件中，中西长官得知小孩的金戒指的确是拾来的，方悟到以前的办案太武断了。这部小说在案情、断案和判案的描写上均没有什么过人之处，但在晚清公案小说之中却有特殊的位置：一是它是一部首次在小说题目上标明"侦探"字样的公案小说；二是小说之中出现了包探形象，而不是过去公案小说中的能吏或侠士；三是它表现了当时中国司法部门办案时的状况，在租界中虽是中国官员和外国领事会商一些刑事案件，但占支配权、主导权的是外国领事馆。那些帮助洋人欺压中国百姓的官吏，名曰官吏，实为洋奴，他们是晚清公案小说之中的新形象。"梦游海上人"于光绪二十九年(1903)写就的《优孟衣冠传》就写了一个洋奴形象。败落绅士金钱元由于让洋人廉价获取了金银矿的开采权，得到了洋人的保举成为了金银矿所在地的知府。洋人开矿，搜刮钱财，激起了民愤。在每一次的纠纷之中，金钱元均偏袒洋人，重罚中国百姓，而他又得金钱，又获得晋升。金钱元这种唯洋人论是非的办案方式，使得他成为了千夫所指的民族败类，终于被侠士剖心挖肠，死于非命。

在晚清公案小说中保持着传统的公案小说创作模式的作品为数不少，但更应该看到一些正在悄悄变型的公案小说创作模式，这些作品数量并不多，却表现了公案小说发展的某种方向，预示着包拯要与福尔摩斯交接班了。在晚清，帝国主义列强在中国国土进行疯狂的精神上和经济上的侵略掠夺，但是，不可否认，他们也的确给中国人带来了一定的物质上的文明，这种物质上的文明被运用到公案小说之中去就形成了小说的科学性和神奇性的效果。例如电术、催眠术、麻醉药等中国公案小说之中从未听说过的新道具频频地出现在小说之中，甚至还有机器人的出现，如佚名作于 1909 年的《机器人》就是写的一个凶犯误杀了酷似真人的机器人的故事。应该说这些新道具的出现，作者也只是搬弄一下新名词而已，特别是将之穿插于传统的办案断案的故事情节之中更显得不伦不类，但毕竟标志着中国公案小说在性质上的某种改变。

除了一些从未出过国门的中国人创作的具有新名词的公案小说外，还有一些出过国门的中国人译述的公案小说。这些作者倚仗着他们所接触到的那一点外国文学的知识，将其搬移到对外国文学极其寡闻的中国民众中来。这些小说的题材不管作者如何矫饰，几乎可以肯定是来自欧美的一些侦探小说。从作者的角度说，他把作品尽量打扮成公案小说的模样，是为了迎合读者的阅读口味；从文学的角度上说，这种不中不西的小说模式使人读得很不舒服。但是，在这些小说之中有着不可忽视的新的东西。这里举一部译述的作品为例。1908 年改良小说社石印了一本由“松陵钓叟田铸”编述的作品《幻梦奇冤》(一名《血指印》)。小说开头说：“鄙人有好友从东洋游学归来，闲谈间，述及东京一事，其事变幻离奇，可愕可惊，鄙人即照所述编述。”小说写日本东京贵族小田侯爵去世后留遗产给侄儿六郎，六郎忽被杀，遗产归侄儿七郎。官方警探许义山多次侦察，就是破不了案，只好请出私人侦探蓝田玉。蓝田玉顺着查出谁是六郎死后的最大获利者的思路侦察，结果查出凶手乃七郎主仆俩。这部小说首次出现了官方警员和私人侦探两种人物形象，而且让官方侦探做铺垫，衬托出私人侦探办案之神奇；在侦探破案的过程中，明确了长官和侦探的各自的作用，前者只管论案和断案，后者则只管破案，各司其职；加强了破案过程中的思辨性，思维正确才能寻找到有力的证据,蓝田玉之所以能破案,除了他做到了实地勘察之外,还在于他破案的思路的正确。这些新的东西是以往的中国公案小说之中所没有的,正是这些"译述"的作品把它们带到中国来的。

晚清的公案小说一方面是传统的公案小说不断地一续再续,《新三侠五义》、《续三侠五义》、《续于公案》、《续施公案》等作品连篇累牍,不断出现;一方面是各种奇案、奇冤、风流案、惨剧粉墨登场;另一方面大量的译述、编述转述过来。因此说晚清是中国公案小说创作量最多的时期,但是从总体上看,晚清的公案小说没有出现影响极大的作品,大多数质量不高。这种状况从另一个角度说明了公案小说正在向侦探小说转轨。

第二节　异域传来的小说新模式

——中国侦探小说源流之二

和其他小说体裁相比较,侦探小说有两个独特的地方。

一是它能够准确地说出其诞生之日,它诞生于美国作家埃德加·爱伦·坡(Edgar Allan Poe, 1809—1849)的《莫格街血案》发表之时,时间是1841年4月。[1] 这当然不是说爱伦·坡在此时有意识地要创造出一种新的小说模式,而是说《莫格街血案》具有与以往小说不同的别具一格的美学特征,引起了人们广泛的注意和喜爱,从而被人们认为是侦探小说的开山之作。

二是它的美学特征成型之后就很少(亦很难)发生变化,它就像一块已经成型的绣布,它的模样深深地印烙在一代又一代的读者心目中。像它,人们就视作侦探小说,不像它,即使写得再精彩动人,人们就是不承认它是侦探小说。这种成型的绣布,给创作者似乎带来了便利,因为只要照着它依葫芦画瓢就是一篇侦探小说的模样。然而,又有多少锐意创新的作家愿意做"画瓢"之事呢?与其在现存的绣布上增添一两朵花瓣,不如自己构画图案了,侦探小说就是如此地举步维艰。

将侦探小说粗粗地划分,可划分为古典型和现代型两大类。古典型的侦探小说规划出了侦探小说的美学特征,为侦探小说在世界文坛上赢得了一席之地,其代表人物是爱伦·坡和柯南道尔,中国的侦探小说主要受他们

〔1〕 爱伦·坡自己称这些小说为推理小说,而不是侦探小说。

的影响。现代侦探小说是指第二次世界大战之后产生出的新生代的作品。由于各种原因，中国人对此了解不够，只是在近十几年来改革开放的时代潮流下，它们被逐步地引进来了。这里主要评述爱伦·坡和柯南道尔小说的特征，它们是中国侦探小说作家学习的楷模。

在爱伦·坡的作品之中，被认为是侦探小说的只有四篇，除《莫格街血案》之外，还有《玛丽罗热疑案》、《金甲虫》和《窃信案》，这四部侦探小说的先后发表，是侦探小说美学特征的逐步完善的过程，一种既神奇又令人信服、既荒诞不经又符合事理的小说体裁经爱伦·坡之手出现在世界文坛上。

《莫格街血案》中作者一开始就将一副惨景呈现在读者面前：列士巴奈太太的喉部被完全割断了，“大家刚想扶起尸首，头便掉落”；她的女儿被塞进烟囱，“在狭窄的烟囱管里，硬把尸体塞进去一大截”。在极其残暴的场景之中，作者向人们交代凶手似乎并没有什么贪财的动机，两小袋未动过的金币乱丢在地板上。最令人惊奇的是凶手竟在一个门窗紧闭的房间里消失了。这起神秘案件的侦破是由业余侦探查尔斯·奥格斯特·杜宾先生通过严密的推理而揭开的，原来凶手是一只从一个水手那里跑出来的凶猛的大猩猩。它先是令人不可思议地从窗子外跳进两个女人的卧室里，而后又从窗子里跳出来，窗子随着猩猩跳出时的震动，竟自动地关闭了起来。这部小说一发表，就引起人们极大的注意，使人们耳目一新，因为它给世界文坛带来了一些前所未有的东西。小说的内容不是奇妙的景色和浪漫的情操，也不是社会黑暗的揭露和人性丑恶的批判，而是活生生的存在于现实之中的刑事案件，设案、判案和断案成为了小说的主要情节。为了加强小说的神秘性和紧张性，侦探小说的情节就要设置得很复杂很曲折，而结果则又是往往出人意料的，从这个意义上说，侦探小说实际上就是一个谜。谜，正是侦探小说与众不同的地方。谜是侦探小说吸引读者的重要手段，它能使读者好奇、恐怖、困惑，甚至愤怒或鄙夷。谜也是侦探小说对作者出的难题，弄得不好，作者就会困死在里面，为什么呢？当读者根据作者的安排看到谜底时，他一定会审视这个被“强加”的谜底是否合理，这种审视的眼光是十分仔细和挑剔的，只要有一点疵病，小说的结构就全部瘫痪了。正因为这样，爱伦·坡不止一次地修改《莫格街血案》，尽量做到每一个细节“严密无缝”。他将房子和猩猩抓的百叶窗之间的距离从四英尺减少到二英尺半，将原来的下半扇的“格子窗”改成便于猩猩趁势抓住的百叶窗，目的是使他所设置的谜底看上去更加合情合理。从《莫格街血案》开始每一部侦探小说都有一个固定的主人公,那就是私人侦探。这个形象可以说就是作者心目中的理想形象,例如,爱伦·坡笔下的杜宾,此人一副贵族气派,傲气十足,具有惊人的推理能力,几乎达到了无所不知,无所不晓,无所不能的地步。在侦探小说中私人侦探是侦破案件的主角,官方警察只是私人侦探的助手,甚至是成事不足,败事有余的多余的人。排在世界私人侦探队伍最前列的就是杜宾。

《莫格街血案》给人全新的感觉,到了《玛丽罗热疑案》时,爱伦·坡又给予了侦探小说新的发展。小说写化妆品商店的女店员,年轻貌美的巴黎女郎玛丽罗热突然失踪了,3 天后,在塞纳河里发现了玛丽残缺不全的尸体。这一惨案在巴黎引起了哄动,新闻媒介热衷于连续报道,警察忙得不可开交,但始终破不了案。在强大的压力之下,长官不得不找杜宾,请他出来破案。杜宾接受了。在对各种材料作了详细的分析后,杜宾理出了 3 条线索,一是大多数报纸和读者来信所坚持的凶手是流氓团伙;二是一个追求玛丽罗热的年轻人;三是一个经常出航的海军军官。杜宾充分显示出了他的社会学才干,以及对社会各阶层人物性格把握的能力,运用了十分严密的推理,将前面两条线索排除了。小说写到这里,谁也不怀疑真正的凶手是谁了。正在大家企盼着捉住凶手的时候,故事却出其不意地中断了,一篇似乎是某杂志编辑部的奇怪的报道取代了本应该出现的故事的结尾。和《莫格街血案》相比较,这部小说除了继续保持了设谜、推理等特征外,它把这些个人的能力的施展建立在广大的社会的基础上了。说明私人侦探之所以能较为合理地解释那个谜,决不仅是他有一个偶然的机遇,或者他有超人的缜密的推理,根本的原因还在于他对社会的把握。就文体的发展而言,这部小说给侦探小说提供了一条具有广阔发展前景的道路。它把侦探小说这种看似写作技巧的文字推向了更具有生命力的社会之中去了。《玛丽罗热疑案》虽是短篇小说,但几乎写到了巴黎社会的各个角落,包括那些藏污纳垢的地方。奇案的破获是从各种社会环境、社会新闻、社会阶层的分析推理之中概括出来的。另外,小说结尾的安排也表现出了作者的匠心,他试图说明侦探小说绝不等同于一般案例的分析,它并不寻求一个圆满的结束,或者说明凶手应该受到什么样的法律的制裁,它所追求的只是一个侦破的过程,以及在复杂而离奇的侦破过程中所表现出来的社会背景和人的心理、行为。

《金甲虫》是一篇通过破译密码而破案的小说,属于技巧型的侦探小说。从美学意义上说,是爱伦·坡四部侦探小说中最差的一部了。

很值得分析一下爱伦·坡的第 4 篇小说《窃信案》。这篇小说的情节十分简单:一位阴险狡诈、功名心重的部长掌握了一封涉及一位贵夫人个人隐私的信。部长为了达到政治目的向这位贵夫人敲诈,贵夫人不愿将她个人的隐私公开,只能求助于警察局长将那封信秘密地窃回。警察局长十分仔细地多次搜查了那位部长的家,几乎将能动的东西都动过了,就是查不到那封信。绝望的警察局长只能求助于杜宾。杜宾索价5万法郎的巨额酬金,答应取回那封信,警察局长咬咬牙答应了。过了几天,目瞪口呆的警察局长拿到了那封信,当然杜宾也没有忘记拿走5万法郎。怎么破案的呢?其实,再简单不过了,杜宾从部长的性格中推算,他根本就不会把信藏起来,而是放在一个人们通过惯常的思维而想不到的地方。事实上正和杜宾推算的一样,这封信只是被换了一个信封放在办公室最显眼的地方,杜宾也就轻而易举地把信换了回来。这篇小说使读者对侦探小说又有了新的认识,优秀的侦探小说不仅是对那些错综复杂的线索和杂乱无章的事件的梳理,它还是对人的性格和人的心理的准确揣摩。《窃信案》告诉人们这样一个事实:越是简单的地方常常越是复杂的地方,越是聪明之举往往越是可笑的举动,真理常常在人们的逆向思维之中。这样,侦探小说的领域也就再从社会生活深入到人的心灵深处了,这就是优秀的侦探小说为什么会给人留下深刻的思考和弥久的余味的原因。这篇小说还使人们更加全面地了解了杜宾这个人物,他之所以助人侦探案件,除了他的兴趣之外,还在于他能够从中领取报酬,而且是主动开价索取。在《窃信案》中,杜宾在答应帮助警察局长时,先讲了一个守财奴让医生为其白看病的故事,然后就直截了当地说:"……请您按上述金额给我开张支票,把您的名字签上,我就把信交给您。"这一细节除了说明杜宾私人侦探的身份,还在说明杜宾既不是神也不是怪,他还是一个食人间烟火的凡人。《窃信案》还有一个著名的开头:"有一次,在巴黎,一八……年秋的一个刮风的傍晚,天刚抹黑,陪着朋友西·奥吉斯特·杜宾一起在市郊圣杰曼区多瑙街33号4楼,他那间小小的后书房里,或者说是坐在书斋里,我自得其乐地一边沉思,一边用海泡石制的烟斗抽着烟。就在这很宁静和谐的气氛之中,突然闯进一个人来……"喜爱看侦探小说的人大概对这种开头都不会陌生,它被后来的侦探小说作家们大量地引用。

我们是否可以这样说,在爱伦·坡手中侦探小说已基本成型。他创造了一种与众不同的小说文体,同样,当这种小说文体的美学特征被人们所接受和确认之后,它也就在无形之中为后来者创造了一个较为稳定的固定的模式。

自美国的爱伦·坡发明了侦探小说之后，侦探小说在欧洲得到了继续的发展，特别是英国成了侦探小说创作的中心。《月亮宝石》是19世纪英国著名作家威廉·威尔基·柯林斯的代表作，被誉为“第一部英国侦探小说”。这部小说的最伟大的贡献是给侦探小说设计了系统工程，使得侦探小说的各个方面组合成一个不可分割的整体。同时，它也给侦探小说从短篇小说走向长篇小说作出了很好的典范。它对柯南道尔的创作产生了重要影响。

论侦探小说大概谁也无法避开亚瑟·柯南道尔（Arthur Conan Doyle，1859—1930）以及他的小说主人公福尔摩斯。

柯南道尔从1887年开始创作《血字的研究》，一生中为福尔摩斯设计了近百个惊险的故事。对这样的成绩，他是感到欣慰的，他在自己的墓志铭中写道：“如果我给予了已经是半个男人的孩子和永远是半个孩子的男人以快乐，哪怕是一小时的快乐，我也就完成了自己的简单任务。”柯南道尔对自己似乎太谦虚了些，他的侦探小说又何止使那些半个男人的孩子感到快乐呢？它使得一代又一代的读者（当然包括女人）感到永久的快乐。

就体裁而言，柯南道尔是沿着爱伦·坡所开创的道路前进的，他的小说还是写一个私人侦探侦破一个生死之谜。不过，柯南道尔决不是跟在爱伦·坡之后亦步亦趋，在他手中，侦探小说得到了进一步的完善和发扬光大。作一个譬喻，爱伦·坡是一个披荆斩棘的开创者，柯南道尔就是一位铺石架桥的筑路者。

柯南道尔廓大了侦探小说的题材。爱伦·坡写的侦探小说还只是具体案例的侦破，集中在某一个案件和某一个罪犯身上。柯南道尔把侦探小说的笔伸向了政治、经济、文化等广阔的领域，不是单纯地追寻某个原凶，而是再从某个原凶身上写出某些集团或某些政党之间的争斗。英国的南非战争、法国的贵族策反、美国的淘金狂热、意大利的黑社会、波希米亚（今捷克）上流社会丑闻……那个时期发生在欧美的一些重要的事件，他几乎都涉及了；国王、大臣、贵族、平民，甚至沦落街头的妓女……社会各阶层的各种人物，他都把他们概括在小说之中了。迄今为止，还没有一个侦探小说作家具有柯南道尔这样廓大的创作视野。从某种意义上说，柯南道尔不是在写案例，而是写案例之后的某一个政治、经济或历史、文化方面的传奇故事。在具体处理上，柯南道尔常喜欢使用套环的方法。我们试举他的《恐怖谷》为例。小说写一位生活在英国某山庄的受人尊敬的绅士道格拉斯被人暗杀了，经过明察暗访，福尔摩斯判断道格拉斯还活着。那么，死者又是谁呢？

福尔摩斯通过各种手段，终于侦破出死者却是暗杀道格拉斯的人。小说至此应该说已经是水落石出真相大白了，福尔摩斯的机智和超人的推理能力已经显示出来了。然而，仅到此收笔，那就不是柯南道尔笔下的侦探小说了。柯南道尔又在杀手为什么要杀道格拉斯的问题上牵扯出了另一则惊心动魄的大故事。小说被拉回到了20年前的美国某一个荒凉的山峡之中，写了一个官方侦探卧底使得一个黑社会组织——死酷党人覆灭而余党复仇的故事，这个官方侦探就是今天的英国绅士道格拉斯。写出案例的社会大背景来，用这样的方法，柯南道尔使他的小说的文化厚度大大地加深了。

柯南道尔使侦探小说增加了惊险的气氛。神秘和恐怖是爱伦·坡赋予侦探小说的特色，特别是对案例的设置和案例的发生现场描述之中，神秘和恐怖吸引住了每一位读者。但是，如果我们撇开案例，单纯地分析侦破过程，就会发现杜宾的侦破似乎太单调了些。杜宾的侦破主要建立在收集材料基础上的超人的逻辑推理之上的，杜宾尽管也深入到生活之中去，但他本人决无生命之虞。案例的结论常常依靠严密的推理来交代，为了减少漏洞，就不得不多用一些说明性语言。柯南道尔继承了爱伦·坡的传统，把神秘和恐怖放入案例的本身，又十分聪明地把惊险放入了侦破过程。惊险的引入使得侦破过程再不是被动地由私人侦探所设计，而是灵活和主动地按照自己的规律而发展；私人侦探决不是超然于案例之上，而是进入了案例之中，私人侦探的推理的正确与否与自己的生命联系了起来；那种私人侦探安坐在办公室里归纳推理的叙述性语言减少了，而那些充满着危险的生死搏斗的情节增多了。所以读柯南道尔的侦探小说常常会对一些场面描写留下深刻的印象。例如，他的名篇《斑点带子案》，读过这篇小说的人大概都不会忘记这么一段描写："就在福尔摩斯划着火柴的时候，我听到一声低沉、清晰的口哨声。但是，突如其来的耀眼亮光照着我疲倦的眼睛，使我看不清我朋友正在拼命抽打的是什么东西。可是我却看到，他的脸死一样的苍白，满脸恐怖和憎恶的表情。他已停止了抽打，朝上注视着通气孔，紧接着在黑夜的寂静之中，突然爆发出一声我有生以来未听到过的最可怕的尖叫，而且尖叫越来越高，这是交织着痛苦、恐惧和愤怒的令人可怖的尖声哀号。"神秘、恐怖、惊险糅合在一起，读这样的小说又怎么忍心释卷呢？

福尔摩斯似乎看不起杜宾，在《血字的研究》中，当华生用杜宾来夸奖福尔摩斯时，福尔摩斯说："你一定以为把我和杜宾相提并论就是称赞我了。可是，在我看来，杜宾实在是个微不足道的家伙。"这句话读起来使人对福尔摩斯产生了一些反感,似乎有些过分地抬高自己了。当我们拿杜宾和福尔摩斯进行比较时,杜宾一点也不逊色,福尔摩斯的那种超人的智慧和推理能力,杜宾也是具有的,而且表现在先。杜宾的能力难道柯南道尔就看不出来吗?为什么要让他的主人公如此令人讨厌地去讽刺杜宾呢?在我看来,除了小说家对自己的主人公特殊的喜爱之情之外,还有一个重要的意图,那就是有意地去夸大人物的缺点。原苏联作家阿·阿达莫夫曾这样评价柯南道尔笔下的福尔摩斯:"柯南道尔并不想塑造一个各方面都完美无缺的主人公。这又是一种方法,使主角成为一个真实的人,赋予他以活生生的人的特性。但这仅是次要的方面,绝不会抹杀和遮盖主人公的主要的、突出的优点和品质……"[1]的确如此,福尔摩斯的优点和智慧是人们所共睹的,但远不是一个完美无缺的人,他压抑而不够开朗,自傲而不够豁达,苛求而不够宽容,甚至有些古怪而不够随常,而这一些却正是柯南道尔所刻意追求的人物形象。福尔摩斯是个人而不是神,正因为他是人,他破的案才会是真实可信的。为了避免福尔摩斯的神化,柯南道尔还精心地为他配备了一个固定的助手:华生。通过他来解释福尔摩斯的很多不可思议的举动和令人费解的语言,同样,也通过他来衬托出福尔摩斯的个性和超人的智慧。有了这样的铺垫和衬托,使得福尔摩斯的言行不是漂浮在空中,而是有根有据。"福尔摩斯—华生"模式也就自然地成为后来侦探小说家所采用的模式。

从爱伦·坡到柯南道尔,古典型的侦探小说已发展到顶峰。当这样成熟的文体被引进到中国来时,正是中国的公案小说在下坡路上急剧下滑的时候,中国的作家们正要使小说发扬光大而又对公案小说的创新失去希望的时候,所以,中国的作家们看到了侦探小说时,无不表现出一种惊喜的态度,从翻译到创作,在中国本土上很快就出现了一批中国的侦探小说作家创作的中国的侦探小说。

---

〔1〕 阿·阿达莫夫:《侦探文学和我》第24页,群众出版社1988年5月版。

第二章　清末民初侦探小说之翻译以及对中国小说的影响

第一节　清末民初侦探小说的翻译热
——福尔摩斯和亚森罗苹携手进入中国文坛

这大概是世界文学史上少见的现象：那么多国家的各类作家作品一下子涌入一个国家，不仅是古代的作家作品，就是外国刚刚出现的文学现象也被引了进来。不论国家地区，也不分作家作品的格调和层次，只要是外国的作品均尽其输入，这就是中国清末民初的翻译界的状况。闭关自守的国门被打破以后，门内的人忽然发现外面的天地原来是那么大，是那么的诱人，于是就拼命地“吃”进来。清末民初的文字翻译作品究竟有多少，难以统计，但是翻阅当时的每一份杂志，翻译作品大约都占杂志的三分之二以上。可以这么说，中国清末民初的文坛，翻译作品三分天下有其二。而在这些翻译作品中，侦探小说又占了三分之二。

文学史家们一般认为，自林纾译《巴黎茶花女遗事》(1899)以后，晚清的翻译从之前的自然科学、政治思想和社会理论（如严复的译作）逐步地转向文学作品的译介。其实，仅从文学的翻译来说，侦探小说翻译到中国来，比《巴黎茶花女遗事》还要早。据现有资料，最早翻译外国侦探小说的是《时务报》的英文编辑张坤德。张坤德，字小塘，桐乡人。他所译的是亚瑟·柯南道尔的4部作品：《英包探勘盗密约案》（今译名《海军协定》）、《记讴者复仇事》（今译名《驼背人》）、《继父诳女案》（今译名《分身案》）、《呵尔唔斯缉案被戕》（今译名《最后一案》）。第一篇、第二篇总题为《歇洛克呵尔唔斯笔记》；第三篇、第四篇总题为《滑震笔记》。它们分别连载于1896年至1897年的《时务报》第6至12册，第24至30册上。1899年素隐书局出版《新译包探案》一书，把这4篇译作与林译《巴黎茶花女遗事》一起收在其中。1906年，商务印书馆发行“说部丛书”，将这些译作收入初集第四编，题名为《华生包探案》。但是，不管是林纾译的《巴黎茶花女遗事》，还是张坤德译的柯南道尔的作品都只能看作是中国翻译外国言情小说和侦探小说的起步。它们虽然起步都比较早，并带动了大批的后继者跟上，但最初时它们的影响均被同时的政治小说的翻译所压住了。

政治小说是由政治家、思想家所提倡的、有明确政治目的的小说文体。它的提倡者是梁启超。1898 年，逃亡在日本的梁启超在《清议报》上发表了他的《译印政治小说序》。文章明确地提倡要翻译外国的“政治小说”。梁启超的“政治小说”的概念是根据国内的政治情况和思想启蒙的要求而提出来的。他们提高小说的地位是因为小说具有特殊的传播功能，同样，他们提出“政治小说”，是因为这样的小说文体最能表达他们的政治理想，最能对中国国民展开思想启蒙。这样的翻译观念是符合当时的时代潮流的，所以尽管翻译进来的“政治小说”仅有梁启超译述的日本的柴四郎的《佳人奇遇》和矢野龙溪的《经国美谈》等几部作品，但其声势却是极大的。在把小说和政治等同起来看的时代风气下，言情小说和侦探小说也就只能退居一旁了。但是，文学思潮毕竟是要依靠实绩支撑的。自李伯元、吴趼人等人登上文坛，并创作了很多社会谴责小说之后，中国小说的价值取向开始向文学性回归，外国的言情小说和侦探小说所具有的魅力越来越展现出来，越来越受到人们的重视。随着小说创作的加强，中国文坛出现了杂志热和小报热，数十种文学杂志和小报一下子涌上文坛。各种杂志和小报为了自己的生存，不得不向读者所欢迎的文学体裁倾斜，言情小说和侦探小说的翻译也就热了起来。道理很简单，它们要比那些尽是些枯燥无味的演说词、政纲、章程的政治小说好看多了。尤其是侦探小说的翻译风头特健，几乎成为各种杂志和小报的必备的“佳品”。据徐念慈统计，小说林社出版的书，销路最好的是侦探小说，约占总销售额的十之七八。[1] 吴趼人也说：“近日所译侦探案，不知凡几，充塞坊间，而犹有不足以应购求者之虑。”[2]

在清末民初的翻译热中，侦探小说占有绝对的数量。阿英在《晚清小说史》中说：“当时译家，与侦探小说不发生关系的，到后来简直可以说是没有，如果当时翻译小说有千种，翻译侦探要占五百部以上。”这话是符合实际的。究竟翻译哪些作家作品？由于当时的翻译作品存在着错译、改译，或者是翻

〔1〕 觉我：《余之小说观》，《小说林》第 9—10 期(1908 年 8 月)。
〔2〕 吴趼人：《中国侦探案·弁言》，吴趼人《中国侦探案》第 2 页，上海广智书局 1906 年版。

译作品之上不写原作者之名等等严重问题，就很难具体统计出来。但是，仔细地分析这些纷乱的侦探小说翻译作品，还是能看出一个大致的发展轨迹的。张坤德翻译了柯南道尔的作品之后，产生了很大影响，中国的翻译家们集中于柯南道尔的作品的翻译和介绍上。这种情况到1905年左右开始发生变化，侦探小说的翻译从柯南道尔一人的作品上发展到其他的作家作品中去了。在柯南道尔的作品之后，接踵而来的是美国的埃德加·爱伦·坡(Edgar Allan Poe)的作品。最早把爱伦·坡的侦探小说翻译进来的中国作家是鲁迅和周作人兄弟。1905年周作人把爱伦·坡的《金甲虫》翻译成中文，并且易名为《玉虫缘》发表在《女子世界》的5月号上，而介绍这篇小说给周作人的正是当时正在日本留学的鲁迅。此后，爱伦·坡的作品陆续被翻译进来，《莫格街血案》、《玛丽罗热疑案》、《窃信案》均有了中译本。翻译爱伦·坡的作品倒不是当时的中国作家认识到他是侦探小说鼻祖的缘故，而是因为当时的欧洲大陆正掀起一股“爱伦·坡热”。郑振铎在描述这股“爱伦·坡热”时说：“欧文使欧洲文坛认识了美国的文学，爱伦·坡却使欧洲文坛受到美国文学的重大影响了。在1909年爱伦·坡的百年诞辰时，整个欧洲，自伦敦到莫斯科，自克里斯丁那到罗马，都声明他们所得到的他的影响，且歌颂他的伟大与成功。”(《文学大纲》第40章)中国作家此时选择了爱伦·坡更大程度上是因为时机和机遇。

除了爱伦·坡的作品之外，此时较有影响的外国侦探小说翻译作品还有：[1]

英国作家毛利森(Arthur Morrison，今译莫利森或马利孙)的《马丁休脱侦探案》和《海威侦探案》；

英国作家葛威廉(William Tufnell Le Queux，今译威廉·鲁鸠)的《三玻璃眼》；

英国作家狄克多那文(Dick Donovan)的《多那文包探案》；

英国作家白髭拜(Guy Newell Boothby)的《巴黎五大奇案》；

英国作家奥斯汀(J. Austen)的《桑狄克侦探案》；

法国作家鲍福(Baofü)的《毒蛇圈》；

〔1〕 以下所列外国侦探小说翻译作品和柯南道尔的翻译作品的资料来源：[日]樽本照雄：《新编清末民初小说目录》(清末小说研究会1997年版)；郭延礼：《中国近代翻译文学概论》(湖北教育出版社1998年3月版)；孔慧怡：《还以背景，还以公道：论清末民初英语侦探小说中译》(《通俗文学评论》1996年第4期)。

美国作家尼科拉司·卡特(Nicholas Garter)的《聂格卡脱侦探案》;

……

此时翻译的外国侦探小说几乎涉及了当时所有的外国侦探小说作家作品,以上只不过是择其要者。

在这些外国侦探小说作家作品中,翻译数量最多,影响最大的当然是柯南道尔的《福尔摩斯侦探案》。据现有资料统计,数年来,中国出版的柯南道尔的作品共 311 件(次)。

特别是 1916 年 5 月中华书局出版了《福尔摩斯侦探案全集》,是数年来柯南道尔翻译小说的集大成者。这是柯南道尔的作品自《歇洛克呵尔唔斯笔记》、《滑震笔记》等各种奇怪的名字中得到的最正规的命名。这部文集的译者是:严独鹤、程小青、陈小蝶、天虚我生、刘半依、周瘦鹃、陈霆锐、天侔、常觉、渔火等 10 人。小说用文言翻译,汇成 12 册,收了 44 个案子[1],在全集之后,刘半侬作《跋》。这篇《跋》代表了中国作家当时对侦探小说的基本认识,亦是前一时期侦探小说翻译热的一个总结。这篇《跋》对柯南道尔的侦探小说作了比较详细的分析,它认为侦探小说是"托诸小说家言""启发民智之宏愿","虽非正式的教科书,实隐隐有教科书的编法",并说"此是柯南道尔最初宗旨所在,不得不首先提出"。柯南道尔的侦探小说是否是"教科书的编法",这一观点可以讨论,但可以明确的是刘半侬的这番语言的确是大量地翻译侦探小说以来中国作家对侦探小说的思想意义的第一次较全面的总结。这篇《跋》还对侦探小说的美学特征作了探索,提出了侦探小说创作的三步功夫,即:索、剔、结。这说明了中国作家已基本上掌握了侦探小说的创作规律。对福尔摩斯,刘半侬评价说:"福尔摩斯何以能成其为福尔摩斯? 余曰:以其有道德故,以其不爱名不爱钱故。"对福尔摩斯这样的认识,对后来中国作家塑造私人侦探形象产生了较大的影响。在这篇《跋》的结尾,作者一方面对侦探小说极力推崇,认为从文学的角度出发,侦探小说"不失为 20 世纪纪事文中唯一之杰构",另一方面也提出了侦探小说创作的艰难,"侦探固难,作侦探小说亦大不易"。这些论点均集中反映出了那个时期的中国作家对侦探小说的认识水平。

《福尔摩斯侦探案全集》出版之后一直畅销不衰,同时,柯南道尔的新作又受到最密切的关注,只要一出现,马上就被译进中国。到 1925 年,大东书

[1] 郭延礼:《中国近代翻译文学概论》第 150 页,湖北教育出版社 1998 年版。

局出版了《福尔摩斯新探案全集》，全书共4册，收了柯南道尔的新作9篇，周瘦鹃作序说，此书是为了“沧海差无遗珠”，补中华书局版而译的。但是，不管侦探小说有多么好看，文言的风格都影响了小说更好地流传，也不合时代的节拍。于是，1927年，刚成立不久的世界书局为了使柯南道尔的作品更好地流传，亦为了在出版界站稳脚跟，约请程小青等人用白话全部重译了柯南道尔的侦探小说，名为《福尔摩斯探案大全集》，从1927年起由世界书局陆续出版。

当福尔摩斯在柯南道尔手上顺利地破了一个接一个案子的时候，法国作家玛丽瑟·勒白朗(Maurice Leblanc，1864—1941，今译鲁贝兰)为福尔摩斯设计了一个强劲对手——侠盗亚森·罗苹，并以此为主人公写了一系列的“反侦探小说”。这样一个神奇的人物，中国的侦探小说的翻译家们当然是不会放过的。据现有资料〔1〕，勒白朗的作品是民国初年进入中国的，如：

> 1912年杨心一译《福尔摩斯之劲敌》，载《小说时报》第15期。这可能是勒白朗小说的第一个中译本。
>
> 1914年周瘦鹃译《亚森罗苹之劲敌》，载《礼拜六》第27至28期；同年，徐卓呆译《八一三》，载《中华小说界》创刊号上。

特别是1925年，大东书局在推出《福尔摩斯新探案全集》的同时，推出了《亚森罗苹案全集》，该书共收长篇10种，短篇18种，分别由周瘦鹃、沈禹钟、孙了红等人用白话翻译，周瘦鹃作序，序中云：

> 亚森罗苹者，勒氏理想中之怪杰也。有时为剧盗，为巨窃，有时则又为侦探，为侠士，其出奇制胜，变幻不测，乃如神龙之夭矫天半焉。吾人平昔谈侦探小说，虽布局极曲折，而略加思索，便可知其结果为何，惟罗苹诸案，则多突兀出人意表，非至终卷，不能知其底蕴，其思想之窈曲幽微，几类出于神鬼，此亚森罗苹诸案之所以难能可贵也。

周瘦鹃的这篇序还仅仅是根据亚森罗苹案本身分析的，大东书局为推销这部书写的广告则直接将亚森罗苹和福尔摩斯加以比较了。这则广告虽有不

〔1〕［日］樽本照雄：《新编清末民初小说目录》清末小说研究会1997年版；郭延礼：《中国近代翻译文学概论》，湖北教育出版社1998年版。

少夸大亚森罗苹之词，但不少分析还是颇有道理的，现录之如下：

福尔摩斯为英国名侦探，亚森罗苹为法国大侠盗，均为小说家理想中之人物。

福尔摩斯之侦探本领似已超顶伦，而亚森罗苹之侦探本领尤胜过福尔摩斯万万，可云空前绝后。

福尔摩斯为私家侦探，而有时受官中雇用，可以受法律之保护，施行职务有许多便利，亚森罗苹则为官中所欲拘捕之巨盗，行侠仗义诛恶锄奸往往有许多阻碍，然亚森罗苹仍能化险为夷，脱身事外。

福尔摩斯本领虽绝顶，而亚森罗苹则戏弄之如无物，金表被窃，又常与助手华生同被监禁于空房者一夜，华生则臂受枪伤，其余被戏弄之处尚多，福尔摩斯亦无如之何也。

总之，福尔摩斯案虽佳，不及亚森罗苹案奇诡，且福尔摩斯案无数十万言之长篇，亚森罗苹案则如《虎齿记》、《三十柩岛》、《古城秘密》、《金三角》等作，皆一案累数十万言，如剥蕉抽茧，统篇精警，无一懈处。

经过中国作家如此大力地翻译和如此大力地宣传，那位机智勇敢的"私人侦探"福尔摩斯和那位神出鬼没的"侠盗"亚森罗苹很快就成为中国老百姓口中经常念叨的名人了。

清末民初的翻译家几乎每个人都译过侦探小说，其中最为突出的侦探小说的翻译好手除程小青和孙了红外（他俩在侦探小说翻译上的贡献将在后面论述），还有周桂笙、陈冷血和周瘦鹃。

周桂笙（1863—1926），字树奎，又字辛盦、新庵、惺庵，号知新子、知新室主人等，上海人，肄业于上海中法学堂，治英法文，曾任《月月小说》译述编辑，辛亥革命后又任同盟会机关报《上海天铎报》编辑。1906年周桂笙发起组织了"译书交通公会"，他在宣言中说："吾国开化虽早，闭塞已久，当今之世，苟非取人之长，何足补我之短！然而环球诸国，文字不同，语言互异，欲利用其长，非广译其书不为功！"正是从这样的目的出发，他翻译了很多外国文学作品，其中最为突出的是侦探小说的翻译。和其他的翻译作家不同的是，周桂笙是第一位真正有意识地将侦探小说作为一种文学体裁，并竭力向中国读者推荐的侦探小说翻译家。他说："吾国视泰西，风俗既殊，嗜好亦别。故小说家之趋向，迥不相侔。尤以侦探小说，为吾国所绝乏，不能不让彼独步。”[1]“泰西之以小说名家者，肩背相望，所出版亦月异而岁不同。其间若写情小说之绮腻风流，科学小说之发明真理，理想小说之寄托遥深，侦探小说之机警活泼，偶一披览，如入山阴道上，目不暇接。”[2]周桂笙提出了侦探小说是不同于写情小说、科学小说、理想小说的另一类小说，这类小说有着“机警活泼”的特点，它为外国所独有，而我国却是缺乏的。这样的评论不仅给侦探小说立了名，而且告诉国人侦探小说不同于我国任何一种传统小说的体裁，它是一种具有独特魅力的全新的小说体裁。这些说法对于当时人们了解和翻译侦探小说无疑是起到了推动的作用。周桂笙的侦探小说的翻译主要集中在欧美等国诸作。他的主要译作有法国作家鲍福的《毒蛇圈》；法国作家纪善的《妒妇谋夫案》、《红痣案》；英国作家柯南道尔的《歇洛克复生侦探案》、《福尔摩斯再生第十一、十二、十三案》；美国作家康培尔的《失女案》等等。其中以 1903 年发表在《新小说》上的《毒蛇圈》最有名。据吴趼人《新笑史》“犬车”条所记，周桂笙主张“凡译西文者，固忌率，亦忌泥”。从他的译作的实际情况来看，他的作品虽不“泥”，却有点“率”。这个“率”当然应该从两方面去看，一方面他都是用白话翻译的，这是中国翻译家用白话翻译外国作品的较早的尝试；另一方面他的译作不仅大多数不注明原作者姓名，而且对原文亦颇有任意增删，例如在《毒蛇圈》第三回中，在写到法国大宴会以后，忽然来了这么一段：“倘是同中国一般的繁文缛节一个个地定席一个个地敬酒，临了就坐时要假惺惺地推三阻四，做出那讨人厌的样子，以为是客气的，也不管旁边有个肚子饿透了的嗓子里伸出个小手来，巴不能够抢着就下肚，在那熬着等他，要是这么着，只怕这个宴会还要闹到天亮呢。”根据翻译的起码的标准，像这样的插叙是“率”得出格了，不过，也代表了当时的一种翻译作风吧。

陈冷血(1877—1965)，字景韩。他的译作比较广泛，政治小说、侦探小说、军事小说、虚无党人小说，他都有译作。他的侦探小说的翻译作品主要是指他于 1903 至 1904 年出版的《侦探谈》。全书共 4 册，第 1、2 册由中华书局 1903 年出版，第 3、4 册由开明书店 1904 年出版。全书共收 10 篇小说：法国西余谷《游皮》、彭脱《格儿奇特》；日本中村贞吉《大村善言》、渡边为藏《关口太三郎》、上野和夫《松野贯一》、黑岩泪香《三缕发》；英国皮登《梅脱》、《落勃脱》、吐司爱沙《自杀俱乐部》；佚名《美人狩》。陈冷血是日本留学

[1][2]　周桂笙：《歇洛克复生侦探案弁言》，《新民丛报》第 3 年第 7 号(1904 年 7 月)。

生,“南社”成员,他的译作比较注重和中国的社会实际相结合,也喜欢利用翻译抒发自己的感想,不过,他和周桂笙不同,他一般不随意破坏原文,而是在篇前篇后,加上序跋,来阐明自己的译后感。例如,他的《食人会》写的是一个人吃人的故事,译竟后,他加上了一段“注解”,说:“……我译此篇,我知人世虽无此实事,然既有此思想,难免有此实事之时之地。我译此篇,我知西人仅有此思想,而我国饥饿之岁,赤地千里,人相食者,时有所闻。我译此篇,我知食人之事虽不多见,然世界物竞,无一非食,食人名誉,食人财产,食人事业,食人心思才力,无时蔑有。我译此篇,而我诸感交集,试问读者。”这段“注解”显然是和当时中国思想界流行的“物竞天择”思想结合了起来。利用翻译侦探小说谈政治时事是陈冷血译作的特色。陈冷血的序跋常常是百感交集,情绪激动,但他的翻译语言却是简短冷峻,书写格式也颇具特色,如:

> 旅客闻此言,愤益甚,心中奇怪亦益盛。
> 旅客止凝息,盗首促三行
> 试前!
> ……

他这种语言风格,曾被人称之为“冷血体”。他和包天笑同任《时报》副刊的编辑,读者把他们并称“冷笑”。他的很多译作均发表在《时报》上,在当时的青少年之中产生了较大影响。胡适在《十七年的回顾》中特别提到了他:

> ……
>
> 第二,《时报》在当日确能引起一般少年的文学兴趣……《时报》出世以后,每日登载“冷”或“笑”译著的小说,有时每日有两种。冷血先生的白话小说,在当时译界中确要算很好的译笔;他有时自己也做一两篇短篇小说……用很畅达的文笔,作很自由的翻译,在当时最为适用……

胡适是把陈冷血当作为当时的文学引路人之一来看待的,于此亦可看出陈冷血在中国现代侦探小说史上的地位了。

周瘦鹃是最系统地翻译柯南道尔的作品和勒白朗的作品的中国作家之一。1912 年他在《妇女时报》上发表了柯南道尔小说《军人之恋》的译作。

1914年《礼拜六》创刊，他是该刊中的主要的翻译作家，在其上又连续发表了一系列的柯南道尔的译作。也许正是这样的成绩，1916年他被中华书局聘请为《福尔摩斯侦探案全集》的编译者，首次系统地编译了柯南道尔的作品。1925年大东书局出版《福尔摩斯新探案全集》和《亚森罗苹案全集》时，周瘦鹃是主要的策划者、组织者和译者。周瘦鹃创作的侦探小说并不多，但的确是把侦探小说引入中国出力最多的人之一。侦探小说的翻译也给周瘦鹃在翻译界带来了声誉。1917年中华书局出版了周瘦鹃的翻译作品集《欧美名家短篇小说丛刻》，这是我国较早的一部翻译作品集。当时，任教育部社会教育司科长的鲁迅先生审阅了这部书后，甚为赞许，特地颁奖嘉奖。这是一件令人荣耀的事情。这部翻译作品集之所以能结集出版，得力于周瘦鹃的侦探小说的翻译。周瘦鹃在一篇文章中是这样回忆的："二十岁时，中华书局编辑部的英文组聘我去专做翻译工作，除译了几种长短篇的《福尔摩斯侦探案》外，还译些杂文和短篇小说，供给该局月刊《中华小说界》、《中华妇女界》等刊用。二十二岁时，为了筹措一笔结婚的费用，就把这些年来译成的西方各国名家短篇小说汇集拢来，又补充了好多篇，共得十四个国家的五十篇作品，定名为《欧美名家短篇小说丛刻》，计英国十八篇，法国十篇，美国七篇，俄国四篇，德国二篇，意大利、匈牙利、西班牙、瑞士、丹麦、瑞典、荷兰、芬兰、塞尔维亚等国各一篇，并于每一篇之前，附以作者的小影和小传。这五十篇中用文言文翻译的多于语体文。"〔1〕可见，正是侦探小说的翻译给周瘦鹃带来了机遇，并激发了他翻译其他外国作品的欲望。在现代通俗文学史上周瘦鹃还是一位名编辑，他的编辑方针对通俗文学的创作走向往往能起重大的影响。他主编过《礼拜六》(后100期)、《半月》、《紫罗兰》、《游戏世界》、《紫葡萄》等刊物。在这些刊物上他无不把侦探小说作为一个主要的栏目推出，或译作，或创作，或评论，为侦探小说在中国的发展起着推波助澜的作用。

第二节　侦探小说与中国小说的现代化

——侦探小说对中国小说文体变革之影响

在世界文学史上，侦探小说难上"极品"，但它在中国的清末民初时期却

〔1〕 转引自郑逸梅《鲁迅嘉奖的〈欧美名家短篇小说丛刻〉》，《书报话旧》第8页，学林出版社1983年版。

得到了如此的青睐,这是和中国当时的政治思想背景以及文化传统、阅读习惯、译者趣味等因素有着很大关系的。

侦探小说产生于西方的工业革命之中。随着西方工业革命的进行和成功,政治制度上的法制建设日趋完善,思想上实证主义风行一时,思维上逻辑推理受人推崇,整个时代进入了一个追求科学民主,醉心科学民主的时期。科学民主时代的成果是侦探小说产生的土壤,也是侦探小说发育成长的最基本的营养,所以说,侦探小说实际上是一种科学民主的文艺作品。把侦探小说科学民主的性质和清末民初的中国思想界正发生的变革结合起来看,我们也就明白了侦探小说在中国为什么尤受欢迎的原因了。

"科学"与"民主"是"五四"新文化运动的两面旗子,在清末民初的时期,也就成了中国的有识之士导"国民"入"世界圈"的两种标准了。严复那么努力地把西方哲学、政治学、经济学、法学引进中国,无非是告诉国人真正的救国之道是什么。那些翻译侦探小说的中国作家当然没有严复看问题那么深,但也看到了侦探小说与科学、民主的关系,并力图在比较中说明中国的不足之处。周桂笙有一段言论很有代表性:"盖吾国刑律讼狱,大异泰西各国,侦探小说,实未尝梦见。互市以来,外人伸张治外法权于租界,设立警察,亦有包探名目。然学无专门,徒为狐鼠城社,会审之案,又复瞻徇顾忌,加以时间有限,研究无心,至于内地谳案,动以刑求,暗无天日者,更不必论。如是,复安用侦探之劳其心血哉! 至若泰西各国,最尊人权,涉讼者例得请人为辩护,故苟非证据确凿,不能妄入人罪。此侦探学之作用所由广也。"[1]从侦探小说之中看到了科学与民主,看到了与当时思想界的需求相一致的地方。1911 年的辛亥革命虽称不上是一场彻底的革命,但它毕竟在形式上改变了中国的国体,专制政权变为了"共和国体"。国体的改变给侦探小说的发展带来了廓大的空间,正如陈独秀在此时所说的:"惟明明以共和国民自居,以输入西洋文明自励。"[2]侦探小说宣扬的是一种法治,而不是人治;要求的是科学实证,而不是主观臆断;讲究的是一种人权,而不是皇权,这样的一种思想内涵的小说体裁,输入的正是时代所需要的"西洋文明"。

侦探小说刚刚传入中国,中国文人们就以惊叹的眼光注视着这一中国传统说部中从未有过的类型。1903 年发表在《新小说》中的《小说丛话》是

---

〔1〕 周桂笙:《歇洛克复生侦探案弁言》,《新民丛报》第 3 年第 7 号(1904 年 7 月)。

〔2〕 陈独秀:《宪法与孔教》,《独秀文存》第 73 页,安徽人民出版社 1987 年版。

近代第一篇众家评点小说的论文。在这篇论文中，侦探小说受到了高度的重视。侠人说："唯侦探一门，为西洋小说家专长，中国叙此等事，往往凿空不近人情，且亦无此层出不穷境界，真瞠乎其后乎。"定一说："吾喜读泰西小说，吾尤喜泰西之侦探小说，千变万化，骇人听闻，皆出人意外者。""层出不穷""千变万化""出人意料""瞠乎其后"，这就是中国人读侦探小说的读后感，却也正符合中国人读小说的美学嗜好。中国古代美学理论本来就有"正""奇"的说法，何谓"正"与"奇"？明代张无咎解释说："小说家以真为正，以幻为奇。"[1]"真"即现实生活，"幻"即新奇，"其事不奇，其人不奇，其遇不奇，不足以传"[2]，由"奇"出"正"是中国读者的阅读习惯。清末民初的小说读者群主要是那些店员、职员为主的市民阶层，中国的市民阶层是一个很有特色的社会力量，他们是从封建的农村自然经济解体之中转化过来的，他们一方面追求商品价值，一方面又恪守着传统的伦理道德；他们想表现自我，发展自我，但更多地是想保护自我；他们痛恨欺压他们的贪官污吏，向往秩序井然的社会，但绝不站起来进行斗争，而常常把拯救的希望寄托于某一位开明君主或者是"清官大老爷"身上，用外来的力量达到自我的目的。市民的生活一般都处于贫乏、单调的状态之中，他们总是想寻求一种刺激以调剂这种机械的生活节奏。侦探小说的出现正满足了中国的读者的这些要求。侦探小说所反映的内容总是彰侠义，明正气，惩顽恶，揭黑幕，正义之气必将战胜邪恶之气，这是人心所向，侦探小说的情节总是曲折紧张，人物是奇人异士，事件是奇诡杂出，环境是神秘可怖，尽量地层出不穷，千变万化，而且这种"层出不穷，千变万化"又建立在严密的科学推理和合理的逻辑设证之上，"奇"而合理，"荒"而不谬，符合中国的美学传统，能被中国文坛所接受。侦探小说之中，市民心中的"青天大老爷"以除暴安良的"私人侦探"的身份出现了，在他们的智慧和勇敢之中，整个社会有了秩序，市民那种平安度日的理想在作品中成为了现实；它也使得市民们贫乏的精神生活受到了强刺激，黑屋荒宇，夜半风紧，其中生活着大忠大邪，表现着大智大奸，一波未平，一波又起，风云不断变幻的情节事件，把市民们引出了机械平淡的生活氛围，来到了一个闻所未闻的世界之中，好奇心、好胜心受到了极大的激发和

〔1〕 何昌森：《水石缘序》，黄霖、韩同文选注《中国历代小说论著选》第 496 页，江西人民出版社 1982 年版。

〔2〕 张无咎：《批评北宋三遂平妖传》，黄霖、韩同文选注《中国历代小说论著选》第 243 页，江西人民出版社 1982 年版。

刺激。

侦探小说是通俗文学作家所热衷的文学题材,纯文学作家几乎是不介入的,这是因为侦探小说最合乎通俗文学作家的美学观念。清末民初的通俗文学作家主要是指那些以《礼拜六》、《游戏杂志》、《眉语》、《小说月报》(前12卷)、《小说画报》、《小说新报》等刊物为阵地的文人们。他们的美学观念大体一致,即:"纵豆棚瓜架,小儿女闲话之资,实警世觉民,有心人寄情之作也。"文学既应有趣味,也应是消遣愉悦的,但都应是从"小儿女闲话之资"中"警世觉民"的。这是中国通俗文学作家的几乎一致的美学观念。侦探小说只是通俗文学的一个部分,但却比较集中地反映出通俗文学的美学观念。曲折的情节,离奇的故事,时隐时现的盗匪,机警勇敢的私人侦探,充满着"小儿女闲话之资",完全能够引起阅读快感。同时,侦探小说又的确是"有心人寄情之作",作者的政治理想和对当今时政的针砭,无不可以在小说之中痛快淋漓地表现出来。如此佳妙的文学表现形式,真是何乐而不为呢?

小说品位的高低本来就是相对的,特别是对外来的作家作品的评定,固然是要根据它的质量,但是,起决定作用的还在于接受者对它的需求以及它对接受者所产生的影响。中国当时的翻译家和作家们还分不出什么是一流的作家作品,什么是二三流的作家作品,他们只是根据自己对文学的认识以及作品的阅读面来翻译作品的,从这个角度看,侦探小说在中国清末民初能产生出如此异乎寻常的影响,也就会得到合理的解释了。

以1902年梁启超发表《论小说与群治之关系》为标志,中国人才算是认识到了小说也算是一个极其重要的文体。然而,保留在中国文人知识库存中的"小说"究竟是什么模样呢?还是传统型的,要么是讲史,要么是传奇(包括烟粉、灵怪、公案等)。大量的翻译的外国小说正好满足了中国文人对"小说"的好奇,促使了他们对小说模式观念的更新,使得中国小说从古典型走向了现代型。如果我们仔细地审视此时中国的变革过程中的诸种因素,就会发现外来的侦探小说在其中起着重要的作用。说侦探小说影响了中国小说的变革,有些论家也许在感情上难以接受,然而事实上却正是如此。侦探小说的翻译数量之多在清末民初不仅是首屈一指,而且它的确是最讲究技巧的小说文体。在这样精巧的文体面前,那些想在小说创作中有所作为的中国文人们能无动于衷吗?不管是有意还是无意,侦探小说的艺术技巧悄悄地滋润着中国的小说文苑,使中国小说技巧上的现代化得以形成。

1907年,觚庵(俞明震)在《小说林》第5期上对《福尔摩斯探案》有一段十分精彩的评述，他说：

……余谓其佳处全在"华生笔记"四字。一案之破，动径时日，虽著名侦探家必有所疑所不当疑，为所不当为，令人阅之索然寡观者。作者乃从华生一边写来，只须福终日外出，已足了之，是谓善于趋避。且探案全恃理想规划，如何发纵，如何指示，一一明写于前，则虽犯人弋获，亦觉索然意尽，福案每于获犯后，评述其理想规画，则前此无益之理想，无益之规画均可不叙，遂觉福尔摩斯若先知，若神圣矣，是谓善于铺叙。因华生本局外人，一切福之秘密可不早宜示，绝非勉强，而华生既茫然不知，忽然罪人斯得，惊奇出自意外，截树寻根，前事必需说明，是皆由其布局之巧，有以致之，遂令读者亦为惊奇不置。余故曰：其佳处全在"华生笔记"四字也。

这段话虽然没有作更深入的理论探讨，但说明了中国人悟到了柯南道尔叙事方式的奥妙。中国的传统小说，特别是话本小说，它的叙事者（说话人）是一种全知者的角色，作者完全是从一种旁观者的地位静态地叙述和发表议论的。作者超越作品之中的每个人之上，把人物的过去、现在、将来，外表、内心和盘托出，将事件的来龙去脉、错综复杂的关系兜底摆明，对同时异地、异地同时，极其光明或极其隐秘的事件都能明察秋毫。它能够展现极其广阔的生活场面，也能够指示出人物最隐秘的心曲，它能够理顺纷繁的头绪，也能够随心所欲地观察事态的发展。李甲坑害杜十娘的诡计，十娘被蒙在鼓里，但叙事者很清楚；花魁莘瑶琴为嫁卖油郎秦重变卖首饰用心良苦，秦重不知，但叙事者明白。总之，叙事者像上帝一样无所不知，无所不晓，这种叙事角度的广度是其他叙事角度无法达到的。但是，这种全知型的叙事角度对读者心灵的感召力的确是最小的，因为读者总觉得这是叙事者编故事，否则那些非人力所能知晓的隐秘，他怎么能知道呢？这样的叙事者不管说得多么精彩都难以把读者带入他所设计的艺术世界之中去。这样的缺陷，中国的文人们不是没有感觉，成之（吕思勉）曾经说过："客观的，主人翁置身书外，从旁观察书中人之行为，而加之以记述者也。中国小说，多属此种。要之，主观的，著书之人，恒在书中；客观的，则著书之人，恒在书外。"[1]而这种缺陷偏

〔1〕 成之（吕思勉）：《小说丛语》，《中华小说界》第4期（1914年4月）。

偏是让专写人的隐秘事的侦探小说避免了。不管福尔摩斯怎么神圣，怎么先知，总觉得是“真”的，就因为柯南道尔选择了华生作为叙事角度，一切从“华生一边写来”，福尔摩斯推理的神奇和准确，你不得不信，这是华生亲身经历的；而且华生又是“局外人”，每破一案，当然要“截树寻根”，福尔摩斯也就要将那些做得最隐秘之事都说清楚，这也不由你不信，这是当事人的亲口叙述；作品中的很多出乎意料的事件和判断，令人惊讶不已，但不勉强，这是“我”的感觉的差异和“我”的判断的失误。用“我”的形式直接告诉读者所发生的事情，隐去了无所不知的叙事者，缩短了读者和作者的距离，很容易使读者进入作品的境界之中去。

这种叙事角度对一向求真的中国小说家产生了巨大的诱惑力，很快就有人作了尝试。吴趼人的长篇小说《二十年目睹之怪现状》成为中国小说史上第一部用“我”贯串起来的小说。对这种尝试，当时就有人给予了很高的评价：“全书布局以‘我’字为线索，是其聪敏处，省力处，亦是其特别处。”〔1〕在短篇小说上，他也是第一个用第一人称创作的。他的短篇名作《黑籍冤魂》，用“我”为线索，把本来很难融为一体的两个故事穿在一起，先写鸦片烟为什么会这么大量涌入中国的神话故事，再写鸦片烟进入中国后的现实状况。这本是两个独立的短篇小说，用“我”一连串，前者是“我”所闻，后者是“我”所见，作者就把它们连在一起，作为两个因果关系的故事融入一篇之中。再如他的《大改革》是一篇批判国民劣根性的小说。作品写了“他”染上赌博的恶习的开端、现状、假改革的三个过程。这三个过程的串连均是由“我”与“他”三次见面的所见、所闻、所感完成的。到了民国初年，中国的小说几乎都是用“余”“予”“我”作为叙事角度，他们在作品之中都安排了一个“华生”，告诉读者这全是“我”亲耳所闻，亲眼所见，全是“真人真事”，你岂能不信?!

从西方引进的侦探小说，对我国小说创作的现代化起了积极的作用。它使得小说之材料结为一个整体，小说既放得开，亦收得拢，首尾呼应，形成团结之局。更重要的是，它使得我国的小说的叙事方式产生了一次重大变革，中国小说的全知型的叙事模式向半知型的叙事模式发展。不过，从运用技巧上说，他们运用得还不够圆熟，第一人称还仅仅起一个贯串的作用，把“我”看见的事或者“我”所见的事串在一起。“我”只是一个呆板的、被动的

〔1〕 魏绍昌编《吴趼人研究资料》第78页，上海古籍出版社1980年版。

局外的叙事人物，在旁边作“我”的分析，发“我”的议论。说实在的，这样的“我”只是为了方便叙述而设置的。这种叙述特点，除了中国的作家们对运用第一人称叙事角度在理论上认识不够之外，更主要的原因来自于他们的模仿对象先天的毛病。侦探小说中的第一人称是为了烘托小说主人公的机智和勇敢而设置的，是为了向读者解释那些最隐秘的事情是如何产生、如何被破释而增添的一个辅助人物，阐释和说明是他的主要功能。第一人称仅是游离在小说的叙事情境之外，而非融会于叙事情境之中去，这样的叙事角度还不是成熟的叙事模式。以此作为学习的楷模，中国近代小说出现这些问题也就在所难免了。中国第一人称叙事角度的小说还是到“五四”时期才真正成熟起来的，那是在“五四”新文学作家手上完成的。

中国传统的小说观念有一种根深蒂固的“史说同质”的观念。干宝为他的《搜神记》作序说：

> 虽考先志于载籍，收遗逸于当前，盖非一耳一目之所亲闻睹也，亦安敢谓无失实哉！卫朔失国，二《传》互其所闻；吕望事周，子长存其两说，若此比类，往往有焉……今之所集，设有承于前载者，则非余之罪也。若使采访近世之事，苟有虚错，愿与先贤前儒分其讥谤。及其著述，亦足以发明神道之不诬也。

《搜神记》是一部神怪小说，干宝在这里偏偏竭力地论证，他所述的“神道”是“不诬”的，即使“苟有虚错”，史《传》本也有之。中国传统小说家们是用作史的眼光评论小说的，甚至认为小说就是一种历史，小说本出于稗官，收集的是“街谈巷语”，是“正史”不记的“野史”。这种史说同质说，影响了小说的地位，是“正史”的附属和补充，也决定了中国小说家的思维方式。因其史，它只能是对已经发生的事情的追溯和记载；因其史，当其真，它强调“一耳一目之所亲闻睹也”；因其史，显其实，它不放过事态发展的一枝一节的叙述，短短数句的记人论事，也是“某者、某也、某事”的史传式的记叙模式，就是极其简洁的《聊斋志异》也没有忘记说全事情的起因后果。它们根据的是时间的纵向流向，叙述的是事情的“全体”。对这种叙述模式首先提出疑问，并且介绍新的叙述方式的同样是由侦探小说的翻译所带来的。1903 年周桂笙在译《毒蛇圈》时，曾写了一篇《译者叙言》，他根据译本向中国读者介绍说：

> 译者曰：我国小说体裁，往往先将书中主人翁之姓氏、来历叙述一番，然后详其事迹于后，或亦有用楔子、引子、词章、言论之属，以为之冠者，盖非如是则无下手处矣。陈陈相因，几乎千篇一律，当为读者所共知。此篇为法国小说巨子鲍福所著。其起笔处即就父母问答之词，凭空落墨，恍如奇峰突兀，从天外飞来，又如燃放花炮，火星乱起。然细察之，皆有条理。自非能手，不敢出此。虽然，此亦欧西小说家之常态耳，爰照译之，以介绍于吾国小说界中，幸弗以不健全讥之。

用“父母问答之词”开头，看起来只是介绍了一种小说的开头方式而已，实际上它指明了小说家究竟如何处理好小说中的时空关系，对中国传统叙事模式的变革给予了很大的启示。在周桂笙这篇介绍文章的数月后，我佛山人就用“凭空落墨”的对话方式来写《九命奇冤》的开头了。在小说的第一回先用对话的形式讲述了一段强盗打劫杀人的故事，而且叙述这次打劫“闹出一段九命奇冤的大案来”，至于强盗是何许人，被杀者又是何许人，故事的起因是什么，又怎样造成了冤案，却没有叙述，而是说“要知道这件奇事的细节，待我一回回表叙出来”。然后就开始了漫长的倒叙。叙述者一回一回交代了事件发生的来龙去脉，然后接上第一叙事时间的起点，最后说“说到此处，这一宗公案，算完结了”。公案完结，小说也就结束了。《九命奇冤》的叙事模式是中国小说艺术改革的一个典范，在当时和现在均有较大的影响。其实，将它与当时的侦探小说翻译作品对照起来看，就完全明白了它的创新的灵感所在。它所运用的正是侦探小说最常用的艺术技巧：悬念。

到了民国初年，中国的小说家们都努力创造一些新形式来调整传统的时空关系，倒叙法已成为了一种时髦文体。作为一种悬念，作家们常将小说的结局或者某种议论放在小说的前面，然后再叙故事的情节，最后作呼应或者释疑，如包天笑的4篇《友人之妻》均是这样的格局。吴趼人不仅用小序写故事的结局，而且用小序发议论，发感慨，如他的《大改革》的开头小序：

> 阅者诸君，现时社会之中，有三种东西，最易令人沉迷，一经沉迷之后，便如落下陷境之中，难望有翻身之日。诸君，此三种东西，你说该改革不该改革？我知诸君一定赞成，说是该改革，该改革。
>
> 是哪三种东西呢？一种是妓寮，一种是赌馆，一种是烟馆。无论何人，一经陷入其中，便是嫖、赌、吹，三件都是足以丧身亡家的，你说可怕

不可怕。

这段小序，虽然带有浓厚的说话气，但是他把原来是事后的感慨议论提到前面来先发了，加强了正文叙述时间的密度，起了一种吸引读者的作用。不仅表现在小序上，一些作家还把侦探小说中常用的“转移空间”的手法运用到作品的叙述之中去，最哉的《求婚》写妹妹玉瑛替哥哥春生向同学漱玉求婚。整个故事的叙述是从春生的家庭境况、玉瑛求婚、春生结婚的传统的时空顺序进行的，但作品不像传统小说那样“花开两朵，各表一枝”，而是把漱玉的情况、漱玉姑母的情况、玉瑛的婚姻情况拆开，不断地穿插到主要故事之中去。这对减少冗长的叙述交代，增强故事的集中性都是有益的。

外国的侦探小说的译作向中国的作家们展示了一个新的面貌。它告诉中国作家们，小说的叙述时间并不一定是不可逾越的，仅仅是恒定向前发展的长河，它可以停顿、拆散、穿插、颠倒或折叠。这一认识使得中国作家们大开了眼界，使得他们在处理小说创作中的时空关系时有了学习的楷模和创新的勇气，也大大增强了中国小说的可读性。他们认识到：“做小说第一须认定小说不是笔记，不是史乘，也不是演说……至于小说虽然说要老实，但是不可没有曲折，譬如一件事情的原因是很奇特的，做书的不忍把他开场时用去，就应当设法写在一篇的结束。大概倒叙体的小说总比顺叙体的小说出色，而且容易做。”[1]小说不是笔记，不是史乘，也不是演说，小说自有它独特的作法，这几句议论并不是他们的理论宣言，也不是什么技法介绍，而是说明他们悟到了小说创作的真谛了。

当然，我们应该看到，中国传统的纵向的时间叙事模式是吴趼人、包天笑等人打破的，但他们的小说的叙事模式还不成熟。这倒不是他们努力得不够，而是侦探小说既有的叙事特征束缚住了他们的创作想象力。侦探小说是一种破谜的小说，不管小说中的时空关系是如何打破的，它总是要向读者交代清谜底是什么，为了使谜底更具有说服力，它在每一个细节的交代上均来不得半点的马虎。这是侦探小说所特有的美学特征。而中国的作家们却看不到这种美学特征所具有的独特的适应性，而是将之推广到其他题材的小说文体之中去了，不管写什么类型的小说，他们都忘不了每一个细节的来龙去脉或者是去脉来龙的交代。这样，他们在小说时空上的改革就仅仅

〔1〕 镜性：《论有价值小说》，《半月》第1卷第2号（1921年10月）。

表现在小说情节布局位置的安排上,而不能融会于小说的叙述情境之中,显得生硬而又做作。中国传统小说的叙事模式真正意义上的打破也还是要到"五四"时期才完成的,这也和当时小说家们的艺术视界展宽有很大关系。

中国传统小说叙事模式的变革是由多种因素促成的,侦探小说的译作是最直接的因素。这种情况的产生除了侦探小说的译作具有大量的读者群之外,还在于侦探小说的叙事模式正好适应中国传统小说改革的阶段性,它给中国传统小说向现代小说发展提供了最佳的过渡模式,促成了现代型的中国小说叙事模式的形成。

第三章　中国近现代侦探小说创作之概况

第一节　在中国近现代文坛上独标一格

——中国近现代侦探小说期刊和栏目、专号

对国外侦探小说如此推崇，自然会引起中国作家对侦探小说创作的尝试。侦探小说很快就成为中国通俗文学之中的一项重要的文学体裁。当我们回过头来总结它的发展历程时，就会发现中国侦探小说的发展颇有些特殊性。它和武侠小说一样，始终是通俗文学的一块阵地，并不存在着什么新旧之争，是侦探小说就是通俗文学。但是，它没有出现过像武侠小说那样的创作狂潮，它的发展显得平稳、细弱，却也从未断流。民国时期的通俗文学作家几乎个个都称赞侦探小说，大多也都写过侦探小说，但是，真正专门写侦探小说，并且成为侦探小说家的却寥寥可数。出现这种状况的原因是多方面的，但却给人留下了一个比较鲜明的印象：中国作家自己创作的侦探小说始终被翻译过来的外国侦探小说所压住，始终是在外国侦探小说的巨大阴影下行走。结果，影响了人们对中国侦探小说特有价值的认识，也影响了人们对这种文学现象发展规律的深入系统的梳理和总结。这是中国文学史中一件令人遗憾的事情。

作为一种栏目，侦探小说在中国文学杂志开始出现时就名列其上了。1902年，作为中国第一份综合性的文学杂志《新小说》创刊时，侦探小说就是其中的一个主要栏目。通过这个栏目，外国的侦探小说得以完整地被介绍给中国的读者，而非以前的仅仅是介绍翻译一些片断。更主要的是，在中国文学变革刚刚起步之时，侦探小说就有了它相应的位置，就受到了中国作家的重视。在这以后，当各类通俗杂志创办之时，侦探小说往往占有重要的位置。

在各类杂志的栏目中办得最好的是周瘦鹃主编的《半月》及其续刊《紫罗兰》上的“侦探之友”。《半月》创刊于1921年9月，到1925年11月停刊，共出4卷96期。《半月》停刊后，周瘦鹃续编《紫罗兰》，该刊创刊于1925年12月26日，停刊于1930年6月，同样是共出4卷96期。从《半月》到《紫罗兰》时间跨度正好是整个20年代，是两份影响较大的文学期刊。侦探小说是这两份期刊推出的重点小说，除了每期均设立“侦探之友”的栏目外，还分别出过4期“侦探小说专号”。在这些栏目和专号上外国侦探小说的翻译风头不减，其中以周瘦鹃、张碧梧合译的《亚森罗苹最新奇案》影响最大。但是，更为重要的是在这些栏目和专号上首次大规模地出现了中国作家创作的侦探小说，打破了侦探小说译作一统天下的局面，这是前所未有的新气象。张无铮在其上推出了《徐常云新探案》系列小说；王天恨在其上推出了《康卜森新探案》系列小说；姚赓夔在其上推出了《鲍尔文新探案》系列小说；朱戬在其上推出了《杨芷芳新探案》系列小说；吴克洲在其上推出了《东方亚森罗苹新探案》系列小说。除他们之外，程小青、孙了红、陆澹安等侦探小说名家也均在其上时而崭露风采。特别是程小青不但主持过“侦探小说专号”，而且还在其上作了一些侦探小说的理论研究，其中《侦探小说在文学上之位置》是我国第一篇从文学的角度上分析侦探小说艺术魅力的论文。《半月》和《紫罗兰》十分注意侦探小说的批评，几乎每一期都有侦探小说短评，这些短评仅仅数百字而已，但风格泼辣，语言犀利。例如，在《半月》第4卷第2号上，朱戬在《说说侦探小说家的作品》一文中是这样评说当时的侦探小说作家作品的：“张碧梧的译著的侦探小说，长篇没有短篇来得好；张舍我的侦探小说比较‘问题小说’也觉相去很远；赵苕狂的侦探小说，他是另创一格，有几篇很好，有几篇读了，却莫名其妙。陆澹安现在译电影的侦探小说比以前进步多了，创作的《李飞侦探案》，我读了几篇觉得不甚曲折，然而也是极好的。何海鸣的侦探小说撰述得很少，不过做出来的，却篇篇都是很好的。王天恨的侦探小说做得还好，不过不大曲折，因为侦探小说大都结局总要一反前情而不能反人情，方能令阅者拍案叫绝，称叹杰作，像《福尔摩斯侦探案》和程小青先生做的《东方福尔摩斯霍桑探案》大都是这样的呀。兰社张无铮的《徐常云新探案》结构很曲折，不过用笔嫌枯率些，但在新进家里却要推做得最好了。”这样的评论对侦探小说作家们无疑是一种促进，它说明了在中国侦探小说刚起步之时中国的作家们对自己的要求是严格的，所树立的标杆是比较高的。《半月》和《紫罗兰》每一期都刊载着很多图片，在“侦探小说专号”上刊载的柯南·道尔的照片以及中国一些侦探小说作家的照片都是珍贵的历史史料。《半月》和《紫罗兰》是由大东书局出版的，良好的社会效益和经济效益使大东书局得益颇丰，这也就引起了同行业的激烈的竞争。竞争的结果是世界书局出版了《侦探世界》。

《侦探世界》的编辑者是严独鹤、陆澹安、程小青和施济群，到第 13 期，陆澹安退出，补进赵苕狂。该刊为半月刊，1923 年 6 月创刊，1924 年 5 月停刊，共出 24 期。陆澹安在《编辑赘墨》中说：“……本杂志的作品，以侦探小说为主，而以武侠小说与冒险小说为辅，因为武侠冒险两种性质，于侦探的生活上很有一点联带的关系，所以兼收并蓄……”这番话实际上说明了《侦探世界》的取材特点以侦探小说为主，兼收武侠冒险小说。《侦探世界》虽也刊载了不少翻译作品，但中国作家的创作却占大多数。中国的侦探小说家都在上面露了面，程小青有《怨海波》、《第二号室》、《毛狮子》、《舞场奇遇记》等；陆澹安有《夜半钟声》、《怪函》、《隔窗人面》等；孙了红有《白熊》、《傀儡剧》、《半个党羽》等；赵苕狂有《奇怪的呼声》、《真盗假盗》、《本地风光》等；俞天愤有《唯一的疑点》、《扁舟》、《三封信》等。另外，徐卓呆、张碧梧、胡寄尘、何朴斋等都在此刊物上有作品出现。该刊维持的时间并不长，只有 1 年。在第 24 期的终刊号上，编者赵苕狂写了一篇《别矣诸君》，说明刊物为什么不能再继续的原因：一、侦探作品太少。“同文中，做别种小说的很多，做侦探小说的，不过寥寥数人，并且侦探小说，比别的一般小说，来得费时，来得难做。不要说别人了，就是这几位侦探专门作家，也都视为畏途，轻易不肯落笔。因此一来，侦探作品就少了起来。作品一少，编辑上就大感困难，不能指挥如意了。”二、编辑时间太短。“半月一期，编辑别种杂志，或者很觉从容，编到侦探杂志，那就十分困难了，因为就把这半月中，全国侦探小说作家所产出来的作品，一齐都收了拢来，有时还恐不敷一期之用，何况事实上不见得能办到如此呢？但是光阴是不等待你的，眨眨眼半个月就已到了，为了免去脱期起见，不免胡乱排入几篇。至于说到选择精严四个字，那是在如此现状的侦探小说界中万万不能办到的了。”三、读者责备太多。“读者对于侦探小说，意见最是纷纭，有的绝对喜创作的，有的绝对喜译作的，有的喜情节热闹的，有的喜思想空灵的。而且一般喜欢侦探小说的读者，比别的读者来得认真。他们对于侦探小说，确是出自内心的喜爱，不肯推扳一点，所以你偏于甲方，就来乙方之责备，偏于乙方，就来甲方之谩骂。因此一来，我们对于编辑方针更是无所适从了。”编辑先生诉了这么一大堆的苦经，说明了在中国创作侦探小说之艰难,也使得中国这一份专载侦探小说的杂志这么快就寿终正寝了,侦探小说也只好又回到了各类杂志的栏目之中去了。

1945 年 11 月(?)中国第二份专载侦探小说的杂志《大侦探》,由第一编辑公司发行。这份杂志从第 1 期到第 19 期由孙了红主编,从第 20 期到笔者所见到的第 36 期,发行人和主编人均标吴承达。该刊出版时间不定,约 45 天左右为一期,第 32 期时,出版时间是 1949 年 3 月 16 日,以后数期,出版时间未标。《大侦探》的出版说明了侦探文学作品自《侦探世界》之后,又有了自己的阵地。但是,和《侦探世界》比较起来,《大侦探》以翻译外国侦探小说为主,中国作家自己的创作极少,除了主编孙了红的创作外,几乎没有其他作家的作品,颇有主编唱独角戏的味道。孙了红在其上写了一个长篇小说《蓝色响尾蛇》和一个中篇小说《航空邮件》。《大侦探》还刊载了一些社会上影响大的刑事案件的始末,如《谁杀死了筱丹桂》、《血溅宋公园》、《真如一命案》、《北站箱尸奇案秘密》等等,这些刑事案件都标为"实事侦探"。自孙了红从第 19 期消失后,《大侦探》就全部是翻译作品了。

除了《半月》、《紫罗兰》上的《侦探之友》和《侦探世界》、《大侦探》这样的专门的侦探小说期刊外,《红玫瑰》、《红杂志》、《快活》、《金刚钻》、《万象》、《春秋》、《紫罗兰》(后)等通俗文学主要期刊均推出过一些"侦探小说专辑"。在这些专辑上,译、作并存,长、短篇皆有,很多作家都在其上过了一把侦探小说的创作瘾。

第二节　双重标准　血缘关系　平民意识

——中国近现代侦探小说的民族本土性

和任何国家都不同,中国侦探小说的产生有它的特殊的经历,它来自于对外国侦探小说的译述之中。译述,就是根据译文演述,这个词本就是晚清小说翻译家们创造出来的。在清末民初的侦探小说翻译中,或由于语言的困难,或由于理解的错误,或由于技痒难忍,出现了很多译述的本子。这些译述的本子和原著比较起来不仅内容大变,就是小说的结构也发生了变化,我们已经很难说是翻译还是创作了。例如,《新小说》第五号上刊登了无歆羡斋主译述的侦探小说《毒药案》,开头是:"余老友萧君,那一晚到我家里闲谈,谈起西洋的侦探来,实在神出鬼没,变幻机警,令人毛骨悚然。原来外国的侦探,能通几国的语言,精通人情世故,练成一种锐利的见识,加以通晓各种技艺，连容貌、服饰，学那一种人就像那一种人的。萧君说两三年前，俄国莫斯科某砲台……”结尾是：“萧君说完，太息几声，这时天也不早，就叫打灯笼告辞回去了。”小说的中间还穿插了不少中国的人情风俗。这样的作品无论是从翻译的角度还是从创作的角度去看，它都是不合格的，但它却是中国侦探小说的最初的雏形，在既有的画布上毕竟出现了自己的针线。

随着译的成分逐渐减少，述的成分逐渐增多，从量变到质变，中国的侦探小说开始出现了。开始时几乎所有的通俗文学作家都写侦探小说，一时显得十分热闹。然而，侦探小说毕竟是一种“令人挑剔”的文体，需要作家具备一些特殊的才能，所以侦探小说的创作热很快就沉静了下来。也就是在这种沉静之中，中国的侦探小说创作队伍逐渐地形成了。它们是程小青的《霍桑探案》、孙了红的《鲁平奇案》，以及陆澹安的《李飞探案》、俞天愤的《中国新侦探案》和《蝶飞探案》、张碧梧的《宋悟奇家庭探案》、赵苕狂的《胡闲侦探案》。这些作品代表了中国侦探小说的水平，显示出中国作家为创作中国的侦探小说所做出的努力。这些侦探小说的产生和叙事模式都明显地受到外国侦探小说的影响，但是，中国的作家们的确做了很大的调整，使之更贴近中国的实际生活，更符合中国读者的阅读口味。

法律无情，说明法律是不讲感情的。欧美的侦探小说只注重小说情节的曲折离奇、侦探主角的智睿和神勇以及小说结局的合理性，作家们很少在小说中流露自己的感情，更不作是非判断。而中国的侦探小说却总是设法在法律之中写出感情来。在情节演绎的过程中，作家总是忍不住地要站出来发表一些自己的见解或者发一些叹息和感慨。是情杀，作家就要评价一番现在的社会风气；是为财死，作家就要告诉读者过于迷于身外之物就会带来不幸；工于心计者，作家就要奉劝做人要光明磊落；碍于情面者，作家又要奉劝做人要有是非标准……中国的侦探小说不仅揭示事件的整个过程，而且力图在事件的描述和判断中表现出孰是孰非来。这种写作特点直接影响了中国侦探小说的写作模式，表现为中国侦探小说之中存在着显隐两条价值标准，显的一条是法律原则，隐的那条标准，就是中国传统的伦理道德标准。隐的这条标准不仅表现为作家的喜怒哀乐的情感，而且不知不觉地影响到小说案件的结局和主要人物最终结果的安排。在显隐两条标准之中起决定作用的往往是隐的一条。在两条标准之间没有矛盾之时，法律正好是解决那些丧伦理坏道德的有力武器。如果两者之间实在难以调整和搭配的话，作者往往会利用私人侦探和官方法律保持着一定距离的特点，让道德审判高于法律审判，或者只查明原因，不追究责任；或者隐瞒真相，惩恶助善；或者私放真凶，另寻活路。例如，程小青有一篇小说叫《白衣怪》，写的是侄儿裘海峰用恐吓的手段将叔父裘日升惊吓而死。从法律上说，不管裘海峰有什么特殊的理由，他均犯有故意杀人罪，均要受到法律的惩处。然而，作者又在其中演绎了一个离奇的故事。原来是裘日升伙同内弟吴紫珊为了金钱将其哥哥威逼而死，海外归来的裘海峰之所以要杀裘日升只不过是为父报仇而已。到了此时作者和读者的感情就开始倾向于凶手裘海峰了，因为他毕竟是"事出有因"，当然就可以"情有可原"了。于是，作者就开始了他的"中国式"的处理方式了。由于霍桑的出庭作证，裘海峰得到了缓刑的处理，并且不久就到法国留学去了。那个曾经作恶的吴紫珊，作者就让他患心脏病死去了。作善者尽管有错也将得到善报，不义者即使是受害者，却也是死有余辜。这一些在法律上绝不允许的做法，在中国侦探小说之中却频频出现，显示出存在于作家潜意识之中的中国固有的价值观念所表现出来的巨大力量。更令人惊奇的是，作者的这些有悖法律原则的写法却得到了中国读者的认可和共鸣，认为就应该如此，如果真的让法律铁面无私，中国的读者就会觉得不自然，为什么呢？理由很简单，中国读者阅读侦探小说的价值判断，起决定作用的还是中国文化！

小说是一种人学，写好人是小说家们所刻意追求的写作目的。然而，任何一种类型的小说都不可能面面俱到地写人，它们各自有其特长所在。侦探小说的特长不在于写人的感情或人的性格，而在于写人与人之间的复杂的关系。欧美的侦探小说善于在大背景下写人的复杂的关系。这个大背景或者是勾心斗角的宫廷生活，或者是渺无人烟的荒岛孤堡，或者是神奇莫测的黑社会争斗。而且小说的时间跨度均比较大，往往形成一种案中案的格局。中国侦探小说的背景比较小，它总是以家庭作为写作景境，以血缘关系作为关注的中心。从气势上和情节的铺排上，中国的侦探小说都无法和欧美的侦探小说相比，但是在小巧上，中国的侦探小说自有它的特色所在。例如，程小青的小说《催命符》写甘汀荪连续接到"三日死""五日死""七日死"的催命符，而且果然死了。霍桑和包朗经过了几番调查侦破之后，终于抓获了凶手甘汀荪的养父甘东坪。这部小说从案情上说并不复杂，但其整个的写作风格却是典型的"中国式"的。小说的场景仅限于甘家之内，并不涉及外面的世界，小说的人物都是甘家大院中的，他们的身份都很明确，根本没有欧美侦探小说中常出现的复杂的政治社会背景。小说的魅力在于在相对较小的空间里写出复杂的人际关系，并以这些复杂的人际关系作为依据设计出一条条“谜线”，让读者在其中判断和辨别，而让私人侦探在其中施展才华。在这部小说中有养父与嗣子、嗣子与嫡妹、主人与仆人、情人与恋人等各种关系，这些关系又极其复杂地缠绕在一起，令人眼花缭乱。整部小说就如苏州园林，占地并不大，但却是景中景，园中园，千回百转，千奇百怪，让人目不暇接。中国侦探小说这种风格的形成，当然是和作家的身份和创作视野有很大关系，但更主要的是，它的这种结构符合中国社会的实际状况。虽然已进入了民国时期，中国的社会结构并未发生什么变化，以血缘为纽带的错综复杂的家庭关系是中国社会结构最基本的元素。犯罪往往是因为这些复杂的家庭关系而起，最后案件的侦破往往也是理顺了家庭以及围绕着这个家庭四周的仆人的关系而得手的。这样的侦探小说倒是最能反映出中国特色来了。

中国侦探小说作家大都是平民出生，对于生活的熟悉范围决定了他们写作的题材范围。中国的侦探小说主要表现的是都市中下层人民的生活，案件的主角常常是舞女、职员、青年学生、婢仆等都市社会中的小人物。而欧美的侦探小说则往往把上升的资产阶级暴发户和没落贵族作为案件主角。正因为如此，中国侦探小说中的案件主角的犯罪动机也就不同于欧美侦探小说。欧美侦探小说中的案件主角的犯罪动机主要表现在遗产的争夺、珠宝的追踪、政治的搏斗或者是黑社会的复仇等问题上，而中国的案件主角的犯罪动机则往往集中在各种社会劣迹上。例如，在《催命符》中甘东坪之所以要杀掉自己的嗣子甘汀荪，动机是：第一，甘汀荪是个浪荡的人，他既没有职业，又喜欢跑马赛马一类的赌博，因此，在外面已欠了不少债；第二，甘东坪与仆女莫大姐私通，在外胡闹的甘汀荪对此却极为不满；第三，甘汀荪破坏了自己的嫡妹的婚姻；第四，是甘汀荪要求分居分产。这些动机看起来都比较浅薄，但对一些平民来说却都是一些大事，它们往往决定了一个家庭能否正常地维持和发展下去。作为平民的中国的侦探小说家们当他们在思索案件主角的犯罪动机的时候，自然就会考虑到这些家庭大事了。几乎每一位中国侦探小说家都感叹世风日下人心不古，并认为正是由于日益开化的社会引发了人们的物质欲望促使了人们的犯罪。这些作家的有些观点并不一定正确，例如，不少作家常常把自由恋爱而造成的情变作为犯罪的一个根源，他们还没有看到社会发展过程中某种曲折性和社会本质的进步性。但的确也正是这些侦探小说家们从另一个角度将人们的心态记录了下来。和社会贴近是中国侦探小说的一个特色。不仅是变化之中的社会风气，一些在中国现代史有重要影响的政治事件也作为一种社会背景在侦探小说之中留下了痕迹，例如，“五四”学生运动、“五卅”工人运动，以及后来的抗日战争、国统区的“反饥饿、反内战”运动等等，它们都是对市民生活产生影响的身边的大事。

平民出生的中国侦探小说家们具有强烈的平民意识。这种平民意识最突出地表现在中国的侦探小说家们是站在平民的立场上看待社会评价社会的。对上流社会，他们采取的是鄙视的态度。在《活尸》中程小青说：“现在的一些所谓上流人，对于什么朋友的交情、夫妻的结合、师生的关系，一切都商品化了。”对于上流社会的生活方式，作家更是采取批评的态度，他说：“舞场老板大多是些恶霸流氓之类的所谓‘阔人’，他们用金钱诱骗的手段，勾引一些穷困家庭里的美貌姑娘，来舞场充当舞女，专供那班凭搜刮剥削发了财的大亨和他们的子侄们玩弄和泄欲，舞场老板便从这些变相妓女身上来挣钱发财。”“我们的国家正处在外欺频仍、内讧不绝、荒灾连年、民不聊生的境地，而这帮舞客却无动于衷，只图个人的放纵淫乐，简直说得上醉生梦死！”在中国的侦探小说中对那些腰缠万贯的富贾或者权势熏人的当权者，作者总是以一种挖苦的态度嘲讽之，那些自以为有钱有权就可以任意指使私人侦探的人，必然受到斥责。而对那些受压迫的小人物作者总是表现出一种同情扶济的态度。霍桑破案是从来不问价钱的，但在《乌骨鸡》中为小官僚杨少山破案一次就索取 2 万元。包朗对霍桑的举动不解，霍桑正色道：“包朗，你误解我哩！你总知道我的服务的对象，是在民治制度不曾彻底下的一般无拳无勇含冤受屈的大众。杨少山是个小官僚，拥着娇妻美妾，钱的来路也不一定清白，难道我们应该为了他的一件奢侈品白白地奔走？这种人不趁机叫他拿出些钱来，又叫谁出钱？老实说，我正觉得这个数目太小。”霍桑拿到了这 2 万元后，马上就送给了民众工团作为经费。在侠盗鲁平的系列小说中这种平民意识就表现出一点杀富济贫的味道了。陈惜桂有篇小说叫《跳舞会中》，写鲁平化妆成“红星客”在舞会上将太太小姐们的贵重首饰一撸而空，全部捐给了北方赈灾会。孙了红更是对那些得不义之财的奸商深恶痛绝，他们总是侠盗鲁平作弄的对象。小说《窃齿记》写一个因囤积大米而致暴富的奸商被他新娶的六姨太和她的情人毒死。鲁平并没有人证物证，但他为了帮助一个因为贫困而不得不到舞厅里去讨生活的善良姑娘，特意设下了一条计谋。他来到六姨太和她的情人经常出入的舞厅，故意在他们的身边与搭档大声议论这桩案情。尽管他并没有身临发案现场进行侦查，但他缜密的推理使两个罪犯不寒而栗。六姨太不得不接受鲁平的条件，当场拿出钻戒"收购"鲁平的"证据"。鲁平用这笔钱搭救了那位穷姑娘。

中国侦探小说作家们的平民意识还表现在对现行的法律不满，抱怨之词常出现在小说之中，这是欧美侦探小说所没有的。中国的侦探小说家们认为现行的法律对那些富人们约束不够，而对那些平民弱者又保护不够。在《案中案》里，程小青通过霍桑的口说："一般人对于罪恶的见解怎么样？他们不是只把犯罪作恶才算是罪恶吗？不是！那是消极的看法。你得知道那些饱食终日无所事事，和韩昌黎说的'薄功而后飨'的人虽不为非作歹，却只知自利而不知利他，也未始没有罪……"谁才是那些只知自利而不知利他终日无所事事的人呢？那只有那些有钱的富人们，作家认为他们的那种生活方式本身就是有罪的，只是法律管不到他们而已。在《活尸》中，程小青公开宣称："我痛恨一般保障'钱'权的律棍，他们往往淆乱黑白，专为金钱说话。"也就在这篇小说中，一开始就有一个女人死在霍桑的办公室里，经过反复的侦察，终于弄清这位死在霍桑身边的女人是由于阔少徐之玉的恶意抛弃而服毒自杀的。案件是侦察明白了，但却不能惩办徐之玉，因为徐之玉并没有直接杀人呀！霍桑与包朗之间有这样一段对话：

> "我看就算是她自己服毒，也明明是因着他恶意抛弃，被逼怨命的。"
>
> "是啊，可是证据呢？那死板板的法律哪一条可以拘束徐之玉呀？"霍桑懊恼地摇摇头，"包朗，你得知道，恶意抛弃一类的指责，完全是道德问题。你和这班伪学者们谈道德，准会引得他们笑歪嘴哩！"

法律不健全只能使得坏人得意，好人受气。不过，对这些得意的坏人，不给他们一点惩罚，作家的气是不顺的，于是他们就往往打一点"擦边球"以解心头之气。程小青有一篇小说叫《浪漫余韵》，写的是一位口技大师为一位被遗弃而自杀的女子行侠行刺负心郎的故事。案件被侦破了，小说写道："我国的法律，对于这种举动原没有多大宽恕的余地。所以这义侠的瞿公侠也不免给定了十年徒刑。霍桑曾给他请过一位律师，竭力给他申辩，效果却不大。"法律是不论原由，只论结果的。然而，将一位行侠仗义的人判刑是中国的侦探小说家所不服的，所以在小说的最后又加了一段："可是隔了一月，我们这一种缺憾竟意外地得到了弥补。这个大侠，竟在一个急风暴雨的晚上越狱而出，不知去向了。”从这最后一段中我们是很能体会到中国侦探小说的特色的。

中国的侦探小说的创作来自于对外国侦探小说的翻译之中，外国侦探小说的影响是不言而喻的。但应该看到，中国的侦探小说毕竟是中国的作家创作的以中国的社会生活为背景的给中国读者看的文学作品，就必然具有本土性的内涵。这些本土性的内涵也许很不成熟，很不规范，但中国侦探小说的民族风格和民族特色也就在其中了，它们是中国侦探小说的希望所在。

第三节　侦探小说与中国传统小说之合流

——案例编选热和传统小说之变型

清末民初的中国大门对外开放是一次迫不得已的开门，是在事实面前迫使着中国人不得不承认落后，自然科学的引进，以及后来的社会科学的引进，中国人所抱的均是这种态度。这种民族自尊心受到损伤的心态使得很多中国人一方面承认外国的自然科学和社会科学的先进，另一方面却又在中国固有的文化传统中寻找中国“古已有之”的根据。在文学领域中，林纾翻译了大量的外国小说，看出了外国小说之中有高超的艺术技巧，但他同时又告诉国人不必自卑，这些艺术技巧中国秦汉时期就已有之，均“似太史公笔法”。对于外国的侦探小说也是如此，很多文人一方面承认这是中国文学中从未有过的文学体裁，另一方面心里又很不服气，认为不必妄自菲薄，中国也有好东西。黄人（摩西）曾将中国的侠义小说和外国的侦探小说作了如下比较：“我国侠义小说，如《三侠五义传》等书，未遽出泰西侦探小说下，而书中所谓侠义者，其才智亦似非欧美侦探名家所能及。盖同一办案，其在欧美，虽极疑难，而有服色、日记、名片、足印、烟、酒、用品等可推测，有户籍、守兵、行业册等可稽查，又有种种格致、药物、器械供其研究。警政完全，一呼可集；电车神速，百里非遥；电信电话，铁轨汽船，处处交通。越国则有交纳罪人之条约，搜牢则有羁束自由之捕符。挟法律之力，君主不能侵其权，故能操纵自如，摘奸发伏。而吾国则以上者一切不具，仅恃脑力腕力，捕风索影，而欲使鬼蜮呈形，豺狼就捕，其难易劳逸之相去，何可以道里计！吾国民喜新厌故，轻己重人，辄崇拜欧美侦探家如神明，而置己国侠义事迹为不屑道，何不思之甚也！或谓侠义小说之所谓侠义者，皆理想而非事实，抑知所谓福尔摩斯、聂格卡脱者，亦何尝真有其人。况吾国之侠义事迹，亦间有事实可据，而不尽出于文人狡狯也。”[1]黄人认为中国的侠义小说并不输于外国的侦探小说，理由有二：一是外国的侦探破案有很多便利的条件和可借用的手段，而中国的侠义人物破案全凭脑力和腕力；二是外国的私人侦探仅是凭理想而塑造起来的，而中国的侠义事迹，却是有事实可据的。这两条理由显然不够有说服力的，黄人没有看到外国侦探之所以凭借各种手段进行破案，体现的是以事实为根据的法治精神，而中国侠义人物破案仅凭脑力和腕力，这是人治的一种表现，而况中国的侠义人物在破案过程中不是没有证据可以凭借，只是不愿意让其成为主要的破案手段而已。侠义小说和侦探小说都属于法律文学，都应该宣扬法律精神，宣扬以事实为根据的侦探小说和宣扬凭脑力腕力办案的侠义小说在这方面的高下是显而易见的。至于小说创作是凭虚构还是凭一点事迹敷设而成，这是小说创作的技巧问题。小说水平的高低在于小说所描绘事件的本质真实性和读者阅读的真实性。从真实性上评价小说的水平，倒是侦探小说更胜一筹了。还有一部分文人为了抗衡汹涌而来的外国侦探小说，也就编起了中国的侦探小说。1906 年上海广智书局出版的吴趼人编的《中国侦探案》就代表了这种思想。在这本书的序言中，编者说：“今所译之侦探案，乃如是，公等且崇拜之，此吾不得不急辑此《中国侦探案》也。仆有目，公等亦有目；仆有神经，公等亦有神经；仆祖中国，公等未必不祖中国。请公等暂假读译本侦探案之时晷、之目力，而一试读此《中国侦探案》，而一较量之，外人可崇拜耶？祖国可崇拜耶？”这种崇拜祖国的感情和精神的确是可贵的，但吴趼人编辑的这部《中国侦探案》也的确不是侦探小说。他是从中国的古老传说和近人笔记之中搜集了 34 则刑事案件归编成册，最多只能说是公案小说而已。对于这种区别，编者也不是不知道，他说：“惟是所记者，皆官长之事，非役人之事，第其迹近于侦探耳。然则谓此书为《中国侦探案》也可，谓此书为《中国能吏传》也，亦无不可。”侦探和能吏当然是不同的，编者却将他们并提而论，无非是从中发掘中国人的某种自豪感罢了。更主要的是作者对侦探小说的科学性还认识不够，认为只要能破案就是侦探小说，其思想认识还停留在公案小说的水平上。例如，其中有一个案例叫《东湖冤妇案》，讲的是一个孝妇有天清晨在她的婆婆床下看见了男人的鞋，婆婆为此自缢而死，孝妇于是被捕入狱。后来换了一个

---

〔1〕 黄人：《小说小话》，《小说林》第 1 卷第 9 期（1908 年 2 月）。

审案的官，这官见她“神气娴雅”，不像能逼死婆婆的，但她却一口咬定“负此不孝大罪，何颜复立人世”，坚持要承担逼死婆婆之大罪。此时审官故意屈打了一个泼妇入监，才诱出此案的真相。吴趼人在小说结尾叹道：“见此妇之静穆，乃疑其冤，已明察矣。”看得出来，这篇小说根据的是辨色判案、凭智判案的做法，走的还是中国公案小说的老路子。作家感叹的一是此妇之孝，二是审官之智，而看不到案件的审判最需要的是科学性。

黄人和吴趼人都是当时有较大影响的中国文人，他们的这些观点都有较大的代表性。不过，应该指出并不能因为他们发表过这些观点而将他们归纳为守旧派。事实上，黄人和吴趼人都是当时具有一定的革新思想的改革人士，特别是吴趼人不但十分重视外国侦探小说的翻译，他主编的《月月小说》之上，侦探小说的译作就占有相当的位置，而且是接受侦探小说之惠最多的人，成为中国小说现代化的开路者。他们的这些观点只是代表了他们的思想变化过程中的一个阶段而已。

吴趼人的这部《中国侦探案》出版之后，影响比较大，最直接的反响是引发了对中国古代刑事案例的大规模整理和刊行。从清末民初开始，直至整个民国时期，这类案例选的出版量难计其数。规模较大且有影响的案例选有孙剑秋编的《清朝奇案大观》(1919 年)、平襟亚编《民国奇案大观》(1919 年)、广文编辑局编《百件奇案大观》(1921 年)、许慕羲编《古今奇案汇编》(1923 年)、平襟亚编《刀笔精华》(1923 年)、平襟亚与陈子豪编《刀笔全书》(1926 年)、沈莲侬编《中国侦探案全集》(1928 年)、王大错编《近代 104 奇案》(1941 年)。这些案例选上至史前时期，下至眼前的事，贯通整个中国的历史；所搜案件稀奇古怪，各式各样无所不包，有记实，亦有神怪，有历史的影子，亦有荒诞不经。纵观编辑者所写的序和跋，可以看出编辑者编辑这些案例选的目的大概有三：其一，步吴趼人的《中国侦探案》之后尘，试与欧美侦探小说比高低。“自欧化东渐，译籍风行，书肆之中，有所谓福尔摩斯侦探案，聂格卞提侦探案出现以后，而类似侦探之书乃层见迭出而无已，其案情之奇，非不恢诡变幻，不可测度，其逻辑之术，非不抉要钩奥，足以骇目，要皆欧美之奇情异事，而中国无与焉，岂中国无离奇之案件耶，无侦探之人才耶，盖无搜集其事，辑为专著者，故湮没不影耳……”其二，搜集奇案“警世觉民”。“奇案之裨益究何在，曰以文论，奇案之笔路，往往近于左国史汉，既足供青年文学上之佐助。若以质言，别其情实大都系过去实事，皆当世社会人情之变态之暴露，案情愈离奇，狡谋愈险诈，则愈足增长一般读者之知识，加紧一般读者之警戒……”其三，游戏趣味性。“本书收罗数载得案百件，件件有精彩，事事有趣味，令人阅之忽而拍案惊奇，忽而捧腹大笑，其价值于此可见。”不管编辑者抱有什么目的，这些案例选在民国时期都是风行一时的。

中国文人将侦探小说的某些技巧融进中国传统的小说模式之中去，出现了许多侦探型的传统小说。其中最为突出的大致有几种类型，现分别举代表作为例介绍如下：

(1) 侦探型言情小说。代表作是王霄羽（王度庐）的《红绫枕》。《红绫枕》的情节是小说家戚雪桥偶遇歌女桑泪月，萌生爱情，戚雪桥的好友屠夫熊阿大为了试桑泪月是否是贞烈女子，持刀去恫吓，不想弄巧成拙，吓死了桑妈妈。桑泪月居丧期间，戚雪桥为筹银结婚，到军阀臧师长手下当幕僚。臧师长已娶妾 13 名，他手下一名幕僚殷显仁为了报复第十三姨太对他的白眼，出了娶桑泪月为十四姨太的主意，结果逼走了戚雪桥，迎娶了桑泪月。婚娶时，忽听洞房内十分嘈杂，众人前去一看，桑躺在地上满身血迹已死多时，而师长却不见了。不多时，殷显仁被杀死在租界。在名侦探鲁克侦破下，捉获了真正的凶手是熊阿大。原来熊阿大后悔吓死了桑母，潜逃在外，一次在路上偶遇在逃的戚雪桥，听其遭遇后，忿忿不平。熊阿大潜入洞房准备刺杀臧师长，不想来到洞房一看，桑泪月因杀师长不成，反被师长所杀，奄奄一息。熊阿大杀了师长，并用麻袋包好扔入井中，后又赶到租界瞅机杀了殷显仁。此案破后，熊阿大被判无期徒刑。这是一种属于当时文坛上风行的有情人难成眷属的悲情小说类型，但是和其他悲情小说不同，它的悲情的产生不是由于家庭的阻力，也不是由于误会，而是一则奇案，在感情的纠葛之中蒙上了一层神秘的色彩，读之，既为情所打动，又为谜所吸引，当然也就有比较好的阅读效果了。

(2) 侦探型公案小说。公案小说是中国的传统小说之一，它的特点是写衙门中的能吏破获刑事案件，由于能吏是衙门里的公差，所以公案小说具有皇家色彩。中国的公案小说所写的侦破方式大都比较原始，描写之中还带有大量的神怪色彩。侦探小说的出现使得这一时期公案小说的样式大为改观。最有特色的是徐哑钵写的《奇童侦探案》，小说写一个名叫余德生的奇童破案的故事。余德生顽梗好弄，性复傲慢不羁，对那些咿唔呫哔的帖括之技，不屑为之，所以业师恒恶之，谓此子不可造就。但是德生有一种特性，凡一事一理务求其合而后实行，遇有奇异者，尤精神飒爽，脑血沸腾，必获真相而后已。他的父亲是县衙门的捕快，所以余德生也就成了其父的好帮手，破获大案百数十计。这部小说的人物和情节的设计都受到当时侦探小说的影响。它是一部捕快破案的公案小说,但真正的破案者却是捕快的儿子,使得破案者和官方拉远了距离;此奇童不屑于学习那些无实用价值的东西,而务求其实,遇到奇异者,更为神往,这里显然有福尔摩斯形象的影子;小说不写那些神怪的启示,而增强了科学勘察和逻辑推理,运用了一些考求残片、勘察现场等现代侦破术。这样的公案小说在科学性和可信度上都增强了力度,是以往的公案小说之中不多见的。

(3) 侦探型武侠小说。武侠小说在中国源远流长,到了民国时期更得到了长足的发展。民国时期的武侠小说和中国古代的武侠小说比较起来,在情节设计上有了很大的变动,它不再是一味地写锄强扶弱、替天行道,也不再是以人物的行动为线索,写一个个行侠仗义的故事(如《水浒传》等),而是在情节的曲折上下功夫,情节的发展过程往往是设谜和揭谜的过程;小说也不尽是一味地表现路见不平的豪侠气,而且还透着精明细致的破案气息,所以小说的主人公不仅是一位豪侠,而且也是一位侦探。这样的发展趋向,也就出现了一种侦探型的武侠小说。这里举汪景星的《神眼莺儿》为例。小说写富家子弟张文亮继承了大笔遗产后到江宁游玩,忽然被一个自称为江西一豹的杀手杀了,刀上刻有"黑虎"两字。张文亮的朋友李武明为了替朋友报仇,找到了武林高人飞峰和尚,因为他有一个徒弟名叫黑虎。听明李武明的叙述以后,飞峰和尚知道徒弟的刀被人利用了,就派他的副手蒋屠龙和好友欧阳钢髯的一双儿女一起和李武明往南方捉拿凶手。这一双儿女,弟叫欧阳生,姐叫欧阳曼,绰号"神眼莺儿"。他们在途中遇到了各种艰险均被一个名叫石中玉的少年人相救。石中玉得知他们要找的江西一豹是他的师兄,也就帮他们出力设计捉了江西一豹。此案结束后,神眼莺儿和石中玉两人单行,一路上破了杀害亲夫案、女道士捉弄妇女案,闯了麻姑会,破了乌凤观,最后,石中玉娶了乌凤观女观主的师妹骆红亭和神眼莺儿欧阳曼为妻,带着两妻向金陵进发。以侦破案件作为整个故事的基本情节,将行侠仗义和中华武术糅合其间,形成了颇具特色的侦探型武侠小说。

(4) 侦探型滑稽小说。这类小说并不多,而且写得最多的也只是徐卓呆,不过它自成特色,所以应该提及。侦探型滑稽小说,就是把侦探作为一种逗乐的手段插入到小说之中去,层层设置障碍,又层层地揭开迷纱,最后让人恍然大悟,也啼笑皆非,哭笑不得。例如徐卓呆写的《外行强盗》,开始写一个强盗连续抢劫了银行家、小说家和两个女伶之后,逃之夭夭。小说家经过多次查访，终于访出强盗就是自己的朋友。原来他的朋友真正的目的是为了报复银行家作弊而去抢劫银行家的，只是为了遮人耳目，才顺便抢劫了小说家和女伶的财物。事情是揭开了，结果却难于收拾，只能是大家哈哈一笑了之。再例如他的《开幕广告》，写一个极有才华却难以走红的艺术家张月痕如何利用侦探的手段扬自己的名声的故事。张月痕在老友钱影寒的推荐下再次出山了，他来到太平洋旅馆开了一间房间。一会儿一位自称是张月痕前妻的余德珠女士来访张月痕。余德珠进屋之前请侦探小说迷茶房江金宝在门口警戒，声言此次来找张月痕是有生命危险，告诫江金宝在30分钟内不见她出来就赶快闯进来救她。30分钟过去了，果然不见余德珠出来，江金宝和旅馆的账房先生一齐闯进了房间却只见张月痕在，而余德珠形影渺渺。张月痕此时不但不承认有什么女士进来过，而且指责他们为什么要闯进房间来。无奈之中的江金宝和账房先生只好向警方报警了。随着警察的到来，太平洋旅馆出了命案的消息传了出去。就在大家忙乱之际，余德珠女士忽然从张月痕的房间里走了出来。在大家的惊诧之中，余德珠女士将自己的发套取了下来，出现了张月痕的脸。到了此时，大家才恍然大悟，余德珠女士和张月痕先生是同一个人。这一切戏法都是张月痕先生一个人变的，真目的在于展示他的艺术手段，以引起人们的注意。滑稽是中国传统的艺术形式，它利用的是形体语言以引起人们的欢愉，从而产生某种顿悟。侦探小说中常用的化装手段正好为中国的滑稽艺术注入了新的活力。徐卓呆的这篇《开幕广告》是吸收侦探小说营养的较好的滑稽小说。

(5) 侦探型匪盗小说。匪盗小说是中国公案小说的一个重要的分支。到了晚清，随着公案小说和武侠小说的合流，这种匪盗小说越发流行起来，在《三侠五义》以及各种续《施公案》《彭公案》《包公案》中均成为小说的主干故事。传统的匪盗小说均是由一个清官带着几个武功奇高的侠士看山探寨，破获了一个个的匪巢盗窝，保了一方平安。侦探小说引进来之后，私人侦探的智慧和各种侦察的手段给中国的作家们带来了新的启发，也使得匪盗小说出现了新的面貌。在这些小说中写得最好的应推袁寒云的《万丈魔》。这部小说写的是一个称作为“万丈魔”的匪盗组织利用房屋的夹墙的机关进行大量的偷盗，而当地的警察部门却无计可施，只能请来已退役的私人侦探公乙侦破此案。公乙来了之后，利用他那巧妙的化装手段和高超的逻辑推理，终于一举捣毁了“万丈魔”的魔窟。这部小说的基本模式还是传统的匪盗小说，但传统的清官和侠士已变成了私人侦探；神奇的武功也变成了巧妙的侦察手段;更主要的是传统的匪盗小说中常出现的神助已不见了,代替它的是私人侦探的合乎逻辑的推理。因此,这种侦探型的匪盗小说在打斗上也许没有从前那么热闹了,但的确是更科学,更有说服力了。值得提出的是《万丈魔》这部小说在写作方法上颇有独到之处。小说始终充满着一种紧张感。作者充分利用了侦探小说的悬念和匪盗小说的神秘性,使读者一方面处在新奇之中,另一方面又不断地追寻故事的结局。公乙破案子,抓获了罪犯,但是赃物却不能追回,这就给故事留下了强烈的悬念,而"万丈魔"的入会仪式又给人一种神秘恐怖的感觉:"右面里头一间是一间极大的敞厅,中间一个小台,瞧去仿佛是个演说台,上面坐着一人,一样的面具长袍,不过面具上是个黄色的人字,胸前'魔'字也是黄色的。得胜叫张有站在下面,得胜走上台去向那人三鞠躬道:'午字介绍一人姓张名有,情愿归诚,并无二心,请太爷盘问,如果符合,望求太爷转禀老太爷加恩收留!'……得胜随引着张有向台下坐的十三四位每人座前鞠躬一次。这一班人也都是一样打扮,有蓝字的,有白字的,除胸前'魔'字相同,面具上各有各的字号,这些人都立起来还礼。"这种场面的描写对广大读者来说是很有吸引力的。和传统的匪盗小说和侦探小说都不同,这部小说的结尾并不以大团圆收场,而是留下了重要的遗憾。案情全部清楚了,赃物都追回了,匪盗们也基本抓获了,但是大首领万丈魔却没有能抓获。小说的结尾说:"这个盗魁万丈魔真不愧是万丈魔,将来不晓得闹到哪步田地,一天捉不到他,我们一天不得安心哩。"这一笔给这部小说留下了弥长的回味。

(6)侦探型诉讼小说。讼师,在我国传统的案件判决中一直具有重要的作用,以讼师为主角的小说,称之为诉讼小说。一般来说,侦探小说都揭露社会黑暗面,将人情中丑恶的东西暴露出来,使之受到大众的批判。但是,真是仁者见仁智者见智,正当大多数中国作家从侦探小说中吸取营养的时候,却有些人看到了怎样使诡计侵占别人的便宜,怎样要技巧钻法律的空子,这就是喧闹一时的侦探型诉讼小说。

侦探型诉讼小说以吴瑞书编的《四大恶讼师》和虞山梅子七编著的《恶讼师恶计大观》最有代表性。《四大恶讼师》1930年由广益书局出版,写了谢方樽、杨瑟严、冯执中、诸福宝4个恶讼师的生平事迹。《恶讼师恶计大观》由大通图书社刊行,刊行时间未载,这部书除了继续写以上4个恶讼师的生平事迹外,还增加了张秀伦、钱士奎、华亮畴等十数个恶讼师的劣迹。这两部书一反过去侦探小说正义战胜邪恶的创作宗旨,而是写邪恶如何狡诈地躲过正义的惩罚，也不写侦探如何机智勇敢，如何揭破层层迷障，捉住了凶犯，而是写讼师如何精明，如何设置出层层迷障，使凶犯得以逃脱。例如，《一禀消灾》写的一家姓姜的兄弟两人长期在外经商，家中只剩下妯娌两人，一位余氏，一位胡氏。余氏耐不住寂寞终于和屠户韩阿福勾搭成奸，此事引起了胡氏极大不满。为了堵住胡氏的口，余氏竟唆使韩阿福把胡氏强奸了。事后胡氏羞愤难泄，到关帝庙自缢身亡了。此案明明是强奸逼死人命案，经邻里告发，余氏被拘于监中。此时屠户韩阿福给了恶讼师一笔钱，恶讼师写了一份状子，竟将此事化泯了。原来恶讼师在这篇状子中竟将这件强奸逼死人命案写成节妇为显示其贞洁以自杀而昭天地，既保了当事人，又不犯民意，同时也对得起死者，此案也就如此了结了。再例如，《体面贼》写的是纨绔子弟梅春奎看中了邻居冯姓小姐，欲娶其为妻。但冯家嫌其行为不轨，不但不允婚，反而将其女许配给了吴家。为了夺回冯姓小姐，梅春奎给了大笔钱财于恶讼师。恶讼师教了一个先破坏冯家小姐的名声，后再设法娶她的毒计。于是，梅春奎就叫人设法躲在冯家小姐的床下，并有意让冯家人捉住。此人被捉后自称是贼，但无论是穿着打扮还是其神采均又不像是贼，因而引起了人们的各种议论。终于导致了吴家退婚之事的发生。正在冯家含其委屈而无处申诉的时候，恶讼师替梅春奎到冯家提亲，凭一张利口晓其利害，终于使得梅春奎遂了心意。赤裸裸地教唆犯罪，这是违背侦探小说创作基本宗旨的。《四大恶讼师》封面的题签就是“勾心斗角、出奇制胜”，叫受害者倒霉，叫害人者受益，津津乐道的那些奸滑之事，这样的作品的社会效果是可想而知的。

创作侦探小说，首先需要的是作家的正义感，需要的是作家的正气和健康的人格，如果仅是从侦探小说之中选取那些“阴私”和“黑幕”，只能是作家人格的堕落，如果再把侦探小说的那些侦察技巧运用到丑恶的事件中去，那只能是一种“诲恶”，其结果必将遭到读者的唾弃！

侦探小说的创作技巧对中国文人来说是一种全新的事物。无论是正是反，这种全新的事物对当时的中国小说创作又有很强的弥补性，更何况中国的小说正处于改革的时期呢？以上所举的作品只是更具有代表性而已。事实上，侦探小说的创作技巧影响到中国现代小说形式的各个方面，包括一些新文学作家创作的作品，例如，侦探小说的场面描写和悬念的使用一直是中国现代小说的重要的特色。正因为如此，可以这么说，侦探小说对中国小说的发展起到了很好的推进作用。

第四节　中国侦探小说的“学步者”
——在“初创史”上还值得一提的“铺路人”

中国致力于侦探小说创作的作家并不多，但其水平有明显的高低之分。创作成就显著者本编将列专章论述，本节主要论述中国侦探小说创作中还值得一提的“学步者”。

张无铮，即现代小说家张天翼（1906—1985），杭州人。张无铮是《半月》推出来的侦探小说家，他写的侦探小说统称为《徐常云新探案》。

张无铮总是以历史悬案作为他小说的素材，因此，他的小说从整体上说就是一个大的悬念的设证的故事。例如，他的《铁锚印》写的是5年前一伙黑帮为分珠宝不均而火并的历史悬案，5年后残余的黑帮为复仇而引起了一系列的谋杀。再例如，他的《X》是写黑帮追寻丢失了8年的名单的侦破故事。这种以历史悬案作为素材的侦探小说实际上就形成了一种故事套故事的格局，因此，有较强的历史纵深感。当然，在中国侦探小说作家中决非只有张无铮一人以历史悬案作小说的素材，更谈不上为张无铮所独创，但是张无铮的这类小说的确是写得最好。究其原因，就在于张无铮比较娴熟地运用了悬念的技巧。

张无铮的小说放得比较开，显得灵动和活泼，他不是把悬念仅仅局限于场面和事件上，而是设置悬念写人和人的情绪。最有代表性的就是他的力作《X》。大亨季同超要招聘一位秘书，来受聘的是一位脸白得像一张纸似的年青人，此人不知道自己的父母，也不知道从何处来，甚至连自己的姓名都不知，只知道自己曾经生活在一个带有天井的屋子里，天井四周是很高很厚的墙壁，每天有一位老人负责他的饭菜，每天又有一位老师负责他的教育。直到有一天被老人蒙上了眼睛走出了房子，手持一封推荐信到了季同超这里来。小说一开始就是一个很大的悬念。季同超在口试了此人后，发现此人智力超群，应答自如，他没有任何理由不聘他，于是此人就成为了季同超的秘书，取名“X”。X处理秘书的事务具有超常的能力，甚至能将季同超心中所想的事情事先安排好。此人此事一传十，十传百，再加之好事的记者的宣扬，也就成为杭城的一大新闻。然而，就在“X”被炒得沸沸扬扬的时候，“X”又出现了新的新闻，一次偶尔的机会，他发现了一只空的野猫牌的火柴盒，仔细地看过之后，竟然惨叫几声神经发生了错乱。他被送进了医院，但却三番五次地逃跑，最后终于失踪了，同时，人们在河边发现了一具面目模糊的尸体。小说就是这样一个悬念接着一个悬念的展开。在徐常云的侦破之下，案情真相大白了。原来“X”只是受雇于黑社会“二十五人”的一个匪徒，到季同超处搜寻那只野猫牌的火柴盒，这只火柴盒里登录了这25个人的名字。他之所以编排那则离奇的故事并化名为“X”，是为了引起新闻界的注意，从而将自己的动向传达给黑社会组织；当他发现那只野猫牌火柴盒并没有什么名单后，他感觉到这是一个圈套，他就只能诈病而逃跑。至于那具尸体只是他在逃跑的路上为制造假象而杀死的一个猎人。这部悬念丛生的小说，读起来令人兴味盎然，就在于作者是把人和人的情绪作为悬念来处理的。场面和事物都是静止的东西，以此作为悬念，小说就只能围绕着它展开，显得比较呆板。人和情绪是流动型的，随着他们的活动和变化，悬念就会不断地出现。不断出现的悬念，又造成了阅读中的不断地设证，阅读的兴味也就在其中生成了。

通俗文学和纯文学比较起来，一个重要的不足之处就是小说的情境空间过于紧密，特别是现代文学史上的通俗文学作品几乎不放过每一个细节的反复的交代，因此，造成了冗长繁琐的毛病。侦探小说需要交代和说明，但又要巧妙地留下阅读空间，让读者更多地参与到小说创作之中去。应该说，在这方面张无铮有不足处，做得还不太够。张无铮的小说都比较长，其中繁琐的交代和说明实在太多了。他生怕读者不知道发生了什么，吃力地将每一个问题都说得很清楚，结果反而影响了他的小说的阅读效果。

张无铮的侦探小说集中刊载在《半月》和《紫罗兰》上，数量并不多，而且他似乎没有坚持下去。所以和那些侦探小说大家们比较起来，影响并不大。不过，凡是读过他的侦探小说的人，大概都不会忘记其中那种兴味。

在张无铮全力塑造他的私人侦探徐常云之时，姚赓夔正在建构他的《鲍尔文新探案》的体系，为中国的侦探小说增添了一个系列。

随着国门被打开，西方各种新事物开始涌入中国，这些新事物促使着中国社会逐步走向现代化，也促使着上海县城迅速都市化。新事物对中国社会的发展起到了推动作用，同时也给各种罪犯提供了犯罪的机会。侦破那些利用新手段进行的犯罪是《鲍尔文新探案》的最主要的特色。例如，他的《不测之死》是写罪犯用一根有毒的灯芯，趁卫礼博士在做实验时将其毒死。小说的情节非常简单，但科学的谋杀的题材却是十分新颖的。上海都市化的重要特色是交易所的产生。交易所给上海的经济带来了活力，但也确实造成了几家欢乐几家愁，成了各种犯罪的动因。姚赓夔将交易所犯罪作为他的小说题材之一，最有代表性的作品是《淮耶》。

从艺术上评价，《鲍尔文新探案》显得比较平淡。大概是为了使鲍尔文的形象丰满一些，作者在塑造这个人物时突出了他的性格比较怪异。但是，性格的怪异并不表现在他在破案过程中有什么超乎其他侦探的地方，而是表现在对助手判断失误的冷嘲热讽和对受害者的发脾气上面。这样处理人物形象似乎突现了，但并不高大，私人侦探之所以为人们所尊重，除了他们超群的智力和非凡的勇气之外，还在于他们有着比较健康的人格。另外，《鲍尔文新探案》的情节设计也显得比较呆板，波澜不够。优秀的侦探小说除了结尾追求出人意料的效果外，在情节发展中总是要设计一些曲折，一些令人寻味的悬念，以增强小说的阅读兴味。而《鲍尔文新探案》总是悬念在前，然后一破就见底，其中依靠的是鲍尔文的才干。这种做法实在太一般了。

《鲍尔文新探案》试图抓住一些新的事物写出中国的侦探小说的时代特色来，但对侦探小说的独特的美学特征把握得还不够，说明中国的侦探小说在建立自己的风格时是十分艰辛的。

"学步者"中创作量最多的大约是王天恨。他的《康卜森新探案》大约由20多篇小说构成。他是《半月》、《紫罗兰》上的"侦探之友"的主要作家。

王天恨的侦探小说是典型的平民式的侦探小说，有一个比较固定的叙事空间：中国式的小巷深宅。这种小巷深宅往往是一户连着一户，房宅之内是厅堂、厢房等典型的中国民居的结构。这些小巷深宅是罪犯的活动场所，又往往是侦探破案的推理根据。

住在这些小巷深宅里的人大多是世家子弟，他们恪守着中国传统的伦理道德，并以此作为做人持家的规范标准。王天恨很善于揭示出这样的家庭中的罪恶，并以此而反映出他们特有的精神状态。《飞来之尸》中的凶手何汉三之所以要杀掉元之，是因为他的妻子蒋紫琳不爱他这个媒妁之婚的丈夫，而爱她自由恋爱的情人元之。本来蒋紫琳和元之可以成为幸福的一对夫妇，就因为蒋紫琳的父亲认定蒋家世代没有自由择婚之女，偏要把紫琳许配给了何汉三，结果酿成了这幕悲剧。《网中刀》的破案并不需要如此曲折，因为对整个案情的来龙去脉和真正的凶手作为死者陈叔才的弟弟的陈季才完全知晓，但是无论是警方还是康卜森找他，他均说不知。这倒不是陈季才与凶手有什么瓜葛，而是陈季才担心案情一旦大白，有损于陈家的名誉。

王天恨的侦探小说中还有不少中国市民生活的人文景观的描写，其中写得最好的是他对江南城镇茶馆的描述。在中国江南城镇中，茶馆实际上是一种大众交际的场所，这里可以获取各种各样的信息，亦可以传播各种各样的信息，康卜森的破案往往得力于此。也许是按捺不住对茶馆的喜爱，每逢写到茶馆，王天恨都有一番环境描写，例如，他在《网中刀》中写茶馆"晴雪居"："这晴雪居位置在城北一个僻静的所在，很是幽静，凭窗瞰望，只见一片麦田，青畴相接，如烟的杨柳，如火的桃花，触目皆是，我们的胸襟不禁为之一畅。"像这样带有抒情意味的环境描写，在侦探小说之中是不多见的，倒也给王天恨的小说增添了一些妩媚。王天恨的侦探小说具有比较浓厚的市民色彩。这种色彩的形成并不是他有意为之，而是由他的个人的生活经验所决定的。王天恨不是不想他的小说有点洋气，否则他就不会给他的侦探主角取名为洋味十足的"康卜森"了，只是他个人的生活经验和知识积累使他洋不起来，于是他就干脆在自己所熟悉的生活环境中做文章了，这样的文章倒使他在中国侦探小说史上具有了特色。

王天恨的小说开始时总是设计了很多"谜"，然后故意留下很多能够引发读者去思考的线索，当读者根据他所留下的线索进行思考并自以为找到答案的时候，作者再拿出很多根据说明读者的答案全部是错误的。应该说王天恨的这种创作思路是聪明的，而且很有效果，它大大提高了读者的阅读兴趣。问题在于，作者在否定读者的判断时，也把自己的路给堵死了，怎么来显示作者的高明呢？他让康卜森一人行色匆匆地外出勘探，而让康卜森的助手和官方警探都留在屋里焦急地等待着康卜森的回来。康卜森终于在大家万分焦急中回来了，或者默不作声，或者洋洋得意，或者自作沉思状。就在大家惊诧之中，康卜森忽然宣布此案已真相大白了。抓获了凶手之后，康卜森向大家说明他的思路和判断是怎么形成的，线索和启发正是从他一个人外出勘探中获得的。康卜森的判断当然是正确的，但他的确不是和大家站在同一起跑线上的。如果连康卜森一人外出也寻不到线索时，王天恨有时还会求助于神鬼。《网中刀》的案子就是这样破的。康卜森在向大家交代侦破过程时说："真的到了山穷水尽束手无策的时候咧！到了晚上，我忽然想起一计，等他走出门到了黑地，我隐身暗处装做鬼叫，他大吃一惊。我又进一步作语道：'紫卿啊，你认识我么？我就是陈叔才啊。'紫卿听了陈叔才三个字忽然怪呼了一声晕厥于地。家人们闻声而至，将他扶起，良久才渐渐苏醒，嘴里忽嚷着饶命，家人们不知原因，当着撞了个甚么厉鬼，我却证实了他一定是刺杀叔才的凶手。”依靠装神弄鬼破获奇案的做法在中国公案小说中是常见的，出现在侦探小说中却是一大败笔，这不仅有背于侦探小说的科学的精神，而且有损于私人侦探的形象。

王天恨的侦探小说能够和中国的社会环境结合起来，写出一些具有中国特色的侦探小说。但是，他对侦探小说的美学特征参悟得还不够，技巧运用得还不够圆熟，特别是在他的创作过程中感到力不从心的时候，就自觉或不自觉地将库存在大脑中的中国公案小说的一些做法拿出来搪塞，此做法是很不可取的。

在《半月》时，朱戬是以侦探小说的批评者出现的。他的批评文章文风比较直率，指名道姓地评说中国侦探小说作家作品的高低。大概按捺不住自己的创作欲望了，到了《紫罗兰》的时候，朱戬就以侦探小说作家的身份出现在其上。他创作的侦探小说统称为《杨芷芳新探案》。

在《紫罗兰》第 2 卷第 18 号上，朱戬发表了小说《歌舞场中》。小说写苏州女校要开一个歌舞大会。开会前夕，校长徐英飞收到一封匿名信，信上说不要召开这样的大会，否则届时舞蹈名家孙雪英将有性命之虞。校长请侦探杨芷芳和其助手吴紫云前来保护。歌舞会上孙雪英果然被枪杀在舞台上，凶手又击伤一人后，自杀了。凶手留下了一封遗书，说明事情的原委。原来杀孙雪英者是苏州很有名的小品编辑陶曼仑。他在孙雪英的恳求下，将孙雪英捧红了，并建立了恋爱关系。却不想孙雪英走红之后就要和他分手，和另一个男子朱松荪谈起了恋爱。为报此仇，陶曼仑枪杀了孙雪英，击伤了朱松荪，自己自杀了。小说的结尾，杨芷芳十分感慨地说：“你想父母送子女到学校里去求学，当然要使他们的子女受一些将来到社会上办事能适应环境以图自立的真学问。但现在那班办学校的人，却一周半月一会，只重外表的开会，一班学生忙着开会的预备还来不及，那里再有功夫去求真实的学问，那么，那班学生毕业之后不是社会上又多添一班只重外表毫无真才实学的无用青年么？这种无异于自杀的教育，怎么不可悲呢？现在出了这件可惨的事情，使一班只重外表的办学的人们知道那些招摇的游艺会很容易惹出危险，因此能够减少一些，而稍注重实际，使一班学生能有功夫受到真实的学问，却未始不是今天的警戒的效力哩。”通过以上小说情节的表述，我们可以看出，这部小说虽标明是侦探小说，但侦探在其中所发挥的作用并不大，杨芷芳既没有完成校长所嘱托的大会保卫的任务，凶手也不是他提获的，倒是侦探借着这件事情对眼前办学的作风大大地批评了一番。所以说《杨芷芳新探案》的“侦探味”并不浓，而是借侦探小说所揭示的各种罪恶批判当今的社会风气。

在小说中，朱戒批判得最为激烈的是三种事物：一是学校，它培养的都是没有真才实学的无用青年；二是影艺圈，“那班当事人，只知一味胡闹，硬凑了几本影片，就大言不惭在报上刊登广告，定日开映了，这种东拼西凑，疵病百出的影片，使一班观影的人，莫不乘兴而往，败兴而归”（《银海明星》）；三是旅馆，“旅馆的内幕真是不堪之至，馆中的旅客大半是本地的人，不要说那嫖赌鸦片和肉欲的自由恋爱，都借着旅馆发泄，就是那种裸体模特儿的照片也全是在旅馆里拍摄的，一种好好的正当旅馆已给一班无耻的人弄得变做了万恶之巢”（《旅馆中》）。参加这三项活动的大都是年轻人，他们在社会的引诱之下道德败坏，人格堕落，引起了各种犯罪，这也就成为了《杨芷芳新探案》的主要内容。

《杨芷芳新探案》并不依靠侦探的智慧和出人意料的结论吸引人。事实上在中国侦探小说的私人侦探的名录中，杨芷芳是排在后面的。《杨芷芳新探案》之所以有一定的读者，它依靠着三个方面。一是小说的题材比较新颖。学校、影艺和旅馆对当时中国的广大市民来说，这样的新事物都带有一定的神秘色彩。《杨芷芳新探案》详细地描写了这些新事物带来的各种新生活，例如，学校里的学生是怎样上课，怎样做操，怎样开歌舞会的；影艺场中电影是怎样拍摄，艺人们又是怎么生活的；旅馆中怎样开房间，又有些什么洋玩艺可以享受。不仅如此，小说又把这些新生活和犯罪结合起来，让人们看到其中的很多黑幕。这样的描写对当时的读者来说是颇有吸引力的。二是利用一些故事的小穿插，造成小说的情节的曲折，以弥补侦破过程的简单和直率。例如，《银海明星》写了一个因妒而情杀的故事，杨芷芳似乎未加什么侦破，凶手就已经很清楚了。然而，小说作者却又增加了一个凶手枪杀杨芷芳的场面，小说一下子就增添了神秘感和恐怖感，使得小说的情节扑朔迷离了起来。再例如，《旅馆中》案情清楚明白，根据留下的证据，一般读者都能分辨得出来凶手是谁。然而作者却采用了双案并发的手法，使得两案互相掺和，受害者和害人者合二为一，本来是单线索的情节结构也就变为了多线索的情节结构了。三是人物描写比较生动，增加了小说的灵动性。在《杨芷芳新探案》中，那些罪犯却总是作为小说的主人公出现。《旅馆中》的李诵美始终活动在小说之中，她报案时的穿着和焦急的神情，案破时的无奈和沮丧，自杀后在遗书上所表露的悲愤和绝望，都给读者留下了深刻的印象。《银海明星》中的张冷波和仲兆基表面上玩世不恭，调侃人生，但内心却十分在意人生的利害得失；看上去非常和善，但却毒如蛇蝎，人物形象很鲜明。相反，那位私人侦探杨芷芳和其助手吴紫云的形象倒显得十分概念化，他们的行为举止不外三个过程：接案时的勉强、破案中的巧遇、说案时的高明。显而易见，朱戫并没有被侦探小说的要求所束缚，也不想很圆熟地运用侦探小说的创作技巧，他只是用侦探小说的形式写他所想写的东西而已。

和对福尔摩斯一样，中国作家也对亚森罗苹表现出了极大的兴趣，"学步者"中出现了一批专写东方亚森罗苹的中国作家，吴克洲是其中的一个代表作家。

亚森罗苹是以侠盗的形象出现的，他所做的一切从形式上说有悖于法律，称之为"盗"；从实质上说又符合于民意，所以又称之为"侠"。这样的价值取向，自然就决定了《亚森罗苹案》的小说的基本形式为"吃黑钱"。吴克洲小说中的侠盗叫罗平，他的作案对象都是那些黑道人物，要么是赚了黑钱、黑财而隐居的黑帮头领，要么是专做敲诈生意的白相人，要么是不择手段致富的暴发户，要么是欺压百姓成性的土财主。罗平的手段并不光彩，哄吓诈骗样样俱全，但读者并不以他为恶，反觉其可爱、可敬。原因很简单，受罗平之害的人正是那些老百姓最憎恨的人！

其实，"吃黑钱"是写侠盗小说的固定的模式，吴克洲的小说只不过表现得更加鲜明而已。吴克洲的侠盗小说与众不同的地方在于他试图给他的作品增添一些本土色彩以及他对官方警探的嘲讽。

中国的这些侠盗小说显然都是模仿着勒白朗的《亚森罗苹案》而创作的，怎样才能表现出中国的特色是每一位中国作家必须考虑的问题，也是努力的方向。当然，他们的小说的中国化的成绩有高有低，但的确都是尽了自己的努力的。吴克洲的小说在中国化的道路上做了两件事，一是他尽量使侠盗有一个中国籍。他的小说中的侠盗有一个中国的名字，叫东方雁。对这个名字，小说《活绣》中有这样一番对话：

> 我又问道："咦！你因甚要改名呢？你的姓究竟是罗呢，还是东方？"
>
> 他答道："自然姓东方啊，罗平这个名字不过是我一时高兴才题的。你是知道的，法国有个著名的剧盗名唤亚森罗苹，专喜行侠仗义，锄奸

扶弱，真是个大英雄大豪杰，我想起我的行动和他倒有些相像，所以就自己题了个和他同音的名字，从此竭力的模仿他了。那时还有我的两个朋友，一个叫鲁宾，一个叫鲁平，到现在社会上统称我们为东方的亚森罗苹了。后来我忽想起一个人好端端的为什么要隐姓埋名呢？于是就决意把他改正。”

取亚森罗苹的谐音为罗平，是为了取亚森罗苹善行侠仗义，锄奸扶弱，是个大英雄大豪杰的义侠，但始终不会忘记自己的真实姓名。作者在竭力地证明他所塑造的侠盗是“东方”的，是中国的。二是作者尽量把中国的特色物品写入小说。小说《活绣》写的是一幅刺绣失而复得的故事。小说中作者对那幅《良晨旭日图》发出了由衷的赞美：“一轮又红又圆火球也似的朝阳，又每日一次渐渐地从那海天互接的水平线上升将起来了，直照得水面上变作一片深红的色彩，随波震荡，远望过去觉得异常美观。起先，他的光儿很弱，人们都能睁大了眼睛向他望着，一些都不觉得刺目，可是隔了一会，他慢慢的由低而高，光儿也随着由弱而强而更强，最后射出万道金光，灿烂夺目。”作者还特地强调，就这块刺绣，外国人出到 8 000 元，绣者也不愿卖出。言语之中，作者处处显示出一种民族自豪感。应该说，和中国一流的侠盗小说作家比较起来，吴克洲小说的中国化特色表现得还不够明显，仅仅依靠姓名和物品是难以抹去小说模仿的痕迹的，但毕竟是有了几缕本土化的色彩。

在侠盗小说中，和侠盗唱对手戏的一般是匪首，或者是私人侦探，很少涉及到官方的。吴克洲的侠盗小说却常常把官方警探作为作弄的对象。《X 形碧玉》中官方警探甄范同明明已经捉获了罗平，但却受到罗平大大的作弄。罗平先是嘲笑了一番甄范同没有证据；然后甄范同反被罗平劫持到小车上；接着甄范同又被击昏，衣服被罗平剥去作为作案的工具；苏醒过来的甄范同收到了罗平的一封信，被其嘲弄了一番。小说中，官方警探甄范同像个小丑一样，被罗平牵着到处走，而罗平着着领先，处处透出机智和灵敏。一个蠢，一个精，这样的小说读起来趣味横生，但从侠盗小说的价值取向上说，它是不符合行侠仗义、锄奸扶弱的要求的，只能说是吴克洲小说的个人特色吧。

这些“学步者”小说标志着中国侦探小说从模仿逐步走向自我创作的过程。外国的侦探小说进入中国之后，中国作家在欣喜兴奋之余就各自根据自己的生活体验和对侦探小说的了解创作了起来。通过对这些作家作品分析,我们既可以看到他们在创作中国式的侦探小说方面所做出的努力,同时,我们也看到了中国式的侦探小说的创作并非易事。

和新文学作家不同,民国初年的中国通俗文学作家都是长期受到传统的文化思想的熏陶、饱读诗书的传统的文人。他们的社会的价值取向和文化修养对他们的思维方式有着很强的制约作用。对这些传统的文人们来说,侦探小说无论是在价值取向,还是在艺术形式上都有着全新的要求,对此没有足够的认识和充分的了解,要想在侦探小说上有所创建,那是相当困难的。侦探小说是科学时代的成果,它代表着一种社会进步,它也批判工业革命带来的某些社会的丑恶,但从未否定社会的进步性,批判的矛头是针对那些在进步社会中的没落的贵族的阴暗的心态和丑恶的行径。民国初年的中国通俗文学作家显然对侦探小说产生的背景及其价值取向了解不够,不少作家把侦探小说对进步的社会中的丑恶现象的批判看成是对现实的否定,这些"学步者"基本上是持这种态度。他们没有看到传统的封建的社会心态和社会结构受到冲击的必然性,反而把那些新思想和新事物当作社会丑恶的源泉加以批判。例如,他们对自由恋爱、自由婚姻基本上持否定的态度,认为正是这种开化的社会风气造成了各种情杀、通奸、私奔等等不良现象。再例如,他们对妇女的态度,认为她们不应该参加什么社会活动、社会交际,抛头露面太多使得她们受到社会不良风气的污染,也给她们带来了自身的痛苦。正因为这样,他们小说中的科学思想宣扬得并不多,倒是不断地能听到他们感叹:人心不古。

优秀的侦探小说创作家需要较高的独特的文化素质,他除了应具有历史的纵深感和对现实敏锐的判断力外,还需要有科学的文化知识和高超的逻辑推理能力。"学步者"们在这方面准备是不够的,他们小说中的私人侦探也进行各种实地勘探和取证,但其方法并没有脱离中国公案小说中的那些清官大员微服私访时所做的一套。这种现象的出现一方面说明他们的创作视野不够开阔,另一方面也表明他们自然科学的知识的匮乏。高超的逻辑推理是显示侦探小说科学色彩的重要方面,"学步者"们在这方面做得都不到位,做得好一点的还能够利用悬念展开一些推理,如张无铮的侦探小说;做得差的就干脆不进行什么逻辑推理,破案的线索都是私人侦探单独活动时由作者交代给他的。因此,小说主观雕刻的痕迹十分明显。另外"学步者"们还没有清楚地认识到侦探小说的创作模式和中国传统小说有着本质的不同,他们的侦探小说有着比较明显的传统小说的创作痕迹。场面描写是侦探小说的重要手段。小说的交代和说明当然是不可少的，但这样的交代和说明只是为了解答场面描写时故意设下的各种悬念和塑造私人侦探与众不同的形象。而这些“学步者”却像传统小说创作那样，把交代和说明充塞在侦探小说中的各个环节上，小说显得滞重而冗赘，结果是大大损坏了小说应有的艺术效果。

指出这些“学步者”的侦探小说的差距决不是要贬低他们的小说的价值，只是为了说明中国侦探小说起步时是什么模样，其他的中国侦探小说作家们又有什么不同。其实，作为一个发展阶段，这些“学步者”的小说价值自然会留在中国侦探小说史上的。

第四章　社会侦探小说家：程小青

第一节　模仿中寻求突破

——中国第一位致力于侦探小说创作的人

如果要问中国侦探小说作家中影响最大的是谁，回答是肯定的，那就是程小青。

程小青(1893—1976)，出生于上海淘沙场(今南市)一个小职员家庭。原名程青心，号茧翁，曾用名福林(乳名)、程辉斋。程小青出身贫苦，幼年丧父，靠母亲做手工维持生计，在私塾读了几年书后，10 多岁就在上海亨达利钟表店当学徒。在学徒期间刻苦自学，开始学习写作小说，曾投稿《小说月报》，其才气受到当时《小说月报》编辑恽铁樵的赞赏，约他前来一谈，勉励其多读书、多写作。这一次谈话对他影响很大，促使着他走上文学道路。1915 年，程小青担任苏州天赐庄东吴大学附属中学吴语科临时教员，和教英文的美国教员许安之互教互学，不久，即能独立阅读英文书籍并开始练习翻译英语文学作品。1916 年，程小青和周瘦鹃等人用文言翻译《福尔摩斯探案全集》，全书共 12 册，陆续由中华书局出版发行。其中第 6、7、10、12 册中均有他的译作。同年，被聘为苏州景海女子师范学校语文教员。1917 年，经人介绍，加入基督教监理会(后改为“中华基督教卫理公会”)。1919 年，程小青创作的“霍桑探案”《江南燕》被上海友联影片公司拍成电影，由郑君里主演。1922 年，主编《侦探世界》月刊(由世界书局发行)，共出 36 期。程小青曾先后加入“南社”、“青社”、“星社”等团体。1923 年因创作日丰，名声日进，程小青被看重学历的东吴大学附中破例聘为正式的语文教师，专上写作课。本年，在苏州天赐庄附近的寿星桥北堍弄内购地营造房屋十多间，自题“茧庐”。1924 年，受无锡的《锡报》之聘为副刊编辑，同时，通过函授学习美国某大学的“犯罪心理学”、“侦探学”等课程。1927 年，与徐碧波等人合资创办了苏州第一家有发电设备的“公园电影院”。1930年,应邀再次为世界书局重新编译《福尔摩斯探案大全集》,这次全用白话文翻译。1931年,由文华美术图书公司出版《霍桑探案汇刊》1、2集。程小青还先后为上海友联影片公司、明星影片公司、国华影片公司等改编电影剧本《舞女血》、《窗中人影》、《慈母》、《可爱的仇敌》、《国魂的复活》、《贤惠的夫人》、《夜明珠》、《杨乃武》、《董小宛》、《孟丽君》、《金粉世家》等。1938年,他和徐碧波合编《橄榄》杂志。1949年之后,程小青任教于苏州市第一中学。[1]

《霍桑探案》是程小青的代表作。1914年秋,上海《新闻报·快乐小品》征文,程小青写了小说《灯光人影》应征。这是程小青第一次用“程小青”的笔名写的小说,也是他的第一篇以霍桑为主人公的作品。据作者后来介绍,霍桑的姓名应叫霍森,或者由于编辑的更改,或者由于排字工人的手误,将“森”变为了“桑”,程小青也就以误认误,承认了“霍桑”。1919年,他发表文言侦探小说《江南燕》,书中首次出现私人侦探霍桑的形象。从这一篇作品开始,他一发而不可收,30年中,他让霍桑破了各种各样的案件。1946年,世界书局陆续出版了《霍桑探案全集袖珍丛刊》,共计30种:《珠项圈》、《黄浦江中》、《八十四》、《轮下血》、《裹棉刀》、《恐怖的活剧》、《舞后的归宿》(又名《雨夜枪声》)、《白衣怪》、《催命符》、《矛盾圈》、《索命钱》、《魔窟双花》、《两粒珠》、《灰衣人》、《夜半呼声》、《霜刃碧血》、《新婚劫》、《难兄难弟》、《江南燕》、《活尸》、《案中案》、《青春之火》、《五福党》、《舞宫魔影》、《狐裘女》、《断指团》、《沾泥花》、《逃犯》、《血手印》、《黑地牢》。1949年之后,他还写了一些小说,但他的小说成就无疑还是《霍桑探案》。

《霍桑探案》的创作模式基本上是走的《福尔摩斯探案》的路子。像福尔摩斯有一个助手华生一样,霍桑也有一个助手,叫包朗。华生是一个医生,福尔摩斯的事迹就根据他的手记的形式发表出来;包朗则是一位小说家,他就更有了创作的才华和发表作品的条件了,霍桑的事迹都是由他宣布给大家的。无可讳言,《霍桑探案》有着《福尔摩斯探案》的很深的痕迹,然而,《霍桑探案》的出现在中国文学史上有着重要的影响,它标志着中国文坛第一次出现了真正意义上的“侦探小说”。

法律的观念和科学的方法是侦探小说的立身之本。作家认识程度的高低直接影响到侦探小说水平的高低。程小青对此是充分了解的。程小青是

[1] 以上程小青生平引自范伯群《中国侦探小说之宗匠》,《中国近现代通俗作家评传丛书·三》第11—12页,南京出版社1994年版。

中国通俗文学作家,中国传统的思想文化对他有着根深蒂固的影响。在他的小说中经常会出现“中国化”的案件处理方式。但是,和其他作家比较起来,程小青的长处首先就表现为对侦探小说的性质有着相当清醒的认识。他虽然时常抱怨现行的司法制度效力的低下和批判那些“律棍”的卑劣,但始终承认法律的权威性。他笔下的霍桑有着超人的才能,但霍桑从未取代官方警探,从来就是作为官方警探的辅助力量而出现的。《霍桑探案》中的那些官方警探靠着霍桑的帮助而破案、升官、发财,但并不是腐败不堪,也不是那么蠢笨无能,甚至他们还有着较好的人格。小说中常出现的一个官方警探叫钟德,作者是这样评价此人的:“钟德这个人虽没有特殊的聪慧,但他的兢兢奉公地勤于职司,也当得起勤慎二字的考语。他因为获得我朋友的助力,居然把孙家的那件失珠案原贼破获,因此,受到了上官们的信任和奖赏。钟德倒也有东方人谦让的美德,并不食德忘报,自居其功。他每次遇到同事们,总要称佩霍桑的智能怎样敏捷,怎样神奇,有时也许还加上些超自然的渲染。”(《血匕首》)侦探小说作家总是要竭力塑造自己的私人侦探的,贬低同行和官方警探是最方便的一种方法,很多作家都是这样做的。程小青对官方警探有着较高的评价,倒是更有利于塑造霍桑的形象,毕竟水涨才能船高。更主要的是侦探小说中的官方警探,决不仅仅代表某个人,而是一种法律的象征。程小青是一个很细心的作家,对人物和事物的评价都是经过他深思熟虑的,甚至小说人物的命名都体现出他的某种观念。例如,他笔下的私人侦探名叫霍桑,除了偶然的因素将原来的“森”改为“桑”,作家以误就误外,还有一个深层的原因,就是这个名字有别于中国那些传统的侦探的名字,有一个新的感觉。程小青曾这样解释过霍桑的名字深层含义:“那时候小说中的像福尔摩斯般的侦探,虽受一般人的欢迎,但实际上的那些张金标、李得福一类姓名的所谓侦探,却常会给人们感到挺胸凸肚,和帽子歪在额角边的印象,而发生厌恶和诅咒!我既然希望把一个值得景仰的有科学思想和态度,重理智持正义的崭新中国侦探,介绍给一般人们,那自然不能不另想一个比较新颖的姓名了。”[1]很显然,作家赋予霍桑的新的感觉来自于他所认定的科学思想和态度及重理智持正义的私人侦探所必须具有的个人素质。

平等的权力是法治观念的重要特点。只根据事实说话,而不论人的高

〔1〕 程小青:《侦探小说的多方面》,《霍桑探案》第2集第1页,上海文华美术图书公司1933年版。

低贵贱，霍桑尽管有时对案件的性质比较感慨，对一些凶手的发落作一些小动作，但在接案和办案的过程中从来是一丝不苟的，无论什么人委托的案件都认真地完成。这种一视同仁的态度体现的是法治而不是人治，是平等的权力而不是因人而异。程小青曾对旧时的办案作风提出过激烈的批评："地方上出了一件凶案，那案情的缓急，往往视事主的阶级高下而定的。假使事主是一个没财没势的平民，案子的破不破，原不成问题，发案时少不得虚行故事的敷衍一回，过了几天，这案子便会得自然而然的烟消火灭。如果事主是有势力的，那也容易解决，那些负责的侦探，只须随便抓一个张三李四，算是案中的凶手，于是天下的巨案，也可以就此了结。这样的方法，既然用不着什么科学的侦探方法，手续上当然简单得多，可是平民的性命，未免太贱些了！"[1]这种贵贱之分在中国公案小说中表现得十分明显，特别是清代的公案小说几乎都是记载地方上土豪劣绅的各种事务的。如果我们从历史的角度上来看，就可以更强烈地感觉到程小青侦探小说所具有的法治思想了。

侦探小说的另一个特征是侦破方法的科学性。我国传统的优秀的公案小说中，清官们在破案时也要进行一些实地的勘察和取证，也要进行一些个别的访谈和询探。问题在于进行这些第一手材料调查的动因很少来自于事实的提供，大多来自于鬼神的启示或者是个人办案经验的判断，而且取证的方法总是清官化装成卖货郎或者是算命先生，利用各种手段从侦查对象那里获取了某种证据，或者获取了某种口风。这样的调查偶然因素很多，而且主观性很强，清官们总是聪明无比，被侦查对象总是愚笨万分，鱼儿没有咬断钩子的时候，总是一钓就着。正因为如此，大多数公案小说所采用的取证方式都经不起严密的推敲，当读者从另一个角度进行反证时，往往就发现其中的多处漏洞。侦探小说侦破手段的科学性是每一位中国侦探小说作家十分重视的问题。当他们刚开始小说创作时就注意到以事实说话，以科学的手段勘探和取证，在掌握材料的基础上以严密的逻辑推理得到正确的结论。但是，大多数中国侦探小说中的证据的获取实在太简单了，有时简单到寻常人也能很方便地获取到。例如，从墙头上的血迹判断这是件移尸案；从照片的剪贴艺术判断这是件敲诈案。有些侦探小说家大概也意识到了这样的安排不能体现侦探的高明，就采取"趋避"方法，给私人侦探提供独有的条件，让其高明起来。但是，这样的安排主观编造的痕迹也太浓了。从艺术趣味

---

〔1〕 程小青：《侦探小说的功利观》，《红玫瑰》第5卷第12期（1929年12月）。

上说，这样的侦探小说还赶不上传统的优秀的公案小说。其实，这些侦探小说作家也不是不知道他们小说中的弊病的，问题是他们没有能力改正这些弊病。侦探小说的侦破方法的科学性的表现不仅仅是在认识论上，还需要作家个人的素质和文化的修养，也正是在这个方面，程小青显示出独有的成就。程小青很少利用提供霍桑特殊破案条件的方式来提高他的形象。在他的笔下，霍桑、包朗、官方警探和读者是站在同一条起跑线上，他们在相同的场合下观察到了同样的环境，霍桑的才干表现在相同的条件之下的超乎常人的观察力和判断力，从而得到超乎众人意料而又符合情理的结论。霍桑也利用“趋避”方式来获取新线索，但是，新线索只是为了解释心中的某种疑团，而决不是解决整个案件的根本性的“关目”。小说《毋宁死》写的是少女黛影为了抗婚而假装出走的故事。小说侦破的关键在于识破黛影的失踪是假的。就在大家无可奈何的时候，霍桑根据头巾和方言两个细节将案子破了。令人钦佩的是这两个破案细节的获取是霍桑在包朗、黛影的父亲和读者的眼皮底下推断出来的，作家没有给他一点便利的条件。在破案过程中，霍桑也“趋避”了一次，其目的只是为了了解黛影为什么要抗婚的原因，以增强他破案的说服力。程小青这样来塑造霍桑，其难度自然不小，但是，人物形象正是通过这样的方法自然地站立了起来，更重要的是小说的可信性大大地增强了。

根据现有的材料进行推断，这是程小青体现侦破过程科学性的一个有效的方式。采用这种方式除了作家具有较高的文学修养之外，他还必须具备广博的知识，否则他的推断又怎么叫人折服呢？程小青在这方面显示出了他那超乎众人的才能。他有篇小说叫《血匕首》，霍桑认定死者是自杀而死，他有一番十分精彩的推断：“现在先说说那伤痕。它在他左胸的第二胁下，自上下斜，长一寸二分；那是凶刀的阔度。左端阔约三分半，右端阔约一分半，又明明是刀背不锋的分别。从这伤势观察，可见他执刀自杀时，必定用的右手；刀锋向着掌心，和寻常人执刀的姿态没有差别。因为我们的左右两手，就生理上讲，本来没有强弱之分，但大多数人，多习用右手，故一切举动，都是右手居先；执刀时更不必说。而且我们执刀时，刀锋必多向外，那自然就对掌心，这也是一定不移。因此，可知凡人右手执刀而自杀，那伤处必居于左，而锋口又必向右，这是可以试演而明的。”霍桑接着说：“若说他人夺刀行凶，情节上便有冲突。因为若像这样的伤痕，必是那人左手执刀；行刺之时，子华又须在睡梦中，那凶手才得从容反刺，可是就情势测度，事实上断不会有此事实。”从这段推断中可以看出程小青不仅善于推断，而且具有比较丰富的刑侦知识。运用这些知识进行侦破推理，自然就增强了侦破过程的科学性。这样的才能是中国其他的侦探小说作家比不上的。

程小青是城市贫民出身，生活的积累给他的小说留下了很深的烙印，也使得他的小说具有比较强烈的平民意识。他的小说主要以上海这一都市社会为背景，偶尔涉及到北京和苏州。小说的人物都是都市社会的中下阶层中的小人物。小说所涉及的问题都是发生在都市中下层社会中的社会问题，例如，婚姻、财物、家庭的破裂等等市民生活中的这些大事，常是他小说中所议论的话题。程小青通过这些案件的侦破，剖析了中国社会各种形式的血缘和非血缘的关系，展示的是都市里中下层社会的各式的人文景观。正因为程小青的小说具有这样的特色，又被称之为“社会侦探推理小说”。

程小青对受压迫的小人物表现出深深的同情。霍桑曾经说过：“你瞧我几时曾向人家讨过功？我所以这样子孜孜不息，只因顾念着那些在奸吏、土棍、刁绅、恶霸势力下生活的同胞们。他们受种种不平的压迫，有些陷在黑狱中含冤受屈，没处呼援。我既然看不过，怎能不尽一分应尽的天职？我工作的报酬就在工作的本身。”(《逃犯》)程小青的小说常表现为一种“善恶倒置”的模式，作案的动机和案件的结果表现出一种矛盾，即凶手决非是恶人，之所以行凶是有着迫不得已的原由，而那些受害者又决非善类，不少属于死有余辜之辈。怎样来结案呢？程小青在此是煞费苦心的。既要维护法律的尊严，维护法律的权威性和原则性，又不愿违背自己的良心办事，程小青往往利用小说的创作技巧做出比较满意的安排，例如凶手是被关押在狱了，但数月后越狱跑掉了；或者就在凶手被捕之时，又发现了新的线索，原来死者病死在前，被杀在后……这样的安排解决了小说中的善恶矛盾，也抚慰了读者不平的心态，但的确比较生硬，刻意雕琢的痕迹比较明显。对此，我们也就只能从作家的平民意识上加以理解了。

程小青是在中国传统的文化氛围中长大的，中国传统的伦理道德对他的小说创作仍然有着很大的影响。但是，程小青并没有被传统的伦理道德所束缚，他很清楚地认识到社会的总趋向是向前发展的，在进步的社会中应该肯定什么和否定什么。例如，婚姻模式问题，中国不少的侦探小说作家都把自由恋爱作为社会坏风气的源泉，并加以批判。程小青却说得很明确：“婚姻大事关系到一生的幸福，父母包办，有违潮流，况且以父母个人的利益作为择婿的标准，更是不足为训了。”(《毋宁死》)认清社会发展的趋势对中国通俗文学作家来说并不是一件容易的事情，作为写社会批判的侦探小说作家来说更是容易以偏概全地看问题，程小青却是很有原则性，他说过："凡是暴戾阴险之徒，我必加以揭发，使他们受到应有的惩罚，如果是不合时代的制度礼教，我也要加以抨击而摧毁它！对于有反抗封建的精神像慧侠、黛影那样的人，我们也应该表示同情。包朗，今天和你约定，以此为目标，作为我毕生服务的准则。"（《毋宁死》）有了这样的准则，也就给他的小说带来了科学的性质，有了现代的色彩。

中国作家的生活经历给中国的侦探小说带来了市民小说的特点，带来了它特有的价值。如果作家们在写他们熟悉的生活的同时，进一步扩大他们的创作视野，把一些时代的大事融进他们的创作之中，他们的小说的立意将会进一步提高。程小青也写他所熟悉的市民的生活，但他却放得比较开，小说中时时透露出一些时代的气息，其奥妙就在于他常常把现代社会中的一些大事作为背景放入到小说之中去。例如，1919 年的五四运动，新文学作家对此很少提及，而程小青却写到了。在《血匕首》中陆子华之所以要自杀，是因为他那学生奸细的身份被暴露了。小说写道："原来五四运动以后，各地的青年都从时代的巨浪中觉醒过来，民气勃发，正似太平洋中的怒涛，一起千丈。但是，一般昧良的官僚军阀，看见了这种情形，未免有些头痛，因此，想出了一个贿买的法子，派人带了金钱，到上海来买通学界。因为他们知道上海是民潮发动最激烈的中心，学生又是中坚分子，他们的眼光所以就专注于此。"这样评述在其他中国侦探小说中是根本看不见的，而程小青的侦探小说之中却时常提及。这一方面说明了程小青的个人素质不同于其他侦探小说作家，他不是那种总是感叹世风日下的小说家，而是在创作小说的同时，密切关注着社会的发展，并且明确地表示出自己的是非观念，这在中国通俗文学作家中是不多见的。另一方面也给他的小说带来了新的活力，提高了小说的立意，增添了小说中国化的色彩。

《霍桑探案》曾培养了一大批"霍迷"。读者十分喜爱这位私人侦探，据程小青说，十几年来询问霍桑家世的信积压了整整一文牍橱。在读者的心目中，霍桑已成为了他们所景仰和崇拜的人，绝不允许别人对他有丝毫的损伤。侦探小说家张碧梧曾写了一部长篇侦探小说《双雄斗智记》，写霍桑和蓝三星党斗智。这原也是一种小说创作，但却引起了"霍迷"们的不满，他们写信给刊登小说的杂志《紫罗兰》的主编周瘦鹃，说碧梧先生把霍桑写得蠢如鹿豕，挖苦太过，要求更正。张碧梧也无法，只能改变原来的设想，让霍桑最后胜利。可见霍桑在人们心目中的位置已是多么崇高了。人们之所以喜欢霍桑,除了他是正义的化身以外,还在于他的独特的性格。他具有孜孜研求的决心和缜密过人的智慧,当他看准了一个问题时,总是咬住不放,受到挫折以后毫不气馁,用他过人的推理使得扑朔迷离的案例真相大白;他破案又不是死板板冷冰冰的,而是充满了人情味,他会为真正的受害者着想,为他们寻找出路,这些感情因素无疑是在霍桑的可敬的形象之上又增添了可爱的色彩;他办案不为金钱,只凭兴趣,举手投足之间充满着潇洒的气质;无论是谁,在他面前搭架子,他会把架子搭得更足,反之,那些无援无靠的弱者,他往往会自动地援手相助。他的这些性格,在平民看来,他不以金钱和地位划等级,自然会受到敬仰;对绅士来说,他凭着自己的兴趣处人遇事,不受世俗的束缚,济公施善,却也是做人的榜样。

私人侦探是侦探小说的第一主角,是侦探小说作家努力塑造的人物。为了塑造好侦探的形象,柯南道尔设计了福尔摩斯—华生模式。自此,这种模式也就成为了侦探小说的一个重要的美学特征,中国的侦探小说创作也是循着这条路线向前走的。福尔摩斯—华生模式的设计当然是为了提高侦探主角的形象,但是,怎样运用这种模式却又显示出侦探小说作家的水平高低。侦探主角的助手在小说中的作用不外是两个,一是案情的说明和介绍,二是对侦探主角的烘抬。对侦探主角的烘抬绝不是说那些助手们就是蠢笨无比,就成为侦探主角的出气筒和讽刺挖苦的对象,或者就干脆站在一边对侦探主角一味地唱赞歌,而这些问题却在我国很多侦探小说中经常见到。在这些小说中侦探主角的形象是"神"了,但却不活,而他的助手仅仅成为了一种工具,一块垫脚石而已。在运用这种模式的中国作家中,程小青是最成功的。他说过:"包朗的见解,不一定是错误的,却往往'谈言微中'。案中的真相,他也会得一言道破,他的智力和眼光,并不一定在霍桑之下,有时竟也有独到之处!因我既不愿把霍桑看作是一个万能的超人,自然他也有失着,有时他也不妨不及包朗。"[1]包朗并不是蠢人,霍桑更不是超人,程小青比较得当地安排好了他们之间的关系。例如,小说《第二弹》写的是一个陌生人忽然死在主人的书房里,而主人却失踪了。根据现场勘探后,包朗认为凶手就是失踪的主人,而霍桑却否定了包朗的意思。经过多方调查后,霍桑就是无法破案。当他把破案的思路放到包朗的见解上时,他豁然开朗了,事实

〔1〕 程小青:《侦探小说的多方面》,《霍桑探案》第2集第1页,上海文华美术图书公司1933年版。

证明包朗最初的思路是正确的。这部小说的情节并不复杂，但福尔摩斯—华生模式却运用得相当成功。包朗的分析能力和判断能力是一般人所不及的，他往往能切中事情的要害，然而，他的很多见解又来自于霍桑的提示，特别是在观察能力和对极其复杂的问题的分析判断上霍桑又明显地胜于包朗一筹。霍桑也有失误的时候，但他能够迅速地调整思路，迅速地寻找到突破口。这样的写法使小说中的两个人物都活了，而且也无须多加说明，两人才能的高低已显而易见了。

程小青写活人物的另一个方式是把侦探主角放入到案件过程中去，而不仅仅是事后的侦破者或者是案情的记录者。这样的安排使得侦探主角从案件的外面直接投入到案件的漩涡中去了，在这个漩涡中侦探主角努力地奋斗、拼搏，甚至是挣扎，一举一动都为他们的形象增添着活力。在《沾泥花》中，听到罪犯的恐吓，义愤填膺的包朗在电话中展开了一场对骂；为了打进犯罪集团的内部，霍桑和包朗就装扮成一对假夫妻；在擒获罪犯时，除了斗智之外，还演绎了一场生死搏斗。整部小说的情节是随着侦探主角的言行而展开的，此时侦探主角所扮演的角色已不仅是案件的侦破者，其实就是小说的主要人物。包朗的直率和热情，霍桑的沉稳和老练，除了侦探的一些共性之外，他们的个性也展露得十分充分。

侦探小说对小说的结构十分讲究，它的艺术魅力既不在情感，也不在哲理，而在于在相对的空间内给读者提供的多种推理；同样，侦探小说的构成决不是依靠情感的流动，哲理的阐释，或者是人物性格的完美的塑造，它是依靠作者精心营构的结构迷宫。一般说来，侦探小说的结构迷宫可分两个方面来看，在这个迷宫的内部是各种扑朔迷离的通道，它吸引和迫使着读者去寻找正确的出口，读者的阅读兴趣也就产生在寻找时的判断，推理时的自信，失败时的不解，以及对作者安排的正确出口的不解、不服、理解、认同到佩服。在这个迷宫的外部是十分精致而迷人的装饰，来不得半点拖沓和累赘，否则读者就不愿意进去。读者的积极参与使得侦探小说作家在设计他们的小说结构迷宫时不得不小心翼翼，不得不照顾到各个方面，如果出现一个漏洞，整个结构就要全部坍塌了。侦探小说的结构的重要性，程小青是十分清楚的。他说过："侦探小说的结构，最重要的在结束与开端，而最困难的也在结束与开端。"[1]结束与开端也就是侦探小说的外部结构。优秀的侦

〔1〕 程小青：《侦探小说的多方面》，《霍桑探案》第2集第1页，上海文华美术图书公司1933年版。

探小说的开端总是很快地进入案情，能够迅速地吸引住读者，而结束又能出人意料，留下余味。自爱伦·坡、柯南道尔以来，侦探小说的开头基本定型，基本上表现为两种型态，一是报案型，即侦探主角和其助手正坐在办公室里谈论时事，此时仆人来报，有人来访，此人为报案者，于是故事就展开了。二是求助型，即侦探主角和其助手接受官方警探的请求，去侦破一些十分复杂的案件。这两种型态都具备了侦探小说迅速设谜、制造悬念的要求，同时也符合刑侦案件的侦破程序，中国侦探小说作家在进行创作时也就很自然地将这两种型态照搬过来了，程小青也不例外。问题在于任何一种好的开端反复使用都会形成一种套路，都会使人感到单调，而况小说本来就需要不断创新呢？程小青显然是明白这一问题的，他在《侦探小说多方面》一文中曾高度赞扬了美国哥伦比亚大学心理学讲师聂克逊博士著的《著作人应知的心理学》中所举的一个例子："那伯爵夫人锐声惊呼道：'你这恶鬼！你竟敢吻我！'"程小青认为虽然只有这么短短的一句，但给小说的开端构成了紧张的局势和巨大的吸引力。大概正是从这样的认识出发，程小青的小说中除运用"报案型"和"求助型"之外，他还大量运用了场面描写作为小说的开端。例如，正在餐馆吃饭的包朗忽然接到一个纸卷，而塞纸卷的人转身就无影无踪了……（《请君入瓮》）；夏日的埠头上一片喧腾杂乱，这时来了一位 30 多岁的黑长汉子，躯干既很魁伟，又生着一双鹰眼，大蒜鼻两旁的横肉脸上又长满了四五天不曾修剃的髭根，形状非常可怕……（《新婚劫》）；酒后正在街上蹓跶的包朗忽然与飞奔而来的人撞了一个满怀，紧接着一颗子弹向他射来……（《灰衣人》）用场面作为小说的开端就有充分变化的余地，而且使得侦探主角及其助手很自然地进入了案情之中去了。这也就是程小青的侦探小说比其他中国侦探小说显得舒展的原因所在了。小说的开端程小青是动了一番脑筋的，而小说的结束更是他倾注心血最多的地方了。出人意料的结尾以及侦探主角思路清晰、条理分明的分析，是显示侦探主角高明之处，是每一位侦探小说作家精心构思的地方。但是，侦探小说的结尾除了能表现侦探主角的高明之外，还应该做到说服读者，前一个要求是容易做到的，而后一个效果的达到则是要下番功夫的。在中国侦探小说作家之中做得最好的应该说是程小青。那么，程小青又比其他中国侦探小说作家好在何处呢？我觉得有两个方面特别明显，一是尽量以事实作为结论的依据，而决不是单纯的抽象的思辨。这些事实也许是生活中的特例，但的确是有根有据的，使读者不得不服。例如，他有一篇小说叫《神龙》，写一位行侠之士打抱不平的故事。小说中的官方警探始终破不了案，因为法医判定死者的死亡时间之后，有人清楚地听到死者在他房间里谈笑风生(当时还没有什么录音设备)。这个复杂的案子被霍桑侦破了。那么，怎么来解释那个令人不可思议的矛盾呢？霍桑的推断是这样的：既然人死后是不可能发出声音的，而发出的声音肯定是模仿，在生活中只有一种人最能惟妙惟肖地模仿别人的声音，那就是口技者，而善口技者又有些什么人呢？至此，破案的思路已相当明确了。霍桑的推断是超乎众人和读者的意料之外的，不管有多少疑问，他的结论是难以推翻的，因为它是建立在口技这一事实的基础上的。二是尽量地承认别人的才能，而决不是拼命地贬低别人抬高自己。在小说最后的结论中为了抬高侦探主角的形象，就拼命地贬低其他人，这是某些中国侦探小说的通病，而霍桑的推断总是显得相当的"谦虚"。他恪守着"棋高一着"的原则。他总是强调他所得出的正确结论只不过是在别人推断的基础上又前进了一步而已，要么是包朗的推断给了他启发；要么是官方警探的推断虽然是错误的，但却解决一些重大的疑点；要么开始时的推断是错误的，但很快就接受了别人的推断，但又比别人做得更深入了……程小青给霍桑的定位是相当精明的，霍桑的"谦虚"反而使其更加可信和可爱，也使得他的推断和结论容易被别人接受。程小青是生活的有心人，一些平时人们不太注意到的生活细节往往会成为他的小说的神奇的依据。例如，上面所提到的《神龙》就来自他所读到的一篇利用口技行骗的新闻报道的启发。再例如，他有一次走进教室，推门时用了一些力，窗就自动地闭合起来了，这一生活细节触发他写了小说《窗》。他说过，他的《霍桑探案》的创作很多就来自于这些生活机缘的触发。程小青也是关注作品阅读效果的有心人，他十分清楚侦探小说的价值不仅是作家要创作得好，而且要读者的认同。他说："我既不愿把霍桑看做是一个万能的超人，自然他也有失着，有时他也不妨不及包朗。""须知虚虚实实，原是侦探小说的结构艺术啊。"[1]开端和结束是侦探小说的两座情节高峰，是侦探小说结构之宫的入口和出口，它们的设计成功，侦探小说也就成功了一大半了。

侦探小说的内部结构是指情节的敷设。侦探小说的情节设计除了曲折紧张的要求之外，还在于它要巧妙地敷设线索。程小青曾对他的小说作过如下介绍："我觉得这一种自叙体裁，除了在记述时有更真实和更亲切的优

〔1〕 程小青：《侦探小说的多方面》，《霍桑探案》第2集第1页，上海文华美术图书公司1933年版。

点以外，而且在情节的转变和局势的曲折上，也有不少助力。譬如写一件复杂的案子，要布置四条线索，内中只有一条可以达到抉发真相的鹄的，其余三条都是引入歧途的假线，那就必须劳包先生的神了，因为侦探小说的结构方面的艺术，真像是布一个迷阵。作者的笔头，必须带着吸引的力量，把读者引进了迷阵的核心，回旋曲折一时找不到出路，等到最后结束，忽然把迷阵的秘门打开，使读者豁然彻悟，那才能算尽了能事。为了布置这个迷阵，自然不能不需要几条似通非通的线路，这种线路，就须要探案中的辅助人物，如包朗、警官、侦探长等等提示出来。”[1]这段经验之谈基本上概括了《霍桑探案》的内部结构：(1)它是一种自叙体，完全是从包朗这一面写出来的；(2)它基本上是采取正面侦破的角度，以“设谜”——“破谜”的方式进行的；(3)设计多条线索，以否定法来确定正确的思路；(4)多条线索的设计需要很多辅助人物。其实，侦探小说之中多设计“几条似通非通的线路”是每一位侦探小说作家所努力做的事，成就的高低在于读者对这些线路是否看得破，如果读者稍动一点脑筋就看破了谜底，小说马上就索然无味了。因此，线索敷设得巧妙也就成为了小说的内部结构是否成功的一个关键了。从这样的角度上去看，侦探小说作家不仅需要具有严密的推理能力，还需要丰富的想象力，两者合理地相辅相成，才能写出好的作品来。据郑逸梅回忆，程小青每创作一部侦探小说，总是先构画一张情节图，由甲而乙，由乙而丙丁，草图既成，再进一步要求曲折变幻，在甲与乙之间，乙与丁丙之间的大曲折中再增些小曲折。每当构思设想时，他就于清晨跑到杳无人迹处，冥坐水边石畔，动着脑筋，及群鸟出林，他已粗具结构，归家命笔。[2]郑逸梅的回忆既说明了程小青创作侦探小说的辛苦，也说出了程小青创作态度的认真。

程小青小说的结构是相当精致的，它代表着当时中国侦探小说的结构艺术的最高成就。不过，当我们回过头来用今天的眼光看这些小说，就会感觉到程小青虽然在作一些变化，但他的小说似乎总体上还是有一种套路，很多小说之间有似曾相识之感。这种现象的出现，主要是程小青太拘于爱伦·坡和柯南道尔所设计的侦探小说既有的模式了。在既有模式已确定的前提下，无论怎么变动，其作品都会给人一种“跟着走”的感觉。这也可以说是程小青小说最大的历史遗憾吧。

---

〔1〕 程小青：《侦探小说的多方面》，《霍桑探案》第2集第1页，上海文华美术图书公司1933年版。

〔2〕 郑逸梅：《程小青和世界书局》，《清末民初文坛轶事》第248页，学林出版社1987年版。

程小青不仅给中国文坛提供了真正意义上的侦探小说，而且他还致力于侦探小说理论的研究。中国侦探小说理论十分贫乏，除了一些评点式的短文之外，几乎是程小青一枝独秀，但却开得十分艳丽。他曾发表过《谈侦探小说》、《侦探小说的多方面》、《科学的侦探术》等长篇理论文章，这是中国人第一次如此全面地阐述侦探小说的理论。

侦探小说究竟有没有文学价值？这关系到侦探小说的文学地位，程小青对此尤为关心，并是为侦探小说文学价值正名的中国的第一人。他说中外文学家对文学的定义意见不一，但文学必须具有想象、情感和结构的意见基本上是一致的，而这三项要求，侦探小说均符合。侦探小说离不开想象，没有想象就没有曲折而离奇的情节，就不会做到既在情理之中，又在意料之外。任何小说都需要想象，但对侦探小说来说，想象“也许要比别的小说高一些儿”。说到情感方面，侦探小说当然加不上“深镌心版”和“回肠荡气”的考语，比较其他偏重情感的小说，在表达上也不免差些，“但写惊骇的境界，怀疑的情势，和恐怖愤怒等的心理，却也足以左右读者的情绪，使读的人忽而喘息，忽而骇呼，忽而怒眦欲裂，忽而鼓掌称快，甚且能使读者的精神，会整个儿跳进书本里去，至于废寝忘食”。侦探当然需要理性的逻辑思维，但以此而论侦探小说就没有情感的质素，不能“诉诸情感”，显然是不合情理的。至于说到结构，那更是侦探小说的强项，布局的致密、脉线的关合、口语的紧凑等等，都要比其他小说格外注意，比其他小说更为精巧。侦探小说自然是一种文学体裁，但是在当时，当人们面对着这一新的文学体裁时，对它的属向如何是很有分歧意见的。程小青认为对侦探小说的文学价值持否定态度的人主要根据三个原因，一是对通俗文学抱有成见，这是指那些新文学作家们。自 1917 年新文学运动以来，新文学作家对通俗文学基本上持否定的态度，把它们作为中国新文学的逆流来批判的，他们当然是要把侦探小说“屏除在文学的疆域以外”的。程小青认为这是文学观念的见解分歧，所以不加讨论。二是因为侦探小说的历史还短。侦探小说自 1841 年产生之后，在作品数量上是远不敌其他小说的。三是人们习惯于其他小说，看不惯侦探小说。因为口味的迥殊，不期然而然地发生了成见。后面这两种原因，前者是客观的原因，需要侦探小说作家的共同努力；后者则是主观的原因了，不是侦探小说没有文学价值，而是这些人戴上了异色镜片。程小青的这些分析是相当有道理的。小说有没有文学价值并不在于小说体裁的本身，而在于作家如何去创作，读者是否受到感染。小说在文学史上有没有地位，更不是由小说体裁所决定的，而在于小说本身在文学史上的影响以及它对文学的发展所起的作用。根据这样的标准来评判，侦探小说的文学价值和历史地位是不言而喻的。

侦探小说除了具有文学价值外，还具有其他类型的小说难以具有的特殊的功利性。他说："侦探小说除了'情'的原素以外，却还含着'智'的意味。换一句说，侦探小说的原料，侧重于科学化，可以扩展人们的理智，培养人们的观察，又可增进人们的社会经验"，"我们知道人类文明的产生和演进，不外乎两种动力：其一，由于实际需要；其二，由于好奇心"，"这好奇心的发展的程度和方向，有高有低，有正有歧，因着这高低正歧的不同，所以各民族创造能力的强弱，和民族地位的高下，也就因此决定"。既然人类的好奇心是如此的重要，又有什么理由不重视侦探小说呢？"侦探小说的成因和存在，就根据着人们的好奇心，侦探小说的情节，总包含一个重大的疑问，利用着'什么'、'为什么'、'怎么样'等等的疑问，以引动人们的好奇本能，而使他发展扩大。"程小青论及于此，谈到了我国的实际情况，他认为虽然好奇心是人的天赋的本能，因为中国家庭的教育、传统的迷信以及社会的影响，使得我国除了一部分儿童和少年以外，凡中年以上的人，大多数的好奇心，总是很薄弱的，无论什么疑问怪事，在他们的眼中均是不足为奇。长此以往，把我们的好奇心修养降到零度以后，我们民族的前途也许有些危险了！正因为如此，"侦探小说在现代的吾国，可以有相当的收获，而且有普通提倡的必要"。所谓的好奇心，也就是一种探求的精神和欲望，是科学精神的原动力，侦探小说的立身之本也就在于此。程小青将侦探小说的作用和人类的科学发展结合起来评论，当然是很有道理的。其实，程小青的这番议论和当时的文学争论也是分不开的。当时的文学界正在激烈地讨论着"为艺术的艺术"，或者是"为人生的艺术"。程小青认为侦探小说应该有它特殊的地方。他的这番好奇心的理论，实际上是为侦探小说打出了"为科学的艺术"的旗帜。

程小青是我国第一位写《侦探小说史》的人，虽然这仅仅是一篇短文，但不少观点很使人受到启发。他基本上理清了自 1841 年以来侦探小说的发展大势，明确了爱伦·坡的开创的功绩和柯南道尔集大成的贡献。他比较明确地指出我国古籍里面那些记述奇狱异闻的作品，决不能算做侦探小说，"他如流行通俗的施公案，彭公案和龙图公案等，虽已粗具侦探小说的雏形，但它的内容不合科学原理，结果往往侈述武侠和掺杂神怪，这当然也不能算是纯粹的侦探小说”。因此，我国的侦探小说的历史是从近代翻译外国侦探小说开始的。程小青有这样的见解，说明了他对侦探小说的价值和美学特征有了正确的认识。这样的认识不仅有助于他的侦探小说的创作，也使得他的侦探小说的理论研究具有相当的科学性。如果再和当时很多中国侦探小说作家把中国公案小说混为侦探小说加以评说的状况来看，程小青就更显得难能可贵了。程小青还列数了我国的侦探小说作家作品，同时他也指出：“可惜这许多作家都是‘乘兴而作，兴尽而止’，他们的努力，不久便变换了别的方向，不能始终其事。”这一方面说明了侦探小说创作具有较大的诱惑力，但又是十分艰辛的；另一方面也说明了中国侦探小说为什么这么少的原因。最后，程小青强调侦探小说是一种“化装的通俗科学教科书”，“在我们这样根深蒂固的迷信和颓废的社会里，的确用得着侦探小说来做一种摧陷廓清的对症药啊！”程小青呼吁中国作家多创作一些侦探小说。

程小青和其他中国作家一样，都是模仿着外国侦探小说进行创作的，但总觉得其他作家的作品中的侦探小说的味没有程小青的作品那么纯，为什么呢？因为他们仅仅是模仿外国侦探小说“形”进行创作，而程小青是在模仿中悟出了系统的侦探小说的美学特征，将其化为己有，并作为一种有意识的要求融化到他的小说创作中去。这就抓住了侦探小说的“神”了。程小青对侦探小说创作总结出了一系列的美学理论。他提出了侦探小说有自叙和他叙两种，但自叙要优于他叙，因为自叙者“就成了书中人物的一员，在探案时记录者也亲身经历，对于全案的事实，也往往参加动作和意见，所以他所记述的事实，也比较的亲切、真实和更有兴味”。他说侦探小说的取材逃不出“财”“色”二字的疆界，但这不是侦探小说的短处，而是它的长处，因为“世界就靠着这两个字的力量而存在的，芸芸众生的一切动作，追根究源，都是受了这两字的驱策和指挥，因此才演出种种奸佞圣善，悲欢离合的事实”。以此类推，侦探小说也就有了永久的生命力了。既然侦探小说的题材是比较固定的，“便可知侦探小说的优劣，并不在题材方面，除了想象力的灵妙与否，却在结构和描写手段的高下”。他还说侦探小说的命名应讲究含蓄性和暗示力，“侦探小说更应恪守着含蓄不露的诫条，‘什么怨’，‘什么潮’的标题，固然不适宜于侦探小说，而那些一目了然毫无含蓄的命名，也应绝对禁忌”。程小青非常清楚地认识到侦探小说的结构艺术，认为开端和结束是侦探小说作家最应关注的地方，并对自己的创作作了总结：“在我的经验中，十之六七，是先布置最后的结局的。”程小青特别强调侦探小说应表现科学的侦探术。他认为中国的刑事侦探最缺乏的就是侦探手段的科学性。他举了一个例子："我记得某城里出过一件杀人的巨案，案发以后，那个侦探因着凶手逃遁无踪，便虔虔诚诚的点了三支长香，在死者的脚上绕了几绕，又默默的祈祷了一回，希望因此可以使凶手不能走远，而自投罗网，可是那死者的灵魂，竟偶然失效，凶手到底没有自投进罗网里来！"为此，程小青专门著文介绍了足印、头发、秘密信、形态、形状等痕迹的科学鉴定法。程小青的这些侦探小说的美学理论既是对外国侦探小说模仿的一些理论总结，也是他的创作经验谈，对中国侦探小说的创作产生了极好的作用。

在中国侦探小说史上，程小青被称作为"巨擘""宗师""巨匠"等，这些称号他是当之无愧的。他给中国文坛带来了真正意义上的侦探小说，他第一次系统地总结了侦探小说的美学特征，以他的创作和理论为中国侦探小说争取到了文学的地位。更主要的是，程小青可以称得上是真正懂得侦探小说创作的中国作家。

第二节　扑朔迷离　雌雄难辨

——《舞宫魔影》解析

从文本的目的上看，侦探小说就是写怎样辨认凶手，而侦探小说的可读性就在于凶手的最后辨认往往在一般人的意料之外，同时又在逻辑推理的力度之中。侦探小说作家为了达到这样的效果，在写作过程中一方面大量地设置迷局，而另一方面又为他最后确认的结局作铺垫。他们常用的方法之一就是多线索障眼法，即设置多条近似的线索，让读者发挥自以为是的想象，得出错误的结论，而作者却指出一条读者难以置信的线索，通过推论让读者确认这是正确的。这是一种侦探小说的传统手法，在爱伦·坡和柯南道尔那里都曾大量地使用过。在中国，对这种手法使用得最为娴熟者是程小青。

《舞宫魔影》写的是广寒宫舞场红舞星柯秋心的死亡之谜。作为一位上海滩红得发紫的舞星自然有众多的社会关系，而在这些看似鲜花和笑脸的关系之中却处处显露出杀机。两位江湖无赖陈大彪、张小黑天还未黑就站在舞场门口等待着柯秋心，目的是要抢她脖子上那根被上海滩小报炒得沸沸扬扬的项链；大丰纱厂经理贾三芝为了能使柯秋心能和他亲近些，一会儿卑躬屈膝，一会儿怒气冲天，一会儿花言巧语，一会儿又恶言相对，他不择手段，哄吓诈骗样样都来，挥舞着手枪，一副不达目的决不罢休的模样；同是舞女的徐楚玉，与柯秋心有着同样丰腴的肌肉，同样漂亮的面容，同样有蛊惑力较强的媚眼，也就是因为舞姿略差一点就被人冷落于一旁，她向何秋心迷人的舞蹈丢去了冷冷的眼光；还有那位文学家杨一鸣沉迷于柯秋心的舞姿，偏要邀请她陪他们新婚夫妇同去普陀山度蜜月，为了达到目的，他竟将自己新婚的定情戒指送给了柯秋心，而这一举动又偏偏让新娘爱美知道。爱美午夜气冲冲地去寻柯秋心……在这些线索的交织下，柯秋心死了，而且确认为是被杀。谁是凶手呢？这些人都有动机，而且都来过现场。在拘捕贾三芝时，贾三芝竭力拒捕；在初审中，杨一鸣夫妇分别承认是他们所为；柯秋心的侍女小莲却确认是陈大彪、张小黑干的；在关键的时刻，舞女徐楚玉却又失踪了。读者确认任何一条线索中的任何一个人为凶手似乎都是“合理”的，但作者却指出了一条别人难以置信的线索，凶手是柯秋心的表哥王百喜。这的确出乎读者的预料之外，作为柯秋心的监护人，一位处处关心着柯秋心身体健康的，一起来到上海“打天下”的最亲近的人，同时，又是依靠着柯秋心的舞女生涯而生活的人，于公于私都不应该是他杀了柯秋心。但作者摆出的理由是令人信服的，这位自称是柯秋心表哥的王百喜其实是一位在精神上和肉体上束缚柯秋心的“魔鬼”，柯秋心只不过是他赚钱的奴隶。为了赚钱，即使是柯秋心身体有病，王百喜也不放过她。这样的信息，作者在柯秋心出场之后就反复地暗示，柯秋心在多种场合说明自己对自由的渴望和无奈，以及为争取自由而准备付出任何代价。柯秋心死于此人之手的确是最合理的。

《舞宫魔影》的传统型的特点，还表现在对私人侦探的刻画和整部作品的谋篇布局上。和杜宾、福尔摩斯一样，霍桑在整个事件的侦破过程中表现出了超乎常人的智慧和神勇。他不被表面现象所迷惑，能够在复杂的线索之中保持着清醒的头脑；能在意想不到之处获取证据；他论辩时逻辑紧凑，十分有力，行动上亦十分敏捷；每当大家束手无策时，他的出现都给人带来新的希望。与他相比较的是那些官方侦探，他们思维简单，行动迟钝，常为小利而大喜，他们每前进一步均依靠着霍桑的启发。小说采用的是先设悬念后释疑的惯用手法。小说一开始就让柯秋心处于危险中，似乎处处均有向她伸来的魔爪，读者始终处于为她的安全担心之中。小说结束之时，让所有的涉嫌者作为听证人，读者和这些涉嫌者一样处于不安之中，最后在霍桑的指点下，点出了那个看似最应受到同情的人为凶手。读者和涉嫌者在意料之外自然会产生众多疑问,随着这些疑问被一一剖析,涉嫌者解脱了,读者也就在其中产生阅读快感。这种写法在侦探小说之中,我们是常常看到的。

的确,《舞宫魔影》有着较强的模仿的痕迹,但程小青毕竟是中国的侦探小说家,小说之中处处显示出中国的时代特征。舞场作为中国二三十年代社会风气的窗口,在这里面寻找故事本身就有很强的时代特征。而那些出没于舞场的小职员等人,从本质上说还属于平民阶层,他们的行为举止也传达出本土的气息。程小青很善于写人物,他笔下的人物性格比较鲜明,这在通俗文学作家之中是不易的。柯秋心对现实生活顽强拼搏,却又无可奈何;杨一鸣对情爱一片痴心,却又懦弱无能;贾三芝的凶暴狠毒、陈大彪的粗鲁无赖、王百喜的狡诈虚伪……都给人留下了深刻的印象。这篇小说中,作者还十分注重对人物心理的刻画。柯秋心一方面被杨一鸣的真诚所打动,另一方面又不愿讲出自己的身世,那种调侃于口,感动于心的心理表现得很生动。同样,杨一鸣一方面对柯秋心痴心痴情,另一方面却又有愧于妻的心理,在他既想脱下手上的定情戒指,而又迟疑不决的举动之中表现了出来。

《舞宫魔影》是外国的侦探小说模式移植到中国来的一篇成功的作品,其中也不乏中国的本土的色彩。

第三节　龙虎相斗　以智取胜

——《潜艇图》解析

当柯南道尔正在塑造他的福尔摩斯的时候,勒白朗也正在塑造他的亚森罗苹,前者作为一位超乎常人的机智的私人侦探,后者却是横行于巴黎的机灵的巨盗,他们都成了家喻户晓的人物。如果让福尔摩斯去对付亚森罗苹将会出现什么结果呢?显然引起了小说家们和众多读者的兴趣。再加之,勒白朗曾写过《福尔摩斯别传》和《犹太灯》等小说,让福尔摩斯在亚森罗苹的支配下团团转失去了原有的智慧的光芒,而亚森罗苹的形象却显得十分高大。这就更使得那些“福迷”们忿忿不平了,程小青也是其中之一。为了表明自己的态度,程小青在民国初年就写了为福尔摩斯翻案的小说,发表在《小说大观》上,但小说是文言所写,影响并不大。到1942年,他寻到了旧作,嘱其女将作品改为白话文,他又将作品彻头彻尾地改了一遍,发表于1943年的《紫罗兰》上。小说的总名称叫《龙虎斗》。

《龙虎斗》共写了两个案子。第一个题名为《钻石项圈》，写福尔摩斯和亚森罗苹围绕着一串价值5万镑的钻石项圈斗智斗勇。福尔摩斯从英伦远赴巴黎破案，使失主失而复得，而亚森罗苹也终于被系狱中。小说的结尾是：巴黎警署侦探部长甘尼麦来电："今夜十二时罗平忽越狱逃走。现在正加紧侦缉中。甘尼麦。九月十日上午一时半。"于是又引出了《龙虎斗》的第二个故事《潜艇图》。《潜艇图》是写俄国人瑟佛考夫要将自己设计的潜艇图卖给英国政府，亚森罗苹利用这件事对福尔摩斯开展了报复的行动。私人侦探和巨盗之间展开了一场殊死的搏斗。

写福尔摩斯和亚森罗苹的搏斗显然是侦探小说的一个好素材。然而，人们对这两个人太熟悉了，贬甲褒乙，或贬乙褒甲都会引起人们的不满，关键在于对这两个人物如何把握。程小青是这样认识这两个人物的："如果福尔摩斯是一条'非池中物'的蛟龙，罗苹也仍不失为'吼啸生风'的猛虎。"〔1〕于是，这条龙和这只虎在他的笔下展开了一场惊心动魄的斗智斗勇。亚森罗苹大智大勇，却疏于一漏。他敢于赶到伦敦来当面斗智于福尔摩斯；他能够化妆成瑟佛考夫当面调侃于福尔摩斯；他不断地写信给福尔摩斯恣意地戏弄他；他将图纸副本送到海军部当面给福尔摩斯出丑……他似乎处处站于主动的位置上，牵制着福尔摩斯，然而，他却没有想到仅仅是他桌前一张铺开的报纸成为了他严密计划中致命的漏洞。福尔摩斯处乱不惊，胜在精细。他在几次短兵相接中处于劣势，然而，不管事态发展到如何的地步，他的冷静、自信和严密的思维习惯均没有一点改变，他像一位老练的拳击手在处处被打之中冷静地寻找着对手致命的空档。终于，他从别人难以注意的一些琐碎的细节之中抓住了整个事件的根本，纲举目张，他获得了成功。亚森罗苹并不笨，福尔摩斯也非绝顶聪明，两人旗鼓相当，胜负在一筹而已。

这部作品写于民国初年，改于40年代，是作者自我感到比较满意的一部作品。到40年代，不仅是小说创作已经成熟，程小青也写了不少侦探小说的创作体会，他的"侦探小说观"也基本成型。这些观念在这部小说中得到了比较充分的展现。对福尔摩斯和亚森罗苹的塑造，程小青是这样评价的："道尔氏笔底的福尔摩斯无论怎样智能超群，究竟还是一个'人'，但勒勃郎氏所写的亚森罗苹却像是个'超人'了。"〔2〕作者认为侦探小说不写神奇的人物是不可能的，问题在于写出来的人物要使人觉得真实可信，其中有一

〔1〕〔2〕 程小青：《龙虎斗·引言》，《紫罗兰》第6期（1943年6月）。

个最起码的标准，就是写出来的人不可能是十全十美的。福尔摩斯有着超人的推理能力，只要推理符合合理的逻辑就能产生出惊人的效果，但是，如果对方的行动超出了他的思维范围，他就会失误。他认为“他（罗苹）既偷到了图，没有理由再这样冒险（化妆成瑟佛考夫要弄福尔摩斯）——无论在理论或实际上都没有这个必要”。然而，事实上，罗苹就这么做了，福尔摩斯就必然要失误。可是，福尔摩斯毕竟“智能超群”，他能捕捉住正确的信息，而且能马上调整自己的思路，去追踪合理的答案，最终取得了令人信服的胜利。亚森罗苹同样如此，他的超乎常人之处就在于他的胆大和精明上。但是，雁过留毛，兽过留迹，正如福尔摩斯后来所总结的：“幸亏他究竟不是全智全能，在不知不觉中给予了我不少线索，终于落进了我的掌握！”合理的写人，是程小青写侦探小说所奉行的原则。侦探小说是十分讲结构整齐情节连贯的小说文体，程小青曾多次谈到这是侦探小说的特点，也是侦探小说的难点。他称赞柯南道尔的笔调非常缜密而优美，认为他的作品具有“意识的纯正、结构的紧密、布局的谨严、对白的句句有力、人物个性的渗透和前后脉络的贯串”的特点，他也批评勒白朗的作品：“它的开头‘奇突’到结束往往任其自然，都没有合理的解释——甚至完全没有解释。结果奇突终于奇突，不免陷进了带着科学面具的神怪圈子。”[1]在《潜艇图》中，小说的情节几乎一环扣着一环，读者的每一个可能出现的疑问，他都给予了合理的解释，小说的结构几乎做到了滴水不漏。在小说之中，福尔摩斯展现出了捕捉信息的惊人的才华，对方的一举一动都成为了他的合理推理的根据。程小青认为科学的侦探本就应该从一些蛛丝马迹入手，一个足印，一根头发，一封信，一摊血迹往往是破案的关键。福尔摩斯能捉住亚森罗苹，就因为他捉住了罗苹桌面上一张摊开的报纸，一丝慌乱的眼神和一个反常的收报纸的举动。这些细节的捕捉既表现出福尔摩斯的精明，又能给案情的侦破一个合理的解释。

作为一篇改作的《潜艇图》是可以作为作者多年创作总结来看待的。

〔1〕 程小青：《龙虎斗·引言》，《紫罗兰》第6期（1943年6月）。

第五章 反侦探小说家：孙了红

第一节 中国的“勒白朗”
——致力于犯罪心理的曝光

孙了红在中国侦探小说史上的贡献是和程小青不分上下的。孙了红(1897—1958)，原名咏雪，小名雪官，祖籍浙江宁波鄞县。光绪年间，其祖创设孙广兴钟表店于上海棋盘街(即今上海广东路河南路之间)。其父孙友三，擅长国画，善画青松，又名孙松，别号问坡轩主。[1] 孙了红不像其他通俗文学作家那样，有一个创作的圈子，或者是某一个社团中人，他似乎是一个闯入当时通俗文学创作圈子里的外来户，类似通俗文坛的独行侠。他最初涉足文坛大约是在1925年，此时，他参加了大东书局出版的《亚森罗苹案全集》的白话翻译，并在《侦探世界》上发表了侦探小说《傀儡剧》等作品。在《傀儡剧》等作品中，孙了红向中国读者介绍了号称“东方亚森罗苹”的侠盗鲁平。此时，大概属于他崭露头角的时期。40年代初，他是通俗文学重要刊物《万象》的主要撰稿人，在上面发表了一系列的侦探小说，这是他创作的高峰时期。1945年，他在北平创办了《大侦探》杂志，也是该刊的主笔，后因病辞职。1949年之后孙了红的行踪，据金箭先生于1993年6月7日的《新民晚报》上著文作如下记述：“1952年，由范瑞娟、傅全香领衔的东山越剧团在丽都戏院(贵州路北京东路口，今黄浦区物资商场)演出，孙了红的名字首次在该团海报上出现。他以太平天国忠王李秀成的事迹新编了历史剧《万古忠义》。接着1953年他正式参加了由丁赛君、筱月英领衔的天鹅越艺社任编剧，编演的剧目有《三不愿意》、《谪仙怨》等，均在卡尔登戏院(今长江剧场)公演。我就是在卡尔登与他一见如故的。翌年，了红先生咯血，住凤阳

〔1〕 以上所述孙了红情况参见卢润祥《关于孙了红生平的发现》一文，《神秘的侦探世界》第188页，学林出版社1996年版。

路同济医院（今长征医院），出院时由我接往我家小住，调养了一个多月……后来，了红先生因病无法编写大型剧本，与剧团若即若离，经济更受影响。适有《新闻日报》副刊请他编写连载惊险小说，他即以《绿色之烛》应之。他写得较为拘谨，不似过去写侦探小说时的豪放。写作过程中经常咯血，我去时，常自嘲为'昨天红墨水瓶又打翻了'。他写稿常不用稿笺，日历背面、香烟壳上，随手捡来，即行着笔。有时报馆来人催稿，临时一挥而就当场付与……1958年，了红先生又病倒。我因故迟了个把月才去他家探问，不料孙先生已与世永诀了。"关于孙了红的个人生活和形象，《万象》杂志编辑人陈蝶衣在1942年第12期《万象》杂志上曾作如下介绍："了红先生实在是一个了不起的天才——也是中国唯一的反侦探小说作家。他的个性和英国的侦探小说家依茄华雷斯（Eager Wallace）有些相像：不修边幅，金钱到手辄尽，爱过漂泊的生活；他结过婚，但是没有妻子，却又有一个名义上的儿子。了红先生就是这样奇特的人，也就是由于他的奇特，在他的笔下便产生了一个神秘莫测的小说人物——侠盗鲁平……了红先生的作品有一个奇特之点，就是在鲁平诸案之中，鲁平始终是不出面的人物，这在侦探小说中是一种创格。了红先生不但思维敏捷，而且在他的作品中，充满着一种冷峭的讽刺能力。这样的一位天才作家，却不幸生长在中国，于是像依茄华雷斯成名后那样的有三座住宅，以及一百多个佣人侍候着的豪华生活，永远成为梦想，这是大可慨叹的事。"孙了红后期的形象和行为，金箭先生在文章中是这样回忆的："先生中等身材、其貌不扬，背微弓，不修边幅，但工作却认真负责，对剧本与字幕中的错别字等常严肃指出，帮助改正，深得同事们的尊敬。"

"新鲜"总会使人刮目相看的。别人以侦探为主体，他是以侠盗为主体；侦探破案为了正义，侠盗破案却常揩油沾光；侦探破案正大光明，侠盗窥情却不择手段。和中国其他的侦探小说家走"福尔摩斯—华生"的路不同，孙了红学习的是法国作家勒白朗的《亚森罗苹奇案》的创作模式，在中国塑造了一个"东方亚森罗苹"鲁平的形象。

孙了红的创作比较明显地分为前后期。前期主要指他的20—30年代的创作，后期则是指他40年代的创作。

当勒白朗的《亚森罗苹奇案》陆续见于中国的各种杂志上时，就引起了中国作家的极大的兴趣，很快就在中国文坛上造就了大批的模仿者，孙了红也是其中之一。《亚森罗苹奇案》最明显的表象特征是"反侦探"。作为侠盗的罗苹所做的事都是法律所不允许的，为了达到目的，罗苹的行踪自然就带有很浓厚的神秘色彩。这样的形象定位具有很丰富的游戏性质。应该说当时中国的模仿者看中的也就是这样的性质，其小说的创作也就在这个水平上。孙了红最初的创作也不例外，只不过在细节处理上显得更合理些。

表现神秘莫测的一个重要的手段是变化。这个手段在勒白朗的《亚森罗苹奇案》中运用得很充分，中国作家将其接过来运用到了不可思议的地步。何朴斋在当时也写了不少“东方亚森罗苹案”，他有一篇小说叫《草屋》，写的是一位名叫邝富东的华侨富商受到鲁宾的敲诈，要求5万元作为捐款，侦探长狄敏受命保护，但邝富东还是被鲁宾绑架了。保护虽然失败了，狄敏并不沮丧，因为他已发现邝富东是假的，他的真正身份就是鲁宾。狄敏带领着警察厅长海奇士去一个草屋去抓鲁宾。一行警察进入草屋没能抓到鲁宾，却发现桌下绑着一个人，仔细一看却是狄敏。那么，刚才带路的狄敏又是谁呢？回头一看已不知去向。原来刚才带路的“狄敏”是真正的鲁宾。这部小说左一变化，右一变化，显得十分热闹，读者的阅读思维不断地发生转折，也显得十分有趣。但是，仔细地推敲一下就发现小说中的这些变化极不合理，成天在一起的警察同事竟然发现不了对方是假的，鲁宾实在太高明了，而众人亦实在太蠢笨了。孙了红也以变化作为塑造他的人物形象的主要手段。他的小说《眼镜会》是写一群珠宝商人为了比赛谁识宝能力强，均戴上墨色眼镜来识辨别人的宝物，凡识辨错误者都被主人拉着耳朵趴在地上学三声狗叫，结果众人都辨错了，都被拉着耳朵学了三声狗叫。正在大家玩得高兴的时候，来了一位巡警，他说：刚刚接到通报鲁平已来到这里，而且就在你们之中。听到这个消息大家都慌了神，互相打量了起来，结果发现每人的耳朵上都有两颗红痣（鲁平的耳朵上有两颗红痣），互相猜疑了起来。此时，巡警出了一个主意，让大家把珠宝都拿出来交给主人保管，让鲁平无法盗去珠宝。众人按吩咐照办了。正在这时忽然听到屋子内传出了呻吟声，众人跑进屋一看，发现主人被捆绑在屋内，临街的窗户已被打开了。再看刚才那位主持游戏并且拿着大家珠宝的主人已不知去向，大家知道被鲁平骗了，只得垂头丧气地随着巡警走出门外。待巡警走后，内中一人说：我们又被骗了，装扮主人的人只不过是鲁平的同伙，真正的鲁平就是那位巡警，他已经看破了巡警是假扮的，只不过不愿得罪他而不说出来而已。这部小说也是建立在“变化”的基础上的，但根基要扎实多了。众人为什么没有能看出主人是假扮的，因为大家都戴着墨色眼镜；众人又为什么耳朵上都有两颗红痣，因为都被假主人拉过耳朵。显然，作者在使用变化手段之前已作了相当精心的铺垫。尽管如此，作者还是特意留下破绽，让鲁平的真实身份被识破出来，说明除鲁平之外，还有聪明人在。作者的这些填补漏洞的做法看上去只是些技术性的处理，而且人工雕琢的痕迹也比较浓，但是，我们可以从中体会到作者正努力使他的小说情节更加圆满，阅读起来更加可信，其创作态度是十分认真的。这是一个十分好的创作起步。

罗苹是双重身份，他既是侠士，又是匪盗。侠士是隐性的，它要依靠罗苹作案对象和作案目的的阐述让读者领悟出来；而匪盗是表象的，它是由罗苹的作案手段表现出来的。侠盗小说不仅要写出侠盗作案手段的有趣，还要写出侠盗作案的意义，侠盗作案的意义写得不好，侠盗就只有匪盗气，这是有损于侠盗小说的价值的。此时，中国写侠盗小说的作家却没有能正确地处理好这两者的关系，他们只注重有趣，而忽视了意义。侠盗一骗再骗，频频得手，不但那些被骗者无法躲避，就是那些官方警探也是蠢笨无比，只是侠盗捉弄的对象。然而要问这些侠盗又为什么要作案呢？为什么要捉弄官方警探呢？小说中没有一点暗示。侠盗小说的基本要求孙了红是明白的。和其他侠盗小说作家不同，孙了红的作品中基本上不去捉弄官方警探的。但是，怎么使侠盗小说的意义表现出来呢？看来，此时的孙了红也没有能找到最佳的途径。此时，他有篇小说叫《计》，小说写官方警探设了种种计谋竟把鲁平给活捉了。小说中的鲁平是艺高胆大，但盗匪气十足。此时的鲁平有一个非常完备的党部组织，而且专门有一个谍报科："谍报科的党员大都十分灵活机敏，此辈平时散布于上中下各级社会，专司探访的工作，一经探得新奇事项立刻报告于该科主任，复由主任按着事情的大小轻重分别报于首领鲁平，所以当时社会上有一句口号叫做'社会有鲁平，社会无秘密'，于此可知鲁平对于外界一切原是无所不知的。"这一番介绍，鲁平也就成了黑帮的首领了。鲁平不仅具有黑帮的色彩，而且行为举止均如土匪，如窃贼。他接到了谍报之后，毫不冷静，而是勃然大怒；潜行案发现场时，身带着"贼袋"，鬼鬼祟祟地向前探路，就像个窃贼进入民宅；逃脱不了时就干脆大声吆喝着挺身站出，勇敢的气概之中又透出匪气……这样的人物显然是不符合侠盗的标准的。仅是写一位精明的盗匪又有什么意义呢？孙了红干脆就让他被官方警探捉获了。侠盗作案时竟被官方警探所捉获这是不符合侠盗小说的最基本的要求的，孙了红不会不知道，只能说明他在道德观的压迫之下显示出的无奈吧！怎样使得侠盗小说的趣味性和道德观相一致呢？

这是当时中国的侠盗小说家们均未能解决的难题。它也逼迫着孙了红不得不作积极的思考。

此时，孙了红的小说的情节都比较简单，没有他后期的小说所有的复杂性和纵深感。但是，和中国其他的侠盗小说比较起来，还是有着较强的可读性。孙了红是很善于揣摩人物心理的，他总是以此来调度小说的情节，并以此来作为小说立论的依据。《眼镜会》中鲁平之所以能得手，是因为他看准了这些珠宝商人虽然彼此很熟，但彼此的猜疑心又最大；同时，他也算准了他们即使认出他来，为了保他们的生命家财也不敢指认。同样，《计》中官方警探之所以能捉获鲁平，也是揣摩到鲁平不愿受冤屈而又目中无人的心理。从鲁平这样的心理出发，官方警探就设计引其出洞，为了有把握地捉获鲁平，他又根据鲁平哪里越有危险就越往哪里去的冒险心理，故意在埋伏的地方发出响声，让其上钩。这样的心理设计就要比单纯的情节安排好看多了，不仅给小说中的很多疑问提供了合理的解释，也给读者一些启示。孙了红也很善于给他的小说营造神秘恐怖的气氛，小说的情节虽然简单，却也有扑朔迷离的效果。例如，在小说《计》中作者这样写西山路114号的："每当傍晚时候，有人经过这西山路时都听得一种轧轧轧的声浪，随着晚风隐隐吹入人耳。这声音略似工厂中的机器声，又像近处天空中有飞机盘旋而过似的。距离西山路尽头约三四百码有一条和西山路交岔的道路名唤金城路，那边一带居民也都听到这种轧轧的怪声，并说这种怪声至多每隔三五天必发生一次，自傍晚起始，越到夜深越是响得厉害，直要等到天将发亮方始渐止。居民还说他们不但听到轧轧的机器声，有时在那夜深人静的时候不时还听得近处有种种的歌唱声、音乐声和人们的喧闹嬉笑声，杂然并作，午夜梦回，枕上凝神细听，各种声音都是清清楚楚的……"就在这种神秘恐怖的气氛中，发生了一件怪案。孙了红在他的小说之中不断地穿插这些描写，使读者始终处于阅读的紧迫感之中，从而吸引住了读者。

孙了红写过言情小说，如《最后一幕》、《烟嘴》等，也写过滑稽小说，如《电话中》等，但这些小说均被淹没在其他作家大量的同体裁的创作之中了，没有什么特色。当侠盗小说进入中国之后，他很快就放弃了其他体裁的小说创作，专门创作侠盗小说。无可讳言，孙了红的侠盗小说的创作也和中国其他作家一样，是从模仿中起步的，但从他起步之时起，他在这类小说的创作上，就显露出独有的天赋，再加上他坚持不懈的努力，也就使得他成为了中国侠盗小说的一流作家。

孙了红后期的作品成功地解决了两大问题,一是侠盗小说的趣味性和价值观的关系;二是给了鲁平一个正确的定位。

孙了红首先明确了小说中受害者的身份基本上是两种人,一是靠囤积粮食或人民生计急需物质发财的投机者;一是那些发不义之财的暴发户。这两种人是当时中国的老百姓最憎恨的人。作者曾用讽刺的口吻说过:"鲁平生平很崇拜英雄,尤其对于善能运用各种魔术取得别人血肉以供自身营养的那种人,他都具有由衷的钦佩。"(《蓝色响尾蛇》)鲁平对付这些人的手段是不光彩的,或者是绑架,或者是敲诈,或者是蒙骗,或者是偷盗。鲁平捉弄他们,为盗取他们的财产用尽了一切手段。鲁平所做的一切都是盗匪的行为,但读者并不以他为盗匪,反而将之作为惩恶除霸的侠客,成为替老百姓出气的一种英雄,道理很简单,鲁平所惩治的那些人均是老百姓心目中的恶人。其次,孙了红给鲁平套上了一个道德的光环。鲁平对金钱的嗅觉似乎特别的敏感,哪里出现了不义之财就必然会出现鲁平。在鲁平手上,这些被敲诈来的钱都有了很光明正大的用途,或者是捐助慈善机构;或者是赈灾救难;或者是帮助朋友;或者是分还给受难者。不义之财人皆取之,对鲁平取这些恶人的财,人们本来就抱着赞许的态度,而他又把这些财再散出去,扶济穷人,就更使人赞赏和钦佩了。孙了红后期的侠盗小说中的手段和结果,要求和目的之间有着鲜明的反差,鲁平的作案从邪恶开始到从善告终,使得他小说中的趣味性和价值观得到了很合理的平衡。孙了红是相当聪明的,在提高他的侠盗小说的社会价值观上所作的更动并不大,只不过明确了作案对象的身份和钱财的分配去向,但取得的效果却是相当好的。因为他所做出的这些努力正符合中国老百姓的文化心理。虽然已进入了民国,中国老百姓心目中的法治意识是十分淡漠的,他们心目中崇拜的人物还是两种人,一是判事如神的清官,一是杀富济贫的好汉,特别是在没有清官而又无所依赖的时候,好汉的形象就显得十分高大。纷乱的现代中国社会正是老百姓最期待好汉的时候,孙了红对他的侠盗小说所做的这些更动怎么能不受到欢迎呢?

孙了红后期小说中的鲁平只是个单枪匹马的独脚大盗,只是在万不得已的时候才出现一两位助手帮忙,而不像前期小说那样把鲁平塑造成具有严密组织的黑帮首领。这一改动给鲁平形象带来的最大好处是他摆脱了个人和小集团利益的色彩,而更多了为大众为社会服务的素质。前期小说中的鲁平只是个艺高胆大的匪盗和窃贼,喜怒哀乐皆表现在外,但处事小心,临危不惧，匪气和豪气集于一身，颇有点传统的山大王的气概。后期小说中的鲁平，那种匪气和豪气都没有了，作者更多赋予他的是智慧和胆略。《窃齿记》是孙了红的一部优秀的侠盗小说。靠囤米发财的“米蛀虫”黄传宗突然暴死，经法医鉴定是中毒而死，但却无法找到下毒的证据。聪明的鲁平对此案作了精心的调查，也是茫然无绪。直到一天，鲁平听说了死者曾在死前一星期镶过一颗牙，由死者的内侄牙科医师周必康镶的。再经过调查，鲁平侦察出周必康和死者新娶的六姨太有着暧昧的关系。于是，一个推论在鲁平脑中形成了。歌舞厅中，一场智慧和胆量的较量开始了，鲁平既无刀枪，更没有什么“贼袋”，凭着一支雪茄，一杯咖啡和一张利口，和他的助手进行了一番黄传宗死亡经过的严密的推断，邻座上是牙科医师周必康和死者新娶的六姨太李凤云，他们被一个无名电话邀请而来，心惊肉跳地旁听着那一番推断。鲁平并无真凭实据，完全是依靠对方的神态展开了他的思维空间，鲁平超人的智慧和揣度心理的领悟力得到了最充分的展现。而那对青年男女欲听不忍，欲罢不能的情态和举止，作者描写得惟妙惟肖，他们始终拿不准鲁平是否具有真凭实据，拿不准鲁平是否认识他们，终于不得不向鲁平投降。小说的结尾也是耐人寻味，鲁平已经明确这对青年男女就是谋杀黄传宗的凶手，但并不想将他们交付法庭，因为：“一个人杀死一条米蛀虫，那是代社会除害，论理该有奖励的。”敲诈来的三枚钻戒，鲁平将它们送给了被生活所迫而做舞女的张小姐，让她受到一些较高的教育。写智慧和胆略，而不写刀枪和“贼袋”，增加了小说情节的曲折，提高了阅读兴趣，也给鲁平形象增添了现代色彩。

在后期小说中的鲁平形象，作家几乎没有详细的描绘，只是反复地指明他的耳轮上有一颗鲜红如血的红痣。这颗红痣是他的形象的标志，也是他人格的保证。在办案的关键时刻，当人们对这位不速之客的身份发出疑问时，他常常会把耳朵上的那颗红痣指给人家看，这一看，往往会引起一阵惊呼，一切均在不言之中了。甚至在一些作品中，他的名字都不出现，这颗红痣就代表着他的存在。每当当事人担心能否将秘密告诉他时，这颗红痣也往往起着神奇的作用，它是鲁平名誉和身份的象征，也是他人格的保证。不写人的长相和衣着，只写他的那颗红痣，这是作者精心设计的妙笔，它突出了人物神出鬼没的神秘感，也反映出人物的稳健和扎实的处事作风，给读者留下了很深的印象。

鲁平思维敏捷，大胆机警，常常在意料之外获取意料之中的成功。可贵的是作者并没有把他写成一个神，而是力图将其写成一个人。作者是这样介绍他的："一般人的印象，一向都以为这个拖着红领带的家伙——鲁平，为人神奇得了不得，这是错误的。其实，他不过比普通人聪明点，活泼点。但至少，他还是人，不是超人，他的神经，还是人的神经，并不是钢铁。"(《蓝色响尾蛇》)怎样才能将笔下的侦探主角写成一个"人"，关键在于作家如何把握人物的"神奇度"。程小青对霍桑的形象塑造把握得相当成功，孙了红对他的鲁平也把握得相当出色。1943年，孙了红在《春秋》月刊上发表了《木偶的戏剧》，这是孙了红写鲁平和霍桑斗法的作品。围绕着吴道子的一幅名画，大侠盗和大侦探展开了一场生死之争。小说重点写了鲁平如何突破霍桑等人的追捕逃脱了出来，颇有神奇的成分，但仔细一推敲，就发现鲁平神奇得颇有道理。此时的霍桑是保画重于捕人，而鲁平却处处以毁画作为威胁对方的法宝，终于使他有惊无险，顺利逃脱。在侦探小说中，侦探主角不神奇是不可能的，关键在于他的神奇是否合情合理。成功往往都很偶然，但是偶然之中却又蕴含着必然。此时，孙了红还创作了一部小说，叫《鸦鸣声》。这部小说的最后是写鲁平和姚朴庭斗智。姚要求鲁平在一个小时之内在他家三间屋里查出赃物来。对于这么一个陌生的环境，要想在一小时之内查出赃物来，那是实在太难了。果然，鲁平失败了，在规定时间内，他没有看出什么破绽来。于是，他就运用了惯用的狡诈的手法，把姚朴庭调出房间，自己再偷偷溜回来细查，可是，还是没有达到目的，鲁平到了此时真的是绝望了。妙的是此时鲁平忽然抬头看见几只四处盘旋不肯回巢的乌鸦，一个念头像闪电般地劈开了他的困惑的脑袋：乌鸦不肯回巢，自然是有东西在它的窝中。爬上去看，果然得手。这个例子说明，鲁平并不是处处料事如神，他有时会失败得很惨，然而，最后他总是胜利者，这个胜利的取得并不是他的先知先觉，而是他的精细的观察和准确的判断，偶然存在于必然之中。一半是魔鬼，一半是天使，他不是正义的化身，却是正义的保证；他不是叫人仰视的圣人，却是叫人放心的凡人；他的生活似乎与众人隔得很远，他的思想却又和芸芸众生们贴得很近。这样的人，人们怎么能不喜欢呢？

孙了红的作品是以勒白朗的《亚森罗苹奇案》为模式的，他开始的人物塑造总是不自觉地受到模仿对象或中国传统人物的牵制，总是不自觉地要顺着他所熟悉的路走。后期的小说中，他真正掌握了小说中人物的命运，他已经能随心所欲给他的人物定位。这样的定位打上了孙了红自己的印记。能够真正掌握自己小说人物的命运，程小青是这样做了，孙了红也这样做了,中国其他侦探小说作家又何尝不想这样做呢?这除了对作品中的人物相当熟悉之外,还需要对自己的创作充满着自信。要做到这一点当然需要作家孜孜不倦的追求,更需要的还是个人的文化修养及其素质。

孙了红最初创作侠盗小说的时候,一点也不直接涉及当前的时事,只是写鲁平怎样一次又一次地巧妙地作案;到40年代初,孙了红的作品比较明确地表露出对奸商和一些不法分子的不满。到了抗战结束后,孙了红对时政和社会的透视有所增强,在这个时期创作的《蓝色响尾蛇》中,作家对抗战后的局势的混乱表示了不满,对美国大兵的酗酒胡闹,接收大员的投机取巧都表示了讥讽和批评。但是总体上说,孙了红的作品反映的生活面并不广阔,主要是对上流社会的黑幕曝光,作品中的人物主要是上流社会中人,很少涉及中、下层社会的人物。从这方面来说,他是不及程小青的。然而,孙了红之所以称得上是中国的一流的侠盗小说作家,自有他独特的魅力所在。

孙了红的作品并不以广阔的社会为背景,而是在曲折离奇的故事叙述中,展示出深厚的文化意蕴来,给他的作品带来了一定的深度,读来意味深长。在后期的小说中,他对小说的价值观作出了合理的调整,自然也就开拓了两大文化空间。“杀富济贫”符合中国传统的文化观念,就能得到广大读者的认同,在这个领域内作者可以左右驰骋,一切不法的手段都会得到读者的默许。为了使得鲁平的行为得到更为合理的解释,作者又把小说引向了另一个文化空间,即:因果报应。小说中的受害者都是些恶人,被鲁平敲诈去的钱都是些不义之财,他们得到的这些惩罚不值得同情,只是一种报应。在这个文化领域里,鲁平的形象就更带有点神圣的意味了。在这个文化领域里写得最成功的一部小说是《血纸人》。“杀害了人家的,结果难逃被人杀害的惨报!”“因果间的关系,如同形影一样,世间绝没有离形独立的影,也绝没有远离影子的形。”凡读过这部小说的人,都不会忘记这两句警句。小说中的人物就像被因果报应的巨大魔手操纵了一般,上演着他们各自的角色,而鲁平就像拿着神鞭的姜子牙把他们一个个送上应有的位置上去。读孙了红的作品常给人一种震撼力,就在于他把曲折离奇的情节建在中国传统的文化观念和伦理道德的基础上,建立在中国人做人的行为规范上。就像《血纸人》所宣扬的因果报应的思想,恶有恶报,善有善报,不是不报,时间未到,时间一到,立刻就报。中国人大概都会以此来规划自己的言行吧。孙了红的这些作品对中国侦探小说的发展来说有着重大的意义,它标志着中国侦探小说趋向于本土化,走向成熟。任何一种文学作品能够在一个民族内生根发展,并不在于它的表现形式有多么大的变化,这只是一些外在的表现形态而已,真正的成熟在于它能否和一个民族的文化精神糅合在一起。如果不能糅合,外在力量再强大有力,它也要萎缩下去;反之,以民族的文化精神作为文学发生发展的土壤,它就会生机勃勃地发展下去。侦探小说从清末民初引进以后,很多作家都为使它中国化而大费脑筋,但都收效甚微,孙了红作出的贡献最大,效果也最好。每一个中国人都会从作品中观照自己,反省自己,这样的作品就会在中国具有强大的生命力,产生出震撼人心的力量来!当然,我们也应该看到,孙了红取得的成绩除了他个人的努力之外,他也沾了不少侠盗小说题材的光。程小青走的是正宗的侦探小说的路子,强调的是法律观念和法治意识。但由于中国人的法律观念和法治意识的淡漠,读他的小说总觉得隔了一层。孙了红的侠盗小说走的是反侦探的路子,没有法律观念和法治意识的束缚,要使小说得到读者的认可,小说取得积极的社会意义,就只能在中国人道德行为规范的层次上寻找根据。这样的小说,中国人读起来自然就亲近多了。

和程小青的侦探小说的风格不同,孙了红的作品不讲究现场勘察和实事推理,他善于通过心理分析,追寻犯罪事实,探究罪犯真凶。从心理分析之中寻找出为什么来,这也是他的作品引人入胜的一个重要的原因。利用心理分析构造小说的情节一直是孙了红小说创作的特色,在他前期的小说创作中就有不少成功作品,这一长处在他后期小说中继续保持着。《窃齿记》就是完全建立在心理分析上的一部杰作。小说情节的设计以及情节的开端、发展、高潮都是根据人物的心理以及人物心理的变化而进行的。值得提出的是孙了红的后期小说已不满足于利用心理分析构造小说的情节,而是着重分析犯罪心理,小说揭破的一个个案件,实际上是人的心态的一次次曝光。黑幕被揭开了,但究竟是谁之过呢?大概已不是道德败坏所能概括的了,作者促使着人们向更深层次思考,要求人们在扭曲的心态中寻找答案,在人欲横流的现实社会之中追溯原因。无钱就要被人鄙视,自然就要不择手段地弄到钱,就是谋财害命也不顾(《鬼手》);既然你用不义的手段弄到不义之财,我又为何不能用同样的手法,让你交出别人的血汗钱呢?这些做法只不过是以其人之道还治其人之身,是你咎由自取(《血纸人》);就因为有了钱就可以随心所欲地囤积粮食、囤积女人,为了个人的幸福,难道就不能及早地根除这样的行为吗?(《窃齿记》)……人的心态已被残酷的现实扭曲变形了,人欲横流的物质世界才是犯罪的真正的温床。鲁平和霍桑不同,他不是侦探，只是一个“侠盗”，他并不需要将罪犯绳之以法，而只要揭破犯罪事实就可以了。如果作品仅仅停留在犯罪事实的曝光，也只是揭开了黑幕而已，除了引起人们的好奇心之外，很少有内心的感召力的。孙了红的高明在于在这些被曝光的犯罪事实的背后又演绎出一个个令人可叹可感的辛酸的故事，描画出了一个个令人同情的扭曲的心灵。这样来批判社会就要比那些仅仅批判社会风气的作品深刻多了。

孙了红一般不直接介绍案件，更不是平铺直叙地说明破案过程，他很注意制造神秘而恐怖的场面，在气氛的极度渲染中演绎出离奇古怪的事件。前期的小说中神秘而恐怖的气氛还仅仅用于环境的渲染上，到了后期的小说中则频频地出现在具体的场面描写上。孙了红常常用一种“定格”的手法突现一些神秘而恐怖的场面。那只半夜摸人颈脖，冰冷而僵硬的带着锋利指甲的鬼手（《鬼手》）；大雨滂沱的半夜，窗户被大风刮得咣当咣当响，空旷的大厅中间，晕黄的手电筒灯光下出现了一具面带笑容的尸体（《蓝色响尾蛇》）；人犯被绑在场中无奈地向四周搜寻，一把尖刀将其剜心剖肚，随着一阵焦枯味就出现一张浸满了鲜血的血纸人（《血纸人》）；停尸房间，两位姑娘正在给尸体化妆，忽然窗外传来了一阵阵嘘嘘的声音……这些被绘声绘色写得十分逼真的场面使得读者感到震颤，留下了极其深刻的印象。为了加强小说的阅读效果，孙了红还把神秘而恐怖的气氛引入了人物的心理状态描写上。《窃齿记》中那对青年男女在旁倾听鲁平笑谈他们的犯罪过程，不听不忍，欲走又不甘，既害怕又愤怒；《囤鱼肝油者》中那位海上“闻人”似醉似醒，似死还活地漫游了半条街，不断地问自己是谁，既神秘亦恐怖；《血纸人》中那位发了大财的暴发户整日在恐怖的气氛中喊着“忏悔”，既可怜亦可恨。写小说人物的心理状态，很容易使读者进入作者所设计的感情境界之中去。读者随着作品中的人物紧张而紧张，愤怒而愤怒，激动而激动，视觉、听觉、嗅觉和触觉均被充分地调动起来了。

心理分析是孙了红小说创作的特色，也是最能打动读者的地方，称他为“心理侦探小说家”是非常恰当的。孙了红以心理分析来写小说的手法，很受30年代以来大量引进的美国恐怖电影的启发。事实上，在他的许多作品中，美国恐怖电影常常是主人公的神经陷入紧张状态的契机，例如，《鬼手》、《血纸人》均是由于主人公看了美国恐怖电影后引起了情绪的变化，从而拉开了故事的序幕。同时，对人物内心世界的曝光也很符合中国人寻奇觅趣的阅读习惯，所以很能抓住中国读者。

程小青的《霍桑探案》是根据“福尔摩斯—华生”模式展开的。“福尔摩斯—华生”模式有一系列约定的章法，虽然程小青为了小说的灵动性，已作出了较大的变革，但一些基本的章法是无法更动的。例如，设谜——破谜——说谜的情节发展是侦探小说的基本框架，不管程小青怎样变化他的小说结构，这一基本框架他始终没有敢触及。孙了红的《侠盗鲁平奇案》虽然也是模仿勒白朗的作品起步的，但并没有给他的作品带来多少框框，在小说结构的安排上要灵活多了，特别是他后期的作品已基本上达到得心应手的程度。孙了红小说的开头一般以讲一个故事的方式出现，故事可以写人物、写环境、写心情、写场面，本身就有廓大的创作空间，什么吸引人就写什么，什么最能表现小说的主题就写什么。例如，《窃齿记》一开始就写了一个舞场的场面，写了一位舞客调侃一位可怜的舞女。这样的开头显然是作者精心构思的，以舞场作为谈话的地点符合即将出场的死者的六姨太的身份，这位六姨太本是红舞星出身；而舞场对一般老百姓来说有一种新鲜感和好奇心，对舞场的描写能够吸引一般的读者，更主要的是这也为鲁平最后如何安排敲诈来的钱财，准备了出路。和小说的主题贴紧，小说的开头就显得很自然，和小说的主体结构联系得也很紧凑。在情节的发展上，孙了红的小说不是多条线索同时铺开，用排他法来确定其中正确的一条，而是用旁敲侧击和心理分析的方法，直接试探和追寻问题的实质，一切案情的勘探和侦破的过程均已在双方直接接触前处理掉了，所以孙了红的小说并不利用一个个的疑问来诱使读者回答，提高读者的阅读兴趣，而是让人物处于试探和反试探的智慧和胆量的较量中，让读者始终处于紧张的状态。在小说的结尾，那种详细地介绍某件侦破过程的场面是见不到的，或者是留下一张纸条（《鸦鸣声》）；或者表示一下身份（《鬼手》）；或者发几声感叹（《窃齿记》）；或者是点一下主题（《血纸人》）……“神龙见首不见尾”，留下了余味无穷。无论是程小青式的侦探小说，还是孙了红式的侠盗小说都是围绕着破案而展开情节的，追根寻源的思维角度很容易形成写作中的线条单纯化和情节呆板性。程小青和孙了红都注意到了这一问题，并都用同一的方式很好地解决了问题，即：在情节的纵向发展之中穿插场景的描写。孙了红的小说中有些场景写得非常生动，例如，《紫色游泳衣》中开头描写的游泳池的场景；《蓝色响尾蛇》中那段闷热的夜上海的描写；《血纸人》中杀人场面的描写，都给人留下了深刻的印象。这些场面描写并不长，但点缀其间，作品就显得丰富多彩，活泼灵动。

无论是侦探小说还是侠盗小说都是要说明事情的原委的，说明性的语言自然就比较多，说明性语言多了，就会影响小说人物形象的塑造，作品就显得比较干枯。和霍桑经常出来交代案件侦破的过程或者评判案件的性质不同，鲁平是从来不出来说明或交代什么的，案件的侦破过程和案件的价值已通过人物的语言和鲁平的行动表现出来了。这是孙了红创作中的一个高明之处，它一方面避免了静态的介绍和交代，让他的人物既完成了必要的说明，又始终处于动态之中，有助于塑造人物形象；另一方面也使得他的小说具有了客观和冷峻的风格。在那些不得不有的叙事语言中，孙了红也尽量地使用形象性的语言来活跃读者的阅读情趣。我们来欣赏《三十三号屋》中的一段文字：

> 在这血液还不曾流尽的盆子里，赫然有一个小小的东西，刺进许多战栗的视线。胆大些的人，拿起来一看，那是一枚一寸多长的连龈脱下的带血的牙齿！当然，这决不会是人类的牙齿，但，也不像是兽类的牙齿。呵！这是何种动物的牙齿呀？呵！这就是魔鬼的牙齿么？
>
> “呵！快逃哪！”有一个胆小的家伙，这样狂喊了一声。他带奔带喘，滚一般的逃出了这可怕的屋子！

这些语言有着强烈的形象性和情感性，在说明事情的同时，也反映出了人物的形态和心态。

侦探小说自清末民初引进以后，发展到孙了红这里，是日趋成熟而更新了，创造出一套反侦探小说的技巧与经验，其标志就是他能够将反侦探小说和中国的传统文化、国民心态和阅读习惯结合起来，写出了本土色彩较为强烈的反侦探小说。他能够多层次地调动反侦探小说的创作技巧，特别是心理分析的运用，使得反侦探小说有了纵深感和主体感。这就是孙了红在中国侦探小说史上的贡献。

第二节　那张抹不掉的血纸片

——《血纸人》解析

论及孙了红的作品，不能不分析他的《血纸人》。这是一部震撼人心的小说。

小说叙述了一则令人难以置信的故事:靠囤积粮食发财的大亨王俊熙在一次听雪性大师的讲经会上,听到大师说:“杀害了人家的,结果难逃被人杀害的惨报。”他的心灵受到了极大的震撼。恍惚了数日之后,从来不看电影的王俊熙竟鬼使神差走进电影院去看了一部名叫《再生复仇记》的影片。银幕上那双冤死的眼睛给了王俊熙极深的刺激。他病了。可是,躺在病床上的王俊熙却看到了更可怕的东西,那就是浸满鲜血的血纸人。这是张剪得十分生动宛如活人的血纸人,它像一个抹不去的无常,不断地出现在王俊熙的眼光所到之处。每见到一次,王俊熙均受到极大的刺激,他的病情加深了。王俊熙的病被一位叫余化影的医师知道了,他想方设法地进入了王家。经过调查,他终于明白了,制造这张血纸人,并想通过它置王俊熙于死地的正是王俊熙的妻子和她的情人——王俊熙的助手邱仲英。为什么要用血纸人呢?故事拉回到12年前浙江边远山区的一个小镇。这一天,镇上客房招待员王阿灵接待了一位身带包袱的匆匆急行的来客。机灵的王阿灵得知那包袱中有着大量的金钱之后,想到了这些天镇上一直闹着的有关白莲教攫取小孩的传说。他剪了许多小纸人,写上镇上头面人家的孩子的生辰八字,放在来客的包袱中,然后诬指来客就是攫取小孩的白莲教,引起了镇上人的公愤。来人被处以剖腹刑,在临死的那一刻,来客用怨毒的眼睛看着四周围观的人,切齿地喊着:“谁是害死我的,谁要遭更惨的报应!”这个王俊熙就是当年的王阿灵,而他的妻子就是那死者的女儿。他的妻子在他从电影院回来后的梦话中得知了身边的丈夫原来就是寻找了12年的杀父仇人,她就和她的情人邱仲英采取了这种手段,不断刺激有着心脏病的王俊熙。真相大白后,余化影医师怎么来处理这件事的呢?他略施小计,让处于极度紧张中的王俊熙心脏病暴发而死,又拿走了王俊熙的大部分财产。余化影当然就是孙了红系列小说中的主人公:鲁平。12年前的毒誓在12年后得到了准确的验证。历史道是有情却无情,小说充满了戏剧性,悬念和巧合构成了情节发展的契机。血淋淋的剖腹场面、时刻出现的血纸人、交织着凶杀谋杀的爱与恨,小说对读者有着强烈的吸引力。但更打动读者的还是离奇的小说情节后面的因果关系的自然律。王阿灵为获取别人的财产,置人于死地,结果他难逃一死,双手空空而去;王阿灵的妻子为父报仇理所当然,但手段过于歹毒,所以也未得到多少财产。作者试图告诉人们:人生活在世,应该行得正、坐得稳,不义之财不取,不善之举不做,否则难得任何善报。因果观念是中华民族的道德观,对人们的行为举止有着极强的束缚力和支配力,孙了红把它放在如此曲折离奇的故事中展现出来，其感染力是不言而喻的。

这部小说发表在1942年的《万象》杂志上。这一年，孙了红正患肺病，躺在医院的病床上，小说的构思和写作也就产生于此时此地。在曲折离奇的情节之中表现因果报应的理念，这是作者的写作意图，作者表现得相当成功。然而，当我们仔细阅读这篇小说，我们似乎也把握住了作者无意识中流露出来的那种人生无定、自我反省的潜意识。小说在展开这则因果报应故事的同时，反复传递出这样一个信息：忏悔！小说一开始作者就讲雪性大师说出这样的话："罪性本空，不着体相，罪从心起，还从心灭，因此，造了罪恶的人，如能发出猛烈的忏悔心，也能收到移因换果的后果的。"但是，这几句主旨性的语言在小说中并没有得到印证。王俊熙在极度的恐怖之中大声地呼喊，要求忏悔，然而，当他得知事情的真相之后，又马上凶相毕露了，毫无忏悔之意，于是，作者就让他死去；王俊熙的妻子和邱仲英在得知王俊熙死后虽然表现出相当大的惊吓，但也毫无忏悔之心。那么，小说中要求忏悔从善的理念又是对谁说的呢？只有两个对象，一是读者，二是作者自己。当然，对读者和作者来说，他们所具有的"罪"并不是王俊熙之流杀人以取不义之财的罪，也不是王俊熙妻和小邱之流报复则不择手段的罪，他们的"罪"更多的是宗教意义上的"原罪"。伴随着这种忏悔反省意识的是有着强烈的压抑感的悲剧气氛。从场景上说，小说所选取的地点都是四面密封的场所：讲经堂、电影院、空荡的客厅、时刻出现血纸人的卧室以及四面堵塞着人的杀人现场；从故事情节上说，血淋淋的场面穿越时空一个接一个地并联在一起；从人物命运上说，似乎谁也不是最后的胜利者；从语言上说，一句句充满着宗教色彩的警句掷向人们的心头……所有的这一切，组成了一只无形的巨手，压在读者的心上，使人透不过气来。这种压抑的气氛，除了故事的情节的要求之外，的确是作者此时的心境所决定的。

这篇小说典型地反映出了孙了红小说的侦破风格：心理侦破。王俊熙得病是由于他那块压在心中12年的心病在无意中被激活；又在鲁平的软硬兼施之下掏出了心里话；而鲁平又把他推向了极度紧张而狂乱的巅峰，让其心力交瘁而死；对那一对耍阴谋的男女，鲁平看得更透彻，看出了他们惊慌紧张之中真正的阴暗心理。作为一个侦探主角，鲁平并不以超乎常人的智力和推理能力让人折服，而以他的精辟的心理分析让人称道。

《血纸人》刊出之后就产生了很大影响，其影响力一直波及至今。新时期以来，小说曾被改编为电视剧和电影，作为中国侦探小说的代表作向观众推出，受到好评。

第三节　一只半夜伸出来的手
——《鬼手》解析

恐怖是侦探小说中常常用来烘托氛围的手段，从爱伦·坡的《莫格街血案》开始，恐怖场面就频频出现在读者面前。孙了红是善于制造恐怖气氛的中国侦探小说家，他不仅能够设计出一些恐怖场面，而且能够制造出一些恐怖的心理氛围。《鬼手》堪称杰作。在一个寒夜，听了很多恐怖故事疲惫不堪的女主人凤霞躺在床上，忽然有两只手摸她的颈脖。第一只手还有点暖意，第二只手却是彻骨冰凉的，她本人明知道有人摸她的颈脖，就是无力睁开眼睛。这是一个令人恐怖的场面。显然，这个场面在作者构思这篇小说时就已经精心设计好了。为了使这个场面的效果发挥到极致，作者围绕着它制造出一种恐怖的心理氛围。在恐怖的高潮到达之前，作者先作了铺垫。那对神经脆弱的男女主人公那天晚上看了一部名叫《鬼手》的恐怖电影。回到家后，他们又说了许多鬼的故事。作者把主人公和读者带到了恐怖的气氛之中。然而，作者又描写了主人公的心理活动："那部恐怖影片与那段恐怖谈话，似乎已化成液体而注射进了她的静脉，使她全身每一滴血液之中，都像混杂了恐怖的成分。翻来覆去，她只是睡不熟，清楚些说，她只是不敢入睡。"就在女主人公昏昏沉沉之中，"鬼手"出现了。此刻主人公是吓昏过去了，读者的心灵岂不是被揪了起来，对这个场面留下了深刻的印象。在恐怖的氛围之中提出案情，就能留下悬念，留下神秘，留下广阔的创作空间，孙了红深昧其中之妙，他说："只是人类都有一种需求刺激的天性，他们越是怕鬼，越要寻求恐怖性刺激。"如此极度地渲染恐怖场面和恐怖气氛，孙了红是为了抓住人类的"天性"而设计的，所以他的小说往往一开始就能抓住读者。

恐怖的氛围能够吸引读者，但只是给读者一种感官上的刺激，要想让读者回味，还需要有值得回味的作品内容。这其中的道理，孙了红是明白的。他的作品总是从一件案件入手，然后再把读者引向更深广的社会历史文化背景中去。《鬼手》不是一个单纯的恐怖案，它的背后还有一个报国之志不得酬而饮恨终身的志士的故事。小说男主人公李瑞麟的曾祖李丹葭，曾任江苏省的海关道，是晚清许多官员中目光最远，抱负最大的一员。他曾出使英法德三国，回国后，曾向李鸿章提出加强海防的建议，但不为采纳，告老还乡。当听到甲午战争中中国战败之时，他拍案大叫，得急症而死。他病急之时，口不能言，留下的一言半语的遗言，也就成了子孙们十几年来一直猜揣的谜言，同时，也就是本案所要侦破的一个重要关节。案子最后被鲁平侦破了。在秘处，鲁平找到了一册线装书和12颗稀见的钻石。鲁平在十分震惊的状态下读完了这本书，原来是李丹葭所设计的一份精密完整的兴建海军的计划。这样的计划如果能付诸实施，历史也许就要重写了，而那12颗钻石，也就是他为了实施海军计划而留下的财政开支。面对这样的志士，就像鲁平这样的巨盗也不得不揖首致敬了。小说的最后，鲁平把这册线装书寄给了李丹葭的后代，小说写道："可遗憾的是，这位小布尔乔亚始终不曾在跳舞打牌之余，抽出些工夫来，一读这书的内容，因此，那铜像、钻石，以及那鬼手的最后的目的，他也始终一无所知。"如此懦弱而又平庸的后代是有辱其祖的。在孙了红的小说中，我们常能读到一些饶有趣味的事情，思考一些发人深省的问题，这是他的侦探小说的魅力。

和霍桑不同，鲁平的身份是一个独脚巨盗，作者在作品中也反复地提醒：鲁平是"一个职业的贼"。这样的身份给孙了红的创作带来了便利的条件。鲁平的行动带有更大的自由度。霍桑这个侦探虽然是"私人"的，但毕竟代表着法律和道德，有一种使命感和责任心，而鲁平破案的动力是兴趣、爱好和金钱，完全是个人的和主动的。但是，正因为鲁平破案的这种自由度，使得侦探过程缺少应有的紧张感。除了神秘和复杂之外，鲁平破案是很少遇到生命危险的。要靠生命的价值去换取个人的爱好，作为一个机灵的巨盗来说是不愿意做的。在《鬼手》中同样如此，那些卷入案件中的人几乎没有什么反抗的举动，他们只是充当着谜团中的一个个符号，等待着鲁平去破译。侦破过程失去了危险，也就失去了紧张性，小说就会失去吸引力。为了弥补这个缺憾，孙了红常常赋予鲁平一些怪异的行动来增加小说的色彩。在《鬼手》中，鲁平盗取了书和钻石之后，根据常理，他应该赶紧逃离现场，但是，如果这样写的话，小说就无味了。作者是让鲁平在作案现场看书，并睡了一觉。如此举动显示了鲁平的胆大心细，但却使读者捏了一把汗。对巨盗来说是不愿意暴露身份的，但作者却让鲁平暴露了出来，不过处理得相当巧妙：

这神奇的中年人，指指他自己的耳轮。灯光下，有一颗鲜红如血的红痣，像火星般的爆进众人的眼帘。

“呀！你是——”

“不错，是我！”

这演说家扬声大笑，在众人的惊奇纷扰声中消失了。

结尾这种处理，颇有点神龙见首不见尾的意味，却给读者留下了回味。

第四节　智慧和胆量的证明

——《三十三号屋》解析

优秀的侠盗小说中的侠盗与其说是征服了对手，不如说是征服了读者。在未读小说之前，作者都会预料到小说中的侠盗肯定会征服对手的。的确，侠盗不能征服对手，侠盗小说又有什么意义呢？问题在于怎样使读者承认这种征服是合理的。为了证明鲁平具有超常人的智慧和胆量，孙了红写了《三十三号屋》。

在这部小说中，孙了红首次披露了鲁平生平中一次重要的失败。在若干年前，鲁平住在一所房屋里，差不多每天都瞧见对面一家人家，把一个小小的玻璃鱼缸高搁在窗外来。奇怪的是他发现这鱼缸中的金鱼尾数或多或少，颜色或红或白，每天都不同。一段时间后，他终于发现每天侍弄金鱼的是一位美貌女郎，而金鱼缸中的变化又随着一位男青年的到来而变化。鲁平认为又是一次发财的机会到了，他认定这是情人秘密相会的信号，相会要打信号当然是不正常的了。于是，他以一个知情者的姿态闯进了这个秘密之中。谁知，他刚刚踏进隔壁邻居的屋里，就被拘留了起来。原来，所谓的金鱼的变化，只不过是他的对手设的圈套而已，他们真正等待的是鲁平这条大鱼的上钩。孙了红将鲁平这段失败史披露出来是想说明两个问题，一是鲁平不是超人，他也有失败的时候；二是真正聪明的人是善于从失败中总结经验的。这次“金鱼缸”事件给了鲁平深刻的教训，却也成了揭破“三十三号屋”之谜的关键。

在繁华的都市中，有一块代表着地位和财富的住宅区。这块住宅区中只有三十三号屋还没有人住。这幢空关的住房近来怪事频出，连续两个看房人无缘无故地失踪了，引起了当地新闻舆论的一片哗然。哪里有奇闻就出现在哪里的鲁平住进了这神秘的三十三号屋。仔细搜寻了这空屋后，鲁平并没有发现什么特别的地方。但当他站在阳台上看对面的四十三号屋时,他发现了一些奇怪的现象。四十三号屋的阳台上不断变换着摆出了挂历、花瓶和热带鱼及 8 张同色同点的纸牌。这些纸牌分别排列为 5A33、57A33、K433。以往的经验告诉鲁平这肯定是一种信号,失败的教训又提醒鲁平,在进入这秘密之前必须要弄清楚这些信号的涵义是什么。经过一番侦察之后,鲁平终于弄清了接受四十三号屋信息的是他隔壁的三十四号屋。住在四十三号屋中的是一对夫妻带着一个男孩,他们是靠囤米而发财的“米蛀虫”。三十四号屋里住着一个妇女和一个女孩,这个女孩的名字叫姗姗。当鲁平得知女孩的姓名后,那些费了他很多脑力的纸牌谜也就全部化解了。5A33 只不过是吾爱姗姗,57A33 只不过是吾切爱姗姗,K433 只不过是 kiss 姗姗,那些挂历、花瓶、热带鱼是展现出姗姗所喜欢的物体。原来一切都那么简单,这一切只不过是一对青年男女的爱情游戏。但是,鲁平并没有罢休,他发现了三十四号屋里的那位妇女是一位古董收藏家的偏房,而这位古董收藏家藏有 3 颗价值连城的夜明珠。为了这 3 颗夜明珠,鲁平已整整寻找了他 10 多年了。一天,那对热恋的青年男女分别失踪了。正在他们两家急得不可开交的时候,鲁平分别光顾了他们家。经过了一番唇枪舌剑,鲁平从古董收藏家那里拿到了两颗夜明珠,又迫使着“米蛀虫”将其囤积的大米都捐出去了。“生意”做好之后,那对青年男女满脸欢喜地回到了家。问及这对青年男女失踪的事和家里发生的事,俩人均不说也不知。最后,还是鲁平留下的一个笔记揭示出内幕。原来这对青年男女并没有被鲁平绑架,他们只不过分别接到了以对方名义寄来的求爱邀请信,出去浪漫了几天。三十三号屋接连出现的失踪案,鲁平也作了交代,那些失踪人都是借屋逃遁的避“难”者。

仅仅从案件本身来说,只不过是一件“雷声大、雨点小”的故事,鲁平费尽脑力所侦破的事情只是一对青年男女的爱情游戏。小说如果写到这里就结束了那是毫无意义的。作者又以这对青年男女的爱情游戏作为线索,分别展示出了他们的豪族史,携带巨珠失踪了十多年而今却又重现的古董收藏家的故事神秘而富有传奇色彩;靠囤积大米而发财的“米蛀虫”的生活糜烂而令人憎恨。前者的故事使得小说有了历史的纵深感,而后者的故事却使得小说有了较强的现实意义。这种以小故事牵引出大故事的做法是孙了红小说的典型风格。

看得出来,作者在这部小说中着力刻画的是鲁平的形象,他要使读者相信这位神出鬼没的侠盗之所以能够成功,只不过是他比常人更聪明些,胆量更大些而已。鲁平的聪明在于他能够不断地总结自己和正确地分析别人。他总结出上次失败的“金鱼缸”事件，从事件表面目的的判断上说，他是胜利者，他能够看出这是传递信号的伎俩，错在他没有充分地对发出信息和接受信息的双方背景作充分的调查。失败的教训使得他在这次案件调查中对青年男女的背景表示出了充分的注意。也正是由于背景的调查使得鲁平收到了意想不到的成效。他也分析出那个“小米蛀虫”能够一次搬出两条热带鱼到阳台上，说明他在家里是一个为所欲为的小皇帝，是“老米蛀虫”的心肝肉。那时，一条热带鱼的价钱是 1 千元，相当于“一幢房子、一个妻子”的价钱。同样，他分析出那个小女孩的母亲在古董收藏家的心中具有不低的地位。这位古董收藏家已有六位妻妾，这小女孩的母亲排行老二，却能住在这样的地段，这样的房子里面，自有特殊的道理。古董收藏家的宠爱不在于这位妇女，她的年龄已超过后面的几位妾了，肯定就在于这个小女孩，古董收藏家把她视为招财进宝的掌上明珠了。这样的分析显然是正确的。当鲁平利用这对青年男女失踪的机会向他们大肆敲诈时，他们虽然比割肉还要疼，还是根据鲁平的吩咐交出了珠宝或捐出了大米。

鲁平的另一个超常人之处是他具有非凡的胆略。哪里出现可以猎奇的事件，他就往哪里钻，小说说他：“凡是社会上发生了一些什么事件，不论或大或小，只要稍带一些诡奇的意味，在他心目中，便认为这是发掘面包原料的机会来了。”正是这种猎奇的性格，使得他捕捉到了一个又一个的机会。鲁平的胆略不仅表现在他敢于猎奇上，还表现在决战的时刻。他明知是敲诈行为，也没有抓住人家的什么把柄，更没有做什么绑架的事情，他就是敢于踏入古董收藏家的厅堂；当古董收藏家威胁要报警时，他竟怡然自得地要求帮助拨电话。在鲁平无畏的形态中，对方嚣张的气焰很快就被压下去了，真是两军相遇勇者胜了。

智慧和胆量是相辅相成的两个方面，没有胆量就不可能猎奇，智慧也就无从谈起，而胆量却又以智慧为依托，为基础的。鲁平之所以敢猎奇是他相信自己有着“像剖解刀一样的智力”，之所以在决战中具有稳操胜券的姿态，是因为他对决战的时机掌握得恰到好处，对对手的心理掌握得十分透彻。大大咧咧的表象背后是小心谨慎，是细微周到。

鲁平的才能是一般人所不具有的，而他的对手都是一些老百姓所不齿的人。这些心怀鬼胎的人，表面上气势汹汹，而内心是十分虚弱的。当他们内心的鬼胎被鲁平识破之后，他们怎么能不被鲁平击败呢？这就是孙了红的侠盗小说折服读者的原因所在。

《三十三号屋》还写了一个留下余味的结尾。那对青年男女自从那次浪漫的“失踪”之后，真的要成婚了。在订婚仪式上出现了一个小小的插曲。正在大家兴奋之时，灯竟灭了两三分钟，当灯再亮时，那些太太小姐们的珠宝或项链均不见了。此时此刻，那些贵人们也发现了那个衣着很不协调的人，也在怀疑这个人是窃贼，但没有一个敢出口：“自男女两家的家长和订婚的新郎新娘起，以迄双方的许多男女来宾为止——甚至连那被窃盗的女宾们也在内——他们非但不敢把他们的怀疑宣之于口舌，甚至，他们每一个人，都不敢对他失却一丝一毫的尊敬的态度！”鲁平的形象是有点神了，但却“神”得合理，因为他的“神”力来自于刚刚发生过的那次敲诈案之中。

第六章　乡镇侦探小说家：俞天愤
业余侦探小说家：陆澹安

第一节　“侦探小说本为在下所创”
——俞天愤及其《蝶飞探案》

俞天愤(1881—1937)，又名承莱，字彩生，海虞(今常熟市)人。俞天愤的父亲俞钟銮是常熟名士，晚清举人。他曾立志将俞天愤培养成科举之才，然而，俞天愤偏偏不遂其父愿，虽极喜舞文弄墨，却不喜科举，专写些其父称之为“浪费笔墨”的“小说家言”。他这种人生道路的选择，一是由于时代风气使然，二是和他个性不无关系。他是一位极其关心社会和时政的人，他对中国的时局有自己的看法，而且热心投身于实际的事务。辛亥革命开始时，他曾率数百人，保卫乡里；中华民国成立后，他虽不任什么官职，但却为改良市政日夜奔波不遗余力。他为人耿直，有“俞憨”之称。这样的人，叫他闭户整日地“之乎者也”是不可能的。1937 年，他死于抗战逃难的途中。俞天愤的小说虽然涉及其他领域，如社会小说《镜中人》、《薄命碑》、《剑胆琴心录》等等，但他在中国文坛上成名还是他的侦探小说。他的侦探小说大约分为两大系列，一是由“余”作为主人公的《中国侦探谈》和《中国新侦探案》，一是由“金蝶飞”为主人公的《蝶飞探案》。

俞天愤在《白巾祸》的序言中说，他在中国侦探小说史上有三个“第一”：他是第一位创作侦探小说的；他是第一位想使侦探小说的情节用实地演绎表现出来的；他是第一位用照片的形式将侦探小说情节形象化的。侦探小说在中国的历史并不长，俞天愤说这话的时候，侦探小说还刚刚起步，在这些小说家中推出谁是第一位侦探小说的创作者是比较困难的，俞天愤是众多的热心于侦探小说的作家之一，对于作家自谓是第一位创作侦探小说的话，我们应该更多地从作家的自豪感和自信心上去考虑。后面两个第一，是符合实际的，而且成为了俞天愤侦探小说的某种特色。

俞天愤对现有的中国法律深恶痛绝，他说："吾非真恶法律也，吾盖痛恶夫俗尚之所谓法律耳，使俗尚之所谓法律，果可保障人群，果可透辟真理，则吾今所述之事，亦可不必费吾笔墨，无如法律自法律，而非法非律之事，固毅然为之，不仅毅然为之，且为此非律之事，即为讲法律之人。"俞天愤说得很明白，他所以创作侦探小说就是因为不满于现有的法律。他还说："是故读余此篇者，其人不必深明法律，其人必须尊重公理，其人必须注重道德，其人必须契合良心。"[1]既然现有的法律不能保障人群，不能透辟真理，那就干脆以公理、道德、良心作为是非标准。然而，这种是非观却给创作侦探小说带来了难题，侦探小说本来就是以法律为根据惩恶济善的文学体裁，既然以公理、道德、良心说话，法律的位置又怎么放呢？俞天愤对此很花了一番脑筋。他将公理、道德、良心外化于小说中的私人侦探，而将法律外化于小说中的官方警探，私人侦探以公理、道德和良心来修正法律，而官方警探则是竭力地破坏法律。在他的小说中，官方警探都蠢如笨牛，抓住一点不及其余，案件不是越办越明朗，而是越办越糊涂，每一个案件都是靠私人侦探破获，却是他们最后去邀功请赏。官方警探不但蠢笨，而且办案作风极其恶劣，不问青红皂白，随意捕人，亦随意放人，无章可循，无法可依，一切凭主观臆断办事。这些官方警探在个人品质上也是十分恶劣的，在《中国侦探谈》中常出现的官方警探是外号叫"肥人"的徐福坤，此人为了获取上司的赏识，处处争先，可又总是破不了案，于是，他就挪用公物付给失物者，伪言他破获了奇案；在《蝶飞探案》中，警探们不仅胡作非为，瞒天过海，而且不少就是穿着警服的匪徒。官方警探在侦探小说中的形象一直是不佳的，创作者的思想感情都是偏向于私人侦探的，程小青、孙了红也不例外。但是，像俞天愤这样写官方警探之黑暗是不多见的，所以尤其引人注目，这是由于作家对中国现有法律的失望而造成的。

在斗争的惊心动魄和人物的心理刻画方面，俞天愤的侦探小说是比不上程小青和孙了红的作品的，但小说情节设置之巧妙，结构安排之精巧是很有特色的。我们来分析他的代表作《白巾祸》。这部小说一开始只是一个失窃案。苏州客人贾徵祥向私人侦探金蝶飞报案失窃了一只价值 3 000 元的钻戒，金蝶飞侦破了 7 天也没有结果；接着又出现了人命案，犯罪现场有贾徵祥名字的白纱巾，作为嫌疑犯贾徵祥被警方拘捕；正在金蝶飞四处侦查

〔1〕 俞天愤：《埘中石》，《中国侦探案》第 8 页，小说丛报 1917 年版。

时,忽然又传来了贾徵祥在拘留所被人冒领的失踪案。三案并发,线索越来越复杂,也越来越引人入胜,正像金蝶飞所说:“这一起案,好似一个春笋子,剥了一层,又是一层。”就在金蝶飞破了这三案之时,又连着出现了红连环党盗匪案和假珠宝案,案情从城镇转到乡村,从一般的小市民转到了政府工作人员,蝶飞的对手从一般的盗贼变为黑社会,整个案件又向前发展了一层,其惊险性和紧张性也随之增加了。金蝶飞以超人的智勇击破了红连环党之后,又侦破了这起假珠宝案。这部小说的整个构思犹如苏州园林,初见园门也一般平常,但越走越幽,越走越奇,忽而扑朔迷离,忽而豁然开朗,一景接着一景,一景胜似一景,令人目不暇接。在精巧处见匠心,这是俞天愤小说的特色。他还有一些小说专门写生活中的小技巧。例如,某富豪炫耀家产之厚,开保险柜时,不慎将唯一的一把钥匙失落在地,但很快又捡了起来,可是,不久保险柜居然被人打开,万贯家产不翼而飞,为什么呢?原来钥匙失落在地时,正好落在一张明信片上,被一仆人用力踩过,明信片上留下了钥匙的印子,被人拿去复制了另一把钥匙(《啄木鸟》);警察署中每开出一张拘捕令,罪犯都会事先得知,闻风而逃,那么,严密的署长室连苍蝇都飞不进去,又怎么会泄密呢?原来罪犯是利用三棱镜的光学作用,将署长室的一举一动完全看在眼中(《三棱镜》);四大幅古画按着顺序排列挂在大立柜中,柜外上锁,只有主人一把钥匙,但是四幅古画的顺序竟然在夜间自动地调换了方位,主人根本就没有动过,此中怪事令人惊讶不已,原来是管家在以前配钥匙时,自己多留了一把(《黑幕》);他还有一篇小说叫《一分钟》,写“余”和“警长”在办公室里打赌,在一分钟内要破获一起烟土被窃案,“余”叫警长的书记陈礼卿读秒,“陈含笑如余言,注视壁上曰:今为十时三十五分五秒矣,十秒矣……五十七秒矣,五十八秒矣,五十九秒矣,六十……砰然一声,余已直扑此书记”,原来盗窃烟土者正是此书记,前几天“余已侦查分明了,此时不过是在警长面前揭案而已”。看俞天愤的侦探小说就像在看一个手段高明的魔术师变戏法,又像看一个极其聪明的观众在破戏法,魔术师要眼明手快,做得圆满,观众却处处留意,瞧出破绽,斗智亦斗技,小巧处见功夫,细微处分高下,所以俞天愤的小说没有大起大落,但读起来却颇有味道。

通俗文学名编辑赵苕狂曾评价俞天愤的侦探小说“处处完全是本国情形,不带一点西洋色彩”[1]。这种评价说得有些绝对,但也指明了俞天愤侦

〔1〕 赵苕狂:《白巾祸・编者按》,《中国侦探案》第55页,小说丛报1917年版。

探小说的本土特色。他的小说的本土特色和孙了红注重民族精神和民族心理不同,他注重的是民族的风土人情的描绘。侦探小说的生活背景大都是都市生活,俞天愤却把侦探小说的生活背景拉到了中国的小县城和乡镇;侦探小说习惯于表现都市社会的芸芸众生,俞天愤却把笔对准了小县城和乡镇的土财主、商人,这种环境和人物的描写使得作品具有了中国特色。为了加强作品的本土的色彩,作者在描写人文景观和自然景观上作了努力。他的作品中没有什么大旅馆和大饭店,也没有什么洋房和酒吧,大多是老式的深宅大院或者是乡间的热闹场所。《白巾祸》的社会背景是在苏奉战争之后的苏南小镇。溃兵将这里闹得一塌糊涂,商业萧条,百姓恐慌,唯一便利的交通工具汽油船也断绝了。这里虽比较闭塞,但却有比较浓厚的商业气氛而又不失现代气息,镇上的裕源当、恒丰当以及乡村老财的客厅,或者是镇公所、乡公所等地点,常常是小说描写的重点环境。民俗环境就更有特色了,小说写到了杂耍、进香、酒肆喝酒,甚至还有李再铭的膏药和苏州小热昏的梨膏糖……值得提出的是,这些乡土气息极浓的人文环境、地理环境和民俗环境的描写,作者并不是仅仅为了增设气氛而刻意放进去的,而是这部小说所必需的情节环节和有机的组成部分。没有如此的社会背景和地理环境,就不可能在案发十天后还能在本地破案,正如金蝶飞在总结案件时所说:“犯案的人却直接受着溃兵的害,要是交通便利了早已鸿飞冥冥,我和你怎样去弋取呢?”同样,小说中那些人文环境和民俗环境往往写的是一个城镇最为体面的人物或最为热闹的场景,他们是一个城镇的文化标志,将他们作为涉嫌者或者犯罪现场,就使得小说更有真实感。俞天愤的小说中的西洋味确实较少,在他的侦探小说之中,我们有时会读到这样的文字:“余既惮城市之嚣尘,每遇盛夏,必卜居于湖滨,短篱数尺,高楼一楹,左右修竹,风奏琅玕,如听清歌如听笙簧,檐前芭蕉数丛,映案成碧,北望则山翠扑人,云影移换,山态倏忽万变,南望则湖光耀目,风簇练纹,水容淡荡无际无沦,热中之客,利心之徒,至此延伫,亦当生出世之想……”(《苕菡香初过雨》)。读来很像中国明清的小品散文,显示出了作者的文学修养,也显示出了他的侦探小说的另一番情趣。

和程小青、孙了红写都市刑事案件明显地不同,俞天愤的侦探小说都有点“警匪小说”的色彩。不过,他小说中的匪徒并不是那些占山为王据寨为寇的山林武装,而是那些带有神秘色彩的地方帮会。形形色色的地方帮会活跃在当时的中国下层社会之中。这些人为了自我的生存拉帮结派地抵抗外来的侵袭和拓展自我生存空间。他们的性质相当复杂，有时会成为防止外来侵袭的抵抗力量，但更多时专做一些偷窃、敲诈、拐骗之事，成为滋扰一方社会治安的黑势力。在俞天愤的小说中，这些帮会是私人侦探的主要对手。一般的帮会组织都如蜘蛛网型，帮主居中如蜘蛛，那些爪牙像蛛丝，抛洒在一个地方的上上下下各行各业之中，牵一发而动全身。正因为这个原因，俞天愤的侦探小说总是从一个不起眼的事情开始，然后牵扯出来的人和事越来越多，像滚雪球似的越滚越大，最后就成为了私人侦探和整个帮会组织的斗智斗勇斗技了。例如，他的小说《双履印》开始时只是一个一般的失窃案，只涉及到一个仆人；然后再从该仆人身上牵扯出一个团伙，一般的失窃案也就演化成了集团抢劫案；随着情节的展开，这一团伙牵扯出了整个帮会，那就是正义和黑势力的全面较量了。这是俞天愤的小说最典型的创作法，看似平淡，越写越奇，越写越紧张，越写越神秘。看得出来，俞天愤对这些帮会生活是相当熟悉的。他不仅对他们的组织形式和指挥方式相当熟悉，而且一些帮会行话（即所谓的“切口”）也相当了解。在《双履印》中，“余”和私人侦探剑虹有这么一番对话：

余曰：“余固有此心也。君知盗党至三十余人，在江以北，非所谓大杆子乎？无论城市之间，万不有此大杆子出现，即使有之，亦万无越鞍（犹言上屋）而起马子（犹言出门）者。”剑虹曰：“此论诚是。然事主固言盗有二三十人也。”余曰：“余以是疑之，今始就大杆子而论之，夫大杆子以不挂招牌（犹言不花面）为上，而以挂招牌（犹言花面）为下。余观灶厅前有黑水一泓，似系洗涤锅煤之水，证以事主所瞥见，固明明为挂招牌者，又大杆子皆用油条（犹言火把），而灶下乃置一代亮子（犹言灯笼），烛已见跋，似用以照亮者，凡此犹为细屑之事也，上楼探斗（犹言取物）之前，先以丙丙作牲口（犹言缚人），试问作牲口之绳有不自携者乎？……”

俞天愤写得绘声绘色，颇有点行家里手的意味。侦探小说对一些科学进步的新成果十分看重，在程小青、孙了红等人的小说中电报电话常被写到，而且电报电话的破译常作为破案的重要关节。作为乡镇侦探小说家的俞天愤不写电报电话，却写字谜句谜，颇有趣味。《双履印》中有这样一段句谜：

此万等紧事不便那汝到

时〇时可穿一坏放〇破
同事心财分弗只物散要
要〇全若怪嘴存嘴〇我
风我风无紧家弗情四喜

开始时侦探怎么也读不通,不能解就破不了案,就在侦探束手无策之时,他忽然想起了《荡寇志》中的三元捷报。那三元捷报是间三字读文,现在句谜最后有"四喜"二字,是否暗示着间四字读之呢?一读果然通了:

此事汝可放心,只要嘴风紧,万不到穿破。财物全存我家,等便时一同分散,若嘴风弗紧,那时坏事,弗要怪我无情,四喜。

句谜一通,谜案也就真相大白了。帮会和字谜句谜都是中国本土的东西,俞天愤用它们作为展开小说的情节或重点描写的细节,自然会给他的小说带来本土特色。

俞天愤说,创作侦探小说要有务实感。赵苕狂也说俞天愤创作侦探小说是"抱有一种研究之态度"[1]。这一方面说明他对侦探小说的热心提倡,另一方面也说明他对侦探小说的创作有所研究。这种研究的态度主要表现在他力图使侦探小说的情节真实化。他的小说都是用第一人称作为叙事角度的,或者是"我",或者是"余"。用第一人称叙述的故事,其目的就是为了增强作品的真实感。为了增强侦探小说的阅读效果,他首创了中国侦探小说的"照相连环图片"。他在发表《白巾祸》之时,长篇大论地阐述了中国侦探小说照片的作用和拍摄的方法。他说为什么影戏那么风行呢,就因为有了表情和动作;侦探小说要想取得好的效果,也应该借助于表情和动作的力量。这一点西洋小说就很注意,他们总是在小说之中插入图画,现在,我们要更进一步地去表现,那就是要用实地拍成照片。他还详细地介绍了中国侦探小说照片的拍摄方法。用现在的眼光来看,这些照片的拍摄效果是极差的,人物表情和动作也十分呆板,但当时俞天愤是十分自得的,我们也能从中体会到俞天愤那种认真研究的态度和刻苦钻研的精神。

---

〔1〕 赵苕狂:《玫瑰女郎·编者按》,《红玫瑰》第4卷第16期(1924年11月)。

俞天愤的侦探小说在中国侦探小说史上是别具风格的。但有些地方也做得太出格了,破坏了侦探小说应有的整体原则。中国现代侦探小说作家都走的是福尔摩斯—华生模式的创作路子的,俞天愤也不例外。福尔摩斯—华生模式的侦探小说有一个基本原则,就是华生再聪明也不能超过福尔摩斯,否则福尔摩斯也就没有“戏”了。程小青很善于掌握霍桑和包朗各自的“聪明的度”。包朗的聪明总是在霍桑的点拨下出现的,包朗的聪明说明霍桑更聪明。而俞天愤的侦探小说中的“我”却常常和侦探一样地聪明和机敏,有时还超过侦探,成为案件侦破的主要支配者。在《白巾祸》中,当“我”来到金蝶飞的办公室时,金蝶飞正为贾徵祥的失窃案一筹莫展。他对“我”说:“你有什么怀疑,你不妨问问,且看你所问的话,或者有比我精深的,我就得益匪浅了。”私人侦探说出这样“谦虚”的语言是其他侦探小说作家的笔下所无的。而且“我”的答话中,的确说出了不少金蝶飞所没有想到的问题,使金蝶飞“得益匪浅”。大概俞天愤也感觉到这样处理“我”和金蝶飞的关系不大合适,在以后的情节展开中,又将“我”从主导的地位降到了“配角”的地位,让原来很聪明的“我”处处去求教于金蝶飞,步步在金蝶飞指导下进行。这样的安排对小说的情节发展并没有什么影响,但对侦探主角的形象是有所损害的,特别是性格上缺少了一致性。既然金蝶飞分析案情是那么疏漏,为什么在后面的侦破过程中处处神机妙算呢?既然“我”在分析案情时是那么聪明过人,为什么破案时又处处请教于金蝶飞呢?稍为细心的读者读完这部小说之后就会发出类似的疑问。根本的问题还在于俞天愤对侦探小说的美学原则把握得不够,他也许没有认识到侦探小说除了情节的曲折离奇之外,还需要人物性格的刻画,特别是对侦探主角的性格,读者对之有着更高的要求。

另外,俞天愤的不少侦探小说是用文言创作的,也有碍阅读的效果。侦探小说是十分讲究细节描写的,人物的一举一动,一个眼神或一个笑容,往往会成为案件侦破的突破口,而对这些细节的描写文言是赶不上白话的。俞天愤的《蝶飞探案》是用白话创作的,小说就有了较强的生动性和感染力。

程小青和孙了红在创作侦探小说之前,都曾有过大量翻译外国侦探小说的经历,他们对侦探小说的美学原则把握得比较准确,所以一下笔就显得比较成熟。相比较而言,俞天愤缺少这种创作前的准备,所以在有些方面就把握得不够准了。

第二节　新娘笔下的业余侦探
——陆澹安及其《李飞探案》

陆澹安(1894—1980),原名陆衍文,字澹庵、澹安,斋名琼华馆,江苏吴县人。他一生做过很多事情,当过教师,历任同济大学、上海商学院、上海医学院国学教授,正始中学校长,务本、敬业、国华、民立等中学国文教师;做过编辑,主编过《侦探世界》、《金钢钻报》,又为广益书局、世界书局编辑,还做过中华电影公司、新华电影公司编剧和导演。他还是一个多才多艺的人,他是小说家,创作过侦探小说《李飞探案》系列、社会小说《百奇人传》和《水落石出》;他善写弹词,曾把《啼笑因缘》、《满江红》、《秋海棠》等十种新小说改编为唱本。40 岁后,他喜考据、金石、碑版并旁及戏曲业,著有《诸子末议》、《隶释隶续补正》、《小说词语汇解》、《古剧备检》、《汉碑通假异体例解》诸书。他还是把"云南白药"介绍给上海人士的第一人。在他众多的事业中,影响最大的还是他的侦探小说创作,郑逸梅曾在《民国旧派文艺期刊丛话》中将他和程小青、孙了红并提,说"程小青以霍桑探案驰誉,陆澹安却以李飞探案著名,孙了红更有东方亚森罗苹之称",给予了他比较高的评价。

陆澹安走上侦探小说家的道路有他的条件和机遇。他是周瘦鹃的同学,且从师于桐城派古文大师孙警僧,少年时文才就名播乡里;1915 年,他进入上海江南学院法科,他是中国侦探小说家中唯一的一位真正受过法律教育的人。他的文才和法学知识在 1920 年的某一天使他在侦探小说领域中大显身手。那一天,他和施济群一起到"大世界"看电影《毒手》。这部由宝莲主演的侦探电影在当时轰动一时,他俩连续看了几遍,但仍然爱而不舍。施济群因陆澹安具有文学功底和法律知识,就劝他将《毒手》改编成小说,由他担任印资,付印出版。陆澹安果然用了一个星期的时间将《毒手》改编了出来,施济群也设法将其刊印了出来,居然销路很不错。这一下引发了陆澹安的创作欲望,他先后改编了《黑衣盗》、《老虎党》、《红手套》等电影为小说,又开始了他的侦探小说的创作,这就是他的《李飞探案》系列。《李飞探案》系列作品数量并不多。1924 年 8 月世界书局出版了陆澹安的《李飞探案集》,共收 5 部小说,它们是《棉里针》、《古塔孤囚》、《隔窗人面》、《夜半钟声》和《怪函》。1926 年《红玫瑰》第 3 卷第 5 期连载陆澹安的侦探小说《三 A 党》。笔者所见陆澹安的侦探小说也就是这 6 篇。《棉里针》是写一个盗窃案的侦破故事。某中学住宿楼失窃,李飞在现场勘察中,发现报案者的被子是用蓝白两色线缝制的,于是设计弄湿了被子,让人来重缝被子,使得赃物显形。此时,李飞才17岁,还是个中学生。《夜半钟声》写大中华函授学校校长冯逸庵被闷香闷在床上,一张4 000元的学费存单不见了,经李飞悉心侦探,原来正是冯逸庵的恩人杨德泉所为。破了此案之后,李飞再顺藤摸瓜,还破了为获取住房保险费,杨德泉叔侄准备烧死冯逸庵的密谋。《夜半钟声》写案子之奇,而《隔窗人面》就带有一些神秘的色彩了。许志良的父亲许崇仁一日在家休息,忽见窗外一个人影晃动,从而神志恍惚,连称:"我的仇人来了",不久就在惶恐紧张之中死去了。李飞来侦破,就抓住这个一晃而过的窗外人面深入下去,终于查出了一起纠葛了20年之久的恩怨故事。原来那个"人面"是许崇仁的仇人浦润生。20年前,许崇仁和浦润生都是强盗。浦偷盗来的钱均叫许保管,然而当浦润生被捕入狱之时,许不但没有救援,而且独自侵吞了财物。20年后,浦润生出狱就来找许崇仁,许崇仁终怕报复自杀而死。真相大白之后,李飞答应要和浦润生相见,可是第二天打开报纸一看,上载一则消息:"昨晚六时,汽车下多了一个新鬼,叫浦润生。"《怪函》和《三A党》都是写的监守自盗的故事。儿子为了索取父亲的钱财,上演了一出自己绑架自己的闹剧。在金钱的侵蚀之下,所有的人伦关系都丢置一边了。而李飞在这些简单的案件之中又看到了更深层的问题,他揭示出了这些青年背后的教唆犯。由于时机未到,他们没有机会向这些青年人下手,但他们才是真正的偷盗者。这样,小说就不仅是写人伦关系在金钱面前失衡,而且写到整个社会之黑暗,人心之险恶了。上述这些小说虽然都写得不俗,但仅以这几篇小说看,陆澹安在中国侦探小说史上是难取得一席之地的,陆澹安的侦探小说之所以在中国侦探小说史上可以一提,就在于他集黑幕、神秘恐怖为一体的侦探小说风格和塑造了一个有血有肉的真实可信的业余侦探形象。其代表作是他的《古塔孤囚》。

李飞历次破案地点均在上海,《古塔孤囚》的破案地点转移到了杭州;李飞破其他案件时还是一个快乐的单身汉,而此时却是携着新婚妻子王韫珠到杭州去休养。在火车上,李飞无意中看到了之江旅馆的一则寻人启事。到了杭州之后,李飞就决定住在之江旅馆,从假遗书上很快就侦破了这个失踪案是一场骗局,并指出失踪之人正是化名的受到悬赏缉拿的裕大储蓄银行职员金利生。小说写到此,还只是一般的侦破案。作者笔锋一转,写到杭州灵隐寺古窟里发现了一个受伤的人,此人是金利生的熟人秦建中。根据现场勘察，捉获了击伤秦建中的凶手马小三、马小四兄弟。奇怪的是，当凶手和秦建中对质时，秦建中竟不承认马氏兄弟为凶手。此时，作者的笔锋又一转，写在雷峰古塔之中寻到了受伤的金利生。更奇怪的是，当金利生与秦建中、马氏兄弟对质时，他们四人竟互称不认识。结果，在李飞的剖析下，终于弄清了这是一桩“黑吃黑”的案件。盗取了20万现金的金利生在杭州被熟人秦建中识破。秦诓骗他留下了遗书，串通了马氏兄弟，将他击伤于雷峰古塔之中；而马氏兄弟又起歹心，将秦建中击伤于灵隐寺古窟之中。由于这是一份不义之财，他们尽管痛恨对方，却又不愿意将此事弄得真相大白，所以出现了见面假装不认识的局面。这部小说情节结构并不新奇，它采用的是案中案、套中套的写法写小说的，其目的是造成越深越奇的阅读效果。李飞的侦破似乎也并不怎么神奇，金利生所设的迷局并不难解，字迹工整的绝命书、贴在旧印记上的新标签、扔在柜角里假装未写完的信……这些手脚，在一个侦探的眼中似乎太简单了，一看就知是伪装的现场。在破案过程中，李飞似乎也特别幸运，他在无意之中就抓获了第一凶手，又很容易地抓获了第二凶手，最后顺理成章地将主犯抓获。但这部小说自有它的魅力所在，它揭示了社会之黑暗，人心之狡诈，讲到了金钱所带来的互相欺骗、互相残杀。它告诫人们做人不可自作聪明，聪明反被聪明误。从一般的案件侦破扩展为对社会的揭露和批判，从肮脏龌龊的丑事的揭示扩展到做人态度的取舍，这部小说给人以警醒、益智的作用。陆澹安写侦探小说来自于神秘恐怖电影的启发，也赋予了他的小说的特殊的色彩。神秘恐怖的气氛在他的《隔窗人面》上已有展现，而在这部小说之中被发挥到极致。《古塔孤囚》中他主要写了旅馆、石窟、矮屋、古塔和医院五个场景，这五个地方都是给人以丰富想象力的地方。的确在这些地方都出现了很多奇异的人和事，一会儿是受伤人，一会儿是绝命书，一会儿是瞪着大眼的黑大汉，一会儿又是激烈的搏斗……不仅如此，每写到一处地方，作者都极力渲染其可怖的环境，如写雷峰古塔：“我借着那警察手里的两盏灯光，照见那雷峰古塔阴森森地巍然兀立，塔的外壳，已经十分剥蚀，好像就要坍下来的样子，塔的正面有一个门口一般的窟窿。警察把灯向里面一照，黑魆魆地像鬼窟一般，看了真教人毛骨悚然，十分害怕。”小说的叙述者是一位新婚女子，通过她的眼睛、心理活动以及一惊一乍的惊呼声成功地渲染了环境的神秘并调动了读者的紧张情绪。

在《古塔孤囚》中，主人公李飞曾说过一句话：“侦查案子，身体上虽然很劳苦，或者还很危险，但是，揭破了人家的黑幕之后精神上却很愉快的，况且这也是保障人群的勾当。”这句话实际上说明了陆澹安创作侦探小说所取的价值观，他写侦探小说首先是“愉快”，然后才是“保障人群”，强调的是“愉快”。从兴趣出发去缉查凶犯，这就是《李飞探案》的价值观。和霍桑和鲁平都不同，李飞是一个青年学生，他所以要侦破案件完全是由于兴趣。他“八九岁的时候就喜欢看侦探小说，立志做一个中国的福尔摩斯，苦心孤诣，尽力研究”（《棉里针》）。对他的形象描写，作者的笔墨并不多，只有在《夜半钟声》中有这么一段：

> ……大门一开，却进来一位精神活泼的少年。那少年不过二十左右年纪，戴一副罗克式玳瑁边的眼镜，披着一件厚呢大衣，左手插在衣袋里，右手却拿着一顶哈德门的呢帽。他踏进门来，在大衣袋里取出一张名片，上面写着“李飞”两个大字，旁边又注着四个小字是“鹏图吴县”。

并没有什么惊人的貌相，只是一个20多岁的精神活泼的少年而已，但情态和动作都十分潇洒。因为李飞探案只是为了兴趣，所以他从不把办案作为一种生意，只是为亲朋好友排忧解难而已。他破获了案件，既不洋洋自得，四处炫耀，更不收钱财，求的是心理愉快。为了强调李飞探案是业余的，作者把侦探小说中惯有的配角从朋友或书记员改为了自己的新婚妻子，在《李飞探案·楔子》中作者有一番交代：

> 我虽是一个女子，却不愿做那种哀情言情的小说，扭扭捏捏，看了叫人肉麻，我从小最喜欢看的，便是侦探小说。……他说，你既然喜欢做侦探小说，我不妨把以前侦探的成绩，一桩桩说给你听，你却把做小说的笔法，记录出来，倒也算得几种侦探小说。我听了这番话，自然十分高兴，当日吃过早饭之后，就请他将以前的探的案子，拣那复杂而有趣味的，讲给我听，我却伏在写字桌上，手里握着一枝笔，桌上铺了一张纸，他说一段，我便写一段，详详细细的记录出来。以下的各种事情，便是他所叙述的了。

侦探小说如此开端，也就增强了小说的情趣，同时也说明了李飞探案只是凭着兴趣，偶尔为之，并不把它当一回事，只是由于“我”对侦探小说的爱好，才将它整理出来的。

大概由于其他案子是根据李飞的口述记录下来的，而《古塔孤囚》是叙述者亲身参加的，而这个叙述者又是李飞的新婚妻子，所以在这部小说中除了表现出李飞的精细、沉稳的一面外，还表现出了他的性格的另一方面，那就是年轻气盛和爱好表现。这起案子完全是在爱妻的激将法之下，李飞为了表现自己的才华而主动寻找来的。小说写他在火车上为了急于表现自己，竟主动地去寻找一些案子去破，他“两目炯炯，左顾右盼”，“不住地踱到二三等车里去”搜寻那些毛贼；一看到那则奇怪的寻人启事，马上就显出一副跃跃欲试的神情；到了之江旅馆立即去勘察现场，并立即发表自己的看法；案破之后，他似乎耐不住心中的喜悦，急于将自己的发现向大家宣布……李飞的这些表现是其他侦探小说作家笔下所看不到的，而陆澹安却毫不隐讳地将之写出来。这些表现看起来似乎有损于侦探主角的形象，但是，却使侦探主角的形象更具真实性了。一个年轻的侦探在自己的新婚妻子面前急于崭露才华是可以理解的，其形象反而真实可爱了。

侦探小说是十分讲究严密性的文体，来不得半点漏洞。看得出陆澹安对此十分了解，以至于发展到创作时的战战兢兢的地步。对每一个环节，他都作出了详细的解释。事情是说清楚了，但过分的面面俱到的交代和过多的不必要的事件的穿插，的确给他的小说带来了冗赘的毛病。这种吃力不讨好的结果是陆澹安所不愿意见到的，这也许就是他侦探小说创作量稀少的原因，也是他 1924 年自行退出《侦探世界》半月刊的原因吧。

1949 年后，陆澹安长期在上海文史馆工作。除了研究中国古典戏曲外，还创作有长篇弹词《九件衣》、散文集《怀旧集》。1980 年，陆澹安逝于上海，享年 86 岁。

第七章　家庭侦探小说家：张碧梧
“门角落里的福尔摩斯”：赵苕狂

第一节　一切罪恶从家庭开始
——张碧梧的《宋悟奇新探案》

张碧梧(1891—?)，扬州市仪征县人。当他被表兄毕倚虹从家乡带到上海时，他绝没有想到他会成为一名小说家。他当时在扬州两淮高等小学读书，其文才曾得到李涵秋先生的赏识，然而家道中落，使他在弱冠之年就被迫辍学谋生。毕倚虹见其聪颖过人，又怜其过早失学，遂购买了一些英文侦探小说让其翻译。此时，毕倚虹为《小说时报》的主笔。不久，张碧梧以他的聪颖和孜孜研求的刻苦精神，翻译成了《断指手印》、《海盗欤》、《电贼》等中、长篇小说，以“毕倚虹、张碧梧”之名，刊登在《小说大观》和《小说时报》上。虽然文笔显得生涩，但他的刻苦精神和崭露的才华已引起人们的注意，也由此受到了毕倚虹等人的赞叹。在学长们的鼓励下，张碧梧开始尝试小说创作，不久就以短篇小说创作挤入了当时的作家群。在《礼拜六》1921 年 3 月复刊时，张碧梧的名字已经作为“撰述者”列入了周瘦鹃所开列的《礼拜六》主要作者的名单之上了。以后，在毕倚虹的介绍下，他曾任无锡《商务日报》、《梁溪日报》的主笔。两报停刊后，他到浙江萧山任头蓬沙地事务分所主任。大约一年左右，他回到上海，协办《乐园日报》，并在《中外新报》做翻译，此时，他的名字已频频出现在各类刊物上了。张碧梧此时参加了法国作家玛利瑟·勒白朗的《侠盗亚森罗苹》的翻译。他的翻译文笔此时大有改观，不久由文言转向白话，其文笔也备受人推崇，曾被人视为中国翻译文本的标准。

张碧梧最早的文学创作是反战小说。1919 年 2 月 1 日，在《小说画报》第 12 期上，张碧梧发表了短篇小说《劫后余生》。小说指出兵祸是人民痛苦的根源。在小说结尾,作者还把读者从艺术境界之中引向现实世界:“碧梧曰:‘我这篇《劫后余生》脱稿之后,忽有一种感触,想到川陕粤闽一带兵祸累年,生民涂炭,那些百姓不知何年何月才能出这水深火热之中,也都做个劫后余生呢?’”此时的张碧梧刚刚步入文坛,可以看出他是一位对现实生活十分关心的作家。特别值得指出的是他的反战小说对他后来的侦探小说创作产生了重要影响。在《劫后余生》中,那场兵祸的最后解决是当地民团出来把乱兵赶了出去。作者借一个民团团丁的口说:

> 你想他们也太过分,抢了两天两夜,难道腰包还不足吗?还是在这里乱抢,今天又强奸了人家的妇女,不从就活活的打死,我们本来不过问,但实在看不下去了,却不得不问了,你们不必怕,我们既然出来,无论如何总得把他们打散,保全地方。

从这段话中我们体会到什么呢?张碧梧对曾纵容乱兵的民团在一定程度上给予了批判,更主要的是张碧梧已经透露出他解决兵祸的办法,即:依靠有能力、有实力、有侠义心肠的人来普救受苦受难的芸芸众生。这种人不是羔羊般的老百姓(张碧梧小说中的老百姓均是如此),而是那些有实力和国家机器抗衡的人,这里面除了民团之外,更多的是有侠义心肠的强盗和土匪。正是从这样的观点出发,张碧梧的侦探小说之中出现了一些拯世济民的“强人”,这些“强人”不仅有行动,而且有理论。最有代表性的是1921年12月20日,张碧梧在《半月》上发表的长篇侦探小说《双雄斗智记》中罗苹发表的那篇“强盗宣言”:

> 张才森是个富翁,总计他的家产,至少也有一百多万,他怎能有这偌大的家产呢?都是重利盘剥,刻扣而来……像他这种人才算是社会上的恶魔,我抱着一腔义愤将他杀死,不是替社会上除去了恶魔么?……我虽然是个强盗,但是,这种强盗可算是侠义的强盗,那么,社会上的人,就当感激我,不该轻视我,你们也不应当把我当做强盗,时时刻刻想捉拿我啊!……因为我若混在这黑暗的社会当中,必须处处受他牵制,我要实行我的侠义心胆,必有许多不便,倒不如托迹绿林反得自由自在为所欲为呢?

虽然小说的结局是罗苹失败了，作者的感情无疑是偏向于罗苹的。从这段慷慨激昂、振振有词的“宣言”中就可以看出，它寄托着张碧梧的希望，希望那些罗苹式的“侠义强盗”把那些发不义之财的恶人们赶尽杀绝，使黑暗的社会变得稍许明亮些。同时，也表现出了他的悲哀，对现存社会以及维护社会的法律表示出了不信任。

张碧梧是以翻译侦探小说步入文坛的，但不知是对传统小说过分偏爱，还是自感创作的功力不足，他创作侦探小说起步较晚。他抱着这样的宗旨：不创作则已，既创作就应有一定的样子出来。1921年，他应周瘦鹃之邀，为《半月》撰稿人，在其上他创作了第一部长篇侦探小说《双雄斗智记》，其叙言曰：

> 英国柯南达利勋爵所著之福尔摩斯侦探案说部，不下数十种，案情之离奇，结构之缜密，观者莫不拍案叫绝，叹为仅有。吾友程子小青素工译述，近年来更著东方福尔摩斯侦探案，已成若干部，其离奇缜密处，较之柯氏殊不多让，东西媲美，相得乃益彰焉。顾西方尚有所谓侠盗亚森罗苹者，尝与福氏一再为仇，各出奇能互不相下，诡谲胆摄矣。周子瘦鹃译有福尔摩斯别传犹而登，即记此事者，今者东方之福尔摩斯既久已产生，奚可无一东方亚森罗苹应时而出，以与之敌，而互具好身手哉，仆也不才，承周子之嘱，敢成此《双雄斗智记》，为顾全吾书之意旨起见，不得不誉扬东方亚氏之能，而稍抑东方之福氏，程子得弗怒吾冒渎耶，吾书中之亚氏与福氏虽相视如仇，吾与程子固仍为良友，程子幸勿介介于怀，亦以仇敌视吾也，一笑。

既然东方已有福尔摩斯，为什么东方不能有罗苹；既然程小青已经塑造了东方福尔摩斯霍桑的形象，为什么张碧梧就不能塑造东方的罗苹形象呢？张碧梧试图做到出手不凡，独辟蹊径，充分显示出了他创作侦探小说的雄心。在小说中，作者设计了一位三星党党魁罗苹和霍桑斗法，这位自称为东方侠盗的党魁，不仅其高论不输于霍桑，其计谋也不亚于霍桑。霍桑在罗苹面前屡屡失策，屡屡被擒，虽然最后擒获了罗苹，依靠的是极偶然的因素，而不是以往那般“一切算计在我胸中”的胸有成竹。在中国侦探小说之中，《双雄斗智记》在人物设计上的确有独特的风味，但这部侦探小说还算不上上乘之作，完全拘于霍桑罗苹斗法上，仅是些“招数”的描写，没有程小青的《霍桑探案》那样枝杈百出、扑朔迷离，相反，情节过于单纯，线索也过于明朗了。单纯和明朗实为侦探小说的大忌，反映出张碧梧创作侦探小说的稚嫩状态。整部小说的格调也太欧化了，小说把整个斗法建立在中国社会不可能有的现代机关的设置和破译上(如电子活动墙等)，连人物的作案手段和生活习惯也都相当欧化(如身穿西装，嘴衔雪茄，手握电子激光枪的罗苹)，这种欧化的色彩，使中国的读者开了眼界，自有一种魅力，但离现实生活相隔得实在太远了，实际上把小说之中的中国地名和中国人名改成外国地名和外国人名，说是一部外国侦探小说译作也是成立的。

这种与西方侦探小说雷同化倾向，当然是立志创新的张碧梧所不满意的。不久，他就拿出了第二部侦探小说《家庭侦探宋悟奇新探案》。在小说开始时，作者就努力地表现自己的风格：其一，他选择了最能表现出中国风情，最具有中国特色的家庭作为创作背景，写自己最熟悉的创作题材；其二，他一改"福尔摩斯—华生"的侦探小说既定模式，只用一个侦探主角，而不配备助手；其三，不再写机关的巧设、打斗的紧张，而专写圈套的设置、破计的巧妙，斗智重于武技；其四，他试图在中国名侦探霍桑、李飞、鲁平之后增添一个新的名字：宋悟奇。从《半月》开始，小说一直连载到《紫罗兰》、《红玫瑰》，此时凡杂志上的"侦探小说"一栏，大都能见到张碧梧的名字。在笔者所见的22篇《家庭侦探宋悟奇新探案》中，看到了作者独创风格的雄心，也看到了作者创新上的艰难。开始时，张碧梧竭力保持住自己的特色，但是到了后来，有些力不从心了，倒不是中国家庭没有奇案，而是作者对中国人的心理、行为的理论准备不够充分，作者的笔无法透过生活现象向人物心态的深度发展，反复的生活现象描写就显得冗赘和表面化。当小说刚刚在《半月》上出现时，作者写些仆人或小妾偷钱或偷首饰，整个情节在家庭中展开，"家庭侦探"味比较浓。然而，家庭案件总不能都是些小偷小摸，张碧梧不得不向侦探小说的老主题遗产问题发展，笔就不得不突破家庭伸向社会。到了此时，张碧梧的笔有些稳不住了，他只能对社会生活避而不写，仅写些破案过程，这就又回到了他的侦探小说过分单纯和明朗的老毛病上来了。在人物设置上，张碧梧把"华生"式的助手去掉，就写一个侦探主角，这在侦探小说之中确有独到之处，但是不可避免地会碰到如何处理侦探主角过分"神化"的问题。没有配角，侦探主角特有的后场推理就失去了对象，侦探主角侦探过程之中的"得计"和"失策"就失去了过渡，整部侦探小说的情节发展就减少了缓冲。为了解决这些问题，开始时，张碧梧就叫宋悟奇的此友或彼友做宋悟奇破此案或彼案的临时助手。然而，宋悟奇总不能一天换一个朋友，也并非是只有朋友才去破案。到了写遗产问题时，张碧梧只能叫宋悟奇收了一个徒弟，叫张窥微。此时，张碧梧的宋悟奇大约才破了10个左右的家庭案，就又逐步地汇入了侦探小说的“流行色”了。侦探小说本是西方的文学品种，引进中国以后，究竟怎样才能成为“中国货”呢？看来仅仅是写些中国人和中国的生活是不行的，它还需要中国深层文化的多方面渗透。在这方面，张碧梧是赶不上孙了红和俞天愤的。

张碧梧的侦探小说对外国侦探小说“化”得不够的地方还表现在小说中的“斧凿”痕迹太重了，尤其表现在私人侦探的形象刻画上。在和其他人比较之下，表现出私人侦探的精明，这是侦探小说中常用的手法。但是，这种“比较”要进行得自然，顺理成章地将私人侦探的精明烘托出来。而张碧梧的处理却太生硬了。《箱中女尸》中宋悟奇的书记吴灿之拿着一张报纸匆匆忙忙地来找宋悟奇。宋悟奇在吴灿之开口之前，对他慌张的神情作了一番“事前料定”。作者的意图是想让读者一开始就对宋悟奇的精明留下印象。但是，这一番分析与案情毫无关系，价值不大，有一种硬要卖弄一番的感觉。张碧梧笔下的官方警探似乎太笨了些。程小青笔下的官方警探也不聪明，但他们的思路常常代表着读者的某一种猜测，而张碧梧笔下的官方警探的思路却连一般的读者都不如。例如，在《歌残舞歇》之中，红坤角王艳冰死后的现场勘察中有这样一段分析：“这粒枪弹是从她的右乳下方打进，从左边肩窝射出，再射进她左边的墙上，离地约摸五尺高的所在，射入约四五分深。悟奇再瞧这间卧室的内容，左右两方都是墙壁，并无窗户，只前面有两扇窗户，窗外便是弄堂，这时两扇窗户都关闭着，窗衣并已扯上，大约是因为淴浴的原故。”这种情况，一般人都能看出是自杀的可能性很大，而作者为了提高宋悟奇的形象，就叫一个官方警探出面，用一些根本不可能存在的理由硬要说明是他杀。其实，用一个蠢笨如猪的人作陪衬，私人侦探再精明其程度也不会太高。很显然，张碧梧把侦探小说中的那种“捧”“逗”的手段看得太简单了。

张碧梧的侦探小说创作不是属于上乘的，但他的侦探小说理论读来倒颇有点味道。1923年，《侦探世界》创刊时，他是以理论家的面目出现在其上的，几乎每期上都有他写的一两篇理论短文。他说：

“侦探小说的情节大概不外乎谋杀陷害和劫财等等，读者读了之后，试问发生甚么感想呢？恐怕不过只在脑中留下这个恶印象罢了，这岂是小说的本旨，所以我以为在这种情节当中务必使他含蓄着劝善惩恶的意思才好。”“劝善惩恶”是通俗文学作家文学创作的价值取向，张碧梧提出这样的要求，我们固然可以理解为他试图将外来的文学品种纳入他们的价值规范之中，我们同时也可以看出张碧梧的小说创作不仅追求可读性，也还是要求思想性的，是有一个创作“本旨”的。

“要做良好的侦探小说，必须善用险笔。”“做侦探小说最忌的毛病是平铺直叙，必须奇峰突起，出于读者的意料之外，读者的兴趣才能浓厚。”这个“险”是案子险，是侦探过程险，更应该是读者的阅读效果险，案子发生平平常常，破案过程一帆风顺，阅读起来不痛不痒，小说又怎么能抓得住读者呢？

“在刚动笔做的时候，必须把全篇的情节，大概拟个腹稿，然后一层层的做下去，才能前后贯通，有呼有应。因为前面所述，都是后面的根由，后面所述又都是结束前面的。倘胡乱的做起来，便难免有错误和矛盾的地方了，这也是做侦探长篇的一种难处。”小说创作必须有一个基本思路和基本结构，这本是一个起码的要求，但对于惯于想到哪儿写到哪儿的通俗作家来说，显然是较高的标准了。张碧梧从侦探小说创作之中悟到了这个道理，也可算是他的收获吧。

“我国作者做侦探小说的程度实在幼稚得很，这是毋庸讳言的，所以不妨把外国的侦探小说翻译尽量当做研究的一助。”那么，怎样才能使这些外国作品为中国读者所接受呢？张碧梧想出了一个办法，就是把外国的人名、地名酌量缩短或者只译起首的两三个音，使它们“仿佛是中国的人名和地名”。这段话涉及到如何处理外国侦探小说的问题，可以看出张碧梧是肯定外国侦探小说对中国侦探小说的影响，又欲使外国侦探小说中国化的思维趋向。然而，他只想到人名、地名这些最表层的现象，没有能从中国读者的民族心理等更深层的层面上作出更深入的阐述。这种认识程度的表面化，自然会影响到他创作上难以在“中国化”上取得成功，反而会给自己的创作中出现“欧化”色彩留下了借外国侦探小说为一助的借口。

以上这些理论探索自然是不够深刻的，它说明了侦探小说在中国的发展之途是很艰辛的。不过，它也表明了张碧梧的创作态度是认真严肃的，是想努力提高自己的创作水平的。

值得一提的是，侦探小说的创作使得张碧梧短篇小说创作技巧有了较大的发展。1923 年 11 月 9 日，张碧梧在《红玫瑰》上发表了短篇小说《跛足画师》，受到了极为看重作品质量的编辑施济群的推崇。这篇小说在艺术上确可称作为张碧梧的代表作。小说先写画师之怪：(1)从不与人接触；(2)画山水形态不一，画美女只画一人一形；(3)美女只画眼眶不画眼睛；(4)作美女画时秘不示人。两年后，画师临终前，撑病躯拿出一幅没有眼睛的美女图，把一双眸子添上，此画精妙万分，其眼睛更是妩媚传神，成为传世之作。其中究竟有何奥妙呢？画师死后，其徒说出了隐情，原来画师婚前到泰山画日出图，不幸失足跌断了腿，其女友因此离他而去，可画师总不能忘记她，每当画美女时，总是抹不去她的影子，为避免更多的伤心，画师不敢画那双眼睛。从内容上说，这篇小说并不出众，只是篇较好的"奇情小说"；而艺术上，先设悬念，再解悬念，引人入胜，这显然是运用了侦探小说的技法。这类小说在张碧梧的作品中并不多见，却代表了他的最好的成绩。

第二节　胡闲探案　虽败犹荣

——赵苕狂别出心裁的侦探"失败史"

赵苕狂(1891—?)，名泽霖，字雨苍，取霖雨苍生之意，别号忆凤，浙江吴兴人。他在上海南洋公学读书时，和李定夷是同学，许指严是他们的老师。许指严和李定夷是1915年左右中国第一次文艺杂志期刊热潮中的活跃人物，先后担任过《小说新报》的主编。他们对赵苕狂的影响较大。赵苕狂在读书时就开始在《小说新报》、《小说大观》等杂志上发表小说，早期作品有《禅耶毒耶》、《死死生生》等。这些作品均为外国侦探小说的译述。肄业后，赵苕狂进入编辑界。在编《游戏世界》之前，曾在小报《四民报》中做过一段时间的编辑。《红玫瑰》停刊后，他的名字在刊物上几乎就消失了，唯一能见到的材料是1949年正气书局为他出版的侦探小说集《鲁平的胜利》。根据他的同人回忆，赵苕狂身材短小精悍，由于从小极爱躲在帐角里看书，造成眼睛高度近视，看起人来两眼瞪着，所以又有"双目炯炯"一说。生平除爱看书外，有两大嗜好，一是喜购马票，在杂志任职时，总是先跟老板说好，每逢春秋两季赛马，就允许例假。二是喜酒，不醉不归。有一条花边新闻如此记载他喝酒，他"酒叙动辄和人斗饮，一次，对方婉却，他拿起瓷盆，掷诸地上，合座为之惊讶，人问他为何发怒？他说：'倘不喝酒有如此盆！'所以他每次酒叙，明天往往遍访同座者，询问：'昨有否失礼及得罪处？'向人道歉"。赵苕狂的作品集主要有《玉碎珠沉录》、《闺秀日记》、《剑胆琴心录》、《江湖怪侠》、《太湖女侠》、《神怪斗法记》、《鲁平的胜利》、《赵苕狂说集》等。从这些作品集的名称就可以看出赵苕狂发表的作品多且杂，涉及面也很广泛，社会、言情、武侠、侦探等小说体裁他都写过。在文体上，他写过文言小说，也写过白话小说，甚至还学新文学的样式，写过一些"新小说"。他是一位思维活跃、兴趣广泛的通俗文学的名编辑和名作家。

对于赵苕狂在中国侦探小说史上的地位，严芙孙在《民国旧派小说名家小史》中说："他的小说自以侦探最为擅长，可以与程小青抗手，有门角里福尔摩斯的徽号。"说赵苕狂的侦探小说能与程小青抗手，这个评价高了些，不过，说他是"门角里福尔摩斯"，这个徽号起得倒比较恰当，说明他创作的侦探小说虽上不了大的场面，但在"门角里"有他的一席之地。

赵苕狂对中国侦探小说的贡献表现在两个方面。一是他对《侦探世界》杂志编辑思想的改革，二是他的侦探小说的创作。

赵苕狂是中国现代通俗文学史上的名编辑。他编的最早的有影响的刊物大概是 1921 年夏大东书局创办的《游戏世界》，他和周瘦鹃同为该刊编辑主任。此时的周瘦鹃已是蜚声文坛的作家和编辑了，作为涉足文坛的赵苕狂跟着他显然受益匪浅。《游戏世界》的编辑体例是循周瘦鹃编《礼拜六》之路的，其作者队伍亦相仿，只是语言上更加白话化了。《游戏世界》时的赵苕狂不仅熟悉了编辑业务，而且熟悉了一大群通俗文学界的知名作者，这为他以后编《侦探世界》奠定了基础。《游戏世界》停刊后，赵苕狂进入了《侦探世界》，接替陆澹安的日常编务，时间是 1923 年 11 月，此时《侦探世界》正出至第 13 期。赵苕狂进入《侦探世界》后，对《侦探世界》的编辑思想进行了大刀阔斧的改革，最明显地表现在两个方面，一是强调多刊载中国作家自己创作的侦探小说，而非仅仅是一些外国侦探小说的翻译之作，同时也扩大了作者队伍，除程小青、陆澹安、孙了红、俞天愤这些中国侦探小说名家之外，在该刊上还可以看到徐卓呆、王天恨、张碧梧、范烟桥、漱石生、何朴斋、徐耻痕、张舍我、胡寄尘、马二先生、范佩萸、陶凤子、范菊高等人的名字。此举对中国侦探小说的建设关系重大。清末民初看上去侦探小说在文坛上最为热闹，但仔细辨别起来，十之八九均为外国侦探小说的译作，中国人自己创作的侦探小说是寥寥无几的。即使是这些少得可怜的侦探小说的创作在杂志上发表时也被大量的侦探小说的译作所淹没。现在由《侦探世界》出面有意识地号召并集中刊发中国作家创作的侦探小说，这就提醒了中国侦探小说作家不要太热衷于译述外国侦探小说，而应该拿出自己的侦探小说的作品来了，对当时的文坛时尚起了一个反拨的作用。事实上，自《侦探世界》提倡中国人创作侦探小说之后，那种翻译外国侦探小说的乱哄哄的局面基本停止了，除了几部经典作品的译作之外，中国作家的侦探小说明显增多。另外，集中刊发中国作家创作的侦探小说的《侦探世界》为中国侦探小说史提供了实绩。其上的一些名家名作使得中国侦探小说的创作一出手就表现出较高的水平。同时，一些后来颇具成就的侦探小说作家在此也有一个练笔的机会。二是加强了侦探小说的理论研究。自第13期始，《侦探世界》专门开辟了侦探小说理论研究的栏目，每一期上都有1至2篇的短评，这在只顾创作，很少去研究创作规律的通俗文学界也是令人为之耳目一新的。尤其是从第18期到20期程小青发表的《科学的侦探术》长篇的理论文章，对侦探小说的科学性作了全面的论证，说明中国作家对侦探小说的领悟已经相当深刻了。从赵苕狂对《侦探世界》编辑思想的改革中我们可以体会到，中国侦探小说正从单纯的模仿的翻译热中逐步冷静下来走向自我创作和冷静研究创作之路上去。赵苕狂对中国侦探小说的发展前景看得比较深远。

赵苕狂在小说创作上同样也勇于创新。这不仅表现在他的小说题材的多样性，还在于他的小说形式上的多彩。他写过一些曾产生过相当影响的社会小说，如发表在《小说世界》上的《典当》、《添茶》、《做官去》等，这些小说从社会现象中揭示某些人的丑恶的内心世界，以其深刻的社会批判性引人注目。同样在这些小说的形式上，作者也刻意创新，场面的描写、细节的刻画、镜头的闪回、心理的剖析，包括文体上的对话体、倒叙体、穿插体他都用上了，这在通俗文学作家是很少见的。对此，他似乎也比较得意，他在小说之中就常常标着“新体小说”的字样。这种创新的精神也给他的侦探小说的创作带来了特殊的效果。

侦探小说在中国并不丰，但却有高手强将，要想在其间获得一席之地是很不容易的，赵苕狂能够崭露头角，依靠的是他“偶然写之”的数量不多的《胡闲探案》。在作品所反映的生活的深度和广度上，以及小说创作的技巧上，《胡闲探案》都没有什么过人之处。它还是表现遗产和情杀的两大主题，还是“福尔摩斯—华生”的写作模式，甚至连胡闲的助手的名字，干脆就叫做“华生”。这部系列小说塑造了一个很有个性的私人侦探形象:胡闲。胡闲，被人称之为“失败的侦探”，十桩案子倒有九桩是失败的。这个失败并不是指他破不了案，而是说他在破案的过程中，常常有遗漏的地方，案子不能破得十分圆满，当然，这些遗漏的地方并不影响大局，但总留下了一些遗憾。其实，这正是作者聪明的地方，胡闲虽是“失败”了，但他终是将那些丑恶和罪恶揭露了出来，他的失败史，正构成了整个案件的侦破史，所以说，胡闲探案，虽败犹荣。例如，《胡闲探案》系列小说中，有一篇小说叫《鲁平的胜利》，写一大亨和女仆通奸杀死自己的妻子，为了遮人耳目，大亨就把胡闲请来破他亲手做的案子。胡闲四处奔波，东撞西碰，一无所成，最后在鲁平的引导下才破了案。鲁平讽刺他说:“胡大侦探，我真是给你抱屈，就这上海一市而言，私家侦探也不知有多少，他却单单会看中你呢!”言下之意，他看中的正是你胡闲的“失败”，选中你胡闲私人侦探的身份是为自己打掩护的。然而，正是由于胡闲的“失败”，才摸清了案件中的很多盲点，揭示出大亨的许多见不得人的事，为最后的胜利扫清了障碍，没有他的努力，整个案子是无法理顺的。胡闲是“失败”了，但失败之中有他的光荣，有他的道理！胡闲之所以引人注目，还在于他的性格，他一心一意地想当大侦探，想当“中国的福尔摩斯”。他努力学习侦探学，努力模仿着福尔摩斯的举动，甚至在一些细节上都在模仿。例如，他不会抽烟，但因为福尔摩斯有一只烟斗，所以他也备了一只烟斗。但是，他的这些模仿也仅仅在形象上，而实际办案的时候，他就把“福尔摩斯”丢在一边去了，他幽默风趣，不管在什么地方都和别人打哈哈，严谨严肃之中却又活泼灵动；他既“胡涂”，又“闲散”，他失败以后毫不气馁，即使明知可能还会失败，但还是要追根寻底下去；他经常失误，但失误的原因常常是由于过分地为别人着想而造成的，所以他的失误之中，不乏可敬可爱。

正因为胡闲是一个“失败的侦探”，作者在设计小说情节就有了“出格”的理由。以《少女的恶魔》为例。这部小说写了某市每到星期五凌晨二时必有一位少女被杀，这一恶性案件一时引起了全市人心惶惶。“失败的侦探”胡闲竟自告奋勇地接下了这起十分棘手而又影响极大的案子。在其他侦探小说当中，当侦探接手某一起案子时，其凶手也就在被动地受追寻之中了，至少其犯罪行为也应中止。而这部小说不同，胡闲接了案子之后，犯罪行为不但没有中止，而且是变本加厉了。胡闲虽然着急，却眼睁睁地看到又有两位少女在连续两个星期五凌晨二时被杀了。这样的问题如果出现在霍桑等人的身上，那是极大的失误，但放在胡闲身上，读者也就会一笑了之。作者已经声明在前了，这是一个常出漏洞的私人侦探。而且胡闲自有他的道理，他认为办案“譬之于水”，那些被杀的少女“只是一些支流，我们既已知其总流所在，尽可直接探源，正不必枝枝节节，作此事倍功半之举了”。把少女的性命比作无碍主流之支流，让其流淌，虽使人难以接受，但从整个案情发展来看，不无道理。别的私人侦探一旦接了案子就要进行实地考察，像霍桑那样在一些重要的问题上一定是亲身前往的，然后再寻出蛛丝马迹，归纳推理，顺利地破案的。而胡闲却雇了一个“牛司”——包打听，此人叫顾百晓。胡闲破案的很多重要材料不是来自现场勘察的第一手，却是从顾百晓处买来的。大概是怕读者非议，作者在此插了一段：“不论公家侦探或私家侦探，只要问他要，比之自己出马还要来得好。”“这家伙生意经太足，虽是有些讨厌，但如由我自己出马，却更得多费时间，实不能不和他周旋一下呢！”作者在此申诉为什么侦探小说之中要用这样一个侦探们的“掮客”。从正统的侦探小说美学观念上说，私人侦探使用一个“掮客”似乎不太合理，它多少改变了私人侦探的办案兴趣化和正义感，而变成了经营性的商业化；它也一反私人侦探固有的吃苦耐劳、事必躬亲的精神，而多少带有了一些“衙门”气息。但作者用在胡闲身上，却也有合理的因素，他本来就是一个胡涂而又闲散的侦探。因为私人侦探胡闲并不是一个高明的侦探，官方侦探的地位也就自然提高了。在《胡闲探案》中的官方侦探不再是私人侦探的陪衬，不再是尽出些愚蠢的主意，成为成事不足，败事有余的人，他们在胡闲破案过程中起着相当重要的作用，成为他的不可缺少的帮手。在《少女的恶魔》中，胡闲不仅以警署作为得知信息的重要来源，而且主动地去向警察求助。胡闲对警察局长说：“这件事情太关重要了，我是自问不能胜任的，所以不得不来求援于你了！”这样的语言在霍桑嘴里是永远不会听到的，但对一个办案经常失败的侦探来说，听起来就很自然。赵苕狂的侦探小说之中，这些“出格”的举动带来了一些很好的效果，读者除了有一种新鲜感之外，还有一种真实的感觉，它多少弱化了侦探小说之中情节过分的精致性、寻找证据过分的巧合性和官方警探过分的铺垫性的程式。

为什么要创造出这么一个“失败的侦探”形象呢？赵苕狂说：“失败是成功之母，有许多的成功都由失败而来！故对于失败不能一概抹煞的！那么，人们写侦探小说，为什么只写一般大侦探的成功史，而不写他们的失败史，真使我大惑不解！而况，讲到失败，其情形也各有不同，有的举措失当，全军覆没；有的事败垂成，功亏一篑。若从各个不同的角度方面，而把这些失败史写出来，不是较之一般大侦探作纪功碑，写成功史，一味歌功颂德的，更其要热闹而好看吗？”[1]可见，作者写“失败的侦探”胡闲，是有意而为之，是为了独树一帜的。看来，作者的目的是达到了。

〔1〕 赵苕狂：《鲁平的胜利·序》，《鲁平的胜利》第 2 页，正气书局 1949 年版。